Veröffentlicht von
DREAMSPINNER PRESS

5032 Capital Circle SW, Suite 2, PMB# 279, Tallahassee, FL 32305-7886 USA
www.dreamspinnerpress.com

Blutspartnerschaft: Die komplette Serie
Urheberrecht der deutschen Ausgabe © 2022 Dreamspinner Press.
Originaltitel: Partnership in Blood Vol. 1
Urheberrecht © 2015 Ariel Tachna
Original Erstausgabe. Oktober 2015
Übersetzt von Anna Doe.

Umschlagillustration
© 2015 Paul Richmond
http://www.paulrichmondstudio.com
Umschlaggestaltung
© 2022 L.C. Chase
http://www.lcchase.com

Deutsche ISBN. 978-1-64108-387-4
Deutsche eBook Ausgabe. 978-1-64108-386-7
Deutsche Erstausgabe. Februar 2022
v 1.0
Allianz des Blutes Deutsche Erstausgabe. April 2015
Pakt des Blutes Deutsche Erstausgabe. August 2015
Konflikt des Blutes Deutsche Erstausgabe. Januar 2016
Versöhnung des Blutes Deutsche Erstausgabe. April 2016

Blutspartnerschaft: Die komplette Serie

Ariel Tachna

BLUTSPARTNERSCHAFT: DIE KOMPLETTE SERIE

ARIEL TACHNA

INHALT

ALLIANZ DES BLUTES

Für Dawn, die erste meiner Adoptivschwestern, die mir ihre Freundschaft geschenkt hat, als ich niemanden hatte, und die mich zum Schreiben ermutigt hat, als es niemanden interessierte. Obwohl sie nicht mit dem Inhalt meiner Bücher übereinstimmt, hat sie alles gelesen, was ich je geschrieben habe.

Für Glynda, ohne die ich den Ausflug in die Welt des Schreibens nie unternommen hätte. Nur durch sie sind aus zwei Seiten Notizen 689 Seiten Text geworden.

Für Emmet und George, die mit mir beim Essen Ideen ausgetauscht haben (und mich einen Serienmörder nannten). Sie haben mir den Glauben an mein Projekt gegeben. Weiter so!

Für Nancy, die mir stundenlang die Hand gehalten hat, wenn wir fabuliert, umformuliert, Korrektur gelesen und die Geschichte ins Reine gebracht haben. Ohne Nancy wäre sie nie geschrieben worden.

Für meine anderen Adoptivschwestern Holly, Connie, Carol, Madeleine, Gwen und Julianne, die den Text wieder und wieder gelesen, korrigiert und mich ermutigt haben. Ohne sie wäre dieser Traum nie Wirklichkeit geworden.

KOMMENTAR

EINIGE GESCHICHTEN beruhen auf Erfahrungen, seien sie selbst erlebt oder nur aus zweiter oder dritter Hand übermittelt. Andere Geschichten entspringen einer kreativen Fantasie, für die es oft keine Erklärung gibt und deren Ursprung unbekannt bleibt.

Ich kann mit Stolz behaupten, nie eine Vampirgeschichte gelesen zu haben. Weder Anne Rice, noch Laurell K. Hamilton oder Bram Stoker. „Dress of White Silk", ein Monolog, den ich in der siebten Klasse gelesen habe, wäre dem noch am ehesten vergleichbar. Als eine Freundin mich dazu aufforderte, doch eine Geschichte über das Übernatürliche zu schreiben, habe ich nur mit den Schultern gezuckt und zugestimmt. Ich dachte damals an die Hexen von Salem, die mich schon immer fasziniert haben. Dann ging ich schlafen, und als ich am nächsten Morgen wieder aufwachte, hatte ich drei unglaublich eindrucksvolle Bilder vor Augen. Ein mitternächtliches Treffen auf einem Friedhof, eine Schlacht, die zwei Geliebte wieder vereint und eine zweite Friedhofsszene, diesmal in der Morgendämmerung. Diese drei Bilder ließen mich nicht mehr los. Auch, dass ich gerade an zwei anderen Romanen schrieb und dabei noch ganztags arbeiten musste, änderte daran nichts. Es war den Bildern egal. Sie wollten, dass ihre Geschichte erzählt wird. Also schrieb ich sie auf. Mein Freund Emmet war der erste, der das Manuskript gelesen hat. Er gab es mir zurück und meinte, das wäre ja alles sehr informativ und wichtig, aber schon der Anfang würde meine Leser aber wahrscheinlich zu Tode langweilen. Natürlich hatte er recht. Er hat die unangenehme Eigenschaft, immer recht zu haben. Also fing ich von vorne an, und schon nach wenigen Tagen waren die ersten vier Kapitel geschrieben. Zu diesem Zeitpunkt wurde mir klar, dass es sich um mehr als nur einen Roman handelte. Es musste eine Serie werden.

Ich bin ein Mensch, der alles genau recherchiert. Ich halte das für sehr wichtig. Deshalb spielt die Geschichte in Paris, denn es ist die einzige Hauptstadt, die ich wirklich gut kenne. Über Vampire wusste ich dagegen gar nichts. Also habe ich den Text einer Freundin geschickt, die Vampirromane nur so verschlingt. Ich wollte wissen, woher ich mehr darüber erfahren kann. Sie las die vier Kapitel und verbot mir, auch nur einen einzigen Vampirroman in die Hand zu nehmen, bevor die Serie zu Ende geschrieben wäre. Sie meinte, meine Vampire wären so außergewöhnlich, dass es schade wäre, wenn sie durch die gängigen Klischees ihre Einmaligkeit verlieren würden. So kommt es, dass ich seit drei Jahren mit meinen Vampiren lebe, und – außer meinem eigenen – immer noch keinen einzigen Vampirroman gelesen habe.

Jeder, der mit mir übers Schreiben spricht, weiß, dass ich eine etwas merkwürdige Auffassung über die Länge von Texten habe. Für mich ist alles unter 20.000 Wörtern eine Novelle, und meine Romane haben leicht 200.000 oder mehr Wörter. Es hat daher niemanden meiner Kollegen überrascht, als aus fünf Kapiteln erst zehn, dann zwanzig wurden. Als ich damit anfing, hat mich die Länge nicht sonderlich gekümmert. Ich hatte eine Geschichte zu erzählen, und ich erzählte sie so, wie ich sie vor meinem inneren Auge sah. Schwierig wurde es erst, als ich sie an einen Verlag schickte, denn sie war für einen Band zu lang geworden. Trotzdem ist sie in meinem Kopf nur eine einzige Geschichte. Also habe ich mich wieder hingesetzt und mir die Handlung genauer angesehen. Ich habe wichtige Ereignisse gesucht, die es mir ermöglichten, die Geschichte neu zu strukturieren und in mehrere Bände aufzuteilen. Mit der Hilfe meiner Freunde und einigem Umformulieren ist *Allianz des Blutes* entstanden. Auch *Pakt des Blutes* war schon geschrieben, als ich den umgearbeiteten Text wieder an den Verlag schickte. Der zweite Band war fast doppelt so lang wie der erste, aber das lag am Handlungsablauf, der keine andere Unterteilung zuließ. *Konflikt des Blutes* und *Versöhnung des Blutes* existierten damals, zum Amüsement meiner Kollegen, nur als vage Ideen und Skizzen. Sie wissen, dass ich ein sehr ambivalentes Verhältnis zu meinen Skizzen habe. Das hat sich auch dieses Mal bestätigt. Nach den ersten beiden Kapiteln von *Konflikt* hatte ich schon wieder eine neue Idee, und aus den geplanten zwei Kapiteln wurden vier. Und so ging es weiter. Und weiter. Und weiter.

Viele Romane, auch einige Serien, erzählen die Geschichte eines einzigen Menschen oder eines Paares. Meine haben eine Besetzung von Tausenden von Menschen. Jeder einzelne von ihnen ist mir wichtig, auch wenn er manchmal wieder aus der Geschichte verschwindet, bevor er eine Chance hat, richtig zum Leben zu erwachen. Die Anzahl der Hauptpersonen ist etwas geringer, aber sie stehen im Mittelpunkt der Handlung, haben alle ihre Auftritte und spielen eine wichtige Rolle. Das macht den Handlungsablauf oft etwas trügerisch. denn jeder Tag ist vollgepackt mit Ereignissen. Während die eine Hauptperson gerade zu Hause im Bett liegt und sich erholt, ist eine andere in der Stadt unterwegs und hält nach dem dunklen Magier und seinen Schergen Ausschau. Eine einzelne Person mag ruhen, doch die Geschichte geht weiter.

Ich hoffe, dass die Personen Ihnen genauso ans Herz wachsen wie mir und meinen ersten Lesern.

Ariel Tachna
Mai 2008

1

PARIS BREITETE sich zu seinen Füßen aus. Die Lichter der Stadt glänzten wie Diamanten auf schwarzem Samt. Wenn er die Augen zusammenkniff, konnte er einzelne Gebäude und Monumente erkennen: Die Kathedrale von Notre-Dame mit ihren zwei Glockentürmen, das weiß leuchtende Sacré-Cœur auf dem Gipfel des Montmartre und den Eiffelturm, der über der Stadt aufragte. Seufzend wandte der weißhaarige Magier dem Fenster mit seinem verzierten Steingewölbe den Rücken zu. Er ließ den Blick durch das Büro schweifen. An den dunkel getäfelten Wänden hing eine Karte und in den Nischen, die die Täfelung durchbrachen, standen die Abzeichen seines Ranges und seiner Macht: das Medaillon, das ihn als den Generalkommandeur der Milice de Sorcellerie auswies, die Plakette mit den Namen seiner Vorgänger als Oberhaupt der Association Nationale de Sorcellerie, Fotos, die ihn mit dem Präsidenten der Republik, mit dem Premierminister oder anderen Staatsoberhäuptern zeigten.

Er konzentrierte sich auf die Karte und verfolgte die Leuchtpunkte, die den Weg der Patrouillen durch das Fünfte Arrondissement markierten. Mit einem Fingerschnippen änderte er die Anzeige und trat einen Schritt zurück, um sich die gesamte Stadt anzusehen. Er hätte sich auch das ganze Land anzeigen lassen können, aber Pascal Serriers Ziel war es, die Regierung zu stürzen. Daher beschränkten sich seine Guerillaattacken bisher auf Paris.

Er runzelte besorgt die Stirn, weil ein Leuchtpunkt seinen Weg zum Arc de Triomphe nicht fortsetzte. Hoffentlich war die Patrouille nicht in einen Hinterhalt von Serriers Rebellen geraten. Bevor er den wachhabenden Soldaten ansprechen konnte, klopfte es an der Tür. Er öffnete sie und winkte seine beiden führenden Offiziere ins Zimmer.

„Bellaiche hat einem Treffen zugestimmt", informierte General Marcel Chavnier die Offiziere, nachdem sie Platz genommen hatten. Er hielt den Brief hoch, den er vom Chef de la Cour der Pariser Vampire erhalten hatte. Es hatte Wochen gedauert, einen Vampir zu lokalisieren, und noch länger, den Namen und die Adresse ihres Anführers zu erfahren. Aber Marcel hoffte, dass es sich auszahlen würde. Wenn Serrier seine Attacken über die Île-de-France auf die Umgebung ausweitete, würde Marcel noch weitere Verbündete brauchen. Aber solange sie sich auf die Hauptstadt beschränkten, waren Bellaiche und seine Vampire ihre letzte und beste Hoffnung. „Morgen um Mitternacht auf dem Friedhof Père Lachaise. Einer von uns und einer von ihnen. Jeder weitere Anwesende wird als Kriegserklärung verstanden." Er ließ die Bombe fallen und sah sich abwartend um. Er kannte die beiden Männer, die ihm auf der anderen Tischseite gegenüber saßen. Er kannte sie schon, seit erst Alain, dann Thierry, beide noch kaum den Kinderschuhen entwachsen, bei der ANS aufgetaucht waren, um die Kunst der Magie zu erlernen.

„Nur über meine Leiche!", explodierte Thierry Dumont. Marcel hätte fast gelächelt. Thierrys Reaktionen waren so vorhersehbar. Wenn jetzt Alain Magnier genauso erwartungsgemäß reagierte, würden sie mit ihren Vorbereitungen beginnen können. „Wir schicken keinen Magier ohne Begleitung zu einem Treffen mit einem Vampir. Was ist, wenn der Vampir nicht alleine kommt? Wenn er angreift? Wenn …" Der ehemalige Diplomat und jetzige General hörte sich den Ausbruch Thierrys geduldig an und wartete darauf, dass Magnier ihn stoppen würde.

„Ich gehe", unterbrach Alain seinen besten Freund. „Es ist eine Geste des Vertrauens. Sie haben uns ein Angebot gemacht, indem sie nur einen Vampir schicken. Wir müssen ihnen das gleiche Vertrauen entgegenbringen, indem wir nur einen Magier schicken. Außer Marcel und dir bin ich wahrscheinlich der einzige, der mächtig genug ist und dem wir diese Aufgabe anvertrauen können. Es braucht mehr als nur einen Vampir, um mich zu besiegen. Du weißt, dass ich unsere beste Hoffnung bin, Thierry. Lasst mich gehen. Wir verabreden eine gewisse Zeitspanne, und wenn ich danach nicht zurück bin, könnt ihr die Kavallerie schicken und mich aus ihren Klauen retten. Es ist ein Risiko, das wir eingehen müssen. Es lässt sich nicht vermeiden."

Es gab noch einen anderen Grund, warum Alain diese Mission nicht Thierry überlassen wollte. Aber darüber wollte er nicht sprechen, weil er Thierrys Reaktion auf dieses Thema nur zu gut kannte. Thierry hatte immer noch eine Chance auf ein glückliches Leben. Alain hatte diese Chance vor zwei Jahren verloren. Wenn also einer von ihnen zu diesem riskanten Treffen gehen musste, dann besser Alain, nicht sein Freund Thierry.

Alain wusste um das Risiko, das Marcel allein dadurch eingegangen war, dass er mit dem Anführer der Vampire in Kontakt getreten war. Es war ein Eingeständnis, Pascal Serrier, den mächtigen dunklen Magier, der diesen Krieg begonnen hatte, nicht ohne Hilfe besiegen zu können. Das allein war schon sehr mutig gewesen. Und es hatte die Magier verwundbar gemacht, sollte Jean Bellaiche einem Bündnis nicht zustimmen. Vom Ausgang dieses Kriegs hing nicht nur die Zukunft ihrer Gesellschaft ab, auch das Gleichgewicht der Welt stand auf dem Spiel. Das Gleichgewicht zwischen natürlichen und übernatürlichen Kräften und das Gleichgewicht der Elementarmächte, das die Welt stabilisierte. Unglücklicherweise war die öffentliche Meinung gespalten, was die Ursache des gegenwärtigen Ungleichgewichts der magischen Kräfte anging. Weltweit debattierten Magier und Regierungen darüber und suchten nach Lösungen. Alains Meinung nach waren die Ursachen eindeutig und lagen auf der Hand, aber nicht jeder sah die Lage genauso. Und selbst diejenigen, die die Situation richtig einschätzten, konnten sich nicht auf eine gemeinsame Vorgehensweise einigen. Dennoch war Eines unbestreitbar. Ohne die Magier und ihre Kontrolle über diese Kräfte würde in absehbarer Zeit alles und jedes im Chaos enden. Alain wusste es. Marcel wusste es. Alain hoffte, dass auch Thierry und die Vampire es wussten. Sie hatten es bisher nicht geschafft, dem Krieg eine günstige Wendung zu geben. Auf beiden Seiten stiegen die Zahlen der Opfer. Sie brauchten Verstärkung, bevor es nichts mehr zu retten gab. Sie hatten versucht, mit den Magiern der Nachbarländer in Kontakt zu treten, aber deren Antwort war eindeutig ausgefallen. Sie hielten es für ein innenpolitisches Problem, dass Frankreich selbst lösen musste. So lange das Ungleichgewicht die Grenzen Frankreichs nicht überschritt und auf die angrenzenden Länder übergriff, waren sie auf sich allein gestellt.

Thierry fluchte leise vor sich hin. Seine Emotionen luden die Luft um ihn herum mit magischen Funken auf und brachten sie zum Knistern.

„Beruhige dich, Thierry", befahl Marcel. Er wusste, dass der magische Schutzschild seines Büros stark genug war, um die Magie, die durch Thierrys Ausbruch freigesetzt wurde, zu neutralisieren. Aber der junge Mann musste lernen, sich besser unter Kontrolle zu halten. „Ich stimme Alain zu. Wenn du also nicht an seiner statt gehen willst, solltest du mir besser helfen, alles für seine Sicherheit zu tun."

„Das wäre keine gute Idee", meinte Alain, noch bevor Thierry antworten konnte. „Dein Temperament ist zu unberechenbar. Du gehst schon hoch, wenn du dir eine Beleidigung oder Gefahr nur einbildest. Dann wären wir wieder genau da, wo wir angefangen haben. Oder noch schlimmer. Vertraut mir."

„Ich vertraue dir. Es sind Bellaiche und seine Leute, denen ich nicht vertraue", erwiderte Thierry. „Wenn du nicht innerhalb einer halben Stunde wieder zurück bist, komme ich und hole dich da raus."

Alain stimmte Thierrys Bedingungen zu. Es war nur vernünftig, einen Plan zu haben, falls etwas schief ging. Die Vampire hatten bisher keinerlei Anstalten gemacht, sich in den Konflikt zwischen den Magiern einzumischen. Aber das war kein Grund, unnötige Risiken einzugehen. Schließlich wollten sie die Vampire genau darum bitten – Stellung zu beziehen und sich einzumischen. Serrier war ein Rassist, aber er war nicht dumm. Wenn er bisher noch nicht auf die Idee gekommen war, mit anderen magischen Gruppen in Kontakt zu treten, dann würde das bestimmt bald passieren. Es würde zwar voraussetzen, dass er seine Abscheu gegenüber angeblich minderwertigen Geschöpfen überwand, aber sie konnten sich nicht darauf verlassen, dass Serrier dazu nicht fähig wäre.

ALAIN GING in Gedanken jedes Detail ihrer Vorbereitungen sorgfältig durch. Er war bereit, den Vampiren die Chance zu geben, ihren guten Willen zu beweisen; aber er hatte im Verlauf des Krieges schon zu viel erlebt, um leichtfertig zu werden. Wenn er allein zu diesem Treffen gehen musste, dann wollte er so gut vorbereitet sein, wie Magie und moderne Hilfsmittel es nur zuließen. Er trug einfache, dunkle Wollhosen und einen schwarzen Rollkragenpulli. Hätte er sich die Mühe gemacht, sich im Spiegel anzusehen, dann wäre ihm aufgefallen, wie gut die dunkle Kleidung zu seinem sandblonden Haar und seiner leichten Bräune passte. Aber er hatte vor zwei Jahren aufgegeben, sich Gedanken über sein Aussehen zu machen. Für ihn ging es nur noch um Funktionalität. Der lange Wintermantel würde ihn in der kalten Oktobernacht warm halten, und sollte es zu einem Kampf kommen, konnte er ihn leicht loswerden. Die Hose und der Pulli saßen locker genug, um seine Bewegungsfreiheit nicht einzuschränken, waren aber nicht so weit, dass ihn ein Gegner daran festhalten konnte. Sein Handy trug er in einer kleinen Tasche am Gürtel. Es würde ihm bei einem Kampf nicht helfen können, aber Thierry erfuhr, dass etwas schief gegangen war, falls er sich nicht meldete. Alain hatte schon vor langer Zeit die Kunst der stablosen Magie erlernt, war einer der wenigen Magier, die Zeit und Energie dafür aufgebracht hatten. Trotzdem trug er seinen Stab bei sich. Sollte er ihn offen tragen oder abgeben müssen, würde das den Vampir von seinen ehrenvollen Absichten überzeugen. Außerhalb der ANS war es kaum bekannt, dass zur Magie nicht unbedingt ein Stab nötig war.

Alain wollte gerade aufbrechen, als es an der Tür klopfte und er Thierrys Aura auf der anderen Seite der Tür spüren konnte. Mit einer leichten Handbewegung deaktivierte er den Schutzschild der Tür und ließ seinen Freund eintreten. „Was willst du hier?", fragte er und zog sich den Mantel an.

„Ich komme mit", antwortete Thierry.

„Damit bringst du uns nur beide um", erwiderte Alain.

„Nicht zum Treffen", erklärte Thierry. „Nur in der Métro. Ich warte in einer Bar in der Nähe des Friedhofs auf dich. Falls es Probleme gibt, kann ich schnell bei dir sein."

Alain stimmte ihm zu und sie machten sich auf den Weg nach Anvers, wo die nächste U-Bahn-Haltestelle war. Als sie die Wohnung verlassen hatten, reaktivierte Alain den Schutzschild. Dann fuhren sie mit der Linie 2 zum Père Lachaise. Alain und Thierry kamen so zeitig an, dass sie noch in Ruhe nach einer Bar suchen konnten, in der Thierry warten wollte. „Ich rufe dich in einer halben Stunde an", versprach Alain, als er Thierry in dem kleinen Café zurückließ, das in einer Straße direkt gegenüber dem Eingang des Friedhofs lag.

Als Alain am Friedhof ankam, konzentrierte er sich mit allen natürlichen und magischen Sinnen darauf, die Umgebung zu erkunden. Er konnte keinerlei Aura oder Präsenz feststellen, aber das hieß noch lange nicht, dass er allein war. Soweit er wusste, konnten Vampire ihre Anwesenheit verbergen, wenn sie verfolgt wurden. Der Wind pfiff leise und übertönte alle kleinen Geräusche, die Alain möglicherweise über das Eintreffen des Vampirs informiert hätten. Die tiefen Schatten der Gebäude und Bäume tauchten alles in undurchdringliche Dunkelheit. Alain entschloss sich, kein Risiko einzugehen und öffnete das Tor zum Friedhof mit einer kurzen Bewegung seines Stabs. Falls der Vampir schon eingetroffen war, wollte er ihm nicht zeigen, dass er nicht auf dieses Hilfsmittel angewiesen war. Dieses Ass wollte er in der Hinterhand behalten, falls er schnell von hier verschwinden musste. Das Tor öffnete sich vollkommen geräuschlos. Er betrat den Friedhof und zog es wieder hinter sich zu, ließ es aber unverschlossen. So konnte Thierry im Notfall schneller bei ihm sein und er selbst konnte auch schneller die Flucht ergreifen.

„Wirf den Stab weg", sagte eine körperlose Stimme aus der Dunkelheit. Alain wirbelte herum und suchte nach dem Sprecher. Die Stimme war samtweich und hatte einen unverkennbar britischen Akzent.

Alain tat, was die Stimme ihm aufgetragen hatte, ließ den Stab fallen und trat einen Schritt zurück. „Ich bin jetzt unbewaffnet", sagte er. „Komm heraus, damit ich dich sehen kann."

In den Schatten war eine Bewegung zu erkennen und er drehte sich zu dem Vampir um. Alain wusste, dass die unterschiedlichen magischen Wesen in allen Formen und Größen auftraten, deshalb hatte er keine vorgefasste Erwartung, wie der Vampir aussehen würde und ob es eine Frau oder ein Mann wäre. Aber mit diesem Anblick hatte er nicht gerechnet. Dunkle Haare umrahmten ein honigfarbenes, bartloses Gesicht mit dunklen Augen. Der Vampir war ungefähr so groß wie Alain und ebenfalls in schwarz gekleidet. Aber er trug keinen Mantel oder Umhang, der ihn gegen die Kühle der Nacht geschützt hätte. Alain wurde an die Natur seines Gesprächspartners erinnert. Er wusste, dass Vampire nicht mehr alterten, das Geschöpf vor ihm konnte also zwischen zwanzig und mehreren hundert Jahren alt sein. Er war an der Schwelle zum Mann umgewandelt worden, alt genug, um erwachsen zu sein, aber jung genug, um noch unschuldig zu wirken. Alain musste sich ins Gedächtnis zurückrufen, dass es sich um einen Vampir handelte, dass dieser Mann seit seiner Erschaffung nicht mehr unschuldig gewesen war.

2

DER VAMPIR sah den Magier abschätzend an. Kurzes, helles Haar. Sandblond, vielleicht etwas rötlich Genau konnte man es in der Dunkelheit nicht erkennen, auch nicht mit der übernatürlichen Sehkraft der Vampire. Ein starkes Gesicht mit hellen Augen, aber auch deren Farbe war nicht zu bestimmen. Das feste Kinn deutete Entschlusskraft und Charakterstärke an. Es war ein gutes Gesicht. Und ein gut aussehendes. Aber der Vampir wusste sehr wohl, dass Äußerlichkeiten trügerisch sein konnten. Er war selbst oft genug mit einem Engel verglichen worden, bis die Menschen entdeckten, dass sich in ihm ein Teufel verbarg. Der Magier war groß gewachsen, aber sein langer Mantel verhinderte, dass man seinen Körper erkennen konnte. Trotzdem – der Stab lag auf dem Boden. Das war ein gutes Zeichen. Der Magier hatte keinen Widerspruch geleistet und ihn anstandslos fallen lassen.

„Wie ist dein Name?", wollte der Magier wissen.

„Es ist vielleicht sicherer, keine Namen zu benutzen", erwiderte der Vampir. Als Jean ihn gebeten hatte, die Vampire zu repräsentieren, hatte der Chef de la Cour ihm nicht nur erklärt, warum dieses Treffen nötig war, sondern ihm auch zu Vorsicht und Wachsamkeit geraten. Der Mann, der vor ihm stand, war unzweifelhaft ein Magier. Doch ob er in heller oder dunkler Magie handelte, musste sich erst noch herausstellen. Serriers Propaganda war geschickt und wirkungsvoll, aber Jean war schon seit dreihundert Jahren der Chef der Pariser Vampire. Das war lange genug, um die Regeln des Jeu de Cour zu beherrschen.

„Wenn du anonym bleiben willst, ist das deine Entscheidung. Mein Name ist Alain", sagte der Magier.

„Du gehst ein unnötiges Risiko ein", wies ihn der Vampir zurecht, während er sich den Namen einprägte. Er wollte noch mehr wissen, konnte sich aber rechtzeitig zurückhalten, bevor ihm eine Frage entschlüpfte. *Anonymität*, rief er sich in Erinnerung.

„Sieh es als Geste des guten Willens", erwiderte Alain. „Ich nehme an, du weißt, warum wir hier sind."

„Ihr wollt unsere Hilfe. Das hat die Botschaft deutlich gemacht. Was Chavinier nicht erklärt hat, ist, warum wir sie euch geben sollten", antwortete der Vampir.

„Wenn wir den Krieg nicht beenden, wird das Gleichgewicht der Natur gestört. Das Land und auch der Rest der Welt wird zerstört werden, wenn wir Serrier nicht rechtzeitig aufhalten können", sagte Alain ernst.

„Soweit ich informiert bin, gibt es darüber unterschiedliche Meinungen."

„Ich habe nicht die Zeit, mich mit Bürokraten zu streiten", gab Alain zurück. „Die sehen die eigene Hand vor den Augen nicht. Ich habe dringendere Probleme. Zum Beispiel, diesen Krieg zu gewinnen."

„Aber warum sollten wir an eurer Seite kämpfen? Was könnt ihr uns dafür bieten?"

Alain suchte verzweifelt nach einem Angebot, das für die Untoten von Interesse sein könnte. Ihm wurde unangenehm bewusst, dass er nur die üblichen Vorurteile und Stereotypen über Vampire kannte. Er wusste nicht genug über sie, um ihnen ein Angebot machen zu können, das nicht als Beleidigung aufgefasst werden konnte. „Was wollt ihr?"

Der Vampir lachte bitter. „Ist das eine Fangfrage? Welche Antwort erwartest du darauf?"

„Ich kann euch nichts anbieten, wenn ich nicht weiß, was ihr euch wünscht", erwiderte Alain.

Die Eckzähne des Vampirs glänzten im Licht, als er seinen Mund zu einem höhnischen Grinsen verzog. „Was sich ein Vampir wünscht? Soll ich dir von der ständigen Gier nach warmem Menschenblut erzählen? Soll ich dir erzählen, wie verlockend es ist, einen Menschen an sich zu pressen und zu wissen, dass man sein Leben jederzeit auslöschen kann, wenn einem der Sinn danach steht? Oder vielleicht möchtest hören, welche unzüchtigen Vorschläge mir meine Opfer schon gemacht haben, in der Hoffnung, ihr Leben zu retten? Was wünscht sich ein Vampir?", fragte er Alain und kam auf ihn zu, bis er direkt vor ihm stand. Er sah ihn mit wild flackernden Augen an und wartete darauf, dass der gleiche Ekel, die Furcht und der Hass sich im Gesicht des Magiers zeigten, die er schon so oft erlebt hatte.

Alain lagen die Worte für einen leichten Abwehrzauber schon auf den Lippen, als der Vampir weitersprach.

„Wieder unter den Strahlen der Sonne gehen zu können. Mit meinen Freunden ein Glas Bier zu trinken. Ein normales Leben zu führen", fuhr er fort. Der Magier – Alain – hatte ihn beeindruckt. Weder war er zurückgewichen, noch hatte er auch nur die geringste Abscheu erkennen lassen. Er blickte dem Magier in die Augen – sie waren blau, stellte er überflüssigerweise fest – und suchte nach Anzeichen einer Reaktion auf seine Worte.

„Du verlangst etwas, das nicht in unserer Macht liegt. Nenne mir einen Preis, den ich bezahlen kann, und wir können darüber reden."

Der Vampir glaubte ihm kein Wort, aber Jeans Anweisungen waren eindeutig gewesen. Das, und nur das war der Preis für ihre Kooperation – etwas, das die Magier ihnen geben konnten, wenn sie es nur wollten, wenn sie wirklich von der Milice und keine Rebellen waren. „Ein Mitspracherecht über unsere Zukunft. Gleichbehandlung mit den Magiern. Ja, wir sind anders. Aber wir sind nicht weniger wert."

„Wie meinst du das?", fragte Alain mit einem fragenden Ausdruck in seinem attraktiven Gesicht.

„Wir werden behandelt wie der letzte Dreck", schnauzte der Vampir ihn an und Wut verzerrte seine klassischen Züge. „Schlimmer noch als die nichtmagischen Menschen. Wir werden verfolgt und verjagt, wenn man uns findet. Nichtmagische werden durch Gesetze vor Diskriminierung geschützt. Wir wollen den gleichen Schutz."

Alain schwieg. Er erkannte, dass der Vampir recht hatte. Vampire wurden von vielen noch minderwertiger als Menschen eingestuft, waren es nicht wert, unter dem Schutz des Gesetzes zu stehen, obwohl sie doch durch ihr hohes Alter soviel Weisheit und Erfahrung besaßen. Es war in Alains Augen ein kleiner Preis für ihre Unterstützung, den Krieg zu gewinnen. „Ich mache die Gesetze nicht. Aber ich verspreche, mich für eure Sache einzusetzen und meine Stimme zu erheben."

„Und eure Oberhäupter?", hakte der Vampir nach. „Wird Chavinier auch auf unserer Seite stehen?"

„Es ist ein langwieriger Prozess", erinnerte ihn Alain. „Wir können nicht versprechen, erfolgreich zu sein. Aber wir können die Gesetze einbringen und in der Nationalversammlung und im Senat unterstützen."

Der Vampir wirkte nicht sehr überzeugt. Er drehte sich um, als wollte er wieder gehen. Jean war nicht der einzige, der die Regeln des Jeu de Cour beherrschte. Das Spiel durchdrang die Existenz der Vampire bis ins kleinste Detail. Es regelte die nicht enden wollenden Machtkämpfe um ihre Stellung in der gesellschaftlichen Hierarchie. Und immer galt es, den Schein zu wahren und das Gesicht nicht zu verlieren.

„Was muss ich tun, um meine Aufrichtigkeit zu beweisen?", platzte Alain heraus, weil er die Chance auf eine Allianz nicht zunichte machen wollte, bevor es überhaupt dazu gekommen war.

Der Vampir kam zurück und sah Alain eindringlich an. Natürlich gab es einen Weg, wie er ins Herz dieses Mannes – ins Herz jedes Menschen – schauen konnte. Die wenigsten wären jedoch bereit, sich dem Kuss eines Vampirs zu unterwerfen. Aber wenn der Magier es erlaubte, könnte der Vampir sich über dessen Absichten sicher sein.

„Lass mich dich schmecken."

Alain war schockiert. Ihn schmecken? Was sollte das heißen? „Was?", fragte er.

„Ein Vampir kann im Herz seiner Opfer lesen, wenn er ihr Blut schmeckt. Ich brauche nicht viel. Nur einige Tropfen. Lass mich die Aufrichtigkeit deines Angebots schmecken."

Alain nickte beklommen und sein Blick fiel auf die geschwungenen Lippen, hinter denen sich die scharfen Vampirzähne verbargen. Der Vampir war zweifelsohne stärker als Alain. Falls er die Situation ausnutzen wollte, konnte der Magier ihn wahrscheinlich nicht davon abhalten. Mit einem leichten Unbehagen zog Alain den Kragen seines Pullis zur Seite und entblößte seinen Hals.

„Dein Handgelenk reicht aus", knurrte der Vampir.

Erleichtert schob Alain den Ärmel nach oben und bot ihm das Handgelenk an. Der Gedanke an den Biss machte ihn nervös und er verspannte sich.

Der Vampir strich mit einem seiner langen Finger vorsichtig über das Gelenk, um die Haut nicht mit den scharfen Fingernägeln aufzukratzen. „Ganz ruhig. Wenn du dich entspannst, tut es weniger weh." Dann zog er den Arm an seinen Mund.

Alain spürte zuerst die Lippen des Vampirs, die erstaunlich weich und warm waren, wenn man bedachte, dass der Mann ein Untoter war. Dann wurden die Lippen zurückgezogen und die scharfen Zähne berührten Alains empfindliche Haut. Es waren nur die normalen Zähne, noch nicht die scharfen Eckzähne. Unter anderen Umständen hätte man es fast für eine Liebkosung halten können. Alain spürte, wie er sich gegen seinen Willen von diesem Wesen angezogen fühlte, das seinen Arm in der Hand hielt. Der Anblick des dunkelhaarigen Kopfes, der sich über Alains Arm beugte, war in seiner Einfachheit unglaublich erotisch. Dann bohrten sich die Zähne in Alains Haut und die Lust schoss wie ein Blitz durch seinen Körper. Es war noch nie seine Art gewesen, Lust und Schmerz zu vermischen, aber die Verbindung zwischen seinem Handgelenk und den Zähnen und Lippen des Vampirs übte trotz des anfänglichen Schmerzes eine starke sexuelle Wirkung aus. Alain durchfuhr ein Schauer und er kämpfte um seine Selbstbeherrschung.

Die Zähne des Vampirs hatten kaum die Haut des Magiers durchbohrt, als er die Verbindung spürte, die sich zwischen ihnen aufbaute. Es konnte es – bis zu einem gewissen Maß – bei jedem seiner Opfer fühlen, wenn er von ihnen trank. Aber so intensiv wie mit Alain war es noch nie gewesen. Der Vampir spürte, wie mit dem Blut die Magie des Mannes in seinen eigenen Körper eindrang und sich ausbreitete. Er widerstand der Versuchung, mehr von dem Blut zu trinken. Aber die wenigen Tropfen hatten ihn schon mehr gestärkt, als eine volle Mahlzeit von einem gewöhnlichen Menschen. Wie wäre es wohl, wenn er sich an dem Magier richtig satt trinken könnte? Der Vampir war ein impulsives Geschöpf und es nicht gewohnt, sich etwas vorzuenthalten. Aber der Magier war nicht so wie seine üblichen Opfer. Wenn er seinem Durst nachgab, würde der Magier ihn wahrscheinlich aufhalten, möglicherweise sogar verletzen. Und die Allianz, die er für Jean vorbereiten sollte, würde nie zustande kommen. Er zog seine Zähne aus Alains Handgelenk, leckte mit der Zunge über die Wunde, um die Blutung zu stillen und die letzten kostbaren Tropfen zu erhaschen. Dann hob er widerstrebend seinen Kopf.

Alain starrte ihm ins Gesicht. An den Zähnen des Vampirs hingen noch einige Blutstropfen und er hätte sich abgestoßen fühlen sollen. Aber stattdessen fand er den Anblick des Vampirs nur unerklärlich erotisch. Alains Puls schlug immer noch wild von der Intimität des Bisses, von der Zunge des Vampirs, die ihm zärtlich über die Wunde geleckt hatte. Er fragte sich, ob der Vampir fühlen konnte, wie wild Alains Herz pochte. Ihre Blicke trafen sich und für einen langen, angespannten Moment sahen sie sich tief in die Augen. Blau traf auf braun und Alain war sich einen Augenblick lang nicht sicher, ob der Vampir vielleicht fliehen oder ihn wieder beißen wollte, ob er selbst vielleicht fliehen oder das Blut von den roten Lippen des Vampirs lecken wollte.

„In dir ist keine Lüge", sagte der Vampir schließlich. Seine Stimme klang bemüht neutral. „Ich werde Jean empfehlen, die Allianz mit euch zu schließen und auf eurer Seite zu kämpfen."

„Ich werde Marcel eure Bedingungen ausrichten. Ich verspreche, dass er sie einhalten wird."

Der Vampir nickte und drehte sich um. „Warte", rief Alain ihm nach. „Können wir uns morgen wieder treffen, damit ich dir Marcels Antwort überbringen kann?"

Der Vampir blieb mit dem Rücken zu Alain stehen und nickte zustimmend. Als er einen Schritt weiter gegangen war, hielt Alains Stimme ihn wieder zurück. „Sag mir deinen Namen. Nach dem, was wir eben geteilt haben, möchte ich deinen Namen wissen."

Der Vampir drehte sich immer noch nicht um. Er traute sich nicht. Aber seine weiche Stimme durchdrang die Dunkelheit. „Orlando."

3

DER KLANG seines Namens hing noch in der feuchten Nachtluft, als Orlando selbst schon gegangen war. Nur ein leises Rascheln im Laub begleitete sein Verschwinden. Alain starrte auf die Stelle, wo der Vampir eben noch gestanden hatte. Der Name hallte in seinem Kopf nach. Orlando. Orlando.

Alain fragte sich, woher Orlando wohl kam und wer seine Vorfahren waren. Welche Umstände hatten dazu geführt, dass er zum Vampir geworden war? Der Akzent ließ auf seine britische Herkunft schließen, aber alles andere blieb ein Rätsel.

Eine kühle Brise ließ die wenigen Blätter, die noch an den Bäumen hingen, erzittern. Das Rauschen und die Kälte jagten Alain einen Schauer über den Rücken und er sah sich um. Die Grabsteine aus Marmor, Sandstein, Metall und Mörtel warfen dunkle Schatten. Der Wind nahm zu, wirbelte das Laub um seine Füße auf und blies es über die Gräber. Alain zitterte wieder. Während seines Gesprächs mit Orlando hatte er das Wetter und die Umgebung kaum wahrgenommen. Er dachte über ihre Unterhaltung nach und suchte nach Hinweisen auf Verrat in den Worten und Taten des Vampirs. Aber er konnte keine finden. Nur Bitterkeit, Zynismus und auch Wut hatte er spüren können. Orlandos Wunsch nach einem normalen Leben war Alain sehr zu Herzen gegangen. Er hatte immer geglaubt, dass sein Herz vor zwei Jahren abgestorben wäre, aber der Schmerz und das Leid in Orlandos Worten waren zu tief empfunden, um Alain nicht zu berühren.

Das war auch der Grund, warum er den Vampiren seine Hilfe angeboten hatte. Er konnte sie nicht mehr zu dem machen, was sie einst gewesen waren. Er wusste nicht, ob es eine solche Magie überhaupt gab. Aber er konnte ihnen zumindest helfen, ein besseres Leben zu führen. Alain war sich ziemlich sicher, Marcel von der Rechtmäßigkeit ihres Anliegens überzeugen zu können. Und wenn Marcel einen Weg beschritt, würden andere ihm folgen. Marcel hatte schon vor dem Krieg und der Gründung der Milice großen Einfluss auf die Politik gehabt. Wenn es nach Alain ging, würde den Vampiren Gerechtigkeit widerfahren und Gleichbehandlung zuteilwerden.

Alains Gedanken verließen das Gespräch und er erinnerte sich daran, wie Orlando sich über seine Hand gebeugt hatte. Das Bild wollte ihm nicht aus dem Kopf gehen. Orlando hatte genau das getan, was er Alain versprochen hatte. Nach wenigen Tropfen hatte er aufgehört zu trinken. Das allein überzeugte Alain, dass Orlando recht gehabt hatte und wirklich in sein Herz sehen konnte. Das unglaubliche Gefühl, dass die Zähne des Vampirs an seinem Handgelenk ausgelöst hatten, kam zurück und löste eine ganz andere Art von Schauer in ihm aus. Jetzt, wo Orlandos Anwesenheit ihn nicht mehr ablenkte, konnte Alain kaum glauben, was er selbst getan und dem Vampir erlaubt hatte. Aber seine Reaktion auf den Biss – und er benutzte dieses Wort wissentlich – zwang ihn zu dem Eingeständnis, dass er es genossen hatte, dass es ihn sogar auf eine Weise erregt hatte, wie es ihm in der Vergangenheit noch nie passiert war.

Als er ein Geräusch hinter sich hörte, drehte er sich um und hob die Hände, um sofort mit einer passenden Beschwörung reagieren zu können. Vor ihm stand Thierry mit dem Stab in der Hand. Alain ließ die Arme wieder sinken.

„Ist alles in Ordnung mit dir?", fragte Thierry.

„Ja", versicherte ihm Alain. „Er ist wieder gegangen. Du kannst den Stab wegstecken."

Thierry ließ ebenfalls den Arm sinken, steckte den Stab aber nicht weg. „Warum hast du dich dann nicht gemeldet?"

„Ich habe nachgedacht", erwiderte Alain bedächtig.

„Nachgedacht?", wiederholte Thierry ungläubig. „Komm jetzt, es ist kalt hier. Lass uns einen warmen Ort finden, dann kannst du mir erzählen, wie euer Treffen verlaufen ist."

Alain ging langsam zum Tor, immer noch leicht benommen von seinem Erlebnis mit Orlando, als Thierry ihn zurückhielt. „Hast du nicht etwas vergessen?", fragte Thierry und zeigte auf den Boden.

Dort lag immer noch Alains Stab, den er auf Orlandos Aufforderung hin fallen gelassen hatte. Alain hatte ihn, nach allem was geschehen war, ganz vergessen. Er ging zurück, hob ihn auf und steckte ihn in eine Manteltasche, die extra für diesen Zweck gedacht war. „Lass uns gehen", sagte er barsch. Er wollte nicht mehr an die beunruhigende Begegnung mit dem Vampir denken. Er wusste, dass er es Thierry früher oder später erklären musste. Auch Marcel musste informiert werden. Aber Alain hoffte, die mehr … privaten Details für sich behalten zu können.

Er folgte Thierry gedankenlos zu der U-Bahn-Haltestelle, von der ihre Bahn nach Hause abfuhr. Sie waren die beiden einzigen Passagiere, die so spät auf einen Zug warteten, und als er nach einigen Minuten einfuhr, waren sie auch die einzigen, die in dem Wagen saßen. „Was hat er gesagt?", wollte Thierry wissen, als sie Platz genommen hatten und der Zug wieder losfuhr.

„Er hat zugestimmt. Für einen Preis", erwiderte Alain.

„Für welchen Preis?", fragte Thierry misstrauisch.

„Dass wir Gesetze einbringen, um die Vampire vor Diskriminierungen zu schützen. Sie haben weniger Schutz als die nichtmagischen Menschen, wenn es um solche Dinge geht. Ich habe nie darüber nachgedacht, bevor Orlando es erwähnte. Aber er hat recht, es ist nicht fair."

„Orlando?", fragte Thierry scherzhaft.

Alain wurde etwas rot, obwohl er sich keine Reaktion anmerken lassen wollte. „So heißt er. Ich habe ihm gesagt, ich würde mit Marcel über seine Bedingungen reden."

Thierry sah ihn nachdenklich an. Dann zog er am Kragen von Alains Pulli. „Hat er dich gebissen?"

„Was?", fragte Alain irritiert und entzog sich Thierrys Griff.

„Du bist zu leicht zu überreden. Du hast dich doch nicht beißen lassen, oder?"

Alain hätte seinen besten Freund beinahe belogen. Er wollte lügen. Er wollte dieses kleine Detail für sich behalten, zwischen ihm und Orlando. Aber er wusste, dass Orlando Bellaiche davon erzählen würde, um den Chef de la Cour von Alains Aufrichtigkeit zu überzeugen. Außerdem hatte er Thierry noch nie belogen. Wortlos schob er den Ärmel seines Pullis nach oben und zeigte ihm das Handgelenk mit den beiden kleinen Bisswunden, wo Orlandos Zähne seine Haut durchbohrt hatten. Als er die Wunden sah, überkam ihn wieder eine Welle des Verlangens. Er unterdrückte es rücksichtslos. Es war nur eine Geste des guten Willens gewesen. Ende der Geschichte.

Als Thierry die Bisswunden sah, hallte seine laute Stimme durch das leere Abteil. „Du Narr! Was ist nur in dich gefahren, dass du dich hast beißen lassen? Warum hast du ihn nicht daran gehindert?"

„Ich habe es ihm angeboten", sagte Alain leise und bereitete sich auf das Verhör vor, das jetzt unweigerlich folgen würde.

„Was hast du?" Das war noch einige Stufen lauter und explosiver als Thierrys erster Protest. „Wie konntest du so dämlich …" Ihn verließen die Worte. „Du musst zu einem Arzt."

Alain seufzte. „Er hat nicht von mir getrunken. Er hat nur einige Tropfen genommen, um sicher zu sein, dass ich die Wahrheit gesagt habe."

„Das musst du mir erklären", verlangte Thierry. Er war überzeugt davon, dass sein Freund hinters Licht geführt worden war.

„Vampire können in den Herzen ihrer Opfer lesen. Ich habe ihn mein Blut schmecken lassen und so davon überzeugt, dass ich ihn nicht betrüge."

„Das hat er dir gesagt?", fragte Thierry.

Alain nickte.

„Und du hast es ihm geglaubt?" Alain konnte sehen, dass Thierry wieder wütend wurde.

„Es hat keine Minute gedauert, Thierry. Er hat nicht mehr genommen, als er mir versprochen hat. Er hat mich zu nichts gezwungen. Er hat sogar selbst vorgeschlagen, mich nur ins Handgelenk zu beißen, nicht in den Hals. Und als er fertig war, hat er mir zugesichert, mit Bellaiche über unser Angebot zu reden. Wir wissen so wenig über sie. Das meiste sind Vorurteile und Altweibergeschwätz. Wenn wir sie als Verbündete wollen, müssen wir endlich mehr über sie erfahren. Keine Legenden und schlechten Filme, sondern die Wahrheit. Es ist zumindest eine gute Strategie." Alain hoffte, dass wenigstens dieses Argument zu Thierry durchdrang und ihn überzeugte. Thierry war ein Hitzkopf und manchmal sehr impulsiv, aber er war auch ein gewiefter Stratege.

13

„Na gut", stimmte Thierry zu. „Wir werden sehen, was wir in Erfahrung bringen können. Marcel kann eine neue Botschaft schicken, wenn wir soweit sind. Dann können wir uns wieder mit ihnen treffen und über unsere Pläne reden."

„Das wird nicht nötig sein", meinte Alain und stellte sich auf einen neuen Wutausbruch ein. „Ich habe mich für morgen Abend mit Orlando verabredet, um ihm zu berichten, was Marcel von ihren Bedingungen hält. Und nein, du wirst mich auch morgen nicht begleiten. Er hat mir heute nichts getan, obwohl er die Möglichkeit dazu gehabt hätte. Er wird mir auch morgen nichts tun."

Thierry konnte sich nicht vorstellen, was der Vampir gesagt oder getan hatte, um Alain von seiner Harmlosigkeit zu überzeugen. Thierrys Erfahrung nach gab es so etwas wie Harmlosigkeit nicht. Er konnte nichts tun, um Alains Einstellung zu ändern, aber er selbst würde den Vampiren nicht so leicht vertrauen. Nicht ohne weitere Beweise. Er musste dafür sorgen, dass Alain keine Dummheiten machte oder sich in Gefahr begab. Thierry wollte diesen Krieg nicht führen, ohne seinen besten Freund an der Seite zu haben.

„T'es imbécile, Alain. Das ist dir doch klar, oder?", sagte Thierry liebevoll, als sie die U-Bahn verließen.

„Du sagst es mir oft genug", erwiderte Alain lachend. „Ich kann das nicht allein durchziehen, Thierry. Ich bitte dich nicht, ihnen zu vertrauen. Aber ich bitte dich, mir zu vertrauen. Hilf mir dabei, damit wir eine Chance haben."

Oh verdammt! dachte Thierry. Wenn Alain sich etwas so von Herzen wünschte, konnte er ihm nichts abschlagen. Das war schon vor dreißig Jahren so gewesen, als sie sich kennengelernt hatten. Und es hatte Thierry immer wieder Ärger und Probleme eingebracht. „Na gut", stimmte er widerstrebend zu. „Aber nur, weil du mich so nett bittest."

Alain kicherte vor sich hin und legte seinem besten Freund den Arm um die Schultern. Auf Thierry konnte er sich immer verlassen.

4

ORLANDO STAND in den Schatten eines mächtigen Grabmals verborgen und beobachtete Alain. Ein Friedhof mitten in der Nacht ist kein Ort, an dem man sich wohlfühlt; deshalb hatte er erwartet, dass der Magier ihn sofort wieder verlassen würde. Aber stattdessen war Alain nachdenklich stehen geblieben und wirkte sogar etwas fassungslos. Orlando konnte es ihm gut nachempfinden. Es ging ihm genauso. In seinen mehr als zweihundert Jahren als Vampir hatte er noch nie etwas erlebt, das auch nur annähernd an die Gefühle herankam, die ihn beim Geschmack von Alains Blut überkommen hatten. Seit sein Schöpfer ihn vor vielen Jahren umgewandelt hatte, war es ein selbstverständlicher Teil seiner Existenz geworden, sich von der Lebenskraft anderer Menschen zu ernähren. Aber trotz allem, was er zu Alain gesagt hatte, war es nur ein funktionaler, unvermeidbarer Teil seines Lebens. Orlando trank Blut, weil er nicht anders konnte, nicht, weil er dabei ein besonderes Vergnügen empfand. Bis jetzt. Selbst die wenigen Tropfen, die er von Alains Blut geschmeckt hatte, waren ein beglückendes Erlebnis gewesen. Nur ein kleiner Schluck, nicht mehr. Man konnte es kaum als Imbiss bezeichnen. Jean hatte oft gesagt, dass es für beide Seiten ein Vergnügen sein sollte, wenn ein Vampir von seinem Opfer trank. Wie Sex, nur viel besser, hatte der alte Vampir gesagt. Orlando hatte seinen Worten nie Glauben geschenkt. Er hatte es sich einfach nicht vorstellen können, dass ein solcher Genuss, eine solche Freude, überhaupt existieren könnte. Bis heute.

Orlando sah, wie ein zweiter Magier den Friedhof betrat. Er kniff die Augen zusammen. Alain war also doch nicht ganz allein gewesen. Orlando machte ihm daraus keinen Vorwurf. Zumindest auf den Friedhof war Alain allein gekommen. Orlando beobachtete die beiden Magier und fragte sich, in welcher Beziehung sie wohl zueinander standen. Sie sprachen so vertraut miteinander, dass er von einer unerklärlichen Eifersucht erfasst wurde. Seine Vampirzähne kamen zum Vorschein und er wollte den anderen Magier anfauchen, wollte ihm die Bisswunden an Alains Handgelenk zeigen, damit er verstand, dass Alain zu Orlando gehörte. Er beneidete den Mann um seinen vertrauten Umgang mit Alain, zwang sich aber, in den Schatten zu bleiben. *Du bist ein Vampir*, rief er sich ins Gedächtnis. *Niemand will dich.*

Nachdem die beiden Magier gegangen waren, verließ auch Orlando den Friedhof und kehrte zu Jeans Wohnung zurück, wo der Chef de la Cour auf seinen Bericht wartete. Auf dem Weg dachte er über die Wirkung von Alains Blut nach. Orlando hatte an diesem Tag noch nichts getrunken. Aber gestern hatte er so viel getrunken, dass er eigentlich noch für einen weiteren Tag gesättigt sein sollte. Trotzdem fühlte er auf dem Weg zu Jean Hunger in sich aufsteigen. Es war kein normaler Hunger. Die Passanten auf der Straße waren keine Versuchung für ihn. Es war ein spezieller Hunger. Ein Hunger auf einen blonden Magier, der nicht angeekelt vor ihm zurückgewichen war. Der sich Orlandos sehnlichste Wünsche angehört hatte, ohne sich darüber lustig zu machen. Der versprochen hatte, für die Anliegen der Vampire seine Stimme zu erheben. Der Orlando sein Blut angeboten hatte, um seine Aufrichtigkeit unter Beweis zu stellen. Orlando hungerte nach Alain.

Er nahm sich vor, Jean zu fragen, was es mit dem Blut der Magier auf sich hatte. Aber erst mussten sie über das Ergebnis des Treffens reden.

Jean erwartete ihn an der Wohnungstür. „Alors?", fragte er mit besorgter Stimme. Orlando stand seine innere Aufgewühltheit ins Gesicht geschrieben. Jean wollte diese Allianz mit den Magiern, weil sie seinen Leuten nur Vorteile bringen konnte. Aber Orlando war ihm wichtiger. Seit Jean ihn aus der Hölle gerettet hatte, war der junge Vampir wie ein Bruder für ihn geworden.

„À mon avis?", erwiderte Orlando. „Gehe die Allianz ein."

„Einfach so", bemerkte Jean und stellte seine persönliche Betroffenheit für den Moment zurück. Er würde von Orlando noch früh genug die Wahrheit erfahren. „Und warum?"

„Er hat unsere Bedingungen ohne Diskussion akzeptiert. Sein einziger Einwand war, dass die Gesetze nur durch Parlamentsbeschluss geändert werden können. Aber das wussten wir bereits", erwiderte Orlando. „Wir wollten nur den Fuß in die Tür stellen. Er ist bereit, uns dabei zu helfen. Und wenn er recht hat, und die Klimawechsel und Naturkatastrophen auf das magische Ungleichgewicht zurückzuführen sind, dann schadet uns Untätigkeit mehr als die Gefahr durch eine offene Konfrontation mit Serrier."

„Und du glaubst ihm?"

„Ja", sagte Orlando nachdrücklich. „Er hat mich sein Blut schmecken lassen. Er ist ein Magier der Miliz und sein Wort ist seine Verpflichtung. Er ist fest davon überzeugt, dass die Ereignisse seine Interpretation der Lage bestätigen."

„Wie viel hast du getrunken?" Jean legte die Hände um Orlandos Gesicht und studierte die Farbe seiner Haut.

„Einige kleine Tropfen. Warum?" Orlando entzog sich Jeans Griff und sah ihn fragend an.

„Das Blut der Magier ist Gift für uns", erklärte Jean.

„Gift?", fragte Orlando überrascht. „Wie Gift hat es sich ganz sicher nicht angefühlt. Im Gegenteil, es ist wesentlicher erfüllender als normales Blut."

Jean schwieg einen Moment. „Erfüllender? Was genau meinst du damit?", wollte er dann wissen.

„Die wenigen Tropfen haben mich mehr gesättigt, als wenn ich einen normalen Menschen komplett leer getrunken hätte. Ich konnte ihn im ganzen Körper spüren und seine Magie ist durch meine Adern geflossen. Das Gefühl hat jetzt wieder nachgelassen, aber so lange es angedauert hat, habe ich mich stärker gefühlt als jemals zuvor."

Auch diese Nachricht schien für Jean vollkommen neu zu sein. „Wir müssen die Wahrheit über die Magier erfahren. Deine Erfahrung widerspricht allem, was ich bisher zu wissen glaubte. Komm jetzt, wir haben noch viel Arbeit vor uns, bevor wir den Vertrag unter Dach und Fach bringen können."

„Wir haben nur einen Tag Zeit", warnte Orlando. „Ich habe für morgen um Mitternacht ein neues Treffen mit ihm verabredet."

„Was hast du?", rief Jean.

„Er ist allein gekommen, hat freiwillig seinen Stab aufgegeben und mich von seinem Blut trinken lassen. Selbst wenn Chavinier unsere Bedingungen ablehnt, wird Alain sich nicht anders verhalten. Mir droht keine Gefahr durch ihn."

„Na gut", meinte Jean, nahm sich aber vor, Orlando in der nächsten Nacht im Auge zu behalten. Er konnte sich nicht erklären, warum Orlando dem Magier so sehr vertraute, auch wenn er dessen Blut getrunken hatte. Er hatte Orlando zu dem Treffen geschickt, weil der einer der misstrauischsten Vampire war, die Jean kannte. Er selbst war der einzige, dem Orlando wirklich vertraute. Vielleicht hatten die Magier ja eine Möglichkeit gefunden, um den Geschmackssinn der Vampire zu manipulieren. „Lass uns jetzt an die Arbeit gehen. Wir müssen noch einiges in Erfahrung bringen. Ich will vor allem wissen, welche anderen Wirkungen sein Blut noch auf dich haben kann."

Orlando stimmte ihm zu und folgte ihm in die Bibliothek.

AM ANDEREN Ende von Paris wälzte Alain sich unruhig in seinem einsamen Bett hin und her. Er war sofort eingeschlafen, als er sich hingelegt hatte, aber sein Schlaf war alles andere als erholsam. Er wurde von lebhaften Träumen heimgesucht. Erst sah er Orlando vor sich, der sich über sein Handgelenk beugte und sein Blut trank. Dann änderten sich die Traumbilder. Aus der Erinnerung wurde Fantasie. Es waren schweißtreibende, erotische Fantasien, die auf Alain einstürmten. Fantasien von Vampirzähnen, nackten Körpern und Blut, das zwischen ihnen ausgetauscht wurde. Fantasien von Haar, so braun wie Schokolade, und von dunklen Augen, die Alain voller Verlangen ansahen.

In seinem Traum hielt Alain Orlando nicht nach den ersten Schlucken zurück. Er bot dem Vampir sein Blut an wie ein Festmahl, bis Orlando vor Stärke und Macht am ganzen Körper glänzte. Es hätte Alain eigentlich auslaugen sollen, Orlando so viel Blut zu geben. Aber stattdessen fühlte er sich erfrischt und neu belebt, als hätte dieser Akt des Teilens seine eigene Macht wachsen lassen. Als Orlando den Kopf hob, glänzten seine Eckzähne blutig, so wie auf dem Friedhof. Aber dieses Mal zog Alain sich nicht zurück, sondern er ging auf Orlando zu und legte ihm den Mund auf die Lippen, um sein eigenes Blut dort zu schmecken. Orlandos scharfe Zähne fuhren Alain über die Zunge und erinnerten ihn daran, dass dies kein normaler Kuss mit einem normalen Mann war, aber er ließ sich dadurch nicht abschrecken. Er wollte Orlando noch näher sein, fühlte sich zu ihm hingezogen wie eine Motte zum Licht. Er wusste genau, welches Schicksal der Motte bevorstand, aber das konnte ihn nicht zurückhalten. Die Versuchung war zu groß. Alain hob die Hand und fuhr Orlando über die seidigen Haare und die zarte Haut, die kühl war wie Marmor, sich aber mehr und mehr erwärmte, als Alains Blut durch Orlandos Adern floss und ihm neues Leben und neue Wärme spendete. Orlando beendete ihren Kuss und drückte den Mund an Alains Hals.

Alain wachte schlagartig auf. Seine Hände zitterten noch von dem Traum. Es wunderte ihn nicht, dass er Orlando begehrte. Er hatte sich schon vor Jahren, noch vor seiner Heirat mit Edwige und der Geburt ihres Sohnes Henri, mit seiner Bisexualität abgefunden. Was ihn aber beunruhigte, war die Tatsache, dass ihn Orlandos Natur offensichtlich nicht im Geringsten störte oder gar abstieß. Das derzeitige Objekt seiner Begierde war ein Vampir, ein Geschöpf der Nacht, das vom Blut anderer Menschen lebte. Alain war sich sicher, dass ihn dieser Gedanke beunruhigen sollte. Er machte sich keine Illusionen. Das Blut, das Orlando zum Überleben brauchte, wurde von seinen Opfern genauso freiwillig gegeben, wie Alain selbst sich in dieser Nacht angeboten hatte. Orlando hatte es frei zugegeben, dass er seine Opfer als Beute betrachtete, der er das Leben schenken konnte. Oder auch nicht. Alain wusste es, und eigentlich sollte er soviel Abstand wie möglich zwischen sich und diesen dunkelhaarigen Vampir bringen. Es sollte ihm den Magen umdrehen vor Ekel, wie Orlando sich ernährte und wie er selbst sich dem Vampir angeboten hatte. Aber als er mit den Fingern über die Bisswunden an seinem Handgelenk fuhr, wusste er genau, dass er es das nächste Mal wieder tun würde. Wenn Orlando ihn darum bat, würde er sich ihm wieder genauso bereitwillig zur Verfügung stellen, wie er es das erste Mal getan hatte. Die enge Verbindung, die er zwischen sich und Orlando gespürt hatte, war zu unwiderstehlich. Sie hatte Alain genauso in ihren Bann geschlagen, wie Orlandos Worte über sich und seine Natur.

Bei dieser Erkenntnis überlief ihn ein Schauer. Sie offenbarte ihm eine Seite seiner Persönlichkeit, die ihm vollkommen neu war. Wenn man von seiner Bisexualität absah, hatte Alain bisher immer einen sehr normalen Geschmack gehabt. Einfacher, unkomplizierter Sex hatte immer ausgereicht, um seine Bedürfnisse zu befriedigen. An Orlando war nichts einfach und unkompliziert, schon deshalb nicht, weil immer Blut im Spiel war. Alains Blut. Er hatte immer noch Probleme, diese Erkenntnis zu verarbeiten. Könnte er sich wirklich damit abfinden, Orlando sein Handgelenk, vielleicht sogar seinen Hals oder mehr anzubieten, um ihn zu ernähren? Dachte er wirklich ernsthaft darüber nach, das nicht nur einmal, sondern sogar regelmäßig zu tun? Orlando hatte angedeutet, dass er Sex benutzte, um seine Opfer gefügig zu machen. Die körperliche Nähe erleichterte es ihm, seine Zähne in ihren Hals zu schlagen, teilweise, ohne dass seine Opfer es bemerkten oder sich später daran erinnerten. Alain hatte seine Liebhaber noch nie mit anderen geteilt. Wenn er das auch von Orlando verlangte, müsste er im Gegenzug dazu bereit sein, sein eigenes Blut zu opfern, damit Orlando immer genug zu trinken hatte.

„Du hast den Verstand verloren", murmelte er vor sich hin. „Wie kommst du auf den Gedanken, dass er das überhaupt will?" Er konnte zwar seine eigene Reaktion auf den Biss des Vampirs nicht leugnen, aber er hatte keinerlei Hinweise darauf, dass Orlando dabei mehr empfunden hatte, als bei jedem anderen seiner Opfer auch. War Orlando überhaupt an Männern interessiert? Alain hatte ihm auf dem Friedhof die perfekte Möglichkeit geboten, aber Orlando hatte sie nicht wahrgenommen. Hieß das, dass er nur an Frauen interessiert war? Oder war es nur Alain, der ihm gleichgültig war?

Er konnte keine Antworten auf seine Fragen finden, aber sie ließen ihn nicht mehr zur Ruhe kommen. Er stand auf und schleppte sich unter die Dusche, in der Hoffnung, dass sich die Spinnweben, die sein Gehirn vernebelten, unter dem heißen Wasser auflösten. Vielleicht konnte er dann wieder klar denken und seinen Bericht für Marcel schreiben.

Eine Stunde später war er angezogen und hatte seinen Verstand wieder einigermaßen beisammen. Er verließ die Wohnung und machte sich auf den Weg zu Marcel. Als er dort ankam, saß Marcel gerade beim Frühstück.

„Ich habe dich erst später im Hauptquartier der Milice erwartet", meinte der ältere Mann.

17

„Ich konnte nicht schlafen", erwiderte Alain. „Ich dachte mir, so können wir früher anfangen, uns eine Strategie zurechtzulegen."

„Brauchen wir denn eine Strategie?", fragte Marcel trocken.

„Die Vampire sind bereit, eine Allianz zu schließen. Ihre einzige Bedingung ist, dass wir ihnen helfen, fair und gerecht behandelt zu werden. Ich habe mir nie Gedanken über ihre Lebensbedingungen gemacht, Marcel. Aber sie haben keinerlei gesetzlichen Schutz, wenn jemand sie nur deshalb verjagen will, weil sie Vampire sind. Nichtmagische werden vor Diskriminierung geschützt, aber wir lassen zu, dass Vampire wie Freiwild behandelt werden. Das ist nicht fair."

„Das sind also ihre Bedingungen?", fragte Marcel.

„Es ist wenig genug, wenn sie uns dafür helfen, diesen Krieg zu gewinnen. Nur einige Gesetze, die sie schützen und ihnen die gleiche Würde geben wie anderen Menschen auch."

„Ich dachte immer, das wäre selbstverständlich", meinte Marcel. „Aber vielleicht trägt ihre Unterstützung in diesem Krieg dazu bei, dass es endlich auch Realität wird."

„Dann hältst du sie also nicht für böse?", fragte Alain.

„Ich bin mir sicher, dass es schlechte Vampire gibt, so wie es auch schlechte Magier gibt", erklärte Marcel. „Sie waren in ihrem früheren Leben ganz normale Männer und Frauen mit ihren individuellen Persönlichkeiten. Ich glaube nicht, dass sich ihr Charakter durch die Umwandlung in Vampire geändert hat. Nur ihre Lebensweise hat sich geändert. Aber du hast einen Grund für deine Frage." Das war eine Feststellung. Alains Fragen waren offensichtlich zu spezifisch gewesen. Es musste einen Grund dafür geben, dass er so früh hier aufgetaucht und sie gestellt hatte. Schon als Kind war er oft zu Marcel nach Hause gekommen, wenn ihm etwas auf dem Herzen gelegen hatte.

Alain wusste nicht, ob es klug war oder nicht, aber er schob den Ärmel hoch und zeigte Marcel die Bisswunden. „Der Vampir, mit dem ich gesprochen habe, meinte, er könnte am Geschmack meines Blutes erkennen, ob ich die Wahrheit gesagt habe. Er hat nur einige Tropfen getrunken, aber Thierry glaubt, dass er mich durch seinen Biss manipulieren könnte."

Marcel sah einige Minuten nachdenklich vor sich hin, bevor er Alain eine Antwort gab. „Das weiß ich nicht. Ich höre seit vielen Jahren alle möglichen Geschichten über die Vampire. Aber es sind nur Geschichten, nicht mehr. Ich habe nie einen Beweis für diese Behauptung bekommen. Ich denke, wir sollten unsere neuen Verbündeten nach der Wahrheit fragen."

Alain überlegte, was er Marcel noch berichten sollte. Sollte er ihm von seinen Träumen erzählen? Ihn vielleicht um Rat fragen? Bevor er zu einer Entscheidung gekommen war, legte ihm Marcel die Hand auf die Schulter. „Du bist sehr nachdenklich, mein Freund. Sag mir, was dich bedrückt."

„Ich muss ständig an ihn denken", antwortete Alain. Seine Worte richteten sich an den Freund und Lehrer, nicht an den General.

„Ihn?"

„Orlando. Den Vampir. Ich habe heute Nacht von ihm geträumt. Diese Gefühle sind neu für mich."

„Und du fragst dich, ob es daran liegt, dass er ein Vampir ist", meinte Marcel. „Das mag sein. Aber es ist mit Sicherheit keine spezielle Magie, die Vampire besitzen. Eher ist es die Faszination des Unbekannten. Wenn die Vampire durch den Austausch von Blut Menschen beeinflussen könnten – meinst du wirklich, dass sie sich dann so lange mit ihrer gegenwärtigen Situation abgefunden hätten?"

Alain musste zugeben, dass Marcels Argument logisch war.

„Ich zweifle nicht daran, dass Orlando eine faszinierende Persönlichkeit ist. Das trifft auf die meisten Vampire zu. Und ja, ich habe in meiner Jugend auch einige von ihnen kennengelernt. Aber er hat nicht die Macht, deinen Verstand oder dein Herz zu kontrollieren. Dabei ist er ganz auf seinen persönlichen Charme angewiesen", versicherte ihm Marcel. „Nachdem ich deine Befürchtungen zerstreut habe, wäre es schön, wenn wir uns jetzt der anderen Angelegenheit widmen könnten. Wir müssen entscheiden, wann und wo das nächste Treffen stattfinden soll und was wir mit den Vampiren noch besprechen müssen."

„Ich sage ihnen alles, was du willst, aber du musst dich bis heute Abend entscheiden. Orlando hat zugestimmt, mich um Mitternacht wieder zu treffen, um die Allianz zu besiegeln", erwiderte Alain.

Marcel zog überrascht eine Augenbraue hoch, fing sich aber schnell wieder. „Dann sollten wir jetzt schnell entscheiden, was wir von unseren neuen Bündnispartnern erwarten."

ORLANDO UND Jean verbrachten den Tag damit, in der Bibliothek Informationen zu sammeln. Die geschlossenen Fensterläden und schweren Vorhänge hielten das tödliche Sonnenlicht fern. Als die Sonne unterging, stellten sie die Bücher in die Regale zurück. „Hast du etwas gefunden?", fragte Orlando.

„Nur Legenden und Altweibergeschwätz", antwortete Jean frustriert.

„Bei mir auch", meinte Orlando. „Wo können wir jetzt noch suchen?"

„Es gibt jemanden, denn wir fragen können. Ich bin Chef de la Cour geworden, weil der einzige ältere Vampir sich dazu entschieden hat, sich aus der Gesellschaft zurückzuziehen. Aber wenn jemand mehr weiß, dann ist es Lombard. Wir können ihn besuchen und hoffen, dass er uns empfängt", sagte Jean.

„Christophe Lombard?", fragte Orlando. „Ich wusste nicht, dass er noch am Leben ist. Es heißt …"

„Es wird viel geredet. Für einen Vampir bist du noch sehr jung, Orlando. Lombard war schon ein alter Mann, als er umgewandelt wurde. Er lebt schon seit einigen tausend Jahren als Vampir. Jetzt verlässt er sein Haus nur noch, um zu trinken, und auch das nur, wenn es unbedingt nötig ist. Nach meiner letzten Information hat er eine vertrauensvolle Dienerin gefunden, die ihm sogar das Jagen abnimmt. Wir werden sehen, ob er mit uns reden will und was er uns sagen kann. Wenn wir Pech haben, müssen wir experimentieren und unsere eigenen Erfahrungen sammeln", erklärte Jean.

Orlando nickte. Es machte ihn mehr als nervös, einem so alten Vampir zu begegnen. An Jean hatte er sich gewöhnt und dachte nicht mehr über das hohe Alter seines Freundes nach, aber Lombard war mindestens doppelt so alt. Aber da Jean es für die einzige Möglichkeit zu halten schien, an neue Informationen zu gelangen, würde Orlando ihn begleiten. Er konnte nur hoffen, dass Lombard ihm seine Nervosität nicht anmerkte.

Sobald es vollständig dunkel war, verließen die beiden Vampire Jeans Wohnung und machten sich auf den Weg. Sie hatten fünf Stunden Zeit, bevor Orlando sich wieder mit Alain treffen wollte. Fünf Stunden, um den altehrwürdigsten Vampir der Stadt in seinem Versteck aufzusuchen und ihm Informationen zu entlocken.

Sie klopften an die Tür seiner Zuflucht und wurden von einer Vampirin begrüßt, die Orlando noch nie gesehen hatte. Jean begrüßte die Frau mit ihrem Namen. „Wie geht es dir, Mireille?", fragte er, als sie die beiden Besucher ins Haus bat.

„Recht gut. Aber Monsieur ist in letzter Zeit ziemlich … mürrisch. Vielleicht kannst du ihn etwas aufheitern?", erwiderte Mireille.

„Wir werden uns alle Mühe geben", versprach Jean und betrat das Zimmer, zu dem Mireille sie geführt hatte. Orlando folgte ihm. Das Zimmer war so gut wie leer. Ein viktorianisches Sofa aus blauem Brokat und einige Stühle im gleichen Stil waren die einzigen Möbelstücke. Im Kamin brannte ein Feuer. Jean nahm auf einem der Stühle Platz und forderte Orlando auf, sich ebenfalls hinzusetzen. „Jetzt können wir nur noch abwarten", sagte Jean zu Orlando, der sich vorsichtig auf dem zerbrechlich wirkenden Stuhl niedergelassen hatte. „Wenn – und falls! – es ihm genehm ist, wird er uns Gesellschaft leisten."

„Ich hoffe nur, dass wir nicht allzu lange warten müssen", meinte Orlando. „Ich muss meine Verabredung einhalten und will mich nicht verspäten."

„Welche Verabredung kann so wichtig sein, dass du sie meiner Gesellschaft vorziehst?", tönte eine tiefe Stimme aus der Dunkelheit.

Jean sprang auf wie ein junger Soldat, der von seinem Vorgesetzten bei einem Nickerchen erwischt worden war. Orlando erhob sich etwas bedächtiger.

„Was gehen dich meine Verabredungen an?", fragte er herausfordernd und mit instinktivem Wagemut. Jean zischte ihm etwas zu, aber Orlando ließ sich nicht einschüchtern.

„Du hast Temperament, mein Kleiner", sagte Lombard, als er aus den Schatten trat. Orlando erkannte sofort, warum Jean mit so viel Respekt über den alten Vampir gesprochen hatte. Lombard überragte sie beide. Er war mindestens zwei Meter groß und eine ehrfurchtgebietende Erscheinung. Orlando schoss durch den Kopf, dass Lombard zu seiner Zeit ein wahrer Riese gewesen sein musste. Es dauerte einen kurzen Augenblick, bis er realisiert hatte, dass sich niemand diesem Mann entgegenstellte.

„Ich bitte um Verzeihung, Ältester", sagte Orlando. „Ich habe überhastet gesprochen."

„Gib deinen Widerstand nicht zu schnell auf", erwiderte Lombard. „Es ist schon etliche Jahre her, seit jemand den Mut hatte, mir zu widersprechen. Es ist ermüdend und langweilig, von allen gefürchtet zu werden. Nun, Jean, was bringt dich zu mir?", wollte er wissen. „Und mit diesem Kind im Schlepptau?"

„Wir haben den ganzen Tag nach Informationen gesucht, um mehr über die Wirkung von Magierblut auf Vampire zu erfahren. Alles, was wir gefunden haben, sind alte Geschichten, in denen steht, das Blut würde uns verbrennen oder vergiften. Diese Märchen entbehren jeder Grundlage. Aber wir müssen die Wahrheit wissen", erklärte Jean.

„Die Wahrheit über das Blut der Magier", wiederholte Lombard mit ernster Stimme. „Ich habe die gleichen Geschichten gelesen wie du. Ich habe sie in meiner Bibliothek gefunden. Aber ich habe noch nie einen Vampir getroffen, der das Blut eines Magiers getrunken hätte. In den Geschichten steht, es sei giftig und würde uns von innen heraus verbrennen, wenn wir es trinken. Wenn wir es berühren, verbrennt es uns angeblich von außen. Die Geschichten sagen auch, dass es uns den freien Willen raubt und uns ihrer Macht unterwirft. Aber ich kenne eine Geschichte, die dir wahrscheinlich unbekannt ist, weil sie niemals niedergeschrieben wurde. Ich war damals noch ein sehr junger Vampir, der hart damit zu kämpfen hatte, seine neue Natur zu verstehen. Deshalb habe ich die folgenden Ereignisse möglicherweise nicht richtig verstanden. Mein Schöpfer brachte mich damals auf einen Friedhof. Neben einem Grabstein lag ein kleines Häuflein Asche. Er deutete auf die Asche und sagte mir, das würde aus einem Vampir werden, der zu viel von einem Magier getrunken hat. Ich fragte ihn, wie er das meinte. Er antwortete mir nur, der Vampir habe vergessen, dass er nicht allein unter der Sonne wandeln könnte. Damals dachte ich, das Blut hätte den Vampir vernichtet, hätte ihn von innen heraus verbrannt oder um den Verstand gebracht, sodass er sich der Gefahr nicht mehr bewusst war. Aber ich habe mich seitdem oft gewundert, was der Vampir am Grab seines Opfers wollte oder warum er immer weiter von ihm getrunken hat, wenn das Blut ihn doch zerstörte. Und ich habe mich gefragt, wieso ein so mächtiger Magier es einem Vampir erlaubt hat, ihn bis auf den letzten Blutstropfen auszusaugen."

Orlando wollte nach dem Namen des Magiers fragen, weil es ihm wichtig vorkam. Aber er schwieg und überließ es Jean, mehr von Lombard zu erfahren. „Wie hast du es dir erklärt?"

„Wie du dir denken kannst, habe ich nur Vermutungen. Aber ich habe mich oft gefragt, ob ich wirklich die ganze Geschichte erfahren habe. Vielleicht hat der Vampir den Magier gar nicht ausgesaugt, sondern am Grab seines Geliebten gestanden. Vielleicht hat ihn die Trauer überwältigt, sodass er nicht mehr allein weiter existieren wollte und deshalb in die Sonne getreten ist."

„Was hat dein Schöpfer dann mit der Bemerkung gemeint, dass der Vampir nicht allein unter der Sonne wandeln konnte?", wollte Orlando wissen. „Wie hätte er unter der Sonne wandeln können, selbst wenn der Magier bei ihm war?"

„Das kann ich dir nicht sagen", antwortete Lombard. „Die einzige Möglichkeit ist, dass das Blut des Magiers seine Magie auf den Vampir übertragen hat, wo sie für einige Zeit wirksam war."

„Orlando?", hakte Jean nach.

„Ich habe seine Magie gespürt, als ich sein Blut getrunken habe", erwiderte Orlando. „Ich habe gespürt, dass es weiße Magie war, und dieses Gefühl hat einige Zeit angehalten. Aber es waren nicht mehr als zehn Minuten."

„Wie viel Blut hast du getrunken?", fragte Lombard.

„Nur einige Tropfen", antwortete Orlando.

„Und doch hast du es zehn Minuten lang gespürt. Wie viel länger hätte es wohl gewirkt, wenn du mehr getrunken hättest?", überlegte Lombard.

„Lange genug, um einen Sonnenaufgang zu sehen und zu überleben?" Jean war skeptisch. „Ich kann mir nicht vorstellen, dass wir nichts davon wüssten, wenn es möglich wäre."

„Wenn der Vampir nach dem Tod des Magiers mit seinem eigenen Ende bezahlt, kann ich mir durchaus vorstellen, dass dieses Wissen unterdrückt worden ist, um unsere Art nicht zu gefährden. Ich weiß nicht, ob das stimmt. Aber es wäre eine logische Erklärung für das, was ich gesehen und gehört habe", meinte Lombard. „Du hast nur einen kleinen Vorgeschmack gehabt", fügte er, an Orlando gewandt, hinzu. „Was würdest du geben, um mehr zu probieren, mein Kleiner?"

„Nahezu alles", gab Orlando zu. Seine Antwort brachte ihm einen erstaunten Blick von Jean ein.

„Nach nur einem Schluck?", rief Jean ungläubig. Er hatte sich so sehr auf die mögliche körperliche Gefahr konzentriert, die das Blut für Orlando haben könnte, dass er ganz vergessen hatte, welche Wirkung das Erlebnis auf die Gefühle seines Freundes gehabt hatte.

Orlando nickte. „Nach unserem Treffen ist ein Freund des Magiers auf den Friedhof gekommen. Ich habe mich hinter einem Grabstein versteckt, um sie ungesehen zu beobachten. Sie haben sich nicht berührt, aber sie waren so vertraut miteinander, dass ich den Mann am liebsten in Stücke gerissen hätte. Ich wollte ihm zeigen, wo ich Alain gebissen habe, um meinen Anspruch auf ihn zu demonstrieren. Ich würde Alain nie dazu zwingen, mich von ihm trinken zu lassen. Aber ich würde alles tun, damit er es mir erlaubt."

„Siehst du", sagte Lombard zu Jean. „Deshalb wurde es wahrscheinlich für gefährlich gehalten. Und jetzt will ich wissen, wieso ein Vampir von einem so köstlichen schmeckenden Sterblichen nur wenige Tropfen getrunken hat."

Jean berichtete Lombard von Chaviniers Botschaft und der Allianz mit den Magiern.

„Dann mischen wir uns also wieder in die Geschäfte der Sterblichen ein", sagte Lombard leise.

„Wieder?", fragte Orlando.

„Es gab einmal einen Magier, der uns in einer ähnlichen Situation um Hilfe gebeten hat. Wir haben sie ihm gewährt und mussten große Verluste hinnehmen. Aber damals haben wir nicht versucht, ihr Blut zu trinken. Vielleicht kann es uns einen gewissen Schutz geben. Vielleicht haben die Magier auch genauso viel über uns vergessen, wie wir über sie", antwortete Lombard. „Ich werde langsam müde. Ich möchte jetzt allein sein." Mit diesen Worten stand er auf und verschwand wieder in den Schatten.

„Sag mir noch eines, bevor du gehst", rief Orlando ihm nach. Er musste den Namen des Magiers erfahren und wollte seine Chance dazu nicht verstreichen lassen.

„Ja?", kam Lombards Stimme aus der Dunkelheit.

„Wer war der Magier?"

„Merlin."

Damit verschwand Lombard endgültig wieder in den Schatten, aus denen er gekommen war. Orlando und Jean waren entlassen und verabschiedeten sich. Nicht weit von ihnen kündeten die Glocken von Notre-Dame die zehnte Stunde.

Jean spürte Orlandos Ungeduld, Alain wiederzusehen, aber die Zeit ließ sich nicht beschleunigen. „Du solltest dir jemanden suchen und trinken", riet er seinem Freund. „Geh nicht hungrig zu eurem Treffen. Du kannst die Versuchung nicht gebrauchen."

Orlando gab ihm keine Antwort. So richtig der Ratschlag auch war, er wusste genau, dass er ihn nicht befolgen würde. Ihn interessierte nur noch ein Geschmack, und das war der Geschmack Alains. Es mochte an Selbstmord grenzen, aber er war fest entschlossen, sich kein anderes Opfer zu suchen, bevor Alain ihn nicht endgültig abgewiesen hatte.

5

DIE GÄRTEN von Versailles waren in dunkle Schatten getaucht. Die Patrouille huschte von Baum zu Baum, um nicht entdeckt zu werden. In einiger Entfernung glänzte golden das Schloss, als sie zum Grande Canal kamen. Die Springbrunnen waren abgeschaltet und nur hier und da waren Vögel zu hören, die sich in den Bäumen für die Nacht einrichteten.

Dann verstummten auch sie.

Der Hauptmann der Patrouille gab seinen Begleitern mit einer Geste zu verstehen, stehen zu bleiben und leise zu sein. Er traute der Stille nicht. Ein plötzlicher Windstoß war ihre einzige Warnung.

Dann hallten laute Schreie durch den Park und Flüche flogen über die dunkle Aue, durchschnitten die Nachtluft rasend und explosiv wie Geschosse. Menschen krümmten sich und sackten zusammen unter dem magischen Angriff, den kein Körper auszuhalten geschaffen war. Die Patrouille der Milice wurde getrennt, versuchte, dem Angriff auszuweichen und sich neu zu formieren, aber sie war der Übermacht nicht gewachsen. Einer nach dem anderen mussten sie sich geschlagen geben, fielen bewusstlos oder tot zu Boden, je nachdem, von welchem Gegner oder von welchem Spruch sie getroffen wurden.

Eine Magierin schaffte es noch, einen Hilferuf abzusetzen. Sie hockte hinter einer Hecke und hoffte inständig, nicht entdeckt zu werden, bevor sie diesen Angriff gemeldet hatte. Es war nur eine Routinepatrouille gewesen und sie hatten nicht damit gerechnet, in dieser relativ unbedeutenden Gegend in einen Hinterhalt zu geraten. Über ihr erhellte ein Blitz die Nacht. Ein gellender Schrei war zu hören und verstummte schlagartig. Die Magierin wusste nicht, dass es ihr eigener Schrei war, der letzte, den sie jemals ausstoßen würde.

ORLANDO WARTETE ungeduldig darauf, dass es Mitternacht wurde. Er saß in einem Café und trank einen Espresso, den er weder wollte noch schmeckte, der ihm aber den Anschein eines ganz normalen Pariser Bürgers gab, der ausgegangen war, um den Abend zu genießen. Er dachte darüber nach, was sie von Lombard erfahren hatten und welche Bedeutung es für ihre Situation haben konnte. Sein Verstand weigerte sich beinahe, die Konsequenzen von Lombards Informationen zur Kenntnis zu nehmen. Unter der Sonne zu wandeln. Das waren die Worte des alten Vampirs gewesen. Konnte das wahr sein? Konnte es wirklich möglich sein, dass das Blut eines Magiers die Vampire vor den zerstörerischen Kräften der Sonnenstrahlen schützte? Und wenn ja, welche Wirkungen hatte das Blut noch? Würde er den Kaffee wieder schmecken können, ihn nicht mehr nur deshalb trinken, weil er eine schöne Erinnerung war? Würde er die Wirkung einer Zigarette spüren können, nicht nur ihren geschmacklosen Rauch inhalieren? Konnte das Blut eines Magiers ihm wenigstens den Anschein eines normalen Lebens zurückgeben? Die Sehnsucht danach sprengte ihm fast das Herz. Er war nicht freiwillig zum Vampir geworden, und wenn er auch nur die geringste Chance hatte, wieder so etwas wie ein normales Leben zu führen, dann würde er dafür jedes Risiko eingehen. Falls Alain es ihm erlaubte.

Orlando dachte darüber nach, wie es wäre, Alain durch einen anderen Magier zu ersetzen, sollte er sich weigern. Aber jede Zelle seines Körpers sträubte sich gegen die Vorstellung. Er konnte sich diese Reaktion selbst nicht erklären. Orlando beschloss, das Thema diplomatisch anzugehen und als eine strategische Option darzustellen. Ein Vampir, der nicht nur nachts, sondern auch bei Tageslicht kämpfen konnte, war ein wesentlich wertvollerer Bündnispartner als ein Vampir, der dem Rhythmus der Sonne unterworfen war.

Orlando sah auf die Uhr. Halb zwölf. Zeit zu gehen. Er legte einige Euro auf den Tisch und ließ seine Tasse halb ausgetrunken stehen. Der Kaffee war ihm egal geworden. Seine Gedanken waren nur noch bei dem bevorstehenden Treffen mit Alain.

ALAIN HATTE erwartet, dass Thierry darauf bestehen würde, ihn wieder bis zum Friedhof zu begleiten. Aber Thierry ließ den ganzen Tag nichts von sich hören und tauchte zu Alains Überraschung auch am Abend nicht vor seiner Tür auf. Alain vermutete, dass Marcel ihm vielleicht einen Auftrag gegeben hatte, um ihn anderweitig zu beschäftigen. Alain hatte sich nicht auf den Magier verlassen wollen, der mit der Recherche über die Vampire beauftragt worden war. Deshalb hatte er den Nachmittag bei Marcel im Hauptquartier verbracht und jede noch so unwichtige Information gesammelt, die mit Vampiren zu tun hatte. Aber sie hatten nichts Zuverlässiges gefunden, außer altbekannten Tatsachen über die Lichtempfindlichkeit der Vampire und ihre Abhängigkeit von Blut. Alles andere waren nur Legenden und Horrorgeschichten, die von abergläubischen Menschen geschrieben worden waren, die Hass auf die Vampire schüren wollten. Alain wäre das noch vor einigen Tagen nicht aufgefallen, aber seine Gespräche mit Orlando und Marcel hatten ihn eines Besseren belehrt und es war ihm wie Schuppen von den Augen gefallen. Orlando hatte die Wahrheit gesagt, als er über Verfolgungen und Diskriminierungen gesprochen hatte. Alain hatte den Eindruck, dass die Vampire von jedermann gehasst wurden. *Außer von dir*, erinnerte ihn seine innere Stimme.

Das war die zweite Erkenntnis dieses Tages. Mit ihr wusste Alain noch weniger anzufangen, als mit der ersten. Er fühlte sich zu einem Vampir hingezogen. Wirklich, er fühlte sich sexuell zu einem Untoten hingezogen. Es war ein beunruhigender Gedanke, aber wenn er aus seiner gescheiterten Ehe etwas gelernt hatte, dann die Erkenntnis, auf sein Herz zu hören.

Er wusste nicht, ob Vampire, außer für Blut, so etwas wie Verlangen oder gar Zuneigung empfinden konnten. Aber als er sich mit der Métro auf den Weg zum Père Lachaise machte, wusste er genau, dass er Orlando wieder sein Blut anbieten würde, wenn er nur danach gefragt wurde. Selbst wenn das bedeutete, dass Orlando am Geschmack von Alains Blut dessen Begehren erkennen konnte.

Alain betrat den Friedhof. Er war wesentlich weniger wachsam als am Vorabend. Selbst wenn Orlando schlechte Nachrichten hatte, Alain konnte sich nicht vorstellen, von ihm angegriffen zu werden. Er hielt seinen Stab locker in der Hand und ließ ihn sofort fallen, als er Orlando zwischen den Grabsteinen entdeckte.

„Hallo", sagte er leise und fühlte sich plötzlich unsicher.

„Hallo", erwiderte Orlando und kam hinter dem Grabstein hervor. „Hast du Nachrichten für mich?"

„Das habe ich. Und du? Hat Bellaiche der Allianz zugestimmt?"

„Oui. Und Chavinier?"

„Oui", antwortete Alain verlegen. Ihre Unterhaltung kam ihm steif und aufgesetzt vor. So konnten sie in fünf Minuten alles Wesentliche sagen und sich danach wieder trennen. Alain zupfte an seinem Ärmel. „Ich nehme an, du willst wieder mein Blut schmecken, um sicher zu sein, dass ich die Wahrheit sage. Damit Bellaiche uns glaubt." Widerstrebend, und doch auch begierig, hielt er Orlando sein Handgelenk hin.

Orlando starrte ihn einen Augenblick lang erstaunt an. Er konnte noch die Spuren seines ersten Kusses an Alains Arm erkennen. Der Magier musste wissen, was geschehen würde. Er war schon einmal gebissen worden. Trotzdem vertraute er Orlando genug, um ungefragt sein Handgelenk zu entblößen und es Orlando hinzuhalten. Noch nie hatte jemand Orlando so sehr vertraut. Er ging einen Schritt auf Alain zu. „Ja, du hast recht. Natürlich", stimmte er ihm zu und hob Alains Arm an seinen Mund. Kurz bevor er Alains Haut berührte, hielt er inne. Er dachte nicht mehr an seinen Hunger, der war unbedeutend. Alain hatte ihm sein Blut angeboten, und das war ein Geschenk, das Orlando niemals missbrauchen würde. So sanft er nur konnte biss er in Alains Gelenk und ließ zwei Tropfen des köstlichen Blutes auf seine Zunge fallen. Dann zog er seine Zähne wieder aus Alains Arm und leckte über die Wunde, um sie zu verschließen.

So wie schon in der Nacht zuvor, war Alain auf Orlandos Biss vorbereitet gewesen. Wie in der Nacht zuvor spürte er die Zunge, die beruhigend über seine Haut glitt, bevor die Zähne zuschlugen. Dann waren sie da, glitten über seine Haut und versenkten sich fast zärtlich in seinem Gelenk. Sie durchstießen kaum die Haut, und eine betörende Mischung aus Schmerz und Ekstase fuhr durch Alains Körper, versprach ihm ungeahnte Genüsse, wenn er sich Orlando nur hingeben könnte. Alain überließ sich seinen Gefühlen und Orlandos Verlangen. Dann spürte er die Zunge, die seine Wunden versiegelte. Er wollte Orlandos Kopf ergreifen, ihn wieder an seinen Arm drücken, damit Orlando noch mehr trinken konnte und ihre Verbindung noch nicht beendet würde. Aber er erinnerte sich daran, dass das, was für ihn die erotischste Erfahrung seines Lebens war, für Orlando nicht mehr bedeutete als eine alltägliche Form der Nahrungsaufnahme.

Orlando ließ Alains Blut über seine Zunge gleiten und hob den Kopf, so wie gewöhnliche Menschen einen guten Wein genossen. Alains Magie floss durch seine Adern und ließ ihn für eine kurze Zeit an den Gefühlen des Magiers teilhaben. So wie in der Nacht zuvor, zeigte ihm der Geschmack des Blutes, dass Alain mit den besten Absichten gekommen war und dass Orlando Chaviniers Angebot ernst nehmen konnte. So wie in der Nacht zuvor, schmeckte Orlando die Reinheit von Alains Seele. Aber er schmeckte auch eine neue, unerwartete Regung. Er hätte sie fast nicht erkannt. Dann wusste er es. Es war Begehren. Alains Begehren. Für ihn, für Orlando.

In diesen wenigen Tropfen Blut schmeckte Orlando noch etwas anderes, und es war vollkommen unerwartet. Akzeptanz. Alain sah ihn nicht an und sah den Vampir. Er sah ihn an und sah Orlando St. Clair. Orlando fragte sich, ob er Grund zur Furcht hatte. Als ihn das letzte Mal jemand so angesehen hatte, war er gegen seinen Willen zum Vampir gemacht worden. Er schüttelte den Kopf, um diese Erinnerungen zu verdrängen. Sicher, das Begehren war vergleichbar. Aber Alain war ein anderer Mensch. Er würde niemals einen unschuldigen Jungen in sein Bett locken und ihn dann umwandeln, um ihn behalten zu können. Diese Art der Bosheit und des Eigennutzes war Alain fremd, da war sich Orlando sicher.

„Ich habe heute jemanden kennengelernt", sagte er, um die Unterhaltung nicht vorzeitig zu beenden und Alain gehen zu lassen. „Es ist jemand, von dem ich nicht wusste, dass er noch existiert."

Thierry stand im Schatten des Friedhofstores und rollte mit den Augen. Er hatte all seine Willenskraft zusammenreißen müssen, um nicht zu verhindern, dass Alain dem Vampir sein Handgelenk anbot. Aber der Vampir hatte Alain kaum berührt, da ließ er ihn auch schon wieder los. Also war Thierry geblieben, wo er war. Er konnte nachvollziehen, dass Alain den Vampir attraktiv fand, aber bei dem Gedanken an die scharfen Zähne in der Nähe seiner Haut lief ihm eine Gänsehaut über den Rücken. Und das war kein gutes Gefühl. Thierry war Marcel unendlich dankbar dafür, dass er diese Aufgabe Alain übertragen hatte.

Bevor Alain und Orlando ihre Unterhaltung fortsetzen konnten, wurde die Stille durch das Klingeln eines Handys gestört. Mit einer schnellen Bewegung hatte Alain seinen Stab in der Hand und suchte nach der Geräuschquelle, um sich und Orlando vor jedem potenziellen Eindringling zu beschützen.

Auch Orlando war auf einen Angriff gefasst und drehte sich suchend um. Er wusste nicht, ob er dem Magier eine Hilfe sein konnte, aber er war darauf vorbereitet, jederzeit einzugreifen. Als er sah, wie der Stab in Alains Hand geflogen kam, erschreckte ihn das fast mehr, als das unvermutete Geräusch. Offensichtlich hatte der Magier mehr Fähigkeiten, als er auf den ersten Blick zu erkennen gab. Natürlich änderte diese Erkenntnis nichts an dem Charakter Alains, aber er war trotzdem mächtiger, als Orlando ihm zugetraut hätte.

„Merde!", war eine Stimme aus dem Dunkel zu hören.

Alain ließ seufzend seinen Stab sinken. „Was zum Teufel machst du hier, Thierry?", fragte er in Richtung der Stimme.

Thierry kam aus seiner dunklen Ecke. „Ich kann dir ganz genau sagen, was ich hier nicht tue. Ich kämpfe *nicht* in einem Krieg, den wir gewinnen müssen. Ich verteidige keine unschuldigen Menschen, noch nicht einmal unsere Freunde. Aber während ihr beiden hier Neuigkeiten über den letzten Tag ausgetauscht und geplaudert habt, sind dort draußen Magier gestorben!", brüllte er.

Mehr musste Alain nicht hören. „Wo?", fragte er. Das einzige, was Thierry so sehr aufregen konnte, war eine verloren Schlacht mit Serrier und seinen Handlangern.

„Versailles", antwortete Thierry emotionslos.

„Aleth?"

„Tot", erwiderte Thierry. „Ich werde nie erfahren, ob wir unsere Beziehung hätten retten können. Während wir uns hier auf dem Friedhof amüsiert haben, hat meine Frau da draußen gekämpft und ist gefallen. Ich dachte, diese Allianz …", – das Wort kam wie ein Fluch über seine Lippen – „… sollte uns helfen. Stattdessen hält sie mich von der Front fern." Er wandte sich Orlando zu. „Wie zum Teufel wollt ihr das wiedergutmachen?"

Bevor Orlando ihm antworten konnte, meldete sich eine andere Stimme aus der Dunkelheit. „Wir können ihren Tod vielleicht nicht ungeschehen machen, aber Orlando alles andere getan, als nur zu plaudern. Er wollte deinem Freund gerade berichten, was wir heute in Erfahrung gebracht haben. Und das könnte sich noch als sehr nützlich erweisen."

Die drei Männer wandten sich dem Neuankömmling zu, aber Orlando war der einzige, der den dunkelhaarigen Vampir erkannte. „Was machst du hier, Jean?", fragte er.

„Das gleiche, wie der da", antwortete Jean und zeigte auf Thierry. „Die Lage im Auge behalten."

Orlando seufzte. „Jean Bellaiche, das ist Alain, der Magier, von dem ich dir erzählt habe."

„Alain Magnier", sagte Alain mit einem Kopfnicken, reichte Bellaiche aber nicht die Hand. Das konnte er einfach nicht. Nicht, nachdem er gerade eben erst Orlando sein Handgelenk angeboten hatte.

„Und das ist Thierry Dumont", sagte Alain. „Ein Freund und Soldat in unserem Krieg." Thierry grunzte nur zur Begrüßung. „Was habt ihr also heute erfahren?"

Orlando sah Jean an, der ihm mit einer Handbewegung zu verstehen gab, diese Frage selbst zu beantworten. Der Chef hatte den jungen Vampir noch nie so selbstbewusst erlebt, wie seit der kurzen Bekanntschaft mit Alain. Wenn Orlando die Sache in die Hand nehmen wollte, dann ließ Jean ihm gerne den Vortritt.

„Vielleicht ist es unwichtig", gab Orlando zu. „Aber wir haben heute den ältesten Vampir von Paris, vielleicht sogar der ganzen Welt, besucht. Er hat uns eine alte Geschichte erzählt, die schon vor langer Zeit passiert ist und nie aufgeschrieben wurde. In einer Interpretation der Geschichte wird ein Vampir, der das Blut eines Magier trinkt, immun gegen Sonnenlicht."

„Das hört sich nicht sehr zuverlässig an", meinte Thierry.

„Richtig", erwiderte Orlando. „Aber die einzige Möglichkeit, es zu überprüfen, ist ein Versuch. Der Vampir, der das Blut des Magiers getrunken hat, ist lange tot, genauso wie der Vampir, der Lombard die Geschichte erzählt hat."

„Dieser Vampir … hat er sich den Magier zufällig erwählt?", wollte Alain wissen.

„Das wissen wir nicht", erwiderte Jean. „Wir wissen nur, dass er das Blut des Magiers getrunken hat."

„Wisst ihr, wer es war?", fragte Alain.

Orlando und Jean sahen sich an. „Merlin", antwortete Orlando.

Alain schüttelte den Kopf. „Der mächtigste Magier aller Zeiten. Ihr wisst auch, dass keiner von uns an seine Macht heranreicht, selbst wenn sein Blut dieses Wunder ermöglicht hat. Es ist durchaus wahrscheinlich, dass unser Blut nicht die geringste Wirkung hat."

„Ich habe deine Magie noch in mir gespürt, nachdem ich gestern von dir getrunken habe. Heute war es genauso. Ich habe die Hoffnung, dass es funktioniert. Wir müssen es nur versuchen", meinte Orlando.

„Und wenn es nicht funktioniert, begehst du Selbstmord!", rief Alain. Er konnte den Gedanken nicht ertragen, Orlando schon wieder zu verlieren.

„Ich habe nicht vor, direkt in die Sonne zu marschieren", gab Orlando zurück. „Ich kenne meine Grenzen. Aber wenn ich sie etwas ausweiten kann, nachdem ich dein Blut getrunken habe, dann können wir in kleinen Schritten die wirklichen Grenzen erkunden."

„Und wie kommst du auf die Idee, dass du so einfach Alains Blut trinken kannst?", nahm Thierry Alain in Schutz.

„Willst du dich an seiner Stelle anbieten?", konterte Orlando. „Ihr seid die einzigen Magier, die hier anwesend sind."

„Das wird nicht nötig sein", unterbrach sie Alain. Er würde nie zulassen, dass Thierrys Handgelenk in die Nähe von Orlandos Zähnen kam. „Ich mache das schon. Aber hier ist nicht der richtige Ort."

„Du hast recht", stimmte Orlando ihm zu. „Der sicherste Platz wäre in meiner Wohnung. Dort weiß ich genau, wo die Sonne durch die Fenster scheint. Ich habe schon vor langer Zeit gelernt, ihr auszuweichen."

„Ich komme mit", insistierte Thierry.

„Das ist nur fair", meinte Jean zustimmend. „Ich werde ebenfalls dabei sein, wenn auch nur im Schatten. So haben beide Seiten einen unabhängigen Zeugen, der den Versuch beurteilen kann."

„Ich glaube nicht, dass ihr beiden unabhängig seid", bemerkte Orlando.

„Vielleicht nicht", gab Jean zu. „Aber wir sind zumindest nicht direkt involviert."

„Wollen wir dann gehen?", schlug Orlando vor. „Wir können über die Details reden, wenn wir in meiner Wohnung sind."

Alain trat an Orlandos Seite. Er wollte mit ihm reden, aber vor allem wollte er bei ihm sein und ihn nicht aus den Augen lassen. Als sie sich auf den kurzen Weg zu Orlandos Wohnung begaben, senkte er den Kopf zu Orlando hinab, um von Thierry und Jean nicht gehört zu werden. „Du hast gesagt, dass du meine Magie fühlen kannst. Wie fühlt sie sich an?", wollte er wissen.

„Am Anfang war es wie ein leichtes Kribbeln", erwiderte Orlando. „So wie der Sprudel in einer Flasche Mineralwasser. Es ist durch meinen ganzen Körper gefahren und hat ich dann umhüllt wie eine warme Decke." Er machte eine kurze Pause. „Oder wie ein Geliebter."

Alain erschauerte. Wie ein Geliebter. Genau das wollte er für Orlando sein. Wenn seine Magie dazu beitragen konnte, wollte er alles dafür geben, was in seiner Macht stand.

„Wie lange hat es angehalten?", fragte er Orlando.

„Zehn Minuten ungefähr."

„Das ist nicht sehr lange", erwiderte Alain enttäuscht.

„Nein", sagte Orlando. „Aber ich habe auch nicht sehr viel getrunken. Das erste Mal waren es nur wenige Schlucke. Das zweite Mal war es noch weniger, und trotzdem hat die Wirkung angehalten. Wenn ich mehr trinken würde – ohne dich zu verletzen natürlich, nur um mich zu stärken – dann hält es vielleicht länger an. Wir müssen experimentieren, um die Grenzen auszuloten. Ich weiß, dass wir nicht viel Zeit haben. Aber je früher wir die Antwort wissen, umso früher können wir den Krieg zu unseren Gunsten wenden. Wir wollen euch helfen, wie immer wir können, ganz egal, wie dieses Experiment ausgeht. Aber ein Krieg hält sich nicht an den Rhythmus der Sonne. Wenn wir diese Grenze überwinden können, werden wir viel wertvollere Verbündete sein."

„Nicht jeder Magier wird euch sein Blut geben wollen", meinte Alain.

„Und es wird Vampire geben, die es nicht trinken wollen", erwiderte Orlando. „Damit werden wir uns befassen, wenn wir die konkreten Fakten haben. Als erstes sollten wir deinen Freund Thierry davon überzeugen, dass es einen Versuch wert ist."

Während ihres Gesprächs hatten sie die Avenue Gambetta hinter sich gelassen und waren in der Rue Desirée angekommen. Orlando schloss das Hoftor auf und führte die drei Männer über das enge Treppenhaus in seine Wohnung im dritten Stock. Es war eine typische Junggesellenwohnung – Schlafzimmer, Bad, kleine Küche und Wohnzimmer. Nichts Besonderes, aber ein Ort, wo er tagsüber Schutz fand. Nur im Wohnzimmer gab es Fenster mit schweren Samtvorhängen. Orlando zog sie auf und öffnete die Klappen auf der Außenseite. Dann zog er die Vorhänge wieder zu.

„Wir öffnen sie bei Sonnenaufgang, wenn wir unser Experiment durchführen", sagte er. „Bis dahin ist es mir lieber, wenn sie geschlossen sind. Ich möchte nicht, dass die Nachbarn neugierig werden und sich fragen, was wir hier mitten in der Nacht treiben."

Thierry setzte sich in einen Sessel, um möglichst viel Abstand zwischen sich und die Vampire zu bringen. Jean nahm in dem anderen Sessel Platz und überließ das Sofa Alain und Orlando. Die beiden schienen keine Probleme mit der Nähe zu haben und machten es sich bequem.

„Wie genau stellst du dir die Sache vor?", wollte Jean wissen.

„Unser Experiment?" fragte Orlando.

„Die Allianz", erwiderte Jean.

„Da gibt es keine vorgeschriebene Regel", meinte Thierry. „Der Krieg findet nicht auf einem festen Schlachtfeld statt. Wir konfrontieren die dunklen Magier da, wo wir sie treffen. Wir versuchen, ihre Angriffe zurückzuschlagen und ihre Pläne zu durchkreuzen. Wenn wir Gefangene machen, werden sie wegen dunkler Magie ins Gefängnis geworfen. Die anderen bringen wir um. Je mehr von uns kämpfen, um so mehr von ihnen können wir ausschalten. Wenn wir es schaffen könnten, Serrier auszuschalten, wäre die Schlacht so gut wie gewonnen. Aber bisher ist er uns noch immer entkommen."

„Dann sind wir nicht mehr als Kanonenfutter", bemerkte Orlando bitter.

„Das muss nicht so sein", meinte Alain. „Wir versuchen, offenen Schlachten auszuweichen. Die Verluste sind zu hoch, besonders unter der Zivilbevölkerung. Stattdessen legen wir Köder aus und schlagen dann zu, wenn sie in die Falle gehen. Ihr kennt euch damit aus, eure Opfer anzulocken. Ihr könnt die gleichen Methoden bei den dunklen Magiern anwenden."

„Was sollen wir gegen ihre Magie tun?", fragte Jean.

„Es gibt Gegenzauber, mit denen wir uns und euch beschützen können. Ihr müsst nicht allein gegen sie kämpfen. Wir stehen Seite an Seite, kombinieren eure Gaben und unsere, um gemeinsam erfolgreich zu sein", erklärte Alain.

„Gaben?", fragte Orlando höhnisch. „Wir haben keine Gaben. Nur Flüche."

„Dann benutzt die", sagte Thierry. „Benutzt gegen sie, was immer ihr habt. Gott weiß, sie haben auch keine Hemmungen."

So diskutierten und stritten sie die ganze Nacht. Als die Morgendämmerung nahte, wurden Jean und Orlando langsam unruhig, obwohl die Vorhänge immer noch fest zugezogen waren.

„Was ist los?", wollte Alain wissen.

„Eine natürliche Reaktion auf den Sonnenaufgang", erklärte Orlando. „Obwohl wir wissen, dass die Vorhänge zugezogen sind und kein Licht durchlassen, will unser Körper sich instinktiv vor der Sonne verbergen."

„Dann wird es also Zeit?", fragte Alain.

„Bald", erwiderte Orlando. „Wir müssen noch abwarten, bis die Sonne direkt ins Fenster scheint. Dann können wir den Vorhang aufziehen. Ich kann es einige Minuten lang aushalten, ohne Schaden zu nehmen. Aber es ist sehr schmerzhaft."

Sie saßen in angespannter Stille zusammen, bis Orlando entschied, dass jetzt der richtige Zeitpunkt gekommen sei. Er sah Alain unsicher an, wusste nicht, was er sagen sollte, um seinem Bedürfnis Ausdruck zu verleihen. Alain fühlte, was in ihm vorging und hielt ihm, wie schon zweimal zuvor, seinen Arm hin. „Hier", sagte er leise. „Nimm dir, was du brauchst."

Orlando sah ihm in die Augen, dann legte er die Hände um Alains Arm und hob seine Hand an den Mund. Er war sich der Anwesenheit von Jean und Thierry schmerzlich bewusst. Er wollte von Alain trinken, seine Magie aufnehmen. Für einen Vampir war das eine sehr intime Handlung, deshalb war ihm die Anwesenheit der beiden Männer unangenehm.

Jean stand auf und machte sich auf den Weg in die Küche. Als Thierry seinem Beispiel nicht folgte, legte er ihm die Hand auf die Schulter und zog ihn hoch. „Was ist denn los?", wollte Thierry wissen, aber Jean gab ihm keine Antwort, bis sie das Zimmer verlassen hatten.

„Bist du wirklich so voyeuristisch?", fragte er dann.

„Wovon redest du?", erwiderte Thierry.

„Man sieht einem Vampir nicht zu, wenn er trinkt. Es ist unhöflich. Es ist, als würde man zwei Menschen beim Sex zusehen", erklärte Jean. „Wenn es dir also nichts ausmacht, wäre es eine gute Idee, einige Minuten hier zu bleiben."

„Aber …", protestierte Thierry.

„Aber nichts. Orlando wird deinem Freund nichts antun. Er hat selbst zu viel zu verlieren. Gib ihnen einige Minuten Zeit, dann kannst du wieder zurückgehen und deinen Freund bewachen."

Thierry verschränkte die Arme vor der Brust und wollte offensichtlich Einspruch erheben, aber Jean ignorierte ihn einfach.

Im Nebenzimmer starrte Orlando auf die zarte Haut von Alains Arm. Der Magier hatte ihm den unversehrten Arm gereicht, in den Orlando noch nicht gebissen hatte. Orlando holte tief Luft, um sich auf seinen Kuss vorzubereiten. Er fühlte Alains Blick, der auf ihn gerichtet war. Aber es war nicht der bittende Blick eines Opfers, denn weder Angst noch Wut lagen in Alains Augen. Es war ein Blick voller Begehren. Es war das gleiche Begehren, dass Orlando schon bei seinem zweiten Biss geschmeckt hatte.

6

LANGSAM UND bedächtig führte Orlando Alains Handgelenk an den Mund. Er dachte an den Geschmack der zarten Haut und des heißen Blutes, das darunter pulsierte. Seine langen Eckzähne kamen zum Vorschein. Er presste die Lippen an die Haut, die bald sein Zeichen tragen würde. Alain würde sein Zeichen tragen. Nicht nur, weil Orlando es sich wünschte, sondern weil sie beide es so wollten. Der Gedanke war atemberaubend. Er konnte den Duft von Alains Haut riechen, eine Mischung aus Eau de Cologne, dem Schweiß des vergangenen Tages und – darunter – der Geruch nach Alain, einmalig und unvergesslich. Orlando würde diesen Geruch nie wieder mit einem anderen verwechseln, würde Alain immer daran erkennen können.

Alain wurde langsam unruhig. Worauf wartete Orlando noch? War etwas nicht in Ordnung? Der Vampir saß nahezu unbeweglich an Alains Seite, hielt sein Handgelenk umfasst und presste die Lippen an Alains Haut. Alain hätte mehr Begeisterung, mehr Eifer erwartet. Orlando hatte den Geschmack seines Blutes doch genossen. Aber dann spürte er, wie Orlandos Zunge ihm sanft über die Haut glitt, um sie auf die scharfen Zähne vorzubereiten. Orlandos Zähne pressten sich an Alains Puls und er schloss die Augen, um sich besser auf den bevorstehenden Biss konzentrieren zu können.

Orlandos Eckzähne durchdrangen Alains Haut. Danach hielt er kurz inne, denn der Biss brannte zu Anfang schmerzhaft und er wollte Alain etwas Zeit geben, sich an das Gefühl zu gewöhnen. Als er spürte, wie Alain sich wieder entspannte, fing er leicht zu saugen an. Heißes Blut füllte Orlandos Mund. Es schmeckte nach Kupfer und nach Alain. Orlando ließ sich Zeit, um das Gefühl länger genießen zu können.

Alain erschauderte, als Orlando zu saugen begann und seine Zähne sich langsam tiefer in die Wärme von Alains Handgelenk bohrten. Er ballte die Fäuste und unterdrückte jede Bewegung, wollte die Illusion noch etwas länger aufrechterhalten, dass es sich nur um ein Experiment handelte. Er war froh, dass Jean und Thierry das Zimmer verlassen hatten. Thierry hätte ihm bestimmt angesehen, mit welchen Gefühlen er kämpfte. Orlandos saugender Rhythmus passte sich Alains Pulsschlag an. Er konnte das Pochen in seinem ganzen Körper spüren. Mit jedem Saugen drangen die Zähne tiefer in ihn ein und Orlandos Kehle zog sich bei jedem Schluck zusammen. Und mit jedem Saugen, mit jedem Stoß von Orlandos Zähnen, wuchs Alains Erregung.

Orlando schmeckte Alains zunehmende Leidenschaft an dem Blut, das in seinen Mund strömte. Der berauschende Geschmack löste in seinem Körper das gleiche Verlangen aus. Er rutschte etwas zur Seite, um besser in Alains Augen sehen zu können, ohne seinen Biss unterbrechen zu müssen. Alains Gesicht war ein Bild der reinen Ekstase. Seine Wangen waren rot angelaufen, seine Pupillen erweitert, sein Mund halb geöffnet. Er atmete keuchend und seine Zunge schob sich zwischen die weißen Zähne. Ihre Begegnungen waren immer spannungsgeladen gewesen, aber die Intimität dieses Augenblicks trieb die Erregung in neue Höhen. Orlando fühlte, wie ein Begehren in ihm aufstieg, das er so seit Jahrhunderten nicht mehr empfunden hatte.

Alain spürte Orlandos Blick auf sich gerichtet, aber es gelang ihm nicht, seine Reaktion auf den Biss zu beherrschen und das kühle Äußere zur Schau zu stellen, das von ihm bei diesem Experiment erwartet wurde. Er war zu sehr in der Erotik des Anblicks vor ihm gefangen. Orlando war die Sünde in Menschengestalt. Seine dunklen Augen blitzten im schwachen Schein der kleinen Lampe, das Haar fiel ihm in die Stirn und sein offener Mund bewegte sich saugend an Alains Gelenk, als wollte er ihn am liebsten ganz verschlingen. Alain hätte sich nicht dagegen gewehrt.

Orlando schloss die Augen, um seine tiefe Verbindung zu Alain besser genießen zu können. Er konnte spüren, wie Alains Magie sich wärmend in ihm ausbreitete, sein ganzes Sein umfing und ihm neue Kraft gab. In diesem kurzen Augenblick fühlte Orlando sich unbesiegbar.

Das Gefühl war so überwältigend, dass es Orlando aus dem Rhythmus brachte. Alain hatte zwar die Erlaubnis zu dem Biss erteilt, aber ihr Experiment diente einem bestimmten Zweck.

Die Lust, die Orlando in Alains Blut schmeckte, die er in Alains Gesicht lesen konnte, war kein Freifahrtschein für Orlando, in diesem Biss mehr zu sehen, als das Experiment, als das er gedacht war. Das zu tun, würde bedeuten, das wachsende Vertrauen zwischen ihm und Alain zu gefährden, und nichts lag Orlando ferner. Er wollte nicht, dass Alain jemals wieder mit Furcht an seinen Biss dachte. Er wollte nicht, dass Alain Angst davor hatte, ihm sein Blut zu schenken. Vorsichtig zog er seine Zähne aus Alains Körper und fuhr mit der Zunge über die Bisswunden. Sie waren größer als an dem anderen Handgelenk, weil Orlando tiefer und länger getrunken hatte. So sehr er sich auch bemüht hatte, sanft zu sein, Alain würde die Wunden spüren und deutlich sehen können. Orlando leckte zärtlich über die empfindliche Haut und reinigte sie von dem Blut. Dann hob er den Kopf und sah Alain in die Augen.

Das Saugen hörte auf und Alain spürte, wie Orlandos Zähne aus den Bisswunden gezogen wurden. Dann fühlte er wieder die heilende Zunge, die über seine Haut glitt und ihn auf eine Weise berührte, die nichts mit ihrem Experiment zu tun hatte. Als Orlando den Kopf hob, gab Alain seinen Widerstand auf und tat das, was er sich seit seiner ersten Begegnung mit dem Vampir gewünscht hatte. Er legte die Hände um Orlandos Kopf und küsste ihn. Als er mit der Zunge in Orlandos Mund eindrang, konnte er sein eigenes Blut schmecken. Es war kein langer Kuss, aber Alain hatte der Versuchung nicht widerstehen können, einen kleinen Geschmack dieses köstlichen Mundes zu erhaschen. Selbst, wenn es ihm eine Ohrfeige einbringen würde. Selbst, wenn es alles ruinieren würde, was sie geplant hatten. Die Versuchung war zu groß gewesen.

Alains Kuss überraschte Orlando. Er hatte zwar das Begehren des Magiers gespürt, hätte aber nie damit gerechnet, dass Alain seine Gefühle in die Tat umsetzte. Orlando hatte schon oft die begehrlichen Blicke anderer Menschen auf sich gerichtet gesehen, aber sobald sie von seiner wahren Natur erfuhren, wandten sie sich wieder von ihm ab. Alain hatte gerade den Kuss eines Vampirs erlebt und war dennoch bereit, mit ihm den Kuss eines Menschen zu teilen, der in seiner Macht demjenigen des Vampirs in nichts nachstand.

Schwer atmend trennten sie sich wieder. Alain fiel es nicht leicht, sich wieder unter Kontrolle zu bringen. Er wollte sich in Orlando versenken und in den Gefühlen schwelgen, die der Vampir in ihm zum Leben erweckt hatte. Aber bevor er etwas sagen oder tun konnte, das er vielleicht später bereut hätte, kam Thierry ins Wohnzimmer gestürmt.

„Seid ihr endlich fertig?", verlangte er zu wissen.

„Ja", erwiderte Alain, ohne seinen Freund anzusehen. Er hatte nur Augen für Orlando. „Wie fühlst du dich?", fragte er ihn. „War es anders, als die beiden ersten Male?"

Orlando suchte nach Worten. „Ich kann die Magie spüren", sagte er und meinte damit den Zweck ihres Experiments, nicht seine sexuelle Erregung. „Sie liegt wie ein Filter zwischen mir und der Welt. Ich glaube, dass es funktioniert hat. Wie geht es dir? Ich habe doch nicht zu viel getrunken, oder?"

„Es geht mir gut", versicherte ihm Alain wahrheitsgemäß. Tatsächlich fühlte er sich durch den Biss sogar gestärkt und würde das Experiment jederzeit wiederholen, sollte Orlando sich das wünschen. „Was tun wir jetzt?"

„Du ziehst die Vorhänge zurück. Danach werde ich sehen, wie viel Sonnenlicht ich ertragen kann." Orlando war nervös, trotz des Wagemuts, den er vor dem Biss zur Schau gestellt hatte. Er kannte seine Grenzen nicht, war jedoch bereit, sie im Interesse ihrer Allianz zu erkunden. Aber er hatte auch noch andere Gründe, sich einen erfolgreichen Verlauf ihres Experiments zu wünschen. Er könnte dann nämlich so oft von Alain trinken, wie der Magier es erlaubte. Es war ein unglaublich verlockender Gedanke.

Jean war an der Zimmertür stehen geblieben. „Wo bin ich vor der direkten Sonnenstrahlung sicher?", fragte er. Er konnte kein Risiko eingehen, weil er nicht den Schutz des Magierbluts hatte.

„Du kannst an der Tür bleiben", sagte Orlando. „Um diese Uhrzeit scheint die Sonne nicht mehr als einen Meter ins Zimmer."

Jean nickte.

„Alain, öffnest du jetzt bitte die Vorhänge?", fragte Orlando.

Alain stand auf und ging zum Fenster. Er zögerte einen Moment, dann zog er die Vorhänge einige Zentimeter zur Seite, bis ein schmaler Strahl der Herbstsonne ins Zimmer fiel. Er wollte

Orlando keinem unnötigen Risiko aussetzten. *Im Krieg muss man immer Risiken eingehen*, wäre Thierrys Antwort auf Alains Bedenken gewesen. Und das war auch richtig. Aber dieses Wissen machte es Alain auch nicht leichter, seine Befürchtungen vor einem Misslingen des Experiments zurückzustellen.

Orlando erhob sich ebenfalls und ging langsam auf den kleinen Flecken Sonnenlicht zu. Alle Augen waren auf ihn gerichtet. Kurz bevor er die tödlichen Strahlen erreichte, blieb er nachdenklich stehen.

„Ist alles in Ordnung?" fragte Alain und trat an seine Seite.

„Ja", erwiderte Orlando lächelnd. „Hier ist die Grenze. Soweit kann ich während des Tages ans Fenster gehen. Wenn ich hier stehe, habe ich normalerweise schon das Gefühl, ich würde verbrennen. Meine Haut wird grau und aschig." Er streckte eine Hand aus. Es war ihr nichts anzusehen. Die Haut hatte die gleiche leicht braune Tönung, die sie auch vorhin gehabt hatte, als sie noch zusammen auf dem Sofa saßen. Orlando ging einen weiteren Schritt auf das Fenster zu.

Alain sah mit angehaltenem Atem zu, wie Orlando sich Schritt um Schritt dem Fenster näherte. Mit jedem Schritt wurde Orlandos Lächeln breiter. Dann stand er nur noch einige Zentimeter vom Fenster entfernt.

„Sei vorsichtig", rief ihm Jean von der Tür zu.

„Es ist unfassbar", sagte Orlando. „Ich bin so nah, dass ich die Wärme der Sonne auf meiner Haut spüren kann, aber sie verbrennt mich nicht. Schau dir das nur an, Jean", rief er und hielt seine Hand hoch. „Das Licht hat keinerlei Wirkung auf mich. Ich könnte mich wahrscheinlich direkt in die Sonne stellen und es würde trotzdem nichts passieren."

Alain hätte ihn am liebsten aufgehalten und zurück ins Zimmer gezogen. Aber das war nicht der Sinn der Sache. Sie wollten schließlich sehen, ob das Blut eines Magiers Vampire vor der Sonne schützte.

Orlando hielt wagemutig einen Finger direkt in die Sonnenstrahlen. Jean zuckte zusammen, weil er erwartete, dass der Finger sich in Asche verwandelte. Aber nichts geschah. Die Haut glänzte im Sonnenlicht, aber sie zeigte keinerlei Spuren von Verbrennungen. Ermutigt öffnete Orlando die Faust und hielt seine ganze Hand in die Sonne. Immer noch nichts. Er ging die letzten Zentimeter zum Fenster, stellte sich direkt ins Licht und sah zum ersten Mal seit über zweihundert Jahren wieder hinaus in die Sonne. Er ließ sich von ihren Strahlen bescheinen und kämpfte gegen die Tränen. Als er sich wieder unter Kontrolle hatte, drehte er sich zu den anderen um. „Es klappt", sagte er mit glänzenden Augen.

Dann drehte er sich wieder zum Fenster, riss die Tür weit auf und betrat den kleinen Balkon. Er hob sein Gesicht der Sonne entgegen und lächelte. Sie konnte ihm nichts mehr anhaben, nicht, so lange Alain an seiner Seite war. Orlando nahm sich die Zeit, einen Blick auf die Nachbarschaft zu werfen, in der er schon seit Jahren lebte, die er aber immer nur im Licht der Straßenlaternen gesehen hatte. Die Häuser waren, wie es für Paris typisch ist, aus gelblichem Kalkstein gebaut. Sie glänzten hell im Morgenlicht. Es war der schönste Anblick, den Orlando seit Jahren erlebt hatte, obwohl eigentlich nichts Besonderes zu sehen war. Lange Minuten blieb er einfach nur auf dem Balkon stehen und badete im warmen Sonnenlicht, das er so viele Jahre entbehrt hatte. Er hatte sich immer danach gesehnt. Dann dachte er an den gestrigen Abend in dem kleinen Café zurück. Wenn das Blut eines Magiers ihm die Sonne wieder zurückgab, was konnte es dann noch bewirken?

„Komm rein", rief ihm Alain aus dem Zimmer zu. „Wir wissen nicht, wie lange die Wirkung anhält. Ich will dich nicht wieder verlieren."

Orlando wollte nicht ins Zimmer zurückgehen, wollte diesen Augenblick, diese wunderbare Erfahrung noch länger genießen. Aber Alain hatte recht. Orlando trat über die Schwelle ins Zimmer, lächelte Alain zu und legte die ganze Dankbarkeit, die er für das Geschenk des Magiers empfand, in seinen Blick.

Alain sah die Freude, die in Orlandos Gesicht lag, als er wieder in die kleine Wohnung kam. Ihm wurde warm ums Herz und er erkannte, dass er alles in seiner Macht stehende tun würde, damit Orlando dieses strahlende Lächeln nie wieder verlor. Die paar Tropfen Blut waren nur ein kleiner Preis, den er gerne dafür bezahlte.

„Es klappt", wiederholte Orlando und sah Jean an.

„Du solltest aus der Sonne gehen. Schau dir deine Haut an", warnte ihn Jean nach einigen Minuten.

Orlando sah auf seine Hand und stellte fest, dass sie tatsächlich einen gräulichen Schimmer bekam. Er ging zurück in das schattige Zimmer, aber seine Haut blieb grau. „Was ist mit dir los?", fragte Alain.

„Die Wirkung hat nachgelassen. Ich kann deine Magie kaum noch spüren", antwortete Orlando. „Das passiert, wenn ein Vampir dem Sonnenlicht ausgesetzt wird."

„Aber du bist nicht mehr in der Sonne. Warum geht es nicht weg?", wollte Alain wissen. Er hatte Angst um Orlando.

„Es geht erst weg, wenn er wieder Blut trinkt", sagte Jean aus den Schatten. Alain schob sofort seinen Ärmel hoch.

Thierry griff ihn am Arm. „Auf keinen Fall!", schrie er. „Du hast ihm sowieso schon zu viel gegeben. Ich lasse das nicht zu." Thierry schluckte. „Wenn du Blut brauchst, dann nimm es von mir", sagte er zu Orlando.

Alain musste sich fast auf die Zunge beißen, um nicht gegen Thierrys Vorschlag zu protestieren. Er wollte nicht, dass ein anderer Mensch die gleiche tiefe Verbindung mit Orlando einging, wie er selbst sie erlebt hatte. Ihm fiel auf, dass Orlando sich ebenfalls bedeckt hielt. Dann meldete sich Jean zu Wort. „Das ist eine gute Idee. Dann können wir gleich überprüfen, ob die Wirkung generell ist."

Ohne allzu große Begeisterung ging Orlando auf Thierry zu. Jean verließ das Zimmer und forderte Alain auf, ihm zu folgen, um Orlando und Thierry allein zu lassen.

„Mach schon, beiß zu", sagte Thierry und hielt die beiden Männer zurück. Mit einem Vampir allein im Zimmer zu sein, war das letzte, was er wollte. Orlando hob seinen Arm an die Lippen und biss so unbeteiligt wie möglich zu. Er trank gerade genug, um seine Haut zu heilen. In dem Blut konnte er Thierrys Magie spüren und erkannte, dass der Mann ein gutes Herz hatte. Aber er schmeckte auch eine Dunkelheit, die er nicht weiter erkunden wollte. Außerdem war Thierry nicht Alain. Der Geschmack war nicht derselbe. Auch seine Magie fühlte sich anders an. Orlando sehnte sich nach Alains Blut und Magie. Er ließ Thierrys Arm los und trat zurück, um Alain wieder näher zu sein.

„Nun?", fragte Jean.

„Nun was?", erwiderte Orlando. Er fühlte sich, als hätte er mit Thierrys Blut die Verbindung zwischen sich und Alain beschmutzt. Und Alain hatte es mit ansehen müssen.

„Hat es die gleiche Wirkung?", führte Jean aus.

„Nein", sagte Orlando unbeteiligt.

7

„DEINE HAUT ist geheilt. Wieso war die Wirkung anders?", fragte Alain und fuhr sanft mit einem Finger über Orlandos genesene Haut. Er hatte es gehasst, Orlandos Mund an Thierrys Arm sehen zu müssen, aber er hatte nicht das Recht, Orlandos Blutdurst für sich allein zu beanspruchen. Noch nicht.

„Deine Magie hüllt mich ein, als ob sie mich beschützen wollte. Ich konnte Thierrys Magie spüren, aber sie hat mich nicht auf die gleiche Weise erfüllt wie deine", sagte Orlando und suchte nach den richtigen Worten, um seine diffusen Gefühle besser zu erklären. Er kam dabei noch näher auf Alain zu, als würde die Anwesenheit des Magiers ihm den gleichen Schutz gewähren wie sein Blut.

„Vielleicht hast du nur zu wenig getrunken", vermutete Alain. Orlandos Worte ließen ihn seine Eifersucht vergessen und er wollte die Arme um den Vampir legen, so wie seine Magie sich um ihn gelegt hatte. Aber er widerstand der Versuchung. Sie waren nicht allein und er wusste nicht, wie Orlando auf eine solche Geste reagieren würde. Wie Thierry und Jean darauf reagieren würden. Jean behandelte den jungen Vampir sehr fürsorglich und Alain hatte nicht vor, sich Jeans Zorn zuzuziehen.

„Auf dem Friedhof habe ich von dir weniger getrunken, und doch hat es diese Wirkung gehabt. Sie war nur schwächer als heute", erwiderte Orlando.

„Vielleicht beschränkt sich die Wirkung auf den ersten Magier, dessen Blut du geschmeckt hast", schlug Jean vor. „Das würde erklären, warum Alains Blut stärker wirkt als Thierrys. Vielleicht verhindert Alains Blut, dass Thierrys seine volle Schutzwirkung entfalten kann."

Orlando dachte darüber nach. „Das könnte sein. Vielleicht solltest du auch von Thierry trinken, um zu sehen, wie es wirkt", schlug er dann vor.

„Einen Moment!", protestierte Thierry. „Darf ich dazu vielleicht auch etwas sagen?"

„Wir müssen es herausfinden", warf Alain ein. „Wenn es nur zwischen Orlando und mir funktioniert, ist es keine große Hilfe. Komm schon, Thierry. So schlimm ist es doch gar nicht." Er warf Orlando einen Blick zu und hoffte, dass der Vampir ihn richtig verstehen würde; ihr gemeinsames Erlebnis war alles andere als schlimm gewesen. Aber Alain kannte Thierry und wollte ihm deshalb seine wahren Gefühle bei dem Biss nicht beschreiben. Sonst wäre Thierry in Windeseile über alle Berge verschwunden und nur noch eine Staubwolke von ihm zu sehen.

Alains Worte trafen Orlando ins Herz, bis er den Blick bemerkte, den der Magier ihm zuwarf. Er hätte Alain gerne unterstützt, aber das wäre vermutlich nicht sehr hilfreich gewesen. Thierry war schon misstrauisch genug.

„Na gut", gab Thierry grummelnd nach. „Aber ihr beiden bleibt im Zimmer. Ich mache nur mit, weil ich das Beste für unsere Allianz will. Ist das klar?"

„Du musst nicht sehr viel trinken", sagte Orlando zu Jean. „Ich konnte die Magie in Alains Blut schon beim ersten Biss spüren, obwohl ich nur einige Tropfen geschmeckt habe."

„Schließt die Vorhänge", sagte Jean. „Dann kann ich ins Zimmer kommen." Alain verließ Orlandos Seite für einen kurzen Augenblick, um die Bitte des älteren Vampirs zu erfüllen. Als nur noch das Licht der kleinen Lampe neben dem Sofa das Zimmer erhellte, ging er zu Orlando zurück und wartete ab, was als Nächstes geschehen würde.

Jean ging so vorsichtig auf Thierry zu, als würde er sich einem wilden Tier nähern. Er streckte die Hand aus und wartete darauf, dass Thierry ihm den Arm reichte. Jean wollte nicht riskieren, dass Thierry seine Magie gegen ihn richtete. Er wollte sie in seinen Adern spüren.

Zögernd ließ Thierry zu, dass Jean ihn am Arm nahm. Als Jean den Mund öffnete und seine spitzen Eckzähne sichtbar wurden, zuckte Thierry zusammen. Alain hatte zwar nicht viele Worte gemacht, aber Thierry war sich sicher, dass sein Freund Orlandos Biss genossen hatte. Auf dem Friedhof hatte Alain keinen anderen, für Thierry nachvollziehbaren Grund gehabt, dem Vampir sein Handgelenk für einen zweiten Biss anzubieten. Alain hatte es einfach nur gewollt. Thierry konnte das nicht verstehen. Er hatte bei Orlandos Biss keinerlei Vergnügen empfunden und konnte auch Jeans Biss nicht genießen. Es war schmerzhaft. Mehr nicht.

Jean konnte den Unterschied zwischen Thierrys Blut und dem Blut eines normalen Sterblichen schmecken. Dieser Unterschied konnte durch Thierrys Magie erklärt werden. Aber Jean spürte nichts von dem, was Orlando ihnen beschrieben hatte. Er spürte weder die Magie durch seinen Körper fließen, noch fühlte er sich besonders beschützt. Aber er erkannte die Wahrheit in Thierrys Worten. Der Magier wollte, dass die Allianz erfolgreich war. Er würde alles dafür tun. Er würde sogar – widerstrebend – sein Blut geben, wenn es sich als hilfreich erwies. Aber Jean spürte noch etwas anderes, das den Geschmack von Thierrys Blut unangenehm überlagerte. Es war eine tiefe, unendliche Trauer, die wie ein düsterer Schatten auf Thierrys Seele lag.

„Nichts", sagte er und ließ Thierrys Arm los. „Ich kann die Magie schmecken, aber ich fühle keine Wirkung. Nicht so, wie du es uns beschrieben hast."

„Dann muss es einen anderen Grund geben", sagte Alain. „Was könnte es nur sein?"

„Vielleicht ist es etwas Besonderes in deinem Blut?", meinte Jean.

„Das können wir nur auf eine Weise herausfinden", erwiderte Alain zurückhaltend. Er wollte sich von Jean nicht beißen lassen. Aber nach dem, was er zu Thierry gesagt hatte, konnte er es kaum ablehnen. Er schob den Ärmel auf der anderen Seite hoch, wo Orlando ihn auf dem Friedhof gebissen hatte. Es war nur ein kleiner Unterschied, aber er war wichtig für Alain. Er wollte Jean nicht auf der gleichen Seite trinken lassen, auf der Orlando ihn vorhin gebissen hatte.

Orlando zischte protestierend, als er sah, was Alain vorhatte. Er wollte seinen Magier nicht mit anderen Vampiren teilen. Alain legte ihm beruhigend die Hand auf die Schulter. „Wir müssen es probieren", sagte er leise zu Orlando. Mehr traute er sich in Anwesenheit von Thierry und Jean nicht zu sagen. Er musste erst mit Orlando allein über die Gefühle reden, die sich zwischen ihnen entwickelten.

Jean hatte Orlandos Reaktion gesehen und nahm Rücksicht darauf. So unpersönlich wie möglich zog er Alains Handgelenk an den Mund. Er hoffte fast, dass auch Alains Blut keine Wirkung auf ihn hatte. Es wäre zwar ein Rückschlag, wenn Orlando als einziger von dem Blut eines Magiers profitieren konnte, aber Jean wollte mit seinem Freund nicht in Konflikt geraten.

Alain spürte, wie Jeans Zähne in seine Haut eindrangen und das vertraute Saugen begann. Aber Jeans Biss löste nicht die gleiche intime Verbindung aus, die er mit Orlando geteilt hatte. Vielleicht lag es an der anderen Situation oder daran, dass sie nicht allein waren. Alain wusste es nicht, aber der Unterschied war ihm wichtig.

Wie schon bei Thierry, konnte Jean auch in Alains Blut die Magie schmecken. Aber auch dieses Mal spürte er keine der Wirkungen, die Orlando beschrieben hatte. Aber er spürte Alains Leidenschaft für Orlando. Es überraschte ihn, denn in den meisten Fällen ließ das Begehren der Menschen schnell nach, wenn die Vampire sich ihnen offenbarten. Er ließ Alains Hand los und trat einen Schritt zurück. Alain ging sofort wieder an Orlandos Seite. Diese Geste überraschte Jean erneut. Ihm war schon aufgefallen, wie sehr Orlando Alains Nähe suchte. Es war interessant, dass es Alain offensichtlich genauso ging. Was immer sich zwischen den beiden entwickelte, es schien auf Gegenseitigkeit zu beruhen. Da Jean sich jetzt sicher war, nicht von Alains Blut profitieren zu können, wollte er diese Beziehung mit allen Kräften unterstützen. Orlando hatte schon viel zu viele Jahre in verbitterter Einsamkeit verbracht. Jean konnte nur hoffen, dass Alain mehr in Orlando sah, als nur den nützlichen Bündnispartner, der ihre Sache unterstützte, dass er alle Facetten der Persönlichkeit des jungen Vampirs gleichermaßen zu schätzen wusste.

„Das hat auch nicht funktioniert. Es ist komplizierter, als wir erwartet haben", sagte Jean. Er sah die Erleichterung, die sich bei seiner Feststellung in Orlando und Alains Mienen ausbreitete. Selbst, wenn ihre spezielle Verbindung sich nicht auf andere Vampire und Magier übertragen ließ, Jean würde Orlando auf jeden Fall dabei helfen, sie fortzuführen. Der junge Vampir hatte in seinem Leben noch nicht viel Grund gehabt, so glücklich und froh zu sein.

„Ich bin mir sicher, dass es nicht nur mit uns funktioniert", meinte Alain. „Was haben wir übersehen?"

„Was wäre, wenn …" Orlando brachte den Satz nicht zu Ende.

„Orlando?", fragte Alain.

„Vielleicht ist eine bestimmte Kombination von Vampir und Magier nötig. Vielleicht ist irgendwo dort draußen der richtige Magier für Jean. Oder der richtige Vampir für Thierry. Das würde es erklären." Orlando wartete schweigend darauf, dass jemand seine Idee wieder verwarf. Er wusste, dass er nicht sehr klug war. Er hatte keinerlei Schulausbildung und sein Schöpfer hatte ihm immer wieder gesagt, was für ein dummer Kerl er wäre.

Die anderen drei dachten über Orlandos Vermutung nach. „Das würde erklären, was wir bisher wissen. Aber wie sollen wir es überprüfen?", fragte Alain schließlich.

„Ich weiß es nicht. Aber wir sollten mit Marcel darüber reden, bevor wir es öffentlich machen. Was immer der Grund ist, so lange es nur mit euch beiden funktioniert, können wir nicht viel Begeisterung erwarten", meinte Thierry.

„Er wird hierher kommen müssen", stellte Jean fest. „Ich kann die Wohnung nicht vor Sonnenuntergang verlassen, und auch bei Orlando wissen wir nicht, wie lange die Wirkung anhält, selbst wenn er wieder trinken würde. In zwanzig Minuten kommt man nicht sehr weit, und er kann seine Energie unterwegs nicht erneuern. Es kommt nicht sehr gut an und würde zu Unruhe führen, in der Öffentlichkeit Blut zu trinken."

„Es ist kein Problem, Marcel einfach anzurufen. Er hat heute Vormittag eine Pressekonferenz und kann danach vorbeikommen", sagte Alain. „Vielleicht fällt ihm etwas ein, das wir bisher übersehen haben. Aber ich glaube, Orlando liegt mit seiner Idee richtig."

Orlando wurde von einem unbekannten Gefühl erfasst. Es dauerte einen Moment, bis er erkannte, dass es Stolz war. Seine Idee war akzeptiert worden. Sie hatten sie nicht einfach zurückgewiesen. Er wollte nach Alain greifen, um seine Erfolgsgefühle mit dem Magier zu teilen. Diese Reaktion machte ihm schlagartig bewusst, dass Alain ihm mittlerweile schon mehr bedeutete, als nur eine praktische Blutquelle oder ein Hilfsmittel, um die Sonne zu sehen.

Während Orlando noch mit seinen neuen und zerbrechlichen Emotionen kämpfte, rief Alain Marcel an. „Er kommt in einigen Minuten vorbei", teilte er mit, nachdem das Gespräch beendet hatte.

„Es ist euch doch klar, dass es keine leichte Sache sein wird, falls ihr recht behaltet? Was sollen wir dann tun? Die Magier in einer Reihe aufstellen und so lange von jedem Vampir beißen lassen, bis sich ein passendes Paar gefunden hat? Ich kann mir vorstellen, dass die Vampire daran ihre reine Freude haben, aber für mich ist das nichts", meinte Thierry sarkastisch.

„Hast du einen besseren Vorschlag?", fragte Alain in einem Tonfall, der sonst respektlosen Untergebenen vorbehalten war. Thierry zog überrascht die Augenbrauen hoch, sagte aber nichts. „Dann spare dir deine Kritik an den Vorschlägen der anderen."

Orlando starrte die beiden Magier mit offenem Mund an. Er hatte schon nicht damit gerechnet, dass Alain sich seine Idee anhörte und sie sogar in Erwägung zog. Aber dass er sogar seinen besten Freund zurechtwies, hatte Orlando noch weniger erwartet.

„Na gut", grummelte Thierry. „Ich habe jetzt Hunger. Gibt es in der Nähe ein Café oder eine Boulangerie, wo ich mir ein Frühstück besorgen kann?"

„Am Ende der Straße", sagte Orlando. „Es liegt auf dem Weg zum Friedhof. Dort bekommst du alle süßen Köstlichkeiten, die du dir nur wünschen kannst. Bei Kaffee bin ich überfragt. Die Cafés hier servieren nur im Haus. Sie verkaufen nicht zum Mitnehmen."

Thierry nickte. „Kommst du mit, Alain?"

„Nein, ich bleibe lieber hier. Bring mir bitte ein Pain au Chocolat mit."

Thierry hatte ein merkwürdiges Gefühl, als er Alain allein mit den beiden Vampiren zurückließ. Aber er musste auch zugeben, dass Orlando sich offensichtlich sehr um Alain kümmerte. Also war es wohl in Ordnung. Außerdem wollte er nur einige Meter die Straße runter gehen, um Frühstück zu besorgen. Länger als zehn Minuten konnte das nicht dauern. Was sollte in der kurzen Zeit schon passieren? Er hatte kaum zu Ende gedacht, da wünschte er schon, sich diese Frage nie gestellt zu haben. Marcels Anruf in der letzten Nacht hatte ihm deutlich genug gezeigt, was jederzeit und überall passieren konnte. Aber er durfte jetzt nicht an Aleth denken. Dazu war heute nicht der passende Zeitpunkt. Es führte außerdem zu nichts, über seine frühere Frau nachzugrübeln. Thierry hoffte, irgendwann später einen ruhigen Moment dafür finden zu können. Im Augenblick war jedoch zu viel los, deshalb konnte er sich nicht mit den Gedanken an sie – und alles andere – belasten. Mit diesem Entschluss machte er sich auf den Weg in die Konditorei.

8

KAUM WAR die Tür hinter Thierry ins Schloss gefallen, verließ auch Jean das Wohnzimmer. Alain und Orlando blieben allein in dem durch die kleine Lampe nur schwach beleuchteten Raum zurück. „Du ... du hast mir zugehört", sagte Orlando, dessen Gedanken immer noch um Alains Zustimmung zu seinem Vorschlag kreisten.

„Warum hätte ich das nicht tun sollen?", fragte Alain erstaunt.

„Weil Jean der einzige ist, der mir zuhört. Ich bin jung und hübsch, und als ich umgewandelt wurde, hat mich das in eine sehr missliche Lage gebracht. Ich muss dumm sein. Jedenfalls denken das die anderen Vampire. Und alle anderen Menschen sehen in mir nur den Vampir und glauben sowieso, wir hätten von nichts eine Ahnung." Orlando war seine Bitterkeit deutlich anzuhören.

„Offensichtlich zu unrecht", erwiderte Alain. „Du hast heute schon mehrere gute Ideen gehabt, selbst wenn sich einige als falsch erwiesen haben. Wie sich herausgestellt hat, haben wir am Ende alle falsch gelegen."

Er ging zum Sofa zurück und setzte sich wieder hin. „Darf ich dir eine persönliche Frage stellen?", wechselte er das Thema. „Vielleicht lässt sich das Problem mit der Sonnenstrahlung lösen, auch wenn wir an der Ursache nichts ändern können."

Orlando war die Frage unangenehm, aber er wollte nicht, dass Alain ihn wieder abschrieb und verließ. Er kam zum Sofa und nahm neben dem Magier Platz. „Frag mich", stimmte er zu. „Ich versuche, dir so gut wie möglich zu antworten."

„Du hast dich vorhin nicht satt getrunken, bevor du in die Sonne getreten bist, nicht wahr?", fing Alain an.

„Nein", sagte Orlando. „Darum ging es auch nicht. Wir wollten nur herausfinden, ob dein Blut mich vor den Sonnenstrahlen schützt."

„Wie viel mehr hättest du unter normalen Umständen getrunken?", fuhr Alain fort.

„Einiges mehr", gab Orlando zu. „Aber das wollte ich nicht, weil wir nicht darüber gesprochen hatten. Ich wollte deine Zustimmung nicht einfach voraussetzen oder dich ausnutzen."

„Ihr tötet eure Opfer nicht, wenn ihr von ihnen trinkt. Das stimmt doch, oder? Ich weiß, was du auf dem Friedhof gesagt hast. Aber wenn ihr jedes Opfer töten würdet, hätte man euch vermutlich schon ausgerottet."

„Meine Opfer sterben nicht", gab Orlando zu. „Es wäre nur gefährlich, wenn ich lange gehungert hätte. Und selbst dann könnte ich rechtzeitig aufhören. Wenn ich mehr bräuchte, könnte ich mir ein zweites Opfer suchen. Ich würde nur dann jemanden aussaugen, wenn ich ihn oder sie umwandeln wollte. Und ich habe mir vor langer Zeit geschworen, das niemals zu tun. Warum willst du das wissen?"

„Weil ich wissen möchte, wie lange dich mein Blut beschützen kann, wenn du dich satt getrunken hast. Zwanzig Minuten in der Sonne sind eine kurze Zeit und helfen uns nicht viel weiter. Du hättest gerade genug Zeit, um rechtzeitig Schutz zu suchen, falls ein Kampf sich bis in die Morgendämmerung hinzieht. Aber es würde nicht ausreichen, um bei Tageslicht kämpfen zu können", erklärte Alain.

Orlando hatte nach dem ersten Satz schon nicht mehr zugehört. Sich satt trinken. An Alains Blut. Er hatte es angeboten ... „Hast du eigentlich eine Vorstellung davon, was du mir gerade angeboten hast?", wollte er wissen.

„Nicht wirklich", gab Alain zu. „Ich weiß, wie es war, als du mich gebissen hast. Es ist wahrscheinlich so ähnlich und dauert nur länger."

Und es ist intensiver, intimer und erotischer. Einfach mehr. Aber das sagte Orlando nicht. Wahrscheinlich würde es Alain sowieso nicht entmutigen. Alain hatte sich noch nicht einmal durch Orlandos Warnungen entmutigen lassen. „Und wenn es dich schwächt?"

„Wir müssen nur das richtige Maß finden", beharrte Alain auf seinem Vorschlag. „Wir müssen herausfinden, welche Wirkung es auf uns beide hat. Selbst, wenn es bedeutet, dass wir es nicht mehr so oft tun können. Wir müssen es herausfinden", wiederholte er.

Orlandos Augen kribbelten. Wenn er noch ein normaler Mensch wäre, würden ihm jetzt die Tränen über die Wangen laufen. Aber die waren ihm, zusammen mit seiner Menschlichkeit, geraubt worden. Nur das Kribbeln war ihm geblieben. „Vertraust du mir wirklich so sehr?", fragte er leise.

„Diese Allianz bedeutet für mich, dass ich dir mein Leben anvertraue", antwortete Alain.

„Es geht dir nur um die Allianz?", hakte Orlando nach.

„Nein." Mehr konnte Alain nicht mehr sagen, weil Orlando in seinen Armen lag und ihn küsste. Es war nicht der Kuss eines Vampirs. Es war der Kuss eines Sterblichen. Mund an Mund, ein sanftes Angebot zärtlichen Verlangens. Ihre Lippen bewegten sich langsam, erkundeten den Kontakt, das Geben und Nehmen ihrer Berührung. Ihr erster Kuss war noch voller Leidenschaft und Blutlust gewesen. Dieser Kuss war das Gegenteil davon. Er war Erkundung und Zärtlichkeit, geschlossene Lippen und sanfte Berührungen. In seiner Sanftheit drang er in Orlandos Herz und seine geschundene Seele vor, heilte einen Teil der Schmerzen, die nach Jahren der Misshandlung und der Pein zurückgeblieben waren. Noch nie hatte ihn jemand so berührt. Er beendete den Kuss und schaute Alain in die Augen. Dort sah er Begehren, aber auch noch Vieles mehr. Er sah die Zärtlichkeit, die ihren Kuss bestimmt hatte, und er sah Respekt, wie er ihm bisher nur von Jean entgegengebracht worden war.

„Du musst mir sagen, wenn es dir zuviel wird", sagte Orlando. „Ich will dich nicht verlieren." Er wusste, dass Alain bei diesen Worten wahrscheinlich an den Tod denken würde. Aber Orlando meinte mehr als das. Er wollte Alain auch nicht an Angst und Abscheu verlieren. „Lass dir von mir keine Furcht einjagen."

„Das tust du nicht", versicherte ihm Alain. „Obwohl ich zugeben muss, dass meine Gelenke ziemlich wund sind. Könntest du über einen anderen Ort für den Biss nachdenken?"

Orlando sah sehnsüchtig auf die glatte Haut an Alains Hals, wo der Puls kräftiger und schneller schlug als zuvor. Er wollte Alain auf dem Sofa ausstrecken, sich über ihn beugen und seine Lippen und Zähne auf diese verführerische Stelle an Alains Hals drücken. Doch Jean war im Nachbarzimmer, Thierry konnte jederzeit wieder zurückkommen, und sie erwarteten noch einen dritten Magier. Das Wohnzimmer war der falsche Ort, aber es war auch noch zu früh, um Alain vorzuschlagen, sich ins Schlafzimmer zurückzuziehen. Wenn Orlando dort die Kontrolle verlor, würde er mit seinen Zähnen an Alains Hals mehr Schaden anrichten als anderswo. Er musste sich eine weniger gefährliche Stelle für seinen Biss suchen, auch wenn es nicht das war, wonach ihn wirklich verlangte. Orlando griff nach Alains Hand und zog den Ärmel bis über den Ellbogen hoch. „Hier", sagte er und fuhr mit dem Finger sanft über die Innenseite des Armes.

Alain erschauderte. Er nickte und lehnte sich an die Armlehne des Sofas. Dann legte er den Arm auf die Rückenlehne. „Bediene dich", flüsterte er.

Orlando zwang sich abzuwarten, bis er sicher war, sich wieder unter Kontrolle zu haben. Alains Angebot war eine größere Versuchung, als der Magier ahnen konnte. Orlando wollte sich auf ihn stürzen und sich bedienen, aber er wollte auch das Vertrauen ehren, dass sich zwischen ihnen entwickelt hatte. Deshalb durfte er sich nicht wie ein wildes Tier aufführen. Er hatte schon vor langer Zeit gelernt, seinen Opfern Vergnügen zu bereiten, wenn er von ihnen trank. Orlando hasste den Geschmack nach Furcht. Er wollte seine ganze Erfahrung dazu benutzen, um dieses Erlebnis für Alain so angenehm wie möglich zu gestalten.

Er suchte sich eine passende Position, um Alains Arm gut erreichen zu können. Alain beschwerte sich nicht und stieß ihn auch nicht weg, deshalb machte Orlando es sich so bequem wie möglich und lehnte sich an Alains Seite. Er wollte Alain nicht festhalten, nur berühren. Dann leckte er über Alains Bisswunden und hoffte, dass sie so schneller heilten. Er bedeckte Alains Arm vom Handgelenk bis zum Ellbogen mit kleinen Küssen, ohne ihn dabei seine Zähne spüren zu lassen. Seine Eckzähne hatten sich schon spürbar verlängert, als Alain ihm das erste Mal mehr von seinem Blut angeboten hatte, aber er wollte den Magier nicht verletzen. Er wollte ihn nur an der auserwählten Stelle beißen. Vielleicht würde irgendwann der Tag kommen, an dem er Alains Körper von oben bis unten mit kleinen Bissen bedecken konnte, um ihm seine Liebe zu beweisen. Aber heute war noch nicht dieser Tag. Der Gedanke daran erregte Orlando und machte ihn hart, doch er ignorierte es. Auch das war etwas, das er im Laufe der Jahre gelernt hatte. Seine Unsicherheit hatte ihm immer im Weg gestanden, deshalb hatte er nie eine Beziehung zu einem anderen Vampir ihrer Gemeinschaft gesucht. Seine impulsive Reaktion auf Alain überraschte ihn deshalb. Sie war so ungewöhnlich, dass er sich vornahm, später genauer darüber nachzudenken und den Ursachen auf den Grund zu gehen. Jetzt konzentrierte er sich auf Alain und beobachtete ihn genau. Er wollte die sensibelste Stelle am Arm des Magiers finden, um ihm genauso viel Vergnügen bereiten zu können, wie er selbst bei dem Biss empfand. Alain schnappte hörbar nach Luft. Da war es, ungefähr fünf Zentimeter unterhalb der Armbeuge. Orlando leckte über die Stelle und bereitete sie mit seinem Speichel vor, bis die Haut feucht und weich war. So schmerzte der Biss weniger und verheilte schneller.

Alain war angespannt in Erwartung des Bisses. Nicht aus Furcht, wie beim ersten Mal. Er freute sich darauf, die Verbindung zu Orlando wieder zu erleben, die er bei dem letzten Biss in sein Handgelenk gespürt hatte. Orlandos kleine Küsse waren wie ein Vorspiel, das Alains Sinne zum Klingen brachte. Als Orlandos Mund an einer besonders empfindlichen Stelle innehielt, entfuhr ihm ein leises Keuchen. Die unermüdlichen Liebkosungen von Orlandos Zunge auf seiner Haut schickten Wellen der Erregung durch seinen Körper und er spürte, wie jeder einzelne Nerv in ihm in Alarmzustand versetzt wurde. Dann fühlte er Orlandos Zähne über seine Haut gleiten und sein Blut fing zu kochen an. „Mach schon", bettelte er. „Beiß mich."

Alains Worte waren die Erlaubnis, auf die Orlando gewartet hatte. Mit einer einzigen, ruckartigen Bewegung versenkte er seine spitzen Zähne in Alains Arm, so tief er nur konnte. Was jetzt noch kam, war Genuss und Vergnügen.

Alain zuckte zusammen, als seine Haut so plötzlich durchbohrt wurde. Er warf den Kopf zurück und gab sich der Mischung aus Leidenschaft und Schmerz hin, die einzig Orlandos Biss in ihm auslösen konnte. Seine wachsende Erregung wurde nur noch durch die enge Hose im Zaum gehalten. Und sie war allein auf Orlandos Zähne zurückzuführen. Wenn der Vampir Alain jemals ernsthaft verführen wollte, wäre er ein williges, hilfloses Opfer. Die Gefühle waren ähnlich wie bei Orlandos letztem Biss, aber sie waren intensiver. Dieses Mal würde Orlando sich nicht zurückhalten, würde sich satt trinken. Jede Bewegung der Zähne in Alains Arm, jede Bewegung der Zunge auf seiner Haut trieb Alains Sinne in neue Höhen. Es machte keinen Unterschied, ob Orlando auch nur in die Nähe von Alains Schwanz gekommen war oder nicht. Sein ganzer Körper pulsierte, als Orlando zu saugen begann. Es war intensiver als alles, was Alain jemals erlebt hatte. Er konnte sich kaum vorstellen, wie es wäre, wenn Orlando an einem intimeren Körperteil saugen würde. Er hob den anderen Arm, und als er die samtweichen Haare unter seinen Fingern fühlte, legte er die Hand an Orlandos Kopf. Nicht als Aufforderung, nur als einfache Ermutigung, die Orlando zeigen sollte, dass sie beide das Gleiche empfanden.

Orlando fühlte die Hand des Magiers an seinem Kopf, die ihm zärtlich durch die Haare fuhr. Er drückte sich fester an ihn. In Alains Berührung lag eine Zärtlichkeit, die Orlando sein ganzes Leben lang vermisst hatte. Er hatte noch nie eine solche Zuneigung erlebt, wenn man von Jeans Freundschaft absah. Orlando hatte sich immer eingeredet, dass er das nicht brauchte, dass er unabhängig war. Aber als er Alains Hand an seinem Kopf spürte, wusste er, dass er sich etwas vorgemacht hatte. Alain weckte Gefühle in Orlando, die er nie für möglich gehalten hätte. Er fühlte sich so lebendig wie nie zuvor.

Nur vage nahm Orlando wahr, dass irgendwo eine Tür geöffnet und wieder geschlossen wurde. Er hörte Stimmen im Flur, eine davon Jeans, die andere kannte er nicht. Alains Liebkosungen machten alles andere unwichtig.

Auch Alain hatte sich in Orlando verloren. Bis er eine Stimme hörte, die nicht hierher gehörte. Die Stimme sprach einen Fluch aus, der Orlando ernsthaft verletzen, wenn nicht gar töten konnte. Das Adrenalin, das durch Alains Körper schoss, ließ ihn den Rausch vergessen, in den ihn Orlandos Lippen und Zähne versetzt hatten. Nichts hätte so ernüchternd sein können. Ohne lange nachzudenken, konterte Alain den Fluch und neutralisierte ihn.

Orlando schmeckte die Veränderung in Alains Blut. Er spürte die Wut und die Alarmbereitschaft. Mit einem leichten Lecken, das die Blutung stillen sollte, ließ er Alains Arm los und drehte sich um, um sich der Bedrohung zu stellen, die Alain so sehr in Aufregung versetzt hatte. Seine Sinne waren durch Alains Magie gestärkt und er erkannte die Macht, die der Magier beschworen hatte und mit der er jede weitere Bedrohung abzuwehren gedachte.

„Was soll das?", fauchte Alain und sah den Mann an. Der Kerl war wirklich der letzte, den er hier gebrauchen konnte.

„Diese … *Kreatur* hat dich angegriffen", erwiderte der schwarzhaarige Magier.

„Payet", antwortete Alain mit kalter Stimme. „Erstens ist das keine Kreatur, sondern Orlando, einer unserer neuen Verbündeten. Zweitens hat er mich nicht angegriffen. Er hat mein Blut getrunken. Hast du dir überhaupt die Zeit genommen, um zu sehen, ob ich mich gegen ihn gewehrt habe? Und wenn ja, solltest du deine Augen untersuchen lassen. Ich habe jedenfalls freiwillig mitgemacht. Was willst du hier eigentlich?"

Alain sah den Schauer, der dem anderen Magier bei diesen Worten über den Rücken lief. „Marcel hat mich gebeten, ihn zu begleiten", antwortete Payet.

„Na gut", erwiderte Alain. „Aber jetzt wirst du dich bei Orlando entschuldigen. Dein Fluch hätte ihn schwer verletzen, vielleicht sogar umbringen können." Allein der Gedanke daran war für Alain unerträglich und brachte sein Blut zum Kochen. Fast noch schlimmer war, in einem so intimen Moment unterbrochen worden zu sein. Warum musste Marcel sich unter allen Magiern von Paris ausgerechnet für Payet als Begleiter entscheiden?

„Es tut mir leid", sagte Payet, aber es hörte sich nicht sehr bedauernd an.

„Ich glaube dir nicht", erwiderte Orlando und ging auf ihn zu. Alain kam mit ihm, weil er Payet keine zweite Chance geben wollte, Orlando zu verletzen. „Ich glaube nicht, dass es dir auch nur im Geringsten leidtut. Was geht es dich an, dass Alain sein Blut mit mir teilt? Was gibt dir das Recht, dich in unsere Angelegenheiten einzumischen?"

„Wenn ich es nicht besser wüsste, hätte ich fast den Verdacht, dass du diese Allianz nicht willst", fügte Alain hinzu. „Ist es das, Payet? Zeigst du uns endlich dein wahres Gesicht?"

„Marcel hat mir nicht gesagt, warum wir hier sind", sagte Payet und hob entschuldigend die Hände. Seine haselnussbraunen Augen blitzten. „Er hat mich nur gebeten, ihn zu begleiten. Ich habe euch schon hundert Mal gesagt, dass ich einen Grund hatte, Serrier zu verlassen. Ich habe nicht vor, wieder zu ihm zurückzukehren. Ich weiß nicht, wie ich euch sonst noch davon überzeugen soll."

Alain sah Orlando an. „Ich schon", meinte er, ohne auch nur einen Gedanken an Orlandos Gefühle zu verschwenden. „Lass dich von Orlando beißen. Lass ihn die Wahrheit deiner Worte in deinem Blut schmecken." Er winkte Orlando auffordernd zu.

Orlando sah Payet erschrocken an, als er Alains Worte hörte. Dann riss er sich wieder zusammen und sein Gesicht nahm einen gleichgültigen Ausdruck an. Er streckte den Arm nach Payet aus. Als er den Magier ins Handgelenk biss, versuchte er, sich seinen Ärger über Alains Vorschlag nicht anmerken zu lassen. Er nahm einen kleinen Schluck, um das Blut zu schmecken. Dann spuckte er es aus. Er wollte das, was er gerade mit Alain geteilt hatte, nicht durch fremdes Blut besudeln. Aber er fragte sich, warum der blonde Magier ihm das zugemutet hatte. Schätzte er Orlando wirklich so gering?

„Er hat die Situation falsch eingeschätzt", sagte er tonlos zu Alain. „Er hat in seiner Vergangenheit dunkle Magie betrieben und sie ist noch in ihm zu schmecken. Aber jetzt steht er loyal auf eurer Seite."

Sobald er den beiden Magiern seinen Bericht gegeben hatte, drehte er sich um und ging in sein Schlafzimmer. Er wollte allein sein, um Alains Verrat zu verarbeiten.

9

DAS LAUTE Knallen von Orlandos Schlafzimmertür brachte Jean und die beiden anderen Magier, Marcel und Adèle Rougier, aus dem Flur ins Wohnzimmer.

„Was habt ihr mit ihm gemacht?", wollte Jean wissen. Er war zwar nicht wütend, wirkte aber definitiv misstrauisch, als er erst Alain, dann den anderen Magier ansah, der sich immer noch das Handgelenk hielt. Hätte er sich nicht um Orlando gesorgt, er hätte sich den gut aussehenden, dunkelhaarigen Mann etwas genauer angesehen, der sich so von den beiden anderen Magiern unterschied, die er bisher kennengelernt hatte. Hätten ihn ihre erfolglosen Versuche und die angespannte Atmosphäre nicht so nervös gemacht, wäre ihm der Funke Erkenntnis wahrscheinlich nicht entgangen, der sich in ihm eingenistet hatte. Aber so war er mit seinen Gedanken nur bei Orlando. Jean wollte wissen, was Alain ihm angetan hatte, um ihn so aufgeregt aus dem Zimmer stürmen zu lassen. Ohne auf Payets Widerstand Rücksicht zu nehmen, griff er nach dessen Hand und drehte sie um.

„War das Orlando?", fragte er, als er die Bissspuren bemerkte.

Alain nickte.

„Warum?"

„Payet hat einen Fluch auf uns gerichtet. Ich wollte wissen, ob wir ihm vertrauen können", erklärte Alain.

Jean starrte Alain an. Aus seiner Ungläubigkeit wurde Wut. „Wie konntest du Orlando das antun?"

„Was denn?", wollte Alain wissen, aber Jean hörte nicht mehr auf ihn. Alains niederträchtiges Verhalten war alles, was er noch wahrnahm. Jean hatte sich in einen epischen Wutausbruch hineingesteigert.

„Er ist sein ganzes Leben lang benutzt und missbraucht worden, bis ich ihn gefunden und gerettet habe. Ich werde nicht zulassen, dass ihm das jemals wieder passiert", zischte er Alain an. „Lieber nehme ich den Bruch dieser Allianz und deinen Tod in Kauf, als dass ich dir erlaube, ihn so zu behandeln."

Alain erstarrte. Er hatte Jeans Drohung gehört und nahm sie ernst, aber es war der erste Teil von Jeans Tirade gewesen, der Alain erschüttert hatte. Jemand hatte Orlando missbraucht. Jemand hatte diesen wunderschönen Vampir misshandelt und fürchterliche Dinge mit ihm angestellt. Alain spürte, wie sich ihm der Magen umdrehte.

Marcel hoffte, die Wogen wieder etwas glätten zu können. „Wenn Alain einen Fehler gemacht hat, solltest du ihm erklären, wie er ihn wiedergutmachen kann", mischte er sich mit ruhiger Stimme.

„Verdammt, das kann ich ihm nur raten", knurrte Jean Marcel an. Er drehte sich wieder zu Alain um und starrte ihn mit dem gleichen funkelnden Blick an, mit dem er schon seit Jahrhunderten ungehorsame Vampire und abergläubische Idioten in Angst und Schrecken versetzte. „Du wirst dich bei Orlando entschuldigen, und wenn du auf Händen und Knien kriechen musst. Du wirst ihm bei allem, was dir lieb und teuer ist versprechen, dass du ihn nie wieder bitten wirst, einen anderen als dich zu beißen. An welchen Gott du auch immer glauben magst, du wirst zu ihm beten, dass Orlando dir verzeiht. Denn wenn er es nicht tut, werde ich dich bis ans Ende der Welt verfolgen, und einer von uns beiden wird es nicht überleben. Und da ich schon mal hier bin, kann ich dir versprechen, dass es nicht ich sein werde."

Alain sah Jean verwirrt an. „Ich verstehe das nicht. Ich verspreche dir alles, was du willst. Aber erkläre mir wenigstens, was ich falsch gemacht habe."

„Es gibt für einen Vampir keine persönlichere und intimere Entscheidung als die, wessen Blut er trinkt. Es ist unsere einzige Nahrungsquelle. Du hast ihm jede Wahl genommen, als du ihn aus Eigeninteresse aufgefordert hast, das Blut eines anderen Menschen zu trinken", erklärte

Jean, der immer noch wütend war. Aber er war mit Freuden bereit, Alain dessen Dummheit vor Augen zu führen.

„Das wusste ich nicht", erwiderte Alain, dem schlecht wurde, als er seinen Fehler erkannte. Ihm war nicht klar gewesen, dass er mit seiner Bitte Orlandos Vertrauen missbraucht hatte. Er wäre sonst niemals auf die Idee gekommen. Alain fragte sich, warum Orlando seine Bitte nicht abgelehnt hatte, aber das hätte Alain auch nicht aus der Verantwortung entlassen. Er hätte es besser wissen müssen. „Ich schwöre dir, dass ich das nicht wusste. Er hat auf dem Friedhof davon gesprochen, im Blut eines Opfers die Wahrheit schmecken zu können. Es hat sich so alltäglich angehört, dass ich nie vermutet hätte, wie sehr meine Bitte ihn verletzen würde."

„Du hast ihn benutzt", erwiderte Jean. „Du hast ihm die Wahl genommen und seine Fähigkeiten für deine eigenen Interessen ausgenutzt. Vielleicht ist er bereit, es dir zu verzeihen. Vielleicht auch nicht. Aber du solltest um seine Vergebung beten. Ich habe nicht über hundert Jahre daran gearbeitet, ihm seinen Glauben an sich selbst zurückzugeben, nur damit du alles, was ich erreicht habe, wieder zerstören kannst. Das bist du nicht wert."

„Was ist mit ihm passiert?", fragte Alain, der wissen wollte, was einen Vampir so sehr verletzten konnte.

„Das solltest du mich fragen, wenn meine Wut wieder verraucht ist. Vielleicht erzähle ich es dir dann. Besser wäre es aber, du würdest ihn überzeugen, zu dir zurückzukehren. Dann kannst du ihn selbst fragen. Es ist seine Geschichte."

„Aber ...", begann Alain.

„Nein", fiel Jean ihm ins Wort. „Rede mit ihm und bringe die Sache in Ordnung. Oder stelle dich meinem Zorn."

Alain ging auf die Schlafzimmertür zu. Marcel griff ihn am Arm und warf ihm einen bedeutungsvollen Blick zu. Alain verstand. Bring es in Ordnung oder Jean ist nicht der Einzige, der hinter deinem Blut her sein wird. Er hörte, wie die Wohnungstür geöffnet wurde, drehte sich aber nicht um. Die anderen konnten Thierry erzählen, was hier passiert war. Und falls es nicht Thierry war, konnten sie sich auch darum kümmern. Alains Gedanken waren nur noch bei dem Vampir im Nachbarzimmer. Bei dem Vampir, den er so tief verletzt hatte, ohne es auch nur zu ahnen.

Er wusste nicht, was er zu Orlando sagen und wie er ihm sein Handeln erklären sollte. Aber wenn es nötig wäre, würde er wirklich vor ihm auf den Knien kriechen. Nicht nur deshalb, weil Jean und Marcel es von ihm erwarteten, sondern vor allem deshalb, weil seine Gefühle für Orlando alles in den Schatten stellten, was er jemals in seinem Leben für einen anderen Menschen empfunden hatte. Selbst für die Frau, die er geheiratet hatte.

Der Junge – und in Alains Augen war er nicht älter als ein Junge – hatte in ihm etwas geweckt, das er mit dem Tod seines Sohn für immer verloren geglaubt hatte. Er wollte Orlando besitzen und beschützen. Es waren Gefühle, wie sie er empfunden hatte, wenn er seinen Sohn in den Armen gehalten hatte. Damit endete allerdings die Ähnlichkeit. Das Begehren, das er für Orlando empfand, hatte in Alains Beziehung zu seinem Sohn sicherlich keine Rolle gespielt. Dennoch, seine Gefühle waren umso stärker, weil sie so lange geruht hatten. Er musste Orlandos Vergebung erlangen, was immer dazu auch nötig war.

Als die Tür sich hinter Alain schloss, drehte Jean sich zu den vier Magiern um. „Ich möchte euch im Moment nicht sehen", sagte er ohne Umschweife. Dann ging er in die Küche und schloss ebenfalls hinter sich die Tür.

Thierry stand im Flur und sah schweigend von einer Tür zu anderen. „Was ist hier los? Als ich gegangen bin, war noch alles in Ordnung", fragte er dann.

Marcel seufzte. „Ich weiß es nicht. Erzähl mir die Geschichte von Anfang an, dann verstehe ich es vielleicht selbst besser und kann es dir erklären."

Thierry kam mit einer Tüte Gebäck ins Wohnzimmer. Er nickte Payet kalt zu. Adèle begrüßte er etwas höflicher. „Was dürfen die beiden erfahren?", fragte er Marcel.

„Ich vertraue ihnen", erwiderte Marcel. Er wusste genau, dass sich Thierrys Misstrauen auf Payet beschränkte. Wäre nur Adèle anwesend gewesen, hätte Thierry nicht gezögert. „Du kannst ihnen alles sagen." Er warf einen hoffnungsvollen Blick auf die Schlafzimmertür, hinter der kein Ton zu hören war. „Wir müssen sowieso alle Bescheid wissen, wenn diese Allianz erfolgreich sein soll."

Thierry war über diese Auskunft nicht sehr glücklich, aber er akzeptierte sie, weil Marcel sein Vorgesetzter war. Wenn Marcel etwas befahl, stellte Thierry seine persönlichen Gefühle zurück und gehorchte ihm.

„Alain hat sich gestern um Mitternacht wieder mit Orlando getroffen. Die Vampire haben der Allianz zugestimmt und ich dachte, damit wäre die Sache abgeschlossen. Aber da Alain ein so ehrenwerter Bastard ist, hat er Orlando wieder von seinem Blut trinken lassen."

Marcel hörte schweigend zu. Diese Neuigkeiten überraschten ihn nicht. „Und dann?", wollte er wissen.

„Dann hat mein Handy geklingelt. Du hast mich angerufen, um mir von dem Überfall in Versailles zu berichten. Darüber werden wir später auch noch reden müssen. Was hat sich Serrier nur dabei gedacht, außerhalb von Paris einen solchen Hinterhalt zu legen? Strategisch hat er davon nicht den geringsten Vorteil. Wie auch immer, das Klingeln hat mich verraten. Aber Orlando war auch nicht allein gekommen. Durch Bellaiches Anwesenheit waren wir wieder quitt und alles in Ordnung. Sie haben uns von einer alten Legende erzählt, die mit der Wirkung von Magierblut auf Vampire zu tun hat. Offensichtlich gab es einen Vampir, der Merlins Blut getrunken hat und dadurch immun gegen Tageslicht wurde. Ich war ziemlich skeptisch, aber Orlando wollte einen Versuch riskieren und Alain hat ihm sein Blut zur Verfügung gestellt." Thierry unterdrückte ein Schaudern, als er daran zurückdachte. Zu seiner Genugtuung war Payet nicht so erfolgreich. Aber es überraschte ihn, dass weder Marcel noch Adèle sich eine Reaktion auf seine Neuigkeit anmerken ließen.

„Hast du es auch versucht?", fragte Adèle.

„Nur Alain und Orlando. Es hat funktioniert. Jedenfalls für einige Minuten. Dann wurde Orlandos Haut grau und ist so geblieben, nachdem er das Tageslicht wieder verlassen hat. Das passiert offensichtlich, wenn Vampire leichter Sonnenstrahlung ausgesetzt werden. Orlando sagte, er bräuchte mehr Blut, um sich davon zu erholen. Ich wollte nicht, dass er noch mehr von Alain trinkt. Deshalb habe ich ihm mein Handgelenk angeboten."

„Dein Handgelenk?", fragte Payet. „Als ich ins Zimmer gekommen bin, hat er nicht von Alains Handgelenk getrunken."

„Er hatte wieder getrunken?", rief Thierry.

„Er hatte seinen Mund an Alains Armbeuge. Deshalb habe ich …"

„Halt", unterbrach ihn Marcel. „Soweit sind wir noch nicht. Thierry, was ist passiert, nachdem er dein Blut getrunken hat?"

„Es hat seine Haut geheilt, aber er ist davon nicht wieder immun geworden. Das kann offensichtlich nur Alains Blut bewirken."

„Was ist mit Bellaiche? Hat er es probiert?", fragte Marcel nach.

„Weder mein Blut noch Alains haben bei ihm gewirkt. Wir vermuten, dass eine bestimmte Kombination erforderlich ist, um die richtige Wirkung zu erzielen", schloss Thierry seinen Bericht ab.

„Oder eine bestimmte Gefühlslage", überlegte Marcel. „Fühlt sich Orlando genauso zu Alain hingezogen, wie es umgekehrt der Fall ist?"

Die Frage überraschte Thierry. Daran hatte er noch nicht gedacht. „Vielleicht", gab er zu. „Die beiden lassen sich jedenfalls kaum aus den Augen. Also, was ist während meiner Abwesenheit passiert?"

„Das erzählt dir Raymond am besten selbst", meinte Marcel und warf Payet einen kurzen Blick zu.

„Wir sind in die Wohnung gekommen, Marcel, Adèle und ich. Bellaiche hat uns eingelassen. Aber da ich Alain nirgends sehen konnte, habe ich mir gedacht, ich sollte sicherheitshalber nach ihm suchen. Ich bin ins Wohnzimmer gekommen und habe die beiden auf der Couch entdeckt. Der Vampir hielt Alains Arm in der Hand und hat von ihm getrunken. Er hat praktisch auf ihm gesessen. Es sah aus, als würde er Alain festhalten. Ich konnte mir nicht vorstellen, dass Alain das freiwillig zulassen würde. Deshalb habe ich mit einem Spruch begonnen, um den Vampir aufzuhalten. Noch bevor ich damit zu Ende war, hat Alain schon mit einem Gegenzauber gekontert und mich zusammengestaucht, weil ich einen Verbündeten angreifen wollte."

„Er verhält sich seit einigen Stunden sehr beschützerisch gegenüber Orlando", erklärte Thierry.

„Alain hat verlangt, dass ich mich bei Orlando entschuldige. Das habe ich getan, aber er wollte es nicht akzeptieren. Er hat mich herausgefordert und behauptet, ich wäre ein Spion. Ich habe das zurückgewiesen und ihm gesagt, ich hätte noch nichts von der Allianz gewusst. Er hat mir nicht geglaubt. Dann hat er den Vampir aufgefordert, mich zu beißen, um die Wahrheit herauszufinden. Ich habe es zugelassen, weil mir nichts anderes übrig blieb. Der Vampir hat mich gebissen und gesagt, ich wäre kein Spion. Dann ist er in dem anderen Zimmer verschwunden. Den Rest kennt ihr."

„Dieser verdammte Idiot!", fluchte Thierry.

„Du wusstest von diesem ... Tabu?", fragte Marcel.

„Ja. Als Orlando das erste Mal von Alain getrunken hat, bevor er dann in die Sonne gegangen ist, hat Jean darauf bestanden, dass wir das Zimmer verlassen. Er sagte, es wäre sonst, als würden wir sie beim Sex beobachten. Und dann fordert Alain Orlando einfach auf, dich zu beißen, als ob es nichts bedeuten würde", erklärte Thierry kopfschüttelnd. „Kein Wunder, dass Bellaiche so wütend war. Alain wird sich einiges einfallen lassen müssen, bis Orlando ihm das verzeiht. Ich möchte nicht in seiner Haut stecken."

„Ich auch nicht", stimmte Marcel ihm zu. „Aber während wir darauf warten, können wir überlegen, wie es weiter geht. Alains Blut hat Orlando also gegen Sonnenstrahlen immun gemacht."

„Die Wirkung hat ungefähr zwanzig Minuten angehalten", bestätigte Thierry. „Vielleicht hätte es länger gewirkt, wenn er mehr getrunken hätte."

„Wenn wir die Wirkung verlängern und auf andere übertragen könnten, würde uns das vollkommen neue Angriffsmöglichkeiten geben", bemerkte Marcel.

„Aber wie wollen wir das erreichen?", fragte Thierry. „Keiner von uns hatte eine Wirkung auf Bellaiche."

„Dann ist eben keiner von euch der richtige Magier gewesen. Wir müssen nur die passenden Paarungen herausfinden", erwiderte Marcel in aller Ruhe.

„Das haben sie auch gesagt. Aber wie wollen wir das erreichen? Wir haben doch keine Ahnung, ob es überhaupt auf andere übertragbar ist", warf Thierry ein.

„Und wir werden es auch nicht erfahren, wenn wir es nicht versuchen. Hier sind drei neue Magier anwesend. Wir werden herausfinden, ob einer von uns zu Bellaiche passt. Dann sehen wir weiter", erklärte Marcel.

„Dann sollten wir Alain alles Gute und viel Erfolg wünschen. Ich glaube nicht, dass Bellaiche ein Wort mit uns wechselt, so lange Orlando nicht mit einem Lächeln auf den Lippen aus diesem Zimmer kommt."

DAS KLEINE Nachttischlämpchen wurde eingeschaltet und beleuchtete Orlandos bleiche Züge. Sein plötzlicher Schein blendete Alain, aber nachdem seine Augen sich daran gewöhnt hatten, merkte er, dass es nicht sehr hell brannte. Orlando sah ihn kurz an und wandte den Blick wieder ab.

„Bitte, lass mich alles erklären", bat Alain.

„Erklären, warum du mich wie eine Hure behandelt hast?", wollte Orlando wissen. „Das würde mich wirklich interessieren."

10

HURE.

Das Wort war wie ein Schlag ins Gesicht. Alain zuckte zusammen, als er es hörte. „Nein", widersprach er. „Nein, so habe ich es nicht gemeint. Du musst mir glauben, dass ich es nicht so gemeint habe."

„Und warum sollte ich dir das glauben?", fragte Orlando kalt.

„Du hast geschmeckt …", begann Alain.

„Sag das nicht", unterbrach ihn Orlando. „Benutze nicht als Ausrede, was ich deiner Meinung nach geschmeckt haben sollte. Ich habe mich offensichtlich getäuscht. Sonst hättest du mir nicht einfach so befohlen, das Blut eines anderen Mannes zu trinken."

„Und wenn ich es nicht gewusst habe?", fragte Alain.

„Nicht gewusst?", rief Orlando. „Wie konntest du es nicht wissen? Hast du es nicht gespürt, als wir zusammen waren? Konntest du nicht erkennen, wie persönlich es war?"

„Doch", sagte Alain. „Ich habe noch nie etwas Vergleichbares gefühlt. Aber ich wusste nicht, dass es etwas Besonderes ist, bis Jean von mir getrunken hat und ich es bei ihm nicht fühlen konnte. Ich wollte dich nicht darum bitten, von Payet so zu trinken, wie du es von mir getan hast. Ich wollte nur …"

„Du hast mich um gar nichts gebeten!", widersprach Orlando. „Du hast ihm einfach gesagt, dass ich es tun würde. Du hast einfach vorausgesetzt, dass du es von mir verlangen kannst. Ich bin kein Eigentum. Hast du mich verstanden? Ich gehöre niemandem!"

„Ich wollte dich nicht wie mein Eigentum behandeln", sagte Alain. „Payet hat auf Serriers Seite gestanden, als der noch nicht so mächtig war. Er ist erst vor einigen Monaten zu uns zurückgekehrt und hat behauptet, er hätte einen Fehler gemacht und wollte jetzt wieder auf unserer Seite kämpfen. Marcel vertraut ihm, aber ich kann das nicht. Nicht nach all dem, was Payet für Serrier getan hat. Als er dich angreifen wollte, habe ich den Kopf verloren. Ich hätte ihn töten können. Ich hätte es auch getan, wenn dir etwas passiert wäre. Aber ich habe die Möglichkeit gesehen, ihn ein für allemal als Spion zu überführen. Ich hätte dich erst fragen sollen, ob du dazu bereit bist. Es tut mir leid."

„Das reicht nicht", erwiderte Orlando. „Ich habe nur von ihm getrunken, weil ich deine Autorität nicht in Frage stellen wollte. Aber ich bleibe nicht bei einem Mann, der mich so behandelt."

„Zum Teufel mit meiner Autorität!", rief Alain. „Du hättest Nein sagen sollen. Und wenn du das vor Payet nicht tun wolltest, hättest du mich auf die Seite ziehen und mit mir reden können."

„Das sagst du so einfach", meinte Orlando. Seine Stimme hörte sich verbittert an. „Nein ist wahrscheinlich das Wort, das mir am schwersten fällt."

„Warum?", wollte Alain wissen, obwohl er die Antwort fürchtete. Aber er musste sie von Orlando hören, wenn ihre Beziehung eine Zukunft haben sollte.

„Ich sollte es dir nicht sagen", erwiderte Orlando. „Ich sollte mich an die Wand drehen und gar nichts sagen, bis es dir zu dumm wird und du gehst."

„Du kannst mich gerne ignorieren", sagte Alain. „Aber ich werde nicht gehen. Keinesfalls. Nicht, bevor ich dich nicht überzeugt habe, mir zu verzeihen."

„Und das alles für eure wertvolle Allianz?", fragte Orlando höhnisch.

„Nein, verdammt. Deinetwegen. Und meinetwegen", antwortete Alain. „Ich will mit dir zusammen sein. Ich will das zurück, was sich zwischen uns beiden angebahnt hat, bevor ich alles versaut habe." Und etwas leiser fuhr er fort: „Ich habe einen Fehler gemacht. Ich gebe es zu. Ich entschuldige mich dafür. Sag mir jetzt, wie ich es wiedergutmachen kann."

„Es ist nicht wiedergutzumachen", sagte Orlando.

„Dann sag, was ich tun muss, damit du mir eine zweite Chance gibst" setzte Alain leise nach. Er hatte seinen Gefühlen noch keinen Namen gegeben. Er hatte noch nicht darüber nachgedacht, was er wirklich für Orlando empfand. Aber er war nicht bereit, es kampflos aufzugeben.

„Du kannst damit anfangen, mir einige Dinge zu versprechen", verlangte Orlando.

„Sag mir, welche Versprechen du von mir hören willst, und ich gebe sie dir", erwiderte Alain.

Seine Antwort war Orlando zu schnell gekommen. Er hegte schon Zweifel an Alains Ehrlichkeit, bevor der die Versprechen gehört und ihnen zugestimmt hatte. Orlando versuchte, sich an die Aufrichtigkeit zu erinnern, die er in Alains Blut geschmeckt hatte. Aber das Gefühl des Verrats und der Enttäuschung in ihm war noch so stark, dass er seinen eigenen Wahrnehmungen nicht mehr vertraute. Er runzelte die Stirn. „Kannst du mir versprechen, für mich einzutreten, egal, wer sich gegen mich wendet?", fragte er.

„Natürlich", sagte Alain überzeugt.

„Selbst dann, wenn es Thierry oder Chavinier sind? Wirst du meine Rechte auch ihnen gegenüber verteidigen?", hakte Orlando nach.

„Natürlich verteidige ich dich gegenüber Thierry", fing Alain an. „Bei Marcel …"

„Verschwinde", sagte Orlando. „Auf diesen Mist kann ich verzichten."

„Du musst das verstehen, Orlando. Wir sind im Krieg. Marcel ist mein oberster Vorgesetzter. Ich schulde ihm meine Loyalität."

„Es tut mir leid, Alain. Ich kann das nicht ertragen. Ich will mich nicht wieder fragen müssen, wann der Mensch, dem ich vertraue, sich gegen mich wendet oder mich verrät. Ich habe zu lange so gelebt. Ich werde das nie wieder zulassen. Ich kann es nicht", sagte Orlando enttäuscht. Er hatte so gehofft, dass Alain anders wäre. Aber er hätte es besser wissen müssen. Er hatte schon vor langer Zeit gelernt, dass er dazu verdammt war, alleine zu bleiben. Von Jean abgesehen.

Alain kam an seine Seite. Er kniete sich neben das Bett, wo Orlando immer noch saß, und drückte ihm die Hand. „Ich will dir alles geben, worum du mich bittest", versuchte er es erneut. „Aber ich habe auch Marcel gegenüber Versprechen abgelegt. Du bittest mich darum, möglicherweise ein Versprechen zu brechen, dass ich einem Magier gegeben habe, den ich über alles respektiere."

„Und du bittest mich um mein uneingeschränktes Vertrauen im Austausch gegen einen Respekt, der unter Vorbehalten steht. Das ist nicht fair", wies Orlando ihn zurecht. Sie hatten noch keine Zeit gefunden, um über ihre Beziehung zu reden. Aber Orlando verstand dennoch sehr gut, was eine Beziehung mit Alain für ihn bedeuten würde. Das Blut des Magiers machte süchtig, sowohl durch seine Magie wie durch den unvergleichlich süßen Geschmack. Sie würden schnell einen Punkt erreicht haben, an dem Orlando alles für einen noch so kleinen Schluck tun würde. Das durfte er nur zulassen, wenn er sich sicher sein konnte, dass Alain immer für ihn da wäre. Bedingungslos.

Alain kam sich hilflos vor. Er musste an den Blick denken, denn Marcel ihm vorhin zugeworfen hatte. Marcel wollte, dass er sich wieder mit Orlando versöhnte. Marcel erwartete es sogar von ihm. Aber dann musste Marcel auch Verständnis für Alains Entscheidung haben. „Du hast recht", sagte er zu Orlando. „Ich werde dich auch verteidigen, wenn es gegen Marcel ist. Aber ich glaube nicht, dass es dazu kommen wird. Als ich gestern mit ihm über dich gesprochen habe, hat er euch gegen den Aberglauben verteidigt, der in den alten Schriften steht. Was soll ich dir noch versprechen?"

„Dass du niemals einen anderen Vampir von dir trinken lässt. Du gehörst mir, und ich will dich nicht mit anderen teilen", verlangte Orlando.

Alain zögerte. Nicht, weil keine anderer Vampir sein Blut trinken sollte. Das wollte Alain selbst nicht. Aber ihn beunruhigte die Vorstellung, jemandem zu gehören. „Würdest du denn von anderen Magiern trinken?", fragte er nach.

„Ich wollte die anderen nie beißen", antwortete Orlando. „Seit ich das erste Mal von deinem Blut getrunken habe, wollte ich keinen anderen mehr beißen. Schwörst du mir, genauso mir zu gehören, wie ich dir gehören will?"

„Ich schwöre es", erwiderte Alain ohne langes Zögern. Wenn Orlando es ihm versprach, war er mehr als willens, es ihm gleichzutun.

„Auf was schwören Magier?", wollte Orlando wissen.

„Auf das, was ihnen am meisten bedeutet", erwiderte Alain. „Auf was schwören Vampire?"

„Vampire haben eine besondere Art, den Pakt mit einem Sterblichen zu besiegeln", sagte Orlando. Er dachte an die Bissnarben, die ihm ab und zu bei Sterblichen aufgefallen waren, die einem Vampir den Treueschwur geleistet hatten.

„Und wie geht das?", erkundigte sich Alain. „Ich tue alles, was dazu erforderlich ist."

„Alles?", wollte Orlando wissen.

„Alles." Auch dieses Mal zögerte Alain nicht mit seiner Antwort.

Orlando griff in die Schublade seines kleinen Nachttisches. „Weißt du, was das ist?", fragte er und zog einen kleinen Gegenstand daraus hervor.

Alain streckte die Hand danach aus. „Darf ich es sehen?", fragte er.

Orlando ließ den Gegenstand in Alains Hand fallen. Alain erkannte, dass es ein Ring war. Er besah ihn sich genauer. „Es sieht aus wie ein Siegelring", meinte er. „Woher hast du ihn?"

„Er hat dem Vampir gehört, der mich geschaffen hat", erklärte Orlando. „Ich habe ihm den Ring abgenommen, als ich ihn zerstört habe."

„Warum hast du ihn zerstört?", fragte Alain unbehaglich. Jean hatte angedeutet, dass Orlando unter Vampiren genauso gelitten hatte wie unter Menschen. Würde Orlando seine Vergangenheit preisgeben?

„Weil ich seine Misshandlungen nicht einen Tag länger ertragen hätte", antwortete Orlando emotionslos. „Kein einziger erzwungener Biss mehr, keine einzige Vergewaltigung und kein einziges Auspeitschen. Ich musste entweder seine Existenz beenden oder meine. Jean hat mir klargemacht, dass ich den Qualen ein Ende machen konnte, ohne mich selbst zu zerstören. Ich wollte den Ring in die Seine werfen, aber Jean hat vorgeschlagen, ich sollte ihn als Erinnerung behalten an die Vergangenheit, der ich entkommen bin. Er sagte, der Ring würde mich immer daran erinnern, dass ich stärker war als dieser Bastard, der mich in sein Bett gezwungen hat. Deshalb habe ich ihn behalten. Ich sehe ihn mir immer dann an, wenn ich mich schwach fühle. Der Bastard hat mich zwar zum Vampir gemacht, aber jetzt entscheide ich selbst über mein Schicksal."

Orlando zitterte am ganzen Leib, als er mit seiner Geschichte zu Ende war. Allein die Worte bereiteten ihm Pein, obwohl doch schon so viele Jahre vergangen waren, seit Jean gekommen und die Wahrheit über Orlandos Versklavung erfahren hatte.

Alain fühlte sich sterbenselend, nachdem er Orlandos Worte gehört hatte. Er hatte, wenn auch nicht absichtlich, Orlando in eine Lage gebracht, die den jungen Vampir an den Albtraum erinnern haben musste, dem er entkommen war. „Sag mir, was ich tun soll", forderte er Orlando auf. „Wie kann der Ring mir helfen, dir zu schwören, dass ich dich niemals wieder so behandeln werde?"

„Es ist eigentlich ganz einfach", erklärte Orlando. „Auf der Kommode steht eine Kerze. Ich zünde sie an, halte den Ring einige Minuten in die Flamme, dann presse ich ihn hier auf deine Haut." Er streichelte mit den Fingern über eine Stelle direkt unter Alains Ohr. „Dieses Zeichen wird jedem Vampir zeigen, dass du mir gehörst."

Damit hatte Alain nicht gerechnet. Er wusste zwar selbst nicht, was er erwartet hatte, aber mit Sicherheit nicht, wie ein Stück Vieh gebrandmarkt zu werden. Er schluckte nervös, während er nach einer passenden Antwort suchte. Ihm war klar, dass es höllisch wehtun würde. Die Stelle am Ohr, die ihm Orlando gezeigt hatte, war besonders empfindlich. Aber der Schmerz war nicht das Hauptproblem. Er hatte Narben von Verletzungen, die wesentlich ernster gewesen waren als das, was Orlando mit ihm vorhatte. Was ihn zögern ließ, war der Gedanke, ein Brandmal zu tragen. Was auch immer die Zukunft für sie bringen mochte, wenn er zustimmte, würde er für alle Zeiten Orlandos Zeichen tragen. Alain war nie ein unterwürfiger Mensch gewesen. Von jedem Vampir, der die Narbe sah, als Orlandos Eigentum erkannt zu werden, ging gegen Alains Natur. Er starrte den Ring an. Orlando hatte für diesen Ring gelitten. Er hatte sehr dafür gelitten, und Alain hatte diese Pein verschlimmert, auch wenn es nicht seine Absicht gewesen war. „Wird dann alles wieder gut sein zwischen uns?", wollte er wissen.

„Das wird es", antwortete Orlando.

„Versprichst du mir auch, mir das nächste Mal rechtzeitig Bescheid zu sagen, wenn ich wieder eine Dummheit machen will?", fragte Alain.

„Das werde ich", versprach Orlando.

„Dann tu es. Gib mir dein Zeichen."

11

ORLANDO RÜHRTE sich nicht von der Stelle. Er saß nur da und starrte Alain an. Er konnte nicht glauben, dass der Magier sich einverstanden erklärt hatte, sein Zeichen zu tragen. Er hatte erwartet, dass Alain ihn vielleicht auslachen oder einfach nur zur Hölle wünschen würde. Noch nie war jemand bereit gewesen, ein Opfer für Orlando zu bringen, schon gar nicht ein Opfer dieser Größenordnung. Für die anderen Vampire war er nur ein nutzloses Anhängsel. Nur Jean war anders, aber auch der sah in ihm nur ein Kind, das man beschützen musste. Keiner hatte jemals das Durchhaltevermögen in ihm erkannt, ohne dass er die jahrelangen Misshandlungen nicht überwunden hätte. Keiner hatte jemals die Stärke in ihm erkannt, ohne die er die Jahre unter der Kontrolle seines Schöpfers gar nicht überlebt hätte. Selbst Jean blickte nur teilweise hinter die Fassade. Niemand von ihnen nahm Orlando wirklich ernst, und sein Zeichen auf Alains Haut würde sie alle schockieren. Orlando war es egal. Alles, was ihn kümmerte, war das Vertrauen, das Alain ihm entgegenbrachte. Alain schätzte ihre aufkeimende Beziehung so sehr, dass er bereit war, für den Rest seines Lebens Orlandos Zeichen zu tragen, deutlich sichtbar für jeden Vampir und Magier, der es erkennen konnte.

Die Stille zwischen ihnen zog sich hin, bis Orlando schließlich aufstand, Streichhölzer aus einer Schublade zog und die Kerze auf der Kommode anzündete. Er sah in die flackernde Flamme und war sich plötzlich nicht mehr sicher, ob er sein Vorhaben wirklich durchführen sollte. Es erinnerte ihn beunruhigend an den Missbrauch, den er in der Gewalt seines Schöpfers erlebt hatte. Er drehte sich zu Alain um, der sich mittlerweile auf die Bettkante gesetzt hatte. Der Gesichtsausdruck des Magiers überraschte ihn: Vertrauen. Vertrauen und Begehren.

Es war das Begehren, das den Ausschlag gab. So merkwürdig es Orlando auch vorkam, aber Alain schien ihn wirklich zu begehren, denn er wollte Orlandos Zeichen auf seiner Haut. Mit neuer Kraft hielt Orlando den Ring in die Flamme. Er spürte die Hitze in den Fingern, ignorierte sie aber, selbst als sie unangenehm wurde. Das bisschen Hitze konnte ihn nicht ernsthaft verletzen, und je heißer der Ring wurde, umso schneller konnte er Alain sein Zeichen aufdrücken.

Alain beobachtete, wie Orlando den Ring erhitzte. Er konnte ihn nicht sehen, weil Orlando die Sicht blockierte. Aber er wusste, dass der kleine Ring heißer und heißer werden würde und wunderte sich, wie Orlando die Hitze so lange aushalten konnte. Er musste noch viel über Vampire lernen. Und er würde damit beginnen, sobald Orlando ihm sein Zeichen in die Haut gebrannt hatte. Während Alain darüber nachdachte, lief ein Schauer der Furcht und des Begehrens durch seinen Körper. Furcht vor den Schmerzen, die ihm bevorstanden. Begehren für Orlando, den er wieder zum Lächeln bringen und dem er zeigen wollte, was Freude und Glück bedeuteten. Mit dem Alain zusammen sein wollte, egal, um welchen Preis.

Orlando blies die Kerze aus und ging auf Alain zu. Der Ring glühte vor Hitze. „Wenn du es nicht willst, musst du es mir jetzt sagen", gab er Alain eine letzte Chance, es sich anders zu überlegen.

Alain sah auf das glühende Metall und riss sich zusammen. „Ich will es", erwiderte er leise. Er war fest entschlossen, sein Wort zu halten.

Orlando griff mit der freien Hand nach Alain Kinn und bog ihm den Kopf zurück, um sein Ziel zu finden. „Nicht bewegen", warnte er und drückte den Ring an Alain Hals. Es zischte leise, als der Ring sich in die Haut einbrannte.

Es tat weh. Das Metall war so heiß, dass es sich im ersten Moment fast kalt anfühlte.

Alain hatte sich auf die Schmerzen vorbereitet, aber sie übertrafen seine Erwartungen. Er konnte spüren, wie der Ring seine Haut versengte, wie er sich tiefer und tiefer einbrannte. Alain atmete zischend aus und seine Augen tränten vor Schmerz.

Im Wohnzimmer hob Marcel, der sich mit den anderen Magiern unterhielt, plötzlich den Kopf. Er spürte eine uralte, machtvolle und unbekannte Magie, die aus dem Schlafzimmer nach draußen drang.

Orlando presste den Siegelring an Alain Hals. Eine Sekunde, dann zwei. Als er Alains Zischen hörte, zog er den Ring weg. Er wollte Alain diese Schmerzen keine Sekunde länger zumuten. Der Ring fiel ihm aus der Hand und landete scheppernd auf dem Fußboden. Orlando beugte sich nach unten und drückte einen Kuss auf sein Zeichen. Sein feuchter Atem und seine sanfte Zunge besänftigten die Wunde. „Es ist vorbei", flüsterte er Alain zu. „Ich werde dich nie wieder verletzen."

Alain drehte den Kopf und drückte den Mund auf Orlandos Lippen, küsste ihn besitzergreifend und mit einer Leidenschaft, die der Orlandos, als er den Ring in Alains Haut gedrückt hatte, in nichts nachstand. Als sie sich wieder trennten, sagte er: „Du solltest mir nichts versprechen, das du nicht halten kannst. Wir werden noch oft genug so dumm sein, uns zu verletzen oder zu erzürnen. Das gehört zu jeder Beziehung dazu. Versprich mir lieber, mich niemals absichtlich zu verletzen. Das ist ein Versprechen, das ich annehmen kann."

„Das verspreche ich", sagte Orlando. „Das verspreche ich dir." Er fuhr Alain zärtlich mit den Fingern über die Stirn, strich die blonden Haare zurück, bis er ihm in die graublauen Augen schauen konnte. Er erkannte darin das gleiche Vertrauen, das gleiche Begehren, das er auch schon gesehen hatte, bevor er Alain sein Zeichen eingebrannt hatte. Aber er sah auch die Schmerzen, die Alain empfand. „Warte einen Moment", sagte er leise.

Alain nickte und Orlando ging ins Badezimmer, wo er ein Tuch unter das kalte Wasser hielt. Dann kehrte er zu Alain zurück, setzte sich zu ihm auf die Bettkante und drückte das feuchte Tuch an die Brandwunde. „Ist es so besser?", fragte er ihn mit besorgter Stimme.

Alain sah Orlando in die schokoladenbraunen Augen. Sie waren voller Mitgefühl und Zärtlichkeit, aber darunter konnte er auch ein kaum unterdrücktes Verlangen erkennen. „Was geschieht jetzt?", wollte er von Orlando wissen.

„Wie meinst du das?", fragte der Vampir.

Alain deutete vage auf seinen Hals. „Du hast mich gezeichnet. Was muss ich jetzt tun?"

„Das weiß ich auch nicht", erwiderte Orlando. „Warum willst du das wissen?"

„Ich bin jetzt dein Eigentum", meinte Alain.

Orlando starrte ihn erschrocken an. „Glaubst du das wirklich? Dass ich einen Sklaven will, der mir zu Willen ist? Nein. Nein, nein, nein. Das hast du gedacht und hast es trotzdem zugelassen?" Orlando konnte sein sinnloses Geplapper nicht verhindern. Das hatte er nicht gewollt. Niemals. Er wusste aus eigener Erfahrung, was das bedeutete, und er würde es niemals von jemandem verlangen.

„Worum geht es dann?", fragte Alain verwirrt.

„Es geht um gegenseitige Verpflichtung. Ich bin für dich da und du für mich. Es geht darum, zusammen zu gehören und zusammen zu bleiben. Es geht darum, den anderen vor sich selbst zu stellen. Um Vertrauen, auch dann, wenn es schwerfällt. Es geht um uns …" Orlando verstummte. „Wenn du das nicht willst …"

Orlando konnte seinen Satz nicht zu Ende bringen. Alain verschloss ihm den Mund mit einem Kuss, überwältigt von den Worten, die er gehört hatte. Er wusste genau, was er wollte, auch wenn er sich anfangs zurückgehalten hatte. Er wollte sein Leben mit Orlando teilen. Aber es war alles so schnell gegangen. Zu schnell, wie Thierry wahrscheinlich sagen würde. Doch Alain vertraute auf sein Herz, und das sagte ihm, er sollte Orlando nie wieder gehen lassen, sollte ihn mit beiden Händen festhalten. Orlandos Zeichen in seinem Fleisch symbolisierte dieses Verlangen, es zeigte aller Welt, dass Alain Magnier sich mit allem, was er war, Orlando verschrieben hatte und …

„Wie heißt du eigentlich mit Nachnamen?", fragte Alain, als ihm auffiel, dass sie sich nie offiziell vorgestellt worden waren.

„St. Clair", antwortete Orlando abwesend. Ihm schwirrte immer noch Alains Geständnis durch den Kopf, und der anschließende Kuss trug auch seinen Teil dazu bei. „Wieso willst du das wissen?"

„Damit ich jedem sagen kann, wessen Zeichen ich trage", erwiderte Alain.

Bei diesen Worten wurde Orlando von einer Welle des Begehrens überflutet. Er war versucht, Alain aufs Bett zu werfen, um ihn auf eine andere Art in Besitz zu nehmen. Aber sie wurden im Nachbarzimmer erwartet und er kannte Jean. Dort würde nichts Produktives besprochen werden, so lange der nicht sicher war, dass es Orlando gut ging.

„Deine Freunde werden über mein Zeichen nicht sehr glücklich sein", bemerkte er und versuchte seine Leidenschaft zu zügeln.

„Wahrscheinlich nicht", stimmte ihm Alain zu. „Aber um die geht es nicht. Mein Privatleben geht sie nichts an." Er dachte kurz über seine Worte nach und fasste Orlando an der Hand. „Unser Privatleben geht sie nichts an. Wir beide wissen, was es bedeutet. Sie müssen es gar nicht erfahren. Und wenn doch, dann kann mir ihre Meinung egal sein. Ich bin unabhängig genug, um nicht auf jede ihrer Launen Rücksicht nehmen zu müssen. Marcel ist der einzige, dessen Meinung zählt. Und wenn wir es ihm erklären, kann ich mir nicht vorstellen, dass er etwas dagegen einzuwenden hat. Was glaubst du, wie Jean reagieren wird?"

„Es wird ihn zu Anfang vermutlich schockieren. Er sieht mich trotz meines Alters oft noch wie ein Kind, das seinen Schutz braucht. Er wird sich daran gewöhnen müssen."

„Wie alt bist du?", fragte Alain.

„Zweihunderteinundfünfzig Jahre", erwiderte Orlando.

„Und seit wann bist du ein Vampir?"

„Seit zweihundertachtundzwanzig Jahren. Mein Schöpfer hat mich umgewandelt, kurz bevor der Aufstand der amerikanischen Kolonien begann. Ich war damals dreiundzwanzig Jahre alt. Ich hätte wahrscheinlich meinen vierundzwanzigsten Geburtstag nicht erlebt, wenn ich ihm nicht begegnet wäre. Ich war damals ein junger Soldat und sollte nach Amerika in den Krieg geschickt werden. Von meinen damaligen Kameraden hat keiner überlebt."

„Es tut mir so leid, wie er dich in all diesen Jahren misshandelt hat", meinte Alain. „Aber wenn er dich nicht umgewandelt hätte, wären wir beide jetzt nicht hier. Und das tut mir nicht im Geringsten leid."

Orlando lächelte. Ein echtes, viel zu seltenes Lächeln. „Es ist wohl das erste Mal, dass ich auch froh bin, ein Vampir zu sein. Ich habe ihn so lange dafür gehasst und verflucht, dass es mir merkwürdig vorkommt, es plötzlich anders zu sehen. Aber du hast recht. Hätte er mich nicht gesehen und begehrt, ich hätte dich niemals kennengelernt." Er beugte sich vor und küsste Alain. Er wollte Alains Kuss, seinen Mund schmecken. Der Geschmack war genauso einmalig wie Alains Geruch, wie das Gefühl seines Körpers unter Orlandos Händen. Er konnte nicht genug davon bekommen, seinen Magier zu berühren. Allein der Gedanke daran bereitete ihm unbeschreibliche Freude. Sein Magier. Und er war jetzt Alains Vampir. Für jetzt und immerdar.

Alain gab sich Orlandos Kuss hin und ließ ihn seinen Mund erkunden. Das Gefühl von Orlandos Zunge an seiner, das vor und zurück, weckte aufs Neue Alains Verlangen. Sie mussten die anderen loswerden, um endlich mehr Zeit für sich allein zu haben. Er brauchte Orlando. Jetzt. Atemlos unterbrach Alain ihren Kuss, um Orlando seine Wünsche mitzuteilen.

„Wir müssen wieder ins Wohnzimmer zurückgehen, und sei es nur, um die anderen loszuwerden", sagte er seufzend. „Ich bin diese ständigen Unterbrechungen leid."

Orlandos Gedanken kamen in die Gegenwart zurück. Er wusste, was Alain damit meinte. Sie mussten auch noch herausfinden, wie viel Blut Orlando von Alain trinken konnte, ohne ihm zu schaden und ihn zu schwächen. Das Blut, das er die beiden letzten Male getrunken hatte, reichte ihm mindestens für einen Tag. Er fühlte sich immer noch von Alains Magie umhüllt. Plötzlich überkam ihn ein unwiderstehliches Verlangen, wieder die Sonne zu sehen. Bevor er seinen Vorschlag äußern konnte, verzog Alain schmerzlich das Gesicht und griff nach dem feuchten Tuch an seinem Hals. Orlando beugte sich wieder vor und drückte einen Kuss auf die Brandwunde. „Würde dir etwas Eis helfen?", fragte er. „Ich habe genug davon im Kühlschrank."

„Das wäre gut", meinte Alain. „Ich möchte Marcel nicht bitten, die Schmerzen magisch zu mindern. Aber sie sind unangenehm und lenken mich ab."

„Dann komm", erwiderte Orlando. „Wir holen uns Eis aus der Küche." Er stand auf und hielt Alain ohne zu zögern die Hand hin. Dann verließen sie gemeinsam das Schlafzimmer.

12

ORLANDO KAM aus dem Schlafzimmer in den Flur. Zu seiner Überraschung war die Küchentür, die vorhin noch offen gestanden hatte, jetzt geschlossen. Er öffnete sie und betrat, immer noch Hand in Hand mit Alain, die Küche. Am Tisch saß Jean und grübelte vor sich hin. Sein Blick blieb für einige Sekunden auf ihren verschränkten Händen haften, dann sah er Orlando ins Gesicht.

„Geht es dir wieder besser?", wollte er wissen.

„Ja", erwiderte Orlando und ließ Alains Hand los, um im Kühlschrank nach dem Eisbehälter zu suchen. Er entnahm ihm einige Eiswürfel und wickelte sie in das Tuch, das die Wunde an Alains Hals bedeckt hatte.

„Was ist passiert?", fragte Jean.

Alain ließ das Tuch sinken, um Jean das Brandmal zu zeigen. Dann bedeckte er es wieder mit dem eisgekühlten Tuch. Jean fasste ihn am Arm und hielt ihn zurück. „Was ist das?", wollte er wissen. Seine Stimme hatte einen bedrohlichen Unterton.

Orlando zog Jeans Hand weg und presste das Tuch vorsichtig an Alains Hals. „Mein Zeichen", antwortete er und legte die Hand besitzergreifend auf Alains Schulter.

„Dein … Zeichen", sagte Jean langsam. „Du Idiot! Ist dir eigentlich klar, was du da getan hast?"

„Nenn ihn nicht so!", explodierte Alain, als Orlando bei Jeans Worten zusammenzuckte.

„Wir haben uns einige Versprechen gegeben", antwortete Orlando kühl. „Und wir haben sie nach Art der Vampire besiegelt."

„Was habt ihr euch versprochen?", fragte Jean im gleichen kühlen Tonfall. Alain war über die Reaktion überrascht. Er hätte nicht damit gerechnet, dass ausgerechnet Jean sich so feindselig äußern würde.

„Das ist unsere Privatangelegenheit", erwiderte Orlando. „Warum willst du es wissen?"

„Weil du offensichtlich nicht weißt, was du da versprochen hast. Hast du dich nie gefragt, warum diese Zeichen so selten zu sehen sind? Warum nur so wenige von uns einen Avoué haben? Du hast einen sehr alten Ritus vollzogen, dessen Ursprünge im Dunkel der Geschichte liegen. Und jetzt musst du die Konsequenzen tragen", schrie Jean.

„Ihr habt den Aveu de Sang abgelegt, das Bekenntnis des Blutes. So lange Alain lebt, wirst du für ihn verantwortlich sein. Du hast versprochen, ihm jeden Wunsch zu erfüllen und ihm dein ganzes Leben zu widmen. Du hast dich zu seinem Sklaven gemacht", fuhr Jean fort und sah Orlando tief in die Augen, um ihm den Ernst der Lage klarzumachen.

„Er braucht nichts anderes zu tun, als dir sein Blut zu verweigern, und schon bist du geschwächt. Er kann dich sogar damit vernichten, denn so lange er lebt, wirst du kein anderes Blut mehr trinken können, als das seine. Es würde dich krank machen und töten."

„Das verstehe ich nicht", sagte Alain. „Warum sollte ihn fremdes Blut krank machen?"

„Weil es in der Natur des Bundes liegt, den ihr durch Orlandos Zeichen eingegangen seid. Was immer du ihm versprochen hast, er hat dir das gleiche Versprechen gegeben, ob er es wollte oder nicht", antwortete Jean. „Ich hoffe nur, dass du es wert bist, Magier."

„Es steht dir nicht zu, ihm zu drohen", sagte Orlando und stellte sich zwischen die beiden Männer. „Ich hatte Alain schon versprochen, nur noch von ihm zu trinken, so wie er mir versprochen hat, sein Blut nur noch mit mir zu teilen. Ich sehe keinen Unterschied zu dem, was du gerade gesagt hast."

„Aber es ist nicht mehr deine freie Entscheidung. Damit hat er Macht über dich", erklärte Jean.

„Diese Macht habe ich ihm schon vorher gegeben", erwiderte Orlando. „Und er hat mir die gleiche Macht gegeben."

„Die Macht über Leben und Tod?", fragte Jean herausfordernd.

„Jedes Mal, wenn er mich sein Blut trinken lässt, muss er darauf vertrauen, dass ich ihn nicht töte", stellte Orlando klar. „Ich müsste nur zuviel trinken, und er wäre tot."

Alain trat an Orlandos Seite und legte ihm die Hand auf die Schulter, um seine Aufmerksamkeit von Jean abzulenken. „Ich wollte dir diese Versprechen geben und ich werde sie auch einhalten. Daran ändert sich auch durch diesen Bund nichts. Ich will dir geben, was du von mir brauchst. Aber es ist mehr, als du selbst beabsichtigt hast. Wir sollten Marcel fragen, ob er einen Weg kennt, den magischen Bund zu lösen, ohne dass du davon krank wirst. Es beunruhigt mich, dass du nur noch von mir trinken kannst. Was passiert, wenn wir, aus welchem Grund auch immer, getrennt werden und du musst trinken? Wir befinden uns im Krieg. Was passiert, wenn ich verwundet werde und dir kein Blut geben kann?", fragte Alain besorgt.

„Nein", widersprach Orlando vehement. „Ich will keinen anderen. Ich will nur noch dich, seit ich das erste Mal von dir getrunken habe. Wir werden es so planen, dass wir immer zusammen sind, wenn ich dich brauche. Selbst wenn ich es nicht müsste, ich würde nur von dir trinken wollen."

„Damit gehst du ein sinnloses Risiko ein", warf Jean ein.

„Das ist meine eigene Entscheidung", erwiderte Orlando.

„Ja, das ist es", stimmte Alain zu. „Aber ich musste es dir anbieten. Du hast gerade erfahren, dass unser Versprechen uns stärker bindet, als du es vorhergesehen hast. Ich wollte dir nur anbieten, es zurückzunehmen, falls du es dir anders überlegt haben solltest. Du hast mir deine Antwort gegeben. Wir müssen nicht mehr darüber reden."

Als sie ein Geräusch von der Tür hörten, drehten sie sich um und sahen Thierry dort stehen, der eine Tüte mit Gebäck in der Hand hatte. „Ich bringe unser Frühstück", sagte er und hielt die Tüte hoch. Er und die anderen Magier hatten gehört, wie sich die Schlafzimmertür geöffnet hatte und das Paar in die Küche gegangen war. Aber sie hatten die beiden noch nicht gesehen, als es dort plötzlich laut geworden war. Das Pain au Chocolat für Alain war Thierry deshalb gelegen gekommen, um nach dem Rechten zu sehen und herauszufinden, ob zwischen Alain und Orlando alles wieder in Ordnung war. Ihm fiel das Tuch auf, das Alain sich an den Hals drückte, und Wut stieg in ihm auf. Wieso hatte der verdammte Vampir schon wieder trinken müssen? Er würde Alain mit seiner Unersättlichkeit noch umbringen. Thierry ging auf sie zu und zog Alain die Hand mit dem Tuch vom Hals. Orlando reagierte sofort und fasste Thierry am Arm, um ihn aufzuhalten.

Thierry erwartete, zwei Bisswunden zu sehen, so wie an Alains Handgelenken. Stattdessen erblickte er das frische Brandmal und explodierte. „Was zum Teufel ist das?"

„Die Besiegelung eines Versprechens", erwiderte Alain seelenruhig.

„Du hast dich von ihm brandmarken lassen", schrie Thierry. Er ließ Alains Hand los und stürzte sich auf Orlando, der ihm geschickt auswich. „Was hast du mit ihm gemacht, Vampir?", fauchte Thierry ihn an und wollte wieder nach ihm greifen. „Welche dunkle Magie hast du eingesetzt, um ihn dazu zu bewegen?"

Noch bevor Orlando antworten oder Jean sich einmischen konnte, hatte Alain sich zwischen sie gedrängt und stand Thierry Auge in Auge gegenüber. Er ließ das Tuch aus der Hand fallen. Die Eiswürfel schlugen mit einem Knall auf und verteilten sich über den Küchenfußboden. „Wie lange sind wir schon Freunde?", fragte Alain leise. Seine Reaktion überraschte alle. Orlando runzelte die Stirn, weil er eine etwas entschiedenere Verteidigung von Alain erwartet hätte.

„Seit dreißig Jahren", antwortete Thierry.

„Dann solltest du unsere Freundschaft nicht so leichtfertig aufs Spiel setzen", sagte Alain. „Erstens hat der Vampir, wie du sehr gut weißt, auch einen Namen. Also benutze ihn, wenn du von ihm sprichst. Und zweitens … Hast du in den dreißig Jahren, die wir uns schon kennen, auch nur ein einziges Mal erlebt, dass mich jemand dazu bringen konnte, etwas gegen meinen Willen zu tun?"

„Nein", gab Thierry zu. Er musste sich ehrlicherweise eingestehen, dass Alains Unnachgiebigkeit der Grund für ihre schlimmsten Auseinandersetzungen gewesen war. Niemand konnte Alain zu etwas zwingen, von dem er nicht selbst überzeugt war.

„Dann solltest du etwas mehr Vertrauen in mich setzen, wenn du Orlando schon nicht vertrauen kannst. Er musste mich nicht verhexen. Dieses Brandmal …" Thierry und Jean zuckten bei dem Wort zusammen, „… besiegelt die Versprechen, die wir uns gegeben haben. Versprechen, die ich aus freiem Willen abgelegt habe."

Diese Worte hatte Orlando hören wollen. Seine Anspannung verflog und er trat an Alains Seite. Ohne Thierry dabei aus den Augen zu lassen, hob er das Tuch und die Eiswürfel auf. Dann hielt er sie wieder an Alains Wunde. Alain bedankte sich mit einem liebevollen Lächeln.

„Das verstehe ich nicht", meinte Thierry. „Du kennst ihn gerade sechsunddreißig Stunden. Wie kannst du nach einer so kurzen Zeit schon bereit sein, sein Zeichen zu akzeptieren?"

„Wie immer ich es dir auch erkläre, du würdest es nicht verstehen", antwortete Alain nachdenklich. „Es ist einfach so."

„Wenn es wieder darum geht, einen jungen und hilflosen Menschen zu beschützen, bist du dieses Mal wirklich zu weit gegangen", sagte Thierry. „Ich weiß genau, was dich seit Henris Tod umtreibt."

„Lass das", erwiderte Alain mit eiskalter Stimme. Jeden anderen hätte er für diesen Kommentar ohne langes Nachdenken niedergeschlagen, aber er und Thierry kannten sich schon lange genug, um sich mit Worten zu einigen. „Mein Sohn hat damit nichts zu tun. Er hat nichts mit meinen Gefühlen für Orlando zu tun, der trotz seines jugendlichen Aussehens älter ist, als wir beide zusammen." Orlando fiel ein Stein vom Herzen, als Alain ihn so vehement verteidigte, aber es betrübte ihn auch, von Alains totem Sohn zu hören. Offensichtlich musste er noch mehr über den Magier lernen, als ihm bisher bewusst geworden war. Er hatte durch Alains Blut viel über dessen Charakter erfahren, aber die Einzelheiten und Hintergründe, die diesen Charakter geformt hatten, konnte er darin nicht schmecken.

„Thierry? Alain?", rief Adèle von der Tür. „Was ist hier los?"

„Nichts", sagte Alain mit grimmiger Entschlossenheit. Er sah wütend zwischen Jean und Thierry hin und her. „Gar nichts. Wir wollten gerade darüber reden, wie wir jetzt weiter vorgehen."

Adèle betrachtete neugierig das Tuch an Alains Hals. Aber sie konnte die angespannte Atmosphäre spüren, und sie wäre nicht in ihre gegenwärtige Position gekommen, wenn sie solche Anzeichen ignorieren würde. Deshalb nickte sie nur und machte den Weg frei, damit die anderen ins Wohnzimmer vorausgehen konnten.

Marcel sah auf, als Thierry, Alain und Orlando den Raum betraten. Auch er war über das Tuch an Alains Hals überrascht, aber er kannte seinen Offizier gut genug, um in Ruhe auf eine Erklärung zu warten. Als er bemerkte, dass Payet eine Frage dazu stellen wollte, brachte er ihn mit einem bedeutungsvollen Blick zum Schweigen.

Adèle wartete, bis die anderen Magier und Orlando an ihr vorbeigegangen waren, dann gesellte sie sich zu Jean. Sie warf ihm einen bewundernden Blick zu und als Jean an der Tür zum Wohnzimmer stehen blieb, sah sie ihn erstaunt an. Aber Jean wollte sich nur davon überzeugen, dass die Vorhänge dicht geschlossen waren. Dann betrat er das Zimmer. „Bist du wirklich so empfindlich?", fragte Adèle.

„Ja", erwiderte Jean. „Ein einziger Sonnenstrahl kann uns töten, wenn er uns an der richtigen Stelle trifft."

„Thierry hat uns erzählt, dass Orlando heute in der Sonne gestanden hat."

„Das hat er", bestätigte Jean. „Offensichtlich hat Alains Magie ihn beschützt." Jean war immer noch nicht sehr glücklich über das Brandmal und all seine Implikationen, aber daran konnte er nichts mehr ändern. Seufzend sah er Adèle an und nahm sich vor, Alain gut im Auge zu behalten. Wenn es sein musste, würde er den Magier eher töten, als zuzulassen, dass Alain Orlando zu seinem Sklaven machte. Alains Tod würde Orlando befreien und ihm erlauben, wieder von anderen Opfern zu trinken, auch wenn Jean darüber Orlandos Freundschaft verlieren würde. Aber hoffentlich waren diese Sorgen unbegründet und Alain so vertrauenswürdig, wie Orlando zu glauben schien. Es war ihre einzige Chance, die kommenden Herausforderungen zu bestehen.

„Glaubst du, sie haben recht? Dass es für jeden Vampir funktioniert, wenn er nur den richtigen Magier findet?", wollte Adèle wissen.

„Mag sein", antwortete Jean. „Es ist den Versuch auf jeden Fall wert."

„Vielleicht bin ich die passende Partnerin für dich", schnurrte sie. Sie hätte nichts dagegen einzuwenden, mit diesem höllisch attraktiven Vampir mehr Zeit zu verbringen. Im Gegensatz zu Payet hatte sie nicht die geringsten Vorbehalte, sich von einem Vampir beißen zu lassen. Besonders dann, wenn der so gut aussah wie Jean.

Jean warf der Frau an seiner Seite einen Blick zu. Er hatte sie natürlich schon gesehen, als sie gekommen war. Aber dann war die Sache mit Alain passiert, und er war so wütend gewesen, dass er nicht weiter auf sie geachtet hatte. Sie war eine Schönheit, groß und schlank, mit einer starken Persönlichkeit, die nicht zu übersehen war. Die enge Hose und die Stiefel, die sie trug, betonten ihre langen Beine. Die maßgeschneiderte Jacke brachte ihre Figur bestens zur Geltung. Sie hatte ein anziehendes Gesicht, und im Moment zog sie Jean Aufmerksamkeit auf sich. Die dunklen Haare fielen ihr lang über den Rücken, was man bei Frauen in diesen Zeiten nur noch selten sah. Jean vermisste es sehr, weil er es aus seiner Jugend gewohnt war. Er liebte es, die langen Haare einer Frau in die Hände zu nehmen. Ja, er wollte von ihr trinken. Mit Freuden. „Vielleicht bist du das", sagte er. „Wir werden es einfach ausprobieren müssen."

„Was ausprobieren?", fragte Payet von der anderen Seite des Zimmers.

„Ausprobieren, ob einer von uns der passende Magier für Jean ist", antwortete Adèle ungeduldig.

„Lasst uns erst darüber reden", meinte Marcel bedächtig. „Wir sollten versuchen, logisch und vernünftig darüber nachzudenken. Herausfinden, warum es bei bestimmten Paaren funktioniert und bei anderen nicht."

„Es liegt nicht an Alain", sagte Orlando sofort, weil er seinen Magier nicht mehr teilen wollte. „Und an mir auch nicht. Ich habe bei Thierry nichts gespürt, und Jean ging es mit Alain genauso."

„Es ist auch nicht der erste Magier, den ein Vampir beißt. Sonst hätte Thierrys Magie auf mich wirken müssen", ergänzte Jean.

„Marcel hat überlegt, ob es die … Gefühle sein könnten, die der Vampir und der Magier füreinander empfinden", meinte Adèle. „Soweit ich weiß, wollte Orlando Alain beißen, und der war dazu bereit, von ihm gebissen zu werden. Ich kann mir nicht vorstellen, dass eure anderen Versuche unbedingt freiwillig waren."

„Nicht wirklich", erwiderte Thierry trocken.

„Dann lasst uns diese Idee weiter verfolgen", schlug Adèle vor. „Ich bin bereit dazu, wenn du nichts dagegen hast", fuhr sie fort und sah Jean an.

„Ganz und gar nicht", sagte Jean eifrig und griff nach ihrer Hand. Er hob sie an die Lippen und atmete ihren schweren Geruch ein. An diese Magierdame könnte er sich gewöhnen und hoffte deshalb, dass sie zusammen passen würden. Er biss ihr ins Gelenk und nahm einen Schluck von ihrem Blut. Es war stark und wohlschmeckend. Er konnte ihr Verlangen, ihre Intelligenz, ihre Integrität und ihre Macht schmecken. Aber er spürte nichts von der Wirkung, die Orlando beschrieben hatte. Er fühlte sich nicht von ihrer Magie umhüllt und beschützt. Es war wie das Blut eines beliebigen Sterblichen.

Traurig hob er den Kopf. „Nichts", sagte er bedauernd.

Adèle ließ die Hand an ihre Seite fallen und bedauerte ebenfalls, dass es nicht funktioniert hatte. Erneut zerbrachen sie sich die Köpfe auf der Suche nach einer Erklärung.

„Was ist mit dem Rang?", schlug Alain vor und sah den Chef de la Cour an. „Ich war Marcels Botschafter und Orlando hat dich vertreten. Das hat uns zu Gleichgestellten gemacht. Jedenfalls zu dem Zeitpunkt, als wir uns das erste Mal getroffen haben."

Marcel sah Alain an, der an Orlandos Seite stand und ihm wie selbstverständlich den Arm um die Schultern gelegt hatte. Marcel wusste genau, dass an dieser Geste nichts Selbstverständliches war. „Wir könnten es versuchen", meinte er und schob seinen Ärmel hoch.

Jean ging bereitwillig auf den älteren Mann zu. Als er ihm in die lederharte Haut des Handgelenks biss, wurde er von der Macht des Magiers fast aus dem Gleichgewicht gebracht. Er schmeckte einen tiefsitzenden Respekt für jedes Leben, ob magisch oder nicht, und er schmeckte einen tiefen Glauben an die Gleichheit aller Menschen. Marcel wäre ein machtvoller Verbündeter, wenn die Zeit kam, gegen die Diskriminierung der Vampire zu kämpfen und die Gesetze zu ändern. Aber auch von Marcels Magie fühlte Jean sich nicht umhüllt und beschützt. Er ließ das Handgelenk des Magiers los und verbeugte sich höflich, so wie er es am Hof der französischen Könige vergangener Jahrhunderte gelernt hatte. Es hätte nicht in diese Zeit passen sollen, aber Jeans Verbeugung war so elegant und perfekt, dass alle sie als vollkommen natürlich empfanden. „Es ist mir eine Ehre, an deiner Seite kämpfen zu dürfen", sagte Jean.

„Aber ich werde nicht derjenige sein, der dich beschützten wird, nicht wahr?", fragte Marcel, obwohl er die Antwort auf seine Frage schon wusste.

„Bedauerlicherweise nicht", erwiderte Jean.

„Ist es vielleicht alles nur eine Frage des Zufalls?", überlegte Thierry. „Etwas anderes fällt mir dazu nicht mehr ein."

„Zweifellos ist es eine Frage der Chemie, die das Blut des Magiers mit dem Vampir verbindet", meinte Marcel.

„Oder es sind doch nur Orlando und Alain", sagte Jean

„Das mag sein. Aber ich will die Hoffnung noch nicht aufgeben", erwiderte Marcel. „Wir haben noch einen anderen Magier, der hier anwesend ist und von dem du trinken kannst. Und außer ihm leben hier in Paris noch Hunderte andere. Es wird einige Zeit dauern, aber wir sollten nicht aufgeben, bevor wir alles versucht haben. Raymond?", forderte Marcel Payet auf.

Payets Gesichtsausdruck hätte fast als komisch bezeichnet werden können, wäre die Lage nicht so ernst gewesen. Er war schon einmal gebissen worden, und es war alles andere als angenehm gewesen. Payet wollte diese Erfahrung nicht wiederholen. „Ich glaube nicht …", protestierte er und erhob sich.

„Halt den Mund, Payet", knurrte Thierry. „Setz dich wieder hin und gib ihm deinen Arm. Du behauptest doch immer, auf unserer Seite zu stehen. Nun, das gehört auch dazu und gibt dir die Chance, es uns zu beweisen. Ob es dir gefällt oder nicht."

Widerstrebend gehorchte Payet Thierrys Aufforderung. Der große Magier flößte ihm Angst ein. Marcel mochte zwar mächtiger sein, aber Thierry sah aus, als könnte er jeden Mann in Stücke reißen, ohne auch nur die geringste Magie einsetzen zu müssen. Und er schien schon wütend genug zu sein, um das auch jederzeit zu tun.

Jean sah Payet grimmig an. Er wusste aus Erfahrung, was in dem Magier vor sich ging. Normalerweise suchte er sich einfach ein anderes Opfer, wenn er mit einer so tiefsitzenden Furcht konfrontiert wurde. Aber hier ging es um mehr als Durst. Hier ging es darum, einen Magier zu finden, dessen Magie ihn beschützen konnte, so wie Alains Magie es mit Orlando tat. Er hob die zitternde Hand Payets an seine Lippen und biss zu. Er wollte es so schnell wie möglich hinter sich bringen, damit sie sich wichtigeren Dingen zuwenden konnten.

Seine Vorbehalte hielten nur so lange an, bis der erste Blutstropfen seine Zunge berührte. Er schmeckte den zurückliegenden Verrat und die Verschwörung in Payets Blut, die alte, dunkle Magie, die unter der neuen, unverbrüchlichen Loyalität lag, unter der weißen Magie, der Payet sich jetzt verpflichtet fühlte. Und diese Magie umhüllte Jean und wickelte sich um ihn wie eine wärmende Decke, die ihn vor der Außenwelt beschützte. Das war es, was Orlando ihm beschrieben hatte, das war dieses Gefühl, von einem schützenden Mantel umgeben zu sein.

„Es wirkt", sagte Jean und hob langsam den Kopf. „Ich kann es fühlen. Es ist so, wie Orlando es beschrieben hat. Wenn ich etwas mehr trinken würde, könnte ich wahrscheinlich in die Sonne treten."

13

NACH JEANS Mitteilung herrschte lange Stille.

„Wir sollten sie allein lassen", brach schließlich Orlando das Schweigen. Alain konnte die Panik erkennen, die sich auf Payets Gesicht ausbreitete. Er überlegte, wie er den Mann wieder beruhigen konnte, aber ihm fiel nichts ein. Er hatte sich zu Orlando hingezogen gefühlt und dessen Bisse hatten sie noch näher zusammengebracht. Aber damit würde Payet nichts anfangen können. Es wäre wahrscheinlich das letzte, wonach Payet der Sinn stand.

Alain forderte die anderen mit einem Kopfnicken auf, ihm in die Küche zu folgen. Es war besser, Jean die Erklärungen zu überlassen. Alain hatte selbst genug zu erklären, wenn Marcel von dem Brandmal und der Natur des Bundes erfuhr, den Alain mit Orlando eingegangen war. Er wusste nicht, welche Wirkung seine Enthüllungen auf Thierry haben würden, und ob der sich wieder beruhigen oder noch wütender werden würde, wenn er über die wahre Bedeutung des Zeichens an Alains Hals informiert wurde. Sie waren schon fast ein Leben lang befreundet und doch fiel es ihm in vielen Fällen immer noch schwer, Thierrys Reaktionen vorherzusehen. Besonders dann, wenn es sich um Alain selbst drehte.

Marcel hatte genug von Alains Gespräch mit Thierry und seinem Streit mit Jean gehört, um das Thema auf sich beruhen zu lassen. Er warf Payet noch einen langen, bedeutungsvollen Blick zu, dann ging er den anderen in die Küche voraus. Sie drängten sich in den kleinen Raum, setzten sich an den Tisch oder suchten sich Stehplätze an der Wand. Orlando ging direkt zum Kühlschrank, um mehr Eiswürfel zu holen.

Alain hatte sich zwar nicht beschwert, aber die Brandwunde an seinem Hals musste schmerzen. Orlando war von seinem Schöpfer oft genug mit glühenden Eisen gefoltert worden, um zu wissen, wie sehr selbst ein Vampir unter solchen Wunden litt. Für einen Sterblichen wie Alain musste es noch schlimmer sein. Er wickelte neue Eiswürfel in das Tuch an Alains Hals.

„Könnt ihr mir jetzt berichten, was geschehen ist?", eröffnete Marcel das Gespräch.

Thierry verzog das Gesicht, als Alain die Hand sinken ließ und das Brandmal enthüllte.

Marcel kniff die Augen zusammen, sagte aber zunächst nichts. Dann murmelte er eine Beschwörung und begleitete sie mit einer schnickenden Handbewegung. Alain spürte Marcels Magie, die seine Wunde inspizierte. „Verändere nichts daran", sagte er.

Marcel schüttelte den Kopf. „Ich habe nichts verändert. Ich will nur die Natur des Bundes besser verstehen und habe die Wunde untersucht. Ich hoffe sehr, dass ihr euch an eure Versprechen halten werdet, denn das ist eine Magie, gegen die ich nichts ausrichten kann."

„Magie?", fragte Thierry. „Welche Magie? Von Magie habt ihr mir nichts gesagt." Seine Stimme nahm langsam an Lautstärke zu.

„Weil es nicht geändert hätte", erwiderte Alain. „Die Magie tut nichts anderes, als Orlando dazu zu zwingen, in Zukunft nur noch von mir zu trinken."

„Ich brauche keine Magie, um dieses Versprechen zu halten", ergänzte Orlando und sah Thierry drohend an. „Also ändert sie nichts."

„Es gefällt mir trotzdem nicht", knurrte Thierry.

„Und es geht dich immer noch nichts an", sagte Alain. Als er sich wieder zu Marcel umdrehte, fiel ihm der besorgte Ausdruck in Adèles Gesicht auf. Um sowohl sie als auch Marcel zu beruhigen, sagte er: „Es hat nicht mit der Allianz zu tun. Niemand muss es uns nachmachen, selbst wenn es andere Paare zwischen Vampiren und Magiern gibt, bei denen die Magie funktioniert. Es gibt keinen Grund, warum diese Paare exklusiv sein sollten." Er wandte sich an Orlando. „Das stimmt doch, oder?"

„Ja", antwortete Orlando bedächtig. „Die Vampire können immer noch fremdes Blut trinken, wenn sie nicht vorhaben, tagsüber ins Freie zu gehen. Obwohl ich vermute, dass der Magier sich besser auf seinen einen Partner beschränken sollte, um nicht zu viel Blut zu verlieren. Besonders dann, wenn die Schutzwirkung des Blutes sich auf einen Vampir beschränkt."

„Gut", meinte Marcel. „Es ist eine Sache, einen Magier vor einem Kampf um Blut für einen geschätzten Verbündeten zu bitten. Es wäre aber eine ganze Sache, wenn er sich ständig für die spontanen Gelüste eines Vampirs zur Verfügung stellen müsste."

„Orlando ist mehr von mir abhängig, als ich es von ihm bin", erklärte Alain. „Die Magie, die du gespürt hast, verhindert, dass er von einem anderen trinkt. Er hat keine andere Wahl." Alain zuckte zusammen, als ein plötzlicher Schmerz durch seine Brandwunde schoss.

„Ich habe mich dazu entschieden", sagte Orlando mit fester Stimme. „Das Eis hilft nicht sehr, oder?", fragte er Alain. „Was kann ich noch tun, um deine Schmerzen zu lindern?"

„Es gibt Beschwörungen", warf Thierry ein.

„Nein", lehnte Alain ab. „Es geht schon. Es erinnert mich an die Gedankenlosigkeit, mit der ich dich verletzt habe."

„Dafür hast du dich schon entschuldigt", meinte Orlando. „Es gibt keinen Grund, dass du diese Schmerzen erträgst, wenn Thierry oder Marcel etwas dagegen unternehmen können."

„Aber …"

„Nein. Ich habe dich darum gebeten", sagte Orlando und deutete auf die Wunde. „Jetzt bitte ich darum, nicht meinetwegen zu leiden. Es reicht, dass du mein Mal akzeptiert hast." Ohne Alain die Möglichkeit zu geben, ihm zu widersprechen, drehte er sich zu Thierry um. „Hilf ihm. Bitte."

„Thierry", sagte Alain warnend, aber der ignorierte ihn und sprach eine Beschwörung, um Alains Schmerzen zu lindern.

Alain fühlte sofort, wie die Schmerzen nachließen, zu seiner Überraschung aber nicht komplett verschwanden. Er sah Thierry fragend an, der ihm unauffällig zunickte. Alain erwiderte das Nicken. Er war seinem Freund dankbar dafür, seine Gefühle respektiert zu haben.

JEAN WARTETE ab, bis die anderen das Wohnzimmer verlassen hatten. Dann drehte er sich wieder zu Payet um, der immer noch auf dem Sofa saß. Der Schock stand dem Magier ins Gesicht geschrieben. Als Jean wieder nach seiner Hand fassen wollte, versuchte Payet zu entkommen und rutschte panisch in die äußerte Ecke des Sofas. „Halt", befahl Jean. „Warum hast du solche Angst?"

„Ich will nicht zum Hörigen eines Vampirs werden", sagte Payet.

„Von allen dämlichen … Ich will keinen Sklaven. Hör mir zu, Payet. Ich weiß, dass du mich nicht magst. Ich mag dich auch nicht sonderlich, aber dein Blut scheint der Schlüssel zu sein, damit ich mich im Sonnenlicht aufhalten kann. Und das möchte ich tun. Wir werden uns also auf akzeptable Bedingungen einigen, die es mir ermöglichen."

Raymond schauderte vor Abscheu. Er konnte das Bild von Orlando, der sich über Alains Arm gebeugt hatte, nicht aus dem Kopf bekommen. „Nein", protestierte er. „Das kann nicht funktionieren."

„Denk doch nach", erwiderte Jean beharrlich. „Im Moment vertraut dir nur Chavinier, bei den anderen sieht es nicht so gut aus. Ich muss nur in die Küche gehen und ihnen sagen, dass du nicht damit einverstanden bist; dann werden sie sich sofort nach dem Grund für deine Verweigerung fragen. Ich brauche ihnen noch nicht einmal von der dunklen Magie in deinem Blut zu berichten. Sie werden sofort ahnen, dass du etwas zu verbergen hast. So wirst du nie ihr Vertrauen gewinnen."

„Das kannst du nicht tun", rief Raymond.

„Wart nur ab", bluffte Jean.

Der Magier ließ resigniert die Schultern hängen. „Was verlangst du von mir?"

„Nur genug Blut, um nach draußen auf den Balkon gehen zu können. Es muss nicht unangenehm für dich sein, wenn du dich nur entspannen könntest."

Payet erschauderte wieder. „Dann tu es einfach", gab er schließlich nach.

Jean setzte sich aufs Sofa und führte Payets Handgelenk an die Lippen. Da der Magier keinerlei Anstalten machte, dem Erlebnis auch angenehme Seiten abgewinnen zu wollen, wahrte Jean ebenfalls Distanz. Er konnte allerdings nicht verhindern, den vollen Geschmack von Payets Blut und die Kraft der Magie zu genießen, die ihn mit jedem Schluck stärker einhüllte.

Payet zwang sich zur Ruhe, als Bellaiche seine Hand nahm und sie näher und näher an die Lippen hob. Aber er konnte sich nicht entspannen. Er sah die langen Zähne, die in Bellaiches Mund glänzten. Payet drehte sich der Magen um, als er daran denken musste, dass ihn diese Zähne gleich beißen würden. Er konnte es nicht ertragen, aber ihm blieb keine andere Wahl. Er war auf Marcels Wohlwollen angewiesen. Wenn Marcel ihm das Vertrauen entzog, wäre er Serriers Schergen hilflos ausgeliefert, die ihn für seinen Verrat immer noch verfolgten. Payet schloss die Augen. Er wollte nicht sehen, was gleich mit ihm geschehen würde. Er würde sich unterwerfen und Bellaiches Bedürfnis nach Blut stillen, aber mehr nicht.

Jean rief sich ins Gedächtnis zurück, wie Orlando das Gefühl beschrieben hatte, das erste Mal seit Jahrhunderten wieder in der Sonne zu stehen. Sie bereiteten sich nicht auf eine Schlacht vor, und für einige Minuten Sonnenlicht brauchte Jean keinen unbegrenzten Schutz. Er spürte, wie die Wirkung der Magie stärker wurde und langsam eine Barriere zwischen ihm und der Welt errichtete. Jean konnte nicht sagen, wann diese Barriere stark genug war, um ihn vor der Sonnenstrahlung zu schützen. Dazu fehlten ihm die Vergleichsmöglichkeiten. Es ließ sich nur durch Versuch und Irrtum herausfinden, so wie alles in diesem Prozess. Als er das Gefühl hatte, genug getrunken zu haben, hob er den Kopf und ließ Payets Hand wieder los.

„Weißt du", versuchte er, die Stimmung etwas zu heben, „wenn wir das in Zukunft regelmäßig machen, solltest du mir zumindest deinen Namen verraten."

Payet zuckte bei der Vorstellung auf eine Wiederholung dieses Erlebnisses zusammen. Aber es gab keinen Ausweg aus der Situation. „Raymond", antwortete er dumpf.

„Raymond", wiederholte Jean. „Gut, Raymond. Wir sollten jetzt Folgendes tun. Wir holen die anderen ins Zimmer zurück, damit sie auch sehen können, ob deine Magie mich genauso beschützt, wie Orlando durch Alain beschützt worden ist. Dann finden wir heraus, wie viel ich von deinem Blut trinken muss, um die Wirkung auf mehrere Stunden auszudehnen."

Raymond nickte niedergeschlagen. Er fragte sich, warum Bellaiche ihn überhaupt in die Diskussion einbezog. Es war nicht so, dass er etwas zu sagen hatte. Wenn Bellaiche es wollte, musste Raymond nachgeben. Alles andere würde bedeuten, dass er Marcels Schutz verlor.

Jean fiel Raymonds Niedergeschlagenheit auf. Er war zu sehr in seiner Vorfreude gefangen, endlich wieder die Strahlen der Sonne fühlen zu können. Er ging zur Zimmertür und rief die anderen durch den Flur zurück. „Wir sollten jetzt meine Lichttoleranz testen", erklärte er, als sie alle wieder im Wohnzimmer versammelt waren.

Orlando ging auf das Fenster zu, um die Vorhänge aufzuziehen. Alain hielt ihn zurück. „Lass mich das machen", sagte er.

„Ich fühle mich genauso sicher, wie beim ersten Mal", protestierte Orlando.

„Tu mir den Gefallen", bat Alain. „Wenn du dich täuschst, könnte es dich umbringen. Ich will dich nicht verlieren."

Obwohl ein Teil von Orlando sich dagegen sträubte und die Richtigkeit seines Schutzgefühls unter Beweis stellen wollte, war er von Alains Fürsorge so überwältigt, dass er nickte und wieder soweit ins Zimmer zurücktrat, bis er vor den Sonnenstrahlen sicher war. Jean stellte sich an seine Seite und legte ihm den Arm um die Schultern. Dann öffnete Alain die Vorhänge und überzeugte sich davon, dass die beiden Vampire noch im sicheren Schatten standen. Die Geste des älteren Vampirs überraschte ihn. Orlando lächelte Jean noch einmal aufmunternd zu, dann verließ er ihn und ging selbstbewusst auf die Balkontür zu. Alain beobachtete ihn mit Argusaugen, konnte aber keine Veränderungen in Orlandos Hautfarbe feststellen. Er entspannte sich wieder etwas und richtete seine Aufmerksamkeit stattdessen auf Bellaiche. Jean trat langsam vor und legte nach jedem Schritt eine kurze Pause ein, um zu sehen, welche Wirkung die zunehmende Sonnenstrahlung auf ihn ausübte. Dann stand er endlich bei Orlando und die Herbstsonne fiel ungefiltert auf sein Gesicht.

„Komm mit nach draußen", sagte Orlando. „Schau dir Paris bei Tageslicht an."

14

JEAN STAND regungslos auf Orlandos Balkon, fühlte die wärmende Sonne auf seiner Haut und sah zum ersten Mal seit über tausend Jahren die Welt wieder im Tageslicht. Er kannte Orlandos Straße so gut wie seine eigene, aber nur in den Schatten der Nacht. Er kannte die geschäftigen Geräusche der Stadt bei Tage, aber er hatte sie nie sehen können. Er kannte den Geruch des Herbstlaubes, aber nicht seine Farbe. Bis heute nicht. Aber jetzt kam alles zurück – die vergessenen Erinnerung an seine Kindheit und Jugend in einer Stadt, die so anders gewesen war als das heutige Paris. Da, wo sie jetzt standen, hatten sich damals noch Felder und Wiesen ausgebreitet. Jean konnte plötzlich verstehen, warum Orlando für einen Schluck von Alains Blut nahezu alles zu geben bereit war. Raymonds Blut konnte Jean eine Freiheit geben, die er seit seiner Umwandlung nicht mehr besessen hatte. Seit der Zeit der Wikingerüberfälle am Ende des 10. Jahrhunderts.

Orlando stand an Jeans Seite und genoss ebenfalls die warme Sonne. Aber seine Gedanken waren mehr nach Innen gerichtet. Er dachte an den Magier, der ihm dies ermöglicht und mit dem er sich auch persönlich verbunden hatte. In seinem Herz purzelten die Gefühle – Begehren, Furcht, Vorfreude, Lust – wild durcheinander und drohten, ihn zu überwältigen. Er wollte in die Wohnung zurückgehen, alle Besucher aus dem Haus werfen und mit Alain allein sein. Orlando klammerte sich an die Eisenbrüstung des Balkons, um von der Welle der Gefühle nicht überrollt und hinweggespült zu werden.

Sein Verstand sagte ihm, dass sie sich jetzt um die Planung kümmern mussten. Sie mussten entscheiden, wie es mit der Allianz weitergehen sollte, nachdem ihre erfolgreichen Versuche mit dem Magierblut vollkommen neue Möglichkeiten eröffnet hatten. Sie mussten die anderen Vampire davon überzeugen, dass Magierblut ungefährlich war und sie, wenn sich die passenden Partner fanden, sogar vor dem Sonnenlicht schützen konnte. Und sie mussten die Magier davon überzeugen, sich für den Erfolg der Allianz von einer unbekannten Anzahl Vampire beißen zu lassen, um die richtigen Partner zusammenzubringen. Nach Orlandos Einschätzung lagen die persönlichen Vorteile eindeutig auf Seiten der Vampire. Sein Verstand sagte ihm, dass sie sich jetzt um die Planung kümmern mussten, aber sein Instinkt verlangte danach, endgültig für sich zu beanspruchen, was ihm gehörte.

Als Jean aus seiner Erstarrung erwachte und zurück ins Zimmer ging, folgte ihm Orlando. Er konnte sich nicht vorstellen, des Sonnenlichts jemals müde zu werden, aber er musste auch nicht seine Zeit damit vertrödeln. Mit Alain an seiner Seite konnte er jederzeit auf den Balkon zurückkehren, wenn ihm der Sinn danach stand. Er wusste jedoch nicht, wie viel Jean getrunken hatte und wollte nicht riskieren, seinen Freund allzu lange der Sonne auszusetzen.

Sobald sie wieder im Zimmer waren, kam Alain zu ihm und suchte auf Orlandos Haut nach Spuren der aschgrauen Farbe, die auf eine zu lange Sonneneinwirkung hinweisen könnten. Aber Orlando strahlte nahezu vor Gesundheit. Alain wollte die Vorhänge wieder zuziehen, doch Orlando hielt ihn zurück. „Lass das Licht noch für eine Weile ins Zimmer scheinen. Wir müssen wissen, wie lange wir es aushalten können."

Alain runzelte zwar die Stirn, gab ihm aber nach. Er würde Orlando genau im Auge behalten und bei den geringsten Anzeichen einer Veränderung auf seiner Haut die Vorhänge sofort schließen.

„Wie gehen wir jetzt vor?", fragte Orlando die Anwesenden. Er konnte sich zwar seinen Wunsch nicht erfüllen und sie aus der Wohnung werfen, aber er wollte zumindest dafür sorgen, dass ihre Diskussion so kurz wie möglich dauerte.

Adèle machte den Anfang. „Wenn wir uns wirklich auf Versuch und Irrtum beschränken müssen, dann ist die einfachste Lösung, so viele Vampire und Magier wie möglich in einem Raum zu versammeln und jeden nach seinem Partner suchen zu lassen."

Raymond erschauderte, traute sich aber nicht, etwas dagegen einzuwenden. Er wollte nicht riskieren, dass Bellaiche ihn falsch verstand. Stattdessen meldete sich Thierry zu Wort. „Ich kann mir nicht vorstellen, dass es allzu viele Magier gibt, die sich für dieses Experiment freiwillig zur Verfügung stellen", konterte er Adèles Enthusiasmus. „Was sollten sie damit gewinnen?"

Adèle warf ihm einen scharfen Blick zu.

„Verbündete", erinnerte Jean.

„Aber ist es für die Allianz wirklich unverzichtbar?", fuhr Thierry beharrlich fort.

„Wenn sie funktionieren soll?", warf Alain ein. „Wahrscheinlich nicht. Aber ihr wisst alle, dass wir nicht nur nachts kämpfen müssen. Sicher, nachts sind die Vampire gute Verbündete. Aber Serrier muss mit seinen Angriffen nur bis zum Sonnenaufgang warten, und dann haben wir wieder eine Pattsituation. Wenn die anderen Vampire sich allerdings, wie Orlando und Jean, im Sonnenlicht bewegen können, können sie uns nicht nur nachts unterstützen und an unserer Seite kämpfen."

„War der Biss wirklich so unerträglich?", wollte Adèle von Thierry wissen.

Alle Augen richteten sich auf Thierry, dem die Frage sichtlich unangenehm war. „Es war nicht das … das welterschütternde Erlebnis, das es für Alain gewesen zu sein scheint", sagte er nach einigem Überlegen.

„Weil du dich dagegen gewehrt hast", behauptete Jean. „Ich frage mich, ob dir der Gedanke daran nicht mehr zuwider war als die wirkliche Erfahrung. Vielleicht wäre der Biss einer Vampirin weniger erschreckend für dich. Das geht vielen Männern so."

Neben ihm durchfuhr Raymond, unbemerkt von den anderen, wieder ein Schaudern. Anspannung und Furcht machten ihm schwer zu schaffen. Er wollte laut schreien und allen mitteilen, wie ekelhaft die Erfahrung gewesen war und dass sie niemandem zuzumuten wäre. Aber er schwieg, weil er sich vor der Reaktion auf seine Worte fürchtete.

„Die Magier werden zustimmen, wenn ich sie dazu auffordere", sagte Marcel. „Wie sieht es mit den Vampiren aus?" Er sah Jean fragend an.

„Die meisten werden wohl mitmachen", antwortete Jean. „Ich kann ihnen nicht einfach Befehle erteilen wie ein General seiner Armee. Aber die meisten werden sich meinem Wunsch beugen. Außerdem wird die Aussicht, sich wieder im Tageslicht bewegen zu können, viele überzeugen."

„Die Zusammenkunft wird nach dem Einbruch der Dunkelheit stattfinden müssen", warf Adèle ein. „Sonst können die Vampire nicht daran teilnehmen."

„Am besten wäre eine Zeit kurz vor der Morgendämmerung", schlug Orlando vor. „So können sie bei Sonnenaufgang sofort die Vorteile der neuen Partnerschaften austesten."

„Aber dadurch haben wir auch ein Problem", widersprach Jean. „Was passiert mit den Vampiren, die keinen Partner finden? Sie stecken dann, wo immer auch das Treffen stattfindet, fest und müssen dort bis zum nächsten Sonnenuntergang ausharren."

„Wie wäre es, wenn wir uns früh genug treffen, um ihnen Zeit für den Heimweg zu lassen?", schlug Alain vor. „Ich glaube nicht, dass die Aussicht auf eine sofortige Demonstration der Vorteile die Skeptiker auf beiden Seiten überzeugen kann. Aber wir wollen nicht, dass allzu viele es für sinnlos halten und nicht teilnehmen."

„Die Sonne geht gegen sieben Uhr auf", sagte Marcel. „Würde eine Stunde ausreichen, damit diejenigen, die keinen Partner finden, wieder sicher nach Hause kommen?"

„Ich denke schon", erwiderte Jean. „Um diese Zeit fährt bereits die U-Bahn. Solange wir einen zentral gelegen Versammlungsort wählen, sollte eine Stunde ausreichen."

„Und wie lange soll diese … diese Blutprobe ungefähr dauern?", fragte Thierry und verzog angeekelt den Mund.

„Das hängt davon ab, von wie vielen Teilnehmern wir ausgehen können", erwiderte Jean.

„Nur in Paris?", fragte Alain. „Ungefähr zweihundert. Mehr, wenn wir einen späteren Termin wählen, damit entfernter lebende Magier anreisen können."

„Jeder Tag, den wir länger warten, kostet Menschenleben", protestierte Thierry. „Sowohl Magier als auch nichtmagische Menschen. Was immer wir auch tun, wir müssen uns beeilen. Wir müssen so schnell wie möglich handeln, um Leben zu retten." Thierry weigerte sich standhaft, an Aleth zu denken. Er konnte sich darum kümmern, wenn das alles vorbei war. Aleth würde es verstehen. Sie war auch Soldatin gewesen. Trauer war ein Luxus, den er sich im Moment nicht leisten konnte. Vielleicht konnte er nach dieser Besprechung mit Alain in eine Bar gehen, um sich zu betrinken und sie so zu betrauern, wie sie es verdient hatte. Er warf seinem Freund ein Blick zu, aber der hatte in seiner Verliebtheit nur Augen für den nahezu lächerlich schönen Vampir an seiner Seite, sodass Thierry seine Pläne wieder revidierte. Alain würde ohne Orlando nirgendwohin gehen, und Thierry war noch nicht bereit, den Vampir ins Vertrauen zu ziehen. Noch nicht. Wenn es soweit war, musste er mit seiner Trauer alleine fertig werden.

„Nichts spricht dagegen, bei Bedarf mehrere Versammlungen abzuhalten", meinte Jean. „Wenn es Vampire gibt, die aus irgendwelchen Gründen nicht zu dem ersten Treffen kommen, aber von den Vorteilen hören, werden sie mit Sicherheit eine zweite Chance wahrnehmen. Wir sind nicht so zahlreich wie ihr, aber wir sind genauso weit verbreitet. Wenn jeder Vampir aus Paris kommt, können wir etwa einhundertfünfzig Teilnehmer erwarten."

„Wie viel Zeit müssen wir dann einplanen, wenn wir gegen sechs Uhr die Versammlung auflösen wollen?", wiederholte Marcel Thierrys Frage.

„Zwei Stunden sollten ausreichen", meinte Jean. „Selbst wenn nicht jeder Vampir von jedem Magier trinkt, sollten wir in dieser Zeit einige Paare finden."

„Wir sollten ihnen genau erklären, woran sie ihren Partner schon nach wenigen Blutstropfen erkennen können", präzisierte Orlando. „Dann müssen sie sich nicht soviel Zeit nehmen. Und wir müssen sie darauf hinweisen, dass sie danach nur noch von ihrem Partner trinken dürfen. Wir wollen nicht, dass ein Magier zuviel Blut verliert und stirbt, bevor der Morgen kommt."

„Dann stellt sich jetzt die Frage nach dem Ort für das Treffen", sagte Alain. „Wo können sich fast vierhundert Menschen versammeln, ohne dass unsere Feinde davon Wind bekommen und misstrauisch werden?"

„Irgendein Ort mit einem verborgenen Zugang", schlug Thierry vor.

„Oder ein Ort, an dem vierhundert zusätzliche Personen nicht auffallen", meinte Adèle.

Marcel drehte sich zu ihr um. „Du hast schon eine Idee. Weihst du uns ein?"

„Auf den Bahnhöfen kommen Tag und Nacht Züge an und fahren wieder ab. Wenn wir einen Wartesaal magisch versiegeln, sodass nur noch Vampire und Magier Zutritt haben, könnten wir uns dort versammeln, ohne dass der zusätzliche Betrieb auffallen würde. Besonders dann, wenn wir Gruppen bilden und die Ankunft der Teilnehmer über eine gewisse Zeit verteilen."

„Das ist eine hervorragende Idee", erwiderte Jean beeindruckt.

„Ich habe mehr als ein hübsches Gesicht", sagte Adèle herablassend. Sie bedauerte mittlerweile nicht mehr allzu sehr, dass sie nicht zu Jean passte. Sie wusste, dass er uralt sein musste, um der Chef de la Cour der Vampire von Paris geworden zu sein. Es gab schon genug moderne Männer, die sie wegen ihres Aussehens nicht ernst nahmen. Adèle hatte nicht vor, sich mit Jahrhunderte alten Verhaltensweisen auseinandersetzen zu müssen.

„Das habe ich gemerkt", kam Jeans trockener Kommentar. Raymond rutschte unruhig hin und her, als er sah, mit welcher Aufmerksamkeit Bellaiche auf Adèle einging. Ihre Magie hatte dem Vampir nicht helfen können. Flirtete er trotzdem noch mit ihr? Der Gedanke schockierte Raymond. Warum machte er sich überhaupt Gedanken darüber, wem Bellaiche seine Aufmerksamkeit widmete? Es war ja nicht so, dass er sie auf sich selbst gerichtet haben wollte. Wirklich, er sollte froh darüber sein, dass Bellaiche ihn ignorierte und sich mit Adèle befasste.

„Welcher Bahnhof?", fragte Orlando. Paris hatte sieben Bahnhöfe und sie mussten sich für einen davon entscheiden.

„Der Gare de Lyon", schlug Thierry vor. „Er ist zwar nicht sehr zentral gelegen, aber auf dem Gare St. Lazare gibt es keine passenden Wartesäle. Und vom Gare de Lyon kommen alle wieder schnell nach Hause."

„Dann müssen wir uns nur noch für einen Termin entscheiden", sagte Marcel. „Es ist schon Nachmittag und ich bezweifle, dass wir bis Morgen alle erreichen."

„Für mich wäre das mit Sicherheit zu knapp", stimmte Jean zu. „Selbst, wenn ich bei Sonnenuntergang anfange, alle zu kontaktieren. Sie hätten nicht mehr genug Zeit, um kommen zu können. Wie wäre es mit übermorgen?"

„Ja", stimmte Marcel ihm zu. „Bis dahin sollten wir es schaffen können."

„Gut", meinte Jean. „Dann treffen wir uns auf dem Gare de Lyon um vier Uhr morgens."

„Im Wartesaal am Hauptgleis. Der an den Gleisen der RER ist zu klein", ergänzte Adèle, die den Bahnhof in Gedanken vor sich sah. Die Züge in die Vororte und ins Umland fuhren so häufig, dass sie keinen großen Wartesaal rechtfertigten.

Orlando sah, wie Alain mit Mühe ein Gähnen unterdrückte. Es wurde Zeit, dass die anderen langsam verschwanden. Sie wussten es nur noch nicht. „Bestens", verkündete er. „Jetzt, wo das auch entschieden ist, sollten wir Alain und Thierry etwas Ruhe gönnen, während wir alle Vorbereitungen treffen, um unsere Pläne in die Tat umzusetzen. Wir können uns morgen nach Sonnenuntergang wieder hier treffen und uns um die restlichen Details kümmern."

Marcel und Thierry sahen Orlando überrascht an, aber der war schon aufgestanden und ging zur Tür. Die Magier zogen ihre Mäntel an und bereiteten sich auf ihren Aufbruch vor. „Bleibst du bei mir?", flüsterte Orlando Alain zu.

Alain nickte und wartete an Orlandos Seite, bis die anderen zur Tür gingen. Thierry warf Alain einen fragenden Blick zu, aber der schüttelte nur den Kopf und gab Thierry damit zu verstehen, dass er bei Orlando bleiben wollte.

Marcel betrachtete ihn kritisch. „Du bist seit fast einer Woche ohne Unterbrechung im Dienst. Nimm dir morgen frei."

Alain nickte ihm dankbar zu. Marcel ging, und kurz darauf schloss sich die Tür hinter den anderen Magiern, die ihm folgten. Alain hörte, wie im Wohnzimmer die Fensterläden geschlossen und Vorhänge zugezogen wurden. „Nach über tausend Jahren macht das Sonnenlicht Jean nervös", erklärte Orlando.

„Verständlicherweise", stimmte Alain ihm zu und versuchte, ein Gähnen zu unterdrücken. Er war seit mehr als vierundzwanzig Stunden auf den Beinen und die Müdigkeit machte sich bemerkbar.

„Leg dich hin", forderte Orlando ihn auf. „Ich will nur Jean sagen, dass er es sich bequem machen soll, bis er nach Einbruch der Dunkelheit nach Hause gehen kann. Dann komme ich sofort nach."

Als Alain Orlandos Schlafzimmer betrat, ließ seine Erschöpfung nach und machte einer aufgeregten Vorfreude Platz. Selbst wenn sie nur zusammen im gleichen Bett schlafen würden, es wäre eine Intimität, die er seit seiner Scheidung mit keinem Menschen mehr geteilt hatte. Was immer auch sonst passiert war, er hatte immer allein geschlafen.

Jetzt nicht mehr, dachte er mit einem zittrigen Lächeln auf den Lippen, als er sich auf Orlandos Bett setzte und die Schuhe auszog. Er beugte sich vor, um auch die Socken von den Füßen zu ziehen, dann stand er auf und entledigte sich seiner Hose und des Pullovers. Er faltete sie zusammen und legte sie auf die Kommode. Nur noch mit einem T-Sirt und der Unterhose bekleidet, schlug er die Decke zurück und kroch in das Bett des Vampirs. Er hob die Hand und strich mit den Fingern vorsichtig über das Brandmal an seinem Hals. Es schmerzte immer noch, selbst wenn er es nicht berührte. Aber es störte ihn nicht mehr. Alain nahm sich vor, sich demnächst bei Thierry dafür zu bedanken.

Dann öffnete sich die Tür und Alain vergaß alles, was außerhalb des Schlafzimmers lag.

IM WOHNZIMMER saß Jean auf dem Sofa und starrte auf die Vorhänge und die Tür, die sich hinter Orlando schloss. Es waren noch vier Stunden bis zum Sonnenuntergang. Er holte sich eine Zeitschrift aus dem Regal und bereitete sich auf eine lange Wartezeit vor.

15

ORLANDO BLIEB mitten im Schlafzimmer stehen und konnte die Augen nicht von dem Anblick in seinem Bett abwenden. Die Decke lag über Alains Hüfte, aber Orlandos Fantasie reichte aus, um sich vorstellen zu können, was sich darunter verbarg. Aber der Rest war für den Augenblick auch schon großartig anzuschauen. Der Magier – *sein* Magier – saß, nur mit seiner Unterwäsche bekleidet, in Orlandos Bett. Das eng anliegende T-Shirt enthüllte mehr, als es verbarg, selbst im Dämmerlicht der kleinen Nachttischlampe. Es ließ Alains Körper im Halbschatten golden leuchten. Orlandos Blick blieb an Alains markanten Gesichtszügen hängen und er ließ sie auf sich einwirken. Es war ein elegantes Gesicht mit einer breiten, hohen Stirn. Alter und Sorgen hatten noch kaum ihre Spuren hinterlassen. Die ausgeprägten Wangenknochen und die gebogene Nase belegten Alains noble Herkunft, sein kräftiges Kinn zeugte von Charakterstärke. Die vollen Lippen, die Orlando schon viermal geküsst hatte, versprachen ungeahnte Wonnen, und das Brandmal unter seinem Ohr war ein Testament seines Versprechens an Orlando, ein unübersehbares Zeichen des Bundes, den sie geschlossen hatten. Und dann waren da noch diese tiefblauen Augen mit ihren feinen Fältchen, die sich auf Orlando richteten und seinen Blick gefangen hielten, während sie beide an der Schwelle zu einem neuen Abschnitt ihrer Beziehung verharrten.

Keiner von ihnen war so naiv, um nicht zu wissen, was passieren würde, wenn Orlando zu Alain ins Bett kam. Es würde vielleicht nicht gleich passieren, aber bald. Heute Nachmittag noch, spätestens in der kommenden Nacht. Sie hatten sich als Abgesandte kennengelernt und waren dann Verbündete in einer politischen Allianz geworden, sie hatten sich gegenseitige Treue geschworen und standen jetzt vor dem letzten Schritt, der sie zu Geliebten machen würde, zu Partnern in jeder Beziehung und für den Rest von Alains Leben.

Orlando konnte diese Erkenntnis in Alains Augen ablesen und war sich sicher, dass sein Blick Alain das Gleiche sagte. Nach langen Sekunden konnte er den Blick abwenden und ließ ihn tiefer wandern, über Alains Arme und Brust. Seine braunen Augen brannten vor Begehren, als er jede Kontur von Alains Körper in sein Gedächtnis einbrannte. Orlandos zukünftiger Geliebter mochte kein junger Mann mehr sein, wenn man es nach den Maßstäben der Sterblichen beurteilte. Aber sein Körper hatte dadurch in Orlandos Augen nur gewonnen. Er erkannte die Stärke in Alains Armen und wusste, dass sie, so reglos und harmlos sie auch im Moment auf dem Bett lagen, diese Stärke immer nur zu Orlandos Schutz einsetzen würden. Sie würden ihn niemals verletzen. Er konnte es kaum erwarten, diese Arme um sich zu spüren und von ihnen näher gezogen zu werden. Unter Alains engem T-Shirt waren eine kräftige Brust und ein flacher Bauch zu erkennen. Orlandos eigene Brust zog sich zusammen bei der Vorstellung, sich an Alains Haut zu schmiegen und sie unter den Fingern zu spüren. War Alains Haut glatt und zart oder war sie weich und behaart? Orlando war begierig, es herauszufinden. Aber er wollte nichts übereilen und diese Vorfreude auf künftige Entdeckungen noch etwas länger genießen. Er wollte jede Sekunde davon unvergesslich machen und jedes Geheimnis, das sich ihm enthüllte, wie einen Schatz aufbewahren.

Alain ließ Orlandos erkundende Blicke bewegungslos über sich ergehen. Er wartete geduldig auf den nächsten Schritt. Sie mussten viel übereinander lernen – ihre Signale, ihre Vorlieben und ihr Wünsche. Es würde einige Zeit dauern. Aber bevor es soweit kam, mussten sie die Hürde der ersten Intimität überwinden. Alain holte tief Luft und schlug einladend die Decke zurück.

Orlando zögerte nicht. In Sekundenbruchteilen durchquerte er das Zimmer und fiel an Alains Seite vor dem Bett auf die Knie. Er blickte noch einmal in Alains Gesicht, um all das aus der Nähe in sich aufzunehmen, was ihm zuvor entgangen war: die lange, dünne Narbe auf dem rechten Wangenknochen, das Grübchen im Kinn, die Bartstoppeln, die Alains Wangen bedeckten. Nahezu willenlos hob der die Hand und legte sie auf Alains Wange. Mit den Fingern der anderen Hand strich er ihm über die Stirn und fuhr ihm sanft über die Augenbrauen. Die weichen Haare brachten seine Fingerspritzen zum Kribbeln.

Alain schloss die Augen. Es waren so harmlose Berührungen, sie waren kaum zu spüren. Und doch waren es die Berührungen eines Geliebten, Berührungen, die mehr bedeuteten als nur Sex. Sie versprachen Zärtlichkeit und Mitgefühl, eine Hingabe, die über das reine Vergnügen hinausging. Dann bewegten sich die Finger weiter über Alains Gesicht, von den Augenbrauen glitten sie über seine Schläfe und seine Wangen. Auf der Narbe hielten sie einen Moment inne. „Es ist nichts von Bedeutung", flüsterte Alain. Es war ein dummer Unfall gewesen, schon lange verheilt.

Orlando akzeptierte die Erklärung, aber er beugte trotzdem den Kopf und küsste die Narbe. Er wollte jede einzelne von Alains Narben küssen, als könnte er sie dadurch heilen, so, wie er die Wunden heilen konnte, die seine Zähne hinterließen. Er ließ die andere Hand über Alains Wange nach unten gleiten, bis sie auf dem Brandmal zu liegen kam und es schützend bedeckte, so wie er sein Leben Alains Schutz und Sicherheit widmen wollte. Alain griff nach Orlandos Hand und drückte sie, als wollte er ihm versichern, dass seine Berührung, das Mal, mit dem er ihn gezeichnet hatte, willkommen und ersehnt wären.

Orlando lächelte, legte Alain die Hand in den Nacken und zog ihn an sich, um ihn zu küssen. Mit der anderen Hand strich er über Alains Schulter, fühlte die harten Muskeln – eine körperliche Stärke, die Orlando unwiderstehlich anzog – und ließ sie von dort über die stoffbedeckte Brust wandern. Durch das T-Shirt konnte er die Wärme fühlen, die Alains Haut ausstrahlte.

Er unterbrach ihren Kuss. „Ist das wirklich noch nötig?", fragte er und zog an dem T-Shirt.

Wortlos zog sich Alain das T-Shirt über den Kopf. Orlando hockte sich auf die Fersen und genoss den Anblick von Alains nacktem Oberkörper. Seine Brust war mit einem dünnen Pelz aus dunkelblonden Haaren bedeckt, die sich neun zu einer schmalen Linie verengten und die wie ein Pfeil auf seine Lenden zuliefen. Orlando lief das Wasser im Munde zusammen. Dieser Mann, dieser wunderbare, prachtvolle Mann, gehörte ihm. Er beugte sich vor, um Alain wieder zu küssen. Sein Hemd berührte Alains nackte Brust.

Auch dieser Kuss war zärtlich, aber er war dennoch fordernder als der erste. Orlandos Zunge glitt über Alains Lippen, bis der den Mund öffnete und ihm unbeschränkten Einlass gewährte. Der Vampir reagierte sofort, aber nicht mit der Rückhaltlosigkeit, die Alain erwartet hatte. Orlando ließ sich Zeit, Alain zu fühlen und zu schmecken, fuhr ihm mit der Zunge neckend über die Zähne, die Lippen und den Gaumen. Er forderte Alains Zunge heraus, wollte mit ihr spielen.

Alain nahm die Herausforderung an und erwiderte Orlandos Zärtlichkeiten, erkundete seine Lippen, seine Zähne und das Innere seines Mundes. Es überraschte ihn, keine Spur von Orlandos langen Vampirzähnen fühlen zu können. Als sie sich wieder trennten, murmelte er verwundert: „Du hast mich ohne Vorwarnung erwischt."

Orlando sah ihn verwirrt an. Alain griff nach Orlandos Hemd. Der knöpfte es auf, zog es aus und warf es achtlos zu Boden. Was kümmerte ihn das Hemd, wenn er sich um Alain kümmern musste.

Jetzt war es Alain, der ihn anstarrte. Orlando war schlank und glatt, seine Muskeln klar herausgebildet, aber nicht übermächtig. Er erinnerte Alain an die Panther, die er im Zoo gesehen hatte, ein Bild tödlicher Eleganz und Geschwindigkeit. Er legte die Hand an Orlandos Seite, brauchte den Körperkontakt, um das Begehren im Zaum zu halten, das ihn beim Anblick seines Geliebten überkam.

Orlando fuhr mit den Fingern durch Alains kurze Haare. „Ist es so besser?", fragte er.

Alain ließ die Hand nach unten gleiten, bis sie den Bund von Orlandos Hose erreichte. „Ja", erwiderte er. „Aber es ist noch nicht perfekt."

Orlando grinste, um die Nervosität zu verbergen, die sich unter seiner Lust verbarg. Er stand auf, öffnete langsam den Gürtel und die Knöpfe seiner Hose. Sie rutschte über seine Beine nach unten und er trat sie zur Seite. Nervös ließ er Alains Blick über sich ergehen, in der Hoffnung, die Zustimmung seines Geliebten zu finden. Dann kam er ins Bett zurück und kniete sich über Alain.

Alain spürte Orlandos Gewicht auf seinen Beinen und legte ihm die Hände auf die Oberschenkel, um ihm mehr Halt zu geben. Er sehnte sich danach, jeden Quadratzentimeter von Orlandos Haut zu berühren, sie so schnell wie möglich unter seinen Fingern zu spüren. Aber ein undefinierbares Gefühl warnte ihn davor und er überließ Orlando die Initiative. Alain wollte sich zurückhalten, bis Orlando ihn besser kannte und ihm voll vertrauen konnte.

Alains Geduld zahlte sich aus. Orlando legte ihm die Hände auf die Schultern und fuhr ihm zärtlich über die Arme. Den Handgelenken und der Armbeuge widmete er mehr Aufmerksamkeit, weil Alain hier besonders sensibel reagierte. Er blickte in Alains Augen und hatte das Gefühl, in einem Meer von Blau zu versinken. Für einen Augenblick saß er reglos da und überließ sich dem Verlangen, das sich in Alains Augen spiegelte. Es war wie ein wärmendes Bad im hellen Sonnenlicht, das Orlando an Körper und Seele reinigte. Er hatte sich immer für verdammt gehalten, doch in Alains liebevollem Blick fand er seine Erlösung.

Alain sah Orlandos Gesicht an, wie aufgewühlt und verwirrt der Vampir war. Er hätte gerne den Grund dafür gewusst, traute sich aber nicht, Orlando danach zu fragen. Stattdessen streichelte er ihm über die Wange, um ihm auf diese Weise Trost zu spenden.

Die simple Geste riss Orlando aus seiner Erstarrung. Er schmiegte sein Gesicht an Alains Hand und fuhr ihm mit den Lippen sanft über die Fingerspitzen. Dann richtete er seine Aufmerksamkeit wieder auf den Körper seines Geliebten. Er ließ die Finger sanft durch den weichen Pelz gleiten, der Alains Brust bedeckte und sich so anders anfühlte als seine eigene, glatte Haut. Bald wollte er mehr und erkundete liebkosend Alains Brust, seine harten Muskeln und die zarte, sensible Haut.

Alains Erregung nahm zu und er war froh, dass die Bettdecke seine Erektion verhüllte. Orlandos Zurückhaltung und seine beinahe schüchterne Vorgehensweise ließen Alain vermuten, dass der Vampir schon lange keinen Geliebten mehr gehabt hatte, auch wenn er bei ihrem ersten Treffen auf dem Friedhof das Gegenteil angedeutet hatte. Deshalb wollte Alain ihn mit seiner Reaktion nicht unter Druck setzen oder bedrängen. Sie hatten es nicht eilig. Sie hatten alle Zeit der Welt, mindestens aber bis zum nächsten Sonnenuntergang. Sie konnten sich in aller Ruhe kennenlernen, ihre Körper erkunden und ihre eigenen Regeln aufstellen.

Alain schloss die Augen und lehnte sich zurück, um das Verlangen, das Orlandos zärtliche Berührungen in ihm auslösten, in vollen Zügen genießen zu können.

Nach einiger Zeit war es für Orlando nicht mehr genug, Alain nur mit den Händen zu berühren. Er rutschte zurück und beugte sich über ihn, weil er auch schmecken wollte, was er eben noch gestreichelt hatte: die kleine Delle an Alains Schlüsselbein, sein Brustbein und jede einzelne Rippe. Alain fuhr ihm mit den Fingern durch die Haare, aber Orlando fühlte sich durch die zarten Berührungen nur ermutigt, nicht gelenkt oder gar bedrängt. Trotzdem verschränkte er seine Finger in Alains wandernde Hände und drückte sie sanft auf die Matratze zurück.

Er knabberte zärtlich an Alains Haut und hielt dabei seine Zähne unter strikter Kontrolle. Bei jedem kleinen Biss stockte Alain der Atem. Als Orlando fast jede Stelle von Alains Oberkörper unter den Lippen und an den Zähnen gespürt hatte, legte er den Mund auf einen der kleinen Nippel. Alains Hände verkrampften sich in Orlandos Griff, als wollten sie ihn auffordern, mehr, immer mehr von ihm zu schmecken.

Es hätte der Aufforderung nicht bedurft.

Orlando verlangte genauso nach mehr wie Alain. Er fing zu saugen an, erst leicht, dann immer stärker. Abwechselnd leckte er mit der Zunge über Alains Nippel und biss dann mit den Zähnen sanft zu.

Orlandos Liebkosungen rissen Alain in einen Wirbel des Begehrens. Bei jeder Berührung von Orlandos weicher Zunge auf seiner Haut hielt er die Luft an. Er konnte kaum noch atmen. Wenn Orlando so weiter machte, würde Alain auch noch den letzten Rest Beherrschung verlieren.

Orlando schien zu spüren, dass Alains Selbstbeherrschung ihre Grenzen erreicht hatte. Er ließ den Nippel aus dem Mund gleiten und küsste sich über Alains Brust und Hals nach oben, bis sich ihre Lippen berührten. Alain klammerte sich an ihn wie ein Ertrinkender. Orlandos Mund war der Anker, der ihm Halt gab, den Sturm des Verlangens und Begehrens zu überstehen, der durch seinen Körper tobte.

„Bitte", flüsterte Alain. Er konnte keine anderen Worte mehr finden, um seinen Gefühlen Ausdruck zu verleihen. Er wusste nur noch, dass Orlando den Schlüssel zum Paradies in Händen hielt.

Orlando verstand Alain auch ohne weitere Worte. Er legte sich an seine Seite und zog ihn mit dem Rücken aufs Bett. Dann schlüpfte er zu Alain unter die Decke und drückte sich der Länge nach an ihn.

Alain keuchte laut, als er Orlando an seinem Körper spürte. Er konnte Orlandos harten Schwarz fühlen, der sich an seine Hüfte presste. Alain rollte sich auf die Seite und zog Orlando in die Arme.

Der nutzte ihre neue Position aus. Er fuhr mit den Händen über Alains Rücken nach unten und zog ihn noch fester an sich. Sie rieben sich sinnlich aneinander, bis ihre Erregung ins Unerträgliche stieg und sie zu überwältigen drohte.

Dann endlich zog sich Orlando etwas zurück, griff zwischen ihre Körper und streichelte über Alains Erektion. Alains Hüften zuckten und er stieß in Orlandos Hand, ermutigte ihn, härter und schneller zu reiben. Orlando küsste ihn am Ohr.

„Hast du auch nur die geringste Ahnung, wie wunderbar du bist?", fragte er Alain, während seine Hand sich immer fester und schneller auf und ab bewegte. „Weißt du, wie unfassbar es ist, dass du hier bei mir bist, dass du mir genug vertraust, um mein Brandmal zu tragen, dich von mir berühren, küssen und in den Armen halten zu lassen? Ich will sehen, wie du kommst, wie du alles für mich aufgibst. Komm jetzt," flüsterte er Alain ins Ohr.

Alain konnte sich nicht mehr dagegen wehren. Er war der rauen Stimme und dem warmen Atem Orlandos, seinen geschickten Händen und seinen leidenschaftlichen Worten hilflos ausgeliefert. Danach ließ Orlando Alains Schwanz los und streichelte ihm sanft über die Brust und die Wange.

Alain wollte sich erkenntlich zeigen, wollte Orlando auch so glücklich machen, wie Orlando *ihn* glücklich gemacht hatte. Aber nachdem der Rausch der Leidenschaft mit seinem Orgasmus erloschen war, nahm die Erschöpfung überhand und die schlaflose Nacht machte sich bemerkbar. Er konnte die Augen kaum noch offen halten. Orlando strich ihm zärtlich über die Lider und drückte sie zu. „Schlaf jetzt", wisperte er mit seiner sexy Stimme. „Ich bewache deine Träume."

16

SOBALD SICH die Tür zu Orlandos Wohnung hinter ihnen geschlossen hatte, schickte Marcel Thierry weg. „Kümmere dich um Aleth", sagte er. „Ich will dich vor unserem nächsten Treffen morgen Abend nicht mehr sehen."

Wie Marcel erwartet hatte, erhob Thierry sofort Einspruch. „Du kannst dich nicht allein um die Planung kümmern, Marcel", protestierte er. „Besonders mit Alain ...", er deutete hilflos mit der Hand in Richtung der Wohnung hinter ihnen.

„Du und Alain seid nicht meine einzigen Helfer", erinnerte Marcel ihn freundlich. „Aleth ist jetzt deine erste Priorität. Geh nach Versailles. Kümmere dich um ihre Bestattung. Nimm dir die Zeit, um sie zu trauern, damit du morgen Nacht und danach deine Aufgaben erfüllen kannst."

Schließlich gab Thierry nach und verließ die drei Magier. „So", sagte Marcel und drehte sich zu Raymond und Adèle um. „Wir haben einiges an Arbeit vor uns. Alain ist erschöpft und Thierry muss sich um die Beerdigung seiner Frau kümmern. Damit fällt die Verantwortung euch beiden zu. Ich weiß, dass ihr mich nicht enttäuschen werdet."

„Was soll ich tun?", fragte Adèle, während sie sich auf den Weg zur U-Bahn-Haltestelle machten.

„Du musst den Wartesaal für unsere Versammlung vorbereiten", erwiderte Marcel. „Die Tür muss mit einem Schutzschild versehen werden, damit nach Mitternacht nur noch Vampire und Magier den Raum betreten können. Wenn du damit fertig bist, erwarte ich dich im Hauptquartier. Dann sehen wir weiter."

Adèle nickte und nahm die Bahn, die in Richtung Süden zum Gare de Lyon fuhr. Marcel wandte sich an Raymond. „Du begleitest mich und hilfst mir dabei, unsere Leute über das Treffen zu informieren."

Raymond nickte ebenfalls und folgte Marcel auf den anderen Bahnsteig, von dem die Métro nach Norden abfuhr. Als sie im Hauptquartier der Milice eintrafen, rief Marcel sofort seine führenden Offiziere zusammen. Sie würden seine Befehle nach unten weiterleiten und delegieren, bis jeder Magier in Paris über den Termin informiert war.

„Wie soll es weitergehen, nachdem alle in dem Wartesaal angekommen sind?", fragte Raymond.

„Wir werden ihnen den Sinn der Allianz und unsere Pläne erklären", antwortete Marcel. „Die Magier werden den Wert von zusätzlichen Verbündeten mit Sicherheit zu schätzen wissen. Ich hoffe, dass sich die Vampire durch die Hoffnung überzeugen lassen, sich bei Tageslicht wieder frei bewegen zu können. Wir haben dich und Alain als Zeugen dafür, dass Magier durch die Blutspartnerschaft keinen Schaden nehmen."

„Können wir uns da wirklich sicher sein?", platzte es aus Raymond heraus. Erst als Marcel ihn überrascht ansah, wurde ihm bewusst, wie sein Einwand interpretiert werden konnte. Raymond zögerte und suchte nach den richtigen Worten. Er musste es Marcel so erklären, dass der nicht misstrauisch wurde und an Raymond zu zweifeln begann. „Schau dir Alain an", versuchte er es. „Er hat sich dieser Kreatur doch mehr oder weniger ausgeliefert."

Marcel schüttelte betrübt den Kopf. Er hatte mit Raymond offensichtlich noch viel Arbeit vor sich. „Das hat er", gab Marcel ihm recht. „Aber Orlando hat das gleiche getan. Es ist ihre Privatangelegenheit und hat keinerlei Auswirkungen auf die Allianz. Du solltest mich gut genug kennen, um zu wissen, dass ich sonst niemals zugestimmt hätte. Die Partnerschaften, wie wir morgen hoffentlich schließen können, werden reine Zweckbündnisse sein. Wenn wir einen Angriff planen, werden wir uns vorher treffen und die Vampire trinken lassen. Nach dem Kampf und der abschließenden Lagebesprechung geht jeder wieder seiner Wege, bis ein neuer Einsatz ansteht. Dass Alain und Orlando ihren eigenen Weg gehen und eine festere Verbindung eingegangen sind, ist ihre freie Wahl gewesen. Andere mögen das Gleiche tun, aber das muss jedes Paar für sich entscheiden. Du musst Bellaiche nur dann sehen, wenn es deine Pflicht erforderlich macht. Du musst ihm nicht mehr Blut geben, als er braucht, um gegen die Sonne immun zu werden. Darauf werden wir morgen bei unserer Erklärung höchsten Wert legen."

„Ich wünschte, ich könnte auch so fest daran glauben", meinte Raymond. „Aber was passiert, wenn Bellaiche nicht nur zum Kämpfen mein Blut trinken will? Wenn er jeden Tag an die Sonne will?"

„Solange du ihm genug gibst für den Kampf, hast du keine weiteren Verpflichtungen mehr. Du kannst ihn jederzeit abweisen", erwiderte Marcel. „Falls er dich zwingen will, wehrst du dich dagegen. Mach ihm seine Grenzen klar, ohne ihn zu verletzen." Marcel sah auf die Uhr. „Geh jetzt nach Hause. Ich erwarte dich erst morgen bei Sonnenuntergang wieder zum Dienst. Wir treffen uns gleich nach Einbruch der Dunkelheit bei Orlando."

Damit war Raymond entlassen und verließ das Zimmer. Endlich allein, entfuhr Marcel der Seufzer, den er in Anwesenheit der anderen unterdrückt hatte. Er wusste, dass viele der Magier Raymonds Bedenken teilen würden. Marcel wünschte sich, er könnte mit Bellaiche darüber reden. Sie mussten die Bedingungen für die Allianz unmissverständlich klären, bevor sie den anderen Magiern und Vampiren gegenübertraten. Offensichtlich konnten individuelle Paare eine festere Beziehung eingehen, aber Marcel wollte vermeiden, dass seine Magier sich dadurch unter Druck gesetzt fühlten. Es war alles nicht so einfach, wie es auf den ersten Blick ausgesehen hatte. Alain und Orlando hatten mit ihrem Bund die Grenzen der Normen gesprengt, die für die Allianz erforderlich waren. Marcel konnte sich gut vorstellen, dass dadurch nach in anderen Vampiren Wünsche geweckt wurden, aber er wusste nicht, wie viele der Magier darauf eingehen würden. Er dachte darüber nach, wie er selbst den Biss empfunden hatte. Wahrscheinlich war sein Erlebnis nicht repräsentativ gewesen und fühlte sich von Vampir zu Vampir unterschiedlich an, so wie auch ein Kuss sich mit jedem Partner anders anfühlte. Bellaiches Biss war sehr geschäftsmäßig gewesen und hatte nichts von dem intimen Erlebnis gehabt, als das die Vampire es Thierrys Worten nach normalerweise betrachteten. Es hatte etwas gebrannt, aber der Schmerz hatte schnell wieder nachgelassen. Dann war da nur noch das merkwürdige, ziehende Gefühl gewesen, nachdem Bellaiche zu saugen begann. Im Großen und Ganzen betrachtet, war es keine sehr unangenehme Erfahrung gewesen. Marcel wusste, dass Alain ihm da zustimmen würde, obwohl sie über diesen Aspekt des Bisses noch nicht gesprochen hatten. Wenn Alain auch nur den geringsten Widerwillen bei Orlandos Biss empfinden würde, hätte er sich dem Vampir nie auf diese Art verpflichtet.

Marcel war sich noch nicht sicher, welche Auswirkungen die Beziehung zwischen Alain und Orlando auf die Allianz haben würde. Aber er war überzeugt davon, dass die beiden für den Erfolg der Allianz alles geben würden, denn Spannungen zwischen Magiern und Vampiren konnten ihre private Beziehung beträchtlich verkomplizieren. Marcel musste entscheiden, was er den anderen darüber sagen sollte und was er vielleicht besser verschwieg. Jeder, der die beiden zusammen sah, würde auf den ersten Blick erkennen, dass ihre Beziehung etwas Besonderes war und über die Erfordernisse der Allianz hinausging. Ihre Körpersprache strahlte eine tiefe Intimität aus, und das war schon so gewesen, als Orlandos Biss noch das Einzige war, das die beiden verbunden hatte. Wenn sie erst Geliebte waren, und Marcel war sich sicher, dass das bis morgen der Fall wäre, würde auch der Dümmste erkennen, in welcher Beziehung sie zueinander standen. Marcel hatte damit kein Problem, aber wollte nicht, dass die anderen sie als Vorbild sahen. Deshalb musste er ihnen die besondere Beziehung zwischen Alain und Orlando erklären, obwohl er sie selbst noch nicht richtig verstehen konnte. Vielleicht war es ja doch besser, nur auf die unmittelbaren Aspekte der Allianz einzugehen und alle weiteren Erklärungen Alain zu überlassen, sollte jemand so verwegen sein, ihn danach zu fragen.

Marcel kannte Alain schon seit zwanzig Jahren. Damals war der junge Magier bei ihm vorstellig geworden, um sich um einen Job zu bewerben. Er hatte Marcel durch seine Unverfrorenheit und seine Stärke sehr beeindruckt, obwohl er damals noch in den Anfängen seiner Ausbildung steckte. Marcel hatte ihn als Gehilfen eingestellt und Alain alles beigebracht, was er über Magie wissen musste. Als Marcel dann erfuhr, dass Alain sein erlerntes Wissen zu Hause an seinen Freund weitergab, hatte er auch Thierry rekrutiert. Später hatte er Alain während seiner Ehe und nach dem Tod seiner Frau und seines Sohnes beigestanden. Der Überfall war damals wie ein Akt willkürlicher Gewalttätigkeit erschienen, hatte aber den Krieg angekündigt, den sie jetzt mit den dunklen Magiern ausfochten. Alains Ehe hatte zwar schon in Scherben gelegen, aber sein Sohn war sein Ein und Alles gewesen. Der Tod des Jungen hatte Alain schwer getroffen, und erst der Beginn offener Feindseligkeiten hatte ihn aus seiner selbst erwählten Isolation reißen können. Marcel wusste um die schlecht verheilten seelischen Wunden, die sich hinter Alains so ruhiger Fassade verbargen. An Bellaiches Worten hatte er erkannt, dass auch Orlandos Vergangenheit sehr traumatisch gewesen sein musste. Er hoffte zutiefst, dass sich die beiden Männer gegenseitig heilen konnten oder zumindest in ihrer Umarmung Trost fanden. Alain hatte es endlich verdient, und Orlando wahrscheinlich auch.

Marcels Gedanken kehrten zu den praktischen Problemen ihrer Planung zurück. Er suchte nach einem Muster, das ihnen vielleicht bisher entgangen war und das die Partnersuche beschleunigen konnte. Er hätte gerne die Anzahl der Bisse, mit denen sich die Magier abfinden mussten, auf ein Minimum beschränkt. Aber ihm fiel keine Lösung ein. Er konnte nur hoffen, dass Bellaiche die Vampire unter Kontrolle hatte, sodass sie sich zurückhielten und nicht zu viel tranken. Auf den Rest hatte er keinen Einfluss. Für den Moment konnte Marcel nicht mehr tun. Alle Vorbereitungen waren getroffen. Zufrieden stand er auf, um sich vor dem morgigen Tag noch etwas auszuruhen. Er verließ sein Büro und ließ die Tür hinter sich ins Schloss fallen.

ADÈLE SAH Marcel und Raymond noch auf dem Bahnsteig stehen, als sich die Tür hinter ihr schloss und die U-Bahn losfuhr. Sie dachte über ihre Aufgabe nach. Es war nicht einfach, den Wartesaal so zu manipulieren, dass die normalen Passanten ihn zwar noch sehen konnten, aber nicht mehr eintreten wollten. Es wäre natürlich ein Leichtes, den Eingang einfach unsichtbar zu machen, sodass nur noch die durchgehende Wand zu sehen war. Aber dann würden die Leute sich wundern, warum die Magier und Vampire in einer Wand verschwanden. Nichtmagische mochten diesen Anblick um vier Uhr morgens vielleicht auf ihre Müdigkeit zurückführen und nicht ernst nehmen, aber wenn zufällig ein dunkler Magier in der Nähe war, würde er sofort misstrauisch werden. Sie musste die schwierigere Lösung wählen und ging im Kopf die einzelnen Schritte durch. Es war eine Kombination aus einzelnen Beschwörungen, die dazu dienten, zunächst das Interesse an der Tür zu unterdrücken und dann das Innere des Wartesaals vor neugierigen Blicken und fremder Magie zu schützen.

Als sie am Bahnhof ankam, machte sie sich sofort auf den Weg zu dem abseits gelegenen Wartesaal. Er war nahezu leer, als sie seine Umrisse abschritt und mit einem verbindenden Spruch belegte, der ihre anderen Beschwörungen zusammenhalten sollte. Danach setzte sie sich auf einen der Stühle an der Wand, direkt gegenüber einer Familie, die auf ihren Zug wartete. Sie wippte unruhig mit dem Fuß, schaute mehrmals auf die Uhr und murmelte leise vor sich hin. Auf die Anwesenden wirkte sie wie eine ganz normale, ziemlich ungeduldige Reisende. Aber die konnten auch die Worte nicht hören, mit denen sie die Tür aus der aktiven Wahrnehmung der Passanten löschte, sodass niemand mehr ein Interesse daran hatte einzutreten. Sie hoffte, dass alles gut ging und auch die wartende Familie bald den Raum verlassen würde.

Bis es soweit war, sah sie sich in dem Wartesaal um und stellte ihn sich voller Magier und Vampire vor. Sie malte sich den peinlichen Moment aus, wenn die ersten Vampire auf Magier zugingen und sie um deren Blut baten oder, umgekehrt, ein Magier zu einem Vampir kam und ihm den Arm zum Trinken anbot. Es erinnerte sie an einen Tanzabend in der Oberschule, mit Teenagern, die verlegen ihren derzeitigen Schwarm zum Tanz aufforderten und jungen Mädchen, die mit unbeholfenen Flirtversuchen die Aufmerksamkeit ihrer Auserwählten auf sich lenken wollten. Bei dem Vergleich hätte sie beinahe laut aufgelacht.

Endlich machte sich die Familie auf den Weg zu ihrem Zug, sodass Adèle ihre komplexeren Beschwörungen durchführen konnte. Als erstes schuf sie die Illusion von Vorhängen vor den Fenstern und der Glastür, damit von draußen niemand mehr in den Raum sehen konnte. Ihr nächster Spruch alarmierte die Anwesenden für den Fall, dass dennoch eine feindliche gesinnte Person die Tür öffnete und den Wartesaal betreten wollte. Der letzte Spruch war der schwierigste, denn sie musste ihn so modifizieren, dass er zwar auf Sterbliche und dunkle Magier wirkte, nicht aber auf die Angehörigen der Milice und die Vampire.

Sie sah sich ein letztes Mal vorrausschauend in dem Raum um. Sie wusste, dass viele der Magier wahrscheinlich ähnlich reagieren würden wie Thierry und Raymond. Sie würden den Vampiren aus dem Weg gehen wollen und die Partnerschaften nur als eine Pflicht sehen, die sich nicht umgehen ließ. Im Gegensatz zu ihnen sah Adèle dem morgigen Treffen voller Spannung entgegen. Sie erinnerte sich an die Erregung, die Bellaiches Lippen an ihrem Handgelenk und sein anschließender Biss in ihr ausgelöst hatten. Mit dem richtigen Vampir war es wahrscheinlich ein unvergessliches Erlebnis. Alain schien es genauso zu gehen, wenn man seine offensichtliche Faszination mit Orlando als Gradmesser nahm. Er konnte die Augen nicht von dem Vampir lassen, selbst wenn der auf der anderen Seite des Zimmers stand. Er war bereits mehrmals gebissen worden und dennoch bereit, es wieder und wieder zuzulassen, Bis ans Ende seines Lebens. Es musste ein Erlebnis sein, das eine Wiederholung wert war. Adèle hoffte, mit ihrem Vampir, wenn sie ihn fand, die gleichen Erfahrungen zu machen. Wenn nicht, wäre Bellaiche vielleicht bereit, ihr hier und da außerhalb der Verpflichtungen der Allianz einen Gefallen zu tun.

Sicherheitshalber belegte sie ihre Beschwörungen noch mit einem Spruch, der sie bei ihrer Rückkehr alarmieren sollte für den Fall, dass jemand ihre Magie manipuliert hatte. Die Vorbereitung des Wartesaals hatte sie viel Kraft gekostet und sie war erschöpft, als sie die Tür hinter sich schloss und sich auf den Heimweg machte. Endlich zu Hause angekommen, fiel sie in einen tiefen Schlaf und träumte von gesichtslosen Vampiren mit sexy Zähnen.

RAYMOND STARRTE die Tür zu Marcels Büro an, die hinter ihm zugefallen war. Entlassen. Marcel hatte ihn entlassen und ihm nicht mehr die Chance gegeben, den älteren Magier von dem Irrsinn seines Vorhabens zu überzeugen. Raymond hatte alles getan, worum Marcel ihn gebeten hatte, hatte sich sogar von der abscheulichen Kreatur beißen lassen – zweimal! –, und dennoch vertraute Marcel ihm noch nicht genug, um sich seine Vorbehalte anzuhören. Er wollte nicht darüber nachdenken, was er noch alles tun müsste, um Marcels Vertrauen zu gewinnen. Raymond wusste, dass Marcel Serriers Hauptquartier finden und ihn dort angreifen wollte. Aber der dunkle Magier hatte, nachdem Raymond die Seiten gewechselt hatte, seine Zentrale verlegt. Raymond hatte Marcel die Adresse genannt, aber als der mit seinen Magiern dort angekommen war, hatten sie nur noch ein verlassenes Gebäude vorgefunden. Raymond hatte vorgeschlagen, als Spion zu Serrier zurückzukehren, aber er war durch seine Desertion bekannt geworden wie der sprichwörtliche bunte Hund. Serrier hätte ihm einen erneuten Seitenwechsel nicht abgenommen. Im Gegenteil, Raymond musste mit Folter und Tod rechnen, sollte Serrier seiner habhaft werden. Also blieb Raymond nichts anderes übrig, als Marcels Befehle auszuführen und zu hoffen, dass der General niemals einen Grund fand, seine Loyalität anzuzweifeln. Unglücklicherweise bedeutete das auch, dass er sich den Wünschen des Vampirs unterwerfen musste. Jede Zelle seines Körpers protestierte gegen diese Vorstellung. Allein der Gedanke daran löste eine unbeschreibliche Abscheu in Raymond aus, die auch durch die Attraktivität des Vampirs mit seinem schlanken Körper und seinen langen, dunklen Haaren nicht gemildert wurde. Raymond konnte einfach nicht gelassen bleiben, wenn ein Vampir ihm das Blut aussaugen wollte. Er drehte sich um, verließ das Hauptquartier und machte sich auf den Weg in seine Wohnung.

Vampire waren Mörder, erbarmungslose, kaltblütige Mörder, die nur ein Interesse hatten – ihren unnatürlichen Blutdurst zu stillen –, und Marcel hatte sich damit abgefunden, war bereit, die Magier zusammenzurufen wie Lämmer, die zur Schlachtbank geführt werden sollten. Alain war der Versuchung schon erlegen und unter ihren Bann gefallen. Was immer Marcel auch sagte, Raymond konnte sich nicht vorstellen, dass Alain aus eigenem Antrieb gehandelt hatte. Raymond mochte Alain zwar nicht allzu sehr, aber er respektierte ihn. Er wollte nicht, dass Alain Schaden nahm. Aber der hatte nicht einmal auf Thierry gehört, da würde er auf Raymond schon gar nicht hören. Raymond hoffte nur, dass Alain überhaupt noch genug Kraft haben würde, um in den bevorstehenden Kämpfen zu bestehen. Er selbst fühlte sich von Jeans Biss immer noch ausgelaugt, und der hatte nur einmal getrunken. Alain hatte dem Vampir angeboten zu trinken, wann immer der das Bedürfnis dazu verspürte. Das konnte er nicht lange überleben. Einige Wochen vielleicht, keinesfalls länger. Raymond hatte noch gut in Erinnerung, was mit dem Jungen in seinem Dorf geschehen war. Jacques, so hieß der Junge, hatte sich mit einem Vampir eingelassen, hatte sogar behauptet, sich nach dem Biss nicht geschwächt, sondern stärker zu fühlen. Jacques hatte es fünf Wochen durchgehalten, dann hatten seine Eltern ihn tot im Bett gefunden, alles Leben aus ihm ausgesaugt. Der Vampir war spurlos verschwunden und Jacques' Tod ungerächt geblieben.

Jetzt wiederholte sich diese Geschichte, direkt vor Raymonds Augen, und er war heute so hilflos, wie er es damals gewesen war. Damals hatte er nicht genug Erfahrung gehabt, um Jacques' Entscheidung zu hinterfragen. Heute wagte er es nicht, aus Furcht, Marcel zu verstimmen und dessen Schutz gegen Serriers Schergen zu verlieren. Wenn das geschah, war Raymond so gut wie tot. Vielleicht sollte er mit Thierry darüber reden. Wenn er bei Thierry auf Verständnis traf, könnte der vielleicht mit Alain reden. Natürlich würde es nicht einfach sein, Thierry zu überzeugen. Aber wenn er die ganze Geschichte erfuhr, würde seine Sorge um Alain vielleicht den Ausschlag geben und ihn zum Handeln zwingen. Raymond betrat seine Wohnung und schloss hinter sich die Tür. Er war fest entschlossen, diesen wahnwitzigen Plan scheitern zu lassen.

17

THIERRY STARRTE abwesend auf die Tür des Zuges nach Versailles und dachte an das Grauen, das ihn dort erwartete. Er würde Aleth' Leichnam identifizieren, sich um ihre Einäscherung und die Beerdigung kümmern müssen. Sie hatte die Riten der Magier immer abgelehnt, und er wollte diesen Wunsch auch nach ihrem Tod respektieren. Er schloss die Augen, um die Tränen zurückzuhalten, die ihm wider Willen aus den Augen quollen. Thierry hasste es, Schwäche zu zeigen, und Tränen waren die größte Schwäche, die er sich vorstellen konnte, besonders in der Öffentlichkeit. Er blinzelte sie weg und wehrte sich standhaft gegen die Trauer, die ihn überkam.

Er konnte einfach nicht glauben, dass Aleth tot sein sollte. Der Anblick ihrer Leiche würde ihn in die Wirklichkeit zurückholen, aber bis dahin wollte ein Teil von ihm die Hoffnung nicht aufgeben, dass alles nur ein großes Missverständnis war. Vielleicht war eine andere Frau in der Schlacht gefallen, eine Frau, die Aleth ähnlich sah und mit ihr verwechselt worden war. Aleth konnte nicht tot sein. Wahrscheinlich versteckte sie sich irgendwo und konnte sich nicht melden, weil Serriers dunkle Magier sie sonst entdeckten. Aber Thierry würde sie finden und retten, und vielleicht würde es den Bruch zwischen ihnen wieder heilen, würde ihr beweisen, dass er nicht der selbstsüchtige Hundesohn war, als den sie ihn bezeichnet hatte. Natürlich sprach es nicht zu seinen Gunsten, dass er so lange gewartet hatte, dass er nicht gleich nach Eintreffen der Nachricht aufgebrochen war, um ihr zur Hilfe zu kommen.

Aleth hatte nie verstanden, warum Thierry seine Pflichten so wichtig nahm. Das hatte sich auch nicht geändert, nachdem sie selbst in den Dienst der Milice getreten war. Je schlimmer der Krieg tobte, umso mehr hatte sie Thierry seine Aufträge und die Zeit, die er ihnen widmete, übel genommen. Er verdrängte seine Gedanken daran und versuchte, sich an die guten Zeiten mit ihr zu erinnern. Es gab eine Zeit, in der sie glücklich gewesen waren. Aber das war, bevor Serrier diesen Albtraum von Krieg angezettelt hatte.

Mit etwas Mühe konnte Thierry sich daran erinnern. Sie hatten eine Party anlässlich Alains dreiundvierzigsten Geburtstags veranstaltet. Thierry schüttelte den Kopf. War das wirklich schon zwei Jahre her? Wo war bloß die Zeit geblieben? Er kannte die Antwort: Der Krieg hatte sie aufgefressen. Nein, daran wollte er nicht denken. Er wollte sich an Aleth' Lächeln erinnern, als sie noch glücklich und verliebt gewesen waren. Sie hatten Stunden damit verbracht, Pläne zu schmieden, die Wohnung zu schmücken und gemeinsam zu kochen, nur um Alains Geburtstag zu einem besonderen Erlebnis zu machen. Alain hasste Geburtstagsfeiern und Henris Tod lag erst einen Monat zurück. Aber Aleth und Thierry hatten beschlossen, ihn aus seinem Trübsinn zu reißen. Sie hatten Marcel eingeladen, David, Adèle, Caroline, Eric …

Thierry verzog das Gesicht. Eric war ihr Freund gewesen. Sie hatten ihm vertraut, aber er hatte sie verraten und war zu Serrier übergelaufen. Wieder zwang sich Thierry, an die Party zu denken und den Spaß, den sie gehabt hatten. Es war eine kleine Feier gewesen, nur Alains beste Freunde waren eingeladen. Sie hatten gegrillt, Bier und Wein getrunken, geredet und gelacht und versucht, Alain wieder aufzumöbeln und ihm zu zeigen, dass sie für ihn da waren. Es hatte funktioniert. Alain hatte sich amüsiert und Thierry einige Tage später sogar dafür gedankt. Kurz darauf hatten Thierry und Aleth sich ernsthaft zerstritten, der Streit war eskaliert und am vierzehnten Juli hatten sie sich getrennt.

Thierry hasste es, an diese Tage zurückzudenken, hasste es, was aus seinem Leben geworden war, nachdem er die gemeinsame Wohnung verlassen hatte. Er hatte noch mehr Aufträge von Marcel angenommen, hatte sich immer mehr in seiner Arbeit verkrochen, um nicht mehr die Zeit zu haben, über die Trümmer seines Lebens nachzudenken. Alain hatte treu an seiner Seite gestanden, denn er wusste, was eine Trennung bedeutete. Alains Frau hatte sich vor ihrem Tod von ihm scheiden lassen. Aleth hatte nicht mehr die Zeit dazu gehabt. Das machte Thierry zum Witwer, aber er konnte keinen Unterschied erkennen. Geschieden oder verwitwet, Aleth war tot, und mit ihr war die Hoffnung auf Versöhnung gestorben.

Der Zug fuhr in Versailles ein. Thierry stieg aus und folgte den Wegweisern zu dem Hospital, in das Aleth nach der Schlacht gebracht worden war. Dort zeigte man ihm den Weg zur Leichenhalle. Thierry ging zitternd die Straße entlang. Aber es war nicht der kühle Oktoberwind, der ihn frieren ließ, sondern eine Kälte, die aus seinem Inneren kam. Er öffnete die Tür zur Leichenhalle und betrat das Gebäude.

„Kann ich Ihnen helfen?", fragte die Dame an der Rezeption höflich.

„Ich bin gekommen, um …" Thierrys Stimme brach. Er räusperte sich und fing von vorne an. „Ich komme wegen meiner Frau", brachte er heraus.

„Wie ist ihr Name?", wollte die Dame wissen.

„Aleth Dumont", erwiderte Thierry.

„Wann ist sie gestorben?", fragte die Dame.

„Gestern Nacht", antwortete Thierry. „Gegen Mitternacht. Bei einem Überfall."

„Ah ja. Hier ist sie", verkündete die Dame, nachdem sie die Unterlagen auf ihrem Tisch konsultiert hatte. „Hier entlang, bitte."

Sie führte Thierry durch einen spärlich beleuchteten Flur in ein kleines Zimmer. „Bitte warten Sie hier. Ich kümmere mich darum, dass jemand die Leiche in das Nachbarzimmer bringt. Dann können Sie Ihre Frau identifizieren." Die Dame zeigte auf eine kleines Fenster, das den Blick in den Nebenraum freigab.

Bevor Thierry etwas erwidern konnte, war sie wieder verschwunden. Allein wartete er in dem Zimmer auf den gefürchteten Moment, in dem er in Aleth' totes Gesicht blicken und sie identifizieren musste. Danach wäre es endgültig vorbei und er musste alle Hoffnungen begraben. Er schloss die Augen, wollte den entscheidenden Moment hinauszögern, und sei es auch nur um ein paar Sekunden. Aber es war keine Verwechslung. Thierry wusste das genau, auch wenn er es sich noch nicht endgültig eingestehen wollte. Marcel hätte ihn nie benachrichtigt, wenn er sich nicht absolut sicher gewesen wäre. Trotzdem konnte Thierry der Realität noch nicht ins Gesicht sehen. Er wollte es einfach nicht. Dann hörte er auf der anderen Seite des kleinen Fensters Geräusche und öffnete widerwillig die Augen. Da lag sie auf dem Tisch, ihr Körper von einem billigen Tuch bedeckt. Aleth. Es gab kein Entkommen mehr. Das war Aleth' Gesicht, und es war unverwechselbar. Er wusste nicht, was sie getötet hatte, aber ihr Gesicht war verschont geblieben. Keine Verwechslung, kein Versehen. Seine Frau war tot.

Hinter ihm öffnete sich die Tür. „Sie ist es", kam er der Frage zuvor. Dieses Mal war es der Schmerz, der ihn die Augen schließen ließ. Er wandte sich von dem Fenster ab, konnte den Anblick nicht mehr ertragen. „Was muss ich jetzt tun?"

„Ich kann Ihnen die Adressen der örtlichen Bestattungsunternehmen geben. Die helfen Ihnen gerne", schlug die Frau vor.

„Nein", sagte Thierry, „Sie wollte eingeäschert werden."

„Ich habe auch die Telefonnummer des Krematoriums hier", sagte die Frau sachlich. „Sie können den Apparat in der Lobby benutzen."

Die Kälte und Würdelosigkeit der Situation machte Thierry wütend, aber er konnte nichts daran ändern. Er nahm der Dame den Merkzettel ab und fand die Telefonnummer, die er brauchte. Das Krematorium erwies sich als hilfsbereiter und verständnisvoller. Sie waren bereit, Aleth sofort abzuholen und noch heute Nachmittag einzuäschern, damit Thierry dabei sein konnte, wenn seine Frau verbrannt wurde. Er bedankte sich bei dem Mann und setzte sich auf einen Stuhl, um auf sie zu warten.

Er verdrängte jeden Gedanken an ihren toten Körper im Nachbarzimmer mit Erinnerungen an die Vergangenheit: der Tag, an dem sie sich kennengelernt hatten, ihr erster Kuss, ihre erste Liebesnacht und der Tag ihrer Hochzeit.

Die Erinnerungen waren so frisch, als wäre es erst gestern gewesen. Er konnte ihre Haare vor sich sehen, vom Wind zerzaust durch einen unangekündigten Sturm wirbelten sie um ihr Gesicht, als sie die Straße überquerte. Sie hatte die Arme voller Tüten und Päckchen, rannte, um schneller zu sein als der drohende Regen. Ein Mann lief sie um, blieb aber nicht einmal stehen und ließ sie einfach auf dem Bürgersteig sitzen. Sie hatte sich offensichtlich wehgetan. Die Tüten und Päckchen lagen verstreut um sie herum auf dem Boden. Thierry hatte dem Mann eine unfeine Bemerkung nachgeschrieen, aber seine ganze Aufmerksamkeit galt nur Aleth.

Er half ihr auf und sie sammelten gemeinsam Aleth' Einkäufe wieder ein. Da sie sich verletzt hatte, begleitete er sie bis zu ihrer Wohnung. Sie lud ihn auf eine Tasse Tee ein, doch er lehnte ab, wollte ganz der Gentleman sein. Aber er verabredete sich mit ihr für den nächsten Tag. Als sie sich in dem kleinen Café in der Nähe trafen, hatte sie sich extra in Schale geworfen. Thierry hatte sie mit ihren windzerzausten Haaren besser gefallen, und das sagte er ihr auch. Sie musste lachen, und in diesem Augenblick verliebte er sich in sie. Es gab nichts auf der Welt, das ihrem tiefen, kehligen Lachen gleichkam. Auch nicht ihr leidenschaftliches Stöhnen, wenn sie sich liebten.

Es blieb an diesem Tag nicht bei dem Kaffee. Thierry lud sie zum Abendessen ein, sie gingen tanzen und verabredeten, sich in zwei Tagen wiederzusehen. Thierry hielt die zwei Tage Wartezeit nicht durch. Schon am nächsten Abend wollte er unbedingt wieder ihre Stimme hören. Er rief sie an und sie flirteten am Telefon wie die Teenager. Sobald sie sich am nächsten Tag wiedersahen, küsste er sie. Er konnte nicht auf den üblichen Abschiedskuss des Abends warten, er musste sie mit einem Kuss begrüßen. Einen Monat später waren sie verlobt, einen weiteren Monat später verheiratet. Es war eine Liebe wie im Märchen, wie ein Wirbelwind, der Thierry mit sich davontrug. Unglücklicherweise endete es nicht wie im Märchen. Der Prinz traf nicht rechtzeitig ein, um die Prinzessin aus der Gefahr zu erretten. Es hatte kein Happy End für sie gegeben.

„Monsieur Dumont?", riss ihn eine Stimme aus seinen Erinnerungen.

„Das bin ich", antwortete er.

„Ich komme vom Krematorium, mein Herr. Wenn Sie bitte hier unterzeichnen, können wir Ihre Frau sofort mitnehmen und uns um alles weitere kümmern."

Stumpf setzte Thierry seine Unterschrift unter den Auftrag. Regungslos sah er zu, wie sie seine Frau in einem Eichensarg abtransportierten. Dann fuhr er schweigend mit ihnen zum Krematorium.

Als sie dort ankamen, führte der Direktor des Krematoriums ihn in sein Büro, während der Sarg in einen anderen Raum gebracht wurde. „Mein herzliches Beileid für Ihren Verlust", sagte der Mann, und Thierry nahm es ihm ab. In der Stimme schwang tiefes Mitleid mit, sie war nicht mit der herablassenden, distanzierten Art zu vergleichen, mit der er im Hospital und in der Leichenhalle behandelt worden war. „Sie können gerne hier warten, während wir uns um Ihre Frau kümmern. Wenn Sie wollen, können Sie uns auch begleiten und zusehen. Es mag sich makaber anhören, aber für manche Menschen ist es ein tröstlicher Abschied. Ich überlasse Ihnen, was Ihnen lieber ist."

Thierry dachte über das Angebot nach. „Ich würde es gerne sehen", sagte er dann. „Ich konnte nicht bei ihr sein, als sie gestorben ist. Ich möchte sie jetzt nicht allein lassen."

Der Direktor nickte und führte ihn durch den Flur in ein Zimmer, von dem aus Thierry die Öffnung des Brennofens sehen konnte. Davor stand der hölzerne Sarg mit Aleth auf einem Band, das direkt in das tosende Inferno führte. „Wenn Sie allein sein möchten, gehe ich jetzt", sagte der Direktor. Thierry nickte. „Lassen Sie sich Zeit für Ihren Abschied. Wenn Sie soweit sind, drücken Sie den Knopf am Fenster oder rufen mich, dann übernehme ich es für Sie. Ich aktiviere das Förderband. Sollte es Ihnen zuviel werden, kommen Sie einfach bei mir vorbei, und ich kümmere mich um alles. Sie finden mich in meinem Büro."

Thierry nickte wieder und der Mann verließ das Zimmer. Er trat an das Fenster und legte die Hand an die Scheibe. „Es tut mir so leid, meine Geliebte", flüsterte er. „Ich hätte nicht zulassen dürfen, dass du mich wegjagst. Ich hätte vorher auf dich hören, dir jeden Wunsch erfüllen sollen. Dann wäre ich vielleicht gestern bei dir gewesen. Vielleicht hätte ich dich dann retten können. Es tut mir so unendlich leid." Die Tränen, die er seit Marcels Anruf zurückgehalten hatte, bahnten sich ihren Weg und liefen ihm in Strömen über die Wangen, während er Aleth um Verzeihung bat. Aber seine Schreie, seine Gebete und seine Tränen stießen nur auf Schweigen. Nachdem er seinen unterdrückten Gefühlen freien Lauf gelassen hatte, schloss er die Augen zu einem letzten Gebet und drückte auf den Knopf. Er wischte sich die Tränen aus den Augen und sah mit versteinerter Miene zu, wie Aleth' sterbliche Überreste den Flammen übergeben wurden. Langsam setzte sich das Förderband in Bewegung und brachte Aleth' Sarg Zentimeter um Zentimeter dem Feuer näher. Thierry konnte den Blick nicht abwenden, bis der Sarg in dem lodernden Inferno der Flammen verschwand.

„Auf Wiedersehen, Aleth. Auf Wiedersehen, meine Geliebte", flüsterte er und drehte dem schrecklichen Anblick den Rücken zu. Dann ging er zum Büro des Direktors. „Wie lange dauert es, bis ich ihre Asche mitnehmen kann?"

„Sie muss erst abkühlen", erwiderte der Direktor bedauernd. „Sie können sie morgen abholen. Wenn das nicht möglich ist, können wir sie bei Ihnen abliefern."

Thierry wollte Aleth' Asche selbst nach Hause bringen, aber er wusste, dass er morgen keine Zeit haben würde, um nach Versailles zu kommen. Er gab dem Direktor seine Adresse.

Thierry verabschiedete sich, obwohl der Direktor ihm offensichtlich gerne noch mehr tröstliche Worte gesagt hätte. Aber Thierry wollte das Krematorium und Aleth' Tod hinter sich lassen. Er wusste, dass allein der räumliche Abstand nichts ändern würde, hoffte aber, dass er es zumindest erträglicher machte.

Als er wieder in dem Zug nach Paris saß, wurde er von einer unerträglichen Wut erfasst. Aleth' Tod war nicht ihre Schuld gewesen, und er war auch nicht seine. Es war Serrier, der für ihren Tod verantwortlich war. Serrier hatte ihm von Anfang an einen Menschen nach dem anderen geraubt. Freunde und Nachbarn, den kleinen Jungen, den er als seinen Neffen betrachtet hatte, und jetzt seine Frau. Thierry konnte es nicht mehr ertragen, wollte es nicht länger hinnehmen. Welches Risiko er auch eingehen musste, welches Opfer er auch bringen musste, er war darauf vorbereitet. Dieser Krieg musste enden, musste schnell enden. Und dazu mussten sie Serrier gefangen nehmen oder ihn töten.

Dieser Entschluss brachte Thierrys Gedanken wieder auf die Allianz zurück, die Marcel mit den Vampiren geschlossen hatte. Sicher, Thierry hatte anfänglich zurückhaltend darauf reagiert, aber das hatte sich mittlerweile geändert. Allein die Verstärkung ihrer Truppen war schon ein unschätzbarer Vorteil. Und wenn sie ihre Schlagkraft noch dadurch erhöhen konnten, dass Thierry sein Blut spendete, wollte er jedem Vampir bereitwillig sein Handgelenk zum Biss anbieten. Nicht deshalb, weil er es genauso genoss, wie Alain es offensichtlich tat. Aber deshalb, weil es einen Zweck erfüllte. Marcels Anweisungen würden dafür sorgen, dass die anderen Magier keine schwerwiegenden Einwände mehr gegen die Allianz erheben konnten und deshalb kooperieren würden. Aber Thierry bereitete sich auch darauf vor, seinen eigenen Einfluss geltend zu machen. Nichts und niemand durfte diese Allianz verhindern, dafür wollte er mit allen Mitteln sorgen. Dann hatte er plötzlich das Brandmal an Alains Hals vor Augen. Ja, auch das, schwor er sich. Was immer auch nötig war, um Serrier zu vernichten, Thierry wollte es tun. Selbst wenn er sich für den Rest seines Leben an einen Vampir binden musste.

Thierry musste so schnell wie möglich mit Alain reden. Er musste sich persönlich davon überzeugen, dass es Alain gut ging und dass er mit seiner Wahl glücklich war. Sicher, Alains Entscheidung hatte Thierry einen Schock versetzt, aber er hatte Alain unterstützt, solange er zurückdenken konnte. Und Alain hatte für ihn das Gleiche getan. Warum sollte das jetzt anders sein? Solange Orlando Alain glücklich machte, würde Thierry keine Einwände mehr erheben und es auch keinem anderen mehr erlauben. Er würde sich sogar bei Orlando für seine barschen Worte entschuldigen. Sie konnten diese Allianz nicht mit unterschwelligen Animositäten zum Erfolg führen. Es mochte sich trivial anhören, aber eine Kette war nur so stark, wie ihr schwächstes Glied. Thierry hatte nicht mehr die Absicht, schwache Glieder zuzulassen. Er wusste, dass seine Freundschaft mit Alain auf sicheren Füßen stand. Aber er musste Orlando in diese Freundschaft miteinbeziehen und dafür sorgen, dass Orlando das wusste und sie erwiderte. Thierry entschied sich, den beiden noch diese Nacht und den nächsten Tag Zeit zu lassen, um ihre Beziehungen zu festigen. Aber bis zum Sonnenuntergang wollte er nicht warten. Er musste mit ihnen reden, bevor Marcel und die anderen in Orlandos Wohnung eintrafen.

Fest entschlossen verließ Thierry den Zug und stieg die Treppe der U-Bahn-Station hinauf, um sich auf den Heimweg zu machen. Was immer auch nötig war, er wollte es tun. Selbst, wenn er Serrier persönlich jagen und mit bloßen Händen umbringen musste. Er stürmte auf die Straße und hörte noch, wie hinter ihm die Tür mit einem lauten Knall zuschlug.

18

JEAN SAH schon zum fünften Mal innerhalb der letzten zehn Minuten auf die geschlossene Schlafzimmertür. Er hatte in einem Magazin gelesen, konnte sich aber nicht konzentrieren und gab es schließlich auf. Es hatte nicht mit der Qualität der Artikel zu tun. Orlando lebte stellvertretend durch die Artikel von *National Geographic*. Er hatte sich im Laufe der Jahre eine beeindruckende Sammlung zugelegt. An einem normalen Tag – oder in einer normalen Nacht – blätterte Jean auch gerne in den Heften und studierte eine Welt, die seine Natur ihm vorenthielt. Die Bilder hatten Orlandos Neugier geweckt und mit Jeans Hilfe hatte er lesen gelernt, um sie besser verstehen zu können. Was Jean heute an der geschlossenen Tür beunruhigte, war die Tatsache, dass Orlando dahinter nicht allein war. Jean hatte ihn vor hundert Jahren gerettet und Orlandos gequälte Seele hatte sich seitdem immer noch nicht ganz erholt. Jetzt hatte er einen Magier in sein Schlafzimmer eingeladen und so getan, als ob es die selbstverständlichste und normalste Sache der Welt wäre. Aber Jean wusste, dass es das erste Mal war, seit sie sich kennengelernt hatten.

Jean war sich nicht sicher, was er von dieser unerwarteten Entwicklung der Ereignisse halten sollte. Er konnte sich noch gut erinnern, wie er Orlando das erste Mal gesehen hatte. Zerschlagen und blutend war Orlando bei jeder fremden Berührung erschrocken zusammengezuckt, obwohl sein geschundener Körper selbst zu dieser kleinen Bewegung kaum in der Lage gewesen war. Und trotz seiner schrecklichen Erlebnisse in der Gefangenschaft Thurloes war er in vielen Dingen des Lebens ignorant geblieben. Orlando war nicht naiv, aber er war unerfahren. Er hatte nie die Freuden gekannt, die man in den Armen eines Geliebten empfinden konnte. Wenn er das lebenswichtige Blut brauchte, ging er distanziert und sachlich vor. Es gab genug Menschen, die sich freiwillig dem Kuss eines Vampirs hingaben, ohne vorher oder nachher verführt werden zu wollen. Oder Orlando ging ins *Sang Froid*, um zu trinken. Doch jetzt hatte er sich exklusiv an einen Magier gebunden und würde erst durch dessen Tod wieder frei sein. Und als ob das nicht genug war, schien er den Magier auch noch als Geliebten annehmen zu wollen.

Jean hatte nichts dagegen, dass sich sein kleiner Bruder einen Geliebten nahm, ganz im Gegenteil. Es wurde langsam Zeit. Aber die Hast und Spontaneität, mit der das alles geschehen war, bereiteten ihm Sorgen. Orlando kannte Alain noch keine achtundvierzig Stunden. Jean hatte den jungen Vampir noch nie so impulsiv erlebt. Bis jetzt. So hilflos und gebrochen, wie Jean ihn vor hundert Jahren aufgefunden hatte, sollte Orlando jeden Grund haben, sich vor Veränderungen, vor fremden Menschen zu fürchten. Bis vor zwei Tagen war Jean sich sicher gewesen, dass er der einzige war, dem Orlando rückhaltlos vertraute. Jetzt schien Orlando ihn ersetzt zu haben; der große Bruder musste dem Geliebten weichen. Es war eine natürliche Entwicklung, aber sie hatte Jean unvorbereitet getroffen. Er hätte nie erwartet, dass Orlando in seinem Leben etwas vermisste, bis er die beiden vor einigen Stunden zusammen auf dem Friedhof gesehen hatte. Jean fragte sich allen Ernstes, ob Alain bei ihrem ersten Treffen Orlando magisch beeinflusst haben könnte. Jedenfalls würde das die Veränderungen in Orlandos Verhalten erklären, die Jean schon nach dessen erster Begegnung mit Alain aufgefallen waren und die ihn dazu bewegt hatten, Orlando das zweite Mal auf den Friedhof zu folgen.

Er hoffte nur, dass Alain dieses beispiellose Vertrauen zu schätzen wusste, das Orlando ihm entgegenbrachte. Alain hatte es schon einmal missbraucht, deshalb sah Jean Orlandos Entscheidung aus gutem Grund mit einer gewissen Skepsis. Er rief sich den Geschmack von Alains Blut und alles, was er daraus gelernt hatte, wieder in Erinnerung. Da war vor allem Alains Begehren, dessen Kraft auf Jeans Zunge geradezu explodiert war. Alain begehrte Orlando, daran konnte kein Zweifel bestehen.

Viel mehr war Jean bei seinem Biss vordergründig nicht aufgefallen, aber jetzt nahm er sich die Zeit, auch seine anderen Eindrücke zu analysieren. Er hatte Integrität geschmeckt und deshalb akzeptiert, dass Alain nur einen dummen, aber unbeabsichtigten Fehler gemacht hatte, als er Orlando aufforderte, Raymond zu beißen. Auch wenn Jean es ihm immer noch übel nahm. Dann hatte er die Loyalität geschmeckt, die Alain durch sein bedingungsloses Einstehen für Orlando unter Beweis gestellt hatte. Das war eine sehr beruhigende Erkenntnis für Jean. Er hatte seine Warnung ernst gemeint, nicht untätig zuzusehen, falls Alain Orlando wieder so verletzte. Jean hatte auch eine gewisse Rücksichtslosigkeit geschmeckt, aber die wurde überlagert durch Alains Güte und Anständigkeit. Jean war sich deshalb ziemlich sicher, dass der Magier Orlando niemals absichtlich Schaden zufügen würde, und das war der einzige Grund, warum er ruhig in seinem Sessel sitzen blieb, als er das Stöhnen hörte, das durch die Tür zu ihm ins Wohnzimmer drang. Was immer hinter dieser Tür auch vor sich ging, Jean war überzeugt davon, dass es auf Gegenseitigkeit beruhte und beide Teilnehmer ihren Spaß daran hatten. Orlando hatte es jedenfalls verdient. Er verdiente, geliebt zu werden.

Hoffentlich würden Orlando und Alain die Versprechen, die sie abgelegt hatten, niemals bedauern. Das Brandmal an Alains Hals band sie für eine sehr lange Zeit unlösbar zusammen, zumindest galt das für Orlando. Jean war nicht entgangen, dass Alain es freiwillig zugelassen hatte. Sicher, der Magier hatte die volle Bedeutung des Rituals nicht verstanden. Aber das machte seine Entscheidung Jeans Meinung nach in mancher Hinsicht noch bewundernswerter. Alain hatte sich entschieden, ein öffentliches Bekenntnis zu Orlando abzulegen, das außerhalb der Gemeinschaft der Vampire für viele missverständlich war. Er würde den Rest seines Lebens damit verbringen, neugierige und misstrauische Fragen über die Bedeutung des Mals beantworten zu müssen. Und Orlando … Orlando hatte unwissentlich eine Entscheidung getroffen, die sein Leben und seinen Stand in der Gesellschaft für immer ändern würde. Er war eine Verpflichtung eingegangen, wie es nur wenige Vampire vor ihm getan hatten. Es war ein Risiko. Wenn äußere Umstände die beiden für längere Zeit trennten, konnte Orlando sterben. Glücklicherweise führte die monogame Natur ihres Bundes auch dazu, dass er immer seltener von Alain trinken musste und sich dieser Zeitraum verlängerte. Die meisten Vampire mussten mehrmals in der Woche eine größere Menge Blut trinken. Andere zogen es vor, täglich nur kleinere Portionen zu sich zu nehmen. Orlando würde bald nur noch einmal in der Woche, vielleicht alle zehn Tage trinken müssen, sofern er nicht verletzt wurde und Blut für die Heilung brauchte. Aber diese Wirkung setzte nicht sofort ein, und noch war es nicht so weit. Mit dem Avoué de Sang hatte Orlando eine kühne Entscheidung getroffen, die jeder Vampir ihrer Gemeinschaft respektieren musste. Sie mochten sich nach den Gründen fragen, mochten ihn sogar für leichtsinnig halten, dieses Risiko eingegangen zu sein, aber sie würden ihn nie wieder wie ein unmündiges Kind behandeln, auch nach Alains Tod nicht.

Jean hatte nie einen Avoué gewollt, hatte diese Exklusivität nie angestrebt, zu der Alain und Orlando sich mit ihrer Beziehung bekannten. Er genoss die Abwechslung, sowohl in seiner Nahrung, als auch in seinem Liebesleben. Er kehrte zwar oft zu einem Opfer oder zu seinen Geliebten zurück, aber er hatte sich nie nach Exklusivität gesehnt. Nicht, seit … Jean verdrängte den Gedanken an die Vergangenheit, zusammen mit der Wut und dem Verrat, die ihm immer noch zu schaffen machten. Er war nicht eifersüchtig auf Orlando, auch nicht auf Alains Bereitschaft, sich Orlando anzuvertrauen.

Eifersucht war ein Zeichen von Schwäche. Egal, ob es sich um eine wirkliche oder nur um eine vermeintliche Schwäche handelte, sie führte immer in die Katastrophe. Die Vampire erkannten Jean aufgrund seines hohen Alters und seiner Stärke als Chef de la Cour an. Wenn seine Fassade auch nur den kleinsten Riss zeigte, würden sie ihm nicht mehr folgen, sondern seine Kontrolle in Frage stellen. Dann würde ihre junge Allianz in Trümmern liegen, noch bevor sie richtig begonnen hatte. Das konnte Jean nicht zulassen. Ein Scheitern der Allianz würde auch Orlando in eine heikle Situation bringen. Nein, Jean durfte keine Schwächen zeigen, musste die Eifersucht zügeln, die er angesichts der wunderbaren Partnerschaft empfand, die Orlando und Alain vor seinen Augen eingegangen waren. Es war nur verständlich, dass seine eigene Partnerschaft mit Raymond sich davon unterschied, aber sie durfte deswegen nicht weniger erfolgreich sein.

Er dachte an Adèle zurück. Ihr Blut hatte ihm sehr geschmeckt und er hätte gerne mehr davon getrunken. Wenn ihre Magie auf ihn gewirkt hätte, wäre die Zusammenarbeit mit ihr eine Freude gewesen und Jean hätte sich alle Mühe gegeben, sie auch als Geliebte zu gewinnen. Er konnte sich nicht vorstellen, dass sie sich dagegen gesträubt hätte. Auch Thierrys Blut hatte unter der oberflächlich spürbaren Bitterkeit und Trauer einen sehr interessanten Geschmack gehabt. Seine Charakterstärke und seine tiefen Überzeugungen waren heute nur noch selten anzutreffen. Sie passten mehr zu einem der mittelalterlichen Ritter, die Jean vor Jahrhunderten gekannt hatte, als in diese moderne Welt. Thierry war ein Krieger und würde mit aller Macht – und Thierry war ein sehr mächtiger Magier – für seine Überzeugungen und seine Freunde kämpfen. Was Chavinier anging, so hätte Jean nie vermutet, dass ein einzelner Mensch ein solches Ausmaß an magischer Macht und Stärke besitzen konnte. Alain hatte sich Sorgen gemacht, dass keiner der heutigen Magier mit Merlin vergleichbar war, auch wenn sie ihre Partner vor der Sonne schützen konnten. Aber Jean konnte sich nicht vorstellen, dass Chaviniers Macht derjenigen Merlins auch nur im Geringsten unterlegen war. In einem fairen Kampf hätte kein Gegner eine Chance gegen Chavinier. Das Problem lag darin, dass ihre Feinde nicht fair kämpften. Jean hoffte sehr, dass er und die anderen Vampire vielleicht das Zünglein an der Waage sein konnten, um Chavinier die Chance zu einem fairen Kampf zu geben. Der General der Milice war mit seiner Intelligenz, seiner Schläue und Macht ein Mann, dem Jean gerne als Partner zur Seite gestanden hätte.

Aber keiner der drei hatte Jean mit seinem Blut den Schutz vor der Sonne geben können, den Orlando durch Alains Blut bekommen hatte. Nein, es musste ausgerechnet Raymond sein, dessen Magie auf Jean wirkte. Der dunkle, gewaltbereite und verängstigte Raymond Payet, dessen Furcht, in die Hölle der dunklen Magier Serriers zurückkehren zu müssen, ihn alles akzeptieren ließ, auch so etwas Abstoßendes wie den Biss eines Vampirs.

Jean hatte keine Ahnung, wie er die Partnerschaft mit Raymond halbwegs erträglich und erfolgreich gestalten sollte. Alain und Orlando waren ein gutes Team, sie würden sich im Kampf gegenseitig beschützen und helfen. Mit Raymond war das undenkbar und Jean wusste nicht, wie er den Magier von der Notwendigkeit ihrer Zusammenarbeit überzeugen sollte. Er konnte Raymond nicht dazu zwingen, ihm zu vertrauen. Er konnte ihm nur drohen, damit er sich Jean unterwarf.

Die Furcht Raymonds vor Serrier und der Gefangennahme durch dessen Schergen war wahrscheinlich das Einzige, was den Magier im Kampf an Jeans Seite halten würde. Aber das machte aus ihnen noch kein echtes Team. Jean musste Raymond irgendwie davon überzeugen, dass er ihn nie Serrier ausliefern würde, solange Raymond sie nicht betrog. Wenn doch nur die Magier genauso in die Herzen anderer Menschen blicken könnten wie die Vampire. Aber bedauerlicherweise war das nicht der Fall.

Hinter der Schlafzimmertür war es still geworden und draußen war die Nacht hereingebrochen. Für Jean wurde es Zeit, sich um die praktischen Dinge zu kümmern. Er musste eine Versammlung organisieren und eine Allianz aufbauen. *Alles Gute*, wünschte er Orlando und Alain in Gedanken, dann verließ er die Wohnung und schloss leise hinter sich die Tür.

ER VERLIEß das ruhige Viertel, in dem Orlandos Wohnung lag, und machte sich auf den Weg in den Trubel des Nachtlebens von Montmartre, wo in den Bars und Clubs viele Vampire unterwegs waren, um nach willigen Opfern Ausschau zu halten. Das richtige Wort im richtigen Ohr würde viele zu ihrem geplanten Treffen locken, und sei es nur aus Neugier. Andere würden aus Loyalität zu Jean erscheinen, wieder andere gar nicht, entweder aus Opposition zu Jean, oder weil sie aus unterschiedlichen Gründen die Nachricht nicht erhalten hatten. Er musste mit Chavinier darüber reden, wie sie auch nach ihrer Versammlung noch Partnerschaften für diejenigen ermitteln konnten, die nicht daran teilgenommen hatten. Wenn ihre Allianz erfolgreich war, konnten sie auch die Chefs de la Cour anderer Städte kontaktieren. Je mehr Unterstützung sie bekamen, um so eher konnten sie diesen Krieg beenden.

Jeans erstes Ziel war ein Club im Schatten des Moulin Rouge. Soweit er wusste, war dort vor allem die Gothic Szene anzutreffen. Für Vampire auf der Suche nach einem willigen Opfer war der Club daher ein beliebter Anlaufpunkt. Jean hoffte, hier auf Julien Aubert zu treffen, der ihm bei der Verbreitung seiner Nachricht helfen konnte. Der Türsteher wollte ihn erst nicht einlassen, weil seine Alltagskleidung nicht zum Image des Clubs passte, aber als Jean ihm seine Zähne zeigte, machte der Mann den Weg frei und winkte ihn durch. Bei den Gothics waren Vampire immer willkommen, ob Alltagskleidung oder nicht. Jean ging direkt zur Bar und wartete ab. Falls Julien anwesend war, würde ihm die Aufmerksamkeit, die Jean auf sich zog, nicht entgehen. Wenn Jean auf der Suche war und einen Club betrat, musste er sich nicht auf der Tanzfläche oder in dunklen Ecken umsehen. Seine Opfer kamen zu ihm, nicht er zu ihnen.

Wie erwartet dauerte es nur wenige Minuten, dann nahm Julien auf einem Barhocker neben Jean Platz. „Das ist gewöhnlich nicht deine Szene", sagte er zur Begrüßung.

„Nein", stimmte Jean ihm zu. „Aber heute ist auch kein gewöhnlicher Tag."

Julien zog fragend die Augenbrauen hoch. „Ich erkläre euch morgen Nacht alles genauer. Richte unseren Freunden aus, dass ich sie für morgen zu einem Treffen einlade. Vier Uhr, Gare de Lyon. In dem Wartesaal an den Hauptgleisen."

„Worum geht es?", fragte Julien, dessen Neugier erwacht war.

„Um einen revolutionären Vorschlag", erwiderte Jean. „Ich erkläre es morgen. Sag allen Freunden Bescheid."

Julien nickte zustimmend und stürzte sich wieder ins Gewimmel der Tanzfläche. Jean warf einige Euro auf die Bar und machte sich auf zu seinem nächsten Ziel, einem kleinen Café, das vor allem von jungen Berufstätigen aus der Nachbarschaft frequentiert wurde. Laetitia Bastian war hier Stammgast. Sie begrüßte ihn nickend und schob mit dem Fuß einen Stuhl zurück, damit er sich setzen konnte. „Es ist lange her", meinte sie, als Jean sich zu ihr herabbeugte sie auf beide Wangen küsste.

„Zu lange", sagte er. Die nächsten Minuten verbrachten sie damit, den neuesten Klatsch auszutauschen. „Was treibt dich wirklich in unsere Ecke von Paris?", fragte sie dann.

Jean gab ihr die gleiche Botschaft wie Julien, wobei er das Wort Freunde besonders betonte.

„Es ist Jahre her, seit du uns alle zusammengerufen hast."

„Meine Neuigkeiten sind zu wichtig, um nur mündlich verbreitet zu werden. Es ist möglich, dass sie für alle Teilnehmer von großem Vorteil sind", erklärte Jean.

„Nur möglich?", wollte sie wissen.

„Sogar sehr möglich", antwortete Jean.

„Na gut", stimmte Laetitia zu. „Ich werde die Nachricht weitergeben."

Jean dankte ihr und machte sich auf den Weg zu seinem dritten Anlaufpunkt. Angélique Bouaddi bot besondere Dienstleistungen an, sowohl für Vampire als auch für normale Sterbliche. Für eine kleine Gebühr fand sie jemanden, der die speziellen Bedürfnisse ihrer Kunden befriedigte. Jean hatte ihre Dienste schon oft in Anspruch genommen, wenn er nicht in der Stimmung war, selbst auf die Jagd zu gehen.

„Was kann ich heute für dich tun?", schnurrte Angélique, als er ihr Etablissement betrat.

„Ich möchte unseren Freunden eine Nachricht zukommen lassen", sagte Jean. Sie sah ihn fragend an.

„Unseren Freunden?", erkundigte sie sich.

„Ja", betonte Jean. „Unseren Freunden." Dann informierte er sie über die Details des Treffens.

„Ich werde es weitergeben", versprach Angélique. „Kann ich sonst noch etwas für dich tun?"

„Heute nicht. Ich muss noch zu einem anderen Treffpunkt. Danke für das Angebot", erwiderte Jean.

„Komm bald wieder vorbei, wenn du freundliche Gesellschaft suchst", lud sie ihn zum Abschied ein.

„Das werde ich tun", versicherte ihr Jean. Er verabschiedete sich von Angélique mit einer galanten Verbeugung und einem Kuss auf die Wange. Dann schlug er, schon zum zweiten Mal in ebenso vielen Tagen, den Weg zu Christophe Lombards Haus ein. Mireille ließ ihn ein.

„Schon wieder hier?", fragte sie überrascht. „Monsieur ist ausgegangen. Er hat sich heute für die Jagd entschieden."

„Das ist kein Problem", meinte Jean. „Du kannst ihm meine Botschaft später überbringen."

„Dann komm ins Haus", sagte Mireille. „Im Salon können wir ungestört reden."

Jean nahm auf dem Stuhl Platz, den Mireille ihm anbot. „Was bringt dich so schnell wieder zu uns?", wollte sie wissen. „War das Treffen erfolgreich?"

„Es hat meine kühnsten Träume übertroffen", erwiderte Jean. „Was hat Monsieur Lombard dir darüber gesagt?"

„Nur, dass du eine Allianz mit den Magiern der Milice eingehen willst", antwortete Mireille.

Jean berichtete ihr alles, was seit seinem letzten Besuch geschehen war.

„Und der Kleine?", erkundigte sie sich nach Orlando.

„Ist kein Kleiner mehr", antwortete Jean lächelnd. „Er hat seinen Avoué gefunden und ihn mit seinem Mal gezeichnet."

„Wirklich?", fragte sie überrascht. „Wer ist es?"

„Sein Magier."

„Dann sind es also tatsächlich nur Lügen, dass Magierblut gefährlich wäre?"

„Ja", bestätigte Jean. „Sowohl Orlando als auch ich haben Magierblut getrunken und es überlebt. Und …" Er unterbrach sich, um die Bedeutung seiner Worte zu betonen. „… mit dem Blut des richtigen Magiers in den Adern konnten wir beide unbeschadet ins Sonnenlicht gehen. Komm morgen zu unserer Versammlung, auch wenn Monsieur Lombard sich dagegen entscheidet. Vielleicht findest du auch einen Magier, der zu dir passt."

„Wir werden sehen", sagte sie. „Wenn ich daran teilnehme, bin ich nicht für Monsieur da, sollte er meine Hilfe brauchen."

„Es ist natürlich deine Entscheidung", meinte Jean. „Aber rede mit ihm darüber. Es ist sehr wichtig, Mireille, und das weiß er auch."

„Wir werden sehen", wiederholte sie unverbindlich.

Das war das Stichwort für Jean und er verabschiedete sich. Er schlenderte die Straße entlang und überlegte, was er vor dem morgigen Treffen noch erledigen musste. Dann fiel ihm auf, wie hungrig er war. Er hatte, bis auf die wenigen Tropfen von Raymond, seit zwei Tagen kein Blut mehr getrunken. Raymonds Blut hatte zwar seinen Zweck erfüllt, aber es hatte Jean nicht gesättigt. Und da Raymond wahrscheinlich auch in absehbarer Zeit nicht vorhatte, Jeans Hunger zu befriedigen, musste er heute noch eine andere Möglichkeit finden, um sich satt zu trinken.

Er dachte an die üblichen Clubs und Cafés, entschied sich dann aber dagegen. Seine Botschaft würde sich schneller verbreiten, wenn er selbst nicht anwesend war. Angélique könnte etwas für ihn arrangieren, aber dazu hatte er keine rechte Lust. Er konnte verstehen, warum Lombard sich von der Welt zurückgezogen hatte. Das Leben eines Vampirs zu führen, konnte sehr ermüdend sein. Das Abenteuer Jagd verlor im Laufe der Jahrhunderte seine ursprüngliche Faszination und wurde zu einer langweiligen, immer gleichen Notwendigkeit. In dieser Beziehung beneidete er Orlando, der nicht mehr jagen musste. Orlando musste nur noch die Hand nach Alain ausstrecken. Jean seufzte. Er würde Karine besuchen. Die liebliche Miss Gautier würde ihn nicht abweisen. Sie würde wahrscheinlich sogar den Avoué de Sang von ihm annehmen, so wie Alain es für Orlando getan hatte. Aber er würde sie nie darum bitten, und das wussten sie beide auch. Selbst ohne die Allianz, die es erforderlich machte, dass er Raymonds Blut trinken konnte, hätte er Karine nie darum gebeten.

Jean hatte sich nicht geirrt. Als er an Karines Tür klopfte, ließ sie ihn wortlos eintreten. Sie führte ihn in ihr Zimmer, setzte sich aufs Bett und entblößte unaufgefordert ihren Hals. Jean kniete sich schweigend an ihre Seite und drückte die Lippen an ihren Hals. Er roch den betörenden Duft der Rosen, die in einer Vase auf der Kommode standen. Nachdem er Karines Hals mit seinem Speichel befeuchtet hatte, biss er zu und ließ ihr warmes Blut in seinen Mund laufen. Er saugte tief und hungrig, bis sein Mund und sein Magen mit ihrem lebensspendenden Blut gefüllt waren. Ein Blick in ihr Gesicht zeigte ihm, dass sie die Augen geschlossen hatte und zufrieden lächelte. Manchmal vergingen Wochen, gar Monate zwischen seinen Besuchen bei Karine. Aber er würde immer wieder zu ihr zurückkommen, bis sie ihn vielleicht eines Tages nicht mehr sehen wollte. Ihre Vitalität schoss durch seine Adern, als er das Blut in sich aufnahm. Jean kannte ihre Grenzen und wusste, wann er aufhören musste zu trinken, um sie nicht zu gefährden. Als er sich gesättigt fühlte, zog er die Zähne aus ihrem Hals und verschloss die Wunde mit seiner Zunge. Sie streichelte ihm zärtlich übers Gesicht und sah ihn bittend an.

„Heute nicht", sagte er bedauernd. Das Lächeln verschwand aus ihrem Gesicht, aber sie nickte verständnisvoll.

„Wann sehen wir uns wieder?", fragte sie.

„Das kann ich nicht sagen", erwiderte er. „Im Moment geschehen Dinge, die meine ganze Zeit und Aufmerksamkeit beanspruchen. Ich will dir nichts versprechen, das ich vielleicht nicht halten kann."

„Natürlich", sagte sie mit einem Hauch von Bitterkeit in der Stimme.

„Dann sag mir, dass ich gehen soll", forderte Jean sie auf. „Sag mir, dass ich gehen und nie wieder zurückkommen soll."

Sie lachte über seine Worte, aber ihre Traurigkeit war mit Händen greifbar. „Nein", antwortete sie. „Das kann ich nicht."

„Wenn ich kann, komme ich bald zurück", erwiderte Jean, der ihr wenigstens eine kleine Sicherheit geben wollte. Er stand auf und strich ihr mit dem Finger über die Wange. „Warte nicht auf etwas, dass ich dir nicht geben kann", verabschiedete er sich mit den gleichen Worten, die er ihr immer sagte, wenn er sie wieder verließ.

„Das werde ich nicht tun", erwiderte sie, ebenfalls wie immer.

Jean ging und spürte den Schmerz, den er dieser wunderbaren Frau zugefügt hatte. Aber er konnte nicht anders handeln. Nicht nach dem letzten Mal, als er sich an einen Sterblichen gebunden hatte. Hinter ihm fiel die Tür zu Karines Wohnung mit einem leisen Klicken ins Schloss.

19

ORLANDO HIELT sein Versprechen und wachte über Alain, der friedlich an seiner Seite schlief. In ihm tobte das Verlangen nach dem schlafenden Magier, aber er zügelte es mit der Kraft seines Willens. Er hatte die Erschöpfung in Alains Gesicht erkannt, die selbst unter der Leidenschaft noch sichtbar gewesen war, die vor kurzer Zeit die Züge des Magiers auf andere, wunderbare Weise verzerrt hatte. In den über zweihundert Jahren seines Lebens als Vampir hatte Orlando Geduld gelernt. Er konnte warten, bis Alain wieder erwachte und bereit war, sein Verlangen mit ihm zu teilen.

Im Schlaf löste sich die Anspannung, die um Alains Augen und auf seiner Stirn lag. Es ließ ihn um Jahre jünger aussehen. Orlando konnte sich eine kleine, zarte Berührung nicht verkneifen und strich ihm die Haare aus dem Gesicht. Alain schmiegte sich an Orlandos Hand und er ließ sie auf Alains Wange liegen. Die sexy Bartstoppeln waren ein starker Kontrast zu seiner eigenen, glatten Haut. Sie waren genauso erotisch und verführerisch, wie Alains starke Muskeln und die breiten Schultern.

Alain bewegte sich unter Orlandos Hand und schlug die blauen Augen auf. Sie blickten sich verwirrt um, wurden aber schnell klar, als Alain erkannte, wo er sich befand.

„Orlando?", fragte er mit schlaftrunkener Stimme.

„Ich bin hier", antwortete Orlando leise und drückte ihm einen zarten Kuss auf die Lippen.

Alain kam zu sich und erinnerte sich daran, was vor dem Einschlafen passiert war. Und was nicht passiert war.

„Es tut mir leid", entfuhr es ihm. „Ich wollte nicht so egoistisch sein."

Orlando wusste, was Alain damit meinte. Alain war eingeschlafen, bevor Orlando ebenfalls Befriedigung gefunden hatte. „Du warst sehr müde", sagte Orlando, der keine weiteren Entschuldigungen mehr hören wollte. „Es wäre von mir egoistisch gewesen, wenn ich dich länger wachgehalten hätte. Ich will nicht alles berechnen und Listen führen, wer wem was schuldig ist. Wir sind beide füreinander da. Nichts anderes habe ich getan."

Alain nickte. Er verstand, was Orlando ihm sagen wollte, weil es ihm genauso ging. Er wollte eine Beziehung, keine Strichliste. „Aber jetzt bin ich ausgeschlafen", sagte er mit einem breiten Grinsen. „Darf ich jetzt für dich da sein?" Er streichelte über Orlandos nackten Arm und seine Schulter, legte ihm die Hand in den Nacken und zog ihn zu sich herab, um ihn zu küssen.

Orlandos Reaktion auf den Kuss beantwortete Alains Frage. Er konnte das Begehren und den Hunger spüren, den Orlandos Körper ausstrahlte. Es wäre fast beängstigend gewesen, hätte Orlando ihm nicht schon bewiesen, dass er seine Leidenschaft unter Kontrolle halten konnte. Alain war sich nicht sicher, ob er selbst die Kraft dazu gehabt hätte, Orlando einfach schlafen zu lassen, wäre er an dessen Stelle gewesen. Deshalb fürchtete er Orlandos Leidenschaft nicht, sondern ließ sich sogar von ihr anstecken.

Er zog Orlando zu sich herab und wollte ihre Position tauschen, um Orlando lieben zu können. Aber als Alain sich auf ihn rollen wollte, wehrte sich Orlando und drückte ihn aufs Bett zurück. Alain ließ sich nicht auf einen Kampf um Dominanz ein, diese Schlacht musste er nicht gewinnen. Er schloss entspannt die Augen und überließ sich Orlandos Führung. Seine Hand lag immer noch in Orlandos Nacken und er konnte dessen Haare fühlen, die ihm über den Handrücken fielen. Dann ließ er los und fuhr mit den Fingern durch Orlandos Locken. Noch so ein Schatz, den es zu entdecken galt. Alain vertraute darauf, dass Orlando ihn wieder küssen wollte. Er wurde nicht enttäuscht. Als er Orlandos Lippen auf seinem Mund fühlte, öffnete Alain die Augen, um seinen Geliebten sehen zu können. Er wollte erkennen, was in Orlandos Gesicht vor sich ging und welche Gefühle darin zum Ausdruck kamen.

Sie blieben einige Minuten so liegen und küssten sich, Orlando auf den Ellbogen gestützt und über Alain gebeugt, ihre Beine ineinander verschlungen. Orlandos Lippen fühlten sich weich an und

Alain überlegte, ob er sich hätte rasieren sollen, weil seine Bartstoppeln wahrscheinlich Orlandos zarte Haut wund rieben. Aber der Vampir schien sich daran nicht zu stören. Er war tief in ihren Kuss versunken und hatte offensichtlich nicht vor, Alains Mund in absehbarer Zeit freizugeben. Seine Zunge fuhr neckisch zwischen Alains Lippen, der den Mund um den warmen Muskel schloss und sinnlich daran zu saugen begann. Orlando stöhnte und stieß seine Zunge tiefer in Alains Mund, als wollte er von ihm Besitz ergreifen. Alain ließ ihn gewähren. Orlando hatte ihn schon vor aller Öffentlichkeit mit seinem Mal in Besitz genommen, sein Kuss erfüllte dieses Versprechen nur auf eine zusätzliche Weise. Alain spielte mit Orlando, bis ihre Zungen in seinem Mund ein hitziges Duell ausfochten, bei dem er sich genüsslich geschlagen gab.

Nach Alains Kapitulation verließ Orlandos Mund Alains Lippen und suchte sich seinen Weg über das Kinn zum Hals, wo er sich auf die Pulsader legte und zu saugen begann. Alain fragte sich, ob in Orlando ein anderer Hunger erwacht war. Er hätte sich nicht gegen Orlandos Biss gewehrt. Er hoffte sogar, dass es früher oder später passieren würde und Orlando dort von seinem Blut trinken wollte. So erregend, wie sein Biss sich am Handgelenk und in der Armbeuge angefühlt hatte, konnte Alain es kaum abwarten, am Hals gebissen zu werden, wo das Erlebnis wahrscheinlich noch viel intensiver war. Aber nicht jetzt. Jetzt glitten Orlandos Lippen weiter, über Alains Schulter und zu seinem Schlüsselbein.

Dieser Teil von Alains Körper war kein Neuland für Orlando, er hatte ihn schon zuvor erkundet. Aber er wusste, dass er diese Reise noch oft machen und immer wieder Neues entdecken würde, denn alles an Alain war es wert, wieder und wieder entdeckt zu werden. Orlando war noch nie so erregt gewesen, weder vor noch nach seiner Umwandlung zum Vampir. Für einen kurzen Augenblick verlor er die Kontrolle über seine Lust und schlug die Zähne in Alains Schulter. Er konnte sich aber wieder fangen, noch bevor sie die Haut durchbohrten. Fast wäre es passiert, aber es war noch zu früh, um der Blutlust nachzugeben. Orlando hatte noch andere Pläne mit seinem Magier, der sich an ihn klammerte, als wäre er kurz davor zu ertrinken.

Alain bog den Rücken durch und presste sich mit einem Aufschrei an Orlando, als er den Biss spürte. Sein harter Schwanz pochte im Takt mit Orlandos saugendem Mund. Aber so gut Orlandos Mund sich auch an der Schulter anfühlte, Alain wollte ihn weiter unten spüren. Er rieb sich ruhelos an Orlandos Körper und drückte sich mit den Hüften an dessen steifes Glied. Er wollte Orlando mit seinen Bewegungen auffordern, den nächsten Schritt zu wagen.

Orlando fühlte Alains Hüften, die sich gegen seinen Schwanz pressten, und er war versucht, ihn hier und jetzt zu nehmen. Sein Magier war so wunderschön in seiner Hingabe. Aber Orlando wollte mehr als nur schnelle Befriedigung. Er wollte Alain die aufgestaute Zärtlichkeit zeigen, die er so lange in seiner geschundenen Seele unter Verschluss gehalten hatte. Und vielleicht – ja, vielleicht – würde Alain die Gefühle Orlandos sogar eines Tages erwidern. Deshalb ignorierte er seine eigenen Bedürfnisse und liebte Alain so, wie er selbst schon immer hatte geliebt werden wollen.

Er fuhr mit der Zunge über Alains Körper nach unten, von der Brust bis zum Bauchnabel. Dabei streichelte er ihm mit den Händen über die Oberschenkel, erkundete ihre Stärke und lernte ihre Haut kennen. Sein Geliebter war nicht nur ein mächtiger Magier, er war auch ein sehr starker Mann. Orlando schätzte sich glücklich, dass es ausgerechnet Alain war, dessen Blut zu ihm passte und ihm Schutz bot. Noch glücklicher war er darüber, dass Alain bereit und willens gewesen war, sein Avoué zu werden. Er hatte am Verhalten der anderen Magier erkannt, dass das durchaus nicht selbstverständlich war. Jetzt musste er Alain nur noch zeigen, dass er seinen Magier genauso glücklich machen wollte, wie er selbst es war.

Orlandos Hände waren mittlerweile am Ende von Alains Oberschenkeln angelangt, wo sie auf die Boxershorts stießen. Orlando fasste das störende Kleidungsstück am Bund und zog es über Alains Hüften und Beine nach unten. Dann stützte er sich mit einer Hand ab und zog auch seine eigenen Shorts aus, sodass sie jetzt beide nackt waren.

„Endlich", murmelte Alain.

„Sei nicht so ungeduldig", wies Orlando ihn zurecht. „Weißt du nicht, dass Vorfreude die beste Freude ist?"

Alain griff nach Orlandos Hand und presste sie an sein steifes Glied. „Mehr Vorfreude halte ich aber nicht mehr aus", informierte er seinen Vampir. „Und dieses Mal will ich mit dir zusammen kommen."

Alains Worte jagten Orlando eine Gänsehaut über den Rücken. „Wie du wünschst", flüsterte er heiser.

20

ORLANDO BLIEB noch einen Augenblick wie erstarrt stehen und sah schweigend auf Alain hinab, bevor er sich wieder in Bewegung setzte. Alain lag auf dem Bett, war bereit, sich Orlando vorbehaltlos hinzugeben. Orlando war sprachlos vor Überwältigung angesichts des Vertrauens, das Alain ihm entgegenbrachte. Er wusste, wie es war, unter einem Vampir zu liegen, gefangen und hilflos ausgeliefert zu sein und darauf zu warten, was als Nächstes passieren würde. Er kannte die Schmerzen, die ein Vampir seinem Opfer zufügen konnte. Orlando verdrängte seine Erinnerungen und rief sich ins Gedächtnis zurück, dass er und Alain Geliebte waren, nicht Herr und Sklave. Er würde Alain nie die unerträgliche Pein zufügen, der er selbst in den Händen seines Schöpfers ausgesetzt gewesen war. Eher wollte er sie selbst erleiden, als den einzigen Menschen zu verletzen, den Orlandos Vergangenheit und Natur nicht zu kümmern schienen.

Orlando legte die Hand um Alains Schwanz, um dessen Erregung nicht abklingen zu lassen und ihn von den Schmerzen abzulenken, die nach Orlandos Erfahrung untrennbar mit Sex verbunden waren. In Alains Augen flackerte die Leidenschaft. Orlando beobachtete ihn aufmerksam, weil er jede Veränderung in Alains Gesichtszügen sofort erkennen wollte, um darauf reagieren zu können.

Alain sah Orlando ins Gesicht. Er blickte in eine Maske angespannter Konzentration und konnte die Bedenken erkennen, die seinen Vampir plagten. Alain konnte sich den Grund dafür nicht erklären und wusste nicht, ob und wie er das Thema ansprechen sollte. Immerhin hatte sich sein erster Wunsch erfüllt, denn Orlando hatte ihn angefasst. Blieb nur noch, dass er Orlando ebenfalls berühren konnte. Alain hatte den Verdacht, dass er auf die Erfüllung seines zweiten Wunsches noch etwas warten musste.

Orlando ließ Alain los, um das Gel aus der Nachttischschublade zu ziehen, das er dort für seine langen, einsamen Tage aufbewahrte. Er schob es unter das Kopfkissen, um es jederzeit griffbereit zu haben. Dann legte er die Hände um Alains Gesicht. Seine Daumen berührten sich unter Alains Kinn. Orlando drückte Alains Kopf vorsichtig nach oben, gerade genug, um ihm einen zarten Kuss auf den Mund geben zu können. Die Bewegung reichte aus, um die Haut an Alains Hals zu dehnen und ihn das Brandmal spüren zu lassen. Es erinnerte ihn an die Bedeutung ihrer Vereinigung.

Als ihre Lippen sich wieder trennten, suchte Orlando in Alains Gesicht nach Anzeichen von Zweifel und Furcht, konnte aber nur Begehren, Vorfreude und Sehnsucht erkennen. Er zog das Gel unterm Kissen hervor, befeuchtete damit seine Finger und zerrieb es vorsichtig. Er konnte spüren, wie es langsam die Körperwärme annahm, die Alains Blut ihm gegeben hatte. Er musste lächeln. Es lief immer noch durch seine Adern. Unter ihm spreizte Alain einladend die Beine. In den zwei Tagen, die sie sich kannten, hatte Alain ihm mehr Vertrauen entgegengebracht, mehr an ihn geglaubt als jeder andere Mensch seit seiner Umwandlung. Alain hatte ihm sein Blut gegeben und war den Aveu des Sang mit ihm eingegangen. Und jetzt bot er ihm seinen Körper an. Orlando konnte diese Geschenke nur in Demut annehmen und sich ihrer würdig erweisen. Vorsichtig fuhr er mit seinen feuchten Fingern zwischen Alains Beine.

Die Finger fuhren zart, beinahe zögernd, über Alains Hoden nach hinten. Er spreizte die Beine weiter, in der Hoffnung, Orlando damit zu ermutigen und ihm zu signalisieren, dass er bereit war. Orlandos Daumen strich über seinen Damm und ein Finger drückte sanft an seine Öffnung. Alain entspannte sich und presste sich dem Finger entgegen, forderte ihn auf einzudringen. Alain widerstand der Versuchung, nach seinem wunderbaren Vampir zu greifen und ihn an sich zu ziehen. Er musste die Initiative Orlando überlassen.

Orlando beugte sich vor und küsste Alain, dann erfüllte er ihm seinen Wunsch und ließ einen Finger vorsichtig in seinen Körper gleiten. Alain seufzte erleichtert und Orlando hob den Kopf, um ihn anzusehen. Der Ausdruck der Ekstase in Alains Gesicht beruhigte ihn und gab ihm Sicherheit. Er hatte seinem Magier Vergnügen bereitet. Orlando bewegte seinen Finger langsam vor und zurück, streichelte Alains Inneres und suchte nach der kleinen Stelle, an der die Nerven zusammenliefen und die Alain noch mehr erregen würde, wenn sie gestreichelt wurde.

Als er sie fand, entfuhr Alain ein lautes Stöhnen, das wie Musik in Orlandos Ohren klang. Alains Augenlider flatterten und sein Gesicht verzog sich ekstatisch. Orlando konnte sich wieder daran erinnern, was wahre Freude war. Er wagte es, einen zweiten Finger einzuführen und Alain sanft zu dehnen. Bei Alains Stöhnen überkam ihn eine kurze Panik, aber noch bevor er sich entschuldigen oder seine Finger zurückziehen konnte, hörte er Alain leise flüstern: „Mehr."

Orlando war wie verzaubert von dem Anblick Alains, der sich unter ihm krümmte vor Erregung. Er ließ den Blick über Alains Körper wandern, erkannte die unübersehbaren Anzeichen der Leidenschaft: die offenen, geschwollenen Lippen, den gläsernen Blick, die erregten Nippel und – natürlich – den harten Schwanz, der an Alains Bauch schlug. Orlando wollte sich zu ihm hinabbeugen und die kleinen Tropfen, die seinem Schlitz entquollen, auffangen, um sich ihren Geschmack auf der Zunge zergehen zu lassen. Aber er hatte nicht den Mut dazu, die Erfahrungen der Vergangenheit zu überwinden. Später vielleicht, falls Alain ihn dann immer noch wollte.

Alain schwebte auf einer Wolke des Begehrens irgendwo zwischen Himmel und Erde, aber Orlandos bedächtiges und zögerliches Vorgehen drohte, ihn langsam in den Wahnsinn zu treiben. Er musste Orlando endlich in sich spüren, wollte von ihm erfüllt werden. So wunderbar sich Orlandos Finger auch anfühlten, Alain brauchte mehr. Er hätte es Orlando gerne gesagt, aber dessen liebevolle Zärtlichkeit hatte ihm offensichtlich die Sprache geraubt. Er fuhr mit der Hand über die Matratze, bis er die Tube mit dem Gel fand. Dann streckte er die andere Hand nach Orlandos Schwanz aus, um ihn mit seiner Berührung zu mehr Eile zu ermutigen.

Orlando fing seine Hand ab, bevor sie ihr Ziel fand. Er verhinderte Alains Protest durch einen Kuss, der Alain erneut die Sprache raubte und ihn um den Verstand brachte. Die Tube fiel unbeachtet aus seiner Hand auf die Matratze zurück. Alain hatte Orlando nicht die ganze Arbeit überlassen wollen, doch der Vampir hatte jede Einmischung sanft, aber bestimmt, verhindert. Alain wollte seinen neuen Geliebten nicht verstören und fand sich endlich damit ab, keine Kontrolle über die Situation zu haben. Er ließ sich wieder aufs Bett fallen und überließ sich ganz Orlandos Händen.

Alains Duldsamkeit und Hingabe wirkten auf Orlando wie ein Aphrodisiakum. Er hatte immer noch Angst, Alain Schmerzen zuzufügen, und war deshalb versucht, Alain nur mit seinem Finger zum Höhepunkt zu bringen und sich an dem Anblick seines Geliebten zu befriedigen. Aber dann spürte er Alains Hände auf den Schultern, die ihn langsam zu sich nach unten zogen. Orlando gab nach, konnte sich aber immer noch nicht dazu durchringen, seine Finger durch seinen Schwanz zu ersetzen. Er schob vorsichtig einen dritten Finger in Alains Körper, um sicherzugehen, seinen Magier so gründlich vorzubereiten, dass der auch nicht den geringsten Schmerz erleiden musste.

Alains Gesicht war keine Reaktion auf den zusätzlichen Finger anzusehen. Sie dehnten sich perfekt, er fühlte sich offen und wartete nur noch auf Orlando. Kleine Schreie kamen über seine Lippen, vermischten sich mit seinem Stöhnen und Wimmern zu einer Symphonie unvergleichlicher Schönheit, die Orlando tief ins Herz drang. Sein Schöpfer hatte ihm oft genug gesagt, dass er nur ein ungelenker, erbärmlicher Versager wäre, und Orlando hatte es ihm geglaubt. Dass er jetzt seinem wunderbaren Magier so viel Freude schenken konnte, erfüllte eine ungeahnte Sehnsucht in Orlandos Herz. Diese Erkenntnis gab ihm den Mut, jetzt auch den letzten Schritt zu wagen. Alain begehrte ihn. Orlando konnte dieses Gefühl zwar nicht nachvollziehen, aber Alains gespreizte Beine und der ermutigende Druck seiner Hände an Orlandos Schultern ließen kein Missverständnis mehr zu

Vorsichtig nahm er Alains Beine und legte sie sich auf die Schultern. Er hob Alains Hüften und schob ein Kissen darunter, um ihm Halt zu geben. „Ist es so gut?", fragte er.

„Ja," krächzte Alain, der im richtigen Moment seine Stimme wiedergefunden hatte. „Ich brauche dich. Bitte, liebe mich."

Alains Bitte und der Gedanke daran, dass er selbst für das Verlangen und die Sehnsucht in der Stimme seines Magiers verantwortlich war, überzeugten Orlando endgültig. Er gab alle Vorbehalte auf, die ihn bis jetzt noch gequält hatten, brachte seinen Schwanz in Position und drückte leicht gegen Alains Öffnung. Trotz der ausgiebigen Vorbereitung widerstand sie zunächst Orlandos Versuchen und er erkannte frustriert, dass er seine Vorsicht aufgeben musste. „Verzeih mir", flüsterte er und presste fester dagegen, bis die Spitze seines Schwanzes durch Alains Schließmuskel eindrang. Sein Magier gab ein lautes Stöhnen von sich.

„So … gut", keuchte Alain und hob die Hüften, um Orlando tiefer in sich hineinzuziehen. „Du fühlst dich so gut an."

Orlando musste seine Erregung mit aller Kraft zügeln, während er langsam tiefer in Alains Körper eindrang. Er wollte sich nicht gehen lassen und ihn verletzen. Niemals. Er hatte Alain versprochen, ihn nie wieder zu verletzen.

Alain spürte, wie Orlando langsam tiefer und tiefer in ihn glitt. Es war ein wunderbares Gefühl. Der harte Schwanz dehnte ihn bis fast an die Schmerzgrenze und er fühlte sich bis zum Anschlag ausgefüllt, aber er wusste, dass noch mehr kommen würde. Er griff nach Orlandos Hüften und forderte ihn wortlos auf, die Vorsicht aufzugeben und kräftiger zuzustoßen.

Orlando kämpfte immer noch um Selbstbeherrschung, weil er seinem Begehren nicht nachgeben und Alain rücksichtslos in Grund und Boden ficken wollte. Das war es nicht, was er seinem Magier geben wollte. Er wollte Alain all die Zärtlichkeit und Liebe geben, die er selbst nie erlebt hatte. In den nächsten Minuten hielt er an seinem Vorhaben fest und ließ sich Zeit, aber dann zehrte die enge, feuchte Hitze von Alains Körper seine Kontrolle langsam auf und es fiel Orlando schwerer und schwerer, sich noch zurückzuhalten.

Alain war sich nicht zu schade, ihn anzubetteln. „Fester", jammerte er. Er wollte Orlando noch tiefer spüren. „Bitte."

Gedankenlos kam Orlando der Bitte nach und stieß mit aller Macht zu, trieb seinen Schwanz bis zum Anschlag in Alains Körper. Alain entfuhr ein scharfer Schrei, so unglaublich fühlte es sich an. Orlando ahnte nichts von Alains Gefühlen, er hörte nur den Schrei. Panisch wollte er sich aus Alain zurückziehen.

„Nein!", protestierte Alain, als Orlandos Reaktion zu ihm durchdrang. „Nicht! Bitte nicht." Er klammert sich mit Armen und Beinen an Orlando fest, um ihn wieder an sich zu ziehen.

Orlando hielt still. „Alain?", fragte er unsicher.

Alain fasste ihn an den Hüften und drückte ihn an sich. „Bitte, mach so weiter."

„Wirklich?", fragte Orlando ungläubig.

„Gott, ja!", rief Alain. „Beweg dich!"

Orlando erfüllte ihm seinen Wunsch, und auch wenn seine Stöße nicht so hart kamen wie sein Ausrutscher eben, so waren sie doch kraftvoller und eindringlicher als zuvor. „Ja, so gut", krächzte Alain. „So voll. Nicht aufhören." Seine Worte begleiteten Orlandos Stöße wie eine ständige Ermutigung und Bestätigung. Sie ließen ihn einen Rhythmus finden, der seine eigene Leidenschaft genauso befriedigte wie Alains, der ihn unaufhörlich weiter anfeuerte. Orlando hätte am liebsten gar nicht mehr aufgehört.

Die Kraft und der Rhythmus von Orlandos Stößen brachten Alain an den Rand des Höhepunkts. Seine Prostata schickte mit jedem Kontakt kleine Stromstöße durch sein Nervensystem und er konnte spüren, wie sich seine Eier zusammenzogen und auf die bevorstehende Explosion vorbereiteten. Es fehlte nicht mehr viel, dann …

„Gleich", stöhnte er und fasste nach seinem Schwanz.

„Lass mich das machen", verlangte Orlando und stieß Alains Hand weg. Für einige quälende Sekunden massierte er ihm die Eier und schloss dann – endlich! – die Hand fest um Alains Schwanz. Sein Daumen streichelte über die Eichel und presste sich in den Schlitz, dort wo Alain am empfindlichsten war. Das war es. Alain schloss die Augen und bäumte sich unter Orlando auf. Samen schoss aus seinem Schwanz, bedeckte seine Brust und seinen Bauch und lief über Orlandos Hand.

Orlando konnte spüren, wie Alains Inneres sich um seinen Schwanz zusammenzog und er von Krämpfen erschüttert wurde. Er wollte den Moment so lange wie möglich genießen und hörte nicht auf, sich bis zum Anschlag in Alains zuckenden Körper zu versenken, bis er sich nicht mehr wehren konnte und seine Welt von einem Orgasmus erschüttert wurde, wie er ihn in seinen kühnsten Träumen nicht für möglich gehalten hätte. Dann brach er erschöpft über Alain zusammen. „Mein Vampir", murmelte Alain und küsste ihn auf den Kopf, während er ihn mit Armen und Beinen an sich presste und festhielt

„Mein Magier", erwiderte Orlando mit einem verwunderten Lächeln und küsste ihn zärtlich. Er hatte jetzt einen Geliebten, und es war ein Mann, der ihn mit all seinen Unsicherheiten und trotz des Fluchs, der auf ihm lastete, akzeptierte. Orlando schwor sich, das nie zu vergessen und Alain nie als selbstverständlich hinzunehmen.

Sie blieben lange so liegen, um sich zu erholen, fest umschlungen und ihre Körper immer noch vereint. Die vertraute Nähe gab ihnen Geborgenheit und neue Kraft. Schließlich rollte sich Orlando auf die Seite, stand auf und ging zur Tür.

„Warte", rief Alain ihm nach.

Orlando drehte sich zu ihm um.

„Was ist mit Jean?", wollte Alain wissen.

Orlando kicherte. „Der ist schon lange gegangen. Ich will nur ins Badezimmer gehen und ein Handtuch holen, damit wir uns abwischen können. Ich bin gleich zurück."

Alain ließ sich aufs Bett fallen und wartete auf Orlandos Rückkehr. Kurz darauf tauchte Orlando mit einem Tuch in der Hand wieder auf und reinigte Alain von den Spuren ihrer Leidenschaft. Alain fasste ihn an der Hand und zog ihn zu sich ins Bett. Er legte den Kopf an Orlandos Schulter und schmiegte sich an ihn. „Du musst dich nicht um mich kümmern", sagte er leise. „Ich bin nicht aus Glas."

„Vielleicht will ich mich aber um dich kümmern", verteidigte sich Orlando und rutschte verlegen von Alain weg.

Alain folgte ihm und drückte ihn wieder an sich. „Und das hast du auch getan. Es war wunderbar", sagte er beruhigend. „Aber ich bin nicht so empfindlich, dass ich bei der geringsten Erschütterung zerbreche. Ich habe das Gefühl, dass du Angst davor hast, und mich deshalb so schonend behandelst."

Orlando fühlte sich in Alains Armen gefangen und erstarrte. Dann merkte er, dass Alain wahrscheinlich nur mit ihm schmusen wollte. „Ich weiß, welche Schmerzen es bereiten kann", flüsterte er. „Ich will dir das nicht antun. Ich werde dich niemals verletzen."

„Das hast du doch auch nicht getan", versicherte ihm Alain. „Weißt du denn nicht, wie schön es für mich war?"

„Nein", antwortete Orlando leise. „Ich habe nie einem Mann erlaubt, das mit mir zu tun. Ich kann es einfach nicht."

Alain ließ sich Orlandos Antwort lange durch den Kopf gehen. Er wusste, dass Orlando von seinem Schöpfer vergewaltigt worden war. Konnte es wirklich sein, dass seine einzige Erfahrung die Misshandlung durch dieses Monster war? Er musste es wissen, wenn er Orlando richtig behandeln wollte. Aber er hatte keine Ahnung, wie er ihn danach fragen sollte, ohne die Sache noch schlimmer zu machen.

„Du hast nie …", fing er an, aber dann wusste er nicht weiter.

„… nie einen Geliebten gehabt", beendete Orlando den Satz für ihn und setzte sich auf. Alain versuchte ihn zurückzuhalten, aber Orlando entzog sich seinen Armen. „Ich erzähle dir alles", sagte er. „Aber das geht nur, wenn du mich nicht festhältst."

Alain ließ ihn los und legte sich auf den Rücken. „Du musst es mir nicht sagen, wenn es dir unangenehm ist." Er war sich nicht sicher, ob er Orlandos Geschichte überhaupt hören wollte. Allein die Erwähnung der Vergangenheit hatte Orlando spürbar aus dem Gleichgewicht geworfen. Alain hatte den Eindruck, als wäre sein Geliebter von einem fürchterlichen Albtraum eingeholt worden. Er zog sich nicht nur körperlich von Alain zurück, sondern auch emotional. Seine Augen verloren ihren Glanz und sein blasses Gesicht zeigte überdeutlich, wie aufgewühlt er im Innersten war.

„Irgendwann muss ich es dir sowieso erzählen", meinte Orlando niedergeschlagen. „Es ist einfacher für mich, wenn du jetzt gleich wieder gehst, als wenn du mich später verlässt."

Alain richtete sich auf. „Wie kommst du darauf, dass ich dich verlassen will?", fragte er. „Ich habe dir ein Versprechen gegeben und nicht vor, es jemals zu brechen. Oder hast du das schon vergessen?"

„Ich habe es nicht vergessen", erwiderte Orlando und fuhr Alain sanft mit den Fingern über den Hals. „Aber wenn du erst meine Geschichte gehört hast, wirst du nicht mehr bei mir bleiben wollen."

„Ich kann mir nicht vorstellen, was du mir erzählen könntest, um meine Meinung zu ändern. Aber so lange du mir das nicht glaubst, solltest du mir einfach erklären, wieso ein so wunderbarer und liebevoller Mensch wie du nie einen Geliebten gehabt hat." Alain war sich seiner Gefühle für Orlando sehr sicher. Aber er hatte den Verdacht, dass seine Reaktion auf Orlandos Geschichte der Schlüssel für ihre Zukunft war.

„Weil ich nie einen wollte", antwortete Orlando. Seine Stimme klang kalt und wie abwesend, als wäre er nicht selbst betroffen und würde nur einen unpersönlichen Bericht abliefern. Er konnte Alain nicht in die Augen sehen und hielt den Blick starr auf die Wand gerichtet. „Mein Schöpfer hat mich gesehen, einen jungen Soldaten in seiner Uniform, unschuldig und naiv, ohne jede Lebenserfahrung. Er hat mich begehrt, hat mich aus meinem Regiment geholt und in sein Bett gezwungen."

Alain erstarrte. Er hatte gewusst, dass Orlando misshandelt worden war, aber er hatte nicht geahnt, dass seine erste Erfahrung eine Vergewaltigung gewesen war.

„Ich war noch unberührt vor dieser Nacht, aber meine Unschuld und meine Schmerzensschreie haben ihn nicht gekümmert. Seine Zähne und Krallen haben meine Haut durchbohrt und aufgerissen, so wie sein Glied meinen Körper." Orlandos Stimme klang unverändert monoton, aber in seinen Augen spiegelte sich die Erinnerung an einen Albtraum. Mit aller Kraft schien er aufs Neue um seine Freiheit zu kämpfen und sich gegen das Monster wehren zu wollen, das nur mit ihm spielte und ihm falsche Hoffnung gab, bevor es sich wieder auf ihn stürzte und dem hilflosen jungen Mann eine Wunde nach der anderen riss. Als der Vampir des Spiels müde wurde, presste er ihn auf den Boden, vergewaltigte ihn unbarmherzig und brach damit endgültig jeden Widerstand.

„Als ich reglos vor ihm auf dem Boden lag, hat er mich bis auf den letzten Blutstropfen ausgesaugt und mich dann gezwungen, sein eigenes Blut zu trinken. Es hat ihn nicht gestört, dass ich lieber gestorben wäre, als auf diese Weise umgewandelt zu werden. Er hat mich nahezu täglich vergewaltigt und auch noch erwartet, dass es mir gefällt. Mein Bitten und Betteln hat ihn nicht im Geringsten beeindruckt. Er hat nur gelacht, wenn ich ihm gesagt habe, ich wäre wund, hat mich als Schwächling bezeichnet, wenn ich geblutet habe. Und als ob das nicht schon Demütigung genug gewesen wäre, hat er mir trotz meiner Gegenwehr immer mindestens einen Orgasmus abgezwungen. Er hat sich darüber gefreut, wenn ich mich geschämt habe, weil ich die Reaktion meines Körpers nicht kontrollieren konnte. Dann, als er mit diesen Quälereien aufgehört hat, wollte er mich in das gleiche Monster verwandeln, wie er selbst eines war. Er hat mich gezwungen, mit anderen Menschen – meistens waren es Sterbliche – das Gleiche zu tun. Ich habe versucht, sie besser zu behandeln, es so angenehm wie möglich für sie zu machen, aber sie haben meine Berührungen genauso gehasst wie ich die meines Schöpfers."

Alain zuckte zusammen, als er hörte, welche Qualen Orlando in den Händen seines Schöpfers erlitten hatte. Er war sich sicher, nur eine kurz gefasste, vielleicht abgeschwächte Version der Geschichte gehört zu haben. „Ich hasse deine Berührungen nicht", flüsterte er. Es schienen so kleine, unbedeutende Worte angesichts des Horrors, den Orlando durchlebt hatte. Aber es war die einzige Bestätigung, die er ihm geben konnte. „Mir hast du nur Freude und Liebe gebracht."

Orlando lächelte zitternd und sah ihm in die Augen. „Kannst du jetzt verstehen, warum ich so gezögert habe?"

„Ja. Aber es wäre nicht nötig gewesen. Nicht mit mir. Ich sehne mich nach deiner Berührung. Ich will deine Stärke spüren. Ich will fühlen, wie es ist, wenn du dich gehen lässt. Und ich sage dir, wenn du aufhören sollst." Dann fuhr ihm ein Gedanke durch den Kopf. „Es hat dir doch auch Spaß gemacht, oder?"

Orlando starrte ihn mit offenem Mund an. „Ich habe noch nie solche Gefühle erlebt wie mit dir", rief er und seine Augen glänzten, als er daran zurückdachte. „Ich hätte nie für möglich gehalten, dass man sich einem anderen Menschen so verbunden fühlen kann. Es muss am Aveu de Sang liegen."

Alain lächelte, als er die Wärme sah, die in Orlandos Augen zurückkehrte. Er hob seine Hand an die Lippen zu einem Kuss, dann legte er sie sich aufs Herz. „Ja", erwiderte er liebevoll. „Unser Bund." Aber er wünschte sich aus tiefstem Herzen, dass es mehr war als nur das Brandmal, das sie zusammenhielt. Er streckte die Arme nach Orlando aus und hoffte, der Vampir würde sein Angebot annehmen, damit sie sich noch etwas ausruhen konnten.

Orlando ließ sich von Alain in die Arme nehmen. Er fühlte sich sicher und geborgen in der Umarmung seines Magiers.

21

ALAIN WURDE durch seinen knurrenden Magen geweckt. Er konnte sein Glück kaum fassen, als er das wunderbare Wesen sah, das in seinen Armen lag. Die meisten Menschen würden ihn wahrscheinlich für verrückt erklären, die Partnerschaft mit einem Vampir als Glück zu bezeichnen, aber Alain war sich seines Herzens sicher. Und sein Herz sagte ihm, Orlando niemals wieder gehen zu lassen. Der Vampir würde Alains Beteuerungen wahrscheinlich noch nicht glauben können, also behielt er sie für sich, als sich die braunen Augen öffneten und ihn ansahen. Er beschränkte sich auf ein Lächeln und gab Orlando einen Kuss. „Hast du gut geschlafen?", erkundigte er sich.

„Vampire schlafen nicht so wie ihr, aber es war sehr schön." Das stimmte. Zum ersten Mal seit unzähligen Jahren war Orlando nicht von Albträumen heimgesucht worden, als er die Augen schloss. Stattdessen hatte er von Alain geträumt, dessen Leidenschaft und Hingabe vor seinem inneren Auge noch einmal erlebt. Er wollte Alain gerade fragen, ob der an einer Wiederholung interessiert wäre, als der Magen des Magiers laut und vernehmlich knurrte.

„Das hört sich an, als müssten wir etwas dagegen unternehmen", bemerkte Orlando und betonte seine Worte mit einem zärtlichen Kuss. Er konnte sein Verlangen noch zurückstellen, aber auf Alains sanfte Lippen wollte er nicht verzichten.

Alain lächelte ihn an. „Ich habe seit gestern Abend außer den kleinen Törtchen, die Thierry uns zum Frühstück besorgt hat, nichts gegessen."

„Dann habe ich dich vernachlässigt", erwiderte Orlando entschuldigend und sah auf die Uhr. Halb elf. Das Bistro St. Vincent hatte noch einige Stunden lang auf und die Besitzer würden ihn auch danach noch bedienen.

„Ich bin sechsunddreißig Jahre alt", lachte Alain. „Ich brauche keinen Babysitter mehr."

„Und ich bin zweihunderteinundfünfzig Jahre alt. Außerdem bin ich jetzt für dich verantwortlich." Er merkte, dass Alain ihm widersprechen wollte. „So, wie du für mich verantwortlich bist", fügte er schnell hinzu. Es gibt in dieser Straße ein Restaurant, wo wir gut essen können. Du jedenfalls. Ich leiste dir Gesellschaft."

„Es stört sie nicht, wenn du nichts bestellst?", fragte Alain und ging auf den Themenwechsel ein.

Orlando lachte. Er konnte Alains Frage gut verstehen. Die Restaurants in Paris waren nicht gerade begeistert von Gästen, die nicht das volle Menü bestellten. „Ich bin dort bekannt. Ich bestelle ein Glas Wein und alles ist in Ordnung." Er stand auf und ging durchs Zimmer. Alain konnte die Augen nicht von Orlandos grazilem Körper abwenden, als der zum Kleiderschrank ging und sich darin umsah. Er seufzte zufrieden. Ja, er war ein sehr glücklicher Mann.

„Du kannst also auch noch andere Sachen trinken als Blut?", fragte er, während er sich ebenfalls ankleidete.

„Ich kann essen und trinken, was ich will", antwortete Orlando und zog seine Schuhe an. „Aber Blut ist das Einzige, was mich ernährt. Alles andere läuft nur durch. Ich bestelle Kaffee oder Wein, manchmal sogar eine Mahlzeit, weil ich nicht auffallen will. Oder, wie heute, weil die Besitzer sehr nett zu mir sind und deshalb an mir verdienen sollen. Wenn ich mich normal verhalte, werden die anderen Menschen nicht beunruhigt."

„Normal nach ihren Standards", ergänzte Alain.

„Selbstverständlich. Normal ist ein sehr relativer Begriff. Lass uns jetzt gehen. Wir können im Restaurant weiter darüber reden."

Alain nickte und folgte Orlando zu dem Restaurant. Der Vampir wurde wie ein alter Bekannter begrüßt. Kaum waren sie eingetreten, kam eine ältere Frau mit silbergrauen Haaren auf sie zu, begrüßte Orlando und sah Alain misstrauisch an. Orlando nahm ihn an der Hand und sagte: „Keine Angst, Madame Marceline. Alain weiß über mich Bescheid und ist trotzdem freiwillig bei mir. Sie müssen sich seinetwegen keine Sorgen machen."

Orlandos Worte zeigten Wirkung. Alain wurde plötzlich ihr Lieblingsgast. Sie führte die beiden zu einem kleinen Tisch in einer Ecke, wo sie durch eine niedrige Wand und Efeupflanzen vor neugierigen Blicken geschützt waren. „Asseyez-vous ici", sagte sie. „Hier seid ihr ungestört." Sie drückte ihnen die Speisekarte in die Hand und verschwand in der Küche.

„Sie ist sehr besorgt um dich", meinte Alain.

„Ich komme seit Jahren hierher. Am Anfang hat sie mich immer gefragt, warum ich nie eine junge Frau mitbringe. Ich habe ihr dann geantwortet, dass ich Männer vorziehe. Das hat sie für einen Abend zum Schweigen gebracht. Das nächste Mal hat sie mich gefragt, warum ich keinen jungen Mann mitbringe. Irgendwann habe ich ihr die Wahrheit gesagt. Und weißt du, was sie mir geantwortet hat?"

„Nein. Was?"

„Sie hat gesagt, dass jeder, der in mir nur den Vampir sieht, entweder blind oder dumm sein muss. Aber eines Tages würde ich jemanden treffen, der weder das eine noch das andere wäre. Ich habe keine Familie mehr. Meine Eltern und meine Schwester sind für mich an dem Tag gestorben, als ich umgewandelt worden bin. Als ich mit Jeans Hilfe meinem Schöpfer entkommen konnte, waren sie schon lange tot. Jean, Madame Marceline und Monsieur Daniel sind die einzigen Menschen, die für mich so etwas wie Familie sind."

„Dann hast du mich also hierher gebracht, damit sie mich unter die Lupe nehmen kann?", scherzte Alain.

„Nein. Ich habe dich hierher gebracht, weil du hungrig bist. Wenn es nach mir gegangen wäre, hätten wir meine Wohnung gar nicht verlassen und weniger störende Kleidung zwischen uns", gab Orlando zurück.

Bei Orlandos Worten wurde Alain von neuem Begehren gepackt. Die Augen des Vampirs blitzten ihn über den Tisch hinweg an. Alains Bemerkung, nicht aus Glas gemacht zu sein, schien auf fruchtbaren Boden gefallen zu sein. Er fragte sich, wie lange er wohl auf sein Essen warten musste, sodass sie möglichst schnell wieder in Orlandos Wohnung gehen und ihre junge Beziehung weiter erkunden konnten. Dann kam Monsieur Daniel an den Tisch und nahm ihre Bestellung auf. Er schlug einige Köstlichkeiten vor, die Alain unbedingt probieren musste. Orlando sah den alten Mann so herzlich an, dass Alain alles bestellt hätte, selbst wenn es sie die ganze Nacht festhalten würde.

„Und ein Flasche Wein, bitte. Falls der Fixin noch vorrätig ist ...", schlug Orlando vor, nachdem Alain seine Bestellung aufgegeben hatte.

„Für dich ist er immer vorrätig", versprach Monsieur Daniel. „Ich habe sogar noch eine Flasche von dem 96er Jahrgang." Er eilte in die Küche zurück.

„Du bist also ein Weinkenner?"

„Ganz und gar nicht. Aber Monsieur Daniel ist aus der Gegend von Beaune, wo der Fixin hergestellt wird, und er ist sehr stolz auf seine Herkunft. Ich habe über den Wein in einem Magazin gelesen und herausgefunden, welche Jahrgänge gut sind und warum. Ich sage Monsieur einfach nur das, was er gerne hört. Er hat keine Ahnung, dass ich den Wein kaum schmecken kann", erklärte Orlando leise. „Ich verlasse mich darauf, dass du mein kleines Geheimnis für dich behältst."

„Natürlich", versprach Alain. „Gibt es etwas, das du noch schmecken kannst?"

„Nur Blut", sagte Orlando bedauernd. „Alles andere ist geschmacklos. Es schmeckt nicht schlecht, aber es könnte genauso gut Wasser sein – kein oder nur sehr wenig Geschmack."

Alain versuchte sich vorzustellen, wie es wäre, außer Blut nichts schmecken zu können. Es wollte ihm nicht so recht gelingen, und als er Orlando davon erzählte, musste der laut lachen.

„So langweilig ist es gar nicht. Jeder Mensch hat seinen besonderen Geschmack."

„Wird es dir nicht langweilig werden, wenn du nur noch mein Blut trinken kannst?", fragte Alain unsicher.

Orlando erinnerte sich an Alains Blut und der Geschmack explodierte auf seiner Zunge, als hätte er den Magier gerade wirklich gebissen. „Niemals", schwor er. „Dein Blut ist ein Festmahl für mich, so voller Geschmack ist es. Ich werde es genießen, so lange du lebst." Er wollte nicht darüber nachdenken, was danach passieren würde. Dann wäre er von seinem Bund befreit und könnte wieder von anderen trinken. Aber er hatte keine Ahnung, was er mit dieser Freiheit anfangen sollte.

„Wenn wir wieder in deiner Wohnung sind", versprach Alain. Der Gedanke an Orlandos Biss ließ ihn vor Erregung erschauern.

„Wenn ich Hunger habe", erwiderte Orlando. „Es ist besser, so lange zu warten und dann ausgiebig zu trinken, als sich mit einem kleinen Imbiss zufriedengeben zu müssen."

„Und wann wirst du wieder hungrig?", fragte Alain nach.

„Nach dem, was ich heute getrunken habe … wahrscheinlich morgen früh. So können wir auch herausfinden, wie lange deine Magie nach einer vollen Mahlzeit wirksam bleibt."

Alain schauderte. Er wollte Orlando davon überzeugen, das nächste Mal von seinem Hals zu trinken. Es war für ihn der ultimative Vertrauensbeweis, daher wollte er nicht länger als unbedingt nötig damit warten. Alain hatte keine Zweifel, dass ein Biss in den Hals erotischer sein würde als alles andere, was er bisher mit Orlando geteilt hatte.

Madame Marceline kam mit Alains Vorspeise an ihren Tisch. Wie sie ihnen versicherte, waren die Œufs en Meurette eine Spezialität des Hauses. Sie öffnete den Wein und goss ihnen ein. „Bon appetit", wünschte sie dann und ließ die beiden wieder allein.

Alain aß seine Vorspeise und Orlando nippte ab und zu an seinem Wein. „Wir haben den Trinkspruch vergessen", sagte Alain plötzlich.

„Worauf sollen wir trinken?", fragte Orlando.

„Auf den Erfolg der Allianz und der zukünftigen Partnerschaften", schlug Alain vor. „Und vor allem auf … unsere Partnerschaft."

Orlando stieß lächelnd mit ihm an und hob das Glas an die Lippen. Alain sah wie verzaubert zu, als Orlandos den Mund öffnete und sich mit seiner rosa Zunge genüsslich einige Tropfen Wein von den Lippen leckte. Er konnte sich nicht erinnern, jemals einen erotischeren Anblick erlebt zu haben und stellte sich vor, es wäre nicht der Wein, sondern sein eigenes Blut, das Orlandos Lippen rot färbte. Alain trank ebenfalls einen Schluck Wein, dann reichte er mit der Hand über den Tisch und zog Orlandos Kopf zu sich heran, um ihm einen Kuss zu geben. Er konnte den Wein auf Orlandos Zunge schmecken.

Orlando ließ sich von Alain den Wein von seiner Zunge lecken. Dann biss er leicht zu, bis zwei kleine Blutströpfchen aus Alains Zunge in seinen Mund liefen. „Mmm, die perfekte Mischung aus zwei berauschenden Flüssigkeiten", schnurrte er. „Ich kann von dem Geschmack nicht genug bekommen."

Alain war durch Orlandos Geständnis so tief bewegt, dass er verlegen den Blick senkte. Es war nicht die Liebeserklärung, die er gerne gehört hätte, aber es war der Ausdruck eines dauerhaften Interesses. In Alains Augen war das ein Fortschritt. Er wusste, dass Orlando magisch an ihn gebunden war, aber er wollte mehr als das. Seine Gefühle für Orlando gingen bereits jetzt tiefer und er sehnte sich danach, dass sie anerkannt wurden.

Alain widmete sich wieder dem köstlichen Essen auf seinem Teller. Œufs en Meurette waren schon immer eine seiner Lieblingsspeisen gewesen, aber diese waren unübertroffen. Er war froh, von Orlando hierher eingeladen worden zu sein und wusste, dass er auch ein Stammgast des kleinen Restaurants werden würde, zumal er hoffte, in Zukunft mehr Zeit bei Orlando zu verbringen.

Monsieur Daniel brachte den nächsten Gang, frischen Tomatensalat mit einem Dressing aus Dijonsenf. Es war eine perfekte Kombination aus sonnengereiften Tomaten und würziger Sauce. „Wie hast du dieses Restaurant eigentlich gefunden?", wollte Alain von Orlando wissen. „Sicher, es liegt in der Nähe deiner Wohnung, aber woher weißt du, dass es so gut ist?"

„Als ich hierher gezogen bin, habe ich mich noch versteckt", erklärte Orlando. „Deshalb wollte ich mich so normal wie möglich verhalten, obwohl ich nicht bei Tageslicht nach draußen konnte. Ich habe mich bei den Nachbarn nach der besten Bäckerei, dem besten Café und dem besten Restaurant erkundigt, alles Fragen, die ein Vampir niemals stellen würde. Für einige Jahre habe ich diese Fassade aufrechterhalten, bis es mir zu anstrengend wurde. Aber ich komme immer noch hierher, wenn ich Gesellschaft suche. Jetzt kommt mir mein Wissen über die Nachbarschaft zugute." Kaum hatte Orlando das gesagt, merkte er, was er damit vorausgesetzt hatte. „Es tut mir leid, ich hätte nicht …"

Alain brachte ihn mit einem Kuss zum Schweigen. „Solange du mich nicht wieder rauswirfst, werde ich meine freie Zeit bei dir verbringen. Meine Wohnung hat keine fensterlosen Zimmer und ich will nicht das Risiko eingehen, dass du dich versehentlich verbrennst. Also, wie ist es? Wirfst du mich raus?"

„Nein! Aber ich hätte es nicht einfach voraussetzen sollen."

„Mag sein. Aber du konntest eigentlich nicht falsch liegen", versicherte ihm Alain. „Ich wüsste nicht, wo ich lieber wäre." Er griff über den Tisch nach Orlandos Hand. Es war eine einfache Geste, aber sie berührte Orlando sehr. Selbst von den Menschen, die ihn in der Vergangenheit begehrt hatten – solange sie nicht wussten, dass er ein Vampir war – hatte keiner sich die Zeit genommen, seine Hand zu halten. Sie wollten ihn nur immer gleich ins Bett zerren, ergriffen aber die Flucht, sobald er ihnen seine Zähne zeigte. Alain und er hielten sich bis zum Ende des Abendessens an der Hand. Orlando konnte sich nicht erinnern, jemals so romantische Stunden erlebt zu haben, mit Alains Hand in seiner, auf dem Tisch eines kleinen Restaurants in einer ganz gewöhnlichen Straße. Kein besonderer Abend, keine große Planung. Einfach nur eine spontane, zärtliche Geste. Sie füllte eine Leere in Orlandos Herz, derer er sich zuvor gar nicht bewusst gewesen war. Er hätte Alain gerne seine Gefühle gestanden, aber ihm fehlten die passenden Worte, die diesem wunderbaren Moment gerecht geworden wären. Er hielt einfach nur Alains Hand fest in seiner und wollte sie nicht mehr loslassen, auch als es Zeit wurde, zu bezahlen und das Restaurant zu verlassen.

Alain hatte nichts dagegen einzuwenden. Er konnte auch mit einer Hand essen und hatte nicht vor, Orlando wieder loszulassen. Glücklicherweise hatte er Bœuf Bourgignon bestellt, das man mit der Gabel essen konnte. Und das Dessert auch. Jedes Mal, wenn Monsieur Daniel oder Madame Marceline an ihren Tisch kamen und ihre verschränkten Hände sahen, warfen sie Alain einen dankbaren Blick zu. Alain hätte sich kein perfekteres Abendessen wünschen können. Er hatte für einen vernünftigen Preis hervorragend gegessen, was in Paris schon bemerkenswert genug war. Aber er hatte auch – und das war ihm noch wichtiger – einen romantischen Abend mit seinem neuen Geliebten verbracht. Alain war versucht, sich zu zwicken, nur um sicher zu sein, dass er das nicht alles nur träumte. Er war seit dem Tod seiner Frau keine Beziehungen mehr eingegangen, wenn man von dem gelegentlichen One Night Stand in Nächten absah, in denen er sich besonders einsam gefühlt hatte. Aber das war nicht mit seiner Beziehung zu Orlando vergleichbar. Sie war all das, was seine Ehe mit Edwige eigentlich hätte sein sollen.

22

ORLANDOS GEFÜHLE waren in Aufruhr, als sie sich wieder auf den Rückweg in seine Wohnung machten. Alain hatte ihm versprochen, seine freie Zeit bei ihm verbringen zu wollen. Hieß das, dass er bei ihm einziehen wollte? Erst nachdem Orlando darüber nachdachte, wurde ihm bewusst, dass er sich genau das wünschte, dass er es sogar brauchte, um wirklich glücklich zu sein. In Gedanken räumte er schon seine Möbel um, damit Alain genug Platz hatte, um alles unterzubringen. Er überlegte, was er wirklich brauchte und worauf er verzichten konnte, was sie sich neu anschaffen mussten, damit Alain sich wohlfühlte. Da seine Wohnung nur zwei Zimmer hatte, dachte er sogar darüber nach, eine größere zu suchen. Seine Küche war ziemlich klein, bot gerade genug Platz für einen kleinen Tisch und zwei Stühle. Das Badezimmer war nicht viel besser. Wenn Orlando sich tagsüber im Wohnzimmer aufhielt, mussten die Vorhänge geschlossen bleiben, und im Schlafzimmer gab es gar kein Fenster. Alain hatte keinen Raum, in dem er die Sonne genießen konnte. Dazu würde er die Wohnung verlassen müssen, was Orlando unfair vorkam.

„Hör mit dem Grübeln auf", meinte Alain an seiner Seite.

„Was? Nein, es ist schon in Ordnung", stammelte Orlando und wühlte in der Tasche nach dem Hausschlüssel.

„Ist es nicht", erwiderte Alain. „Ich habe die Falten auf deiner Stirn gesehen. Du machst dir um irgendwas Sorgen. Wenn du nicht willst, musst du es mir nicht sagen. Und solange es nicht um uns beide geht, können wir es heute Nacht sowieso nicht mehr ändern. Also hör auf, dir Sorgen zu machen."

„Es geht aber um uns beide", gab Orlando zu, während sie die Treppen zu seiner Wohnung hinaufgingen. „Meine Wohnung ist so klein, im Schlafzimmer gibt es keine Fenster, und ich bin eine Geschöpf der Nacht und du nicht und … wie soll das alles funktionieren?"

Alain nahm ihm die Schlüssel aus der Hand und schloss die Wohnungstür auf. Dann führte er ihn zu dem Sofa im Wohnzimmer, ohne Orlandos Einwände auch nur anzusprechen. In seinem Kuss lag die gleiche Mischung aus Romantik und Zärtlichkeit, die schon ihren ganzen Abend bestimmt hatte. „Das weiß ich auch nicht", gab er ehrlich zu. „Aber es wird funktionieren. Mein Blut beschützt dich vor dem Sonnenlicht, also musst du deine Tage nicht mehr in Dunkelheit verbringen. Wir wissen noch nicht, wie lange und wie stark es wirkt, aber das werden wir herausfinden. Außerdem ist meine Wohnung noch kleiner als deine, ich bin also daran gewöhnt. Ich will nicht behaupten, dass es einfach sein wird. Aber ich bin bereit, es zu versuchen, wenn du es auch willst."

„Natürlich bin ich dazu bereit", sagte Orlando. „Aber …" Er schämte sich über seine Planspiele und verstummte.

„Was?", fragte Alain zärtlich. „Was ist los mit dir?"

„Ich habe darüber nachgedacht, was ich alles umräumen muss, damit der Platz für dich ausreicht. Dann ist mir aufgefallen, dass ich deinen Einzug schon wieder als selbstverständlich voraussetze. Niemand zwingt dich dazu, Alain. Ich wünsche es mir zwar, und das weißt du auch schon; aber falls du deine Wohnung behalten und mich nur besuchen willst, wenn ich hungrig bin, dann ist das auch in Ordnung."

„Wenn das zwischen uns …", Alain machte eine Pause und zeigte mit der Hand auf sie beide, „… nur eine Frage deines Hungers und der Immunität vor dem Sonnenlicht wäre, so wie es bei den anderen Partnerschaften vermutlich der Fall sein wird, würde ich meine Wohnung wahrscheinlich behalten wollen. Aber wir haben die Erfordernisse der Allianz schon bei Weitem überschritten. Ja, wir sind Partner, aber wir sind auch mehr als das. Das ist schon so, seit du mich das erste Mal geküsst hast. Oder kannst du dir vorstellen, dass Payet und Bellaiche nach einem gemeinsamen romantischen Abendessen auf dem Sofa liegen und schmusen?"

Orlando musste lachen, als er sich das Bild ausmalte. „Nein", gab er zu. „Das kann ich mir absolut nicht vorstellen. Es tut mir leid, dass ich mich so dumm und unsicher angestellt habe, aber ich habe keine Erfahrung mit Beziehungen. Ich weiß nicht, was erlaubt ist und was nicht, was zu viel verlangt ist und was zu wenig …" Alains Lippen brachten ihn zum Schweigen. Orlando schloss die Augen und akzeptierte mit dem Kuss auch die Geborgenheit und Alains Versprechen auf eine gemeinsame Zukunft.

„Es gibt kein richtig oder falsch", flüsterte Alain ihm zu. „Es geht nur darum, dass wir uns glücklich machen. Ich weiß nicht, warum du dir solche Sorgen machst. Aber ich verspreche dir, nicht wütend zu werden, wenn du einen Fehler machst oder von falschen Voraussetzungen ausgehst. Das ist nicht meine Art. Außerdem ist jede Beziehung anders. Wir müssen beide erst lernen, was der andere erwartet. Und wir schaffen das zusammen, so, wie wir es uns versprochen haben."

Orlando lächelte so sanft und glücklich, dass Alain es kaum fassen konnte. Er hatte seinen Vampir immer für wunderschön gehalten, aber dieses Lächeln machte ihn noch strahlender. Dann legte ihm Orlando die Hand in den Nacken und strich mit den Fingern über das Zeichen ihres Bundes. Alain senkte den Kopf und gab ihm einen zärtlichen Kuss. „Lass uns ins Bett gehen", flüsterte er Orlando zu.

23

DAS VERTRAUEN in Alains Worten machte Orlando sprachlos. Alain wollte wieder mit ihm ins Bett gehen. Orlando ahnte, dass ihn das nicht überraschen sollte. Alain hatte während ihres Abendessens und auch danach sein Interesse an Orlando ausreichend deutlich gemacht. Aber Orlando fiel es schwer, seine bisherigen Erfahrungen zu vergessen und es erstaunte ihn immer noch, dass Alain sich von einem Vampir auch nur anfassen ließ. Und dass Alain es sogar ein zweites Mal wollte, überstieg seinen Horizont. Er blickte Alain in die Augen, konnte aber keine Zweifel, keine Furcht darin entdecken. Nur Begehren. Er wünschte, er könnte Alains Blut schmecken, um sicher zu sein, dass er sich nicht täuschte. Aber für die explosive Mischung aus Sex und Bluttrinken war es noch zu früh. Orlando könnte die Kontrolle verlieren und Alain, wenn auch unabsichtlich, verletzen. Dieses Risiko war ihm zu groß, jedenfalls vorläufig noch.

Orlandos Schweigen verunsicherte Alain. Zögernd stand er auf und streckte die Hand nach Orlando aus. „Komm und zeig mir, was dir gefällt", forderte er ihn auf.

Orlando gab ihm die Hand und ließ sich ins Schlafzimmer führen. Es war ein seltsames Gefühl, von einem anderen Mann ins eigene Schlafzimmer geführt zu werden. Aber es war auch irgendwie richtig. Auf diesem Gebiet hatte Alain mehr Erfahrung und er war bereit, sie mit Orlando zu teilen. Orlando folgte Alain, der sicheren Schrittes aufs Bett zuging und sich auszog, als hätten sie das schon Hunderte Male getan. Alain ließ die Boxershorts an, weil er Orlando nicht unter Druck setzen wollte. Er streckte sich auf dem Bett aus und winkte den Vampir zu sich.

Orlando zögerte kurz und sah auf ihn hinab. Alain lag wartend auf dem Bett und hatte Orlando sogar aufgefordert, zu ihm zu kommen. „Zeig mir, was dir gefällt", wiederholte Alain und machte es sich bequem, um seinen Geliebten willkommen zu heißen.

Orlando sah ihn immer noch an. Dann zog er sich hastig aus und kam aufs Bett. Er hockte sich über Alain und beugte sich vor, um sein Gesicht mit spielerischen Küssen zu bedecken – zuerst die Augen, dann die Stirn, die Nase, das Kinn und die Wangen. Alain legte sich zurück und überließ sich Orlandos Erkundungen, selbst, als aus den Küssen fast kleine Bisse wurden. Er hätte nichts dagegen gehabt, von Orlando gebissen zu werden. Er war viel zu froh darüber, von Orlando überhaupt berührt zu werden, in welcher Form auch immer. Orlando fasste ihn an den Oberarmen und drückte leicht zu. Alain verstand die Geste und legte die Arme an die Seite, ohne Orlando anzufassen oder ihn an sich zu ziehen. Er beschloss, es als eine Art Verführung mit umgekehrtem Vorzeichen zu sehen. Wenn sein Vampir es brauchte, konnte Alain ihn auch verführen, indem er ihm die Kontrolle überließ.

Orlandos heißem Blick nach zu urteilen schien es zu funktionieren. Alain konnte sich nicht erinnern, jemals ein solches Feuer in den Augen eines Liebhabers gesehen zu haben. Bereitwillig lieferte er sich Orlandos Begehren aus. Er spürte ein leichtes Zwicken an der Wange und erkannte erst mit etwas Verzögerung, was es war. Orlandos Eckzahn war an seinem Wangenknochen hängen geblieben und hatte die Haut aufgekratzt. Ein kleiner Blutstropfen quoll hervor und lief über Alains Haut. Es kribbelte ihn am ganzen Körper. Dann fühlte er die elektrisierende Berührung von Orlandos Zunge, die das Blut zärtlich ableckte und den Riss in der Haut versiegelte.

Orlando hatte die Wunde bemerkt und sofort ein schlechtes Gewissen bekommen. Er wollte seine Blutlust noch nicht ins Spiel bringen, aber er konnte die Wunde nicht einfach übersehen, auch wenn sie noch so klein war. Zumal er sie selbst verursacht hatte. Orlando heilte sie mit seiner Zunge und leckte dabei die kleinen Blutströpfchen von Alains Wange. Gerade eben hatte er sich noch gewünscht, Alains Blut zu schmecken, um sich der Gefühle seines Magiers sicher zu sein. Dieser unerlaubte kleine Kontakt beseitigte seine Zweifel endgültig. Alains Verlangen stand seinem eigenen in nichts nach. Orlando beugte den Kopf und gab Alain einen leidenschaftlichen Kuss, nahm den Mund seines Magiers in Besitz.

Alain schmeckte sein eigenes Blut auf Orlandos Zunge und stellte sich vor, seine eigene Erregung schmecken zu können. Fast konnte er Orlandos Faszination mit dem Geschmack nachvollziehen. Er saugte an der Zunge, die fordernd in seinen Mund eindrang, entrang ihr jede noch so kleine Geschmacksspur. Dann knabberte er spielerisch daran, so wie Orlando ihn im Restaurant geneckt hatte. Alain wusste, dass seine eigenen Zähne nicht die gleiche durchdringende Wirkung hatten wie Orlandos spitze Eckzähne. Aber er war davon überzeugt, dass es Orlando genauso gefallen würde.

Alain täuschte sich. Orlando zog sich sofort zurück. „Nicht", sagte er. „Wir wissen nicht, welche Wirkung mein Blut auf dich hat. Ich will nicht riskieren, dich zu verlieren." Er erwähnte nicht, dass sein Schöpfer ihn auf diese Weise gequält hatte, dass er ihn grausam gebissen hatte, obwohl es keinen Zweck mehr erfüllte. Orlandos Haut hatte von den Bissen seines Schöpfers keine Narben zurückbehalten, aber sein Herz litt immer noch unter den Nachwirkungen dieser Misshandlungen.

„Du wirst mich nicht verlieren", versprach Alain. „Die kleinen Bisse, auch wenn sie bluten, wie es eben und im Restaurant der Fall war, machen mich wahnsinnig. Ich würde mich gerne dafür revanchieren, aber wenn es dir unangenehm ist, halte ich mich mit meinen Zähnen zurück."

„Danke", erwiderte Orlando und gab ihm noch einen zärtlichen Kuss auf den Mund, bevor er sich über das Brandmal und Alains Schulter zu dessen Brust vorarbeitete. Es bereitete ihm unbeschreibliches Vergnügen, Alains Haut zu berühren und zu küssen, aber er wollte noch mehr. Er knabberte an Alains Haut. Es war gänzlich harmlos, aber Alain zuckte jedes Mal zusammen und hoffte, dass Orlando ernsthaft zubeißen würde.

Doch das geschah nicht. Orlando hielt seine Eckzähne sorgsam von Alains Haut fern. Nur seine Lippen und seine Zunge waren zu spüren, als er sich langsam über Alains Körper nach unten bewegte und dabei genau darauf achtete, was seinem Magier besonders viel Spaß machte.

Alain hielt still und überließ sich Orlandos Liebkosungen, so wie er es schon zuvor getan hatte. Es fiel ihm zunehmend schwerer, sich zurückzuhalten und Orlando nicht zu berühren. „Bitte", flüsterte er. „Ich möchte dich auch anfassen. Ich möchte, dass du dich dabei genauso gut fühlst wie ich."

Orlando zögerte. Er wollte Alains Angebot annehmen, aber er hatte Angst davor, einem anderen, selbst Alain, auch nur für kurze Zeit die Kontrolle zu überlassen.

„Du musst nur Nein sagen", meinte Alain verständnisvoll, als er die widerstrebenden Gefühle in Orlandos Miene erkannte. „Ich tue nichts, was du nicht willst." Es war eine Selbstverständlichkeit für Alain. Er war noch nie ein sehr dominanter, aggressiver Liebhaber gewesen, sondern zog es vor, sich zuerst um seinen Partner zu kümmern. Er liebte die sanften, zärtlichen Berührungen mehr, als die rauen und groben. Aber er hatte genug über Orlandos Vergangenheit gehört, um zu wissen, dass der andere Erfahrungen hatte. Orlando brauchte Bestätigung und Gewissheit, und die wollte Alain ihm wieder und wieder geben, bis Orlando es ihm schließlich glaubte und ihm vertrauen konnte.

Orlando kämpfte gegen seine Dämonen an. Er war überzeugt davon, dass Alain ein Nein nicht zum Anlass nehmen würde, ihn zu verlassen. Trotzdem wollte er seinem Geliebten diese kleine Bitte gern erfüllen. Es konnte doch nicht so schwer sein, sich von Alain berühren zu lassen. Orlando entschied sich zu einem Kompromiss. „Oberhalb der Hüfte und nur mit den Händen."

Ganz langsam, als würde er sich einem wilden Tier nähern, legte Alain die Hände auf Orlandos Gesicht. Er hatte ihn schon einmal so berührt und hoffte deshalb, dass es akzeptabel war. Als Orlando ihm nicht auswich, ließ er die Hände vorsichtig tiefer gleiten und achtete dabei aufmerksam auf jedes mögliche Anzeichen von Unwillen in Orlandos Reaktionen. Alain wollte ihm eine Erfahrung schenken, die nur von guten Eindrücken geprägt war, mit der er Orlandos Ängste durchbrechen und ihm ein Vergnügen schenken konnte, von dem sein Vampir nicht zu träumen gewagt hatte.

Orlando schloss die Augen, als er Alains Hände an seinem Gesicht spürte. Die zarten Berührungen waren so anders, als die Gewalt, die ihm von seinem Schöpfer angetan worden war. Er wollte dieses Gefühl auskosten. Für einen kurzen Augenblick fürchtete er, die Albträume der Vergangenheit würden ihn wieder einholen, wenn er die Augen schloss. Aber Alains Hände waren so anders, so beruhigend und liebevoll, dass sie die schlechten Erinnerungen in Schach hielten.

Allmählich entspannte er sich und genoss das Gefühl der rauen Hände auf seiner Haut, die ihm über die Schultern, die Arme und die Brust streichelten. „Weißt du eigentlich, wie wunderschön du bist?", fragte Alain. Seine raue Stimme jagte Orlando eine Gänsehaut über den Rücken. „Du bist der schönste Mensch, den ich jemals gesehen habe. Ich möchte dich anbeten, und wenn ich meinen Mund noch nicht benutzen kann, um dich zu küssen, dann sage ich dir damit, wie wunderbar du bist." Alain murmelte kleine Zärtlichkeiten vor sich hin, während seine Hände und Finger langsam wagemutiger wurden. Er hielt sich an die Grenzen, die Orlando ihm gesetzt hatte, aber seine Zärtlichkeiten wurden leidenschaftlicher, je mehr Orlando sie akzeptierte.

Orlando kam sich vor wie in einer anderen Welt. Niemand hatte ihn jemals mit dieser Zärtlichkeit und Sanftheit berührt. Niemand hatte ihm jemals solche lieben und lobenden Worte zugeflüstert. Niemand hatte jemals seine Wünsche und Grenzen respektiert. Niemand war so wie sein Magier. Orlando konnte ihm vertrauen. Er hatte es seit dem ersten Blutstropfen gewusst, und Alain hatte es ihm immer wieder neu bewiesen. Orlando wusste endlich, wie gut sich die Hand eines anderen Menschen, eines Geliebten, anfühlen konnte.

Alain erkannte, wie Orlando sich bei seinen Worten entspannte und sich seinen Zärtlichkeiten hingab. Er gab seine Zurückhaltung weiter auf und versuchte bewusst, Orlandos Erregung zu steigern. Er fuhr ihm mit den Daumen über die Nippel, bis sie sich genauso aufrichteten wie sein Schwanz. Alain hätte ihn dort gerne berührt, hätte gerne Orlandos steifen Schwanz in die Hand genommen, aber das war ihm nicht erlaubt, deshalb hielt er sich zurück. Alain wollte Orlandos Vertrauen nicht brechen, nicht jetzt, nachdem sie einen so gewaltigen Schritt nach vorne gemacht hatten. Er musste sich an die Grenzen halten, die Orlando ihm vorgegeben hatte, doch innerhalb dieser Grenzen konnte Alain ihm soviel Vergnügen bereiten, dass Orlando irgendwann mehr wollte.

Orlando bog den Rücken durch, und drückte sich an Alains Daumen, die seine Nippel massierten. Die Bewegung brachte ihn mit Alains stoffbedecktem, steifem Glied in Kontakt. Er zuckte instinktiv zurück, aber Alains Hände beruhigten ihn wieder. „Nichts, was du nicht willst", erinnerte Alain ihn und streichelte ihm über die Arme. Innerlich war er zutiefst erschrocken über Orlandos Reaktion. Dem Körper des Vampirs waren die Spuren der Misshandlungen nicht anzusehen, die er erlitten hatte. Vermutlich lag es daran, dass er ein Vampir war. Alain wünschte sich fast, dass die Narben noch zu erkennen wären und ihm einen Hinweis geben konnten, welche Gesten und Zärtlichkeiten er besser unterlassen sollte. Aber die einzigen Narben, die Orlando davongetragen hatte, waren in seinem Herzen und in seinem Verstand. Alain konnte sie nicht erkennen und ihm weder Trost noch Heilung spenden. Er konnte ihm nur seine Liebe zeigen, um damit irgendwann die Schranken in Orlandos Herz und Verstand zu überwinden, und so sein bedingungsloses Vertrauen zu gewinnen.

Es dauerte einige Sekunden, bis Orlando den Schreck über seine eigene Reaktion überwunden hatte, aber Alains liebevollen Zärtlichkeiten brachten das Gefühl der Geborgenheit schließlich doch zurück. Alain wurde wieder kühner und Orlandos Erregung erholte sich ebenfalls. Alain ertappte sich mehrfach dabei, Orlandos Grenzen überschreiten zu wollen, konnte sich aber noch rechtzeitig beherrschen. Er zwang sich dazu, es bei seinen bisherigen Zärtlichkeiten zu belassen und darauf zu vertrauen, dass Orlando ihn aufhalten würde, wenn es ihm zu viel wurde. Sie hatten schon genug Schwierigkeiten zu überwinden. Alain wollte dem nicht noch vermeidbare Probleme hinzufügen.

„Gibst du mir einen Kuss?", fragte er leise und streichelte Orlando über die Brust, um ihn aus seiner Zurückhaltung zu locken.

Die Bitte erfüllte ihm seinen Wunsch. Orlando streckte sich an Alains Seite aus und küsste ihn mit all der Leidenschaft und Zärtlichkeit, die der Magier in ihm geweckt hatte. Er zog Alain die Hose über die Hüften, bis sie beide nackt waren. Ihre Haut berührte sich und ihre Körper rieben aneinander, brachte sie näher und näher zusammen. Als Orlando schließlich den Kopf hob, fand er Alains Blick zärtlich und voller Sehnsucht auf sich gerichtet. „Liebe mich", flüsterte Alain. „Nimm mich mit, wie nur du es kannst."

Orlando erschauderte. Es fiel ihm immer noch schwer, zu glauben, dass ein wertloser Vampir wie er selbst in einem Mann wie Alain solche Gefühle auslösen konnte. Außer seinem Schöpfer hatte nie jemand etwas von ihm gewollt. *Bis jetzt*, rief er sich ins Gedächtnis zurück. Jetzt konnte er Alain geben, wonach der sich sehnte. Er konnte dem Magier Ekstase schenken. Orlando rollte auf die Seite und griff nach der Tube mit dem Gel. Während er sich die Finger einrieb, küsste er Alain wieder auf den Mund. Er streichelte ihn und erfreute sich an dem Anblick des Mannes, der sich unter seinen Händen hin und her wand. Dann fuhr er mit dem feuchten Finger nach unten, über Alains Eier und zu der kleinen Rosette, die sich dahinter verbarg. Alain spreizte einladend die Beine und hieß Orlandos Finger mit einem zufriedenen Seufzer willkommen.

„Beeil dich", bettelte er. „Ich will dich spüren."

Orlando hatte nicht vor, ihm seinen Wunsch zu versagen. Er schob den Finger erst bis zum ersten Knöchel in die Öffnung und dann, als Alain leise stöhnte, tiefer. Alain fühlte sich wie im Paradies. Orlando lag nackt an ihn gepresst, den Finger in seinem Körper, wo er seinen unwiderstehlichen Zauber ausübte. Er hob den Kopf und suchte mit dem Mund nach Orlandos Lippen, weil er seinem Geliebten noch näher sein wollte.

Bald reichte der eine Finger nicht mehr aus. Alain brauchte keine lange Vorbereitung, er war immer noch entspannt von ihrer ersten Runde. Er wartete darauf, dass Orlando das auch merken würde, aber der ließ sich alle Zeit der Welt und bewegte sich quälend langsam.

„Es reicht", drängte Alain. „Nimm den zweiten Finger."

„Ich will dir nicht wehtun", widersprach Orlando.

„Das tust du nicht."

Alain hörte sich so überzeugend an, dass Orlando nachgab und ihm seinen Wunsch erfüllte. Ein zweiter Finger schob sich durch den engen Muskel.

Alain stöhnte wieder. „Mehr", verlangte er. Aber so sehr Orlando auch wollte, dieses Mal gab er nicht nach. Er war sich sicher, dass es zu schnell wäre und Alain schmerzen würde. Vorsichtig bewegte er die Finger, um Alain zu dehnen. Alain bettelte weiter, aber als ihm klarwurde, dass Orlando sich nicht umstimmen ließ, sparte er sich die Worte und beschränkte sich darauf, seinen Geliebten über das Gesicht, die Brust und den Rücken zu streicheln. Wie gerne hätte er seine Hände weiter nach unten bewegt … Aber das war noch nicht erlaubt.

Für einen kurzen Augenblick ließ Orlando sich von Alains sanften Händen ablenken. Dann zuckte Alain mit den Hüften und erinnerte ihn an sein ursprüngliches Vorhaben. „Füll mich", flüsterte Alain. „Ich will mit dir eins sein."

Orlando gab seinen Widerstand auf, legte sich auf Alain und drang in ihn ein. Er spürte, dass es dieses Mal leichter ging. Alains enge Öffnung nahm ihn in sich auf, drückte leicht und massierte ihn in seiner ganzen Länge. Die wunderbare Hitze, die ihn umgab, ließ Orlando aufstöhnen und fuhr ihm durch alle Glieder. Sie erwärmte sein Herz und seine Seele. Er bewegte sich langsam, und wenn er sich zurückzog, spürte er Alains Schließmuskel, der ihn umklammerte, als wollte er ihn nie wieder gehen lassen. Dann stieß er zu und der Muskel entspannte sich wieder, hieß ihn in Alain willkommen. Orlando ließ sich auf die Ellbogen herab, um Alain am ganzen Körper zu spüren. Alain schlang die Beine um ihn und presste sich ihm mit den Hüften entgegen. Der langsame Rhythmus, mit dem Orlando begonnen hatte, nahm mehr und mehr an Fahrt auf.

Alain klammerte sich so fest an Orlandos Arme, dass er Angst hatte, ihn zu verletzen. Er lockerte seinen Griff und ließ die Arme aufs Bett fallen. Orlandos Schwanz glitt ihm mit jeder Bewegung über die Prostata. Die harten Stöße ließen ihn erbeben und er wusste, dass er es nicht mehr lange aushalten würde. Dann legte Orlando die Hand um Alains steifes Glied und die leichte Positionsveränderung ließ den Schwanz des Vampirs direkt auf Alains Prostata zielen. Sein Körper verkrampfte sich und mit einem lauten Aufschrei kam er zum Orgasmus, bis er schlaff auf die Matratze zurückfiel. Orlando stieß noch einige Male zu, dann kam er ebenfalls zum Höhepunkt und ergoss sich in seinem Geliebten.

24

„WEITER, UND diesmal härter", befahl Pascal Serrier mit gelangweilter Stimme, bevor er sich wieder seinem ersten Offizier zuwandte. „Es wundert mich, dass sie nach Versailles nicht stärker reagiert haben", bemerkte er und hob dann mit einem barbarischen Grinsen den Kopf, als er das Knallen der Peitsche und den Schmerzensschrei hörte. „Seit vierundzwanzig Stunden kein einziger Kontakt. Normalerweise müsste Chavinier schon längst zurückgeschlagen haben."

„Ich weiß nicht", meinte Claude Blanchet schulterzuckend. „Mit dem kommen wir nicht weiter. Entweder weiß er wirklich nichts, oder er hat eine übermenschliche Schmerzgrenze."

„Weiter", befahl Serrier ungerührt und sah Eric an. „Du warst mit ihnen befreundet, bevor du deinen Irrtum eingesehen hast. Was denkst du darüber?"

„Ich glaube nicht, dass es jemanden gibt, der wirklich weiß, was in Chaviniers Kopf vorgeht", erwiderte Eric und ignorierte den blutigen Körper hinter seinem Rücken. „Aber es kommt mir auch merkwürdig vor, dass sie sämtliche Aktivitäten eingestellt haben sollen. Selbst die Einheiten, von denen wir wussten, scheinen sich in Luft aufgelöst zu haben."

„Das Auspeitschen führt uns nicht weiter", unterbrach Claude. „Er schreit, aber er sagt nichts. Vielleicht wäre eine … eindringlichere Methode wirkungsvoller."

Pascal grinste brutal. „Wie du meinst", sagte er zu Claude. „Aber vergiss nicht, dass er bei Bewusstsein bleiben muss, wenn er uns etwas erzählen soll."

„Ich habe nicht vor, ihm die Zunge auszureißen", beschwichtigte ihn Claude. „Aber ansonsten erlaube ich mir freie Hand."

Pascal lachte. Eric verzog das Gesicht. Er hatte sich nie mit der Gewalt abfinden können, die bei seinen neuen Mitkämpfern an der Tagesordnung war. Aber so lange sie nicht seine Teilnahme erwarteten, fand er sich damit ab. Er wusste allerdings nicht, wie er darauf reagieren würde, einen seiner ehemaligen Freunde in der Lage zu sehen, in der sich der unglückliche Magier hinter ihm befand. Eric war sich nicht sicher, ob er der Folter eines Bekannten ebenso tatenlos zusehen könnte.

„Aus welchem Grund sollte Chavinier seine Leute zurückziehen?", wollte Pascal von Eric wissen.

Eric zuckte zusammen, als er den gellenden Schrei hörte, der einer Frage Claudes nach Chaviniers Plänen folgte. Er war beeindruckt, dass der gefolterte Magier immer noch keine Antwort gab. Eric hoffte nur, Chavinier wusste die Loyalität seiner Gefolgsleute zu schätzen. Eine solche Loyalität konnte nicht befohlen werden, die musste man sich verdienen.

„Ich habe nicht die geringste Idee", beantwortete er Pascals Frage. „Aber es muss eine große Sache sein. Er hat zu viel Mühe in seine Organisation gesteckt, um wegen einer solchen Lappalie wie Versailles einen Rückzieher zu machen."

„Dann müssen wir erfahren, worum es sich handelt, und seine Pläne vereiteln", erklärte Pascal.

„Und wie willst du das anstellen?", fragte Eric, während ein weiterer Aufschrei durch den Raum hallte. Er konnte sich nicht zurückhalten und drehte sich um, weil er sehen wollte, was Claude mit dem armen Teufel anstellte. Eric musste sich sofort wieder abwenden, um sich nicht zu übergeben. Claude hatte dem Mann eine Hand abgeschnitten und damit begonnen, ihm die Haut vom Arm zu schälen. Eine rote Blutlache breitete sich auf dem Boden aus.

Im Hintergrund bewegte sich jemand und weckte Erics Aufmerksamkeit. „Was will Robert hier?", fragte er Pascal. „Ich dachte, er wäre in einer Mission unterwegs."

„War er auch", erwiderte Pascal. „Ich will sehen, was er zu berichten hat. Du kannst in der Zwischenzeit die Show genießen."

„Vielleicht mache ich diesmal sogar mit", sagte Eric seelenruhig.

„Wie du willst. Du könntest Claude etwas mehr Fingerspitzengefühl beibringen", meinte Pascal mit einer abwertenden Geste in Richtung des wimmernden Magiers. Dann ging er durch das Zimmer auf Robert Pacotte zu.

Eric drehte sich zu dem um, was von einem ehemals so stolzen Magier übrig geblieben war. Seine Züge verhärteten sich, als er in die schmerzgefüllten Augen blickte. „Es tut mir sehr leid, Marc. Aber es lässt sich nicht vermeiden", murmelte er und schleuderte einen Fluch durch den Raum. Der Körper des Magiers wurde von qualvollen Krämpfen erfasst, dann bäumte er sich noch einmal auf und sackte in seinen Fesseln zusammen. Er war offensichtlich tot. Eric zuckte nur mit den Schultern, als Claude ihm einen bösen Blick zuwarf, weil er sein Spielzeug verloren hatte. „Er war schon schwächer, als ich vermutet habe."

Claude verschwand wütend und ließ die Leiche des Magiers zurück. Eric sah sich in dem Raum um. Auf den Gesichtern der meisten Anwesenden war Enttäuschung zu lesen, aber einige schienen auch erleichtert darüber, dass Eric sich etwas zu tun getraut hatte, wozu ihnen selbst der Mut fehlte. Nicht jeder teilte Claudes Spaß an ihren Verhörmethoden und Eric hatte sie noch nie ertragen können. Verhöre waren die eine Sache, aber Claudes Spaß an der Folter und den Schmerzen, die er seinen Opfern zufügte, war eine andere. Außerdem hatten sie schon alles aus Marc herausgeholt, was es zu erfahren gab. Es war nicht viel gewesen.

Eric wollte wissen, was Robert in Erfahrung gebracht hatte. Er erhob sich von seinem Stuhl, um Pascal zu folgen. Er hörte gerade noch die letzten Sätze von Roberts Bericht.

„… treffen sich am Gare de Lyon, morgen um vier Uhr."

„Interessant", sagte Pascal. „Gute Arbeit."

„Chavinier?", fragte Eric nach.

„Die Vampire", erwiderte Pascal. „Offensichtlich halten sie eine Versammlung ab. Das sieht ihnen nicht sehr ähnlich, oder?"

„Nein", stimmte Eric zu. „Das tut es nicht. Ich habe noch nie davon gehört, dass sie solche Treffen abhalten."

„Ich denken, wir sollten ihre Party sprengen", meinte Pascal gedehnt. „Dann erfahren wir vielleicht, was ihnen so wichtig ist, um eine solche Versammlung erforderlich zu machen."

Eric erschauderte. Selbst nach zwei Jahren hatte er sich noch nicht an diesen Tonfall gewöhnen können. Glücklicherweise interpretierte Pascal seine Reaktion als Vorfreude. „Wie viele?", erkundigte Eric sich. „Und wen willst du schicken?"

„Robert hat eine Belohnung verdient. Er geht auf jeden Fall. Er soll sich einige Leute aussuchen, aber nicht mehr als zwanzig. Claude will ich nicht schicken. Er vergisst manchmal das Zuhören. Wenn ihre Versammlung sich nicht gegen uns richtet, will ich sie nicht stören. Es wäre nicht sehr klug, sich grundlos zusätzliche Feinde zu machen."

„Das hört sich vernünftig an", meinte Eric zustimmend. „Ich kümmere mich jetzt um Claudes Hinterlassenschaften."

Pascal warf einen Blick auf den toten Magier. „Er zerbricht immer sein Spielzeug."

Eric zuckte mit den Schultern. Auf diese Bemerkung gab es keine sichere Antwort. Mit einer schnellen Handbewegung ließ er eine Decke erscheinen, die sich um den Körper des toten Magiers wickelte. Der rote Stoff wurde dunkel, als er sich mit dem Blut vollsaugte. Mit einer weiteren Handbewegung ließ Eric das ganze Bündel aus dem Raum verschwinden.

„Wohin hast du ihn geschickt?", wollte Pascal wissen.

„Vor Chaviniers Türschwelle natürlich", erwiderte Eric. „Meine Beschwörungen können seinen Schutzschild nicht durchbrechen, aber ich kann Geschenke bei ihm abliefern. Vielleicht weckt ihn das aus seiner Gleichgültigkeit."

Pascal lachte. „Ich liebe deine Ideen."

25

ORLANDO WURDE durch das übliche Unwohlsein, das ihn bei Anbruch der Morgendämmerung überkam, aus seiner Ruhe gerissen. Zwei Dinge fielen ihm sofort auf. Er lag sicher und geborgen in Alains warmen Armen, und er hatte Hunger. Er drehte sich um und sah in Alains schlafendes Gesicht. Er hatte schon einmal in Alains Armen geruht, aber dieses Mal war es anders. Dieses Mal war das Gefühl der Zugehörigkeit viel stärker, weil sie in jeder Beziehung Geliebte waren. Alain hatte Orlando schon zweimal in seinen Körper gelassen, hatte ihm erlaubt, ihn sogar dazu aufgefordert, ihn zu lieben. Und er hatte Orlandos Ängste und Grenzen respektiert. Blieb Orlando nur noch, sich an Alains Blut zu sättigen. Dann wäre ihr Bund vollkommen.

Alain schmiegte sich im Schlaf enger an Orlandos Körper. Der wusste zwar, dass er seinen Geliebten schlafen lassen sollte, aber er drückte ihm trotzdem einen zarten Kuss auf den Mund. Alain regte sich wieder und schlug die Augen auf. „Schlaf weiter", flüsterte Orlando. „Ich wollte dich nicht wecken."

„Warum bist du schon wach?", erkundigte Alain sich verschlafen.

„Der Sonnenaufgang", erklärte Orlando. „Selbst wenn ich in einem fensterlosen Raum liege, treibt mich mein Instinkt dazu, Schutz zu suchen. Ich muss jeden Morgen dagegen ankämpfen."

Alain nickte. Er kam langsam zu sich. „So lange ich bei dir bin, musst du die Sonne nicht mehr fürchten."

„Das weiß ich. Es fällt mir schwer, meine Reaktion zu unterdrücken. Sie weckt mich zwar, aber sie kann mich nicht mehr kontrollieren. Wenn wir kämpfen, werde ich Tag und Nacht an deiner Seite sein", versprach Orlando. Bessere Worte fand er noch nicht, um Alain seine Gefühle zu gestehen.

„Und ich werde an deiner Seite sein", versprach Alain ihm seinerseits. „Dauert dieses Unwohlsein den ganzen Tag über an? Gestern schien es dir nichts auszumachen."

„In der Dämmerung ist es am schlimmsten", erklärte Orlando. „Gestern war ich so abgelenkt, dass ich es weitgehend ignorieren konnte. Normalerweise ruhe ich, bis der Tag wieder zu Ende geht. Das wird sich in Zukunft ändern müssen."

„Teilweise schon", stimmte Alain zu. „Aber wir können auch nachts arbeiten, wenn du dich wohler fühlst. Ich will nicht, dass dein Instinkt deine Konzentration beeinflusst. Im Kampf kann das gefährlich werden."

Orlando nickte. „Wir werden sehen, wie es sich entwickelt", meinte er. „Sobald Serrier von der Allianz erfährt, wird er wahrscheinlich öfter tagsüber angreifen. Er wird denken, dass wir euch dann nicht unterstützen können."

„Das wird eine schöne Überraschung für ihn sein, wenn er euch bei Tageslicht erlebt!" Alain lachte leise.

„Ich hoffe doch sehr, dass es eine unangenehme Überraschung sein wird!"

„Du bist sehr entschlossen, nicht wahr?", stellte Alain fest.

„Sie haben Thierrys Frau getötet. Sie haben deinen Sohn getötet. Und wenn sie könnten, würde sie auch dich töten. Das macht sie zu meinen Feinden. Bevor ich dich kennengelernt habe, war der Krieg nur eines der vielen Dinge, die da draußen passierten und mit denen ich nichts zu tun hatte. Aber das hat sich geändert. Sie greifen nicht nur die Magier an, sie greifen *meinen* Magier an. Das kann ich nicht zulassen. Und wenn unsere Versammlung wirklich zu weiteren Partnerschaften führt, wird es auch für andere Vampire eine persönliche Angelegenheit. Wir werden diese Allianz zum Erfolg führen."

„Ich bin sicher, dass es mehr Partnerschaften geben wird. Wir beide haben uns gefunden; Bellaiche und Payet haben sich gefunden. Nur zwei Vampire und fünf Magier haben schon zu zwei Partnerschaften geführt. Es wird funktionieren."

Während sie sich unterhielten, machte Orlandos Hunger sich stärker bemerkbar. Er wusste nicht, wie er das Thema ansprechen sollte. Glücklicherweise ersparte Alain ihm die Peinlichkeit. „Du hast gesagt, dass du heute früh wahrscheinlich Hunger bekommst. Willst du trinken?"

Orlando nickte. Er konnte die Vorfreude, die er in Alains Stimme hörte, nicht nachvollziehen. Natürlich war Alain freiwillig hier und hatte zugestimmt, sich von Orlando beißen zu lassen. Damit unterschied sich seine Lage grundsätzlich von Orlandos eigenen Erlebnissen, der gezwungen worden war und dessen erster Biss Teil einer Vergewaltigung gewesen war.

Alain legte den Kopf zur Seite und hielt ihm seine Halsschlagader hin. „Dann komm, trink dich satt."

Orlando starrte auf Alains Hals. Ihre sexuelle Vereinigung hatte ihn schon überwältigt, aber dass Alain ihm freiwillig seinen Hals zum Trinken anbot, übertraf alles, was er jemals erlebt hatte. Orlando zitterte und hatte fast Angst, auf Alains Angebot einzugehen. Was war, wenn er die Kontrolle verlor? Wenn er Alain verletzte? Wenn …?

„Es ist schon gut", beruhigte ihn Alain. „Ich will es genauso wie du. Bitte, erfülle uns unseren Wunsch."

Orlando konnte sich nicht mehr zurückhalten. Er senkte den Kopf und atmete tief Alains Geruch ein, der immer noch an den Sex erinnerte, den sie in der Nacht gehabt hatten. Er wollte alles richtig machen, selbst, wenn es ihn an die Grenzen seiner Selbstbeherrschung brachte. Er würde Mittel und Wege finden, damit Alain diesen Biss genauso genießen konnte wie ihre Liebe. Er leckte über die glatte Haut und bereitete sie auf seine Zähne vor.

Alain kannte die Routine schon. Er wusste, dass Orlando nicht einfach zubeißen würde. Er entspannte sich unter dem leichten Kitzeln von Orlandos feuchter, warmer Zunge und genoss die lustvollen Schauer, die ihm bei der liebevollen Vorbereitung durch seinen Vampir über die Haut liefen. Orlandos Lippen an seinem Hals waren nichts, worüber er sich jemals beschweren würde. Der erste kleine Biss war so zart, dass Alain ihn kaum wahrnahm. Aber er war erregend genug, um sich nach mehr zu sehnen. Er neigte seinen Kopf noch weiter zur Seite und drückte sich mit dem Hals an Orlandos Mund. „Stillhalten", hauchte Orlando. „Ich will dir nicht versehentlich wehtun."

Alain wollte ihm versichern, dass das gar nicht möglich wäre, ließ es dann aber doch sein. Wahrscheinlich hatte Orlando ja recht und eine unbedachte Bewegung konnte dazu führen, dass er Alain mit den Zähnen den Hals aufriss. Aber das änderte nichts an seinem Wunsch, diese Zähne in seinem Hals zu spüren, auch wenn er jetzt stillhielt.

Orlando ließ nicht ab, Alain weiter mit seinem knabbernden Mund zu reizen. „Bitte", bettelte Alain, der mittlerweile so erregt war, dass sein harter Schwanz die Bettdecke ausbeulte.

Orlando leckte ein letztes Mal über Alains Hals, dann drückte er mit den Zähnen an die Haut und biss leicht zu. Er fuhr sich mit der Zunge über die Zähne, um die ersten Blutstropfen aufzufangen. Der Geschmack sagte ihm mehr als deutlich, wie sehr Alain den Biss herbeisehnte. Nicht die geringste Furcht, nicht der kleinste Zweifel war Alain anzumerken. Er wollte diesen Biss mit der gleichen Leidenschaft wie Orlando. Langsam drückte der Vampir seine Eckzähne tiefer in Alains jungfräulichen Hals.

Orlando ließ sich Zeit und machte nach jedem Schluck eine kurze Pause, um die Macht von Alains Magie voll auszukosten und sich ihren Geschmack auf der Zunge zergehen zu lassen. Er konnte die wesentlichen Bestandteile von Alains Geschmack wiedererkennen – seine Integrität, seine Ehrlichkeit und sein Begehren. Aber dieses Mal suchte er auch nach den weniger offensichtlichen Nuancen, die das alles zusammenhielten. Er fand eine Spur von tiefem Bedauern, das Alains Herz belastete. Nichts Vordergründiges, aber doch vorhanden, war es der erste neue Geschmack, den Orlando entdecken konnte. *Sein Sohn*, dachte er. Dann fand er einen angenehmeren Geschmack – Alains Verbundenheit seinen Freunden gegenüber. Es war ein Charakterzug, der Alains Persönlichkeit ebenso stark bestimmte wie die Magie. Orlando musste einen Anflug von Eifersucht unterdrücken, als er ihn erkannte. Er wollte Alain nur für sich, obwohl er wusste, wie unvernünftig das war, denn Alains Großherzigkeit war einer der Hauptgründe, warum Orlando sich so zu ihm hingezogen fühlte. In einer weiteren Ecke von Alains Herz fand er die Spuren eines unterschwelligen, streng kontrollierten Zorns, der dennoch eine starke Antriebskraft für das Handeln des Magiers war. *Der Krieg gegen die dunklen Magier*, vermutete Orlando. Unter dem

Zorn brach sich ein Funke Hoffnung Bahn. *Ist das unsere Allianz?* Orlando hoffte es. Es ermutigte ihn, einen kleinen Anteil zu Alains Glück beizutragen.

Während Orlando noch die vielfältigen Geschmacksstränge in Alains Blut auf sich einwirken ließ, spürte er die Leidenschaft, die von seinem Geliebten Besitz ergriff. Alain wurde von dem Biss in eine sexuelle Erregung versetzt, die auch auf Orlando übergriff. Er versenkte seine Zähne noch tiefer in Alains Hals, so wie er vorhin seinen Schwanz in dessen Körper versenkt hatte, als sie sich liebten. Dann fing er ernsthaft zu saugen an und nahm sich mit jedem Schluck die Nahrung, nach der sein Körper verlangte, aber auch die Geborgenheit, nach der sein Herz sich sehnte.

Alain erbebte unter dem Ansturm der Gefühle, die Orlando in ihm freisetzte. Er hatte erwartet, dass ein Biss in den Hals viel intensiver sein würde, als ins Handgelenk oder die Armbeuge. Aber er hatte nicht damit gerechnet, dass der Biss sich auch intensiver anfühlen würde, als von Orlando geliebt zu werden. Aber so war es. Es war die tiefste Verbundenheit, die er jemals für einen anderen Menschen empfunden hatte. Er hätte sich nicht vorstellen können, sich so in dem Vampir – *seinem* Vampir – zu verlieren und an ihn gebunden zu werden. Alain konnte spüren, wie sich seine Lebenskraft, die Kraft seiner Magie, auf Orlando übertrug, aber er fühlte sich dadurch nicht geschwächt. Im Gegenteil, er fühlte sich stärker, weil er seine Macht mit Orlando teilte und ihm davon abgab. Mit jedem Stoß von Orlandos Zähnen, mit jedem Saugen seines Mundes, fühlte Alain sich von einer neuen Woge der Leidenschaft überrollt. Er ließ die Hände über Orlandos Rücken nach oben gleiten, über die Muskeln, die sich unter seinem Griff anspannten und wieder lockerten, bis er an Orlandos Kopf angelangte und ihm mit den Fingern in die Haare fuhr. Orlandos Hände rührten sich nicht von der Stelle, hielten ihn nur fest. Trotzdem wurde Alain von einer Ekstase erfasst, die er nie zuvor für möglich gehalten hätte, jedenfalls nicht allein dadurch, dass ein Vampir an seinem Hals saugte. Aber da hatte er sich gewaltig getäuscht. Nicht mehr viel, und er kam allein durch Orlandos Biss zum Höhepunkt. Dieser Gedanke war der Wassertropfen, der das Fass zum Überlaufen brachte. Eine Hitzewelle breitete sich von seinem Unterleib aus, die jeden einzelnen Nerv in seinem Körper erfasste und sich in einem gewaltigen Orgasmus entlud. Er stöhnte, als die Zähne seines Geliebten jede Zuckung seines Körpers mit einem tiefen Stoß begleiteten.

Orlando hatte erkannt, wie sehr Alain durch das Eindringen seiner Zähne erregt worden war. Er konnte es in Alains Blut schmecken und an den erregten Lauten hören, die ihm über die Lippen kamen. Alains Leidenschaft weckte in Orlando den gleichen Hunger, aber er wurde trotzdem überrascht davon, wie schnell Alains Ekstase ihren Gipfel erreichte. Er hörte nicht auf zu saugen und kostete jede Sekunde aus, folgte Alain durch den Geschmack seines Blutes vom Höhepunkt zur tiefen Befriedigung und dem Gefühl der Geborgenheit, das seinen Geliebten anschließend überkam. Es war mehr als genug, um Orlando ebenfalls Erlösung zu bringen. Er zog die Zähne aus Alains Hals und kam, fest an Alains Seite gepresst.

„Hast du genug getrunken?", fragte Alain leise. Seine Stimme klang immer noch heiser und zitterte leicht.

Orlando überlegte kurz. „Ja, ich bin vollkommen satt", erwiderte er dann.

„Ist es immer so … so intim und leidenschaftlich?"

„So war es noch nie", gestand Orlando. „Aber das kann man nicht vergleichen. Mit dir ist alles anders."

Alain nickte. Noch so eine Erfahrung, die sie genauer untersuchen mussten, zusammen mit der Wirkungsdauer seine Magie auf Orlandos Immunität gegen die Sonne. „Kannst du den Schutz meiner Magie spüren?"

Orlando nickte.

„Dann lass uns aufstehen. Ich will dir Paris bei Tage zeigen."

26

ORLANDO HATTE ein strahlendes Lächeln auf den Lippen, als sie wieder in seiner Wohnung ankamen. Er und Alain waren den ganzen Tag durch Paris geschlendert, und nicht ein einziges Mal hatte ihn die Sonne gestört. Seine Beziehung zu Alain hatte ihm die Möglichkeit gegeben, wieder ein normales Leben zu führen. Sie waren durch die Straßen gewandert, hatten in Läden gestöbert, die Orlando normalerweise nicht betreten konnte, hatten Parks, Plätze und Cafés besucht. Sie waren Hand in Hand oder Arm in Arm gelaufen, das perfekte Bild zweier frisch verliebter Männer. Alain war sogar mit Orlando im Louvre gewesen, um ihm seine Lieblingskunstwerke zu zeigen. Als sie vor Michelangelos Sklavenskulpturen standen, hatte Alain den Arm um ihn gelegt und ihn auf den Hals geküsst. „Das ist nichts im Vergleich zu dir", hatte er geflüstert.

Es war ein perfekter Tag gewesen, und jetzt freute sich Orlando schon auf einen perfekten Abend. Ein Klopfen an der Tür riss ihn aus seiner Euphorie. Er runzelte die Stirn. Die Sonne war noch nicht untergegangen. Jean und die anderen konnten es daher noch nicht sein. Sie wurden erst nach Sonnenuntergang erwartet, also frühestens in einer Stunde. Als er vorsichtig die Tür öffnete, stand Thierry vor ihm. Er sah den Magier unfreundlich an. „Du bist früh", sagte er kalt und ließ Thierry eintreten. Dann war Alain an seiner Seite.

„Wir müssen reden", erklärte Thierry und sah sie beide an.

„Ich gehe nach nebenan", meinte Orlando. „Dann seid ihr ungestört."

„Mit dir möchte ich auch reden", sagte Thierry. „Aber erst nach meinem Gespräch mit Alain. Ich schulde dir eine Entschuldigung und möchte mein Verhalten gern erklären."

Orlando zog überrascht eine Augenbraue hoch. Das hatte er von Thierry nicht erwartet. „Na gut", stimmte er zu. „Ich höre dich an. Aber jetzt lasse ich euch erst einmal allein."

Er wollte das Zimmer verlassen, aber Alain zog ihn zurück und gab ihm einen Kuss. „Danke", flüsterte er Orlando zu und ließ ihn wieder los. Orlando nickte und überließ die beiden ihrem Gespräch.

„Ich war gestern in Versailles", fing Thierry an. „Ich wollte Aleth sehen. Wenn das hier alles vorbei ist, bringe ich ihre Asche wieder nach Hause und verstreue sie, so wie Aleth es sich gewünscht hat."

„Mein Gott, Thierry!", rief Alain. „Das hättest du nicht allein tun müssen. Ich hätte dich begleiten sollen."

„Nein, ich musste es allein tun", erwiderte Thierry. „Obwohl ich nichts dagegen hätte, wenn wir demnächst irgendwo ein Glas auf sie trinken. Während der Einäscherung ist mir etwas aufgefallen. Diese Allianz muss Erfolg haben. Ich mag meine Zweifel gehabt haben, aber damit ist es vorbei. Ich werde alles tun, damit wir erfolgreich sind. Alles. Ich lasse Serrier nicht gewinnen."

„Ich bin froh, dass du es so siehst", sagte Alain.

„Wie steht es mit dir?", wollte Thierry wissen. „Ist alles in Ordnung?"

„Bestens", antwortete Alain. „Mir ist es seit dem Tod von Edwige und Henri nicht mehr so gut gegangen. Und davor wahrscheinlich auch nicht."

„Er macht dich glücklich?"

„Sehr glücklich."

Thierry nickte. Mehr wollte er nicht hören. „Ich werde euch unterstützen, falls ihr mich brauchen solltet", versicherte er Alain.

„Das wird hoffentlich nicht nötig sein", erwiderte Alain. „Was uns verbindet, geht niemanden etwas an. Es hat keinerlei Auswirkungen auf die Allianz."

„Wie du meinst", sagte Thierry. „Ich bin mir allerdings nicht sicher, ob das alle so sehen." Er zuckte mit den Schultern. „Ist aber auch egal. Du bist glücklich. Nur das zählt." Thierry fasste Alain am Kinn und hob seinen Kopf, um sich das Brandmal anzusehen. „Es ist schon nicht mehr so wund. Stört es dich noch?"

Alain schüttelte den Kopf. „Dein Spruch hat gewirkt. Übrigens nochmals vielen Dank für deine Hilfe."

„Du hast sie nicht gewollt", bemerkte Thierry. Er schob Alains Kopf auf die andere Seite und schaute sich die Bisswunden an, die Orlandos Zähne hinterlassen hatten. „Das ist neu", stellte er fest.

„Ja, es ist neu", gab Alain mit einem zufriedenen Lächeln zu.

„Und wie fühlst du dich? Hat es dich beeinträchtigt?"

„Es hatte eine unglaubliche Wirkung, aber auf eine ganz andere Weise, als du befürchtest. Wir sind den ganzen Tag in der Stadt unterwegs gewesen und ich fühle mich nicht im Geringsten müde. Das Sonnenlicht hat Orlando keinerlei Probleme verursacht, auch nach so vielen Stunden im Freien nicht." Alain musste lächeln. Er dachte an Orlandos Begeisterung über die bunten Herbstfarben, als sie im Jardin de Luxembourg den Kindern zugesehen hatten, die ihre kleinen Boote in einem Springbrunnen schwimmen ließen.

„Das ist gut", meinte Thierry. „Lass uns hoffen, dass es dabei bleibt. Es wäre keine große Hilfe, wenn die Magier zum Kämpfen zu schwach sind, nachdem ein Vampir von ihnen getrunken hat."

„Ich hätte heute jederzeit kämpfen können, wenn es dazu gekommen wäre", versicherte ihm Alain. „Wie gesagt … Ich kann mich nicht erinnern, mich jemals besser gefühlt zu haben."

Alains Lächeln sagte Thierry alles. Es war über zwei Jahre her, seit er dieses offene Lächeln bei seinem Freund gesehen hatte. Vielleicht konnte Orlando Alain endlich Heilung bringen. Thierry hoffte es jedenfalls. Alain musste die Trauer über den Verlust seiner Familie überwinden, und Thierry wollte dafür sorgen, dass der Vampir die Wahrheit erfuhr, um seinem Freund besser helfen zu können. „Kann ich kurz mit Orlando allein reden? Er bedeutet dir sehr viel, und damit ist er auch für mich wichtig. Wir hatten keinen guten Start und ich möchte mit ihm ins Reine kommen."

„Du bist ein guter Mensch, Thierry", erwiderte Alain. „Ich hole Orlando und lasse euch dann allein. Aber du musst freundlich zu ihm sein. Er ist ein sehr verwundbarer Mensch."

Das bist du auch, mein Freund, dachte Thierry und nickte.

Die Stimmung kühlte spürbar ab, als Orlando das Zimmer betrat. Ohne Alain als Vermittler wussten weder Orlando noch Thierry, wie sie miteinander umgehen sollten.

„Ich schulde dir eine Entschuldigung", brach Thierry schließlich das Schweigen. „Alain wird dir bestätigen, dass ich oft impulsiv handle, ohne vorher über die Konsequenzen nachzudenken. Mit dir war es besonders schlimm, weil ich meinen Vorurteilen freien Lauf gelassen habe, ohne dich als Person zu sehen."

Orlando nickte kurz.

„Alain und ich sind schon seit dreißig Jahren befreundet. Ich will nur das Beste für ihn", versuchte Thierry es erneut.

„Ich auch", erwiderte Orlando.

„Das habe ich mittlerweile auch erkannt", beruhigte Thierry ihn sofort und ging einen Schritt auf ihn zu. „Es hat nur einige Zeit gedauert, bis ich es gemerkt habe. Vielleicht ist es dir noch nicht aufgefallen, aber Alain ist verwundbarer, als es den Anschein hat."

„Wie meinst du das?", fragte Orlando, der gegen seinen Willen neugierig wurde. Er wollte mehr über seinen Geliebten erfahren, und Thierry bot ihm diese Möglichkeit.

„Du hast gehört, dass ich seinen Sohn erwähnt habe", fing Thierry an. „Was hat er dir über Henri erzählt?"

„Nichts", antwortete Orlando.

„Es war vor etwas mehr als zwei Jahren, der Krieg hatte gerade begonnen", erzählte Thierry. „Alain war ein sehr engagierter Mensch, der sich oft und vernehmlich geäußert hat. Er versuchte, die öffentliche Meinung auf unsere Seite zu bringen. Damit hat er die Aufmerksamkeit der dunklen Magier auf sich gelenkt. Einer von ihnen ging zu seinem Haus, um ihm aufzulauern. Alain war nicht zu Hause, nur seine frühere Frau und ihr Sohn. Sie hatten Besuch von der Frau und den Kindern eines Freundes – Eric. Edwige war keine Magierin und Henri war noch zu jung, um schon ausgebildet zu werden. Edwige konnte Erics Frau und Kinder noch in einem Schrank verstecken, aber sie und Henri haben die volle Macht des dunklen Magiers zu spüren bekommen. Als Alain und ich eintrafen … Es war zu spät, um sie zu retten. Alain sah sie, sah, was der dunkle Magier mit ihnen gemacht hatte, und … er ist vollkommen durchgedreht. Er hat jeden Fluch auf den

Mann geschleudert, den er kannte. Er hat auf nichts und niemanden Rücksicht genommen, was er normalerweise niemals getan hätte. Er hat nicht aufgehört, bis von dem dunklen Magier nur noch ein Häuflein Asche übrig war. Aber … bevor der Magier starb, hat er einen von Alains Flüchen abgelenkt und den Schrank getroffen, in dem sich Erics Frau und Kinder versteckt hielten. Wir haben sie erst gefunden, als alles vorbei war. Eric hat … sehr schlimm reagiert, als er hörte, dass Alains Fluch seine Familie umgebracht hat. Er hat uns verlassen und sich Serrier angeschlossen. Alain macht sich heute noch Vorwürfe über den Tod von Erics Familie und seine Desertion."

„Es war nicht seine Schuld", insistierte Orlando. „Er wusste nicht, dass sie in dem Schrank waren."

„Du hast recht", stimmte Thierry zu. „Aber Eric hat es ihm vorgeworfen und Alain hat es akzeptiert."

„Das war das Bedauern, das ich in seinem Blut geschmeckt habe", murmelte Orlando.

„Was?", fragte Thierry.

„Nichts", erwiderte Orlando. „Ich habe nur laut nachgedacht. Warum hast du mir das alles erzählt?"

„Weil Alain dich offensichtlich sehr, sehr gerne hat. Ich will nicht, dass er verletzt wird. Ich weiß, dass du ihm nie absichtlich schaden würdest, aber ich wollte dich informieren, dass er auch Narben hat. Ich habe ihn seit dem Tod seiner Familie nicht mehr so glücklich erlebt, wie er es heute war. Dafür bin ich dir Dank schuldig. Ich weiß, dass ich bisher keinen guten Eindruck bei dir hinterlassen habe, aber ich möchte, dass wir Freunde, zumindest aber Verbündete werden. Falls du es auch willst", beendete Thierry sein Plädoyer in eigener Sache.

„Hast du deine Meinung darüber geändert, dein Blut mit einem Vampir zu teilen?", fragte Orlando nach.

„Ich werde alles tun, was für unsere Allianz nötig ist", bestätigte Thierry. „Sie haben mir meine Frau genommen. Ich werde nicht zulassen, dass sie mir auch meinen Freund oder andere Menschen nehmen."

Orlando nickte. Die Worte Thierrys waren wie ein Echo seiner eigenen Gedanken. Er streckte die Hand nach dem Magier aus. „Entschuldigung angenommen", sagte er. „Wenn Alain dich als Freund sieht, musst du auch gute Eigenschaften haben." Orlandos Lächeln nahm seinen Worten viel von ihrer Schärfe.

Thierry nahm seine Hand an und schüttelte sie, um ihren Vertrag zu besiegeln.

27

ALAIN WARF durch den Türspalt einen verstohlenen Blick ins Wohnzimmer. Er wollte die beiden nicht stören, war aber gespannt, ob sie sich versöhnen würden. Als sie sich die Hände schüttelten, ging er beruhigt in die Küche zurück und überließ es ihnen, ihr Gespräch abzuschließen.

„Hör auf, dich hinter der Tür rumzudrücken!", rief Thierry, kaum dass Alain seinen Horchposten verlassen hatte.

Alain kam mit rotem Kopf ins Wohnzimmer. „Ich habe nicht gelauscht. Ich wollte nur wissen, ob bei euch alles in Ordnung ist."

Orlando streckte lächelnd die Hand nach ihm aus. Alain kam sofort an seine Seite und legte den Arm um ihn. „Wir sind uns darüber einig geworden, dass du uns beiden viel bedeutest, und dass wir beide dir auch viel bedeuten. Grund genug für uns, um Freunde zu werden."

Alain sah Thierry an, der ihm zunickte.

„Das ist prima", meinte Alain. „Ich bin froh darüber. Je besser wir zusammenarbeiten, umso stärker ist unsere Allianz."

Alain hätte Orlando die Nervosität nie angesehen, aber da sie nebeneinander standen und er den Arm um Orlandos Hüfte gelegt hatte, konnte er fühlen, wie die Anspannung von ihm abfiel. „Was ist los?", fragte er ihn.

„Der Sonnenuntergang", erklärte Orlando. „Es wird wohl einige Zeit dauern, bis ich mich daran gewöhnt habe, die Sonne zu ignorieren. Ich weiß, dass sie keine Macht mehr über mich hat, aber mein Instinkt hat das noch nicht ganz begriffen."

„Ihr ward also den ganzen Tag draußen unterwegs?", fragte Thierry.

„Jedenfalls außerhalb der Wohnung", sagte Alain. „Wir haben viele Sehenswürdigkeiten besichtigt und waren deshalb nicht immer in der Sonne."

Orlando lächelte, als er sich an den Invalidendom erinnerte, dessen goldene Kuppel die Sonnenstrahlen reflektierte. Er hatte das Gebäude nachts schon oft von außen bewundert, aber heute hatte er es das erste Mal bei Tageslicht gesehen. Die gelblichen Mauern hatten im Licht der Herbstsonne warm geleuchtet und das Gold so hell geglänzt, dass er beinahe die Augen geschlossen hätte. Es war ein überwältigender Anblick gewesen. Alain hatte bei ihm gestanden und abgewartet, bis er sich sattgesehen hatte. Und das war fast noch kostbarer gewesen. Die anderen Vampire, selbst Jean, hatten wenig Geduld mit Orlandos Unerfahrenheit. Alains Geduld mit ihm schien grenzenlos.

„Und wie fühlst du dich jetzt?", wollte Thierry von Orlando wissen.

„Als ob ich morgen wieder nach draußen gehen könnte", erwiderte Orlando und riss sich von seinen Erinnerungen los. „Alains magischer Schutzmantel ist noch genauso stark wie heute früh. Ich weiß nicht, wie lange es noch anhält, aber zehn Stunden sind das Minimum."

„Selbst wenn es nur halb so lange wäre, würde es ausreichen", sagte Thierry. „Serriers Taktik sind Überraschungsangriffe und schneller Rückzug. Die Kämpfe dauern selten länger als eine Stunde. Selbst wenn wir die zusätzliche Zeit einkalkulieren, um anzukommen und sich nach dem Kampf wieder in Sicherheit zu bringen, würden wir keine zehn Stunden Schutzwirkung brauchen."

Orlando war erstaunt, wie leicht und unkompliziert ihr Gespräch verlief. Es kam ihm vor, als ob Thierry ihn nicht nur akzeptierte, sondern ihm auch die gleiche Wertschätzung entgegenbrachte wie seinem Freund Alain. Alain war sichtlich froh über Thierrys verändertes Verhalten, also entschied Orlando sich nach kurzem Zögern, es ebenfalls zu akzeptieren und sich zu entspannen.

„Das setzt aber voraus, dass wir einen Plan haben oder Marcel vorher erfährt, wo Serrier zuschlagen will. Wenn sie uns einfach auf der Straße angreifen oder tagsüber eine Patrouille überfallen, müssten wir auf die Unterstützung der Vampire verzichten", widersprach Alain. „Aber wenn wir genug Partner finden, die bereit sind, mehr Zeit miteinander zu verbringen, können wir auf die zusätzliche Hilfe dieser Vampire zählen."

„Wie viel Blut muss ein Vampir trinken, um das zu ermöglichen?", erkundigte sich Thierry bei Orlando. „Alain ist offensichtlich dazu bereit. Ich auch. Aber wir müssen wissen, was wir den anderen sagen."

„Ich habe heute früh die übliche Menge getrunken und die magische Wirkung ist noch nicht verflogen Ich weiß nicht, ob sie so lange anhält, bis ich wieder Hunger habe. Normalerweise ist das alle zwei oder drei Tage der Fall", antwortete Orlando. Er war begeistert darüber, wie selbstverständlich Thierry ihn nach seiner Meinung gefragt hatte.

„Wenn die Wirkung nicht so lange anhält, müssen wir einen rotierenden Einsatzplan aufstellen, sodass jeder Vampir nur alle zwei oder drei Tage die Patrouillen begleitet. Wir können den Magiern nicht zu viel zumuten," schlug Thierry vor.

„Den Vampiren aber auch nicht", mischte sich Orlando ein, der seine Zurückhaltung aufgegeben hatte. „Uns macht es auch krank, wenn wir zu viel trinken. Und wir wissen nichts über die Wirkungsdauer, wenn der Vampir zwar öfter, aber weniger trinkt."

„Wir müssen einfach experimentieren, bis wir mehr Erfahrung haben", meinte Alain. „Es kann auch sein, dass es für jeden Vampir unterschiedlich ist."

Ihre Diskussion wurde durch ein Klopfen an der Tür unterbrochen. Während Orlando die Neuankömmlinge einließ, wandte Alain sich an Thierry. „Bist du dir sicher, dass du keine Bedenken mehr hast?"

„Ja", versicherte ihm Thierry. „Es ist, wie ich euch beiden gesagt habe. Du bist glücklich, und das habe ich schon lange nicht mehr erlebt. Wenn Orlando dich so glücklich macht, habe ich nicht die geringsten Einwände dagegen. Ich werde für ihn genauso da sein wie für dich."

„Danke", sagte Alain leise.

Im Flur begrüßte Orlando Jean mit einem herzlichen Händedruck. Jean hielt seine Hand fest und schaute ihm ins Gesicht. „Du siehst ... glücklich aus", sagte er dann. Er konnte sich nicht erinnern, Orlando jemals so glücklich und zufrieden erlebt zu haben.

„Das hat Thierry zu Alain auch gesagt", erwiderte Orlando und sein Lächeln wurde noch strahlender. „Wir sind den ganzen Tag in Paris unterwegs gewesen, und sieh mich an! Keine graue Haut, kein ... nichts. Niemand käme auf den Gedanken, dass ich in der Sonne war, und außer bei unserem Besuch im Louvre waren wir ständig im Freien."

„Wie viel hast du getrunken?", fragte Jean.

„Die normale Menge, nicht mehr", antwortete Orlando.

„Dann ist dein Avoué also nicht von oben bis unten mit Bissen übersät?", scherzte Jean.

„Natürlich nicht!", rief Orlando. „Ich würde die beiden Dinge nie gleichzeitig tun."

„Dein Verlust", meinte Jean schulterzuckend und machte sich auf den Weg ins Wohnzimmer.

„Warte", rief ihm Orlando nach. „Ich habe Angst, ihn zu verletzen."

„Du wirst noch lernen, mehr Vertrauen in dich zu haben", versicherte ihm Jean. „Und wenn es soweit ist, wird es ein unvergleichliches Erlebnis sein."

Orlando starrte mit offenem Mund an. Auf diese Worte fiel ihm nichts mehr ein. Sowohl der Sex mit Alain wie auch das Trinken waren schon unabhängig voneinander unvergleichliche Erlebnisse gewesen. Dass es noch besser werden sollte, überstieg Orlandos Vorstellungsvermögen.

Orlando riss sich aus seiner Erstarrung und lief Jean nach, der gerade das Wohnzimmer betrat. Die Atmosphäre in dem Raum hatte sich beträchtlich abgekühlt. Die unkomplizierte Kameradschaft, die Orlando eben noch mit Alain und Thierry geteilt hatte, war verschwunden und einer angespannten Stille gewichen, auf die sich Orlando zunächst keinen Reim machen konnte. Dann wurde ihm klar, dass die beiden Magier nicht wussten, wie sie sich Jean gegenüber verhalten sollten. Er wollte ihnen sagen, dass sie ihn genauso behandeln konnten wie ihn selbst, war sich aber nicht sicher, ob das wirklich stimmte. Außerdem wusste Orlando nicht, ob er überhaupt das Recht hatte, sich zu dieser Angelegenheit zu äußern. Er ging zu Alain zurück, weil er den anderen zeigen wollte, dass sie jetzt zusammen gehörten.

Als ihm die Stille unangenehm wurde, drehte Orlando sich zu Jean um. „Wir haben gerade darüber geredet, wie wir unsere Zusammenarbeit am besten gestalten", erklärte er dem anderen Vampir und hoffte, damit das Gespräch wieder in Gang zu bringen. Aber Jean nickte nur. Orlando wollte gerade einen zweiten Versuch wagen, als es wieder an der Tür klopfte. Er ging schnell in den Flur, um die anderen Magier einzulassen, die gestern schon hier gewesen waren. Sie folgten ihm ins Wohnzimmer und verteilten sich im Raum, wobei sie die Nähe zu Jean mieden. Orlando unterdrückte ein frustriertes Seufzen und kehrte an seinen Platz an Alains Seite zurück. Thierrys Akzeptanz hatte ihn hoffen lassen, dass es so weitergehen würde. Aber offensichtlich beschränkte sie sich auf ihn persönlich, und andere Vampire wurden nicht so behandelt. Außerdem schien Thierrys Verhalten auch kein Gradmesser für die anderen Magier zu sein, die Orlando noch sehr reserviert behandelten.

„Hast du dich um Aleth gekümmert?", wollte Marcel von Thierry wissen.

Thierry nickte und presste die Lippen zusammen. Die letzten vierundzwanzig Stunden waren nicht leicht gewesen.

„Gut", erwiderte Marcel. „Alain, wie geht es dir?"

Alain lächelte und drückte Orlandos Hand. „So gut, wie lange nicht mehr", sagte er.

Marcel lächelte erfreut. „Adèle, hast du den Wartesaal für heute Nacht vorbereitet?"

„Alles erledigt", antwortete sie. „Ich habe einen Alarm eingearbeitet, der uns warnt, falls jemand meine Beschwörungen manipulieren will. Bis jetzt ist nichts passiert."

„Gute Idee", sagte Marcel. „Ich habe einige schlechte Nachrichten. Marc war nach dem Überfall in Versailles verschwunden. Seine Leiche hat heute früh vor meiner Tür gelegen. Er ist gefoltert worden, bevor sie ihn umgebracht haben."

Die Magier waren schockiert.

„Blanchet", fluchte Thierry. „Eines Tages bekomme ich ihn in die Finger. Dann wird er den Tag verwünschen, an dem er geboren wurde."

„Beruhige dich, Thierry", sagte Marcel. „Seine Zeit wird kommen, und wenn es soweit ist, will ich nicht, dass sein Blut an deinen Händen klebt. Außer, es ist ein fairer Kampf. Wir werden uns nicht auf ihr Niveau begeben."

Thierry fluchte leise vor sich hin. Die Luft um ihn herum war magisch aufgeladen und Funken sprühten durch das Zimmer.

„Es interessiert euch vielleicht, dass die Wirkung von Alains Magie schon seit heute früh anhält", unterbrach Orlando ungehalten. Er konnte verstehen, dass Marcel sich bei Adèle über die Vorbereitung des Wartesaals informiert hatte. Er konnte sogar verstehen, dass Marcel sich bei Thierry und Alain über deren Wohlergehen erkundigt hatte. Die beiden waren Schlüsselfiguren der Allianz. Er verstand auch die Schrecken der Folter, schließlich hatte er über hundert Jahre die Qualen aushalten müssen, denen ihn sein Schöpfer ausgesetzt hatte. Aber er konnte nicht verstehen, wieso Marcel dieses Thema offensichtlich wichtiger war, als sich bei Jean über die Vorbereitungen der Vampire zu informieren. Sie waren für ihre Pläne immerhin von entscheidender Bedeutung, zumal sie hoffentlich dazu beitragen würden, dass sich solche Schrecken nicht wiederholten.

Marcel zog eine Augenbraue hoch. „Das ist eine gute Nachricht", gab er Orlando recht. „Wie stark hast du dich der Sonne ausgesetzt?"

„Fast den ganzen Tag", antwortete Alain. „Wir sind durch die Stadt gelaufen und haben nur für einen Besuch im Museum ein Gebäude betreten."

Jean wartete schweigend ab. Er war erleichtert darüber, dass die Magie ihnen soviel Beweglichkeit und Flexibilität geben konnte. Aber er erwartete auch, von Marcel in die Diskussion einbezogen zu werden. Schließlich waren die Magier zu ihm gekommen, nicht umgekehrt. Es war ihm wichtig, sie daran zu erinnern.

„Wird das ausreichen, um die anderen Vampire zu überzeugen, die Allianz zu unterstützen?", fragte Marcel.

„Es wird sie zumindest neugierig machen", erwiderte Jean. „Der Rest hängt davon ab, was ihr von ihnen dafür verlangt."

„Was wir von ihnen verlangen", unterbrach Orlando. „Merkt ihr es nicht? Ihr redet, als wären wir zwei getrennte Gruppen. So wird die Allianz nie funktionieren können. Wir müssen uns gegenseitig vertrauen, wenn wir erfolgreich zusammenarbeiten wollen."

„Orlando hat recht", mischte sich Alain ein. „Die Magier werden uns auch nicht glauben, wenn wir so gespalten vor sie treten. Sie müssen sehen, dass wir von unseren Argumenten überzeugt sind und an diese Allianz glauben. Sonst werden sie nie zustimmen, sich oft genug beißen zu lassen, um ihre möglichen Partner zu finden."

„Und wie sollen wir es besser machen?", fragte Marcel. „Ich … wir brauchen konkrete Vorschläge", gestand er und nickte Jean versöhnlich zu.

Jean nickte zurück und wartete auf die Reaktion der anderen.

„Wir könnten damit beginnen, den anderen Magiern die Bissspuren an unseren Handgelenken und an Alains Hals zu zeigen. Dann sehen sie, dass es keinen dauerhaften Schaden anrichtet", schlug Thierry vor.

„Und Jean und ich sind der Beweis für die Vampire, dass Magierblut nicht giftig ist", ergänzte Orlando.

„Wird das ausreichen?", fragte Adèle. „Einige werden vielleicht glauben, dass die Bisse nicht von euch sind und der Vampir, der Alains und Thierrys Blut wirklich getrunken hat, krank oder gar tot ist."

„Was sollten wir damit erreichen wollen?", fragte Jean nach. „Warum sollte ich die Vampire davon überzeugen wollen, etwas zu tun, das ihnen schadet?"

„Ich weiß", erwiderte Adèle. „Aber eine kleine Demonstration könnte nicht schaden, um die Skeptiker auf beiden Seiten zu überzeugen. Wenn sich einer von uns vor ihren Augen von dir oder Orlando beißen lässt, können sie alle sehen, dass es ungefährlich ist."

Alain lief eine Gänsehaut über den Rücken. Nach der Erfahrung heute früh war er sich nicht sicher, ob er sich beherrschen konnte, wenn Orlando ihn in aller Öffentlichkeit beißen würde.

„Wenn es nötig sein sollte, stelle ich mich zur Verfügung", erklärte Jean, als er den Ausdruck in den Gesichtern von Alain und Orlando sah. Er hatte die Befürchtung, die beiden würden ihrem Publikum mehr vorführen als nur einen Biss. Natürlich würden sie das nicht absichtlich tun, aber sie waren offensichtlich so ineinander verliebt, dass Jean sich nicht sicher war, ob sie die Kontrolle über den Biss behalten konnten. Und das würde auf beiden Seiten den falschen Eindruck erwecken. Er sah Raymond an und erkannte unverhohlenes Misstrauen in den Augen des Magiers. Jean seufzte und wünschte sich zum wiederholten Male, er hätte die Kooperation Raymonds nicht durch Drohungen erzwingen müssen.

„Es wäre ein zusätzliches Argument, wenn sich einer von uns zur Verfügung stellt, der schon gebissen worden ist. Das zeigt, dass wir keine Angst davor haben, die Erfahrung zu wiederholen", ergänzte Thierry.

„Gestern hast du dich noch anders angehört", bemerkte Adèle erstaunt.

„Ich habe in der Zwischenzeit meine Frau beerdigt", erwiderte Thierry scharf. „Das hat meine Sicht der Dinge verändert."

„Verständlicherweise", unterbrach Marcel, um eine sinnlose Auseinandersetzung zu verhindern. „Die Idee ist gut. Wir werden am Anfang wahrscheinlich in jedem Einzelfall die Teilnehmer zu dem Experiment überreden müssen. Jean, gibt es jemanden, dem du zutraust, sich als erster zur Verfügung zu stellen? Orlando hat schon einen Partner, und du auch."

„Ich denke schon", erwiderte Jean. Er dachte an Angélique. Sie war sehr abenteuerlustig, und falls sie heute Nacht kam, würde er sie bestimmt dazu überreden können, sich unter den Magiern einen Partner zu suchen. Es gab noch einen anderen Vampir, der dafür in Frage kam. Aber Jean hoffte, dass der Mann nicht erscheinen würde.

28

SIE DISKUTIERTEN noch angeregt weiter, bis es Zeit wurde, aufzubrechen und zum Gare de Lyon zu fahren. Raymond hatte keine Gelegenheit gefunden, mit Thierry ein Gespräch unter vier Augen zu führen. Fast war er darüber erleichtert, denn nach dem Verlauf der Diskussion hatte er den Verdacht, dass Thierry als möglicher Verbündeter ausgefallen war. Thierry schien sich mit Alains Lage abgefunden zu haben. Raymond knirschte frustriert mit den Zähnen. Er durfte nicht den Eindruck erwecken, die Allianz hintertreiben zu wollen, aber er hielt die ganze Sache für eine höchst gefährliche Idee. Es war schon schlimm genug gewesen, als sie die Vampire nur für einige Stunden immun machen wollten, aber mittlerweile redeten sie davon, die Schutzwirkung auf den ganzen Tag auszuweiten. Sicher, sie wollten es nur mit Magiern versuchen, die sich freiwillig bereit erklärten. Aber Raymond war sich sicher, dass aus der Bereitwilligkeit bald ein Erfordernis werden würde. Sie würden es schon sehen. Sobald die ersten Magier an den Bissen der Vampire starben, würden sie sehen, was sie angerichtet hatten. Vielleicht würden sie dann darauf hören, was er ihnen zu sagen hatte.

Marcel bestand darauf, dass sie sich getrennt auf den Weg machten. „So ziehen wir weniger Aufmerksamkeit auf uns", erklärte er.

Nach und nach verließen sie die Wohnung, bis nur noch Orlando und Alain übrig blieben. Orlando nahm Alain an der Hand und zog ihn in die Arme. „Wir gehen zusammen", erklärte er bestimmt.

Alain gab ihm einen Kuss. „Ich hätte nie etwas anderes erwartet." Hand in Hand verließen sie die Wohnung und gingen durch die verlassenen Straßen zur U-Bahn-Haltestelle. Sie beobachteten wachsam ihre Umgebung, um mögliche Gefahren rechtzeitig erkennen zu können. Als sie am Gare de Lyon ankamen, glaubte Alain, einen dunklen Magier bemerkt zu haben, aber als er das zweite Mal hinsah, war der Mann verschwunden. Da er keine unnötige Aufregung verursachen wollte, erwähnte er seine Beobachtung nicht, war aber besonders wachsam, als sie durch den Bahnhof zu dem Wartesaal gingen, den Adèle für ihr Treffen vorbereitet hatte. Sie fanden ihn problemlos und schlüpften so unauffällig wie möglich durch die Tür, um keine zusätzliche Aufmerksamkeit auf den magisch abgeriegelten Raum zu lenken.

Alain sah sich um und seufzte frustriert, als er die unsichtbare Demarkationslinie erkannte, die beide Gruppen zu trennen schien. Auf der einen Seite des Raumes hatten sich die Magier zusammengefunden, auf der anderen standen die Vampire. „Da liegt noch einiges an Arbeit vor uns", flüsterte er Orlando zu. Er kam sich vor wie auf einem Schulball – Jungs auf einer Seite, Mädels auf der anderen, und beide Gruppen starren verlegen an und wissen nicht, wie sie den leeren Raum überwinden sollen, der sie voneinander trennt.

Orlando nickte. „Vielleicht kommen sie zu uns, wenn wir zusammen in der Mitte stehen bleiben."

„Es ist einen Versuch wert. Aber ich muss erst mit Marcel reden. Ich bin gleich zurück." Orlando sah seinem Geliebten nach, der zu dem älteren Magier ging. Er konnte aus dieser Entfernung nicht hören, worüber gesprochen wurde. Aber es war Alain anzusehen, dass ihn etwas beunruhigt hatte.

„Ich glaube, ich habe einen von Serriers Männern gesehen, nachdem wir die Métro verlassen haben", flüsterte Alain Marcel zu.

Marcel nickte. Es schien ihn nicht zu überraschen. „Glaubst du wirklich, wir hätten dieses Treffen vor ihnen verheimlichen können?", fragte er.

„Vermutlich nicht", gab Alain zu. „Aber wir müssen wachsam sein."

„Adèles Beschwörungen werden halten", versicherte ihm Marcel. „Wir sind hier sicher. Und wenn wir den Raum wieder verlassen, haben wir hoffentlich neue Verbündete, mit denen wir uns jeder Gefahr stellen können, die da draußen auf uns wartet."

Alain nickte und kehrte zu Orlando in die Saalmitte zurück. Die Magier, die nach ihnen den Wartesaal betraten, begrüßten ihn im Vorbeigehen, aber keiner blieb bei ihnen stehen. Die Vampire verhielten sich ähnlich. Sie begrüßten Orlando und gingen schnell auf ihre Seite des Raums.

Um Punkt vier Uhr kamen Marcel und Jean zu Alain und Orlando in die Saalmitte. Marcel holte tief Luft und ließ den Blick über die versammelten Magier und Vampire schweifen. Er setzte alle Hoffnung in den Erfolg ihres Treffens, denn er ahnte, was sie vor dem Wartesaal erwartete.

„Ich danke euch für euer Erscheinen", fing Marcel an. „Ich kann mir vorstellen, dass ihr wissen wollt, warum wir zu diesem Zeitpunkt hier versammelt sind. Jean Bellaiche und ich haben in unserer Eigenschaft als Generalkommandeur der Milice de Sorcellerie und als Chef de la Cour von Paris eine Allianz geschlossen. Wir hoffen, dass wir gemeinsam erfolgreich den Krieg beenden können, den die dunklen Magier begonnen haben."

„Der Krieg betrifft uns alle", fuhr Jean fort und sah die versammelten Vampire an. „Wenn die Elementarkräfte der Erde durcheinander geraten, weil die Magier sie nicht mehr im Gleichgewicht halten können, werden wir auch darunter leiden. Wahrscheinlich wird es uns noch eher treffen, als die nichtmagischen Menschen, denn wir sind auch magische Geschöpfe. Im Austausch für unsere Unterstützung in diesem Krieg haben die Magier uns zugesichert, ein Gesetz zur Gleichstellung in der Nationalversammlung einzubringen, das uns vor Diskriminierung schützen soll."

„Und das hast du ihnen abgenommen?", rief eine Stimme aus der Menge.

„Ja", erwiderte Jean. „Blut lügt nicht."

„Du hast sein Blut geschmeckt?", fragte ein anderer Vampir.

Jean nickte. „Chavinier meint es ehrlich."

„Magierblut ist giftig", rief ein dritter Vampir. „Wie konntest du es trinken und überleben?"

„Es ist nicht giftig", sagte Jean. „Tatsächlich kann das Blut des passenden Magiers einen Vampir vor dem Sonnenlicht schützen."

Diese Worte lösten eine beträchtliche Unruhe unter den Anwesenden beider Lager aus. Als das Gemurmel aufhörte, redete Jean weiter. „Die Partnerschaft zwischen einem Magier und einem Vampir gibt uns die Möglichkeit, bei Tageslicht ins Freie zu gehen, ohne dadurch Schaden zu nehmen."

„Das ist unmöglich!", rief der erste Vampir.

„Doch, Stéphane, das ist es", erwiderte Jean. „Ich habe selbst in der Sonne gestanden und es überlebt. Orlando hat gestern den ganzen Tag in der Stadt verbracht."

Das Gemurmel ging wieder los, dieses Mal noch lauter. Die Vampire hatten Jeans Worte gehört und begriffen langsam, was die vorgeschlagene Allianz für sie bedeuten würde. Wieder im Sonnenlicht zu gehen …

„Wir können euch vor Sonnenaufgang nicht beweisen, dass wir recht haben", fügte Orlando hinzu. „Aber wir können euch schon jetzt zeigen, dass uns das Magierblut nicht schadet. Schaut her!" Er sah Alain fragend an. Als sein Magier nickte, hob er Alains Arm und zeigte allen die Bissspuren an Alain Handgelenk.

Marcel, Thierry und Adèle waren an Alains Seite getreten und hoben ebenfalls ihre Arme, um sie den Anwesenden zu zeigen.

„Dann suchen wir uns also einfach einen Magier und beißen ihn?"

Jetzt wurde es unter den Magiern unruhig. Die gefühllose Bemerkung des Vampirs kam nicht sehr gut an.

„Ganz so einfach ist es nicht", erklärte Jean. „Ihr müsst den richtigen Magier für euch finden. Ihr könnt in seinem Blut die Magie fühlen, die sich wie eine schützende Decke um euch legt, die euch vor der Welt abschirmt. Nur das Blut des passenden Magiers kann euch schützen."

„Es sind nur wenige Tropfen nötig", fügte Orlando hinzu, als ihm die wachsende Unruhe unter den Magiern auffiel.

„Es ist nur ein kleiner Biss. Ich habe ihn kaum gespürt", versicherte Alain den Magiern. Seine Erfahrung mit den darauffolgenden Bissen behielt er wohlweislich für sich. Er wusste nicht, ob den anderen Paaren ein ähnlich intensives Erlebnis bevorstand. Alain hätte die Erinnerung an ihren letzten Biss gern mit Orlando geteilt, aber er traute sich nicht, ihm in die Augen zu sehen. Er wollte die Kraft ihrer Gefühle nicht vor den Anwesenden zu erkennen geben. Es war ihre

Privatangelegenheit, ging nur sie beide etwas an und hatte mit der Allianz nichts zu tun. Es hatte auch nichts damit zu tun, wie sich die anderen Partnerschaften entwickeln würden.

„Und wie war es für den Rest von euch?", wollte eine Magierin wissen.

„Keiner von uns ist durch den Biss zu Schaden gekommen, Caroline", sagte Marcel.

„Das möchte ich gerne von jedem persönlich hören", forderte Caroline.

„Es war ein Erlebnis, das ich jederzeit gerne wiederhole", sagte Adèle im Brustton der Überzeugung. Die Diskussion ging ihr langsam auf die Nerven.

„Ich bin unverletzt", fügte Thierry hinzu und drehte sich dann zu Raymond um.

„Es … geht mir gut", sagte der zögernd. Er konnte sein Unbehagen nicht ganz verbergen. Alain sah ihn mit gerunzelter Stirn an, verkniff sich aber jeden Kommentar. Er wollte nicht den Eindruck der Uneinigkeit vermitteln.

„Wir müssen es versuchen", sagte Marcel zu den beiden Gruppen. „Wir können uns in diesem Krieg nicht geschlagen geben. Die Partnerschaft des Blutes gibt den Vampiren eine Flexibilität, die sie sonst nicht hätten. Wir können es uns nicht leisten, wenn in einem Kampf plötzlich die Hälfte unserer Leute verschwindet, weil gleich die Sonne aufgeht. Und wir wollen auch nicht, dass Serrier seine Angriffe auf den Tag verlegt, weil er weiß, dass uns dann unsere Verbündeten nicht helfen können."

„Dann stellen wir uns also jetzt in einer Reihe auf und lassen uns beißen?", fragte einer der Magier.

„Ja, David", antwortete Thierry. „Genau das werden wir tun." Damit ging er auf die Vampire zu, schob seinen Ärmel hoch und hielt ihnen das Handgelenk hin, um sich vom ersten Vampir beißen zu lassen, der sich dazu bereit erklärte.

Die Spannung im Raum stieg. Die Augen der anwesenden Vampire waren auf Thierrys Handgelenk gerichtet, aber keiner von ihnen bewegte sich. „Das gibt einen Biss dem Gespött preis", protestierte Stéphane. „Einfach … einfach so zu beißen, wenn jeder zusehen kann."

„Hast du Angst, dich nicht beherrschen zu können, Stéphane?", forderte Jean den Vampir heraus. Einige der Vampire, die das Temperament Stéphanes nur zu gut kannten, lachten leise. Als sich die Spannung wieder gelegt hatte, ließ Jean den Blick über die Gesichter seiner Freunde und Anhänger schweifen. „Ich weiß sehr genau, worum ich euch bitte. Aber ob öffentlich oder nicht, es lässt sich nicht vermeiden. Wenn wir mehr Zeit hätten oder eine bessere Methode wüssten, würde ich euch nicht bitten, dieses Tabu zu brechen. Aber dieser Luxus ist uns verwehrt. Ich kann euch zu nichts zwingen und ich würde es auch nicht wollen, aber ich bitte euch als euer Chef de la Cour, den ihr selbst gewählt habt. Vertraut mir und versucht es. Nur einen kleinen Tropfen, an dem ihr die Wirkung erkennen könnt."

29

SCHLIEßLICH TRAT eine dunkelhaarige Frau vor und hob Thierrys Arm an den Mund. Die anwesenden Vampire hielten geschlossen die Luft an, als ihre Lippen sich auf Thierrys Handgelenk pressten.

Thierry versuchte, locker zu bleiben, als er die Zähne spürte, die seine Haut berührten und dann zubissen. Dann hob sie auch schon wieder den Kopf, um sein Blut auf der Zunge zu schmecken. „Schmeckst du seine Magie, Angélique?", fragte Jean.

„Ja", sagte sie nickend. Sie spürte den zusätzlichen Geschmack, den die Magie dem Blut gab. Aber es hatte auch einen leicht säuerlichen Geschmack, den sie als Trauer identifizierte. „Aber ich spüre es nicht so, wie du es uns beschrieben hast."

„Dann versuche es mit jemand anderem", forderte Jean sie auf. „Ich habe es fünfmal versucht, bis ich den richtigen Magier gefunden habe, dessen Blut mich beschützen kann."

Angélique sah sich suchend um. Sofort trat Adèle vor und bot der Vampirin ihr Handgelenk an.

Alain beobachtete die anderen Magier, während Angélique den Kopf beugte, um von Adèles Blut zu kosten. Keiner bewegte sich. Er seufzte frustriert und überlegte, wen von ihnen er auffordern konnte, dem Beispiel von Thierry, Adèle und Marcel zu folgen. David ignorierte er. Nach der Bemerkung des Magiers und angesichts ihrer Vergangenheit wollte Alain ihn erst gar nicht ansprechen. Auch Caroline schied durch ihren Kommentar aus. Alains Blick fiel auf Laurent Copé, Thierrys Leutnant. Laurent war jung genug, um eine solche Herausforderung gerne anzunehmen. Alain beugte sich zu Orlando und flüsterte ihm ins Ohr: „Ich bin gleich zurück, aber ich will sehen, ob ich einige Magier überzeugen kann."

„Ich versuche es mit den Vampiren", erwiderte Orlando leise. Sie gingen auf die jeweilige Seite des Wartesaals und sahen sich nach vertrauten Gesichtern um.

Alain ging direkt auf Laurent zu. „Komm schon, Laurent", sagte er. „Hilf mir, einen Anfang zu machen."

„Ich weiß nicht, Alain", antwortete Laurent zögernd. „Es ist eine schwere Entscheidung."

„Wovor hast du Angst?", fragte Alain herausfordernd.

„Ich habe keine Angst", gab Laurent zurück. „Ich sehe nur nicht, welche Vorteile es uns bringen soll."

„Liegt das nicht auf der Hand?", fragte Alain frustriert. „Glaubst du nicht, dass ein Vampir jeden Magier besiegen kann? Oder zweifelst du daran, dass sie ihr Wort halten?"

„Von beidem etwas", gab Laurent zu.

„Sie werden ihr Wort halten, weil wir etwas haben, das sie wollen. Es sind sogar zwei Dinge, die sie wollen. Zum einen haben wir die Macht, uns für Antidiskriminierungsgesetze stark zu machen, zum anderen lässt unser Blut sie wieder ein halbwegs normales Leben führen. Wenn sie ihr Wort brechen, werden sie beides verlieren."

„Dann vertraust du ihnen also?", hakte Laurent nach.

„Mit meinem Leben", erwiderte Alain. Um die Ernsthaftigkeit seiner Worte zu unterstreichen, legte er den Kopf zur Seite und zeigte Laurent die Bissspuren an seinem Hals. „So sehr vertraue ich ihnen." Natürlich war das nur die Oberfläche, aber über seine Beziehung zu Orlando wollte er im Moment nicht sprechen. Das würde die Situation nur unnötig verkomplizieren.

Laurent starrte Alains Hals an. „Na gut", gab er schließlich nach und ging auf die Vampire zu. Alain seufzte erleichtert. Aber wenn er dieses Gespräch mit jedem einzelnen Magier führen musste, würden sie es niemals schaffen, ihren Zeitplan einzuhalten. Er sah sich um und entdeckte noch einige andere Magier, die sich auf den Weg gemacht hatten, um die Kluft zwischen den beiden Gruppen zu überwinden. Alain schlängelte sich durch die Menge und suchte weiter nach potenziellen Kandidaten, als er sich unvermutet vor David Sabatier wiederfand. Er hatte nichts gegen den Magier, aber leider hatte David etwas gegen ihn. Außerdem war Alain nicht sehr glücklich darüber, wie David Marcels Autorität herausgefordert hatte.

„Willst du schon gehen?", zischte er David an.

„Was geht dich das an?", fragte David im gleichen Ton zurück. Es gefiel ihm nicht, dass Alain in Marcels Plänen eine zentrale Rolle spielte, während er selbst außen vor gelassen wurde.

„Ich will den Erfolg dieser Allianz", erklärte Alain. „Und dein Verhalten bringt uns keinen Schritt weiter."

„Ich bin von deinem Verhalten auch nicht allzu begeistert", schnappte David ihn an. „Nur weil du Marcels Liebling bist, müssen wir dich noch lange nicht anbeten." Er schob sich an Alain vorbei und warf ihn fast zu Boden. Alain griff ihn am Arm und wirbelte ihn zu sich herum.

„Was ist denn dir in den Arsch gekrochen?"

„Du", fauchte David. „Du und deine Überheblichkeit. Nur weil du einen Vampir gefunden hast, der dein Blut saugt, müssen wir es dir noch lange nicht nachmachen." Er wollte wieder an Alain vorbeigehen, blieb jedoch plötzlich neben ihm stehen. „Was ist das?", fragte er und fasste an Alains Kinn, um sich das Brandmal anzusehen.

„Das hat mit dir nicht das Geringste zu tun", erwiderte Alain und befreite sich aus Davids Griff.

Auf der anderen Seite des Raumes hatte Orlando mit den Vampiren mehr Glück. Als er die Schreie hörte, drehte er sich zu den Magiern um. Er sah, wie David Alain am Kinn fasste, verlor die Beherrschung und lief los. Orlando stieß jeden zur Seite, der ihm im Weg stand. Er konnte nicht zulassen, dass der andere Magier seinen Alain verletzte. Alain blockierte gerade noch rechtzeitig den Fluch, mit dem David sich gegen Orlando verteidigen wollte. Orlando fasste David an der Kehle und presste ihn mit dem Rücken an die Wand. „Wenn du ihn noch ein einziges Mal anfasst, bringe ich dich um", drohte er dem Magier. Orlando meinte es ernst. Niemand würde seinen Freunden etwas antun. Und auf Alain traf das erst recht zu.

Alain legte Orlando die Hand auf die Schulter und beruhigte ihn wieder. „Schon gut. Er hat mir nichts getan", versicherte er Orlando. „Du kannst ihn wieder loslassen."

Orlando funkelte David wütend an, ließ ihn aber los. „Vergiss nicht, was ich dir gesagt habe", warnte er den Magier.

„Glaubst du immer noch, sie können gegen einen Magier nichts ausrichten?", fragte Alain spitz. „Wenn er es wirklich gewollt hätte, wärst du jetzt tot. Und jetzt denk darüber nach, was er und seine Freunde gegen unsere Feinde ausrichten können."

In diesem Moment tauchten Jean und Marcel auf. „Was ist hier los?", wollte Marcel wissen.

„Nichts", antwortete Alain. „Wir wollten David nur vom Wert unserer neuen Verbündeten überzeugen. Ich glaube, dass es uns gelungen ist. Was meinst du, David?"

David nickte. Er wirkte mehr als eingeschüchtert.

„Gut", meinte Marcel. „Dann können wir ja jetzt mit unserem Plan weitermachen, Partner für unsere Verbündeten zu finden. Wenn wir uns untereinander streiten, haben Serrier und seine Leute den Sieg schon in der Tasche. Wollt ihr das?" Er sah jedem Magier einzeln in die Augen und scheuchte sie auf die andere Seite des Raumes.

Zum ersten Mal, seit Orlando zu seiner Verteidigung gekommen war, sah Alain ihm in die Augen. Sie mussten später noch über die Sache reden, aber jetzt brauchte er diesen kurzen Augenblick, sowohl für sich selbst wie auch für Orlando. Alain konnte Orlando ansehen, dass es ihm ähnlich ging. Es war, als hätte diese Auseinandersetzung sie wieder in die Wirklichkeit zurückgeholt, um sie daran zu erinnern, was ihnen in zukünftigen Schlachten bevorstand. David hatte nach einem Fluch aufgegeben und Orlando sich auf Drohungen beschränkt. Serriers Magier waren so leicht nicht aufzuhalten.

Vampire und Magier beäugten sich einige Minuten lang misstrauisch, schlichen umeinander herum und wussten nicht, wie sie den nächsten Schritt angehen sollten. Dann fassten sich die ersten ein Herz, boten einem Vampir ihr Handgelenk an oder griffen nach dem Arm eines Magiers.

In der Mitte des Gewimmels stand Adèle und suchte die Menge nach interessanten Kandidaten ab. Eine Vampirin lehnte sie rundweg ab. Sie war nicht daran interessiert, dieses Erlebnis mit einer Frau zu teilen. Sie hatte die Funken gesehen, die zwischen Alain und Orlando sprühten, und genau das wollte sie auch für sich selbst. Bei Angéliques Biss hatte sie nicht das Geringste gespürt, deshalb wollte sie es jetzt mit einem Mann versuchen. „Mein Name ist Adèle Rougier", sagte sie und ging mit ausgestrecktem Arm auf einen Vampir zu.

„Yves Levy", kam die Antwort. Der Vampir nahm ihre Hand und hob sie zögernd an seine Lippen.

„Es ist schon in Ordnung", versicherte ihm Adèle. „Ich weiß, was auf mich zukommt."

Sein Mund legte sich auf ihre Haut und sie konnte die feuchte Zunge spüren, die sie auf den Biss vorbereitete. Ein Gefühl der Vorfreude ließ sie erschauern. Yves' Zähne pieksten leicht in ihr Gelenk, dann war die Zunge wieder da. Sie sah ihn erwartungsvoll an, aber er schüttelte den Kopf. Enttäuscht, aber nicht entmutigt, dankte sie ihm lächelnd und machte sich auf die Suche nach dem nächsten Vampir, dem sie ihr Blut anbieten wollte.

Mireille stand am Rand des Geschehens und beobachtete alles. Sie hatte Monsieur Lombard gesagt, dass sie gerne an dem Treffen teilnehmen wollte. Er hatte keine Einwände erhoben, für sich selbst aber abgelehnt. Doch er hatte sie noch gewarnt, vorsichtig zu sein und sorgfältig nachzudenken, bevor sie sich entschied. Er hatte sie darauf hingewiesen, dass sie eine Teilnahme an der Allianz jederzeit ablehnen konnte, da sie bereits ihm verpflichtet war. Mireille war ihm für seine Geste dankbar, aber als sie sah, wie sich das erste Paar fand, als sie das ungläubige Erstaunen in Josées Gesicht sah, die zum ersten Mal das Blut schmeckte, das sie beschützen würde, wusste Mireille, dass nichts sie davon abhalten konnte, ein Teil dieser Allianz zu werden. Es war zu wichtig, um es nur den anderen zu überlassen.

Mireille war von Natur aus eher schüchtern und führte durch ihren Dienst bei Monsieur Lombard ein abgeschirmtes Leben. Deshalb wusste sie nicht, wie sie auf einen der Magier zugehen sollte. Die ganze Situation war ihr peinlich.

„Ist dir das Ganze auch so unangenehm wie mir?", fragte eine weibliche Stimme hinter ihr.

Mireille drehte sich überrascht um, weil sie nicht gemerkt hatte, dass sich jemand näherte. Eine blonde Magierin stand vor ihr und lächelte sie verlegen an.

„Ich muss zugeben, dass ich mich schon wohler gefühlt habe", stimmte Mireille ihr mit einem leisen Lachen zu.

„Ich heiße Caroline Bontoux", stellte die Frau sich vor. „Da es von uns erwartet wird, sollten wir einfach anfangen. Vielleicht haben wir Glück und brauchen nur diesen einen Versuch."

„Das wäre schön", erwiderte Mireille lächelnd. „Ich bin Mireille Fournier."

Caroline holte tief Luft und schob den Ärmel ihrer Jacke nach oben, um die glatte Haut ihres Handgelenks für die scharfen Zähne freizulegen.

„Ich sollte eigentlich nicht so nervös sein", meinte Mireille, als sie nach Carolines Hand griff. „Ich lebe schon seit Jahrzehnten als Vampir und mache das alle paar Tage."

„Aber du kannst dich frei entscheiden, wann und von wem du trinkst, lernst deine Opfer wahrscheinlich vorher kennen", meinte Caroline. „Es ist schon gut, ich biete es dir freiwillig an."

Beruhigt hob Mireille die Hand an ihren Mund. Sie bereitete die Haut schnell, aber gründlich vor. Sie wollte sich damit nicht zu lange aufhalten, da sie Carolines Reaktion nicht einschätzen konnte. Außerdem ging es bei diesem Biss nicht ums Vergnügen, sondern es war eine rein funktionale Angelegenheit. Sie biss so leicht wie möglich zu, gerade tief genug, um einige Blutstropfen aus Carolines Handgelenk fließen zu lassen. So hatte Orlandos es ihnen gesagt. Einige wenige Tropfen würden ausreichen.

Mireille konnte die meisten Menschen schon nach einem kurzen Blick einschätzen. Das war wichtig, denn ihr Leben und ihr Lebensunterhalt hingen davon ab, schmackhaftes Blut zu finden. Sie hatte erwartet, dass das auch auf Caroline zutreffen und ihr Blut den leichten, unkomplizierten Geschmack haben würde, der zu der zierlichen Person passte.

Sie hatte sich getäuscht. Vielleicht war es nur die Magie, die den Unterschied ausmachte, aber Carolines Blut schmeckte wie ein voller, reifer Wein. Das Erste, was Mireille auffiel, war ein Selbstbewusstsein, das in klarem Widerspruch zu Carolines zurückhaltender Annäherung stand. Darunter lag die Macht ihrer Magie, die wie eine Basisnote alles zusammenhielt. Mireille ließ den Geschmack auf sich einwirken und erkannte, dass sie sich von Carolines Magie umhüllt und beschützt fühlte, so wie Jean es ihnen beschrieben hatte.

„Hallo, Partnerin", sagte sie lächelnd. Der Geschmack hatte ihr gefallen. Caroline war ein Mensch, mit dem sie arbeiten und dem sie vertrauen konnte.

Caroline erwiderte das Lächeln. „Das war einfach und relativ schmerzlos. Jetzt können wir zusehen und abwarten, was mit den anderen passiert."

„Stimmt", antwortete Mireille und freute sich schon darauf, die anderen Vampire und Magier dabei zu beobachten, wie sie mit dieser peinlichen Situation fertig wurden. Ihre gute Laune verflog wieder, als Patrick Devoy auf sie zukam. Mireille hatte Patrick noch nie leiden können. Er war anmaßend und überheblich. Ohne sie zur Kenntnis zu nehmen, griff er nach Carolines Arm. Das war eindeutig zu viel. Mireille trat zwischen die beiden und zischte Patrick an: „Verschwinde. Sie hat schon eine Partnerin."

Als Patrick Mireille herausfordern wollte, nahm Caroline ihre Hand. „Und ich bin ausgesprochen zufrieden mit ihr", fügte sie hinzu und zog Mireille von ihm fort. „Lass uns zu Alain gehen", schlug Caroline vor. „Er kann uns sagen, wie es jetzt weitergeht und was noch auf uns zukommt." Sie ignorierte den anderen Vampir und machte sich mit Mireille auf den Weg zu Alain und Orlando.

Orlando freute sich, dass Mireille gekommen und eine Partnerin gefunden hatte. Jean hatte ihm gesagt, dass er sie eingeladen hätte, sich aber nicht sicher wäre, ob sie an der Versammlung teilnehmen würde.

Caroline begrüßte Orlando mit einem Kopfnicken. „Wir sollten die Partner jetzt zusammenrufen", schlug sie dann Alain vor. „Das vermeidet Missverständnisse, weil die vergebenen Partner nicht mehr angesprochen werden können."

Orlando sah sie überrascht an und wollte fragen, was geschehen war. Aber Mireille schüttelte den Kopf und er beschloss, seine Frage zurückzustellen. Alain stimmte Caroline zu und ging in eine leere Ecke des Wartesaals. Auf dem Weg sprach er die neuen Paare an und forderte sie auf, ihn zu begleiten.

Adèle sah sich immer noch um. Ihre Wahlmöglichkeiten nahmen mehr und mehr ab. Irgendwo war sicher der richtige Partner für sie, sie musste ihn nur finden. Mit einem frustrierten Seufzen drehte sie sich um und stand vor einem goldenen Gott von einem Mann. Für einen kurzen Augenblick war sie sprachlos und hob wie hypnotisiert den Arm, um ihm ihr Handgelenk zum Biss anzubieten.

Der Vampir sah auf ihre Hand. Das Gelenk war von zahlreichen Bissen übersät und ein Ausdruck des Missfallens huschte über sein Gesicht. „Du hast dich nicht gerade zurückgehalten", stellte er fest.

Die Bemerkung riss Adèle aus ihrer Sprachlosigkeit. „So lange ich nicht die erste bin, deren Blut du getrunken hast, steht es dir nicht zu, mich zu kritisieren", schoss sie zurück. „Ich will diese Allianz zum Erfolg führen, also muss ich mich von Vampiren beißen lassen, bis ich den richtigen finde. Aber wenn dich das stört, versuche ich es mit einem anderen." Sie drehte sich um, kam aber nicht weit, da fasste er sie am Arm und zog sie zurück.

„Ich habe nicht gesagt, dass du gehen sollst", sagte er mit seinem britischen Akzent.

Adèle sah ihn mit geschürzten Lippen an. „Du hast mich auch nicht gebeten zu bleiben."

„Hätte ich das tun sollen? Du hast mir dein Handgelenk angeboten."

„Und du hast es zurückgewiesen, als du die anderen Bissspuren gesehen hast", erwiderte Adèle. „Jetzt beiß mich oder verschwinde. Wir vergeuden wertvolle Zeit."

„Dein Wunsch ist mir Befehl", sagte der Vampir und hob ihren Arm wieder an, streifte aber den Ärmel so weit zurück, bis er unberührte Haut fand.

Adèle war zwar überrascht darüber, hielt ihn aber nicht auf, als er den Kopf senkte und sie vorsichtig in den Arm biss. Es war der sanfteste Biss, den sie an diesem Morgen bekommen hatte. Als er den Kopf wieder hob, wartete sie auf die unvermeidliche Zurückweisung.

„Ich heiße Jude", sagte er lächelnd.

„Dann hat es funktioniert?", fragte sie erstaunt.

„Das hat es", bestätigte er. „Darf ich um deinen Namen bitten?"

„Adèle", erwiderte sie und konnte ihr Glück immer noch nicht fassen. Sie sah ihn ebenfalls lächelnd an. Oh ja, sie würde gerne mit ihm zusammenarbeiten.

Mehr und mehr Partner fanden sich und zogen sich in die Ecke des Wartesaals zurück. Alain nannte Orlando die Namen der Magier und Orlando informierte ihn über die Vampire. Angélique hatte, zu seiner großen Überraschung, ihren Partner ausgerechnet in David gefunden. Fabienne Bruguière war die Partnerin von Mathieu Gastineau, einem Leutnant von Alain. Laurents Partner war Blair Nichols, von dem Orlando ihm mitteilte, dass er erst kürzlich aus Los Angeles gekommen wäre. Alain beobachtete die neuen Partner genau. Er suchte nach Anzeichen der tiefen Verbindung, die er und Orlando so bald nach ihrem ersten Aufeinandertreffen verspürt hatten. Einige der Paare schienen sich in ihrer Partnerschaft wohler zu fühlen als andere, aber er konnte keine Hinweise dafür finden, dass sie eine ähnlich intensive Beziehung hatten. Und wenn, dann verbargen sie es so gut, dass er es nicht erkennen konnte.

Thierry war frustriert, als sich immer mehr Partner fanden und seine eigene Suche erfolglos blieb. Er konnte nicht glauben, dass er nach all dem, was geschehen war, nicht auch den richtigen Vampir finden sollte. Alain, der ein wachsames Auge auf ihn gehalten hatte, erkannte die wachsende Frustration an den magischen Funken, die sein Freund versprühte. Als auch die letzten partnerlosen Vampire ihn abgelehnt hatten, ging Thierrys Temperament mit ihm durch und er verlor die Kontrolle über seine Magie. Alain gelang es noch rechtzeitig, Thierrys Ausbruch mit einer Beschwörung zu bündeln und auf die Tür abzulenken, damit niemand verletzt wurde. Kurz bevor die gebündelte Magie mit aller Macht auf die Tür prallte, öffnete sie sich und ein unbekannter Mann trat ein. Thierrys Magie traf ihn mitten auf die Brust.

30

IM WARTESAAL herrschte Grabesstille. Keiner rührte sich. Der Mann machte einen weiteren Schritt auf die Anwesenden zu. Thierry starrte ihn ungläubig an. Der Neuankömmling hatte klassisch schöne Gesichtszüge, schmale Schultern und lange, dunkle Haare. Thierrys unkontrollierter Ausbruch hatte sich nicht auf ein besonderes Ziel gerichtet und auch keinen bestimmten Zweck verfolgt, aber er hätte den Mann zumindest von den Füßen werfen sollen. Aber die Magie schien nicht die geringste Wirkung auf ihn zu haben. Thierry drehte sich sprachlos um und suchte nach Marcel, weil er hoffte, dass der alte Magier ihm eine Erklärung geben könnte. Aber Marcel war genauso verblüfft und sprachlos wie Thierry. Er konnte sich offensichtlich auch nicht erklären, was er gerade mit eigenen Augen gesehen hatte.

Thierrys Blick fiel auf Alain und Orlando, die bei den anderen Paaren standen. Alain wirkte ebenfalls ziemlich verwirrt. Er hatte Thierrys Magie zwar gebündelt und abgelenkt, sie aber nicht neutralisiert.

„Was zum Teufel ist da gerade passiert?", murmelte Alain und starrte den Fremden an, der wütend auf Thierry zuging.

„Ich habe keine Ahnung", erwiderte Orlandos leise. In der Zwischenzeit kündigte sich ein neues Spektakel an, das ihn ablenkte. Jean hatte sich nicht vom Fleck gerührt, seit die Tür aufgegangen war und der Neuankömmling den Wartesaal betreten hatte. Die versammelten Vampire sahen erwartungsvoll zwischen den beiden Männern hin und her.

Mist!, dachte Jean und kämpfte um Beherrschung, weil er sich keine Blöße geben wollte. Von allen Vampiren der Stadt musste ausgerechnet derjenige hier auftauchen, den er am wenigsten sehen wollte. Er ging auf den Mann zu und hoffte, die Fassade der Höflichkeit aufrecht erhalten zu können. „Noyer", sagte er mit aufgesetzter Freundlichkeit. „Ich hätte nicht erwartet, dich hier zu sehen."

Sebastien blieb stehen und sah ihn mit stechendem Blick an. „Und warum nicht?", fragte er. „Ich dachte, du hättest den Cour zu diesem Treffen eingeladen."

Jean fühlte sich überrumpelt. Er hatte seine Freunde eingeladen, und dazu gehörte Sebastien seit über vierhundert Jahren nicht mehr. Offensichtlich hatte sich jemand nicht an den verdeckten Hinweis gehalten und die Botschaft an Sebastien weitergegeben. „Ich habe nicht erwartet, dass du dem Aufruf folgen würdest", wich er aus.

„Dann hast du dich getäuscht", erwiderte Sebastien. „Worum geht es hier?" Er machte eine abschätzige Handbewegung.

„Wir schließen eine Allianz zwischen den Vampiren und der Milice der Magier", mischte sich Marcel ein.

„Und dazu müsst ihr jeden angreifen, der durch die Tür kommt?", fragte Sebastien ungläubig.

„Es war ein Zufall", kam Alain Marcel zur Hilfe. „Wir haben so spät niemanden mehr erwartet. Die Tür schien mir ein sicherer Ort, auf den ich etwas ungerichtete Magie ablenken konnte."

Sebastien schien die Erklärung zu akzeptieren. „Und was sind die Bedingungen dieser Allianz?", wollte er wissen.

Jean war wieder verstummt, daher erklärten Alain und Marcel ihm die Lage. Sebastien warf einen Blick über die anwesenden Vampire und Magier. Er konnte jetzt an ihrer Körpersprache erkennen, welche Partner sich zusammengefunden hatten. „Dann sollte ich also die ungebundenen Magier beißen, bis ich den richtigen gefunden habe?", fragte er nach.

„So funktioniert es", bestätigte ihm Orlando.

„In diesem Fall möchte ich mit demjenigen beginnen, dessen Magie mich an der Tür getroffen hat. Es scheint mir nur fair zu sein."

„Aber nur wenige Tropfen", erinnerte ihn Orlando. „Du bist nicht der erste, der ihn heute Nacht beißt. Du darfst nicht zu viel trinken."

Thierry trat vor und sah Sebastien in die Augen. Grün traf auf braun, und Thierry erkannte die unterdrückte Wut, wollte sich aber nicht entschuldigen. Er entblößte sein Handgelenk, auf dem zahlreiche Bissspuren zu erkennen waren, und hielt es Sebastien hin.

Sebastien war beeindruckt. Jeder, der sich so oft hintereinander beißen ließ, verdiente seinen Respekt. Egal, wie vorsichtig die Vampire auch gewesen waren, so viele Bisse mussten sehr schmerzhaft sein. Aber im Verhalten des Magiers war keinerlei Zögern oder Zurückhaltung zu erkennen. Als Sebastien sah, dass sich eine der Bisswunden nicht vollständig geschlossen hatte und noch blutete, verzichtete er auf einen neuen Biss. Er leckte das Blut ab und versiegelte die Wunde mit seiner Zunge. Aber er merkte schnell, dass ihm die wenigen Tropfen nicht reichen würden. Er schmeckte eine tiefe Trauer in dem Blut, die seiner eigenen gleich kam. Er schmeckte Entschlossenheit und eine gewisse Dickköpfigkeit, die es mit seiner eigenen Sturheit aufnehmen konnte. Sebastien hob den Kopf und schaute dem Magier ins Gesicht. Im Blick der grünen Augen erkannte er die gleiche Entschlossenheit, die er in dem Blut geschmeckt hatte. Das blonde Haar war verstrubbelt, als wäre der Magier sich mehr als einmal mit den Fingern durch die Haare gefahren. Ja, mit dem konnte er zusammenarbeiten.

„Fühlst du es?", wollte Orlando wissen. „Es sollte sich anfühlen, als ob die Magie dich umhüllt wie eine warme Decke."

„Mit einer Decke würde ich es nicht vergleichen", antwortete Sebastien bedächtig, ohne Thierry dabei aus den Augen zu lassen. „Es ist mehr so, als würde ich meine Lieblingsjacke anziehen, um das Haus zu verlassen und aller Welt entgegenzutreten. Aber ja, ich fühle es."

Thierry atmete erleichtert aus. Er hatte einen Partner. Er würde sein Versprechen an Aleth erfüllen und diese Allianz zum Erfolg führen können. „Thierry Dumont", stellte er sich vor.

„Sebastien Noyer", antwortete der Vampir und streckte die Hand zur Begrüßung aus. Thierry schüttelte sie und fühlte den festen Griff des Vampirs. Ja, mit dem konnte er arbeiten.

„Tut mir leid, euer Techtelmechtel unterbrechen zu müssen", mischte Adèle sich sarkastisch ein. „Aber ich wüsste zu gerne, was bei Sebastiens Eintreten passiert ist. Warum hat Thierrys Magie ihn nicht aufgehalten?"

„Warum hat *deine* Magie ihn nicht aufgehalten?", fragte Jean zurück.

„Weil meine Beschwörungen nicht dazu gedacht waren, Vampire und Magier der Milice zurückzuhalten", erwiderte sie. „Du hast mir nicht gesagt, dass ich zwischen den Vampiren Unterschiede machen soll."

„Hättest du mir den Einlass verwehrt?", wollte Sebastien wissen. „Ich hätte nicht erwartet, dass du schon zu solchen Mitteln greifst."

„Darum geht es nicht", unterbrach Marcel den Schlagabtausch. „Adèle geht es darum, dass Thierrys Magie offensichtlich nicht die geringste Wirkung auf dich hatte. Ist das richtig, Sebastien?"

Sebastien dachte über die Frage nach. „Ich habe sie gefühlt", sagte er dann. „Ich wusste, dass sie mich getroffen hat. Aber sie hat mich nicht verletzt."

„Sind Vampire gegen Magie immun?", fragte Caroline. „Oder hat es nur mit Thierry und Sebastien zu tun?"

„Das können wir leicht überprüfen", meinte Alain. „Mit einem einfachen Spruch, einer Levitation beispielsweise. Wenn er wirkt, betrifft es nur Thierry und Sebastien. Wenn nicht, ist es bei allen Vampiren so." Er sah Orlando fragend an. „Darf ich es mit dir versuchen? Ich lasse dich nur einige Zentimeter über dem Boden schweben."

Orlando nickte zustimmend. „Ich vertraue dir", sagte er.

Alain murmelte die Worte für eine einfache Levitation. Orlando fühlte, wie die Magie sich um ihn hüllte, aber er blieb fest und sicher auf dem Boden stehen.

„Das ist kein abschließender Beweis", warf Jean ein. „Vielleicht hat der Aveu de Sang die Wirkung der Magie beeinflusst."

Ein Raunen ging durch den Wartesaal und aus den Reihen der Vampire war hier und da das Wort „Avoué" zu hören. Jude, der Alain am nächsten stand, griff ihn am Kinn und bog seinen Kopf zu Seite, um das Brandmal freizulegen. Orlando fasste sofort nach Judes Arm. „Lass ihn los", sagte er so ruhig wie möglich, aber sein Griff wurde fester, bis Jude aufgab und Alains Kinn losließ. „Thierry soll es versuchen", schlug Orlando dann vor.

Alain stellten sich die Nackenhaare hoch bei dem Gedanken, dass Orlando fremder Magie, sei sie auch noch so harmlos, ausgesetzt würde. Aber Thierry konnte er vertrauen. Er sah seinem Freund in die Augen, um ihn zur Vorsicht zu mahnen. Thierry nickte ihm verständnisvoll zu und amüsierte sich insgeheim über den Beschützerinstinkt Alains. Dann versuchte er es mit dem gleichen Spruch, den Alain benutzt hatte. Orlando hob ungefähr fünf Zentimeter vom Boden ab.

„Dann wirkt unsere Magie also nicht auf unsere Partner, sondern nur auf die anderen Vampire?", wunderte sich Caroline und wollte Jude, Jean, Orlando und Sebastien mit dem Spruch belegen.

„Halt!", befahl Alain und stellte sich schützend vor Orlando. „Wir haben unseren Beweis. Es gibt keinen Grund für weitere Versuche." Er spürte Orlandos Hand auf der Schulter, die ihm zu verstehen gab, dass sein Einschreiten nicht sehr vernünftig war. Es machte ihn eifersüchtig, Orlando fremder Magie zu überlassen.

„Wenn wir das früher gewusst hätten, wären die vielen Bisse vermeidbar gewesen"", stellte Laurent fest und rieb sich über sein wundes Handgelenk. Einige der anderen Magier lachten mitfühlend.

„Aber woher hätten wir es wissen sollen?", fragte Alain mit einem bedauernden Lächeln. „Selbst jetzt haben wir es nur zufällig herausgefunden. Die ganze Sache mit den Partnerschaften ist ein einziges, großes Experiment."

„Genug davon. Ich will jetzt wissen, was das Brandmal an deinem Hals zu bedeuten hat", verlangte David. „Ich will wissen, was es ist und was es mit der Allianz zu tun hat."

„Ich habe dir doch schon gesagt, dass es dich nichts angeht", knurrte Alain ihn an.

„Das mag sein", erwiderte David. „Aber die Vampire scheinen mehr darüber zu wissen. Ich verlange, dass wir es auch erfahren."

„Es ist ein Versprechen", sagte Alain. „Ich lasse mich von keinem anderen Vampir beißen und Orlando trinkt nur von mir."

„Aber warum zum Teufel ...", fing David an.

„Es reicht", unterbrach Thierry ihn warnend. Er kannte Davids Feindseligkeit Alain gegenüber. David war der Auffassung, dass Alain nach dem Tod von Erics Frau und Kindern bevorzugt behandelt worden war. Es war eine alte Geschichte, und vorhin hatte Orlando sich rechtzeitig eingemischt. Dieses Mal war es besser, wenn Thierry jeden weiteren Streit unterband. „Alain hat dir alles Wissenswerte gesagt. Es hat keinerlei Bedeutung für die Allianz."

„Es war eine persönliche Entscheidung zwischen Alain und Orlando", ergänzte Marcel. „Weder Bellaiche noch ich erwarten, dass jemand sich ihrem Vorbild anschließt und dieses Versprechen ablegt. Wir erwarten nur, dass die Magier ihre Partner vor einer Schlacht trinken lassen, damit die Vampire vor der Sonne geschützt sind, falls das nötig sein sollte. Freiwillige können sich auch tagsüber für Patrouillen zur Verfügung stellen. Aber, und ich betone es erneut, das ist freiwillig und beide Partner müssen zustimmen. Unsere Allianz dient militärischen Zwecken, nicht persönlichen. Das sind Entscheidungen, die jeder für sich selbst fällen muss."

Marcel machte eine kurze Pause, um seine Worte wirken zu lassen. Als alle Augen sich wieder auf ihn richteten, hob er die Stimme und fuhr fort: „Ich habe soeben erfahren, dass draußen im Bahnhof zwanzig dunkle Magier nur darauf warten, dass wir den Wartesaal verlassen. Darf ich vorschlagen, dass wir uns einen Plan zurechtlegen, wie wir mit ihnen fertig werden?"

31

MARCELS ANKÜNDIGUNG löste zunächst Totenstille aus. Dann brachen sämtliche Anwesenden in lautstarke Proteste und Anschuldigungen aus. Marcel wartete geduldig, bis sich der Tumult wieder legte und Ruhe einkehrte.

„Ich weiß nicht, wie sie es erfahren haben", ging er auf einige der Zurufe ein. „Und nein, niemand wollte den Vampiren eine Falle stellen. Wir sind alle aus den gleichen Gründen hier. Ihr wisst genau, dass hier keine dunkle Magie ausgeübt wird. Ihr hättet sie schmecken können und ihr habt genug Magier gebissen, viele von euch auch mich, um zu wissen, dass ich die Wahrheit sage."

„Du hast uns nicht nur warnen wollen", sagte Alain. „Du hast etwas Bestimmtes vor." Er fragte Marcel nicht, woher er von den dunklen Magiern erfahren hatte. Marcel beantwortete solche Fragen sowieso nie, und im Grunde genommen spielte es auch keine Rolle. Wichtig war nur, dass sie alle wieder gesund nach Hause kamen. Sie konnten nicht einfach den Wartesaal verlassen und hoffen, dass alles gut ging.

„Die Gelegenheit, unsere Allianz zu testen, ist früher gekommen als erwartet", fuhr Marcel fort. „Ich möchte euch einen Vorschlag machen. Sobald Adèle die Schutzschilde wieder neutralisiert hat, gibt es ein kleines Zeitfenster, bevor die dunklen Magier etwas unternehmen können. Sie werden vermutlich davon ausgehen, dass wir über ihre Anwesenheit nicht informiert sind. Aber sie werden uns nicht offen angreifen, weil sie wissen, dass wir in der Überzahl sind. Sie können sich nur einzelne von uns rauspicken, wenn wir nacheinander den Saal verlassen. Aber wenn wir die Tür nicht benutzen, können wir sie überraschen und überwältigen, bevor Serrier etwas davon erfährt."

DRAUSSEN IM Schatten verbarg sich Robert und beobachtete aufmerksam die Tür zum Wartesaal. Die Vampire waren schon seit fast zwei Stunden dort drinnen. Und als ob das nicht schon auffällig genug wäre, waren auch noch etliche von Chaviniers Magiern anwesend. Robert konnte sich nicht vorstellen, was hinter dieser Tür vor sich ging. Der Raum war so stark mit magischen Schutzschilden versehen, dass er keinen Ton hören konnte. Das war verdächtig. Was hatten Chaviniers Magier mit den Vampiren zu besprechen? Er wusste es nicht, und das machte ihn nervös. Er hoffte, dass es bei den Vampiren nicht auf Interesse stieß, was immer es auch sein mochte. Mit etwas Glück würde es die Blutsauger vielleicht verärgern und sie würden ihm einige der Magier vom Hals schaffen.

Er sah sich auf den Bahnsteigen um und suchte nach seinen Einsatzkräften, die sich in Nischen und dunklen Ecken versteckt hielten. Ihre Positionen waren so gewählt, dass sie ebenfalls den Eingang zum Wartesaal im Auge behalten konnten. Sie waren nur gekommen, um zu beobachten und anschließend Bericht zu erstatten. Aber wenn sie als Bonus noch einige Magier ausschalten konnten – nun, dann umso besser. Die Tür war nicht sehr breit, sodass sie den Wartesaal einzeln verlassen mussten. Natürlich würden sie nach den ersten Angriffen gewarnt sein, aber selbst ein oder zwei tote Magier waren den Versuch schon wert.

Eine Bewegung in den Schatten erregte seine Aufmerksamkeit. Er warf Dominique Cornet einen bösen Blick zu und gab ihm damit zu verstehen, vorsichtiger zu sein. Wenn sie vorzeitig entdeckt wurden, verspielten sie ihre Chance. Dominique zog sich schmollend wieder in sein Versteck zurück. Robert schüttelte den Kopf. Die Attitüden des jungen Magiers gefielen ihm ganz und gar nicht. Serrier würde den Mann verwarnen müssen.

Robert sah auf die Uhr. Für die Vampire wurde die Zeit langsam knapp, weil der Sonnenaufgang bevorstand und sie dann hier festsitzen würden. Sie mussten den Wartesaal bald verlassen und sich auf den Rückweg machen. Und mit etwas Glück würden dann auch die Magier mit ihnen kommen.

„NICHT DIE Tür benutzen?", fragte Jean. „Wie sollen wir hier rauskommen, wenn nicht durch die Tür?" Er sah sich im Wartesaal um, aber die Wände waren durchgängig stabil.

„Magie", sagte Marcel grinsend. „Es ist relativ einfach, alle Vampire, die noch keinen Partner haben, ein Stockwerk tiefer zu schicken, von wo sie noch vor Sonnenaufgang mit der U-Bahn nach Hause fahren können. Bleiben diejenigen, die damit kein Problem mehr haben und von ihren Partnern trinken können. Ich schlage vor, dass sich zwanzig Paare zur Verfügung stellen, um die dunklen Magier zu stellen. Die anderen können sich ebenfalls auf den Rückweg machen, damit wir unsere wahre Stärke nicht gleich beim ersten Einsatz zu erkennen geben."

„Wir können unsere Partner nicht transportieren", erinnerte Alain.

„Dann bilden wir Teams aus jeweils zwei Paaren", schlug Thierry vor. „Jeder Magier ist für sich selbst und den Vampirpartner des anderen Magiers zuständig. Wir springen zusammen und schließen uns dann wieder mit unserem Partner zusammen. Ich würde so vorgehen, wie du es vorhin zusammen mit Orlando getan hast. Der Magier blockiert den Spruch des dunklen Magiers und der Vampir setzt ihn außer Gefecht. Es ist einfach, aber effektiv. Wenn der Vampir dem dunklen Magier den Stab aus den Händen schlägt, dürften die meisten von ihnen hilflos sein."

„Bei der Schnelligkeit der Vampire sollte das nicht lange dauern. Aber selbst wenn wir mehrere Anläufe brauchen, werden wir mit den Beschwörungen unsere Partner nicht verletzen, weil sie gegen unsere Magie immun sind", meinte Alain. „Machen die Vampire mit?" Er sah sich im Raum um.

„Wer kommt mit mir?", fragte Jean auffordern in die Runde der Vampire. Er war so auf sie konzentriert, dass er die Mischung aus Schock und Resignation nicht bemerkte, die sich auf Raymonds Gesicht ausbreitete, als er von Jean so komplett ignoriert wurde.

Alain warf Orlando einen kurzen Blick zu. „Wir sind natürlich dabei", sagte er und sein Geliebter nickte bestätigend.

„Wir auch", sagten Thierry und Sebastien gleichzeitig. Dann sahen sie sich erfreut an, weil sie beide wussten, dass sie gut harmonieren würden.

„Damit sind wir zu dritt", sagte Jean. „Wer noch?"

Adèle trat vor und zog Jude hinter sich her. „Auf uns kannst du zählen." Sie ignorierte den wütenden Blick, den Jude ihr zuwarf. Er würde schon lernen, dass sie nicht auf seine Erlaubnis wartete.

Alain musste ein Lachen unterdrücken, als er Judes Reaktion sah. Er konnte kaum zählen, wie oft er das schon bei Männern erlebt hatte. Sie sahen in Adèle nichts als ihr hübsches Gesicht, erkannten nicht das Rückgrat aus Stahl, das sich unter ihrem samtweichen Äußeren verbarg. Es war leicht, sie beim ersten Mal zu unterschätzen. Aber es war ein Fehler, der Keinem ein zweites Mal unterlief. Adèle hatte kein Verständnis für männliche Herablassung und Überheblichkeit, und sie hatte auch keine Hemmungen, ihre Meinung darüber zum Ausdruck zu bringen.

Alain sah sich um und wartete gespannt ab, welche Paare sich noch melden würden. Einige waren schon vorgetreten und hatten damit ihr stillschweigendes Einverständnis erklärt, an dem bevorstehenden Kampf teilzunehmen. Von David hatte Alain das nicht erwartet, aber er sah den Magier in eine hitzige Diskussion mit seiner Partnerin verwickelt, die aufgeregt mit ihren hennabemalten Händen fuchtelte. Ihre Gestik schlug ihn für einen Moment in ihren Bann, dann hörte er Orlandos Stimme an seinem Ohr: „Angélique Bouaddi. Sie betreibt ein Etablissement, das sich um die Bedürfnisse von Vampiren kümmert, die … nicht jagen wollen. Für eine geringe Gebühr vermittelt sie die Dienste von willigen Opfern."

Alain kicherte leise. „Ein Bordell für Vampire?"

„Du sagst es." Orlando kicherte ebenfalls.

Alain schüttelte den Kopf. *Armer David*, dachte er. Dem armen und – Ach! – so puritanischen David stand ein veritabler Schock bevor. „Diese Partnerschaft wird noch sehr interessant werden."

Angélique hatte David mittlerweile überzeugt und die beiden traten vor, um ihre Teilnahme an dem Kampf zu signalisieren. Auch Mireille und Caroline waren unter den Freiwilligen. Damit war die Quote erfüllt. Zwanzig Paare gegen zwanzig dunkle Magier.

„Gut", sagte Marcel. „Jetzt müssen sich jeweils zwei Paare zusammenfinden, damit wir die Vampire transportieren können. Die Vampire ohne Partner möchte ich bitten, mir jetzt zu folgen. Ich werde mich selbst um sie kümmern. Es ist wichtig, dass alles gleichzeitig erfolgt. Die freigesetzte Magie wird unsere Gegner irritieren und sie verwundbar machen, wenn sie angegriffen werden. Und alle anderen sind zu diesem Zeitpunkt in Sicherheit und nicht mehr angreifbar."

Thierry zählte ungefähr fünfundzwanzig Vampire, die in Sicherheit gebracht werden mussten. Selbst für einen mächtigen Magier wie Marcel würde es schwer sein, sie alle auf einmal zur U-Bahn-Station zu transportieren. Er sah Marcel nachdenklich an. „Du willst dich als Köder benutzen!", rief er, als er den Plan durchschaute.

„Wer könnte sie mehr in Versuchung führen?", fragte Marcel. „Es dauert nur wenige Sekunden, und bis dahin seid ihr bereits draußen und sie haben andere Probleme. Ich schaffe den Rest schon allein, du musst dir um mich keine Sorgen machen. Und spare dir die Mühe – ich werde es keinem anderen überlassen. Ich brauche euch für den Kampf gegen unsere Feinde. Tötet sie nur, wenn es sich nicht vermeiden lässt. Mir sind Gefangene lieber. Doch ich möchte auf keinen Fall, dass einer von ihnen zu Serrier zurückkehrt und ihm Bericht erstattet. Sie werden sich die Gelegenheit nicht entgehen lassen, mich zu erwischen. Aber meine Sehnsucht nach dem Tod hält sich in Grenzen und ich werde ihnen keine Chance geben. Ich warte nur so lange, bis ich sie aus der Reserve gelockt habe. Dann müsst ihr einsatzbereit sein und zurückschlagen können."

Thierry sah ihn lange an. „Und du weißt, wo sie sind?", fragte er dann.

„Ich weiß, wo sie sind", erwiderte Marcel. „Ich habe meine eigenen Alarmsysteme aktiviert." Er gab Thierry die genaue Position der dunklen Magier. Thierry sah die anderen kurz an und gab dann Befehle aus. Er verteilte die Teams auf Positionen, von denen sie ihre Ziele am schnellsten erreichen konnten. Danach wandte er sich zu einem Paar um, das sich nicht für den Kampf gemeldet hatte. „Michel, du musst mit deinem Partner die Tür bewachen. Lasst die dunklen Magier auf keinen Fall in den Wartesaal, egal, was ihr dazu tun müsst. Schafft ihr das?"

Michel sah Olivier an, der ihm entschlossen zunickte. „Wir schaffen es", versprach Michel.

„Gut. Dann kann es jetzt losgehen", verkündete Thierry und sah sich ein letztes Mal um. „Wenn du bereit bist, Adèle."

„Warte", sagte Sebastien. „Wir haben nicht genug Blut getrunken, um gegen die Sonne geschützt zu sein, falls sich der Kampf länger hinziehen sollte."

Thierry sah auf die Uhr. „Wir haben noch fast eine Stunde bis zur Morgendämmerung. Falls der Kampf bis dahin noch nicht vorbei ist, haben wir größere Probleme als den Sonnenaufgang."

Sebastien verzog das Gesicht und wollte dem Magier gerade erklären, was ein Sonnenaufgang für Vampire bedeutete. Dann wurde ihm bewusst, was sein Partner mit seinen Worten andeuten wollte und er nickte. „Na gut. Aber dann lass uns jetzt loslegen."

„Wir sorgen schon dafür, dass ihr vor Sonnenaufgang zu Hause seid", versprach Thierry grinsend. „Wenn du bereit bist, Adèle."

32

SIE WARTETEN mit angehaltenem Atem darauf, dass Adèle die magischen Schutzschilde entfernte. Sie musste dazu nicht sehr subtil vorgehen. Die freigesetzte Magie wäre der beste Köder, um die dunklen Magier aus der Deckung locken. Mit einem leichten Schnippen ihres Stabes löste sie den Bann, den sie über den Wartesaal gelegt hatte.

„Los!", befahl Marcel. Seine Magie legte sich um die partnerlosen Vampire und dann waren sie verschwunden.

Überall im Wartesaal folgten die Magier seinem Vorbild und transportierten sich und die Vampire nach draußen.

Alain und Sebastien erschienen auf einem Bahnsteig und sahen sich sofort nach Thierry und Orlando um. Alain fühlte einen kurzen Anflug von Panik, als er sie nicht gleich finden konnte. Dann materialisierten sich die beiden direkt neben ihnen. Thierry zeigte nach rechts, wo er einen dunklen Magier entdeckt hatte. Alain nickte ihm zu und konzentrierte sich auf ihre linke Flanke. Als er ihren Gegner sah, schüttelte er nur den Kopf. Der unbekannte Magier sah aus, als wäre er noch viel zu jung für diesen Krieg, und doch hatte er sich Serrier angeschlossen. Alain fragte sich, welche Lügen und falschen Versprechungen Serrier wohl benutzt hatte, um den jungen Mann in seine Verschwörung zu verwickeln. Er fragte sich auch, ob es einen Weg gab, den Magier zum Aussteigen zu bewegen.

„Lass deinen Stab fallen", rief Alain dem jungen Magier zu und machte ihn damit auf sich aufmerksam. Überall im Bahnhof waren ähnliche Rufe zu hören.

Der dunkle Magier drehte sich um und schleuderte sofort einen Fluch in Alains Richtung. Alain konterte routiniert mit einem Gegenfluch, der den jungen Magier benommen machte. Kaum hörte Orlando, dass Alain mit seiner Beschwörung begann, sprang er auf den dunklen Magier zu, riss ihm den Stab aus der Hand und warf ihn zur Seite. Er fühlte Alains Magie an sich vorbei auf den Magier zuschießen, dem die Hände gebunden wurden.

Sie hatten ihren Auftrag in dieser Schlacht erstaunlich schnell erfüllt und Alain schaute sich um, um zu sehen, ob jemand ihre Hilfe brauchen konnte. Aber die dunklen Magier waren zu weit auf dem Bahnhofsgelände verteilt. Wenn er von hier eingriff, konnte seine Magie abgelenkt werden und das falsche Ziel treffen. Er konnte sich auch nicht zu den anderen Paaren transportieren, weil er Orlando nicht allein zurücklassen wollte.

Raymond hatte Thierrys Befehl befolgt und einen der Vampire mit sich auf einen der Bahnsteige transportiert. Als sie dort ankamen, fand er sofort sein Opfer. Er machte sich nicht die Mühe, den dunklen Magier zu warnen, sondern ging sofort zum Angriff über. Der unbekannte Mann konnte ihn spüren, drehte sich um und konterte Raymonds Magie, bevor sie ihn traf. Raymond fluchte leise vor sich hin. Zweikampf war nicht seine Stärke. Er zog es vor, seine Gegner zu überraschen und schnell außer Gefecht zu setzen. Anders der dunkle Magier, den Raymond jetzt erkannt hatte. Lionel Desurmont war ein erfahrener Duellant und wesentlich besser als Raymond. Er duckte sich, als er von einem Angriff Desurmonts überrascht wurde, den er so schnell nicht kontern konnte. Dann wurde Desurmont durch eine Bewegung an seiner rechten Seite abgelenkt und Raymond ergriff die Chance, um einen *Abbatoire* auf ihn zu schleudern. Desurmont ging zu Boden. Raymond nahm sich nicht die Zeit herauszufinden, was den dunklen Magier abgelenkt hatte. Er wollte ihm nicht die Gelegenheit geben, sich zu erholen und wieder anzugreifen. Egal, wer da rechts von Desurmont aufgetaucht war, ob Bellaiche oder ein zufälliger Passant, Raymond wollte seinen Tod nicht auf dem Gewissen haben. Es gab einige Magier unter Serriers Leuten, denen er ungern gegenübergetreten wäre, weil er sich seiner eigenen Reaktion nicht sicher war. Auf Desurmont traf das nicht zu. Der Mann war durch und durch schlecht und Raymond hatte keine Hemmungen, ihn zu töten. Alain und Thierry mochten es ihm noch nicht recht glauben, aber Raymond wollte nichts mehr, als Serrier zu Fall zu bringen. Dazu wollte er seinen Beitrag leisten und hoffte, dass er damit die anderen eines Tages davon überzeugen konnte, wirklich auf ihrer Seite zu stehen.

Jean wollte Raymond gerade zur Hilfe eilen, als der dunkle Magier zusammenbrach. Verblüfft sah Jean seinen Partner an. So war das nicht abgesprochen. Sie sollten zusammenarbeiten. Raymond hatte sich schon auf den dunklen Magier gestürzt und ihn getötet, bevor Jean überhaupt angekommen war. Jean runzelte verärgert die Stirn. Er würde demnächst mit Raymond darüber reden müssen, wie eine Partnerschaft funktionierte. Sonst könnten sie nie erfolgreich zusammenarbeiten.

„Lässt du mir das nächste Mal auch noch etwas übrig?", fragte er sarkastisch, als er den toten Magier zu seinen Füßen liegen sah.

„Ich dachte, er würde wieder angreifen", verteidigte sich Raymond. „Du kannst dich gegen seine Magie nicht so wehren wie ich."

Mireille spürte die Magie, die sie einhüllte, dann stand sie auch schon auf einem Bahngleis. Sie blinzelte verwirrt. Es würde einige Zeit dauern, bis sie sich daran gewöhnte. In diesem Moment tauchte Caroline an ihrer Seite auf. „Dort", flüsterte sie und zeigte mit ihrem Stab auf einen Mann. „Das ist unser Ziel."

Mireille nickte nervös. Sie hatte noch nie ein Opfer überwältigt, zog es vor, sie zu verführen. Normalerweise suchte sie sich einfach ein anderes Opfer, wenn sie abgewiesen wurde. Aber in dieser Situation kam das nicht in Frage. Dieser Mensch würde sie töten, wenn er die Chance dazu bekam. Oder er würde Caroline töten, was fast genauso schlimm war. Mireille wusste nicht, was Magie mit einem Opfer anstellen konnte und ob sie das überhaupt herausfinden wollte. Sie wartete ab, bis Caroline den dunklen Magier ablenkte, um ihn auch angreifen zu können.

Carolines erster Spruch verfehlte sein Ziel und traf die Säule hinter dem Kopf des Magiers. Mit dem Stab in der Hand wirbelte er herum und suchte nach dem Angreifer. Caroline trat einen Schritt vor und lenkte seine Aufmerksamkeit auf sich. Es war waghalsig von ihr und machte sie verwundbar, aber sie verließ sich auf Mireille, auch wenn sie ihr Vertrauen in die Vampirin nicht begründen konnte. Sie wehrte den Angriff des dunklen Magiers ab, war aber nur teilweise erfolgreich. Ein Rest des Fluchs traf sie an der Schulter und lähmte ihren Arm. Sie nahm den Stab in die andere Hand und sah Mireille, die den Magier angriff. Anstatt ihn ebenfalls anzugreifen, entwaffnete sie ihn mit ihrem nächsten Spruch, um Mireille zu helfen. Der Magier war von der Vampirin so abgelenkt, dass er den Spruch nicht konterte. Der Stab flog ihm aus der Hand und er musste sich körperlich gegen Mireille zur Wehr setzen. Er hatte gegen ihre übernatürlichen Kräfte keine Chance.

Der dunkle Magier, den Thierry aufgefordert hatte, seinen Stab fallen zu lassen, drehte sich um. Thierry erkannte Robert Pacotte, einen von Serriers führenden Offizieren. Thierry grinste breit und freute sich darauf, seine Kräfte mit denen des Mannes zu messen. Er hatte mit Serrier und dessen Schergen noch eine Rechnung zu begleichen, und einen seiner obersten Handlanger aus dem Verkehr zu ziehen, war ein guter Anfang.

Sebastien wartete ab und sah zu, wie die Flüche schnell und hart zwischen den beiden Magiern hin und her flogen. Er wusste, dass Thierrys Magie ihm nichts anhaben konnte, aber Angriffe des fremden Magiers waren eine andere Sache. Sebastien hatte nicht vor, von der Magie des dunklen Magiers getroffen zu werden. Er wartete einen passenden Moment ab. Das hitzige Gefecht ließ seine Bewunderung für den Magier wachsen, dessen Partner er geworden war.

Thierry hatte damit gerechnet, dass Pacotte seinen ersten Spruch kontern und dann selbst angreifen würde. Er blockierte ebenfalls und lenkte Pacottes Fluch auf eine der Säulen in der Nähe ab, wo er keinen Schaden anrichtete. Hinter sich hörte er die aufgeregten Schreie der ersten Pendler, die der Schlacht auszuweichen versuchten. Thierry ließ sich von ihnen nicht irritieren, denn damit hätte er sein Leben riskiert. Pacotte würde sich nicht damit zufrieden geben, ihn nur zu binden. Pacotte wollte ihn töten. Thierry ging etwas zur Seite und versuchte, den dunklen Magier in eine andere Position zu manövrieren. Wenn Pacotte mit dem Rücken zu Sebastien stand, konnte Thierrys Partner eingreifen.

Sobald Sebastien Thierrys Taktik durchschaute, ging er langsam um den dunklen Magier herum, um hinter ihn zu gelangen. Als er aus dem Blickwinkel des Mannes verschwunden war, schlug er zu. Er sprang ihn an und versuchte, ihm den Stab aus der Hand zu schlagen. Es gab ein kurzes Gerangel, aber dann erwies sich Sebastien als stärker und der Magier ließ den Stab los. Er wehrte sich zwar noch, aber seine Magie hatte ihre Kraft eingebüßt. Ein letzter Spruch von Thierry brachte seine Gegenwehr schließlich zum Erliegen.

Da Sebastien Pacotte unter Kontrolle hatte, sah Thierry sich auf dem Bahnhof um und suchte nach ihren Freunden. Direkt neben ihm hatten Alain und Orlando ihren Gegner bereits neutralisiert, was Thierry nicht sehr überraschte. Er fand auch die anderen Paare an ihren Einsatzorten. Fünf tote dunkle Magier, fünfzehn Gefangene. Alle zwanzig Paare waren erfolgreich gewesen und Thierry nickte zufrieden. Heute würde Serrier vergeblich auf die Rückkehr seiner Männer warten und sich weiter fragen müssen, was hier vorgefallen war.

„Bringt sie in den Wartesaal", befahl Thierry und sah sich nach Marcel um, der wie gerufen an seiner Seite auftauchte. „Was machen wir mit den Toten?", fragte er Marcel.

„Ich würde sie gerne zu Serrier zurückschicken", meinte Marcel. „Aber bedauerlicherweise weiß ich nicht, wo er sich aufhält." Mit einer Handbewegung transportierte er die Leichen ins nächste Krankenhaus, wo man sich um sie kümmern würde. „So, jetzt wollen wir sehen, was unsere Gefangenen uns zu erzählen haben."

Von der anderen Seite des Bahnhofs sah Jean zu, wie die Gefangenen in den Wartesaal gebracht wurden. Trotz der Sorge um seinen Partner wurde er von einer tiefen Zufriedenheit erfüllt. Die junge Allianz hatte ihre erste Schlacht siegreich geschlagen. Es war ein gutes Omen für die Zukunft. Sie mussten noch daran arbeiten, die Partnerschaften zu festigen, und dabei stand seine eigene an erster Stelle. Aber Jean glaubte jetzt an den Erfolg ihres Unternehmens. Und dann wären seine Leute endlich frei von der Verfolgung, der sie seit Jahrtausenden ausgesetzt waren. Mit einem zuversichtlichen Lächeln auf den Lippen folgte er den anderen in den Wartesaal. Er war bereit, was immer auch als Nächstes auf sie zukommen mochte.

PAKT DES BLUTES

Für meine Adoptivschwestern Nancy, Holly, Connie, Cat, Carol, Madeleine, Gwen und Julianne, die den Text wieder und wieder gelesen und Verbesserungsvorschläge gemacht haben. Ohne euch wäre dieser Traum nicht wahrgeworden.

1

DER SONNENAUFGANG kündete den Beginn einer neuen Ära an. Marcel Chavinier, der General der Milice de Sorcellerie und Kommandeur ihrer Truppen im Krieg gegen die rebellierenden dunklen Magier, war zufrieden und fühlte sich in seiner Entschlossenheit bestärkt, die junge Allianz mit den Vampiren zum Erfolg zu führen. Er und seine Magier standen der Gefahr endlich nicht mehr allein gegenüber. Er sah sich in dem abgelegenen kleinen Wartesaal des Gare de Lyon um und stellte fest, dass jeder seiner zwanzig Magier, die an dem soeben siegreich beendeten Kampf teilgenommen hatten, jetzt von einem Vampir begleitet wurde, mit dem er die Kraft seiner Magie teilte. Es war die Frucht der Allianz, die er mit Jean Bellaiche, dem Chef de la Cour der Pariser Vampire, vor sechs Tagen geschlossen hatte. Das Bündnis hatte seinen ersten Test bestanden. Vampire und Magier hatten Seite an Seite gegen Serriers Schergen gekämpft, zwanzig Paare gegen zwanzig dunkle Magier. Sie hatten fünfzehn Gefangene gemacht, die anderen fünf dunklen Magier waren getötet worden. Aber sie selbst hatten keine Verluste zu beklagen, und das war ein großer Erfolg, vor allem wenn man bedachte, wie überraschend schnell der Kampf zu Ende gewesen war.

Natürlich mussten die praktischen Details der Allianz noch ausgearbeitet werden. Marcels Blick fiel auf einen seiner führenden Offiziere, Alain Magnier, und dessen Partner, Orlando St. Clair. Die beiden gaben ihm Hoffnung, dass alles gut gehen würde. Marcel konnte kaum glauben, wie schnell die beiden Männer zueinander gefunden hatten. Schon wenige Tage nach ihrem ersten Treffen war Alain mit Orlando freiwillig den tiefsten Bund eingegangen, den es für einen Vampir gab. Aber Alain schien darüber glücklich zu sein, und der alte Patriarch, der sich unter Marcels militärischer Fassade der letzten Jahre verborgen hielt, war darüber sehr zufrieden. Viele der jungen Magier, die er in den Kampf schickte und die vielleicht fallen würden, waren für ihn wie die eigenen Kinder, die er nie gehabt hatte. Das galt insbesondere für Raymond Payet, der sich von Serrier losgesagt und in dem Chef de la Cour höchstpersönlich seinen Partner gefunden hatte. Marcel hatte seine Zweifel, ob diese Partnerschaft erfolgreich sein würde. Raymond war ein sehr misstrauischer Mensch; dass er jetzt gezwungen war, sein Blut regelmäßig mit einem Vampir zu teilen, war nicht gerade dazu angetan, ihm dieses Misstrauen zu nehmen. Marcel hatte Raymond und den anderen Magiern versprochen, dass sie nur so viel Blut geben mussten, wie die Vampire brauchten, um auch bei Tageslicht kämpfen oder auf Patrouille gehen zu können. Dieses Versprechen wollte er halten. Die neue Entwicklung kam ihm wie ein schlechter Scherz vor. Wer hätte gedacht, dass das Blut des richtigen Magiers es einem Vampir erlauben könnte, die tödlichen Sonnenstrahlen zu überleben? Er selbst hätte es nicht im Traum für möglich gehalten, aber Alain und sein zweiter Leutnant, Thierry Dumont, hatten ihn eines Besseren belehrt.

Marcel sah Thierry und dessen Partner an. Sebastien Noyer war das schwarze Schaf der Pariser Vampire, wenn man Bellaiches schockierter Reaktion auf Noyers Erscheinen heute Nacht glauben durfte. Marcel hielt die Partnerschaft zwischen Thierry und Noyer für durchaus passend, denn Thierry war auch nicht gerade dafür bekannt, sich an die Regeln zu halten. Er hoffte nur, dass Bellaiche – Jean! – seine Vorbehalte gegen Noyer zurückstellen konnte, wenn es darauf ankam, und sei es nur für das Gelingen der Allianz.

Siebzehn weitere Partnerschaften, die sich heute gefunden hatten, standen im Raum verstreut und bewachten die dunklen Magier, die sie gefangen genommen hatten. Gemeinsam, Vampir und Magier, flankierten sie die Gefangenen und verhinderten jeden Fluchtversuch. Marcel beobachtete die Gefangenen und sah die Blicke, mit denen die jüngeren von ihnen bei ihren erfahreneren Gefährten Trost suchten. Er kannte einige von ihnen persönlich, andere hatte er noch nie gesehen. Es bereitete ihm Sorgen, dass Serrier offensichtlich auch außerhalb von Paris Gefolgsleute rekrutierte. Aber im Moment konnte er nichts dagegen unternehmen. Dazu brauchte er mehr Hintergrundinformationen. Vielleicht war es möglich, von den Gefangenen mehr zu erfahren.

Mit einer Handbewegung sorgte er dafür, dass die dunklen Magier nicht mehr sehen und hören konnten, was um sie herum geschah. „Jetzt können sie uns nicht mehr belauschen", verkündete er. „Ich weiß nicht, wie lange es dauern wird, bevor Serrier Suchtrupps aussendet; aber bis dahin sollten wir von hier verschwunden sein. Wir müssen sie ins Hauptquartier bringen, wo wir sie in Ruhe verhören können."

Die Worte des Generals lösten eine gewisse Unruhe aus und die Vampire zogen sich in den Schutz der hintersten Wand zurück. „Was ...?" Thierry wunderte sich über die Reaktion seines Partners und der anderen Vampire. Dann dämmerte es ihm. Die Sonne ging auf und keiner von ihnen, mit Ausnahme von Orlando, hatte genug Blut getrunken, um ihre Strahlen zu überleben. Thierry sah sich im Wartesaal um. In seinem gegenwärtigen Zustand war der Raum nicht geeignet, um die Intimität zu bieten, die dafür nötig war. Er wusste aus Bellaiches früheren Erklärungen, dass die Vampire niemals in einem so öffentlichen Rahmen trinken würden.

Orlando fühlte das übliche Unwohlsein, als der Tag anbrach. Aber er widerstand dem Impuls, an der Wand Sicherheit zu suchen. Die großen Fenster waren an der Nordseite. Es würde noch Stunden dauern, bevor die Sonne direkt in den Raum schien. Und selbst wenn das geschah, wusste er, dass er ihre Strahlen nicht fürchten musste. Es konnte immer noch Alains Magie in seinen Adern fühlen, die ihn mit ihrem schützenden Mantel umgab. Orlando wandte sich den anderen Vampiren zu. „Seht her", sagte er und ging, im Vertrauen auf die Wirkung von Alains Magie, zur Tür.

Alain musste sich zusammenreißen, um ihn nicht von der Tür wegzuziehen. Seit Orlandos letztem Biss waren Stunden vergangen und sie wussten immer noch nicht, wie lange die Wirkung genau anhielt. Aber Orlando würde seine Einmischung nicht sehr schätzen, dazu war er zu unabhängig und eigenwillig. Außerdem vertraute Alain darauf, dass Orlando nicht unbedacht handeln würde. Wenn Orlando sich noch sicher fühlte, konnte Alain das akzeptieren und seine eigenen Ängste zurückstellen. Trotzdem fühlte er sich unwohl, als Orlando durch die Tür auf den Bahnsteig trat, direkt in das strahlende Sonnenlicht. Dort blieb er einige Minuten grinsend stehen. Er hob den Kopf und genoss es sichtlich, sich von der wärmenden Herbstsonne ins Gesicht scheinen zu lassen. Orlando hatte den ganzen Tag im Freien verbracht, aber das Erlebnis war noch so neu für ihn, dass er es immer noch in vollen Zügen genießen konnte. Nach einigen Minuten kam er in den Wartesaal zurück. Er hatte den anderen Vampiren nur zeigen wollen, dass sie keine Angst vor der Sonne haben mussten, wenn sie nur genug Magierblut von ihren Partnern getrunken hatten.

Alain kam ihm entgegen und suchte in Orlandos Gesicht und an seinen Händen nach Spuren der aschgrauen Farbe, die das erste Anzeichen der Verbrennungen war, die Orlando sich zugezogen hatte, als er sich das letzte Mal zu lange ungeschützt der Sonne ausgesetzt hatte. Alain wollte ihn an sich ziehen und ihm verbieten, solche unbedachten Risiken einzugehen. Doch das wäre vor den anderen Vampiren die falsche Botschaft gewesen. Auch für ihre Partnerschaft wäre es nicht gut gewesen. Orlando war nach seiner Umwandlung zu lange misshandelt, beherrscht und gedemütigt worden. Deshalb musste Alain sich zurückhalten, so sehr er seinen Vampir auch beschützen wollte.

Die anderen Vampire, auch Jean, der am Vortag selbst in der Sonne gestanden hatte, beobachteten Orlando mit der gleichen Aufmerksamkeit. Aber sie hatten einen anderen Grund als Alain. „Und das wird für uns alle so sein?", fragte Jude. „Bist du sicher, dass es nicht nur am Aveu de Sang liegt?"

„Bei mir hat es auch gewirkt", erwiderte Jean. „Und ich habe keinen Avoué." Er sah Sebastien bedeutungsvoll an. Sebastien ließ sich durch die wortlose Anschuldigung nicht aus der Ruhe bringen, wich Jeans Blick aber auch nicht aus.

Thierry fiel auf, was zwischen den beiden Vampiren vor sich ging, doch er hatte keine Erklärung für die offensichtliche Spannung, die zwischen ihnen herrschte. Er nahm sich vor, Sebastien später danach zu fragen. Sie konnten sich solche Konflikte nicht leisten, sondern mussten sich aufeinander verlassen können, nicht nur innerhalb, sondern auch zwischen ihren Partnerschaften.

Nachdem Alain sich davon überzeugt hatte, dass Orlando durch seinen Ausflug in die Sonne keinen Schaden genommen hatte, wandte er sich wieder dem Wartesaal zu. Seine eigene Erfahrung war noch frisch genug, um ihm das Problem sofort klar zu machen, das der offene Raum für die Vampire darstellte.

Er ging zu Marcel. „Wir können das hier nicht machen. Das Trinken ist zu intim und der Raum zu wenig abgeschirmt", flüsterte er ihm zu.

„Aber sie können ihn nicht verlassen", flüsterte Marcel zurück. Er hätte die Vampire mit einer einfachen Bewegung seines Stabes an einen sicheren Ort transportieren können. Doch das hätte weder dem Zusammenhalt zwischen den Partnern gedient, noch den Vampiren die Vorteile ihrer Allianz vor Augen geführt. Marcel sah sich in dem Wartesaal um. Sie konnten die Stühle benutzen, um einen Teil des Raumes abzutrennen. Mit einer einfachen Beschwörung, die alle Geräusche unterdrückte, wäre so zumindest ein Anschein von Intimität gesichert.

„Ich kümmere mich darum", meinte Marcel. „Versuch in der Zwischenzeit, mit Thierry zusammen herauszufinden, wer von den Gefangenen uns Informationen geben kann. Es wird länger dauern, bis alle getrunken haben, und Serrier wird uns nicht den ganzen Tag Zeit lassen."

Alain nickte und ging zu Thierry. „Marcel will, dass wir schon mit den Verhören beginnen, während die Vampire trinken. Mit Pacotte brauchen wir es vermutlich erst gar nicht zu versuchen. Er ist zwar ihr Anführer, aber er wird uns nichts sagen."

Sebastien hüstelte leise, als Alain so nebensächlich über das Trinken sprach. Er sah sich in dem großen Saal um, der keinerlei Intimität bot, und wollte gerade Protest einlegen, als die Stühle sich plötzlich bewegten und zu einer mannshohen Trennwand zusammenschoben.

Thierry sah auf und folgte Sebastiens Blick. „Intimität", sagte er lächelnd. „Nicht ganz das, was ihr euch gewünscht habt; aber wir sind auch keine kompletten Ignoranten."

Sebastien lachte leise. „Nicht jeder kennt sich mit unseren Befindlichkeiten aus, und wenn man bedenkt, wie wir uns kennengelernt haben …"

„Wir lernen dazu", versicherte ihm Alain. „So schnell wir können. Aber du kannst uns jederzeit ansprechen, wenn es etwas gibt, das wir wissen müssen. Wie Thierry gesagt hat … Es ist nicht perfekt. Es wird jedoch wie ein abgeschlossener, kleiner Raum sein, wenn Marcel mit seiner Beschwörung erst die Geräusche unterdrückt hat. Wir werden zwar wissen, was hinter der Wand vor sich geht, aber wir werden nichts davon sehen oder hören." Er riskierte einen Blick zu Orlando und erkannte den Hunger in dessen Augen. Alain spürte den gleichen Hunger. Orlando musste zwar nicht trinken, aber die Erinnerung an ihren letzten Biss stand ihm ins Gesicht geschrieben. Ihnen stand ein langer und ereignisreicher Tag bevor. Alain hoffte inständig, einige Minuten allein mit Orlando verbringen zu können, sei es auch nur für einen kurzen Kuss oder eine Umarmung.

Jean wusste Marcels Geste zu schätzen. Sie zeigte den Respekt des Magiers für die Bräuche der Vampire und war damit ein weiterer Grund für Jean, den General ebenfalls zu respektieren. In drei Ecken des Wartesaals waren kleine Kabinen abgetrennt, in denen die Vampire von ihren Partnern trinken konnten, ohne neugierigen Blicken ausgesetzt zu sein. Jetzt lag es an ihnen, diese Möglichkeit zu nutzen. Nach Orlandos Demonstration war klar, dass er nicht von Alain trinken musste. Die beiden konnten also nicht den Anfang machen. Damit war es Jeans Aufgabe, den anderen mit gutem Beispiel voranzugehen. Er zog eine Grimasse, als er an den Geschmack nach Furcht dachte, der in Raymonds Blut lag. Aber es ließ sich nicht vermeiden. Die Sonne war schon aufgegangen und sie konnten nicht den ganzen Tag hier im Wartesaal verbringen. Serrier hatte irgendwie von ihrer Versammlung erfahren und wartete wahrscheinlich schon auf seine Leute; wenn sie nicht zurückkamen, würde er nach ihnen suchen. Sie mussten von hier verschwinden, also musste er Raymond beißen. Jean ging zu seinem Partner, der immer noch bei einem dunklen Magier stand und ihn bewachte. „Komm", forderte er Raymond auf und ging auf eine der Kabinen zu.

Raymond warf Jean einen bösen Blick nach und folgte widerstrebend. Es blieb ihm keine andere Wahl, denn jede Weigerung würde als Verrat angesehen werden. Mit diesem Trumpf in der Hand konnte der Vampir nahezu alles von Raymond verlangen.

„Wollen wir?", sagte Sebastien und sah Thierry fragend an.

„Ja", erwiderte Thierry. „Ich bin gleich zurück, Alain. Wir können uns danach mit den Gefangenen beschäftigen." Alain nickte zustimmend und sah den beiden nach, die auf die zweite Kabine zugingen.

„Ich bin ziemlich nervös", gab Thierry zu, als sie sich der Kabine näherten. „Ich habe keine Ahnung, was auf mich zukommt."

„Ich werde dich schonend behandeln", scherzte Sebastien, wurde aber sofort wieder ernst. „Ich habe dir da draußen auf dem Bahnsteig vertraut und du hast mich beschützt. Jetzt musst du mir vertrauen. Ich werde mich um alles kümmern."

„Das kann ich tun", erwiderte Thierry und meinte es ehrlich. Er und Sebastien hatten hervorragend zusammengearbeitet und sich ergänzt. Thierry konnte sich Sebastien auch bei dieser neuen Erfahrung anvertrauen.

Sie verschwanden hinter der Wand aus Stühlen. Eine plötzliche Stille umgab sie und der Rest der Welt schien nicht mehr zu existieren. Thierry konnte das Verlangen der Vampire nach Intimität verstehen. Er hob den Arm, um Sebastien sein Handgelenk zum Biss anzubieten. Es war ein spannungsgeladener und emotionaler Moment, der ihn an seinen ersten Kuss mit Aleth, seiner verstorbenen Frau, erinnerte. Schnell verdrängte er den Vergleich. Er hatte mit dieser Allianz seinen Frieden gemacht, hatte sich mit Aleth' Tod abgefunden, als er sie vor zwei Tagen im Krematorium den Flammen übergab; und mit seinem neuen Partner war er mehr als zufrieden. Bisher hatte er nur mit Alain so gut zusammenarbeiten können. Thierry hatte keine Angst vor dieser Partnerschaft. Er hatte auch keine Angst vor dem Biss. Er war in dieser Nacht auf der Suche nach dem richtigen Partner schon oft genug gebissen worden, sodass er keine Probleme mehr damit hatte. Es war vielmehr die Intimität des Vorgangs, die ihm ein gewisses Unbehagen bereitete. Er fürchtete sich vor einer spontanen Verbindung, wie sie zwischen Alain und Orlando so offensichtlich geworden war. Verdammt, seine Frau war erst seit zwei Tagen tot! Er konnte sie nicht so schnell vergessen und einfach mit der erstbesten Person, die ihm über den Weg lief, eine neue Beziehung eingehen. Auch wenn Thierrys Ehe mit Aleth nur noch ein Scherbenhaufen gewesen war, ihr plötzlicher und grausamer Tod war ein Grund zur Trauer. Er konnte ihr Andenken nicht dadurch entehren, indem er sie schon nach zwei Tagen durch Sebastien ersetzte.

Sebastien nahm Thierrys Hand, drehte sie um und sah auf seinen Puls. „Es wird schmerzen, wenn ich dich da beiße", sagte er und zeigte auf die Haut, die durch zahlreiche Bissspuren perforiert war.

„Es ist nur ein kurzer Schmerz", erwiderte Thierry ruhig. Sie passten so gut zusammen. Sebastien hätte es als ausgesprochen anstrengend empfunden, mit einem Partner zusammenarbeiten zu müssen, der sich über jede Kleinigkeit beschwerte.

„Mag sein", stimmte er Thierry zu. „Aber deshalb muss ich es nicht noch schlimmer machen. Darf ich?" Er zeigte auf Thierrys Ärmel.

Thierry gab ihm keine Antwort, sondern schob nur den Ärmel seines Pullovers nach oben, weil er das nicht Sebastien überlassen wollte. Als er Sebastiens weiche Lippen und Zunge auf seiner Haut fühlte, schloss er die Augen. Der Vampir machte sich nicht die Mühe, seinen Berührungen eine besonders erotische Note zu verleihen, aber das änderte nichts an Thierrys Reaktion, als er die Lippen und Zähne Sebastiens wie die Liebkosung eines Geliebten am Arm spürte.

Sebastien konnte Thierrys Anspannung fühlen und wollte seinen Biss deshalb nicht länger hinauszögern. Er fuhr mit den Zähnen über die Haut und biss zu. Warmes Blut füllte seinen Mund. Er hatte Thierry zwar schon zuvor geschmeckt, aber erst jetzt konnte er den Geschmack, der so viel über diesen Mann verriet, richtig genießen.

Wieder spürte er die Stärke und Entschlossenheit Thierrys, die den Magier zu einem zuverlässigen und treuen Partner ihrer Allianz machte. Er schmeckte die überwältigende Trauer, die alle anderen Gefühle zu überlagern drohte. Sebastien saugte stärker an Thierrys Arm und ließ sich von dem Blut stärken, dessen Magie sich in ihm ausbreitete und ihn schützend umhüllte. Mit jedem Schluck wuchs auch Sebastiens Entschlossenheit. Jean mochte ihn hier nicht sehen wollen, wünschte ihn wahrscheinlich ins tiefste Höllenfeuer. Aber Sebastien wollte an Thierrys Seite stehen und mit ihm gemeinsam kämpfen, bis der letzte dunkle Magier besiegt war. Für einen kurzen Augenblick fühlte er eine Seelengemeinschaft mit Thierry, wie er sie seit dem Tod seines Avoué vor vierhundert Jahren für keinen Menschen mehr empfunden hatte.

Nachdem Sebastien genug getrunken hatte, hob er den Kopf und streckte die Hand aus. Thierry griff zu und sie besiegelten ihren Vertrag mit einem festen Händedruck. „Vielen Dank, mein Freund", sagte Sebastien.

Freund. Damit konnte Thierry leben. „Jederzeit", erwiderte er und wollte sich umdrehen, um die Kabine für das nächste Paar zu räumen.

„Warte", hielt Sebastien ihn zurück. „Wen hast du verloren, um so tief zu trauern?"

„Meine Frau ist vor zwei Tagen im Kampf gefallen", antwortete Thierry ausdruckslos.

Sebastien zuckte zusammen. Kein Wunder, dass Thierrys Trauer so überwältigend war. „Das tut mir leid. Ich weiß wie es ist, einen geliebten Menschen zu verlieren."

Thierry nickte nur. Er konnte die tiefe Betroffenheit in Sebastiens Stimme hören, aber er wollte noch nicht mit ihm über seine eigenen Gefühle reden. Sebastien folgte ihm aus der Kabine und respektierte seine Zurückhaltung. Er wollte Thierry seine Freundschaft anbieten. Aber nicht mehr. Alles andere wäre unfair, denn Thierry würde es nicht akzeptieren können.

Alain beobachtete, wie die ersten Paare wieder aus den Kabinen kamen. Raymond und Jean waren die ersten. Raymond wirkte blass und schwach. Er verließ sofort Jeans Seite und ließ sich in einer Ecke auf einen Stuhl sinken. Alain runzelte die Stirn. Das war nicht die Reaktion, die er nach seiner eigenen Erfahrung mit Orlando erwartet hätte. Er fragte sich, was wohl mit Raymond los war und ob er durch den Aveu de Sang, der ihn und Orlando für den Rest seines eigenen Lebens verband, zu viel von den anderen Partnerschaften erwartete. Kurz darauf kam auch Thierry aus seiner Kabine. Er wirkte ernst, aber entschlossen. Vermutlich war das Problem doch bei Raymond zu suchen. Dann tauchte auch Adèle wieder auf. Ihr strahlendes Gesicht erinnerte Alain an seine eigene Reaktion auf Orlandos Biss am vergangenen Morgen. Er entspannte sich wieder. Solange Raymond der einzige war, auf den der Biss keine vorteilhafte Wirkung hatte, konnte Alain damit leben. Thierry kam mit Sebastien auf ihn und Orlando zu.

Sie sahen sich die Gefangenen an und Alain zeigte auf den jungen Mann, den Orlando außer Gefecht gesetzt hatte. „Der dort, denke ich", sagte er zu Thierry. „Er ist jung und wusste offensichtlich nicht, was er getan hat. Wenn einer von ihnen bricht, dann er. Es ist traurig, einen so jungen Mann voller Hass zu erleben. Wenn wir erfahren, was ihn zu Serrier getrieben hat, können wir ihn vielleicht wieder zurückholen."

„Das wird davon abhängen, wie stark seine persönliche Überzeugung ist", meinte Thierry. „Wenn er Zweifel hat, können wir die vielleicht ausnutzen und zu unserem Vorteil nutzen."

„Und wenn nicht, haben wir uns zu früh in die Karten sehen lassen", gab Alain zurück. „Ich wünschte, wir könnten uns sicher sein."

Jean kam auf sie zu und hörte das Ende ihres Gesprächs. „Es gibt Möglichkeiten, sicher zu sein. Habt ihr vergessen, wer eure Verbündeten sind?"

2

„WENN EINER von uns ihn beißt, wissen wir sofort, ob er reumütig ist", erinnerte Jean sie.

„Das habe ich nicht vergessen", meinte Alain. „Aber ich wollte, nach dem Fehler, den ich mir das letzte Mal damit erlaubt habe, nicht fragen." Er schauderte bei dem Gedanken daran, wie sehr er Orlando beleidigt hatte, als er ihn bat, Payets Blut zu trinken, um herauszufinden, ob dessen Loyalität zur Allianz ehrlich gemeint war. Alain legte die Hand auf das Brandmal an seinem Hals. Es war das sichtbare Zeichen für den Aveu de Sang, den er danach mit Orlando eingegangen war und der verhindern sollte, dass solche Missverständnisse zwischen ihnen jemals wieder vorkamen.

„Du hast mich nicht darum gebeten. Ich habe es dir angeboten", erklärte Jean. „Das ist ein großer Unterschied."

„Sollen wir ihn wieder freigeben, bevor du ihn beißt?", fragte Thierry.

„Noch nicht", erwiderte Jean. „Was habt ihr eigentlich mit ihnen gemacht?"

„Sie können uns weder hören noch sehen", sagte Alain. „Sie sind bei Bewusstsein, aber sie nehmen nur sich selbst wahr."

„Wird er den Biss spüren?", wollte Jean wissen.

„Das kann ich nicht sagen", erwiderte Alain achselzuckend. „Ich habe diese Beschwörung noch nie am eigenen Leib erfahren. Aber es kommt mir unfair vor, ihm nicht vorher die Chance zu geben, sich zu äußern."

„Aber wenn er meinen Biss wahrnimmt, werde ich seine Gefühle darüber in seinem Blut schmecken. Das könnte die Informationen überlagern, die wir herausfinden möchten. Wenn er nicht weiß, was ich mit ihm tue, ist seine Reaktion ehrlicher und direkter", erklärte Jean.

„Dann müssen wir erst herausfinden, ob er den Biss spürt. Je genauer du uns seine Gefühle beschreiben kannst, umso effektiver können wir ihn verhören", stimmte Thierry zu.

„Das ist leicht festzustellen", sagte Alain. „Du belegst mich mit dem gleichen Spruch, den Marcel bei den dunklen Magiern angewendet hat. Danach beißt mich Orlando. Wenn du mich wieder freigibst, kann ich euch sagen, was ich gespürt habe." Alain zögerte keinen Moment mit seinem Angebot. Er hatte Thierry schon so oft mit seinem Leben vertraut, dass er es gar nicht mehr zählen konnte. Die harmlose kleine Beschwörung war nichts im Vergleich zu dem, was sie in der Vergangenheit schon zusammen erlebt hatten.

Orlando verfolgte den Meinungsaustausch der beiden Magier und als er hörte, dass Alain sich Thierrys Zauberspruch aussetzen wollte, stellten sich ihm sämtliche Haare zu Berge. Nicht deshalb, weil er seinen Geliebten nicht beißen wollte. Aber es machte ihn nervös, dass jemand – wer auch immer – seinen Stab auf Alain richten und ihn beschwören wollte. Was war, wenn es schief ging? Wenn Thierry die Beschwörung nicht zurücknehmen konnte? Orlando konnte sich nicht vorstellen, nie wieder das Verlangen und die Zärtlichkeit in Alains blauen Augen erblicken zu können. Es würde ihn so sicher vernichten, als müsste er ohne Alains Schutz ins Licht der Sonne treten.

Bevor Orlando dagegen protestieren konnte, waren Alain und Thierry schon auf dem Weg in eine der Kabinen, die Marcel errichtet hatte. Er folgte ihnen schnell, und bevor sie hinter der Wand verschwanden, hielt er Thierry zurück. "Kannst du uns eine Minute allein lassen?", fragte er und deutete auf die Kabine.

Thierry nickte und sah den beiden nach, als sie die magisch abgeschirmte Kabine betraten. Kurz bevor er sie aus den Augen verlor, sah er noch, wie Orlando nach Alains Hand griff. Es war eine einfache und unkomplizierte Geste, die jede Distanz zwischen den beiden Männern überbrückte und die in Thierrys Seele widerhallte. Sie erinnerte ihn an seine Gefühle bei Sebastiens Biss. Auch der hatte eine scheinbar unüberbrückbare Distanz überwunden. Thierry fragte sich, was Sebastien in seinem Blut, außer der Trauer, auf die er ihn angesprochen hatte, noch geschmeckt haben konnte. Er hob den Kopf und sah den Mann, über den er gerade nachgedacht hatte, auf sich zukommen.

„Hast du Alain schon besprochen?", fragte Sebastien.

„Noch nicht", erwiderte Thierry. „Orlando und er wollten erst für einen Augenblick allein sein."

„Ist dir bewusst, wie sehr Orlando dir vertraut, um das zu erlauben?", wollte Sebastien wissen.

„Wie meinst du das?", fragte Thierry zurück.

„Wenn ein Vampir den Aveu de Sang ablegt – so wie Orlando das getan hat –, kennen sein Beschützerinstinkt und seine Besitzergreifung keine Grenzen mehr. Dass er dir erlaubt, sich auf diese Art Alains zu bemächtigen – und sei es auch noch so harmlos gemeint –, ist ein unglaublicher Vertrauensbeweis. Wir Vampire sind normalerweise nicht dafür bekannt, sehr vertrauensselig zu sein."

Thierry schwieg und sah nachdenklich zu der Kabine hin. Er fragte sich, ob wohl alle Vampire so gut über den Aveu de Sang informiert waren oder ob Sebastien aus eigener Erfahrung sprach. Bei dem Gedanken durchfuhr ihn eine Welle der Eifersucht, die ihn selbst erschreckte. Es ging ihn nichts an. Er konnte keine Ansprüche auf Sebastien erheben. Schon gar nicht auf dessen Vergangenheit. Thierry wusste nicht, seit wann Sebastien schon als Vampir lebte; aber er wusste sehr wohl, dass es naiv wäre, davon auszugehen, der erste Mensch zu sein, der ihm etwas bedeutet hatte. Und wenn Thierry etwas nicht war, dann naiv. Dachte er. Er sah den Vampir verstohlen von der Seite an und nahm ihn zum ersten Mal richtig wahr. Sebastiens dunkle Haare fielen ihm bis auf die Schultern und betonten sein ausgeprägtes Kinn. Thierry erkannte Sturheit, wenn er sie sah. Dieser Charakterzug war ihm selbst schon zu oft vorgeworfen worden, als dass er ihn nicht in anderen Menschen erkennen könnte. Aber das störte ihn nicht. Im Gegenteil, er respektierte es sogar. Er respektierte die Selbstsicherheit und Entschlossenheit, die darin zum Ausdruck kam. Er respektierte, wenn jemand zu seiner Meinung stand, egal, was andere darüber denken mochten. Sebastien war ein attraktiver Mann, das musste Thierry zugeben. Und es war ihm unangenehm, weil es Schuldgefühle auslöste. Aleth war erst seit zwei Tagen tot. Thierry hatte nicht das Recht, jetzt schon an einen anderen Menschen zu denken, auch wenn ihre Ehe schon lange in die Brüche gegangen war. Sie hatten sich auf Aleth' Betreiben hin getrennt, aber in Thierrys Augen und in seinem Herzen waren sie immer noch ein Paar gewesen. Er hatte nie aufgehört, sie zu lieben, auch wenn sie beide eine schwierige Zeit durchgemacht hatten. Er hatte Aleth gerade erst verloren, und schon interessierte er sich für einen anderen. Es gefiel ihm ganz und gar nicht, was das über seinen eigenen Charakter aussagte.

Sobald Orlando und Alain in der Kabine waren, zog Orlando den Magier in seine Arme. „Ist es wirklich sicher?", fragte er leise.

Alain nahm Orlandos Gesicht zwischen die Hände und sah ihm tief in die kaffeebraunen Augen, die so viel von seiner Seele preisgaben. „Natürlich ist es sicher", beruhigte er seinen Geliebten. „Ich habe diese Beschwörung selbst schon oft genug bei anderen Menschen angewendet. Sie hat sich immer wieder aufheben lassen und nie zu irgendwelchen Nebenwirkungen geführt. Sie betäubt nur für kurze Zeit alle Sinne. Es ist, als würde man einen Menschen an einen Stuhl fesseln und ihm Ohrstöpsel und eine Augenbinde verpassen. Es geht nur etwas schneller, weil es Magie ist."

„Aber in der Zwischenzeit kann alles Mögliche mit dir passieren", protestierte Orlando.

„Was soll schon passieren?", fragte Alain. „Du bist doch bei mir, und so lange das der Fall ist, bin ich nicht allein. Außerdem wird Thierry dafür sorgen, dass sich niemand von außen einmischen kann."

„Vertraust du mir wirklich so sehr?", fragte Orlando erstaunt.

Alain beugte den Kopf und küsste ihn zärtlich. „Ja, ich vertraue dir so sehr. Kann Thierry jetzt kommen? Ich möchte anfangen."

Orlando war für einige Sekunden sprachlos, weil er erst realisieren musste, welches Ausmaß an Vertrauen Alain ihm entgegenbrachte. Er war in seinen Beziehungen zu anderen Menschen immer der jüngere gewesen, der unschuldige und unerfahrene. Als sein Schöpfer ihn aus seinem Regiment gelockt hatte, war er noch ein junger Rekrut gewesen. Danach wurde er gegen seinen Willen unterworfen und zu einem machtlosen Sklaven degradiert. Auch Jean sah in ihm nur den jüngeren Bruder und für die anderen Vampire war er einfach ‚der Junge'. Niemand hatte ihm je vertraut, sich auf ihn verlassen oder um seinen Rat gebeten. Alain war anders. Zum einen war er jünger als Orlando, obwohl man es ihm nicht ansah. Aber vor allem respektierte Alain ihn, und das war Orlando das Wichtigste. Alain wollte keinen jüngeren Bruder oder gehorsamen Sklaven, er wollte einen gleichberechtigten Partner. Und – was noch besser war – er erwartete sogar einen gleichberechtigten Partner. „Ja, du kannst Thierry jetzt rufen."

Alain ging wieder nach draußen in den Wartesaal. Orlando blieb für einen Augenblick allein in der magischen Stille zurück, mit der Marcel die kleinen Kabinen belegt hatte. Er wusste, dass die anderen nur wenige Meter von ihm entfernt waren und er mit wenigen Schritten wieder bei ihnen sein konnte. Trotzdem fühlte er sich isoliert und vom Rest der Welt abgeschirmt. Er fragte sich, ob Alain unter Thierrys Beschwörung wohl das Gleiche empfinden würde. Wenn ja, dann war Alains Vertrauen noch bemerkenswerter, denn aus der Beschwörung konnte er sich nicht durch wenige Schritte befreien. Alain musste darauf warten, dass Thierry ihn wieder freigab, und in der Zwischenzeit konnte Orlando alles mit ihm tun, was er wollte. Doch Alain schien sich darauf zu verlassen, dass Orlando das in ihn gesetzte Vertrauen nicht missbrauchte.

Orlando sagte nichts, als die beiden Magier in die Kabine zurückkamen. Dann beobachtete er angespannt, wie Thierry seinen Stab zückte und Alain mit dem Spruch belegte. „Wirkt es schon?", fragte er, als Thierry den Stab wieder senkte.

„Ja", erwiderte Thierry.

„Dann kann ich es dir jetzt sagen. Ich weiß, dass du Alain niemals absichtlich verletzen würdest. Aber wenn mit der Beschwörung auch nur das Geringste schief geht, wenn er nicht zu mir zurückkommt, dann … dann solltest du sicherheitshalber nie wieder in meine Nähe kommen."

Thierry reagierte irritiert auf die Drohung und wollte Orlando gerade beleidigt zurechtweisen, als er wieder an Sebastiens Worte denken musste. Es war keine leere Drohung. Orlando wollte nur den Menschen beschützen, der ihm am meisten bedeutete. Thierry konnte es Orlando nachempfinden. Er hatte sich vor sechs Tagen genauso gefühlt, als er erfahren hatte, dass Alain von einem Vampir gebissen worden war. Wie viel hatte sich seit diesem Tag verändert!

„Er ist mir genauso wichtig wie dir, wenn auch auf eine andere Weise", sagte er zu Orlando. „Du hast von mir nichts zu befürchten." Er ging vor die Kabine, um die beiden allein zu lassen.

Orlando sah seinen bewegungslos im Raum stehenden Geliebten an. An Thierrys Stelle hätte er nicht die Kraft gehabt, Alain in diesem Zustand einfach allein zu lassen. Es war nicht so, wie Alain beim Schlafen zu beobachten. Dann waren Alains Gesichtszüge entspannt, er hatte die Augen geschlossen und sein Körper ruhte, war aber nicht so vollkommen bewegungslos, wie in diesem Zustand. Jetzt waren sein Gesicht und sein Körper angespannt, die Augen offen und in die Ferne gerichtet, ohne etwas wahrzunehmen. Orlando wedelte mit der Hand vor Alains Gesicht hin und her, konnte aber keinerlei Reaktion feststellen. Er wurde von einem Gefühl der absoluten Macht überrollt, als er den hilflosen Magier vor sich stehen sah. Trotzdem wollte Orlando dieses Experiment so schnell wie möglich hinter sich bringen, damit Thierry ihm seinen Geliebten zurückgeben konnte. Als Orlando sein Zeichen in Alains Hals gebrannt hatte, war der Magier davon ausgegangen, dass Orlando ihn als Sklaven in seinen Besitz nehmen wollte. Eine Vermutung, die Orlando spontan abgestritten hatte. Wenn er sich Alain jetzt ansah, so ausgeliefert und hilflos, dann wusste er, damals die Wahrheit gesagt zu haben. Er wollte keinen Sklaven und Hörigen. Er wollte Alain so, wie er war – mit seinem eigenen Verstand und Willen, als gleichberechtigten Partner. Er hob Alains Handgelenk an die Lippen und biss vorsichtig zu, gerade genug, um einige Tropfen Blut zu schmecken. Es bestätigte ihm, was er bereits über Alain wusste: seine Stärke, seine Loyalität und sein Begehren. Der Geschmack war Orlando schon vertraut, und doch schmeckte er dieses Mal auch etwas Neues, das ihm bisher entgangen war: Alains bedingungsloses Vertrauen in ihre Partnerschaft.

Orlando versiegelte die Wunde, ließ Alains Arm wieder los und rief nach Thierry. „Gib ihn frei", bat er ihn eindringlich.

Thierry beeilte sich, Orlandos Bitte zu erfüllen und Alain wieder freizugeben. Kaum war Alain wieder bei Bewusstsein, warf Orlando sich in seine Arme. Der Anblick machte Thierry verlegen und er ging nach draußen, um die beiden allein zu lassen. Er konnte Alain auch einige Minuten später noch nach der Wirkung der Beschwörung fragen.

„Ist alles in Ordnung mit dir?", wollte Orlando wissen und fuhr Alain mit den Händen über den Körper, als müsste er sich von dessen Unversehrtheit überzeugen.

„Es geht mir gut", versicherte ihm Alain, hob Orlandos Hände an seinen Mund und küsste sie. „Es geht mir gut", wiederholte er dann sicherheitshalber.

„Tu mir das nie wieder an", verlangte Orlando. „Geh nie wieder weg und lass mich so allein zurück. Du warst anwesend, und doch so weit weg von mir."

„Orlando, es war doch nur eine Beschwörung. Jetzt ist es vorbei und ich bin wieder bei dir." Alain legte die Arme um Orlandos bebenden Körper und zog ihn tröstend an sich.

Orlando hatte Alains Worte zwar gehört, aber sie waren noch nicht bis in seinen Verstand vorgedrungen. Er hob den Kopf und küsste Alain tiefer und leidenschaftlicher als jemals zuvor. Alain erwiderte den Kuss mit der gleichen Hingabe, öffnete den Mund und überließ sich Orlandos fordernder Zunge. Wenn er geahnt hätte, dass Orlando durch ihr Experiment so sehr aus dem Gleichgewicht geraten würde, hätte er es niemals vorgeschlagen.

Nach einigen Minuten hob Alain den Kopf. „Wir sollten jetzt zu den anderen zurückgehen", sagte er leise. „Sie werden wissen wollen, ob ich deinen Biss gefühlt habe. Und dann müssen wir den dunklen Magier befragen. Wir haben nicht den ganzen Tag Zeit."

Hand in Hand verließen sie die Kabine. Alain wusste, dass ihr Verhalten Kommentare auslösen, vielleicht sogar Missbilligung verursachen würde, aber das war ihm egal. Die Vampire hatten das Zeichen des Aveu de Sang an seinem Hals gesehen und konnten sich ihren Teil denken. Die Magier würden es auch bald erkennen und sich daran gewöhnen müssen. Orlando brauchte die Geborgenheit, die ihm ihre Berührung gab, und nur das war Alain wichtig.

„Nun?", fragte Thierry ungeduldig. „Was hast du gefühlt?"

„Nichts", erwiderte Alain. „Erst als ich wieder zu mir kam, habe ich gefühlt, wo Orlando mich gebissen hatte. Aber den Biss selbst habe ich nicht gespürt, obwohl ich darauf vorbereitet war."

Das war eine gute Nachricht. Es bedeutete, dass Jean den jungen Magier beißen konnte, um herauszufinden, was in ihm vorging. Trotzdem fühlte Orlando sich niedergeschlagen. Er hatte diesen intimen Moment mit Alain geteilt, ohne dass der sich daran erinnern konnte.

„Dann funktioniert es", sagte Jean grinsend. „Bestens. Lasst uns anfangen."

Alain war etwas beunruhigt durch Jeans begeisterte Reaktion, stellte sie aber nicht in Frage. Er folgte mit Orlando, Thierry und Sebastien dem Chef de la Cour zu dem jungen Magier, den sie verhören wollten. Im Vorbeigehen warf er Raymond einen kurzen Blick zu und fragte sich, was der Mann wohl davon hielt, dass Jean sich freiwillig für diese Aufgabe zur Verfügung gestellt hatte. Für Orlando wäre das nicht mehr möglich gewesen. Außerdem hätte Alain dagegen Einspruch erhoben. Es war schon schlimm genug gewesen, als Orlando Thierry gebissen hatte, obwohl sie damals den Aveu de Sang noch nicht eingegangen waren und sich noch keine Treue versprochen hatten. Wenn Alain jetzt zusehen müsste, wie Orlando einen dunklen Magier biss … Es war unvorstellbar. Er könnte es nicht ertragen. Raymond hingegen schien das alles unberührt zu lassen. Alain zuckte mit den Schultern. Wenigstens mischte Raymond sich dann nicht ein.

Raymond war in der Tat mit seinen eigenen, trostlosen Gedanken beschäftigt. Doch er war nicht so unbeteiligt, wie Alain angenommen hatte. Er hatte die Männer bei den dunklen Magiern stehen sehen und beobachtet, wie Jean nach der Hand des unbekannten jungen Magiers griff. Eine irrationale Eifersucht hatte ihn erfasst, aber er hatte sich nicht getraut, dagegen Protest einzulegen. Raymond fürchtete, dass Jean es gegen ihn verwenden könnte. Wenn Jean ihn zum Verräter erklärte, würde es keine Rolle mehr spielen, dass Raymond heute und den größten Teil der letzten beiden Jahre auf der Seite der Milice gekämpft hatte. Sie würden dem Vampir glauben, wenn der behauptete, eine Lüge in Raymonds Blut schmecken zu können. Sie würden das Wort eines Vampirs über das eines ihrer Männer stellen, und sei es nur, um ihre wertvolle Allianz nicht zu gefährden. Raymond hatte die Hilfe des Vampirs nicht gebraucht, um seinen Gegner zu besiegen. Er hatte es sehr gut allein geschafft, und es war nicht seine Schuld, wenn die anderen das nicht auch konnten. Er sah widerwillig zu, wie Jean den Magier biss. Es war ein Bild, das er sich einprägen wollte, um immer daran erinnert zu werden, dass man einem Vampir niemals trauen durfte. Der Chef de la Cour würde Raymond für seine eigenen Bedürfnisse ausnutzen, ohne ihm etwas dafür zurückzugeben. Die anderen mochten das noch nicht so sehen, aber das würde sich bald ändern. Vielleicht wäre es bis dahin zu spät, aber sie würden es erkennen. Trotz seiner düsteren Gedanken ging Raymond zu den anderen. Vielleicht ergab sich ja doch eine Gelegenheit für ihn, seinen Befürchtungen Ausdruck zu verleihen, ohne dass es gegen ihn verwendet werden konnte.

Jean hob kurz den Blick vom Handgelenk des dunklen Magiers, als Raymond sich zu ihnen gesellte, hielt sich aber stur an ihren abgesprochenen Plan. Raymond mochte verhindert haben, dass Jean aktiv am Kampf teilnahm, aber diesen Beitrag konnte er ihm nicht verwehren. Jean biss kräftig in das Handgelenk des Jungen – und mehr als ein Junge war der Magier nicht –, dann ließ er dessen Blut in seinen Mund strömen und wieder herauslaufen. Als er den Kopf hob, waren seine Lippen und Zähne blutverschmiert. Er konnte sehen, dass Raymond leicht zusammenzuckte, doch das blieb die einzige Reaktion des Magiers auf den Biss. Jean konzentrierte sich auf das Blut auf seiner Zunge. Er konnte sofort die dunkle Magie spüren, die den Geschmack des Blutes verdarb und viel stärker überlagerte als die kleinen Reste, die noch in Raymonds Blut vorhanden waren. Es war so schlimm, dass Jean einen Brechreiz unterdrücken musste, bevor er sich den anderen Aspekten des Blutes zuwenden konnte. Er schmeckte Wut und sogar Hass; als er sich jedoch den feineren Nuancen widmete, konnte er auch Zweifel und Furcht erkennen. Jean spuckte den Rest des Blutes aus und sah seine Verbündeten an. „Unter der Wut liegen Zweifel und Furcht verborgen. Wenn ihr die Ursache dafür herausfindet, habt ihr vielleicht Erfolg und könnt ihn wieder rehabilitieren. Er hat schlimme Dinge getan, aber ich glaube nicht, dass er durch und durch böse ist."

„Wie sollen wir vorgehen?", fragte Alain.

„So wie immer", antwortete Thierry. „Aber dieses Mal haben wir Unterstützung, wenn wir sie brauchen. Falls unsere neuen Verbündeten nichts dagegen haben, etwas Furcht und Schrecken zu verbreiten." Er sah Sebastien, Jean und Orlando grinsend an.

Jean und Sebastien grinsten zurück und ließen ihre Eckzähne aufblitzen, warfen sich aber böse Blicke zu, als sie erkannten, wie ähnlich sie reagiert hatten.

Orlando hingegen stand die Verwirrung ins Gesicht geschrieben. „Es ist ganz einfach", erklärte Alain. „Ich bin nett zu dem Jungen, und Thierry flucht und droht. Dann wird er mit mir reden wollen, nur um Thierry loszuwerden. Thierry wird ihm noch androhen, dass einer von euch ihn beißen wird. Aber dazu wird es nicht mehr kommen. Er wird zusammenbrechen, bevor wir in die Verlegenheit kommen, unsere Drohung wahr zu machen. Und wenn nicht, werde ich eingreifen und ihn zu den anderen ins Gefängnis werfen lassen."

„Falls es euch hilft, bin ich gerne bereit, ihn das nächste Mal zu beißen", bot Sebastien an. „Wenn wir diese Drohung wahr machen, wird er den Rest ernster nehmen."

„Das wird nicht nötig sein", meinte Jean. „Ich kann es selbst erledigen. Ich kenne seinen Geschmack schon. Ich merke sofort, ob wir Eindruck auf ihn gemacht haben."

Thierry sah den Streit kommen und mischte sich vorsorglich ein. „Darüber machen wir uns Gedanken, wenn es soweit kommen sollte. Lasst uns erst abwarten, was er uns zu erzählen hat." Mit einer Handbewegung löste er einen Teil der Beschwörung, ließ den jungen Magier aber an Händen und Füßen gebunden und seine magischen Fähigkeiten neutralisiert. Sobald die Wirkung von Marcels Magie nachließ, holte Thierry aus, um ihm mit der Hand ins Gesicht zu schlagen. Alain griff zu und hielt Thierrys Hand im letzten Moment zurück.

„Lass ihn doch erst reden", sagte Alain beruhigend. „Vielleicht ist er kooperationsbereit." Er drehte sich zu dem jungen Mann um. „Wie ist dein Name?", fragte er.

„Was geht euch das an?", fuhr der Magier ihn an.

Thierry ging wieder auf ihn zu und Alain hielt ihn erneut zurück. „Es geht mich etwas an, weil wir dich dabei erwischt haben, als du dunkle Magie einsetzen wolltest, um andere anzugreifen", erklärte Alain. „Wenn du mit uns kooperierst, kann ich dir vielleicht helfen. Wenn nicht, bist du der Gnade dieser Herren ausgeliefert, die nicht ganz so viel Geduld mit dir haben werden wie ich."

Der junge Mann sah sich erschrocken um. Thierry zog eine böse Grimasse, Jean grinste hungrig, Raymond wirkte absolut ungerührt, Sebastiens Augen funkelten wütend und Orlando presste die Lippen zusammen. Sie waren kein sehr ermutigendes Publikum.

„Wer bist du, dass du mir meine Magie vorschreiben willst! Niemand sollte sich dieses Recht anmaßen!"

Alain hatte etwas in dieser Art erwartet. Das Argument gehörte zu Serriers Standardarsenal, um Anhänger zu gewinnen. Es beunruhigte Alain immer wieder. „Glaubst du das wirklich?", fragte er. „Glaubst du wirklich, dass Magie die Antwort auf alle Probleme ist und Magier sie nach Gutdünken einsetzen sollten, ohne die Konsequenzen ihres Handelns auf andere Menschen zu berücksichtigen?"

„Magier sollten sich vor nichtmagischen Menschen nicht verantworten müssen. Was wissen die schon davon, wie wir unsere Magie einsetzen?", forderte der junge Magier ihn heraus.

„Er hört dir nicht zu", knurrte Thierry. „Gib mir nur fünf Minuten und das wird sich ändern."

Alain sah dem jungen Magier in die Augen. „Soll ich das tun? Oder willst du doch lieber mit mir reden?"

„Er kann auch nicht schlimmer sein als Serrier, wenn der erfährt, dass ich mit euch geredet habe", erwiderte der Magier.

„Warum bleibst du dann bei ihm?", mischte sich Orlando ein. Der Kopf des Magiers fuhr herum und sein Blick landete auf dem jungen Vampir. „Wenn du ihn so sehr fürchtest, warum bleibst du dann bei ihm?", wiederholte Orlando.

„Und wohin sollte ich gehen?", fragte der junge Mann und sah ihn konsterniert an. „Wenn ich ihn verlasse und kein Versteck oder anderen Schutz finde, bringt er mich um. Und wenn ich mich stelle, lande ich für das, was ich getan habe, im Gefängnis."

Alain sah Thierry an, der ihm kaum wahrnehmbar zunickte. „Aber wenn du uns davon überzeugen kannst, dass es dir ernst ist, bei Serrier auszusteigen, und du uns nützliche Informationen geben kannst ... dann finden wir vielleicht eine Lösung", schlug Alain vor.

„Wie ... wie meinst du das?", wollte der junge Magier wissen.

„Lass uns von vorne anfangen. Wie heißt du?"

„Dominique Cornet", kam die Antwort.

„Also gut, Dominique", fuhr Alain fort. „Wie lange bist du schon bei Serrier?"

„Erst seit drei Monaten", erwiderte der Junge.

„Und warum bist du heute hierher geschickt worden?"

„Serrier wollte wissen, warum die Vampire sich hier getroffen haben. Er hat gesagt, dass es nicht zu ihnen passt, sich zu versammeln, besonders nicht an einem so öffentlichen Ort. Er hat uns geschickt, um sie auszuspionieren. Aber der Wartesaal war abgeschirmt und wir konnten nichts hören. Dann habt ihr uns angegriffen. Mehr weiß ich nicht", gestand Dominique.

„Konnte Pacotte während des Einsatzes mit Serrier in Kontakt treten oder wollte er ihm erst danach Bericht erstatten?", unterbrach Thierry.

Dominique sah den blonden Magier mit dem bedrohlichen Blick an. „Das weiß ich nicht", stammelte er. „Ich habe keine Ahnung von seinen Plänen. Er sagt mir nur, wohin ich wann gehen soll. Bitte, das musst du mir glauben." Der Hoffnungsschimmer, den Alain ihm geboten hatte, ließ Dominique mit allen Mitteln nach einer Möglichkeit suchen, seine potentiellen Retter von seiner Aufrichtigkeit zu überzeugen.

„Wie bist du überhaupt an Serrier geraten?", fragte Raymond. Es waren seine ersten Worte, seit er zu ihnen gekommen war. „Du bist nicht der Typ dafür."

„Was weißt du schon davon, wer Serriers Typ ist?", wollte Dominique wissen und sein altes Bravado blitzte wieder auf.

„Ich bin selbst bei ihm ausgestiegen", erwiderte Raymond gelassen. „Und jetzt beantworte meine Frage."

Dominique senkte den Blick. Diese Information musste er erst verdauen. Einer der Magier, die ihn verhörten, war ebenfalls Serriers Klauen entkommen. Das hieß, dass er vor Serrier und seiner Rache beschützt wurde. In Dominique keimte wieder Hoffnung auf. Vielleicht würden sie für ihn das Gleiche tun. „Ich bin in einer Kleinstadt aufgewachsen", versuchte er sich zu erklären. „Und vor allem bin ich in einer Umgebung aufgewachsen, in der Magie mit Misstrauen begegnet und alles Magische abgelehnt wird. Als sich meine Fähigkeiten entwickelten, wurde ich dafür bestraft. Sie wollten den Teufel aus mir austreiben. Ich hatte keine Ausbildung und konnte meine Magie nicht kontrollieren. Ich konnte sie auch nicht unterdrücken. Sie haben mich jedes Mal verprügelt. Vor sechs Monaten hat Hector mich gefunden und verhindert, dass sie mich totschlagen. Er hat mir meine Magie erklärt und mir beigebracht, wie ich sie kontrollieren kann. Und er hat mir von einer Gruppe Magier erzählt, die gegen diese Ungerechtigkeit, der ich ausgeliefert war, kämpfen würden. Die dafür kämpften, dass Magier die Wahl haben, wann und wo sie ihre Magie einsetzen. Was sollte ich davon halten? Für mich war es, als hätte mir jemand das Paradies versprochen. Nach einiger Zeit hat er mich zu Serrier gebracht, und der hatte Verständnis für meine Erfahrungen. Es tat ihm so leid und er hat sich dafür entschuldigt, dass er mich früher gefunden hat. Es hat einige Zeit gedauert, bis mir klar wurde, dass ich zwar meine magischen Fähigkeiten nicht unterdrücken wollte, aber mit Serriers Methoden nicht einverstanden war. Und mit seiner Grausamkeit. Aber als es soweit war, habe ich schon keinen Ausweg mehr gesehen."

„Das passiert jedem Magier, wenn sich seine Fähigkeiten manifestieren", erklärte Alain verständnisvoll. „Selbst erfahrene Magier verlieren manchmal die Kontrolle, wenn ihre Emotionen zu stark sind. Aber es stimmt, dass wir unserer Magie Grenzen setzen, auch außerhalb deiner kleinen Stadt. Doch Magie an sich wird nicht als etwas Schlechtes angesehen. Wir töten nicht mit Magie, es sei denn, es handelt sich um Selbstverteidigung. Wir benutzen sie nicht, um andere um ihre Freiheit oder ihr Eigentum zu bringen. Aber das hält uns nicht davon ab, dass wir mit Magie unseren Alltag erleichtern. Serrier will eine Diktatur errichten, in der Magier die alleinigen Herrscher sind und allen anderen Menschen deren Leben vorschreiben. Sie könnten nicht mehr an der Regierung teilhaben oder ihr Leben selbst bestimmen. Was immer dir Serrier auch gesagt hat, wir sind nicht gegen Magie. Wir sind keine Faschisten, die Magiern ihre Rechte nehmen wollen. Im Gegenteil. Die alleinige Macht, die Serrier den Magiern einräumen will, stiehlt er von allen anderen Menschen."

„Du hast jetzt zwei Möglichkeiten", sagte Thierry zu Dominique. „Du kannst weglaufen und dich verstecken, in der Hoffnung, dass wir Serrier zu Fall bringen. Oder du kannst uns dabei helfen, das zu erreichen."

„Ich bin kein großer Magier", meinte Dominique. „Ich weiß nicht, ob ich euch wirklich helfen könnte."

„Zu einem Krieg gehört mehr, als nur zu kämpfen", widersprach Alain. „Informationen sind der Schlüssel zum Sieg. Serrier vertraut dir. Jedenfalls nicht mehr oder weniger, als er anderen vertraut. Wenn du zu ihm zurückkehrst, kannst du uns mit Informationen versorgen, die diesen Krieg schneller beenden und uns zum Sieg verhelfen."

„Ihr wollt, dass ich für euch spioniere?", fragte Dominique ungläubig.

„So könnte man es ausdrücken", erwiderte Thierry grinsend.

„Warum solltet ihr mir vertrauen? Ich meine … Woher wisst ihr, dass ich euch nichts vormache und Serrier alles erzähle?"

„Das wissen wir noch nicht", meinte Thierry. „Aber wir werden es bald erfahren. Serrier hat euch vermutlich verschwiegen, dass wir nicht die Einzigen sind, die magische Fähigkeiten haben."

„Was? Wer?", wollte Dominique wissen.

„Zum einen sind da die Vampire", antwortete Alain. „Ein Vampir erkennt an deinem Blut, was in deinem Herzen vor sich geht. Wenn du einem unserer Freunde dein Handgelenk anbietest, kann er uns sagen, ob du es ehrlich meinst."

„Darf ich mir aussuchen, von wem ich mich beißen lasse?"

„Einer von diesen beiden hier", meinte Orlando und zeigte auf Jean und Sebastien. „Ich bin an einen Magier gebunden und werde mein Versprechen nicht brechen."

Dominique sah zwischen Jean und Sebastien hin und her. Er konnte keinen entscheidenden Unterschied zwischen ihnen feststellen. „Wen würdest du nehmen?", fragte er Orlando, zu dem er wegen seiner offensichtlichen Jugend eine gewisse Verbundenheit empfand.

„Jean ist schon sehr lange mein Freund. Ich vertraue ihm vorbehaltlos. Sebastien habe ich erst kennengelernt", erwiderte Orlando.

„Dann Jean", entschied sich Dominique, Orlandos Rat anzunehmen. Jean grinste Sebastien triumphierend zu und griff nach Dominiques Hand.

„Kannst du die Bisswunden wieder heilen?", fragte Jean unvermittelt. „Wenn Serrier sie sieht, wird er dir Fragen stellen, die du ihm nur schwer beantworten kannst."

„Das ist kein Problem", versicherte ihm Thierry. „Finde heraus, was wir wissen müssen."

Das zweite Mal konnte Raymond den Biss nicht mit ansehen. Bitter drehte er Jean den Rücken zu. Dem fiel die Reaktion seines Partners zwar auf, doch er hatte jetzt nicht die Zeit, sich mit dessen

Problemen zu befassen. Er fragte sich allerdings, ob sie nicht demnächst ein ernstes Gespräch führen sollten. Aber erst musste er sich mit dem Sumpf von Dominiques Gefühlen befassen. Jean biss zu und ließ das Blut in seinen Mund laufen. Natürlich war die dunkle Magie immer noch zu schmecken. Auch die Wut hatte kaum nachgelassen. Aber der Hass war zurückgedrängt worden, und Zweifel und Furcht waren einer neuen Entschlossenheit gewichen. „Er meint es ernst", sagte Jean und hob den Kopf. Er konnte zwar Dominiques zukünftiges Verhalten nicht voraussagen, aber im Herzen war der junge Magier jetzt auf ihrer Seite.

Dominique seufzte erleichtert auf, als er Jeans Urteil hörte. Die anderen schienen den Worten des Vampirs ebenfalls Glauben zu schenken und deshalb hoffte er, jetzt wieder freigelassen zu werden.

„Marcel", rief Thierry und winkte den älteren Magier heran.

Diesen Namen kannte Dominique. Er hatte oft genug gehört, wie der General in den Schmutz gezogen wurde. Vielleicht war es nicht derselbe Marcel, aber Dominique wünschte sich, es wäre Chavinier. Er war neugierig darauf, den Mann kennenzulernen, der Serrier so erfolgreich Widerstand leistete. Dominique wusste, wie mächtig und erbarmungslos Serrier sein konnte. Dass Chavinier sich nicht geschlagen gab, ließ den jungen Magier hoffen, unter dem Schutz des Generals ebenfalls überleben zu können. Der Mann war alt genug, um Dominiques Großvater sein zu können. Sein freundliches Gesicht wurde von dichten, weißen Haaren umrahmt und er lächelte sanftmütig, als er auf sie zukam. Der Anführer der Rebellen hinterließ einen anderen Eindruck. Er war immer missgelaunt und eiskalt, vor allem denjenigen gegenüber, die seine Erwartungen enttäuscht hatten. Außerdem war Serrier jünger, ungefähr im gleichen Alter wie die Magier, die Dominique verhört hatten. Als der General der Milice auf ihn zukam, war er in Dominiques Augen das Licht zu Serriers Dunkelheit. Der Kontrast war unübersehbar und beschäftigte ihn immer noch, während er bereits Chaviniers Lächeln erwiderte. Auf Serriers Offizier hatte Dominique nie so reagiert. Aber diesem Mann konnte er vertrauen.

„Und wen haben wir hier?", fragte Marcel.

„Das ist Dominique", stellte Alain den jungen Magier vor. „Er hat festgestellt, dass er von Serrier in die Irre geführt worden ist. Er wird in Zukunft für uns Informationen sammeln. Je mehr wir wissen, umso besser können wir uns auf die Gefechte mit Serrier einstellen."

Nun, das wusste auch Marcel. Er hatte bereits seine eigenen Informationsquellen, aber eine zusätzliche konnte nicht schaden. „Und wie wollt ihr das bewerkstelligen? Ich nehme doch an, dass ihr einen Plan habt."

„So ähnlich", erwiderte Thierry. „Folgendes haben wir uns vorgestellt …"

3

MARCEL SAH auf ihren neuen Spion herab, der bewusstlos zu seinen Füßen lag. Falls Serrier nach Spuren von Magie suchte, würde er nur Marcels letzte Beschwörung feststellen können. Die Handschrift des Generals war unverkennbar und verdeckte alle Spuren von Alains Magie, sodass Dominiques Geschichte von seiner ‚Flucht' sich glaubwürdiger anhörte. Jedenfalls hofft Marcel das, denn andernfalls würde er den jungen Magier in den sicheren Tod schicken.

„Lass uns gehen", sagte Alain. „Wir haben für ihn getan, was wir konnten. Den Rest müssen wir ihm selbst überlassen. Jetzt sollten wir uns in Sicherheit bringen, bevor Serrier hier auftaucht."

Marcel nickte. Mit einer kurzen Beschwörung transportierte er die anderen Gefangenen in die Zellen im Hauptquartier der Milice. Nur die Vampire mit ihren Partnern blieben im Wartesaal zurück. „Ich muss mich jetzt um sie kümmern. Kannst du dafür sorgen, dass unsere neuen Verbündeten sicher zurückkommen?"

„Natürlich", versicherte ihm Alain. Auf dem Weg zur Tür blieb er kurz bei Jean stehen. „Wir nehmen die U-Bahn und bleiben so lange wie möglich im Untergrund. Wenn wir ins Freie müssen, brauchen die anderen Vampire deine und Orlandos Hilfe bei ihrem ersten Kontakt mit dem Sonnenlicht. Wir haben verwundete Magier, die nicht magisch transportiert werden können. Ich muss sie so schnell wie möglich ins Hauptquartier bringen. Sobald sie in Sicherheit sind, komme ich zurück und zeige euch den Weg."

„Gut", erwiderte Jean. „Wir warten an der letzten Haltestelle auf dich. Dann gehen wir gemeinsam nach oben."

Alain nickte. „Dann los", befahl er. An der Tür wartete er auf Orlando. Sie wollten als Vorhut vorausgehen. Thierry übernahm, wie immer, die Nachhut. Die anderen Paare nahmen die Verwundeten, Caroline und Mathieu, in ihre Mitte. Alain war erfreut, als er sah, wie besorgt sich Mireille und Fabienne, die beiden Vampire, um ihre Partner kümmerten und sie beschützten.

Alain führte die Gruppe auf dem schnellsten Weg zur U-Bahn. Der Stab in seiner Hand und seine merkwürdige Gefolgschaft sorgten dafür, dass sie ungehindert passieren konnten. Sie bestiegen eine Bahn und er beobachtete amüsiert, wie die anderen Fahrgäste sofort das Abteil räumten und es ihnen überließen.

Die Fahrt verlief zu Alains Erleichterung ereignislos. Sie kamen an ihrer Haltestelle an und er übernahm wieder die Führung, als sie über die Treppen nach oben gingen. Ein Vampir nach dem anderen blieb zurück, nur Orlando folgte ihm bis zum Schluss. Er wich keinen Zentimeter von Alains Seite, als sie ins Freie traten. „Ich gehe mit dir zurück, um die anderen zu ermutigen", murmelte er Alain ins Ohr. „Aber dass ich nicht gezögert habe, war wahrscheinlich überzeugender als jedes Argument."

„Du weißt selbst am besten, was du aushalten kannst", erwiderte Alain. „Aber pass trotzdem auf dich auf. Ich will dich nicht verlieren."

„Ich werde vorsichtig sein, das verspreche ich. Ich möchte nur meine neue Freiheit auskosten."

„Das sollst du auch. Lass uns jetzt die Verwundeten ins Hauptquartier bringen."

Alain machte sich auf den Weg durch Gässchen und Hinterhöfe, von einem Gebäude zum nächsten, ohne auch nur einmal auf die Straße zurückzukommen.

„Das werde ich nie wiederfinden", sagte Orlando lachend.

„Es gibt einen Haupteingang, den wir benutzen, wenn wie allein oder nur zu zweit sind. Als Gruppe sind wir zu auffällig. Wir müssen darauf achten, keinen Verdacht zu erwecken, um unsere Position nicht preiszugeben."

Als sie am Hintereingang des Hauptquartiers ankamen, wartete Alain, bis Thierry sie eingeholt hatte. „Orlando und ich gehen zu den anderen zurück."

„Ich kümmere mich um die Verwundeten und helfe Marcel", erwiderte Thierry.

Alain führte Orlando auf einem direkteren Weg zurück. Sie kamen nur einen Block von der Haltestelle entfernt wieder auf die Straße.

„Was für ein Labyrinth!"

„Das ist es. Aber dieser Zugang verrät nichts über den wahren Standort des Hauptquartiers. Falls uns trotzdem jemand folgt, wird ein Alarm ausgelöst. Das macht es ziemlich sicher."

„Kommt mir auch so vor", stimmte Orlando beeindruckt zu. Die Magier waren weit mehr, als eine bunt zusammengewürfelte Gruppe. Sie waren eine gut organisierte Armee. Als sie wieder zum Eingang der Haltestelle kamen, standen die Vampire schon oben auf der Straße und warteten auf sie. „Sie haben meine Hilfe wohl doch nicht gebraucht", kommentierte Orlando lächelnd.

Alain grinste ihn an. „Dann können wir uns jetzt auf den Rückweg machen. Wir haben im Hauptquartier einen Innenhof, wo sie nach Herzenslust die Sonne genießen können. Aber wir sollten hier nicht länger rumstehen, das wäre zu auffällig."

„Jean, Sebastien, Mireille", rief Orlando nach den Vampiren, die er am besten kannte. „Wir brechen auf!"

Sofort setzte sich die Gruppe in Bewegung. Alain nahm wieder den kürzeren Weg, da die Straße menschenleer war und niemand sie eintreten sehen würde. Angélique Bouaddi, die Eigentümerin des Sang Froid, eines Etablissements, in dem Vampire willige Opfer finden konnten, folgte ihnen mit großen Augen. Ihr waren von der Erfahrung und Raffinesse, die sie sonst ausstrahlte, nichts mehr anzumerken – nur noch ungläubiges Erstaunen über eine Welt, die in gleißendes Sonnenlicht gebadet war. Mit der Einführung der Elektrizität hatte sie nicht mehr im Dunkeln leben müssen, Film und Fernsehen hatten ihr gezeigt, wie die Welt bei Tageslicht aussah. Aber sie hätte nie geglaubt, es jemals selbst zu erleben. Sie wusste von dem Geschmack in Davids Blut, dass ihr Partner sie aufgrund ihres Äußeren und ihres Berufes für eine oberflächliche Frau mit lockeren Moralvorstellungen hielt. Aber sie würde ihm das Gegenteil beweisen. In der Zwischenzeit war sie dankbar dafür, dass sein Blut ihr dieses Erlebnis geschenkt hatte.

Sebastien gelang es besser, sein Erstaunen zu verbergen, obwohl er genauso überwältigt war wie die anderen. Er wusste, dass er ein Außenseiter war. Die anderen waren sich ihrer Position sicher und konnten sich erlauben, Emotionen zu zeigen. Für Sebastien konnte das geringste Anzeichen von Verletzlichkeit tödlich enden. Seine Rolle als Außenseiter beim Jeu des Cours führte dazu, dass er genau beobachtet und überwacht wurde, besonders von Jean. Deshalb konnte er kein Risiko eingehen. Nachdem Orlando und die anderen gegangen waren, war Sebastien Jean als erster ins Freie gefolgt. Jean hatte sie herausgefordert, hatte sie daran erinnert, dass sie Orlando für einen kleinen Jungen hielten. Und trotzdem war dieser Junge ohne zu zögern in die Sonne getreten. Wollten sie da hinter ihm zurückstehen? Sicher nicht. Sie hatten zwar widersprochen und den Aveu de Sang erwähnt, aber Jean hatte ihnen vor Augen geführt, dass er selbst es auch konnte, obwohl ihn kein Aveu de Sang schützte. Sebastien kannte Orlando nicht, aber das, was er bisher von dem jungen Vampir gesehen hatte – inklusive des Aveu de Sang – hatte seinen Respekt verdient. Jeans Begründung für seine Herausforderung kam Sebastien daher reichlich merkwürdig vor, aber er nahm sie trotzdem an. Er nahm sie nicht an, weil er den Vergleich mit Orlando scheute, sondern weil er sich mit Jean messen wollte. Die anderen waren mehr oder weniger schnell gefolgt. Sebastien war beeindruckt von Jeans Führungsqualitäten. Er wünschte sich nur, dass die Dinge zwischen ihnen besser stünden, so, wie in der Zeit vor … Er wollte nicht daran denken. Es schmerzte ihn immer noch, selbst nach all den Jahren. Sebastien riss sich zusammen und konzentrierte sich wieder auf den Weg, um ihn ohne Hilfe wiederfinden zu können, wenn es nötig werden sollte.

Mireille hatte andere Probleme, obwohl auch sie sich der Faszination des Sonnenlichts nicht entziehen konnte. Caroline war verwundet. Mireille wusste nicht, wie ernst die Verletzung ihrer Partnerin war, aber das spielte auch keine Rolle. Ihre Magierin war verwundet und alles in Mireille schrie danach, so schnell wie möglich zu ihr zu kommen. Mireille redete sich ein, dass es nicht allzu schlimm sein konnte. Caroline hatte noch laufen können. Aber sie hatte die Verwundung Mireille gegenüber erwähnt, und das war kein gutes Zeichen.

Sie waren hinter dem magischen Schutzschild der kleinen Kabine gewesen, als Mireille nach Carolines Hand greifen wollte. Die Magierin hatte sie zurückgehalten. „Nicht", hatte sie gesagt.

„Ein dunkler Fluch hat meine rechte Schulter getroffen. Ich weiß nicht, ob er durch das Blut weitergegeben werden kann. Wir sollten kein Risiko eingehen."

Danach hatte Caroline ihr die linke Hand angeboten. Mireille hatte in ihrem Blut nichts Außergewöhnliches feststellen können, es schmeckte wie zuvor. Aber das musste nichts bedeuten. Wenn der Fluch sich über das Blut im Körper verbreitete, war er vielleicht nur noch nicht bis in den linken Arm vorgedrungen. Sobald sie im Hauptquartier angelangt waren, ging Mireille zu Alain. „Wo ist Caroline?", wollte sie wissen und es fiel ihr schwer, die Angst in ihrer Stimme zu unterdrücken.

„Sie ist bestimmt auf der Krankenstation", versicherte ihr Alain. „Warte einen Augenblick. Ich suche jemanden, der dich zu ihr bringt." Er winkte eine andere Magierin heran und fragte sie, ob sie Mireille zur Krankenstation begleiten könnte. Dann drehte er sich wieder zu ihr um. „Geh mit Catherine. Sie wird dir den Weg zeigen."

„Vielen Dank", sagte Mireille und folgte der Magierin. Auf dem kurzen Weg zur Krankenstation wechselten sie kein einziges Wort.

„Hier ist es", sagte Catherine und zeigte auf eine Tür. „Frag einfach nach Caroline. Sie bringen dich zu ihr."

Mireille nickte wortlos. Ihre ganze Aufmerksamkeit galt dem Raum hinter der Tür. Während ihr Verstand sich noch über ihre Reaktion wunderte, hatte der Rest von ihr sie schon akzeptiert. Sie musste es nicht verstehen. Sie musste sich nur Gewissheit verschaffen, dass es Caroline gut ging. Der Rest hatte Zeit bis später.

Marcel wusste nichts über die Ereignisse in der Krankenstation, als er seine Offiziere und ihre Partner zu sich rief. „Ich bezweifle, dass wir von den anderen Gefangenen viel erfahren. Aber wir schulden ihnen eine Chance, Reue zu zeigen oder ihre Kooperation anzubieten, bevor wir sie endgültig der Justiz übergeben. Eure Strategie hat bei Dominique gewirkt. Ich möchte euch vorschlagen, es auch mit den anderen zu versuchen."

„Ist mir recht", sagte Thierry und sah Alain fragend an. Der nickte zustimmend.

„Ich helfe auch gerne wieder dabei", bot Jean an.

Raymond konnte sich ein unzufriedenes Knurren nicht verkneifen, als Jean anbot, noch weitere dunkle Magier zu beißen. Soweit er die Ethik der Vampire verstanden hatte – und falls solche Kreaturen überhaupt wussten, was ethische Grundsätze waren –, galt es ihnen als intime Handlung, einen Menschen zu beißen. Hatte Jean nicht wenigstens so viel Respekt für Raymond, um ihn nicht zu zwingen, dabei zu sein? Was musste er denn noch tun, um in den Augen dieses Mannes die gleiche Beachtung zu verdienen, die andere Vampire ihren Partnern zeigten? Selbst Marcel hatte, als er die Kabinen einrichtete, mehr Rücksicht auf die Befindlichkeiten der Vampire genommen, als auf die Gefühle Raymonds!

Jean drehte sich um und sah ihn, offensichtlich verärgert über die Unterbrechung, mit funkelnden Augen an. Sie brauchten jede Information, derer sie habhaft werden konnten, wenn sie diesen Krieg gewinnen wollten. Raymond verzog das Gesicht, ohne Jeans wütendem Blick auszuweichen.

„Dräng dich nicht immer ins Scheinwerferlicht, Jean. Es passt nicht zu dir", mischte Sebastien sich ein. „Du bist nicht der einzige Vampir hier. Es gibt auch noch andere mit den gleichen Talenten."

Jean runzelte nur die Stirn und ignorierte Sebastien. Er hatte ein wichtigeres Problem – nämlich einen widerspenstigen Magier.

„Entschuldigt uns bitte einen Moment", sagte er kalt. „Raymond und ich müssen etwas besprechen."

Jean stand auf und ging zur Tür. Raymond war versucht, ihm zu widersprechen, überlegte es sich aber anders. Er musste Jean wieder besänftigen, um seine Position in der Milice zu behalten. Also erhob er sich ebenfalls und folgte Jean auf den Flur.

„Wo können wir unter vier Augen reden?", fragte Jean.

„Den Gang runter", antwortete Raymond mit einem Schulterzucken und führte Jean in ein kleines Zimmer.

Jean schloss hinter ihnen die Tür und drehte sich zu Raymond um, der verlegen in der Mitte des Zimmers stand. „Was, zum Teufel, ist dein Problem?"

146

„Mein Problem?", fragte Raymond ungläubig. *Mein* Problem?" Er wurde lauter. „Was ist *dein* Problem?"

„Dein Verhalten", fuhr Jean ihn an. „Du trägst nicht das Geringste zum Erfolg dieser Partnerschaft bei. Nicht das Allergeringste."

„Und was hast du getan?", widersprach Raymond. „Ich habe dich wenigstens von meinem Blut trinken lassen. Von dir habe ich nichts bekommen außer Drohungen."

„Drohungen …", schimpfte Jean. „Ich will nichts anderes, als eine funktionierende Zusammenarbeit. Dafür brauche ich dein Blut. Was hätte ich denn tun sollen, als du es mir nicht freiwillig geben wolltest?"

„Hast du mich auch nur ein einziges Mal gefragt?", gab Raymond zurück. „Nein, du hast nur eingefordert. Welche Reaktion hast du denn darauf erwartet?"

„Hättest du es mir denn gegeben, wenn ich dich gefragt hätte?", erwiderte Jean.

„Vielleicht", sagte Raymond und senkte betreten den Kopf, denn er wusste, dass er Jean zurückgewiesen hätte. „Das ist jetzt auch egal. Ich gebe dir, was du brauchst. Aber du könntest wenigsten etwas Dankbarkeit zeigen."

„Und wie bitte soll ich das tun?", fragte Jean wütend und fing an, im Zimmer auf und ab zu laufen.

„In dem du mich nicht zwingst, es mit ansehen zu müssen", antwortete Raymond. „Ich bin davon ausgegangen, dass du nur noch mich beißen wirst."

Jean war sprachlos. Von allen möglichen Antworten auf seine Frage war das die einzige, mit der er nicht gerechnet hatte. „Und warum stört dich das?", wollte er schließlich wissen und drehte sich wieder zu Raymond um. „Du willst doch gar nicht von mir gebissen werden. Was kümmert es dich, wenn ich andere Menschen beiße?"

„Du bist mein Partner, ob es mir gefällt oder nicht. Du hast selbst gesagt, dass für Vampire ein Biss den gleichen Stellenwert hat wie Sex. Ist es da nicht einfach nur eine Frage der Höflichkeit, wenn du deinen Partner nicht zwingst, dir zusehen zu müssen, wie du einen anderen beißt?"

„Ich habe seit dem Beginn dieser Allianz von keinem anderen Menschen getrunken als von dir", klärte Jean ihn auf. „Ich habe keinen Tropfen von Dominiques Blut geschluckt. Ich habe es nur auf der Zunge geschmeckt, um seine Aufrichtigkeit zu überprüfen."

„Und du hast dabei eine ziemliche Show abgeliefert", brüllte Raymond ihn an.

„Na und?", schnappte Jean zurück. „Du bist nicht bereit, mir Beachtung zu schenken. Wieso stört es dich dann, wenn ich andere beachte?"

„Weil es unsere Partnerschaft bedeutungslos macht, deshalb", sagte Raymond so langsam und deutlich, als würde er mit einem kleinen Kind reden.

„Von welcher Partnerschaft sprichst du eigentlich?", wollte Jean wissen. „Du hast dich nicht ein einziges Mal wie ein Partner verhalten. Selbst bei dem Kampf gegen den dunklen Magier hast du meine Hilfe nicht gewollt. Ich muss dich erst suchen, wenn ich dein Blut brauche. Du gehst mir aus dem Weg anstatt an meiner Seite, wie die anderen Magier es mit ihren Partnern tun."

„Und du? Kommandierst mich rum und behandelst mich wie deinen Lakai, anstatt wie deinen gleichberechtigten Partner. Ja, ich habe einen Fehler gemacht, als ich mich zu Beginn des Kriegs mit Serrier eingelassen habe. Ich habe seiner Propaganda Glauben geschenkt. Aber als ich seine Grausamkeiten gesehen habe, bin ich desertiert, und zwar ohne jede Absicherung. Ich musste mich um meine eigene Sicherheit kümmern, bis Marcel mich aufnahm. Was muss ich denn noch alles tun, um euch von meiner Loyalität und Ehrlichkeit zu überzeugen?!" In dem letzten Aufschrei entlud sich die ganze Frustration, die sich in Raymond im Laufe der letzten beiden Jahre aufgestaut hatte.

„Du könntest zum Beispiel damit anfangen, so zu tun, als ob du an unserem Erfolg interessiert wärst", schlug Jean vor.

„Ist das ein Vorschlag oder ein Befehl, oh Herr und Meister?", erwiderte Raymond sarkastisch.

„Ein Vorschlag", antwortete Jean, dem endlich ein Licht aufging. „Ich will keinen Sklaven, Raymond. Ich will einen Partner. Hast du auf dem Bahnsteig gesehen, wie die anderen Paare zusammen gekämpft haben? Wie sie zusammengearbeitet haben? Das ist es, was ich will. Ich will wissen, dass du mir den Rücken freihältst, so wie ich es für dich tun will."

„Das lässt du dir aber auch nicht gerade anmerken", grummelte Raymond. „Du kannst es ja kaum ertragen, wenn du mich ansehen musst."

„Das stimmt nicht", widersprach Jean. „Du bist ein durchaus angenehmer Anblick."

Raymond sah ihn überrascht an. „Du hast mit Adèle geflirtet!"

„Hast du dir Adèle mal genauer angesehen? Ich müsste ein ganzes Stück toter sein, als ich es schon bin, um *nicht* mit ihr zu flirten."

„Das ist nicht komisch", brummte Raymond, musste aber dabei grinsen.

„Doch, das ist es", meinte Jean und holte tief Luft. „Können wir noch einmal von vorne anfangen? So tun, als würden wir uns jetzt erst kennenlernen? Unsere Partnerschaft neu beginnen?"

Raymond lächelte verlegen. Es war das erste ehrliche Lächeln, das Jean bei ihm gesehen hatte. „Das wäre schön."

„Hallo, ich bin Jean", sagte er und streckte die Hand aus. „Wie heißt du?"

„Raymond", erwiderte der Magier und nahm Jeans Händedruck an.

„Freut mich, dich kennenzulernen, Raymond. Wollen wir sehen, ob wir Partner sind? Ich schlage einen kleinen Zauberspruch vor, das ist weniger schmerzhaft, als wenn ich dich beißen würde."

„Okay, wenn du nichts dagegen hast."

„Etwas Einfaches", warnte Jean. „Falls es doch wirken sollte."

„Eine Levitation", schlug Raymond vor. „Ich kann versuchen, dich schweben zu lassen. So haben es die anderen gemacht."

„Das ist eine gute Idee", stimme Jean zu.

Raymond zog seinen Stab und sprach die harmlose Beschwörung. Jean konnte einen Hauch Magie in der Luft spüren, aber seine Füße blieben fest auf dem Boden gehaftet.

„Ich glaube, wir sind Partner", sagte Jean lächelnd.

„Das glaube ich auch", erwiderte Raymond. „Was bedeutet das jetzt für uns?"

„Es bedeutet, dass du mir dein Blut gibst, damit ich das Sonnenlicht überlebe. Und es bedeutet, dass, wenn wir nicht kämpfen und ich doch Blut brauche, ich zu einem anderen Menschen gehe und es dich nicht sehen lasse. Für die Zwecke unserer Allianz beiße ich nur dich. Wenn wir kämpfen müssen, werden wir es als Gleichgestellte tun und uns gegenseitig unterstützen. Ist das für dich akzeptabel?"

Raymond dachte darüber nach. „Und wenn wir etwas entscheiden müssen, werden wir es gemeinsam tun", fügte er hinzu.

Jean nickte.

„Es ist mir ein Vergnügen, Partner."

„Und falls ich es vergessen sollte, erinnere mich bitte daran, anstatt mich nur böse anzusehen. Ich bin kein Gedankenleser", ergänzte Jean.

„Das gilt auch für mich."

„In Ordnung", meinte Jean. „Darf ich dich fragen, warum du dich so vor mir gefürchtet hast? Ich weiß, dass du keinen Vampir als Partner wolltest. Aber das ist kein Grund zur Furcht."

Raymond schluckte nervös. „Ich kannte einen jungen Mann, der sich mit einem Vampir eingelassen hat", sagte er leise. „Am Anfang strahlte er vor Glück und Gesundheit. Dann, nach weniger als fünf Wochen, war er tot. Wir haben nie erfahren, was mit ihm passiert ist."

„Fünf Wochen?", wiederholte Jean. „Das ist seltsam. Es sollte keine Rolle spielen, wie lange sie zusammen waren. Außer, wenn der Vampir unvorsichtig war. Entweder war es das, oder dein Freund ist in einen Machtkampf zwischen zwei Vampiren verwickelt worden. Nicht alle Vampire sind ehrenhaft, genauso wenig, wie alle Magier ehrenhaft sind."

„Und was ist mit dir?", fragte Raymond. „Bist du ehrenhaft?"

Jean zuckte zusammen, als er an einen anderen jungen Mann dachte, der zwischen zwei Vampiren gestanden hatte. „Ja", antwortete er bitter. Er erinnerte sich sehr gut daran, wie es geendet hatte. Er war allein zurückgeblieben und der junge Mann in den Armen eines anderen Vampirs glücklich geworden. „Jetzt lass uns zu Marcel gehen und ihm sagen, dass er sich für die Verhöre einen anderen Vampir suchen muss, der noch keinen Partner hat."

„Sebastien hat sich angeboten", erinnerte Raymond ihn.

„Das weiß ich. Aber es gibt keinen Grund, warum er die gleichen Probleme mit seinem Partner bekommen sollte, wie wir sie hatten. Ich kenne einen Vampir, der für die Aufgabe perfekt geeignet ist. Groß, kräftig und rotzfrech. Keiner würde jemals vermuten, dass er hinter seiner Fassade absolut harmlos ist."

Raymond lachte. „Hört sich fast nach dir selbst an."

Jean grinste. Wenn Raymond schon mit ihm scherzen konnte, waren sie wirklich auf einem guten Weg. „Lass uns gehen. Ich will wissen, was Marcel noch alles geplant hat."

4

„Wo ist Caroline?", fragte Mireille, die sich zu viel Sorgen um ihre Partnerin machte, um höflich zu sein.

„Ein Mediziner ist schon bei ihr", sagte der Krankenpfleger. „Nehmen Sie Platz."

„Ich muss Caroline sehen", wiederholte Mireille ungeduldig.

„Sie können jetzt nicht ins Krankenzimmer", beharrte der Pfleger. „Ich sage Ihnen sofort Bescheid, wenn es wieder möglich ist."

Er wollte gehen, aber Mireille fasste ihn am Arm und hielt ihn zurück. „Ich. Muss. Zu. Caroline", befahl sie und drückte fester zu.

Als er wieder ablehnend den Kopf schüttelte, stieß sie ihn zur Seite und ging an ihm vorbei ins Krankenzimmer.

„Caroline!", rief sie und zog den ersten Vorhang auf. Die Patientin war ihr unbekannt.

„Caroline!" Von Vorhang zu Vorhang wurde sie panischer. Jemand wollte nach ihr greifen, doch sie schüttelte ihn ab. Hinter jedem Vorhang kam ein anderer Patient zum Vorschein. Caroline war nicht dabei.

Erst als sie hinter den letzten Vorhang am Ende des Raumes stürmte, stand sie vor ihrer Partnerin, die mit geschlossenen Augen auf dem Bett lag. „Was habt ihr mit ihr gemacht?", schrie Mireille.

„Es geht ihr gut", beruhigte sie der Mediziner. „Sie schläft nur, eine harmlose Beschwörung, damit ich ihre Wunden behandeln konnte. Sie sollte jeden Augenblick wieder aufwachen."

„Ist alles in Ordnung mit ihr?", fragte Mireille, deren Wut genauso schnell wieder verrauchte, wie sie gekommen war.

„Ja. Ich musste nur einige kleinere Reparaturen an ihrer Schulter durchführen. Wenn sie sich schont, ist sie in ein bis zwei Tagen wieder so gut wie neu."

„Sie wird sich schonen", versprach Mireille. „Ich sorge dafür."

„Das glaube ich gerne", erwiderte der Mediziner. „Ich lasse Sie jetzt mit ihr allein. Rufen Sie mich, wenn sie aufwacht. Aber lassen Sie sie nicht aufstehen, bevor ich sie noch einmal untersucht habe."

„Das werde ich", sagte Mireille.

Sobald die Vorhänge hinter dem Mann zugefallen waren, klammerte Mireille sich an Carolines gesunde Hand, als wäre sie ihre persönliche Rettungsleine. Der Kontakt hatte eine beruhigende Wirkung auf Mireille. Sie fand endlich die Zeit, um über alles nachzudenken, was seit heute früh auf sie eingestürmt war. Mireille hatte, nach den Maßstäben der Vampire zumindest, immer ein sehr abgeschirmtes Leben geführt. Durch ihre Arbeit für Monsieur Lombard hatte sie wenig Kontakt mit der Außenwelt. Sie verließ das Haus nur, um Blut für sich und Monsieur zu finden. Andere Menschen sah sie nicht, und auch Vampire traf sie nur selten. Monsieur lud fast nie Besucher ein und nur selten kam jemand vorbei, den er vorließ. Nichts in ihrem bisherigen Leben hatte sie auf den Wirbelsturm vorbereitet, der heute über sie hinweggefegt war.

Mireille hatte sich auch noch nie zu einem Menschen, ob Mann oder Frau, so hingezogen gefühlt, wie zu Caroline. Vielleicht lag es daran, dass sie ihre Opfer immer nach dem Geschmack von Monsieur aussuchte. Sie hatte auch noch nie einem anderen Lebewesen Gewalt angetan, selbst bei der Jagd nicht. Aber heute, als Caroline bedroht wurde, hatte Mireille keine Sekunde gezögert. Sie hätte nie von sich erwartet, so besitzergreifend reagieren oder so wütend werden zu können. Aber wenn es um Carolines Wohlergehen ging, verlor sie die Beherrschung. Sie sah auf das friedliche Gesicht ihrer Partnerin, die immer noch schlief. Sanft strich sie ihr die dunkelblonden Haare aus der Stirn. Es war ein wunderbares Gefühl.

Caroline öffnete blinzelnd die Augen, als sie Mireilles Berührung spürte. Mireille sah, wie der erstaunte Blick in den blauen Augen langsam verschwand, als Caroline wach wurde und ihre Partnerin erkannte. Ihre Augen fingen an zu funkeln und die kleinen Fältchen, die plötzlich auftauchten, deuteten ein Lächeln an. „Hallo", flüsterte Caroline mit rauer Stimme.

Caroline klang erschöpft und Mireille wurde von ihren wunderschönen Augen abgelenkt. „Nicht reden", befahl sie und sah sich suchend um. Ihre Magierin musste etwas trinken. Sie fand einen Krug mit Wasser und ein Glas, das sie füllte und zum Bett brachte. Dann hob sie vorsichtig Carolines Kopf vom Kissen und setzte ihr das Glas an den Mund.

„Ich bin nicht vollkommen hilflos", scherzte Caroline, als Mireille ihren Kopf wieder auf das Kissen sinken ließ. Sobald sie wieder bequem lag, fasste Mireille nach ihrer Hand.

„Vielleicht nicht. Aber der Mediziner hat gesagt, dass du dich schonen musst."

„Den Kopf zu heben ist keine Schwerstarbeit. Ich schone mich doch", sagte Caroline.

„Das muss der Mediziner beurteilen", erwiderte Mireille. Sie ließ Carolines Hand kurz los, um den Vorhang aufzuziehen und nach dem Mann zu rufen. „Sie ist aufgewacht!"

Der Mediziner kam in die kleine Kabine zurück und lächelte Caroline freundlich zu. „Nun, Miss Breaux, wie fühlen Sie sich?", fragte er.

„Es geht mir gut", antwortete sie sofort.

„Dann bewegen Sie bitte Ihren rechten Arm für mich."

Caroline folgte seiner Aufforderung und hob den rechten Arm, aber die Schmerzen waren noch so stark, dass sie ihn sofort wieder auf die Bettdecke fallen ließ.

„Das dachte ich mir", meinte der Mediziner. „Ich konnte die Wirkung des Fluches zwar neutralisieren, aber Ihr Körper braucht noch einige Zeit, um sich wieder zu erholen. Ein bis zwei Tage sollten ausreichen. So lange müssen Sie den Arm allerdings ruhigstellen. Ich gebe Ihnen eine Schlinge mit. Kann ich mich darauf verlassen, dass Sie meine Anweisungen befolgen?"

„Ja", erwiderte Caroline. „Ich möchte schnell gesund werden, um zu meiner Einheit zurückzukehren. Ich werde nichts tun, das meine Genesung gefährdet."

Der Mediziner zog eine Schlinge aus der Schublade eines Materialschränkchens und legte sie Caroline um die Schulter. „Passen Sie auf", sagte er zu Mireille. „Sie werden das für Ihre Partnerin übernehmen müssen, weil sie selbst nicht beweglich genug ist."

Caroline wollte Einspruch erheben und ihn darauf hinweisen, dass Mireille gar nicht bei ihr wohnte, aber die Vampirin drückte ihr nur die Hand. „Zeigen Sie mir alles", forderte sie den Mann auf. Der erklärte es noch einmal im Detail und ließ die beiden Frauen allein.

„Wieso denkt er, dass du bei mir sein wirst?", wollte Caroline wissen.

„Ich … nun, ich … ich habe eine ziemliche Szene gemacht, als sie mich nicht zu dir lassen wollten", erklärte Mireille, der vor Verlegenheit die Röte ins Gesicht stieg. „Es war nicht böse gemeint, aber ich musste dich einfach sehen. Ich konnte nichts dagegen tun. Das ist mir noch nie passiert. Als sie mich aufhalten wollten, habe ich mich einfach vorbeigedrängt."

„Dann sollten wir die Krankenstation besser gemeinsam verlassen", meinte Caroline.

„Das glaube ich auch", stimmte Mireille leise zu. „Ich muss auf dem Weg noch etwas erledigen. Ich habe einen Job und muss mit meinem Arbeitgeber reden."

„Wird er Verständnis haben?"

„Ich denke schon", sagte Mireille. „Er hat mich ermutigt, an dem Treffen teilzunehmen, obwohl er selbst nicht kommen wollte. Er sagt, er wäre zu alt, um sich in die Angelegenheiten der Magier einzumischen. Begleitest du mich?"

„Zu deinem Arbeitgeber? Wird er das nicht merkwürdig finden?"

„Er ist auch mein Freund. Und der älteste Vampir von Paris. Er würde dich bestimmt gerne kennenlernen. Wir können ihm gemeinsam berichten, was heute geschehen ist. Er wird sicher Fragen haben, die ich ihm nicht beantworten kann."

„Und du glaubst, dass ich darauf eine Antwort weiß?", fragte Caroline erstaunt.

„Zumindest kannst du ihm die Ereignisse aus der Sicht einer Magierin schildern. Sag schon, dass du mich begleitest."

„Ich komme mit", gab Caroline nach. „Ich muss mich noch um die Entlassungspapiere kümmern. Danach können wir aufbrechen. Ist die Magie noch so stark, damit du nach draußen gehen kannst?"

„Auf jeden Fall", sagte Mireille. Sie wunderte sich immer noch über ihre unerklärlichen Gefühlsschwankungen. Ob sie wohl durch Carolines Magie hervorgerufen wurden? Sie musste unbedingt Monsieur danach fragen.

MIREILLE KLINGELTE, als sie mit Caroline nach Hause kam. Sie erwartete zwar keine Antwort, wollte aber Monsieur vorwarnen, damit der den Flur verlassen und ihnen aus dem Weg gehen konnte. Sie öffnete die Tür gerade weit genug, um sich und Caroline durch den Spalt schlüpfen zu lassen, dann zog sie sie wieder hinter sich ins Schloss. Es dauerte einige Sekunden, bis Carolines Sicht sich an den düsteren Hausflur angepasst hatte.

„Wir haben Elektrizität", erklärte Mireille. „Aber Monsieur meint, dass ihn sogar das künstliche Licht nervös macht. Kerzen und Kaminfeuer sind alles, was er aushalten kann."

„Schon gut", erwiderte Caroline nervös. Sie konnte sich nicht vorstellen, dass Mireille sie in böser Absicht in dieses Haus gebracht hatte, doch sie konnte ihr Unwohlsein auch nicht ganz unterdrücken. Sie würde gleich dem ältesten Vampir von Paris gegenüberstehen. Leise folgte sie Mireille in eine Bibliothek mit unzähligen alten Büchern. Caroline konnte sich nicht zurückhalten und ging auf die Regale zu, um die Titel auf den Buchrücken zu lesen. Sie war überzeugt, dass jedes einzelne Buch eine Erstausgabe war.

„So, dieses Mal hast du mir also eine Bücherfreundin mitgebracht", dröhnte eine tiefe Stimme aus der Dunkelheit.

„Nur für ein kurzes Gespräch", sagte Mireille schnell und stellte sich zwischen Monsieur Lombard und Caroline. „Caroline ist meine Partnerin in unserer neuen Allianz."

Monsieur Lombard trat ins Licht. Caroline erkannte sofort sein hohes Alter und seine Weisheit. Trotz seiner mächtigen Stimme lag ein sanfter Ausdruck in seinem Blick, als er Mireille ansah. Vielleicht war er ja gar nicht so erschreckend. „Und doch hast du mir eine Bücherfreundin mitgebracht. Schon gut, junges Fräulein. Sie können die Bücher ruhig anfassen."

Ehrfurchtsvoll hob Caroline eine Hand und strich mit den Fingern über den Ledereinband eines Buches. „Ich hab noch nie so viele Erstausgaben gesehen", sagte sie.

„Meine Sammlung würde manchen neidisch machen", stimmte Monsieur Lombard ihr zu. „Aber kaum einer wäre bereit, den Preis zu zahlen, den ich dafür entrichten musste."

„Da haben Sie wahrscheinlich recht", erwiderte Caroline.

„Erzählt mir von eurem Treffen", befahl Monsieur Lombard und setzte sich auf einen Sessel. Mit einer höflichen Handbewegung forderte er sie auf, ebenfalls Platz zu nehmen.

Mireille ging zu dem kleinen Sofa und klopfte auf das Polster, um Caroline einzuladen, sich an ihre Seite zu setzen. Caroline nahm das Angebot erleichtert an. Mireille war bei weitem nicht so einschüchternd wie der alte Vampir.

Langsam und stockend begann Mireille von ihrem Treffen zu berichten. Sie wiederholte, was Marcel und Jean ihnen gesagt hatten. Anschließend beschrieb sie ihm, wie sich die Partner gefunden hatten. Dabei lächelte sie Caroline liebevoll zu.

An dieser Stelle unterbrach Monsieur ihren Bericht. „Caroline hat dich angesprochen?", hakte er nach.

Mireille nickte.

„Warum?", fragte er und sah dabei Caroline an.

Caroline rutschte unruhig hin und her, als er sie fixierte. „Sie sah genauso nervös aus, wie ich mich auch fühlte. Es war eine gute Gelegenheit, ein Gespräch zu beginnen. Damit hat der Biss etwas von seiner unpersönlichen Anonymität verloren."

„Und das war Ihnen wichtig?", wollte der alte Vampir wissen.

„Selbstverständlich", erwiderte Caroline. „Falls mein Blut zu ihr passte, würde sie meine Partnerin werden. Ich wollte eine Partnerin, mit der ich mich gut verstehe und mit der ich zusammenarbeiten kann. Unsere gemeinsame Nervosität war da ein guter Anfang."

Monsieur Lombard nickte. „Erzähl weiter", sagte er. „Was ist danach passiert?"

Mireille nahm ihren Bericht wieder auf. Sie erzählte ihm von Sebastiens Eintreffen im Wartesaal und der Entdeckung, dass Magie zwischen Partnern nicht funktionierte.

„Gut", murmelte Monsieur Lombard. „Ich hatte gehofft, dass er auch kommt."

„Wie meinen Sie das?", fragte Mireille.

„Dieser Zwist zwischen Sebastien und Jean dauert schon viel zu lang. Es wird Zeit, dass sie sich wieder versöhnen. Die Allianz braucht jeden einzelnen von uns. Deshalb habe ich dafür gesorgt, dass Sebastien von dem Treffen erfuhr", erklärte er. „Doch nun will ich mehr über diese Resistenz gegen Magie erfahren."

„Kurz bevor Sebastien eintraf, hat Thierry, einer der Magier, die Kontrolle verloren", berichtete Caroline. „Alain bündelte die Magie und richtete sie auf die Tür, weil er sie für ein unschädliches Ziel hielt. Direkt in dem Augenblick, als die Magie auf die Tür traf, kam Sebastien in den Wartesaal. Es war kein bestimmter Fluch, keine Beschwörung, sondern nur ein spontaner magischer Ausbruch. Trotzdem war er so stark, dass er Sebastien hätte umwerfen müssen. Aber Sebastien stand nur in der Tür, als wäre nicht das Geringste passiert. Dann stellte sich heraus, dass er und Thierry Partner sind. Wir wollten wissen, ob nur Sebastien gegen die Magie immun war oder ob es etwas mit ihrer Partnerschaft zu tun hat. Nach einigen einfachen Versuchen haben wir herausgefunden, dass die Magie nicht auf die jeweiligen Partner wirkt. Ich könnte den ganzen Tag jede denkbare Beschwörung gegen Mireille anwenden, es würde nichts passieren."

„Interessant", bemerkte Lombard nachdenklich. „Weiter."

Gemeinsam beschrieben die beiden Frauen ihm den anschließenden Kampf gegen die dunklen Magier und alles, was sich danach noch zugetragen hatte. „Als wir in Marcels Hauptquartier kamen, bin ich sofort auf die Krankenstation gegangen, um nach Caroline zu sehen", beendete Mireille ihren Bericht. „Ich hatte keine andere Wahl. Es hat mich einfach zu ihr gezogen. Am Anfang konnte ich es noch kontrollieren, aber als sie mich von ihr fernhalten wollten, habe ich die Beherrschung verloren. Monsieur, ich habe einen Mann durch das Zimmer geschleudert. Wie Sie wissen, ist das nicht meine Art. Ich musste Caroline sehen. Ich bin durch die Krankenstation gelaufen und habe nach ihr gesucht. Erst als ich sie gefunden habe und ihre Hand halten konnte, hat die Wut nachgelassen und ich war wieder ich selbst."

„Waren andere Vampire davon ebenfalls betroffen?", fragte Lombard, der sich über Mireilles ungewöhnliches Verhalten wunderte.

„Nicht dass ich wüsste", antwortete Mireille. „Aber mir sind einige Vampire aufgefallen, die immer sehr nahe bei ihren Magiern geblieben sind."

„Besonders Orlando", ergänzte Caroline. „Ich glaube, er ist die ganze Zeit kaum einen Schritt von Alains Seite gewichen."

„Nicht sehr oft", bestätigte Mireille.

„Das könnte allerdings auch am Aveu de Sang liegen", meinte Lombard. „Hat es den Anschein gemacht, als ob Alain etwas Abstand wollte?"

„Ganz und gar nicht", sagte Caroline und lachte leise. „Er hat sich ständig umgesehen, wo Orlando gerade steckt. Ich habe ihn noch nie so erlebt."

„Und Sie?", fragte Lombard. „Wie haben Sie sich gefühlt, als Sie von Mireille getrennt waren?"

„Ich hatte starke Schmerzen durch den Fluch, der mich getroffen hat. Ich wollte nur auf die Krankenstation. Danach haben sie mich betäubt. Als ich aufwachte, war Mireille schon an meiner Seite und hielt meine Hand. Ich hatte gar keine Zeit, auf die Trennung zu reagieren", erklärte Caroline, der nicht auffiel, wie überrascht Mireille sie ansah. Die Vampirin hatte von der Verwundung gewusst, aber der Ernst der Lage wurde ihr erst jetzt klar. Sie nahm sich vor, mit Caroline darüber zu reden. Ihre Partnerin durfte solche Dinge nicht vor ihr verheimlichen.

„Interessant", meinte Christophe.

„Das haben Sie schon mehrfach gesagt", platzte Mireille heraus. „Was soll das alles bedeuten?"

„Das weiß ich noch nicht. Ich brauche mehr Informationen. Ich muss mit Jean reden."

ERIC SIMONET und Vincent Jonnet kamen aus der U-Bahn und sahen sich vorsichtig im Bahnhof um. Sie erkannten sofort die Anzeichen des Kampfes, der hier stattgefunden hatte. „Chavinier war hier", bemerkte Vincent.

„Das sehe ich auch. Lass uns herausfinden, was genau passiert ist", erwiderte Eric. Er ging durch den Bahnhof, um nach Zeugen und Überlebenden zu suchen. Als er ein Stöhnen hörte, drehte er sich um und sah Dominique bei einer der Säulen auf dem Boden liegen. Er rannte zu ihm. „Aufwachen, Dominique", sagte er. „Komm schon, wach auf."

Der junge Mann öffnete blinzelnd die Augen. „Was ist geschehen?", fragte er Eric.

„Das wollte ich dich auch gerade fragen."

Dominique schloss die Augen, um sich besser konzentrieren zu können. „Ich … Wir haben den Wartesaal beobachtet", sagte er bedächtig, als müsste er sich erst wieder an alles erinnern. „Wir konnten nichts hören, weshalb sich Robert näher schlich. Dann habe ich einen Schrei gehört und der Kampf ging los. Ich bin wahrscheinlich sofort von einem Fluch getroffen worden, denn an mehr kann ich mich nicht erinnern."

Eric runzelte die Stirn. Dominique war erst seit Kurzem bei ihnen, aber die anderen waren erfahrene Kämpfer. Chavinier war bestimmt nicht zufällig über sie gestolpert. Seine Magier mussten in der Überzahl gewesen sein, sonst hätten sie die anderen nicht komplett ausschalten können. „Wir bringen dich jetzt zurück", sagte er zu Dominique. „Pascal wird mit dir reden wollen."

„Ich kann ihm nicht mehr sagen als dir", erwiderte Dominique. „An mehr kann ich mich nicht erinnern." Er wollte Serrier wirklich nicht gegenübertreten, wenn es sich irgendwie vermeiden ließ.

„Das glaube ich dir, aber Pascal wird es von dir persönlich hören wollen. Er hat vielleicht noch Fragen, die du ihm beantworten kannst. Sag ihm die Wahrheit, dann wird dir nichts passieren", beruhigte ihn Eric.

Genau das war es, was Dominique Sorgen bereitete. Spionieren war eine gute Idee gewesen, solange er sich noch bei Marcel und seinen Verbündeten aufgehalten hatte. Die Aussicht, Serrier gegenüberzutreten und ihm etwas vorspielen zu müssen, ließ die Angelegenheit in einem anderen Licht erscheinen. Dominique zweifelte kurz an der Weisheit seines Entschlusses. Eric war, verglichen mit den anderen dunklen Magiern, kein schlechter Mann. Aber er wäre nicht derjenige, der Dominique verhörte, falls Serrier ihn für einen Lügner hielt. Marcels Freundlichkeit hatte es so leicht erscheinen lassen, den dunklen Magiern zu entkommen. Unter Eric und Vincents misstrauischen Blicken kam es ihm plötzlich nicht mehr so vor. Doch dann erinnerte er sich an die Drohung des Vampirs. Blanchet konnte ihn foltern, Serrier konnte ihn töten – aber Bellaiche konnte ihn zu einem Untoten machen. Da ging Dominique lieber das Risiko mit Serrier ein.

Eric warf Vincent einen Blick zu. „Bring Dominique zurück. Lass ihn von einem Mediziner untersuchen. Chaviniers Magier benutzen normalerweise keine gefährlichen Flüche, aber man weiß nie. Wir sehen uns, wenn ich zurückkomme."

„Was hast du hier noch vor?", fragte Vincent.

„Ich will mich umsehen und es mit einigen Enthüllungssprüchen versuchen. Vielleicht kann ich noch mehr erfahren", erwiderte Eric.

Dominique fühlte die Panik in sich aufsteigen. Wenn Eric zu genau suchte, konnte er im Wartesaal bestimmt Marcels Magie entdecken. Er zwang sich zur Ruhe. Er war bewusstlos gewesen, von ihm konnten sie keine Informationen erwarten. Er hatte keine Ahnung, was Marcel mit den anderen gemacht hatte. Vermutlich war der Wartesaal als Zelle für die Gefangenen benutzt worden oder Marcels Magier hatten dort ihre Verwundeten behandelt.

„Siehst du irgendwo meinen Stab?", fragte Dominique. „Er war ein Geschenk und ich hätte ihn gerne zurück."

„Ich werde nach ihm Ausschau halten", versprach Eric. „Allerdings sind Chaviniers Leute immer recht gründlich, wenn sie hinter sich aufräumen. Es ist ein Wunder, dass sie dich übersehen haben."

„Ja", gab Dominique zu. „Aber ich kann mich nicht beschweren. Ich will nicht ins Gefängnis."

„Falls das ihre Absicht war", knurrte Vincent. „Ich habe von Magiern gehört, die sie mit Beschwörungen belegt haben und …"

„Das ist alles Unsinn, Vincent. Und das weißt du auch", unterbrach ihn Eric. „Ich mag den Mann nicht und seine Politik noch weniger, aber er ist nicht jemand, der andere foltert."

„In den letzten zwei Jahren kann sich viel verändert haben", verteidigte sich Vincent.

„So viel nicht", sagte Eric kopfschüttelnd. „Bring Dominique auf die Krankenstation. Ich komme gleich nach." Ohne ein weiteres Wort drehte er sich um und fing mit seiner Beschwörungen an, um nach weiteren Informationen zu suchen.

„Komm jetzt, Junge", sagte Vincent und boxte Dominique an die Schulter. „Eric will, dass du untersucht wirst."

„Ich fühle mich aber gesund", protestierte Dominique.

„Mhmm. Das sagen sie alle. Aber ich glaube es erst, wenn es mir ein Mediziner bestätigt. Wir müssen jetzt hier weg, dieser Ort macht mich nervös. Was passiert, wenn Chavinier zurückkommt?"

Dominique lief ein unfreiwilliger Schauer über den Rücken, als Vincent sie transportierte. Sie kamen direkt vor Serriers Versteck an. Er hatte Marcel gesagt, wo es sich befand, und der war ihm für die Information dankbar gewesen. Aber er hatte Dominique davor gewarnt, auf einen baldigen Angriff zu hoffen. Dazu hatten sie nicht genug Leute und die Verluste wären bei einem direkten Angriff zu hoch. Chavinier zog es vor, Serrier mit kleinen Nadelstichen zu schwächen, bis sich die passende Gelegenheit bot, ihn endgültig zu besiegen.

Kaum war Dominique angekommen, tauchte auch Vincent auf. Dominique folgte ihm in das Gebäude und zur Krankenstation. Vincent erklärte dem Mediziner, was geschehen war. Der befahl Dominique, sich auf einen Tisch zu legen, so er ihn untersuchen konnte.

Die Magie des Mediziners hüllte Dominique ein und offenbarte sofort Marcels Beschwörung. Dominique hielt die Luft an und hoffte inständig, dass die früheren Zaubersprüche, mit denen Alain ihn getroffen und Marcel ihn gebunden hatte, darunter verborgen blieben. Er seufzte erleichtert, als der Mediziner nichts mehr entdecken konnte. „Es ist eine Standardbeschwörung, die ihn hilflos gemacht hat", bestätigte der Mediziner Dominique und Vincent. „Man bleibt ein bis zwei Stunden bewusstlos, dann verflüchtigt sie sich wieder. Es gibt nur selten Nebenwirkungen und ich kann auch keine erkennen. Du bist heute vielleicht noch etwas erschöpft, aber morgen kannst du wieder zum Dienst antreten."

„Danke, Doc", sagte Vincent. „Wir warten noch auf …"

„Nicht nötig", unterbrach Eric, der in diesem Moment die Krankenstation betrat. „Ich bin schon zurück. Alles in Ordnung mit ihm?", fragte er den Mediziner.

„Er sollte sich heute noch ausruhen, aber morgen ist er wieder einsatzfähig."

Eric nickte. „Dann lasst uns jetzt zu Pascal gehen."

Dominique kam sich fast wie ein Gefangener vor, als Eric und Vincent ihn zwischen sich nahmen und zu Serrier führten. Sie fassten ihn nicht an und fesselten ihn auch nicht, aber ihre Anwesenheit sorgte dafür, dass er auch nicht entkommen konnte. Kurz bevor sie zu dem Raum kamen, in dem Serrier sie erwartete, blieb Eric stehen und zog Dominiques Stab aus der Tasche. „Hier", sagte er leise. „Den willst du bestimmt zurückhaben."

Dominique sah ihn überrascht an und steckte seinen Stab mit einem Anflug von Ehrfurcht ein. „Vielen Dank."

„Nun?", rief Pascal aus dem Zimmer und lenkte ihre Aufmerksamkeit wieder auf ihren Auftrag.

„Wir haben den jungen Dominique gefunden. Er lag bewusstlos im Bahnhof. Die anderen waren schon längst verschwunden und ich kann nicht sagen, wohin sie gebracht worden sind", berichtete Eric.

„Nun, mein Junge? Was ist passiert?", verlangte Pascal zu wissen.

Dominique erzählte ihm stotternd die gleiche Geschichte, die er bereits Eric erzählt hatte.

„Dann weißt du also nicht, warum sich die Vampire versammelt haben?", fragte Pascal.

„Nein, Sir. Robert wollte sie belauschen, aber dann wurden wir angegriffen. Vielleicht hat er etwas erfahren, aber er kann es uns nicht sagen, weil sie ihn erwischt haben", antwortete Dominique.

„Was schätzt du, wie viele Vampire sich dort versammelt hatten?"

„Ich habe sie nicht gezählt, aber es waren mindestens zweihundert", erwiderte Dominique.

„Zweihundert", wiederholte Pascal. „Ich wusste gar nicht, dass in Paris so viele Vampire leben. Hast du deine Angreifer erkennen können, bevor du bewusstlos geworden bist?"

„Da war ein alter Mann mit weißen Haaren. Ich glaube, er hat die Befehle gegeben."

„Chavinier", unterbrach Eric.

„Wahrscheinlich", stimmte Pascal ihm zu. „Wer noch?"

„Hmm. Da war ein großer, blonder Magier. Aber den habe ich nicht deutlich gesehen. Er hat mit einem jungen Mann zusammen gekämpft, der braune Locken hatte", fügte Dominique hinzu.

Eric runzelte die Stirn. „Möglicherweise Magnier oder Dumont", sagte er. „Aber ich bin mir nicht sicher. Ich habe Chaviniers und Rougiers Magie erkannt, die anderen konnte ich allerdings nicht identifizieren. Sie haben sich gegenseitig überlagert."

„Und der andere? Der mit den lockigen Haaren?"

Eric dachte darüber nach, welcher von Chaviniers Magiern zu dieser Beschreibung passte. „Keine Ahnung", sagte er dann. „Es hört sich nicht an wie jemand, den ich kenne. Könnte es sein, dass er Magier von außerhalb rekrutiert hat?"

„Die Möglichkeit besteht", meinte Pascal. „Es stellt sich außerdem die Frage, wie er von unserer Mission erfahren hat. Er hat neunzehn unserer Männer überwältigt. Das kann er nur geschafft haben, wenn er vorher Bescheid wusste."

„Das dachte ich mir auch schon", erwiderte Eric kühl. „Ich habe keine Ahnung, woher er es wusste. Aber es kann kein Zufall sein. Die Reste ihrer Magie waren im ganzen Bahnhof zu spüren, so stark war sie. Dominique, wann genau hat der Angriff stattgefunden?"

„Gegen sechs Uhr", sagte Dominique. „Robert hat sich angeschlichen, weil die Vampire immer noch in dem Wartesaal waren, obwohl der Sonnenaufgang kurz bevorstand."

„Chavinier hat vielleicht ein Alarmsystem eingerichtet", vermutete Eric. „Das hat er schon öfters getan. Robert oder einer der anderen löste vermutlich den Alarm aus, und daraufhin griff Chavinier an. Seine Magie war überall spürbar. Es können auch Schutzzauber darunter gewesen sein. Wenn Robert und die anderen sich dort zwei Stunden lang aufgehalten haben, hatte Chavinier mehr als genug Zeit, sich einen Angriffsplan zurechtzulegen."

Pascal dachte über Erics Worte nach. „Möglicherweise, ja. Was meinst du dazu, Vincent?"

„Es kommt mir alles zu perfekt vor", erwiderte Vincent. „Aber andererseits hat Chavinier schon immer höllisches Glück gehabt."

„Das stimmt", seufzte Pascal und drehte sich zu Dominique um. „Warst du schon auf der Krankenstation?"

„Ja, dort sind wir zuerst gewesen", antwortete Dominique. „Der Mediziner sagt, ich soll mich heute noch ausruhen. Morgen kann ich wieder zum Dienst antreten."

„Gut. Dann kannst du jetzt gehen. Melde dich morgen wieder. Ich habe einen neuen Auftrag für dich."

Dominique bedankte sich bei Serrier und verließ den Raum. Er war froh, dieses Treffen unbeschadet überstanden zu haben.

Nachdem der junge Magier gegangen war, wandte sich Serrier an die beiden anderen. „Neunzehn erfahrene Kämpfer sind gefangen genommen worden oder tot. Nur ein unerfahrener Junge ist entkommen. Kommt euch das nicht komisch vor?"

„So wie er hinter der Säule gelegen hat, war er kaum zu sehen", sagte Vincent. „Wir sind auch erst durch sein Stöhnen auf ihn aufmerksam geworden."

„Ich habe seinen Stab gefunden", ergänzte Eric. „Er lag nicht in seiner Nähe. Selbst wenn sie den gesehen haben sollten, müssen sie Dominique noch nicht gefunden haben. Ich habe es überprüft. Sein Stab ist in dem Kampf nicht zum Einsatz gekommen. Sie hatten keinen Grund, nach ihm zu suchen. Es ist komisch, aber nicht unwahrscheinlich."

Pascal zuckte mit den Schultern. „Wenn er lügt, werden wir es früh genug erfahren. Jetzt will ich vor allem wissen, warum sich die Vampire versammelt haben. Es mag unwichtig sein, aber ich will wissen, warum sich zweihundert Vampire in einem Wartesaal auf dem Bahnhof treffen, um dort bis in die Morgendämmerung zu reden. Meine Herren, wir brauchen einen Vampir."

Vincents Grinsen war fast so bösartig wie Serriers.

„Natürlich nur, um mit ihm zu reden", fügte Pascal hinzu. „Was wir danach mit ihm machen, können wir später entscheiden."

5

THIERRY ERHOB sich von seinem Stuhl. Die Besprechung hatte lang gedauert, viel länger, als es bei Besprechungen mit Marcel normalerweise der Fall war. Aber sie war sehr produktiv gewesen. Zu Thierrys Erstaunen und auch Freude war Jean wieder zurückgekommen, nachdem er mit Raymond so überstürzt den Raum verlassen hatte. Jean hatte ihnen erklärt, dass es im Interesse der Partnerschaften wäre, wenn in Zukunft nur noch partnerlose Vampire die gefangen genommenen dunklen Magier beißen würden. Einige der Magier hatten diesen Vorschlag unterstützt und Marcel hatte sich damit einverstanden erklärt. Thierry war darüber sehr erleichtert. Obwohl er wusste, dass er keinen Anspruch auf Sebastien erheben konnte, war ihm der Gedanke, sein Partner würde einen anderen Magier beißen, sehr unangenehm gewesen. Es war zwar keine sehr vernunftgeleitete Reaktion, aber Thierry konnte sie nicht verhindern.

„Es wird ihnen nicht schaden, wenn sie noch etwas länger schmoren müssen", entschied Marcel. „Jean, kannst du einen Vampir finden, der uns heute Abend zur Verfügung steht?"

Jean nickte. „Ich habe schon eine Idee. Ich werde ihn sofort kontaktieren und bitten, uns nach Sonnenuntergang hier zu treffen."

Sie unterhielten sich noch etwas länger, machten Pläne und diskutierten über ihre Optionen, bis Marcel erkannte, dass sich die schlaflose Nacht bemerkbar machte und alle müde wurden. Das war offensichtlich der Preis, den sie für ihre Zusammenarbeit mit den Vampiren bezahlen mussten. Marcel beendete ihre Besprechung und entließ sie mit der Anweisung, sich auszuruhen und am Abend wieder zurückzukommen.

Thierry sah Sebastien verlegen an. Er zweifelte nicht daran, dass Alain und Orlando gemeinsam nach Hause gehen würden. Was die anderen vorhatten, wusste er nicht. Er selbst war noch nicht bereit dazu, Sebastien zu sich einzuladen. Er wusste auch nicht, ob es jemals dazu kommen würde. „Dann sehen wir uns heute Abend", sagte er und versuchte, seine Verlegenheit zu überspielen.

„Ja, heute Abend", erwiderte Sebastien und drehte sich um, um das Zimmer zu verlassen.

Thierry wollte ihm noch etwas nachrufen, wollte ihn auffordern, noch zu warten, aber er brachte es nicht über sich. Er sah sich nach Alain um. Sein Freund unterhielt sich mit Marcel, und Orlando wich ihm nicht von der Seite. Thierry ging zu ihnen, nachdem Marcel sich verabschiedet hatte.

„Ich will noch etwas essen gehen. Habt ihr auch Hunger?", fragte er Alain.

„Das hört sich prima an", erwiderte Alain. „Wir könnten in das kleine Café hier in der Nähe gehen. Sie haben ein gutes Mittagsmenü."

Orlando hörte ihnen zu und beschloss, ihnen etwas Zeit zu geben und sie allein zu lassen. Er hatte Alains Aufmerksamkeit schon zu lange nur für sich beansprucht und Thierry wäre wahrscheinlich froh, allein mit seinem Freund reden zu können. „Ich gehe zu Jean", sagte er.

„Das musst du nicht tun", warf Thierry ein.

„Ich weiß", erwiderte Orlando. „Aber ich muss wirklich mit Jean reden. Alain, wir sehen uns dann später in meiner Wohnung. Kommst du auch ohne Schlüssel rein, falls du früher zurück bist? Ich habe keinen Zweitschlüssel."

„Kein Problem", versicherte ihm Alain und zog ihn an sich, um ihm einen Kuss zu geben. „Wir sehen uns zuhause. Viel Spaß bei Jean."

„Danke. Ich wünsche euch einen guten Appetit."

Die beiden Magier sahen Orlando nach, der durch das Zimmer zu Jean ging und ihn leise ansprach. Jean nickte. Orlando drehte sich noch einmal um und winkte ihnen zum Abschied zu. „Er ist wunderbar", murmelte Thierry.

Alain lachte leise. „In der Tat, das ist er. Komm, wir gehen essen. Dann kannst du deine Fragen loswerden und wir können darüber reden."

„Woher weißt du, dass ich mit dir reden will?"

„Ich weiß es eben", erwiderte Alain. „Nach dreißig Jahren Freundschaft ist das auch nicht anders zu erwarten."

Sie verließen das Hauptquartier und gingen die Straße entlang zu dem kleinen Café. Sie bekamen einen Tisch in einer der hinteren Ecken, wo sie von den anderen Gästen nicht gestört wurden, die an den Fenstern saßen und dem Leben auf der Straße zusahen. Sitzen und beobachten – es war der Lieblingszeitvertreib der Menschen in Paris.

Sie bestellten und warteten, bis der Kellner ihren Wein brachte. Als sie wieder allein waren, sah Alain Thierry erwartungsvoll an.

„Was fühlst du, wenn Orlando dich beißt?", brach Thierry schließlich das Schweigen.

„Seine Zähne", antwortete Alain platt.

„Imbécile! So habe ich das nicht gemeint", rief Thierry.

„Ich weiß", erwiderte Alain grinsend. „Aber ich konnte es mir nicht verkneifen. Es war zu gut." Er dachte kurz über die Frage nach, bevor er sie ernsthaft beantwortete. „Ich fühle mich ihm verbunden", fing er an. „Es ist, als ob ich mich ihm hingebe. Oder schenke. In gewisser Weise stimmt das auch, weil er in meinem Blut alles schmecken kann, was in meinem Herzen vor sich geht."

„Und stört dich das?", fragte Thierry.

„Dass er in meinem Herzen lesen kann oder dass ich mich ihm verbunden fühle?", hakte Alain nach.

„Sowohl als auch. Beides." Es war Thierry unangenehm, dass Alain der Ursache seines Problems so schnell auf den Grund gegangen war.

„Nein", antwortete Alain nach kurzem Nachdenken. „Ich habe mich vom ersten Moment an zu ihm hingezogen gefühlt. Als er mich das erste Mal gebissen hat, war ich nervös. Aber das lag nur an den Geschichten, die ich über Vampire gehört hatte. Marcel hat mich dann darauf hingewiesen, dass die Vampire nicht diskriminiert würden und sich verstecken müssten, wenn sie ihre Opfer wirklich kontrollieren könnten. Ich will die Verbindung zu Orlando. Ich will auch die Intimität. Ich will alles, was Orlando mir geben kann, und noch viel mehr."

„Mehr?", fragte Thierry.

„Er ist 251 Jahre alt, Thierry, und er hatte noch nie einen Geliebten. Er ist schwer misshandelt worden, als er zum Vampir gemacht wurde. Seitdem ist er Intimkontakten aus dem Weg gegangen."

„Aber ich dachte ..." Thierry verstummte.

„Dass wir Geliebte wären?", beendete Alain seine Frage. „Das sind wir auch", fuhr er fort, als Thierry nickte. „Aber nur zu seinen Bedingungen. Ich nehme, was er mir geben kann, und ich gebe, was er akzeptiert."

„Und das Brandmal an deinem Hals?"

„Ist die logische Konsequenz der Gefühle, die wir – oder zumindest ich – schon vorher füreinander hatten. Ich hätte auch ohne dieses Mal nicht anders gehandelt. Es ist ein Zeichen meiner Gefühle, das ist alles."

„Die anderen Vampire scheinen ihm mehr Bedeutung beizumessen", meinte Thierry.

„Das ist mir auch aufgefallen. Vielleicht haben sie recht. Vielleicht gibt die Magie dem Mal eine besondere Bedeutung. Aber ich wäre gestern Nacht und in der Nacht davor trotzdem bei ihm geblieben. Ich hätte mich ihm trotzdem hingegeben. Ich hätte ihn trotzdem von meinem Blut trinken lassen. Ich habe kein Problem damit, dir das alles zu sagen ... aber warum willst du es eigentlich wissen?"

„Ich ... ich hatte diese merkwürdigen Gefühle bei Sebastiens Biss. Ich weiß nicht recht, wie ich sie beschreiben soll oder was sie bedeuten. Es ist so verwirrend, Alain. Ich habe gerade erst Aleth verloren!" Thierry waren seine inneren Qualen deutlich anzuhören. Alain konnte es ihm nachempfinden. Er und Edwige waren zwar schon geschieden gewesen, aber ihr Tod hatte ihm dennoch einen schweren Schlag versetzt. Thierry ging es genauso, auch wenn er und Aleth sich entfremdet hatten und bereits getrennt lebten, als die dunklen Magier sie töteten.

„Ich verstehe dich. Du kommst dir illoyal vor. Sie ist gerade erst gestorben und du fühlst schon eine Verbindung zu einem anderen Menschen", sagte Alain und erinnerte sich an die Zeit nach Edwiges und Henris Tod. Er hatte sich und die Welt gehasst. Es hatte Wochen gedauert, bis er sich ihren Tod verzeihen konnte. Erst Monate später war er wieder in der Lage gewesen, Interesse für andere Menschen aufzubringen. „Ich verstehe deine Gefühle. Aber ich weiß auch, dass das Leben weitergeht, ob es dir gefällt oder nicht. Es bringt Aleth nicht zurück, wenn du dich bestrafst. Es schadet ihrem Gedächtnis nicht, wenn du für den Erfolg der Allianz einstehst."

„Es geht mir nicht um die Allianz", erwiderte Thierry. „Ich will mehr als das, aber es geht nicht. Noch nicht." Alain konnte Thierrys Gründe nachvollziehen, aber er hoffte insgeheim dennoch, dass sein Freund sich bald wieder mehr öffnen würde, sei es gegenüber Sebastien oder einem anderen Menschen. Thierry verdiente es, wieder glücklich zu werden. Alain befürchtete, dass sein eigenes Glück mit Orlando seinem Freund noch stärker bewusst machte, wie viel er selbst verloren hatte.

„Hat Sebastien dich bedrängt?"

„Nein! Im Gegenteil, er hat Angst davor, zu viel von mir zu erwarten. Er hat mich nach Aleth gefragt, weil er meine Trauer schmecken konnte."

„Wie hat er reagiert, nachdem du ihm von ihr erzählt hast?", wollte Alain wissen.

„Er hat gesagt, es täte ihm leid und dass er wüsste, wie es wäre, einen geliebten Menschen zu verlieren", erwiderte Thierry.

„Wo ist dann das Problem?", fragte Alain. „Er verlangt nicht mehr von dir, als du ihm geben kannst."

„Er nicht", stimmte Thierry ihm zu. „Aber mein Herz verlangt mehr."

ALAIN KÜSSTE ihn zärtlich auf den Mund. „Wir sehen uns zuhause. Viel Spaß bei Jean."

„Danke. Ich wünsche euch einen guten Appetit."

Zuhause. Es war ein so wunderbares Wort, wenn er es aus Alains Mund hörte. Orlando wurde warm ums Herz. Alain hatte nicht seine eigene Wohnung damit gemeint, er hatte von Orlandos gesprochen. Es war das erste Mal seit ihrem Aveu de Sang, dass sie sich trennten. Orlando wusste jetzt schon, dass er Alain an seiner Seite vermissen würde, wollte ihm aber Zeit geben, mit Thierry zu reden. Thierry hatte Orlando zwar angeboten, sie in das Café zu begleiten, doch Orlando wusste sehr gut, dass Thierry sich durch seine Anwesenheit bei dem Gespräch gehemmt fühlen würde. Er verstand sich schon viel besser mit Thierry und sie hatten viele Missverständnisse aufgeklärt, aber als Freunde konnte man sie noch nicht bezeichnen. Wahrscheinlich würde sich auch das bald zum Besseren wenden, aber Thierry brauchte *jetzt* einen Freund, dem er sich anvertrauen konnte. Er brauchte Alain. Dazu kam, dass Orlando wirklich mit Jean reden musste. Er hatte einige Fragen, mit denen ihm sein Bruder helfen konnte.

Orlando ging zu Jean. „Lass uns die Wirkung der Magie nutzen und spazieren gehen", schlug er vor.

Jean sah ihn überrascht an.

„Ich möchte mit dir reden", fügte Orlando hinzu, als Jean ihm nicht sofort antwortete.

„Na gut", stimmte Jean zu. „Wohin willst du gehen?"

„Der Buttes Chaumont ist nicht weit von hier", erwiderte Orlando. Der Park mit seinen alten Bäumen war von zahlreichen beschaulichen Pfaden durchzogen und jetzt, im Oktober, waren dort nicht viele Menschen anzutreffen. Dort würden sie sich in Ruhe unterhalten können. „Wir können dort spazieren gehen. Ich habe den Park noch nie bei Tageslicht gesehen."

„Ich auch nicht", gab Jean zu. Als er ein Vampir wurde, reichte Paris kaum über die Île de la Cité und die Île St-Louis hinaus. Wo heute der Buttes Chaumont lag, hatte sich damals noch Wildnis ausgebreitet. „Es ist so gut wie jeder andere Ort."

„Und besser als die meisten. Lass uns gehen."

„Einen Moment noch", sagte Jean, weil ihm sein Gespräch mit Raymond wieder einfiel. Sie hatten abgemacht, sich wie Gleichgestellte zu behandeln. „Ich muss erst Raymond Bescheid sagen."

Orlando wartete, während Jean zu Raymond ging. „Ich gehe mit Orlando und verbringe den Tag bei ihm. Wir sehen uns heute Abend, ja?"

„Ja, gut. Einen schönen Tag noch", erwiderte Raymond lächelnd. Er freute sich, dass Jean sich an sein Versprechen gehalten hatte.

„Das wünsche ich dir auch", sagte Jean zum Abschied und ging zu Orlando zurück. Er konnte es immer noch nicht glauben, wie sehr ihr Streit das Verhältnis zwischen ihnen geändert hatte. „So, jetzt können wir gehen."

Die beiden Vampire verließen das Hauptquartier der Miliz und machten sich auf den Weg zum Park. Es war ein klarer, sonniger Tag, aber auch recht kühl, als sie durch die ruhige Nebenstraße gingen. Nach einiger Zeit erreichten sie einen der größeren Boulevards. Einige Passanten blieben stehen und sahen den beiden gut aussehenden Männern nach, aber keiner sprach sie an. „Sie wissen nicht, wer wir sind", murmelte Orlando. „Für sie sind wir ganz normale Menschen."

„Ein weiterer Grund, für diese Allianz dankbar zu sein", sagte Jean. „Wenigstens für diese Zeit können wir ein fast normales Leben führen."

Den Rest des Weges legten sie schweigend zurück. Als sie zu der künstlichen Grotte kamen, fasste Orlando sich ein Herz und sprach Jean an. „Was ist zwischen dir und Sebastien vorgefallen? Ich habe noch nie erlebt, dass du auf einen anderen Vampir so reagiert hast wie auf ihn."

„Es ist nicht wichtig", erwiderte Jean.

„Warum verhältst du dich ihm gegenüber dann so?", fragte Orlando beharrlich nach.

„Vergiss es", befahl Jean.

„Nein. Ich will wissen, was passiert ist."

„Na gut", fauchte Jean ihn an. „Er hat mir meinen Geliebten gestohlen und mit einem Aveu de Sang an sich gebunden, bevor ich auch nur davon erfahren habe."

„Wann war das?", fragte Orlando schockiert. Er hatte noch nie etwas von dieser Sache gehört, obwohl er doch immer dachte, Jean sehr gut zu kennen.

„Vor Jahrhunderten. Damals gab es dich noch nicht. Aber das spielt auch keine Rolle. Sebastien hat mich hintergangen, und das werde ich ihm nie vergessen."

„Du wirst ihn nicht ignorieren können", meinte Orlando. „Er ist Thierrys Partner. Wir werden ihn in Zukunft oft sehen und mit ihm zusammenarbeiten müssen."

„Ich kann ihn ertragen", erwiderte Jean. „Ich kann sogar mit ihm zusammenarbeiten. Aber ich muss nicht nett zu ihm sein und ihn erst recht nicht mögen."

Orlando blieb vor dem Teich stehen und setzte sich dann auf eine der Bänke am Ufer. Nach einigen Minuten setzte sich Jean zu ihm. „Genug geredet über Sebastien. Wie geht es dir?", wollte er von Orlando wissen.

„Es geht mir gut", antwortete Orlando.

„Wirklich?", hakte Jean nach. Er kannte Orlando schon seit über hundert Jahren. In all dieser Zeit hatte sich der junge Vampir nicht ein einziges Mal einen Geliebten erwählt. Jean wunderte sich, warum sich das so plötzlich geändert hatte. „Er hat dich zu nichts gezwungen?"

„Er ist die Geduld in Person", beruhigte ihn Orlando und lächelte dabei. Seine Gedanken waren bei Alain und allem, was zwischen ihnen geschehen war, seit sie den Aveu de Sang eingegangen waren. „Ich habe mich noch nie so sicher und behütet gefühlt, außer bei dir."

Jean lächelte. „Das freut mich für dich. Du hast es verdient, glücklich zu sein."

„Ja, ich bin glücklich", sagte Orlando leise. „Alain macht mich glücklich."

„Gut. Man sieht dir die Veränderung schon an."

„Es gibt eine Veränderung?"

„Noch vor einer Woche hättest du dich nie so an unseren Gesprächen beteiligt, wie du es in den letzten beiden Tagen getan hast. Du hättest nie an einem Verhör teilgenommen. Du wärst im Hintergrund geblieben, überzeugt davon, dass sowieso niemand an deiner Meinung interessiert ist", erklärte Jean und dachte an den jungen Vampir zurück, den er vor über hundert Jahren gerettet hatte. Er hatte immer versucht, Orlando mehr Selbstbewusstsein zu vermitteln, war aber erfolglos geblieben. Alain hatte in zwei Tagen erreicht, wozu Jean selbst in hundert Jahren nicht in der Lage gewesen war.

„Das ist es ja", meinte Orlando. „Er interessiert sich für meine Meinung. Ich muss mir über seine Reaktion keine Gedanken machen. Er ist vielleicht anderer Meinung als ich, aber er hört mir trotzdem zu. Er denkt über meinen Standpunkt nach. Außer dir hat das bisher niemand getan."

„Und der Rest?"

„Er ist an meiner Seite geblieben, bis wir das Hauptquartier verlassen haben."

160

„Und das hat dich nicht gestört?"

„Mich gestört? Es hätte mich gestört, wenn er mich verlassen hätte. Weißt du, was er mir zum Abschied gesagt hat?"

Jean schüttelte den Kopf.

„Er hat gesagt, wir würden uns dann nachher zuhause sehen. Ich habe ihn gefragt, ob er ohne Schlüssel in meine Wohnung kommt und er bejahte. Aber er sagte zuhause. Nicht in meiner Wohnung, Jean. Nein, nicht da. Zuhause."

Jean starrte Orlando wortlos an. Er hatte gewusst, dass Orlando sich in Alain verliebt hatte. Es war ihm schon vor zwei Nächten aufgefallen, als er die beiden auf dem Friedhof zusammen gesehen hatte. Aber Jean hätte nicht erwartet, dass auch Alain tiefe Gefühle für Orlando hegte. „Er zieht bei dir ein?", fragte er ungläubig. Wenn überhaupt, dann hätte er damit gerechnet, dass Alain Orlando auffordern würde, bei ihm einzuziehen.

„Ja. Er meinte, meine Wohnung wäre größer und in seiner gäbe es kein Zimmer ohne Fenster. Er macht sich nichts vor über mich, und doch sieht er in mir so viel mehr als nur den Vampir und Verbündeten, Jean. Seit ich Vampir bin, haben alle anderen Menschen auf mich herabgesehen und mich dafür verachtet. Und die Vampire haben auf mich herabgesehen, weil ich angeblich nicht stark genug gewesen wäre, mich selbst aus den Klauen meines Schöpfers zu befreien. Alain tut das nicht. Er sieht in mir nicht den wertlosen Vampir, er sieht nur mich selbst."

Jean hob beschwichtigend die Hand. „Du hast mich überzeugt. Weiß er schon, was mit dir geschehen ist?"

„Zum Teil", erwiderte Orlando. „Das Schlimmste habe ich ihm schon erzählt. Er weiß, dass der Hundesohn mich gefangen gehalten und vergewaltigt hat. Er weiß auch, dass ich den Bastard danach in die Hölle geschickt habe." Orlandos Stimme war eiskalt vor Wut. Er hatte immer noch nicht vergessen, dass er seinem Schöpfer über hundert Jahre lang ausgeliefert gewesen war. Selbst seine Flucht und der Tod dieses Monsters hatten ihn jedoch nicht aus dem Gefängnis befreien können, in den er durch seine unfreiwillige Umwandlung zum Vampir gesteckt worden war. Orlando kannte seine Grenzen, wusste, dass seine unselige Vergangenheit ihn davon abhielt, sein Leben unbeschwert zu genießen und mit Alain die sexuelle Freiheit zu genießen, die sie sich beide wünschten. Jetzt gab es noch eine neue Angst, für die sein Schöpfer verantwortlich war: Die Angst davor, dass Alain die Geduld mit ihm verlieren und seine Zurückhaltung nicht mehr ertragen würde. Bisher hatte sich Alain sehr verständnisvoll gezeigt, aber Orlando machte sich Sorgen, dass sein Magier eines Tages nicht mehr mit den engen Grenzen leben konnte, die Orlando ihrer Beziehung gesteckt hatte. Er konnte Alain nicht wieder verlieren. Es wäre sein Ende.

„Hat er auf dich Rücksicht genommen?", fragte Jean, der immer noch befürchtete, dass Orlando zu schnell und gegen seinen Willen in eine sexuelle Beziehung gedrängt worden war.

„Nein, ich habe auf ihn Rücksicht genommen. Er hat meine Grenzen akzeptiert und mir die komplette Kontrolle überlassen. Er hat nichts getan und verlangt, was ich ihm nicht freiwillig geben konnte. Kannst du dir vorstellen, wie unglaublich das für mich war? Ich kann ihm vertrauen, Jean. Selbst in den leidenschaftlichsten Momenten hat er nicht ein einziges Mal mein Vertrauen missbraucht und etwas getan, das ich ihm nicht erlaubt hatte."

„Es sieht aus, als ob du in ihm eine gute Wahl getroffen hättest", meinte Jean, der endlich verstand, dass Alain wirklich nur das Beste für Orlando wollte.

„Ich habe sogar eine sehr gute Wahl getroffen", verbesserte ihn Orlando.

„Dann solltest du auch dir selbst mehr zutrauen", insistierte Jean.

„Wie meinst du das?"

„Du hast gesagt, du kannst ihm vertrauen, deine Grenzen nicht zu überschreiten. Jetzt traue dir selbst das Gleiche zu. Was hat er gefühlt, als du von ihm getrunken hast?"

„Das ist unsere Privatsache", erwiderte Orlando und wurde rot, als er an den Orgasmus dachte, den sein Biss bei Alain ausgelöst hatte.

„Na gut. Aber denk darüber nach. Denk darüber nach, wie intim der Biss war, wie innig es war, als ihr euch geliebt habt. Und dann stell dir vor, um wie viel mächtiger und überwältigender es wäre, wenn ihr beides miteinander kombiniert."

„Ich habe Angst, die Kontrolle über mich zu verlieren", gab Orlando zu. „Ich will ihn nicht verletzen, Jean. Ich will ihn nicht verlieren."

„Du hast recht", sagte Jean. „Aber das wirst du auch nicht tun. Im Gegenteil, es wird euch noch enger miteinander verbinden."

„Und wenn ich ihn doch verletze?", sorgte sich Orlando. Er wusste nur zu gut, welche Schmerzen der Biss eines Vampirs beim Sex verursachen konnte. Sein Schöpfer hatte ihn regelmäßig gebissen, wenn er ihn vergewaltigte.

„Hast du in seinem Blut jemals Furcht geschmeckt?", fragte Jean.

„Nur einmal", erwiderte Orlando. „Das war, als Raymond ins Zimmer kam und mich verfluchen wollte."

„Und wie hast du darauf reagiert?", fragte Jean weiter.

„Ich habe sofort aufgehört." Orlando sprach es nicht aus, aber Jean konnte den Rest des Satzes in Orlandos Stimme hören. *Was hätte ich auch sonst tun sollen?*

„Warum sollte es dann das nächste Mal anders sein, wenn du wieder Furcht oder Schmerzen schmeckst? Es hat dich einmal aufgehalten, und es wird dich auch wieder aufhalten, solltest du ihn versehentlich verletzen", erinnerte in Jean. „Du bist nicht Thurloe. Ihm war es egal, was du gefühlt hast. Er hatte nur seine eigene Befriedigung im Sinn. Du würdest nie einen Menschen so behandeln, besonders deinen Avoué nicht."

„Sprich seinen Namen nicht aus", knurrte Orlando. „Er hat es nicht verdient, dass sein Name genannt wird."

„Nein, das hat er nicht", stimmte Jean ihm zu. „Aber das ändert nichts an meinen Worten. Du bist ein anderer Vampir. Du wirst Alain so behandeln und wertschätzen, wie du von ihm geschätzt werden willst. Und er wird das Gleiche tun. Halte dich nicht zurück. Lass nicht zu, dass deine eingebildeten Ängste eure Beziehung einengen."

„Ich weiß nicht …", sagte Orlando zögernd.

„Du musst nichts überstürzen", versicherte ihm Jean. „Du musst nicht nach Hause gehen und eine Liste abarbeiten, bis wir uns heute Abend wieder treffen. Ich will nur nicht, dass du die Hoffnung aufgibst, bevor du es versucht hast. Rede mit Alain. Frage ihn, was er will. Wenn er die beiden Dinge getrennt halten will, ist das auch in Ordnung. Aber entscheide es nicht für euch beide. Lass dir von ihm bei deiner Entscheidung helfen."

Orlando nickte. „Ich werde darüber nachdenken."

„Mehr kann ich nicht verlangen", sagte Jean. Er lächelte Orlando an, der langsam unruhig wurde. „Wollen wir zurückgehen? Du siehst aus, als ob du nach Hause möchtest."

„Ja", gab Orlando zu. „Ich muss ihn sehen und berühren, muss mich daran erinnern, dass er keine Einbildung ist."

„Schau dich nur um", sagte Jean und zeigte auf den sonnenbeschienenen Park mit seinen alten Bäumen und dem sprudelnden Wasserfall. „Es ist alles Wirklichkeit."

„Danke, Jean", sagte Orlando und drückte dem älteren Vampir spontan einen Kuss auf die Wange. „Vielen Dank für alles."

„Gern geschehen", rief Jean Orlando amüsiert nach. Sein Freund hatte es offensichtlich eilig, nach Hause zu kommen. Jean sah sich noch einmal im Park um und fragte sich, was er mit dem Rest des Tages anfangen sollte.

6

ORLANDO ÜBERLEGTE, ob er zu Fuß nach Hause gehen sollte, da der Buttes Chaumont auf der gleichen Seite der Stadt lag wie seine Wohnung. Noch vor zwei Tagen hätte er sich sicher sein können, in eine leere Wohnung zurückzukommen, und wäre schon allein deshalb zu Fuß gegangen, um der Einsamkeit zu entkommen. Er wusste nicht, wie lange Alain und Thierry für ihr Gespräch brauchen würden, und wahrscheinlich würde Alain erst nach ihm selbst nach Hause kommen. Trotzdem wollte er vermeiden, seinen Partner warten zu lassen. Er ließ das Sonnenlicht hinter sich und stieg die Treppe zur U-Bahn hinab. Es war eigentlich egal, wer von ihnen zuerst nach Hause kam, denn die Zeit, in der Orlandos Wohnung ein Ort der Einsamkeit und Isolation war, war vorbei. Jetzt verband er sie mit den Erinnerungen an Alain. Solange sein Partner am Leben war, würde er sich dort nie mehr einsam fühlen. Orlando würde nicht lange auf Alain warten müssen, selbst dann nicht, wenn er etwas früher eintraf. Sein Herz schlug schneller vor Vorfreude, wieder mit Alain vereint zu sein.

Orlando nahm die Fahrt kaum wahr. Die letzten Haltestellen erlebte er wie in Trance, weil er sich schon ausmalte, wie er und Alain ihre gemeinsame Zeit verbringen würden. In Gedanken sah er sie beide schon nackt im Bett liegen. Fast hätte er darüber seine Haltestelle verpasst und wäre zu weit gefahren. Er sprang gerade noch rechtzeitig aus dem Zug, bevor sich die Tür wieder schloss. Dann ging er durch die vertrauten Straßen nach Hause. Zumindest waren sie ihm im Licht des Mondes vertraut und er fragte sich, ob er sich wohl jemals an ihren Anblick bei Tage gewöhnen würde. Als er im Haus ankam, nahm er zwei Stufen auf einmal, um schneller nach oben zu kommen.

Die Bilder in seinem Kopf – Alain, der unter ihm nackt auf dem Bett lag und sich hin und her wand – ließen seine Hände zittern, als er den Schlüssel ins Schloss steckte. Als er ihn nur einmal umdrehen musste, wusste er, dass Alain schon zuhause war. „Alain?", rief er, während er die Wohnung betrat.

„Ich bin hier", schallte Alains Stimme aus der Küche zu ihm.

Orlando wunderte sich, dass Alain sich ausgerechnet in dem Raum aufhielt, der ihm selbst bisher immer am ungemütlichsten vorgekommen war. Als er die kleine Küche betrat, war Alain gerade dabei, die Inhalte einiger Einkaufstüten zu verstauen. „Ich hoffe, du hast nichts dagegen", sagte Alain. „Aber es war nichts zu essen im Haus und ich will nicht jedes Mal ausgehen müssen."

Orlando nahm ihm die Tüte aus der Hand, ohne ihrem Inhalt die geringste Beachtung zu schenken. Dann legte er Alain die Hände ums Gesicht und küsste ihn. Es war ein zärtlicher Kuss, der nichts von Orlandos neu gewonnenem Selbstbewusstsein erkennen ließ. Alain lehnte sich an die Küchentheke, fasste Orlando an den Hüften und zog ihn an sich. Der Körperkontakt und Alains offensichtliches Begehren taten Orlando gut. Er öffnete den Mund und ließ die Zunge über Alains Lippen gleiten, bis der den Mund öffnete und Orlando zum Spielen einlud. Orlando ließ sich nicht zweimal bitten und legte all sein Glück, all sein Begehren in ihren Kuss. Orlandos Zunge schob sich zwischen Alains Lippen und erkundete seinen Mund, bis Alain inständig hoffte, dass möglichst bald mehr daraus werden würde.

Als sie Luft holen mussten, trennten sie sich und drückten sich mit der Stirn aneinander. „Was war das?", fragte Alain erstaunt.

Orlando suchte nach den richtigen Worten, um ihm zu erklären, wie er sich gefühlt hatte, als er Alain in der Küche antraf und sah, wie der sich häuslich einrichtete. Er deutete auf die Einkaufstüten. „Was siehst du hier?", fragte er.

„Meine Einkäufe", erwiderte Alain, der nicht so recht wusste, was Orlando mit der Frage gemeint hatte. Er konnte nichts Besonderes daran erkennen.

„Genau", sagte Orlando, als hätte Alain gerade eine fundamentale Weisheit von sich gegeben. „Deine Einkäufe. Du hast Lebensmittel gekauft und sie in meine Küche gebracht." Es war eine so gewöhnliche, so alltägliche Sache, und doch war sie in Orlandos Welt ein außergewöhnliches Ereignis. „Du hast dir nicht das Geringste dabei gedacht."

„Warum hätte ich das tun sollen?", wollte Alain wissen, der immer noch nicht verstand, wieso seine Einkäufe diese Reaktion bei Orlando ausgelöst hatten. „Wir waren uns doch einig, dass ich zu dir ziehe. Und wenn ich hier leben will, brauche ich einige Vorräte."

„Genau das ist es", erklärte Orlando. „Du ziehst hier einfach ein, ohne jede Aufregung und ohne jedes Drama. Kannst du dir eigentlich vorstellen, wie glücklich ich darüber bin?"

Alain legte ihm die Hände auf die Hüften und lächelte ihn strahlend an. „Nein, kann ich nicht. Du musst es mir ganz genau beschreiben", verlangte er. Er konnte kaum glauben, wie sehr Orlando sich über ihre junge Beziehung freute. Es erinnerte ihn daran, dass jeder weitere Schritt in ihrem gemeinsamen Leben für Orlando eine vollkommen neue Erfahrung war, deren Bedeutung nicht hoch genug eingeschätzt werden konnte.

„Für dich ist es so einfach." Orlando kämpfte immer noch um die richtigen Worte. „Oder vielleicht ist einfach auch nicht das richtige Wort. Aber es ist für dich selbstverständlich. Du wirst hier leben, du brauchst Vorräte, du kaufst sie ein und bringst sie hierher. Für dich ist das eine vollkommen natürliche Sache. Ich habe seit über zweihundert Jahren nichts erlebt, das auch nur ansatzweise so alltäglich und normal gewesen wäre. Jedes Mal, wenn du dich mir gegenüber so normal verhältst, ist es wie ein Geschenk für mich."

„Wenn es für dich ein Geschenk ist, normal behandelt zu werden, dann freue ich mich darauf, dich für den Rest meines Lebens beschenken zu dürfen", versprach Alain. Er hatte es für selbstverständlich gehalten, in Orlandos Wohnung willkommen zu sein, ganz im Gegensatz zu Orlando selbst, der für ihn nie selbstverständlich werden würde. Seine alltägliche Geste hatte Orlando so glücklich gemacht, dass Alain sich schwor, solche kleinen Gesten in ihrem zukünftigen Leben zu einer Selbstverständlichkeit zu machen. Er fragte sich, wie Orlando wohl auf eine größere Geste reagieren würde. „Ich hoffe, ich darf dir ab und zu auch andere Geschenke machen. Geschenke, die genauso besonders sind wie du."

„Vielleicht", sagte Orlando unsicher. Er hatte seit Jahrhunderten nichts mehr geschenkt bekommen. Das letzte Geschenk hatte ihm sein Schöpfer gemacht, der ihn mit einem Ring aus seinem Regiment gelockt hatte, der angeblich ein Leben in Zufriedenheit und Wohlstand symbolisierte.

Alain lächelte und legte Orlandos Hände auf die Knöpfe seines Hemdes. „Willst du dein Geschenk nicht auspacken?", fragte er grinsend.

Orlando grinste zurück. Auf diesem Gebiet fühlte er sich schon sicherer als angesichts der überwältigenden Gefühle, die Alain mit seinen Einkäufen in ihm ausgelöst hatte. Es war zwar immer noch neu und aufregend, aber Orlando wusste, was er zu tun hatte. Er knöpfte das Hemd auf. „Auf jeden Fall", beantwortete er Alains Frage und zog ihm das Hemd aus der Hose. Dann legte er die Hände auf Alains nackte Brust. Sein Magier war ein Mann in der Blüte seiner Jahre und Orlando wollte es voll auskosten.

Alains Hände suchten nach dem Saum von Orlandos Hemd und zogen es nach oben. Der Schauer, der Orlando dabei durchfuhr, war wahrscheinlich auf dessen Erregung zurückzuführen, aber er erinnerte Alain an die grauenvolle Vergangenheit seines Partners und an die Ängste, die ihn immer noch heimsuchten. Alain hielt still und fragte sich, ob er eine alte Wunde aufgerissen hatte. „Sag mir, wo deine Grenzen sind", sagte er leise. „Ich will sie nicht versehentlich überschreiten."

Orlando wurde warm ums Herz, als er Alains Worte hörte. Er hatte Jean versichert, dass Alain ihn nicht bedrängen würde, und es war die Wahrheit gewesen. Aber als Alain ihm erneut bewies, dass er Orlandos Grenzen nicht nur respektierte, sondern sogar mehr über sie erfahren wollte, konnte Orlando sein Glück kaum fassen, diesen wunderbaren Mann zum Geliebten zu haben. Alains Stimme war nicht die geringste Ungeduld anzuhören, nur ein zartes Mitgefühl, das Orlando tief berührte. „Nur am Oberkörper anfassen", sagte er leise. „Und nicht beißen."

„Darf ich dich küssen?", fragte Alain und schob die Finger in die Gürtelschlaufen von Orlandos Hose. „Darf ich dich schmecken?"

„Ohne Zähne", sagte Orlando. Sein Schöpfer hatte ihn oft damit gequält, ihm die Zähne in den Körper zu bohren und ihn zu zerfleischen, bevor er ihn vergewaltigte. Er hatte immer noch

Albträume, wenn er in den leichten Dämmerzustand glitt, dem der Schlaf der Vampire glich. Orlando wusste, dass Alains Zähne nicht den gleichen Schaden anrichten konnten wie die seines Schöpfers, aber er hatte Angst davor, sie auf seiner Haut zu spüren. Er fürchtete, dass die Albträume ihn wieder überwältigen würden und ihm auch noch die wenigen, kleinen Zärtlichkeiten nahmen, die er Alain erlauben konnte. Nachdem er Alain erklärt hatte, wo seine Grenzen lagen, fühlte er sich sicher und wusste, dass sein Partner sich daran halten würde.

„Ohne Zähne", versprach Alain. Zähne waren offensichtlich für einen Teil der unsichtbaren Narben verantwortlich, die Orlando davongetragen hatte. „Wollen wir uns einen bequemeren Platz suchen?"

„Was?", scherzte Orlando und presste sich mit den Hüften an Alain. „Der Küchenschrank ist dir also zu ungemütlich?"

„Mir wäre das Bett lieber", meinte Alain. „Dort können wir uns richtig Leben. Die Küche heben wir uns für später auf."

„Verspochen?"

„Versprochen."

Es war ein erregender Gedanke. Orlando stellte sich vor, wie er Alain umdrehte, über die Küchentheke beugte und ihm die Hose runterzog, bevor er ihn liebte. Es wäre so einfach, so sexy und wunderbar. Er war versucht, es trotzdem zu tun, aber Alain wollte es nicht. Alain war so geduldig gewesen, dass Orlando ihm seinen Wunsch nicht abschlagen konnte. Sie würden es richtig machen, mit all der Zärtlichkeit, die zwischen ihnen gewachsen war, aber auch mit all der Leidenschaft, die sie miteinander verband. Er nahm Alain an der Hand und führte ihn durch den kleinen Flur ins Schlafzimmer.

Orlando fragte sich, ob er Alain wohl jemals lieben könnte, ohne so nervös zu werden. Er hatte sein halbes Leben in der Hand eines Monsters verbracht, die andere Hälfte in Einsamkeit. Er wusste nicht, wie es war, Teil einer Beziehung zwischen zwei Menschen zu sein. Orlando war sich mittlerweile sicher, dass er Alain nicht verletzen würde. Aber er wusste nicht, wie es war, eine Balance zwischen Geben und Nehmen zu finden. Vielleicht war die Nervosität ja eine gute Sache, denn sie erinnerte ihn daran, dass Alain ihm mit seiner bedingungslosen Zärtlichkeit und Intimität ein unbezahlbares Geschenk gemacht hatte. Alain war etwas Besonderes, und das wollte Orlando niemals vergessen.

Als sie zum Bett kamen, drehte Alain Orlando um und umarmte ihn. „Entspann dich", flüsterte er, weil er Orlandos Nervosität spüren konnte. „Nichts, was du nicht willst", erinnerte er ihn. „Ich liebe alles, was du tust."

Orlando wusste, was er als erstes tun wollte. Er legte die Lippen auf Alains Mund und küsste ihn mit all dem Begehren, das sich langsam in ihm aufgebaut hatte, seit er Jean im Park zurückgelassen hatte. Er fuhr mit den Händen unter Alains Hemd und schob es ihm von den Schultern. Dann nahm er einen steifen Nippel in den Mund und stöhnte leise, als er spürte, wie erregt Alain schon war. Sie hatten noch nichts getan, außer sich zu unterhalten und zweimal zu küssen. Zärtlich ließ er die Zunge um Alains Nippel kreisen und genoss den Geruch und den Geschmack seiner Haut.

Alain fuhr Orlando mit den Fingern durch die Haare und legte ihm die Hand hinter den Kopf, um ihn zu ermutigen. Er hoffte auf mehr, fragte ihn aber nicht danach. Alain wollte ihrer Beziehung Zeit geben, sich auf ihre eigene Art zu entwickeln. Er atmete zischend ein, als Orlando mit den Lippen an seinem Nippel zog. Von den Zähnen war nichts zu spüren. Alain nahm sich vor, Orlando bei Gelegenheit danach zu fragen, warum er solche Angst vor Zähnen hatte und sie nur benutzte, wenn er trinken musste. Aber auch das hatte Zeit. Im Moment war er mehr daran interessiert, Orlando das Hemd auszuziehen, um seinen Geliebten innerhalb der Grenzen, die ihm auferlegt waren, verführen zu können. Orlando hob den Kopf und als sie sich wieder küssten, tastete Alain nach den Knöpfen des Hemdes und öffnete sie langsam, einen nach dem anderen. Orlando legte ihm die Hände auf die Hüften und imitierte die Position, in der sie in der Küche am Schrank gelehnt hatten. Alain schob das Hemd zur Seite und streichelte über Orlandos nackte Haut. Die zarten Berührungen entfachten Orlandos Leidenschaft. Sie waren spürbar und doch so sanft, dass sie kaum wahrnehmbar schienen.

Orlando schloss die Augen. Alains Berührungen waren so sanft und zart, dass er sich vorkam, als wäre er ein wunderbares Geschenk, unbezahlbar und doch so zerbrechlich. Als sie sich das letzte Mal geliebt hatten, war er noch zu nervös gewesen, um Alains Zärtlichkeiten zu akzeptieren. Er hatte sich bei jeder Berührung verkrampft, besonders dann, wenn Alains Hände in die Nähe seiner Hüften kamen. Ständig war er auf der Hut gewesen, ihn zurückhalten zu müssen, obwohl er es genossen hatte, von Alain gestreichelt zu werden. Dieses Mal war von dieser Furcht nichts mehr zu spüren. Orlando konnte sich entspannen und den liebevollen Händen seines Partners anvertrauen. Er blieb still liegen, die Hände immer noch an Alains Hüften, und schwelgte in dem neugefundenen Gefühl seiner Freiheit, während Alain ihm das Hemd aufknöpfte und seine Haut berührte. Im Innersten war er immer noch etwas nervös, aber sein wachsendes Selbstvertrauen ließ ihn diese Nervosität ignorieren und sich dem Genuss hingeben, den Alains Zärtlichkeit bewirkte.

Alain bemerkte den Unterschied ebenfalls, konnte sich aber nicht erklären, wodurch er verursacht worden war. Aber das war auch egal. Es war genug für ihn, dass Orlando seine Berührungen akzeptierte und ihnen nicht mehr ausweichen wollte. Er küsste Orlando auf den Mund und fuhr ihm sanft mit den Lippen übers Gesicht, erst über die Stirn, dann über die geschwungenen Augenbrauen und die Nase. „Wunderschön", flüsterte er. „Mein Engel."

Orlando zog den Kopf zurück. „Ich bin kein Engel", sagte er.

„Für mich schon", widersprach Alain. „Du hast wieder Licht in mein Leben gebracht."

Orlando schüttelte den Kopf. „Ich bin ein Geschöpf der Finsternis. Wie kann ich dir da Licht bringen?"

„Du lebst vielleicht in der Dunkelheit", gab Alain zu und küsste ihn zärtlich. „Aber du bist kein Geschöpf der Finsternis. Wenn das so wäre, würde meine Magie dir nicht helfen können."

Orlando legte den Kopf auf Alains Schulter. „Ich weiß immer noch nicht, wie das möglich ist. Aber wenn du es sagst, will ich dir glauben. Du hast mir auch Licht gebracht."

Alain nickte und sah zum Bett. „Dann zeig es mir. Zeig mir, welche Wunder wir zusammen schaffen können."

Mehr als diese Bitte musste Orlando nicht hören. Er schob Alain aufs Bett und legte sich auf ihn. Ihre nackten Oberkörper rieben aneinander und er suchte den Mund seines Geliebten.

Alain ließ sich entspannt auf die Matratze sinken und legte Orlando sanft die Arme um die Schultern – nicht, um ihn festzuhalten, aber um ihn zu ermutigen. Er wollte Orlando zärtlich ins Ohr flüstern, ihm seine Liebe gestehen und ihm erklären, wie viel er ihm zu verdanken hatte. Aber Alain war sich sicher, dass es dazu noch zu früh war. Orlando hatte es ihm eben durch seine Reaktion deutlich gemacht. Alain gab jedoch die Hoffnung nicht auf, dass die Zeit dafür bald kommen würde. Wenn es soweit war, wollte er Orlando sein Herz zu Füßen legen, weil er wusste, dass es bei seinem eigenen in guten Händen wäre. Bis dahin musste er jedoch andere Mittel und Wege finden, Orlando seine Liebe zu zeigen.

Alain wurde aus seiner Nachdenklichkeit gerissen, als er Orlandos Lippen an seinem Hals spürte. *Beiß mich*, bettelte sein Herz. Er bog den Kopf zur Seite und bot Orlando seinen Hals an, sehnte sich danach, die scharfen Zähne in seinem empfindlichen Fleisch zu spüren. Orlandos Lippen legten sich um das Mal ihres Bundes und er leckte zärtlich mit der Zunge über die Narben, die der Ring an Alains Hals hinterlassen hatte. Aber von seinen Zähnen war nichts zu spüren. Orlando hatte Hunger, aber es war kein Hunger nach Blut. Ihn hungerte nach Intimität, nach der Vereinigung ihrer Körper und allem, was dieser Bund ihnen für die Zukunft versprach. Seine Hände wanderten über Alains Körper nach unten zum Bund seiner Hose, die sich immer noch trennend zwischen ihnen befand. Er konnte diesen Zustand nicht länger akzeptieren und zog an dem Gürtel, öffnete den Hosenknopf und den Reißverschluss und forderte Alain auf, die Hüften von der Matratze zu heben, um ihm die Hose ausziehen zu können. Unablässig streichelte er seinem Geliebten über die nackte Haut, erkundete mit Händen und Lippen das Terrain, das ihm schon so vertraut war und das er doch immer wieder aufs Neue entdecken wollte. Es wäre ihm ein Leichtes gewesen, die Zähne tief in das Fleisch Alains zu bohren, um ihn zu schmecken. Orlando konnte die Anziehung durchaus nachvollziehen, die dieser Akt ausübte. Doch die Vorsicht hielt ihn zurück. Ein andermal.

Alain lag nackt auf dem Bett. Wellen der Erregung pulsierten durch seinen Körper und er wollte nach Orlando greifen, wollte ihm die störenden Kleider vom Leib reißen, bis er ihn genauso nackt und bloß vor sich sah, wie er selbst es war. Die engen Jeans, die Orlando trug, waren leicht zu erreichen. Aber sie zu öffnen oder gar auszuziehen, würde bedeuten, dass er Orlando mit den Händen unterhalb der Hüfte berührte, und das war definitiv jenseits der Grenzen, die Orlando ihm gesetzt hatte. Sein Vampir musste sich schon selbst ausziehen.

Orlando fragte sich, warum Alain ihn nicht auszog. Schließlich wurde er des Wartens müde und nahm die Sache selbst in die Hand. Als sie beide nackt waren, streckte Alain sofort die Hände nach ihm aus, zog ihn an sich und presste sich mit seinem Körper fest an ihn. Er küsste Orlando auf die Brust und leckte ihm über die honigfarbene Haut, um ihren Geschmack auf der Zunge zu spüren. Dann saugte er leicht an der empfindlichen Stelle unter Orlandos Schlüsselbein.

Orlando zuckte zusammen, als er Alains Mund auf seiner Haut spürte. Es war eine instinktive Reaktion, denn jahrelang waren dem Mund die Zähne und den Bissen die Vergewaltigung durch seinen Schöpfer gefolgt. Doch dieses Monster war tot und es war Alain, der in seinem Bett lag. Der sanfte, liebevolle Alain, der ihn respektierte, der sich ihm – einem Vampir – versprochen hatte, und der ihn nicht betrügen oder verletzen würde. Er konnte Alains Lippen auf seiner Haut fühlen, die langsam nach unten zu seiner Brust glitten. Er zischte leise, als sie sich um seinen empfindlichen Nippel schlossen, der schon hart war und bei der Berührung kleine Schockwellen durch Orlandos Körper schickte. Die Zärtlichkeit und die Vorsicht, mit der Alain jeden Kontakt mit den Zähnen vermied, als er Orlandos Nippel in den Mund saugte, besänftigten eine weitere Narbe, die Orlandos geschundene Seele davongetragen hatte.

Während Alain seinen Oberkörper mit kleinen Küssen bedeckte, nahmen Orlandos Hände ihre Erkundungsreise wieder auf. Er konnte nicht genug davon bekommen, seinen Magier zu berühren und, wie er feststellte, von ihm berührt zu werden. Orlandos harter Schwanz pochte und verlangte nach Aufmerksamkeit. Sanft stieß er mit den Hüften an Alains Körper.

Alain erkannte die Signale, die Orlando aussendete. Bei jedem anderen Mann hätte er jetzt nach unten gegriffen und die Hand um den steifen Schwanz gelegt, der sich so begierig an in drückte. Aber er war sich sicher, dass sich Orlando dieser Signale gar nicht bewusst war. Und selbst wenn er sie beabsichtigt hatte, wäre diese Reaktion mehr gewesen, als Orlando ihm erlaubt hatte. Alain wollte das Vertrauen nicht enttäuschen, das Orlando in ihn setzte und das ihm endlich erlaubte, seinen Geliebten zu berühren, auch wenn es innerhalb enger Grenzen war. Alain gab sich deshalb damit zufrieden, Orlando über den Rücken zu streicheln und ihn leicht zu massieren, während er ihm die Brust weiterhin mit kleinen Küssen bedeckte.

„Bitte", bettelte Orlando, dessen Erregung beständig zunahm.

Alains Zärtlichkeiten wurden intensiver, hielten sich aber immer noch an die abgesprochenen Regeln und beschränkten sich auf Orlandos Oberkörper.

Orlando fasste Alain am Oberarm, zog ihn nach vorne und führte Alains Hand nach unten. „Fass mich an", bettelte er und schloss Alains Finger um seinen Schwanz. Er konnte an nichts anderes mehr denken. Es fühlte sich so gut an, von Alain berührt zu werden. In diesem wunderbaren Augenblick verloren alle Grenzen und Vorbehalte ihre Bedeutung.

Alain griff nur leicht zu und streichelte Orlandos Schwanz. Er befand sich in unbekannten Gewässern und hatte keine Navigationshilfe. Jetzt war nicht der geeignete Moment, darüber zu reden; aber sie mussten in Zukunft eine bessere Methode finden, sich in solchen Situationen zu verständigen.

Obwohl Alain sich sehr zurückhielt, wurde Orlando von seinen Gefühlen mehr und mehr überwältigt. Mit zitternden Händen tastete er nach dem Gel, befeuchtete sich die Finger und fing an, Alain vorzubereiten.

Alain ließ die zweite Hand, mit der er immer noch Orlandos Rücken gestreichelt hatte, auf die Matratze sinken. Er krallte sich im Betttuch fest und suchte verzweifelt nach einem Auslass für seine wachsende Erregung, um seinen Druck auf Orlandos Schwanz auch weiterhin so sanft wie möglich halten zu können. Orlandos Finger brachten ihn um den Verstand, raubten ihm die Vernunft und den Atem. Er stöhnte und hob die Hüften, weil er diese Finger unbedingt noch tiefer fühlen wollte. Als sie ihm über die Prostata fuhren, schrie er auf. Nicht einmal, nicht zweimal, sondern immer wieder. Alain fühlte, wie er sich dem Höhepunkt näherte und griff nach Orlandos Hüfte, um seinen Geliebten auf sich und in sich hinein zu ziehen. Orlando gab seiner stillen Bitte nach, legte sich zwischen Alains Beine und stieß in ihn hinein. Alain kam ihm mit den Hüften entgegen, bis ihre Körper hart aneinanderstießen.

Orlando wollte sich zurückhalten, wollte die Zärtlichkeit nicht aufgeben, die er sich für Alain vorgenommen hatte, doch alle seine guten Vorsätze wurden von der Leidenschaft hinweggespült, die zwischen ihnen aufgeflammt war. Alain hatte sich mit den Beinen um ihn geklammert und seine Fersen drückten sich in Orlandos Arsch, um ihn noch weiter anzuspornen. Schon nach wenigen Stößen verlor Alain seinen Kampf um Zurückhaltung. Er kam mit einem lauten Schrei und sein Samen ergoss sich zwischen ihren Körpern.

Orlando konnte jede Zuckung spüren, als Alains Muskeln sich um seinen Schwanz zusammenzogen und ihn massierten, bis er sich ebenfalls nicht mehr zurückhalten konnte. Er stieß noch einige Male unkoordiniert in Alain hinein, dann brach er keuchend über ihm zusammen und zog ihn in die Arme.

Es dauerte einige Minuten, bis Alain sich wieder halbwegs gefangen hatte und klar denken konnte. „Ich wollte diese Linie eigentlich nicht überschreiten", sagte er schließlich leise und dachte dabei an seine Hand um Orlandos Schwanz.

„Ich wollte aber, dass du mich berührst", erwiderte Orlando. Es war ein so gutes Gefühl gewesen, Alains Hand zu spüren. „Hast du es nicht gemerkt?"

„Darum geht es nicht", meinte Alain, nahm ihn in die Arme und drückte Orlandos Kopf auf seine Schulter. „Wenn du mir vorher eine Grenze gesetzt hast, muss ich sie respektieren. Ich kann nicht einfach davon ausgehen, dass du berührt werden willst, nur weil du dich an mir gerieben hast. Das ist kein Grund, deine Wünsche zu ignorieren und so zu tun, als ob ich sie besser kennen würde. Wie sollst du mir vertrauen können, wenn ich mich so verhalte?"

„Ich weiß auch nicht, was ich dazu sagen soll", erwiderte Orlando. Er konnte sich im Moment keine Lösung für ihr Problem vorstellen. Aber allein die Tatsache, dass Alain es angesprochen hatte und auch eine Lösung finden wollte, war für ihn ein weiterer Beweis, dass er von seinem Magier respektiert wurde.

Alain dachte einen Augenblick darüber nach. „Wie wäre es mit einem Safe Wort?", fragte er dann.

Orlando rutschte unruhig hin und her. „Ist das nicht für … für Dom/sub Beziehungen?" Allein der Gedanke war ihm unangenehm. Er wusste, was Unterdrückung und Misshandlung bedeuteten, wie es sich anfühlte, ausgeliefert zu sein. Er hatte seinen Schöpfer unzählige Male gebeten, aufzuhören. Aber darum ging es hier nicht und Orlando hasste es, wie diese ungebetenen Erinnerungen sich in seine Zeit mit Alain drängten.

„Normalerweise schon", antwortete Alain. „Aber wir können es trotzdem benutzen, wenn wir uns nicht durch vorher abgesprochene Regeln einschränken lassen wollen. Wenn ich etwas tue, das dir unangenehm ist, musst du nur das Wort sagen und ich höre damit auf. So kann ich direkt auf deine Signale reagieren, ohne mir Sorgen machen zu müssen, eine Grenze zu überschreiten. Und wenn ich es doch tue, erfahre ich es sofort und kann es in Zukunft vermeiden."

Orlando dachte über Alains Vorschlag nach. Es war eine unkonventionelle Idee, aber andererseits … Was an ihrer Beziehung war schon konventionell? „Wir könnten es versuchen", stimmte er schließlich zu. „Welches Wort wollen wir nehmen?"

Alain überlegte. „Was hältst du von dem Namen von Madame Marcelines Bistro? Es ist ein Ort, an dem du dich sicher fühlst; immer dann, wenn du ‚St. Vincent' sagst, weiß ich, dass du dich sicher fühlen musst. Dann höre ich sofort auf."

Orlando lächelte. Alain hatte mit wenigen Worten alles wieder gut gemacht und ihm seine Angst genommen. Wenn sich an ihrer Beziehung etwas änderte, dann nur zum Besseren. Alain zeigte auf seine zurückhaltende Art immer wieder aufs Neue, wie viel Orlando ihm bedeutete. Orlando küsste ihn. „Du solltest jetzt schlafen, damit du ausgeruht bist, wenn wir heute Abend wieder ins Hauptquartier müssen", sagte er zu seinem Magier.

„Bewachst du meine Träume?", fragte Alain gähnend.

„Immer", versprach Orlando.

JEAN HATTE Orlando noch lange nachdenklich nachgesehen. Der junge Vampir war schon verschwunden, als Jean sich endlich aus seinen Gedanken riss. Er stand allein in dem ruhigen Park, der im Sommer sehr beliebt war. Aber jetzt, Ende Oktober, war es kühl und trotz des Sonnenscheins nicht sehr angenehm für Sterbliche. Jean hatte keine Menschenseele gesehen, seit Orlando gegangen war. Aber er hatte es trotzdem nicht eilig. Er hatte sich schon immer am wohlsten gefühlt, wenn er von Natur umgeben war. Wahrscheinlich lag es daran, dass er auf dem Land aufgewachsen war, bevor er zum Vampir wurde. Jean konnte sich noch gut an das kleine Paris jener Zeit erinnern, damals im Sommer des 10. Jahrhunderts, kurz bevor die Wikinger sie überfielen. Sie kamen auf ihren Langbooten die Seine hochgerudert und plünderten alles, was auf ihrem Weg lag. Jean verdrängte die Gedanken und dachte an die Tage kurz vor dem schicksalhaften Überfall auf Paris. Sein Leben als Sohn eines Bauern war nicht leicht gewesen. Aber Père Emmanuel, der örtliche Priester, hatte sich mit dem aufgeweckten Jungen angefreundet und ihm mehr beigebracht, als seine Altersgenossen jemals lernen würden. Mit fünfzehn konnte Jean fast so fließend lesen wie der Priester. Er hatte sogar darüber nachgedacht, selbst Priester zu werden, um seinem eintönigen Leben zu entfliehen. Priester legten zwar das Gelübde der Armut ab, aber sie mussten sich trotzdem keine Sorgen machen, nichts zu essen zu haben und zu verhungern. Père Emmanuels Tafel war immer reichlich genug gedeckt gewesen, um auch seinem hungrigen Schüler noch etwas abzugeben.

Jean hatte von dem Priester noch mehr gelernt, als nur das Lesen. Sie waren durch die Wälder gegangen und er hatte Jean gezeigt, welche Pflanzen heilen konnten und welche töten. Er hatte ihm die Natur und ihre Kreisläufe erklärt, so gut er sie selbst verstand. Jean musste lächeln, als er daran zurückdachte. Père Emmanuel hatte so vieles noch nicht gewusst. Aber es waren glückliche Tage gewesen. Die Wikinger kamen in dem Sommer des Jahres, in dem Jean sein Gelübde ablegen wollte. Sie überfielen alles und jeden, auch vor dem Kloster machten sie nicht halt. Jean wurde schwer verwundet zurückgelassen, weil man ihn für tot hielt. Père Emmanuel fand ihn später, hatte aber keine Hoffnung, ihn retten zu können. Jean bereitete sich mit Gebeten auf den Tod vor. Er wurde ein Vampir.

Grégoire Castile war, ebenso wie Christophe Lombard, einer der ältesten Vampire von Paris gewesen. Er hatte Jean schon seit dessen Kindheit beobachtet und darauf gewartet, den Jungen eines Tages ansprechen zu können. Dann war Jean als junger Mann ins Kloster gegangen und Castile hatte seine Hoffnungen begraben. Aber jetzt war Jean tödlich verwundet und lag im Sterben. In dieser ausweglosen Situation ging er auf Jean zu und bot ihm an, weiterzuleben und dem Tod zu entgehen, wenn auch auf eine ganz neue und andere Art. Jean hatte über das Angebot nachgedacht und festgestellt, dass er die Welt noch nicht verlassen wollte, um in die Ewigkeit einzugehen. Es gab noch so viele Erfahrungen, die er nicht gemacht hatte, noch so viele Geheimnisse, die er lüften wollte. Er hatte sich mit dem Gedanken an den Tod abgefunden, aber als Grégoire ihm einen Ausweg anbot, griff er bereitwillig zu.

Die Umwandlung war sehr abrupt gewesen. In der einen Sekunde lag er noch, von unsäglichen Schmerzen gepeinigt, in seinem Bett, in der nächsten war er geheilt. Nachdem er den ersten Schock überwunden hatte, entdeckte er nach und nach die anderen Veränderungen, die er durchgemacht hatte. Das Kerzenlicht, das kaum hell genug gewesen war, um Grégoires Gesicht zu erkennen, erleuchtete plötzlich den ganzen Raum. Als er aufstand und, so wie er es gewohnt war, die Tür öffnete, riss er sie fast aus den Angeln. Er betrat den Gang und hörte jedes einzelne Herz schlagen, das sich im Kloster aufhielt und noch lebte. Er konnte genau nachzählen, wie viele der Priester und Mönche den Überfall der Wikinger überstanden hatten. Und er hörte nicht nur ihren Herzschlag, er roch sie auch. Er roch das Blut, das durch ihre Adern floss.

„Nicht hier", hatte Grégoire ihn gewarnt. „Sie würden es nicht verstehen."

Aber Jean hatte nicht gehen wollen, ohne sich von Père Emmanuel zu verabschieden. Als er in die Zelle des Priesters kam, wurde er mit Gebeten und Beschwörungen empfangen. Der Mann Gottes versuchte ihn abzuwehren, als wäre er der Leibhaftige persönlich. Jean hatte protestiert, hatte geschworen, er wäre noch der gleiche Mensch wie vor dem Überfall und es ginge ihm sogar besser. Aber Père Emmanuel wollte ihm nicht zuhören und betete unaufhörlich ein Ave Maria und ein Vater Unser nach dem anderen. Jean hätte weinen wollen, als er ihn verließ, aber er stellte fest, dass er mit seiner Sterblichkeit auch diese Fähigkeit verloren hatte.

Grégoire war mit dem jungen Mann in die Stadt gegangen und hatte ihm geholfen, sein erstes Opfer zu finden. Jean kannte ihren Namen nicht, aber sie war willig gewesen und ihr Blut schmeckte süß. Erst später sollte er in einem anderen Opfer Furcht schmecken, und es gefiel ihm gar nicht. Er lernte aus seiner Erfahrung und suchte sich nur noch willige Opfer. Eine Ausnahme machte er nur, wenn das Kloster bedroht wurde. Trotz der Zurückweisung durch Père Emmanuel wachte Jean über das Kloster, solange der Priester am Leben war. Er nutzte jede seiner neugewonnenen Fähigkeiten, um nachts Ungemach von dem Kloster fernzuhalten. Als der alte Priester dann starb, stand Jean an seinem Grab und verabschiedete sich endgültig von seinem alten Leben. Den Bauernsohn, den Klosterschüler – es gab sie nicht mehr. Nur noch der Vampir war übrig geblieben.

Jean hatte es nie bereut. Er lebte schon seit über tausend Jahren als Vampir, war zufrieden in der Gesellschaft anderer Vampire und hier und da eines Sterblichen. Normalerweise verließ er sie sofort wieder, nachdem er getrunken hatte. Nur ab und zu lernte er einen kennen, dessen Gesellschaft er länger genießen wollte. Thibault war der Erste gewesen, aber das hatte nur so lange gedauert, bis Sebastien gekommen war und Thibaults Aufmerksamkeit erlangt hatte. Seit diesem Erlebnis kam er zu Sterblichen nur noch ihres Blutes wegen zurück. Karine besuchte er schon seit zehn Jahren, manchmal öfter, manchmal nur alle paar Monate. Obwohl er sie erst vor wenigen Tagen gesehen hatte und kein Blut brauchte, war sie der Mensch, mit dem er das Sonnenlicht genießen wollte. Er fragte sich, ob sie wohl zuhause wäre. Zu seiner Schande musste er sich eingestehen, dass er keine Ahnung hatte, wie sie den Tag verbrachte und welcher Arbeit sie nachging. Es hatte für ihn nie eine Rolle gespielt, weil dieser Teil ihres Lebens für ihn tabu gewesen war. Jetzt hatte er eine Freiheit, die er seit über tausend Jahren nicht mehr erfahren hatte. Er konnte mit ihr tagsüber ausgehen, sie vor Sonnenuntergang und nach Sonnenaufgang sehen. Vielleicht nicht jeden Tag, aber ab und zu. Er konnte ihr endlich etwas zurückgeben.

Mit einem Lächeln verließ er den Buttes Chaumont und machte sich auf den Weg zu ihrer Wohnung. Wie Orlando vorhin, wunderte Jean sich jetzt, dass er offensichtlich niemandem besonders auffiel. Sicher, seine Haut war sehr blass, aber das ging anderen Menschen genauso. Wenn er sich etwas anders bewegte, so zog er damit nur bewundernde Blicke auf sich, weil die Menschen ihn für attraktiver und eleganter hielten. Keiner von ihnen brachte seine Erscheinung damit in Zusammenhang, dass er ein Vampir sein könnte. Es war Tag und die Sonne schien, es konnte nicht möglich sein. Er ging zur U-Bahn und fuhr über Jaurès nach Süden in Richtung Mairie d'Ivry. An der Haltestelle L'Opéra stieg er aus und machte sich über die Rue du 4 Septembre auf den Weg zu Karines Wohnung, die in der Rue de la Michodière lag. Er erinnerte sich noch daran, wie die Oper gebaut worden war. Ihre Fassade, die heute von einer längst vergangenen Epoche kündete, war damals der Gipfel der Modernität gewesen. Er erinnerte sich auch daran, dass der Bau Kontroversen ausgelöst hatte und deshalb für einige Zeit unterbrochen wurde. Im 19. Jahrhundert waren die Ingenieure sprachlos gewesen, als sie den unterirdischen See und den Fluss vorfanden, die heute noch unter den Fundamenten des altehrwürdigen Gebäudes lagen.

RAYMOND SEUFZTE erschöpft, als er das Hauptquartier der Milice verließ. Er wollte nur noch nach Hause und schlafen. Er wollte alles vergessen, was mit der Allianz und den Vampiren zu tun hatte, wollte einfach nur für einige Stunden Ruhe finden. Jedenfalls nahm er sich das vor. Aber er wusste, dass es nicht dazu kommen würde. Es war so viel geschehen. Da waren die Allianz und die merkwürdige Verbindung, die sich zwischen Vampiren und Magiern zu entwickeln begann. In seiner Bibliothek gab es nichts, was ihm darüber Auskunft geben konnte. Er musste zu den Antiquaren gehen. Vielleicht konnte er unter den seltenen Büchern eines finden, aus dem mehr darüber zu erfahren war. Jean-Paul interessierte sich genauso sehr für alte Legenden wie Raymond. Wenn jemand wusste, wo Raymond nach Antworten auf seine Fragen suchen musste, dann war es Jean-Paul.

JEAN KLOPFTE an die Tür von Karines Apartment und freute sich schon darauf, ihren erstaunten Gesichtsausdruck zu sehen, aber ausgerechnet heute kam sie nicht sofort an die Tür, wenn er sie besuchen wollte. Er konzentrierte alle seine Sinne und stellte fest, dass er ihren Herzschlag hinter der Tür nicht hören konnte. Sie schien nicht zuhause zu sein.

Mit einem resignierten Seufzer ging Jean wieder auf die Straße zurück und überlegte, was er stattdessen mit seinem Tag anfangen sollte. Er konnte nach Hause gehen oder Christophe besuchen. Ein Teil seines Verstandes sagte ihm, dass er es dem alten Vampir schuldig war, ihn über die jüngste Entwicklung auf dem Laufenden zu halten. Andererseits hoffte er, dass Mireille es schon für ihn übernommen hatte. Er konnte an der Seine spazieren gehen und sich all die Veränderungen ansehen, die das Flussufer seit seinem letzten Spaziergang bei Tageslicht erfahren hatte. Die Antiquare wären auch bei schlechtem Wetter da, um ihre alten Bücher und Postkarten an Kunden zu verkaufen, die ein Auge für alte und leicht abgenutzte Stücke mit persönlicher Geschichte hatten. Jean war nachts schon oft an ihren Ständen vorbeigekommen, aber dann waren sie geschlossen. Er hatte die Frauen und Männer nie kennengelernt, die ihr Geld mit dem Verkauf von alten und seltenen Büchern verdienten. Aber er konnte auch zur Île de la Cité oder zum Marché aux Fleurs gehen. Der Blumenmarkt war weltbekannt und Jean war oft durch seine Gassen gegangen, aber nachts konnte er die Blumen nicht sehen. Er könnte dort Rosen für Karine kaufen, die selbst im Winter immer frische Blumen in ihrer Vase hatte. Wenn er sich beeilte, konnte er sie noch vor ihrer Wohnungstür ablegen, ehe er sich auf die Suche nach dem Vampir machte, der ihnen bei den Verhören der Gefangenen helfen sollte. Er konnte Karine eine Nachricht hinterlassen, erklären was passiert war und sie für morgen zum Mittagessen einladen. Allerdings wusste er nicht, ob sie überhaupt Zeit haben würde, um mit ihm essen zu gehen. Weder morgen Mittag noch morgen Abend. Er seufzte. Er würde trotzdem die Blumen kaufen und zu ihr bringen, um ihr zu zeigen, dass er sie vermisste. Dann wusste sie wenigstens, dass er an sie gedacht hatte.

Mit diesem Gedanken ging er durch die Avenue de l'Opéra zur Rue de Rivoli, über den Place du Carousel und an die Seine, wo er über die Brücke zum anderen Ufer ging. So konnte er auf dem Weg zum Marché aux Fleurs noch bei den Ständen der Antiquare vorbeisehen.

WIE RAYMOND schon erwartet hatte, war Jean-Paul fasziniert von dem Gedanken, dass es eine alte Verbindung zwischen Vampiren und Magiern geben könnte. Er wühlte begeistert seinen Stand durch, um jede noch so abseitige Quelle zu finden, die ihnen Hinweise darüber geben konnte, welche Wirkungen Magie auf Vampire hatte. Da es auch für Raymond ein vollkommen neues Thema war, mussten sie jedes einzelne Buch durchsehen, um herauszufinden, ob im Inhaltsverzeichnis oder im Register vielleicht ein Stichwort auftauchte. Jean-Paul war nicht sehr überzeugt davon, dass sie etwas finden würden. Aber er versprach, seine unzähligen Kontakte danach zu fragen, ob sie ihnen weiterhelfen konnten.

„Sei diskret", ermahnte ihn Raymond. „Wir wollen nicht, dass Serrier und seine Schergen von unserer Suche erfahren. Sie haben uns heute früh schon angegriffen, um die Allianz im Keim zu ersticken. Wir haben sie alle gefangen oder getötet, deshalb ist Serrier bisher noch nicht viel klüger als zuvor. Wir möchten, dass es so lange wie möglich so bleibt."

„Bien sûr", versprach Jean-Paul. „Du weißt doch, dass ich die personifizierte Diskretion bin."

Raymond lachte und bezahlte für die anderen Bücher, die er gefunden hatte und die vielleicht neue Informationen enthielten. Dann bedankte er sich bei dem Buchhändler und machte sich auf den Weg zur U-Bahn. Er war keine zwei Schritte gegangen, da fühlte er ein seltsames Kribbeln, das ihn alarmierte. Sofort griff er nach dem Stab in seiner Manteltasche. Er wollte keine Aufmerksamkeit erregen und zog ihn deshalb noch nicht heraus, behielt ihn aber griffbereit in der Hand. Dann sah er sich um und suchte nach der Ursache für seine Unruhe. Er sah sofort den einzigen Menschen, den er hier nicht erwartet hätte. Über den Quai kam Jean auf ihn zu.

Raymond blieb stehen und wartete darauf, dass Jean näher kam. Als der Vampir ihn erkannte, wirkte er ebenfalls ziemlich erstaunt.

„Was machst du hier?", fragte Jean.

„Ich habe nach Büchern gesucht", erwiderte Raymond und deutete auf die Tüte, die er in der Hand hielt.

„Leichte Lektüre für den Nachmittag?", wollte Jean wissen.

„Nein", sagte Raymond ernst. „Es ist eher schwer." Er reichte Jean die Tüte, um seinen Worten Nachdruck zu verleihen.

Jean lachte über das Wortspiel. „Ernsthaft", sagte er dann. „Du musst doch auch müde sein. Was ist denn so wichtig, dass es nicht warten konnte?"

Raymonds erste Reaktion war, Jean darauf hinzuweisen, dass er ihm keine Rechenschaft schuldete. Aber Jean war nur neugierig gewesen, hatte ihn weder zurechtgewiesen noch wollte er ihn beaufsichtigen.

„Ich möchte mehr darüber wissen, wie es funktioniert", erklärte Raymond ihm deshalb. „Ich habe mich immer für verborgenes Wissen interessiert, für alte, fantastische Geschichten, die doch oft einen Kern Wahrheit enthalten. Unsere heutige Wahrheit ist oft nicht die ganze Geschichte. Es gibt viel altes Wissen, das unterdrückt worden ist. Wir lernen viele Sprüche und Beschwörungen nicht, weil sie als schwarze Magie gelten und verboten sind. Das Schlimme ist, dass wir deshalb auch nicht lernen, wie wir uns dagegen wehren können. Wissen allein ist nicht gut oder böse, auch wenn man uns das glauben machen will."

„Ich habe dein Blut geschmeckt. Ich weiß, dass du nicht böse bist. War es dieser Wissensdurst, der dich zu Serrier getrieben hat? Seine Versprechen, dass es den Magiern freistehen sollte, jede Art von Magie zu praktizieren?"

„Ja", gab Raymond zu. „Und während ich seinen öffentlichen politischen Argumenten teilweise recht geben muss, sind seine Methoden und seine wirklichen Ziele ein gänzlich anderes Kapitel. Ich habe ihn verlassen, sobald ich seine Propaganda durchschaut habe. Es ist durchaus möglich, nach Wissen – selbst verborgenem Wissen – zu streben, ohne die Grausamkeiten, die Serrier dabei anwendet. Im Moment frage ich mich, warum unsere Partnerschaften so funktionieren, wie sie es tun. Deshalb bin ich hierhergekommen, um in alten Büchern nach Antworten zu suchen."

„Hier?", fragte Jean erstaunt.

„Du wärst überrascht, wenn du wüsstest, was man hier alles finden kann. Man muss nur wissen, wo man suchen oder wen man fragen soll", erwiderte Raymond.

„Ich nehme an, du weißt es", fuhr Jean fort.

„Sehr gut sogar", sagte Raymond. „Ich kaufe seit fast zwanzig Jahren hier Bücher, die meisten von einem bestimmten Händler. Jean-Paul weiß, was mich interessiert. Er sucht ständig nach seltenen Büchern für mich, nach Texten über Alchemie, Magie oder allem, was damit zu tun hat."

„Das wusste ich nicht", meinte Jean kopfschüttelnd. Er war überrascht, diese neue Facette an seinem Partner kennenzulernen, und fragte sich, wie wohl eine Diskussion zwischen Raymond und Christophe verlaufen würde. Der alte Vampir war ebenfalls sehr an esoterischem Wissen interessiert. „Hast du gefunden, wonach du gesucht hast?", fragte er.

„Eher nicht", gestand Raymond. „Ich habe bisher noch nie nach Literatur über Vampire gesucht, deshalb hatte Jean-Paul nichts vorrätig. Aber er hatte einige andere Bücher, die interessant sein könnten. Ich muss sie aber erst genauer lesen, bevor ich mir ein Urteil bilden kann und weiß, ob die Informationen uns helfen können."

„Wie wäre es, wenn ich dir dabei helfe? Es würde viel Zeit sparen", schlug Jean vor. „Ich glaube auch, dass ich weiß, wo du mehr über Vampire erfahren kannst."

„Wo?", fragte Raymond begeistert.

„Bei dem einzigen Vampir in Paris, der noch älter ist als ich. Christophe Lombard wäre rechtmäßig unser Chef de la Cour, wenn er sich nicht vor Jahren aus der Öffentlichkeit zurückgezogen hätte. Er lebt inmitten seiner Bücher und beschäftigt sich mit der Geschichte unserer Art. Er war derjenige, der die Idee hatte, dass euer Blut uns beschützen kann. Wenn jemand etwas über die

Wirkung von Magie auf die Vampire weiß, dann ist er es. Das gilt auch für die Wirkung eines Vampirbisses auf Magier. Wir sollten mit ihm reden", sagte Jean, der sich jetzt genauso begeistert anhörte.

„Wo?", wiederholte Raymond seine Frage, allerdings dieses Mal mit mehr Zurückhaltung.

„Sein Haus ist nicht weit von hier", antwortete Jean. „Wir könnten gleich zu ihm gehen. Er kann natürlich das Haus nicht verlassen, aber ich bin mir sicher, dass er gerne mit dir reden würde."

Raymond war hin und her gerissen. Einerseits wollte er seinem Partner gerne den Gefallen tun, andererseits musste er sich selbst schützen. Er wollte mit dem alten Vampir reden. Er wollte auch seinem Partner beweisen, dass er ihn akzeptiert hatte. Und er wollte eine Geste des guten Willens machen. Aber seine tief sitzende Furcht vor Vampiren war zu übermächtig. Er hatte sich von Jean beißen lassen und ihm erlaubt, von seinem Blut zu trinken. Aber dabei waren sie noch nie allein gewesen. Auch jetzt unterhielten sie sich auf einer belebten Straße. „Ich kann nicht", sagte er. „Ich will es, aber ich kann einfach nicht. Wenn wir die Dunkelheit abwarten … meinst du, dann wäre er bereit, sich in einem Café oder an einem anderen öffentlichen Ort mit mir zu treffen?"

„Vertraust du mir nicht?", fragte Jean. Es verletzte ihn, dass Raymond ihn nicht begleiten wollte.

„Doch, ich vertraue dir", erwiderte Raymond. „Jedenfalls mehr, als jedem anderen Vampir. Aber ich habe mein ganzes Leben mit meiner Furcht verbracht. Es wird noch einige Zeit dauern, bis ich sie überwinden kann. Jetzt ist es noch zu früh."

Jean nickte. Er konnte Raymonds Angst verstehen. Schließlich hatte er auch über tausend Jahre lang in dem Glauben gelebt, dass das Blut der Magier für ihn tödlich wäre. Erst die Erfahrung hatte ihn eines besseren belehrt und ihm gezeigt, dass er einem Irrglauben aufgesessen war. Raymonds Furcht war nicht so einfach zu besiegen. Die Vertrauenswürdigkeit eines Vampirs bedeutete noch lange nicht, dass alle anderen sich genauso verhalten würden. „Ich werde mit ihm reden. Dann sehen wir, ob er heute Abend Zeit für uns hat. Du solltest dich jetzt ausruhen", sagte er. „Du kannst nicht tagelang auf deinen Schlaf verzichten."

Raymond nickte gähnend. „Du hast recht", stimmte er Jean zu. „Wir sehen uns nach Einbruch der Dunkelheit im Hauptquartier der Milice. Dann wissen wir, was dein Freund von einem Treffen hält. Danach können wir entscheiden, was wir als Nächstes tun. Falls dir das recht ist."

„Natürlich ist es mir recht", sagte Jean. Er sah in den Himmel und versuchte, am Sonnenstand abzulesen, wie lange es noch dauern würde, bis sie sich wieder sahen. „Ich muss auch noch einiges erledigen, wenn es dunkel wird. Antonio kann erst nach Sonnenuntergang sein Haus verlassen. Danach treffen wir uns bei Marcel."

8

MARCEL HOLTE noch einmal tief Luft und betrat dann den Raum, in dem die Mitglieder der Vierten Gewalt ihn erwarteten. Er sah Vertreter von Le Monde, TF1, France 2, France 3, Canal +, Libération und Le Figaro. Was er nicht sah, waren die üblichen Gesichter von M6 oder TV5; dafür fielen ihm einige unbekannte Pressevertreter auf. Vielleicht waren sie als Vertretungen geschickt worden. „Mein Damen und Herren, ich danke Ihnen, dass Sie gekommen sind", sagte er lächelnd. „Ich bin sicher, Sie wissen schon, was heute früh um sechs Uhr auf dem Gare de Lyon passiert ist. Wenn Sie etwas Geduld mit mir haben, will ich Ihnen gerne die Einzelheiten erläutern. Sollten wir dann noch Zeit haben, bin ich auch bereit, weitere Fragen zu beantworten."

Zustimmendes Raunen war zu hören. „Ich habe gestern einen anonymen Tipp bekommen", fing Marcel an. „Es hieß, dass eine Gruppe von Magiern die Vampire angreifen wollte, die für heute früh ein Treffen vereinbart hatten. Es gibt keinen Grund, warum die Vampire nicht von ihrem verfassungsmäßig garantierten Recht auf Versammlungsfreiheit Gebrauch machen sollten. Daher habe ich Leutnant Magnier und Leutnant Dumont mit einer Einheit der Milice abgeordnet, in der Angelegenheit zu intervenieren. Um Punkt sechs Uhr haben sie ihre Aufgabe erfüllt. Vierzehn Magier wurden festgenommen, fünf weitere wurden bei dem Einsatz getötet. Unsere Kräfte hatten keine Verluste zu vermelden und auch unter den Vampiren und den Zivilisten gab es keine Opfer zu beklagen. Der öffentliche Personenverkehr wurde durch den Einsatz ebenfalls nicht behindert. Wir gehen davon aus, dass die vierzehn Festgenommenen des Missbrauchs von Magie angeklagt werden, da sie illegale Magie einsetzten, als wir sie im Bahnhof antrafen. Haben Sie noch Fragen dazu?"

Ein Reporter des Figaro hob sofort die Hand. „Warum haben die Vampire sich getroffen?"

„Diese Frage müssen Sie den Vampiren stellen", erwiderte Marcel. „Ich will damit Ihrer Frage nicht ausweichen, aber für uns ist der Grund ihres Treffens vollkommen irrelevant. *Toute personne a droit à la liberté de réunion et d'association pacifique.* Das ist die Garantie unserer Verfassung, das Recht auf friedliche Versammlungsfreiheit. Die einzigen, die an diesem Morgen den Frieden gestört haben, waren die Terroristen, nicht die Vampire."

„Den Frieden gestört?", hakte der Reporter der Libération nach.

„Ja", erwiderte Marcel standhaft. „Die aufständischen Magier haben damit angefangen, ihre Flüche zu schleudern. Die Angehörigen der Milice reagierten darauf und taten es auf eine Weise, die weder unbeteiligte Passanten noch die öffentliche Infrastruktur beeinträchtigt hat. Das ist unsere Strategie, seit wir vor zwei Jahren gegründet wurden. Wir schlagen nur zu, wenn wir angegriffen werden oder wenn wir damit nachweislich einem Angriff zuvorkommen. Wie oft müssen wir diese Diskussion noch führen, Monsieur?"

„Offensichtlich mindestens einmal", erwiderte der Mann von Libération. Marcel hätte am liebsten mit den Augen gerollt, hielt sich aber zurück. Es hätte seiner Glaubwürdigkeit bei den anderen Pressevertretern geschadet.

„Wie groß war die Einheit, die Sie zum Bahnhof geschickt haben?", fragte die Vertreterin von France 2. „Wir haben gehört, sie wären in der Überzahl gewesen."

„Wir haben vierzig Einsatzkräfte ausgeschickt", antwortete Marcel und hütete sich davor, von vierzig Magiern zu sprechen. Er und Jean hatten vereinbart, die Unterstützung durch die Vampire zunächst noch geheim zu halten, um ihren strategischen Vorteil nicht zu gefährden. Soweit es Marcel betraf, waren die Vampire Angehörige der Milice de Sorcellerie und den Magiern gleichgestellt. „Sie standen unter dem Kommando meiner beiden besten Leutnants."

„Warum so viele?", fragte die Frau nach.

„Weil meine Informationsquelle mir nicht sagen konnte, wie stark die Truppe der Terroristen sein würde. Wir wollten die Kampfhandlungen sobald wie möglich beenden und so wenig Verluste wie möglich riskieren, seien es Menschenleben oder Sachschäden. Diese Strategie hat sich ausgezahlt", erklärte Marcel.

Bevor noch weitere Fragen gestellt werden konnten, kam Mathieu durch die Tür und betrat den Presseraum. „Entschuldigen Sie die Störung, Herr General, aber Sie werden in der Kommandozentrale gebraucht."

Marcel nickte und sprach die Reporter an: „Damit ist unsere Pressekonferenz für heute beendet, meine Damen und Herren. Ich muss Sie bitten, mich zu entschuldigen. Sie werden umgehend über den Termin benachrichtigt, wenn die nächsten Bekanntmachungen erfolgen."

Marcel ignorierte die Fragen, die ihm noch zugerufen wurden, während er den Raum verließ. Dann schloss er hinter sich die Tür. „Vielen Dank, Mathieu", sagte er auf dem Weg in sein Büro. „Du weißt immer ganz genau, wann der richtige Zeitpunkt ist, um einzuschreiten."

„Es ist meine besondere Begabung", sagte Mathieu grinsend. „Ich weiß wirklich nicht, wie du das regelmäßig aushältst."

„Weil unser Kampf sich auch um die Herzen und den Verstand der Menschen dreht, deshalb. Die Öffentlichkeit muss davon überzeugt sein, dass wir die Lage im Griff haben und auch für ihre Interessen kämpfen, nicht nur für unsere eigenen. Bisher sind wir auf dieser Front im Vorteil, auch wenn wir militärisch noch Probleme haben. Außerdem müssen wir die öffentliche Meinung auf unserer Seite haben, wenn es darum geht, Gesetze gegen die Diskriminierung unserer neuen Verbündeten zu erlassen. Wenn wir diesen Kampf verlieren, werden wir unser Versprechen an sie nicht halten können, selbst wenn wir den Krieg gewinnen", erinnerte Marcel den jungen Magier.

„Das ist mir schon klar. Aber ich finde, du solltest dich nicht auch noch damit belasten müssen."

„Wer denn sonst?", fragte Marcel. „Ich bin die beste Wahl, das genaue Gegenteil zu Serrier. Ich bin ein älterer Herr, höflich und reserviert. Ich bin der Großvater, den jeder sich wünscht. Wer könnte sie besser davon überzeugen, dass wir die Lage im Griff haben und dass wir sie und ihre Rechte beschützen?"

JUDE KLOPFTE an die Tür von Colins Apartment. Colin hatte, wie er selbst auch, auf der Versammlung eine Partnerin gefunden, aber die beiden waren nicht zurückgeblieben, um an dem Kampf gegen die dunklen Magier teilzunehmen. Doch das war nicht Judes eigentliches Problem; nur die wenigsten von ihnen waren zurückgeblieben. Judes Problem war seine Partnerin. „Colin, schließe bitte die Tür auf und gehe zurück ins Zimmer. Ich warte einige Sekunden, bevor ich sie öffne", rief er, als er in der Wohnung Geräusche hörte. Er wusste nicht, ob Colin von seiner Partnerin genug Blut getrunken hatte, um sich der Sonne auszusetzen. Ihn zu gefährden war das letzte, was Jude wollte. Der Schlüssel im Schloss wurde umgedreht. Dann hörte er Schritte, die sich von der Tür entfernten. Als sein empfindliches Gehör keine Schritte mehr wahrnehmen konnte, öffnete er vorsichtig die Tür einen Spalt weit und schlüpfte in Colins Wohnung.

„Alles wieder in Ordnung", rief er, nachdem er die Tür hinter sich zugezogen hatte.

Colin kam lächelnd aus seinem Zimmer. „Welchem Umstand verdanke ich diese Ehre?", fragte er seinen Freund.

„Ich muss mit jemandem reden, der mich verstehen kann", sagte Jude missmutig. „Hast du das dreiste Weibsbild gesehen, das ich als Partnerin habe?"

„Sie ist sehr schön", bemerkte Colin.

„Wenn man auf aufgetakelte, vorlaute und herrische Frauen steht", stimmte Jude ihm sarkastisch zu. „Sie weiß nicht, was sich gehört."

„So sehr ich die zurückhaltenden, bescheidenen Frauen unserer Jugend auch vermisse, wir wissen doch beide, dass sich die Zeiten geändert haben", erinnerte ihn Colin. Er und sein Freund waren zu Beginn der Elisabethanischen Ära umgewandelt worden. Seit damals hatte sich in der Tat viel verändert. Als König Georg IV. von den Exzessen eines einzelnen Vampirs erfuhr, hatte er England für die Vampire verboten und sie waren nach Frankreich emigriert.

„Das ist der Grund, warum ich ihnen möglichst aus dem Wege gehe", gab Jude zurück. „Frauen soll man sehen, nicht hören. Sie haben in einem Krieg nichts zu suchen. Wir kämpfen schließlich, um sie zu beschützen. Sie sollten sich nicht in unsere Kämpfe einmischen."

So vehement Jude diesen Standpunkt vertrat, so wenig hatte er einen Weg gefunden, um zu verhindern, dass Adèle heute an seiner Seite gekämpft hatte. Es ärgerte ihn, dass er sich ihr gegenüber nicht hatte durchsetzen können. Er hatte versagt, und auch danach war es ihm nicht gelungen, sie von der Teilnahme an der Lagebesprechung abzuhalten.

„Da stimme ich dir zu", meinte Colin. „Das weißt du. Wir sind auf die gleiche Art erzogen worden. Aber ich weiß auch, dass unsere Werte heute nicht mehr so allgemeingültig sind, wie sie es früher waren."

„Was schlägst du also vor?", wollte Jude wissen. „Ignorieren wir einfach alles, was wir gelernt haben? Sollen wir zulassen, dass sie an unserer Seite ihr Leben riskieren?"

„Haben wir denn eine andere Wahl?", fragte Colin. „Deine Partnerin kam mir nicht so vor, als ob sie sich etwas vorschreiben lassen würde. Meine ist nicht ganz so direkt, aber sie hat ebenfalls vor, in diesem Krieg ihren Beitrag zu leisten. Entweder finden wir einen Weg, uns mit ihnen zu arrangieren, oder wir müssen diese Allianz verlassen. Wir sind den Magiern nichts schuldig, aber ich möchte die anderen Vampire in diesem Kampf nicht im Stich lassen. Das würde genauso gegen meine Überzeugungen verstoßen, wie die kämpfenden Frauen es tun."

Jude seufzte. „Ja, welche Wahl bleibt uns da noch? Es wird nicht leicht werden. Sie wird es mir nicht leicht machen." Sie hatte schon damit angefangen, es ihm nicht leicht zu machen, als sie darauf bestand, sich in den Vordergrund zu drängen und an einer Diskussion teilzunehmen, die man Männern überlassen sollte.

„Wahrscheinlich nicht", stimmte Colin ihm zu. „So, wie ich sie erlebt habe, ist sie eine Frau, die die Zügel in die Hand nimmt."

„Ja. Und Chavinier ermutigt sie auch noch dazu. Ich weiß wirklich nicht, wie das zwischen uns funktionieren soll."

ANGÉLIQUE SAH sich in ihrem Büro um. Es war eine vollkommen neue Erfahrung für sie, den Raum bei Tageslicht zu sehen. Sie hatte aus diesem Grund einen Geschäftsführer eingestellt. François Roche war seit zwanzig Jahren für sie tätig und kümmerte sich um alle Geschäfte, die bei Tageslicht abgewickelt werden mussten. Sie betrachtete sich die Muster, die ihre Hände und Arme verzierten. Die Tätowierungen stammten aus ihrer Zeit im Harem, als sie noch keine Vampirin gewesen war. Sie waren eine Erinnerung an die Vergangenheit, die sie nie loswerden würde. Meistens fielen sie ihr gar nicht mehr auf, aber ab und zu geschah etwas, das sie wieder darauf aufmerksam machte. Dieses Mal war es Davids Reaktion gewesen. Er hatte die Muster und ihre äußere Erscheinung gesehen, und schon ein Urteil über sie gefällt. Einmal, nur ein einziges Mal, wollte sie einen Mann erleben, der sich erst die Mühe gab, sie kennenzulernen, bevor er den Stab über sie brach. Seufzend verdrängte sie ihre trübsinnigen Gedanken und rief nach François.

„Angélique! Was machst du denn hier?", fragte François erstaunt, als er das Büro betrat. „Wie bist du hierhergekommen? Als ich heute früh gekommen bin, warst du noch nicht hier, ich habe extra nachgesehen."

„Mach die Tür zu", wies sie ihn an. „Dann erkläre ich dir alles." Nachdem er Platz genommen hatte, redete sie weiter. „Als erstes muss ich dich darauf hinweisen, dass alles, was ich dir jetzt sage, streng vertraulich ist", warnte sie und fasste dann die Ereignisse des Morgens für ihn zusammen, vom ersten Treffen bis zur Gründung der Allianz, dem anschließenden Kampf und der Besprechung im Hauptquartier der Milice. „Deshalb bin ich jetzt durch das Blut meines Partners vor den Strahlen der Sonne sicher", sagte sie zum Schluss.

Sie erwähnte nicht, dass besagter Partner den gleichen Fehler gemacht und sie vorverurteilt hatte, wie die meisten Männer. Sie wusste, wie François darauf reagieren würde. Er würde mit wehenden Fahnen zu ihrer Verteidigung anrücken und David zurechtweisen. Angélique wusste seine Loyalität zu schätzen, aber in der gegenwärtigen Situation wäre das keine Hilfe. David musste von sich aus erkennen, dass sie eine eigenständige und selbstbewusste Frau war. François' Worte, so gut sie auch gemeint sein mochten, würden Davids Vorurteile nur verstärken und ihm beweisen, dass sie einen Mann brauchte, der sie verteidigte. Aber David würde es schon lernen. Sie hoffte nur, dass sie ihm nicht vorher die Gurgel umdrehte.

„Und was passiert jetzt?", fragte François.

„Jetzt kämpfen wir", erwiderte sie. „Wir wissen, dass Serriers Sieg das Leben für alle nichtmagischen Menschen unerträglich machen würde. Aber das Leben als Vampir ist jetzt schon kein Zuckerschlecken. Chavinier hat uns eine Chance geboten, das zu ändern. Er will sich für Gesetze einsetzen, die uns einen gleichberechtigten Platz in der Gesellschaft geben, mit allen Rechten und Pflichten, die auch du genießt. Diese Chance können wir nicht ausschlagen. Aber es bedeutet auch, dass ich nicht immer hier sein kann, auch nachts nicht. Ich bin wahrscheinlich nicht jeden Tag im Einsatz, aber ich muss immer zur Verfügung stehen. Dann musst du hier für mich die Verantwortung übernehmen."

„Das ist kein Problem", sagte François. „Ich kann mich um alles kümmern. Aber wie steht es mit dir? Bist du auch wirklich sicher? Was ist, wenn du verwundet oder gar getötet wirst?"

Angélique war gerührt über seine Betroffenheit. „Wir Vampire sind nicht so leicht umzubringen", erinnerte sie ihn. „Und wir kämpfen in Paaren, ein Magier und ein Vampir. Der Magier kümmert sich um die Abwehr der Flüche und Beschwörungen, der Vampir entwaffnet den Gegner. Du hast schon erlebt, dass wir schneller und stärker sind als sterbliche Menschen. Wenn ich einen dunklen Magier erst zu fassen kriege, ist es ein leichtes, ihm den Stab abzunehmen."

François nickte. Obwohl Angélique nur Blut verkaufte, kamen ab und zu Sterbliche in ihr Etablissement, die andere Dienste kaufen wollten. Sie war schon oft von Männern ausgelacht worden, wenn sie ihnen sagte, sie könne ihnen nichts anbieten und sie möchten doch bitte das Haus verlassen. Und er hatte gesehen, wie anstandslos Angélique solche Männer aus dem Haus warf, wenn sie ihrer Bitte nicht nachkamen oder zudringlich wurden. Angélique wurde nie ein zweites Mal unterschätzt.

„Du musst tun, was du für richtig hältst", sagte François. „Aber das machst du sowieso immer. Was kann ich für dich tun?"

Sie verbrachten die nächsten beiden Stunden damit, Details zu besprechen. Sie diskutierten darüber, welche Angelegenheiten François persönlich erledigen musste und welche er unter seiner Aufsicht an andere Mitarbeiter delegieren konnte. Nach ihrem Gespräch verließ Angélique das Büro. Sie wusste ihr Geschäft bei François in besten Händen. Mit einem letzten Blick auf ihre Tätowierungen schloss sie hinter sich dir Tür und ging nach oben in ihre Zimmer, um sich auf die kommende Nacht vorzubereiten.

DAVID WAR, im Gegensatz zu vielen seiner Kollegen, kein großer Historiker. Aber er war auch nicht komplett ignorant und hatte die Tätowierungen an den Händen und Armen seiner Partnerin als das erkannt, was sie waren. Angélique war eine Konkubine gewesen, hatte irgendeinem Sultan das Bett gewärmt, hatte nichts anderes getan, als sich um ihr Aussehen zu kümmern und ihrem Herrn zu dienen. Er verdrehte die Augen bei dem Gedanken. David hatte nichts dagegen, mit einer Frau zusammenzuarbeiten. Er kannte viele Frauen, die er als Person sehr ernst nahm. Und er kannte auch Männer, bei denen das nicht der Fall war. Aber es störte ihn, dass seine Partnerin eine Konkubine war. Und nicht nur das. Ihren Bemerkungen hatte er entnommen, dass sie auch eine Art Puffmutter war. Er wollte nicht zu seinem Einsatz erscheinen und mit einer Frau konfrontiert werden, die wahrscheinlich nicht in der Lage war, auch nur die einfachsten Entscheidungen selbst zu treffen. Er würde alles für sie entscheiden müssen – wann und wo sie benötigt wurde, selbst was sie zu tun hatte. Außer natürlich, wenn es darum ging, einen bedauernswerten Mann zu verführen. Das schaffte sie wahrscheinlich aus eigener Kraft. Wenn alles nach Plan verlief, war es kein Problem, ihr Anweisungen zu geben. Aber wie oft geschahen nicht unvorhergesehene Dinge, und was war dann? Es war keine sehr beruhigende Vorstellung für David.

Um sich von seinen Sorgen abzulenken und zu erfahren, was während des Tages neues geschehen war, schaltete David den Fernseher an. Die Nachrichten von France 2 erregten sofort seine Aufmerksamkeit. Der Sprecher kündigte eine Reportage über einen Kampf an, der heute früh stattgefunden hatte und zu dem es eine Stellungnahme Marcels gab. David holte sich eine Tasse Kaffee und setzte sich aufs Sofa, um sich den Bericht anzusehen. Er erfuhr nichts Besonderes. Es war einer der üblichen Berichte zu solchen Vorkommnissen. Der Reporter beschrieb kurz, was am

Bahnhof passiert war, erläuterte die Fakten und erwähnte die Pressekonferenz. Im Hintergrund waren Fotos von Marcel und Serrier zu sehen. David lächelte über den Kontrast, als Marcels Stimme eingeblendet wurde: „Es gibt keinen Grund, warum die Vampire nicht von ihrem verfassungsmäßig garantierten Recht auf Versammlungsfreiheit Gebrauch machen sollten. Daher habe ich Leutnant Magnier und Leutnant Dumont mit einer Einheit der Milice abgeordnet, in der Angelegenheit zu intervenieren."

David runzelte die Stirn. Immer ging es um diese beiden, dachte er bitter. Egal, wer sonst noch an einer Mission teilnahm, es waren immer Marcels beiden Goldjungen, die alle Lorbeeren ernteten. Mit Thierry hatte David kein Problem, aber Magnier ging ihm höllisch auf die Nerven. Es war schon schlimm genug gewesen, als sie noch zusammen Magie studiert hatten. Nach der Gründung der Milice war es dann noch unerträglicher geworden. Alain war ein guter Magier, aber nach Davids Einschätzung war er auch nicht viel besser als die meisten anderen. Trotzdem heimste er eine Beförderung nach der anderen ein, und das, obwohl er Erics Frau und Kinder getötet hatte. David wusste durchaus, dass es während eines Kampfes geschehen war. Aber zumindest hätte der Vorfall untersucht werden sollen. Jeder andere Magier wäre vorübergehend – bis zum Abschluss der Untersuchungen – suspendiert worden oder sogar vor einem Kriegsgericht gelandet. Nicht so Alain. Oh nein, Marcels Liebling hatte keine Konsequenzen zu tragen. Und das konnte David nicht verzeihen. Er hätte noch akzeptiert, wenn der tragische Tod von Erics Familie von einem Gericht als Unfall beurteilt worden wäre, obwohl sie Eric danach an die dunklen Magier verloren hatten. David wäre nicht glücklich darüber gewesen, aber akzeptiert hätte er es. Was ihn so an der Geschichte störte, war, dass Alain drei unschuldige Menschen getötet hatte, ohne jemals dafür zur Verantwortung gezogen zu werden. David wollte nicht länger zuhören. Er schaltete den Fernseher aus und bereitete sich auf den Abend vor.

9

ADÈLE STAND unentschlossen vor ihrem Kleiderschrank. Normalerweise hatte sie keine Schwierigkeiten damit, sich die passende Kleidung auszusuchen. Sie hatte nur drei Arten von Garderobe: für die Arbeit, fürs Training und für offizielle Anlässe. Fluchend zog sie den erstbesten Kleiderbügel aus dem Schrank und zog ohne längeres Nachdenken an, was darauf hing. Es war sowieso egal, was es war. Sie konnte ihm nichts recht machen, besonders nicht bei der Auswahl ihrer Arbeitskleidung. Adèle trug immer Hosen zur Arbeit. Sie wusste zwar nicht, aus welcher Zeit Jude stammte, aber so wie er sich verhalten hatte, trugen Frauen damals mit Sicherheit noch keine Hosen. Ohne noch einmal in den Spiegel zu sehen, verließ sie ihre Wohnung und machte sich durch die Dunkelheit auf den Weg zur U-Bahn. Mit Judes Verhalten konnte sie sich später noch ausgiebig befassen.

Die Tür schloss sich hinter dem letzten Fahrgast und die Bahn fuhr los. Adèle beobachtete die Passagiere in ihrem Abteil und dachte über die Ereignisse der letzten vierundzwanzig Stunden nach – das Treffen in Orlandos Wohnung, ihre Planungen und die Vorbereitungen zur Gründung der Allianz. Dann die Versammlung im Wartesaal des Gare de Lyon. Jude. An dieser Stelle hakte sie sich fest und ihre Gedanken purzelten wild durcheinander. Die Abneigung, die er ausstrahlte, sobald er das erste Mal die Bisswunden an ihrem Arm gesehen hatte, war mit Händen greifbar gewesen. Er war offensichtlich ein Relikt aus einem längst vergangenen Jahrhundert, wenn man seinen Bemerkungen und seiner unausgesprochenen Kritik Glauben schenken durfte, mit denen er jeden ihrer Beiträge zu der Lagebesprechung nach dem Kampf begleitet hatte. Offensichtlich erwartete er von ihr, dass sie sich still in eine Ecke setzte und hübsch aussah. Aus diesem Traum würde er bald erwachen. Sicher, sie konnte hübsch aussehen. Aber mit ihrer Rolle in der Milice hatte das nichts zu tun. Marcel hatte sie nicht wegen ihres Aussehens rekrutiert. Er hatte sie aufgenommen, weil sie klug und intelligent war, weil sie viele magische Talente besaß, die in dem Kampf gegen Serriers Umsturzversuch von entscheidender Bedeutung waren. Wenn Jude das nicht akzeptieren konnte, würde ihre Partnerschaft nur von kurzer Dauer sein, Allianz hin oder her.

Adèle erkannte die strategischen Vorteile der Allianz. Sie hatte sie bei dem Kampf heute früh hautnah miterlebt. Sie hätte den dunklen Magier nie so außer Gefecht setzen können, wie es Jude gelungen war. Das magische Duell zwischen ihnen hätte sich ohne Judes Hilfe wesentlich länger hingezogen, hätte Schäden angerichtet und vielleicht sogar Opfer gefordert, was sie unbedingt vermeiden wollte. Ihre Fähigkeit, Kollateralschäden zu vermeiden, war einer der Gründe, warum Marcel sich auf sie verließ. Doch wenn Jude sein herablassendes Verhalten nicht änderte, wollte sie lieber wieder alleine kämpfen. Es gab auch noch andere Mittel und Wege, um Kollateralschäden zu vermeiden, und die zwangen sie nicht dazu, die Neanderthalerallüren ihres derzeitigen Partners zu ertragen.

Sie hatte sich einen attraktiven Partner gewünscht, weil sie die gleiche sinnliche Erfahrung machen wollte, die Alain mit Orlando verband. Nun, sie hatte ihren Willen bekommen. Sie hatte einen attraktiven Partner. Bedauernd gestand sie sich ein, dass sie sich lieber einen kooperativen Partner hätte wünschen sollen. Judes Biss war alles, was sie sich auf sinnlicher Ebene erwartet hatte, das musste sie zugeben. Allein bei der Erinnerung daran wurde ihr heiß. Aber der Glanz hatte schnell nachgelassen, nachdem Jude getrunken hatte und seine Überheblichkeit noch um einige Grad zunahm. Sie hatte ihn nicht danach gefragt, aber er musste die Unabhängigkeit in ihrem Blut geschmeckt haben. Adèle hatte sich noch nie auf einen Mann verlassen, obwohl sie gerne und gut mit Männern zusammenarbeitete, so lange die ihr die gleiche Ehre erwiesen. Sie wollte Jude noch eine Chance geben. Wenn er jedoch nicht akzeptieren konnte, dass sie weiterhin an den Kämpfen und Besprechungen teilnahm, musste er sich einen anderen Partner suchen, der an seiner Seite stand. Sie würde ihm zwar noch ihr Blut geben, um ihn vor der Sonne zu schützen, aber seinen Unverschämtheiten wollte sie sich nicht länger aussetzen.

Die Bahn hielt an der nächsten Haltestelle. Einige Fahrgäste stiegen aus, andere kamen neu dazu. Adèle erkannte unter ihnen ein vertrautes Gesicht. Es war der Vampir, der ihrem Eindruck nach zu der zweitbesten Partnerschaft gehörte, die an diesem Tag geschlossen worden war. Als Sebastien in ihre Richtung sah, nickte sie ihm grüßend zu und wartete ab, ob er sie erkannte.

Das tat er offensichtlich, denn er kam sofort auf ihre Seite des Abteils.

„Bist du auch auf dem Weg zu Marcel?", fragte sie leise, um die anderen Fahrgäste nicht auf ihr Gespräch aufmerksam zu machen.

Sebastien nickte. „Du auch?", fragte er ebenfalls flüsternd.

„Ja", bestätigte Adèle. „Ich muss noch einige Dinge erledigen, bevor wir anfangen können. Aber du bist viel zu früh."

„Ich weiß", erwiderte Sebastien. „Ich dachte mir, dass ich vielleicht auch irgendwie helfen kann."

Adèle lachte. „Es gibt immer genug zu tun. Marcel wird sofort etwas finden, bei dem du ihm helfen kannst. Kannst du mit Computern umgehen?"

Jetzt lachte Sebastien. „Nur weil ich schon gelebt habe, als Johanna von Orleans verbrannt wurde, heißt das noch lange nicht, dass ich in ihrem Jahrhundert stehengeblieben bin. Ich bin technologisch immer auf dem Laufenden gewesen."

„Das sind mehr als fünfhundert Jahre", bemerkte Adèle. „Ich bin beeindruckt. Ich wünschte nur, alle Vampire wären so fortschrittlich wie du."

„Jude?", riet Sebastien.

„Woher weißt du das?", fragte sie.

Sebastien grinste sie an. „Ich kenne ihn schon seit fünfhundert Jahren, obwohl er vermutlich älter ist. Er hat sich schon immer dagegen gesträubt, sich den wandelnden Zeiten anzupassen."

„Kannst du mir einen Rat geben?", wollte Adèle wissen.

„Lass dich von ihm nicht verändern", erwiderte Sebastien. „Er glaubt, Frauen müssten wie Veilchen sein – einfach, bescheiden und rein. Aber so, wie ich dich erlebt habe, wird er dich als Partnerin im Kampf bald zu schätzen wissen. Es wird einige Zeit dauern, bis er sich an eine Frau an seiner Seite gewöhnt hat. Vielleicht wird er sich auch nie daran gewöhnen, ich weiß es nicht. Aber selbst er wird irgendwann zugeben müssen, dass du eine sehr gute und starke Kampfpartnerin bist."

Adèle seufzte. „Ich möchte diesen Kampf nur möglichst bald beenden."

„Wir werden Serrier besiegen", sagte Sebastien mit überzeugter Stimme.

„Oh, das weiß ich auch", meinte Adèle. „Aber das habe ich nicht gemeint. Ich rede über das Vorurteil, ich müsste dumm und oberflächlich sein, nur weil ich gut aussehe. Männer werden nicht so beurteilt. Warum muss ich ständig dagegen ankämpfen?"

„Du hast vollkommen recht", stimmte Sebastien ihr zu. „Falls es dich tröstet … Ich beurteile dich nicht nach deinem Aussehen. Und es sind auch nicht nur die Frauen, die nach ihrem Äußeren beurteilt werden. Der junge Orlando ist über hundert Jahre lang nicht ernst genommen worden, weil er so gut aussieht."

Adèle verdrehte resigniert die Augen. „Ja. Aber keiner von euch beiden ist mein Partner. Jude ist es."

Sebastien zog eine Augenbraue hoch. „Richtig. Schauen die anderen Magier auf dich herab? Ich hatte nicht den Eindruck."

„Nicht diejenigen, die mich kennen", erklärte Adèle. „Sie wissen, dass es gute Gründe gibt, warum ich für die Milice kämpfe. Wer regelmäßig mit mir arbeitet – Alain, Thierry, Mathieu oder Laurent –, kennt meine Intelligenz und hat meine magischen Fähigkeiten oft genug selbst erlebt. Sie sehen mich zwar, aber sie nehmen mein Aussehen gar nicht mehr wahr. Das Problem stellt sich nur, wenn ich neue Menschen kennenlerne."

Sie schwiegen einen Augenblick, dann wechselte Adèle das Thema. „Ich will mich nicht einmischen, aber bei deiner Ankunft gestern hatte ich den Eindruck, dass zwischen dir und Jean erhebliche Spannungen herrschen. Gibt es da ein Problem, über das wir Bescheid wissen sollten?"

„Es ist eine alte Geschichte", sagte Sebastien. Er wollte jetzt nicht an Thibault denken.

„Wie dem auch sei", meinte Adèle beharrlich. „Mir ist euer Verhalten aufgefallen und ich frage mich, ob es Auswirkungen auf die Allianz haben wird."

„Soweit es mich angeht, wird das nicht der Fall sein", antwortete Sebastien und suchte in der Manteltasche nach dem Medaillon, das die letzte Erinnerung an seinen Avoué enthielt. „Ich kann mit ihm arbeiten."

„Gut", erwiderte Adèle. „Wir haben schon genug Probleme zu bewältigen. Auf zusätzliche innere Spannungen können wir gerne verzichten."

„Falls Jude absolut unerträglich wird, solltest du dich an Jean wenden", riet ihr Sebastien. „Er ist ein starker Chef und wird sich um Jude kümmern." Trotz der Spannungen zwischen ihnen hatte Sebastien Achtung vor Jean als Chef de la Cour. Lombard hatte eine gute Entscheidung getroffen, als er Jean zu seinem Nachfolger bestimmte.

„Ich ziehe es vor, meine Angelegenheiten selbst zu regeln", wehrte Adèle ab.

„Das solltest du auch", gab Sebastien zu. „Aber es ist, wie du gesagt hast. Wir können uns keine inneren Spannungen leisten. Wenn wir unter uns selbst kämpfen, können wir uns nicht auf Serrier konzentrieren. Überlass es Jean, unter den Vampiren für Ordnung zu sorgen. Dafür ist er da. Es ist sein Job."

„Ich werde darüber nachdenken", sagte Adèle schließlich. Sie wollte den Rat Sebastiens nicht in Bausch und Bogen ablehnen, aber es musste schon hart auf hart kommen, bevor sie ihn annahm. Wenn der Chef de la Cour eine Frau gewesen wäre, hätte sie es vielleicht anders gesehen, aber so kam es ihr wie ein persönliches Versagen vor, sollte sie einen Mann um Hilfe bitten müssen.

„Du scheinst mit Thierry gut auszukommen", wechselte sie erneut das Thema.

„Ja, ich verstehe ihn", antwortete Sebastien nur.

Adèle sah ihn fragend an. „Wie meinst du das?"

„Ich weiß auch, wie es ist, einen geliebten Menschen zu verlieren. Ich kann seinen Verlust nachvollziehen", erklärte Sebastien.

„Sie waren nicht glücklich miteinander", bemerkte Adèle. „Das schmälert seine Trauer nicht, aber ihre Ehe hätte nicht mehr lange gehalten, auch wenn sie nicht umgekommen wäre. Aleth war eine gute Magierin, aber sie war keine sehr verständnisvolle Ehefrau."

„Warum erzählst du mir das?", fragte Sebastien.

„Weil du offensichtlich einen schweren Verlust erlitten hast. Thierry geht es genauso, aber wenn die erste Trauer vorbei ist, wird er sich auch wieder daran erinnern, dass es mit ihrer Ehe nicht zum Besten stand. Das wird ihm helfen, Aleth' Tod zu überwinden. Ich wollte dir das sagen, damit du die Hintergründe besser einschätzen kannst", erklärte Adèle. „Wenn ich es recht verstehe, dann kannst du seine Gefühle schmecken, wenn du sein Blut trinkst. Vielleicht kann dir diese Information nützen, um sie richtig zu interpretieren und ihm somit zu helfen, wenn er dich braucht."

„Ich weiß nicht, inwieweit ich ihm wirklich helfen könnte", wiegelte Sebastien ab. „Wir kennen uns doch kaum."

„Das mag sein", gab Adèle zu. „Aber selbst wenn du ihm nicht helfen kannst, gibt es immer noch Alain. Sie sind schon lange die besten Freunde, jedenfalls, wenn man die Zeit nach den Maßstäben der Sterblichen misst. Er wird wissen, wie man Thierry helfen kann. Nur ist er im Augenblick so mit Orlando beschäftigt, dass es ihm vielleicht entgeht, wenn Thierry ihn braucht. Dann kannst du ihn daran erinnern, falls Thierry es ihm nicht sagt."

Adèles Vorschlag war Sebastien unangenehm. Er hatte die Gefühle, die er im Blut seiner Opfer schmeckte, immer vertraulich behandelt, wie ein Geheimnis, das er von einem guten Freund erfuhr. Es widersprach seinem Ehrgefühl, diese Vertraulichkeit zu brechen und solche Geheimnisse weiterzugeben.

Adèle schien seine Gedanken lesen zu können. „Wenn seine Gefühle im Aufruhr sind, kann er seine Magie nicht richtig kontrollieren. Deshalb bist du bei deiner Ankunft im Wartesaal davon auf die Brust getroffen worden – es war ein emotionaler Ausbruch, der sich magisch entladen hat. Im Kampf könnte er in einer solchen Situation verwundet oder getötet werden. Du würdest ihn daher schützen, wenn du dich um ihn kümmerst."

Adèles Worte weckten in Sebastien den Beschützerinstinkt. Er konnte sich seine Reaktion nicht recht erklären, aber wollte unter keinen Umständen zulassen, dass Thierry sich unnötig selbst gefährdete. „Ich werde daran denken", sagte er nur.

Sie waren an ihrer Haltestelle angekommen und verließen die U-Bahn. Ein dunkelhaariger junger Mann aus ihrem Abteil sah ihnen mit düsterer Miene nach. Er hatte die Frau als Mitglied der Milice de Sorcellerie erkannt. Sie war schon oft in den Nachrichten gezeigt worden. Der Mann war ein Vampir, so wie er selbst. Was hatten eine Magierin und ein Vampir miteinander zu besprechen? Der junge Mann wusste es nicht, aber er nahm sich vor, es herauszufinden.

DIE FERNBEDIENUNG flog durch den Raum und zerschellte an der Wand. „Diese verdammten Gutmenschen", fluchte Serrier und schaltete die Nachrichtensendung mit einer Handbewegung aus. „Für wen hält sich der Kerl eigentlich? Rechte der Vampire! Schutz der Verfassung! Das ist doch alles eine geballte Ladung Scheißdreck! In der Verfassung ist davon die Rede, dass Personen sich frei versammeln dürfen. *Personen*", brüllte er wütend. „Vampire sind doch keine Personen! Sie sind tot, sie zählen nicht. Sie haben nicht die Rechte, die einem zustehen. Und woher wusste er eigentlich von ihrer Versammlung und unserer Anwesenheit dort?"

„Wahrscheinlich hat er von der Versammlung auf die gleiche Art erfahren wie wir", meinte Vincent und vermied sorgfältig, Marcels Namen zu erwähnen. Serrier war auch so schon aufgebracht genug. „Woher er allerdings wusste, dass wir auch auf dem Bahnhof sind, kann ich mir beim besten Willen nicht erklären. Aber er war schon immer ein schlauer Fuchs."

Die Antwort besänftigte Serrier nicht sehr. Er sah sich wütend um und suchte nach einem neuen Wurfgegenstand. „Neunzehn Magier tot oder gefangen. Der einzige, der zurückgekommen ist, hat von nichts eine Ahnung, weil er schon vor dem Kampf bewusstlos geschlagen wurde."

„Was sollen wir gegen ihn unternehmen", versuchte Eric, Serriers Wut zu zerstreuen. „Was sind unsere nächsten Schritte?"

Pascal dachte kurz nach. „Was immer wir nach dieser Pressekonferenz auch erwidern, es wird uns nicht helfen", stellte er fest. „Selbst wenn wir uns darauf berufen, dass wir nur Informationen sammeln wollten, kann Chavinier immer noch sagen, wir hätten zuerst angegriffen. Und da Dominique bewusstlos war, haben wir keinen Zeugen, der das Gegenteil behaupten kann. Und wir wissen immer noch nicht mehr als zuvor über die Versammlung."

„Willst du immer noch nach einem Vampir suchen?", wollte Eric wissen. Er war sich sicher, dass in dieser Sache seit ihrer letzten Besprechung noch nichts unternommen worden war. Pascal war immer stolz darauf, sich um ihre taktischen Pläne selbst zu kümmern und überall mit Hand anzulegen, aber er brauchte dennoch ab und zu einen leichten Schubs. „Vielleicht können wir einen von ihnen überreden, uns mehr über dieses Treffen zu verraten, selbst wenn wir dadurch nur erfahren, worauf wir uns einstellen müssen. Falls sie sich nur versammelt haben, um die nächste Sonnenwendfeier oder was auch immer vorzubereiten, wissen wir zumindest darüber Bescheid."

„Ich will doch wohl hoffen, dass sie einen weniger trivialen Grund hatten", knurrte Serrier. „Es hat uns zu viel gekostet, um etwas so unbedeutendes zu sein."

„Dann sollten wir es schnellstmöglich herausfinden", riet Eric.

„Gut", meinte Serrier. „Ihr beiden besorgt mir einen Vampir. Ich will alles über dieses Treffen erfahren, was es zu wissen gibt."

EDOUARD COUTHON streifte auf der Suche nach seinem Dinner und nach Informationen durch die Straßen von Paris. Vielleicht hatten die Magierin und der Vampir in der U-Bahn sich nur übers Wetter unterhalten, um sich die Zeit zu vertreiben. Es wäre durchaus möglich, war aber trotzdem zu ungewöhnlich, als dass er sich mit dieser Erklärung zufriedengegeben hätte. Irgendetwas war im Busch. Er wusste nicht, was es war, aber er vertraute auf seinen Instinkt. Sein Instinkt hatte ihn schon unzählige Male vor der tobenden Menge gerettet, ohne ihn wäre er schon längst tot. Edouard beschloss, Miss Bouaddis Etablissement zu besuchen. Dort konnte er sein Dinner und, mit etwas Glück, auch Informationen bekommen. Er bezweifelte, dass es in Paris auch nur einen Vampir gab, der so gute Verbindungen hatte wie sie.

Mit einem harmlosen Lächeln auf den Lippen betrat er das Sang Froid und erwartete, die Chefin persönlich zu treffen. Aber stattdessen wurde er von einem Mann, noch dazu einem Sterblichen, begrüßt.

„Was kann ich für Sie tun?", fragte François überrascht. Er hatte heute Nacht keine Besucher erwartet, da er wusste, dass die Vampire alle zu dem Treffen gehen wollten, an dem auch Angélique teilnahm.

„Ich wollte eigentlich mit Angélique reden", sagte Edouard mit einem entwaffnenden Lächeln.

„Miss Bouaddi kann heute niemanden empfangen", erklärte François missbilligend. Er kannte bei Weitem nicht alle Vampire von Paris, aber er wusste, wer von ihnen Angélique gut genug kannte, um sie mit ihrem Vornamen anzusprechen. „Ich vertrete sie heute Nacht. Kann ich Ihnen helfen?"

„Ich bin auf der Suche nach Informationen und … verzichtbarer Gesellschaft", antwortete Edouard.

„Beides werden Sie hier nicht finden", erwiderte François kalt. „Gesellschaft schon, aber keine verzichtbare, wie Sie es so schön formuliert haben. Was Informationen angeht, müssen Sie sich mit den Zeitungen und den Fernsehnachrichten begnügen."

„Aber dort wird selten über die Angelegenheiten der Vampire berichtet", gab Edouard zurück.

„Wenn Sie sich für die Angelegenheiten der Vampire interessieren, sind Sie bei mir an der falschen Adresse", erklärte François. „Wie Sie sicherlich bemerkt haben, bin ich kein Vampir."

„Und doch traut Ihnen Miss Bouaddi ihre Geschäfte an", sagte Edouard und zog Angéliques Namen ungebührlich in die Länge.

„Ihre Geschäfte, aber nicht ihr Privatleben", erwiderte François. Ein Vampir, der nach ‚verzichtbarer Gesellschaft' verlangte, konnte nicht vertrauenswürdig sein. Angélique würde niemals zulassen, dass ihren Beschäftigten Schaden zugefügt wurde. Aber nicht nur das ließ François vor dem Gast auf der Hut sein. Angélique hatte ihm genug über die Allianz und ihre Entstehung erzählt, dass er sich fragte, warum dieser Vampir davon ausgeschlossen worden war. Dafür musste es einen Grund geben, auch wenn François ihn nicht kannte. Er vertraute Angélique, und Angélique vertraute Jean. Mehr musste François nicht wissen. „Ich denke, Sie sollten Ihre Gesellschaft und Ihre Informationen an einem anderen Ort suchen."

„Das ist noch nicht vorbei", zischte Edouard. „Angélique wird davon hören."

„Es steht Ihnen jederzeit frei, mit ihr darüber zu reden", erwiderte François ruhig. „Sollte sie der Meinung sein, ich hätte mich unangemessen verhalten, werde ich die Konsequenzen akzeptieren. Aber bis dahin sollten Sie jetzt gehen."

„Und wer will mich dazu zwingen?", fragte Edouard. „Du?"

„Ich würde mir niemals anmaßen, einen Vampir zu etwas zu zwingen", sagte François. „Aber ich bin nicht allein hier." Er winkte mit der Hand und zwei von Angéliques Wachmännern traten aus den Schatten. Sie waren ebenfalls Vampire, hatten aber noch keine Partner gefunden. Edouard war für die beiden Männer keine Herausforderung. „Diese Herren sind für die … Ungezieferbekämpfung zuständig."

François trat schnell einen Schritt zurück, bevor Edouard ihn anspringen konnte. Dann überließ er den tobenden Vampir Roger und Pierre, die ihn zwischen sich nahmen und auf die Straße führten, wo er ihnen fluchend Vergeltung androhte. Sie ließen ihn wortlos stehen.

KAUM HATTEN sie den Raum verlassen, rollte Eric mit den Augen und warf Vincent einen resignierten Blick zu. „,Besorgt mir einen Vampir', sagt er. Und wo sollen wir einen Vampir finden?", beschwerte er sich. „Sie sind seltener als sterbliche Menschen. Was geht es mich an, wo sie sich rumtreiben?"

„Mich interessiert es auch nicht sonderlich", stimmte ihm Vincent zu. „Aber ich glaube, ich habe irgendwann von einer Art Bordell gehört, das für die Bedürfnisse von Vampiren und normalen Menschen offen ist. Vielleicht sollten wir dort anfangen. Wir müssen nicht reingehen. Es reicht, vor der Tür zu warten. Dort sollten wir einen Vampir finden, den wir ansprechen können."

„Kennst du die Adresse?", fragte Eric zweifelnd. „Die Idee ist nicht schlecht und jetzt, wo du es erwähnst, kann ich mich auch daran erinnern, Gerüchte darüber gehört zu haben. Aber ich weiß nicht, wo ich danach suchen sollte."

„Dort, wo man ein Bordell erwartet", erwiderte Vincent. „Im Schatten von Moulin Rouge, wo auch die Sex-Shops sind."

Eric war beeindruckt. Es war sehr geschickt, ein solches Unternehmen ausgerechnet in dem Teil der Stadt anzusiedeln, in dem sich das Leben vor allem nachts abspielte. Dort fiel das nächtliche Kommen und Gehen der Vampire nicht im Geringsten auf. Er fragte sich, wer wohl auf die Idee gekommen war.

„Dann lass es uns versuchen", entschied er. Was kann schon schiefgehen? Im schlimmsten Fall vergeuden wir einige Stunden Zeit und kommen mit leeren Händen zurück. Und dann versuchen wir es eben wo anders."

Zwei Stunden später war Eric klar, dass seine Worte prophetisch gewesen waren. Sie hatten zahlreiche Menschen gesehen, die das Haus betraten und wieder verließen. Aber niemand hatte die typische blasse Haut, die ihn als Mitglied dieser verfluchten Gruppe von Kreaturen auswies.

„Du hast doch gesagt, dass auch Sterbliche hierherkommen, nicht wahr?", fragte er Vincent, weil ihm die Warterei auf die Nerven ging.

„Ja, wieso?", wollte Vincent wissen. „Wir brauchen keinen normalen Menschen. Wir brauchen einen Vampir."

„Das weiß ich auch. Aber wir sind normale Menschen. Das heißt, wir können dort reingehen und uns umsehen, ob wir vielleicht einen Vampir finden. Vielleicht können wir auch andeuten, dass wir gerne mit einem sprechen würden", erklärte Eric.

Vincent erschauerte.

„Wir müssen gar nichts tun", fügte Eric schnell hinzu. „Aber wenn wir einen Vampir treffen, der allein ist, können wir ihn zu Pascal bringen. Oder sie."

„Es wäre den Versuch wert", gab Vincent zu. Er hörte sich jedoch nicht sehr begeistert an.

„Fällt dir etwas Besseres ein?", wollte Eric wissen.

Vincent zuckte nur mit den Schultern und deutete auf die Tür.

Eric kam sich unangenehm auffällig vor, als er das Gebäude betrat. Vincent folgte ihm dicht auf den Fersen.

„Kann ich Ihnen behilflich sein?", sprach sie eine kultivierte Männerstimme von der Seite an.

Eric wirbelte herum und hätte fast nach seinem Stab gegriffen. „Ich … Wir sind auf der Suche nach etwas bereitwilliger Gesellschaft", stammelte er und kam sich vor, als wäre er plötzlich wieder zwölf Jahre alt.

„Wir sind auf bereitwillige Gesellschaft spezialisiert", sagte die Stimme und dann trat der Mann ans Licht. Er hatte leicht gebräunte Haut, man konnte ihm nicht ansehen, wie alt er wohl sein mochte. Eric verbarg seine Enttäuschung. Das war kein Vampir. „Haben Sie bestimmte Vorlieben?"

„Um ehrlich zu sein, hatten wir gehofft, hier einen Vampir kennenlernen zu können", erklärte Eric.

„Oh?", fragte François. Die beiden Männer kamen ihm merkwürdig bekannt vor, aber er wusste nicht, wo er sie schon gesehen haben könnte. „Und Sie haben erwartet, hier einen zu treffen?"

„Wir haben davon gehört, dass Vampire hierherkommen, wenn sie einen kleinen Imbiss zu sich nehmen wollen", mischte Vincent sich ein.

„Möchten Sie ein kleiner Imbiss werden?", bohrte François nach.

„Vielleicht", schwächte Eric ab und gab sich Mühe, seine Abscheu nicht zu zeigen.

„Ich fürchte, dann sind Sie hier falsch", sagte François entschuldigend. Er konnte sich endlich wieder erinnern, wo er einen der Männer gesehen hatte, und es machte ihn nervös. Der Mann stand auf der Fahndungsliste der Milice. Angélique würde bestimmt wissen wollen, warum ein dunkler Magier hier rumschnüffelte. „Sie könnten es in einem der Goth Clubs versuchen", schlug François vor und hoffte, sie würden wieder verschwinden, bevor einer der Vampire auftauchte. „Dorthin gehen die Menschen normalerweise, wenn sie Vampire treffen wollen."

Eric und Vincent verließen das Gebäude und machten sich auf den Weg zu einem der empfohlenen Clubs. Vor dem ersten wartete eine lange Schlange auf Einlass. Sie waren sich ziemlich sicher, mit ihrer Kleidung hier nicht eingelassen zu werden. Sie trugen einfache Jeans und T-Shirts, damit passten sie nicht zum Image des Clubs. Frustriert richteten sie sich wieder auf eine längere Wartezeit ein und hofften, demnächst einen Vampir zu treffen, der den Club verließ oder betreten wollte.

Nach einer Stunde fingen sie leicht zu zittern an, denn die Nachtluft war recht kühl und sie wollten nicht riskieren, sich mit einem Spruch zu wärmen und dabei erwischt zu werden. So gut sie auch waren, sie waren nur zu zweit. Wenn eine Einheit der Milice hier vorbeikam, würde eine Konfrontation wahrscheinlich mit ihrer Festnahme oder ihrem Tod enden. Nach einiger Zeit zahlte sich ihre Geduld aus. Sie sahen einen jung aussehenden Vampir und eine junge Frau, die gemeinsam den Club verließen.

Mit einem unauffälligen Kopfnicken forderte Eric Vincent auf, den beiden zu folgen. Sie hielten ausreichend Abstand und hofften, den beiden nicht aufzufallen. Als das Paar vor ihnen in eine enge Gasse abbog, gingen sie noch bis zum Eingang der Gasse und warteten dort ab. Es war ihnen egal, was die beiden dort trieben. Sie wollten nur anschließend mit dem Vampir reden.

Aus der dunklen Gasse war lautes Stöhnen zu hören. Vincent und Eric sahen sich unbehaglich an. Zumindest theoretisch wussten sie, was dort gerade geschah. Aber es mitzuerleben oder auch nur zu hören, machte sie zu Voyeuren.

Als es still wurde, betraten sie die kleine Gasse. Nichts hatte sie auf den Anblick vorbereitet, der sich ihnen dort bot. Die junge Frau, die vor wenigen Minuten noch vor Leben gesprüht hatte, lag tot zu Füßen des Vampirs auf dem Boden.

Eric trat einen weiteren Schritt vor und griff nervös nach dem Stab in seiner Tasche. „Ich dachte immer, Vampire würden ihre Opfer nicht töten", bemerkte er.

Der Vampir grinste ihn an. Von seinen Zähnen tropfte das Blut der jungen Frau. „Du redest von den Schwächlingen, die vor ihrem eigenen Schatten fliehen und vergessen haben, wozu sie geschaffen wurden", erwiderte er und versetzte dem toten Körper einen Tritt mit der Fußspitze.

10

„Was soll ich hier?", fragte Antonio Jean, als sie durch den magischen Schutzschild gingen und das Hauptquartier der Milice betraten. „Ich habe keinen Partner gefunden. Ich weiß wirklich nicht, wie ich euch helfen kann."

Jean seufzte. Er wusste, dass die Vampire ohne Partner ein Problem sein würden, aber von Antonio hatte er sich mehr Unterstützung erhofft. „Nur weil du keinen Partner hast, heißt das noch lange nicht, dass du uns nicht helfen kannst", wies er Antonio zurecht. „Als die Magier uns das erste Mal angesprochen haben, wussten sie noch nichts über die Partnerschaften und die Macht, die daraus erwächst. Trotzdem haben sie unsere Hilfe gebraucht und uns darum gebeten. Du kannst genauso gut die Straßen patrouillieren oder dich in den Cafés und Bars umhören wie ich, ob mit oder ohne Partner. Du musst dich lediglich auf die Nacht beschränken. Und weil du keinen Partner hast, kannst du uns sogar in einer Angelegenheit helfen, die ich nicht übernehmen kann."

Antonio sah ihn fragend an. „Und das wäre?"

Jean erklärte ihm schnell, welche Rolle er in dem Verhör gespielt hatte und dass er diese Rolle an Antonio abgeben wollte.

„Und warum kannst du diese Aufgabe nicht mehr übernehmen, wenn es doch beim ersten Mal so gut funktioniert hat?", wollte Antonio wissen.

„Weil es durch den Bund zwischen Magier und Vampir für meinen Partner sehr unangenehm ist, wenn ich einen anderen Magier beiße", erklärte Jean. „Und für mich auch", gab er dann zum ersten Mal offen zu, weil er ehrlich sein wollte. „Ich kann dir dafür keinen Grund nennen, aber es hat sich einfach falsch angefühlt, den jungen Magier in Raymonds Gegenwart zu beißen. Ich habe mir einzureden versucht, dass es am Geschmack der dunklen Magie läge. Ich wollte mir nicht eingestehen, dass ich mir damals schon so vorkam, als ob ich Raymond betrügen würde. Und obwohl wir uns zu diesem Zeitpunkt noch nicht sehr gut verstanden haben, ist es Raymond genauso ergangen. Er hat das Gleiche gefühlt wie ich. Jetzt kommen wir besser miteinander aus und ich möchte, dass es so bleibt. Deshalb brauche ich einen anderen Vampir, nämlich dich, der meine Rolle bei den Verhören übernimmt."

Sie gingen in den großen Konferenzraum, wo Marcel ihre Versammlung abhalten wollte. Fast sofort kam Raymond an Jeans Seite. Jean stellte die beiden einander vor. Raymond begrüßte Antonio mit einem Kopfnicken und einem kurzen Händedruck. Jean war angenehm überrascht. Er war sich der Reaktion Raymonds auf andere Vampire nicht sicher gewesen. Jean ließ seinen Partner nicht aus den Augen. Antonio und die anderen Anwesenden verschwanden aus seiner Wahrnehmung. Er bemerkte die dunklen Ringe um die Augen des Magiers – *seines* Magiers – und eine Müdigkeit in seinen Bewegungen, die Jean aus unerklärlichen Gründen außerordentlich störte.

„Hast du denn gar nicht geschlafen?", fragte er barsch.

„Doch, für einige Stunden", antwortete Raymond. „Ich wollte mich auf das Treffen mit deinem Mentor vorbereiten, deshalb musste ich noch einige Texte lesen. Ich kann später noch genug schlafen."

„Und wenn du so erschöpft bist, dass du nicht kämpfen kannst? Was passiert dann?", schimpfte Jean.

„Dann wirst du mich endlich los", meinte Raymond schnippisch.

„Und wenn ich dich nicht loswerden will?" Jean kniff bedrohlich die Augen zusammen. „Wir haben noch viel vor und du bist für unser Unternehmen unverzichtbar."

„Dann musst du eben dafür sorgen, dass ich am Leben bleibe", erwiderte Raymond, den Jeans Sorge um ihn nicht unberührt ließ.

„Verdammt richtig", grummelte Jean. Raymond brauchte dringend einen Aufpasser und Jean fragte sich, ob er in Raymonds Augen wohl für diese Rolle in Frage käme.

Adèle musste vor der Besprechung noch einige Formalitäten erledigen, deshalb war Sebastien allein, als er den Konferenzraum betrat und sich unter den Anwesenden umsah. Er war bei Weitem nicht der einzige, der früher gekommen war. Auf der anderen Seite des Raums erkannte er Antonio und nickte ihm grüßend zu. Er hätte auch Jean begrüßt, der neben Antonio stand. Aber Jean hatte ihn nicht gesehen, weil er nur Augen für seinen Magier hatte. Die meisten Paare waren schon hier versammelt und Sebastien suchte nach seinem eigenen Partner. Er fand Thierry sofort. Der blonde Mann zog Sebastiens Blick auf sich wie ein Magnet.

Thierry stand mit Alain und Orlando zusammen. Die drei waren in eine Unterhaltung vertieft. Sebastien konnte zwar nicht hören, worum es dabei ging, aber er konnte die Kameradschaft und unverbrüchliche Freundschaft zwischen den Männern an ihrer Haltung erkennen. Er wusste von Adèle, dass Thierry und Alain schon sehr lange die besten Freunde waren, jedoch konnte Orlando erst vor kurzer Zeit zu ihnen gestoßen sein. Jedenfalls vermutete Sebastien das, weil er die Geschichte der Allianz kannte. Dem Verhalten der drei Männer war davon nicht anzumerken. Sebastien sah nicht das geringste Anzeichen dafür, dass Orlando anders behandelt wurde und kein gleichberechtigtes Mitglied ihres kleinen Kreises war. Sebastien wünschte sich, er könnte auch zu ihrer kleinen Gruppe gehören. Alain und Orlando strahlten eine so enge Verbundenheit aus, wie er sie in seiner Partnerschaft mit Thierry auch gerne erleben wollte.

Sebastiens Gedanken waren noch bei seinen Wünschen und Hoffnungen für die Zukunft, als Thierry den Kopf wand und ihm in die Augen sah. Der Magier streckte den Arm aus und winkte ihm zu sich heran, dann trat er einen Schritt zur Seite, um Sebastien in ihrem Kreis aufzunehmen. Alain und Orlando begrüßten ihn mit einem herzlichen Lächeln. Sebastien fühlte sich in ihrem Kreis sofort willkommen. Allen war bewusst, dass sie als Partner stärker waren als allein. Aber Sebastien entging nicht, dass ein wesentliches Bindeglied noch fehlte. Er hörte zu, wie Alain von Thierry und Orlando geneckt wurde. Ihr Lachen war ansteckend. Sebastien hätte gerne an ihrer Unterhaltung teilgenommen und zu der gelösten Stimmung beigetragen, die zwischen ihnen herrschte. Sie schlossen ihn nicht absichtlich aus. Ihre freundlichen Gesichter luden ihn ein, mitzumachen. Aber ihre Scherze hatten einen vertrauten, persönlichen Hintergrund, den Sebastien noch nicht mit ihnen teilte. So sehr sie ihn auch willkommen geheißen hatten, er gehörte nicht dazu. Jedenfalls noch nicht.

Auf der anderen Seite des Raumes brach Unruhe aus und lenkte Sebastiens Aufmerksamkeit ab. Er lächelte Adèle, die gerade durch die Tür gekommen war, bewundernd zu, doch das Lächeln gefror ihm auf den Lippen, als er den wütenden Ausdruck in Judes Miene sah. Nachdem Sebastien sich in der U-Bahn mit Adèle unterhalten hatte, wusste er, wie sehr Judes Verhalten sie irritierte. In Gedanken beschwor er ihn, jetzt nicht durch den Raum zu stürmen, um sich mit Adèle anzulegen, sondern stattdessen bei seinen gleichgesinnten Freunden zu bleiben. Unglücklicherweise kam seine Botschaft bei Jude nicht an. Sebastien konnte nicht hören, was Jude zu seinen Freunden sagte, aber er sah den Vampir auf Adèle zulaufen. Sebastien seufzte und widmete sich wieder dem Gespräch.

„Schau sie dir nur an", zischte Jude Colin zu, der neben ihm stand. „Sie sieht aus wie … wie … Ich kann es nicht in Worte fassen." Er hätte sie gerne ignoriert und so getan, als ob sie seiner Aufmerksamkeit nicht wert wäre, aber seine Beine setzten sich automatisch in Bewegung und trugen ihn durch den Raum an ihre Seite.

„Ich sehe, du hast dich dem Anlass entsprechend gekleidet", schnappte er.

Adèle funkelte ihn wütend an. „Ich wüsste nicht, was meine Kleidung dich angeht", erwiderte sie kalt. „Ich bin dir keine Rechenschaft schuldig." Sie wollte sich abwenden, aber er fasste sie am Arm und zog sie zurück.

„Dreh mir nicht den Rücken zu, wenn ich mit dir rede", fauchte er sie an.

„Du hast nicht mit mir geredet. Ich habe nur Beleidigungen gehört", erwiderte Adèle, die ihm am liebsten eine schallende Ohrfeige verpasst hätte. „Wenn du an einem wirklichen Gespräch interessiert bist, höre ich dir gerne zu." Sie wollte gerade wieder gehen, als Marcel den Raum betrat und die Versammlung eröffnete. Adèle fand sich resigniert damit ab, Judes Anwesenheit noch etwas länger ertragen zu müssen.

„Lasst uns jetzt anfangen", sagte Marcel. „Je eher diese Allianz voll funktionsfähig ist, umso eher können wir diesen Krieg beenden. Wir haben uns zu lange nur verteidigen und ihre Angriffe abwehren können. Es wird Zeit, dass sich das ändert."

187

Er sah sich nach Jean um. „Hast du jemanden gefunden, der uns bei den Verhören hilft?", fragte er.

„Das habe ich", erwiderte Jean und stellte Antonio vor, der sich charmant verbeugte.

„Gut", sagte Marcel. „Antonio, du wirst mit Alain, Thierry und ihren Partnern zusammenarbeiten. Soweit ich verstanden habe, können Orlando und Sebastien es nicht selbst übernehmen, die Gefangenen zu beißen und ihr Blut zu schmecken. Aber ich bin sicher, du kannst auch angemessen bedrohlich wirken. Und je mehr Leute an den Verhören teilnehmen, umso mehr Köpfe können uns dabei helfen, die Aussagen zu bewerten und unsere Schlussfolgerungen daraus zu ziehen."

Alain und Thierry nickten und sahen ihre Partner fragend an. Als beide Vampire ebenfalls zustimmend nickten, machten sich Alain und Thierry sofort mit ihnen und Antonio auf den Weg, um mit den Verhören zu beginnen.

Marcel fuhr derweil fort: „Wir müssen neue Dienstpläne aufstellen. Ich bitte die Partner, die ausdrücklich am Tag Dienst machen möchten, sich bei Adèle zu melden. Sie wird sich um die Einteilung kümmern."

„Eine Frau, die Verantwortung trägt?", murmelte Jude ungläubig, während Jean sich zu Wort meldete.

„Angélique könnte ihr dabei gut helfen", schlug Jean vor. „Sie führt ihr eigenes Unternehmen und stellt uns damit alle in den Schatten."

David rollte nur mit den Augen, obwohl er genau wusste, dass Angélique, die in der Nähe stand, ihn sehen konnte. Er wusste nicht, was er davon halten sollte, dass die Vampire Angélique und ihr Unternehmen so offen akzeptierten. Aber wenigstens konnte er so auch mit Adèle zusammenarbeiten. David bewunderte Adèles sachliche und professionelle Einstellung. Mit dieser Arbeitsteilung war für ihn der Abend gerettet, auch wenn sich grundsätzlich nichts an der Situation geändert hatte.

„Das ist ein hervorragender Vorschlag", stimmte Marcel zu und signalisierte David, den beiden Frauen zu helfen. David ging zu Adèle und Jude, um mit Adèle abzuwarten, wer sich für die Tagesschicht einteilen lassen wollte.

Bevor Marcel weiterreden konnte, meldete sich Raymond zu Wort: „Jean hat für heute Abend einen Termin verabredet. Wir wollen so viel wie möglich über die neuen Partnerschaften erfahren. Jeans Mentor könnte vielleicht Informationen haben, die uns dabei hilfreich sind. Er hat zugestimmt, sich heute mit Jean und mir zu treffen, damit wir unser Wissen austauschen können."

„Gut", sagte Marcel und nickte entschlossen. „Soll ich euch begleiten? Ich wollte Monsieur Lombard schon immer kennenlernen."

„Das ist deine Entscheidung", erwiderte Raymond diplomatisch. Marcel hatte nie ein Interesse an den esoterischen Wissensgebieten gezeigt, mit denen Raymond sich befasste. Das Gespräch mit Lombard würde sich wahrscheinlich bald um Themen drehen, zu denen Marcel nicht das Geringste beisteuern konnte. Aber das hätte Raymond nie laut gesagt.

„Wir werden sehen, wie sich die Dinge entwickeln", entschied Marcel. „Vielleicht komme ich kurz mit, um Monsieur Lombard zu begrüßen. Diejenigen unter euch, die noch keinen konkreten Auftrag haben, möchte ich bitten, jetzt mit Adèle oder Angélique in Kontakt zu treten, damit sie den Dienstplan für die Patrouillen aufstellen können. Danach solltet ihr mit euren Partner Strategien für den Kampf entwickeln. Jeder von uns hat seine persönlichen Schwächen und Stärken. Redet mit euren Partnern darüber, sodass ihr alles übereinander wisst. Dann seid ihr für den nächsten Einsatz noch besser vorbereitet. So, ihr habt jetzt eure Befehle. Macht euch an die Arbeit."

Während die beiden Magier und drei Vampire den Flur entlang gingen, erklärte Thierry Antonio, welche Strategie sie bei Dominiques Verhör angewendet hatten. Alain ließ sich etwas zurückfallen, um mit Sebastien zu reden. „Thierry verbringt sehr viel Zeit damit, sich um andere zu kümmern. Er vergisst darüber manchmal sich selbst", sagte er zu dem dunkelhaarigen Vampir.

„Keine Sorge", versicherte ihm Sebastien. „Ich passe auf ihn auf."

NACHDEM MARCEL die Versammlung geschlossen hatte, machte Angélique sich auf den Weg zu Adèle. Sie ignorierte die beiden Männer, die ihnen bei ihrer Aufgabe helfen sollten. Angélique hatte längst gelernt, dass es reine Zeitverschwendung war, mit Männern zu argumentieren, die nur ihr Äußeres und die Hennamuster an ihren Händen sahen. Stattdessen belehrte Angélique sie in aller Ruhe durch ihre Taten eines Besseren. Sie kannte Jude und hatte selbst erlebt, wie er Adèle behandelt hatte. Sie hatte auch Adèles Reaktion darauf mitbekommen. Davids Verhalten ihr gegenüber war nicht viel besser und sie wollte nicht mit ihm darüber streiten. Sie würde mit Adèle zusammenarbeiten. Dann würden die beiden Ignoranten schon sehen, wie effektiv zwei Frauen sein konnten.

„Hast du den aktuellen Dienstplan?", fragte sie Adèle, ohne Judes finsterer Miene oder Davids gerunzelter Stirn auch nur die geringste Beachtung zu schenken.

„In meinem Büro", antwortete Adèle.

„Dann sollten wir in dein Büro gehen und dort mit den Freiwilligen über ihre Einsatzzeiten reden. So können wir sie direkt in die Datei eingeben."

Adèle nickte. „Hier entlang", sagte sie und deutete auf die Tür. „Es dürfte nicht schwer sein, die gegenwärtige Einteilung durch ein einfaches ‚Suche und Ersetze' in der Datei zu aktualisieren."

„Je weniger die Patrouillen zwischen Tages- und Nachteinsätzen wechseln müssen, umso wacher und aufmerksamer sind sie. Diejenigen, die wir neu einteilen, werden einige Tage brauchen, um sich umzustellen und sich an den neuen Schlafrhythmus zu gewöhnen. Aber es ist immer noch besser, als wenn sie sich jede Woche umstellen müssten."

Sie erreichten Adèles Büro. Adèle ging sofort zu ihrem Computer und zog einen zweiten Stuhl heran, damit Angélique sich neben sie setzen konnte. David und Jude standen unschlüssig an der Tür. „Im Zimmer nebenan sind noch Stühle", erinnerte Adèle David, ohne vom Bildschirm aufzusehen. Als die beiden Männer nicht reagierten, warf sie ihnen einen irritierten Blick zu. „Ich bin sicher, wir beiden schaffen das auch allein, falls ihr andere, männlichere Aufgaben zu bewältigen habt."

„Sarkasmus passt nicht zu dir", sagte David leise.

„Und zu dir passt Herablassung nicht", erwiderte sie barsch. „Entweder ihr kommt rein und helft uns, oder ihr verschwindet und lasst uns in Ruhe arbeiten."

Jude kam ins Zimmer. „Das wäre nicht angeraten. Jemand muss aufpassen, dass alles seine Richtigkeit hat."

Adèle zog demonstrativ die Augenbrauen hoch. „Und dieser Experte bist du?", fragte sie herausfordernd. „Dann komm her, öffne die Datei und zeige mir, welche Anpassungen du uns vorschlagen möchtest."

„Ich bin nicht dein Sekretär. Ich diktiere dir die neuen Zahlen und du schreibst sie auf."

„Kannst du etwa nicht tippen?", fragte Adèle spitz. „Oder nicht schreiben?'

Jude kniff die Augen zusammen. „Du weißt nicht, wovon du redest."

„Wirklich?", fragte Adèle.

Jude nahm einen Stift, schrieb seinen Namen auf ein Blatt Papier und warf es vor ihr auf den Schreibtisch.

„Er kann seinen Namen schreiben", sagte Adèle zu Angélique. „Ich bin beeindruckt. Das hätte ich ihm nicht zugetraut."

Angélique konnte sich ein Grinsen nicht verkneifen.

„Adèle", mischte David sich ein. „Das bringt uns nicht weiter."

„Aber euer Verhalten bringt uns weiter, ja?", gab sie zurück und stand von ihrem Stuhl auf. „Du bist auch nicht viel besser als der da."

„Ich habe nicht darum gebeten, der Partner einer … einer Haremskonkubine zu werden."

„Und ich habe nicht darum gebeten, die Partnerin eines chauvinistischen Arschlochs zu werden!", brüllte Adèle und schlug mit den Händen auf den Tisch. „Ihr beiden solltet euch jetzt endlich zusammenreißen. Wir sind im Krieg und eure überholten Ansichten sind uns nur im Weg."

„Chauvinistisch?", unterbrach Jude. „Sie kennt Fremdwörter", sagte er zu David. „Ich bin beeindruckt."

In sekundenschnelle kam Adèle um den Schreibtisch gelaufen und baute sich vor Jude auf. „Was ist dein verdammtes Problem?", schrie sie ihn an.

„Frauen, die nicht wissen, wo sie hingehören", zischte Jude.

Bevor Adèle es selbst bemerkte, hob sie den Arm und zielte mit ihrer Faust auf Judes Kinn. Wäre er ein Sterblicher gewesen, hätte sie ihr Ziel gefunden, aber die Reflexe des Vampirs waren schneller. Er fasste sie am Handgelenk und hielt sie fest. Wie zur Salzsäule erstarrt standen sie sich gegenüber und funkelten sich mit wütenden Blicken an. Eine Sekunde, zwei Sekunden ... noch eine Sekunde. Der Trotz stand ihnen ins Gesicht geschrieben, aber Adèle spürte auch ein anderes Gefühl in sich aufflammen. Sie schüttelte sich innerlich und wies den Gedanken von sich, dass sie einen Mann wie Jude attraktiv finden könnte. Aber ganz konnte sie die Flamme nicht löschen.

„Das willst du doch nicht wirklich tun, oder?" Jude hörte sich gefährlich ruhig an. Der Jagdinstinkt hatte ihn gepackt. Adèle war nicht die erste, die ihn herausfordern wollte. Jude freute sich schon darauf, sie in ihre Schranken zu weisen und ihr Manieren beizubringen – so langsam und gründlich wie möglich. Wenn er erst mit ihr fertig war, würde sie wie ein schnurrendes Kätzchen in seinem Bett liegen.

„Oh doch, verdammt", fauchte sie und entriss ihre Hand seinem Griff. „Verschwinde", befahl sie dann und zeigte auf die Tür. „Melde dich, wenn du in der Gegenwart angekommen bist."

Jude warf ihr noch einen wütenden Blick zu, dann trat er einen Schritt zurück. Ein strategischer Rückzug konnte nicht schaden. Er hatte später noch ausreichend Zeit, die Widerspenstige zu zähmen. Adèle kam auf ihn zu und drängte ihn aus dem Zimmer. Als er gegangen war, knallte sie die Tür zu und drehte sich zu Angélique und David um. David war ihr nächstes Ziel, aber Angélique sah ihr in die Augen und schüttelte unauffällig mit dem Kopf. Adèle nahm auf Angéliques Bitte Rücksicht und beschränkte sich darauf, David noch einen wütenden Blick zuzuwerfen. „Ich brauche eine kurze Pause, damit ich wieder einen klaren Kopf bekomme."

Angélique nickte ihr zu und Adèle verließ das Zimmer. Die Tür knallte zum zweiten Mal.

Die Vampirin ging seufzend zum Computer, suchte nach der Datei mit dem Dienstplan und öffnete sie. „Mach die Tür auf und sieh nach, ob draußen noch jemand wartet, den die beiden mit ihrem Gebrüll nicht verjagt haben. Wir brauchen den neuen Dienstplan und es sieht so aus, als ob der Job jetzt an uns beiden hängengeblieben wäre", sagte sie zu David.

David befolgte ihre Anweisung. Er war mehr als überrascht, als er sah, mit welcher Selbstverständlichkeit Angélique den Computer bediente. Sie sah auf und bemerkte seine nachdenkliche Miene. „Was ist?", fragte sie. „Meine Tätowierungen haben mir weder die Hände noch das Gehirn amputiert. Ich weiß, was ich tue."

David beobachtete mit wachsendem Interesse, wie sie die Namen der Freiwilligen aufnahm und so in den Plan einbaute, dass sie ihren Dienst bei Tageslicht absolvieren konnten.

„Ich glaube, ich schulde dir eine Entschuldigung", sagte er nach einigen Stunden. „Ich habe dich offensichtlich unterschätzt."

„Das bin ich gewohnt", erwiderte Angélique, ohne sich von ihrer Arbeit ablenken zu lassen. „Du bist nicht der erste, und du wirst auch nicht der letzte sein."

„Das entschuldigt mein Verhalten nicht. Können wir noch einmal von vorne anfangen?"

Dieses Mal hob Angélique den Kopf und sah die jungenhafte Begeisterung in Davids Gesicht.

„Wenn du willst", sagte sie mit einem Schulterzucken und ging wieder an die Arbeit, um die Unterlagen auszudrucken. „Das sind die Kopien für Marcel. Er muss sie noch bestätigen. Sobald sie unterzeichnet sind, müssen sie ausgehängt und verteilt werden, wie auch immer ihr das hier regelt."

David nahm den Papierstapel entgegen, blieb aber noch am Schreibtisch stehen. „Woher kennst du dich so gut damit aus?", fragte er.

„Mir gehört das Sang Froid", erinnerte sie ihn. „Das mag dir zwar nicht gefallen, aber meine Arbeit dort ist dieselbe. Ich muss mich um alles kümmern, seien es Dienstpläne, Gehaltsabrechnungen, Buchhaltung, Einkäufe oder die Versicherung. Ich habe vor Jahren den Fehler gemacht, mich auf einen Geschäftsführer zu verlassen, um selbst mehr Freizeit zu haben. Er hat mich betrogen und um den letzten Cent gebracht. Damals habe ich mir geschworen, mich nie wieder auf andere zu verlassen und alles selbst zu beaufsichtigen. Jetzt habe ich einen zuverlässigen Geschäftsführer, der sich tagsüber um alles kümmert. Aber selbst bei ihm kontrolliere ich alle Entscheidungen, damit er keine Fehler macht. Natürlich unterlaufen auch mir manchmal Fehler, aber dann weiß ich wenigstens, dass ich selbst für die Konsequenzen verantwortlich bin."

„Ich verstehe jetzt, warum Jean dich für diese Aufgabe vorgeschlagen hat."

„Es wird nicht die einzige bleiben. Der Dienstplan steht und es sind höchstens noch kleinere Anpassungen nötig. Ich erwarte, dass du mir eure Strategien erklärst, damit wir nicht nur innerhalb dieser Mauern, sondern auch bei einem Kampfeinsatz gut zusammenarbeiten können."

„Ich werde dir alles beibringen, was ich selbst weiß und kann", stimmte David zu. „Aber normalerweise befolge ich auch nur Befehle."

„Das wird mir genauso gehen", meinte Angélique. „Aber ich muss trotzdem wissen, wie man sie am besten befolgt."

„Damit warst du fertig, nicht wahr?", fragte David und zeigte auf die Papiere in seiner Hand.

„Ja", bestätigte Angélique.

„Lass uns gemeinsam zu Marcel gehen, dann können wir uns anschließend einen ruhigen Platz suchen, um zu trainieren."

„Das wäre schön", erwiderte Angélique, die sich sichtlich freute, dass David ihr endlich eine Chance gab.

ERIC UND Vincent grinsten sich an. Sie hatten einen Vampir gefunden, dessen moralische Standards genau den ihren entsprachen. „Wir möchten dir ein Angebot machen", sagte Eric.

Edouard machte einen Schritt über die Leiche auf dem Boden und ging auf die Männer zu. Keiner von ihnen rührte sich, aber er sah ihnen ihre Anspannung an. Gut. Sie wussten offensichtlich, dass ihnen gegen Edouards Vampirkräfte auch ihre Größe nicht helfen würde. „Und welcher Art ist dieses Angebot?", fragte er.

„Unser … Freund möchte gern mehr über Vampire erfahren", erklärte Eric.

„Es war von einem Angebot die Rede", sagte Edouard. „Was ist für mich drin?"

„Das muss unser Freund schon selbst erklären", erwiderte Eric hastig. „Aber es wird sich für dich lohnen."

„Und wo genau ist euer Freund?", wollte Edouard wissen.

„In der Nähe von St. Denis", sagte Vincent.

„Das ist ziemlich weit von hier. Ich weiß nicht, ob ich so weit reisen kann. Schließlich muss ich vor Sonnenaufgang zuhause sein."

„Wir können im Bruchteil einer Sekunde dort sein", erklärte Eric. „Du musst uns nur erlauben, unsere Magie anzuwenden."

Edouard zog fragend eine Augenbraue hoch. Er war neugierig geworden. Offensichtlich würde es in Paris heute mehr als einen Vampir geben, der mit den Magiern ins Gespräch kam.

„Na gut", stimmte er zu.

Eric nickte Vincent zu. Während der sich darauf vorbereitete, in ihr Hauptquartier zurückzukehren, transportierte Eric sich selbst und den Vampir. Vincent folgte ihnen eine Sekunde später. Sie kamen in einer dunklen Gasse in der Nähe der Basilika von St. Denis an. Eric führte sie durch eine unscheinbare Tür. Von außen gab es nicht den geringsten Hinweis darauf, dass die Wände zwischen den Häusern durchbrochen waren und der gesamte Block ein Wirrwarr von Räumen und Gängen beherbergte, die Serrier als Hauptquartier für seine Operationen dienten. Es gab noch einige andere Außenposten, aber hier war die Zentrale. Sie war so stark bewacht, dass es der einzige Platz war, an dem Vincent sich sicher fühlte. Er wusste nicht, wie Pascal es geschafft hatte, den ganzen Block in seinen Besitz zu bekommen, ohne dass es den Behörden aufgefallen war. Aber es war ihm auch egal.

Die beiden Magier führten Edouard in Pascals Versammlungsraum. Sie boten ihm an, Platz zu nehmen, dann machte Vincent sich auf die Suche nach Pascal.

Edouard setzte sich auf den angebotenen Stuhl und sah sich in dem Raum um. Er hielt sich noch mit seinem endgültigen Urteil zurück, war aber davon überzeugt, bei den Rebellen gelandet zu sein. Nach dem, was er über die Miliz wusste, hätten die ihn eher wegen Mordes festgenommen, anstatt ihm ein Geschäft vorzuschlagen, um an Informationen zu kommen.

Einige Minuten später kam Vincent mit einem anderen Mann zurück. Der Mann war dunkelhaarig, hatte einen Schnurrbart und ein Ziegenbärtchen. Selbstbewusst kam er auf Edouard zu. „Meine Freunde haben mir berichtet, dass du mir einige Fragen beantworten kannst", sagte er ohne lange Vorrede.

„Das ist schon möglich", erwiderte Edouard. „Allerdings müsste ich die Fragen erst kennen. Deine Freunde haben auch erwähnt, dass es sich für mich lohnen würde."

Pascal lächelte. „Ich habe erfahren, dass du … deine Opfer genießt", stellte er fest. „Ich kann mir vorstellen, dass es nach einiger Zeit schwer wird, unangenehmen Fragen aus dem Weg zu gehen."

„Ich ziehe oft um", antwortete Edouard schulterzuckend.

„Wie wäre es, wenn ich dir genügend Opfer anbieten könnte, nach denen niemand fragt und mit denen du nach Gutdünken verfahren kannst?", schlug Pascal vor. „Würde es sich für dich dann lohnen, meine Fragen zu beantworten?"

Edouard dachte kurz über das Angebot nach. Unbegrenzter Zugang zu Blut und keine unangenehmen Fragen … „Was willst du wissen?", fragte er und lehnte sich in seinem Stuhl zurück.

11

JEAN KONNTE an Raymonds Haltung erkennen, wie nervös sein Partner war. „Lass das“, wies er ihn sanft zurecht. „Was glaubst du denn, was er an einem öffentlichen Ort tun sollte? Wenn Christophe Lombard sich durch eine persönliche Eigenart auszeichnet, dann durch seine Diskretion. Er wird das Café betreten, kurz mit dem Kellner reden, einen Espresso bestellen und sich dann zu uns setzen, als wäre er ein ganz normaler Gast. Wenn wir wieder gehen, werden die Kellner sich nur daran erinnern, was für ein höflicher, alter Herr er war.“

„Mir wäre es lieber, sie würden sich gar nicht an uns erinnern“, meinte Raymond. „Ich war lange genug bei Serrier, um zu wissen, wie er solche Dinge erledigt hat. Ich weiß zwar nicht, woher er von der Versammlung gestern erfahren hat, aber er hat es erfahren. Und das heißt, dass er herausfinden will, was die Vampire vorhaben. Es würde mich nicht wundern, wenn er schon Magier losgeschickt hätte, die nach Vampiren suchen sollen. Ich möchte ihnen lieber nicht begegnen, solange wir nur zu zweit sind.“

„Christophe weiß über unseren Kampf Bescheid“, versicherte ihm Jean. „Er wird sie nicht auf unsere Spur bringen. Er ist ein gewiefter alter Fuchs, ein alter Vampir obendrein. Er wird jede Vorsichtsmaßnahme treffen, die du dir nur vorstellen kannst.“

Raymond unterdrückte einen Seufzer. Es war an der Zeit, mit der Wahrheit herauszurücken. „Wusstest du, dass Serrier einen Preis auf meinen Kopf ausgesetzt hat?“, fragte er Jean. „500.000 €. Das Doppelte, wenn ich lebend an ihn ausgeliefert werde. Er will an mir ein Exempel statuieren und seinen Leuten zeigen, was ihnen blüht, wenn sie ihn verraten. Deshalb reagiere ich manchmal so paranoid. Wenn sie mich bei dem Versuch, mich gefangen zu nehmen, umbringen, ist es mir egal, was er mit meiner Leiche anfängt. Ich werde nicht zulassen, dass sie mich lebend erwischen“, fuhr er fort. „Eher bringe ich mich selbst um, als dass ich mich von ihnen zu Tode foltern lasse. Ihre Grausamkeit kennt keine Grenzen.“

Jean stellten sich die Haare zu Berge bei dem Gedanken, jemand könnte Raymond etwas antun. „Was hattest du dann am helllichten Tag draußen bei den Antiquaren zu suchen? Das kommt einer Einladung gleich, dich zu schnappen!“

„Genau das ist seine Schwäche. Er will zwar an mir ein Exempel statuieren, aber er macht sich nicht die Mühe, meine Gewohnheiten kennenzulernen“, erklärte Raymond. „Außerdem war ich nicht schutzlos. Ich hatte mich mit einem Spruch für die meisten Menschen unsichtbar gemacht. Es gibt nur wenige seiner Leute, denen ich nicht allein über den Weg laufen möchte. Ansonsten bin ich sicher.“

„Dazu wird es nicht kommen. Du wirst ihnen niemals allein gegenüberstehen. Und wenn sie in der Überzahl sind, kannst du dich in Sicherheit transportieren.“

„Und dich im Stich lassen? Den Teufel werde ich tun.“

„Ich habe nicht gesagt, dass du mich im Stich lassen sollst. Du kannst Hilfe holen und zurückkommen“, sagte Jean. „Ich habe deine Magier erlebt. Du kannst dich zu Marcel transportieren und mit Verstärkung zurück sein, bevor sie mich überwältigen. Aber darüber müssen wir heute Abend nicht reden. Heute wollen wir mehr darüber herausfinden, wie unsere Partnerschaften funktionieren.“

Raymond nickte, während sie sich dem Café näherten. Es war jetzt weder die Zeit noch der Ort, darüber zu reden. Aber zu seiner Überraschung stellte er fest, dass er Jean bei einem Angriff niemals allein zurücklassen könnte, selbst wenn es um sein eigenes Leben ging. Er hatte solche Gefühle nicht erwartet, schon gar nicht einem Vampir gegenüber, aber das Schicksal hatte offensichtlich anderes mit ihm vor gehabt. Raymond nahm sich also vor, wachsam zu bleiben, so wie immer. Er wollte sich nicht darauf verlassen, dass Lombard geschickt genug war, keine dunklen Magier auf ihre Spur zu bringen. Es ging nicht nur um sein eigenes Leben, er musste jetzt auch an Jean denken. Sein Vampir würde die Folgen jeder Nachlässigkeit oder Fehlentscheidung mittragen müssen. Dazu durfte es nicht kommen.

„Er ist schon da", flüsterte Jean, als sie das kleine Café betraten. Vor einigen Tagen hätte Raymond sich noch darüber amüsiert, wie Jeans Verhalten sich in der Gegenwart des älteren Vampirs veränderte. Der selbstbewusste, manchmal sogar arrogante Chef de la Cour, den Raymond kennengelernt hatte, war mit einem Schlag verschwunden. An seine Stelle war ein nervöser, angespannter Soldat getreten, der seinem General gegenüberstand. Raymond sah sich in dem Café um und sein Blick fiel auf einen distinguierten, älteren Herrn, dessen Miene nicht zu dem hohen Alter zu passen schien, das die Falten in seinem Gesicht und die weißen Haare verrieten. Raymond konnte Jeans Nervosität plötzlich besser verstehen.

Jean führte Raymond zu dem Tisch, wo sie höflich stehen blieben. „Das ist mein Partner, Raymond Payet", stellte Jean ihn vor. „Und das ist mein Mentor, Christophe Lombard."

Christophe erhob sich von seinem Stuhl und bot Raymond seine elegante Hand zur Begrüßung an. Raymond schüttelte ihm die Hand und versuchte, sich seine Nervosität nicht anmerken zu lassen. „Christophe bitte. Es ist mir ein Vergnügen, dich kennenzulernen", sagte Christophe. „Jean hat mir berichtet, dass wir beide die Liebe zu Büchern teilen."

„Das hat er mir auch gesagt", erwiderte Raymond und nahm an dem Tisch Platz, als Christophe sich wieder setzte. Jean blieb verlegen neben dem Tisch stehen.

„Oh, nun setz dich doch, Jean", sagte Christophe seufzend. „Du kannst manchmal wirklich sehr anstrengend sein, mein Junge."

Jean ließ sich auf den Stuhl fallen wie ein kleiner Schuljunge, der eine Rüge bekommen hatte. Raymond konnte nur mit Mühe sein Amüsement verbergen. Er und Jean waren jetzt ein Team, aber solange ihre Partnerschaft noch auf etwas wackeligen Füßen stand, wollte er sich nicht auf Kosten seines Partners über ihn lustig machen.

„Ich habe mir heute schon einige Texte durchgelesen", sagte Christophe zu Raymond. „Wenn du nichts dagegen hast, möchte ich dir einige Fragen stellen. Sie sind etwas persönlich, aber das lässt sich nicht vermeiden, denn die Partnerschaften zwischen Magiern und Vampiren scheinen sehr persönlicher Natur zu sein."

„Ich werde sie so gut wie möglich beantworten", versprach Raymond. „Ich möchte, so wie du auch, mehr über die Natur der Partnerschaften erfahren."

„Das kann ich mir gut vorstellen", erwiderte Christophe mit einem Lächeln.

„Was möchtest du wissen?", fragte Raymond, um das Gespräch in Gang zu setzen.

„Ich habe einige Ideen", erklärte Christophe. „Als ich mich mit Mireille und ihrer Partnerin, Caroline, unterhalten habe, beschrieben die beiden mir eine Art von Verbindung oder Kompatibilität, die sich zwischen ihnen entwickeln würde. Mireille erwähnte sogar eine gewisse Anziehung, die sie zurück an Carolines Seite brachte, nachdem sie getrennt worden waren. Hast du ähnliche Gefühle gehabt?"

Raymond lachte leise. „Unsere Partnerschaft war zu Beginn nicht die beste", gab er zu. „Es ist mir schwergefallen, mich mit den Erfordernissen der Allianz abzufinden …"

„Wir haben beide Fehler gemacht", unterbrach Jean, der nicht zulassen wollte, dass Raymond die Verantwortung für ihre Probleme allein auf seine Schultern nahm. „Ich bin mir nicht sicher, ober wir die besten Ansprechpartner für diese Frage sind."

Christophe zog wortlos eine Augenbraue hoch. „Was ist euch sonst aufgefallen?", änderte er das Thema.

„Vielleicht sind wir gerade deshalb die besten Ansprechpartner", sagte Raymond zu Jean. „Wenn wir Alain und Orlando fragen würden, wäre es so gut wie unmöglich, anhand ihrer Antwort zu unterscheiden, welche Gefühle auf die Natur der Partnerschaft und welche auf die persönliche Anziehung zwischen den beiden zurückgehen. Nach unserem holprigen Anfang können wir ziemlich sicher davon ausgehen, dass unsere Gefühle damit zusammenhängen, wie meine Magie dich beschützt." Er drehte sich zu Christophe um. „Selbst als ich auf Jean und die ganze Allianz noch wütend war, habe ich immer wieder seine Nähe gesucht."

„Und wenn er sich zu lange Zeit gelassen hat, bin ich fast jedes Mal zu ihm gegangen", fügte Jean hinzu.

„Dann gehört es noch dazu, eifersüchtig zu werden und Exklusivität zu verlangen", fuhr Raymond fort. „Am Anfang wollte ich aus unterschiedlichen Gründen nicht von Jean gebissen werden. Aber es störte mich trotzdem sehr, wenn er andere Menschen gebissen hat. Als ich es dann sogar mitansehen musste ..." Er schüttelte sich und verstummte.

„So war es nicht gewesen", korrigierte Jean schnell, als er die Missbilligung in Christophes Miene erkannte. „Wir haben einen festgenommenen Magier verhört und hielten es für eine gute Idee, in Erfahrungen zu bringen, ob seine Antworten ehrlich gemeint sind. Ich habe nur einige Tropfen Blut geschmeckt, um in sein Herz zu sehen. Mehr war es nicht."

Raymond spürte, wie unangenehm Jean das Thema war. Schnell nahm er den Faden wieder auf. „Wir haben das Problem jetzt gelöst und einen Vampir gefunden, der noch keinen Partner hat. Er hilft uns bei den Verhören. Wir mussten vieles durch Versuch und Irrtum lernen, deshalb ist es uns so wichtig, mehr zu erfahren. Je mehr wir wissen, umso weniger Fehler machen wir."

„Das ist richtig", stimmte Christophe zu. „Wie gesagt, ich habe einiges gelesen und es hat mich auf Ideen gebracht, die wir verfolgen sollten. Aber bevor ich meinen Schlussfolgerungen allzu viel Vertrauen schenke, muss ich mehr über die Natur von Magie erfahren. Wie definieren die Magier ihre Macht und was wissen sie über ihre Wirkung?"

„Die Natur der Magie", wiederholte Raymond lachend. „Wie viel Zeit hast du mitgebracht? Ich habe mein ganzes erwachsenes Leben damit verbracht, Magie zu studieren. Je mehr ich darüber lerne, umso mehr wird mir klar, wie wenig ich eigentlich weiß."

Christophe lachte ebenfalls. „So geht es mir auch, wenn ich über die Natur der Vampire nachdenke. Erkläre mir, was du gelernt hast."

„Wo soll ich da anfangen ...", überlegte Raymond. „Wir bringen den jungen Magiern bei, dass es einen Unterschied gibt zwischen elementarer Magie als externer Kraft oder Macht, und der Magie, die wir durch unsere Beschwörungen und andere Hilfsmittel, wie den Stab, bewirken. Die Elementarkräfte existieren unabhängig von uns. Sie sind weder gut noch böse. Sie werden durch behutsame Nutzung und unsere eigene Anwendung der Magie im Gleichgewicht gehalten. Wir achten streng darauf, ihnen wieder so viel Energie zuzuführen, wie wir ihnen für andere Zwecke entziehen. Die andere Form der Magie ist eine interne Magie, die durch unser eigenes Verhalten ausbalanciert wird. Es gibt dunkle Beschwörungen, die nur dem Zweck dienen, Schaden anzurichten. In letzter Zeit ist, besonders durch den derzeitigen Krieg, der Begriff ‚dunkle Magie' sehr populär geworden. Aber Magie selbst kann nicht dunkel sein, sie kann nur zu dunklen Zwecken genutzt werden. Das Problem ist, dass wir durch den Krieg unsere ganze Energie zum Kämpfen brauchen. Es bleibt nicht mehr genug übrig, um die Elementarkräfte im Gleichgewicht zu halten, indem wir ihnen Energie zurückgeben. Gegenwärtig sind wir machtlos, etwas dagegen zu tun. Die öffentliche Debatte läuft gegen uns. Wir Magier wissen, dass das Ungleichgewicht von Tag zu Tag größer wird. Aber es ist schwer, die Menschen davon zu überzeugen, dass sie ihre Gewohnheiten ändern müssen. Es ist nur noch eine Frage der Zeit, bis es in der natürlichen Umwelt zu Chaos und Zerstörung führt."

„Eine externe Macht", wiederholte Christophe. „Ist sie begrenzt?"

„Am besten vergleicht man sie vielleicht mit Erdöl. Es ist begrenzt, aber erneuerbar, wenn auch sehr langsam. Es ist eine der Aufgaben der Magier, dieser Elementarmacht wieder so viel Energie zuzuführen, wie wir ihr entziehen. So bleibt alles im Gleichgewicht. Das Problem ist, dass wir ihr durch unseren Kampf mehr Energie entziehen, als wir ihr zurückgeben. Viele unserer potenziellen Verbündeten halten unsere Sorgen für übertrieben. Für sie ist die Elementarmacht eine scheinbar unerschöpfliche Ressource. Aber das ist meines Erachtens nach ein Trugschluss."

Christophe nickte. „Ist diese Macht ... hat sie ein Bewusstsein?"

Raymond runzelte die Stirn. „Was meinst du damit?"

„Könnte diese Elementarmacht selbst handeln oder Handlungen veranlassen, die zu ihrer Erneuerung beitragen?", formulierte Christophe seine Frage neu. Bevor Raymond ihm eine Antwort geben konnte, bemerkte er den gelangweilten Ausdruck in Jeans Gesicht. „Du musst nicht bleiben Jean. Wir können unser Gespräch auch ohne dich fortsetzen."

Jean sah Raymond fragend an. Er teilte die Faszination der beiden Männer mit ihrem Thema nicht und fand die Unterhaltung ausgesprochen uninteressant, aber er wollte Raymond auch nicht einfach allein zurücklassen.

„Es ist schon gut", sagte Raymond leise. „Komm in einer Stunde zurück. Ich warte hier auf dich."

Jean musste an ihr Gespräch über Serrier und dessen Absichten mit Raymond denken. „Und wenn ihr früher fertig seid? Ich will dich hier nicht allein lassen."

„Ich warte mit deinem Partner, bis du wieder zurückkehrst", mischte sich Christophe ein.

„In diesem Fall überlasse ich euch eurem Gespräch", entschied Jean und erhob sich von seinem Stuhl.

Nachdem Jean das Café verlassen hatte, wandte Christophe sich wieder Raymond zu. „Er ist ein guter Vampir, aber die Wissenschaft liegt ihm nicht sonderlich."

Raymond lachte. „Das Gleiche könnte man über die meisten meiner Kollegen auch sagen." Er wurde wieder ernst und dachte über Christophes Frage nach. „Ihre eigene Erneuerung veranlassen", überlegte er laut. „Ich habe noch nie darüber nachgedacht. Wir wenden so viel Energie auf, um das Gleichgewicht zu erhalten, aber es stimmt … Sie muss es eigentlich können, denn sonst wäre die Welt aus dem Gleichgewicht geraten und hätte sich selbst zerstört, als die Magier noch nicht gelernt hatten, diese Aufgabe zu übernehmen. Es ist eine interessante Frage. Ich nehme an, es gibt einen konkreten Grund, warum du das wissen willst?"

„Symbiose", sagte Christophe. „Meine Idee ist, dass die Partnerschaften symbiotisch sind, sodass sie den Vampir vor der Sonne schützen und den Magier vor den Folgen des Blutverlusts. Und so, wie ihr es mir berichtet habt, scheint diese Symbiose sich selbst zu verstärken. Sie weckt den Beschützerinstinkt der Vampire und macht sie besitzergreifend, sodass sie die Partnerschaft selbst gegen Widerstände aufrechterhalten wollen. Und du hast selbst gesagt, dass du Jeans Nähe gesucht hast, obwohl du lieber wo anders gewesen wärst. Das ist keine interne Magie, das ist die Wirkung einer externen Macht. Du hast mir die Elementarmacht als eine Einheit beschrieben und ich frage mich, ob die Partnerschaften dazu geschaffen wurden, das Fortbestehen dieser Einheit zu sichern."

„Ich kann mir gut vorstellen, warum dieses Wissen möglicherweise unterdrückt wurde und in Vergessenheit geriet", meinte Raymond. „Viele Magier hätten sich wahrscheinlich durch diese Wirkung einer externen Macht genötigt gefühlt."

„Ist es wirklich Nötigung?", wollte Christophe wissen. „Oder ist es die inhärente Magie jedes individuellen Magiers, die ihn den richtigen Vampir wählen lässt, unabhängig von ihren äußeren Unterschieden?"

„Alain und Orlando haben sich schon zueinander hingezogen gefühlt, bevor sie den Bund eingegangen sind. Sie sind die einzigen, deren Partnerschaft sich natürlich entwickelt hat. Alle anderen sind das Ergebnis einer bewusst durchgeführten Reihe von Versuchen. Wir wissen nicht, wie die Dinge sich ohne dieses Experiment entwickelt hätten. Ich hätte mich von Jean sicher nicht beißen lassen, weil ich eine tief sitzende Angst vor Vampiren habe. Mit Jeans Persönlichkeit und Aussehen hätte diese Entscheidung nicht das Geringste zu tun gehabt."

„Wie sieht es mit den anderen Paaren aus?", fragte Christophe.

„Bei den meisten scheint es eine gewisse gegenseitige Sympathie zu geben. Du hast Caroline und Mireille schon erwähnt, bei denen das der Fall ist, und für Alain und Orlando trifft es erst recht zu. Aber mir sind ein oder zwei Paare aufgefallen, die nicht so recht zusammen passen. Adèle ist eine sehr moderne, unabhängige Frau. Ich habe den Eindruck, dass ihr Partner – er heißt Jude, soweit ich mich erinnere – damit ein großes Problem hat", erwiderte Raymond nachdenklich.

„Jude hat mit allem ein Problem, wenn es nicht mindestens vierhundert Jahre alt ist. Er und einige seiner Freunde weigern sich standhaft, die Zeit ihrer Erschaffung hinter sich zu lassen", erklärte Christophe.

„Warum dann die Partnerschaft mit Adèle? Warum sollte sich ihre inhärente Magie einen Partner gesucht haben, der so wenig zu ihr passt? Ich kann mir Alain und Orlando zusammen vorstellen. Auch Thierry und Sebastien passen zueinander. Selbst auf Jean und mich trifft das zu, soweit ich überhaupt zu einem Vampir passen kann. Aber Jude und Adèle? Warum ist Jude nicht der Partner von David Sabatier, der auch ein eher konservativer Mensch ist?"

196

„Das könnte mit der Natur der Symbiose zusammenhängen. Wenn sie nur praktischen Zwecken dienen sollte, hättest du recht. Aber die Partnerschaften haben ihren Ursprung nicht erst in eurer Allianz. Wenn meine Vermutung über Merlin und den Vampir zutrifft, sind sie ein weitaus älteres Phänomen. Es geht nicht nur darum, zusammen zu arbeiten, es geht offensichtlich auch darum, zusammen zu leben. Wie ist Davids Verhältnis zu Männern?", wollte Christophe wissen.

„Meinst du das in sexueller Hinsicht?", fragte Raymond nach. Als Christophe nickte, fuhr er fort: „Soweit es mir bekannt ist, hat er bisher nur Beziehungen zu Frauen gehabt."

„Das Gleiche gilt auch für Jude. Er zieht zwar die Gesellschaft von Männern vor, aber in sein Bett lässt er nur Frauen. Eine Partnerschaft zwischen ihm und David würde nur der Allianz nützen, aber die symbiotische Beziehung nicht fördern."

„Adèle und Jude kann ich mir allerdings auch nicht als Geliebte vorstellen", sagte Raymond lachend. „Sie können es kaum ertragen, sich im gleichen Raum aufzuhalten."

„Vielleicht werden sie sich gegenseitig beeinflussen und zügeln", überlegte Christophe. „Du hast noch von einem zweiten Paar gesprochen, das nicht zusammenpasst."

„Angélique und David."

„Ah ja", sagte Christophe lächelnd. „Die liebliche Angélique. Das Äußere eines Menschen kann sehr trügerisch sein. Sie ist wahrscheinlich die gewiefteste Geschäftsfrau unter allen Vampiren von Paris. Sie sieht aus, als würde sie in den Harem eines Sultans gehören, und tatsächlich war sie dort auch, als sie umgewandelt wurde. Aber darunter liegt eine erbarmungslos praktische Natur verborgen. Es scheint mir, als hätte David sie falsch eingeschätzt. Wenn er ihre wirkliche Persönlichkeit kennenlernt, wird er seine Meinung vielleicht revidieren."

„Vielleicht", gab Raymond zu. „Die Partner finden sich also aufgrund von inhärenten Eigenschaften, die sich gegenseitig ergänzen. Die symbiotische Natur der Partnerschaft führt dann zu einem gewissen Level an Intimität, der wiederum die Symbiose verstärkt. Das hört sich vernünftig und logisch an. Magie muss sich regenerieren und ausbalanciert werden. Wenn die Partnerschaften dabei helfen, würde das vieles erklären. Aber ich kann nicht erkennen, wo der Vorteil für die Magier liegen sollte. Die Vampire werden immun gegen Sonnenlicht und die Allianz profitiert von neuen Verbündeten. Welche persönlichen Vorteile haben die Magier von der Partnerschaft mit einem Vampir?"

Christophe grinste anzüglich. „Du hast offensichtlich noch nie einen Vampir zum Geliebten gehabt. Du kannst dir nicht vorstellen, welche Auswirkungen unsere Instinkte auf unsere Leidenschaft haben. Wenn ein Vampir dich auserwählt, wird es dir in deinem Leben nie wieder an etwas fehlen. Wir stellen das Objekt unserer Leidenschaft auf ein Podest. Unsere gesamte Existenz dreht sich nur noch um die Dinge oder die Personen, denen unsere Zuneigung gilt. Für mich sind es die Bücher. Für den jungen Orlando wird es sein Avoué sein. Für Angélique ist es ihr Geschäft. Für Jean war es bisher Orlando. Er war zwar nicht sexuell an ihm interessiert, aber seine ganze Welt hat sich darum gedreht, dem Jüngling zu helfen, sich von seiner Vergangenheit zu erholen. Gib deinem Freund Alain eine Woche Zeit und frage ihn dann, ob er jemals in seinem Leben so gut behandelt worden ist. Frag ihn, ob er den Aveu de Sang jemals wieder lösen würde, wenn er es könnte. Er wird es verneinen, und es wird nicht die Magie sein, die aus ihm spricht."

„Du bist dir deiner Sache sehr sicher", sagte Raymond erstaunt. Die Vorstellung war ihm in der Tat fremd. Aber dennoch – selbst als er die Allianz und alles, was sie von ihm verlangte, noch hasste, hatte er unweigerlich Jeans Nähe gesucht. Und jetzt, wo sie ihre Missverständnisse ausgeräumt hatten, stellte sich die Frage, wie Raymond in Zukunft auf diese Anziehung zwischen ihnen reagieren würde. Christophe hatte die symbiotische Natur der Partnerschaften als einen Bund auf Lebenszeit bezeichnet. Würde sich dieser Bund mit einer reinen Arbeitsbeziehung oder einer tiefen Freundschaft zufriedengeben? Raymond wollte nicht darüber nachdenken. Er kämpfte immer noch mit seinem Problem, sich von Jean beißen zu lassen, um der Allianz zu dienen. Es würde noch sehr lange dauern, bevor er sich einen Vampir als Geliebten auch nur ansatzweise vorstellen konnte.

„Ich habe fast zweitausend Jahre Erfahrung mit Vampiren und der Natur ihrer Kontakte zu Sterblichen. Ich habe in dieser Zeit nur sehr wenige Vampire getroffen oder von ihnen gehört, die sich nicht so verhalten hätten, wie ich es dir beschrieben habe. Unsere Umwandlung schenkt uns nahezu ewiges Leben, und wenn wir etwas finden, das uns glücklich macht, drängt uns unser

Instinkt dazu, es zu bewahren. Ich habe oft erlebt, dass Menschen sich durch diesen Instinkt nach ihrer Umwandlung komplett verändert haben. Sie haben sich von gleichgültigen Bestien in erbitterte Beschützer verwandelt. Sie hatten immer noch keine Hemmungen, mit Gewalt gegen alles und jeden vorzugehen, das ihren Schatz bedrohte; aber diese Auserwählten hatten das beste Leben, das ihre Beschützer ihnen bieten konnten. Es gibt nur wenige Ausnahmen von dieser Regel und ich habe nie verstanden, aus welchen Gründen diese Vampire von ihrem Instinkt im Stich gelassen wurden. In den meisten Fällen reicht die Androhung, sie aus der Gemeinschaft der Vampire auszustoßen, um sie im Griff zu halten. Aber ich kenne auch einen Fall, bei dem selbst das nicht gewirkt hat. Dieser Vampir ist vernichtet worden. Ich bedauere nur, dass er vor seiner Vernichtung noch so viel Schmerz und Pein verursachen konnte." Christophe erwähnte Thurloes Namen nicht, gab Raymond auch keinen Hinweis darauf, dass er sich mit seiner Geschichte auf Orlandos Schöpfer bezog. Orlando musste selbst entscheiden, wen er in seine Geheimnisse einweihte. Aber selbst nach über hundert Jahren spürte Christophe noch die Wut in sich aufsteigen, wenn er sich daran erinnerte.

„Dann kann die Umwandlung also schiefgehen?", fragte Raymond.

„Das kann sie offensichtlich. Aber die wenigen Fälle, die ich in zweitausend Jahren erlebt habe, zeigen, dass es eine sehr seltene Ausnahme ist."

„Es sind aber nur die Fälle, über die du Bescheid weißt", warf Raymond ein.

„Zugegeben", meinte Christophe. „Aber wie viele Magier kennst du, die auf die dunkle Seite gewechselt sind?"

„Touché", sagte Raymond kopfschüttelnd.

„Wir haben beide viel studiert und gelernt. Ich kenne keine zuverlässigen Berichte über andere Fälle, in denen Vampire Menschen misshandelt oder getötet haben. Jedenfalls nicht, seit wir zivilisiert genug sind, unsere Opfer nicht mehr nach jedem Biss zu töten."

„Ich kannte einen jungen Mann, der von einem Vampir getötet wurde", gestand Raymond und erzählte ihm die Geschichte, die sich in seinem Heimatdorf zugetragen hatte.

„Kannst du dich an den Namen des Vampirs erinnern?", fragte Christophe neugierig.

„Ich glaube, er hieß Edouard", sagte Raymond. „Seinen Nachnamen habe ich nie erfahren."

Christophe runzelte die Stirn. „Ich wüsste nicht, dass ein Vampir mit diesem Namen sich derzeit in Paris aufhält. Aber ich werde sehen, was ich in Erfahrung bringen kann. Die Gemeinschaft der Vampire lehnt die Tötung von Sterblichen grundsätzlich ab. Es ist nicht gut für unsere Reputation und macht unser Leben noch schwieriger, als es unter normalen Umständen schon ist. Wenn ein Vampir gegen diese Regel verstößt, muss Jean davon erfahren."

„Warum Jean?", wollte Raymond wissen. „Warum nicht du?"

„Ich habe ihm mein Amt als Chef de la Cour übergeben, als er dessen würdig war. Ich habe mit meiner Zeit besseres vor. Ich habe Bücher, die ich noch lesen will. Ich will noch so viel lernen und studieren. Ich habe keine Zeit für solche Kleinigkeiten, die den größten Teil der Pflichten ausmachen, die Jean jetzt wahrnimmt. Würdest du Chaviniers Position übernehmen wollen?"

Raymond lachte laut über den Vorschlag. „Das wird niemals geschehen. Sie werden niemals vergessen, dass es eine Zeit gab, in der ich auf Serriers Seite gestanden habe, sei sie auch noch so kurz gewesen. Eher gewinne ich eigenhändig diesen Krieg, als dass ich jemals eine führende Position in der Milice übernehme. Ich bin nur dabei, weil Marcel darauf bestanden hat. Die anderen würden mich lieber tot sehen."

„Dann hast du vielleicht jetzt die Möglichkeit, deinen Wert als Verbündeter zu beweisen", sagte Christophe. „Vielleicht hilft es ihnen, zu erkennen, welchen Wert Wissen hat – egal, welcher Art es ist."

„Das können wir nur hoffen", erwiderte Raymond inbrünstig.

12

ANTONIO HOB den Kopf und spuckte das Blut aus. Sie hatten die dunklen Magier alle befragt und er konnte mittlerweile verstehen, warum Jean ihr übelschmeckendes Blut nicht hatte schlucken wollen. Ihm drehte sich beinahe der Magen um, obwohl er es nur auf der Zunge geschmeckt hatte. „Er lügt", sagte er, nachdem er auch noch den letzten Rest Blut aus seinem Mund losgeworden war.

„Dir ist doch klar, dass du deine Lage mit jeder Lüge, die er in dir schmeckt, nur verschlimmerst?", fragte Alain Pacotte.

„Du glaubst doch nicht wirklich, dass ich sie irgendwie verbessern könnte, oder?", fragte Pacotte mit einem bitteren Lachen zurück. „Ihr habt doch schon längst über mich gerichtet und mich verurteilt. Wenn ich euch mehr sagen würde, würdet ihr mich trotzdem hinrichten. Warum also?"

Thierry gab Pacotte eine Ohrfeige, die ihn vom Stuhl warf. „Um mich glücklich zu machen", knurrte er.

Alain wollte gerade nach Thierry greifen, um ihn zu beruhigen, als Orlando plötzlich wankte und zusammenbrach. Alain schrie seinen Namen und fing ihn auf.

„Mist!", sagte Thierry und band Pacotte mit einer Beschwörung, damit der dunkle Magier nicht mehr mitbekam, was vor sich ging. „Was ist los?"

Er bekam keine Antwort. Alain hielt Orlando in den Armen und wiegte ihn sanft hin und her. Die beiden anderen Vampire beugten sich besorgt über sie. „Was ist mit ihm passiert?", wollte Alain wissen. In seiner Stimme klang Panik mit. Wieder und wieder rief er Orlandos Namen, um ihn aus seiner Bewusstlosigkeit zu wecken.

„Wann hat er das letzte Mal getrunken?", fragte Sebastien.

„Gestern früh." Alain ließ Orlando nicht aus den Augen. Er beantwortete Sebastiens Frage, weil der Vampir vielleicht helfen konnte. Aber seine ganze Aufmerksamkeit galt seinem Vampir, seinem Geliebten.

„Und wann seid ihr den Aveu de Sang eingegangen?", wollte Sebastien noch wissen.

„Am Tag davor."

„Dann wundert es mich nicht, dass er das Bewusstsein verloren hat. Er braucht Nahrung", erklärte Sebastien. „Hat euch denn niemand etwas über den Aveu beigebracht?"

„Er hat gesagt, dass er nur alle zwei bis drei Tage trinken muss", erwiderte Alain aufgeregt. Er war mehr als bereit, Orlando sein Blut zu geben. Aber er war besorgt darüber, wie abhängig Orlando davon war.

„Normalerweise stimmt das", meinte Sebastien. „Aber diese Situation ist nicht normal. Durch den Aveu de Sang muss er mehr trinken, zumindest anfänglich. Mit der Zeit wird sich das ändern und dann kann er es bis zu zwei Wochen ohne Blut aushalten. Es dauert allerdings, bis es soweit ist. Am Anfang muss er mindestens einmal täglich trinken." Sebastien dachte kurz nach. „Der Schutz vor der Sonne hält vielleicht auch nicht so lange an. Diese Frage hat sich mir damals nicht gestellt."

Thierry war Sebastien einen scharfen Blick zu und nahm sich vor, ihn sobald wie möglich dazu zu befragen. Doch jetzt mussten sie sich erst um Orlando kümmern.

„Was soll ich tun?", fragte Alain. Er hatte sich wieder etwas beruhigt, nachdem er die Ursache für Orlandos Zustand kannte. „Er ist bewusstlos. Er kann mich nicht beißen."

„Gibt es hier einen Raum, in dem ihr etwas Privatsphäre habt? Dort kannst du dich stechen oder schneiden, es muss nicht sehr tief sein. Dann streichst du das Blut auf seine Lippen. Der Geschmack wird ihn aufwecken und er kann mehr trinken", versicherte ihm Sebastien.

„Geh in unser Büro", schlug Thierry vor. „Dort wird euch niemand stören. Ich bleibe hier und niemand erfährt von eurer Abwesenheit."

Alain nickte und hob Orlando vom Boden hoch. „Du musst uns transportieren. Ich will ihn so nicht durch den Flur tragen, und meine Magie wirkt bei ihm nicht."

Thierry nickte und zog seinen Stab. Er sprach laut und deutlich, damit Alain sich auf die Wirkung des Spruches und den Transport vorbereiten konnte. Nachdem Alain und Orlando aus dem Zimmer verschwunden waren, sah er den dunklen Magier an, der teilnahmslos auf seinem Stuhl saß. Mit einer schnellen Handbewegung schickte er Pacotte in seine Zelle zurück und wandte sich Sebastien zu. „Du scheinst recht viel über diesen Aveu de Sang zu wissen."

„Stimmt", erwiderte Sebastien. Er wollte noch nicht mit Thierry darüber sprechen. „Ich weiß einiges darüber."

Antonio konnte die angespannte Atmosphäre spüren und hielt es für besser, die beiden jetzt allein zu lassen. „Meine Herren", sagte er. Thierry und Sebastien würdigten ihn keines Blickes. „Es wird spät und ich muss vor der Dämmerung noch trinken. Ich muss den üblen Geschmack in meinem Mund loswerden. Wenn ihr mich also bitte entschuldigen würdet …" Antonio war seine spanische Herkunft jetzt deutlich anzuhören, denn das Unwohlsein, das er in der Gegenwart der beiden empfand, hatte seinen Akzent verstärkt.

Sebastien und Thierry nickten zwar, ließen sich aber nicht aus den Augen. Antonio schlüpfte aus dem Zimmer und zog die Tür hinter sich ins Schloss.

„Es hat sich aber angehört, als ob du mehr darüber wüsstest", sagte Thierry, als sie endlich allein waren. Er war sich nicht sicher, ob er wirklich etwas über einen Avoué in Sebastiens Vergangenheit hören wollte. Er hatte erlebt, wie eng die Verbindung zwischen Alain und Orlando schon nach wenigen Tagen war. Er wollte sich – aus welchen Gründen auch immer – nicht vorstellen, dass Sebastien für einen anderen Mann ähnlich tiefe Gefühle empfunden hatte. Oder sogar immer noch empfand. „Es hat sich verdammt nach persönlicher Erfahrung angehört."

Sebastien wollte nicht über Thibault reden. Mit niemandem. Er hatte nicht mehr über ihn gesprochen, seit Thibault vor fast vierhundert Jahren gestorben war und ihn verlassen hatte. Wie automatisch griff er in die Jackentasche nach dem Medaillon. Vielleicht war jetzt der Zeitpunkt für ihn gekommen, sein Schweigen zu brechen. „Es ist eine persönliche Erfahrung", sagte er bedächtig. „Ich hatte vor langer Zeit auch einen Avoué."

Thierry konnte den Schmerz in Sebastiens Stimme hören. Er berührte ihn auf eine Weise, die er nicht benennen wollte. Es war noch zu früh, um über eine neue Beziehung nachzudenken, auch wenn Thierrys Herz dazu eine andere Meinung hatte und nach Sebastien verlangte. „Möchtest du darüber reden?", fragte er Sebastien.

„Eigentlich nicht", erwiderte Sebastien mit einem harschen, erzwungenen Lachen. „Aber du solltest es erfahren."

Thierry hob die Hand. „Es ist deine Entscheidung", versicherte er dem Vampir. „Ich habe nicht das Recht, dich über persönliche Dinge zu befragen." Er wünschte, dem wäre nicht so. Er wünschte, er hätte jedes Recht, alles über Sebastien zu wissen. Aber das wollte er nicht laut sagen. Jetzt noch nicht und vielleicht niemals. Es wäre Sebastien gegenüber nicht fair.

Sebastien ging auf die Bemerkung nicht ein. Er wollte Thierry nicht sagen, dass er ihm dieses Recht gerne eingestehen würde. Es war noch zu früh dazu und Thierry würde es nicht hören wollen. „Sein Name war Thibault. Im Gegensatz zu den meisten seiner Freunde hatte er keine Angst davor, dass ich ein Vampir war. Ich habe später erfahren, dass er schon vor mir einen Vampir gekannt hat und ihn von seinem Blut trinken ließ. Aber Thibault entschied sich für mich. Ich habe mich sofort in ihn verliebt. Der Geschmack seines Blutes war unvergleichlich." Und das war er auch geblieben – jedenfalls, bis Sebastien von Thierrys Blut getrunken hatte. Aber auch das sagte Sebastien nicht laut, denn dafür war es noch zu früh. „Wir waren bis zu seinem Tod zusammen."

„Du vermisst ihn immer noch, nicht wahr?", fragte Thierry, der noch nicht wusste, was er mit dieser neuen Information anfangen sollte.

„Sein Tod hat eine Leere in mir hinterlassen, die seitdem durch nichts gefüllt werden konnte." Er fügte nicht hinzu, dass Thierry viel dazu beigetragen hatte, das zu ändern, auch wenn der Magier Thibault niemals ersetzen konnte. Es war zu früh, an eine Beziehung mit Thierry zu denken, der selbst gerade erst einen geliebten Menschen verloren hatte. Noch so eine Sache, über die sie nicht reden konnten. Sebastien fragte sich, ob sie dieser Zwickmühle jemals entkommen würden. Sie konnten zusammen arbeiten, aber sie schienen die Hindernisse nicht überwinden zu können, die einer Freundschaft und – vielleicht – mehr als einer Freundschaft im Wege standen.

Thierry wusste nicht, wie er auf Sebastiens letzte Bemerkung antworten sollte. Er konnte ihm nicht anbieten, diese Leere zu füllen. Er wusste, was Trauer und Leid bedeuteten. Er hatte es schon vor Aleth' Tod erfahren, als er erleben musste, wie schwer Henris Tod Alain getroffen hatte und als ein ehrenwerter Mann wie Eric die Seiten wechselte. Trotzdem war Thierry sich nicht sicher, ob seine eigene Trauer um Aleth mit Sebastiens Verlust vergleichbar war. Er und Aleth hatten sich schließlich schon vor ihrem Tod getrennt, und während er selbst noch mit Liebe an ihre gemeinsame Zeit zurückdachte, wusste er nicht, was Aleth zuletzt noch für ihn empfunden hatte. Ihre Gefühle schienen sich nach dem Ausbruch des Krieges verändert zu haben. Es war ihm aufgefallen, aber er hatte es nicht akzeptieren wollen. Vielleicht hätte selbst das Ende des Krieges ihre Ehe nicht mehr retten können. Aleth war erst vor wenigen Tagen gestorben, ihre Ehe jedoch schon vor zwei Jahren.

„Ich weiß nicht, wie ich dir darauf antworten soll, ohne dass es sich gefühllos anhört", sagte Thierry schließlich. „Wenn ich Alain und Orlando Glauben schenken darf, ist der Aveu de Sang so etwas ähnliches wie eine Ehe. Ich kenne Menschen, die nach dem Tod ihres Partners wieder geheiratet haben. Hast du jemals darüber nachgedacht, einen neuen Avoué zu finden?" Warum hatte er das gefragt? Thierry wollte mit Sicherheit nicht, dass Sebastien einen anderen fand, und er selbst kam nicht in Frage. Jedenfalls nicht so kurz nach Aleth' Tod. Vielleich nie.

Sebastiens erste Reaktion war Wut, aber dann erkannte er, dass Thierry nicht absichtlich grausam war. „So funktioniert das nicht", sagte er. Sebastien wusste nicht, wie er die Komplexität des Aveu de Sang richtig beschreiben sollte. „Bei Sterblichen gibt es diese Erwartung, dass sie irgendwann heiraten und eine Familie gründen, dass sie bis an ihr Lebensende zusammenbleiben. Bei uns ist das anders. Die Lebenszeit eines Sterblichen ist für uns nur ein Wimpernschlag. Ich habe fünfzig Jahre mit Thibault verbracht, aber ich war über fünfhundert Jahre lang allein. Ich bin diesen Bund einmal eingegangen, als ich noch ein sehr junger Vampir war. Ich habe mich nach Gemeinschaft und Liebe gesehnt, nachdem ich alle anderen Menschen in meinem Leben verloren hatte. Wir hatten fünfzig wundervolle Jahre zusammen. Ich würde es jederzeit wieder tun. Jetzt muss ich allerdings damit leben, ihn verloren zu haben. Ich weiß nicht, ob ich diese Erfahrung ein zweites Mal ertragen könnte."

Über fünfhundert Jahre allein. Thierry hörte die Resignation in Sebastiens Stimme, der sich mit seinem Schicksal abgefunden zu haben schien. Er hätte den Vampir am liebsten in die Arme genommen, wusste aber nicht, wie Sebastien darauf reagiert hätte. Aber der Impuls in Thierry war da, und er war so stark, dass er ihm kaum widerstehen konnte. Er wollte nicht darüber nachdenken, was hinter diesem Bedürfnis stand, Sebastien trösten zu wollen.

„Es tut mir leid", sagte er hilflos. Die Worte beschrieben nicht ansatzweise seine wahren Gefühle. Sie waren auch nicht das, was Sebastien ohne Zweifel brauchte. „Ich wünschte, ich könnte dir helfen."

Thierrys unpersönliche Worte trafen Sebastien ins Mark und er musste sich anstrengen, einen neutralen Ausdruck zu wahren. Der Magier fühlte die Verbindung durch ihre Partnerschaft offensichtlich nicht so stark, wie sie ihm selbst seit dem ersten Tropfen von Thierrys Blut vorgekommen war. Er unterdrückte mit Mühe ein Seufzen. Sebastien hätte gern eine Chance gehabt, Thierrys Zuneigung zu gewinnen. Aber das sollte wohl nicht sein und er musste sich damit begnügen, dass sie Freunde sein konnten.

Thierry fühlte sich zunehmend unwohl und brach das peinliche Schweigen zwischen ihnen. „Ich denke, wir sollten jetzt Marcel Bericht erstatten. Er muss wissen, was passiert ist." Es machte ihm Sorgen, dass sie von den gefangenen Magiern keine verwertbaren Informationen bekommen hatten.

Er sorgte sich darüber fast so sehr, wie über die Tatsache, dass sein Verhältnis zu Sebastien keine Fortschritte machte. Thierry wünschte es sich sehnlichst, aber es war einfach noch zu früh.

RAYMOND HOB den Kopf und sah Jean entgegen, der gerade das Café betrat. Seine Gedanken waren immer noch bei dem Gespräch mit Christophe. Wenn die Schlussfolgerungen des alten Vampirs zutrafen – und Raymond erkannte keinen Widerspruch in ihrer Logik –, dann sah er jetzt den Mann auf sich zukommen, der auf die eine oder andere Art sein Lebenspartner geworden war. Er wusste fast nichts über Jean, und trotzdem verlangte seine Magie nach der Partnerschaft mit dem Vampir. Raymond erschauerte. Er hatte sich noch kaum an die Allianz gewöhnt. Wie er sich mit der aufkeimenden Beziehung abfinden sollte, entzog sich seinem Vorstellungsvermögen.

„Stimmt was nicht mit mir?", fragte Jean, während er Platz nahm.

„Wieso?", stammelte Raymond.

„Weil du mich so seltsam angestarrt hast. Ich dachte, ich hätte vielleicht irgendwas im Gesicht."

Raymond schüttelte den Kopf. „Nein. Ich habe nur nachgedacht."

„Ich lasse euch dann besser allein", sagte Christophe und erhob sich. „Aber bevor ich gehe – Jean, es scheint einen gesetzlosen Vampir zu geben, der seine Opfer tötet. Sein Vorname ist Edouard. Sollte er in Paris sein, musst du ihn finden und sein Verhalten unterbinden. Er bringt uns alle in Gefahr."

Jean nickte. „Ich kümmere mich darum."

„Tu das." Mit diesen Worten war der alte Vampir verschwunden.

„Habt ihr einige Antworten gefunden?", fragte Jean.

„Ja. Lass uns einen Spaziergang machen. Ich werde dir berichten, was wir entschieden haben."

Jean stimmte zu und sie verließen das Café. Seite an Seite gingen sie durch die dunklen Straßen. Raymond warf Jean aus dem Augenwinkel verstohlene Blicke zu. Der Vampir war schlank gewachsen und sein Gesicht männlich, aber nicht hart. Er hatte einen Anflug von Bart, der Raymond bei jedem anderen Mann gestört hätte. Zu Jean passte es. Die hellbraunen Haare waren lang, fielen bis auf Jeans Schultern und wurden von einem Band im Nacken zusammengehalten. Einige Strähnen hatten sich befreit und Raymond erwischte sich dabei, dass er sie Jean aus dem Gesicht streichen wollte. Der Vampir wirkte jünger als Raymond, aber in diesem Fall täuschte der äußere Eindruck. Jean war nicht erst seit einigen Jahren Chef de la Cour. Raymond hatte gehört, dass er von einigen anderen als einer der ältesten Vampire von Paris bezeichnet worden war. Erstaunt stellte Raymond fest, dass er nicht nur den Verbündeten in Jean sah, sondern ihn auch als potentiellen Liebhaber betrachtete. Er verdrängte das Unwohlsein, das ihn bei dieser Feststellung überkommen wollte. Er musste Jean als Individuum beurteilen, nicht als Angehörigen der Vampire. Nach den vielen Missverständnissen, die den Beginn ihrer Partnerschaft getrübt hatten, war er es ihm schuldig.

Raymond suchte immer noch nach den richtigen Worten, wie er das Gespräch mit Christophe zusammenfassen konnte, ohne es bedrohlich wirken zu lassen. Die neuen Erkenntnisse schwirrten ihm durch den Kopf und beunruhigten ihn immer noch. Er hatte Vampire jahrelang gefürchtet, nachdem er erlebt hatte, was mit Jacques geschehen war. Jetzt musste er sich eingestehen, dass dieses Erlebnis ein Sonderfall gewesen war, aber es fiel ihm schwer, seine Zurückhaltung und Vorsicht so unvermittelt aufzugeben. „Monsieur Lombard hat gesagt, dass Leben eines Vampirs würde sich um seine Leidenschaft drehen, was immer die auch sein möge. Er sagt, für ihn wären es die Bücher und das Wissen, für Orlando Alain. Siehst du das auch so?", fragte er nach einigen Minuten.

„Das trifft sehr oft zu, ja", stimmte Jean ihm zu und fragte sich, was das mit ihrer Allianz zu tun haben sollte. Hatten die beiden den ganzen Abend über solche esoterischen Themen geredet und dabei die praktischen Probleme, die ihnen unter den Nägeln brannten, ganz vergessen? Christophe war das durchaus zuzutrauen, aber von Raymond hätte er mehr Realitätssinn erwartet.

„Was ist deine Leidenschaft?"

Jean dachte über die Frage nach und hoffte, dass Raymond sie nicht ohne Grund gestellt hatte. Vor einer Woche wäre ihm die Antwort noch leicht gefallen. Es war lange seine Leidenschaft gewesen, sich um Orlando zu kümmern. Aber diese Aufgabe lag jetzt in Alains Händen, und daran würde sich bis zum Tod des Magiers nichts ändern. Außer, wenn Alain sich der Aufgabe als nicht würdig erwies. In diesem Fall musste Jean natürlich einschreiten. „Im Moment habe ich keine", sagte er schließlich. Der Gedanke an Karine schoss ihm durch den Kopf. Sie hätte diese Rolle gerne übernommen, aber Jean hatte nie zugelassen, dass ihre Beziehung diese Vertrautheit erreichte. „Warum fragst du das?"

„Wir glauben, dass die Partnerschaft zwischen Vampiren und Magiern auf einer Art Symbiose beruht, die sich selbst verstärkt. Wenn der Beschützerinstinkt der Vampire ausgelöst wird, machen sie den Magier zu ihrer Leidenschaft und verhalten sich entsprechend." Jean hatte zugegeben, im Moment keine Leidenschaft zu haben. Raymond überlegte, ob Jean sich vielleicht aus diesem Grund leichter mit ihrer Partnerschaft abfinden würde. Der Gedanke war faszinierend und beunruhigend zugleich. Raymond wollte sich nicht vorstellen, wie er in diesem Fall regieren würde. Er wünschte sich, er und Alain wären bessere Freunde. Dann könnte er wenigstens jemanden um Rat fragen.

„Aber wozu soll das gut sein?"

„Das wissen wir noch nicht genau. Unsere Theorie ist, dass der Austausch von Blut gegen Magie zum natürlichen Gleichgewicht der Elementarkräfte beiträgt. Sonst gäbe es keine Erklärung für die unwiderstehliche Anziehung, die Partner zueinander zieht und die viele Paare gespürt haben."

Jean erschauderte, als er die weitreichenden Konsequenzen dieser Theorie erkannte. „Kein Wunder, dass das kaum bekannt ist. Die meisten Vampire gehen engen Beziehungen zu Sterblichen aus dem Weg, weil sie nicht mit dem Tod eines potentiellen Partners konfrontiert werden wollen. Wir verändern uns nicht, während die Menschen leben und sterben, eine Generation von der nächsten abgelöst wird. Ich bin über tausend Jahre alt und habe schon mehr als dreißig Generationen kommen und gehen sehen, seit ich erschaffen wurde. Die einzige Möglichkeit, nicht daran zu verzweifeln, ist die, sterbliche Menschen weitgehend zu ignorieren. Das ist auch der Grund, warum so wenige Vampire einen Aveu de Sang eingehen, wie Orlando es getan hat. Der Verlust des Avoué ist mehr, als die meisten Vampire zu ertragen bereit sind. Wir suchen uns anonyme Opfer und ziehen die Gesellschaft anderer Vampire vor."

Jeans Worte nahmen Raymond die Zuversicht. Die Partnerschaften verlangten den Vampiren eine Verpflichtung ab, die sie sich nicht wünschten und die sie nicht eingehen wollten. Er fragte sich, wie weit sie wohl gehen würden, um diese Verpflichtung zu vermeiden. Konnte die Allianz es überleben, wenn diese Tatsachen bekannt wurden?

„Wie sollen wir den Vampiren das erklären, ohne dass sie sofort die Flucht ergreifen?", fragte er Jean.

Jean runzelte die Stirn. Es gefiel ihm nicht, dass Raymond Vampire für so ehrlose und selbstsüchtige Geschöpfe hielt. „Wir halten unsere Verpflichtungen ein", knurrte er. Die altbekannte und so ungeliebte Frustration kehrte wieder zurück, die den Beginn ihrer Partnerschaft bestimmt hatte.

„Verdammt", sagte Raymond, dem Jeans Tonfall nicht entgangen war. „Es tut mir leid. So habe ich es nicht gemeint."

„Und wie hast du es gemeint?", wollte Jean wissen und nahm sich vor, die Ruhe zu bewahren, bis er Raymond angehört hatte. Sie konnten es sich nicht leisten, in ihre alten Verhaltensweisen zurückzufallen.

„Ich wollte nur sagen, dass es eine ziemliche Bombe ist, die wir da fallen lassen. Wir müssen einen Weg finden, es den anderen schonend beizubringen, damit sie es akzeptieren", erklärte Raymond. „Ich wollte nicht unterstellen, dass ihr deswegen die Allianz aufkündigt."

Jean schüttelte den Kopf. „Ich weiß auch nicht, wie wir es erklären sollen", gab er ehrlich zu. „Es ist rational kaum überzeugend verständlich zu machen. Wir tun das einfach nicht. Wir gehen solche Verbindungen nicht ein, und jetzt haben die meisten Vampire von Paris es doch getan, ohne es überhaupt zu wissen. Ich frage mich, ob wir es ihnen nicht einfach verschweigen sollen."

Raymond verzog das Gesicht. Er konnte Jeans Argument verstehen, aber ... „Wäre das ihnen gegenüber fair? Sie werden die Konsequenzen der Partnerschaft bald selbst erfahren. Es wird zu großen Verwirrungen führen, wenn Erwartung und Wirklichkeit nicht übereinstimmen. Das kann die Partner gefährden, und damit schadet es auch der Allianz, die der eigentliche Grund für unsere Partnerschaften war."

„Was ist mit den Magiern?", fragte Jean. „Wie werden sie darauf reagieren?"

„Sie werden wahrscheinlich genauso verärgert sein, wie du es von den Vampiren erwartest. Wir brauchen einen wachen und klaren Verstand, um unsere Magie kontrollieren zu können. Du hast selbst erlebt, was mit Thierry passiert ist, als er die Kontrolle verloren hat. Seine Magie ist unbeherrschbar geworden und ziellos aus ihm herausgebrochen. Wenn sie nicht zufällig Sebastien getroffen hätte, wäre wahrscheinlich jemand ernsthaft verletzt worden. Unvernunft und Leidenschaft können uns negativ beeinflussen und uns die nötige Kontrolle nehmen."

Jean nickte verständnisvoll. Er musste auch seine Instinkte beherrschen, wenn er Blut trank und verhindern wollte, sein Opfer im Blutrausch zu töten. „Wie willst du es ihnen erklären?"

„Ich habe nicht die geringste Ahnung", gab Raymond zu. „Ich wollte es Marcel berichten und alles Weitere ihm überlassen. Ich bin es gewohnt, alles sehr direkt zu sagen. Marcel hat mehr Erfahrung damit, unangenehme Wahrheiten in schöne Worte zu packen. Er muss schließlich regelmäßig mit der Presse reden. Aber es würde ihm wahrscheinlich helfen, wenn er wüsste, wie die Vampire darauf reagieren, was er ihnen zu sagen hat."

„Die Vampire sind meine Aufgabe", stellte Jean klar.

„Ja", stimmte Raymond zu. „Aber wir müssen gemeinsam auftreten. Wenn ihr beide nicht gemeinsam die Verantwortung übernehmt und das auch zeigt, wie können wir dann erwarten, dass die anderen unserem Vorbild und unserer Führung folgen?"

„Das hat Orlando auch schon zu mir gesagt", meinte Jean nachdenklich. „Dann können wir uns das Gespräch mit Marcel sparen." Noch während er das sagte, wäre er am liebsten so weit wie möglich weggelaufen vor Raymond und allem, was dieser … dieser Pakt zwischen ihnen zu bedeuten hatte. Er unterdrückte seine Reaktion, wohlwissend, dass er die anderen Vampire in ihrer gegenwärtigen Lage nicht überzeugen konnte, wenn er sich seine eigene Unsicherheit anmerken ließ. Aber er nahm sich vor, sobald wie möglich Karine zu besuchen, und sei es nur, um sich selbst seine Unabhängigkeit zu beweisen. Er wollte mit Raymond zum Wohl der Allianz zusammenarbeiten, dazu hatte er sein Versprechen gegeben. Aber er wollte sich nicht vorschreiben lassen, was er in seiner privaten Zeit machte, egal, was Raymond und Christophe auch über die Instinkte denken mochten, die die Partner angeblich zueinander hinzogen. Er mochte ein Vampir sein, aber das hieß noch lange nicht, dass er sich von seinen Instinkten beherrschen ließ. Er würde selbst bestimmen, mit wem er zusammen sein wollte, und in diesem Moment war das Karine.

13

ALAIN KAM mit Orlando in seinem Büro an. Er hatte durch jahrelange Übung gelernt, bei einem magischen Transport das Gleichgewicht zu behalten, aber das ungewohnte Gewicht Orlandos in den Armen ließ ihn fast stolpern. Er fiel rückwärts aufs Sofa, was ihm nur recht war. Vorsichtig legte er Orlando auf den Rücken und sah sich im Zimmer um. Er brauchte etwas, um sich die Haut aufzuritzen, bis er genug blutete, um Orlando trinken zu lassen. Ohne das Licht anzuschalten, ging er zum Schreibtisch und wühlte in der Schublade, auf der Suche nach einem scharfen Gegenstand. Der Inhalt der Schublade flog nach rechts und links auf den Boden. Verdammt, irgendwo in diesem Büro musste es doch einen Brieföffner oder eine Schere geben! Irgendetwas musste doch zu finden sein!

Dann fühlte er Metall. Er schloss die Finger um den Gegenstand und zog ihn aus der Schublade. Eine Büroklammer. Er versuchte, seinen Geliebten zu retten, und alles, was er fand, war eine verdammte Büroklammer! Na gut. Dann eben eine Büroklammer. Alain konnte es nicht mehr länger abwarten, bis Orlando wieder die Augen öffnete und er ihren Blick auf sich gerichtet sah. Er kniete sich neben dem Sofa auf den Boden, bog die Büroklammer auseinander und bohrte sich die Spitze in die Haut. Es tat weh. Es tat mehr weh als Orlandos Zähne. Aber das war egal. Alles, was zählte, waren die paar Blutstropfen, die er brauchte, damit Orlando wieder zu Kräften kam und ihn beißen konnte.

Er zog Orlando in die Arme und wischte einige Tropfen von seinem Handgelenk ab, um sie Orlando auf die Lippen zu streichen. Als es nicht wirkte, fuhr er wieder mit dem Finger über die Wunde und schob ihn Orlando zwischen die Lippen, sodass er das Blut direkt auf der Zunge verteilen konnte.

Der Geschmack des Blutes riss Orlando aus seiner Bewusstlosigkeit und er erwachte in einem Albtraum. Er war wieder in Thurloes dunklem Kerker, mit Ketten an die Wand gefesselt und machtlos gegen das Blut, das ihm eingeflößt wurde, um ihn am Leben zu erhalten und die Wunden heilen zu lassen, die Thurloes Folter hinterlassen hatte. Verdammt, dem war er entkommen. Niemand würde ihn dorthin zurückbringen. Er griff nach dem Arm, der ihn festhielt, drückte ihn zur Seite und warf den Mann, der es gewagt hatte, ihn seiner Freiheit berauben zu wollen, auf den Boden. Dann fiel er mit zügelloser Wut über ihn her und bohrte seine Zähne tief in die weiche Haut am Hals des Mannes.

Orlandos Attacke kam so plötzlich und unerwartet, dass Alain keine Chance hatte, sich dagegen zu wehren. Er fiel auf den Rücken und schlug mit dem Kopf auf dem Boden auf, als der Vampir ihn ansprang. Leicht benommen rief er Orlandos Namen, um seinen Geliebten zu beruhigen. Die Zähne in seinem Hals ließen seinen Ruf in einen Schmerzensschrei übergehen. Von dem zärtlichen Liebhaber war nichts mehr zu spüren. An seine Stelle war ein Vampir getreten, wie man ihn aus Horrorgeschichten kannte, ein Wesen, das erbarmungslos über ihn herfiel und sich mit Gewalt seines Blutes bemächtigte. Es spielte keine Rolle mehr, dass Alain ihm das Blut freiwillig gegeben hätte. Er wurde nicht um seine Zustimmung gebeten.

Der heiße Strom des lebensspendenden Blutes floss durch Orlandos Körper und brachte ihn aus seinem Albtraum zurück in die Wirklichkeit. In eine Wirklichkeit, in der seine Grausamkeit der Grund für den sauren Geschmack nach Angst und Pein im Blut des besten Menschen war, den Orlando jemals gekannt hatte. Erschrocken über seine eigene Tat zog er die Zähne aus Alains Hals und beugte sich keuchend über ihn. Sein Durst war immer noch übermächtig, aber Orlando widerstand ihm. Er stand auf und kauerte sich auf dem Sofa zusammen, traurig und zutiefst verzweifelt über sich selbst.

Alain setzte sich vorsichtig auf. Er konnte die plötzliche Veränderung in seinem Geliebten nicht verstehen. Es schmerzte ihn, Orlando so unglücklich auf dem Sofa kauern zu sehen. Es musste etwas geschehen sein, das Orlando eine solche Angst eingejagt hatte, dass er blind um sich geschlagen hatte. Alain wusste nicht, was er getan hatte, um diese Reaktion auszulösen, aber er musste es herausfinden, um es in Zukunft zu vermeiden. Doch er wollte Orlando nicht noch mehr erschrecken. Mit einer Illumination tauchte er das Zimmer und sie beide in ein sanftes Licht. „Orlando?", fragte er dann leise und wartete auf eine Erklärung.

„Es tut mir leid", sagte Orlando. „Ich gehe jetzt. Ich werde dich nicht wieder belästigen." Er stand auf und ging zur Tür.

Alain verschloss sie mit einer schnellen Handbewegung. „Durch diese Tür entkommst du mir nicht", sagte er ruhig. „Lauf nicht weg. Rede mit mir."

„Was soll ich dazu sagen?", erwiderte Orlando bitter. „Ich habe dich verletzt. Ich habe dich festgehalten und ohne deine Erlaubnis gebissen. Ich habe unser Versprechen gebrochen."

Alain kämpfte sich auf die Beine. Er zitterte immer noch von dem Adrenalinausstoß, den Orlandos Attacke ausgelöst hatte. Er ging zu Orlando und hielt ihm die Hand hin, um zu sehen, wie Orlando reagieren würde. Als der Vampir die Hand nicht zurückwies, zog Alain ihn in die Arme.

„Und das passt überhaupt nicht zu dir. Warum sagst du mir nicht einfach, was diese Reaktion in dir ausgelöst hat? Ich muss wissen, was ich in Zukunft vermeiden soll, genauso, wie ich wissen muss, was ich für dich tun kann."

Orlando schüttelte stumm den Kopf.

Alain seufzte und fuhr ihm mit den Fingern durch die langen Locken. „Wenn du es mir nicht sagst, frage ich einen anderen. Sebastien scheint zu wissen, warum du ohnmächtig geworden bist. Vielleicht weiß er auch, weshalb du so reagiert hast. Oder Jean. Oder ich gehe zu eurem Ältesten, wenn mir sonst niemand helfen kann. Aber ich werde dich nicht aufgeben."

„Das kannst du nicht tun!"

„Du wirst schon sehen. Bis jetzt warst du immer nur zärtlich und liebevoll zu mir. Irgendetwas hat das geändert, und ich verdiene, die Wahrheit darüber zu erfahren, was ich falsch gemacht habe."

Orlando lachte bitter. „Dein einziger Fehler war, dich mit mir einzulassen. Ich bin kaputt, Alain. Ich dachte, ich könnte es mit dir schaffen. Aber wie sollst du mir jemals vertrauen, wenn ich mir selbst nicht vertrauen kann?"

Alain legte ihm den Finger unters Kinn und hob seinen Kopf, bis sie sich in die Augen sahen. „Du bist nicht kaputt. Mach dich nicht so nieder. Und wieso vertraust du dir nicht?"

„Ich habe dich verletzt. Ich konnte den Schmerz in deinem Blut schmecken."

„Und du hast sofort aufgehört", sagte Alain. „Du hast geschmeckt, dass du mich verletzt hast, und du hast sofort aufgehört. Was mich angeht, ist das der beste Vertrauensbeweis von allen."

„Ich hätte dich erst gar nicht verletzen dürfen."

„Hast du es absichtlich getan?", wollte Alain wissen.

„Ja", gab Orlando flüsternd zu.

„Und warum?", fragte Alain ebenso leise.

„Ich dachte …" Er konnte es nicht aussprechen. Alain hatte es nicht verdient, mit dem Monster verglichen zu werden, das Orlando geschaffen hatte. Alain war das absolute Gegenteil von diesem Bastard!

„Was dachtest du?", hakte Alain nach.

„Ich dachte, ich wäre wieder in der Hand von diesem Bastard. Es war dunkel. Ich konnte dich nicht sehen. Ich wusste nur, dass ich festgehalten wurde und mir jemand Blut zwischen die Lippen schob. Ich wollte nicht wieder dort sein." Orlando zitterte am ganzen Leib.

Alain wünschte sich nichts mehr, als dass Orlandos Schöpfer noch am Leben wäre. Er hatte das Bedürfnis, jemanden in kleine Stücke zu reißen, und wer wäre dazu besser geeignet, als dieses Monster, das den wunderbaren Mann in seinen Armen so gequält hatte?

„Du warst bewusstlos. Sebastien sagte, du müsstest unbedingt trinken und ich sollte dich mein Blut schmecken lassen, um dich wieder zu wecken. Wir sind in meinem Büro, deshalb habe ich kein Licht gemacht. Ich kenne mich hier aus. Ich habe mich so sehr auf dich konzentriert, dass ich alles andere vergessen habe. Es tut mir leid, dass ich dich an diesen Ort zurückgeschickt habe, auch wenn es nur für eine Minute war."

Orlando war sprachlos. Alain hatte sich bei ihm entschuldigt? Wo *er* doch den Magier verletzt hatte? „Dir muss gar nichts leidtun. Ich bin es, der sich bei dir entschuldigen muss."

„Du hast dich nur verteidigt."

„Und dich verletzt!"

„Und aufgehört, als du mich erkannt hast. Deine Wut war nicht gegen mich gerichtet, sondern gegen die Lage, in der du dich befunden hast. Ich bin nicht der Meinung, dass du dich dafür entschuldigen musst. Aber ich bin bereit, deine Entschuldigung anzunehmen, wenn du das Gleiche für mich tust."

„Du konntest es nicht besser wissen. Woher hättest du es wissen sollen? Ich habe dir nichts davon gesagt."

„Dann haben wir beide unabsichtlich einen Fehler gemacht. Du wirst lernen, dich bei mir sicher zu fühlen, und ich werde lernen, keine schlimmen Erinnerungen in dir wachzurufen. Wir schaffen das. Wir müssen nur Geduld haben." Alain drückte ihm einen zärtlichen Kuss auf die Schläfe. „Wenn Sebastien recht gehabt hat, solltest du jetzt ziemlich hungrig sein."

„Du redest ständig von Sebastien. Was hat er mit der Sache zu tun?", fragte Orlando.

„Wir haben Pacotte verhört. Du hast plötzlich angefangen zu zittern, dann bist du ohnmächtig geworden. Sebastien wusste, was mit dir los war, und Thierry hat uns hierher transportiert, damit ich mich um dich kümmern kann."

Orlando sah ihn niedergeschlagen an. „Das habe ich auch versaut, nicht wahr?"

Alain schüttelte ihn leicht an den Schultern. „Du hast gar nichts versaut. Pacotte hätte uns nichts gesagt, obwohl wir ihm mit den Vampiren gedroht haben. Das wussten wir schon von Anfang an, aber wir mussten es trotzdem versuchen. Auch wenn du nicht bewusstlos geworden wärst, hätten wir nicht mehr viel länger mit ihm geredet. Und er war der letzte der Gefangenen, die wir verhört haben. Also mach dir keine Vorwürfe wegen Dingen, die du nicht kontrollieren konntest. Sebastien hat gesagt, dass du für einige Zeit öfter trinken musst, bis der Bund des Aveu de Sang sich gefestigt hat."

„Das wusste ich nicht", erwiderte Orlando leise.

Es war nicht das erste Mal, dass Orlando sich über eine Sache, die für andere Vampire selbstverständlich war, so unsicher äußerte. Aber um dieses Problem konnten sie sich später noch kümmern. „Du musst jetzt trinken", sagte Alain sanft und zog Orlando vom Sofa hoch. „Komm." Er legte den Kopf in den Nacken und bot ihm seinen Hals an.

„Nein. Ich kann nicht …"

„Warum nicht?", fragte Alain. „Du nimmst dir nichts, was ich dir nicht freiwillig geben will. Du weißt, dass es mir jedes Mal ein Vergnügen war …" Ein freches Grinsen ließ Alains Gesicht strahlen. „… und das, was ich vor zwei Tagen dabei empfunden habe, war absolut unvergleichlich. Selbst der Sex mit dir verblasst im Vergleich zu deinem Biss. Wenn du es nicht für dich selbst tun willst, dann tu es wenigstens für mich. Gib mir die Befriedigung, zu wissen, dass es mein Blut ist, das dich ernährt und am Leben erhält. Dass ich dadurch ein Teil von dir bin."

Orlando konnte kaum glauben, was er da von Alain gehört hatte. Sein Hunger wurde größer und ihn verlangte nach Blut. Alains Einverständnis – und es war sogar eine Bitte gewesen – trug nicht gerade dazu bei, Orlandos Selbstbeherrschung zu stärken. Trotzdem zögerte er, von seinen eigenen Ängsten fast gelähmt. Der Geschmack von Alains Pein lag ihm noch auf der Zunge und erinnerte ihn daran, was er vor wenigen Minuten getan hatte. Er konnte sich nicht vorstellen, wieso Alain ihm immer noch vertraute; aber er konnte die tief empfundenen Worte seines Magiers auch nicht einfach wegwischen. Schließlich gab er nach und griff nach Alains Hand, um sie an den Mund zu führen. So war die Gefahr geringer, dass er ihn wieder verletzen würde.

Alain schüttelte den Kopf. „Nicht so", sagte er. „Ich will deinen Körper fühlen, dein Gewicht auf mir spüren." Er senkte ihre Hände an seine Lenden, wo die Erregung immer mehr zunahm, wenn er nur daran dachte, wieder mit Orlando vereint zu sein. „Kannst du nicht auch fühlen, wie sehr ich es mir wünsche?"

Orlandos Finger bewegten sich fast ohne sein eigenes Zutun und streichelten sanft über Alains Erektion. Als Alain sich leise stöhnend an ihn presste, konnte er das Verlangen nicht mehr beherrschen, das ihn durchfuhr. Er konnte sich nicht erklären, wie Alain ihm immer noch vertrauen, ihn immer noch begehren konnte. Aber das hatte er, wenn er ehrlich war, noch nie verstehen können. Die Reaktion von Alains Körper war zumindest unmissverständlich und bewies ihm das Unbegreifliche. Orlando hätte gegen seinen Hunger angekämpft, hätte sein Begehren gezügelt, wenn Alain auch nur das geringste Zögern gezeigt hätte. Aber Orlando war kein Heiliger. Gegen ihr beiderseitiges Begehren kam er nicht an. Er bewegte seine Hand und beugte sich über Alain, um seinem Geliebten die Nähe zu geben, die er sich wünschte.

„Du musst deine Hand nicht bewegen", murmelte Alain.

Orlando gab ihm keine Antwort. Dieses Thema musste warten, bis er nicht so verzweifelt hungrig und die Atmosphäre nicht mehr so angespannt war. Er nahm sich jedoch die Zeit, seinen Geliebten zu küssen, um damit das Gleichgewicht zwischen ihnen wieder herzustellen.

Alain öffnete bereitwillig den Mund. Es war so süß, dass Orlando sich nicht auf den zarten Kuss beschränkte, den er sich vorgenommen hatte. Stattdessen genoss er Alains Geschmack in vollen Zügen, neckte ihn mit seiner Zunge und knabberte an seiner Unterlippe. Der Wunsch, Alain zu beißen, sein Blut zu schmecken, war groß, doch Orlando hielt sich zurück. Er wollte diesen Kuss nicht mit dem Kuss des Vampirs vermischen, zumal seine Kontrolle schon auf tönernen Füßen stand. Stattdessen küsste er Alain tiefer, erkundete und erregte ihn mit seiner Zunge. Er konnte die Leidenschaft spüren, die Alains ganzen Körper erfasste, der sich unter Orlandos Händen anspannte. Er presste sich fester an seinen Geliebten und drückte ihn mit seinem Gewicht auf das Sofa.

Alain bewegte sich ruhelos unter Orlando hin und her. Es überraschte ihn immer wieder, wie sehr Orlando ihn mit einem einfachen Kuss erregen konnte. Allein die Berührung ihrer Lippen und Orlandos Gewicht waren genug, um ihn vor Sehnsucht am ganzen Körper zittern zu lassen. Er brauchte Orlando, brauchte seine Lippen und seine Zähne, brauchte seinen Schwanz. Alain unterbrach ihren Kuss und legte wieder den Kopf in den Nacken, um Orlando seinen Hals zum Kuss anzubieten.

Orlando gab seinen Widerstand auf und senkte den Mund auf Alains Hals. Ehrfurchtsvoll küsste er das Brandmal unter Alains Ohr und bestätigte den Bund, der sie zusammengeführt hatte. Dann fuhr er mit den Lippen über die Bisswunden, die er vorhin hinterlassen hatte, als er über Alain hergefallen war. Das Blut war geronnen, aber die Wunden hatten sich noch nicht geschlossen. Sanft leckte Orlando den Schorf ab, reinigte und beruhigte die Löcher, die seine Zähne in Orlandos Hals geschlagen hatten. Er saugte vorsichtig mit den Lippen, um zu sehen, wie weit sie schon verheilt waren. Sofort kam frisches Blut aus den Wunden gequollen und füllte ihm den Mund mit Alains Begehren. Orlando legte die Zähne auf die Wunden, weil er Alain die Schmerzen eines erneuten Bisses ersparen wollte.

Alain hatte schon erwartet, dass Orlando sich Zeit lassen würde, um ihn auf den Biss vorzubereiten. Aber das half ihm nicht, seine Ungeduld zu zügeln. Er wollte die Verbindung zwischen ihnen wieder herstellen, die Hindernisse aus dem Weg räumen, die Orlandos Furcht zwischen ihnen errichtet hatte. Er drückte sich mit dem Hals an Orlandos Mund, als das Blut zu fließen begann. Dann spürte er Orlandos Zähne, die sich in die alten Wunden versenkten, und seufzte befriedigt auf. Er fuhr ihm mit der einen Hand über die dunklen Locken, um ihn zu ermutigen, sich nicht zurückzuhalten und mehr zu trinken. Mit der anderen streichelte er ihm über den Rücken und zog ihm das Hemd aus der Hose, bis er nackte Haut fühlen konnte.

Orlando zuckte zusammen, als Alains Berührungen den mächtigen Gefühlen, die ihn durchströmten, eine weitere, eine physische Dimension gaben. Er unterbrach sein Saugen für einen kurzen Augenblick, um sie auf sich wirken zu lassen. Erst als er sich wieder etwas besser im Griff hatte, trank er weiter. Er wollte es kein zweites Mal zulassen, dass Alain durch seine Zähne verletzt wurde.

Alain fühlte Orlandos Reaktion auf seine Berührungen und wusste, dass er sich noch zurückhalten musste. Er hätte Orlando gerne überall angefasst, hätte ihm gern eine Hand in die Hose geschoben und sich mit den Hüften an ihn gepresst. Er hätte Orlando gern ausgezogen und ihn so genommen, wie der Vampir sein Blut nahm. Der Gedanke allein ließ ihn erbeben und er rieb sich einladend an Orlandos Körper, obwohl er wusste, dass der Vampir diese Einladung wahrscheinlich ausschlagen würde. Anstatt seine Hand nach unten zu bewegen, hob er den Arm und ließ die Hand zwischen ihre Körper gleiten, bis er mit den Fingern Orlandos Nippel zu fassen bekam.

Orlando zuckte wieder zusammen, als er Alains Hand an seiner Brust fühlte. Er konnte es kaum noch aushalten und seine Kontrolle geriet immer mehr ins Wanken. Er griff nach Alains Händen und drückte sie über dessen Kopf aufs Sofa, um sie sicher aus dem Weg zu haben.

Alain wimmerte leise, als Orlando ihm seine Bewegungsfreiheit nahm und er sich darauf beschränken musste, ihn mit einem leichten Schlängeln seines Körpers anzuspornen.

Orlando saugte stärker, als Alain sich unter ihm zu bewegen begann. Er zwang sich erneut, nicht auf die unausgesprochene Aufforderung einzugehen. Aber Alain gab nicht auf und das leise Stöhnen und Wimmern, das ihm über die Lippen kam, verstärkte noch die Wirkung seiner Bewegungen. Alains Blut schmeckte berauschend. Orlando trank mehr und mehr. Es war nicht nur das Blut, das den tiefen Hunger in ihm befriedigte, es war auch Alains Vertrauen, das Orlandos Seele erfüllte. Mit jedem Schluck stieg seine Erregung und jede Bewegung von Alains Hüften ließ seine Leidenschaft weiter anwachsen.

Alain kämpfte gegen seinen Orgasmus an, wollte nicht, dass dieser Moment jetzt schon endete. Aber sein Körper hatte andere Prioritäten und er bäumte sich unter Orlando auf, als der Höhepunkt über ihn hereinbrach und seine Welt in einem Farbenmeer versank. Verzweifelt presste er sich an Orlando, um ihn mitzunehmen.

Orlando hätte diese körperliche Aufforderung nicht mehr gebraucht. Der Geschmack der Ekstase in Alains Blut brachte auch ihn zum Orgasmus. Er wollte die Zähne aus Alains Hals ziehen, bevor es zu spät war, aber er war nicht schnell genug. Stattdessen bohrten sich seine Zähne noch tiefer in Alains Fleisch und zerrissen ihm die Haut. Das Stöhnen aus Alains Mund nahm nicht ab. Nichts an seinem Verhalten ließ darauf schließen, dass er auch nur die geringsten Schmerzen verspürte. Trotzdem wurde Orlando von neuen Schuldgefühlen heimgesucht. Er leckte sanft über Alains Wunden, um sie wieder zu verschließen. In einigen Tagen wären sie komplett verheilt, so wie auch die Wunden in Alains Handgelenken mittlerweile nicht mehr sichtbar waren. Orlando würde sich dennoch immer daran erinnern, dass er sie seinem Geliebten zugefügt hatte. Er hatte geahnt, wie gefährlich es sein konnte, seinen Biss und Sex miteinander zu kombinieren. Jetzt hatte er den endgültigen Beweis dafür. Die potentiellen Gefahren standen ihm klar vor Augen. Er wollte Alain lieben, wann immer sich die Möglichkeit dazu bot. Er wollte trinken, wann immer er es brauchte. Aber nie mehr wollte er beides miteinander verbinden.

Orlando ließ Alains Handgelenke los und ließ sich entspannt auf seinen Magier sinken. Es war wunderbar, sich in den Armen seines Geliebten so geborgen und sicher aufgehoben zu fühlen. Orlando ließ sich von diesem Gefühl überwältigen, bis es sich tief in seiner Seele festsetzte.

Auch Alain war überwältigt von der Macht seiner Gefühle und seiner Verbindung zu Orlando. Selbst in ihren glücklichsten Zeiten hatte er Edwige gegenüber nie so tief empfunden. Aber so wunderbar es auch war, Alain war sich dennoch sicher, dass es noch besser werden konnte. Als Orlando das erste Mal so von ihm getrunken hatte, war es schon unglaublich gewesen. Dieses Mal, mit Orlandos Gewicht, das ihn ins Sofa drückte, mit der Erregung, als ihre harten Schwänze sich berührten und aneinander rieben – auch wenn es durch mehrere Lagen Stoff geschah –, dieses Mal hatte es Alain fast um den Verstand gebracht. Sie waren Geliebte. Was war da natürlicher, als den Sex mit Orlandos Hunger nach Blut zu verbinden? Trotzdem konnte Alain die Vorbehalte fast mit Händen greifen, die Orlando von dieser Vereinigung ihrer beider Leidenschaften zurückhielten. Alain wollte es nach der Herausforderung, die ihre Beziehung gerade erst überstanden hatte, nicht ansprechen. Er wollte Orlando mit seinen Wünschen nicht unter Druck setzen. Wahrscheinlich war es besser, vorher mit Jean darüber zu reden und ihn um seinen Rat zu bitten. Der Vampir war erfahren und konnte ihm Orlandos Probleme vielleicht besser verständlich machen. Zumindest aber konnte Alain Jean danach fragen, ob es bei den Vampiren ein ungeschriebenes Gesetz gab, das die Verbindung von Sex und dem Trinken von Blut untersagte.

„Orlando?", fragte er leise. „Vielleicht solltest du mit Sebastien über den Aveu de Sang reden. Wir müssen besser Bescheid darüber wissen, was wir zu erwarten haben, damit so etwas wie heute sich nicht wiederholt. Wenn wir kämpfen müssen oder in einer anderen kritischen Situation sind, könnte es katastrophale Auswirkungen haben."

Orlando nickte, rührte sich aber nicht von der Stelle. Er war zu sehr damit beschäftigt, sich dem Trost von Alains Umarmung hinzugeben und den harten Körper zu genießen, der unter ihm lag. Nach einiger Zeit verzog er das Gesicht und stützte sich mit den Armen über Alain ab. „Ich brauche eine Dusche und frische Unterwäsche, bevor ich mit jemandem reden kann."

Alain lachte. „Wir sind hier bestens ausgestattet. Wenn du nichts dagegen hast, kann ich dir eine Unterhose ausleihen."

„Ich habe nichts dagegen. Aber wieso hast du Unterhosen in deinem Büro?"

„Weil ich schon öfter auf diesem Sofa übernachtet habe, als ich zählen kann, und oft war es ungeplant. Deshalb habe ich wenigstens frische Unterwäsche hier, wenn ich schon die alten Klamotten vom Vortag tragen muss."

„Was machst du mit den schmutzigen Unterhosen?", fragte Orlando.

Alain grinste und murmelte eine kurze Beschwörung. „Ich reinige sie", meinte er lachend. „Ich könnte es auch mit deiner versuchen, aber meine Magie wäre wahrscheinlich unwirksam."

„Wahrscheinlich", gab Orlando ihm recht. „Eine Dusche wäre schön. Zeig mir nur, wo sie ist."

„Das kann ich besser. Wenn du mich aufstehen lässt, leiste ich dir Gesellschaft."

Orlando hätte gedacht, er wäre nach ihrem Erlebnis eben vollauf befriedigt, aber bei Alains Vorschlag fühlte er, wie sein Herz wieder zu klopfen begann. „Das wäre noch schöner."

14

„HEUTE FRÜH fand eine Versammlung der Vampire statt", erklärte Pascal. „Ich habe einige Magier ausgeschickt, die Informationen sammeln sollten. Nur einer von ihnen ist zurückgekommen. Er konnte mir nicht viel sagen. Ich will wissen, worum es bei diesem Treffen ging."

„Eine Versammlung?", fragte Edouard. „Ich habe nichts davon gehört. Bist du dir sicher, dass es eine Versammlung der Vampire war?"

„Es wurde mir berichtet, dass Bellaiche die Vampire zu einer Versammlung zusammengerufen hat. Mehr als hundert von ihnen haben sich heute früh auf dem Gare de Lyon getroffen. Das Treffen hat mindestens zwei Stunden gedauert."

„Ich bin beleidigt", sagte Edouard. „Ich wurde nicht eingeladen. Andererseits bin ich kein Mitglied in ihrem erlauchten Kreis. Bellaiche weiß wahrscheinlich gar nicht, dass ich in Paris bin."

„Warum nicht?", fragte Pascal nach.

„Ich versuche mein Bestes, ihrer Aufmerksamkeit zu entgehen", erläuterte Edouard. „Ich entspreche nicht ihren Vorstellungen von einem anständigen Vampir."

„So wie wir nicht den Vorstellungen der Regierung von einem anständigen Magier entsprechen", bemerkte Pascal. „Gibt es noch andere, denen es genauso geht wie dir?"

„Zweifellos. Aber wir sind nicht so organisiert wie ihr. Unsere Rebellion findet im Stillen statt. Wir gehen den anderen aus dem Weg und ändern oft unseren Aufenthaltsort."

„Es scheint mir, als ob wir in einer ähnlichen Lage wären. Du konntest mir zwar nicht die Informationen geben, die ich dringend brauche, aber wir könnten doch durch eine Zusammenarbeit profitieren. Schließlich wollen wir, wenn wir diesen Krieg erst gewonnen haben, die Restriktionen aufheben, die auch dir das Leben erschweren."

„Wirklich?", fragte Edouard. „Erzähl mir mehr."

„Unser erklärtes Ziel ist, dass nur die Magier darüber entscheiden, wo und wie sie ihre Magie einsetzen. Die Regierung, die von nichtmagischen Menschen kontrolliert wird, hat in dieser Angelegenheit nichts zu sagen."

„Und du würdest die Vampire den Magiern gleichstellen?", verlangte Edouard zu wissen. „Das wäre neu. Wir haben nicht die Rechte und den Schutz, den die derzeitigen Gesetze den Magiern zugestehen."

„Es ist den Vampiren gegenüber sehr unfair, nicht wahr?", fragte Pascal. „Wenn wir erfolgreich sind, werden wir sehen, was wir gegen diese Ungerechtigkeit unternehmen können."

Eric hörte dem Gespräch schweigend zu. Er wusste nicht, wem Pascal etwas vormachen wollte. Er selbst jedenfalls durchschaute diesen Schachzug. Durch den Sieg der Rebellen würde sich die Lage der Vampire nicht verbessern. Falls sie sich überhaupt änderte, würde sie eher noch schlimmer werden. Pascal war nicht für seine Toleranz bekannt, ganz im Gegenteil. Er versprach zwar viel, wenn er sich dadurch Unterstützung für seinen Aufstand sichern konnte, Eric war jedoch nicht so naiv, auch nur ein Wort davon zu glauben.

ORLANDO SAH sich misstrauisch in der Gemeinschaftsdusche des Hauptquartiers um. Vor den Kabinen hingen Vorhänge, aber die würden nur wenig Sichtschutz geben, sollte jemand den Raum betreten. „Bist du dir sicher?", fragte er.

Alain grinste. „Du vergisst schon wieder, dass ich ein Magier bin." Er murmelte leise einen Spruch vor sich hin. „Das ist die gleiche Abschirmungsmagie, mit der Marcel uns gestern auf dem Bahnhof Privatsphäre gegeben hat. Niemand kann sehen oder hören, was wir hier tun", erklärte er Orlando. „Es geht niemanden etwas an, was wir beide hier zusammen tun."

„Nun, in diesem Fall …", sagte Orlando und trat in die Kabine. Für einen kurzen Augenblick war kein Ton zu hören. Dann griff eine Hand durch die magische Barriere nach Alains Pullover und zog den Magier in die Duschkabine.

Alain grinste übers ganze Gesicht, als er durch seinen eigenen magischen Vorhang in die Kabine kam. Orlando grinste frech zurück „Es hat mir zu lange gedauert", sagte er.

„Tut mir leid", entschuldigte sich Alain scherzhaft. „Es wird nicht wieder vorkommen."

„Das will ich doch hoffen", erwiderte Orlando und schälte sich aus seiner schmutzigen Kleidung. Alain folgte seinem Vorbild und kurz darauf waren sie beide nackt. Alain brachte ihre Kleidung in Sicherheit und drehte das Wasser auf, während Orlando die Seife von der Ablage nahm, obwohl er wusste, dass Alain sie nicht brauchen würde. Er schäumte sich die Hände ein und griff nach seinem Geliebten, um sich für den Schmerz zu revanchieren, den er ihm vorhin unbeabsichtigt zugefügt hatte. Seine schaumbedeckten Hände erkundeten sanft streichelnd den Körper, den sie schon so gut kannten. Es hatte wenig mit Hygiene zu tun, aber umso mehr mit Verlangen. Orlando spülte den Schaum wieder ab und ließ die Hände auf Alains Oberarmen ruhen, um die kraftvollen Muskeln zu spüren, die sich ihm gegenüber immer so zurückhaltend zeigten. Dann fuhr er über die Arme nach unten zu den Händen, die ihm nie Schmerzen bereitet hatten und immer nur Freude spendeten. Orlando hob eine Hand an den Mund, küsste jeden einzelnen Finger und saugte zärtlich daran, bevor er sie wieder fallen ließ.

„Lass mich dich anfassen", bettelte Alain, während Orlandos Lippen die zweite Hand liebkosten.

Orlando hob den Kopf und lächelte ihn an. Das war seine Chance, die Dinge ins Lot zu bringen und das Gleichgewicht zwischen ihnen wieder herzustellen. Er trat einen Schritt auf Alain zu, schmiegte sich in seine Arme und legte ihm die Hände auf die Hüften. „Bitte", flüsterte er und nahm die Erkundung von Alains Körper wieder auf.

Alain hielt die Luft an und klammerte sich fester an Orlando, als ihm die Bedeutung dieses kleinen Wortes bewusst wurde. Sein Vampir hatte ihm erlaubt, ihn auch unterhalb der Hüfte zu berühren, und das nicht im Taumel der Leidenschaft, so wie gestern Nachmittag, sondern schon bevor diese Leidenschaft zwischen ihnen aufflammen konnte.

„Putain", stöhnte Alain und zog Orlando an sich, bis ihre Hüften sich berührten und ihre Schwänze aneinander rieben. Orlando stöhnte ebenfalls und zog Alains Kopf zu einem Kuss herab. Mit der Zunge bemächtigte er sich Alains Mund, so wie sein Schwanz bald wieder von Alains Körper Besitz ergreifen würde und wie seine Zähne sich danach sehnten, Alains Seele habhaft zu werden.

Alain lehnte sich stützend an die Wand der kleinen Duschkabine, um Orlandos Ansturm gewachsen zu sein. Noch satt und befriedigt von Orlandos Biss auf dem Sofa, wurde sein Schwanz hart und pochte, als hätte es den Orgasmus vor wenigen Minuten nie gegeben. Alain konnte vor Erregung kaum noch einen klaren Gedanken fassen, aber in der hintersten Ecke seines Verstandes registrierte er mit Erstaunen seine eigene Reaktion auf Orlando. Selbst als Teenager hatte er sich nicht so schnell erholt. In diesem Alter war es noch ungewöhnlicher, und doch war er steinhart von Orlandos Kuss, der Berührung ihrer Körper und der Vorfreude auf das, was noch kommen würde.

Er hob den Kopf und schnappte keuchend nach Luft. „Merde! Was machst du nur mit mir?", keuchte er atemlos.

Orlando grinste ihn lüstern an. Alains Lippen waren geschwollen, seine Haare nass, sein Gesicht gerötet vor Erregung. Orlandos Herz klopfte und die Brust wurde ihm eng. Er fragte sich schon zu tausendsten Mal, womit er seinen Magier verdient hatte – denn wie konnte ein Verdammter jemals einer solchen Gnade würdig sein? Aber er wollte dieses unerwartete Geschenk schätzen und ihm die Ehre erweisen, die ihm zustand. „Soll ich aufhören?", neckte er Alain.

„Nein, zum Teufel!", rief Alain. „Untersteh dich!" Er zog Orlando zu sich heran, um ihn wieder zu küssen. Dieses Mal war es *seine* Zunge, die in Orlandos Mund eindrang, ihm über die Zähne fuhr und jeden Winkel erkundete.

Orlando hätte sich beinahe zurückgezogen, als er Alains Zunge an den Zähnen spürte. Er wehrte sich mit aller Macht gegen den Instinkt, seine Fangzähne auszufahren. Orlando wusste genau, dass der kleinste Blutstropfen ihn um die Beherrschung bringen würde, obwohl er gerade erst ausgiebig getrunken hatte. Mit Mühe widerstand er dem Impuls und überließ sich Alains Kuss. Er hatte dem Magier heute schon einen Wunsch abgeschlagen, ein zweites Mal wollte er das nicht tun.

Ermutigt durch Orlandos Hingabe fuhr Alain ihm mit den Fingern durch die nassen Haare und spielte mit den seidigen Locken. Mit der anderen Hand fuhr er nach unten, presste Orlandos Unterkörper noch fester an sich und massierte ihm sanft den Hintern. Er musste gegen die Leidenschaft ankämpfen, die ihn zu verzehren drohte, wollte bei Verstand bleiben, um Orlandos Reaktionen rechtzeitig erkennen zu können und abzuwarten, ob sein Geliebter das Safe Wort benutzte. Alain wollte nicht riskieren, dass Orlando sich wieder bedrängt fühlte und zurückzog.

Orlando zuckte leicht zusammen, als er die Hand auf seinem Arsch spürte. Erinnerungen an andere Hände wurden in ihm wach – an grausame Hände, die nach ihm griffen, seine Arschbacken auseinanderzogen, um ihn zu vergewaltigen. Er unterbrach den Kuss und ließ seinen Kopf auf Alains Schulter sinken, um sich gegen die Erinnerungen zu wehren. Dieser Bastard war vernichtet. Orlando hatte selbst dafür gesorgt, hatte aus den Schatten erleichtert und zufrieden zugesehen, wie die Morgensonne seinen Peiniger verbrannte und in ein kleines Aschehäuflein verwandelte. Die Hand, die ihn jetzt berührte, wollte ihm keine Schmerzen zufügen. Er musste nur ein Wort sagen, nur das geringste Zögern zeigen, und diese Hand würde sich entweder ganz zurückziehen oder ihn an einer anderen Stelle streicheln. Orlando wusste es, und dieses Wissen gab ihm die Kraft, seine Albträume zu vergessen und sich nicht von ihnen überwältigen zu lassen.

„Orlando?", flüsterte Alain ihm leise ins Ohr.

Orlando hob den Kopf und lächelte ihn an. „Du hast mich gefragt, was ich mit dir mache", sagte er. „Nun, nichts anderes, als du mit mir. Ich brauche nur etwas Zeit, um mich daran zu gewöhnen."

„Soll ich aufhören?"

„Nein, zum Teufel!", wiederholte Orlando grinsend Alains Worte. Dann wurde er wieder ernst. „Wenn dieser Moment kommt, werde ich es dir sagen. Das verspreche ich."

„Das will ich hoffen", erklärte Alain mit fester Stimme. Er wollte Orlandos Grenzen akzeptieren und sich nicht darüber beschweren. Aber er wollte auch alles tun, um ihm nie wieder Angst einzujagen. Unglücklicherweise musste er sich dazu auf die Worte und Reaktionen seines Geliebten verlassen.

„ES HABEN sich … gewisse Komplikationen ergeben", sagte Raymond, als er mit Jean im Schlepptau Marcels Büro betrat. „Wir werden dein diplomatisches Geschick brauchen, um sie in Grenzen zu halten."

Marcel sah von den Unterlagen auf seinem Schreibtisch auf. Er war dabei gewesen, die neuesten Berichte und Informationen über Serrier zu studieren, um sich ein Bild über ihre Glaubwürdigkeit und Genauigkeit zu verschaffen. „Das hört sich ja ominös an", sagte er betont ruhig. Er wollte die Nervosität, die in Raymonds Stimme und Jeans Verhalten zu spüren war, nicht noch verstärken. „Ich nehme an, euer Treffen mit Monsieur Lombard ist nicht sehr gut verlaufen."

„Das Treffen war erfolgreich", erwiderte Raymond. „Ich habe viel Neues gelernt und wir haben eine Theorie entwickelt, die einige unserer Beobachtungen erklärt. Aber diese Theorie ist etwas beunruhigend."

Jean schnaubte. Beunruhigend war die Untertreibung des Tages. „Versuchs doch mit erschreckend", korrigierte er Raymond.

Marcel zog fragend eine Augenbraue hoch. Eine solche Bemerkung hatte er von dem ansonsten so unerschütterlichen Vampir nicht erwartet. „Es ist wohl am besten, ihr fangt ganz am Anfang an."

Raymond fasste in einfachen Worten die Theorie zusammen, die er und Christophe entwickelt hatten, um die Anziehung zwischen Magiern und Vampiren zu erklären. Er beschrieb Marcel, wie die sich selbst verstärkende Symbiose beiden Seiten nutzen und damit dazu beitragen konnte, das Gleichgewicht der Elementarkräfte zu erhalten.

Marcel hörte schweigend zu, um Raymonds Erklärung zu folgen und die Konsequenzen zu überdenken, die sich daraus ergaben. Als Raymond mit seinen Ausführungen zu Ende war, brauchte Marcel noch einige Minuten, um das Gehörte zu verdauen. „Du meinst also, dass die

Partnerschaften, die nur als vorübergehende strategische Option gedacht waren, langfristige persönliche Auswirkungen nach sich ziehen."

Jean zuckte bei Marcels Worten innerlich zusammen, weil sie ihn erneut daran erinnerten, wie sehr er die Kontrolle über sein Leben verloren hatte. „Das Problem ist, dass Vampire hunderte von Jahren alt werden", warf er ein. „Wir vermeiden zu enge Kontakte zu Sterblichen, um nicht mit ihrem Tod konfrontiert zu werden. Bei den seltenen Ausnahmen, wie im Fall Orlandos, handelt es sich um persönliche Entscheidungen. Aber die meisten Vampire haben nicht mit einer dauerhaften Bindung gerechnet, als sie zugunsten der Allianz Partnerschaften mit Magiern eingegangen sind. Wenn wir ihnen unsere neuen Erkenntnisse nicht sehr behutsam vermitteln, könnte es dazu führen, dass sie sich den Partnerschaften verweigern. Das gilt insbesondere für diejenigen, die über ihre Partner nicht sehr glücklich sind. Beispielsweise Jude, der möglicherweise vorübergehend mit Adèle zusammenarbeiten kann, aber außerhalb der Allianz mit Sicherheit nichts mit ihr zu tun haben will."

„Und ich bezweifle, dass Adèle das anders sieht", ergänzte Raymond. „Jedenfalls dann nicht, wenn ihre Reaktion auf Jude auch nur halbwegs ehrlich ist."

Marcel lachte leise. „Sie sind wirklich nicht gerade ein ideales Paar", stimmte er zu. „Ich nehme an, ihr habt mit Monsieur Lombard auch darüber gesprochen. Was meint er dazu?"

„Er denkt, dass Blut nicht lügen kann. Wenn sie Partner sind, dann passen sie zusammen, obwohl sie es momentan noch nicht so empfinden", antwortete Raymond.

„Ihnen das zu sagen, würde bedeuten, Öl ins Feuer zu gießen", meinte Jean, der auch nicht allzu glücklich darüber war, dass das Schicksal ihm die Entscheidung abgenommen hatte. „Wir Vampire legen großen Wert auf unsere Unabhängigkeit. Wir lassen uns nicht gerne Vorschriften machen. Ich war schon überrascht darüber, dass sich bei unserem Treffen niemand meinem Vorschlag widersetzt hat."

„Werden sie ihre Zustimmung wieder rückgängig machen, wenn sie davon erfahren?", fragte Marcel in seiner direkten Art.

„Wir halten unsere Versprechen", antwortete Jean wie aus der Pistole geschossen.

Raymond legte ihm beruhigend die Hand auf den Arm. „Niemand wollte dir das Gegenteil unterstellen", versicherte er dem Vampir. „Aber wir müssen die Möglichkeit in Betracht ziehen, dass einige deiner besonders unabhängigen Freunde etwas … impulsiv reagieren. Was mir Sorgen macht, ist die Frage, wie sich das auf die Partnerschaften auswirken könnte. Sollten Monsieur Lombard und ich recht haben, dann wird diese … Verbindung mit der Zeit alle Lebensbereiche der Partner beeinflussen. Ich kann noch nicht sagen, was ich persönlich davon halte, aber ich kann mir denken, dass es unangenehme Folgen hat, sollte sich einer der Partner dagegen wehren."

Marcel grübelte einen Moment über Raymonds Worte nach. „Ich frage mich langsam, ob es überhaupt hilfreich wäre, die anderen einzuweihen. Wenn das Wissen darüber zu gefährlichen oder zu dummen Reaktionen führen kann – ist es dann nicht besser, zu schweigen?"

„Und wenn ein Magier die Kontrolle verliert, weil er durch die Emotionen überrascht wird, zu denen die Partnerschaft führt?", fragte Raymond. „Das könnte genauso gefährlich sein wie jede Komplikation, die dadurch entsteht, dass sich die Partner gegen die Verbindung wehren. Wenn sie Bescheid wissen, können sie sich zumindest darauf vorbereiten."

„Sofern sie sich nicht komplett verweigern." Marcel verfiel wieder ins Grübeln. Es musste doch eine Lösung geben. „Vielleicht sollten wir sie darüber unterrichten, dass wir auf einige … außergewöhnliche Wirkungen aufmerksam geworden sind. Wir könnten sie auffordern, genau auf ihre Gefühle zu achten und uns jede Veränderung zu melden, damit wir mehr darüber erfahren. Würde das ausreichen, um die Magier vor einem möglichen Kontrollverlust zu warnen, ohne bei den anderen Partnern eine Überreaktion hervorzurufen?"

„Wäre es denn wirklich eine Überreaktion?", fragte Jean herausfordernd. „Du hast selbst keinen Partner, aber kannst du dir vorstellen, was diese … Verbindung für die Betroffenen bedeutet? Wenn Raymond und Christophe recht haben, wird das unser Leben komplett auf den Kopf stellen. Und damit meine ich nicht nur die Vampire. Auch für die Magier bedeutet diese Partnerschaft eine Beziehung, für die sie nicht ihre Zustimmung gegeben haben. Was ist mit denjenigen, die bereits Geliebte haben oder verheiratet sind? Oder mit denjenigen, die – aus welchem Grund auch immer –

keine Beziehung wollen? Was ist mit Thierry, dessen Frau gerade erst gestorben ist? Wie kann das ihnen gegenüber fair sein? Ich kann mir vorstellen, es ihnen zu verschweigen, um der Allianz nicht zu schaden. Aber was ist mit dem Schaden, den diese Heimlichtuerei in den Köpfen unserer Freunde anrichtet? Können wir das verantworten?"

„Ich sage nicht, dass du unrecht hast", erwiderte Marcel ungerührt. „Aber hast du auch darüber nachgedacht, was passieren wird, wenn diese Allianz versagt? Wenn der Krieg so weitergeht, wird er die magischen Kräfte der Erde erschöpfen und sie komplett aus dem Gleichgewicht bringen. Die Gezeiten werden sich ändern, die Jahreszeiten sich verschieben. Die Erde selbst wird sich auflehnen und erbeben. Es wird Naturkatastrophen in einer Größenordnung geben, die du dir in deinen schlimmsten Träumen nicht vorzustellen wagst. Und dann wird der Zeitpunkt kommen, an dem nichts und niemand mehr überleben kann. Was ist dann mit uns? Dann werden uns unsere Geliebten und unsere Familien egal sein, unsere Toten werden vergessen sein, weil wir nur noch mit einem beschäftigt sein werden – zu überleben, wie auch immer. Nichts anderes mehr wird eine Rolle spielen. Sicher, wenn Serrier den Krieg gewinnt, werden wir den Naturkatastrophen vielleicht entgehen. Aber glaubst du wirklich, dass es auch nur ein Lebewesen geben wird – Serriers dunkle Magier ausgenommen –, dem es dann besser geht? Wenn du das denkst, dann bist du wirklich unfassbar naiv, und das hätte ich dir nicht zugetraut. Du hast recht, es ist unfair. Wenn ich eine andere Möglichkeit sehen würde, wäre ich darüber genauso froh wie du. Aber ich sehe keine. Das ist der Grund gewesen, warum ich überhaupt zu dir gekommen bin, um diese Allianz zu schließen."

„Ihr habt beide recht", mischte sich Raymond mit ruhiger Stimme ein, obwohl er sich ganz und gar nicht so fühlte. Jean hatte von denjenigen gesprochen, die bereits Geliebte hatten. Hatte er damit auch sich selbst gemeint? „Tatsache ist, dass die Partnerschaften bereits bestehen. Sie werden wahrscheinlich mit jedem Tropfen Blut, den ein Vampir von seinem Partner trinkt, stärker und enger werden. Und wenn wir recht haben, wird jeder Biss dazu beitragen, die Elementarkräfte wieder zu stabilisieren. Das gibt uns mehr Zeit, diesen Krieg zu gewinnen und das Gleichgewicht wieder herzustellen. Wir wissen nicht, wie lange das dauern wird. Es kann sein, dass die Partnerschaften nur deshalb so stark sind, weil das Ungleichgewicht der Elementarkräfte es erfordert. Vielleicht wird die Anziehung zwischen den Partnern wieder abnehmen, wenn sich die Lage normalisiert und die Partnerschaften nicht mehr so wichtig sind. Ich weiß es nicht. Aber eines weiß ich – wie immer wir uns auch entscheiden, wir müssen es jetzt tun. Und diese Entscheidung müsst ihr beide treffen. Über Fairness und Gerechtigkeit zu streiten, hilft uns in der gegenwärtigen Situation nicht weiter. Es wird an den Verhältnissen nichts ändern. Jean – was können wir den Vampiren sagen, sodass sie auf ihre Gefühle und Handlungen achten, ohne einen Aufstand zu provozieren? Und Marcel – wie beantwortest du diese Frage für die Magier?"

„Wir sollten sie darauf aufmerksam machen, dass es Nebenwirkungen gibt und sie mir alles Außergewöhnliche melden sollen", grummelte Jean, der genau wusste, dass Raymond und Marcel recht hatten. Ihm gefiel die Sache immer noch nicht und er wollte alles tun, um seine Gefühle und Handlungen unter Kontrolle zu behalten. Aber er wollte auch alles vermeiden, was ihre einzige Chance auf Rettung sabotieren konnte. „Etwas anderes fällt mir auch nicht ein."

„Ich werde den Magiern dasselbe sagen", stimmte Marcel zu. „Die Vampire können sich bei Jean melden, die Magier bei mir oder dir."

„Wenn wir erst mehr wissen, stellen wir vielleicht fest, dass diese Wirkungen gar nicht so allgemeingültig sind, wie wir es angenommen haben. Unsere Schlussfolgerungen basieren bisher nur auf esoterischer Literatur und den wenigen Erfahrungen einiger ausgewählter Paare. Je mehr wir darüber lernen, umso besser können wir uns auf die Folgen vorbereiten, wie immer sie auch aussehen mögen", fügte Raymond abschließend hinzu.

„STILL SITZEN", befahl Mireille. „Wenn du ständig wackelst, wird das nichts."

„Meine Schulter ist wieder in Ordnung", insistierte Caroline.

„Euer Mediziner hat gesagt, es würde einige Tage dauern, bis sie wieder geheilt ist", erwiderte Mireille. „Bis jetzt ist noch nicht einmal ein einziger Tag vergangen. Du kannst entweder hierbleiben und zulassen, dass ich mich um dich kümmere, oder ich schleppe dich zurück zur

Krankenstation. Und glaub ja nicht, dass ich das nicht kann. Wir Vampire sind ein ganzes Stück stärker als wir aussehen."

Das wusste Caroline nur zu gut. Die Verwundung an der Schulter hatte ihr schließlich nicht die Sehkraft genommen. Sie hatte mit eigenen Augen gesehen, wie Mireille bei dem Duell auf dem Bahnsteig einen viel stärkeren männlichen Magier außer Gefecht gesetzt hatte. Wenn Mireille damit drohte, sie auf die Krankenstation zu schleppen, würde Caroline nichts dagegen unternehmen können. Sie schnitt eine Grimasse und ließ sich wieder an die Rückenlehne ihres Sofas fallen. „Na gut. Aber beeil dich."

Mireille schüttelte den Kopf und beugte sich über ihre Partnerin, um ihr die Schlinge so anzulegen, wie es der Arzt ihnen gezeigt hatte. Caroline war genauso stur wie schön, und das wollte einiges heißen.

Caroline schloss die Augen, als die Vampirin sie mit sanften Händen versorgte. Es war ein denkwürdiger Tag gewesen – erst die Gründung der Allianz, dann der Kampf, ihre Verwundung und Mireilles Reaktion darauf, die anschließende Begegnung mit dem Ältesten der Vampire, und – nicht zu vergessen – die Stunden im Sonnenschein, die sie gemeinsam in Carolines ruhiger Wohnung verbracht hatten, um sich besser kennenzulernen. Caroline erschauerte, als Mireille ihr vorsichtig den Arm bewegte. Es war schon viel besser geworden, schmerzte aber immer noch. „Vorsichtig", murmelte die Vampirin, ohne ihre Arbeit zu unterbrechen. Die weiche Stimme ließ Caroline aus einem ganz anderen Grund einen Schauer über den Rücken laufen. Mireille war voller Gegensätze. Ihre sanften Hände und ihre noch sanftere Stimme verbargen die unglaubliche Stärke, die sie während des Kampfes gezeigt hatte.

So viel Sanftheit hatte in Carolines Leben in jüngster Vergangenheit keinen Platz mehr gehabt. Die Magier, mit denen sie arbeitete und kämpfte, konnten mit Sanftheit nichts anfangen. Für sie war es nur ein Zeichen von Schwäche. Mireille erinnerte Caroline daran, was sie in den letzten Jahren geopfert hatte, um von ihren Kollegen ernstgenommen zu werden. Es war ... belebend. Caroline konnte sich entspannen und ihre harte Schale aufgeben, die sie im Alltag zur Schau stellte. Mireille verlangte nichts von ihr. Caroline musste ihr nichts beweisen. Für die Vampirin war sie nur eine Frau wie alle anderen, und so behandelte Mireille sie auch – mit Respekt, Mitgefühl und Freundlichkeit. Caroline lächelte. Sie könnte sich daran gewöhnen. „Danke", sagte sie und sah ihre Partnerin an.

15

ALAIN STÜTZTE sich mit den Händen an den Wänden der Duschkabine ab, als Orlando sich in ihn presste. „Mehr", bettelte er, denn die Berührung ihrer Körper gab ihm Halt und die Sicherheit, dass ihre Beziehung unter dem Geschehen in seinem Büro nicht gelitten hatte.

Orlando ließ sich nicht zweimal bitten. Das Begehren, das er in Alains Stimme hörte und in seinen Augen sah, ließ ihn alle Vorbehalte vergessen, er könnte seinen Geliebten zu grob anfassen. Er schob Alains Füße weiter auseinander, um mehr Bewegungsspielraum zu haben. Dann fasste er ihn fest an den Hüften und stieß hart in die enge Wärme von Alains Körper.

Alain drückte sich ihm mit jedem Stoß entgegen, um seinen Bitten Nachdruck zu verleihen. Härter. Tiefer.

Orlando ließ Alains Hüften los, als er erkannte, dass sein Geliebter auf sicheren Füßen stand. Er fuhr ihm mit den Händen über den Körper und suchte die Stellen, an denen Alain in den vergangenen Tagen am sensibelsten reagiert hatte – die Unterseite seiner Arme, die Achselhöhlen, dort wo die Haare langsam ausdünnten, die leichte Delle, wo der Oberschenkel in die Hüfte überging. Sorgsam vermied er die üblichen erogenen Zonen, damit Alain spüren konnte, dass Orlando auch in den Fängen der Leidenschaft nicht vergessen hatte, mit wem er zusammen war und wen er liebte. Dieser Moment war, so wie jedes Mal, wenn sie sich liebten, ein persönlicher Augenblick, der nur ihnen beiden gehörte.

„Verdammt!", schrie Alain nach einem besonders gut gezielten Stoß Orlandos. „Wie gut. Orlando, bald ... nicht mehr lange."

Orlando nickte, obwohl Alain ihn nicht sehen konnte. Er beugte sich vor und legte das Kinn auf die Schulter seines Magiers, suchte mit dem Mund seine Lippen. Als Alain ihm den Kopf zudrehte, küsste Orlando ihn und ließ die Hände nach unten gleiten, griff mit einer Hand um Alains harten Schwanz und legte die andere auf die Eier. „Komm für mich, mein Geliebter", flüsterte er Alain ins Ohr und drückte fester zu.

Mit einem lauten Aufschrei kam Alain und die Knie gaben ihm nach, während er die Wände mit seinem Sperma bespritzte.

Obwohl auch Orlando zum Höhepunkt gekommen war, schaffte er es noch, Alain aufzufangen und an sich zu drücken, während er ein letztes Mal in ihn hineinstieß.

GUT", SAGTE Jean. „So machen wir es. Hoffentlich wird es uns die nötigen Informationen bringen, ohne dass die Lage sich noch zusätzlich verkompliziert."

„Es wird schon funktionieren", erwiderte Marcel mit mehr Selbstvertrauen in der Stimme, als sie alle fühlten. „Wir werden es auf unserem nächsten Treffen bekannt geben."

„Besser zu früh als zu spät", sagte Raymond eindringlich.

„Morgen, spätestens übermorgen", versprach Marcel.

Jean nickte. „Wenn ihr mich jetzt bitte entschuldigend wollt, aber ich muss mich noch um eine persönliche Angelegenheit kümmern. Ich bin morgen früh wieder zurück."

Er war verschwunden, bevor Marcel oder Raymond ihm eine Antwort geben konnten. Die beiden sahen sich nachdenklich an. „Wie hältst du dich?", fragte Marcel.

ALAIN GAB Orlando einen zärtlichen Kuss. „Rede mit Sebastien", drängte er. „Finde so viel wie möglich über den Aveu de Sang heraus. Wir müssen wissen, auf was wir uns eingelassen haben."

Orlando nickte. „Ich werde ihn suchen und dann sehen wir, was er uns sagen kann. Kommst du mit mir?"

„Ich kann nicht", meinte Alain entschuldigend. „Ich muss noch etwas für Marcel erledigen."
Er hasste es, Orlando anzulügen. Aber er musste wirklich noch etwas für Marcel erledigen. Das hätte zwar noch warten können, doch Alain wollte alles für Orlandos Sicherheit tun, auch wenn er dafür den Wahrheitsbegriff etwas großzügig auslegen musste. „Willst du in meinem Büro auf mich warten oder wollen wir uns zuhause treffen?"

„Ich warte lieber hier, falls es dir recht ist", entschied Orlando. „Es ist mir lieber, als allein in der Wohnung zu sein."

„Natürlich ist es mir recht", versicherte ihm Alain. „Sonst hätte ich es dir nicht angeboten. Geh jetzt und suche Sebastien. Wenn ich alles erledigt habe, komme ich hierher zurück."

Orlando nickte und verließ die Umkleidekabine, um sich auf die Suche nach Sebastien zu begeben. Alain wartete ab, bis er verschwunden war, dann machte er sich ebenfalls auf die Suche. Er musste mit einem anderen Vampir reden. Alain hatte Fragen, und er hoffte, dass Jean ihm darauf Antworten geben konnte.

Alain hatte keine Ahnung, wo er in dem Labyrinth des Hauptquartiers mit seiner Suche beginnen sollte. Deshalb entschloss er sich, es mit magischen Mitteln zu versuchen. Ein schneller Spruch zeigte ihm, dass Jean gerade Marcels Büro verließ. Er schien noch etwas vorzuhaben und Alain hoffte, dass es nicht allzu eilig war und Jean noch Zeit für ein kurzes Gespräch hatte.

An der Eingangstür fing er Jean ab und rief seinen Namen.

Mit einem leisen Fluchen drehte Jean sich um. Er war hungrig und geil, und er sehnte sich nach Karines beruhigender Gegenwart. Als er den blonden Magier erkannte, der ihn zurückgerufen hatte, unterdrückte er ein ungeduldiges Seufzen. Magnier war nicht von der oberflächlichen Art und musste einen triftigen Grund haben, um ihn aufzuhalten.

„Ich brauche deinen Rat", sagte Alain ohne große Vorrede, als er erkannte, wie ungeduldig Jean war. „Es geht um Orlando."

„Wäre es dann nicht besser, du würdest mit ihm selbst reden?", gab Jean zurück.

„Vermutlich", stimmte ihm Alain zu. „Aber er wird mir nicht antworten. Er geht dem Thema aus dem Weg."

„Ist dir schon der Gedanke gekommen, dass er vielleicht gute Gründe hat, über bestimmte Dinge nicht reden zu wollen?"

„Natürlich", erwiderte Alain. „Aber Tatsache ist auch, dass mein Unwissen Spannungen zwischen uns verursacht, die wir in der Allianz nicht gebrauchen können. Und in meinem persönlichen Leben will ich sie auch nicht haben. Pass auf, beantworte mir nur einige grundsätzliche Fragen über Vampire. Ich kann meine eigenen Schlussfolgerungen daraus ziehen, wenn du nicht über Orlando reden willst."

Jean warf einen Blick auf die Uhr. „Ich gebe dir fünfzehn Minuten. Nutze sie gut."

ORLANDO FRAGTE sich durch, bis er Sebastien schließlich in einer Art Lounge entdeckte, die einen Kühlschrank und eine Mikrowelle enthielt. An der Wand stand ein Apparat, aus dem man Snacks ziehen konnte. Wahrscheinlich war es ein Aufenthaltsraum, in dem die Mitarbeiter ihre Pausen verbrachten. „Sebastien? Hast du einige Minuten Zeit für mich? Ich könnte deinen Rat brauchen."

Sebastien hob den Kopf und begrüßte Orlando mit einem Lächeln. Er war froh, den jungen Vampir wieder auf den Beinen zu sehen. „Du siehst schon wesentlich besser aus, als ich dich von unserer letzten Begegnung in Erinnerung habe. Ich nehme an, dein Avoué hat sich angemessen um dich gekümmert?"

Orlando wurde rot, als er daran dachte, wie Alain sich in der Tat um ihn gekümmert hatte. „Darüber wollte ich mit dir reden. Der Aveu de Sang scheint mehr zu beinhalten, als mir bisher bewusst war. Ich möchte nicht ständig über unerwartete Schwierigkeiten stolpern, wenn ich es vermeiden kann."

„Sehr vernünftig", stimmte Sebastien ihm kopfnickend zu. „Nimm Platz, dann können wir darüber reden. Einige Aspekte des Aveu de Sang sind allgemeingültig, andere von Vampir zu Vampir unterschiedlich."

„AM ENDE des Flurs ist ein leer stehendes Büro, dort können wir ungestört reden", sagte Alain zu Jean. „Wenn es dir recht ist, möchte ich das nicht hier in der Öffentlichkeit tun."

„Es sind deine fünfzehn Minuten", erwiderte Jean.

Alain zog eine Grimasse, machte sich aber auf den Weg zu dem Büro, schloss es auf und ließ dann Jean den Vortritt.

Erst als die Tür sich hinter ihnen schloss, wandte er sich wieder an den Vampir. „Gibt es ein wie auch immer geartetes Verbot, das Vampiren untersagt, Blut zu trinken, wenn sie Sex haben?"

Jean musste sich mühsam ein Lachen unterdrücken. „Das war zielgenau auf den Punkt getroffen", bemerkte er.

„Du hast mich mehrmals darauf hingewiesen, dass ich nur fünfzehn Minuten habe. Ich will meine Zeit nicht vergeuden und um den heißen Brei herumreden."

„Richtig. Und um deine Frage genauso direkt zu beantworten … Nein. Es gibt weder ein Gesetz noch eine Tradition, die uns zwingt, das getrennt zu halten. Die meisten Vampire ziehen es sogar vor, es zu kombinieren. Es intensiviert das Erlebnis, sowohl beim Trinken wie auch beim Sex", erwiderte Jean mit einem anzüglichen Lächeln, weil er genau das in kurzer Zeit zu genießen gedachte. Dazu musste er nur noch aus diesem Büro entkommen.

„Warum hält sich Orlando dann so zurück?", fragte Alain.

Jean schüttelte den Kopf. „Diese Frage musst du ihm selbst stellen. Ich kann dir nur raten, Geduld mit ihm zu haben. Dass er sich überhaupt mit dir eingelassen hat, grenzt schon an ein Wunder … Jedenfalls, wenn man an Wunder glaubt. Lass ihm die Zeit, die er braucht, selbst wenn es länger dauert, als dir lieb ist."

„ICH HABE das Gefühl, so vieles nicht zu wissen", begann Orlando. „Ich weiß nicht einmal, welche Fragen ich dir stellen soll."

„Vielleicht solltest du mir zuerst erklären, warum du zu mir gekommen bist und mit mir reden willst", schlug Sebastien vor. „Dann sehen wir weiter."

„Was ist heute Abend mit mir passiert?", wollte Orlando wissen. „Ich habe noch nie öfter trinken müssen, als alle zwei oder drei Tage. Ich habe immer rechtzeitig bemerkt, wann es so weit sein wird. Heute Abend ging es mir gut, bis ich plötzlich das Bewusstsein verloren habe. Das kann gefährlich, sogar tödlich sein, falls ich allein bin oder wir gerade gegen die dunklen Magier kämpfen."

„Der Aveu de Sang wird gestärkt, wenn du das Blut deines Partners trinkst", erklärte Sebastien. „Das hast du bestimmt schon gespürt. In den ersten Wochen musst du deshalb öfter trinken als gewöhnlich. Mindestens einmal am Tag, besser sogar zweimal."

„Aber das wird Alain umbringen!", protestierte Orlando.

„Richtig, das sollte es eigentlich tun", gab Sebastien zu. „Aber das wird nicht geschehen. Ich weiß auch nicht, warum das der Fall ist. Aber du kannst jeden Tag so viel trinken, bis dir schlecht wird. Alain wird darunter nicht leiden. Es liegt in der Natur des Aveu de Sang. Ihr solltet euch eine Routine angewöhnen, beispielsweise abends nach dem Aufstehen und morgens vor dem zu Bett gehen. Wenn ihr das zwei Wochen lang jeden Tag durchhaltet, sollte es reichen. Danach kannst du wieder zu deinen normalen Gewohnheiten zurückkehren. Obwohl du das dann vielleicht gar nicht mehr willst."

„Warum nicht?", wollte Orlando wissen.

Sebastien lachte. „Es gibt nichts Berauschenderes, als von deinem Avoué zu trinken. Es macht mehr süchtig, als der beste Sex."

„NOCH EINE Frage", sagte Alain. „Danach kannst du erledigen, was immer dir auch unter den Nägeln brennt. Ich habe den Eindruck, dass Orlando über viele Dinge, die er eigentlich wissen müsste, nicht informiert ist. Er wusste über das Brandmal Bescheid, aber er hatte keine Ahnung, was es symbolisiert. Dann ist er heute ohnmächtig geworden, weil er nicht wusste, dass er nach einem neu geschlossenen Aveu de Sang öfter trinken muss."

„Das ist eine Beobachtung, keine Frage", bemerkte Jean.

„Aber warum weiß er diese Dinge nicht?", fragte Alain beharrlich nach.

„Weil er schon über hundert Jahre alt war, als er zu mir gekommen ist. Sein Schöpfer hätte ihm das alles beibringen sollen, aber Thurloe hat sich mehr für sein eigenes, perverses Vergnügen interessiert als dafür, Orlando zu lehren, wie man als Vampir am Leben bleibt. Orlando wollte aber nicht wie ein frisch umgewandelter Vampir behandelt werden, nachdem er Thurloe entkommen ist. Er hat mir nicht erlaubt, ihn zu unterrichten, als ob er noch ein Novize wäre. Deshalb ist er so unwissend über Dinge außerhalb seiner eigenen Erfahrung. Ich versuche, diese Lücken zu schließen, aber ich will ihn nicht verärgern oder herabsetzen. Darum ist alles, was ich ihn lehren kann, zu wenig, und vieles kommt zu spät. Du hast gesagt, er wäre ohnmächtig geworden. Geht es ihm wieder besser?"

Alain nickte. „Sebastien war dabei und wusste sofort, was passiert ist. Wir haben uns beide um Orlando gekümmert."

Jean runzelte die Stirn. Ja, Sebastien wusste, was ein Aveu de Sang bedeutete. Er hatte Jean schließlich die Chance gestohlen, es selbst zu erfahren.

„Gibt es noch … noch andere Nebenwirkungen des Aveu de Sang?", fragte Orlando. „Noch andere Dinge, auf die ich achten muss?"

„Körperlich nicht", erwiderte Sebastien. „Aber es gibt noch weniger fassbare Aspekte, die auf lange Sicht mehr Problem bereiten können."

„Welche?", wollte Orlando wissen, dem Alains Bitte um mehr Informationen noch gegenwärtig war.

„Den Sex habe ich schon erwähnt. Du wirst wahrscheinlich feststellen, dass deine Lust auf Sex zunimmt. Ich glaube, es liegt vor allem daran, dass die Intimität beim Trinken ein so ungewöhnlich intensives Erlebnis ist. Die Wirkung lässt auf jeden Fall nicht nach, auch wenn du nicht mehr jeden Tag Blut brauchst. Wenn du irgendwann merkst, dass du seinen Geschmack nicht mehr brauchst, kannst du bis zu zwei Wochen durchhalten, bevor du wieder trinken musst", erläuterte Sebastien.

Orlando nickte. Er hatte schon festgestellt, dass sein Verlangen nach Alain schier unersättlich war. „Wird es ihm genauso gehen? Ich meine … wird der Aveu de Sang ihn auch so … so begierig machen? Ich will mich ihm nicht aufdrängen."

„Ich kann nicht für deinen Avoué sprechen, aber meiner hat sich nie über meine Aufmerksamkeit beschwert", versicherte Sebastien. „Frag ihn selbst, wenn du dir darüber Sorgen machst. Aber nimm seine Antwort ernst."

„Was noch?"

„Du wirst sehr besitzergreifend, sogar eifersüchtig, und du wirst ihn beschützen und behüten wollen", warnte Sebastien. „Er wird dir keinen Grund zur Eifersucht geben, aber der Rest der Welt ist nicht so rücksichtsvoll."

„Wer würde es wagen …"

„Aufhören!", unterbrach Sebastien ihn, bevor er den Satz zu Ende sprechen konnte. „Wenn es ein Gesetz unter Vampiren gibt, dann ist es das Verbot, sich dem Avoué eines anderen Vampirs zu nähern. Niemand wird es wagen, ihn dir wegzunehmen. Aber das wird nicht verhindern, dass andere Vampire oder Sterbliche ihm bewundernde Blicke zuwerfen. Sie dürfen dich nicht kümmern. Selbst wenn sie versuchen wollten, ihn dir wegzunehmen, wären diese Versuche erfolglos. Deine Priorität muss es sein, deine Gefühle unter Kontrolle zu behalten, wenn du irrational wirst oder etwas Dummes tun willst. Du darfst nicht jede eingebildete Herausforderung annehmen und dich auf unnütze Auseinandersetzungen einlassen, denn die anderen werden darauf reagieren, selbst wenn sie sich nichts haben zu Schulde kommen lassen. Du weißt selbst am besten, wie Vampire in einer solchen Situation reagieren."

Orlando nickte nachdenklich. Der Gedanke, dass jemand Alain zu nahe treten könnte, machte ihn wütend. „Und außerdem?"

„Reicht es dir immer noch nicht?", fragte Sebastien lachend.

„Doch", gab Orlando zu. „Aber ich möchte alles wissen und es hinter mich bringen."

„Was ich dir noch sagen kann, ist, dass du fühlen kannst, wo sich dein Avoué aufhält. Es ist nicht so, dass du genau weißt, in welchem Zimmer er sich gerade aufhält; aber es reicht, um ihn zu finden, wenn ihr beispielsweise auf einem Festplatz getrennt werdet. Verstehst du mich?"

Orlando nickte. Das konnte auch nützlich sein, wenn sie sich bei einem Kampf aus den Augen verloren. „Vielen Dank", sagte er. „Du hast mir sehr geholfen. Ich muss jetzt darüber nachdenken. Danke, dass du dir die Zeit genommen hast, um mit mir darüber zu reden."

„Ich weiß, dass du deine Zeit meistens mit Jean verbracht hast. Der Rest von uns ist auch nicht so schlecht. Einige von uns würden sich sogar freuen, dich zum Freund zu haben."

Orlando nickte wieder. Er schämte sich, weil er die Gesellschaft der anderen Vampire aus Furcht und Misstrauen so lange gemieden hatte. Es war an der Zeit, das zu ändern. „Ich … ich würde mich auch darüber freuen."

JEAN WARF einen Blick auf die Wanduhr. „Deine Zeit ist um", sagte er, stand auf und ging zur Tür. Er öffnete sie und drehte sich noch einmal um. „Dir ist doch hoffentlich klar, dass er dir mehr vertraut als jedem anderen, selbst mir? Zeig ihm, dass du ihm genauso vertraust. Mit der Zeit wird er offener werden und dir alles sagen."

Alain nickte. Es war ein guter Rat. Er hoffte nur, ihn befolgen zu können, denn der Krieg und die Allianz verlangten ihnen viel ab. Als er aufsah, war Jean schon verschwunden. Alain stand auf und schloss das Büro hinter sich ab. Dann erledigte er den Papierkram, der ihm als Entschuldigung gedient hatte, Orlando nicht zu Sebastien begleiten zu müssen. Er saß vor seinen Akten und hatte es plötzlich eilig, damit fertig zu werden. Sein Verlangen nach Orlando wuchs von Minute zu Minute. Es überraschte ihn, sich so sehr nach seinem Geliebten zu sehnen, denn er war heute schon zweimal zum Orgasmus gekommen – einmal durch Orlandos Biss und einmal durch seinen Schwanz. Aber alles, was sie miteinander machten, fühlte sich gut an, und deshalb stellte er seine Gefühle nicht in Frage.

16

JEAN EILTE durch die dunklen Straßen und gab sich keine Mühe, unauffällig zu wirken. Es war ihm egal, wer seinen Weg kreuzte. Er war ein Vampir auf der Pirsch und jeder, der genug Verstand besaß, um das zu erkennen, würde ihm ausweichen. Und diejenigen, die nicht so vernünftig waren, würden anstandslos aus dem Weg geräumt, denn niemand stellte sich zwischen Jean und sein Ziel. Er wusste, dass es schon spät war, aber das hielt ihn nicht davon ab, Karine aufzusuchen. Sie würde ihn einlassen, so, wie sie es immer tat.

Heute wäre ihr Blick schlaftrunken und ihre Haare verstrubbelt, weil sie schon im Bett gelegen hatte. Aber das machte sie für Jean nicht weniger attraktiv. Wenn überhaupt, wurde sie dadurch noch begehrenswerter, mit dem Nachthemd aus Baumwolle als einziger Barriere zwischen ihm und ihrem nackten Körper. Er würde sie durch die Wohnung und in ihr Bett locken und sie würde keine Einwände dagegen erheben, würde ihm erst ihren Hals anbieten, weil sie seinen Hunger spüren konnte, und dann ihren Körper, falls ihn auch danach verlangte. Manchmal war das der Fall, manchmal auch nicht. Heute war eine der Nächte, in der er alles von ihr wollte. Heute musste er sich etwas beweisen, und Karine würde ihm dabei helfen.

Jean wusste, sie würde ihm die Tür öffnen und seinen Hunger stillen. Wenn er sich in jeder Hinsicht befriedigt hatte, würde er ihr Bett verlassen und wieder gehen, so wie er es immer tat. Sie würde ihn vermissen und auf seinen nächsten Besuch warten, am nächsten Tag, in der nächsten Woche oder im nächsten Monat. Jean wusste, dass sie sich mehr erhoffte. Er hatte sich schon oft gewünscht, es ihr geben zu können. Er beneidete Orlando und die Beziehung, die sich zwischen seinem Protegé und dem Magier entwickelte. Karine würde ihm jederzeit erlauben, ihr sein Zeichen einzubrennen, würde ohne langes Nachdenken den Aveu de Sang mit ihm eingehen. Er musste sie nur darum bitten. Aber das konnte er nicht. Sie war nicht Thibault, daran würde sich nie etwas ändern. Fast vierhundert Jahre waren seit damals vergangen, aber was bedeutete Zeit schon für einen Vampir? Jeans Herz hing immer noch an seinen Erinnerungen an den jungen Mann, den er niemals so lieben durfte, wie er es sich gewünscht hatte. Daran hatte sich nichts geändert.

Jean stieg die Treppe zu Karines Wohnung hinauf und verdrängte seine Gedanken an die Vergangenheit. Dann klingelte er an der Tür und wartete auf ihre Antwort.

Die Tür öffnete sich und sie stand vor ihm, so, wie er sie sich vorgestellt hatte. Nur in einer Kleinigkeit hatte er sich geirrt, wie er feststellte, als er die Wohnung betrat und die Tür hinter sich schloss. Ihr Nachthemd war aus Seide, nicht aus Baumwolle. „Du solltest vorsichtiger sein", warnte er sie. „Man kann nie wissen, wer um diese Uhrzeit vor der Tür steht."

„Um drei Uhr in der Nacht?", fragte sie ungläubig. „Um diese Uhrzeit gibt es nur einen, der mich besuchen kommt."

„Und wenn es eines Tages doch ein anderer ist?", hakte er nach.

„Warum sollte jemand so spät noch an meiner Tür klingeln?", fragte sie herausfordernd.

Jean war in einem Zwiespalt. Er wusste, dass der Erfolg der Allianz von ihrer Verschwiegenheit abhing. Andererseits konnte Karine durch ihre Unwissenheit in Gefahr geraten. Er liebte sie nicht so, wie sie es sich wünschte und wie sie es verdiente, aber er wollte auch nicht, dass ihr etwas zustieß. „Es mag dir unwichtig vorkommen, dass ich der Chef de la Cour der Vampire bin, aber es gibt viele, die mich aus dieser Position entfernen möchten. Ich will nicht, dass du meinetwegen in Machtkämpfe verwickelt wirst und dir etwas geschieht."

„Würde es dich wirklich treffen, wenn mir etwas passiert? Das habe ich nicht erwartet", sagte sie unbeeindruckt, aber die Bitterkeit, die in ihrer Stimme mitschwang, fühlte sich wie ein Schlag ins Gesicht an. Karine drehte sich ohne ein weiteres Wort um und ging ins Schlafzimmer.

Wütend griff Jean nach ihr und zog sie in die Arme. Er küsste sie, hungrig und strafend. Ohne sie loszulassen, schob er sie rückwärts ins Schlafzimmer. Sein fordernder Kuss nahm mit ihrem Mund vorweg, was er mit ihrem Körper vorhatte.

Sie wehrte sich gegen ihn, obwohl sie um die Sinnlosigkeit ihres Widerstands wusste. Karine war eine zierliche Frau, die auch gegen einen Sterblichen keine Chance gehabt hätte. Gegen einen Vampir war sie machtlos. Sie hatte immer gewusst, dass sie gegen Jean nicht ankam und dass er sie jederzeit nehmen konnte, wenn ihn danach verlangte. Er hatte es bisher nie getan, und dafür war sie ihm dankbar. Aber heute schien sich das geändert zu haben. Sie entwand sich seinem Kuss, um ihn zu bitten, aufzuhören. Doch dazu kam sie nicht mehr. Seine Lippen glitten über ihr Kinn nach unten, suchten den Pulsschlag an ihrem Hals und saugten sich fest. Noch drangen seine Zähne nicht in ihre Haut ein.

Karine zog ihn wild an den Haaren. Seine Rücksichtslosigkeit machte sie wütend, weckte aber auch Begierde in ihr. Er hob den Kopf und sah ihr in die Augen: Blau traf auf Braun und funkelte sich an. Sie torkelten an die Wand neben der Schlafzimmertür, gefangen in einer Umarmung, die Wut und Erotik in sich vereinte. Jean verlor die Geduld und griff zwischen sie, um ihr das Nachthemd vom Leib zu reißen, bis sie nackt vor ihm stand, seinem Blick und seinen Händen ausgeliefert.

Karine wollte protestieren, aber seine Lippen verschlossen ihr den Mund und seine Zunge drang in sie ein. Die Leidenschaft flammte zwischen ihnen auf und Karine vergas, was sie eben noch sagen wollte. Sie biss ihm auf die Zunge, fest genug, um sein Blut zu schmecken. Früher hätte sie sich Sorgen gemacht um die Wirkung, die sein Blut auf sie haben konnte. Aber heute spielte es keine Rolle mehr. Ihr einziger Gedanke war, Jean mitzunehmen und ihn genauso zu erregen, wie sein überraschender Ansturm sie erregt hatte.

Karines Biss ließ Wellen der Lust durch Jeans Körper schießen. Er wusste, dass sein Blut ihr keinen Schaden zufügen konnte. Das wäre nur der Fall gewesen, wenn er sie gebissen und komplett leer getrunken hätte. Es war die Aggressivität Karines, die ihn so erregte. Er hatte sie bisher nur passiv kennengelernt, hingebungsvoll und immer zufrieden mit dem, was er ihr gab. Heute Nacht war sie anders, heute verlangte sie nach mehr, und er wollte es ihr geben.

Karine zerrte an seinem Hosenbund, um die lästige Kleidung loszuwerden. Der Knopf riss ab und flog durchs Zimmer, aber das war ihr egal. Sie interessierte sich nur dafür, was hinter dem Stoff lag. Sie zog den Reißverschluss auf, suchte nach Jeans Schwanz und fasste zu.

Jean hob den Kopf, als er ihre Hand spürte, die so ungewohnt fest und wenig zärtlich nach seinem Schwanz griff und auf und ab rieb. Er schob sich die Hose über die Hüften nach unten und drückte sich an ihren nackten Bauch.

„Mach schon", zischte sie. „Fick mich. Hier und jetzt."

Er konnte den vulgären Worten, die aus ihrem verletzlichen Mund kamen, nicht widerstehen. Mit beiden Händen griff er nach ihrem Hintern und hob sie hoch, um in sie einzudringen. Ohne sich darum zu kümmern, ob sie schon für ihn bereit war, stieß er in ihren heißen Körper. Ihr Kopf fiel nach hinten an die Wand und legte den Hals für seine Zähne bloß. Er nahm das Angebot an, suchte mit den Lippen ihren Puls und riss ihr mit den Zähnen die Haut auf, bis das Blut in warmen Strömen in seinen Mund floss. Er saugte härter und stieß tiefer in sie hinein. Der Blutrausch und die Macht seiner Begierde machten ihn schwindelig. Mit jedem Stoß, mit jedem Schluck Blut, den Jean aus ihrem Hals saugte, verlor Karine mehr und mehr die Kontrolle über ihre Leidenschaft und riss ihn in ihrem Taumel mit. Stoßen, saugen, stoßen, saugen. Jean wollte nicht mehr aufhören, wollte sich für immer in Karine verlieren, sich von ihrer Leidenschaft überwältigen lassen. Aber das war nicht möglich.

Karine nahm keine Rücksicht auf seine Zähne und die Verletzungen, die sie an ihrem Hals verursachen konnten. Sie kam seinen Stößen mit aller Macht entgegen, wollte ihn noch tiefer in sich spüren. Die Kombination von Jeans scharfen Zähnen mit seinem harten Schwanz brachte sie um den Verstand, ließ die Erregung in nie erlebte Höhen steigen und trieb sie unaufhaltsam zum Orgasmus. Sie wollte den Augenblick länger genießen, weil sie wusste, dass Jean nur in diesem Moment ganz ihr gehörte; aber die Gefühle, die er in ihr auslöste, waren so überwältigend, dass sie sich nicht mehr beherrschen konnte. Mit einem erstickten Schluchzer gab sie auf und überließ sich der Ekstase, die in unkontrollierten Zuckungen durch ihren Körper fuhr.

Der Geschmack von Karines Orgasmus in ihrem Blut war genug, um auch Jean den letzten Rest seiner fragilen Kontrolle zu rauben. Er stieß ein letztes Mal in sie hinein und kam, während ihr Blut weiter in seinen Mund strömte.

Sie lehnten an der Wand, an Hals und Lenden immer noch vereint, und kämpften keuchend um Luft. Schließlich hob Jean den Kopf, um sich Karine anzusehen. Ihr Hals war zerbissen, das Nachthemd zerrissen, Arme und Hüften von roten Flecken übersät, die deutlich zeigten, wo er sie viel zu hart angefasst hatte. Ihm war klar, dass sie es auch gewollt hatte – es war in ihrem Blut zu schmecken gewesen –, aber sie erinnerte ihn dennoch mehr an ein Vergewaltigungsopfer als an eine Frau, die gerade geliebt worden war.

„Es tut mir leid, Karine", murmelte er bedauernd und hob sie hoch, bis sein schlaffer Schwanz aus ihr herausrutschte. Dann drückte er sie zärtlich an sich und trug sie den Rest des Weges in ihr Schlafzimmer, wo er sie vorsichtig aufs Bett legte. „Bleib liegen, ich kümmere mich um dich."

Karine überließ sich seinen Armen und zog sich nach diesem ungewohnten Ausbruch der Leidenschaft in ihre eigenen Gedanken zurück. Sie liebte Jean, liebte ihn schon seit zehn Jahren. Aber alles, was sie von ihm erwarten konnte, waren Sex und sein Biss. Und selbst das hatte sich heute anders angefühlt. Er war noch nie so aggressiv, so wütend gewesen. Sie lag auf dem Bett, hörte, wie er im Badezimmer das Wasser laufen ließ und fragte sich, was sie gesagt oder getan haben konnte, um diesen Ausbruch zu verursachen.

Jean wurde von Schuldgefühlen geplagt. Er ließ das Wasser laufen, bis es angenehm warm war, und hielt ein weiches Tuch darunter. Karine hatte mehr verdient, als er ihr geben konnte. Er wusste, dass sie ihn liebte. Er hatte es von Anfang an gewusst. Es machte ihr Blut so wunderbar süß und unwiderstehlich, obwohl er ihre Gefühle nicht erwidern konnte. Er hatte sie immer nur benutzt, hatte ihre Gefühle ausgenutzt, um seine eigenen Bedürfnisse zu befriedigen, jedes einzelne Mal, wenn er sie besucht hatte. Heute war er sogar noch einen Schritt weiter gegangen. Er hatte ihr Vertrauen und ihren Körper missbraucht. Es war unentschuldbar. Mit einem gequälten Seufzer ging er ins Schlafzimmer zurück, fest entschlossen, sein Verhalten irgendwie wieder gut zu machen.

Karine drehte ihm den Kopf zu, als er zurück ins Zimmer kam. Sie ließ ihn die Fetzen ihres Nachthemds von ihrem Körper ziehen, ließ sich das Blut an ihrem Hals und den Samen zwischen ihren Beinen abwaschen. Seine sanften Finger strichen über die Prellungen, die sich auf ihrer hellen Haut schon blau verfärbt hatten. Jeder einzelne Fleck passte zu einem seiner Finger, den gleichen Fingern, die sie jetzt so zärtlich und liebevoll berührten.

„Es gibt keine Entschuldigung für mein Verhalten", sagte Jean und beugte sich vor, um über die Wunde an ihrem Hals zu lecken, damit sein Speichel die Blutung stillte und die Heilung beschleunigte.

„Warum hast du es getan?", fragte Karine lethargisch und ließ aus Gewohnheit den Kopf zurückfallen, damit er ihren Hals besser erreichen konnte.

Jean zuckte zusammen. „Du hast mich wütend gemacht. Ich weiß, dass du etwas Besseres verdient hast als mich, aber du lehnst mich nie ab. Du schickst mich nie weg. Ich bin zurückgekommen, weil du mir das gibst, was mir sonst niemand geben würde."

„Gibt es wirklich niemanden, der seine Beine breit macht, wenn du Blut brauchst?", forderte sie ihn heraus.

Sein Gesicht verzog sich wütend, aber er hielt sich zurück. „Niemand sonst bietet mir einen Ort, an dem ich nicht auf der Hut sein muss, sondern einfach nur ich selbst sein kann" sagte er barsch. „Du willst nicht meine Macht oder meine Position. Du schmiedest keine Ränke, um mich abzulösen oder durch mich persönliche Vorteile zu bekommen. Du verlangst nur etwas Zeit und Zärtlichkeit."

„Ich habe dich in letzter Zeit selten genug gesehen."

„Ich weiß", sagte Jean beschämt. „Aber es ist viel geschehen in den letzten Tagen, Karine. Du hast die Nachrichten gesehen. Du weißt, was in der Stadt los ist."

Mehr sagte er nicht, aber das war auch nicht nötig. Es war nahezu unmöglich, den Fernseher einzuschalten, ohne die neusten Nachrichten über den Krieg der Magier zu hören. Karine wurde blass. „Bist du …?" Sie wusste nicht, wie sie ihre Frage formulieren sollte.

„Es ist besser, du weißt keine Details", erwiderte Jean zärtlich.

Ihre Augen füllten sich mit Tränen. „Dann war das unser Abschied, nicht wahr? Deshalb bist du gekommen. Deshalb …"

„Nein", versicherte ihr Jean hastig. „Das war es ganz und gar nicht. Es gibt keinen Grund, warum wir uns nicht weiterhin ab und zu sehen können. Außer, du willst nicht mehr, dass ich komme."

„Das sagst du jedes Mal, wenn du hier bist. Hörst du mir überhaupt zu, wenn ich dir sage, dass ich meine Meinung nicht geändert habe? Das ich dich immer noch sehen will?", bohrte sie nach und wurde jetzt ebenfalls wütend.

„Natürlich höre ich dir zu. Ich komme doch zurück, oder? Wenn ich nicht zuhören würde, käme ich nicht zurück", gab er zurück und holte tief Luft, um zum wiederholten Mal seine aufkeimende Wut zu unterdrücken. „Ich bin nicht gekommen, um mich mit dir zu streiten, Karine. Ich bin gekommen, weil ich dich sehen wollte, weil ich wissen wollte, wie es dir geht."

„Und um von meinem Blut zu trinken und mich zu ficken", schoss sie zurück. „Geh jetzt, Jean. Ich liebe dich, aber heute Nacht kann ich dich nicht ertragen."

„Es tut mir leid", entschuldigte er sich erneut. „Ich wünschte, ich könnte der Mann für dich sein, als den du mich willst."

„Du bist der Mann, den ich will. Deshalb liebe ich dich. Aber ich will auch, dass du diese Liebe erwiderst", erklärte sie geduldig, als würde sie mit einem kleinen Kind sprechen. „Ich weiß allerdings auch, dass man Gefühle nicht erzwingen kann. Du kannst dich nicht dazu zwingen, mich zu lieben, und mir ist es lieber, wenn du mir die Wahrheit sagst und mir nichts vorzumachen versuchst. Geh jetzt, Jean."

Er wollte bleiben, wollte ihr widersprechen. Aber wozu? Die einzigen Worte, die diese Situation retten könnten, konnte er ihr nicht sagen. „Ich komme bald wieder vorbei, um nach dir zu sehen", versprach er. Normalerweise hätte er noch hinzugefügt: „Wenn du mich noch willst." Heute sagte er das nicht. Er wollte sie nicht beleidigen.

Jean erhob sich vom Bett, strich sich die Falten aus dem Hemd und ging zur Tür.

Karine sah ihm nach. Sie hatte ein ungutes Gefühl. Schnell sprang sie auf und lief ihm durch den Flur nach, obwohl sie immer noch nackt war. Was spielte das für eine Rolle, wo er sie schon so oft nackt gesehen hatte? Sie warf sich in seine Arme und gab ihm einen letzten Kuss zum Abschied. „Pass auf dich auf", bat sie ihn.

Jean drückte sie an sich. „Ich kann auf mich aufpassen", versicherte er ihr und gab ihr ebenfalls einen Abschiedskuss.

Karine schluchzte leise, als der Mann, den sie liebte, die Treppe hinabging und in der Nacht verschwand. Sie schloss die Tür und verriegelte sie. Tränen stiegen ihr in die Augen. Sie wollte an sein Versprechen glauben, aber sie konnte die dunkle Vorahnung nicht abschütteln, dass sie ihn niemals wiedersehen würde.

17

ADÈLE LIEF aufgebracht im Konferenzraum auf und ab. Die Wut über Jude quoll ihr aus jeder Pore. Wie konnte dieser unerträgliche, chauvinistische Kerl sie behandeln, als ob sie seine Dienerin wäre? Wie konnte er sie nach seinen überholten Standards beurteilen, die selbst die Antike modern wirken ließen? Sie war eine Frau des 21. Jahrhunderts, aufgeklärt, unabhängig und selbstständig. Sie brauchte ihn und seine Überheblichkeit nicht. Er war ein nutzloser Bastard, und das einzige, was für ihn sprach, war sein Aussehen. Oh, welche Schönheit! Gegen ihren Willen spürte Adèle, wie neben ihrem Zorn auch Begehren in ihr aufkam. Ja, er war ein arroganter Bastard. Aber ein verdammt sexy arroganter Bastard.

Er hatte sie erst einmal, vor dem Kampf auf dem Bahnhof, gebissen. Sie wusste genau, dass er Blut brauchen würde, bevor sie tagsüber auf Patrouille gingen. Sie wäre fast in ihr Büro zurückgegangen, um Angélique und David zu bitten, sie nachts einzuteilen, damit sie ihn nicht mehr in ihre Nähe lassen musste. Sie hasste ihn, fühlte aber ein körperliches Verlangen für ihn, das nur schwer zu unterdrücken wäre, wenn er sie biss. Seine Lippen und Zähne an ihrem Handgelenk hatten eine unglaublich erotische Wirkung auf sie gehabt. Damals hatte sie ihn noch nicht gekannt, aber das hätte vermutlich auch nicht viel geändert. Sie erinnerte sich mit Bedauern an Jean, an die Blicke, die er ihr zugeworfen und wie er mit ihr geflirtet hatte. Er war wahrscheinlich ein sehr liebevoller und aufmerksamer Liebhaber, dem seine Partnerin genauso am Herzen lag wie er selbst. Über Jude machte sie sich diesbezüglich keine Illusionen. Sex mit ihm konnte nur in einen Machtkampf ausarten, so wie jeder andere Kontakt auch.

Sie rief sich in Gedanken zur Ordnung und versuchte, eine Strategie zu entwickeln, um die Feindseligkeit zwischen sich und ihrem Partner in den Griff zu bekommen. Wenn sie es nicht schafften, ihre Probleme zu lösen, würden sie nie effektiv zusammenarbeiten können. Der Kampf auf dem Bahnhof hatte ihnen gezeigt, wie wichtig Teamwork für die neue Allianz war. Sie konnten ihren gemeinsamen Feind nicht dadurch besiegen, dass sie isoliert und unabhängig agierten. Sie mussten die beiden Gruppen integrieren und zu einer gemeinsamen, schlagkräftigen Einheit formen. Adèle war eine der führenden Persönlichkeiten in einer dieser Gruppen. Es war ihre Pflicht, mit gutem Vorbild voranzugehen. Aber Jude provozierte sie mit jedem Wort und jeder Handlung, als ob er ein klammheimliches Vergnügen daran hätte, sie aus dem Konzept zu bringen.

Sein Verhalten war natürlich typisch für die Zeit, in der er aufgewachsen war. Er war der heldenhafte Krieger, der sein Territorium verteidigte und seinem Vergnügen hinterherjagte. Allerdings half ihr diese Erkenntnis auch nicht sonderlich, ihn besser tolerieren zu können. In Judes Leben hatten Frauen nur einen Platz, und der war in seinem Bett. Es war dieser doppelte Standard, der sie so sehr erzürnte. In der Öffentlichkeit sollte sie sich bescheiden und zurückhaltend verhalten, aber wenn sie im Bett landeten, würde er wahrscheinlich ungehemmte Lüsternheit erwarten. Die Jungfrau und die Hure. Nun, Adèle hatte Neuigkeiten für den arroganten Herrn Vampir. Sie war weder das eine noch das andere, für ihn nicht und für niemanden sonst. Sie hatte Spaß am Sex – sofern sie die Zeit dazu fand – und sie hatte auch keine Probleme damit, es zum Ausdruck zu bringen. Aber sie erwartete von ihren Partner auch, mit Respekt behandelt zu werden. Es war sogar die wichtigste Eigenschaft, die sie von ihren Geliebten verlangte. Ein Mann musste nicht redegewandt, attraktiv oder reich sein, auch sonst nichts. Aber er musste sie respektvoll und als gleichberechtigte Partnerin behandeln. Sie wollte nicht verwöhnt oder übertrieben rücksichtsvoll behandelt werden, obwohl sie das ab und zu durchaus genoss. Schließlich war sie eine Frau. Aber es war keine zwingende Voraussetzung für einen Mann. Er musste ihr nicht die Tür aufhalten oder den Arm reichen. Er musste nur akzeptieren, dass sie ein Recht auf ihre eigene Meinung und ihre eigenen Entscheidungen hatte. Ihr Partner jedoch schien zu glauben, er wäre ihr Herr und Meister.

Nun, diesen Gedanken konnte er sich abschminken. Arrogantes Arschloch! Sie würde es ihm schon zeigen, so oder so. Und zwar bevor sie im Bett endeten.

ANGÉLIQUE STUDIERTE aufmerksam das Handbuch, das vor ihr auf dem Tisch lag. David hatte ihr die Strategie genau erklärt und sie wollte sicher gehen, auch alles verstanden zu haben. Dann nahm sie sich die Einsatzpläne vor und öffnete sie auf der Seite, auf der Mathieu Gastineau mit seiner Gruppe aufgelistet war. „Lass mich sehen", sagte sie und warf David von der Seite einen kurzen Blick zu, bevor sie die Namen der einzelnen Mitglieder bestimmten Positionen in der Kampfordnung zuordnete.

David hörte nur mit halbem Ohr zu, als Angélique mit ihren tätowierten Händen zwischen der Liste und dem Buch hin und her fuhr, um die einzelnen Kampfzüge zu erläutern.

Er konnte die Tätowierungen nicht übersehen – was auch kaum möglich war –, aber er stellte zu seinem Erstaunen fest, dass sie im Lauf der letzten Stunden ihr Stigma verloren hatten. Sie hatten nichts Anrüchiges mehr an sich, waren einfach nur zu einem Teil der Frau geworden, die er zu respektieren gelernt hatte. Als Angéliques Ärmel nach oben rutschte, konnte er erkennen, dass die Tätowierungen am Handgelenk noch lange nicht aufhörten. Er fragte sich, wie weit sie wohl nach oben reichten und wo sie aufhörten.

Angélique legte die Stirn in Falten, als sie seinen abwesenden Blick sah. Sie hoffte, es wäre nur die Müdigkeit, nicht Ungeduld oder Irritation. Sie kannte David jedoch noch nicht gut genug, um es eindeutig zu beurteilen. Die Unterhaltung in Adèles Büro hatte die Luft zwischen ihnen gereinigt. Ob Davids Vorbehalte gegen sie damit komplett ausgeräumt waren, konnte sie allerdings nicht sagen. Nun, sie würde sich ihm auch weiterhin beweisen, bis er sie zu respektieren lernte und zwischen ihren wahren Qualitäten – ob gut oder schlecht – und seiner Einbildung unterscheiden konnte. Sie ging den Schlachtplan weiter durch, um ihn sich einzuprägen. Ob David ihr zuhörte oder nicht, spielte keine Rolle.

David hörte mit einem Ohr Angéliques Erklärungen zu, während er weiter über die Vorzüge sinnierte, die ihm an ihr bisher noch nicht aufgefallen waren. Ihre weiblichen Kurven waren ein mehr als sinnlicher Anblick, ihre helle Haut glatt wie Seide. Er wollte die Hand ausstrecken und sie berühren, aber so, wie er sie bis jetzt behandelt hatte, wäre er wahrscheinlich nicht willkommen. Das musste er in Zukunft ändern. Er wollte das Recht haben, sie zu berühren, und er wollte auch, dass sie diese Berührung begrüßte.

„Wenn ich es recht verstehe, sollten Guy und Jérôme jetzt auf die linke Flanke wechseln", fuhr Angélique fort.

„Nein", unterbrach David.

„Wieso?", fragte Angélique. „Hier steht es aber so."

„Das habe ich nicht gemeint", erklärte David hastig. „Ich meinte die beiden Magier. Sie arbeiten nicht zusammen."

„Aber sie sind in derselben Einheit."

„Das stimmt", gab David zu. „Sie haben Mathieu nie einen Grund gegeben, sie auszutauschen. Aber sie weigern sich, miteinander zu arbeiten. Ich habe gehört, sie wären vor langer Zeit Liebhaber gewesen. Marcel wusste davon nichts, als er sie aufnahm. Solange sie nicht persönlich zusammenarbeiten müssen, stellt es kein Problem dar. Ich habe Mathieu schon vorgeschlagen, einen von ihnen zu versetzen, aber das wollte er nicht tun."

Angélique nickte. „Gut. Dann müssen wir es anders machen. Guy kann auf diese Seite wechseln, Charlotte und Jérôme übernehmen die linke Flanke."

„Ja, genau", erwiderte David und beobachtete fasziniert ihre Hände, die über das Papier strichen. Er stellte zu seiner Überraschung fest, dass er eifersüchtig war. Eifersüchtig auf ein Blatt Papier. Eines Tages, so hoffte er, würde er wissen, wie sich diese Hände anfühlten. Und hoffentlich bald.

CHARLOTTE ZUCKTE zusammen, als ihre Partnerin den Kampf beschrieb, den sie gerade überlebt hatten. Es war eine Routinepatrouille gewesen. Sie hatten nach feindlichen Aktivitäten

Ausschau gehalten, aber keine Konfrontation erwartet. Marcel hatte Informationen – er hatte immer Informationen –, wonach die dunklen Magier ein Standbein im Quatier Latin errichten wollten. Charlotte und Sophie Gasquet, ihre Partnerin, waren vorübergehend hier eingeteilt worden, um herauszufinden, ob Marcels Informationen zutreffend waren. Sie waren methodisch durch die engen, verwinkelten Gassen gegangen und hatten nach Anzeichen gesucht, die auf die Anwesenheit von dunklen Magiern schließen ließen. Trotz ihrer Vorsicht waren sie direkt in eine Gruppe Rebellen hineingelaufen, die gerade ein unscheinbar wirkendes Gebäude verließen. Charlotte hatte sofort angegriffen, um den Überraschungsmoment auszunutzen. Für einige Minuten waren sie erfolgreich gewesen. Flüche flogen schnell und heftig hin und her. Aber die dunklen Magier waren zahlenmäßig überlegen, deshalb konnte Sophie nicht wirkungsvoll eingreifen. Es war ihnen keine andere Wahl geblieben, als den Rückzug anzutreten. Charlotte hatte ihrer Partnerin Feuerschutz gegeben und sie waren sicher wieder ins Hauptquartier gelangt, um Bericht zu erstatten.

Bei der Erinnerung schoss ihr das Adrenalin durch die Adern. Geduckt waren sie von Deckung zu Deckung gerannt, während die Flüche der dunklen Magier rechts und links von ihnen einschlugen. Charlotte befürchtete immer noch, dass ihre Partnerin getroffen worden war. Aber Sophie hatte ihr versichert, es ginge ihr gut, und Charlotte wollte ihr nicht widersprechen. Was wussten sie und die anderen Magier schon über die Physiologie der Vampire?

„Dann stimmst du also Charlottes Einschätzung zu?", fragte Mathieu.

„Auf jeden Fall", erwiderte Sophie. „Wir konnten nicht sehen, was sie dort getan haben. Aber sie waren mindestens zu zehnt. Ich habe genug Erfahrung mit der menschlichen Natur, um zu wissen, dass sie nichts Gutes vorhatten."

Mathieu nickte. „Ich werde Marcel informieren und wir verdoppeln die Patrouillen in diesem Gebiet. Ich werde außerdem allen anderen Bescheid sagen, dass dort ab sofort nur noch Teams von zwei Paaren eingeteilt werden. Ihr ward heute Nacht so verwundbar, weil Charlotte dich nicht transportieren konnte. Ich will nicht, dass sich das wiederholt. War das alles?"

„Ja, Sir", sagte Charlotte und salutierte. Die Milice war kein Militär und oft weniger formell, aber Mathieu war ihr Vorgesetzter, und das erkannte sie an.

„Wegtreten!", befahl Mathieu.

Charlotte und Sophie verließen sein Büro. Auf dem Flur blieben sie unschlüssig stehen, weil sie nicht wussten, was sie jetzt tun sollten. „Ich könnte eine Tasse Kaffee gebrauchen", sagte Charlotte schließlich, die nach einer Entschuldigung gesucht hatte, ihre Partnerin noch nicht gehen zu lassen. Sie stellte dieses Verlangen, Sophie an ihrer Seite zu behalten, nicht in Frage. Sie handelte einfach danach. „Willst du mitkommen?"

Sophie dachte ungefähr eine halbe Sekunde über die Einladung nach, dann nahm sie sie an. „Kaffee wäre jetzt schön." Sie sagte ihrer Partnerin nicht, dass sie von dem kräftigen Geschmack auf ihrer Zunge nicht das Geringste spüren konnte. Die Magierin musste das nicht wissen, sonst würde sie Sophie vielleicht nicht mehr einladen und ihr damit die Chance nehmen, noch etwas länger mit Charlotte zusammen zu sein. Sophie hätte nicht sagen können, warum ihr das so wichtig war, aber sie stellte ihren Instinkt nicht in Frage.

Sie setzten sich an einen Tisch in der Cafeteria der Milice und suchten verzweifelt nach einem unverfänglichen Gesprächsthema. Zwei dampfende Tassen Kaffee standen vor ihnen. „Danke", sagte Sophie dann.

„Wofür?", fragte Charlotte und nippte an ihrem Kaffee.

„Dass du mich heute Nacht da rausgeholt hast. Wenn ich allein gewesen wäre, hätten sie mich erwischt." Sophie hob ihre Tasse an den Mund. Sie fühlte die Hitze, störte sich aber nicht daran. Es gehörte mehr als heißer Kaffee dazu, um einen Vampir zu verbrennen.

„Wenn du allein gewesen wärst, hätten sie sich gar nicht um dich gekümmert", gab Charlotte zurück.

„Da bin ich mir nicht so sicher", widersprach Sophie. „Sie haben nichts Gutes im Schilde geführt. Selbst wenn ich nicht in der Milice wäre, hätten sie mich als unliebsame Zeugin unschädlich machen wollen. Und allein wäre ich ihren Flüchen schutzlos ausgeliefert gewesen."

Der Gedanke an Sophie, die unbeweglich auf dem Straßenpflaster lag, von der dunklen Magie der Rebellen zu Fall gebracht, war unerträglich für Charlotte und machte sie wütend. Sie würden ihr Sophie nicht nehmen – nicht, so lange sie es verhindern konnte!

Charlotte kehrte mit einem Augenblinzeln in die Wirklichkeit zurück. Wie war sie denn auf diesen Gedanken gekommen? Sicher, sie hatte eine beschützende Seite. So allerdings hatte sie noch nie auf den Gedanken reagiert, ein Mitglied ihrer Einheit zu verlieren. Sie würde keinen von ihnen im Stich lassen und alles für sie tun. Aber sie war noch nie so wütend geworden wie eben, als sie sich vorgestellt hatte, Sophie wäre etwas zugestoßen ... Das war ihr neu. Dabei hatte sie schon vor langer Zeit widerstrebend akzeptiert, dass nicht alle ihrer Mitkämpfer diesen Krieg lebend überstehen würden.

Irritiert trank Charlotte ihren Kaffee mit einem Schluck aus, dann stand sie auf und unterbrach den Augenkontakt mit Sophie. „Ich ... ich sollte mich schlafen legen. Wir müssen morgen Nacht wieder auf Patrouille und ich will ausgeruht sein."

Sophie war verwirrt über Charlottes plötzlichen Stimmungswandel. Sie stand auf und gab ihrer Partnerin einen Abschiedskuss auf die Wange, aber als sie Charlotte in die Augen sehen wollte, um die Ursache für deren Verhalten zu ergründen, wich die Magierin ihrem Blick aus.

Ihre Wangen berührten sich und die Zeit schien stillzustehen. Sie zogen sich zurück, um sich die traditionelle Umarmung zu geben. Wieder wich Charlotte Sophies Blick aus. Ihre Gesichter berührten sich zum zweiten Kuss auf der anderen Wange, trennten sich wieder und dann küssten sich auf den Mund. Wie vom Blitz getroffen zogen sie den Kopf zurück, nicht aus Abscheu, sondern aus Überraschung. Sie sahen sich in die Augen und versuchten zu verstehen, was gerade mit ihnen geschehen war. Keine der beiden sagte ein Wort und der Augenblick zog sich in die Länge, bis Charlotte schließlich einen Schritt zurücktrat. „Schlaf gut", sagte sie leise. „Wir sehen uns heute Nacht zu Dienstbeginn."

AN THIERRYS Gürtel klingelte das Handy und riss ihn aus dem Halbschlaf, in den er gefallen war, während er darauf gewartet hatte, dass Sebastien von seinem Gespräch mit Orlando zurückkam. Er wurde schlagartig wach und sah sich um. Zu seiner Überraschung sah er Sebastien im Schatten sitzen. Er hatte die Rückkehr des Vampirs nicht wahrgenommen, obwohl er stolz darauf war, dass ihm normalerweise auch halb schlafend nichts entging. Er nickte Sebastien zu und nahm den Anruf an. „Dumont", bellte er.

Sebastien sah Thierry zu, der zuhörte und einige Male kurz nickte. Er konnte kaum glauben, wie schnell sein Partner wach geworden war. Sebastien hatte den blonden Magier in den letzten Minuten beim Schlafen beobachtet. Die männlichen Gesichtszüge und die kräftige Statur Thierrys hatten Gefühle in ihm geweckt, die vierhundert Jahre – seit Thibault in Sebastiens Armen seinen letzten Atemzug genommen hatte – geschlummert hatten. Damals dachte er, ein Teil von ihm wäre mit Thibault gestorben, aber offensichtlich war sein Herz doch widerstandsfähiger, als er vermutet hatte. Es war nicht die allumfassende, verzehrende Leidenschaft, die er für Thibault verspürt hatte, seit er ihn das erste Mal zu Gesicht bekommen hatte. Sebastien konnte sich nicht vorstellen, jemals wieder so auf einen Menschen zu reagieren und die gleichen unerschütterlichen Gefühle zu entwickeln. Trotzdem – es war nicht nur Bewunderung für einen attraktiven Mann. Es war auch mehr als eine vorübergehende Laune, die schnell zu befriedigen wäre. Der Magier, der gerade entschlossen sein Handy zuklappte und wieder am Gürtel befestigte, interessierte Sebastien. Thierry hatte gerade seine Frau beerdigt. Seine *Frau*. Selbst wenn er nicht in Trauer wäre, Thierry war nicht der Mann, der für Sebastiens Interesse Verständnis haben und danach handeln würde.

„Wir müssen ausrücken und eine Einheit unterstützen, die angegriffen worden ist. Kommst du mit?"

„Das lasse ich mir auf keinen Fall entgehen", erwiderte Sebastien. „Wohin gehen wir?"

„Quatrième. Place des Vosges in Marais. Sie haben Serriers Magier in die Enge getrieben, sind aber nicht genug, um sie komplett auszuschalten. Sie brauchen Verstärkung."

„Nur uns?", fragte Sebastien.

„Nein. Wir treffen uns mit meiner Einheit am Salle des Cartes."

„Geh voraus", winkte ihm Sebastien zu, der sich in dem Labyrinth des Hauptquartiers der Milice immer noch nicht zurechtfand.

Sie liefen durch Gänge, gingen Treppen hinab und an Büros vorbei, bis sie schließlich in einen großen Raum kamen, an dessen Wänden Karten hingen, die den Standort jeder Patrouille in der Stadt anzeigten.

„Beeindruckend", murmelte Sebastien.

„So wissen wir immer, wo unsere Leute gerade sind. Wenn jemand in Schwierigkeiten steckt, können wir sofort Hilfe schicken. Jeder von uns hat einen Talisman, der mit unserer magischen Signatur verbunden ist und auf dieser Karte aufblinkt. Wir tragen ihn immer bei uns, wenn wir im Dienst sind. Danach legen wir ihn hier ab."

Sebastien nickte. „Ich frage mich, ob das auch bei Vampiren wirken würde."

„Keine Ahnung", erwiderte Thierry. „Aber wir sollten es herausfinden. Wenn wir von diesem Einsatz zurück sind."

„Natürlich."

Während sie noch sprachen, kamen Thierrys Leute ins Zimmer. Thierry sah drei weitere Vampire unter ihnen. Laurent und … Blair, ja das war sein Name; außerdem Marie und Georges mit ihren Partnern, aber die kannte er noch nicht.

„Ich kenne nur Blair", sagte er leise zu Sebastien. „Wer sind die beiden anderen Vampire?"

„Geneviève Iserin und André Perrot."

Thierry nickte dankend. „Zuhören, Leute", sagte er dann mit lauter Stimme. Als es ruhig wurde, erklärte er ihnen die Lage. „Zuerst möchte ich Blair, Geneviève und André unter uns willkommen heißen. Und natürlich auch Sebastien, aber den habe ich schon persönlich begrüßt. Nun zu unserem Einsatz. Leutnant Raynaud de Lage und ihre Einheit haben eine Gruppe von Rebellen in die Enge getrieben, brauchen aber Verstärkung, um sie endgültig zu besiegen." Er ging zur Karte und zeigte den Anwesenden, wo sich die beiden Gruppen gegenüberstanden. „Wir werden hier ankommen, direkt am Rand des Place des Vosges. Ihr kennt die Routine. Wenn möglich, festnehmen, aber lieber töten, als entkommen lassen. Noch Fragen?"

Niemand meldete sich. „Marie und Georges, ihr sorgt dafür, dass Geneviève und André transportiert werden. Ich nehme Blair mit. Laurent, kannst du dich um Sebastien kümmern?"

„Ja, Sir", erwiderten die drei Magier.

„Dann auf meinen Befehl", sagte Thierry. Die Vampire tauschten die Plätze. „Drei, zwei, eins, los!"

Dreißig Stäbe wurden gezogen und blitzten auf, dreißig Stimmen murmelten den Spruch für den Transport. Einen Wimpernschlag später verschwanden die vierunddreißig Menschen aus dem Zimmer und tauchten am Rand des Place des Vosges wieder auf. Die vier Magier mit Partnern winkten die Vampire zu sich heran, dann verteilte sich die Einheit über den gesamten Platz. Sie konnten die Beschwörungen hören und sehen, die die gegnerischen Einheiten austauschten. Sie zischten durch die Nacht hin und her wie Gewehrfeuer.

„Wie viele sind es?", fragte Thierry leise, als er mit Sebastien am Standort der anderen Einheit ankam.

„Dreißig, die noch kämpfen können, Sir", antwortete Leutnant Catherine Raynaud de Lage.

Thierry warf Sebastien einen Blick zu. „Könnte ein Vampir hinter ihre Reihen gelangen, wenn wir sie ablenken und das Feuer auf uns ziehen?"

Sebastien sah sich auf dem Platz um. „Wenn du ihre Aufmerksamkeit in diese Ecke lenkst, können wir uns von hinten anschleichen."

„Wie viele Vampire sind in eurer Einheit?", fragte er Catherine.

„Sechs."

„Wir haben vier. Das sind zehn gegen dreißig. Es gefällt mir nicht."

„Sie sind weit verstreut", widersprach Sebastien, der das Gefecht aufmerksam beobachtete. „Wir müssen sie nicht alle erwischen, einige von ihnen reichen schon aus. Ihr seid ja auch noch da. Und wenn wir ihnen die Stäbe abnehmen können, sind sie wehrlos."

„Wenn du meinst", erwiderte Thierry langsam.

„Ich meine."

„Na gut. Wir versuchen es." Mit einer Handbewegung schickte er die Magier nach links, von wo aus sie die Rebellen ablenken sollten. Sebastien führte die Vampire in die Gegenrichtung, wo sie sich in den Schatten verloren, um hinter die verwundbare Flanke ihrer Gegner zu gelangen.

„Nehmt ihnen die Stäbe ab", sagte Sebastien. „Dann lasst sie fallen. Beißt sie nicht, wenn ihr es vermeiden könnt, denn der Geschmack ihrer dunklen Magie ist ekelerregend."

Die anderen Vampire nickten und folgten ihm, als er sie hinter die Galerie des Platzes führte, bis sie in Reichweite der ersten dunklen Magier gelangten. Lautlos wie Geister schlugen sie von hinten zu und die Stäbe der attackierten Magier flogen durch die Luft. Einer der Rebellen stieß einen Warnschrei aus und lenkte die Aufmerksamkeit der anderen auf sich, bevor er zu Boden fiel.

„Merde", fluchte Sebastien leise, als sich die anderen dunklen Magier umdrehten. Drei von ihnen fielen einem Fluch zum Opfer, den Thierry sofort auf sie schleuderte. Auch die anderen wurden davon im Rücken getroffen.

Einer der Rebellen brüllte einen Befehl und seine Männer teilten sich auf. Eine Hälfte konzentrierte sich auf Thierrys Magier, die andere auf die Vampire. Als er sah, dass die neuen Angreifer keine Stäbe trugen, fauchte er sie an: „Ist Chavinier schon so verzweifelt, dass er unbewaffnete Zivilisten gegen uns ausschickt?"

Sebastien grinste und seine Zähne blitzten im Licht des Mondes. „Wer sagt denn, dass wir unbewaffnet sind?" Dann griff er den Befehlshaber der dunklen Magier an, der keine Chance mehr hatte, Sebastiens rhetorische Frage zu beantworten. Mit der einen Hand griff Sebastien ihn fest am Handgelenk, bis der Stab zu Boden fiel. Mit der anderen fasste er ihn um die Kehle und drückte zu, bis der Sauerstoffmangel ihm das Bewusstsein raubte. Aus dem Augenwinkel konnte er sehen, wie die anderen Vampire genauso vorgingen.

Nachdem er den Anführer der dunklen Magier im Griff hatte, rief er den anderen zu: „Lasst eure Stäbe fallen, sonst seid ihr die Nächsten." Sechs von ihnen folgten seiner Aufforderung und hoben die Stäbe, um sich zu ergeben. Nur einer widersetzte sich. *„Abbatez!"*, rief er und richtete seinen Stab auf Justin, einen der Vampire. Der Fluch traf Justin in die Brust und warf ihn auf den Rücken. Bevor die anderen Vampire reagieren konnten, war die Stimme einer Frau zu hören, die den gleichen Fluch schrie. Der dunkle Magier fiel tot zu Boden.

„Alles klar!", rief Sebastien Thierry zu.

Sekunden später war Thierry an seiner Seite und sah sich um. Drei dunkle Magier waren den Beschwörungen der Milice erlegen, zwei den Angriffen der Vampire, darunter derjenige, der sich Blair nicht hatte ergeben wollen. Die anderen fünfundzwanzig hatten sich ergeben.

„Gut gemacht."

„Danke", sagte Sebastien. „Es war Teamarbeit."

„Du lebst! Aber wie ...?" Catherines Ruf unterbrach ihr Gespräch. Als sie sich zu ihr umdrehten, sahen sie die Magierin auf dem Boden knien, wo sie Justin aufgeregt mit den Händen über die Brust fuhr. „Der Fluch hat dich getroffen. Ich habe es genau gesehen."

„Was ist passiert?", fragte Thierry und ging mit Sebastien auf die beiden zu.

„Das ist Justin Molinière, mein Partner. Er ist von einem tödlichen Fluch getroffen worden. Ich habe gesehen, wie er zu Boden ging, aber jetzt ist er unverletzt", erklärte Catherine.

Thierry runzelte die Stirn. Er hatte den Fluch auch gehört, war aber davon ausgegangen, dass er sein Ziel nicht getroffen hatte, weil alle Vampire noch am Leben waren.

„Das müssen wir Marcel berichten", sagte er zu Catherine. „Laurent!"

Laurent war sofort an seiner Seite. „Sir?"

„Du kümmerst dich um die Festnahme und den Abtransport der Gefangenen. Und räumt hier auf. Ich muss mit Leutnant Raynaud de Lage und ihrem Partner zurück ins Hauptquartier."

„Ja, Sir", erwiderte Laurent und drehte sich um, um die erforderlichen Anweisungen zu geben.

„Catherine, bitte bring Sebastien mit zurück. Ich transportiere deinen Partner."

Catherine verschluckte ihren Protest. Thierry war ihr Vorgesetzter. Er würde sich genauso um Justin kümmern, als ob es sein eigener Partner wäre. Trotzdem, sie stand immer noch unter Schock, weil sie ihren Partner verloren geglaubt hatte. Die Vorstellung, von ihm getrennt zu sein, und sei es auch nur vorübergehend, war ihr nahezu unerträglich. Sie wusste, dass sie Justin nicht selbst transportieren konnte. Aber dass ein anderer, selbst Thierry, es für sie tun würde, dass er – aus welchem Grund auch immer – seinen Stab auf Justin richtete, war fast mehr, als sie ertragen konnte.

„Beeil dich", verlangte sie und murmelte den Spruch, der sie und Sebastien zurück ins Hauptquartier der Milice transportierte.

18

Leutnant Catherine Raynaud de Lage warf ihrem Partner einen abschätzenden Blick zu, als er sich neben ihrem Vorgesetzten materialisierte. Es war nicht so, dass sie Thierry nicht vertraut hätte, aber dass ein anderer Magier – egal wer – seinen Stab auf ihren Partner richtete, nachdem der gerade erst von einem tödlichen Fluch mitten auf die Brust getroffen worden war ... Das war mehr, als die temperamentvolle Catherine aushalten konnte. Sie hatte ihr Temperament wahrscheinlich von ihrer spanischen Mutter geerbt, aber dieses Wissen half der dunkelhaarigen Frau auch nicht weiter. Sie wollte nichts mehr, als Justin an sich zu ziehen und ihn fest in die Arme zu schließen. Aber diese Reaktion würde momentan wohl weder bei Justin noch bei Thierry sehr gut ankommen.

„Ihr Bericht, Leutnant", sagte Marcel, als sie das Besprechungszimmer betraten.

„Sir, wir sind am Place des Vosges auf eine Gruppe Rebellen gestoßen. Wir waren in der Unterzahl und haben deshalb Verstärkung angefordert, um sie dingfest machen zu können. Als Captain Dumont und seine Einheit eingetroffen sind, haben wir das Feuer der Rebellen auf uns gezogen, während die Vampire sich in ihren Rücken geschlichen haben und sie überwältigten."

„Wir waren zehn gegen dreißig. Ohne Hilfe hätten wir es nicht geschafft", ergänzte Sebastien.

„Das ist es nicht, weshalb du so irritiert bist, oder?", fragte Marcel die sonst immer so gefasste Catherine.

„Nein, Sir. Gegen Ende des Kampfes hat einer der dunklen Magier einen *Abattoire* gegen meinen Partner geschleudert. Aber, Sir ... er ist nicht gestorben. Justin, meine ich, meinen Partner. Der Fluch hat ihn direkt getroffen. Ich habe gesehen, wie er zu Boden gegangen ist; aber als ich zu ihm kam, war er schon wieder auf den Beinen, als ob nichts geschehen wäre." Sie blickte nach rechts, um sich noch einmal davon zu überzeugen, dass es Justin gut ging. Es war ihr ein Rätsel, wieso der tödlichste Fluch in ihrem Repertoire ihren schlanken Partner kaum aus dem Gleichgewicht geworfen hatte. Sie hatte noch nie erlebt, dass der *Abattoire* nicht gewirkt hätte. Es hätte sie weniger überrascht, wenn Thierrys Partner, der viel größer und kräftiger war als Justin, überlebt hätte. Sicher, Justin war stärker, als er aussah. Catherine hatte ihn kämpfen sehen. Aber seine gertenschlanke, fast zierliche Erscheinung weckte ihren Beschützerinstinkt. Sie kämpfte wieder dagegen an, ihn in die Arme zu ziehen. Nervös wippte sie mit den Füßen auf und ab.

Marcel runzelte die Stirn. „Thierry, sieh nach, ob du Jean und Raymond finden kannst. Wir müssen der Angelegenheit auf den Grund gehen."

Thierry, der in einer Ecke lehnte, wollte der Aufforderung gerade nachkommen, als er von seinem Partner zurückgehalten wurde.

„Was ist das für ein Fluch, von dem ihr redet?", wollte Sebastien wissen. „Den, der nicht gewirkt hat, meine ich."

„Es ist ein sehr einfacher, aber wirkungsvoller Fluch, um jemanden zu töten", erwiderte Marcel. „Er greift das Stammhirn an, stoppt das Herz und die Atmung und tötet sofort. Wir vermeiden es, ihn anzuwenden und greifen nur im äußersten Notfall darauf zurück."

Sebastien nickte. „Deshalb hat er bei Justin nicht gewirkt. Wir sind schon tot. Sicher, unsere Körper geben den Anschein des Lebens und wir sind auch bei Bewusstsein. Aber wir leben nicht auf die gleiche Art, wie Nicht-Vampire. Wir können mit konventionellen Methoden verletzt werden, allerdings heilen wir fast sofort wieder, wenn wir genügend Blut trinken. Die einzige Art, uns komplett und endgültig zu vernichten, ist es jedoch, uns entweder dem Sonnenlicht auszusetzen oder uns verhungern zu lassen. Und für diejenigen unter uns, die einen Partner haben, scheidet jetzt sogar das Sonnenlicht aus."

„Das hört sich logisch an", stimmte Justin ihm zu. Es war das erste Mal, dass er sich von seinem Platz an Catherines Seite in das Gespräch einmischte. „Ich bin sicher, es gibt Flüche und Beschwörungen, die uns verletzen können, uns vielleicht sogar vernichten. Aber es sind nicht die Gleichen, mit denen man einen Magier töten kann. Wahrscheinlich könnte man uns magisch verbrennen. Aber auch in diesem Fall müsste der Schaden so groß sein, dass wir nicht mehr trinken können, um uns zu heilen. Ein solcher Fluch würde sowohl gegen Vampire wie Magier wirken."

„Wie ist das möglich?", fragte Thierry, der über diese Erkenntnis ausgesprochen erleichtert war. Er hatte sich Sorgen gemacht um die Vampire. Halt, wem wollte er damit etwas vormachen? Er hatte sich um *seinen* Vampir gesorgt und befürchtet, dass ihre neuen Verbündeten den Angriffen der dunklen Magier ausgeliefert wären und nur ihre Schnelligkeit und die Kämpfer der Milice sie schützen könnten. Sicher, sie waren immer noch nicht immun gegen Magie. Aber zumindest hatten sie einen natürlichen Abwehrmechanismus gegen den gefährlichsten der Flüche.

Sebastien zuckte mit den Schultern. „Das ist eine Frage, die du einem Gelehrten stellen musst. Jean kann es dir vielleicht erklären, und wenn nicht, sollte Monsieur Lombard es wissen. Aber den werde ich bestimmt nicht danach fragen."

„Das wird auch nicht nötig sein", mischte sich Marcel ein. „Wir werden mit Jean reden, sobald er und Raymond wieder im Dienst sind. Wenn er uns nichts sagen kann, schicken wir Raymond zu Monsieur Lombard. Die beiden hatten schon ein sehr interessantes Gespräch. Ich bin sicher, sie werden sich auch mit diesem Problem gerne auseinandersetzen."

„Besser Raymond als ich", murmelte Sebastien vor sich hin. Er hatte Christophe Lombard erst zweimal getroffen. Das erste Mal war er gerade erst umgewandelt worden, und dieses Treffen hatte einen unvergesslichen Eindruck bei ihm hinterlassen. Das zweite Mal war er von dem alten Vampir gerufen worden, um zum Gelingen der Allianz beizutragen. Trotz der Spannungen zwischen ihm und Jean zog Sebastien dessen Gesellschaft der des Ältesten der Vampire bei Weitem vor.

Thierry hatte den gemurmelten Kommentar gehört und lächelte Sebastien mitfühlend zu. Sich auf der Suche nach Informationen durch verstaubte, alte Bücher zu wühlen, war nicht gerade Thierrys liebster Zeitvertreib. Wenn man den Geschichten über Monsieur Lombard Glauben schenken durfte, wusste der alte Vampir solches Wissen allerdings zu schätzen.

Marcel holte tief Luft. Sein Kopf brummte. So viel war noch zu erledigen und zu entdecken. Der Bericht, den er eben erhalten hatte, bestätigte ihm erneut, dass die Allianz mit den Vampiren eine kluge Entscheidung gewesen war. Allerdings hatten Raymonds Enthüllungen ihn beunruhigt und er konnte sie nicht vergessen. Jetzt war der geeignete Moment gekommen, darüber mit seinen Leuten zu reden. Er drehte sich zu seinen beiden Offizieren um. „Ich möchte euch noch etwas mitteilen, bevor ich euch für diese Nacht entlasse. Ihr müsst mit allen darüber reden, die eine Partnerschaft eingegangen sind. Es ist offensichtlich so, dass die Partnerschaften magische Eigenschaften besitzen, die über die Immunität gegenüber dem Sonnenlicht hinausgehen. Aber worum es sich im Einzelnen handelt, wissen wir noch nicht. Ich möchte, dass jeder darauf hingewiesen wird, auf ungewöhnliche Vorkommnisse und Gefühle zu achten. Wir müssen alles darüber erfahren, um auch die anderen Wirkungen genauer definieren zu können."

Die beiden Magier und die beiden Vampire nickten ihm zu, fragten aber nicht weiter nach, welche Wirkungen er damit meinte. Catherine warf Justin einen kurzen Blick zu.

In diesem Augenblick überlief die beiden Vampire ein Schauer. Catherine und Thierry sahen sie besorgt an. „Was ist los?", fragten sie wie aus einem Mund.

„Die Morgendämmerung", erwiderte Sebastien. „Wir können fühlen, wenn die Sonne aufgeht."

Thierry nickte verständnisvoll. „Ich kann mich erinnern, dass Orlando am ersten Tag davon gesprochen hat. Aber ihr wisst, dass die Sonne euch nichts mehr anhaben kann."

Sebastien schüttelte den Kopf. „Wir wissen aber nicht, wie lange die Schutzwirkung anhält, deshalb bleibt immer noch ein Rest Unsicherheit."

„Orlando hat beschrieben, dass er sich von Alains Magie umhüllt fühlte und den Schutz spüren konnte, mit dem sie ihn umgab", warf Marcel ein. „Kannst du etwas Ähnliches fühlen?"

„Das kann ich", sagte Sebastien. „Ich habe es gestern gefühlt, als wir den Bahnhof verlassen haben, und heute Nacht wieder. Aber jetzt lässt dieses Gefühl nach und das bedeutet wahrscheinlich, dass auch die Schutzwirkung nachlässt."

„Nur vierundzwanzig Stunden?", fragte Thierry enttäuscht. „Das ist nicht sehr lange."

„Es hängt bestimmt damit zusammen, wie viel Blut wir getrunken haben", vermutete Justin. „Ich kann natürlich nicht für Sebastien sprechen, aber für mich war das gestern nur ein kleiner

Imbiss, weil ich Catherine noch nicht sehr gut kannte und sie vor mir schon von anderen gebissen worden war. Ich denke, wenn wir mehr trinken, wird auch die Wirkung länger anhalten."

„So ähnlich, wie wenn man morgens keinen Hunger hat, weil man am Vorabend ausreichend gegessen hat", meinte Catherine.

„Das hört sich vernünftig an", stimmte Sebastien zu. „Jetzt müssen wir nur noch herausfinden, ob sich die Magie genauso logisch verhält wie unsere Argumente."

„Auch darüber müssen die anderen Paare informiert werden", sagte Marcel. „Sie sollen nicht nur auf Nebenwirkungen achten, sondern auch darauf, wie lange die Magie sie beschützt und wie viel sie getrunken haben."

„Es gibt vielleicht noch andere Einflüsse", fügte Thierry hinzu. „Die individuelle Macht des Magiers zum Beispiel. Ich fürchte, diese Sache wird wieder auf Versuch und Irrtum hinauslaufen."

„Und wir sollten uns nicht zu sehr auf die Erfahrungen von Alain und Orlando verlassen", bemerkte Sebastien. „Der Aveu de Sang verändert ihre Beziehung. Sie ist mit den anderen Partnerschaften nicht unbedingt vergleichbar."

Thierry runzelte die Stirn. „Inwiefern?"

„Auf unterschiedliche Art", erklärte Sebastien. „Zum einen kann ich von dir nur eine bestimmte Menge Blut trinken, sonst stirbst du. Orlando kann von Alain regelmäßig trinken, so viel er will. Es wird Alain nicht schaden. Die Magie des Aveu beschützt ihn, egal, wie viel Orlando trinkt. Die anderen Magier haben diesen Schutz nicht. Wir können nicht einfach sagen ‚Lass uns sicherheitshalber einen Schluck mehr trinken, bevor wir auf Patrouille gehen'. Das würde der Körper des Magiers nicht verkraften. Alain hat damit kein Problem."

Thierry erschauderte bei dem Gedanken an Alain und Orlando, an das Verlangen und die Intensität der Gefühle, die der Aveu in ihr Leben gebracht hatte. Alain hatte ihm erzählt, wie unglaublich erfüllend und erregend Orlandos Biss auf ihn wirkte, und dass er dieses Erlebnis so oft wie möglich wiederholen wollte. Thierry sehnte sich nach der gleichen Intimität mit seinem Partner, auch wenn er sich deswegen Aleth gegenüber illoyal vorkam. Er hatte die persönliche Nähe, die Alain ihm beschrieben hatte, schon so lange nicht mehr empfunden und sehnte sich in seinem Innersten danach, gehalten und in seiner Trauer getröstet zu werden. Thierry bezweifelte, dass Sebastiens Biss ihm diesen Trost spenden konnte, aber vielleicht war es ein erster Schritt dahin.

„Auch darauf müssen wir achten, wenn wir die Dienstpläne für die einzelnen Paare aufstellen", sagte Marcel. „Vielleicht sollten wir jeweils nach zwei Tagesschichten einen Tag aussetzen, damit sich der Magier wieder erholen kann, bevor der Vampir das nächste Mal trinken muss."

Sebastien und Justin nickten. „Das sollte ausreichen."

„Ich werde mir die Pläne ansehen, die Angélique und David aufgestellt haben. Falls nötig, veranlasse ich die entsprechenden Änderungen. Bis dahin ..." Marcel unterdrückte ein Gähnen. „... sollten wir uns etwas Ruhe gönnen. Wir sind schon viel zu lange im Einsatz. Meldet euch zurück, wenn ihr zu eurer nächsten Patrouille aufbrecht."

Die vier verabschiedeten sich und verließen das Besprechungszimmer. Auf dem Flur trennten sie sich sofort. Catherine und Thierry gingen in ihre jeweiligen Büros, um ihre Berichte zu schreiben. Ihre Partner begleiteten sie.

Als Sebastien und Thierry das Büro betraten, sah Sebastien sich kritisch um. Die Jalousien waren noch heruntergelassen und er hoffte, sie würden ihm genug Schutz bieten, um sich hier ausruhen zu können.

Thierry ließ sich auf die Couch fallen. Die Erschöpfung stand ihm ins Gesicht geschrieben. „Das waren einige ... interessante Tage, nicht wahr?", meinte er, weil er Sebastien noch nicht gehen lassen wollte.

Sebastien nickte und setzte sich zu ihm. „Das kannst du laut sagen. Ich kann mich nicht erinnern, seit meiner Umwandlung jemals so viele aufregende Tage hintereinander erlebt zu haben. Und selbst diese Zeit ist kaum vergleichbar hiermit."

Thierry war neugierig, mehr über Sebastiens Umwandlung zu erfahren, aber zu müde, ihn danach zu fragen. Er schloss die Augen und fiel sofort in den Dämmerzustand, der dem Schlaf vorausging. Mit Bedauern dachte er an sein bequemes Bett, brachte allerdings nicht die Kraft auf, es aufzusuchen, weder auf magische noch auf konventionelle Weise. Aber es erinnerte ihn daran … Er riss die Augen auf. „Du kannst nicht nach Hause gehen, oder?"

„Ich weiß es nicht", erwiderte Sebastien ehrlich. „Aber ich werde das Risiko jedenfalls nicht eingehen. Die Zeiten, in denen ich einen Todeswunsch hatte, sind glücklicherweise vorbei. Wenn es dir nichts ausmacht, das Sofa mit mir zu teilen, bleibe ich einfach hier. Ich habe schon unbequemer geschlafen."

Thierry wollte nicken und Sebastiens Vorschlag annehmen. Den Worten des Vampirs war nicht zu entnehmen, was er wirklich dachte. Aber Thierry wollte sich nicht bitten lassen. Er konnte es Sebastien ermöglichen, in seine Wohnung und sein eigenes Bett zurückzukehren. Entschlossen rollte er den Ärmel seines Hemdes hoch und hielt Sebastien den Arm hin. „Du solltest etwas trinken. Dann kannst du nach Hause gehen und es dir gemütlich machen."

Sebastien starrte wie gebannt auf das verführerische Fleisch. Ein zweifaches Verlangen durchfuhr ihn – das Verlangen, Thierrys Blut wieder zu schmecken, und das Verlangen, dem faszinierenden Magier nahe zu sein. Aber Sebastien lehnte das Angebot ab. „Du bist schon erschöpft genug. Wenn ich dich beiße, wird es nur noch schlimmer. Ich kann problemlos hierbleiben, bis es wieder dunkel wird. Dann reicht es aus, wenn ich morgen früh wieder etwas trinke."

Thierry war sich der Ironie ihrer Situation wohl bewusst und er schüttelte den Kopf. Da war er doch tatsächlich kurz davor, um etwas zu bitten, das er noch vor Kurzem gemieden hatte, wie der Teufel das Weihwasser. „Ich bin morgen früh noch genauso müde wie heute. Ich bin seit Monaten ununterbrochen im Einsatz, und daran wird sich auch nichts ändern, solange dieser Krieg nicht vorbei ist."

Sebastien öffnete den Mund und wollte widersprechen.

„Beiß mich schon, verdammt", sagte Thierry schnell, bevor Sebastien zu Wort kam. „Dann können wir beide nach Hause gehen."

„Was meinst du damit? Dich hält hier nichts, du kannst jederzeit gehen."

Thierry schnaubte. „Na sicher. Als ob ich zuhause ruhig schlafen könnte, wenn du hier eingesperrt bist. Mach schon, beiß mich."

Sebastien erkannte, dass Thierrys Angebot ehrlich gemeint war, und er bewegte sich mit einem Eifer, der seine verbale Zurückhaltung Lügen strafte. Er drehte sich zur Seite und stützte sich mit dem Knie neben Thierry auf dem Sofa ab, aber der Winkel war nicht sehr vorteilhaft. „Leg deinen Arm auf die Rückenlehne", schlug er vor.

Der blonde Magier tat seinem Partner den Gefallen und streckte den Arm auf der gepolsterten Rückenlehne aus, wo er für die Zähne des Vampirs gut erreichbar war. Er zwang sich zur Ruhe. Er hatte es Sebastien selbst angeboten, es vielleicht sogar gewollt, obwohl er sich dessen nicht so sicher war. Er wusste auch, dass es keinen Grund zur Furcht gab, weil Sebastien ihn nicht verletzen würde. Er musste nur seine instinktive Abwehrreaktion unterdrücken. Dieser Biss war eine Routine, die sie in den nächsten Monaten noch oft teilen würden. Thierry war fest davon überzeugt, dass die Unterstützung der Vampire der ausschlaggebende Moment war, um die Kriegsgeschicke zu ihren Gunsten zu wenden. Aber das konnte nicht über Nacht geschehen, und auch nach dem Krieg würden noch Widerstandsnester übrig bleiben, um die sie sich kümmern mussten.

Thierry war Historiker genug, um zu wissen, dass ein Krieg nicht mit der Niederlage des Feindes endete. In gewisser Weise war der Kampf sogar die leichtere Aufgabe. Die Untersuchungen und Gerichtsverhandlungen, die danach folgten, beanspruchten oft mehr Zeit und waren schwieriger, als der Krieg selbst. Doch das war im Moment nicht sein Problem. Sein Problem war der Vampir, der sich über seinen Arm beugte, den Mund nur wenige Zentimeter von seiner Haut entfernt. Thierry konnte die Anspannung nicht mehr ertragen. Er legte die Hand hinter Sebastiens Kopf und fuhr mit den Fingern in die dunkle Mähne, die Sebastien fast bis auf die Schultern fiel.

Die Berührung überraschte Sebastien. Sein Kopf zuckte zurück in Thierrys Hand und verwandelte dessen Griff in eine ungewollte Zärtlichkeit. Sebastien konnte nur mit Mühe ein Stöhnen unterdrücken und sah seinen Partner fragend an.

„Mach schon", drängte Thierry und holte tief Luft. Es fiel ihm schwer, sich sein Verlangen ehrlich einzugestehen. „Ich will es auch."

So. Jetzt war es endlich raus.

Sebastien sah ihm ins Gesicht und wurde von einer neuen Welle des Begehrens überrollt. Der Magier hatte ihn nicht angelogen. Es hätte sowieso nichts genutzt, denn der Geschmack seines Blutes hätte ihn verraten. Sebastien war versucht, zu scherzen und ihn zu fragen, ob er einen plötzlichen Blutfetisch entwickelt hätte. Aber er kannte den blonden Mann noch nicht lange und wusste nicht, wie der darauf reagiert hätte. Thierrys Angebot war zu verführerisch, um es durch einen unpassenden Kommentar zu riskieren. Also nickte Sebastien nur und senkte den Mund auf Thierrys Arm. Er wollte so viel wie möglich trinken, musste aber darauf achten, dass er seinen Partner nicht noch mehr auslaugte. Thierry war nicht nur eine Schlüsselfigur in diesem Krieg, er war Sebastien auch persönlich sehr wichtig geworden. Ihm fielen Adèles Worte wieder ein. *Wenn seine Gefühle im Aufruhr sind, kann er seine Magie nicht richtig kontrollieren. Im Kampf könnte er in einer solchen Situation verwundet oder getötet werden.* Sie war davon überzeugt, dass Thierry sich zu wenig um sein eigenes Wohlergehen kümmerte. Sebastien war fest entschlossen, das in Zukunft zu ändern und nicht mehr zuzulassen, dass Thierry sich vernachlässigte. Er wollte dafür sorgen, dass Thierry genug Ruhe hatte und sich erholen konnte. Dazu gehörte auch, lieber öfter, dafür aber weniger zu trinken. So konnte er Thierrys Zustand immer im Auge behalten.

Thierry hatte die Hand immer noch um Sebastiens Kopf gelegt, als er die Lippen spürte, die ihm über die Haut fuhren. Er zuckte leicht zusammen. Der dünne Bart des Vampirs strich verführerisch über die sensible Haut in seiner Armbeuge. Bisher hatte Thierry nicht nachvollziehen können, wieso Orlandos Biss auf Alain eine solche Faszination ausübte. Er hatte sogar vermutet, dass Alain vielleicht irgendwie um seinen freien Willen gebracht worden war. Aber mittlerweile konnte er die Gefühle seines Freundes verstehen. Als er von den anderen Vampiren – Orlando, Jean und den Dutzenden im Wartesaal, als er seinen Partner gesucht hatte – gebissen worden war, war es ein unpersönliches und distanziertes Erlebnis gewesen. Es hatte Thierry nicht sehr beeindruckt, hatte ihn sogar etwas abgestoßen. Mit Sebastien war das anders. An Sebastiens Lippen auf seiner Haut, an der Zunge, die ihn sanft auf den Biss vorbereitete, war ganz und gar nichts unpersönlich und abstoßend.

Im Gegenteil, es war sein intimstes Erlebnis, seit Aleth vor zwei Jahren aus ihrer gemeinsamen Wohnung ausgezogen war. Sie hatten sich auch danach noch gesehen und zusammen gearbeitet. Thierry hatte sogar mit ihr über ihre Ehe reden wollen, aber sie hatte seine Versöhnungsversuche zurückgewiesen und gesagt, sie müssten sich jetzt auf den Krieg und ihr Überleben konzentrieren. Ihre Eheprobleme wären unwichtig, so lange der Krieg nicht beendet wäre. Jetzt war Aleth tot. Jetzt war es ein Vampir, der ihm die Nähe anbot, die Aleth ihm verweigert hatte. *Nein*, korrigierte sich Thierry. Kein Vampir. Sebastien. *Sein* Vampir. In diesem Augenblick spürte er Sebastiens Zähne, die ihm über die Haut glitten. Ein tiefes Gefühl der Verbundenheit breitete sich in ihm aus, ein Gefühl der Zusammengehörigkeit, wie er es in seinem Leben so lange vermisst hatte.

Thierry sah wie gebannt zu, als Sebastien von ihm trank. Er fragte sich, was dem Vampir in einem solchen Moment wohl durch den Kopf ging und was er in Thierrys Blut schmecken konnte. Thierry wünschte, er hätte eine Möglichkeit, seinen Partner genauso lesen zu können; aber es gab keine Form der Magie, mit der man in die Gedanken und Gefühle eines anderen Menschen eindringen konnte. Ihn überlief ein Schauer, so sehr genoss er diese intime Verbundenheit mit Sebastien. Er wusste, dass es nur ein vorübergehendes Erlebnis war, aber insgeheim sehnte er sich nach mehr. Doch Sebastien brauchte nicht mehr, als die nährende und schützende Kraft seines Blutes. Sobald der Vampir genug getrunken hatte, gab es für ihn keinen Grund mehr, länger hierzubleiben. Sebastien würde zwar regelmäßig von ihm trinken, und dann konnte er dieses Gefühl wieder erleben, aber auch das war nicht auf Dauer. Danach würde die Einsamkeit wieder zurückkehren.

Mit dem Geschmack von Thierrys Blut kam eine überwältigende Mischung unterschiedlichster Emotionen, die über Sebastiens Sinne hereinbrachen. Er versuchte, sie zu ordnen, während die Magie Thierrys sich mit jedem Schluck schützender um ihn legte. Sebastien schmeckte das Bedauern und die Trauer in Thierrys Seele, die er schon von seinem letzten Biss her kannte. Darunter konnte er eine Einsamkeit fühlen, die viel zu tief verwurzelt war, um erst in den wenigen Tagen seit dem Tod von Thierrys Frau entstanden zu sein. Diese Einsamkeit berührte Sebastien am meisten. Er konnte sie verstehen, hatte sie nach dem Tod Thibaults selbst erfahren. Adèle hatte ihm erzählt, dass es um

Thierrys Ehe nicht zum Besten gestanden hatte. Sebastien fragte sich, wie lange sein Partner wohl schon allein gewesen sein mochte und warum niemand etwas dagegen unternommen hatte.

Sebastien konnte sich diese Fragen nicht beantworten, aber in Gedanken fügte er seiner wachsenden Liste von guten Vorsätzen einen weiteren hinzu: Er würde seinen Magier nur noch dann alleinlassen, wenn der es ausdrücklich verlangte. Sebastien wollte Thierry nichts aufzwingen, weder körperlich noch emotional, aber er würde ihm seine Freundschaft und seine Gesellschaft anbieten. Vielleicht konnten sie sich gegenseitig helfen und ihre Wunden heilen. Falls Sebastien sich nicht täuschte, schmeckte er auch einen Anflug von Akzeptanz und eine leise Sehnsucht nach Trost, die unter den anderen Gefühlen verborgen lagen. Natürlich musste er abwarten, bis Thierry genug Vertrauen in ihn gefasst hatte, bevor er ihn auf seine Einsamkeit ansprechen konnte. Er wollte den Magier aufmerksam beobachten, um auch nicht das kleinste Anzeichen zu übersehen, sollte Thierry mehr als nur Freundschaft von ihm wünschen und brauchen.

19

ANGÉLIQUE STAND von ihrem Stuhl auf und stellte das Handbuch in das Regal zurück, aus dem David es vorhin gezogen hatte. Sie spürte ihren wachsenden Hunger und hätte nichts dagegen gehabt, einen kleinen Schluck von ihrem Partner zu trinken. David war im Laufe des Abends immer umgänglicher geworden. Sie hatte deshalb ihre Abwehrhaltung nach und nach aufgegeben. Er war keine Herausforderung mehr für sie, sondern einfach nur noch ein Mann. David hatte kurze, rotblonde Haare, leuchtend blaue Augen und einige verstreute Sommersprossen auf der Nase. Er war lange nicht so gut aussehend wie einige ihrer früheren Liebhaber, hielt einem Vergleich mit Errol Flynn oder Laurence Olivier nicht stand. Aber seine männliche Stärke wurde durch einen jungenhaften Charme gemildert, den sie mehr und mehr schätzte. David forderte nicht zu einem zweiten Blick heraus, so wie es bei Orlando oder Sebastien der Fall war. Angélique war froh, dass sie sich dennoch die Zeit dafür genommen hatte, denn sonst hätte sie diesen Charme gänzlich übersehen.

Sie ging zu dem Tisch zurück, an dem David immer noch saß, setzte sich jedoch nicht zu ihm, sondern stellte sich hinter ihn und legte ihm die Hände auf die Schultern. Dann massierte sie ihn, wie sie es in ihren Jahren im Harem des Sultans gelernt hatte.

David wurde dadurch überrascht, doch die Massage fühlte sich zu gut an, um Einspruch zu erheben. Angélique fand genau die richtigen Stellen und er spürte, wie der Druck der letzten Tage, der Druck der letzten beiden Jahre, langsam von ihm abfiel. Er schloss die Augen und ließ den Kopf in den Nacken fallen, wo er an ihrem Bauch zu liegen kam. David hatte keine Ahnung, was Angélique mit ihrer Massage beabsichtigte, was sie von ihm erwartete oder ihm anbieten wollte. Der Schauer, der ihm über den Rücken lief, musste nichts mit ihren sinnlichen Berührungen zu tun haben. Er konnte auch von dem kalten Luftzug in dem alten Gebäude herrühren.

Angélique lächelte zufrieden, als ihr Partner sich unter ihren Händen entspannte. Es war so viel … angenehmer, von einem willigen Opfer zu trinken, als sich mit einem widerspenstigen zufriedenzugeben. Sie wusste, wie Davids Ablehnung schmeckte, obwohl er sie nicht explizit zurückgewiesen hatte. Jetzt hoffte sie, das nächste Mal Bereitwilligkeit in seinem Blut zu schmecken. Sie arbeitete sich über seine Schultern zu seinem Nacken vor und massierte immer noch mit kräftigen Bewegungen, um ihn nicht zu erschrecken. Es war noch zu früh, ihn ernsthaft zu verführen. Außerdem war sie sich selbst nicht sicher, ob sie es jetzt schon wollte, obwohl sie grundsätzlich nichts dagegen hatte, zu einem späteren Zeitpunkt dieses Vergnügen zu genießen. Als David den Kopf zurücklehnte, war der Anblick seiner Kehle eine Versuchung, der sie nicht widerstehen konnte. Sie fuhr ihm mit einem Finger über den Hemdkragen nach vorne ans Kinn und dann nach unten, wo sie ihn auf den starken Puls drückte, der unter seiner Haut pochte. Dort hielt sie inne, bis sich der Rhythmus ihres Herzschlags dem von David angepasst hatte. Dann legte sie die andere Hand an seinen Hinterkopf, trat einen Schritt zurück und beugte sich vor, um die Lippen auf seinen Hals zu drücken.

David stöhnte leise, als er ihre Lippen und ihre Zunge fühlte. Er erkannte, was sie von ihm wollte. Wenn sie ihn einfach danach gefragt hätte, wäre er wahrscheinlich nicht darauf eingegangen. Aber ihre sanfte Massage hatte ihn entspannt, und auch der Gedanke an ihre scharfen Zähne in seinem Hals konnte ihm das Gefühl nicht nehmen, dass es so sein sollte. Er hob das Kinn noch etwas höher und gab ihr wortlos die Erlaubnis, ihn zu beißen.

Angélique war seine Geste nicht entgangen. Sie wusste, was er ihr damit sagen wollte, und es berührte und erregte sie gleichermaßen. Sie ließ sich noch Zeit mit ihrem Biss, obwohl ihre langen Eckzähne sofort zum Vorschein kamen. David war keine Zufallsbekanntschaft, die man genoss und wieder vergaß. Ihr Bund mit ihm musste mindestens für die Dauer des Krieges halten, und er musste auf gegenseitigem Vertrauen und Respekt gegründet sein. Deshalb durfte sie nichts tun, was ihn dazu veranlassen könnte, seine Meinung wieder zu ändern und sein Einverständnis noch einmal zu überdenken. Angélique wusste von ihren früheren Geliebten, dass viele Männer sich durchaus daran gewöhnen konnten, sich ihr hinzugeben. Ihre Zähne waren der deutliche Beweis dafür, dass sie einen Mann genauso nehmen konnte, wie er sie. Diese Gegenseitigkeit war eine Grundvoraussetzung für ihre Beziehungen zu Männern. Sie kannte sich allerdings auch gut genug mit der männlichen Psyche aus, um sie subtil darauf vorzubereiten. Außerdem genoss sie die Vorfreude fast so sehr wie den Biss selbst.

Ihr Haar fiel nach vorne auf Davids Brust. Die dunklen Locken waren ein reizvoller Kontrast zu seinem beigen Pullover. Der Aufseher des Harems hatte es geliebt, ihre langen Haare zu benutzen, um sie gefügig zu machen. Deshalb hatte sie, nachdem sie den Harem verlassen hatte, oft darüber nachgedacht, sie abzuschneiden. Aber dann hatte sie sich doch dagegen entschieden, denn sie waren auch ein Beweis dafür, dass sie ihre Vergangenheit hinter sich gelassen hatte und nur noch nach ihren eigenen Regeln lebte. Mittlerweile konnte sie es sogar wieder genießen, die Hand eines Mannes in ihren Haaren zu fühlen. David schien allerdings im Moment kein Interesse daran zu haben. Außer ihren Liebkosungen nahm er offensichtlich nicht mehr allzu viel wahr. Aber das war auch in Ordnung. Sie hatte später noch Zeit, ihn in ihre Vorlieben einzuführen.

Angélique ließ die Zunge über Davids Bartstoppeln gleiten, die noch leicht nach Seife und Aftershave schmeckten. Er hatte sich wahrscheinlich rasiert, bevor er ins Hauptquartier gekommen war. Doch das war schon mindestens zwölf Stunden her. Die Stoppeln störten sie nicht, im Gegenteil, sie erinnerten Angélique auf angenehme Weise daran, dass ihr Partner ein Mann war. Sein Geruch stieg ihr in die Nase – eine Mischung aus dem erfrischenden Duft des Aftershaves, seinem Schweiß und, kaum wahrnehmbar, seinem Blut. Wie der Lockruf der Sirenen schlug es sie in seinen Bann und sie konnte ihm kaum noch widerstehen.

„Angélique."

Ihr Name aus seinem Mund ließ Angélique endgültig ihren Widerstand aufgeben. Ihre Zähne fanden seine Haut und bohrten sich in sein Fleisch, bis das warme Blut zu fließen begann. Sie schluckte gierig und saugte dann noch mehr von der köstlichen Flüssigkeit in ihren Mund.

David hielt die Luft an, als Angélique die Zähne in seinen Hals schlug und ihre weichen Lippen an der Wunde saugten. Der Schauer, der ihn in diesem Moment durchfuhr, hatte eindeutig nichts mit der Kälte zu tun, sondern war einzig ihrer Nähe und ihrem Biss zuzuschreiben. Der hatte nicht die geringste Ähnlichkeit mit dem überhasteten Biss, den sie ihm gestern im Gare de Lyon gegeben hatte. Danach hatte David sich resigniert in sein Schicksal ergeben und damit abgefunden, dass sie jetzt regelmäßig von ihm trinken würde. Er hatte keine Furcht davor gehabt, aber es war auch kein Erlebnis gewesen, das ihn mit Vorfreude erfüllt hätte. Aber jetzt, mit Angéliques Händen, die ihm zärtlich durch die Haare und über die Brust fuhren, mit ihren Zähnen und ihren Lippen, die ihn gleichzeitig lockten, verführten und erregten … Sein ganzer Körper reagierte auf sie. Unter ihrer Hand, noch von dem Pullover und einem Hemd bedeckt, richteten sich seine Brustwarzen auf. In seiner Hose wurde sein Schwanz hart. Sein ganzer Körper wurde von einem Begehren erfasst, das in ihm pulsierte wie das Blut, das sie aus seinem Hals saugte.

Angélique lächelte, als sie den Geschmack seines Begehrens auf der Zunge spürte. In ihren sechshundert Jahren als Vampirin war sie dieses Geschmacks nie überdrüssig geworden. Damals hatte sie erkannt, dass ihre übernatürlichen Kräfte ihr die Oberhand gaben und ihr erlaubten, die Lust ihrer Partner zu ihren eigenen Konditionen zu genießen. Sie hatte noch nicht entschieden, wie sie in Davids Fall damit umgehen sollte, denn ihre Beziehung war komplizierter als die zu ihren bisherigen Liebhabern. Aber Angélique kostete ihre Macht als Frau, mit der sie seine Leidenschaft anheizte und beherrschte, in vollen Zügen aus.

„ICH MUSS einige Dinge aus meiner Wohnung holen", sagte Alain, als er mit Orlando das Hauptquartier der Milice verließ. Er zögerte und überlegte, ob er Orlando einladen sollte, ihn in die unpersönliche Unterkunft zu begleiten, die er bisher bewohnt hatte. Er wollte nicht unbedingt, dass Orlando mit eigenen Augen sah, wie leer Alains Leben in den vergangenen beiden Jahren gewesen war. Jetzt zählte für ihn nur noch, wie sehr sich das in den letzten fünf Tagen geändert hatte.

„Brauchst du Hilfe?", bot Orlando an, der sich nicht aufdrängen wollte, aber neugierig auf Alains Wohnung war. Das Büro, das Alain und Thierry sich teilten, war sehr funktional eingerichtet. Es zeigte nur wenig von Alains Persönlichkeit. Orlando wollte sehen, wie sein Partner lebte, wie er sich wohlfühlte. Seine eigene Wohnung war klein und eng, und doch hatte Alain ihm gesagt, dass er sie seiner eigenen vorzog. Orlando machte sich Sorgen um Alains Lebensumstände. Er konnte an der Vergangenheit des Magiers nichts ändern, aber Alains Zukunft gehörte ihm, und er wollte sie so angenehm wie möglich gestalten. Mit diesem Gedanken im Kopf hoffte er, dass es in Alains Wohnung etwas geben würde, das sie mitnehmen konnten, damit Alain sich bei ihm mehr zuhause fühlte.

Auf dem Weg zur U-Bahn grübelte Alain über seine Antwort auf Orlandos Frage nach. Er kam zu dem Entschluss, Orlando nichts zu verheimlichen, auch nicht die öde Leere, die nach dem Tod seiner Familie aus seinem Leben geworden war. „Es gibt nicht viel", gab er zu. „Nur meine Kleidung, ein oder zwei Töpfe und Pfannen. Aber du kannst mich gerne begleiten." Wenn Orlando mit ihm kam, würde er vielleicht besser verstehen, welche Bereicherung er Alains Leben gebracht hatte, wenn er erst die Leere sah, die es bisher geprägt hatte. „Ich würde mich freuen, wenn du mitkommst."

Das Lächeln in Orlandos Gesicht zeigte Alain, dass er die richtige Antwort gegeben hatte. Ihrer beider Leben waren jetzt untrennbar miteinander verbunden, im Guten wie im Schlechten. Es würde noch einige Zeit dauern, bis sie sich besser kannten und die Grundlagen für ihre gemeinsame Zukunft gelegt waren, aber die Entscheidung dazu war gefallen. Jetzt mussten sie nur noch die nötigen Schritte unternehmen, um sie umzusetzen. „Lass uns gehen. Je früher wir dort sind und alles gepackt haben, umso früher sind wir wieder zuhause. Ich könnte einige Stunden Schlaf vertragen."

„Willst du dich nicht lieber vorher ausruhen?", fragte Orlando.

Alain dachte darüber nach. Er war versucht, die Rückkehr in seine Wohnung noch aufzuschieben. Er wusste, dass Orlando ihm unweigerlich die Frage stellen würde, wieso er in einem so leeren Ort gelebt hatte. Dann musste er ihm alles über die Hölle erzählen, die hinter ihm lag und die dazu geführt hatte, dass er in einem Apartment von der Größe einer Briefmarke wohnte. Es würde nicht leicht sein, diese Erinnerungen aufzufrischen. „Nein. Ich will es hinter mich bringen. Dann kann ich mich wenigsten darauf freuen, anschließend nach Hause zu kommen."

Orlando akzeptierte Alains Entscheidung, ohne sie zu hinterfragen. Trotzdem wunderte er sich, was an Alains Wohnung wohl so abschreckend sein mochte. Es war ihm nicht entgangen, dass Alain sein Apartment noch nie als sein Zuhause bezeichnet hatte. Dieses Wort benutzte er nur im Zusammenhang mit Orlandos Wohnung. Aber danach konnte Orlando ihn später fragen, falls sich eine Gelegenheit ergab. In der Zwischenzeit wollte er seinen Partner unterstützen. „Ich werde deine Träume bewachen, wenn du schläfst."

Alain sah ihn dankbar an, als sie den Eingang zur Métro erreichten und die Treppe hinabgingen. Während der Fahrt hielten sie sich an der Hand, redeten aber nicht viel. Ab und zu drückte einer von ihnen aufmunternd zu. Als sie sich der Haltestelle Anvers näherten, verkrampfte sich Alain Griff. Er hasste es, in seine Wohnung zurückkehren zu müssen, egal, ob allein oder in Begleitung. Er hasst die leeren Räume, doch es gab nichts, womit sie sie füllen konnte, ohne den Schmerz noch größer zu machen.

Orlando spürte Alains Anspannung und wurde zunehmend besorgter um seinen Partner. Was konnte so schlimm sein, dass Alain sich so unwohl fühlte? Orlando wusste es nicht, aber es weckte seinen Beschützerinstinkt. Welche Dämonen sie auch immer in Alains Wohnung erwarteten, Orlando wollte ihnen an der Seite seines Magiers entgegentreten.

Alain deaktivierte den magischen Schutzschild und öffnete die schwere Tür, hinter der sich das umgebaute Studioapartment verbarg, in dem er gegenwärtig wohnte. Er hasste diese Wohnung genauso, wie er das Leben hasste, das ihn hierher geführt hatte. Trotzdem, er musste die Schwelle übertreten, wenn er seine Sachen aus der Wohnung holen wollte. „Los jetzt", sagte er resolut und meinte damit nicht nur Orlando. „Je eher wir die Sachen packen, desto eher können wir wieder von hier verschwinden."

„Wie kann ich dir helfen?", fragte Orlando und sah sich neugierig um. Es war offensichtlich, dass dieser Ort Alain nichts bedeutete. Die weiß gestrichenen Wände waren kahl und leer. Nur einige Möbelstücke wiesen darauf hin, dass hier jemand wohnte. Es gab keine Bilder, keine Erinnerungsstücke, noch nicht einmal Bücher. Ein Couchbett, ein alter Sessel und ein wackeliger alter Tisch mit Stühlen, das war alles.

Alain dachte darüber nach, was er aus der Wohnung brauchte und was ihm wichtig genug war, um es zu Orlando mitzunehmen. „Der Kleiderschrank muss ausgeräumt werden", sagte er und zeigte auf den einzigen Schrank, der an der gegenüberliegenden Wand stand. „Ich sehe in der Küche nach, was ich von dort brauche."

Orlando öffnete den Schrank und zog Kleidungsstücke heraus, die er auf der Couch aufstapelte. Auf dem Boden des Schranks lag ein Koffer. Er bückte sich, um ihn herauszuziehen und die Kleidung darin zu verpacken, als sein Blick auf einen alten Pappkarton fiel. Der Karton war zugeklebt und nicht beschriftet, sodass er nicht wissen konnte, was sich darin befand. Seine Intuition sagte ihm aber, dass es etwas Wichtiges sein musste. Er hob den Karton aus dem Schrank und drehte sich zu Alain um. „Nehmen wir das auch mit?", fragte er.

Alain blickte von der Küchenschublade auf, deren Inhalt er gerade aussortierte. Als er den Karton in Orlandos Händen sah, wurde er blass. Er stützte sich schwer auf die Küchentheke, als die Erinnerungen über ihn hereinbrachen. Alain hatte diese Kiste an dem Tag gepackt, als Edwige und Henri gestorben waren, an dem gleichen Tag, an dem er auch Eric verloren hatte. An diesem Tag hatte sich Eric, sein zweiter guter Freund, in Wut und Bitterkeit von ihm abgewandt, hatte ihre Freundschaft und seine Loyalität gebrochen, um auf die Seite der dunklen Magier zu wechseln. „Ich …", begann er. Selbst nach zwei Jahren schmerzte ihn die Erinnerung noch.

Alains gequälte Miene war mehr, als Orlando ertragen konnte. Vorsichtig stellte er den Karton auf die Couch, ging zu seinem Geliebten und nahm ihn in die Arme. „Rede mit mir", bat er ihn. „Sag mir, welche Geister dich heimsuchen."

„Keine Geister", erwiderte Alain. „Der einzige Schrecken hier ist die unerträgliche Leere. Ich konnte die Erinnerungen nicht mehr aushalten, deshalb habe ich alles weggeworfen, was mich an sie erinnert hat. Von einigen Dingen konnte ich mich nicht trennen, und die habe ich in die Kiste gepackt. Ich kann sie nicht mehr sehen, aber ich will sie auch nicht verlieren. Sie sind wie ein Klotz an meinem Bein, wie eine unerträgliche Last, die auf meiner Seele liegt und mich nach unten zieht. Ich bin so allein damit."

„Jetzt nicht mehr", beteuerte ihm Orlando. „Ich kann deine Vergangenheit nicht ungeschehen machen, aber du bist nicht mehr allein."

„Ich weiß", sagte Alain und drückte sein Gesicht an Orlandos Hals, während er um Fassung rang. „Du bist mit mir hierhergekommen und du hältst mich in den Armen. Du hilfst mir mehr, als du ahnst."

„Du musst diese Kiste nicht öffnen, wenn du es nicht willst. Aber ich hoffe, dass du eines Tages erkennst, dass wir beide gemeinsam stark genug sind, um auch dieser Herausforderung ins Angesicht zu sehen. Bis es soweit ist, kannst du mir alles erzählen, was dir auf dem Herzen liegt."

Alain nickte. „Das werde ich. Aber nicht hier. Ich muss hier raus, bevor mir dieses Loch die Seele raubt. Du hast mir ein neues Leben gegeben, und das will ich nicht wieder verlieren."

Orlando strich ihm mit dem Finger über das Mal an seinem Hals. „Du wirst es nicht verlieren. Du wirst mich nicht verlieren. Wir haben uns ein Versprechen gegeben."

Alain drehte den Kopf zur Seite und küsste seine Hand. „Erinnere mich daran, falls ich es jemals wieder vergessen sollte", verlangte er. „Ich war so lange allein, dass ich nicht mehr weiß, wie es ist, mit einem Menschen zusammenzuleben."

Orlando lachte traurig. „Du hast es vergessen und ich habe es nie erlebt. Wir sind schon ein Paar!"

„Stimmt", gab Alain ihm recht. „Wir passen perfekt zusammen."

Orlandos Lächeln verlor seine Traurigkeit, als er Alains Worte hörte. Sie freuten ihn mehr, als er jemals geahnt hätte. „Haben wir jetzt alles?", fragte er. Er wollte Alain so schnell wie möglich hier raus bringen, zurück in die andere Wohnung, die nun ihr zukünftiges Zuhause war.

„Ja. Ich muss nur noch alles in eine Tasche packen. Ich transportiere es direkt in dein Apartment, danach können wir auch gehen."

„Es ist nicht mein Apartment", korrigierte ihn Orlando. „Es ist unser Apartment, und wir werden es zu unserem Zuhause machen." Er warf erneut einen Blick auf die leeren Wände und die unpersönliche Einrichtung. „Wir beide waren viel zu lange in unserer Vergangenheit gefangen. Jetzt wird es Zeit, dass wir nach vorne blicken, nicht immer nur zurück."

Das war leichter gesagt als getan. Alain hoffte, dass Orlando recht behalten würde, dass sie ihre Vergangenheit hinter sich lassen und einen neuen Anfang machen konnten. Aber es würde nicht einfach werden. Die Unterhaltung mit Jean hatte Alain schon darauf vorbereitet. Trotzdem erfüllte es ihn mit neuem Mut, dass Orlando seine Gefühle und Wünsche so unverhohlen zum Ausdruck brachte. „Wieder ein Zuhause zu haben ist das Beste, was ich seit langer Zeit gehört habe." Er packte eilig den Koffer. Es war nicht viel. Kleidung, eine Pfanne, ein Messer und ein Schneidbrett. Dann schickte er alles in Orlandos Wohnung. „Jetzt können wir nach Hause gehen."

Sie verließen Alains Apartment und der Magier aktivierte den Schutzschild, obwohl nichts Wertvolles mehr zurückgeblieben war. Er wollte die Wohnung baldmöglichst kündigen, um alles hinter sich zu lassen, was ihn mit diesem Abschnitt seines Lebens verband.

Als sie wieder in Orlandos – in ihre – Wohnung kamen, öffnete Alain den Koffer und brachte die wenigen Kochutensilien in die Küche. Orlando blieb im Wohnzimmer zurück und sah sich unschlüssig um, als er Alains Stimme hörte: „Komm in die Küche und leiste mir Gesellschaft. Ich will mir etwas zu essen machen."

Orlando ging in die Küche und setzte sich an den Tisch, während Alain die Zutaten, die er gestern eingekauft hatte, aus dem Schrank und dem Kühlschrank holte. Dann machte er sich ein Omelette. Orlando genoss die häusliche Atmosphäre. Sie redeten über Nebensächlichkeiten und Alain teilte seine Aufmerksamkeit zwischen seinem Omelette und ihrer Unterhaltung auf. Als er mit seinem Teller zum Tisch trat und gegenüber von Orlando Platz nahm, holte er tief Luft und kam zur Sache.

„Die Kiste ...", sagte er seufzend. „Sie ist alles, was von den ersten vierundvierzig Jahren meines Lebens noch übrig ist." Er verstummte wieder und kämpfte blinzelnd gegen die Erinnerungen an. Orlando wartete schweigend ab, ohne ihn zu bedrängen. Stattdessen griff er über den Tisch nach Alains Hand und drückte sie aufmunternd. „An diesem Tag habe ich alles verloren", fuhr Alain schließlich fort. „Alles, außer Thierry."

Orlando war sich sicher, dass Alain Thierry wohl niemals verlieren würde. Eher würde er Orlando selbst loswerden, trotz Aveu de Sang und allem. Aber diesen Gedanken behielt Orlando für sich und wartete darauf, dass Alain weiterredete.

„Ich fange am besten mit Edwige und mir an", sagte Alain. „Unsere Beziehung war etwas unkonventionell. Geheiratet haben wir wegen Henri, obwohl ich mir gerne einrede, wir hätten uns auf unsere eigene Art auch geliebt. Als der Krieg ausbrach, haben wir schon in getrennten Betten und getrennten Zimmern geschlafen. Wir haben uns scheiden lassen, aber weiterhin im gleichen Haus gelebt, weil wir Henri nicht zwischen uns hin und her schicken wollten. Das einzige, was uns noch verband, war unser Sohn. Wir waren keine Geliebten, waren nicht ineinander verliebt, teilten nur noch unser Haus und ein Leben, das sich um unseren perfekten Sohn drehte. Ich weiß nicht, wie lange wir das noch durchgehalten hätten. Damals hat es funktioniert, weil wir beide Henri so sehr liebten, dass wir unsere Rolle als Eltern in den Vordergrund stellten." Alain dachte mit einem traurigen Lächeln an Henri zurück: Henris Geburt, die Rückkehr aus dem Krankenhaus, sein erster Zahn, seine ersten Schritte, sein erstes Wort und sein erster Schultag. Er blinzelte sich die Tränen aus den Augen.

„Ich hätte ihn gerne kennengelernt", sagte Orlando leise. „Er muss ein wunderbarer Junge gewesen sein."

Alain konnte nur nicken. Er war zu aufgewühlt, um etwas zu sagen. Einige Sekunden später atmete er tief durch und erzählte weiter: „Der Krieg hatte gerade erst begonnen. Thierry und ich waren unterwegs, um andere Magier zu rekrutieren. Wir wollten drei Tage bleiben, kamen aber früher zurück. Ich weiß nicht mehr, warum er mich nach Hause begleitet hat. Er und Aleth hatten damals noch keine Probleme; jedenfalls keine, von denen ich gewusst hätte. Wie auch immer – er ist mit mir nach Hause gekommen. Schon bevor wir das Haus betreten haben, konnte ich den Geruch von Tod und dunkler Magie wahrnehmen. Er war überwältigend. Im Haus ..." Alain verstummte wieder. Vor seinem inneren Auge sah er Edwige und Henri tot auf dem Boden liegen, ihre Gesichter schmerzverzerrt von den Qualen, die sie vor ihrem Tod erlitten hatten. Es war mehr, als er in Worte fassen konnte.

Orlando drückte seine Hand, ahnte schon, was passiert war. „Ihr habt sie tot vorgefunden", vollendete er Alains Satz.

Alain nickt und kämpfte gegen die Tränen. Orlando konnte es nicht mehr mitansehen. Er stand auf, stellte sich hinter Alain und umarmte ihn. „Du bist nicht mehr allein", versprach er. „Du musst das nie wieder allein ertragen. Ich bin da und werde dich nicht verlassen."

Alain holte tief Luft, um sich zu beruhigen. Dann zog er Orlando auf seinen Schoß. „Du bist das Einzige, was mich bei Verstand hält." Er nahm den Faden seiner Geschichte wieder auf. „Wir haben sie gefunden. Der Magier, der sie gefoltert hat, war noch im Haus. Ich glaube, ich bin vollkommen durchgedreht. Ich hatte nur noch einen Gedanken – den Mann zu töten, der meinen Sohn auf dem Gewissen hatte. Ich habe jeden Fluch auf ihn geschleudert, der mir eingefallen ist, fest entschlossen, ihn ebenso leiden zu lassen, wie Edwige und Henri gelitten haben. Es ist alles sehr verschwommen, aber ich weiß, dass ich ohne Thierry nicht mehr am Leben wäre. Thierry hat verhindert, dass der dunkle Magier mich mit seinen Flüchen getötet hat, bevor ich ihn zu Fall bringen konnte."

„Thierry hat mir von dem Kampf erzählt", sagte Orlando, als Alain eine Pause machte. „Er hat mir auch von eurem Freund berichtet."

„Eric", sagte Alain niedergeschlagen. „Ich habe seine Familie umgebracht. Ich habe Erics Leben an diesem Tag genauso zerstört, wie mein eigenes zerstört wurde. Vielleicht noch schlimmer. Er hat nicht nur seine Familie verloren, sondern auch seine Freunde."

„Es war seine eigene Entscheidung", widersprach Orlando. „Er hätte nicht gehen müssen. Ihr habt ihn nicht dazu gezwungen. Er hat es selbst so gewählt."

„Er hat sich wegen meiner Taten so entschieden", sagte Alain mit gebrochener Stimme. „Wir waren fast so gute Freunde, wie Thierry und ich es sind. Er ist etwas jünger als wir, aber wir haben zusammengepasst. Wir kannten uns von Innen und Außen. Wir hatten sogar einen eigenen Code, mit dem wir uns verständigen konnten, wenn wir uns etwas Wichtiges mitzuteilen hatten. Rückblickend hört es sich vielleicht lächerlich an, aber so waren wir. Es waren bestimmte Namen, und jeder hatte eine besondere Bedeutung. Immer, wenn wir einen der Namen in ein Gespräch einbauten, haben wir uns damit eine Botschaft übermittelt. *Flamel* benutzten wir, wenn wir eine Frage hatten und uns Sorgen machten. *Merlin* war die beste Antwort, dann war alles in Ordnung. *Morgana* hieß Verrat, *Niniane*, dass einer von uns verwundet war. *Paracelsus* stand für Erfolg. Es gab eine ganze Liste. Auf der Beerdigung hat mich Eric keines Blickes gewürdigt. Ich wollte wissen, wie es ihm geht, aber er hat nicht mit mir geredet. Ich fragte ihn, ob er sich noch an unser Gespräch über Flamel erinnern würde. Ich wollte ihn damit daran erinnern, dass wir trotz unserer Wut und Trauer immer noch Freunde waren. Er warf mir einen hasserfüllten Blick zu und zischte mich an, Morgana wäre eine bessere Idee. Sein Tonfall war unmissverständlich. Er beschuldigte mich, unsere Freundschaft verraten zu haben. Zwei Tage später ist er desertiert. Seitdem haben wir nichts von ihm gehört. Es gibt Berichte, wonach er unter Serrier schnell aufgestiegen ist und jetzt einen hohen Rang einnimmt. Dafür bin ich verantwortlich. Ich habe ihn dazu getrieben und ihn nicht zurückhalten können. Es lässt mich nicht los, Orlando."

„Es war keine Absicht", erinnerte ihn Orlando. „Ich kenne dich. Du würdest einen Unschuldigen niemals, *niemals*, absichtlich verletzen. Mein Gott, sogar bei den Verhören hast du immer den guten Bullen gespielt und es Thierry überlassen, den Gefangenen Angst einzujagen. Wenn du gewusst hättest, dass Erics Familie im Haus war, wärst du vorsichtiger gewesen. Aber du hast es nicht gewusst. Du kannst dir diese Verantwortung nicht aufbürden." Orlando konnte erkennen, dass seine Worte nicht mehr zu Alain durchdrangen. „Jetzt brauchst du Ruhe. Wir reden später weiter. Ich will dich in den Armen halten, wenn du schläfst." Er stand von Alains Schoß auf.

Alain nickte. Er war körperlich und emotional vollkommen erschöpft und es gelang ihm nicht, sich von seinem Stuhl zu erheben. Bittend sah er Orlando an, der sofort an seine Seite kam, ihn vom Stuhl hochzog und in die Arme schloss. Dann legte er den Arm um Alains Hüfte und forderte den Magier auf, sich auf ihn zu stützen. „Ich bin nur noch müde", flüsterte Alain.

„Ein weiterer Grund, dich hinzulegen", sagte Orlando und führte ihn zum Schlafzimmer. Alain setzte sich aufs Bett und Orlando kniete sich vor ihn, um ihm die Schuhe auszuziehen. Dann drückte er ihn sanft auf die Matratze und legte sich neben ihn. „Schlaf jetzt. Ich bin da, wenn du wieder aufwachst."

Alain wollte noch nicken, aber die Augen waren ihm schon zugefallen, als hätte ihn jemand mit einem Schlafzauber belegt. Er wehrte sich nicht mehr dagegen, kuschelte sich in Orlandos Arme und schlief ein.

Orlando sah ihm beim Schlafen zu und dachte darüber nach, was Alain – absichtlich und unabsichtlich – von sich preisgegeben hatte. Einiges davon hatte Orlando schon vorher gewusst. Er hatte von Edwige und Henri gehört, von Erics Familie und dem Fluch, der die Falschen getroffen hatte. Das Ausmaß an Verzweiflung, das Alain danach verspürt hatte und das ihn unvorsichtig werden ließ, war Orlando jedoch neu. Er schuldete Thierry großen Dank, dass sein Magier überhaupt noch am Leben war. Orlando nahm sich vor, sich persönlich bei Thierry dafür zu bedanken, wenn sie sich das nächste Mal unter vier Augen sahen. Bisher war ihm in Alains Blut kein Todeswunsch aufgefallen, aber auch darauf wollte er in Zukunft stärker achten. Er wollte seinen Magier nicht an diese Verzweiflung verlieren; nicht jetzt, wo er ihn gerade erst gefunden hatte. Alain war der einzige Mensch, der hinter Orlandos Fassade sah, der den Mann hinter dem Fluch sah, der Orlandos Leben bestimmte. Er fragte sich, wie Alain mit seiner gescheiterten Ehe zurechtgekommen war und wie sie ihn verändert hatte. In Alains Blut hatte er immer nur Entschlossenheit und Loyalität geschmeckt. Es musste für Alain ein harter Schlag gewesen sein, dass all diese Entschlossenheit und Loyalität nicht ausgereicht hatten, um seine Ehe zu retten. Dennoch hatten die beiden eine Lösung gefunden, um ihren Sohn nicht im Stich zu lassen. Orlando hätte den Jungen wirklich gerne kennengelernt. Er war bestimmt ein außergewöhnliches Kind gewesen, schließlich hatte er Alain zum Vater gehabt. Jetzt war es dazu zu spät. Er hoffte jedoch, dass Alain ihm eines Tages mehr über Henri erzählen würde.

Orlando litt mit Alain und dem Verlust, den Henris Tod für ihn bedeutete. Nie wieder, so schwor er sich. Von jetzt an wollte er auf Alain aufpassen. Niemand würde ihn jemals wieder so verletzen können. Orlando wusste, dass er sich damit auch um Thierry kümmern musste, denn Thierry war alles, was Alain noch geblieben war. Alain durfte diese letzte Verbindung zu seiner Vergangenheit nicht auch noch verlieren. Orlando drehte sich zu Alain um und machte es sich bequem für die langen Stunden an der Seite seines schlafenden Geliebten. Dabei kam ihm ein neuer, ein unerwarteter Gedanke. Musste er jetzt auch besser auch sich selbst aufpassen? Orlando hatte sich nie darum gesorgt, ob er am nächsten Tag noch existierte oder nicht. Seine Vernichtung hätte niemandem geschadet, nicht einmal ihm selbst. Er hatte sie zwar nie bewusst in Kauf genommen, aber auch nie sonderlich auf seine Sicherheit geachtet. Nachdenklich legte er einen Finger auf Alains Brandmal. Hatte sich das geändert? Würde Alain ihn vermissen, wenn er nicht mehr existierte? Orlando war es nicht gewohnt, über sich selbst und seiner Bedeutung für andere Menschen nachzudenken. Er hatte sich nie einen besonderen Wert zugestanden und seine eigene Existenz immer als bedeutungslos eingestuft. Mit diesem Wissen hatte er über zweihundert Jahre lang gelebt. Nun schien es, als ob er seine Position neu überdenken musste, als ob sich etwas Grundlegendes in seinem Leben geändert hätte.

Bei ihrem Gespräch heute früh hatte Alain angedeutet, dass Orlando ihm genauso wichtig war, wie sein Magier es für ihn geworden war. Orlando war noch nicht bereit, diesem Gefühl einen Namen zu geben. Er hatte solche Gefühle zu lange verdrängt, doch jetzt flammten sie plötzlich in ihm auf und ließen sich nicht mehr unterdrücken. Ging es Alain genauso? Wenn das der Fall war, dann musste er seiner Liste der schützenswerten Personen tatsächlich noch einen weiteren Namen hinzufügen: seinen eigenen.

Orlando dachte kurz über den Code nach, den Alain ihm beschrieben hatte. Er fragte sich, ob er ihn lernen sollte, hielt es dann aber für überflüssig. Wenn der Code nur von Alain, Thierry und Eric benutzt worden war, würde er damit nur schmerzhafte Erinnerungen wecken. Falls ihn auch andere Magier verwendeten, konnte er sich immer noch danach erkundigen.

Orlando fiel langsam in den Dämmerzustand, der bei Vampiren dem Schlaf entsprach. Er war nicht müde und brauchte auch keine Ruhe, so wie es bei Alain der Fall war. Da er jedoch nicht vorhatte, die Wohnung ohne Alain an seiner Seite zu verlassen, gab es keinen Grund für ihn, bei vollem Bewusstsein zu bleiben.

Die untergehende Sonne weckte Orlando wieder aus seinem Halbschlaf. Er sah auf den Wecker. Sechs Uhr. Alain hatte acht Stunden geschlafen. Orlando hätte ihm gerne noch mehr Schlaf gegönnt, aber sie wurden von Marcel erwartet. Außerdem war das Verlangen nach seinem Avoué wieder in ihm erwacht. Er wusste, dass er so oft von seinem Geliebten trinken konnte, wie er wollte, ohne ihn zu verletzen. Er wusste auch, dass er so oft wie möglich von ihm trinken sollte, um ihren Bund zu stärken. Deshalb hielt er sein Verlangen nicht zurück. „Alain", flüsterte er und stieß seinen Geliebten an. „Ich brauche dich."

Alain erwachte aus einem traumlosen Schlaf und fühlte Orlandos Lippen, die ihm sanft über die Haut glitten. Es dauerte einen Augenblick, bis Orlandos Worte zu ihm durchdrangen. „Schon wieder?", fragte er überrascht, denn Orlandos letzter Biss lag erst gut zwölf Stunden zurück.

Ohne den Mund von Alains Hals zu heben, murmelte Orlando: „Sebastien sagt, ich soll in nächster Zeit alle zwölf Stunden trinken. Er sagt auch, dass ich dich nicht verletzen kann, egal, wie oft ich von dir trinke. Der Aveu de Sang beschützt dich."

Immer noch nicht ganz wach, griff Alain nach Orlando, bekam dessen Pullover zu fassen und zog ihn Orlando über den Kopf. Dann tastete er nach den Knöpfen von Orlandos Hemd, weil er so viel Hautkontakt mit seinem Geliebten wollte, wie Orlando ihm erlauben würde.

Orlando kämpfte gegen seine Ängste an. In Gedanken hörte er Jeans Worte: *Du wirst noch lernen, mehr Vertrauen in dich zu haben. Und wenn es soweit ist, wird es ein unvergleichliches Erlebnis sein.* Orlando sehnte sich schon jetzt danach, wollte diese Intimität genießen und Alains Begehren nachgeben, aber die Furcht hielt ihn zurück. Heute früh erst war er erbarmungslos über Alain hergefallen, auch wenn er es nicht absichtlich getan hatte. Er wusste, dass die Wunden von diesem Biss noch einige Tage brauchen würden, bevor sie vollständig verheilt waren, daran konnte auch sein Speichel nichts ändern. Wie konnte er nur daran denken, Alain erneut solche Schmerzen zuzufügen?

Es gibt nichts berauschenderes, als von deinem Avoué zu trinken. Es macht mehr süchtig, als der beste Sex. Sebastiens Worte hatten so ruhig und überzeugt geklungen. Er hatte Orlando nicht direkt dazu aufgefordert, es zu kombinieren, aber es war ihm klar geworden, dass er es so gemeint hatte. Sebastien schien damit nur gute Erinnerungen zu verbinden.

Orlando lag neben Alain und war wie gelähmt vor Furcht, während der Magier ihm das Hemd aufknöpfte und ihm über die nackte Brust streichelte. Als Alain Orlandos Passivität auffiel, ließ er ihn lange genug los, um sich selbst den Pullover auszuziehen, damit sich ihre nackten Oberkörper berühren konnten.

„Nein", flüsterte Orlando und zog sich zurück. „Es ist nicht sicher." Er sah Alain eindringlich an. „Ich weiß, was du willst. Ich will es auch, aber wir können es nicht tun. Ich werde nicht zulassen, dass du verletzt wirst, auch von mir selbst nicht. Und ich kann dir nicht garantieren, dass es nicht dazu kommt. Ich kann dich lieben und danach von dir trinken; oder ich trinke erst und danach lieben wir uns. Aber ich will es nicht gleichzeitig tun. Ich kann es einfach nicht. Es würde mich vernichten, wenn dir meinetwegen etwas passiert."

Alain seufzte frustriert. Für ihn war offensichtlich, dass der kleine Schmerz, den Orlando vielleicht auslösen würde, wenn er die Kontrolle verlor, absolut unbedeutend wäre im Vergleich zu der Ekstase, die es ihnen bringen würde, diese beiden intimen Erlebnisse miteinander zu verbinden. Aber Orlando schien das nicht so sehen zu können.

„Ich werde niemals mit dir tun, was er mit mir gemacht hat", sagte Orlando heiser.

Diese Worte waren wahrscheinlich die einzigen, die Alains Protest im Keim ersticken konnten. Er wusste tief in seinem Innersten, dass Orlando ihn niemals so verletzen würde, wie es mit ihm selbst geschehen war. Er wusste jedoch auch, dass es sinnlos war, Orlando darauf hinzuweisen. Die Wunden, die dem Vampir durch seinen Schöpfer beigebracht worden waren, konnten nur durch Geduld und Vertrauen wieder geheilt werden.

„Dann lass es sein", sagte Alain zweideutig und überließ es Orlando, seine Worte zu interpretieren. Aber er hörte auf, ihn und sich auszuziehen. Er hatte Orlando versprochen, ihn nicht zu etwas zu drängen, was er noch nicht geben konnte. An dieses Versprechen wollte Alain sich halten. Er legte den Kopf in den Nacken und bot ihm seinen Hals an.

Alains Vertrauen und Akzeptanz verblüfften Orlando immer wieder aufs Neue. Er konnte nur hoffen, sich dieses Vertrauens eines Tages würdig zu erweisen. Bis es soweit war, wollte er Alain so sanft und zärtlich wie möglich behandeln. Er wollte ihm keine frischen Wunden beibringen, sondern aus den alten trinken, die er heute früh hinterlassen hatte. Er suchte nach den Bissspuren an Alain Hals, fand aber nur makellose Haut. Stirnrunzelnd drehte er Alains Kopf auf die andere Seite, aber auch dort war nichts zu sehen außer dem Brandmal, das Alain als seinen Avoué auswies.

„Hast du dich magisch geheilt?", fragte er leise. „Die Bissspuren von heute früh sind schon verschwunden."

Alain sah ihn verblüfft an. „Nein, auf die Idee bin ich nicht gekommen. Ich sehe sie nicht als Verletzungen, die der Heilung bedürfen. Ich bin stolz darauf, dass du mich erwählt hast, deshalb möchte ich sie so lange wie möglich tragen."

Orlando wurde warm ums Herz. „Wir haben uns gegenseitig auserwählt", sagte er. „Aber das erklärt nicht, warum dein Brandmal das einzige ist, was ich an deinem Hals erkennen kann. Es gibt nicht das geringste Anzeichen dafür, dass ich dich heute schon gebissen habe."

Alain fuhr sich mit dem Finger über die Haut und suchte vergeblich nach einer Wunde. Orlando hatte recht, der Biss hatte keinerlei Spuren hinterlassen. Alain runzelte die Stirn und suchte an seinem Arm nach den Spuren der früheren Bisse. Sicher, sie lagen länger zurück, aber die Wunden sollten trotzdem noch sichtbar sein. Keine Spur. Das einzige, was er finden konnte, war das kleine ‚H', das in sein rechtes Handgelenk eintätowiert war. „Das verstehe ich nicht", gab er widerstrebend zu.

„Ich auch nicht", gestand Orlando.

„Könnte es am Aveu de Sang liegen?", fragte Alain.

„Keine Ahnung. Sebastien hat es nicht erwähnt, aber vielleicht hat er es nur vergessen. Er hat mir gesagt, ich könnte dich nicht verletzen, egal, wie oft ich trinke. Vielleicht gehört das dazu."

„Einer von uns sollte ihn bei nächster Gelegenheit danach fragen. Aber jetzt spielt es keine Rolle mehr. Jetzt musst du trinken, damit wir nicht wieder eine Wiederholung der letzten Nacht erleben", entschied Alain. „Komm, Orlando. Trink von mir."

20

ALAINS BITTENDE Stimme weckte in Orlando ein unwiderstehliches Begehren und das Bewusstsein seiner eigenen Macht. Er hatte Alain bei der Besprechung im Wartesaal des Gare de Lyon erlebt und gesehen, wie die Magier – jedenfalls die meisten von ihnen – sich hinter seine Vorschläge gestellt hatten. Er hatte in dem kurzen Kampf auf dem Bahnsteig an Alains Seite gestanden. Er wusste, dass sein Partner von allen respektiert wurde und dass er ein sehr mächtiger Magier war. Und doch lag Alain jetzt bettelnd vor ihm im Bett. Alain hatte ihm von Anfang an die Kontrolle über ihre intimen Beziehungen überlassen, zunächst mehr aus einem Instinkt heraus, später, weil es Orlando wichtig war. Dieses Mal war es anders. Dieses Mal überließ Alain ihm nicht die Kontrolle, dieses Mal war er von Orlando abhängig, um Befriedigung zu finden. Orlando konnte es noch nicht so recht begreifen, aber Alain genoss seinen Biss und sehnte sich genauso sehr danach, wie Orlando ihn zum Überleben brauchte. Das war schon vor dem Aveu de Sang so gewesen. Heiße Erregung stieg in Orlando auf, feuerte sein Herz und seinen Körper an. Er beugte sich über Alains Hals, leckte und kitzelte ihn mit der Zunge, ließ ihn seine Zähne spüren, nur um sie gleich wieder zurückzuziehen. Genießerisch bereitete er so Alains Haut auf den Biss vor.

„Bitte!", keuchte Alain, als Orlandos Zähne zum dritten Mal von seinem Hals verschwanden. Der Vampir hatte ihn noch nicht gebissen, und doch war er schon hart vor Erregung und sehnte sich nach Erlösung, bevor es noch richtig begonnen hatte. „Mach schon", bettelte er. „Ich will dich in mir fühlen, mon Ange. Bitte, beiß mich."

Mein Engel. Die beiden Worte aus Alains Mund stellten Dinge mit Orlandos Herz an, die er für unmöglich gehalten hätte. Er wusste jetzt etwas mehr über die Dunkelheit, die über das Leben seines Geliebten gefallen war. Trotzdem überraschte es ihn immer noch, dass er, ein kontaktscheuer Vampir, eine Kreatur der Nacht, Licht in diese Dunkelheit gebracht hatte. Orlando gab Alains Bitten nach und saugte ihm kräftig am Hals, um das Blut an die Oberfläche zu locken. Als die Haut sich rot färbte, ließ er die Zähne in Alains Hals gleiten und trank das Blut, das ihm entgegenströmte.

Alain bog den Rücken durch, als Orlando an seinem Hals saugte und dann zubiss. Er spürte sofort die Verbindung zu seinem Vampir, die ihn jedes Mal gefangen hielt, wenn Orlando von seinem Blut trank. Das war schon bei Orlandos erstem Biss so gewesen, damals auf dem Friedhof, als Alain noch gar nicht wusste, was auf ihn zukam. Damals hatte Alain sich noch vor Orlandos Zähnen gefürchtet, aber das war jetzt vorbei. Jetzt konnte er nicht mehr genug davon bekommen. Hätte Alain noch einen klaren Gedanken fassen können, er wäre der Magie des Aveu de Sang dafür dankbar gewesen, dass sie diese Momente jetzt genießen konnten, so oft sie wollten. Aber die Vernunft hatte ihn in dem Augenblick verlassen, als er Orlandos Zähne an seiner Haut gespürt hatte. Alain fuhr ihm mit den Fingern durch die dunklen Locken, die ihm seidenweich über die Hand fielen. Er hätte seine Hände gerne über Orlandos Körper wandern lassen, um ihn an den Gefühlen teilhaben zu lassen, die der Biss in ihm selbst auslöste. Aber er widerstand der Versuchung und verschob dieses Vorhaben auf später, wenn sie sich liebten.

Das Blut, das sich unter Alains Haut versammelt hatte, strömte Orlando entgegen. Er musste kaum saugen, hatte die Lippen nur sanft an den Hals des Magiers gedrückt und die Zähne nicht so tief eindringen lassen wie bei seinen Bissen zuvor. Orlando hatte in den hundert Jahren, seit er seinem Schöpfer entkommen war, viel gelernt. Er wusste, wie er trinken musste, ohne dem Opfer unnötige Schmerzen zu bereiten. Bei Alain hatte ihn dieses Wissen oft im Stich gelassen, weil es ihm schwerfiel, sich zurückzuhalten. Dieses Mal wollte er das nicht zulassen. Dieses Mal wollte er jeden Trick anwenden, der ihm bekannt war, um den Biss für Alain so angenehm und erregend wie möglich zu gestalten. Es sollte für Alain ein Vorspiel sein, eine Vorahnung dessen, was danach kommen würde. Orlando wusste, was Alain sich wünschte, auch ohne das Begehren in dessen Blut zu schmecken, das ihm die Sinne vernebelte.

Orlando verdrängte das sexuelle Begehren, sein eigenes und Alains, und konzentrierte sich stattdessen auf Alains Hals. Er fuhr ihm mit den Zähnen über die Haut, leckte das Blut auf, das aus den beiden kleinen Wunden floss und nippte mit den Lippen daran, um seinem Geliebten auf jede erdenkliche Weise Freude zu bereiten.

Alain wand sich unruhig unter Orlando hin und her. Er wollte mehr, als Orlando ihm zu geben bereit war, bewunderte aber gleichzeitig die Selbstbeherrschung seines Vampirs, der ihn mehr und mehr erregte. Orlando zeigte ihm damit eine vollkommen neue Seite seiner Persönlichkeit. Alain hatte ihn unsicher erlebt, leidenschaftlich, wütend, bitter und traurig, aber noch nie so bewusst verführerisch. „Mehr", bettelte er. „Gib mir mehr."

Orlando legte die Lippen um die Bisswunden und versenkte erneut seine Zähne in Alains Hals. Sofort wurde er von dem reichen, appetitlichen Geschmack des Blutes überwältigt. Es stieg ihm zu Kopf und ließ sein Verlangen mehr und mehr außer Kontrolle geraten. Mit Mühe kämpfte er gegen seine unersättliche Gier nach Alains Blut an, erinnerte sich daran, erst vor einem halben Tag getrunken zu haben. Es gab keinen Grund für diese Gier, und doch brach sie über ihn herein wie eine Naturgewalt. Er saugte und trank in tiefen Zügen, wollte es jetzt doch so schnell wie möglich hinter sich bringen, weil er wusste, dass er seinen Hunger befriedigen musste, bevor ihr sexuelles Begehren die Oberhand gewann und alle guten Vorsätze sich in Luft auflösten.

Als Orlando spürte, wie Alains Leidenschaft weiter anstieg, zog er die Zähne aus seinem Hals und unterbrach ihre Verbindung. Keuchend versuchte er, sich selbst wieder unter Kontrolle zu bekommen.

Alain protestierte sofort. „Nicht aufhören", stöhnte er.

Orlando lächelte und küsste ihn. „Wenn ich aufhöre, können wir uns lieben", sagte er und versuchte, seiner Stimme einen beherrschten Tonfall zu geben. Was herauskam, hörte sich nicht viel besser an als Alains erregtes Betteln.

Wir könnten beides tun, wollte Alain einwenden, verkniff sich aber die Worte. „Bitte", sagte er stattdessen. „Liebe mich."

Orlando schüttelte den Kopf. „Nein. Aber *wir* werden uns lieben."

Alains Kopf schoss vom Kissen hoch und er sah Orlando erstaunt an, weil er sicher sein wollte, seinen Geliebten richtig verstanden zu haben.

„Ich vertraue dir", sagte Orlando mit Überzeugung, obwohl ihm noch etwas flau war wegen seines Angebots. Aber das spielte keine Rolle. Alain hatte sich gewünscht, den Biss mit Sex zu verbinden, und er hatte diesen Wunsch Orlando zuliebe zurückgestellt. Dafür wollte Orlando ihm entgegenkommen und ihm etwas geben, was in seiner Macht lag. Er hoffte nur, dass es ausreichen würde.

Orlandos Angebot hatte Alains Lust angefacht, aber als er diese Worte hörte, konnte er seine Liebe für Orlando kaum noch zügeln. Er war fest entschlossen, sich des Vertrauens würdig zu erweisen, das Orlando ihm entgegenbrachte. Alain hatte nicht vergessen, was er über Orlandos Vergangenheit erfahren hatte. Er wollte Orlandos Angebot annehmen, schon deshalb, weil er ihm zeigen wollte, wie sehr er es zu schätzen wusste. Aber er wollte ihn nicht bedrängen. Sie hatten Zeit und mussten nichts überstürzen. Schritt für Schritt, Liebkosung um Liebkosung wollte Alain seinem Geliebten zeigen, was das Leben ihm vorenthalten hatte.

„Leg dich zu mir", forderte er Orlando auf und rollte sich auf die Seite, sodass sie sich Auge in Auge gegenüberlagen. Es sollte kein Oben und Unten geben, nur zwei gleichgestellte Partner mit dem gemeinsamen Ziel, sich zu lieben.

Orlando legte sich an seine Seite. Es machte ihn nervös, seine Machtposition über Alain aufzugeben. Er rief sich ins Gedächtnis zurück, dass Alain ihn niemals verletzen würde, dass Alain es ihm sogar versprochen hatte. Alain hatte Orlandos Ängste immer respektiert und auf sie Rücksicht genommen. Orlando hatte Alains Güte geschmeckt und konnte ihm vertrauen, denn Alain würde es niemals ausnutzen, dass Orlando einen Teil seiner Kontrolle aufgab.

Alain zog Orlando sanft in die Arme, suchte mit den Lippen seinen Mund und küsste ihn zärtlich, um ihm zu zeigen, dass er die richtige Entscheidung getroffen hatte. Orlando seinerseits war alles andere als zärtlich, als er Alains Kuss hungrig erwiderte und sich von der Leidenschaft überwältigen ließ, die sich während des Bisses zwischen ihnen aufgebaut hatte.

Alain legte ihm stöhnend die Hände um den Kopf und drückte ihn noch fester an sich. Ihre Zungen wirbelten umeinander und bewegten sich von einem Mund in den anderen. Alain konnte das Blut in Orlandos Mund schmecken, ein Geschmack, der sein Begehren noch mehr anfeuerte. Noch vor einer Woche hätte er nicht im Traum daran gedacht, den Geschmack von Blut, noch dazu von seinem eigenen Blut, erotisch zu finden. Aber jetzt ließ es seine Leidenschaft in ungeahnte Höhen ansteigen. Er legte die Arme um Orlandos Körper und streichelt ihm über den Rücken, massierte ihn und klammerte sich an ihn. Seine Hemmungslosigkeit überraschte Orlando, und für einen Augenblick verharrte der Vampir bewegungslos in Alains Umarmung. Dann riss ihn sein eigenes Verlangen wieder aus seiner Starre, er folgte Alains Führung, streichelte ihn und klammerte sich an ihm fest, als er unter Alains Berührungen erbebte.

Ihre Lippen trennten sich und sie schnappten keuchend nach Luft, nur um sich sofort wieder zu einem Kuss zu finden. Ihre Hände gaben die frenetische Erkundung ihrer Körper auf, konzentrierten sich auf die bekannten Stellen, an denen sie besonders willkommen waren und das lauteste Stöhnen auslösten.

Alains Finger kamen immer wieder zu Orlandos Nippeln zurück, umkreisten sie und spielten mit ihnen. Das Wimmern und Stöhnen, das sie dem Vampir entlockten, ermutigte Alain. Er unterbrach ihren Kuss, fuhr mit dem Mund über Orlandos Kinn und Schlüsselbein, küsste und leckte die nackte Haut, vermied aber dabei, sie mit seinen Zähnen in Kontakt zu bringen. Orlandos Furcht vor Zähnen war ihm noch frisch in Erinnerung. Er wollte mit den erprobten Zärtlichkeiten beginnen und sich Zeit lassen, bevor er sich in unbekannte Gewässer vorwagte.

Alains Hände und Lippen verfehlten ihre magische Wirkung nicht und versetzten Orlando in einen Zustand des Verzückens, in dem nur noch ihr gegenseitiges Verlangen zählte und der Wunsch, den Partner noch mehr zu erregen. Orlando fuhr Alain liebevoll mit den Fingern durch die blonden Haare, während er mit der anderen Hand zwischen ihre Körper griff, ihm über die Brust streichelte und nach den rosa Nippeln suchte, um sie zwischen den Fingern zu rollen. Er musste lächeln, als Alain bei der Berührung aufstöhnte, und weil er das Geräusch so sehr liebte, kniff er schnell noch einmal zu.

Alain wollte auch den Rest von Orlandos Brust erkunden und drückte ihm sanft gegen die Schulter. Als Orlando auf dem Rücken lag, richtete Alain sich über ihm auf. Er hatte vergessen, dass diese Position eine alte Wunde in Orlando aufriss. „Ganz ruhig", sagte er beruhigend, als Orlando erstarrte. „Du weißt doch, dass ich dir nichts tue."

Orlando lag bewegungslos auf der Matratze, sein Keuchen jetzt ein Zeichen seiner Furcht, nicht mehr der Erregung. Im Kopf wiederholte er immer wieder Alains Namen, bis sich sein pochendes Herz und seine flatternden Nerven schließlich wieder beruhigten. Sein Magier war immer nur liebevoll zu ihm gewesen. Das würde sich nicht ändern. Orlando wusste es. Jetzt musste er nur noch seinen Körper dazu überreden, seinem Herzen und seinem Verstand zu folgen.

Alain stützte sich auf den Arm und wartete ab, bis Orlando sich wieder in den Griff bekam. Es dauerte länger, als er gehofft hatte. Er legte eine Hand an Orlandos Wange. „Schau mich an", flüsterte er. Als Orlando die Augen öffnete, gab er ihm einen zärtlichen Kuss auf den Mund. „Denk nur an mich", sagte Alain. „Hier gibt es nur uns beide. Keine Vergangenheit, keine Zukunft, nur uns beide. Nur diesen Augenblick und unsere Liebe."

Orlando fasste nach Alains tröstender Hand und lauschte seinen beruhigenden Worten. Er sah in die liebevollen, blauen Augen, die fast sein ganzes Gesichtsfeld einnahmen. Das war sein Geliebter, sein Avoué – nicht sein Schöpfer, dieses Bastard. Langsam entspannte er sich wieder und konzentrierte sich ganz auf die liebvolle Hand an seiner Wange und die sanften Küsse, mit denen Alain ihm das Gesicht bedeckte. „Nur wir beide", flüsterte er dann und hoffte, dass Alain ihn verstehen würde.

Alain kniete sich hin, um mehr Halt zu haben. Ohne Orlandos Gesicht aus den Augen zu lassen, fuhr er ihm mit den Fingerspitzen zärtlich über die Brust, eine leichte, verlockende Berührung. Dann ließ er die Finger nach unten wandern, strich kurz über Orlandos Schwanz, der sich wieder von dem Schrecken erholt hatte, von dort weiter über die Beine und wieder zurück. „Fass mich an", flüsterte er Orlando zu.

Orlando hob langsam den Arm und berührte ihn an der Brust, so wie Alain es ihm vorgemacht hatte. Als seine Erregung wieder zunahm, schloss er genießerisch die Augen und gab sich seinen Gefühlen hin.

Alain erkannte, dass Orlando seine Panik überwunden hatte. Er öffnete die Nachttischschublade und zog die Tube mit dem Gel daraus hervor. Alain wollte Geduld bewahren, aber sein ganzer Körper vibrierte und sehnte sich nach Erfüllung. Sanft drückte er Orlando die Tube in die Hand und hoffte, dass sein Geliebter sich nicht allzu viel Zeit lassen würde.

Orlando spürte die Tube in der Hand und riss die Augen auf. Er sah Alain mit gespreizten Beinen vor sich knien, direkt in der Reichweite seiner Hand. Bei dem Anblick überkam ihn ein unbeschreibliches Verlangen nach Alains warmen Inneren, er wollte diese Hitze wieder spüren und konnte nicht länger warten. Er befeuchtete seine Finger mit dem Gel, schob die Hand zwischen die Beine seines Geliebten, streichelte ihm kurz über die Hoden und suchte dann mit dem Finger nach dem Tor, das ihn in die Ekstase führen würde.

Alain fasste nach hinten und zog seine Arschbacken auseinander, um Orlandos Fingern den Weg zu ebnen. Er spürte den ersten Finger, der in ihn eindrang und ihn sanft, aber bestimmt dehnte. Ihr Spiel unter der Dusche lag noch nicht lange zurück und er fühlte sich schnell zu mehr bereit. „Mehr", verlangte er und presste sich auf Orlandos Finger.

Orlando ließ sich nicht lange bitten und schob den zweiten Finger in Alains Körper. Alain stöhnte erleichtert auf und bewegte sich schneller, immer den suchenden Fingern entgegen. Orlando richtete sich auf und drückte Alain unter sich auf die Matratze, um ihn in die richtige Position zu bringen, aber Alains Hand hielt ihn zurück. „Leg dich hin."

Orlando ließ sich auf den Rücken fallen und sah ihn erstaunt an. Alain schwang ein Bein über Orlandos Körper und hockte sich über ihn. Dann rutschte er auf den Knien nach hinten, bis sich Orlandos steifer Schwanz direkt unter ihm befand, ließ sich langsam nach unten sinken und nahm ihn in sich auf. Er bog den Rücken durch, als er das leichte Brennen spürte, aber es war ein willkommenes Gefühl, denn es war der Beginn einer Vereinigung, deren Intimität nur durch Orlandos Biss übertroffen wurde.

Orlando sah fasziniert zu, wie die Leidenschaft Alains Gesicht veränderte. Dann hob er die Hände, legte sie Alain auf die Brust und fuhr ihm über den Bauch, bis er den harten Schwanz zu fassen bekam und ihn im Rhythmus von Alains Hüften massierte.

Alain stöhnte vor Erregung, als er Orlandos Hände auf seinem Körper spürte. Seine Hüften bewegten sich schneller, und mit jeder Bewegung stieß er seinen Schwanz in Orlandos Faust, die ihn fest umklammert hielt. Er bemühte alle Tricks, die er kannte, um nicht die Beherrschung zu verlieren und diesen Augenblick noch länger genießen zu können. Aber kein Trick, kein noch so abwegiger Gedanke, konnte gegen die Gefühle ankommen, die Orlandos harter Schwanz in seinem Arsch und Orlandos Hand um seinen Schwanz in ihm auslösten. Unaufhaltsam wurden ihre Bewegungen schneller und schneller, bis sie beide schließlich zu zucken begannen und vollkommen aus dem Takt gerieten. Gemeinsam gaben sie den Kampf auf und überließen sich ihrer Erlösung.

Alain fiel nach vorne in Orlandos Arme, die ihn willkommen hießen und auf die Seite rollten. Orlando schmiegte sich an ihn, verkroch sich in Alains Umarmung, weil er die Nähe noch nicht verlieren wollte, die sie in ihrer Liebe gefunden hatten. Ihn überlief ein leichter Schauer, als er daran zurückdachte. Es war nicht der Sex allein, sondern alles andere, was damit zusammenhing, das ihn so sprachlos machte. Er konnte noch nicht ganz fassen, diesen Schritt gewagt und Alain erlaubt zu haben, auf ihm zu liegen. Aber er hatte es getan und er hatte es unbeschadet überlebt. Mehr als unbeschadet. Er war durch und durch gesättigt und befriedigt. Lächelnd zog er Alain näher an sich – was kaum noch möglich war –, um mit ihm noch etwas auszuruhen, bevor sie wieder zum Dienst erscheinen mussten.

Alain freute sich, dass Orlando mit ihm schmusen wollte und nicht, wie er es fast befürchtet hatte, vor Alains Leidenschaft die Flucht ergriffen hatte. Es hatte zwar einige kurze Momente gegeben, in denen er sich nicht sicher gewesen war, ob Orlando den Positionswechsel erlauben würde, aber am Ende hatte sein Vampir es nicht nur zugelassen, sondern offensichtlich auch genossen. Alain lächelte und nahm sich erneut vor, Orlando alles zu zeigen, was ihm in den letzten Jahren entgangen war, eines nach dem anderen und Schritt für Schritt. Dann würde hoffentlich bald der Tag kommen, an dem sie sich ungehemmt lieben konnten, ohne Furcht und ohne Grenzen. Er sah auf die Uhr. Sie hatten noch einige Stunden Zeit, bevor sie wieder aufbrechen mussten. Er machte es sich an Orlandos Seite gemütlich und stellte mit einer raschen Handbewegung den Wecker, damit sie nicht verschliefen und rechtzeitig zum Dienst kamen.

21

JUDES MIENE war im Laufe des Tages immer finsterer geworden. Er war vor der Morgendämmerung in das Büro seiner Partnerin – in Gedanken benutzte er das Wort als Fluch – zurückgekommen, weil er ihr Blut brauchte, um nach Hause zurückkehren zu können. Sie war nicht aufzufinden gewesen. Nur Angélique und ihren Partner hatte er angetroffen – sie satt und zufrieden strahlend, er offensichtlich nicht weniger befriedigt, was aber Judes Meinung nach nicht auf Sex, sondern allein auf Angéliques Biss zurückzuführen war. Wenn mehr zwischen den beiden passiert wäre, hätte Angélique anders ausgesehen, und auch das Büro wäre nicht mehr in dem gleichen Zustand, in dem Jude es vor einigen Stunden verlassen hatte. Trotzdem, ihr Anblick machte ihn noch wütender und frustrierter. Angélique konnte jederzeit das Gebäude verlassen und sich um ihre Geschäfte kümmern. Er nicht. Und überall im Hauptquartier war er Vampiren begegnet, die kamen und gingen, geschützt durch die Magie ihrer Partner, während er sich in dunklen Zimmern und Fluren herumgedrückt hatte, die kein Sonnenstrahl erreichen konnte. Glücklicherweise war der Himmel über Paris heute wolkenverhangen, sodass er etwas mehr Bewegungsfreiheit gehabt hatte. Aber es war zu wenig, um das Wagnis einzugehen und das Gebäude zu verlassen.

Jetzt war es Nacht geworden und Jude immer noch im Hauptquartier, fest entschlossen, Adèle abzupassen und ihr seine Meinung zu sagen. Er war nicht sonderlich hungrig, jedenfalls nicht genug, um auf die Jagd zu gehen; aber er wollte Adèles Blut und den Schutz, den es ihm gegen die Sonne gab. Als eine weitere Stunde vergangen und seine Partnerin immer noch nicht eingetroffen war, gab er auf und studierte die Dienstpläne, die Angélique und David in der Nacht zuvor aufgestellt hatten. Sorgfältig las er jeden Namen durch, bis er seinen eigenen fand. Er prägte sich jeden Buchstaben in Adèles Namen ein, lernte jeden Strich und jeden Bogen auswendig, um ihn bei Bedarf schneller wiederzuerkennen. Neun Uhr. Ihr Dienst begann um neun Uhr. Er sah auf die Uhr, suchte die beiden Zeiger und ordnete sie den Zahlen zu. Sieben Uhr. Zwei Stunden. Noch zwei Stunden, die er in diesem verdammten Büro ausharren und auf sie warten musste. Jude konnte es nicht mehr sehen. Er wäre am liebsten gegangen, um später wieder zurückzukommen. Andererseits wollte er auf jeden Fall schon hier sein, wenn sie eintraf, und er wusste nicht, ob sie die Angewohnheit hatte, früher zu kommen.

Jude lief ungeduldig in dem engen Büro auf und ab. Aus seiner heißen Wut wurde langsam eiskalter Zorn. Dann endlich hörte er das Klappern von Absätzen draußen im Flur. Er erkannte ihre Schritte sofort und stellte sich hinter die Tür, um nicht sofort von ihr gesehen zu werden, wenn sie das Zimmer betrat.

Adèle öffnete die Tür zu ihrem Büro. Es ging ihr schon wieder viel besser als gestern Abend. Acht Stunden Schlaf und die Zeit, die sie sich genommen hatte, um sich etwas zu verwöhnen, hatten Wunder bewirkt. Sie fühlte sich ausgeglichen und mit der Welt im Reinen. In dieser Stimmung konnte sie wahrscheinlich sogar ihren Partner ertragen, hoffte allerdings, dass auch der sich seit ihrer Trennung gestern etwas gemäßigt hatte.

Sie schloss die Tür hinter sich und wollte gerade zu ihrem Schreibtisch gehen, als sie grob an den Armen gepackt und an die Tür gedrückt wurde. „Wo warst du?", hörte sie hinter sich ihren Partner knurren.

Sie riss sich zusammen und erinnerte sich an ihre guten Vorsätze, besser mit Jude zusammenzuarbeiten. „Ich war außer Dienst. Ich bin nach Hause gegangen", sagte sie ruhig und ohne sich zu wehren.

„Du hast mich einfach zurückgelassen", zischte er ihr ins Ohr. Sein Atem ließ ihr eine Gänsehaut über den Rücken laufen. „Ich habe hier festgesessen."

Adèle runzelte die Stirn, aber das konnte Jude nicht sehen. „Wie meinst du das? Du hast meine Hilfe nicht gebraucht, um nach Hause zu gehen."

Ihre Worte entfachten erneut die Wut in Jude. Er schleuderte sie herum und presste sie mit dem Rücken zur Wand. „Mach dich nicht über mich lustig", bellte er. „Du weißt genau, dass ich dein Blut brauche, um tagsüber ins Freie zu gehen. Du bist gegangen, ohne mich trinken zu lassen."

Jetzt wurde auch Adèle wütend. Sie fasste nach seinen Handgelenken, um ihn wegzustoßen und sich aus seinem Griff zu befreien. Er bewegte sich keinen Millimeter. Sie erkannte, dass sie körperlich gegen ihn hilflos war. Für einen kurzen Augenblick wurde sie von Angst gepackt. Dann gestand sie sich – gegen ihre übliche Art – ein, dass sie sich bei ihm entschuldigen sollte. Ihr war nicht klar gewesen, dass ihre Magie so schnell die Wirkung verlor. Bei Alain und Orlando war das nicht der Fall. Dennoch, sie hätte Jude fragen sollen, ob er sie noch brauchte. „Ich wusste nicht, dass die Wirkung so schnell nachlässt", erklärte sie ihm mit ruhiger Stimme, um ihn zu besänftigen. „Es tut mir leid."

„Leere Worte", erwiderte Jude. Sein Griff um ihre Arme wurde fester.

„Lass mich los, dann kannst du von meinem Handgelenk trinken", schlug Adèle vor und hatte dabei vor allem die Allianz im Sinn. Sie wollte nicht dafür verantwortlich sein, dass ihre Partnerschaft scheiterte.

„Ich will dein Handgelenk nicht", knurrte Jude. Er fasst sie am Kinn, drückte ihren Kopf nach hinten und legte ihren Hals bloß.

Instinktiv setzte sich Adèle zur Wehr und versetzte ihm mit ihrer freien Hand einen Schlag, der jeden normalen Menschen zu Boden geworfen hätte. Jude geriet kaum aus dem Gleichgewicht. Nur ein schmerzhaftes Grunzen entfuhr ihm, als ihre Faust ihn traf. Adèle wusste bereits, dass sie mit Magie nichts gegen ihn ausrichten konnte. Körperlich erreichte sie offensichtlich auch nicht sehr viel. Trotzdem ließ ihr Stolz nicht zu, dass sie einfach ohne Gegenwehr aufgab. „Ist das dein Verständnis von Allianz?", fragte er herausfordernd. „Gegen deinen Partner zu kämpfen?"

„Und ist es dein Verständnis, mich zu zwingen?", gab sie zurück und zwang sich, stillzuhalten und nicht wieder auf ihn loszugehen. Marcel hatte diese Allianz aufgebaut und sie schuldete ihm zu viel, um sie zu gefährden. Sie hatte sich den ganzen Tag verwöhnt und es sich gut gehen lassen, während ihr Partner hier festgesessen hatte und das Gebäude nicht verlassen konnte. Dafür war sie verantwortlich, auch wenn es nicht ihre Absicht gewesen war. Wenn sie jetzt dafür bezahlen musste, um ihre Partnerschaft wieder zu reparieren, wollte sie das tun.

„Ich sollte dich nicht zwingen müssen", wies Jude sie zurecht. „Es war von Anfang an Teil dieser Übereinkunft."

Aber nicht so, dachte Adèle und entspannte sich in seinem Griff. Wenn sie sich nicht mehr gegen ihn wehrte, würde er vielleicht auch etwas rücksichtsvoller und sanfter mit ihr umgehen.

Die Zähne, die sich in ihren Hals bohrten, waren alles andere als sanft. Sie schrie auf vor Schmerz und nahm instinktiv für einen kurzen Moment ihre Gegenwehr wieder auf, bevor sie sich wieder fasste und zur Ruhe zwang.

Jude saugte mit aller Kraft an ihrem Hals, füllte sich den Mund mit ihrem lebensspendenden Blut und genoss es, die Magierin seinem Willen zu unterwerfen. Er war sich nicht sicher, wann er entschieden hatte, dass sie ihm gehören würde. Aber als er sie an die Wand presste und ihr Blut trank, als sie ihm hilflos ausgeliefert war, erkannte er, dass er sie besitzen wollte.

Adèles Furcht ließ etwas nach, als sie bemerkte, dass das Schlimmste vorbei war. Nachdem Jude die Zähne in ihren Hals geschlagen hatte, wollte er sie offensichtlich nicht noch mehr verletzen. Er trank allerdings, ohne auch nur einen Gedanken an ihr Wohlbefinden zu verschwenden. Adèles Wut ging langsam in Verachtung über, weil Gewalt und Rücksichtslosigkeit ein Teil seiner Persönlichkeit zu sein schienen. Jude hatte den Biss, der ein sinnliches und wunderbares Erlebnis sein sollte, zu einem bedeutungslosen Austausch von Blut herabgewürdigt.

Adèles Furcht und Wut hatten Jude erregt, aber die Ablehnung, die er in ihrem Blut schmeckte, riss ihn wieder aus seinem Gefühlstaumel. Er hatte ihr zeigen wollen, dass sie ihn nicht einfach übergehen konnte, aber stattdessen hatte er genau das Gegenteil erreicht. Frustriert hörte er zu trinken auf und hob den Kopf. Er öffnete den Mund, um etwas zu sagen, nur … was?

Sobald Jude fertig war, holte Adèle mit ihrem rechten Bein aus und rammte ihm ihr Knie in die Eier. Damit hatte Jude nicht gerechnet. Er schrie auf und krümmte sich vor Schmerz. „Das nächste Mal fragst du mich vorher", sagte Adèle und stieß ihn von sich.

Jude keuchte und reagierte auf die einzige Weise, die ihm in den Sinn kam. Er holte aus und schlug blind mit der offenen Hand um sich. Sie landete mit einem lauten Knall auf ihrem Arsch.

Adèle ging einfach weiter, ohne die Wirkung seines Schlages auf ihr Hinterteil zur Kenntnis zu nehmen. Sie wollte nicht mehr in seiner Reichweite bleiben. Sie hatte Alain und Orlando zusammen erlebt und wusste, was eine Partnerschaft bedeuten konnte. Aber mit ihrem eigenen Partner hatte sie offensichtlich den Kürzeren gezogen, er war an nichts anderem interessiert als an dem Schutz, den ihr Blut ihm gegen das Sonnenlicht gab. Sie konnte damit leben, konnte sich damit abfinden und ihre Hoffnungen begraben. Es war ihre Art, mit Enttäuschungen umzugehen. Trotzdem konnte sie nicht verhindern, dass ein Teil von ihr es zutiefst bedauerte. Es hätte mehr daraus werden können, vielleicht sogar mehr daraus werden sollen.

MIREILLE GAB Caroline einen sanften Schubs an die unverletzte Schulter. „Aufwachen", sagte sie leise. „Wir müssen bald aufbrechen."

Caroline kam nur langsam zu sich. „Wie lange habe ich geschlafen?", fragte sie benommen.

„Ungefähr zwanzig Stunden", erwiderte Mireille. „Du hast Ruhe gebraucht. Wie geht es deinem Arm?"

Caroline rollte versuchsweise mit der Schulter. „Besser, denke ich", sagte sie dann. „Der Schlaf hat mir gutgetan."

„Gut. Ich habe mir Sorgen gemacht." Mireille musste trinken, bevor sie sich zum Dienst meldeten, zögerte aber, ihre Partnerin darum zu bitten.

Caroline streckte lächelnd die Hand aus. „Setzt dich zu mir", lud sie Mireille ein, obwohl sie noch im Bett lag und nichts anderes trug, als ihre Unterhose und ein dünnes Hemdchen. Als sie wieder etwas klarer denken konnte, rechnete sie nach, wann Mireille das letzte Mal getrunken hatte. Es war auf dem Bahnhof gewesen, gleich nach dem Kampf mit Pacottes Männern, also mindestens zwölf Stunden, bevor sie eingeschlafen war. Es war schon fast einen ganzen Tag her. Mireille hatte seit fast sechsunddreißig Stunden keine Nahrung zu sich genommen. „Musst du noch trinken, bevor wir wieder ins Hauptquartier gehen?", fragte sie besorgt.

„Unsere Schicht endet morgen nach Sonnenaufgang, deshalb wäre es wohl besser", erwiderte Mireille. „Ich kann deine Magie noch spüren, aber sie ist schwächer geworden. Wenn wir erst auf Patrouille sind, ergibt sich vielleicht nicht mehr die Gelegenheit. Geht es dir gut genug, um mich trinken zu lassen?"

„Wenn ich fit für den Einsatz bin, bin ich auch fit für deinen Biss. Es gehört jetzt zu meinen Pflichten."

Mireille war enttäuscht über diese Antwort. Sie wollte mehr sein für ihre Partnerin, als nur eine Pflicht. Ihr selbst bedeutete Caroline jetzt schon viel mehr.

„Mist", fluchte Caroline, als sie die Enttäuschung in Mireilles Gesicht sah. „So habe ich das nicht gemeint. Ich wollte nur sagen, dass ich nicht mit dir auf Patrouille gehen sollte, wenn ich nicht stark genug bin, um dich trinken zu lassen. Wir sind ein Team, und das heißt, dass wir füreinander da sind. Du warst gestern für mich da und hast mir geholfen, als ich nach den Heilsprüchen der Mediziner umgekippt bin. Jetzt will ich für dich da sein und dir zur Seite stehen. Das ist meine Pflicht als Mitglied der Milice, aber es ist auch mehr als das. Es ist meine Verpflichtung gegenüber meiner Partnerin. Ich tue es gerne."

Carolines Worte besänftigen Mireille wieder, obwohl Caroline für sie schon längst mehr als nur eine Verpflichtung war. Doch es war ein Anfang, auf dem sie aufbauen konnten. Mireille nahm das Angebot an, setzte sich zu Caroline aufs Bett und fuhr ihr mit den Fingern über den nackten Arm.

Caroline sah überrascht auf, entzog sich der unerwarteten Berührung jedoch nicht. Es war lange her, seit sie jemand so berührt hatte. Sie freute sich über die kleine Zärtlichkeit und schloss die Augen, um sie besser genießen zu können.

Mireille zögerte etwas, bevor sie die Einladung annahm, die sie aus Carolines Reaktion abzulesen glaubte. Sie sehnte sich danach, Carolines Angebot anzunehmen, sehnte sich sogar nach mehr. Das hieß jedoch nicht, dass sie einfach zugreifen konnte. Sie hatte in ihren langen Jahren als Vampirin schon viele Beziehungen gehabt und daraus gelernt, geduldig zu sein. Mireille beließ es dabei, zärtlich Carolines Arm zu streicheln. Dann senkte sie den Kopf und legte den Mund auf die samtweiche Haut an Carolines Hals.

Caroline öffnete überrascht die Augen, als sie Mireilles Lippen an ihrem Hals spürte, stieß die Vampirin aber nicht weg. Während sie versuchte, sich über ihre eigenen Gefühle Klarheit zu verschaffen, sah sie Mireilles rotgoldenen Schopf vor sich. Caroline war jeden Tag von Soldaten der Milice umgeben – abgehärteten Magiern und Magierinnen, die sich den Realitäten des Krieges stellten, oder professionellen Soldaten, die die Milice mit Rat und Tat unterstützten. Sie hatte in den letzten beiden Jahren keine zärtlichen Kontakte mehr gehabt, ihre eigenen ausgenommen. Und jetzt Mireille. Mireille hatte sich in den letzten anderthalb Tagen liebevoller um Caroline gekümmert als jeder andere Mensch, seit sie ihr Zuhause verlassen hatte und zur Milice gegangen war. Caroline stellte fest, dass es ihr gefiel. Sie hatte Mireille gern in ihrer Nähe. Sie legte die Hand auf die langen Locken und drückte Mireilles Kopf an ihren Hals. „Mach schon", forderte sie Mireille auf. „Nimm dir, was du brauchst."

Mireille fragte sich, worauf sich diese Aufforderung wohl beziehen mochte. Die Vampirin hatte es sich angewöhnt, den Biss dazu zu benutzen, auch ihre sexuellen Bedürfnisse zu befriedigen, weil die Arbeit für Monsieur Lombard es ihr nicht leicht machte, eine Beziehung einzugehen. Vorsichtig fuhr sie mit der Hand über Carolines Seite, während sie den Hals ihrer Partnerin auf den Biss vorbereitete. Aufmerksam wartete sie auf Carolines Reaktion, aber die tat nichts, um sie zu stoppen. Mireille fühlte sich dadurch ermutigt und streichelte Caroline mit den Fingern über die Brust, während sie gleichzeitig zubiss und die Haut an ihrem Hals durchstieß.

Caroline bäumte sich auf, als sie Mireilles Zähne spürte. Sie bohrten sich im gleichen Augenblick in ihre Vene, als Mireilles sanfte Finger ihr über die Brust streichelten. Die Vampirin hatte sie erneut überrascht, und auch dieses Mal war es eine angenehme Überraschung gewesen. Noch nie hatte ein Mann sich die Zeit genommen, Caroline auf diese liebevolle Art zu berühren. Sie – ihre männlichen Liebhaber – waren immer direkt auf ihre Nippel losgegangen oder hatten ihre Brüste geknetet, und das meistens viel zu grob. Mireilles Berührungen waren federleicht und durch das dünne Hemd kaum zu spüren, aber sie ließen alle anderen Empfindungen in den Hintergrund treten. Selbst Mireilles Zähne, die bewegungslos in Carolines Hals verharrten, waren darüber kaum spürbar.

Mireille wurde mutiger, als Caroline auch jetzt ihre Hand noch nicht wegstieß. Sie fuhr ihr sanft über die Brust nach oben bis zum Ausschnitt des Hemdes, dann ließ sie die Finger über Carolines nackte Haut nach unten gleiten. Sie wünschte, sie könnte sehen, was sie unter den Finger spürte, aber der Geschmack von Carolines Blut war zu unwiderstehlich, um den Biss zu unterbrechen und den Kopf zu heben. Es schmeckte süß, aber nicht zu süß, war vollmundig wie ein edler Tokajer. Es war Nahrung und Vergnügen zugleich, besonders durch das Verlangen, das Mireille in jedem Schluck schmecken konnte. Sie saugte fester und ließ ihre Finger aufreizend über Carolines nackte Brust gleiten, während ihre Zähne und Lippen den nackten Hals der Magierin liebkosten.

Caroline erbebte vor Leidenschaft. Sie suchte den Kontakt zu Mireille und räkelte sich unter ihr auf dem Bett hin und her. Der rhythmische Druck der Zähne in ihrem Hals ließ Wellen der Erregung durch ihren Körper strömen. Sie bäumte sich auf und presste sich an Mireilles Mund, als wäre es die Erektion eines ihrer früheren Liebhaber. Mireilles Zähne erfüllten und überwältigten sie, und die zärtlichen Finger auf ihrer Brust brachten sie an den Rand des Höhepunkts.

„Miri", wisperte sie. Dann kam sie mit einem tiefen Seufzer und ihr Körper sackte befriedigt zusammen.

Mireille zog die Zähne aus Carolines Hals und leckte zärtlich über die beiden Wunden, um die Heilung zu beschleunigen. Dann hob sie den Kopf und sah in Carolines gerötetes Gesicht. Immer noch erregt von dem Biss, streichelte sie mit zitternden Fingern über Carolines wunderschönes Gesicht und ihre schulterlangen, blonden Haare. In diesem Augenblick öffnete die Magierin ihre grasgrünen Augen. Leicht benommen, aber gesättigt, sah sie Mireille an, deren braune Augen immer noch erregt glänzten. Langsam hob sie den Arm und legte die Hand an Mireilles Wange. „Was … was kann ich für dich tun?"

„Küss mich", sagte Mireille leise.

Caroline nickte und stützte sich auf den Ellbogen. Das dünne Hemd gab ihre nackte Brust frei, als sie sich zu Mireille herabbeugte und ihr sanft mit dem Mund über die Lippen fuhr. Der leichte Blutgeruch, der noch in der Luft hing, war ein zusätzlicher Nervenkitzel für die beiden Frauen. Mireille seufzte leise und ergab sich ihrer Leidenschaft.

„Vielen Dank", flüsterte sie und zog sich zurück.

„Nicht so schnell", erwiderte Caroline und zog Mireilles Mund wieder an ihre Lippen, um sie erneut zu küssen. Dann ließ sie sich auf den Rücken fallen und schaute die Vampirin so erstaunt an, als hätte sie sie noch nie zuvor gesehen. „Ich glaube, ich sollte mich bei dir bedanken", sagte sie dann.

22

JEAN SAß in seinem Wohnzimmer und betrachtete die kleinen Flecken, die das Sonnenlicht an den Rändern der fest zugezogenen Vorhänge auf den Boden warf. Die Sonne machte ihn wieder zu einem Gefangengen in seiner eigenen Wohnung. Es hatte ihn hunderte von Jahre nicht gestört, war immer etwas Natürliches für ihn gewesen, so wie der nächtliche Schlaf, den die sterblichen Menschen brauchten. Dann hatte er vor zwei Tagen einen Vorgeschmack von Freiheit bekommen, hatte sich tagsüber im Freien aufhalten können. In dieser kurzen Zeit, in der er die wärmende Sonne fühlen konnte, ohne Angst haben zu müssen, von ihr verbrannt zu werden, hatte sich die stoische Akzeptanz, mit der er lange sein Schicksal ertragen hatte, in Luft aufgelöst.

Jean haderte mit sich selbst, und dass er hier festsaß, machte es nicht besser. Er fühlte sich schuldig und wollte zu Karine gehen, um sich persönlich bei ihr zu entschuldigen, aber seine Verwundbarkeit erlaubte ihm nicht, das Haus zu verlassen. Sein Verhalten Karine gegenüber war unverzeihlich gewesen, auch wenn sie nicht dagegen protestiert hatte. Sie hatte es nicht verdient, so behandelt zu werden. Jean hatte sich immer für einen Gentleman gehalten, trotz seiner einfachen Herkunft. Er war stolz darauf gewesen, Frauen und Kinder immer rücksichtsvoll behandelt zu haben, auch wenn er sich dadurch, besonders in den weniger zivilisierten Zeiten, unter den Vampiren viele Feinde gemacht hatte. Jean hatte immer dazu gestanden. Bis gestern.

Gestern hatte er jeden Vorsatz gebrochen, der sein Leben bisher bestimmt hatte. Er hatte Karine so gut wie vergewaltigt, ausgerechnet die Frau, die als einzige in den letzten vierhundert Jahren so etwas wie eine Geliebte für ihn gewesen war. Sie hatte einen Mann verdient, der sie so lieben konnte, wie sie es sich wünschte. Dieser Mann war nicht er. Er dachte an die Theorien, die Raymond und Christophe über die Partnerschaften aufgestellt hatte. Wenn die beiden recht hatten, waren Karines Hoffnungen unerfüllbar. Jean wünschte, er könnte das ändern, könnte ihr wenigsten das zurückgeben, was sie ihm schon so lange gab. Aber diese Option hatte er nicht mehr. Sie würde ihr zukünftiges Leben ohne ihn verbringen müssen. Jean hoffte nur, dass sie es akzeptieren und ihn vergessen konnte. Noch war es nicht so weit, obwohl er sie immer wieder gewarnt und darauf hingewiesen hatte, dass er ihre Sehnsucht nicht erfüllen konnte.

Er musste zu ihr gehen, um den Schaden, den er angerichtet hatte, in Grenzen zu halten. Noch war es zu früh dazu, nicht nur für sie, sondern auch für ihn. Karine brauchte Zeit, um ihre Wunden zu heilen, und er selbst brauchte Zeit, um zu entscheiden, was er ihr noch zu geben in der Lage war. Oder ob er jetzt schon alle Kontakte zu ihr abbrechen sollte.

Es gab auch noch eine zusätzliche Komplikation, die ihm Schuldgefühle verursachte – Raymond. Jean war nicht zu Karine gegangen, weil er sie sehen wollte. Er war zu ihr gegangen, um sich selbst zu beweisen, dass seine Willenskraft stärker war als sein Instinkt und Raymonds Blut. Normalerweise hätte er mit seinem nächsten Besuch bei ihr länger gewartet, weil er sie nicht in der falschen Hoffnung wiegen wollte, dass sie ihm mehr bedeutete, als es tatsächlich der Fall war.

Nun, er hatte es sich bewiesen. Aber um welchen Preis? Würde Karine ihm jemals wieder vertrauen? Und wenn ja, würde er selbst sich jemals wieder vertrauen? Er befürchtete, dass die Antwort darauf ein Nein war. Jean erhob sich aus seinem Sessel und ging unruhig im Zimmer auf und ab. Wenn er nicht allein gewesen wäre, hätte er sich dieses Anzeichen von Schwäche nicht erlaubt, und selbst allein gab er nur selten nach. Zu viel hing von seiner Selbstbeherrschung und Disziplin ab. Vampire waren kein sehr gesitteter Haufen, und wenn sie eine Schwäche wahrnahmen, nutzten sie sie hemmungslos aus, selbst unter ihren eigenen Leuten.

Jean wusste, dass er jetzt eine solche Schwäche hatte, sah aber keine Möglichkeit, etwas dagegen zu unternehmen. Raymonds Blut hatte ihm eine Welt erschlossen, die ihm bis vor zwei Tagen vorenthalten geblieben war. Eine Welt, die ihm jetzt verschlossen war, weil er seinen Stolz über seine Vernunft gestellt hatte. Er war gestern Nacht vor Raymond geflohen, ohne vorher von ihm zu trinken. Nur deshalb steckte er jetzt hier in seiner Wohnung fest und wartete auf den

Sonnenuntergang. Er überlegte, ob er den Magier anrufen sollte, um ihn unter einem Vorwand hierher zu locken und von seinem Blut trinken zu können. Aber das war Unsinn, denn er hatte sich gestern an Karines süßem Blut gesättigt. Selbst wenn er Raymond erreichen konnte – und darüber war er sich nicht sicher –, es würde ihm nicht helfen. Er konnte nicht zweimal hintereinander so viel trinken, ohne krank zu werden.

Jean setzte sich auf die Couch und legte den Kopf auf die Lehne. Er schloss die Augen, um besser nachdenken zu können. Er dachte an die Reaktion Raymonds auf den Biss, mit dem er im Wartesaal die Ehrlichkeit des dunklen Magiers auf die Probe gestellt hatte. Dann wanderten seine Gedanken zu dem Gespräch, das er mit Raymond im Hauptquartier der Milice geführt hatte. Es hatte zu ihrer Versöhnung geführt. Jean hatte Raymond versprochen, nie wieder vor dessen Augen von einem anderen Blut zu trinken. Daran hatte er sich gehalten, und dennoch … Jean konnte das Gefühl nicht loswerden, seinen Magier betrogen zu haben. Sicher, sie hatten keine offizielle Beziehung. Ihre Partnerschaft diente nur militärischen Zwecken. Doch die Schuldgefühle, die er Raymond gegenüber empfand, hatten nichts mit der Allianz zu tun. Sie passten allerdings genau zu einer intimen, persönlichen Verbindung, wie Raymond und Christophe sie für die neuen Partnerschaften vorausgesagt hatten.

Jean fluchte laut und stand wieder auf. Ungeduldig lief er im Zimmer auf und ab und wartete auf den Untergang der Sonne, um sich endlich um andere Probleme kümmern zu können. Vielleicht würden ihn seine Aufgaben in der Allianz ja von diesen bohrenden Selbstzweifeln ablenken.

„GIBT ES besondere Merkmale, nach denen du deine Opfer auswählst?", fragte Serrier konziliant, als er mit dem Vampir durch die Gänge seines Hauptquartiers ging und sie ein kleines Zimmer betraten.

„Das kommt ganz auf meine Stimmung an", erwiderte Edouard. „Wenn ich nicht gerade in Laune für einen Kampf bin, ziehe ich normalerweise Frauen vor. Männer sind zu anstrengend. Und ich mag sie jung. Sie schmecken süßer, wenn das Leben sie noch nicht zynisch gemacht hat."

Serrier nickte nachdenklich. Seine Schergen hatten genau den richtigen Vampir für ihn gefunden. „Diesen Gefallen können wir dir tun." Mit einem schnellen Befehl schickte er einen seiner Magier in die Nacht hinaus. Einige Minuten später kam der Mann mit einem Teenager zurück. Das Mädchen wehrte sich mit Händen und Füßen. „Ist sie dir genehm?", wollte Serrier wissen.

Edouard sah das unschuldige Mädchen an, dem der Schrecken ins Gesicht geschrieben stand. „Wunderbar", sagte er mit einem lüsternen Grinsen. „Lass uns allein. Ich brauche deine Hilfe nicht mehr."

Serrier gefiel Edouards Ton nicht sehr, aber er winkte dem anderen Magier zu, sich zu entfernen. Der gehorchte dem Befehl und stieß das Mädchen in eine Ecke. Serrier verließ ebenfalls den Raum, drehte sich aber noch einmal kurz für eine Beschwörung um, weil er beobachten wollte, was hinter der verschlossenen Tür vor sich ging. Es hing zu viel von der Kooperation des Vampirs ab, um das Risiko eines Verrats einzugehen.

In dem Zimmer ging Edouard lächelnd auf sein jugendliches Opfer zu. Er überlegte, ob er mit ihr spielen sollte. Aber in der Abwägung zwischen seiner Freude an ihren Qualen und seinem Hunger gewann dann doch der Hunger. Mit übernatürlicher Schnelligkeit fasste er sie am Arm und zog sie spöttisch an sich. Sie wehrte sich verzweifelt, hatte aber keine Chance gegen seine übermenschliche Stärke. Seine Zähne bohrten sich erbarmungslos in ihre Haut und das Blut floss in Strömen. Sie schrie vor Furcht und Schmerz, aber ihre hoffnungslosen Versuche, sich aus Edouards Griff zu befreien, spornten den Vampir nur noch mehr an. Er leckte über ihre Haut und genoss den Geschmack nach Panik und Todesangst, der in ihrem Blut lag. Dann schloss er die Augen, um seine Macht über sie noch einen Augenblick genießen zu können, bevor er dem Jagdinstinkt nachgab, der das Blut in seinen Adern zum Kochen brachte.

„Bitte", bettelte sie, weil sie sein Zögern missverstand und sich eine Chance erhoffte. „Tu mir nicht weh."

Edouard blickte in ihre dunklen Augen und strich ihr über das glatte, glänzende Haar. „Es tut nicht sehr lange weh", versprach er und biss erneut zu. Sie wehrte sich wieder, war aber schon deutlich schwächer als beim ersten Biss. Sie schien sich damit abgefunden zu haben, dass nichts mehr sie retten konnte. Edouard lächelte grausam und leckte das Blut von den frischen Wunden. Dann zerfleischte er ihren Hals und trank aus vollen Zügen.

Der Geschmack ihrer Qual, ihrer Angst und ihrer Schmerzen überflutete seine Sinne. Er konnte es riechen, konnte es im Beben ihres Körpers fühlen, in ihrem qualvollen Wimmern hören. Aber vor allem konnte er es in ihrem Blut schmecken. Mit aller Kraft saugte er an ihrem Hals, füllte seinen Mund mit ihrer Lebenskraft und schluckte gierig. Mit jedem Schluck wurde er mächtiger und sie schwächer.

Edouard zog die Zähne aus ihrem weichen, verführerischen Fleisch. Es ging zu schnell. Er war allein, an einem sicheren Ort, hatte ein perfektes Opfer. Er sollte sich Zeit lassen und nichts überstürzen. Er sollte jede Minute genießen, nicht einfach auf den Höhepunkt zustreben. Was immer der Magier auch gesagt haben mochte, Edouard wusste nicht, wann sich diese Gelegenheit wieder bieten würde.

Er warf einen Blick durch das Zimmer und wünschte sich ein Bett, aber es ging auch ohne. Er brauchte es nicht. Er griff sein Opfer am Kragen ihrer Bluse, riss sie in der Mitte entzwei und entblößte ihr junges, nacktes Fleisch. „Nein", bettelte sie. „Bitte nicht."

Er lachte laut. Ihre Todesangst stieg ihm zu Kopf. Und in die Lenden. Das war es, was er so lange vermisst hatte – die Zeit, mit seinen Opfern zu spielen. Er hielt sie mit einer Hand fest und ließ die kalten Finger seiner anderen Hand von ihrem Hals bis zu ihren kleinen Brüsten gleiten. Ob sie wohl größer geworden wären, wenn sie älter geworden und das Erwachsenenalter erreicht hätte? Sie konnte nicht älter als achtzehn, höchstens neunzehn Jahre sein. Fast so alt wie er selbst, als er umgewandelt worden war.

Edouard schleuderte sie an die Wand und hob sie hoch, bis er mit dem Mund ihre Brust erreichen konnte. Ihr unnützes, verzweifeltes Betteln nahm zu, fiel aber nicht auf fruchtbaren Boden. In Edouards Herz war nicht das kleinste Quäntchen Mitgefühl. Ihre Angst erregte ihn nur noch mehr. Er fuhr mit den Lippen über ihre Haut, eine obszöne Parodie auf das Liebesspiel, während seine Zähne eine Wunde nach der anderen schlugen, bis ihre blasse Haut sich von der Mischung aus Speichel und Blut rosa färbte.

Ihre Angst wuchs und wuchs, sie gab das Betteln auf und versuchte, mit ihm zu verhandeln, fragte ihn, was er von ihr verlangte, wenn er sie nur am Leben ließe. Er lachte nur und hob sie höher, fuhr ihr jetzt mit den Zähnen über den Bauch und biss an ihrem Nabel zu. „Blut", sagte er und hob den Kopf, nachdem er einen tiefen Schluck getrunken hatte. „Der Preis für deine Freiheit ist dein Blut."

Sie nickte, als würde sie über seinen Vorschlag nachdenken. „Und wenn ich dir mein Blut gebe, lässt du mich dann gehen?"

„Oh, auf jeden Fall", stimmte Edouard zu. „Wenn ich dich erst ausgelaugt habe, kann ich mit dir nichts mehr anfangen."

Der Schrecken, der sie bei diesen Worten durchfuhr, die Schreie, die sie ausstieß … es machte ihr Blut nur noch süßer. „Du hast versprochen, mich gehen zu lassen", stammelte sie.

„Das werde ich auch", sagte Edouard ungerührt. „Aber ich habe nie versprochen, dich lebend gehen zu lassen."

Sie fing zu schluchzen an, als er sie mit einem Arm festhielt und ihr mit der anderen Hand die Hose aufriss. Aus ihren gestammelten Bitten wurden Gebete, aber Edouard ignorierte sie, sah nur noch das weiße Fleisch ihrer Schenkel, während er sie genauso verstümmelte, wie er es mit ihrem Oberkörper getan hatte. Er wusste genau, die größte Angst, die sie hatte – außer der Todesangst –, war die, vor ihrem Tod vergewaltigt zu werden. Er stellte sie wieder auf die Füße und drückte sie an die Wand. Mit einer Hand öffnete er seine Kleidung, um sich nicht zu verschmutzen. Dann presste er sich an sie und ließ sie seinen steifen Schwanz spüren. Wie er gehofft hatte, war ihre Angst in ihrem Blut zu schmecken. Kichernd stieß er mit dem Unterleib an ihren Bauch, während er seine Zähne wieder in ihren Hals schlug.

Er saugte mit aller Kraft, wie ein Verdurstender, der endlich eine Oase erreicht hatte. Seine Hüften bewegten sich im gleichen Takt und er schmeckte die Veränderung in ihrem Blut, noch bevor er sie in ihrem Körper spüren konnte. Dann nahm sie ihren letzten Atemzug. Saugend spritzte er an ihren Bauch und sein Sperma vermischte sich mit ihrem Blut. Er trat gesättigt einen Schritt zurück und ließ sie zu Boden fallen. So süß es auch gewesen war, er würde bald mehr davon brauchen.

Edouard wischte sich mit den Fetzen ihrer Bluse ab, knöpfte seine Hose zu und verließ das Zimmer. Sollten sich doch die Magier um die Beseitigung der Schweinerei hier kümmern.

„UNSER JUNGER Spion hat uns einige interessante Informationen zukommen lassen", berichtete Marcel seinen Offizieren und deren Partnern, als sie an diesem Vormittag im Besprechungszimmer versammelt waren. Ein Teil der Paare war gerade von der Patrouille zurückgekommen, ein anderer erst zum Dienst erschienen. „Es sieht so aus, als hätte Serrier einen Vampir gefunden."

„Wen?", fragte Jean scharf. Er hatte die emotionale Achterbahnfahrt vom Vortag immer noch nicht ganz überwunden. Es war keine gute Nachricht, dass es in ihrer Gemeinschaft Abtrünnige gab, deshalb musste er den Namen wissen, um sich darum kümmern zu können.

„Dominique hat keinen Namen genannt", antwortete Marcel ruhig. „Entweder kennt er ihn nicht oder es war zu gefährlich, ihn zu übermitteln. Seiner Beschreibung nach ist es ein junger Mann Anfang zwanzig, dunkle Haare, blasse Haut und leuchtend blaue Augen. Fällt dir dazu ein Name ein?"

Jean schüttelte den Kopf. „Nein. Aber ich werde mich umhören. Er könnte erst vor Kurzem in Paris eingetroffen oder erst neu umgewandelt worden sein. Ich hatte nicht alle Vampire zu unserem Treffen auf dem Gare de Lyon eingeladen. Nur Freunde, denen ich zugetraut habe, dass sie uns zuhören und für die Allianz in Frage kommen. Ich wollte erst eine sichere Grundlage schaffen, bevor wir die Tür für andere öffnen." Er schaute Sebastien nicht an, weil er die Enttäuschung in dessen Gesicht nicht sehen wollte.

„Gestern Abend war ein Vampir im Sang Froid, auf den diese Beschreibung zutrifft", sagte Angélique leise. „Zwei dunkle Magier wollten uns auch besuchen. Mein Manager hat den Vampir noch nie zuvor gesehen und auch seinen Namen nicht erfahren, aber er war so besorgt über dessen Auftreten, dass er mir sofort Bericht erstattet hat."

„Was wollte er?", fragte David, der Angst um Angélique hatte.

„Er nannte es ‚verzichtbare Gesellschaft'. Wir sind auf sympathische Gesellschaft spezialisiert, nicht auf verzichtbare", erwiderte Angélique sichtbar angeekelt. Davids Tonfall hatte sie überrascht. Machte er sich etwa Sorgen um sie?

Jean runzelte die Stirn. Christophe hatte ihn vor einem Vampir gewarnt, der sich nicht an ihre Regeln hielt. Hoffentlich war es derselbe. Er wollte sich nicht mit zweien von dieser Art rumschlagen müssen.

„Und die dunklen Magier?", wollte Alain wissen. „Hat dein Manager gesagt, was sie wollten?"

„Offensichtlich einen Vampir kennenlernen. François hat ihnen ihren Wunsch nicht erfüllt", versicherte ihm Angélique.

„Dann ist Serrier also hinter Informationen her?", überlegte Thierry.

„Oder einem Versuchskaninchen", meinte Raymond. „Wenn er hinter unsere Allianz gekommen ist, wird er mehr über Vampire wissen wollen. Über ihre Stärken und Schwächen. Und er schreckt nicht vor Experimenten zurück, wenn es seiner Sache dient."

„Wir müssen die anderen warnen", sagte Jean. „Sie müssen auf der Hut sein vor dem Gesetzlosen und den dunklen Magiern. Wenn Serrier Gefangene nimmt, wird er sich möglicherweise nicht mit einem zufriedengeben."

„Mit Sicherheit nicht", warf Raymond ein und dachte kurz nach. Dann zuckte er mit den Schultern. Die Allianz und ihr Erfolg waren wichtiger als seine Privatsphäre. „Es wäre vielleicht eine gute Idee, wenn wir, auch außer Dienst, immer mindestens zu zweit sind und zusammen nach Hause gehen", schlug er vor. „Am besten ein Vampir und ein Magier. Falls Serrier auf der Jagd nach Vampiren ist, können unsere Verbündeten in Gefahr geraten, sollte er sie allein erwischen. Sie können sich gegen die Magie nicht verteidigen."

„Das ist viel verlangt", bemerkte Marcel. „Hältst du es wirklich für eine gute Idee?"

„Wir können es auf freiwilliger Basis versuchen", meinte Thierry. „Wir können alle über die Gefahren unterrichten und ihnen vorschlagen, aus Sicherheitsgründen nur in Paaren unterwegs zu sein. Dann können sie sich selbst entscheiden." Thierry vermied es, Sebastien anzusehen. Er wollte nicht, dass sein Partner das plötzliche Verlangen erkennen konnte, das ihn bei seinem eigenen Vorschlag überkam. Thierry musste nur die Augen schließen, um Sebastien in seiner eigenen Wohnung vor sich zu sehen. Es war eine überraschend verlockende Vorstellung.

„Die Magier können die Vampire auch nach Hause begleiten und sich dann in ihre eigene Wohnung transportieren, falls sie nicht bei ihren Partnern bleiben wollen", regte Caroline an. Sie wusste, dass sie Mireille bitten würde, bei ihr bleiben zu dürfen. „Wir können unsere Partner nicht transportieren, aber bei uns selbst wirken die Sprüche noch."

„Und was dann?", fragte Sebastien, dem es nicht gefiel, wie ein hilfloses Kind behandelt zu werden. „Kommen die Magier zurück, bevor wir die Wohnung wieder verlassen müssen? Das ist nicht viel besser als Hausarrest." Seine Sorge galt nicht so sehr ihm selbst. Er konnte die Vorschrift jederzeit ignorieren und seine Wohnung verlassen, wenn ihm danach war. Aber was war mit Thierry? Würde der Magier auf seine eigene Sicherheit achten? Vielleicht war es doch keine so schlechte Idee, wenn die Partner sich eine Wohnung teilten.

„Wie ich gesagt habe", erwiderte Thierry. „Wir machen es auf freiwilliger Basis. Wenn alle die Lage verstanden haben und sich trotzdem jemand – egal, ob Vampir oder Magier – dazu entscheidet, allein die Wohnung zu verlassen, dann ist das sein eigenes Risiko."

Marcel nickte. „Wir werden sie informieren, ihnen unseren Vorschlag unterbreiten und sie selbst entscheiden lassen. David, kannst du dafür sorgen, dass den alleinstehenden Vampiren ein Magier an die Seite gestellt wird, der sie von ihrer Wohnung zum Hauptquartier und zurück transportieren kann?"

„Wir passen den Dienstplan entsprechend an. Wir haben doch noch die Datei, nicht wahr, Angélique?"

Die Vampirin nickte.

„Gut. Hat die Nachtschicht noch andere Vorkommnisse zu melden?"

Jean, Raymond, Alain, Orlando, Mireille und Caroline verneinten.

„Gut. Adèle kommt demnächst von ihrer Patrouille zurück. Ich werde sie dann persönlich informieren. Ruht euch in der Zwischenzeit gut aus. Hat die Tagesschicht noch Fragen, bevor sie ihren Einsatz beginnt?"

David, Angélique, Thierry und Sebastien verneinten ebenfalls. „Gut. Wegtreten."

Die zehn Anwesenden erhoben sich von ihren Stühlen und fanden sich in Paaren zusammen. „Jean", rief Marcel. „Ich muss noch kurz mit dir reden."

Jean sah Marcel, der noch am Tisch saß, fragend an. „Wartest du auch mich?", flüsterte er Raymond zu. Der Magier nickte und verließ den Raum.

„Ich wollte es nicht vor den anderen ansprechen, weil es deine Angelegenheit ist und ich nicht ohne deine Erlaubnis darüber entscheiden will. Was hast du mit dem Gesetzlosen vor? Es gibt noch einen zweiten, neueren Bericht über ein zwanzigjähriges Mädchen, das heute früh im Jardin de Luxembourg aufgefunden wurde. Sie ist von einem Vampir zerfleischt worden. Ich nehme an, es war derselbe Mann, den Serrier rekrutiert hat. Jedenfalls wäre mir das lieber, als wenn wir uns um zwei von dieser Sorte kümmern müssten."

Jeans Züge verhärteten sich. „Ich kann nicht viel tun, bevor ich nicht weiß, um wen es sich handelt", erwiderte er. „Ich werde mich heute Nacht umhören und sehen, was ich erfahren kann. Ich werde auch alle daran erinnern, dass tote Opfer unserer Sache nicht dienlich sind. Ich weiß genau, welche Gerüchte über uns in Umlauf sind, aber die meisten von uns sind viel zu vernünftig, um uns das Leben sinnlos zu erschweren."

Marcel hob beschwichtigend die Hand. „Das weiß ich. Wenn ich daran zweifeln würde, hätte ich niemals mit dir Kontakt aufgenommen. Aber wir müssen verhindern, dass ein Einzelner mit seinem Verhalten alle anderen in Misskredit bringt. Es würde unserer Sache schaden. Kannst du dem Treiben ein Ende bereiten?"

„Es wird einige Zeit dauern", gab Jean zu. „Wir stehen nicht unter dem Schutz des Gesetzes, deshalb haben wir über die Jahre unsere eigenen Regeln aufgestellt. Trotz meiner Bemühungen ist es offiziell immer noch kein strafbares Vergehen, einen Sterblichen zu töten. Die rechtliche Lage ändert sich, wenn dadurch die anderen Vampire gefährdet werden. Allerdings ist das schwer zu beweisen und wird daher nur selten vor Gericht gebracht. Wir verhandeln meistens nur Straftaten gegen andere Vampire. Um einen Vampir zu verurteilen, müssen wir den Anwesenden unzweifelhaft beweisen, dass er uns durch sein Verhalten alle gefährdet hat. Dazu müssen wir ausreichend Beweise sammeln und uns sorgfältig vorbereiten."

Marcel hörte ihm fasziniert zu. „Ich wusste nicht, dass ihr eure eigenen Gerichte habt."

„Wir treffen uns nur bei Bedarf, und das ist selten der Fall. Aber wir haben durchaus Gesetze, mit denen wir unsere eigenen Angelegenheiten regeln."

„Dann brauchen wir also Beweise dafür, dass der Gesetzlose die anderen Vampire gefährdet", stellte Marcel klar. „Nimm Raymond mit, wenn du heute Nacht deine Runde machst. Er erkennt vielleicht Zusammenhänge und stellt Fragen, die dir entgangen sind. Sein umfangreiches Wissen erstaunt mich immer wieder."

„Du hältst ihn also nicht für einen Spion oder eine Schwachstelle, wie die anderen es tun?", wollte Jean wissen.

„Nein", widersprach Marcel entschieden. „In mancher Beziehung ist er sogar unser stärkstes Glied in der Kette, weil er genau weiß, wogegen wir kämpfen. Wir sehen nur die Folgen, aber er hat alles hautnah miterlebt. Wenn wir diesen Krieg eines Tages gewinnen, möchte ich ihn als meinen Nachfolger sehen. Nicht in der Milice, weil wir die dann hoffentlich nicht mehr brauchen werden. Aber als Oberhaupt der ANS."

„Der ANS?"

„Der Association Nationale de Sorcellerie", erklärte Marcel. „Es ist eine Organisation zur Förderung der Magie, zu deren Aufgaben auch die Ausbildung der zukünftigen Magier gehört. So bin ich an diesen Job geraten. Ich war Präsident der ANS, sehr bekannt und eine einflussreiche Persönlichkeit in Politik und Öffentlichkeit. Als der Krieg ausbrach, hat der französische Präsident mich gebeten, die neu gegründete Milice gegen die Rebellen zu leiten. Da ich einer der Hauptbefürworter dieser Milice war, blieb mir kaum etwas anderes übrig, als seiner Bitte nachzukommen."

Jean nickte. Er hatte sich mit der Entwicklung der letzten Jahre kaum befasst, da er das politische Geschehen in der Regel nur dann verfolgte, wenn es Auswirkungen auf die Vampire hatte. Deshalb wusste er wenig über die Gründe für diesen Krieg. Als er erkannte, welche Folgen der Krieg für die Vampire und den Rest der Welt haben würde, war Marcel bereits eine Institution gewesen und Jean hatte ihn nicht in Frage gestellt. Da die Dämmerung ihn nervös machte und er nicht wusste, ob sein Schutz gegen das Sonnenlicht noch wirksam war, entschuldigte er sich bei Marcel und versprach ihm, ihn bei ihrer nächsten Besprechung über die Entwicklung auf dem Laufenden zu halten.

Zu Jeans Erleichterung wartete Raymond tatsächlich vor der Tür auf ihn. „Vielen Dank für deine Geduld", sagte Jean.

„Wenn Marcel noch mit dir reden wollte, muss es wichtig gewesen sein", erwiderte Raymond mit einem Schulterzucken.

„Das war es", gab ihm Jean recht. „Können wir hier irgendwo ungestört reden? Ich würde dich gern darüber informieren." Jean wurde rot vor Verlegenheit. „Und außerdem bräuchte ich einen Schluck Blut, bevor wir aufbrechen. Die Sonne ist aufgegangen."

„Die Magie wirkt nicht mehr?", erkundigte sich Raymond.

„Nein, seit gestern früh schon nicht mehr. Vielleicht deshalb, weil ich nicht genug getrunken hatte."

Raymond nickte. Er hätte Jean gerne aufgefordert, sich satt zu trinken – schon allein deshalb, weil Jean ihn dann nicht so oft beißen musste. Doch dann erinnerte er sich wieder an den Jungen aus seinem Heimatdorf. „Wir können in mein Büro gehen. Es ist klein, aber außer mir hat dort niemand Zutritt."

„Selbst Marcel nicht?", fragte Jean, als sie sich auf den Weg machten. Er hatte Marcels Worte über Raymond noch frisch in Erinnerung.

„Wenn Marcel mich braucht, gehe ich zu ihm", sagte Raymond. „Ich würde ihn nie in mein Büro bitten."

„Er hält sehr viel von dir", bemerkte Jean.

Raymond nickte wieder. „Mehr als ich verdient habe."

Jean runzelte die Stirn. „Warum sagst du das? Du bist ein intelligenter und gebildeter Mann. Du bist wahrscheinlich besser ausgebildet als alle anderen, die heute bei unserer Besprechung anwesend waren. Warum hast du so eine schlechte Meinung von dir?"

„Du hast keine Ahnung, was ich alles getan habe", widersprach Raymond, während sie sein Büro betraten.

Jean sah sich um. Es war in der Tat ein kleines Büro, aber es war eindeutig Raymonds. Die Bücherregale an den Wänden quollen über, und viele der Bücher waren schon sehr alt und kostbar. Auch der Boden war mit Bücherstapeln zugestellt, denn die Regale konnten Raymonds geballtes Wissen offensichtlich nicht fassen. Jean hatte die Büros der anderen Magier noch nicht gesehen, konnte sich allerdings nicht vorstellen, dort auch nur ansatzweise so viele Bücher zu finden. „Nein", sagte er. „Ich weiß nicht, was du getan hast. Ich kann solche Details in deinem Blut nicht schmecken. Aber ich habe trotzdem viel über dich erfahren. Und unter der Wut und dem Bedauern habe ich einen grundsätzlich guten Menschen geschmeckt. Ich habe in meinem Leben schon oft das Blut von schlechten und grausamen Menschen getrunken, aber in dir ist davon nichts zu spüren."

Raymond war dieses Gespräch unangenehm und wechselte schnell das Thema. „Worüber wollte Marcel mit dir reden?"

„Über den Gesetzlosen", antwortete Jean. „Er hat zu Recht darauf hingewiesen, dass es sich um meine Angelegenheit handelt, wollte mich aber nach meinen Plänen fragen."

Die hätte Raymond auch gerne erfahren, wusste aber nicht, wie er danach fragen sollte. Glücklicherweise brauchte Jean keine Aufforderung, um mit ihm darüber zu reden.

„Marcel hat vorgeschlagen, dass du mich heute Nacht begleitest, wenn ich meine Runde mache. Ich will mehr über den Mann herausfinden. Es ist eine gute Idee. Kommst du mit mir?", wollte Jean wissen.

Raymond wurde von Jeans Bitte überrascht und fand nicht gleich eine Antwort. „Warum?", fragte er schließlich.

„Vier Augen und vier Ohren erfahren mehr als zwei. Außerdem bist du ein Beweis für unsere Allianz, falls sie angezweifelt wird. Du kannst mir mit deiner Logik helfen, andere von unserem Standpunkt zu überzeugen. Du kannst mir helfen, wenn unsere Feinde uns überfallen. Du bist an meiner Seite."

Diese Antwort überraschte Raymond noch mehr. Er nickte langsam. „Wo wollen wir uns treffen?"

„Warum kommst du nicht einfach zu mir?", fragte Jean. „Thierry und Caroline haben recht. Ich muss zwar trinken, bevor ich nach Hause gehen kann, aber ich hatte über tausend Jahre lang Zeit, mich an den Hausarrest, wie Sebastien es genannt hat, zu gewöhnen."

„Das ist nicht nötig", meinte Raymond. „Wenn du ausgehen willst, kann ich …"

„Du kannst im Moment gar nichts tun", unterbrach ihn Jean. „Du warst die ganze Nacht auf den Beinen und ich muss noch von dir trinken. Das wird dich noch mehr erschöpfen. Du wirst mich nach Hause begleiten und dann schlafen. Ich bin vielleicht kein Sterblicher mehr, aber ich weiß noch sehr gut, wie sich Schlaflosigkeit auswirkt."

„Wie du meinst", gab Raymond nach und warf einen Blick auf sein Büro. Es gab nicht einmal einen Platz, um sich hinzusetzen.

23

RAYMOND SCHWANG seinen Stab und murmelte einen Spruch, der die Bücherstapel auf dem Boden zusammenschob und in ein bequemes Sofa verwandelte.

„Deine Bücher!", rief Jean. Sein Verstand sagte ihm zwar, dass Bücher nicht mehr den Wert besaßen wie in seiner Jugend, als kostbare Bände noch mit Gold aufgewogen wurden. Aber es schockierte ihn, mit welcher Missachtung sein Partner – ein Gelehrter! – sie behandelte.

Raymond lachte. „Es ist Magie, Jean. Ich kann sie mit einer Bewegung meines Stabes wieder zurückverwandeln. Wenn das nicht möglich wäre, hätte ich meinen Schreibtisch oder einen anderen wertlosen Gegenstand genommen." Raymond achtete genau auf Jeans Reaktion. Sein Partner war kein Wissenschaftler, das hatte ihm Jeans Desinteresse an der Diskussion mit Monsieur Lombard deutlich gezeigt. Aber dennoch wusste er die Bücher offensichtlich mehr zu schätzen, als es außerhalb der akademischen Zirkel üblich war.

Jean errötete vor Verlegenheit. „Jetzt hältst du mich entweder für einen kompletten Idioten oder einen ignoranten Narren."

„Weder noch", widersprach Raymond. „Du bist nur nicht an Magie gewöhnt. Ich vergesse immer, dass sie nicht für jeden so selbstverständlich ist wie für mich. Ich kann mich an keine Zeit erinnern, in der sie nicht Teil meines Lebens war. Meine Mutter und meine Großmutter waren Magierinnen. Sie waren davon so abhängig, dass sie ohne Magie im Alltag wahrscheinlich vollkommen hilflos gewesen wären. Sie haben nicht auf dem Herd gekocht, sondern mit ihrem Stab. Sie haben die Wohnung nicht mit dem Besen gekehrt oder den Staubsauger benutzt, sondern einfach mit der Hand gereinigt. Wenn ich ein Sofa brauche, dann mache ich mir eines. Danach, wenn ich es nicht mehr brauche oder die Bücher wichtiger sind, verwandle ich es wieder zurück. Natürlich müssen wir darauf achten, das magische Gleichgewicht zu erhalten. Wir müssen genauso viel Energie zurückgeben, wie wir für unsere Magie verbraucht haben."

Jean schüttelte den Kopf. „Das kann ich mir kaum vorstellen. Bevor ich zum Vampir wurde, war ich Schüler in einem Klosterseminar. Ich habe gelernt, dass Magie nicht existiert. Natürlich war das falsch, wie mir meine Umwandlung zum Vampir deutlich gezeigt hat. In meiner Welt ist Magie das, was mich am Leben erhält. Alles andere ist externe Magie, beispielsweise der Aveu de Sang, der Alain und Orlando verbindet." Er ging zum Sofa und fuhr mit der Hand über das Polster aus Samt. „Es fühlt sich so real an."

„Das ist es auch", versicherte ihm Raymond. „Es ist genauso real, wie die Bücher es waren. Wenn du genauer wissen willst, wie es funktioniert, kann ich es dir in einfachen Worten erklären. Aber du musst keine Angst haben, dass es unter dir zusammenbricht." Zum Beweis ließ Raymond sich auf das neue Sofa fallen und klopfte mit der Hand einladend auf den Platz an seiner Seite, um Jean aufzufordern, sich zu ihm zu setzen.

Jean schüttelte den erneut Kopf. „Lass es lieber. Ich würde trotzdem kein Wort verstehen", sagte er. „Aber ich vertraue in deine Künste." Er setzte sich vorsichtig zu Raymond aufs Sofa. Jean hatte zwar keine Angst, dass es unter ihm zusammenbrechen würde, aber er konnte nicht vergessen, dass es Bücher waren. Er wollte sie nicht beschädigen.

Raymond holte tief Luft, knöpfte den Ärmel seines Hemdes auf und rollte ihn nach oben. „Du hast gesagt, dass du trinken musst", sagte er mit einem flauen Gefühl im Magen.

ADÈLE FÜHRTE ihre Einheit ins Hauptquartier zurück und entließ sie. Sie musste noch mit Marcel reden und ihm berichten, dass es keine besonderen Vorkommnisse gegeben hatte. Die anderen Offiziere hatten sich wahrscheinlich schon vor ihr zurückgemeldet, denn sie hatten ein kleineres Gebiet patrouilliert als ihre Gruppe.

Nachdem ihr Team sich aufgelöst hatte, drehte sie sich zu Jude um. „Kommst du sicher nach Hause?"

Jude zog eine Grimasse. „Ich brauche keinen Schutz von einer Frau."

„Das habe ich auch nicht gemeint", protestierte sie. „Ich muss jetzt Marcel meinen Bericht erstatten und danach noch einige Dinge erledigen, bevor ich auch gehen kann. Ich wollte nur sicher sein, dass du nicht noch trinken musst, bevor du dich auf den Heimweg machst."

„Das fällt dir jetzt ein", schnaubte Jean. „Wo war dieses Interesse gestern, als du mich hier einfach zurückgelassen hast?"

„Diese Frage habe ich dir schon beantwortet", schnappte Adèle ihn an. „Ich muss auch erst lernen, wie diese Partnerschaft funktioniert, und dir geht es nicht anders. Ich versuche mein Bestes."

„Aber nicht sehr gut", knurrte Jean.

Adèle fasste ihn am Hals und hatte ihn an die Wand gedrückt, bevor sie über ihre eigene Reaktion nachdenken konnte. „Brauchst du Blut oder nicht?", fauchte sie ihn an. Ihr war klar, dass sie ihn in einem unachtsamen Moment überrascht hatte. Selbst jetzt konnte er sie wahrscheinlich noch quer durchs Zimmer schleudern, falls ihm der Sinn danach stand.

„Nein", erwiderte er kurz angebunden.

„Dann geh mir aus den Augen", fuhr sie ihn an, ließ seinen Hals los und drehte sich um. Zwei Schritte später wurde sie am Arm gefasst und herumgeschleudert. Seine kühlen Lippen pressten sich auf ihren Mund. Adèle wehrte sich nicht. Sie wusste, dass sie seinem Griff nicht entkommen konnte und wollte sich nicht durch einen sinnlosen Befreiungsversuch noch mehr demütigen. Sie hielt vollkommen still und ließ sich von ihm küssen, ohne auch nur die geringste Reaktion zu zeigen. Sobald er wieder den Kopf hob, gab sie ihm eine schallende Ohrfeige. Dieses Mal traf sie ihr Ziel. „Kein Interesse", log sie ihn an und ließ ihn stehen.

Adèle war sich ihrer Lüge bewusst, aber sie hätte niemals laut zugegeben, dass sie den goldhaarigen Vampir mit den abscheulichen Attitüden attraktiv fand. Sie musste sich in ihrem Job schon genug gefallen lassen. In ihrem Privatleben konnte sie das nicht auch noch gebrauchen. Sie war sich sicher, dass Sex mit Jude wahrscheinlich hochexplosiv war, aber es war eben nur Sex. An solchen Affären hatte sie schon vor langer Zeit das Interesse verloren. Sie hatte zu viel anderes zu tun, um damit ihre Zeit zu vergeuden. Jetzt zum Beispiel musste sie Marcel ihren Bericht erstatten, damit sie endlich ins Bett kam. Allein. In ihr bequemes, aber leeres Bett. „Verdammt", fluchte sie vor sich hin. „Nicht mit mir."

JEAN STARRTE auf den blassen Arm des Magiers. Die Haut seines Partners war nicht viel dunkler als die eines Vampirs, aber Jean konnte die Wärme spüren, eine Wärme, die unter der bleichen Haut der Vampire fehlte. „Ich trinke nicht viel", versprach er. „Nur genug, um sicher nach Hause zu kommen."

„Nein", widersprach Raymond. „Falls unterwegs etwas passiert und es länger dauert, kann die Sonne dich zerstören. Trink ganz normal. Du hast mir versprochen, mich nicht zu verletzen. Ich muss dir vertrauen, und das ist ein guter Anfang."

„Bist du dir sicher?", fragte Jean. „Ich will nicht, dass es dir unangenehm ist."

Raymond dachte kurz nach und entschied sich dann zu einer ehrlichen Antwort. „Das lässt sich im Moment wahrscheinlich noch nicht vermeiden. Aber meine Ängste sind nicht dein Problem. Und wenn ich mich von ihnen beherrschen lassen würde, wäre ich jetzt immer noch bei Serrier, aus reiner Angst vor seiner Vergeltung, sollte ich ihm in die Fänge geraten."

Jean sah ihn grimmig an. „Das wird nicht geschehen. Dafür sorge ich."

Raymond lächelte leicht. „Das ist leichter gesagt als getan. Außer, du würdest nicht mehr von meiner Seite weichen."

„Deine Wohnung hat einen magischen Schutzschild, nicht wahr?", erkundigte sich Jean. Wenn nicht, würden er und Raymond hierbleiben, bis Marcel das Problem behoben hatte.

„Selbstverständlich", versicherte ihm Raymond. „Ich bin dort genauso sicher wie hier."

„Dann ist es ganz einfach. Während des Einsatzes sind wir sowieso zusammen. Außer Dienst begleite ich dich, wenn du etwas zu erledigen hast. Danach bringst du mich nach Hause und gehst dann in deine Wohnung, und zwar auf direktem Weg. So bist du entweder bei mir oder an einem sicheren Ort", schlug Jean ihm sachlich vor.

„Schon gut", meinte Raymond. „Ich passe schon seit Monaten selbst auf mich auf, seit ich der Milice beigetreten bin."

„Das weiß ich", versicherte ihm Jean. „Aber jetzt sind wir zu zweit. Macht es da nicht Sinn, wenn wir aufeinander aufpassen? Wir haben beide Feinde, sowohl persönliche wie auch militärische. Warum sollten wir uns unter diesen Umständen nicht gegenseitig unterstützen? Zumindest dann, wenn wir uns nicht an einem sicheren Ort aufhalten."

Raymond dachte über den Vorschlag nach. „Ich könnte deine Wohnung auch mit einem Schutzschild versehen. Das einzig Schwierige daran ist, Ausnahmen für willkommene Besucher festzulegen. In meiner eigenen Wohnung kann ich das spontan entscheiden, weil ich sehen kann, wer kommt. Aber du kannst den Schild nicht selbst manipulieren. Ich könnte natürlich jeden Vampir durchlassen, aber wir kennen mindestens einen, den wir nicht einlassen wollen. Und so lange wir nicht wissen, um wen es sich handelt, kann ich ihn nur schwer ausschließen."

Jean suchte nach einer Lösung. „Und wenn nur Vampire eintreten dürfen, die uns bekannt sind?"

„Dazu muss ich jeden einzelnen mit einem gesonderten Spruch identifizieren, der in den Schild eingearbeitet wird."

„Um die Vampire mache ich mir die geringsten Sorgen", sagte Jean nach kurzem Nachdenken. „Es gibt nur wenige, die mir ernsthaft gefährlich werden könnten. Das größere Problem sind dunkle Magier oder jeder andere, der keine guten Absichten hat."

„Wer, außer mir, sollte dich besuchen wollen?", fragte Raymond. „Von den Magiern, meine ich."

Jean dachte wieder nach. „Alain vielleicht. Orlando hat mich früher oft besucht. Wenn er das auch in Zukunft vorhat, wird er Alain bestimmt mitbringen wollen."

Raymond wusste, dass Jean sich für Orlando verantwortlich fühlte. Es war ihm schon am ersten Tag aufgefallen. Welcher Art ihre Beziehung genau war, konnte er jedoch nicht sagen. Alain und Orlando waren offensichtlich Geliebte. Raymond fragte sich, ob Jean möglicherweise ein Problem damit hatte. Jeans Stimme war zwar nichts anzumerken. Allerdings kannte Raymond ihn noch nicht gut genug, um solche kleinen Hinweise sicher zu interpretieren. War es wirklich ein Zeichen von Akzeptanz oder war es doch nur ein gut einstudierter Versuch, seine tatsächlichen Gefühle vor Raymond zu verheimlichen? Das hing teilweise auch davon ab, wie die Beziehung zwischen den beiden Vampiren vorher gewesen war. Waren sie Geliebte gewesen und Jean fühlte sich jetzt versetzt? Der Gedanke gefiel Raymond ganz und gar nicht, und das war ungewöhnlich für ihn, genauso, wie die plötzliche Eifersucht, die ihn überkam, als er sich Jean in den Armen des jungen Vampirs vorstellte. Er brach seine Überlegungen ab und versuchte, sich wieder auf das eigentliche Thema ihres Gesprächs zu konzentrieren. Welche Magier mochten Jean wohl besuchen kommen?

„Thierry?", schlug er einige Sekunden später vor.

„Das würde mich überraschen", meinte Jean. „Sein Partner weiß sehr wohl, dass er hier nicht willkommen ist. Ich kann zwar mit Sebastien zusammenarbeiten, aber ich werde ihn nicht in meine Wohnung einladen."

Dieser Blick in das Privatleben seines Partners weckte die Neugier in Raymond, aber er wollte nicht nachfragen, was zwischen den beiden Vampiren vorgefallen war. Er merkte sich diese Frage für einen späteren Zeitpunkt. Möglicherweise wusste Thierry mehr und war bereit, mit ihm darüber zu reden. Im Moment konnte Raymond nur spekulieren, wieso das Verhältnis zwischen den beiden Vampiren so angespannt war. Dummerweise trifteten seine Spekulationen sofort wieder in Richtung Sex und er stellte sich die beiden vor, wie sie nach einer heißen Nacht zusammen in einen leidenschaftlichen Streit ausbrachen, der dann zu ihrer Trennung führte. Natürlich waren solche Spekulationen lächerlich, und noch lächerlicher war die Eifersucht, die sie in Raymond auslösten. Er warf einen Blick auf seinen Arm. „Du solltest jetzt trinken, damit wir aufbrechen können. Wenn wir in deine Wohnung kommen, richte ich den Schutzschild ein. Ich kann ihn später noch anpassen, sollte das nötig werden."

Jean nickte und richtete seine Aufmerksamkeit wieder auf die warme, blasse Haut von Raymonds Arm. Er hob die Hand und fuhr ihm mit dem Finger langsam von der Armbeuge bis zum Handgelenk.

„Nicht", bat Raymond. Trotz der vielen Gedanken, die er sich gemacht hatte, fiel es ihm immer noch schwer, Jeans Biss zuzulassen. Es überforderte ihn, die Intimität noch einen Schritt weiter zu treiben. Dazu waren seine Ängste noch zu übermächtig. „Bitte beschränke dich auf die sachlichen Erfordernisse. Ich weiß, was Monsieur Lombard gesagt hat, aber ich kann nicht ..."

Jean hob den Kopf und sah ihm in die Augen. „Ich auch nicht", sagte er bedauernd. „Es war nicht mehr, als rein abstrakte Bewunderung aus ästhetischen Gründen."

Raymond sah ihn erstaunt an. Jean war eine faszinierende Mischung aus Gegensätzen. Er behauptete, ein einfacher Mann ohne esoterische Interessen zu sein, und dennoch hatte er Raymonds Bücher respektvoller behandelt als Raymond selbst, der doch Wissenschaftler war. Raymond fragte sich, welche Einflüsse Jean geprägt haben mochten, um ihn zu dem Mann zu formen, der er jetzt war. Jean musste in seinem langen Leben so viel erlebt haben! Raymond wollte ihn danach fragen, ihn bitten, seine Erfahrungen mit ihm zu teilen, um seinen Partner auch persönlich besser kennenzulernen. Sein Verstand sagte ihm, dass es objektiv nur an der Verbindung lag, die sich zwischen zwei Partnern naturgegeben entwickelte. Diese objektive Erkenntnis trug jedoch nicht das Geringste dazu bei, seine Neugier zu dämpfen oder gar zu befriedigen. Raymond wurde wieder eifersüchtig, als er an die vielen Liebhaber dachte, die Jean in seinem Leben schon gehabt haben musste. Dass der Vampir die Beziehung zwischen ihnen jetzt auf einer sachlichen Ebene belassen wollte, feuerte diese untypische Eifersucht nur noch mehr an.

Jean nahm Raymonds Handgelenk und führte es an seinen Mund. Mit der Zunge bereitete er die empfindliche Haut schnell und effektiv auf seinen Biss vor. Dann stieß er die Zähne vorsichtig in das weiche Fleisch und saugte leicht, bis das Blut an die Oberfläche trat. Es floss ihm sofort in den Mund und Raymonds einmaliger Geschmack, den Jean schon auf Anhieb identifizieren konnte, erfüllte seine Sinne. Jean konnte die Furcht schmecken, die Wut und das Bedauern, die Intelligenz. Alles Eigenschaften, die Raymond zu dem vielschichtigen und komplexen Individuum formten, das er war. Aber darunter erkannte Jean zu seinem Erstaunen einen neuen Geschmack. Er war noch sehr flüchtig und wäre ihm fast entgangen, weil er so gar nicht zu seinem Magier passen wollte. Aber je mehr Jean sich auf diesen Geschmack konzentrierte, umso mehr war er davon überzeugt, zum ersten Mal einen Hauch von Vertrauen in Raymonds Blut gespürt zu haben.

24

SEBASTIEN STAND an Thierrys Seite und starrte auf die Lichter des großen Bildschirms. „Erklär mir noch einmal, wie es funktioniert", verlangte er.

Damit hatte Thierry gerechnet, als Marcel ihnen diese Aufgabe übertragen hatte. Er griff in die Tasche und zog eine kleine Schnitzerei hervor. „Das ist mein Repère", sagte er und gab ihn Sebastien. „Wenn ich ihn bei mir trage, blinkt er auf diesem Bildschirm auf und jeder weiß, wo ich mich gerade aufhalte. Normalerweise zeigt die Karte nur Paris an, aber sie kann auch auf einen größeren Ausschnitt eingestellt werden, beispielsweise die Île-de-France oder ganz Frankreich. Aber je größer der Ausschnitt ist, umso weniger genau die Lokalisierung."

„Dann ist es also der Talisman, der angezeigt wird", sagte Sebastien.

„Ja", erwiderte Thierry. „Aber er ist nur sichtbar, wenn er durch meine persönliche Magie animiert wird. Wenn du ihn in die Hand nimmst, funktioniert er nicht mehr. Er funktioniert in meiner Hand, in meiner Jackentasche, meinem Umhang, aber nicht bei anderen Menschen."

Sebastien betrachtete sich die kleine Schnitzerei genauer. „Es ist ein Falke!", rief er. „Hast du es dir selbst ausgesucht oder ist das Zufall?"

„Ich habe es mir ausgesucht", antwortete Thierry. „Falken sind wunderbare Tiere."

„Unglaublich", sagte Sebastien leise. „Es ist so unwahrscheinlich."

„Was ist unwahrscheinlich?"

„Dass du zu deinem Schutz einen Falken als Talisman trägst. Ich war Falkner, als ich noch sterblich war. Ich habe die Falken für unsere Herrscher ausgebildet", erklärte Sebastien. „Du hast recht. Es sind wunderbare Tiere."

Noch etwas, das ihn mit Sebastien verband. Es war Thierry unangenehm und er nahm Sebastien den Repère wieder ab, um ihn in die Tasche zu stecken.

Sebastien wechselte das Thema, weil er erkannte, wie unwohl Thierry sich fühlte. „Dein Talisman wird also durch deine persönliche Magie animiert. Wir Vampire haben keine eigene Magie. Kann es trotzdem für uns funktionieren?"

Thierry dachte darüber nach. „Jedes Lebewesen hat seine eigene Aura. Vielleicht können wir die Beschwörung an diese Aura binden." Er schloss die Augen und konzentrierte sich, um mit seinen magischen Sinnen die Aura Sebastiens zu erfassen. Er konnte die anderen Magier fühlen, die sich in dem Zimmer oder draußen auf dem Gang aufhielten, aber von Sebastien empfing er keinerlei Signale.

„Verdammt", fluchte er leise. „Warum kann ich deine Aura nicht fühlen?" Er fuhr sich mit den Fingern durch die Haare, bis seine Frisur vollkommen außer Form geriet. *Steht ihm gut*, dachte Sebastien und riss sich sofort wieder zusammen, um sich ihrem Problem zu widmen. Aber er konnte nicht verhindern, dass sein Blick immer wieder auf Thierry fiel, der mit seinem verstrubbelten blonden Haar wirklich zu liebenswert aussah.

„Keine Ahnung", sagte Sebastien schnell, als ihm auffiel, dass Thierry ihn fragend ansah und auf eine Antwort wartete. „Vielleicht weiß Jean mehr darüber."

„Oder Raymond", ergänzte Thierry widerwillig. Er mochte den anderen Magier nicht sonderlich, vertraute ihm auch nicht. Aber er musste zugeben, dass das umfassende Wissen des Mannes sich schon oft als hilfreich erwiesen hatte.

Sebastien hätte gerne gewusst, warum Thierry den anderen Magier ablehnte. Er hatte Raymond seit der Gründung der Allianz noch nicht oft getroffen, sah aber keinen Grund, sich mit ihm zu vertragen. Thierry ging es offensichtlich nicht so.

Thierry schüttelte seine Frustration ab. Es war sowieso sinnlos, und außerdem war Raymond außer Dienst. Wenn sie dieses Problem lösen wollten, mussten sie es selbst in die Hand nehmen. Thierry hatte zwar nicht Raymonds wissenschaftlichen Hintergrund, war aber auch nicht gänzlich ungebildet. Logisches Denken war die Grundlage seiner strategischen Überlegungen. „Wenn wir mit Magie nicht weiterkommen, sollten wir es vielleicht auf biologischem Wege versuchen", dachte er laut.

„Biologisch?", fragte Sebastien nach.

„Sicher", erwiderte Thierry. „DNA-Analysen sind eine zuverlässige Methode zur Identifizierung von Menschen. Sie werden ständig eingesetzt, vor allem zur Aufklärung von Kriminalfällen. Vielleicht können wir dich so an einen Talisman binden."

„Wie willst du meine DNA an den Talisman bringen?", wollte Sebastien wissen.

Thierry griff sich einen Stift. „Wenn wir wissen, ob es funktioniert, finden wir einen besseren Repère für dich. Aber erst müssen wir es ausprobieren. Gib mir einige Haare."

Sebastien wollte auch wissen, ob es funktionieren würde. Er riss sich einige Haare aus und reichte sie Thierry. Der Magier wickelte sie um den Stift und murmelte einen Spruch zur Lokalisierung. Mit einem zweiten Spruch veränderte er den Kartenausschnitt, sodass nur noch das Hauptquartier der Milice angezeigt wurde. Sofort leuchtete Thierrys Name im Salle des Cartes auf. Auch die Namen der anderen anwesenden Magier waren sichtbar. Nur von Sebastien war nichts zu sehen.

„Mist", murmelte Thierry. „Das funktioniert auch nicht."

Sebastien starrte auf den Bildschirm, aber das änderte auch nichts. „Könnte es daran liegen, dass ich nicht mehr am Leben bin? Im üblichen Sinn am Leben, meine ich."

Thierry grübelte über die Frage nach, fand aber keine Antwort. „Diese Frage können dir wahrscheinlich nur die Philosophen beantworten", erwiderte er. „Aber es könnte durchaus damit zusammenhängen. Lass uns logisch darüber nachdenken. Du sagst, dass du nicht im üblichen Sinn am Leben bist. Jean hat etwas Ähnliches zu Alain gesagt. Was ist es dann, das euch den Anschein von Leben gibt? Tot ‚im üblichen Sinn' kommst du mir jedenfalls auch nicht vor."

„Blut", gab Sebastien unumwunden zu. „So lange wir genug Blut trinken, bleiben wir belebt oder sind untot, wie auch immer."

Thierry erschauerte, als er über die mögliche Bedeutung von Sebastiens Worten nachdachte. Er hätte ein kleines Vermögen gewettet, dass es eine unbekannte Form von Blutmagie war, die die Vampire zu Untoten machte. Jedenfalls würde das erklären, warum sie Blut brauchten, um in ihrem Zustand zu überleben. So lange Thierry sich zurückerinnern konnte, war Blutmagie von jedem anständigen Magier verachtet und als etwas Böses bezeichnet worden. „Wenn wir wirklich Blut brauchen, damit es funktioniert, sollten wie vorher mit Marcel darüber reden", sagte er. „Ich kann Blutmagie nicht ohne seine Zustimmung anwenden."

„Was ist daran so besonders?", fragte Sebastien.

Thierry verdrängte die Bilder von Opfern und Altären, von dunkler Magie und bösen Flüchen, die ihm durch den Kopf geisterten. „Es ist dunkle Magie", sagte er und erschauerte wieder.

Sebastien sah den Abscheu in Thierrys Gesicht. Es gefiel ihm nicht, dass sein Partner sich vor einer Magie so ekelte, die ihm selbst das Überleben ermöglichte. Aber andererseits richtete Thierrys Ablehnung sich nicht gegen Sebastien als Person, sondern nur gegen diese besondere Form der Magie. „Dann sollten wir es vielleicht einfach sein lassen", sagte er laut.

„Nein", widersprach Thierry. „Es mag mir zwar nicht gefallen, aber wenn es der einzige Weg ist, um euch zu schützen, sollten wir zumindest mit Marcel darüber reden. Falls er es ablehnt, können wir es immer noch mit einer einfachen Beschwörung versuchen, die uns euren Aufenthaltsort verrät, auch wenn wir dann im Einzelfall nicht genau wissen, wer sich wo aufhält. Das wäre zwar nicht optimal, aber immer noch besser als gar nichts."

„Wie du meinst", sagte Sebastien.

„Wir lassen Marcel entscheiden", entschied Thierry. „Wenn er es für sicher hält, versuchen wir es mit der Blutmagie."

Auf dem Weg zu Marcels Büro dachte Thierry über sein neugewonnenes Wissen nach. Vampire brauchten Blut also nicht nur zum Überleben, sondern ihre ganze Existenz hing von einer Form der Blutmagie ab. Es hätte ihn nicht überraschen sollen, aber er hatte sich bisher einfach noch nie mit dieser Frage befasst. Während er die Information noch verdaute, warf er Sebastien immer wieder verstohlene Blicke zu. Wenn er das schon vor der Gründung der Allianz gewusst hätte, wäre er nicht so bereitwillig eine Partnerschaft eingegangen. Aber jetzt störte es ihn nicht mehr.

Sebastien war sein Partner und hatte ihm mehr als einmal seine Loyalität bewiesen, als sie Seite an Seite gegen die dunklen Magier gekämpft hatten. Das wog alle denkbaren Vorbehalte auf.

Er klopfte an Marcels Tür und wartete auf Antwort.

Als Marcel sie erkannte, lächelte er ihnen freundlich zu. „Habt ihr schon Erfolg zu vermelden?", fragte er.

„Bedauerlicherweise nicht", sagte Thierry und berichtete Marcel in Kurzform alles über die fehlende Aura der Vampire und ihr erfolgloses Experiment mit Sebastiens Haaren.

„Was ist deine Theorie dazu?", wollte Marcel wissen.

„Dass die Talismane nur bei lebenden Menschen funktionieren", erklärte Sebastien. „Wir erscheinen zwar lebendig, aber das ist die Folge von Magie. Es hat nichts mit biologischen Ursachen zu tun."

„Und was schlagt ihr nun vor?", hakte Marcel nach.

„Die einzige Lösung, die uns eingefallen ist, um einen individuellen Talisman für Vampire herzustellen, erfordert den Gebrauch von Blut", sagte Thierry. „Nach Sebastiens Erklärung bin ich zu dem Schluss gekommen, dass die Existenz der Vampire durch Blutmagie ermöglicht wird. Ich wollte mit dieser Form der dunklen Magie nicht experimentieren, ohne zuvor dein Einverständnis einzuholen."

Marcel kicherte. „Ich kann mir lebhaft vorstellen, was Raymond dazu sagen würde: ‚Magie an sich ist weder gut noch böse. Nur unser Gebrauch der Magie kann moralisch beurteilt werden'."

Thierry runzelte die Stirn. „Raymond hat nicht darüber zu entscheiden."

„Nein, das hat er nicht", stimmte Marcel ihm zu. „Das ist meine Aufgabe. Aber ich teile seine Einschätzung. Wenn Blutmagie an sich böse wäre, würde das auch auf die Vampire zutreffen. Trotzdem haben wir uns mit ihnen verbündet. Thierry, sind unsere Verbündeten böse?"

Marcels Logik ließ Thierry nicht unbeeindruckt. „Nein", gab er mit überzeugter Stimme zu. „Das glaube ich nicht. Wenn sie böse wären, hätten sie diese Allianz mit uns nicht geschlossen. Und wenn doch, wäre zumindest ein Teil ihrer Bösartigkeit mittlerweile zum Vorschein gekommen."

Sebastien hatte gegen Marcels Frage spontan Einspruch erheben wollen, aber rechtzeitig erkannt, dass sie nur rhetorisch gemeint war. Sie diente nur dem Zweck, Thierry die Lücke in dessen Argumentationskette aufzuzeigen. Als sein Partner ihn und die anderen Vampire verteidigte, seufzte er erleichtert auf.

„Ich bin dieser Frage zwar noch nicht im Detail nachgegangen", fuhr Marcel fort, „aber ich bin mir sicher, dass die Magie, mit der dein Blut Sebastien vor der Sonne schützt, auch als Blutmagie bezeichnet werden kann. Wir sollten uns vor vorschnellen Urteilen hüten, wenn wir eine neue Zukunft für die Magier aufbauen wollen. Wir haben schon zu viele verloren – darunter anfangs auch Raymond –, um alles nur in Gut und Böse aufzuteilen und in enge Schubladen zu packen. Raymond ist zu uns zurückgekehrt, weil Serriers Methoden schlimmer waren, als unsere Dogmen und unsere Unbeweglichkeit. Andere haben das nicht getan, und das können wir uns nicht länger leisten. Es kann keinen Schaden anrichten, wenn wir einige Tropfen von Sebastiens Blut und ein Stück Stein mit einer simplen Lokalisierung belegen. Unsere einzige Absicht ist, ihn damit zu schützen. Darauf müssen wir uns konzentrieren, Thierry – auf die Absicht hinter der Magie, nicht auf die Magie selbst."

Thierry brauchte einen Moment, um diese Worte zu verdauen. „Dann sollten wir es jetzt versuchen", meinte er schließlich.

„Und sagt mir sofort Bescheid, wenn es funktioniert hat", forderte Marcel ihn auf. „Ich informiere dann die anderen, sodass die Entscheidung von mir kommt und ihr nichts damit zu tun habt."

„Und wie wollen wir vorgehen?", fragte Sebastien, als sie wieder im Flur waren.

„Lass uns in mein Büro gehen", sagte Thierry. „Ich weiß, was Marcel gesagt hat, aber ich möchte es doch lieber nicht im Salle des Cartes ausprobieren. Es ist besser, wenn wir vorerst unter uns bleiben. Sollte es funktionieren, müssen wir uns noch früh genug mit den Vorbehalten der anderen Magier auseinandersetzen."

Sebastien nickte und folgte Thierry ins Büro. Sie schlossen hinter sich die Tür und Sebastien hob die Hand, um sich ins Gelenk zu beißen.

„Nicht", sagte Thierry und hielt ihn zurück. „Eine der unangenehmeren Voraussetzungen für Blutmagie ist, dass derjenige, der sie ausführt, auch das Blut sammeln muss. Und es darf nicht sein eigenes sein. Wie du dir vorstellen kannst, ist das schon fast eine Einladung zum Missbrauch." Er suchte in seiner Schreibtischschublade nach einem Instrument, mit dem er Sebastiens Haut durchdringen und ihn zum Bluten bringen konnte.

Sebastien konnte es sich nur zu gut vorstellen, in dieser Situation trafen solche Bedenken allerdings nicht zu. „Ich gebe dir mein Blut freiwillig und weiß, dass du nicht mehr als nötig nimmst." Als Thierry den Kopf hob, sah Sebastien ihm direkt in die Augen. „Was wir beiden tun, ist nicht böse."

Thierry senkte den Kopf und wühlte weiter in der Schublade. Schließlich fand er in der hintersten Ecke ein verziertes Messer, das er als Brieföffner benutzte. „Ich weiß", antwortete er. „Ich weiß es wirklich. Was willst du als Talisman benutzen?"

Sebastien dachte kurz nach. „Spielt es eine Rolle, wofür ich mich entscheide?"

„Nein", erwiderte Thierry. „Allerdings ist unsere Erfahrung, dass ein persönlicher Gegenstand die Wirkung des Spruches verstärkt. Wenn jeder einfach nur eine Büroklammer benutzen würde, wüsste bald niemand mehr, welche ihm gehört."

Sebastien lachte. „Das kann ich mir gut vorstellen. Falls es nicht funktioniert, ist es sowieso egal, wofür ich mich entschieden habe. Aber wenn es beim ersten Mal klappt, möchte ich die richtige Wahl getroffen haben, damit du die Beschwörung nicht wiederholen musst."

„Das wäre mir auch lieber", meinte Thierry. „Marcel hat zugestimmt und ich will es gerne versuchen. Aber einmal reicht mir. Ich werde mich mit der Blutmagie nie anfreunden."

Sebastien griff wie automatisch zu dem Medaillon, das er in der Jackentasche hatte. Er hatte es seit Thibaults Tod nicht aus den Händen gegeben und immer bei sich getragen. Es wäre ein guter Talisman. Doch Thierry hatte gesagt, dass die Talismane im Hauptquartier zurückblieben, wenn ihre Besitzer außer Dienst waren. Sebastien war sich nicht sicher, ob er sich von dem Medaillon trennen könnte. „Muss ich den Repère hier zurücklassen, wenn ich nicht im Dienst bin?", wollte er wissen. „Ich hätte etwas, das wir benutzen können, aber ich möchte es gerne ständig bei mir tragen."

„Es ist nicht unbedingt nötig, ihn hier zu lassen. Es dient mehr dem Schutz der Privatsphäre, weil der Repère dich immer anzeigt, egal, ob du im Dienst bist oder nicht. Wenn du nichts dagegen hast, dass du auch in deiner Freizeit auf der Karte angezeigt wirst, kannst du den Repère immer bei dir tragen."

Sebastien nickte. „Kannst du mich für einen Augenblick allein lassen?", fragte er dann leise.

Thierry runzelte zwar überrascht die Stirn, ging aber sofort auf den Flur, um die Bitte seines Partners zu erfüllen.

Im Büro zog Sebastien das Medaillon aus der Tasche und sah es nachdenklich an. Es war sein wertvollster Besitz, die Locke darin seine letzte Verbindung zu seinem Avoué. Ohne sie blieben ihm nur noch seine Erinnerungen. Er musste nur die Augen schließen, um Thibault vor sich zu sehen, wie er den jungen Mann, der der Mittelpunkt seiner Welt geworden war, das erste Mal erblickt hatte. Sein Verstand sagte ihm, dass seit damals vierhundert einsame Jahre vergangen waren, aber sein Herz holte die Erinnerungen wieder hervor, als sei es erst gestern gewesen. Sebastien war erst einige Wochen vorher in Paris angekommen und hatte die Stadt noch nicht richtig gekannt, doch die Vampire hatten ihn freundlich willkommen geheißen und er fühlte sich bald wie zuhause. Er war auf der Suche nach einem Opfer durch die Straßen gezogen, als er Thibault das erste Mal erblickte. Der junge Mann stand auf der Pont Neuf und badete im Mondlicht. Er drehte sich um und sah Sebastien offen an. „Du bist ein Vampir", stellte er fest, ohne auch nur einen Augenblick zu zögern. Sebastien hatte es sofort zugegeben, wenn auch nur leise, weil er nicht wusste, ob die anderen Passanten genauso tolerant waren, wie der junge Mann. Thibault hatte ihm die Hand gereicht und ihn mitgenommen in seine Unterkunft, wo er ihm noch mehr anbot als nur die Hand. Die Anziehung zwischen ihnen war gegenseitig und einige Wochen später forderte Thibault ihn auf, ihm das Brandmal zu geben, das ihn als Sebastiens Avoué, den Auserwählten eines Vampirs, auswies.

In der gleichen Nacht hatte Thibault ihm das Medaillon geschenkt. Es war seine Art, Sebastien für sich zu beanspruchen, denn er konnte ihn nicht mit seinem Mal zeichnen. Seit diesem Tag hatte Sebastien das Medaillon immer bei sich getragen. Es war sein Tribut an eine Liebe, die so unverhofft und unwiderstehlich über sie hereingebrochen war, dass Sebastien sie auch nach Thibaults Tod noch im Herzen trug.

Andere Erinnerungen kamen ebenfalls zurück. Thibault war gut gealtert, doch als er starb, sah man ihm seine Jahre an. Nach heutigen Maßstäben waren siebzig Jahre kein hohes Alter, aber zu Beginn des 17. Jahrhunderts war das noch anders gewesen. Thibault lag in seinem Bett, von dem er sich nie wieder erheben würde, und bot Sebastien das letzte Mal den Hals zum Biss an. Nachdem Sebastien getrunken hatte, verhinderten nur die Grenzen, die ihm sein Dasein als Vampir auferlegte, dass er in Tränen ausbrach. Thibault hatte sein Gesicht zwischen die Hände genommen und geflüstert: „Trauere nicht zu lange um mich. Wir sind mit einem ganzen Menschenleben gesegnet worden und ich bedauere keine Sekunde davon. Wenn eine angemessene Zeit verstrichen ist, finde einen neuen Liebsten. Ich möchte, dass du wieder glücklich wirst."

Sebastien hatte widersprochen, aber davon wollte Thibault nichts hören und nahm ihm das Versprechen ab, so sehr Sebastien sich auch dagegen gesträubt hatte. Es war ihm wie ein Betrug an Thibaults Andenken erschienen und vielleicht hatte er es deshalb nicht eingelöst. Er hatte zwar Männer – und auch Frauen – in sein Bett gelassen, aber mit Liebe hatte das nie zu tun gehabt. Keiner von ihnen hatte diese Gefühle jemals in ihm wecken können. Er hatte sich schon nach einer Nacht mit ihnen schlecht gefühlt, für länger hätte er sie niemals in sein Leben lassen können. Jetzt erinnerte das Medaillon ihn an dieses Versprechen und daran, dass er es nicht gehalten hatte. War jetzt endlich die Zeit gekommen, Thibault endgültig gehen zu lassen und ein neues Leben zu beginnen? Es zog ihm das Herz zusammen, und doch reizte der Geschmack von Thierrys Blut seine Sinne und er dachte darüber nach. Thibault hatte es sich gewünscht und damit nicht gemeint, dass Sebastien sich vierhundert Jahre Zeit lassen sollte, bis er das Versprechen einlöste. Der Magier war ein ganz anderer Mensch als Thibault. Thierry war stur, wo Thibault nachgiebig gewesen war, stark, wo Thibault weich gewesen war, zurückhaltend, wo Thibault eifrig gewesen war. Und Thierry war vom Leben gezeichnet, während Thibault jung und fast naiv gewesen war, als sie sich kennengelernt hatten. Sebastien wusste, dass Thierry ihn als Partner für ihre Allianz akzeptierte, daran hatte er nie gezweifelt. Aber zwischen dieser Akzeptanz und einer Beziehung, wie Sebastien sie jetzt in Erwägung zog, bestand ein himmelweiter Unterschied. Wäre Thierry bereit, auch nur mit ihm darüber zu reden? Sebastien wusste nicht, ob er dieses Risiko eingehen sollte. Das Medaillon schien sich über seine Zweifel lustig zu machen. *Es wird Zeit*, schien es ihm sagen zu wollen.

Er hob es an die Lippen und küsste das kalte Metall. „Du hast recht gehabt, mein Liebster. Du hast immer recht gehabt. Es wird Zeit, dass ich ein neues Leben beginne."

Sebastien öffnete die Tür und winkte Thierry aus dem Flur ins Büro zurück. „Vielen Dank. Du kannst dieses Medaillon als Repère für mich benutzen." Er gab es dem Magier und verließ sich darauf, dass es in guten Händen war.

25

Thierry sah das Medaillon an, das Sebastien ihm in die Hand gedrückt hatte. „Eine hervorragende Arbeit", sagte er bewundernd. „Es sieht schon sehr alt aus."

„Alt schon, aber nicht sehr alt", widersprach Sebastien. „Späte Renaissance, um genau zu sein. Ich habe es geschenkt bekommen. Der Mann, der es mir gegeben hat, wäre bestimmt froh darüber, dass es jetzt meinem Schutz dienen soll."

„Ein Familienerbstück?", fragte Thierry.

„Nein, ein Vermählungsgeschenk von meinem Avoué." Sebastien öffnete das Medaillon und zeigte ihm die Locke und eine kleine Miniatur. „Thibault."

Thierry sah sich das Bild genau an, dann schloss er das Medaillon wieder. Sebastien hatte schon davon gesprochen, dass er lange Zeit allein gelebt hatte. Der Vampir hatte dieses Medaillon über vierhundert Jahre lang aufbewahrt, und jetzt wollte er es als Repère benutzen. Thierry fragte sich, wie Sebastien das meinte. Er verstand langsam, welchen symbolischen Wert es für Sebastien besitzen musste. Er musste nur Alain ansehen, um zu erkennen, wie ... wie allumfassend der Aveu de Sang für das Leben seines Freundes geworden war. Dass Sebastien diese Gefühle über vierhundert Jahre in sich getragen hatte, bewies ihm erneut die Tiefe dieses Bundes. Der Vampir hatte ihm bereits klar zu verstehen gegeben, dass er keinerlei Interesse hatte, einen solchen Bund ein zweites Mal einzugehen. Thierry konnte endlich den Grund dafür verstehen. „Bist du dir sicher, dass du es als Talisman benutzen willst?", fragte er.

„Das Medaillon wird sich dadurch nicht verändern, oder?"

Als Thierry den Kopf schüttelte, sagte Sebastien: „Dann bin ich mir sicher."

Thierry nickte und legte das Medaillon vorsichtig auf den Schreibtisch. „Gib mir deine Hand."

Sebastien hielt ihm die Hand hin und Thierry zog sie wenige Zentimeter über das Medaillon. Er spürte, wie bei der Berührung von Sebastiens Haut Begehren in ihm aufflammte, unterdrückte dieses Gefühl aber sofort wieder.

Mit zitternder Hand griff Thierry nach dem kleinen Messer. Ihm war immer noch unwohl bei dem Gedanken an Blutmagie und er konnte seine Abneigung dagegen nur schwer überwinden. Er holte tief Luft, um seine Hand und seine Nerven zu beruhigen, dann stach er Sebastien mit dem Messer in den Finger. Fasziniert beobachtete er, wie ein kleiner, tiefroter Blutstropfen aus der Wunde quoll. Das Blut tropfte auf das Medaillon. Thierry drückte leicht zu, bis noch ein zweiter und dritter Tropfen nach unten fielen, dann hob er Sebastiens Finger an den Mund und leckte die Wunde ab.

Sebastien erstarrte, als Thierry seinen Finger mit der Zunge berührte. Er machte sich keine Sorgen, dass sein Blut dem Magier schaden konnte – dazu hätte er Thierry erst vollkommen leer saugen müssen. Aber er war sich nicht so sicher, welche Wirkung Thierrys Mund auf seiner Hand haben würde.

Thierry konnte die magischen Schwingungen spüren, die in der Luft lagen. Es kam ihm vor, als könnte er in Sebastiens Blut einen Hauch der Macht schmecken, die ihm seine Existenz als Vampir ermöglichte. Zu seiner Überraschung fühlte er sich durch den Geschmack trotz seiner Vorbehalte gegen Blutmagie nicht abgestoßen. Es war ganz anders, als der saure, stechende Geruch der dunklen Magie und der Todesflüche, mit denen Serrier und seine Schergen um sich warfen. Er saugte fester an Sebastiens Finger und fuhr ihm erneut mit der Zunge über die Wunde, um ein besseres Gefühl für die Magie des Blutes zu bekommen.

„Thierry", krächzte Sebastien und hätte selbst nicht sagen können, ob er es als Protest oder Ermutigung meinte. Sein Körper reagierte sofort auf den Kontakt mit Thierrys Mund. Sein Herz klopfte schneller und er atmete keuchend. Seine Seele wehrte sich dagegen, erinnerte ihn an Thibault und beschuldigte ihn der Untreue. Thibault hatte ihm sein ganzes Leben geschenkt, wie konnte Sebastien ihm dieses Geschenk nicht zurückgeben? In diesem Augenblick hörte er

Thibaults Stimme in seinem Herzen, die ihm diese Frage beantwortete: *Ich möchte, dass du wieder glücklich wirst.*

Sebastiens Stimme riss Thierry aus seiner Trance und er kam wieder zu sich. Errötend ließ er die Hand seines Partners los und konzentrierte sich wieder auf ihr Vorhaben. Er murmelte einen Spruch, der Sebastiens Blut an das Medaillon sowie das Medaillon an die Karte band. Die Kette wurde von einem sanften Lichtschein eingehüllt, der gleich wieder verschwand. Thierry atmete erleichtert aus und lächelte. „Ich glaube, es hat funktioniert. Wollen wir nachsehen?"

Sebastien nickte. Er hätte Thierry am liebsten in die Arme gezogen und geküsst. Aber nein – sein Partner hatte vor einigen Tagen erst seine Frau verloren. Dass er selbst endlich zu einem neuen Leben bereit war, hieß noch lange nicht, dass es Thierry genauso ging, auch wenn Adèle Thierrys Ehe schon als beendet erklärt hatte. Sebastien hatte vierhundert Jahre gewartet, da konnte er sich auch noch etwas länger gedulden, wenn er dafür das bekam, was er brauchte und sich wünschte.

Sie gingen durch die verschlungenen Korridore in den Salle des Cartes zurück und da – auf der Karte und direkt neben Thierrys – leuchtete Sebastiens Name auf. „Es funktioniert", wiederholte Thierry erleichtert. „Solange du den Repère bei dir trägst, wirst du auf der Karte sichtbar sein."

DIE LUFT war kalt und beißend, als Alain und Orlando das Hauptquartier verließen und die Straße entlang gingen, die zur nächsten U-Bahn-Haltestelle führte. Sie stiegen die Treppe hinab, wo es wärmer wurde, aber schal und abgestanden roch. „Mir wäre der lange Fußweg fast lieber gewesen", meinte Orlando, als sie in den Untergrund kamen.

Alain lächelte. „So ist es mir schon oft gegangen, wenn ich von einer Nachtschicht zurückgekommen bin. Lass uns nach Hause fahren, dann können wir uns auf deinen Balkon setzen und die Sonne genießen."

„Auf unseren Balkon", sagte Orlando, als sie in die U-Bahn einstiegen. „Wir leben jetzt beide dort."

Alain beugte sich vor und drückte Orlando einen Kuss auf den Mund, ohne auf die anderen Pendler Rücksicht zu nehmen, die auf dem Weg zur Arbeit waren. „Daran musst du mich so lange erinnern, bis ich es nicht mehr vergesse", verlangte er.

Der Kuss überraschte Orlando. Als er sich wieder gefangen hatte, war es schon zu spät, um darauf zu reagieren. „Das werde ich tun", versprach er Alain, als dessen Worte zu ihm durchdrangen.

Sie kamen an ihrer Haltestelle an, verließen den Zug und nahmen den Weg am Friedhof vorbei in die Straße, in der Orlando wohnte. „Eine Minute, bitte", sagte Alain, als sie an der kleinen Bäckerei vorbeikamen.

Orlando folgte ihm in den Laden, wo Alain ein Baguette und zwei Croissants kaufte. Im nächsten Geschäft kauften sie Lammbraten und im Supermarkt Gemüse. Orlando wurde nachdenklich, als er Alain bei seinen Einkäufen beobachtete. Es war schon so lange her, seit er sich um solche alltäglichen Dinge Gedanken machen musste.

Als sie alles hatten, sah Alain ihn lächelnd an. „Wir müssen es nur für einige Stunden in den Herd schieben, dann haben wir ein köstliches Abendessen, wenn wir wieder aufwachen."

Orlando grinste und fuhr ihm mit der Hand über den Rücken, bis er seinen Hintern erreichte und innehielt. „Wer redet denn von schlafen?"

Alain grinste lüstern zurück. „Wenn das so ist … Los, lass uns nach Hause gehen."

Orlando lachte und verließ den Supermarkt, um sich direkt auf den Weg nach Hause zu machen. Sobald sie die Wohnungstür hinter sich geschlossen hatten, drückte er seinen Geliebten an die Wand, ohne Rücksicht auf die Einkaufstüten zu nehmen. Sie hatten nichts Zerbrechliches gekauft.

Alain ließ die Tüten einfach fallen und zog ihn an sich, eine Ermutigung, die Orlando nicht gebraucht hätte. „Ich brauche dich", murmelte Alain und küsste Orlando.

„Du hast mich", versprach Orlando und zog sich sanft zurück. „Aber erst musst du dein Abendessen vorbereiten. Danach haben wir Zeit, uns um andere Dinge zu kümmern."

Alain wollte protestieren, als Orlando sich zurückzog. Aber sein Geliebter hatte recht, also schnappte er sich seine Tüten und ging in die Küche. Orlando folgte ihm dicht auf den Fersen. Alain stellte die Tüten ab und suchte nach einem Topf, dann marinierte er seinen Lammbraten in Fenchel und Chili und legte ihn in den Topf.

„Glaubst du, dass Thierry recht gehabt hat?", fragte Orlando, während er Alain bei seinen Vorbereitungen zusah.

„Womit?", wollte Alain wissen, der gerade die Kartoffeln schälte, die er mit dem Lammfleisch zusammen braten wollte.

„Das Serrier auch die Vampire angreifen wird, wenn er mehr über die Allianz erfährt."

„Ja. Serrier hat keinerlei Skrupel", meinte Alain. „Er wird alles tun, um uns zu schwächen. Wenn ich ehrlich bin, bereitet der gesetzlose Vampir mir mehr Sorgen."

„Warum?", fragte Orlando. „Er kann nichts tun, wogegen wir uns nicht wehren könnten."

„Aber er könnte zufällig herausfinden, wie unser Blut auf euch wirkt. Wenn Serrier davon erfährt, würde uns das einen entscheidenden Vorteil nehmen."

Orlando nickte nachdenklich. „Aber was würde das ändern? Er würde wissen, dass wir an eurer Seite kämpfen und gegen das Sonnenlicht immun sind. Unsere anderen Eigenschaften werden dadurch nicht beeinflusst. Seine Todesflüche wirken auf uns tagsüber genauso wenig wie nachts." Orlando dachte an die Besprechung, als Marcel ihnen den Grund für die Wirkungslosigkeit des *Abbatoire* auf Vampire erklärt hatte.

Alain zuckte mit den Schultern. „Es ändert vielleicht nichts, aber je weniger Serrier weiß, umso schwerer ist es für ihn, unsere Angriffe zurückzuschlagen."

„Das stimmt." Orlando verstummte. „Werden die anderen Teams Thierrys Ratschlag berücksichtigen und auch außer Dienst nur noch gemeinsam unterwegs sein?", fragte er dann.

Alain kippte das Gemüse in den Topf und deckte es zu. Während er den Herd einschaltete, dachte er über Orlandos Frage nach. „Einige werden es tun", meinte er dann. „Adèle mit Sicherheit nicht. Sie kann ihren Partner nicht ertragen. Ich weiß nicht, wie David sich entscheiden wird. Er scheint sein Verhalten mittlerweile geändert zu haben. Raymond wird Thierry sicherlich zustimmen, da es ursprünglich seine eigene Idee war. Aber Jean schien mir noch zu zögern."

Orlando lachte. „Jean ist es gewöhnt, der Chef zu sein. Er ist schon das Oberhaupt der Vampire, seit ich ihn das erste Mal gesehen habe. Und selbst damals war er kein Anfänger mehr. Ihm ist die Vorstellung absolut fremd, dass er den Schutz eines anderen Menschen brauchen könnte."

„Aber er muss die Logik in Raymonds Argument erkannt haben. Er ist nicht dumm, sonst hätte er seine Position als Chef de la Cour nicht so lange verteidigen können", meinte Alain und setzte sich zu Orlando an den Küchentisch, während er darauf wartete, dass der Herd sich aufheizte.

„Vielleicht täusche ich mich ja", gab Orlando zu. „Es wäre nicht das erste Mal. Und du hast recht, Jean ist nicht dumm." Er verstummte und dachte über die unterschiedlichen Persönlichkeiten nach, die zusammen die Milice führten. „Was ist mit Thierry?"

„Keine Ahnung", erwiderte Alain ehrlich. „Er kann ein ziemlicher Heißsporn sein; dann wird er sich aus Prinzip verweigern, obwohl er es für eine gute Idee hält. Aber es ist nicht nur seine Entscheidung. Sebastien schien mir auch nicht allzu begeistert zu sein."

Orlando schüttelte den Kopf. „Ich kenne Sebastien nicht. Ich habe ihn vor unserem Treffen im Wartesaal noch nie gesehen. Er und Jean haben eine lange Geschichte, aber über Sebastien als Mensch weiß ich nicht viel."

Der Herd hatte seine Endtemperatur erreicht und klingelte. Alain stand auf, schob den Topf hinein und stellte die Automatik auf drei Stunden. Dann drehte er sich mit einem übermütigen Grinsen zu Orlando um. „Für den Moment reicht es mir mit der Politik. Ich kann mir eine bessere Beschäftigung für unsere freie Zeit vorstellen."

„Oh ja?", fragte Orlando und grinste zurück. „Würdest du mich bitte einweihen?"

„Komm her. Ich werde mir alle Mühe geben", versprach Alain.

Orlandos Grinsen wurde breiter und er kam an Alains Seite. „Ich bin da. Was hast du jetzt mit mir vor?"

Alain legte die Stirn in Falten, als müsste er intensiv darüber nachdenken. „Nun …", meinte er dann. „Ich könnte mit einem Kuss anfangen."

Orlando kam näher. „Das solltest du", flüsterte er und legte einladend den Kopf in den Nacken.

Alain nahm die Einladung an, umschloss die verführerischen Lippen mit dem Mund und kostete die Kontrolle aus, die Orlando ihm, wenn auch nur vorübergehend, eingeräumt hatte. Orlando schien sich dessen nicht bewusst zu sein, doch für Alain war es ein weiteres Zeichen für das wachsende Vertrauen in ihrer Beziehung. Er fühlte sich dadurch ermutigt. Es würde noch einige Zeit dauern, bis Orlando ihm genug vertraute, um nicht mehr über alles nachzudenken und spontan reagieren zu können. Aber Alain war sich sicher, dass dieser Tag bald kommen würde.

Orlando entspannte sich in Alains zärtlicher Umarmung, die seinen leidenschaftlichen Kuss begleitete. Der Gegensatz gab Orlando das nötige Selbstvertrauen, seinen Geliebten mit dem Rücken an den Schrank zu schieben und sich an ihn zu pressen, bis sie sich vom Mund bis zu den Knien berührten.

„Ich will dich", flüsterte er Alain zu.

„Du hast mich", versprach Alain mit belegter Stimme.

„Alles für mich?", fragte Orlando leise.

„Alles", erwiderte Alain, überwältigt von seinen Gefühlen.

Orlandos Herz klopfte vor Aufregung. „Dann darf ich alles mit dir machen?", fragte er neckend.

„Alles", wiederholte Alain. Er musste nicht mehr erwähnen, dass er Orlando bereits mehr Vorrechte eingeräumt hatte, als jedem anderen Menschen in seinem Leben. Das Brandmal an seinem Hals war der sichtbare Beweis dafür, die immer noch nicht verheilten Bissspuren waren nur ein weiteres Beispiel von vielen.

Orlando wackelten die Knie, so überwältigt war er von Alains Vertrauen. Mit zitternden Händen fasste er seinen Magier an den Hüften und drehte ihn um. „So", murmelte er und griff nach der Flasche mit dem Öl, das Alain vorhin zum Kochen benutzt hatte.

Alain drückte sich mit den Hüften an Orlando. „Wie immer du willst", sagte er und rieb sich an dem harten Schwanz, den er hinter sich fühlte. Vermutlich hatte Orlando das Gespräch schon wieder vergessen, das sie vor einigen Tagen hier in der Küche geführt hatten. Alain konnte sich noch sehr gut erinnern, wie besorgt Orlando darüber gewesen war, ihn unabsichtlich zu verletzen. Alain hatte ihm seine Angst ausreden wollen, aber es war ihm nicht gelungen. Heute war Orlando diese Angst nicht mehr anzumerken. Sie hatten einen weiteren, kleinen Sieg über Orlandos Vergangenheit errungen.

Doch Alain täuschte sich. Orlando konnte sich noch sehr gut an dieses Gespräch erinnern. Er wusste noch genau, wie er kurz vor einer Panik gestanden hatte wegen einer Kleinigkeit, die ihm heute nicht mehr der Rede wert war. Er wollte sich mit seiner Vergangenheit nicht mehr aufhalten, aber er nahm sich die Zeit, über Alain nachzudenken. Orlando konnte kaum fassen, wie glücklich er in der Wahl seines Geliebten gewesen war. Es gab wohl nur wenige Männer, die Alains Geduld aufgebracht hätten. Orlando presste sich an Alains Hinterteil und öffnete ihm von hinten das Hemd. Dann suchte er unter dem Stoff nach nackter Haut.

Alain bog mit einem leisen Stöhnen den Rücken durch, um Orlandos suchenden Händen entgegenzukommen. Es war erst einige Stunden her, seit sie sich das letzte Mal geliebt hatten, und doch sehnte er sich mit einem solchen Verlangen nach Orlando, als wären sie Monate getrennt gewesen. „Beeil dich", bettelte er.

Orlando konnte dem bittenden Ton in Alains Stimme nicht widerstehen. Er spielte mit einer Hand noch an Alains Nippeln, während er ihm mit der anderen schnell die Hose öffnete.

Alain gab es auf, sich an dem Schrank abstützen zu wollen. Er zog sich die Hose über die Hüften nach unten und drückte seinen nackten Arsch an Orlando. „Beeil dich", wiederholte er mit rauer Stimme. „Ich will dich in mir spüren."

Orlando hatte mittlerweile die Flasche aufgeschraubt und goss sich einen Schwall Öl über die Hand. Er machte sich nicht die Mühe, sie wieder zu schließen. Seine Gedanken waren nur noch bei seinem Geliebten und dem Wunsch, ihr gegenseitiges Verlangen endlich zu erfüllen.

Er schob die Finger zwischen Alains Arschbacken, ermutigt durch das unkontrollierte Stöhnen seines Geliebten, der sich dem suchenden Finger hemmungslos entgegenpresste. Das schlüpfrige Öl erleichterte das Eindringen seines Fingers und er fand schnell die kleine Erhebung in Alains

Innerstem, die seinem Magier so viel Vergnügen schenkte. Orlando beeilte sich. Er wollte Alain zeigen, dass er ihn genauso begehrte, wie er von seinem Geliebten begehrt wurde.

Alain war mit Leib und Seele bei ihm, stieß mit den Hüften immer wieder fest nach hinten, weil er Orlandos Finger so tief wie möglich in sich fühlen wollte. Er stützte sich mit einer Hand am Schrank ab, fasste sich mit der anderen am Schwanz und nahm Orlandos Rhythmus auf. Orlando schlug die Hand zur Seite und ersetzte sie durch seine eigene. Alain fühlte, wie sich seine Eier zusammenzogen und auf den Orgasmus vorbereiteten. „Halt", keuchte er. Der überraschte Orlando hielt sofort still. Alain drehte den Kopf um und küsste ihn beruhigend. „Ich will dich in mir spüren, wenn ich komme", flüsterte er Orlando zu. „Ich will mit dir zusammen kommen."

Orlando entspannte sich wieder, als er Alains Bitte hörte. Er zog seinen Finger heraus, rieb sich mit Öl ein und ersetzte ihn durch seinen Schwanz. Der letzte Rest Furcht und Zurückhaltung verließ ihn, als Alain sich seinem harten Schwanz entgegenpresste und sich auf ihm aufspießte.

Alain stützte sich jetzt mit beiden Händen ab, um Orlandos Stöße besser erwidern zu können. Er war so erregt, dass er keinen klaren Gedanken mehr fassen konnte. Ohne Rücksicht auf sein Gleichgewicht zu nehmen, griff er nach Orlandos Hüfte und legte seine Hand dann auf dessen Hintern, krallte sich in die harten Muskeln, die sich bei jedem Stoß zusammenzogen und wieder lösten. Er hatte jeden Gedanken an Orlandos Ängste und an dessen Vergangenheit aufgegeben, als seine Hand das Fleisch berührte, das noch nie von einer anderen Hand als seiner eigenen so berührt worden war. Alain wollte nur noch mehr, mehr … Orlando.

Orlando kam kurz aus dem Rhythmus, als er Alains Hand auf seinem Hintern fühlte, aber sein Verlangen nach Alain war zu stark, um sich durch diese ungewohnte Berührung drosseln zu lassen. Er erkannte, dass Alain ihn nur anspornen wollte, und das mit Erfolg. Orlando hatte jetzt nur noch ein Ziel – er wollte ihre aufgestaute Lust zum Höhepunkt treiben. Er legte den Kopf auf Alains Schulter und fing zu saugen an. Nur mit äußerster Anstrengung gelang es ihm, seine Zähne im Zaum zu halten.

Orlandos Mund an seinem Hals war genug, um Alain über die Klippe zu stoßen und zum Höhepunkt zu bringen. Hinter geschlossenen Augen träumte er von dem Tag, an dem er auch Orlandos Zähne in seiner Haut fühlen würde, wenn sie sich liebten.

Orlando spürte das Beben, das Alains Körper erschütterte. Er erhöhte sein Tempo, um Alain noch höher zu tragen und ihm zu folgen. Als es so weit war, antwortete Alain mit einem heißeren Schrei auf sein lautes Stöhnen. Zitternd lehnte Orlando sich an Alains schweißgebadeten Rücken, obwohl er seinen Magier damit hart an den Schrank drückte. Aber er konnte nicht anders. Seine Muskeln versagten ihm den Dienst und wollten nicht einen Zentimeter Abstand zwischen sich und Alain zulassen.

Nach einiger Zeit bewegte Alain sich und Orlando richtete sich schwerfällig auf, um ihm mehr Spielraum zum Atmen zu geben. „Wollen wir uns einen bequemeren Ort suchen?", fragte er mit einem rauen Flüstern.

Alain grinste ihn über die Schulter an. „Auf jeden Fall", stimmte er zu. „Wir haben uns um den einen Hunger gekümmert. Mein Abendessen steht auch im Ofen. Jetzt müssen wir nur noch etwas gegen deinen anderen Hunger unternehmen."

26

MARCEL LEHNTE sich in seinem Schreibtischstuhl zurück und rollte seinen Stab zwischen den Fingern, ein unübersehbares Zeichen, dass er tief in Gedanken war. Er hatte ernst gemeint, was er Thierry über die Blutmagie gesagt hatte, und er würde zu seinem Wort stehen. Das hieß aber nicht, dass die Neuigkeiten ihre Lage nicht noch komplizierter machten. Marcel erwartete keinen Widerspruch von Raymond, dessen Meinung über Wissenschaft und Magie allgemein bekannt war. Auch Alain würde auf Marcels Seite stehen, und sei es nur, um seinen Partner – es wäre wirklich ehrlicher, Orlando als Alains Geliebten zu bezeichnen – in Sicherheit zu wissen. Bei den anderen hatte er da noch seine Zweifel.

Marcel ging den Dienstplan durch und entschied sich für David und Angélique als dem Paar, mit dem er seinen ersten Versuch wagen wollte. David war konservativ genug, um herauszufinden, wie seine Argumente bei den Zweiflern unter den Magiern aufgenommen würden. Andererseits war David aber auch aufgeschlossen und ließ sich durch logische Argumente überzeugen. Dazu kam noch, dass seine Beziehung zu seiner Partnerin sich offensichtlich gebessert hatte. Das war eine wesentliche Voraussetzung für diese Form der Blutmagie. Marcel fragte sich immer noch, wie viel Einfluss die Magie auf die Beziehung zwischen den Partnern ausübte. Falls Raymond und Monsieur Lombard mit ihren Vermutungen recht hatten, spielte sie eine große Rolle. Es war jedoch schwierig, diese Hypothese zu bestätigen. Dazu müsste man mit den Betroffenen reden, und Marcel wollte keine schlafenden Hunde wecken, weil es zu viel Unruhe erzeugen würde. Er schüttelte den Kopf. Wer hätte gedacht, dass eine simple militärische Allianz solche Komplikationen nach sich ziehen würde? Er drückte auf einen Knopf und bestellte über die Sprechanlage David und Angélique in sein Büro.

Eine Stunde später verließ David mit brummendem Kopf Marcels Büro. Es kam ihm vor, als wäre seine ganze Welt aus den Angeln geraten. Blutmagie ... Marcel erwartete, dass sie Blutmagie ausübten. Er hatte Marcel genau zugehört, über jedes Argument genau nachgedacht, aber die tief verwurzelten Vorurteile, die ihn sein ganzes Leben als Magier begleitet hatten, ließen sich nicht einfach mit einer Handbewegung wegwischen. Marcel hatte davon gesprochen, den Repère der Vampire mit Blut an seine Besitzer und an die Karte zu binden. Er warf einen Seitenblick auf seine Partnerin seit fünf Tagen. Sie bedeutete ihm mehr, als nach ihrer kurzen Bekanntschaft zu erwarten war. David erklärte sich das mit der Intimität, die sich zwischen ihnen entwickelte, wenn sie sein Blut trank. Da war es schon wieder, dieses Wort. Blut. Vielleicht war es ja schon eine Form der Blutmagie – wenn auch unbeabsichtigt –, sie durch sein Blut vor der Sonne zu schützen. Natürlich war keine direkte Magie beteiligt, er musste keine Beschwörungen oder Rituale ausführen. Es war nur allein der natürlichen Magie der Vampirin zu verdanken, dass sein Blut diese Schutzwirkung hatte. Ja, er hatte schon Blutmagie ausgeübt, gemeinsam mit Angélique. Wäre es da so schlimm, sie durch einen einfachen Spruch an die Karte zu binden, um sie lokalisieren und bei Gefahr besser beschützen zu können? Marcel hatte gesagt, dass es Thierry bereits erfolgreich gelungen war. David war sich nicht so sicher, was er davon halten sollte. Thierry war seiner Meinung nach schon immer zu waghalsig gewesen. Trotzdem, Thierry war für seine Beschwörung nicht aus der Milice geworfen und auch nicht ins Gefängnis gesteckt worden. Marcel hätte niemals zugelassen, dass Thierry etwas derart Verantwortungsloses tun würde, dass es zu solchen Konsequenzen geführt hätte.

Angélique wusste nicht, was ihr Partner jetzt vorhatte und wohin er ging. Aber sie folgte ihm, denn er brauchte sie an seiner Seite. Dieses Gefühl hatte sie schon seit zwei Tagen und es wurde immer stärker. Sie fühlte sich deswegen etwas unwohl, weil sie es immer gehasst hatte, von anderen abhängig zu sein – vor allem dann, wenn es sich um Männer handelte. Dass sie sich jetzt so an David klammerte, war ... Nun, es war zumindest sehr beunruhigend und störend. Sie hoffte, dass es nur ein vorübergehendes Bedürfnis war, das auf die neue Partnerschaft zurückzuführen war. Wenn sie sich besser aneinander gewöhnt hatten, würde es sich – hoffentlich! – wieder normalisieren und sie bekam ihre Unabhängigkeit zurück.

Sie gingen, beide in ihre eigenen Gedanken versunken, zurück in Davids Büro. Er hielt ihr die Tür auf, folgte ihr ins Zimmer und schloss die Tür hinter ihnen. „Können wir es schnell hinter uns bringen?", fragte er seufzend.

Angélique überlegte. „Ja. Aber ich habe nichts bei mir, das ich als Talisman benutzen könnte. Marcel meinte, dass der Spruch wirkungsvoller wäre, wenn es ein persönlicher Gegenstand ist. Das habe ich doch richtig verstanden, oder?"

David nickte. Er wollte das Unvermeidliche nicht länger hinauszögern. Sein Verstand hatte sich mit der Notwendigkeit der Beschwörung abgefunden, aber er war sich nicht sicher, wie lange seine Bereitschaft dazu anhalten würde. „Dann lass uns gehen", erwiderte er kurz angebunden.

Angélique runzelte die Stirn bei diesem Vorschlag. Sie wusste sehr wohl, was ihr Partner von ihrem Unternehmen hielt, auch wenn David es niemals laut ausgesprochen hatte. Doch jetzt war nicht der Moment, darüber zu diskutieren. Alles, was ihr lieb und wert war, befand sich in ihrer Wohnung über dem Sang Froid. Sie überlegte, ihm vorzuschlagen, hier auf sie zu warten, während sie einen passenden Gegenstand holte. Aber David wollte sie wahrscheinlich nicht aus den Augen lassen. Angélique seufzte. „Ich muss zurück zum Montmartre. Alles, was ich habe, ist entweder in meinem Büro oder in meiner Wohnung. Ich nehme an, du willst mich begleiten."

David verzog das Gesicht. Dieser Wunsch stand ganz unten auf seiner Liste, doch angesichts des Krieges und der damit verbundenen Gefahren für Angélique blieb ihm kaum etwas anderes übrig. Es war nur eine Unannehmlichkeit unter vielen, mit denen er sich in den letzten Jahren abgefunden hatte. „Dann lass uns gehen", wiederholte er. „Je früher wir dort sind, umso früher sind wir zurück und können es hinter uns bringen."

Sie verließen das Hauptquartier und fuhren mit der Métro nach Norden zum Montmartre, wo Angélique ihr Etablissement betrieb. Bei ihrer Ankunft wurden sie von Angéliques Mitarbeitern überrascht begrüßt. Sie hatten ihre Chefin noch nie bei Tageslicht gesehen. Angélique versicherte ihnen, dass es keinen Grund zur Besorgnis gäbe und sie bald wieder zurück sei, um mit ihnen zu reden. Dabei vergeudete sie keinen Gedanken an die Missbilligung, die der Mann an ihrer Seite verströmte. Sie würde weder für ihn noch einen anderen jemals ihren Lebensunterhalt aufgeben. Sie wusste, wie wichtig ihre Dienste für die Gemeinschaft der Vampire waren, selbst wenn David das nicht anerkennen wollte. Er musste sich entweder damit abfinden oder gehen, es war allein seine Entscheidung. Die Allianz gab ihm einen Anspruch auf einen Teil ihrer Zeit, so wie sie ihr einen Anspruch auf sein Blut gab, bevor sie auf Patrouille gingen. Ihr Privatleben ging ihn nichts an, und so würde es auch bleiben, solange er sein Verhalten nicht grundlegend änderte.

„Warte hier", sagte sie, als sie ihr Büro betraten. Sie hatte ihm aus Pflichtgefühl und aus Sicherheitsgründen erlaubt, sie bis hierher zu begleiten. Aber sie hatte nicht vor, ihr Zuhause mit seiner negativen Ausstrahlung zu besudeln.

David runzelte missbilligend die Stirn, als Angélique die Tür hinter sich schloss und ihn in dem fensterlosen Raum zurückließ. Es war kühl, aber trotzdem stickig. Vor seinem inneren Auge liefen ungewollt Bilder ab, die ihn noch zusätzlich irritierten. Angéliques Hände mit ihren Henna-Tätowierungen. Ihre dunklen Haare, als sie die Zähne in seinen Hals schlug. Ihre … Mitarbeiter. Seine Fantasie erdachte sich wollüstige Szenarien, die sich hinter den verschlossenen Türen von Angéliques … Etablissement abspielten. *Etablissement*, dachte er sarkastisch. Bordell war wohl der passendere Name dafür. All sein Missfallen kam mit geballter Macht zurück, als er sich der Realität ihres Lebensunterhalts stellte. Ja, sie war unabhängiger und intelligenter, als er jemals vermutet hätte. Aber es lief doch nur darauf hinaus, dass sie ihr Geld damit verdiente, andere Menschen zu verkaufen. Es war eine abstoßende Realität.

In ihrer Wohnung ein Stockwerk höher öffnete Angélique ihren Safe. Sie zog eine alte Lackdose heraus, die aus Vorderasien stammte. Ehrfurchtsvoll öffnete sie die Dose und schaute auf ihre Schätze. Es waren Geschenke, die sie von Liebhabern erhalten hatte, jedes davon eine Erinnerung an einen ganz besonderen Moment in ihrem Leben. Sie fuhr mit dem Finger über einen Perlmuttkamm, den sie von al-Mabruk, einem Gast des Sultans, bekommen hatte. Angélique hatte nicht zu den persönlichen Konkubinen des Sultans gehört, dazu waren ihre Haare zu dunkel gewesen. Der Sultan hatte sie oft als Gastgeschenk an Besucher gegeben, die meisten von ihnen nur ein kurzer Job für einen Abend. Nur einer war länger geblieben und hatte immer wieder nach ihr verlangt, Nacht um Nacht. Wenn sie in dieser Zeit so etwas wie einen Geliebten gehabt hatte, dann war er es gewesen. Und er hatte ihr wahrscheinlich das Leben gerettet, denn vor seiner Abreise hatte er dem Sultan klargemacht, dass er sie bei seinem nächsten Besuch wiedersehen wollte. Der Sultan, der es sich mit ihm nicht verderben wollte, hatte sie einem anderen Gast verweigert, der eine andere Konkubine so schwer misshandelte, dass sie an den Folgen ihrer Verletzungen gestorben war. Angélique lief bei der Erinnerung an diese Zeit ein kalter Schauer über den Rücken. Sie strich über eine Brosche, die sie von ihrem Schöpfer bekommen hatte. Er hatte sie umgewandelt und aus dem Harem entführt, nahm sie mit aus Persien in die Türkei und von dort schließlich nach Norditalien. Sie waren lange zusammengeblieben, bis schließlich ihr Unabhängigkeitsstreben zu stark wurde. Er gab ihr die Brosche als Abschiedsgeschenk und als Grundkapital, sollte sie jemals ein eigenes Geschäft eröffnen wollen. Sie hatte es nie so weit kommen lassen, aber sie hatte die Brosche später verpfändet, als sie ihr erstes Etablissement gründete. Es gab noch andere kleine Schätze – eine juwelenbesetzte Haarnadel von Ludwig XIV., einen Diamantanhänger, den ein Bürgermeister von Paris ihr in den Zeiten des Empire geschenkt hatte … Es gab viel, aber nichts bedeutete ihr mehr, als der Perlmuttkamm und die Brosche. Sie schwankte und konnte sich nicht entscheiden, was sie als Repère benutzen sollte. Ihre Wahl fiel schließlich auf den Kamm. Sein Besitzer hatte sie allein dadurch beschützt, dass er sie den anderen Frauen vorgezogen hatte. Vielleicht konnte der Kamm sie jetzt wieder auf diese Weise beschützen. Sie nahm ihn aus der Dose, klappte den Deckel zu und stellte sie in den Safe zurück. Dann verschloss sie ihn.

Angélique sah sich noch einmal in ihrem Refugium um, bevor sie wieder nach unten in ihr Büro ging und sich auf Davids verachtende Blicke einstellte. Sollte er sie doch verachten, sie kannte ihren Wert, und der hing nicht von der Akzeptanz und dem Verständnis ihres Partners ab.

Sie hatte kaum die Bürotür hinter sich geschlossen, als es klopfte. „Herein", rief sie und drehte sich dann zu ihrem Partner um.

Isabella Barbier, eine von Angéliques besten Mitarbeiterinnen, steckte den Kopf zur Tür herein. „Haben Sie eine Minute Zeit für mich, Miss Bouaddi?", fragte sie. „Es tut mir leid, Sie zu stören, aber Monsieur Roche sagt, ich müsste erst mir Ihnen reden."

„Du störst mich nicht", erwiderte Angélique beruhigend. Isabella war auch eine ihre überschwänglichsten und theatralischsten Mitarbeiterinnen. „Was kann ich für dich tun?"

„Es geht um meine Schwester, Miss Bouaddi", erklärte Isabella. „Sie bekommt ein Baby und meine Mutter kann nur einige Tage bei ihr bleiben, sonst verliert sie ihren Job. Sie wissen doch, wie es ist – ich habe es Ihnen schon erzählt. Meine Schwester kann so kurz nach der Geburt nicht allein zu Hause bleiben. Ich muss ein oder zwei Wochen freinehmen, bis sie sich wieder erholt hat und sich selbst um alles kümmern kann."

David beobachtete die beiden misslaunig, ohne auf ihre Worte zu achten. Er sah nur die enge, weit ausgeschnittene Bluse und den kurzen Rock, der so tief auf der Hüfte saß, dass man den gepiercten Nabel sehen konnte. Wenn die Frau sich vorbeugte, würden ihr wahrscheinlich die Brüste aus der Bluse und der Arsch aus dem Rock rutschen. Vermutlich war sie auf ihre übertrieben herausgeputzte Art attraktiv, aber David sah nur die spärliche Bekleidung, die dem kühlen Oktoberwetter nun weiß Gott nicht angemessen war.

Als die Frau wieder gegangen war, warf er Angélique einen bösen Blick zu. „Kennst du denn gar keine Scham, sie so zur Schau zu stellen? Sie erfriert doch bei diesen Temperaturen."

Angélique drehte sich bedächtig zu ihm um und die Frustration, die sich schon seit geraumer Zeit in ihr aufbaute, kam mit aller Macht zum Vorschein. „Erstens hat sich Isabella diese Kleidung selbst ausgesucht. Ich mache meinen Mitarbeitern keine Vorschriften. Zweitens hast du keine Ahnung, wovon du sprichst", fuhr sie ihn an.

„Habe ich das nicht?", fragte David herausfordernd. „Willst du mir etwa sagen, dass du das arme Mädchen und ihre Kolleginnen nicht jeden Abend an den Meistbietenden verschacherst?"

Angélique lachte zynisch. „Wie ich schon gesagt habe – du hast keine Ahnung, wovon du sprichst. Ich weiß genau, was du denkst. Kupplerin ist wahrscheinlich noch das harmloseste Wort für mich, das dir durch den Kopf geht. Puffmutter trifft es vermutlich besser. Aber weißt du was? Es ist mir scheißegal. Verurteile mich, wenn du meinst, du hättest das Recht dazu. Aber verurteile mich für das, was ich wirklich tue, nicht für deine Einbildung. Hast du mich denn jemals gefragt, was ich wirklich tue? Das einzige, was ich hier verkaufe, ist Blut. Ich bin nicht naiv. Ich weiß genau, dass meine Mitarbeiter noch Zusatzgeschäfte machen mit den Vampiren, die von ihnen trinken. Aber das ist ihre Angelegenheit. Ich habe damit nichts zu tun, auch wenn dafür Geld den Besitzer wechselt. Und bevor du über mich oder uns den Stab brichst, solltest du über die Alternative nachdenken. Denk bitte auch nur einmal darüber nach, wo Isabella oder die anderen wären, wenn sie nicht hier arbeiten könnten. Ich habe sie von der Straße geholt, wo sie sich verkauft haben und ständig in Gefahr waren, vergewaltigt, misshandelt oder mit Krankheiten angesteckt zu werden. Davor sind sie hier in Sicherheit. Sie haben einen sauberen, sicheren Arbeitsplatz. Alles was sie hier tun müssen, ist, sich von einem Vampir beißen zu lassen. Das ist ein verdammt gutes Geschäft für sie. Bleib mir mit deiner Scheinheiligkeit vom Hals und steck sie dir in den Arsch!"

David schämte sich genug, um rot zu werden, als er erkannte, zu welchen voreiligen Schlussfolgerungen er gekommen war. Er wollte sich entschuldigen, aber da kam sie auch schon mit wutverzerrtem Gesicht auf ihn zugestürmt. „Verschwinde! Ich kann dich im Moment nicht mehr ertragen."

„Aber die Allianz …"

„Deine Allianz kannst du dir an den Hut stecken, sie passt gut zu deinem Heiligenschein", brüllte Angélique. „Verschwinde!"

„Aber …"

„Verschwinde, habe ich gesagt!", wiederholte sie und griff nach seinem Hemd, um ihren Worten Nachdruck zu verleihen und ihn vor die Tür zu setzen. Er hob beschwichtigend die Hand und zog sich zur Tür zurück.

„Wir sind noch im Dienst", protestierte er. „Was soll ich Marcel sagen?"

„Sag ihm, ich würde zurückkommen, wenn ich mir sicher bin, dich nicht wegen deiner Unverschämtheiten zu erwürgen", erwiderte sie.

„Aber … brauchst du kein Blut?"

„Dazu brauche ich nicht dich", erinnerte sie ihn. „Dich brauche ich nur, um vor der Sonne geschützt zu sein. Und da ich zuhause bin, brauche ich das erst wieder vor unserer nächsten Patrouille."

„Du hast aber versprochen …", versuchte David es erneut. Eine für ihn unbegreifliche Eifersucht verhinderte, dass er widerspruchslos ihr Büro verlassen konnte.

„Ich habe versprochen, von keinem anderen Magier zu trinken, und das werde ich auch nicht tun. Ich kann im Moment sowieso keine Magier mehr ertragen. Außerdem hat dein Verhalten alle Versprechen neu auf den Prüfstand gestellt. Wenn du meine Loyalität beanspruchst und willst, dass ich nur von dir trinke, dann solltest du mir einen Grund dazu geben. Und das hast du nicht getan. Ich sage es nur noch einmal. Verschwinde!"

David verließ rückwärts das Büro. Kaum war er auf dem Flur, knallte sie ihm die Tür vor der Nase zu. Er hob hilflos die Hand, als ob er anklopfen wollte, aber das wäre die reine Dummheit gewesen. Er hatte sich geirrt, daran gab es keinen Zweifel, und Angélique war nicht in der Stimmung, auf seine Entschuldigungen zu hören. Er konnte nur hoffen, dass sich das bald ändern würde, denn Marcel wäre bestimmt nicht sehr glücklich über den Verlauf der Dinge. David verzog schmerzhaft das Gesicht, als er an sein bevorstehendes Gespräch mit dem General dachte. Er ging in die Halle zurück und sah sich dieses Mal etwas aufmerksamer um. Die Frau in Angéliques Büro war wie eine gewöhnliche Prostituierte gekleidet gewesen, aber die meisten Männer und Frauen, die sich hier aufhielten, trugen ganz normale Alltagskleidung und sahen beim besten Willen nicht käuflich aus.

DAS FEUER in Orlandos Augen flammte bei Alains Worten wieder auf. „Woher hast du das gewusst?", fragte er zärtlich. Er hatte schon seit einiger Zeit ein wachsendes Verlangen nach Blut gespürt, aber erst trinken wollen, wenn Alain sich ausgeschlafen hatte.

Alain zog Orlando grinsend an sich. Ihre halb nackten Körper rieben sich verführerisch aneinander. „Weil ich mich nach deinem Biss sehne." Alain machte sich keine Gedanken mehr darüber, warum er sich seit seinem ersten Treffen mit Orlando so sehr verändert hatte. Damals war ihm die Vorstellung von Orlandos Zähnen in seinem Fleisch noch gleichermaßen abstoßend wie erregend erschienen. Ihn interessierte nicht, ob der Grund für die Veränderung der Aveu war, ob es an der Magie lag, die Orlando vor der Sonne schützte oder daran, dass er eine neue Seite an sich selbst entdeckte, die ihm bisher verborgen geblieben war. Alain wollte nur noch dieses wachsende Verlangen stillen, das mit der gleichen Intensität in ihm brannte wie sein sexuelles Begehren – das Verlangen, seinen Geliebten mit seinem Blut zu nähren. „Bring mich ins Bett."

Orlando brauchte keine zusätzliche Ermutigung. Er nahm Alain an der Hand und führte ihn durch den kleinen Flur ins Schlafzimmer. Das Bett war immer noch ungemacht von der letzten Nacht. Decken und Kissen lagen wirr und verknäult durcheinander, das Laken war herausgezogen. Sie ignorierten es und schoben einfach alles zur Seite. Alain zog sich das Hemd aus und kickte die Schuhe von den Füßen. Er hätte gerne auch die Hose ausgezogen, fürchtete aber Orlandos Protest und wollte die Harmonie zwischen ihnen nicht stören. Stattdessen legte er sich aufs Bett und streckte die Arme nach seinem Geliebten aus.

Alain war in seinem halb nackten Zustand fast noch verführerischer, als er es nackt gewesen wäre. Sein Hosenschlitz stand immer noch offen und warf kleine Schatten, die mehr enthüllten als sie verbargen. Er war ein Bild wollüstiger Hingabe, wie er so auf der Matratze lag und Orlando in seine Arme einlud. Orlando legte sich an seine Seite und beugte sich über ihn, um ihn zärtlich zu küssen.

Alain erwiderte den Kuss mit Begeisterung, legte Orlando die Hände um den Kopf und fuhr ihm mit den Fingern durch die Locken. Er könnte Stunden damit verbringen, Orlando einfach nur durch die dunklen Haare zu streichen, sie über seine Hände gleiten zu lassen und um seine Finger zu wickeln. Der Krieg gab ihnen nicht die Möglichkeit dazu, aber wenn die Allianz funktionierte, war es nur noch eine Frage der Zeit, bis sie Serrier besiegt hatten. Dann wollte Alain sich alle Zeit der Welt nehmen, um jeden Quadratzentimeter von Orlandos Haut zu erkunden, jeden Muskel, jeden Knochen und jede Locke.

Alains Zärtlichkeit berührte Orlando zutiefst. Niemand, auch nicht Jean, hatte ihn jemals so geliebt und sich so um ihn gesorgt. Alain schloss eine Wunde nach der anderen in Orlandos Herzen, und er wollte seinem Magier diese Zärtlichkeit und Hingabe zurückgeben. Er senkte den Kopf und legte die Lippen an Alains Hals. Alains Hand verkrampfte sich in seinen Haaren und Orlando wusste, dass jetzt nicht die Zeit für neckische Spiele war. Er befeuchtete die Haut an Alains Hals mit seiner Zunge. Als der Magier sich ihm entgegenbog und seinen Hals anbot, konnte Orlando nicht länger warten. Er bohrte die Zähne in Alains Haut und saugte das lebensspendende Blut in seinen Mund.

In Alains süßem Blut mit seinem unvergesslichen Geschmack herrschte die Befriedigung vor. Orlando hatte bisher bei jedem Biss Alains Erlösung schmecken können, aber dieses Mal hatte es eine andere Nuance. Dieses Mal war es nicht nur die explosive Leidenschaft, die er schmecken konnte; dieses Mal war es auch eine tiefe Zufriedenheit, eine kaum unterdrückte und allumfassende Freude, die über allen anderen Gefühlen lag. Orlando erkannte, dass er seinem Geliebten nicht nur Befriedigung schenken konnte, sondern auch Ruhe und Glück, und diese Erkenntnis berührte ihn tief in seinem Herzen. Er fand noch einen Geschmack, der flüchtig und kaum wahrnehmbar unter den anderen Gefühlen verborgen lag, den er aber nicht erkannte und nicht benennen konnte. Orlando konzentrierte sich wieder auf seinen Biss und saugte sanft und rhythmisch, um sich der Stimmung in Alains Blut anzupassen.

Alain schwebte auf einer Wolke gesättigter Glückseligkeit unter der doppelten Liebkosung von Orlandos Zunge und Zähnen. Jedes sanfte Saugen entspannte ihn mehr und er wurde von einer Zufriedenheit übermannt, die er so noch nie empfunden hatte. Er war immer gerne so mit Orlando zusammen gewesen, schon bei ihrer ersten Begegnung auf dem Friedhof und später dann, bei dem zurückhaltenden Versuch auf Orlandos Sofa oder dem leidenschaftlichen Biss gestern Nacht. Aber nichts war mit den tiefen Gefühlen vergleichbar, die dieser Augenblick, dieser Biss in ihm auslöste. Besitzergreifend und beschützend zugleich schlang er die Arme um Orlandos Schultern und drückte ihn an sich.

Der unbekannte Geschmack in Alains Blut wurde von Schluck zu Schluck stärker, obwohl Orlando ihn immer noch nicht identifizieren konnte. Schließlich gab er es auf und genoss ihn nur noch als die perfekte Ergänzung zu einem Geschmack, den er über alles liebte. Er tastete nach Alains Hand und verschränkte ihre Finger miteinander, um sie auch auf diese Weise eins werden zu lassen.

Alain war so entrückt in seinen Gefühlen, dass er von seinem Orgasmus überrascht wurde. Wie eine Flutwelle brach er über ihn herein, sanft und wogend, unvermeidbar. Er keuchte, als sein Schwanz zu pochen begann, stürzte sich in die wogende Flut und ließ sich von ihren rollenden Wellen davontragen. Alain klammerte sich an Orlando, dann sank er mit einem Seufzer auf das Kissen zurück.

Orlandos Seufzer vermischte sich dem seines Geliebten, als er den Kopf hob und ein letztes Mal über Alains Hals leckte. Er setzte sich auf und zog Alain die Hose von den Beinen, damit sein Magier bequemer lag und besser schlafen konnte.

Alain vermisste Orlandos Nähe sofort und hob die Arme, um nach ihm zu tasten.

„Schh", beruhigte ihn Orlando. „Ich ziehe mich nur aus, dann komme ich zu dir zurück."

Alain nickte mit geschlossenen Augen, während der Schlaf ihn schon langsam übermannte.

Orlando beeilte sich und schlüpfte zu seinem Geliebten unter die Decke. Er legte den Kopf auf Alains Schulter und streichelte ihm über die behaarte Brust, bis der ruhige Atem Alains ihm verriet, dass er eingeschlafen war. Orlando schloss ebenfalls die Augen und überließ sich seinen Träumen.

27

RAYMOND HATTE sich noch keine Gedanken über die Lebensumstände und den Wohnort seines Partners gemacht. Wenn man ihn gefragt hätte, er hätte wohl auf Montmartre getippt. Die vielen Clubs und Geschäfte dort mussten für einen Vampir ein optimales Umfeld bieten. Zu seiner Überraschung führte Jean ihn in eine der reicheren Wohngegenden von Paris. Die Rue d'Anjou stieß direkt auf die Rue du Faubourg St-Honoré, eine der exklusivsten Straßen der Stadt. Das entsprach in keiner Weise dem Bild, das Raymond sich von seinem Partner gemacht hatte.

„Das Huitième", bemerkte er, als sie vor einem Haus stehen blieben und Jean nach seinen Schlüsseln suchte. „Ich bin beeindruckt."

Jean lachte. „Als ich hier eingezogen bin, war es noch wesentlich weniger trendy", gab er zu. „Es war sogar noch mehr oder weniger Wildnis. Als diese Häuser gebaut wurden, habe ich die Erlaubnis gegeben, meine alte Hütte abzureisen, um mehr Bauland zu schaffen. Im Tausch dafür habe ich eine der Wohnungen in dem neuen Haus bekommen. Ich lebe seit fast zweihundert Jahren hier."

Raymond schüttelte den Kopf. „Du sprichst von Jahrhunderten wie andere von Jahrzehnten."

„So ist das Leben eines Vampirs", sagte Jean schulterzuckend und schloss die schwere Tür auf. „Als ich umgewandelt wurde, bestand Paris nur aus der Île St-Louis und der Île de la Cité. Meine Wohnung ist im dritten Stock."

Seite an Seite stiegen sie die geschwungene Treppe hinauf. Das Haus war zu alt für einen Aufzug. Im dritten Stock gab es nur zwei Wohnungen, nicht drei oder vier, wie es für ein Gebäude dieser Größe üblich gewesen wäre. Auch daran erkannte Raymond, dass mehr hinter seinem Partner steckte, als er ursprünglich vermutet hatte.

Als die Tür aufging, kamen sie in eine weiträumige Wohnung, die man zu Fug und Recht als Museum hätte bezeichnen können. Nur die Absperrungen und Hinweisschilder fehlten. An den Wänden waren alte Seidentapeten, wie Raymond sie aus Versailles kannte. Sie waren hellblau und erinnerten an einen Sommerhimmel. Der Fußboden bestand aus elegantem, gemusterten Parkett. Jedes Möbelstück in dem großen Salon sah aus, als käme es direkt aus einem Museum. Raymond war mehr als beeindruckt. Er ging sprachlos von einem Möbelstück zum nächsten, schaute es sich genau an und bewunderte die Handwerkskunst. „Das muss ein Vermögen gekostet haben!"

„Als sie neu waren und ich sie gekauft habe, waren sie noch nicht so teuer", erinnerte ihn Jean. „Damals waren es gut gearbeitete Alltagsgegenstände. Ihren Wert haben sie erst durch ihr Alter bekommen. Außerdem habe ich die Wohnung nicht in einem Zug eingerichtet. Ich hatte Zeit genug, um hier und da ein neues Stück zu kaufen, wenn es mir gefiel und perfekt war. Es fehlt immer noch einiges, aber ich weiß nicht, ob ich es in der heutigen Zeit noch finden kann."

„Zum Beispiel?", fragte Raymond, der sich nicht vorstellen konnte, was hier noch fehlen sollte.

„Ich habe ein wunderbares Service aus Limoges-Porzellan", erwiderte Jean. „Aber mir fehlt eine Suppenterrine. Das Muster wird seit einiger Zeit nicht mehr hergestellt, deshalb muss ich nach einem alten Original suchen. Kleinigkeiten eben. Alles anderen, wie die Möbel und die sonstigen Installationen, sind vorhanden. Aber kleine Dinge, wie eine bestimmte Lampe, eine Vase … Es sind meistens Sachen, die ich in dem einen oder anderen Salon gesehen habe und mir damals nicht leisten konnte."

Raymond schüttelte den Kopf. Das warf ein vollkommen neues Licht auf seinen Partner. Er hatte sich Jean immer als unzivilisiert vorgestellt, aber das genaue Gegenteil war der Fall.

„Willst du auch den Rest der Wohnung sehen?", fragte Jean und machte eine Geste zum Flur.

Raymond nickte stumm und fragte sich, welche Schätze ihn noch erwarteten. Jean führte ihn in den Flur, von dem rechts und links mehrere Türen abgingen. „Die Küche", sagte er. „Sie ist nicht modernisiert worden, da ich sie nicht benutze." Einige Meter weiter kamen sie zu den Toiletten und dem Badezimmer. „Ich habe fließendes Wasser, damit ich ein Bad nehmen kann. Aber die Einrichtung ist eher funktional als dekorativ." Am Ende des Flurs öffnete er eine Tür. „Dieses Zimmer wird dich sicher mehr interessieren."

Raymond folgte ihm in den Raum und riss die Augen auf. „Das ist …" Ihm fiel nichts mehr ein. An den Wänden standen Bücherregale, die bis unter die Decke reichten. „Ich dachte, du wärst kein Gelehrter", sagte er anschuldigend.

„Das bin ich auch nicht", erwiderte Jean. „Die meisten Bücher waren in ihrer Zeit sehr beliebt. Es ist keine große Literatur, aber es ist unterhaltsame Lektüre, die mir damals gefallen hat. Einige Bücher habe ich auch geschenkt bekommen, entweder von den Autoren oder Bekannten, die mir einen Gefallen tun wollten, weil ich das Buch erwähnt hatte. Andere haben mit meiner Position als Chef de la Cour zu tun. Es sind Aufzeichnungen über die Gesetze und die Geschichte der Vampire, die ich hier aufbewahre, damit sie konsultiert werden können. Die meisten dieser Werke sind allerdings noch bei Monsieur Lombard, da er sie regelmäßig zurate zieht, ganz im Gegensatz zu mir. Aber ich habe auch einige hier, falls jemand etwas nachschlagen will und sich nicht in die Höhle des Löwen traut."

„Darf ich?", fragte Raymond und ging auf eines der Regale zu.

„Sicher", sagte Jean. „Du weißt sie bestimmt mehr zu schätzen als ich."

Raymond warf ihm einen scharfen Blick zu. „Du stellst dich nur so dumm, damit du unterschätzt wirst. Selbst wenn die Bücher in ihrer Zeit nur populäre Unterhaltungslektüre waren, wie du behauptest, räumst du ihnen viel zu viel Raum ein, um sie nicht zu schätzen."

Jean machte ein beschämtes Gesicht. „Du hast mich ertappt. Verrätst du es jetzt weiter?"

„Und korrigiere damit eine Fehleinschätzung, die wir zu unserem Vorteil nutzen können?", fragte der Magier ungläubig. „Sehe ich so dumm aus?"

Jean lachte erleichtert. „Ich bin froh, dass du es genauso siehst."

„Weiß jemand die Wahrheit?"

Jean zuckte mit den Schultern. „Orlando hat meine Bibliothek natürlich schon gesehen. Er hat mir sogar bei meinen Recherchen geholfen, als wir die Allianz ins Leben gerufen haben. Wir haben Magierblut immer für ein tödliches Gift gehalten, weißt du. Ich kann nicht sagen, inwieweit er mich durchschaut hat. Vielleicht akzeptiert er es einfach, weil ich es bin."

„Ihr steht euch sehr nahe", sagte Raymond bedächtig.

„Er ist für mich wie der kleine Bruder, den ich im Leben nie hatte", erwiderte Jean nachdrücklich. „Als ich ihm das erste Mal begegnet bin, habe ich vielleicht über eine andere Art der Beziehung nachgedacht. Aber das ist lange vorbei. Außerdem passt Alain viel besser zu ihm, als ich es jemals gekonnt hätte." Trotz der Überzeugung in seinen Worten fühlte Jean einen Hauch von Bedauern, als er daran dachte, was sich zwischen ihm und seinem jungen Freund unter anderen Umständen hätte entwickeln können. Zum tausendsten Mal verfluchte er innerlich die erbärmliche Kreatur, die Orlando so traumatisiert hatte, dass er erst jetzt wieder langsam lernte, jemandem zu vertrauen.

„Alain ist … ein guter Mann", meinte Raymond schließlich. „Wir sind nicht immer einer Meinung, aber an seiner Integrität und Loyalität gibt es keinen Zweifel. Er wird sich gut um Orlando kümmern."

Jean war sich nicht sicher, woher der resignierte Ton in der Stimme seines Partners kam, aber er wollte ihn wieder aufmuntern. „Das bist du auch, mon Ami. Und eines Tages wird Alain das auch erkennen."

Raymond zuckte mit den Schultern. „Es spielt keine Rolle. Ich brauche seine Sympathie nicht. Er muss mir nur helfen, nicht Serrier in die Klauen zu fallen." Er sah sich in dem Zimmer um und rief sich wieder den Zweck seines Besuches in Erinnerung. „Ich sollte mich jetzt um den Schutzschild kümmern und dich in Ruhe lassen."

„Tu das", stimmte Jean ihm zu, denn der Schild war unverzichtbar für seinen Schutz. Wenn Serrier seine Leute auf die Vampire hetzte, wäre er der erste, den sie sich aufs Korn nehmen würden, um die Vampire von Paris führerlos zu machen. „Aber du musst nicht gleich wieder verschwinden. So lange ich genug getrunken habe, brauche ich keine Ruhe, nur die Wände, die mich vor der Sonne schützen. Und selbst die brauche ich jetzt nicht mehr."

Raymond lächelte und konzentrierte sich auf die Aufgabe, seinen Partner zu beschützen. Er war sich sicher, dass Jean seine Einladung nur aus Höflichkeit ausgesprochen hatte. „Gibt es nur die eine Tür in die Wohnung?", wollte er wissen und verließ bedauernd die Bibliothek.

„Ja", antwortete Jean. „Aber es gibt fast in jedem Zimmer Fenster. Nur das Badezimmer hat keine."

„Dann muss ich auch die Fenster mit einem Schild versehen", erklärte Raymond. „Aber am besten fange ich mit der Tür an und dehne den Schild von dort auf den Rest der Wohnung aus. Ich weiß auch nicht, warum das am besten funktioniert, aber jeder Text, den ich gelesen habe, und jedes Experiment, das ich durchgeführt habe, bestätigt diese Tatsache. Die Beschwörungen sind immer wirkungsvoller, wenn man mit dem Haupteingang zu einem Haus oder einer Wohnung beginnt."

Jean nickte und verließ sich auf Raymonds Erfahrung. Er stand leise auf und beobachtete den Magier, der alte, geheime Sprüche rezitierte. Er konnte sie nicht verstehen, denn Raymond sprach nicht das moderne Französisch der Gegenwart. Es dauerte einen Moment, dann erkannte Jean die Sprache als das alte Französisch, das er vor tausend Jahren in seiner Jugend als Seminarist gesprochen hatte. Ihm fiel auf, dass zwar die Worte stimmten, aber die Aussprache und die Betonung vollkommen falsch waren. Er wollte seinen Partner nicht aus der Konzentration reißen und wartete, bis Raymond mit seiner Beschwörung zum Ende kam, bevor er ihn darauf hinwies. „Das habe ich verstehen können. Es ist die Sprache, die ich in der Zeit meiner Erschaffung gesprochen habe. Ich hätte nie gedacht, sie jemals wieder zu hören."

ORLANDO LAG neben Alain im Bett und döste im Halbschlaf vor sich hin, das Beste, was einem müden Vampir übrig blieb. Er war sich seiner Umgebung bewusst und konnte Alains warmen Körper an seiner Seite spüren. Seine Gedanken wanderten ziellos von einem Erlebnis und von einem Gefühl zum anderen, aber immer drehten sie sich um seinen Avoué. Sein halb wacher Verstand sagte ihm, dass das nicht ungewöhnlich wäre, denn Alain war der Mittelpunkt seines Lebens geworden. Die Freude, die Orlando darüber empfand, mischte sich mit den Erinnerungen an seine Vergangenheit, die ihn immer noch heimsuchten. Das galt besonders für Momente wie diesen, in denen sich ein Teil seines Bewusstseins seiner Kontrolle entzog.

Er spürte die Invasion in seinen Körper, spürte das Fleisch reißen, als sein Schöpfer ihn mit dem Griff der Peitsche, mit der er ihn eben noch blutig geschlagen hatte, vergewaltigte. Blut lief ihm den Rücken hinab und vermischte sich mit dem Blut, das aus seinem Anus strömte. Er bettelte um Gnade, obwohl er genau wusste, dass sie ihm nicht gewährt werden würde. Der Bastard kannte das Wort Gnade nicht. Orlando konnte nicht sagen, wie lange seine Qualen andauerten. Irgendwann konnte er nicht mehr kämpfen, hing nur noch schlaff und leblos an den Ketten, die ihn an die Wand fesselten, zu schwach, um sich zu wehren. Dann wurde das Ding durch den Schwanz seines Schöpfers ersetzt – genauso dick, wie der Griff der Peitsche, und fast genauso hart. Orlando versuchte, sich einer erneuten Vergewaltigung zu entziehen und wehrte sich mit letzten Kräften. Er war an Händen und Füßen gefesselt, an die Wand gekettet und dem perversen Vergnügen seines Schöpfers hilflos ausgeliefert.

Als er spürte, wie Thurloes Samen sich in ihn ergoss und sich mit seinem Blut mischte, musste er würgen und sein Magen zog sich zusammen, wollte alles von sich geben. Jetzt endlich löste sein Schöpfer die Wandfesseln, aber die Ketten an Händen und Füßen blieben an ihrem Platz, als er in das Nachbarzimmer gezerrt wurde, wo ein junges Mädchen gefesselt auf dem Boden lag. Das Monster zog sie hoch und biss sie ins Handgelenk, dann presste er die Wunden mit Gewalt an Orlandos Lippen. Orlando wollte nicht trinken, aber sein Instinkt war übermächtig. Sobald er den ersten Blutstropfen auf der Zunge spürte, konnte er sich nicht mehr beherrschen. Er trank und trank, bis ihre Lebenskraft immer schwächer wurde. Dann hörte er auf, wollte ihr den Tod ersparen. Hinter sich hörte er das manische Gelächter seines Schöpfers. „Wenn du es nicht zu Ende bringst, übernehme ich es für dich", sagte der Vampir und griff nach dem kraftlosen Handgelenk, um den letzten Blutstropfen aus dem jungen Mädchen zu saugen. Orlando wurde wieder schlecht. Der Anblick Thurloes, der sich über das sterbende Opfer beugte, von oben bis unten mit Orlandos Blut und seinen eigenen Körperflüssigkeiten verschmiert, war zu viel für ihn. Aber Orlando kämpfte gegen den Brechreiz an, weil er nicht wollte, dass das Mädchen umsonst gestorben war. Eines Tages wäre er stark genug, um sich gegen den Bastard zu wehren und zu entkommen. Eines Tages würde Thurloe nicht der Sieger sein.

In der Küche klingelte die Zeituhr des Ofens und riss Orlando aus seinen Albträumen zurück in die Gegenwart. Er wollte Alain nicht wecken und stand leise auf, um sie abzuschalten. Dann holte er den Topf aus dem Ofen, damit der Lammbraten etwas abkühlen konnte. Er ging ins Badezimmer und wusch die Reste seines Traumes ab, um wieder einen klaren Kopf zu bekommen, bevor er seinen mehr als aufmerksamen Geliebten weckte. Es war schon schlimm genug, die Zeit seiner Gefangenschaft im Traum immer wieder zu erleben. Er wollte sie nicht auch noch in Worte fassen müssen.

Alain wurde von einem Morast erschreckender, gesichtsloser Träume heimgesucht. Er wälzte sich unruhig im Bett hin und her und tastete mit der Hand nach der tröstlichen Nähe seines Geliebten, fand aber nur ein leeres Kissen. Er öffnete die Augen, doch die Bedrohung, die er in seinem Traum empfunden hatte, wollte ihn nicht verlassen. Er war verwirrt und orientierungslos. Ohne Orlandos beruhigende Gegenwart erkannte er nicht sofort, wo er sich befand. Seine Panik nahm zu. Er wurde das Gefühl nicht los, dass Orlando verloren gegangen war oder gegen seinen Willen festgehalten wurde. „Orlando!", schrie er, panisch vor Angst.

Orlando war noch im Badezimmer. Er hätte gern einige Minuten mehr Zeit gehabt, um sich wieder einigermaßen von seinem Albtraum zu erholen, aber als er die Panik in Alains Stimme hörte, gewann sein Beschützerinstinkt die Oberhand, noch zusätzlich gestärkt durch den Aveu de Sang. Er lief aus dem Badezimmer zurück zum Bett. „Hier bin ich", sagte er mit einem erzwungenen Lächeln. „Ich habe nur dein Abendessen aus dem Ofen geholt."

Es war eine absolut vernünftige Erklärung. Alain wurde das Gefühl der Bedrohung und der Angst dennoch nicht los, das sein Traum in ihm ausgelöst hatte. Er streckte die Hand nach Orlando aus, der sofort in seine Arme kam und ihn durch seine Anwesenheit mehr beruhigte, als die schönsten Worte es gekonnt hätten. Alain konnte sich den Ursprung seiner irrationalen Angst nicht erklären, denn sein Verstand sagte ihm, dass er keinen Grund dafür hatte. Aber sein Verstand war machtlos gegen die Panik, allein aufzuwachen, war machtlos gegen die unermessliche Erleichterung, Orlando sicher in den Armen zu halten.

Alains Arme vertrieben auch die letzten Reste des Albtraums, der Orlando in Angst und Schrecken versetzt hatte. Er entspannte sich und kam wieder zur Ruhe. Sein Schöpfer war vor hundert Jahren vernichtet worden, und jetzt hatte er Alain, der ihm Sicherheit, Zärtlichkeit und Liebe schenkte. Thurloe konnte ihm nichts mehr anhaben. Orlando wusste, dass diese Erkenntnis seine Träume nicht bannen konnte, aber sie gab ihm Hoffnung, dass ein Leben an Alains Seite ihre Schrecken vielleicht im Laufe der Zeit beherrschbar machte.

Alain wollte die Aufregung der letzten Minuten nicht wiederbeleben. Er drückte sein Gesicht an Orlandos Hals und küsste ihn. „Versprich mir, dass ich hier nie wieder ohne dich aufwachen muss. Versprich mir, dass ich immer in deinen Armen aufwache."

Alains Bitte berührte Orlandos zutiefst. Er wusste, wie wichtig er seinem Magier war, aber das war mehr. Das war ... Orlando hatte kein Wort dafür. Seine Gefühle ließen sich durch Worte allein nicht beschreiben. Er wollte sie nie wieder missen. „Ich verspreche es."

Alain suchte erleichtert nach Orlandos Lippen und besiegelte ihr Versprechen mit einem Kuss. Er fuhr ihm mit den Händen über den Rücken nach unten, bis er das nackte Fleisch fand, das er vorhin in der Küche gespürt hatte. Dann drückte er Orlando an sich.

Orlando zuckte zusammen und zog sich zurück. Der Albtraum war noch zu frisch in seiner Erinnerung, um diese Zärtlichkeit zu akzeptieren. „Nicht", sagte er leise, aber bestimmt.

„Aber ...", protestierte Alain.

Orlando schüttelte den Kopf. „Du hast es versprochen. Nicht mehr, als ich erlauben kann. Wenn das ein Problem ist, ..."

„Es ist kein Problem", sagte Alain schnell. „Ich dachte nur, es wäre in Ordnung, weil es dich vorhin in der Küche nicht gestört hat."

„Das hat es auch nicht", gab Orlando zu. „Aber bitte nicht jetzt." Er erhob sich und suchte nach einer Unterhose. „Dein Essen wird kalt. Du solltest jetzt aufstehen." Ohne sich zu Alain umzudrehen, warf er ihm seine Hose zu.

Alain stand verwirrt auf und zog sie an. Er wollte eine Erklärung von Orlando verlangen, aber das würde die Sache wahrscheinlich nur noch schlimmer machen. Der Vampir vertraute ihm, weil Alain ihm immer genug Zeit gegeben und ihn nicht bedrängt hatte. Alain verstand, dass Orlando Schreckliches hinter sich hatte und immer noch darunter litt. Seufzend ging er in die Küche und hoffte, dass sein Vampir ihm beim Essen Gesellschaft leisten würde. Doch die Küche war leer.

Alain holte einen Teller aus dem Schrank und nahm sich von dem Lammbraten und dem Gemüse. Ein Glas Wein hätte gut dazu gepasst, aber er hatte keinen gekauft; außerdem mussten sie in ein paar Stunden wieder zum Dienst erscheinen. Er begnügte sich mit einem Glas Wasser und machte sich, mit dem Teller in der Hand, auf die Suche nach seinem Geliebten.

Orlando stand auf dem Balkon und starrte mit leerem Blick auf die Fassade des Hauses gegenüber. Er nahm sie genauso wenig wahr, wie die sanften Strahlen der Sonne, die die Farben in weiches Licht tauchten. Er kämpfte mit seinem Gewissen und seinen Ängsten. In einer Sache hatte Alain recht. Als sie sich vor einigen Stunden in der Küche geliebt hatten, hatten ihm die Hände seines Geliebten keine Angst gemacht. Es hatte ihm sogar gefallen, so von Alain angespornt zu werden. Der Albtraum hatte jedoch seine Unsicherheiten und Ängste wieder geweckt. Er konnte nicht verstehen, wieso Alain an ihm interessiert war und den Aveu de Sang akzeptiert hatte. Wenn es Orlando gut ging, spielte das keine Rolle; dann war er damit zufrieden, dass Alain ihn begehre und ihrem Bund zugestimmt hatte. Durch den Albtraum war er jedoch wieder voller Zweifel und fühlte sich wertlos. Er hatte gehofft, dem entkommen zu können, doch jetzt fürchtete er wieder, dass Alain ihn eines Tages nicht mehr begehren würde, dass das Ende der Allianz auch das Ende ihrer Partnerschaft bedeuten könnte. Orlando hatte sich gegen Thurloes Lektionen mit allen Kräften gewehrt, aber einiges war ihm dennoch im Gedächtnis geblieben. Er wusste, er konnte Alain umgarnen und ihn dadurch an sich binden. Es war das letzte, was er wollte.

Er wollte … er wollte eine echte, eine ehrliche Beziehung mit seinem Avoué, wollte, dass Alain aus freiem Willen bei ihm blieb, nicht weil Orlando ihn zu seinem Hörigen machte. Er wollte um seinetwillen akzeptiert werden, so, wie er war, mit allen seinen Unsicherheiten und Problemen. Er hatte die Liebe in Sebastiens Stimme gehört, wenn der von seinem verstorbenen Avoué sprach. Das war es, was Orlando wollte. Und er wollte, dass Alain ihn mit der gleichen, lebenslangen Hingabe liebte, wie Sebastien von seinem Avoué geliebt worden war.

Alain kam ins Wohnzimmer, aber auch das war leer. Die offene Balkontür verriet ihm Orlandos Aufenthaltsort und er ging zum Fenster, um hinauszuschauen. Der Vampir stand gedankenverloren am Geländer. „Hättest du gerne Gesellschaft?", fragte Alain leise. „Ich kann mir einen Stuhl holen, falls du nicht ins Zimmer kommen willst."

Orlando sah auf, als Alain ihn ansprach. Er war in Gedanken versunken gewesen und hatte die Schritte seines Magiers überhört. „Das ist nicht nötig. Ich komme ins Zimmer", sagte er.

Alain trat zur Seite und ließ ihn durch die Tür. Er hatte die Hände nicht frei, sonst hätte er seinen Vampir umarmt. Er wollte ihn trotzdem küssen, doch Orlando war schon an ihm vorbeigegangen und es war zu spät. Alain fühlte sich gehemmt und unsicher, als er zum Sofa ging und seinen Teller und das Glas auf dem Tisch abstellte. Zu seiner Erleichterung setzte Orlando sich zu ihm aufs Sofa. Keiner von ihnen sagte ein Wort.

Orlando saß neben seinem Magier, suchte verzweifelt nach passenden Worten und hoffte, dass Alain etwas einfiel, um das Gespräch wieder in Gang zu bringen. Dann fiel ihm vielleicht eine Antwort ein und er konnte Alain die nötigen Worte sagen.

Die Stille wurde immer unangenehmer. Alain hatte seinen Teller fast leer gegessen, als er es nicht mehr aushielt. „Was muss ich tun?", fragte er. „Wie kann ich es wieder in Ordnung bringen?"

Orlando zuckte zusammen. „Ich weiß es nicht", gab er ehrlich zu. „Du leidest unter meinen Ängsten und ich weiß nicht, wie ich es verhindern soll."

Alain schüttelte den Kopf. „Ich leide nicht", widersprach er. „Wie kannst du das denken, wo ich dir doch ein neues Leben verdanke? Du hast meine Wohnung gesehen. Du weißt, wie ich in den letzten beiden Jahren gelebt – nein: existiert habe. Du hast mich daraus gerettet." Er holte tief Luft und entschloss sich, Orlando noch eine Wahrheit zu gestehen. „Weißt du, warum ich in dieser ersten Nacht auf den Friedhof gekommen bin?"

Orlando schüttelte erstaunt den Kopf, weil er den plötzlichen Themenwechsel nicht nachvollziehen konnte.

„Marcel hat mit Thierry und mir über diese Verabredung gesprochen. Ich habe darauf bestanden, die Aufgabe zu übernehmen, ohne ihnen die wahren Gründe dafür zu nennen. Wenn du ein Verräter gewesen wärst und das Treffen ein Hinterhalt, dann hätte ich, im Gegensatz zu Thierry, nichts zu verlieren gehabt. Thierrys Ehe war zwar angeschlagen, aber so lange er und Aleth noch lebten, gab es Hoffnung auf Versöhnung. Ich hatte keinen Grund mehr, um weiterzuleben."

Orlando blinzelte erschrocken. Er hatte um Alains Trauer gewusst, aber nicht geahnt, wie tief sie ging und wie hoffnungslos sein Geliebter sich gefühlt hatte. „Und jetzt?", fragte er leise.

„Jetzt treffe ich mich mit dir überall und jederzeit", erwiderte Alain schlagfertig.

Orlando kicherte. „So habe ich das nicht gemeint."

Alain nickte und wurde wieder ernst. „Ich weiß. Jetzt würde ich alles tun, um einer solchen Gefahr aus dem Weg zu gehen. Wir sind im Krieg und es ist unausweichlich, dass wir uns in gefährliche Situationen begeben. Aber jetzt habe ich wieder einen Grund, um zu leben. Und dieser Grund bist du. Ich bin ein geduldiger Mann, Orlando. Ich gebe dir alle Zeit, die du brauchst, um mit deiner Vergangenheit ins Reine zu kommen. Aber ich brauche deine Hilfe, damit ich weiß, was ich richtig oder falsch mache."

Orlando seufzte. „Das ist das Problem", sagte er dann. „Ich habe erst zu spät gemerkt, dass es nicht richtig war. Und dann bin ich erstarrt vor Angst. Du würdest mir nie etwas antun und ich wünschte, dieses Wissen wäre ausreichend. Aber es scheint ein großer Unterschied zu sein, etwas mit dem Verstand zu begreifen, und dann auch danach zu handeln. Ich weiß nicht, was ich dagegen tun soll."

„Als erstes solltest du dich an unser Safe Wort erinnern", riet ihm Alain. „Ich bin nicht beleidigt oder verletzt, wenn du es benutzt. Deshalb haben wir es vereinbart. Ich will sogar, dass du es benutzt, weil es mir zeigt, dass du mir vertraust, jederzeit darauf zu hören."

„Das hatte ich vergessen", gab Orlando zu und krümmte sich innerlich, weil er Alain enttäuscht hatte. „Ich hatte einen Panikanfall und bin geflohen, anstatt das Safe Wort zu benutzen. Es tut mir leid."

Alain seufzte frustriert. „Hör auf, dich bei mir zu entschuldigen", sagte er leise. „Du musst nicht perfekt sein. Ich bin auch nicht perfekt und ich erwarte es nicht von dir. Wir sind erst seit fünf Tagen zusammen, kennen uns erst seit sechs Tagen. Es ist normal, dass wir noch Hindernisse überwinden müssen. Das wäre auch ohne unsere schwierige Vergangenheit nicht anders."

Dann kam ihm noch ein Gedanke. „Ist etwas passiert, als ich geschlafen habe, das dich so aufgeregt hat?"

Orlando wurde blass, als er an seinen Traum dachte und an seine Angst, darüber zu reden.

Alain sah seine Reaktion und fasste ihn an der Hand. „Erzähl es mir", verlangte er sanft. „Ich kann deine Vergangenheit nicht ändern, aber ich kann deine Schmerzen teilen."

„Das kannst du nicht von mir verlangen", bat Orlando. „Ich will dich nicht in diese Hölle schicken."

„Ich werde dich nicht dazu zwingen", versprach Alain. „Aber es würde mir helfen, dich besser zu verstehen. Es ist ein Teil von dir, und ich will alles über dich wissen, was es zu wissen gibt."

Orlando dachte an die Qualen, die er erlitten hatte. Er dachte an die Scham, die er immer noch empfand, weil er seine Gefangenschaft nicht aus eigenen Kräften entkommen war. Er wollte mit niemandem darüber reden, selbst mit Jean nicht, der das meiste davon schon wusste und ihn nie dafür verurteilt hatte. Aber Alain war sein Avoué, sein Geliebter und der Mann, mit dem er den Rest eines Menschenlebens zusammenleben würde. Sie konnten ihre Beziehung nicht nur auf Äußerlichkeiten und den Regeln normaler Freundschaft aufbauen. Orlando erinnerte sich daran, was er sich vorhin auf dem Balkon so sehr gewünscht hatte – eine innige Verbundenheit, wie Sebastien und sein Avoué sie gehabt hatten. Vielleicht lag es jetzt an ihm, den ersten Schritt zu machen. „Wenn du es wirklich wissen willst", flüsterte er.

Alain war sich da gar nicht so sicher. Das wenige, was er über Orlandos Vergangenheit erfahren hatte, ließ ihn befürchten, dass es wirklich die Hölle gewesen war. Er musste nicht noch mehr darüber erfahren, um Orlando rücksichtsvoller zu behandeln, als er es jetzt schon tat – was wahrscheinlich sowieso unmöglich war. Stattdessen würde er sich vielleicht kaum noch trauen, Orlando zu berühren, um keine schlechten Erinnerungen zu wecken. Aber diese Zweifel brachten sie nicht weiter. „Hast du schon jemals offen darüber gesprochen?", fragte er. „Ich weiß, dass Jean über vieles Bescheid weiß, aber der war dabei und hat es selbst gesehen. Hast du jemals offen über deine Ängste, deine Wut und deinen Hass gesprochen?"

„Nein", sagte Orlando. „Jean weiß Bescheid, jedenfalls über das Schlimmste. Aber ich habe nie mit ihm darüber gesprochen. Ich wollte es möglichst schnell vergessen. Das hat er respektiert."

Alain hörte die unausgesprochene Kritik, Orlandos Wunsch nicht ebenfalls zu respektieren und ihn die Vergangenheit vergessen zu lassen. Er ließ sich davon nicht beeindrucken. „Hat es geholfen?", fragte er stattdessen nach.

„Ja. Jedenfalls bis vor Kurzem", erwiderte Orlando.

„Wirklich?", hakte Alain nach. „Wo ist das normale Leben, wie die anderen Vampire es führen? Wo sind die Geliebten und Freunde, mit denen du die letzten hundert Jahre verbracht hast?"

„Du Bastard!", fluchte Orlando und wollte weglaufen, aber Alain hielt ihn am Arm zurück. „Du weißt genau, dass du mein einziger Geliebter bist und Jean mein einziger Freund!"

Alain zog ihn in die Arme, ohne auf Orlandos halbherzige Gegenwehr Rücksicht zu nehmen. Es zeigte ihm, dass Orlando ihm nicht wirklich entkommen wollte. „Dann wird es langsam Zeit, dass du diese Fassade aufgibst und dir eingestehst, dass du es niemals vergessen hast. Du musst dich den Geschehnissen stellen", sagte er leise. „Du bist jetzt nicht mehr allein. Ich bin bei dir und werde immer bei dir sein. So lange ich lebe, werde ich an deiner Seite sein. Lass mich dir helfen, diese Dämonen ein für alle Mal zu vertreiben."

Orlando hörte auf, sich aus Alains Armen befreien zu wollen. „Glaubst du wirklich, dass es hilft, darüber zu reden?"

„Wahrscheinlich nicht sofort", gab Alain zu. „Aber wir können es auch nicht ignorieren, weil es unsere Beziehung beeinträchtigt. Es wird nicht von selbst verschwinden, mein Engel, so sehr wir uns das auch wünschen. Es ist in hundert Jahren nicht verschwunden und es wird auch jetzt nicht fortgehen . Ich kann verstehen, wenn du lieber mit Jean darüber sprechen möchtest, aber du musst darüber reden – offen reden – egal, mit wem."

„Lass mich darüber nachdenken", bat Orlando.

„Kannst du mir wenigstens sagen, was vorhin im Bett passiert ist?"

„Ich hatte einen Albtraum", erwiderte Orlando tonlos. „Es war noch nicht einmal einer der schlimmen Sorte, aber er hat mich zu Tode erschreckt." Er seufzte. „Ich habe dich gewarnt. Ich bin kaputt."

„Und ich habe dir gesagt, dass du nicht kaputt bist", widersprach Alain ihm vehement. „Ich will dich nicht drängen, aber du musst mir versprechen, ernsthaft darüber nachzudenken. Bitte."

Orlando nickte. „Das werde ich." Er warf einen Blick auf die Wanduhr, weil er einen Grund suchte, das Thema zu wechseln. „Du solltest aufessen. Wir müssen bald aufbrechen."

Alain verfluchte innerlich die Milice und ihre Dienstpläne, weil sie sich in ihr Gespräch drängte und ihm die Möglichkeit nahm, mehr über Orlando zu erfahren. Aber er kannte seine Pflichten, also mussten sie es auf einen späteren Zeitpunkt verschieben.

28

CAROLINE KAM nur langsam zu sich. Merkwürdigerweise lag sie nicht allein im Bett. Erst als sie den Schlaf abgeschüttelt hatte, fielen ihr die Ereignisse des Vormittags wieder ein – die Besprechung nach ihrer Schicht, Thierrys Vorschlag, nur noch in Paaren unterwegs zu sein, und Mireille, die ihrer Einladung sofort gefolgt und hier geblieben war. Sie wusste, dass die Vampirin nicht schlafen musste, deshalb hatte sie ihre Partnerin aufgefordert, sich wie zuhause zu fühlen, den Fernseher einzuschalten, den Computer zu benutzen oder die anderen Annehmlichkeiten von Carolines Wohnung zu genießen. Mireille hatte dankend abgelehnt und war mit ihr ins Schlafzimmer gekommen, wo sie sich bis auf die Unterwäsche auszog, um sich mit ihr ins Bett zu legen. Als Caroline ihr ein Nachthemd anbot, hatte Mireille auch den Rest ihrer Kleidung abgelegt. Zu Carolines Freude hatte die Vampirin keine Miene verzogen, als sie sich das durchsichtige, weiße Seidennachthemd über den Kopf zog, das Caroline ihr gereicht hatte. Es verhüllte Mireilles kurvigen Körper, konnte ihn aber nicht verbergen. Durch den dünnen Stoff konnte Caroline die rosa Nippel sehen, die die vollen Brüste der Vampirin krönten und sich steif unter dem Nachthemd abzeichneten. Die dunklen Haare zwischen Mireilles langen, milchweißen Schenkeln lockten verführerisch. „Jetzt du", hatte Mireille gehaucht, nachdem sie sich umgekleidet hatte und sich ins Bett legte.

Caroline hatte sich ebenfalls ausgezogen und war in ein schwarzes, durchscheinendes Nachthemd geschlüpft. Mireille ließ sie keine Sekunde aus den Augen. Als Caroline zu ihr ins Bett kam, war sie heiß und erregt. Sie hatte sich kaum hingelegt, als ihre Partnerin die Hände nach ihr ausstreckte, sie unter den dünnen Stoff schob und ihr über die nackte Haut streichelte, bis Carolines Begehren sich als tiefe Sehnsucht von ihrem Unterleib auf den ganzen Körper ausbreitete. Sie wollte Mireilles Zärtlichkeiten erwidern, doch die Vampirin ließ es nicht zu und forderte sie auf, sich auf den Rücken zu legen und nur zu genießen. Caroline wollte Einspruch erheben, aber Mireilles Lippen brachten sie zum Schweigen, bevor sie die Chance hatte, auch nur ein Wort zu sagen.

Als Mireilles Lippen Carolines Mund verließen und nach unten über den hauchdünnen Stoff glitten, der ihre Brüste bedeckte, war Caroline schon so verloren in ihrem Begehren, dass sie nicht dagegen protestierte. „Du kannst es ausziehen", sagte sie zu Mireille, die sie immer noch durch den Stoff küsste. Mireille schüttelte nur stumm den Kopf. Carolines Frustration wuchs mit ihrer Erregung. Sie hätte sich das störende Ding am liebsten selbst über den Kopf gezogen, als Mireilles Finger endlich unter den Stoff glitten und ihr über die Schenkel tanzten, bis Caroline ihrem sanften Drängen nachgab und sie spreizte, um sich ihrer Partnerin zu öffnen. *Meine Geliebte*, korrigierte sie sich in Gedanken, denn seit diesem Morgen hatte sich ihre Beziehung ohne Zweifel geändert. Mireilles Finger erkundeten sie zärtlich, während ihre Lippen immer noch Carolines Nippel liebkosten. Die schwarze Seide des Nachthemds glänzte feucht vom Speichel der Vampirin. Caroline warf sich auf dem Bett hin und her, wollte mehr, als Mireille endlich ihre Finger ins sie gleiten ließ, sie füllte und massierte, während sie mit dem Daumen über den kleinen Knubbel rieb, der sich zwischen Carolines Schamlippen verbarg. Caroline rang um Fassung, aber Mireille war unerbittlich und trieb sie weiter und weiter, bis sie abhob und von ihrer Lust davongetragen wurde. Das Nächste, woran sie sich erinnerte, war, in den Armen ihrer Geliebten aufzuwachen.

Caroline beschloss, sich endlich zu revanchieren. Sie küsste die Vampirin zärtlich am Hals, um sie zu wecken. „Darf ich dir jetzt zurückgeben, was du mir heute früh geschenkt hast?", fragte sie, als Mireille ihre braunen Augen öffnete.

„Gerne", erwiderte Mireille. „Aber erst morgen, wenn wir von der Patrouille zurück sind. Es tut mir genauso leid wie dir, aber ich muss noch zu Monsieur Lombard und mich überzeugen, dass es ihm an nichts fehlt."

Caroline verzog enttäuscht das Gesicht. Ihre Erinnerungen an heute früh hatten ihre Leidenschaft und ihr Begehren wieder erwachen lassen. Sie wollte sich um ihre Geliebte kümmern, respektierte aber deren Verpflichtungen. „Dann sollten wir uns jetzt beeilen. Ich würde dich gerne unter die Dusche einladen, aber das würde unseren Aufbruch nur verzögern."

Mireille gab ihr widerstrebend recht. „Wenn wir vom Dienst zurück sind. Dann sage ich gerne Ja."

Carolines Augen funkelten. Sie hätte schwören können, Mireilles Leidenschaft riechen zu können. Am liebsten hätte sie die Vampirin zurück aufs Bett gestoßen und die Nase zwischen die Beine ihrer Partnerin gesteckt, um den Geruch tief einzuatmen. Aber sie kannte die Antwort schon. Nach dem Dienst. Stöhnend erhob sie sich und ging ins Badezimmer. „Ich bin in zehn Minuten fertig."

„Das will ich doch hoffen", scherzte Mireille und ignorierte standhaft den Anblick ihrer Magierin, die in ihrem kleinen, schwarzen Seidenfummel, der kaum ihren knackigen Hintern verbarg, nur allzu appetitlich aussah. „In spätestens fünfzehn Minuten komme ich nach."

Caroline lehnte sich mit wackeligen Knien an die Wand. „Führe mich nicht in Versuchung", flüsterte sie, ging ins Badezimmer und schloss hinter sich die Tür.

Mireille ließ sich aufs Bett fallen. Ihre Hände zitterten und es fiel ihr schwer, Caroline nicht einfach unter die Dusche zu folgen und sich zu nehmen, was sie beide so sehr wollten. Ihr Pflichtgefühl kämpfte gegen ihr Verlangen nach Caroline, aber sie hatte schon zu lange für Monsieur Lombard gearbeitet und ihre Bedürfnisse hinter seine zurückgestellt. Irgendwann würde sie mit dieser Gewohnheit vermutlich brechen, aber heute noch nicht. Sie schloss frustriert die Augen und rekelte sich leer und unbefriedigt auf dem Bett hin und her. Selbst das Gefühl der Seide auf ihrer Haut feuerte ihre Sinne an. Mireille kannte die Lust, aber so machtlos und ausgeliefert hatte sie sich noch nie gefühlt. Sie wusste, dass sie etwas dagegen unternehmen musste, wenn sie in der Lage sein wollte, ihre Verpflichtungen mit halbwegs klarem Kopf zu erfüllen. Sie zog sich das Nachthemd über den Kopf, sodass sie nur noch die weichen Betttücher und die kühle Luft auf ihrer nackten Haut spüren konnte. Und ihre eigenen Hände. Mireille schloss die Augen und stellte sich vor, es wären Carolines Hände, die ihr über den Körper strichen, ihre Nippel streichelten und zwischen ihre Beine glitten.

In der Dusche versuchte Caroline ebenfalls, gegen ihre Erregung anzukämpfen. Sie versuchte es mit einer Meditationstechnik, die sie als Studentin gelernt hatte, um ihre Prüfungsangst in den Griff zu bekommen. Sie dachte an ihre Pläne für heute Nacht. Erst Monsieur Lombard, weil sie Mireille nicht allein lassen wollte. Dann die Milice. Langsam beruhigte sie sich etwas und bekam ihre Gefühle unter Kontrolle. Sie verließ die Dusche und trocknete sich ab, wickelte sich ein Badetuch um den Körper und ein kleines Handtuch um die nassen Haare. Dann ging sie ins Schlafzimmer zurück, um Mireille mitzuteilen, dass die Dusche frei wäre.

Der Anblick auf dem Bett machte die spärlichen Erfolge ihrer Meditation wieder zunichte. Mireille lag nackt und mit gespreizten Beinen vor ihr, berührte sich überall dort, wo Caroline selbst ihre Hände haben wollte. „Vergiss es", sagte sie sich und ging zu Mireille ans Bett. „Lass mich das machen", verlangte sie dann und zog der Vampirin die Finger aus dem Körper, um sie durch ihre eigenen zu ersetzen.

Mireille riss die Augen auf. Grün und Braun lieferten sich ein kurzes Duell, dann gaben die braunen Augen auf, als Caroline den Kopf senkte und Mireille küsste. Ihre Lippen verschmolzen miteinander, während Carolines Finger mit ihrem Streicheln Mireilles Innerstes nach außen kehrten. Sie wollte Mireille genauso um den Verstand bringen, wie die Vampirin es mit ihr gemacht hatte. Sie wollte sie fühlen und schmecken, sich nichts entgehen lassen. Dazu hatten sie heute leider nicht genügend Zeit. *Aber bald*, schwor sich Caroline, während sie alles tat, um ihre Partnerin auf schnellstem Weg zur Erlösung zu bringen.

„Dreh dich um", keuchte Mireille. „Ich will dich auch fühlen."

Eifrig folgte Caroline der Aufforderung, gönnte sich auf halbem Weg aber einige Sekunden, um Mireille über die verführerischen rosa Nippel zu lecken, an denen sie einfach nicht vorbeikam. Als sie Mireilles Stöhnen hörte, wusste Caroline, dass es auch hier noch viel zu entdecken gab, wenn sie nur endlich mehr Zeit hatten. Dann legte sie sich mit den Hüften an Mireilles Kopf auf die Seite und stützte sich mit einem Fuß auf der Matratze ab.

Mireille lief das Wasser im Mund zusammen, als Caroline sich an ihrer Seite ausstreckte und die Beine spreizte, um sich der Vampirin zu präsentieren. Oh, wie sehr wollte sie ihr Gesicht in den blonden Locken vergraben, sie lecken und saugen, bis Caroline nicht mehr ein noch aus wusste. Aber ihre Fangzähne waren schon länger geworden, bevor Caroline aus dem Badezimmer zurückgekommen war. Mireille hatte Angst, dass sie in ihrer Leidenschaft zubeißen würde. Das war ein zusätzlicher Schritt, den sie nicht ohne das Einverständnis ihrer Magierin machen wollte. Wenn sie geahnt hätte, dass sie wieder zusammen im Bett landen würden, hätte sie rechtzeitig darauf geachtet, ihre Zähne im Griff zu behalten. Doch Sex und Blut waren eine so machtvolle Kombination für sie, dass sie nichts mehr daran ändern konnte. Dieses Vergnügen musste noch warten, aber es verhinderte nicht, dass sie andere, weniger gefährliche Wege beschritten. Lächelnd führte sie ihre Finger ein, die mit der gleichen Begeisterung willkommen geheißen wurden, wie in der Nacht zuvor.

Caroline wurde durch ihre Position auf eine Idee gebracht. Die Beziehung, die sich zwischen ihr und Mireille entwickelt hatte, war in vieler Hinsicht neu für sie. Sie hatte nicht die Erfahrung ihrer Partnerin, deshalb hatte sie sich bisher darauf beschränkt, Mireille nachzuahmen, anstatt selbst die Initiative zu ergreifen. Aber dieses Mal wollte sie nicht auf Mireille warten. Sie zog die Finger aus Mireilles Körper, senkte den Kopf und leckte an dem weichen, feuchten Fleisch, das so wunderbar nach Mireille roch. Caroline erinnerte sich daran, was sie selbst am meisten mochte, und machte sich daran, ihrer Partnerin all die Liebe zu zeigen, die sie selbst von ihr erfahren hatte.

Mireille war schon vor Carolines Rückkehr kurz vorm Höhepunkt gewesen. Die Finger Carolines hatten sie ihrer Erlösung noch näher gebracht, und als sie jetzt die Lippen und die Zunge der Magierin fühlte, wimmerte sie nur noch hilflos. Dann spürte sie die Zungenspitze Carolines an ihrer Klitoris, verdrehte die Augen, erstarrte und bedeckte Carolines Kinn und Mund mit den Säften ihrer Ekstase.

Caroline leckte sie aus wie ein Kätzchen die Milchschüssel. Der Geschmack und das Wissen, Mireille zum Höhepunkt gebracht zu haben, waren zu viel für sie. Als dann noch Mireilles Finger sich wieder in ihr bewegte, kam sie stöhnend ebenfalls zu Orgasmus und sackte hilflos keuchend an der Seite ihrer Partnerin zusammen. Dieses Mal, so wusste sie mit Bestimmtheit, war es keine einseitige Angelegenheit gewesen.

Sie blieben einige Minuten keuchend liegen und rangen nach Luft, bis das schrille Klingeln des Weckers sie aufschreckte. „Zeit, aufzustehen", seufzte Caroline und schaltete das störende Geräusch ab. „Ich muss wieder unter die Dusche."

Mireille schüttelte den Kopf. „Erst bin ich dran", neckte sie, erhob sich vom Bett und machte sich mit schwingenden Hüften auf den Weg ins Badezimmer.

Caroline lachte leise, während sie ihr bewundernd nachsah. Sie ließ sich wieder aufs Bett fallen und dachte über die unerwartete Entwicklung nach, die ihre Partnerschaft genommen hatte. Marcel wollte über alle ungewöhnlichen Vorkommnisse informiert werden, die mit den Partnerschaften zusammenhingen. Aber das heute gehörte sicher nicht dazu, es ging schließlich nur sie selbst und Mireille an. Wieso sollte es für die anderen von Interesse sein?

Gar nicht.

Caroline ging zum Kleiderschrank und überlegte, was sie heute Nacht anziehen sollte. Um nicht noch mehr Zeit unter der Dusche zu vergeuden, murmelte sie einen kurzen Spruch zur Reinigung, nach dem sie sich sofort frischer fühlte. Nein, es gab keinen Grund, den anderen über ihre neue Beziehung zu berichten. Sie war einsam gewesen, und Mireille stillte ihr Bedürfnis nach Freundschaft und Zärtlichkeit. Das war alles.

Außerdem würden die Männer es wahrscheinlich nicht verstehen und sich über sie lustig machen. Da war es definitiv besser, sie und Mireille behielten es für sich. Caroline zog einen Hosenanzug vom Kleiderbügel und pfiff lautlos vor sich hin, während sie sich ankleidete. Ein kleines Lächeln lag auf ihren Lippen.

IHRE SCHICHT näherte sich dem Ende und Sebastien fühlte sich zunehmend unruhig. Es war ein interessanter Tag gewesen. Sebastien hatte eine neue Seite an seinem Partner kennengelernt, als er ihm bei der Arbeit mit dem Repère und als Marcels Stellvertreter beobachtete. Er kannte Thierry als Führer einer Einheit und hatte ihn als Strategen im Kampf erlebt, doch heute war Thierry mehr und gleichzeitig weniger gewesen. Mehr, weil er die Verantwortung für alle Einheiten hatte, nicht nur seine eigene. Weniger, weil er nur sehr allgemein gefasste Anweisungen gab. Er schickte die Patrouillen an ihren Einsatzort, aber alle anderen Entscheidungen überließ er den jeweiligen Offizieren. Ihre eigene Einheit war heute ohne sie unterwegs gewesen. Sebastien war aufgefallen, wie frustriert Thierry darüber war, nicht bei seinen Leuten zu sein. „Laurent ist ein hervorragender Stellvertreter", hatte Thierry beim Aufbruch seiner Einheit gesagt. „Ich habe ihn schon für eine Beförderung vorgeschlagen. Trotzdem – ich fühle mich immer unwohl, wenn ich sie allein in die Gefahr schicke, während ich hier rumsitze und Däumchen drehe."

„Wer übernimmt das Kommando, wenn keiner von euch anwesend ist, weder Marcel noch du?", erkundigte sich Sebastien.

„Alain."

„Und wenn er nicht im Dienst ist?"

„Wird er benachrichtigt", sagte Thierry. „Umgekehrt ist es das Gleiche. Falls er das Kommando hat und das Hauptquartier verlassen muss, werde ich verständigt. Es gab noch nie eine Situation, in der nicht mindesten einer von uns dreien anwesend war. Marcel hat für den Notfall eine komplette Befehlshierarchie ausgearbeitet, aber bisher mussten wir sie noch nie aktivieren."

„Du könntest ihn herbestellen", schlug Sebastien vor. „Dann musst du deine Leute nicht allein auf Patrouille schicken."

Thierry schüttelte den Kopf. „Nein. Er war letzte Nacht im Einsatz und kommt heute Abend wieder zurück. Es wäre nicht fair, ihn ohne zwingenden Grund zurückzurufen. Außerdem hat Alain jetzt noch andere Verpflichtungen."

Sebastien rätselte, wie dieser Kommentar Thierrys gemeint war. „Stört dich das?", fragte er mit absichtlich ahnungslosem Tonfall.

„Natürlich nicht!", rief Thierry. „Es freut mich für ihn, dass er wieder glücklich ist."

Sebastien zog skeptisch eine Augenbraue hoch. Thierry wurde rot und sah zu Boden. „Na gut, am Anfang habe ich mich gar nicht darüber gefreut. Es ist alles so schnell gegangen und ich habe befürchtet, dass Alain nicht aus freiem Willen gehandelt hat."

„Ja, es kann manchmal sehr schnell gehen", verteidigte Sebastien Alain und Orlando, weil er sich noch gut an seine erste Begegnung mit Thibault erinnerte. „Wie ein Blitzschlag, ein Coup de Foudre."

„Ich weiß", gab Thierry ihm recht. „Ich hätte es besser wissen sollen, weil es mit mir und Aleth so ähnlich war. Aber Aleth war Magierin und ich wusste immer, was ich von ihr zu erwarten hatte. Orlando ist ein Vampir, und ich hatte üble Geschichten gehört", sagte er und hob beschwichtigend die Hand. „Mittlerweile ist mir klar, dass es wirklich nur Geschichten waren. Aber vor einigen Tagen wusste ich das noch nicht, und Alains Verhalten passte genau zu den Legenden von Vampiren, die Menschen durch ihren Biss willenlos machen. Die beiden kannten sich noch keine vierundzwanzig Stunden, da hatte Alain schon ein Brandmal am Hals. Einen halben Tag später hat er mich fast aus der Wohnung geschmissen, um Orlandos Geliebter zu werden. Aber er hat mir in der Zwischenzeit alles erklärt, und jetzt freue ich mich wirklich für die beiden. Ich will ihnen die kurze Zeit nicht nehmen, die sie zusammen haben, nur weil ich lieber im Einsatz wäre, als die Schreibtischarbeit zu erledigen."

„Du bist ein guter Mann, Thierry Dumont", stellte Sebastien fest.

„Da bin ich mir nicht so sicher", wiegelte Thierry ab. „Aber ich gebe mir alle Mühe, ein guter Freund zu sein."

Sebastien lächelte und warf einen Blick auf die Uhr. „Nur noch eine Stunde bis zur Lagebesprechung. Erwartest du Marcel zurück?"

„Er wusste noch nicht, ob er kommen wird", erwiderte Thierry. „Alain und ich können es auch ohne ihn erledigen."

„Das bezweifle ich nicht", versicherte ihm Sebastien. „Ich habe mich nur gefragt, was wir in Davids Angelegenheit unternehmen sollen."

„Ich werde mich an deinen Rat halten und mit Jean darüber reden. Er will heute Nacht eine Runde machen, um mehr über den Gesetzlosen zu erfahren. Marcel hat mich darüber informiert, damit ich Jean nicht mit einer anderen Aufgabe betraue. Ich hoffe, dass er bereit ist, einen weiteren Besuch in seine Runde aufzunehmen."

„Vielleicht hat er diesen Besuch schon auf seiner Liste", meinte Sebastien. „Bei Angélique bekommt man nicht nur Blut, sondern auch Informationen."

„Hast du so von unserem Treffen erfahren?", fragte Thierry neugierig. Er wusste, dass Sebastien nicht von Jean eingeladen worden war, kannte allerdings den Grund dafür nicht. Doch der spielte im Moment auch keine Rolle.

„Nein", erwiderte der Vampir. „Ich ziehe es vor, allein auf die Jagd zu gehen. Ich bezahle nicht gern für mein Blut. Als ich in dieser Nacht nach Hause kam, lag ein Zettel vor der Tür." Er lachte. „Eine Vorladung wäre das bessere Wort. Ich wurde zu Monsieur Lombard bestellt, der mich über das Treffen informierte und verlangte, dass ich daran teilnehme. Als ich ihn nach dem Grund gefragt habe, hat er mir keine Antwort gegeben und nur wiederholt, dass ich unbedingt zum Gare de Lyon gehen müsse. Dem alten Mann schlägt man nicht grundlos eine Bitte ab, und ich hatte keinen Grund. Deshalb bin ich zu dem Treffen gekommen. Den Rest kennst du."

„Ich bin froh, dass du gekommen bist", sagte Thierry leise. Er konnte sich noch gut an seine Enttäuschung und Frustration erinnern, weil er keinen Partner gefunden hatte.

„Ich auch", erwiderte Sebastien, dessen Gedanken noch bei den Erlebnissen des vergangenen Tages waren. Der Magier hatte seine Frau selbst ins Gespräch gebracht. Sebastien beschloss, das als Erlaubnis zu interpretieren und ihn nach ihr zu fragen. „Du hast deine Frau erwähnt."

„Aleth", warf Thierry ein. Er wollte nicht über sie reden, aber Sebastien hatte ihm von seinem Avoué erzählt, also sollte er sich für das Vertrauen revanchieren. „Wir haben uns durch Zufall kennengelernt und ineinander verliebt. Dann haben wir uns auseinandergelebt. Ich habe immer dem Krieg die Schuld daran gegeben, aber die Wurzel des Problems lag tiefer. Ich dachte, dass jedes Paar seine schlechten Zeiten durchmacht, dass wir nach dem Krieg unsere Ehe vielleicht wieder retten könnten. Mittlerweile bezweifele ich das. Es war zu kompliziert geworden und wir hatten kaum noch Gemeinsamkeiten. Wenn sie nicht getötet worden wäre, hätten wir nur noch unseren gemeinsamen Besitz aufteilen müssen. Jetzt muss ich entscheiden, was mit ihren Dingen passiert."

„Das tut mir leid", sagte Sebastien leise. Er konnte sich nicht vorstellen, wie es für ihn gewesen wäre, wenn Thibault seine Meinung wieder geändert hätte. Selbst jetzt war diese Vorstellung noch niederschmetternd.

Thierry zuckte mit den Schultern. „Ich versuche, nicht allzu oft daran zu denken", gab er zu. „Es ist einfacher, wenn ich mich auf den Krieg und die Allianz konzentriere. Um die Folgen ihres Todes kann ich mich auch noch später kümmern. Die Milice und du – ihr braucht mich jetzt. Der Rest hat Zeit."

Sebastien wusste nicht, was er dazu sagen wollte. Er ließ das Thema fallen und überlegte, was Thierrys Worte für seine eigenen Hoffnungen bedeuten mochten, konnte es aber nicht entscheiden. Die Zeit musste es zeigen. So sehr er das Klischee auch hasste, in diesem Fall traf es unglücklicherweise zu. *Geduld*, ermahnte er sich. Er hatte vierhundert Jahre gewartet, er konnte auch noch einige Monate länger warten, falls das alles war.

29

ORLANDO BEOBACHTETE Alain und Thierry, die auf der anderen Seite des Raums standen und sich unterhielten. Er war immer noch aufgewühlt von seinem Albtraum. Das Gespräch mit Alain hatte nicht sehr geholfen und sie hatten die Wohnung verlassen, ohne sich vorher zu lieben, wie sie es sich in den letzten Tagen zur Gewohnheit gemacht hatten. Orlando hatte auch nicht noch einmal getrunken. Es beunruhigte ihn, denn wenn man Sebastien glauben durfte, sollte ihn nach seinem Partner verlangen. Das war jedoch nicht der Fall. Stimmte etwas nicht mit ihrem Aveu de Sang?

Als sie vorhin den Konferenzraum betreten hatten, war Thierry auf sie zugekommen, hatte Orlando kurz zugenickt und Alain auf die Seite gezogen. Orlando hatte sich offensichtlich getäuscht in seiner Hoffnung, sich mit Thierry anfreunden zu können. Er wusste, dass Alain und Thierry niemals Liebhaber gewesen waren, und das hielt seine Wut im Zaum. Aber ihre Freundschaft hatte den Wunsch in Orlando geweckt, in Thierry auch einen Freund zu finden, einen Gleichgestellten, mit dem er sich gut verstand und auf den er sich verlassen konnte. Er konnte den beiden Magiern ansehen, dass sie sich nahe standen und sich bedingungslos vertrauten.

Jedes Mal, wenn Thierry Alain mit der Hand berührte, zog Orlandos Brust sich vor Eifersucht zusammen. Er beachtete es nicht, denn er vertraute seinem Avoué. Er vertraute sogar Thierry und wusste, dass der Magie immer an Alains Seite stehen und ihn beschützen würde. Orlandos Eifersucht war lächerlich, denn Alain hatte ihm nie einen Grund dafür gegeben. Im Gegenteil, Orlando konnte Alain vertrauen. Wenn einer von ihnen nach dem heutigen Abend einen Grund hatte, an ihrer Beziehung zu zweifeln, dann war das Alain. Orlandos Verstand erkannte, dass seine Reaktion unangemessen war, aber er konnte sie trotzdem nicht kontrollieren. Laut Sebastien war diese Eifersucht eine der Wirkungen des Aveu de Sang.

„Er ist keine Bedrohung für dich", murmelte ihm eine Stimme ins Ohr. „Dein Magier ist sein bester Freund. Thierry will ihn nur glücklich sehen. Er weiß auch, dass du Alain glücklich machst. Darauf gebe ich dir mein Wort."

„Ich glaube dir", erwiderte Orlando. „Aber das ändert nicht viel an meiner Reaktion. Ich würde am liebsten zu ihnen gehen und sie auseinander ziehen, Alain mit mir nehmen und von hier verschwinden und …" Er verstummte, als ihm klar wurde, dass er den Vampir kaum kannte.

„Und unaussprechlich erotische Dinge mit ihm machen", beendete Sebastien den Satz. „Du kannst ruhig frei mit mir reden. Es gibt wohl nicht viel, was du mit deinem Avoué erleben kannst, das ich nicht schon selbst erlebt habe. Vielleicht gar nichts."

„Was soll ich nur dagegen tun?", fragte Orlando jammernd. „Wie gehe ich mit diesen Gefühlen um? Ich kann doch nicht erwarten, dass er das Haus nicht mehr verlässt. Er hat Verpflichtungen und besteht darauf, sie ehrenhaft zu erfüllen. Das bewundere ich so an ihm. Ich kann ihn doch nicht bitten, ein anderer Mensch zu werden."

Sebastien nickte zustimmend. „Lass dir Zeit", antwortete er. „Wenn der Aveu de Sang sich erst gefestigt hat, und du dich daran gewöhnt hast, was er von dir verlangt, werden sich deine Emotionen wieder beruhigen und du kommst mit Alains Lebensumständen besser zurecht." Er dachte nicht daran, extra zu erwähnen, wie sehr die Kombination von Sex und Orlandos Biss diesen Prozess beschleunigen würde. Er kam gar nicht auf den Gedanken, dass zwei Menschen, die sich so sehr liebten, sich dieses Vergnügens verweigern würden.

Auf der anderen Seite des Zimmers erklärte Thierry Alain, was mit David geschehen war und was er vorhatte, um in der Angelegenheit Schadensbegrenzung zu betreiben.

„Warum waren sie überhaupt in Angéliques Wohnung?", fragte Alain.

„Um ein passendes Objekt für ihren Repère zu holen", erwiderte Thierry und merkte, dass er seinen Bericht besser am Anfang begonnen hätte.

„Dann hat es funktioniert?", wollte Alain wissen. „Du hast einen Weg gefunden, unsere Verbündeten auf der Karte sichtbar zu machen?"

„Ja, aber es ist eine komplizierte Sache. Das einzige Identifikationsmerkmal, das wir finden konnten, ist Blut", erklärte Thierry.

Alain musste Thierry nicht fragen, was das bedeutete. Sie hatten seit ihrer ersten Ausbildungsstunde eingetrichtert bekommen, welche Gefahren die Blutmagie mit sich brachte.

„Marcel hat zugestimmt", fügte Thierry hinzu, als er die Ablehnung in der Miene seines Freundes sah.

„Daran habe ich nicht gezweifelt", sagte Alain hastig. „Du hättest es nie ohne seine Zustimmung getan, das weiß ich. Und jetzt?"

„Marcel hat es einigen Paaren aus der Tagesschicht erklärt. Er hatte vor, es heute auch bei den anderen anzusprechen", berichtete Thierry. „Er wollte es selbst erklären, damit es nicht so aussieht, als ob ich eigenmächtig die Regeln ändern wollte. Aber er ist nicht hier."

„Hat er es allen gesagt?", fragte Alain.

„Nein. Nur David und einigen anderen."

Alain nickte. „Dann warten wir Marcels Rückkehr ab und überlassen es ihm. Ich rede später mit Orlando. Wenn wir es schaffen, einen Repère für ihn herzustellen, hat Marcel zwei Erfolgsgeschichten, nachdem David seinen Job nicht erledigt hat." David war ein Idiot, aber glücklicherweise hatte Thierry die Angelegenheit im Griff. Auf längere Sicht würden Marcel und Jean sich persönlich darum kümmern müssen. „Idiot", knurrte er sicherheitshalber.

Thierry kicherte zustimmend. „Lass uns mit der Besprechung beginnen", sagte er dann. „Ich will nach Hause."

„Und Sebastien mitnehmen?", fragte Alain scherzhaft.

Thierry konnte gerade noch verhindern, dass er bis über beide Ohren rot anlief. „Das ist seine Entscheidung", antwortete er sachlich. „Ich will mich Sebastien nicht aufdrängen oder ihm Vorschriften machen." Bevor Alain dazu etwas sagen konnte, hatte Thierry sich umgedreht und die Anwesenden aufgefordert, an dem großen Tisch Platz zu nehmen. Alain setzte sich ebenfalls, nahm sich aber vor, nach der Besprechung noch mit Thierry zu reden. Er hatte etwas im Blick seines Freundes erkannt, das dort lange nicht mehr zu sehen gewesen war. Aber erst die Lagebesprechung.

„Wir haben ein Problem", sagte Thierry, nachdem sie die Berichte der Patrouillen gehört hatten. Er hatte die anderen entlassen, sodass nur noch er selbst, Sebastien, Alain, Orlando, Jean und Raymond am Tisch saßen. „Ich habe mich um unseren Teil dieses Problem schon gekümmert, aber jetzt brauche ich deine Hilfe, Jean."

„Worum geht es?", fragte Jean. Er war überrascht, so offen um seine Hilfe gebeten zu werden.

„David hat Mist gebaut", erwiderte Thierry schnörkellos. „Angélique hat ihn zum Teufel gejagt. Ich habe mit ihm gesprochen und hoffe, du kannst sie überreden, ihm eine zweite Chance zu geben."

„Was hat er getan?", fragte Jean misstrauisch. „Sie ist kein nachtragender Mensch, aber sie hat ihre empfindlichen Stellen."

„Ich weiß nicht, was er genau zu ihr gesagt hat", meinte Thierry. „Aber ich bin mir ziemlich sicher, dass er ihre geschäftlichen Aktivitäten beleidigt hat."

Jean seufzte. „Das habe ich befürchtet. Ich werde mit ihr reden und sehen, was ich tun kann. Aber sie ist sehr empfindlich, was die Dienste angeht, die sie zur Verfügung stellt." Er sah den Magiern am Tisch einzeln in die Augen. „Sie verkauft nur Blut", erklärte er. „Es ist das einzige, was bei ihr gehandelt wird. Einige ihrer Mitarbeiter machen auch Nebengeschäfte, manche für Geld, andere aus Spaß. Damit hat Angélique jedoch nichts zu tun. Sie hat es immer abgelehnt. Außenstehende halten ihr Etablissement für ein Bordell, aber man sollte es besser mit einem Restaurant vergleichen. Man entscheidet sich für ein Menü, bekommt es serviert und bezahlt die Rechnung."

„Wir verurteilen sie nicht", versicherte ihm Alain. „Es wäre uns nur lieb, wenn sie Davids Entschuldigung annehmen und in die Allianz zurückkehren würde."

„Ist er bereit, sich bei ihr zu entschuldigen?", wollte Jean wissen.

Thierry schnaubte. „Nach dem Arschtritt, den er von mir bekommen hat, wird er alles tun, was ich von ihm verlange." Alain und Raymond lachten. Sie hatten schon mehr als einmal erlebt, wie

Thierry jemanden zurechtstauchte. Der Captain hatte nicht übertrieben. Noch keiner ihrer Soldaten hatte sich nach einem solchen Rüffel den gleichen Fehler ein zweites Mal geleistet.

„Ich rede heute Nacht mir ihr", versprach Jean. „Ich wollte sowieso im Sang Froid vorbeisehen, weil ich mich dort nach dem Gesetzlosen umhören will. Es ist kein Problem, noch kurz mit Angélique unter vier Augen zu reden." Er sah Thierry ernst an. „Ich kann dir allerdings nichts versprechen. Die Gemeinschaft der Vampire ist nicht die Milice. Ich führe sie durch mein Vorbild und habe keine Befehlsgewalt. Nur wenn ein Gesetz gebrochen wurde, kann ich im Ausnahmefall Anordnungen erlassen. Meine Teilnahme an der Allianz verpflichtet die anderen Vampire in keiner Weise. Falls sie nicht zurückkommen will, kann ich nichts dagegen tun."

„Das verstehen wir", versicherte Alain. „Wir wissen auch, dass du dein Bestes versuchen wirst. Noch andere Punkte?"

Raymond dachte über Jeans Angebot nach, ihm die richtige Aussprache der alten Formeln und Sprüche beizubringen. Aber sie wussten noch nicht, ob die verbesserte Aussprache auch zu einer höheren Wirksamkeit führen würde. Bis es soweit war, wollte er keine falschen Hoffnungen wecken und die Sache vorerst lieber für sich behalten.

Als niemand sich meldete, beendeten sie die Versammlung und gingen paarweise ihren jeweiligen Verpflichtungen nach. Thierry warf Alain zum Abschied noch einen kurzen Blick zu. „Laurent ist mit meiner Einheit noch unterwegs", sagte er. „Benachrichtige mich, wenn sie zurück sind."

„Wird gemacht", versprach Alain. „Aber du machst dir bestimmt umsonst Sorgen."

„Wahrscheinlich", stimmte Thierry ihm zu. „Aber es ist mein Team und ich will darüber informiert werden, wie sie wieder in Sicherheit sind."

„Ich rufe dich an, sobald sie sich zurückgemeldet haben."

„Danke." Thierry verließ den Raum und machte sich auf den Weg zu seinem Büro. Zu seiner Überraschung folgte ihm Sebastien. Thierry schloss die Tür hinter ihnen und drehte sich zu ihm um. „Ich will nur meinen Repère hier zurücklassen", sagte er. „Du musst nicht auf mich warten."

Sebastien überlegte, wie er seine Antwort formulieren sollte. Er hatte schon während der Besprechung darüber nachgedacht, was er nach Dienstschluss tun sollte. Seine Sturheit und Unabhängigkeit verlangten, dass er allein nach Hause ging. Aber er war nicht mehr allein, sondern hatte jetzt einen Partner, und dieser Partner war bei einer Vampirattacke genauso verwundbar, wie Sebastien bei einem Angriff durch Magier. Und nicht nur das. Thierry war ihm auch in einer anderen Hinsicht wichtig geworden.

„Ich habe mir gedacht, wir könnten gemeinsam nach Hause gehen", schlug er vor. „Deine Argumente heute früh haben mich überzeugt."

Thierry war über diesen Vorschlag überrascht. Er hatte nicht erwartet, dass sein Partner ihm zustimmen würde. Im besten Fall, so hatte er gehofft, würde Sebastien ihm erlauben, seine Unterkunft mit einem Schutzschild zu versehen. Diese Reaktion hatte Thierry allerdings nicht vorausgesehen. Er überlegte hin und her. Sein kleines Apartment war geschützt, aber unaufgeräumt und eng. Aleth' Tod eröffnete ihm unverhofft eine neue Möglichkeit. Sie konnten in die kleine Villa gehen, die er und Aleth in Boulogne, direkt außerhalb der Stadtgrenze, gekauft hatten. Aleth war ein sehr ordentlicher Mensch gewesen. Ihr Haus – Thierrys Haus – wäre aufgeräumt und sauber, falls er sich dazu durchringen konnte, es zu betreten. „Mein Haus ist schon geschützt", hörte er sich sagen, bevor er eine bewusste Entscheidung gefällt hatte. „Es ist im Moment die einfachste Möglichkeit", fügte er hinzu. „Ich kann … Ich kann mich später um deine Wohnung kümmern, falls du nichts dagegen hast."

Sebastien musste nicht Thierrys Blut schmecken, um dessen Nervosität zu spüren. Unglücklicherweise konnte er nicht erkennen, ob sie daher rührte, dass Thierry sein Interesse erwiderte, oder ob sie gänzlich andere Ursachen hatte. „Dein Haus ist eine gute Idee", sagte er und ließ es offen, wie lange er bleiben und was sie mit seiner Wohnung machen würden. Darüber konnten sie später reden, jetzt … „Lass uns gehen", bat er. „Ich brauche einen Szenenwechsel."

Thierry zog den Repère aus der Tasche und legte ihn in eine kleine Schachtel in seiner Schreibtischschublade. „Ich bin soweit", sagte er dann. „Es ist eine längere Zugfahrt. Stört dich das? Ich kann Alain bitten, dich zu transportieren." Es wäre alles so viel einfacher, wenn er seinen Partner selbst transportieren könnte. Eine schnelle Bewegung mit dem Stab und ein kurzer Spruch, schon wären sie, wo immer sie auch sein wollten. Aber so erforderte es immer umständliche Planungen, Sebastien mitzunehmen.

„Ich habe nichts gegen eine Zugfahrt", erwiderte Sebastien. „Außer, du hättest es eilig. Ich bin diesen magischen Transport sowieso noch nicht gewöhnt."

Thierry dachte darüber nach. Einerseits waren sie während der Zugfahrt nicht vor Magie geschützt und dadurch in Gefahr, andererseits hatte er es nicht sonderlich eilig, mit seinem … neuen Partner in das Haus zurückzukommen, in dem er mit seiner Frau gelebt hatte. Und das war auch so eine Sache. Thierry hatte schon seit einiger Zeit erfolglos versucht, es zu verdrängen. Er war gern mit Sebastien zusammen. Er suchte sogar die Gesellschaft des Vampirs. Seit seiner ersten Begegnung mit Aleth war ihm das nicht mehr passiert. Thierry wollte diesem Gefühl noch keinen Namen geben, weil es für ein einziges Wort viel zu kompliziert war. Aber es war mehr, als einen Geschäftspartner zum Abendessen einzuladen. Trotz ihrer Trennung kam es ihm so vor, als würde er Aleth' Andenken schon wenige Tage nach ihrem Tod betrügen. „Dann also der Zug", entschied er, um das Unvermeidliche noch etwas länger hinauszuzögern.

„CAPTAIN!"

Orlando war es nicht gewöhnt, dass Alain mit seinem Rang angesprochen wurde. Deshalb blieb er erst stehen, als sich sein Magier zu dem Rufer umdrehte.

„Ja?", fragte Alain.

„Eine Patrouille im Quinzième ist angegriffen worden", meldete der Magier.

„Laurent Copé?", fragte Alain sofort, weil er wusste, dass Thierrys Einheit für den Montparnasse eingeteilt war.

„Ja, Sir."

„Verdammt", fluchte Alain. „Komm", forderte er Orlando dann auf. „Thierry reißt mich in Stücke, wenn seinen Leuten etwas passiert."

Orlando folgte ihm schweigend, als sie durch die Korridore zum Salles des Cartes rannten. Zu Alains Erleichterung war seine Patrouille schon einsatzbereit. Er studierte die Karte und legte sich eine Strategie zurecht. Er wollte gerade seine Befehle erteilen, als ihm einfiel, dass er seine Einheit nicht begleiten konnte. „Fouquet", sagte er zu seinem Leutnant. „Du musst das ohne mich erledigen. Ich kann hier erst weg, wenn Marcel zurückkommt."

Leutnant Hugues Fouquet nickte. Er freute sich darauf, seine Fähigkeiten unter Beweis stellen zu können. Seine Impulsivität hatte in der Vergangenheit immer einer Beförderung im Weg gestanden. Jetzt hatte er die Möglichkeit, zu zeigen, dass man ihm ein Kommando anvertrauen konnte. Er hörte den Befehlen seines Vorgesetzten genau zu. Der Plan war recht einfach. Ankommen, Copés Einheit rausholen, dann zurück ins Hauptquartier. Und dabei möglichst viele der dunklen Magier überwältigen.

Orlando hörte der Diskussion schweigend zu. Es war ein guter Plan. Alains Einheit sollte sich hinter den Angreifern materialisieren und sie, mit der Unterstützung von Copés Leuten, überwältigen. Es überraschte ihn nur, dass Alain an dem Einsatz nicht teilnehmen würde. Als er danach fragte, erklärte Alain ihm die Kommandostruktur. Etwas leiser fügte er noch hinzu, dass er wegen der Impulsivität seines Leutnants Bedenken hegte. „Soll ich mitgehen und sie unterstützen?", bot Orlando an. „Ich kann ihn für dich im Auge behalten."

Alain wollte nichts dergleichen, aber er traute sich nicht, das Orlando zu sagen. Der Vampir konnte alles andere brauchen, nur keinen Partner, der ihn in Watte packte. Wenn er diesen durchaus vernünftigen Vorschlag ablehnte, würde er dafür Gründe erfinden müssen, die Orlando mit Sicherheit nicht hören wollte. Außerdem würde es Fouquet wahrscheinlich wirklich zügeln, wenn Alains Partner anwesend war. „Ich kann dir nicht das Kommando übergeben, weil sie dich noch nicht gut genug kennen", sagte er leise. „Aber ich kann ihnen klarmachen, dass sie auf dich hören sollen, bevor sie Entscheidungen treffen."

Er drehte sich zu seiner Einheit um. „Ich schicke meinen Partner mit euch, da er nicht zur Kommandostruktur gehört und hierbleiben muss. Hört im Zweifelsfall auf seinen Rat. Sorgt für seinen Transport."

„Ja Sir", erwiderte Fouquet und ließ sich nicht anmerken, wie wenig es ihm gefiel, von Alain einen Aufpasser an die Seite gestellt zu bekommen. Fouquet hatte nichts gegen den Vampir. Er hatte davon gehört, wie die Vampire vor einigen Nächten den Kampf entschieden hatten, als Catherine und ihre Patrouille im Marais festsaßen. Er wünschte nur, dass es nicht ausgerechnet dieser Vampir wäre und dass Orlando sie nicht begleiten würde, um ihn im Auge zu behalten.

Orlando trat an die Seite des Magiers, der gerade gesprochen hatte. Es machte ihn etwas nervös, ohne Alain an einem Kampf teilzunehmen. Aber er wollte seine Pflichten nach besten Kräften erfüllen, denn aus diesem Grund war er der Allianz beigetreten.

Auf Alains Zeichen hin brach seine Einheit auf und ließ ihn allein in dem Raum zurück. Nur der Magier, der heute Nacht die Karte überwachte, war noch anwesend. Alain wurde schlagartig bewusst, dass er und Orlando zum ersten Mal in ihrer Beziehung wirklich getrennt waren. Es war eine Sache, wenn sich Orlando noch irgendwo in der Stadt mit Jean zum Gespräch verabredete, bevor er nach Hause kam. Aber es war eine ganz andere Sache, wenn sein Geliebter sich in Gefahr begab, ohne dass Alain ihm beistehen konnte. Er rief sich ins Gedächtnis zurück, dass Fouquet nicht nur ein Hitzkopf, sondern auch ein talentierter Magier war, der in schwierigen Situationen einen untrüglichen Überlebensinstinkt entwickelte. Fouquet würde dafür sorgen, dass Orlando heil zurückkam. Alain starrte auf die Karte, wo seine Einheit sichtbar geworden war. Alles verlief planmäßig. Er konnte Orlando nicht sehen, weil sie noch nicht die Zeit gefunden hatten, ihm einen Repère anzufertigen. Er konnte nur die Manöver der Magier verfolgen. Alain beschloss, dass nach Orlandos Rückkehr ein Repère für seinen Vampir erste Priorität haben würde. Er musste sich sofort darum kümmern, jedenfalls gleich, nachdem er ihn um den Verstand geküsst hatte.

30

FLÜCHE UND Beschwörungen flogen wild durch die Luft, als sich die Verstärkung hinter der Linie der angreifenden dunklen Magier materialisierte. Leutnant Fouquet beurteilte die Lage und stellte sofort fest, dass sie keine Chance hatten. „Verteilt euch", befahl er. „Wir müssen Copés Einheit die Möglichkeit geben, sich wieder zu sammeln. Danach machen wir uns sofort aus dem Staub und ziehen uns ins Hauptquartier zurück. Dies ist ab sofort nur noch ein Rettungseinsatz."

„Ja, Sir", stimmten die anderen Magier zu.

Fouquet wandte sich an Orlando. „Ich habe gehört, Vampire sind sehr viel schneller als Sterbliche. Kannst du dich auf die andere Seite schleichen und Copé sagen, dass er seine Leute hier rausholen soll?"

Orlando sah sich um. „Es wird einige Minuten dauern", sagte er. „Ich kenne diesen Teil der Stadt nicht, aber ich kann durch die Seitenstraßen gehen."

„Tu das", befahl Fouquet. „Soll ich einen Magier mit dir schicken?"

„Nein", lehnte Orlando ab. „Er würde mich nur aufhalten."

Fouquet nickte. Hoffentlich würde Alain ihm dafür nicht den Kopf abreißen. „Einer von ihnen soll dich mit zurück ins Hauptquartier transportieren."

Orlando nickte und lief los. Er setzte jeden seiner sensiblen Vampirsinne ein, um sich durch die ungekannten Gassen zu schlagen, ohne feindlichen Magiern zu begegnen. Als er gerade bei der bedrängten Patrouille ankam, hörte er einen schmerzhaften Aufschrei. „Laurent ist getroffen worden", rief es kurz darauf.

Ein Schatten raste an ihm vorbei. Es ging so schnell, dass es sich um einen Vampir handeln musste. Orlando blickte erschrocken auf die Szene, die sich vor seinen Augen abspielte.

„Laurent!", rief Blair und wiegte seinen blutenden, keuchenden Partner in den Armen.

„Wir müssen ihn sofort hier raus und ins Hauptquartier bringen", sagte einer der Magier zu Blair. Der Vampir hatte nur Augen für seinen Partner.

„Nein …", keuchte Laurent. „Zu spät."

„Nein!", protestierte Blair und sah den Magier an. „Könnt ihr nichts tun, um ihm zu helfen? Irgendwas!"

Der Magier schüttelte den Kopf. Er hatte den Fluch gesehen, von dem Laurent getroffen worden war. Wenn ein Mediziner zum Zeitpunkt des Einschlags anwesend gewesen wäre … Aber jetzt war es zu spät. Laurent hatte recht.

„Verdammt", fluchte Blair. „Du kannst mich nicht einfach verlassen." Sein Blick wurde hart, als er eine Entscheidung traf. „Es gibt noch eine Möglichkeit, Laurent", drängte er. „Ich kann dich umwandeln. Ich mache einen Vampir aus dir."

Laurent spürte, wie sich seine Kehle zusammenzog, aber er nickte. Sofort senkte Blair den Kopf an Laurents Hals. Laurent fühlte sich durch die mittlerweile gewohnte Geste des Vampirs getröstet und spürte den Biss kaum.

Blair saugte fest und schnell, um keinen Tropfen Blut in Laurents Körper zu lassen. Als fast nicht mehr übrig war, biss er sich ins Handgelenk und drückte die Wunde an Laurents Lippen. Er konnte das schwache Saugen des Magiers spüren. „Mehr", drängte er. „Du kannst mir nicht wehtun."

Laurent hörte die Worte seines Partners und versuchte, sie zu befolgen. Seine Kehle war wie zugeschnürt, aber er zwang sich zu schlucken, bis das Blut aus seinem Mund in den Magen lief. Ihm wurde schwarz vor Augen und er verlor langsam das Bewusstsein. Die Dunkelheit breitete sich in ihm aus, doch sie bereitete ihm keine Angst. Er wusste, dass er erst sterben musste, um ein Vampir zu werden. Voller Vertrauen sah er Blair in die Augen. Er würde seinen Partner wiedersehen, wenn er als Vampir aufwachte.

Blair sah zu, wie Laurents Augen brachen. Er beobachtete die Brust seines Magiers und zählte die Sekunden. Eins. Zwei. Drei. Vier. Fünf. Die Zeit verrann und er wurde unruhig. Zehn Sekunden, höchstens fünfzehn. Länger sollte es nicht dauern, bis die Umwandlung abgeschlossen war. Zwanzig Sekunden vergingen, dann dreißig. „Nein!", schrie er und zog den Körper des Magiers in die Arme. „Nein!"

Orlando konnte es nicht mehr mit ansehen. Er trat aus den Schatten und rief eine der Magierinnen zu sich. „Leutnant Fouquet lässt ausrichten, dass wir uns ins Hauptquartier zurückziehen sollen."

Die verblüffte Magierin gab den Befehl zum Rückzug weiter und drehte sich zu Orlando um. „Was sollen wir mit …?", fragte sie und zeigte auf das Paar zu ihren Füßen.

„Kannst du Blair und Laurent gemeinsam transportieren?", erkundigte sich Orlando.

Marie nickte.

„Dann tu das. Ich brauche auch Hilfe."

Nach Maries Beschwörung verschwand Blair mit Laurent, den er immer noch an die Brust gedrückt hielt. Sie wiederholte den Spruch und Orlando fand sich im Salle des Cartes wieder. Er sah sich um, konnte Blair aber nirgends finden. Nur Alain. Sofort ging er durch den Raum auf ihn zu und nahm ihn in die Arme.

„Was ist?", fragte Alain. „Was ist passiert?"

„Laurent ist tot", sagte Orlando tonlos. „Blair wollte ihn noch retten, aber es hat nicht funktioniert. Sein Blut konnte Laurent nicht umwandeln, wie es normalerweise sein sollte."

Alain erbleichte. Der Salle des Cartes füllte sich langsam mit den rückkehrenden Angehörigen der beiden Patrouillen. Er legte den Arm um Orlando und führte ihn in sein Büro. „Ich muss Thierry anrufen", sagte er leise. Seine Trauer um Laurent wurde überschattet durch das Bedürfnis, Thierry zu trösten und Orlando in Sicherheit zu wissen.

Sobald sich die Tür von Alains und Thierrys Büro hinter ihnen schloss, zog Orlando ihn in die Arme. Der Anruf war ihm egal. Er hatte auch ein Bedürfnis. Er musste sich davon überzeugen, dass sein Magier noch lebte und es ihm gut ging. Orlando presste die Lippen auf Alains Mund und küsste ihn innig. Als ihre Zungen sich trafen, atmete er den Geruch seines Geliebten ein und drückte sich fest an ihn.

Alain konnte seine Reaktion auf Orlandos Nähe nicht verhindern. Neben dem überwältigenden Gefühl der Erleichterung, Orlando wohl und unbeschadet in den Armen zu halten, verlor alles andere an Bedeutung. Furcht und Trauer wurden durch das Verlangen nach seinem Geliebten verdrängt. Er legte die Arme um Orlandos schlanken Körper und dankte Merlin und allen Göttern, dass es nicht sein Vampir war, den der tödliche Fluch getroffen hatte.

So wunderbar es auch war, in Alains Armen zu liegen, Orlando brauchte mehr. Sein Gewissen erhob Einwände und erinnerte ihn daran, dass Thierry auf Nachricht über sein Team wartete. „Ruf ihn an", keuchte er. „Beeil dich. Ich brauche dich."

Alain nickte und tippte Thierrys Nummer in sein Handy ein. Sein Verlangen nach Orlando war genauso stark, aber er riss sich zusammen und konzentrierte sich darauf, Thierry die schlechte Nachricht zu überbringen. Alain war in den vergangenen Jahren schon oft in der Situation gewesen, Familien über den Tod eines Angehörigen unterrichten zu müssen. Er wusste, dass er seine eigenen Gefühle beherrschen musste, wenn er mit ihnen sprach.

„Dumont", bellte ihm Thierry ins Ohr.

„Thierry, hier ist Alain", sagte er. „Orlando ist gerade mit deiner Einheit zurückgekommen. Sie waren in einen Hinterhalt geraten und …"

„Wer ist es?", fragte Thierry tonlos.

Alain schloss die Augen und kämpfte um Beherrschung. „Laurent."

„Scheiße! Putain de merde!" Thierry hörte nicht mehr auf zu fluchen. Alain zog das Handy vom Ohr, als die Beschimpfungen auf ihn einprasselten. Nachdem Thierry sich wieder beruhigt hatte, redete er weiter. „Es tut mir leid, Thierry. Sie konnten nichts mehr tun. Sie haben es versucht."

„Ich bin in wenigen Minuten da", erwiderte Thierry.

„Nein", sagte Alain. „Du bist gerade erst nach Hause gekommen. Ich kümmere mich heute Nacht um deine Leute. Es reicht, wenn du morgen früh wieder hier bist. Ruh dich jetzt aus. Das ist wichtiger."

Thierry gab keine Antwort, aber als die Verbindung unterbrochen wurde und er nicht sofort im Büro auftauchte, wusste Alain, dass sein Freund auf ihn gehört hatte. Er steckte das Handy weg und sah Orlando an. „Mist", murmelte er und fuhr sich durch die Haare. „Es wird einfach nicht leichter."

„Das sollte es auch nicht", sagte Orlando leise und kam zu Alain an den Schreibtisch. „Wenn es leichter werden würde, hättest du kein Mitgefühl mehr." Er legte den Finger unter Alains Kinn und sah ihm in die Augen. „Verliere niemals dein Mitgefühl."

„Seit wann bist du so weise?", fragte Alain mit einem gequälten Lächeln.

„Seit ich dich kenne."

Alains Lächeln wurde etwas breiter. Er beugte sich vor und gab Orlando einen zärtlichen Kuss. Für einen kurzen Augenblick vergaßen sie ihre Trauer und Verzweiflung. „Ich hatte solche Angst um dich", sagte Alain dann.

„Es war fürchterlich", gab Orlando zu und senkte den Kopf. „Leutnant Fouquet bat mich, die dunklen Magier zu umrunden und Copés Leuten den Befehl zum Rückzug zu geben. Ich bin leicht zu ihnen durchgekommen, und genau in diesem Moment wurde Laurent getroffen. Er blutete und konnte kaum atmen. Blair war sofort bei ihm, aber es war zu spät. Die Magier haben ihm gesagt, dass es hoffnungslos wäre. Blair hat es trotzdem versucht. Er hat versucht, Laurent umzuwandeln. Es wäre ein anderes Leben gewesen, doch sie hätten zusammenbleiben können. Laurent hat es ihm erlaubt, aber es hat nicht funktioniert." Orlando hob den Kopf und sah Alain mit glänzenden Augen an. Die Bedeutung von Blairs Versagen hing wie ein Damoklesschwert über ihnen. „Es hat nicht funktioniert."

Alain streichelte ihm über die Wange, um den Schmerz der Erinnerung zu lindern. Ihm fielen keine passenden Worte ein. Er hatte gelernt, mit seiner Sterblichkeit zu leben. Er fand sich vor jedem Kampf damit ab, vielleicht nicht lebend zurückzukehren. Wenn sie den Krieg überlebten, hatten er und Orlando noch viele gemeinsam Jahre vor sich. Magier hatten eine größere Lebensspanne als Normalsterbliche, aber eines Tages würde auch er sterben. Es war unvermeidlich. Nichts und niemand konnte es verhindern.

„Vergiss es", sagte er zu Orlando. „Wir wissen nicht, was der nächste Tag bringt. Wir können nur das Beste aus der Zeit machen, die uns gegeben ist, jeden Tag und jeden Augenblick. Ich hatte nur zehn Jahre mit Henri und ich werde ihn immer vermissen. Es hätte ein ganzes Leben sein sollen, und doch werde ich die Zeit mit meinem Sohn nie bereuen."

Orlandos Augen brannten, aber seine Natur versagte ihm die erlösenden Tränen. Nickend zog er Alain wieder in die Arme. „Ich brauche dich."

„Mein Körper, mein Blut, alles gehört dir", flüsterte Alain. „Nimm dir, was du brauchst."

Orlando zog ihm mit zitternden Händen den Pullover über den Kopf. Alain hob die Arme, um ihm behilflich zu sein. Orlando war der einzige, der Gewissheit brauchte.

Zu jedem anderen Anlass hätte Orlando sich die Zeit genommen, Alain zu streicheln und zu küssen, jeden Zentimeter Haut zu liebkosen. Heute hatte er dazu keine Geduld. Er brauchte Alain, und er brauchte ihn jetzt. Orlando riss sich das Hemd vom Leib, dass die Knöpfe in alle Richtungen durchs Zimmer flogen. Dann drückte er Alain auf den Schreibtisch und wischte mit dem Arm alles aus dem Weg, was ihn dabei störte. „Jetzt", sagte er und griff nach Alains Hosenbund.

Alain hob die Hüften, lehnte sich auf die Unterarme und spreizte die Beine, ohne den Blick von Orlando zu lassen, der sich seiner restlichen Kleidung entledigte. „Jetzt", wiederholte er Orlandos Worte, hob die Beine und stützte sich mit den Füßen an der Schreibtischkante ab. „Nimm mich jetzt."

Orlando legte die Hand um seinen steifen Schwanz und kam näher. Er musste seinen ganzen Willen aufbringen, um nicht einfach über Alain herzufallen. Aber er wusste, wie es sich anfühlte, und nichts – keine Verzweiflung, keine Wut und erst recht kein Begehren – konnte ihn dazu bringen, Alain so zu verletzen.

„Gel", murmelte er.

„Nicht nötig", sagte Alain, der nur noch eines wollte. Orlando. „Bitte."

Orlando schüttelte den Kopf. „Das werde ich nicht tun, niemals. Das hat *er* immer mit mir gemacht, weil er jeden Riss spüren und jeden Schrei hören wollte."

Orlandos Worte wirkten wie eine kalte Dusche. Gleichzeitig war Alain aber froh, dass Orlando sich ihm anvertraute, nachdem er sich noch vor wenigen Stunden geweigert hatte, über seinen Peiniger zu reden. Alain konzentrierte sich auf ihr Schlafzimmer und die Flasche mit dem Gleitgel. Dann flüsterte er leise vor sich hin und drückte sie Orlando in die Hand. „Beeil dich", bat er. „Ich brauche nicht viel Vorbereitung."

Orlando befeuchtete zwei Finger und schob sie so schnell er sich traute in Alains Körper. Er konnte Alains Bitten nicht lange widerstehen, deshalb fing er sofort an, Alains Muskel zu dehnen.

„Es reicht", sagte Alain, richtete sich auf und streckte den Arm nach ihm aus. „Ich brauche dich jetzt."

Orlando zog die Hand zurück und rieb sich das restliche Gel auf seinen pochenden Schwanz. Dann kam er näher zwischen Alains Beine, legte ihm eine Hand auf die Brust und stieß ihn vorsichtig auf den Rücken, bevor er seinen Schwanz an Alains pulsierenden Muskel drückte. Alain stöhnte laut und hob die Hüften. Dann spießte er sich schneller auf, als Orlando es jemals gewagt hätte.

Alain verstand Orlandos Zurückhaltung, aber seine Lust wurde durch die Furcht nur noch mehr angefeuert. Nur Orlando konnte dieses Verlangen stillen. Alain kam den immer noch zögerlichen Stößen des Vampirs mit aller Macht entgegen. „Hör auf, dich zurückzuhalten", keuchte er.

Orlandos Begehren kämpfte mit seiner Angst, als er tiefer in Alain eindrang. Seine größte Befürchtung war, den Magier zu verletzen. Doch dann ergab er sich seiner Lust, und seine Stöße kamen schneller und härter.

Alain stöhnte laut, als Orlando endlich die Kontrolle verlor. Er feuerte ihn an und lobte ihn, und Orlando schien auf seine Worte zu hören. Alain hatte sich noch nie so komplett überwältigt, so erobert gefühlt. Es war genau das, was er brauchte, um die Angst zu verjagen, die ihm während Orlandos Abwesenheit die Brust zugeschnürt hatte. Alain gab auch den letzten Rest an Zurückhaltung und Selbstbeherrschung auf, strebte nur noch nach Erlösung. Er zog die Muskeln um Orlandos Schwanz zusammen, klammerte sich an ihn und hoffte, dass sein Geliebter von ihrer leidenschaftlichen Vereinigung genauso überwältigt wurde wie er selbst.

Orlando hob den Blick und sah Alain ins Gesicht. Der geliebte Anblick und Alains lustverzerrte Miene bestätigten ihm, dass sein Magier noch bei ihm war und das Schicksal es dieses Mal ausnahmsweise gut mit ihm meinte. Alains rhythmische Umklammerung ließ Orlando fliegen und die Welt vergessen. Er konnte sich nicht mehr zurückhalten und kam mit einem lauten Aufschrei. Sofort griff er zwischen ihre schweißnassen Körper nach Alains Schwanz und hatte ihn kaum zu fassen bekommen, da wurde seine Hand auch schon in warme, klebrige Flüssigkeit gebadet. Orlando hob die Hand an den Mund und leckte sie genüsslich ab. Er konnte den Geschmack kaum wahrnehmen, meinte aber, eine Spur von Salz auf der Zunge zu spüren.

Nachdem er jeden Tropfen abgeleckt hatte, legte er den Kopf auf Alains Brust. Sein Partner legte die Arme um ihn und drückte ihn an sich. In Orlandos Seele breiteten sich Frieden und Ruhe aus. In solchen Augenblicken konnte er fast – fast – glauben, dass er nicht verdammt war, dass sein Leben endlich eine Wendung zum Guten genommen hatte. Seufzend hob er den Kopf und sah Alain in die himmelblauen Augen. Ein neuer Hunger brach in ihm aus, genauso verzehrend wie die Lust, die er eben erst gestillt hatte. Er stupste mit der Nase an Alains Kinn und forderte ihn auf, den Kopf in den Nacken zu legen.

Alain fühlte Orlandos Lippen an seinem Hals und riss die Augen auf. Wollte der Vampir etwa …? Bevor er den Gedanken zu Ende bringen konnte, spürte er auch schon Orlandos Zähne, die ihm über die Haut fuhren. „Ja", flüsterte er.

Alains Verlangen war so unübersehbar, dass Orlando sein Zögern aufgab. Immer noch mit seinem Geliebten vereint, ließ er die Zähne in dessen Hals gleiten und schmeckte die gleiche Befriedigung wie vor einigen Stunden in ihrer Wohnung. Auch das unbekannte Gefühl war wieder da, das er nicht identifizieren, nur genießen konnte. Alains Furcht hatte einen leicht bitteren Geschmack hinterlassen, der sich aber schnell verflüchtigte. Orlando war erleichtert, nicht die Ursache für Alains Furcht zu sein. Die Trauer in Alains Blut zeigte, dass er in dieser Nacht einen Freund verloren hatte. Orlando saugte fester, um seine Verbindung mit Alain zu stärken – eine

Verbindung, die Blair heute, zusammen mit seinem Partner, verloren hatte. Das Blut floss in Orlandos Mund und spendete ihm Kraft und Trost.

Obwohl sie sich gerade erst geliebt hatte, weckte Orlandos Biss wieder neues Begehren in Alain. Er bewegte sich unruhig hin und her, ihre nackten, schweißgebadeten Körper rieben sich aneinander und sein harter Schwanz wurde an Orlandos Bauch gedrückt.

Orlando erstarrte für einen Augenblick, als er das wiedererwachte Verlangen in Alains Blut schmeckte und die Reaktion an seinem Bauch spürte. Aber er war zu sehr entrückt, um sofort die Zähne aus Alains Hals zu ziehen, wie er es eigentlich hätte tun sollen. Es war so gut, in seinem Partner zu versinken. Orlando musste nicht um seine Kontrolle fürchten, denn er hatte seine Leidenschaft schon befriedigt. Alain würde wahrscheinlich wieder zum Höhepunkt kommen, aber das passierte bei jedem Biss. Orlando saugte weiter und hoffte, dass Alain das gleiche Vergnügen dabei empfand wie er selbst.

Alain bewegte sich jetzt absichtlich und rieb seinen harten Schwanz an Orlandos nackter Haut. Er konnte seinen Geliebten immer noch in sich spüren, obwohl Orlandos Schwanz untätig blieb und sich nicht rührte. Alain wollte fühlen, wie Orlando wieder hart und von der gleichen Leidenschaft gepackt wurde, die ihm durch die Adern schoss, aber er gab sich mit dem zufrieden, was er hatte. Er wollte Orlando nicht erschrecken und damit riskieren, diesen Kontakt zu verlieren. Sein Herzschlag passte sich dem Rhythmus von Orlandos Saugen an und er keuchte, als Orlandos Zähne sich noch tiefer in seinen Hals bohrten. Dann zuckte er zusammen, bog den Rücken durch und kam.

Orlando erbebte unter Alains Höhepunkt und kostete die Ekstase aus, die er in dem Blut des Magiers schmeckte. Er schmeckte es bei jedem Biss und es wurde nie langweilig. Orlando könnte eine Ewigkeit damit verbringen, seinem Partner diese Freude zu bereiten. Sanft leckte er Alain über die Wunden, um sie zu schließen. Dann legte er den Kopf auf Alains Brust. Er wollte sich noch nicht der Realität stellen, obwohl er wusste, dass Alain bald wieder in die Kommandozentrale zurückkehren musste. Aber nicht sofort. Erst wollte er die Ruhe und Zufriedenheit dieses Augenblicks noch etwas länger genießen.

31

THIERRY KLAPPTE sein Handy zu und starrte an die Wohnzimmerwand.

Tot.

Laurent war tot.

Er hatte seinen Leutnant allein in den Kampf geschickt, und nun war er tot.

Thierrys Blick fiel auf seinen Partner und seine Schuldgefühle verdoppelten sich. Ohne Sebastien und Thierrys Hoffnung, die Wohnung des Vampirs mit einem Schutzschild belegen zu können, wäre er nach Dienstschluss mit Sicherheit noch zu seiner Einheit gestoßen. Seine Loyalität hätte es von ihm verlangt, auch wenn Alain anderer Meinung war. Vielleicht wäre Laurents Tod dann zu vermeiden gewesen. Thierry machte sich nicht vor, dass er ihn eigenhändig hätte verhindern können. So mächtig war er nicht. Aber seine Erfahrung und sein strategisches Wissen hätten vielleicht zu anderen Entscheidungen geführt, die den Lauf der Dinge verändert hätten. Vielleicht hätte er seine Truppen anders geordnet und Laurent wäre dadurch nicht der Gefahr ausgesetzt worden, die zu seinem Tod geführt hatte. Thierry haderte mit sich selbst und der ganzen Situation. Wütend warf er das Handy durchs Zimmer und sah ungerührt zu, wie es an die Wand knallte und in Stücke brach.

„Thierry?"

Sebastiens Stimme riss ihn aus seinen Gedanken. Er drehte sich um und sah seinen Partner mit zornigen Augen an.

Thierrys Ausdruck erschreckte Sebastien. Er hatte noch nie eine solche Wut, eine solche Reue in den Augen seines Partners gesehen, selbst nicht, als Thierry über Aleth' Tod gesprochen hatte. „Was ist passiert?"

„Laurent ist tot."

Sebastiens erste Reaktion war Erleichterung. Erleichterung darüber, dass Thierry nicht mit seiner Patrouille unterwegs gewesen war. Er schämte sich dafür und Laurents Tod tat ihm sehr leid. Aber die Erleichterung darüber, dass es nicht Thierry getroffen hatte, ließ sich nicht leugnen. Sebastien wusste nicht, wie er auf den Tod seines Partners reagiert hätte. Er hatte schon einmal einen Partner, einen Geliebten verloren. Thibaults Tod hätte ihn beinahe vernichtet. Jetzt auch noch Thierry zu verlieren, den er gerade erst gefunden hatte ... Er konnte den Gedanken nicht zu Ende denken. Es erschreckte ihn, dass er Thierry schon mit Thibault verglich und die beiden mit denselben Augen sah. Schlagartig kam ihm ein neuer Gedanke ... Wer kümmerte sich jetzt um Blair? Er musste Thierry danach fragen, sobald es seinem Partner wieder besser ging. Und dafür wollte er jetzt sorgen.

„Deine Anwesenheit hätte das Unglück nicht verhindern können", sagte er beruhigend und setzte sich zu Thierrys auf die Couch.

„Vielleicht doch", erwiderte Thierry abwehrend. Er überlegte, was er über Laurents Privatleben wusste, ob der Mann eine Familie oder Geliebte hatte, die benachrichtigt werden mussten. Er war sich sicher, dass Alain sich darum kümmern würde, aber es kam ihm unfair vor, seinem Freund diese Last aufzuerlegen. Frustriert stellte er fest, dass er fast nichts über Laurent wusste. Er hatte sich nie die Zeit genommen, ihn persönlich kennenzulernen, und jetzt war es dazu zu spät. „Ich hätte vielleicht andere Entscheidungen gefällt als Laurent. Vielleicht wäre es dann nicht zu dem Hinterhalt gekommen oder die Angreifer wären zurückgeschlagen worden. Lauren ist gut, aber er hat nicht – hatte nicht – meine strategischen Erfahrungen."

Thierry verzog das Gesicht, als er seine Formulierung korrigieren musste. Er konnte sich einfach nicht vorstellen, seinen Stellvertreter unwiederbringlich verloren zu haben. Er hatte Laurent ausgebildet, hatte ihm beigebracht, so zu denken wir er selbst, bis er ihm kaum noch etwas erklären musste. Als ob das jetzt noch eine Rolle spielte. Er würde freiwillig hundert neue Leutnants ausbilden, wenn es ihm Laurent zurückbringen könnte.

Aber das war nicht möglich. Nichts war so einfach. Und sein schlechtes Gewissen verkomplizierte die Sache noch zusätzlich. Er hätte Sebastien allein nach Hause gehen lassen sollen, um seine Einheit zu unterstützen. Aber das hatte er nicht getan. Sein Bedürfnis, in der Nähe seines Partners zu bleiben, hatte ihm mehr bedeutet als sein Pflichtbewusstsein. Er hatte diesem Bedürfnis nachgegeben. Er saß auf einem Sofa, das er nie vorher gesehen hatte, in einem Haus, das ihm nur noch dem Namen nach gehörte; und er wollte bei Sebastien sein, hier und überall. Die Erkenntnis trug nicht dazu bei, seine Schuldgefühle zu besänftigen. Er wusste, dass er seine Einheit nicht im Stich gelassen hätte, wäre da nicht Sebastien gewesen. Selbst wenn es nichts geändert hätte und Laurent wäre trotzdem getötet worden, er würde jetzt nicht hier sitzen und sich selbst für den Verlust verantwortlich machen. Oh ja, Marcel hätte dazu wahrscheinlich einiges zu sagen. Er würde ihm widersprechen und ihm verbieten, an sich zu zweifeln. Thierry wäre überrascht, wenn Sebastien es nicht auch so sehen würde wie Marcel. Aber dadurch fühlte er sich auch nicht besser. Wenn überhaupt, fühlte er sich sogar schlechter, weil sie ihn nicht verstehen konnten.

„Du hast nur zwei Möglichkeiten", unterbrach Sebastiens Stimme seine Gedankengänge. „Du kannst hier sitzen und dich bemitleiden, oder wir können gemeinsam etwas dagegen unternehmen."

„Was sollen wir denn unternehmen?", fragte Thierry frustriert. „Laurent ist tot."

„Aber seine Mörder leben noch", sagte Sebastien. „Ich kann mir vorstellen, dass es dir sehr helfen würde, das zu ändern."

Thierry starrte ihn sprachlos an. „Meinst du das ernst", fragte er dann.

Sebastien nickte. „Und ich weiß auch, wer uns dabei wahrscheinlich helfen würde. Falls du nichts dagegen hast, dass uns noch ein Vampir begleitet."

Es dauerte eine Minute, bis Thierry Sebastiens Andeutung verstand. „Blair", flüsterte er.

„Ja", erwiderte Sebastien. „Wenn ein Vampir einen besonderen Menschen verliert, reagiert er darauf manchmal … nicht sehr gut", erklärte er. Er dachte daran zurück, wie er nach Thibaults Tod sogar einen Selbstmord in Erwägung gezogen hatte, um im Jenseits wieder mit seinem Geliebten vereint zu sein. „Wenn Blair etwas tun kann, um seine Wut und seine Frustration loszuwerden, verhindert das vielleicht, dass er in seiner Verzweiflung überstürzt handelt."

Thierry musste trotz seiner Trauer lachen. „Und zu dritt Laurents Mördern nachzujagen ist nicht überstürzt?"

Sebastien lachte ebenfalls. „Ich kann mir gut vorstellen, dass der Rest deiner Einheit uns gerne begleiten würde."

Thierry grinste ihn böse an. „Dann los. Bis wir mit dem Zug ins Hauptquartier kommen, sind sie wahrscheinlich schon gegangen."

„Du kannst dich transportieren und jemanden schicken, der mich nachholt", schlug Sebastien vor. „Dann geht es schneller."

„Du hast nichts dagegen?"

Sebastien schüttelte den Kopf. „Geh schon. Ich warte hier."

MIREILLE LIEF durch den Korridor zu Carolines Büro. Sie hatte gehört, dass ein Magier gefallen war, ein Magier mit einem Partner. „Wer ist der Vampir, dessen Partner getötet wurde?", fragte sie ohne lange Vorrede.

Caroline sah sie überrascht an. „Was?"

„Ein Magier ist während der Patrouille getötet worden. Ich habe gehört, dass er einen Partner hatte. Wer ist der Vampir?", fragte Mireille eindringlich.

„Das weiß ich nicht."

„Wir müssen es herausfinden. Er sollte nicht allein sein. Vampire, die einen besonderen Menschen verlieren, reagieren manchmal … überstürzt", erklärte Mireille.

„Dann lass uns gehen", erwiderte Caroline. „Wir bringen es in Erfahrung."

Sie führte Mireille durch die Gänge zur Krankenstation, wo verwundete und tote Magier üblicherweise hingebracht wurden. Ein Mediziner kam ihnen entgegen.

Caroline erklärte ihm, wen sie suchten. Der Mediziner zeigte auf die letzte Kabine. Die beiden Frauen gingen leise darauf zu und lächelten sich an, als sie sich daran erinnerten, unter welchen

Umständen sie das letzte Mal hier gewesen waren. „Lass mich vorausgehen", sagte Mireille leise. „Falls er überreagiert, wird es mir vermutlich nichts tun."

Caroline runzelte die Stirn, weil ihr der Gedanke nicht gefiel, dass Mireille sich möglicherweise in Gefahr begab. Aber sie respektierte den Wunsch ihrer Partnerin.

Mireille zog den Vorhang zur Seite und betrat die Kabine. Der Vampir nahm sie nicht zur Kenntnis. Er saß auf dem Boden, hielt seinen Partner in den Armen und beugte sich über ihn, als könne er ihn so vor allen Gefahren in Schutz nehmen. Sie erkannte Blair, aber er gehörte nicht zu ihrem engeren Bekanntenkreis und sie wusste nicht viel über ihn. Er war erst seit kurzer Zeit in Paris und sie war sich nicht sicher, ob er hier überhaupt schon Freunde gefunden hatte. „Blair?", flüsterte sie und kniete sich an seine Seite.

„Warum hat es nicht funktioniert?", fragte er, ohne den Kopf zu heben. „Warum konnte ich ihn nicht retten?"

Mireille konnte ihm seine Frage nicht beantworten. Sie legte ihm mitfühlend die Hand auf die Schulter. „Du solltest die Magier nach ihm sehen lassen", sagte sie.

„Nein!", rief Blair so laut, dass Caroline ihn hörte und zu ihnen hinter den Vorhang kam. Mireille signalisierte ihr, dass mit ihr alles in Ordnung wäre. Caroline nickte, ließ die beiden aber nicht allein.

„Er wollte umgewandelt werden", sagte Blair tonlos, als hätte sein Gefühlsausbruch nie stattgefunden. „Es hat bisher immer funktioniert, wenn jemand es wollte." Er sah Mireille verzweifelt an. „Warum hat es nicht funktioniert?"

Er hatte sich diese Frage wieder und wieder gestellt, seit er erkennen musste, dass Laurent trotz aller Bemühungen nicht überlebt hatte.

Laurent.

Blair senkte den Kopf und zog seinen toten Partner an die Brust. Hatten sie sich wirklich erst vor einigen Tagen das erste Mal gesehen? Blair konnte es kaum glauben. Es kam ihm vor, als hätte er Laurent schon seit Jahren gekannt. Gleich beim ersten Blutstropfen hatte er gewusst, dass Laurent etwas ganz Besonderes war. Er schloss die Augen und dachte an diesen wunderbaren Augenblick zurück.

Laurent kam langsam auf sie zu, auf ihn, Fabienne und Paul Bertrand. Sie sahen ihn misstrauisch an und er blieb einige Schritte entfernt stehen.

Der Magier räusperte sich. „Ich möchte gerne unter Ihnen meinen Partner suchen", sagte er höflich.

Fabienne warf Jean einen Blick zu, der ihr aufmunternd zunickte. Sie drückte die Schultern zurück und ging die restlichen Schritte auf Lauren zu, bis sie direkt vor ihm stand.

„Ich versuche es", sagte sie.

Die Unsicherheit war ihr anzusehen, aber Laurent nickte nur, zog seine Lederjacke aus und knöpfte den Ärmel seines Hemdes auf. Blair und Paul stellten sich hinter Fabienne, als sie nach Laurents Handgelenk griff. Wenige Sekunden später ließ sie ihn los und schüttelte den Kopf.

„Danke", sagte Laurent leise, weil er auch nicht wusste, was er erwartet hatte. Fabienne grinste ihn schief an und trat zurück.

Blair und Paul sahen sich an und warteten darauf, wer als erster reagieren würde. „Oh, mein Gott!", rief Fabienne. „Komm schon, Blair, du bist der Nächste."

Der dunkelhäutige Mann blinzelte sie an und drehte sich zu Laurent um, der ihm das Handgelenk hinhielt. Er war so vorsichtig wie möglich, als er den Kopf neigte und zubiss. Falls sie keine Partner waren, würde der Magier sich vielleicht noch oft beißen lassen müssen. Blair wollte es für ihn nicht schmerzhafter machen als unbedingt nötig.

Blair berührte das Handgelenk des Magiers mit den Lippen und atmete den Geruch seiner Haut ein. Ein Schauer lief ihm über den Rücken, als er mit den Zähnen so sanft wie möglich die Haut durchbohrte, um Laurents Blut zu schmecken. Natürlich hatte er Jeans Beschreibung auch gehört, aber nichts hätte ihn auf das warme Gefühl vorbereiten können, das ihn umhüllte, ihm Kraft und Trost spendete, bis er sich nahezu unbesiegbar fühlte.

Blair hob den Kopf und blickte Laurent in die blauen Augen. Er war vollkommen überwältigt. Die Welt um ihn herum war plötzlich bedeutungslos geworden und es gab nur noch diesen Mann und seine Magie, die sich wie ein warmer Mantel um Blairs Seele legte.

„Blair? Hallo, Blair!" Fabienne kam und schnippte mit dem Finger vor seinem Gesicht, um ihn wieder aus seiner Trance zu holen.

Blair kam blinzelnd wieder zu sich. „Es hat funktioniert."

Fabienne nickte. Sie und Paul traten zur Seite, während er immer noch unbeweglich da stand und Laurents Hand in der seinen hielt.

„Ich hatte nicht erwartet, einen Partner zu finden", sagte Laurent und schaute dem Vampir in die dunklen Augen.

„Ich auch nicht", erwiderte Blair leise und streichelte mit den Fingern über das Handgelenk des Magiers.

„Ich möchte alles für unsere Sache tun", versicherte Laurent ihm geschäftsmäßig. „Alain ist ein guter Mann und ich vertraue ihm. Ich habe immer gehofft, dass wir Verbündete finden könnten und ..."

Blair legte den Kopf zur Seite und lauschte den Worten Laurents, fasziniert vom melodischen Klang seiner Stimme. Er stand immer noch im Bann Laurents und wollte ihn nicht verlassen. Blair war wie verzaubert.

Orlando kam auf sie zu und sah Blair an. „Alles in Ordnung?", wollte er wissen.

„Wir sind Partner", platzte es aus Laurent heraus.

Orlando sah Blair ins Gesicht und die beiden Vampire nickten sich zu. „Hervorragend", sagte Orlando. „Wir wollten alle Paare bitten, sich zu versammeln." Blair nickte wieder und Orlando ging weiter zur nächsten Gruppe.

„Du redest nicht sehr viel, nicht wahr?", fragte Laurent.

Blair hob wortlos eine Schulter und beobachtete Laurent.

„Wir sollten zu den anderen gehen", meinte Laurent und sah von Blair auf sein Handgelenk, bevor er wieder zu dem Vampir aufschaute.

Blair neigte den Kopf und lächelte ihn zaghaft an, ließ aber Laurents Handgelenk nicht los. Laurent räusperte sich und warf dem Vampir einen so merkwürdigen Blick zu, dass er endlich doch losließ. Er vermisste sofort das Rauschen, das er in den Adern gespürt hatte. Doch die warme, beschützende Kraft von Laurents Magie hatte nicht nachgelassen.

Laurent zog sich seine Jacke an und ging davon. Blair folgte ihm nachdenklich. Während Laurent sofort mit den anderen Magiern ein Gespräch begann, hielt Blair sich zurück. Der Kopf schwirrte ihm, und alles, woran er denken konnte, war der Magier.

Das Schwirren hatte nicht mehr aufgehört. Nicht in den vier Tagen nach diesem ersten Biss und auch nicht in der Stunde, seit Laurent in Blairs Armen gestorben war. Er hatte seine Trauer, während des Kampfes, der ihm Laurent genommen hatte, durch die Straßen geschrien. Er hatte seine Trauer in der Stille der Krankenstation vor sich hin geflüstert, nachdem eine der Magierinnen ihn hierher transportiert hatte. Er wollte seine Trauer in den Armen eines Freundes aus sich herausschluchzen, aber er hatte noch keine Freunde in Paris. Und selbst wenn er welche hätte, er könnte nicht weinen. Die Tränen würden nicht kommen. Er sah die Vampirin an seiner Seite mit leerem Blick an.

Mireille kniete still an Blairs Seite. Es war nicht das erste Mal, dass sie mit einem anderen Vampir Totenwache hielt. Sie wusste aus Erfahrung, dass die Trauer noch lange nachwirken würde. Mireille konnte nicht sagen, vor wie vielen Jahren Monsieur Lombard seinen Avoué verloren hatte, aber sie wusste genau, in welchem Monat es geschehen war. Selbst jetzt kehrte Monsieur in diesem Monat Paris noch den Rücken zu, um am Grab seines Avoué zu trauern. Vermutlich würden viele Blair verächtlich ansehen, weil er Laurent nur wenige Tage gekannt hatte. Aber Mireille musste nur an ihre eigene Magierin denken, um festzustellen, dass die Zeit keine Rolle spielte. Vier Jahre oder vier Jahrhunderte – die Verbindung konnte nicht stärker werden, als sie in den vier Tagen, die sie mit ihrer Partnerin verbracht hatte, geworden war. Nur die Magie eines Aveu de Sang konnte noch über das hinausgehen, was sie und Caroline miteinander teilten.

Blairs Stille bereitete ihr Sorgen und sie fasste ihn an der Schulter. Zu ihrer Überraschung ließ Blair den Körper seines toten Partners sanft zu Boden gleiten und schmiegte sich an sie. Mireille umarmte ihn und hoffte, dass er in ihren Armen etwas Trost finden konnte.

Carolines stand hilflos dabei und beobachtete die Szene, die sich vor ihren Augen abspielte. Sie kannte Blair nicht und wusste nichts über die Trauer der Vampire. Sie hoffte nur, mit ihrer Anwesenheit wenigstens Mireille unterstützen zu können. Als der Vampir sich an ihre Partnerin drückte, griff sie eifersüchtig nach ihrem Stab, um Mireille vor der unerwünschten Annäherung zu beschützen. Doch Mireille nahm den trauernden Mann in die Arme. Caroline zwang sich zur Ruhe. Sie schimpfte mit sich selbst, weil sie übertrieben reagiert hatte und ihre Partnerin dem Vampir, der einen unerträglichen Verlust erlitten hatte, nur Trost spenden wollte. Eifersucht war hier fehl am Platz.

Blair fühlte sich in Mireilles Armen getröstet und beruhigte sich etwas. Aber es waren nicht die Arme, nach denen er sich sehnte. An Laurent war nichts sanft gewesen – sein Herz ausgenommen, und selbst das hatte er hinter dem brüsken Auftreten verborgen, das er seinen Mitmenschen präsentierte. Die Lederjacke war für Laurent genauso ein Schild gewesen, wie der Schutzschild, der seine Wohnung bewachte. Blair hatte schon beim ersten Blutstropfen erkannt, dass Laurent mit seinem Auftreten nur seine Verletzbarkeit verbergen wollte, aber es hatte lange gedauert, bis er hinter die Fassade blicken konnte. Nach jedem Biss hatte er mehr über den Magier erfahren, hatte seinen Partner kennengelernt. An Laurent waren die Bisse auch nicht spurlos vorübergegangen, denn er war ein sensibler Mann – gewesen. Es waren für sie beide hochexplosive Erlebnisse gewesen. Jetzt musste Blair wieder auf die Jagd gehen, um Nahrung für Körper und Seele zu finden. Er konnte es nicht mehr aushalten, ließ Mireille los und griff nach Laurent. Dann drückte er ihn an sich und vergrub sein Gesicht am kalten Hals seines toten Partners.

32

AN DER Tür waren Geräusche zu hören. Caroline riss den Blick von der traurigen Szene vor sich los und drehte sich um. Thierry und Sebastien waren gekommen. Sie ging zu ihnen an die Tür. „Laurents Partner", sagte sie überflüssigerweise.

Thierry nickte. „Wie geht es ihm?" Blair hielt Laurent umklammert und wandte ihm den Rücken zu, sodass Thierry sein Gesicht nicht erkennen konnte.

„Ich weiß es nicht", antwortete Caroline. „Seit wir gekommen sind, hat er Laurents Seite nicht einmal verlassen."

„Das wird er auch freiwillig nicht tun", erklärte Sebastien. „Wir müssen ihm einen überzeugenden Grund dafür geben."

Caroline erbleichte. „Einen Grund?"

„Wir suchen seinen Mörder", sagte Thierry ohne Umschweife. Er wollte seine Patrouille nicht verständigen, obwohl er wusste, dass sie sofort mitkommen würden. Es war auch so schon ein Regelverstoß, da mussten sie nicht auch noch die anderen mit hineinziehen. „Ich war nicht dabei und konnte seinen Tod nicht verhindern. Aber ich werde Vergeltung suchen."

„Ich komme mit."

Thierry sah den Vampir an, der jetzt den Kopf gehoben hatte, obwohl er Laurent immer noch an sich gedrückt hielt. „Deshalb sind wir gekommen", versicherte er ihm. „Wir wussten, dass du mit uns kommen willst."

„Wie sollen wir ihn finden?", fragte Blair, der endlich aus seiner Lethargie gerissen wurde.

„Magie hinterlässt Spuren. Es ist wie ein Fingerabdruck", erklärte Thierry. „Wenn du es mir erlaubst, kann ich versuchen, den Fingerabdruck an Laurent magisch sichtbar zu machen. Dann kann ich mit einem Spruch den Ursprung ausfindig machen."

Es fiel Blair schwer, seinen Instinkt zu überwinden und zu erlauben, dass ein Fremder den Stab auf Laurent richtete.

„Selbst wenn er es noch spüren könnte, würde er keine Schmerzen haben", versprach Sebastien, der Blairs Zögern verstand. Aber er hatte gesehen, wie Thierry auf dem Bahnhof einen ähnlichen Spruch bei Alain angewendet hatte.

„Es dient nur der Identifizierung", fügte Thierry hinzu. „Soll ich es dir erst mit jemand anderem zeigen?"

Es wäre Blair lieber gewesen, aber es war überflüssig und lächerlich. Laurent war tot. Der andere Magier konnte ihn nicht mehr verletzen. Trotzdem, sein Zögern war ihm offensichtlich anzumerken, denn Thierry wandte sich an Sebastien. „Macht es dir etwas aus, wenn Caroline den Spruch an mir demonstriert?"

Sebastien versteifte sich. Aber es war nötig, um Blair zu helfen. Außerdem hatte Thierry ihn gefragt und um Erlaubnis gebeten. Sebastien schüttelte den Kopf und bereitete sich innerlich darauf vor, dass sein Partner als Demonstrationsobjekt für eine Beschwörung dienen sollte. Sein Beschützerinstinkt war seit Thibaults Tod nicht mehr so stark gewesen und es fiel ihm schwer, ihn zu zügeln.

Caroline wusste genau, mit welchem Spruch Thierry arbeiten wollte. Die Funken ihrer Magie tanzten um Thierry und verwandelten sich in eine blass glänzende Aura. „Das ist die Signatur, wenn sie magisch sichtbar wird", erklärte sie den Vampiren.

Thierry lächelte ihr dankbar zu und drehte sich zu Blair um. „Eine absolut harmlose kleine Beschwörung", betonte er erneut. „Kann ich es jetzt mit Laurent versuchen?"

Blair nickte.

Thierry sah zu Sebastien, der ebenfalls nickte. Wenn Blair es erlaubte, wollte er auch keine Einwände erheben.

Thierry warf Blair noch einen letzten Blick zu, dann rezitierte er den Spruch. Als er eine schwache Signatur entdeckte, grinste er breit. „Jetzt wollen wir sehen, wohin sie uns führt." Mit einem zweiten Spruch aktivierte er einen Lichtpunkt, der sie zur Quelle der Magie führen sollte. Überraschenderweise schwebte das Licht direkt auf Blair zu.

„Verdammt", fluchte Thierry. „Ich finde nur deine Magie, Blair. Als du Laurent retten wolltest, muss sie die Spur des dunklen Magiers überlagert haben."

„Was tun wir jetzt?", fragte Blair hoffnungslos.

„Keine Ahnung", erwiderte Thierry. „Ich habe nicht damit gerechnet, deine Magie zu finden."

„Blair", mischte Sebastien sich ein. „Konntest du den Geschmack des Fluchs in seinem Blut spüren, als du ihn retten wolltest?"

Blair dachte über die Frage nach. Er hatte sich nicht damit aufgehalten, war zu sehr damit beschäftigt gewesen, seinem Partner zu helfen. Aber wenn er sich zurückerinnerte, hatte er tatsächlich einen seltsamen Geschmack in Laurents Blut festgestellt. Er nickte.

„Kannst du die Beschwörung mit seinem Blut versuchen?", wollte Sebastien von Thierry wissen. „Vielleicht kannst du da eine Spur entdecken."

„Es ist den Versuch wert", meinte Thierry, dessen Vorbehalte gegen Blutmagie gegenüber der Wut und Trauer über Laurents Tod ihre Bedeutung verloren.

Blair hob das Handgelenk an den Mund.

„Nein", sagte Thierry schnell und hielt ihn zurück. „Ich muss das Blut selbst zum Fließen bringen, sonst wirkt der Spruch nicht." Er sah sich um und fand auf der kleinen Kommode beim Bett eine Nadel. Damit stach er in Blairs Handgelenk, bis einige Blutstropfen aus der Wunde herausquollen. „Lass es auf den Boden tropfen", sagte er. „Dann wirkt der Spruch nur auf dein Blut, nicht auf dich selbst."

Blair massierte den Arm, bis genug Blut aus dem Einstich auf den Boden tropfte. Thierry wiederholte den Spruch und der kleine Lichtpunkt tauchte wieder auf. Dieses Mal hatte er eine etwas andere Farbe als bei seinem ersten Versuch. Das war ein gutes Zeichen, denn es gab ihnen die Chance, den Mörder Laurents zu finden. Nach dem zweiten Spruch bewegte sich das Licht langsam zur Tür, wo es darauf wartete, dass Thierry ihm folgte.

„Seid vorsichtig", rief Caroline ihnen nach. „Es bringt Laurent nicht zurück, wenn wir euch auch noch verlieren."

„Das wissen wir", erwiderte Thierry und drehte sich zu ihr um. „Aber es muss sein." Er sah auf die beiden Vampire und fügte dann noch hinzu: „Warte eine Stunde, bevor du mit Alain redest. Falls wir bis dahin nicht zurück sind, weiß er, was er zu tun hat."

Caroline sah ihnen kopfschüttelnd nach. Einige Minuten würde sie ihnen geben, aber eine ganze Stunde wollte sie keinesfalls warten, bevor sie Alain informierte.

JOËLLE MORVILLIERS schloss mit einem zufriedenen Lächeln hinter sich die Tür. Sie hatte heute einen von Chaviniers Offizieren, einen Leutnant, ausgeschaltet und sich damit ein Lob von Serrier verdient. Sie hatte mehr erwartet, als sie mit ihren Leuten Dumonts Patrouille angegriffen hatte. Aber Dumont selbst war nicht aufgetaucht. Trotzdem, sie hatte seinen Stellvertreter erwischt. Selbst die Verstärkung, die kurz darauf eingetroffen war, hatte das Chaos nicht mehr in den Griff bekommen. Und sie hatte dabei auch noch weniger Leute verloren, als jede andere Patrouille, die sich in der letzten Woche mit Chaviniers Einheiten angelegt hatte. Es war merkwürdig, wie viele Verluste sie in dieser Woche gehabt hatten. Immer mehr ihrer Leute wurden bei den Kämpfen gefangen genommen oder getötet. Selbst Serrier hatte noch keine Erklärung dafür, und es schlug ihm mächtig auf die Stimmung. Besonders alarmierend waren die Berichte von Magiern mit übermenschlichen Kräften. Serrier hatte sie erst für Vampire gehalten, aber sie waren nicht nur nachts, sondern auch bei den Tagespatrouillen im Einsatz. Serriers Vampir konnte ihnen auch nicht weiterhelfen, also hatten sie die Idee mit den Vampiren wieder fallengelassen. Heute hatte Joëlle erneut mit eigenen Augen gesehen, wozu diese Kämpfer in der Lage waren. Glücklicherweise war ihre Einheit in der Überzahl gewesen, sodass Dumonts Patrouille keine Chance hatte. Die Verstärkung war dann nur noch daran interessiert gewesen, die eigenen Leute zu retten. Serrier hatte für morgen früh eine

Besprechung mit seinen besten Offizieren einberufen, um neue Möglichkeiten zu diskutieren, mit dem unerwarteten Vorteil umzugehen, den die Unterstützer der Regierung plötzlich entwickelten. Sie war aufgeregt, dazu eingeladen worden zu sein, obwohl ihr auch nicht mehr zu dem Problem einfiel, als ihre Einheiten zu vergrößern.

Es machte Joëlle nervös, dass sie trotz ihres heutigen Erfolges morgen nicht viel beizutragen hatte. Serrier war nicht für seine Geduld bekannt und sein Wohlwollen war so schnell verloren wie gewonnen. Doch darüber wollte sie sich heute keine Sorgen machen. Jetzt wollte sie nur noch einen Drink, eine gute Mahlzeit, ein Bad und ihr Bett. Vorzugsweise in dieser Reihenfolge.

Joëlle mischte sich einen Campari Tonic und bewunderte die tiefrote Farbe, die sie an das Blut erinnerte, das heute Nacht vergossen worden war. Sie prostete sich zu und trank auf Copés Tod. Der leicht bittere Geschmack war genau das Richtige, dachte sie.

Mit dem Glas in der Hand ging sie in die Küche und öffnete den Kühlschrank, um zu sehen, welche Auswahl sie noch hatte.

WÄHREND SIE dem Lichtpunkt folgten, identifizierte Thierry mit einer weiteren Beschwörung den Fluch, der Laurent getötet hatte. Ein *Abbatoire* schied aus, da er sofort tödlich gewesen wäre. Sein Freund hatte noch lange genug gelebt, um Blair Zeit zu einem Rettungsversuch zu geben. Was Thierry fand, ließ ihm das Blut in den Adern gefrieren. Der Fluch war eine absichtliche Grausamkeit gewesen. Er hatte zu inneren Blutungen im Magen und in der Lunge geführt, die unerträgliche Schmerzen auslösten, während Laurent langsam in seinem eigenen Blut erstickte. Thierry kniff die Augen zusammen. Wer diesen Fluch geschleudert hatte, war nicht nur ein Kämpfer in einem Krieg, sondern auch ein sadistischer Bastard. Aber er würde dafür bezahlen, darum wollte Thierry sich kümmern!

„Seid vorsichtig, wenn wir dieses Miststück finden", warnte er seine Begleiter. „Er hat Laurent nicht einfach getötet, er hat ihn langsam und qualvoll sterben lassen. Wer das einmal getan hat, tut es immer wieder."

Sebastien runzelte die Stirn. Thierry hatte sie gewarnt, obwohl er selbst einem derartigen Angriff am hilflosesten ausgeliefert wäre. Der Vampir nahm sich vor, Thierry nicht aus den Augen zu lassen, wenn sie den Mörder fanden.

NACHDEM JOËLLE gegessen hatte, stellte sie das schmutzige Geschirr in die Spüle und ging durch den Flur ins Badezimmer. Sie drehte das Wasser auf und zog sich im Schlafzimmer aus. Als sie gerade den Bademantel übergezogen hatte, sprang mit einem lauten Knall die Tür zu ihrer Wohnung auf. Sie griff nach ihrem Stab und lief in den Flur.

„Wie seid ihr hier reingekommen?", zischte sie, als sie Dumont und zwei fremde Männer erkannte. Ihr Schutzschild hätte jeden Magier, selbst die ihrer eigenen Art, aus der Wohnung fernhalten sollen.

„Brutale Gewalt", erwiderte Thierry, der seinen Stab schon in der Hand hielt. Schöne Frau oder nicht, ihre Magie war für Laurents peinvollen Tod verantwortlich.

An Thierrys Seite schätzte Sebastien ihre Gegnerin ab. Sie war groß für eine Frau, schlank und wirkte sehr elegant in ihrem Bademantel aus weißer Seide. Wenn er ihr auf der Straße begegnet wäre, hätte er sie für sehr attraktiv gehalten. Doch dieser Eindruck wurde durch ihre wutverzerrten Gesichtszüge zunichtegemacht. Außerdem hatte sie Laurent bewusst grausam getötet und Thierry damit ebenfalls Schmerzen zugefügt. Sebastien sah in ihr nur noch eine kaltblütige Mörderin, die ohne Zweifel alles daran setzen würde, damit sie Laurent in den Tod folgten.

„Lass den Stab fallen und ergib dich", befahl Thierry. „Du bist festgenommen für den Mord an Laurent Copé."

„In einem Krieg ist es kein Mord", zischte Joëlle und überlegte, wen sie zuerst außer Gefecht setzen sollte. Dumont hatte den Stab, aber die beiden anderen Männer strahlten eine stärkere Gefahr aus. Wer immer sie waren und warum auch immer sie Dumont begleiteten, sie waren mindestens genauso gefährlich wie der Magier. Doch Dumont war eine bekannte Größe und es war besser, mit ihm zu beginnen. Sie zielte und schleuderte einen *Abbatoire* auf ihn. So gern sie ihn hätte leiden sehen, wollte sie doch nicht das Risiko eingehen, dass ihm noch Zeit zur Gegenwehr blieb. Zu ihrer Überraschung stellte sich der Mann links von Dumont zwischen den Magier und ihren Fluch. Der *Abbatoire* traf den Mann direkt auf die Brust. Er stolperte, fing sich aber zu ihrem Schrecken sofort wieder und kam auf sie zu. Bevor sie nur ein Wort über die Lippen brachte, hatte er sie an der Hand gefasst und zugedrückt. Sie schrie vor Schmerz laut auf, als die Knochen brachen und ihr Stab zu Boden fiel.

„Ich sollte mit dir das Gleiche tun, was du mit Laurent gemacht hast", fauchte Thierry, während die Frau sich in Blairs Griff krümmte.

„Nicht", sagten Sebastien und Blair gleichzeitig.

„Begib dich nicht auf eine Stufe mit ihr", fügte Sebastien hinzu.

„Ihr Tod gehört mir", erklärte Blair und fletschte die Zähne, als er die Frau ansah, die ihm seinen Partner geraubt hatte. „Ich sollte dich bluten lassen", sagte er zu ihr. „Ich sollte dich genauso leiden lassen wie Laurent – so lange, bis du um Gnade winselst und mich um einen schnellen Tod bittest. Ich habe ihn Laurent geschenkt, aber glaub nicht, dass du auch so glücklich wärst."

„Entehre das Andenken deines Partners nicht, indem du etwas tust, das er verabscheut hätte", flüsterte Sebastien so leise, dass nur Blair mit seinem übernatürlichen Gehör ihn verstehen konnte.

Blair zuckte zusammen. In seiner Fantasie riss er ihr die Kehle aus, ließ sie langsam verbluten, so wie Laurent verblutet war. Aber Sebastiens Worte hielten ihn zurück. „Du bist es nicht wert, dass ich meine Seele beflecke", entschied er und brach ihr mit einer schnellen Handbewegung das Genick. Sie sackte zusammen und er ließ sie zu Boden fallen. „Es ist noch nicht vorbei", sagte er zu Thierry. „Ich werde nicht ruhen, bis nicht jeder einzelne von ihnen tot oder im Gefängnis ist. Wenn die Wirkung von Laurents Blut nachlässt, kann ich tagsüber nicht mehr ins Freie. Aber ich werde nachts auf die Jagd gehen. Jeder einzelne von ihnen, den ich töte, wird einer weniger sein, um den ihr euch kümmern müsst."

Sebastien wollte widersprechen, konnte aber Blairs Trauer verstehen. Wenn es Blair half, auf seine eigene Weise in diesem Krieg zu kämpfen, dann wollte Sebastien diese Entscheidung nicht in Frage stellen. Er sah Thierry an und schüttelte den Kopf, um seinen Partner ebenfalls um Verständnis für Blairs Lage zu bitten.

„Lasst uns ins Hauptquartier zurückkehren", sagte Thierry nur. „Ich will nicht warten, bis Alain die Kavallerie ausschickt."

Die beiden Vampire nickten und sich machten sich schweigend auf den Rückweg, jeder mit seinen eigenen Gedanken beschäftigt. Blair wollte eine Patrouille finden, die er bis zur Dämmerung begleiten konnte. Danach musste er wieder vor der Sonne Schutz suchen, aber nachts wollte er durch die Straßen ziehen, eine tödliche Waffe im Dienst der Milice. Erst wenn es keine dunklen Magier gab, wollte er entscheiden, was er mit seinem weiteren Leben anfing.

Sebastien und Thierry wären wahrscheinlich erschrocken, wenn sie gewusst hätten, wie sehr sich ihre Gedanken glichen. Sie dachten über die letzten Stunden nach, über Laurents Tod und die Hinrichtung seiner Mörderin. Während sie durch die dunklen Straßen gingen, versetzten sie sich in Blairs Lage. Es war ein durchaus realistisches Szenario. Beide hofften verzweifelt, dass es nie eintreten würde, dass sie den Krieg lange genug überlebten, um eines Tages herauszufinden, wohin sie die Gefühle führten, die sich zwischen ihnen entwickelten.

Thierry hatte noch einen anderen Gedanken, der ihn beschäftigte. Alain, vielleicht sogar Marcel, würde eine Erklärung verlangen. Vor Marcel konnte er ihr Verhalten rechtfertigen, aber er fürchtete den wissenden Blick und die bohrenden Fragen seines besten Freundes.

33

„WIR MÜSSEN noch kurz in meine Wohnung, bevor wir anfangen können", sagte Jean zu Raymond, als sie das Hauptquartier verließen. „Es gibt einige Symbole meines Amtes, die uns heute helfen können, wenn ich sie angemessen zur Schau stelle. Ich trage sie normalerweise nicht, aber es kann nicht schaden, unsere Gesprächspartner auf subtile Weise daran zu erinnern, dass ich eine Autoritätsperson bin."

Raymond nickte. Er war beeindruckt von dem politischen Geschick, das sich unter der unbekümmerten Fassade seines Partners verbarg. Als sie in der Wohnung ankamen, wartete er im Wohnzimmer geduldig ab, bis Jean sich auf ihre Aufgabe vorbereitet hatte. Raymond musste nur die Augen schließen, schon sah er das Schlafzimmer seines Partners so deutlich vor sich, als hätte er Jean dorthin begleitet. Raymond hatte das Zimmer am Vortag gesehen, als er den Schutzschild errichtet hatte. Es war nicht sehr geräumig, aber die Einrichtung war atemberaubend, gekrönt von einem großen Himmelbett, das den Raum beherrschte.

Es stand auf einem Sockel an der Wand, war aus dunklem Mahagoni, die Vorhänge und das Dach aus schwarzem Brokat, der mit dem Holz eine wunderbare Kombination einging. Die Wände passten sich der Stimmung an. Sie waren ebenfalls dunkel und wurden nur hier und da von hellgrauen Farbtönen unterbrochen. Raymond war sprachlos gewesen, als er das Zimmer zum ersten Mal gesehen hatte. Als Jean ihn an seine Aufgabe erinnerte, war Raymond errötet und hatte gehofft, dass der Vampir in seiner Reaktion nicht mehr sah, als die Bewunderung eines Historikers für die wertvollen Antiquitäten. In seiner Fantasie jedoch hatte er sich Jeans nackten, blassen Körper auf den schwarzen Laken vorgestellt, und diese Bilder holten ihn jetzt wieder ein. Er wusste nicht, was Jean mit den Symbolen seiner Macht gemeint hatte, hatte ihn auch nicht danach fragen wollen. Vielleicht war es nur ein einfacher Ring oder ein Halsband, irgendein besonderes Schmuckstück, das von einem Chef de la Cour an den nächsten weitergereicht wurde. Raymond stellte sich vor, wie Jean aus seinen Jeans und dem Pullover in einen Anzug schlüpfte, der dem Anlass angemessen war. In Gedanken sah er Jean vor sich, der sich hinter der Tür auszog. Raymond war von seiner eigenen Vorstellungskraft so überrascht, dass er die Augen aufriss und leise stöhnte. Er hatte bei seinen Geliebten nie besondere Vorlieben gehabt, seien es Männer oder Frauen gewesen. Aber das … Das war nicht nur Interesse an einem Mann, das war Interesse an einem Vampir! Trotz Raymonds Vorbehalten und Ängsten – vielleicht sogar deswegen – war Jean immer sehr feinfühlig gewesen, wenn er ihn gebissen hatte. Nach ihrem Streit hatte Raymond keinerlei Nachwirkungen mehr gespürt durch den Blutverlust. Selbst wenn das eine normale Folge der Partnerschaft war, deutete es zumindest darauf hin, dass Jean auch an ihm interessiert sein musste. Bisher hatte Raymond allerdings noch keine offensichtlichen Anzeichen dafür erkennen können.

Die Schlafzimmertür öffnete sich und Raymond wurde aus seinen Gedanken gerissen. Jean hatte sich umgezogen und die Fantasie der blassen Haut in dem dunklen Zimmer kam wieder zurück. Raymond lief ein Schauer über den Rücken. Er sah Jean von oben bis unten an und versuchte, die Symbole der Autorität zu finden, von denen der Vampir gesprochen hatte. Die Jeans waren durch eine dunkle Stoffhose ersetzt worden, vermutlich aus Wolle. Dazu trug der Vampir ein Seidenhemd, das die Farbe eines reifen Weizenfeldes hatte. Um seinen Hals hing ein Medaillon aus Gold. Raymond konnte nicht abschätzen, wie alt es sein mochte, aber es war vermutlich das, was Jean den anderen Vampiren zeigen wollte.

„Darf ich mir das Medaillon ansehen?", fragte er, während er aufstand und auf seinen Partner zuging.

Jean nickte und hielt ihm das Medaillon hin. Der Historiker in Raymond erkannte an den Einritzungen sofort, dass es sich um eine alte keltische Arbeit handelte. Aber das Muster war ihm unbekannt. Er sah es sich genauer an und versuchte, den Sinngehalt dahinter zu entziffern.

„Es erzählt eine Geschichte", sagte Jean, ohne Raymonds Fragen abzuwarten. „Es ist die Geschichte vom Ursprung der Vampire. Jedenfalls hat Monsieur Lombard es mir so erklärt. Ich kann es nicht mit Sicherheit sagen und er wusste auch nur das, was man ihm erzählt hatte. Das Medaillon weißt seinen Besitzer als den Chef de la Cour aus. Jeder von uns hat eines, aber ich kann nicht sagen, ob sie alle identisch sind. Sie sind allerdings ein Symbol für unser Amt, das man schon aus der Entfernung erkennen kann."

„Faszinierend", sagte Raymond. „Ich wüsste nur zu gern, was es genau bedeutet."

„Da bist du nicht alleine", erwiderte Jean lachend. „Vielleicht haben wir nach dem Krieg Zeit, um es in Ruhe zu erforschen. „Wer weiß, ob nicht ein Magier mehr Erfolg darin hat, die Geheimnisse des Medaillons zu erkunden. Uns ist es bisher jedenfalls nicht gelungen."

„Wenn wir beide den Krieg überleben, wäre es mir ein Vergnügen", meinte Raymond und ließ das Medaillon los.

„Gut, dann haben wir eine Verabredung", sagte Jean grinsend. „Wollen wir uns jetzt um den Gesetzlosen kümmern? Ein Schritt nach dem anderen, das ist der Schlüssel zum Erfolg."

Raymond signalisierte seine Zustimmung und folgte ihm, dieses Mal nach Norden zum Montmartre. „Es ist noch nicht lange her, seit ich vor einer Woche die gleiche Runde gemacht habe, um meine Leute zu unserem Treffen einzuladen", sagte Jean mit einem Lachen.

„Damals haben sie auf dich gehört. Lass uns hoffen, dass sie es dieses Mal wieder tun."

Jean nickte und sie gingen in ein Café. Es war viel los und obwohl er auf den ersten Blick niemanden erkannte, winkte er Raymond an einen Tisch und ging zur Bar. Dort wechselte er einige Worte mit dem Bartender und kam dann zu Raymond zurück.

„Laetitia wird in Kürze eintreffen", berichtete er. „Sie wird um neun Uhr erwartet."

Raymond nickte und bestellte sich bei einem Kellner einen Espresso, um sich nicht allzu sehr von den anderen Gästen zu unterscheiden. Jean würde hier wahrscheinlich nicht auffallen wollen. Einige Minuten vor neun betrat eine große, schlanke Frau mit honigbraunen Haaren das Café. „Das ist sie", flüsterte Jean, ohne sich von der Stelle zu rühren.

Raymond nahm einen Schluck Espresso und wartete ab, wie Jean mit der Situation umgehen würde. Er machte sich nichts vor. Seine Anwesenheit war nichts anderes, als eine Geste der Höflichkeit. Raymond hatte in der Gemeinschaft der Vampire keinerlei Ansehen und hegte auch nicht den Wunsch, daran etwas zu ändern.

Laetitia sprach kurz mit dem Bartender, dann sah sie sich erstaunt nach der beiden Männern um, die in einer Ecke des Cafés saßen. Sie nickte und verschwand hinter einer Tür. Raymond runzelte die Stirn. „Keine Sorge", versicherte ihm Jean. „Sie wird gleich zu uns kommen. Bei Vampiren ist alles eine Frage der Macht. Sie lässt uns warten, um mich daran zu erinnern, dass wir uns in ihrem Revier aufhalten. Wenn ich ihr nachgehen oder sie zu mir rufen würde, wäre das ein Prestigegewinn für sie, weil ich ihr in die Hand gespielt hätte. Aber sie wird bald hier sein, weil sie weiß, wer ich bin. Dann kontrolliere ich wieder die Lage."

Raymond schüttelte den Kopf. „Ich hätte nicht gedacht, dass es so kompliziert wäre."

Jean schmunzelte. „Da bist du nicht allein. Wir haben alle großen Herrscherhäuser Europas in der Kunst der Intrige und der Machtspiele ausgebildet. Ludwig XIV. von Frankreich war der einzige, der es in diesem Spiel zur Meisterschaft gebracht hat. Er hatte das Durchstehvermögen, die Subtilitäten wirklich zu genießen und erfolgreich einzusetzen. Aber selbst er hätte gegen die Vampire von heute wohl keine Chance mehr, höchstens gegen die Mitglieder seiner eigenen Adelsgesellschaft."

„Noch etwas, das du mir beibringen musst", bemerkte Raymond. „Magier leben länger als normale Menschen, wenn sie nicht einem Fluch zum Opfer fallen. Ich möchte dich nicht unabsichtlich in eine Situation bringen, in der du dein Ansehen aufs Spiel setzt und dein Gesicht verlierst." Raymond merkte zu spät, dass er damit nicht nur für die Zeit der Allianz sprach, sondern eine langfristige Beziehung zwischen ihnen andeutete.

Bevor Jean ihm antworten konnte, öffnete sich die Tür wieder und Laetitia tauchte auf. Sie kam direkt auf den Tisch mit den beiden Männern zu. „Zweimal innerhalb einer Woche", sagte sie leise, als sie auf dem Stuhl Platz nahm, den Jean ihr anbot. „Man sollte fast meinen, du wüsstest meine Hilfe zu schätzen."

Jean verzog den Mund zu einem Lächeln, das seine Augen nicht erreichte. „Hast du mir denn geholfen?", fragte er ungerührt. „Ich habe dich bei unserem Treffen auf dem Bahnhof nicht gesehen. Vielleicht zählst du dich nicht länger zu meinen Freunden."

Laetitia rutschte unruhig auf ihrem Stuhl hin und her. Auf diese Diskussion wollte sie sich nicht einlassen. Ihr Blick fiel auf das Medaillon um Jeans Hals und sie setzte sich wieder gerade auf. „Was kann ich heute für dich tun?"

„Nichts", erwiderte Jean. „Ich dachte nur, es würde dich interessieren, dass in Paris ein Vampir unterwegs ist, der seine Opfer tötet."

„Du glaubst doch nicht etwa …"

„Nein, ich glaube nicht, dass du es bist", unterbrach Jean. „Ich wollte dich nur informieren. Es ist in unser aller Interesse, dass er aufgehalten wird."

„Und wie willst du das erreichen?", fragte sie. „Es gibt kein Gesetz dagegen."

„Richtig", stimmte Jean ihr zu. „Aber was du nicht erfahren hast, weil du nicht zu unserem Treffen erschienen bist, ist die Tatsache, dass wir eine Initiative gestartet haben, die uns Gleichbehandlung unter dem französischen Recht garantieren soll. Und wenn wir das erreichen, wird Töten für uns unter diesem Gesetz ebenfalls strafbar sein. Gesetzlose wie er gefährden uns alle."

Laetitia wollte etwas sagen, aber Jean brachte sie mit einer Handbewegung zum Schweigen. „Denk gut nach, bevor du sagst, es ginge dich nichts an. Du führst dieses Café anonym, weil du nicht willst, dass die Nachbarn und Gäste erfahren, dass die Eigentümerin eine Vampirin ist. Die meisten Gäste wissen wahrscheinlich, dass du eine Vampirin bist, aber nicht, dass dir das Café gehört. Was würde wohl passieren, wenn sie es herausfinden? Oder wenn deine Nachbarn es erfahren?"

„Das wagst du nicht!", zischte Laetitia.

„Keine Angst, von mir erfährt es niemand", sagte Jean. „Ich bringe keinen Vampir um seinen Lebensunterhalt, solange er nicht gegen unsere Gesetze verstößt. Aber wenn unsere Initiative Erfolg hat, spielt das keine Rolle mehr. Dann werden sie dich nicht mehr verjagen können. Und wenn sie es versuchen, stehst du unter dem Schutz des französischen Gesetzes, so wie jeder andere Cafébesitzer auch. Stell es dir nur vor, Laetitia. Du musst dich nicht mehr verstecken."

Laetitia dachte über seine Worte nach. Sie klopfte mit den Fingernägeln auf den Tisch. „Gut. Ich kann die Vorteile sehen, die uns diese Initiative bringt. Was willst du von mir?"

„Informationen, falls dir etwas zu Ohren kommt", antwortete Jean. „Der Gesetzlose muss aufgehalten werden. Ich habe eine Personenbeschreibung, aber keinen Namen. Ich weiß, dass er in Paris ist, aber nicht, wo er sich aufhält. Ich erwarte nicht von dir, dass du dich auf die Suche nach ihm begibst, aber falls du etwas hörst, möchte ich es erfahren."

„Einverstanden", sagte Laetitia nach kurzem Nachdenken. „Informationen kann ich dir geben."

„Und solltest du doch noch mehr über unser Treffen erfahren wollen, dann weißt du, wie du mich erreichen kannst", fügte Jean noch hinzu und erhob sich von seinem Stuhl. Raymond stand ebenfalls auf und sie verließen zusammen das Café.

„Glaubst du nicht, sie wäre kooperativer, wenn sie mehr über die Vorteile der Allianz wüsste?", fragte er, während sie sich auf den Weg zu ihrem nächsten Anlaufpunkt machten.

„Vermutlich", gab Jean zu. „Aber dir ist sicher aufgefallen, dass es um mehr ging als nur die Allianz. Sie ist machthungrig genug, um uns zu unterstützen, falls ich sie dazu auffordern würde. Aber ich kann mir ihrer dauerhaften Loyalität nicht sicher sein. Ich möchte nicht erleben, dass sie ihr Wort gegenüber der Allianz bricht. Dabei geht es mir nicht um sie, sondern um das Ansehen der anderen Vampire in der Milice. Sie könnte uns durch ihre Unzuverlässigkeit mehr schaden, als all die gehaltenen Versprechen der anderen wieder gutmachen können."

„Bedauerlicherweise hast du wahrscheinlich recht", erwiderte Raymond. Die Mehrheit der Magier behandelte ihn immer noch wie einen Verräter und sein Einsatz für die Ziele der Milice wurde überschattet durch die Zeit, die er bei Serriers Rebellen verbracht hatte. „Wohin gehen wir jetzt?"

„An einen ganz anderen Ort", antwortete Jean. „Die Goth Clubs sind ein beliebtes Jagdrevier für Vampire, weil die Besucher solcher Clubs an ihnen interessiert sind und sie sich nicht verstecken müssen. Aber sie sind aus diesem Grund auch die Orte, an denen Hexenjagden und Pogrome ihren Anfang nehmen. Die Vampire, die solche Clubs frequentieren, müssen gewarnt werden, selbst wenn sie uns nicht weiterhelfen können."

Das hörte sich vernünftig an und Raymond folgte Jean zu einem der Clubs. Der Türsteher erkannte den Vampir sofort und winkte ihn an den Anfang der Schlange, die sich vor dem Eingang gebildet hatte. Jean nickte nur und Raymond folgte ihm wieder.

„Wäre dein Freund woanders nicht glücklicher?", fragte der Türsteher und sah den konservativ gekleideten Raymond abwertend an. „Er passt überhaupt nicht hierher."

Jean warf ihm einen drohenden Blick zu. „Er gehört zu mir", sagte er kalt.

Der Türsteher schüttelte den Kopf und wollte widersprechen. Jean trat einen Schritt auf ihn zu und drängte ihn an die Wand zurück. „Ich habe gesagt, dass er zu mir gehört. Oder soll ich meinen Leuten sagen, dass unsere Freunde hier nicht mehr willkommen sind? Sie könnten es als Beleidigung auffassen und nicht mehr hierher kommen."

Bevor der Mann ihm antworten konnte, kam der Manager des Clubs auf sie zu. „Wo liegt das Problem?", fragte er beschwichtigend.

„Dein Mann hier will meinen Partner nicht einlassen", erwiderte Jean ungehalten. „Ich habe ihm gerade erklärt, wie schlecht es für das Geschäft wäre, wenn er es sich mit dem Chef der Pariser Vampire verdirbt."

Der Manager erkannte die Wut in Jeans Blick und wiegelte ab. „Das wird nicht nötig sein", versicherte er dem Vampir. „Ein Freund der Vampire ist hier immer willkommen."

„Es wäre mir lieb, du würdest deine Mitarbeiter darüber informieren", teilte Jean ihm mit. „In den nächsten Monaten werden viele von uns ihre sterblichen Freunde mitbringen wollen. Wir werden keinen Club betreten, in dem sie nicht willkommen sind."

„Ich werde es ihnen unmissverständlich klar machen", versprach der Manager und führte die beiden in das Gebäude. „Was kann ich euch anbieten, um diese Unannehmlichkeit vergessen zu machen?"

Jean forderte Raymond auf, sich etwas zu bestellen, aber der Magier lehnte ab. Er war im Dienst und wollte keinen Alkohol trinken. Der Manager verließ sie wieder, nachdem sie ihm versprochen hatten, sich sofort an ihn zu wenden, sollte er etwas für sie tun können. Raymond war von Jeans Auftreten beeindruckt. Der Vampir wusste offensichtlich immer gleich, wie er mit den Menschen umgehen musste, und er passte sein Verhalten entsprechend an. Dieser Eindruck wurde noch bestärkt, als sich einige Minuten später ein anderer Vampir zu ihnen gesellte. Im Gegensatz zu dem Gespräch mit Laetitia verzichtete Jean bei dem Mann auf sein konfrontatives Vorspiel. Er berichtete ihm ohne Umschweife die Neuigkeiten über den Gesetzlosen, und die Reaktion des Vampirs zeigte Raymond, dass der die unausgesprochenen Implikationen sofort verstand.

„Weißt du, wie er aussieht?"

Jean erzählte ihm, was sie bisher erfahren hatten.

„Ich vermute, er war vor einigen Nächten hier", erwiderte der Vampir. „Es war nicht sehr erfreulich. Das Mädchen, mit dem er verschwunden ist, wurde kurz darauf in einer Seitengasse gefunden. Ich glaube nicht, dass es gemeldet wurde, weil es dem Geschäft geschadet hätte. Aber ich war noch hier, als es passiert ist."

„Hast du einen Namen gehört, Julien? Oder einen Hinweis auf seinen Aufenthaltsort?", fragte Jean.

Julien dachte kurz nach. „Ich war an der Bar, als er das Mädchen aufgabelt hat. Ich glaube, er hat sich ihr als Edouard vorgestellt. Wenn es der gleiche Mann ist, dann muss man sich vorsehen. Er wirkt wie ein netter Junge, unschuldig und süß. Fast noch zu jung, um hier überhaupt eingelassen zu werden. Mit seinem Aussehen wird ihn niemand verdächtigen."

Raymond erstarrte, als er den Namen hörte. Er konnte sich nicht sicher sein, dass es der gleiche Vampir war, der seinen Freund umgebracht hatte, als er noch ein Teenager war. Aber es war der gleiche Name. Raymond unterbrach das Gespräch zwischen den beiden Vampiren nicht, wollte Jean jedoch später über seinen Verdacht informieren.

„Sollte er wieder hier auftauchen, will ich sofort verständigt werden", sagte Jean. „Du weißt, wie du mich erreichen kannst. Ich kann innerhalb weniger Minuten hier sein."

Julien versprach, ihn sofort zu benachrichtigen, falls Edouard wieder auftauchte. „Ich bin vor einigen Tagen nicht dazu gekommen, es dir zu sagen", wechselte Julien dann das Thema. „Ich finde es wunderbar, was du mit der Milice vereinbart hast. Ich habe keinen Partner gefunden und kann euch deshalb nur begrenzt helfen. Aber wenn du meine Unterstützung brauchst, musst du dich nur melden."

„Es wäre mir schon eine große Hilfe, diesen Edouard zu finden", versicherte ihm Jean. „Darüber hinaus …" Er drehte sich zu Raymond um.

„Es gab mindestens eine Einheit, die in dieser Nacht auf Patrouille war und deshalb nicht an dem Treffen teilnehmen konnte", sagte Raymond zu dem Vampir. „Vielleicht kannst du unter ihnen deinen Partner finden. Und wenn nicht, kannst du trotzdem ein Team auf den nächtlichen Patrouillen begleiten."

„Ich werde darüber nachdenken", versprach Julien.

„Wir müssen jetzt weiter", sagte Jean lächelnd. „Ich erwarte deine Nachricht, solltest du neue Informationen haben."

Sie verließen den Club und gingen über den Boulevard de Clichy in Richtung Moulin Rouge, um Angéliques Etablissement aufzusuchen. Dort klopften sie an die Tür und wurden von ihrem Manager eingelassen. Er begrüßte die beiden Männer mit einem freundlichen Lächeln.

Jean stellte Raymond vor. „Ist Angélique zu sprechen?", fragte er François.

„Sie ist in ihrem Büro", erwiderte François. „Und ihre Laune ist nicht die beste."

„Wir haben schon davon gehört", sagte Jean mit einem bedauernden Lächeln. „Ich werde sehen, was ich dagegen tun kann."

„Wenn überhaupt jemand etwas dagegen tun kann, dann du", meinte François zuversichtlich.

„Ich hoffe, du hast recht." Jean lachte und führte Raymond zu Angéliques Büro. Er klopfte und öffnete die Tür, ohne ihre Antwort abzuwarten.

„Ich will nicht darüber reden", erklärte sie, als sie die beiden Männer erkannte.

„Wir sind nicht hier, um mit dir über David zu reden", versicherte ihr Jean ruhig. „Wir haben Wichtigeres zu tun."

34

ANGÉLIQUES UNMUT ließ nach, als sie Jeans ernste Miene sah. Sie runzelte betroffen die Stirn. „Was ist los?", fragte sie und schloss die Tür.

„Funktionieren deine Überwachungskameras?", antwortete Jean mit einer Gegenfrage.

„Selbstverständlich", erwiderte Angélique.

„Kannst du mir die Aufnahmen zeigen, auf denen der Vampir zu sehen ist, der nach ‚verzichtbarer Gesellschaft' verlangt hat?"

„Gib mir einige Minuten Zeit", bat Angélique. Sie ging zur Tür und rief nach François, um ihn zu fragen, wann der Vampir hier gewesen war. Dann öffnete sie die Datei mit den Aufnahmen und suchte nach der passenden Uhrzeit. Als sie die Szene fand, hielt sie den Film an und winkte Raymond und Jean an den Bildschirm. „Was ist los?", wiederholte sie ihre Frage.

Jean antwortete nicht sofort, sondern studierte erst das Gesicht auf dem Bildschirm. Er hatte Angéliques Beschreibung des Mannes schon gehört, aber es gab mehr an dem Gesicht, das ihn interessierte. Dieses … Wesen – Jean wollte ihm nicht die Ehre erweisen, ihn als Vampir zu bezeichnen – war in den letzten Tagen für mindestens zwei Tote verantwortlich. Jean wollte wissen, ob man es ihm ansehen konnte. Was er in dem Gesicht erkannte, ließ ihm das Blut in den Adern gefrieren. Es wäre nicht so schlimm gewesen, wäre Edouard ein hässlicher, missgestalteter Mensch gewesen oder hätte man seine Bösartigkeit zumindest erahnen können. Aber dem Mann war nichts davon anzusehen. Nur sein Blick war leblos und kalt. Jean sah mehr in diesen Augen, als er wissen wollte. Kein Bedauern, keinerlei Gefühl war in dem stahlblauen Blick zu erkennen. „Seht euch vor ihm vor", sagte Jean leise. „Benachrichtigt mich sofort, falls er hier wieder auftaucht. Und lasst ihn auf keinen Fall mit einem eurer Mitarbeiter allein. Er hat schon zweimal gemordet in den letzten Tagen. Er wird es wieder tun."

Angélique nickte. „Ich tue, was ich kann", versprach sie. „Aber ich werde François keiner Gefahr aussetzen. Wenn es nötig sein sollte, wird er rausgeschmissen, so wie jedes andere Arschloch auch."

Jean lächelte. „Immer direkt und auf den Punkt", sagte er. Dann wurde er wieder ernst. „Er muss aufgehalten werden, Angélique. Ich muss dir nicht erklären, welche Auswirkungen sein Verhalten für uns alle hat, besonders für dich und die anderen Geschäftsleute. Es wird die Menschen nicht interessieren, wer von uns verantwortlich ist. Sie werden uns alle dafür haftbar machen. Im schlimmsten Fall führt es wieder zu Verfolgungen, so wie wir sie in der Vergangenheit erlebt haben."

Angélique nickte und schaute auf den Bildschirm. „Alles nur wegen seinem unverantwortlichen Verhalten", murmelte sie. „Wenn es nicht so ernste Konsequenzen hätte, würde ich ihn höchstpersönlich in die Sonne zerren und verbrennen lassen."

Jean lachte. „Das ist mir auch schon durch den Kopf gegangen. Aber es entspricht nicht unseren Gesetzen, wenn er kein Verbrechen gegen einen von uns begangen hat. Bisher war er klug genug, das zu vermeiden. Das muss jedoch nicht heißen, dass wir keinen Druck auf ihn ausüben können. Er muss wissen, dass wir sein Verhalten nicht tolerieren, selbst wenn es nicht direkt gegen unsere Regeln verstößt."

„Vielleicht wird es Zeit, diese Gesetze zu ändern", schlug Raymond vor und mischte sich zum ersten Mal in ihr Gespräch ein. Er musste dringend mit Jean über diesen Vampir reden, wollte es aber nicht in Anwesenheit von Angélique tun. Er war mit den Regeln des Jeu des Cours noch nicht vertraut und wollte durch seine Unwissenheit nicht die Stellung seines Partners unterminieren.

„Ich habe es schon versucht", erwiderte Jean. „Aber solange wir nicht den Schutz der Gesetze der Sterblichen genießen, kann ich niemanden davon überzeugen, die Sterblichen unter den Schutz unserer Gesetze zu stellen."

„Dann ist es politisch vielleicht ungeschickt, dass Marcel unsere Allianz nicht öffentlich macht", bemerkte Raymond. „Vielleicht ist es an der Zeit, die Gleichstellungsgesetze ins Parlament einzubringen und im Ausgleich dazu stimmt ihr zu, euch an unsere Gesetze zu halten. Dann gibt es eine legale Grundlage, die Hexenjagd zu unterbinden, die ein Vampir wie Edouard mit seinem Verhalten auslösen kann."

„Meinst du nicht, dazu wäre es noch zu früh?", wollte Jean wissen.

„Das ist nicht meine Entscheidung", stellte Raymond fest. „Aber wir können durch einen öffentlichen Skandal und Rassenunruhen mehr verlieren, als wir durch Serriers Unwissenheit über die Allianz an strategischen Vorteilen gewinnen. Wir müssen nicht alle Details öffentlich machen. Es würde schon reichen, die Presse darüber zu informieren, dass die Vampire auf der Seite der Regierung kämpfen und dass im Gegenzug ihre Bürgerrechte anerkannt werden sollten."

„Wenn ihr über die Allianz diskutieren wollt, wäre ich euch dankbar, dieses Gespräch woanders fortzusetzen", mischte Angélique sich pikiert ein. „Im Moment ist mein Vertrauen in die Magier – insbesondere in ‚meinen' Magier – nicht sehr ausgeprägt. Ich will mit dem engstirnigen Bastard nichts zu tun haben."

„Komm schon, Angélique", tadelte Jean sie sanft. „Du musst sie deswegen nicht beschimpfen."

„Muss ich nicht?", schimpfte sie. „Sag du es ihm. Wenn er seinen Kopf nicht aus dem Arsch zieht und sich entschuldigt, will ich mit ihm und der Allianz nichts mehr zu tun haben. Die Sache mit dem Gesetzlosen ist eine andere Angelegenheit. Das betrifft mich, ob mit oder ohne Allianz, aber der Rest … Ich will jetzt nichts mehr darüber hören."

„Er ist bereit, sich bei dir zu entschuldigen", versicherte ihr Jean. „Du musst nur zurückkommen, damit er mit dir reden kann."

Angélique überlegte. Sie war wütend über Davids Unterstellungen, sie würde ihre Mitarbeiter ausbeuten, wo sie doch alles tat, um für sie zu sorgen. Sie hätte David und die Allianz am liebsten zum Teufel gewünscht und sich nur noch um ihre eigenen Geschäfte gekümmert. Aber so sehr sie es auch versuchte, sie brachte diese Worte nicht über die Lippen. Sie konnte ihre Versprechen nicht so einfach links liegen lassen und obwohl sie nichts mit David zu tun haben wollte, fühlte sie sich zu ihrem Partner merkwürdig hingezogen. „Heute nicht", entschied sie. „Morgen vielleicht auch noch nicht. Ich muss mich erst abkühlen, sonst übernehme ich keine Verantwortung für seine Sicherheit. Ich werde euch benachrichtigen, wenn ich dazu bereit bin. Aber auch dann erwarte ich, dass er zu mir kommt."

„Mehr kann ich nicht von dir verlangen", erwiderte Jean. „Wir überlassen dich jetzt wieder deinen Geschäften. Wir müssen noch einige andere Dinge erledigen."

Raymond sah seinen Partner erstaunt an, sagte aber nichts. Er hatte erwartet, dass Jean sich mehr Mühe geben würde, Angélique zu überreden, doch der hatte keinerlei Anstalten gemacht, seine Autorität auszuspielen. Raymond dachte sich seinen Teil und wünschte Angélique noch eine gute Nacht, dann folgte er Jean nach draußen. „Ich dachte, wir hätten schon alles erledigt", meinte er. „Was steht noch auf unserer Liste?"

„Nichts", antwortete Jean. „Aber nach ihrer Ankündigung hätten wir nicht ohne glaubhaften Grund gehen können, ohne das Gesicht zu verlieren. Selbst bei meinen ‚Freunden' muss ich auf mein Ansehen achten. Es hätte nicht geholfen, sie unter Druck zu setzen. Ich kenne sie seit Jahrhunderten. Mehr als wir heute erreicht haben, war nicht zu erwarten. Wenn wir noch geblieben wären, wäre es für uns alle peinlich geworden."

Raymond schüttelte den Kopf. „Langsam verstehe ich, warum man Jahrzehnte braucht, um dieses Spiel zu lernen. Was jetzt?"

„Jetzt gehen wir zurück in meine Wohnung", sagte Jean. „Ich will das Medaillon zurückbringen und mir etwas Bequemeres anziehen. Danach überlasse ich alles dir."

Dunkle, erotische Fantasien schossen Raymond durch den Kopf. Er rief sich zur Ordnung und redete sich ein, dass es nur an der Partnerschaft lag und er kein persönliches Interesse an Jean hatte. „Wir werden sehen", sagte er ausweichend und machte sich auf den Weg zur U-Bahn.

Die Fahrt zurück verlief schweigend. Die beiden Männer hingen ihren eigenen Gedanken nach. Als Jean in sein Schlafzimmer ging, um sich umzuziehen, studierte Raymond die Bücher in der Bibliothek seines Partners und hoffte, dort etwas Interessantes zu finden, das ihn von seinen Fantasien ablenkte. Aber trotz des umfangreichen Wissens, das er hier vorfand, streiften seine Gedanken immer wieder zu dem Mann im Schlafzimmer ab. Raymond fragte sich, ob Jean wohl überall so blass war wie im Gesicht. War seine Brust glatt oder behaart, so wie sein Kinn? Als Jean die Bibliothek betrat, machten Raymonds Gedanken sich in seiner Miene bemerkbar. Er lächelte dem Vampir herzlich zu. „Ich wollte es vorhin nicht ansprechen, aber kannst du dich noch an die Geschichte erinnern, die ich dir über den Jungen in unserem Dorf erzählt habe?"

„Der Junge, der von dem Vampir getötet wurde?", fragte Jean. Ihm fiel der ungewöhnliche Gesichtsausdruck seines Partners auf und er brauchte einen Augenblick, um ihn zu verarbeiten. Dann rief er sich die guten Vorsätze ins Gedächtnis zurück, die er hinsichtlich seiner Beziehung zu Karine getroffen hatte.

„Ja", antwortete Raymond. Das Lächeln verließ sein Gesicht, als Jean nicht darauf reagierte und er sich des ernsten Themas bewusst wurde. „Der Vampir hieß Edouard. Nach allem, was wir heute erfahren haben, könnte es derselbe Edouard sein."

„Das ist durchaus möglich", stimmte ihm Jean zu. „Hast du ihn auf dem Video aus dem Sang Froid nicht erkennen können?"

„Nein. Ich habe ihn damals nie zu Gesicht bekommen. Mein Freund war sehr verschwiegen. Er hat zwar den Namen erwähnt, wollte aber nicht, dass wir uns treffen. Es war fast, als ob er Angst gehabt hätte, ich würde ihm den Vampir abspenstig machen." Raymond erschauderte bei der Vorstellung.

„Du hast erwähnt, dass sie vor seinem Tod einige Zeit zusammen waren. Ich bin mir nicht sicher, ob das ein gutes oder ein schlechtes Zeichen ist."

„Wie meinst du das?", fragte Raymond neugierig.

„Das Opfer aus der Bar hat er sofort getötet", erklärte Jean. „Das könnte bedeuten, dass es eskaliert, was kein gutes Zeichen wäre. Dann würden die Morde immer brutaler werden und an Häufigkeit zunehmen."

„Das kann ich verstehen. Aber wieso könnte es auch ein gutes Zeichen sein?"

„Weil es bedeutet, dass es eine Zeit gab, in der er trinken konnte, ohne seine Opfer zu töten", erwiderte Jean. „Vielleicht gibt es noch genug Menschlichkeit in ihm, um sich wieder zu ändern."

SERRIER BETRAT das abgedunkelte Zimmer. „Hast du dich gestern Nacht amüsiert mit deinem Spielzeug?"

Edouard öffnete die Augen. Seine übernatürliche Sehkraft wurde durch die Dunkelheit nicht eingeschränkt. „Sehr."

„Das freut mich", erwiderte Serrier. „Ich habe mich an meinen Teil unserer Abmachung gehalten. Jetzt wird es Zeit, dass du deinen Teil ebenfalls erfüllst. Ich brauche Informationen. Meine Einheiten werden dezimiert durch Gegner, die über außergewöhnliche Kräfte verfügen. Wenn nicht die meisten Schlachten tagsüber geschlagen worden wären, hätte ich vermutet, Chavinier wäre eine Allianz mit deiner Art eingegangen. Vielleicht stimmt das, vielleicht auch nicht. Aber ich muss wissen, wogegen meine Leute antreten und warum sie besiegt werden."

„Und was soll ich jetzt unternehmen?", verteidigte sich Edouard. „Ich habe dir schon gesagt, dass ich ein Außenseiter ihrer erlauchten Gesellschaft bin."

„Was du tust, ist deine Sache", erklärte ihm Serrier ungerührt. „Aber wenn du deinen Teil unserer Abmachung nicht einhältst, werde ich dafür sorgen, dass die örtliche Polizei alle Informationen über das tote Mädchen zugespielt bekommt. Wenn die Nachricht von einem Serienmörder und Vampir an die Öffentlichkeit kommt, wirst du nirgendwo in Europa mehr sicher sein."

„Serienmörder?", fragte Edouard und verzog das Gesicht.

„Aber ja", versicherte ihm Serrier. „Denn wenn du nicht kooperierst, werde ich dafür sorgen, dass noch mehr tote Mädchen mit den gleichen Bissspuren auftauchen, wie sie dein letztes Opfer hatte. Die Morde werden dir in die Schuhe geschoben werden, egal, ob du etwas damit zu tun hattest oder nicht."

Edouard kniff die Augen zusammen. Er hätte es besser wissen und diesem Sterblichen nicht vertrauen sollen, zumal er ein Magier war. „Ich tue was ich kann", fauchte er. „Aber überlege es dir gut, bevor du dich mit mir anlegst, Sterblicher. Ich kann Dinge mit dir machen, die die Qualen des Mädchens wie ein Kinderspiel aussehen lassen."

Serrier lief ein kalter Schauer über den Rücken. Doch davon ließ er sich nichts anmerken. Er zeigte keine Schwäche. Niemals. „Drohe mir nicht, mein Junge", sagte er gefährlich leise und ließ in seinem Zorn magische Funken um ihre Köpfe sprühen. „Du magst körperlich stärker sein als ich, aber du hast keine Vorstellung davon, über welche Macht ich verfüge. Sei ein braver kleiner Vampir und erledige deine Hausaufgaben, dann werde ich dich dafür belohnen. Widersetze dich, und du wirst es dein Leben lang bedauern."

MARCEL BETRAT sein Büro und ließ sich seufzend in den Schreibtischstuhl fallen. Er war frustriert und erschöpft. Heute konnte er die ganze Last seiner einhundertzehn Jahre auf den Schultern spüren. Immer wieder hatten die Regierungsvertreter ihn gefragt, wie lange der Krieg denn noch dauern würde und wann er endlich zu Ende sei. Er hatte sich nicht getraut, ihnen von der Allianz mit den Vampiren zu berichten, weil er nicht riskieren wollte, dass ihr Geheimnis vorzeitig bekannt wurde. Marcel atmete noch einmal tief durch, dann bestellte er Alain in sein Büro, um zu erfahren, was in seiner Abwesenheit passiert war.

Zu seiner Überraschung kamen Alain und Orlando nicht allein. Sie wurden von Thierry, Jean, Sebastien, Raymond und einem Vampir begleitet, den Marcel noch nicht kannte.

„Wieso bist du noch hier?", fragte er Thierry.

„Um uns Ärger zu machen", antwortete Alain und warf seinem besten Freund einen missbilligenden Blick zu.

„Als ob du an meiner Stelle nicht genauso gehandelt hättest", feuerte Thierry zurück.

Orlando sah Marcel bittend an. „So geht das jetzt mit den beiden schon seit einer Stunde. Bitte, sag ihnen, sie sollen endlich damit aufhören."

Alain und Thierry ignorierten ihn und gifteten sich weiter an, wie die guten Freunde, die sie waren. Marcel räusperte sich und zog eine Augenbraue in die Höhe. „Ich will einen Bericht", verlangte er mit schneidender Stimme.

Die beiden Magier nahmen Haltung an und wandten ihre Aufmerksamkeit dem General zu. „Ja, Sir", erwiderten sie wie aus einem Mund, warteten aber darauf, dass der jeweils andere mit seinem Bericht begann.

„Alain, dein Bericht", sagte Marcel schließlich seufzend. Er hatte nicht erwartet, von seinen sonst so zuverlässigen Stellvertretern mit einem solchen Chaos empfangen zu werden.

Alain informierte ihn über die Ereignisse, die zu Laurents Tod geführt hatten, und über Thierrys Entscheidung, die verantwortliche dunkle Magierin zur Rechenschaft zu ziehen. Sein Bericht war präzise, aber deutlich missbilligend.

„Sie hat ihn nicht einfach getötet", widersprach Thierry. „Sie hat ihn regelrecht abgeschlachtet, Marcel. Ihr Fluch hat ihn langsam und qualvoll sterben lassen. Es war wahrscheinlich eine Erlösung für ihn, dass Blair ihn noch umwandeln wollte und so seinen Tod beschleunigt hat."

„Wie bitte?", fragte Marcel und wandte sich an Blair. „Kannst du mir erzählen, was passiert ist, bevor diese beiden aufgetaucht sind? Ich habe das Gefühl, nur die Hälfte der Geschichte erfahren zu haben."

Alain und Thierry wollten widersprechen, aber Marcel kam ihnen zuvor. „Und von euch will ich kein Wort mehr hören, bis ich euch dazu auffordere", sagte er streng. „Ich muss genau Bescheid wissen, um entscheiden zu können, wie wir darauf reagieren."

Jean sah Blair erstaunt und betroffen an. Es war schrecklich genug, dass der Vampir seinen Partner verloren hatte. Noch schlimmer war aber, zu erfahren, dass er ihn umwandeln wollte und versagt hatte.

„Wir waren auf Patrouille", erklärte Blair, der offensichtlich nicht gewohnt war, Berichte abzugeben. „Laurent führte unsere Einheit, weil Thierry hierbleiben musste."

„Weil ich nicht kommen konnte", fügte Marcel aufmunternd hinzu.

„Ja. Wir sind nach Montparnasse gegangen. Alles lief gut, bis wir in einen Hinterhalt geraten sind. Wir wurden festgesetzt, denke ich. Laurent hat Hilfe angefordert."

„Ich habe den Ruf bekommen und Leutnant Fouquet mit meiner Einheit als Verstärkung geschickt", mischte sich Alain ein, obwohl Marcel den Bericht von Blair hören wollte.

Marcel nickte nur, richtete aber seine Aufmerksamkeit weiterhin auf Blair. „Laurent hat also Verstärkung angefordert. Was ist dann passiert?"

„Die andere Patrouille ist gekommen, um uns zu helfen. In diesem Augenblick ist Laurent getroffen worden. Ich habe den Fluch nicht gehört, aber ich konnte sehen, von wem er kam. Laurent ist zusammengesackt wie eine Stoffpuppe. Ich bin sofort zu ihm gerannt, aber die anderen Magier haben gesagt, dass sie nichts mehr für ihn tun könnten. Niemand könnte etwas tun. Er würde sterben und niemand könnte ihm helfen. Ich konnte seinen Tod nicht verhindern, aber ich konnte ihn bei mir behalten – hätte ihn bei mir behalten können, wenn ich ihn umgewandelt hätte", beendete Blair seinen Bericht mit zitternder Stimme. „Ich weiß nicht, warum es nicht funktioniert hat."

„Überlege, was dieses Mal anders war", schlug Jean vor und bat Marcel mit einem stummen Blick, ihn nicht zu unterbrechen. Marcel nickte zustimmend und lehnte sich zurück.

„Ich weiß es nicht", wiederholte Blair. „Ich konnte den Fluch in Laurents Blut schmecken, aber Laurent habe ich auch geschmeckt. Er wollte nicht sterben. Er hat um sein Leben gekämpft. Er hat verstanden, was ich mit ihm machen wollte, und er hat es akzeptiert. Er hat es mir erlaubt."

„Das hat er", bekräftigte Orlando, der klar machen wollte, dass Blair nicht gegen Laurents Willen gehandelt hatte. Er hatte schon mehr als einmal erlebt, dass ein Vampir geächtet wurde, weil die Menschen an seinem Wort zweifelten, nachdem er einen ihrer Freunde oder Verwandten umgewandelt hatte.

„Du hast gesagt, dass du Laurents Magie schmecken konntest", bemerkte Raymond. „Du sagst, er hat um sein Leben gekämpft. Bist du dir sicher?"

„So sicher man sein kann", gab Blair zurück.

Raymond hob beschwichtigend die Hand. „Ich zweifle nicht an deinen Worten. Ich will nur verstehen, was geschehen ist."

„Hast du eine Idee?", fragte Marcel eindringlich.

„Ich habe eine Hypothese", erwiderte Raymond. „Wenn Laurent mit seiner Magie um sein Leben gekämpft und damit den Fluch der dunklen Magierin attackiert hat, dann ist es möglich, dass er sie unbeabsichtigt auch gegen Blairs Blutmagie richtete. Unglücklicherweise können wir diese Hypothese nicht überprüfen."

„Nichts hätte den Fluch außer Kraft setzen können", unterbrach Thierry Raymonds Überlegungen. „Laurent hat im Magen und in der Lunge geblutet. Blair mag ihm einige Minuten seiner Qualen erspart haben, aber nichts hätte seinen Tod verhindern können."

„Ich beschuldige niemanden", sagte Marcel an alle Anwesenden gerichtet. „Jedenfalls niemanden in diesem Raum. Die Vampire haben ihre Vertrauenswürdigkeit mehr als einmal unter Beweis gestellt. Wenn Blair mir versichert, Laurent habe der Umwandlung zugestimmt, habe ich keinen Grund, an seinen Worten zu zweifeln. Aber es macht mir Sorgen, dass er Laurent nicht umwandeln konnte, als er es versucht hat. Raymond, ich möchte wissen, ob es Belege für deine Vermutung gibt. Wir sind wieder an den Grenzen unseres Verständnisses angelangt. Wir müssen mehr darüber erfahren, wie die Partnerschaften funktionieren." Er wandte sich an Thierry. „Jetzt du, Captain. Welcher Teufel hat dich geritten, allein hinter der Mörderin herzujagen?"

„Ich war nicht allein", protestierte Thierry. „Sebastien und Blair haben mich begleitet."

„Dann formuliere ich meine Frage um. Welcher Teufel hat euch drei geritten, allein hinter der Mörderin herzujagen?"

„Es war meine Idee", sagte Sebastien und nahm damit Thierry aus der Schusslinie. „Ich wusste, wie Blair sich nach Laurents Tod fühlen musste. Ich dachte mir, es würde ihn ablenken, dieses Biest zu jagen."

„Das ist ein nachvollziehbarer Grund", warf Jean ein. „Vampire, die einen solchen Verlust erlitten haben, neigen zu überstürzten Entscheidungen. Manchmal sind sie nach innen gerichtet, dann fügen sie sich selbst Schaden zu. Manchmal sind sie auch nach außen gerichtet, dann verletzen sie andere. Egal wie, es ist nie eine gute Idee, einen trauernden Vampir sich selbst zu überlassen."

„Wie dem auch sei", meinte Marcel und zog das Gespräch wieder an sich, „Thierry hätte die Vorschriften nicht missachten und allein losziehen dürfen. Ich stimme ihm zu, dass der Fluch, der gegen Laurent gerichtet wurde, unmenschlich war. Die Frau hat ihr Schicksal verdient. Aber unsere Vorschriften sind nicht aus der Luft gegriffen. Sie haben Gründe, Thierry, und du kennst diese

Gründe. Du hast selbst geholfen, die Vorschriften aufzustellen. Was glaubst du wohl, wie Alain sich gefühlt hätte, wenn du in Schwierigkeiten geraten wärst und er hätte nicht gewusst, wo er dich finden kann? Hattest du wenigstens deinen Repère dabei?"

Thierry wurde rot, als Marcel ihn zurechtwies. „Nein, ich hatte ihn nicht dabei", gab er zu. „Und ich weiß auch, wie Alain sich gefühlt hätte. Mir ging es genauso, als er mich über Laurents Tod informierte."

Marcel schüttelte den Kopf. „Du schadest dir selbst mit deiner Unbeherrschtheit", sagte er seufzend. „Ich hatte gehofft, dein Partner würde dich zügeln können, aber er scheint dir in nichts nachzustehen. Ich will in Zukunft nicht mehr erleben, dass du allein einen Rachefeldzug unternimmst. Ich könnte es nicht ertragen, dich zu verlieren."

Thierry sah Marcel in die Augen und gab ihm ein wortloses Versprechen. Er hatte nicht nachgedacht, bevor sie ohne Rückendeckung aufgebrochen waren, um die dunkle Magierin zu stellen. Er wollte es nie wieder tun. Bei ihren Aufgaben durfte man nicht ständig über Gefahren nachdenken. Thierry vergaß manchmal, dass sie für Marcel alle wie eigene Kinder waren, auch wenn sie über dieses Alter lange hinaus waren. Es kostete den alten Mann viel, sie jede Nacht auf Patrouille zu schicken und zu wissen, dass sie aus Loyalität zu ihm ihr Leben riskierten. Thierry nahm sich fest vor, es nie wieder zu vergessen.

„Und was ist in meiner Abwesenheit sonst noch passiert?", fragte Marcel.

„Die Repères funktionieren, wie du weißt", berichtete Thierry. „Aber unser zweiter Testfall war nicht erfolgreich."

„Hat David die Beschwörung nicht durchführen können?", fragte Marcel überrascht. Es war kein allzu schwieriger Spruch, das Blut mit dem Gegenstand zu verbinden.

„David hatte nie die Chance, es auszuprobieren", erläuterte Thierry. „Als er mit Angélique in ihr Büro ging, um einen passenden Gegenstand für den Repère zu finden, hat er sich den Mund verbrannt und sie seinen Arsch vor die Tür gesetzt. Jean wollte heute Nacht mit ihr reden, um ihren Standpunkt kennenzulernen."

„Sie ist im Moment nicht sehr glücklich", meinte Jean und griff den Faden auf. „Er hat sie in ihren Grundfesten beleidigt. Sie will darüber nachdenken, seine Entschuldigung anzunehmen, aber er wird sich einiges einfallen lassen müssen, wenn er ihren Respekt zurückgewinnen will."

„Ich habe ihm schon das Fell über die Ohren gezogen", warf Thierry ein. „Sobald sie ihm die Chance gibt, wird er sich entschuldigen. Im Moment macht es allerdings keinen Sinn, weil sie ihn nicht anhören wird."

„Das kann ich nur bestätigen", stimmte Raymond zu, der Angélique erlebt hatte. „Wir konnten allerdings von ihr ein Foto des Gesetzlosen beschaffen, über den dein Spion dir berichtet hat."

„Ich habe die Nachricht verbreitet, dass man sich vorsehen und mir sofort Bescheid sagen soll, falls er gesehen wird", führte Jean aus. „Aber das kann Tage oder Wochen dauern. Ich weiß nicht, wo und wie er seine Opfer findet, doch nach allem, was ich über Serrier weiß, kann ich mir durchaus vorstellen, dass er den Gesetzlosen mit Nachschub versorgt. Wenn das der Fall ist, wird er die üblichen Jagdgründe nicht besuchen müssen. Was mir am meisten Sorgen bereit hat, sind seine toten Augen. Es ist, als ob seine Seele abgestorben wäre. Ich weiß, welche Geschichten über uns in Umlauf sind. Sie sind falsch. In den meisten Fällen ändert sich bei unserer Umwandlung nur der Körper. Wir werden nicht automatisch böse, nur weil wir in einen Vampir umgewandelt worden sind. Aber dieser Mann ist die Verkörperung all dessen, was man aus den Horrorfilmen kennt."

Marcel seufzte. „Natürlich. Welcher andere Vampir würde sich von Serriers Machenschaften angezogen fühlen? Und was sollen wir jetzt unternehmen?"

„Wir machen die Allianz öffentlich", erklärte Raymond mit Bestimmtheit. „Ich habe heute Nacht die anderen Vampire beobachtet. Der Grund, warum sie Jean ihre Hilfe bei der Suche nach dem Gesetzlosen zugesagt haben, ist ihre Angst vor Vergeltung. Sie fürchten ein Pogrom. Wir müssen ihnen klar machen, dass sie ihn fürchten müssen, weil seine Taten falsch und verwerflich sind, nicht nur deshalb, weil er damit indirekt ihr Leben bedroht. Sie müssen erkennen, dass wir es mit unserer Unterstützung für ihre Anliegen ernst meinen. Wir müssen den Gesetzentwurf im Parlament einbringen und Jeans Rolle in der Milice öffentlich anerkennen. Sie brauchen einen besseren Grund als nur ihre Furcht, um uns zu vertrauen und zu helfen."

Marcel sah ihn überrascht an. „So schnell hatten wir das nicht geplant", meinte er.

„Richtig, es ist schneller als geplant", gab Raymond zu. „Aber es ist nicht zu schnell. Es hat sich vieles geändert, Marcel. Wenn wir uns stur an einen überholten Plan halten, sind wir für unseren Misserfolg selbst verantwortlich."

„Was meinst du dazu, Jean?", wollte Marcel wissen.

„Raymond und ich haben die neue Lage schon diskutiert. Ich halte seine Bedenken für gerechtfertigt. Die Frage ist nur, ob unser bisheriger Beitrag zu der Allianz ausreicht, um die Mitglieder der Nationalversammlung davon zu überzeugen, sich für den Gesetzentwurf einzusetzen. Wenn das nicht der Fall ist und sie sich der Diskussion verweigern, wäre es besser, noch abzuwarten, bis sie ihre Meinung ändern."

„Aber wenn wir nichts unternehmen, werden Edouards Morde die Zweifler nur in ihrer Ablehnung bestätigen", widersprach Raymond in der Hoffnung, dass Marcel ihm recht geben würde.

„Ich werde morgen die Fühler ausstrecken", entschied Marcel. „Jetzt will ich erst einige Stunden schlafen, damit ich wieder halbwegs klar denken kann. Alain, mit dir muss ich noch kurz reden. Ihr anderen könnt gehen."

Sie standen auf und machten sich auf den Weg zur Tür. Nur Alain blieb am Tisch sitzen. Zu Marcels Überraschung blieb auch Orlando zurück.

„Ich bin froh, dass du auch noch geblieben bist", sagte Marcel und sah den Vampir freundlich an. „Nach allem, was Sebastien uns über trauernde Vampire erzählt hat, mache ich mir Sorgen um Blair. Thierrys Patrouille hat bereits Laurent verloren. Ich möchte nicht, dass er auch noch Blair verliert. Deshalb müssen wir uns um ihn kümmern."

„Und ausgerechnet ich soll das tun?", fragte Orlando erstaunt. Er hätte nicht erwartet, dass der General ihm eine solche Verantwortung übertrug. „Es gibt bestimmt jemanden, der besser geeignet ist!"

„Wer?", unterbrach Alain. „Und wieso solltest du nicht geeignet sein? Du musst endlich damit aufhören, dich für minderwertig zu halten, Orlando. Soweit ich es verstanden habe, hast du wesentlich dazu beigetragen, dass Thierrys Leute wieder in Sicherheit gebracht wurden. Wenn du das kannst, dann kannst du auch auf Blair aufpassen. Zumindest so lange, bis es ihm wieder besser geht."

Alains unerschütterliches Vertrauen tat Orlandos Selbstbewusstsein gut. Vielleicht konnte er es ja schaffen. Er wollte nicht versagen, aber selbst wenn das passieren würde, wollte er es wenigstens versucht haben. Eines wollte er jedenfalls auf keinen Fall – Alains enttäuschtes Gesicht sehen, wenn er die Aufgabe ablehnte. „Na gut", stimmte er schließlich zu. „Ich werde mir Mühe geben."

„Mehr kann ich von keinem meiner Leute verlangen", versicherte ihm Marcel.

Orlando erhob sich, um das Zimmer zu verlassen, aber Alain hielt ihn noch zurück. „Wenn wir hier fertig sind, komme ich nach. Dann können wir darüber reden, was für Blair in dieser Situation das Beste ist." Er wollte Orlandos Kopf zu sich herabziehen und ihn küssen, war sich jedoch nicht sicher, wie Orlando oder Marcel darauf reagieren würden. Also drückte er seinem Geliebten nur aufmunternd die Hand und lächelte ihn zärtlich an.

Orlando erwiderte seinen Händedruck und das Lächeln, dann verließ er das Zimmer und begab sich auf die Suche nach Blair.

Sobald die Tür hinter Orlando ins Schloss gefallen war, wandte Alain sich Marcel zu. „Was ist so wichtig und vertraulich, dass wir es nicht vor Orlando besprechen können? Ich habe keine Geheimnisse vor ihm."

„Es ist nichts ernstes", beruhigte ihn Marcel. „Ich wollte dich nur unter vier Augen fragen, wie es dir geht. Damit du mir eine ehrliche Antwort geben kannst. Soweit ich es verstehe, ist eure Partnerschaft ... weiter fortgeschritten, als die der anderen Paare. Wir hatten noch keine Gelegenheit, darüber zu reden. Ich will sicher sein, dass es dir gut geht."

Alain lächelte bei dem Gedanken an seine Partnerschaft mir Orlando. „Es geht mir gut", bestätigte er Marcel. „Um ehrlich zu sein, ich kann mich nicht erinnern, wann es mir jemals besser ging. Ich habe Henri geliebt, aber meine Beziehung zu Edwige war schon vor ihrem Tod in die Brüche gegangen. Ich vermisse sie beide, doch es ist vor allem Henri, der mir fehlt. Mir hat auch ein Partner gefehlt, aber jetzt habe ich Orlando."

„Du bist bei ihm eingezogen, stimmt das?", hakte Marcel nach.

Alain nickte. „Du weißt, dass mein altes Apartment nur ein unpersönliches, leeres Loch war. Ich hätte niemandem zumuten wollen, mit mir dort zu leben. Orlandos Wohnung ist perfekt für seine Bedürfnisse. Sie hat ein fensterloses Zimmer, in dem er den ganzen Tag ohne Sonnenlicht verbringen kann, wenn es nötig sein sollte."

„Sein Verlangen nach Blut ist nicht zu viel für dich?"

Alain schüttelte den Kopf. „Davor bin ich geschützt", sagte er und zeigte auf das Brandmal an seinem Hals. „Die Magie, die uns verbindet, ermöglicht es ihm, so oft und so viel zu trinken wie er will, ohne mich damit zu gefährden."

„Bist du dir wirklich sicher?", fragte Marcel nach.

„Es kommt mir jedenfalls so vor", erwiderte Alain. „Sebastien hatte früher einen Avoué und fast alles, was wir über den Aveu de Sang wissen, haben wir von ihm erfahren. Bisher hat er immer recht gehabt."

„Das ist gut. Dann solltest du dich an ihn halten, falls neue Fragen auftauchen. Aber vergiss nicht, dass Sebastiens Avoué kein Magier war", warnte Marcel. „Deine Magie hat unter Umständen Auswirkungen, die über Sebastiens Erfahrung hinausgehen."

„Orlando würde lieber verhungern, als mich zu gefährden", versicherte Alain seinem Mentor und dachte an die vergangene Nacht zurück. „Ich habe von ihm nichts zu befürchten."

„Wie sieht es mit den anderen aus?", fragte Marcel. „Gibt es Dinge, die sie von ihren Partnern zu befürchten haben?"

Alain runzelte nachdenklich die Stirn. „Was meinst du damit? Gefahren durch Blutverlust? Andere Probleme?"

„Das weiß ich nicht", meinte Marcel. „Deswegen frage ich dich. Du hast mit mehr Partnern gesprochen als ich. Gibt es Magier, die mit ihren Partner nicht zurechtkommen oder glauben, dass die Vampire zu viel von ihnen erwarten?"

„Davon habe ich nichts gehört", antwortete Alain. „Aber vielleicht wollen sie mit mir nicht darüber reden, weil sie meine Beziehung zu Orlando kennen. Hast du Thierry schon danach gefragt?"

„Nein, und ich habe es auch nicht vor. Thierry hat genug Probleme, besonders jetzt, nach Laurents Tod. Ich möchte seiner langen Liste nicht noch meine eigenen hinzufügen. Ich hatte gehofft, der Junge könnte Thierry bald etwas Verantwortung abnehmen. Jetzt stehen wir wieder am Anfang und Thierry muss einen neuen Leutnant ausbilden. Ich möchte, dass du diese Sache weiter verfolgst und mich benachrichtigst, falls es Probleme geben sollte."

„Glaubst du wirklich, dass wir Probleme zu erwarten haben?", wollte Alain wissen. Er dachte über die Paare nach, mit denen er bisher Kontakt gehabt hatte. Thierry hatte am ersten Tag einige Befürchtungen geäußert, doch seit dem schien zwischen ihm und Sebastien alles in Ordnung zu sein. Laurent und Blair hatten sich offensichtlich auch gut vertragen, falls man Blairs Reaktion heute Nacht Glauben schenken durfte. David hatte kleinere Probleme, aber die lagen nicht in der Natur der Partnerschaft, sondern daran, dass er ein aufgeblasener Idiot war. Selbst Raymond schien, trotz seiner anfänglichen Bedenken, seine Partnerschaft mit Jean auf einen guten Weg gebracht zu haben. Adèle und Jude waren die einzigen, bei denen Alain ein wirkliches Problem erkennen konnte. Aber auch das lag nicht in der Natur der Partnerschaft, sondern hatte mit ihren unvereinbaren und kompromisslosen Persönlichkeiten zu tun.

„Ich weiß es nicht", erwiderte Marcel. „Aber ich möchte lieber rechtzeitig darauf vorbereitet sein, als unverhofft damit konfrontiert zu werden."

„Gut", sagte Alain. „Ich werde mich umhören und in Erfahrung bringen, ob es Probleme gibt, von denen du bisher nichts erfahren hast."

Marcel sah seinem Captain nach und fragte sich, ob es besser gewesen wäre, Alain in die Theorie einzuweihen, die Raymond entwickelt hatte. Dann entschied er, dass es noch zu früh gewesen wäre. Bisher waren es nur die theoretischen Überlegungen zweier Philosophen. Sie hatten noch keine Belege, um diese Hypothesen zu bestätigen. Falls Raymond und Lombard recht hatten, war es nicht nötig, dass die Partner einen Aveu de Sang eingingen. Die Magie, mit der das Blut der Magier die Vampire beschützte, würde zwischen den Partnern die gleiche enge Verbindung herstellen, die der Aveu de Sang bei Alain und Orlando bewirkt hatte.

35

THIERRY FUHR sich mit dem Finger über die kleinen Bisswunden an seinem Hals und sah Sebastien nach, der durch den Flur verschwand. Sebastien wollte Blair suchen, um ihn nach dem Verlust nicht allein zu lassen. Thierry hatte Sebastien dazu aufgefordert und ihm erklärt, dass er in der Zwischenzeit seinen Papierkram erledigen würde. Was Thierry wirklich wollte, war allein zu sein und nachzudenken. Sebastien trank öfter, dafür aber weniger von seinem Blut, als Thierry erwartet hatte. Mit jedem Biss konnte er spüren, wie sich ihre Partnerschaft festigte und die Verbindung zwischen ihnen stärker wurde. Mit jedem Biss und jeder Berührung entflammte in Thierry eine Leidenschaft, der er nur zu gerne nachgegeben hätte.

Thierry hatte Alain und Orlando schon oft heimlich beobachtet, wenn die beiden nicht auf ihn achteten. Er konnte die tiefe Verbundenheit zwischen ihnen erkennen und sah die Funken fliegen, wenn sich ihre Blicke trafen oder ihre Hände berührten. Thierry sehnte sich nach dieser Verbundenheit und Leidenschaft. Er und Aleth hatten sich seit Kriegsbeginn entfremdet, aber er war ihr nie untreu geworden und hatte immer gehofft, ihre Beziehung wieder reparieren zu können. Das war jetzt nicht mehr möglich, und dennoch hielt die Erinnerung an Aleth ihn zurück, denn er fühlte sich durch ihre gescheiterte Ehe genauso gebunden wie zuvor durch ihr Ehegelübde. Wie konnte er eine erfolgreiche Beziehung mit einem so unbekannten Wesen wie Sebastien führen, wenn ihm das mit einer Frau seiner eigenen Art nicht gelungen war?

Es war aber nicht nur die Angst vor dem erneuten Scheitern einer Beziehung, die Thierry zurückhielt. Es war noch eine andere Angst, die ihn verunsicherte. Thierry hatte nie einen Gedanken an Alains sexuelle Präferenzen verschwendet. Er hatte sie nie geteilt, hatte nie einen Mann angeblickt und mehr in ihm gesehen, als einen möglichen Freund. Thierry konnte mit seinen Gefühlen für Sebastien einfach nicht umgehen. Waren sie real und authentisch oder waren sie die Folge seiner Einsamkeit und der Nähe zu Sebastien? Waren sie nur eine Folge der unglaublich erotischen Sinnlichkeit, die in dem Biss des Vampirs lag?

Aber selbst wenn seine Gefühle real waren, wurden sie von Sebastien erwidert? Und woran konnte er erkennen, ob der Vampir sie erwiderte? Er wusste, dass sein Geschlecht für Sebastien keine Rolle spielte, denn schließlich war der Avoué des Vampirs auch ein Mann gewesen. Aber aus ihren Gesprächen schloss er, dass Sebastien an einer neuen Beziehung nicht interessiert war. Der Vampir hatte über seinen Avoué gesprochen und Thierry gesagt, dass er seit vierhundert Jahren allein lebte. Seit vierhundert Jahren. Und dennoch, es hatte sich angehört, als läge der Tod Thibaults nicht viel länger zurück als der von Aleth, als wäre Sebastien immer noch in dem Mann verloren. Welche Chance hatte Thierry unter diesen Umständen, Sebastiens Interesse zu wecken? Hatte er überhaupt eine Chance oder würde es nur zu einem gebrochenen Herzen führen, wenn er seinen Gefühlen folgte und sich dem Vampir öffnete?

Thierry hatte keine Antwort auf seine Fragen. Seufzend ließ er sich aufs Sofa fallen und hoffte, dass Alain noch vor Sebastien ins Büro zurückkam. Vielleicht konnte ihm sein Freund dabei helfen, einige Antworten zu finden. In der Zwischenzeit war Thierry versucht, sich um die quälende Leidenschaft zu kümmern, die ihn seit Sebastiens Biss vor wenigen Minuten nicht mehr zur Ruhe kommen ließ. Glücklicherweise schien der Vampir von Thierrys Erregung nichts bemerkt zu haben. Wahrscheinlich lag es daran, dass er nur an Thierrys Seite gesessen und keine Anstrengungen unternommen hatte, ihm näher zu kommen. Thierry konnte immer noch die warme Hand des Vampirs spüren, als der ihn am Kinn gefasst und seinen Kopf sanft zur Seite gedrückt hatte. Er spürte immer noch den harten Körper des Mannes, der sich beim Biss an seine Seite gepresst hatte. Thierry rief diese Erinnerung wach, während er die Hand über seinen Bauch nach unten gleiten ließ und sich durch den Stoff seiner Hose streichelte.

Bevor er mehr erreichte, als sein ohnehin quälendes Begehren noch zu steigern, ging die Tür auf und Alain kam ins Zimmer. Thierry erkannte an dem unbeweglichen Gesichtsausdruck Alains, dass sein Freund sich Sorgen machte. Er vergaß sofort seine eigenen Probleme und wollte wissen, was Alain bedrückte. „Was ist passiert?"

Alain hob überrascht den Kopf. Offensichtlich hatte er nicht erwartet, Thierry noch hier vorzufinden. „Ich dachte, du wärst schon auf dem Weg nach Hause."

Thierry fasste sich an den Hals und verriet damit unbeabsichtigt, womit er und Sebastien die letzte halbe Stunde verbracht hatten. Alains versteinerte Miene wurde durch ein breites Grinsen ersetzt. „Ich habe den Eindruck, du hast deine Meinung über die Erfordernisse unserer Allianz revidiert", sagte er scherzend und suchte in den Augen Thierrys nach Anzeichen dafür, wie sein Freund sich fühlte.

Alain hatte Thierrys Frage noch nicht beantwortet und der hatte vor, später darauf zurückzukommen. Alain hatte ihm jedoch einen perfekten Einstieg geliefert, um die persönlichen Fragen anzusprechen, die ihn plagten. „Ja. Vermutlich musste ich nur den richtigen Partner finden."

Alains Grinsen wurde breiter. Er konnte sich nicht verkneifen, seinen sonst so ernsten Freund etwas zu sticheln. „Ich hätte dir wirklich nicht zugetraut, dass du dich mit einem Mann einlässt."

Früher wäre Thierry bei dieser Anspielung rot geworden und hätte sie mit Händen und Füßen von sich gewiesen. Danach hätten sie ihr Wortgeplänkel wieder aufgenommen. Aber jetzt war Alain der Wahrheit zu nahe gekommen, um sich mit solchen Spielchen aufzuhalten. „Was das angeht …", sagte er und wusste dann nicht weiter. Was genau wollte er eigentlich fragen?

Alain erkannte den Ernst hinter Thierrys Worten und gab seine Scherze auf. Er setzte sich zu ihm aufs Sofa und schob ihn mit dem Bein zur Seite, um mehr Platz zu haben. „Was geht dir durch den Kopf?"

„Wenn ich das nur wüsste", meinte Thierry, obwohl er ganz genau wusste, was es war. „Die ganze Sache hat sich vollkommen anders entwickelt, als ich es erwartet hätte."

„In welcher Beziehung?", bohrte Alain nach.

Thierry holte tief Luft. Das Thema war ihm unangenehm, aber er wusste, Alain würde sich nicht über ihn lustig machen. „Ist es … Erregt es dich, wenn Orlando dich beißt?"

Ihre Unterhaltung nahm schon wieder eine unerwartete Wendung, aber Alain ließ sich nicht aus dem Tritt bringen. Er und Thierry hatten nie Geheimnisse voreinander gehabt. Wenn er seinem Freund durch die Beantwortung einer persönlichen Frage helfen konnte, wollte er das gerne tun. Er konnte allerdings nicht verhindern, dass sein Blick auf Thierrys Schoß fiel, um zu sehen, ob ihre Reaktion dieselbe war. „Mehr als alles andere." Er machte eine kurze Pause, entschied dann aber, Thierry lieber zu viel als zu wenig zu sagen. „Ich komme schon, wenn ich nur seine Zähne in meinem Hals spüre."

Thierry schloss die Augen und erinnerte sich an das berauschende Gefühl zurück, als er Sebastiens warmen Körper an seiner Seite gespürt hatte und der Mund des Vampirs sich zielsicher auf die sensibelste Stelle an seinem Hals drückte. Er bebte vor unterdrückter Leidenschaft, weil er Sebastien wieder spüren wollte, ihn noch näher und noch fester an sich drücken wollte als zuvor. Es war lange her, seit er die Berührung eines anderen Menschen gefühlt hatte. Die Vorstellung allein brachte ihn fast um seine mühsam erkämpfte Beherrschung. „Ich komme mir vor wie ein geiler Teenager", gab er zu. „Er fasst mich an und ich stehe kurz vorm Orgasmus. Der einzige Grund, warum es noch nicht dazu gekommen ist, ist meine Angst. Ich war so lange allein, Alain. Ist es falsch von mir, dass ich mich so fühle? Aleth ist erst seit einer Woche tot."

Alain presste die Lippen zusammen. Thierry Worte waren zwar wahr, aber es war nur die halbe Wahrheit. „Nein, es ist nicht falsch. Sie hat dich schon vor langer Zeit verlassen, auch wenn du noch Hoffnung auf eine Versöhnung hattest. Du musst es überwinden und wieder leben. Besonders jetzt, wo du jemanden gefunden hast, der dich interessiert."

„Und was soll ich jetzt tun?", fragte Thierry.

Alain konnte es nicht verhindern. Er musste laut lachen. „Den Tag kreuze ich mir im Kalender an. Der Tag, an dem der große Thierry Dumont mich in Liebesangelegenheiten um Rat gefragt hat."

„Halt den Mund", gab Thierry errötend zurück. „Das ist etwas ganz anders. Wenn ich eine Partnerin hätte, wüsste ich es selbst. Aber Sebastien ist keine Frau."

„Nein", stimmte ihm Alain grinsend zu. Dann wurde er wieder ernst, weil er gut verstehen konnte, wie groß der Schritt war, den Thierry in Erwägung zog. „Was willst du genau wissen?", fragte er seinen Freund. „Du weißt doch, ich helfe dir so gut ich kann."

Was genau wollte er wissen? Die technischen Details von Sex mit einem Mann waren ein Thema, das anzusprechen er noch nicht den Mut hatte. Außerdem war er davon überzeugt, dass Sebastien ihn nur zu gerne selbst darüber aufklären würde, falls es jemals so weit kam. „Woher soll ich wissen, ob er überhaupt an mir interessiert ist?"

Alain dachte über die Frage nach. Sebastien war nicht nur ein Mann, er war auch ein Vampir. „Wie oft will er trinken?", fragte er Thierry nach einer kurzen Pause.

„Eigentlich jeden Tag", antwortete Thierry und wurde wieder rot, weil er an das Vergnügen denken musste, das Sebastiens Bisse ihm bereiteten.

Alain sah ihn verblüfft an. "So oft?"

Thierry nickte. „Ist das ein Problem?"

„Wenn es sich gut anfühlt, dann nicht", erwiderte Alain. „Aber Orlando hat gesagt, dass Vampire normalerweise nur alle zwei bis drei Tage Blut trinken müssen. Mir scheint es jedenfalls ein deutliches Zeichen von Interesse zu sein, dass Sebastien jeden Tag trinken will. Er will dir nahe sein. Und wenn er so oft zu dir kommt, dann bist du auch der einzige, von dem er trinkt. Zu viel Blut ist für Vampire mit Sicherheit genauso schlecht wie zu wenig."

„Was noch?", fragte Thierry. „Ich will nicht zurückgepfiffen werden, noch bevor ich aus der Startrampe gekommen bin. Dann lasse ich es lieber ganz sein. Es fällt mir auch so schon schwer genug."

„Ihr seid zusammen hier eingetroffen, als ihr euch auf die Jagd nach Laurents Mörderin gemacht habt. Wart ihr davor zusammen zuhause?"

Thierry nickte. „Es war Sebastiens Vorschlag. Nicht, dass wir zusammen zu mir nach Hause gehen. Aber dass wir zusammen bleiben."

„Noch ein gutes Zeichen", bemerkte Alain.

„Vielleicht ging es ihm nur um unsere Sicherheit", widersprach Thierry.

„Das ist durchaus möglich", stimmte Alain zu. „Allerdings habe ich den Eindruck, Sebastien macht nur das, was er wirklich will. Auf jeden Fall kann ich mir nicht vorstellen, dass er selbst etwas vorschlägt, das ihm gegen den Strich geht."

„Und was soll ich jetzt tun?", wiederholte Thierry seine Frage von vorhin. „Falls du recht hast und er ist interessiert, meine ich."

„Was willst du denn tun?", gab Alain die Frage zurück. „Du musst nämlich gar nichts tun, wenn du es nicht willst. Du kannst alles so belassen wie bisher, kannst die Partnerschaft für die Dauer der Allianz am Leben erhalten und dich danach mit einem freundlichen Händedruck verabschieden."

Thierry runzelte die Stirn. Diese Möglichkeit hatte er gar nicht erst in Betracht gezogen, so lange es eine Chance gab, dass Sebastien sein Interesse erwiderte. „Ich weiß nicht, was ich will. Ich weiß nur, dass ich mehr will, als ich habe."

Alain lachte. „Ein ziemlich verwickelter Gedankengang für deine Verhältnisse. Aber ich verstehe, wie du es meinst. Willst du eine dauerhafte Beziehung?", fragte er, um direkt auf den Punkt zu kommen.

„Das weiß ich nicht", sagte Thierry wieder. „Ich weiß nur, dass ich mehr will. Ich bin es so leid, immer allein zu sein."

Alain wurde schwer um Herz, als er den Schmerz in Thierrys Stimme hörte. Sein Freund war für ihn nach dem Tod von Edwige und Henri wie ein Fels in der Brandung gewesen. Alain fühlte sich deshalb schuldig, ihm in den Tagen nach Aleth' Tod nicht beigestanden zu haben. „Das kann ich nachvollziehen", meinte er. „Ich will dich wieder lächeln sehen. Wenn du glaubst, dass Sebastien der richtige Mann ist, um dich glücklich zu machen, dann hast du meine bedingungslose Unterstützung. Das weißt du. Du musst mir nur sagen, wie ich dir dabei helfen kann."

„Du könntest ihn für mich fragen", erwiderte Thierry und verbarg seine Verlegenheit hinter einem Scherz. Alain war unbestritten ein sehr attraktiver Mann, doch selbst wenn Thierry ihn unter diesen Gesichtspunkten betrachtete, verspürte er keinerlei Anziehung. Er hatte diese Tatsache auch nie in Frage gestellt, weil er sich noch nie zu einem anderen Mann hingezogen gefühlt hatte. Aber jetzt wunderte er sich darüber, was an Sebastien so besonders war, um seine Aufmerksamkeit erregt zu haben. Was hatte Sebastien, das andere Männer – selbst Alain, den er so lange kannte – nicht hatten?

Analytisch betrachtet hatten der Magier und der Vampir vieles von dem gemeinsam, was Thierry an Sebastien so attraktiv fand: Ihren Sinn für Humor, ihren Mut und ihre Loyalität, mit der sie zu ihm hielten. Alain war blond und Sebastien dunkelhaarig, aber das war kein ernst zu nehmender Unterschied. Aleth war auch blond gewesen. Für Thierry gab es nur zwei wesentliche Unterschiede zwischen den beiden Männern. Alain kannte er bereits seit seiner Kindheit und sie waren Freunde gewesen, lange bevor der Sex in ihrem Leben überhaupt eine Rolle spielte. Die einmalige Verbindung zwischen ihm und Sebastien hingegen war auf das Bedürfnis des Vampirs nach Thierrys Blut zurückzuführen. Thierry überlegte mit Unbehagen, was das wohl über ihn selbst aussagte.

Alains Lachen riss ihn aus seinen Gedanken. „Wenn du das tatsächlich ernst gemeint hast, mache ich mich jetzt auf die Suche nach ihm."

Thierry schüttelte den Kopf. „Mist, Alain! Du weißt genau, dass ich Unsinn geredet habe. Ich finde schon einen Weg, vielen Dank auch. Ich wollte nur deine Meinung hören, damit ich keinen Fehler mache."

„Ich denke nicht, dass du einen Fehler machst", versicherte ihm Alain. „Lass dir Zeit und genieße die Vorfreude. Aber wenn du es wirklich willst, solltest du dich nicht davon abbringen lassen."

„Ich will es", erklärte Thierry überzeugt. „Ich muss nur noch herausfinden, wie ich es ihm am besten beibringe."

„Das ist immer der schwierigste Teil an der Sache", meinte Alain. „Lass es mich wissen, wenn du noch mehr Ratschläge brauchst. Wie man einen Mann verführt oder so."

„Oh, du Quelle der Weisheit", sagte Thierry grinsend. „Ich werde es schon selbst herausfinden."

„Ich bin mir sicher, dass Sebastien dir gerne behilflich sein wird."

Sebastien stand im Flur und lächelte vor sich hin. Er hatte gerade das Büro betreten wollen, als er Thierrys Stimme hörte. Es hatte einen Moment gedauert, bis er in der zweiten Stimme Alain erkannte. Als er den Türgriff schon in der Hand hatte, hörte er wieder Thierry. *„Du könntest ihn für mich fragen."* Sebastien wurde neugierig und wollte wissen, von wem die Rede war. Er blieb stehen, lauschte und entnahm dem Gespräch hinter der Tür, dass Thierry sich offensichtlich ernsthaft zu der betreffenden Person hingezogen fühlte. *Sag schon den Namen*, dachte er. *Sag, dass ich es bin.* Aber die beiden Männer wussten bereits, um wen es sich handelte. Sie mussten den Namen nicht mehr erwähnen. Sebastien hörte reglos zu, wie Alain seinen Freund mit dessen Unerfahrenheit im Umgang mit Männern neckte. Er zog überrascht eine Augenbraue hoch. Sein Partner war in dieser Beziehung also noch unschuldig. Das machte ihn in Sebastiens Augen noch unwiderstehlicher. *„Ich bin mir sicher, dass Sebastien dir gerne behilflich sein wird."*

„Womit kann ich dir behilflich sein?", fragte Sebastien nonchalant, als er das Büro betrat. Er ließ sich nicht anmerken, dass er ihrem Gespräch schon seit einigen Minuten gelauscht hatte. „Ich helfe dir gern und jederzeit."

36

THIERRY HATTE einen Blick gehabt, wie ein Kaninchen im Scheinwerferlicht. Alain lachte immer noch leise vor sich hin, als er das Büro verließ, um nach Orlando zu suchen. Orlando hätte schon längst zurück sein sollen, aber das Gespräch mit Blair schien länger zu dauern und Alain hoffte, dass es kein schlechtes Zeichen war. Sebastien hatte erwähnt, die beiden im Trainingsraum zurückgelassen zu haben. Dorthin machte Alain sich jetzt auf den Weg.

Er blieb an der offenen Tür stehen und beobachtete die beiden Vampire, die sich auf der Matte gegenüberstanden. Orlando sprang auf Blair zu. Seine Bewegungen waren so blitzschnell, dass Alain ihnen mit den Augen kaum folgen konnte. Hätte Orlando gegen einen Sterblichen, selbst einen Magier, gekämpft, sein Gegner hätte keine Chance gehabt. Blair jedoch entkam ihm leicht mit einem Schritt zur Seite. „Du machst deine Absichten zu früh bekannt", sagte er zu Orlando. „Gegen einen Sterblichen wärst du damit immer noch erfolgreich, aber falls unsere Befürchtung zutrifft und die dunklen Magier ebenfalls Vampire rekrutieren, musst du dich darauf einstellen."

Alain hielt sich zurück, um Blair die Möglichkeit zu geben, Orlando zu demonstrieren, was er damit meinte. Er beobachtete die beiden aufmerksam, weil er wissen wollte, worauf Blair mit seiner Anregung hinauswollte und ob Orlando seine Absichten wirklich so deutlich signalisierte. Tatsächlich, er konnte vorher erkennen, wie Orlando reagieren würde. Es gelang ihm allerdings nur, weil er bestimmte Gesten seines Geliebten wiedererkannte. Wenn er Orlando nicht so gut kennen würde, hätte er dessen Bewegungen wahrscheinlich nicht voraussehen können. „Tut mir leid, euch zu stören", sagte er schließlich. „Orlando und ich müssen noch etwas erledigen. Hast du schon neue Einsatzpläne bekommen, Blair?"

„Noch nicht", erwiderte der Vampir.

„Heute Nacht ist es zu spät für dich, um noch auf Patrouille zu gehen. In ein bis zwei Stunden geht die Sonne auf und wir wissen nicht, wie lange Laurents Blut dich noch beschützt. Wir sehen uns morgen nach Sonnenuntergang, dann finde ich eine neue Einheit für dich."

Blair nickte traurig, als der Name seines verstorbenen Partners erwähnt wurde.

„Du darfst dich nicht damit aufhalten", sagte Orlando. „Er würde nicht wollen, dass du aufgibst."

„Ich weiß", antwortete Blair leise. „Ich gehe besser nach Hause, so lange es noch dunkel ist." Er nickte den beiden Männern zu und verließ mit entschlossener Miene den Raum.

Orlando kam sofort zu Alain und nahm ihn in die Arme. „Untersteh dich, mich zu verlassen", sagte er.

„Laurent war ein guter Magier", erwiderte Alain. „Aber ich bin besser." Es war eine einfache Feststellung. „Ich denke übrigens, dass Blair recht hat. Wir sollten Zweikämpfe trainieren, jetzt, wo wir in Paaren kämpfen und unsere Patrouillen nicht mehr nur aus Magiern bestehen. Heute jedoch nicht mehr. Heute müssen wir uns um einen Repère für dich kümmern."

„Einen was?", fragte Orlando.

Alain erklärte es ihm in wenigen Worten und zog einen kleinen Dinosaurier aus Plastik aus der Tasche, der vor dem Krieg Henri gehört hatte. „Und jetzt machen wir einen solchen Repère für dich."

„Wie soll das für mich funktionieren?", wollte Orlando wissen. „Ich habe keine Magie."

„Thierry sagt, dass es bei Sebastien mit einigen Tropfen Blut funktioniert hat", erklärte ihm Alain. „Vertraust du mir? Ich kann verstehen, wenn du es nicht willst, aber es ist eine wichtige Sicherheitsmaßnahme."

Orlando dachte darüber nach. Er vertraute Alain mehr als jedem anderen, Jean ausgenommen. Dennoch, es machte ihm Angst, dem Magier sein Blut zu überlassen. „Bist du sicher, dass es der einzige Weg ist?", fragte er.

„Es ist der einzige Weg, den Thierry gefunden hat", sagte Alain und fragte sich, ob Orlando seine Ängste wohl jemals ganz überwinden würde. „Wenn es dir unangenehm ist, können wir darauf verzichten."

Dieses Angebot beruhigte Orlandos Nerven mehr, als alle anderen Erklärungen es gekonnt hätten. Niemand zwang ihn dazu, sein Blut für den Repère zu geben. Es war seine eigene, freie Entscheidung. „Ich brauche einen passenden Gegenstand als Talisman, nicht wahr?"

Alain nickte. „Es kann jeder beliebige Gegenstand sein. Bei Magiern wirkt es allerdings am besten, wenn er eine persönliche Bedeutung für seinen Träger hat."

„Ich habe nur meinen Ring", sagte Orlando zögernd. „Und bis vor wenigen Tagen hätte er keine besondere Bedeutung für mich besessen."

„Aber er ist etwas Besonderes", widersprach ihm Alain. „Er ist ein Symbol für deine Vergangenheit, die du überwunden hast."

„Er *war* ein Symbol für meine Vergangenheit, die ich überwunden habe", erwiderte Orlando. „Aber jetzt bedeutet er mehr. Jetzt ist er ein Symbol unseres Bundes." Er lächelte. „Vielleicht ist er der perfekte Talisman. Ohne den Ring, ohne uns, wäre ich nicht hier. Aber ich habe ihn nicht bei mir. Es ist zuhause."

„Wir sollten die Beschwörung hier durchführen, damit wir ihren Erfolg gleich an der Karte testen können", entschied Alain. „Aber ich kann mich kurz nach Hause transportieren und ihn holen. Ist dir das recht?"

Orlando nickte. „Selbstverständlich. Was mir gehört, gehört auch dir."

„Und umgekehrt", versicherte Alain seinem Geliebten. „Ich bin schneller zurück, als du mich vermissen kannst." Er murmelte seinen Spruch und verschwand.

„Ich vermisse dich schon", flüsterte Orlando in den leeren Raum, wo eben noch Alain gestanden hatte. Er rührte sich nicht vom Fleck und wartete Alains Rückkehr ab.

Sekunden später war Alain mit Thurloes Siegelring in der Hand zurück. Orlando nahm den Ring und streichelte mit der anderen Hand über das Brandmal an Alains Hals. Er zitterte, so stark war sein Verlangen, die Zähne in dem Mal zu versenken. Schnell wandte er den Kopf ab, um sich wieder unter Kontrolle zu bekommen und sich auf ihre Aufgabe konzentrieren zu können. „Was muss ich jetzt tun?"

Alain griff nach Orlandos Hand und drückte sie, dann zog er sie von seinem Hals weg. „Du musst gar nichts tun. Ich steche dir in den Finger und lasse etwas Blut auf den Ring tropfen. Dann beschwöre ich ihn und binde ihn damit an die Karte."

Orlando nickte und seine Hand zitterte leicht. Er musste sich erst damit abfinden, dass jemand ihn stechen würde, selbst wenn es Alain war.

Als würde Alain seine Zweifel spüren, hob er Orlandos Hand an die Lippen und küsste jeden Finger einzeln. „Nur ein kurzes Piksen", versprach er.

„Ich weiß."

Alain sah Thierrys kleines Messer auf dem Schreibtisch liegen. Er holte es und reinigte es mit einem Spruch. „Nicht bewegen", ermahnte er Orlando und stach ihm mit der Messerspitze in den Finger. „Es tut mir leid", murmelte er, als Orlando vor Schmerz leise zischte. Dann drückte er leicht zu, bis einige Blutstropfen aus der Wunde quollen. Er rieb den Ring über die Wunde, bis das Metall von dem Blut bedeckt war, und ließ Orlandos Hand wieder los. Nachdem er die Beschwörung gesprochen hatte, wurde der Ring in ein helles Licht getaucht, das schnell wieder verblasste. „Das war's."

Orlando steckte den Finger in den Mund und befeuchtete ihn mit seinem Speichel, um die Wunde zu heilen.

„Wir sollten nachsehen, ob es funktioniert hat. Danach können wir nach Hause gehen", meinte Alain.

Nach Hause. Orlandos Libido reagierte auf diese Worte in der vorhersehbaren Weise. Und sein Herz reagierte ebenfalls. „Beeil dich", sagte er und ging zur Tür.

Alain folgte ihm zum Salle des Cartes. Zu ihrer Freude sahen sie einen kleinen Lichtpunkt auf der Karte, der Orlandos Namen trug und direkt neben Alains Licht aufblickte. „Lass uns gehen."

Alain nickte und sah sich im Raum um. Zu seiner Erleichterung hatte Mathieu Gastineau heute Dienst. Wäre es ein Magier gewesen, dem er weniger vertraute, hätten sie die U-Bahn nach

Hause nehmen müssen. So aber konnten sie einen magischen Transport riskieren. „Sergeant", rief er. „Kannst du meinen Partner mir nachschicken?"

„Wenn ich den Ort auf der Karte sehen kann, ist es kein Problem, Sir", sagte Sergeant Gastineau selbstbewusst.

Alain wandte sich an Orlando. „So sind wir schneller zuhause", flüsterte er schmeichelnd, um die Zustimmung seines Partners zu bekommen. Orlando nickte. Sein Verlangen war stärker als seine Ängste.

Alain sprach seine Beschwörung und verschwand, um kurz darauf in Orlandos – nein, in *ihrem* – Wohnzimmer wieder aufzutauchen. Er musste daran denken, dass sie jetzt beide hier lebten, weil es Orlando immer noch traurig machte, wenn Alain es ab und zu vergaß. Kurz darauf kam auch Orlando im Wohnzimmer an. Die Leidenschaft in seinem Blick raubte Alain fast den Atem. Er trat einen Schritt zurück, dann hatte Orlando ihn auch schon in die Arme genommen und küsste ihn.

EDOUARD SCHLICH durch die Schatten. Er wollte nicht zurück ins Haus und Serrier gegenübertreten, aber es blieb ihm nichts anderes übrig. Die Sonne würde bald aufgehen und er fühlte sich bereits unruhig, weil sein Instinkt ihn dazu trieb, endlich Schutz zu suchen. Er fluchte leise vor sich hin und trat wütend gegen eine Plastikflasche, die bis auf die andere Straßenseite flog. Dann rannte er zum Hauptquartier der dunklen Magier.

Mit blitzenden Augen lief er durch die Gänge, bis er in das Zimmer kam, in dem er sich zuvor mit Serrier getroffen hatte. Ungeduldig wippte er mit dem Fuß auf und ab, während er auf den Magier wartete. Er hatte kein Licht gemacht, weil ihm der Schein der kleinen Lampe lieber war, als ein hell beleuchteter Raum. Edouard wusste immer noch nicht, was er dem dunklen Magier sagen sollte. Die verlangten Informationen hatte er nicht beschaffen können, aber er hatte eine vage Idee, wie er Serrier mit einer anderen Sache besänftigen konnte.

„Nun?", war Serriers Stimme aus dem Dunkeln zu hören.

Edouard wirbelte erschrocken herum. Er hatte den Magier nicht kommen hören und fragte sich, ob seine übernatürlichen Sinne noch ausreichten, um ihn gegen drohende Gefahren zu warnen. Und es war offensichtlich ein gefährliches Geschäft, sich mit diesen Magiern einzulassen.

„Nichts", schimpfte er. „Irgendjemand muss ihnen gesagt haben, dass ich mit dir zusammenarbeite. Sie haben kein Wort mit mir gesprochen und mich sofort weggeschickt. Sie scheinen es für ein Zeichen schlechter Manieren zu halten, sich in deine Gesellschaft zu begeben. Gibt es einen Grund, warum du so verhasst bist?"

Edouard konnte immer noch nicht fassen, mit welcher Vehemenz er heute Nacht immer wieder verjagt worden war, egal, wohin er sich begeben hatte. Club, Café, Bordell – überall das Gleiche. *Wir wollen nichts mit deiner mörderischen Art zu tun haben*, hatten sie ihm im Bordell gesagt. *Geh doch zurück zu deinem geschätzten Magier. Soll der dir geben, was du brauchst.*

Warum sollten wir dir Auskunft geben, wenn du durch deine Rücksichtslosigkeit unsere gesamte Existenz aufs Spiel setzt?, war er in dem Café gefragt worden.

Im Club hatte ihn der Türsteher erst gar nicht eingelassen. *Hier nicht. Deine Jagdmethoden sind hier unerwünscht.* Wenn der Mann sterblich gewesen wäre, hätte Edouard ihm widersprochen. Aber die Besitzer des Clubs hatten den Job einem Vampir gegeben. Edouard hatte sich mit eingezogenem Schwanz wieder verdrückt.

„Nicht dass ich wüsste. Du bist der erste und einzige Vampir, dem ich jemals begegnet bin", erwiderte Serrier. „Muss ich unsere Abmachung neu überdenken?"

„Noch nicht", sagte Edouard hastig. „Ich habe eine andere Idee, obwohl ich dazu deine Hilfe brauche. Unser hochverehrter Chef hat offensichtlich eine sterbliche Geliebte", erklärte er sarkastisch. „Ich bin mir sicher, mit etwas Überredung wird sie uns gerne verraten, was wir wissen wollen."

Serrier zog eine Augenbraue hoch und grinste bösartig. „Und du weißt, wo diese Frau zu finden ist?"

„Ich kenne ihren Namen", erwiderte Edouard. „Sie sollte nicht allzu schwer zu finden sein."

„Wenn du ihren Namen hast, können wir sie finden", gab ihm Serrier recht.
„Karine Gaudier."

ORLANDOS LIPPEN erregten Alain stets aufs Neue, wie er zu seiner Freude feststellte, als er sich in der leidenschaftlichen Umarmung seines Geliebten wiederfand. Die Funken flogen zwischen ihnen und entfachten ein verzehrendes Feuer, kaum dass sich ihre Körper berührten. Es brauchte nur einen Blick, nur die Andeutung einer Einladung, und er wurde von einer Erregung erfasst, als wäre er ein Teenager, der sich kaum beherrschen konnte.

Das Wohnzimmer war jedoch nicht der geeignete Ort und Alain ging Schritt um Schritt rückwärts aufs Schlafzimmer zu, zog Orlando mit sich, bis er die Matratze hinter sich spürte und sich mit ihm aufs Bett fallen ließ. Alain unterbrach ihren Kuss und rollte Orlando auf den Rücken. Dann senkte er den Kopf und küsste ihn liebevoll hinterm Ohr.

Orlando erstarrte, als er Alains Mund an seinem Hals spürte. Er befreite sich aus der Umarmung und stieß Alain zurück. „Nicht."

Alain setzte sich auf und fuhr sich mit den Händen übers Gesicht. Er hatte gehofft, sie hätten diese Furcht hinter sich gelassen. Orlando hatte im Büro von ihm getrunken, gleich nachdem sie sich geliebt hatten. Alain hatte darin ein positives Zeichen gesehen. Er holte tief Luft und drehte sich zu Orlando um. „Bitte, rede mit mir. Stoß mich nicht einfach weg."

Orlando erschauerte. Er hatte Alain schon mehr erzählt als jedem anderen Menschen, aber der Magier schien noch mehr wissen zu wollen. „Ich will es nicht wieder aufleben lassen", wehrte er sich. „Es war das erste Mal schon die Hölle. Warum soll ich mich wieder daran erinnern müssen?"

„Weil du offensichtlich immer noch jedes Mal daran denken musst, wenn wir zusammen sind", sagte Alain mit mehr Ruhe, als er innerlich fühlte. „Es ist, als könnte ich nichts tun, was über die einfachsten Zärtlichkeiten hinausgeht, als könnte ich dich nicht berühren oder küssen, ohne dass du dich mir entziehst."

„Ich habe mich nicht …", protestierte Orlando automatisch, verstummte aber, als ihm auffiel, dass er genau das getan hatte. Es war nicht so schlimm, wenn er vor Erregung kaum noch denken konnte; oder wenn er von Alains Blut trank. Aber in Situationen wie eben, wenn sie erst am Anfang ihres Liebesspiels waren, reagierte er immer noch panisch. Er senkte betreten den Blick. „Ich weiß nicht, was ich dagegen tun soll."

„Rede mit mir", wiederholte Alain. „Sag mir, was er dir angetan hat. Ich will es wiedergutmachen."

„Wiedergutmachen?", fragte Orlando, der nicht wusste, was Alain damit meinte.

„Ich will deine schlechten Erinnerungen durch neue, gute Erfahrungen ersetzen", sagte Alain mit sanfter Stimme.

Orlando nickte bedächtig und überlegte, welches Erlebnis harmlos genug war, um Alain davon zu berichten. Es musste etwas sein, das ihn nicht wirklich verletzen konnte, auch wenn die Erinnerung daran ihn immer noch verfolgte. Er vertraute Alain. Der Magier hatte immer auf Orlandos Bitten gehört und sie befolgt. Trotzdem, hier ging es um etwas anderes. Er musste sich bewusst einer Berührung, einer Zärtlichkeit aussetzen, die ihm unangenehm war. „Er hat mich an den Haaren gezogen, um mir seinen Willen aufzuzwingen."

Alain konnte es immer noch nicht ertragen, sich die Misshandlungen vorzustellen, die Orlando durch seinen Schöpfer erduldet hatte. „Vertrau mir", bat er erneut. „Ich will es wiedergutmachen."

Orlando atmete tief durch. Es fiel ihm schwer, seine instinktive Abwehrhaltung aufzugeben. Einige Sekunden später nickte er Alain zu. Ja.

Alain rutschte auf Orlando zu, legte die Arme um ihn und küsste ihn sanft auf die Wange. Dann kniete er sich hin und sah ihn an. „Denk nur an mich", flüsterte er und fuhr Orlando zärtlich über die Haare. Er hielt ihn nicht fest, fuhr ihm auch nicht mit den Fingern durch die Locken, obwohl er es gern getan hätte. Stattdessen streichelte er ihm nur sanft über den Kopf, als müsste er ein scheues Pferd beruhigen. Mit langsamen Bewegungen fuhr er ihm über die langen Haare nach unten bis auf die Schultern, wieder und wieder, bis er spürte, wie Orlando sich an seine Hand drückte.

Orlando hatte Alain nicht aus den Augen gelassen und sich auf die Berührung vorbereitet. Trotzdem wurde er davon überrascht und musste sich erst wieder ins Gedächtnis zurückrufen, dass es Alain war, nicht sein Schöpfer. Alain hatte ihn noch nie verletzt – und würde ihn auch niemals verletzen –, so wie Thurloe es getan hatte. Alains Hand war warm und beruhigend, als sie immer wieder langsam über Orlandos Kopf und seine Haare streichelte. Sein keuchendes Atmen wurde entspannter und ruhiger, während Alains liebevolle Zärtlichkeit den Hass und die Wut verbannte, der Orlando durch seinen Schöpfer ausgesetzt gewesen war. Je mehr sich Orlandos Herzschlag beruhigte, umso sicherer und selbstbewusster fühlte er sich, bis er schließlich den Kopf einladend an Alains Hand drückte. Mehr.

Orlandos Bewegung ermutigte Alain. Wieder strich er ihm über den Kopf und benutzte dieses Mal die Finger, schob sie vorsichtig zwischen Orlandos Locken und ließ sie über seine Kopfhaut gleiten, ohne jedoch zuzugreifen oder an den Haaren zu ziehen. Ein sanfter Schritt nach dem anderen. Er wollte Orlando nicht wieder erschrecken.

Orlando lief bei dieser sinnlichen Massage eine Gänsehaut über den Rücken. Alain spürte es und hielt sofort inne. „Nicht aufhören", flüsterte Orlando und neigte den Kopf zur Seite, um Alain damit zu bitten, seine Zärtlichkeiten wieder aufzunehmen.

„Nein", versprach Alain und nahm seine Massage wieder auf. „Ich höre nur auf, wenn du mich darum bittest."

Orlando lächelte und kniete sich ebenfalls auf die Matratze, um seinem Geliebten gegenüber zu sitzen. Ihre Beine stießen aneinander, als er zu Alain rutschte und ihn auf den Mund küsste.

Alain überließ ihm die Kontrolle über ihren Kuss, nahm aber die Hände nicht aus Orlandos Haaren. Thurloe – dieser Bastard! – hatte Orlandos Haare benutzt, um ihn zu unterwerfen und ihm seine unerwünschten Berührungen aufzuzwingen. Alain war sich sicher, dass seine Annäherungsversuche nicht unerwünscht wären, aber er wollte nichts tun, was Orlando an die Zeit seiner Gefangenschaft erinnern könnte. Er wollte neue Erinnerungen schaffen, nicht die alten aufleben lassen. Also fuhr er mit seiner zärtlichen Massage fort, während Orlando ihn küsste.

Orlandos Selbstsicherheit nahm immer mehr zu und sein Kuss wurde leidenschaftlicher, bis er schließlich die Zunge zwischen Alains Lippen schob und von dessen Mund Besitz ergriff. Alain ließ den Kopf in den Nacken fallen und hockte auf die Fersen, sodass Orlando über ihm aufragte. Selbstvergessen griff Alain zu und zog Orlandos Kopf mit sich nach unten. Orlando erstarrte.

Alain unterbrach ihren Kuss. „Ganz ruhig", sagte er leise. „Ich will nur dein Vergnügen. Lass mich auch dazu beitragen."

Orlando atmete durch und kämpfte gegen seine alten Dämonen an. Er wusste es. Er wusste, dass Alain nur das Beste für ihn wollte und ihm nichts tun würde. Diese Angst und diese Furcht – sie kamen aus Orlando selbst, hatten nichts mit Alain zu tun. Langsam atmete er aus, entspannte sich wieder und ließ zu, dass Alain ihm den Kopf zur Seite zog, um ihn besser küssen zu können. Es dauerte einen Augenblick, bis er sich endgültig daran gewöhnt hatte, die Kontrolle aufzugeben. Aber dann erkannte er, wie viel besser es so war. Er stöhnte leise, während ihre Zungen miteinander spielten. Alains Hand in seinen Haaren nahm er kaum noch wahr. Ja, Alain benutzte diese Hand, um ihn zu lenken. Aber er wollte Orlando damit nicht unterwerfen und verletzen, er wollte ihm nur mehr Freude bereiten und ihn lieben.

37

SERRIER GING ungeduldig im Zimmer auf und ab. Er hatte seine Offiziere für acht Uhr zu sich bestellt und bis auf eine waren sie pünktlich erschienen. Unglücklicherweise war sie es, mit der er vor allem sprechen wollte, denn ihre Patrouille war in der letzten Nacht siegreich aus dem Einsatz zurückgekehrt. Er sah auf die Uhr und drehte sich zu den versammelten Offizieren am Tisch um. „Simonet", schnappte er. „Bring mir Morvilliers, egal wie, selbst wenn du sie nackt aus der Dusche holen musst. Wenn ich acht Uhr sage, meine ich acht Uhr."

Eric zog eine Grimasse, transportierte sich aber sofort in Joëlles Apartment. Er wusste, was Serrier von ihr wollte. Ihre Patrouille war eine der wenigen, die in den letzten beiden Wochen mit Chaviniers Leuten aneinandergeraten war, ohne Verluste zu erleiden. Eric wunderte sich, dass sie noch nicht gekommen war. Jeder kannte Serriers Beharren auf Pünktlichkeit, und Joëlle versuchte schon lange, seine Aufmerksamkeit zu erregen, selbst wenn sie dafür überflüssige Risiken eingehen musste.

Ihr Schutzschild ließ ihn anstandslos passieren, denn sie kannten sich schon sehr lange und er gehörte zu den wenigen, die Zutritt zu ihrer Wohnung hatten. „Joëlle", rief er und ging durch den Flur. „Beeil dich, Süße. Serrier reißt dir den Arsch auf für deine Unpünktlichkeit."

Stille. Kein Ton. Eric lief ein Schauer über den Rücken. „Joëlle?", versuchte er es erneut und betrat ihr Wohnzimmer. Er sah etwas Weißes auf dem Boden liegen und ging zu Couch. Dort lag sie, seine Geliebte der letzten beiden Jahre. Der Bademantel hatte sich geöffnet und gab ihren nackten Körper preis, ihre Haut war wächsern und ihre Augen leer. Er fiel auf die Knie und suchte nach ihrem Puls, fand aber kein Anzeichen von Leben. Eric wurde wütend, obwohl ihr Verhältnis immer nur auf Berechnung beruht hatte. Es hatte ihm, besonders in der ersten Zeit, die Möglichkeit gegeben, seine Loyalität zu Serrier zu zeigen. Für Joëlle bedeutete es, dass sie damit in Serriers Blickfeld geriet. Sie hatten sich nie etwas vorgemacht, doch obwohl ihr Verhältnis politischem Kalkül entsprang, hatten sie sich zu schätzen gelernt. „Wer hat das getan?", fragte er ihre Leiche und suchte nach ihrem Stab. Er stellte fest, dass die Wohnungstür aufgebrochen worden war. Das war rohe Gewalt, keine Magie.

Als er den Stab fand, steckte er ihn ein und ging ins Schlafzimmer, um die Bettdecke zu holen. Er wickelte ihren toten Körper vorsichtig ein und hob sie vom Boden auf, bevor er sie beide wieder zurück zu Serrier transportierte. „Sie ist tot", war alles, was er sagte.

Chaos brach aus und die Anwesenden bombardierten sich gegenseitig mit Fragen.

„Ruhe!", brüllte Serrier, als der Lärm nicht nachlassen wollte. Die Offiziere verstummten.

„Was ist passiert?", wollte Serrier von Eric wissen.

„Ich weiß es nicht", antwortete Eric wahrheitsgemäß. „Ihr Schutzschild war noch intakt, aber sie lag tot auf dem Boden. Ich habe ihren Stab gesucht und sie mit hierher gebracht."

„Lass uns sehen, was der Stab uns verraten kann", schlug Serrier vor und streckte die Hand danach aus.

Eric gab ihm den dünnen Holzstab und wartete ab, während der dunkle Magier eine Beschwörung sprach, die den letzten Spruch sichtbar machte, für den der Stab benutzt worden war.

„Ein *Abbatoire*", stellte Serrier fest. „Gab es keine zweite Leiche?"

„Nein", erwiderte Eric. „Nur sie. Aber niemand hätte in ihre Wohnung eindringen können sollen. Ihr Schutzschild war intakt. Ich habe es gefühlt, als ich angekommen bin. Ich habe mir die Tür angesehen und festgestellt, dass sie aufgebrochen wurde. Joëlle hatte sie mit schweren Schlössern gesichert. Wer immer in die Wohnung eingedrungen ist, muss unglaubliche Kräfte besessen haben."

„Mit Gewalt aufgebrochen?", fragte Serrier nach. „Keine Magie?"

„Mit Gewalt", bestätigte Eric. „Die Tür war aus dem Rahmen gerissen."

„Ein übernatürliches Wesen?", schlug Claude vor. „Ein Vampir, ein Werwolf oder ein anderer Gestaltwandler?"

Serrier sah Edouard an.

„Es ist durchaus möglich", sagte der Vampir. „Aber welchen Grund sollten sie haben, eine Magierin anzugreifen? In ihre Wohnung einzubrechen und sie zu töten?"

„Du tötest aus reinem Vergnügen", erinnerte ihn Serrier.

„Ja", stimmte Edouard ihm zu. „Aber das wäre mir viel zu viel Aufwand, wenn ich nicht einen ganz besonderen Grund dafür hätte."

„Was ist mit Chavinier?", fragte Vincent. „Er hat einen besonderen Grund, sich ihren Tod zu wünschen. Besonders nach den Ereignissen der letzten Nacht."

Eric wollte ihm nicht widersprechen, fühlte sich aber verpflichtet, seinen früheren Mentor in Schutz zu nehmen. „Chavinier würde es nicht persönlich erledigen. Ein Tod in der Schlacht wäre akzeptabel, aber einen kaltblütigen Mord würde er niemals gut heißen."

„Du hast die Milice schon vor zwei Jahren verlassen", sagte Serrier. „Vielleicht hat sich das geändert."

So sehr nicht, dachte Eric, aber er nickte. „Dennoch, ihr Schutzschild hätte Magier fernhalten müssen. Außerdem hätte sie in der Lage sein sollen, sich gegen jeden anderen Angreifer zu verteidigen."

„Und doch war das offensichtlich nicht der Fall", bemerkte Serrier. „Kannst du sagen, wie sie gestorben ist?"

„Ich bin mir nicht sicher", antwortete Eric. „Aber ihr Hals scheint gebrochen. Ich bin kein Mediziner, deshalb ist es nur eine Vermutung."

Serrier drehte sich zu Joëlles Leiche um und versuchte es erneut mit einer Beschwörung. Keinerlei magische Aura wurde sichtbar. „Sie ist nicht durch Magie getötet worden. Wer immer sie getötet hat, er hat es mit konventionellen Mitteln getan."

„Wie ist das möglich?", fragte Vincent. „Sie hätte sich gegen alles und jeden verteidigen können sollen, selbst wenn es mehrere Angreifer waren. Ich habe nicht immer mit ihr übereingestimmt, aber sie war eine verdammt gute Magierin."

„Und es ist nicht nur sie", warf Simon Aguiraud ein. „Unsere Patrouillen verlieren immer mehr Leute. Flüche funktionieren nicht, selbst ganze Einheiten werden gefangen genommen oder getötet. Ich weiß nicht, was Chavinier unternommen hat, aber es hat sich etwas geändert. Und zwar nicht zu unseren Gunsten."

„Joëlle hat sie letzte Nacht besiegt", verteidigte Eric seine tote Geliebte.

„Was war der Unterschied zwischen letzter Nacht und den anderen Patrouillen?", fragte Serrier. „Das war das Thema, über das wir heute reden wollten. Was hat Joëlle getan, das andere Patrouillen nicht getan haben? Und wenn ein Magier sie auf dem Gewissen hat, warum hat es sie nicht vor ihm gerettet?"

„Die Anzahl", sagte Vincent lapidar. „Joëlle hatte einfach mehr Leute als Chaviniers Einheit. Dem Bericht nach haben sie Verstärkung erhalten, aber nur, um die eigenen Leute rauszuholen. Sie haben erst gar nicht versucht, unseren Angriff zu kontern."

„Kann ich den Bericht sehen?", fragte Eric, der bisher noch nicht die Zeit gefunden hatte, ihn durchzulesen.

Serrier schob ihn über den Tisch. Eric warf einen kurzen Blick darauf und suchte nach Informationen, die Joëlles Tod erklären konnten. Sein Blick blieb erst hängen, als er die Nachricht vom Tod Laurent Copés fand. Er erinnerte sich vage an den Magier, den er in seiner Zeit bei Chavinier kennengelernt hatte, und fühlte ein leichtes Bedauern über den Tod des jungen Mannes. „Normalerweise hätte Dumont diese Patrouille führen sollen", dachte er laut nach. „Aber sein Name wird nirgends erwähnt. Das mag auch eine Rolle gespielt haben. Wenn sein Leutnant die Verantwortung hatte, haben sie vielleicht schneller aufgegeben. Die Stärke unserer Einheit hat mit Sicherheit auch dazu beigetragen, aber wir sollten Dumonts strategisches Geschick nicht unterschätzen."

„Wir brauchen mehr Informationen", knurrte Serrier aufgebracht. „Es muss eine Erklärung geben für das Versagen der Flüche, und auch Dumonts strategische Fähigkeiten stoßen irgendwann an ihre Grenzen. Wir können es nur nicht erkennen und beurteilen, weil uns die Fakten fehlen." Er sah Eric nachdenklich an. „Würden sie es dir abnehmen, wenn du zu ihnen zurückkehrst und behauptest, du hättest deinen Fehler eingesehen? Dieser Idiot, Payet, ist von Chavinier wieder aufgenommen worden."

Eric erstarrte. In dieser Situation hatte er sich seit seinem Seitenwechsel nicht befunden. „Ich weiß es nicht", erwiderte er vorsichtig. „Payet hat dich viel früher verlassen und hatte weniger Blut an den Händen als ich. Er hatte auch nicht meine Gründe, diese ganze Bagage zu hassen. Ich müsste wieder mit dem Mann zusammenarbeiten, der meine Frau und meine Kinder umgebracht hat. Ich habe ein gutes Pokerface, aber ich bin mir nicht sicher, ob sie mir das abnehmen."

„Denk darüber nach", befahl Serrier. „Wir brauchen einen Informanten in ihren Reihen. Ich bin es leid, eine Schlacht nach der anderen zu verlieren."

„ICH BRAUCHE Sonne", sagte Caroline entschuldigend, als sie und Mireille ihre Schicht beendeten. „Wenn ich Nachtdienst habe, brauche ich anschließend immer Sonne, sonst werde ich depressiv und unduldsam."

„Ich hatte überlegt, Monsieur Lombard zu besuchen", meinte Mireille. „Aber er ruht tagsüber lieber. Als wir ihn nach deiner Verletzung besucht haben, hat er eine Ausnahme gemacht und ist aufgestanden. Ich möchte ihn nicht stören, aber ich muss einige Dinge aus dem Haus holen. Können wir vorbeigehen, ohne länger zu bleiben?"

„Natürlich können wir das", erwiderte Caroline. „Ich kann später noch einen kleinen Spaziergang im Park bei meiner Wohnung machen."

Mireille lächelte. „Oder wir fahren nur einen Teil des Wegs mit der U-Bahn und gehen dann zu Fuß. Ich muss nicht schlafen, so wie du, und die Sonne ist immer noch eine neue Erfahrung für mich. Es ist eine schöne Art, den Vormittag zu verbringen."

Caroline strahlte sie erfreut an. Sie hatte in der vergangenen Nacht einige der anderen Teams beobachtet, um herauszufinden, ob auch die anderen Magier zu ihren Partnern diese unglaubliche Verbindung entwickelt hatten, die sie mit Mireille teilte. Von Alain hatte sie es schon gewusst; es schien allerdings, als ob einige der Partnerschaften einen wesentlich stürmischeren Verlauf nahmen als ihre. Jetzt war sie doppelt dankbar für das wunderbare Erlebnis, dass sie mit Mireille geteilt hatte.

Sie nahmen die Métro nach Pont Marie und gingen über die Brücke zur Île St-Louis und Monsieur Lombards Haus. Die Vorhänge waren fest zugezogen und das hieß, dass sich Monsieur überall im Haus aufhalten konnte. Mireille schloss die Tür auf und klingelte, um den alten Vampir auf ihre Rückkehr vorzubereiten. Vorsichtig achtete sie beim Eintreten darauf, dass keine Sonnenstrahlen ins Haus fielen. „Komm schnell rein", sagte sie leise zu Caroline.

Durch einen schmalen Türspalt betraten sie das Haus. Caroline war schon hier gewesen, aber sie staunte immer noch über die wunderbaren Dekorationen. Auch Mireille schaute in die dunklen Schatten. Sie fühlte die Augen ihres Arbeitgebers auf sie gerichtet. Mireille wusste nicht, wann er das letzte Mal Blut getrunken hatte, da sie nicht hier gewesen war, um für ihn jagen zu gehen. Vielleicht bildete sie sich den hungrigen Blick nur ein, mit dem Monsieur Caroline ansah. Sie fuhr ihrer Partnerin mit der Hand besitzergreifend über den Rücken und führte sie zur Treppe, um in ihr Zimmer zu gehen.

Caroline warf ihr einen überraschten Blick zu. Mireilles zärtlicher Griff und das verstohlene Schleichen durch Monsieur Lombards Haus ließen sie erschauern. Es erinnerte Caroline daran, wie sie vor vielen Jahren mit ihrem ersten Freund auf ihr Zimmer geschlichen war, um den Argusaugen ihrer Mutter zu entgehen. „Ich hätte auch unten auf dich warten können."

„Ich habe dich lieber bei mir", war Mireilles einzige Erklärung. Sie war sich ziemlich sicher, dass Caroline bei Monsieur Lombard keine Gefahr drohte, doch so konnte sie dieses Problem nicht nur umgehen, sondern hatte auch noch das Vergnügen, Caroline ihr Zuhause zu zeigen.

Die alten Dienstbotenquartiere unterm Dach waren komplett renoviert worden. Vier kleine Zimmer waren zu einem großen Wohnzimmer und einem Schlafzimmer zusammengelegt worden. Wie im Rest des Hauses waren auch hier die Fenster verschlossen, um das Sonnenlicht fernzuhalten.

Mireille zog die Jalousien hoch und ließ die Sonnenstrahlen ins Zimmer. „Du kannst dich auf die Couch setzen und warten oder ..." Sie errötete und warf einen Blick zur Schlafzimmertür. „Ich muss mich umziehen. Es dauert nicht lange."

Caroline ließ sie gehen, damit sie sich unbeobachtet umziehen konnte. Sie sah zu, wie sich die Tür hinter ihrer Partnerin schloss und nahm sich vor, diese Grenze zwischen ihnen so bald wie möglich niederzureißen.

Im Schlafzimmer zog Mireille sich eilig um und wünschte sich, sie hätte den Mut besessen, Caroline hereinzubitten. Dann packte sie einige Kleinigkeiten in eine Tasche und ging ins Wohnzimmer zurück. Caroline begrüßte sie mit einem Lächeln und einem Kuss. „Du musst dich nicht vor mir verstecken, Mireille."

„Ich weiß. Es tut mir leid. Ich bin es noch nicht gewöhnt, dass ..."

„Mach dir keine Sorgen", unterbrach Caroline sie. „Hast du alles, was du brauchst?"

„Ja", antwortete Mireille. „Jedenfalls für die nächsten Tage. Lass uns zu dir gehen und einen kleinen Spaziergang machen."

„Wir können die U-Bahn zum Place d'Italie nehmen und dann zu Fuß gehen. Es sind etwa dreißig Minuten und ich bekomme die Sonne, die ich brauche", schlug Caroline vor. Sie nahm Mireilles Tasche und transportierte sie in ihre Wohnung. Es gab wirklich keinen Grund, sie den ganzen Weg mitzuschleppen.

Mireille lächelte. „Das hört sich wunderbar an."

Die Fahrt mit der U-Bahn verlief, wie immer, ereignislos. Niemand warf ihnen auch nur einen zweiten Blick zu.

Die beiden Frauen schlenderten gemächlich Arm in Arm durch die Boulevards. Sie hatten es nicht eilig, hatten keine Verpflichtungen, bevor sie heute Abend wieder zum Dienst erscheinen mussten. Caroline musste noch einige Stunden schlafen, aber sie hatten trotzdem genug Zeit, die frische Luft und den Sonnenschein zu genießen.

Sie kamen zum Boulevard Montparnasse und machten einen Schaufensterbummel, ohne wirklich etwas kaufen zu wollen. Sie fühlten sich frei und unbekümmert. Dann fiel Caroline auf, dass ihre Partnerin vor einigen Läden länger verweilte.

„Willst du dich im Laden umsehen?", fragte sie, als Mireille vor der dritten Boutique stehenblieb.

„Was? Oh. Nein, es ist schon gut", erwiderte Mireille und wurde rot, als wäre sie beim Naschen ertappt worden.

„Sie haben hübsche Sachen", meinte Caroline. Nach kurzem Zögern legte sie Mireille die Hand auf den Rücken. „Du kannst dich ruhig auch ab und zu verwöhnen."

„Was sollte ich mit dem Flitter anfangen?", fragte Mireille ernst. „Ich bin eine Vampirin. Ich gehe nicht aus. Wieso sollte ich ein solches Kleid oder so hübsche Schuhe brauchen?"

Caroline fasste sie an der Hand und zog sie in das Geschäft. „Ich habe in einigen Tagen vierundzwanzig Stunden frei. Und das heißt, dass du auch frei hast. Es gibt einen neuen Club ganz bei mir in der Nähe, den ich noch nicht besucht habe. Wir gehen tanzen."

„Wirklich?", fragte Mireille ungläubig und ihre Augen fingen an zu glänzen. „Ich bin seit Jahren nicht mehr tanzen gegangen."

Caroline lächelte, als sie die Begeisterung in den Augen ihrer Partnerin sah. „Dann such dir was Schönes aus", drängte sie Mireille, in deren Miene Sehnsucht und Unsicherheit miteinander kämpften. Caroline wollte es mit beidem aufnehmen.

Mireille sah sich in dem Laden um und bestaunte all die schönen Dinge, die sie sich normalerweise nicht gönnte, weil sie für ihre Arbeit bei Monsieur Lombard nicht nötig waren. Selbst wenn sie auf Jagd ging, putzte sie sich nicht übermäßig heraus. Doch für eine Nacht mit Caroline wollte sie sich so schön wie möglich machen.

„Lass dir Zeit", meinte Caroline, als Mireille sich unentschlossen umsah und nicht wusste, womit sie anfangen sollte. „Wir haben es nicht eilig." Sie trat an Mireilles Seite und streichelte ihr sanft über den Rücken. „Stell dir nur vor ... Wir beide tanzen Arm in Arm und können unsere Hände nicht bei uns behalten, dürfen uns aber auch nicht gehen lassen. Ich will mit dir angeben", flüsterte sie ihrer Partnerin ins Ohr.

Mireille lehnte sich an sie. Carolines leise Worte hatten sie erregt. „Solange ich auch mit dir angeben darf", sagte sie.

Caroline lachte kehlig und faste sie um die Taille. „So viel du willst."

„Kann ich Ihnen behilflich sein?", wurden sie von einer Verkäuferin unterbrochen. „Meine Damen?"

„Meine Freundin sucht ein Kleid", antwortete Caroline und zog sich weit genug zurück, um dem Anstand Genüge zu tun, ließ aber ihre Hand auf Mireilles Rücken ruhen. Der Tonfall der Verkäuferin gefiel ihr nicht. Die Frau war jung und modisch gekleidet, aber ihre Vorurteile gehörten der Vergangenheit an.

Die Verkäuferin nickte. Ihrem säuerlichen Gesichtsausdruck war das Missfallen deutlich anzusehen. Trotzdem war sie offensichtlich professionell genug, um potentielle Kundinnen nicht zu verschrecken. Sie arbeitete auch schon lange genug hier, um die Kleidergröße Mireilles sofort abzuschätzen. „Für welchen Anlass ist das Kleid gedacht?", fragte sie und ging auf den Ständer zu, an dem die Kleider in Größe 36 hingen.

„Wir wollen tanzen gehen", antwortete Caroline und nahm all ihre Geduld zusammen, um die Verkäuferin nicht zurechtzuweisen. Welches Recht hatte diese Frau, sie und Mireille zu verurteilen? „Ich möchte mit meiner Partnerin angeben", fügte sie schnell hinzu, weil sie genau wusste, dass sie die junge Frau damit noch mehr provozieren konnte. Und, was noch wichtiger war, weil Mireille es hören konnte und so wusste, wie begehrenswert sie für Caroline war. Sie musste sich ein Grinsen verkneifen, als die Verkäuferin bei dem Wort ‚Partnerin' zusammenzuckte. Caroline fragte sich, wie die Frau wohl auf das Wort ‚Geliebte' reagiert hätte.

Als Caroline die Größe sah, die die Verkäuferin ausgesucht hatte, schüttelte sie den Kopf. „Nein, wir nehmen Größe 34. Ich bin mir sicher, dass 36 für Mireille zu groß ist. Und außerdem will ich allen zeigen, welches Glück ich gehabt habe", sagte sie entschieden und ließ ihre Hand über die sanften Kurven ihrer Partnerin wandern.

Die Verkäuferin sah daraufhin noch eine Spur säuerlicher aus, als sie die beiden zur Kleiderabteilung führte. Caroline übernahm sofort die Initiative und fing zu stöbern an. Sie hatte genaue Vorstellungen, was zu ihrer Partnerin passen würde. Rot und Pastell schieden aus, weil es die falschen Farben waren. Sie entdeckte ein Seidenkleid, das einen wunderbaren, gedämpften Goldton hatte. „Was meinst du, Miri?", fragte sie und hielt es Mireille hin. Sie konnte sich schon gut vorstellen, wie sich das eng geschnittene Kleid an Mireilles weibliche Kurven anschmiegte.

Mireilles Augen begannen zu glänzen, als sie das Kleid sah. „Es ist wunderschön, aber ich kann doch nicht …"

„Doch, du kannst", zerstreute Caroline Mireilles Zweifel. „Wir möchten es anprobieren", sagte sie zu der Verkäuferin.

Die junge Frau führte sie mit einem missbilligenden Blick zu den kleinen Umkleidekabinen im hinteren Bereich des Ladens. „Vielen Dank", sagte Caroline und entließ sie mit einer Handbewegung. „Wir melden uns, wenn wir Ihre Hilfe brauchen."

Mit einem widerwilligen Nicken drehte die Frau sich um und ging wieder in den Verkaufsbereich zurück. Caroline schenkte ihrer Reaktion nicht die geringste Beachtung und zog Mireille hinter den Vorhang der Umkleidekabine. „Zieh es an", drängte sie und machte sich daran, Mireilles Mantel zu öffnen.

Mireille lachte und schlug Carolines Hände zur Seite. „Ich ziehe es ja an, aber du musst draußen auf mich warten. Ich will es dir erst zeigen, wenn alles perfekt ist."

„Spielverderberin", sagte Caroline neckend und gab ihr noch schnell einen Kuss, bevor sie die Kabine wieder verließ, um Mireilles Intimsphäre zu respektieren.

In der Kabine lehnte Mireille sich an die Wand und versuchte, sich wieder unter Kontrolle zu bekommen. Carolines besitzergreifende Berührungen hatten ihren Körper zum Klingen gebracht. Mireille hatte ihre Partnerin schon in den unterschiedlichsten Situationen erlebt, seit sie sich das erste Mal begegnet waren. Caroline war schon unter normalen Umständen kein Schwächling und ließ sich nicht einfach zur Seite schieben, aber in dieser Laune war sie eine echte Naturgewalt.

Mireille holte tief Luft und zog sich dann bis auf die Unterwäsche aus, um das Kleid anzuprobieren, das Caroline für sie ausgesucht hatte. Sie fuhr mit den Fingern bewundernd über die zarte Seide und hoffte, dass es ihr passen würde. Wahrscheinlich würde es an ihr nicht mehr so schön aussehen wie auf den Kleiderbügel. Sie war vielleicht ‚hübsch' und ‚süß', aber sie hatte sich schon lange damit abgefunden, dass sie niemals als ‚umwerfend' oder ‚sexy' bezeichnet würde. Mireille zog sich das Kleid über den Kopf und strich es glatt. Innerlich bereitete sie sich schon auf die Enttäuschung in Carolines Gesicht vor, wenn sie den Erwartungen ihrer Partnerin nicht entsprechen konnte.

Ohne sich die Mühe zu machen, noch einen Blick in den Spiegel zu werfen, stählte Mireille sich für die Reaktion ihrer Partnerin und verließ die Kabine. Sie war auf vieles vorbereitet gewesen, aber nicht auf das, was dann geschah. Bevor sie wusste, wie ihr geschah, war sie wieder hinter den Vorhang geschoben worden und wurde leidenschaftlich geküsst. „Ich wusste, dass du wunderschön bist", sagte Caroline atemlos. „Aber ich hatte keine Ahnung, wie verdammt sexy du sein kannst. Die Männer im Club werden bestimmt gelb vor Neid. Und die meisten Frauen auch."

Mireille blinzelte erschrocken und ihr Körper reagierte schon wieder, ohne sich um ihren Verstand zu scheren. Sie drückte sich an die Hände, die sie durch die dünne Seide streichelten. Sexy? So war sie noch nie genannt worden. Aber Carolines Hände und ihr Mund sprachen eine andere Sprache. Würden diese langen, eleganten Finger über ihre Hüften und ihr Hinterteil gleiten, wenn die Magierin sie nicht attraktiv fände? Würden die vollen Lippen sich so über ihren Mund hermachen, wenn Caroline sie nicht sexy fände? Ohne nachzudenken, drückte Mireille sich einladend an ihre Partnerin, die der Aufforderung sofort nachkam und mit der Hand in den seitlichen Schlitz des Kleides fuhr, um Mireilles nackte Haut zu suchen. Höher und höher glitt Carolines Hand, während sie mit der anderen in den tiefen Ausschnitt griff und Mireilles Brüste streichelte.

„Ich will dich", flüsterte Caroline und blies ihr sanft ins Ohr. „Glaubst du, die prüde Kuh da draußen würde merken, wenn ich dich jetzt liebe?"

Mireille versuchte erfolglos, das Stöhnen zu unterdrücken, das ihr bei diesem Gedanken entfuhr. Sie wollte Carolines Hände und Lippen ohne den trennenden Stoff auf ihrer Haut spüren. Ihr wurde warm, wie ihr sonst nur warm wurde, wenn sie Blut trank. Sie konnte das Pochen ihres Pulses fühlen, am Hals, in den Brüsten und zwischen den Schenkeln. Mireille hob das Bein, das Caroline streichelte, und schlang es um die Beine ihrer Partnerin, um sie näher an sich zu ziehen. Dann suchte sie nach den Knöpfen von Carolines Mantel, um das störende Kleidungsstück zu öffnen und loszuwerden.

„Kann ich Ihnen noch behilflich sein?"

Die Stimme der Verkäuferin brach den Bann und Mireille zuckte zusammen. Sie wollte sich zurückziehen, aber Caroline ließ sie nicht weit kommen. „Nicht hier", keuchte Mireille, die immer noch nicht wieder ganz in der Wirklichkeit angekommen war. „Bring mich nach Hause, dort kannst du mit mir machen, was du willst."

„Was ich will?", neckte Caroline und knabberte an Mireilles Ohrläppchen. Sie hätte vor Frustration am liebsten laut geflucht, aber dafür konnte ihre Vampirin nichts. „Das ist ein großzügiges Angebot."

„Ich meine es ernst", versprach Mireille. „Bring mich nur nach Hause."

Caroline erkannte das Begehren in Mireilles Blick, das trotz der Störung durch die Verkäuferin nicht erloschen war. Sie nickte. „Gib mir das Kleid. Ich bezahle es, während du dich wieder anziehst."

Mireille nickte ebenfalls und winkte Caroline nach draußen. Sie war zu erregt, um sich vor ihrer Partnerin auszuziehen, wenn keine Chance auf unmittelbare Befriedigung bestand. Nachdem Caroline die Kabine verlassen hatte, zog Mireille das Kleid aus und reichte es ihr durch einen Spalt im Vorhang. Dann zog sie sich wieder an. Zu ihrer Überraschung fühlte sie sich immer noch sexy. In den weiten Hosen und dem bequemen Pullover steckte immer noch die gleiche Frau, die ihre Geliebte vor wenigen Minuten zu solcher Leidenschaft inspiriert hatte. Mireille fühlte sich voller Energie, als sie die Umkleidekabine verließ und zu Caroline in den Laden zurückkam. Die Magierin hatte schon bezahlt und Mireille nahm sie an der Hand. „Lass uns gehen", sagte sie.

Caroline warf der lästigen Verkäuferin noch einen bösen Blick zu und zog Mireille hinter sich her auf die Straße. „Fünfzehn Minuten", sagte sie. „Wenn wir uns beeilen, können wir in fünfzehn Minuten zuhause sein."

„Dann beeilen wir uns", erwiderte Mireille und passte sich dem Schritt Carolines an. Sie wäre alleine schneller gewesen, aber sie wollte bei ihrer Geliebten bleiben. Sie hielten sich fest an den Händen, als sie durch die Straßen eilten.

Das kaum gezügelte Verlangen, das sie auch in Carolines Blick erkennen konnte, ließ sie schneller gehen. Mireille konnte kaum etwas anderes fühlen, deshalb dauerte es einige Sekunden, bis sie bemerkte, dass noch ein anderes, unangenehmeres Gefühl durch ihren Körper fuhr.

„Caroline!"

Mireilles Stimme klang panisch und voller Schmerzen. Caroline konnte es erst nicht verstehen, denn es wollte nicht zu der Leidenschaft passen, die sie beide eben noch geteilt hatten. „Was ist los?", fragte sie dann erschrocken und drehte sich zu Mireille um.

„Die Sonne …", keuchte Mireille und krümmte sich vor Schmerz. „Sie verbrennt mich."

38

CAROLINE SAH sich panisch um und suchte nach einer Möglichkeit, die Vampirin vor der Sonne in Schutz zu bringen. Dann sah sie ein billiges Hotel an der nächsten Straßenecke. „Komm", sagte sie, fasste Mireille an der Hand und zog sie hinter sich her in Sicherheit.

Mireilles Haut brannte und sie konnte vor Schmerzen kaum laufen. Schwer stützte sie sich auf Caroline, als sie sich auf den Weg zu dem Hotel machten. Die Lobby war wohltuend düster, doch das Brennen ließ nicht nach. Es wurde zwar nicht schlimmer, aber auch nicht besser.

„Ich brauche ein Zimmer", rief Caroline. „Sofort!"

Der Manager sah sie misstrauisch an, akzeptierte jedoch Carolines Kreditkarte und gab ihnen einen Zimmerschlüssel. Mireille hatte immer noch Schmerzen, als sie die Treppe hinaufstiegen, aber die Panik hatte glücklicherweise nachgelassen. „Er denkt …", keuchte sie.

„Es spielt keine Rolle, was er denkt", unterbrach Caroline sie und öffnete die Zimmertür. Sie fühlte sich schuldig, Mireille durch ihre Unachtsamkeit in Gefahr gebracht zu haben. So schön es gewesen war, einkaufen zu gehen, sie hätte aufmerksamer sein müssen. „Warte hier, bis ich die Vorhänge zugezogen habe."

Mireille lehnte sich schwer an den Türrahmen, während Caroline zum Fenster ging und das Zimmer abdunkelte. Dann war das tödliche Sonnenlicht ausgeschlossen. „Komm, ich kümmere mich um dich", sagte Caroline und zog Mireille ins Zimmer. Selbst in dem unbeleuchteten Zimmer war die graue Farbe von Mireilles sonst so blasser Haut zu erkennen.

„Ich brauche Blut", erklärte Mireille, während sie sich von Caroline ins Zimmer helfen ließ. „Es ist die einzige Möglichkeit, die Verbrennungen zu heilen."

Caroline nickte und zögerte keine Sekunde, sich den Schal und den Mantel auszuziehen. Dann legte sie sich auf das schmuddelige Bett, warf den Kopf in den Nacken und streckte die Arme nach ihrer Geliebten aus.

Mireille ließ sich die Schmerzen nicht anmerken, als sie sich an Carolines Seite legte. Sie streichelte der Magierin über die zarte Haut und beugte den Kopf, um den Mund auf Carolines schlanken Hals zu drücken. Obwohl sie dringend Blut brauchte, ließ sie sich Zeit und leckte über die bleiche Haut, bis ihr Speichel die Stelle ausreichend befeuchtet hatte, an der sie zubeißen wollte. Ihr Zustand würde sich nicht bessern, bevor sie sich nicht satt getrunken hatte. Er würde sich aber auch nicht verschlechtern, denn sie war jetzt vor den Sonnenstrahlen geschützt. Dadurch hatte Mireille Zeit, um Caroline die Aufmerksamkeit und Fürsorge zu geben, die sie verdiente.

„Mach schon", drängte Caroline und öffnete die Augen. Mireilles brauner Augen waren die Schmerzen noch deutlich anzusehen. „Du tust mir nicht weh."

Mireille wollte vor Freude fast das Herz zerspringen, als sie das Vertrauen in Carolines Blick erkannte. Sie drehte den Kopf zur Seite und versenkte ihr langen Zähne in Carolines Hals. Schon beim ersten Blutstropfen spürte sie, wie die Schmerzen nachließen und die Verbrennungen wieder verheilten. Carolines Blut schmeckte berauschend nach Besorgnis und Liebe. Sie konnte nicht aufhören, davon zu trinken, auch als ihre Haut schon lange wieder geheilt war.

„Hilft es?", fragte Caroline nach einigen Minuten.

Mireille tastete nach Carolines Hand und drückte sie zärtlich, ohne den Mund von ihrem Hals zu nehmen. Dann streichelte sie Caroline über den Arm und die Brust, um dem Blut noch den Geschmack nach Begehren hinzuzufügen, der bald die Besorgnis überlagerte.

„Mireille!", keuchte Caroline in einer Mischung aus Protest und Ermutigung. Die Angst um ihre Partnerin hatte sie ihr Verlangen vergessen lassen, aber diese eine Berührung Mireilles reichte aus, um wieder die Lust in Caroline zu wecken. Sie bog den Rücken durch und presste sich an Mireille, deren Hände und Zähne die gleiche unwiderstehliche Wirkung auf sie ausübten wie bei jedem Biss.

Der Geschmack von Carolines Begehren feuerte Mireilles Leidenschaft an, sodass sie beide mehr und mehr außer Kontrolle gerieten und schließlich erschöpft und befriedigt auf die Matratze sanken.

Nach einiger Zeit hob Mireille den Kopf und leckte über die Bisswunde an Carolines Hals, bis sich die beiden kleinen Löcher in der Haut wieder geschlossen hatten. Als sie mit ihren Bemühungen zufrieden war, hob sie den Kopf und sah Caroline an. „Es war nicht deine Schuld", sagte sie. „Ich habe nicht aufgepasst. Das nächste Mal werden wir vorsichtiger sein."

„Ja, das werden wir", erwiderte Caroline entschieden. „Ich will dich nicht verlieren, Miri."

Carolines herzliche Worte zauberten ein Lächeln auf Mireilles Lippen und ihre grünen Augen glänzten, obwohl nicht eine einzige Träne daraus hervorquoll. Sie küsste Caroline sanft auf den vollen Mund, als ein Geräusch im Hotelflur ihre Aufmerksamkeit erregte. „Wir beide gehen jetzt nur noch zusammen nach Hause, wo kein neugieriger Hotelmanager vor der Tür steht und lauscht, weil er wissen will, was wir hier treiben. Dann wirst du schlafen. Und wenn du wieder aufwachst, werde ich das Versprechen einlösen, das ich dir in der Boutique gegeben habe."

„Was willst du?", fragte Jude barsch. Er war sich sicher, seine Partnerin nicht richtig verstanden zu haben.

„Ich muss einen Repère für dich machen", wiederholte Adèle, die all ihre Geduld zusammenreißen musste. „Und der einzige Weg für einen Vampir ist, dass ich dir etwas Blut abnehme und es auf ein Objekt deiner Wahl streiche. Es dient nur deinem Schutz."

Als Jude nicht sofort antwortete, runzelte sie die Stirn. „Oder hast du Angst vor einem kleinen Einstich?", fragte sie ungehalten.

Das konnte sich Judes Stolz nicht gefallen lassen. „Ich habe vor gar nichts Angst, was du tun könntest", blaffte er sie an.

„Nun, dann entscheide dich für einen passenden Gegenstand, damit wir die Sache hinter uns bringen", schlug sie ungerührt vor. Sie war es leid, mit ihm zu streiten. Sie hatten ihren Dienst noch nicht begonnen, und schon ging es wieder los.

Jude wollte sich von ihr nicht vorführen lassen und sah sich suchend um. Dann beschloss er, einfach seine Armbanduhr zu nehmen. Wahrscheinlich war es sowieso egal, für was er sich entschied. Adèle legte die Uhr auf den Tisch und streckte die Hand aus.

„Ich muss dir das Blut selbst abnehmen", sagte sie und bereitete sich innerlich auf einen neuen Wutausbruch Judes vor.

Zu ihrer Überraschung sah Jude sie nur lange an, dann hielt er ihr die Hand hin.

Jude beobachtete genau, wie Adèle seine Hand umdrehte und ein kleines Messer vom Tisch nahm. Er musste ein Zittern unterdrücken, weil er vor seiner Partnerin keine Schwäche zeigen wollte. Der Einstich war kaum spürbar und auch nicht der Grund für sein Zittern. Aber es war sonst immer er, der seinen Opfern das Blut abnahm, nicht umgekehrt. Diese Umkehrung der Rollen machte ihn vom Jäger zum Gejagten. Es war unerhört.

Adèle rieb ihm über den Puls, bis genug Blut für die Beschwörung aus der kleinen Wunde geflossen war. Der Kontakt mit ihrer Haut ließ Jude innerlich erbeben. Er unterdrückte auch diese Reaktion, betrachtete Adèle jetzt aber mit neuen Augen. Sie war aufs Äußerste konzentriert, während sie den Spruch murmelte, mit dem sie sein Blut an die Uhr und dadurch an die Karte binden wollte. Er hatte sie schon früher beim Ausüben ihrer Magie erlebt, aber das war immer in der Öffentlichkeit geschehen, und auch dann war er meistens mit seiner Verteidigung beschäftigt und abgelenkt gewesen.

Als Jude jetzt die Konzentration in ihrem Gesicht sah, mit der sie sich ihrer Magie widmete, um ihn zu schützen, fragte er sich, ob er sie nicht zu voreilig und nur aufgrund ihres Äußeren falsch beurteilt hatte. Ihre offensichtliche Macht übte eine größere Faszination auf ihn aus als ihre Schönheit. Er hatte sie für ein Spielzeug der männlichen Magier gehalten, die mehr ihres Aussehens als ihrer Fähigkeiten wegen geschätzt wurde. In seiner Zeit hätte das zugetroffen und er würde Frauen nie anders beurteilen können. Er gestand sich ein, dass er ihren Mangel an Zurückhaltung attraktiv fand, aber er konnte dieser Anziehung widerstehen. Die Macht, die sie jetzt ausübte und die in ihrer Magie sichtbar wurde, war allerdings nicht so leicht zu übersehen.

Adèle ließ seine Hand los und gab ihm die Uhr zurück. „Behalte sie immer bei dir, wenn wir im Dienst sind", wies sie ihn an. „Sie wird, im Gegensatz zu meinem Repère, immer auf der Karte sichtbar sein. Aber lokalisieren können wir dich damit nur, wenn du sie auch bei dir trägst. Ansonsten sehen wir nur den Aufbewahrungsort der Uhr."

Jude war immer noch im Bann ihrer Magie. Anstatt ihr die Uhr abzunehmen, griff er nach ihrer Hand und zog sie an sich, um sie zu umarmen. Es wunderte ihn nicht, dass sie sich sofort gegen seine Absicht zur Wehr setzte. Er hatte ihre aufbrausende Natur schon erlebt, aber sie hatte gegen seine übernatürlichen Kräfte keine Chance.

Adèle erkannte sofort, was Jude vorhatte. Sie wollte sich wehren, wusste aber nach dem Erlebnis mit dem Kuss, dass es ein sinnloses Unterfangen war. Also hielt sie einfach still und zeigte keinerlei Reaktion, als er den Mund auf ihre Lippen legte. Sie wünschte, seine Verführung wäre real und er wäre ein Mann, der sie zu schätzen wusste. Aber diese Hoffnung wäre Selbstbetrug. Als er sie wieder losließ, trat sie einen Schritt zurück und wischte sich mit dem Handrücken über den Mund. Dabei funkelte sie ihn so wütend an, dass er im Reflex ebenfalls einen Schritt zurücktrat. „Aus welchem Jahrhundert bist du eigentlich?"

Die kalte Geringschätzung in ihrem Blick ließ sein Herz wieder verhärten. So schön und so mächtig sie auch war, sie hatte weder die Zurückhaltung noch die Bescheidenheit, die die Frauen seiner Zeit auszeichnete. Sie hatte einfach nichts von dem, was eine Frau für ihn begehrenswert machte. „Aus dem 16. Jahrhundert", erwiderte er scharf und drehte sich auf dem Absatz um, um sie stehen zu lassen.

„Das erklärt deine Neanderthalermentalität", fauchte sie. „Aber die sind schon lange ausgestorben. Zu schade, dass du dich ihnen nicht angeschlossen hast."

„Sei froh, dass ich es nicht getan habe", erwiderte er. „Sonst hättest du jetzt keinen Partner."

Sie lachte bitter. „Oder ich hätte einen richtigen Partner, keinen überheblichen Tölpel, der ein Nein nicht verstehen kann."

Jude kam wieder auf sie zu. Er war wider Willen beeindruckt von ihrer furchtlosen Art. „Noch habe ich dieses Wort von dir nicht gehört, mein Schätzchen", stellte er richtig und fasste sie am Kinn. Dann küsste er sie wieder, dieses Mal mit mehr Aggressivität.

„Verschwinde", befahl sie ihm. „Und damit wir uns recht verstehen … Nein, ich will von dir nicht geküsst werden. Nein, ich habe auch sonst kein Interesse an dir. Ich will nichts von dir, was nicht zu den unabdingbaren Erfordernissen der Allianz gehört."

Judes Miene verhärtete sich und er verließ den Raum. Für einen Augenblick hatte er gedacht – vielleicht sogar gehofft –, dass sie eine gemeinsame Grundlage finden könnten. Es schien unmöglich zu sein. Kochend vor Wut und auf Krawall gebürstet, ging er durch den Flur. Er sah ein Paar, das in einer Ecke stand und sich umarmte. Der Mann küsste seine Partnerin zärtlich am Hals. Dann ließ er sie los und gab ihr noch einen Klaps auf den Hintern, bevor sie durch den Gang verschwand und ihn zurückließ.

„Kein Glück gehabt mit dem Weib?", fragte Jude feixend.

Justin wirbelte erschrocken herum und suchte nach dem Urheber des abwertenden Kommentars.

Jude. Das hätte er sich denken können.

„Nur weil ich Manns genug bin, eine Frau als Partnerin zu akzeptieren, muss ich sie nicht gleich ins Bett zerren", erwiderte er, obwohl er genau wusste, dass Catherine nichts dagegen gehabt hätte. Schließlich hatte sie ihn angesprochen, nicht er sie. Und ihre Zeit zusammen hatte nichts mit dem zu tun, was Jude mit seinem unflätigen Kommentar andeuten wollte. „Im Gegensatz zu einigen anderen ist mir nicht entgangen, dass sich die Zeiten geändert haben."

„Aber nicht zum Besseren", sagte Jude aufbrausend und erinnerte sich an die Zeiten, in denen eine Frau wie Adèle sich noch geschmeichelt gefühlt hätte durch sein Angebot.

„Immer noch zu unsicher, um zuzugeben, dass deine Partnerin eine genauso gute Kämpferin ist wie du?", fragte Justin herausfordernd. Er kannte Jude schon viel zu lange, um dessen Frauenfeindlichkeit noch länger zu tolerieren.

„Keine Frau ist so gut wie ich."

„Wirklich?", fragte Justin sarkastisch. „Ich kenne mehr als eine, die dir da widersprechen würde. Wenn ich die Wahl zwischen dir und Catherine hätte, ich würde mich jederzeit für sie entscheiden. Auf sie kann ich mich immer verlassen." Er verstummte und legte übertrieben nachdenklich die Stirn in Falten. „Ich glaube, mir wäre sogar deine Partnerin lieber als du. Sie muss ein Ausbund an Pflichtgefühl sein, dass sie es mit dir aushält", fügte er dann hinzu.

Ohne Judes Antwort abzuwarten, drehte Justin sich um und ging den Flur hinab. Er hatte Mitleid mit Adèle, die mit einem solchen Holzkopf von Partner geschlagen war. In gewisser Weise tat ihm aber auch Jude leid. Das Leben des Vampirs würde im Laufe der Jahre nicht einfacher werden. Kopfschüttelnd wandte er sich wieder angenehmeren Gedanken zu. Catherine erwartete ihn in ihrem Büro. Er musste trinken, und mit etwas Glück würde sie ihm auch mehr erlauben. Das letzte Mal hatten sie sich geliebt. Justin war wirklich ein Glückspilz. Seine Partnerin war nicht nur eine erstaunliche Magierin, sie war auch noch unglaublich begehrenswert.

Als Justin zu Catherines Büro kam, stand die Tür offen und er trat ein, ohne vorher anzuklopfen. Sie hatte ihm mehr als klargemacht, dass er sich wie zuhause fühlen sollte. Catherine war mit einem Telefonat beschäftigt und machte sich Notizen. Er bewunderte ihre Schönheit, während er das Ende ihres Gesprächs abwartete. Die langen, dunklen Haare fielen ihr auf die Schultern und über den Rücken. Sie umrahmten ihr Gesicht und betonten ihre Kurven, die genau an den richtigen Stellen saßen und Justins Blicke wie magisch anzogen. Die olivfarbene Haut ließ auf ihre mediterrane Herkunft schließen. Sie hörte ihn kommen, lächelte ihm freundlich zu und winkte ihn zu dem Sessel, der in einer Ecke des Büros stand.

Justin erwiderte ihr Lächeln und nahm Platz. Als sie endlich den Hörer auflegte, wandte sie sich ihm zu und strahlte ihn an. Er kannte diesen Ausdruck. Er hatte ihn in der Nacht gesehen, als sie ihn das erste Mal in ihr Bett eingeladen hatte.

Catherine stand auf und kam mit schwingenden Hüften zu ihm. Sie setzte sich auf seinen Schoß. „Wird es nicht Zeit, dass du etwas trinken musst?", schnurrte sie in einem Ton, der nicht nur seinen Appetit auf Blut weckte.

„Ist das ein Angebot?", fragte er scherzhaft zurück, obwohl ihre Arme um seine Schultern ihm schon die Antwort gegeben hatten.

Sie senkte den Kopf und küsste ihn mit offenem Mund. Er fuhr mit den Fingern durch ihre seidigen Haare und sie legte einladend den Kopf zur Seite. Als er an ihren Lippen knabberte, stöhnte sie leise und seine Zähne wurden länger. Er fuhr ihr über die Haut, biss aber noch nicht zu. Er musste die richtige Stelle auswählen, damit die Bisswunde ihr nicht unangenehm war.

Catherines schlanke Hände glitten zwischen ihre Körper und streichelten über seine Brust. Dann öffnete sie ihm die Hose und nahm ihn in die Hand. „Verdammt, Catherine", keuchte er, als sie ihn streichelte.

„Oh ja", sagte sie neckend und schob sich den Rock nach oben. „Darauf habe ich schon den ganzen Tag gewartet."

Er stützte sie mit den Händen ab und fuhr ihr über die strumpfbedeckten Beine, bis er, weiter oben, nackte Haut fühlte. Und noch mehr Haut. „Bist du die ganze Nacht unten ohne rumgelaufen?", fragte er, als er ihr über den nackten Hintern streichelte.

Sie schüttelte lachend den Kopf. „Nein, ich habe meine Unterwäsche gerade erst ausgezogen. Ich wollte nicht länger warten." Sie knabberte an seinem Hals. „Es stört dich doch nicht, oder?"

Als ob ein Mann etwas dagegen haben könnte, wenn eine so wunderbare Frau wie Catherine ihn begehrte! „Ganz und gar nicht", knurrte er und hob sie hoch, um mit seinem steifen Schwanz zwischen ihre Beine zu kommen. Er fuhr ihr mit den Lippen über den Hals und suchte nach der perfekten Stelle für seinen Biss. Ihr Hals war von halb verheilten, kleinen Wunden übersät, ein Beweis dafür, wie oft sie ihn schon eingeladen hatte. Justin schob den Kragen ihrer Bluse zur Seite und entschied sich für die Stelle direkt unter dem Schlüsselbein. Sorgfältig bereitete er die zarte Haut mit seiner Zunge vor, bevor er zubiss und die Zähne tief in ihrem Fleisch versenkte. Im gleichen Moment versenkte er seinen Schwanz in ihrem willigen Körper. Catherine schrie kurz auf, aber er konnte die Leidenschaft in ihrem Blut schmecken und ließ sich durch ihren Aufschrei nicht irremachen. Stattdessen saugte er stärker, während Catherine sich stöhnend auf seinem Schwanz auf und ab bewegte.

Sie kam schnell zum Höhepunkt und krampfte sich um seinen Schwanz zusammen, während er in sie hineinstieß und das lebensspendende Blut aus ihren Adern saugte. Justin wusste aus Erfahrung, dass er sich nur etwas gedulden musste, und sie würde erneut zum Höhepunkt kommen. Er wurde langsamer und gab ihr damit die Chance, sich zu erholen und seinem Rhythmus wieder anzupassen. Es dauerte nicht lange, bis er das wiedererwachende Begehren in ihrem Blut schmecken konnte und sie sich wieder schneller bewegte. Dieses Mal hielt er sich nicht zurück, ließ sich von ihrem Orgasmus mitreißen und dann sackten sie, immer noch miteinander vereint, befriedigt in dem Sessel zusammen.

39

SEBASTIEN SCHLOSS leise hinter sich die Schlafzimmertür und ging durch den Flur ins Wohnzimmer. Er setzte sich aufs Sofa und erinnerte sich an seine guten Manieren. Er sollte nicht in Thierrys Sachen rumschnüffeln. Daran änderte sich auch nichts durch dessen Eingeständnis, sich zu Sebastien hingezogen zu fühlen. Noch nicht. Erst dann, wenn Thierry es Sebastien gegenüber selbst zugeben konnte und nicht nur mit Alain darüber sprach. Diese Erkenntnis änderte jedoch nichts an Sebastiens Neugier. Er gab schließlich nach und redete sich ein, dass er ja nur die offen zugänglichen Dinge ansehen wollte.

Während er durchs Zimmer ging, stellte er zu seinem Erstaunen fest, dass es nichts enthielt, was ihn irgendwie an Thierry erinnerte. Nichts deutete auf Thierrys Einfluss oder Anwesenheit in diesem Haus hin. Er betrachtete sich die Fotos auf der Kommode und runzelte die Stirn. Auf vielen Bildern war eine Frau zu erkennen und er nahm an, dass es sich dabei um die verstorbene Aleth handelte. Er fragte sich auch, wer der Mann war, der oft mit ihr zusammen auf den Fotos zu sehen war und der weder mit Thierry noch mit dessen Frau die geringste Ähnlichkeit hatte. Hatte sie sich einen Liebhaber genommen? Der Gedanke gefiel ihm nicht, denn er wusste, dass sein Partner die Hoffnung gehegt hatte, sich nach dem Krieg wieder mit seiner Frau zu versöhnen. Dass ihr Thierry so gleichgültig war, obwohl sie dessen Hoffnungen gekannt haben musste, machte Sebastien wütend. Sein Magier hatte diese Behandlung nicht verdient.

Sebastien atmete tief durch. Nur ruhig. Das waren bloße Vermutungen. Sicher, die Fotos ließen diesen Eindruck entstehen, aber er wusste nicht, wer der Mann wirklich war. Es konnte sich auch um einen Cousin oder alten Freund handeln. Das würde die Vertrautheit erklären, die in der Körpersprache der beiden zu erkennen war.

Sebastien wunderte sich, warum der Magier ihn in dieses Haus gebracht hatte und wo er jetzt wohnte. Wollte Thierry ihn damit auf Distanz halten oder ihn daran erinnern, dass er verheiratet gewesen war und seine Frau immer noch liebte? Das hatte Sebastien schon in Thierrys Blut schmecken können. Die Trauer des Mannes war von Anfang an deutlich spürbar gewesen und hatte seitdem kaum nachgelassen, trotz der Worte, die Sebastien heute früh in Thierrys Büro belauscht hatte.

Sebastien gab sich Mühe, das Denken wieder in sein Gehirn zurück zu verlagern, anstatt es seiner Libido zu überlassen. Er dachte darüber nach, was er seit dem Beginn der Allianz gesehen und gehört hatte. Viele Partnerschaften waren mittlerweile zu engen, persönlichen Beziehungen zwischen Magier und Vampir geworden. Er hatte Vampire erlebt, die seit Jahrzehnten zurückgezogen gelebt hatten und jetzt plötzlich Seite an Seite mit einem Magier kämpften, den sie kaum kannten, die ihre Magier mit einer Entschlossenheit und Hingabe verteidigten, für die Sebastien keine logische Erklärung fand. Blair war das perfekte Beispiel. Nach nur vier Tagen Partnerschaft war er durch den Tod seines Magiers in eine Verzweiflung gestürzt worden, die so unerklärlich wie unübersehbar war. Blair hatte gestern kaltblütig eine Frau getötet, weil sie seinen Partner ermordet hatte.

Am bemerkenswertesten war die Veränderung, die Orlando mitgemacht hatte. Sebastien wusste nur wenig über die Geschichte des jungen Vampirs, aber er wusste, dass Orlando keinen Grund hatte, leichtfertig und schnell einem anderen Menschen sein Vertrauen zu schenken. Trotzdem hatte Orlando sich mit einem unauflösbaren Versprechen an seinen Magier gebunden, und das gerade mal drei Tagen nach ihrer ersten Begegnung. Sebastien konnte die Anziehung zwischen den beiden verstehen. Er hatte sich damals innerhalb weniger Wochen in Thibault verliebt. Aber das war nicht vergleichbar, denn er hatte nicht die Narben, die Orlando aus seiner unglücklichen Vergangenheit zurückbehalten hatte. Dennoch war Orlandos Partnerschaft die allumfassendste und engste von allen. Egal, wie der Krieg ausgehen mochte, Orlando hatte sich für den Rest von Alains Leben an den Magier gebunden, und das passte nicht zu dem Charakter des jungen Vampirs, auch wenn Jean sich über das Verhalten seines Freundes nicht allzu beunruhigt zeigte. Es konnte deshalb nichts mit dunkler Magier zu tun haben, denn das wäre dem Chef de la Cour nicht entgangen und dann wäre er diese Allianz nie eingegangen. Die Versuchung, endlich sozial und vor dem Gesetz anerkannt zu sein, war natürlich groß. Aber sie war nicht so groß, um die Gemeinschaft der Vampire zu hintergehen und in eine Allianz zu drängen, die auf dunkler Magie basierte. Sebastien und Jean verstanden sich nicht sehr gut, ganz bestimmt nicht. Doch Sebastien war ehrlich genug, um sich einzugestehen, dass Jean niemals so handeln würde. Es gab nur ein Problem zwischen ihnen – Sebastiens Aveu de Sang mit Thibault. Das allein machte Jean allerdings nicht zu einem schlechten Chef. Es machte ihn nur zu einem Menschen wie alle anderen auch, fehlbar und mit Gefühlen.

Sebastiens Gedanken wanderten wieder von seinem Avoué zu dem Mann, der im Nachbarzimmer lag und schlief. Er überlegte, was das Geständnis des Magiers für ihre Zukunft bedeuten mochte. Sebastien begehrte seinen Partner schon, seit er das erste Mal wirklich von ihm getrunken hatte. Er hatte es aus Rücksichtnahme unterdrückt, weil er die Trauer in Thierrys Blut geschmeckt hatte. Erst später war dieser Geschmack durch Thierrys Begehren bereichert worden. Zuerst hatte Sebastien es noch seinem eigenen Wunschdenken zugeschrieben, aber mittlerweile war ihm klar geworden, dass es echt war. Er dachte über den Rest der Unterhaltung zwischen Thierry und Alain nach. Sebastien litt nicht unter falscher Bescheidenheit. Er wusste, dass er ein attraktiver Mann war. Trotzdem kam es ihm merkwürdig vor, dass Thierry so plötzlich Interesse an einem Mann entwickelte. Andererseits freuten sich seine niederen Instinkte jetzt schon über die Möglichkeit, den Magier in die Freuden des Sex zwischen Männern einzuweihen. Er wurde hart bei der Vorstellung, der erste zu sein, der Thierry berührte, ihn dehnte und seinen unberührten Arsch fickte. Schnell riss er sich wieder zusammen. Thierry hatte mehr verdient, als nur gefickt zu werden. Er war es wert, nach allen Regeln der Kunst verführt zu werden.

Sebastien fragte sich auch, ob Thierrys Verlangen vielleicht nur auf die Intimität des Bisses zurückzuführen war, oder ob der Magier auch so empfinden würde, wenn sie nicht durch ihre Blutspartnerschaft verbunden wären. Er hatte die Erfahrung gemacht, dass seine Opfer sich wohler fühlten, wenn sie ihr Verlangen nach seinem Biss mit einer Liebesbeziehung rechtfertigen konnten. Das war sogar dann der Fall, wenn er die beiden Dinge getrennt hielt und nicht von ihnen trank, während sie Sex hatten. Es gab nur wenige heterosexuelle Männer, die freiwillig einem männlichen Vampir ihren Hals anboten. Thierry hatte in den vergangenen vier Tagen damit keine Probleme gehabt, ganz im Gegenteil. Jedes Mal, wenn Sebastien trinken wollte, war der Magier sofort dazu bereit gewesen. War Thierry also doch ehrlich an ihm interessiert? Oder war es die Mischung aus Trauer und der Intimität des Bisses? Vielleicht erinnerte diese Intimität Thierry daran, was er schon zwei Jahre vor dem Tod seiner Frau verloren hatte, als Aleth und er sich trennten. Sebastien wünschte sich das eine und fürchtete das andere. Unglücklicherweise konnte er die Wahrheit nur herausfinden, wenn er sich der Gefahr aussetzte, sich Thierry anzuvertrauen und zurückgewiesen zu werden.

Leise schlich er durch den Flur, öffnete die Tür zum Schlafzimmer und warf einen Blick hinein. Trotz der Kälte hatte Thierry sich bis auf die Unterhose und ein T-Shirt ausgezogen. Die Decke war um seine Beine gewickelt und sein Oberkörper lag bloß. Wahrscheinlich hatte er geträumt und unruhig geschlafen. Die zugezogenen Jalousien tauchten den Raum in ein diffuses Dämmerlicht, aber Sebastien konnte dank seiner übernatürlichen Sehkraft die Schauer erkennen, die seinem Partner über die nackte Haut liefen. Schnell ging er ins Zimmer und zog ihm die Decke über die Schultern. Thierry drehte sich um und griff im Halbschlaf nach Sebastiens Hand. Ohne die Augen zu öffnen, zog er ihn an sich und flüsterte: „Bleib hier." Dann schlief er wieder ein.

Sebastien dachte darüber nach, sich dem Griff zu entwinden und das Zimmer zu verlassen, erfüllte aber dann doch den Wunsch seines Partners. Als er zu Thierry unter die Decke schlüpfte, verfluchte er sich innerlich, weil er so weichherzig war und damit nur Enttäuschungen riskierte. Er drückte sich an Thierrys Rücken und legte ihm den Arm um den Oberkörper. Dann schloss er ebenfalls die Augen und fand sich damit ab, die nächsten Stunden hier zu verbringen.

Als Thierry nach fünf Stunden ungestörten und erholsamen Schlafes aufwachte, fühlte er hinter sich einen harten Körper. Ein Arm lag auf seiner Brust und hielt ihn fest. Er blieb noch einige Minuten liegen und genoss es, umarmt zu werden. Es war schon zwei Jahre her, seit er mit einem anderen Menschen das Bett geteilt hatte. Auch wenn sie nur zusammen schliefen, war es doch ein unbeschreiblich behagliches und tröstliches Gefühl.

Thierry streckte sich und rollte auf den Rücken, wobei er sich leicht an den Körper lehnte, der an seiner Seite lag. Sebastien wollte sich sofort zurückziehen, aber Thierry hielt ihn am Arm fest. Er wollte noch nicht aufstehen. „Noch nicht", murmelte er, weil er die friedliche Stimmung noch etwas länger genießen wollte. „Ich habe nicht mehr so gut geschlafen, seit dieser Krieg begonnen hat."

Thierrys offenherziges Geständnis ließ Sebastien innerlich erschauern und er gab nach. „Du musst mich nur darum bitten. Ich habe nichts dagegen, dich noch länger zu halten."

„Ich will mich nicht aufdrängen", meinte Thierry.

Sebastien lachte leise. „Bis vor vier Tagen habe ich meine Tage in der Wohnung verbracht, eingesperrt durch das Licht der Sonne. Ich konnte es kaum abwarten, bis es dunkel wurde und ich wieder frei war. Ich schlafe nicht, so wie du. Aber ich brauche auch Ruhe, um mich zu erholen. Wenn du mit mir an deiner Seite besser schlafen kannst, ist es mir egal, wo ich liege. Es macht keinen Unterschied für mich."

Es machte wirklich keinen Unterschied, aber es war auch nicht das Gleiche, denn Thierrys warmer Körper erhitzte Sebastien und weckte Gedanken in ihm, die zu ihrer Art von Beziehung nicht passten. Er rückte vorsichtig einige Zentimeter von Thierry ab, damit der Magier die Erektion nicht fühlen konnte, zu der die gemeinsamen Stunden im Bett Sebastien inspiriert hatten.

„Wenn du meinst", sagte Thierry. Er wollte sich die Gelegenheit nicht entgehen lassen, dem Objekt seiner Zuneigung nah zu sein. Thierry schloss wieder die Augen und genoss es. Es kam ihm so natürlich vor, Sebastiens Arm auf seiner Brust zu spüren und von ihm gehalten zu werden. Eigentlich hätte es sich befremdlich anfühlen sollen, weil Sebastien ein Mann war. Thierry hatte in Ausnahmefällen, wenn sie keine andere Wahl hatten, schon mit Alain im gleichen Bett übernachtet. Aber so hatte er sich noch nie gefühlt. Zwischen ihm und Alain war es nie peinlich geworden, Thierry hatte sich jedoch auch nie so entspannt gefühlt. Sebastiens Arm, der ihn hätte irritieren sollen, vermittelte ihm stattdessen nur Vertrautheit und Intimität.

Er drehte den Kopf zu Sebastien um und lächelte ihn an. „Musst du trinken?"

Sebastien hätte Thierry am liebsten auf den Rücken gerollt und wäre über ihn hergefallen – und zwar mit Zähnen und Schwanz –, um sich am zarten Fleisch seines Halses und an seinem Arsch gleichzeitig zu befriedigen. „Es hat noch Zeit bis nach dem Dienst", brachte er mühsam über die Lippen. „Es wird sowieso gleich dunkel."

Thierry nickte enttäuscht, weil er gerne einen Grund gehabt hätte, noch näher an Sebastien heranzurücken. „Dann sollte ich jetzt essen", meinte er träge.

Sebastien lächelte. „Das hört sich nicht sehr begeistert an."

„Ich habe zwar hervorragend geschlafen, aber es war noch nicht genug", sagte Thierry lachend. „Es braucht mehr als eine Nacht – oder einen Tag – in deinen Armen, bis ich meinen Schlafmangel wieder wettgemacht habe."

„Lass dir Zeit, ich bin ja da", erwiderte Sebastien. Er musste an die Kraft denken, die der Krieg den Magier schon gekostet hatte. Wenn er Thierry helfen konnte, wieder neue Energie zu tanken, dann wollte er das tun, auch wenn seine Selbstbeherrschung dadurch auf eine harte Probe gestellt wurde.

Thierry drehte sich auf die Seite und sah den Vampir an. Er schaute ihm in die ernsten, treuen Augen und suchte nach einem Hinweis, um Sebastiens Worte richtig zu interpretieren. Thierry wusste, wie er selbst sie gern verstehen würde, aber seine Wünsche und die Wirklichkeit mussten nicht unbedingt miteinander übereinstimmen. Er holte tief Luft, um sich Mut zu machen und Sebastien danach zu fragen. In diesem Moment roch er den Duft von Aleth' Shampoo, der noch in den Kissen hing, und wurde von seinen Schuldgefühlen übermannt.

Sebastien bemerkte den Stimmungsumschwung sofort, noch bevor der Magier eine unverständliche Entschuldigung murmelte und sich aus dem Bett rollte. Er hatte keine Ahnung, was in Thierry vor sich ging, aber er konnte im Spiegel den betretenen Gesichtsausdruck des Magiers erkennen. Er unterdrückte einen frustrierten Fluch, während Thierry im Badezimmer verschwand. Dann legte er sich auf den Rücken und starrte nachdenklich an die Decke. Was war eben mit Thierry passiert? Sebastien wäre ihm gern gefolgt und hätte ihn danach gefragt, aber Thierry schuldete ihm keine Erklärung für sein Verhalten. Ihre einzige Verpflichtung war die Allianz, so sehr sich Sebastien auch mehr wünschte. Dass die Erfordernisse ihres Bündnisses sie oft in solche intimen Umstände brachten, änderte nichts an den Tatsachen. Es änderte nichts daran, dass Thierrys Frau erst vor wenigen Tagen gestorben war und dass der Magier sich ausgesprochen unwohl fühlen musste, weil er ein plötzliches Interesse an einem Mann in sich entdeckte. Was immer Sebastien sich wünschte, er musste Geduld bewahren und abwarten, sonst würden sich seine Wünsche nie erfüllen.

Im Badezimmer drehte Thierry den Wasserhahn auf und drückte die Stirn an die kalten Kacheln, während er darauf wartete, dass sich die Wanne mit dem warmen Wasser füllte. Er war ein Narr. Ja, Aleth' Haus – jetzt wieder sein Haus – war sicherer als seine Wohnung, falls Serrier sie angreifen sollte. Aber so, wie sich der Tag entwickelt hatte, war es ganz und gar keine gute Idee gewesen, hierher zu kommen. Er fühlte sich schuldig bei dem Gedanken, in Aleth' Bett zu liegen – in dem Bett, das sie früher geteilt hatten – und dabei einen anderen zu begehren. Sebastiens Geschlecht störte ihn kaum noch und hatte auch mit seinem derzeitigen Problem wenig zu tun. Es ging nicht darum, ob es sich um einen Mann oder eine Frau handelte. Es ging darum, dass er Aleth' Andenken betrog, wenn er so kurz nach ihrem Tod einen anderen Menschen mit hierher brachte.

Thierry stieg in die Wanne und drehte die Dusche an. Der prasselnde Wasserstrahl, der ihm über das Gesicht und die Schultern lief, vertrieb den letzten Rest an Müdigkeit. Trotz seines schlechten Gewissens hatte er hervorragend geschlafen und es war ein gutes Gefühl gewesen, in Sebastiens Armen aufzuwachen. Sein Verstand konnte es immer noch nicht ganz nachvollziehen, wie natürlich und normal es ihm vorkam, in Sebastiens Nähe zu sein. Wenn sie gestern nicht in dieses Haus, sondern in seine Wohnung gegangen wären, hätte dieser Morgen wahrscheinlich einen vollkommen anderen Verlauf genommen. Hatte sein Unterbewusstsein ihn vielleicht boykottiert, um sich noch etwas Aufschub zu verschaffen? Er legte den Duschkopf zur Seite und wusch sich die Haare. Dabei versuchte er, seine Gefühle zu analysieren. Was war Begehren und was war Furcht? Und wo lag die Grenze zwischen diesen beiden Gefühlen?

Thierry fürchtete die körperlichen Aspekte dieser aufkeimenden Beziehung, aber es war vor allem eine Furcht vor dem Unbekannten. Er zweifelte nicht daran, dass Sebastien ihm mit seiner Erfahrung zur Seite stehen würde, und mit allen anderen Fragen und Problemen konnte Thierry sich an Alain wenden. Der würde sich vermutlich die Chance nicht entgehen lassen, Thierry auf die Schippe zu nehmen, aber er würde alle Fragen ehrlich mit ihm diskutieren und sein Bestes geben, um Thierrys Furcht zu zerstreuen.

Thierry fürchtete auch den Betrug. Nicht den Betrug an der Allianz, sondern auf persönlicher Ebene, sollte Sebastien wieder das Interesse an ihrer Beziehung verlieren. Es war ihm nie schwergefallen, die Aufmerksamkeit von Frauen zu erregen, aber die wenigsten hatte er lange halten können. Aleth war die einzige Frau, mit der er länger als einige Monate zusammen gewesen war, doch selbst sie hatte ihn verlassen. Thierry wusste nicht, wie man die Aufmerksamkeit eines Mannes erregte, und noch weniger wusste er, wie man sie dauerhaft halten konnte. Was war, wenn sich Sebastien irgendwann mit ihm langweilte? Wenn Sebastien einen erfahreneren Geliebten wollte? Oder einen Nachgiebigeren? Sebastiens Erzählungen über seinen Avoué hatten bei Thierry den Eindruck hinterlassen, dass der Vampir der dominante Partner in dieser Beziehung gewesen war. Thierry kannte sich selbst gut genug, um zu wissen, dass er eine solche Dynamik nicht akzeptieren würde, falls Sebastien danach verlangte.

Vor allem aber fürchtete Thierry, Sebastien wieder zu verlieren, so wie er Aleth verloren hatte. Die Patrouillen hatten durch die Allianz weniger Verluste zu beklagen als zuvor. Bisher war noch kein Vampir ums Leben gekommen. Thierry war jedoch nicht so naiv, sich darauf zu verlassen, dass es so bleiben würde. Die Vampire waren gegen den *Abbatoire* gefeit, aber es gab genug andere Flüche, die sie vernichten konnten. Wenn Serrier erst von der Allianz erfuhr – und Marcel dachte darüber nach, sie demnächst öffentlich bekannt zu geben –, würden die dunklen Magier ihre Taktik ändern und Flüche einsetzen, die Sebastien und die anderen Vampire gefährdeten. Sebastien hatte sich bei ihren Einsätzen nie gescheut, sich in den Kampf zu stürzen und es mit den dunklen Magiern aufzunehmen. Er musste sich zu seiner Verteidigung auf Thierrys Erfahrung verlassen. Thierry hätte ihn am liebsten in Watte gepackt und eingesperrt, war aber klug genug, diesen Wunsch vor

Sebastien nicht zu äußern. Sein Partner wäre niemals bereit, auf Thierrys Vorschlag einzugehen, so wie Thierry im umgekehrten Fall nicht auf Sebastien hören würde.

Furcht und Begehren. Nachdem Thierry über seine Ängste nachgedacht hatte, wandte er sich seinen Wünschen zu. Was wollte er von Sebastien? Sein Körper gab ihm sofort Auskunft: Sex. Jedes Mal, wenn der Vampir von seinem Blut trank, geriet Thierrys Libido außer Kontrolle. Er war seit zwei Jahren nicht mehr so intim berührt worden. Und wer hätte gedacht, dass er den Biss eines Vampirs jemals als intim empfinden würde? Aber er müsste schon tot sein, um nicht darauf zu reagieren – sei es die Nähe von Sebastiens Körper, der sich an ihn presste, oder seien es die Lippen und die Zunge des Vampirs, die seinen Hals liebkosten. So gesehen war es keine große Überraschung, dass er durch Sebastiens Biss erregt wurde.

Thierry sehnte sich auch nach einem Gefährten. Bisher hatte Alain diese Rolle in Thierrys Leben innegehabt. Sie verbrachten ihre Freizeit miteinander, daran hatte sich auch nichts geändert, nachdem sie beide geheiratet hatten. Nach Thierrys Trennung von Aleth war Alain immer für ihn da gewesen. Aber es war etwas anderes, abends nach Hause zu kommen und von einem geliebten Menschen erwartet zu werden, nachts einen warmen Körper an der Seite zu spüren und gehalten zu werden, um die bösen Träume zu vertreiben. So, wie Sebastien es letzte Nacht getan hatte. Und er hatte angeboten, auch in Zukunft für Thierry da zu sein. Jede Nacht und für den Rest von Thierrys Leben – das wäre schon ein guter Anfang.

Thierry sehnte sich nach Liebe. Er hatte immer gedacht, sie mit Aleth gefunden zu haben, doch mittlerweile hatte er so seine Zweifel. Vielleicht liebten Vampire anders als Sterbliche, vielleicht empfanden Sterbliche die Liebe zu einem Vampir anders. Thierry konnte es nicht sagen. Aber er hatte die Blicke gesehen, die Alain und Orlando sich zuwarfen. Er hatte erlebt, wie die beiden nahezu magnetisch voneinander angezogen wurden, wenn sie auch nur wenige Meter voneinander getrennt waren. Nach dieser Liebe sehnte sich Thierry von ganzem Herzen. Er wusste, dass Sebastien diese Liebe für seinen verstorbenen Avoué empfunden hatte, als er den Aveu de Sang mit ihm eingegangen war. Thierry wollte sich nicht anmaßen, Thibault ersetzen zu können. Er fühlte sich auch unwohl bei dem Gedanken, sich durch ein magisches Versprechen an den Vampir zu binden. Dennoch, dass Sebastien bereits einmal dazu bereit gewesen war, gab ihm die Hoffnung, dass der Vampir dieses Wagnis vielleicht auch ein zweites Mal eingehen würde. Thierry duschte sich ab und fragte sich, ob er selbst auch dazu bereit wäre, sich auf Lebenszeit einem Partner zu verpflichten. Konnte er Sebastien dieses Versprechen geben? Die Antwort war überraschend einfach.

Als Thierry die Wanne verließ, um sich abzutrocknen, hatte er sich schon entschieden. Keine Schuldgefühle mehr. Keine Zurückhaltung. Wenn Sebastien ihn wollte, konnte er ihn haben. Er hoffte nur, dass der Vampir Geduld mit ihm haben würde und ihm Zeit gab, sich an die neuen Erfahrungen zu gewöhnen. Aber Thierry wollte nehmen, was er bekommen konnte. Hier und jetzt und ohne zu zögern.

Thierry öffnete die Tür. Das Schlafzimmer war leer, aber er konnte Sebastien nebenan hören und roch den Duft nach frischem Kaffee. Gut. Dann konnte er sich wenigstens an der Tasse festhalten, wenn er mit seinem Partner sprach und ihm seinen Entschluss mitteilte. Schnell zog er sich an und ging mit einem Lächeln auf den Lippen ins Wohnzimmer.

Sebastien saß auf dem Sofa und sah auf, als Thierry das Zimmer betrat. Sein Partner hatte sich frisch gemacht und lächelte ihn an. Sebastien hätte beinahe ungläubig den Kopf geschüttelt, so schnell schien Thierrys Stimmung sich wieder gewandelt zu haben. Aber wenn er aus dieser Partnerschaft mehr machen wollte, als ihre Allianz erforderte, musste er sich wohl an diese Stimmungsschwankungen gewöhnen. Er legte das Foto zur Seite, das er immer noch in der Hand gehalten hatte, und lächelte Thierry zu.

„Es tut mir leid, wie ich vorhin reagiert habe", sagte Thierry, setzte sich an den Tisch und winkte Sebastien zu sich. „Ich schulde dir eine Erklärung."

„Du schuldest mir gar nichts", erwiderte Sebastien, weil er seine Gedanken zu diesem Thema ernst nahm und Thierry nicht drängen wollte.

„Ich möchte es dir trotzdem erklären", sagte Thierry. „Dies ist mein Haus. Allerdings habe ich seit zwei Jahren nicht mehr hier gewohnt. Aleth ist nach unserer Trennung hier geblieben und ich habe mir in der Stadt eine Wohnung gesucht. Aber meine Wohnung ist eng und unaufgeräumt. Sie ist nicht halb so bequem wie dieses Haus. Deshalb war es nur vernünftig, dass wir hierhergekommen sind."

Das erklärte in der Tat viel. Sebastien dachte an die Bilder und an seinen ersten Eindruck, dass Thierry hier nicht spürbar war. Er dachte auch an Thierrys Anspannung, als sie vor Laurents Tod hier gewesen waren. Weil Thierrys Erklärung keine Antwort erforderte, schwieg er und wartete ab, ob der Magier ihm noch mehr zu sagen hatte.

„Ich habe heute Nacht in unserem – ihrem – Bett geschlafen und bin in deinen Armen aufgewacht. Es war richtig und doch falsch. Aber es war kein Problem, bis ich gemerkt habe, dass die Kissen noch nach ihrem Shampoo riechen", fuhr Thierry fort. „Ich habe Schuldgefühle bekommen."

„Weshalb solltest du dich denn schuldig fühlen?", fragte Sebastien ungläubig. „Wir haben doch nur geschlafen. Wir waren beide bekleidet. Ich habe nicht von dir getrunken."

Das war es. Jetzt kam der Augenblick der Wahrheit. Thierry holte tief Luft und sah Sebastien in die Augen. „Es war nicht das, was wir getan haben. Es war das, was ich mir gewünscht habe", gestand er leise.

Sebastien zuckte zusammen, als er die Bedeutung dieses Geständnisses erkannte. Er zwang sich, ruhig sitzen zu bleiben. „Und was hast du dir gewünscht?", fragte er so beherrscht wie möglich.

„Dich zu küssen", erwiderte Thierry. Sein Herz klopfte wie wild, während er Sebastiens Reaktion auf seine Worte abwartete.

40

„UND JETZT?", fragte Sebastien mit rauer Stimme. „Was wünschst du dir jetzt?"

„Dass du mich küsst", erwiderte Thierry ehrlich. Er war immer noch etwas nervös, diesen letzten – oder vielleicht ersten – Schritt zu wagen.

Sebastien atmete zischend ein und sah ihn an. Seine Reaktion zeigt Thierry, dass er mit seinem Wunsch nicht allein war. Dann kniff der Vampir die braunen Augen zusammen, stand auf und kam um den Tisch auf Thierry zu. Er hielt ihm die Hand hin, Thierry griff zu und wurde auf die Füße gezogen.

Jetzt, wo er endlich die Chance hatte, Thierry zu küssen, wollte Sebastien sich Zeit nehmen, um den Augenblick auszukosten. Er fuhr dem Magier mit der Hand über die hellblonden Haare und drückte ihm den Kopf etwas nach hinten, um ihm besser in die strahlend grünen Augen sehen zu können. In Thierrys Blick lag keine Spur von Zweifel, nur eine leichte Nervosität konnte Sebastien erkennen. Er zügelte sein Begehren und riss sich zusammen. Dann senkte er den Kopf und küsste Thierry sanft auf den Mund.

Thierry atmete scharf aus, als Sebastien die Initiative übernahm. Das Erlebnis war so neu für ihn, dass er keinen Augenblick vergaß, was mit ihm geschah. Er spürte jede Bewegung, jede Berührung von Sebastiens Lippen wie in Zeitlupe und stellte zu seiner Überraschung fest, dass er nicht das geringste Bedürfnis hatte, Sebastien die Kontrolle wieder zu entreißen. Thierry war zufrieden, sich von dem Vampir führen und küssen zu lassen.

Wahrscheinlich lag es daran, dass er keinen Vergleich hatte, aber wenn Sebastien ihn biss, war Thierry Sebastiens Bart nie besonders aufgefallen. Erst jetzt, wo sich ihre Lippen berührten, erinnerten ihn die Barthaare beständig daran, wer ihn küsste. Thierry konnte nicht einfach die Augen schließen und sich einbilden, es wäre irgendjemand, und er wollte es auch nicht. Nein, das leichte Kratzen von Sebastiens Bart auf seiner Haut machte ihm überdeutlich bewusst, was er tat und mit wem. Und diese Feststellung war nicht ansatzweise so beunruhigend für Thierry, wie sie eigentlich hätte sein sollen.

Sebastien legte die Hand um Thierrys Kopf und fuhr ihm mit den Fingern durch die Haare. Für einen kurzen Moment unterbrach er ihren Kuss, um dem Magier in die Augen zu sehen und sich davon zu überzeugen, dass der seine Meinung nicht geändert hatte. Er erkannte das gleiche Begehren in Thierrys Blick, das ihm auch schon vor ihrem Kuss aufgefallen war. Ermutigt senkte Sebastien wieder den Kopf und küsste ihn dieses Mal tiefer, knabberte an Thierrys Unterlippe. Es gelang ihm nur mit Mühe, seine Zähne unter Kontrolle zu behalten und nicht zuzubeißen. Das wollte er nicht ohne Thierrys ausdrückliche Genehmigung tun und jetzt war nicht der rechte Zeitpunkt, um ihn danach zu fragen. Stattdessen leckte er ihm mit der Zunge über die Lippen und bat um Erlaubnis für eine andere Art von Zärtlichkeit.

Thierry keuchte leise, als er Sebastiens verführerische Lippen und den leichten Druck seiner Zähne spürte. Es waren nicht die Zähne, mit denen Sebastien normalerweise zubiss. Thierry war ihm in seinem benommenen Zustand dankbar dafür, bedauerte es aber gleichzeitig auch. Jetzt war nicht der Moment, es anzusprechen. Thierry hoffte jedoch, dass Sebastien mit der Zeit selbst erkennen würde, dass er nicht ganz so vorsichtig sein musste. Als er Sebastiens feuchte Zunge auf den Lippen fühlte, gab Thierry das Nachdenken endgültig auf. Er öffnete den Mund und der Vampir ließ sich nicht zweimal bitten.

Sebastien nahm die Einladung an und drang mit der Zunge in Thierrys warmen, feuchten Mund ein, um ihn in Besitz zu nehmen. Er fühlte eine Leidenschaft in sich aufflammen, wie er sie seit Thibaults Tod nicht mehr empfunden hatte. Sebastien hatte die letzten vierhundert Jahre nicht in Keuschheit verbracht, aber dieser Kuss war etwas Besonderes. Er war so überwältigend und machtvoll, dass Sebastien vor Erregung am ganzen Leib zitterte. Er ließ die Hände über Thierrys Nacken und Rücken gleiten. Thierrys Körper vibrierte und Sebastien konnte in ihm die gleiche

Leidenschaft spüren, die auch ihn selbst zu verzehren drohte. Er wollte Thierry an sich ziehen, ihn an die Wand drücken und in Besitz nehmen. Jedes Stöhnen, jede Bewegung von Thierrys Körper signalisierte ihm, dass der Magier mehr als bereit dazu wäre. Aber Sebastien wusste um Thierrys Unerfahrenheit und brachte – wenn auch mit Mühe – gerade noch die Kraft auf, sich zurückzuhalten. Sein Partner hatte für sein erstes Mal mehr verdient, als einen schnellen Fick in Stehen.

Sebastien hob den Kopf und suchte Thierrys Blick, doch der hatte die Augen fest geschlossen. „Schau mich an, Thierry", flüsterte er leise.

Thierry stöhnte protestierend, als Sebastien ihren Kuss unterbrach. Er fasste ihn am Kopf und wollte ihn wieder an sich ziehen, hatte aber nicht mit Sebastiens übernatürlicher Stärke gerechnet. Sein Vampir bewegte sich keinen Zentimeter.

„Schau mich an", wiederholte Sebastien und wartete darauf, dass Thierry die Augen öffnete.

Es dauerte einige Sekunden, dann flatternden Thierrys Augenlider und er sah Sebastien mit einem solchen Begehren an, dass er damit die Entschlossenheit des Vampirs fast ins Wanken gebracht hätte. Sebastien rief sich die Belohnung ins Gedächtnis, die er für seine Geduld bekommen würde. Er holte tief Luft und drückte Thierry einen schnellen Kuss auf den Mund. „Wir müssen kurz aufhören."

„Warum?" Thierrys Stimme klang tiefer als gewöhnlich. Sie war heißer vor Erregung und streichelte Sebastiens Sinne wie dunkler Samt.

„Weil wir uns sonst zu mehr hinreißen lassen, als gut für dich ist", erklärte er Thierry.

„Woher willst du wissen, was gut für mich ist?"

„Ich habe gehört, worüber du heute früh mit Alain gesprochen hast", gab Sebastien zu. „Ich wollte euch nicht belauschen, aber ich bin froh, dass ich es gehört habe. Hättest du mir gesagt, dass du noch nie mit einem Mann zusammen warst, bevor ich dich ins Schlafzimmer gezerrt hätte? Hättest du mir gesagt, dass ich mich zurückhalten soll, so wie du es verdient hast?"

Thierry sah ihn stirnrunzelnd an. „Ich bin keine unberührte Jungfrau", erinnerte er seinen Partner. „Du machst mir keine Angst."

Sebastien senkte den Kopf, küsste ihn am Hals und fuhr ihm mit den Lippen über die Bissspuren, die er dort hinterlassen hatte. „Darüber habe ich mir auch keine Sorgen gemacht", versicherte er Thierry. „Aber ich will dich nicht verletzen, selbst wenn es unbeabsichtigt wäre; und du kannst nicht so tun, als ob das nicht passieren könnte. Glaube nicht, dass wir nicht noch dazu kommen. Aber nicht heute und nicht so erregt, wie wir sind. Ich kann mich im Moment kaum beherrschen. Das ist nicht gut für dein erstes Mal. Später schon, aber wenn du das erste Mal Sex mit einem Mann – mit mir – hast, will ich dich nicht einfach ficken, auch wenn es für uns beide befriedigend wäre. Ich will dich lieben."

Thierry stöhnte frustriert. „Wie kannst du so reden und dann erwarten, dass ich Geduld habe!"

Sebastien grinste ihn lüstern an. „Ich habe nicht davon gesprochen, dass wir aufhören sollen. Ich will nur mit bestimmten Dingen warten. Wenn du willst, küssen wir uns, bis wir wieder zum Dienst erscheinen müssen. Aber weiter gehen wir heute nicht."

„Auf dem Sofa rumknutschen wie zwei geile Teenager?", fragte Thierry baff. „Wie alt sind wir denn? Vierzehn?"

Sebastien lachte. „Ja oder nein?"

Thierry überlegte, ob er aus Prinzip ablehnen sollte. Aber er konnte Sebastien immer noch schmecken und der eine Kuss war kaum mehr als ein Appetithäppchen gewesen. Wenn er schon nicht die volle Mahlzeit bekam – und er erkannte an Sebastiens Haltung, dass sein Partner sich nicht umstimmen lassen würde –, dann wollte er zumindest mehr von der Vorspeise naschen. Mit etwas Glück war es für den Vampir genauso appetitanregend wie für ihn. Thierry hob den Kopf und gab ihm seine Antwort mit einem Kuss.

Sebastien führte Thierry zurück ins Wohnzimmer, wo er sich in der letzten Nacht die Fotos angesehen und über Thierry nachgedacht hatte. Thierry wollte ihn auf das Sofa stoßen, aber Sebastien widersetzte sich und schob ihn seinerseits auf die gepolsterten Kissen. Thierry überraschte ihn mit einem unterdrückten Fluch, hob den Kopf und sah erstaunt unter sich auf das Sofa.

„Was ist das?", murmelte er und zog zwischen den Sitzkissen das Foto hervor, das Sebastien vorhin dort liegen gelassen hatte.

Sebastien verzog das Gesicht, weil er damit rechnete, dass das Foto seine Pläne für einen frustrierenden, aber aufregenden Abend zunichtemachen würde. Doch Thierry zeigte keinerlei Emotionen.

Thierry sah sich das Foto mit stoischer Miene an. Ihm fiel die Vertrautheit zwischen Aleth und dem Mann auf dem Bild auf. Seine Frau lächelte und wirkte glücklicher, als er sie seit Jahren erlebt hatte. Merkwürdigerweise verspürte Thierry bei dieser Erkenntnis weder Eifersucht, noch fühlte er sich betrogen. Er war nur froh darüber, dass sie jemanden gefunden hatte, der sie wieder zum Lächeln gebracht hatte, was ihm selbst in den letzten Jahren ihrer Ehe nicht mehr gelungen war. Er hob den Kopf und sah Sebastiens besorgten Blick auf sich gerichtet. Langsam legte er das Bild auf den kleinen Tisch, der vor der Couch stand. „Ich bin froh, dass sie vor ihrem Tod glücklich war. Wir waren beide zu lange allein und unglücklich."

„Jetzt bist du das nicht mehr", sagte Sebastien leise und setzte sich zu Thierry auf die Couch. Er wollte Thierry in seine Arme ziehen, aber die Stimmung zwischen ihnen hatte sich gewandelt, wenn auch nicht so, wie Sebastien es zunächst befürchtet hatte, als Thierry das Foto in die Hand nahm. Sebastien legte den Arm hinter Thierry auf die Sofalehne, fasste ihn an der Schulter und streichelte ihm mit den Fingerspitzen über den Hals. Dann wartete er ab.

Thierry lehnte sich an Sebastiens Arm. Der Vampir zerstreute mit seinen zärtlichen Berührungen die letzten Zweifel, die Thierry noch geplagt hatten. Er wusste zwar immer noch nicht, wie eine Beziehung zwischen ihnen funktionieren sollte, war jedoch fest entschlossen, das Wagnis einzugehen. „Das fühlt sich gut an", sagte er leise und drehte Sebastien den Kopf zu, um ihn auf den Hals zu küssen. „Es fühlt sich gut an, dich hier an meiner Seite zu haben."

Sebastien ließ den Kopf nach hinten auf die Sofalehne fallen und bot Thierry seinen Hals an, wie er es bei einem Vampir nie getan hätte. Zwischen ihnen ging es nicht um die üblichen Machtspiele von Dominanz und Unterwerfung, nicht um die Alpha- oder Betarolle. Sie waren nur zwei verlorene Seelen, die nach einem Weg suchten, ihre gebrochenen Herzen wieder zu heilen und für kurze Zeit die Last von ihren Schultern abzuwerfen, die sie so lange niedergedrückt hatte.

Thierry spielte mit Sebastiens langen Haaren und drückte ihm kleine Küsse an den Hals. Dann fuhr er ihm mit den Lippen über den Bart und küsste ihn auf den Mund. Sebastien lud ihn mit der gleichen Begeisterung ein, die er zuvor von Thierry erlebt hatte. Er öffnete den Mund und sein Körper reagierte sofort auf Thierrys innigen Kuss. Sebastien ignorierte es. Er wollte Thierry nach allen Regeln der Kunst verführen, aber zu seinen eigenen Bedingungen und dann, wenn er den Zeitpunkt für richtig hielt. Dieser Tag war nicht heute.

DAVID STAND mit flatternden Nerven vor dem Sang Froid und musste an die Bedeutung denken, die der Name von Angéliques Etablissement für die Vampire hatte. Marcel hatte ihn darauf hingewiesen, dass Jean es mit einem Restaurant verglich, nicht mit einem Bordell. Egal wie, der Gedanke daran war David unangenehm. Aber er kannte seine Pflicht, und die bestand darin, sich bei der Eigentümerin dieses Etablissements zu entschuldigen und sie dazu zu überreden, wieder in die Allianz zurückzukehren. David holte tief Luft, stieß die Tür auf und betrat das Sang Froid.

„Kann ich Ihnen behilflich sein?", fragte eine Stimme aus dem Dunkeln. David erschrak und wirbelte herum.

„Ich muss mit Angélique reden", sagte er dann.

Der Mann trat aus dem Schatten und sah ihn finster an. David war erleichtert, einem Sterblichen gegenüber zu stehen, nicht einem Vampir. Aber das Missfallen in der Miene des Mannes war nicht zu übersehen. „Miss Bouaddi ist beschäftigt", antwortete der Mann abweisend.

„Dann warte ich, bis sie Zeit hat", erwiderte David und versuchte sich nicht anmerken zu lassen, dass ihm bei dem Gedanken, sich stundenlang in diesem Vampirbau aufzuhalten, ein Schauer über den Rücken lief. Aber Marcels Befehle klingelten ihm noch in den Ohren. *Komm nicht ohne deine Partnerin zurück.* David hatte keine andere Wahl, als abzuwarten, bis Angéliques Wut verraucht war. „Wenn Sie ihr bitte ausrichten könnten, dass David Sabatier sie zu sprechen wünscht und hofft, dass sie etwas Zeit für ihn erübrigen kann."

Der Blick des Mannes verfinsterte sich noch mehr. „Ich weiß nicht, was Sie getan haben. Aber ich lasse nicht zu, dass Sie sie wieder so aufregen", warnte er David. „Sie werden feststellen, dass ihre Freunde sie zu schützen wissen."

David wollte sich verteidigen und die Anschuldigungen des Mannes zurückweisen, aber das würde ihm nicht weiterhelfen. Er mochte seinen Standpunkt einem anderen Sterblichen verständlich machen können, doch die Menschen hier würden immer auf Angéliques Seite stehen. Sie sicherte ihnen den Lebensunterhalt, und ihre Loyalität zu der Vampirin schien keine Grenzen zu kennen. Vermutlich sollte er daraus seine Lehren ziehen und anerkennen, dass Angélique und Jean recht hatten mit dem, was sie über die Bedeutung des Sang Froid gesagt hatten. David konnte seine Bedenken allerdings auch nicht so einfach aufgeben. Egal, ob es um Blut oder Sex ging, Angélique verkaufte Menschen. Dass sie sich dabei auch um ihre Mitarbeiter kümmerte und für sie sorgte, konnte Davids Wut darüber nur teilweise dämpfen. Doch damit durfte er sich jetzt nicht aufhalten. Marcel hatte sich deutlich genug ausgedrückt. Davids Loyalität zu dem alten Magier und ihrem gemeinsamen Kampf gegen die Rebellen ließ ihn seine Skrupel zurückstellen. Er würde Marcels Anweisungen befolgen, sich entschuldigen und alles dafür tun, für die Dauer der Allianz seine Partnerschaft mit Angélique aufrechtzuerhalten. Seinen Zorn musste er auf einen späteren Zeitpunkt verschieben. „Ich möchte ihr keinen Ärger bereiten", sagte er schließlich zu dem Mann, der schon ungeduldig auf eine Antwort wartete.

„Gut", erwiderte der Manager. „Wir würden es auch nicht erlauben. Sie können hier warten."

David nahm auf einem Sessel Platz und bereitete sich auf eine längere Wartezeit vor. Er hatte keine Ahnung, ob und wann Angélique ihn empfangen würde, also musste er genug Geduld aufbringen, um ihre Wut auszusitzen.

Angélique beobachtete in ihrem Büro am Bildschirm, was sich zwischen ihrem Manager und David abspielte. Sie konnte zwar die Worte nicht hören, die gewechselt wurden, es fiel ihr aber nicht schwer, sich François' Reaktion vorzustellen. Sie hatte ihm keine Details über den Streit mit David erzählt, aber François kannte sie lange genug, um anhand ihrer Stimmung die Lücken füllen zu können. Deshalb wusste sie auch, dass er David gegenüber wahrscheinlich kein Blatt vor den Mund genommen hatte. Sie schaltete auf die anderen Überwachungskameras um und arbeitete sich durch das gesamte Gebäude, um sich davon zu überzeugen, dass alles in Ordnung war. Danach beschäftigte sie sich mit anderen Aufgaben, die sie noch erledigen musste. Sie würde David empfangen, aber noch nicht jetzt. Er sollte sich ruhig einige Stunden abkühlen. Es würde ihm helfen, seine Entschuldigung ehrlich zu meinen. Angélique wusste bereits, dass sie die Entschuldigung annehmen würde, obwohl sie es Jean gegenüber gestern Nacht noch nicht zugegeben hatte. Aber sie erkannte die Vorteile der Allianz und der Preis, den sie bezahlen musste, wenn sie David abweisen würde, war ihr zu hoch. Sie würde sich seine Entschuldigung anhören, sein Blut trinken, um unter dem Schutz seiner Magie zu stehen, und dann würde sie kämpfen, so lange dieser Krieg es erforderte. Darüber hinaus würde sie ihm jedoch nicht vertrauen.

Nach einiger Zeit fand sie keine Gründe mehr, das Unvermeidliche aufzuschieben. Sie verließ die Sicherheit ihres Büros gerade lange genug, um David zu sich zu rufen. „Du wolltest mich sprechen?"

„Ich möchte mich bei dir entschuldigen", sagte David, als sich die Tür hinter ihm schloss.

„In der Tat", erwiderte Angélique kalt.

„Ich habe überreagiert", fuhr er fort. „Ich hoffe, du gibst mir noch eine Chance."

„Und warum sollte ich das tun?", fragte sie, weil sie mit seinem Versuch noch nicht zufrieden war.

„Wir brauchen dich in der Allianz", sagte er. „Wir brauchen Hilfe. Es steht zu viel auf dem Spiel in diesem Krieg."

„Das hast du bereits erwähnt. Aber es ist kein ausreichender Grund, dir eine zweite Chance zu geben. Ich kann die Allianz auch unterstützen, ohne mich mit dir abgeben zu müssen."

David war ratlos. Was wollte sie von ihm hören? Er hatte sich doch schon entschuldigt. „In eingeschränkter Weise, ja", stimmte er zu. „Aber wenn wir zusammenarbeiten, hast du mehr Möglichkeiten."

„Du bist also nur an meiner Unterstützung für die Milice interessiert", stellte Angélique klar.

Wieder hatte David ein Gefühl drohenden Unheils, das er sich nicht erklären konnte.

„Was gibt es denn noch?", wollte er wissen. „Das ist doch der Grund für unsere Allianz."

Angélique nickte resigniert. Wenn sie seine roten Haare, seine blauen Augen und sein jungenhaftes Gesicht sah, fühlte sie sich zu ihm hingezogen. Aber sie wusste, es war eine rein körperliche Anziehung. David war nicht der Mann, der ihre Aufmerksamkeit auf sich zog, so wie al-Mabruk, ihr erster Beschützer, es mit seiner charismatischen Autorität so meisterhaft beherrscht hatte. Sie hatte in ihrer langen Existenz mit Sultanen und Königen, mit Kardinälen und Bischöfen geschlafen. Diese Männer hatten eine solche Macht und Autorität ausgestrahlt, dass keiner gewagt hätte, ihnen ungeschützt den Rücken zuzukehren. In Marcel hatte sie Spuren der gleichen Autorität erkannt und auch in einigen seiner Offiziere war sie ansatzweise vorhanden. Aber David gehörte nicht dazu. Er hatte weder Rang noch Autorität. Mit einem kurzen Nicken streckte sie die Hand aus.

Nachdenklich legte David die Hand in ihre und sah zu, wie sie sein Handgelenk bloßlegte. Es fühlte sich kühl an in der Nachtluft. Sie hob seine Hand und biss kräftig zu. Nicht grob, aber auch nicht in der verführerischen Art, mit der sie ihn bei ihren früheren Bissen behandelt hatte. David bedauerte diesen Verlust, redete sich aber ein, dass es für sie beide von Vorteil war, wenn sie als Kampfpartner, nicht als Geliebte, zusammenarbeiteten. Er hatte genug Probleme und wollte sich nicht auch noch mit ihrer sexuellen Anziehung auseinandersetzen. Nach dem Krieg vielleicht ... David verdrängte den Gedanken wieder. Er hatte in ihrer gegenwärtigen Beziehung nichts verloren.

Das Blut, das Angélique über die Zunge floss, breitete sich in ihren Adern aus und wärmte sie. Die Gefühle, die sie darin schmeckte, stimmten sie jedoch traurig. Wenn es nur anders gelaufen wäre ... Aber das war es nicht und sie musste sich mit der Realität abfinden.

41

„WAS UNTERNEHMEN wir heute Nacht?", fragte Raymond, als Jean zum Dienst erschien und das Medaillon um den Hals trug.

„Mehr Clubs und Bars besuchen", erwiderte der Vampir. „Je mehr Vampire ich erreiche, umso wirkungsvoller ist meine Botschaft. Außerdem erhöht es die Wahrscheinlichkeit, dem Gesetzlosen über den Weg zu laufen."

Raymond nickte. „Dann lass uns gehen. Marcel hat uns vom Patrouillendienst freigestellt, solange wir uns um die Angelegenheiten der Vampire kümmern. Hast du deinen Repère dabei?"

Jean zog den Rosenkranz aus der Tasche, den ihm Père Emmanuel vor vielen Jahrhunderten gegeben hatte. Raymond schüttelte lachend den Kopf. „Ich glaube nicht, dass ich mich jemals daran gewöhne, dich mit dem Ding zu sehen."

Jean zuckte nur mit den Schultern und steckte das heilige Objekt wieder ein. „Unter uns Vampiren gibt es genauso viele Missverständnisse über Magier, wie unter euch Sterblichen über Vampire Wir können nur hoffen, dass diese Allianz dazu beiträgt, einige von ihnen aus der Welt zu schaffen."

Raymond lächelte. „Das hat sie doch schon getan."

In bestem Einvernehmen verließen sie das Hauptquartier der Milice und gingen zur Métro, um zum Montmartre zu fahren. Ihr erster Stopp führte sie zu Malika Robins Internetcafé, wo Jean seine Warnung vor Edouard wiederholte und sich nach Malikas Wohlbefinden erkundigte. Da sie keine Probleme hatte und auch bereit war, ihnen bei der Suche nach dem Gesetzlosen zu helfen, hielten sie sich nicht lange auf und gingen wieder in die Nacht hinaus.

„Bellaiche!"

Jean wirbelte herum, als er die tiefe Stimme hörte, die seinen Namen rief. Raymond griff sofort in die Tasche nach seinem Stab, zog ihn aber noch nicht hervor. Er würde seinen Partner gegen jede Gefahr in Schutz nehmen, wollte aber erst abwarten, ob Jean seine Hilfe überhaupt brauchte, denn er wollte die Autorität des Vampirs nicht unterminieren.

„Cabalet", sagte Jean und nickte dem Vampir hoheitsvoll zu, um ihn als Gleichgestellten zu begrüßen, ohne selbst an Boden zu verlieren. „Du bist weit weg von deinem Territorium."

„Amiens ist nicht so weit entfernt, als dass nicht die neuesten Gerüchte zu uns vordringen würden", erwiderte der andere Vampir.

Jean sah sich vorsichtig um und schüttelte den Kopf. „Nicht hier. Lass uns einen ruhigen Ort finden, wo uns niemand belauschen kann." Er wandte sich an Raymond. „Das Sang Froid ist direkt um die Ecke. Angélique wird uns ein Zimmer geben."

Raymond nickte und folgte den beiden Vampiren schweigend. Er hatte keine Ahnung, wer der andere Mann war. Jeans Reaktion nach zu urteilen, musste es sich um eine wichtige Persönlichkeit handeln. Raymond fiel in seine übliche Rolle als stiller Beobachter, aber seine Wachsamkeit ließ nicht nach. Aufmerksam sah er sich immer wieder um und ließ auch die beiden Vampire vor sich nicht aus den Augen. Cabalet, wie Jean ihn genannt hatte, war ein großer Mann, gut über einsachtzig, mit breiten Schultern und einer starken Präsenz, die allerdings weniger auf seine körperliche Stärke zurückzuführen war, als auf das gleiche Charisma, das auch Jean gestern Nacht ausgestrahlt hatte. Wer immer Cabalet auch war, man durfte ihn nicht auf die leichte Schulter nehmen.

Wie Jean vorausgesagt hatte, wurde ihnen im Sang Froid sofort ein leeres Büro zur Verfügung gestellt, in dem sie sich unterhalten konnten. „Was bringt dich nach Paris?", fragte Jean mit trügerisch ruhiger Stimme. „Du hast bestimmte Gerüchte erwähnt."

„Möchtest du mir deinen Begleiter nicht vorstellen?", forderte Cabalet ihn heraus und sah Raymond abschätzend von oben bis unten an. Dieser Mann war offensichtlich kein Vampir, aber das sagte noch nichts darüber aus, welche Rolle er in Bellaiches Leben spielte. Er war Ende vierzig und hatte eine hohe Stirn, die die starken Konturen seines Gesichts betonte. Cabalet fragte sich, ob es sich vielleicht um Bellaiches derzeitigen Geliebten handelte, verwarf diesen Gedanken allerdings sofort wieder. Der Sterbliche, wer immer er auch war, strahlte zu viel Selbstbewusstsein und Autorität aus, um in diese Rolle zu passen. Cabalet hatte zu seinem Erstaunen beobachtet, wie Jean leise mit dem Mann sprach. Vampire ihres Ranges gönnten sich selten eine solche Schwäche, schon gar nicht in der Öffentlichkeit und mit einem Sterblichen. Dazu kam, dass der Mann an ihrem Gespräch teilnahm, obwohl es sich um ein sehr sensibles Thema handelte. Wer immer er war, er war offensichtlich ein ernst zu nehmender Mitspieler und durfte nicht unterschätzt werden.

„Raymond Payet", sagte der Magier und reichte ihm die Hand, ohne eine weitere Erklärung zu seiner Anwesenheit abzugeben. Er musste noch viel über die Spiele der Vampire lernen, aber eines hatte er schon begriffen – nämlich, dass Wissen Macht war. Wissen gab man nur Preis, wenn man davon einen größeren Vorteil hatte als der Gegenspieler. Und jeder, ganz besonders aber ein noch unbekannter Mann, war ein Gegenspieler.

„Luc Cabalet", erwiderte der Vampir.

„Mein Gegenpart aus Amiens", ergänzte Jean, verlor jedoch ebenfalls kein Wort über Raymonds Stellung in seinem Leben. „Zurück zu den Gerüchten?"

„Es heißt, du hättest dich mit den Magiern der Milice zusammengeschlossen", klärte Cabalet ihn auf.

„Ein interessantes Gerücht, in der Tat", meinte Jean und lehnte sich in seinen Stuhl zurück. „Was besagt es noch?"

Luc runzelte die Stirn. „Lass die Spielchen, Jean. Ich habe keine Zeit dafür. Wenn etwas vor sich geht, über das ich Bescheid wissen sollte, wäre ich dir sehr verpflichtet, darüber in Kenntnis gesetzt zu werden."

„Wir leben für das Spiel", gab Jean zurück, setzte sich aber wieder aufrecht und erwiderte Cabalets Blick. „Du fragst mich nach Informationen, die nicht nur mich betreffen. Stell dir einfach für einen Augenblick vor, das Gerücht würde der Wahrheit entsprechen. Wieso sollte es dich interessieren?"

„Weil ich wissen möchte, was du davon hast und ob es mir und meinen Vampiren ebenfalls Vorteile bringen kann", erwiderte Luc geradeheraus.

Jean drehte sich zu Raymond um, der an seiner Seite saß. Der Magier nickte unauffällig und hoffte, Marcel würde die Situation genauso beurteilen. Mehr Verbündete konnten für sie nur von Vorteil sein. Diesen Vampir und seine Leute abblitzen zu lassen, barg die Gefahr, dass er sich auf die Gegenseite schlug.

„Du scheinst richtig gehört zu haben", antwortete Jean und beugte sich vor, um Luc in die Augen zu sehen. Der erwiderte seinen Blick mit der gleichen Schärfe.

„Worum geht es dabei?"

„Ich muss dir nicht erst sagen, dass wir uns im Krieg befinden", fing Jean an. „Chavinier hat mich davon überzeugt, dass eine Niederlage der Milice Konsequenzen haben wird, die auch uns betreffen."

„Und was habt ihr beschlossen, dagegen zu unternehmen?", wollte Luc wissen.

„Wir haben eine Allianz gegründet", erwiderte Jean. „Wir helfen der Milice, diesen Krieg zu gewinnen. Im Gegenzug werden sie uns helfen, nicht nur öffentlich, sondern auch vor dem Gesetz anerkannt zu werden."

„Wie?"

„Innerhalb der nächsten ein bis zwei Wochen werden die Abgeordneten, die loyal zu Chavinier stehen, einen Gesetzentwurf in die Nationalversammlung einbringen, der den Vampiren Gleichbehandlung vor dem Gesetz garantieren soll", antwortete Raymond und mischte sich damit zum ersten Mal in das Gespräch ein.

Luc pfiff leise durch die Zähne. „Und du vertraust darauf, dass Chavinier sein Wort hält?", fragte er Jean.

Raymond richtete sich empört auf, aber Jean legte ihm beruhigend die Hand auf den Arm. „Marcel wird sein Wort halten", erklärte er überzeugt. „Du weißt, dass Blut nicht lügen kann."

Jean und Raymond erkannten die Überraschung in Lucs Gesicht, als ihm die Bedeutung dieser Worte klar wurde. Sie wurde jedoch sofort von einem Ausdruck der Ungläubigkeit abgelöst.

„Nein", ergänzte Jean daraufhin. „Das Magierblut schadet uns nicht. Es tötet uns auch nicht, im Gegenteil. Es kann uns beschützen."

„Wovor soll es uns denn beschützen?", schnaubte Luc. Es gab, vom Sonnenlicht abgesehen, kaum etwas, das einem Vampir unheilbaren Schaden zufügte.

Jean lachte leise. „Wann hast du das letzte Mal die Wärme des Sonnenlichts auf deiner Haut gespürt?"

„Ich hätte dich nicht für so grausam gehalten", erwiderte Luc mit wütend zusammengekniffenen Augen.

„Ich kann es dir erst beweisen, wenn die Sonne aufgeht", gab Jean zu. „Aber ich bin seit vier Tagen in ihrem Licht gelaufen, ohne dass es mir schaden konnte."

„Weil du das Blut eines Magiers getrunken hast?", wollte Luc wissen.

„Weil ich das Blut meines Partners getrunken habe", erklärte Jean. „Nicht jedes Magierblut wirkt. Für mich ist es das Blut Raymonds. Für dich wird es ein anderer Magier sein."

„Und wie finde ich diesen Magier?" Luc sah den Mann an Jeans Seite an und unterwarf ihn erneut einer Inspektion. Payet – Raymond – war der Magier, dessen Blut es Jean erlaubte, unbeschadet die Strahlen der Sonne zu überstehen. Luc sah ihm in sein langes, schmales Gesicht und suchte nach Spuren einer besonderen Macht, nach irgendeinem Hinweis auf die Magie, die in den Adern des Mannes pulsierte. Jean hatte ihn seinen Partner genannt, seinen Gleichgestellten. Die Vorstellung machte Luc nervös. Wie weit ging diese Partnerschaft? Hieß es, dass Jean jetzt seine Position mit dem Sterblichen teilen musste? Luc war sich nicht sicher, ob seine Vampire das akzeptieren würden.

„Als erstes musst du dich dazu entschließen, der Allianz beizutreten. Bring alle deine vertrauenswürdigen Vampire mit, die bereit sind, an der Seite der Milice gegen die dunklen Magier zu kämpfen", erklärte Jean. „Dann werden wir nach einem Partner für dich suchen."

„Umgekehrt", sagte Luc. „Finde mir einen Partner, und ich denke darüber nach, der Allianz beizutreten. Bevor ich nicht weiß, ob ihr die Wahrheit sagt, habe ich von eurer Allianz nichts zu erwarten."

Wieder sah Jean Raymond an und der Magier nickte. Falls er und Monsieur Lombard recht damit hatten, dass der Austausch von Blut der Grund für die enge Bindung zwischen den Partnern war, würde Luc, nachdem er seinen Partner gefunden hatte, seine Zustimmung zu der Allianz nicht mehr zurückziehen. „Einverstanden", stimmte Jean ihm zu. „Obwohl es fraglich ist, dass wir schon heute Nacht einen Partner für dich finden. Viele der Magier sind auf Patrouille, andere haben frei und sind zuhause. Wie lange kannst du bleiben?"

„Die Milice hat Zimmer, in denen du dich ein oder zwei Tage einquartieren kannst", fügte Raymond hinzu. „Allerdings sind sie nicht sehr komfortabel. Es ist auch möglich, dass du hier in Paris keinen Partner finden kannst, obwohl so gut wie jeder Magier, der in der Lage ist, gegen die Rebellen zu kämpfen, sich hier aufhält und der Milice beigetreten ist."

„Zwei Tage", entschied Luc nach kurzem Nachdenken. „Ich gebe euch zwei Tage, mich zu überzeugen. Dann sehen wir weiter."

„Das ist ein Wort", erwiderte Jean.

ERIC UND Vincent mieden den Schein der Straßenlaternen und hielten sich im Schatten der Gebäude, als sie sich auf den Weg in die Rue de la Michodière machten, wo sie Serriers Worten nach die unglückliche Miss Gaudier finden würden. Eric machte sich über ihr Schicksal keine Illusionen. Selbst wenn sie kooperativ war und Serrier auf jede seiner Fragen antwortete, der Magier würde sie nicht wieder gehen lassen. Er konnte es sich nicht leisten. Ihre einzige Hoffnung war ein schneller und schmerzloser Tod. Eric bezweifelte, dass ihr dieses Glück vergönnt sein würde.

„Hier ist es", flüsterte Vincent so leise, dass Eric ihn kaum hören konnte.

Eric nickte, zog seinen Stab und suchte die Tür nach Schutzschilden ab. Sie hatten keinen Grund zu der Annahme, ihr Opfer hätte magischen Schutz. Das schloss jedoch nicht aus, dass vielleicht ein Magier in der Nähe wohnte. Sie wollten auf keinen Fall unbeabsichtigt auf sich aufmerksam machen. Nachdem Eric keine Magie entdecken konnte, winkte er Vincent zu, vorauszugehen. Sie schlichen vorsichtig auf die Tür zu und entriegelten sie mit einem Spruch. Mit einem zweiten öffnete sie sich. Die alten Türangeln quietschten leise. Die beiden Männer betraten das Haus und schlichen leise die Treppe hoch. Den alten, knarrenden Aufzug ignorierten sie, weil er sie verraten hätte.

Sie fanden die Wohnung mit ihrem Namen an der Klingel, wiederholten ihre Beschwörungen und traten ein. Als sich die Tür hinter ihnen schloss, blieben sie kurz stehen, um sich einen Überblick zu verschaffen. Nichts regte sich. Nur das leise Brummen des Kühlschranks war zu hören. Vom Flur gingen zwei Türen ab und Eric winkte Vincent zu der einen Tür, während er selbst den anderen Raum durchsuchen wollte. Serrier hatte zwar die Adresse der Frau ausfindig gemacht, aber sie wussten nichts über den Zuschnitt der Wohnung.

Die beiden Türen öffneten sich genauso geräuschlos wie die Wohnungstür. Vincent verschwand in dem einen Zimmer, Eric in dem anderen. Durch die Jalousien fiel bleiches Mondlicht, das den Raum in einen leichten Dämmerschein tauchte. Die Möbel waren nur als dunkle Silhouetten an den Wänden zu erkennen.

Aus dem anderen Zimmer waren ein Knall und Vincents Fluchen zu hören. Eric verließ das Wohnzimmer und ging durch den Flur, um nachzusehen, was passiert war. Er beleuchtete die Szene mit einem Spruch und sah Vincent, der sich mit einer Hand am Kopf fasste. Mit dem anderen Arm holte er aus, um eine kleine, blonde Frau zu schlagen, die eine schwere Aktentasche in der Hand hielt.

„Nicht", befahl Eric und murmelte eine Beschwörung. Die Frau verharrte bewegungslos in ihrer Position, durch Erics Spruch magisch gefesselt. Insgeheim konnte er ihr seinen Respekt nicht verweigern für den Mut, mit dem sie Vincent attackiert hatte, obwohl der Mann mindestens das Doppelte ihres Körpergewichts auf die Waage brachte. Sie war schlank und zierlich und mit ihren blonden Haaren genau der Typ, den Eric normalerweise attraktiv gefunden hätte. Er suchte an ihrem Hals nach Spuren für die blutsaugerischen Aktivitäten eines Vampirs, konnte aber keine Bisswunden erkennen. Ihre glatte, zarte Haut war makellos und er fragte sich, ob ihre Informationen über die Frau zutreffend waren. Natürlich konnte ihr Geliebter sie auch an einer anderen Körperstelle gebissen haben. Vielleicht war Bellaiche nur diskret genug, sie nicht an einer sichtbaren Stelle zu zeichnen.

„Du wirst weich, Simonet", knurrte Vincent. „Sie wollte mir mit der Tasche den Schädel einschlagen. Was immer sie da drin hat, es muss eine Tonne wiegen."

„Pascal will sie verhören", sagte Eric. Sein Versuch, die Frau zu beschützen, war ihrer Anziehungskraft zuzuschreiben, aber er wusste, dass es sinnlos war. Wenn Claude recht hatte und sie war Bellaiches Geliebte, würde sie nichts und niemand retten können. Wenn er unrecht hatte … Eric wollte nicht darüber nachdenken. Selbst wenn sie ihnen keine Informationen geben konnte und wertlos war, wusste er, wie sie enden würde. Serrier brauchte neue Opfer, um den Blutdurst des Vampirs zu befriedigen. „Wenn du ihr mit deinen verdammten Fäusten den Kiefer brichst, kann sie seine Fragen nicht mehr beantworten und er wird stinksauer auf uns sein. Ich jedenfalls habe keine Lust, mir seinen Zorn zuzuziehen. Ich habe oft genug erlebt, was er mit Leuten macht, auf die er wütend ist."

Vincent erschauerte. Auch er erinnerte sich an mehr als einen Magier, der eine Aufgabe nicht zu Serrier Zufriedenheit erledigt und dessen Zorn auf sich gezogen hatte. Vielleicht war in diesem Fall Zurückhaltung doch die bessere Lösung. „Dann bringen wir sie jetzt zu Serrier. Je schneller wir sie loswerden und ihm übergeben können, umso besser für uns."

IM HAUPTQUARTIER der Milice herrschte das reine Chaos, als Raymond, Jean und der andere Vampir eintrafen. Irritiert hielt Raymond den ersten Magier auf, der an ihnen vorbeirannte. „Was ist hier los?", schnappte er ihn an.

„Ein Taifun auf Réunion", antwortete der Magier atemlos.

„Wo ist Marcel?", fragte Raymond sofort. „Oder Alain? Oder Thierry?"

„Marcel ist zu einer Besprechung beim Präsidenten. Die beiden Captains sind außer Dienst."

„Verdammter Mist", fluchte Raymond und ließ den Mann gehen. Er drehte sich zu Jean um. Die beiden Vampire starrten ihn an. „Solange nicht einer der beiden hier eintrifft, bist du der ranghöchste Entscheidungsträger der Allianz", informierte er seinen Partner. „Wir müssen versuchen, Ordnung in dieses Chaos zu bringen."

„Ich habe keine Ahnung, wo ich anfangen sollte", gab Jean leise zu und warf dem anderen Vampir einen verstohlenen Seitenblick zu.

Raymond verstand die wortlose Botschaft und nickte entschieden. „Ich besorge dir ein Zimmer, Cabalet. Wir müssen die Partnersuche um einige Stunden verschieben, bis wir wieder einen Überblick haben, wer sich hier aufhält."

„Macht euch meinetwegen keine Mühe", erwiderte Luc diplomatisch. „Ich bin ein stiller Beobachter."

Der jeden Fehler sieht, ergänzte Raymond zynisch. Jean zuckte mit den Schultern. Ihm fiel offensichtlich auch keine bessere Lösung ein. „Na gut", meinte Raymond. „Aber steh uns nicht im Weg rum."

Ohne eine Antwort Cabalets abzuwarten, lief er durch die Flure zum Salle des Cartes. Alains Leutnant war der dienstälteste Offizier im Raum. „Leutnant Fouquet, was ist hier los und warum ist keiner der höheren Offiziere anwesend?"

„Wir haben gerade die Nachricht erhalten, dass sich ein Taifun auf Réunion zubewegt, Sir", meldete Leutnant Fouquet. „Er wird die Insel in wenigen Stunden erreicht haben. Offensichtlich ist er wie aus dem Nichts entstanden."

„Ist der General schon benachrichtigt worden?"

„Ja, Sir! Wir haben sofort versucht, ihn zu erreichen. Er war in einer Besprechung mit dem Präsident und ist noch geblieben, um die weiteren Anweisungen aus dem Élysée-Palast abzuwarten. Ich habe auch Captain Magnier und Captain Dumont Nachrichten hinterlassen, aber sie sind noch nicht eingetroffen", informierte ihn Fouquet.

„Ist jemand von uns dort?", wollte Raymond wissen.

„Niemand antwortet. Die Vorbereitungen auf den Sturm laufen vermutlich schon auf Hochtouren, weshalb sie keine Zeit haben werden."

Raymond unterdrückte einen Fluch. Marcel hatte davor gewarnt, dass das Ungleichgewicht der magischen Kräfte zu unvorhergesehenen Naturkatastrophen führen würde. Bisher hatten sie Glück gehabt und potentielle Tragödien gerade noch vermeiden können. Jetzt schien ihre Glückssträhne zu Ende zu sein. Die wenigen Stunden Vorwarnung würden niemals ausreichen, um die Küstenregionen der Insel zu evakuieren. Menschen würden ihr Leben verlieren und Eigentum zerstört werden. Daran ließ sich nichts mehr ändern. Der Bevölkerung blieb nichts anderes übrig, als das Beste zu hoffen und abzuwarten, bis der Sturm sich wieder verzogen hatte und die Hilfsmaßnahmen beginnen konnten.

Darauf wollte Raymond sich jetzt konzentrieren. „Wir brauchen Hilfsmittel für den Notfall", sagte er zu Leutnant Fouquet. „Kontaktiere das Innenministerium und fordere ein Team von zwanzig Leuten an, die uns nach Réunion begleiten, sobald sich der Taifun verzogen hat. Außerdem brauchen wir Notrationen, Zelte und Medikamente, die wir sofort als erste Hilfsmaßnahme mitnehmen können."

„Schick Magier mit Partnern", flüsterte Jean ihm zu. „Ihre Stärke kann euch genauso hilfreich sein wie die Magie."

Raymond nickte. „Welche Ausrüstung brauchen sie?"

„Rettungsausrüstung, Werkzeuge zum Schaufeln und Ähnliches", erwiderte Jean. „So lange sie von ihren Partnern genug Blut bekommen, brauchen sie keinen Schutz vor der Sonne oder andere Hilfsmittel."

„Das ist alles Standardausrüstung für solche Maßnahmen", meinte Raymond. „Leutnant Fouquet, wir brauchen Freiwillige für die Rettungsmission. Magier mit einem Partner haben erste Priorität. Informiere unsere Leute und stelle eine Liste auf."

„Ja, Sir", erwiderte der Magier.

„Du kannst unsere Namen auf die Liste setzen", bot Jean ihm an.

Raymond lächelte ihm dankbar zu. „Leutnant Fouquet", rief er dem Magier nach. „Falls jemand danach fragen sollte … Mein Partner und ich werden das Team der Milice anführen."

ALAIN REKELTE sich behaglich unter der Decke. Nicht von einem schrillen Klingeln des Weckers aus dem Schlaf gerissen zu werden, war ein Luxus und erinnerte ihn daran, dass er heute frei hatte. Neben sich im Bett konnte er Orlandos warmen Körper spüren, dessen Anwesenheit es ihm beträchtlich erleichterte, sich aus seinen Träumen zu reißen. Und die ihn auf seine Morgenlatte aufmerksam machte. Er verkroch sich tiefer unter der warmen Decke, um die nächtliche Kühle auszuschließen. Dann drehte er sich zu seinem Geliebten um und schmiegte sich mit dem Kopf an ihn, um sich von Orlandos Nähe einhüllen zu lassen.

Orlando wurde aus seinen Gedanken gerissen, als er Alains Lippen am Hals und hinter dem Ohr spürte. Nur der typische Geruch seines Geliebten verhinderte noch rechtzeitig, dass er zusammenzuckte und aus dem Bett sprang. Er musste daran denken, wie liebevoll und zärtlich Alain ihm geholfen hatte, seine Ängste zu überwinden, als sie sich das letzte Mal geliebt hatten. Die Erinnerung half ihm, sich wieder zu entspannen und Alains Nähe zu genießen. Der gleichmäßige Atem des Magiers sagte ihm, dass Alain noch nicht richtig wach war und absolut keine Bedrohung darstellte. Er wies sich für seine Wortwahl zurecht. Alain war selbst wach und erregt keine Bedrohung für ihn. Er musste endlich aufhören, in diesen Mustern zu denken. Thurloe war bereits vor hundert Jahren vernichtet worden und Alain hatte sich Orlandos Vertrauen immer wieder würdig erwiesen. An seiner Seite wurde Alain langsam wach und fing an, sich hin und her zu rekeln. Orlando kämpfte immer noch gegen seine Ängste an, aber er hatte bereits einen großen Schritt getan, um sie zu überwinden. Jetzt war es an der Zeit, den nächsten zu wagen. Das war er Alain schuldig.

Er drehte den Kopf zur Seite und suchte mit den Lippen Alains Mund, um ihn sanft zu küssen. Dann wartete er ab, bis sich die himmelblauen Augen öffneten und ihn erkannten. Er küsste Alain wieder, dieses Mal mit mehr Nachdruck, und konnte spüren, wie Alains steifer Schwanz ihm an die Hüfte drückte. Für einige Augenblicke gab Orlando sich nur dem Kuss hin und genoss es, Alains Lippen auf seinen zu fühlen. Seine Ängste ließen nach und der sanfte, liebevolle Austausch von Zärtlichkeiten gab ihm den Mut, mehr von sich preiszugeben. „Er hat seine Zähne benutzt, um mir das Fleisch zu zerreißen. Nichts ist seiner Aufmerksamkeit entgangen. Es gab keine Stelle an meinem Körper, vor der er Halt gemacht hätte."

„Missbrauch, nicht Aufmerksamkeit", korrigierte ihn Alain. Nach kurzem Zögern presste er den Mund an Orlandos Schulter und küsste ihn. „Darf ich?"

„Ich habe Angst", gestand Orlando. „Aber ich muss sie überwinden."

„Ich würde dich niemals verletzen."

„Mein Verstand und mein Herz wissen das", versicherte ihm Orlando. „Aber mein Körper vergisst es noch manchmal." Er fuhr Alain mit den Fingern durch die sandblonden Haare. „Hilf mir dabei, ihn zu vergessen."

Alain hoffte, die richtige Entscheidung getroffen zu haben, indem er Orlandos Bitte nachgab. Die Augen seines Geliebten blickten ihn verzagt an und seine Haltung verriet Nervosität. Alain sehnte sich danach, Orlando von oben bis unten zu küssen und zu schmecken, den harten Schwanz zwischen die Lippen zu nehmen, ohne vorher lange darüber nachdenken zu müssen, wie Orlando reagieren würde. Aber er wollte den Fortschritt des gestrigen Tages nicht gefährden und Orlando wieder an seine Albträume erinnern. Langsam öffnete er den Mund und küsste ihn auf die nackte Brust, leckte ihm über die olivbraune Haut und saugte sanft. Dann hob er den Kopf, um Orlando in die Augen zu sehen. In Orlandos Blick lag immer noch die gleiche Verzagtheit, aber darunter konnte Alain die ersten Anzeichen von Erregung erkennen. „Sag mir, wenn ich aufhören soll."

„Ja", versprach Orlando, obwohl er hoffte, dass es nicht dazu kommen würde. Alain verdiente eine Beziehung, in der er nicht vorher über jede Berührung, jede Zärtlichkeit nachdenken musste. Alain verdiente einen Geliebten, den er lieben konnte.

Im Vertrauen auf Orlandos Versprechen senkte Alain wieder den Kopf und saugte etwas fester an der zarten Haut. Dann ließ er den Mund über Orlandos Brust zu einem braunen Nippel wandern und neckte ihn mit den Lippen, bis Orlando unter ihm nicht mehr stillhalten konnte und leise stöhnte. Alain zog den steifen Nippel in den Mund.

Orlando erstarrte für einen kurzen Augenblick, als Alain zu saugen anfing. Er erwartete, jeden Moment gebissen zu werden und scharfe Zähne in seinem Fleisch zu spüren. Schnell öffnete er die Augen und blickte nach unten auf Alains blonde Haare. Thurloe war dunkelhaarig gewesen. Es gab keine Ähnlichkeit zwischen diesem Monster und dem Mann, der ihn liebte. Nicht die geringste.

Nachdem Orlando sich wieder entspannt hatte, nahm seine Erregung zu. Er legte die Hände um Alains Kopf und forderte ihn wortlos auf, weiterzumachen, nicht aufzuhören. Er hatte Alain schon oft so berührt und sie hatten beide ihre Freude daran gehabt. Jetzt konnte er verstehen, warum Alain so leidenschaftlich darauf reagiert hatte. Eine Welle der Erregung fuhr durch Orlandos Körper und er bog den Rücken durch, presste sich fester mit der Brust an Alains saugende, feuchte Lippen. Dann spürte er Alains Zähne und erstarrte. Aber sie bissen nicht zu, sie konnten es nicht, das durfte Orlando nicht vergessen. Er stöhnte laut, als die Zähne ihn sanft kniffen und an dem Nippel zogen, bis er es fast nicht mehr aushalten konnte vor Erregung.

Bald konnte Orlando zwischen den einzelnen Berührungen nicht mehr unterscheiden. Sie flossen zusammen zu einer einzigen Symphonie der Zärtlichkeit und Leidenschaft. Alain liebte ihn mit einer Hingabe, die ihn alle Ängste vergessen ließ. Selbst als die Lippen seinen Nippel verließen, über seinen Körper nach unten glitten und sich um seinen Schwanz legten, kannte Orlando nur Freude.

Alain ließ sich Zeit. Er fuhr Orlando küssend und leckend über den gesamten Körper, nur ab und zu ließ er ihn leicht die Zähne spüren. Orlando schlängelte sich unter ihm hin und her und ermutigte ihn, nicht aufzuhören und zu schmecken, wonach er sich schon immer gesehnt hatte. Alain liebte den leicht salzigen Geschmack von Orlandos Haut, liebte die harten Muskeln unter seiner Zunge. Er wollte immer so weiter machen, wollte Orlando nur mit seinem Mund zum Höhepunkt bringen. Aber noch mehr wollte er Orlando wieder in sich spüren.

Er hob den Kopf und leckte ein letztes Mal über Orlandos harten, feucht glänzenden Schwanz. Orlandos enttäuschtes Stöhnen war herzerweichend, aber Alain ließ sich nicht von seinem Vorhaben abbringen. Er beugte sich über seinen Geliebten und küsste ihn, um ihn seinen eigenen Geschmack fühlen zu lassen. „Ich will dich in mir", flüsterte er ihm zu. „Liebe mich."

Orlando zögerte nicht lange und rollte ihn auf den Rücken, legte sich der Länge nach auf ihn und drückte sich mit den Hüften an ihn, bis sich ihre harten Schwänze aneinander rieben. Er war versucht, sie in die Hand zu nehmen und ihnen so Erlösung zu bringen. Noch mehr aber wollte er Alains Wunsch erfüllen. Er holte das Gel vom Nachttisch, um sich die Finger einzureiben und Alain auf sein Eindringen vorzubereiten. Alain presste sich seinem Finger entgegen. Sein Vertrauen ließ Orlando bis ins Innerste erschauern. Er hoffte, dass diese Freude, die er jedes Mal bei Alains Reaktion auf seine Berührung empfand, nie verblassen würde.

Nachdem er Alain zu seiner Zufriedenheit vorbereitet hatte, zog er den Finger wieder heraus. Er musste lächeln, als er das ungeduldige Stöhnen seines Geliebten hörte. Schnell brachte er seinen Schwanz in Position und schob ihn in die feuchte Hitze, die ihn wie ein Samthandschuh umklammerte. Es war unvergleichlich. So sehr ihn nach Alains Blut verlangte – kein Biss war so erregend, wie die heiße Umklammerung von Alains Körper. Seit er Thurloes Klauen entkommen war, hatten schon viele Menschen ihm vertraut und sich von ihm beißen lassen. Aber nur Alain hatte ihn jemals so geliebt.

Sie bewegten sich ohne Eile, waren mittlerweile vertraut genug, um die Geduld und Kontrolle aufzubringen, die ihren ersten Vereinigungen noch gefehlt hatte. Aber sie konnten nicht verhindern, dass die Wogen der Leidenschaft immer höher über ihnen zusammenschlugen. Sie wehrten sich nicht dagegen und ließen es einfach geschehen. Dann fielen sie, immer noch vereint, auf die Matratze zurück.

Alain schnappte keuchend nach Luft. Seine Gefühle für den wundervollen Vampir, der auf ihm lag, waren so überwältigend, dass ihm die Worte fehlten, um sie zu beschreiben. Sein Verstand sagte ihm, dass es auch noch zu früh wäre. Er und Orlando waren erst seit zehn Tagen Geliebte, zu kurz, um schon von Liebe zu reden. Alains Herz war zu stur, um auf diese Logik zu hören. Es bestand darauf, es besser zu wissen, und wusste, dass es in Orlando verliebt war. Blieb nur noch –

so sagte ihm sein Herz –, Orlando diese Gefühle zu gestehen und abzuwarten, welche Antwort der Vampir ihnen darauf geben würde. Alain machte sich nichts vor. Die Wirkung seiner Worte würde Orlandos Ängste nicht urplötzlich in Luft auflösen. Aber sie konnten dem Vampir mehr Selbstbewusstsein geben und die Kraft, seine Vergangenheit zu bewältigen. Alain senkte den Kopf, kuschelte sich an Orlandos Hals und knabberte leicht an seiner Haut.

Orlandos Reaktion war impulsiv und irrational, aber er konnte den Reflex nicht verhindern. Er zuckte mächtig zusammen, als er die Zähne an der Stelle fühlte, an der Thurloe ihn vor zwei Jahrhunderten das erste Mal gebissen hatte.

Alain schloss die Augen und hielt still. Die Worte, die er eben noch hatte sagen wollen, kamen nicht mehr über seine Lippen. Er konnte nichts tun, um die Wunden zu heilen, die Thurloe geschlagen hatte. Seine Taten hatten es nicht erreichen können und seine Worte würden es auch nicht tun. Er ließ den Kopf aufs Kissen fallen und beschloss resigniert, sich mit dem Status quo abzufinden. Alain blieb nichts anderes übrig, als Orlando im Stillen zu lieben und die Grenzen zu akzeptieren, die sein Vampir ihm setzte. Und der schien seine eigenen Grenzen erreicht zu haben.

Orlando hätte alles gegeben, um seine dumme Reaktion ungeschehen machen zu können. Jetzt blieb ihm nur noch, sich zu entschuldigen und auf Verständnis zu hoffen. „Es tut mir leid", flüsterte er. „Aber Thurloe hat mich genau an dieser Stelle gebissen, als er mich umgewandelt hat. Ich wollte nicht …"

„Es ist schon gut, Orlando", sagte Alain niedergeschlagen. „Du musst mir nichts erklären. Du hast mir von deiner Vergangenheit erzählt. Es war falsch von mir, dich zu etwas zu drängen, das du noch nicht ertragen kannst. Wir müssen nicht wieder darüber reden."

Das war nicht die Antwort, die Orlando sich erhofft hatte. Aber er hatte seinen Geliebten zu sehr verletzt, um ihm noch widersprechen zu können. Alain musste nichts mehr sagen, musste nicht wütend werden oder das Bett verlassen. Orlando konnte die Mauer, die sich zwischen ihnen errichtet hatte, fast mit Händen greifen. Er hatte keine Ahnung, wie er es wieder in Ordnung bringen sollte, aber er war sich sicher, dass er seinen Partner jetzt nicht bedrängen durfte. Traurig rollte er zur Seite und starrte an die Decke. Ihm fehlten die Worte.

Als Orlando mit keinem Wort auf seine Erklärung einging oder ihr widersprach, unterdrückte Alain den Seufzer, der ihm auf den Lippen lag, und setzte sich auf. „Ich gehe unter die Dusche", sagte er und hoffte inständig, Orlando würde ihm anbieten, ihn zu begleiten und ihm die Chance geben, die Sache wieder ins Lot zu bringen. Doch Orlando rührte sich nicht und sagte kein Wort, starrte nur mit glasigem Blick an die Decke. Er wollte offensichtlich allein sein. Alain schloss die Augen und atmete tief durch. Dann verließ er das Bett und ließ Orlando im Schlafzimmer zurück.

Orlando fluchte in sich hinein, als sich die Tür hinter Alain schloss. Er wünschte sich, noch weinen zu können. Vielleicht hätte er Alain mit seinen Tränen zeigen können, wie sehr er den Vorfall bedauerte. Aber so blieb ihm nichts anderes übrig, als die Konsequenzen zu akzeptieren, die der Magier daraus ziehen würde. Orlando wäre am liebsten ins Badezimmer gerannt, um mit Alain zu reden, aber er hatte nicht mehr das Recht, von seinem Geliebten eine Erklärung zu verlangen. Er hatte dieses Recht durch seine Überreaktion auf eine harmlose Berührung verspielt, von der er genau gewusst hatte, dass Alain sie nur zärtlich gemeint hatte. Als Alain nach einiger Zeit zurück ins Zimmer kam, schloss Orlando die Augen und stellte sich schlafend. Sein Magier zog sich an und Orlando stellte sich die passenden Bilder dazu vor seinem geistigen Auge vor. Alain verließ das Zimmer, sobald er sich angekleidet hatte. Entweder war er auf Orlandos Schauspiel tatsächlich hereingefallen, oder er wollte eine weitere Enttäuschung vermeiden. Einige Minuten später hörte Orlando, wie im Flur die Wohnungstür geöffnet und wieder geschlossen wurde. Jetzt war er ganz allein. Orlando hatte die Leere und Einsamkeit noch nie so deutlich gefühlt wie in diesem Augenblick, als Alain ihn allein in seiner Wohnung zurückließ.

42

„WAS IST denn so eilig, dass es nicht bis morgen früh warten konnte?", fragte Thierry barsch und sah sich verärgert in dem Raum um. Er war frustriert durch Sebastiens Zurückhaltung und konnte sich das selbstzufriedene Grinsen im Gesicht seines Partners gut vorstellen. Nur sehen wollte er es nicht, sonst würde er wahrscheinlich endgültig die Nerven verlieren.

Raymond war nicht gerade erpicht darauf, Thierrys schlechte Laune zu ertragen, erklärte aber in ruhigen Worten die Situation und teilte ihm mit, dass er und Jean die Hilfstruppe leiten würden. „Ich bin der Beste, um mit dem Ungleichgewicht fertig zu werden, das der Sturm hinterlassen wird", verteidigte er seine Entscheidung.

Raymond recht zu geben, war Thierry aus prinzipiellen Erwägungen unangenehm, aber ihm blieb nichts anderes übrig. Raymond war durch sein umfangreiches Wissen besser geeignet als jeder andere Magier Frankreichs. Er hatte nicht nur ein feines Gespür für jede Schwankung der Elementarkräfte, er hatte auch genügend Tricks auf Lager, um damit umzugehen. „Aber vergiss nicht, dass wir hier einen Krieg gewinnen müssen, während du da unten dein Hokuspokus aufführst", knurrte Thierry ihn an.

Raymond ignorierte die Beleidigung und nahm Thierrys Bemerkung als widerwillige Zustimmung zu seinem Plan. Jean war allerdings weniger nachsichtig. „Was ist eigentlich mit dir los?", fuhr er Thierry an. „Raymond hat genauso hart für diese Allianz gearbeitet wie jeder andere auch. Ich habe dich nicht einmal zu Gesicht bekommen, als es darum ging, neue Vampire zu rekrutieren oder nach dem Gesetzlosen zu suchen."

„Schon gut, Jean", sagte Raymond und legte ihm beruhigend die Hand auf die Schulter.

„Nein, es ist nicht gut", gab Jean zurück. „Sie sehen dich ständig von oben herab an, dabei arbeitest du genauso hart wie sie, um Serrier zu schlagen. Ich bin es nach diesen paar Tagen schon leid, mir ihre Attitüden gefallen zu lassen, und kann mir kaum vorstellen, wie es dir ergehen muss."

„Ihre Attitüden sind ein kleiner Preis für Marcels Schutz", erinnerte Raymond seinen Partner und freute sich innerlich, dass Jean so bereitwillig zu seiner Verteidigung gekommen war. „Lass es gut sein. Wir müssen in einer Stunde nach Réunion aufbrechen und haben noch viel Arbeit vor uns."

Jean kniff die Augen zusammen und warf Thierry noch einen wütenden Blick zu. „Hat der Leutnant nicht gesagt, er hätte auch Orlando und seinen Partner verständigt?"

„Ja, warum?", fragte Raymond.

„Weil ich mit Orlando reden muss", erwiderte Jean. „Da ich mit dir nach Réunion gehe, kann ich mich nicht selbst darum kümmern, einen Partner für Cabalet zu finden. Er wird einem Magier nicht trauen, jedenfalls nicht einem Magier ohne Partner; und ich vertraue keinem Vampir so sehr wie Orlando."

In diesem Augenblick betrat Orlando den Raum. Er wirkte niedergeschlagen und traurig. „Da ist er ja", bemerkte Jean. „Wenn du nichts dagegen hast, rede ich kurz mit ihm und komme danach in dein Büro."

„In Ordnung", meinte Raymond und überließ Jean seinen Geschäften. Er hatte in der Zwischenzeit mehr als genug zu tun. Der Transport der Hilfsgüter musste organisiert werden und durch die große Entfernung zwischen Paris und Réunion konnten sie nicht mit den normalen Transportsprüchen arbeiten, wie es innerhalb der Stadt möglich war. Sie brauchten eine wesentlich höhere Konzentration von Magie, um das viele Material auf die Insel zu transportieren. Raymond wollte in spätestens drei Stunden alles auf Madagaskar haben, damit sie von dort aus sofort eingreifen konnten, wenn der Sturm abgezogen war. Jede zusätzliche Minute, die sie vergeudeten, konnte Menschenleben kosten.

„Wie geht es dir?", fragte Jean leise, als er auf Orlando zuging.

„Gut", erwiderte Orlando niedergeschlagen und suchte den Raum ab in der Hoffnung, dass auch Alain die Nachricht erhalten hatte und ins Hauptquartier gekommen war. Wenn das der Fall sein sollte, hielt er sich offensichtlich in einem anderen Teil des Gebäudes auf.

Jean erkannte die Lüge sofort, aber er hatte gelernt, Orlando nicht unter Druck zu setzen, wenn der in dieser Stimmung war. Sein Freund würde mit ihm reden, wenn er dazu bereit war. In der Zwischenzeit mussten sie die anstehenden Probleme besprechen. „Ich gehe mit Raymond nach Réunion. Du musst hier für mich einspringen und dich um meine Aufgaben kümmern."

Orlando schüttelte den Kopf und wollte automatisch widersprechen, doch Jean ließ ihn nicht zu Wort kommen. „Die einzige Sache, die wirklich dringend ist, ist Cabalet. Er ist heute Nacht aus Amiens eingetroffen. Wir müssen ihn davon überzeugen, der Allianz beizutreten und seine Vampire mitzubringen."

„Und wie sollte mir das gelingen?", fragte Orlando. Der Respekt, den die anderen Vampire für ihn aufbrachten, hing nur von seiner Freundschaft zu Jean ab. Ohne die Anwesenheit des Chef de la Cour würden sie nicht auf ihn hören.

„Er muss einen Partner finden", erklärte Jean. „Er hat sich bereit erklärt, hierzubleiben und uns zwei Tage Zeit zu geben."

Orlando schüttelte den Kopf. „Ich habe keine Autorität", protestierte er. „Wie soll ich die Magier davon überzeugen, es mit Cabalet zu versuchen?"

„Alain wird dir helfen."

Orlando schnaubte. „Ja, sicher. Ich bezweifle, dass Alain momentan in der Stimmung ist, mir einen Gefallen zu tun."

„Was ist passiert?", wollte Jean wissen. Als er die beiden das letzte Mal gesehen hatte – und nicht nur da –, schien Alain alles tun zu wollen, um Orlando zu helfen und ihm mehr Selbstbewusstsein zu vermitteln. Jean konnte sich nicht vorstellen, was sich seitdem geändert haben sollte.

Orlando wich seinem Blick aus und sah zu Boden. Er wusste genau, wie Jean reagieren würde. Stockend erzählte er ihm, was sich früher am Abend ereignet hatte.

Jean schüttelte ungläubig den Kopf. Die Dummheit der beiden Männer war nicht in Worte zu fassen. Aber jetzt konnte er sich nur Orlando vornehmen. Alain musste er später die Leviten lesen. „Er ist tot", sagte er streng zu dem jungen Vampir. „Du hast mit eigenen Augen gesehen, wie er Stück für Stück peinvoll verbrannt ist. Warum lässt du dich immer noch von ihm gefangen halten? Du hast doch selbst gesagt, dass Alain dich niemals verletzen würde. Warum handelst du dann nicht auch so? Warum tust du so, als würdest du dir selbst nicht glauben? Warum lässt du die Vergangenheit nicht endlich hinter dir?"

„Ich versuche es doch!", rief Orlando. „Wenn ich es nicht versuchen würde, wäre das alles nie passiert. Alain wusste, wie sehr ich mich vor Bissen fürchte. Er hätte es nicht getan, wenn ich ihn nicht darum gebeten hätte, und selbst dann konnte man es kaum ernsthaft als Biss bezeichnen."

„Hörst du dir eigentlich selbst zu?", ließ Jean nicht locker. „Was hält dich zurück? Deine Worte sagen mir, dass du es überwunden hast."

Orlando sah ihn ratlos an. „Ich weiß es nicht."

„Dann wird es vielleicht Zeit, dass du darüber nachdenkst. Es ist nicht mehr nur deine Privatangelegenheit. Du verletzt jetzt auch andere. Du verletzt Alain und du schadest der Allianz." Jean überlegte angestrengt, wen er an Orlandos Stelle mit der Aufgabe betrauen konnte, sich um einen Partner für Cabalet zu kümmern. Wenn Marcel einen Partner hätte, wäre dieser Vampir die erste Wahl. Aber das war nicht der Fall, deshalb musste Jean einen anderen finden. Sein Blick fiel auf Sebastien, der träge an der Wand lehnte und auf Thierry wartete. Nach Marcel und Alain war Thierry der ranghöchste Magier. Das machte Sebastien automatisch zu dem Vampir, den er als erstes fragen sollte. Jean hasste den Gedanken, Sebastien um einen Gefallen bitten zu müssen, vor allem, wenn es sich um eine so wichtige Angelegenheit handelte.

Seufzend ergab er sich seinem Schicksal und ging durch den Raum auf Sebastien zu. „Noyer", knurrte er. „Ich muss mit dir reden."

„Zu schade, dass sich nicht alle deine Wünsche erfüllen lassen", erwiderte Sebastien flapsig. Seine Umgangsformen hatten durch sein Leben als Einzelgänger sehr gelitten und er bedauerte die Worte, kaum dass sie ihm über die Lippen gekommen waren. Er hatte Thierry versprochen, dass er alles tun würde, damit sein gestörtes Verhältnis zu Jean keine negativen Auswirkungen auf die Allianz hatte. So wie Jean ihn jetzt ansah, war ihm aber genau das gelungen. „Es tut mir leid", sagte er hastig und hob beschwichtigend die Hand. „Das war unangemessen."

Die Anwesenheit von Außenstehenden hielt Jean kaum davon ab, seine Nemesis an die Wand zu knallen, aber er unterdrückte diesen Impuls. Sebastiens Entschuldigung erleichterte es ihm, sich wieder einigermaßen zu beherrschen und ihn mit einer Geste zur Tür zu winken. Glücklicherweise nickte Sebastien nur wortlos und folgte ihm auf den Flur.

Als sich die Tür hinter ihnen geschlossen hatte, drehten sie sich um und sahen sich an. Jeder wartete darauf, dass der andere zuerst das Wort ergriff. Für einige Sekunden zog sich ihr Schweigen peinlich in die Länge, dann zuckte Sebastien mit den Schultern und fragte: „Was kann ich für dich tun?" Seine Stimme klang bemüht ruhig und sachlich.

„Unsere Allianz hat sich herumgesprochen. Fremde Vampire kommen und stellen Fragen", antwortete Jean. „So lange ich mit Raymond auf Réunion bin, brauche ich jemanden, der sich darum kümmert, dass Cabalet einen Partner findet. Es kann sein, dass noch mehr Vampire nach Paris kommen und Hilfe brauchen. Kannst du diese Aufgabe übernehmen, ohne dabei Mist zu bauen?"

Sebastien antwortete nicht sofort. Er holte erst tief Luft und betete dabei in Gedanken sein Versprechen an Thierry wie ein Mantra vor sich hin. Er wollte seinen Partner nicht enttäuschen. Dieser Wunsch war das einzige, das ihn davon abhielt, mit Gewalt auf Jeans Beleidigung zu reagieren und eine Auseinandersetzung vom Zaum zu brechen, deren Ausgang er nicht vorherzusagen wagte. „Thibault ist seit vierhundert Jahren tot", erwiderte er mit zusammengebissenen Zähnen. „Schon damals habe ich nicht verstehen können, warum du mich so sehr hasst. Was immer du auch denken magst, ich habe ihn zu nichts gezwungen. Ich habe erst Wochen nach unserem Aveu de Sang erfahren, dass es dich überhaupt gibt. Wenn ich es früher gewusst hätte, wäre ich zu dir gekommen und hätte dir die Situation erklärt. Wie lange willst du mir Thibaults Entscheidung noch vorwerfen? Wird es nicht langsam Zeit, es zu vergessen?"

Sebastiens Worte trafen Jean wie ein Schlag ins Gesicht. Sie waren wie ein Echo von Orlandos Ratschlag und klingelten ihm so laut in den Ohren, dass er sich beinahe umgedreht hätte und weggelaufen wäre. Jean brauchte Zeit und Ruhe, um darüber nachzudenken. Aber erst musste er die Angelegenheit Cabalet regeln. „Es tut mir leid, das war unangemessen", wiederholte er Sebastiens Entschuldigung von vorhin. „Kannst du mir helfen?"

Sebastien hätte gerne abgelehnt, aber je mehr Vampire sich der Allianz anschlossen, umso wahrscheinlicher wurde ihr Erfolg. Und je früher sie diesen Krieg gewannen, umso früher musste er sich keine Sorgen mehr um Thierrys Sicherheit machen. „Ich werde mein Bestes tun", erwiderte er übertrieben demütig, weil er sich nicht verkneifen konnte, Jean ein letztes Mal zu ärgern.

Jean warf ihm einen bösen Blick zu, reagierte aber nicht auf die Provokation. Er hatte Wichtigeres zu tun, als sich über Sebastiens Frechheiten aufzuregen. „Rede mit deinem Partner darüber, wie ihr die Sache am besten angehen könnt", wies er Sebastien an. „Aber beeilt euch. Cabalet hat sich bereit erklärt, uns zwei Tage Zeit zu geben. Ich will, dass er mit einem Partner wieder abreist."

Sebastien nickte und hoffte, dass Thierrys strategisches Geschick auch für dieses Problem eine Lösung fand. „Du kannst alles uns überlassen. Wir kümmern uns um die Angelegenheit."

Jean machte sich bedächtigen Schrittes auf den Weg zu Raymonds Büro. Erinnerungen an die lange zurückliegenden Ereignisse mit Thibault schwirrten ihm durch den Kopf. Thibault war anders gewesen, als die meisten Menschen seiner Zeit. Der junge Mann hatte Vampiren gegenüber nie Furcht oder Abscheu gezeigt, deshalb war er Jean sofort aufgefallen. Er hatte sich beeilt, Thibaults Aufmerksamkeit auf sich zu ziehen und immer geglaubt, ihre Zuneigung wäre gegenseitig. Aber wenn Noyer die Wahrheit sagte, hatte Thibault keinen zweiten Gedanken an Jean verschwendet, nachdem er Sebastien kennengelernt hatte. Es stimmte ihn nachdenklich, auch wenn er sich nicht sicher war, ob er Noyer blindlings Glauben schenken durfte. Vielleicht sollte er Bekannte, die damals alles miterlebt hatten, nach ihrer Meinung fragen. Jean kam zu Raymonds Büro, klopfte kurz an die Tür und trat ein. „Was unternehmen wir jetzt?"

JEAN WAR erleichtert, dass so viele Vampire sich freiwillig mit ihren Partner gemeldet hatten, um bei dem Einsatz auf Réunion teilzunehmen. Es bestätigte ihm, was er schon immer gewusst hatte – Vampire konnten starke, zuverlässige Mitglieder der Gesellschaft sein, wenn man ihnen nur die Chance dazu gab. Er hatte mit fast allen Freiwilligen persönlich gesprochen, um sie auf ihre Aufgabe vorzubereiten und sie über die Vorsichtsmaßnahmen zu unterrichten, die nötig waren, um ihre Natur geheim zu halten. So lange die Allianz und ihre Partnerschaften noch nicht öffentlich bekannt waren, war es sicherer, die Stärke der Vampire als Magie zu tarnen. Sie wollten in Schichten gemeinsam mit ihren Partner arbeiten und einen falschen Stab benutzen, um als Magier auftreten zu können. Jean hoffte, dass in dem allgemeinen Chaos nach dem Taifun alle unerklärlichen Vorkommnisse, sollten sie sich nicht vermeiden lassen, übersehen würden.

Caroline und Mireille waren die letzten, mit denen er reden musste. Er klopfte an Carolines Bürotür und wartete auf Antwort. Als er das Büro betrat, saßen die beiden Frauen nebeneinander auf dem Sofa, das an der Rückwand des Zimmers stand.

„Oh, gut", sagte Caroline, als sie ihn erkannte. „Ich brauche Unterstützung, um Mireille davon zu überzeugen, dass sie uns bei dem Einsatz wirklich helfen kann. Sie hat beschlossen, lieber hierzubleiben."

„Warum?", fragte Jean die rothaarige Vampirin. „Jede Art von Hilfe ist wichtig."

„Es geht nicht nur darum", fügte Caroline hinzu, ohne Mireille zu Wort kommen zu lassen. „Jeder kann Trümmer beseitigen, ob mit Magie, Baufahrzeugen oder körperlicher Kraft", sagte sie zu ihrer Partnerin. „Aber du kannst gut mit Menschen umgehen, und das ist mindestens genauso wichtig. Viele Menschen werden obdachlos sein und alles verloren haben, vielleicht sogar Mitglieder ihrer Familie oder Freunde. Ich habe gesehen, wie du Blair nach Laurents Tod getröstet hast. Du hast eine Begabung, die richtigen Worte zu finden, die wir in den nächsten Tagen öfter brauchen werden, als du dir vorstellen kannst."

„Sie hat recht, Mireille", stimmte Jean der Magierin zu. „Ich hätte keine Ahnung, was ich einer aufgeregten Mutter oder einem weinenden Kind sagen soll. Aber du kannst selbst fremde Menschen trösten und sie hören auf dich. Das wird auch für uns sprechen und uns das Wohlwollen der Öffentlichkeit sichern, wenn wir die Allianz bekannt geben. Es ist eine unschätzbare Hilfe für uns."

„Schon gut, schon gut", gab Mireille kopfschüttelnd nach. „Ich denke immer noch, dass andere euch mehr helfen könnten, aber ich komme mit."

Das Schlagen der Wanduhr unterbrach ihre Unterhaltung. „Kommt so bald wie möglich in den Salle des Cartes", sagte Jean. „Raymond will in spätestens einer halben Stunde aufbrechen."

Als der Chef de la Cour das Büro wieder verlassen hatte, drehte Caroline sich zu ihrer Partnerin um und streichelte ihr über die Wange. „Du wirst wunderbar sein und ich bleibe immer an deiner Seite. Sie brauchen deine Hilfe, Mireille."

Mireille holte tief Luft, um ihre Nervosität zu überwinden. „Du darfst aber nicht aufhören, an mich zu glauben", bat sie und drückte Caroline einen Kuss auf die Handfläche.

„Niemals", versprach Caroline.

RAYMOND SAH in die entschlossenen Gesichter der Freiwilligen, die sich im Salle des Cartes versammelt hatte. „Lasst euch Zeit mit den einzelnen Etappen des Transports. Viele Vampire sind die Sprünge an einen anderen Ort noch nicht gewohnt. Wir treffen uns in spätestens zwei Stunden an unserem Sammelpunkt in Madagaskar."

Er warf Jean einen fragenden Blick zu, doch sein Partner hatte nichts mehr zu sagen und schüttelte den Kopf. Raymond nickte seinem Team noch einmal kurz zu, dann schnickte er mit seinem Stab und verschwand, zusammen mit Mireille, aus dem Zimmer.

43

ALAIN ERREICHTE das Hauptquartier der Milice. Er hatte den Kopf eingezogen und den Mantelkragen hochgeschlagen, um sich besser gegen den Schneeregen zu schützen, der vor einiger Zeit eingesetzt hatte. Er war stundenlang durch die Straßen gelaufen und hatte hin und her überlegt, wie er sich Orlando gegenüber am besten verhalten sollte. Ob mit oder ohne Aveu, er liebte den Vampir und wollte bei ihm bleiben, auch wenn er seine eigenen Bedürfnisse zurückstellen und sich an Orlandos Grenzen halten musste. Selbst unter den gegenwärtigen Bedingungen war es alles andere als ein Opfer, mit Orlando zu schlafen. Natürlich wäre es einfacher, wenn er sich nicht ständig Sorgen machen müsste, Orlando in Panik zu versetzen. Aber er hatte in Orlandos Armen so viel Liebe erfahren, dass er damit leben konnte. Nachdem er endlich seinen Entschluss gefasst hatte, sah er auf die Uhr und stellte zu seinem Schrecken fest, dass er sich verspätet und sein Dienst schon vor geraumer Zeit begonnen hatte.

Kaum hatte Alain das Gebäude betreten, kam ihm auch schon Thierry entgegengelaufen. „Zum Teufel, wo hast du gesteckt?", fragte der blonde Magier. „Ich versuche seit Stunden, dich zu erreichen. Warum hast du meine Anrufe nicht angenommen?"

„Ich war unterwegs", erwiderte Alain ausweichend. „Ich habe mein Handy vergessen. Was hast du von mir gewollt?"

Thierry informierte ihn über die Lage im Indischen Ozean.

„Scheiße", murmelte Alain. „Und Payet hat den Einsatz übernommen?"

„Er hat sich dazu bereit erklärt und war für die Aufgabe am besten geeignet."

„Das stimmt", bemerkte Alain. „Aber selbst mit der Unterstützung von neunzehn weiteren Magiern sind seine Möglichkeiten begrenzt. Hat Marcel sich schon zu den Ursachen für den Taifun geäußert?"

„Er will mit uns darüber reden, sobald das Rettungsteam auf Réunion eingetroffen ist", erwiderte Thierry. „Das kann jeden Augenblick der Fall sein. Payet ist vor zwei Stunden aufgebrochen. Selbst mit den Zwischenstopps für die Vampire sollten sie jetzt Madagaskar erreicht haben. Sobald der Sturm abgezogen ist, machen sie den letzten Sprung nach Réunion."

„Dann wird es Zeit, mit Marcel zu reden."

Thierry schüttelte den Kopf. Er hatte immer noch Orlandos trauriges Gesicht vor Augen. „Nein, Alain. Jetzt wird es für dich Zeit, mit deinem Partner zu reden. Marcel kann noch einige Minuten warten."

Alain sah ihn erstaunt an. Für Thierry hatte die Pflicht immer an oberster Stelle gestanden. „Und das hat mich Aleth gekostet", sagte Thierry, als hätte er Alains Gedanken gelesen. „Es gibt keinen Grund für dich, den gleichen Fehler zu machen. Sag Orlando wenigstens Bescheid, dass du jetzt hier bist und bitte ihn, an der Besprechung teilzunehmen. In Bellaiches Abwesenheit fällt die Verantwortung an Orlando und Sebastien, weil sie unsere Partner sind. Soweit ich erkennen konnte, fühlt dein Vampir sich nicht sehr wohl in dieser Rolle."

„Er hat eine viel zu schlechte Meinung von sich", sagte Alain unglücklich.

Das war Thierry auch schon aufgefallen und er fragte sich zum wiederholten Male, woran Orlandos Unsicherheit lag, denn er konnte keinen Grund dafür erkennen. Orlando war oft schweigsam und hörte nur zu, aber seine Vorschläge waren immer konstruktiv und wohl durchdacht. „Dann musst du ihm helfen, es zu ändern."

Wenn er mich nur lassen würde, dachte Alain. „Ich werde sehen, was ich tun kann", sagte er laut zu Thierry.

„Er ist in unserem Büro", informierte ihn Thierry und gab ihm einen leichten Schubs in die richtige Richtung. „Rede mit ihm und bringe ihn dann mit in Marcels Büro. Wir haben viel zu tun."

Der leise Tadel in Thierrys Worten mochte unbeabsichtigt sein, erinnerte Alain aber wieder an den Ernst der Lage. Ja, er musste mit Orlando reden. Das ließ sich allerdings nicht in wenigen

Minuten erledigen, und er wollte bei diesem Gespräch nicht unterbrochen werden, also musste es bis später warten.

Er kam in sein Büro und fand Orlando vor, der mit todunglücklichem Gesicht auf dem Sofa saß. Alain war versucht, seinen Partner in die Arme zu nehmen und ihn zu trösten. Dann fiel ihm ein, dass Marcel, Thierry und Sebastien sie erwarteten. „Wir müssen zu einer Besprechung", sagte er. Orlando hob erschrocken den Kopf.

Orlandos Augen glänzten glücklich, als er Alain erblickte. Dann hörte er die geschäftsmäßigen Worte seines Partners und das Herz sackte ihm in die Hose. Orlando wusste, wie wichtig es war, das magische Gleichgewicht wieder herzustellen, doch er konnte sich nicht vorstellen, was er selbst dazu beitragen sollte. Er war kein Magier und wusste nur wenig über die Geschichte der Vampire. Trotzdem, er wollte Alain nicht widersprechen, denn die Besprechung gab ihm wenigsten einen Grund, sich im gleichen Raum aufzuhalten wie sein Magier. Orlando wusste nicht, wo Alain sich in den letzten Stunden aufgehalten hatte. Es war für ihn die reine Hölle gewesen. Jetzt war Alain zurückgekommen und Orlando sollte sich wieder besser fühlen, aber stattdessen wurde er durch Alains Zurückhaltung und Sachlichkeit nur zusätzlich verunsichert. Hatte Alain seine Meinung über ihre Beziehung geändert? Orlando hoffte inständig, dass das nicht der Fall war, denn es wäre sein Untergang. Er wollte etwas sagen, doch Alain hatte das Büro schon wieder verlassen und es Orlando überlassen, ob er ihn begleiten wollte oder lieber allein zurückblieb. Schweigend erhob er sich und folgte Alain zum Büro des Generals.

Marcel begrüßte sie mit einem Lächeln. Die Anspannung, unter der er stand, stand ihm ins Gesicht geschrieben. Orlando stellte seine persönlichen Probleme zurück, denn die Lage war offensichtlich ernster, als er vermutet hatte. Er riss sich zusammen und stellte sich vor, wie Jean sich in dieser Situation verhalten würde. Dann nahm er Platz und wartete auf Marcels Bericht.

Thierry warf Alain einen missbilligenden Blick zu, als das Paar den Raum betrat. Alain konnte in der kurzen Zeit, die bis zu ihrem Eintreffen vergangen war, kaum mehr als einige Worte der Begrüßung mit Orlando gewechselt haben. Die Spannung zwischen den beiden war mit Händen greifbar, auch wenn sie einem beiläufigen Bekannten vielleicht entgangen wäre. Thierry hatte die beiden jedoch seit ihrem ersten Zusammentreffen beobachtet und wusste, wie sie sich normalerweise verhielten. Er hatte erlebt, wie sie ständig die Nähe ihres Partners suchten. Für einen Fremden war die auffällige Distanz zwischen ihnen wahrscheinlich kein Grund zur Besorgnis, aber Thierry konnte genau erkennen, dass es nicht zum Besten stand. Sie mussten sich gestritten haben, daran bestand für ihn kein Zweifel. Er runzelte die Stirn und überlegte, worum es bei diesem Streit gegangen sein mochte. Jetzt, wo das Glück für ihn selbst so unverhofft wieder in greifbarer Nähe war, wollte er auch seinen besten Freund glücklich sehen. Als er Alain das letzte Mal gesehen hatte, schien noch alles in bester Ordnung gewesen zu sein. Thierry überlegte, wie viel Einmischung er sich erlauben konnte, ohne seine Grenzen zu überschreiten.

„Meine Herren", begann Marcel, als sie alle an dem Tisch Platz genommen hatten. „Wir haben ein Problem. Der Präsident hat deutlich zu verstehen gegeben, dass er von uns eine Lösung dafür erwartet. Sofort."

„HIERHER!", RIEF Jean und wühlte in den Trümmern, die noch vor kurzer Zeit eine Schule gewesen waren. Das Gebäude war nach den neuesten technischen Standards errichtet worden und hätte dem Sturm eigentlich widerstehen sollen, deshalb hatten die Menschen hier Schutz gesucht. Jetzt stand nur noch einer der Seitenflügel.

Raymond stellte Jeans Anweisungen nicht mehr in Frage. Sobald er die beiseite geräumten Trümmer halbwegs stabilisiert hatte, grub Jean tiefer und verließ sich auf ihn, sich um den Aushub zu kümmern. *Wir sind ein gutes Team*, dachte Raymond flüchtig, während er mit seiner Magie Jeans Anstrengungen unterstützte, ein besonders schweres Stück Beton aus dem Weg zu räumen. Und dann, in einer winzigen Nische zwischen einem eingestürzten Trägerbalken und dem Boden, fanden sie das kleine Mädchen.

„Mireille!", schrie er, während Jean den Stahlträger zur Seite schob. Er hatte ihren Namen kaum ausgesprochen, da war die Vampirin bereits zur Stelle, als hätte sie das Kind unter den

Trümmern auch schon gespürt gehabt. Sobald die Beine des Mädchens freigeräumt waren, nahm Mireille sie in die Arme und lief mit ihr zu dem Sanitätszelt, das die örtlichen Behörden aufgestellt hatten. Sanft drückte Mireille die Kleine an sich, während die Sanitäter sie untersuchten. Das Mädchen war klatschnass und zitterte, obwohl nach dem Sturm wieder die Sonne schien und es sehr warm war. „Sie steht unter Schock", sagte der Sanitäter. „Aber bis auf kleinere Schürfwunden und Prellungen scheint sie unverletzt zu sein. Wir werden sie im Auge behalten und hoffen, dass ihre Familie ausfindig gemacht werden kann."

Mireille nickte und wollte das Mädchen loslassen, aber die Kleine klammerte sich verzweifelt an ihr fest.

„Lass mich nicht allein", schluchzte sie.

Mireille war hin und her gerissen. Da draußen waren noch mehr Menschen, die verletzt und sterbend unter den Trümmern lagen und ihre Hilfe brauchten. Sie konnte mit ihren übernatürlichen Wahrnehmungen bei der Suche helfen, damit sie rechtzeitig befreit und vielleicht noch gerettet werden konnten. Aber dazu musste sie das Mädchen allein lassen, dabei war sie doch gekommen, um den Überlebenden Trost zu spenden.

„Kann ich sie mitnehmen?", fragte sie den Sanitäter.

Der dunkelhäutige Mann war nicht sehr begeistert von ihrem Vorschlag, gab aber nach, als er sah, dass die Kleine nicht loslassen wollte. „Bring sie sofort zurück, falls sich ihr Zustand verschlechtert."

Mireille versprach es und machte sich mit dem Mädchen im Arm auf den Rückweg zu der eingestürzten Schule. „Willst du mir dabei helfen, andere Verschüttete zu suchen?", fragte sie und hoffte, irgendwie ihre Fürsorge für die Kleine und die Suche nach den Opfern unter einen Hut bringen zu können.

Das Mädchen nickte und wollte abgesetzt werden, ließ aber Mireilles Hand nicht los. Zusammen gingen sie zur Schule zurück. Das Kind wollte nicht reden und schüttelte nur den Kopf oder zuckte mit den Schultern, als Mireille sie nach ihrer Familie fragte.

Als sie wieder vor dem Trümmerhaufen der Schule standen, ließ das Mädchen Mireilles Hand los und klammerte sich an ihr Bein. „Nein", wimmerte sie so leise, dass Mireille sie durch den Lärm der Rettungsarbeiten kaum verstehen konnte. „Es ist gefährlich."

„Wir passen auf", versprach Mireille und kniete sich vor der Kleinen auf den schlammigen Boden. „Es gibt schon Wege. Siehst du?" sie zeigte auf die Holzplanken, die überall ausgelegt und durch Carolines Magie befestigt worden waren. „Wenn wir auf den Brettern laufen, kann uns nichts passieren."

Das Mädchen machte einen vorsichtigen Schritt auf eines der Bretter. Ihr Vertrauen ging Mireille zu Herzen. „Wie heißt du?", fragte sie in der Hoffnung, dieses Mal eine Antwort zu bekommen.

„Romane."

Mireille hielt ihr die Hand hin „Wollen wir, Romane? Lass uns sehen, wen wir noch finden können."

Hand in Hand gingen sie über die Planken, während Mireille nach Anzeichen von Überlebenden suchte – sei es das leise Klopfen eines Herzens oder der Geruch von Blut.

„Hier!", rief Caroline und winkte sie zu sich.

Mit Romane im Schlepptau lief sie so schnell wie möglich zu ihrer Partnerin.

„Romane!", rief eine Frau mit müder Stimme, als sie das Kind hinter Mireille entdeckte.

„Tatie Isabelle!"

Mireille seufzte erleichtert. Wenigstens ein Familienmitglied hatte diese Katastrophe überlebt.

„Sie muss ins Sanitätszelt gebracht werden", bemerkte Mireille.

„Ihr Bein ist gebrochen", sagte Caroline leise.

„Dann trage ich sie", erwiderte Mireille und hob die Frau vom Boden hoch.

„Wie?", rief Isabelle überrascht, als die zierliche Frau sie einfach auf die Arme nahm.

„Magie", erklärte Mireille ihr.

Diese Antwort schien die Frau zufriedenzustellen. Als sie an dem Zelt ankamen, übergab Mireille Isabelle und ihre Nichte den Sanitätern, dann kehrte sie zu ihrer grausamen Aufgabe zurück.

„Du hast mit deiner Partnerin einen unglaublichen Fang gemacht", sagte Raymond, als er zu Caroline kam und sie Mireille dabei beobachteten, wie sie Romane und ihre Tante wieder zusammenführte.

„Das habe ich", stimmte Caroline zu. „Aber du hast auch nicht allzu schlecht abgeschnitten." Raymond zuckte abwiegelnd mit den Schultern. „Hast du die Lage hier im Griff? Ich muss dafür sorgen, dass die Elementarkräfte wieder ins Gleichgewicht kommen, sonst haben wir in Kürze den nächsten Sturm am Hals. Wer weiß, wo der dann ausbricht und was er anrichtet."

Caroline nickte. „Geh nur. Wir schaffen das schon."

„Danke." Raymond zog sich in das kleine Zelt zurück, das er extra aufgestellt hatte, um sich nach einem erschöpfenden Einsatz ausruhen zu können. Noch war es nicht soweit gekommen, aber für das, was er vorhatte, brauchte er all seine Kraft, Ruhe und Abgeschiedenheit. Er goss etwas Wasser in eine kleine Schale, fuhr mit den Fingern langsam durch die Flüssigkeit und versetzte sich in eine leichte Trance. Sein Geist suchte den Kontakt zu den Elementarkräften, die die Erde im Gleichgewicht hielten. Er konnte die Spuren der Störung, die den Taifun verursacht hatte, sofort erkennen. Sie lag etwas östlich der Insel und gab immer noch leichte Schockwellen ab. Raymond löste sich aus der Trance, um bei vollem Bewusstsein darüber nachzudenken, was er gerade gefühlt hatte. Das Ungleichgewicht war eindeutig noch vorhanden, aber es war nicht mehr so stark, dass man sich in den nächsten Stunden darum kümmern musste. Er konnte sich noch für einige Zeit den Rettungsmaßnahmen widmen und sich den schrecklichen Folgen stellen, die ein Sturm dieser Größenordnung anrichtete. Bevor er das Zelt wieder verließ, nahm er sich noch einige Minuten Zeit, um sich wieder zu konzentrieren. Die verzweifelte Suche nach Überlebenden, die überwältigende Erleichterung, wenn sie wieder einen Menschen lebend aus den Trümmern geborgen hatten, die unaussprechliche Trauer, wenn sie zu spät gekommen waren – all das forderte seinen Tribut. Doch er konnte sich nicht leisten, diesen Gefühlen nachzugeben. Er musste sich auf die bevorstehenden Aufgaben konzentrieren und voll einsatzfähig bleiben, um helfen zu können.

„Raymond?"

„Ich bin im Zelt!", rief er, als er die Stimme seines Partners erkannte.

„Ist alles in Ordnung?"

„Ja, danke", erwiderte Raymond und schob die Zeltklappe zur Seite, um Jean zu sich zu winken. „Ich habe den Zustand der Elementarmacht überprüft, um sicher zu gehen, dass wir nicht von einem zweiten Sturm überrascht werden. Brauchst du mich?"

„Ich habe nicht daran gedacht, dass die Tage hier länger sind", erklärte Jean und hielt ihm die Hände hin. Seine Haut wurde schon langsam grau. „Wenn ich weiterarbeiten will, brauche ich Blut."

„Natürlich!", rief Raymond eifrig. Ohne lange über seine Reaktion nachzudenken, lud er Jean ein, sich zu ihm zu setzen. „Ich hätte selbst daran denken sollen."

Jean zuckte mit den Schultern. Er wusste nicht so recht, was er unter den gegebenen Umständen mit Raymonds Kommentar anfangen sollte. Wortlos nahm er Platz und wartete darauf, dass Raymond ihm sein Handgelenk anbot. Als er den Kopf beugte, erkannte er eine Vielzahl von kleinen Schürfwunden und Kratzern an der zuvor makellosen Haut des Magiers. „Du solltest diese Wunden behandeln lassen", sagte er warnend. „Infektionen können in diesem tropischen Klima gefährlich werden."

Jetzt war es Raymond, der mit den Schultern zuckte. Jeans Besorgnis tat ihm gut. „Wenn du getrunken hast, werde ich sie magisch versiegeln. Dann kann ich sie heute Abend richtig reinigen. Aber ich muss sowieso in den Schmutz zurück und deshalb macht es noch keinen Sinn, sie zu behandeln."

Jean nickte und bereitete Raymonds Haut auf den Biss vor, ohne sich lange aufzuhalten. Sein Instinkt protestierte zwar dagegen, aber er hatte sich selbst und Raymond versprochen, dieser Versuchung nicht nachzugeben. Stattdessen erinnerte er sich erneut daran, dass diese Transaktion nur der Förderung ihrer Allianz diente. Er versuchte, den Biss so unbeteiligt und geschäftsmäßig wie möglich hinter sich zu bringen. Das Blut, das ihm über die Zunge lief, wollte allerdings nicht mitspielen. Es schmeckte ganz und gar nicht unbeteiligt und geschäftsmäßig. Es war ein Spiegelbild der widerstrebenden Emotionen, die in Raymond tobten. Das Schlimme daran war, dass es auch ein Spiegelbild der Gefühle war, die Jean in sich selbst unterdrücken wollte – nämlich, dass er in Raymond weit mehr als den Verbündeten in einer militärischen Allianz sah. In Sekundenschnelle ließ das Brennen auf Jeans Haut nach, geheilt durch das schattige Zelt und Raymonds Blut in seinen Adern. Genauso schnell kehrte die Magie zurück, die ihn vor den Folgen des Sonnenlichts schützte. Jean ließ sich jetzt mehr Zeit, weil er dieses friedliche Zwischenspiel noch etwas länger genießen wollte. Es war eine willkommene Abwechslung zu dem Chaos, das sie jenseits der Zeltwände erwartete, die sie abschirmten und ihnen etwas Ruhe verschafften.

„Hast du auch wirklich genug getrunken?", fragte Raymond, weil Jean schneller als erwartet wieder den Kopf hob. Am liebsten hätte er die Lippen des Vampirs wieder an seinen Puls gedrückt. Das – so redete er sich ein – lag nur an der magischen Natur ihrer Partnerschaft. Dennoch fühlte Raymond sich für Jean verantwortlich, denn es war schließlich sein eigenes Blut, das den Vampir beschützte. Außerdem wäre Jean ohne ihn nie in dieser Hölle von Réunion gelandet.

Jean hielt zur Antwort nur die Hände hoch, damit Raymond sehen konnte, dass sie wieder ihre gesunde, blasse Farbe angenommen hatten. Sie sollten wieder nach draußen gehen, wo er selbst mit seiner übernatürlichen Wahrnehmung und Raymond mit seiner Magie Menschenleben retten konnten. Doch Jean blieb noch einen Augenblick sitzen. „Du hast die Elementarkräfte erwähnt", sagte er, denn der heimliche Gelehrte in ihm war neugierig, mehr über die Mächte zu erfahren, die diese magische Welt, die er gerade erst zu entdecken begann, regierten. „Welche Rolle spielen sie?"

Raymond freute sich über das Interesse seines Partners. „Es hängt alles mit den Elementen zusammen", erklärte er mit glänzenden Augen. „Erde, Wasser, Wind und Feuer. Jeder Magier hat eine besondere Affinität zu einem der vier Elemente, obwohl die meisten sich nicht die Mühe machen, herauszufinden, welches sie am besten beherrschen. Aber diejenigen, die diese besondere Verbindung aufbauen und nutzen, können die Balance der Elementarkräfte überwachen. Warte, ich zeige es dir."

Raymond nahm die Schale, die er vorhin benutzt hatte, und versetzte sich wieder in Trance. Er richtete seine Energie auf das Wasser und suchte die Verbindung zu den Elementarkräften. Als das Wasser in der Schale zu wirbeln begann, hob er den Kopf. „Siehst du", sagte er und zeigte auf die kleinen Wirbel. „Das ist die Störung, die den Sturm verursacht hat."

„Es kommt mir recht klein vor", meinte Jean lakonisch.

„Eine Frage des Maßstabs. Diese kleine Schale repräsentiert die gesamte Südhemisphäre zwischen Afrika und Indien. Außerdem hat der Sturm der Störung einen großen Teil ihrer Kraft genommen, sodass sie nicht mehr in einem kritischen Stadium ist. Stell dir den Taifun als eine Art Überdruckventil vor. Sobald der überschüssige Druck durch das Ventil entwichen ist, schließt es sich wieder und bleibt so lange geschlossen, bis der Druck erneut das kritische Stadium erreicht hat." Raymond unterbrach sich und schaute in die Schale mit dem Wasser. „Vorhin hat es noch wesentlich gefährlicher ausgesehen", sagte er verwundert. „Es ist mir ein Rätsel, wie es sich in fünfzehn Minuten so sehr verändern konnte."

„Könnte etwas passiert sein, das die Störung wieder ausbalanciert hat?"

Raymond musste an sein Gespräch mit Monsieur Lombard denken und sah Jean unvermittelt an. „Du hast von meinem Blut getrunken. Monsieur Lombard und ich haben die Hypothese aufgestellt, dass die Partnerschaften zwischen Magiern und Vampiren einem übergeordneten Ziel dienen. Mir scheint, wir haben recht gehabt mit unserer Vermutung. Wenn wir es beweisen könnten, dann ..."

„... wäre das ein gewaltiger Schritt in Richtung unseres Ziels, die Vampire in den Augen der Öffentlichkeit zu rehabilitieren", beendete Jean den Satz. „Aber wie können wir es beweisen? Bisher ist es nicht mehr als ein zufälliges Zusammentreffen zweier unabhängiger Ereignisse. Bestenfalls ein Indizienbeweis."

„Wir müssen beobachten, wie sich die Störung entwickelt, wenn ein anderer Vampir von seinem Partner trinkt."

44

„Du bist also Bellaiches Stellvertreter?", fragte Cabalet und musterte die beiden Männer, die vor ihm standen, mit einem abschätzigen Blick. Der Magier, blond und mit grünen Augen, erwiderte seinen Blick, ohne auch nur einmal mit der Wimper zu zucken. Alles an seiner Haltung und in seinem Ausdruck sagte Cabalet, dass der Mann nichts zu verbergen hatte. Aber Cabalet war nicht in seine Position aufgestiegen, weil er sich auf seinen ersten Eindruck verließ. Der Vampir war schwerer zu durchschauen. Seine braunen Augen waren halb geschlossen, seine Haltung selbstbewusst, aber nicht überheblich. Er hatte einen elegant gestutzten Bart und auf seinen Lippen lag ein leichtes Lächeln. Luc kannte den Mann nicht, hatte aber keine Zweifel daran, dass Noyer das Jeu des Cours perfekt beherrschte und sich nicht leicht in die Karten blicken ließ.

„Er hat mich gebeten, dir bei der Suche nach einem Partner behilflich zu sein, da er selbst kurzfristig verhindert ist", erwiderte Sebastien ruhig. Er wusste nicht, worüber Jean mit dem anderen Vampir schon gesprochen hatte und wollte nicht dafür verantwortlich sein, dass Jean sein Gesicht verlor, weil er selbst sich bei einer Lüge ertappen ließ. Normalerweise hielt er sich von den Statusspielchen der anderen Vampire fern. Das hieß jedoch noch lange nicht, dass er sie bei Bedarf nicht beherrschte. Und wenn es der Allianz diente, würde er sie nach allen Regeln der Kunst mitspielen. „Was hat er dir schon über die Natur der Partnerschaften mitgeteilt?"

„Er hat den Schutz vor Sonnenlicht erwähnt", antwortete Luc.

„Hat er auch erwähnt, dass es nur mit dem passenden Magier funktioniert?"

Cabalet nickte. „Aber er hat mir nicht verraten, wie ich diesen Magier finden kann."

Nun mischte sich Thierry ein, der ihrer Unterhaltung bisher schweigend gefolgt war. „Magie. Wie sonst?"

Luc sah ihn mit gerunzelter Stirn an. „Ich habe keine Magie."

Thierry ersparte sich eine Klarstellung, weil er keine Zeit mit Diskussionen vergeuden wollte, die für ihre gegenwärtige Aufgabe irrelevant waren. Stattdessen zog er einfach seinen Stab aus der Tasche und belegte die beiden Vampire mit einem Levitationszauber. Wie erwartet, hatte der Spruch auf Sebastien keinerlei Wirkung, während Cabalet vom Boden abhob und in Richtung Decke schwebte. „Unsere Magie, nicht eure", erwiderte er, schnickte mit dem Stab und ließ Cabalet wieder auf dem Boden landen.

„Was zum Teufel war denn das?", rief Luc, kaum dass er wieder festen Boden unter den Füßen hatte. „Und beeil dich gefälligst mit deiner Erklärung."

„Ich hoffe, du meinst diese Drohung nicht ernst", sagte Sebastien mit gefährlich ruhiger Stimme. Sein Blick war eiskalt und seine ganze Haltung drückte Kampfbereitschaft aus. „Er hat dich vielleicht überrascht, aber dir nichts getan."

„Und was geht dich das an?", forderte Cabalet ihn wütend heraus. Ihm war deutlich anzumerken, dass er sich in seiner Würde verletzt fühlte.

Thierry sah zwischen den beiden Vampiren hin und her und fragte sich, wie ihr reserviertes, aber durchaus freundliches Gespräch innerhalb von Sekunden in wechselseitige Bedrohungen umschlagen konnte. Eine Auseinandersetzung zwischen den beiden Männern war ihrer Sache jedenfalls nicht dienlich. Falls Cabalet die Beherrschung verlor, wäre er chancenlos. Thierry wollte Marcel wirklich nicht erklären müssen, warum sie einen potentiellen Verbündeten wegen eines Angriffs auf Sebastien in Ketten legen mussten, und dazu würde es unweigerlich kommen. „Meine Herren", unterbrach er die beiden und legte Sebastien beruhigend die Hand auf den Arm. „Wir sollten uns wieder auf unsere eigentliche Aufgabe besinnen." Er drehte sich zu dem unbekannten Vampir um. „Das war die Antwort auf die Frage, wie dein Partner dich erkennt. Ich habe diese Beschwörung auf euch beide gerichtet. Bei Sebastien hat sie nicht gewirkt. Er ist gegen meine Magie immun, so wie du gegen die Magie deines Partners immun sein wirst."

„Dann bleibe ich also einfach hier stehen und lasse mich von Magiern mit ihren Beschwörungen bombardieren?", knurrte Cabalet.

„Es ist ein absolut harmloser kleiner Spruch", erklärte Sebastien. „Du schwebst nur für einige Sekunden in der Luft, und wenn er von deinem Partner kommt, wird gar nichts passieren und du bleibst auf dem Boden stehen."

„Draußen wartet eine Patrouille, die dich kennenlernen möchte", ergänzte Thierry. Er musste ein Grinsen unterdrücken, als er den Ausdruck des Unbehagens in Cabalets Miene sah. So leicht vergaß Thierry dem Vampir nicht, dass er Sebastien bedroht hatte. „Soll ich sie einlassen?"

LUC VERZOG angewidert das Gesicht, als er schon wieder würdelos vom Boden abhob und Richtung Decke schwebte. Das ging jetzt schon seit gefühlten Stunden so, und das Resultat war nach jedem Levitationsspruch das gleiche. Hätte er nicht mit eigenen Augen gesehen, dass der Spruch bei Noyer nicht gewirkt hatte, er hätte schon aufgegeben. Luc war mit seiner Geduld bald am Ende. Fast wäre er gestolpert, als er wieder auf dem Boden ankam. Das wäre wirklich der Gipfel der Peinlichkeit gewesen „Wie viele noch?", knurrte er, an Sebastien und Thierry gewandt.

„Noch drei", erwiderte Thierry und sah auf den Gang, wo der Rest der Patrouille wartete. „Wenn dein Partner nicht darunter ist, machen wir eine Pause und versuchen es danach mit der nächsten Patrouille. Sie kommt um die Mittagszeit vom Einsatz zurück."

Luc hätte sich fast geweigert, aber er hatte der Milice zwei Tage versprochen. Falls Bellaiche die Wahrheit gesagt hatte, würde er wieder sicher in die Sonne treten können. Das war die Entwürdigung dieser Partnersuche wert. „Na gut, schick den nächsten rein", grummelte er.

Thierry konnte sein Amüsement nur mühsam verbergen. Er erinnerte sich noch gut an seine eigenen, frustrierenden Erfahrungen bei der Partnersuche. Dann winkte er den nächsten Magier ins Zimmer. Wieder wurde der Levitationszauber auf Cabalet gerichtet, und wieder hob er vom Boden ab. „Nicht lachen", flüsterte Sebastien Thierry zu. „Ein beleidigter Vampir ist das letzte, was wir brauchen können."

„Ich habe doch nur Mitleid mit ihm", flüsterte Thierry zurück, während der vorletzte Magier ins Zimmer kam. „Mir ging es genauso wie ihm, bevor dann glücklicherweise du in dem Wartesaal aufgetaucht bist."

„Wenn ich mich damals nicht verspätet hätte, müsste Luc jetzt jeden der anwesenden Magier beißen, um seinen Partner zu finden", erinnerte ihn Sebastien.

„Stimmt. Aber das war nur das i-Tüpfelchen auf meinen Frust", meinte Thierry, als Luc wieder über dem Boden schwebte. „Mein ganzer Arm war von Bisswunden übersät, und alles umsonst."

Magali Ducassé war die letzte Magierin der Patrouille. Sie trommelte ungeduldig mit den Fingern an ihren Oberschenkel, als sie den Raum betrat. Sie hatte in einem Einzeleinsatz den Ort des letzten Kampfes mit den dunklen Magiern untersucht und nach Rebellen gesucht, die sich dort möglicherweise noch aufhielten. Es war ein ungewöhnlich blutiger Kampf gewesen und Magali hatte nach ihrer Rückkehr nur noch einen Wunsch gehabt – duschen und schlafen. Stattdessen waren sie hierher geschickt worden, um einen Vampir zu treffen, der noch nicht einmal in Paris lebte. Sie konnte sich nicht vorstellen, dass es funktionieren würde. Sie wollte es auch nicht. Sicher, die Vampire hatten sich als durchaus wertvolle Verbündete erwiesen, aber sie persönlich wollte sich nicht mit einem von ihnen als Partner belasten. Besonders nicht mit dem großen Mann, der sie in dem Zimmer erwartete und alles und jeden, insbesondere aber Magali, mit mörderischem Blick musterte. Sein Ego war offensichtlich genauso überdimensioniert wie der ganze Rest von ihm, und das war ein Verhalten, das Magali niemals tolerieren würde. Außerdem machte ein Partner es wesentlich komplizierter, ihre Sondermissionen zu erfüllen, weil ihre Magie bei ihm wirkungslos war. Sie musste den Vampir entweder bei den anderen zurücklassen – dann würde er sich beschweren, dass sie ihn im Stich ließ – oder einen zweiten Magier mitnehmen, der den Vampir transportieren konnte – in diesem Fall würde der Magier sich über die zusätzlichen Pflichten beschweren. Nein, Magali war durch ihre Einzeleinsätze nicht die beste Kandidatin für eine Partnerschaft.

„Thierry", protestierte sie, als sie ihn sah. „Das ist keine gute Idee. Du kennst die Risiken, die ich eingehen muss. Es ist aberwitzig, noch andere dieser Gefahr auszusetzen. Das gilt erst recht für einen Vampir, der sich nicht selbst aus einer schwierigen Lage befreien kann."

Thierry mochte Magali und bewunderte sie für ihre Arbeit. Aber für ihr Taktgefühl war die Magierin noch nie bekannt gewesen, schon gar nicht dann, wenn sie müde oder ungeduldig war. Thierry hörte ein empörtes Zischen hinter sich und reagierte sofort, bevor der Vampir wütend aus dem Zimmer stürmen konnte. „Magali, bitte", begann er abwiegelnd, kam aber nicht mehr dazu, seinen Satz zu Ende zu bringen.

„Und welche Risiken sollen das sein, mit denen du besser umgehen kannst als ich?", mischte Luc sich ein und ging auf die zierliche Frau zu. Er war mindestens dreißig Zentimeter größer als die Magierin und wog wahrscheinlich doppelt so viel wie sie.

Magali funkelte ihn wütend an. Sie kannte diesen Typ – vor lauter Muskeln kein Verstand mehr. „Alle", gab sie zurück. „Ich stehe Tag für Tag dem Schlimmsten gegenüber, was Serrier aufzubieten hat. Versuch erst gar nicht, mich einschüchtern zu wollen. Es tut mir leid, Thierry, aber ich kann da nicht mitmachen. Besonders nicht mit ihm."

Ihr Verhalten war zum aus der Haut fahren. Luc blockierte die Tür und fasste sie am Arm. „Lass das", befahl sie ihm und zog ihren Stab, um den Vampir mit einem Spruch an die Wand zu schleudern. Nichts passierte. „Merde alors!"

„Sei froh, dass es nicht gewirkt hat", sagte Thierry. „Sonst müsstest du dich jetzt vor Marcel verantworten. Magali Ducassé, ich darf dir Luc Cabalet vorstellen, Chef de la Cour von Amiens."

Die beiden sahen sich grimmig an. „Wir gehen dann, damit ihr euch in Ruhe kennenlernen könnt. Magali – vergiss nicht, dass Cabalet von dir trinken muss, bevor ihr das Gebäude verlasst." Thierry fasste Sebastien an der Hand und zog ihn mit sich aus dem Zimmer. Sie hörten Magalis lautes Fluchen noch, als die Tür sich schon hinter ihnen geschlossen hatte.

„Ist das wirklich eine gute Idee?", fragte Sebastien mit einem zweifelnden Blick auf die geschlossene Tür.

„Sie kann ihm nichts tun", meinte Thierry. „Es ist für alle Seiten besser, wenn sie es schnell hinter sich bringen und Dampf ablassen, sonst wiederholt sich das, was mit Bellaiche und Payet passiert ist."

Dem konnte Sebastien nichts entgegensetzen, aber sein besorgter Gesichtsausdruck zeigte deutlich, was er dachte.

Thierry drückte seinem Partner die Hand und beschloss, ihn abzulenken. „Musst du noch trinken, bevor wir aufbrechen? Dein letzter Biss liegt fast vierundzwanzig Stunden zurück." Als Sebastien ihn ansah, fügte er noch schnell hinzu: „Und das ist mindestens zwölf Stunden zu lang."

45

DIE UNERWARTETE Einladung ließ Sebastien vor Lust fast erzittern. Sein Verlangen nach dem blonden Magier war mindestens so groß wie sein Verlangen nach Blut. Er zog Thierry hinter sich her durch die Gänge, bis sie vor dem Büro ankamen, das Thierry und Alain sich teilten. „Wenn sie noch da sind …"

„Sind sie nicht", unterbrach ihn Thierry und stieß die Tür zu dem dunklen Zimmer auf. „Sie hatten schon vor einer Stunde Dienstschluss und keinen Grund, noch länger zu bleiben. Mittlerweile sind sie bestimmt schon zuhause und zerwühlen das Bett. Wenn es nicht so weit wäre bis zu mir, würde ich vorschlagen, es ihnen nachzumachen. Aber es dauert mir zu lange und ich will nicht riskieren, dass du Probleme mit der Sonne bekommst."

„Sag nichts, was du nicht wirklich ernst meinst", warnte Sebastien, trat die Tür zu und schob Thierry zum Sofa. Er machte sich nicht die Mühe, nach dem Lichtschalter zu suchen. Draußen wurde es langsam hell und durch das Fenster fiel genügend Licht, um den Weg zu finden.

Thierry ließ sich aufs Sofa fallen und zog Sebastien mit sich. Er legte den Kopf in den Nacken und bot seinem Partner den Hals zum Biss an. „Ich meine es ernst."

Sebastien unterdrückte den Fluch, der ihm auf den Lippen lag, und drückte sich mit den Hüften an seinen Magier. Er musste seine ganze Selbstbeherrschung aufbieten, um Thierry nicht die Kleider vom Leib zu reißen und über ihn herzufallen. Das einzige, was ihn zurückhielt, war sein Versprechen an Thierry, ihn richtig zu lieben. Aber das hinderte Sebastien nicht daran, den Kopf zu senken und den Mund auf den großzügig angebotenen Hals seines Partners zu pressen. Als seine Zähne sich in Thierrys Haut bohrten, zuckte der Magier unter ihm heftig zusammen. Sebastien saugte hart und leckte Thierry dabei über den Hals. Das lebensspendende Blut floss ihm in den Mund und überwältigte seine Sinne. Er hatte in den vielen hundert Jahren seit Thibaults Tod viel geschmeckt, auch ab und zu Begehren, aber nichts konnte mit Thierrys Verlangen mithalten. Es war eine so überwältigende und allumfassende Hingabe und Leidenschaft, dass Sebastien von ihr erfasst und mitgerissen wurde. Blut konnte nicht lügen. Sebastien wusste nicht, welche unerklärbaren Ereignisse ihn und Thierry auf dem Gare de Lyon zusammengeführt hatten, aber was immer es auch gewesen sein mochte, er war von Herzen dankbar dafür.

Thierry zischte vor Schmerz, als die Zähne des Vampirs seine Haut durchstießen und in seinen Hals eindrangen. Er hatte Sebastiens Zähne schon gesehen und wusste, dass sie nicht lang genug waren, um ihm ernsthaften Schaden zuzufügen. Dennoch konnte er sie überall fühlen, nicht nur in seinem Hals. Ihr leichtes Vibrieren breitete sich in Thierrys ganzem Körper aus, in seinen Lenden, seinem Bauch und seinem Herzen. Sein Puls schlug im Takt mit Sebastiens saugendem Mund und sein keuchender Atem ließ Sebastiens Haare flattern. Sebastiens Mund und sein harter Körper erregten Thierry über alle Maßen und sein Schwanz wurde steinhart. Bisher hatte seine Zurückhaltung verhindert, dass er das sinnliche Potential in Sebastiens Biss voll auskosten konnte, aber jetzt brach es unaufhaltsam über ihn herein wie eine mächtige Flutwelle. Er sehnte sich nach mehr Kontakt, legte sich mit dem Rücken flach auf die Couch, schlang die Beine um Sebastiens Körper und zog ihn noch fester an sich. Dann presste er sich mit den Hüften von unten reibend an Sebastien, um die ersehnte Erlösung zu finden.

Die heiße Leidenschaft übertrug sich auf Thierrys Blut. Der Geschmack, verbunden mit den lüsternen Bewegungen seines erregten Körpers, ließ Sebastien die Kontrolle verlieren. Er saugte noch fester an Thierrys Hals, bis der Geschmack und das Begehren über ihm zusammenschlugen und ihn mit sich fortrissen. Bisher hatte er sich an Thierrys Blut noch nie sattgetrunken, weil er einen Grund brauchte, um ihn öfter beißen zu können. Aber jetzt war ihm das alles egal. Nichts konnte ihn mehr zurückhalten und er ließ sich gehen, trank aus vollen Zügen und ergab sich seiner eigenen Lust. Sebastien fühlte sich wie benebelt. Sein Körper reagierte auf den Geschmack von Thierrys bevorstehendem Orgasmus und die erotischen Bewegungen des Magiers.

Hätte Thierry noch halbwegs klar denken können, es wäre ihm zutiefst peinlich gewesen, wie ein geiler Teenager in der Hose zu kommen. Aber die unvergleichliche Sinnlichkeit des Augenblicks hatte jeden klaren Gedanken verdrängt und dem ekstatischen Gefühl Platz gemacht, Sebastien endlich überall spüren zu können. Über sich. An sich.

In sich.

Diese unvermittelte Erkenntnis ließ Thierry den letzten Rest an Selbstbeherrschung verlieren. Er krallte sich haltsuchend an Sebastiens Schultern fest, ließ den Kopf in den Nacken fallen und presste sich mit den Hüften an seinen Partner. Sein harter Schwanz rieb sich an Sebastiens gleichermaßen hartem Glied und mit einem tiefen, langen Stöhnen ergab er sich der befreienden Erlösung, die unaufhaltsam aus ihm hervorbrach.

Der Geschmack von Thierrys Orgasmus explodierte auf Sebastiens Zunge, mächtig und überwältigend. Es war ein unwiderstehliches Aphrodisiakum für Sebastien, diese Gefühle in seinem Partner hervorgerufen zu haben. Befriedigt und gesättigt brach er über ihm zusammen. Mit Thierrys keuchenden Atem im Ohr rang er ebenfalls nach Luft. Auf seiner Zunge lag immer noch der Geschmack des ersten Orgasmus, den sein zukünftiger Geliebter ihm geschenkt hatte.

Thierry stöhnte zufrieden, als Sebastien auf ihn fiel. Der Vampir hatte diesen Biss offensichtlich genauso genossen, wie er selbst. Aber im Gegensatz zu Thierry war er immer noch hart und unbefriedigt. Thierry wollte nicht selbstsüchtig sein und – wenn er ehrlich war – auch wissen, ob er Sebastien zu dem gleichen, überwältigenden Höhepunkt bringen konnte, den er selbst gerade erlebt hatte. Er ließ die Hand auf Sebastiens Hüfte fallen und streichelte ihm über den steifen Schwanz. Sofort fuhr ein Beben durch Sebastiens Körper, seine Hüften zuckten und er kam. „Thierry", stöhnte er und fasste ihn am Kopf, um ihn an sich zu ziehen und auf den Mund zu küssen.

Thierry hätte eigentlich viel zu erschöpft sein sollen, um auf diesen Kuss zu reagieren. Stattdessen spürte er, wie die Leidenschaft neu in ihm aufflammte. Er konnte und wollte Sebastien nicht widerstehen. Als Sebastien ihren Kuss beendete und den Kopf hob, hätte er fast dagegen protestiert und ihn wieder an sich gezogen. Nur sein Pflichtgefühl hielt ihn davon ab, eine zweite Runde zu verlangen.

„So intensiv habe ich es noch nie erlebt", sagte er leise, während Sebastien sich aufsetzte. Dann erhob er sich ebenfalls und verschränkte die Beine mit denen seines Partners, weil er den Kontakt zu dem Vampir noch nicht aufgeben wollte.

„Ich habe mich noch nie so gehen lassen", erwiderte Sebastien. „Ich habe immer darauf geachtet, nicht zu viel zu trinken. Du hast nicht den Schutz des Aveu de Sang, so wie Alain. Wenn ich jeden Tag trinken muss, um meine Immunität gegen das Sonnenlicht zu behalten, darf ich dir nicht zu viel Blut abnehmen."

Thierry konnte ein breites Grinsen nicht verhindern. „Du hast die Beherrschung verloren", sagte er. Es war ein unglaublich befriedigender Gedanke.

Sebastien lächelte errötend zurück. „Du bist ja auch verdammt sexy", meinte er. „Was hast du denn erwartet?"

Jetzt wurde auch Thierry rot. „Du hast heute das erste Mal so reagiert."

„Weil du dich auch zurückgehalten hast", erinnerte ihn Sebastien. „Ich konnte den Unterschied in deinem Blut schmecken und mich nicht mehr dagegen wehren. Es hat mich überrascht. Das nächste Mal bin ich besser darauf vorbereitet."

„Meinetwegen ist das nicht nötig", erwiderte Thierry entschieden und knabberte spielerisch an Sebastiens Unterlippe. „Es war ein wunderbares Gefühl, dir die gleiche Befriedigung zu schenken, die du mir gegeben hast."

„Wir müssen trotzdem vorsichtig sein", sagte Sebastien. „Ich kann nicht oft und so viel von dir trinken, ohne dass es dir schadet. Und das will ich auf keinen Fall."

Thierry zuckte mit den Schultern. „Dann sind wir eben vorsichtig. Aber verweigere uns nicht dieses Vergnügen. Bitte?"

Sebastien nickte und wechselte das Thema. „Kannst du mir das Ritual erklären, über das du mit Alain und Marcel gesprochen hast? Wenn ihr über die Angelegenheiten der Milice redet, vergesst ihr manchmal, dass nicht jeder sich mit Magie so gut auskennt wie ihr."

„Entschuldige", sagte Thierry. „Hast du die Sache mit dem Ungleichgewicht der magischen Elementarkräfte verstanden?"

„Ja, allerdings ist das auch so ziemlich alles, was ich verstanden habe. Ihr meint damit die Magie, die wir alle für unser Überleben brauchen, nicht wahr?"

„So könnte man es sagen, ja", bestätigte Thierry. „Es ist eine der Aufgaben der ANS, dieses Gleichgewicht in Frankreich aufrechtzuerhalten. Durch den Krieg wird mehr Magie aufgebraucht, als an die Elementarmacht zurückgeführt wird. Das führt zu Chaos und Katastrophen, so wie es beispielsweise auf Réunion geschehen ist. Wenn die Elementarkräfte zu sehr außer Kontrolle geraten, hört alles auf zu existieren, das von ihrer Magie abhängig ist. Es kann sogar zur Zerstörung der Erde führen. Vor dem Krieg war es nicht nötig, die alten Rituale durchzuführen, weil wir das Gleichgewicht mit anderen Mitteln aufrechterhalten konnten. Aber jetzt reichen diese Maßnahmen nicht mehr aus. Das Ritual, das Marcel erwähnt hat, ist eine der wirkungsvollsten Möglichkeiten, das Gleichgewicht wieder herzustellen, zumindest kurzfristig. An bestimmten Tagen ist es besonders effektiv, vor allem an alten keltischen Feiertagen – Beltane, Samhain, Yule, Imbolc, Litha, Ostara, Mabon und Lughnasadh. In einigen Tagen ist Samhain, dann wollen wir das Ritual durchführen."

„Worum handelt es sich dabei?", wollte Sebastien wissen. Sein Beschützerinstinkt lief auf Hochtouren bei dem Gedanken, dass Thierry sich durch dieses Ritual in Gefahr brachte.

„Das kommt ganz darauf an", meinte der blonde Magier. „Wir müssen erst das Problem analysieren – zu viel oder zu wenig Magie. Üblicherweise bedeutet es, dass wir unsere Magie in die Elemente kanalisieren, um sie dadurch wieder zu stabilisieren."

Das sagte Sebastien überhaupt nichts. „Ist das nicht gefährlich?", fragte er.

„Nur dann, wenn wir zu viel Magie auf einmal einsetzen", antwortete Thierry. „Aber auch dann reichen normalerweise einige Tage Ruhe aus, um wieder auf die Beine zu kommen."

Sebastien akzeptierte diese Erklärung. Was sollte er auch dagegen einwenden, zumal Thierry keine Probleme mit der Angelegenheit zu haben schien. Trotzdem machte er sich Sorgen darüber, dass sein Partner derzeit nicht bei besten Kräften war. Sebastien fragte sich, was diese zusätzliche Anstrengung den Magier kosten würde und er nahm sich vor, ihn besser im Auge zu behalten. Mit einem demonstrativen Gähnen versuchte er, Thierry davon zu überzeugen, jetzt nach Hause zu gehen und sich schlafen zu legen, und sei es nur aus Rücksicht auf Sebastien selbst.

Es hatte die gewünschte Wirkung.

„Warum hast du mir nicht gesagt, dass du müde bist!", rief Thierry. „Wir gehen in meine Wohnung, dort kannst du dich ausruhen. Es ist nichts Besonderes, aber wir müssen nicht so lange mit dem Zug fahren wie zu meinem Haus. Komm jetzt, ich hole jemanden, der dich direkt ins Bett transportiert."

Sebastien verkniff sich ein befriedigtes Grinsen, als sie das Büro verließen und sich auf die Suche nach einem Magier machten. Auf ihrem Weg durch das Gewirr der Gänge des Hauptquartiers begegneten sie der Magierin und dem Vampir, die sie vor Kurzem in dem Besprechungszimmer zurückgelassen hatten. Die feindselige Stimmung zwischen den beiden hatte sich in Luft aufgelöst. Sebastien und Thierry grinsten sich an, als sie sahen, wie der Chef de la Cour von Amiens die schlanke Hand seiner Partnerin an die Lippen führte und sanft küsste. Die beiden wirkten etwas aufgeregt und Thierry kam es so vor, als wäre Magali vor Kurzem geküsst worden. Allerdings hätte er sie niemals darauf angesprochen. Dazu war sein Selbsterhaltungstrieb zu ausgeprägt.

„Es tut mir leid, dich belästigen zu müssen, Magali", unterbrach er das Paar. Die beiden fuhren erschrocken auseinander. Thierry stellte amüsiert fest, dass sie offensichtlich in ihrer eigenen Welt gewesen waren. „Du musst mir einen Gefallen tun."

Jetzt, wo Magali wusste, was es mit einem Vampirpartner auf sich hatte, war sie deutlich besser gelaunt. Sie drehte sich zu ihrem Captain und dessen Partner um. „Sir?"

„Ich brauche jemanden, der Sebastien in meine Wohnung transportieren kann, da meine Magie bei ihm wirkungslos ist."

Vor einer Stunde hätte Magali noch eine abfällige Bemerkung gemacht und gefragt, was der Vampir in der Wohnung des Magiers wollte und warum er nicht in seine eigene zurückkehrte. Jetzt stand sie selbst kurz davor, sich von ihrem neuen Partner verabschieden zu müssen. Sie schwieg.

„Selbstverständlich", erwiderte sie nur.

„Ich werde mit dem General sprechen, damit du so schnell wie möglich nach Amiens versetzt wirst", fügte Thierry hinzu und wurde mit einem dankbaren Lächeln der zierlichen Magierin belohnt.

WENIGSTENS WAR Alain mit ihm nach Hause gekommen.

Orlando sagte sich immer wieder, das sei Beweis genug dafür, dass Alain seiner noch nicht müde geworden wäre. Doch eine leise Stimme in seinem Hinterkopf wies ihn beharrlich darauf hin, dass dem Magier gar keine andere Wahl geblieben war, da sich sein gesamter Besitz in Orlandos Wohnung befand. „Er hätte auch im Büro bleiben können", wehrte er sich gegen die Stimme. Es half ihm nur begrenzt und er lief unruhig im Wohnzimmer auf und ab.

„Hast du etwas gesagt?", rief Alain aus der Küche, wo er sich etwas zu essen machen wollte, bevor er sich schlafen legte. Es war ihm noch nicht gelungen, die Kluft zwischen sich und Orlando wieder zu überbrücken. Alain wusste sehr wohl, dass es seine eigene Schuld war, doch es bekümmerte ihn, dass Orlando ihm offensichtlich auch aus dem Weg ging. Er hatte sein ganzes Leben für den Vampir auf den Kopf gestellt, hatte sich darauf verlassen, dass ihre Verbindung stark genug war, um die Hindernisse zu überwinden, die sich ihnen in den Weg stellten. Wahrscheinlich war es gar nicht so schlimm und er machte in seiner Angst aus einer Mücke einen Elefanten. „Orlando?", fragte er, während er sich ein Rührei briet.

„Nein, nichts", antwortete Orlando und wünschte sich, er könnte Alains Gesicht sehen. Die Stimme seines Magiers hörte sich normal, fast einladend an, aber Orlando wollte sich nicht auf sein Gefühl verlassen. Es hatte ihn schon so oft genarrt und Alain hatte gestern Abend ausreichend deutlich gemacht, dass er Orlando nicht ungebeten in seiner Nähe haben wollte. Also blieb ihm nichts anderes übrig, als auf eine unmissverständliche Einladung zu warten. Er durfte sich dem Magier nicht mehr aufdrängen, als für sein eigenes Überleben unabdingbar war. Sebastien hatte ihm gesagt, dass er bald nur noch alle zwei Wochen von Alains Blut trinken musste. Orlando war sich sicher, dass der Magier es ihm nicht verweigern würde. Natürlich war es noch nicht soweit, aber wenn er mit seinem Biss jeden Tag etwas länger wartete, konnte er den Umgewöhnungsprozess vielleicht beschleunigen. Das letzte Mal hatte Orlando gestern früh getrunken, nachdem sie sich geliebt hatten. Er hatte zart an Alains Hals gesaugt und sein Magier hatte ihm über die Haare gestrichelt. Das lag schon vierundzwanzig Stunden zurück und er war immer noch nicht hungrig. Wahrscheinlich konnte er noch warten, bis Alain sich ausgeschlafen hatte. Orlando konnte nicht erwarten, dass Alain ihm ständig zur Verfügung stand, aber es schmerzte ihn, die erforderliche Distanz zu wahren. Er wünschte, er hätte sich die Zeit genommen, seine persönlichen Probleme vor ihrem Aveu de Sang zu bewältigen. Dann hätten sie vielleicht jetzt zusammenbleiben können. Das wäre schön gewesen. Orlando unterdrückte ein Schluchzen und ging zur Tür, ohne auf Alain zu hören, der seinen Namen rief. Er konnte verstehen, warum der Magier gestern Nacht einfach weggelaufen war, um allein zu sein.

„Scheiße!", fluchte Alain und boxte mit der Faust an die Wand, als er hörte, wie die Tür hinter Orlando ins Schloss fiel. Der Putz bröselte und er schlug sich die Knöchel wund, was ihn erneut laut fluchen ließ. Mit einem hastigen Spruch reparierte er die Wand, unternahm aber nichts gegen die Schmerzen in seiner Hand. Sie waren eine willkommene Erinnerung an die Schmerzen, die er Orlando durch seine Gefühllosigkeit zugefügt hatte. Alain schuldete seinem Vampir eine Entschuldigung und eine Erklärung für dieses Verhalten. Am liebsten wäre er Orlando nachgelaufen und hätte ihn zurückgeholt, auch deshalb, um ihn vor der Sonne in Sicherheit zu bringen, sollte die Wirkung der Magie nachlassen. Er wollte jedoch nicht, dass Orlando sich verfolgt fühlte. Alain seufzte resigniert. Sein Instinkt und sein Verstand konnten sich nicht einig werden, und er wusste nicht mehr, was er tun sollte. Er befürchtete, dass es in ihrer Beziehung noch oft zu solchen Situationen kommen würde und er ständig darauf achten musste, was er sagte oder wie er sich verhielt, weil jede Unachtsamkeit die Schatten der Vergangenheit in Orlando zum Leben erwecken konnte. Alain hoffte, dass sein Geliebter rechtzeitig zurückkam, sodass er sich noch bei ihm entschuldigen konnte, bevor er einschlief. Das Omelett schmeckt wie Pappe. Alain zwang sich dennoch, es zu essen, weil er bei Kräften bleiben musste. Doch seine Gedanken waren bei Orlando, wohin auch immer der geflohen war.

Wohin mochte Orlando nur gegangen sein? Jean war noch auf Réunion, und einen anderen Vertrauten hatte sein Vampir nicht. Alain litt unter der Vorstellung, dass Orlando ziellos durch die Straßen irrte, allein und unglücklich. Außerdem machte er sich Sorgen, weil Orlando seit gestern früh nicht mehr getrunken hatte. Sebastien hatte sie gewarnt, dass Orlando oft trinken musste, bis ihre Verbindung sich gefestigt hatte und er nicht mehr so viel Blut brauchte. Als sie das letzte Mal zu lange gewartet hatten, war Orlando einfach umgekippt. Aber da war Alain zumindest bei ihm gewesen und jetzt war Orlando allein und draußen auf der Straße. Er konnte schon tot sein, bevor Alain überhaupt erfuhr, dass etwas passiert war. Alain überlegte, schnell in die Salle des Cartes zu springen und Orlando anhand des Repère zu lokalisieren. Aber das würde so aussehen, als ob er seinem Geliebten nicht zutraute, auf sich aufzupassen. Diesen Eindruck wollte er auf keinen Fall erwecken, denn damit würde er wahrscheinlich auch noch die letzten Reste ihrer Beziehung zerstören.

Orlando hatte in seiner Vergangenheit Misshandlungen ertragen müssen, aber er hatte keinen Todeswunsch. Und sie hatten sich nur gestritten – ihr erster Streit –, was in den besten Beziehungen ab und zu vorkam. Es war nur ein kleines Hindernis auf ihrem gemeinsamen Weg und keinesfalls das Ende der Straße. Orlando würde zurückkommen, sie würden miteinander reden, Orlando würde trinken. Die Aussicht auf Orlandos Biss erregte Alain und erinnerte ihn daran, wie sehr er sich schon an seinen Geliebten gewöhnt hatte. Er fragte sich, ob es am Aveu de Sang lag. Vielleicht machte der Aveu nicht nur den Vampir vom Blut seines Partners abhängig, sondern schuf zum Ausgleich auch diese unstillbare Sehnsucht nach dem Biss des Vampirs, die Alain verspürte. Aber egal, ob es an dem Aveu lag oder nur an seiner tiefen Liebe zu Orlando, über eines war er sich im Klaren: Sie mussten diese bedrohlichen Spannungen ein für alle Mal überwinden, wenn sie zusammen glücklich werden wollten.

Alain ging ins Schlafzimmer, zog sich bis auf die Unterhose aus und legte sich ins Bett. Es roch beruhigend nach Orlando und Sex. Orlando konnte niemandem etwas vormachen. Er hätte Alain in der vergangenen Woche nicht so oft und leidenschaftlich geliebt, wenn er nichts für ihn empfinden würde. Wenn der Vampir wirklich so oberflächlich wäre, hätte er sich schon längst einen Geliebten genommen. Stattdessen hatte er Alain Zugeständnisse gemacht und Freiheiten erlaubt, wie noch keinem anderen Menschen zuvor. Der Gedanke tröstete Alain und er schlief wider Willen ein. Es war das erste Mal seit ihrem Aveu, dass Orlando nicht bei ihm war.

„LEUTNANT RAYNAUD de Lage", rief Raymond, als er sein Zelt verließ und die schlanke Magierin mit ihrem Partner sah. „Können wir kurz mit euch beiden reden?"

Catherine sah ihn verwundert an und fragte sich, was Raymond wohl mit ihr und Justin zu besprechen hatte. Dann ging sie auf das Zelt der beiden Einsatzleiter zu und winkte Justin mit sich. „Sir?"

„Was weißt du über Elementarmagie?", fragte Raymond.

„Nicht viel", gab sie zu. „Aber ich weiß, dass wir nur deshalb in dieser Bredouille sind, weil die Elementarmächte aus dem Gleichgewicht geraten sind."

„Richtig", sagte Raymond. „Und wenn wir sie nicht wieder ins Gleichgewicht bringen, wird es nicht das letzte Mal sein. Es wird die Welt komplett zerstören, wenn wir keinen Ausweg finden."

„Ja, Sir. Aber das ist nicht mein Fachgebiet."

Raymond lächelte. „Auch richtig. Es ist mein Fachgebiet. Aber ich kann jeden Magier brauchen, der mir dabei hilft."

„Und ich soll helfen können?", fragte sie ungläubig. Diese Unterhaltung wurde immer verwirrender.

„Du und dein Partner", mischte sich Jean ein. „Du siehst aus, als ob du einen Schluck Blut vertragen könntest, Justin."

Jetzt sah auch der Vampir die beiden verwirrt an. „Ich habe schon seit einiger Zeit nichts mehr getrunken", gab er zu. „Aber es ist nicht dringend."

„Dringend oder nicht, genau deshalb brauchen wir euch", fuhr Jean fort. „Raymonds Magie hat vor einigen Minuten nachgelassen. Nachdem ich getrunken hatte, haben wir festgestellt, dass sich die Störung im Gleichgewicht der Elementarmacht verringert hat. Wir müssen überprüfen, ob es nur ein Zufall war oder nicht."

„Indem ihr es beobachtet, während Justin von mir trinkt?", fragte Catherine nach.

„Ganz genau", erwiderte Raymond.

Catherine warf Justin einen kurzen Blick zu. Zu ihrer Freude blieb es in der Regel nicht bei einem Biss, aber sie war sich nicht sicher, was Justin davon halten würde, wenn diese Tatsache seinem Chef bekannt wurde. Sie selbst war jedenfalls nicht besonders glücklich darüber, dass ihr Vorgesetzter es herausfinden würde. Dennoch, sie wusste, wie wichtig dieses Experiment war. Justin schien sich zwar ebenfalls etwas unwohl zu fühlen, aber er nickte ebenfalls zustimmend.

„Bestens", erklärte Raymond, dem ihre wortlose Kommunikation nicht entgangen war. „Habt ihr schon ein Zelt aufgeschlagen? Wir können die Entwicklung der Störung vor dem Zelt beobachten, ohne in eure Privatsphäre einzudringen."

„Es steht auf der anderen Seite der Schule", sagte Justin, nahm Catherine am Arm und machte sich mit ihr auf den Weg.

Raymond holte die Schüssel mit dem Wasser aus seinem Zelt und folgte ihnen. Er wartete ab, bis die beiden im Zelt verschwunden waren, dann konzentrierte er sich wieder auf die Wasseroberfläche. Sofort kamen die kleinen Wirbel wieder zum Vorschein, genau an der gleichen Stelle, an der sie vor einigen Minuten schon zu sehen gewesen waren. „Es hat sich nicht von selbst gebessert", murmelte Jean.

„Offensichtlich nicht", bestätigte Raymond. „Wir sind soweit", rief er den beiden im Zelt zu.

Die schwere Zeltplane dämpfte alle Geräusche und die beiden Männer konnten das leise Zischen Catherines kaum hören, das Justins Biss begleitete. Wie immer vergaß Justin die Welt, als er den vollen Geschmack ihres Blutes auf der Zunge fühlte. Er dachte nicht mehr an Jean da draußen, dachte nicht mehr daran, sein Verlangen zu zügeln, als Catherines Magie ihm die Adern füllte und ihr Geruch seine Sinne einhüllte. Ein Blick in ihr Gesicht zeigte ihm, dass es ihr ebenso erging. Lächelnd trank er weiter und streichelte über ihre sanften Kurven, während er an ihrer Kehle saugte.

Vor dem Zelt kam sich Raymond wie ein Voyeur vor und wand sich unbehaglich hin und her, weil er aus eigener Erfahrung wusste, wie intim der Biss eines Vampirs war. Aber die beiden im Zelt hatten dem Experiment zugestimmt und ihre Entdeckung konnte dazu dienen, das Ansehen der Vampire in der Öffentlichkeit zu verbessern. Die Entscheidung, ob und wie diese Informationen genutzt wurden, lag natürlich bei Marcel. Doch Raymond wollte zumindest sein Bestes tun, um unwiderlegbare Beweise für ihre Vermutung zu präsentieren.

Trotz der trennenden Plane wusste Jean genau, was in dem Zelt vor sich ging. Nach so vielen Jahrhunderten waren die rhythmischen Geräusche von Justins Saugen und Catherines Reaktion darauf nichts Neues für ihn. Er starrte in die Schüssel und wartete gespannt, ob sich ihre Vermutung bestätigen würde. Am Anfang war es kaum wahrnehmbar, doch dann beruhigten sich die Wirbel leicht, waren zwar immer noch sichtbar, aber deutlich schwächer. „Ich bilde mir das doch nicht nur ein, oder?", fragte er leise.

„Nein", stimmte ihm Raymond zu. „Es wird definitiv schwächer. Es scheint tatsächlich so zu sein, als ob der Austausch von Magie nicht nur dem Schutz der Vampire vor der Sonne dient."

„Wieso haben wir davon nichts gewusst?", fragte Jean ungläubig. „Wie konnten wir alle – Vampire und Magier – darüber so lange im Dunkel bleiben und es falsch verstehen?"

Raymond lachte leise. „Vorurteile? Angst? Sturheit? Wie immer du es auch nennen willst, es trifft auf uns alle zu. In gewisser Weise dreht sich dieser Krieg um nichts anderes. Serrier ist ein Meister der Propaganda. Er spielt mit den Ängsten und Vorurteilen der Magier, die nicht clever genug sind, um sein Lügengebilde zu durchschauen. Wahrscheinlich haben wir es nur seinem Rassismus zu verdanken, dass er nicht versucht hat, auch die anderen magischen Gruppen zu manipulieren und auf seine Seite zu ziehen."

„Bei den Vampiren hätte er sich schwergetan", meinte Jean. „Le Jeu des Cours ist ein sehr subtiles Spiel."

„Darüber weißt du mehr als ich", erwiderte Raymond und erhob sich, um die beiden im Zelt nicht länger zu stören. „Aber du solltest Serrier nicht unterschätzen. Er ist ein meisterhafter Manipulator und beherrscht es wie kein anderer, die Wahrheit zu verdrehen. Ich bin ihm selbst für einige Zeit auf den Leim gegangen, und ich bin bestimmt nicht leicht zu beeinflussen. Serrier weiß genau, wer was von ihm hören will und bei wem er welche Knöpfe drücken muss."

Aus dem Zelt kamen neue Geräusche, die Jeans Aufmerksamkeit von ihrer Diskussion ablenkten. „Wir sollten jetzt wirklich gehen und sie allein lassen."

Raymond hörte die Geräusche jetzt ebenfalls und wurde vor Verlegenheit rot. Er senkte den Kopf, um Jean nicht in die Augen sehen zu müssen. Dabei fiel sein Blick auf die Schüssel und er schnappte vor Überraschung laut nach Luft. Jean sah ebenfalls auf das Wasser und riss die Augen auf.

„Sag jetzt besser nichts", murmelte Raymond und löste den Bann, der die Störung auf die Wasseroberfläche projizierte. „Ich will nicht daran denken. Ich werde Marcel jedenfalls nicht sagen, dass Sex zwischen den Partnern die Wirkung erhöht."

„Wir hätten es uns denken können", bemerkte Jean. „Blut zu trinken und Sex gehören für Vampire zusammen. Und die gegenseitige Anziehung zwischen den Partnern ist uns auch schon aufgefallen."

„Soll das etwa heißen, es stört dich nicht?", fragte Raymond ungläubig.

„Soll es nicht", schnappte Jean ihn an. Er hatte immer noch keine Lösung für den Konflikt gefunden, der in ihm tobte, wusste immer noch nicht, wie er sein Bestreben nach Unabhängigkeit mit der Anziehung in Einklang bringen sollte, die er seit Beginn ihrer Partnerschaft für Raymond empfand. „Aber es ist nur logisch, dass es so funktioniert. Du hast selbst gesagt, dass ihr – Monsieur Lombard und du – überzeugt seid, die Partnerschaften müssten irgendeinem Zweck dienen. Du hast sogar genau über diesen Zweck nachgedacht. Und wenn es stimmt, was ihr gesagt habt, warum sollte Sex dann keine Rolle spielen in dieser Gleichung?"

„Es ist trotzdem unfair gegenüber denjenigen, die eine Partnerschaft nur eingegangen sind, damit wir den Krieg gewinnen können", erinnerte ihn Raymond mit einem Anflug von Panik in der Stimme. Er hatte Jeans Gesellschaft in den letzten Tagen so sehr genossen, dass ihm die Komplikationen ihrer Beziehung fast in Vergessenheit geraten waren. Raymond war nicht bereit, aus ihrer Partnerschaft mehr als eine Geschäftsbeziehung oder einfache Freundschaft werden zu lassen.

„Ich muss zurück nach Paris", erklärte Jean unvermittelt. „Wie immer diese Sache ausgeht, ich muss vor Ort sein. Marcel kann sich um die Magier kümmern, aber wir können nicht erwarten, dass er auch Verantwortung für die Vampire übernimmt. Zumal jetzt auch Cabalet davon betroffen ist."

„Wird er Probleme machen?", wollte Raymond wissen.

„Falls er einen Partner gefunden hat, wird er die gleiche Anziehung spüren wie wir alle", erwiderte Jean. „Und wenn nicht, wird er bald wieder in Amiens sein. Er ist es gewohnt, seine eigenen Entscheidungen zu fällen. Ihn auf unserer Seite zu halten, wird uns einige … Überzeugungsarbeit kosten. Marcel hat im Umgang mit Vampiren noch nicht genug Erfahrung. Ich muss ihm helfen."

„Ich kann dich nicht begleiten", rief ihm Raymond in Erinnerung. „Ich muss noch hier bleiben, bis sich die Lage einigermaßen stabilisiert hat."

„Ich habe gerade getrunken", meinte Jean und verdrängte jeden Gedanken daran, was er gerade erfahren hatte und was er und Raymond noch nicht getan hatten. Der Geschmack von Raymonds Blut lag ihm immer noch verführerisch auf der Zunge. Ob magisch oder nicht, die Anziehung zwischen ihnen wurde mit jedem Biss unwiderstehlicher für ihn. Vielleicht gab ihm die Trennung von Raymond eine Chance, seine Gefühle wieder besser unter Kontrolle zu bekommen. Vielleicht konnten der Geschmack von Karines Blut und die Reize ihres Körpers ihm helfen, dieser Anziehung zu widerstehen. „So lange ich nicht in die Sonne muss, kann ich es einige Tage aushalten. Deine Magie wird nachlassen, bevor ich wieder trinken muss. Wenn es nötig werden sollte, kann ich in Paris jemanden finden, der mir bis zu deiner Rückkehr sein Blut gibt."

Raymond sah ihn grimmig an. Der Gedanke, dass Jean einen anderen Menschen beißen würde, gefiel ihm ganz und gar nicht. Bedauerlicherweise fiel ihm auch keine bessere Lösung ein. Er musste sich eben beeilen, seine Aufgabe auf Réunion so schnell wie möglich zu erledigen, sodass er nach Paris zurückkehren konnte, bevor Jean wieder Blut brauchte. „Ich rede mit Caroline", sagte er. „Sie kann dich nach Paris zurückbringen. Ich komme so bald wie möglich nach."

„Kümmere dich nicht um mich", erwiderte Jean, der sich insgeheim darüber freute, dass Raymond die bevorstehende Trennung genauso unangenehm war wie ihm selbst.

46

„WIR HABEN den Angeklagten auf dem Gare de Lyon festgenommen, wo er in ein magisches Feuergefecht mit Angehörigen der Milice verwickelt war", erklärte David in aller Ruhe. Er war schon seit dreißig Minuten im Zeugenstand, um gegen Pacotte auszusagen. Nach dem Staatsanwalt war jetzt der Verteidiger an der Reihe, ihn zu befragen. Anwälte waren David ein Rätsel. Er konnte sich nicht vorstellen, was der Mann damit erreichen wollte, ihm immer wieder die gleichen Fragen zu stellen. An Davids Aussage würde sich nichts ändern und er konnte nur immer wieder die gleichen Antworten wiederholen. „Wir haben seinen Stab untersucht. Die Beschwörung hat aufgedeckt, dass der Stab in letzter Zeit nur für Sprüche und Flüche benutzt worden ist, die nach den Regeln der Gesetzgebung unter den Begriff dunkle Magie fallen und damit als unangemessene Anwendung von Magie gelten. Ich kann nicht verstehen, wieso wir überhaupt noch hier sind."

„Monsieur", gab Christian Pellegrin, der Anwalt der Verteidigung zurück, „Wir sind hier, weil nach dem Gesetz jeder Angeklagte das Recht auf eine faire Verhandlung vor dem Gericht hat. Wer hat den Angeklagten festgenommen?"

„Das habe ich bereits gesagt", erwiderte David stur. „Angehörige der Milice."

„Sie haben ihn also nicht persönlich festgenommen?"

„Nein, aber ich war an dem Einsatz beteiligt und habe die Vorkommnisse miterlebt" antwortete David ausweichend. „Pacotte war einer von zwanzig Magiern, die eine Gruppe von Vampiren angegriffen haben, die sich an diesem Morgen friedlich versammelt hatten."

„Vampire?", fragte Pellegrin höhnisch. „Seit wann beschützt die Milice de Sorcellerie Vampire?"

„Einspruch!", rief der Vertreter der Anklage. „Diese Frage ist irrelevant."

„Schon gut", sagte David. „Ich habe nichts dagegen, sie trotzdem zu beantworten."

„Reden Sie weiter", forderte der Richter ihn auf.

„Die Milice sieht es als ihre Aufgabe an, alle intelligenten Lebewesen, seien sie magisch oder nicht, zu beschützen. Da die Vampire durch ihre Versammlung weder ein Gesetz noch andere Vorschriften gebrochen haben, war es unsere Pflicht, sofort einzuschreiten, als wir von dem Angriff auf sie erfahren haben, an dem auch der Angeklagte beteiligt war. Ich und einige andere Einsatzkräfte haben den Angriff zurückgeschlagen. Wir hatten uns freiwillig gemeldet", erklärte David und sah Pacotte durchdringend an. „Die eigentliche Frage ist, warum Serrier zwanzig Magier ausgeschickt hat, um sie anzugreifen."

„Einspruch!", protestierte Pellegrin. „Es handelt sich um eine Mutmaßung, die durch nichts nachgewiesen ist."

„Was ist daran noch nachzuweisen?", fragte David verärgert zurück. Er wollte nicht daran denken, was alles hätte passieren können, wenn Angélique oder ein anderer Vampir Serriers Magiern allein gegenübergestanden hätte. „Die Vampire haben sich getroffen. Pacotte und seine Leute haben sie angegriffen."

Der Anwalt wühlte nervös in seinen Unterlagen. „Nach den Angaben meines Klienten haben die Angehörigen der Milice den Kampf ausgelöst. Er hat sich nur verteidigt. Es gibt keinerlei Hinweise darauf, dass er oder ein anderer Magier seiner Gruppe die Vampire angegriffen haben."

David musste sich auf die Zunge beißen. Er konnte dem Gericht schlecht erklären, dass sie Serriers Leute mit einer Einheit zurückgeschlagen hatten, die zur Hälfte aus Vampiren bestand. „Was immer er auch getan hat, er hat verbotene Magie benutzt und wurde dafür festgenommen", erwiderte er mit fester Stimme.

„Sie haben gesagt, Sie hätten meinen Klienten nicht persönlich festgenommen. Warum stehen Sie dann hier als Vertreter der Milice im Zeugenstand? Wo ist der Offizier, der die Festnahme angeblich vorgenommen hat?", verlangte Pellegrin zu wissen.

„Einspruch!", unterbrach der Staatsanwalt erneut und erhob sich von seinem Stuhl. „Die Frage ist unerheblich."

„Ich möchte nur sicherstellen, ob die Aussage des Zeugen bezüglich der Handlungen des Angeklagten glaubwürdig ist", widersprach Pellegrin.

Der Staatsanwalt schien wieder Einspruch erheben zu wollen, aber David schüttelte den Kopf.

„Captain Dumont ist in einer Angelegenheit der nationalen Sicherheit unterwegs", antwortete er. „General Chavinier hat mich gebeten, für ihn einzuspringen, da ich die Festnahme aus nächster Nähe beobachten konnte. Aber selbst wenn ich nicht in der Nähe gewesen wäre, würde das nichts an der Tatsache ändern, dass der Angeklagte verbotene Magie praktiziert hat. Außer, Sie wollen General Chavinier unterstellen, dass er bei der Beschwörung zur Untersuchung des Stabes unsauber gearbeitet hat", sagte David mit scharfer Stimme. Marcels magische Fähigkeiten waren legendär. Wenn der Anwalt sie anzweifeln wollte, war dieser Versuch schon jetzt zum Scheitern verurteilt.

„Wir bezweifeln nicht, dass der Stab für verbotene Magie benutzt wurde", versicherte Pellegrin hastig. „Aber wir stellen in Frage, dass er dem Angeklagten gehört. Wie Sie selbst gesagt haben, war er nicht der einzige Magier, der sich an diesem Tag auf dem Bahnsteig aufhielt."

David lächelte schadenfroh und wandte sich an den Richter. „Wenn Euer Ehren erlauben", sagte er. „Diese Frage können wir unverzüglich klären."

„Wie?", wollte der Richter sicherheitshalber wissen. Er hatte nicht vor, den Gerichtssaal in ein Varieté zu verwandeln.

„Ein ganz simpler Spruch", erwiderte David freundlich. „Er verfolgt die Herkunft der Magie zurück zu ihrem Urheber."

„Genehmigt", sagte der Richter, bevor einer der Anwälte dagegen Einspruch erheben konnte.

„Dazu benötige ich den fraglichen Stab", erklärte David.

Der Stab wurde von einem Gerichtsdiener aus der Asservatenkammer geholt. David zog seinen eigenen Stab und benutzte die gleiche Beschwörung, mit der Marcel dunkle Magie identifizierte. Mit einem zweiten Spruch verfolgte er sie zu ihrem Urheber zurück. Die magischen Funken, die den Stab umgeben hatten, schwebten durch den Gerichtssaal auf Pacotte zu.

„Noch weitere Fragen an den Zeugen?", fragte der Richter trocken.

MARCEL SAH vom Schreibtisch auf, als sich die Tür zu seinem Büro öffnete. Das Lächeln in Davids Gesicht sagte ihm alles. „Ich nehme an, es ist erfolgreich verlaufen."

„Sehr erfolgreich sogar", bestätigte David mit einem breiten Grinsen. „Pellegrin hätte fast für uns arbeiten können, so wie er mich befragt hat."

„Die Vampire wurden auch angesprochen?"

David nickte. „Pellegrin teilt offensichtlich Serriers rassistische Ansichten. Es war die perfekte Gelegenheit für mich, vor Gericht darauf hinzuweisen, dass die Milice alle intelligenten Lebewesen beschützt, seien sie magisch oder nicht. Die Beschwörung des Stabes hat sofort Pacotte als Urheber der dunklen Magie ausfindig gemacht, obwohl du vorher auch schon mit dem Stab gearbeitet hast. Damit hatte Pellegrin offensichtlich nicht gerechnet, denn bisher konnten wir immer nur den letzten Spruch identifizieren, dem ein Stab passiv ausgesetzt war, nicht den letzten, für den er aktiv benutzt wurde."

„Sehr gut", sagte Marcel zufrieden. „Raymond wird sich freuen, das zu hören. Mit seinem neuen Spruch können wir jetzt verhindern, dass wir durch unsere Untersuchung fremder Magie Beweismittel vernichten."

„Es hat mit Sicherheit dazu beigetragen, ein schnelles und eindeutiges Urteil zu fällen", stimmte ihm David zu und sah auf seine Uhr. „Ich muss gehen. Ich habe heute Nacht Dienst und möchte mich vorher noch ausruhen."

Marcel hielt ihn noch kurz zurück. „Wie kommt ihr miteinander aus? Ich habe gehört, dein Verhältnis zu deiner Partnerin wäre etwas angespannt gewesen."

David verzog das Gesicht. Angespannt war noch milde ausgedrückt, aber er wusste genau, wo die Ursache für ihre Probleme lag. „Wir kommen zurecht", erwiderte er ehrlich. „Es wird wohl etwas dauern, bis es besser wird. Aber sie scheint bereit zu sein, mir noch eine Chance zu geben."

„Das ist gut. Wir brauchen diese Allianz."

„Ich weiß", sagte David. „Um ehrlich zu sein, habe ich es anfangs nicht so gesehen. Aber mittlerweile habe ich mich vom Gegenteil überzeugen lassen. Je mehr Vampire uns unterstützen, umso besser für uns alle."

Marcel nickte. „Ich hoffe, das wird bald der Fall sein. Der Chef de la Cour von Amiens ist kürzlich hier eingetroffen, um sich nach unserer Allianz zu erkundigen. Er hat uns heute früh mit einer Partnerin wieder verlassen. Wir müssen zwar unsere Einsatzpläne anpassen, aber je mehr Vampire auf unserer Seite kämpfen, umso besser sind unsere Chancen."

„Du solltest Angélique ansprechen. Sie ist bestimmt bereit, uns bei der Rekrutierung zu helfen", überlegte David, ohne auf seine immer noch vorhandenen Vorbehalte gegen Angéliques Geschäfte Rücksicht zu nehmen. „Das Sang Froid wird von vielen Vampiren frequentiert. Da die Vampire mit Partner dort nicht mehr verkehren, ist jeder Besucher ein potentieller neuer Verbündeter für uns."

„Das ist eine gute Idee", stimmte ihm Marcel zu. Es freute ihn, dass David offensichtlich bereit war, mit seiner Partnerin zusammenzuarbeiten und sie nicht mehr für ihre Berufswahl zu verdammen. „Wir warten noch ab, bis uns Thierry sagen kann, wie es mit dem neuen Verbündeten aus Amiens gelaufen ist. Vielleicht hat er auch Vorschläge, wie wir die Partnersuche beschleunigen können. Sobald wir die Allianz öffentlich gemacht haben, können wir in großem Umfang rekrutieren. Du könntest derweil mit Angélique diskutieren, wie wir am besten ihre Kunden ansprechen. Wenn ihr morgen früh von eurem Einsatz zurück seid, besprechen wir die Details. Ich muss jetzt noch zu einem Treffen mit den Ausschussvorsitzenden des Senats. Mit etwas Glück bin ich rechtzeitig zurück, bevor ihr morgen wieder nach Hause geht."

David nickte widerstrebend. Der Gedanke, ins Sang Froid zurückzukehren, war ihm unangenehm. Aber nach dem Debakel mit dem Repère, das er sich letzte Woche geleistet hatte, war er gewissermaßen auf Bewährung und wollte Marcel nicht wieder enttäuschen. Selbst ein Rüffel von Dumont war nicht so schlimm wie ein enttäuschter Marcel.

NACH DER Hitze und dem gleißenden Sonnenschein auf Réunion kamen Jean die Straßen von Paris noch dunkler und kälter vor als gewöhnlich. Der Oktober ging dem Ende zu. Ein weiteres Jahr war gekommen und schon fast wieder vergangen. Die Jahre flossen zusammen wie ein endloser Strom. Ein Herbst glich dem anderen und nur selten blieb ihm einer in besonderer Erinnerung. Dieser Herbst würde wahrscheinlich dazugehören. Jean konnte reinen Gewissens behaupten, dass er seit der Errettung von Orlando aus den Klauen Thurloes – und das lag immerhin hundert Jahre zurück – keinen Monat erlebt hatte, in dem so viel passiert war.

Er musste an ein Ereignis denken, das diesen Oktober so bemerkenswert gemacht hatte. Jean konnte nur mit Mühe einen Fluch unterdrücken. Er hasste es, dass die Magie, die seit tausend Jahren seine Existenz sicherte, jetzt plötzlich die Kontrolle über sein Leben erlangen wollte. Wie konnte er der Anziehung zwischen sich und Raymond vertrauen, wenn er gleichzeitig um den Einfluss der Magie wusste, die ihre Partnerschaft und ihr Leben regierte?

Frustriert und – wie er zugeben musste – auch geil machte er sich auf den Weg zu dem einen Ort, an dem er immer willkommen sein würde. Es war noch früh am Abend. Die Sonne war gerade erst untergegangen. So früh hatte er Karine noch nie besucht, aber falls sie noch nicht zuhause war, konnte er vor ihrer Wohnung auf sie warten. Dann hatte er auch Zeit, um sich eine passende Entschuldigung zurechtzulegen für sein unmögliches Verhalten bei ihrem letzten Zusammensein. Spontan blieb er vor dem Blumenladen an der Straßenecke stehen und kaufte dann einen großen Strauß Rosen. Karine hatte immer einen Blumenstrauß in der Vase, die auf dem kleinen Tisch in ihrem Flur stand. Es war ein Bestechungsversuch, das war ihm klar. Aber selbst wenn sie ihm die Blumen ins Gesicht warf, würden sie ihr doch zeigen, dass er an sie gedacht hatte.

Karine antwortete nicht auf sein Klopfen und Jean stellte sich auf eine längere Wartezeit ein. Er schloss die Augen und versenkte sich in einen erholsamen Trancezustand. Seine Gedanken schweiften ab, doch er ließ nicht zu, dass sie die eine Richtung einschlugen, die sie in unachtsamen Momenten immer nahmen. Raymond war sowieso noch auf Réunion, also war es zwecklos, an ihn zu denken.

Im Unterbewusstsein hörte er andere Bewohner des Hauses, die kamen und gingen. Nur die Schritte, auf die er wartete, hörte er nicht. Also blieb er einfach auf dem Boden sitzen und wartete weiter, ohne dem Leben um ihn herum Beachtung zu schenken.

Nach einiger Zeit wurde der harte Steinfußboden unbequem. Seine Kleidung, viel zu warm für Réunion, schützte nicht gegen die Kälte von Paris. Sie wurde unangenehm und er erhob sich, um seine Glieder zu strecken. Die Sonne war mittlerweile endgültig untergegangen. Dunkelheit lag über der Stadt und hüllte die eleganten Gebäude in geheimnisvolle Schatten. Jean und die anderen Vampire wussten wenig über die Stadt bei Tage, denn die Art ihrer Existenz hatte es immer verhindert, sie kennenzulernen. Doch die Nacht war ihr Element. Jean legte den Blumenstrauß vor Karines Wohnungstür, wo sie ihn sofort finden würde. Dann ging er in die Nacht hinaus und atmete die vertrauten Gerüche der Stadt ein, die so ganz anders waren, als die tropischen Düfte der Insel, die er gerade verlassen hatte. Er runzelte irritiert die Stirn. Mein Gott, er hatte sich doch vorgenommen, nicht an Raymond, an ihre Arbeit und die jüngsten Entdeckungen zu denken, die sie auf Réunion gemacht hatten. Jean wusste, dass er sie Marcel melden musste, aber er hatte erfahren, dass der General in einer Besprechung war und nicht vor Mitternacht zurückerwartet wurde. Bis dahin war noch Zeit, und Jean wollte diese freien Stunden genießen. Im Moment gefiel es ihm, die Stadt wieder neu kennenzulernen, in der er geboren, gestorben und wiedergeboren worden war – die Stadt, die jetzt sein Cour war.

Seine verschlungenen Wege führten ihn an der Opéra vorbei und in die ältesten Stadtteile: zum Jardin des Tuileries, dessen verschlossene Tore kein Hindernis für ihn waren, zum Louvre, wo einst Generationen von Königen mit ihren Gemahlinnen gelebt hatten, zum hell erleuchteten Hôtel de Ville, zum Marais, auf einem früheren Sumpfgelände errichtet, und dann, endlich, zur Île de la Cité und Notre Dame. Auf dem Vorhof blieb er stehen und betrachtete die hoch aufragende Silhouette der Kathedrale. Als er vor über tausend Jahren das erste Mal hier gebetet hatte, war es noch eine kleine Kirche gewesen. Erst zweihundert Jahre nach seiner Umwandlung war mit dem Bau der heutigen Kathedrale begonnen worden, die mit ihren Stützpfeilern und Spitzbögen, ihren Statuen und Reliefs das Meisterwerk der Gotik war. In dieser Zeit war er nachts über die Baustelle gewandert und hatte die neuen Methoden bewundert, mit denen die Architekten höher und höher bauten, obwohl die Wände von zahlreichen schlanken und runden Fenstern durchbrochen waren, in die später Bleiglasmosaike eingefügt wurden, die in allen Farben glänzten. Das Innere der Kathedrale war heute meistens blanker Stein, aber Jean konnte sich noch an die Zeiten erinnern, als jede freie Oberfläche von Gemälden bedeckt war, die in Bildern die Geschichten der Bibel erzählten für diejenigen unter den Gläubigen, die des Lesens und Schreibens nicht mächtig waren. Er hatte Stunden, wenn man es zusammenzählte, wahrscheinlich Jahre oder ein ganzes Leben auf den schmalen Bänken zugebracht. Jean war fasziniert von der Architektur und ihrer symbolischen Bedeutung, daran hatte sich in all den Jahrhunderten nichts geändert. Er ging zur Westseite der Kathedrale, wo ein kleiner Stein das Einzige war, das noch vom Grab seines Mentors übrig geblieben war. Er setzte sich neben den Stein und fing an, zu erzählen. Er erzählte alles, was seit dem Eintreffen von Marcels erstem Brief geschehen war, erzählte von der Allianz und ihren Hoffnungen für die Zukunft, von den Komplikationen, die die Partnerschaften zwischen Vampiren und Magiern mit sich brachten und von denen sie erst nach und nach erfahren hatten.

„Ich glaube an das, was wir tun", erzählte er dem namenlosen Stein. Als Père Emmanuel gestorben war, hatte Jean sich keine Inschrift für den Grabstein leisten können. Jahre später, als er das Geld hatte, wusste er nicht, wie er dem Steinmetz erklären sollte, dass er den Mann kannte, der vor so langer Zeit verstorben war. Er hätte damit mehr über sich verraten, als man einem sterblichen Menschen damals anvertrauen konnte. „Ich habe schon daran geglaubt, bevor wir nach Réunion aufgebrochen sind und ich erlebt habe, welche katastrophalen Auswirkungen das magische Ungleichgewicht hat. Aber es fällt mir schwer, die vielen Veränderungen zu verkraften. Ich meine nicht die Partnerschaften oder dass wir wieder im Sonnenlicht leben können, auch nicht den Sex. Aber ich habe das Gefühl, in eine Beziehung gezwungen ... Nein, das ist ein zu starkes Wort. Ich habe das Gefühl, in eine Beziehung gedrängt zu werden, die ich unter normalen Umständen nie gewollt hätte.

Mein Partner ist ein faszinierender Mann und sein Blut ist das beste, das ich je geschmeckt habe. Aber selbst meinem Geschmack kann ich nicht mehr vertrauen. Schmeckt es so gut, weil es Raymonds Blut ist? Oder bilde ich mir das nur ein, weil ich mit jedem Biss dazu beitrage, das magische Gleichgewicht wieder zu stabilisieren? Es würde mir wahrscheinlich nicht so viel ausmachen, wenn ich es kontrollieren oder mich zumindest frei entscheiden könnte. Doch so kommt es mir nicht vor. Wenn er in der Nähe ist, wenn wir zusammenarbeiten, dann fühle ich mich unbesiegbar. Aber wenn er nur im Nachbarzimmer ist, werde ich sofort unruhig und muss nach ihm sehen. Es ist wie ein Zwang. Jetzt, wo er tausende von Kilometern entfernt auf einem anderen Kontinent ist, kann ich kaum einen klaren Gedanken fassen."

Natürlich gab der Stein keine Antwort, doch das hatte Jean auch nicht erwartet. Er war hierhergekommen, so wie er immer kam, wenn er Ordnung in seine Gedanken bringen musste. Melancholisch fuhr er mit dem Zeigefinger über den Stein. Dann stand er wieder auf und ging zurück in den Trubel und die Lichter der Stadt. Er überquerte die Seine auf die linke Flussseite, wo er ziellos durch die Straßen wanderte, wohin auch immer ihn seine Füße trugen. Schließlich führte ihn sein Weg in Richtung Süden zur Sorbonne und in die Rue Champollion. Nach wenigen Metern blieb er stehen und sah über sich den Balkon einer kleinen Mansardenwohnung. „Das ist lächerlich", murmelte er. Er hätte schwören können, vor der Wohnung seines Partners zu stehen. Er blickte sich um, und als er feststellte, dass er allein war, zog er sich an der Feuerleiter hoch und kletterte bis zu dem Balkon, der seine Aufmerksamkeit erregt hatte.

Jean kam sich wie ein kompletter Idiot vor, als er durch das Fenster in die Wohnung sah und nach einer Bestätigung für seine lächerliche Vermutung suchte. Das Zimmer hinter der Glasscheibe war vollgepackt mit Büchern, ganz so, wie man es von Raymonds Wohnung erwarten würde. Aber Raymond war nicht der einzige Mensch, der eine große Bibliothek besaß, auch wenn diese alle normalen Maßstäbe sprengte. Er kniff die Augen zusammen und versuchte, einige Buchtitel zu erkennen. Doch die Bücher in der Nähe des Fensters lagen alle auf der falschen Seite oder standen mit dem Buchrücken zum Zimmer. In diesem Augenblick teilten sich die Wolken, ein Mondstrahl schien in das Fenster und erhellte das Zimmer. Dort, auf einem Tisch, lag die Zeichnung, die Raymond vor drei Tagen von Jeans Medaillon angefertigt hatte, als er ihm anbot, die Herkunft des Symbols zu untersuchen.

„WAS ZUM Teufel soll das?", wollte Karine von dem dunkelhaarigen Mann wissen, der in den Raum kam, in dem sie die letzten beiden Tage verbracht hatte. Es war zwar regelmäßig ein Tablett mit Essen aufgetaucht, aber er war der erste Mensch, den sie zu Gesicht bekam, seit sie in ihrer Wohnung von den beiden Männern überfallen worden war und das Bewusstsein verloren hatte. Sie war verständlicherweise voller Angst gewesen, als sie in dem fensterlosen, fremden Zimmer aufgewacht war und festgestellt hatte, dass die schwere Tür von außen verschlossen war und sie nicht entkommen konnte. Mittlerweile war aus ihrer anfänglichen Angst allerdings Wut geworden. „Warum bin ich hier?"

„Mademoiselle Gaudier?", fragte der Magier mit einer höflichen Verbeugung. „Mein Name ist Pascal Serrier. Ich freue mich, Sie endlich kennenzulernen."

„Kommt mir nicht so vor", erwiderte Karine säuerlich. „Ich bin schon seit zwei Tagen hier."

„Dafür möchte ich um Verzeihung bitten, aber ich bin ein sehr beschäftigter Mann", sagte Serrier seelenruhig. „Doch jetzt haben Sie meine ungeteilte Aufmerksamkeit."

„Sie haben meine Frage nicht beantwortet", insistierte Karine. „Warum bin ich hier?"

Serrier setzte sich kopfschüttelnd an den kleinen Tisch und winkte Karine zu, ebenfalls Platz zu nehmen. „Bitte, Miss Gaudier. Es gibt keinen Grund, unhöflich zu werden. Nehmen Sie Platz und wir unterhalten uns wie zivilisierte Menschen. Hätten Sie gerne etwas zu essen oder zu trinken? Ich habe noch gar nicht gefragt, ob die Verpflegung ihren Geschmack getroffen hat."

Karine kniff die Augen zusammen, aber Serrier ließ sich nicht von seiner Linie abbringen. Sie entschied, zunächst auf ihn einzugehen, weil sie hoffte, so schneller Antworten zu bekommen. „Ein Espresso wäre nett", sagte sie und nahm an dem Tisch Platz.

„Selbstverständlich", erwiderte Serrier und zog seinen Stab. Sofort stand eine dampfende Tasse schwarzen Kaffees vor ihr auf dem Tisch. Karine ließ sich keine Überraschung über die magische Vorführung anmerken. So, wie in den letzten Tagen die Tabletts in dem Zimmer aufgetaucht und wieder verschwunden waren, hatte sie schon längst vermutet, mit Magiern zu tun zu haben. Sie hob die Tasse an den Mund und nahm einen kleinen Schluck. Der Espresso schmeckte köstlich. „Vielen Dank", sagte sie und hoffte, mit ihrer Höflichkeit die Sache zu beschleunigen.

„Können wir uns etwas unterhalten, während Sie Ihren Kaffee trinken?", fragte Serrier mit der eingeübten Routine des perfekten Gastgebers.

Was glaubst du wohl, was ich seit deinem Eintreten hier will?, dachte Karine sarkastisch. Nach außen hin beschränkte sie sich auf ein höfliches Kopfnicken, da ihre Forderungen sie nicht sehr weit gebracht hatten.

„Soweit ich erfahren konnte, sind Sie mit Jean Bellaiche bekannt", bemerkte Serrier. „Der Chef du Jour von Paris, so wird er doch genannt, nicht wahr?"

„Chef de la Cour", korrigierte Karine und bemerkte erst zu spät, das Schweigen und Unwissenheit ihr wahrscheinlich mehr gedient hätten. „Ja, ich kenne ihn", fügte sie hinzu, obwohl sie sich in den letzten zehn Jahren immer nur sporadisch gesehen hatten. ‚Kennen' war ein dehnbarer Begriff.

„Er hat in der letzten Woche ein Treffen der Vampire einberufen. Einige meiner Magier wurden zur gleichen Zeit getötet", erklärte Serrier. „Ich mag es nicht, wenn ich nicht weiß, was in meiner Stadt vor sich geht."

Karine runzelte die Stirn, als er von ‚seiner' Stadt sprach, verkniff sich aber einen Kommentar. Es hatte keinen Sinn. „Ich bin seine Geliebte, nicht seine Sekretärin", erwiderte sie. „Über die Geschäfte des Cour spricht er nicht mit mir."

„Aber bitte, Miss Gaudier", tadelte Serrier. Seine Stimme klang immer noch höflich, doch sein Gesichtsausdruck wurde langsam härter. „Sie erwarten doch nicht, dass ich Ihnen das glaube. Ich bin mir sicher, er erzählt Ihnen über seinen Tag, bevor Sie nachts einschlafen."

Karin sah zu Boden, weil seine Worte eine wunde Stelle trafen. Wahrscheinlich war er nicht bewusst grausam – schließlich hatte sie sich selbst als Jeans Geliebte bezeichnet –, aber es schmerzte sie, ihre unerfüllten Träume ins Gesicht geschleudert zu bekommen. „Glauben Sie doch was Sie wollen", krächzte sie. „Er vertraut mir seine Geschäfte nicht an."

Serrier war beeindruckt. Bei einem anderen Publikum wäre sie mit ihrer Gefasstheit und ihrer Leidensmiene wahrscheinlich auf Sympathie und Mitleid gestoßen. Schade für sie, dass er an solche Gefühle keinen Gedanken verschwendete. „Sie wollen es also nicht anders?", fragte er herausfordernd.

„Wie, ich will es nicht anders?", fragte sie zurück. „Ich habe keine Ahnung, warum Sie sich dafür interessieren, was Jean und seine Vampire vorhaben. Aber ich kann Ihnen nicht helfen, ich weiß es auch nicht."

Serriers Lächeln wurde grausam. „Oh, mit der richtigen Motivation werden Sie mir bestimmt helfen können." Er griff wieder zu seinem Stab und hörte befriedigt ihren lauten Schmerzensschrei.

„Wir können die ganze Nacht so weitermachen", sagte er ungerührt. „Wie lange halten Sie wohl durch, bevor Sie mir sagen, was ich hören will?"

47

ORLANDO SCHLICH sich leise in die Wohnung. Falls Alain schon eingeschlafen war, wollte er ihn nicht wecken. Er war stundenlang durch die Stadt gelaufen und einer Lösung seiner Probleme keinen Schritt näher gekommen. Die Albträume der Vergangenheit wollten sich einfach nicht verjagen lassen. Aber er hatte Alain ein Versprechen gegeben, und deshalb kam er jetzt zurück. Leise ging er ins Schlafzimmer und setzte sich auf den Stuhl, der bei der Tür an der Wand stand. Dann sah er Alain beim Schlafen zu. Er wusste nicht, wann Alain aufwachen würde, doch er wollte da sein. Das hatte er seinem Geliebten versprochen.

Am liebsten wäre Orlando zu Alain unter die Decke gekrochen und hätte sich an ihn geschmiegt. Er widerstand jedoch der Versuchung und blieb auf seinem Stuhl sitzen. Er hatte Alain recht viel zugemutet, seit sie sich vor zwei Wochen kennengelernt hatten. Immer hatte er sich nur genommen, was er selbst brauchte. Nicht einmal hatte er seinen Magier gefragt, was der sich wünschte. Sicher, Alain hatte keinen Einspruch dagegen erhoben, aber Orlando fragte sich trotzdem, ob diese Zugeständnisse nicht nur auf die Erfordernisse der Allianz zurückzuführen waren. Er beobachtete Alains Gesicht mit einer Intensität, als könnte es ihm die Gedanken verraten, die im Kopf des Magiers vor sich gingen. Außer seiner Freundschaft zu Jean war die Beziehung zu Alain die erste, die Orlando in seinem Leben eingegangen war. Bisher hatte er sich darauf verlassen, dass es reichen würde, Alains Herz in dessen Blut zu lesen. Es war Orlando wie ein offenes Buch vorgekommen, das keine Geheimnisse vor ihm hatte und ihm nichts vorenthielt. Hatte er sich darin getäuscht oder sich verlesen, so wie man ein unbekanntes Wort falsch ausspräch?

Orlando hätte gerne Jean um Rat gefragt, ob er den Geschmack von Alains Blut vielleicht falsch interpretierte. Doch der Chef de la Cour war auf Réunion, und auch wenn er in Paris gewesen wäre, hätte er erst Alains Blut trinken müssen, um Orlandos Fragen zu beantworten. Sein Beschützerinstinkt protestierte allein bei dem Gedanken daran, obwohl Jean den Aveu de Sang niemals missachten und Alain tatsächlich beißen würde. Verzweifelt stützte Orlando den Kopf in die Hände und hoffte auf ein Zeichen, dass seine Anwesenheit noch erwünscht war.

Alain erwachte aus einem unruhigen Schlaf und sah sich verwirrt in dem dunklen Zimmer um. Wie im Reflex suchten seine Hände nach dem warmen Körper an seiner Seite, an den er sich in den letzten Nächten gewöhnt hatte. Aber das Bett war leer. „Orlando", flüsterte er voller Bedauern über die Auseinandersetzung, die seinen Geliebten vertrieben hatte.

Orlando hob den Kopf, als er seinen Namen hörte. „Ich bin hier", antwortete er. „Ich wollte dich nicht stören."

Mich stört nur der leere Platz an meiner Seite, wo du liegen solltest. Mich stört, dass ich dich aus deiner eigenen Wohnung vertrieben habe, dachte Alain frustriert. „Ich habe mir Sorgen um dich gemacht."

„Ich kann selbst auf mich aufpassen", verteidigte sich Orlando.

Alain seufzte. So hatte er es nicht gemeint. Was immer er sagte, es wurde falsch verstanden. „Hat dir dein Spaziergang Spaß gemacht?"

Orlando schnaubte. Mussten sie wirklich Smalltalk machen, als ob sie Fremde wären? „Es war interessant, die Stadt bei Tage zu erleben", erwiderte er. „Ich habe sie erst zweimal so gesehen – am Tag vor der Gründung der Allianz und bei meinem kurzen Spaziergang mit Jean "

Alain nickte und setzte sich auf. Die Decke rutschte ihm in den Schoß. „Ich bin froh, dass du jetzt die Möglichkeit dazu hast." Er wollte Orlando noch viel mehr geben, wusste aber nicht, wie er dieses Thema ansprechen sollte, ohne wieder ins Fettnäpfchen zu treten.

Orlando senkte den Kopf und studierte verlegen seine Hände. Er wusste nicht, wie er seine Sehnsucht in Worte fassen sollte. „Ich wäre lieber hier bei dir gewesen", flüsterte er schließlich.

Alain konnte kaum glauben, was er hörte. „Wie bitte?", fragte er leise.

Orlando hob den Kopf und sah ihm in die Augen. Er konnte darin den gleichen Schmerz erblicken, den er selbst fühlte. „Ich wäre lieber hier bei dir gewesen", wiederholte er lauter.

„Warum bist du dann gegangen?", wollte Alain wissen.

„Weil du mich nicht wolltest", erwiderte Orlando.

Alain sah ihn ungläubig an. Es war nie seine Absicht gewesen, Orlando wegzuschicken, aber offensichtlich war er falsch verstanden worden. „Wieso denkst du das?"

„Ich bin nicht dumm, Alain", erklärte Orlando. Er stand auf und ging unruhig im Zimmer auf und ab. „Du bist gestern zuerst gegangen, falls du dich noch daran erinnerst. Und letzte Nacht im Hauptquartier hast du mich kaum angesehen und nur mit mir gesprochen, wenn es sich nicht vermeiden ließ. Ich weiß sehr wohl, wann ich unerwünscht bin."

„Es tut mir leid", murmelte Alain. „Ich wollte nie, dass du dich unerwünscht fühlst."

„Was wolltest du dann? Du hast dich zurückgezogen und mich allein gelassen, als ich dich gebraucht habe. Ich weiß, das ist alles noch sehr neu für uns beide. Aber ich habe dich gebraucht und du hast mich allein gelassen. Was hätte ich denn denken sollen?"

Alain holte tief Luft und rief sich Orlandos Vergangenheit ins Gedächtnis zurück. „Du hast mich zuerst weggestoßen", erinnerte er seinen Vampir.

„Was habe ich?", rief Orlando. „Ich weiß, dass ich überreagiert habe. Ich wollte es dir erklären, aber du hast mir nicht zugehört. Du bist aufgestanden und gegangen. Du hast mich allein im Bett zurückgelassen."

„Du bist mir nicht gefolgt", verteidigte sich Alain.

„Natürlich nicht!" Orlando schrie fast. „Was meinst du wohl, wie oft ich mich an einem Tag so niedermachen lasse? Du hast unmissverständlich klar gemacht, dass du allein sein willst. Ich komme nicht zurückgekrochen wie ein geprügelter Hund!"

„Das Gleiche könnte ich auch sagen", brüllte Alain zurück. „*Du* hast *mich* gebeten, dich zu beißen, nicht umgekehrt."

„Und du hast mir versprochen, dass du jederzeit aufhörst, wenn es mir zu viel wird", erwiderte Orlando bitter.

„Das hast du mir aber nicht gesagt. Du hast nicht dein Safe Wort benutzt, du hast dich einfach zurückgezogen!"

„Und ich wollte mich dafür entschuldigen, aber du hast mich nicht ausreden lassen!"

„Weil es jedes Mal das Gleiche ist. Du sagst, dass du mir vertraust, aber du behandelst mich, als ob ich er wäre."

„Du hast gewusst, wer ich bin, als du dich bereit erklärt hast, mein Zeichen zu tragen und wir Geliebte geworden sind. Wenn es dir zu viel ist, hättest du es sagen sollen, bevor es zu spät war. Jetzt können nur noch dein Tod oder mein Selbstmord uns aus dieser Lage befreien. Ich habe mir vor hundert Jahren geschworen, dass ich mich niemals umbringen werde, egal, was auch passieren mag. Und daran werde ich mich auch weiterhin halten ."

Alain konnte den Gedanken nicht ertragen, dass Orlando ungeschützt in die Sonne treten und er ihn verlieren könnte. Seine Wut verrauchte von einer Sekunde zur anderen. „Bitte nicht", bat er ihn. „Daran darfst du nicht einmal denken. Ich könnte es nicht ertragen, dass ich dich …" Alain konnte den Satz nicht zu Ende bringen. „Ich will mich nicht aus dieser Lage befreien", sagte er, als er wieder reden konnte. „Ich will nur dich."

Alains ehrliche Bitte und sein verzweifelter Tonfall kühlten auch Orlandos Wut wieder ab. Er ging langsam aufs Bett zu, nicht sicher, wie das aufgenommen werden würde, aber doch voller Hoffnung. „Warum kann ich es dann nicht fühlen?", fragte er jammernd.

Die Mutlosigkeit in Orlandos Stimme ließ Alain alle Vorbehalte vergessen. „Es tut mir leid", flüsterte er und zog Orlando in die Arme. „Ich dachte, ich hätte alles im Griff, aber offensichtlich habe ich mich getäuscht. Ich wollte nur nachdenken und wieder einen klaren Kopf bekommen. Ich wollte nicht, dass du dich zurückgewiesen fühlst."

Orlando ließ sich in Alains Arme sinken und vertraute darauf, dass ihre Beziehung den Belastungen der letzten Tage standgehalten hatte. „Was sollen wir jetzt tun?", fragte er nach einigen Minuten.

Alain wusste genau, was er wollte. Er wollte Orlando auf den Rücken rollen und lieben, bis sein Vampir nie wieder an seiner Liebe zweifeln würde. Diesem Impuls durfte er jedoch noch nicht nachgeben. Es waren die ersten Schritte auf diesem Weg gewesen, die zu den Problemen der letzten Tage geführt hatten. Er wollte sich nicht vorstellen, wie es das nächste Mal enden würde. „Zuallererst musst du trinken", sagte er leise und sah Orlando zärtlich an. „Es ist schon zwei Tage her, seit du das letzte Mal getrunken hast. Nach dem, was Sebastien uns über den Aveu de Sang gesagt hat, wundert es mich, dass du so lange durchgehalten hast. Vielleicht hat meine Magie den Umgewöhnungsprozess beschleunigt. Wir werden sehen. Heute Nacht haben wir Dienst, aber bis dahin dauert es noch einige Stunden."

Orlando nickte. Er hatte sich geschworen, Alain nicht mehr zu beanspruchen, als für sein eigenes Überleben nötig war. Andererseits hatte Alain ihn selbst darum gebeten, und wenn Orlando ehrlich war, konnte er auch schon fühlen, wie er schwächer wurde und Alains Magie langsam nachließ. Sein Magier hatte recht. Orlando musste trinken.

AUF DEM Weg ins Hauptquartier der Milice versuchte Jean, das Unbehagen abzuschütteln, das ihn beim Auffinden von Raymonds Wohnung überkommen hatte. Er hatte sich schon lange daran gewöhnt, dass er als Vampir eine erhöhte Wahrnehmung für die natürliche, aber auch die übernatürliche Welt besaß. Doch nichts hatte ihn darauf vorbereiten können, plötzlich vor Raymonds Wohnung zu stehen, ohne jemals dort gewesen zu sein. Die Partnerschaften warteten immer wieder mit neuen Überraschungen auf und ihre Komplexität war erstaunlich. Um ehrlich zu sein, es verwirrte ihn sogar. Allerdings konnte er im Moment nichts dagegen unternehmen, weil er sich auf die Aufgabe konzentrieren musste, die ihn zurück nach Paris geführt hatte. Während er an Marcels Bürotür klopfte, überlegte er zum wiederholten Male, wie er dem General am besten erklären konnte, was er und Raymond auf Réunion herausgefunden hatten.

„Entrez", rief Marcel, als das Klopfen ihn aus seiner Versunkenheit riss. Er hatte über die Rede nachgedacht, die er am folgenden Abend auf der Pressekonferenz halten wollte. Ihm waren immer wieder die gleichen Sätze durch den Kopf gegangen, so oft, bis er sie schließlich selbst nicht mehr verstehen konnte. Er brauchte eindeutig mehr Schlaf. Doch es gab so viel Dringendes zu erledigen, dass er es immer wieder aufschob, sich etwas Ruhe zu gönnen. Mit einem müden Seufzer legte er sein Redemanuskript zur Seite. Die Tür öffnete sich. „Jean, seit wann bist du zurück?"

„Seit einigen Stunden", erwiderte der Vampir. „Du warst in einer Besprechung und ich habe die Zeit genutzt, um mich um Angelegenheiten des Cour zu kümmern."

„Ist Raymond mit dir zurückgekommen?", fragte der General in der Hoffnung auf Neuigkeiten über die Lage auf Réunion, auch wenn es ihn überrascht hätte, wenn Raymond so schnell wieder nach Paris zurückgekehrt sein sollte.

„Nein. Er braucht noch einige Tage, bis sich die Lage einigermaßen stabilisiert hat, bevor er die Insel verlassen kann", erklärte Jean. Er vermisste seinen Partner sehr, verdrängte aber seine Gefühle, weil sie nicht echt waren. Sie waren nur die Folge ihrer magischen Partnerschaft.

„Nun, dann nimm Platz und berichte mir, was dich hierher geführt hat", meinte Marcel. Er musste sowieso mit Jean über sein Redemanuskript reden, denn die Meinung des Chef de la Cour war für die Öffentlichkeit von Interesse. Doch das konnte warten.

„Unsere Rettungsmaßnahmen sind erfolgreich", fing Jean an. „Ich hätte es nie erwartet, aber ich glaube, dass einige meiner Vampire nach ihrer Rückkehr über einen Berufswechsel nachdenken werden."

„Wirklich?", fragte Marcel. „Wieso das?"

„Ich konnte das Blut der Verwundeten unter den Trümmern riechen, dadurch haben wir sie schneller gefunden", erklärte Jean. „Wir mussten uns nicht blind durch den Schutt wühlen, sondern konnten gleich dort anfangen, wo die Überlebenden eingeschlossen waren."

„Das ist ein unschätzbarer Vorteil", gab Marcel ihm recht und überlegte, wie er diese Information in seine Rede einbauen konnte, ohne zu viele Details über die Magie preiszugeben, die Vampire gegen die Sonne immun machte.

„Aber da ist noch mehr", fuhr Jean bedächtig fort. „Es ist ein sehr sensibles Thema."

„Sensibel?", hakte Marcel nach.

„Raymond und Monsieur Lombard hatten recht", klärte Jean ihn auf. „Wenn Vampire von ihrem Partner trinken, stabilisiert es das magische Gleichgewicht der Elementarkräfte. Wir haben es auf Réunion ausprobiert und das Ergebnis ist eindeutig."

„Ich glaube nicht, dass ich das morgen in meiner Rede erwähnen werde", meinte Marcel amüsiert. Dann wurde er wieder ernst. „Es ist ein sehr starkes Argument für die Allianz, für die Partnerschaften und die neuen Gesetze, die wir einbringen wollen. Aber ich denke, die Öffentlichkeit muss darüber noch nicht informiert werden."

„Vor allem nicht Serrier", stimmte Jean zu.

„Keinesfalls. Ich will vorerst auch noch geheim halten, dass unser Blut euch gegen das Sonnenlicht schützt."

„Ich kann dir nicht sagen, welche Bedeutung unsere Entdeckung hat", warnte Jean. „Ich weiß auch nicht, wie lange die Wirkung anhält. Raymond hat mir gezeigt, wie er die Elementarkräfte beobachtet und wir konnten erkennen, dass sich das Gleichgewicht stabilisiert, wenn ein Vampir von seinem Partner trinkt. Allerdings waren wir auf Réunion in unmittelbarer Nähe der Störung. Außerdem konnten wir nur eine Abschwächung erkennen, ganz verschwunden ist sie nicht."

Marcel dachte darüber nach. „Wir werden das Ritual an Samhain durchführen", überlegte er laut. „Es kann nicht schaden, selbst wenn die Situation weniger ernst sein sollte, als wir vermuten. Wahrscheinlich ist es auf jeden Fall nötig, denn der Taifun ist trotz der neuen Partnerschaften entstanden. Wir werden etliche Magier für das Ritual brauchen. Wie sieht es mit den Vampiren aus? Können sie für die Magier einspringen, die bei den Patrouillen ausfallen? Nachts können wir auch Vampire ohne Partner einsetzen, aber wir werden sie einige Tage lang brauchen, weil die Magier sich nach dem Ritual erst wieder erholen müssen."

„Du kannst …" Jean erinnerte sich an Orlandos Worte aus den ersten Stunden der Allianz. Er verstummte. „*Wir* können uns auf alle verlassen, die bereits der Allianz beigetreten sind. Sie werden der Milice nach besten Kräften helfen. Falls ich auch andere Chefs de la Cour ansprechen und um Hilfe bitten soll, müssten wir die Allianz erst öffentlich machen, damit ich offiziell mit ihnen in Kontakt treten kann. Ansonsten führt das Jeu des Cours dazu, dass wir monatelang auf der Stelle treten und zu keinem Ergebnis kommen. Was ist mit Magiern, die nicht der Milice angehören?"

„Die französischen Magier sind entweder in der Milice oder kämpfen für Serrier. Außerhalb Frankreichs herrscht die Meinung vor, dass unser Krieg eine interne Angelegenheit ist. Réunion gehört ebenfalls zu Frankreich, deshalb werden sie sich nicht einmischen wollen. Sie werden uns erst dann helfen, wenn die Probleme die Grenzen Frankreichs überschreiten, keinen Tag früher." Marcel deutete auf seine Notizen. „Die Pressekonferenz ist für morgen Abend um neunzehn Uhr angesetzt. Ich habe dich nicht erwartet und euer Einsatz auf Réunion hatte erste Priorität. Aber da du jetzt hier bist, wäre ich froh, wenn du mich begleiten würdest. Was meinst du?"

ALAINS ENTBLÖßTER Hals war die leibhaftige Versuchung für Orlando, zumal er wusste, dass Alain unter der Decke nackt war. Er sehnte sich nach Sicherheit und Bestätigung, deshalb wäre er am liebsten unter die Decke gekrochen, um sich in Alains starken Armen geborgen zu fühlen. Mühsam zwang er sich dazu, dieser Schwäche nicht nachzugeben und sich auf das Wesentliche zu konzentrieren – den lebenserhaltenden Biss. Fast hätte er nach Alains Arm gegriffen, anstatt von seinem Hals zu trinken. Doch Alain hatte ihm den Hals angeboten und Orlando wollte die Kluft zwischen ihnen nicht noch vertiefen, indem er diese Einladung ausschlug. Vorsichtig legte er sich neben seinen Partner und drückte sich an ihn. Dann bereitete er die Haut auf seine Zähne vor und biss zu.

Alains Blut floss ihm in den Mund und überflutete seine Sinne mit den innersten Gefühlen des Magiers. Orlando erinnerte sich daran, sie schon einmal missverstanden zu haben. Diesen Fehler wollte er nicht wiederholen. Er konnte sich nicht davon beeinflussen lassen, was er in Alains Blut schmeckte. Oder was er zu schmecken vermeinte.

Alain spürte die Veränderung in Orlando durch dessen zögerliches Vortasten und verfluchte sich selbst für die Entfremdung, die zwischen ihnen entstanden war. Alain hatte seinem Geliebten nur helfen wollen, aber stattdessen hatte er alles nur noch schlimmer gemacht. Er griff nach Orlandos Hand und drückte sanft zu. Er wollte seinen Vampir nicht unter Druck setzen, doch er wollte auch nicht den Eindruck erwecken, als wäre Orlando ihm nicht willkommen. Dann legte Alain den Kopf noch weiter in den Nacken und genoss das vertraute Gefühl von Orlandos Biss, das Wellen der Lust durch seinen Körper jagte.

Orlandos Hand schloss sich um Alains Finger in wortloser Bestätigung des Verlangens, das er nach seinem Geliebten hatte. Er saugte langsamer, als er Alains Begehren mit jedem Schluck auf der Zunge schmeckte. Was immer Orlando in der Vergangenheit auch missverstanden hatte, darin hatte er sich nie getäuscht. Alains unruhige Bewegungen bestätigten ihn in der Gewissheit, dass zumindest eine Sache zwischen ihnen unverändert geblieben war. Orlando entspannte sich wieder etwas und drückte sich zögernd an seinen Geliebten.

Alain hob die Hand und streichelte ihm sanft über die braunen Haare, um ihn zu ermutigen. „Bitte", flüsterte er leise. „Trink so viel du willst."

Orlando hob den Blick und sah Alain an. Der warme Glanz in den blauen Augen seines Magiers verführte ihn immer aufs Neue. Das konnte nicht nur Pflichtgefühl sein. Orlando saugte fester und gab sich der Erotik des Bisses hin, dem Stoßen seiner Zähne in Alains Hals, dem erregenden Geruch, der von Alains Körper ausging, dem keuchenden Atem und den rastlosen Bewegungen seines Geliebten, die den Rhythmus seines Saugens begleiteten. Die Erregung zwischen ihnen wuchs langsam ins Unerträgliche und Orlando fürchtete, die Kontrolle über seinen Biss zu verlieren. Vorsichtig zog er die Zähne aus Alains Hals.

„Nicht", protestierte Alain. „Mehr. Du musst mehr trinken."

Orlando zögerte, aber sein Instinkt drängte ihn dazu, den Wunsch seines Geliebten zu erfüllen. Er gab seine Zurückhaltung auf und konzentrierte sich ganz darauf, den Biss für Alain so genussvoll wie möglich zu gestalten. So lange Alain lebte, würde Orlando nie wieder einen anderen Menschen beißen. Dafür wollte er Alain mit seinem Biss so viel Vergnügen schenken, wie in seiner Macht stand.

Alain konnte sich den Stimmungsumschwung zwar nicht erklären. Aber er spürte sofort, als Orlando seinen Widerstand aufgab. Die Sorge und Erschöpfung der letzten Tage machten sich bemerkbar und er brachte nicht mehr die Willenskraft auf, sich dem Ansturm der Leidenschaft entgegenzustellen, den Orlandos Biss in ihm auslöste. Lust und Liebe schossen ihm durch den Körper, überwältigten ihn und trieben ihn zum Höhepunkt. Als Orlando die Zähne wieder aus seinem Hals zog, streichelte Alain ihm keuchend über die Wange. „Lauf nie wieder vor mir davon", bat er den Vampir. „Ich war außer mir vor Sorge und habe mir Vorwürfe gemacht, dich vertrieben zu haben."

„Würde dich das wirklich so bekümmern?", fragte Orlando leise und Alain erkannte die tiefe Unsicherheit, die hinter dieser Frage stand.

„Natürlich!", rief er. „Weißt du denn nicht, dass ich dich liebe?"

48

„D-DU ... DU liebst mich?", stotterte Orlando vollkommen perplex.

Es schmerzte Alain, das ungläubige Erstaunen in Orlandos Stimme zu hören. Sein Geliebter konnte sich offensichtlich nicht vorstellen, geliebt zu werden. „Ja", erwiderte Alain und nahm, den Tränen nahe, Orlandos Gesicht zwischen die Hände. „Das heißt natürlich nicht, dass ich nie wieder Fehler mache oder dich unabsichtlich verletze. Aber ich liebe dich, daran darfst du niemals zweifeln."

Die Worte drangen kaum zu Orlando durch, so sehr schwirrte ihm der Kopf. Nur ein Satz machte Sinn. „Du liebst mich", wiederholte er, als ihm die Bedeutung von Alains Worten klar wurde. Er hob den Kopf und sah Alain mit glänzenden Augen an. „Du ..." Weiter kam er nicht mehr, weil Alain ihm die Lippen mit einem zärtlichen, tiefen Kuss verschloss.

Der Magier nahm sich vor, diese Worte immer und immer wieder zu wiederholen, so lange, bis Orlando sie ihm endlich glaubte. Er wollte ihn mit so viel Liebe und Zuneigung überschütten, bis Orlando keinerlei Zweifel mehr hegte. Dieser Kuss war erst der Anfang. Alain nahm ihn in die Arme und zog ihn an sich, bis sich ihre Körper berührten, streichelte ihm über den Rücken und die Schultern und spielte mit seinen dunklen Locken. Als Orlando ihn nicht aufhielt, legte er ihm die Hände um den Kopf und zog ihn zu sich herab, um ihn besser küssen zu können.

Alains Hände waren sanft und zärtlich. Orlando weigerte sich, sie mit den groben Berührungen seines Schöpfers zu vergleichen. In diesem Punkt hatte sein Magier recht gehabt – Orlando musste die Vergangenheit abschließen und durfte ihn nicht mehr mit diesem Monster verwechseln. In dem Versuch, seine Gefühle zu zeigen, legte Orlando den Kopf in den Nacken und bot Alain seinen Hals an. „Ich weiß nicht, wie ich auf einen Biss reagiere, auch wenn er zärtlich ist. Aber küss mich. Bitte."

Alain wusste, wie schwer es Orlando gefallen sein musste, so viel Vertrauen zu zeigen. Er nickte und fuhr ihm mit den Lippen über den Hals. Die Haut war zart und warm durch das Blut, das Orlando getrunken hatte. Alain küsste ihn und achtete darauf, ihn nicht mit den Zähnen zu berühren. „Vertrau mir", flüsterte er und küsste ihn unterm Kinn. „Ich werde dir nicht wehtun, niemals."

Keine andere Bitte Alains war für Orlando so schwer zu erfüllen und dennoch, nach den liebevollen Worten seines Geliebten wollte er ihm keinen Wunsch mehr abschlagen. „Ich weiß", flüsterte er und zog den Kopf zurück, um Alain in die Augen zu sehen. Jetzt, wo er wusste, wonach er suchte, konnte er die Liebe in Alains Blick erkennen. Orlando atmete tief durch, stand auf und begann, sich auszuziehen. Dann schlüpfte er zu Alain unter die Decke. Er legte sich zurück und zog ihn zu sich aufs Kissen. „Ich versuche es."

Alain hätte sich über diese Worte freuen sollen, aber ihn schmerzte der Gedanke, dass Orlando es erst versuchen musste. Auch wenn es eine verständliche Reaktion war und jedem anderen Menschen genauso gegangen wäre, hätte er mit Orlandos traumatischer Vergangenheit zu kämpfen. Alain drehte sich auf die Seite und sah ihm ins Gesicht. Noch vor wenigen Tagen hätte er diese Position als Einladung aufgefasst, hätte Orlando geküsst und sich von ihm lieben lassen. Aber inzwischen war zu viel passiert, um sich darauf verlassen zu können, dass sie einfach wieder da anknüpfen konnten, wo sie aufgehört hatten. „Ich liebe dich", wiederholte Alain leise, weil er nicht wusste, was er tun sollte. Was er tun durfte.

Orlando schloss die Augen und ließ sich von den heiß ersehnten Worten einhüllen. Er war so lange allein gewesen, hatte den Lügen seines Schöpfers geglaubt und sich für wertlos gehalten, für unwürdig, geliebt zu werden. Seine Erfahrungen mit den jungen Soldaten, mit denen er vor seiner Umwandlung experimentiert hatte, waren angenehm gewesen. Aber sie hatten sich niemals vorgemacht, dass ihre Berührungen zu mehr dienten, als ihrer gegenseitigen Befriedigung. Die Erinnerung daran reichte nicht, um die Demütigungen und Schmerzen zu vergessen, denen sein

Schöpfer ihn ausgesetzt hatte. „Ich liebe dich auch." Orlandos Stimme brach. Diese Worte hatte er seit seiner Umwandlung nicht mehr über die Lippen gebracht, und auch davor hatte er sie nur zu seiner Mutter und seiner Schwester gesagt.

Alains einzige Antwort war ein zärtlicher Kuss auf die Stirn. Orlando hatte sich mehr erhofft, hatte erwartet, von ihm geliebt zu werden. „Willst du mich nicht mehr?", fragte er unglücklich.

„Wie kannst du das denken?", protestierte Alain. „Ich will dich nicht verletzen."

„Erinnerst du dich daran, wie du mir widersprochen hast, als ich gesagt habe, ich wäre kaputt? Ich hatte recht, Alain. Ich bin kaputt. Du hast mich damals vielleicht nicht verstehen können, aber jetzt solltest du es besser wissen. Ich werde dir wahrscheinlich nie geben können, was du brauchst. Ich werde diesen Bastard wahrscheinlich nie vergessen können. Das heißt aber nicht, dass ich dir nicht vertraue. Ich weiß, dass du mich niemals so behandeln würdest; aber zwei Wochen, so wunderbar sie auch waren, reichen nicht aus, um hundert Jahre Missbrauch zu vergessen", erklärte Orlando.

„Das weiß ich", sagte Alain. „Ich habe versucht, es zu respektieren. Natürlich hasse ich es, dass sein Geist jedes Mal bei uns im Bett dabei ist, wenn wir uns lieben. Aber ich versuche, geduldig zu sein und zu warten, bis du ihn ausgetrieben hast. Ich weiß nur nicht, wie ich dich berühren soll, ohne ihn wieder aufzuwecken. Du musst mir zeigen, wie ich dir helfen kann. Nur … lauf nie wieder vor mir davon." Er fuhr Orlando zärtlich mit dem Daumen über die Unterlippe und blieb mit dem Finger an der Spitze eines scharfen Zahnes hängen. In Alains Gedanken waren Sex und Orlandos Biss eine untrennbare Einheit, auch wenn der Vampir sich dem immer verweigert hatte. Er hoffte auf den Tag, an dem Orlando sich sicher genug fühlte, diese Fantasie Wirklichkeit werden zu lassen. „Ich möchte dich so lieben, wie du es verdient hast. Hilf mir dabei."

Ein erstickter Schrei entfuhr Orlandos Kehle. Er zog Alain an sich und klammerte sich mit aller Kraft an ihn, kämpfte mit den widersprüchlichen Gefühlen, die ihm durch den Kopf schossen. Er wollte Alain in die Matratze drücken und über ihn herfallen; er wollte seine Zähne in den Hals des Magiers bohren, während er ihn um den Verstand brachte; er wollte sich einfach nur hinlegen und seinem Geliebten hingeben, so wie er es noch nie getan hatte; er wollte ihn von oben bis unten mit kleinen Bissen übersäen, um Alains Leidenschaft in immer neue Höhen zu treiben; er wollte sehen, wie viel mächtiger Alains Höhepunkt war, wenn er ihn gleichzeitig liebte und von ihm trank; er wollte …

Mit einem leisen Seufzer hob Orlando den Kopf und sah Alain an. Er wollte viel, aber angesichts seiner tausend Ängste war nichts davon sehr realistisch. Um eines jedoch konnte er seinen Geliebten bitten. Orlando streichelte ihm über die Brust und zog leicht am Bund der Unterhose, die Alain das erste Mal trug, seit sie zusammen schliefen. „Zieh das aus", sagte er. „Ich will dich lieben."

Alain erfüllte ihm seinen Wunsch sofort und zog sich erleichtert das verklebte Kleidungsstück vom Leib. Er wollte die Unterhose gerade auf den Boden werfen, als Orlando ihn zurückhielt, sich die Hose ans Gesicht drückte und tief einatmete. Dann sah er Alain mit glänzenden Augen an. „Ich liebe es, dass ich dich so aus der Fassung bringen kann", sagte er, warf die Unterhose zur Seite und zog Alain in die Arme.

„Putain, Orlando", murmelte Alain, den Orlandos Anblick aufs äußerste erregte. „Du musst mich nur ansehen und ich werde hart."

„Bei mir reicht es schon, wenn ich nur an dich denke", erwiderte Orlando lächelnd, weil sie endlich wieder auf dem richtigen Weg waren. Er schubste Alain leicht an der Schulter und der Magier ließ sich wieder auf den Rücken fallen. Orlando legte sich neben ihn und stützte sich auf einem Arm ab, um ihn beobachten zu können. Trotz allem, was zwischen ihnen geschehen war, konnte er sein Glück immer noch nicht fassen, einen Mann wie Alain gefunden zu haben. Er wollte den Anblick seines Magiers noch einen Augenblick genießen, bevor die Leidenschaft seine Sinne überwältigte und er nur noch fühlen konnte.

„Was soll ich tun?", fragte Alain unsicher. Er war hin und her gerissen zwischen dem Wunsch, Orlando zu lieben, und der Angst, ihn wieder zu erschrecken. Die Regeln hatten sich so oft geändert, dass er nicht mehr wusste, was erlaubt war und was nicht.

„Was immer du willst", antwortete Orlando mit rauer Stimme. „Ich will dich nicht zurückhalten. Du musst nur aufhören, wenn ich dich darum bitte."

Alain nickte, obwohl es keine eindeutige Antwort war. Er fühlte sich immer noch unsicher und etwas überfordert. Hätte Orlando ihm genaue Grenzen gesetzt, hätte er sich entspannen können und nicht über jede Berührung nachdenken müssen, weil er die Stimmung nicht verderben wollte. Alain unterdrückte einen Seufzer, um nicht wieder missverstanden zu werden. Dann streichelte er Orlando über die Wange und hob den Kopf, um ihn sanft zu küssen. Das zumindest war unverfänglich. Er konnte sich nicht vorstellen, dass Thurloe jemals neben Orlando gelegen und ihn einfach nur geküsst hatte.

Orlando überließ sich Alains Kuss. Sie waren Geliebte, nicht einfach nur Sexpartner oder gar Herr und Sklave. Er achtete peinlichst auf seine Zähne, aber auch ohne den Geschmack von Alains Blut konnte er die Liebe spüren, die in dem Kuss lag und tat alles, um sie nach besten Kräften zurückzugeben. Aber bald war der Kuss nicht mehr genug und er sehnte sich danach, Alain überall zu fühlen, an sich und um sich, bis sie sich auf die älteste Weise der Welt bewiesen hatten, dass sie sich immer noch liebten, dass die Missverständnisse zwischen ihnen der Vergangenheit angehörten und sie nicht auseinanderreißen konnten. Er fasste nach Alain Kopf und drückte ihn fester an sich, um den Kuss zu vertiefen. Mit der anderen Hand streichelte er Alain über die haarige Brust und spielte mit seinen Nippeln. Alain presste sich an ihn, sodass sie sich von der Brust bis zu den Schenkeln berührten und ihre harten Schwänze sich aufreizend aneinander rieben.

Alain erinnerte sich daran, dass Orlando es geliebt hatte, an den Nippeln gestreichelt zu werden, also versuchte er es jetzt wieder. Als er das zufriedene Seufzen des Vampirs hörte, wurde er zuversichtlicher, unterbrach ihren Kuss und ließ seinen Mund über Orlandos Hals und Schulter gleiten. Er wollte die zarte Haut schmecken, aber dazu hätte er den Mund öffnen und das Risiko eingehen müssen, Orlando mit den Zähnen zu berühren. Das wollte er um jeden Preis vermeiden, denn er war viel zu froh darüber, Orlando endlich wieder lieben zu können. Er beobachtete Orlandos Gesicht und achtete auf jedes Anzeichen von Unbehagen, um sofort darauf reagieren zu können. Aber er sah nur Freude und Zufriedenheit. Erleichtert küsste Alain seinen Weg nach unten auf Orlandos Brust und fuhr ihm mit den Lippen über die Nippel, erst rechts und dann links. Orlando krallte sich mit den Fingern in Alains Haare und der Magier hob beunruhigt den Kopf, konnte aber auch dieses Mal nur Verzückung im Gesicht seines Geliebten erkennen. Orlando stöhnte leise und drückte Alains Kopf wieder nach unten. Alain gab seine Zurückhaltung auf, öffnete den Mund und leckte ihm über den Nippel, bis er feucht glänzte. Orlandos Stöhnen fuhr ihm direkt in den Schwanz, der in den letzten Minuten immer härter geworden war. Er leckte dem Vampir weiter über den empfindlichen Nippel und achtete dabei sorgfältig auf seine Zähne. Nichts sollte seinen Geliebten in diesem Moment an Thurloe erinnern.

Orlando jedoch verschwendete keinen Gedanken an die Vergangenheit. Mit Alain war alles anders und er konnte kaum fassen, wie wunderbar es sich anfühlte. Fast konnte er daran glauben, dass eines Tages alles gut werden und er seine Ängste komplett vergessen würde. Er bog den Rücken durch und drückte sich mit der Brust an Alains Mund, wollte mehr davon spüren, wollte Alains Zunge und Lippen um seine Nippel fühlen, bis er es vor Begehren nicht mehr aushalten konnte.

„Bitte", flüsterte er und legte beide Hände auf Alains Kopf.

Alain hob leicht den Kopf und sah ihm in die Augen. „Was willst du?", fragte er und seine Lippen glitten feucht über Orlandos seidige Haut.

„Mehr", keuchte Orlando heiser. „Gib mir mehr."

Alains Magen zog sich zusammen, als er Orlandos Stimme hörte. Er senkte den Kopf, nahm seine Zärtlichkeiten wieder auf und ließ dabei die Hände über Orlandos Körper wandern. Er streichelte ihm über den Rücken, die Hüften und die Oberschenkel, mied aber jeden Kontakt mit Orlandos Hinterteil oder Schwanz, denn dort war Orlando Thurloes Folter am schlimmsten ausgesetzt gewesen.

Alains Zärtlichkeiten waren besitzergreifend. Jedenfalls kam es Orlando so vor. Es hatte nichts damit zu tun, wie Thurloe von ihm Besitz ergriffen hatte, der den jüngeren, schwächeren Vampir beherrschen wollte und ihn mit seiner eisernen Faust an Körper und Seele verletzt hatte. Nein,

Alain hielt ihn in Ehren wie einen teuren Schatz, den man in Reichweite weiß, aber niemals ganz besitzen kann. Es war ein vollkommen neues Gefühl für Orlando, aber er wollte sich gerne daran gewöhnen. Als Alains Lippen seine Nippel verließen und sich langsam nach unten vortasteten, hatte Orlando nur noch einen Wunsch – er wollte sie um seinen Schwanz spüren. Ohne lange über die Implikationen seines Wunsches nachzudenken, lenkte er Alains Kopf mit den Händen sanft in die ersehnte Richtung.

Alain erkannte Orlandos Absicht und erinnerte sich daran, dass es das letzte Mal gut gegangen war, als er den Schwanz seines Geliebten in den Mund genommen hatte. Die Probleme hatten erst begonnen, als er Orlando am Hals knabberte. Es kam ihm immer noch merkwürdig vor, dass diese harmlose Zärtlichkeit Orlando so sehr aus dem Gleichgewicht geworfen hatte, aber das gehörte der Vergangenheit an. Alain wollte an die Zukunft denken und dafür sorgen, dass sie niemals wieder in eine solche Situation gerieten. Mit diesem Vorsatz beugte er den Kopf und leckte Orlando über die Eichel. Dann zog er mit den Fingern sanft die Vorhaut zurück und drückte die Zunge in Orlandos Schlitz. Er wollte Orlando den besten Blowjob geben, den sein Geliebter jemals erlebt hatte. Alain fing die salzigen Tropfen mit der Zunge auf, schloss die Lippen um den Schwanz und begann ihn zu saugen, während er ihn in die Hand nahm und streichelte. Orlando klammerte sich an seinen Kopf, aber ein kurzer Blick in das Gesicht des Vampirs zeigte Alain, dass alles gut war. Er nahm den Schwanz tiefer in den Mund und verließ sich darauf, dass Orlando ihn rechtzeitig warnen würde, falls es ihm zu viel wurde.

Orlando hielt so lange wie möglich still und schwelgte in den zärtlichen Berührungen von Alains Händen und Mund. Sein Herz wurde leicht und mit jedem Streicheln, mit jedem Lecken wurde ein kleiner Riss in Orlandos Seele geflickt und die Wunden der Vergangenheit langsam geheilt. Obwohl er immer noch keine Hoffnung auf vollständige Heilung hatte, konnte er sich mehr und mehr hingeben, bis er spürte, dass er sich unaufhaltsam dem Höhepunkt näherte. Er zog sich zurück und fasste Alain am Kinn. „Nicht so", sagte er. „Zusammen."

„Ich will dich glücklich machen", flüsterte Alain bittend.

„Das wirst du auch", versprach Orlando. „Aber es bringt keine Freude, dabei allein zu sein." Er rollte sich auf den Rücken. „Reitest du mich?"

Alain schluckte tief. Sein Mund war plötzlich wie ausgetrocknet. Ja, sie hatten das schon einmal gemacht. Er konnte sich allerdings noch gut erinnern, wie viel Überwindung es Orlando gekostet hatte, die Kontrolle aufzugeben und unter Alain zu liegen. Und damals hatte Orlando ihm noch vertraut, aber jetzt …

„Bitte?"

Alain holte die Flasche mit dem Gel von Nachttisch und rieb Orlandos Schwanz großzügig damit ein, bevor er sich über ihn hockte. Er hätte seinen Vampir gerne geküsst, wollte sich aber nicht über ihn beugen und ihm das Gefühl vermitteln, unter dem Gewicht seines Körpers gefangen zu sein. Stattdessen nahm er Orlandos Hand und legte sie sich auf die Hüfte. Orlando war stark genug, um ihn so jederzeit stoppen zu können. Dann ließ Alain sich langsam auf Orlandos steifen Schwanz sinken. Die fehlende Vorbereitung zog den Moment in die Länge und es schmerzte etwas, war aber nicht schlimm genug, um deswegen aufzuhören. Als Alain Orlandos Schwanz ganz in sich hatte, lehnte er sich zurück und stützte sich mit den Händen auf, während er langsam begann, die Hüften zu bewegen. Durch den Winkel glitt ihm Orlandos Schwanz mit jedem Stoß über die Prostata und brachte ihn zum Stöhnen.

Orlando riss die Augen auf, als Alain sich ohne jede Vorbereitung nach unten sinken ließ. Er griff fest nach Alains Hüften und sah ihm ins Gesicht, weil er ihn bei dem geringsten Anzeichen von Schmerzen aufhalten wollte. Orlando wusste genau, wie es sich anfühlte, wenn man ohne Vorbereitung einen Schwanz in den Arsch geschoben bekam. Als er in Alains Gesicht nur Erregung und Lust erkannte, beruhigte er sich wieder und überließ es seinem Geliebten, den Rhythmus zu bestimmen. Alain war ein atemberaubender Anblick, wie er sich mit durchgebeugtem Rücken über Orlando bewegte und sein steifer Schwanz sich ihm einladend entgegenstreckte. „Du bist so wunderschön."

Alain schüttelte den Kopf, als er das unerwartete Kompliment hörte. „Nicht ich", sagte er und seine blauen Augen glänzten leidenschaftlich. „Ich bin kein Vergleich zu dir. Du kannst dir gar nicht vorstellen, wie sehr ich dich liebe. Du hast in den letzten beiden Wochen meine ganze Welt aus den Angeln gehoben. Ich hatte mich schon damit abgefunden, allein zu bleiben, vielleicht sogar den Krieg nicht zu überleben. Aber du hast mir nicht nur einen neuen Grund gegeben, zu kämpfen, sondern auch zu siegen und zu überleben. Ich möchte mein ganzes Leben mit dir verbringen, dich lieben und von dir geliebt werden."

Bei den letzten Worten brach Alains Stimme und er wäre fast gekommen, denn seine Emotionen nahmen nicht nur sein Herz gefangen, sondern beherrschten auch seinen Körper. Er wollte seinen Orgasmus verhindern, doch Orlando schlug ihm die Hand zur Seite und zog ihn nach unten, bis sich ihre Lippen trafen. Die zarte Berührung raubte Alain den letzten Rest an Selbstbeherrschung und er kam auf Orlandos Bauch. Im gleichen Augenblick konnte er fühlen, wie Orlandos Hitze ihn füllte, dann gaben seine Arme nach. Er schaffte es gerade noch, sich zur Seite fallen zu lassen, um Orlando nicht mit seinem Gewicht zu erdrücken. Der Vampir rollte sich mit ihm auf die Seite, den Mund immer noch auf Alains Lippen gepresst, und schloss ihn in die Arme. So blieben sie noch lange regungslos liegen, auch als ihr Herzschlag sich wieder normalisiert hatte.

„Mesdames et Messieurs", rief Marcel, als er um Punkt neunzehn Uhr das Podium betrat. Die Sonne war gerade lange genug untergegangen, sodass die Reporter Jeans Anwesenheit auf der Pressekonferenz nicht hinterfragen würden, wenn Marcel die Allianz bekannt gegeben hatte und Jean bitten wollte, einige Worte aus seiner Sicht als Chef de la Cour hinzuzufügen. Falls die nächsten Minuten nach Plan verliefen, wäre es die beste Aufführung, die Marcel jemals abgeliefert hatte. „Wir haben heute Abend viel vor uns, also nehmen Sie bitte Platz und lassen Sie uns anfangen."

Die Journalisten folgten seiner Aufforderung sofort. Sie waren offensichtlich neugierig, zu erfahren, was den Generalkommandeur veranlasst hatte, diese außerordentliche Pressekonferenz einzuberufen.

„Wie ich Ihnen in den letzten beiden Jahren schon mehrfach mitgeteilt habe, ist der Krieg, den wir gegen die dunklen Magier führen, nicht nur für die Magier von Bedeutung, sondern für alle Menschen, ob sie sich dessen bewusst sind oder nicht. Es geht um mehr als nur die Zukunft der Demokratie in Frankreich. Das beweist der Taifun, der in den letzten Tagen auf Réunion gewütet hat und der durch das gestörte Gleichgewicht der magischen Kräfte ausgelöst wurde. Dieses Ungleichgewicht ist schon oft angesprochen worden, aber es wurden noch keine Anstalten gemacht, etwas dagegen zu unternehmen, obwohl es auf Dauer unsere Welt zerstören kann. Ich sehe, dass einige von Ihnen nicken, während andere mit den Augen rollen und sich fragen, warum der alte Trottel jetzt schon wieder mit dieser ewig gleichen Leier anfängt. Dafür gibt es zwei Gründe. Erstens kann ich Sie nicht oft genug darauf hinweisen, wie wichtige diese Botschaft ist. Wir müssen diesen Krieg gewinnen, wenn wir eine Zukunft haben wollen. Nun zu meinem zweiten Grund. Zur Freude der Milice und der Regierung kann ich Ihnen mitteilen, dass wir Magier nicht die Einzigen sind, die diese Tatsache erkannt haben. Nach vielen Gesprächen und Verhandlungen ist es der Milice gelungen, einen starken Verbündeten für ihren Kampf gegen die Rebellen zu gewinnen. Der Chef de la Cour von Paris, Jean Bellaiche, hatte die Weitsicht, zu erkennen, dass eine Niederlage in diesem Krieg für ihn und seine Leute eine Katastrophe wäre. Er hat sich mit seinen Vampiren unserer Sache angeschlossen."

Marcel machte eine Pause, um die Botschaft wirken zu lassen. Einige Sekunden herrschte Schweigen, dann brach das reine Chaos aus. Alle riefen ihm gleichzeitig ihre Fragen zu. Marcel verkniff sich ein Grinsen und warf einen Blick zur Seite, wo hinter dem Podium Jean auf seinen Einsatz wartete. Das Medaillon an seinem Hals glänzte hell, als er ins Scheinwerferlicht trat. Es war das einzige an ihm, das aus dem Rahmen fiel. Ansonsten war er vollkommen unauffällig gekleidet. Jean hatte sich sehr wohl denken können, was die Männer und Frauen in diesem Raum von einem Vampir erwarteten, war aber nicht bereit gewesen, ihre Vorurteile zu bestätigen. Sie passten nicht zu ihm. Sicher, seine Haut war hell, aber nicht hell genug, um damit aufzufallen. Seine Lippen waren blassrosa, nicht blutrot, wie die Lippen der Vampire in den Filmen, die Sterbliche über sie gedreht hatten. Seine dunkle Hose und sein Seidenhemd waren von bester Qualität, aber eher konservativ geschnitten. Elegant und modern, aber unauffällig. Nur seine langen Zähne würden ihn als Vampir zu erkennen geben, doch die ließ er nicht zum Vorschein kommen. Jean wusste genau, wie er auf die Menschen im Raum wirkte, denn er beherrschte diese Rolle mittlerweile perfekt. Jetzt wollte er damit das Misstrauen ausräumen, das er in den Gesichtern der Journalisten lesen konnte.

„Das ist kein Vampir", rief einer von ihnen fast wie auf Kommando.

Marcel wollte widersprechen, aber Jean kam ihm zuvor und trat ans Mikrophon. „Und wie soll ich Ihnen meine Identität beweisen?", fragte er lächelnd und ließ herausfordernd seine Zähne blitzen. „Soll ich einen von Ihnen beißen? Wer stellt sich freiwillig zur Verfügung? Oder soll ich mich in eine Fledermaus verwandeln und unter der Zimmerdecke kreisen?" Lachen war zu hören. „Ich habe viele Talente, aber ich kann mich nicht verwandeln. Ich bin ein Vampir, kein Werwolf."

„Warum sind Sie dann im Spiegel sichtbar?", rief ein anderer Reporter und zeigte auf den Wandspiegel, in dem Jean deutlich zu sehen war.

„Weil ich hier vor Ihnen stehe, ob Vampir oder nicht. Ich bin kein Geist, der sich beim geringsten Windstoß in Luft auflöst", erwiderte Jean. „Sie glauben vielleicht, alles über Vampire zu wissen. Aber Sie täuschen sich. Ja, wir brauchen Blut, um zu überleben. Ja, Sonnenlicht und Feuer können uns vernichten. Aber alles andere, was Sie zu wissen glauben, sind Legenden und Gerüchte, von Menschen gestreut und am Leben gehalten aus Angst davor, zugeben zu müssen, dass wir zwar anders sind, aber nicht böse. Glücklicherweise ist die Milice nicht so engstirnig. Sie haben die Hilfe angenommen, die wir ihnen angeboten haben."

„Und was können Vampire erreichen, was ein Magier nicht kann?"

„Ihre Stärke, ihre Geschwindigkeit und ihre Weisheit", mischte Marcel sich ein, um seine Unterstützung für Jean und die Vampire zu zeigen. Raymond und Orlando hatten oft genug darauf hingewiesen, wie wichtig es war, eine gemeinsame Front zu zeigen. Jedes noch so geringe Anzeichen von Zwietracht würde der Sache der Vampire schaden. „Seit wir vor zwei Wochen die Allianz mit den Vampiren eingegangen sind, haben wir mehr Schlachten gewonnen, mehr Rebellen festgenommen und weniger eigene Verluste gehabt, als seit Beginn des Krieges. Es besteht kein Zweifel daran, dass wir das den Vampiren zu verdanken haben. Vor zwei Tagen hat sich daher auch der Chef de la Cour von Amiens unserer Allianz angeschlossen."

„Aber sie sind Vampire!"

„Ja. Und was wollen Sie damit sagen?", wollte Marcel wissen.

„Sie sind unnatürlich!"

„Nein, das sind sie nicht. Sie sind magisch, und damit unterstehen sie meiner Verantwortung und meinem Schutz. Magie ist weder gut noch böse. Vampire sind genauso wenig grundsätzlich böse, wie Magier oder andere Menschen grundsätzlich böse sind. Je schneller sich diese Erkenntnis durchsetzt, umso besser ist es für uns alle", erklärte Marcel standhaft. „Erfreulicherweise stimmen einige unserer Abgeordneten dieser Einschätzung zu. Angesichts unserer Allianz und der Opfer, die der Cour von Paris und der Cour von Amiens gebracht haben und weiter bringen werden, haben sie daher beschlossen, einen Gesetzentwurf einzubringen, der Vampiren Gleichbehandlung garantieren und Diskriminierung verhindern soll. Wir haben einen Scheideweg erreicht, einen Scheideweg nicht nur in diesem Krieg, sondern in unserer Geschichte. Die Allianz zwischen Magiern und Vampiren ist erst der Anfang."

Konflikt des Blutes

Für meine Adoptivschwestern Nancy, Holly, Connie, Cat, Carol, Madeleine, Gwen und Julianne, die den Text wieder und wieder gelesen und Verbesserungsvorschläge gemacht haben. Ohne euch wäre dieser Traum nicht wahrgeworden.

1

„WAS WILL der Mann mit dieser … dieser Farce nur erreichen?", schimpfte Serrier und schaltete nach Chaviniers Bekanntgabe der Allianz zwischen den Magiern der Milice und den Vampiren von Paris angewidert den Fernseher aus. Ihm drehte sich der Magen um, wenn er nur daran dachte, dass diese Kreaturen ein Mitspracherecht in den Geschicken ihres Landes haben sollten. Für Serrier war es ein weiterer Grund, diese Regierung zu stürzen und durch Magier – *seine* Magier – zu ersetzen. Dieses Land brauchte eine Führung, die den Wert der Magie zu schätzen wusste und die niederen Teile der Bevölkerung in ihre Schranken wies. „Er muss doch wissen, dass ihn diese Allianz auch nicht mehr retten kann. Was kann ein Vampir schon gegen unsere Magie ausrichten? Und selbst dann, wenn sie unseren Flüchen widerstehen könnten – wir müssten unsere Pläne nur auf den Tag verschieben. Chavinier wird sich nicht in die natürliche Ordnung einmischen und Tag und Nacht vertauschen können; diese Macht hat selbst er nicht. Er setzt seinen Ruf aufs Spiel für nichts und wieder nichts."

„Dann muss mehr dahinterstecken, als er öffentlich zugibt", meinte Eric Simonet. „Er mag ein Gutmensch sein, aber er stellt keine Behauptungen auf, die er nicht durchzuziehen gedenkt. Chavinier ist nicht dumm. Er weiß genau, dass er damit nicht nur seinem Ruf, sondern auch der Moral seiner Leute schaden würde."

„Worum geht es ihm dann?", fragte Serrier. „Was kann er mit dieser Aktion gewinnen?"

„Wenn die Vampire die nächtlichen Patrouillen übernehmen, kann er mehr Magier tagsüber einsetzen", warf Simon Aguiraud ein.

„Dann stehen sie ihm nicht mehr zur Verfügung, wenn wir nachts angreifen", widersprach ihm Simonet. „Er hat die Wahrheit gesagt, als er darauf hingewiesen hat, dass sie seit der Allianz mit den Vampiren weniger Verluste und mehr Erfolge haben. Aber dennoch, sie müssen eine Schwäche haben. Joëlle hat ihnen eine empfindliche Niederlage zugefügt, bevor sie getötet wurde."

„Sonnenlicht und Feuer", sagte Serrier nachdenklich. „So hat es Bellaiche auf der Pressekonferenz gestern formuliert. Sonnenlicht und Feuer."

„Worauf willst du hinaus?"

„Einige Minuten vor Sonnenaufgang", erklärte Serrier. „Wenn wir eine Patrouille kurz vor Sonnenaufgang angreifen, werden sie innerhalb kürzester Zeit einen Teil ihrer Leute verlieren. Die Vampire müssen entweder Schutz suchen oder sie fallen der Sonne zum Opfer."

„Vernichtet die Sonne sie so schnell?"

„Das weiß ich auch nicht", gab Serrier zu. „Aber unser Blutsauger vom Dienst wird uns darüber informieren können. Und er wird mir die Wahrheit sagen, denn sonst besorge ich ihm keine Opfer mehr. Holt Claude, ich will ihn sprechen."

Eric runzelte die Stirn, befolgte aber den Befehl des dunklen Magiers. Er ließ sich nicht anmerken, dass ihm allein bei dem Gedanken an den Vampir schlecht wurde. „Was ist mit der Frau?"

„Was soll mit ihr sein?", fragte Serrier.

„Du brauchst sie nicht mehr, oder?"

Serrier zuckte mit den Schultern. „Man weiß nie, wofür sie noch gut sein kann. Selbst wenn sie uns keine neuen Informationen geben kann, wird Claude bestimmt gern mit ihr spielen. Es ist schon einige Zeit her, seit ich ihm ein Spielzeug überlassen konnte."

Eric zuckte innerlich zusammen bei Serriers Vorschlag, die schlanke junge Frau, die er auf dessen Befehl hin entführt hatte, Claudes perversen Spielchen auszuliefern. Er hatte sich nie falsche Vorstellungen gemacht, was ihr Schicksal anging. Trotzdem hatte er gehofft, Serrier würde sie wenigstens schnell töten, wenn sie ihm nichts mehr sagen konnte. Eric hatte sich nach dem Tod seiner Familie zwar Serriers Rebellen angeschlossen, aber manchmal ließen ihn ihre Methoden an der Richtigkeit seiner Entscheidung zweifeln. Wie auch immer. Er hatte alle Brücken hinter sich abgebrochen und es blieb ihm nichts anderes übrig, als andere Wege zu finden, sich seine

Menschlichkeit nicht ganz zerstören zu lassen. Er hatte schon einmal – versehentlich angeblich – einem Gefangenen den Gnadentod geschenkt. Claude oder Serrier würden es ihm wahrscheinlich nicht ein zweites Mal abnehmen.

„Sonnenlicht und Feuer", wiederholte Serrier erneut. „Wir können die Sonne nicht früher aufgehen lassen, aber es gibt genug Flüche, mit denen wir Feuer bewirken können. Wir müssen daran arbeiten, sie für den direkten Kampf einsatzfähig zu machen. Simon?"

„Ich kümmere mich darum", erwiderte Aguiraud und machte sich auf den Weg zur Tür. „Die Vampire werden noch bedauern, uns diese Schwäche offenbart zu haben."

Sobald Simon das Zimmer verlassen hatte, wandte sich Serrier wieder Eric zu. „Wir müssen wissen, was in Chaviniers Kopf vor sich geht, jetzt mehr als zuvor", sagte er zu seinem Leutnant. „Hast du schon darüber nachgedacht, ob du zu ihm zurückkehren willst, um ihn für mich auszuhorchen?"

„Habe ich", erwiderte Eric. „Es ist ein verlockender Gedanke, seine eigene Naivität gegen ihn auszunutzen. Aber ich glaube nicht, dass ich ihn von meiner Läuterung überzeugen kann. Ich kann nicht so tun, als hätte ich dem Mörder meiner Frau vergeben, um wieder mit ihm zusammenzuarbeiten – auch dann nicht, wenn ich ihn damit vernichten will. Ich bin noch viel zu wütend, und das ist meinem Verhalten und meiner Magie anzumerken. Nein, sie werden mich nicht wieder aufnehmen. Wir müssen einen anderen Spion finden, der noch nicht so viel mit der Milice zu tun hatte."

„Was ist dein Vorschlag?", fragte Serrier neugierig.

„Monique", antwortete Eric nach kurzem Nachdenken. „Sie ist skrupellos genug, um das Nötige zu tun, aber sie kann sich auch gut genug verstellen, um damit durchzukommen."

„SIE MACHEN es mir nicht leicht, General Chavinier. Das wissen Sie, nicht wahr?", fragte Denise Cadoret und warf einen Blick auf den Text, der vor ihr auf dem Schreibtisch lag. „Gleiche Rechte für Vampire in der Verfassung. Das ist ein schwieriges Thema. Und dann erwarten Sie noch, dass sich die gesamte Regierung hinter Ihren Antrag stellt?"

Marcel ersparte der Justizministerin einen wütenden Blick. „Wie Sie sehr gut wissen, Madame le Ministre, ist die Angelegenheit dringlich."

„Warum?", wollte Madame Cadoret wissen. „Warum gerade jetzt? Seit es in Frankreich eine Regierung gibt, die Rechte einräumen kann, war die Situation der Vampire die gleiche. Was ist so dringend, dass wir das ausgerechnet jetzt ändern müssen? Ich will damit nicht sagen, dass wir ihnen nicht die gleichen Rechte zugestehen sollten, aber ich verstehe nicht, warum das Gesetz nicht die üblichen Entscheidungsprozesse über das Parlament durchlaufen kann. Sie verlangen, dass die Regierung in einer sehr kontroversen Angelegenheit vorprescht und, falls die Nationalversammlung den Gesetzentwurf ablehnt, zurücktreten muss. Das ist ein großes Risiko."

„Weil es nur richtig ist", unterbrach sie André Guy, der Menschenrechtsbeauftragte. „Die Vampire riskieren Leib und Leben für unseren Schutz. Wir sind es ihnen mehr als schuldig, dieses vergleichsweise kleine Risiko einzugehen."

„Sie riskieren Leib und Leben für unseren Schutz", wiederholte Marcel. „Und seit sie damit begonnen haben, sind wir gegen Serriers Rebellen nur einmal unterlegen. Das Patt hat ein Ende und wir gewinnen zunehmend die Oberhand."

„Das ist ja alles schön und gut", wollte der Minister für Wirtschaft, Finanzen und Arbeit widersprechen, merkte aber dann, wie unfreiwillig sarkastisch es sich anhörte. Er drehte sich gewichtig zu dem Chef de la Cour um, der an Chaviniers rechter Seite saß. „Ich meine es ehrlich. Es ist eine ausgesprochen erfreuliche Entwicklung, dass wir gegen die Rebellen Fortschritte erzielt haben. Aber so plötzlich einer unüberschaubaren Menge Menschen Bürgerrechte zu gewähren … Es ist ein Albtraum für die Verwaltung. Wir müssen uns um Arbeitsplätze kümmern, um die Gesundheitsversorgung, die Sozialversicherung …"

„Ja", stimmte ihm Jean zu. „Es gibt Tausende von uns. Aber wir werden die bestehenden Systeme weit weniger belasten, als Sie befürchten. Wir brauchen keine Gesundheitsversorgung. Wir müssen nur trinken, und darum können wir uns sehr gut selbst kümmern. Wir werden nicht alt und gebrechlich, deshalb ist auch keine Sozialversicherung nötig. Die Chefs des Cours kennen ihre Städte. Sie können jederzeit und kurzfristig Listen aufstellen mit allen Vampiren in ihrem Verwaltungsbezirk, damit ihnen Ausweise ausgestellt werden können. Wir haben unsere eigenen Einkünfte und wir haben Wohnungen und Häuser, sonst würden wir den Tag nicht überleben. Auch darum muss sich niemand kümmern."

„Es ist nicht nur die Verwaltung, die auf eine solche Maßnahme unvorbereitet ist", warf Madame Cadoret ein. „Vampire waren noch nie unserer Gesetzgebung unterworfen. Wenn wir ihnen jetzt gleiche Rechte geben, werden auch die Gerichte sich umstellen müssen."

„Wir haben die menschliche Gesetzgebung nie anerkannt, weil wir von ihr nicht anerkannt wurden", gab Jean zu. „Aber das heißt nicht, dass wir unregierbar sind. Wir haben unsere eigenen Gesetze und Gerichte. Unser Justizsystem ist sehr viel älter als diese Republik."

„Das ist noch ein Grund mehr, die Sache langsam anzugehen und sich Zeit zu lassen", sagte Madame Cadoret beharrlich. „Wir wissen nichts über dieses Justizsystem, müssen erst herausfinden, ob es mit unserem kompatibel ist. Alles andere führt zu Chaos und Problemen." Als Jean verärgert die Stirn runzelte, fuhr sie schnell fort: „Ich will damit nicht sagen, dass wir den Gesetzentwurf nicht in die Nationalversammlung einbringen sollen. Ich denke nur, dass General Chaviniers Zeitplan unrealistisch ist."

„Ich will versuchen, auf Ihre Bedenken einzugehen und sie in ein realistisches Licht zu rücken", erwiderte Jean kalt. „Meine Leute und ich kämpfen freiwillig in einem Krieg, der eine Regierung stützen soll, die uns derzeit das pure Recht auf Existenz abspricht, von anderen Rechten gar nicht zu reden. Zu Ihrem Glück ist uns bewusst, dass es um mehr geht als diese Regierung. Das ist mehr, als Sie und Ihre Kollegen in Ihrer Kurzsichtigkeit und Ignoranz anerkennen. Dieses Gesetz ist das einzige Zugeständnis, das wir für unsere Hilfe verlangen."

„Wir haben uns kaum von der letzten Störung des magischen Gleichgewichts erholt", warf Marcel ein. „Durch die Unterstützung der Vampire können wir Magier abstellen, die sich mit diesem Problem und seinen Folgewirkungen beschäftigen. Wie wollen Sie dem französischen Volk erklären, dass durch Ihren Widerstand die Allianz zu Scheitern verurteilt wurde und die Milice den Krieg verloren hat, dass durch Ihren Widerstand diese Republik dem Untergang geweiht wurde, Madame le Ministre?"

„WAS FÜR ein Biest", knurrte Jean, als Marcel sie aus dem Kabinettssaal wieder in sein Büro transportierte.

„Wenn sie nett wäre, wäre sie jetzt nicht in dieser Position", gab ihm Marcel recht. „Aber sie ist nicht reaktionär, nur vorsichtig. Sobald der Premierminister entschieden hat, wird sie ihn unterstützen und dafür sorgen, dass wir ein gutes Gesetz bekommen. Wir müssen nur Monsieur Pequignots Entscheidung abwarten."

Jean zögerte einen Augenblick, gab sich aber dann einen Ruck. „Du weißt hoffentlich, dass wir die Allianz nicht aufkündigen, auch wenn die Vorlage 49-3 nicht eingebracht wird, oder? Egal, was passiert, unser Bündnis steht."

„Ich weiß", erwiderte Marcel. Er hatte sich schon gedacht, dass die Vampire zu der Allianz stehen würden, auch wenn die Regierung ihren Gesetzentwurf nicht unterstützte und zur sofortigen Abstimmung vorlegte. „Und ich vermute, der Premierminister weiß das auch. Indem du auf der Pressekonferenz öffentlich an meiner Seite gestanden hast, seid ihr für Serrier genauso zum Zielobjekt geworden, wie die Magier der Milice. Du solltest wahrscheinlich auch die Vampire, die uns nicht direkt unterstützen, warnen und zur Vorsicht mahnen. Wenn Serriers Magier sie finden, werden sie nicht erst lange fragen, ob sie uns helfen oder nicht. Sie werden angreifen, und auch wenn der *Abbatoire* bei Vampiren nicht wirkt, gibt es genug andere Flüche, die sie vernichten können. Ich weiß, warum du den Pressevertretern gesagt hast, außer Sonnenlicht und Feuer hätten Vampire nichts zu fürchten. Ich weiß auch, dass Sonnenlicht für Vampire mit Partnern kein Problem mehr darstellt. Aber es war trotzdem ein riskanter Schachzug, denn jetzt weiß Serrier, auf welche Flüche er sich spezialisieren muss, um euch zu verwunden."

„Ich habe an eurer Seite gekämpft", erinnerte ihn Jean. „Ich habe erlebt, wie ihr die Flüche neutralisieren könnt, bevor sie Schaden anrichten. Ihr müsst euch jetzt nur auf andere Sprüche einstellen, dann könnt ihr auch die neutralisieren. Und die Verbindung zwischen den Partnern wird genug Motivation sein, um die dunklen Magier erfolgreich zurückzuschlagen." Jean erwähnte die persönliche Seite der Partnerschaften nicht, die offensichtlich eine immer größere Rolle einnahm. Er wollte nicht, dass der General sich durch diesen persönlichen Aspekt beeinflussen ließ. Aber Jean konnte sich noch gut an die intimen Geräusche erinnern, die aus dem Zelt auf Réunion zu hören gewesen waren, als er und Raymond nach dem Taifun die Störung der Elementarkräfte kontrollierten.

„Sie werden bald ihre Chance bekommen, fürchte ich", meinte Marcel niedergeschlagen. „Wir brauchen Thierry, wahrscheinlich auch Alain. Unser junger Spion hat uns neue Informationen zugespielt, auf die wir reagieren müssen. Ich werde zwar die nötigen Befehle geben, aber ich möchte vorher mit Thierry die strategische Seite diskutieren. Er ist darin besser als ich."

Jean biss die Zähne zusammen, als die Erwähnung von Thierry ihn an den Partner des blonden Magiers erinnerte. Dieser Vampir war vor fünfhundert Jahren nach Paris gekommen und hatte ihm, kaum dass er angekommen war, den Geliebten, den möglichen Avoué, direkt vor der Nase weggeschnappt. Sie hatten sich zwar kürzlich darüber ausgesprochen und eine Art Waffenstillstand erreicht, aber Jean mochte Sebastien nicht leiden und hatte den Verdacht, dass der ihm auch nicht vertraute. Bedauerlicherweise schien Marcel große Stücke auf Sebastien zu halten, sodass Jean nichts anderes übrig blieb, als sich mit dem Mann zu arrangieren.

Jean lächelte Orlando zu, der mit den anderen den Raum betrat. Er behielt das Lächeln auch bei, als er Sebastien begrüßte, der ihm höflich zunickte. Jean war es leid, selbst mit vermeintlichen Verbündeten das Jeu des Cours zu spielen, doch es saß ihnen zu sehr im Blut, um es aufzugeben. Er beobachtete Orlando und Alain und fragte sich, ob die beiden sich wieder versöhnt hatten. Sein junger Freund wirkte sichtlich ruhiger als bei ihrem letzten Zusammentreffen, aber Jean wollte trotzdem ein Auge auf ihn haben und gegebenenfalls mit dem Magier reden, sollte sich im Laufe des Tages Anlass zur Besorgnis ergeben. Jean hatte sich zu lange um Orlando gekümmert und konnte diese Rolle noch nicht aufgeben. Er lehnte sich an die Wand, um Marcels Bericht abzuwarten und zu sehen, welchen Verlauf die Diskussion nehmen würde.

„Was gibt es Neues?", fragte Alain, nachdem alle Platz genommen hatten. Er spürte, dass Jean, der hinter ihm an der Wand stand, ihn beobachtete, wusste aber nicht, wie er den älteren Vampir beruhigen sollte, zumal in diesem öffentlichen Rahmen. Marcel musste wichtige Neuigkeiten haben, sonst hätte er diese Besprechung nicht einberufen. Der Krieg ging vor, *musste* vorgehen.

„Unser junger Spion hat uns heute früh neue Informationen übermittelt, über die wir reden müssen", berichtete Marcel. „Demnach hat Serrier vor, an Samhain seine Macht zu demonstrieren und einen größeren Anschlag zu verüben. Er scheint zu wissen, dass wir den Feiertag nutzen wollen, um die Elementarkräfte zu stabilisieren. Offensichtlich denkt er, dass wir dadurch zu abgelenkt sind, um ihm einen Strich durch seine Pläne zu machen."

„Das ist keine große Überraschung", meinte Thierry. „Obwohl er durch die Bekanntgabe der Allianz seine Pläne vermutlich noch an die neue Situation anpassen wird."

„Ich habe die Nachricht erst nach unserer Pressekonferenz erhalten", erwiderte Marcel. „Aber du hast recht, er kann immer noch Änderungen vornehmen. Mein Stand der Dinge ist, dass er vorhat, um zwölf Uhr mittags den Eiffelturm zum Einsturz zu bringen."

„Das allein zeigt, dass er unsere Allianz bei seinen Planungen schon berücksichtigt hat", bemerkte Alain. „Bisher hat er seine Aktionen immer im Schutz der Dunkelheit durchgeführt und das Tageslicht gemieden."

„Richtig. Wenn die Vampire immer noch durch das Sonnenlicht in ihrer Bewegung eingeschränkt wären, müssten wir uns entscheiden, ob wir seinen Anschlag auf ein Wahrzeichen von Paris verhindern wollen – von den Menschenleben, die er kosten wird, gar nicht zu reden – oder ob uns unser Ritual wichtiger ist als der Eiffelturm", bestätigte Marcel. „Glücklicherweise sind unsere Verbündeten nicht mehr diesen Einschränkungen unterworfen."

„Wenn sie dabei die Hilfe ihrer Partner bekommen", ergänzte Jean. Er wusste genau, dass die anderen verstanden, was er damit meinte. Raymonds Abwesenheit nagte an ihm. Sie behinderte ihn zwar nicht in der Erfüllung seiner Pflichten, aber sie war eine ständige Irritation.

„Hat Raymond gesagt, wann er zurückkommen wird?", wollte Marcel wissen und sah Jean direkt an. „Seine Einschätzung der Lage wäre eine wertvolle Hilfe für uns."

„Wir schaffen es auch ohne ihn", grummelte Thierry.

„Sicher", stimmte Marcel ihm zu. „Aber das heißt nicht, dass wir auf ihn verzichten werden, falls er schon zurück sein sollte. Keiner von uns hat die Elementarkräfte so intensiv studiert wie Raymond. Warum sollten wir nicht auf seine Erfahrung und sein Wissen zurückgreifen?"

Jean gefiel es ganz und gar nicht, wie hier über seinen Partner geredet wurde. Thierrys Haltung war auch unter den Vampiren weit verbreitet und er konnte damit umgehen. Marcels Vorschlag war auf jeden Fall effektiver. Und doch störte es Jean ungemein, dass Raymonds Fähigkeiten so gering geschätzt und abgewertet wurden. „Wie viele Magier sind nötig, um das Ritual erfolgreich durchzuführen?"

„Wir brauchen Raymond wegen seines Feingefühls. Thierry hat sich freiwillig gemeldet, weil er schon vor dem Krieg Erfahrungen damit gesammelt hat", zählte Marcel auf. „Wir benötigen weitere fünfzig Freiwillige, die uns ihre magische Energie zur Verfügung stellen. Das Ritual ist zwar ungefährlich, aber sehr anstrengend. Alle Beteiligten werden danach einige Tage Ruhe brauchen, um wieder zu Kräften zu kommen. Ich nehme von jeder Einheit höchstens zwei Freiwillige, damit sie einsatzfähig bleibt und wir den Dienstplan der Patrouillen nicht ändern müssen."

„Ich übernehme die Patrouille am Eiffelturm", meldete sich Alain. „Wenn Thierry wegen des Rituals ausfällt, bin ich am besten geeignet, ihn zu ersetzen."

Orlando war nicht sehr begeistert über diesen Vorschlag, verkniff sich aber jede Reaktion. Er und Alain hatten sich nach dem dummen Missverständnis über Orlandos Grenzen und Alains Befürchtungen, Orlandos Vertrauen verloren zu haben, gerade erst wieder versöhnt. Und nun meldete Alain sich freiwillig für einen Einsatz, der in einer blutigen Schlacht enden konnte. Orlando verstand die Notwendigkeit dieses Krieges. Er verstand auch, warum Alain daran teilnahm. Dennoch lief sein Beschützerinstinkt Amok bei der Vorstellung, dass sein Avoué sich so in Gefahr begab. Er nahm sich vor, Alain nicht von der Seite zu weichen, aber auch er war nicht allmächtig, wenn es um den Schutz seines Magiers ging. Das galt besonders dann, wenn Serriers dunkle Magier ihre Flüche modifizierten, um die Vampire wirkungsvoller bekämpfen zu können, eine Möglichkeit, die sehr real war und über die sie schon seit Beginn der Allianz diskutiert hatten.

„Nimm wenigstens den Rest meiner Einheit mit, besser sogar noch eine dritte", schlug Thierry vor. „Serrier braucht einen Sieg. Er wird nicht nur eine Handvoll Magier schicken. Wir können von Glück sagen, wenn er nicht seine gesamte Streitmacht einsetzt."

„Was ist, wenn der Anschlag nur ein Ablenkungsmanöver ist?", fragte Jean. „So würde ein Vampir vorgehen. Er würde dafür sorgen, dass ein bestimmtes Vorhaben bekannt wird, während er insgeheim ein anderes plant. Ich will damit nicht sagen, dass wir die Bedrohung ignorieren sollen, aber es kommt mir trotzdem alles ziemlich offensichtlich vor. Serriers düstere Gedanken sind normalerweise nicht so leicht zu durchschauen."

„Das ist durchaus möglich", gab Thierry zu. „Unser Spion steht nicht sehr hoch in Serriers Hierarchie. Es könnte eine Falle sein, entweder für ihn oder für uns."

„Das könnte es", meinte Marcel nachdenklich. „Aber der junge Dominique ist nicht meine einzige Informationsquelle. Wie sagt man doch? *Je ne suis pas né de la dernière pluie.* Die Informationen Dominiques sind mir von anderer Seite bestätigt worden. Sie sind glaubwürdig. Der Anschlag auf den Eiffelturm hat keine strategische Bedeutung. Es geht Serrier vielmehr um die symbolische Wirkung. Wenn sie es schaffen, ihn zum Einsturz zu bringen, wird das Image der Milice und der Regierung irreparablen Schaden nehmen."

„Dann werden wir dafür sorgen, dass es ihnen nicht gelingt", erklärte Thierry mit entschlossener Stimme.

2

DIE SONNE ging gerade auf, als Raymond ins Hauptquartier der Milice zurückkam. Er hatte seine Rückkehr von Réunion nicht weiter hinauszögern wollen und torkelte vor Erschöpfung. Seit Jean die Insel verlassen hatte, war Raymonds Verlangen, wieder an der Seite seines Partners zu sein, ins Unermessliche gestiegen und er war sich jeder Minute ihrer Trennung schmerzhaft bewusst gewesen. Dass dieses Bedürfnis nach Nähe magische Ursachen hatte, änderte für ihn nichts an den Tatsachen. Jetzt musste er nur noch schnell Marcel seinen Bericht geben, dann wollte er sich auf die Suche nach Jean begeben und dafür sorgen, dass der Vampir sich satt trank. Sein Herz schlug wie wild vor Eifersucht bei der Vorstellung, dass Jean in der Zwischenzeit das Blut eines anderen Menschen getrunken haben könnte. Raymond hatte auf Réunion bis an die Grenzen seiner Kraft daran gearbeitet, die Lage zu stabilisieren, um die Verantwortung an Leutnant Raynaud de Lage und ihren Partner übergeben zu können. Er wusste sehr wohl, dass mit jeder Stunde die Schutzwirkung seines Blutes nachließ und Jean schwächer wurde. Vor zwei Tagen hatte er in den Nachrichten gesehen, wie Jean und Marcel die Allianz der Öffentlichkeit bekanntgaben. Jean war zurückhaltend elegant gekleidet gewesen und sein Anblick hatte Raymond nicht mehr losgelassen. Ob magisch verursacht oder nicht – Raymond war ehrlich genug, sich einzugestehen, dass er sich in den Vampir verliebte. Die Erkenntnis durchdrang sein ganzes Wesen, aber er war immer noch misstrauisch und fürchtete sich davor, sich dem Einfluss der Elementarmagie zu unterwerfen. Daher wollte er sich zurückhalten und darauf beschränken, Jean die Nahrung und den magischen Schutz seines Blutes anzubieten, so oft der Vampir dessen bedurfte.

Raymond machte sich auf den Weg durch die menschenleeren Gänge des Hauptquartiers. Er kam zu Marcels Büro, lehnte sich erschöpft an die Wand und klopfte an.

„Raymond?"

Raymond richtete sich auf, als er seinen Namen hörte. Er wollte keine Schwäche zeigen, da die anderen seine Anwesenheit auch so schon kaum tolerierten. Nach einigen Sekunden erkannte er die Stimme. „Wieso bist du noch hier, Jean?", fragte er. „Die Sonne geht schon auf und ich bin mir sicher, dass mein Blut dich nicht mehr schützt."

„Das ist richtig", gab Jean zu. „Die Wirkung hat nur bis gestern Nachmittag angehalten. Ich bin gestern nach Einbruch der Dunkelheit gekommen, um eine Nachtpatrouille zu begleiten und um mit Marcel über die Gesetzesinitiative zu reden. Nachdem wir alle Neuigkeiten ausgetauscht hatten, war es schon zu spät für mich, nach Hause zu gehen. Marcel ist zu einer Verabredung aufgebrochen. Ich wollte in dein Büro gehen und dort den Tag verbringen, weil es keine Fenster hat. Wieso bist du hier?"

„Ich wollte Marcel von meiner Rückkehr unterrichten", erklärte Raymond. „Außerdem wollte ich ihn fragen, wo du dich aufhältst. Er ist zwar nicht hier, aber wenigstens habe ich dich gefunden. Du musst trinken."

Jean lachte leise. „Das hat Zeit bis heute Abend. Du bist erschöpft. Geh nach Hause und schlaf dich aus."

Raymond lehnte sich mit einem müden Lächeln an die Wand. „Ich glaube nicht, dass ich noch bis zur Métro komme, ohne unterwegs einzuschlafen. Und einen magischen Transport schaffe ich auch nicht mehr. Ich suche mir hier eine ruhige Ecke und lege mich hin, nachdem du getrunken hast."

Der Vampir runzelte die Stirn, legte einen Arm um Raymond und führte ihn zu seinem Büro. Jean genoss die Nähe des Magiers, verdrängte aber seine Gefühle und versteckte sie hinter seiner Besorgnis um Raymond. „Das wirst du nicht tun. Wir gehen jetzt in dein Büro und du wirst dir dort ein Bett machen. Während du schläfst, kann ich lesen. Es gibt mehr als genug Bücher dort. Wir sind jetzt Verbündete und ich sollte so viel wie möglich über euch lernen. Ich kann trinken, wenn du wieder aufgewacht bist. Dann überlegen wir, was wir als Nächstes tun. Gibt es etwas, was Marcel dringend erfahren muss? Ich kann es ihm ausrichten. Du schläfst ja schon im Stehen ein."

„Nein, es kann warten", murmelte Raymond, als sie sein Büro betraten. „Ich wollte ihn nur darüber informieren, dass ich zurück bin."

„Ich werde es ihm ausrichten", versprach Jean. „Mach dir jetzt ein Bett und ruhe dich aus."

Raymond nickte und murmelte einen Spruch, mit dem er seinen Schreibtisch in eine kleine Liege umwandelte. „Ein richtiges Bett!", verlangte Jean streng. „Auf dem Ding kann man doch nicht schlafen."

Raymond lächelte und murmelte wieder vor sich hin. Die Liege verschwand und wurde durch ein kleines, aber bequemes Bett ersetzt. Die Beschwörungen hatten seine letzte Energie aufgebraucht und er ließ sich auf die Matratze fallen. Sein Kopf hatte kaum das Kissen berührt, da war er auch schon eingeschlafen. Jean legte kopfschüttelnd Raymonds Beine aufs Bett und deckte ihn zu. Für ihn hatte das Zimmer eine angenehme Temperatur, aber er wusste, dass Sterbliche mehr Wärme brauchten als Vampire. Raymond war erschöpft und Jean wollte nicht riskieren, dass sein Partner sich zu allem Überfluss auch noch eine Erkältung zuzog.

Jean setzte sich mit einem Buch über die Geschichte der Magie in den Schreibtischstuhl. Es war wahrscheinlich eine recht trockene Lektüre, aber Monsieur Lombard hatte darauf hingewiesen, dass Vampire und Magier schon in der Vergangenheit aufeinandergetroffen waren. Das hatte Jeans Neugier geweckt. Er wollte herausfinden, ob es Überlieferungen darüber gab. Wenn er mehr darüber erfuhr, konnte er vielleicht verhindern, dass seine Vampire bei den kommenden Kämpfen wieder die gleichen Verluste zu beklagen hatten, wie Monsieur Lombard sie angedeutet hatte. Jean war sich sicher, dass ihre neuen Partnerschaften ein wichtiger Schritt waren, denn sie schützten die Vampire nicht nur vor der Sonne, sondern stellten ihnen auch einen Magier an die Seite, der sie beschützte. Aber nicht jeder Vampir hatte einen Partner gefunden und jetzt, da Serrier über die Allianz Bescheid wusste, würden die dunklen Magier ihre Taktik anpassen und neue Flüche entwickeln, die für die Vampire gefährlich werden konnten.

Jean schaffte es, die ersten beiden Kapitel zu überfliegen. Dann wurden seine Gedanken von dem Mann abgelenkt, der neben ihm auf dem Bett lag und schlief. Er hatte nicht erwartet, Raymond so sehr zu vermissen. Das Blut und der magische Schutz, den es ihm gewährte – ja, er hatte damit gerechnet, dass ihm das fehlen würde. Aber nicht damit, auch den Mann selbst zu vermissen. Er hatte sich in den letzten Tagen mehr als einmal dabei ertappt, seine Gedanken mit dem Magier teilen zu wollen oder sich zu fragen, was Raymond wohl davon hielt. Wenn er ehrlich war, konnte er kaum glauben, den Magier erst seit zwei Wochen zu kennen. In dieser kurzen Zeit war Raymond – seine Nähe und die magische Verbindung zwischen ihnen – ein fester Bestandteil von Jeans Leben geworden. Sicher, er konnte auch ohne Raymond an seiner Seite überleben. Aber es fühlte sich an, als würde ihm etwas Grundlegendes fehlen, als wären seine Sinne irgendwie abgestumpft. Jetzt, wo Raymond wieder in Paris war, wurde alles wieder klar und der Schleier vor Jeans Augen lüftete sich. Jean redete sich ein, dass seine Reaktion lächerlich wäre, aber er konnte sie nicht ignorieren.

Er legte das Buch zur Seite. Dann ging er zum Bett und setzte sich auf die Bettkante, um den dunkelhaarigen Magier zu betrachten. Jean konnte die braunen Augen nicht sehen, weil Raymond schlief. Aber er konnte sie sich gut vorstellen. Er konnte sich vorstellen, wie sie sich langsam öffneten, wie sich die schmalen Lippen zu einem Lächeln verzogen und Raymond die Hand hob …

Bevor er es verhindern konnte, hatte die Vorstellung von ihm Besitz ergriffen. Er hob selbst die Hand, um Raymond über den Kopf zu streicheln. Nur Zentimeter von den dunklen Haaren entfernt hielt er inne. Er kämpfte mit sich selbst. Auf der einen Seite stand sein Wissen um die magischen Ursachen ihrer Verbindung, auf der anderen das unstillbare Verlangen, diesen Mann für sich zu beanspruchen. Jean hatte nicht mehr getrunken, seit er Réunion verlassen hatte. Er sollte halb verhungert sein und gierig nach dem nächsten Schluck Blut. Achtundvierzig Stunden waren kein Problem. Zweiundsiebzig Stunden ließen sich aushalten. Aber er hatte schon seit neunzig Stunden nicht mehr getrunken, und trotzdem waren die Konsequenzen ausgeblieben. Sicher, er hatte Durst, aber er war lange nicht so geschwächt, wie es unter normalen Umständen zu erwarten gewesen wäre. Jean wusste, dass Raymond ihn trinken lassen würde, sobald er aufwachte. Raymond hatte es ihm ja schon davor angeboten, aber das hatte Jean ihm nicht zumuten wollen. Jean hatte Raymonds Vertrauen nicht missbrauchen wollen. Es hätte ihm sehr schwerfallen sollen, Raymonds Angebot abzuschlagen. Aber das war nicht der Fall gewesen, im Gegenteil – er saß geduldig hier bei seinem Magier auf dem Bett und wartete ab, bis sein Partner wieder aufwachte.

Als hätte Raymond Jeans Gedanken lesen könnten, blinzelte er und öffnete die Augen. Er schaute Jean überrascht an und konnte kaum glauben, was er sah. Raymond hatte in den vergangen zwei Wochen oft davon geträumt, Jean beim Aufwachen an seiner Seite vorzufinden. Aber das waren Träume geblieben. „Träume ich?", fragte er verschlafen.

Jean schüttelte den Kopf. „Nein, du bist wach."

„Ich war mir nicht sicher", murmelte Raymond im Halbschlaf. „Ich habe geträumt ..." Er verstummte, als er erkannte, was er Jean beinahe verraten hätte. Kopfschüttelnd hielt er ihm dem Vampir seinen Arm hin. „Du solltest jetzt trinken."

Jean griff nach Raymonds Hand, hob sie aber nicht zum Mund. Sein Blick war auf den pochenden Puls am Hals seines Partners gerichtet. Jean wollte den Mund auf diese Stelle legen und seine Zähne in Raymonds Hals schlagen, aber dazu war er nicht eingeladen worden und er wollte den fragilen Waffenstillstand nicht gefährden, der zwischen ihnen herrschte. Er sehnte sich danach, durch seinen Vampirkuss mehr über Raymond zu erfahren, doch damit hätte er den Frieden zwischen ihnen aufs Spiel gesetzt. Raymond schien das Verlangen in Jeans Blick erkannt zu haben, denn er sah ihm in die Augen. Dann legte er langsam, sehr langsam, den Kopf zur Seite. Tausend Jahre Erfahrung als Vampir, tausend Jahre, in denen er sich vom Blut seiner Opfer ernährt hatte, hätten Jean nicht auf diesen Augenblick vorbereiten können. Raymonds Angebot hätte eine Selbstverständlichkeit sein sollen, die Jean nicht sonderlich überraschte. Seit seiner Umwandlung zum Vampir hatte er solche Momente schon öfter erlebt, als er zählen konnte. Immer wieder hatten ihm Sterbliche – ob wissentlich oder nicht – ihren Hals zum Biss angeboten. Vermutlich war es Raymonds bisheriges Zögern, das dieses erste Mal zu einer solchen Versuchung machte. Jean musste ein Lachen unterdrücken. ‚Zögern' war diplomatisch ausgedrückt. ‚Abscheu' wäre die bessere Bezeichnung für Raymonds Verhalten gewesen. Vielleicht lag es daran, dass sein letzter Biss schon so lange zurücklag. Vielleicht lag es daran, dass die magische Natur ihrer Partnerschaft ihn so besitzergreifend machte. Was immer auch der Grund sein mochte, Jeans Hände zitterten unkontrollierbar, als er sich über seinen Partner beugte, um dessen Angebot anzunehmen.

Raymond lief eine Gänsehaut über den Rücken, als Jean sich über ihn beugte. Er kämpfte dagegen an, sich zu wehren und die Flucht zu ergreifen, weil er sich vorkam, als wäre er Jean in die Falle gegangen. Dann spürte er Jeans Lippen an seinem Hals und der Fluchtreflex verschwand von einer Sekunde zur nächsten wieder. Stattdessen legte er den Kopf noch weiter in den Nacken und entblößte seinen Hals für den Biss des Vampirs.

Jean hielt ungläubig inne. Eben noch hatte er Raymond versichert, dass es kein Traum wäre. Jetzt kam es ihm vor, als würde er selbst träumen und müsste sich zwicken, um aus seinem Traum aufzuwachen. Er holte tief Luft und kämpfte um die Selbstbeherrschung, die Raymonds unerwartetes Angebot ihm geraubt hatte. Sein Geruchssinn wurde vor der Mischung aus Sand, Schweiß und Sandelholz überwältigt, die von Raymond ausging. Sorgfältig bereitete Jean der Hals seines Partners auf den Biss vor. Raymonds Puls klopfte verführerisch und seine Haut schmeckte salzig nach Schweiß oder Meer. Jean konnte es nicht genau bestimmen, aber es zog ihn immer mehr in Raymonds Bann, und nur das zählte für ihn. Er spürte Raymonds keuchenden Atem, der ihm die Haare aus dem Gesicht blies. Dann fühlte er die Hand des Magiers um seinen Kopf und wurde nach unten gezogen.

Jean gab jede Zurückhaltung auf. Seine Zähne fuhren aus, so schnell, dass es ihn schmerzte. Sie bohrten sich fast ohne sein Zutun in Raymonds Hals und er trank in tiefen Zügen von dem kostbaren Blut, überwältigt von der Intimität und dem Vertrauen, das Raymond ihm entgegenbrachte.

Der Biss war so schmerzhaft, wie Raymond immer befürchtet hatte. Doch der Schmerz hielt nicht lange an. So schnell, wie er gekommen war, verschwand er auch wieder. Er wurde von einem Gefühl der Verbundenheit ersetzt, wie Raymond es schon von Jeans früheren Bissen ins Handgelenk kannte, nur dass es diesmal viel tiefer und intensiver war. Er schloss die Augen, während Jean kräftig an seinem Hals saugte und ihm mit den Lippen über die Haut glitt. Der Hunger, den Jean seit zwei Tagen unterdrückt hatte, brach nun mit aller Macht über ihn herein. Raymonds Blut schmeckte heiß und war so komplex, wie der Mann selbst. Jean speicherte die Vielfalt der Geschmacksrichtungen, um sie später genauer zu analysieren. Im Moment war er viel zu gefangen in dem unvergleichlichen Erlebnis ihrer Vereinigung, um sich näher damit zu befassen. Nach einiger Zeit schob sich ein bestimmter Geschmack in den Vordergrund. Es war Raymonds Erregung, ein Gefühl, das Jean zu gut kannte, um es falsch zu interpretieren. Aber nachdem Raymond sich auf Réunion so ablehnend geäußert hatte, wollte Jean dieses Gefühl nicht weiter fördern. Raymond fiel es auch ohne diese zusätzlichen Probleme schon schwer genug, mit den Veränderungen in seinem Leben zurechtzukommen, die durch ihre Blutspartnerschaft ausgelöst worden waren. Daher beschränkte Jean sich darauf, seine eigenen Reaktionen unter Kontrolle zu behalten und alles zu tun, um ihre Beziehung nicht noch weiter zu belasten. Er hatte unerträglichen Hunger und sich durch seine Zurückhaltung in den letzten Tagen selbst gefährdet. Trotzdem wollte er Raymond jetzt nicht durch seine Maßlosigkeit erschrecken. Um das Beste für das Gelingen ihrer Allianz geben zu können, brauchte er den Schutz noch, den das Blut seines Partners ihm gewährte.

Jean presste sich wie ein Geliebter an Raymonds Körper und löste erotische Fantasien aus, die den Magier vor Sehnsucht und Begehren erschauern ließen. Während ihrer Trennung hatte Raymonds Unterbewusstsein sich mit den Tatsachen abgefunden, die sein Verstand immer noch ablehnte. Er krallte sich mit der Hand in Jeans Haaren fest und drückte ihn an seinen Hals, um ihn zu ermuntern, mehr und tiefer zu trinken. Jeans Zähne lösten eine Erregung in ihm aus, die ihn unruhig werden ließ. Er schlängelte sich unter Jeans Körper hin und her und tastete mit der anderen Hand suchend nach der des Vampirs. Als er sie fand, griff er zu und verschränkte ihrer Finger miteinander, während Jean seinen Hunger nach Blut befriedigte.

Bei jedem anderen Menschen hätte Jean das als untrügliches Signal aufgefasst, über das Trinken hinaus zu erfreulicheren Aktivitäten überzugehen. Die zunehmende Erregung, die er in Raymonds Blut schmecken konnte, verstärkte dieses Bedürfnis noch zusätzlich. Aber er war nicht zum Chef de la Cour aufgestiegen, indem er seinen Bedürfnissen nachgab. Raymond war nicht ein beliebiger Fremder, den er in einem der Clubs aufgegabelt oder für den er im Sang Froid bezahlt hatte. Er war Jeans Partner, sein Schutz gegen das Sonnenlicht und sein Verbündeter in diesem Krieg. Außerdem hatte Jean in den letzten beiden Wochen gelernt, Raymond zu respektieren, denn hinter dem gut aussehenden Äußeren und dem manchmal so abweisenden Verhalten des Magiers verbargen sich profundes Wissen und ein starker Charakter. Darum hielt Jean sich zurück. Er stützte sich mit einer Hand über dem Magier ab, um sich nicht allzu fest an ihn zu drücken, während er die andere in Raymonds Hand ruhen ließ. Jean war überzeugt, das Richtige zu tun, aber das konnte die Versuchung nicht mindern, der Raymond ihn durch seine Nähe und sein heißes Blut aussetzte. Jean hatte schon genug getrunken, um den Hunger der letzten Tage zu stillen. Jetzt wollte er Raymonds Erfüllung schmecken. Er würde wahrscheinlich nie erfahren, wie es war, den Magier zu lieben, würde sich wahrscheinlich immer auf Momente wie diesen beschränken müssen. Aber wenigstens dieses Mal wollte er Raymond zeigen, welche Freuden der Kuss eines Vampirs bereiten konnte. Jean war selbstsüchtig genug, um zu hoffen, dass es Raymonds Lust nach mehr weckte und sie – unabhängig von den Erfordernissen ihrer Allianz – vielleicht in Zukunft auch persönlich Freude daran finden konnten.

Raymond spürte sofort, dass Jeans Biss eine neue Dimension bekam, auch wenn er nicht sagen konnte, was passiert war. Die Zähne des Vampirs bohrten sich noch genauso tief in seinen Hals und er saugte noch genauso gierig, aber alles hatte sich verändert. Plötzlich schien Raymonds Genuss im Mittelpunkt zu stehen und er wollte mit dem Kopf schütteln, wollte Jean erklären, dass es nicht nötig wäre. Aber er wusste nicht mehr, was ‚es' eigentlich war. Jean hatte nicht nur der Allianz wegen vier Tage nicht getrunken. Sie hatten vereinbart, dass Jean sich diskret verhalten würde, wenn er von einem anderen Menschen trank. Niemand hätte dem Vampir daraus einen Vorwurf gemacht, schon gar nicht, so lange Raymond sich auf einem anderen Kontinent aufhielt. Raymond selbst wäre der Letzte gewesen, der dafür kein Verständnis gehabt hätte. Die Allianz war auch nicht der Grund, warum Jean Raymonds Hand hielt und zärtlich drückte. Vielleicht gehörte es zu der Verbindung, die sich durch die Macht der Magie zwischen ihnen entwickelt hatte. Aber die hatte schon früher auf sie eingewirkt, noch bevor sie auf der Insel mehr über ihre Wirkung herausgefunden hatten. Diese Macht wirkte schon auf sie ein, seit Jean ihn das erste Mal gebissen hatte. In diesem Moment leckte Jean ihm über die Haut, direkt unter den Zähnen, die immer noch tief in seinem Hals versenkt waren. Raymond konnte nicht mehr klar denken. Nur eine letzte Erkenntnis schoss ihm noch durch den Kopf, bevor er die Beherrschung über seine Sinne verlor: Jean wollte ihn lieben.

Mit einem letzten Seufzer kam Raymond zum Höhepunkt. Er klammerte sich an Jeans Hand und Haaren fest, bog den Rücken durch und presste sich an ihn, dann schlugen die Gefühle über ihm zusammen und er fiel aufs Bett zurück. Verwirrt versuchte er, seine Gedanken zu sortieren und seine Reaktion zu analysieren. Aber er konnte sich nicht konzentrieren. Das Einzige, was er fühlte, war Jeans Zunge, die ihm zärtlich über die Bisswunden am Hals fuhr.

„Köstlich."

Dieses eine Wort, fast liebevoll geflüstert, brach den Bann. Raymond wäre vor Scham am liebsten in der Matratze versunken und wurde rot, als er den feuchten Fleck spürte, der sich auf seiner Hose ausbreitete. Er zog eine verärgerte Grimasse, setzte sich auf und murmelte einen Spruch vor sich hin, um die Spuren seines Fehltritts wieder zu beseitigen. Die Zufriedenheit in Jeans Miene machte ihn nur noch ärgerlicher und er flüchtete sich, wie es seine Art war, in wissenschaftliche Distanz. „Nach allem, was ich gelesen habe, hätte ich nicht erwartet, dass ein Vampir vier Tage auf Blut verzichten kann."

Jean unterdrückte einen resignierten Seufzer und ging auf den Themenwechsel ein. Er war davon genauso überrascht worden wie Raymond. Er hätte zwar nicht viel länger auf Raymonds Rückkehr warten können, aber es hatte ihn dennoch überrascht, dass er die vier Tage überhaupt durchgehalten hatte. „Normalerweise können wir das auch nicht", stimmte er Raymond zu. „Zwei Tage, vielleicht auch drei, sind in der Regel die Grenze. Ich kann es mir nicht erklären. Möglicherweise hat Orlando recht. Er hat mir erzählt, dass er nach dem ersten Schluck von Alains Blut so satt gewesen wäre, als hätte er einen anderen Menschen komplett ausgesaugt. Damals habe ich mir nichts dabei gedacht. Später habe ich es auf den Aveu de Sang zurückgeführt, der ihm eines Tages erlauben wird, länger ohne Blut durchzuhalten als wir alle. Aber vielleicht hat es doch mit dem magischen Bund zu tun. Der Aveu de Sang verhindert nur, dass Orlando zu viel trinkt und davon krank wird. Theoretisch kann er jeden Tag so viel trinken wie er will, ohne seinen Avoué zu gefährden. Für die anderen Partnerschaften sollte das – normalerweise zumindest – nicht zutreffen. Andererseits haben sie sich in keiner Weise so entwickelt, wie wir es vermutet hatten. Vielleicht beschützt dein Blut mich nicht nur vor dem Sonnenlicht, sondern ernährt mich auch länger, sodass ich nicht mehr so oft trinken muss."

Raymond dachte darüber nach. „Wir können uns nicht erlauben, diese Vermutung zu testen", sagte er nach einigen Minuten. „Ich weiß nicht, was mit einem Vampir passiert, der zu lange hungert. Ich will nicht riskieren, dass jemand durch einen Versuch ernsthaft geschwächt wird."

„Es ist wie bei einem Auto, wenn das Benzin ausgeht", erklärte Jean. „Wenn der Vampir schnell genug frisches Blut bekommt, ist es kein Problem und er erholt sich rasch wieder. Aber wenn er zu lange wartet, fällt er in eine Art Winterschlaf. Dann kann er nur noch durch das Blut eines anderen Vampirs wieder geweckt werden, der seiner Linie entstammt."

„Seiner Linie?", wollte Raymond wissen.

„Vampire haben keine Familien wie die Sterblichen. Wir haben nur eine Art Abstammungslinie, die auf den Vampir, der uns geschaffen hat, und auf dessen Schöpfer zurückgeht. Ich bewahre die Stammbäume auf, habe mich damit aber noch nie genauer befasst. Wenn du mehr wissen willst, müsstest du dich an Monsieur Lombard wenden. Für uns spielt diese Information keine große Rolle, solange wir jederzeit trinken können. Nur für einen Vampir wie Orlando, der nur von einem Menschen trinken kann, könnte es wichtig werden. Oder für einen Vampir, der eingeschlossen und ausgehungert wird."

Raymond lächelte. „Hoffentlich finde ich gelegentlich Zeit, der Frage nachzugehen. Ich setzte es auf jeden Fall auf die Liste der Themen, die ich nach dem Krieg, wenn wir wieder ein normales Leben führen können, erforschen will."

Jean sah ihn verblüfft an, fasste sich dann aber doch ein Herz. „Du willst dich auch nach dem Krieg noch mit Vampiren befassen?", fragte er.

Raymond wandte verlegen den Blick ab. Ihm war immer noch peinlich, was zwischen ihnen vorgefallen war. Doch dann siegte seine Ehrlichkeit. „Wenn meine Neugier erst geweckt ist, bin ich sehr beharrlich."

3

„Du WILLST mir doch nicht sagen, dass du ihr vertraust!", rief Thierry.

„Nicht blind", versicherte ihm Marcel. „Aber das heißt nicht, dass sie nicht doch die Wahrheit sagen könnte."

„Findest du es nicht auffällig, dass sie genau zwei Tage nach Bekanntgabe der Allianz und zwei Tage vor dem Rite d'équilibrage aufgetaucht ist?", wollte Alain wissen.

„Ich finde es sogar sehr auffällig", stimmte Marcel ihm zu. „Aber auch das heißt nicht, dass sie lügen muss. Du hast es auch unglaubwürdig gefunden, als Raymond sich von Serrier lossagte und zu uns gekommen ist. Erinnerst du dich? Und ohne Raymonds Hilfe wären wir nicht ansatzweise so weit, wie wir es jetzt sind."

Weder Alain noch Thierry waren allzu glücklich über Marcels Argument, konnten ihm aber auch nicht widersprechen. „Was tun wir also?", fragte Alain. „Sie aufnehmen, ihr einen Partner suchen und riskieren, dass sie alles an Serrier verrät?"

„Ich bin optimistisch, nicht naiv", erwiderte Marcel. „Wir können sie einer Einheit zuweisen, die nachts auf Patrouille geht. Wir informieren die anderen, dass sie nicht mit ihr über die Details der Allianz sprechen sollen. Sie wird sehen, wie die Vampire mit uns arbeiten und kämpfen, aber sie wird nicht erfahren, wie es funktioniert."

„Es gibt Möglichkeiten, in Erfahrung zu bringen, ob sie die Wahrheit sagt", erinnerte Jean die Anwesenden. „Wenn Antonio oder Blair oder einer der anderen Vampire ohne Partner sie beißt, wissen wir sofort, ob sie ehrlich war oder nicht."

„Und wenn sie nicht ehrlich war, weiß sie nach dem Biss mehr über die Funktionsweise der Allianz, als Serrier jemals erfahren darf", bemerkte Thierry.

„Dann sagen wir ihr eben nicht, warum er sie beißt", schlug Jean vor. „Ihr könnt sie auch mit einer Beschwörung belegen, so wie ihr es bei Dominique Cornet auf dem Gare de Lyon gemacht habt."

„Damit würden wir ihr verraten, dass wir ihr nicht vertrauen. Wenn sie ehrlich ist, spielt das keine Rolle. Aber wenn sie eine Spionin ist, weiß sie sofort, dass wir etwas zu verbergen haben. Wir müssen ihr irgendeine Erklärung geben, bevor jemand sie beißen kann", warf Raymond ein. „Sie wird nicht einfach ihren Arm ausstrecken, ohne dass wir ihr einen Grund dafür nennen."

Jean lachte leise. „Nein, das kann ich mir auch nicht vorstellen. Aber vor der Allianz mussten wir alle Opfer finden, und wir haben willige Opfer bevorzugt, weil ihr Blut süßer schmeckt. Antonio kann sehr überzeugend sein, wenn er es will."

„Holt ihn", befahl Marcel. „Wir werden mit ihm reden. Wenn er dazu bereit ist, werden ihn Monique vorstellen."

Einige Minuten später traf Antonio ein und Marcel erklärte ihm die Situation. „Wir haben eine Magierin, die uns um Schutz gebeten hat. Sie sagt, sie habe Serrier verlassen, weil der einen Vampir aufgenommen hat, der Menschen tötet. Das wussten wir bereits. Aber sie behauptet, die Grausamkeit des Vampirs habe sie dazu getrieben, Serrier zu verlassen. Der Zeitpunkt scheint uns etwas … verdächtig zu sein. Wir müssen wissen, ob sie die Wahrheit sagt und vertrauenswürdig ist. Jean hat vorgeschlagen, dich um Hilfe zu bitten."

Antonio nickte. „Wenn sie erlaubt, dass ich sie beiße, kann ich euch sagen, was ich in ihrem Blut schmecke."

„So einfach ist die Lage nicht", mischte sich Jean ein. „So lange wir nicht wissen, ob sie ehrlich ist, wollen wir sie nicht in unsere Methoden einweihen. Wir können ihr nicht verraten, warum du sie beißen willst."

„Wir wollen nicht, dass sie erfährt, dass es mit der Allianz zu tun hat", fügte Marcel hinzu. „Sie darf es nicht mit uns in Verbindung bringen."

Antonio nickte erneut. „Das geht. Es dauert vielleicht etwas länger; vor allem dann, wenn sie wegen dem Gesetzlosen Angst vor Vampiren hat. Aber ich werde es in Erfahrung bringen. Wo finde ich sie?"

„Im Untergeschoss", antwortete Alain. „Wir haben dort Schlafräume für Notfälle. Wir haben ihr gesagt, dass sie hier sicherer ist als zuhause, weil Serrier nach ihr suchen wird, wenn er von ihrer Desertion erfährt. Ich weiß nicht, ob sie uns glaubt. Aber sie konnte das Angebot schlecht ablehnen, ohne ihre eigene Geschichte unglaubwürdig zu machen. Schließlich hat sie uns selbst um Schutz gebeten."

„Wenn mich jemand zu ihr bringt, kann ich ihr mein Mitgefühl aussprechen. Wir sind beide dort unten gefangen – sie aus Angst vor Serrier, ich aus Angst vor der Sonne. Es wird sowieso bald hell und ich hätte es nicht mehr nach Hause geschafft. Das gibt mir den perfekten Grund, ihr Gesellschaft zu leisten."

„Gut", entschied Marcel. „Berichte uns anschließend, was du erfahren hast. Wir müssen in der Zwischenzeit die kommende Schlacht und das Rite d'équilibrage vorbereiten."

„Dann mache ich mich jetzt auf den Weg", sagte Antonio, stand auf und ging zur Tür.

„Ich bringe dich zu ihr", bot Sebastien an und erhob sich ebenfalls. „Ich bin hier sowieso keine große Hilfe mehr und es sieht nicht so verdächtig aus, wenn wir ihr zu zweit ,zufällig' begegnen. Außerdem kennt sie mich noch nicht."

Thierry runzelte die Stirn und fragte sich eifersüchtig, ob Monique Sebastien wohl attraktiver finden würde als Antonio. Bevor er den Gedanken zu Ende bringen konnte, lächelte Sebastien ihn an und streichelte ihm über den Hals. „Ich komme zurück, sobald die beiden sich getroffen haben."

Thierry wusste, dass er und Sebastien sich nichts versprochen hatten, konnte seine Erleichterung allerdings dennoch nicht verbergen. Er wollte den Vampir mit niemandem teilen. Er warf Alain, der ihn feixend angrinste, einen bösen Blick zu, musste seinem besten Freund aber insgeheim recht geben.

„Die Partnerschaften scheinen sehr … intensiv zu sein", meinte Antonio nachdenklich, als sie sich durch die verwinkelten Korridore auf den Weg zu Monique machten, die noch auf Marcels Entscheidung wartete.

„Das sind sie", bestätigte Sebastien. „Nur die Beziehung zu meinem Avoué war damit vergleichbar."

„Ich hatte auch gehofft, einen Partner oder eine Partnerin zu finden. Aber bisher hatte ich kein Glück", sagte Antonio leise. „Ich komme mir vor, als würde ich Jean im Stich lassen."

Sebastien zuckte mit den Schultern. „Das weiß ich nicht. Ich weiß nur, dass du uns jetzt nicht mehr helfen könntest, wenn du einen Partner hättest. Die Verbindung ist nicht so exklusiv wie ein Aveu de Sang. Dennoch kann ich mir nicht vorstellen, von einem anderen zu trinken. Dazu müsste ich schon in einer sehr großen Notlage sein. Ich will kein fremdes Blut mehr schmecken, obwohl ich es noch trinken kann. Du solltest die Hoffnung nicht aufgeben. Ich weiß nicht, ob du schon davon gehört hast, dass der Chef de la Cour von Amiens vor wenigen Tagen hier seine Partnerin gefunden hat. Wenn die Allianz noch mehr Verbündete bekommt, ist vielleicht auch der richtige Magier für dich dabei."

„Ich habe davon gehört", erwiderte Antonio, als sie im Untergeschoss ankamen. „Wo ist mein Zielobjekt?"

Sebastien zeigte ans Ende des Ganges. „Die letzte Tür links."

Antonio grinste verwegen. „Ich glaube, ich muss mich etwas ausruhen. Ich melde mich, sobald ich mehr erfahren habe."

„Pass auf dich auf", warnte ihn Sebastien und stieg wieder die Treppe hinauf ins Erdgeschoss. „Selbst wenn sie ehrlich bereut – sie hat zwei Jahre lang an Serriers Seite gekämpft."

„Ich werde auf der Hut bleiben", versprach Antonio. Dann ging er durch den Flur zu der Tür, hinter der die dunkle Magierin wartete. Er öffnete sie schwungvoll und trat ein, als würde er ein leeres Zimmer erwarten. „Oh, das tut mir leid", entschuldigte er sich dann. Vor ihm stand eine vollbusige Frau mit langen, dunklen Haaren. „Ich wusste nicht, dass sich hier unten noch jemand aufhält. Ich habe nur einen Platz zum Schlafen gesucht, weil ich vor Sonnenuntergang nicht aus dem Haus kann."

Monique drehte sich zu ihm um und verbarg ihre Nervosität hinter der stoischen Fassade, die sie in der Gesellschaft von Serriers Halsabschneidern gelernt hatte. Sie wusste sehr wohl, dass Äußerlichkeiten trügen konnten. Das hielt sie allerdings nicht davon ab, die Latino-Schönheit des Mannes anerkennend zu mustern. Er hatte dunkle Haare, dunkle Augen, helle Haut und die leise Andeutung eines spanischen Akzents. Mit seinem muskulösen, hochgewachsenen Körper war er alles, was eine Frau sich in einem Mann wünschen konnte.

„Du musst einer der Vampire sein", stellte sie fest. Serrier hatte ihr aufgetragen, so viel wie möglich über die Allianz und die Vampire in Erfahrung zu bringen, egal, mit welchen Mitteln. Sie wusste nicht, ob Vampire an fleischlichen Genüssen interessiert waren – abgesehen von ihrem Appetit nach Blut –, doch Monique hatte keine Hemmungen, es herauszufinden. Chavinier schien ihr noch nicht zu vertrauen, was sie nicht überraschte. Aber sie war nicht auf ihn angewiesen, um an Informationen zu kommen. Vielleicht war der Vampir, der so überrascht vor ihr stand und hier offensichtlich nicht mit ihr gerechnet hatte, sogar der geeignetere Informant. Er wusste nichts über sie und war deshalb nicht so misstrauisch wie Chavinier. „Ich bin froh, dass ihr euch dem Kampf gegen Serrier angeschlossen habt."

Antonio ließ sich keine Reaktion anmerken auf ihren plumpen Versuch, sein Vertrauen zu erlangen. Er musste ihr Blut nicht schmecken, um sie zu durchschauen. Aber er wollte ihr Spiel noch etwas länger mitmachen und sie, sollte sich die Gelegenheit ergeben, beißen, um seine Einschätzung der Lage zu bestätigen. „Es scheint mir in unserem besten Interesse zu sein, Serrier nicht gewinnen zu lassen", stimmte er ihr zu. Es war die Wahrheit und bestätigte nur das, was Jean schon in aller Öffentlichkeit mitgeteilt hatte.

„Dann machst du dir bestimmt wegen der Sonne Sorgen", bohrte sie nach und winkte ihn ins Zimmer. „Wenn sie dich im Freien überrascht …" Sie sah auf ihre Armbanduhr und lenkte damit seinen Blick auf ihren schlanken Arm, den sie unter ihren wohlgeformten Busen hielt.

„Wir sind keine Frischlinge", erwiderte Antonio und kam ins Zimmer. „Wir gehen dem Sonnenlicht schon seit Jahren aus dem Weg, einige von uns sogar seit vielen hundert Jahren. Wir können auf uns aufpassen."

Monique lächelte, aber in ihren Augen lag eine grausame Befriedigung. Sie ahnte nicht, wie leicht ihre Fassade für jemanden zu durchschauen war, der das Jeu des Cours beherrschte. In Gedanken freute sie sich schon, Serrier berichten zu können, dass die Vampire bei Sonnenaufgang immer noch verwundbar waren und das Kampfgeschehen verlassen mussten. „Und die Magie?", hakte sie nach. „Macht ihr euch keine Sorgen um die Wirkung ihrer Flüche?"

„Wir kämpfen nicht allein", antwortete Antonio ausweichend und ging einen Schritt auf sie zu. „Wir haben Magier an unserer Seite, die die Flüche neutralisieren oder erwidern können." Als die Frau nicht vor ihm zurückwich, lächelte er sie gewinnend an und streckte die Hand aus. „Ich heiße übrigens Antonio."

„Monique Leclerc", erwiderte sie und reichte ihm die Hand. Anstatt sie zu schütteln, hob Antonio sie an die Lippen. Er verbeugte sich galant und gab ihr einen Handkuss. Monique konnte die prickelnde Erregung nicht verhindern, die sie bei seiner Geste durchfuhr.

Antonio ließ ihre Hand nicht los und zog Monique mit sich zu der kleinen Couch, die an der gegenüberliegenden Wand stand. „Und warum bist du hier?", fragte er scheinbar ahnungslos. „Ich habe hier unten bisher nur Vampire angetroffen."

„Bist du oft hier?", wich Monique mit einer Gegenfrage aus. Sie wollte mit einem Unbekannten nicht über ihre Lage reden, solange noch alles in der Schwebe hing.

Antonio zuckte mit den Schultern. „Ab und zu", sagte er und streichelte ihr mit dem Daumen über den Handrücken. Es war der Beginn jener subtilen Verführung, mit der er seine Opfer dazu brachte, ihn von ihrem Blut trinken zu lassen.

Monique zuckte bei der unerwarteten Berührung zusammen. Antonio summte beruhigend, bis sie sich wieder entspannte. Monique erinnerte sich daran, dass sie alle Mittel einsetzen musste, um Serrier die begehrten Informationen zu beschaffen. Sonst hatte sie andere Sorgen als einen Vampir, der sich für sie zu interessieren schien.

Antonio wunderte sich nicht über Moniques erschrockene Reaktion auf seine Annäherungsversuche. Sicher, sie war attraktiv und musste es gewöhnt sein, das Interesse von

Männern zu erwecken. Aber hier, im Hauptquartier der feindlichen Milice und mit einer ungewissen Zukunft, die in Marcels Händen lag, hatte sie wahrscheinlich nicht damit gerechnet. Antonio erkannte natürlich, dass ihre Nachgiebigkeit nicht ehrlich gemeint war und sie nur ihren Auftrag erfüllen wollte. Doch das konnte er ihr nicht vorwerfen, denn seine Motivation war genauso eigennützig.

„Dann bist du also jede Nacht hier?", fragte sie beharrlich. „Im Hauptquartier der Milice, meine ich."

Antonio beugte sich lächelnd zu ihr herab. „Das könnte ich sein", schnurrte er ihr ins Ohr. „Wenn ich wüsste, dass du auch hier bist …"

Monique hätte ihn gerne in seine Schranken verwiesen, riss sich jedoch zusammen. Der Vampir konnte ihr Kontakte zur Milice vermitteln und – was noch wichtiger war – vermutlich auch Interna über die Allianz verraten. Sie hatte schon vor langer Zeit gelernt, ihre weiblichen Reize einzusetzen, wenn sie sich Informationen beschaffen wollte. Die Situation war ihr nicht unbekannt. Sie lächelte freundlich und legte eine Hand auf sein Bein. „Das ließe sich vermutlich einrichten."

Antonio hätte beinahe den Kopf geschüttelt. Kein Vampir würde sich jemals so offensichtlich verhalten. Aber sie hatte ihm die Gelegenheit geboten und er nutzte sie. Er senkte den Kopf und fuhr ihr mit den Lippen über die Haare. Als sie sich seiner Annäherung nicht entzog, ließ er den Mund nach unten gleiten und küsste sie auf den Hals. Sie legte den Kopf in den Nacken und er ließ sie seine Zunge spüren. Ihr Atem stockte. Ermutigt durch ihre Reaktion fuhr er mit den Zähnen über die Haut an ihrem Hals und kratzte sie leicht. Dann leckte er sich das Blut von den Zähnen.

Zwei Eindrücke stürmten auf ihn ein: Ihr falsches Spiel und das Gefühl, von ihrer Magie umhüllt und beschützt zu werden. So hatten die anderen Vampire die Wirkung des Blutes ihrer Partner beschrieben. Schnell zog Antonio sich zurück und zwang sich zu einem Lächeln. „Ich wäre kein guter Gastgeber, wenn ich dir nichts anbieten würde. Möchtest du etwas essen? Eine Flasche Wein vielleicht? Ich bin mindestens noch bis Sonnenuntergang hier."

„Ich habe etwas Hunger", gestand Monique geziert. „Soll ich dich begleiten?"

„Nein, das ist nicht nötig", lehnte Antonio ab. „So schnell kannst du gar nicht schauen, dann bin ich auch schon wieder zurück."

Monique schmollte. Aber was bei anderen Männern unfehlbar wirkte, schien den Vampir nicht zu beeindrucken. „Dann beeile dich."

„Das werde ich", versprach er und verließ das Zimmer. Hinter ihm fiel die Tür ins Schloss. Er war unschlüssig. Er konnte sie nicht als Partnerin akzeptieren, solange alles, was sie taten und sagten, an Serrier weitergegeben würde. Aber das änderte nichts an der unvorstellbaren Tatsache, dass sie seine Partnerin war. Er brauchte sie, wenn er seinen vollen Beitrag für die Allianz leisten wollte.

Antonio kannte seine Loyalität, auch wenn er sich nichts mehr wünschte, als endlich wieder das Sonnenlicht zu erleben. Er warf einen letzten, sehnsuchtsvollen Blick auf die geschlossen Tür. Dann stieg er die Treppe hinauf und machte sich auf den Weg zu seinen Freunden.

„Das ging aber schnell", meinte Marcel, als Antonio das Zimmer betrat. „Konntest du herausfinden, was wir wissen müssen?"

„Ja. Sie ist eine Spionin", berichtete Antonio pflichtgemäß. „Ich musste sie nicht erst beißen, um unseren Verdacht zu bestätigen. Ihre Gefühle sind eindeutig. Ihre Verachtung, ihre Lügen und ihre Berechnung haben sie verraten."

„Merci", bedankte sich Marcel. „Jetzt müssen wir nur noch entscheiden, was wir mit ihr machen."

„Mit ihr machen?", wollte Antonio wissen. Die Frau würde ihn zerstören, ohne auch nur mit der Wimper zu zucken. Trotzdem hatte er das lächerliche Bedürfnis, sie in Schutz zu nehmen. Obwohl er die Skrupellosigkeit in ihrem Blut geschmeckt hatte, konnte er nicht vergessen, dass sie seine Partnerin war. Den anderen gegenüber erwähnte er das allerdings nicht. Es hatte mit ihrer gegenwärtigen Diskussion nichts zu tun und auch keine Auswirkung auf sein eigenes Verhalten – Antonio würde niemals zu Serrier überlaufen –, deshalb mussten sie es nicht erfahren.

„Wir könnten sie wegen Verschwörung ins Gefängnis werfen lassen. Ich bin mir allerdings nicht sicher, ob wir es ihr nachweisen können", meinte Thierry. „Oder wir können sie mit falschen Informationen versorgen und versuchen, Serrier damit in die Irre zu führen."

„Er fragt sich wahrscheinlich, wo wir das Rite d'équilibrage durchführen wollen", überlegte Alain. „Vielleicht könnten wir ihm einen falschen Ort zuspielen."

„Wenn er weiß, dass ich an dem Ritual teilnehme, dann weiß er auch, dass es in der Nähe von Wasser stattfindet", warf Raymond ein.

„Dann müssen wir nur einen unterirdischen See außerhalb von Paris finden", schlug Thierry vor. „Wir können Sicherheitsbedenken vortäuschen und ihn damit aus der Stadt locken. Es lenkt ihn zumindest von unserem tatsächlichen Zielort ab."

„Was schlägst du vor?", fragte Marcel.

„Der See in Saint-Léonard bietet sich an", erwiderte Thierry. „Aber Serrier wird uns nicht abnehmen, dass wir uns die diplomatischen Verwicklungen angetan haben, nur um die Erlaubnis zu bekommen, das Ritual in der Schweiz durchzuführen. Es gibt auch in Frankreich passende Orte, beispielsweise die Grottes de Choranche."

„Gibt es einen Grund, der gegen die Höhlen sprechen würde?", fragte Jean neugierig.

„Sie sind offen für Besucher", erklärte Thierry. „Aber unter diesen Umständen können wir sie wahrscheinlich für einen Tag schließen lassen."

„Warum nicht die Grotte de Thaïs?", schlug Alain vor. „Sie ist ab Mitte Oktober geschlossen und öffnet erst wieder im Frühjahr. Dort sind wir ungestört genug, um uns auf das Ritual konzentrieren zu können."

„Es ist ja nicht so, dass wir die Höhle wirklich benutzen wollen", mischte sich Sebastien ein.

„Nein", stimmte Raymond zu. „Aber Serrier ist nicht dumm. Wenn unser Köder nicht glaubwürdig genug ist, wird er Lunte riechen."

„Ist es denn überhaupt den Aufwand wert, ihm eine glaubwürdige Falle zu stellen?", fragte Jean. „Glaubt ihr wirklich, dass er das Ritual verhindern will?"

„Ehrlich gesagt, weiß ich das auch nicht", erwiderte Raymond. „Das Ungleichgewicht der Elementarkräfte ist eine der Nebenwirkungen dieses Krieges, die er nicht zu seinem Vorteil ausnutzen kann. Er wird einen Vorteil daraus ziehen wollen, dass wir durch das Ritual abgelenkt sind. Aber ich kann mir nicht vorstellen, dass er das Ritual selbst verhindern will."

„Dann lasst uns eine Möglichkeit finden, wie wir ihm etwas Sand ins Getriebe seiner Pläne werfen", schlug Jean frustriert vor. Ein Vampir käme nie auf die Idee, eine solche Gelegenheit ungenutzt verstreichen zu lassen. Erfolgreiche Intrigen verbesserten die Aufstiegschancen in der Gesellschaft der Vampire. „Wir müssen ihm eine Falle stellen oder ein Gerücht streuen, das uns gleichzeitig nutzt und unsere Schwächen kaschiert. Es gibt keinen Grund, diese Gelegenheit nicht wahrzunehmen, nur weil wir keinen direkten Vorteil daraus ziehen."

„Und was schlägst du vor?", wollte Marcel wissen.

Jean seufzte. „Eine Falle hat den Vorteil, dass wir sofort einige dunkle Magier ausschalten können, indem wir sie gefangen nehmen oder im Kampf töten. Ein Gerücht wirkt eher langfristig, daher halte ich es für vorteilhafter."

„Würde er uns abnehmen, dass die Vampire die nächtlichen Patrouillen alleine übernehmen?", fragte Orlando.

„Das funktioniert nicht", warf Antonio ein. „Ich habe der Spionin schon gesagt, dass wir zusammen kämpfen."

„Und selbst wenn er es glauben würde, könnten wir ihn damit nur einmal täuschen", fügte Raymond hinzu. „Sobald der erste dunkle Magier einer solchen ‚Vampirpatrouille' entkommt, erfährt Serrier, dass auch Magier dabei waren. Wie wäre es, wenn wir der Spionin eine Schwäche der Vampire verraten, die Serrier noch nicht kennt und die in Wahrheit eine Stärke ist?"

Jean dachte darüber nach. „Auf der Pressekonferenz habe ich Sonnenlicht und Feuer erwähnt." Er kicherte vor sich hin. „Vielleicht können wir die bestehenden Vorurteile ausnutzen. Die Legenden berichten zum Beispiel, dass Weihwasser Vampire verbrennt. Es schadet uns nicht mehr und nicht weniger, als anderen Menschen auch. Wir werden nass. Aber vielleicht nimmt Serrier es uns ab. Wenn er dann Weihwasser einsetzt und es wirkt nicht, wird er nur glauben, dass an der Patrouille keine Vampire teilgenommen haben. Irgendwann wird er natürlich dahinterkommen, aber es könnte einige Zeit dauern, bevor er misstrauisch wird. Bis es soweit ist, wird er viel Zeit und Ressourcen verbrauchen, um Flüche zu entwickeln und Methoden einzusetzen, die keinem von uns schaden. Außer, dass wir frieren, falls er kaltes Wasser benutzt."

„Was hältst du davon, Raymond?", fragte Marcel. „Du weißt am besten, wie Serrier denkt."

„Bei ihm kann man sich nie sicher sein", überlegte Raymond. „Aber es würde seinen engstirnigen Rassismus befriedigen. Ich kann mir durchaus vorstellen, dass es klappt."

„Monique wartet auf mich", unterbrach Antonio ihre Überlegungen und gab sich Mühe, seine Ungeduld nicht zu zeigen. Trotz allem, was er über die Frau wusste, wollte er zu ihr zurück und ihr Blut schmecken. „Ich habe ihr versprochen, einen Imbiss und Wein zu besorgen, damit ihr die Zeit schneller vergeht. Wenn ihr wollt, kann ich das Weihwasser erwähnen."

„Wunderbar", stimmte Marcel zu. „Wenn es von dir kommt, wird es glaubwürdiger sein, als wenn sie es von jemandem erfährt, den sie schon kennt und dem sie nicht vertraut."

4

„GOTT, ICH dachte schon, dieser Tag würde nie mehr enden", brummte Thierry und ließ sich aufs Sofa fallen. Es war ein ruhiger Tag gewesen, als würde die Stadt den Atem anhalten, um sich auf den drohenden Sturm vorzubereiten. Thierry hatte eigentlich keinen Grund, sich über eine routinemäßig verlaufene Schicht zu beschweren, aber zusammen mit den Vorbereitungen für das Ritual am nächsten Tag war es nur langweilig und ermüdend gewesen. Raymond hatte auf seine pedantische Art darauf bestanden, jedes noch so kleine Detail zwei- und dreimal zu überprüfen. Thierry hatte Verständnis dafür, aber er konnte es einfach nicht ertragen, der Befehlsempfänger zu sein, anstatt selbst die Anweisungen zu geben.

„Hier", sagte Sebastien und setzte sich neben ihn. „Trink einen Schluck und entspanne dich."

Thierry nahm das Getränk entgegen, das ihm sein Partner anbot. Dann schnüffelte er neugierig an dem Inhalt des Glases. „Hat Alain dir verraten, dass ich gerne Kir trinke?", wollte er wissen. Sebastien hatte den Apéritif perfekt nach Thierrys Geschmack gemischt.

„Nein. Aber du hast dir vor einigen Tagen einen Kir gemacht, deshalb dachte ich mir, ich könnte damit nicht falsch liegen", sagte Sebastien.

Thierry versuchte erst gar nicht, seine Begeisterung über Sebastiens Aufmerksamkeit zu verbergen. Er nahm einen kleinen Schluck und stöhnte genießerisch. Der Kir war wirklich perfekt. Thierry legte den Kopf auf die Sofalehne und ließ die Anspannung des Tages von sich abfallen. Es war erstaunlich, wie sehr er und Sebastien sich in der vergangenen Woche aufeinander eingespielt hatten. Nach dem Dienst kamen sie nach Hause und ruhten sich etwas aus. Sebastien trank von Thierrys Blut und hielt ihn in den Armen, wenn er einschlief. Thierry seufzte tief. Daran konnte man sich gewöhnen. Es war schön, wieder einen Partner zu haben, mit dem er sein Leben teilen konnte. Jemanden, um den er sich kümmern konnte und der sich um ihn kümmerte.

Als hätte Sebastien Thierrys Gedanken gelesen, legte er ihm die Hände auf die Schultern. Thierry öffnete die Augen und sah Sebastiens besorgten Blick auf sich gerichtet. „Du bist verspannt", sagte der Vampir. „Dreh dich um, damit ich an deinen Rücken komme. Ich helfe dir, dich zu lockern."

Thierry drehte sich nach Sebastiens Anweisungen um und legte den Arm auf die Sofalehne. Er nippte an seinem Drink und überließ sich Sebastiens magischen Händen, die ihm schon so oft geholfen hatten. Sebastien massierte ihm durch das Hemd die Schultern und den Rücken. Thierry unterdrückte ein lautes Stöhnen. Dann gab er seine Zurückhaltung auf, weil Sebastien ihm gesagt hatte, er würde ihn gerne stöhnen hören. Ihm lief eine Gänsehaut über den Rücken. Thierry konnte kaum glauben, was in den letzten neun Tagen geschehen war. Mittlerweile vertraute er Sebastien fast genauso vorbehaltlos wie Alain, seinem besten Freund. Sein Verlangen nach dem dunkelhaarigen Vampir widersetzte sich jeder logischen Erklärung. Thierry hatte nach dem ersten Kuss aufgegeben, darüber nachzudenken. Seine Gefühle für Sebastien hatten nichts mit Logik zu tun. Thierry hatte sich unsicher gefühlt, weil er keine Erfahrungen mit Männern hatte. Glücklicherweise schien Sebastien von der Entwicklung ihrer Beziehung genauso überrascht zu sein. Doch der Vampir hielt sich zurück und drängte ihn zu nichts, und auch darüber war Thierry außerordentlich erleichtert. Sebastien biss ihn zwar jede Nacht und es führte zu dem bekannten, explosiven Ende, aber darüber hinaus hatten sie wenig mehr getan, als sich zu küssen. Es hatte dazu geführt, dass Thierrys Verlangen nach Sebastien ständig gewachsen war, ohne dass er sich unter Druck gesetzt fühlte. Thierry trank den letzten Schluck Kir und stellte das Glas ab. Er wollte nicht länger darauf warten, bis Sebastien sich zu dem nächsten Schritt entschloss. Jetzt war er selbst am Zug.

„Ich brauche eine Dusche", sagte er, drehte sich um und sah Sebastien entschlossen an.

„Gute Idee", stimmte der Vampir zu. „Es ist entspannend und danach wirst du besser schlafen können. Letzte Nacht warst du sehr unruhig."

Thierry grinste ihn raubtierhaft an. „Warum kommst du nicht mit? Dann können wir uns gemeinsam entspannen."

„Thierry …", begann Sebastien mit warnender Stimme, aber Thierry schnitt ihm mit einem Kuss das Wort ab.

„Kein Widerspruch", sagte er und zog Sebastien vom Sofa hoch.

Sebastien war schmerzhaft erregt, als er sich von Thierry ins Badezimmer führen ließ. Er schüttelte den Kopf und trat einen Schritt zurück, als der Magier ihn ausziehen wollte. Wenn Thierry das getan hätte, wäre es um Sebastiens Selbstbeherrschung geschehen gewesen und – was immer Thierry auch dachte – er war noch lange nicht soweit, es mit einem außer Kontrolle geratenen Vampir aufzunehmen. „Geh unter die Dusche", befahl er Thierry. „Ich werde nicht wieder verschwinden."

Thierry beeilte sich, der Aufforderung nachzukommen. Er zog sich aus und drehte in der Dusche das Wasser auf – schön heiß und stark. Egal, was sie sonst noch vorhatten, der harte Wasserstrahl löste die Verspannungen in seinem Nacken und am Rücken. Sebastien, der sich ebenfalls auszog, hielt kurz inne, um den nackten Magier zu bewundern. Die breiten Schultern, die schlanken Hüften und die langen, langen Beine … Sebastien klammerte sich am Waschbecken fest, bis seine Knöchel weiß hervortraten. Er musste alle Kraft aufbringen, um Thierry nicht einfach an die Wand zu drücken und über ihn herzufallen. Er hatte seinem Partner versprochen, dass ihr erstes Mal etwas Besonderes sein würde, und dieses Versprechen wollte er halten. Aber angesichts von Thierrys nacktem Hintern fiel es ihm schwer, und als Thierry sich vorbeugte, um die Wassertemperatur zu regeln, war es um Sebastiens Beherrschung beinahe geschehen.

„Du darfst mich gerne anfassen", sagte Thierry, ohne sich umzudrehen. „Ich beiße nicht."

„Nein", krächzte Sebastien. „Aber ich."

Thierry sah ihn über die Schulter an. Seine grünen Augen glänzten vor Lust. „Das weiß ich. Und ich bin noch jedes Mal reichlich belohnt worden, wenn du mich gebissen hast."

Sebastien hätte sich beinahe umgedreht und fluchtartig den Raum verlassen, weil er sich selbst nicht mehr zutraute, sein Versprechen einzuhalten. Thierry musste ihm seine Zweifel angesehen haben, denn er richtete sich auf und kam mit bedächtigen Schritten auf Sebastien zu. „Du nimmst dir nichts, was ich dir nicht angeboten habe", erinnerte er den Vampir.

„Ich weiß", sagte Sebastien mit rauer Stimme. „Aber …"

„Aber nichts", erwiderte Thierry und nahm Sebastiens Kopf zwischen die Hände, um ihn zu küssen. Sebastien gab jeden Widerstand auf. Es war zwecklos. Stattdessen versuchte er, Thierry mit seinem Kuss von gefährlicheren Aktivitäten abzulenken. Beispielsweise davon, Sebastien zu berühren.

Als Sebastien den Kuss erwiderte, erkannte Thierry sofort, dass der Vampir seinen Widerstand aufgegeben hatte. Sebastiens Küsse waren atemberaubend und schwindelerregend. Sie brachen über Thierry herein und raubten ihm den Verstand. Wenn er wieder klar denken konnte, fragte er sich oft, ob es an Sebastiens dominanter Natur lag oder daran, dass der Vampir auf hunderte von Jahren Erfahrung zurückblicken konnte. Jedenfalls konnte er in diesem Augenblick nicht klar denken, und deshalb war es ihm egal. Was immer auch die Gründe sein mochten, Sebastiens Küsse versetzten Thierry in eine Erregung, die ihn so sehr überwältigte, dass er nur noch ein Ziel kannte – in Sebastien das gleiche Verlangen zu wecken. Er ließ die Hände über Sebastiens Schultern nach unten gleiten, froh, ihn endlich berühren zu können und die nackte Haut zu spüren. Sebastien zog in Thierrys Gegenwart selten sein T-Shirt und nie die Unterhose aus, selbst wenn sie nachts zusammen im Bett lagen und sich in den Armen hielten. Deshalb wollte sich Thierry diese Gelegenheit nicht entgehen lassen. „Du bist kalt", flüsterte er. „Lass uns unter die Dusche gehen. Das Wasser ist schön warm und wird dir guttun."

Das Wasser konnte an Sebastiens Körpertemperatur nichts ändern, dazu hätte er Blut trinken müssen. Aber er widersprach nicht, als Thierry ihn losließ und die Duschkabine betrat. Er nutzte die kurze Unterbrechung, um sich wieder in den Griff zu bekommen. Dann zog er die Boxershorts aus, holte tief Luft und ging zu Thierry unter den heißen, prasselnden Wasserstrahl der Dusche.

Thierry hatte die letzte Woche dazu genutzt, sich mit dem Gedanken an einen männlichen Geliebten vertraut zu machen. Er wusste, was Frauen gefiel, wo er sie berühren musste und wie ihre Reaktionen zu verstehen waren. Sebastien konnte er nicht auf diese Weise lesen und er wusste auch nicht, welche Berührungen dem Vampir gefallen würden. Thierry hatte sich schließlich dazu entschieden, einfach das zu tun, was ihm selbst in dieser Lage gefallen würde. Ein Schwanz war ein Schwanz, egal, zu wem er gehörte. Thierry wusste, was seinem Schwanz gefiel, weil er oft genug auf seine eigene Hand angewiesen war, wenn er keine Partnerin hatte. Sobald Sebastien in die Dusche kam, ging er zum ihm und schob ihn unter den Wasserstrahl. Sebastien hatte sich in der letzten Woche immer wieder Entschuldigungen ausgedacht, um Körperkontakt zu vermeiden. Thierry hatte es zugelassen, weil er die plötzlichen Veränderungen in seinem Sexualleben erst noch verdauen musste. Damit war es jetzt vorbei. Jetzt wollte er mehr, als nur einige atemberaubende Küsse. Er fuhr mit den Händen über Sebastiens nasse Haut, erkundete die Unterschiede zwischen Sebastiens hartem, männlichem Körper und den weichen, runden Formen, die er von den Frauen kannte. Dann kam er näher, bis ihre Körper sich zum ersten Mal Haut an Haut berührten.

Sebastien war auf vieles vorbereitet gewesen, aber diese neue, aggressive Seite Thierrys überraschte ihn nicht nur, sie erregte ihn auch bis an die Grenze des Erträglichen. Er warf jeden Gedanken an Zurückhaltung über Bord und konzentrierte sich nur noch darauf, diese Begegnung zu einem beiderseitig befriedigenden Abschluss zu bringen, ohne dabei sein Versprechen zu brechen. Er schob Thierry mit dem Rücken zur Wand und küsste ihn, während er mit der anderen Hand zwischen ihre Körper griff und sie um ihre erigierten Schwänze legte. Thierry ließ stöhnend den Kopf nach hinten fallen und schlug an die Kacheln.

„Merde!", fluchte er heiser. Das Gefühl von Sebastiens Hand, der auf und ab über ihre harten Schwänze rieb und sie aneinanderpresste, war so hochgradig erregend, dass er fast gekommen wäre.

„Probleme?", fragte Sebastien scherzend.

„Ja. Wenn du nicht gleich weitermachst", sagte Thierry, stieß sich von der Wand ab und schob Sebastien vor sich her an die gegenüberliegende Seite. Dann griff er nach unten, um Sebastien zu zeigen, was er damit meinte.

„Maudit, Thierry!" Jetzt war es Sebastien, der fluchte. „Wo hast du das gelernt?"

„Nur weil ich noch nie einen fremden Schwanz angefasst habe, heißt das noch lange nicht, dass ich meinen nicht kenne", keuchte Thierry und ließ seinen eigenen Schwanz los, um sich mehr auf Sebastien zu konzentrieren.

Sebastiens schaffte es nicht mehr, darauf zu antworten. Thierrys Daumen fuhr ihm über die Eichel und rieb ihm über den tropfenden Schlitz. Dann zog Thierry ihm die Vorhaut zurück und Sebastien stöhnte tief. Er versuchte sein Bestes, um sich bei Thierry zu revanchieren, denn er wollte seinen Geliebten nicht vernachlässigen.

„Brauchst du was, Liebster?", neckte ihn Thierry, fasste mit der anderen Hand zwischen Sebastiens Beine und legte sie um seine Eier.

Sebastien wusste genau, was er brauchte. Aber er hatte nicht vor, Thierry umzudrehen und an die Wand zu ficken, also gab er sich mit den Händen des Magiers zufrieden. „Genau das brauche ich", sagte er und gab Thierry seine Zärtlichkeiten zurück. Er wollte ihn genauso um den Verstand bringen, wie Thierry es mit ihm machte.

Ohne jede Vorwarnung wurde Thierry von seinem Orgasmus überrascht, noch während er seinen Partner ebenfalls zum Höhepunkt bringen wollte. Seine Knie zitterten und er konnte sich kaum auf den Beinen halten. Sebastien schob ihn wieder an die Wand und hörte nicht auf, ihn zu streicheln und zu reiben, bis Thierry völlig ausgepumpt war. Der Magier versuchte mit letzter Kraft, Sebastien mitzunehmen. Er wurde belohnt, als er einen heißen Strahl spürte, der ihm aus Sebastiens Schwanz an den Bauch spritzte. Thierry ließ sich mit dem Rücken an die Wand fallen und hob den Kopf, um Sebastien zu küssen. „Merde!", fluchte er dann wieder, aber dieses Mal klang seine belegte Stimme zutiefst befriedigt.

Sebastien griff grinsend nach der Seife. Er war auch nicht viel sicherer auf den Beinen als Thierry. Nachdem er sie beide gewaschen hatte, drehte er das Wasser ab und begleitete seinen Geliebten ins Schlafzimmer. „Das war noch nicht alles."

Thierry war froh, dass dieser Abend noch nicht enden würde. Er ließ sich begeistert mit Sebastien aufs Bett fallen und zog ihn auf sich. „Und was hast du noch für mich geplant?"

„*Geplant* hatte ich gar nichts", meinte Sebastien. „Ich wollte dir nur helfen, dich etwas zu entspannen."

„Mit Erfolg", schnurrte Thierry. „Aber du hast gesagt, das wäre noch nicht alles. Also was hast du jetzt vor?"

Sebastien schüttelte nachsichtig den Kopf und küsste Thierry hinters Ohr. „Ich habe Hunger."

Thierry reagierte sofort. Er ließ den Kopf in den Nacken fallen und bot Sebastien seinen Hals an. Dann hob er die Hüften und suchte Kontakt. Als er das Handtuch um Sebastiens Hüfte spürte, zischte er leise und zog es zur Seite. Er wollte nichts zwischen ihnen fühlen, wenn ihre Körper sich berührten. „Bediene dich."

Sebastien erstarrte. Thierry würde ihn nicht aufhalten, wenn er einfach über ihn herfiel, die Zähne in seinen Hals schlug und seinen Hunger stillte. Aber sein Verantwortungsbewusstsein hielt ihn zurück. Thierry nahm morgen an dem Rite d'équilibrage teil und würde alle seine Kraft brauchen, um die Bedrohung durch die Elementarkräfte zu bekämpfen. Sebastien wollte nicht, dass Thierry sich dieser Herausforderung geschwächt und ausgelaugt stellen musste. Trotzdem brauchte er Blut, um seine Immunität gegen die Sonnenstrahlen nicht zu verlieren. Außerdem hatte er Hunger und konnte daher nicht warten, bis sich Thierry nach dem Ritual wieder erholt hatte. Wenn er jetzt nicht trank, würde er fremdes Blut brauchen, und dieser Gedanke war ihm unerträglich. Sebastien musste die richtige Balance finden – genug trinken, um einige Tage durchzuhalten, bis Thierry sich wieder erholt hatte, aber nicht so viel, um Thierrys Teilnahme an dem Ritual zu gefährden.

„Sebastien?", fragte Thierry, der Sebastiens Zögern nicht verstand.

„Immer so in Eile", scherzte Sebastien. Er wollte nicht zugeben, wie sehr sein Instinkt, Thierry zu besitzen und zu beschützen, ihn zurückhielt. Sebastien wusste, dass Thierry ihn begehrte. Das hatte er unter der Dusche gerade zweifelsfrei bewiesen. Aber sie hatten keine Verpflichtungen jenseits der Allianz. Vielleicht würde das noch kommen, doch heute Nacht wollte Sebastien sich nicht mit Spekulationen aufhalten. Nach dem Ritual, wenn sie Geliebte im wahrsten Sinne des Wortes waren – und vorausgesetzt, Thierry wollte es dann noch –, konnten sie weitersehen und entscheiden, was aus ihrer Beziehung wurde. Sebastien senkte den Kopf und leckte Thierry zärtlich über den Hals. Er war bereits von kleinen Bisswunden übersät. Thierrys Hingabe erregte ihn und er wurde wieder hart. Es war lange her, seit er das letzte Mal so regelmäßig getrunken hatte. Damals hatte ein Aveu de Sang es ihm ermöglicht. Aber das durfte er nicht vergleichen, denn es wäre sowohl seinem Avoué als auch Thierry gegenüber nicht fair. Er hob den Kopf. „Kannst du etwas tun, um die Wunden schneller heilen zu lassen?", wollte er wissen. „Ich hasse es, wenn deine Haut so zerbissen ist."

Thierry fuhr ihm mit den Fingern durch die Haare. „Ich nicht", erwiderte er. „Ich werde gerne daran erinnert, dass du mich gebissen hast."

Sebastien stöhnte und kämpfte dagegen an, seinen Schwanz genauso tief in Thierry zu versenken wie seine Zähne. „Sag das nicht", murmelte er tadelnd.

„Warum nicht?", fragte Thierry lächelnd. „Hast du Angst, die Beherrschung zu verlieren und über mich herzufallen?"

Sebastien knurrte tief, fasste Thierry an den Haaren und zog seinen Kopf zur Seite. Dann bohrte er die Zähne tief in Thierrys verführerisches Fleisch. Heißes Blut strömte ihm in den Mund und verwirrte seine Sinne. Sebastiens wild schwankende Gefühle vermischten sich mit Thierrys Begehren, bis er zwischen sich und Thierry nicht mehr zu unterscheiden vermochte. Nur eines wusste Sebastiens noch – sein Verlangen nach diesem Mann wurde von Tag zu Tag stärker.

Thierry schnappte vor Freude nach Luft, als Sebastiens Zähne sich in seine Haut bohrten. Er bog den Rücken durch und suchte die vertraute Nähe zu Sebastiens schlankem Körper, der sich an ihn presste. Stöhnend rieb er sich an der nackten Haut seines Partners. Obwohl Thierry erst vor wenigen Minuten einen überwältigenden Höhepunkt erreicht hatte, war er schon wieder aufs Äußerste erregt. Die Kombination von Sebastiens nacktem Körper mit den scharfen Zähnen und weichen Lippen an seinem Hals – es war ein unvergleichliches Gefühl und Thierry war froh, es endlich zum ersten Mal zu erleben. Als Sebastien ihm mit der Hand über den Rücken streichelte, erschauerte er genussvoll. Dann fühlte er die Hand über den Rücken nach unten gleiten, über seinen

Hintern und zwischen seine Beine. Ein Finger drückte sanft zu und fuhr nach oben zwischen seine Arschbacken. Thierry zitterte vor Erregung. „Fick mich."

Sebastien unterbrach seinen Biss und hob den Kopf, um Thierry in die Augen zu sehen. „Noch nicht."

Thierry stöhnte frustriert. „Wann?", krächzte er.

„Wenn das Ritual vorbei ist und du dich wieder erholt hast", versprach Sebastien. „Ich kümmere mich um dich, aber lass es mich heute noch anders machen."

Thierry nickte zustimmend und ließ den Kopf wieder auf die Matratze fallen, als er Sebastiens Mund an seinem Hals spürte. Die scharfen Vampirzähne glitten wieder in die frischen Wunden und die aufreizenden Finger nahmen ihre erregenden Zärtlichkeiten wieder auf. Sebastien fluchte innerlich, weil er nicht an ein Gleitmittel gedacht hatte, um seinen Finger in Thierrys Körper schieben zu können. Er überlegte, ob er ihn stattdessen in Thierrys Mund schieben sollte, damit sein Partner ihn ablecken konnte. Wenn Thierry erfahrener gewesen wäre, hätte Sebastien nicht gezögert, es zu tun. Aber er wollte seinen Magier nicht überfordern und ihm die Freude an ihren Erkundungen nehmen. Er sehnte sich viel zu sehr danach, sich in Thierrys warmem Körper zu versenken, und zwar nicht nur einmal. Deshalb wollte er nicht riskieren, dass der Magier seine Meinung wieder änderte.

Thierry war weit davon entfernt, seine Meinung wieder zu ändern. Sebastiens Finger streichelte und massierte ihn, drückte sich an seinen Schließmuskel, bis Thierry nicht mehr still liegen konnte und ihn am liebsten in sich hineingezogen hätte. Das letzte, woran er dachte, waren so profane Dinge wie Gleitmittel. Er rieb sich an Sebastien, ständig auf der Suche nach mehr. Er stützte sich mit den Füßen auf dem Bett ab, presste sich abwechselnd an Sebastiens Körper und diesen Finger, der ihn unweigerlich um den Verstand brachte. Die wachsende Erregung schoss ihm durch die Adern und würzte sein Blut.

Sebastien musste es nicht erst in Thierrys Blut schmecken, um zu wissen, dass der Magier mehr wollte. Er drückte den Finger tiefer in Thierry hinein, hörte aber auf, als Thierry die Luft anhielt. Weiter ging es nicht ohne Gleitmittel. Dann saugte er fester an Thierrys Hals, bis die doppelte Stimulation Thierry in den erlösenden Orgasmus katapultierte. Sebastien fühlte die warme Feuchtigkeit an seiner Hüfte, saugte noch einmal an Thierrys Hals und lies sich von dem explosiven Geschmack im Blut seines Geliebten ebenfalls über die Klippe stoßen. Vorsichtig zog er die Zähne zurück und leckte über die Wunden, um sie zu verschließen. Dann legte er den Kopf auf Thierrys Schulter.

„Besser?", fragte er, als er wieder normal atmen konnte.

Thierry lachte nur leise. „Ja. Aber jetzt habe *ich* Hunger."

5

ORLANDO WUSSTE nicht, wie oft er in der letzten Stunde schon auf die Uhr geschaut hatte. Noch vierzehn Stunden und zwölf Minuten. In vierzehn Stunden und zwölf – nein, elf – Minuten würden sie am Eiffelturm eintreffen, um die Zerstörung des Wahrzeichens von Paris zu verhindern. In vierzehn Stunden und … zehn Minuten würden sie ihr Leben aufs Spiel setzen für ein Gebäude aus Metall. Sicher, der Turm war ein Symbol. Aber er war eben auch nur ein Gebäude. Orlando wusste genau, was Alain darüber sagen würde – dass es nicht nur um das Gebäude ging und dass dort auch Menschen wären, Touristen, Angestellte und unschuldige Passanten, die ihren Schutz bräuchten. Orlando interessierte sich nur für einen von ihnen, und das war Alain. Alain, der seinen Leuten ein Beispiel sein wollte und deshalb in der Vorhut kämpfen würde, anstatt aus dem Hintergrund Befehle zu geben. In vierzehn Stunden und … acht Minuten würde er Alain in die Schlacht folgen, um ihn vor den dunklen Magiern zu beschützen. Es war so wenig, was er gegen sie tun konnte. Orlando wusste, dass Alains bester Schutz fehlen würde, weil Thierry zur gleichen Zeit sein Leben aufs Spiel setzte, um die Elementarkräfte wieder ins Gleichgewicht zu bringen. Und das wusste Alain und es würde ihn ablenken, würde ihn noch gefährlicheren Risiken aussetzen. In vierzehn Stunden und …

„Orlando."

Orlando riss den Blick von der Uhr los und sah seinen Geliebten fragend an.

„Hör auf, dir Sorgen zu machen. Der nächste Tag kommt schnell genug."

Orlando lachte humorlos. „Das sagst du so einfach. Ich habe dich doch gerade erst gefunden. Der Gedanke, dich schon wieder zu verlieren …"

Alain schüttelte den Kopf. „So darfst du nicht denken. Ja, ich könnte bei dem Kampf morgen ums Leben kommen. Aber ich könnte auch von einem Auto überfahren werden, bevor wir überhaupt am Eiffelturm ankommen. Das Leben ist voller Risiken und Gefahren. Wir müssen uns darauf beschränken, den Augenblick zu genießen, sonst wird die Furcht uns lähmen." Er zog den Vampir in die Arme. „Ich liebe dich. Nichts außer dem Tod wird uns jemals trennen." Er rollte sich auf den Rücken und zog Orlando mit sich.

Orlando sah in die blauen Augen seines Geliebten und wusste, dass Alain sein Versprechen ernst meinte. Er musste es nicht erst in Alains Blut schmecken, um es zu wissen. Stöhnend beugte er sich zu seinem Gefährten hinab und küsste ihn liebevoll auf den Mund. Er nahm sich Zeit, den unvergleichlichen Geschmack Alains auszukosten, küsste ihn zärtlich, aber gründlich und spielte mit Alains Zunge. Dann erkundete er ihn, seine Zähne, sein Gaumen, jeden Winkel von Alains Mund. Er spürte, wie Alains Körper reagierte und sich unter ihm zu regen begann. Orlandos Schwanz war auch schon steinhart. Die Angst um Alain weckte das Bedürfnis in ihm, seinen Geliebten zu besitzen und ihm zu beweisen, dass nichts, aber auch gar nichts sie trennen konnte. Was immer morgen auch passierte, heute Nacht waren sie zusammen. Orlando sehnte sich instinktiv danach, diesen Anspruch auf zweifache Weise zu bestätigen und die Zähne in den Hals seines Avoué zu schlagen, während er ihn liebte. Aber er verdrängte diesen Instinkt aus Furcht, die Kontrolle zu verlieren und Alain zu verletzen. Das könnte er sich nie verzeihen. Orlando wusste genau, dass Alain sich nicht verweigern würde, dass er sich sogar danach sehnte, und dieses Wissen machte die Versuchung nur noch verführerischer. Aber es bestärkte ihn auch in seiner Entschlossenheit, sich zu beherrschen und ihr nicht nachzugeben. Er durfte nicht zum Höhepunkt kommen, solange er noch die Zähne in Alains Hals hatte. Er konnte seinen Biss nur benutzen, um die Leidenschaft seines Geliebten anzufeuern. Orlando hoffte von Herzen, damit sowohl seinen Instinkt als auch Alains Verlangen befriedigen zu können.

Nachdem er sich entschieden hatte, ließ er die Lippen über Alains Hals gleiten und legte sie auf das Brandmal, das ihren Bund besiegelte. Jeder Vampir im Cour wusste, dass Alain zu ihm gehörte, auch wenn der Rest der Welt es nie ganz verstehen würde. Orlando konnte immer noch nicht glauben, dass Alain sich freiwillig an einen Verdammten gebunden hatte. Irgendwann in den letzten Tagen hatte er jedoch damit aufgehört, es infrage zu stellen. Er wusste in seinem Innersten, dass Alain sein Versprechen ernst meinte. Nur der Tod konnte den Magier noch von Orlandos Seite reißen. Überwältigt von seiner Liebe zu Alain bereitete er die Haut auf seinen Biss vor. Dann schlug er die Zähne in Alains Hals, direkt über dem Symbol des Aveu de Sang, der sie für immer miteinander verbunden hatte.

Alain schnappte überrascht nach Luft und krallte die Hände ins Bettlaken, als Orlando so unvermutet zubiss. Er spürte Orlandos saugenden Mund direkt über dem Mal an seinem Hals und drehte den Kopf zur Seite, damit Orlando besser trinken konnte. Sein Körper wurde von der Leidenschaft überwältigt und sein Verstand setzte aus. Er konnte nicht mehr reagieren, ließ nur noch mit sich geschehen. Orlando hatte komplett die Initiative übernommen und ihn in eine Ekstase versetzt, die ihn zu überwältigen drohte. Alain ergab sich den Gefühlen, die Orlando in ihm weckte und hoffte, sich eines Tages dafür revanchieren zu können. Bis dieser Tag kam, musste er sich auf das beschränken, was Orlando akzeptieren konnte. Und so egoistisch Alain sich dabei auch vorkam, es fiel ihm nicht schwer, sich einfach zurückzulegen und von Orlando lieben zu lassen.

Der Geschmack von Alains Blut hatte eine atemberaubende Vielfalt. Sie stillte nicht nur Orlandos Hunger, sondern heilte auch sein Herz. Er konnte die Leidenschaft auf der Zunge spüren, die zwischen ihnen aufflammte, wenn sie so zusammen lagen. Alain hatte sich nach dem Duschen ein Handtuch um die Hüfte gewickelt und Orlando trug noch seine Hose, aber die dünnen Lagen Stoff konnten ihre Erregung nicht eindämmen.

Orlando fuhr Alain mit den Fingern durch die Haare und ertastete die Konturen seines Gesichts. Dann blieben sie auf der Narbe an Alains rechter Wange liegen. Er fragte sich, woher sie stammte. Als er sie das erste Mal bemerkt und danach gefragt hatte, war Alain einer Antwort ausgewichen.

Alain ließ das Laken los, legte eine Hand auf Orlandos Kopf und drückte ihn an seinen Hals, um ihn zu ermutigen, mehr zu trinken. Seine Berührung war sanft, mehr zärtlich als fordernd, weil er sich noch gut an die Worte erinnern konnte, mit denen Orlando ihm von den Grausamkeiten seines Schöpfers berichtet hatte. Trotz seiner Vorsicht spürte Alain, wie Orlandos Körper sich leicht anspannte. Alain summte leise und flüsterte ihm leise Liebkosungen ins Ohr, um ihn in die Gegenwart zurückzuholen und ihn daran zu erinnern, mit wem er zusammen war.

Langsam entspannte sich Orlando wieder und streichelt Alain über den Arm. Die zärtlichen Berührungen zeigten Alain, dass Orlando wieder bei ihm war. Er legte vorsichtig den Arm um Orlandos Schulter und streichelte ihm über die nackte Hand. Dann hob er den Kopf und sah seinen Geliebten an. Orlando war ein wunderbarer Anblick mit seinem nackten, schlanken Oberkörper und den langen Beinen, die immer noch in der dunklen Hose steckten. Alain stieg das Blut in die Wangen vor Erregung. Er spürte Orlandos Hand, die seinen Arm losließ und ihn an der Hüfte fasste, um das Handtuch zur Seite zu ziehen. Sie rieben sich aneinander und ließ den Kopf wieder aufs Kissen fallen. Ein lautes Stöhnen kam über seine Lippen, so sehr fühlte er sich von seinem Vampir geliebt. Selbst die Erinnerung an die ersten Monate mit Edwige, als er und sie noch frisch verliebt waren, verblasste vor den Gefühlen, die Orlando in ihm auslöste. „Ich liebe dich", keuchte er, atemlos und überwältigt vor Liebe.

Orlando hob den Kopf und sah ihm tief in die Augen. Sein Gesicht war rot vor Leidenschaft. Ohne darauf Rücksicht zu nehmen, wie Alain auf den Geschmack seines eigenen Blutes in Orlandos Mund reagieren würde, senkte er den Kopf, um ihn zu küssen. „Ich brauche dich so sehr", stöhnte er.

„Ich bin doch bei dir", versicherte ihm Alain und bedeckte seinen süßen Mund mit kleinen Küssen. Sie umarmten sich und ihre Zungen spielten miteinander. Alain konnte das Blut auf Orlandos Zunge schmecken und wusste, wie es dorthin gekommen war. Es war ein berauschender Geschmack, ganz so, wie Orlando ihn immer beschrieben hatte. Alain hatte sich in den letzten beiden Wochen, nachdem er seine Vorurteile über Vampire aufgegeben hatte, sehr verändert. Er machte sich schon lange keine Gedanken mehr darüber, was diese Veränderungen für ihn bedeuteten. Es war wie ein Wunder, das er nie vergessen wollte. „Ich werde immer bei dir sein."

Orlando drückte sich mit dem Gesicht an Alains Hals, weil er seinem Geliebten den Schmerz nicht zeigen wollte, den er bei diesen Worten empfand. Eines Tages würde der Tod ihm Alain rauben. Es war unvermeidlich. Alain konnte sein Versprechen nicht halten, auch wenn Magier eine höhere Lebenserwartung hatten als normale Menschen. Selbst wenn sie beide diesen Krieg überlebten, wenn die Milice die dunklen Magier besiegte … Eines Tages würde der Tod kommen und sie für immer trennen. Orlando biss sich auf die Lippen, um nicht laut zu schluchzen. Voller Verzweiflung zog er den Gürtel aus der Hose, zerriss dabei noch eine Schlaufe, und zerrte sich das lästige Kleidungsstück vom Leib.

Alain keuchte überrascht, als Orlando plötzlich vollkommen nackt auf ihm lag. Er konnte seine Leidenschaft, die durch den Biss des Vampirs schon geweckt worden war, jetzt kaum noch zügeln. „Bitte", bettelte er verzweifelt.

Orlando ließ sich nicht zweimal bitten und kniete sich über Alains Beine. Bisher hatte er seine Hände nur benutzt, um sich und Alain durch seine zärtlichen Berührungen zu beruhigen. Jetzt wollte er seinen Geliebten überall fühlen. Er streichelte Alain über jede sensible Stelle, die er kannte – an den Brustwarzen, auf dem Bauch, an den Oberschenkeln. Alain reagierte so, wie Orlando es erwartete und sich gewünscht hatte. Er krümmte und wand sich unter Orlandos Händen wie elektrisiert.

Nur mit Mühe hielt Orlando seine Zähne unter Kontrolle, als er sich über Alain beugte und ihn von der Schulter bis zur Brust mit Küssen bedeckte. Er nahm einen der kleinen, steifen Nippel in den Mund und saugte daran, während er Alain über die Beine streichelte und sich so von oben und unten gleichzeitig seinem Ziel näherte.

Orlando hatte Alains Blut geschmeckt und wusste, welche Gefühle in seinem Geliebten schlummerten. Aber er wollte auch Alains Haut, seinen Schweiß und seinen Samen schmecken. Er wollte alles schmecken, auch wenn er den Geschmack durch seine begrenzten Sinne nur erahnen konnte.

Alain war von Orlandos Leidenschaft so überwältigt, dass er nur mühsam mithalten konnte. Jedes Mal, wenn er sich soweit gefangen hatte, dass er Orlando ermutigen oder sich bei ihm revanchieren wollte, schien es schon wieder zu spät zu sein. Auch wenn sein Herz ihn dazu drängte, Orlando etwas zurückzugeben – er war machtlos. Ihm blieb nichts anderes übrig, als Orlandos Zärtlichkeiten hinzunehmen. „So wunderbar", flüsterte er und beschränkte sich auf Worte, als die Taten ihn im Stich ließen.

„Gut", murmelte Orlando und küsste ihn auf den Bauch. „So soll es auch sein." Er saugte an Alains Hüfte und erfreute sich an der Reaktion, die er damit hervorrief.

„Bitte!", rief Alain, weil er es nicht mehr aushalten konnte, Orlandos Mund so nah an seinem Schwanz zu fühlen, ohne dort auch berührt zu werden. „Blas mich!"

„Gleich", versprach Orlando. Ihm lief ein Schauer über den Rücken, als er Alains raue Stimme hörte. „Wenn ich soweit bin."

„Du hast ja keine Ahnung, was du mit mir anstellst, oder?", fragte Alain, als er Orlandos Reaktion spürte. Wenn er Orlando mit seinen Worten ermutigen konnte, dann wollte er so lange reden, bis er keinen zusammenhängenden Satz mehr über die Lippen brachte. „Kannst du dir vorstellen, wie ich mich fühle?"

„Sag es mir", forderte Orlando ihn auf und fuhr ihm mit der Zunge über die Lenden.

„Als ob ich über Wasser gehen oder fliegen könnte", keuchte Alain. „Jede Berührung von dir entflammt mich und macht mich unbesiegbar. Wenn du mich küsst, fühle ich mich wie Don Juan, Cyrano de Bergerac, Romeo und d'Artagnan in einer Person."

„Das bist du auch. Das und mehr", erwiderte Orlando. Seine Hände waren mittlerweile oben angekommen und während er die eine unter Alains Hoden schob, fasste er ihn mit der anderen um den Schwanz und führte ihn an seine Lippen. Dann leckte er die Tropfen von der Spitze ab.

Alain sah Orlando zu, der mit feucht glänzenden Lippen über ihm hockte. Der Anblick jagte eine Welle der Lust durch seinen Körper. „Küss mich", flüsterte er.

Orlando erfüllte ihm die Bitte und legte sich der Länge nach auf ihn. Ihre Lippen berührten sich und sie trafen sich zu einem Kuss, so tief wie der magische Bund, der ihre Seelen für immer vereinte.

Aber so erregend der Kuss auch war, sie brauchten mehr. Ein Kuss allein konnte ihre Lust nicht mehr stillen. Orlando hob den Kopf und leckte Alain über die Bisswunden am Hals, aus denen kleine Blutstropfen hervorquollen. Der Aveu de Sang würde sie in wenigen Stunden heilen, bis nichts mehr von ihnen zu sehen war. Orlando war versucht, noch mehr zu trinken, aber er war satt und wollte durch seine Gier nicht Alains Gesundheit gefährden. Doch die Lust und Liebe, die er in Alains Blut schmecken konnte, lockten ihn an und zogen ihn in ihren Bann wie der Gesang einer Sirene.

Alains Finger fanden ihren Lieblingsplatz in Orlandos Haaren. Orlando zuckte nicht einmal zusammen. Alain war glücklich darüber, denn es gab ihm Hoffnung. Vielleicht würde Orlando eines Tages auch andere Zärtlichkeiten akzeptieren können, die im Moment immer noch schlechte Erinnerungen in ihm weckten und ihm Angst machten. Alain streichelte seinem Geliebten mit der anderen Hand über den Rücken, um langsam eine mehr aktive Rolle einzunehmen. Aber Orlando fasste kopfschüttelnd nach der Hand und drückte sie über Alains Kopf auf die Matratze.

Alain akzeptierte Orlandos Reaktion. Was immer sie auch taten – jede Berührung war ein Zeichen ihrer Liebe und Zuneigung. Und was Alain nicht mit seinem Körper ausdrücken konnte, musste er eben mit seinen Worten sagen. „Weißt du, was ich am allerliebsten habe?", flüsterte er.

„Was?", fragte Orlando und sah ihm in die Augen.

„Wenn ich deine Lippen an meinem Hals spüren kann", sagte Alain. „Wenn sie das Mal an meinem Hals berühren. Von dort nimmt alles seinen Anfang. Nichts ist schöner für mich."

Orlando lächelte zärtlich, stützte sich mit den Händen auf Alains Brust ab und küsste ihn auf das Brandmal. Er massierte die harten Muskeln und rieb über die steifen Nippel.

Alain keuchte. „Aber das ist auch nicht schlecht."

„Das?", fragte Orlando und wiederholte die Berührung.

Alain nickte. „Fühlt es sich für dich auch so gut an, wenn ich deine Nippel berühre?", fragte er. Seine Stimme klang heiser vor Erregung.

Orlando wurde rot und senkte schüchtern die Augen. Es war ihm peinlich, über solche intimen Details zu reden, aber Alains Stimme entlockte ihm eine Antwort. „Alles fühlt sich gut an, wenn du es bist."

Warum erlaubst du mir dann nicht mehr?, dachte Alain, aber laut sagte er: „Dann zeige mir, wie ich dich berühren soll." Er wollte diesen wunderbaren Augenblick zwischen ihnen nicht durch eine Auseinandersetzung gefährden.

Orlando zögerte mit einer Antwort. Er war hin- und hergerissen, wollte einerseits Alains Wunsch erfüllen, ihn aber andererseits auch wieder berühren. Das Verlangen in Alains Miene gab schließlich den Ausschlag. Orlando schloss die Augen und ließ die Hände über seine Brust gleiten. Er streichelte sich und ließ die Fingerspitze sanft um seine Nippel kreisen. Die Berührung erregte ihn und sein Atem ging schneller. Er fühlte Alains Blick auf sich gerichtet und die Spannung zwischen ihnen nahm zu, während er sich auf sein eigenes Vergnügen konzentrierte. Vorsichtig nahm er seine Nippel zwischen die Finger und drückte zu. Es gefiel ihm und er kniff fester zu, entdeckte langsam die Freuden, die ihm sein eigener Körper schenken konnte. In den Jahren, seit Jean ihn aus den Klauen seines Schöpfers befreit hatte, hatte Orlando sich oft selbst befriedigt. Aber es war immer eine verstohlene, hastige Angelegenheit gewesen, als hätte er Angst gehabt, dabei beobachtet und für seine Bedürfnisse ausgeschimpft zu werden. Alains liebevoller, verlangender Blick ließ die Ängste und Zweifel verschwinden. Orlando konnte frei sein und es genießen.

„Du siehst zum Anbeißen aus", flüsterte Alain. „Ich könnte die ganze Nacht hier liegen und dir zusehen – wenn ich dich nur berühren dürfte. Bitte, Orlando. Lass mich dich berühren."

Orlandos Finger verweilten noch auf seinen Brustwarzen, aber er schüttelte den Kopf. „Sag mir, was ich tun soll."

Alain seufzte innerlich und griff wieder nach dem Laken, um seine Hände von Orlando fernzuhalten. „Lass die eine Hand da, wo sie jetzt ist", sagte er. „Mach das, was sich am besten anfühlt. Nimm die andere Hand, um dich zu streicheln. Langsam. Es ist wunderbar, wenn du mich so berührst. Ich will, dass du dich auch so gut fühlst. Zeig mir, wie ich dich anfassen soll, wenn du soweit bist und es mir erlaubst."

Orlando hatte ein beklemmendes Gefühl in der Brust, weil er Alain immer noch so viel verweigerte. Er wünschte sich, er könnte seine Ängste einfach ignorieren. Aber er wusste auch, dass es zu nichts Gutem führen konnte. Er wollte am Vorabend der Schlacht kein Missverständnis, keinen Streit riskieren, der sie morgen ablenken und gefährden konnte. Er schloss die Augen und ließ den Kopf in den Nacken fallen. Dann legte er die Hand um seinen harten Schwanz und bewegte sie langsam auf und ab.

Alain sah fasziniert zu und merkte sich alles – jede Bewegung, die Geschwindigkeit, den Rhythmus, einfach alles. Dann konnte er sich nicht mehr zurückhalten, griff nach seinem eigenen Schwanz und machte es Orlando nach. „Mach die Augen auf. Schau mich an, Orlando."

Orlando öffnete die Augen. Sie glänzten vor Erregung. „Ich will dich berühren."

„Ich halte dich nicht auf", sagte Alain. „Ein Wort genügt, und ich nehme die Hand weg. Ich gehöre dir. Du musst es mir nur sagen."

„Nimm die Hand weg."

Alain ließ sofort los und legte sich wieder zurück. Dann wartete er gespannt darauf, was Orlando tun würde. Der Vampir streckte zögernd die Hand nach ihm aus. Es war fast, als würde er daran zweifeln, ihn berühren zu dürfen, als könnte er nicht glauben, dass Alain es sich wirklich wünschte.

„Was immer du willst, Orlando. Ich gehöre dir", wiederholte Alain.

Orlandos Mund verzog sich zu einem Lächeln. Dann senkte er den Kopf und saugte zärtlich an Alains Hals. „Ich will in dir sein."

„Worauf wartest du?", fragte Alain. Ihm brach fast die Stimme. Gott, wie sehr er Orlando begehrte! Er spreizte die Beine und zog die Knie an, um Orlando in sich aufnehmen zu können.

Orlando konnte plötzlich nicht mehr warten. Er griff nach der Flasche mit dem Gel und bereitete Alain in aller Eile vor. „Mach schon", drängte Alain.

Seine raue, heisere Stimme ließ Orlando alle Vorbehalte und Ängste vergessen. Er konnte hören, dass Alain genauso erregt war wie er selbst, dass er auch nicht mehr warten konnte. Mit einem langen, tiefen Stoß versenkte er sich in Alains Körper und vereinigte sich mit seinem Geliebten. „Ich liebe dich", flüsterte er und küsste ihn auf das Mal an seinem Hals.

„Ich liebe dich auch", keuchte Alain und bog den Rücken durch, um sich Orlandos Stößen anzupassen. Nach dem Biss und ihrem Spiel stand er bald an der Schwelle zum Orgasmus.

„Komm für mich", befahl Orlando und fasste zwischen ihre Körper nach Alains Schwanz. „Ich kann nicht mehr lange warten."

„Dann lass es", erwiderte Alain, der schon am ganzen Körper bebte. „Lass dich gehen und nimm mich mit."

Orlandos Stöße gerieten außer Kontrolle, dann zuckte er zusammen und wurde von einem mächtigen Orgasmus erschüttert. Kaum war er über Alain zusammengebrochen, zeigte sich die Wirkung von Orlandos Stößen auf die Prostata des Magiers und er kam ebenfalls zum Höhepunkt.

Vorsichtig legte Alain die Arme um Orlando und drückte ihn an sich. „Eines Tages …", flüsterte er ihm ins Ohr. „Eines Tages werde ich an der Reihe sein. Und dann wirst du genauso wild sein vor Erregung wie ich es immer bin. Eines Tages wirst du mir genug vertrauen, und dann zeige ich dir, wie gut es sich anfühlt, so berührt und geliebt zu werden."

Orlando zuckte leicht zusammen, blieb aber in Alains Armen liegen. Er sehnte sich danach, Alains verführerische Worte in die Tat umzusetzen. Er wollte endlich frei sein von den Fesseln seiner Vergangenheit, wollte endlich Alains Zärtlichkeiten ohne Angst und Zögern akzeptieren können, wollte seinen eigenen Wünschen nicht mehr im Wege stehen. Er schmiegte sich mit dem Gesicht an Alains Hals, wo nur noch zwei kleine, rote Punkte zu sehen waren, die bis morgen auch verschwunden wären. Aber das Brandmal, das Symbol ihres Aveu, würde sie immer verbinden.

Orlando fühlte, wie Alain sich unter ihm entspannte und einschlief. Er rollte sich zur Seite, um seinen Geliebten nicht zu stören. Alain musste ausgeruht sein, denn in zwölf Stunden und vierzig Minuten begann der Kampf um den Eiffelturm. In zwölf Stunden und … neununddreißig Minuten mussten sie um ihr Recht auf Leben und Liebe kämpfen. In zwölf Stunden und … achtunddreißig Minuten würden sie Seite an Seite stehen und sich gegen die Rebellen verteidigen. In zwölf Stunden und … siebenunddreißig Minuten würde sich entscheiden, wer diese Schlacht überlebte und wer nicht.

6

AM MORGEN von Samhain versammelten sich die Freiwilligen für das Rite d'équilibrage um neun Uhr im Salle des Cartes. Raymond sah sich im Raum um und ging in Gedanken die Details des Rituals durch, um die einzelnen Teilnehmer am sinnvollsten einsetzen zu können. Hinter ihm unterhielten sich Jean und Marcel. Thierry sah ihn von der anderen Seite des Raums nachdenklich an, während sein Partner ihm nicht von der Seite wich. Raymond nahm sie kaum zur Kenntnis und konzentrierte sich ganz auf ihr bevorstehendes Unternehmen. Er hatte die Verantwortung dafür übernommen, die Energie der versammelten Magier zusammenzuführen. Jede Ablenkung, jede Störung konnte fatale Folgen haben. Das konnten sie sich nicht leisten. Unglücklicherweise war Raymonds Partner allein durch seine Anwesenheit schon eine Ablenkung, obwohl der Magier alles getan hatte, um Jean aus seinen Gedanken zu verbannen. Nachdem sie alle Vorbereitungen getroffen hatten und bereit waren, zu dem unterirdischen See der Opéra Garnier aufzubrechen, kreisten Raymonds Gedanken nur noch um Jean Bellaiche.

Raymond hatte versucht, den Vampir davon zu überzeugen, dass seine Anwesenheit bei dem Ritual nicht nötig wäre und er für die Magier, die noch nicht an ihn gewöhnt waren, sogar eine Ablenkung darstellen würde. Die Wahrheit war, dass Jean für ihn selbst eine Ablenkung war. Raymond schaffte es einfach nicht, Jean aus den Augen zu lassen, wenn sie sich im gleichen Raum aufhielten. Wenn sie getrennt waren, war es sogar noch schlimmer. Dann war sein Bedürfnis, den Vampir zu sehen, so groß, dass er zunehmend nervös und unleidlich wurde. Jean hatte ihn genauso aus dem Gleichgewicht gebracht, wie der Krieg die Elementarkräfte. Raymond konnte nur hoffen, dass das Ritual ihn auch genauso stabilisieren würde. Er musste eine Möglichkeit finden, dieses irrationale Verlangen nach seinem Partner unter Kontrolle zu bekommen, sonst würde er noch irgendeinem armen Idioten den Kopf abschlagen oder sich in einem Anfall von Wahnsinn in die Seine stürzen.

Bei der Ironie des Gedankens musste er grinsen. Als er vor zwei Jahren Serriers Rebellen verlassen hatte und sich nicht sicher war, ob Marcel ihm Glauben schenk würde, hatte er ernsthaft darüber nachgedacht. Damals hätte er sein Leben lieber beendet, als es im Gefängnis zu verbringen oder in Serriers Folterkammer zu landen. Aber sein Selbsterhaltungstrieb hatte schließlich gesiegt. Er hatte sich Marcel ausgeliefert und auf dessen Gnade gehofft. Der alte Magier hatte ihn nur einmal kurz angesehen, dann hatte er ihn in ihren Reihen akzeptiert. Raymond hatte seine Entscheidung nie bereut und all sein Wissen, all seine Macht in den Dienst der Milice gestellt.

Jetzt zahlte sich das endlich aus. Seine eigenen Bemühungen und die geheimnisvolle Beziehung ihrer Partnerschaft, die ihn mit dem Chef de la Cour verband, hatten ihm endlich einen anerkannten Platz in der Milice und der Allianz gesichert. Selbst Alain und Thierry, die noch vor wenigen Wochen an seiner Loyalität gezweifelt und das bei jeder passenden Gelegenheit deutlich gemacht hatten, hörten jetzt auf Raymonds Meinung und nahmen seine Vorschläge ernst. Das Ritual und die Rolle, die er darin spielen würde, waren die Bestätigung dafür. Raymond war der Dreh- und Angelpunkt des Rituals. Von ihm hingen Erfolg oder Misserfolg ab. Die anderen Magier, selbst Dumont, waren im Vergleich dazu nur Statisten. Lediglich Thierry hatte als Raymonds Stellvertreter eine wichtige Funktion, weil er einspringen musste, falls Raymond selbst ausfiel.

„Sind alle da?", fragte Marcel, der an Raymonds Seite aufgetaucht war.

Raymond nickte. „Fünfzig Freiwillige, alle anwesend und registriert. Wir müssen uns nur noch auf den Weg machen und anfangen. Bei Sonnenaufgang beginnt das Äquinoktium. Wir vergeuden hier nur Zeit."

„Dann nutze sie", sagte Marcel.

„Ich schicke jemanden zurück, bevor die Patrouillen zum Eiffelturm aufbrechen. Dann wisst ihr über den Stand der Dinge Bescheid."

„Gut", stimmte Marcel ihm zu. „Alain wird sich wohler fühlen, wenn er weiß, dass es keine Probleme gibt."

Natürlich. Alain durfte sich nicht aufregen. Raymond verkniff sich eine bissige Bemerkung. Er konnte Marcel keinen Vorwurf machen, dass der Alain in bester Verfassung in den Kampf schicken wollte. Dazu war der Eiffelturm zu wichtig. Raymond wandte sich den versammelten Magiern zu und erhob seine Stimme. „Wir treffen uns in zehn Minuten am Ufer des Sees unter der Opéra Garnier", befahl er. Es war das erste Mal, dass der Ort für das Ritual öffentlich genannt wurde. Bisher waren nur Marcel und der innere Führungskreis der Milice darüber informiert gewesen. Obwohl die Spionin noch im Untergeschoss des Hauptquartiers festgehalten wurde, hatten sie sich entschieden, den Ort erst im letzten Moment bekannt zu geben. Sie wollten nicht riskieren, dass Serrier die Zeremonie störte. „Seid pünktlich."

Während die Magier aus dem Raum verschwanden und sich zu dem See transportierten, drehte Raymond sich noch einmal zu Jean um. „Du bist hier sicher, bis ich wieder zurückkomme?", fragte er unnötigerweise.

„Natürlich", versicherte ihm Jean, der seinen Partner am liebsten zum Abschied geküsst hätte. Er hatte nach ihrer leidenschaftlichen Episode nach Raymonds Rückkehr von Réunion noch einmal von Raymonds Blut getrunken. Es war genauso intensiv gewesen, aber viel entspannter. Trotzdem hatte Jean sich nicht getraut, seinen Biss durch Intimitäten zu würzen. Und jetzt war auch nicht der richtige Moment dafür, denn sie standen mitten im Salle des Cartes und verabschiedeten sich vor den Augen der anderen Anwesenden. „Marcel und ich müssen noch über unsere politische Strategie reden. Wir müssen einen Weg finden, um diejenigen Mitglieder des Conseils des Ministres zu überzeugen, die immer noch nicht hinter den Gleichstellungsgesetzen stehen. Wir werden noch hier sein, wenn du zurückkommst."

Raymond schnaubte. „Das kann ich mir vorstellen." Er warf Marcel einen Blick zu. „Pass gut auf ihn auf."

Der General der Milice und der Chef de la Cour sahen sich verwirrt an, aber bevor sie Raymond fragen konnten, wen von ihnen er damit gemeint hatte, transportierte der Magier sich zur Opéra und verschwand aus dem Zimmer.

„Ich werde den Jungen nie verstehen", sagte Marcel kopfschüttelnd.

„Und ich werde mich bei dem Versuch nie langweilen", erwiderte Jean.

Marcel enthielt sich eines Kommentars und grinste heimlich. Raymond war schon viel zu lange allein gewesen. Der alte Magier war froh, dass sein Schützling endlich eine Chance hatte, glücklich zu werden. Natürlich würde Raymond, wenn man ihn danach fragte, alles ableugnen – sowohl seine lange Einsamkeit als seine Zufriedenheit in der Partnerschaft mit Jean. Marcel war es recht. Raymond musste es nicht zugeben; es reichte aus, wenn er es nicht ableugnte.

Tief unter der Stadt versammelten sich die Magier an dem unterirdischen See, der noch unter den Katakomben von Paris lag. Einer nach dem anderen tauchten sie am Ufer auf und verteilten sich rund um den See. Hierher hatte das Phantom der Oper seine geliebte Christine gebracht, und wenn man den Legenden glauben durfte, ging sein Geist hier immer noch um. Raymond hielt nichts von diesem Aberglauben, aber er konnte die geheimnisvolle Macht spüren, die dieser Ort ausstrahlte. Trotz des Sees war die Luft in der Höhle nicht feucht oder stickig. Im Sommer wäre es hier vielleicht empfindlich kühl, aber jetzt, im Spätherbst, waren die Temperaturen vergleichsweise angenehm. Raymond nahm seine Position am Nordufer ein und wartete darauf, dass Thierry ihm gegenüber am Südufer eintraf. Zwischen ihnen verteilten sich die achtundvierzig Magier, bis sie einen magischen Kreis bildeten, der sich an den Himmelsrichtungen orientierte. Die Gruppe bestand aus fünfundzwanzig Männern und fünfundzwanzig Frauen. Sie waren perfekt ausbalanciert, um das magische Gleichgewicht wieder herzustellen, das die Erde beherrschte.

Mit geschlossenen Augen begann Raymond zu singen und seine Magie in das Wasser des Sees zu lenken. Im Uhrzeigersinn fielen die Magier, einer nach dem anderen, in seinen Gesang ein, bis der Kreis geschlossen war und ihre Stimmen sich zu einer vereint hatten. Ihre Magie floss durch die beiden Ankerpunkte und von Thierry zu Raymond, der sie vereinigte und ins Nichts leiten sollte.

Die Ansammlung magischer Macht füllte Raymond. Er konzentrierte sich, um eine Verbindung zur Elementarmacht herzustellen, über die er sie nicht nur beobachten, sondern auch aktiv beeinflussen konnte. Der Kontakt kam zustande. Die Quelle aller natürlichen und magischen Energie nahm sein Opfer an. Sie saugte so stark an ihm, dass sie ihn fast mit sich ins Nichts zog. Er rang um Atem, als er spürte, wie ihm die Kontrolle über die Verbindung entrissen wurde – nicht von einem anderen Magier, sondern von der Magie selbst. Dann beruhigte er sich wieder und tastete sich langsam an die Verbindung heran, um einen neuen Ansatzpunkt zu finden, über den er seine Unterstützung und Hilfe anbieten konnte. Auf der anderen Seite des Sees sank Thierry auf die Knie und legte den Kopf in die Hände. Mit einem leisen Fluch unterbrach Raymond seine Verbindung und weckte den Magier neben sich aus seiner Trance. „Hol Alain", befahl er barsch und konzentrierte sich wieder auf das Ritual, ohne darauf zu achten, ob und von wem sein Befehl befolgt wurde. Er musste das Ritual abschließen, ob mit Erfolg oder nicht, sonst würden sie Magier an die Elementarmacht verlieren.

Er konnte spüren, wie Thierry gegen die Macht kämpfte, wie er versuchte, seine eigene Magie und die der anderen unter Kontrolle zu behalten, aber die Macht zog ihn tiefer und tiefer ins Nichts. Raymond versuchte, den Sog abzuschwächen, indem er die verfügbare Magie verminderte. Er weckte einen Magier nach dem anderen aus seiner Trance und brach so den magischen Kreis, der sie zusammenhielt. Um die Balance zu erhalten, wechselte er zwischen den Magiern zu seiner Rechten und zu seiner Linken ab. Balance war der Kern des Rituals. Alles, was diese Balance störte, konnte ihm seine Aufgabe nur erschweren. Ein Magier nach dem anderen wurde freigesetzt. Die meisten sanken sofort zu Boden, weil ihre mentalen, körperlichen und magischen Kräfte erschöpft waren, obwohl sie die Elementarmagie kaum tangiert hatten. Schließlich blieben nur noch Thierry und Raymond selbst übrig, die mit einer Macht kämpften, die all ihr Wissen und ihre Erfahrung in den Schatten stellte.

Raymond versuchte, Thierry ebenso zu befreien, wie es ihm mit den anderen gelungen war. Aber Thierry widersetzte sich und blockierte Raymonds Versuch, weil er in seinem eigenen Kampf gegen die Elementarmacht gefangen war. Raymond fluchte, als auch sein zweiter Versuch von Thierry abgewehrt wurde. Dann gab er auf und beschränkte sich darauf, Thierrys schwindende Energie zu erneuern, indem er ihm seine eigene Kraft zur Verfügung stellte. Raymond konnte nur hoffen, dass Alain bald eintraf, sonst würde er hier nur noch ausgebrannte Hüllen vorfinden.

Thierry hatte sich mental und körperlich weggeduckt, als der Ansturm der Elementarmacht über ihn hereingebrochen war und ihn zu überwältigen drohte. Ein Farbenmeer wirbelte um ihn herum und durch ihn hindurch. Es machte jeden Konzentrationsversuch zunichte. Brennende Hitze fuhr durch seinen Körper und verwirrte ihn noch mehr. Erinnerungen an die Nacht mit Sebastien vermischten sich mit dem Gefühl, der Elementarmacht hilflos ausgeliefert zu sein. Thierry versuchte verzweifelt, die Realität von den magisch verursachten Visionen zu trennen. Er hatte das Gefühl, als würden seine Erinnerungen gegen ihn benutzt, um ihn der Kontrolle über seine Magie zu berauben und in diesem Limbo festzuhalten.

Seit er noch ein Junge gewesen war und das erste Mal seine magischen Fähigkeiten entdeckte, hatte er sich seiner eigenen Macht gegenüber nicht mehr so hilflos gefühlt. Alles um ihn herum – Geräusche, Farben, Temperatur – schien ihn von der Realität auszuschließen. Er konnte seinen Wahrnehmungen nicht mehr trauen. Thierry versuchte wieder und wieder, sich zu konzentrieren und seine magische Selbstbestimmung gegen diesen Ansturm zu verteidigen. Sein Kontakt zur Außenwelt ließ langsam nach, aber er konnte erkennen, dass die anderen Magier nicht mehr bei ihm waren. Raymond schien sich aus den Fängen der Macht befreit zu haben. Er glaubte auch, Raymonds Magie zu spüren, die ihn erreichen wollte. Aber Thierry vertraute nur noch sich selbst und blockierte den Kontaktversuch. Er wollte nicht einer Täuschung erliegen und als leere Hülle enden, deren magischer Kern ausgelöscht wurde wie ein brennendes Streichholz von einem Sturm.

„Wo ist Alain?", rief Michel Lestrade aufgeregt, als er im Salle des Cartes materialisierte. „Ich muss Alain finden!"

„Was ist passiert?", fragte Marcel erschrocken und kam an seine Seite. Michel war kein sehr mächtiger Magier, aber er neigte auch nicht zu Panikanfällen. „Warum brauchst du Alain?"

„Raymond sagt … Alain holen … Es ist etwas schiefgegangen … mit dem Ritual … Thierry ist … gefangen", keuchte Michel atemlos. Er zitterte immer noch von den wenigen Sekunden, die er selbst in dem magischen Wirbelsturm gefangen gewesen war.

„Was?", rief Sebastien und fasste ihn am Arm, um ihn auf die Beine zu ziehen. „Sag mir, was passiert ist!"

Bevor Michel antworten konnte, kam Alain ins Zimmer gestürmt. „Thierry ist gefangen", japste Michel. Er hatte kaum zu Ende gesprochen, da war Alain auch schon aus dem Raum verschwunden.

Sebastiens warf den Kopf in den Nacken und schrie so laut, dass es von den Wänden widerhallte. Es war ein jammernder Schrei, ein Schrei voller Wut, Angst und Hilflosigkeit. Orlando sah Jean an und konnte das widerwillige Mitgefühl erkennen, das der Chef de la Cour für Sebastien empfand. Er wusste, dass Jean von sich aus nicht tätig werden würde, also ging er selbst zu Sebastien und Marcel. „Kannst du uns zu ihnen transportieren?", fragte er den General.

Marcel sah die beiden Vampire an, sah Orlandos Entschlossenheit und Sebastiens Verzweiflung. Dann nickte er entschieden und transportierte die beiden an die Seite ihrer Partner. Er konnte sich darauf verlassen, dass Alain die Lage im Griff hatte. Aber durch diesen Notfall fiel Alain als Befehlshaber für die Schlacht am Eiffelturm aus. Marcel musste neue Pläne machen. Er drehte sich um und ging an die Arbeit.

„ZUM TEUFEL, was ist hier los?", rief Alain, als er am See materialisierte. Überall am Ufer lagen Magier zusammengebrochen am Boden. Nur Raymond stand noch aufrecht. Selbst Thierry war in die Knie gegangen.

„Er lässt mich nicht helfen", knirschte Raymond. Die Anstrengung, seine Aufmerksamkeit zwischen dem Ritual und Alain aufteilen zu müssen, war ihm deutlich anzuhören. „Wir müssen ihn befreien."

Alain nickte, lief zu Thierry und kniete sich an dessen Seite. „Komm schon, Thierry", bat er seinen Freund. „Ich will dir helfen."

Thierry war immer noch in seinen Visionen gefangen und hielt Alains Stimme für eine Erinnerung, die nichts mit der Realität zu tun hatte. Er wusste, dass Alain jetzt am Eiffelturm kämpfen musste. Alain konnte gar nicht hier sein.

„Wir müssen seine Verbindung zur Elementarmagie brechen", rief Raymond. „Wir müssen ihn komplett davon lösen, bis er wieder frei ist. Ich schaffe es nicht allein, Alain."

Alain nickte widerwillig. Raymonds Vorschlag war riskant. Wenn sie Thierry zu lange komplett von der Magie lösten, konnte es sein, dass er seine magischen Fähigkeiten, und damit auch einen Teil von sich selbst, verlor. Aber wenn sie es nicht taten, konnte die Macht ihm alle Kraft aussaugen und sie würden ihn ganz verlieren. Wenn Thierry nicht nur seine magische Kraft, sondern auch seine Lebensenergie verlor, würde er sterben. „Ich nehme die Beschwörung vor."

„Alain, du weißt …", wollte Raymond widersprechen.

„Ja, ich weiß, dass du es wahrscheinlich besser kannst. Aber wenn es schief geht, wird er es mir eher verzeihen als dir", erinnerte ihn Alain. „Wir haben schon genug Probleme und können darauf verzichten, dass Thierry dich dafür verantwortlich macht und angreift."

Diesem Argument hatte Raymond nichts entgegenzusetzen. Er winkte Alain zu, mit der Beschwörung zu beginnen.

Alain schloss die Augen und stellte sich eine Spindel vor, um die sich die Stränge der Magie wickelten. Dann fühlte er Raymond, der den Schluss zu seiner Kette bildete. Hinter sich nahm er Unruhe wahr, als würden die anderen Magier sich einer Bedrohung in den Weg stellen oder eine Einmischung in ihre Beschwörung verhindern wollen.

„Lasst mich zu ihm", brüllte Sebastien, als die Magier ihn aufhalten wollten. Er schleuderte den Ersten zur Seite, dann zog Orlando ihn zurück. „Lass mich los!"

„Du kannst ihm nicht helfen, Sebastien", sagte Orlando. „Alain und Raymond müssen sich um ihn kümmern. Mach es ihnen nicht noch schwerer."

„Und wenn Alain an seiner Stelle wäre?", fragte Sebastien aufgebracht.

„Dann würdest du mich zurückhalten", gab Orlando zerknirscht zu. „Aber das heißt nicht, dass du recht hast. Lass sie ihre Arbeit machen."

Der Klang von Orlandos Stimme riss Alain für einen kurzen Moment aus seiner Konzentration. „Nicht!", hörte er Raymonds Stimme in seinem Kopf. „Du musst jetzt an Thierry denken!"

Alain verdrängte seine Besorgnis über Orlandos Anwesenheit und nahm die Stränge seiner Beschwörung wieder auf. Er arbeitete mit Raymond zusammen, bis sie ein Netz geknüpft hatten, das sie über Thierry werfen wollten, um ihn von der Elementarmagie zu trennen. Alain sah Raymond über den See an, der zwischen ihnen lag. Raymond hielt immer noch seine Stellung in dem magischen Kreis, um Thierry besser zu stabilisieren. Sie nickten sich zu und warfen gemeinsam das Netz, das Thierry in ihre eigene Magie einhüllte.

Der Wirbelsturm, der um Thierry tobte, geriet außer Kontrolle. Er suchte ein neues Opfer, aber die anderen Magier waren auf die Gefahr vorbereitet und widerstanden der Versuchung seiner unvorstellbaren Macht. Als er keine neue Kraftquelle fand, beruhigte sich der Sturm langsam. Raymond fragte sich, was es wohl für ihre Zukunft bedeutete, dass sie das Ritual nicht formal abgeschlossen hatten. Dann löste sich der Wirbelsturm vollständig auf. Alain und Raymond zogen das magische Netz wieder zurück. Thierry sackte zusammen und Alain fing ihn in seinen Armen auf.

Sebastien befreite sich aus Orlandos Griff und rannte auf die beiden zu. „Thierry?", rief er verzweifelt. „Thierry? Rede mit mir!"

„Er ist bewusstlos", sagte Alain. „Wir müssen abwarten, bis er wieder zu sich kommt. Dann werden wir sehen, welche Schäden er davongetragen hat."

„Schäden?", schnauzte Sebastien. Er zog Thierry von Alain weg und nahm ihn behutsam in die Arme. Niemand fügte seinem Magier Schaden zu! „Was meinst du damit? Welche Schäden?"

„Er war von einer Macht gefangen, die stärker ist als er selbst", erklärte Raymond, der zu ihnen gekommen war. „Es kann einige Tage dauern, bis wir wissen, ob sie seiner Magie geschadet hat."

„Gib ihn mir zurück", befahl Alain. „Er muss in die Krankenstation gebracht werden, wo sie sich um ihn kümmern können."

Sebastien fauchte ihn an. „Geh zum Teufel, Magier. Sag mir, was ich für ihn tun kann, dann sorge ich dafür, dass er es bekommt."

„Du kannst gar nichts tun, Vampir", fauchte Alain zurück. Es konnte noch so viel schiefgehen, nachdem sie Thierry befreit hatte. Alain hatte Angst um seinen Freund und schnappte den nächstbesten an, der sich ihm in die Quere stellte. Alain hatte Thierry gesagt, dass er diesen Krieg nicht ohne seinen besten Freund bestreiten wollte. Das war noch vor der Gründung der Allianz gewesen, doch bis heute hatte sich daran nichts geändert. „Er braucht magische Pflege."

Orlando ging dazwischen, um dem sinnlosen Hick-Hack der beiden ein Ende zu machen. „Damit helft ihr Thierry auch nicht", erklärte er ihnen. Er wäre auch aufgebracht gewesen, wenn Jean etwas passiert wäre. Aber er konnte auch Sebastiens Ängste nachvollziehen, deshalb streichelte er Alain beruhigend über die Wange. „Schick sie beide dorthin, wo man sich am besten um Thierry kümmern kann. Dann sorge dafür, dass Sebastien ihm auch helfen darf. Los jetzt."

Alain hörte auf die Stimme der Vernunft und nickte. Er überzeugte sich schnell davon, dass Thierry keine Verletzungen davongetragen hatte, dann transportierte er seinen Freund und Sebastien auf die Krankenstation. „Folge ihnen", drängte Orlando. „Ich weiß, dass du bei ihm bleiben willst. Raymond wird dafür sorgen, dass ich wieder ins Hauptquartier zurückkomme."

Raymond nickte zustimmend, aber Alain zögerte. Er fühlte sich hin- und hergerissen zwischen seiner Loyalität zu Thierry und dem Bedürfnis, Orlando nicht aus den Augen zu lassen.

„Geh schon", forderte Orlando ihn auf. „Ich komme in einigen Minuten nach. Er braucht dich jetzt mehr als ich."

Alain sah ihn dankbar an und transportierte sich in die Lobby der Krankenstation.

7

„ADÈLE!"

Die Magierin sah auf, als sie ihren Namen hörte. „Sir?", fragte sie, als sie erkannte, wer vor ihr stand.

„Du musst heute den Einsatz am Eiffelturm leiten", informierte Marcel sie.

„Ich?" Adèle war sicher, sich verhört zu haben. „Was ist mit Alain?"

„Es gab Probleme mit dem Rite d'équilibrage", erklärte Marcel. „Alain musste Thierry aushelfen. Damit bist du die ranghöchste Offizierin der drei Einheiten, die wir dort einsetzen."

„Aber ich habe keinerlei Pläne gemacht", protestierte Adèle. „Ich wüsste so schnell gar nicht, wie ich vorgehen soll."

„Ich habe Alains Pläne", sagte Marcel und reichte ihr die Unterlagen seines Captains. „Ich setze mein ganzes Vertrauen in dich. Ich bin mir sicher, dass du es schaffst. Deine Leute sind gut ausgebildet. Sie halten sich an ihre Befehle, können aber auch eigenständig entscheiden, wenn es nötig werden sollte. Auf Alains und Thierrys Einheiten trifft das ebenfalls zu. Dieser Einsatz hat nur zwei Ziele: Die Zerstörung des Eiffelturms durch die Rebellen zu verhindern, und dabei so viele wie möglich außer Gefecht zu setzen. Es ist kein normaler Kampf, bei dem wir Gefangene machen wollen. Mir ist es egal, wie viele von ihnen du zurückbringst oder ob du überhaupt welche zurückbringst. Die Hauptsache ist, dass nach der Schlacht der Turm noch steht."

Adèle nickte. Marcel hatte es nicht offen ausgesprochen, aber sie hatte ihn verstanden. Heute gingen sie in den Kampf, um zu töten. Jeder Fluch musste tödlich sein, solange sie damit keine Unbeteiligten gefährdeten. Jetzt musste sie das nur noch ihrem Partner erklären.

„Endlich hat er erkannt, dass wir auch ein Kommando führen können", sagte Jude, nachdem sie ihm von den geänderten Plänen berichtet hatte.

„Marcel weiß sehr genau, was wir können", erwiderte Adèle ungerührt. „Und wir werden es ihm heute beweisen, indem wir uns buchstabengetreu an Alains Pläne halten. Vielleicht hätte ich die gleichen Entscheidungen getroffen wie er, vielleicht auch nicht. Aber ich werde mich daran halten und sie nicht vermasseln – und du wirst es auch nicht tun, dafür sorge ich. Wir werden uns beide daran halten, ohne sie zu hinterfragen. Außerdem kann ich in den Plänen Thierrys Handschrift erkennen, und Thierry ist der beste Stratege, den wir haben."

Jude schnaubte verächtlich, behielt seine Meinung aber für sich. Was wusste ein Sterblicher schon von Strategie, verglichen mit einem Vampir, der seit hunderten von Jahren das Jeu de Cours spielte. Er würde Adèle schon in die richtige Richtung schubsen, wenn die Sache den Bach runterging, weil die Magier die Lage falsch eingeschätzt hatten. Aber vielleicht waren die Pläne ja auch ausreichend, wenn man bedachte, dass ihre Gegner auch Magier waren, die keine Ahnung von den vielschichtigen Strategien hatten, wie die Vampire sie mit links beherrschten.

Wie dem auch sein mochte, Jude war entschlossen, sowohl sein eigenes Überleben als auch das seiner Partnerin zu sichern. Er war nicht allzu begeistert von ihren Attitüden, aber er hatte sich mittlerweile recht gut daran gewöhnt, dass er seit Beginn der Allianz keine Rücksicht mehr auf den Sonnenaufgang nehmen musste.

UM PUNKT zwölf Uhr mittags zischten die ersten Flüche durch die Luft. Während Adèle einen nach dem anderen abwehrte, musste sie zugeben, dass der Eiffelturm jetzt schon nicht mehr stehen würde, wären sie nicht rechtzeitig vor dem Angriff gewarnt worden. So wie die Dinge standen, konnten sie froh sein, den dunklen Magiern halbwegs gewachsen zu sein und ihre Stellung zu halten, obwohl sie mit Alains, Thierrys und ihrer eigenen Einheit die besten und erfahrensten Magier im Einsatz hatten.

„Fouquet! Hinter dir!", schrie sie und sprang eine Treppe hinab, um auf einen dunklen Magier zu feuern. Sie machte sich nicht die Mühe, ihn zu identifizieren. Sie hatte ihn getroffen, das reichte für den Augenblick.

„Danke!", rief Fouquet zurück und suchte nach dem nächsten Angreifer.

Adèle duckte sich gerade noch rechtzeitig, um einem *Abbatoire* auszuweichen, der sie unweigerlich am Kopf getroffen hätte. So schlug er nur an das Metallgerüst, schlug einige Funken und verpuffte harmlos. Sie ging hinter einem Eisenpfosten in Deckung und suchte nach dem Verursacher des Fluchs. Bevor sie etwas gegen ihn unternehmen konnte, sprang Jude direkt vor den dunklen Magier und verwickelte ihn in einen Kampf Mann gegen Mann. Adèle bebte innerlich, als sie die beiden Männer mit einer Beschwörung belegte, die den Magier erstarren ließ, an ihrem Partner jedoch abprallte. Sie hätte Jude wahrscheinlich der Form halber warnen sollen, aber was den Vampir anging, hatte sie keine Lust mehr, auf Höflichkeiten zu achten. Es verschaffte ihr eine gewisse Genugtuung. Es konnte dem Kerl nicht schaden, der nichts Besseres zu tun hatte, als sie ständig niederzumachen.

Eine Detonation erschütterte den Turm. Ihre Magier gingen in die Knie und mussten nach Halt suchen, um nicht von der Plattform in die Tiefe zu fallen. „Guy!", rief sie ihrem Leutnant zu. „Geh nach unten und finde heraus, was dort los ist."

Er winkte ihr zu und verschwand. Dann tauchte er auf dem Boden wieder auf und zog seinen Stab, um nach der Ursache der Explosion zu suchen. Adèle gab ihm von oben Feuerschutz. Aber sie musste sich auch um ihre anderen Leute kümmern und verlor ihn deshalb in dem Chaos, das unten herrschte, bald aus den Augen.

Guy schaffte es, einen der großen Pfeiler des Turms zu erreichen. Er benutzte ihn als Deckung und suchte von dort aus weiter. Er entdeckte einen Explosionskrater und kroch vorsichtig darauf zu, um ihn zu untersuchen. Als er am Kraterrand ankam, sah er in die Tiefe und murmelte leise eine Beschwörung. Sie enthüllte ihm eine magische Landmine als Ursache für die Explosion. Guy runzelte die Stirn. Diese Dinger konnten sich hier überall verbergen, sowohl unter dem Turm, als auch auf dem angrenzenden Champs de Mars. Selbst wenn sie die Schlacht gewinnen würden, müssten sie höllisch aufpassen, um die Dinger alle zu entschärfen und nicht versehentlich eins auszulösen.

Allein konnte er es nicht schaffen, sie alle zu neutralisieren. Schon gar nicht, solange der Kampf noch tobte. Aber er konnte zumindest diejenigen entschärfen, die direkt an den vier Pfeilern des Eiffelturms angebracht waren, und die ihn mit ihrer Wucht zum Einsturz bringen konnten. Mit einer Beschwörung lokalisierte er die genaue Position der Flüche, die er neutralisieren musste, um seine Kameraden zu schützen. Überall unter und um den Turm blitzte es auf. Fluchend überlegte er, wie er am besten vorgehen sollte. Er musste sich durch ein ganzes Minenfeld schlagen, um den nächsten Pfeiler zu erreichen. Auf dem Weg konnte er die Minen neutralisieren, an denen er vorbeikam. Er wollte sich nicht magisch transportieren, weil er befürchtete, bei seiner Ankunft an dem Pfeiler eine der Minen auszulösen.

„Ich brauche Hilfe hier unten!", rief er Adèle zu. Sie winkte, um ihm zu zeigen, dass sie ihn verstanden hatte. Aber bevor sie ihm Hilfe schicken konnte, geriet sie selbst unter Beschuss. Guy wusste, dass er noch etwas warten musste. Er begann mit der Beschwörung, um die Minen direkt vor sich zu entschärfen.

So schlug er sich langsam, eine Mine nach der anderen, zum zweiten Pfeiler durch. Dann löste ein fehlgeleiteter Fluch von oben eine Mine an dem dritten Pfeiler aus und brachte den Turm wieder ins Wanken. Guy warf sich zu Boden und bedeckte den Kopf mit den Händen. „Merde", fluchte er leise, als die Erschütterung nachließ. Er stand auf und arbeitete sich weiter zu dem Pfeiler vor.

Am liebsten hätte er den anderen Magiern der Milice eine Warnung zugerufen, damit sie mit ihren Flüchen besser zielten. Aber er wollte Serriers Leute nicht auf sich aufmerksam machen, weil er nicht riskieren konnte, dass sie ihre Minen gezielt auslösten. Eine zweite Explosion zwang ihn, erneut Deckung zu suchen. Dieses Mal löste der Fluch eine Kettenreaktion aus. Guy schleuderte einen Gegenfluch nach dem anderen, um die Explosionen zu stoppen. Seine Freunde waren da oben und wurden bei jeder neuen Detonation durchgeschüttelt wie Blätter im Sturm. Dann schaffte er es endlich, die Kaskade zu unterbrechen. Die letzte Mine, die hochging, lag direkt vor seinen Füßen.

Einige Stockwerke höher musste Adèle in hilfloser Wut zusehen, wie die Explosionen Guy näher und näher kamen. „Guy!", schrie sie. „Verschwinde von da!" Sie glaubte, ihn noch nicken zu sehen, aber er kam nicht mehr dazu, sich aus der Gefahr zu transportieren. Die nächste Explosion warf ihn zu Boden. Adèle stürzte taumelnd über die Brüstung, über die sie sich gelehnt hatte, um Guy besser sehen zu können. Sie bekam ein Metallkabel zu fassen und klammerte sich daran fest. Dann verlor sie ihren Stab und fluchte laut, als er unten aufschlug. Ohne den Stab konnte sie sich nicht von hier wegtransportieren, weder auf den Boden, noch zurück auf die Plattform.

Ihre Finger waren steif vor Kälte und sie baumelte hilflos an dem Kabel, ein leichtes Ziel für jeden, der sie hier hängen sah. Aber selbst wenn keiner der dunklen Magier sie hier entdeckte, konnte sie sich nicht viel länger festhalten. Es würde nicht mehr lange dauern, bis sie das Gefühl in den Händen verlor und loslassen musste. Aber so schnell gab Adèle nicht auf. Entschlossen ließ sie sich an dem Kabel nach unten und hoffte, nahe genug an eine der Streben zu gelangen, um sich in Sicherheit bringen zu können.

„Nicht bewegen!"

Adèle erstarrte, als sie einen Stab auf sich gerichtet sah. Wer immer diese Magierin war, sie konnte jederzeit einen Fluch auf Adèle schleudern. Ohne den Stab konnte Adèle sich nicht dagegen wehren. Aber sie würde der Frau niemals die Genugtuung geben, um ihr Leben zu betteln. In diesem Augenblick öffnete die fremde Magierin den Mund, doch es war kein Ton zu hören. Dann wurde der Kopf der Frau nach hinten gerissen und sie fiel leblos zu Boden. „Vielleicht gibst du ja jetzt zu, dass ich nicht ganz nutzlos bin", hörte Adèle die Stimme ihres Partners.

„Halt den Mund und zieh mich hoch", knurrte sie, weil sie dem arroganten Kerl ihre Dankbarkeit nicht zeigen wollte.

„Das ist aber keine Art, mein Wohlgefallen zu erregen", wies Jude sie zurecht, während er sich über die Brüstung beugte und nach ihrer Hand fasste.

„Hol mich einfach hier weg", knurrte sie. „Ich komme mir vor, wie beim Tontaubenschießen." Jude zog sie zurück auf den Turm und drückte sie an das Gerüst.

„Geh mir aus dem Weg", schnauzte sie ihn an. „Ich brauche meinen Stab und muss nach Guy sehen."

Jude sah sie wütend an. Er mochte es nicht, wie sie von dem anderen Mann sprach. „Eine deiner Eroberungen?"

„Salaud", schimpfte sie. „Einer meiner Soldaten. Und außerdem geht dich das gar nichts an. Geh mir jetzt aus dem Weg, Mann. Er könnte dort unten sterben."

„Oder er könnte schon tot sein", erwiderte Jude.

„Verdammtes Arschloch", fluchte Adèle und versetzte ihm eine klatschende Ohrfeige. „Vielleicht ist er das. Aber mein Stab liegt auch dort unten, und wenn ich den nicht zurückbekomme, haben wir beide keine allzu große Chance, diese Schlacht zu überleben. Jetzt geh mir aus dem Weg, ich habe zu tun."

Jude Kopf wurde durch die Kraft ihres Schlages zur Seite geschleudert. Sie schlüpfte an ihm vorbei und ging zu der Treppe, die nach unten führte. Inzwischen hatte Jude sich wieder erholt, fasste sie am Handgelenk und hielt sie zurück. „Du bleibst", befahl er. „Rühr dich nicht von Fleck. Ich hole deinen Stab und sehe nach deinem geschätzten Kameraden. Du bist ohne den Stab verwundbarer als ich."

Adèle starrte ihn mit offenem Mund an. Trotz seines herablassenden Tonfalls – er hatte recht. Und er hatte freiwillig angeboten, ihr zu helfen. „Vielen Dank."

Jude nickte kurz und lief die Treppe hinab. Durch seine übernatürliche Schnelligkeit war er in kürzester Zeit unten angekommen. Ein Blick in das verbrannte Gesicht des Soldaten sagte ihm alles. Dennoch prüfte er pflichtbewusst den Puls des Mannes, konnte aber nichts mehr spüren. Das hatte er erwartet. Er schloss dem Mann vorsichtig die Augen, senkte den Kopf und bekreuzigte sich. Es war eine alte Angewohnheit aus der Zeit, als er noch ein normaler Sterblicher war.

Nachdem er seine unangenehme Pflicht erledigt hatte, sah er sich suchend nach Adèles Stab um. Glücklicherweise war Guys Beschwörung auch nach seinem Tod noch aktiv, sodass Jude den Minen ausweichen konnte, die überall um ihn herum aufblitzten. Die Kaskade, die Guy getötet hatte und der beinahe auch Adèle zum Opfer gefallen wäre, hatte zahlreiche Explosionskrater hinterlassen. Aber sie hatte so viele Minen ausgelöst, dass er sich relativ gefahrlos seinen Weg durch die Kraterlandschaft zu dem Eichenholzstab bahnen konnte, der nicht weit entfernt auf dem Boden lag. Jude zögerte kurz, bevor er ihn aufhob. Er fragte sich, ob der Stab ihn wohl verletzen könnte. Aber er hatte sich freiwillig bereit erklärt, ihn zu holen, und Adèle hockte hilflos auf dem Turm, während er hier unten rumtrödelte. Deswegen seine Partnerin zu verlieren, wäre wirklich das allerletzte, was er brauchen konnte. Er konnte die Frau zwar kaum ertragen, aber ihr Blut war nicht zu verachten.

Als Jude zurücklief, wurde er von einem Fluch getroffen und zu Boden geworfen. Glücklicherweise war es einer der Flüche, die einem Vampir nichts anhaben konnten. Sein Sturz hatte ihn etwas erschrocken, aber er rappelte sich sofort wieder auf und brachte sich auf dem Turm in Sicherheit. So schnell wie möglich lief er die Treppe hinauf, um den Stab zu seiner Eigentümerin zurückzubringen. „Er ist tot", sagte er leise. „Es tut mir leid."

Sie sah ihn ausdruckslos an und wusste nicht, ob sie weinen oder das Schicksal verfluchen sollte. Ihre Gefühle schwankten von einem Extrem ins andere. Adèle spürte, wie ihre Magie nach einem Ventil suchte und ihre Selbstkontrolle ins Wanken geriet. Schnell drehte sie sich um und suchte sich ein passendes Ziel für ihren Ausbruch.

Valérie Lavie wusste nicht, wie ihr geschah. Sie hatte keine Chance mehr, sich zur Wehr zu setzen oder herauszufinden, woher der Fluch kam, der sie traf. Sie spürte nur noch die Fassungslosigkeit, die sie überkam, dann verlor sie das Bewusstsein.

Adèle suchte gerade nach einem zweiten Ziel, da wurde der Turm von einer weiteren Detonation erschüttert. Blind suchte sie Halt und zog eine Grimasse, als sie erkannte, dass Jude sie aufgefangen hatte. „Was soll das?", fauchte sie ihn an, als das Beben wieder aufhörte.

„Ich wollte nur verhindern, dass du wieder über die Brüstung fällst", schnappte er zurück. „Es hat mir gereicht, dich einmal retten zu müssen."

Adèle sah ihn wütend an, bis er sie endlich losließ. Sie weigerte sich, die Erregung zur Kenntnis zu nehmen, die wie ein Blitz durch ihren Körper schoss, als sie in Judes Armen lag. Ihr Leben war schon kompliziert genug, auch ohne die sexuelle Komponente. Als Jude sich bewegte, konnte sie die Erektion des Vampirs spüren. Sie verfluchte sich innerlich selbst für das Verlangen, das Judes Reaktion in ihr weckte. Um sie herum tobte eine entscheidende Schlacht! Für solche Ablenkungen hatte sie jetzt wirklich keine Zeit. Adèle stieß ihn von sich und konzentrierte sich wieder auf ihren Kampf. Überall um sie herum verschwanden die dunklen Magier aus ihren Stellungen. Offensichtlich hatten sie den Befehl zum Rückzug bekommen. Es war Adèle vollkommen entgangen.

„Sichert das Gelände", befahl sie Leutnant Fouquet. Fouquet betätigte den Befehl und ging mit seiner Einheit zum Champs de Mars. Sie arbeiteten zügig und errichteten eine magische Barriere, die Passanten aus dem Gebiet fernhielt, bis es wieder sicher war.

„Leutnant Gastineau! Ihr kümmert euch um die verbliebenen Landminen!"

„Jawohl, Madame!"

„Wir brauchen Ingenieure, die sich um die Schäden am Turm kümmern, bevor er wieder geöffnet wird.", überlegte Adèle.

„Adèle." Judes Stimme hörte sich heiser an. Überrascht drehte sie sich zu ihm um. Sein Gesichtsausdruck ließ sie vor Begehren erzittern und sie hätte beinahe vergessen, dass sie sich noch um die Aufräumarbeiten kümmern musste. Sie konnte nicht einfach von hier verschwinden. Sie trug die Verantwortung. Aber sein Blick ließ nicht locker. Er weckte Bedürfnisse in ihr, die sie so nicht kannte. Er führte sie in Versuchung, alles um sich herum zu vergessen. Alles, außer dem Versprechen in seinem Blick.

„Captain Rougier!"

Adèle riss sich los und sah sich nach dem Rufer um. Es war Jérôme, der neben Guys Leiche auf dem Boden kniete. „Kümmere dich um ihn", sagte sie und versuchte, sich aus dem Bann des Vampirs zu befreien. Sie wusste, dass es nicht Magie war, die der Vampir ausübte. Aber sie kannte die Macht einer magischen Anziehung. Und genauso fühlte es sich an. Sie konnte sich für einige Zeit dagegen zur Wehr setzen, aber irgendwann würde sie ihr erliegen. Ihr blieb keine andere Wahl. Seufzend sah sie Jude an. „Gib mir noch eine halbe Stunde", sagte sie. „Ich muss mich um die Gefallenen kümmern. Dann komme ich mit."

8

„BEEIL DICH", zischte eine Stimme hinter ihm. „Wenn sie uns hier erwischen, sind wir tot."

Eric machte sich nicht die Mühe, sich umzudrehen. „Wenn ich versehentlich einen von Chaviniers Abwehrzaubern auslöse, sind wir auch tot", erwiderte er kalt. „Solange du also nicht glaubst, seine Beschwörungen gut genug zu kennen, um sie neutralisieren zu können, hältst du besser den Mund, damit ich mich konzentrieren kann."

Dazu fiel dem anderen Magier nichts mehr ein, aber er grummelte weiter ungeduldig vor sich hin, während Eric die Abwehrzauber entschärfte. Den Mann hinter sich ignorierte er. Er wollte sich nicht auf einen Streit mit ihm einlassen, der unweigerlich zu ihrer Entdeckung geführt hätte. Sie waren im Untergrund der Stadt unterwegs und arbeiteten sich langsam zur Sainte-Chapelle und zum Justizpalast vor. Eric musste zugeben, dass Chavinier gut vorgesorgt hatte. Doch mit etwas Geduld ließen sich auch die besten Hindernisse überwinden, selbst wenn Eric nicht anmaßend genug war, um sich das regelmäßig zuzutrauen. Aber in diesem Fall hatte er die Schwachstelle in der Verteidigung der Milice gefunden. Nur noch wenige Beschwörungen trennten sie von der Sainte-Chapelle und einem erfolgreichen Anschlag auf das Herzstück der französischen Regierung.

„Merde!", hörte er hinter sich einen Magier fluchen.

„Was ist los?", flüsterte er barsch und drehte sich um. „Was ist passiert?"

Jean-Claude Vuillemin, ein neuer Rekrut aus Arles, sah ihn entschuldigend an. „Ich glaube, ich habe eine Abwehr ausgelöst. Ich bin gestolpert und wollte mich an der Wand abstützen ..."

Eric wusste schon, wie es weiterging. So nahe am Justizpalast waren die unterirdischen Tunnel mit Abwehrzaubern gespickt. Eric hatte sich nur um die Beschwörungen auf dem Boden gekümmert und die Wände außer Acht gelassen, weil sie die nicht berühren mussten. „Dann ist er jetzt gewarnt und weiß, dass wir kommen", sagte er zu seinen Begleitern. „Wir können nur hoffen, dass unser doppeltes Ablenkungsmanöver sie weit genug über die Stadt verteilt hat, um nicht rechtzeitig hier zu sein. Los, beeilt euch!"

Sie mussten jetzt keine Rücksicht auf Entdeckung mehr nehmen und kamen dadurch schneller vorwärts. Eric setzte nur noch die wenigen Zauber außer Kraft, die sie ernsthaft gefährden konnten. Als sie auf dem Vorhof vor dem Eingang zur Sainte-Chapelle ankamen, zogen sie ihre Stäbe, um jeden Widerstand aus dem Weg zu räumen. Eric sah einen Wächter, der über Funk Verstärkung anforderte. Er ließ das Funkgerät durch den Hof fliegen, obwohl er davon ausging, dass die Wächter im Inneren des Gebäudes schon gewarnt waren. Sie mussten sich auf die Gendarmerie, vielleicht sogar auf das Militär einstellen. Und natürlich auf diejenigen von Chaviniers Magiern, die schnell genug hierher abgesandt werden konnten. Nur Serrier und Eric selbst hatten über dieses Unternehmen Bescheid gewusst. Eric war sich daher sicher, dass Chaviniers Spione die Milice nicht vorgewarnt haben konnten.

Die Schreie der Touristen, die von dem Angriff überrascht wurden, drangen kaum zu Eric durch. Die meisten liefen beim ersten Anzeichen einer Gefahr davon und stellen für ihn und die anderen Magier keine Bedrohung dar. Die übrigen kauerten sich Schutz suchend auf den Boden und behinderten ihr Vordringen durch das Haupttor und in den Eingangsbereich der Kapelle ebenfalls nicht. Zu jedem anderen Zeitpunkt hätte Eric die Deckengewölbe mit ihren blauen und goldfarbenen Dekorationen bewundert. Doch er konnte bereits die schweren Schritte hören, die sich rasch näherten und ihre Gegner ankündigten. „Vincent und Jean-Claude", rief er. „Verschließt die Tür. Wir wollen uns nicht von hinten überraschen lassen."

Die beiden Magier befolgten seinen Befehl, schlossen die Tür und sicherten sie magisch, indem sie die Schlösser mit dem Riegel verschmolzen. Selbst einem Magier würde es nicht leicht fallen, den Mechanismus wieder zu öffnen.

Über die Wendeltreppe waren aus dem oberen Stockwerk laute Rufe zu hören, die sie aufforderten, sich der Polizei zu ergeben. Eric sah seine Begleiter lachend an. „Glauben sie denn immer noch, sie könnten uns mit ihren Waffen etwas anhaben?", fragte er. „Kommt, wir wollen ihnen das Gegenteil beweisen."

Sie liefen die Treppe hinauf bis zu der letzten Kurve, hinter der sie noch vor den Polizisten verborgen waren. Auf Erics leisen Befehl warteten sie ab, bis er die Wand vor ihnen mit einem Reflektionszauber belegt hatte, der ihre Flüche abprallen lassen und in die oberen Räume der Kapelle lenken würde. „Verstopft die Läufe ihrer Waffen", befahl er und ignorierte die Widersprüche einiger Magier, die nicht einsehen wollten, warum sie das Problem nicht viel schneller mit einem *Abbatoire* lösen konnten.

„Verstopft die Läufe", wiederholte Eric und sah jeden einzelnen an, bis sie zustimmend nickten.

Dann gab er das Signal und ihre Flüche prallten von der Wand ab in die obere Kapelle. Sie schossen durch den Raum und verbogen die Metallteile der Waffen, bis keine Kugel mehr den Lauf verlassen konnte. Eric lächelte befriedigt, als er die bestürzten Schreie der Polizisten hörte. „Los jetzt!"

Sie stürmten den Raum, von dem aus sie in den Justizpalast eindringen wollten. Aber sie wurden nicht von Polizisten oder Soldaten daran gehindert, sondern von einer durchdringenden Kommandostimme, die sie nur zu gut kannten. „Lasst die Stäbe fallen!"

„Putain de merde! Was macht Chavinier hier?", flüsterte Jean-Claude erschrocken.

„Ganz ruhig", befahl Eric. Dann schaute er sich um, ob der alte Magier allein war oder Verstärkung mitgebracht hatte. Eric war sich immer darüber im Klaren gewesen, dass er eines Tages seinem alten Lehrer gegenüberstehen würde, aber diese Erkenntnis machte es ihm nicht leichter.

„Du machst einen großen Fehler, Eric", versuchte Chavinier, ihn zur Aufgabe zu überreden. „Trauer lässt uns manchmal falsche Entscheidungen treffen. Wir verstehen das gut, Eric."

„Vieux con!", schimpfte Eric. Der Schmerz seines Verlustes wurde ihm übermächtig bewusst, als er die Menschen erkannte, die er mit glücklicheren Zeiten in Verbindung brachte. Er hatte sich immer eingeredet, dass er diesen schrecklichen Tag hinter sich gelassen und vergessen hatte, aber Augenblicke wie dieser bewiesen ihm, dass er sich etwas vorgemacht hatte. „Ich bin nicht aus Trauer gegangen, sondern weil ihr mir Gerechtigkeit verweigert habt. Geht mir aus dem Weg, dann passiert euch nichts."

„Du weißt genau, dass ich das nicht tun kann", erwiderte Marcel traurig. Er hätte alles getan, um Eric wieder in ihren Reihen aufnehmen zu können. Aber so lange dieser Krieg tobte, war das höchst unwahrscheinlich. Trotzdem gab Marcel die Hoffnung nicht auf, dass sich die Lage eines Tages ändern würde.

„Und du weißt, dass ich nicht zurückkommen kann", konterte Eric. „*Abbatez!*"

Bevor der Fluch seine Wirkung entfalten konnte, wurde Marcel von einem dunkelhaarigen Mann zur Seite gestoßen, den Eric noch nie zuvor gesehen hatte. Der Mann wurde von dem Fluch an die Brust getroffen und ging zu Boden. Es war das Signal für die anderen Magier, ebenfalls anzugreifen. Sie konzentrierten sich auf die Tür zum Justizpalast, denn ihr eigentliches Ziel war nicht Sainte-Chapelle, sondern der Kassationshof, das höchste Gericht Frankreichs. In diesem Moment wurden sie unvermutet von hinten angegriffen. Die Magier, die Chavinier begleitet und sich hinter den Polizisten versteckt hatten, kamen jetzt ihrem General zur Hilfe. Erics Einheit bildete einen Kreis, Rücken an Rücken, und richtete ihre Stäbe auf die Magier der Milice. Zu Erics Überraschung blieben auch viele der Polizisten im Raum und beteiligten sich an dem Kampf. Sie verwickelten die dunklen Magier in Handgefechte, wann immer sie nahe genug an sie herankommen konnten.

„Die Fenster!", rief Vincent und schleuderte einen Fluch auf die Glasscheiben, die mit einem lauten Knall zersplitterte. Die dunklen Magier lenkten die Scherben auf die Truppen der Milice, die schwer getroffen wurden.

Der Boden war schon schlüpfrig von Blut, aber keine Seite gab sich geschlagen. Der Kampf tobte hin und her und die Magier beider Seiten bombardierten sich mit Flüchen. Eric fand sich plötzlich einer Magierin der Milice gegenüber, die er kannte und die seine Skrupellosigkeit ins Wanken brachte. Caroline war die beste Freundin seiner Frau gewesen und hatte mit ihm getrauert, als Danielle und die Kinder ums Leben kamen. Mit ihr hatte ihn eine ebenso tiefe Freundschaft verbunden, wie mit Thierry und Alain. Die Freundschaft zu den beiden Männern hatte an dem Tag geendet, als Alains Fluch seine Familie getötet hatte, aber mit Caroline hatte er nie gebrochen. Der *Abbatoire* blieb ihm im Halse stecken und er suchte verzweifelt nach einem anderen Fluch, mit dem er Caroline außer Gefecht setzen konnte, ohne ihr ernsthafte Verletzungen zuzufügen. Bevor er reagieren konnte, wurde er von der Seite angegriffen. Eine tobende, rothaarige Frau stürzte sich auf ihn und rannte ihn nieder – ein noch nie dagewesenes Erlebnis, wenn man seine Größe bedachte. Eric hatte keine Zeit mehr, sich gegen sie zur Wehr zu setzen, da hörte er auch schon Caroline, die ihn mit einem Schlafzauber belegte. Er wollte die Beschwörung blockieren, aber die rothaarige Frau hielt ihn immer noch an den Armen fest, sodass er sich nicht rühren konnte. Ihm wurde schwarz vor Augen.

Als Vincent sah, dass Eric überwältigt worden war, befahl er den Rückzug der dunklen Magier. Er schnappte seinen Freund am Arm und wollte ihn mit sich aus der Kapelle transportieren. Vincent hoffte, dass Eric keine offenen Wunden hatte, sonst würde ihn der magische Transport töten. Aber das war immer noch besser, als in die Hände der Milice zu fallen. Die anderen Magier ihrer Einheit folgten seinem Beispiel, soweit sie noch dazu in der Lage waren.

„Aufhören!", rief Marcel, nachdem Serriers Leute verschwunden waren. „Jean, du kannst wieder aufstehen. Und vielen Dank für deine Hilfe und deine List."

Der Chef de la Cour erhob sich vom Boden, wo er bewegungslos gelegen hatte, seit er den *Abbatoire* vor die Brust bekommen hatte. „Wie viele sind uns entkommen?"

„Ich weiß nicht, wie viele sie ursprünglich waren. Sie wären bestimmt misstrauisch geworden, wenn mein Erretter nicht tot geblieben wäre", meinte Marcel mit einem dünnen Lächeln. „Wir müssen Serrier so lange wie möglich im Ungewissen lassen."

„Das nächste Mal muss ein anderer den toten Mann spielen", entschied Jean. „Es passt nicht zu meinem Stil, alles mit anzuhören, ohne eingreifen zu können."

„Wenn ich einem anderen so vertraut hätte wie dir, hätte ich dich nicht darum gebeten", versicherte ihm Marcel. Er sah sich in der Kapelle um und seufzte, als er die zerbrochenen Scheiben sah. „Sie haben für nichts Respekt. Es geht ihnen nur um ihre eigene Macht. Glücklicherweise steht es in *meiner* Macht, einige der Schäden wieder zu reparieren. Kümmerst du dich um unsere Gefangenen? Georges kann dir helfen, sie zu fesseln."

Jean nickte und ging zu dem blonden Magier, um ihm zu helfen, die Gefangenen einzusammeln. „Caroline", rief Marcel. „Sieh nach den Verwundeten!"

Sie winkte ihm zu und ging zu den Verwundeten. Einfache Verletzungen durch die Glasscherben konnte sie leicht heilen, obwohl die Beschwörung sie so viel Kraft kostete, dass sie sie nur bei den tieferen Schnitten anwandte. Draußen waren schon die Sirenen der Ambulanz zu hören, die gleich eintreffen würde, um die Verletzten zu behandeln und ins Krankenhaus zu bringen. Viele der Gendarmen brauchten mehr, als die erste Hilfe, die sie ihnen geben konnte.

Sie litt mit den Männern, die sie behandelte. Ihre Gedanken kreisten um die dunklen Magier, von denen sie verraten worden waren. Caroline verstand Erics Trauer um Danielle und die Kinder. Sie verstand sogar seine Wut, obwohl sie sich gegen die Falschen richtete. Was sie Eric aber nicht verzeihen konnte, war, dass er Danielles tragischen Tod zum Anlass genommen hatte, um die Seiten zu wechseln. Danielle wäre darüber entsetzt gewesen. Caroline hatte Eric noch einmal gesehen, nachdem er sich Serrier angeschlossen hatte. Damals wollte sie mit ihm darüber reden, aber er hatte sich geweigert, ihr zuzuhören. Mireille tauchte an ihrer Seite auf.

„Was ist los mit dir?", fragte sie besorgt. „Du siehst so verstört aus."

„Der große Magier, den du angegriffen hast ... Er war früher mein Freund", erklärte Caroline. „Ich habe nie darüber nachgedacht, was passieren könnte, wenn wir uns in einem Kampf gegenüberstehen. Und jetzt ist es passiert und ich weiß immer noch nicht, wie ich damit umgehen soll."

In diesem Moment kamen die Sanitäter in den Raum. Caroline musste sich wieder um die Verwundeten und Gefallenen kümmern. „Wir reden später darüber. Jetzt habe ich anderes zu tun."

IN DEN Tunneln unter der Stadt machte Vincent erschöpft eine Pause. Er hatte sich nicht getraut, sie direkt in Serriers Hauptquartier zu transportieren, damit Chavinier der Spur ihrer Magie nicht folgen konnte. Vincent hielt seinen Freund auf den Armen und holte tief Luft. Eric atmete noch. Wenigstens war der Fluch von Bontoux nicht tödlich gewesen. Trotzdem musste er Eric so schnell wie möglich zu einem Mediziner bringen. Vincent hatte in diesem Krieg schon viel zu viele Freunde verloren. Er wollte nicht auch noch Eric verlieren.

Vincent verzog grimmig das Gesicht, als er über die Verluste nachdachte, die sie durch ihren missglückten Anschlag erlitten hatten. Hätten sie Erfolg gehabt, wäre es ein großer Gewinn gewesen. Er hätte der Regierung einen empfindlichen Schlag versetzt und die Übermacht der dunklen Magier unwiderlegbar unter Beweis gestellt. Aber unglücklicherweise war es kein Erfolg gewesen. Vincent warf Vuillemin einen bösen Blick zu. Die Unachtsamkeit dieses Mannes hatte Chavinier alarmiert, auch wenn Vincent sich nicht erklären konnte, wie der alte Mann so schnell eine Verteidigung organisiert hatte. Aber das war auch nicht sein Problem. Die strategischen Überlegungen überließ er Serrier und Eric und noch einigen anderen, die darin gut waren. Seine eigene Rolle in diesem Krieg war eine andere: brutale Gewalt. Das hatte er von Anfang an akzeptiert, als Serrier ihnen das erste Mal seine Doktrin der magischen Oligarchie erklärt hatte. Vincent stimmte den Methoden Serriers nicht immer zu, aber er konnte sich noch allzu gut an seinen Jugendfreund erinnern, der solange schikaniert worden war, bis er sich mit seiner Magie zur Wehr gesetzt hatte. Danach war er wegen angeblicher Verbrechen gegen Nichtmagische bestraft worden. Vincent konnte die Erinnerung daran nicht abschütteln. In Serriers Welt wären solchen Ungerechtigkeiten nicht mehr erlaubt. Vincent hoffte nur, dass mit dem Ende des Krieges auch Serriers extreme Methoden, die Gewalt und die Folter, wieder ein Ende finden würden. Sonst, so fürchtete er, wäre er mit der neuen Ordnung genauso unzufrieden wie mit der alten.

Aber jetzt musste er an Eric denken und handeln. Er befahl den anderen, auf unterschiedlichen Wegen zu Serriers Hauptquartier zurückzukehren, damit eventuelle Verfolger denken würden, sie hätten sich getrennt. Dann nahm er Eric fest in die Arme und missachtete seinen eigenen Befehl, indem er sie direkt in Serriers Krankenstation transportierte, damit die Mediziner sich um Erics Verwundung kümmern konnten.

„Was ist passiert?", schnappte Serrier ihn an, der sofort nach den Medizinern ins Zimmer gestürmt kam.

„Vuillemin hat einen Abwehrzauber ausgelöst", erklärte Vincent entschuldigend. „Ich weiß nicht, wie Chavinier so schnell darauf reagieren konnte, aber er hat uns in der Kapelle schon am Durchgang zum Justizpalast erwartet. Vielleicht hat vorher schon jemand einen Alarm ausgelöst und es nicht gemeldet."

Serrier sah ihn scharf an. „Ich werde mich selbst um Vuillemin kümmern Sorge dafür, dass sie Eric bald wieder auf die Beine bekommen. Ich will seine Meinung über die Angelegenheit erfahren."

Vincent nickte. Als Serrier wütend den Raum verließ, zog er einen Schwarm magischer Funken hinter sich her. Vincent war froh, dass diese Wut nicht auf ihn gerichtet war. Der arme Jean-Claude tat ihm fast leid. Wenn Serrier wütend war, rollten Köpfe. Manchmal wortwörtlich.

„In einigen Stunden ist er wieder auf den Beinen", unterbrach die Medizinerin Vincents Gedanken. „Der Fluch hat ihm nur das Bewusstsein genommen. Er wird keine dauerhaften Folgen haben; aber es ist besser, wenn er von sich aus wieder aufwacht."

„Danke", sagte Vincent zu der Frau. „Ich werde es Serrier ausrichten. Melde dich bei ihm oder mir, sobald Eric wieder bei Bewusstsein ist."

„Ja, Sir", erwiderte die Frau.

Als Vincent die Krankenstation verließ, schallte ein lauter Schmerzensschrei durch die Gänge. Die Mediziner würden bald noch mehr Arbeit bekommen, da war er sich sicher. Er drehte sich um und ging in die andere Richtung, weil er nicht sehen wollte, was von dem ungeschickten Magier übrig blieb. Für heute hatte er genug Blutvergießen erlebt.

9

„WIESO DAUERT das so lange?", brummte Sebastien. Er lief unruhig vor der kleinen Kabine hin und her, in der die Mediziner mit Thierry verschwunden waren, nachdem Sebastien mit seinem Partner auf den Armen in der Krankenstation erschienen war.

„Keine Ahnung", erwiderte Orlando, der sich ebenfalls Sorgen machte. Alain war zwar körperlich unversehrt, aber falls Thierry sich nicht wieder erholte, würde ihn das schwer treffen. Dazu kam, dass Orlando den blonden Magier mittlerweile auch persönlich zu schätzen gelernt hatte. Sebastien ging es offensichtlich nicht viel anders. „Wenn er auf der Krankenstation nicht die beste Behandlung bekommen würde, hätte Alain ihn nicht hierher gebracht. Er würde nie etwas tun, das Thierry schaden könnte."

Sebastien sah das nicht ganz so wie Orlando. Ohne Alains Eingreifen wäre Thierry nie auf der Krankenstation gelandet. Soweit Sebastien beurteilen konnte, was unter der Opéra Garnier passiert war, schien dem Magier allerdings keine andere Wahl geblieben zu sein. Das machte es für ihn jedoch nicht unbedingt einfacher, die Folgen für Thierry zu akzeptieren.

Der Mediziner kam aus der Kabine. „Sie können ihn jetzt sehen", informierte er sie. Sofort schob Sebastien sich an ihm vorbei in den kleinen Raum. Er knurrte, als er Alain auf der Matratze sitzen sah. Thierry war immer noch bewusstlos.

„Was ist los mit ihm?"

„Das werden wir erst genauer erfahren, wenn er wieder aufgewacht ist", antwortete Alain schuldbewusst. Es konnte so vieles schiefgegangen sein.

Seine Auskunft trug nicht dazu bei, Sebastiens Nerven zu beruhigen. „Und wann wacht er wieder auf?", fragte er barsch.

„Das wissen wir nicht."

Sebastien fasste ihn am Hemdkragen und zog ihn hoch. „Was wisst ihr eigentlich?", fragte er mit wutverzerrtem Gesicht.

Ohne lange nachzudenken, fasste Orlando den Vampir am Arm. „Loslassen." Er holte tief Luft und kämpfte um Beherrschung. „Damit änderst du nichts", fügte er hinzu und versuchte, die Situation zu entschärfen. Körperlich war Sebastien Alain überlegen, aber der konnte sich mit seiner Magie wehren, die auf den Vampir wirkte. Orlando wusste, dass Alain keinen Stab dazu brauchte. Ein überflüssiger Streit würde keinem von ihnen nutzen, am allerwenigsten Thierry.

Sebastien lockerte langsam seinen Griff. „Was könnt ihr mir sagen?" Er wusste, dass er die Kontrolle verloren hatte, konnte allerdings nicht viel dagegen tun. Das letzte Mal war ihm das mit Thibault passiert, doch damals hatte das Brandmal am Hals seines Avoué Sebastiens Reaktion erklärt. Thierrys Hals war zwar von Bisspuren übersät, aber er trug nicht Sebastiens Mal. Noch nicht. Dennoch fühlte Sebastiens sich genauso an ihn gebunden, wie es bei Thibault der Fall gewesen war.

„Er hat dir von dem Rite d'équilibrage erzählt?", wollte Alain wissen.

Sebastien nickte.

„Es ist etwas schiefgelaufen", erklärte Alain. „Raymond sollte unser Ankerpunkt sein, aber als er die Verbindung zur Elementarmacht hergestellt hat, hat sie sich stattdessen auf Thierry konzentriert und die Magie aus ihm herausgesogen. Was immer auch passiert ist – Thierry war nicht darauf vorbereitet und konnte sich nicht mehr befreien. Er hat sich abgeschottet. Stell dir vor, du würdest von einem mächtigen Sturm überrascht und müsstest Schutz suchen. Wir haben versucht, ihn zu erreichen, aber wir konnten nicht zu ihm vordringen, weil er komplett im Bann der Elementarmacht stand. Wir mussten ihn von außen befreien, indem wir seine Verbindung zu Magie gekappt haben. Die Gefahr liegt darin, dass wir diese Verbindung möglicherweise dauerhaft unterbrochen haben. Das werden wir erst erfahren, wenn er wieder aufwacht. Dann kann er uns sagen, ob er seine Magie noch spüren kann oder nicht."

„Aber ihr wisst nicht, wie lange es dauert, bis er wieder aufwacht", fragte Sebastien nach.

Alain zuckte hilflos mit den Schultern. „Das kommt darauf an, wie sehr ihn das Ritual und unser Eingreifen erschöpft haben. Magie ist keine äußere Macht, die irgendwo da draußen ist." Er wedelte mit dem Arm, um seine Worte besser zu erklären. „Sie kommt auch aus dem Inneren eines Magiers und erfordert körperliche Stärke. So ausgelaugt zu werden wie Thierry und sich dann noch dagegen wehren zu müssen – das kostet sehr viel Energie. Er muss sich erholen, muss körperlich und magisch wieder zu Kräften kommen."

„Auch wenn er noch sehr schwach ist, wenn er wieder aufwacht, wird er sofort wissen, ob er seine Magie noch hat. Das stimmt doch, oder?", wollte Orlando wissen. Er hatte eine Idee.

„Ja", versicherte Alain. „Aber es kann Tage dauern. Es hängt davon ab, wie viel Kraft es ihn gekostet hat."

„Ich kann eure Magie schmecken, wenn ich euch beiße", erklärte Orlando. „Könnte Sebastien nicht feststellen, ob Thierrys Magie noch vorhanden ist?"

„Wenn er wirklich so schwach ist, schade ich ihm damit vielleicht noch zusätzlich", widersprach Sebastien.

„Du musst nicht sehr viel trinken", erinnerte ihn Orlando. „Ein kleiner Blutstropfen ist mehr als genug, um euch davon zu überzeugen, dass er sich wieder erholen wird." *Und dann hört ihr vielleicht endlich auf, euch anzufauchen*, dachte er im Stillen. Er wollte ihnen nicht direkt sagen, wie lächerlich ihr kleinliches Gezänke war. Thierry musste sich schließlich nicht zwischen ihnen entscheiden. Der Magier hatte mehr als genug Zeit und Aufmerksamkeit, um für sie beide da zu sein.

Alain dachte über Orlandos Vorschlag nach. Er wog die Vor- und Nachteile sorgfältig ab. Auf der einen Seite könnten sie erfahren, ob Thierry sich wieder erholen würde. Auf der anderen Seite stand das Risiko, ihn körperlich und magisch noch mehr auszulaugen. Alain dachte an Orlandos ersten Biss auf dem Friedhof zurück. Der Vampir hatte nur einen kleinen Blutstropfen gebraucht, um Alain ins Herz zu sehen und die Magie zu schmecken. Es war lange nicht so viel gewesen, als wenn Orlando seinen Hunger gestillt hätte. Alain stellte fest, dass seine Erinnerung an diese erste Nacht verblasste vor dem Wohlgefühl, das der Aveu de Sang in ihm auslöste. „Ich weiß nicht, was wir tun sollen", gab er schließlich zu. „Es würde wahrscheinlich funktionieren. Aber ich kann nicht entscheiden, ob und wie es seine Genesung beeinflussen wird."

„So wichtig ist es nicht", entschied Sebastien. „Ich will nichts tun, um ihn noch mehr zu gefährden."

„Genau das ist das Problem", erwiderte Alain. „Wenn wir wüssten, ob seine Magie Schaden genommen hat, könnten die Mediziner ihn besser behandeln. Doch falls sie unbeschadet geblieben ist, würden sie ihn damit noch mehr schwächen. Es ist, als ob man einen Autoreifen aufpumpt. Wenn man einen leeren Reifen aufpumpt, kann man wieder fahren. Wenn man einen vollen aufpumpt, platzt er. Je früher die Mediziner Bescheid wissen, umso effektiver können sie ihn behandeln. Deshalb ist es so wichtig, dass er bald wieder aufwacht."

„Oder dass Sebastien ihn beißt", warf Orlando ein.

„Und wenn es ihn noch mehr schwächt?", fragte Sebastien beharrlich nach.

Orlando warf frustriert die Arme in die Luft. „Wie fühlst du dich, nachdem ich dich gebissen habe?", fragte er Alain, der sofort rot wurde. Orlando ignorierte es. „Fühlst du dich geschwächt?"

„Natürlich nicht", mischte sich Sebastien ein. „Der Aveu de Sang verhindert es."

„Dann fragt eben einen anderen Magier oder eine andere Magierin", sagte Orlando seufzend. „Und während ihr euch hier nicht entscheiden könnt, liegt Thierry unbehandelt im Bett, obwohl es Möglichkeiten gäbe, ihm zu helfen. Ich weiß, dass es nicht meine Entscheidung ist. Aber ich verstehe euer Problem nicht. Ich kann mir wirklich nicht vorstellen, dass ein kleiner Tropfen Blut einen solchen Unterschied machen soll."

„Was meinst du?" Sebastien sah Alain ernsthaft an. Sein Verstand sagte ihm, dass der Magier die Lage am besten einschätzen konnte, auch wenn sein Instinkt sich dagegen wehrte. Sebastien hoffte, dass sich das mit der Zeit ändern würde und dass sie diese Zeit noch hatten. Aber noch musste er auf Alains Entscheidung vertrauen. „Du kennst ihn besser als ich. Wenn Thierry einem Menschen vertraut, für ihn zu entscheiden, dann dir."

Was würde Thierry wollen?, fragte sich Alain. Sein bester Freund hatte immer die Taten den Worten vorgezogen, hatte nie Angst gehabt, ein Risiko einzugehen, wenn er sich davon einen Vorteil versprach. Manchmal ging es gut aus und manchmal nicht. Aber das hielt Thierry nie davon ab, sein Glück aufs Neue zu versuchen. Wenn ihre Lage umgekehrt wäre, würde Thierry alles daran setzen, Alain so schnell wie möglich die beste Behandlung geben zu können. „Wer nicht wagt, der nicht gewinnt", erwiderte er leise. „Trink so wenig wie möglich, damit es ihn nicht noch mehr schwächt. Aber finde heraus, ob er seine Magie noch hat. Wir lassen euch allein."

„Schon gut", meinte Sebastien. „Ihr könnt ruhig bleiben. Es ist nur ein kleiner Kuss."

Alain warf Orlando einen fragenden Blick zu. Orlando nickte. Sebastien wollte nicht trinken, und außerdem hatte er sie eingeladen. Wichtig war, dass Alain das Angebot gemacht hatte, Sebastien und Thierry allein zu lassen. Orlando trat einen Schritt zurück und zog Alain mit sich. So störten sie Sebastien nicht, der langsam auf das Bett zuging.

Sebastien setzte sich vorsichtig an Thierrys Seite auf die Matratze. Er sah seinem bewusstlosen Partner ins Gesicht und fasste ihn an der Hand. Im Schlaf sah Thierry jünger aus. Die Sorgenfalten um seinen Mund und auf der Stirn hatten sich geglättet und er wirkte entspannt. Aber mit der Anspannung war auch die Energie verschwunden, die der Magier sonst ausstrahlte. In seinem Gesicht war nichts mehr von der scharfen Intelligenz und dem bissigen Humor zu erkennen, die Sebastien an seinem Geliebten zu schätzen gelernt hatte. Sebastien hob die Hand und streichelte Thierry sanft über die Stirn.

Auf der anderen Seite des Raums wandte Alain den Blick ab. Sebastien mochte den Biss nur als einen kleinen Kuss bezeichnet haben, aber der Magier erkannte sehr wohl, dass zwischen den beiden Männern mehr vor sich ging, als es auf den ersten Blick den Anschein hatte. Thierry hatte sein Interesse an Sebastien offen zugegeben, als Alain das letzte Mal mit ihm gesprochen hatte. Offensichtlich hatte Thierry in der Zwischenzeit auch danach gehandelt, denn wenn man die Zärtlichkeit sah, mit der Sebastien Thierrys Hand an den Mund hob, bestand kein Zweifel mehr daran, dass die beiden Geliebte waren. Alain hoffte sehr, dass Sebastien Thierrys Herz fürsorglicher behandeln würde, als Aleth es getan hatte. Sonst würde er den Vampir zur Rechenschaft ziehen müssen.

Alain und Orlando standen nebeneinander an der Wand. Sie berührten sich nicht, aber sie gehörten eindeutig zusammen. Sebastien warf ihnen einen kurzen Blick zu. Er beneidete sie um die Nähe und die Verbundenheit, die sie durch den Aveu de Sang eingegangen waren. Er drehte sich wieder zu Thierry um und leckte ihm zärtlich über die Haut am Handgelenk. Dann biss er zu, gerade tief genug, um einige Blutstropfen auf der Zunge schmecken zu können. Er spürte die unendliche Erschöpfung und Müdigkeit in Thierry, die er auf die Anstrengungen des Rituals zurückführte. Zu seiner Erleichterung konnte er aber auch die Magie schmecken, die kraftvoll durch Thierrys Adern floss. Sebastien zog die Zähne zurück und leckte über die Wunde, um sie wieder zu schließen. In diesem Augenblick fühlte er, wie Thierrys Hand sich in seiner leicht bewegte.

„Sebastien?" Thierrys Stimme war ein leiser Hauch und seine Lider flatterten. Dann öffnete er die Augen. „Wo bin ich?"

Alain, der automatisch einen Schritt vorgetreten war, als er die Stimme seines Freundes hörte, blieb zögernd wieder stehen. Er war sich unsicher, was er tun sollte. Noch vor wenigen Wochen wäre das keine Frage gewesen. Er wäre an Thierrys Seite geeilt und hätte ihn bis zu dessen vollständiger Genesung nicht mehr aus den Augen gelassen. Aber jetzt schien Alain durch einen anderen Mann ersetzt worden zu sein. Er spürte eine Hand, die ihn sanft am Arm nahm, und drehte sich zu Orlando um. Der Vampir forderte ihn mit einer leichten Kopfbewegung auf, das Zimmer zu verlassen. Alain nickte und folgte ihm vor die Tür.

„Jetzt ist Thierry wach und kann selbst entscheiden, ob er magische Hilfe braucht, nicht wahr?", wollte Orlando wissen.

„Ja."

„Dann sollten wir die beiden jetzt allein lassen", schlug Orlando vor.

Alain war immer noch hin- und hergerissen zwischen dem Bedürfnis, für Thierry da zu sein, und der Logik in Orlandos Worten. Aber er musste akzeptieren, dass Sebastien für Thierry jetzt an erster Stelle stand. Alain konnte den beiden keine Vorwürfe machen, denn schließlich hatten sich seine Prioritäten auch gewandelt und galten dem schlanken Vampir an seiner Seite. „Wir müssen herausfinden, was bei dem Ritual falsch gelaufen ist", sagte er. Thierry war wieder bei Bewusstsein und es wurde Zeit, dass sie sich auf die drängenden Probleme konzentrierten.

„Dann sollten wir mit Raymond reden."

„Raymond ist wahrscheinlich in seinem Büro und stöbert in den alten Büchern, um die Ursachen zu ergründen", überlegte Alain. „Lass uns zu ihm gehen. Vielleicht hat er schon Hinweise gefunden."

Sie gingen durch die verwinkelten Gänge des Hauptquartiers zu Raymonds Büro. Ihr Klopfen wurde mit einem abwesenden „Herein!" beantwortet.

Als Alain und Orlando das Büro betraten, hob Raymond den Kopf. „Wie geht es Thierry?", fragte er sofort, als er die beiden erkannte. „Ich suche nach Gründen für das, was passiert ist. Wenn ich mehr darüber herausgefunden habe, weiß ich vielleicht auch, wie man ihm besser helfen kann."

„Er ist vor einigen Minuten aufgewacht", informierte ihn Alain.

„Ist seine Magie noch intakt?"

„Das wissen wir nicht. Wir sind nicht lange genug geblieben, um ihn zu fragen", erwiderte Alain.

Raymond stand die Überraschung über Alains Antwort ins Gesicht geschrieben.

„Sein Partner ist bei ihm", erklärte Orlando. „Wir hielten es für besser, die beiden allein zu lassen. Wir Vampire können sehr besitzergreifend sein."

Wir stellen das Objekt unserer Leidenschaft auf ein Podest. Unsere gesamte Existenz dreht sich nur noch um die Dinge oder die Personen, denen unsere Zuneigung gilt. Monsieur Lombards Worte schossen Raymond durch den Kopf. Orlandos Bemerkung bestätigte ihre Vermutung, dass der Bund zwischen den Partnern eine vorteilhafte Wirkung auf die Elementarmagie ausübte.

„Er war bei Bewusstsein und hat gesprochen", führte Alain aus. „Falls er magische Hilfe braucht, wird er darum bitten. Uns interessiert jetzt vor allem, was am See passiert ist."

„Ich habe keine Ahnung", sagte Raymond seufzend. „Alles verlief erwartungsgemäß, bis sich die Beziehung zwischen uns und der Elementarmacht plötzlich geändert hat. Wir konnten den Strom der Magie nicht mehr lenken. Die Elementarmacht hat unsere Magie irgendwie in den Griff bekommen und einfach aus uns herausgesogen. Ich habe dieses Ritual schon ungezählte Male durchgeführt, aber das ist mir noch nie passiert."

„War das magische Ungleichgewicht schon jemals so stark wie zurzeit?", fragte Alain nach.

„Nein, das war es nicht", gab Raymond zu. „Aber es war stark genug, um auszufallen."

„Worin lag dann der Unterschied zu diesem Ritual?"

„Das weiß ich eben nicht!", rief Raymond. „Wenn ich es wüsste, wäre es nie so weit gekommen."

„Was könnte denn dieses Mal anders gewesen sein?", hakte Orlando nach. „Habt ihr den See schon früher für das Ritual benutzt?"

Raymond nickte. „Ab und zu. Meistens dann, wenn besonders viele Magier an dem Ritual teilgenommen haben."

„Dann liegt es nicht am Ort."

„Nein. Darüber habe ich auch schon nachgedacht und es ausgeschlossen. Es liegt auch nicht an der Anzahl der Teilnehmer. Ich habe Unterlagen über Rituale, an denen sogar noch mehr Magier teilgenommen haben. Es gab keine Probleme."

„Ich weiß, dass Thierry nicht mit deiner führenden Rolle in dem Ritual einverstanden war", gestand Alain. „Könnte sein Widerstand sich vielleicht negativ ausgewirkt haben? Könnte er sich – bewusst oder unbewusst – deiner Kontrolle widersetzt haben?" Die Vorstellung war Alain unangenehm, aber er konnte sich durchaus vorstellen, dass Thierry so reagierte. Besonders dann, wenn ihm etwas an dem Ritual merkwürdig vorgekommen war.

Raymond rief sich die Details des Rituals ins Gedächtnis zurück. „Ich hatte das Gefühl, die Störung kam von außen", wiederholte er. „Es war nicht so sehr, dass wir die Kontrolle verloren haben, sondern eher, dass die Elementarmagie sie an sich gerissen und sich auf Thierry gestürzt hat. Die Frage ist nur, warum sie das getan hat. Wenn es Marcel gewesen wäre, hätte mich das nicht gewundert. Aber Thierry ist nicht sehr viel mächtiger als ich. Falls er überhaupt mächtiger ist."

„Als ich gekommen bin, hast du noch auf den Beinen gestanden. Thierry nicht", warf Alain ein.

„Ja. Aber ich war auch nicht im Mittelpunkt des Wirbels", erinnerte ihn Raymond. „Als wir das Netz über Thierry geworfen haben, konnte ich spüren, wogegen er kämpfte. Ich hätte mich an seiner Stelle nicht viel besser geschlagen."

„Richtig", stimmte Alain ihm zu. Es hatte es auch gefühlt. Die Elementarmagie war mit aller Macht gegen den Schutzschild geprallt, als sie Thierry ihrem Zugriff entzogen hatten. „Aber worin lag denn dann der Unterschied?"

„Mir fällt nur noch eine Möglichkeit ein", sagte Raymond bedächtig. Er war sich nicht sicher, ob er ohne Marcels Einwilligung darüber reden sollte. „Es liegt an der Natur der Partnerschaften."

„Was?", riefen Alain und Orlando wie aus einem Mund.

Raymond seufzte. Er musste es ihnen erklären. „Wenn wir recht haben mit unseren Vermutungen, dienen die Partnerschaften nicht nur der Allianz. Sie tragen auch zum magischen Gleichgewicht bei. Und wenn das der Fall ist, kann es durchaus sein, dass es die enge Verbindung zwischen Thierry und Sebastien war, die ihn zum Mittelpunkt des Rituals gemacht hat."

Alain und Orlando sahen sich an. Sie hatten mit eigenen Augen gesehen, wie zärtlich Sebastien auf der Krankenstation zu Thierry gewesen war. „Thierry hat erwähnt, dass Sebastien lieber oft und wenig Blut von ihm trinkt, anstatt sich seltener ganz zu sättigen", meinte Alain zögerlich, weil Thierry es wahrscheinlich nicht sehr schätzen würde, dass Alain ein vertrauliches Gespräch weitergab.

„Vielleicht hat das die Aufmerksamkeit der Elementarmacht auf ihn gelenkt. Vielleicht war das der Unterschied zwischen Thierry und den anderen Teilnehmern des Rituals", überlegte Raymond. „Es wäre eine logische Erklärung."

„Es könnte auch noch andere Aspekte geben, die eine Rolle gespielt haben", ergänzte Alain. „Ich habe Thierry nicht nach seinen Erfahrungen gefragt, aber ich selbst fühle mich gestärkt, nachdem Orlando von mir getrunken hat. Jedenfalls fühle ich mich danach eher mächtiger, nicht schwächer. Falls das nicht nur am Aveu de Sang liegt, könnten Sebastiens zahlreiche Bisse die gleiche Wirkung gehabt und Thierry so zum Ankerpunkt für die Elementarmagie gemacht haben. Dann ist das Ritual vielleicht nur deshalb aus dem Ruder gelaufen, weil Thierry nicht darauf vorbereitet war und überrascht wurde."

„Das hört sich vernünftig an", stimmte Raymond ihm nach kurzem Überlegen zu. „Obwohl mir nicht sehr wohl ist bei dem Gedanken, es auf die Probe stellen zu müssen."

„Was sollen wir denn sonst tun? Es beim nächsten Mal nur mit Magiern versuchen, die keine Partner haben?"

„Hat es denn nicht funktioniert?", fragte Orlando. Er hoffte nicht, dass Alain sich für den nächsten Versuch als Ankerpunkt anbieten würde.

Raymond wurde rot. „Ich war so sehr damit beschäftig, nach den Ursachen zu suchen, dass ich die Wirkung des Rituals noch nicht überprüft habe."

„Dann solltest du es jetzt nachholen", meinte Alain.

„Ich brauche dazu eine Schale mit Wasser."

„Dann überprüfe ich es", bot ihm Alain an. „Meine Magie beruht auf der Affinität zu Luft."

Raymond gab ihm mit einer Geste sein Einverständnis. Alain schloss die Augen und konzentrierte sich auf die magische Kraft der Luft, die sie umgab. Er kanalisierte sie so, wie Raymond es am See mit der Magie des Wassers getan hatte. Leichte Vibrationen lagen in der Luft, dann beruhigte sie sich wieder. Von dem Ungleichgewicht war nichts mehr zu spüren.

Orlando sah verwirrt zwischen Alain und Raymond hin und her. Er erkannte Alains Konzentration, dann die Überraschung im Gesicht der beiden Magier. Orlando hatte ihr Gespräch nur halb verstanden, weil sie über Dinge geredet hatte, von deren Existenz er bis vor wenigen Wochen noch keine Ahnung gehabt hatte. „Was ist los?", fragte er, als Alain wieder die Augen öffnete. „Was ist passiert?"

„Nichts", antwortete Alain erstaunt. „Nicht ist los und nichts ist passiert. Das habe ich seit Beginn des Krieges nicht mehr erlebt. Es gibt keinerlei Anzeichen für ein örtliches Ungleichgewicht. Aber ich habe sicherheitshalber nur in unmittelbarer Nähe danach gesucht."

Raymond war begeistert. „Selbst wenn es nur eine lokale Verbesserung ist, ist das ein unglaublicher Erfolg. Das magische Gleichgewicht war in Paris seit Jahren nicht mehr so stabil."

„Aber zu welchem Preis?", fragte Alain und dachte an Thierry, der oben in der Krankenstation lag. Sicher, Thierry war wieder bei Bewusstsein, aber er war beileibe nicht unversehrt davongekommen.

„Das bleibt abzuwarten", gab Raymond zu. „Aber für den Moment haben wir ein stabiles Gleichgewicht und müssen es nur aufrechterhalten. Da uns jetzt die Vampire in unserem Kampf unterstützen, können wir vielleicht sogar einige Magier abstellen, die sich permanent um die Aufgabe bemühen."

„Das muss Marcel entscheiden", meinte Alain. Sein Gewissen nagte immer noch an ihm, weil er Thierry einfach verlassen hatte. „Ich will jetzt erst nachsehen, wie es Thierry geht."

Raymond nickte, als Alain mit Orlando das Büro verließ. Er wusste, was die anderen Magier von ihm hielten. Er war ihre Informationsquelle, aber er war nicht ihr Freund. Raymond hatte gelernt, damit zu leben. Aber er sehnte sich nach einem Menschen, dem etwas an ihm lag und der sich um ihn kümmerte, so wie die anderen sich umeinander kümmerten. Seine verräterischen Gedanken schweiften zu seinem Partner ab, der sich irgendwo mit Marcel eingeschlossen hatte, um politische Strategien zu diskutieren. Vielleicht konnte Jean ihn ja im Laufe der Zeit mit den gleichen Augen sehen.

Als sie wieder auf der Krankenstation ankamen, blieb Alain vor Thierrys kleiner Kabine stehen. „Darf man eintreten?", fragte er scherzhaft.

Sebastiens Kopf kam zwischen den Vorhängen hervor. „Er ist wieder eingeschlafen. Er sagt, dass sich seine Magie genauso anfühlt, wie vor dem Ritual. Er ist nur völlig erschöpft, aber seine Magie scheint keinen Schaden genommen zu haben."

„Dieu merci!", murmelte Alain. „Haben die Mediziner ihn schon untersucht?"

„Sie sagen, dass er wieder nach Hause darf, sobald er aufwacht. Aber er muss sich für den Rest der Woche noch schonen", sagte Sebastien. „Er war nicht sehr glücklich darüber, aber er war zu müde, um ihnen zu widersprechen."

„Das wird nicht lange so bleiben", warnte Alain.

„Er braucht mehr als eine Woche Ruhe, um es mit mir aufnehmen zu können", meinte Sebastien. „Ich sorge schon dafür, dass er sich schont."

Hinter den Vorhängen waren leise Geräusche zu hören. Thierry war aufgewacht und versuchte, sich im Bett aufzusetzen.

„Lass das sein", rief Sebastien und lief zum Bett zurück. „Du solltest noch schlafen!"

„Er hat es schon immer gehasst, krank zu sein", sagte Alain mit einem breiten Grinsen.

Thierry warf ihm einen wütenden Blick zu.

„Wir fühlst du dich?", fragte Alain unbeeindruckt.

„Als wäre ich vor einen Zug gelaufen."

„So siehst du auch aus", scherzte Alain.

„Fick dich", gab Thierry zurück.

„Das ist mein Job!", mischte sich Orlando ein, bevor Alain etwas erwidern konnte. Dann schlug er sich erschrocken die Hand vor den Mund. Seine Verlegenheit ließ rasch nach, als die drei anderen nur laut lachten.

„Ernsthaft, Thierry", sagte Alain, nachdem sich das Gelächter wieder gelegt hatte. „Wir fühlst du dich?"

„Müde", erwiderte Thierry. „Ich glaube, ich war noch nie so müde. Die Mediziner meinen, das wäre normal. Sie hatten nicht damit gerechnet, dass ich so schnell wieder zu Bewusstsein komme. Sie haben keinerlei Auswirkungen auf meine Magie feststellen können, und ich selbst kann auch keine Veränderung erkennen."

„Gut. Sebastien sagt, du kannst schon wieder nach Hause gehen. Ich suche nach einem Mediziner, der die Entlassungsformalitäten erledigt", bot Alain an.

Thierry lächelte müde. „Danke."

Alain erwiderte sein Lächeln und ging mit Orlando zurück auf den Flur. „Dein Job?", neckte er und Orlando wurde wieder rot. Alain beugte sich zu ihm und küsste ihn auf den Mund. „Jetzt kümmern wir uns um Thierry, und danach gehen wir nach Hause, damit du deinen Job erledigen kannst."

Orlando hielt das für die beste Idee des ganzen Tages.

Hinter dem Vorhang nahm Sebastien Thierry an der Hand. „Wir holen dich hier so schnell wie möglich raus."

„Ich will nach Hause", gestand Thierry. „Und dann will ich in mein eigenes Bett. Ich kann den Geruch von Krankenhäusern nicht ertragen."

„Bald", versprach Sebastien. „Bald kannst du in deinem eigenen Bett schlafen."

Thierry kämpfte gegen seine Müdigkeit. Wenn er einschlief, konnten die Mediziner ihn nicht nach Hause transportieren. „Bleibst du bei mir?", fragte er leise.

Sebastien drückte ihm die Hand. „Solange du mich brauchst."

10

„Es wird Zeit."

Adèle nahm den Vampir, der plötzlich an ihrer Seite aufgetaucht war, nicht zur Kenntnis. Stattdessen gab sie in aller Ruhe Charlotte und dem Rest der Einheit ihre Befehle.

Ungeduldig packte Jude sie am Arm und zog sie zu sich herum.

Adèles Augen funkelten zornig. „Wir sehen uns später, Charlotte", sagte sie und entzog sich Judes Griff. „Ich muss mich noch um eine andere Angelegenheit kümmern."

Charlotte nickte und ging. Sie war froh, nicht die Einzige zu sein, die ab und zu Probleme mit ihrem Partner hatte. „Mach dir keine Sorgen. Ich erledige alles."

„Danke", erwiderte Adèle und drehte sich wieder zu Jude um. „Wie kann ein Mensch nur so unerträglich sein", fuhr sie ihn an und machte sich an ihm vorbei auf den Weg zur Haltestelle der U-Bahn, mit der sie in ihre Wohnung fahren wollten. Sie fragte ihn nicht danach, wo er wohnte und ob er lieber zu sich nach Hause fahren wollte. Wenn sie sich schon mit ihm einließ – und sie konnte es selbst noch nicht recht glauben –, dann nur zu ihren eigenen Bedingungen.

„Oh, du hast mich noch nicht in Hochform erlebt", schnauzte Jude sie an und nahm sie am Arm, als wäre sie sein Besitz. Er fragte nicht, wohin sie gingen. Es war ihm auch egal, solange sie nur ungestört waren. Er konnte sogar auf ein Bett verzichten. Eine glatte Oberfläche reichte aus – horizontal oder vertikal.

„Lass mich los", zischte sie ihn an, als sie die Treppe hinab zur Métro gingen. Die Nachricht von dem Kampf am Eiffelturm hatte sich offensichtlich schon verbreitet, denn am Bahnsteig war kein Mensch zu sehen.

„Versuch's doch", forderte Jude sie heraus und drückte sie mit dem Rücken an die Wand, um sich lüstern an ihr zu reiben.

Sie konnte die Erregung nicht unterdrücken, die in ihr aufflammte, als sie seine Erektion spürte. Dafür war *sie* verantwortlich, aber sie wusste nicht, wie sie darauf reagieren sollte. Sie weigerte sich, ihm einfach nachzugeben. Ihre Bedingungen oder keine. In der Hoffnung, dass Vampire nicht immun gegen Schmerzen waren, zog sie ihn mit aller Kraft an den Ohren. Als er den Kopf zurückzog, schlüpfte sie an ihm vorbei und rannte zu dem Zug, der gerade eingefahren war. Sie grinste, als sich hinter ihr die Türen schlossen, aber Jude schaffte es, im letzten Moment noch in den Zug zu springen. Adèle warf ihm einen finsteren Blick zu.

Bevor sie reagieren konnte, war Jude schon bei ihr und drückte sie in einen Sitz. Er fasste sie an den Haaren und zog ihren Kopf nach hinten. Die andere Hand legte er auf ihre Hüfte und hielt sie damit auf dem Sitz fest. Adèle wehrte sich gegen ihn, auch wenn es für sie mehr eine Frage des Prinzips war. Dann fühlte sie seine Lippen und seine Zähne am Hals und gab ihren Widerstand auf. Sie legte ihm die Hand auf die Schulter und zog ihn näher, als die Erregung des Bisses von ihr Besitz ergriff.

Der Geschmack von Adèles Blut explodierte auf Judes Zunge. Er hatte sich daran gewöhnt, ihre Abwehr zu schmecken. Jetzt war davon nichts zu spüren. Nur noch Lust und Erregung lagen in ihrem Blut. Jude schwirrte der Kopf, so berauschend war diese Kombination. Er fragte sich, was er wohl tun musste, um diese Mischung öfter zu schmecken. Jude ließ die Hand von ihrer Hüfte nach oben wandern, um ihr die Bluse aus der Hose zu ziehen und ihre glatte Haut zu fühlen. Er war zu eifersüchtig, um sie in der Öffentlichkeit auszuziehen. Niemand außer ihm sollte sie nackt erblicken. Aber er konnte sie berühren und seine eigene Erregung, durch den zurückliegenden Kampf angefacht, mischte sich mit dem Geschmack in ihrem Blut und ließ ihn seine Bedenken vergessen. Adèle gehörte ihm und er wollte sie auf jede Art in Besitz nehmen, die einem Vampir zur Verfügung stand. Sie war in diesem Augenblick nicht in der Lage, ihn zurückzuweisen. Jude konnte die Akzeptanz in ihrem Blut schmecken, als ihr Körper sich an ihn drückte.

Während der Zug durch die dunklen Tunnel in Richtung Chevaleret fuhr und die fast menschenleeren Haltestellen passierte, nutzte er jede Möglichkeit, ihre Lust noch weiter anzustacheln. Sie stöhnte leise und presste sich an ihn, als er ihre Brüste massierte. Ihre Hände fuhren ihm verlangend über den Rücken, die Schultern und den Hals. Durch das Hemd und den BH konnte er ihre Brustwarzen spüren, die sich unter seinen Händen versteiften. Er saugte fester an ihrem Hals, schwelgte im Geschmack ihrer Erregung und zwickte die harten Nippel mit den Fingern. Es löste einen weiteren Ansturm der Erregung in ihr aus und ihr Körper bebte unter seinen Händen. Jude konnte ihre Hände auf seinem Arsch spüren und vergaß alles um sich herum, bis auf die Würze ihres Blutes und den Wunsch, sie so schnell wie möglich zum Höhepunkt zu bringen. Er verfluchte den Tag, an dem modernen Frauen das Tragen von Hosen erlaubt worden war. Er sehnte sich nach den weiten Röcken seiner Jugendzeit, die es ihm erlaubt hätten, sie überall zu berühren, ohne mehr preiszugeben, als er selbst wollte. Jude beschränkte sich darauf, sie durch die Kleidung mit der Hand zu reiben. Er musste insgeheim lächeln, als er die Reaktion darauf in ihrem Blut schmecken konnte. Sie mochte schimpfen und fluchen, aber sie war doch nur eine Frau. Und wie jede Muschi, schnurrte auch sie unter seinen Händen, wenn er sie erst in den Griff bekam.

Adèles Kopf fiel ihr in den Nacken und schlug an die Metallwand des Wagens, als sie seine Hände zwischen den Beinen spürte. Sie sollte sich dagegen wehren, zumal sie in einem öffentlichen Verkehrsmittel unterwegs waren. Allerdings waren sie momentan vollkommen allein in dem Abteil und es war so lange her, seit jemand sie mit solcher Meisterschaft berührt hatte. Sie konnte sich nicht dazu durchringen, die Worte zu finden, um ihn aufzuhalten. Sie brauchte einen starken Mann, sonst würde sie ihn verschlingen, bis nur noch ein Nervenbündel von ihm übrig war und sie selbst unbefriedigt blieb. Mit Jude musste sie das nicht befürchten. Sie fühlte seine Finger, die sich so tief in ihren Schoß schoben, wie es der Stoff ihrer Hose erlaubte. Ihr ganzer Körper brannte vor Lust, als er die empfindlichsten Stellen ausfindig machte und daran rieb. Adèle musste sich auf die Zunge beißen, um ihn nicht anzuflehen. Niemals würde sie diesem unerträglichen Mann die Befriedigung geben, sie betteln zu hören.

Als der Zug in die nächste Station einfuhr, musste Adèle sich zwingen, die Augen zu öffnen. Pasteur. Die nächste Haltestelle war Montparnasse. Selbst wenn hier niemand einstieg, in Montparnasse würde sich das ändern. Adèle nahm all ihre Selbstbeherrschung zusammen und zog den Stab, um die Türen zu ihrem Abteil mit einem Zauber zu belegen und den Eindruck zu erwecken, dass hier schon alle Plätze besetzt waren. Einen anderen Magier konnte sie damit nicht hinters Licht führen, aber auf normale Passagiere würde es wirken.

Danach ließ sie den Stab einfach fallen und konzentrierte sich nur noch darauf, sich bei Jude zu revanchieren. Sie legte die Hand auf seine Erektion, die sich unerbittlich an ihre Hüften presste, und streichelte sie mit der gleichen Hingabe, die Jude ihr zukommen ließ.

Der Geschmack nach Magie in Adèles Blut ließ Jude für einen kurzen Moment zu sich kommen und er hörte ihre Beschwörung. Dann fühlte er ihre Hand an seinem Schwanz und konnte nur noch an die Magie ihrer Berührung denken. Seine eigene Erregung und die Lust, die er in ihrem Blut schmeckte, ließen ihn an seine Grenzen stoßen, aber er weigerte sich, die Kontrolle aufzugeben. Stattdessen verdoppelte er seine Anstrengungen, sie um den Verstand zu bringen und gab dem Begehren nach, sie noch intimer zu berühren. Er öffnete den Knopf an ihrer Hose und zog den Reißverschluss auf. Er wusste, dass sie ihn willkommen heißen würde, als er die Hand in ihren Slip schob und seine Finger in die feuchte Wärme zwischen ihren Beinen gleiten ließ. Mit einem befriedigten Lächeln leckte er sich über die Zähne. Er wollte ihr keine Chance mehr geben, sich gegen ihr Verlangen zu wehren.

Adèle bog mit einem leisen Schrei den Rücken durch, als sie seine Finger in sich spürte. Als er mit dem Daumen ihre Klitoris massierte, floss sie fast über. Jude hob den Kopf, leckte sie am Hals und fuhr ihr mit der Zunge übers Ohr. „Komm für mich, meine kleine Muschi." Er knabberte an ihrem Ohrläppchen und biss sie dann, bis ein kleiner Blutstropfen hervorquoll. Jude leckte ihn genießerisch ab und schloss die Wunde wieder.

„Bastard", zischte Adèle, als seine Worte den Bann brachen, den seine Sinnlichkeit über sie geworfen hatte. Sie wollte sich ihm entziehen, aber die Versuchung und das Versprechen, das in seinen Berührungen lag, waren zu groß. „Du bist nicht Manns genug, um mich kommen zu lassen."

Jude fühlte sich durch diese Zweifel an seiner Männlichkeit noch mehr herausgefordert. Er zog ihren Kopf zurück und fiel in einer Mischung aus Blutdurst und Leidenschaft über ihren Hals her. Er schob einen zweiten Finger in sie hinein und rieb sie fester mit seinem Daumen. Dann lockerte er seinen Griff und wartete ab, ob sie sich gegen seinen Biss zur Wehr setzen würde. Als sie nicht versuchte, den Kopf zu heben, ließ er ihre Haare ganz los und widmete sich ihren Brüsten. Er zog ungeduldig an der störenden Bluse und riss sie in der Mitte auseinander, bis ihn nichts mehr von der nackten Haut trennte, die darunter verborgen lag.

„Arschloch", fluchte sie und krallte die Hände in seinen Hals. „Das war meine Lieblingsbluse." Sie zahlte es ihm heim, indem sie ihn an den Haaren zog, bis er die Zähne aus ihrem Hals ziehen musste. Die andere Hand drückte sie an seinen Schwanz in dem Versuch, die Kontrolle wiederzuerlangen. Sie hätte wahrscheinlich darauf verzichtet, wenn sie sich mit Judes Augen gesehen hätte. Für ihn verkörperte sie das Sinnbild der Lüsternheit und seine Erregung ließ ihn alle Skrupel vergessen. Adèles Wangen waren rot angelaufen vor Leidenschaft und Zorn. Ihr Mund war wutverzerrt und nahezu unwiderstehlich. Aus der Bisswunde an ihrem Hals tropfte Blut wie ein Sirenengesang, der ihn nicht mehr losließ. Ihre nackten Brüste bebten unten den Resten der zerrissenen Bluse. Sie hatte die Beine gespreizt und Jude schob seine Finger tiefer in ihren Körper, fest entschlossen, ihr auch noch die letzte Selbstbeherrschung zu rauben.

„Bald", sagte er mit einer Stimme, die vor männlicher Überheblichkeit nur so triefte. „Bald werde ich nicht nur mit den Fingern in deinem heißen Körper sein. Du kannst sagen, was du willst, meine Muschi. Ich weiß genau, was du wirklich willst, und genau das bekommst du von mir."

„Wenn die Hölle einfriert", erwiderte sie und drückte seinen steifen Schwanz bis hart an die Schmerzgrenze. „Ich nehme mir selbst, was ich will, wann ich es will und wo ich es will."

„Mein Kätzchen hat also Krallen?" Er fasste sie am Handgelenk und drückte ihre Hand an die Rücklehne des Sitzes. „Wir werden ja sehen, wie es schnurren kann, wenn ich erst mit ihm fertig bin." Seine Finger waren unerbittlich und ließen sie nicht mehr klar denken. Sie wehrte sich dagegen, wollte nicht so einfach aufgeben. Aber sie hatte zu lange keinen Liebhaber mehr gehabt und ihr Körper hatte seinen eigenen Willen. Sie mochte sich gegen Jude wehren können, aber nicht gegen sich selbst. Adèle ergab sich in das Unausweichliche, schloss die Augen und überließ sich ihrem Orgasmus, ohne auf Judes lüsterne Kommentare zu achten, der die Finger aus ihr zog und sie genießerisch brummend ableckte. „Wenn du an meinen Fingern schon so gut schmeckst, kann ich kaum abwarten, dich auf meiner Zunge zu schmecken."

Adèle zog den Mantel vor sich zusammen, um ihre zerrissene Bluse zu bedecken. Dann stand sie auf. Ihre Knie zitterten immer noch von dem überwältigenden Orgasmus, den Judes Finger in ihr ausgelöst hatten. „Träum schön", sagte sie sarkastisch, drehte sich um und ging durch die geöffnete Tür auf den Bahnsteig. Jude lief ihr fluchend nach, fasste sie am Arm und drehte sie zu sich um.

„Wir sind noch nicht fertig miteinander."

Sie sah ihn höhnisch von oben bis unten an. Seine Hose war ausgebeult und sein steifer Schwanz musste ihm entschieden unangenehm sein. „Wie?", fragte sie herausfordernd. „Du bist nicht gekommen? Meine Schuld ist das nicht." Sie entzog sich seinem Griff und lief, zwei Stufen auf einmal nehmend, die Treppe hinauf zur Straße.

Wütend lief Jude hinter ihr her. Er war versucht, sie einfach an die Wand zu pressen, um sie hier und jetzt zu ficken. Aber es war früher Nachmittag und zu viele Passanten unterwegs. Selbst wenn sie sich nicht wehrte – und er machte sich keine Illusionen über ihre Reaktion –, würde sich mit Sicherheit jemand wegen Verletzung des öffentlichen Anstands beschweren. Wenn sie erst in ihrer Wohnung waren – oder wo immer sie ihn auch hinführte –, wollte er sich nehmen, was ihm zustand. Und er würde ihr schon zeigen, was sie verpasst hatte.

Adèle war sich sehr wohl bewusst, dass Jude ihr folgte. Aber sie wusste nicht, wie sie ihn loswerden sollte. Sie wollte nicht um Hilfe schreien, obwohl ihre zerrissene Bluse und das Blut an ihrem Hals ihn mit Sicherheit für die nächsten Stunden hinter Gitter gebracht hätten. Sie nahm sich vor, ihn mit in ihre Wohnung zu nehmen, ihm einen runterzuholen und ihn dann vor die Tür zu setzen. Der Kerl hatte sie so um den Verstand gebracht, dass sie es ihrer Selbstachtung schuldig war, mit ihm das Gleiche zu machen.

Den kurzen Fußweg über den Boulevard Vincent Auriol zu ihrer Wohnung legten sie schweigend zurück. Keiner von ihnen sagte ein Wort, um nicht die Aufmerksamkeit der Passanten auf sich zu ziehen. Adèle gab den Sicherheitscode ein und sie betraten das Gebäude. Sie achtete sorgfältig darauf, dass Jude die Nummer nicht erkennen konnte, weil sie nicht wollte, dass er unerwartet vor ihrer Tür auftauchte. Als sich die Haustür hinter ihnen schloss, drehte sie sich zu ihm um. „Immer noch da?", fragte sie höhnisch.

„Ich habe noch nicht bekommen, was ich von dir wollte", erwiderte er mit gepresster Stimme.

„Nun, das ist wirklich sehr schade für dich", meinte sie herablassend und stieg die Treppe hinauf zu ihrer Wohnung im dritten Stock. Als sie oben ankamen, wirbelte sie herum und drückte ihn mit dem Gesicht zur Wand. Sie schob die Hand in seinen Hosenbund und fasste nach seinem mehr als respektablen Schwanz. „Ich bin froh, meine Zeit nicht vergeudet zu haben", sagte sie und fing an, ihn zu reiben. „Ich ziehe es vor, meine Liebhaber zu fühlen, wenn sie mich ficken." Er wollte sich dagegen wehren, aber sie griff fester zu und ließ ihn nicht entkommen. Es dauerte nicht lange, bis er reagierte und in ihre geballte Hand stieß. „Und wer ist jetzt das unersättliche Luder?", spornte sie ihn verächtlich an. „Du kannst dich nicht mehr zurückhalten, ja? Fickst meine Hand? Du bist wie ein kleiner Junge. Keine Selbstbeherrschung. Komm schon, spritz in deine Hose wie ein geiler Teenager. Es ist ja nicht so, dass ich etwas davon hätte."

Jude hätte sie wegstoßen können und sie hätte nichts dagegen ausrichten können. Doch er schaffte es nicht, sich ihrem Griff zu entziehen. Trotz ihrer abwertenden Worte machte sie ihn so geil, wie er es seit Jahren nicht mehr erlebt hatte. Wenn er erst gekommen war, würde es ihm leichter fallen, ihr zu zeigen, wer in diesem Spiel die besseren Karten hatte. Jude machte sich keine Sorgen, wieder hart zu werden. Ihre permanenten verbalen und physischen Auseinandersetzungen waren anregend genug, um ihn wieder in Form zu bringen. Er entspannte sich und überließ sich seinem Orgasmus, kam über ihre Hand und seinen Bauch, bis seine Hose und das Hemd ihm feucht am Körper klebten.

„Oh, das wirst du kaum verstecken können", rief sie, zog die Hand zurück und wischte sie dreist an seinem Hosenbein ab. „Zu schade, dass du keinen Mantel trägst."

Sie drehte ihm den Rücken zu und ging zu ihrer Wohnungstür. Der Schutzschild erkannte sie auch ohne den Stab, den sie in der U-Bahn verloren hatte. Sie fluchte innerlich, weil sie sich einen neuen kaufen musste, eine Unannehmlichkeit, auf die sie hätte verzichten können. Frustriert wollte sie hinter sich die Tür zuwerfen, als Jude sich im letzten Moment in ihre Wohnung drängte. „Ich kann mich nicht erinnern, dich eingeladen zu haben", fauchte sie ihn an.

„Ich bin noch nicht mit dir fertig."

„Zu schade. Ich bin nämlich mit dir fertig. Du hast bekommen, was du wolltest. Jetzt scher dich zum Teufel."

Jude grinste und nahm sie an den Armen. Er zog sie an sich und küsste sie. Ihre Lippen schmeckten so süß wie ihr Blut. Er fasste sie am Kinn und drückte ihren Mund auf, um ihn so in Besitz zu nehmen, wie er es mit dem Rest ihres Körpers beabsichtigte.

Adèle war gleichermaßen erregt wie angewidert. Sie tat das Einzige, was ihr in dieser Situation übrig blieb – sie biss zu. Fest.

„Ich wäre kein Gentleman, wenn ich nicht auf deine Bedürfnisse Rücksicht nehmen würde", zog er sie auf. „Ich wette, wenn ich jetzt meine Hand in deine Hose schiebe, bist du wieder tratschnass. Habe ich recht, Adèle? Du hältst dich gut, aber hinter deiner Fassade bist du nicht anders, als die anderen Weiber auch. Du machst die Beine breit, sobald ein Mann kommt, der stark genug ist, um dich zu nehmen."

Sie sah auf den feuchten Fleck an seiner Hose und schnaubte verächtlich. „Wenn du ihn wieder hochkriegst, wäre ich vielleicht zu überzeugen. Ich kenne deinen Typ. Ich kann hier wahrscheinlich stundenlang warten und Däumchen drehen, bis du dich wieder erholt hast. Aber ich habe mit meiner Zeit noch besseres vor."

„Im Zug habe ich meinen Schwanz nicht gebraucht, um dich zu befriedigen", erinnerte er sie und kam mit raubtierhaften Schritten auf sie zu. „Ich muss auch jetzt nicht hart sein."

Bevor sie ihm widersprechen konnte, zog er ihr den Mantel von den Schultern und drückte ihr die Arme an den Körper. Mit einem lüsternen Grinsen riss er ihr die letzten Fetzen ihrer Bluse vom Leib. „Gib einfach auf und leg dich hin, kleine Muschi. Ich zeige dir schon, was du brauchst."

Sie versuchte, sich aus den Fesseln des Ledermantels und seiner Arme zu befreien, aber sie schaffte es nicht, den Mantel loszuwerden und ihn wegzustoßen. Er fasste sie um die Hüften und hob sie hoch, bis ihre Brüste vor seinem Mund waren. Sie trat nach ihm, war aber zu nah, um ihren Tritten die richtige Kraft zu geben. Er legte die Lippen um ihren Nippel und die feuchte Hitze, die durch den dünnen Stoff des BHs drang, raubte ihr den Willen.

Jude spürte ihre Kapitulation und drückte sie mit dem Rücken an die Wand des Flurs. Mit der freien Hand zog er ihr den BH von den Brüsten. Bei dem Anblick lief ihm das Wasser im Munde zusammen. Er senkte den Kopf und leckte über die nackte, zarte Haut. Zu seiner Überraschung schlang Adèle die Beine um seine Hüften, als er zu saugen begann. Jude war sich nicht sicher, ob er ihrer Hingabe trauen konnte. Er fuhr mit den Zähnen sanft über ihre Brust. Als der Kratzer tief genug war, um zu bluten, leckte er sie ab. Er konnte nur Begehren schmecken. Die Würze ihres Blutes fuhr ihm durch die Adern und weckte seinen Schwanz zu neuem Leben. Er widmete sich der anderen Brust und schenkte ihr die gleiche Aufmerksamkeit. Als sie sich unruhig an ihm zu reiben begann, biss er zu. Seine Eckzähne drangen in ihr Fleisch ein und ihrer Kehle entrang sich ein erregtes Stöhnen. „Das gefällt dir, nicht wahr?", fragte er. „Erregt es dich, mein Zeichen zu tragen? Meine kleine Magierin."

„Ich gehöre niemandem", fauchte sie ihn an und nahm ihre Gegenwehr wieder auf.

„Oh doch, Muschi", schnurrte er. „Es braucht nicht viel, dich zu zähmen. Nur die richtige Berührung oder der richtige Biss, und schon ..." Er zwickte sie in die Brust und hinterließ einen roten Fleck. „Siehst du", sagte er, als sie stöhnte. „Und mach dir nicht die Mühe, es zu leugnen. Ich kann es in deinem Blut schmecken. Du bist so erregt, dass du alles tun würdest, was ich von dir verlange, um von mir berührt oder gebissen zu werden."

„Fick dich."

„Nein, nein, Muschi. Umgekehrt wird ein Schuh draus. Ich werde dich ficken, noch bevor dieser Nachmittag zu Ende ist. Aber erst will ich hören, wie du mich anbettelst."

„Ich bettele nicht", schnappte sie ihn an und schlug ihm die Fersen in den Rücken. „Niemals."

Der plötzliche Tritt ließ ihn zurückzucken und sie entkam ihm. Sie riss sich den Mantel von den Schultern und bereitete sich darauf vor, ihn auf ihre Weise zu bekämpfen. Jetzt bereute sie den Verlust ihres Stabes nicht nur deshalb, weil sie ihn ersetzen musste. Ihre Magie wirkte nicht gegen Jude, aber mit dem Stab hätte sie Gegenstände aus ihrer Wohnung gegen ihn schleudern können, bis er die Botschaft endlich verstanden hatte und sie in Ruhe ließ. „Du scheinst es auch nicht gerade eilig zu haben", sagte sie. „Wenn es dir so wenig bedeutet, warum bist du dann noch hier?"

„Ich habe nie bestritten, dich zu begehren", erwiderte Jude. „Ich bin sicher nicht der erste, der dir sagt, dass du schön genug bist, um einen Toten zum Leben zu erwecken. Ich muss dich nicht mögen, um dich ficken zu wollen."

„Dann geht es dir also um Revanche?"

„Ganz und gar nicht", widersprach Jude und kam langsam auf sie zu. „Um Lust. Pure Lust. So einfach ist das. Und ich gehe nicht, bevor ich nicht bekommen habe, was ich will. Dich – geil und willig im Bett."

„Träum weiter", fauchte sie und brachte das Sofa zwischen sich und Jude.

„Dazu muss ich nicht träumen. Du bist doch hier." Er sprang über das Sofa und zog sie in die Arme, bevor sie ihm wieder entkommen konnte. Den einen Arm legte er um ihren Rücken, mit dem anderen hielt er ihre Beine fest. Dann biss er sie wieder in die Brust und grinste, als er immer noch die Erregung schmecken konnte, die ihr durch die Adern schoss. Sie konnte ihm noch so sehr widersprechen, aber sie wollte das genauso sehr wie Jude.

Er hob sie hoch und ging mit ihr durch die Wohnung, bis er das Schlafzimmer fand. Dort schleuderte er sie aufs Bett und warf sich auf sie, bevor sie die Flucht ergreifen konnte. „Du hast die Wahl. Entweder ich ziehe dir die Hose aus oder ich zerreiße sie, so wie deine Bluse", stellte er klar und rieb seinen harten Schwanz an ihrem Unterleib. „Egal, wie du dich entscheidest, du wirst in spätestens dreißig Sekunden nackt sein."

Adèle war innerlich zerrissen. Sie wusste, dass sie nicht so leicht nachgeben sollte. Doch sie konnte ihn auch nicht überwältigen. Sie konnte sich zwar weiter gegen ihn wehren, aber der Ausgang dieses Kampfes war unausweichlich. Daran hatte sich nichts geändert, seit sie den Eiffelturm verlassen hatten. Wenn es vorbei war, würde Marcel einige deutliche Worte sagen über diese verdammte magische Anziehungskraft zwischen den Partnern, die ihr keine Wahl ließ. Aber vorher würde sie nachgeben. Wenn sie sich kooperativ zeigte, konnten sie beide davon profitieren. Jude hatte ihr bereits bewiesen, dass er sie fliegen lassen konnte. Die Versuchung, dieses Erlebnis zu wiederholen, war zu stark, um ihr zu widerstehen.

„Wenn du auf mir liegst, kann ich mich schlecht ausziehen", knurrte sie und drückte ihn an den Schultern nach oben.

Jude sah sie misstrauisch an. Ja, sie wollte ihn immer noch kontrollieren und beherrschen, aber ihr Kampfgeist schien sie verlassen zu haben. Jude entschied sich, auf Nummer Sicher zu gehen. Er fasste sie am Kinn, drehte ihren Kopf zur Seite und biss sie wieder in den Hals, um sich von ihrer Aufgabe zu überzeugen.

„Bastard", schimpfte sie, als er sich auf die Knie hockte, um ihr Platz zu geben. „Du hast schon heute früh und in der U-Bahn getrunken. Wie oft willst du mich eigentlich noch beißen?"

„Du liebst es, Muschi", sagte er rau. Die Anspannung war aus seiner Stimme verschwunden, nachdem sie ihre Gegenwehr aufgegeben hatte. „Und Blut lügt nicht."

Er ließ sie nicht aus den Augen, während sie sich die Stiefel auszog und die Hose von den Hüften streifte. Dann schälte sie sich aus den zerfetzten Überresten ihrer Bluse und stand vor ihm, nackt und stolz. „Jetzt du", sagte sie kühl. „Wenn du eine Peepshow bekommst, will ich auch etwas sehen."

„Freches Gör", schalt er und stand auf, um sein Hemd aufzuknöpfen. „Du könntest mir helfen."

„Ich bin nicht deine Dienerin", wies sie ihn zurecht, setzte sich aufs Bett und starrte ihn unverblümt an. Sie konnte ihn zwar nicht leiden, aber seine kräftigen Muskeln und der knackige Arsch waren zu verführerisch. Als Jude sich bückte, um sich die Schuhe auszuziehen, griff sie zu. Er drehte sich zu ihr um und ließ die Hose nach unten rutschen. Sein großer, harter Schwanz ragte vor ihr auf und ließ sie erbeben.

„Gar nicht so schlecht", bemerkte sie mit einer Spur Herablassung, um seinen Stolz zu dämpfen. Seine Reaktion auf ihre Provokationen war immer höchst zufriedenstellend gewesen.

„Biest", knurrte er und stieß sie zurück aufs Bett.

„Ich dachte, ich wäre eine Muschi", entgegnete sie. Judes Gewicht lag schwer auf ihr und drückte sie in die Matratze. Seine kühle Haut war ein reizvoller Kontrast zu der Hitze, die sie bei seiner Berührung überkam.

„Das bist du auch", erwiderte er und fasste ihr zwischen die Beine, um seinen Worten Nachdruck zu verleihen. „Eine triefende Muschi. Aber das ändert nichts daran, dass du auch ein Biest bist."

Adèle hatte genug von dem Gezänk. Sie hatte ihn da, wo sie ihn haben wollte. Sie zog seinen Kopf zu sich herab und biss ihn in die Lippe, um ihn zum Schweigen zu bringen.

Er knurrte und schob ihr die Zunge in den Mund, um ihn in Besitz zu nehmen und zu erkunden. Ihre Zungen duellierten um die Vorherrschaft, bis Adèle schließlich nachgab. Er stieß mit den Hüften gegen ihren Bauch und hinterließ eine feuchte Spur auf ihrer Haut und in den Haaren zwischen ihren Schenkeln. Der Geruch nach Sex feuerte ihre Leidenschaft an.

Sie unterbrach den Kuss und gähnte theatralisch. „Ich frage mich, wo ich wohl meinen Vibrator gelassen habe", überlegte sie laut, obwohl ihr fast die Stimme versagte, als er die Lippen über ihr Schulterbein gleiten ließ und sie auf die Brust küsste. „Du bist offensichtlich nicht in der Lage, endlich zur Sache zu kommen."

Jude ärgerte sich über sich selbst, weil er so vorhersebare auf ihre Provokationen reagierte. Er hockte sich auf und sah sie wütend an. „Ich sollte dich einfach hier liegenlassen."

Sie zuckte mit den Schultern. „Mach doch. Ich brauch dich nicht …" Ihre Worte gingen in ein lang anhaltendes Stöhnen über, als er die Finger in sie stieß, während er den Kopf senkte und anfing, an ihrer Klitoris zu saugen. Sie bog sich ihm entgegen und verlangte nach mehr.

Judes Instinkt drängte ihn, sie wieder zu beißen und auf jede denkbare Weise in Besitz zu nehmen. Ihr Hals und ihre Brüste wiesen bereits die Male seiner Dominanz auf, aber ihr Verhalten machte überdeutlich, dass sie ihr Vergnügen bei jedem Mann suchte, der ihr gelegen kam. Das konnte er nicht erlauben. Seine Eckzähne wurden länger und er sehnte sich danach, sie auch hier, an ihrer intimsten Stelle, zu zeichnen. Schnell drehte er den Kopf zur Seite und biss sie in den Schenkel. Seine Blutlust kämpfte gegen das Verlangen, sich in ihrem Körper zu versenken. Er konnte ihre Erregung schmecken, die ihn in ihren Strudel mitriss und um den letzten Rest seiner Kontrolle brachte. Er zog den Finger aus ihrer Scheide und fiel mit dem Mund über sie her, penetrierte sie mit seiner Zunge, um sich keinen Aspekt ihres Geschmacks entgehen zu lassen. Das Tier in ihm, durch die Gesetze der Vampire nur mühsam im Zaum gehalten, verlangte nach ihrem Blut. Er ließ die Zähne über ihre Haut gleiten, bis der Geschmack ihres Blutes sich mit dem ihrer Erregung in seinem Mund mischte.

Bevor er sie ernsthaft verletzen konnte, hob er den Kopf und legte sich auf sie. Sein Mund saugte sich an ihrem Hals fest, während er mit dem Schwanz in sie hineinstieß. Adèle ließ den Kopf in den Nacken fallen, als sie seine Lippen am Hals spürte. Seine Zähne fanden ihr Ziel so selbstverständlich wie sein Schwanz und wurden genauso bereitwillig aufgenommen. In einem unkontrollierten Wettlauf jagten sie dem Gipfel der Leidenschaft entgegen. Jude konnte Adèles Orgasmus in ihrem Blut schmecken, noch bevor sich ihr Körper krampfhaft um seinen Schwanz zusammenzog. Er stieß härter und tiefer zu, um sie noch mehr anzufeuern und es ihr unmöglich zu machen, nicht zu ihm zurückzukehren.

Der gemeinsame Höhepunkt fuhr ihnen durch die Körper und schlug wie eine mächtige Welle über ihnen zusammen, bis sie keuchend liegenblieben und die Welt um sie herum schwarz wurde.

11

„WILLST DU darüber reden?"

Caroline riss den Blick von der Wand los, die sie seit einer Stunde, vielleicht auch schon länger, anstarrte. Sie hatte keine Ahnung, wie spät es war. Nach dem Kampf von Sainte-Chapelle hatten sie alles für die Verwundeten und Toten getan, was in ihrer Macht stand. Auch um die Schäden an dem Gebäude hatten sie sich gekümmert, bevor Marcel sie wieder nach Hause schickte. Caroline war unglaublich erleichtert gewesen, ihre Schicht vorzeitig beenden zu können. Marcel war ins Hauptquartier der Milice zurückgekehrt, wo er sich wahrscheinlich bis spät in die Nacht um die Anpassung der Dienstpläne und andere Aufgaben kümmerte. Caroline hatte ein schlechtes Gewissen, schon gegangen zu sein, aber sie war sehr erleichtert, keine Fragen über Eric beantworten zu müssen.

Sie wussten alle, dass er die Seiten gewechselt hatte, aber ihm in dem Kampf gegenüberzustehen und zu erleben, dass er seinen Stab auf sie richtete, dass er in seiner sonst so milden Stimme einen *Abbatoire* gegen Marcel schleuderte … Es hatte sie mehr erschüttert, als sie jemals zugeben würde.

„Caroline? Du musst darüber hinwegkommen, sonst kannst du nicht weiterarbeiten", sagte Mireille leise, um Caroline aus ihren Gedanken zu reißen. „Rede mit mir."

„Bruder gegen Bruder, ein geteiltes Haus", flüsterte Caroline mit leerem Blick. „Das sind wir. Das hat der Krieg aus uns gemacht. Weißt du … Ich habe die meisten von ihnen gekannt, bevor dieser Wahnsinn begonnen hat. Wir waren nicht alle beste Freunde, aber wir kannten die anderen Magier von Paris mehr als nur oberflächlich. Und dann hat Serrier mit diesem Unsinn von der Vorherrschaft der Magier angefangen und aus Freunden wurden plötzlich Feinde."

„Der Magier, der dich angegriffen hat?", fragte Mireille verständnisvoll.

„Ihn habe ich am besten gekannt", sagte Caroline. „Obwohl ich mehr mit seiner Frau befreundet war als mit ihm. Ich habe die beiden miteinander bekanntgemacht, nachdem Danielle und ich von Nantes nach Paris gekommen sind. Wir haben dort zusammen studiert und zusammen gewohnt. Bis zu ihrer Heirat mit Eric haben wir uns auch hier eine Wohnung geteilt."

„Und was sagt sie zu Erics Verhalten?", fragte die Vampirin neugierig.

„Sie hat es nicht mehr erlebt", erklärte Caroline und ihr stiegen die Tränen in die Augen, als sie an die Folgen dieses ersten, grausamen Angriffs der Rebellen zurückdachte. „Er hat für uns gekämpft, bis Danielle und die Kinder ums Leben kamen. Sie war keine Magierin und konnte sich nicht verteidigen, als Serrier das Haus überfallen hat, in dem sie sich aufhielten. Sie waren bei Freunden zu Besuch. Mein einziger Trost ist, dass sie sofort gestorben sind und nicht mehr mitbekommen haben, was geschehen ist." Jedenfalls hoffte Caroline das aus tiefstem Herzen, denn sonst hätte sie es nicht ertragen können, dass Danielle durch Magie ums Leben gekommen war. Allein der Gedanke daran, dass ihre Freundin noch gelitten hatte, brachte sie halb um den Verstand. „Ich habe an diesem Tag meine beste Freundin verloren und eine Woche später ihren Ehemann. Er war das Einzige, was mir noch von ihr geblieben war."

Mireille nahm ihre weinende Partnerin in die Arme und zog sie sanft an sich. Sie ignorierte die aufkeimende Eifersucht, die Carolines Tränen um eine andere Frau in ihr auslösten. Er war ein Gefühl, das Mireille sich nicht erklären konnte. Die beiden waren Freundinnen gewesen, keine Geliebten. Danielle hatte einen Ehemann und Kinder gehabt. Mireilles Eifersucht entbehrte jeder Grundlage, selbst wenn zwischen Caroline und Danielle mehr als Freundschaft gewesen wäre. Danielles Tod lag schon zwei Jahre zurück.

„Aber wieso hat ihr Mann die Seiten gewechselt, wenn sie bei einem Angriff von Serrier getötet wurde? Hätte er dann nicht erst recht für die Milice kämpfen müssen?" Diesen Aspekt der Geschichte konnte Mireille nicht verstehen.

„Es waren nicht Serriers Magier, die sie getötet haben", erklärte Caroline. „Alain ist für ihren Tod verantwortlich. Es war keine Absicht, aber es war sein Fluch, der sie getroffen hat. Eric konnte es ihm einfach nicht verzeihen."

„Aber du hast es ihm verziehen", bemerkte Mireille. Sie hatte Caroline und Alain zusammen bei der Arbeit erlebt. Die beiden standen sich zwar nicht nahe, aber sie schienen sich gut zu verstehen.

„Danielle war keine Magierin, aber sie hasste jede Form von Vorurteilen und Intoleranz. Sie hätte Erics Verhalten niemals akzeptiert. Er hat sich aus Wut und Verzweiflung auf einen falschen Weg begeben. Ich konnte das nicht tun. Es hätte ihr Andenken beschmutzt, und das konnte ich ihr nicht antun. Besonders nach Erics Entscheidung", erwiderte Caroline. „Alains Fluch hat sie getroffen, aber er war vor Trauer außer sich, weil er in dem Haus seine frühere Frau und seinen kleinen Sohn tot vorgefunden hat. Er wusste nicht, dass Danielle und die Kinder auch da waren, sonst wäre er vorsichtiger gewesen. Ich bin nicht immer einer Meinung mit Alain, aber ich weiß, dass er ein Ehrenmann ist. Er lebt jeden Tag mit dem Wissen, Unschuldige getötet zu haben. Menschen, die wir mit unserer Magie beschützen sollten. Niemand kann ihn härter bestrafen als die Erinnerung daran, mit der er jeden Tag leben muss."

„Du bist weniger nachtragend, als ich es jemals sein könnte", gestand Mireille aufrichtig.

„Vielleicht würde ich nicht so denken, wenn Danielle ein anderer Mensch gewesen wäre. Aber Rachsucht und Vergeltung waren ihr fremd." Caroline lächelte trotz ihrer Tränen. „Ich habe nie einen Menschen mit einem besseren Herzen gekannt. Sie hätte die Vorstellung gehasst, dass ihr Tod – oder der Angriff, der zu ihrem Tod geführt hat – diesen Krieg ausgelöst hat. Sie hätte es gehasst, dass andere ihretwegen leiden müssen." Caroline drehte sich in Mireilles Armen um und drückte sich mit dem Gesicht an die Schulter ihrer Partnerin. „Als wir nach Paris gekommen sind, haben wir die Conciergerie besucht. Wo Marie-Antoinette vor ihrem Tod gefangen gehalten wurde, gibt es einen Altar. Überall im Raum sind Inschriften von Sätzen aus ihrem letzten Brief. Es ist ein Denkmal ihres Lebens und ihres Todes. In einem Satz bittet sie ihre Kinder, ihren Tod nicht zu rächen. *Que mon fils n'oublie jamais les derniers mots de son père que je lui répète-expressément: qu'il ne cherche jamais à venger notre mort'* steht auf dem Altar. Ich weiß nicht warum, aber Danielle hat mir an diesem Tag gesagt, dass sie genauso empfindet. Sie sagte, wenn sie jemals eines tragischen Todes sterben würde, wollte sie nicht, dass jemand dafür die Schuld gegeben wird, sondern dass Verzeihung geübt wird. Wie konnte ich da anders handeln?"

„Glaubst du, sie hat eine Vorahnung gehabt?", wollte Mireille wissen.

„Möglicherweise", gab Caroline zu. „Sie hat nie irgendwelche Andeutungen gemacht. Aber sie hat ihr ganzes Leben im Kreis von Magiern verbracht. Die Großmutter, bei der sie aufgewachsen ist, war Magierin. Sie war mit einem Magier verheiratet und ihre Kinder wären wahrscheinlich auch Magier geworden, hätten sie lange genug gelebt, um die Manifestation ihrer magischen Kräfte zu erleben. Danielle hat keine Magie besessen, aber ich habe schon unwahrscheinlichere Dinge erlebt."

Caroline legte den Kopf auf Mireilles Schulter. „Ich vermisse sie so sehr", schluchzte sie. „Es ist ein Schmerz, mit dem ich leben muss und der mich nie verlassen wird. Manchmal denke ich einige Tage lang nicht an sie, aber dann passiert wieder etwas, das mich an sie erinnert. Wir haben hier sechs Jahre lang zusammen gelebt, haben alles zusammen unternommen. Der einzige Ort, der mich nicht an sie erinnert, ist das Hauptquartier der Milice, weil sie nie dort gewesen ist. Als sie getötet wurde, war die Milice noch in ihren Anfängen und das Haus nur eines von vielen Bürogebäuden der Regierung."

Mireille hielt Caroline in den Armen und ließ sie trauern. Die Vampirin wusste, wie es war, geliebte Menschen zu verlieren. Als sie umgewandelt wurde, hatte sie nach und nach ihre ganze Familie und alle alten Freunde verloren. Erst die Zeit und der Wille, weiterzuleben, konnten die Trauer um den Verlust dämpfen. Seit Danielles Tod waren zwei Jahre vergangen, aber es war noch nicht lange genug, um Carolines Trauer zu mindern. Mireille wiegte die weinende Frau sanft hin und her und hoffte, ihr wenigsten etwas Trost spenden zu können.

„Zeig mir, dass wir noch am Leben sind", sagte Caroline unvermittelt und sah Mireille mit feuchten Augen an. „Danielle hat immer gesagt, man muss das Leben feiern. Hilf mir dabei."

„Wie?", fragte Mireille.

„Komm mit ins Bett und liebe mich", bat Caroline. „Lass mich alles vergessen. Ich will nur noch deine Hände spüren und deine Lippen schmecken."

Mireille runzelte die Stirn. Sie war sich nicht sicher, ob das bei Carolines aufgewühlten Gefühlen eine gute Idee war. Aber ihr Instinkt freute sich über die Einladung und war begierig, Carolines zartes Fleisch zu genießen und ihre erregten Schreie zu hören. Mireille war überrascht über diese Reaktion. Obwohl ihr Verstand ihr davon abriet, Carolines Wunsch nachzugeben, konnte sie ihn ihr nicht abschlagen. Sie brachte es einfach nicht übers Herz.

Stattdessen schlang sie die Arme fester um ihre Partnerin und hob sie hoch, um sie ins Schlafzimmer zu tragen. Sanft legte sie Caroline aufs Bett, streckte sich an ihrer Seite aus und streichelte ihr übers Gesicht. Sie wollte Caroline dieses Geschenk geben, wollte sie trösten und dabei auch ihr eigenes Verlangen stillen. Mireille wunderte sich, wie schnell sich die Beziehung zwischen ihnen vertieft hatte, aber sie stellte diese Entwicklung nicht infrage. Sie wollte nirgends anders sein als in Carolines Armen und in ihrem Bett, wollte ihrer Magierin Geborgenheit geben und sich bei ihr geborgen fühlen. Es war das erste Mal seit ihrer Umwandlung, dass ein Mensch sie nicht als Konkurrenz, als ein Monster oder einfach nur als unerlaubten Nervenkitzel wahrnahm. Und Caroline behandelte sie auch nicht nur als Kameradin in diesem Krieg, sondern sah immer zuallererst die Frau in Mireille. Für sie schien es keine Rolle zu spielen, dass Mireille eine Vampirin war. Mireille senkte den Kopf und küsste Caroline zärtlich. Dann begann sie mit der langsamen Verführung, die sie so meisterlich beherrschte.

Caroline fuhr mit den Fingern in Mireilles lange, rote Haare und zog ihren Kopf zu sich heran. „Ich will es nicht zärtlich", flüsterte sie an Mireilles Mund. „Ich will es wild und schnell und so hart, dass ich alles um mich herum vergesse." Sie knabberte an Mireilles Kinn. „Ich will deine Finger und deine Zunge und deine Zähne spüren, bis ich nur noch an dich denken kann."

Mireilles Hände zitterten vor Erregung, als sie Caroline aus ihren Kleidern schälte und sie achtlos zu Boden fallen ließ. Sie musste dagegen ankämpfen, sie ihrer Partnerin einfach vom Leib zu reißen. Sie stöhnte, halb aus Lust und halb vor Schmerz, weil sie ihre Zähne kaum noch kontrollieren konnte. Als Caroline nackt war, drückte Mireille sie an den Schultern aufs Bett und hockte sich, immer noch voll bekleidet, über sie. Caroline krümmte sich unter ihr, presste ein Bein an Mireilles Schoß und rieb es aufreizend hin und her. Dann warf sie den Kopf zurück und bot Mireille ihren Hals an, aber die hatte im Moment andere Prioritäten. Sie hielt Caroline mit einer Hand fest und streichelte sie mit der anderen an den Brüsten, erst auf der einen, dann auf der anderen Seite. Sie zwickte und zog an Carolines Nippeln, härter und fester, als sie es normalerweise getan hätte. Doch normal war auch nicht das, was ihre Magierin wollte. Nichts war normal. Caroline hatte sich noch nie so verzweifelt gefühlt und Mireille noch nie so die Beherrschung verloren. Sie senkte den Kopf und saugte an Carolines Nippel. Als Caroline sich ihr entgegen bog, drückte Mireille sie unsanft auf die Matratze zurück. Sie leckte und knabberte, aber ohne mit ihren scharfen Zähne die Haut zu durchdringen.

„Beiß mich", bat Caroline und versuchte, sich in Mireilles unerbittlichem Griff zu bewegen. „Ich will deine Zähne spüren."

Mireille hielt sich zurück. Wenn sie erst anfing, Carolines Blut zu trinken, würde sie nicht mehr aufhören wollen, und sie hatte mit ihrem Mund noch anderes vor, bevor es soweit kam. Sie leckte Caroline ein letztes Mal über den Nippel, dann ließ sie die Lippen über den Körper der Magierin nach unten gleiten und atmete dabei den berauschenden Duft des Blutes ein, das durch Carolines Adern pulsierte. Sie griff Caroline zwischen die Beine und fuhr ihr mit den Fingern durch die blonden Locken und die feuchten Falten. Caroline bäumte sich auf und spreizte die Beine. „Geduld", flüsterte Mireille und hob den Kopf, um ihr in die grünen Augen zu sehen.

„Vergiss die Geduld", erwiderte Caroline barsch und schob ihren eigenen Finger dorthin, wo sie Mireilles Finger spüren wollte. Wenn die Vampirin ihren Wunsch nicht erfüllen wollte, musste sie sich eben selbst darum kümmern. Sie verschwendete keinen Gedanken daran, sich über ihr Verhalten zu wundern. Sie war viel zu erregt, um noch denken zu können.

„Oh nein", schnurrte Mireille, fasste sie am Handgelenk und hob ihre Hand an den Mund. Dann leckte sie genüsslich Carolines Finger ab und drückte sie mit beiden Armen in die Matratze zurück. „Aber ich werde dich ficken. Wenn ich es will." Sie unterstrich jedes ihrer Worte mit kleinen Küssen zwischen Carolines Beine und nach dem letzten Wort stieß sie ihr die Zunge tief in den Schoß. Carolines Hüften zuckten und hoben sich ihr entgegen. Mireille musste lächeln, als sie den Lustschrei ihrer Partnerin hörte.

Caroline hob die Beine und schlang sie um Mireilles Schultern, um sich besser an sie drücken zu können. Sie warf den Kopf hin und her und ihre blonden Haare flogen übers Kissen. „Beiß mich", bettelte sie wieder.

Und wieder schüttelte Mireille den Kopf. Sie kannte Vampire, die ihre Geliebten angeblich so abgerichtet hatten, dass sie beim Sex von ihren Geschlechtsteilen trinken konnten. Aber Mireille wollte Carolines Verlangen nicht mit dieser Art Schmerz verbinden. Wenn sie ihren Hunger nach dem Geschmack ihrer Geliebten gestillt hatte, wollte sie eine andere Stelle finden, an der sie Caroline beißen konnte, ohne sie ernsthaft zu verletzen.

Sie zog ihre Zunge aus Carolines feuchter Scheide, ersetzte sie durch ihre Finger und streichelte sie, bis sie die Stelle fand, die Caroline um den Verstand brachte. Mit der Zunge massierte sie Carolines Klitoris, bis deren Beine zu zittern begannen. „Beiß mich", bat die Magierin Mireille zum dritten Mal.

Mireille drehte den Kopf zur Seite und biss ihr tief in den Oberschenkel. Carolines heißes Blut überschwemmte ihre Sinne wie eine Flutwelle. Mireille schob die Finger tiefer in Carolines Schoß, drehte sie und zog sie zurück, um sie dann wieder in sie hineinzustoßen. Sie wollte ihrer Magierin jeden Wunsch erfüllen.

Carolines Orgasmus kam ohne jede Vorwarnung. Er durchfuhr sie mit der Macht eines Taifuns, raubte ihr erst den Atem und schließlich auch das Bewusstsein.

Der Geschmack von Carolines Orgasmus war ein unvergleichliches Aphrodisiakum und brachte Mireille ebenfalls zum Höhepunkt. Vorsichtig zog sie die Zähne aus Carolines Schenkel und schloss die Wunde mit ihrer Zunge. Sie hatte die zarte Haut weit aufgerissen, als sie selbst zum Höhepunkt gekommen war. Jetzt war sie froh, dass sie Carolines Verlangen nicht nachgegeben und sie nur ins Bein gebissen hatte. Es war auch so schon schmerzhaft genug. Mireille hob den Kopf und lächelte Caroline zärtlich an, die entspannt und befriedigt unter ihr lag. Dann stand sie leise auf und zog sich aus. Ihre Kleidung war blutverschmiert und erinnerte sie an die Schlacht, die hinter ihnen lag. Mireille zitterte. Carolines warmes Blut hatte sie empfindlicher gemacht für die kühlen Temperaturen in dem Schlafzimmer. Weil sie sich nicht schmutzig ins Bett legen wollte, gab sie der schlafenden Caroline noch einen Kuss auf die Brust, dann ging sie ins Badezimmer, um zu duschen. Vielleicht kam Caroline ja nach, falls sie rechtzeitig aufwachte. Wenn nicht, wollte Mireille sich zu ihr ins Bett legen und den Rest der Nacht in den Armen ihrer Geliebten verbringen.

12

ANGÉLIQUE WAR nervös.

Ihre Hände juckten. Ihre Eckzähne drückten an den Gaumen, wollten sich befreien. Im Bauch tanzten ihr Schmetterlinge und sie bebte vor Verlangen, obwohl sie allein im Zimmer war. Sie hätte das Gefühl noch verstehen können, wäre sie mit einem Geliebten hier gewesen. Aber ein leeres Zimmer war sicherlich kein Anlass, in solche Gefühle auszubrechen.

Sie sollte auch keinen Durst haben, da sie erst am Abend vorher von David getrunken hatte, um sich auf ihre Patrouille vorzubereiten. Der Biss war genauso unbefriedigend gewesen, wie alle anderen der letzten Tage. Er gab ihr sein Blut, und nicht mehr. Sie nahm es, und nicht mehr. Sie hatte keine Ahnung, was David dabei fühlte, aber sie selbst war damit nicht zufrieden. Vielleicht erklärte das die merkwürdigen Gefühle, die sie überkamen. Und vielleicht sollte sie deshalb einen ihrer gelegentlichen Liebhaber aufsuchen, damit er etwas dagegen unternahm und sie sich wieder ihren Geschäften widmen konnte. Sie nahm ihr Adressbuch und blätterte es durch, um jemanden zu finden, den sie mitten am Tag anrufen konnte. Jemanden, der Zeit hatte, um sie zu besuchen. Sie konnte das Haus nicht verlassen, sonst müsste sie ihre Immunität gegen das Sonnenlicht erklären. Bertrand Avéline arbeitete in einer Bar in der Nachbarschaft und hatte dort ein kleines Zimmer gemietet. Außerdem hatte er nie versucht, aus ihrer Liaison mehr zu machen, als sie war – eine gelegentliche, für beide Seiten befriedigende Begegnung. Ja, Bertrand war die perfekte Wahl. Sie nahm den Hörer in die Hand und wählte seine Nummer. Sie musste lächeln, als er sie erkannte und seine verschlafene Stimme sich plötzlich hellwach anhörte.

Sie unterhielten sich einige Minuten über Belanglosigkeiten, dann kam sie zum Grund ihres Anrufes und lud ihn für den Nachmittag ein. „Dann sehen wir uns also in einer Viertelstunde", schnurrte sie und legte den Hörer auf.

Sie musste niemandem etwas vormachen, also zog sie sich um und tauschte ihre praktische Kleidung, mit der sie auf Patrouille gegangen war, gegen einen Seidenkimono aus, der ihre Kurven betonte und dessen lange Seitenschlitze beim Gehen den Blick auf ihre schlanken Beine freigaben. Sie kämmte ihre langen, schwarzen Haare und schaute in den Spiegel. Würde Bertrand einen natürlichen Stil bevorzugen oder war Eleganz angesagt? Als sie aufstand, ohne auch nur einen Hauch Lippenstift aufgetragen zu haben, wurde ihr plötzlich klar, woher dieser Impuls kam. Schnell setzte sie sich wieder hin und schminkte sich mit sicherer Hand. Sie weigerte sich, ihr Aussehen den Vorlieben ihres Partners anzupassen, zumal er mehr als deutlich gemacht hatte, dass er außerhalb der Erfordernisse der Allianz nichts mit ihr zu tun haben wollte.

Das Klopfen an der Tür riss sie aus ihren Überlegungen. Sie ersetzte ihr nachdenkliches Stirnrunzeln durch ein herzliches Lächeln und ging zur Tür. Bertrand mochte nicht ihr Partner sein, aber er war ein attraktiver Mann, der ihr im Bett jeden Gefallen tat und mit dem sie viel Spaß hatte. Angélique öffnete die Tür und winkte ihn ins Zimmer. Er zog sie sofort in die Arme und sie konnte zu ihrer Freude spüren, dass er bereits erregt war. Sie erwiderte seinen Kuss und ging rückwärts zu ihrem Schlafzimmer. Auf dem Weg zog sie ihn langsam aus. Dann fielen sie zusammen aufs Bett und ihr Kimono öffnete sich, während sie mit dem Mund nach seinem Hals suchte und zubiss. Sein Blut war so süß wie immer, aber ihm fehlte der spezielle Kick, an den sie sich gewöhnt hatte. Angélique verdrängte alle Gedanken an David und saugte an Bertrands Hals, während seine Hände über ihren Körper glitten.

DAVID GING unruhig in seiner Wohnung auf und ab. Er verspürte ein unwiderstehliches Verlangen, Angélique zu sehen, wusste aber, dass er ihre Geduld besser nicht auf die Probe stellen sollte. Wenn sie ihm nur die Tür vor der Nase zuschlug, konnte er sich wahrscheinlich noch glücklich schätzen. Bei dem, was er wirklich von ihr wollte, musste er mit Schlimmerem rechnen.

David hatte Angéliques Schönheit vom ersten Anblick an bewundert. Sie war genau sein Typ. Sie hatte volle Kurven, ohne dick zu sein, lange, dunkle Haare und dunkle Augen. Ihr Körper war wie dazu geschaffen, einen Mann zu verführen. Wenn er auf der Suche nach einer Geliebten gewesen wäre, hätte er keine bessere finden können. Angélique war perfekt. Unglücklicherweise standen die Erfordernisse der Allianz über allen anderen Erwägungen. Jetzt war er mit einer Partnerin geschlagen, die er nicht wollte. Die Chance, Angélique zu seiner Geliebten zu machen, hatte sich dadurch zerschlagen.

Er musste nur die Augen schließen, um sich ihre hennabemalten Hände vorzustellen, die ihm sinnlich über den Körper fuhren. Angélique würde genau wissen, wo ihre Berührungen die beste Wirkung hatten. Sie war Lustsklavin in einem Harem gewesen und hatte Erfahrung in der Liebe. Ihre Hände waren zart, ihre Haut duftete nach exotischen Gewürzen und Ölen. Sie würde so süß schmecken, wenn er jeden Quadratzentimeter ihrer nackten Haut küsste und sie seine Zärtlichkeiten mit ungehemmter Leidenschaft erwiderte.

Das Bild stand ihm so lebhaft vor Augen, dass es ihn aus seinen Träumen riss. Ja, sie war wunderschön. Ja, sie war sein Ideal einer Frau. Aber er hatte sich bewusst dazu entschieden, in ihr nicht mehr zu sehen, als die Partnerin, die sie war. Diese Art von Fantasien hatten in ihrer Beziehung nichts zu suchen, und das wusste David. Warum also konnte er sie auf einmal nicht mehr verdrängen? Warum hatte er heute versagt, wo es ihm doch in der Vergangenheit immer gelungen war?

David murmelte eine kurze Beschwörung, um seine Wohnung nach Zaubern abzusuchen, die für dieses Verhalten verantwortlich sein könnten. Er fand nur seine eigenen Schutzschilde. Trotzdem hatte er das merkwürdige Gefühl, dass irgendeine Form von Magie ihn beeinflusste. Er schnippte mit seinem Stab, um im Kamin ein Feuer anzuzünden. Dann suchte er weiter nach magischen Störungen, die diese unerklärliche Anziehung erklären konnten. Die Elementarmagie war so ausbalanciert, wie seit Beginn des Krieges nicht mehr. David genoss die Wärme des Feuers und ging weiter in seiner Wohnung auf und ab.

Er konnte sich nicht konzentrieren. Bilder von Angélique und einem unbekannten, gesichtslosen Mann suchten ihn heim. Er redete sich ein, dass sie Unsinn wären, konnte aber das Gefühl nicht abschütteln, betrogen zu werden. Angélique gehörte *ihm*!

Unvermittelt blieb er mitten im Zimmer stehen. Woher kam dieser Gedanke? Er konnte auf Angélique keinerlei persönliche Ansprüche erheben. Er hatte zu den ersten gehört, die sich gegen die Möglichkeit gewehrt hatten, dass die Vampire mehr als eine militärische Allianz verlangen könnten. Woher kam dieses Bedürfnis, Angélique für sich zu beanspruchen? David erkannte, dass er mit Marcel darüber reden musste. Und zwar bald.

Er zog seinen Mantel an, schloss die Wohnung ab und aktivierte den Schutzschild. Dann machte er sich auf den Weg zum Hauptquartier, um in Erfahrung zu bringen, was Marcel ihm darüber sagen konnte.

NACHDEM BERTRAND wieder gegangen war, ließ Angélique sich befriedigt aufs Bett fallen. Bedauerlicherweise war es eine oberflächliche, rein körperliche Befriedigung. Bertrand hatte sich so gut um sie gekümmert, dass sie vollkommen entspannt sein sollte, aber ihre Nervosität hatte sich nicht gelegt. Sie sah David mit seinen roten Haaren vor ihrem inneren Auge, verdrängte das Bild aber sofort. Er hielt sie sowieso schon für eine Schlampe, sie musste es ihm nicht mehr beweisen. Außerdem wusste sie nicht, wo er sich aufhielt.

Angélique beschloss, einen kleinen Spaziergang zu machen. Sie zog sich an, um in die Stadt zu gehen. Als sie den Boulevard Clichy entlang ging, musste sie lächeln. Es war schön, ihre Heimatstadt auch bei Tageslicht erkunden zu können. Ohne den Trubel des Nachtlebens kam ihr Montmartre wie eine andere Welt vor. Sie kam zum Place Clichy und schlenderte dann ziellos durch die Gegend nördlich des Boulevard des Batignolles. Vor einem der Mietshäuser in der Rue

Nollet blieb sie stehen. Sie verspürte ein unerklärliches Verlangen, das Haus zu betreten. Neugierig trat sie näher und studierte die Namensschilder an der Haustür.

D. Sabatier.

MONIQUE GING ruhelos durch ihre kleine Studiowohnung im Norden von Paris. Es war ihr nicht gelungen, sich in die Milice einzuschleichen, wie Serrier es von ihr erwartet hatte. Sie fühlte die Folgen ihres Versagens immer noch schmerzhaft in ihren Muskeln. Es wäre noch schlimmer geworden, hätte sie nicht wenigstens einige neue Informationen beschaffen können. Serrier plante schon Maßnahmen, um seine Einheiten mit genügend Weihwasser auszustatten, das er in ihren zukünftigen Kämpfen gegen die Vampire einsetzen wollte.

Aber obwohl Serrier sein Möglichstes getan hatte, um sie ihr Versagen nicht zu schnell vergessen zu lassen, waren es nicht die Schmerzen, die Monique nicht zur Ruhe kommen ließen. Auch Serriers Kriegsstrategie war ihr im Moment vollkommen gleichgültig. Was ihr nicht aus dem Kopf gehen wollte, war die Erinnerung an einen bestimmten spanischen Vampir. Sie hatte ihn in dem kleinen Zimmer im Untergeschoss von Chaviniers Hauptquartier nach allen Regeln der Kunst verführt, hatte sich sogar von ihm beißen lassen. Es sollte ein Leichtes sein, ihn genauso schnell wieder zu vergessen, wie jedes andere unbedeutende Techtelmechtel auch.

Sicher, sie konnte sich nicht erinnern, in den letzten Jahren jemals einen so befriedigenden Liebhaber erlebt zu haben. Trotzdem, es war nur Sex, eine schöne Erinnerung für magere Zeiten, wenn sie nachts allein im Bett lag. Alles andere war Zeitvergeudung. Und doch konnte sie nicht aufhören, an ihn zu denken. Sie hatte versucht, mit einem anderen Mann zu schlafen, um den Vampir zu vergessen. Aber obwohl es ihr gefallen hatte, waren ihre Gedanken sofort zu Antonio zurückgekehrt, als sie wieder alleine im Bett lag. Sie hatte sich sogar von einem Mediziner nach einer Beschwörung oder einem Liebeszauber untersuchen lassen, obwohl Vampire keine Magie besaßen. Der Mediziner hatte nichts feststellen können und ihr beste Gesundheit bescheinigt. Monique kämpfte gegen das Verlangen an, ihre Wohnung zu verlassen und ins Hauptquartier der Milice zurückzukehren. Sie wusste genau, was passieren würde, wenn sie diesem Wunsch nachgab. Das letzte Mal hatte Chavinier sie noch mit freundlichen Worten weggeschickt und ihr geraten, sich unauffällig zu verhalten, damit Serrier sie nicht aufspüren konnte. Aber er hatte ihr weder seinen Schutz noch einen Platz in der Milice angeboten. Wenn sie jetzt wieder auftauchte und Antonio sehen wollte, würde er sie wahrscheinlich ins Gefängnis werfen lassen. Das war der Vampir nicht wert. Er konnte es nicht wert sein.

ANTONIO HATTE die schweren Vorhänge zugezogen und verfluchte das Sonnenlicht, das ihn effektiver gefangen hielt, als jede Gefängniszelle es vermocht hätte. Er hatte den Geschmack der Freiheit nur für einen kurzen Moment erfahren, und das in einem kleinen, unpersönlichen Zimmer. Er hatte Monique mit falschen Informationen gefüttert und sie verführt, weil sie es auch gewollt hatte. Und weil er es brauchte, hatte er so viel von ihr getrunken, wie er sich in dieser Lage getraut hatte. Er konnte den Geschmack ihres Blutes immer noch auf der Zunge spüren. Seitdem konnte er fremdes Blut nicht mehr genießen. Es schmeckt schal und war nur noch eine Lebensnotwendigkeit, nicht vergleichbar mit dem unvergleichlich erfüllenden Geschmack von Moniques Blut.

Antonio hätte am liebsten vor Wut um sich geschlagen, um die Frustrationen loszuwerden, die sich in den letzten Stunden in ihm aufgestaut hatten. Er hatte die Grenzen seine Existenz als Vampir schon lange akzeptiert, aber heute wollte er nur noch raus hier. Er wollte auf die Straße laufen, wollte die Frau finden, deren Blut ihn aus diesem Gefängnis befreien würde. Es war ein schier überwältigendes Verlangen, und nur das Wissen um sein sicheres Ende hielt ihn zurück, denn die Wirkung ihres Blutes hatte schon lange nachgelassen. In diesem Augenblick hätte er alles aufgegeben – seine Loyalität zu Jean, seine Verantwortung gegenüber dem Cour, den Unterschied zwischen Gut und Böse –, nur um Moniques Blut schmecken zu können. Antonio wusste, wer Monique war. Er konnte sich auch ausmalen, was sie in Serriers Diensten getan hatte. Aber er wollte sie trotzdem. Er wollte sie mit einer Macht, die ihm Angst einjagte. Wie konnte ein einziger

Biss ihn so um den Verstand bringen? War es nur deshalb so schlimm, weil er sie nicht haben konnte? Oder ging es den anderen Vampiren mit ihren Partnern genauso? Spürten sie auch dieses alles verzehrende Verlangen? Und wenn ja – was würde dann passieren, wenn dieser Krieg zu Ende war und die Partnerschaften ihren Zweck erfüllt hatten? Antonio wollte nicht daran denken. Doch er konnte die Frau nicht vergessen, die ihn nach dem ersten Biss an sich gefesselt hatte.

Aber Antonio konnte sein Leben und seine Überzeugungen nicht aufgeben für eine dunkle Magierin, die niemals die Seiten wechseln würde. Er konnte es einfach nicht tun.

RAYMONDS SINNE waren durch den Kampf mit der Elementarmacht noch so angeschlagen, dass er den Ansturm auf seine Schutzschilde zunächst ignorierte. Die Schilde waren so stark, dass niemand sie durchdringen konnte. Doch als der magische Druck nicht nachlassen wollte, musste er zugeben, dass es kein Zufall sein konnte. Jemand wollte in seine Wohnung eindringen. Er lockerte für einen Augenblick die Kraft eines Schildes, um dahinter blicken zu können. Sofort wurde er von einer Welle der Lust erfasst und aktivierte den Schild wieder in voller Stärke. Nachdenklich legte er die Stirn in Falten. Sie hatten nach dem Ritual kein Ungleichgewicht in der Elementarmacht mehr feststellen können. Sofern die neue Balance nicht nur ein flüchtiges Phänomen gewesen war, konnte sie nicht die Ursache für den Angriff auf seine Schutzschilde sein.

Raymond beschloss, der Angelegenheit methodisch auf den Grund zu gehen. Er ging ins Badezimmer und füllte die Badewanne mit etwas Wasser. Dann ließ er seine Magie in das Wasser strömen und konnte, wie schon in seinem Büro, keinerlei Ungleichgewicht mehr erkennen.

Das war es also nicht. Ein Grund weniger zur Beunruhigung. Mit einer Beschwörung überprüfte er den Zustand seiner Schutzzauber und stellte auch hier keinerlei Beeinträchtigungen fest. Das sprach dafür, dass die Ursache für das Problem nicht bei Serrier zu suchen war. Der dunkle Magier war hinterhältig, aber nicht sonderlich erfinderisch. Wenn Serrier nicht einen anderen Magier gefunden hatte, der neue Beschwörungen für ihn entwickelte, gab es nichts in seinem bisherigen Arsenal, das Raymonds Schilde gefährden konnte.

Es musste sich also um wilde Magie handeln. Raymond wäre fast lieber gewesen, Serrier hinter dem Ansturm zu wissen. Dann hätte er nur einen Gegenzauber finden müssen und die Sache wäre wieder im Lot gewesen. Wilde Magie konnte jedes magische Wesen in der Stadt und darüber hinaus beeinflussen, je nachdem, wie stark der Ausbruch sich manifestierte. Als Raymond die Schilde wieder senkte, musste er erneut gegen das Verlangen ankämpfen, sich auf den Weg in Jeans Wohnung zu machen, um den Vampir zu sehen.

Raymond wurde fast schlecht, als er die Zusammenhänge erkannte. Dafür waren er und Alain verantwortlich. Es waren die Folgen des fehlgeschlagenen Rituals, bei dem sie Thierry aus dem magischen Limbo befreit hatten. Sie mussten irgendwie die Hülle beschädigt und wilde Magie freigesetzt haben, die jetzt über jedes magische Wesen herfiel, das nicht darauf vorbereitet war und sich nicht rechtzeitig dagegen schützen konnte. Und da sie das Ritual geheim gehalten hatten, traf das auf jedes einzelne Wesen der Stadt zu, das auch nur eine Spur von Magie besaß – nicht nur auf die Magier und Vampire, auch auf die Werwölfe, Kobolde, Gnome und was es sonst noch so alles gab. Raymond war sich nicht sicher, ob die wilde Magie auf alle gleich wirken würde, aber er befürchtete es. Das nahezu unwiderstehliche Begehren nach seinem Partner ließ trotz der starken Schutzschilde kaum nach. Ihn schauderte bei der Vorstellung, welche Wirkung es auf weniger entwickelte Wesen haben könnte. Trolle und Elfen hatten nur ein gering ausgeprägtes Gewissen. Wenn sie unter den Einfluss der magischen Lust gerieten, stand ihnen eine Katastrophe bevor.

Raymond ließ den Kopf auf den Tisch fallen und verfluchte sein unüberlegtes Handeln. Er hätte es besser wissen müssen. Eine Beschwörung oder ein Ritual ordnungsgemäß abzuschließen war das erste, was ein junger Magier lernte. Alain konnte man unter den gegebenen Umständen seine Nachlässigkeit noch nachsehen. Sein bester Freund war unter dem Angriff der Elementarmacht zusammengebrochen. Für Raymond gab es diese Entschuldigung nicht. In seiner Hand hatte die Verantwortung für das Ritual gelegen. Er hätte es unter allen Umständen zu Ende bringen müssen.

Raymond musste sofort Marcel aufsuchen und ihn warnen. Vielleicht konnten sie noch rechtzeitig eine Möglichkeit finden, um die wilde Magie wieder einzufangen und unschädlich zu machen. Ihm drehte sich der Magen um bei dem Gedanken, einen solchen Fehler eingestehen zu müssen, von den Folgen seiner Dummheit gar nicht zu reden. Raymond atmete noch einige Male tief durch, dann transportierte er sich ins Hauptquartier der Milice.

TIEF IN den Gewölben seines alten Anwesens regte sich der Vampir. Er wurde aus seinen Träumen geweckt durch Gefühle, die er seit fünfzehnhundert Jahren nicht mehr empfunden hatte. Seine dunklen Augen öffneten sich und sein stechender Blick durchdrang die Dunkelheit, während er seine wiedererwachten Gefühle mit den Erinnerungen an längst vergangene Zeiten verglich.

Damals war es ein Magierkönig gewesen, der das weitere Vorrücken der Alemannen nach Westen verhindern wollte. Die Alemannen waren ein germanischer Stammesverband, der von mächtigen Magiern angeführt wurde. Es waren weniger zivilisierte, weniger aufgeklärte Zeiten gewesen, deshalb hatte der Krieg der Magier viel weitreichendere und zerstörerische Konsequenzen gehabt. Bei dem gegenwärtigen Krieg war das noch nicht der Fall gewesen und Lombard wusste, dass sie das Chavinier zu verdanken hatten. Der General hatte bisher verhindert, dass andere magische Rassen in die Auseinandersetzungen verwickelt wurden, wenn man von den Auswirkungen der Propaganda Serriers absah. In Lombards Zeit hatten die Vampire sich bereit erklärt, die Alemannen bei Nacht anzugreifen, weil sie nicht länger dem magischen Einfluss ausgesetzt sein wollten und lieber den Teufel unterstützen, den sie kannten. Der Angriff hatte in einer Katastrophe geendet. Die Vampire waren in einen Hinterhalt geraten und niedergemetzelt worden. Es hatte hunderte von Jahren gedauert, bis der Cour de Reims sich davon wieder erholt hatte.

Selbst in Paris, weit weg vom Hauptgeschehen, hatten die Vampire damals die Macht der wilden Magie noch gespürt. Sie schwächte die Vernunft und ließ den Instinkten freien Lauf, was zu wüsten Ausschreitungen geführt hatte, die mit der Gefangennahme und Hinrichtung von Vampiren geendet hatten.

Dieses Mal war der magische Zwang nicht so übermächtig. Er weckte Lombards Instinkte, aber er konnte seine Urteilskraft nicht beeinträchtigen. Lombard dachte an Mireille, die Tochter, die ihm das Schicksal nie vergönnt hatte. Würde sie sich dem Wahnsinn widersetzen können, den die wilde Magie auslöste?

Lombard überlegte, wie die Magie sich auf die Partner auswirken würde. Vielleicht fühlten sie sich zueinander hingezogen und konnten so den schlimmsten Folgen entgehen. Dann wäre wenigstens ein Teil der Vampire in Sicherheit. Andererseits war zu befürchten, dass es zu neuen Verfolgungen führte; dann würden die Behörden sich nicht mehr dafür interessieren, ob ein Vampir auf der Seite der Allianz kämpfte oder nicht.

Noch schien draußen die Sonne und Lombard konnte nichts unternehmen. Doch er wollte sicherheitshalber Mireille warnen, sobald sie wieder zurückkam. Mireille hatte nicht seine Stärke, war aber dennoch nicht zu unterschätzen. So wie er die Lage einschätzte, war es wahrscheinlich ausreichend, sich der Gefahr bewusst zu sein, um die Kontrolle zu behalten und das Schlimmste zu verhindern.

Sollte sich die Situation verschärfen, musste er allerdings mit Jean in Verbindung treten und ihn warnen. Wenn es hart auf hart kam, würde er auch mit Chavinier selbst reden müssen. Was damals in Reims passiert war, durfte sich nicht wiederholen. Lombard würde es nicht zulassen.

13

ALS SIE den Hof von Orlandos Haus betraten, zog Alain ihn in die Arme und legte ihm die Hand auf die Hüften. „So, jetzt ist unser Dienst zu Ende und Thierry wieder sicher zu Hause. Zeit für deine anderen Aufgaben", scherzte er.

„Oh ja?", fragte Orlando im gleichen Tonfall. Sein Herz schlug schneller, als er daran dachte, Alain über die Treppe nach oben in seine Wohnung zu ziehen, die störende Kleidung zwischen ihnen loszuwerden und sich mit ihm zu vereinen.

„Oh ja", erwiderte Alain mit fester Stimme. Ihm lief ein Schauer über den Rücken, wenn er nur daran dachte, seinen Vampir zu lieben. Es war zwar erst einige Stunden her, aber nach dem Ritual und den Sorgen um Thierry kam es ihm viel länger vor. Es war so viel geschehen, seit sie sich das letzte Mal geliebt hatten.

„Dann sollten wir besser nach oben gehen", meinte Orlando lächelnd. „Außer, du hast einen Hang zum Exhibitionismus, von dem ich noch nichts erfahren habe." Er errötete über seine eigenen Worte, schrieb sie aber der Tatsache zu, dass er sich endlich in seiner eigenen Haut wohlfühlen konnte. Meistens jedenfalls. Außerdem hatte er einen Geliebten, der ihn so akzeptierte, wie er war.

„Niemand außer mir wird dich nackt sehen", knurrte Alain besitzergreifend, nahm Orlando bei der Hand und zog ihn zur Treppe. Ihm war der Gedanke absolut unerträglich, Orlandos Schönheit mit anderen Menschen teilen zu müssen.

Orlando zog überrascht die Augenbrauen hoch, als er den eifersüchtigen Ton in Alains Stimme hörte, aber er folgte ihm willig nach oben. Als die Wohnungstür hinter ihnen ins Schloss fiel, schleuderte Alain ihn herum und drückte ihn mit dem Rücken an die schwere Holztür. Auch das war ein Verhalten, das Orlando von seinem Magier nicht gewöhnt war. Doch der Kuss, der dann folgte, war so zärtlich und liebevoll, wie Orlando es sich nur wünschen konnte. Er entspannte sich und überließ für den Augenblick Alain die Initiative.

Alain wunderte sich nicht über die leidenschaftlichen Gefühle, die Orlandos Nähe in ihm auslöste. Aber er konnte sich das plötzliche Verlangen nicht erklären, seinen Geliebten einfach umzudrehen und gegen die Wand zu ficken. Alain bezwang seinen Impuls und küsste und streichelte Orlando zärtlich, ohne ihn unter Druck zu setzen. Orlando ergriff die Gelegenheit, sich ebenfalls auf Entdeckungsreise zu begeben.

„Warum stehen wir noch hier, wenn wir nur wenige Schritte weiter ein bequemes Bett haben?", fragte er neckend, als Alain ihn nach einiger Zeit immer noch an die Tür presste.

Wieder wollte Alain von ihm Besitz ergreifen, und dieses Mal fasste er Orlando fest an den Hüften, bevor er sich zurückhalten konnte. Obwohl Orlando nicht dagegen protestierte, trat Alain schließlich einen Schritt zurück und gab ihn frei. Dann starrte er ungläubig auf seine ungehorsamen Hände.

„Was ist los?", fragte Orlando beunruhigt, als er Alains fassungsloses Gesicht sah. Besorgt ging er zu ihm und nahm ihn an den Händen.

Alain wirbelte sie herum und presste Orlando erneut mit dem Körper an die Wand. Sein Kuss hatte jede Zärtlichkeit verloren.

„Alain!"

Der Klang seines Namens und die Betroffenheit in Orlandos Stimme brachen den Bann und gaben Alain die Kraft, ihn wieder loszulassen. Irritiert rieb er sich mit den Händen übers Gesicht.

„Was ist los?", wollte Orlando wissen.

„Ich weiß es nicht", erwiderte Alain aufrichtig. Seine Stimme zitterte und er musste schon wieder dagegen ankämpfen, Orlando einfach mit einem Kuss zum Schweigen zu bringen und ihn auf den Boden zu werfen. „Aber es gefällt mir gar nicht. Ich scheine die Kontrolle verloren zu haben."

„Worüber?"

„Über mich", antwortete Alain leise. „Es kommt mir vor wie eine *Forçage*, eine Beschwörung, mit der man Menschen unter seine Kontrolle bekommt und gegen ihren Willen zu etwas zwingen kann. Ich kenne niemanden, der das tun würde." Er wollte Orlando berühren, konnte sich aber selbst nicht vertrauen. Seine Hände verkrampften sich schmerzhaft und wollten sich seiner Kontrolle entziehen. „Du darfst nicht zulassen, dass ich dich verletze", warnte er Orlando. Er sollte die Wohnung verlassen, aber er wusste, dass er dazu nicht mehr die Kraft aufbringen konnte. „Ich meine es ernst", bekräftigte er seine Warnung. „Was immer auch mit mir los ist, ich weiß nicht, wie lange ich mich noch dagegen wehren kann. Und ich will keinen Keil zwischen uns treiben, indem ich deine Wünsche missachte. Lass nicht zu, dass ich dich verletze. Wenn es nötig wird, musst du mich fesseln."

Orlando runzelte die Stirn, als er den Kampf sah, der in seinem Geliebten tobte. Er hatte darauf vertraut, bei Alain immer sicher zu sein. Dieses Vertrauen hatte ihnen erlaubt, ihre Beziehung zu vertiefen. Wenn Alain es jetzt missbrauchte, und sei es gegen seinen eigenen Willen, dann würde das die Grundlagen ihrer Beziehung erschüttern. „Vielleicht sollte ich gehen", schlug er Alain vor.

Alain wollte zustimmen, brachte die Worte aber nicht über die Lippen. „Ich würde dir nur folgen", gab er schließlich zu. „Diese Magie ist auf dich oder uns gerichtet. Ich weiß nicht, wie ich sie brechen soll."

Orlando ging ohne langes Zaudern auf ihn zu und wollte ihn trösten, aber Alain schüttelte den Kopf. „Du darfst mir jetzt nicht trauen", warnte er erneut, obwohl ihm die Worte das Herz zerrissen. Warum musste das ausgerechnet jetzt passieren, wo sie ihre Beziehung gerade erst wieder auf den richtigen Weg gebracht hatten? „Ich brauche all meine Kraft, um einfach nur stillzuhalten."

„Was soll ich tun?", fragte Orlando ernst. „Was soll ich tun, wenn ich nicht gehen kann und es gleichzeitig gefährlich ist, hierzubleiben?"

Die Luft um Alain knisterte, als er sich erfolglos gegen den Zauber wehrte und vor Anstrengung in die Knie ging. „Du musst mich fesseln. Wenn ich mich nicht rühren kann, kann ich dich auch nicht verletzen."

Orlando schüttelte den Kopf bei der Vorstellung, Alain ans Bett zu binden und seiner eigenen Blutlust auszuliefern. Es erinnerte ihn zu sehr an die Foltern, denen Thurloe ihn ausgesetzt hatte.

„Tu es, Orlando", verlangte Alain. „Ich weiß wirklich nicht, wie lange ich es noch aufhalten kann. Ich will dir nie wieder einen Grund geben, mir nicht zu vertrauen."

Orlando nickte zögernd. Dann sprang er auf Alain zu und drückte ihm die Arme an den Körper, bis der Magier sich nicht mehr rühren konnte. Orlando konnte den Widerstand spüren und hätte beinahe wieder losgelassen, doch das durfte er nicht tun. Er wollte Alain helfen und es hatte nichts mit dem zu tun, was ihm selbst widerfahren war. Auch wenn er Alain fesselte, bis die Wirkung der Magie nachließ, er hatte nicht vor, Alains Hilflosigkeit auszunutzen und ihn zu quälen.

Orlando zog mit einer Hand zwei Schnüre aus einer Schublade, um Alains Hände damit an das Kopfende des Bettes zu binden. Der Magier wehrte sich immer noch und gab Orlando keine andere Wahl, als ihn mit seinem eigenen Körpergewicht auf die Matratze zu drücken und festzuhalten, bis er die erste Hand gefesselt hatte. Orlando keuchte überrascht, als er Alains Zähne spürte, die sich durch das Hemd um seinen Nippel legte. Sein Griff ließ nach und Alain konnte die zweite Hand wieder befreien. Er fasste Orlando an den Haaren und zog seinen Kopf nach unten, um ihn hungrig zu küssen.

Ohne den Kuss zu unterbrechen brachte Orlando die freie Hand wieder in seine Gewalt und band sie ebenfalls ans Bett.

„Und was soll ich jetzt tun?", fragte er dann.

„Mich wieder küssen", verlangte Alain mit rauer Stimme und zerrte an seinen Fesseln. Sie saßen so fest, dass er kaum die Arme bewegen konnte. Orlando war in Sicherheit. Alain entspannte sich und gab seinem Verlangen nach. Jetzt konnte er bitten und betteln, er konnte sogar befehlen. Aber er konnte sich nichts nehmen, was Orlando ihm nicht gab.

„Das habe ich nicht gemeint", widersprach Orlando, obwohl er gegen Alains Wunsch nichts einzuwenden hatte. „Ich wollte wissen, wie ich dir helfen kann."

„Küss mich wieder", wiederholte Alain und suchte vergeblich nach einer Antwort auf Orlandos Frage. Die Magie, die ihn in ihren Bann gezogen hatte, kannte nur ein Ziel – Orlando.

Vorzugsweise stöhnend unter Alain liegend und dessen harten Stößen ausgeliefert. Ohne bewusst darüber nachzudenken, versuchte Alain erneut, sich aus dem Bann der Magie zu befreien, aber er konnte sich nicht auf seine eigene Macht konzentrieren. Die fremde Magie war stärker und schien seine eigene Magie zu kontrollieren. Da er sich nicht befreien und nehmen konnte, wonach ihn verlangte, beschränkte er sich darauf, das zu nehmen, was Orlando ihm geben konnte. Mit einem kleinen, funktionierenden Rest seines Verstandes stellte er erstaunt fest, dass er selbst jetzt noch in der Lage war, sich mit der Realität abzufinden, anstatt sinnlos gegen seine Fesseln anzukämpfen, um sich zu nehmen, was er wollte.

„Ich weiß nicht, wie das helfen soll", meinte Orlando und senkte den Kopf, um Alains Wunsch zu erfüllen. Alain schnappte gierig nach Orlandos Lippen, der sich erschrocken zurückzog, bevor er den Kuss wieder aufnahm. Ihre Zungen kämpften um die Vorherrschaft und es erregte Orlando auf eine Weise, wie es ihre bisherigen Küsse nicht vermocht hatten.

Mit einem entschlossenen Knurren übernahm er die Initiative und drückte Alain von den Schultern bis zu den Beinen in die Matratze. Dann rieb er sich mit den Hüften am harten Schwanz seines Geliebten. „Das gefällt dir, nicht wahr?", fragte er keuchend. „Es gefällt dir, mir ausgeliefert zu sein."

„Es würde mir noch mehr gefallen, wenn wir die Rollen tauschen könnten", knurrte Alain zurück.

„Träum süß", entfuhr es Orlando spontan. Er riss erschrocken die Augen auf, als ihm bewusst wurde, was Alain gerade gesagt und wie er selbst reagiert hatte. Er wusste, dass Alains Worte der Magie zuzuschreiben waren, aber er selbst stand nicht unter dem Einfluss dieser Magie. Oder etwa doch? Alain bäumte sich unter ihm auf, als wollte er ihn abwerfen. Orlando wandte seine Aufmerksamkeit wieder seinem Geliebten zu.

„Stillhalten", zischte er und erhob sich auf die Knie, um Alains Hüften festzuhalten.

„Zwing mich doch", forderte Alain ihn heraus. Die Mischung aus seinem Verlangen nach Orlando und dem magisch verursachten Bedürfnis nach Beherrschung und Aggressivität brachte ihn fast um den Verstand. Es war so ganz anders als die Zärtlichkeit, mit der sie sich normalerweise liebten. Alain konnte nur hoffen, dass es die Macht der Magie brach, wenn er sich ihr hingab.

Die Herausforderung in Alains Stimme weckte Orlandos Instinkte und seinen Durst nach Blut. Seine Eckzähne wurden länger und schoben sich durch seine Lippen ins Freie. Er wollte sie in Alains Fleisch schlagen und seine Macht über den Magier ein für alle Mal unter Beweis stellen. Es war ein so übermächtiges Verlangen, dass ihm davon schwindelig wurde und er erschrocken zurückzuckte. Mit zitternden Händen kämpfte er dagegen an.

„Was ist los?", fragte Alain unter ihm. Er wollte diese Zähne in seinem Hals spüren. „Bist du nicht Manns genug, um dir zu nehmen, was du willst?"

„Lass das", flüsterte Orlando so leise, dass Alain ihn kaum verstehen konnte. „Zwing mich nicht dazu, dir wehzutun."

„Du könntest das gar nicht, selbst wenn du es wolltest", zischte Alain und hasste den Klang seiner Stimme, hasste den Ausdruck in Orlandos Gesicht, den diese Worte getroffen hatten. Aber Alain konnte sie nicht zurücknehmen und konnte es auch nicht lassen, Orlando weiter herauszufordern.

„Nein, das könnte ich nicht", gab Orlando nach einigen Sekunden zu. „Weil ich es niemals wollte. Ich würde dich niemals verletzen wollen." Er schloss die Augen, um sich wieder in den Griff zu bekommen und seine gefährlichen Zähne zurückzuziehen. Es dauerte länger als jemals zuvor, aber schließlich gelang es ihm doch. Er kam zu Alain zurück und sah ihn an, erkannte die Erregung und das unnatürliche Glitzern in Alains Augen, das nur von der fremden Magie verursacht sein konnte, die seinen Geliebten in ihrem Bann hielt.

„Ist es wirklich das, was du willst?", fragte er ernst. Er traute sich noch nicht, Alain anzufassen. „Glaubst du wirklich, dass ich dadurch die Macht der Magie brechen kann?"

Ja!, wollte Alain spontan schreien, aber dann zwang er sich, erst darüber nachzudenken. Er hatte immer Zärtlichkeit den Vorzug vor Aggressivität gegeben. Jetzt kam ihm die Aussicht auf die sanften Berührungen seines Geliebten schal und belanglos vor. „Ich weiß es nicht", gab er zu. „Ich sehne mich danach, aber ich kann nicht sagen, ob es helfen wird oder alles nur noch schlimmer macht."

„Was soll ich tun?", fragte Orlando hilflos.

„Fick mich", erwiderte Alain. „So hart und fest du dich traust."

Orlando fühlte sich in seinem Stolz verletzt und seine Eckzähne kamen wieder zum Vorschein. Er wollte Alain nicht beißen, obwohl der Magier mit Sicherheit keine Einwände dagegen hätte. Aber der Biss war auch das Einzige, was er Alain vorenthalten wollte. Er fasste nach dem Kragen von Alains Pullover und riss ihn in der Mitten entzwei. Alains erstauntes Keuchen war Musik in seinen Ohren. Orlando beugte den Kopf und saugte hart an Alains Nippel. Er freute sich über die Reaktion seines Magiers, der sich unter ihm aufbäumte und zu betteln anfing: „Beiß mich!"

„Alles andere, aber nicht das", erwiderte er. „Das kannst du nicht von mir verlangen."

Alain gab nach, musste sich aber auf die Lippen beißen, um nicht zu widersprechen. Dann schlossen sich Orlandos Lippen um seinen anderen Nippel und er hatte wieder andere Probleme. Seine Erregung wuchs ins Unermessliche und er würde wahrscheinlich gleich abgehen wie eine Rakete. „Dann fick mich jetzt", verlangte er.

Orlando hockte sich auf die Fersen, öffnete Alains Jeans und zog sie ihm aus. Alain spreizte seine langen Beine und Orlando holte das Gel von dem kleinen Nachttisch. Mit zitternden Händen rieb er Alain hastig ein und war erleichtert, dass er sich nicht allzu lange mit den Vorbereitungen aufhalten musste, weil Alains Schließmuskel von der letzten Nacht noch entspannt und locker war. Er wollte Alain keine Schmerzen bereiten, wie er sie selbst zu oft gespürt hatte. Aber Alain war nicht in der Stimmung, noch lange zu warten. Wenn Orlando ehrlich war, ging es ihm nicht viel anders. Doch er konnte der aggressiven Seite dieser Besessenheit offensichtlich besser widerstehen als Alain.

„Mach schon", feuerte Alain ihn an. „Zeig mir endlich, dass du es ernst meinst."

Orlando kniete sich mit einem unmutigen Knurren zwischen Alains Beine und stieß seinen harten Schwanz durch den Schließmuskel, was Alains Erregung keinen großen Abbruch tat. Er klammerte sich an die Schnüre, die seine Arme an das Bettgestell fesselten, und ließ den brennenden Schmerz der ersten Penetration über sich ergehen. Orlando gab ihm kaum Zeit, wieder zu Atem zu kommen. Er stieß mit hartem, unerbittlichem Rhythmus in ihn hinein.

Alains Reaktion nahm Orlando seine letzten Bedenken und er ließ seiner Leidenschaft freien Lauf. Mit einer Ausnahme. Er hielt seine scharfen Eckzähne in sicherem Abstand von Alains Haut. Sie konnten sich durch die harten und schnellen Bewegungen sowieso nicht richtig küssen.

Alain waren die Augen zugefallen, als Orlando in ihn eindrang. Jetzt öffnete er sie mühsam wieder und stöhnte laut, als er Orlando über sich sah. Orlandos Zähne glänzten gefährlich und zogen ihn mit ihrer bedrohlichen Schönheit unwiderstehlich an. Sie waren der perfekte Gegensatz zu der dunklen Schönheit seines Vampirs. Orlandos Stirn war schweißgebadet. Die feuchten Haare fielen ihm ins Gesicht und warfen ihre Schatten auf seine goldene Haut. Alain wünschte sich, er hätte die Hände frei, um Orlandos Lust noch mehr anzufeuern und ihn aus seiner Konzentration zu reißen. Er sehnte sich nach diesen Zähnen genauso, wie er sich nach dem Schwanz gesehnt hatte, der gerade dabei war, ihn um den Verstand zu bringen. Alain wusste, wie gut sich der Biss anfühlte, wusste, dass dieser Biss ihn in tausend Stücke springen lassen und wieder neu erschaffen konnte. Dann packte Orlando ihn an den Hüften und schob ihm die Knie bis fast hinter die Ohren, während seine Stöße noch wilder und härter wurden. Zum ersten Mal konnte Alain Orlandos Zurückhaltung verstehen. Der Vampir war so übermenschlich stark, dass er Alain mit seinen Zähnen ernsthafte Verletzungen zufügen konnte, wenn er sich nicht beherrschte. Alain musste ihn erst in diesem Zustand – kurz vor dem endgültigen Kontrollverlust – erleben, um zu erkennen, wie sehr Orlando seine Erregung bisher immer gezügelt hatte. Er hoffte immer noch, dass Orlando ihm eines Tages genug vertrauen konnte, um sich nicht mehr zurückzuhalten. Aber er akzeptierte endlich, dass die Bedenken seines Geliebten nicht grundlos waren.

Für Orlando gab es kein stärkeres Aphrodisiakum, als Alain so hilflos unter sich liegen zu sehen. Diese Erkenntnis war erregend und abstoßend zugleich. Orlando wollte kein wehrloses Opfer. Er wollte einen Geliebten, der ihm in jeder Beziehung gleichgestellt war. Doch in diesem Augenblick konnte er der Wirkung, die Alain – gebunden und hilflos ausgeliefert – auf ihn ausübte, nichts entgegensetzen. Ein wildes Knurren entrang sich Orlandos Kehle und er hob Alains Hüften hoch, um ihn aus diesem Winkel noch tiefer ficken zu können. Er war über seine eigene Reaktion überrascht, konnte es aber nicht verhindern. Gott, er musste nur den Kopf zu Seite drehen, dann könnte er Alain in den Oberschenkel beißen. Der Magier würde ihn nicht zurückhalten. Auch ohne die Magie, die Alain in ihren Bann geschlagen hatte, würde er Orlando nicht zurückhalten. Orlando kämpfte mit letzter Kraft gegen seinen Instinkt an. Seine Ängste saßen zu tief, um dem Impuls nachzugeben. Er wollte seinen Geliebten nicht verletzen. Punkt.

Mit aller Macht stieß er in Alains willigen Körper, jagte sie beide dem Höhepunkt entgegen, der zum Greifen nahe war und nur auf ein letztes Signal zu warten schien. Orlando warf den Kopf in den Nacken, als sein Verlangen nach Alains Blut übermächtig zu werden drohte. Das war es offensichtlich, was die Magie von ihnen verlangte, aber Orlando weigerte sich, dem nachzugeben. „Komm für mich", befahl er und hoffte, dass Alain zum Orgasmus kommen konnte, ohne sich dem Drang der Magie ausliefern zu müssen. „Komm für mich. Jetzt!"

Alain bäumte sich unter ihm auf. Sein ganzer Körper schrie nach Erlösung, aber sie entzog sich ihm um Haaresbreite. *Beiß mich.* Die Worte lagen ihm auf den Lippen, doch er hielt sie zurück, weil er das Versprechen nicht brechen wollte, das er Orlando gegeben hatte. Nur das nicht. „Fass mich an", keuchte er stattdessen.

Orlando schloss die Hand um Alains vernachlässigten Schwanz und rieb ihn im Rhythmus seiner Stöße. Endlich. Das war es, was Alain gebraucht hatte. Der Samen schoss in dicken Strahlen aus seinem Schwanz und bedeckte ihm die Brust und den Bauch. Er zuckte zusammen und wurde von Krämpfen geschüttelt, die auch bei Orlando einen mächtigen Orgasmus auslösten. Orlando brach über Alain zusammen und ließ seine Beine los. Dann wurde er von seinem Geliebten in die Arme genommen. In die Arme genommen?

„Wie hast du das gemacht?"

„Magie", sagte Alain und grinste müde. Die letzten Spuren der fremden Magie verflogen und ihm fielen die Augen zu.

„Schlaf jetzt", flüsterte Orlando und streichelte ihm mit dem Daumen über die Augen. Er wollte jetzt nicht darüber nachdenken, wieso Alain sich aus den Fesseln befreien konnte. Alain war eingeschlafen. Wenn er wieder aufwachte, würden sie sehen, ob die Magie ihn immer noch in ihrem Griff hatte. Dann würde Orlando ihn einfach wieder überwältigen, falls es nötig wurde. „Ich bewache deine Träume."

14

ALAIN SCHLIEF tief und fest. Als er zwei Stunden später aufwachte, war er so erholt, als hätte er viel länger geschlafen. Er öffnete die Augen und sah Orlandos Kopf auf seiner Schulter liegen. Es war mittlerweile ein vertrauter Anblick geworden und Alain lächelte zärtlich. Dann kam seine Erinnerung zurück.

„Oh Gott, es tut mir so leid", keuchte er.

„Was?", fragte Orlando, der durch Alains Worte aus seinen Gedanken gerissen wurde.

„Vorhin. Wie ich über dich hergefallen bin", sagte Alain.

„Nein", korrigierte Orlando ihn. „Du hast dich bis an die Schmerzgrenze dagegen gewehrt, über mich herzufallen."

„Aber du musstest mich fesseln, damit ich dich nicht verletzen konnte!"

„Und du hast mich nicht verletzt", erwiderte Orlando sachlich. „Obwohl du der Magie ausgeliefert warst, hast du mich nicht verletzt."

„Und wenn ich mich das nächste Mal nicht dagegen wehren kann?"

Orlando stützte sich seufzend auf die Ellbogen und sah Alain in die Augen. „Du bist entschlossen, daraus ein Problem zu machen, nicht wahr?"

„Orlando! Was ich mit dir machen wollte ... Das ist ein Teil von mir. Die Magie hat etwas in mir geweckt, das lange geschlafen hat. Aber es ist noch da."

Orlando zuckte mit den Schultern. Er konnte sich noch an Alains krampfhaft geballte Fäuste erinnern. „Du hast dagegen angekämpft. Du wirst wieder dagegen ankämpfen. Und wenn du es nicht kannst, kämpfe ich für dich. Du stehst jetzt nicht mehr unter dem Einfluss der Magie. Sag mir jetzt, dass ich dich wieder fesseln soll, falls es ein zweites Mal passiert. Wenn ich weiß, dass du meine Hilfe willst, kann ich alles tun, was du brauchst."

„Du darfst niemals zulassen, dass ich dich verletze", verlangte Alain und nahm Orlandos Hand. „Was immer du auch tun musst, um das zu verhindern. Du bist nicht mehr der junge Soldat, der sich nicht wehren kann. Du bist stärker als ich, wenn es nötig sein sollte. Ich bete darum, dass es nie soweit kommt. Aber nichts wäre schlimmer für mich, als dir auch nur den geringsten Schmerz zuzufügen."

„Ich verspreche es. Kannst du mir jetzt sagen, was mit dir los war?"

„Ich weiß es immer noch nicht", erwiderte Alain. „Es hat sich angefühlt wie eine *Forçage*. Aber ich wüsste nicht, wer dafür verantwortlich sein sollte. Außer der Milice weiß niemand, dass ich hier bin. Serriers Schergen sollten nicht in der Lage sein, diese Beschwörung aus der Ferne auszuführen. Selbst wenn sie mich gefunden hätten, wären die Schutzschilde zu stark, um sie zu durchdringen."

„Was kann es denn sonst gewesen sein?"

„Keine Ahnung. Aber wir müssen es Marcel berichten. Er muss darüber Bescheid wissen, auch wenn es nur ein Zufallstreffer war. Und falls es ein neuer Trick von Serrier sein sollte, müssen wir so schnell wie möglich Gegenmaßnahmen ergreifen."

„Lass dir Zeit und wasche dich", meinte Orlando, als Alain das Bett verließ und seine Hose aufhob. „Du riechst nach Sex. Sie werden dir dumme Fragen stellen, die du nicht beantworten willst."

Alain runzelte die Stirn und erledigte das Problem mit einem Reinigungszauber.

„Das wirkt aber nicht bei mir", erinnerte ihn Orlando. „Gib mir fünf Minuten, dann können wir gehen."

Alain nickte und wünschte sich, er hätte seine Magie nicht so voreilig eingesetzt.

Orlando schien Gedanken lesen zu können, denn er blieb in der Badezimmertür stehen und drehte sich zu Alain um. „Du kannst trotzdem mitkommen, wenn du willst."

Mit einem erleichterten Lächeln folgte Alain ihm ins Bad und schloss die Tür.

DER ANBLICK, der sich Adèle bot, als sie wieder zu Bewusstsein kam, hätte unwillkommener nicht sein können. Ihr tat alles weh, und das nicht auf eine gute, befriedigte Weise. Die Bissspuren an ihrem Hals, an ihren Brüsten und Oberschenkeln schmerzten mehr, als die Wunden, die Jude bei seinen früheren Bissen hinterlassen hatte. Und der Grund für das alles lag neben ihr im Bett und schlummerte friedlich. Sie blieb noch einen Augenblick liegen und dachte über ihre Gefühle nach. Das unwiderstehliche Verlangen, das sie mit Jude ins Bett getrieben hatte, war verschwunden. Sie war frei, aufzustehen und herauszufinden, was geschehen war.

Leise verfluchte sie den Verlust ihres Stabes, dann nahm sie eine schnelle Dusche und zog sich an. Ohne den Stab konnte sie nichts gegen die Bisswunden unternehmen, aber das war vielleicht auch gut so. Sie waren ein unwiderlegbarer Beweis dafür, was ihr widerfahren war. Jude hatte sich immer noch nicht gerührt. Adèle beschloss, ihn einfach weiterschlafen zu lassen. Er konnte keinen Schaden anrichten und es geschah ihm nur recht, wenn er hier allein aufwachte. Es war eine angemessene Revanche für die Ereignisse an diesem Nachmittag. Er hatte genug Blut getrunken, um nicht in der Wohnung festzusitzen, auch wenn die Sonne noch nicht untergegangen war. Sie hatte ihm gegenüber keine Verpflichtungen mehr. Außerdem waren sie nach wie vor keine Geliebten und würden es auch nie werden, so wie der Mann sich verhielt. Adèle ignorierte beflissen die Tatsache, dass er trotz allem nur ihr eigenes Verlangen befriedigt hatte. Eine Beziehung bestand aus mehr als nur einem Wahnsinnsorgasmus. Die Schutzschilde der Wohnung würden sich automatisch wieder aktivieren, also schlug sie einfach die Tür hinter sich zu, als sie ging. Es bereitete ihr eine klammheimliche Befriedigung, ihn mit dem Knall wahrscheinlich geweckt zu haben.

Während der Fahrt ins Hauptquartier versuchte sie, die Ereignisse emotionslos zu analysieren. Marcel konnte mit ihrer Wut über Jude nicht viel anfangen, so berechtigt sie auch sein mochte. Sie mussten herausfinden, was heute wirklich geschehen war, wenn sie verhindern wollten, dass es sich wiederholte. Die Schlacht selbst war nicht ungewöhnlich verlaufen, was ihre Zusammenarbeit mit Jude anging. Sie hatten sich die ganze Zeit gestritten, es aber trotzdem geschafft, Serriers Magier abzuwehren. Dieser Fluch – eine *Forçage* vermutlich – hatte erst nach dem Kampf zugeschlagen. Rückblickend betrachtet fiel ihr allerdings auf, dass sie schon gegen Ende des Kampfes Judes Anwesenheit anders wahrgenommen hatte. Sie konnte sich deshalb gut vorstellen, dass einer von Serriers Magiern für den Fluch verantwortlich war. Was sie sich nicht erklären konnte, war, welchen Zweck er damit hätte verfolgen sollen. Was konnte es den dunklen Magiern nützen, wenn sie nach dem Kampf nach Hause gingen und sich in Grund und Boden fickten? Da gab es sinnvollere Möglichkeiten, die Milice zu schwächen. So hatten sie nur erreicht, dass ihr Bericht an Marcel verzögert wurde, aber da sie Charlotte vorausgeschickt hatte, war auch das nur eine Lappalie. Das Einzige, was Marcel noch nicht kannte, waren Adèles persönliche Einschätzungen über dem Verlauf der Schlacht. Sie überlegte, ob es außergewöhnliche Vorkommnisse gegeben hatte, die für die Strategie der dunklen Magier von Relevanz sein könnten. Ihr fiel nichts ein. Es gab keinen Grund, sie mit einer *Forçage* zu belegen, außer der ziemlich abwegigen Vermutung, dass einer der dunklen Magier eine persönliche Befriedigung daraus zog, sie in eine sexuelle Begegnung zu treiben, die sie unter normalen Umständen abgelehnt hätte.

Adèle war sich nicht sicher, ob sie sich durch diese Erkenntnis beruhigt fühlen sollte oder nicht.

„Wo ist Marcel?", fragte sie David, der vor dem Büro des Generals im Flur stand.

„Er spricht noch mit Raymond", erwiderte David missmutig. „Raymond ist kurz vor mir gekommen und ich warte jetzt schon seit zwei Stunden hier."

„Er würde dich nicht warten lassen, wenn sie nicht etwas Wichtiges zu besprechen hätten."

„Das weiß ich auch", erwiderte David schulterzuckend. „Aber hier geht etwas Merkwürdiges vor sich. Es ist fast wie eine *Forçage*."

„Du hast es auch gespürt?", fragte Adèle überrascht. „Du warst doch gar nicht am Eiffelturm."

David runzelte die Stirn. „Mir gefällt die Sache nicht. Was ist mit dir passiert?"

Adèle wurde rot. „Was ist mit dir passiert?", gab sie die Frage zurück.

„Ein fast unwiderstehliches Verlangen, meine Partnerin aufzusuchen", antwortete David ausweichend. „Und mit dir?"

„So ähnlich", erwiderte Adèle und klopfte an die Tür. „Es ist mir egal, ob wir sie stören oder nicht. Marcel muss darüber informiert werden. Sofort."

„Tut mir leid, dass wir euch stören", sagte sie, als Marcel die Tür öffnete.

„Marcel!", unterbrach sie Alains Stimme, der mit Orlando durch den Flur gerannt kam. „Irgendetwas geht auf magischer Ebene vor sich. Entweder hat Serrier einen neuen Fluch entwickelt oder wir haben ein ernsthaftes Problem."

Marcel sah in ihre betroffenen Gesichter. Dann seufzte er und winkte sie in sein Büro. „Wir haben ein Problem", bestätigte er und schloss hinter ihnen die Tür. „Raymond, Jean und ich haben schon nach Wegen gesucht, es wieder in den Griff zu bekommen, bevor es sich weiter ausbreitet. Es scheint offensichtlich schon zu spät zu sein."

„Was genau ist das Problem?", fragte Alain angespannt. Orlando legte ihm beruhigend die Hand auf den Rücken, aber Alains Besorgnis ließ nicht nach. Wenn sein Geliebter kein Vampir wäre … Er wollte gar nicht daran denken, was dann geschehen wäre.

„Wilde Magie", erklärte Marcel. „Als wir Thierry aus den Fesseln der Elementarmagie befreit haben, haben wir die Verbindung nicht gekappt. Jetzt ist die wilde Magie in die Stadt eingedrungen."

„Dann sind alle Magier davon betroffen?"

„Und einige der Vampire", fügte Jean hinzu. „Die Vampire mit Partnern scheinen es auch zu spüren. Mit anderen habe ich noch nicht gesprochen."

„Was können wir dagegen unternehmen?", fragte Adèle. „Und warum zum Teufel wollte ich deswegen mit einem Mann ins Bett, den ich verachte?"

Raymond und Marcel warfen sich resignierte Blicke zu. „Es scheint, als ob das Blut, das unsere Partner vor der Sonne schützt, auch zu einer gewissen Verbindung zwischen den Partnern führt", erklärte Marcel bedächtig. „Ein Vorteil dieser Verbindung ist die Stabilisierung der Elementarmacht. Der Nachteil ist offensichtlich, dass die Partner empfänglicher füreinander werden und ihre Anfälligkeit für magische Einflüsse von außen wächst."

„Soll das heißen, dass ich jetzt jedes Mal, wenn das magische Gleichgewicht instabil wird …" Alain verstummte, weil er seine Befürchtung nicht in Worte fassen konnte. Er wollte nicht, dass jemand – schon gar nicht Orlando – erfuhr, wie kurz davor er gewesen war, sein Versprechen an Orlando zu brechen.

„Nein!", versicherte ihm Raymond. „Es wird sich nicht wiederholen. Wenn wir das nächste Mal ein Rite d'équilibrage durchführen müssen, werden wir uns besser vorbereiten und verhindern, dass wieder wilde Magie entweicht."

„Das hilft aber den Betroffenen jetzt nicht. Bis wir diesen Schlamassel wieder behoben haben, wird jeder, der nicht darauf vorbereitet ist, so reagieren wie ihr", führte Marcel aus. „Darüber haben wir gesprochen, bevor ihr gekommen seid."

„Was haben die Vampire damit zu tun?", fragte David neugierig.

„Sie sind auch von der wilden Magie betroffen", erwiderte Jean scharf. Er hatte keine Geduld mit dem überheblichen Verhalten, das einige Magier der Milice gegenüber den ‚niederen' magischen Wesen zeigten. Nachdem er mit Marcel am Conseil des Ministres teilgenommen hatte, waren ihm Serriers wahre Absichten erst richtig klar geworden. Umso entschlossener war Jean jetzt, diesen Krieg siegreich zu Ende zu führen. Wenn er jetzt etwas unduldsamer reagierte als üblich, so lag das nur an seinem beharrlichen Verlangen, alle aus dem Raum zu scheuchen und über seinen Partner herzufallen. Seit Raymond das Büro betreten hatte, war dieses Verlangen beständig gewachsen. „Wir sind magische Wesen, wie du mittlerweile auch erkannt haben solltest. Ein Ausbruch wilder Magie trifft uns genauso wie euch."

„In einigen Fällen vielleicht sogar stärker", ergänzte Raymond. „Wir Magier sind es gewohnt, einen Schutzschild um uns herum zu errichten. Vampire können das nicht."

„Zu welchem Ergebnis seid ihr gekommen?", mischte Alain sich ein, um eine bevorstehende Auseinandersetzung zu verhindern.

„Es gibt mehrere Möglichkeiten", meinte Marcel. „Raymond kann sie euch besser erklären, weil er in solchen Dingen der Experte ist."

„Die Frage ist, wie wir die wilde Magie am besten wieder einfangen und neutralisieren können", begann Raymond seine Ausführungen. „Je länger wir damit warten, umso weiter wird sie sich verbreiten. Deshalb reicht es nicht aus, einfach nur die Verbindung zu ihrer Quelle zu unterbrechen. Wir müssen auch die freigewordene Magie wieder einsammeln, die uns und andere in der Stadt schon getroffen hat."

„Wie soll das funktionieren?", fragte Adèle argwöhnisch.

„Ist dir schon einmal ein Thermometer zerbrochen?", fragte Raymond. „Eines mit Quecksilberfüllung?" Adèle nickte. „Die wilde Magie reagiert so ähnlich wie Quecksilber. Sie sucht sich Ziele, an die sie sich heften kann. Ich schlage zwei Maßnahmen vor. Als erstes brauchen wir vier Magier mit Partnern, die die vier Elemente repräsentieren."

„Du hast doch die Elementarmagie gespürt!", rief Alain. „Keiner von uns ist stark genug, um sich diesem Nichts entgegenzustellen."

„Nicht, wenn wir es allein versuchen oder es in seiner Gesamtheit konfrontieren", stimmte Raymond ihm zu. „Aber das werden wir nicht tun. Je mehr Zeit vergeht, umso mehr zersplittert die Magie und teilt sich in kleinere, kontrollierbare Felder auf. Aber was noch wichtiger ist, sind unsere Partner. Wenn sie sich bereit erklären, uns zu helfen, können wir es wahrscheinlich sogar mit dem Nichts aufnehmen."

„Wie das?", verlangte Alain zu wissen.

„Was fühlst du, wenn Orlando dich beißt? Auf magischer Ebene?", fragte ihn Raymond. „Kannst du den Austausch der Magie in eurem Blut spüren?"

Alain nickte. „Aber ich fühle mich nicht geschwächt. Willst du damit sagen, dass der Biss unserer Partner uns sogar stärkt?"

„Ich weiß nicht, wie lange diese Wirkung anhält", gab Raymond zu. „Aber ich bin mir verdammt sicher, dass unsere Macht sich im Augenblick des Bisses vervielfacht."

„Dann können wir also unsere Partner vor diesem Nichts schützen und verhindern, dass ihnen das Gleiche passiert wie Thierry, wenn wir während des Rituals von ihnen trinken?", hakte Orlando nach.

„Theoretisch ja", gab Jean ihm recht. „Das Problem ist, dass wir diese Theorie nicht vorher testen können." Er dachte an seine Partnerschaft mit Raymond und die starke Verbindung, die sich zwischen ihnen entwickelt hatte. Noch vor wenigen Wochen hatte er darauf bestanden, dass Thierry den Raum verließ, als Orlando vor Alain trinken wollte. Jetzt schlug er etwas vor, was mehr oder weniger einer Orgie gleichkam. Vier Paare, die gleichzeitig und am selben Ort ihr Blut austauschten. Noch unglaublicher war jedoch, dass Jean keinen Augenblick daran zweifelte, dass die betroffenen Vampire sich dazu bereit erklären würden. Es war nicht zu vermeiden. Sie mussten es tun, um ihre Partner zu schützen. Und sie würden keine Sekunde zögern.

„Aber wir müssen bis morgen warten. Heute sind wir alle zu erschöpft, entweder vom Rite d'équilibrage und seinen Folgen oder von den beiden Kämpfen, an denen wir heute Nachmittag teilgenommen haben", sagte Marcel. „Wir können nicht wieder das Risiko eingehen, ein solches Ritual unvorbereitet durchzuführen."

„Und was ist mit der wilden Magie? Sie wird sich in der Zwischenzeit neue Opfer suchen", protestierte David.

„Was ist dir lieber?", fragte Marcel pragmatisch zurück. „Sex mit deiner liebenswerten Partnerin oder der Verlust deiner Magie, weil du zu erschöpft warst, um den Anforderungen dieses neuen Rituals gerecht werden zu können?"

Davids Reaktion zeigte, dass ihm keine dieser beiden Optionen sonderlich behagte.

„Und was ist mit der Anfälligkeit?", wollte Adèle wissen. „Was sollen wir dagegen tun?"

„Was ihr wollt", erwiderte Raymond. „Ihr widerstehen, ihr nachgeben … Es hat keinerlei Einfluss, egal, was ihr tut."

„Aber wie werde ich diese Anziehung los?", fragte sie gereizt nach.

„Solange Jude regelmäßig von dir trinkt, wirst du dich vermutlich damit abfinden müssen", erwiderte Jean sachlich. „Du musst ihr ja nicht nachgeben."

„Das sagst du so einfach", schimpfte sie. „Du bist nicht von dieser Lawine überrollt worden." Sie zog den Ausschnitt ihrer Bluse nach unten und zeigte ihm zum Beweis die Bisswunden auf ihren Brüsten, die immer noch bluteten.

„Umgebe dich mit einem Schutzschild, bis der Ansturm der wilden Magie wieder gebändigt ist. So ähnlich, als ob du dich auf einen Kampf vorbereiten würdest", riet ihr Raymond. „Wenn die Magie sich nicht in deiner Psyche einnisten kann, solltest du ihrer Macht widerstehen können." Er blickte verlegen zur Seite, weil er weder ihr noch Jean in die Augen sehen konnte. „Ich mache es auch so."

„Du fühlst es immer noch?", fragte Alain scharf.

Raymond nickte. „Du nicht?"

„Es war verschwunden, als ich wieder aufgewacht bin."

„Nein", mischte sich Orlando ein. „Es ist schon vorher wieder verschwunden, schon bevor du eingeschlafen bist und nachdem wir …" Orlando verstummte und wurde rot.

„Du meinst, nachdem ihr euch geliebt habt", ergänzte Jean einfühlsam.

„Kannst du es noch fühlen, Adèle?", wollte Marcel wissen.

„Nein", antwortete sie. „Es scheint, als ob Sex den Bann bricht. Zumindest für eine gewisse Zeit." Sie würde dafür sorgen, dass ihre Schilde so undurchdringlich wie möglich waren. Adèle hatte nicht die geringste Absicht, dieser wilden Magie ein zweites Mal zum Opfer zu fallen.

„ICH MUSS nach Thierry sehen", sagte Alain zu Orlando, als sie Marcels Büro verließen. „Ich habe ihn magisch abgeschirmt, damit er nicht vergisst, in den nächsten Tagen auf seine Magie zu verzichten. Aber ich will sicher sein, dass er nicht doch von dieser wilden Magie erwischt worden ist. In seinem Zustand hätte er sich nicht gegen sie wehren können."

„Ich warte zuhause auf dich", meinte Orlando, weil Alain sich ohne ihn transportieren konnte und schneller zurückkommen würde. Außerdem vermutete er, dass Thierry die Neuigkeiten besser aufnahm, wenn Alain sie ohne ihn überbrachte.

Nach den Enthüllungen der letzten Stunde zögerte Alain kurz, aber dann gab er Orlando doch einen Abschiedskuss. Er weigerte sich, seinen Glauben an ihre Beziehung durch diese Ereignisse untergraben zu lassen. Welche Mächte auch immer sie zusammengeführt hatten, sie waren jetzt ein Paar, und nur das zählte noch. Aber als Orlando seinen Kuss erwiderte, fragte er sich doch, ob der Vampir nicht genauso verunsichert war wie er selbst. Sie würden darüber reden müssen, um sich an die Kraft ihres Versprechens zu erinnern. Das hatte jedoch noch Zeit, bis Alain von Thierry zurückkam. „Ich liebe dich", flüsterte er. Dann transportierte er sich vor die Haustür seines besten Freundes.

Alains Worte zauberten ein Lächeln auf Orlandos Lippen. In diesem Augenblick tauchte Jean an seiner Seite auf und sprach ihn an. „Wir haben uns lange nicht gesehen. Wie geht es dir?"

„Ich bin etwas beunruhigt", gab Orlando zu. „Zu hören, dass meine Gefühle nicht meine eigenen sein sollen …"

„Lass das", unterbrach ihn Jean. „Die Magie mag die Entwicklung eurer Beziehung etwas beschleunigt haben, aber Alain verhält sich nicht wie ein Mann, der unter Druck handelt. Und du auch nicht. Ich habe dich noch nie so glücklich erlebt, wie in den wenigen Wochen, seit du Alain kennengelernt hast. Ich kann auch nicht erkennen, dass Adèle oder David ihre Partner genauso ansehen. Oder Raymond. Wir lernen zwar, miteinander zu arbeiten, aber es ist nicht vergleichbar mit dem, was du für Alain empfindest. Zwischen Lust und Liebe liegt ein himmelweiter Unterschied."

„Wie kann ich mir sicher sein, dass es Liebe ist?"

Jean lächelte. „Jüngling", neckte er Orlando. „Komm für ein oder zwei Stunden mit zu mir. Vielleicht kann ich dir helfen, es besser zu verstehen."

„Ich habe Alain versprochen, zuhause auf ihn zu warten", sagte Orlando zögernd.

Und genau das ist der Unterschied, dachte Jean schmunzelnd. „Du kannst trotzdem noch deinen eigenen Interessen nachgehen", sagte er laut zu Orlando. „Ich nehme an, er ist zu Thierry gegangen, um mit ihm zu reden. Es gibt keinen Grund, warum du nicht auch mit deinen Freunden reden solltest."

Nach einer halbstündigen Fahrt mit der Métro waren sie sicher in Jeans Wohnung angelangt. Der Chef de la Cour schenkte ihnen Wein ein, obwohl sie ihn kaum schmecken konnten. Dann setzte er sich in seinen bequemen Sessel und wartete darauf, dass Orlando ebenfalls Platz nahm.

„Soll ich uns ein Feuer anzünden?"

„Nein", erwiderte Orlando und schüttelte den Kopf. „Aber sag mir, wie ich mir sicher sein kann, keinen Fehler gemacht zu haben."

„Die Lust mag dich vielleicht in sein Bett treiben", erklärte Jean sehr direkt. „Aber ich kann mir nicht vorstellen, dass du deinen Avoué so mit blutigen Bissen übersät hast, wie Jude es mit Adèle getan hat."

„Natürlich nicht!"

„Das war ungezähmte Lust. Ich möchte wetten, dass es nicht die einzigen Spuren sind, die er an ihrem Körper hinterlassen hat. Die Lust, die durch die wilde Magie in ihnen geweckt worden ist, hat zu Wunden, Wut und Kränkungen geführt. Wenn ich Alain richtig verstanden habe, dann war er wütend, weil er befürchtet hat, seine Selbstbeherrschung zu verlieren und dich zu verletzen. Diese Wut war auf ihn selbst gerichtet, nicht auf dich oder deinen Mangel an Selbstbeherrschung."

„Das stimmt."

„Dann war es mehr als Lust", erklärte Jean. „Seine Sorge galt dir und seine Wut ihm selbst. Das wäre nicht der Fall gewesen, wenn ihm nicht sehr viel an dir liegen würde. Und du hast dich offensichtlich auch nicht ganz gehen lassen, sonst hätte er genauso ausgesehen wie Adèle. Deine Gefühle für ihn haben dir geholfen, der wilden Magie Widerstand zu leisten."

„Ich habe sie kaum gespürt", gab Orlando zu. „Jedenfalls glaube ich das. Ich war viel zu sehr damit beschäftigt, mich um Alain zu kümmern. Er war so besorgt und die Folgen der Magie haben ihn gepeinigt."

„Und da zweifelst du noch an deinen Gefühlen?", fragte Jean ungläubig. „Ich habe diese Magie auch gespürt, Orlando. Ich fühle sie immer noch. Ich musste all meine Kräfte zusammenreißen, um nicht auf die Suche nach Raymond oder Karine zu gehen. Oder wem auch immer. In Marcels Büro ist es noch schlimmer geworden. Wenn du sagst, du hättest es kaum gespürt, dann … Mehr Beweis für deine wahren Gefühle kannst du nicht verlangen."

„Warum hat Alain die Magie dann so stark gefühlt? Heißt das, dass er mich weniger liebt, als er gesagt hat?"

Jean seufzte. Er hatte gehofft, Orlando hätte seine Unsicherheit mittlerweile überwunden. „Alain ist ein Magier", erinnerte er seinen Freund. „Die wilde Magie trifft ihn anders als uns. Keiner von euch hat uns offen gesagt, was ihr gefühlt habt oder was zwischen euch passiert ist. Das ist auch in Ordnung. Aber wenn es dich so sehr beunruhigt, musst du mir mehr erzählen."

„Wir haben am Anfang nur gescherzt", berichtete Orlando. „Alles war wunderbar, bis er mich plötzlich gepackt hat. Er hat sofort wieder losgelassen, aber es ist ihm sehr schwergefallen. Und es wurde schwerer und schwerer für ihn, sich zurückzuhalten."

„Hat er dir wehgetan?", fragte Jean scharf. Er bezweifelte, dass Alain Orlando verletzen würde, so lange er bei klarem Verstand war. Aber unter dem Einfluss der wilden Magie mochte das anders gewesen sein.

„Aber nein! Natürlich nicht", rief Orlando. „Er würde mich niemals verletzen. Eher würde er sich selbst etwas antun."

„Dann kann ich mich nur wiederholen. Wieso zweifelst du an seinen Gefühlen?"

„Ich habe wahrscheinlich noch viel zu lernen", meinte Orlando niedergeschlagen.

„Ein Außenstehender kann das immer besser beurteilen. Betroffenen fehlt oft der Abstand, da ist es egal, wie alt man ist oder wie viel Erfahrung man hat", versicherte ihm Jean. „Wer weiß, vielleicht brauche ich eines Tages *deinen* Rat."

Orlando schüttelte kichernd den Kopf. „Das möchte ich erleben!"

15

ALAIN ATMETE erleichtert aus, als er durch den Schutzschild Thierrys Haus betrat. Der *Vide*, den er selbst angebracht hatte, hielt noch. Mit etwas Glück war Thierry von der wilden Magie verschont geblieben. In seinem geschwächten Zustand hätte sie ihm extrem gefährlich werden können.

„Ist alles in Ordnung?", begrüßte ihn Sebastien, der die Haustür öffnete. „Ich habe nicht erwartet, dich heute noch zu sehen."

„Ich habe auch nicht erwartet, euch heute noch zu besuchen", meinte Alain. „Wie geht es Thierry?"

„Gut, soweit ich das beurteilen kann. Er schläft immer noch."

„Das ist gut. Wenn es dir recht ist, möchte ich kurz mit ihm reden."

„Er ist ein erwachsener Mann", erwiderte Sebastien. „Er kann selbst entscheiden."

Alain lachte leise. „Das mag sein. Aber ich weiß, wie es ist, einen Vampir zum Geliebten zu haben."

„Ich bin nicht Thierrys Geliebter", gab Sebastien zu. Es war die Wahrheit, auch wenn er es bedauerte.

„Noch nicht", meinte Alain. „Aber ich bezweifle, dass du noch lange warten musst."

„Que Dieu t'entende", erwiderte Sebastien inbrünstig.

Dieses Mal klang Alains Lachen schon herzlicher. „Ich lege ein gutes Wort für dich ein. Aber erst muss ich mit Thierry eine andere Angelegenheit besprechen. Ich würde auch gern mit dir über den Aveu de Sang reden, vor allem über deine Beziehung zu deinem Avoué. Natürlich nur, falls es dir recht ist."

Sebastien schluckte. Wie immer, wenn er an die Vergangenheit dachte, wurde er von seinen Erinnerungen an Thibault überrollt. „Ich bin hier", sagte er ausweichend. Er wollte sich Alains Fragen anhören und dann spontan entscheiden, welche er beantwortete und welche nicht.

Das war nicht die Antwort, auf die Alain gehofft hatte. Aber er musste sich damit zufriedengeben. „Danke. Ich gehe jetzt zu Thierry." Er ging mit der Vertrautheit eines alten Freundes durchs Haus. Alain fühlte sich hier genauso wohl, wie er sich in seinem eigenen Haus gefühlt hatte. Alte Erinnerungen kamen zurück, als er durch das Wohnzimmer und den Flur zu Thierrys Schlafzimmer ging. Er und Edwige hatten hier mit Thierry und Aleth viele Stunden verbracht, glückliche Stunden voller Freundschaft. Hier hatte er nach dem Tod von Edwige und Henri getrauert und sich an seine Erinnerungen geklammert, als könne er die beiden dadurch zurückbringen. Sogar nach Thierrys Auszug war er noch einmal hierhergekommen, um mit Aleth zu reden. Thierry hatte unter der Trennung gelitten und Alain hätte alles getan, um ihm zu helfen. Aleth hatte ihm in aller Offenheit erklärt, dass sie nicht vorhatte, in Thierrys Leben den zweiten Platz hinter dem Krieg einzunehmen. Solange Thierry mit dem Krieg verheiratet war, müsste er auf sie verzichten. Alain hatte stundenlang auf sie eingeredet, aber sie ließ sich von ihrem Entschluss nicht abbringen. Entweder sie stand in Thierrys Leben an erster Stelle oder er musste auf sie verzichten. Alain waren die Argumente ausgegangen. Die Erinnerung an den Tod von Edwige und Henri, von Erics Frau und Kindern war zu frisch in seinem Gedächtnis, um nicht alles zu geben, damit Serrier gestoppt wurde. Auch jetzt, zwei Jahre später, hatte sich an diesem Entschluss noch nichts geändert. Nur seine Gründe waren nicht mehr die gleichen. Die Rebellion der dunklen Magier hatte sich ausgebreitet. Das einzig Gute, was sie bewirkt hatte, war die neue Allianz zwischen Magiern und Vampiren. Und selbst die war gefährdet, weil die Partner mit Konsequenzen in ihrer Beziehung rechnen mussten, die nicht bei jedem auf Zustimmung stießen.

Alain sah sich stirnrunzelnd um. Er konnte nicht verstehen, warum Thierry Sebastien hierher gebracht hatte, warum die beiden hier lebten. Er hielt es für keine gute Idee, dass sie ihre Beziehung in einem Haus begannen, das noch von Aleth' Geist heimgesucht wurde. Alain ging in Thierrys

Schlafzimmer, zog einen Stuhl ans Bett und setzte sich. „Thierry", sagte er leise und schüttelte seinen Freund an der Schulter.

„Alain? Was willst du hier?" Thierrys Stimme klang so verschlafen und verwirrt, dass Alain darüber lächeln musste. Es war noch nie sehr leicht gewesen, Thierry aufzuwecken.

„Ich wollte nur nachsehen, wie es dir geht."

„Das glaubst du doch selbst nicht", grummelte Thierry. „Ich bin verschlafen, aber nicht blöd. Was ist passiert?"

„Ich wollte wirklich nach dir sehen", protestierte Alain. „Es hat einen Ausbruch wilder Magie gegeben, die durch das Rite d'équilibrage freigesetzt wurde. Ich wollte sichergehen, dass sie dich verschont hat."

„Ich habe die ganze Zeit über geschlafen", meinte Thierry. „Aber das hätte dir auch Sebastien sagen können. Also, was ist noch passiert?"

„Ich bin auch von der wilden Magie getroffen worden", gestand Alain nach einer längeren Pause.

„Geht es dir wieder gut?", wollte Thierry wissen.

„Körperlich und magisch, ja", versicherte ihm Alain. „Aber ich bin immer noch etwas durcheinander. Als die Magie mich in ihrem Griff hatte, habe ich die Beherrschung verloren. Ich konnte mit meiner Magie nichts dagegen ausrichten und …"

Thierry wartete geduldig darauf, dass Alain weiterredete. Sein Freund war ziemlich aufgeregt und ihn zu drängen, wäre keine große Hilfe. Die Stille zog sich in die Länge. Thierry runzelte besorgt die Stirn und setzte sich auf.

„Orlando musste mich ans Bett binden", fuhr Alain schließlich fort. „Ich weiß nicht, was ich ihm sonst angetan hätte."

Thierry schüttelte den Kopf. „Du hättest ihn niemals verletzt."

„Nein, das hätte ich nicht", stimmte Alain zu. „Aber … wenn er nicht stark genug gewesen wäre, um mich zurückzuhalten, hätte es doch passieren können. Nicht absichtlich vielleicht. Aber nach dem, was er in seiner Vergangenheit erlebt hat, hätte ich ihn bestimmt verloren, wenn ich getan hätte, was ich wollte."

„Was wolltest du denn tun?", fragte Thierry weiter.

„Ihn beherrschen", erwiderte Alain. „Ihn gegen die nächste Wand drücken und so hart ficken, dass er es in einer Woche noch gespürt hätte. Über ihn herfallen … Wenn er es auch gewollt hätte, wäre das kein Problem gewesen. Aber er hätte es nicht gewollt. Ich hätte ihn vergewaltigt. Mein Gott, Thierry … Ich bin nicht besser als der Bastard, der ihn gefoltert hat."

„Stopp!", unterbrach ihn Thierry. „Lass das. Hast du ihm auf irgendeine Art wehgetan?"

Alain schüttelte den Kopf. „Er hat mich rechtzeitig daran gehindert."

„Was ist danach passiert?"

„Er hat mir das gemacht, was ich mit ihm machen wollte."

„Und du hast es auch gewollt?"

„Natürlich! Er hätte es niemals getan, wenn ich es nicht auch gewollt hätte."

„Wenn ich dich also richtig verstehe, hast du durch die wilde Magie den heißen, geilen Fick bekommen, den du dir gewünscht hast."

„Das ist es ja", sagte Alain. „Ja, es war aufregend – und ja, es hat mich aus dem Bann der wilden Magie befreit. Aber es war nicht das, was ich ursprünglich wollte."

„Du bist von Natur aus ein dominanter Mann", sagte Thierry sachlich. „Ich nehme an, dass du in einer sexuellen Beziehung normalerweise der Top bist, nicht umgekehrt. Orlando sieht trotz seines Alters nicht aus, als ob er ein Top wäre."

„Das Aussehen hat damit nicht das Geringste zu tun", wies Alain seinen Freund zurecht. „Sebastien ist älter als Orlando, aber er ist nicht sonderlich groß. Ich möchte trotzdem wetten, dass er dir einiges zeigen kann, wenn du das erste Mal unter ihm liegst."

Thierry wurde rot und senkte verlegen den Blick. Er dachte daran, wie gut es sich angefühlt hatte, von Sebastien gedehnt zu werden. Thierry musste noch einige Tage warten, bis mehr daraus wurde. Aber Alain hatte zweifellos recht. „Darum geht es nicht. Du bist es gewohnt, aktiver zu sein. Es ist nur natürlich, dass du das auch bei Orlando sein willst. Das heißt nicht, dass du ihn zu etwas zwingen musst; aber es ist auch nicht falsch, dass du es willst. Was sagt Orlando dazu? Ist er verärgert?"

„Überraschenderweise nicht", wunderte sich Alain. „Er sieht nur, dass ich der wilden Magie lange genug widerstanden habe, um mich von ihm ans Bett fesseln zu lassen. Und danach hat es keine Rolle mehr gespielt, was ich wollte. Ich konnte nur noch da liegen und abwarten."

„Er ist also nicht verletzt worden, er ist dir nicht böse, der Bann der wilden Magie ist gebrochen und alles wieder in Ordnung. Wo liegt das Problem?"

„Es ist eben nicht alles wieder in Ordnung. Marcel weigert sich, ein Ritual durchzuführen, so lange wir noch erschöpft sind von dem Rite d'équilibrage und den Kämpfen. Die wilde Magie kann jederzeit wieder zuschlagen. Payet meint allerdings, er hätte sich dagegen wehren können, indem er seinen Abwehrschild gestärkt hat. Und hier hat dich der *Vide* offensichtlich auch schützen können."

„Dann war es kein isoliertes Vorkommnis, was dir und Orlando passiert ist?"

„Nein. Zumindest Adèle und ihr Partner, Payet und Bellaiche sowie Sabatier waren auch davon betroffen", erklärte Alain. „Adèle hat einen ziemlich wilden Ritt hinter sich."

„Du weißt genau, dass ihr das gefällt."

Alain schüttelte den Kopf. „Dieses Mal nicht. Sie war ganz und gar nicht glücklich darüber. Wir konnten die Bissspuren an ihrem Hals und Oberkörper sehen. Sie sieht aus, als wäre ein wildes Tier über sie hergefallen. Unter normalen Umständen hätte ich sie gefragt, wen ich dafür zur Rechenschaft ziehen soll."

Thierry lachte. „Als ob sie dich dafür braucht."

Darüber musste auch Alain lächeln. „Stimmt. Dennoch, die wilde Magie scheint gezielt Magier und Vampire auszuwählen, die sich in einer Partnerschaft befinden. Und das heißt, dass Sebastien und du auch zu ihren potentiellen Zielen gehört."

„Wie meinst du das?"

„Es scheint eine gewisse … Anziehung zwischen den Partner zu geben, die durch die wilde Magie verstärkt wird und außer Kontrolle gerät. Deshalb hat Adèle mit ihrem Partner geschlafen, den sie hasst und verachtet. Und ich habe mir etwas nehmen wollen, von dem mir mein Verstand gesagt hat, dass ich es nicht haben kann."

„Soll das heißen, dass ich mich zu Sebastien nur hingezogen fühle, weil mein Blut ihn beschützt?"

„Wenn ich das wüsste", gab Alain zu. „Aber ich glaube nicht, dass es der einzige Grund ist. Sebastien ist ein bewundernswerter, attraktiver Mann. Ich bin schließlich nicht blind. Ohne die magische Natur der Partnerschaften wäre er dir vielleicht nicht aufgefallen. Aber was daraus wird, ist eine andere Sache. Ich bin mir sicher, dass Adèle ihren Partner nicht angerührt hat, bevor die wilde Magie über sie hergefallen ist. Davids Partnerin redet immer noch nicht mit ihm, wenn sie es vermeiden kann. Er hat sich vielleicht mehr gewünscht, aber er hat es nicht bekommen."

„Das mag sein. Aber du hast dich so schnell in Orlando verliebt, dass selbst mir schwindelig geworden ist. Und ich denke das erste Mal in meinem Leben darüber nach, eine Beziehung mit einem Mann einzugehen. Findest du das nicht auch merkwürdig?", hakte Thierry nach.

Alain seufzte. „Ich liebe Orlando. Ich mag mich schneller in ihn verliebt haben, weil wir die Partnerschaft eingegangen sind. Aber es geht weit darüber hinaus. Du weißt so gut wie ich, dass es keine wirksamen Liebestränke gibt. Menschliches Verhalten kann magisch beeinflusst werden, menschliche Gefühle nicht. Die Elementarmagie, ob wild oder nicht, kann mich nicht dazu zwingen, Orlando zu lieben. Und ich liebe ihn."

„Also ende ich vielleicht in Sebastiens Bett, aber die Magie kann mich nicht zwingen, ihn am nächsten Morgen noch zu respektieren?", versteckte Thierry sein Unwohlsein hinter einem Scherz.

„Mit dem *Vide*, der das Haus beschützt, kann die Magie selbst das nicht erzwingen", erinnerte ihn Alain. „Jedenfalls hat sie es bisher nicht gekonnt. Du solltest deine Entdeckungsreise genießen. Analysieren kannst du sie später noch."

„Das sagst du so einfach. Kannst du dich noch erinnern, wie aufgeregt und unsicher du warst, als du dich das erste Mal verliebt hast? Kannst du dich noch erinnern, wie du dich gefühlt hast, als du das erste Mal einen Mann, nicht eine Frau, begehrt hast?"

Alain nickte. Thierry hatte es miterlebt und ihn dazu aufgefordert, das Risiko einzugehen und seinen Gefühlen zu folgen – nachdem Alain endlich den Mut aufgebracht hatte, sich seinem besten Freund zu outen. „Ich kann mich erinnern. Aber du musst nicht befürchten, dass Sebastien dich abweisen wird. Das weißt du doch hoffentlich, oder?"

Thierry hätte fast gelacht. Das war wirklich nicht das Thema. Schließlich hatte Sebastien schon die Finger in Thierrys Arsch gehabt. „Das ist nicht der Punkt. Es ist nur verwirrend, in meinem Alter noch mit einem so neuen Aspekt meiner Persönlichkeit konfrontiert zu werden. Ich dachte immer, ich wüsste über meine Sexualität Bescheid. Bis Sebastien mich berührt hat, war das auch der Fall. Ich komme mir vor wie ein Teenager. Aleth hat nie die Dinge über meinen Körper gelernt, die Sebastien jetzt schon weiß."

Alain grinste ihn lüstern an. „Ist es nicht wunderbar?"

Thierry wurde feuerrot. „Ja", grummelte er und dachte daran, wie gut er sich mit Sebastien gefühlt hatte. „Ja, es ist absolut wunderbar."

„Es wird noch besser sein, wenn du es bist, der in seinen heißen Arsch gleitet. Sebastien scheint ein versatiler Liebhaber zu sein. Keine Frau fühlt sich so gut an wie der Arsch eines Mannes, das kannst du mir glauben. Besonders dann, wenn er lange keinen Liebhaber hatte."

Thierry rutschte unbehaglich im Bett hin und her. „Tut es weh?"

„Wenn er vorsichtig ist, dich vorbereitet und sich Zeit nimmt, ist es nur ein leichtes Brennen am Anfang. Danach gibt es nicht mehr, als Lust und das reine Vergnügen", versprach Alain. „Und wenn er nicht gut zu dir ist, ziehe ich ihm persönlich das Fell über die Ohren."

„Er wird vorsichtig sein", erwiderte Thierry, ohne lange darüber nachzudenken.

Alain grinste. „Oh ja? Hat er schon angefangen, dich darauf vorzubereiten?"

Thierry wurde wieder rot, sagte aber kein Wort.

„Du kannst mich nicht mehr schockieren, Thierry", versicherte ihm Alain. „Mein Arsch ist schon lange nicht mehr unschuldig." Er wurde wieder ernst. „Aber Scherz beiseite – du weißt, dass du jederzeit mit mir über alles reden kannst, ja?"

„Ja. Aber das ist es nicht. Ich vertraue Sebastien. Ich bin mir nur nicht sicher, ob ich mir selbst vertraue. Aleth ist erst vor einigen Wochen gestorben. Bis zu ihrem Tod habe ich immer noch gehofft, mich wieder mit ihr zu versöhnen", erklärte Thierry. „Wenn ich mit Sebastien allein bin, ist es so einfach, das alles zu vergessen. Dass wir uns noch nicht geliebt haben, liegt nur an Sebastien. Er hat es sich in den Kopf gesetzt, dass unser erstes Mal perfekt sein muss. Deshalb hält er sich zurück. Ich weiß auch nicht, worauf er noch wartet."

Dass du selbst soweit bist, dachte Alain bei sich. Aber er nickte nur verständnisvoll und bewunderte Sebastiens Zurückhaltung. Alain bezweifelte, dass er selbst sich so edel verhalten hätte, wenn ein attraktiver Mann wie Thierry nur darauf warten würde, endlich von ihm geliebt zu werden. Der einzige Grund, warum er Thierry in der Vergangenheit niemals selbst angesprochen hatte, war dessen offensichtliches Interesse an Frauen gewesen. Bis vor wenigen Wochen hatte Thierry sich beharrlich geweigert, Details über Alains Sexualleben zu diskutieren und lediglich zur Kenntnis genommen, dass es existierte und Alain Männer bevorzugte.

„Warum seid ihr hier?", fragte Alain ihn schließlich.

„Wie meinst du das?"

„Warum seid ihr in Aleth' Haus? Warum hast du ihn hierher gebracht, obwohl du eine absolut angemessene Wohnung hast?", erklärte Alain seine Frage.

„Meine Wohnung ist sehr klein und hier sind die Schutzschilde stärker. Hier konnte ich Sebastien ein Bett anbieten und er musste nicht auf der Couch schlafen. Am Anfang wollte ich noch nicht mehr von ihm", sagte Thierry.

„Geht in deine Wohnung", riet ihm Alain. „Oder nimm dir die Zeit, Sebastiens Wohnung zu schützen. Aber bleibt nicht hier. Du kannst kein neues Leben beginnen, wenn Aleth' Geist euch ständig umgibt."

„Im Moment beginne ich gar nichts", erinnerte ihn Thierry. „Außer du bist hier, um mich aus meiner Schutzhaft zu befreien."

Alain lachte. „Du liegst mit einem absolut umwerfenden Mann im Bett und willst hier raus? Schande über dich."

485

Thierry verzog das Gesicht. „Ich habe nichts dagegen, den ganzen Tag mit meinem Geliebten im Bett zu verbringen. Ich hasse es nur, hier festzusitzen."

„Nur noch ein oder zwei Tage", beruhigte ihn Alain. „Du weißt selbst, dass es so besser ist."

„Deshalb muss es mir noch lange nicht gefallen", knurrte Thierry. Die erzwungene Untätigkeit ging ihm auf die Nerven. Solange er bettlägerig war, hatte er viel zu viel Zeit, um ins Grübeln zu geraten. Er wollte nicht so viel denken und sich nicht ständig mit seinen Gefühlen auseinandersetzen. Er sehnte sich danach zurück, abends erschöpft nach Hause zu kommen, ins Bett zu fallen und in Sebastiens Armen einzuschlafen. Vorzugsweise, nachdem sie noch Zeit für vergnüglichere Aktivitäten gefunden hatten. Thierry war ein Mann der Tat, ein Krieger; er war kein Philosoph, der ständig über sich und die Welt nachdachte. Er fühlte sich unwohl, wenn er mit seinen Gedanken allein war und keine Ablenkung hatte. Und Sebastien hatte ihm unmissverständlich klar gemacht, dass er ihn nicht anfassen wollte, bevor es ihm wieder besser ging.

„Ich weiß", sagte Alain mitfühlend. „Ruh dich aus und versuche, so viel wie möglich zu schlafen. Ehe du dich versiehst, bist du wieder auf Patrouille."

„Das ist immer noch nicht schnell genug", grummelte Thierry.

Alain kicherte und stand auf. „Schlaf jetzt. Ich komme morgen zurück, um nach dir zu sehen."

„Das hast du heute früh schon gesagt."

„Dann lass uns hoffen, dass nicht wieder etwas passiert und ich früher zurückkomme", sagte Alain. „Ruf mich sofort an, falls du mich brauchst oder den Eindruck hast, dass der *Vide* schwächer wird. Ich bin mir nicht sicher, ob du in deinem Zustand die wilde Magie aus eigener Kraft bekämpfen kannst. Und es wäre mir lieb, wenn Sebastien seine Versprechen über euer erstes Mal einhalten könnte."

Thierry grummelte leise vor sich hin. Alain legte ihm die Hand auf die Schulter und sah ihn an. „Ich meine es ernst, Thierry. Was immer du dir auch wünschst – du willst nicht, dass es unter dem Einfluss der wilden Magie geschieht, die ihr beide nicht kontrollieren könnt."

Thierry musste zugeben, dass Alain recht hatte. Es wäre ihm auch lieber, wenn die Beziehung zwischen ihm und Sebastien nichts mit Magie zu tun hätte. Aber da sich das nicht ganz verhindern ließ, wollte er es nicht noch zusätzlich mit der wilden Magie aufnehmen müssen. „Ich melde mich sofort, wenn mir etwas verdächtig vorkommt", versprach er und konnte ein Gähnen nicht unterdrücken. „Es scheint, als ob ich doch noch etwas Schlaf brauchen kann."

„Das habe ich dir doch gesagt", scherzte Alain und ging zur Tür. „À demain."

„Salut."

Seufzend schloss Alain hinter sich die Tür. Er wollte nicht, dass Thierry durch sein Gespräch mit Sebastien gestört wurde. Sein Besuch bei Thierry war gleichzeitig besser und schlechter verlaufen, als er es befürchtet hatte. Einerseits hatte Thierry nicht schreiend die Flucht ergriffen, aber andererseits hatte ihre Unterhaltung Alains Besorgnis nicht ganz zerstreuen können.

Alain hatte kaum das Wohnzimmer betreten, als Sebastien aus einem anderen Zimmer auftauchte. „Geht es ihm gut?"

„Er scheint noch rechtzeitig entkommen zu sein", erwiderte Alain wahrheitsgemäß. Es traf in mehrerlei Hinsicht zu. „Jetzt muss er sich ausruhen und wieder zu Kräften kommen."

„Und was war so wichtig, dass es nicht so lange warten konnte?", fragte Sebastien höflich. Er wusste, dass Alain Thierry nicht leichtfertig aus seinem Erholungsschlaf geweckt hatte. Dafür musste es einen gewichtigen Grund geben und Sebastien hatte nicht vor, ihn sich vorenthalten zu lassen.

„Ich wollte mich davon überzeugen, dass die Schutzschilde des Hauses noch intakt sind", erklärte Alain vage. „Es gab einen Ausbruch wilder Magie, der ihm in seinem geschwächten Zustand hätte gefährlich werden können."

„Dazu hättest du nicht mit ihm reden müssen", bemerkte Sebastien. „Schon gar nicht eine halbe Stunde lang."

Alain seufzte. Es war mit Thierry schon schwierig genug gewesen. Diese Unterhaltung mit einem Fremden zu führen, war noch schlimmer. „Die wilde Magie richtet sich bevorzugt gegen Magier und Vampire, die in einer Partnerschaft sind. Sie hat meinen Schild durchbrochen und ist in Orlandos Wohnung eingedrungen. Allerdings hatte ich sie nicht mit einem *Vide* gesichert, wie es hier der Fall ist. Es war nicht ausreichend, dass er noch intakt war. Ich musste auch sicher gehen, dass die wilde Magie ihn nicht durchdrungen hat."

„Wenn ich dich recht verstehe, war das nicht der Fall", hakte Sebastien nach.

Alain schüttelte den Kopf. „Nein, der *Vide* hat der wilden Magie widerstanden." Er holte Luft und nahm all seinen Mut zusammen, um auch das andere Thema anzusprechen, über das er mehr erfahren musste. Sebastien war vermutlich der Einzige, der ihm seine Fragen aus eigener Erfahrung beantworten konnte. „Ist ein Aveu de Sang immer so … so mächtig, wie zwischen Orlando und mir?"

Sebastien kicherte. „Eine leichtere Frage fällt dir nicht ein?" Er dachte kurz darüber nach. „Ich kann natürlich nur für mich selbst sprechen. Ich habe mich von der ersten Sekunde an zu meinem Avoué hingezogen gefühlt, obwohl wir uns noch einige Wochen Zeit gelassen haben, bis ich ihm seinen Wunsch nach dem Aveu de Sang erfüllt habe. Aber soweit ich gehört habe, seid ihr beiden diesen Bund eingegangen, ohne zu wissen, welche Konsequenzen er haben wird."

Alain wurde rot. „Nein, das wussten wir nicht. Aber es hätte auch nichts geändert. Wenn ich mehr darüber gewusst hätte, hätte ich vermutlich noch weniger Bedenken gehabt. Ich dachte … Nun, es spielt eigentlich keine Rolle mehr, was ich dachte. Ich bedauere es nicht. Es war nur logisch und richtig, was wir uns versprochen haben. Aber rückblickend betrachtet, ging es atemberaubend schnell. Ich kannte Orlando noch keine zwei Tage, da hatte ich schon sein Mal am Hals. Er hatte mich zwar schon einige Male gebissen, aber nur einmal richtig getrunken. Es ist die Geschwindigkeit, mit der es sich abgespielt hat, die mir Sorgen bereitet."

„Warum ausgerechnet jetzt?", wollte Sebastien wissen. Er konnte Alains Besorgnis verstehen. Viel mehr wunderte er sich darüber, dass Alain sie erst nach so langer Zeit äußerte. „Was hat sich geändert, dass du jetzt nach Antworten suchst?"

„Ich bin der einzige Magier, der dieses Zeichen am Hals trägt", erwiderte Alain. „Doch ich bin nicht der Einzige, der sich plötzlich und unerklärlich zu seinem Partner hingezogen fühlt. Wir haben die Allianz auf Grundlage der Partnerschaften gegründet. Aber wir haben dadurch einen Prozess in Gang gesetzt, mit dem wir nicht gerechnet haben und den wir immer noch nicht richtig verstehen. Was immer es auch ist, es führt zu Beziehungen, die nicht in jedem Fall auf Gegenseitigkeit beruhen." Alain wunderte sich, wie ehrlich er mit einem Mann sprach, den er kaum kannte. Aber niemand hatte Sebastiens Einsicht in den Aveu de Sang; kein anderer konnte Alain erklären, welche Aspekte seiner Beziehung zu Orlando auf Magie beruhten und welche nicht.

„Was meinst du damit?", wollte Sebastien wissen.

„Die Magie in Thierrys Blut, die dich vor der Sonne schützt. Soweit ich es verstehe, macht sie dich auch empfänglich dafür, dich … zu ihm hingezogen zu fühlen." Alain suchte nach Worten, weil er nach den Erkenntnissen dieses Nachmittags seine eigenen Gedanken noch sortieren musste. „Damit hatten wir nicht gerechnet, als wir die Partnerschaften eingegangen sind. Ich glaube nicht, dass sich zwei Menschen durch magische Einflussnahme ineinander verlieben können. Das würde allem widersprechen, was ich jemals über Magie gelernt habe. Aber sie kann Verhalten ändern."

„Wann habt ihr das herausgefunden?"

„Erst heute Nachmittag", versicherte ihm Alain. „Ich habe euch nichts verheimlicht. Ich habe dir doch von dem Ausbruch der wilden Magie erzählt. Sie scheint einen ähnlichen Einfluss auszuüben, wie der Biss eines Partners. Aber dieser Einfluss ist um ein Vielfaches stärker. Deshalb ist es uns erst jetzt aufgefallen."

„Und deshalb fragst du dich, ob du das Brandmal an deinem Hals nur trägst, weil die Magie des Blutes stärker war als dein freier Wille. Ist es nicht so?", stellte Sebastien fest.

Alain nickte beschämt. Er hätte es Orlando gegenüber niemals zugeben können, auch Thierry gegenüber nicht. Aber diesem relativ fremden Mann, dem einzigen, von dem Alain wusste, dass er auch einen Avoué gehabt hatte – diesem Mann konnte er von den Zweifeln erzählen, die an ihm nagten, seit Raymond sie über die magische Anziehung zwischen den Partner informiert hatte. „Ich kann einfach nichts richtig machen, wenn es um Orlando geht. Ich frage mich, ob er einen Fehler gemacht hat, als er sich für mich entschieden hat. Ich will mit ihm zusammen sein, aber ich kann ihm nicht geben, was er von mir braucht."

Sebastien brach in ungläubiges Gelächter aus. „Glaubst du etwa, dafür wäre der Aveu de Sang da? Oh Alain, da täuschst du dich gewaltig. Ja, der Aveu de Sang bindet euch aneinander. Aber er ist keine unabhängige Macht, die von außen auf zwei Menschen einwirkt und sie füreinander bestimmt. Es ist ein magischer Bund, den sie eingehen, so wie jeder andere Bund oder Vertrag auch. Ihr seid nicht plötzlich perfekt füreinander gemacht und alle Missverständnisse lösen sich in Wohlgefallen auf. Der Aveu de Sang ist ein Versprechen und ein Gelöbnis. Wie dieses Versprechen zum Leben erweckt wird, liegt ganz in den Händen der Betroffenen – in den Händen von fehlbaren, alles andere als perfekten Menschen, die manchmal unsäglich dumme Dinge tun und sagen, die sie eigentlich nicht so meinen. Menschen, die sich manchmal wünschen, sie hätten lieber alles andere getan, als diesen Bund zu schließen. Das einzige, was den Aveu de Sang zu etwas Besonderem macht, ist die Tatsache, dass die Partner ihre Probleme irgendwie lösen müssen, weil der Vampir nicht mehr ohne das Blut seines Avoué leben kann."

„Aber ..."

„Kein aber", unterbrach ihn Sebastien. „Ich habe in meinem langen Leben schon viel gesehen. Doch ich habe noch nie ein Paar getroffen, das perfekt war. Jeder Mensch hat seine Fehler. In jeder Beziehung gibt es ab und zu Probleme. Ich kenne Orlando noch nicht sehr gut, aber dass er überhaupt eine Beziehung mit dir eingegangen ist, spricht Bände. Du bist gut für ihn. Ich kann dir auch nicht sagen, ob eure Partnerschaft deine Entscheidung beeinflusst hat, und ich weiß nicht, ob du auf diese Frage jemals eine Antwort erhalten wirst. *Aber das spielt auch keine Rolle mehr.* Ihr habt eure Entscheidung getroffen und könnt sie nicht mehr rückgängig machen. Vergesst eure Zweifel und findet einen Weg, wie ihr zusammen leben könnt. Wenn es Probleme gibt, sucht gemeinsam nach einer Lösung. Wenn es Missverständnisse gibt, redet darüber und klärt sie auf. Lasst nicht zu, dass sich die ständige Frage nach dem Was-wäre-wenn in euer Leben einmischt. Die einzige Alternative ist, Orlando zu verstoßen und verhungern zu lassen, denn so lange du lebst, wird er von deinem Blut abhängig sein, weil er von keinem anderen trinken kann."

„Das würde ich niemals tun!", protestierte Alain.

„Dann müsst ihr lernen, miteinander zu leben", stellte Sebastien klar. „So einfach ist das."

So einfach. Alain hätte über die Absurdität dieser Behauptung fast laut gelacht. Wenn es um ihn und Orlando ging, war nichts einfach. Das hatte dieser Nachmittag wieder gezeigt. „Danke", sagte er. „Ich gehe jetzt besser nach Hause. Ich will nicht, dass er sich Sorgen macht."

„Ich werde mich darum kümmern, dass Thierry im Bett bleibt und sich ausruht", versprach Sebastien.

„Warum kümmerst du dich nicht lieber darum, dass er im Bett bleibt und sich nicht ausruht?", erwiderte Alain. „Dann hat er wenigstens bessere Laune, wenn ich morgen zurückkomme."

Er hatte sich schon aus dem Haus transportiert, bevor Sebastien auch nur den Mund aufmachen konnte, um ihm zu antworten. Der Vampir schüttelte den Kopf, fassungslos über Alains widersprüchliches Verhalten. Einerseits ermutigte der Magier ihn und Thierry, ihrer ungewöhnlichen Beziehung eine Chance zu geben, andererseits zweifelte er am Wert seiner eigenen Beziehung. Aber darüber konnte Sebastien später noch nachdenken. Trotz Alains aufmunternder Worte war er fest entschlossen, Thierrys Genesung abzuwarten, bevor er den nächsten Schritt machte. Zumal Thierry durch Alains Neuigkeiten wahrscheinlich genauso beunruhigt war, wie er selbst. Sie hatten Zeit. Sie konnten warten, bis sie beide dazu bereit waren.

16

CLAUDE BEWUNDERTE erregt sein Werk. Die Frau war schon wunderschön gewesen, bevor er sie mit seiner Peitsche bearbeitet hatte: Kräftige, blonde Haare, die ihr bis auf die Schultern hingen, alabasterfarbene Haut und großzügige Kurven. Jetzt war ihr Haar schweißgetränkt und ihre Augen rot von den Tränen, die sie geweint hatte. Ihre Haut war von Striemen übersät, aus denen heißes Blut quoll. Er fasste in die Hose und rieb über seine Erektion, während er das erotische Bild bewunderte und überlegte, womit er sich als Nächstes befassen wollte.

Langsam ging er um die Frau herum. Am Anfang folgte sie seinen Bewegungen noch mit den Augen, eine stumme Bitte um Gnade. Er hatte sie mit einer Beschwörung zur Sprachlosigkeit verdammt. Nur ihre Schreie waren zu hören gewesen, bis auch die verstummt waren und nur noch ihre bittenden Blicke ihm folgten. Jetzt hatte sie auch die aufgegeben und ihr Kopf hing schlaff zwischen ihren ausgestreckten Armen.

Er hatte mit seiner Peitsche erreicht, was damit zu erreichen war. Entschlossen warf er sie zur Seite und nahm sich ein gezacktes Messer aus seinem Arsenal. Dann fuhr er mit der flachen Seite der Schneide über ihren Arm. Als er in ihren Achseln ankam, drehte er es mit einem Ruck um und durchtrennte mit einem sauberen Schnitt ihre Haut und ihre Muskeln.

Sie schrie.

Sein lüsternes Grinsen wurde wild und seine Hand bewegte sich schneller über seinen steifen Schwanz. Er ging auf die andere Seite, weil ihr asymmetrischer Anblick seine Augen beleidigte. Dieses Mal wusste sie, was ihr bevorstand. Sie zuckte und wollte sich ihm entziehen, soweit ihre Fesseln es erlaubten. „Gib dir keine Mühe", sagte er, seine Stimme rau vor Lust. „Du entkommst mir nicht. Ich werde mich um dich kümmern, meine Süße. Ich werde dich noch schöner machen, als du es dir in deinen kühnsten Träumen vorstellen kannst."

Seine Stimme hat jetzt einen beruhigenden, fast zärtlichen Klang. Aber sie hatte gelernt, ihr nicht zu vertrauen. Seit der Nacht, in der sie entführt worden war, bestand ihr Leben nur noch aus Momenten unerträglicher Pein, gefolgt von Stunden, manchmal Tagen, in denen sie eingesperrt auf seinen nächsten Besuch wartete. Am Anfang hatte sie noch die Hoffnung gehabt, sie würden ihren Fehler einsehen, würden erkennen, dass sie ihnen nichts sagen konnte und sie wieder gehen lassen. Sie wusste nichts. Es gab keinen Grund, sie hier festzuhalten.

Dann hatte sie sich an die Hoffnung geklammert, Jean würde zu ihrer Rettung kommen. Aber sie wusste nicht, ob ihm ihr Verschwinden überhaupt aufgefallen war. Sie sahen sich so selten und unregelmäßig, dass vielleicht noch Wochen vergingen, bevor er sie wieder besuchen wollte.

Wieder schnitt das Messer in ihr Fleisch. Sie stöhnte, ihre Kehle zu rau, um noch schreien zu können. Sie hatten ihr schon seit Tagen keine Fragen mehr gestellt und sie stattdessen in die Hände dieses Monsters gegeben. Er sah so harmlos aus, fast jungenhaft nett, aber hinter seinem hübschen Gesicht verbarg sich eine Seele, so schwarz wie die Nacht und so verdorben wie die Fratzen der Wasserspeier an den Türmen von Notre-Dame. Sie hatte schnell gelernt, dass sie von ihm keine Gnade erwarten konnte.

Vor fünf Tagen hatte er sie das erste Mal in seine Folterkammer geschleppt. Die Wunden und Prellungen waren fast verheilt, weil er sich noch zurückgehalten hatte. Damals, als er sie zwischen den Schlägen noch verhört hatte, war ihr das nicht so vorgekommen. Das dünne Metallrohr hatte geschmerzt und ihre Haut mit roten Flecken übersät, aber es hatte keine blutenden Wunden hinterlassen. Danach hatte er sie einen Tag in Ruhe gelassen, aber vor drei Tagen war er wieder in ihre Zelle gekommen und hatte sie geholt. Er hatte mit den Streichhölzern angefangen, nie nahe genug, um sie zu verbrennen, aber doch so nahe, dass ihr ganzer Körper von roten Flecken bedeckt war. Danach hatte er ihr wieder zwei Tage Pause gegönnt, aber dafür musste sie jetzt bezahlen.

Claude zog die Hand aus der Hose und legte sie nachdenklich auf ihre nackte Brust. Er hatte ihre Brüste verschont, als er sie vorhin ausgepeitscht hatte. Er zog die glatten Oberflächen ihres

Rückens, ihres Bauchs und ihres Hinterns vor, die er mit langen, regelmäßigen Schwielen bedeckt hatte. Aber mit dem Messer konnte er viel feiner zu Werke gehen. Er setzte mit der Spitze an und zog einen langen Schnitt über ihre Brust bis zu ihrer Brustwarze. Dann beugte er den Kopf und leckte das Blut ab, das aus der Wunde quoll. Als er an ihrem Nippel ankam, gönnte er sich eine kurze Pause und saugte ihn genüsslich in seinen Mund.

Karines gebrochenes Schluchzen war Musik in seinen Ohren. Diese langsame Tortur vergewaltigte ihren Körper und ihre Seele schlimmer, als die Qualen zuvor. Als es nur die Schmerzen waren, hatte sie sich damit abgefunden, dass es Menschen gab, die in ihrer Grausamkeit die Folter genossen. So schlimm es auch war, sie hatte es akzeptiert. Aber diese Art der Folter hatte eine andere Qualität.

Claude gefiel ihre Reaktion und er hob wieder den Kopf, um sich ihre andere Brust vorzunehmen. Dieses Mal biss er leicht zu, als er an ihren Nippel kam. Zu seiner Freude wurde ihr Schluchzen lauter. „Ich wusste doch, dass ich einen Weg finden kann, um dir Lust zu bereiten", schnurrte er und zog sein Messer wieder über ihren Körper, dieses Mal quer über die Brust, um ihre Brustwarzen mit einem Schnitt zu verbinden.

Karine wimmerte und schloss die Augen, um nicht mitansehen zu müssen, wie seine Lippen ihr über die Haut fuhren, als seien es die Lippen eines Geliebten. Sie konnte diesen Anblick nicht ertragen. Dieser perverse Bastard war nicht ihr Geliebter. Jean war ihr Geliebter. Jean liebte sie zwar nicht, aber er war immer gut zu ihr gewesen. Sie fühlte, wie sie langsam allen Bezug zur Wirklichkeit verlor. Sie floh in ihre Erinnerungen, gute und schöne Erinnerungen. Die Realität ihrer Schmerzen konnte ihre Seele nicht mehr berühren.

Claude runzelte irritiert die Stirn, als ihr Schluchzen verstummte. Er hatte noch viel mit ihr vor, denn Serrier hatte sie ihm geschenkt und niemand interessierte sich für sie. Aber er musste ihr klarmachen, dass er ihre Mitarbeit erwartete. Sonst machte es keinen Spaß. Er sah auf sein Messer, dann auf ihren Körper. Er musste sich gut überlegen, was er damit anfing, denn er wollte sie noch nicht töten. Nachdem er sich entschieden hatte, stieß er es in ihren Schenkel. Ihr gellender Schrei hallte durch den Raum, ein so wunderbarer Schrei, dass er nicht mehr länger warten konnte. Er zog den Schwanz aus der Hose und musste ihn nur einige Male reiben, dann mischte sich sein Sperma mit Blut.

Der Schrei war so scharf und kam so unerwartet, dass Eric und Vincent draußen auf dem Flur stehenblieben. Sie sahen sich überrascht an, dann öffneten sie die Tür zu dem Raum, aus dem der Schrei gekommen war. Vincent warf einen Blick durch den Raum, sah die blutüberströmte Frau, sah Claude, der mit entspanntem Gesicht vor ihr stand und immer noch seinen Schwanz in der Hand hielt. Bei dem Anblick drehte sich ihm der Magen um. „Du bist ekelhaft", entfuhr es ihm, bevor er über die möglichen Konsequenzen seiner Worte nachdenken konnte.

Eric sagte nichts. Seine Miene sprach für sich. Als Claude das letzte Mal einen Gefangenen folterte, hatte er sich noch eingemischt und dem armen Kerl den Gnadentod gegeben. Das konnte er sich nicht schon wieder erlauben. Noch vertraute ihm Serrier, aber der dunkle Magier war sehr wankelmütig. Eric hatte nicht vor, ihm einen Grund zu liefern, seine Meinung zu ändern.

„Mach die Schweinerei sauber, wenn du fertig bist", befahl Vincent, drehte sich um und zog Eric mit sich auf den Flur. „Wir brauchen das Zimmer morgen früh."

Claude zeigte ihnen den Stinkefinger, sagte aber nichts, als die beiden Männer wieder gingen.

„Er ist wie ein tollwütiger Hund", sagte Vincent nachdenklich, während sie sich auf den Weg zum Ausgang machten. „Ich weiß nicht, warum Pascal ihn nicht einfach abknallt."

„Er kann hier und da nützlich sein", erwiderte Eric schulterzuckend und bemühte sich, gleichgültig zu wirken. „Wenn sie uns etwas verschwiegen hätte, wüssten wir jetzt Bescheid."

„Du willst mir doch nicht sagen, dass du solche Grausamkeiten gutheißt", sagte Vincent ungläubig.

„Nein, natürlich nicht", erwiderte Eric hastig. „Aber es amüsiert Pascal, und solange es ihn bei Laune hält, hat es keinen Sinn, sich darüber zu beschweren. Für dich ist das anders, du bist von Anfang an dabei gewesen. Aber es gibt immer noch Leute, die mir nicht vertrauen. Ich will ihnen keinen Grund geben, meine Loyalität in Zweifel zu ziehen."

Vincent zuckte mit den Schultern. „Manche Leute sind so misstrauisch, dass sie jeden hinterfragen. Ich kann mir gut vorstellen, dass Chavinier das gleiche Problem hat."

Eric schüttelte den Kopf. „Chavinier ist ein vertrauensseliger alter Narr. Er glaubt noch an das Gute im Menschen. Er würde sogar versuchen, Claude wieder auf den Pfad der Tugend zurückzubringen."

„Hast du jemals darüber nachgedacht, wieder zu ihm zurückzukehren?"

„Gott, nein!", rief Eric. „Sie haben ihre Chance vergeigt, als sie Magnier nicht für seine Morde zur Rechenschaft gezogen haben. Ich mag Serriers Methoden nicht immer zustimmen, aber eine Regierung, die einen Mörder laufen lässt, obwohl es Beweise für seine Taten gibt, ist eine Regierung, die sich ändern muss. Ich werde für Gerechtigkeit sorgen, und wenn es mich das Leben kostet."

Vincent biss sich auf die Zunge, weil er sich nicht sicher war, ob er seine Gedanken laut aussprechen sollte. Doch sie gaben ihm keine Ruhe, sodass er das Risiko schließlich einging. „Ich habe manchmal Angst, dass diese Gerechtigkeit auch nicht viel anders aussieht als das, was wir gerade erlebt haben."

Eric sah ihn ungerührt an. „Solange es damit endet, dass Magnier in Ketten liegt, werde ich mich nicht beschweren."

„Und wenn es stattdessen Caroline ist, Danielles Freundin?", fragte Vincent leise. Er wusste auch nicht so recht, warum er Eric auf diese Art herausforderte.

„Sie hat sich frei entschieden, auf Chaviniers Seite zu kämpfen. Damit hat sie ihr Schicksal besiegelt", erklärte Eric kalt und erwiderte Vincents ernsten Blick. Er fühlte ein merkwürdiges Verlangen in der Magengrube. Wieso hatte er noch nie auf die Farbe von Vincents Augen geachtet? Oder darauf, wie lang und wunderschön gebogen seine Wimpern waren?

Mit einem verwirrten Blinzeln wandte er den Blick ab.

„Was ist los?", fragte Vincent, dem Erics seltsame Reaktion aufgefallen war.

„Nichts", meinte Eric schulterzuckend und ignorierte das Mitgefühl in der Stimme seines Freundes, das eine neue Welle des Begehrens durch seine Adern jagte. „Nur …"

„Nur was?", fragte Vincent und gab dem Impuls nach, die Hand auf Erics Schulter zu legen. Die Berührung durchzuckte ihn wie ein Blitz, aber im Moment hatten sie wirklich andere Probleme.

Eric sah Vincent zitternd in die Augen und erblickte darin ein Begehren, das dem seinen in nichts nachstand. „Fühlst du es auch?"

Vincent nickte zögernd. „Ich dachte, es ginge nur mir so."

Eric schüttelte den Kopf. „Wir sollten das nicht tun", sagte er. „Wenn Serrier davon erfährt …"

Vincent lachte und drückte Erics Schulter. „Es gibt keinen Grund, warum er es erfahren sollte. Wir sind außer Dienst und gleich hier raus. Niemand kann uns beobachten."

„Deine Wohnung liegt näher", überlegte Eric und hoffte, dass er seine Entscheidung nicht bereuen würde.

„So ist es", stimmte Vincent ihm zu und ein Lächeln huschte über seine sonst so einschüchternde Miene. „Treffen wir uns dort?"

Eric nickte und sah ihn einladend an, als er den Stab zog, um sich aus dem Hauptquartier der dunklen Magier in Vincents Wohnung zu transportieren.

„Mist", murmelte Vincent und folgte ihm. „Ich habe keine Ahnung, woher das kommt, aber ich hoffe sehr, dass es noch lange anhält." Er hatte schon früh gelernt, sich zurückzuhalten und sich sein Interesse an Männern nicht anmerken zu lassen. Serrier hatte aus seiner Meinung über Homosexualität nie ein Hehl gemacht, genauso wenig, wie aus seiner Meinung über die Gleichstellung der anderen magischen Wesen. Vincent hatte nicht vor, den verdrehten moralischen Ansichten des dunklen Magiers ein Ventil zu liefern.

Eric stand bereits vor Vincents Wohnung und stellte sich genau die gleichen Fragen. Im Gegensatz zu Vincent war er von dem plötzlichen sexuellen Interesse an seinem Freund überrascht worden, aber er war selbstbewusst genug, um nicht dagegen anzukämpfen. Außerdem fühlte es sich gut an. Als Vincent neben ihm auftauchte und die Tür aufschloss, schob Eric ihn in die Wohnung und trat hinter ihnen die Tür zu.

„Ich hoffe, dass sich dein Schutzschild automatisch reaktiviert", sagte er, fuhr Vincent mit den Händen über die kurz geschnittenen Haare und fiel über seinen Mund her.

„Nghn", versuchte Vincent ihm zu antworten, aber Erics Zunge war im Weg. Reden wurde überschätzt, entschied er und ließ Taten sprechen. Es war ein unglaublich erregendes Gefühl, von einem starken Mann wie Eric so überwältigt zu werden. Vincent drehte sie um und revanchierte sich dafür, indem er Eric rückwärts vor sich her schob.

Eric schnappte nach Luft, als Vincent die Initiative übernahm und ihn so leicht vor sich herschob, als würde er nur die Hälfte seiner einhundertzwanzig Kilo wiegen. Er fasste nach Vincents muskulösen Armen, nicht, um sich dagegen zu wehren, sondern um Halt zu finden. Eine Welle des Begehrens schoss durch seinen Körper und sie stolperten blind ins Schlafzimmer, bis sie mit verschlungenen Armen und Beinen aufs Bett fielen.

Vincent rollte sich auf den Rücken. Erics Gewicht drückte ihn in die Matratze. Vincent bäumte sich auf und presste sich an seinen Freund und Geliebten, bis Eric fast abgeworfen wurde. Aber Eric reagierte schnell und hielt ihn unter sich fest. Vincent krallte die Hände in Erics braune Haare und zog seinen Kopf nach unten, um ihn zu küssen. Als Eric abgelenkt war, nutzte Vincent die Chance und warf ihn auf den Rücken, um ihn seinerseits ins Bett zu drücken.

„Mist, du bist stark", keuchte Eric und holte tief Luft.

Vincent lachte heiser und rieb sich mit dem Schwanz an Erics Hüfte. „Ich habe gerade erst angefangen", knurrte er.

„Wir werden ja sehen", meinte Eric und schlang die Beine um Vincents Hüften, um ihn festzuhalten.

Vincent zog den Stab aus seiner Jackentasche und murmelte leise vor sich hin. Eine Sekunde später waren sie beide nackt. „Oh Gott", stöhnte Eric und rollte mit den Augen, als Vincents nackter Körper sich an ihn presste. Er stützte sich mit den Füßen auf die Matratze und schob Vincent nach oben, wollte sich von ihm befreien, um ihn mit den Händen erkunden zu können.

Vincent ließ es erst zu, aber kaum hatte Eric sich befreit, wurde er an der Hüfte gepackt und auf den Bauch geworfen. Dann lag Vincent wieder auf ihm und rieb sich mit seinem harten Schwanz an Eric Arsch.

Eric erstarrte. Bis zu dieser Sekunde hatte er noch nicht darüber nachgedacht, was Sex mit Vincent bedeuten würde. Sie waren beide dominante Männer und kämpften um die Vorherrschaft. Eric kam schnell zu dem Schluss, dass Vincent diesen Kampf gewinnen würde. Er schluckte tief, als sich sein Körper für Vincent öffnete. „Sei vorsichtig", bat er leise.

„Du machst wohl Witze", knurrte Vincent und wühlte in der Schublade des Nachttisches nach etwas, das er als Gleitmittel benutzen konnte. Fluchend nahm er wieder seinen Stab und beschwor eine Flasche Bodylotion aus dem Badezimmer. „Du willst es genauso wie ich – hart, schnell, und so tief wie möglich."

Eric stöhnte. Die Bilder, die Vincents Worte in ihm wachriefen, ließen ihn am ganzen Körper erzittern. Die Mischung aus Begehren und Furcht lähmte ihn. Vincent nutzte die Gelegenheit, ihm die Arschbacken auseinanderzuziehen und einen kalten Finger in sein unerfahrenes Loch zu schieben. Eric biss sich auf die Lippen, um ein Stöhnen zu unterdrücken. Vincents Vorbereitung war rau, aber selbstbewusst. Er suchte zielstrebig nach Erics Prostata und drückte zu. Eric entfuhr ein überraschtes Japsen.

„Siehst du?", meinte Vincent. „Hart und schnell und tief." Er biss Eric in den Hintern und schob einen zweiten Finger in ihn hinein. „Verdammt, du bist so eng. Du wirst dich so wahnsinnig geil anfühlen um meinen Schwanz. Ich kann es kaum abwarten."

Mit geübten Fingern lockerte er Erics Schließmuskel. An jedem anderen Tag hätte er wahrscheinlich stundenlang mit Erics Arsch gespielt. In Gedanken sah er seinen Freund vor sich, auf allen Vieren, den Kopf gesenkt und Arsch in die Luft gereckt. Heute hatte Vincent jedoch nicht die Geduld für solche Spielchen. Er brauchte das Gefühl, seinen Schwanz in einem willigen Loch zu versenken, es zu dehnen und zu ficken, bis der Mann unter ihm nicht mehr wusste, wo oben und unten war.

Vincent brachte sich in Position und stieß zu, bis es nicht mehr weiterging. Eric bäumte sich unter ihm auf und hätte ihn fast aus dem Bett geworfen. „Ist es das, was du willst?", knurrte

Vincent und packte ihn an den Hüften. „Ich will mir nicht vorwerfen lassen, einen Liebhaber enttäuscht zu haben."

„Nein", keuchte Eric, als Vincent sich in ihm zu bewegen begann. „Mist, verdammter. Lass mir eine Minute Zeit."

Vincent hielt still und fasste nach Erics Schwanz, der wieder schlaff geworden war. „Was ist denn das?", fragte er erstaunt.

„Es tut verdammt weh", stöhnte Eric. „Ich will doch sehr hoffen, dass es bald besser wird."

Vincent runzelte die Stirn und wartete ab, während er Erics Schwanz und Eier streichelte. Die Wirkung war eher bescheiden, also nahm er Eric an der Schulter, zog ihn hoch und drückte ihn an seine Brust. Dann spielte er mit Erics Brustwarze und biss ihn zärtlich in die Schulter. „Sag Bescheid, wenn du soweit bist."

Eric nickte. Die Schmerzen ließen langsam nach und er kam sich merkwürdig ausgestopft vor. Es war kein unangenehmes Gefühl, aber definitiv ungewohnt und irgendwie seltsam. „Langsam, ja?", bat er. „Lass mir etwas Zeit, mich an das hart und schnell und tief zu gewöhnen."

Die Falten auf Vincent Stirn wurden tiefer, während er sich vorsichtig bewegte. Die verführerisches Hitze und Enge von Erics Körper war unwiderstehlich. „Du machst das doch nicht das erste Mal, oder?", wollte er wissen.

„Was? Sex?" Eric schnaubte verächtlich, weil er Vincent nicht verlieren wollte. Die Schmerzen waren kaum noch spürbar und Erics Erregung nahm wieder zu, als Vincent ihm mit dem Schwanz über die Prostata glitt. „Natürlich nicht."

Die Antwort beruhigte Vincent wieder und seine Bewegungen gewannen an Sicherheit. Er hielt immer noch Eric Schwanz in der Hand, der sich langsam wieder erholte und aufrichtete. Das war ein gutes Zeichen. Mit der anderen Hand drückte er Eric aufs Bett zurück. Er wollte nicht rücksichtslos sein, aber sein Verlangen ließ sich kaum noch zügeln. Er wollte Eric ficken, und das richtig.

Eric stützte sich auf der Matratze ab und kam Vincents Stößen entgegen, um ihn zu ermuntern. Vincent nahm die Aufforderung an, gab seine Zurückhaltung auf und stieß mit aller Macht in Erics Arsch, der sich ihm einladend entgegenstreckte. Eric grunzte und schnaubte bei jedem Stoß und hielt sich am Bettgestell fest, um sich nicht den Kopf anzuschlagen.

„Ich halte nicht lange durch", keuchte Vincent. Eric enger Arsch krampfte sich um seinen Schwanz zusammen und ließ ihn nicht aus dem Griff. „Du fühlst dich so gut an."

„Du musst auch nicht lange durchhalten", gestand Eric, der schon seinen Orgasmus in den Eiern fühlen konnte. Viel brauchte er nicht mehr, dann würde er in Vincents Hand kommen.

Mehr musste Vincent nicht hören. Seine Hüften zuckten unkoordiniert, dann füllte er Eric mit seinem Saft.

Als es vorbei war, zog er sich zurück und sah zu, wie der Samen aus Erics Arschloch tröpfelte. „Verdammt, das sieht so unglaublich geil aus", stöhnte er und fuhr mit dem Finger durch die Spuren seines Höhepunkts.

Eric stöhnte heiser. „Geh runter von mir", verlangte er. Er war kurz vor dem Orgasmus, aber es fehlte noch etwas.

„Drängler", neckte ihn Vincent und fasste ihm zwischen die Beine. Er nahm Erics steifen Schwanz fest in die Hand und saugte an seinen mit Samen verschmierten Eiern.

Eric warf den Kopf in den Nacken und kam mit einem lauten Schrei. Dann sackte er zusammen und fiel aufs Bett, mitten in die klebrigen Reste seines Orgasmus. Alle Kraft hatte ihn verlassen und er konnte keinen klaren Gedanken mehr fassen.

Mit einem zufriedenen Grinsen legte Vincent sich hinter seinen neuen Geliebten und fragte sich, ob Eric wohl morgen früh fit genug wäre für eine zweite Runde.

17

SEBASTIEN LIEF unruhig in Thierrys Wohnzimmer auf und ab. Die Sonne war schon vor Stunden untergegangen. Ihre Strahlen hätten ihn zwar nicht mehr hier zurückhalten können, aber die wilde Magie fesselte ihn ans Haus. Er kam sich vor, wie ein Tiger im Käfig. Wilde Magie. Eine Magie, die Menschen unter ihren Einfluss brachte und sie handeln ließ, wie sie es unter normalen Umständen niemals tun würden. Magie, unter deren Einfluss er seinen Partner verletzen konnte, wenn sie Alains Schutzschild überwand und ins Haus eindrang. Bis jetzt war noch nichts passiert, aber es machte ihn wahnsinnig, hier festzusitzen und darauf zu warten, dass wieder Entwarnung gegeben wurde.

Alain hatte das ganze Haus gesichert, also musste der Balkon vor dem Wohnzimmer sicher sein. Sebastien öffnete die Tür und ging nach draußen. Tief atmete er die kühle Nachtluft ein. Im Nordosten waren am Horizont die Lichter von Paris zu sehen, aber hier, weit weg von der Stadt, war der Himmel schwarz und die Luft frei von den Gerüchen und dem Gestank, der oft über der Innenstadt lag.

Sebastien konnte spüren, wie sich seine Sinne schärften. Eine kühle Brise wehte und kündigte schon den kommenden Winter an. Sebastien lächelte. Er hatte die dunkle Jahreszeit schon immer geliebt. Als er noch ein Kind war, brachte sie die willkommene Ruhe und das Ende der anstrengenden Arbeit auf den Feldern. Als Vampir schätzte er die zusätzlichen Stunden, in denen er vor den tödlichen Strahlen der Sonne geschützt war.

Die Glocken von Saint-Louis verkündeten die Mitternacht. Samhain war vorbei und das Allerheiligenfest begann. Überall im Land würden die Menschen die Gräber der Verstorbenen besuchen und ihrer gedenken. Ihre Zahl hatte in den letzten beiden Jahren durch den Krieg zugenommen. Sebastien fragte sich, ob Thierry wohl Aleth' Grab besuchen wollte. Selbst wenn Alain Entwarnung gab und sie das Haus verlassen konnten, wäre Thierry wahrscheinlich noch nicht stark genug dazu. Aber wenn er gehen wollte und es sicher war, würde Sebastien ihm dabei helfen, selbst wenn er ihn tragen musste.

Sebastien hatte Thibaults Grab am Jahrestag ihres Aveu de Sang besucht. Er zog es vor, den Beginn ihrer Liebe zu feiern, nicht ihr Ende. Thierry mochte das anders sehen und Sebastien würde die Entscheidung des Magiers respektieren, auch wenn ihm der Gedanke unangenehm war, dass Thierry um seine verlorene Liebe trauerte. Ihm war bewusst, dass er mit zweierlei Maßstab maß, aber er konnte es nicht ändern. Nachdenklich spielte er mit dem Medaillon, das ihm Thibault geschenkt hatte. Es lag in seiner Natur, ein besitzergreifender, eifersüchtiger Geliebter zu sein. Damit musste er sich abfinden.

Die Gedanken an Thierrys verstorbene Frau und an Thibault weckten seine Instinkte. Seine Eckzähne wurden länger und schoben sich zwischen seinen Lippen hervor. Sebastien runzelte überrascht die Stirn. Mit dieser Reaktion hatte er nicht gerechnet. Er war ein alter, mächtiger Vampir, der selten die Kontrolle über seinen Blutdurst verlor. Normalerweise kamen seine Zähne nur dann zum Vorschein, wenn er zu trinken beabsichtigte. Ihn schauderte, weil er genau das jetzt wollte. Er wollte ins Haus zurückkehren und seine Zähne tief in Thierrys Hals schlagen. Sein Verlangen danach drohte fast ihn zu überwältigen.

„Verdammt, was ist das?", murmelte er und krallte sich am Geländer fest, um sich wieder unter Kontrolle zu bringen. Seine Knöchel waren weiß vor Anstrengung. Plötzlich durchzuckte ihn eine Erkenntnis.

Die wilde Magie.

Alain hatte ihn gewarnt. Sebastien hätte sich denken müssen, dass der *Vide* nur das Haus, nicht aber den Balkon abschirmte. Er war nicht Teil des Hauses. Vorsichtig ließ Sebastien das Geländer los und ging über die Türschwelle ins Haus zurück. Er ballte die Fäuste und wartete darauf, dass der *Vide* wirksam wurde und die wilde Magie wieder neutralisierte.

Sekunden vergingen. Eine Minute verging, dann zwei. Nichts geschah. Das Verlangen ließ nicht nach. Sebastien wollte in Thierrys Zimmer laufen und sich nehmen, was ihm gehörte. Er verfluchte seine Dummheit und lief wieder im Zimmer auf und ab. Er hatte schon vor langer Zeit gelernt, sein Verlangen zu beherrschen. Er war kein Anfänger mehr, kein frisch erschaffener Jüngling, der sich gegen seine Blutlust nicht wehren konnte. Sebastien weigerte sich, die Beherrschung zu verlieren. Seine einzige Option war Thierry, und der brauchte Ruhe. Er war noch viel zu schwach, um den magisch verursachten Blutdurst eines unvorsichtigen, aus dem Ruder gelaufenen Vampirs zu stillen.

Die Anstrengung machte sich bemerkbar und Sebastien spürte sie am ganzen Leib. Er dachte kurz darüber nach, das Haus zu verlassen und auf die Jagd zu gehen, so wie er es früher getan hatte, bevor Thierry sein Partner geworden war. Aber diesen Gedanken verwarf er schnell wieder. Er brauchte kein Blut, hatte keinen Hunger nach fremdem Blut. Ihn verlangte nach Thierry, und es war weniger ein Verlangen nach Blut, als vielmehr nach Sex. Aber seine Leidenschaft war außer Kontrolle geraten. In dieser Verfassung konnte er Thierry nicht das geben, was der Magier verdient hatte. Sebastien hatte ihm ein Versprechen gegeben, und dieses Versprechen wollte er halten.

Er musste sich nur zusammenreißen und durchhalten.

„Sebastien?"

Sebastien hörte seinen Namen und lief in den Flur, bevor ihm bewusst wurde, was er getan hatte. Er blieb stehen. „Ja, Thierry?", rief er. „Brauchst du meine Hilfe?"

„Könntest du bitte zu mir kommen?", verlangte Thierry.

Sebastien unterdrückte einen Fluch und ging zu Thierrys Zimmer. Er klammerte sich am Türrahmen fest, um das Zimmer nicht zu betreten. Thierry lag im Bett und sah ihn mit seinen grünen Augen verschlafen an. Seine blonden Haare waren verstrubbelt. Sebastien verspannte sich bei dem Anblick und er holte tief Luft. „Was ist los?", fragte er barsch.

„Du fühlst es auch, nicht wahr?", wollte Thierry wissen. „Ich weiß nicht, wie die wilde Magie durch Alains Schild gelangt ist, aber sie hat uns beide erwischt."

„Merde!", fluchte Sebastien. „Es tut mir leid, Thierry. Ich bin auf den Balkon gegangen. Mir war nicht klar, dass er nicht gesichert ist."

Thierry zuckte mit den Schultern. „Es lässt sich nicht mehr ändern. Wir müssen einen Weg finden, damit zurechtzukommen."

„Wir werden sie ignorieren", erwiderte Sebastien sofort.

„Das wird auf Dauer nicht möglich sein", erklärte Thierry ihm sanft. „Und je länger wir warten, umso schlimmer wird es werden. Alain und die anderen werden sich morgen darum kümmern und verhindern, dass sie noch mehr Opfer findet. Aber ich bin mir nicht sicher, ob uns das helfen wird."

„Was sollen wir denn sonst tun?", fragte Sebastien mit rauer Stimme.

„Alain hat gesagt, dass ihre Macht durch sexuelle Erlösung gebrochen wird."

„Nein", widersprach Sebastien bestimmt. „Ich werde dich nicht das erste Mal lieben, wenn … wenn diese Magie uns dazu treibt. Ich werde nicht riskieren, dich zu verletzen."

Thierry musste lachen, obwohl er sich von der Magie genauso getrieben fühlte wie Sebastien. Er hätte sich denken können, dass der Vampir sich mit seinem unerschütterlichen Willen bis zum bitteren Ende wehren würde. „Das musst du auch nicht tun, um uns beide zum Orgasmus zu bringen", erwiderte er frech. „Es reicht, wenn du von mir trinkst."

Sebastien schüttelte sich. Thierrys Angebot war so verführerisch, dass ihm beinahe die Knie nachgaben. „Das können wir nicht tun."

„Doch. Besser jetzt als später, wenn die Magie dich noch mehr um die Beherrschung gebracht hat", meinte Thierry sachlich.

„Putain de merde!", fluchte Sebastien. „Du solltest mir lieber helfen, diesem Drang zu widerstehen. Es ist schon schwierig genug, auch wenn du mich nicht noch zusätzlich in Versuchung führst."

„Du sagst es", erwiderte Thierry ernst und richtete sich auf. „Wenn ich davon überzeugt wäre, dass wir uns wehren können, dass wir durchhalten können, bis die Aufräumarbeiten morgen erledigt sind – dann hätte ich kein Wort darüber verloren. Aber so stark bin ich zurzeit nicht. Und ich weiß, wie ich auf deinen Biss reagiere. Es ist für meine Magie viel ungefährlicher, wenn ich mich von dir beißen lasse, als wenn ich mich gegen die wilde Magie verteidigen muss."

„Thierry."

Thierry wusste nicht, ob er das als Ermutigung oder Kapitulation interpretieren sollte. Es spielte auch keine Rolle. Er stützte sich auf die Unterarme und ließ die Decke über seine nackte Brust nach unten gleiten. Seine Brustwarzen waren schon hart vor Erregung. Dann streckte er die Hand nach Sebastien aus. „Zieh dich aus und komm ins Bett."

„Das ist keine gute Idee", murmelte Sebastien, während er den alten Pulli über den Kopf zog. „Es fällt mir bekleidet schon schwer genug, mich zu beherrschen."

„Mach weiter", forderte Thierry ihn auf, weil Sebastien aufs Bett zukam, ohne die Hose auszuziehen. „Je schneller wir kommen, umso schneller sind wir wieder frei. Nackte Haut kann da nur förderlich sein, oder?"

„Und wenn ich die Beherrschung verliere?"

„Dann werde ich gründlich gefickt", erwiderte Thierry mit einer Zuversicht, die er so nicht fühlte. Aber er vertraute Sebastien. Selbst wenn der Vampir die Beherrschung verlor, würde er Thierry nicht verletzen. Thierry hob die Hüften und schob sich die Shorts über die Beine nach unten. Dann hob er die Decke, gab einen Blick auf seinen nackten Körper frei und lud Sebastien ein, sich zu ihm zu legen.

Sebastien gab nach und kroch zu Thierry ins Bett. Ohne lange Vorbereitung fiel er über Thierrys Hals her. Thierry ließ den Kopf mit einem lustvollen Stöhnen nach hinten fallen, damit Sebastien zubeißen konnte. Er drehte sich mit dem Unterkörper zur Seite und rieb sich an Sebastiens Erektion. Sebastien entfuhr ein Zischen, dass den Magier noch mehr anfeuerte. „Fass mich an."

Sebastien spürte, wie ihm durch den Geschmack von Thierrys Blut die Kontrolle über seinen Kuss entglitt. Er fuhr Thierry mit der Hand über den Arm und die Brust, spürte die lockigen Haare unter den Fingerspitzen, die Thierrys harte Muskeln nur leicht bedeckten. Dann verlangten Thierrys rosa Nippel nach Aufmerksamkeit und richteten sich bei der ersten Berührung auf. Sebastien saugte stärker an Thierrys Hals und ließ sich von dem An- und Abschwellen des Begehrens lenken, das er im Blut des Magiers schmecken konnte. Er spielte mit Thierrys Nippeln, zwickte sie und rollte sie zwischen den Fingern, bis Thierry nicht mehr ruhig liegen konnte und leise zu stöhnen begann.

Sebastien merkte sich jede Reaktion Thierrys für spätere Gelegenheiten, wenn die wilde Magie sie nicht mehr im Griff hatte. Aber jetzt wollte er sich nicht allzu lange aufhalten und legte deshalb die Hand um Thierrys harten Schwanz. Sebastien wollte sie so schnell wie möglich zum Orgasmus bringen, damit sie diesem Wahnsinn endlich entkommen konnten.

So gut Sebastiens Hand sich auch anfühlte, Thierry hatte etwas anderes im Sinn. Als sie das letzte Mal zusammen gewesen waren, hatte Sebastien ihn auch hinten gestreichelt. Nach seinem Gespräch mit Alain wusste Thierry, dass er das und mehr auch jetzt wieder wollte. Er fasste Sebastien am Handgelenk und führte die Hand nach hinten, wo er sie spüren wollte. „Fass mich an", wiederholte er.

Sebastien hob stöhnend den Kopf und sah ihm in die Augen. „Ich habe kein Gel", sagte er bedauernd. „Ich will dir nicht wehtun."

Thierry legte die Stirn in Falten und dachte angestrengt nach. Plötzlich grinste er und zog die Nachttischschublade auf. „Reicht das?", fragte er und zog eine Dose mit Handcreme hervor, die noch von Aleth stammte.

Sebastien öffnete die Dose und rümpfte skeptisch die Nase, als er den Lavendelduft roch. Aber die Creme war feucht und nicht zu fest. „Wenn es dich nicht stört, wie ein Parfümladen zu riechen."

„Ich wasche es wieder ab", meinte Thierry gleichgültig und zog Sebastiens Kopf wieder an seinen Hals zurück. Das Blut rauschte ihm in den Ohren und sein harter Schwanz pochte. Er konnte es kaum abwarten, Sebastiens Zähne und Finger zu spüren.

Auf beides musste er nicht lange warten. Sebastiens Zähne bohrten sich wieder in die Löcher, die sie vorhin in Thierrys Hals geschlagen hatten. Gleichzeitig verteilte er die Creme großzügig zwischen Thierrys Beinen und Arschbacken und massierte sie ein, während Thierry sich wild unter ihm hin und her wälzte. Sebastiens Zähne waren das einzige, was ihn halbwegs im Zaum halten konnte.

Dann fasste Sebastien ihn an den Hüften und hockte sich über eines seiner Beine, um ihn festzuhalten. Er fuhr ihm mit der Hand über das andere Bein und deutete ihm an, es anzuwinkeln und zu spreizen, damit Sebastien ihn besser erreichen konnte. Er saugte weiter an Thierrys Hals, um sofort gewarnt zu sein, falls der Magier Schmerzen fühlte. Erst dann befeuchtete Sebastien einen Finger mit der Creme und schob ihn vorsichtig durch Thierrys Schließmuskel. Thierry keuchte, aber Sebastien schmeckte weder Schmerz noch Furcht, sodass er den Finger tiefer schob, bis es schließlich nicht weiterging.

Thierry hatte erwartet, dass sich der Finger in seinem Arsch fremd anfühlen würde. So war es auch. Doch es war lange nicht so unangenehm, wie er insgeheim befürchtet hatte. Stattdessen fühlte er sich irgendwie ausgefüllt, besonders, als Sebastien anfing, den Finger zu drehen und über eine Stelle in Thierrys Höhle rieb, die so empfindlich war, dass er laut stöhnte und ein Feuerwerk hinter seinen geschlossenen Augenlidern explodierte.

Das Gesicht an Thierrys Hals gedrückt, musste Sebastien lächeln. Er schmeckte jeden einzelnen Ausbruch der Erregung in Thierrys Blut, während er immer wieder über dessen Prostata rieb. Thierrys Schwanz tröpfelte und Sebastien wollte den Geschmack des Blutes durch einen neuen Geschmack ersetzen, der noch köstlicher war. Er zog die Zähne aus Thierrys Hals, rutschte nach unten und leckte ihm über den feuchten Schwanz.

Thierry ließ das Laken los, in dem er sich festgekrallt hatte, und legte die Hände um Sebastiens Kopf. Seine Hüften bewegten sich hin und her zwischen dem Finger, der nie ganz genug war, und der Zunge, die ihm über die Eichel leckte und in den Wahnsinn trieb.

Sebastien wollte Thierrys Schwanz in den Mund nehmen, aber seine widerspenstigen Zähne weigerten sich, sich wieder zurückzuziehen. Da er Thierry nicht versehentlich damit verletzen wollte, musste er sich auf seine Zunge beschränken. Frustriert nahm er sich vor, es sobald wie möglich nachzuholen und Thierry morgen Nacht einen richtigen Blowjob zu geben. Er leckte über Thierrys harten Schwanz und der Geruch nach Lavendel drang ihm in die Nase, als er sich den dichten Haaren an der Wurzel näherte. Er nahm sich außerdem vor, auf jeden Fall auch an Gleitmittel zu denken, wenn er morgen wieder das Haus verlassen konnte. Dann rieb er die Nase zwischen Thierrys Beinen, um unter dem überwältigenden Blütenduft den Geruch seines Geliebten aufzuspüren. Als er Thierry über die Eier leckte und Lavendel schmeckte, musste er auch dieses Vergnügen auf den nächsten Tag verschieben.

Sebastien legte den Kopf auf Thierrys Bauch und drückte einen sanften Kuss auf die harten Muskeln. „Ich muss dich wieder schmecken", sagte er und sah ihm in die Augen. „Darf ich dich hier unten beißen?"

Thierry nickte erregt. Sebastien leckte ihm über die zarte Haut direkt neben dem Hüftknochen und bereitete sie auf seinen Biss vor. Thierry spürte das bekannte Stechen und die Lust, die Sebastiens Zähne in ihm erweckten. Der Finger in ihm wurde zurückgezogen und er stöhnte protestierend, aber Sebastiens freie Hand streichelte ihn beruhigend. Dann kam der Finger, frisch in Creme getaucht, zurück und wurde von einem zweiten begleitet. Die magischen Finger dehnten ihn und fanden seine Prostata.

Mit einem gebrochenen Aufschrei kam Thierry zum Orgasmus. Das leichte Brennen und die intensive Stimulation seiner Prostata waren eine Kombination, der er nicht mehr widerstehen konnte. Sebastiens Zähne und sein Saugen begleiteten Thierry durch den magisch verursachten Höhepunkt, bis er schlaff auf die Matratze zurückfiel.

Der süße Geschmack von Thierrys Erlösung zauberte ein Lächeln in Sebastiens Gesicht, dessen eigener Höhepunkt in Griffweite lag, sich ihm aber immer noch entzog. Vorsichtig zog er die Finger aus Thierrys Arsch, bevor er seinem Impuls folgen und einen dritten Finger hineinschieben konnte, um ihn zu einer Fortsetzung anzustacheln. Das nächste Mal wollte er sich nicht mit seinen Fingern zufriedengeben, sondern seinen Schwanz in Thierry versenken. Aber nicht heute. Nicht so. Sie hatten schon genug Magie in ihrem Leben und in ihrer Beziehung, sie brauchten nicht auch noch die wilde Magie, die alles nur zusätzlich verkomplizierte.

Thierry fuhr ihm zärtlich mit den Fingern durch die dunklen Haare. „Lass mich aushelfen", bat er Sebastien. „Lass mich dir etwas von der Freude zurückgeben, die du mir geschenkt hast."

Sebastien hob den Kopf. Seine blutigen Zähne glänzten im Mondlicht. Er nickte und kam nach oben aufs Bett gekrochen. Thierry drückte ihn mit dem Rücken auf die Matratze und streichelte ihn mit seinen starken Händen am ganzen Körper. Er ließ sie über Sebastiens Brust und Bauch nach unten gleiten, nahm den harten Schwanz in die eine Hand und fuhr sich mit der anderen über den eigenen Bauch, um sie mit dem Samen zu befeuchten, den sein Orgasmus dort hinterlassen hatte. Dann schob er die Hand zwischen Sebastiens Beine und legte sie um seine Hoden. Sebastien spannte sich an und wunderte sich, wie weit Thierry gehen würde in seinem Wunsch, Gleiches mit Gleichem zu vergelten. Aber Thierrys Hand wanderte nicht weiter nach hinten, sondern streichelte und drückte ihn dort, wo sie war. Mit beachtlichem Erfolg.

Thierry hatte durchaus darüber nachgedacht, Sebastiens Zärtlichkeiten auf die gleiche Weise zurückzugeben, aber seine Hand blieb wo sie war. Die Kombination aus seiner eigenen Unerfahrenheit und der plötzlichen Anspannung in Sebastiens Körper hielten ihn zurück. Vielleicht ein andermal, wenn der Schatten der wilden Magie nicht mehr über ihnen lag. Heute wollte er sich auf das beschränken, was er konnte. Es würde reichen, um Sebastien zum Höhepunkt zu bringen und den Bann der Magie zu brechen.

Es reichte tatsächlich und es dauerte nicht lange, bis Sebastien sich unter ihm aufbäumte und kam. Dicke Strahlen heißen Spermas schossen aus seinem Schwanz und bedecktem ihm den Bauch und die Brust. Thierry ließ ihn nicht los, bis alle Anspannung aus Sebastien entwichen war und seine Erektion nachließ. „Fühlst du dich jetzt besser?", fragte er, als Sebastien wieder die Augen öffnete.

Sebastien brauchte einen Moment, um zu sich zu kommen. Die Ruhelosigkeit, die ihn geplagt hatte, war verschwunden, genauso wie das unstillbare Verlangen, Thierry wider besseres Wissen in Besitz zu nehmen. Sebastien wollte immer noch in Thierrys Nähe sein, aber dieses Gefühl kannte er schon. Er hatte bei ihm sein und sein Bett teilen wollen, seit er das Blut des Magiers das erste Mal auf der Zunge gefühlt hatte. Aber die Unkontrollierbarkeit war aus seinem Verlangen verschwunden. Von der Wirkung der wilden Magie war nichts mehr zu spüren. „Ich denke schon. Und du?"

„Ich auch", erwiderte Thierry. „Es hat funktioniert. Ich konnte spüren, wie sich wilde Magie verflüchtigt hat, als ich zum Orgasmus gekommen bin." Er gähnte. „Aber jetzt muss ich schlafen."

Sebastien setzte sich auf und wollte das Bett verlassen, um Thierry etwas Ruhe zu gönnen. Der Magier hielt ihn zurück. „Nein, bleib bei mir. Bitte. Ich kann besser schlafen, wenn ich in deinen Armen liege. Was soll jetzt noch passieren?"

Wenn du nur wüsstest, dachte Sebastien und Bilder schossen ihm durch den Kopf, in denen er sich auf Thierry rollte und ihn in Besitz nahm, so, wie er es sich schon lange wünschte. Aber er gab nach und legte sich wieder hin. Dann streckte er die Arme nach Thierry aus. „Schlaf jetzt", befahl er knurrend und milderte seinen barschen Ton durch einen sanften Kuss ab.

Thierry legte lächelnd den Kopf auf Sebastiens Schulter und schlief ein.

18

Als Eric aufwachte, spürte er zwei starke Arme, die ihn von hinten umschlungen hielten, und ein merkwürdig wundes Gefühl im Arsch. Langsam kam die Erinnerung daran zurück, dass er in Vincents Bett lag und sich gestern Nacht von seinem Freund hatte ficken lassen. Ihm war unbehaglich zumute und er fragte sich, ob sein wunder Arsch die einzige Folge dieser verrückten Nacht bleiben würde. Eric befürchtete, dass ihre Freundschaft Schaden genommen haben oder ihre Position in Serriers Rebellentruppe gefährdet sein könnte.

„Denk nicht so laut", grummelte Vincent hinter ihm. Eric setzte sich überrascht auf, aber starke Hände zogen ihn wieder aufs Kissen zurück. „Es ist noch zu früh, um so schwere Gedanken zu wälzen."

Eric gab nach. Er hatte gestern Nacht gelernt, dass er gegen diese Hände keine Chance hatte. Vincent konnte körperlich jederzeit mit ihm mithalten, was einem Mann wie Eric selten passierte. Er fragte sich, ob es daran lag, dass er sich zu Vincent hingezogen fühlte. Und wenn ja, warum war ihm das erst gestern aufgefallen? Sie waren schon befreundet, seit Eric sich vor zwei Jahren Serrier angeschlossen hatte. Was hatte sich so plötzlich geändert? Eric wusste zwar seit Langem, dass er auch Männer attraktiv fand, aber seine Liebe zu Danielle hatte ihn immer davon abgehalten, mit dieser Seite seiner Sexualität zu experimentieren. Nach seiner Desertion zu Serrier hatte er jeden Gedanken daran aufgegeben und sich, wenn überhaupt, nur auf kurze Beziehungen mit Frauen eingelassen. Er wollte seine Position nicht durch ein bedeutungsloses Techtelmechtel gefährden. War es das, was in der letzten Nacht zwischen ihm und Vincent geschehen war? Es hatte sich jedenfalls nicht bedeutungslos angefühlt, da war er sich ganz sicher. Und jetzt? Bevor er weiter darüber nachdenken konnte, fühlte er Vincents Hand, die ihm über den Rücken nach unten fuhr und seinen Hintern massierte. Eric zuckte zusammen.

„Was ist?", fragte Vincent und öffnete die Augen. „Habe ich gestern etwas falsch verstanden?"

„Nein", murmelte Eric. „Ich bin nur wund."

Vincent stützte sich auf den Ellbogen und sah ihn stirnrunzelnd an. „So grob war ich doch gar nicht."

Eric zuckte mit den Schultern und blickte verlegen zur Seite. Er wollte die Sache nicht noch mehr verkomplizieren, indem er Vincent gestand, dass er noch nie mit einem Mann geschlafen hatte. „Wahrscheinlich bin ich nur außer Übung."

Vincent fasste ihn am Kinn und sah ihm in die Augen. „Hast du mir etwas zu sagen?", drängte er. Als Eric ihm eine Antwort schuldig blieb, kniff Vincent alarmiert die Augen zusammen. „Du hast mir gesagt, dass du Erfahrung hättest."

„Das stimmt ja auch", erwiderte Eric verlegen. „Nur nicht mit einem Mann."

„Und dann hast du zugelassen, dass ich so über dich herfalle? Entweder bist du ein Narr oder ein besserer Mann als ich. Ich hätte dich verletzen können", schimpfte Vincent.

Eric rutschte hin und her. Er konnte es immer noch spüren. „Ja, das ist mir auch klar geworden."

„Umdrehen", befahl Vincent und rollte ihn auf den Bauch. Er legte die Hände auf Erics Arschbacken und zog sie vorsichtig auseinander. Dabei fiel sein Blick auf die rituelle Narbe an Erics Oberschenkel. Vincent hatte eine ähnliche Narbe auf der Brust. Er fragte sich manchmal, worauf sie sich eigentlich eingelassen hatten, als sie die Narben und das, was sie repräsentierten, akzeptiert hatten. Wenn er früher Bescheid gewusst hätte … Aber es lohnte sich nicht, darüber nachzudenken. Er hatte es damals nicht gewusst, und jetzt war es zu spät.

Eric wollte sich ihm entziehen, aber Vincent hielt ihn mit einem Klaps auf den Hintern zurück. „Ich will nachsehen, ob du blutest", erklärte er und untersuchte ihn vorsichtig. Er war sich sicher, dass Eric Schmerzen hatte, konnte aber zu seiner Erleichterung keine Verletzungen entdecken. Er rollte Eric zur Seite und untersuchte das Laken, aber auch da konnte er keine Blutspuren finden. „Gut", erklärte er. „Du wirst noch einige Tage wund sein, weil du nicht genug Verstand besessen hast, um mir rechtzeitig zu sagen, dass dein Arsch noch unschuldig ist. Aber es sieht nicht so aus, als ob ich dich ernsthaft verletzt hätte." Vincent ließ sich wieder aufs Bett fallen. „Das war's dann wohl mit Runde Zwei."

„Wie bitte?", fragte Eric herausfordernd und richtete sich auf, um seinen Freund anzusehen. „Du kannst also nur austeilen, aber nichts einstecken?"

„Willst du was abhaben?", fragte Vincent grinsend. „Das haben schon bessere Männer versucht."

„Wir werden ja sehen", meinte Eric und grinste ebenfalls. Seine Augen glänzten amüsiert und lüstern, als er Vincent an den Handgelenken packte und ihm die Arme aufs Bett drückte. „Liegenbleiben", befahl er.

„Warum sollte ich?"

„Du wirst es nicht bereuen", versprach Eric und knabberte an Vincents Unterlippe. „Du musst mir nur eine Chance geben."

Vincent lächelte und nahm sich vor, sich gerade so viel wie nötig zu wehren, um die Sache interessanter zu machen. Eric war ein Mann, für den er gerne seine eherne Regel brach. Vor allem dann, wenn er ihn danach wieder toppen konnte. Und dann wollte er das Geschenk von Erics knackigem Arsch angemessen würdigen.

SIE KAM im Mondlicht auf ihn zu, ihre vollen Brüste kaum bedeckt von dem roten Seidenstoff, den sie sich über die Schultern drapiert hatte und der ihr bei jedem Schritt verführerisch um die Schenkel schwang. Er wollte die Finger unter den Stoff schieben und sich an dem ergötzen, was so aufreizend darunter verborgen lag. Sie ließ die hennabemalten Hände über den dünnen Stoff gleiten, der ihren Körper nur unzureichend bedeckte. Sie schien ihn auffordern zu wollen, sie in die Arme zu nehmen und zu berühren. Er setzte sich im Bett auf. Die Decke rutschte nach unten und enthüllte seinen nackten Körper. Er war fest entschlossen, sie hier an seiner Seite zu haben, so bald wie möglich und genau in diesem Zustand.

Sie kam mit schwingenden Hüften auf das Bett zu. Auf ihren Lippen lag ein leichtes Lächeln und jede Bewegung, jede Geste zeigte ihm die perfekte Verführerin, die sie war. Er sehnte sich nach ihr. Er konnte kaum erwarten, sie zu berühren und von ihr berührt zu werden, wollte endlich wissen, wie sich ihr Körper unter seinen Händen und ihre Hände auf seinem Körper anfühlten. Er wollte den Mund aufmachen und sie zu sich ins Bett einladen, doch sie legte ihm einen Finger auf die Lippen und brachte ihn mit einem einzigen Blick ihrer dunklen Augen zum Schweigen. Er nickte und legte sich aufs Bett zurück, während sie sich über ihn kniete und an ihm nach oben glitt, bis sie auf ihm lag und ihn in die Matratze drückte.

Wie von selbst fanden seine Hände ihre Hüften und glitten über die schwellenden Kurven, die sich unter der Seide abzeichneten. Sie war weich, aber nicht schwach. Dann senkte sie den Kopf und legte die Lippen um seinen Nippel. Ihre Finger fuhren durch die roten Haare auf seiner Brust. Er konnte nicht mehr klar denken, schob die Hand unter die rote Seide und entblößte sie bis zur Taille. Mit der anderen Hand löste er die Haken an den Trägern ihres Nachthemds und ließ es über ihre Brüste nach unten fallen. Er leckte sich über die Lippen, als er sie sah. Als hätte sie seine Gedanken gelesen, hob sie den Kopf und richtete sich auf. Ihre Beine pressten sich an seine Flanken und hielten ihn umklammert, dann hockte sie sich auf seinen harten Schwanz und beugte sich vor, um ihm ihre Brüste anzubieten.

Er wickelte sich ihre langen Haare um die Hand und zog sie näher. Mit der anderen Hand streichelte er die Brust, an der er gerade nicht saugte. Er knetete das weiche Fleisch und spielte mit ihrem Nippel, während er an dem anderen knabberte. Ein Keuchen drang aus ihrer Kehle und er hob die Hüften, rieb den Schwanz an ihrer Spalte und hoffte, sie würde sich aufrichten, damit er sich in ihr versenken konnte. Sie war feucht und schlüpfrig und tränkte ihn mit den Spuren ihrer Leidenschaft.

David wurde durch ein störendes Piepsen aus seiner Fantasie gerissen und kam wieder zu sich. Fluchend schaltete er den Wecker ab, ließ sich wieder aufs Bett fallen und starrte angewidert an die Zimmerdecke. So war das die ganze Nacht gegangen. Er war von erotischen Träumen heimgesucht worden, aus denen er jedes Mal schwitzend erwacht war, bevor er Angélique unter sich rollen konnte und seine Befriedigung fand. Es hatte auch nicht geholfen, wenn er sich selbst befriedigte. Er hatte es versucht, mehrmals sogar. Alain und Adèle war es gelungen, den Bann der wilden Magie durch einen Orgasmus wieder zu brechen. Aber das funktionierte offensichtlich nur, wenn man mit seinem Partner zusammen war, und Davids Partnerin war nicht aufzufinden. Er hätte vermutlich nach ihr suchen können – schließlich wusste er, wo sie wohnte und arbeitete –, aber damit hätte er zugegeben, dass er sich von der Magie beherrschen ließ. Wenn Raymond ihr widerstehen konnte, konnte David es auch. Er hoffte nur, Marcel würde bald mit dem Ritual beginnen und diesem Spuk ein Ende bereiten. Sonst konnten ihm auch die besten Absichten nicht mehr helfen.

THIERRY WAR noch nicht richtig wach, da kam auch schon die Erinnerung an die letzte Nacht zurück. Sein Schwanz richtete sich auf und er drehte sich stöhnend um, erleichtert, sofort von Sebastien in die Arme genommen zu werden, der immer noch an seiner Seite lag. Thierry fühlte sich in Sebastiens Armen geborgen und wollte ihn noch nicht gehen lassen. Normalerweise verließ der Vampir sofort das Bett, wenn Thierry aufwachte. Also schloss Thierry die Augen und tat so, als hätte er sich nur im Schlaf bewegt. Sebastien fiel entweder auf das Täuschungsmanöver herein oder er hatte es mit dem Aufstehen auch nicht sehr eilig, denn er sagte kein Wort und blieb bewegungslos liegen.

Thierry war froh, dass er von der wilden Magie nichts mehr spüren konnte, die gestern Nacht über sie hereingebrochen war. Er bedauerte nicht, was geschehen war, aber er wusste, es hätte gefährlich enden können, weil er noch durch das Trauma des Rituals geschwächt gewesen war. Thierry suchte nach dem *Vide* und stellte fest, dass die wilde Magie ihn zwar durchdrungen, aber nicht zerstört hatte. Sie musste mit Sebastien ins Haus gelangt sein. Thierry nahm sich vor, seinen Geliebten nicht mehr aus dem Haus zu lassen, bevor Alain Entwarnung gab.

Er spürte einen leichten Schmerz an der Hüfte und lächelte, als er die beiden kleinen Bisswunden direkt neben seinem Hüftknochen sah. Das leichte Brennen in seinem Arsch kam auch nicht sehr überraschend, denn Sebastien hatte ihn gründlich mit den Fingern bearbeitet. Die Erregung, die sich bei der Erinnerung an gestern Nacht in seinem Unterleib ausbreitete, brauchte keine Verstärkung mehr durch wilde oder andere Magie. Thierry wurde etwas nervös, als er sich vorstellte, etwas Größeres als die beiden Finger im Arsch zu haben. Wenn die Finger ihn schon so wund machten, was würde Sebastiens Schwanz dann mit ihm anrichten? Schnell verdrängte er seine ängstlichen Gedanken wieder und dachte stattdessen an Alains Versprechen, dass es nicht schmerzen würde, wenn Sebastien alles richtig machte.

Er spürte ein Kitzeln in der Kehle und musste husten. Dann stellte er verärgert fest, dass ihm nicht nur der Hintern brannte – was er sich noch erklären konnte –, sondern dass ihn sämtliche Muskeln schmerzten und sich sein Kopf anfühlte, als wäre er mit Watte gefüllt. Es waren die typischen Anzeichen für eine Erkältung. Er stöhnte leise. Jetzt war wirklich nicht der passende Zeitpunkt, um krank zu werden, aber seinem Körper schien das ziemlich egal zu sein.

Thierry musste wieder husten, dieses Mal schon stärker. Er setzte sich mit einem frustrierten Stöhnen auf.

„Was ist los?", fragte Sebastien träge.

„Krank", erwiderte Thierry krächzend und musste schon wieder husten. Er stolperte ins Badezimmer und hoffte, dass er noch irgendein Erkältungsmittel gegen die Symptome finden konnte, bevor sie zu stark wurden. Sie waren sehr plötzlich gekommen und er fragte sich, ob es eine Nebenwirkung der körperlichen und magischen Erschöpfung war. Sollte das der Fall sein, hatte die letzte Nacht es wahrscheinlich noch schlimmer gemacht, denn sein vergnügliches Bettgerangel mit Sebastien hatte ihn mehr Kraft gekostet, als er zugeben wollte. Thierry wühlte in seinem Medizinschrank, bis er eine Flasche mit Hustensaft fand, deren Verfallsdatum glücklicherweise noch nicht abgelaufen war. Er nahm einen tiefen Schluck und spürte sofort die beruhigende Wirkung auf seinen rauen Hals.

„Krank?", wollte Sebastien wissen, der ihm nachgekommen war und in der Tür stand. „Gestern ging es dir doch noch gut."

Thierry nickte. „Aber heute nicht mehr. Es wird etwas länger dauern, bis ich mich wieder erholt habe."

Sebastien runzelte beunruhigt die Stirn. Ihm gefiel es gar nicht, dass Thierry krank wurde. „Haben wir das selbst verursacht?"

Thierry zuckte mit den Schultern. „Möglich. Es könnte aber auch schon vorher im Anmarsch gewesen sein. Das lässt sich nicht mit Sicherheit sagen."

Die Falten auf Sebastiens Stirn vertieften sich. „Sobald ich das Haus verlassen kann, suche ich jemanden, von dem ich solange trinken kann, bis es dir wieder besser geht. Ich will es nicht noch verschlimmern."

Bei diesen Worten flammte eine unerträgliche Eifersucht in Thierry auf. „Niemals. Vergiss es", sagte er ungehalten.

„Wenn ich dich krank gemacht habe …"

„Mit diesem Risiko werden wir leben müssen", erwiderte Thierry. „Ich teile dich nicht mit anderen."

RAYMOND ÖFFNETE langsam die Augen und erwachte aus dem leichten Trancezustand, in dem er die Nacht verbracht hatte. Er hatte Ruhe gebraucht, sich aber nicht getraut, im Schlaf die Kontrolle über seine Schutzschilde zu verlieren und sich dadurch unfreiwillig der wilden Magie zu öffnen. Er musste heute alles tun, um das Chaos wieder in den Griff zu bekommen, das er durch seine Nachlässigkeit verursacht hatte. Da konnte er sich keine Ablenkungen erlauben, egal, welcher Art. Raymond hatte noch bis lange nach Mitternacht über den alten Büchern gesessen und nach Hinweisen über die wilde Magie gesucht, mit der sie es zu tun hatten. Außerdem mussten sie eine Möglichkeit finden, die Macht der Magier während des Reinigungsrituals zu stärken, aber er hatte nichts gefunden, das mehr Erfolg versprach, als der Biss ihrer Partner, der Vampire. Dazu kam noch, dass die Partner offensichtlich wilde Magie anzogen, sodass sie sich zusätzliche Beschwörungen sparen konnten, um sie wieder einzusammeln.

Raymond las die Beschwörung durch, die er gestern Nacht entwickelt hatte. Er suchte nach Schlupflöchern, die es der wilden Magie erlauben könnten, zu entkommen oder die Magier während des Rituals zu beeinflussen. Aber auch auf den zweiten Blick fiel ihm kein Weg ein, sie noch weiter zu verbessern. Trotzdem wollte er seinen Stolz überwinden und Alain und Marcel nach ihrer Meinung fragen, bevor sie mit dem Ritual anfingen. Er konnte nicht riskieren, wieder nachlässig zu arbeiten und dadurch andere Menschen zu gefährden.

Seine Gedanken wanderten zu Jean und er fragte sich, wie der Vampir mit der wilden Magie zurechtgekommen war. Er wusste, dass Jean sie gespürt hatte. Raymond konnte sich an den frustrierten Blick erinnern, mit dem Jean ihn gestern in Marcels Büro angesehen hatte. Der Chef de la Cour hatte zu diesem Zeitpunkt noch nicht gewusst, woher sein plötzliches Verlangen kam, aber er hatte geahnt, dass es von außen auf ihn einwirkte. Raymond schnaufte leise. Natürlich war es eine fremde Macht. Es konnte gar nicht anders sein. Jean hatte unter normalen Umständen nie Problem gehabt, der Anziehung zwischen ihnen zu widerstehen. Was hatte Raymond auch schon zu bieten? Er war nur ein ehemaliger dunkler Magier mit einer absonderlichen Liebe für Bücher und alte Legenden. Als Raymond nach seiner Rückkehr von Réunion von weiteren Intimitäten Anstand genommen hatte, war von Jean nicht der geringste Widerspruch gekommen. Offensichtlich hatte er schon nach einem Versuch genug von Raymond gehabt.

Raymond wusste, dass er sich lächerlich verhielt. Jean hatte versprochen, ihn zu respektieren, und daran hatte der Vampir sich auch von Anfang an gehalten. Von dieser einen Ausnahmesituation abgesehen, in der Jean einen Anstand bewiesen hatte, dem Raymond mit seiner bewegten Vergangenheit nichts entgegenzusetzen hatte. Was Raymond sich wirklich wünschte, spielte in diesem Zusammenhang keine Rolle. Jean würde immer ehrenwert handeln und Abstand wahren. Raymond sollte eigentlich geschmeichelt darüber sein, dass Jean ihn mit so viel Respekt behandelte. Aber das half ihm nicht gegen die Einsamkeit, die ihn aufzuzehren drohte, wenn er daran dachte, wie nahe sich andere Partner gekommen waren, obwohl sie auch nur aus magischen und militärischen Gründen heraus zusammengefunden hatten.

Raymond rief sich zur Ordnung. Das war ein Problem für einen späteren Zeitpunkt. Einen viel späteren Zeitpunkt. Erst musste er ein Ritual planen und durchführen, einen Krieg gewinnen und sich um all die anderen Verantwortlichkeiten kümmern, die auf seinen Schultern lasteten. Er hatte keine Zeit, sich mit dem Unmöglichen aufzuhalten. Raymond ging unter die Dusche und spülte die letzten Reste der Erschöpfung von sich ab, entschlossen, sich nur noch auf seine dringlichen Aufgaben zu konzentrieren.

„WIE GEHT es dir heute, mein Junge?", fragte Marcel, als Alain das Büro betrat.

„Gut", erwiderte Alain, obwohl ihm die Ereignisse des vergangenen Tages noch in den Knochen steckten. Er hatte die Nacht in Orlandos Armen verbracht, aber vor jeder Intimität zurückgeschreckt, weil er befürchtete, dass Sex oder auch nur ein Biss Orlandos die wilde Magie zurückbringen würde und sie dann sogar noch machtvoller sein könnte als zuvor. Alain hatte mit dem Gedanken gespielt, Orlandos Wohnung zumindest vorübergehend durch einen *Vide* zu schützen, aber er wollte ihn das ganze Ausmaß seiner Angst nicht spüren lassen. Es hätte Orlandos Vertrauen in ihn erschüttern können, und dieses Risiko wollte und konnte Alain nicht eingehen.

„Keine Ausbrüche der wilden Magie mehr?", fragte Marcel nach.

„Nein", antwortete Alain. „Ich kann allerdings nicht sagen, ob es an meinen starken Schutzschilden liegt oder ob sie jeden nur einmal trifft. Wie auch immer – ich hoffe, dass wir uns darum bald keine Gedanken mehr machen müssen."

„Da bist du wohl nicht der Einzige", stimmte ihm Marcel zu. „Ich würde gerne deine Meinung dazu hören, mit welchen Paaren wir heute das Ritual durchführen sollten. Du warst nicht dabei, als Raymond und ich gestern darüber gesprochen haben. Er meint, wir sollten mit vier Paaren arbeiten und die Magier sollten die vier Elemente repräsentieren. Sie sollten außerdem zwar zur gleichen Zeit am gleichen Ort, aber unabhängig voneinander arbeiten. Er selbst kann das Wasser repräsentieren und du mit Orlando die Luft. Normalerweise würde ich Thierry bitten, die Erde zu übernehmen, aber das ist nicht möglich, weil er sich noch nicht erholt hat und außerdem erkältet ist."

Alain legte nachdenklich die Stirn in Falten. Erde war das Element, das am seltensten unter den Magiern vorkam. Niemand wusste den Grund dafür. Allerdings wurde dadurch Thierrys Ausfallen zu einem ernsten Problem für die Milice. „Es muss ein Magier mit Partner sein, ja?", fragte er sicherheitshalber nach. Ihm war sofort sein Leutnant eingefallen, doch Hugue Fouquet war zwar ein guter Magier, hatte aber bisher noch keinen Partner gefunden.

„Raymond ist fest davon überzeugt, dass unsere Partner uns stark genug machen können, um das Ritual mit vier Magiern durchzuführen. Ja, er muss einen Partner haben."

„Dann fällt Fouquet aus", überlegte Alain. „Und du auch. Bist du sicher, dass du es nicht ohne Partner schaffen könntest? Du bist stärker, als zwei andere von uns gemeinsam."

„Ich würde es auch ohne Partner versuchen, aber ich muss heute in den Palais de Matignon zu einer Besprechung", erklärte Marcel. „Ich habe vorgeschlagen, sie zu verschieben, bin aber überstimmt worden."

„Dann fällt mir nur noch Magali Ducassé ein. Sie ist versetzt worden, oder? Nach Amiens?", schlug Alain schließlich vor.

„Ich kann jederzeit ihre Rückkehr veranlassen", erwiderte Marcel. „Ich bin mir aber nicht sicher, wie die Vampire darauf reagieren. Du, Raymond und Thierry mit euren Partnern – ihr kennt euch gut genug, um keine Probleme zu haben, wenn ihr euch in einem Raum aufhaltet, während euer Partner von euch trinkt. Aber eure Partner kennen Magali nicht und Magalis Partner kennt euch nicht."

„Fällt dir ein besserer Vorschlag ein?"

„Nein", gab Marcel zu. „Ich hatte nur gehofft, dir fällt jemand ein, den ich vielleicht vergessen habe."

„Wenn wir Magali zurückrufen, sollten wir auch das Feuer durch eine Magierin repräsentieren lassen", meinte Alain. „Das wären zwei Magier und zwei Magierinnen. Es würde die Balance stärken."

„Adèle wäre wahrscheinlich Feuer und Flamme, die wilde Magie persönlich wieder in den Orkus zu jagen", sagte Marcel. „Wäre sie geeignet?"

„Ich denke schon", stimmte Alain ihm zu. „Aber nur, wenn ihr Partner sein arrogantes Maul hält."

„Solange er von ihr trinkt, hat er den Mund voll und kann nicht viel sagen", erwiderte Marcel grinsend.

Alain schüttelte lachend den Kopf. Der alte Halunke war unverbesserlich, daran hatte sich auch durch seine verantwortungsvolle Position als General der Milice nichts geändert.

19

ALAIN NICKTE Magali und Luc zu, als sie ins Zimmer kamen. „Kennt ihr hier schon alle?", fragte er.

„Ja, bis auf Adèles Partner", sagte Magali und reichte dem blonden Vampir die Hand. „Magali Ducassé."

„Jude Leighton", erwiderte er mit einem kurzen Nicken und einem ebenso kurzen Händedruck. Er konnte seine Abneigung darüber nicht verbergen, schon wieder mit einer Frau zusammenarbeiten zu müssen, die nicht wusste, wo ihr Platz war.

„Leighton", knurrte Luc ihm über Magalis Schulter zu. Ihm gefiel die Reaktion des anderen Vampirs auf seine Partnerin ganz und gar nicht. Luc kannte Judes Ruf. Falls der Kerl glaubte, die Partnerin eines Chef de la Cour so herablassend behandeln zu können, wollte er ihn gern eines Besseren belehren.

„Ich glaube, du kennst die anderen Magier hier noch nicht", mischte sich Jean ein, um die Lage zu entspannen. Er hatte nichts dagegen, wenn jemand Jude von seinem hohen Ross herunterholen wollte, aber wenn dieser Jemand der Chef de la Cour von Amiens war, würde es sie mehr kosten, als Jean zu zahlen bereit war.

Luc warf Jude noch einen bösen Blick zu und drehte sich dann zu den anderen Magiern im Raum um.

Jean stellte ihm Raymond, Alain und Adèle vor. Er achtete streng darauf, seinen eigenen Partner zuerst zu erwähnen. Jean wollte von Anfang an klarstellen, dass er seinen Partner genauso schätzte, wie Luc Magali in Ehren hielt.

Luc nickte den drei Magiern höflich zu, hatte Jeans Botschaft aber sofort verstanden und ließ sich etwas mehr Zeit, um Raymond zu begrüßen.

„Lasst uns anfangen", meinte Raymond, sobald sie sich alle vorgestellt hatten. „Wir haben viel zu tun."

In der nächsten Stunde diskutierten sie über geeignete Orte für das Ritual und gingen die Einzelheiten der Beschwörung durch, bis Raymond davon überzeugt war, dass jeder Magier seinen Teil beherrschte. Er war froh, dass Jean sich zurückgehalten und darauf verzichtet hatte, wieder seine Aussprache zu korrigieren.

Dann tauschten sie die Partner und transportierten sich zu dem unterirdischen See. In der großen Höhle war alles vorhanden, was sie brauchten: Wasser für Raymond, Erde für Magali, Luft für Alain und ein sicherer Ort für Adèles Feuer.

Raymond nahm seinen Platz am westlichen Ufer des Sees ein und verteilte Adèle, Magali und Alain um den See, sodass sie einen perfekten Kreis formten. Magalis Macht gab ihnen die sichere Grundlage und Alains schickte ihre Magie in die Atmosphäre. Die vier Vampire warteten ab, bis die Luft um sie herum durch die gesammelte Macht leicht zu vibrieren begann, dann nahmen sie ihre Plätze hinter ihren Partnern ein. Alle vier waren bis zum Äußersten angespannt, weil sie eine so intime Angelegenheit, wie es der Kuss eines Vampirs war, hier in halböffentlichem Rahmen praktizieren mussten.

Es war nicht vergleichbar mit der kleinen Geschmacksprobe, die sie bei der Gründung der Allianz im Wartesaal des Gare de Lyon genommen hatten, obwohl Jude der einzige unter ihnen war, der daran teilgenommen hatte. Dieses Mal mussten sie tief und lang trinken, um ihre natürliche Magie an ihre Partner weiterzugeben und sie zu stärken, damit das Ritual erfolgreich durchgeführt werden konnte.

„Ihr müsst es nicht tun", sagte Raymond leise zu Jean, als er das Unbehagen der Vampire spürte. „Ohne euch wird es länger dauern und uns schwerer fallen, aber wir können es auch alleine schaffen."

Jean schüttelte den Kopf. „Ihr geht schon ein großes Risiko ein, weil ihr nur zu viert seid. Du kannst nicht von uns erwarten, dass wir euch im Stich lassen und euch nicht helfen, die Gefahr in Grenzen zu halten."

Raymond lächelte ihn dankbar an. „Ich bin froh, dass du bei mir bist."

„Ich möchte an keinem anderen Ort sein", erwiderte Jean und lächelte ihm ebenfalls zu. Dann trat er hinter seinen Partner, legte ihm die Hände auf die Hüften und wartete ab, bis Raymonds Anspannung, die durch die unvermutete Berührung ausgelöst worden war, wieder nachließ. Er zog den Kragen von Raymonds Pullover zur Seite und leckte sorgsam über die glatte Haut. Jean dachte an nichts anderes mehr, als an den Mann, mit dem er hier war. Die drei anderen Paare waren zu weit entfernt, um ihn zu stören. Selbst die leise gemurmelten Beschwörungen, mit denen sie die wilde Magie wieder in den Schoß der Elementarmagie zurückdrängen wollten, waren nicht bis hier zu hören. Jean hörte nur noch Raymonds Stimme, ein konstantes Intonieren, das nur ab und zu leicht stockte, wenn er ihm über den Hals leckte, um ihn auf seinen Biss vorzubereiten.

Raymonds Beschwörung geriet ins Stocken, als Jeans Eckzähne sich in seine Haut bohrten und nach einer Vene suchten. Jean streichelte ihm beruhigend über die Seite und wartete darauf, dass Raymond den Faden wieder aufnahm. Dann passte er sein Saugen dem Rhythmus der Beschwörung an.

Raymond lehnte sich zurück, als er die Zähne in seinem Hals spürte. Sein Partner stützte ihn und gab ihm körperlich und magisch den Halt, den er brauchte. Raymond nahm die Beschwörung wieder auf und wurde von einer Welle der Macht überrollt, die ihn in ihrer Intensität überraschte. Wenn es den anderen drei Magiern genauso ging und sie diese Vervielfachung ihrer Macht erlebten, hätten sie wahrscheinlich das Rite d'équilibrage auch ohne die Unterstützung ihrer Kollegen durchführen können. Sie würden jedenfalls kein Problem damit haben, die wilde Magie wieder einzusammeln und zurück ins Nichts zu lenken.

Raymond sammelte seine zerstreuten Gedanken und lenkte Alains Aufmerksamkeit auf sich. Dann gab er ihm das Zeichen, mit der Suche nach der wilden Magie zu beginnen. Alain nickte, schloss die Augen und schickte seine Magie in die Atmosphäre. Die Beschwörung arbeitete auf der einfachen Grundlage eines Analogiezaubers, wonach Gleiches von Gleichem angezogen wurde. Wenn sie genügend magische Macht freisetzten, würde die wilde Magie sich der Anziehung nicht widersetzen können und sich hier in der Höhle versammeln. Dann konnte sie eingefangen und wieder zurückgeschickt werden. Sie mussten nur ihre Konzentration lange genug wahren, um auch die letzten verstreuten Tropfen einzusammeln.

Kaum hatte Alain begonnen, spürten sie, wie die Luft um sie herum sich mit der wilden Magie sättigte. Sie wurde durch Alain auf die drei anderen Magier verteilt, die sie mit der Kraft von Erde, Wasser und Feuer banden und so verhinderten, dass sie wieder entkommen und weiter ihr Unwesen treiben konnte.

Magali schwankte leicht, als Welle um Welle der wilden Magie auf sie einstürmte. Sofort nahm Luc sie von hinten in die Arme und hielt sie aufrecht, während sie ihre ganze Konzentration auf den Fels unter ihren nackten Füßen richtete. Magali konnte seinen heißen Atem spüren, der ihr sanft die Haare ins Gesicht wehte. Das Gefühl, das sie unter anderen Umständen abgelenkt hätte, half ihr jetzt, sich besser auf ihre Aufgabe zu konzentrieren. Sie war nicht allein. Luc war bei ihr und gab ihr seine Kraft. Die gebündelte magische Macht ihrer Partnerschaft floss durch ihre Adern und ließ den Boden unter ihren Füßen erbeben, als sie die wilde Magie an die Erde band.

Adèle musste sich zum Stillhalten zwingen, als Jude hinter sie trat. Seine Nähe erinnerte sie an Dinge, die sie lieber vergessen hätte. Aber sie hatte sich freiwillig bereit erklärt, an dem Ritual teilzunehmen. Sie wusste, was von ihr erwartet wurde. Als Jude ihr ein leises „Hallo, Muschi" ins Ohr flüsterte, nahm sie ihre ganze Wut darüber zusammen und beschwor einen mächtigen Feuerkreis, der sie umgab und von den anderen abschirmte. Das Feuer ließ Jude zurückzucken. Adèle gab sich keine Mühe, ihre Befriedigung über seine Reaktion zu verbergen. Judes Unbehagen störte sie nicht im Geringsten. Der Feuerkreis war weit genug entfernt, um ihn nicht zu verletzen. Jude stieß die Zähne in ihren Hals, ohne sie auf seinen Biss vorzubereiten. Dann packte er sie an den Hüften und zog sie an sich. Sie wollte sich ihm entziehen, aber das hätte er nur als Ermutigung oder als Beweis für ihre Verunsicherung aufgefasst. Beides war für Adèle inakzeptabel. Sie ließ die

Flammen noch höher schlagen, als ihr plötzlich eine Welle magischer Energie durch den Körper fuhr. Die ersten Tropfen wilder Magie kamen von Alain auf sie zu und sie hätte fast gelacht, so erbärmlich schwach kamen sie ihr vor. Es war ihr ein Leichtes, sie ins Feuer zu lenken, wo nur ein leichtes Aufflackern ihr Ende andeutete.

Alain lenkte seine Magie mit seinem Geist in weiten Bögen durch die Stadt und suchte nach der wilden Magie, die ihnen so viel Leid zugefügt hatte. Er fing sie ein und lenkte sie zurück zu seinen Freunden, die nur darauf warteten, sie ins Nichts zurückzuschicken. Er konnte Orlandos Arme fühlen, die ihn fürsorglich umfangen hielten, spürte die Zähne in seinem Hals, die ihm Kraft und Halt gaben, während sein Geist hoch über der Stadt schwebte. Er fühlte sich unbesiegbar und hätte es mit jedem Widersacher, jeder Gefahr aufgenommen. Alain wusste, dass dieses Gefühl nur eine Illusion war, so wie auch das Gefühl des Fliegens eine Illusion war, aber er gab sich dieser Illusion hin und schwelgte in dem Gefühl der Allmacht. Für diese wenigen Minuten lag ihm die Welt zu Füßen.

Jean wurde schwindelig durch den plötzlichen Zustrom von Raymonds Magie. Dann fing die Luft um sie herum zu vibrieren an, als die wilde Magie von allen Seiten in die Höhle gezogen wurde wie an einem unsichtbaren Faden. Sie waren zwar davon ausgegangen, dass das Ritual wirken würde, hatten sich aber nicht getraut, es vorher auf die Probe zu stellen. Es funktionierte besser, als sie jemals erwartet hätten. Jean konnte in Raymonds Blut schmecken, wie dessen Macht ununterbrochen zunahm, wie sie von Raymond zu ihm selbst und wieder zu Raymond zurückfloss, ein unendlicher Kreislauf, der so lange anhalten würde, bis die Beschwörung abgeschlossen war und er seine Zähne wieder aus Raymonds Hals zog. Jean spürte das Verlangen, sich an Raymond zu drücken und die Lust zu befriedigen, die der Biss in ihm geweckt hatte. Aber er konnte in Raymonds Blut keine vergleichbaren Gefühle schmecken und hielt sich zurück. So sehr er seinen Partner auch begehrte, er wollte diese Grenze nicht überschreiten, denn Raymonds Reaktion auf seinen letzten Biss hatte ihm deutlich gezeigt, dass er nicht willkommen war.

Luc wusste, dass die zierliche Frau in seinen Armen eine mächtige Magierin war. Er hatte sie schon oft genug bei ihrer Arbeit erlebt. Doch erst jetzt wurde ihm bewusst, wie tief und umfassend diese Macht wirklich war. Magali lenkte die wilde Magie, die in pulsierenden Strömen durch ihren und – da sie durch den Biss vereint waren – auch seinen Körper floss, in die Erde, wo sie in den harten Felsen des Untergrunds verschwand. Luc drückte sie fester an sich und stützte sie, als sie in seinen Armen zu schwanken begann. Magali schmiegte sich an ihn. Ihre entspannte Haltung täuschte über die Konzentration hinweg, die er in ihrem Blut schmeckte, das ihm in steten Strömen durch die Kehle rann. Luc fühlte sich durch ihr Vertrauen geehrt. Er kannte sie schon gut genug, um zu wissen, dass sie nur selten einem Menschen so vorbehaltlos vertraute. Er hielt sie mit einem Arm fest und strich ihr mit der anderen Hand die Haare aus dem Gesicht. Ihre Stirn war schweißbedeckt durch die Anstrengungen, die das Ritual ihr abverlangte. Luc lächelte, als sie den Kopf neigte und an seine Hand drückte.

Adèles Macht war das kraftvollste Aphrodisiakum, das Jude jemals geschmeckt hatte. Die flackernden Flammen ließen jeden Nerv, jede Zelle in seinem Körper vor Erregung vibrieren. Er presste sich fester an sie, weil er von dem Feuer ihrer Magie nicht verbrannt werden wollte. Die Nähe gab der Lust, die in ihm tobte, zusätzlich Nahrung. Es verletzte seinen Stolz, dass sie sich ihm entziehen wollte. Er packte sie an den Hüften und zog sie zurück, dann legte er ihr eine Hand auf den Bauch, um sie festzuhalten. Mit der anderen Hand fuhr er ihr über die Brüste und drückte zu. In ihrem Blut konnte er schmecken, wie sehr sie sich über ihn ärgerte. Aber er schmeckte auch ihre Erregung und saugte fester an ihrem Hals, um die Macht, die sein Biss freisetzte, in noch größere Höhen zu treiben. Dann knetete er wieder ihre Brüste und wartete gespannt auf eine Reaktion. Jude schmeckte die vertraute Mischung aus Wut und Lust, gefolgt von einer erneuten Zunahme ihrer magischen Macht. Grinsend stieß er mit den Hüften an ihren Arsch, saugte im Rhythmus seiner Stöße und kniff ihr in die Brustwarzen.

Orlando hatte in den drei Wochen seit seinem ersten Biss schon vieles in Alains Blut geschmeckt, aber noch nie diese ungehemmte Macht. Alains Magie lag in jedem Tropfen Blut, den Orlando seit ihrem ersten Treffen auf dem Friedhof von Père Lachaise getrunken hatte, aber sie war immer nur latent zu spüren gewesen, war nie so übermächtig und allumfassend gewesen.

Als die Magie durch Alains Blut in seinen eigenen Körper floss, setzte sie einen Kreislauf des Gebens und Nehmens in Gang, der unaufhaltsam anstieg und Orlando mit ihrer Macht erfüllte. Mit diesem Machtschub kamen Lustgefühle, wie sie nur Alain in ihm auslösen konnte. Orlando spürte, wie sein Körper auf Alains Nähe reagierte und sein Schwanz in der Hose hart wurde. Er zog seinen Geliebten noch fester an sich und streichelte ihm im Rhythmus seines Saugens über die Hüften. Mit den Fingern der anderen Hand fuhr er ihm zärtlich über das Brandmal am Hals, das ihren Bund symbolisierte und dessen Magie so alt war wie die Zeit. Die Geste ließ die Macht in Alains Blut noch mehr anschwellen. Orlando drückte leise stöhnend mit der ganzen Hand auf das Mal und löste damit einen weiteren Anstieg der magischen Macht aus. Als Orlando sie in Alains Blut schmeckte, zog er die Zähne aus dem Hals seines Geliebten und biss ihn an der anderen Seite direkt in das Brandmal, mit dem er ihn zu seinem Avoué genommen hatte. Alains Körper bäumte sich in Orlandos Armen auf, erfüllt von Erregung, Liebe und Macht, die durch den Biss in Orlando überging.

Orlandos Biss in das Brandmal und der daraus resultierende Machtschub zog die letzten Reste der wilden Magie in der Höhle zusammen. Alain lenkte sie auf Adèle, damit die Magierin sie mit ihrem Feuer neutralisieren konnte. Ein lauter Aufschrei ließ ihn zusammenzucken und er sah, wie die Flammen, die Adèle gerufen hatte, plötzlich außer Kontrolle gerieten.

„Raymond!"

Raymond hob den Kopf, als Alain nach ihm rief. Er sah, wie Adèle in dem Feuerkreis darum kämpfte, ihre Magie wieder unter Kontrolle zu bekommen. Mit einem leisen Fluchen schickte er eine Schockwelle durch den See, der das Wasser aufwühlte und in die Flammen spritzte, um sie zu löschen.

„Bastard!", schrie Adèle und versuchte, sich aus Judes Griff zu befreien, der seine unwillkommenen Annäherungsversuche sofort wieder aufgenommen hatte, als das Feuer um sie herum erloschen war. „Du hättest uns umbringen können!"

Alain wartete mit finsterer Miene darauf, dass der Vampir auf Adèles Worte hörte, seine Belästigungen aufgab und sich zu der Situation äußerte, die er zu verantworten hatte. Aber Jude zeigte keinerlei Reaktion. Mit einem frustrierten Kopfschütteln schickte Alain eine Beschwörung über den See, um den Vampir zu fesseln. Es war eine Variation der Beschwörung, die sie im Gare de Lyon benutzt hatten, um die dunklen Magier zu binden.

„Was hast du mit ihm gemacht?", fragte Orlando amüsiert.

„Ihn aufgehalten", erwiderte Alain mit einem Schulterzucken. „Adèle hätte es nicht gekonnt, aber ich nehme an, dass sie ihn wieder befreien kann. Falls sie das will."

„War das Ritual erfolgreich?", wechselte Orlando das Thema.

„Ich denke schon", meinte Alain. „Ich konnte keine Überreste der wilden Magie mehr entdecken. Lass uns sehen, was Raymond dazu sagt."

Sie schenkten dem gebundenen Vampir keinerlei Beachtung, als sie auf die andere Seite des Sees zu Raymond und Jean gingen. „Nun?", wollte Alain wissen. „Wie waren wir?"

Raymond lächelte. Er konnte immer noch die Nachwirkungen der Macht fühlen, mit der Jeans Biss ihn erfüllt hatte. „Ich konnte nichts mehr finden, nachdem wir aufgehört haben."

„Gut", sagten Alain und Orlando wie aus einem Mund. Dann drehten sie sich zu Magali und Luc um, die ebenfalls zu ihnen gekommen waren. „Kann ich euch helfen und deinen Partner nach Hause bringen?", fragte Alain Magali.

„Danke, Alain", erwiderte Magali lächelnd. „Aber wir wollen die Nacht in Paris verbringen. Wir kümmern uns morgen selbst um unsere Rückkehr." Sie hatte erwartet, nach dem Ritual so erschöpft zu sein, dass sie sich nicht mehr nach Amiens transportieren konnte. Deshalb hatte sie Luc überredet, die Nacht mit ihr in der Hauptstadt zu verbringen. Magali fühlte durch die Macht immer noch eine starke Verbindung zur Erde. Lucs Hand, die immer noch fürsorglich auf ihrem Rücken lag, ließ sie daher nicht unberührt. Luc hatte sie seit Beginn des Rituals nicht ein einziges Mal losgelassen. Magali überlegte, ob sie einen romantischen Abendspaziergang am Seineufer machen sollten, bevor sie das Zimmer aufsuchten, das sie im Hôtel du 7e Art in Marais, nur wenige Straßenzüge vom Fluss entfernt, reserviert hatten.

„In diesem Fall möchte ich dich bitten, Orlando ins Hauptquartier zu transportieren, damit wir auch nach Hause gehen können", sagte Alain. Er konnte das Stechen von Orlandos Biss noch an seinem Mal am Hals spüren und sehnte sich nach mehr.

„Selbstverständlich", erwiderte Magali und drehte sich zu Orlando um. „Bist du soweit?"

Orlando warf Alain einen fragenden Blick zu. Er konnte ebenfalls das anhaltende Begehren fühlen, das ihn immer überkam, wenn er Alains Blut trank. Alain nickte ihm zu. Dann schnickte Magali mit den Fingern und Orlando verschwand aus der Höhle. Eine Sekunde später war auch Alain nicht mehr zu sehen.

„Soll ich mich auch um deinen … Partner kümmern?", fragte Magali Adèle.

„Spar dir die Mühe", erwiderte die Magierin. „Ich habe ihm noch einiges zu sagen, solange er sich nicht wehren kann und mir zuhören muss. Ich befreie ihn von dem Spruch, bevor ich gehe. Dann kann er selbst sehen, wie er hier wieder rauskommt. Er hat genug getrunken und muss sich nicht um die Sonne kümmern, falls er diesem Labyrinth schon vor Einbruch der Nacht entkommen sollte."

Magali kicherte. „Erinnere mich daran, dass ich mich nie mit dir anlege."

„Vielleicht lernt er das ja auch endlich", murmelte Adèle hoffnungsvoll.

„Darauf würde ich mich nicht verlassen", meinte Jean. „Aber wenn es dir nichts ausmacht, würde ich gerne deine Hilfe in Anspruch nehmen. Oder brauchst du mich noch, Raymond?"

Raymond schüttelte den Kopf. Um das, was er wirklich brauchte, würde er niemals bitten. Er musste ein anderes Ventil finden, um die Macht loszuwerden, die immer noch in ihm pulsierte.

Magali schickte Jean zurück ins Hauptquartier, dann sah sie auf die Uhr und war überrascht, wie viel Zeit seit ihrer Ankunft hier vergangen war. Die Sonne würde bald untergehen. „Wollen wir gehen?", fragte sie Luc und deutete zum Höhlenausgang. Sie hatte vor einiger Zeit einen dunklen Magier durch diese Höhlen verfolgt und sich den Verlauf der verwinkelten Gänge gut eingeprägt.

„Vielen Dank, Magali, Luc", rief Raymond ihnen nach. „Adèle, brauchst du mich noch?"

Adèle schüttelte den Kopf. „Nein. Ich werde ihn nicht allzu sehr malträtieren. Er soll nur etwas mehr Respekt lernen."

Raymond zuckte mit den Schultern und transportierte sich wortlos in seine Wohnung zurück.

20

JEAN RANNTE durch die Rue du 4 Septembre zur Rue de la Michodière. Das Piège-Pouvoir, das Ritual zur Bändigung der wilden Magie, war abgeschlossen und hatte ihrem Einfluss auf die Partnerschaften ein Ende bereitet. Aber die Macht, die er durch Raymonds Blut aufgenommen hatte, floss noch durch seine Adern und verlangte nach Freilassung. Jean bezweifelte, dass er in Raymonds Bett willkommen wäre. Der Magier hatte ihn seit seiner Rückkehr aus Réunion auf Abstand gehalten, hatte ihn zwar trinken lassen, ihm aber nur noch das Handgelenk angeboten. Es war fast, als hätte Raymond Jeans Nähe gefürchtet – bis zu dem Ritual heute.

Trotzdem brauchte Jean mehr. Nicht, weil er hungrig war, sondern weil er ein Ventil brauchte für die aufgestaute Macht, die durch die Kombination von Blut und Sex verursacht wurde. Dafür brauchte er Karine. Auf dem Weg zu ihrer Wohnung nahm er zwei Treppenstufen auf einmal und blieb dann abrupt stehen, als er den verwelkten Blumenstrauß vor ihrer Tür liegen sah. Sie hatte seine Blumen noch nicht einmal aufgehoben und mit in ihre Wohnung genommen.

Jean hatte sie mehr als einmal aufgefordert, ihn wegzuschicken, falls sie mit ihrer Beziehung nicht mehr zufrieden war. Sie musste es ihm nicht zweimal sagen. Es sah aus, als würde Raymond heute Nacht doch noch Besuch bekommen. Jean überlegte zwar, ob er nicht lieber ins Sang Froid gehen sollte, aber die Anonymität, die er dort finden würde, konnte seine Bedürfnisse nicht befriedigen. Heute Nacht brauchte er einen Geliebten, kein Opfer.

Minuten später klopfte er, ohne auf die Nachbarn Rücksicht zu nehmen, laut an Raymonds Tür. Von dem kleinen Flur unter dem Dach des Mietshauses gingen, außer Raymonds, nur noch zwei weitere Türen ab. Jeans übernatürliche Sinne sagten ihm, dass dahinter niemand anwesend war.

Die Tür öffnete sich einen Spalt weit und vor Jeans Gesicht tauchte ein Stab auf. „Ich bin es", sagte er zu Raymond. „Lass mich ein."

Ein Rasseln war zu hören, als Raymond die Kette aus der Halterung nahm und fallen ließ. Dann öffnete er die Tür und ließ Jean eintreten. „Was willst du hier?", fragte er. „Und was noch wichtiger ist – woher weißt du, wo ich wohne?"

„Ich habe deine Wohnung schon gefunden, als du noch auf Réunion warst. Ich bin durch die Straßen gewandert und plötzlich habe ich vor diesem Haus gestanden", erklärte Jean und sah Raymond von oben bis unten an. Der Magier trug eine dunkle Pyjamahose und hatte sich einen Bademantel übergeworfen, der die starke, haarlose Brust nur unzureichend bedeckte. „Was den Grund für mein Hiersein angeht ..." Jean konnte nicht die richtigen Worte finden, um die Emotionen zu beschreiben, die in ihm kochten. Er ersetzte sie durch Taten, fasste Raymond an der Hand und nahm ihm den Stab aus Birkenholz ab. Dann hob er sie an den Mund und fuhr mit den Lippen über die sommersprossige Haut. „Ich brauche dich."

„Du ...du hast schon getrunken", stammelte Raymond. Er hasste es, von seinem Körper so betrogen zu werden. Selbst ohne die wilde Magie konnte er der Anziehung kaum noch widerstehen, die Jean auf ihn ausübte. „Du solltest nicht hier sein."

„Doch, das sollte ich", erwiderte Jean und ließ seinen Mund über Raymonds Arm nach oben gleiten. „Wir tanzen schon viel zu lange um diese Sache herum."

Raymond schüttelte den Kopf. „Das sind nicht wir", protestierte er. „Es ist nur die Magie der Partnerschaft, die uns so fühlen lässt."

„Meinst du wirklich?", wollte Jean wissen. „Oder ist unsere Partnerschaft so stark, weil wir so fühlen?"

„Adèle ..."

„Adèle ist eine wunderschöne Frau, die sich in einer unhaltbaren Lage befindet. Darin stimme ich dir zu", unterbrach ihn Jean. „Aber sie ist nicht du und ich bin nicht Jude. Gib mit nur eine Nacht, um dich davon zu überzeugen. Wenn du morgen früh immer noch willst, dass ich wieder gehe, werde ich es tun und nichts mehr von dir verlangen, was über die Erfordernisse der Allianz hinausgeht."

Raymond schluckte nervös. Er kam sich vor wie ein Kaninchen vor der Schlange, unfähig, sich dem hypnotischen Blick durch Flucht zu entziehen. Ein langer, schlanker Finger strich ihm über den Kehlkopf nach unten und ließ ihn aufstöhnen. Es war schon so lange her, seit ihn jemand so sinnlich berührt hatte. *Außer Jean*, erinnerte ihn eine leise Stimme in seinem Kopf. Der Vampir hatte Raymonds Wünsche mit einer erstaunlichen Geduld respektiert, hatte jeden Biss so unpersönlich wie möglich gehalten. Jean hatte damit bewiesen, dass man der magischen Anziehung widerstehen konnte, wenn man es wirklich wollte. Aber Raymond konnte auch den einen Biss nicht vergessen, bei dem Jean diesen Abstand nicht eingehalten hatte, und in dieser Erinnerung lag ein verlockendes Versprechen. Raymond nickte zaghaft und drehte sich um, um in sein Schlafzimmer zu gehen.

Jean stockte er Atem. Dann folgte er Raymond, zog dabei sein Jackett aus und ließ es auf die Couch fallen. Raymonds Schlafzimmer war, wie die ganze Wohnung, mit Büchern vollgestopft. Nur eine Hälfte des breiten Bettes, auf dem der Magier schlief, war einigermaßen frei davon.

Als sie das Schlafzimmer erreichten, fingen Raymonds Nerven wieder zu flattern an. Nervös trat er von einem Fuß auf den anderen. Es war einige Jahre her, seit er das letzte Mal einen Mann in seinem Bett gehabt hatte. Er fühlte sich unwohl bei dem Gedanken, ausgerechnet jetzt und unter diesen Umständen wieder damit anzufangen.

„Ganz ruhig", sagte Jean und ging langsam auf Raymond zu, bis sich ihre Körper berührten. „Du weißt, dass ich dich niemals verletzen würde. Erinnerst du dich noch daran, was Monsieur Lombard gesagt hat? Es geht gegen jeden Instinkt eines Vampirs, einen geliebten Menschen zu verletzen. Ich kann viele meiner Instinkte beherrschen, aber nicht diesen. Und ich will es auch gar nicht. Du bist bei mir sicher, Raymond. Du wirst bei mir immer sicher sein."

Es war eine große Erleichterung für Raymond, dass Jean offensichtlich mehr wollte, als nur die Befriedigung seiner Bedürfnisse. Der Vampir hatte sich bewusst dazu entschieden, zu ihm zu kommen. Raymond drehte sich um, ging ins Badezimmer und kam mit einer Tube Handcreme zurück. „Etwas Besseres habe ich nicht gefunden", entschuldigte er sich. „Ich habe kein …"

Jean brachte ihn mit einem Kuss zum Schweigen. Raymond schnappte überrascht nach Luft. Er hätte nie damit gerechnet, von dem Chef de la Cour geküsst zu werden. Jeans Lippen waren weich und warm, auch das war ein unerwartetes Gefühl. Raymond musste zugeben, dass er sie sich immer kalt und hart vorgestellt hatte.

„Denk nicht so viel und küss mich", forderte Jean mit sanftem Tadel in der Stimme. „Es reicht, wenn du es morgen analysierst. Jetzt will ich nur, dass du es genießt."

Raymond lachte leise. „Nachzudenken ist mein natürlicher Verteidigungsmechanismus", gab er zu.

„Ich weiß", erwiderte Jean. „Deshalb habe ich dir ja gesagt, dass du damit aufhören sollst."

„Das ist leichter gesagt als getan", meinte Raymond. „Warum versuchst du nicht, mich daran zu hindern?"

„Willst du mich herausfordern?", fragte Jean erstaunt.

„Wenn du die Herausforderung annimmst …", scherzte Raymond.

„Auf jeden Fall", versicherte ihm Jean und stieß ihn mit der Hüfte an, um ihn seine Erektion fühlen zu lassen. Er konnte spüren, dass Raymond auch schon erregt war. „Und mir scheint, dass es dir genauso geht."

„Es sieht so aus", gestand Raymond. „Was wollen wir dagegen unternehmen?"

„Als Erstes schaffen wir auf deinem Bett genug Platz für uns beide und werden die überflüssige Kleidung los. Danach werden wir weiter sehen", entschied Jean.

Raymond schnipste mit den Fingern und die Bücher flogen in ihre Regale zurück. „Sehr effektiv", meinte Jean grinsend. „Funktioniert das mit der Kleidung auch so gut?"

„Mit meiner eigenen schon. Bei dir bin ich mir nicht sicher, weil du gegen meine Magie immun bist", erwiderte Raymond.

Jean wollte ihm schon vorschlagen, es doch zu versuchen, aber dann entschied er sich doch dafür, Raymond lieber selbst auszuziehen. Er zog ihm den Bademantel über die Schultern. „Ich habe nichts gegen die altmodische Methode." Die Seide fühlte sich weich an und war warm durch den Kontakt mir Raymonds nackter Haut. Jean hob sie ans Gesicht und atmete den Geruch nach Seife und Mann ein.

Raymond trat nervös von einem Fuß auf den anderen. Er fühlte sich im Zwiespalt, denn sie waren keine Geliebten – egal, was sie auch vorhatten – und doch verhielt sich Jean ganz so, wie einem Geliebten gegenüber. Raymond war hin und her gerissen.

Jean legte den Bademantel zur Seite und wendete sich wieder Raymond zu. Sein Partner war zweifellos ein sehr attraktiver Mann: Etwas stachelige, kurze dunkle Haare; ein starkes Gesicht mit erstaunlich hellen Augen; ein voller, weicher Mund, den Jean noch gut kennenlernen wollte, bevor diese Nacht wieder zu Ende war; kräftige, aber nicht übermäßig ausgeprägte Muskeln. In Jeans Augen war Raymond perfekt. In diesem Moment drehte der Magier sich um und Jean sah eine lange, zerklüftete Narbe, die sich über die linke Seite seines Rückens zog. „Wer hat das getan?", zischte er.

„Serrier", antwortete Raymond mit schroffer Stimme. „Alle seine führenden Offiziere – und ja, ich war einer von ihnen – haben irgendwo am Körper eine ähnliche Narbe. Es ist ein Test für ihre Loyalität. Wer ihn besteht, hat bewiesen, dass er unter allen Umständen zu ihm hält."

„Serrier ist ein toter Mann", knurrte Jean. Ihm zog sich der Magen zusammen, wenn er daran dachte, welche Schmerzen diese Narbe Raymond bereitet haben musste. „Ich bringe ihn persönlich um."

„Nein", sagte Raymond. „Nicht deswegen. Nicht meinetwegen. Ich kann mich kaum noch daran erinnern. Die Narbe ist auf meinem Rücken und ich kann sie nicht sehen. Meistens vergesse ich sie einfach."

Jean akzeptierte Raymonds Einwand, aber vergessen wollte er die Narbe nicht. Er wollte auch nicht vergessen, was sein Partner in Serriers Händen erlitten hatte. Jean hatte mehr als genug Gründe, sich dem dunklen Magier entgegenzustellen, aber diese Narbe ließ es persönlich werden. Trotz Raymonds Bitte war aus seinem Kampf soeben ein persönlicher Rachefeldzug geworden, der erst durch Serriers Tod beendet sein würde. Niemand fügte seinem Magier ungestraft solche Schmerzen zu.

Jean trat hinter Raymond und fuhr mit den Fingern sanft über das vernarbte Fleisch. Es war ein Ehrenmal, ein Zeichen für Raymonds Tapferkeit und Mut. Wie viele Leben hatte Raymond nicht schon gerettet, seit er die Seiten gewechselt hatte? Wie viele Menschen lebten nur noch deshalb, weil Raymond wusste, wie Serriers krankes Gehirn funktionierte? Jean senkte den Kopf und küsste die Narbe, fuhr mit der Zunge über die weiße Linie in ihrer Mitte, als könnte sein Speichel dieses Mal genauso spurlos verschwinden lassen, wie er die Bisspuren wieder heilen konnte, die er mit seinen Zähnen hinterließ.

Raymond spürte einen Kloß im Hals. Ihm wurde eng um die Brust vor Erleichterung und Dankbarkeit. Zum ersten Mal, seit Serrier ihn gezeichnet hatte, stand er nackt vor einem anderen Menschen, vor jemandem, der die Narbe sehen und ihn dafür verurteilen oder sich davon abgestoßen fühlen konnte. Aber so hatte Jean nicht reagiert, im Gegenteil. Die Narbe schien eine merkwürdige Faszination auf den Vampir auszuüben, die Raymond sich nicht erklären konnte. Als Jean ihm mit den Fingern über die Narbe streichelte, konnte Raymond vor Erregung kaum noch atmen. Als Jeans Lippen und Zunge die Finger ablösten, ließ die Zärtlichkeit dieser Geste ihn dahinschmelzen.

Raymond lehnte sich zurück an Jean, der die Arme um ihn legte und ihm über die Brust streichelte. Er presste sich an Jeans Hände, die ihm über die glatte Haut fuhren und die harten Muskeln kneteten. Dann fing Jean an, mit Raymonds Nippeln zu spielen. Er hatte schon viele Frauen geliebt und einen Fetisch für die kleinen, harten Knubbel entwickelt, auch wenn er einen männlichen Geliebten hatte. Raymonds Reaktion nach schien er damit auf Gegenliebe zu stoßen, denn der Magier begleitete jedes Ziehen und Zwicken mit einem leisen Stöhnen.

Während Jeans eine Hand so beschäftigt war, ließ er die andere über den straffen Bauch nach unten in den Bund der Pyjamahose gleiten, wo er sie auf Raymonds harten Schwanz legte. Raymonds Stöhnen wurde lauter. „Gefällt es dir?", fragte Jean lächelnd.

„Ja, bei Merlin!", rief Raymond und stieß in Jeans Hand.

„Was glaubst du wohl, wie viel besser sich erst mein Arsch anfühlen wird", scherzte der Chef de la Cour.

Raymonds Knie gaben nach bei der Vorstellung, während sich sein Verstand noch dagegen sträubte. „Aber ich dachte …"

„Du dachtest, das Oberhaupt der Vampire müsste ein Top sein?", wollte Jean wissen. Raymond nickte. „Genau das will ich nicht. Wenn du ein Vampir wärst, wäre das anders. Aber du bist kein Vampir. Bei dir muss ich nicht auf meine Position Rücksicht nehmen, sondern kann für einige Stunden das Jeu des Cours vergessen, um nur noch Jean zu sein. Und Jean will – braucht – jetzt einen Mann, der ihn gründlich fickt. Kannst du mir das geben?"

Raymond biss sich auf die Unterlippe und drehte sich in Jeans Armen um. Er musste sich zusammenreißen, um nicht wie ein Teenager in der Hose zu kommen. Die wenigen Male, die er sich in den letzten Wochen erlaubt hatte, seinen Fantasien nachzugeben, hatte er sich immer Jean in der Rolle des Top vorgestellt. „Ja", flüsterte er heiser. „Was immer du willst."

„Das ist ein sehr großzügiges Angebot", scherzte Jean.

„Ich meine es ernst", erwiderte Raymond. Nachdem Jean bereit war, die Initiative mit ihm zu teilen, fühlte er keine Hemmungen mehr. Raymond war sich so sicher gewesen, dass jeder potentielle Liebhaber einen Rückzieher machen würde, wenn er erst die Narbe auf seinem Rücken sah. Deshalb hatte er nie auf mehr als ein zufälliges Zwischenspiel gehofft und sein ganzer Körper stand wie unter Strom, als ihm bewusst wurde, dass er sich nicht mit einem One-Night-Stand zufriedengeben musste. Selbst wenn ihre Partnerschaft den Krieg nicht überdauerte, schien Jean es zumindest für diese Zeit ernst zu meinen. Außerdem hatte Jean angeboten, morgen früh wieder zu gehen, falls Raymond es so wünschte. Und das hieß umgekehrt auch, dass der Vampir lieber bleiben würde. Raymond senkte den Kopf und knabberte sanft an Jeans Lippen. Endlich konnte er sich entspannt gehen lassen und ihr Verhältnis akzeptieren. Natürlich wäre es ihm immer noch lieber gewesen, wenn sie den magischen Anstoß nicht gebraucht hätten, aber Raymond wusste auch, dass Jeans Worte ihn umgestimmt hatten. Er hatte sich seine Entscheidung nicht durch Druck von außen aufzwingen lassen.

Jean öffnete den Mund, um Raymond einzulassen, doch der ließ sich Zeit und hielt sich noch mit Jeans Lippen auf, die er gerade erst zu entdecken begonnen hatte. Durch den Stoff der leichten Kleidung erkundete er den Körper des Vampirs.

Jean unterbrach ihren Kuss, weil ihm von dem Luftmangel schon schwindelig wurde. „Du kannst sie ausziehen", bot er Raymond atemlos an. Er wunderte sich, dass es Raymond nicht genauso ging, aber der Magier schien so von seiner Entdeckungsreise über Jeans Körper gefangen zu sein, dass er nichts anderes mehr merkte.

„Wie alt warst du eigentlich, als du umgewandelt worden bist?", fragte er neugierig, während er Jeans Hemd aufknöpfte, um die schlanken Formen freizulegen. Er hatte die Stärke erlebt, die sich in diesem geschmeidigen Körper verbarg. Wie ein Gepard, der im Vergleich zu den anderen Raubkatzen zierlich wirkt, konnte auch Jean aus dem Stand heraus eine explosive Kraft und Schnelligkeit an den Tag legen, die sie alle beschämte.

„Achtundzwanzig", flüsterte Jean und bog sich Raymonds Händen entgegen. „Aber es waren harte, magere Zeiten. In jedem Sommer kamen die Wikinger und haben uns ausgeraubt. Sie haben keinen Unterschied gemacht zwischen der Stadt und der Abtei. Wir haben alle gehungert. Das hat sich erst geändert, als der König Rollon zum Herzog der Normandie ernannte. Rollon hat im Ausgleich dafür die Wikinger daran gehindert, die Seine hinauf zu segeln und ihre Raubzüge fortzusetzen."

Das erklärte Jeans zierlichen Körperbau. Raymond erkundete ihn weiter, wollte jeden Quadratzentimeter kennenlernen. Er schob die trennende Kleidung zur Seite und entblößte Jean seinen Blicken. Jean ließ es für einen Moment geduldig über sich ergehen, dann zog er Raymond die Pyjamahose über die Hüften nach unten. Die untere Hälfte des Magiers war genauso perfekt gebaut wie die obere. Jean war mehr als froh über seine Entscheidung, hierhergekommen zu sein, um die Nacht mit Raymond zu verbringen. Der starke, harte Schwanz würde ihm viel Freude bereiten. Nun würde sich zeigen, ob Raymond die Kunst der Erotik genauso gut beherrschte, wie die Kunst der Esoterik.

Jean hätte sich nicht mehr Souveränität wünschen können, als er von Raymond selbstsicher zum Bett geführt wurde. Seit Raymond aufgestanden war und die Tür geöffnet hatte, waren die

Laken abgekühlt. Das änderte sich schnell wieder, nachdem Raymond sich auf ihn legte. Der Magier war gerade schwer genug, um ihn fühlen zu können, aber nicht von ihm erdrückt zu werden. Interessanterweise legte er sich so auf Jean, dass er mit jeder Bewegung über die Erektion des Vampirs rieb, während er seinen eigenen Schwanz nicht in die Nähre von Jeans Körper brachte. „Es gibt nichts Besseres, als das Gewicht eines Mannes über sich zu spüren", schnurrte Jean und bewegte sich lasziv unter Raymonds Körper.

Raymond lächelte ihn an und drückte ihn etwas fester aufs Bett. „Sei vorsichtig", scherzte er. „Sonst lasse ich dich nicht wieder los."

„Und ich lasse es vielleicht zu", meinte Jean und legte ihm die Arme um den Hals, um ihn zu sich herabzuziehen und zu küssen. „Ich habe hier schließlich alles, was ich brauche." Er knabberte an Raymonds Kinn und fuhr ihm leicht mit den Eckzähnen über die Haut, ohne sichtbare Spuren zu hinterlassen.

Raymond schloss hilflos die Augen. Gebraucht zu werden … für einen anderen Menschen so wichtig zu sein … Monsieur hatte ihm erklärt, dass es selbst die kühnsten Träume übertraf, für einen Vampir der Lebensmittelpunkt zu sein, von ihm verehrt und geliebt zu werden. Raymond hatte Alain nie gefragt, ob er mit Orlando glücklich war. Es wäre eine vollkommen überflüssige Frage gewesen. Auch nur einen Bruchteil dieser Liebe von seinem eigenen Partner zu erfahren, war mehr, als Raymond sich zu hoffen gewagt hatte.

Raymond war entschlossen, Jean dieses Gefühl zurückzugeben und ihm zu zeigen, dass er auch gebraucht wurde. Er küsste ihn sanft und leidenschaftlich. Ihre Zungen verschlangen sich ineinander und kämpften um Dominanz. Ohne sich von Jeans Lippen zu trennen, rollte Raymond sich auf die Seite, um ihn besser anfassen zu können und eine Hand freizubekommen, mit der er Jean über die glatte, weiche Haut streichelte.

Er erinnerte sich daran, wie der Vampir ihm über die Brust gestreichelt hatte. Jetzt gab er Jean diese Zärtlichkeit zurück und ließ die Finger um dessen harten Nippel kreisen. Als Jean sich ihm entgegendrückte, zog er leicht daran. „Ja, so", keuchte Jean und ließ die Lippen über Raymonds Kinn gleiten. „Das fühlt sich so gut an."

Raymond legte den Kopf in den Nacken und bot ihm vertrauensvoll seinen Hals an. Er fuhr ihm mit der Hand über die Hüften und dann noch tiefer, zog Jeans Bein hoch und legte es sich über seine eigenen Beine. Jean drehte sich etwas auf die Seite und gab Raymond damit die Chance, ihm über den Rücken und den Hintern zu streicheln. Seine Arschbacken teilten sich einladend unter Raymonds Händen.

Raymond drückte anerkennend zu und streichelte ihm über den Oberschenkel und die Hüfte. Er konnte die zähen Muskeln spüren, die sich unter der glatten Haut abzeichneten und ihn herausforderten, seine eigene Stärke mit der des Vampirs zu messen. Jean war kein scheues Reh, bei dem man sich zurückhalten musste, um es nicht in die Flucht zu schlagen. Er stand Raymond in seiner Macht und Intelligenz in nichts nach, war ihm in jeder Beziehung gewachsen und in der Lage, sich zu behaupten. Raymond fühlte sich durch diese Erkenntnis wie befreit. Er öffnete die Tube mit der Handcreme und drückte sich eine größere Menge auf die Finger, um seinen Geliebten vorzubereiten.

„Willst du dich auf den Bauch legen?", fragte er umsichtig.

„Nein", erwiderte Jean und knabberte wieder an Raymonds Kinn. „Ich will dich sehen, wenn du in mir bist." Er hoffte im Stillen, dass Raymond ihm erlaubte, ihn dann zu beißen. Für Jean gehörten Blut und Sex zusammen. Er konnte sich kaum vorstellen, nicht gleichzeitig von einem Geliebten zu trinken. Aber er wollte Raymond nicht zu viel auf einmal zumuten und noch abwarten, bevor er ihn um Erlaubnis bat.

„Putain", stöhnte Raymond. Die Vorstellung, Jean ins Gesicht sehen zu können, wenn sie sich liebten, ließ ihn vor Erregung zittern. „Wenn du so weiterredest, ist es vorbei, bevor es begonnen hat."

„Dann fangen wir wieder von vorne an", versicherte ihm Jean. Er legte sich aufs Bett zurück und spreizte einladend die Beine, damit Raymond ihn besser erreichen konnte. Jean hätte ihn gerne geleckt und gesaugt, bis er wieder hart war, aber Raymonds anfängliche Scheu hielt ihn zurück. Er wollte den Magier nicht noch mehr verunsichern und die Stimmung gefährden. Das nächste Mal konnten sie sich mehr Zeit nehmen und dann wollte er sehen, wie oft er Raymond in einer Nacht zum Orgasmus bringen konnte.

Raymond stöhnte, als er Jean so verletzlich vor sich liegen sah. Er legte einen Finger auf die kleine Rosette und testete ihren Widerstand. Der Muskel gab nur langsam nach und Raymond fragte sich, wie lange es wohl her war, seit Jean das letzte Mal einem Mann diese Intimität erlaubt hatte. Dass er sich Raymond anvertraute, feuerte den Magier noch mehr an. „Entspann dich", sagte er mit pochendem Herzen und schob vorsichtig den ersten Finger hinein.

„Ich versuche es", keuchte Jean. „Es ist … einige Zeit her." Es war länger als nur einige Zeit her. Es war fast vierhundert Jahre her, aber das musste Raymond nicht wissen. Seit Jean von Thibault betrogen worden war, hatte er keinen sterblichen Mann mehr mit in sein Bett genommen. Und innerhalb der Gemeinschaft der Vampire hatte er es sich nicht leisten können, sich von einem Mann toppen zu lassen.

Der Finger drang tiefer ein und rieb über die empfindsamen Nervenenden von Jeans Prostata. Jean gab sich ganz dem Gefühl hin, schloss die Augen und biss sich auf die Unterlippe. Raymond blieb fast die Luft weg, als er Jeans lustverzerrtes Gesicht sah. Dass er einem so erfahrenen Partner so viel Freude bereiten konnte, gab ihm Selbstvertrauen und er schob den Finger bis zum Anschlag in Jeans Körper hinein. Dann dehnte er den immer noch widerspenstigen Schließmuskel, bis er locker genug wurde für einen zweiten Finger.

„Alles in Ordnung?", fragte er, bevor er den zweiten Finger in Position brachte. Er konnte an Jeans Gesichtsausdruck nicht erkennen, wie der Vampir sich fühlte und ob es ihn schmerzte.

Jeans Antwort war ein harter Kuss. Dann hob er die Hüften und Raymond führte die beiden Finger ein. Er bewegte sie vorsichtig hin und her, bis er fühlen konnte, dass der Widerstand nachließ.

„Jetzt", sagte Jean und biss ihn leicht in die Unterlippe. „Ich brauche dich jetzt."

Raymond nickte, zog die Finger zurück und rieb sich den Schwanz großzügig mit der Handcreme ein. Dann kniete er sich zwischen Jeans weit gespreizte Beine, beugte sich vor und stieß leicht zu, um das enge Portal zu durchdringen. Es dauerte einen Moment, dann gab der Muskel nach und ließ ihn ein. Raymond rollte stöhnend mit den Augen, als er die enge Hitze spürte, die ihn umfangen hielt und willkommen hieß.

Jean ließ den Kopf nach hinten fallen. Es fiel ihm schwer, sich nicht zu verkrampfen, als Raymonds eindringender Schwanz einen brennenden Schmerz in ihm auslöste. Zu Jeans Erleichterung hielt Raymond kurz inne. Jean konnte sich wieder entspannen und leichter atmen. Dann fing Raymond an, sich langsam und bedächtig zu bewegen, nicht schnell genug, um die empfindliche Haut aufzureiben, aber doch genug, um es Jean spüren zu lassen.

Jean knabberte an Raymonds Hals. Er wollte seinen Geliebten schmecken. „Lass mich dich beißen", verlangte er und leckte über die zarte Haut, die er mit seinen Zähnen zeichnen wollte.

Raymond erstarrte. All seine verinnerlichten Ängste brachen wieder über ihn herein, aber er verdrängte sie entschlossen. Jean hatte schon mehr als einmal von ihm getrunken, hatte seinen Biss sogar dazu benutzt, um ihn zu lieben. Die Tatsache, dass sie jetzt vereint waren, konnte daran nichts ändern. Wenn er Jean einmal vertraut hatte, konnte er es wieder tun, konnte er es sogar jedes Mal tun. Außerdem hatten sie vor wenigen Stunden bewiesen, dass Jeans Biss Raymonds Magie stärkte und ihm Kraft gab. Auch das wäre jetzt nicht anders. „Du … du hast doch schon getrunken", stammelte er.

„Ich kenne unsere Grenzen", versicherte ihm Jean. „Ich trinke nur einen kleinen Schluck."

Raymond gab mit einem zögerlichen Nicken nach und schloss die Augen, als Jeans Zähne seine Haut durchbohrten.

Als Raymonds Blut seine Sinne überschwemmte, nahm Jean sich vor, alles zu tun, um eines Tages nicht mehr die Furcht zu schmecken, die unter Raymonds anderen Gefühlen verborgen lag. Dann konzentrierte er sich darauf, Raymond mit seinem Biss die gleiche Lust zu bereiten, die der Magier ihm schenkte. Und wenn er dem würzigen Geschmack von Raymonds Blut glauben durfte, gelang ihm das auch.

Raymond erbebte und passte seine Stöße unwillkürlich dem Rhythmus von Jeans saugenden Lippen an. Da er der Wirkung der Handcreme nicht ganz vertraute, hielt er sich zurück und sparte sich leidenschaftlichere, tiefe Stöße für das nächste Mal auf. Jean hatte ihn um diese Nacht gebeten, um ihn zu überzeugen, aber so viel Zeit brauchte Raymond nicht. Er würde Jean nicht mehr wegschicken.

Ihre Erregung geriet langsam außer Kontrolle. Raymond schob die Hand zwischen ihre Körper und fasste nach Jeans hartem Schwanz, um ihn zu reiben. Jeans Stöhnen feuerte ihn an, sich schneller zu bewegen, nicht nur mit den Hüften, sondern auch mit der Hand. Augenblicke später fühlte er die heiße Flüssigkeit, die auf seinen Bauch spritze und sich über seine Hand ergoss. Jeans Körper zog sich um Raymonds Schwanz zusammen und hielt ihn umklammert, bis er ebenfalls mit einem leisen Aufschrei zum Höhepunkt kam.

Vorsichtig zog Jean die Zähne aus Raymonds Hals und leckte über die Wunde, um sie wieder zu verschließen. Raymond lag unbeweglich auf ihm und atmete keuchend. Mit einem zärtlichen Lächeln auf den Lippen streichelte Jean ihm über den Rücken und suchte nach der Narbe, als wollte er die Schmerzen, die sie dem Magier verursacht hatte, endgültig vertreiben.

Raymond zitterte, als er Jeans zärtliche Finger auf der Narbe fühlte. Er hätte nie erwartet, dass dieses Schandmal eine erogene Zone sein könnte, doch Jeans liebevolle Berührungen gaben diesem verhassten Symbol seiner Vergangenheit eine andere, eine neue Bedeutung. Raymond ließ die Wut los, die er wie eine Mauer zwischen sich und der Welt errichtet hatte, und ersetzte sie durch die erlösende Macht ihrer Partnerschaft.

21

ADÈLE GING um den See zurück zu ihrem Partner. Er verfolgte jede ihrer Bewegungen mit den Augen und machte ihr klar, dass Alain zwar seinen Körper gebunden, nicht aber seine Sinne betäubt hatte. „Ich glaube, so gefällst du mir", bemerkte sie und stieß ihn mit der Fußspitze an.

Er warf ihr einen wütenden Blick zu, konnte aber nichts gegen sie unternehmen.

„Ich könnte mit dir alles machen, was ich will", überlegte sie und sah ihn abschätzend an. „Dich schlagen, dich verbrennen oder in den See werfen." Die Macht des Rituals brannte noch in ihren Adern und suchte nach einem Ventil. Sie fuhr sich mit den Händen über die Hüften und konnte die Lust erkennen, die in Jude aufflammte. „Ich könnte dich bis an die Grenze des Erträglichen erregen und unbefriedigt zurücklassen."

Sie zog den dünnen Pullover über den Kopf. Das Seidenhemd, das sie trug, verbarg zwar ihre Haut, betonte aber jede ihrer verführerischen Kurven. Sie legte die Hände unter ihre Brüste und hob sie leicht an, als würde sie sie einem Geliebten anbieten wollen. „Willst du mich berühren?", fragte sie aufreizend. „Mir das Hemd nach unten ziehen und mit meinen Brüsten spielen?" Mit den Händen illustrierte sie ihre Worte und gab ihm einen kurzen Blick auf ihre Nippel frei, bevor sie sie mit den Händen bedeckte und streichelte. Adèle schloss die Augen und genoss die Erregung, die sie dabei überkam. Sie kannte dieses Gefühl gut. Es war eine Mischung aus Adrenalin und der überschüssigen Energie, die sich durch das Ritual in ihr angesammelt hatte. Es würde mit der Zeit wieder vergehen, aber sie konnte es auch durch vergnüglichere Aktivitäten wieder in den Griff bekommen.

Adèle ließ das Hemd wieder über ihre Brüste rutschen und löste ihre Haare aus dem Band, mit dem sie sie während des Rituals gebändigt hatte. Sie schüttelte sie aus und verteilte sie über ihren Schultern. „Oder vielleicht willst du mich wieder beißen", meinte sie und fuhr sich mit den Fingern über die Bisswunden, die Jude am Tag zuvor hinterlassen hatte. Nachdem sie sich gestern einen neuen Stab besorgt hatte, wollte sie nicht mehr an ihre Schwäche erinnert werden und hatte die meisten Wunden wieder geheilt. Heute war es Jude, der schwach und ihrer Gnade ausgeliefert war. Diese Situation wollte Adèle auskosten, denn sie würde sich ihr wahrscheinlich nie wieder bieten. „Es würde dir gefallen, wenn ich dein Zeichen trage, nicht wahr?"

Fast nebensächlich nahm sie ihren Stab und heilte auch die Wunden, die er ihr durch seinen Biss während des Rituals zugefügt hatte. „Zu schade", zischte sie und stellte sich vor ihn. „Ich will nämlich nicht von einem Mann gezeichnet werden."

Sie sah ihn von oben herab an und überlegte, was sie noch mit ihm machen könnte. Sie konnte ihn freilassen und sich ihr Vergnügen woanders suchen. Oder sie konnte ihn um den Verstand bringen und ihm zeigen, was er wollte und nicht haben konnte. Sie wusste sehr wohl, wie kleinlich das von ihr war, aber nach dem gestrigen Tag hatte sie das Bedürfnis, ihm und sich selbst zu beweisen, wer das Heft in der Hand hielt. Sie trat einen Schritt zurück und bückte sich, um sich die Stiefel und die Hose auszuziehen. Es war kühl und sie zitterte leicht. Mit einem schelmischen Grinsen brachte sie den Flammenkreis zurück, den Raymond gelöscht hatte. Die Hitze des Feuers wärmte sie und überzog ihre Haut mit einem rosa Schimmer.

Jude wäre vor den Flammen zurückgezuckt, wenn Alains Beschwörung nicht jede Bewegung verhindert hätte. Er konnte sehen, hören, fühlen, blinzeln, doch das war auch schon alles. Das Blut in seinen Adern brodelte vor Erregung, aber er konnte nichts dagegen unternehmen. Er konnte auch von der kleinen Schlampe nicht verlangen, dass sie etwas dagegen unternahm. Sie stand frech und anmaßend vor ihm, nur in ihre Dessous gekleidet, und fuhr sich mit den Händen durch die verstrubbelten Haare. Die leichte Röte in ihrem Gesicht und auf ihren Brüsten war ein unmissverständliches Zeichen ihrer Erregung. Einer Erregung, die sie ihm verdankte. Er fluchte innerlich bei dem Anblick ihrer makellosen Haut, die immer noch seine Zeichen tragen und damit jedem anderen Mann deutlich machen sollte, dass sie ihm gehörte. Aber dieses Biest hatte sie entfernt, hatte sie zurückgewiesen, so wie sie versucht hatte, ihn zurückzuweisen. Sie würde schon noch lernen, wie töricht es war, einen Vampir zurückweisen zu wollen.

Ihre nackten Zehen stießen ihn zwischen den Beinen an. „Hörst du mir überhaupt zu, du kleiner Scheißkerl? Oh, halt! Dazu müsstest du ein Mann sein, aber das bist du nicht. Du bist nicht Manns genug, um eine Frau zu befriedigen, nicht wahr?" Sie drehte sich um und bot ihm einen Blick auf ihr nacktes Hinterteil, das der Seidentanga, den sie trug, fast komplett freiließ. Dann warf sie ihm einen Blick über die Schulter zu und streichelte sich aufreizend über die nackte Haut. „Gefällt es dir?", wollte sie wissen und fuhr mit den Fingern unter die dünne Schnur. „Zu schade, dass du nie gelernt hast, deine Geliebten mit Respekt und Achtung zu behandeln. Sonst wärst du jetzt nicht in dieser misslichen Lage und könntest deine Finger in meine heiße, feuchte Möse schieben." Während sie das sagte, demonstrierte sie ihm mit ihren eigenen Fingern, was sie damit meinte. Sie beugte sich leicht vor, schob sie langsam in ihren Körper und streichelte sich.

Jude lief vor Erregung das Wasser im Munde zusammen. Er stöhnte leise. Es war das einzige Geräusch, das er von sich geben konnte. Während sie sich noch streichelte, drehte sie sich wieder zu ihm um. „Willst du was?", fragte sie ihn. „Du musst mich nur darum bitten, du kleiner Scheißer. Das weißt du doch. Ich bin ein sehr umgänglicher Mensch, wenn man mich respektvoll behandelt." Dann wandte sie sich wieder ab und fuhr sich mit den Fingern über die harten Nippel, die sich unter ihrem Seidenhemd abzeichneten.

„Putain, das fühlt sich gut an", stöhnte sie und stieß die Finger tiefer in ihren Schoß. Dann zog sie das Hemd zur Seite und kniff sich in die Nippel. Sie war sich seiner Blicke bewusst und konnte erkennen, wie sein Schwanz die Hose ausbeulte. Das hatte Alains Beschwörung nicht verhindert. Ein Gefühl der Macht durchfuhr sie und ließ ihre Lust anschwellen. Sie drehte sich wieder zu ihm um, um seinen grünen Augen einen besseren Blick auf ihre Brüste zu bieten. „Hast du etwas sagen wollen?"

Er warf einen pointierten Blick auf ihren bekleideten Körper. „Oh, ich verstehe. Ich soll mich ausziehen. Willst du mir nicht helfen?", neckte sie ihn und spielte mit dem Saum ihres Hemdchens. Er sah sie düster an und sie musste über den frustrierten Ausdruck in seinem Blick lachen. Dann zog sie sich das Hemd über den Kopf und warf es ihm an die Brust. Ihr Tangaslip folgte Sekunden später. „Kleiner Scheißkerl", schnurrte sie fast liebevoll. „Du brennst innerlich vor Erregung und Frustration, nicht wahr?"

Adèle kniete sich neben ihm auf den Boden und hielt die Hand Millimeter über seinen steifen Schwanz. „Das sieht ja fast schmerzhaft aus", bemerkte sie mitleidvoll und beugte sich vor, um sich mit den Brüsten an seinen Lippen zu reiben. „Du möchtest sie schmecken, oder? Du sabberst wie ein tollwütiger Hund, weil du den Mund aufmachen und mir in die Titten beißen willst, stimmt es?" Sie hockte sich wieder auf die Fersen und streichelte sich nachdenklich. Sie könnte ihm mit ihrer Magie genügend Bewegungsfreiheit geben, damit er ihre Nippel oder ihre Klitoris saugen konnte. Aber damit würde er wieder Macht über sie bekommen, und das wollte sie nie wieder zulassen. Sie wollte seinen harten Schwanz benutzen wie einen Vibrator, aber mehr bekam er nicht von ihr. Jetzt nicht und auch in Zukunft nicht mehr.

„Zu schade, dass du so ein Scheißkerl bist. Ich liebe es, wenn mich meine Liebhaber an den Nippeln saugen. Aber du hast mir bereits bewiesen, dass ich dir nicht vertrauen kann. Ich ziehe meine Finger deinen Zähnen bei weitem vor." Sie öffnete den Gürtel seiner Hose und zog den Reißverschluss auf. Dann holte sie seinen steifen Schwanz aus der Unterhose und rieb einige Male auf und ab, damit er auch richtig hart wurde.

„Ich habe leider meinen Vibrator zuhause gelassen", sagte sie kalt. „Ich könnte natürlich einfach nach Hause gehen und dich hier zurücklassen. Oder ich kann dich benutzen. Blinzele zweimal, wenn dir das lieber ist."

Jude sah sie lange an. Er dachte ernsthaft darüber nach, sie einfach gehen zu lassen. Aber nach ihrer Show brannte sein Körper vor Erregung und er wusste, dass eine andere Frau ihn nicht so befriedigen konnte wie sie. Er konnte ihre Hand an seinem Schwanz fühlen, also würde er auch ihre Muschi fühlen können, wenn sie sich heiß und feucht auf ihn schob. Er konnte sich nicht bewegen und musste ihr die Initiative überlassen, doch er konnte sie zumindest dabei beobachten, wie sie ihn fickte und kam. Langsam und bedächtig blinzelte er. Zweimal.

Sofort hockte sich Adèle auf ihn. Sie beugte sich zurück, als sein Schwanz bis zum Anschlag in sie eindrang. Dann schloss sie die Augen und fickte ihn hart, ließ sich von ihrer Magie durchfließen, die die Luft um sie herum auflud. Kleine Flammen tanzten um sie herum und flackerten im Auf und Ab ihres Begehrens. Als ihr Orgasmus näher rückte, verlangsamte sie ihre Bewegungen und sah Jude lüstern an. „Wenn *ich* soweit bin", teilte sie ihm herablassend mit und hielt seinen Schwanz in sich umklammert, während sie sich mit einem Finger über die Klitoris rieb und mit den Fingern der anderen Hand in die Nippel kniff.

Sie war so geil und feucht und eng, wie er sie in Erinnerung hatte. Sie war perfekt. Körperlich und sexuell gab es keine andere Frau, die so gut zu ihm passte. Ihre Leidenschaft ließ nicht nach, selbst wenn er grob wurde oder sie biss. Wenn sie nur nicht so aufreizend unabhängig wäre … Andererseits musste er zugeben, dass der Sex nicht halb so interessant wäre, wenn ihn ihr Verhalten nicht so aufregen würde. Sie erregte ihn allein durch ihre Anwesenheit bis an die Grenze des Erträglichen. Er konnte sein Verlangen, über sie herzufallen, kaum zügeln. Nur ihre Magie, gegen die er machtlos war, hielt ihn zurück. Adèle mochte viel über Respekt und Achtung reden, aber was sie wirklich brauchte, war ein starker Mann, der sie aufs Bett warf und um den Verstand fickte. Heute mochte das nicht mehr passieren, aber Jude hatte in seiner langen Existenz als Vampir gelernt, geduldig zu sein und seine Zeit abzuwarten. Wenn er sie das nächste Mal allein erwischte, würde er ihr schon zeigen, wie es einer kleinen Muschi erging, die ihren Platz nicht akzeptierte.

Als Adèle sich wieder etwas im Griff hatte, bewegte sie sich erneut auf ihm und überließ sich der Erregung, die ihre Macht über ihn in ihr weckte. Dieses Machtgefühl wurde durch die Bewegungslosigkeit, zu der Jude verdammt war, noch gesteigert. Er konnte nichts tun, um zu seiner eigenen Erlösung beizutragen. Er war ihr ausgeliefert und heute kannte sie kein Erbarmen.

Noch zweimal brachte sie sich fast bis zum Höhepunkt, nur um sich zurückzuhalten und wieder von vorne zu beginnen. Beim vierten Mal konnte Adèle sich nicht mehr beherrschen und fickte ihn härter, bis sie schließlich auf seinem Schwanz kam und an Judes Brust fiel. Ihre Ellbogen bohrten sich schmerzhaft in seine Seiten.

Sie erhob sich, sammelte ihre Kleidung ein und zog sich vor seinen Augen langsam wieder an. Nur ihre verstrubbelten Haare und das gerötete Gesicht verrieten, wie sie die letzte Stunde verbracht hatten. Nachdem sie wieder angekleidet war, sah sie auf ihn herab und verzog das Gesicht, als sie seinen harten Schwanz erblickte. „Das tut mir aber leid", meinte sie und fuhr mit den Fingernägeln der Länge nach über seine Erektion wie eine Katze, die mit ihrer Beute spielt. Dann richtete sie sich auf und löschte die Flammen ihres magischen Feuers, das sie in der kalten Höhle gewärmt hatte. „Bis demnächst."

Sie ging am Ufer des Sees entlang und befreite ihn von Alains Beschwörung, während sie sich selbst unsichtbar machte. Adèle wusste, dass sie einfach gehen sollte, aber sie wollte sehen, wie er auf seine wiedergefundene Freiheit reagierte.

Als Jude spürte, dass die Magie ihn nicht mehr gefangen hielt, machte er das erste, was ihm einfiel. Er nahm seinen Schwanz in die Hand, um sich Erlösung zu verschaffen. Während er die Augen schloss, rief er sich das Bild von Adèle in Erinnerung zurück, wie sie gestern unter ihm gelegen hatte. Es dauerte nur Sekunden, dann kam er. Mit dem Orgasmus fiel alle Anspannung und Frustration von ihm ab. Er kam mit einer Leidenschaft, wie sie nur Adèle in ihm wecken konnte.

Adèle fühlte sich bei dem Anblick merkwürdig beklommen und flüsterte leise eine Beschwörung, um sich in ihre Wohnung zu transportieren. Das Bild ihres Partners, wie er in der Höhle saß und seinen Schwanz in der Hand hielt, ließ sie nicht mehr los und geisterte noch lange durch ihre Gedanken. Sie hatte keinerlei Interesse an ihm, das über die Zusammenarbeit in der Allianz hinausging. Nein, zum Teufel! Sie hatte überhaupt kein Interesse an ihm.

Nicht das allergeringste.

22

ORLANDO KAM stolpernd in Alains Büro an. Magalis Transportzauber unterschied sich von Thierrys, an den er sich schon gewöhnt hatte. Noch bevor er das Gleichgewicht wiederfand, war Alain an seiner Seite, um ihn zu stützen. „Ich hätte mich von ihr nach Hause schicken lassen sollen", sagte Orlando. Dann drehte er sich in Alains Armen um und küsste ihn leidenschaftlich. „Ich will nicht warten, bis wir mit der U-Bahn nach Hause gefahren sind."

Alain musste nicht fragen, worauf Orlando nicht warten wollte. Er spürte die Wirkung des Rituals auch noch im Blut und sehnte sich nach der Erlösung, die ihm nur sein Geliebter schenken konnte. „Wir könnten nach unten gehen", schlug er zwischen zwei Küssen vor. „Dort sind Zimmer …"

„Mit kleinen Betten, die niemals aushalten würden, was ich jetzt brauche", brachte Orlando den Satz zu Ende, während seine Hände ruhelos über Alains Körper fuhren. „Es muss doch jemand in der Nähe sein, der mich in unsere Wohnung transportieren kann."

„Wenn es dich nicht stört, dass die ganze Milice davon erfährt …", meinte Alain schmunzelnd. „Du sprühst regelrecht Funken, und ich bin vermutlich genauso schlimm. Aber Thierry ist noch zuhause und die Bürotür abgeschlossen", fuhr er fort und schob Orlando zur Couch. „Lass uns das Problem etwas lindern, danach können wir nach Hause fahren und du musst dich nicht mehr zurückhalten."

Orlando spannte sich innerlich an, als Alain ihn durchs Zimmer schob. Obwohl die Luft magisch aufgeladen war, hatte es keine Ähnlichkeit mit der wilden Magie von gestern. Dieses Mal war es Alains Magie, und Alain hatte ihm selbst gestern, als er sich fest im Bann der wilden Magie befand, nichts getan. Er würde ihn auch jetzt nicht verletzen. Orlando ließ sich auf die Couch drücken und holte tief Luft, als Alain sich zwischen seinen Beinen auf den Boden kniete, die Hose öffnete und Orlandos steifen Schwanz herausholte. Er ließ den Kopf auf die Lehne fallen und schloss stöhnend die Augen, als Alain ihn in den Mund nahm und ihn sich bis tief in die Kehle schob. Das Gefühl war immer noch so ungewohnt für Orlando, dass ihm davon schwindelig wurde. Er klammerte sich mit aller Macht an die Sofakissen, um nicht nach Alains Kopf zu greifen und ihn noch tiefer zu zwingen. Dann fühlte er Alains Lippen ganz unten an der Wurzel, gab seine Zurückhaltung auf und fuhr ihm mit den Fingern in die rotblonden Haare. Alain schluckte und sein Kopf wippte einige Male auf und ab, bevor er sich zurückzog und Orlando über die Eichel leckte. „Alain!", rief Orlando stöhnend.

„Ja, mein Engel?", fragte Alain und hob den Kopf. „Soll ich aufhören?"

„Nein!", keuchte Orlando. „Es fühlt sich so gut an."

Alain lächelte und leckte ihm über die tropfende Spitze, während er mit der Hand den Schaft rieb. „Das soll es auch."

Orlandos leises Lachen ging in ein Stöhnen über, als Alain die Vorhaut zurückschob und die Zunge um die Eichel kreisen ließ. Orlando schloss genießerisch die Augen und war unglaublich erleichtert darüber, die meisten seiner Ängste besiegt zu haben. Vor einer Woche hätte er sich noch nicht genug entspannen können, um Alain diese Zärtlichkeiten zu erlauben. Aber seitdem war er wieder und wieder daran erinnert worden, dass er Alain vertrauen konnte. Das letzte Mal gestern, als die wilde Magie Alain jede Entschuldigung gegeben hätte, sein Magier ihr aber trotzdem widerstanden hatte. Orlando zuckte kaum mit der Wimper, als Alains Hand ihm zwischen die Beine glitt und sich um seinen Sack legte, während er ihn wieder in den Mund nahm.

Mit einem überraschten Aufschrei bäumte Orlando sich auf und kam zum Höhepunkt. Sein Schwanz zuckte und Alain saugte ihn so tief und fest, bis ihm kein Tropfen Sperma mehr zu entlocken war und Orlando schlaff auf die Couch sank.

Alain leckte sich grinsend über die Lippen und sah Orlando von seinem Platz auf dem Boden an. „Fühlst du dich jetzt besser?"

„Oh ja", seufzte Orlando mit erschöpfter Stimme, hob den Kopf und blickte in Alains glänzende Augen. „Kann ich mich bei dir revanchieren?"

Alain schüttelte den Kopf und wurde unerklärlicherweise rot. „Nicht nötig", sagte er beschämt und deutete auf den feuchten Fleck an seiner Hose. „Das Problem hat sich von selbst erledigt."

Verwirrt und geschmeichelt zog Orlando Alain zu sich auf die Couch und küsste ihn hungrig. „Wir müssen jetzt schnell nach Hause fahren", knurrte er. Der Blowjob hatte in der Tat das Problem gelindert, aber satt war Orlando noch lange nicht.

Alain erschauerte, als er das Verlangen in Orlandos sonst so sanfter Stimme hörte. Er fuhr sich mit der Hand an das Brandmal an seinem Hals, an dem er immer noch die Spuren von Orlandos Biss fühlen konnte. Bis zum Morgen wären sie verheilt, aber noch fühlte er sich doppelt begehrt, und dieses Wissen durchdrang ihn bis ins Innerste. „Ja", stimmte er mit krächzender Stimme zu. Es störte ihn nicht mehr, was sich die anderen Magier bei ihrem überstürzten Aufbruch dachten. Wenn Raymond und Marcel recht hatten, würden sie sich zu ihren Partnern genauso hingezogen fühlen, wie er sich zu seinem wunderbaren Mann. Er murmelte eine hastige Beschwörung, um die Spuren ihrer Leidenschaft zu entfernen. „Wir suchen jemanden, der dich nach Hause schickt."

Kurz darauf waren sie im Salle des Cartes. Der diensthabende Magier verzog keine Miene, als Alain ihm befahl, Orlando sofort in ihre Wohnung zu transportieren. Dann verschwand er, ohne seinen Repère zu deaktivieren. So wusste der Magier, wohin er Orlando schicken sollte. Sekunden später standen sie beide in ihrem Wohnzimmer.

„Ins Schlafzimmer", befahl Orlando und zog Alain hinter sich her.

„Zieh dich aus", schlug Alain vor und schob ihn zur Tür. „Es geht schneller, wenn wir uns selbst ausziehen."

Orlando nickte und zog sich das Hemd über den Kopf, noch bevor er den Flur erreichte. Die Schuhe folgten als nächstes. Als er ins Schlafzimmer kam, warf er die Hose in eine Ecke und drehte sich zu seinem ebenfalls nackten Geliebten um. „Aufs Bett", befahl er, immer noch von dem magisch inspirierten Verlangen getrieben, das auch der Orgasmus in Alains Büro kaum gemindert hatte. Er fragte sich, wie oft er wohl noch kommen musste, um die Energie loszuwerden, die seit dem Ritual durch seinen Körper floss. Und er fragte sich auch, um wie viel stärker Alain sie wohl fühlen mochte, der die wilde Magie in sich gesammelt und weitergelenkt hatte.

Alain gehorchte sofort und kroch aufs Bett. Er japste überrascht, als Orlando plötzlich hinter ihm auftauchte und ihm in den Hintern biss. Er spürte die Zähne zwar kaum und sie drangen auch nicht in seine Haut ein, doch allein der Gedanke, während sie sich liebten dort von Orlando gebissen zu werden, ließ ihn vor Erregung zittern. „Beißt du mich?"

„Nächstes Mal", erwiderte Orlando mit Bedauern in der Stimme, obwohl selbst diese Angst in den letzten beiden Tagen beträchtlich nachgelassen hatte. „Ich habe während des Rituals zu viel getrunken. Ich weiß, dass ich dir damit nicht schaden kann, aber das heißt nicht, dass es mir selbst nicht gefährlich wird."

Enttäuscht akzeptierte Alain die Erklärung und rollte sich auf die Seite. „Dann musst du mich jetzt lieben."

Orlando grinste bis über beide Backen. „Das habe ich auch vor." Er kroch ebenfalls ins Bett und legte sich neben Alain. Dann küsste er seinen Geliebten auf den Mund. Als ihre Zungen sich berührten, saugte er Alains Zunge in den Mund und übernahm die Initiative. Orlando konnte die Magie spüren, die immer noch in seinen Adern pulsierte. Alain musste es ähnlich ergehen. „Was brauchst du von mir?", fragte er, obwohl er die Antwort auf seine Frage bereits kannte.

Alain wurde rot. Er brauchte dasselbe wie gestern, hart und schnell. Aber es hatte ihm Angst gemacht und er zögerte deshalb, Orlando darum zu bitten.

„Sag es mir", drängte Orlando. „Du kannst mich nicht erschrecken. Du hast es gestern nicht getan und du wirst es heute erst recht nicht tun. Die wilde Magie kann dich nicht mehr beherrschen. Was brauchst du?"

„Dich", sagte Alain nur. Wenn die Magie auf Orlando genauso wirkte wie auf ihn selbst, würde er seinen Wunsch erfüllt bekommen, denn dann wollte Orlando dasselbe wie er. Und wenn nicht, war es nicht das erste Mal, dass er diesen magischen Energieschub spürte. Er war auch schon früher damit fertig geworden, als er keinen Geliebten hatte. Er würde es wieder schaffen.

„Ich bin da", versprach Orlando. „So lange du lebst, werde ich immer da sein."

„Dann beweise es mir und nimm mich", verlangte Alain, rollte sich auf den Bauch und erhob sich auf alle Viere.

Orlando ballte die Hände. So erregt Alain auch sein mochte, Orlando wollte nicht einfach über ihn herfallen. Er beherrschte sein Begehren und holte das Gleitgel vom Nachttisch, verteilte es auf seine Finger und fing an, Alain zu dehnen.

Alain ließ den Kopf auf die Hände fallen, als er Orlandos Finger in sich spürte. Es war noch nicht ganz das, was er wollte, aber es fuhr ihm in sämtliche Nerven und er keuchte vor Erregung. Es kümmerte ihn auch nicht mehr, dass ein Teil dieser Erregung der Magie des Rituals und ihrer Partnerschaft geschuldet war. Sie waren magisch verbunden und würden es immer bleiben, denn Orlandos Biss schuf ein Band zwischen ihnen, das keinem anderen gleich kam. Sie teilten ihr Bett, ihr Zuhause und ihr Leben. Alain durchlief ein mächtiger Schauer bei diesem Gedanken und er konnte sein Begehren nicht mehr beherrschen, konnte nicht länger warten. „Orlando! Jetzt! Bitte!"

Wenn er die Wahl gehabt hätte, Orlando hätte noch etwas gewartet und Alain gründlicher vorbereitet. Aber er hatte keine Wahl mehr, denn er konnte Alains bittender Stimme nicht mehr widerstehen. Er zog die Finger aus Alains Körper, rieb sich den Schwanz mit dem Rest des Gels ein und stupste an den zuckenden Muskelring. „Entspann dich und lass mich rein", verlangte er mit angespannter Stimme. Nein, zärtlich und süß würde es nicht werden. Aber er wollte Alain nicht verletzen, und sei es unabsichtlich. Es gab Grenzen, die er auch unter diesen Umständen niemals überschreiten konnte.

Alain versuchte es. Die Mischung aus Erregung und Magie hatte ihn so sehr um die Beherrschung gebracht, dass seine Muskeln ihm nicht mehr gehorchen wollten. „Mach einfach", bettelte er. „Ich brauche dich so sehr."

Orlando durchstieß den widerspenstigen Muskelring und keuchte, als er sich von der Hitze seines Geliebten umgeben fühlte. Nichts kam diesem Gefühl gleich. Nichts. Er versuchte, sich Zeit zu lassen und diesen Moment zu genießen, aber seine Selbstbeherrschung stand auf tönernen Füßen und seine Hüften bewegten sich fast ohne sein Zutun. Er beugte sich vor und drückte sich an Alains Rücken, bedeckte seinen Magier so vollständig wie möglich mit seinem Körper. Nahezu augenblicklich gerieten seine Bewegungen aus dem Takt und er strebte dem Höhepunkt entgegen. Schnell hockte er sich wieder auf und zog Alain ebenfalls hoch, bis Alain auf seinen Oberschenkeln saß und ihm den Kopf auf die Schulter fallen ließ. Orlando streichelte ihm über die Brust und kniff ihn in die Nippel. Dann ließ er seine Hand nach unten wandern und legte sie um Alains harten Schwanz. Alains keuchender Atem klang ihm in den Ohren und ließ ihn an der Erregung seines Magiers teilhaben, die sich in einer ständigen Aufwärtsspirale höher und höher schraubte.

Zu Orlandos Überraschung fing Alain sofort an, sich in seinen Armen zu winden. Der harte Schwanz in seiner Hand pulsierte und ein mächtiger Strahl schoss daraus hervor auf Alains Brust und lief über Orlandos Hand. Alains Köper verkrampfte sich und zog sich um Orlandos Schwanz zusammen. Dann stöhnte Alain ein letztes Mal und sackte in Orlandos Armen zusammen. Orlando hielt ihn aufrecht und hörte nicht auf, ihn zu streicheln, um den erschlaffenden Schwanz wieder zu beleben. „Noch einmal", verlangte er und stieß tiefer in den entspannten Körper seines Partners. „Komm noch einmal. Für mich."

Alain hätte fast widersprochen und ihn daran erinnert, dass er nach dem Orgasmus im Büro und diesem wirklich nicht mehr konnte, aber zu seiner Überraschung richtete sich sein Schwanz wieder auf. Er warf den Kopf in den Nacken und stöhnte leise, als Orlando anfing, ihn im Rhythmus seiner harten Stöße am Ohrläppchen zu saugen. Alain schloss die Augen. Er machte sich nicht mehr vor, auch nur noch einen Rest von Kontrolle zu besitzen, als die Magie sich in ihm austobte und sich um sie herum in kleinen Blitzen entlud, die die Luft zum Vibrieren brachten. Er bäumte sich auf und ein mächtiger Orgasmus durchfuhr ihn. Es war ein trockener Orgasmus, denn sein Körper hat nichts mehr zu geben und war ausgelaugt bis auf den letzten Tropfen. Er schrie, überwältig und dem Wahnsinn nahe, nach Erlösung, doch Orlandos Griff war unerbittlich, hielt ihn fest und erregte ihn aufs Neue, bis er nur noch hilflos zwischen dem Schwanz und der Hand seines Vampirs hin und her zuckte, seiner Magie und seinem Begehren machtlos ausgeliefert. „Bitte!", schrie er verzweifelt.

Orlando kam sich vor, als würde er fliegen. Die Gefühle stürmten von allen Seiten auf ihn ein und Alains Hingabe brachte ihn schier um den Verstand. Es war noch nicht lange her, da hatte er daran gezweifelt, Alain jemals die Liebe geben zu können, die der Magier verdient hatte. Orlando hatte immer Angst gehabt, Alain zu verletzen, anstatt ihm Vergnügen zu schenken. Diese Zweifel waren zwar weniger geworden, aber bis jetzt hatte er insgeheim befürchtet, dass Alain ihm etwas vorspielte, um ihn bei Laune zu halten. Doch jetzt wurden auch die letzten Zweifel zerstreut, die Orlando noch geplagt hatten. Mit einer Wildheit, die ihn selbst erstaunte, wollte er Alain all das zurückgeben, was der ihm so großzügig geschenkt hatte.

Es war der letzte Gedanke, an den Orlando sich erinnerte, bevor er zum Höhepunkt kam. Es war, als würde alles an ihm – sein Körper, sein Verstand und seine Seele – von innen nach außen gestülpt und neu zusammengesetzt. Als es vorbei war, fiel er schlaff zur Seite und schaffte es gerade noch, sich und Alain aufzufangen. Ein plötzliches Verlangen nach Alains Blut durchfuhr ihn, aber darüber wollte er jetzt nicht nachdenken. Alain lag erschöpft an seiner Seite und brauchte Schlaf. Orlando fasste ihn am Kinn und gab ihm einen zarten Kuss auf den Mund. „Ich liebe dich."

„Ich liebe dich auch", flüsterte Alain kaum hörbar. Die Augen waren ihm zugefallen und er tastete blind nach seinem Partner.

„Schlaf jetzt", sagte Orlando mit einem leisen Lachen. „Ich bin morgen auch noch da."

Alains Gesichtszüge entspannten sich und er schlief sofort ein. Orlando legte die Arme um ihn und versuchte, mit seinem plötzlichen Sinneswandel ins Reine zu kommen. Es war ein Tabuthema für ihn gewesen, seit sein Schöpfer ihn das erste Mal berührt hatte.

Sicher, Alains Geduld hatte ihm einen Teil seiner Ängste genommen. Er hatte Orlando nie zu etwas gedrängt, auch wenn ihm die Frustration über dessen Vorbehalte und Ängste manchmal deutlich anzumerken gewesen war. Alain hatte nie ein Hehl daraus gemacht, dass er von Orlando gebissen und geliebt werden wollte. Bei jedem Biss hatte Orlando das Verlangen in Alain geschmeckt. Auch wenn sie sich liebten, war dieses Verlangen offensichtlich. Alain war hier, schlief in Orlandos Armen, weil er hier sein wollte. Alain wollte jedoch noch mehr und zum ersten Mal fragte Orlando sich ernsthaft, ob er seinem Geliebten nicht auch diesen Wunsch erfüllen konnte.

Zu seiner Überraschung musste Orlando plötzlich gähnen. Normalerweise wurden Vampire nicht müde. Aber das Ritual, Alains Blut und ihr Liebespiel hatten ihn offensichtlich mehr erschöpft, als er erwartet hatte. Er knuddelte sich an Alains Seite und schlief lächelnd ein.

23

RAYMOND WURDE von einer Hand geweckt, die ihm über die Haare streichelte. Er zuckte erschrocken zusammen. Dann kam die Erinnerung an den gestrigen Abend zurück und er wusste wieder, was geschehen war, wo er war und wem die Hand gehörte, die ihn berührte.

„Guten Morgen", flüsterte Jean und gab ihm einen zarten Kuss. „Hast du gut geschlafen?"

Raymond brummte und erwiderte Jeans Kuss. Er hatte seit Beginn des Krieges nicht mehr so gut geschlafen wie heute Nacht. Offensichtlich tat es ihm gut, nicht allein schlafen zu müssen.

„Morgen", krächzte er verschlafen. „Ich habe sehr gut geschlafen. Und du?"

„Wie ein Toter", meinte Jean mit einem schiefen Grinsen. „Wann erwartet Marcel dich heute im Hauptquartier?"

„Um neun Uhr", erwiderte Raymond. „Wie spät ist es jetzt?"

„Zu spät für eine Fortsetzung der letzten Nacht", seufzte Jean und zwinkerte Raymond schelmisch zu. „Ich nehme an, ich muss dich heute Abend wieder hier besuchen, wenn ich ein Stück von dir abhaben will."

Raymond lachte über den Scherz. Ihm gefiel der Gedanke, dass Jean ihn auch ohne die treibende Kraft der Magie noch begehrte. „Das wirst du wohl tun müssen", stimmte er dem Vampir zu und stützte sich auf den Ellbogen, um einen Blick auf die Uhr zu werfen. Acht Uhr. Jean hatte recht, zumal er mit der U-Bahn fahren musste, um ins Hauptquartier zu gelangen.

Jean war froh über die Selbstverständlichkeit, mit der Raymond ihre Situation akzeptierte. Er zog ihn lächelnd zu sich herab und küsste ihn wieder. Raymond hatte ihn nicht weggeschickt. In Jeans Augen waren sie damit Geliebte. Und wenn die Art, mit der Raymond den Kuss erwiderte, etwas zu bedeuten hatte, war er mit dieser Einschätzung nicht allein. So gerne Jean auch geblieben und seine Theorie auf die Probe gestellt hätte, sie waren mit Marcel verabredet und durften sich nicht verspäten. Er beendete den Kuss und rieb sich mit der Nase an Raymonds Hals, der von kleinen Bissspuren übersät war. Dann rollte er sich auf den Rücken und streckte sich. Er roch nach Blut und Sex.

„Ich brauche eine Dusche." Wäre da nicht die Besprechung, hätte Jean sich im Laufe des Tages durch den Geruch noch ab und zu an die vergangene Nacht erinnern lassen. Doch als Chef de la Cour konnte er dem General der Milice nicht in diesem Zustand gegenübertreten.

„Dort ist das Badezimmer", sagte Raymond und zeigte auf eine Tür. „Ich glaube nicht, dass meine Anzüge dir passen, aber ich werde versuchen, deine Sachen mit einem Reinigungszauber wieder frisch zu machen. Wenn du sie nicht anhast, sollte es eigentlich funktionieren. Ich würde auch gerne mit dir duschen, aber ich befürchte, dann kommen wir nie pünktlich zu unserem Treffen."

Jean grinste. „Wenn wir einen freien Tag haben, holen wir es nach. Versuche es mit dem Zauber, wir haben nichts zu verlieren, falls er nicht wirkt." Er gab Raymond noch einen Kuss und stand dann auf, um im Badezimmer zu verschwinden. Er konnte Raymonds Blick fühlen, der ihm folgte, bis die Tür hinter sich geschlossen hatte. Dann duschte er schnell, weil er Raymond auch noch die Chance geben wollte, sich auf traditionelle Weise zu waschen.

Als Jean wieder aus dem Badezimmer kam, lag seine Kleidung säuberlich gefaltet auf dem Bett. Von Raymond war nichts zu sehen. Er zog sich an und ging ins Wohnzimmer. Auch hier war jede freie Oberfläche mit Büchern und anderen Unterlagen bedeckt. Eine bestimmte Ordnung war nicht feststellbar. Jean musste lächeln. Offensichtlich wusste Raymond auch so, wo er alles finden konnte.

Der Geruch nach frischem Kaffee lockte ihn in die Küche. Jean trank häufig Kaffee, um nicht aufzufallen. Aber da er ihn weder schmecken konnte, noch damit aufgewachsen war, konnte er nicht nachvollziehen, warum dieses Getränk auf Sterbliche eine solche Anziehungskraft ausübte. Sein Partner gehörte offensichtlich auch dazu, denn er inhalierte seine erste Tasse Kaffee geradezu.

Jean blieb in der Tür stehen und beobachtete, wie Raymond in der Küche herumwerkelte und das Gesicht verzog, weil sein Baguette schon recht altbacken war. Mit einem leisen Fluch warf Raymond es weg und öffnete einen Schrank, um nach etwas anderem zu suchen.

„Nichts zu finden?", fragte Jean neugierig, als Raymond die Schranktür unverrichteter Dinge wieder schloss.

„Nicht das Geringste", meinte Raymond und sah ihn an. „Ich bin zu selten hier, um mir Vorräte zuzulegen. Meistens besorge ich mir mein Frühstück in einer Bäckerei und mein Abendessen besteht aus einem Sandwich."

„Das reicht auf Dauer nicht", tadelte ihn Jean. „Du musst vernünftig essen, wenn du gesund bleiben willst. Egal, was die anderen sagen oder denken – ohne dich hätten wir das Kriegsglück nie zu unseren Gunsten ändern können."

Raymond senkte verlegen den Blick. „Du bist mein Partner und nicht sehr objektiv."

Jean schüttelte entschieden den Kopf. „Das ist es nicht. Alain hätte Thierry nie allein retten können, nachdem das Rite d'équilibrage schief gelaufen ist. Die Beschwörung, mit der wir die wilde Magie gebannt haben, stammt auch von dir. Es sind vielleicht keine großen Schlachten, aber es sind sehr wichtige Erfolge, auch wenn du es selbst nicht so siehst."

Raymond zuckte mit den Schultern. „Danke. Aber du musst dich nicht für mich einsetzen. Die anderen sind durch meine Vergangenheit voreingenommen. Sie können nicht anders."

„Das ist ihr Verlust", erwiderte Jean. „Jetzt besorgen wir dir ein richtiges Frühstück. Ich werde dafür sorgen, dass du heute vernünftig isst."

„Jawoll, Sir!", rief Raymond scherzhaft und salutierte. Er konnte nicht fassen, wie leicht es ihm fiel, sich zu entspannen und mit Jean zu scherzen. Er hatte auch vor dem Krieg nie etwas mit der ANS zu tun gehabt und sich lieber allein in seine Bücher vergraben, seine Forschungen betrieben und einen Artikel nach dem anderen darüber publiziert. Jean brachte einen Teil seiner Persönlichkeit zum Vorschein, der sich normalerweise hinter der Fassade wissenschaftlicher Arroganz verbarg. Spontan nahm Raymond den Vampir an der Hand und zog ihn an sich, um ihm einen Kuss zu geben. „Danke, Jean."

„Wofür?"

„Dafür, dass du an mich glaubst und dich um mich kümmerst. Und dafür, dass du gestern Abend gekommen bist und heute früh immer noch da bist." Raymond wurde rot. „Ich bin es gewohnt, immer allein zu sein. Es ist eine nette Abwechslung."

Jean legte die Arme um ihn. „Ich habe fast meine gesamte Existenz als Vampir allein verbracht. Unglücklicherweise gehört das zu unserem Leben. Es ist selten, dass jemand länger bei mir bleiben will, als nur für die Dauer eines Bisses. Du hast mir damit auch ein Geschenk gemacht." Jean hatte schon einmal einen solchen Mann gefunden, aber der war ihm wieder vor der Nase weggeschnappt worden. Sebastiens Erinnerung daran war natürlich eine vollkommen andere. Er behauptete, erst nach dem Aveu de Sang erfahren zu haben, dass auch Jean an Thibault interessiert gewesen war. Bei Raymond musste Jean nicht befürchten, dass er ihm von einem anderen Vampir gestohlen wurde.

Raymond schüttelte erstaunt den Kopf. Das Ausmaß von Jeans Erfahrung war für ihn immer wieder ein Grund zur Bewunderung. „Wenn dieser Krieg vorbei ist und ich dann noch lebe, werden wir beide uns zusammensetzen. Dann löchere ich dich so lange, bis ich jede Einzelheit weiß", entschied er. „Ein lebender Zeuge für tausend Jahre Geschichte ... Ich werde nie eine bessere Informationsquelle finden!"

Jean zog ihn fester an sich. Er wollte nicht daran denken, dass Raymond diesen Krieg nicht überleben könnte. Vor einigen Wochen hätte es ihn nur deshalb gestört, weil Raymonds Blut ihm Immunität gegen das Sonnenlicht gab. Jetzt war das nicht mehr der Fall. Jetzt wollte er Raymond an seiner Seite haben, ob mit Magie oder ohne. „Du wirst ihn überleben", versicherte er ihm. „Dafür werde ich schon sorgen."

Raymond lächelte. Die Entschlossenheit in Jeans Stimme tat ihm gut. Aber er machte sich nichts vor. Wenn es zum direkten Kampf kam, hatte ein Vampir keine Chance gegen Serrier. Und jeder Biologiestudent im ersten Semester wusste, dass ein tollwütiges Tier besonders bösartig wurde, wenn man es in die Ecke trieb. „Wir sollten jetzt aufbrechen, damit wir rechtzeitig im Hauptquartier sind", wechselte er das Thema.

Jean ließ sich darauf ein, obwohl er sich fest vornahm, Raymond nicht mehr von der Seite zu weichen, wenn sie wieder in eine gefährliche Situation gerieten. Bisher hatten die dunklen Magier immer Flüche eingesetzt, die einem Sterblichen wesentlich mehr Schaden zufügen konnten als einem Untoten.

Sie gingen an einer nahegelegenen Boulangerie vorbei, wo Raymond sich sein Frühstück besorgte. Dann bestiegen sie eine U-Bahn in Richtung Norden. Die Abteile waren überfüllt und sie konnten kein vertrauliches Gespräch führen. Von allen Seiten drängten die Fahrgäste an ihnen vorbei und rempelten sie an. Jeans Instinkt, Raymond zu beschützen, war durch das Gedränge bis aufs Äußerste angespannt. Er war gereizt, als sie die U-Bahn verließen. Erst nachdem sie die Menschenmassen hinter sich gelassen hatten und auf die Straße kamen, entspannte er sich wieder. Jean dachte so objektiv wie möglich über seine Reaktion nach und überlegte, welche Konsequenzen seine Beziehung zu Raymond nicht nur für ihn persönlich, sondern auch für seine Position als Chef de la Cour haben würde.

Niemand konnte ihm einen Vorwurf machen, wenn er Raymond zum Geliebten nahm. Der Magier war ein sehr gut aussehender Mann und passte perfekt zu Jean. Die Vampire würden sich auch nicht daran stören, dass er ein Mann war. Die moralischen Regeln der Gesellschaft verloren ihre Bedeutung, wenn ein Mensch zum Vampir umgewandelt wurde. Raymonds Intelligenz würde ihm auch helfen, sich im Jeu des Cours behaupten zu können. Er würde keine Leichtsinnsfehler machen, durch die Jean einen Gesichtsverlust zu befürchten hatte. Selbst Raymonds Außenseiterrolle war eher von Vorteil, denn die Vampire waren auch Außenseiter der menschlichen Gesellschaft, obwohl sie die Hoffnung hatten, dass sich das nach der Verabschiedung der Gleichstellungsgesetze ändern würde. Aber Vampire hatten ein langes Gedächtnis und würden nicht so schnell vergessen, wie sie als Ausgestoßene gelebt hatten, nur weil sie anders waren als die ‚normalen' Menschen. Jean musste nicht befürchten, dass seine Position als Chef de la Cour durch die Beziehung zu Raymond Schaden nahm – weder jetzt, noch in Zukunft.

Auf persönlicher Ebene wünschte er sich, Raymond würde die Furcht verlieren, die er immer noch vor jedem Biss hatte. Jean war sich ziemlich sicher, dass er dann nur noch von Raymond trinken und auf andere Opfer ganz verzichten würde. Er war schon so alt, dass er nicht mehr so oft trinken musste wie die jungen Vampire. Mit etwas Planung und Selbstbeherrschung konnten sie zusammenbleiben, so lange Raymond lebte.

Jean schüttelte den Kopf. Er war schon wieder den Ereignissen voraus. Raymond hatte ihn gerade erst als Partner und Geliebten akzeptiert. Ob er für eine dauerhafte Beziehung bereit war, wie Jean sie sich wünschte und wie seine Instinkte sie von ihm verlangten, blieb abzuwarten. In diesem Moment kam ihm eine bessere Idee und er musste lächeln. Er wollte Raymond nicht in eine Beziehung drängen, für die der Magier vielleicht noch nicht bereit war. Stattdessen wollte er ihn einfach so behandeln, als ob Raymond schon sein Gefährte wäre, mit all der Fürsorge und Verehrung, die einem wahren Gefährten zustand. Jedenfalls so lange, wie Raymond keine Einwände dagegen erhob.

„Was ist los?", fragte Raymond, als er das Lächeln in Jeans Gesicht sah.

„Ich habe nur darüber nachgedacht, was als nächstes kommen wird", meinte Jean und sein Lächeln wurde noch strahlender.

„Und darüber musst du lächeln?"

„In der Tat", erwiderte Jean geheimnisvoll. „Es ist schon fast neun Uhr. Wir wollen Marcel nicht warten lassen. Sonst musst du ihm etwas erklären, das du vielleicht lieber für dich behalten willst."

„Die letzte Nacht geht nur uns beide an", sagte Raymond sofort. „Es ist …"

„Ja", stimmte Jean ihm zu, bevor Raymond weiterreden konnte. „Es geht niemanden etwas an, was wir in unserer freien Zeit machen. Solange es die Allianz nicht tangiert, ist es unsere Privatangelegenheit."

Raymond nickte und betrat das Gebäude. Er ließ alle persönlichen Dinge an der Schwelle zurück und bereitete sich in Gedanken auf den Bericht vor, den er Marcel geben musste. Zum ersten

Mal, seit er der Milice beigetreten war, hatte er das Gefühl, sie hätten einen entscheidenden Erfolg errungen. Er hoffte, Marcel würde mit ihm übereinstimmen und wäre bereit, darauf aufzubauen und diesen Vorteil zu nutzen, bevor die dunklen Magier wieder aufholen konnten. Raymond war sich sicher, dass Serrier nicht untätig bleiben und schnell neue Strategien entwickeln würde, um der Allianz etwas entgegenzusetzen. Darauf mussten sie sich vorbereiten.

Aber danach, wenn er wieder allein war, wollte er sich die Zeit nehmen, um über seine neue Beziehung zu Jean nachzudenken und herauszufinden, welche Bedeutung diese Entwicklung für ihn hatte.

„Guten Morgen, Messieurs", begrüßte Marcel sie, als sie sein Büro betraten. Er verzog keine Miene darüber, dass sie gemeinsam eintrafen. „Ich nehme an, dass gestern alles gut gelaufen ist."

„Es sieht so aus", bestätigte Raymond. „Gab es in der Zwischenzeit noch neue Meldungen über wilde Magie?"

„Nicht eine einzige", erwiderte Marcel lächelnd. „Aber wir müssen uns über die Vampire unterhalten, nachdem die Öffentlichkeit über die Allianz informiert wurde und auch Monsieur Cabalet ihr mit seinem Cour beitreten möchte. Wir müssen Wege finden, um Partner für die Vampire zu finden, die uns unterstützen wollen. Wir beide werden nicht immer Zeit haben, uns persönlich darum zu kümmern. Deshalb brauchen wir eine Art Standardverfahren, das möglichst schnell und effektiv zu Erfolgen führt und über das jeder hier Bescheid weiß, damit er Neuankömmlingen helfen kann."

Jean nickte nachdenklich. „Das hört sich vernünftig an. Wir Vampire sind nicht sehr straff organisiert. Zeit spielt für uns unter normalen Umständen keine große Rolle. Wenn etwas heute Nacht nichts wird, dann eben morgen."

„Diesen Luxus können wir uns nicht erlauben", sagte Marcel nickend. „Was schlägst du vor?"

„Ich hätte eine Anregung", unterbrach sie Raymond. „Ihr beiden habt schon genug andere Verpflichtungen, auch ohne euch noch damit zu belasten. Ihr solltet die Entwicklung dieses Verfahrens und seine Umsetzung delegieren. Lasst euch einen Bericht geben, wenn ein konkreter Vorschlag vorliegt. Dann müsst ihr ihn nur noch autorisieren, bevor er umgesetzt wird. Es gibt keinen Grund, dass ihr euch noch mehr Verantwortung aufladet, die euch das Leben schwer macht. Die Abstimmung über die Gleichstellungsgesetze steht vor der Tür. Ihr solltet euch darauf konzentrieren, denn eure Anwesenheit wird nötig sein."

„Es wäre vielleicht eine Aufgabe für Angélique", überlegte Jean. „Mit der Erfahrung, die sie durch das Sang Froid gewonnen hat, wäre es ein Leichtes für sie. Traust du ihrem Partner zu, in dieser Sache die Seite der Milice zu vertreten?"

Marcel seufzte. „David ist ein guter Magier. Aber er hat seine Schwachpunkte. Vielleicht hilft ihm die Zusammenarbeit mit Angélique, sie zu überwinden."

„Falls sie ihn nicht vorher umbringt", sagte Jean lachend. Er musste an das letzte Gespräch denken, das er mit Angélique über ihren Partner geführt hatte. „Andererseits scheint es besser geworden zu sein, nachdem er sich bei ihr entschuldigt hat. Aber ich habe sie in letzter Zeit nicht oft gesehen und kann es nicht sicher sagen."

„Ich habe David vor einigen Tagen getroffen. Er will mit ihr zusammenarbeiten und ist bereit, seine Fehler wiedergutzumachen. Er hat sogar vorgeschlagen, dass sie uns dabei hilft, neue Verbündete unter den Vampiren zu finden. Ihre Kundschaft im Sang Froid besteht überwiegend aus Vampiren ohne Partner."

„Daran hatte ich noch nicht gedacht", bemerkte Jean. „Aber es ist ein vernünftiger Vorschlag. Angélique ist eine gute Menschenkennerin – sie muss schließlich für die Sicherheit ihrer Mitarbeiter garantieren – und riecht sofort, wenn etwas nicht stimmt."

„Es ist bedauerlich, dass wir nicht in den Herzen der Vampire lesen können, so wie ihr in unseren", sagte Raymond. „Dann könnten wir überprüfen, ob ein Rekrut es ehrlich meint."

„Wenn sie Partner finden, sollte das ein Hinweis auf ihre Loyalität sein", erwiderte Marcel. „Ich kann mir nicht vorstellen, dass ein Vampir unsere Pläne sabotieren würde, der bei uns einen Partner gefunden hat."

„Sei dir da nicht so sicher", warnte Raymond. „Es wäre anders, wenn wir bei der Gründung der Allianz mehr über die magische Natur der Partnerschaften gewusst hätten. Aber so haben wir einige Paare, die nicht harmonieren. Es ist durchaus möglich, dass sich das auch auf die Loyalität auswirkt."

„Merde! Ich hoffe sehr, dass wir damit keine Probleme bekommen", fluchte Jean. „Kannst du dir vorstellen, wie ein Vampir reagieren würde, wenn er sich in einem Zwiespalt befindet zwischen seinem Partner und seinem Gewissen?" Er schüttelte den Kopf. „Ich wage wirklich nicht, darüber zu spekulieren, wie es ausgehen würde."

„Das Problem würde wahrscheinlich eher dann auftreten, wenn der Vampir einen Partner unter Serriers Anhängern findet", meinte Marcel. „Selbst wenn es in einer Partnerschaft mit einem Magier der Milice Spannungen gibt, wird sich der Vampir nicht Serrier anschließen wollen. Der Gesetzlose ist der einzige Vampir in Serriers Reihen. Ich erwarte nicht, dass es mehr werden. Serriers Xenophobie ist legendär und ich frage mich, wie er sie vor dem Gesetzlosen bisher verbergen konnte."

„Wahrscheinlich, indem er ihm Opfer beschafft hat und einen sicheren Ort, an dem er mit ihnen spielen kann", behauptete Jean. „So schrecklich sich das auch anhört, aber damit könnte er sich zumindest vorübergehend die Loyalität des Gesetzlosen erkauft haben. Solange er den Gesetzlosen bei Laune hält, wird der die Augen vor Serriers politischen Zielen verschließen. Die Leiche, die wir vor zwei Wochen gefunden haben, war übel zugerichtet. Er hat der jungen Frau nicht nur alles Blut ausgesaugt, er hat sie auch gefoltert. Dazu braucht er Zeit und einen Ort, an dem er sicher und ungestört ist. Das kann ihm Serrier geben. Es zeigt aber auch, dass dieser Vampir sich nur für sein Vergnügen interessiert. Ich vermute, dass ihm die politischen Ziele Serriers vollkommen gleichgültig sind, solange er seine Spielchen treiben kann."

Raymond verzog angewidert das Gesicht, als er daran dachte, was das Mädchen vor ihrem Tod erlitten hatte. Jean war immer sehr rücksichtsvoll gewesen und Raymond glaubte allmählich, dass sich das auch niemals ändern würde. Trotzdem weckte die Erinnerung an das Schicksal des Mädchens wieder die alten Ängste in ihm. „Wie wollen wir also verhindern, dass sich ein Spion bei uns einschleicht?", fragte er. „Serrier weiß jetzt über unsere Allianz Bescheid. Er könnte sich einen anderen Gesetzlosen suchen und zu uns schicken. Mit einer Magierin hat er es schon versucht und ist gescheitert. Er mag ein Rassist sein, aber es wäre nur logisch, wenn er es jetzt mit einem Vampir versucht."

„Wir können es nicht verhindern", antwortete Jean ehrlich. „Außer, es gäbe eine Art Wahrheitszauber, mit dem wir ihre Absichten erkennen können."

Raymond schüttelte den Kopf. „Das gibt es nicht. Ein Wahrheitsserum gehört genauso in den Bereich der Mythen wie Liebestränke. Sonst hätte ich es schon längst eingesetzt, um endlich alle davon zu überzeugen, dass ich wirklich die Seiten gewechselt habe."

24

„ES MUSS doch eine weniger demütigende Beschwörung geben als die Levitation, die wir als Test für die Partnerschaft benutzen können", überlegte Angélique, die David gegenüber an ihrem Schreibtisch saß. „Solange nur einige Versuche nötig sind, geht es ja noch. Aber ich kann mir nicht vorstellen, dass die Vampire allzu begeistert sind, wenn sie hunderte Male durch die Luft schweben müssen. Und einem Chef de la Cour können wir das schon gar nicht zumuten."

David zuckte mit den Schultern. „Jede Beschwörung hat eine Wirkung. Darum geht es doch. Ich kann jemanden kitzeln, sein Gesicht blau färben oder ihn an einen anderen Ort schicken. Die Beschwörung wirkt bei jedem, nur nicht bei dir. Ich will niemanden beleidigen oder würdelos behandeln, aber wir sind im Krieg, falls du das vergessen hast. Wir haben keine Zeit, um uns mit solchen Kleinigkeiten aufzuhalten."

„Und ihr braucht uns, um diesen Krieg zu gewinnen, falls *du* das vergessen hast", schnappte Angélique ihn an. „Wenn wir sie mit unseren Methoden abschrecken, bevor sie überhaupt zu uns kommen, hilft uns das keinen Schritt weiter."

„Soweit ich es beurteilen kann, gibt es nichts, was einen Vampir *nicht* beleidigt. Also ist es egal, welche Beschwörung wir benutzen", schnappte David zurück.

„Nun, *mich* zu beleidigen, hilft uns jedenfalls auch nicht weiter", fauchte Angélique.

„Schon gut", rief David und warf frustriert die Arme in die Luft. „Aber ich weiß wirklich nicht, was du noch von mir erwartest. Ich kann nicht mehr tun, als mich zu entschuldigen."

„Etwas Respekt wäre ein guter Anfang."

„Das gilt für beide Seiten", erwiderte David. „Es tut mir leid, dich beleidigt zu haben. Ich versuche, es in Zukunft nicht wieder zu tun. Aber du machst es mir nicht leicht, wenn du nichts mit mir zu tun haben willst und jedes Wort von mir auf die Waagschale legst. Es scheint dich ja schon zu beleidigen, wenn du mich beißen musst."

„Du hast mir unmissverständlich klar gemacht, dass dir meine Aufmerksamkeit unangenehm ist", gab sie zurück.

David schnaubte ungläubig.

„Oder etwa nicht?", wollte Angélique wissen. „Habe ich dich etwa falsch verstanden, als du mir deine Meinung über das Sang Froid gesagt hast?"

„*Ich* habe es falsch verstanden", erklärte ihr David. „Ich dachte … Es spielt keine Rolle, was ich gedacht habe. Es war falsch." Er legte bedächtig den Kopf in den Nacken und sah sie an. „Du kannst dich gerne davon überzeugen, falls du mir nicht glaubst."

Die nackte Haut an Davids Hals war verlockend. Angélique wusste, dass sie das Angebot ablehnen und sich um die Aufgabe kümmern sollte, die Marcel ihnen gestellt hatte. Sie hatte zwei Tage damit verbracht, von David zu fantasieren. So merkwürdig es ihr auf den ersten Blick auch vorkam, aber seit Bertrand gegangen war, hatte sie an nichts anderes mehr denken können. David bot es ihr an. Freiwillig. Wenn sie sein Angebot annahm, wurde sie diese lächerliche Besessenheit vielleicht los.

Sie stellte sich vor ihn und stützte sich mit den Händen auf der Stuhllehne ab. Dann beugte sie sich nach unten, fuhr ihm mit den Lippen über den Hals und wartete auf seine Reaktion. David atmete zischend aus und streichelte ihr über die Haare. Er zuckte nicht zurück und hielt sie auch nicht auf. Angélique verdrängte ihre Bedenken und leckte ihm über die Halsschlagader, um seine Haut auf ihren Biss vorzubereiten. Sein Kopf fiel weiter zurück. Die Versuchung war zu stark und Angélique biss zu. Davids heißes Blut floss ihr in den Mund.

Angélique hatte damit gerechnet, Ehrlichkeit und Bedauern zu schmecken. Schließlich hatte David ihr genau aus diesem Grund angeboten, ihn zu beißen. Das Begehren in seinem Blut überraschte sie genauso, wie ihre eigene Reaktion darauf. Sie stützte sich mit einem Knie auf dem Stuhl ab, direkt neben Davids Bein. Dann beugte sie sich weiter vor, ohne den Kopf zu heben und ihn zu fragen, ob er dem Begehren, das sie schmecken konnte, nachgeben wollte. Sie nahm einfach seine Hand, legte sie auf ihre Hüfte und fuhr ihm mit den Fingern verführerisch über den Arm.

David erstarrte, als Angélique sich plötzlich über ihn beugte. Sein Körper reagierte auf ihre Nähe und die Erinnerungen an die Träume, die ihn unter dem Einfluss der wilden Magie heimgesucht hatten, kamen zurück. Er wusste natürlich, dass sie sein Verlangen schmecken konnte, aber das musste sie von anderen Männern gewohnt sein. Trotzdem hatte er ihr sein Blut nicht vorenthalten wollen, um ihre fragile Beziehung nicht noch mehr zu beschädigen. Das wäre schlimmer, als ihr sein Begehren zu zeigen.

Hoffte er.

Sie hatte seine Hand auf ihre Hüfte gelegt und er hielt sie fest, als sie sich näher an ihn drückte. David wagte kaum zu glauben, dass es eine Einladung war. Dann fuhr sie ihm mit den Fingernägeln über den Handrücken und den Arm und er gab nach. Er fasste sie fester um die Hüfte und zog sie mit der anderen Hand auf seinen Schoß. Angélique ließ es mit sich geschehen und setzte sich auf seine Beine. Ihre Brüste drückten sich an ihn und es kam ihm vor, als wären seine Träume plötzlich wahr geworden.

Angélique streichelte ihn im Nacken und spielte mit seinen roten Haaren. Dann hob sie den Kopf und sah ihm in die blauen Augen. „Ich glaube dir", sagte sie bedächtig. „Aber deine Ehrlichkeit ist nicht das Einzige, was ich schmecken kann." Sie stieß mit den Hüften leicht an seine Erektion. „Wenn du das ignorieren willst, musst du es mir jetzt sagen. Dann setze ich mich wieder hinter meinen Schreibtisch und wir tun so, als wäre nichts geschehen. Oder wir können jetzt zum Sofa gehen, wo es viel bequemer ist, um zu sehen, was daraus wird. Du hast die Wahl."

David rutschte unbehaglich auf dem Stuhl hin und her. Sein Verlangen kämpfte noch mit seiner Moral. Sie hatte im Harem eines Sultans gelebt, wo sie keinerlei Kontrolle über ihren eigenen Körper gehabt hatte. Es kam ihm falsch vor, sie jetzt genauso zu behandeln, auch wenn sie es ihm angeboten hatte. „Was willst du?"

Angélique nahm seine Hand und legte sie auf ihre Brust. Er konnte den steifen Nippel fühlen, der sich durch die dünne Bluse abzeichnete. „Du bist es, der meine Vergangenheit nicht vergessen kann, nicht ich."

„Wir sollten eigentlich arbeiten", erinnerte er sie wenig überzeugend.

„Das werden wir auch tun", versprach Angélique und streichelte ihm sanft über die Hand.

„Du hast mir immer noch nicht gesagt, was du willst", erwiderte er heiser. Es fiel ihm zunehmend schwerer, gegen sein Verlangen anzukämpfen. „Du hast dich darüber beschwert, dass ich voreilige Schlussfolgerungen gezogen habe. Aber ich kann deine Gedanken nicht lesen, so wie du meine Gefühle schmecken kannst. Du musst mir sagen, was du willst. Ich will den gleichen Fehler nicht zweimal machen."

Angélique lachte heiser. „Sag mir nicht, dass du nicht spürst, wenn eine Frau dich begehrt", neckte sie ihn. Ihre Augen funkelten, als sie von ihm zu dem Sofa schaute, das an der anderen Wand des Büros stand. Die Lehne hatte gerade die richtige Höhe, um sich bequem mit dem Kopf darauf zu legen. „Ich will, dass du dich auf dieses Sofa legst, vollkommen nackt. Dann reite ich dich so hart, bis wir beide kommen und uns nicht mehr erinnern, wie wir heißen. Aber wenn das bedeutet, dass wir danach nicht mehr vernünftig zusammenarbeiten können, setze ich mich lieber wieder hinter meinen Schreibtisch und ignoriere die ganze Angelegenheit. Wie gesagt – es ist deine Entscheidung."

„Unser Dienst endet in zwei Stunden", sagte er zögernd und folgte ihrem Blick. „Lass uns erst Marcels Auftrag erledigen. Wir können darüber reden, wenn wir außer Dienst sind."

So schwer es Angélique auch fiel, sie respektierte sein Pflichtbewusstsein. Mit einem leichten Lächeln auf den Lippen erhob sie sich langsam von seinem Schoß und rieb sich dabei mit dem ganzen Körper an ihm, bis sie endlich wieder vor ihm stand. Sie wollte die Zeit nutzen und seine Gefühle etwas aufwühlen, damit er ihr nicht noch einmal widerstehen konnte.

David schaute ihr wie gebannt nach, als sie mit schwingenden Hüften hinter ihren Schreibtisch ging. Der lange Rock flatterte ihr um die schlanken Beine und alles an ihr strahlte eine Sinnlichkeit aus, in der er sich verlieren wollte. David rief sich zur Ordnung, weil er Marcel nicht wieder enttäuschen wollte. Er holte tief Luft, um sich zu sammeln und auf ihr früheres Thema zurückzukommen. Es war ein sinnloses Unterfangen und er erreichte damit genau das Gegenteil, denn der ganze Raum duftete verführerisch nach Weihrauch und Patchouli, einem Geruch, den er für immer mit der schönen Vampirin assoziieren würde. „Vielleicht sollten wir es mit einer Beschwörung versuchen, die die Vampire fühlen können", überlegte er. „Etwas mit Hitze oder Kälte. Oder etwas, das sie riechen können."

„Könnten die Magier einen Gegenstand erhitzen, den die Vampire berühren?", erkundigte sich Angélique und spielte mit dem obersten Knopf ihrer Bluse, um Davids Blick auf ihren Ausschnitt zu lenken.

„Das wäre möglich. Aber könnten wir daran erkennen, ob sie Partner sind?", fragte David zurück und räusperte sich. Er hatte einen Kloß im Hals. „Die Magie würde sich auf ein unbelebtes Objekt richten, nicht auf den Vampir."

„Das können wir leicht feststellen", meinte Angélique und sah sich im Zimmer um. Ihr Blick fiel auf das Sofa und sie lächelte verschmitzt. „Was hältst du davon, wenn du es mit meinem Sofa versuchst? Ich muss mich nur hinsetzen und wir wissen, ob ich die Wärme fühlen kann."

David kniff misstrauisch die Augen zusammen, ihm fiel jedoch kein Gegenargument ein. Er belegte das Sofa mit seiner Beschwörung und winkte ihr zu, darauf Platz zu nehmen und es auszuprobieren.

Angélique schlenderte mit einem verführerischen Hüftschwung durch den Raum zu dem Sofa. Sie fuhr mit der Hand über das gemusterte Polster und legte sich dann der Länge nach hin, ein Bein auf dem Sofa, das andere auf dem Boden. Ihr Rock rutschte hoch und gab den Blick auf ihren Knöchel und die Wade frei. „Du solltest das mit allen meinen Möbeln machen", überlegte sie und rekelte sich wohlig. Der Rock rutschte höher. „Es ist hier im Winter immer so kalt."

„Dann funktioniert es also nicht", stellte David fest und verdrängte die Vorstellung, sie mit seinem Körper anstatt seiner Magie zu wärmen.

„Jedenfalls nicht, um zwei Partner zu identifizieren", stimmte ihm Angélique zu und blieb auf dem Sofa liegen. Ihr war genau bewusst, wie ihr Anblick auf David wirken musste. Aber sie hatte auch die Wahrheit gesagt, denn das Sofa fühlte sich wunderbar warm an in dem kühlen Zimmer. Sie gehörte zu den wenigen Vampiren, denen das kalte Winterwetter unangenehm war. Angélique führte es darauf zurück, dass sie in der Wüste geboren und aufgewachsen war. „Könnte man eine Art magisches Feld schaffen, sodass die Vampire nicht mit einem verzauberten Objekt, sondern direkt mit der Magie in Kontakt kommen?"

„Ich kann den Raum oder einen Teil davon erwärmen oder abkühlen", überlegte David. „Aber dann wäre die Magie auch nicht auf dich gerichtet, sondern würde durch die Raumluft wirken. Wollen wir es trotzdem versuchen?"

„Ja", forderte Angélique ihn auf. Es freute sie, dass David sich so viel Mühe gab, auf die Gefühle der Vampire Rücksicht zu nehmen.

David erwärmte die Raumtemperatur um einige Grad. Angélique lächelte spontan, aber dann runzelte sie enttäuscht die Stirn. „Das kann ich auch fühlen."

David ging frustriert zum Schreibtisch. Das altmodische Tintenfass schwappte über und ein schwarzer Fleck breitete sich auf dem Holz aus. Fluchend suchte er nach einem Tuch, um die Tinte wieder aufzuwischen. Sofort war Angélique zur Stelle und reichte ihm ein Papiertaschentuch. Dann nahm sie noch eines aus der Packung und gemeinsam machten sie sich daran, die Schweinerei wieder zu beseitigen.

Als sie fertig waren, war zwar der Tisch wieder sauber, aber dafür ihre Finger schwarz. David murmelte einen Reinigungszauber und sah zu, wie die Tinte von seinen Fingern verschwand. „Wenn das nur auch bei mir …", fing Angélique an und verstummte dann.

„… wirken würde", beendete David ihren Satz und versuchte es sicherheitshalber. Angéliques Finger waren immer noch schwarz verschmiert. „Ob das wohl ginge? Würden die Vampire ihre Hände schmutzig machen, wenn sie dann nicht hunderte Male über dem Boden schweben müssten?"

„Ich denke, es wäre ein vernünftiger Kompromiss", meinte Angélique und kam um den Schreibtisch herum. Ihr Rock rieb sich an seiner Hose. „Damit haben wir unsere Aufgabe gelöst. Kann ich dich jetzt überreden, wieder mit mir zu meinem warmen Sofa zurückzukehren?"

David schluckte. „Wir müssen noch die Details ausarbeiten. Die richtige Beschwörung ist nur der Anfang. Wo werden sie sich treffen? Bringen wir die Magier hierher oder sollen die Vampire in unser Hauptquartier kommen? Und wie können wir dafür sorgen, dass sich zwei potenzielle Partner nicht verpassen? Und wenn Vampire von außerhalb kommen ..."

Angélique brachten ihn mit einem Kuss zum Schweigen. Nachdem er sich von seiner Überraschung erholt hatte, küsste er sie zurück. Er fuhr ihr mit der Zunge über die zarten Lippen, die sich für ihn teilten. Sie drückte sich sanft an ihn und ihre Kurven passten sich seinem harten Körper an. David gab endgültig jeden Gedanken an ihre Arbeit auf. Er hob den Kopf und sah Angélique in die dunklen Augen. „Ich möchte dich erst zum Essen einladen", schlug er vor. „Ich möchte dir den Respekt zeigen, den du verdient hast."

Angélique lächelte ihn hingerissen an. „Gerne", sagte sie. „Aber nur, wenn ich dich zum Nachtisch bekomme."

David wurde rot. Er bezweifelte, dass er sich jemals an ihre Offenheit gewöhnen würde, doch er begehrte sie zu sehr, um ihr etwas abzuschlagen.

THIERRY MUSSTE schon zum dritten Mal hintereinander niesen. Seine Nase war rot und seine Augen tränten. Er bot einen absolut erbärmlichen Anblick, aber Sebastien fand ihn immer noch begehrenswert. Er hatte Schuldgefühle und machte sich für Thierrys Zustand verantwortlich, obwohl er genau wusste, wie sein Partner auf diese Gedanken reagieren würde. Wenn Sebastien Alain richtig zugehört und seine Warnung ernster genommen hätte, wäre er nicht auf den Balkon gegangen, als die wilde Magie noch über der Stadt lag. Dann wäre Thierry in seinem geschwächten Zustand nicht ihrem Einfluss ausgesetzt worden. Thierry hatte ihm schon mehrfach versichert, dass die Erkältung nichts damit zu tun hätte, aber Sebastien machte sich trotzdem Vorwürfe. Es war seine Schuld, dass Thierry krank geworden war. Er stellte das Tablett neben dem Bett ab und half seinem Partner, sich aufzusetzen.

„Ich hasse es, krank zu sein", grummelte Thierry.

Sebastien schmunzelte. „Das ist der Vorteil, wenn man ein Vampir ist. Kein Husten mehr und keine laufende Nase."

Thierry gab ihm einen spielerischen Klaps. „Erinnere mich nicht auch noch daran."

„Tut mir leid", entschuldigte sich Sebastien und wurde wieder von seinen Schuldgefühlen gepackt. „Komm jetzt, ich helfe dir."

Thierry grummelte noch leise vor sich hin, nahm den Tee und die Suppe jedoch dankbar entgegen. Er hatte zwar keinen großen Hunger, doch die heiße Flüssigkeit tat seinem wunden Hals gut und beruhigte seinen Magen. Erfahrungsgemäß würde es noch zwei oder drei Tage dauern, bis dieses Elend ein Ende hatte und er sich wieder besser fühlte. Zumindest gut genug, um das Bett zu verlassen und sich zu leichtem Dienst zurückzumelden. Bevor er dann wieder auf Patrouille gehen konnte, würde eine weitere Woche vergehen, aber in dieser Zeit konnte er wenigstens Marcel und Alain im Hauptquartier unterstützen.

„Vielleicht bist du ja doch zu gebrauchen", gab er nach einigen Minuten zu.

Sebastien grinste erleichtert. Wenn Thierry schon wieder Scherze machte, konnte es nicht allzu schlimm um ihn stehen. „Für mehr, als nur weltbewegende Orgasmen?"

„Ja", brummte Thierry und verzog keine Miene, obwohl sein Körper von Sebastiens Bemerkung nicht unberührt blieb. Er rutschte im Bett hin und her. Die Nachwirkungen der letzten Nacht waren immer noch spürbar. Es schmerzte nicht mehr, aber er konnte definitiv spüren, wo Sebastien die Finger in ihm gehabt hatte. „Für etwas ... du weißt schon. Für etwas Wichtiges."

Sebastien lachte und gab ihm einen liebevollen Kuss. Es fiel ihm von Tag zu Tag schwerer, Zurückhaltung zu wahren; besonders deshalb, weil Thierrys anfängliche Bedenken sich ebenfalls langsam zu verflüchtigen schienen. Vor zwei Nächten hätte Sebastien beinahe sein Versprechen gebrochen und er wusste nicht, wie lange er noch warten konnte. „Du musst schnell wieder gesund werden", flüsterte er und nahm Thierrys Gesicht zwischen die Hände. „Ich will dich lieben – ohne Magie, die uns antreibt und ohne Hindernisse, die uns im Weg stehen. Nur du und ich."

„Du hast ja keine Ahnung, wie sehr du mir aus der Seele sprichst", erwiderte Thierry und erschauerte bei dem Gedanken. Dann spürte er einen Krampf in der Brust und wurde von einem Hustenanfall durchgeschüttelt. „Aber darauf müssen wir noch etwas warten."

„Solange du brauchst", versicherte ihm Sebastien. „Ich will kein Risiko eingehen."

25

MALIKA ROBIN hob den Kopf und lächelte routiniert, als die Tür aufging und ein neuer Gast ihr Internetcafé betrat. Im Schein der flackernden Kerzen und der blau flimmernden Bildschirme erkannte sie den Vampir und das Lächeln gefror ihr auf den Lippen. „Was kann ich für Sie tun?"

Der Vampir studierte die Preistabelle an der Wand, nickte dann und zog einen Euro aus der Tasche. „Ich brauche eine Stunde Internet", sagte er.

Malika nahm die Münze und druckte den Zugangscode aus, mit dem er sich einloggen konnte. Sie sah ihm nervös nach, als er durch den Raum ging. Der Mann war auf der Jagd. Er setzte sich neben eine Studentin, die im Café Techno Stammkundin war. Malika stellten sich die Nackenhaare auf. Sie überlegte, ob sie den Mann direkt ansprechen oder nur ein Auge auf Nicole haben sollte, um sie daran zu hindern, mit dem Vampir das Café zu verlassen. Dann erinnerte sie sich an Jeans Warnung und winkte eine ihrer Mitarbeiterinnen herbei, die die Kasse übernahm, während sie selbst ins Büro ging, um Jean zu verständigen.

DAS KLINGELN des Telefons kam für sie beide überraschend. Für Raymond, weil er nicht wusste, dass Jean ein Telefon in der Wohnung hatte, für Jean, weil nur wenige seine Nummer kannten. Jean stand auf und ging zu dem umgebauten Speiseaufzug, in dem das Telefon verborgen war. Er öffnete die Schiebetür und nahm den Hörer ab.

Raymond beobachtete schweigend, wie Jeans Miene sich verhärtete und einen bedrohlichen Ausdruck annahm, den er bei seinem Partner noch nie gesehen hatte. Er fühlte sich gleichzeitig beklommen und erregt, ließ sich aber nichts anmerken und wartete ab, bis Jean den Hörer wieder auflegte. „Was ist passiert?"

„Hol deinen Stab", befahl Jean, ohne auf die Frage einzugehen. „Wir müssen einen Gesetzlosen unschädlich machen."

Raymond nickte, schnappte sich seinen Birkenholzstab und zog den Mantel an. „Wo?"

„Im Café Techno. Malika sagt, er hat für eine Stunde Internet bezahlt. Aber sie glaubt, dass er ein Opfer sucht. Wir müssen uns beeilen."

„Soll ich vorausgehen?", fragte Raymond. „Ich kann ihn aufhalten, falls er verschwinden will."

„Er ist gefährlich", warnte Jean.

Raymond zuckte mit den Schultern. „Das sind die dunklen Magier auch. Er kann nichts gegen meine Magie ausrichten."

„Tu ihm aber nichts. Ich will ihn vorher verhören", entschied Jean.

Raymond grinste. „Keine Folter. Versprochen. Ich halte ihn nur fest, bis du eingetroffen bist."

Jean schüttelte den Kopf und nahm ihn an der Hand. Dann zog er ihn an sich und gab ihm einen harten Kuss. „Geh jetzt. Aber sei vorsichtig."

Raymond war hilflos gegen das Verlangen, das ihn bei Jeans Kuss durchfuhr. Der Vampir sorgte sich ehrlich um ihn und gab Raymond zum ersten Mal Hoffnung, dass ihre Beziehung vielleicht doch diese Allianz überdauern könnte. „Bis gleich."

SOBALD MALIKA den Hörer wieder aufgelegt hatte, eilte sie zur Kasse zurück. Hoffentlich war der Vampir noch da. Sie hatte Pech. Die Studentin war verschwunden und der Vampir auch. Schnell lief sie zur Tür und schaute nach rechts und links. Wenn sie Nicole irgendwo entdecken würde, könnte sie ihr eine Warnung zurufen und vielleicht verhindern, dass der Gesetzlose sie in die Fänge bekam. Aber die Straße war menschenleer. Nur ein alter Penner lag im Eingang eines Mietshauses. Sie ging zu ihm, weil er unter Umständen etwas gesehen haben und ihr einen Hinweis geben konnte, wo sie mit ihrer Suche beginnen musste. Sein betrunkenes Schnarchen zerstörte diese Hoffnung.

„Nicole", rief sie trotzdem. Falls das Mädchen noch in Hörweite war, konnte es sich vielleicht bemerkbar machen, selbst wenn der Vampir sie schon in seiner Gewalt hatte. Dann konnte Malika ihr helfen. „Nicole!"

Kein Ton war zu hören.

Malika gab sich geschlagen und ging ins Café zurück, um dort auf Jean zu warten. Sie wusste nicht, ob der Gesetzlose zurückkehren würde. Aber wenn sie erfuhr, dass ihm ein weiteres Mädchen zum Opfer gefallen war, würde sie den Bastard eigenhändig umbringen. Ohne Rücksicht auf die Konsequenzen.

RAYMOND BETRAT das Café. Er erregte weniger Aufmerksamkeit als der Gesetzlose und fiel auch nicht sofort auf, wie Jean, der wahrscheinlich mit seiner übernatürlichen Geschwindigkeit durch Paris lief und ebenfalls bald eintreffen würde. Raymond erkannte die Besitzerin von ihrem früheren Besuch hier, konnte aber unter den Gästen niemanden sehen, den er für einen Vampir gehalten hätte.

„Er ist schon weg", sagte Malika traurig. „Er war schon verschwunden, als ich aus dem Büro zurückgekommen bin. Ich fürchte, er wird wieder morden."

Raymond runzelte die Stirn. Dann drehte er sich um und ging auf die Straße zurück, um nachzusehen, ob Jean schon eingetroffen war. „Er ist schon weg", begrüßte er seinen Partner kurz darauf.

Als sie wieder das Café betraten, ging Jean wütend auf Malika zu. „Ich dachte, er will ein Opfer abschleppen."

„Ja. Und er hat vermutlich eines gefunden." Malika beschrieb ihm die junge Studentin.

„Das erinnert an seine bisherigen Opfer", bemerkte Jean. „Ich nehme an, du hast schon nach ihnen gesucht."

„Ich habe es versucht. Aber ich hatte keinerlei Anhaltspunkte, wohin sie gegangen sein könnten. Wenn er sie umgebracht hat, vernichte ich ihn mit meinen eigenen Händen, falls er jemals hierher zurückkommt", versprach sie ihm.

„Du weißt, dass wir das nicht tun können", warnte sie Jean. „Ich will dich nicht vor Gericht bringen müssen."

„Dann sorge dafür, dass er vor Gericht gebracht wird", verlangte Malika erregt. „Er gefährdet uns alle, ganz abgesehen davon, was er mit seinen armen Opfern anstellt."

„Glaubst du etwa, das wüsste ich nicht?", erwiderte Jean. „Aber so leicht ist das nicht. Wir haben noch keine Beweise gegen ihn. Selbst wenn wir die Leiche des Mädchens finden, können wir nicht beweisen, dass er für ihren Tod verantwortlich war. Und selbst wenn wir Beweise hätten – er hat damit keines unserer Gesetze gebrochen. Aber du wirst ein Gesetz brechen, wenn du gegen ihn vorgehst."

„Wenn die Gesetze der Vampire nicht ausreichen, müssen wir ihn nach den französischen Gesetzen belangen", mischte Raymond sich ein. „Er hat schon zweimal getötet, heute Nacht nicht mitgezählt. Das reicht, um ihn für sehr lange Zeit hinter Gitter zu bringen."

Jean seufzte. „Wir können ihm nichts beweisen. Wir wissen zwar, dass er es gewesen sein muss, aber es gibt keine eindeutigen Beweise gegen ihn. Die Polizei wird ihn nicht länger als ein oder zwei Tage festhalten können." Er schlug wütend mit der Faust auf die Theke und erschreckte damit die anderen Gäste. „Wir müssen einen besseren Weg finden, ihn unschädlich zu machen." Jean drehte sich zu Raymond um. „Ich werde ihn verfolgen. Du kannst gerne mitkommen, aber du musst dich beeilen. Ich warte nicht auf dich."

„Dann lass uns gehen", sagte Raymond und nickte Malika zu. Auf der Straße sah er sich suchend um. „Gibt es eine Möglichkeit, seine Spur aufzunehmen?"

„Das wäre schön. Aber wir können nur nach ihm suchen und das Beste hoffen", erwiderte Jean. Er konnte seine Wut nur mühsam unterdrücken und vibrierte am ganzen Leib. „Falls wir sie finden und das Mädchen lebt noch, musst du sie so schnell wie möglich dort raus bringen. Ich kümmere mich selbst um Couthon."

„Vergiss es", widersprach ihm Raymond. „Ich lasse dich nicht allein mit dem Bastard zurück. Ich habe mit eigenen Augen gesehen, wie gefährlich er ist."

„Raymond", knurrte Jean, der vom Bürgersteig aus mit seiner übernatürlichen Sehkraft die dunklen Hauseingänge und Seitengassen nach den beiden absuchte. „Widersprich mir nicht."

„Oder was?", fragte Raymond aufgebracht. „Wir sind Partner. Zusammen sind wir stärker, als jeder von uns allein sein könnte. Das haben wir gestern bewiesen, als wir die wilde Magie besiegt haben."

„Das ist nicht dein Kampf", widersprach Jean nachdrücklich und bog in eine düstere Seitengasse ab, die er von der Hauptstraße nicht ganz übersehen konnte. „Er ist ein Vampir, das macht ihn zu meiner Angelegenheit."

„Und du bist mein Partner. Das macht ihn auch zu meiner."

In der Gasse war nichts zu finden, außer überquellenden Müllcontainern und herumstreunenden Katzen. „Ich mische mich auch nicht in eure Angelegenheiten ein", sagte Jean beharrlich. „Ich will nicht, dass du in die Geschäfte des Cour verwickelt wirst."

„Das ist absoluter Unsinn." Raymond stemmte die Hände in die Hüften und blockierte die Straße. „Du weißt sehr gut, dass ich dir helfen kann."

„Und wie?", fragte Jean. Dann wirbelte er Raymond herum, drückte ihn an eine Hauswand und presste sich mit dem Körper an ihn. „Du magst stark sein für einen Sterblichen. Aber du kannst selbst gegen den schwächsten Vampir nichts ausrichten."

„Ich muss auch nicht stärker sein als ein Vampir", erinnerte ihn Raymond und zog seinen Stab aus der Tasche. „Der hilft mir nicht gegen dich. Aber bei jedem anderen Vampir wirkt meine Magie."

Jean bewegte sich so schnell, dass Raymond nicht mehr reagieren konnte. Er packte den Magier am Handgelenk und drückte fest zu. Der Stab fiel aus Raymonds Hand und schlug auf dem Boden auf. „Und wenn er dich entwaffnet?"

Ein Stück Papier sprang aus einem der Müllcontainer, ballte sich zu einer Kugel und flog auf Jean zu. Es traf ihn hart am Kopf. „Sei froh, dass du mein Partner bist. Ich hätte auch etwas Schwereres benutzen können", meinte Raymond ungerührt. „Ich bin auch ohne den Stab nicht wehrlos. Und dich mit Müll zu bombardieren, ist nicht der gefährlichste Fluch, den ich kenne."

„Ich kann dich da nicht mit reinziehen", erwiderte Jean hartnäckig, ließ ihn los und ging auf die Straße zurück, um seine Suche nach Edouard und dem vermissten Mädchen wieder aufzunehmen. „Wenn ich den Eindruck erwecke, deine Hilfe in Angelegenheiten des Cour zu benötigen, werden die anderen an meiner Stärke und an meiner Eignung als Chef de la Cour zweifeln. Ich habe hart gekämpft, um in diese Position zu gelangen. Wir können uns diese permanenten Machtkämpfe nicht leisten, auch ohne die Allianz und die neuen Gesetze nicht. In der gegenwärtigen Situation wäre ein gespaltener Cour eine Katastrophe."

„Schon wieder dieses dämliche Jeu de Cours", fluchte Raymond und bemühte sich, mit Jean Schritt zu halten. „Es wird sich mit den Magiern abfinden und an ihre Beteiligung anpassen müssen. Die Verbindung zwischen den Partnern ist stark. Ich kann mir nicht vorstellen, dass einer der Vampire wegen des Jeu des Cours die Partnerschaft mit seinem Magier aufgeben will."

Raymond wurde rot, als ihm bewusst wurde, was er damit angedeutet hatte. „Tut mir leid. Ich wollte dich nicht unter Druck setzen. Ich weiß, dass du mich nach dem Krieg so schnell wie möglich wieder los sein willst."

Jean sah ihn ungläubig an. Dann schob er Raymond mit dem Rücken an die nächstgelegene Hauswand und presste sich an ihn. „Ich weiß nicht, wie du auf diese absurde Idee gekommen bist", zischte er. „Das war jedenfalls ganz sicher nicht der Grund, warum ich gestern zu dir gekommen bin und dich gebeten habe, mich zu ficken. Aber vielleicht verstehst du diese Botschaft ja besser."

Er fasste Raymond an den kurzen Haaren und küsste ihn hart. Grob verschaffte er sich mit der Zunge Einlass in Raymonds Mund und fiel mit der Erfahrung von tausend Jahren über ihn her, bis Raymond nur noch ein keuchendes, sich windendes Bündel in seinen Armen war. Jean nahm darauf keine Rücksicht. Er wob sein Netz enger und enger um Raymonds Sinne. Innerhalb weniger Minuten war der Magier so erregt, dass er nur noch eines wollte – endlich den Höhepunkt zu erreichen, der zum Greifen nah war, sich ihm aber immer wieder entzog. Jean öffnete Raymonds Hose, griff nach dem harten Schwanz seines Partners und drückte zu. Mit der anderen Hand fuhr er ihm zwischen die Arschbacken und schob ihm einen Finger in das pochende Loch. Raymond stöhnte tief und kam. Die feuchte, klebrige Flüssigkeit bedeckte seinen Bauch und tränkte Jeans Hose.

Raymond stand, noch benommen von dem Orgasmus, an die Mauer gelehnt, da ließ Jean ihn auch schon wieder los und machte sich auf den Weg die Straße hinab. In aller Eile brachte Raymond seine Kleidung in Ordnung und rannte ihm nach. Unzählige Fragen schossen ihm durch den Kopf, während sie die Straßen rund um das Café absuchten, ohne eine Spur von dem Gesetzlosen zu finden.

Ihre Suche blieb erfolglos. Sie mussten sich eingestehen, dass sie diese Runde verloren hatten, bevor sie richtig begonnen hatte. Raymond begleitete Jean zurück in dessen Wohnung. Die Miene des Vampirs wurde von Minute zu Minute düsterer. Nachdem sie die Tür hinter sich geschlossen hatten und wieder in Sicherheit waren, drehte Raymond sich zu Jean um. Er öffnete den Mund, um eine Erklärung für das Zwischenspiel in der Seitengasse zu verlangen, kam aber nicht mehr dazu.

Bevor Raymond wusste, wie ihm geschah, wurde er durch den Flur in Jeans Schlafzimmer geschoben. Er fiel rückwärts auf das Himmelbett. Die schwarzen, bestickten Vorhänge teilten sich und schlossen sich wieder. Um sie herum wurde die Welt in Halbdunkel getaucht. Jean warf sich auf ihn und zog ihm die Kleidung vom Leib. Raymond keuchte und wunderte sich beiläufig, wo der verspielte, zärtliche Liebhaber geblieben war, den er gestern Nacht erlebt hatte. Aber er hielt sich nicht lange mit dem Gedanken auf. Die dominante Leidenschaft des Mannes über ihm raubte ihm den Verstand und ließ keine klaren Gedanken mehr zu.

Raymond hätte ihm gerne etwas von der Lust zurückgegeben, aber zum ersten Mal in seinem Leben wollte sein Körper seinem Verstand nicht mehr folgen. Er war den Gefühlen hilflos ausgeliefert, die Jean in ihm weckte, war wie Wachs in den Händen des Vampirs. Raymond bewegte sich nur noch, wenn Jean ihn dazu veranlasste. Schließlich lag er nackt auf den schwarzen Laken. Jean rollte ihn auf den Bauch, zog ihn auf die Knie und legte die Arme um ihn. Seine Hände fuhren Raymond über die Brust und spielten mit seinen Nippeln, seine Lippen saugten an Raymonds Ohrläppchen und glitten dann über seinen Hals auf seine Schulter. Raymond lief ein Schauer über den Rücken, als er sich ausmalte, die Zeichen von Jeans Lust am Körper zu tragen. Das war mehr als die Bissspuren, die als Zeichen ihrer Partnerschaft seinen Hals und sein Handgelenk bedeckten. Das waren die intimen Zeichen ihrer Verbindung als Geliebte. Jeans Zähne durchdrangen Raymonds Haut und der Magier schrie überrascht auf. Die Mischung aus Schmerz und Erregung überwältigte ihn. Sein vernachlässigter Schwanz pochte. Raymond hatte die Hände frei, hätte sich mit wenigen Bewegungen zum Orgasmus bringen können. Aber es waren nicht seine eigenen Hände, die er fühlen wollte. Er brauchte Jeans Hände, wollte nur noch Jeans Hände auf seiner Haut fühlen, überall.

Raymond stützte sich auf die Ellbogen und legte den Kopf auf die Matratze. Er bog den Rücken durch und streckte den Arsch in die Luft, eine obszöne Geste der Einladung an das Wesen der Nacht, das hinter ihm auf dem Bett kniete. Als Jean ihm die Arschbacken auseinanderzog und einen feuchten Finger durch seinen Schließmuskel schob, stöhnte Raymond laut. Er drückte sich dem Finger entgegen, um ihn noch tiefer in sich hinein zu locken. Jean gab ihm einen harten Klaps auf den Hintern, der ihn wieder stillhalten ließ. Raymond hatte die Botschaft verstanden und überließ Jean die Initiative.

Sein Schließmuskel wurde gedehnt und langsam aber sicher auf das vorbereitet, was gleich folgen würde. Raymond schlängelte sich stöhnend hin und her und schenkte Jean seine ganze Hingabe. Letzte Nacht war das nicht nötig und auch nicht erwünscht gewesen. Aber heute hatte sich alles geändert und Raymond gab bereitwillig nach. Es war nur ein kleines Zugeständnis an die überwältigenden Veränderungen, die Jean in sein Leben gebracht hatte.

Die Finger wurden zurückgezogen und Raymond stöhnte protestierend, bis er Jeans Schwanz spürte, der sich an sein pochendes Loch drückte. „Ja!", rief er. Jeans Schwanz schob sich langsam, aber unaufhaltsam tief in ihn hinein, dehnte ihn und füllte die Leere in ihm.

Mit jedem Stoß fand Jean zielsicher Raymonds Prostata und trieb ihn immer weiter der Erlösung entgegen. Raymond wand sich wimmernd unter ihm hin und her. „Bitte!", jammerte er verzweifelt.

Jean ließ Raymonds Hüften los, fasste ihn an den Schultern und zog ihn hoch. Er legte ihm die Lippen auf die immer noch blutenden Wunden am Hals und biss wieder zu. Dann fing er an, im Takt seiner harten Stöße an Raymonds Hals zu saugen.

Raymond lief ein Schauer durch den Körper, dann kam er. Aber damit hörte es nicht auf und er wurde wieder und wieder zum Orgasmus gebracht, gefangen zwischen Jeans hartem Schwanz und den scharfen Zähnen. Er konnte kaum noch atmen vor Erregung. „Bitte", bettelte er wieder. Es war nur noch ein leises Wimmern, das keine Ähnlichkeit mehr hatte mit dem üblichen, schneidenden Tonfall des mächtigen Magiers.

Noch ein harter Stoß, noch ein tiefer Schluck, dann kam auch Jean zum Höhepunkt. Raymonds Haut wurde von den Eckzähnen des Vampirs aufgerissen, der hinter ihm in unkontrollierte Zuckungen ausbrach.

Kraftlos fielen sie nach vorne aufs Bett. Jean kam auf Raymond zu liegen und leckte ihm träge über die blutenden Bisswunden. Seine Arme hielten Raymond so fest umschlungen, als wollte er ihn nie wieder loslassen.

Raymond blieb keuchend liegen. Von allen Seiten stürmten Bilder und Gefühle auf ihn ein, während er im Kopf versuchte, die unterschiedlichen Facetten von Jeans Persönlichkeit miteinander zu versöhnen. Er wollte sich umdrehen und in Jeans Arme schmiegen, so, wie er es gestern Nacht getan hatte. Aber der Mann, der hinter ihm lag, hatte nichts mit dem unbekümmerten, sanftmütigen Geliebten zu tun, mit dem er gestern das Bett geteilt hatte.

„Ist alles in Ordnung mit dir?", fragte Jean nach einigen Minuten. „Ich wollte nicht so grob werden."

Jetzt drehte Raymond sich doch um, weil er Jean ins Gesicht sehen wollte, wenn sie sich unterhielten. Jean hielt ihn nicht zurück und Raymond fühlte sich dadurch genauso ermutigt, wie er sich durch die Dominanz seines Geliebten vor kurzer Zeit noch erregt gefühlt hatte.

„Warum hast du es dann getan?", fragte er zurück und gab Jean einen zärtlichen Kuss auf den Mund. „Ich will mich nicht darüber beschweren, ganz im Gegenteil. Aber wenn ich es nicht besser wüsste, würde ich denken, dass ich heute mit einem komplett anderen Mann im Bett liege als gestern."

„Du hast dich nicht nur mit einem Vampir eingelassen", erklärte Jean reumütig. „Du hast dich mit dem Chef de la Cour eingelassen. Das wird man nicht durch Nachgiebigkeit und Passivität. Monsieur Lombard hat mich zwar als seinen Nachfolger auserwählt, aber ich musste nach seinem Rücktritt um meine Position kämpfen. Die gleichen ursprünglichen, wilden Instinkte, die mir damals den Sieg gesichert haben, sind heute auch in mir zum Vorschein gekommen. Das passiert ab und zu. Es ist durch unsere erfolglose Jagd nach dem Gesetzlosen ausgelöst worden, aber du hast es zu spüren bekommen. Es tut mir leid."

„Mir nicht", erwiderte Raymond ehrlich. „Ich will damit nicht sagen, dass ich es mir jedes Mal so wünsche. Aber dieses ungezähmte Verlangen ist … Es hat meinem Ego immens gutgetan."

Jean schüttelte ungläubig den Kopf. Er war unendlich erleichtert, seinen neuen Geliebten nicht durch seine Rücksichtslosigkeit wieder verloren zu haben. „Ich gebe mir Mühe, mich zivilisiert zu verhalten. Aber manchmal ist die Blutlust, die in mir steckt, stärker als ich. Dann lässt sie mir keine andere Wahl mehr."

26

WÄHREND DAVID seinen Nachtisch aß, lehnte Angélique sich in ihrem Stuhl zurück und nippte an dem Kaffee, den sie kaum schmecken konnte. Sie flirteten miteinander und ließen sich kaum aus den Augen, seit sie das Restaurant betreten hatten. Ab und zu berührten sich wie zufällig ihre Finger. Angélique spürte eine sexuelle Spannung, die sie innerlich wärmte, aber nicht so stark war, dass sie nach unmittelbarer Befriedigung verlangte. David stellte seine Kaffeetasse ab und rückte mit dem Stuhl näher. Dann streichelte er ihr mit den Fingern über die tätowierten Hände. Er folgte den hennaroten Mustern bis an den Ärmel ihrer Bluse und schob langsam, aber ohne zu zögern, den Stoff zur Seite. „Das will ich schon tun, seit ich das erste Mal deine Hände gesehen habe", gestand er. „Ich möchte wissen, wo sie aufhören."

Angéliques Lächeln war selbstbewusst und verführerisch. „Dann solltest du es herausfinden", bot sie ihm an. Sie wusste genau, wie ihr Vorschlag auf David wirken würde. Er war nicht der erste Mann, der so fasziniert war von den sichtbaren Spuren ihrer Vergangenheit. Genießerisch schloss sie die Augen, als er über die nackte Haut ihres Armes bis zum Ellbogen streichelte, wo die Muster endeten.

Er schmollte wie ein kleiner Junge, als er nur noch ihre makellose Haut sah. „Hören sie wirklich schon auf?"

Angéliques kehliges Lachen fuhr ihm direkt in den Schwanz. „Weiter ist die Herrin des Harems nicht gekommen, weil ich umgewandelt wurde", erklärte sie ihm. „Wenn ich länger im Harem geblieben wäre, hätte sie mir den ganzen Körper verziert. Der Sultan erwartete einen Gast, der seine Frauen so bevorzugte und der meine Gesellschaft schätzte. Da er auf al-Mabruks Dienste angewiesen war, sorgte er immer dafür, dass ich ihm zur Verfügung stand."

David wurde von einer tiefen Eifersucht erfasst, als er sich vorstellte, wie Angélique für einen fremden Mann vorbereitet wurde. Es erinnerte ihn daran, wie viele Männer sie schon besessen hatten. „Wie kannst du so nebensächlich darüber reden?", fragte er. „Du warst eine Sklavin!"

Angélique seufzte. Sie dachte, sie hätten dieses Problem endlich abgehakt, aber das schien nicht der Fall zu sein. „Ich habe im Vorderen Orient gelebt, David. Im fünfzehnten Jahrhundert", erinnerte sie ihn. „Niemand hat mich nach meiner Meinung gefragt, als über mein Leben entschieden wurde. Und selbst wenn, hätte ich vielleicht die gleiche Wahl getroffen. Ich wurde verwöhnt, hatte immer genug zu essen und lebte in einem schönen Haus. Ich war vor den Gaunern und Halunken in Sicherheit, die die Straßen der Stadt bevölkerten. Wenn ich nicht schon als junges Mädchen die Aufmerksamkeit des Sultans erregt hätte, wären mir nur zwei Möglichkeiten geblieben. Ich hätte mich auf dem Bauernhof eines armen Mannes zu Tode schuften oder mich in der Stadt prostituieren können, wo ich mich der Gnade und Willkür von skrupellosen Männern ausgeliefert hätte, bei denen ich nur hoffen konnte, dass sie mich nicht so schwer misshandeln würden, dass ich am nächsten Tag zu krank war, um zu arbeiten. Wäre ich in eine reiche Familie oder zu einer anderen Zeit geboren worden, hätte ich andere Möglichkeiten oder einen anderen Herrn gehabt ... Sicher, wenn nur eine dieser Was-wäre-wenn-Bedingungen zugetroffen hätte, würde ich vielleicht anders über den Harem denken. Aber mein Herr hat mich nicht misshandelt. Er hat mich sogar beschützt, denn ich war die Lieblingskonkubine eines mächtigen Mannes, der oft als Gast beim Sultan weilte. Ich musste nur ab und zu einen Gast empfangen und großzügig stimmen. Im Vergleich zu den anderen Möglichkeiten, die mir offenstanden, war es ein geringer Preis, den ich für mein sicheres Leben in relativem Luxus bezahlt habe."

„Es ist für mich ein abstoßender Gedanke, dass Menschen solche Macht über andere ausüben", erwiderte David zögernd, weil er ihr ebenfalls seinen Standpunkt deutlich machen und seine Reaktion auf ihre Vergangenheit erklären wollte. „Ich bin genauso ein Produkt meiner Zeit, wie du eines der deinen bist. Diese Welt, die du beschrieben und akzeptiert hast, geht gegen jede Überzeugung, mit der ich aufgewachsen bin und an die ich glaube."

„Und ich würde deine Betroffenheit zu schätzen wissen, wenn ich immer noch in dieser Sklaverei leben würde und ihr entkommen wollte", besänftigte sie ihn. „Aber das liegt lange zurück. Es ist eine sehr, sehr weit entfernte Vergangenheit. Seit ich von meinem Schöpfer umgewandelt und aus dem Harem entführt wurde, habe ich nur noch Sex gehabt, wenn ich es selbst wollte und es mir Spaß gemacht hat."

Diese gut gemeinten Worte trugen nicht unbedingt dazu bei, Davids Eifersucht zu mindern. Obwohl er wusste, dass er weder auf ihre Vergangenheit noch – wenn er ehrlich mit sich selbst war – auf ihre Gegenwart Anspruch erheben konnte, hätte er sie am liebsten in die Arme gezogen und jede Erinnerung an sämtliche Männer, die sie jemals berührt hatten, ausgelöscht.

Sie musste ihm seine Gefühle angesehen haben, denn sie zog kopfschüttelnd ihre Hand zurück. „Schau mich nicht so an. Was immer auch mit uns geschehen mag, ich werde nie wieder einem Mann gehören. Ich war einmal in meinem Leben nur ein Besitzstück, und auch wenn es damals meine beste Option war, habe ich mir doch geschworen, dass sich das nie wiederholen wird. Wenn wir heute Nacht ins Sang Froid oder in deine Wohnung gehen und miteinander schlafen, wirst du entweder immer noch die Konkubine oder Hure in mir sehen, oder du wirst glauben, ich wäre deine kleine Frau, die immer für dich da ist und dir gehorcht. Ich bin aber keines von beidem. Ich bin mir sicher, dass ich sehr viel Spaß dabei hätte, mit dir ins Bett zu gehen. Ich denke allerdings, wir sollten damit warten, bis du mich so akzeptieren kannst, wie ich bin."

„Und wie steht es damit, dass du mich so akzeptierst, wie ich bin?", forderte David sie mit ruhiger Stimme heraus. „Darf ich nicht auch Wünsche und Bedürfnisse haben?"

„Selbstverständlich", erwiderte Angélique. „Aber das, was du dir wünschst, ist im Moment nicht das, was ich dir geben kann. Und das, was du geben kannst, ist nicht das, was ich akzeptieren kann. Wir könnten jetzt in deine oder meine Wohnung gehen und uns um den Verstand ficken, aber danach würden wir es beide bedauern. Ich habe lange genug gelebt, um nicht vorsätzlich etwas zu tun, das ich danach bedauere. Wenn das, was wir beide geben können, auch das ist, was wir uns beide wünschen und brauchen, werden wir wieder darüber reden. Bis dahin sollten wir uns darauf beschränken, gute Partner zu sein, aber nicht Geliebte."

„Aber ..."

Angélique schüttelte wieder den Kopf und erhob sich. „Bring mich jetzt nach Hause", sagte sie sanft. „Ich muss noch arbeiten."

David runzelte missbilligend die Stirn, verkniff sich aber einen Kommentar, als er an Angéliques Arbeit dachte. Sie wusste bereits, was er davon hielt, auch wenn sich seine Meinung über das Sang Froid gebessert hatte, nachdem er jetzt mehr darüber wusste. Er bezahlte die Rechnung und folgte ihr auf die Straße.

Sobald er das Restaurant verlassen hatte, hakte Angélique sich bei ihm unter. Seite an Seite gingen sie zum Sang Froid zurück. Vor dem Seiteneingang mit der Aufschrift ‚Nur für Mitarbeiter' blieben sie stehen. Nur das sanfte Licht des zunehmenden Mondes erhellte die Nacht. Angélique drehte sich zu ihm um.

David kam sich vor wie ein Teenager nach seiner ersten Verabredung. Er fragte sich, ob sie ihm wohl einen Kuss erlauben würde, oder ob sie mit einem Lächeln und einem gemurmelten ‚Dankeschön' hinter der Tür verschwand. Zu seiner Überraschung lehnte sie sich an ihn und hob den Kopf. Dann zog sie seinen Kopf zu sich herab und küsste ihn. Sein Schwanz fing zu zucken an und er keuchte leise, als ihr betörender Geruch seine Sinne erregte. David zog sie an sich und ließ sie seine Erektion spüren. Sie rieb sich provozierend an seinem Körper. Durch den offenen Mantel konnte er ihre Brüste fühlen. Als sie den Oberschenkel zwischen seine Beine schob, stöhnte er und legte die Hände auf ihren Hintern, um sie hochzuheben. „Drinnen", flüsterte er und küsste sie wieder.

Angélique schüttelte den Kopf und trat einen Schritt zurück. Sie öffnete die Tür. „Nein", sagte sie und hob die Hände. „Erst, wenn du dich dafür nicht mehr schämst."

Bevor er auch nur den Mund aufmachen und Widerspruch einlegen konnte, warf sie ihm über die Schulter einen heißen Blick zu und schloss hinter sich die Tür. Er blieb allein auf dem dunklen Hof zurück mit seinem harten Schwanz und nichts anderem, als der Aussicht auf seine eigenen Hände. „Du kleines Biest", murmelte er und machte sich auf den Heimweg.

Im Haus lehnte Angélique sich leise keuchend an die Tür und lauschte seinen Schritten, die sich über den Hof entfernten. In ihren Adern pochte die unerfüllte Lust, ein Gefühl, das sie schon lange nicht mehr so intensiv erlebt hatte. Nicht mehr, seit sie als junges Mädchen für den Harem des Sultans ausgebildet worden war. Heute Nacht wusste sie, dass sie den einzigen Mann weggeschickt hatte, der dieses Verlangen stillen konnte. Sie suchte erst gar nicht nach einem Ersatz.

Angélique stieß sich von der Tür ab und ging durch den dunklen Gang in das Empfangszimmer, wo ihre Mitarbeiter auf Kunden warteten. Sie sah bekannte und unbekannte Gesichter unter den Vampiren, die sich mit ihren Leuten unterhielten. Angélique sollte eigentlich hier bleiben und sich um ihre Geschäfte kümmern, wenn sie schon nicht zur Patrouille eingeteilt war. Aber sie war zu nervös und unruhig, um eine große Hilfe zu sein. Sie winkte François zu sich heran, entschuldigte sich leise bei ihm und bat ihn, etwas länger zu bleiben, da sie noch persönliche Angelegenheiten zu erledigen hätte.

Zuverlässig wie immer, versicherte François ihr, er habe alles unter Kontrolle und sie möge sich keine Sorgen machen.

Angélique dankte ihm lächelnd und ging langsam die Treppe hinauf in ihre Wohnung. Sie konnte sich immer noch nicht erklären, was David von den zahlreichen anderen Männern ihrer bewegten Vergangenheit unterschied. Seit sie entdeckt hatte, welche Macht ihr Körper ihr über die Männer gab, hatte sie immer auch ihren eigenen Willen gehabt und darauf gehört. Begehren, Abneigung, Verehrung, Abscheu … Sie hatte sich immer sehr schnell eine Meinung gebildet und damit auch recht behalten, selbst wenn sie es verbergen musste, weil der Sultan von ihr verlangte, dass sie einem Mann zu Diensten war, den sie verabscheute. Aber David war anders und ihre Gefühle für ihn schwankten wie die Gezeiten von Mont Saint-Michel.

Angélique betrat ihre Wohnung und verschloss hinter sich die Tür, obwohl niemand es wagen würde, sie hier zu stören. Methodisch wie immer hängte sie ihren Mantel auf, zog den Rock und die Bluse aus, schüttelte sie aus und hängte sie zum Auslüften auf. Dann schlüpfte sie aus ihren Schuhen und stellte sie in den Schrank. Durch die Unterwäsche zeichneten sich ihre Brustwarzen ab, die in der kalten Raumluft hart geworden waren. Sie ging ins Badezimmer und bereitete sich auf die Nacht vor, obwohl sie genau wusste, dass sie keine Ruhe finden würde.

Angélique ließ sich Zeit. Sie kämmte sich die Haare, reinigte ihr Gesicht und rieb sich ein duftendes Öl auf die Haut, um sie glatt und geschmeidig zu machen. Immer wieder fiel ihr Blick auf ihre Hände. Die farbigen Muster waren ein lebhafter Kontrast zu der hellen Haut, als sie das Öl auf ihren Beinen, ihrem Bauch und den Brüsten verteilte.

Dann kam ihr eine Idee und sie musste lächeln. Sie nahm einen Waschhandschuh und wischte das Öl wieder von ihren Brüsten ab, ging ins Schlafzimmer und setzte sich vor ihren Schminktisch. In einer der Schubladen fand sie, was sie suchte. Sie nahm einen dünnen Pinsel aus der Holzschachtel und fuhr damit über die Haut. Ja, das fühlte sich richtig an. Angélique legte den Pinsel auf die Kommode und ging in die Küche, um die Hennapaste zu holen, die sie zum Bemalen benutzte. Zurück im Schlafzimmer, stellte sie das Schälchen ebenfalls auf die Kommode und tunkte den Pinsel in die Paste. Dann fing sie an zu malen.

Normalerweise konzentrierte sie sich sehr auf die Details, wenn sie sich mit dem Henna schmückte. Jeder Pinselstrich, den sie auf der Leinwand ihres Körpers anbrachte, saß genau an der richtigen Stelle, bis ein kompliziertes Muster entstand, wie sie es als junge Frau im Harem gelernt hatte. Heute ging es ihr nicht um Perfektion, sondern um eine Bestätigung ihrer Position. Die Muster auf ihren Händen und Armen waren ebenso wenig ein Zeichen ihrer Schande und Verderbtheit, wie die Muster, die sie jetzt auf ihren Brüsten auftrug. David täuschte sich. Die Muster änderten nichts, machten sie nicht zu einem besseren oder schlechteren Menschen, als sie es ohne die Bemalung wäre. Sie waren nur Schmuck, eine erotische Betonung ihrer Schönheit, an der sie Freude hatte. Dieses Mantra wiederholte sie so oft, bis sie es tief in ihrer Seele spüren konnte. Sie bemalte ihre Brüste und ihren Bauch, bis sie an den Schamhaaren angelangte und aufhören musste. Dann fixierte sie die Farbe und bedeckte sie mit dünnen Tüchern, damit sie trocknen konnte und die Muster nicht verschmierten. Mit einem Lächeln erinnerte sie sich daran, wie sie im Harem einer schwangeren Konkubine den Bauch mit Mustern bemalt hatten, die sie und das ungeborene Kind vor bösen Einflüssen schützen sollten. Die junge Frau aus dem fernen Norden hatte den Sultan mit ihren blonden Haaren und blauen Augen von Anfang an fasziniert. Aber es war ihr schwergefallen, sich mit dem Leben im Harem abzufinden. Durch die Schwangerschaft war sie sanftmütiger geworden und es war das erste Mal, dass sie sich nicht gegen das fremde Ritual wehrte. Als sie mit der Bemalung fertig waren und sie wieder zum Sultan gebracht wurde, war er stundenlang mit dem Finger über jedes einzelne der dunklen Muster auf ihrer Haut gefahren. Später hatte die junge Frau ihnen gestanden, dass sie sich noch nie so begehrt gefühlt hätte.

Wenn David es doch nur genauso sehen könnte. Wenn er doch nur endlich begreifen würde, dass die Muster nicht mehr waren, als ein Schmuck, als eine Betonung ihrer natürlichen Schönheit. Sie erinnerte sich daran, dass sie ihm noch etwas Zeit geben wollte. Außerdem hatte sie sich heute nicht für ihn, sondern nur für sich selbst bemalt. Angélique legte sich aufs Bett, um die Farbe trocknen zu lassen.

Unglücklicherweise schweiften ihre Gedanken immer wieder ab, kehrten zu David zurück, zu seiner Reaktion auf ihre Hände und zu seinen Küssen. Sie sollte ihn einfach vergessen und abschreiben. Bisher war ihr das noch mit jedem Mann gelungen, von dem sie nichts wissen wollte.

Aber genau das war das Problem. Sie wollte ihn. Sie wollten ihn in ihren Gedanken und in ihrem Bett, obwohl alles gegen ihn sprach. David würde sich nicht damit zufrieden geben, sie gelegentlich zu besuchen, wenn ihr der Sinn danach stand, so wie es bei Bertrand der Fall war. David würde sich auch nicht damit abfinden, dass sie sich nicht immer für ihn entschied. Er war genau die Art von Mann, von der sie geschworen hatte, sie nie wieder in ihr Leben zu lassen. Und trotzdem konnte sie ihn nicht aus ihren Gedanken verbannen. Unter den Tüchern spürte sie ein Kribbeln bei der Erinnerung an seine Berührungen. Nur die feuchte Farbe hielt sie davon ab, sich über die Brüste zu streicheln. Sie wollte ihre Kunst nicht zerstören. David und sie waren kurz davor gewesen, miteinander zu schlafen. Er hatte sie begehrt und sich nur durch sein Pflichtbewusstsein zurückhalten lassen. Sie hätte ihm keine Wahl lassen sollen, dachte Angélique und grinste ironisch. Andererseits hätte sie es wieder bedauert, sobald er sie das nächste Mal mit seinen Vorteilen beleidigt hätte.

Angélique ließ die Hand über ihren Bauch gleiten und streichelte sich mit den Fingern zwischen den Beinen. Solange sie so erregt war, konnte sie keine Ruhe finden. Sie schob sich einen Finger in den Schoß, schloss die Augen und stellte sich David vor, der zwischen ihren Beinen auf dem Bett kniete, sie ansah und bewundernd mit der Fingerspitze über die Verzierungen auf ihrem Körper fuhr. Sie wollte von ihm genauso verehrt werden, wie der Sultan Valda verehrt hatte. Angélique schob einen zweiten Finger in sich hinein und streichelte mit dem Daumen über ihre Klitoris, bis sie zum Höhepunkt kam. Schon, als sie sich die Hand am Laken abwischte, wusste sie, dass es ein leerer, bedeutungsloser Höhepunkt gewesen war, der sie nicht wirklich befriedigt hatte.

Aber im Moment war es alles, was sie haben konnte.

Einige Straßen weiter wälzte David sich ruhelos in seinem Bett hin und her. Bilder von Angélique schossen ihm durch den Kopf. Angélique, die einen gesichtslosen Mann fickte, so, wie sie es David im Büro erzählt hatte. In seiner Vorstellung hatte sie den Kopf in den Nacken geworfen, die langen Haare fielen ihr über den Rücken und bis auf die Beine des Fremden, der stöhnend unter ihr lag und sich von ihr reiten ließ. David sah ihre bemalten Hände vor sich, mit denen sie dem Mann über die schweißbedeckte Brust streichelte, bevor die beiden von einem leidenschaftlichen Orgasmus erschüttert wurden.

David legte die Hand um seinen harten Schwanz und rieb sich im Takt von Angéliques Bewegungen, die immer noch den fremden Mann fickte. Sie nahm jetzt die Hände von seiner Brust und streichelte sich selbst, fuhr sich vom Hals über die Brüste und spielte mit ihren Nippeln. Dann ließ sie eine Hand über ihren Bauch nach unten gleiten, wo sich ihr Körper mit dem des Fremden vereinigte. Sie rieb sich über die Klitoris, schneller und schneller, bis sie kam. David stellte sich vor, er wäre dieser gesichtslose Mann, er wäre der geheimnisvolle Liebhaber, der unter Angélique lag und mit seinem harten Schwanz in ihren feuchten Schoß stieß. Davids letzter Gedanke, bevor er selbst kam, war, dass er dafür alles tun würde und dass es ihn keinen Deut mehr scherte, ob dafür nun die Magie ihrer Partnerschaft verantwortlich war oder nicht.

27

„HALLO, MUSCHI."

Die verhassten Worte in Judes verhasster Stimme ließen Adèle herumwirbeln. Sie suchte nach ihm, konnte ihn aber nicht entdecken. „Arschloch", rief sie zurück und ging durch den Flur in Richtung Ausgang. Sie hatten gerade ihre Schicht beendet und Adèle wollte nur noch nach Hause, die Vorhänge zuziehen und schlafen.

Sie war schon in Reichweiter der Tür, als eine starke Hand sie am Arm packte und eine andere ihr den Mund zuhielt. Adèle wehrte sich instinktiv, aber gegen seine Stärke konnte sie nichts ausrichten. Trotzdem gab sie nicht auf und trat nach ihm. „Du kannst dich wehren, so viel du willst, Muschi", schnurrte Jude ihr ins Ohr. „Aber du entkommst mir nicht."

Als wollte er es ihr beweisen, biss er ihr ins Ohrläppchen und durchbohrte es mit seinen Zähnen. Das heiße, süße Blut floss ihm in den Mund und schmeckte nach Wut und Erregung, eine Kombination, die ihm direkt ins Blut ging. Jude hatte nach dem zweiten Ritual geduldig auf diesen Moment gewartet. Das Jagdfieber schärfte seine Sinne und seinen Verstand. Jetzt musste er nur noch die Hand ausstrecken und sich ihr Blut nehmen. Aber er wollte mehr, als nur ihr Handgelenk oder ihren Hals. Er wollte sie nackt unter sich liegen haben, wollte spüren, wie sie sich ihm zu entwinden versuchte, während er sie überall mit seinen Bissen markierte, sodass jeder Mann, der sie ansah, sofort erkannte, dass sie ihm gehörte. Und wenn er sie morgen wieder verließ, würde sich diesen Wunsch erfüllt haben. Jude zog sie in ein leer stehendes Zimmer und schloss die Tür hinter ihnen ab. Dann drehte er sie um und drückte sie mit dem Rücken an das harte Holz.

„Was willst du?", fauchte Adèle ihn an, obwohl sie die Antwort auf ihre Frage schon kannte. Das Herz rutschte ihr in die Hose, während ihr Körper gleichzeitig mit Erregung reagierte.

„Vergeltung."

„Und wie?", fragte sie herausfordernd. „Willst du mich einfach festbinden und ficken, ob ich es will oder nicht?"

Jude lächelte selbstbewusst. „Du wirst es wollen", versicherte er ihr. „So sehr du es auch leugnest. Ich weiß genau, wie ich dich so weit bringe. Du wirst mich anflehen, wenn es soweit ist, Muschi." Er sah ihre Reaktion voraus und packte sie am Handgelenk, bevor sie zuschlagen konnte. Dann hielt er ihr die Arme hinterm Rücken fest und öffnete mit der anderen Hand die ersten drei Knöpfe ihrer Bluse, bis die schwarze Seide ihres BHs zu sehen war. „Willst du es uns leichter machen?", fragte er und senkte den Kopf, um ihr mit den Eckzähnen über die nackte Haut zu fahren. „Du siehst wunderschön aus, wenn du meine Zeichen trägst."

Obwohl es sinnlos war, trat Adèle weiter nach ihm. „Dann willst du es also auf die grobe Tour?" Jude zog sie von der Tür weg zu dem schweren Mahagonitisch, der in der Mitte des Zimmers stand. „Ich will mir nicht nachsagen lassen, dass ich auf die Wünsche einer Dame keine Rücksicht nehme, Muschi."

Sie stießen gegen den Tisch und Jude drückte sie mit dem Oberkörper auf die Tischplatte, ohne ihre Handgelenke loszulassen. Die Tischkante presste sich schmerzhaft in Adèles Bauch.

„Du Bastard!", fluchte sie. „Lass mich los!"

„Nicht, bevor ich nicht bekommen habe, was ich will."

„Und was ist mit dem, was ich will?", fragte sie.

„Das hast du dir schon nach dem Ritual genommen und dich nicht darum geschert, was ich will", erinnerte sie Jude. „Jetzt bin ich an der Reihe." Er öffnete ihre Hose und zog sie nach unten, wo sie sich um ihre Beine wickelte und verhinderte, dass Adèle wieder nach ihm treten konnte. Beim Anblick ihres nackten Hinterns grinste er und schlug zu. Sein Handabdruck zeichnete sich rot auf der blassen Haut ab.

„Ich werde hier nicht untätig zulassen, dass du mich fickst", warnte ihn Adèle und nahm ihren Widerstand wieder auf, um sich aus Judes Griff zu befreien.

„Das habe ich auch nicht erwartet", meinte er und drückte sie mit seinem ganzen Körpergewicht auf die Tischplatte, während er die Hand unter sie schob, um die restlichen Knöpfe ihrer Bluse zu öffnen. Einige Knöpfe rissen ab, aber daran war sie selbst schuld, weil sie nicht stillhalten wollte. Jude zog ihr die Bluse von den Schultern und wickelte sie um ihre Unterarme, bis Adèle sie nicht mehr bewegen konnte.

„Sale con!", schrie sie, als sie seine Absicht erkannte.

Jude schnalzte missbilligend mit der Zunge. „Das gehört sich aber nicht für eine Dame", sagte er tadelnd. „Wer so redet, bekommt den Mund gestopft." Er riss ihre Unterhose entzwei und knäulte sie mit einer Hand zusammen. Bevor sie noch einen Ton sagen konnte, schob er ihr den Stoffballen in den Mund.

„Wie gefällt dir das, Muschi?", fragte er und drehte sie auf den Rücken. „Gebunden, geknebelt und vollkommen ausgeliefert." Ihre Augen funkelten ihn wütend an. Jude ignorierte es. „Lass mich nachdenken. Wie war das noch vor zwei Tagen?" Er fuhr ihr mit den Händen über die spitzenbedeckte Brust. „Hast du nicht erwähnt, dass du es magst, wenn dich deine Liebhaber an der Brust lecken?" Jude ließ seinen Worten Taten folgen und leckte ihr fast liebevoll über den Brustansatz. „Hast du das gemeint?", wollte er wissen und hob den Kopf, um sie anzusehen. Sie blickte stoisch zurück und ließ sich keine Reaktion anmerken. „Also nicht, Muschi. Es war dir wohl zu sanft. Du brauchst einen Mann, der stärker ist als du und es dir auch zeigt." Jude senkte wieder den Kopf und biss ihr tief ins Fleisch, um sie zu zeichnen. Dann leckte er das Blut von ihrer Haut und schluckte es. Mit einem befriedigten Grinsen sah er zu, wie sie sich unter ihm aufbäumte, als er sich mit seinem stoffbedeckten, harten Schwanz zwischen ihren Beinen rieb. „Du brauchst einen Mann, der dich seinem Willen unterwirft", sagte er hämisch und biss sie wieder und wieder, bis ihre Brüste von kleinen, blutenden Wunden übersät waren. Sie wollte nicht stillhalten, aber er konnte die Erregung in ihrem Blut schmecken und fühlte sich durch ihren andauernden Widerstand ermutigt. Er riss den BH nach unten und entblößte ihre Brustwarzen. Dann biss er sie direkt über einen der Nippel und saugte ihn in seinen Mund, während er Schluck um Schluck von ihrem heißen, lebensspenden Blut trank.

Während Jude über ihre Brüste herfiel, versuchte Adèle, den Knebel auszuspucken. Sie wollte toben und brüllen, aber sie konnte ihre Zunge nicht weit genug bewegen, um das verdammte Ding loszuwerden. Dann biss er sie am Nippel und fing zu saugen an. Plötzlich war sie froh für den Knebel, der nicht nur ihren Protest erstickte, sondern auch das lustvolle Stöhnen, das ihr in der Kehle steckenblieb. Sie drückte sich ihm entgegen, weil sie seinen Körper fühlen wollte. So sehr Adèle Jude auch hasste, sie konnte die Wirkung seiner groben Berührungen und seiner Bisse auf ihre Libido nicht leugnen. Gefesselt wie sie war, konnte sie ihn nicht aufhalten, aber sie konnte es genießen und sich später überlegen, wie sie ihm seine Unverschämtheiten heimzahlen konnte.

Jude interpretierte ihr erneutes Aufbäumen als den erfolglosen Versuch, sich gegen ihn zu wehren. Er hob grinsend den Kopf und presste sie mit seinem ganzen Körpergewicht fester auf den Tisch. „Es nutzt dir nichts, Muschi", sagte er. „Du kannst mir nicht entkommen. Du kannst nur hier liegenbleiben und es über dich ergehen lassen. Und ich bin noch lange nicht mit dir fertig." Er fuhr mit den Fingerspitzen über die blutenden Wunden an ihrem Nippel und wiederholte seinen Biss auf der anderen Seite. Als sie trotz des Knebels hörbar stöhnte, lächelte er zufrieden. Es interessierte ihn nicht, ob ihr Stöhnen ein Protest oder ein Zeichen ihrer Erregung war. Sie hatte ihn vor zwei Tagen mitleidlos ausgenutzt. Jude war fest entschlossen, es ihr in gleicher Münze heimzuzahlen.

Er zwängte eine Hand zwischen ihre Beine und zwickte sie hart, bis sich seine Fingernägel in ihr Fleisch bohrten. Adèles Schrei war durch den Knebel zu hören, aber er konnte neben dem Schmerz auch die Lust in ihrem Blut schmecken. „Mein kleines Luder mag es also, wenn ich ihr wehtue?", höhnte er. „Willst du noch mehr, Muschi? Zweimal blinzeln, wenn du es willst. So war das doch, oder? Und versuche nicht, mich anzulügen. Ich kann alles in deinem Blut schmecken."

Adèle konnte es nicht abstreiten, aber sie funkelte ihn trotzdem wütend an, bevor sie schließlich zweimal blinzelte. Als er sie wieder zwickte, zuckte sie zusammen. Dann schob er ohne Vorwarnung die Finger in sie hinein und sie schloss die Augen. Sie hob die Hüften, um den Winkel seiner Penetration zu ändern, doch die Hose war immer noch um ihre Beine gewickelt und verhinderte, dass sie sich richtig bewegen konnte. Jude schlug ihr mit der Hand auf den Schenkel.

„Lass das, Muschi. Du kannst mich nicht abwerfen und du willst es auch nicht. Du bist triefend nass, wie eine räudige Hündin. Aber keine Sorge. Ich ficke dich so hart, wie du es dir nur vorstellen kannst."

Jude zog die Finger zurück und ersetzte sie durch seinen Schwanz. Dann stieß er einige Male tief und hart zu, bevor er sich wieder zurückzog und sie auf den Bauch warf. Er zog ihre Arschbacken auseinander, versenkte zwei Finger in ihrem Hintereingang und dehnte den Muskel. Ihr ersticktes Schreien ließ ihn breit grinsen. „Du hast mich benutzt und unbefriedigt zurückgelassen", erklärte er ihr kalt. „Wir werden sehen, wie es dir gefällt, wenn ich das Gleiche mit dir mache. Wenn deine feuchte Fotze leer bleibt und ich dich in den Arsch ficke. Zu schade, dass du nicht der Mann bist, der du gerne wärst." Er stieß mit seinem Schwanz durch den engen Schließmuskel. „Ich brauche nur ein passendes Loch, Muschi. Es muss nicht dasselbe sein, in dem du mich gerne hättest."

Adèle hätte fast gegrinst, aber der Knebel ließ es nicht zu. Mochte er doch denken, was er wollte. Er musste nicht wissen, dass es für sie keinen großen Unterschied machte, auch wenn es nicht ihre erste Wahl war. Einige ihrer mehr experimentierfreudigen Liebhaber hatten sie mit dieser Art Sex bekannt gemacht. Sie kam so sogar schneller zum Höhepunkt, als auf die konventionelle Weise. Da ihr ersticktes Stöhnen Jude noch mehr anzuspornen schien, hielt Adèle sich nicht mehr zurück. Wenn er so enthusiastisch reagierte, weil ihn die Vorstellung aufgeilte, sie zu verletzen – umso besser für sie.

Jude schloss die Augen, als ihr Körper sich für ihn öffnete und in seiner samtweichen Hitze aufnahm. Sie bockte immer noch unter ihm und er grinste wild, während er härter zustieß und sich an ihren Hüften festkrallte. Ihr Arsch war eng, enger als jede Fotze es jemals sein konnte, und ihre Schreie brachten ihn vor Erregung um den Verstand. Jude fasste sie an den Haaren und zog sie hoch, um ihr in den Hals zu beißen. Der Geschmack in ihrem Blut raubte ihm den Rest seiner Kontrolle. Hemmungslos stieß er in sie hinein, suchte seine Befriedigung in der sicheren Überzeugung, sie benutzt und auf ihre Gefühle keinerlei Rücksicht genommen zu haben.

Der plötzliche Geschmack von Adèles Höhepunkt in ihrem Blut und die Reaktion ihres Körpers, der sich um seinen Schwanz zusammenzog, ließen auch Jude kommen. Er bebte und zitterte am ganzen Leib. Als es vorbei war, zog er sich sofort aus ihr zurück. Diese unerwartete Wende war mehr als ärgerlich. Seine ganze Wut richtete sich auf das Objekt seiner Verachtung. Er schlug ihr hart auf den Hintern. „Ekelhaftes Luder", fauchte er. „Sogar das hat dir noch gefallen."

Dann richtete er seine Kleidung und ging zur Tür. „Ich hoffe, dass dich bald jemand hier findet. Es mag etwas unangenehm sein, mit den Armen auf den Rücken gebunden und meinem Saft, der dir aus dem Arsch läuft. Nicht zu vergessen meine Bisse auf dem Rest deines Körpers. Aber vielleicht hast du ja Glück und jemand findet es so geil, dass er dich gleich noch einmal fickt, wenn er dich hier entdeckt. Oder soll ich dir jemanden vorbei schicken? Es würde dir doch nichts ausmachen, oder? Noch ein Schwanz, der dein leeres Loch füllt. Mehr interessiert dich doch sowieso nicht."

Adèle kochte vor Wut, als sie ihre Arme aus den Fesseln der Bluse befreite, nachdem Jude sie nicht mehr daran hindern konnte. Er konnte sagen, was er wollte, solange er glaubte, sie unter Kontrolle gehabt zu haben. Letztendlich war es ihr Orgasmus gewesen, der auch ihn zum Höhepunkt gebracht hatte. Sie war nicht unbefriedigt zurückgeblieben. Mochte er ruhig denken, dass er gewonnen hatte. Sie würde ihn noch eines Besseren belehren, bevor er es überhaupt merkte und sie daran hindern konnte.

DAVID ERKLÄRTE Marcel ihren Plan, wie sie mit den Vampiren zu verfahren beabsichtigten, die der Allianz beitreten und einen Partner suchen wollten. Danach konnte er sich an kein Wort mehr erinnern. Er hoffte nur, sich nicht allzu lächerlich gemacht zu haben. Als er zu der verabredeten Besprechung bei Marcel eingetroffen war, hatte er auch Angélique dort vorgefunden. Sie trug eine weit ausgeschnittene Bluse, die nicht nur den Blick auf ihren Brustansatz freigab, sondern auch auf die Hennabemalungen, von denen sich David sicher war, sie gestern noch nicht gesehen zu haben. Sein Blick wurde wie magisch davon angezogen und er konnte sich nicht mehr konzentrieren. Die Vorstellung, dass sie sich bemalt hatte – und der Himmel verhüte, dass es ein anderer getan hatte! –, sei es zu ihrem eigenen Vergnügen oder für einen Geliebten, war so erotisch aufgeladen, dass David keinen klaren Gedanken mehr fassen konnte.

Nachdem Marcel sie entlassen hatte, nahm er Angélique an der Hand und zog sie durch die Gänge und die Treppe hinab zu seinem Büro. „Was ist das?", fragte er zornig. Je länger er die Muster auf ihrer Haut betrachtete, umso mehr wuchs seine Eifersucht. „Hast du dich für einen anderen Mann aufgetakelt, nachdem du mich abgewiesen hast?"

Angélique schüttelte frustriert den Kopf. „Genau aus diesem Grund habe ich dich abgewiesen", seufzte sie. „Du glaubst, du hättest ein Recht darauf, mich zu besitzen. Und das, obwohl wir noch nicht einmal miteinander geschlafen haben. Zu deiner Information … Ich habe es für mich selbst getan, nicht für einen Geliebten. Ich fühle mich weiblicher und stärker, wenn ich mir den Körper bemale."

„Entschuldige", murmelte er, konnte die Augen aber immer noch nicht von ihrem Ausschnitt abwenden. Er war wie hypnotisiert davon und merkte kaum, wie er die Hand hob, um sie zu berühren. Angélique hielt die Luft an, als er mit dem Finger über die Muster fuhr, bis der Stoff ihrer Bluse ihn stoppte.

„Lass mich den Rest sehen", flüsterte er. „Ich will dich sehen."

Angélique zögerte. Schon heute früh, als sie die Hennapaste abwusch und nur noch die Muster auf ihrer Haut zu sehen waren, hatte sie gezögert. Sollte sie eine Bluse tragen, die die Muster erkennen ließ oder eine, die sie verbarg? Sollte sie einen Schal tragen oder nicht? Sie hatte sich schließlich für die ausgeschnittene Bluse und gegen den Schal entschieden, weil sie keinen Grund hatte, sich zu schämen oder zu verstecken. Ihr war bewusst gewesen, dass David es bemerken würde. Sie hatte es sogar gehofft. Nur mit seiner Dreistigkeit hatte sie nicht gerechnet. Mit Anschuldigungen vielleicht, aber nicht mit seiner gewagten Berührung und seiner geflüsterten Bitte. Nicht mit seiner Entschuldigung.

Mit zitternden Händen zog sie die Bluse hoch und entblößte ihren bemalten Bauch. Seine Finger fuhren über die verschlungenen Linien, so wie sie gestern über die Muster auf ihren Händen und Armen gefahren waren. Er wartete nicht auf ihre Erlaubnis und berührte sie mit der Vertrautheit eines langjährigen Geliebten. Angélique schloss die Augen und genoss das Gefühl seiner rauen Finger auf ihrer glatten Haut. Davids Finger wurden durch den Stoff des BHs aufgehalten, der ihre Brüste bedeckte. Ohne zu fragen, schob er ihn nach oben und setzte seine Erkundung auf ihren Brüsten fort. Sie hörte, wie er den Verschluss öffnete, und dann gab es nichts mehr, was seinem Blick, seiner Berührung im Wege stand.

Angélique stand wie erstarrt vor ihm und erschauerte unter der Berührung seiner Finger, die den Mustern über ihre Brüste nach oben bis zu ihren Brustwarzen folgten, wo sich die Linien schnitten. Die Finger glitten über ihre Nippel hinweg, ohne sie sonderlich zu beachten. Angélique fühlte sich dadurch gleichermaßen erregt und frustriert. Dann legte David die Hand auf ihre Hüfte und schob einen Finger in den Hosenbund. „Wie weit gehen sie nach unten?", fragte er leise.

Sie öffnete wortlos den Knopf ihrer Hose und zog den Reißverschluss nach unten. Der Stoff teilte sich und er folgte dem Muster um ihren Nabel und bis zum Saum ihres Slips.

David fiel vor ihr auf die Knie und setzte seine erotische Entdeckungsreise fort, so wie er es schon auf ihrem Oberkörper getan hatte. Er fragte auch dieses Mal nicht um Erlaubnis, als ihn der dünne Stoff ihrer Unterhose störte. Er zog sie einfach nach unten, um den Linien bis zu ihren dunklen Locken folgen zu können. „Du bist göttlich", flüsterte er ehrfurchtsvoll und drückte ihr einen sanften Kuss aufs Schambein.

„Nein", widersprach sie und hielt seinen Kopf für einen Augenblick fest, bevor sie die Hände wieder zur Seite fallen ließ. „Nur eine Vampirin." Langsam und bedächtig drehte sie sich um und brachte ihre Kleidung wieder in Ordnung. Sie war nervös, weil sie sich vorgenommen hatte, ihn noch länger warten zu lassen. Jetzt waren keine zwölf Stunden vergangen und schon war sie bereit, das Versprechen zu brechen, das sie sich selbst gegeben hatte. Trotz seiner Entschuldigung hatte David sie in seiner ersten Reaktion beschuldigt, die Bemalungen für einen anderen Mann angefertigt zu haben. Kaum hatte sie ihn eines Besseren belehrt, war er wie selbstverständlich davon ausgegangen, dass sie für ihn gedacht wären. Er hatte sie berührt, als hätte er jedes Recht dazu, als käme nur er selbst als Nutznießer in Frage. Er hatte Angélique behandelt wie eine

Konkubine, die man nicht nach ihrem Einverständnis fragen muss, bevor man sie berührt und in Besitz nimmt. Angélique hatte seine zärtlichen Berührungen akzeptiert und sogar genossen. Doch das änderte nichts an der Tatsache, dass er sich einfach das Recht dazu herausgenommen hatte, ohne sie um Erlaubnis zu bitten. So sehr sie ihn begehrte und so schwer es ihrem Verstand auch fiel, sich gegen die Bedürfnisse ihres Körpers zu behaupten – sie durfte nicht zulassen, dass er sie nur für eine Odaliske hielt, die er benutzen und wieder fallen lassen konnte. „Wir können das nicht tun. Es tut mir leid."

David sprang auf, packte sie an den Schultern und drehte sie zu sich um. „Warum nicht?", wollte er wissen. „Du hast dich nicht beschwert, als ich dich angefasst habe. Ich kann vielleicht nicht in deinem Blut lesen, aber ich bin mir ziemlich sicher, dass ich merke, wenn eine Frau mich nicht will."

„Ich habe nie behauptet, dass ich dich nicht will", meinte Angélique. „Aber das bedeutet nicht, dass es eine gute Idee wäre. Ich habe dir gestern Nacht gesagt, dass ich es nicht tun kann, solange du mich nur als Sexualobjekt siehst."

„Und doch bist du heute hierhergekommen, geschmückt wie eine Haremssklavin. Wenn du mich fragst, ist das Werbebetrug. Anmache ist noch höflich ausgedrückt."

„Henna wird auch dazu benutzt, um eine Braut an ihrem Hochzeitstag zu schmücken", erklärte sie ihm barsch. „Oder um eine werdende Mutter zu segnen. Haremsmädchen waren beileibe nicht die einzigen Frauen, die so bemalt wurden."

„Ich weiß sehr wohl, dass du keine Jungfrau bist. Und wenn du mir nichts verheimlichst, bist du auch nicht schwanger. Was soll ich denn denken, wenn du einfach so auftauchst, nachdem ich kurz vorher meine Enttäuschung darüber geäußert habe, dass du nicht überall bemalt bist? Wenn du nicht wolltest, dass ich es sehe, wenn es nicht für mich gedacht war – warum hast du es dann nicht besser versteckt?" David war unverkennbar wütend.

„Meine Welt dreht sich nicht nur um dich", fuhr sie ihn an. „Ich habe es für mich selbst getan, weil ich mich dabei gut gefühlt habe. Und ich trage diese Bluse, weil ich es will und weil sie mir gefällt. Sie ist sexy."

„Also doch Anmache", sagte David missbilligend. „Ich hätte nichts anderes von dir erwarten sollen. Du sagst, du willst so akzeptiert werden, wie du bist. Aber du reizt mich mit deiner Sexualität, bis ich darauf reagiere, nur um mir dann vorzuwerfen, ich würde dich wie eine Hure behandeln. Ich bin kein Heiliger, Angélique. Ich bin nur ein ganz normaler Mann und es ist vollkommen natürlich, dass ich auf eine schöne Frau reagiere. Du hast selbst gesagt, dass du dich mit der Bemalung weiblicher und stärker fühlst. Soll ich das etwa nicht bemerken? Ist es das?"

„Du sollst es bemerken", erwiderte Angélique. „Aber du sollst nicht einfach danach handeln, ohne mich vorher um Erlaubnis zu bitten."

David schüttelte den Kopf. „Such dir einen anderen Idioten für deine Spielchen. Ich habe dafür keine Zeit." Mit einem letzten wütenden Blick in ihre Richtung verließ er das Büro und nahm sich vor, nicht einen Gedanken mehr an sie – und ihre verdammten Hennamuster! – zu verschwenden.

Angélique ließ sich enttäuscht auf einen Stuhl fallen und schlug die Hände vors Gesicht. Davids Wut hatte jede Freude zerstört, die sie gestern Nacht empfunden hatte, als sie ihren Körper mit den Bemalungen schmückte. Er täuschte sich. Sie hatte es für sich getan, nicht für ihn. Er konnte nicht recht haben. Sie hatte nicht sehen wollen, wie er darauf reagieren würde. Sie weigerte sich, ihm recht zu geben. Sie hatte ihn nicht verführen wollen.

Er hatte recht. Sie bestrafte ihn dafür, dass es funktioniert hatte.

28

ANTONIO SCHLENDERTE am Ufer der Seine entlang nach Hause. In den frühen Morgenstunden waren die Kais noch menschenleer. Selbst für die ersten Jogger war es noch zu früh. Niemand störte seine Gedanken. Die Patrouille, der Jean ihn zugeteilt hatte, war in der Nacht gegen eine Gruppe dunkler Magier siegreich gewesen und hatte mehrere Gefangene gemacht. Antonio hatte wieder bei den Verhören geholfen, war aber mit dem Herzen nicht bei der Sache gewesen. Er wollte nur noch das Blut einer bestimmten Magierin. Natürlich konnte er das dem Chef de la Cour nicht sagen, denn diese Magierin kämpfte auf der Seite ihrer Feinde.

Glücklicherweise hatte sie nicht zu der Gruppe gehört, die heute Nacht von der Milice daran gehindert worden war, die Nationalbibliothek zu überfallen. Antonio war sich keineswegs sicher, wie er reagiert hätte, wenn sie sich im Kampf gegenübergestanden hätten und er gezwungen gewesen wäre, sich zwischen ihr und seiner Loyalität zum Chef de la Cour zu entscheiden. Es hätte sein Gewissen auf eine harte Probe gestellt. Antonio konnte nur hoffen, dass er sich richtig entschieden hätte, aber er war sich nicht sicher genug, um diese Hoffnung auf die Probe zu stellen. Er sehnte sich mit seinem ganzen Wesen nach ihr. Er hatte gestern von einer nichtmagischen Frau im Sang Froid getrunken, aber deren Blut hatte ihm nicht mehr geschmeckt, obwohl es von der dunklen Magie frei gewesen war. Jede Frau, die ihm auffiel oder mit ihm flirten wollte, verblasste gegen Monique, selbst wenn sie objektiv schöner war als die Magierin. Sein Bett fühlte sich plötzlich leer an, obwohl Monique noch nie darin geschlafen hatte. Wenn er tagsüber im Bett lag und sich ausruhte, streichelte er über das kühle Laken und erinnerte sich daran, wie sich ihre warme Haut unter seinen Händen angefühlt hatte. Antonio trat mit voller Kraft gegen einen Stein und kickte ihn über den Schotter des Weges in den Fluss. Es musste doch einen Weg geben, etwas gegen diese Anfälligkeit für Monique zu unternehmen. Das Problem war, dass er nicht wusste, wen er fragen konnte, ohne sein Geheimnis preiszugeben. Antonio traute sich nicht, darüber zu reden. Er war sich ziemlich sicher, dass Jean ihn nicht blind verurteilen würde – schließlich hatte er sich nicht freiwillig für die Partnerschaft mit der dunklen Magierin entschieden –, aber ihm war klar, dass er sich und seine Handlungen damit verdächtig machen würde.

Antonio wurde aus seinen Gedanken in die Gegenwart zurückgerissen, als plötzlich ein Stab an seinen Nacken gepresst wurde. „Was hast du mit mir gemacht, zum Teufel?"

Er musste sich nicht erst umdrehen, um ihre Stimme zu erkennen. „Wie meinst du das?", fragte er, obwohl er genau wusste, worüber sie sprach. Offensichtlich hatte sie ihn genauso wenig vergessen können, wie er sie vergessen konnte. Aber das wollte er nicht zugeben, weder ihr, noch Jean oder den anderen Vampiren gegenüber. Vielleicht, wenn sie ehrlich dazu bereit gewesen wäre, Serrier zu verlassen … Aber das war sie nicht.

Sie stieß mit dem Stab an seinen Kopf. „Was ist das für eine Magie, die ihr Vampire habt? Warum gehst du mir nicht mehr aus dem Kopf?"

„So gut hat es dir gefallen, ja?", fragte er herausfordernd. Sie war seine Partnerin und das erlaubte ihm, die Drohung zu ignorieren, die ihr Stab für jeden anderen bedeutet hätte. Er packte sie am Handgelenk und bog ihren Arm nach unten. „Es wäre mir ein Vergnügen, dich zu einer Wiederholung einzuladen."

„Leck mich", fauchte sie ihn an und entzog sich seinem Griff, den Stab zur Verteidigung auf ihn gerichtet.

Antonio grinste und sah sie mit wild funkelnden Augen an. „Umgekehrt wird ein Schuh draus, Schätzchen."

„Glaubst du, du könntest dich einfach bedienen?", fragte sie unbeeindruckt. „Glaubst du, ich hätte dazu nichts zu sagen?"

„Das letzte Mal hattest du nichts dagegen", erinnerte er sie. „Und heute bist du zu mir gekommen, nicht umgekehrt."

„Weil ich herausfinden will, was du mit mir gemacht hast. Was ist das für eine Magie?"

„Keine Beschwörung, keine Magie. Nur mein ganz normaler, altmodischer Charme", versicherte er ihr. „Vampire sind keine Magier. Wäre es so schlimm, einfach zuzugeben, dass dir mein Biss gefallen hat?"

„Ja", erwiderte sie. „Ich will mit Vampiren nichts zu tun haben."

„Den Eindruck hatte ich aber das letzte Mal nicht", widersprach er ihr. „Soll ich dich noch einmal beißen, damit wir die Wahrheit herausfinden können?" Kaum waren ihm diese Worte über die Lippen gekommen, bedauerte er sie auch schon. Sie wusste nichts über diese besondere Fähigkeit der Vampire. Bis jetzt.

„Deshalb hast du mich also gebissen?", wollte sie wissen. „Um Chavinier mitteilen zu können, dass ich eine Spionin bin? Hast du auch nur ein einziges wahres Wort zu mir gesagt? Und musstest du mich deshalb auch noch ficken?"

„Ich war nicht der Einzige, der geflirtet hat", erinnerte er sie, nahm sie am Arm und zog sie an sich. Sie zischte leise vor Schmerz. So hart hatte er sie nicht angefasst. „Was ist mit dir passiert?"

„Nichts", knurrte sie und entzog ihm den Arm. „Es tut kaum noch weh."

„Wer hat das getan?"

„Das geht dich einen feuchten Kehricht an", fauchte sie. „Du hast mich gefickt und dafür gesorgt, dass ich zurückgeschickt wurde. Versagen bleibt nicht ohne Folgen, ja?"

„Ich bringe ihn um", knurrte Antonio. „Ich reiße ihm eigenhändig den Kopf ab."

Monique hätte ihn für seinen Chauvinismus zurechtweisen sollen, aber ein unterdrückter Teil ihrer weiblichen Persönlichkeit fühlte sich geschmeichelt. Normalerweise hielt sie ihre männlichen Mitkämpfer auf Abstand, weil sie keine Schwäche zeigen wollte, doch diese Fassade hatte ihren Preis. Antonio hatte mit seiner Reaktion ein tief verborgenes Bedürfnis in ihr geweckt. „Warum sollte dich das kümmern?", fragte sie ihn, aber ihr Tonfall hatte viel von seiner ursprünglichen Aggressivität verloren.

Antonio fuhr sich seufzend mit den Fingern durch die Haare. „Weiter unten am Fluss steht eine Bank", wich er ihrer Frage aus. „Wir könnten uns dort hinsetzen." Er streckte einladend die Hand aus.

Zu seiner Überraschung nahm sie an. Ihre zierlichen Finger verschwanden fasst völlig in seiner starken Hand.

Seite an Seite schlenderten sie zum Fluss, als wären sie ein Liebespaar, das sich nach einer langen Nacht in der Stadt auf dem Heimweg befand. Antonio führte sie zu der abgeschiedenen Bank am Ufer. Ein geschmiedetes Eisengitter trennte sie vom Fluss und die tief hängenden Äste der Bäume hatten noch genügend Laub, um sie vor neugierigen Blicken abzuschirmen. Antonio kam im Sommer oft hierher, um den Duft der Blumen einzuatmen, die in den Beeten hinter der Bank wuchsen. Im Winter konnte man nur die feuchte Erde und den Fluss riechen. Um diese Uhrzeit waren keine der Touristenboote unterwegs, die mit ihren Lichtern die Sehenswürdigkeiten der Stadt anstrahlten. Das Ufer war in Dunkelheit gehüllt und die Wellen des Flusses schlugen leise an die Steine der Uferbefestigung. Antonio war diese Geräusche gewohnt. Er setzte sich auf die Bank und zog Monique auf seinen Schoß. Sie wehrte sich, aber er gab nicht nach. „Die Bank ist kalt und feucht, und du hast keinen Mantel an. Keine Angst, ich werde nichts gegen deinen Willen tun. Ich will dich nur halten."

„Aber warum?", fragte sie und gab nach. „Ich bin deine Feindin."

Antonio schüttelte den Kopf. „Du magst die Feindin der Milice sein. Du magst vielleicht sogar Chaviniers Feindin sein. Aber du bist nicht meine Feindin."

„Das sollte ich aber sein."

„Aber du bist es nicht."

„Und warum nicht?", wiederholte Monique gereizt ihre Frage. „Ich habe das Gefühl, hier geht etwas vor sich, das ich nicht verstehe."

Antonio zuckte mit den Schultern. „Musst du es denn verstehen? Kannst du es nicht einfach genießen?"

„Was soll ich genießen?"

„Hier mit mir zu sitzen und umarmt zu werden, damit du nicht frierst. Du sollst genießen, dass ich bei dir bin und bei dir sein will, obwohl ich das wahrscheinlich nicht sollte." Er rieb sich mit dem Gesicht an ihrem Nacken und hoffte, sie würde ihn nicht wegstoßen. „Du sollst genießen, dass ich nur noch von dir trinken will, seit ich dich das erste Mal gebissen habe."

Monique sagte sich, dass ihr das vollkommen gleichgültig sein konnte. Trotzdem reagierte sie auf seine Lippen an ihrer Haut und stellte sich vor, wie sich seine Zähne in ihrem Hals anfühlen würden. Sie legte einladend den Kopf zur Seite. Sofort legte er die Hand unter ihren Kopf und stützte sie ab. Diese kleine Geste war so fürsorglich, dass ihr warm ums Herz wurde. Dann spürte sie seine Zunge am Hals und kurz darauf seine scharfen Eckzähne, die ihre Haut durchbohrten.

Sie keuchte leise, als er zu saugen begann. Er hielt sie immer noch mit einer Hand an der Hüfte fest und sie wünschte sich, er würde sie damit streicheln. Aber Antonio stützte sie nur auf seinem Schoß und machte keine Anstalten, sie intimer zu berühren. Nur seine Hände lagen an ihrem Kopf und an ihrer Hüfte und im Hals waren seine Zähne zu spüren.

Monique konnte sich nicht erinnern, jemals so gründlich verführt worden zu sein.

Antonio wurde mit jedem Schluck Blut mehr in den Bann dieser Frau gezogen, die unter ihrer rauen Schale ein so weiches Herz hatte. Sie mochte es nicht zugeben, aber er konnte es in jedem Tropfen ihres Blutes schmecken und er spielte dieses Wissen aus. Deshalb fasste er sie so behutsam an, obwohl er nichts lieber getan hätte, als unter der Kleidung nach ihrer nackten Haut zu suchen. Ihr Blut zu trinken war schon riskant genug. Sie auch noch zu verführen, würde den Bogen überspannen. Antonio wollte nichts beginnen, das er nicht guten Gewissens zu Ende bringen konnte. Er hatte die Vampire der Allianz und ihre Partner genau beobachtet. Er hatte gesehen, wie die Verbindung zwischen ihnen immer stärker wurde, selbst zwischen denjenigen, die sich dagegen sträubten. Als Außenstehender konnte er erkennen, dass die Chemie zwischen ihnen stimmte und sie wie füreinander geschaffen waren. Wenn die Magie ihnen dazu verhalf, sich schneller zu finden, konnte er das akzeptieren. Seine Existenz als Vampir basierte auf Magie und er stellte sie auch dann nicht in Frage, wenn sie andere Lebensbereiche beeinflusste. Aber diese Entscheidung konnte er nur für sich selbst treffen, nicht für die Frau in seinen Armen. Monique wusste nicht, welche Mächte sie in Antonios Arme getrieben hatten. Er konnte es ihr auch nicht sagen, ohne sie in die Geheimnisse der Allianz einzuweihen. Er führte sie schon allein dadurch hinters Licht, dass er ihr Blut trank, ohne dass sie seine wahren Gründe erfuhr und ihm ihre Zustimmung geben konnte. Sich noch mehr zu nehmen, wäre ein unverantwortlicher Vertrauensbruch und er musste damit warten, bis er ihr eines Tages vielleicht mehr über die magische Natur der Partnerschaften erzählen konnte.

Antonio trank in vollen Zügen. Ihr Körper schmiegte sich an ihn und er schmeckte ihre Bereitwilligkeit, hielt sich aber dennoch zurück, während Monique sich in seinen Armen immer mehr entspannte.

Das Geräusch eines Motorboots riss ihn aus seiner Konzentration. Er zog Monique fest an sich und drückte ihren Kopf an seine Brust, um sie vor neugierigen Blicken zu schützen, bis das Boot vorbeigefahren war. Er wollte kein Risiko eingehen, obwohl er bezweifelte, dass jemand nach ihnen Ausschau hielt. Als das Boot verschwunden war, legte er ihr die Finger unters Kinn und hob ihren Kopf. Sie sah ihn an und er küsste sie sanft auf den Mund. „Dieser Platz ist zu öffentlich, selbst in der Nacht. Ich kann nicht mehr tun, als von dir zu trinken."

„Dann lass uns an einen anderen Ort gehen", schlug sie vor. Das Verlangen pochte immer noch in ihren Adern.

Antonio schüttelte bedauernd den Kopf. „Es wäre nicht sicher, nicht für dich und nicht für mich."

„Das ist mir egal."

„Aber mir nicht", erwiderte er. „Geh nach Hause, wo du in Sicherheit bist. Du musst die Wunden an deinem Hals heilen. Serrier würde sie sofort erkennen und ich könnte es nicht aushalten, wenn er dich für das, was wir hier getan haben, bestraft."

„Ich bin nicht dumm und …", begann sie.

„Das weiß ich", unterbrach sie Antonio. „Aber ich weiß auch, wie leicht man solche Dinge vergessen kann. Es gefällt mir nicht, dass du es verbergen musst. Ich möchte diesen Tag im Bett verbringen und daran denken, dass du mein Zeichen trägst. Doch das geht nicht. Es ist zu gefährlich, solange du für Serrier kämpfst."

„Versuche nicht, mich zu bekehren", sagte sie verbittert. „Ich habe mich schon entschieden."

„Sei nur vorsichtig", bat er sie. „Ich werde mich nicht zurückhalten, falls wir uns in einem Kampf gegenüberstehen. Ich muss für das kämpfen, woran ich glaube, auch wenn ich den Gedanken nicht ertragen kann, dich zu verletzen."

Monique stand auf und sah in traurig an. „Ich auch." Sie murmelte eine leise Beschwörung und schnippte mit ihrem Stab, dann war sie verschwunden. Antonio blieb auf der Bank zurück. Er schlug mit der Faust an die Lehne. Der Schmerz fuhr ihm durch den ganzen Arm, aber er schenkte ihm keine Beachtung. Das Blut der dunklen Magier schmeckte wie Öl, ein übermächtiger Geschmack nach Verdorbenheit und Bosheit, der alles andere überdeckte. Auch in Moniques Blut waren Wut und dunkle Magie zu schmecken gewesen, aber es erregte nicht die gleiche Übelkeit in ihm.

Warum hielt sie dann so unverrückbar an ihrem eingeschlagenen Weg fest? Glaubte sie, keine andere Wahl zu haben? Glaubte sie, dass sie nach ihrer Enttarnung als Spionin von der Milice nicht mehr akzeptiert werden würde? Hatte Serrier ein Druckmittel gegen sie und konnte sie damit zwingen, gegen ihre tiefere Überzeugung für ihn zu kämpfen?

Die vielen offenen Fragen frustrierten Antonio. Monique gehörte nicht in die Reihen der dunklen Magier, aber er wusste nicht, wie er sie da rausholen konnte. Seine Loyalität zu Jean sagte ihm, er sollte sich von ihr fernhalten, bis sie selbst ihren Fehler einsah und zurückkam. Sein Herz weigerte sich, auf dieses Argument zu hören. Sie brauchte einen triftigen Grund, um die Seiten zu wechseln. Einen Ansporn, der stärker war als alles, was Serrier gegen sie in der Hand hielt. Antonio wusste nicht, ob er ihr helfen konnte, aber versuchen musste er es. Ihr Blut war wie der Nektar der Götter und es rief nach ihm. Es versprach ihm Sicherheit vor der Sonne und einen Geschmack, der alle anderen in den Schatten stellte. Antonio musste es einfach versuchen, sie umzustimmen, sonst würde er es für immer bereuen. Er konnte sie nicht unter Druck setzen, aber er konnte ihr die Vorteile schildern; er konnte herausfinden, was sie bei Serrier hielt und vielleicht etwas dagegen unternehmen. Irgendwie musste er es schaffen.

Jetzt musste er Monique nur noch von seinem Plan überzeugen. Ohne ihr dabei mehr über die Allianz zu verraten, als Serrier jetzt schon wusste.

Ihm war heute schon ein Fehler unterlaufen, als er ihr versehentlich verraten hatte, dass er in ihrem Blut lesen konnte. Aber die Information würde Serrier nicht viel nutzen, denn diese Fähigkeit der Vampire war nicht auf die Allianz und die Partnerschaften beschränkt. Serrier hätte jederzeit den Gesetzlosen danach fragen und eine Antwort bekommen können.

Antonio schüttelte angeekelt den Kopf, als er an Couthon dachte. Dann stand er auf und machte sich auf den kurzen Weg zu seinem Hausboot, auf dem er seit einer Generation lebte. Der Gesetzlose machte sich etwas vor, wenn er glaubte, Serrier würde sich für mehr als sich selbst und vielleicht noch die Magier interessieren, die an seiner Seite kämpften. Antonio hatte in seiner Existenz als Vampir schon viele wahnsinnige Diktatoren kommen und gehen sehen. Im Grundsatz waren sie alle gleich. Sie verkündeten ein übergeordnetes Ziel zum Wohl der Menschheit und nutzten die Gutgläubigkeit der Menschen aus, um ihre eigenen Interessen und die ihres engeren Kreises durchzusetzen. Aber selbst ihre engsten Anhänger wurden nur selten für ihre Treue belohnt. Meistens erkannten die Menschen früher oder später, dass sie in die Irre geführt worden waren und erhoben sich gegen diese Diktatoren. So wie jetzt. Die Allianz würde dafür sorgen, dass Serrier keine Chance bekam, seine verdorbenen Ziele zu verwirklichen.

29

„WAS IMMER wir auch unternehmen, sie wissen darüber Bescheid und erwarten uns schon!", schrie Serrier seine glücklosen Offiziere an. „Der Eiffelturm, der Justizpalast, die Nationalbibliothek. Chavinier hat schon immer mehr Glück gehabt als Verstand, aber das ist kein Zufall mehr! Jemand gibt ihm Informationen, und ich will wissen, wer das ist!"

Die Anwesenden wurden bleich und versanken tiefer in ihren Sitzen, als könnten sie sich dadurch unsichtbar machen. Als Serrier das letzte Mal wegen eines angeblichen Spions einen Amoklauf begonnen hatte, waren fünfzehn seiner Anhänger bei der Säuberungsaktion ums Leben gekommen, bevor er endlich davon überzeugt werden konnte, dass er den Spion schon erwischt hatte. „Vuillemin hat auf dem Weg zur Sainte-Chapelle einen Schutzzauber ausgelöst, der Chavinier alarmiert hat", erinnerte ihn Eric. „Sofern das keine Absicht war, kann ich mir nicht vorstellen, dass Verrat eine Rolle gespielt hat."

„Das erklärt aber nicht, warum sie uns am Eiffelturm erwartet haben. Dort gab es keine Schutzzauber, die ihn alarmieren konnten", warf Vincent ein. „An die Nationalbibliothek sind wir nicht nahe genug herangekommen, um das beurteilen zu können."

„Es ist in den letzten Wochen deutlich schlimmer geworden", bemerkte Claude. „Wen könnte Chavinier dieses Mal rekrutiert haben?"

„Er war bei dem Kampf auf dem Gare de Lyon dabei", überlegte Serrier. „Ist nicht einer von uns diesem Debakel entkommen?"

„Ja", erwiderte Vincent. „Aber er ist fast noch ein Junge." Er versuchte, sich an einen Namen zu erinnern. „Daniel, Denis … nein, Dominique. Dominique Cornet. Ich kann mich noch erinnern, wie überrascht ich darüber war, dass er als Einziger nicht getötet oder gefangen genommen wurde."

„Und dann ist da noch Monique", fügte Serrier hinzu. „Sie behauptet, Chavinier nicht persönlich begegnet zu sein. Aber sie war im Hauptquartier der Milice."

„Das war kurz vor dem Angriff auf den Eiffelturm", meinte Claude. „Wusste sie über unsere Pläne Bescheid?"

„Kann sein", erwiderte Serrier. „Sie war für diese Aktion nicht eingeteilt, weil sie sich bei der Milice einschleichen sollte. Aber unsere Pläne waren kein Geheimnis. Sie kann es von jemandem erfahren haben. Dominique war auch nicht am Eiffelturm eingeteilt."

„Wusste einer der beiden über den Angriff heute Nacht Bescheid?", wollte Eric wissen.

„Soweit ich weiß, nicht", erwiderte Serrier. „Aber ich habe den Anführer der Einheit vor einigen Tagen informiert, damit er den Angriff planen konnte. Wenn er mit seinen Leuten darüber geredet hat, kann einer von ihnen es dem schleichenden Spion weitergesagt haben. Keine der Aktionen, von denen Chavinier erfahren hat, war geheim. Der Kreis der Informierten ist zu groß, um den Spion eindeutig festzunageln. Selbst wenn wir nur von den beiden Verdächtigen ausgehen, über die wir gesprochen haben."

„Überlasse sie mir für einige Stunden", bot Claude an. „Ich werde sie schon zum Reden bringen."

„Und wenn du mit ihnen fertig bist, werden sie den größten Unsinn gestanden haben, nur um deiner Folter zu entgehen", sagte Vincent. „Wenn du wirklich herausfinden willst, wer es war, musst du sie ausräuchern. Gib den beiden – oder einem von ihnen – Informationen, die andere nicht haben. Dann warte ab, ob Chavinier davon erfährt. Wenn er auf die Information reagiert, hast du deinen Beweis."

„Und wenn er nicht darauf reagiert?", gab Serrier zurück.

„Dann war er oder sie entweder kein Spion, oder der alte Narr hat die Informationen zu spät bekommen. In der Zwischenzeit halte deine Pläne bis zum letzten Augenblick geheim und rede nur mit vertrauenswürdigen Offizieren darüber. So kann der Spion – wer immer es auch sein mag – Chavinier nicht mehr rechtzeitig warnen."

Serrier lachte kalt. „Und wen unter meinen Offizieren hältst du für vertrauenswürdig?", wollte er von Vincent wissen.

„Ich denke, wir haben dir alle unsere Loyalität bewiesen", mischte sich Eric ein, um Serrier von Vincent abzulenken. „Mehr als einmal."

Serrier fühlte sich durch diese Unverfrorenheit sichtlich irritiert, hob den Stab und schickte Eric einen harten Stoß seiner Magie durch die Nerven. Der große Mann zuckte zusammen, ließ sich durch die peinvolle Zurechtweisung aber nicht von seinem Vorhaben abbringen. Er sah dem Rebellenführer standhaft in die Augen, während sein Körper sich im Reflex verkrampfte und ihm ein leiser Schmerzensschrei entfuhr. Als hätte Serrier nur darauf gewartet, senkte er den Stab wieder. Eric stöhnte erleichtert. „Eines Tages wirst du es noch zu weit treiben, Simonet."

Eric zuckte mit den Schultern. Seine Muskeln waren immer noch verkrampft von der plötzlichen Attacke Serriers. „Eines Tages wirst du vielleicht wirklich an unsere Loyalität glauben. Wollen wir jetzt diesen Spion enttarnen oder nicht?"

„Gleich", erwiderte Serrier und kniff spekulierend die Augen zusammen, als müsste er noch entscheiden, ob Eric ihn erneut herausfordern wollte. „Wir sind noch nicht fertig."

„Was gibt es denn noch zu bereden?", fragte Vincent.

„Der Blutsauger hat mich enttäuscht. Seine Informationen sind nicht das, was ich mir erhofft habe", erklärte Serrier. „Er hat uns von dem Treffen am Gare de Lyon berichtet, aber was die Allianz angeht …" Serrier zog eine Grimasse. „Wir wissen immer noch nicht, wie sie funktioniert und was wir dagegen unternehmen können. Wir können es uns nicht leisten, noch mehr Schlachten zu verlieren. Sonst bleibt bald niemand mehr von uns übrig."

„Was schlägst du also vor?", wollte Eric wissen.

„Wir brauchen ein Versuchskaninchen, einen Vampir, mit dem wir experimentieren können, um herauszufinden, was sie verwundbar macht. Ich bin versucht, unseren Gast um diesen Gefallen zu bitten, aber er kann sich vielleicht noch als nützlich erweisen, wenn wir ihn nicht allzu sehr vor den Kopf schlagen."

Claude grinste wie ein Wahnsinniger und rieb sich die Hände. „Darf ich das übernehmen? Bitte?"

Eric und Vincent sahen sich an und verdrehten die Augen.

„Später", sagte Serrier beschwichtigend. „Erst müssen wir mehr über ihre Schwächen wissen."

„Und wo willst du einen anderen Vampir finden?", fragte Vincent. „Es war schon schwierig genug, Couthon zum Reden zu bringen. Die anderen werden jetzt doppelt auf der Hut sein, nachdem sie sich der Allianz angeschlossen haben."

„Wir müssen einen fangen", antwortete Serrier. „Vorzugsweise einen von ihnen, der mit Chavinier unter einer Decke steckt. So erfahren wir nicht nur mehr über ihre Schwächen, sondern auch über die Strategien der Milice. Ich denke, es ist an der Zeit, dass wir Montmartre einen Besuch abstatten. Dort scheinen sich viele von ihnen rumzutreiben. Und da wir hinter einem Vampir der Milice her sind, werden wir auch dafür sorgen, dass unser Spion bestens informiert ist und Chavinier genug Leute schickt, um seine neuen Freunde zu beschützen."

„Das ist Selbstmord", platzte es aus Vincent heraus, bevor er sich auf die Zunge beißen konnte.

„Mag sein", stimmte Serrier ihm zu. „Aber wir tun doch alles für die gerechte Sache, nicht wahr? Ich werde euch beiden die Ehre erweisen, diesen Angriff führen zu dürfen. Ihr habt gute Arbeit geleistet, als ihr mir Couthon gebracht habt. Ihr werdet mich auch dieses Mal nicht enttäuschen."

Eric und Vincent warfen sich einen resignierten Blick zu. „Wann?", erkundigte sich Eric dann.

„Morgen Nacht", entschied Serrier. „Wir wollen Chavinier nicht zu viel Zeit geben, um sich auf den Angriff vorzubereiten. Sagt den Spionen morgen früh Bescheid, aber gebt ihnen unterschiedliche Informationen, damit wir anschließend wissen, wer von ihnen Chavinier informiert hat. Ihr seid entlassen."

Die drei Magier standen auf und verließen das Zimmer. Claude verschwand in den Gewölben unter Serriers Hauptquartier. Eric und Vincent sahen ihm angeekelt nach. „Geht er überhaupt jemals hier raus?", knurrte Vincent. „Er ist wie … wie Quasimodo oder so, versteckt sich hier vor der Welt, damit niemand erkennt, was er für ein abscheulicher Kerl ist."

„Wohin sollte er auch gehen?", fragte Eric gleichgültig. „Wenn er sich draußen blicken lässt, landet er sofort im Knast oder in einer Anstalt für Geisteskranke. Lass uns von hier verschwinden. Wir müssen eine Entführung planen." Eric hatte noch mehr geplant, bevor er morgen auf seine möglicherweise letzte Mission ging. Aber die stand an erster Stelle, erst danach kam er selbst.

„Was immer wir den beiden Verdächtigen erzählen, die Wahrheit sollte es nicht sein", sagte Vincent leise, als sie auf der Straße waren. „Willst du vorher noch etwas essen? Ich habe nichts Essbares zuhause. Wir könnten in ein Bistro gehen."

Eric dachte kurz über den Vorschlag nach und schüttelte dann den Kopf. „Ich habe im besten Fall auch nur noch Schimmelkulturen im Kühlschrank. Gibt es ein gutes Bistro in der Nähe deiner Wohnung? Oder wollen wir zu mir gehen? Um die Ecke ist ein Café, in dem es köstliche Crêpes gibt."

„Crêpes, Eric?", neckte Vincent.

„Wieso nicht?", meinte Eric. „Ich bin aus der Bretagne. Wir essen Crêpes, wenn wir uns schlecht fühlen."

Vincent wurde wieder ernst. „Dann brauchen wir sie heute, nicht wahr?"

„Wenn du lieber woanders hingehen willst …"

Vincent schüttelte den Kopf. „Meine Großmutter hat mir früher immer Crêpes gemacht. Lass uns so tun, als wäre die Welt noch in Ordnung – so, wie in unserer Kindheit."

„Dann treffen wir uns vor meiner Wohnung und gehen vor dort zu Fuß. Es ist nicht weit."

Vincent nickte und sie transportierten sich zu Erics Wohnung in der Rue du Hameau. Zehn Minuten später saßen sie in dem kleinen Café. Auf dem Tisch vor ihnen stand eine Flasche Cidre und die Crêpes hatten sie auch schon bestellt. Vincent sah sich in dem leeren Café um und beugte sich dann über den Tisch, damit sie sich leise unterhalten konnten. „Hast du eine Idee, wie wir vorgehen sollen?"

„Ja", erwiderte Eric bedächtig. „Wir erledigen es selbst. Wir geben einem anderen den Befehl über die Einheit und halten uns im Hintergrund. Dann warten wir eine günstige Gelegenheit ab und schnappen uns einen Vampir. Sobald wir ihn haben, bringen wir ihn zu Pascal."

„Aber wen?", fragte Vincent. „Ich bin mir nicht sicher, wem ich noch vertrauen kann. Ich werde den Kampf nicht aufgeben, aber ich glaube nicht, dass wir noch eine Chance haben. Chavinier dezimiert unsere Reihen immer mehr. Er hat in den letzten drei Wochen mehr von uns festgenommen, als seit Beginn dieses Krieges."

„Und genau aus diesem Grund will Pascal den Vampir", meinte Eric. „Sie haben sich einen Vorteil verschafft, dem wir etwas entgegensetzen müssen, sonst sind wir alle verloren."

„Und du hast damit kein Problem?", erkundigte sich Vincent. „Du weißt genau, was sie mit dem armen Kerl anstellen, wenn wir ihn fangen."

„Und du weißt, was mit uns passiert, wenn wir versagen", erinnerte ihn Eric. „Mir tut immer noch alles weh von seinem Ausbruch vorhin. Ich brauche das kein zweites Mal."

„Und das war noch harmlos", stimmte ihm Vincent zu. „Wenn wir seinen Befehl nicht ausführen, wird es wesentlich schlimmer kommen." Er seufzte. „Manchmal würde ich am liebsten von hier verschwinden."

„Und wohin?", fragte Eric. „Wir werden gesucht. Selbst wenn Pascal uns nicht wieder in die Fänge bekommt … Was glaubst du wohl, wie lange es dauert, bis eine nette alte Dame aus der Nachbarschaft uns erkennt und anzeigt? Wir sind nicht gerade unauffällig. Ich will nicht im Gefängnis landen, Vincent."

„Aber würdest du es tun? Abhauen, meine ich. Wenn du nicht ins Gefängnis müsstest?"

Eric schnaubte verächtlich. „Finde einen Weg, und wir können darüber reden. Wir haben uns entschieden. Jetzt müssen wir dafür sorgen, dass wir gewinnen."

„Ja", sagte Vincent nachdenklich. Dann wurde ihre Unterhaltung durch die Kellnerin unterbrochen, die ihnen die Crêpes brachte. Als sie wieder allein waren, schien Vincent wieder bei der Sache zu sein. „Wir müssen herausfinden, wie Chavinier die Vampire im Kampf einsetzt. Dann können wir entscheiden, wie wir ihnen eine Falle stellen. Der Place Pigalle ist zu groß, um ihn zu zweit abzudecken. Wir müssen uns überlegen, wo wir uns am besten positionieren."

Den Rest ihrer Mahlzeit verbrachten sie damit, über die letzten Kämpfe zu diskutieren und einen Schlachtplan zu entwickeln. Nach dem Essen bestellten sie sich noch einen Kaffee, bezahlten ihre Rechnung und verließen das Café. „Kommst du mit zu mir?", fragte Eric.

Vincent grinste. „Ich dachte schon, du würdest nicht mehr fragen."

Eric öffnete lachend die Haustür und ließ Vincent den Vortritt. Er war nervös. Sein Freund war zwar schon hier gewesen, aber das war vor dem Beginn ihrer Affäre gewesen. Vincent nahm ihm den Schlüssel aus der zitternden Hand und schloss die Wohnungstür auf. Dann schob er Eric durch die Tür. „Ganz ruhig", flüsterte er und küsste ihn am Hals. „Ich verspreche dir, dass es nicht so wird, wie das letzte Mal."

„Ich bin nicht nervös", protestierte Eric, aber das Zittern in seiner Stimme besagte das Gegenteil.

„Natürlich nicht", stimmte Vincent ihm trotzdem zu und zog ihn an sich. Ihre Hüften berührten sich und er konnte spüren, wie Eric auf die Nähe reagierte. Vincent fuhr ihm mit den Händen über den Rücken, zog ihm die Lederjacke von den Schultern und warf sie blind in Richtung der Garderobe.

Es war kühl im Zimmer und Eric lief ein leichter Schauer über den Rücken. Vincents Hände wärmten ihn. Sie glitten unter seine Kleidung und über seine nackte Brust, kniffen ihn in die Brustwarzen, bis er sich ihnen mit einem leisen Stöhnen entgegenbog. Er wollte sich bei Vincent revanchieren, doch seine Arme verweigerten den Befehl. Vincent hatte es in kürzester Zeit geschafft, Erics Verstand abzuschalten.

„Schlafzimmer", befahl Vincent mit strenger Stimme. „Sofort."

Eric nickte nur und ging voraus in das einzige Zimmer seiner Wohnung, das Vincent noch nicht kannte. Bis jetzt hatte Eric keinen Grund gehabt, es seinem Freund zu zeigen. Er zögerte kurz, bevor er das Zimmer betrat. Vincent gab ihm von hinten einen Schubs und stieß ihn über die Schwelle. Dann schloss er hinter ihnen die Tür. „Vertrau mir", bat er leise und drückte Eric aufs Bett. „Ich will dir zeigen, wie gut es sich anfühlen kann."

„Es hat sich das letzte Mal schon gut angefühlt", widersprach Eric, weil er nicht wollte, dass Vincent ein schlechtes Gewissen hatte.

Vincent lächelte nur. „Aber dieses Mal wird es noch besser sein." Er zog Eric die Schuhe und die Hose aus, dann hockte er sich über ihn und zog ihm den Pullover und das Hemd über den Kopf, bis Eric nackt vor ihm lag.

Eric ließ es widerspruchlos mit sich geschehen. Wenn er ehrlich war, wollte er von Vincent so behandelt werden. Er konnte die Schmerzen von Serriers magischer Attacke noch in den Gliedern fühlen, obwohl schon über eine Stunde vergangen war und der Cidre ihn etwas betäubte. Die Berührungen seines Geliebten waren ein wohltuendes Gefühl, denn Vincent war heute so zärtlich, wie er das letzte Mal wild gewesen war. Mit jeder Berührung ersetzte er Schmerz durch Lust, heilte die gepeinigten Nerven und besänftigte Erics verletzten Stolz. Vincent verurteilte ihn nicht, weder für Serriers Fluch noch für die Provokation, mit der Eric ihn herausgefordert hatte. Eric wollte sich nicht mit Gedanken an eine mögliche Flucht aufhalten, obwohl er auch gerne einfach verschwunden und nie wieder zurückgekommen wäre. Es war nur ein Wunschtraum ohne Aussicht auf Erfüllung. Nur Vincents sanfte Hände waren Wirklichkeit, so wie die Leidenschaft, die sie zwischen ihnen weckten. Eric brauchte diese Leidenschaft, denn sie half ihm, alles andere zu vergessen. Der nächste Tag kam früh genug, und morgen hatten sie wieder andere Probleme.

Die feuchten Finger zwischen seinen Beinen rissen Eric aus seinen Grübeleien. Er hob die Hüften vom Bett und drückte sich ihnen entgegen. Es war ihm egal, woher Vincent das Gel hatte – ob er es beschworen oder schon den ganzen Tag in der Tasche gehabt hatte. Dieses Mal war Eric vorbereitet, als Vincents Finger seine Prostata fanden. Aber anstatt sich zu beeilen, so wie beim ersten Mal, ließ Vincent sich Zeit. Langsam zog er die Finger zurück und schob sie wieder tiefer in Eric hinein, reizte ihn mehr und mehr, bis Eric das Gefühl hatte, allein durch diese Finger zum Höhepunkt getrieben zu werden.

Wenn sie doch nur noch ein paar Sekunden länger dort bleiben könnten ..

Er knurrte protestierend, als Vincent ihn ignorierte und sich vorbeugte, um ihn zärtlich zu küssen. „Ich werde das nicht tun, bevor ich nicht sicher bin, dass ich dir dieses Mal nicht wehtue", tadelte er Eric lächelnd. „Lass mich nur machen."

Eric gab nach und überließ sich Vincents Führung. Er wurde noch etwas länger gedehnt, dann rieb ihm Vincent ein letztes Mal über die Prostata und zog die Finger endlich zurück. Eric blieb stöhnend liegen. Er bebte am ganzen Leib. Glücklicherweise schien Vincent auch am Ende seiner Geduld zu sein. Er rieb sich noch einmal mit der feuchten Hand über den Schwanz, dann brachte er sich in Position und stieß schnell in Eric hinein. Als er durch den Schließmuskel eingedrungen war, hielt er inne, um Eric etwas Zeit zu geben.

Eric atmete keuchend, während sein Körper versuchte, sich an den Eindringling zu gewöhnen. Das Brennen ließ viel schneller nach, als er es nach seiner ersten Erfahrung erwartet hatte. Er öffnete die Augen und sah über sich seinen Freund und Geliebten aufragen. Vincent war ein wundervoller Anblick. Sein Gesicht war ekstatisch verzerrt, während er darum kämpfte, stillzuhalten und nicht wieder so aggressiv über Eric herzufallen.

Eric hob die Hand und streichelte ihm über die Stirn. „Jetzt", flüsterte er atemlos.

Vincent bewegte sich zuerst langsam und ließ ihn nicht aus den Augen, dann fand er einen Rhythmus, der für sie beide gut war, ohne Eric wieder unabsichtlich Schmerzen zu bereiten. Es dauerte nur wenige Sekunden, bis Eric den Rhythmus aufnahm, Vincents Stöße mit den Hüften erwiderte und nach mehr verlangte. Vincent entspannte sich und gab einen Teil seiner Kontrolle auf, nicht um zu verletzen, sondern um ihre Leidenschaft noch weiter zu steigern. Eric reagierte auch jetzt, stieß sich mit den Füßen von der Matratze ab und kam ihm genauso kraftvoll entgegen, bis ihre Hüften hart zusammenstießen.

Als Eric unter ihm plötzlich aufs Bett zurückfiel, hätte Vincent beinahe aufgehört. Doch dann fühlte er, wie Eric die Beine um ihn schlang und ihn mit aller Macht an sich drückte, während er ihm die Arme um den Hals legte und ihn zu sich nach unten zog, um ihn zu küssen. Es war ein leidenschaftlicher, aufwühlender Kuss, der Vincent an die Grenze seiner Selbstbeherrschung brachte. Er gab ihm nach und hielt sich nicht mehr zurück. Eric krallte sich an seinen Schultern fest und Vincent erschauerte ein letztes Mal, dann kam er zum Orgasmus. Als es vorbei war, zog er sich aus Erics Arsch zurück, hockte sich auf und nahm Erics Schwanz in die Hand. Er steckte ihn sich in den Mund und saugte, was das Zeug hielt.

Eric kam mit einem heiseren Schrei, bäumte sich unter der Macht seines Höhepunktes auf und füllte Vincents Mund mit seinem Samen. Dann fiel er keuchend auf die Matratze zurück. Vincent legte sich an seine Seite und nahm ihn in die Arme.

Sie sagten beide kein Wort. Es gab auch nichts zu sagen. Ihr Leben war ständig bedroht und die Versprechen, die sie sich unter anderen Umständen vielleicht zugeflüstert hätten, waren bedeutungslos. Sie blieben in ihren Herzen weggeschlossen, denn sie konnten nur einem Herren folgen – Serrier oder ihrem Herzen.

30

„ER IST fast noch ein Junge", flüsterte Vincent, während er und Eric den jungen Magier beobachteten, dem sie eine Falle stellen sollten. „Ich fühle mich schuldig, weil ich Pascal gestern an ihn erinnert habe."

Eric zuckte mit den Schultern, obwohl er Vincent durchaus verstehen konnte. „Pascal hatte ihn nicht vergessen. Ihm war nur der Name entfallen, aber an den hätte er sich früher oder später selbst erinnert, auch wenn wir nichts gesagt hätten. Ich mache mir mehr Sorgen um Monique. Es war mein Vorschlag, sie zu Chavinier zu schicken, um ihn auszuspionieren. Jetzt steht sie deswegen unter Verdacht."

Vincent schüttelte den Kopf. „Falls einer der beiden der Spion ist – und falls es überhaupt einen Spion gibt –, dann kannte er das Risiko, das damit verbunden ist. Und wenn sie unschuldig sind, haben sie nichts zu befürchten."

Eric schnaubte geringschätzig. „Wenn du nur recht hättest. Du weißt, was das letzte Mal passiert ist, als Pascal eine Hexenjagd veranstaltet hat. Er hat mehr loyale Magier als Spione umgebracht. Und selbst dieses Debakel hat nicht alle davon abhalten können, die Seiten zu wechseln."

„Wir könnten ihnen den geplanten Überfall einfach verschweigen", schlug Vincent leise vor. „Wenn uns Chavinier nicht erwartet, wird Pascal seinen Spion woanders suchen."

„Und vielleicht ein anderes Opfer finden", meinte Eric. „Ob es uns gefällt oder nicht, aber die beiden sind unsere besten Kandidaten. Nur sie hatten Kontakt zur Milice, seit sich das Kriegsglück gewendet hat. Wir müssen ihnen die Informationen zustecken und einfach hoffen, dass sie clever genug sind, um sich nicht erwischen zu lassen."

„Ich weiß", stimmte Vincent schweren Herzens zu. „Aber es gefällt mir trotzdem nicht."

„Ja", erwiderte Eric. „Aber damit müssen wir leben. Rede du mit Dominique und ich mache mich auf die Suche nach Monique. Dann haben wir es hinter uns, bis der Kampf vorbei ist und wir herausfinden müssen, wessen Informationen uns an Chavinier verraten haben."

Vincent warf dem jungen Mann einen kurzen Blick zu. Dominique stand in einer Ecke und verschickte einen Text mit seinem Handy. Putain, er war noch so jung. Vincent runzelte die Stirn und nickte Eric zu. Dann machte er sich auf den Weg und hoffte inständig, dass Dominique sich als unschuldig erweisen würde. Vincent wusste nicht, was er tun würde, wenn er den Tod des jungen Mannes auf dem Gewissen hätte.

DOMINIQUE SAH sich noch einmal um, dann betrat er die Telefonzelle in der Nähe des Jardin des Tuileries und wählte die Nummer, die Chavinier ihm magisch eingeprägt hatte. Dumont war der Meinung gewesen, dass einfache Methoden immer am besten wirkten. Dominique wusste nicht, wessen Nummer er wählte. Er wusste nur, dass es eine Festnetznummer in Paris war. Jedes Mal, wenn er die Nummer wählte, benutzte er eine andere Telefonzelle. Es war immer eine, die an seinem Weg lag, sodass sich ein potentieller Verfolger nicht wundern würde, warum er einen Umweg machte, nur um zu telefonieren.

Manchmal nahm niemand ab und er wurde aufgefordert, eine Botschaft zu hinterlassen. Aber meistens meldete sich Chavinier schon nach dem zweiten oder dritten Klingelton, hörte sich die Neuigkeiten an und stellte einige Fragen, bedankte sich dann und beschwor Dominique, bei seinem nächsten Anruf noch vorsichtiger zu sein.

Dominique brauchte diese Warnung nicht. Die Stimmung unter Serniers Magiern war schlecht, seit Chavinier über immer mehr ihrer Angriffe informiert war. Dominique fragte sich, woher Chavinier seine anderen Informationen erhielt oder ob der General nur ein verdammtes Glück hatte, denn viele der vereitelten Angriffe gingen nicht auf sein Konto.

Das Telefon klingelte, dann ein zweites und ein drittes Mal. Dominique wollte schon auflegen, als er Chaviniers Stimme hörte.

„Serrier plant einen Angriff", sagte er sofort. „Heute Nacht, auf dem Montmartre."

„Ist er hinter den Vampiren her?" Chaviniers Stimme klang besorgt.

„Ich glaube schon", bestätigte ihm Dominique. „Ich hatte mit der Planung nichts zu tun. Ich bin nur angewiesen worden, heute Nacht um zehn Uhr zu einer Patrouille zu erscheinen, die zum Place Pigalle geschickt wird. Aber er ist frustriert, weil er so wenig über die Vampire und die Allianz erfahren kann. Ich habe gehört, wie er gestern Edouard angebrüllt hat, weil der ihm die Informationen nicht liefern konnte, die er für Serrier besorgen sollte."

„Welche Informationen sind das?", fragte Chavinier.

„Das hat er entweder nicht gesagt oder ich habe es nicht gehört", entschuldigte sich Dominique. „Ich wollte nicht zu lange in der Nähe bleiben. Wenn Serrier in dieser Laune ist, werden Menschen verletzt, auch wenn sie unschuldig sind und nichts damit zu tun haben."

„Hat dir der Magier, der dich eingeteilt hat, auch gesagt, wie viele ihr sein werdet?"

„Nein", erwiderte Dominique und schüttelte automatisch den Kopf. „Aber seit euren letzten Erfolgen schickt er größere Einheiten aus. Ich weiß nicht, ob es etwas zu sagen hat, aber heute bin ich nicht von meinem üblichen Vorgesetzten informiert worden."

„Wer war es?", fragte Chavinier sofort. „Serrier selbst?"

„Nein. Vincent Jonnet", antwortete Dominique. „Ein großer, kräftiger Mann mit Glatze und Muskeln wie Ballons."

„Ich kenne ihn", unterbrach Chavinier. „Sei vorsichtig, Dominique. Es macht mich immer nervös, wenn sie von ihrer Routine abweichen. Es könnte eine Falle sein, nicht nur für die Vampire, sondern auch für dich."

„Ich passe auf. Aber ich glaube nicht, dass wir uns Sorgen machen müssen", versicherte Dominique dem General der Milice. „Serrier organisiert in letzter Zeit alles um, weil so viele von uns gefangen genommen oder getötet wurden. Die wenigen Einheiten, die etwas gegen die Milice ausrichten konnten, hatten das nur ihrer personellen Stärke zu verdanken."

Chaviniers Lachen konnte vieles bedeuten. Dominique fragte ihn nicht danach. Je weniger er wusste, umso weniger konnte er Serrier verraten, falls er enttarnt wurde. Dominique wollte nicht, dass Serrier diesen Krieg gewann. Deshalb war er stolz darauf, seinen kleinen Beitrag zu leisten. Er machte sich keine Illusionen über seine eigene Tapferkeit. Sobald Serrier mit seinem magischen Verhör begann, würde er schreien wie am Spieß. Dominique würde die Folterqualen nicht aushalten, die der dunkle Magier jedem zufügte, der seine Befehle nicht wunschgemäß ausführte oder dessen Loyalität er anzweifelte. Dominique konnte nur hoffen, dass es niemals dazu kam.

ORLANDO BLÄTTERTE gelangweilt in einer Zeitschrift, während der Regionalexpress sich Versailles näherte. Alain hatte ihm genau beschrieben, wie er vom Bahnhof zu Thierrys Haus kam, aber Sebastien hatte ihm angeboten, ihn abzuholen. Sebastien war der Grund für Orlandos Besuch. Er wollte dem älteren Vampir einige Fragen stellen, und da er nicht wusste, welche Antworten Sebastien ihm geben würde, wollte er dieses Gespräch unter vier Augen führen.

Orlando war sehr nachdenklich geworden seit dem Piège-Pouvoir und den neuen Erkenntnissen, die sie daraus gewonnen hatten. Als er und Alain den Aveu de Sang eingegangen waren, hatten sie beide kaum etwas darüber gewusst. Es war Segen und Fluch zugleich. Das Gelöbnis band sie für die Dauer von Alains Leben zusammen, aber es hatte auch Einflüsse auf ihre Beziehung, die Orlando erst nach und nach klar wurden. Er brauchte Rat – praktischen und ehrlichen Rat – von jemandem, der sowohl seine Vergangenheit kannte, als auch die Lage verstand, in der er sich jetzt befand. Unglücklicherweise gab es einen solchen Vampir nicht. Jean kannte zwar seine Vergangenheit, hatte aber nie einen Avoué gehabt und wusste daher nur theoretisch Bescheid, was mit Orlando geschah. Sebastien war einen Aveu de Sang eingegangen, kannte aber nur Bruchstücke aus Orlandos Vergangenheit. Da die beiden Männer sich nicht sonderlich gut verstanden, konnte er ihnen nicht vorschlagen, sich gemeinsam zu unterhalten. Orlando bezweifelte, dass sie sich damit einverstanden erklären würden, ein so intimes Gespräch in der Gegenwart des jeweils anderen zu führen, obwohl sie sich mittlerweile schon zivilisierter verhielten und sich keine tödlichen Blicke mehr zuwarfen, wenn sie sich im gleichen Raum aufhielten.

Orlando war froh, dass Thierry und Sebastien nicht an dem Piège-Pouvoir teilgenommen hatten. Er konnte sich nicht vorstellen, dass Jean oder Sebastien sich dabei wohlgefühlt hätten. Jude war lästig und Luc ein Unbekannter, aber wenigstens waren sie keine Rivalen.

Orlando hatte zwei Tage über seine Fragen nachgegrübelt und das Ritual, von dem er sich immer noch gesättigt fühlte, als Ausrede benutzt, um Alain nicht zu beißen, wenn sie sich liebten. Dann hatte er sich entschlossen, lieber Sebastien in seine Vergangenheit einzuweihen, als auf Jeans theoretisches Wissen zu vertrauen. Jean würde ihm nichts verheimlichen oder ihm gar falsche Informationen geben. Andererseits konnte er Orlandos Probleme nicht richtig verstehen oder ihm die richtigen Antworten auf seine Fragen geben, weil er selbst nie einen Avoué gehabt hatte.

Sebastien hatte sich schon einmal bereit erklärt, mit Orlando zu reden. Allerdings hatten sie sich damals mehr über grundsätzliche Aspekte des Aveu des Sang unterhalten, nicht über ihre persönlichen Erfahrungen. Trotzdem hoffte Orlando, dass der ältere Vampir ihm auch jetzt helfen würde. Er hatte Sebastien am Telefon gesagt, dass er ihm gerne einige Fragen stellen wollte. Sebastien hatte sofort zugestimmt, ihn am Bahnhof zu treffen.

Der Zug hielt an und Orlando verließ das Abteil. Der Bahnsteig lag in hellem Sonnenlicht und er lächelte, als er die wärmenden Strahlen auf seiner Haut spürte, bevor der beißende Winterwind sich bemerkbar machte. Nichts konnte seiner guten Stimmung etwas anhaben. Er war endlich frei von den Einschränkungen, die seine Natur ihm so lange auferlegt hatte. Orlando hoffte, dass die Freude an diesem Erlebnis nie nachlassen würde.

„Orlando!"

Orlando wurde aus seinen Gedanken gerissen. Als er sich umdrehte, sah er Sebastien, der auf der anderen Seite der Drehsperre auf ihn wartete. „Entschuldigung", sagte er und schob seine Fahrkarte in den Schlitz. „Ich war mit dem Kopf in den Wolken."

„Das habe ich bemerkt", meinte Sebastien grinsend. „Du willst also mit mir reden? Wollen wir zu Thierrys Haus gehen oder ist dir ein anderer Ort lieber?"

„Wie geht es Thierry heute?", erkundigte sich Orlando. Ihm wäre es lieber, sich in Thierrys Haus ungestört zu unterhalten, aber er wollte den Magier auch nicht belästigen, falls der sich immer noch nicht ganz erholt hatte.

„Als ich gegangen bin, hat er noch geschlafen", meinte Sebastien. „Er sagt, seine Erkältung hätte sich schon gebessert, aber er wird immer noch schnell müde. Er wird uns nicht stören, falls du das meinst."

„Eigentlich wollte ich *ihn* nicht stören", erklärte Orlando.

„Ich glaube nicht, dass er sich gestört fühlt", versicherte ihm Sebastien. „Aber wenn das der Fall ist, können wir immer noch wieder gehen."

Orlando nickte. „Dann lass uns gehen. Ich diskutiere nicht gern in einem Café über meine Privatangelegenheiten, wo uns jeder hören kann."

Sebastien lachte. „Das kann ich verstehen. Du hast dich am Telefon recht vage ausgedrückt. Ist etwas nicht in Ordnung?", fragte er, während sie über den Place Raymond Poincaré zur Rue Benjamin Franklin gingen, wo sich Thierrys Haus befand.

„So würde ich es nicht nennen", erwiderte Orlando. „Es ist … kompliziert. Ich weiß nicht, was du über meine Vergangenheit gehört hast. Sie ist der Grund, warum ich mit manchen Dingen Probleme habe. Dinge, denen ich durch meine Beziehung zu Alain und den Aveu de Sang nicht mehr ausweichen kann. Ich wollte mit jemandem darüber reden, der den Aveu de Sang versteht und aus eigener Erfahrung kennt, auch wenn er nicht mit einem Magier zusammen war."

„Ich kann meine Erfahrungen auf deinen Fall übertragen", versicherte ihm Sebastien. „Mein Avoué war zwar kein Magier, aber mein derzeitiger Geliebter ist einer. Ich verstehe die Verführung, die seine Magie darstellt. Wenn ich mir dann noch den Aveu de Sang dazu vorstelle, wundere ich mich, dass du Alain überhaupt noch aus dem Bett oder aus den Augen lässt." Er öffnete das kleine Hoftor, das in den Vorgarten von Thierrys Haus führte. Dann winkte er Orlando hinein. „Wir können ins Haus gehen oder uns auf den Balkon setzen."

„Wir sollten vielleicht besser ins Haus gehen, auch wenn dir das seltsam vorkommt, wenn man bedenkt, wie neu die Sonne noch für uns ist. Aber mir ist kalt."

Sebastien lachte. „Ich bin froh, nicht der Einzige zu sein, der tagsüber kaum ein Haus betreten will."

„Ich weiß nicht, ob die anderen es alle zugeben würden. Aber ich kann mir nicht vorstellen, dass es ihnen anders geht", meinte Orlando bedauernd. „Und wenn wir diese Erfahrung öffentlich machen könnten, wäre es wahrscheinlich ein großer Anreiz, um neue Vampire für die Allianz zu rekrutieren."

Sebastien zuckte mit den Schultern. „Diese Entscheidungen überlasse ich Chavinier und Bellaiche. Also, was ist los?"

„Alain will gebissen werden, wenn wir uns lieben", gestand Orlando geradeheraus. „Aber ich habe eine Heidenangst davor, die Kontrolle zu verlieren und ihn zu verletzen."

Sebastien sah ihn überrascht an. „Wie lange ist es her, seit ihr den Aveu de Sang eingegangen seid?", fragte er verwirrt.

„Drei Wochen", antwortete Orlando. „Warum?"

„Dann musst du eine phänomenale Selbstbeherrschung haben, nicht nur im Bett", erwiderte Sebastien kopfschüttelnd. „Wenn du ihn beißt, während ihr euch liebt, stabilisiert das eure Verbindung. Es verlängert die Zeit, bis du wieder trinken musst. Es hilft dir auch, deine Reaktion auf andere Vampire unter Kontrolle zu behalten, wenn sie mit Alain Kontakt haben. Ich hätte nie gedacht … Was genau ist mit dir passiert, Orlando? Warum willst du dieses Bedürfnis unterdrücken?"

Orlando konnte ihm nicht in die Augen sehen und blickte zur Seite. Er überlegte, wie er einem nahezu unbekannten Vampir seine Vergangenheit erklären sollte. Vielleicht war es doch ein Fehler gewesen, sich Sebastien anvertrauen zu wollen.

„Bitte, Orlando", drängte Sebastien. „Ich kann dir nicht helfen, wenn ich die Hintergründe nicht kenne. Ich habe Erfahrung mit dem Aveu de Sang und mit der Versuchung, die ein Magier darstellt. Aber ich weiß nicht, woher du deine Stärke beziehst oder den Wunsch, dich so zurückzuhalten, wie du es offensichtlich getan hast."

„Mein Schöpfer hat sich ein Vergnügen daraus gemacht, einen unschuldigen Jungen zu brechen und in einen Vampir umzuwandeln. Er hat mich schwach gehalten, damit ich mich nicht gegen ihn wehren konnte. Bevor Jean mich gerettet hat, bin ich von ihm über hundert Jahre lang misshandelt worden. Danach war ich zu … zu kaputt, um an eine normale Beziehung zu denken. Ich habe genug getrunken, um zu überleben. Doch ich habe nie mehr gewollt und bin immer sofort verschwunden, nachdem ich getrunken hatte. Das hat sich erst mit Alain geändert. Aber jedes Mal, wenn ich ihn berühre, fürchtet ein Teil von mir, dass er sich von mir abwendet, dass er mich voller Abscheu ansieht, weil ich mir etwas erlaube, was er nicht will."

„Dieser Magier könnte dich gar nicht mehr lieben, als er es schon tut!", widersprach Sebastien. „Ich kann es ihm deutlich ansehen, und ich kenne nur sein öffentliches Gesicht. Du musst doch auch wissen, wie sehr er dich liebt."

„Wahrscheinlich nicht", erwiderte Orlando niedergeschlagen. „Er ist sehr gut darin, es mir zu sagen. Es fällt mir nur schwer, es zu glauben. Nicht, weil ich es ihm nicht abnehmen würde, sondern weil ich mir nicht vorstellen kann, dass jemand mich lieben könnte. Ich weiß, das hört sich ziemlich erbärmlich und jämmerlich an, aber ich werde dieses Gefühl einfach nicht los."

Sebastien nickte nachdenklich, während er Orlandos Geschichte verdaute. „Du kannst ihn nicht verletzen", sagte er schließlich. „Ich weiß nicht, wie ich es dir erklären soll. Aber ich kann dir versprechen, dass du ihn niemals verletzen könntest, selbst wenn du es wolltest. Du kannst es nicht über dich bringen."

„Das stimmt nicht", widersprach Orlando kopfschüttelnd. „Ich habe ihn schon einmal verletzt. Als ich in dieser einen Nacht ohnmächtig geworden bin und du ihm gesagt hast, dass ich trinken müsste. Ich bin aufgewacht, und er hatte sich über mich gebeugt und mich zum Trinken gezwungen. Ich habe ihn vom Sofa geworfen und mich auf ihn gestürzt. Ich konnte die Schmerzen in seinem Blut schmecken."

„War dir bewusst, über wen du hergefallen bist?", bohrte Sebastien nach.

Orlando schüttelte den Kopf.

„Und was hast du getan, nachdem du ihn erkannt hast?"

„Aufgehört."

„Na also", meinte Sebastien. „In dem Moment, in dem dir klar geworden ist, dass du deinen Avoué verletzt hast, hast du sofort aufgehört. Du hast dich nicht erst gefragt, was richtig oder falsch ist. Du hast einfach aufgehört. Du kannst ihn nicht wissentlich verletzen. Du kannst stolpern und ihn versehentlich umwerfen, aber wenn du es absichtlich machen wolltest – mit böser Absicht – dann könntest du es nicht tun. Du würdest es nicht schaffen, ihn anzufassen."

„Ich würde das niemals tun!", protestierte Orlando.

„Nein, das glaube ich auch nicht", bestätigte ihm Sebastien. „Und genau das meine ich. Ich meine, dass du dir keine Sorgen machen musst, die Kontrolle zu verlieren und ihn zu verletzen. Punkt. Du kannst es nicht. Deine Natur, die magische Verbindung zwischen euch beiden, was auch immer es sein mag – es lässt nicht zu, dass du ihn verletzt. Ich hätte nicht gedacht, dass du das nicht weißt."

Orlando schnaubte verächtlich. „Mein Schöpfer war nicht sehr interessiert daran, dass ich etwas lerne. Er wollte mich nur quälen."

„Was kann ich tun, um dir diese Angst zu nehmen?", fragte Sebastien.

Orlando zögerte kurz und überlegte, ob er das andere Thema ansprechen sollte, das ihm Kopfzerbrechen bereitete. Über den Rest konnte er mit Jean reden, der ihn in seinen schlimmsten Momenten erlebt hatte und wusste, wie zerbrochen Orlando wirklich gewesen war. Aber Jean war nicht hier und Orlando wusste nicht, wann er ihn das nächste Mal sehen würde. „Kann er mich verletzen?", fragte er stattdessen und ging dem Thema aus dem Weg.

„Würde er das tun?"

„Ich glaube nicht, dass er es absichtlich tun würde", meinte Orlando. „Nein, das würde er nicht tun. Aber könnte er es tun?"

„Orlando, du bist wesentlich stärker, als er es jemals sein könnte. Seine Magie wirkt nicht auf dich. Selbst wenn er dich verletzen wollte, könntest du ihn jederzeit aufhalten. Du könntest ihm entkommen. Alain ist nicht der Salaud, der dich erschaffen hat. Du tust euch beiden keinen Gefallen, wenn du dich durch diese Zweifel noch länger beeinflussen lässt."

Orlando nickte. „In meinem Verstand weiß ich das auch. Aber es ist nicht so leicht, diese Ängste und Zweifel wirklich zu überwinden. Alain ist der einzige Geliebte, den ich jemals hatte. Meine einzigen sonstigen Erfahrungen sind Thurloes Vergewaltigungen. Das erleichtert es mir nicht gerade, einem anderen Mann mein Vertrauen zu schenken."

Sebastien erkannte plötzlich Orlandos wahres Problem. „Nicht jeder Mann ist ein Bottom. Eigentlich sogar die wenigsten", erwiderte er. „Heterosexuelle, aber auch manche schwulen Männer, machen es nie. Und bei den meisten liegt es nicht daran, dass sie eine traumatische Erfahrung gemacht haben. Es gefällt einfach nicht jedem."

„Aber Alain gefällt die Idee, dass ich es mache", erklärte Orlando leise. „Ich komme mir vor, als müsste ich gegen mich selbst kämpfen, wenn es ihm nicht gebe."

„Ach so", sagte Sebastien nickend. „Ich verstehe das Problem. Deine Vampirnatur und der Aveu de Sang wollen ihm seinen Wunsch erfüllen, aber deine Erfahrung hat dich gelehrt, es zu fürchten. Hast du mit ihm darüber gesprochen?"

„Nur andeutungsweise", gestand Orlando.

„Auf das Risiko hin, fremde Geheimnisse auszuplaudern, muss ich dir sagen, dass Thierry deine Furcht teilt, auch wenn er nicht deine Gründe dafür hat", enthüllte ihm Sebastien. „Wenn Alain auch nur ein bisschen Feingefühl hat, fällt er nicht einfach über dich her und fickt dich. Er wird sich Zeit lassen, dich darauf vorbereiten, und zwar über einen längeren Zeitraum – Tage, vielleicht auch Wochen –, bis dein Körper sich daran gewöhnt hat und du es entspannt genießen kannst. Erst dann könnt ihr den letzten Schritt tun. Und wenn es wirklich nicht deine Sache ist, auch nicht mit einem liebevollen Mann wie Alain, dann musst du es ihm sagen. Ich kann mir nicht vorstellen, dass er dich jemals gegen deinen Willen zu etwas zwingen würde, das dir unangenehm ist. Der Aveu de Sang drängt dich, ihm nachzugeben. Aber du bist in einer besonderen Situation, deshalb solltest du auch auf deine eigenen Bedürfnisse Rücksicht nehmen."

In diesem Augenblick klingelte das Telefon und unterbrach ihr Gespräch.

„Âllo?", meldete sich Sebastien.

„Sebastien, hier spricht Alain. Ich weiß, dass Thierry noch krank ist, aber wir brauchen euch beide so schnell wie möglich im Hauptquartier der Milice. Es ist etwas passiert. Richte Orlando bitte aus, dass wir uns dort treffen und er nicht erst nach Hause kommen soll." Bevor Sebastien etwas sagen konnte, hatte Alain wieder aufgelegt.

Sebastien zog überrascht die Augenbrauen hoch und drehte sich zu Orlando um. „Wir sind ins Hauptquartier bestellt worden, alle drei."

31

„Was IST los?", fragte Raymond, als er mit Jean in Marcels Büro kam. „Du hast gesagt, es wäre eilig."

„Serrier ist hinter den Vampiren her", erwiderte Marcel. „Jedenfalls plant er einen Angriff auf dem Place Pigalle. Das kann nur einen Grund haben – nämlich, dass er sich die Vampire vorgenommen hat."

„Wann?", wollte Jean wissen. Er überlegte schon, wie er seine Leute am schnellsten warnen konnte, sich von den Clubs und Geschäften fernzuhalten und stattdessen zuhause zu bleiben.

„Mein Informant sagt, sie würden heute Nacht um zehn Uhr zuschlagen", antwortete Marcel ruhig. „Das gibt uns unglücklicherweise nicht viel Zeit für Vorbereitungen."

„Es ist immer noch besser, als gar keine Warnung", meinte Raymond. „Jedenfalls können wir rechtzeitig da sein, um den Angriff abzuwehren und seine Absichten zu verhindern."

„Ich fürchte, dass es dieses Mal ernster ist", warnte Marcel. „Er muss mittlerweile gemerkt haben, dass wir unsere Erfolge der Allianz mit den Vampiren verdanken. Ich vermute, dass unsere Leute heute Nacht mit Weihwasser besprüht werden. Und falls er uns diese Geschichte abgenommen hat, wird er so ziemlich jedes Klischee einsetzen, mit dem Vampire angeblich geschwächt oder besiegt werden können."

„Glücklicherweise richten die meisten keinen Schaden an. Aber das heißt nicht, dass wir unbesiegbar sind. Er weiß darüber Bescheid, dass Feuer uns verletzen kann. Wenn er das einsetzt, ist es nicht nur für uns gefährlich, sondern auch für alle anderen", überlegte Jean. „Sollten wir sicherheitshalber die Feuerwehr alarmieren?"

„Sie können mit ihren normalen Löschmethoden gegen magisches Feuer nichts ausrichten", meinte Raymond kopfschüttelnd. „Dagegen müssen wir selbst vorgehen. Welche Waffen er einsetzt, hängt davon ab, was er über die Vampire zu wissen glaubt. Es ist wahrscheinlich mit dem vergleichbar, was wir selbst vor der Gründung der Allianz über sie vermutet haben." Er zwinkerte Jean zu, als ihm der Rosenkranz einfiel, den sein Partner als Repère benutzte und in der Tasche trug. „Ich sehe schon vor mir, wie er uns mit Knoblauch beschießt. Das Schlimmste, was uns von dieser Wunderwaffe droht, ist ein blaues Auge. Aber nicht alle seine Vorurteile müssen sich so harmlos auswirken."

„Knoblauch, Weihwasser, Kruzifixe, Holzpfähle durchs Herz, Köpfen, kein Spiegelbild – aber das kann uns nicht verletzen, selbst den Legenden nach nicht", zählte Jean auf. „Holzpfähle könnten gefährlich werden, aber nur, wenn wir bis zum Sonnenaufgang nicht in Sicherheit gebracht werden. Köpfen ist die einzige Methode, um uns tatsächlich zu vernichten."

„Ich kann mir nicht vorstellen, dass er einen Fluch entwickelt hat, mit dem er euch köpfen kann", konterte Raymond. „Serrier ist zwar für seine Grausamkeit und die Macht seiner Magie bekannt, aber Einfallsreichtum und Innovation waren noch nie seine Stärke. Er hat nicht die Geduld und das Wissen, um einen neuen Fluch zu schaffen."

„Wie sieht es mit seinen Anhängern aus?", fragte Marcel mit ernster Stimme. „Jean hat recht, wir sollten uns auf seine Methoden vorbereiten. Es ist unserer beste Verteidigung."

Raymond dachte kurz über die Frage nach. „Vielleicht Simon Aguirand", meinte er schließlich. „Aber nur, wenn er genug Zeit hat, um einen neuen Fluch zu entwickeln. Er müsste ihn auch erst testen, bevor sie ihn einsetzen können. Ich glaube nicht, dass die wenigen Tage, die seit der Bekanntgabe der Allianz vergangen sind, dazu ausgereicht haben. Besonders dann nicht, wenn er einen vollkommen neuen Fluch entwickeln wollte."

„Worauf müssen wir also unser besonderes Augenmerk legen?", überlegte Marcel.

„Feuer", erwiderte Raymond sofort. „Dazu muss er nur alte und relativ einfache Beschwörungen variieren, wie sie beispielsweise zur Erzeugung von Wärme oder dem Anzünden eines Feuers im Herd benutzt werden. Außerdem hat er von Jean gehört, dass Feuer eine Schwäche der Vampire ist. Alles andere – wie Knoblauch, Kruzifixe, selbst Weihwasser – ist auch eine Option, weil er es einfach mit dem gleichen Fluch auf uns schleudern kann wie das Feuer."

Sie wurden durch ein Klopfen an der Tür unterbrochen. „Herein", rief Marcel.

Es war Alain, der mit entschlossenen Schritten das Zimmer betrat. „Ich habe mit Thierry gesprochen. Sie sind auf dem Weg. Aber sie waren in Versailles, deshalb wird es noch einige Minuten dauern, bis sie eintreffen."

„Wo ist Orlando?", fragte Jean in scharfem Ton. Die Bedrohung durch Serrier gab seinem Beschützerinstinkt zusätzliche Nahrung.

„Er ist bei ihnen, weil er mit Sebastien reden wollte. Sie sind gemeinsam unterwegs", erwiderte Alain. „Ich glaube nicht, dass sie in Gefahr sind. Serrier erwartet nicht, dass Vampire sich tagsüber im Freien aufhalten."

„Aber heute Nacht wird er sie erwarten", knurrte Jean. „Wir müssen dafür sorgen, dass so viele wie möglich im Haus bleiben oder das Viertel meiden. Hast du Angélique schon gewarnt? Das Sang Froid ist in einer Nebenstraße des Place Pigalle. Sie will es heute vielleicht geschlossen lassen, damit ihre Mitarbeiter nicht gefährdet werden."

„Habt ihr daran gedacht, dass es ein Ablenkungsmanöver sein könnte, wie bei dem Angriff auf den Eiffelturm?", erkundigte sich Alain. „Vielleicht wollen sie uns nur zum Place Pigalle locken und der wirkliche Angriff findet an einer anderen Stelle statt. Es wäre nicht das erste Mal."

„Wir können uns nicht erlauben, es als harmlose List zu behandeln", widersprach Jean. „Sicher, einige Flüche wirken bei uns nicht. Aber das gilt nicht für alle. Wenn die Vampire davon überrascht werden, sind sie ein leichtes Opfer für Serriers Magier. Ich werde meine Leute keinem Risiko aussetzen – weder die Mitglieder der Allianz, noch diejenigen, die sich uns bisher noch nicht angeschlossen oder noch keinen Partner haben. Sie sind wehrlos gegen Serrier, was immer er heute Nacht auch vorhaben mag. Ich kann das nicht zulassen. Ich kann sie nicht ahnungslos ins Feuer laufen lassen, ohne sie zu beschützen."

„Das erwarten wir auch nicht von dir", unterbrach ihn Marcel. „Deshalb habe ich Thierry verständigt, obwohl er noch krank ist. Deshalb ist Alain schon hier und Adèle wird in Kürze eintreffen. Deshalb habe ich dir und Raymond zuerst Bescheid gesagt. Ich habe sämtliche Einheiten alarmiert. Ich kann sie alle zum Montmartre schicken, weil es sich tatsächlich um einen Trick handeln könnte. Aber da der Angriff auf den Eiffelturm stattgefunden hat, obwohl er ein Ablenkungsmanöver war, werde ich so viele Patrouillen wie möglich am Place Pigalle und in den umliegenden Straßen in Stellung bringen. Wir werden eine Einheit zurückbehalten, für den Fall, dass Serrier noch an einem anderen Ort zuschlägt. Aber ich werde die Vampire Serrier nicht schutzlos ausliefern, denn diese Allianz gilt für alle. Die Vampire kämpfen für uns und wir werden für sie kämpfen. Ich habe es ernst gemeint, als ich auf der Pressekonferenz den Reportern gesagt habe, dass alle magischen Lebewesen unter dem Schutz der Milice stehen. Die anderen haben sich uns noch nicht angeschlossen, aber das ist ihre Entscheidung. Ich werde nicht zulassen, dass jemand in zusätzliche Gefahr gerät, weil er sich der Milice angeschlossen hat. Also, Raymond und Alain – wie können wir verhindern, dass Serrier heute Nacht ernsthaften Schaden anrichtet?"

„Montmartre", sagte Alain mit Blick auf die Karte hinter Marcels Schreibtisch. Die Ansicht zoomte sofort auf diesen Kartenausschnitt. „Wo, außer auf dem Place Pigalle, halten sich die Vampire in einer normalen Nacht wie dieser auf?", wollte er von Jean wissen.

Jean stand auf und ging auf die Karte zu. „Es gibt Clubs und Geschäfte auf dem Boulevard de Clichy, dem Boulevard Rochechouart und bis zum Place des Abbesses. Einige sind sogar in der Nähe von Sacré-Cœur, in der Rue Chappe und der Rue Gabrielle. Die Wohnungen der Vampire sind über den gesamten Distrikt verstreut."

„Unser Informant hat explizit vom Place Pigalle gesprochen?", fragte Alain bei Marcel nach.

„Richtig", bestätigte der General. „Aber das heißt nur, dass sie vorhaben, dort anzugreifen. Es schließt zusätzliche Attacken an anderen Orten nicht aus."

Alain nickte. „Ich weiß. Es gibt uns allerdings einen Anhaltspunkt für unsere Planungen. Wir müssen am Place Pigalle ausreichend Leute haben, um den Angriff nicht nur zurückzuschlagen, sondern auch zu verhindern, dass er von dort auf die Nachbarschaft übergreift."

„Was ist, wenn sie nicht gemeinsam dort eintreffen, sondern einzeln aus verschiedenen Richtungen kommen?", gab Raymond zu bedenken. „Serrier hat diese Taktik schon mehrmals angewendet. Er schickt kleine Gruppen los, die sich dann an einem Ort versammeln. Wenn sie so vorgehen, können sie schon auf dem Weg dorthin unschuldige Passanten in Gefahr bringen."

Alain runzelte die Stirn und sah auf die Uhr. „Deshalb bräuchten wir jetzt Thierry. Er ist in solchen Fragen viel besser als ich."

„Er wird bald eintreffen", meinte Marcel. „Du hast ihm selbst gesagt, dass es dringend ist und wir wenig Zeit haben. Noch ist es nicht dunkel geworden. Falls Serrier es tatsächlich auf die Vampire abgesehen hat, bringt es ihm keine Vorteile, jetzt schon Aufmerksamkeit auf sich zu ziehen."

„Ich habe das Gefühl, dass wir sehr viele Ressourcen in diese Verteidigung stecken – was auch richtig ist, sollte die Bedrohung wirklich so ernst sein. Aber wir verlassen uns dabei auf eine Informationsquelle, die in Serriers Hierarchie nur einen untergeordneten Rang einnimmt", bemerkte Raymond. „Könnte es sein, dass wir damit einen Fehler machen?"

Marcel zuckte mit den Schultern. „Seine Informationen waren bisher immer zuverlässig", stellte er fest. „Der Eiffelturm sollte zwar nur vom Justizpalast ablenken, aber es war trotzdem ein ernst zu nehmender Angriff. Ohne unser Eingreifen hätten sie den Turm mit ihren Minen zum Einsturz gebracht. Wir halten eine Einheit als Reserve hier zurück, die sofort eingreifen kann, falls etwas Unerwartetes passiert. Aber wir können uns nicht leisten, darauf zu hoffen, dass Serrier uns nur aus der Deckung locken will."

Wieder klopfte es an der Tür. Alain öffnete sie und war erleichtert, Orlando mit Thierry und Sebastien vor der Tür stehen zu sehen. Er lächelte seinem Freund und Sebastien zu, dann drehte er sich zu Orlando um. Alain wusste nicht, was seinem Partner so wichtig gewesen war, den weiten Weg nach Versailles auf sich zu nehmen, um mit Sebastien zu reden. Was immer es auch gewesen sein mochte, das Gespräch schien Orlandos Sorgen zerstreut zu haben. Er wirkte unbeschwert und in seinem Blick lag der Hauch eines Versprechens. Alain fühlte, wie das Verlangen nach seinem Geliebten sich in ihm ausbreitete und er wurde hart. Was mochte wohl hinter diesen dunklen Augen in Orlandos Kopf vor sich gehen?

Thierry warf einen kurzen Blick auf die Karte mit dem Montmartre, dann sah er in die ernsten Gesichter der Anwesenden. „Was ist los?", fragte er. „Es scheint eine ziemlich große Sache zu sein."

Marcel klärte die Neuankömmlinge kurz über die eingegangene Warnung und ihre bisherige Diskussion auf.

Thierry legte die Stirn in Falten und studierte die Karte. „Wenn ich diesen Angriff geplant hätte, würde ich meine Leute nicht direkt auf den Place Pigalle bringen. Das Gelände ist viel zu offen, um sich sicher dorthin zu transportieren."

„Welchen Ort würdest du wählen?" Jean war neugierig. Thierrys strategische Begabung könnte den Magier zu einem kompetenten Mitspieler im Jeu des Cours machen.

„Hier, hier, hier und hier", sagte Thierry und zeigte auf vier kleine Plätze nördlich des Place Pigalle. „Sie können sich einzeln auf diese Plätze transportieren und so die Gefahr eines sofortigen Gegenangriffs vermeiden. Und sie sind weit genug vom Place Pigalle entfernt, um von den Verteidigern nicht sofort bemerkt zu werden. Wenn du recht hast und sich ihr Angriff vor allem gegen die Vampire richtet, haben sie außerdem den Vorteil, dass sie ihre Opfer besser in die Zange nehmen können, weil sie über vier Stellen verstreut ankommen."

„Hat die Milice genügend Einheiten zur Verfügung, um alle diese Punkte abzudecken?", erkundigte sich Sebastien. „Dann wären wir für alle Eventualitäten gerüstet und könnten sofort eingreifen, wenn es ernst wird."

„Das würde ich nicht tun", widersprach Thierry. „Damit würden wir ihm unsere Anwesenheit zu früh zu erkennen geben und ihn warnen. Wir sollten uns nicht an einem Ort sammeln, sondern uns über den ganzen Distrikt verstreuen. Dann ist es auch egal, wo sie eintreffen. Die größte Wahrscheinlichkeit besteht am Place Pigalle, am Place des Abbesses und am Place du Tertre. Wir können uns zwar nicht darauf verlassen, aber dort sollten wir größere Einheiten positionieren. Wir müssen ein möglichst großes Areal abdecken."

„Ich gehe mit meiner Einheit zum Place Pigalle", bot Alain an. „Der Platz ist sein Ziel und wir erwarten ihn dort. Außerdem halten sich dort die meisten Vampire auf. Das hast du doch gesagt, Jean?"

Jean nickte.

„Gut", sagte Thierry und trug die Einheit auf der Karte ein. „Ich kann meine Patrouille auf den Place des Abbesses und die umliegenden Straßen verteilen. Wir werden Adèle und ihre Leute zum Place du Tertre und in die Straßen südlich davon schicken. Drei weitere Einheiten verteilen wir auf die kleineren Plätze und Straßen."

„Das sehe ich etwas anders", unterbrach ihn Alain. „Hast du vergessen, dass du immer noch krank bist?"

„Er hat vollkommen recht", fügte Sebastien hinzu. „Du hast in den letzten drei Tagen kaum das Bett verlassen."

„Aber jetzt habe ich es getan", erwiderte Thierry mit harter Stimme. „Und eine Erkältung hat keinen Einfluss auf meine magischen Fähigkeiten. Wir können auf niemanden verzichten und ich bin immer noch der beste Stratege, den die Milice hat. Wenn irgendetwas schief geht, braucht ihr mich."

„Aber nicht, wenn wir dich dadurch riskieren", widersprach Alain.

„Wir riskieren in jedem Kampf unser Leben", erinnerte ihn Thierry. „Der einzige Grund, warum ich nach dem Piège-Pouvoir nicht sofort wieder meinen Dienst aufgenommen habe, ist diese dämliche Erkältung. Sie ist lästig, aber sie wird mich nicht davon abhalten, heute Nacht dabei zu sein."

„Wirst du dich wenigstens vorher von einem Mediziner untersuchen lassen?", mischte sich Marcel ein.

Thierry nickte.

„Alain, wirst du akzeptieren, was der Mediziner sagt?", wollte Marcel wissen.

Alain nickte widerstrebend. Sollte der Mediziner keine Einwände gegen Thierrys Beteiligung an dem Kampf haben, konnte er selbst schlecht widersprechen. Und wenn Alain ehrlich war, war er auch froh, Thierry an seiner Seite zu wissen.

„Dann auf zur Krankenstation."

„Ist alles in Ordnung?", fragte Alain, als er und Orlando in dem Büro eintrafen, das er sich mit Thierry teilte.

Orlando nickte, zog Alain in die Arme und küsste ihn leidenschaftlich.

„Thierry und Sebastien kommen gleich nach", protestierte Alain halbherzig.

„Dann ziehe ich dich besser nicht aus, um dich zu lieben, oder?", neckte Orlando und küsste ihn am Hals. „Wir müssen improvisieren. Alles andere muss warten, bis wir wieder zu Hause sind."

Alain wusste nicht, was in Orlando gefahren war. Aber diese neue Seite an seinem Geliebten erregte ihn. Er legte den Kopf in den Nacken und bot Orlando genauso vorbehaltlos den Hals an, wie er ihm sein Herz geschenkt hatte. Orlandos Zähne suchten sofort nach dem Brandmal unter Alains Ohr und bohrten sich tief hinein. Er streichelte Alain durch die Kleidung überall dort, wo der Magier besonders empfindsam war.

Alain wurde unter dem doppelten Ansturm von Orlandos Zähnen und Händen schwindelig. Der Vampir hatte ihn während eines Bisses noch nie so ungehemmt berührt. Hieß das etwa, dass er endlich seine Vorbehalte aufgegeben hatte? Alains Knie gaben nach und er klammerte sich haltsuchend an Orlando fest, sonst wäre er umgefallen. Orlando fuhr mit der Hand nach unten auf Alains Hintern, um ihn zusätzlich zu stützen. Dann schob er ihn mit dem Rücken zum Schreibtisch, wo Alain sich anlehnen konnte. Alain nahm das Angebot dankbar an und ließ den Kopf noch weiter nach hinten fallen, während er sich mit den Hüften an Orlando rieb.

Orlando bekam dadurch die Hände frei und streichelte ihm über den Rücken und durch die Haare. Er spielte mit Alains kurzen Locken, während er ihm mit der anderen Hand die Hose aufknöpfte, sie in die Unterhose schob und um Alains harten Schwanz legte. Alains langes, tiefes Stöhnen erregte Orlando genauso, wie der Geschmack nach Lust und Liebe in Alains Blut. Er wollte seinem Magier vor diesem Kampf alles geben.

„Orlando", flüsterte Alain. In seiner Stimme schwangen Lob und Bitte mit. Orlando hätte beinahe den Kopf gehoben, aber er hatte es Alain versprochen. Er hatte ihm versprochen, ihn das nächste Mal auch zu beißen, wenn sie sich liebten. Es spielte keine Rolle, dass er sich dabei etwas andere äußere Umstände gewünscht hätte. Orlando war fest entschlossen, sein Versprechen zu halten. Später, wenn sie allein waren, konnten sie es wiederholen und richtig auskosten. Er zog Alain fester an sich und ließ die Hand, die mit den Haaren gespielt hatte, über den Rücken in Alains Hose gleiten. Am liebsten hätte er Alain umgedreht und ihn hart und schnell gefickt, aber sie hatten nicht viel Zeit. Orlando wollte nicht erwischt werden, weder mit dem Schwanz im Arsch noch mit den Zähnen im Hals seines Avoué, auch wenn Thierry und Sebastien sie wahrscheinlich nicht nur verstehen, sondern es auch gutheißen würden. Darum beschränkte er sich darauf, Alains Hintern zu massieren und ihm mit den Fingern durch die Spalte zu fahren, um keinen Zweifel daran aufkommen zu lassen, dass er seine Ängste vor der Kombination aus Sex und Biss endgültig überwunden hatte.

Alain erkannte Orlandos Vorhaben und stieß ihn mit den Hüften an. Er fuhr mit den Händen in Orlandos Jeans und fing an, ihn ebenfalls zu streicheln. Aber es war unbekanntes Gelände für ihn und er wollte nicht zu viel auf einmal voraussetzen. Sie hatten jetzt nicht die Zeit, um eventuelle Missverständnisse auszuräumen. Sie mussten noch die Vorbereitungen für die Schlacht am Place Pigalle treffen, einen Kampf, in dem sie sich keine Ablenkung durch persönliche Spannungen erlauben konnten.

Alain klammerte sich an Orlandos Schultern fest und kam mit einem tiefen Stöhnen zum Höhepunkt. Zu seiner Überraschung spürte er, wie Orlando ebenfalls erstarrte und dann wieder erschlaffte. Für einen kurzen Augenblick bohrten sich Orlandos Zähne noch tiefer in Alains Hals und verstärkten das Gefühl der tiefen Verbundenheit zwischen ihnen. Er streichelte mit der Hand über Orlandos dunkle Haare und presste ihn noch fester an seinen Hals, um ihm unmissverständlich zu zeigen, wie sehr er diesen Biss genoss.

„Meldet euch, wenn wir ins Zimmer kommen können", klang Thierrys lachende Stimme durch die Tür.

Alain zuckte erschrocken zusammen. Er war so versunken gewesen in Orlandos Liebe, dass er Thierrys Ankunft nicht wahrgenommen hatte. Orlando hob langsam den Kopf und schaute ihm in die Augen. Dann küsste er Alain sanft auf den Mund. „Wir reden darüber, wenn wir wieder zuhause sind", versprach er, als er Alains fragenden Blick sah. „Jetzt haben wir eine Schlacht zu bestreiten."

„Ich liebe dich", sagte Alain leise und strich ihm mit den Fingerspitzen über die Wange. Dann richtete er seine Kleidung.

„Ich liebe dich auch", erwiderte Orlando mit einem zärtlichen Lächeln. Er wartete, bis Alain seine Hose gerichtet und mit einer kurzen Handbewegung wieder gereinigt hatte, dann ging er zur Tür, öffnete sie und winkte ihre Freunde ins Zimmer.

32

Kᴜʀᴢ ᴠᴏʀ Einbruch der Dämmerung bezogen die Einheiten der Milice ihre Stellungen. Thierry war von einem Mediziner untersucht und diensttauglich erklärt worden. Er war ständig zwischen den einzelnen Stellungen unterwegs und überzeugte sich davon, dass alles plangemäß verlief. Alain hatte die Lage am Place Pigalle in Sichtweite des Moulin Rouge unter Kontrolle. Adèles Einheit sicherte den Place du Tertre und die umliegenden Straßen ab. Raymond und Jean waren unterwegs, um nach Vampiren Ausschau zu halten und sie aufzufordern, wieder nach Hause zu gehen und bis morgen Nacht dort zu bleiben. Ein leichter Nebel lag in den engen Straßen und dämpfte das Licht der Straßenlampen. Thierry runzelte die Stirn. Die potentiellen Komplikationen durch schlechtes Wetter waren unerfreulich. Falls der Nebel dichter wurde, fiel es schwer, zwischen Freund und Feind zu unterscheiden.

Jean besuchte die Clubs und Geschäfte des Place Pigalle und des Place des Abbesses, die von Vampiren geführt wurden. Er erklärte den erschrockenen Eigentümern die Lage und bereitete sie darauf vor, was in den nächsten Stunden vermutlich passieren würde.

„Was können wir tun?", fragte Laetitia Bastian sofort.

„Für heute Nacht schließen", erwiderte Jean. „Ich weiß, es bedeutet einen Umsatzverlust. Aber das ist immer noch besser, als einen Angriff der dunklen Magier mit toten oder verletzten Kunden in Kauf zu nehmen, die sich bei euch sicher gefühlt haben."

Laetitia sah ihn wütend an, während sie die Rollläden ihres Cafés herunterließ. „Du hättest diesen Krieg nicht zu uns bringen sollen. Er gefährdet uns alle."

„Du kannst über mich denken, was du willst", erwiderte Jean. „Wenn dieser Krieg vorbei ist und wir endlich unter dem Schutz des Gesetzes stehen, wirst du diese eine Nacht der Gefahr schnell vergessen haben."

Laetitia runzelte die Stirn, hängte aber ein ‚Geschlossen'-Schild vor die Tür und wartete dann demonstrativ darauf, dass Jean das Café verließ und sie hinter ihm abschließen konnte.

Glücklicherweise musste er die meisten Vampire nicht erst lange dazu überreden, für heute die Türen hinter sich zu verschließen, um kein leichtes Ziel für die dunklen Magier zu bieten. Jean konnte sich nicht vorstellen, dass Serrier genug über den Cour in Erfahrung gebracht hatte, um zu wissen, welche Clubs und Läden Vampiren gehörten. Bis auf das Sang Froid waren die meisten wahrscheinlich uninteressant für ihn und es fiel nicht weiter auf, dass sie heute geschlossen hatten. Mit Alains Einheit am Place Pigalle war vermutlich auch das Sang Froid vor Angriffen der dunklen Magier geschützt.

Sie hielten nach dunklen Magiern Ausschau, die möglicherweise als Kundschafter vorausgeschickt wurden, konnten aber nichts Verdächtiges feststellen. Die Magier der Milice taten ihr Bestes, um unter den Passanten, die von der Arbeit oder vom Einkauf nach Hause kamen, nicht aufzufallen.

Als es dunkler wurde, leerten sich die Straßen langsam. Bald waren nur noch die Angehörigen der Milice unterwegs. Die Stunde des Überfalls nahte und Thierry gab den Befehl an die Einheiten aus, in Deckung zu gehen. Einer nach dem anderen verschwand in dunklen Hauseingängen und Seitengassen. Nur wenige der Vampire und Magier schlenderten noch durch die Straßen, aber sie stellten keine offensichtliche Bedrohung dar. Thierry hatte gerade selbst seine verabredete Stellung bezogen, als Mireille und Caroline auf den Platz gerannt kamen. Ihre Gesichter waren grimmig und passten überhaupt nicht zu der Kleidung, die sie trugen. Thierry kam aus seiner Deckung und trat ihnen in den Weg.

„Hat Marcel ohne mein Wissen eine neue Uniform eingeführt?", fragte er scherzend. „Ich bin nicht sicher, ob ich etwas im Schrank habe, das mit euch mithalten kann."

Caroline zeigte ihm einen Vogel und verkniff sich nur mühsam das Lachen. „Wir waren nicht im Dienst und wollten gerade ausgehen, als wir die Nachricht von dem geplanten Angriff erhalten haben. Wenn wir uns erst umgezogen hätten, wären wir nicht pünktlich hier gewesen."

„Ihr hättet nicht kommen müssen, wenn …", meinte Thierry.

„Doch, das mussten wir", unterbrach ihn Mireille. „Er will die Vampire angreifen. Unbeteiligte Vampire. Welchen Nutzen hat diese Allianz, wenn wir uns nicht selbst verteidigen und unseren eigenen Leuten helfen?"

Thierry nickte. „Eure Einheit ist nicht hier. Marcel hat sie im Hauptquartier zurückbehalten für den Fall, dass ein unerwarteter Angriff an einem anderen Ort stattfindet. Ihr könnt euch meiner Patrouille anschließen oder zu Alain auf den Place Pigalle gehen. Wir haben beide die gleiche Stärke."

„Dann bleiben wir am besten hier", sagte Caroline. „Es ist bald zehn Uhr und wir sind heute nicht gerade unauffällig."

„Geht vor das Café dort", sagte Thierry. „Tut so, als wärt ihr ein Paar, das ausgeht und sich einen kurzen Moment in den Schatten gönnt."

Mireille und Caroline nickten und überquerten den Platz. Vor dem Café umarmten sie sich und warteten darauf, dass die Schlacht begann.

Eric und Vincent kamen einige Minuten vor zehn am Place d'Anvers an. Sie trugen dicke Wintermäntel und hatten sich Schals um das Gesicht gewickelt, um nicht sofort erkannt zu werden. Zusammen mit anderen Pendlern kamen sie von der U-Bahn auf die Straße. Die Nacht war kühl und feucht und sie wurden kaum beachtet. Die beiden Männer gingen über den Boulevard Rochechouart, als wären sie jeden Tag hier unterwegs, um endlich nach Hause zu kommen. Sie schafften es bis zur Rue des Martyrs, bevor sie angesprochen wurden. Ein Magier forderte sie auf, so schnell wie möglich nach Hause zu gehen.

„Gibt es Probleme?", fragte Eric durch den Schal, der seine Stimme dämpfte.

„Noch nicht", erwiderte der Magier. „Aber es kann jeden Moment losgehen. Wir wollen nicht, dass unbeteiligte Passanten in den Kampf verwickelt werden."

Eric und Vincent nickten. „Danke für die Warnung", sagte Vincent freundlich. „Wir wohnen hier um die Ecke in der Rue Houdon. Wir beeilen uns und schließen hinter uns ab."

Der Magier winkte sie durch und sah ihnen nach, als sie in die Rue Houdon abbogen. Er sah nicht, dass sie in einen Hauseingang gingen und sich unsichtbar machten, um den bevorstehenden Kampf beobachten zu können, bis sich ihnen die Möglichkeit bot, ihren Plan in die Tat umzusetzen.

Dann waren die ersten Kampfgeräusche zu hören. Dunkle Magier kamen durch die Rue Chappe und auf den Parvis de Sacré-Cœur, wo sie die Milice in ein Gefecht verwickelten. Flüche flogen durch die Nacht und Raymond grinste breit, als Ströme von Wasser sie von oben bis unten durchnässten und sich auf der Straße Pfützen bildeten. Mehr passierte nicht. „Es scheint, als wäre Serrier für die alten Legenden noch anfälliger, als die Milice es war", sagte er zu Jean und drehte sich zu den Angreifern um.

Jean schüttelte den Kopf und sprang in einen Hauseingang, als ein dunkler Magier an ihnen vorbeirannte. Er packte den Mann am Jackett und wirbelte ihn herum, um ihm ins Gesicht zu sehen, bevor er ihm das Genick brach. Dann ließ er ihn zu Boden fallen. Das waren nicht mehr nur feindliche Kämpfer. Diese Magier griffen seine Leute an – wehrlose Vampire – und es interessierte sie nicht, ob sie dabei faire Methoden anwendeten oder nicht. Jean hatte keine Skrupel, sie mit allen Mitteln daran zu hindern. Er sprang in die Luft und zog sich am Eisengitter eines Balkons hoch, um auf sein nächstes Opfer zu warten. Als der Ansturm der dunklen Magier unter Raymonds Abwehr zum Erliegen kam, sah Jean seine Chance. Er sprang mitten ins Getümmel und setzte drei der dunklen Magier außer Gefecht, bevor er sich wieder aus dem Kampfgeschehen zurückzog.

Am Place Pigalle kam Alain aus seiner Deckung. „Haltet eure Stellung", befahl er seiner Einheit. „Sie sind auf dem Weg hierher. Adèle und Thierry sichern uns von Norden ab."

Er hatte kaum zu Ende gesprochen, als aus südlicher Richtung die dunklen Magier auf den Platz strömten. Sie kamen durch die Rue Frochot und die Rue Jean-Baptiste Pigalle. Alain drehte sich sofort zu ihnen um. Orlando trat an seine Seite, bereit, sich jeder Bedrohung in den Weg zu stellen. Er wusste, dass sie durch ihre ungedeckte Position der perfekte Köder waren. Alain wollte

Serriers Magier in die Mitte des Platzes locken und der Rest der Einheit sollte hinter ihnen die Straßen abriegeln, sodass sie sich dem direkten Kampf mit der Milice stellen mussten.

Die dunklen Magier schleuderten die ersten Flüche und kurz darauf regnete es auch am Place Pigalle Weihwasser. Alain zog Orlando mit sich hinter einen der Büsche in der Mitte des Platzes, von wo aus sie den Kampf beobachteten. Die Patrouille konterte die Flüche von Serriers Leuten. Alain konnte etwa dreißig von ihnen zählen, also zehn mehr als die Magier seiner eigenen Einheit. Aber dabei waren die Vampire nicht mitgezählt, die sich ebenfalls an dem Kampf beteiligten. Außerdem waren noch Angélique und David sowie mehrere andere Vampire gekommen, die keiner der Patrouillen angehörten. Alain sah zu, wie David einen dunklen Magier niederstreckte, der auf dem Weg zu Angélique und dem Sang Froid war. Dann musste er lachen, als eine Salve Knoblauchknollen in ihre Richtung abgefeuert wurde.

Auf dem Place des Abbesses lauschte Thierry dem Lärm der Kämpfe, die südlich und nördlich seiner gegenwärtigen Position ausgebrochen waren. „Wohin sollen wir gehen?", fragte Sebastien, den es mächtig in den Fingern juckte. Er fühlte sich dem Cour nicht auf die gleiche Weise verpflichtet wie Jean, aber ihm war die Gefahr bewusst, die ihnen durch Serrier drohte. Sebastien konnte sich nicht einfach zurücklehnen und den Kampf den anderen überlassen.

„Wir bleiben vorerst hier", erwiderte Thierry, dem die Ungeduld seines Partners nicht verborgen blieb. „Es ist noch nicht sicher, ob diese beiden Gruppen die einzigen sind, die Serrier geschickt hat. Wir werden einige Minuten abwarten, wie sich die Situation entwickelt. Dann greifen wir ein."

„Du kannst doch nicht einfach hier rumstehen und nichts tun, während die anderen kämpfen!"

„Wir stehen hier nicht rum, wir erfüllen unsere Aufgabe und beschützen die umliegenden Geschäfte. Sobald wir sicher sein können, dass ihnen keine Gefahr droht, werden wir unseren Freunden helfen", beschwichtigte ihn Thierry.

Bevor Sebastien etwas erwidern konnte, kam Adèle auf den Platz gerannt. „Sie wollen über die Rue Chappe nach Süden vorstoßen. Wenn wir uns beeilen, können wir ihnen den Weg abschneiden."

Thierry gab seiner Einheit das Zeichen, sich aufzuteilen. Die Hälfte seiner Leute folgte Adèle zur Kreuzung von Rue Chappe und Rue Trois Frères, um die Patrouille zu unterstützen, die sich dorthin zurückgezogen hatte. Raymond gab das Kommando an Adèle ab. „Am Place des Abbesses und am Place du Tertre ist es noch ruhig", meldete sie ihm. „Aber vom Place Pigalle war schon Kampflärm zu hören."

Raymond warf Jean einen kurzen Blick zu. Der nickte kurz. „Hast du diese Bande im Griff?", fragte Raymond sicherheitshalber.

Adèle grinste grimmig. „Worauf du dich verlassen kannst."

„Dann überlasse ich sie dir. Wir gehen nach Süden."

„Sie werden gar nicht merken, wie ihnen geschieht."

Daran zweifelte Raymond nicht. Adèle verteilte ihre Einheit sofort rund um die Kreuzung, damit sie das Vordringen der dunklen Magier aufhalten konnten. Es konnte nicht mehr lange dauern, bis sie hier eintrafen. Sie würden direkt ins Feuer der Milice laufen. Raymond hörte noch, wie sie ihrem Partner und einigen anderen Paaren Anweisungen gab, die Flanken mit Vampiren zu besetzen, um die dunklen Magier in die Zange zu nehmen, sobald sie an der Kreuzung eintrafen. Wenn sie so weiter vordrangen, würden sie Adèle direkt in die Falle laufen.

Auf dem Places des Abbesses wartete die andere Hälfte von Thierrys Einheit auf weitere Befehle. „Wir gehen zum Place Pigalle, um Alain zu unterstützen", entschied Thierry.

Sie liefen über die Rue Houdon zum Place Pigalle, wo sie sich mit einem lauten Schlachtruf in den Kampf stürzten.

Eric und Vincent standen unsichtbar am Rand des Geschehens in der Dunkelheit. Sie konnten sich gegenseitig nicht sehen, aber beide runzelten unzufrieden die Stirn. Seit Verstärkung für die Milice eingetroffen war, stand ihre Einheit mit Dumont und Magnier einem nahezu unschlagbaren Team gegenüber. Die Magier der Milice gewannen langsam die Oberhand. Eric und Vincent mussten jetzt noch vorsichtiger sein, wenn sie einen Vampir in ihre Gewalt bringen wollten, ohne dabei erwischt zu werden. Eric tastete nach Vincent. Er legte ihm die Hand auf die Schulter und deutete ihm an, näher an das Kampfgeschehen heranzugehen. Sie schlichen sich leise zu der U-Bahn-Station am Rande des Platzes. Eric hielt sich an Vincents Arm fest, um ihn nicht zu verlieren.

Während sie von dort den Kampf beobachteten, kam Magnier hinter einem Busch hervor und feuerte Flüche auf die dunklen Magier ab. An seiner Seite lief ein Mann, der keinen Stab in der Hand hatte. „Da, bei Magnier", flüsterte Vincent Eric ins Ohr. „Ist das ein Vampir?"

Eric beobachtete die beiden Männer noch etwas länger. Alain verwickelte einen ihrer Leute in ein magisches Gefecht, dann kam der dunkelhaarige Mann so schnell von der Seite angerannt, dass man ihm mit bloßem Auge kaum folgen konnte. Er drehte dem dunklen Magier den Arm auf den Rücken und nahm ihm den Stab ab. „Es muss ein Vampir sein", flüsterte Eric zurück, während Alain den dunklen Magier mit einer Beschwörung band. „Aber warum kann er sich noch bewegen? Warum hat Magniers Beschwörung nicht auf beide gewirkt?", fragte er, während der Vampir den dunklen Magier unbeweglich auf dem Boden zurückließ.

„Keine Ahnung", murmelte Vincent. „Wir wissen, dass Vampire nicht immun sind gegen Magie. Wir haben Beschwörungen benutzt, um Edouard zu Pascal zu bringen."

„Wir können nur hoffen, dass Magnier die Beschwörung irgendwie modifiziert hat, um den Vampir nicht zu treffen", erwiderte Eric. „Sonst haben wir ein Problem."

„Der Vampir weicht Magnier kaum von der Seite. Wir müssen sie trennen, wenn es funktionieren soll", warnte Vincent. „Sonst wird Magnier unsere Magie sofort neutralisieren, wenn er sie spürt."

„Wir müssen eine günstige Gelegenheit abwarten", entschied Eric. „Sie können nicht immer so nahe beieinander bleiben."

Aber da täuschten die beiden sich offensichtlich, denn der Vampir wich auch bei den folgenden Gefechten nicht von Magniers Seite und war nie mehr als eine Armlänge von dem Magier entfernt. „Vielleicht sollten wir es mit einem anderen versuchen?", fragte Vincent nach einigen Minuten.

„Mit wem?", flüsterte Eric zurück. „Die anderen Vampire verhalten sich genauso. Jeder von ihnen klebt praktisch an einem Magier. Wir werden bei Dumont nicht erfolgreicher sein als bei Magnier. Und ich glaube, Payet gesehen zu haben. An dem werden wir auch nicht vorbeikommen."

„Wenn wir mit leeren Händen zurückkommen, sind wir es, die in der Folterkammer landen."

Bevor Eric ihm darauf antworten konnte, wurde Magnier durch einen Fluch von Richard Lapeyre in der Seite getroffen und ging zu Boden. Eric und Vincent warteten gespannt, wie sich die Situation entwickelte. Vielleicht war das ihre Chance.

Orlando konnte den Fluch nicht hören, der Alain traf. Aber er sah, wie sein Geliebter stolperte und in die Knie ging. Er wurde von einer Wut gepackt, wie er sie noch nie gefühlt hatte, selbst gegen seinen Schöpfer nicht. Sofort kam Thierry angerannt und half Alain wieder auf die Beine. Ihm war nichts passiert. Orlando konnte sich unbesorgt um den Mann kümmern, der es gewagt hatte, seinen Magier anzugreifen.

Lapeyre jubelte laut, als Magnier getroffen wurde. Leider war sein Fluch nicht stark genug gewesen, um den Mann permanent außer Gefecht zu setzen. Aber er gab Lapeyre die Möglichkeit zur Flucht. Sein Siegestaumel hielt nur so lange an, bis plötzlich ein schlanker, dunkelhaariger Mann auftauchte und sich auf ihn stürzte. Richard brach in Panik aus und öffnete den Mund, um sich von hier weg zu transportieren. In diesem Augenblick schlossen sich zwei kräftige Hände um seinen Hals und erstickten jedes Wort.

„Niemand verletzt meinen Partner", knurrte Orlando dem dunklen Magier ins Ohr. Dann brach er ihm mit einer fast beiläufigen Handbewegung das Genick.

„Jetzt!", schrie Eric und ließ den Schild fallen, der ihn unsichtbar machte. Dann band er den Vampir mit einer Beschwörung und fing ihn auf, noch bevor Lapeyre zu Boden fiel. An seiner Seite wurde Vincent ebenfalls wieder sichtbar. Mit einer schnellen Handbewegung transportierte er den Vampir und den toten Lapeyre an einen sicheren Ort. „Lass uns von hier verschwinden", rief er. Überall auf dem Place Pigalle drehten sich die Angehörigen der Milice zu ihnen um.

Eric ersparte sich eine Antwort, als er alle Augen auf sie gerichtet sah. Das letzte, was er hörte, bevor er sich und Vincent in Sicherheit transportierte, war der laute Schmerzensschrei Magniers, der ihm bis zu ihrer Ankunft nicht mehr aus den Ohren ging.

33

ALAIN ZOG sich auf die Füße. „Verfolge sie!", schrie er Thierry an und schwankte unsicher von einem Bein auf andere.

Thierry blickte zwischen seinem verletzten Freund und dem leeren Raum hin und her, wo eben noch Orlando gestanden hatte. Dann ging er auf Alain zu, um ihn zu stützen. Die Gewohnheit einer lebenslangen Freundschaft war stärker als seine Sorge um den anderen Mann, der Serrier in die Hände gefallen war. „Verfolge sie!", schrie Alain wieder. Dann verlor er das Gleichgewicht und fiel auf die Knie, bevor Thierry es verhindern konnte. „Bitte", bettelte Alain mit Tränen in den Augen. Seine Seite schmerzte unerträglich und Orlando war von den dunklen Magiern entführt worden. „Ich kann ihnen nicht folgen und ich vertraue keinem anderen."

Thierry schüttelte resigniert den Kopf. Es waren schon wertvolle Sekunden verstrichen, aber er wollte alles tun, was in seiner Macht stand. „Pass auf Sebastien auf."

Alain nickte und fiel auf den Schotter des kleinen Pfades, der durch die Mitte des Platzes ging. Seine Hand umklammerte den Stab. Thierry rannte zu der Stelle, von der Orlando verschwunden war. Er murmelte rhythmische Beschwörungen vor sich hin, um die letzten Spuren der Magie zu identifizieren, die den Vampir entführt hatte. Sein plötzliches Verschwinden gab Alain Hoffnung, Orlando bald wieder in den Armen zu halten.

Der Schmerz in seiner Seite ließ langsam nach. Er musste die Verletzung von einem Mediziner untersuchen lassen. Normalerweise wäre er schon ins Hauptquartier zurückgekehrt und auf die Krankenstation gegangen, um sich behandeln zu lassen. Aber er konnte hier nicht weg, solange Orlando vermisst wurde und Thierry nach ihm suchte. Er konnte es auch den anderen Magiern der Milice nicht antun, die sich auf seine Führung verließen, nachdem Thierry nicht mehr hier war. Alain musste die Zähne zusammenbeißen und durchhalten, bis Orlando und Thierry zurückkamen.

„Feuer!"

Alain sah sich um und suchte nach dem Rufer. Überall auf dem Boulevard Clichy schlugen Flammen an den Mauern der Gebäude empor. „Fouquet!", rief er. „Löscht die Feuer!" Sein Leutnant nickte und führte die Einheit zu den brennenden Gebäuden. Mit ihren Beschwörungen versuchten sie, die magischen Feuer wieder zu ersticken und zu verhindern, dass sie sich weiter ausbreiten konnten.

„Wo ist Thierry?", fragte Sebastien, der an Alains Seite auftauchte.

„Auf der Suche nach Orlando. Ich hoffe, er findet ihn", erwiderte Alain und suchte die Umgebung nach Feinden ab. Bisher hatte er sie nur entwaffnet und gelähmt, aber jetzt entluden sich seine Wut und Furcht in *Abbatoires*. Mit heiserer Stimme schleuderte er einen Fluch nach dem anderen auf die dunklen Magier. „Sie haben ihn mitgenommen", keuchte er, als er kurz Luft holen musste. „Ich kann ihnen nicht folgen, weil ich zu schwer verletzt bin."

„Warum bist du dann überhaupt noch hier?", schimpfte Sebastien. „Du gehörst auf die Krankenstation."

Alain schüttelt den Kopf, obwohl die Schmerzen in seiner Seite wieder zunahmen und Sebastien recht gaben. „Ich muss erst wissen, dass Orlando in Sicherheit ist. Ich kann den Kampf von hier lenken."

Sebastien sah sich auf dem Platz um und runzelte die Stirn. Überall um sie herum verschwanden die Angreifer, nachdem sie noch einen letzten Feuerzauber auf eines der Häuser geschleudert hatten.

„Merde!", fluchte Alain. Der Boden war von toten, verwundeten und gefesselten Magiern übersät. „Raymond!", schrie er. „Wo ist Adèle?"

„Nördlich von hier, in der Rue Chappe."

„Wir müssen diese Feuer löschen, sonst spielt es keine Rolle mehr, wer die Schlacht gewonnen hat."

Raymond nickte. „Ich hole sie. Halte die Mitte des Platzes für ihre Ankunft frei." Er verschwand, ohne Alains Antwort abzuwarten.

„Hilf mir hoch", bat Alain Sebastien. „Wenn sie alle auf einmal ankommen, trampeln sie mich hier sonst in Grund und Boden."

Sekunden später kam Raymond mit Adèle und ihrer Einheit zurück. „Im Norden sind alle Feuer gelöscht. Wir müssen sie nur noch hier unter Kontrolle bekommen."

Und Orlando finden, dachte Alain. Adèles Einheit wartete nicht lange auf Befehle, sondern verteilte sich sofort über den ganzen Platz und in den Straßen, um Alains und Thierrys Patrouillen zu unterstützen.

„Wo ist Orlando?", fragte Jean, der endlich auch eintraf. „Ich habe ihn während des Kampfes aus den Augen verloren."

Alain musste sich auf die Lippe beißen, um die hilflose Wut zu unterdrücken, die in ihm tobte. Mit jeder Minute, die verstrich, wurde es unwahrscheinlicher, dass Thierry Orlando finden und retten konnte. Alain konnte nur beten, nicht seinen Geliebten und seinen besten Freund an einem Tag verloren zu haben.

„Serriers Männer haben ihn entführt", sprang Sebastien für Alain ein. „Thierry hat sich auf die Suche nach ihnen gemacht."

Jean wurde blass und fing an zu schwanken. Sebastien überlegte nicht lange und legte dem Chef de la Cour stützend die Hand auf den Rücken. „Seit wann ist er schon verschwunden?" Jean zwang sich zur Ruhe, aber er brachte vor Angst kaum einen Ton über die Lippen.

„Seit zehn Minuten", antwortete Alain gepresst.

Bevor Jean die nächste Frage stellen konnte, kam Thierry zurück.

Alain erstarrte vor Schreck und wäre wieder auf den Boden gefallen, wenn Sebastien ihn nicht rechtzeitig aufgefangen hätte. „Was ist passiert?"

„Ich bin ihnen bis zu ihrem ersten Ziel gefolgt", berichtete Thierry. „Es war im Parc de la Courneuve, aber sie haben ihn nicht von dem gleichen Punkt aus verlassen, an dem sie angekommen sind. Ich habe die Umgebung abgesucht, um sicher zu sein, dass sie sich nicht dort versteckt halten. Ich konnte nichts finden, auch nicht den Ort, von dem aus sie sich weiter transportiert haben."

„Falls sie das getan haben", sagte Alain mit gebrochener Stimme. „Es waren Eric und Vincent. Sie können sich Orlando einfach über die Schulter geworfen und ihn zu Fuß aus dem Park getragen haben."

„Wir könnten eine Patrouille hinschicken und die Umgebung weiträumiger absuchen", schlug Thierry vor, obwohl er wusste, dass es wahrscheinlich schon zu spät war. Wenn er früher reagiert hätte, wäre es vielleicht noch möglich gewesen, ihnen zu folgen. Seine Unentschlossenheit kam ihnen jetzt teuer zu stehen.

„Ich komme mit", sagte Jean.

Thierry nickte. „Das habe ich erwartet. Alain – hatte Orlando seinen Repère bei sich?"

„Ich denke schon", erwiderte Alain und sah ihn hoffnungsvoll an. „Er musste mir versprechen, ihn immer bei sich zu tragen."

„Gut. Vielleicht hilft uns das, ihn zu finden. Kommst du alleine ins Hauptquartier zurück?"

„Ich glaube nicht", gab Alain zu.

Thierry runzelte die Stirn. „Sturkopf", murmelte er. „Jean, informiere Raymond über unsere Pläne, damit er sich keine Sorgen macht und uns folgen kann, falls er hier nicht mehr gebraucht wird. Sebastien, rufe alle zusammen, die du von meiner Einheit finden kannst. Und du Alain … du machst dich auf schnellstem Weg in die Krankenstation."

„Wir müssen erst herausfinden, wo sein Repère ist."

„Das erledige ich selbst", versprach Thierry. Wertvolle Zeit verging, bis Jean und Sebastien endlich wieder zurückkamen. Orlando mochte Alains Geliebter sein, nicht sein eigener. Doch nachdem Thierry seine Vorbehalte überwunden hatte, hatte er den Vampir zu schätzen gelernt. Und selbst wenn das nicht der Fall wäre, würde Thierry niemandem wünschen, Serriers Folterknechten ausgeliefert zu sein. Sogar Serrier selbst nicht. Er holte sein Handy aus der Tasche und rief Marcel an.

„Chavinier."

Thierry erklärte ihm kurz die Lage.

„Er ist auf der Karte nicht zu sehen", informierte Marcel ihn mit besorgter Stimme.

„Erweitere den Ausschnitt auf die gesamte Île-de-France."

„Das habe ich schon versucht. Er ist nirgends zu finden."

„Putain. Dann müssen wir es mit traditionellen Methoden versuchen." Er drehte sich zu Alain um. „Keine Panik, aber Marcel kann ihn auf der Karte nicht finden. Raymond hat gesagt, Serrier wüsste über die Repères Bescheid und hätte nach einem Weg gesucht, sie zu blockieren. Vielleicht liegt es daran."

„Oder wir kommen zu spät."

„Lass das", befahl Thierry. „Die Repères der Vampire sind an das Objekt gebunden, nicht an die Person. Vielleicht hat Serrier den Ring zerstört. Er hat das in der Vergangenheit auch schon gemacht, wenn er Gefangenen ihre Repères abgenommen hat. Du darfst nicht aufgeben."

„Schließ die Augen", sagte Sebastien zu Alain. „Unterdrücke deine Angst und konzentriere dich nur auf Orlando."

Alain gab sich Mühe, Sebastiens Aufforderung zu folgen.

„Kannst du ihn spüren? Wenn sie ihn nicht vernichtet haben, solltest du eure Verbindung fühlen können."

„Ja", bestätigte Alain ihm leise.

„Dann ist er noch bei uns, wo immer Serrier ihn auch hingebracht hat. Jetzt lass dich in die Krankenstation bringen. Wir machen uns auf die Suche nach Orlando und werden ihn hoffentlich bald finden."

„Sebastien hat recht", bekräftigte Thierry. „Du kannst mir vertrauen."

„Ich vertraue dir immer."

„Adèle!", rief Thierry. „Kannst du hier für uns übernehmen?"

Adèle drehte sich zu ihm um und winkte ihm zu, endlich zu verschwinden, doch Raymond hielt ihn noch zurück. „Ich würde gerne einige von Serriers alten Verstecken durchsuchen. Vielleicht hat er sie wieder in Betrieb genommen. Ich kann Jean nicht mitnehmen, aber ich möchte nicht allein gehen."

„Ich begleite dich", bot Sebastien sofort an. Thierry war nicht sehr glücklich darüber, Sebastien aus den Augen lassen zu müssen. Noch weniger gefiel es ihm, dass sein Partner sich der Gefahr aussetzen wollte, ebenfalls von Serrier gefangen genommen zu werden.

„Ich passe auf ihn auf", versprach Raymond, bevor Thierry gegen ihr Vorhaben Protest einlegen konnte. „Wir wollen uns nur umsehen und werden uns nicht auf Auseinandersetzungen einlassen. Falls ich Hinweise finde, denen wir nachgehen sollten, werde ich sofort zurückkommen und eine Patrouille anfordern. Aber ich will zunächst keine Unterstützung mitnehmen, weil sonst das Risiko zu groß ist, alte Schutzzauber auszulösen, die sich noch in den Gebäuden befinden."

Jean wurde langsam ungeduldig. Er wollte endlich etwas tun, um Orlando zu helfen. Aber er konnte Thierrys Besorgnis um Sebastien nachvollziehen. Ihm ging es mit Raymond nicht viel anders und es gefiel ihm gar nicht, seinen Partner allein losziehen zu lassen. Er blickte Sebastien tief in die Augen. Sebastien nickte ihm leicht zu und versicherte ihm so ohne Worte, dass Raymond sich ebenfalls auf Sebastiens Schutz und Hilfe verlassen konnte.

„Wir sind in einer Stunde zurück", versicherte Raymond Thierry und Jean. Dann nahm er Sebastien am Arm und sie verschwanden.

„Lasst uns aufbrechen", befahl Thierry seiner Einheit.

Als Thierry und seine Patrouille im Parc de la Coursneuve ankamen, teilte sie sich fort auf und durchkämmten den Park nach Hinweisen auf Orlando und die dunklen Magier. Thierry bezweifelte, dass sie noch Überreste der Magie finden würden. Seit Orlandos Entführung war schon viel zu viel Zeit vergangen. Dennoch, wenn sie gründlich genug suchten, konnten sie vielleicht materielle Spuren finden, die ihnen neue Anhaltspunkte gaben. Thierry wünschte sich, dass Alain bei ihnen wäre. Die Verbindung zwischen Alain und Orlando hätte sie vielleicht in die richtige Richtung lenken können. Aber durch Alains Verletzung waren sie auf sich allein gestellt.

„Thierry!"

Thierry drehte sich zu der Stimme um. „Schau dir das an!", rief Jean.

Thierry lief zu ihm und kniete sich neben ihm auf den Boden. „Hier ist etwas Schweres abgesetzt und dann durch den Sand gezogen worden", erklärte Jean aufgeregt. „Kannst du irgendwie herausfinden, ob es die dunklen Magier waren?"

Thierry nickte und schloss die Augen, um sich auf magische Überreste zu konzentrieren. Sein Magen zog sich zusammen, als er eine Signatur erkannte, die ihm so vertraut war, wie Alains oder seine eigene. „Sie waren es", stimmte er Jean zu. „Sie waren definitiv hier. Aber ich kann keine Magie feststellen, mit der sie diesen Ort wieder verlassen haben könnten."

„Dann müssen wir es mit nichtmagischen Mitteln versuchen", entschied Jean und suchte den Boden nach weiteren Spuren ab.

Thierry nickte und ging in die Gegenrichtung, konnte aber nichts finden, was das Ziel der dunklen Magier verraten hätte. Jean war mit seiner übernatürlichen Sehkraft erfolgreicher und entdeckte eine Spur, die sich jedoch ebenfalls wieder verlor, als der Untergrund des sandigen Pfades von einem Steinbelag abgelöst wurde. Thierry versuchte es noch einmal mit seiner Magie, konnte aber auch nichts mehr finden, das ihnen weitergeholfen hätte.

„Mist, Mist, Mist", fluchte er und sank frustriert auf die Knie. Er hatte das Gefühl, Alain im Stich zu lassen, weil er Orlando nicht finden konnte. Sein Freund hatte ihm diese Aufgabe anvertraut und er kam mit leeren Händen zurück. Thierry drückte die Hände auf den Boden und ließ seine ganze Frustration in die Erde fließen, bis die Steine zu glühen begannen. Aber selbst das konnte ihm nicht verraten, was hier passiert war. Thierry wusste, dass Erics Magie keine Verbindung zur Erde hatte, sodass er auch keine Spuren hinterlassen konnte. Und sollte Vincent ein Erdmagier sein, so hatte er seine Magie hier nicht ausgeübt. Trotzdem versuchte es Thierry erneut. Er ließ seine Magie in den Untergrund fließen und versetzte sich in Trance, suchte nach jeder noch so flüchtigen Spur, die sich hier vielleicht verborgen hielt und ihnen bei ihrer Suche helfen konnte.

Er kam wieder zu sich, als ihm jemand eine kräftige Ohrfeige versetzte.

Wütend sah er Jean an. „Was soll das?"

„Du hast geschwankt und warst kurz davor, umzukippen. Außerdem hast du nicht mehr reagiert, als ich dich angesprochen habe. Es war, als würdest du zu Stein werden. Ich wusste mir keinen anderen Ausweg, um dich wieder zurückzuholen", verteidigte sich Jean.

„Wie lange hat es gedauert?", wollte Thierry wissen.

„Etwa fünfzehn Minuten."

Thierry runzelte die Stirn. „Danke", sagte er dann und stand vorsichtig auf. Seine Gelenke waren steif und gefühllos. „Das hätte gefährlich werden können." Er ging einige Schritte auf und ab, bis sich die Verkrampfung wieder löste. Er war mehr als frustriert über seine Erfolglosigkeit. Sich in einer sinnlosen Suche zu verlieren, konnte Orlando jedoch auch nicht zurückbringen. Wenn Orlando wirklich vernichtet worden war, brauchte Alain jeden Freund, den er hatte, um diesen Verlust zu überleben. „Ich ... äh ... ich nehme nicht an, dass du Sebastien unbedingt erzählen musst, was gerade mit mir passiert ist?"

„Warum sollte ich es nicht tun?"

„Weil er mir vielleicht einiges über unnötige Risiken sagen würde und ..."

Jean sah in ernst an. „Du suchst nach meinem besten Freund", sagte er dann. „Es gibt wenig, was ich in diesem Zusammenhang als unnötig bezeichnen würde. Ich mache dir auch nicht das Leben unnötig schwer, nur weil du helfen willst. Wenn ich darüber schweigen soll, werde ich es tun. Aber ich möchte dir raten, es ihm selbst zu erzählen. Dann kann er in Zukunft auf dich aufpassen, falls du wieder in eine vergleichbare Situation gerätst."

„Ich möchte ihm keine überflüssigen Sorgen machen. Ich passe seit über zwanzig Jahren selbst auf mich auf", grummelte Thierry.

Jean warf ihm einen skeptischen Blick zu. „Das hat dir heute Nacht nicht viel geholfen. Sebastien wäre es mit Sicherheit lieber, über die potentiellen Gefahren informiert zu sein, als dich durch seine Unwissenheit zu verlieren. Hast du etwas über Orlando herausfinden können?"

Thierry schüttelte den Kopf. „Wir können nur hoffen, dass Raymond und Sebastien mehr Erfolg haben."

RAYMOND KICKTE einen Stein an die Wand des verlassenen Kellers in einem unscheinbaren Mietshaus, das in einer Seitenstraße der Avenue de Stalingrad stand. Der Stein prallte ab und schlitterte über den Boden, bis er anklagend in einer staubigen Ecke liegenblieb. Raymond und Sebastien hatten schon ein gutes Dutzend solcher Häuser in den Außenbezirken von Paris durchsucht, aber überall mit dem gleichen Ergebnis.

Leer. Verlassen. Aufgegeben.

Ob die Häuser immer noch Serrier oder einem seiner Strohmänner gehörten, konnte Raymond nicht sagen. Aber er konnte in keinem der Gebäude auch nur die geringste Spur von Magie feststellen. Nichts wies darauf hin, dass sie von Serriers Magiern noch benutzt wurden, schon gar nicht als aktive Basisstation.

„Serrier scheint jeden Ort aufgegeben zu haben, über den ich jemals Bescheid wusste", bemerkte er frustriert. „Ich kann es logisch nachvollziehen, aber ich frage mich wirklich, wo er sich jetzt versteckt hält und woher er die Mittel hat, immer wieder neue Verstecke zu finden. Selbst in den Vororten sind die Immobilienpreise hoch. Und alle Gebäude, die wir bisher durchsucht haben, stehen leer. Er hat sie offensichtlich nicht wieder verkauft, sondern einfach nur aufgegeben."

„Weißt du, wie er sich finanziert hat, als du noch bei ihm warst?", fragte Sebastien.

Raymond schüttelte den Kopf. „Als ich mich Serrier angeschlossen habe, bin ich nicht auf den Gedanken gekommen, mich das zu fragen. Später, als ich anfing, an ihm zu zweifeln, habe ich den Mund gehalten, um keine unnötige Aufmerksamkeit auf mich zu ziehen. Er ist nicht der Mensch, der abweichende Meinungen akzeptiert."

„Du hast überlebt", bemerkte Sebastien.

„Aber nur, weil Marcel mir eine Chance gegeben hat", erwiderte Raymond. „Auf mich allein gestellt, hätte ich ihm nicht entkommen können und wäre jetzt tot."

„Was wird er mit Orlando anstellen?" Sebastien konnte sich die Frage nicht verkneifen.

Raymond sah ihn unglücklich an. „Frag mich nicht."

Sebastien nahm ihn am Arm und zog ihn zu sich herum. „Was wird er mit Orlando anstellen?"

Raymonds Züge wurden steinhart, als er sich daran erinnerte, wie Serrier Gefangene und Verräter behandelt hatte. „Im Moment wird er ihn noch verhören. Er wird herausfinden wollen, ob er Orlando auf seine Seite ziehen kann oder ob Orlando sein Wissen freiwillig preisgibt. Wenn er damit keinen Erfolg hat, wird er ihn wahrscheinlich als Versuchsobjekt benutzen. Serrier ist ungehalten, weil bestimmte Flüche nicht auf die Vampire wirken. Er wird wissen wollen, bei welchen das der Fall ist und bei welchen nicht. Er wird nicht mit den Flüchen anfangen, die für Sterbliche tödlich sind, denn er will aus seinen Experimenten möglichst viele Informationen herausholen. Also beginnt er mit den Flüchen, die Schmerzen verursachen, die seine Opfer bluten lassen. Alles das, was ihm die Schwächen der Vampire offenbart. Wenn er damit fertig ist, wird er es mit Flüchen versuchen, die Orlando töten sollten. Oder er übergibt ihn einem seiner Henkersknechte, die Spaß an der Folter finden."

Sebastien lief ein Schauer über den Rücken. „Wir müssen ihn da rausholen. Orlando hat eine Schwäche, die wir anderen nicht haben. Er kann kein Blut trinken, um sich zwischen den Folterungen zu erholen, so wie wir das können. Er braucht Alains Blut, um zu genesen. Fremdes Blut wird ihn nur noch mehr schwächen oder gar vernichten."

Raymond schnaubte frustriert. „Ich weiß nicht, was wir noch tun könnten. Ich habe jedes Schlupfloch durchsucht, von dem ich wusste. Selbst die, über die es nur Gerüchte gab. Ich habe nicht den geringsten Hinweis auf Orlandos Aufenthaltsort gefunden."

„Was ist mit den beiden Magiern, die ihn entführt haben?", hakte Sebastien nach. „Sie müssen doch irgendwo wohnen. Können wir sie nicht ausfindig machen und beschatten?"

„Wir können es versuchen", stimmte ihm Raymond zu. „Aber das setzt voraus, dass sie sich nicht transportieren, sondern ihre Wohnung zu Fuß verlassen. Sie werden ihre Wohnungen gegen Eindringlinge gesichert haben, deshalb können wir sie nur von außen beobachten. Aber du hast recht und wir müssen uns an jeden Strohhalm klammern. Ich werde es Marcel vorschlagen, wenn wir wieder im Hauptquartier sind. Hoffentlich hat Thierry mehr Glück gehabt als wir."

34

ERIC UND Vincent waren kreuz und quer durch Paris gesprungen, um mögliche Verfolger abzuschütteln. Sie hatten streng darauf geachtet, dass zwischen ihrem Ankunftsort und dem Punkt, von dem aus sie sich weiter transportierten, mindestens ein Straßenblock lag. Jetzt waren sie endlich in Serriers derzeitigem Hauptquartier in St. Denis eingetroffen. Ihre Geisel warf ihnen wütende Blicke zu, seit sie sich den Vampir im Parc de la Courneuve geschnappt hatten. Eric hatte sich den magisch gebundenen Mann einfach über die Schulter geworfen, während Vincent vom Park in die Rue Stalingrad vorausgelaufen war. Eric hatte ihren Gefangenen erst in einen alten Unterschlupf in der Nähe bringen wollen, aber er hatte Payet gesehen und der kannte die Adresse. Also waren sie einfach mitten auf der Straße verschwunden und hatten gehofft, dass die Milice zu spät kommen würde, um die Spur noch aufzunehmen.

Sie betraten das Gebäude und gingen durch die verschlungenen Korridore zu Serriers Büro. „Es freut mich, dass ich immer noch einige Anhänger habe, die meine Befehle auszuführen in der Lage sind", begrüßte der bärtige Magier seine beiden Offiziere, als er den Gefangenen sah. „Ist es ein Unbeteiligter?"

„Nein", erwiderte Eric. „Er hat an Magniers Seite gekämpft. Kurz bevor wir ihn erwischt haben, hat er noch Lapeyre getötet."

„Oh, das ist gut", meinte Serrier. „Dann muss ich kein schlechtes Gewissen haben, wenn ich ihn für unsere Experimente benutze. Ich will mit ihm reden. Löst die Beschwörung auf."

Vincent gab dem Vampir seine Sprache zurück, ließ ihn aber körperlich gebunden. Er hatte den Mann kämpfen sehen. Der Vampir hatte Lapeyre das Genick gebrochen, als wäre es nur ein Strohhalm gewesen. So lange sie nicht wussten, wie sie seine Stärke magisch kontrollieren konnten, wollte er ihn nicht freigeben. Der Vampir war in der Lage, sie alle zu töten, bevor sie ihn aufhalten konnten.

„Willkommen", begrüßte Serrier den Vampir. „Du musst uns verzeihen, dass wir dich gebunden haben. Aber wir sind nicht sicher, ob du uns nicht angreifen wirst. Daher ist diese kleine Vorsichtsmaßnahme leider unumgänglich. Mein Name ist Pascal Serrier. Und wer bist du?"

„Der letzte Fehler, den du jemals gemacht hast", antwortete Orlando mit vorgetäuschtem Wagemut. Er wusste, dass Alain die ganze Stadt nach ihm absuchen würde, aber er wusste nicht, wie lange es dauern würde, bis er gefunden und befreit wurde. Er musste einfach lange genug durchhalten, bis sein Geliebter kam.

„Solche prahlerischen Worte von einem Hilflosen", wies Serrier ihn zurecht und schlug ihm mit aller Kraft ins Gesicht. Der Ring an seinem Mittelfinger riss eine blutende Wunde in Orlandos Wange.

Orlando sah den dunklen Magier mit wütend funkelnden Augen an. „Wenn du mich einschüchtern willst, musst du dir schon etwas Besseres ausdenken. Du hast ja keine Ahnung, was du mit meiner Gefangennahme in Gang gesetzt hast. Chaviniers Zorn ist nichts gegen die Vergeltung des Cour."

Serriers manisches, an Wahnsinn grenzendes Lachen ließ Orlando eine Gänsehaut über den Rücken laufen. Er hatte diese Art Lachen schon einmal gehört, als sein Schöpfer den letzten Blutstropfen aus ihm herausgesaugt und ihn zum Vampir umgewandelt hatte. Orlando hatte Thurloe überlebt. Er würde auch Serrier überleben, und dieses Mal musste er nicht so lange auf Befreiung warten wie damals. Er schnaubte verächtlich. „Noch kannst du mich freilassen. Die Wunde ist in wenigen Stunden wieder geheilt und der Cour wird nichts davon erfahren. Aber wenn du das nicht tust, gibt es kein Zurück mehr."

Das Lachen wurde lauter. „Dazu müssten sie mich erst finden", sagte Serrier. „Und das haben sie bisher noch nicht geschafft, obwohl dieser Verräter Payet ihnen hilft."

Orlando dachte lächelnd an sein Gespräch mit Sebastien zurück. Der Aveu de Sang erlaubte ihm, seinen Avoué zu fühlen, auch wenn sie getrennt waren. „Das war, bevor die Vampire sich diesem Krieg angeschlossen haben. Die Milice hat jetzt mehr Ressourcen, als du dir vorstellen kannst."

Serrier runzelte die Stirn. „Und welche Ressourcen sind das?"

„Wenn du wirklich glaubst, ich würde dir das sagen, dann bist du noch verblendeter, als ich befürchtet habe", gab Orlando zurück.

Noch bevor Serrier darauf antworten konnte, öffnete sich die Tür und ein Magier führte zwei weitere Gefangene ins Zimmer. „Die beiden Spione, wie du befohlen hast", meldete Simon.

„Du willst mir vielleicht noch nichts sagen", sagte Serrier zu Orlando. „Aber diese beiden sind bestimmt nicht so dumm. Oder du entschließt sich, dir das Schicksal dieser Verräter zu ersparen."

„Ich habe nur deine Befehle ausgeführt", verteidigte sich Monique. „Du hast mich schon dafür bestraft, dass ich mich nicht in die Milice einschmuggeln konnte. Warum bin ich schon wieder hier?"

„Weil ich es befohlen habe", sagte Serrier ungerührt und schnickte mit seinem Stab einen Fluch direkt in ihren Bauch. Sie krümmte sich zusammen und fiel zu Boden. Es war, als würde jemand ihre Eingeweide verknoten. Der Schmerz nahm ständig zu. „Oder hast du vergessen, was du mir gelobt hast?"

„Unbedingte Treu und Gehorsam", presste Monique mit zusammengebissenen Zähnen hervor. „Ich bin her, oder nicht?"

Serrier senkte den Stab. „Du bist hier, aber du stellst Fragen."

Dominique stand zitternd neben ihr. Er wusste, dass er als nächster an die Reihe kommen würde. Ihm brach der Schweiß aus und er suchte den Raum vergeblich nach einem Fluchtweg ab.

„Und was ist mit dir, Dominique?", fragte Serrier. „Welche Ausreden hast du mir anzubieten?"

„Ich weiß nicht, was mir vorgeworfen wird. Wie soll ich mich da verteidigen?", sagte Dominique mit zitternder Stimme. „Aber ich unterwerfe mich deinem Urteil."

„Sehr klug", lobte Serrier und schickte ihm eine Serie von brennenden Schmerzen durch die Glieder. Dominique fiel keuchend zu Boden.

„Wer von euch beiden hat Chavinier vor unserem Angriff heute Nacht gewarnt?", wollte Serrier wissen. „Ihr beiden seid die Einzigen, die seit der Gründung der Allianz mit ihnen Kontakt hatten. Seitdem sind sie über unsere Pläne informiert. Wer von euch hat uns verraten?"

Monique rappelte sich wortlos vom Boden auf, obwohl sie genau wusste, dass Serrier sich gleich wieder ihr zuwenden würde. Ihr Magen war immer noch schmerzhaft verkrampft. Es würde Stunden, wenn nicht gar Tage dauern, bis die Schmerzen wieder nachließen, selbst wenn Serrier es bei diesem einen Fluch beließ. Wenn er weitermachte … Sie wollte nicht darüber nachdenken.

Serrier gönnte ihr nur eine kurze Atempause. Während Dominiques Stöhnen und Jammern lauter wurde, drehte er sich wieder zu Monique um. Ihre Haut fühlte sich an, als würde sie bei lebendigem Leib verbrennen. Monique hatte Augen im Kopf und wusste, dass es nur eine Illusion war. Aber die Schmerzen waren die gleichen. Ihre qualvollen Schreie gellten durch den Raum.

„Ich war es", keuchte Dominique, als sie neben ihm wieder auf den Boden fiel. Egal, was er auch sagte oder tat, er war ein lebender Toter. Wenn er die Schuld auf sich nahm, konnte er vielleicht Monique retten. Falls sie auch eine von Marcels Spionen war, konnte sie die Arbeit weiterführen und zu Serriers Untergang beitragen. Und falls nicht, wurde Serrier hoffentlich so wütend, dass er Dominique schnell töten würde. „Ich habe ihnen alles verraten."

„*Abbatez!*"

Der junge Magier war sofort tot.

„Warum hast du ihn umgebracht?", fragte Simon. „Wir hätten ihn noch verhören können."

Serrier zuckte mit den Schultern. „Ich werde von unserem neuen Gast mehr erfahren, als der junge Kerl jemals gewusst hat. Claude kann auch nichts mit einem neuen Spielzeug anfangen, weil er sich noch mit der Frau amüsiert."

„Was wird aus Monique?", erkundigte sich Eric vorsichtig. Ihre Schreie verstummten langsam, weil sie kaum noch bei Bewusstsein war.

Serrier lehnte sich an seinen Schreibtisch und sah sie an. „Ich nehme an, dass sie nichts damit zu tun hat."

„Es gibt keine Hinweise darauf, dass sie eine Verräterin ist", stimmte Eric ihm zu.

„Na gut." Serrier beendete seinen Fluch. „Bringt sie hier raus."

Eric wollte sich bücken und sie vom Boden aufheben, aber Serrier hielt ihn zurück. „Wir sind noch nicht fertig. Transportiere sie nach Hause. Sie wird sich schon wieder erholen."

Eric warf Vincent einen zweifelnden Blick zu, gehorchte aber Serriers Befehl und schickte die verletzte Frau in ihre Wohnung. Er hoffte nur, dass sich dort jemand um sie kümmern konnte und dass der magische Transport ihren Zustand nicht noch mehr verschlechterte. Aber wenn er sich dem Befehl Serriers verweigert hätte, wären sie beide die Leidtragenden gewesen.

Orlando hatte schweigend beobachtet, was sich vor seinen Augen abspielte. Er hatte von Serriers sadistischer Ader gehört, aber nicht ahnen können, dass es so schlimm war. Innerlich krümmte Orlando sich jetzt schon zusammen bei der Vorstellung, dass Serrier seine Magie als nächstes gegen ihn selbst richten würde. Doch er ließ sich seine Angst nicht anmerken. Mit dem *Abbatoire* konnte der Magier einen Vampir nicht vernichten, und der Rest … Die Haut der Frau war durch den Feuerfluch nicht verletzt worden. Obwohl sie fürchterliche Schmerzen erlitten hatte, war es nur Illusion gewesen. Serrier konnte ihm Schmerzen zufügen, aber er konnte ihn nicht vernichten. Orlando musste nur lange genug durchhalten, bis Alain und Jean kommen und ihn hier herausholen konnten. Er hatte nicht die geringsten Zweifel daran. Er wusste nur nicht, wie lange es dauern würde.

„Möchtest du noch einmal über eine Zusammenarbeit nachdenken?", fragte Serrier in diesem Augenblick.

Orlando schnaubte verächtlich. „Und wozu? Ich kenne Deinesgleichen. Du machst mit mir, was du willst – egal, ob ich dir vorher etwas verrate oder nicht. Und du willst mich nur benutzen, um meinen Freunden zu schaden."

Serrier zuckte mit den Schultern. „Wie du willst", erklärte er. „Vincent, bringe ihn in eine Zelle. Danach entscheiden wir, was wir noch mit ihm anfangen können."

Vincent warf sich Orlando über die Schulter und ging zur Tür. Serrier schickte ihnen noch einen Fluch nach, der Orlando in den Rücken traf. Er zuckte vor Schmerz zusammen und biss sich in die Lippen, um nicht laut aufzuschreien.

„Er wird zusammenbrechen", sagte Serrier überzeugt zu Eric. „Es mag einige Tage dauern, aber auch er hat seine Grenzen, und die werden wir finden. Es ist schon ein Fortschritt, wenn wir dadurch erfahren, welche Flüche auf Vampire wirken und welche nicht. Chavinier wird uns nach dem Tod des Spions auch nicht mehr so oft in die Quere kommen. Das Blatt wird sich wieder zu unseren Gunsten wenden. Du wirst schon sehen."

Eric warf einen Blick auf den toten Jungen und dachte an Monique, die allein in ihrer Wohnung war. Er fragte sich, was daran gut sein sollte und musste an seine Unterhaltung mit Vincent zurückdenken. Vielleicht hatte sein Freund recht und sie sollten sich von hier absetzen. Wenn es nur einen Weg gäbe …

„Ich möchte dich bis morgen früh zur Beobachtung hierbehalten."

Alain nickte zwar zustimmend, aber er wollte sich rausschleichen, sobald der Mediziner ihm den Rücken zudrehte. Es widersprach seiner Natur, untätig im Bett zu liegen, während Orlando immer noch vermisst wurde. Wenn Alain schon selbst nicht nach seinem Geliebten suchen konnte – und diese Tatsache hatte er sich widerstrebend eingestanden –, dann musste er eben auf andere Weise helfen. Er musste einfach etwas tun, was auch immer.

Alain schloss die Augen und legte die Hand auf das Brandmal an seinem Hals. Es half ihm, sich Orlando näher zu fühlen. Er war für dieses sichtbare und spürbare Zeichen ihres Bundes noch nie so dankbar gewesen wie in diesem Augenblick. Mit aller Macht konzentrierte er sich darauf und versuchte, eine Verbindung zu Orlando herzustellen. Alain spürte nur Verwirrung. Er hoffte, dass Orlando vielleicht immer noch magisch gebunden war und nicht wusste, was um ihn herum vorging. Sollte das die Ursache für die Verwirrung sein, konnte Alain vielleicht mehr erfahren, sobald Orlando wieder von dem Zauber frei war. Sollte er aber nicht Orlandos Verwirrung, sondern nur seine eigene gespürt haben, dann musste er sich persönlich davon überzeugen, dass sein Geliebter noch lebte.

Alain wollte die Hoffnung nicht aufgeben und daran glauben, dass es Orlandos Verwirrung war, die er fühlen konnte. Er hatte seit Beginn dieses verdammten Krieges schon zu viele Menschen verloren. Er wollte jetzt nicht auch noch Orlando verlieren. Es musste ihm gut gehen, etwas anderes kam nicht infrage. Alain wollte nicht darüber nachdenken, dass es auch anders sein konnte. Er sah Henris tote Augen vor sich, die ihn an die Vergänglichkeit des Lebens erinnerten. Orlando lebte schon viel länger als normale Sterbliche, aber für einen Vampir war er noch ein Jüngling. Er lernte gerade erst, seiner neuen Existenz auch gute Seiten abzugewinnen. Das Schicksal konnte einfach nicht so grausam sein, diese Existenz ausgerechnet jetzt zu vernichten. Doch Alain hatte gelernt, dass das Schicksal auf solche Wünsche keine Rücksicht nahm. Er hatte einen Sohn verloren, hatte Freunde sterben sehen und mehr als einmal selbst getötet. Aber das Orlando der nächste sein könnte? Das konnte Alain nicht akzeptieren.

Er blinzelte. Ihm stiegen schon wieder Tränen in die Augen. Dafür war jetzt keine Zeit. Orlando war erst vor wenigen Stunden entführt worden und Alain konnte ihn fühlen. Das war ein gutes Zeichen. Es machte ihm Hoffnung. Jetzt war es an der Zeit, etwas zu unternehmen, um Orlando zurückzuholen.

Alain schloss die Augen und dachte nach. Er erinnerte sich an den heißen, kurzen Biss vor dem Kampf. Es war das erste Mal gewesen, dass Orlandos Zähne und Hände Alain gemeinsam zum Höhepunkt gebracht hatten. Alain unterdrückte ein leises Schluchzen. Sie waren so kurz davor gewesen, sich zu lieben. Er wünschte sich, einfach ein ‚Bitte nicht stören'-Schild an die Tür gehängt und das Sofa in ein Bett verwandelt zu haben. Dann hätten sie sich richtig lieben können. Aber dazu war es jetzt zu spät. Alain konnte die Zeit nicht zurückdrehen und diesen Traum nachträglich Wirklichkeit werden lassen. Doch es war ein beruhigender Gedanke, dass Orlando sich heute Nacht sattgetrunken hatte. Damit hatten sie einige Tage Zeit, bevor sein Hunger ihn ernsthaft schwächen würde. Falls Serrier Orlando nicht gleich umbrachte, sondern vorher mit ihm experimentieren wollte, hatten sie Zeit, um ihn zu finden.

Und dann wollte Alain jeden Tag seines Lebens damit verbringen, seine Versprechen an Orlando einzulösen. Er flüsterte ein leises Dankesgebet dafür, dass er Orlando vor dem Kampf noch einmal seine Liebe gestanden hatte. Sollte das Undenkbare eintreffen, waren seine letzten Worte zu seinem Geliebten Worte der Liebe gewesen. Auch wenn das nur ein kleiner Trost wäre.

Sobald die Schritte des Mediziners nicht mehr zu hören waren, rollte er aus dem Bett und kam stöhnend auf die Füße. Er holte seinen Stab aus dem kleinen Schränkchen und verließ so leise wie möglich die Krankenstation, um sich in den Salle des Cartes zu begeben. Vermutlich hatte sich nichts geändert, seit Marcel erfolglos auf der Karte nach Orlandos Repère gesucht hatte, doch Alain wollte sich selbst davon überzeugen. Langsam schleppte er sich durch die Gänge und wünschte sich, dass es eine Beschwörung gäbe, die ihn so schnell wieder heilte, wie der Fluch des dunklen Magiers ihn verletzt hatte. Wenn das möglich wäre, hätte der Mediziner ihn zwar schon selbst geheilt, aber wünschen konnte Alain es sich trotzdem.

Wie erwartet, war Orlandos Name auf der Karte nicht zu finden. Alain veränderte die Ansicht immer wieder, vergrößerte und verkleinerte den Ausschnitt in der vagen Hoffnung, dass er doch noch irgendwo auftauchen könnte. Andere Namen kamen und gingen. Es gab Einheiten, die noch auf dem Place Pigalle waren, andere waren offensichtlich schon auf der Suche nach Orlando. Wieder andere machten Routinepatrouillen, um für die Sicherheit der Stadt zu sorgen. Nur Orlandos Name war nirgends zu finden.

Alain machte sich Vorwürfe, dass er den Fluch nicht schnell genug gekontert und Orlando zurückgehalten hatte, der sich sofort auf den dunklen Magier gestürzt hatte. Er hätte merken müssen, dass es eine Falle war. Er hätte Orlando nicht von seiner Seite lassen dürfen, trotz der offensichtlichen Provokation. Aber er hatte es nicht getan. Alain klammerte sich an die schwache Gewissheit, Orlando über ihre magische Verbindung immer noch zu spüren. Er wusste jedoch nicht, wo er seine Suche beginnen sollte, denn er konnte diese Wahrnehmung nicht mit einer bestimmten Richtung verbinden.

Plötzlich spürte er, wie seine Wahrnehmung sich veränderte. Er fiel auf die Knie. Seine schlimmsten Albträume schienen sich zu bewahrheiten.

„Was ist los?", fragte Marcel und kam zu ihm gelaufen.

„Er hat Schmerzen. Sie haben ihm etwas getan", keuchte Alain und rappelte sich wieder auf. „Diese Bastarde. Warum haben sie nicht mich geholt?"

Marcel konnte Alains Schuldgefühle verstehen. Aber sein bester Offizier durfte sich durch seine Trauer und Orlandos Pein nicht lähmen lassen. Es würde ihm seine Aufgabe nur erschweren. „Kannst du die Verbindung unterbrechen?", fragte er Alain besorgt.

„Warum sollte ich das tun?", rief Alain wütend. „Ich habe ihn im Stich gelassen. Seine Schmerzen zu teilen ist das Mindeste, was ich tun kann."

„Aber damit hilfst du ihm nicht", widersprach Marcel. „Und selbst wenn es so wäre, würde es dir nicht helfen, ihn schneller zu finden. Du bist trotz der medizinischen Behandlung noch nicht wieder voll einsatzbereit. Solange du Orlandos Schmerzen fühlen kannst, wirst du dich nicht auf deine Aufgabe konzentrieren können. Kannst du die Verbindung unterbrechen?"

Widerstrebend schloss Alain die Augen und konzentrierte sich darauf, Orlando all seine Liebe zu vermitteln. Er wusste nicht, ob der Vampir ihn ebenfalls spüren konnte, aber er wollte auf keinen Fall das Risiko eingehen, dass Orlando sich verlassen fühlte, wenn ihre Verbindung plötzlich unterbrochen wurde. Es war schlimm genug, dass Serrier schon mit seiner Folter begonnen hatte. Körperlich konnte Orlando das alles überleben und sich wieder erholen, solange Alains Blut ihn bei Kräften hielt. Aber Alain fürchtete die Auswirkungen auf Orlandos Seele und den Fortschritt, den sie in den letzten Tagen bei der Bewältigung seiner Vergangenheit gemacht hatten. Selbst wenn sie Orlando retten konnten – wäre er dann noch der Mann, in den Alain sich verliebt hatte? Oder wäre er nur noch ein Schatten seiner selbst, gebrochen durch Serriers Grausamkeit? Würde Alains Liebe ihn dann wieder heilen können? Alain schwor sich, alles für seinen Geliebten zu tun, falls es soweit kommen sollte. Aber Orlando durfte nicht aufgeben, sonst war alles vergebens.

Wenn die Verbindung zwischen ihnen in beide Richtungen ging, war sie im Moment wahrscheinlich Orlandos Rettungsleine. Es kam Alain unerträglich grausam vor, sie ausgerechnet jetzt vorsätzlich zu kappen. Selbst dass seine Konzentration darunter litt, konnte ihn innerlich nicht davon überzeugen, das Richtige zu tun. Er wollte es nur versuchen, weil Marcel es ihm befohlen hatte. Sobald er nicht mehr offiziell im Dienst war, würde er die Verbindung wieder herstellen. Alain wollte auf keinen Fall, dass Orlando sich von ihm verlassen fühlte. Mit aller Macht konzentrierte er sich darauf, Orlando seine Gründe zu übermitteln und ihn seiner Liebe zu versichern, damit sein Geliebter unzweifelhaft wusste, dass Alain die Suche nicht aufgeben würde, bis er ihn wieder befreit hatte. Er konnte nicht mit Bestimmtheit wissen, ob Orlando diese Gefühle wahrnehmen oder verstehen konnte, aber er musste es versuchen. Orlando musste erfahren, dass Alain ihn niemals verlassen würde.

Alain hasste sich selbst dafür, Marcels Befehl auszuführen. Langsam aber sicher errichtete er eine mentale Blockade, so ähnlich wie vor einigen Tagen, als er die wilde Magie ausschließen musste. Dann verlor er den Kontakt zu Orlando. Er senkte resigniert den Kopf und schloss die Augen. Sein Erfolg machte ihn krank. „Es hat funktioniert."

„Es tut mir leid", sagte Marcel bedauernd. „Es tut mir leid, was passiert ist. Es tut mir leid, dass du seine Schmerzen fühlen kannst. Es tut mir leid, dass ich dir befehlen musste, ihn auszublenden. Wenn ich es könnte, würde ich sofort mit ihm tauschen. Aber du weißt selbst, dass Serrier nicht mit sich verhandeln lässt."

„Kannst du deine Informanten erreichen?", fragte Alain leise. „Vielleicht wissen sie, wo wir Orlando finden können. Ich will dich nicht bitten, eine Einheit zu riskieren. Ich werde allein nach ihm suchen. Ich muss nur wissen, wo ich anfangen soll."

„Das wirst du nicht tun", erwiderte Marcel entschieden. „Wenn wir herausfinden, wo sie ihn gefangen halten, werden wir sofort genügend Leute schicken, um ihn – und dich – sicher wieder nach Hause zu bringen. Und wir werden versuchen, möglichst viele von ihnen außer Gefecht zu setzen. Ich schicke dich nicht auf ein Himmelfahrtskommando. Was meine Informanten angeht, so muss ich abwarten, bis sie mich kontaktieren. Ich kann mich nicht bei ihnen melden, weil das

Risiko zu groß wäre, sie zu enttarnen. Aber ich werde versuchen, so viel wie möglich in Erfahrung zu bringen."

„Vielen Dank. Ich weiß, dass du die Milice nicht für Orlando einsetzen müsstest."

„Das ist Unsinn", erwiderte Marcel. „Orlando ist unser Verbündeter. Das wäre er auch, wenn er nicht dein Partner wäre. Ich lasse meine Leute nicht in Serriers Händen, wenn ich es irgendwie verhindern kann. Es ist mir bisher nur noch nie gelungen, sie zu befreien. Meistens hat er sie schon umgebracht, bevor ich überhaupt von ihrem Verschwinden erfahre."

„Wie beruhigend", meinte Alain sarkastisch.

„Er lebt noch", erinnerte ihn Marcel. „So lange er lebt, gibt es Hoffnung."

35

CAROLINE STARRTE wie abwesend an sich herab auf das, was vor Kurzem noch ein rotes Seidenkleid gewesen war. Nach dem Kampf und den anschließenden Aufräumarbeiten waren nur noch schmutzige Fetzen von ihrem Lieblingskleid übrig geblieben. Mireilles goldfarbenem Kleid, das sie zusammen gekauft hatten, erging es nicht viel besser. Als sie sich entschieden hatten, ihre Pläne für den Abend aufzugeben und ihre Kameraden auf dem Place Pigalle zu unterstützen, hatten sie keinen Gedanken an Nebensächlichkeiten wie ihre Bekleidung verschwendet. Sie hätten sowieso keine Zeit gehabt, erst nach Hause zu gehen und sich umzuziehen. In den letzten Stunden war so viel passiert, dass Caroline es kaum verarbeiten konnte und alles sich auf dieses Kleid reduzierte. Es war konkret, eine sichtbare Folge der Ereignisse dieser Nacht. Aber es war auch ein Verlust, der leicht zu ersetzen war. Sie mussten nur in eine der Boutiquen gehen und ein neues Kleid kaufen, und schon wäre zumindest dieser Teil ihres Lebens wieder in seinen alten Bahnen. Der Rest war nicht so einfach zu reparieren.

Sie hob den Kopf und schaute zu Mireille, die schon seit ihrer Rückkehr nach Hause mit leeren Augen aus dem Fenster sah. Mireille hatte kein Wort gesagt, aber es ging ihr offensichtlich nicht gut. Caroline schlüpfte aus ihrem ruinierten Kleid und zog sich einen Bademantel an. Dann ging sie zu ihrer Partnerin und legte ihr den Arm um die Schultern.

Mireille lehnte sich an sie, als bräuchte sie den Trost und die Kraft, den Carolines Nähe ihr geben konnte. Aber sie rührte sich nicht weg von ihrem Platz am Fenster und machte auch keine Anstalten, sich umzuziehen oder sich den Schmutz des Kampfes abwaschen zu wollen. Caroline runzelte besorgt die Stirn. „Komm mit."

Mireille ließ sich widerstandslos von Caroline wegführen. Die schrecklichen Bilder der letzten Nacht geisterten ihr immer noch durch den Kopf. Trotz des Kampfes am Gare de Lyon, trotz ihrer vielen Patrouillengänge, trotz der Zeit auf Réunion und der Schlacht von Sainte-Chapelle … Sie hatte bisher nicht wirklich verstanden, wie grausam, wie erbarmungslos ein Krieg sein konnte. Dieser Kampf hatte es ihr endgültig bewusst gemacht. Der Boden war von Leichen, Sterbenden und Verwundeten übersät gewesen, nachdem die letzten der dunklen Magier die Flucht ergriffen hatten. Der Anblick hatte Mireille zutiefst schockiert. Sie fühlte sich leer und ausgebrannt. Sie wusste, dass jeder Krieg Opfer forderte. Noch vor wenigen Tagen hatte sie versucht, einen Vampir über den Verlust seines Partners hinwegzutrösten. Aber auf das Gemetzel der vergangenen Nacht war sie nicht vorbereitet gewesen. Glücklicherweise war Caroline relativ unbeschadet davongekommen, auch wenn sie noch um die verlorenen Menschenleben, selbst um die Leben der gefallenen dunklen Magier, trauerte. Mireille schüttelte sich und folgte ihr ins Badezimmer. Ihre Gedanken waren weniger bei den Toten, als bei Orlando, der von Serriers Magiern entführt worden war.

„Du darfst dir über ihren Tod keine Vorwürfe machen", flüsterte Caroline ihr von hinten ins Ohr. Sie schob Mireilles rote Haare zur Seite und schmiegte sich mit dem Gesicht an ihren Hals. Dann fuhr sie mit den Händen über die Reste des goldenen Kleides und legte sie auf Mireilles Bauch. „Wir haben alle gewusst, was heute auf dem Spiel stand und welches Risiko wir eingehen."

„Ich nicht", sagte Mireille mit belegter Stimme und drehte sich in den Armen ihrer Partnerin um. „So viele Tote … so viele überflüssige Tote."

Caroline zog sie fester an sich. „Ich weiß", sagte sie tröstend und streichelte Mireille über die Haare. „Es sind vergeudete Menschenleben und es gibt keine Entschuldigung dafür. Aber Serrier lässt uns keine andere Wahl. Marcel hat alles versucht, um diesen Krieg auf diplomatischem Weg zu verhindern. Niemand von uns wollte, dass es soweit kommt. Aber es ist passiert, und jetzt müssen wir alles daran setzen, den Krieg zu überleben und zu gewinnen. Wenn wir das nicht tun, werden wir keine Zukunft mehr haben." Sie zog den Reißverschluss von Mireilles Kleid auf. „Komm jetzt. Wir waschen uns den Schmutz ab. Dann versuchen wir, uns abzulenken und diesen Krieg für einige Zeit zu vergessen."

„Es bekümmert dich nicht?", fragte Mireille und trat einen Schritt zurück, damit Caroline ihr das Kleid ausziehen konnte. Dann stieg sie in die Wanne und drehte das Wasser auf. Hinter sich hörte sie Caroline, die sich ebenfalls auszog. Mireille drehte sich um und sah ihr dabei zu. Ihr Puls beschleunigte sich bei dem Anblick von Carolines nackter, elfenbeinfarbener Haut.

Caroline ließ den Bademantel zu Boden fallen, kam zu Mireille in die Badewanne und zog die verstörte Vampirin in die Arme. Dann setzten sie sich in das warme Wasser. „Doch, das tut es. Aber ich habe schon vor langer Zeit gelernt, dass ich mein Leben nicht davon beherrschen lassen darf", erklärte sie. „Wenn ich das tue, wenn ich zulasse, dass der Krieg bestimmt, wer und was ich bin ..." Caroline zeigte an ihren Kopf und legte die Hand aufs Herz. „... dann hat Serrier schon gewonnen. Wir haben heute überlebt. Nur daran sollten wir jetzt denken."

„Ich weiß nicht, ob ich das kann", gestand Mireille niedergeschlagen.

„Schließ die Augen und lehne dich an mich", schlug Caroline vor. „Ich bin für dich da."

Mireille gehorchte und legte den Kopf auf Carolines Schulter. Sie wollte nur noch die vertraute Berührung von Carolines warmen Händen auf ihrer Haut spüren. Caroline nahm einen Waschhandschuh und wusch ihr den Schmutz und das Blut ab, dann spülte sie die Seife ab und streichelte ihr über die Wangen. „Was ist das?", fragte Mireille und setzte sich überrascht auf, als sie eine dicke, cremige Flüssigkeit fühlte, mit der Caroline sie einrieb.

„Die Augen zu lassen", warnte Caroline. „Es brennt, wenn es in die Augen kommt."

„Was ist das?", erkundigte sich Mireille.

„Ich will dich nur verwöhnen", sagte Caroline ausweichend. „Du weißt doch, dass du dich auf mich verlassen kannst."

Mireille wusste es und lehnte sich wieder an ihre Partnerin, um sich verwöhnen zu lassen. Das warme Wasser und Carolines zärtliche Hände entspannten sie. Nach einigen Minuten beruhigten sich auch ihre Gedanken und die Schrecken der Nacht verblassten. Mireille würde es nie vergessen können, aber sie konnte verhindern, dass die Erinnerungen ihr Leben beherrschten. Hoffte sie.

Caroline wartete geduldig ab, bis Mireille sich wieder entspannt hatte. Sie lächelte zufrieden, weil es ihr gelungen war, ihrer Geliebten wieder etwas Frieden zu bringen. Caroline hoffte, dass auch Alain nicht allein war und einen Freund hatte, der ihn über Orlandos Verschwinden hinwegtröstete. Sie hatte Mireille vorschlagen wollen, diese Aufgabe gemeinsam zu übernehmen, so wie sie nach Laurents Tod dessen Partner getröstet hatten. Aber sie hatte den Schrecken in Mireilles Augen gesehen, die selbst kurz davor gewesen war, in Tränen auszubrechen. In diesem Zustand konnte sie Alain keine Hilfe sein. Dann war glücklicherweise Thierry zurückgekommen. Er würde sich um seinen Freund kümmern. Caroline musste zuerst an ihre eigene Partnerin denken.

Es wäre nicht so schlimm gewesen, hätten Thierry oder Raymond eine erfolgversprechende Spur gefunden. Aber die beiden Männer waren mit leeren Händen zurückgekehrt. Alains verzweifelter Schrei war nicht nur im Salle des Cartes zu hören gewesen, sondern durch die Korridore des Hauptquartiers geschallt, in denen sich die Angehörigen der Milice versammelt hatten, um ihm zu helfen. Es gab zurzeit nichts, was sie hätten tun können. Marcel setzte seine Hoffnung in die dunklen Magier, die sie gefangen genommen hatten und die noch nicht verhört worden waren. Vielleicht würden sie Information preisgeben, die ihnen mehr über Orlandos Schicksal und seinen Aufenthaltsort verrieten. Caroline hatte das Ergebnis dieser Verhöre jedoch nicht abwarten wollen, denn Mireille konnte sich kaum noch auf den Beinen halten. Sie mussten weg – weg von allem, was sie an das Gemetzel dieser Nacht erinnerte. Deshalb hatte Caroline ihre Partnerin nach Hause gebracht, wo sie sich um sie kümmern konnte.

„Serrier hatte es auf die Vampire abgesehen, nicht wahr?", wollte Mireille wissen. Viele der leblosen Körper, die nach dem Kampf auf dem Boden lagen, waren Vampire gewesen.

„Ich denke schon", meinte Caroline. „Er weiß jetzt über die Allianz Bescheid und sucht vermutlich nach Wegen, wie er uns besser bekämpfen kann. Einschüchterung ist eine seiner bevorzugten Vorgehensweisen. Nach dieser Nacht werden alle Vampire, die noch nicht auf unserer Seite kämpfen, genau wissen, wozu er fähig ist. Einige werden wahrscheinlich der Allianz beitreten. Aber Serrier hofft vermutlich auch, dass viele von ihnen jetzt Angst vor ihm haben und Jean unter Druck setzen werden, die Allianz wieder aufzukündigen, um nicht mehr zum Ziel seiner Angriffe zu werden."

„Wenn er das glaubt, kennt er Jean schlecht", sagte Mireille und lachte leise. „Je mehr Serrier ihn unter Druck setzt, umso entschlossener wird Jean diesen Krieg gewinnen wollen. Und nach diesem Angriff kann Serrier jede Hoffnung begraben, dass Vampire sich seinem Aufstand anschließen."

„Ich denke nicht, dass er auf die Unterstützung der Vampire gesetzt hat", bemerkte Caroline. „Er will sie wahrscheinlich nur komplett aus dem Spiel nehmen. Wir können nur hoffen, dass er von Orlando keine entscheidenden Informationen bekommt."

„Das kann ich mir nicht vorstellen", erwiderte Mireille. „Wenn Orlando unsere Geheimnisse preisgibt, bringt er Alain in Gefahr. Das geht gegen seine Natur als Vampir und gegen seine tiefsten persönlichen Überzeugungen. Außerdem ist Alain nicht nur sein Geliebter, sondern sein Avoué. Damit werden Orlandos Instinkte, ihn beschützen zu wollen, noch mehr gestärkt."

„ES KOMMT mir so falsch vor", murmelte Sebastien, der mit Thierry in der Tür zum Gästezimmer stand. Alain lag im Bett und schlief. Thierry hatte ihn mit einem Schlafzauber belegt, damit er sich etwas ausruhen konnte und morgen wieder fit war. Alain hatte sich zwar erbittert dagegen gewehrt und darauf bestanden, im Hauptquartier bleiben und bei den Verhören der dunklen Magier helfen zu wollen. Thierry hatte sich jedoch nicht erweichen lassen und ihn vor die Wahl gestellt, entweder auf die Krankenstation zurückzukehren oder sich im Gästezimmer seines Hauses auszuschlafen. Alain hatte sich für das Gästezimmer entschieden, wo er sofort informiert werden konnte, wenn sich eine neue Entwicklung ergab. Nachdem er sich heimlich aus der Krankenstation geschlichen hatte, würden die Mediziner ihn dort nicht mehr unbeaufsichtigt lassen. „Er sollte hier nicht allein sein."

Thierry nickte. Er konnte Alains Verlust nachvollziehen, aber er wusste auch, dass seine eigenen Gefühle nur eine schwache Kopie dessen waren, was Alain empfinden musste. Er hatte vorhin im Salle des Cartes miterlebt, wie Alain mehr und mehr in sich zusammengebrochen war, nachdem erst Thierrys Patrouille und dann auch Raymond mit leeren Händen zurückgekehrt waren. Orlando war in den letzten Wochen zum Mittelpunkt in Alains Leben geworden und hatte ihm Kraft und Zuversicht gegeben. Jetzt hatten Alains Augen ihren Glanz verloren und er kämpfte vergebens gegen die Leere an, die Orlandos Entführung in ihm hinterließ. Thierry hatte Marcel einen scharfen Blick zugeworfen und der General gab einen kurzen Befehl, um den Raum räumen zu lassen. Nur der innere Kreis ihrer Freunde war zurückgeblieben.

Thierry hatte sich Alain behutsam genähert, der verloren im Raum stand. Die Luft um ihn herum war magisch aufgeladen und sein klagender Schrei hallte von den Wänden wieder. Es war ein Schrei, so voller Trauer und Verzweiflung, dass ihn keiner der Anwesenden jemals vergessen würde. Jean hatte sich abgewandt, weil er Alains Zusammenbruch nicht mitansehen konnte. Raymonds besorgter Blick sagte ihnen, dass der Chef de la Cour unter Orlandos Gefangennahme ebenfalls litt und sich nur noch mühsam zusammenreißen konnte. Thierry wusste, dass die beiden Vampire eine tiefe Freundschaft verband, die mit seiner eigenen Freundschaft zu Alain vergleichbar war. Er konnte gut nachempfinden, welche Gefühle die Vorstellung in Jean auslöste, Orlando in Serriers Klauen zu wissen.

Thierry war der Einzige gewesen, der es wagte, sich Alain zu nähern. Er hatte die Arme um seinen Freund gelegt und durch seine Verbindung zur Erde Alains magischen Ausbruch wieder unter Kontrolle gebracht. Alain hatte sich schluchzend zu ihm umgedreht. „Sie tun ihm weh", hatte er voller Schmerz geflüstert. „Serrier hat schon angefangen und ich kann nichts dagegen unternehmen. Orlando lebt noch, aber ich kann nicht fühlen, wo er ist. Ich fühle nur seine Schmerzen."

Thierry hatte sich nicht mehr so hilflos gefühlt, seit er und Alain vor Henris Leiche gestanden hatten. Jetzt betete er aus tiefstem Herzen, dass sie nicht wieder in die gleiche Lage kommen würden. Er war sich nicht sicher, ob Alain einen so schrecklichen Verlust ein zweites Mal überleben würde.

„Bring ihn nach Hause", hatte Marcel befohlen und Alain väterliche eine Hand auf die Schulter gelegt. Alain war am Ende seiner Kräfte gewesen, aber er wollte ohne Orlando nicht nach Hause gehen. Deshalb hatte Thierry vorgeschlagen, ihn mit zu sich zu nehmen.

„Du musst dich ausruhen", hatte er Alain beschworen. „Sonst bist du zu schwach, um Orlando zu helfen, wenn wir ihn finden."

Alain hatte sich noch etwas gewehrt, aber dann hatte seine Erschöpfung ihn gezwungen, auf Thierrys Vorschlag einzugehen.

Thierry riss den Blick von seinem schlafenden Freund los und sah Sebastien an, der immer noch an seiner Seite stand. „Bin ich ein schlechter Freund, weil ich froh bin, dass sie nicht dich mitgenommen haben?"

Sebastien schüttelte den Kopf. „Ich glaube nicht. Du bist auch nur ein Mensch, und es ist normal, dass du darüber erleichtert bist. Wird er die Nacht durchschlafen?"

„Das hoffe ich", erwiderte Thierry. „Es ist eine starke Beschwörung, aber Alain ist sehr mächtig und seine Trauer ist groß. Falls er sich gegen die Beschwörung wehrt, werden wir es allerdings hören können und sind gewarnt."

„Du solltest dich auch ausruhen", drängte Sebastien. „Du hast dich noch nicht von deiner Krankheit erholt und diese Nacht war sehr kräftezehrend."

Thierry schloss wortlos die Tür zum Gästezimmer und ging mit Sebastien in das Schlafzimmer zurück, das sie jetzt teilten. Er zog die schmutzige Kleidung aus und warf sie in Richtung des Wäschekorbs. Er hätte gerne noch geduscht, aber das musste warten. Es gab andere Dinge, die ihm wichtiger waren. Orlandos Gefangennahme hatte Thierry erneut bewusst gemacht, dass sie sich im Krieg befanden und jeder Tag ihr letzter sein konnte. Sebastien hatte ihn lange genug warten lassen. Jetzt war es an der Zeit.

Thierry drehte sich zu Sebastien um und winkte ihn zu sich.

Sofort schüttelte Sebastien den Kopf. „Es geht nicht. Du bist noch zu krank."

„Lass das", sagte Thierry entschieden. „Ich weiß, was du gesagt und versprochen hast. Und du hast deine Versprechen gehalten. Aber wir wissen nicht, was der morgige Tag uns bringt. Wir wissen nicht, ob wir noch mehr als diese Nacht haben. Ich will keine Zeit mehr verschenken. Wenn du heute an Orlandos Stelle gewesen wärst, hätte ich dich verloren, bevor ich dich gehabt habe. Bitte. Liebe mich."

Sebastien konnte der stillen Bitte nicht mehr widerstehen. Er nickte, zog sich aus und kam in all seiner nackten Pracht auf Thierry zu. Sie küssten und streichelten sich zärtlich. Sie mussten auf Alain Rücksicht nehmen, der nebenan lag und schlief. Aber allein das Wissen, sich dieses Mal nicht zurückhalten zu müssen, gab auch der einfachsten Berührung einen besonderen Reiz.

Sebastien übernahm die Führung und schob Thierry mit dem Rücken zum Bett, wo er den großen Mann sanft auf die Matratze drückte und sich auf ihn legte. Er schmiegte sich mit dem Gewicht an Thierrys Hals und küsste ihn, während er mit einer Hand in der Nachttischschublade nach der Tube mit dem Gleitgel tastete, die er nach dem Debakel mit der Lavendelcreme gekauft hatte. Sebastien hatte nicht damit gerechnet, das Gel so bald zu brauchen. Jetzt war er froh, dass er gestern, während Thierry noch schlief, einkaufen gegangen war.

„Ich bin mir nicht sicher, ob ich die Geduld für ein längeres Vorspiel habe", gestand er. „Ich will dir nicht wehtun und alles richtig machen, aber ich kann nicht lange warten."

Thierry zuckte mit den Schultern. „Es ist doch nur ein kleiner Schmerz."

„Der aber nicht sein muss", erwiderte Sebastien stur und rieb sich die Finger mit dem Gel ein. Dann tastete er sich zu Thierrys Schließmuskel vor und war dankbar, dass der enge Muskel schon beim ersten Druck nachgab.

Thierry keuchte leise und hielt die Luft an, wie es jedes Mal tat, wenn Sebastiens Finger in ihn eindrang. Es spielte für ihn keine Rolle, dass es nur ein Finger war. Er wollte seinen Geliebten in sich spüren. Thierry spreizte die Beine noch weiter und kam Sebastien mit den Hüften einladend entgegen.

Das Vertrauen in dieser stillen Geste rührte Sebastien mehr, als er es für möglich gehalten hätte. Er schloss die Augen und seine langen Eckzähne wurden sichtbar. Dann beugte er sich zu Thierry hinab und küsste ihn leidenschaftlich. All seine Erleichterung, Thierry in Sicherheit zu wissen, all seine Angst um Orlando und seine Frustration, Alain nicht helfen zu können, lagen in diesem Kuss.

Thierry erwiderte den Kuss mit der gleichen Leidenschaft, legte die Hände um Sebastiens Kopf und vergrub die Finger in den langen Haaren. Er wollte spüren, dass sie noch am Leben waren und dass es auch diesem Krieg nicht gelungen war, sie zu trennen.

„Vertraust du mir?", wollte Sebastien wissen und hob den Kopf.

„Das weißt du doch."

„Dann gib mir deinen Hals."

Thierry ließ den Kopf zur Seite fallen, noch bevor er über eine Antwort nachdenken konnte. Die Bissspuren in seiner Haut waren Einladung und Zeugnis zugleich. Sebastien ließ die Lippen über Thierrys Hals gleiten, bis er eine Stelle fand, die er noch nicht gebissen hatte. Dann leckte er über die glatte Haut und versenkte seine Zähne tief in Thierrys Fleisch.

Sebastien wurde schwindelig, als ihm das heiße Blut auf die Zunge floss. Er hoffte, dass Thierry durch den Biss abgelenkt und entspannt war, rieb seinen Schwanz mit dem Gel ein und brachte ihn in Position. Sebastien hätte sich gerne mehr Zeit gelassen, doch er konnte es nicht mehr länger ertragen. Er wollte sich endlich eins fühlen mit seinem Magier.

Vorsichtig drückte er mit dem Schwanz gegen die enge Öffnung. Dann hob er den Kopf und wartete ab, bis Thierry die Augen öffnete. Sebastien wollte sich erst überzeugen, ob sein Geliebter keinen Schmerz fühlte, bevor er weitermachte. Träge öffneten sich Thierrys grüne Augen. Sebastien konnte nur Lust und Leidenschaft in ihrem Blick erkennen. „Fühl mich", flüsterte er erleichtert und schob sich langsam in Thierry hinein.

Thierry keuchte leise, weil das Gefühl der Verbundenheit zwischen ihnen so stark war, dass es ihm den Atem zu rauben drohte. Er klammerte sich an Sebastiens Schultern fest, als müsste er sich vor dem Ertrinken bewahren. Ein flüchtiger Gedanke schoss ihm durch den Kopf. Alain hatte recht gehabt. Es fühlte sich etwas merkwürdig an. Aber es war so unglaublich gut und intim, dass Thierry jetzt schon wusste, dass er dieses Gefühl wieder erleben wollte.

Er drückte den Rücken durch und presste sich mit den Hüften an Sebastien, um ihn aufzufordern, sich zu bewegen. Der Vampir zögerte nicht lange und nahm einen gleichmäßigen, fließenden Rhythmus auf, der Thierry stöhnen ließ. Sebastien hob den Kopf und verschloss ihm den Mund mit einem tiefen Kuss.

Thierry erwiderte den Kuss mit aller Leidenschaft, aber er ließ sich nicht zum Schweigen bringen. Er konnte spüren, wie sich mit jedem Stoß nicht nur sein Körper, sondern auch sein Herz öffnete und sich vertrauensvoll Sebastiens zärtlicher Fürsorge übergab. Nur eine Sache fehlte noch.

Thierry unterbrach den Kuss und drückte sich Sebastiens Kopf an den Hals. „Beiß mich", bat er. „Ich will dich überall in mir spüren."

Sofort schlug Sebastien die Zähne in Thierrys Hals. Er konnte Thierrys Gefühle schmecken, die von der Sorge um Alain dominiert wurden. Aber darunter konnte er die ersten Spuren eines anderen, zärtlichen Gefühls entdecken. Sebastien schloss die Augen, als er dieses Gefühl erkannte. Er tastete nach Thierrys Hand und verschlang ihre Finger miteinander, während er seinen Partner und Magier liebte. Thibault hatte ihn auf dem Sterbebett gebeten, nicht allein zu bleiben und eine neue Liebe zu finden. Sebastien glaubte, dass sich dieser Wunsch endlich erfüllt hatte.

36

Antonio stapfte am Ufer der Seine entlang und kickte frustriert Kieselsteine aus dem Weg. Er fühlte sich so hilflos. Wenn er nur wüsste, wie er Monique erreichen konnte. Vielleicht wusste sie ja mehr, als die gefangenen dunklen Magier. Und vielleicht hätte er sie dazu bringen können, ihm diese Informationen zu verraten. Irgendwo in der Stadt wurde Orlando gefangen gehalten. Antonio kannte den jungen Vampir kaum, aber das spielte keine Rolle. Es gab ein unumstößliches Gesetz, das jeder Vampir des Cour achtete: Einem Vampir – egal, welchem – Schaden zuzufügen, wurde mit dem Tode bestraft.

Die Morgendämmerung stand kurz bevor, doch die tiefziehenden Wolken und der Nebel vom Fluss würden ihm einige zusätzliche Minuten Schutz vor der Sonne gewähren. Noch war der Himmel dunkel und er musste sich nicht beeilen. Antonio wollte nicht unnötigerweise die Aufmerksamkeit der frühen Passanten auf sich ziehen, die auf dem Weg zur Arbeit waren. Er war auch so schon auffällig genug.

Er ging am Eingang des kleinen Parks vorbei, in dem er vor einigen Nächten mit Monique gesessen hatte. Antonio hätte gerne nachgesehen, ob sie heute vielleicht zufällig wieder hier war, aber die Wolken würden die Sonne nicht unbegrenzt fernhalten und die schützende Wirkung von Moniques Blut hatte in der Nacht nachgelassen. Antonio hatte es spüren können. Er hatte sich, obwohl er bekleidet war, plötzlich wie nackt gefühlt. Orlando und Sebastien hatten die Wirkung der Magie mit einer schützenden Hülle oder Decke verglichen, und die war Antonio mit einem Schlag entrissen worden.

Antonio hatte während des Kampfes heute Nacht nach Monique Ausschau gehalten, sie aber nicht entdecken können. Er war sich nicht sicher, ob das ein gutes Zeichen war oder nicht. Er fragte sich, was sie wohl machte, wenn sie nicht für Serrier kämpfte. Hoffentlich ging es ihr gut. Alain hatte heute gespürt, dass es Orlando nicht gut ging. Doch die beiden waren durch den Aveu de Sang verbunden. Die anderen Paare hatten nicht erwähnt, diese Sensibilitäten für die Gefühle ihres Partners zu haben. Antonio hatte sich auch nicht getraut, sie direkt danach zu fragen. Die Milice wusste noch nicht, dass er eine Partnerin gefunden hatte. Dabei musste es auch bleiben, wenn man bedachte, wer Monique war.

Antonio spuckte aus. Er hatte es in den letzten Tagen schon hundert Mal versucht, doch er wurde den Geschmack nach dunkler Magie und Hass nicht los, der in Moniques Blut gelegen hatte. Er hätte sich ein Opfer suchen und den Geschmack mit frischem Blut überdecken können, hatte dazu aber keine Lust gehabt. Heute Nacht blieb ihm allerdings keine andere Wahl, wenn er nicht hungern wollte. So romantisch sich das auch anhören mochte, es war doch höchst unpraktisch. Antonio bezweifelte außerdem, dass Monique es ihm danken würde – auch dann nicht, wenn sie über die Partnerschaft Bescheid wüsste. Die Nacht war fast vorbei und er hatte nicht mehr viel Zeit. Antonio entschied sich, den Tag zuhause zu verbringen und erst bei Einbruch der Dunkelheit auf die Jagd zu gehen. Danach wollte er wieder seinen Beitrag leisten, um Serriers Tyrannei ein Ende zu bereiten, damit seine Partnerin vielleicht auch wieder frei sein konnte.

Auch wenn ihm das nicht gelingen sollte, hätte er doch die Befriedigung, einen Möchtegern-Diktator verhindert zu haben, der nicht nur das Leben der Vampire zur Hölle auf Erden gemacht hätte.

Antonio ging über den Steg auf sein Hausboot. Er merkte sofort, dass er nicht allein war. „Wer ist da?"

„Sag mir, warum ich dich nicht töten sollte."

Antonio zuckte zusammen, als er Moniques Stimme erkannte. Er wollte ihr nicht erklären müssen, warum ihre Magie gegen ihn nicht funktionierte, deshalb durfte sie es erst gar nicht versuchen, ihn mit einem Fluch zu belegen. „Weil ich schon tot bin?", gab er spöttisch zurück. „Oder weil ich nichts getan habe, um mir deine Wut zu verdienen?"

Monique ließ ihren Stab sinken. Sie hatte zu starke Schmerzen, um genug Wut aufzubringen, ihn mit einem *Abbatoire* zu belegen. Es reichte nicht einmal für eine harmlose Beschwörung. Serriers Fluch hatte zwar keine äußerlichen Spuren hinterlassen, aber ihr tat alles weh. Als sie nach Serriers letzter Attacke – die allerdings wesentlich harmloser gewesen war – Antonio aufgesucht hatte, war es ihr nach seinem Biss wieder besser gegangen. Dieses Mal waren die Schmerzen viel stärker. Sie war für jede noch so kleine Hilfe dankbar, um sich wieder schneller zu erholen.

„Was willst du hier?", fragte Antonio nicht unfreundlich, als sie ihm keine Antwort gab. Er konnte erkennen, wie ihre Anspannung langsam nachließ. Am liebsten hätte er sie in die Arme genommen und ihr versprochen, sich um sie zu kümmern und alle Sorgen von ihr fernzuhalten. Aber zwei Gründe sprachen dagegen. Erstens würde sie seine Geste kaum zu schätzen wissen. Zweitens war er sich nicht sicher, ob er es ihr überhaupt guten Gewissens versprechen konnte, denn die Ursachen ihrer Probleme entzogen sich seiner Kontrolle und er konnte sie allein nicht beseitigen.

„Serrier hat heute Nacht einen Verräter exekutiert", erwiderte sie leise. „Wenn der Junge etwas weniger ehrenhaft und dünnhäutig gewesen wäre, würde ich auch nicht mehr leben. Serrier hat uns beide verdächtigt, weil wir die Einzigen waren, die seines Wissens nach Kontakt zur Milice hatten und nicht im Gefängnis oder auf dem Friedhof gelandet sind." Sie erhob sich schwankend. „Ich habe einen sicheren Ort gebraucht, um zu schlafen und mich zu erholen für den Fall, dass er seine Meinung wieder ändert. Ich wusste nicht, wohin ich gehen sollte."

„Er hat dich wieder verletzt, nicht wahr?", wollte Antonio wissen und streckte die Hand nach ihr aus. „Komm nach unten. Hier kannst du dich ausruhen."

Monique nickte. Seine Freundlichkeit machte sie sprachlos. Sie ließ sich die Treppe hinab in die Kabine führen. Schwere Vorhänge hingen vor den Fenstern und tauchten alles in Dunkelheit. „Ich will dir dein Bett nicht streitig machen", protestierte sie, als sie erkannte, wo sie waren.

„Es gibt nur ein Bett", erklärte Antonio. „Du hast gesagt, dass du schlafen und dich erholen musst. Es wird dir nicht viel helfen, wenn du dich im Wohnzimmer in einem Sessel zusammenrollst. Ich beiße nicht, wenn du es nicht willst."

Monique setzte sich behutsam aufs Bett und wollte sich bücken, um ihre Stiefel auszuziehen, aber die Schmerzen in ihrem Bauch ließen es nicht zu.

„Lass das", befahl Antonio, als er sah, wie sie zusammenzuckte. „Leg dich hin. Ich ziehe dir die Schuhe aus."

Monique gehorchte und ließ sich langsam auf die Matratze sinken. Antonio kniete vor dem Bett auf den Boden und schnürte die Stiefel auf. Dann zog er sie von ihren geschwollenen Füßen und hob ihre Beine aufs Bett. Seine Berührungen waren fast zärtlich.

„Warum bist du so hilfsbereit und kümmerst dich um mich?", fragte sie leise. „Ich bin ein Dorn in deiner Seite, seit wir uns das erste Mal begegnet sind."

Antonio zuckte mit den Schultern. „Ich mag deinen Geschmack", antwortete er wahrheitsgemäß. „Obwohl es mir lieber wäre, dein Blut würde nicht so sehr nach der dunklen Magie schmecken. Aber es ist auch so sehr gut. Es hat eine Süße, die bei den meisten dunklen Magiern fehlt."

„Du hast wohl schon einige Magier getestet, oder?", scherzte sie.

„Jeden, den wir seit Gründung der Allianz gefangen genommen haben", gab Antonio zu. „Es ist mein Job. Ich helfe mit den Verhören und finde heraus, ob sie auf unsere Fragen wahrheitsgemäß antworten. Ich weiß genau, wie dunkle Magie schmeckt. Deshalb hat es mich so gewundert, dass dein Blut anders ist."

„Ich wüsste nicht, warum es anders sein sollte", erwiderte Monique. „Vielleicht machen mir die grausamen Flüche nicht so viel Spaß wie Claude, aber ich habe in den letzten beiden Jahren auch schlimme Dinge getan. Mach keine Heilige aus mit, weil ich das nicht bin."

„Das weiß ich", versicherte ihr Antonio. „Ich kann es in deinem Blut genauso schmecken, wie bei jedem dunklen Magier. Der Unterschied ist, dass du nicht dadurch definiert wirst, so wie es bei ihnen der Fall ist. Jedenfalls nicht für mich."

„Und was definiert mich in deinen Augen?", fragte sie neugierig.

„Die Süße, die ich unter der dunklen Magie spüren kann", erklärte Antonio. „Schau mich nicht so böse an. Ich bin kein Anfänger. Ich bin Jahrhunderte alt und weiß genau, was ich sage. Trotz allem, was du getan hast, wirst du nicht ausschließlich dadurch definiert so wie die anderen, die wir verhört haben."

„Sag nicht so was", erwiderte Monique leise. Antonios Hand, die immer noch auf ihrem Knöchel lag, jagte ihr einen sanften Schauer über den Rücken. Sie wurde von einem Gefühl der Vorfreude erfasst, das nichts damit zu tun hatte, dass sie sich eigentlich an ihm für die ständigen Niederlagen Serriers und damit auch ihre Schmerzen rächen sollte. Umso mehr hatte dieses Gefühl mit der Erregung zu tun, in die seine Berührung versetzte.

„Was soll ich nicht sagen?", fragte Antonio nach und streichelte über die nackte Haut ihres Beins. „Dass du süß schmeckst oder dass ich andere Magier verhört und gebissen habe?"

„Beides", flüsterte sie heiser. „Du sollst beides nicht sagen."

„Warum nicht?", wollte Antonio wissen, fuhr mit den Fingern unter den Stoff ihrer Hose und massierte ihr sanft den Unterschenkel. „Es gibt viele Dinge, dir ich dir nicht sagen kann. Aber ich will keine Lügen und Unwahrheiten zwischen uns. Es steht auch ohne dein Misstrauen schon genug Trennendes zwischen uns."

Monique schloss die Augen und genoss das Kribbeln auf der Haut, das seine unerwartete Zärtlichkeit auslöste. Sie wünschte sich sehr, ihm vertrauen zu können. Aber wie konnte sie dem Verfechter eines antiquierten Systems vertrauen, das ihrer Familie so viel Leid zugefügt hatte? Eines Systems, das auf der einen Seite Gleichheit predigte, während es auf der anderen Seite sie und ihre Brüder wegen Disziplinlosigkeit der Schule verwies, nur weil sie noch nicht gelernt hatten, ihre Magie zu beherrschen? Eines Systems, dessen Polizei die vielen ‚zufälligen' Sachbeschädigungen am Eigentum ihrer Familie immer wieder übersah oder sie gar den jungen Magiern selbst in die Schuhe schob?

„Monique?", fragte Antonio, als sie ihm keine Antwort gab.

„Ich will dir vertrauen", gab sie zu. „Aber es ist lange her, dass jemand dieses Vertrauen wert war. Ich fürchte beinahe, dass ich vergessen habe, was Vertrauen ist."

Antonio schüttelte traurig den Kopf. „Ich weiß nicht, wie ich dich von meinem guten Willen überzeugen kann. Vielleicht sollte ich es einfach sein lassen, weil du mir sonst noch weniger vertraust."

Monique lächelte niedergeschlagen und sah ihm in die dunklen Augen. „Wahrscheinlich hast du recht." Sie holte tief Luft und verzog das Gesicht, als ihr ein stechender Schmerz durch den Brustkorb fuhr. „Ich … Du könntest mir einen Gefallen tun, falls du es nicht als Zumutung empfindest."

„Dazu müsstest du mir erst sagen, worum es sich handelt", meinte Antonio, weil er ihr nichts versprechen wollte, was er nicht halten konnte. „Ich höre."

„Als wir uns das letzte Mal getroffen haben, hast du mich gebissen", erklärte ihm Monique zögernd. „Es hat mir gegen die Schmerzen geholfen. Dieses Mal ist es viel schlimmer und meine Beschwörungen helfen kaum. Könntest du mich bitte beißen und von mir trinken?"

Antonio krallte überrascht die Finger in Moniques Bein und entlockte ihr damit ein gepeinigtes Stöhnen. Er ließ sofort wieder los und streichelte ihr beruhigend über die verspannten Muskeln. „Es tut mir leid", entschuldigte er sich. „Ich vergesse nach all meinen Jahren als Vampir manchmal immer noch, wie stark ich bin." Er hob ihre Hand an die Lippen und küsste sie. „Ich möchte nichts lieber tun. Aber nur dann, wenn es dir wirklich hilft."

„Ich weiß im Moment gar nichts", antwortete sie mit schwacher Stimme. Nachdem sie ihm ihre Schmerzen eingestanden hatte, versuchte sie nicht mehr, ihm etwas vorzuspielen. „Das letzte Mal hat es geholfen. Aber selbst wenn es nicht hilft, kann es nicht schlimmer werden, als es jetzt schon ist."

Antonio nickte. „Wo tut es am meisten weh?", fragte er und streichelte weiter über ihr Bein, als könnte er damit die Quelle ihrer Schmerzen ausfindig machen.

„Nach seinem Fluch hat es sich angefühlt, als ob mein Magen sich aus meinem Bauch befreien will", meinte sie und genoss die sanfte Berührung seiner Hände auf der Haut. Das allein reichte schon aus, um die schlimmsten Schmerzen zu lindern. Zumindest kam es Monique so vor.

Antonio fuhr mit den Fingern unter den Bund ihres Pullovers und hob ihn etwas an. Dann wartete er ab, ob sie ihm mehr erlauben würde. Monique nickte und er schob den Pullover halb nach oben, sodass er ihren BH noch bedeckt ließ. Er beugte den Kopf und fuhr mit den Lippen über die zarte Haut ihres Bauches. Als er den Puls fand, leckte er lange genug, um ihr mit seinem Biss nicht noch mehr Schmerzen zuzufügen.

Monique rutschte unruhig auf dem Bett hin und her. Allein Antonios Lippen auf ihrer Haut hatten die Schmerzen schon deutlich verringert. Ihr fiel ein, dass sie diesen Biss nicht magisch heilen musste. An ihrem Bauch würde er niemandem auffallen und sie konnte ihn als Erinnerung behalten, bis er von selbst wieder geheilt war.

Antonios Zähne bohrten sich tief in ihr Fleisch. Er musste tief beißen, um die Ader zu erreichen, die hier nicht so nah an der Oberfläche verlief. Monique schnappte nach Luft, aber sie fuhr ihm mit den Fingern in die Haare und hielt seinen Kopf an ihren Bauch gepresst. Er saugte fest, bis das Blut an die Oberfläche kam. Sofort schmeckte er wieder die dunkle Magie. Wut und Zorn verdeckten die leichte Süße, die darunter kaum noch zu erkennen war. Antonio biss lang und fest, um auch noch die letzte Spur von Serriers Bosheit aus ihr herauszusaugen. Er verschwendete keinen Gedanken daran, dass er sich unter Umständen selbst infizieren könnte. Seine einzige Sorge war ihr Wohlergehen. Antonio konnte nicht zulassen, dass es durch die dunkle Magie gefährdet wurde.

Der Schmerz ließ so schnell nach, dass Monique die Luft wegblieb. Mit seinem Verschwinden kamen andere Gefühle zum Vorschein. Sie spürte Antonios Lippen an ihrer Haut, seine Zunge, die das Blut ableckte und seine Zähne, die sich tief in ihr Fleisch versenkt hatten. Völlig unvorbereitet wurde sie von einem starken Verlangen gepackt und stöhnte leise.

Antonio zog die Zähne aus ihrem Bauch. „Ganz ruhig", besänftigte er sie. „Tut es weh?"

„Überhaupt nicht", schnurrte sie. „Es ist schon viel besser."

„Gut. Dann entspanne dich und überlasse alles andere mir. Ich kann seiner Fluch immer noch schmecken." Außerdem hatte er noch lange nicht genug getrunken von diesem berauschenden Blut. Doch das wollte er ihr sicherheitshalber nicht sagen.

Monique ließ sich aufs Bett zurückfallen und zwang sich, still zu liegen, damit Antonio nicht wieder aufhörte. Er hatte sie schon zweimal gebissen und einmal mit ihr geschlafen, aber dieses Mal fühlte es sich anders an. Dieses Mal lag sie in seinem Bett, nicht irgendwo in einem fremden Zimmer im Untergeschoss des Hauptquartieres der Milice. Dieses Mal stand sie nicht unter Spionageverdacht, obwohl sie davon damals nichts gewusst hatte. Antonio hatte sie schon gekannt, als er sie hierher auf sein Boot brachte. Und sie hatte ihn gekannt, als sie zu ihm gekommen war – nicht um einen Auftrag Serriers zu erfüllen, sondern weil er ihr helfen und Trost spenden konnte.

Sie hatte nicht damit gerechnet, dass sein Biss sie so sehr erregen würde.

Antonio schmeckte das plötzliche Begehren in ihrem Blut. Jetzt war der Moment gekommen, seinen Biss zu beenden, wenn er sich nicht in ihrem Geschmack verlieren wollte. Doch er konnte auch immer noch ihre Schmerzen schmecken, obwohl sie schon sehr nachgelassen hatten. Antonio entschied, sich auf seine Selbstbeherrschung zu verlassen, denn sein Instinkt ließ ihn nicht aufhören, so lange sie noch unter Serriers Fluch litt.

Monique fuhr unruhig mit den Händen über das Laken und lag mit sich selbst im Zwiespalt. Sollte sie auf die Gefühle reagieren, die er in ihr auslöste? Sie begehrte ihn, aber es stand immer noch so viel Trennendes zwischen ihnen, sodass sie sich vor diesem Schritt fürchtete. Monique war in ihrer eigenen Hölle gefangen und fand keinen Ausweg aus diesem Dilemma. Selbst hierfür nicht.

Antonio griff sanft nach ihren Händen und verschränkte seine Finger mit ihren, um ihre aufgeregten Bewegungen zu unterbinden. Als er ihren Schmerz nicht mehr spüren konnte, hob er den Kopf und sah ihr in die Augen. „Hier ist niemand außer uns beiden. In den nächsten Stunden gibt es nur uns. Die Welt dort draußen existiert nicht mehr. Sag mir, was du dir wünschst."

Monique war sich darüber im Klaren, dass es gefährlich war, denn die Welt dort draußen würde nicht für immer verschwinden. Aber es war ein verführerischer Gedanke, sie für einige Stunden zu vergessen. Sie schloss die Augen und dachte über eine Antwort auf seine Frage nach. Was würde sie sich wünschen, wenn nichts zwischen ihnen stehen würde? „Wenn er erfährt, dass ich hier war, wird er mich umbringen."

„Dann geh nicht zu ihm zurück", forderte Antonio sie auf. Der Gedanke an ihren Tod zerriss ihm das Herz. „Bleib bei mir. Ich passe auf dich auf."

Monique schüttelte den Kopf. „Du hast allein keine Chance gegen das, was uns bevorsteht, wenn er von meiner Flucht erfährt."

„Aber die Milice kann dich beschützen."

„Ich habe ihnen nichts zu bieten", widersprach Monique. „Sie haben keinen Grund, mir ihren Schutz anzubieten. Ich habe schon einmal versucht, sie auszuspionieren. Sie würden mir niemals glauben, dass ich es dieses Mal ehrlich meine. Und ich will nicht, dass du meinetwegen ihren Schutz verlierst."

„Ich weiß, was sie umstimmen könnte", erwiderte Antonio bedächtig.

„Was?"

„Serrier hat heute Nacht einen Vampir entführt. Wenn du uns sagen könntest, wo er gefangen gehalten wird, würde Marcel dich aufnehmen."

„Er war in Serriers Hauptquartier in St. Denis, aber mittlerweile könnte er überall sein", sagte Monique. „Serrier behält seine Gefangenen nie lange an einem Ort, damit sie nicht gefunden werden können. Ich könnte zurückkehren und versuchen, mehr über den Vampir herauszufinden …"

Antonio wollte ihr Angebot ablehnen und sie nicht mehr aus den Augen lassen, außer, um sie zu Marcel zu bringen. Aber sie hatte recht. Wenn die Milice in St. Denis auftauchte und Orlando dort nicht mehr vorfand, würde es die Sache nur verschlimmern. Dann wäre Orlando immer noch in Gefahr, aber Serrier wüsste, wie wichtig der Vampir für die Milice war. „Noch nicht", bat er sie. „Ruh dich erst aus und erhole dich, bevor du zu ihm zurückgehst. Vielleicht brauchst du deine Kraft, um ihm wieder entkommen zu können." *Lass mich noch nicht allein.*

Monique wies ihn nicht darauf hin, dass es keinen Unterschied machen würde. Falls er sie töten wollte, würde ihn nichts und niemand aufhalten können. Aber sie hörte im Klang von Antonios Stimme, was er sich wünschte. Sie nickte und entspannte sich. Antonio ließ ihre Hände los und streichelte ihr über den nackten Bauch. Seine Finger fuhren sanft über die Bisswunden, die er in ihrem Fleisch hinterlassen hatte.

Monique bedeckte seine Hand mit ihrer. Sie wollte ihn nicht aufhalten, aber auch nicht ermutigen. Antonio sah ihr ins Gesicht. Sie hatte dunkle Ringe unter den geschlossenen Augen. Er begrub seine Pläne, sie zu verführen, stand stattdessen auf und zog sich die Schuhe aus. Dann nahm er sie in die Arme, hob sie auf und zog die Bettdecke zurück. Als sie erschrocken die Augen aufriss, beruhigte er sie sofort. „Du musst schlafen. Bis es dunkel wird, bist du hier sicher. Dann können wir entscheiden, was wir als nächstes unternehmen. Ich bleibe bei dir und halte dich in den Armen. Darf ich?"

Seine zärtliche Bitte raubte ihr den Atem. Einladend hob sie die Decke. Antonio schüttelte nur den Kopf und legte sich an ihrer Seite auf die Decke. Er schob ihr einen Arm unter die Schulter und rollte sie zu sich heran. Mit dem anderen Arm hielt er sie an sich gedrückt. Dann gab er ihr einen zarten Kuss auf den Kopf. „Schlaf jetzt."

Monique nickte wieder. Sie erwartete nicht, in einem fremden Bett und in den Armen eines fremden Mannes einschlafen zu können. Aber es dauerte nur Sekunden, bis der Schlaf sie übermannte. „Schlaf", wisperte Antonio erneut und schaute in ihr entspanntes Gesicht. Er wollte sie nie wieder loslassen.

37

SEBASTIEN LAG schweigend an Thierrys Seite. Er hatte die Arme um den Magier geschlungen, als könnte er ihn dadurch vor der Welt beschützen, und sei es auch nur für die wenigen Stunden Schlaf, die Thierry sich gönnte, bevor er sich wieder aufraffte und sich auf die Suche nach Orlando machte. Sebastien wollte nicht daran denken, welche Schrecken damit verbunden sein würden, Orlando zu retten. Er musste an den anderen Magier denken, der im Gästezimmer lag und ebenfalls schlief. Seit Sebastien in Thierrys Haus übernachtete, hatte er – bis vor wenigen Tagen – dort selbst geschlafen. Er hatte vor langer Zeit ebenfalls seinen Avoué verloren, aber sein Thibault war eines unvermeidlichen, natürlichen und am Ende sogar herbeigesehnten Todes gestorben. Er war sehr alt geworden für die damalige Zeit, war krank und lebensmüde gewesen. Das hatte den Verlust für Sebastien allerdings nicht weniger schmerzhaft gemacht und er war lange wie gelähmt gewesen. Alain hatte seinen Geliebten und Partner vollkommen unerwartet und auf grausame Weise geraubt bekommen, und das so kurz nach ihrem Aveu de Sang. Sebastien konnte das Ausmaß seines Leidens nur erahnen, aber er war der Einzige in der Milice, der die Macht des Aveu des Sang kannte und zumindest eine Vorstellung davon hatte, wie sich Alain fühlen musste.

Aus dem Nachbarzimmer war ersticktes Schluchzen zu hören. Sebastien überlegte nicht lange. Er glitt leise aus dem Bett und suchte im Dunkeln nach einer Hose und einem sauberen Hemd. Er wollte Thierry nicht wecken und um seine dringend benötigte Ruhe bringen.

„Was ist los?"

Sebastien verfluchte sich innerlich, weil er zu lange getrödelt hatte. „Ich habe Alain gehört. Ich will nur kurz zu ihm gehen und nachsehen, ob alles in Ordnung ist."

„Das mache ich selbst", erwiderte Thierry und setzte sich auf. „Er ist meine Verantwortung."

Sebastien lachte leise. „Ich glaube nicht, dass wir noch zwischen ‚mein' und ‚dein' unterscheiden sollten. Diese Zeiten sind vorbei. Aber ich weiß besser, wie er sich fühlt. Ich habe auch einen Avoué verloren. Kannst du es mir überlassen?"

Thierry nickte nachdenklich, stand aber auf und folgte Sebastien in den Flur, weil er seine Verantwortung nicht ganz abgeben wollte. Als Sebastien das Gästezimmer betrat, blieb er vor der Tür stehen, obwohl er sich sicher war, dass die beiden Männer um seine Nähe wussten.

Es war, wie Sebastien befürchtet hatte. Alain lag eng zusammengerollt auf dem Bett, die Knie soweit an die Brust gezogen, dass er kaum noch als menschlicher Körper zu erkennen war.

„Alain?"

Der Magier blieb regungslos liegen und reagierte mit keinem Wort auf Sebastiens Stimme. Thierry stand im Flur und konnte sein Mitgefühl kaum unterdrücken. Er wäre am liebsten an die Seite seines Freundes gelaufen, um ihn zu trösten, hätte er nicht Sebastien versprochen, sich zurückzuhalten.

„Du weißt, dass Orlando noch lebt", hörte er Sebastien sagen. „Du kannst ihn noch fühlen. Mein Avoué hat es immer geliebt, mich zu überraschen. Er war den ganzen Tag unterwegs und hat sich um seine Geschäfte gekümmert, während ich im Haus eingeschlossen war und mich ausgeruht habe. Dann wurde ich plötzlich von seinen Gefühlen überflutet. Oft war es nur Belustigung, aber meistens war es Liebe. Er hat mich so lange damit überflutet, bis ich mich so sehr nach ihm gesehnt habe, dass ich an der Haustür auf und ab gelaufen bin und es kaum noch erwarten konnte, bis er nach Hause kam und ich über ihn herfallen konnte, oder bis es endlich dunkel wurde und ich zu ihm gehen konnte."

Thierry konnte sich ein amüsiertes Kichern nicht verkneifen. Aus dem Zimmer hörte er Alains Echo, aber im Lachen seines Freundes mischten sich Leid und Belustigung. „Ich wüsste nicht, wie ihm das jetzt helfen soll."

„Glaubst du nicht, dass er gerade jetzt wissen muss, wie sehr du ihn liebst?", fragte Sebastien leise. „Dass er wissen muss, wie sehr du ihn vermisst? Wenn Orlando das jemals wissen musste, dann jetzt."

„Ich fürchte mich", gab Alain flüsternd zu. „Marcel hat mich aufgefordert, unsere Verbindung zu blockieren, als sie angefangen haben, Orlando zu quälen. Ich konnte den Schmerz in meinem Kopf nicht ertragen. Ich habe versucht, ihm zu vermitteln, warum ich es tue. Ich wollte ihm zeigen, dass ich ihn nicht verlasse. Und jetzt habe ich Angst, dass er wütend auf mich ist, wenn ich die Blockade wieder aufhebe."

„Du kannst nicht sicher sein, dass du mit seinem Schmerz auch deine eigenen Gefühle blockiert hast. Es ist durchaus möglich, dass er sie noch fühlt und genau weiß, wie sehr du leidest", erklärte ihm Sebastien. „Und selbst wenn das nicht der Fall ist, wird er deine Gründe sicher verstehen und wartet jetzt geduldig darauf, dass du dich wieder meldest und ihm Zuversicht gibst. Und sollte er wirklich wütend sein – ist es dir nicht lieber, du weißt, dass er lebt und wütend ist, als gar nichts zu wissen?"

„Wo ist Thierry?"

Alains Stimme klang so verzweifelt, dass Thierry sein Versteckspiel aufgab und ins Zimmer ging. Die beiden Männer schien es nicht zu stören, dass er sie belauscht hatte. Sebastien rutschte zur Seite, sodass Thierry sich zwischen ihm und Alain aufs Bett setzen konnte. „Ich bin hier", sagte er und legte seinem Freund die Hand auf die Schulter. Es interessierte ihn nicht mehr, was Sebastien über seine Einmischung sagen würde. Wie konnte er sich fernhalten, wenn sein bester Freund so unsägliche Qualen litt?

„Hast du etwas gehört?"

„Genug", erwiderte Thierry, der noch nicht zugeben wollte, dass er die gesamte Unterhaltung belauscht hatte. „Ich glaube nicht, dass Orlando dich jemals hassen könnte, was immer du auch getan hast", fuhr er fort, weil er sich denken konnte, was in Alains Kopf vor sich ging. „Und falls ich mich täusche, werden wir einen Weg finden, wie du ihn wieder zurückgewinnen kannst."

„Er wird immer zurückkommen, weil er dein Blut braucht", fügte Sebastien hinzu. „Und er wird die Wahrheit darin schmecken. Er wird ihr vielleicht am Anfang widerstehen wollen – was mich allerdings sehr wundern würde –, aber er wird nachgeben. Vampire sind nicht sehr nachtragend bei solchen Missverständnissen, besonders dann nicht, wenn es sich um ihren Avoué handelt. Wir können gar nicht anders."

„Ich bin mir nicht sicher, ob man es als Missverständnis bezeichnen kann", erwiderte Alain niedergeschlagen. „Aber es gibt nur einen Weg, das herauszufinden. Wie spät ist es?"

„Es ist noch vor der Morgendämmerung", antwortete Sebastien. Er hätte auf die Uhr sehen können, brauchte sie aber nicht, um den Stand der Sonne zu spüren. „Du kannst dich noch etwas länger ausruhen."

Alain schüttelte den Kopf. „Ich habe schon zu viel Zeit vergeudet. Ich muss aufstehen und etwas unternehmen …"

„Dann solltest du jetzt versuchen, Orlando zu erreichen", wies Sebastien ihn an. „Wenn du weißt, wie es ihm geht, hast du einen ersten Anhaltspunkt."

„Sollen wir bei dir bleiben?", fragte Thierry. Er wollte nicht in Alains Privatsphäre eindringen, aber er wollte ihm seine Unterstützung anbieten, falls sie gebraucht wurde.

Alain nickte. „Jedenfalls so lange, bis ich weiß …" Er brachte den Satz nicht zu Ende, weil er seine Angst nicht in Worte fassen wollte. Falls er Orlando über ihre Verbindung nicht erreichen konnte, würde er Thierry so sehr brauchen, wie noch niemals zuvor.

Thierry drückte Alain aufmunternd die Schulter, als der das mentale Schild fallen ließ, mit dem er gestern Nacht im Salle des Cartes seine Verbindung zu Orlando blockiert hatte. Mit angespannter Aufmerksamkeit beobachtete er Alains Gesicht und betete um ein Zeichen der Hoffnung im Blick seines Freundes. Als Alain nach einigen Sekunden erleichtert aufatmete, lächelten sie sich breit an.

„Er ist noch da", flüsterte Alain mit rauer Stimme. Seine Gefühle schnürten ihm fast die Kehle zu. „Er liebt mich noch."

„Natürlich tut er das", erwiderte Sebastien lächelnd. „Er wird dich immer lieben."

Der bittersüße Klang seiner Stimme lenkte Thierrys Aufmerksamkeit von Alain zurück zu seinem eigenen Geliebten. „Ist jetzt alles in Ordnung, Alain?", fragte er. Alain nickte abwesend, vollkommen verloren in seiner mentalen Kommunikation mit Orlando. Thierry stand auf und nahm Sebastien an der Hand. Der Vampir warf noch einen letzten Blick auf Alains Gesicht. Momentan war darin nur ruhige Gelassenheit zu erkennen. Erleichtert folgte er Thierry aus dem Zimmer.

Als sie in der Küche ankamen, ließ Thierry Sebastiens Hand los. „Vielen Dank für deine Hilfe", sagte er leise. „Du hast genau die richtigen Worte gefunden. Ich hätte es wahrscheinlich nicht so gut gekonnt."

Sebastien zuckte mit den Schultern. „Du hättest es schon geschafft. Es ging sowieso nicht so sehr darum, was ich gesagt habe, sondern darum, dass ich seine Gefühle akzeptiert habe. Ich musste ihn nur noch an einige Tatschen erinnern, die er vergessen hatte."

„Oder von denen er nichts wusste. Wie auch immer, ich bin dir dankbar."

„Er bedeutet dir viel", erwiderte Sebastien, als würde das alles erklären. „Deshalb ist er auch mir wichtig."

Thierry fühlte sich durch Sebastiens Worte an seine eigenen Gedanken über Orlando erinnert. „Wir waren so ahnungslos, als wir diese Allianz gegründet haben", überlegte er. „Serrier hat damit eine Revolution ausgelöst, die er sich niemals hätte vorstellen können. Egal, ob der Krieg morgen, in einem Jahr oder erst in zwanzig Jahren vorbei sein wird – unsere Welt wird sich durch die Allianz und die Partnerschaften unwiederbringlich verändert haben. Die neuen Verbindungen zwischen uns sind so intensiv, so persönlich und weitreichend, dass wir nie wieder zu den alten Zuständen zurückkehren können." Er hob den Kopf und sah Sebastien in die Augen. „Am Anfang war die Initiative für die Gleichstellungsgesetze nur ein Mittel zum Zweck. Zumindest in meinen Augen war das der Fall, und den meisten anderen Magiern ging es vermutlich ähnlich. Jetzt ist es mir in vieler Hinsicht ein persönliches Anliegen."

„Du weißt, dass es für uns nicht nur um die Allianz geht", sagte Sebastien stockend. Er erinnerte sich an die zärtlichen Gefühle, die er für Thierry empfunden hatte, als sie sich liebten. Sebastien hatte gedacht, dass es Thierry genauso gehen würde, aber das Gerede über die Allianz ließ ihn wieder unsicher werden und er fürchtete, den Magier falsch verstanden zu haben.

„Natürlich ist es mehr als die Allianz!", rief Thierry. „Ich dachte, das wäre selbstverständlich!" Sebastien zuckte mit der Schulter. „Es tut gut, ab und zu daran erinnert zu werden. Ich bin seit meiner Umwandlung recht gut darin, Gefühle zu erkennen. Aber manchmal brauche ich Bestätigung, damit ich sicher bin, sie richtig zu interpretieren."

Ein Lächeln zuckte über Thierrys Lippen. „Du interpretierst sie richtig", erklärte er mit Nachdruck. Aus dem Gästezimmer war keinerlei Geräusch zu hören. Thierry nickte Sebastien zu und deutete in Richtung des Wohnzimmers. „Alain hat mich so abgelenkt, dass ich ganz vergessen habe, dir für die letzte Nacht zu danken. Normalerweise bin ich nicht so selbstsüchtig."

„Du musst dich nicht dafür entschuldigen, zu deinem Freund zu stehen", widersprach ihm Sebastien, obwohl er nichts dagegen einzuwenden hatte, wieder im Mittelpunkt von Thierrys Aufmerksamkeit zu stehen. „Bis wir Orlando wieder befreit haben, wird Alain jede Unterstützung brauchen, die wir ihm geben können."

„Ich weiß", stimmte ihm Thierry zu. „Und ich werde alles in meiner Macht stehende tun, um zu helfen. Aber das ist noch lange kein Grund, dich zu vernachlässigen." Sie kamen ins Wohnzimmer, das vom Mondlicht nur spärlich beleuchtet wurde. Thierry setzte sich aufs Sofa und streckte die Hand nach Sebastien aus, der sich zu ihm setzte. Thierry legte die Arme um ihn und sie lehnten sich bequem zurück. „Es ist nicht ganz so gemütlich wie unser Bett, aber wenn wir dorthin zurückgehen, kann ich keine Garantie übernehmen. Und mit Alain im Nebenzimmer …"

Sebastien nickte. „Es wäre mehr als grausam, wenn er uns hören müsste", sagte er verständnisvoll. „Es ist auch schön, hier zu liegen und sich einfach nur zu umarmen." Er schmiegte sich mit dem Gesicht an Thierrys Hals und leckte zärtlich über die Bissspuren der letzten Tage. „Wenn die jemand sieht, wird er denken, ich wäre wie ein Wilder über dich hergefallen."

Thierry schüttelte den Kopf. „Über mich hergefallen bist du vielleicht, aber nicht wie ein Wilder. Du bist viel zu liebevoll für einen Wilden." Er streichelte Sebastien über die Haare.

„Aber wenn es dich wirklich stört, bitte ich Alain später, sie zu heilen. Ich selbst bin in solchen Beschwörungen nie sonderlich gut gewesen."

Sebastien dachte kurz nach, bevor er auf Thierrys Vorschlag antwortete. „Unsere Beziehung ist unsere persönliche Angelegenheit. Zumindest sollte sie das sein. An diesen Malen kann sie jeder erkennen, der sich die Mühe macht, hinzusehen. Ich muss gestehen, dass mir der Gedanke nicht unangenehm ist. Doch das ist der Höhlenmensch in mir, den ich normalerweise im Zaum zu halten versuche. Ich will nicht, dass die Menschen dich ansehen und sich fragen, was wir wohl so treiben."

Thierry grinste. „Ich weiß, dass du nicht nur von meinem Hals trinken kannst. Wenn du mich das nächste Mal an einer anderen Stelle beißt, sind die Male nur für uns."

Sebastien stellte sich vor, Thierry von oben bis unten mit kleinen Bissen zu bedecken. Seine Eckzähne wurden länger und sein Schwanz hart vor Verlangen. „Du solltest das nicht sagen, wenn du nicht vorhast, deinen Worten Taten folgen zu lassen", warnte er. „Ich habe nicht genug Selbstbeherrschung für uns beide."

Thierry ging es nicht viel besser. Er ließ den Kopf nach hinten fallen und öffnete den Bademantel, den er sich übergezogen hatte, bevor er Sebastien in Alains Zimmer gefolgt war. Der Anblick seiner glatten, muskulösen Brust war eine unwiderstehliche Versuchung für Sebastien. Er senkte den Kopf und suchte die Stelle, an der Thierrys Herzschlag am stärksten zu spüren war. Dann saugte er sanft an der Haut und biss zu. Seine Zähne drangen in den Muskel ein und fanden Blut. Es war atemberaubend. Sebastien wusste, dass er nach der letzten Nacht nicht viel trinken konnte, aber er musste Thierrys Geschmack auf der Zunge spüren.

Das Geräusch der Toilettenspülung erschreckte sie. Sie fuhren auseinander wie zwei ertappte Teenager, die beim Schmusen auf der Couch erwischt worden waren. Mit roten Gesichtern sahen sie sich an und brachen in Gelächter aus. „Es ist definitiv mehr als die Allianz", meinte Thierry grinsend. „Alain wird Kaffee brauchen und wir sollten darüber reden, wie wir unsere Suche organisieren. Du weißt wahrscheinlich mehr über die Natur der Verbindung zwischen ihnen, als jeder andere Vampir. Hast du konkrete Ideen?"

„Mehrere sogar", erwiderte Sebastien. „Ich habe in der letzten Nacht darüber nachgedacht, als du noch geschlafen hast. Wir reden darüber, sobald Alain kommt. Ich kann nur sagen, was mit meiner Verbindung zu meinem Avoué möglich gewesen wäre. Aber Alain ist ein Magier und Thibault war nur ein gewöhnlicher Mensch. Es kann sein, dass sich dadurch noch zusätzliche Optionen ergeben, die uns bei der Suche helfen können."

„Dann koche ich jetzt Kaffee. Das einzige, was Alain schneller aus dem Zimmer locken könnte, wäre Orlando selbst. Aber da ich keine Wunder vollbringen kann, werden wir uns mit dem Kaffee begnügen müssen", sagte Thierry bedauernd. Er wünschte wirklich, er könnte mehr tun, um seinem Freund zu helfen.

Alain stand schon unter der Dusche, als er das Brummen der Kaffeemühle hörte. Kurz darauf drang Kaffeeduft durchs Haus. Trotzdem ließ Alain sich Zeit. Das warme Wasser prasselte ihm auf die Schultern und den Rücken. Er schloss die Augen, lehnte sich mit der Stirn an die gekachelte Wand der Duschkabine und ließ sich von den Gefühlen davontragen, die durch seine Verbindung zu Orlando auf ihn einströmten. Zu seiner Erleichterung konnte er keine Schmerzen mehr spüren. Was immer Serrier Orlando auch angetan hatte, es war nur eine kurze Episode gewesen.

Das vorherrschende Gefühl war Einsamkeit, die noch dadurch verstärkt wurde, dass Alain dieses Gefühl mit Orlando teilte. Alain wollte Orlandos Einsamkeit nicht noch verstärken, deshalb versuchte er, seine eigenen Gefühle zu beherrschen. Er hatte es kaum ertragen können, als er heute allein aufgewacht war. Orlando hatte ihm versprochen, dass er nie wieder allein aufwachen müsste, aber Serrier hatte den Vampir gezwungen dieses Versprechen zu brechen. Alain wollte Orlando nicht zeigen, wie sehr ihn das geschmerzt hatte. Er wollte ihm nur zeigen, wie sehr er ihn liebte und vermisste. Und dass sie alles taten, um ihn bald zu finden und zu befreien.

Alain konzentrierte sich und dachte daran zurück, wie sie sich das letzte Mal geliebt hatten, bevor Orlando gefangen genommen wurde. Durch ihre Verbindung schickte er dem Vampir seine ganze Sehnsucht und Liebe. Alain wusste, dass Serrier seine Pläne mit Orlando nicht unbegrenzt lange aufschieben würde, und dieses Wissen konnte er nicht völlig unterdrücken. Was immer der dunkle Magier auch vorhatte, Orlando musste stark sein. Er musste durchhalten und überleben, bis sie ihn finden und befreien konnten. Und sie würden ihn finden. Alain war nicht bereit, eine andere Möglichkeit auch nur in Betracht zu ziehen.

Eine Welle der Liebe und des Begehrens erreichte Alain und gab ihm die Gewissheit, zu Orlando durchgedrungen zu sein. Er konnte nur hoffen, dass es Orlando helfen würde, die nächsten Stunden zu überstehen, bis sie wieder zusammen waren. Alain wollte nicht daran denken, dass es länger dauern könnte. Sie würden Orlando finden, und wenn sie jeden einzelnen Stein in der Stadt umdrehen mussten.

In diesem Augenblick fühlte Alain durch ihre Verbindung einen Anflug von Furcht, der jedoch sofort wieder unterdrückt wurde. Er konzentrierte sich noch stärker und versuchte, einen Eindruck der Umgebung zu gewinnen, in der Orlando sich befand. Aber es gelang ihm nicht. Orlandos Gefühle waren das einzige, was zu ihm durchdrang.

Alain richtete sich auf und drehte das Wasser ab. Dann trocknete er sich ab und zog die Kleidung vom Vortag an, die er zuvor mit einer kurzen Beschwörung notdürftig reinigte. Kaffeeduft führte ihn zu Thierry und Sebastien in die Küche. Alain setzte sich mit versteinerter Miene zu ihnen an den Tisch. Die Furcht und Trauer der vergangenen Nacht hatten Orlando nicht helfen können. Alain wollte sich nicht wieder davon überwältigen lassen. Grußlos nahm er die Tasse Kaffee entgegen, die Thierry ihm reichte. Sie hatten keine Zeit, sich mit Floskeln aufzuhalten. Sie hatten eine Aufgabe zu erfüllen.

„Wir brauchen Ideen", sagte er entschlossen. „Und wir brauchen sie jetzt."

38

EDOUARD SAH sich verstohlen um, aber der Place Pigalle war menschenleer. Er trug ein sperriges Bündel in den Armen, das jedoch – zumindest für ihn – nicht allzu schwer war. Edouard hatte zwar in Erwägung gezogen, die Entsorgung Serrier zu überlassen, aber es handelte sich bei der Leiche nicht um ein x-beliebiges Mädchen, das er auf der Straße aufgegabelt hatte, um sich mit ihr zu vergnügen. Nein, sie war sorgfältig auserwählt worden und ihm lag viel daran, dass seine Botschaft ihren Empfänger erreichte und richtig verstanden wurde.9

Das Sang Froid war geschlossen und die Türen verriegelt. Er schlich sich durch die Schatten zur Schwelle des Haupteingangs. Die Leiche war nackt, der Körper von Wunden übersät. Für einige davon war er selbst verantwortlich, andere stammten von dem Magier, Blanchet. Edouard war es egal. Ihn interessierte nur die Wirkung, die der Anblick auf Bellaiche haben würde. Edouard wollte, dass der Chef de la Cour so viel wie möglich litt, wenn er seine tote Geliebte fand. Deshalb hatte er sie besonders grausam gebissen und vergewaltigt, hatte sich mit Gewalt genommen, was die Hure Bellaiche freiwillig gegeben hatte. Am Anfang war sie noch froh gewesen, Edouard zu sehen. Sie hatte geglaubt, dass ein Vampir ihr helfen würde. Ihr Gesicht hatte gestrahlt und Leben war in ihren Blick zurückgekehrt. Bis er sie das erste Mal gebissen hatte. Edouard hatte in ihrem Blut geschmeckt, wie der Augenblick der Wahrheit kam und sie erkannte, dass es nur noch schlimmer kommen würde.

Die Todesangst hatte ihr Blut besonders süß gemacht.

Dann hatte er ihr die letzten Fetzen ihrer Kleidung vom Leib gerissen und es war noch süßer geworden, als sie verstand und ihr Schicksal akzeptierte. Oh, sie hatte sich immer noch gewehrt, als er in ihr zartes Fleisch biss – in ihre Brüste, Schenkel und Fotze –, aber sie hatte gewusst, wie sinnlos es war. Das war der süßeste Geschmack von allen.

Jeder neue Schmerz, jede neue Demütigung – Bellaiche musste ein Schwächling sein, dieses Potential in ihr nicht genutzt zu haben – hatte Edouard ein Gefühl der Macht vermittelt, das einem Rauschzustand gleichkam. Er hatte sich lange zurückgehalten und nicht zu viel getrunken, um dieses Gefühl möglichst lange genießen und zum Höhepunkt kommen zu können. Keine Körperöffnung hatte er ausgespart, denn er wusste, dass Bellaiche sie sehen würde und sich denken konnte, was ihr widerfahren war. Edouard wollte es ihm so deutlich vor Augen führen, dass Bellaiche sich vorkam, als wäre er Edouards Fängen persönlich ausgeliefert gewesen. Und das war nur ein Vorgeschmack auf Edouards Rache.

Er warf den Körper auf die Schwelle des Sang Froid, wo er von der ersten Person gefunden werden würde, die das Gebäude verließ. Dann hämmerte er mit beiden Fäusten laut an die massive Holztür und verschwand wieder in den Schatten.

JEAN SPRANG auf die Füße, als das Telefon klingelte. Vielleicht war es Alain, der ihm mitteilen wollte, dass sie Orlando endlich gefunden hatten. Der Magier kannte zwar seine Telefonnummer nicht, aber was spielte das schon für eine Rolle? Er konnte sie von einem der anderen Vampire erfahren haben. Jean hatte es so eilig, zum Telefon zu kommen, dass er fast die Tür zum Speiseaufzug aus den Angeln riss. „Âllo?"

„Jean, hier ist Angélique. Du musst zum Sang Froid kommen, bevor die Polizei eintrifft."

„Was ist passiert?", fragte er alarmiert.

„Komm einfach. Schnell." Sie legte auf.

Jean sah mit gerunzelter Stirn auf den Hörer in seiner Hand und drehte sich dann zu Raymond um. „Ich muss gehen. Ich weiß nicht, was Angélique von mir will, aber es hat sich dringend angehört."

„Soll ich mitkommen?", wollte Raymond wissen und stützte sich auf einen Ellbogen. Er hatte es kaum allein bis ins Bett geschafft und war immer noch vollkommen erschöpft. Doch falls Jean ihn brauchte, spielte das keine Rolle.

„Das ist nicht nötig", erwiderte Jean kopfschüttelnd. „Du musst dich erst wieder erholen. Geh ans Telefon, wenn jemand anrufen sollte. Falls es um Orlando geht, richte ihnen aus, dass ich im Sang Froid bin."

„Ich melde mich sofort, falls es Neuigkeiten gibt", versicherte ihm Raymond. „Du musst mich aber auch anrufen, wenn du meine Hilfe brauchst. Egal, aus welchem Grund."

„Das werde ich", versprach Jean, zog sich die Jacke an und ging zur Tür. Dann drehte er sich noch einmal um, kam zum Bett zurück und küsste Raymond auf den Mund. „Ruh dich aus. Wir brauchen deine Kraft und deinen Verstand später noch. Ich will nicht, dass du dich wieder so erschöpfst." Mit diesen Worten verließ er das Zimmer.

„Pass auf dich auf", rief Raymond ihm nach. Jeans liebevoller Kuss ging ihm zu Herzen. „Ich wäre ohne dich verloren", fügte er leise hinzu und starrte auf die schwarzen Brokatvorhänge des Himmelbettes. Es war ihm ein Rätsel, wie schnell der Vampir zum Mittelpunkt seines Lebens geworden war.

Jean lief vorsichtiger und schneller als gewöhnlich durch die verschlungenen Straßen zum Montmartre. Was immer auch passiert war, es musste schlimm sein. Er hatte die unerschütterliche Angélique noch nie so verstört erlebt. Außerdem hatte sie von der Polizei gesprochen, was ebenfalls ein Grund zur Sorge war. Sie konnten jetzt nicht noch einen Mord brauchen. Wenn man Marcel glauben durfte, war es ihnen endlich gelungen, die öffentliche Meinung zu ihren Gunsten zu wenden. Ein weiterer Todesfall, selbst wenn sie alle auf das Konto des einen Gesetzlosen gingen, würde ihren Erfolg wieder gefährden und wäre ein empfindlicher Rückschlag.

Als Jean am Sang Froid ankam, erwartete Angélique ihn mit grimmigem Gesicht vor der Tür. Unter dem Mantel trug sie noch ihr Nachthemd, und obwohl Vampire gegen die Kälte unempfindlich sind, zitterte sie am ganzen Leib. „Was ist los?", fragte er besorgt.

Angélique trat zur Seite und gab den Blick auf einen Körper frei, der auf dem Boden lag und in eine Decke gewickelt war. „Ich wollte mich gerade hinlegen – es war ein anstrengender Tag –, als jemand an die Tür gehämmert hat. Ich wollte wissen, wer so dumm ist, mich nach diesem Tag zu stören. Da habe ich sie gefunden. Ich habe sofort nachgesehen, konnte aber niemanden mehr entdecken."

Jean seufzte. „Hast du die Polizei verständigt? Wir können es ihnen nicht verheimlichen, wenn wir unsere Anerkennung erreichen wollen."

„Ich war mir nicht sicher, was du von mir erwartest", erwiderte sie offen. „Jean, das ist kein normales Opfer des Gesetzlosen."

Jean runzelte fragend die Stirn. „Was meinst du damit?"

Angélique holte tief Luft. Dann kniete sie sich neben die Leiche und sah den Chef de la Cour mit bangem Blick an. Sie kannte Jean schon sehr lange, aber sie wusste nicht, wie er auf diese Enthüllung reagieren würde. Es machte ihr mehr Angst, als sie sich eingestehen wollte. Der Geruch nach Sex und Tod machte es noch schlimmer. Angélique war übel, aber sie riss sich zusammen und zog die Decke zur Seite, damit Jean das Gesicht des Opfers sehen konnte.

Jean wurde fast schwarz vor Augen. Er schwankte und kämpfte ebenfalls gegen seine Übelkeit an. Dann gaben seine Beine nach und er kniete neben Angélique auf dem kalten Boden. „Nein", krächzte er. Als könnte er damit alles ungeschehen machen, hob er die Hand vor die Augen, um Karines Gesicht vor seinem Blick zu verbergen. „Nein. Das muss ein Trick sein. Es kann nicht ..."

Sie konnte nicht hier vor Angéliques Tür liegen, leblos und kalt. Sie war in ihrer Wohnung und in Sicherheit. Sie hatte mit ihm Schluss gemacht, aber es ging ihr gut. Sie lag warm und gemütlich mit einem neuen Liebhaber im Bett, mit einem Mann, der ihr mehr geben konnte als der Vampir, auf den sie immer nur vergeblich wartete. Sie war nicht hier. Es war einer von Serriers Tricks, ein Zauber, mit dem er geblendet und geschwächt werden sollte, um die Allianz aufzukündigen. Der Gesetzlose konnte nicht über sie Bescheid wissen, konnte sie nicht entführen, foltern, töten ...

Ein Schluchzen entrang sich seiner Kehle. Warme Arme legten sich um ihn und ein üppiger Busen dämpfte seine verzweifelten Schreie. Jean weinte, auch wenn er keine Tränen mehr hatte. Er weinte um die freundliche, großzügige Frau, die Karine gewesen war. Er weinte um ihre unerfüllten Träume, die jetzt niemals wahr werden würden. Karine hatte in ihrem Leben nur einen Fehler begangen – sie hatte sich in einen Mann verliebt, der ihr nicht geben konnte, was sie verdient hatte. Dafür war sie gestorben. Er weinte um ihren sinnlosen Tod.

Angélique hielt ihn fest an sich gedrückt, als die Trauer ihn zu überwältigen drohte. Sie versteckte das Geheimnis seiner Schwäche in ihrem Herzen, bei all den anderen Geheimnissen, die sie zu wahren versprochen hatte. Und während Jean noch um die Frau weinte, die zu ihren Füßen lag, streichelte sie ihm mit sanfter Hand über den Rücken, bis die aufziehende Dämmerung sie unruhig werden ließ. „Wir sollten sie ins Haus bringen", schlug sie leise vor. „Es wird bald hell und die Menschen kommen aus ihren Häusern. Wenn du dich selbst um sie kümmern willst, müssen wir sie vor ihren Blicken verbergen."

Jean nickte, als sie ihn losließ. „Ich weiß, wer für ihren Tod verantwortlich ist. Ich weiß auch, mit wem ich reden muss. Sie verdient eine würdige Bestattung, nicht das Leichenschauhaus und eine Autopsie." Er strich der toten Karine mit zitternden Fingern über die kalten Wangen. „Wirst du mir helfen, sie vorzubereiten?"

„Wenn du es wünschst", sagte Angélique. „Du kannst sie auch hier lassen und ich kümmere mich um alles. Wie du willst." Sie hatte die Spuren der Grausamkeiten gesehen, die der armen Frau vor ihrem Tod zugefügt worden waren. Es war für Jean schon schlimm genug, dass sie tot war. Er musste nicht auch noch erfahren, was vorher mit ihr geschehen war. „Du hast jetzt wichtigere Dinge zu erledigen."

Jean schüttelte den Kopf. „Sie ist meinetwegen gestorben. Es ist das Mindeste, was ich tun kann."

Angélique nickte und erhob sich mit der Anmut, die sie einst im Harem gelernt hatte. Dann trat sie ein Schritt zurück, damit Jean die tote Karine vom Boden aufheben konnte. Jean nahm sie sanft und vorsichtig auf die Arme. Es war fast, als wollte er dadurch die Qualen wieder gutmachen, die sie vor ihrem Tod erlitten hatte.

Angélique öffnete die Tür und winkte ihm zu, ihr vorauszugehen. Der große Empfangsraum wurde von einer einzigen Lampe notdürftig beleuchtet. Angélique zeigte auf eine der Türen, die zu den Schlafzimmern führten. Dann ging sie zur Wäschekammer, um Tücher zu besorgen. Sie wollte Jean etwas Zeit geben, mit der toten Karine allein zu sein. Angélique wusste genau, in welchem Augenblick er sie aus der Decke gewickelt hatte und zum ersten Mal sah. Jeans jammernder Schrei, voller Schrecken und Wut, war unüberhörbar.

„Das haben sie meinetwegen getan", sagte er mit gebrochener Stimme, als Angélique ins Zimmer kam. „Sie haben sie aus ihrer Wohnung oder von der Straße entführt und schlimmer behandelt, als jedes Tier. Und dann haben sie sie getötet. Meinetwegen."

„Nein", widersprach Angélique leise. „Sie haben es getan, weil sie kranke Bastarde sind, die nicht mehr die geringste Menschlichkeit besitzen, egal, ob es Magier oder Vampire waren."

„Er hat eine Grenze überschritten und kann nicht mehr zurück", erklärte Jean mit eiskalter Stimme. „Er ist *extorris*."

Angéliques Augen weiteten sich. *Extorris*. Das bedeutete, dass jeder Vampir, der mit Edouard zu tun hatte, durch die Gesetze der Vampire verpflichtet war, ihn dem Urteil des Cour auszuliefern. Wer sich dieser Pflicht entzog, wurde selbst zum Angeklagten. „Jean?"

„Ohne den Gesetzlosen hätte Serrier sie nicht finden können. Sein Verrat hat es erst ermöglicht, dass ihr das angetan wurde."

„Sie war nicht deine Gefährtin. Du hast sie nie vor dem Cour anerkannt", erinnerte ihn Angélique.

„Und doch ist sie tot, weil sie mich gekannt hat", sagte Jean. „Verbreite die Nachricht. Ich muss die Beerdigung vorbereiten."

Es hörte sich so endgültig an, dass Angélique ihm nicht widersprach. Sie hatte Verständnis für Jeans Entscheidung. Der Gesetzlose verdiente es, vor Gericht gestellt und bestraft zu werden. Was ihr Sorgen machte, war Jeans unsichere rechtliche Grundlage nach den Regeln des Cour. Karine war nur seine Geliebte gewesen und daher vom Cour nicht anerkannt. Wäre sie Jeans offizielle Gefährtin gewesen, hätte Angélique ihn ohne zu zögern unterstützt, denn die Grausamkeit und Unmenschlichkeit von Edouards Tat war nicht zu leugnen. Jean war jedoch so untröstlich, dass

Angélique ihre Bedenken in den Hintergrund stellte. Sie hoffte nur, die anderen Mitglieder des Cour würden es genauso sehen. Angélique zog sich zurück und beschloss, noch einen Anruf zu erledigen, bevor sie Jeans Nachricht unter den Vampiren verbreitete. In dieser Situation sollte Jean nicht allein sein.

Nachdem Angélique gegangen war, kniete Jean sich neben Karines Leichnam auf das Bett. Ihre Haare waren feucht von Schweiß und Blut. Auf ihren schmutzigen Wangen waren die Spuren ihrer Tränen zu sehen. Die im Leben so elegante und gepflegte Frau sah aus, wie eine verwahrloste Streunerin. Jean ließ den Blick über ihren geschundenen Körper wandern und stellte fest, dass ihr Gesicht das einzige an ihr war, das die Folterknechte verschont hatten. Jean nahm das feuchte Tuch, das Angélique ihm gebracht hatte, und wischte den Schmutz aus Karines Gesicht. Er wollte sie ein letztes Mal berühren und versuchen, ihr wenigsten einen Teil ihrer Würde wiederzugeben. Dann wusch er ihren Hals, wischte das Blut ab, das aus den zahlreichen Bisswunden gequollen war, die sie getötet hatten. „Es tut mir so leid, Kari", flüsterte er leise, als er mit dem Tuch über ihre Brüste fuhr, die von Schnitt- und Bisswunden bedeckt waren. Seine Augen brannten und er schluchzte erstickt, als er sah, welche Qualen sie gelitten haben musste. Jean war auch nicht immer zärtlich zu ihr gewesen, aber das hier war unvorstellbar. Hätte sie überlebt, wäre sie durch die Narben fürchterlich entstellt worden. Er stand auf, um ins Badezimmer zu gehen und das Tuch auszuspülen. Karine hatte es nicht verdient gehabt, so gequält und ermordet zu werden. Ein Teil der Schnittwunden war schon alt. Die Folter hatte sich offensichtlich über mehrere Tage erstreckt. Während Jean damit beschäftigt gewesen war, Raymond zu verführen und sich in ihn zu verlieben, hatte Karine in den Händen dieser Ungeheuer unsägliche Qualen erlitten und wahrscheinlich vergeblich darauf gehofft, von ihm gerettet zu werden. Aber er hatte nicht einmal gewusst, dass sie verschwunden war.

Jean dachte daran zurück, wie er vor einigen Tagen zu ihrer Wohnung gegangen war und der Blumenstrauß, den er ihr vor die Tür gelegt hatte, immer noch im Hausflur lag. Hatten sie Karine schon entführt, bevor er ihr die Blumen brachte? Er hätte ahnen müssen, dass sie ihn niemals so zurückweisen würde. Er hätte sofort nach ihr suchen sollen. Vielleicht wäre sie dann noch am Leben. Vielleicht wäre auch Orlando jetzt nicht in den Händen der gleichen Monster, die Karine zu Tode gequält hatten.

Mühsam riss er sich aus seiner Verzweiflung, wusch das Tuch aus und kehrte an ihre Seite zurück. Er wusch ihr die Füße, sah die verbrannte Haut und die eitrigen Wunden. Er fluchte leise, als er mit ihren Beinen weitermachte. Er stellte sich die Schmerzen vor, die sie ertragen hatte, und jede ihrer Wunden war wie ein Stich in sein Herz. Die Schnittwunde an ihrem Bein war besonders schlimm, aber noch schlimmer waren die Bisswunden an den Innenseiten ihrer Oberschenkel. Dann musste Jean die Zähne zusammenbeißen, als er die eingetrocknete Mischung aus Blut und einer klebrigen Flüssigkeit zwischen ihren Beinen abwusch. „Wenn ich ihn in die Hände bekomme, wird er diesen Tag nicht überleben", schwor er, als er erkannte, wie unerbittlich sie vergewaltigt worden war. Eine normale Hinrichtung war ein viel zu mildes Schicksal für den Gesetzlosen, aber Jean wollte Karines Andenken nicht besudeln, indem er ihn genauso quälte, wie Karine gequält worden war. Sanft rollte er sie auf den Bauch und hielt erschrocken die Luft an, als er die Spuren der Peitschenhiebe auf ihrem Rücken und ihrem Gesäß sah. Er musste nicht erst nachsehen, um zu wissen, dass der Gesetzlose sie auch hier vergewaltigt hatte.

An der Zimmertür war ein Geräusch zu hören. Jean drehte sich irritiert um, um die Störer wieder zu verjagen.

Angélique öffnete die Tür und ließ Raymond den Vortritt. Der Magier ignorierte Jeans zornige Miene, kam an seine Seite und nahm ihn fest, aber zärtlich in die Arme. Angélique sah mit einem Anflug von Neid zu, wie Jean zu zittern begann und alle Anspannung seinen Körper verließ, als er sich in Raymonds Arme schmiegte und ihm den Kopf auf die Schulter legte. Leise zog sie die Tür hinter sich zu und wünschte, sie hätte eine Chance, ihre Fehler mit David ungeschehen zu machen. Sie könnte jetzt auch ein Paar starke Arme gebrauchen.

„Warum bist du hier?", fragte Jean nach einigen Minuten, ohne den Kopf zu heben oder Raymond loszulassen.

„Angélique hat mich angerufen und gesagt, dass du mich brauchst", erwiderte Raymond, als sei es die selbstverständlichste Sache der Welt.

„Sie haben sie umgebracht", murmelte Jean. „Sie haben sie gefoltert und vergewaltigt und umgebracht." Er hob den Kopf und seine Augen blitzten wütend. „Dafür werden sie bezahlen."

Raymond kannte die Frau nicht, die hinter Jean auf dem Bett lag. Aber er erkannte zumindest teilweise die Handschrift, die sie so zugerichtet hatte. „Blanchet", sagte er angeekelt. „Kein großer Magier, aber ein unübertroffener Bastard. Ich habe mich immer gefragt, ob er mit dem Sadismus seine Unfähigkeit ausgleichen will."

„Ich will ihn. Ich will seinen Tod."

„Er gehört dir", versprach Raymond, obwohl er vermutete, dass Alain dieses Privileg wahrscheinlich auch für sich beanspruchen würde. „Ich kann dich ablösen und sie mit einer Beschwörung reinigen", bot er an, als er den Schmerz in Jeans Stimme hörte.

Jean schüttelte den Kopf. „Das muss ich selbst tun. Ich muss für sie da sein."

Raymond drückte ihn fester an sich und verhinderte, dass Jean sich aus seiner Umarmung lösen konnte. „Es ist nicht deine Schuld. Blanchet foltert aus reiner Lust. Sie versuchen nur, dich zu verletzen und zu schwächen, um der Allianz zu schaden. Darum ging es auch gestern Nacht auf dem Place Pigalle. Das ist ihr einziges Ziel. Wenn ihr Tod nicht umsonst gewesen sein soll, darfst du sie nicht gewinnen lassen. Darauf musst du dich jetzt konzentrieren, nicht auf ihr Leiden."

„Das werde ich tun", versprach Jean. „Aber erst muss ich mich um sie kümmern. Sie mögen sie aus Lust gefoltert haben, aber sie haben sie ausgewählt, weil sie mir etwas bedeutet hat. Sie war nicht so wichtig, wie sie vielleicht vermutet haben – sie konnte ihnen nichts verraten, was ihnen geholfen hätte –, aber sie ist tot, weil sie meine gelegentliche Geliebte war. Und ich habe mir keine Gedanken über sie gemacht, weil ich mit dir zusammen war. Ich habe es ignoriert. Deswegen ist sie jetzt tot."

„Selbst wenn du davon gewusst hättest, kannst du nicht sicher sein, ob du sie hättest retten können", sagte Raymond. „Wir hätten es natürlich versucht, aber es wäre vermutlich umsonst gewesen."

Jean entzog sich Raymonds Umarmung und sah ihn mit blitzenden Augen an. „Ich bin nach dem Piège-Pouvoir zu ihrer Wohnung gegangen. Ich war so voller Energie und wollte sie besuchen. Die Blumen, die ich ihr einige Tage vorher gebracht hatte, lagen immer noch vor der Tür. Ich dachte, sie hätte mich abweisen wollen. Deshalb habe ich nicht angeklopft, sondern bin zu dir gekommen. Vor unserer Partnerschaft hätte ich nicht so leicht aufgegeben, sondern auf einer Erklärung bestanden. Dann hätte ich bemerkt, dass sie verschwunden ist. Während wir zusammen im Bett waren, ist sie gefoltert worden. Das hatte sie nicht verdient."

Raymond zuckte zusammen, als hätte Jean ihm eine Ohrfeige versetzt. Sie hatten schon oft darüber gesprochen, was die Partnerschaften für die bestehenden Beziehungen der Partner bedeuteten, aber ihm war nicht klar gewesen, dass Jean auch davon betroffen war. „Darüber hast du mir nie etwas gesagt. Wenn ich es gewusst hätte ..."

„... hätten wir trotzdem nicht anders gehandelt", unterbrach ihn Jean. „Es ist nicht deine Schuld. Du hast mir nur gegeben, worum ich dich gebeten habe. Als ich Karine das letzte Mal besuchte, haben wir uns gestritten. Sie wollte ... mehr, als ich ihr geben konnte. Ich habe ihr immer wieder geraten, mit mir Schluss zu machen. Als ich die verwelkten Blumen gesehen habe, dachte ich, sie hätte meinen Ratschlag endlich angenommen. Sie hätte es schon vor Jahren tun sollen, nachdem ihr klar wurde, dass ich mich ihr nie verpflichten würde. Ich habe es ihr immer wieder gesagt, wenn wir uns gesehen haben. Sie hat es nie getan. Ich hätte wissen müssen, dass sie es niemals tun würde. Aber ich habe die Blumen als Entschuldigung benutzt, um zu dir zu kommen, anstatt mich mit ihr auszusprechen. Ich habe den leichteren Weg gewählt, weil ich so bekommen habe, was ich wirklich wollte. Ich hätte stattdessen nachsehen sollen, wie es ihr geht." Raymonds Widerstand brach in sich zusammen, als er Jeans gebrochene Stimme hörte. Er zog ihn wieder in die Arme und hielt ihn fest umschlungen.

„Du darfst dir keine Vorwürfe machen. Wir kümmern uns um eine angemessene Bestattung und dann werden wir ihre Mörder stellen."

Jean drehte sich in Raymonds Armen um und sah die tote Karine an. „Nimm deine Magie."

Raymond erfüllte ihm die Bitte. Seine Magie umfloss die tote Frau wie ein Schleier, der den Schmutz und das Blut von ihr abspülte und ihre Wunden heilte. Sie gab Karine im Tod die Würde zurück, die ihr im Leben geraubt worden war. Raymond ließ Jean los und zog eine Decke über sie, um ihre Nacktheit zu verbergen. „Jetzt können wir uns um die Vorbereitung der Bestattung kümmern."

„Ich weiß nicht, was sie sich gewünscht hätte", gab Jean zu. „Sie war nicht katholisch – jedenfalls nicht praktizierend – und ich glaube nicht, dass sie eine kirchliche Beerdigung gewollt hätte."

Raymond sah zwischen Jean und der toten Karine hin und her. „Sie ist gestorben, weil zwischen den Magiern ein Krieg ausgebrochen ist. Wäre es angemessen, sie nach dem Ritual der Magier zu bestatten?"

Der Vorschlag überraschte Jean, aber er gefiel ihm. „Ich glaube, das wäre die perfekte Lösung."

39

ORLANDO HATTE sich schon daran gewöhnt, magisch gefesselt und seiner Bewegungsfähigkeit beraubt zu werden. Dieses Mal wurden ihm echte Handschellen aus Metall angelegt, die seine Hände hinter dem Rücken zusammenhielten. Dann wurde die Beschwörung wieder aufgehoben. „Bist du dir sicher, dass es eine gute Idee ist, Eric?", fragte der glatzköpfige Magier. Er war einer der beiden, die Orlando gestern gefangen genommen hatten. Orlando spitzte die Ohren, als er den bekannten Namen hörte. Das war also der Magier, der zu Serrier übergelaufen war und der Alain nach dem Tod von Henri und Hedwig einen zweiten Schlag versetzt hatte. Orlando müsste den großen Mann eigentlich hassen, aber sowohl Thierry als auch Alain hatten ihm erklärt, wie es zu Erics Verrat gekommen war. Orlando konnte es zwar nicht entschuldigen, aber er konnte versuchen, es zu verstehen.

„Pascal will nicht, dass wir Magie anwenden, weil das die Ergebnisse seiner Experimente beeinflussen könnte", erwiderte Eric. „Die Handschellen sollten genügen. Er ist schließlich kein Supermann."

Orlando zerrte versuchsweise an den Fesseln, konnte die Kette aber nicht zerreißen, weil der Winkel zu ungünstig war, um seine ganze Kraft einzusetzen. Aber er weigerte sich, ihnen seine Furcht zu zeigen. Er wusste, womit er es zu tun hatte. Sie würden jedes Zeichen von Schwäche ausnutzen. Gestern Nacht hatten sie bewiesen, dass sie ihm körperliche Schmerzen zufügen konnten, aber seinem Verstand konnten sie nichts anhaben. Alain würde kommen und ihn befreien, Orlando musste nur lange genug durchhalten. Dann würden die dunklen Magier schon lernen, dass Vampire keine billige Beute waren.

Eric war von der stillen Würde des Vampirs beeindruckt. Er wünschte sich, es gäbe einen Ausweg, um zu verhindern, was jetzt unweigerlich folgen würde. Serrier hatte ihm und Vincent befohlen, den Vampir vorzuführen, weil es an der Zeit war, dessen Schwachpunkte herauszufinden. Eric war sich sicher, dass Serrier absichtlich bis nach Tagesanbruch gewartet hatte, weil er dadurch den Vampir zusätzlich einschüchtern wollte. Der Vampir wirkte allerdings keineswegs verängstigt, als sie den großen Raum betraten, in dem ihn nur die geschlossenen Fensterläden vor den Strahlen der Sonne schützten.

„Willkommen zurück", begrüßte Serrier den Vampir leutselig, nachdem Vincent die Tür hinter ihnen geschlossen hatte. „Ich würde dir gerne die Hand geben, aber mir scheint, deine Hände sind … anderweitig beschäftigt."

Hinter Serrier stand Claude und kicherte über den Witz. Der Vampir verzog keine Miene.

„Ich kenne immer noch nicht deinen Namen", fuhr Serrier fort.

„Dazu gibt es auch keinen Grund", erwiderte Orlando ungerührt. „Ich bin für dich keine Person, sondern nur eine Kreatur der Nacht, die nicht mehr wert ist, als der Dreck unter deinen Füßen."

„Weniger als das", zischte Serrier ihn wütend an. „Im Dreck kann man zumindest noch Nahrungsmittel pflanzen. Aber deine Art ist nur gut dazu, vernichtet zu werden."

Orlando schnaubte verächtlich. „Findest du das nicht auch scheinheilig? Ich habe in all den Jahren meiner Existenz noch nicht ein einziges Mal ein Opfer getötet. Nach dem, was ich gestern Nacht erlebt habe, kannst du das von dir nicht behaupten." Es mochte falsch sein, den Mann noch weiter zu reizen. Vielleicht wäre es klüger gewesen, sich in stoischem Schweigen zu üben. Aber Orlando konnte der Versuchung nicht widerstehen, dem bärtigen Magier einige gezielte Nadelstiche zu versetzen.

„Das reicht!", brüllte Serrier. „Claude, wo sind die Hilfsmittel, die du besorgen solltest?"

Claude kam nach vorne gelaufen und warf einige Gegenstände auf den Tisch. „Hier."

Orlando konnte sich ein Lachen nicht verkneifen, als er das wirre Sammelsurium sah: Knoblauchknollen, Ketten aus Silber, ein Kruzifix, ein hölzerner Pfahl, ein gefülltes Glasfläschchen –

Weihwasser vermutlich. „So willst du uns also besiegen?", fragte er spöttisch. „Du bist noch viel dümmer, als ich erwartet habe."

„Pass auf, was du sagst, Vampir", knurrte Vincent, um den Vampir zur Vorsicht zu mahnen. Er wollte nicht, dass Serrier ausrastete und den Mann in einem Wutanfall sofort tötete.

Orlando lachte immer noch leise vor sich hin, hielt sich aber mit weiteren Bemerkungen zurück. Sollte Serrier doch selbst herausfinden, was er mit seinem Waffenarsenal gegen Orlando ausrichten konnte. Das Einzige, was ihm wirklich schaden konnte, war der Holzpfahl. Aber auch damit konnte man einen Vampir nicht vernichten. Orlando hatte es aus eigener Erfahrung gelernt, als er Jean das erste Mal begegnet war.

„Das ist wirklich nicht die klügste Idee."

Die unbekannte Stimme drang durch den Nebel aus Schmerzen und Entschlossenheit, der sich um Orlandos Verstand gelegt hatte. Die Hand, die den Pfahl auf sein eigenes Herz gerichtet hielt, fing zu zittern an. Nach Jahren, Jahrzehnten, nach mindestens einem Jahrhundert des Missbrauchs und der Folter hatte Orlando genug. Er war gebrochen ... an Körper, Seele und Verstand. Nur noch eine leere Hülle war von ihm übrig geblieben, und auch dir würde bald nicht mehr existieren. Orlando war das letzte Mal geschlagen, das letzte Mal gebrandmarkt und vergewaltigt worden. Jetzt musste er nur noch dieser höllischen Existenz entfliehen und darauf hoffen, dass seine Seele – oder das, was davon übrig war, nicht in alle Ewigkeit verdammt war.

„Diese spezielle Form der Folter kann uns nur vernichten, wenn wir so lange gepfählt bleiben, bis die Sonne aufgeht. Und auch dann sind es die Strahlen der Sonne, die uns töten, nicht der Pfahl. Hier unten gibt es kein Licht, das dich erreichen und deiner Qual eine Ende bereiten könnte, sonst hättest du es vermutlich bestimmt schon versucht."

Orlandos Blick richtete sich auf den unbekannten Vampir, der in der Tür zu seiner Zelle stand. Der Mann hatte schulterlange, braune Haare, die zu einem altmodischen Pferdeschwanz zusammengebunden waren. Einige Strähnen waren dem Band entwischt und umrahmten ein bleiches Gesicht mit strahlenden Augen. Akzent und Betonung der fremden Stimme verrieten eine Vertrautheit mit der französischen Sprache, die Thurloe nie erreichen würde, so sehr er sich dessen auch rühmte. Langsam senkte Orlando den Arm, hielt aber den Pfahl immer noch fest umklammert, weil er ihn als Waffe einsetzen konnte, falls der fremde Vampir im Auftrag seines Schöpfers gekommen war.

„Wer bist du?", flüsterte er mit zitternder Stimme. „Was willst du von mir?" Soweit Orlando wusste, hatte Thurloe noch niemals einem anderen Vampir Zutritt zu seiner Domäne erlaubt. Zumindest hatte Orlando in den fast einhundert Jahren, die er schon diesem Bastard ausgeliefert war, noch niemals einen anderen Vampir zu Gesicht bekommen.

„Mein Name ist Jean. Man könnte sagen, ich bin der Chef der Vampire von Paris", erwiderte der große Mann.

„Paris?", fragte Orlando. „Sind wir in Paris?"

„Ja", antwortete Jean. „Was dachtest du, wo wir wären?"

„Ich weiß es nicht", erwiderte Orlando. „Ich habe vermutet, dass wir in Frankreich sind, weil Thurloe mir Französisch beibringen wollte und ich gefühlt habe, wie wir den Kanal überqueren." Die Erinnerung an diese höllische Reise steckte ihm noch in den Knochen. Er war gefesselt und geknebelt gewesen, hatte sich nicht rühren können. Thurloe hatte ihn in einen hölzernen Sarg gelegt und ihn als einen toten Soldaten ausgegeben, der in seine Heimat überführt wurde. Als der alte Vampir ihn wieder befreit hatte, war Orlando so schwach gewesen, dass er sich nicht mehr rühren konnte. Thurloe hatte ihn gezwungen, Blut zu trinken, um ihn wieder zu beleben. Es war nicht das erste Mal gewesen, dass er Orlando Blut in die Kehle stopfte wie einer Mastgans. „Ich kenne nur diesen Raum und ..." Er brachte es nicht über sich, von dem anderen Raum zu sprechen, in den sein Schöpfer ihn brachte, um ihn zu foltern.

„Wann hast du das letzte Mal getrunken?", fragte der ältere Vampir.

„Er hat mich vor drei oder vier Tagen das letzte Mal dazu gezwungen. Ich verliere manchmal das Zeitgefühl. Es gibt hier kein Fenster. In dem anderen Raum auch nicht, dort wo er ... wo er mit mir spielt."

„Wo er dich foltert", unterbrach ihn Jean. „Nenn die Dinge beim Namen. Und sei versichert, dass es jetzt aufhört. Aber erst musst du trinken. Danach werde ich mich um Thurloe kümmern."

„Um ihn kümmern?", wiederholte Orlando ungläubig. Jean hatte gesagt, er wäre der Chef der Vampire. Hieß das etwa, dass er gekommen war, um ihm endlich Gerechtigkeit widerfahren zu lassen?

„Vampire billigen die Misshandlungen nicht, die er dir zugefügt hat. Du bist ein Vampir, kein Sklave. Mach dir keine Sorgen mehr. Wenn ich mit ihm fertig bin, wird er nie wieder jemanden quälen können. Dich nicht und keinen anderen", versicherte ihm Jean. „Komm jetzt. Ich bringe dich an einen sicheren Ort, wo du ungestört trinken kannst."

Orlando zögerte. Er schwankte zwischen seinem Fluchtinstinkt und dem Bedürfnis nach Rache. „Was wirst du mit ihm tun?"

„Willst du das wirklich wissen?", fragte Jean. „Du wirst frei sein und dich nie wieder vor ihm fürchten müssen."

Orlando dachte über Jeans Worte nach und stellte fest, dass er es sehr wohl wissen wollte. Er wollte es wissen, weil er sich persönlich davon überzeugen wollte, dass der Bastard seine gerechte Strafe bekam. „Ich will dabei sein und dir helfen."

Sie hatten Thurloe hingerichtet, und seit diesem Tag musste Orlando jedes Mal lachen, wenn er einen Pfahl sah. Er schüttelte den Kopf, um sich von seinen Erinnerungen loszureißen und wieder auf Serrier zu konzentrieren. Der dunkle Magier musste durch die Reaktion seines Gefangenen ziemlich verwirrt sein. *Oder wütend*, korrigierte sich Orlando, als Serrier ihn nach hinten stieß und ihm das Kruzifix auf die Haut presste. Orlando beobachtete es amüsiert. Die Hände und Füße des Gekreuzigten drückten sich unangenehm in die Haut, aber von den Verbrennungen, die Serrier wahrscheinlich erwartete, war nichts zu sehen. „Da musst du dir schon etwas Besseres einfallen lassen", kommentierte Orlando lachend.

Draußen im Flur hörte Monique die unbekannte Stimme, die sich über Serrier lustig machte. Sie hatte sich von dem Boot geschlichen, als Antonio im Badezimmer war. Monique hatte nicht länger warten wollen. Sie wollte so schnell wie möglich herausfinden, wo der Vampir gefangen gehalten wurde. Je länger sie wartete, umso größer war die Gefahr, dass sie der Mut wieder verließ. Sie wusste, dass sie nur eine einzige Chance hatte, und die wollte sie nutzen. Im Moment glaubte Antonio ihr und war bereit, sich bei der Milice für sie einzusetzen. Falls er seine Meinung wieder änderte, würde sie Serrier nie entkommen können und mit Sicherheit im Gefängnis landen oder gar ihr Leben verlieren. Sie holte entschlossen Luft und öffnete die Tür. Dann betrat sie so selbstverständlich das Zimmer, als hätte sie jedes Recht dazu.

„Schon zurück, Monique?", fragte Serrier. „Hast du gestern Nacht noch nicht genug bekommen?"

„Sorry", entschuldigte sie sich, aber es hörte sich nicht sehr bedauernd an. „Ich wusste nicht, dass du mich nicht zurückerwartest."

Irgendetwas in ihrem Verhalten – der Klang ihrer Stimme, ihr leichtes Lächeln oder die Art, wie sie dem gefesselten Vampir einen neugierigen Blick zuwarf – musste sie verraten haben. Jedenfalls sagte sie das später, denn als sie umdrehte und den Raum wieder verließ, bohrte sich ein Fluch in ihre Wirbelsäule, der sie zu Boden warf. Monique überlegte nicht lange. Sie zog den Stab und transportierte sich aus dem Hauptquartier an einen neutralen Ort, der sie nicht verraten würde, sollte ihr jemand folgen. Sie war zu sehr damit beschäftigt, etwas gegen die Schmerzen zu unternehmen, um effektiv kämpfen zu können. Unter diesen Umständen wollte sie keinesfalls einen von Serriers Leuten unabsichtlich zu Antonio führen.

„Vincent, folge ihr", befahl Serrier. „Bring sie möglichst lebend zurück. Wir brauchen den Vampir noch und Claude hat ein neues Spielzeug verdient. Falls du sie nicht lebend bringen kannst, töte sie, bevor sie uns entwischt."

Vincent verzog keine Miene, als er zu der Stelle ging, von der Monique verschwunden war. Dann folgte er der Spur ihrer Magie.

In einer nahegelegenen Gasse fiel Monique auf die Knie. Ihr Rücken war wie betäubt und die Schmerzen so stark, dass sie sich nicht mehr auf den Beinen halten konnte. Sie wusste, dass sie hier nicht lange bleiben durfte, aber ihr Körper wollte ihr nicht gehorchen. Wenn Antonio sich täuschte und die Milice an ihrer Information über den Vampir nicht interessiert war, hatte sie soeben ihr Todesurteil unterschrieben.

„Monique!"

Monique drehte sich erschrocken um und sah Vincent, der durch die Gasse auf sie zukam. Die Furcht gab ihr neue Kraft und sie besiegte das taube Gefühl im Rücken, erhob sich schwankend auf die Beine und rannte auf die U-Bahn-Haltestelle zu. In der Menschenmenge würde sich ihre magische Spur vielleicht verlieren, sodass Vincent ihr nicht mehr folgen konnte. Sie durfte ihn nicht zu Antonio führen.

Durch die Bewegung verteilte sich die Magie von Serriers Fluch, und mit ihr der Schmerz, über ihren gesamten Körper und wurde schwächer. Sie lief stolpernd die Treppe zum Bahnsteig hinab und sprang über die Drehsperre, ohne auf die Rufe der Kontrolleure Rücksicht zu nehmen. Dann rannte sie um eine Ecke und kam in einen langen Korridor. Mitten aus der Menschenmenge heraus transportierte sie sich an einen anderen Ort. Es war ein gefährliches Manöver, denn sie konnte versehentlich einen unbeteiligten Passanten, der sie zufällig berührte, mitnehmen. Aber für Vincent war es so gut wie unmöglich, ihr weiter zu folgen.

Sobald sie wieder festen Boden unter den Füßen hatte, lief sie weiter, falls ihr Vincent doch gefolgt sein sollte. Danach transportierte sie sich noch viermal kreuz und quer durch die Stadt, bis sie vor Erschöpfung nicht mehr konnte. Ihre letzte Beschwörung führte sie ans Ufer der Seine, direkt an Antonios Bootssteg. Langsam torkelte sie an Bord und lehnte sich schwer an die Reling. In diesem Moment spürte sie zwei starke Arme, die sich von hinten um sie legten und sie stützten. Wie im Reflex wollte sie sich dagegen wehren, als sie Antonios tiefe Stimme hörte.

„Wo bist du gewesen?"

Sie riss erschrocken die Augen auf und starrte auf den Fluss, der im Sonnenlicht glänzte. „Rein!", schrie sie und versuchte, sich in seinen Armen umzudrehen. „Geh rein!"

Antonio sah sie stirnrunzelnd an, dann hob er sie hoch und brachte sie unter Deck. „Wo bist du gewesen?"

„Ich habe deinen Freund gesucht", antwortete sie wahrheitsgemäß. „Ich habe alle Brücken hinter mir abgebrochen und kann nur hoffen, dass du recht gehabt hast und die Milice mir hilft. Jetzt erkläre mir bitte, warum du draußen warst und wie das möglich ist."

Antonio ging auf ihre besorgte Frage nicht ein. „Du hast Orlando gefunden? Wo ist er?"

„In St. Denis", sagte Monique. „Ich verspreche, dass ich dich zu ihm bringe. Aber ich muss mich erst erholen."

Antonio fiel erst jetzt der gepresste Klang ihrer Stimme auf. „Wo hat er dich verletzt?"

„Am Rücken."

Er legte sie vorsichtig aufs Bett und rollte sie auf den Bauch. Dann schob er mit einer Hand ihre Bluse nach oben und streichelte ihr mit der anderen beruhigend über die Hüfte. Antonio durfte sie am Rücken nicht allzu tief beißen, weil er sie sonst ernsthaft verletzen konnte. Er leckte ihr über die Wirbelsäule, bis er unter ihren Brustwirbeln ankam, wo er leicht zubiss. Ihr erleichtertes Stöhnen sagte ihm, dass die Verbindung zwischen ihnen die Schmerzen linderte und es ihr sofort besser ging.

Antonio trank nur wenige Schlucke, weil er von dem letzten Biss noch gesättigt war. Aber er wollte nicht aufhören, solange sie noch Schmerzen hatte. Außerdem brauchten sie Moniques Hilfe, wenn sie Orlando befreien wollten.

Monique schloss die Augen, als seine Zähne ihre Haut durchstießen. Der Schmerz ließ sofort nach. Der Biss und seine Hand auf ihrer Hüfte erregten sie, aber dazu war jetzt nicht der passende Augenblick. Sie musste sich beeilen und die Zeit nutzen. Dass Antonio – aus welchen Gründen auch immer – von dem Tagesrhythmus unabhängig war, den sie immer mit Vampiren verbunden hatte, gab ihnen einen zusätzlichen Zeitgewinn. Sie mussten nicht auf die Nacht warten.

Antonio spürte, wie Monique sich entspannte. Er schloss mit einem zärtlichen Lecken die Wunde und hob den Kopf. Dann legte er sich an ihre Seite und sah ihr in die Augen. „Warum hast du mich heute früh verlassen?"

„Weil ich Serrier kenne", erklärte sie. „Wenn ich zulange gewartet hätte, wäre dein Freund vielleicht nicht mehr an einem Ort gewesen, wo ich ihn finden konnte. Oder er wäre nicht mehr in der Verfassung gewesen, um ihn noch zu retten. Es war besser, dass ich sofort auf die Suche gegangen bin. Wir müssen uns beeilen. Ich bin sicher, dass Serrier schon Verdacht geschöpft hat, auch wenn er nicht genau weiß, was ich vorhabe. Er hat mir einen seiner Laufburschen nachgeschickt. Bist du wirklich sicher, wenn du bei Tageslicht nach draußen gehst?"

„Nur, wenn ich vorher von deinem Blut getrunken habe", gestand Antonio. „Ich erkläre es dir später. Wenn du recht hast und wir uns beeilen müssen, um Orlando zu helfen, dann sollten wir uns jetzt sofort auf den Weg ins Hauptquartier machen."

Monique nickte, stand auf und zog ihre Bluse über die Bissspuren an ihrem Rücken und auf dem Bauch. „Wenn sie mir nicht glauben, musst du mich töten. Ich möchte lieber durch deinen Biss sterben, als durch Serriers Folter."

„Das darfst du nicht denken", widersprach ihr Antonio. „Selbst wenn Chavinier dir nicht glaubt, wird Jean auf deiner Seite sein. Er würde alles versuchen, um Orlando zu retten. Und wenn wir Erfolg haben, bleibt der Milice nichts anderes übrig, als dir ihren Schutz anzubieten."

Monique konnte nur hoffen, dass Antonio recht behielt.

„ANTONIO?", RIEF Sebastien überrascht, als sie das Hauptquartier der Milice betraten. „Wie kommst du den hierher?"

„Das ist kompliziert zu erklären", antwortete Antonio. „Aber eigentlich spielt es im Moment keine Rolle. Ich muss sofort mit Marcel und Jean reden. Ich habe Informationen über den Aufenthaltsort von Orlando."

Sebastien sah ihn erstaunt an. „Komm mit. Ich habe Jean nicht gesehen, aber Alain wird erleichtert sein, das zu hören. Wie hast du ihn gefunden?"

„Gar nicht", erwiderte Antonio. „Meine Partnerin hat ihn gefunden."

„Deine Partnerin?", kam das Echo von Sebastien.

Antonio nickte, öffnete die Tür und winkte Monique zu, einzutreten. „Meine Partnerin."

Sebastien sah ungläubig zwischen den beiden hin und her. „Das wird in der Tat kompliziert", stellte er dann trocken fest.

„Wahrscheinlich", stimmte ihm Antonio zu. „Aber dieses Mal hat sie wirklich die Seiten gewechselt."

Dazu sagte Sebastien nichts mehr. Antonio hatte das letzte Mal die Wahrheit gesagt, obwohl er erkannt haben musste, dass sie seine Partnerin war. Aber niemand konnte sagen, ob sie ihm auf Dauer vertrauen konnten. Die Verlockung des Blutes war stärker, als sie es vorhergesehen hatten.

Er brachte die beiden zu Marcels Büro und klopfte an. Als der General antwortete, öffnete er die Tür und betrat hinter Antonio und Monique das Zimmer. Sofort zogen die beiden anwesenden Magier ihre Stäbe.

„Sie ist unbewaffnet", sagte Antonio schnell und stellte sich schützend vor Monique. „Sie hat mir Informationen über Orlando gegeben und hofft, dass sie sich damit dieses Mal unseren Schutz verdient hat. Ich habe es überprüft. Ich habe keinen Verrat schmecken können."

„Ich denke, das lassen wir einen anderen Vampir entscheiden", erwiderte Marcel bedächtig. Er hatte sofort erkannt, was Antonios beschützende Reaktion und seine Ankunft bei Tageslicht zu bedeuten hatten. „Wir können es uns nicht erlauben, Orlando oder ein anderes Mitglied der Allianz zu riskieren, nur weil sie vielleicht einen Weg gefunden hat, dich mit ihrem Blut zu betrügen."

Antonio musste sich auf die Zunge beißen, um ihn nicht anzufahren. Er hatte damit gerechnet, dass sie misstrauisch reagieren würden, weil Monique seine Partnerin war. Das änderte jedoch nichts daran, dass er sie und ihr Blut für sich behalten wollte.

„Wir können nicht warten, bis heute Nacht ein Vampir eintrifft, der noch keinen Partner hat", warnte er. „Monique hat mir gesagt, dass Serrier seine Gefangenen häufig verlegt. Außerdem verdächtigt er sie, ihn betrogen zu haben. Es geht um jede Minute."

„Ich werde sie beißen", bot sich Justin mit einem kurzen Blick auf seine Partnerin an. Dann drückte er Catherines Hand in dem stillen Versprechen, sie nicht im Stich zu lassen, nur weil er einem anderen Vampir aushelfen wollte. Sie drückte zurück und ließ ihn los. Justin kam durch das Zimmer auf Monique und Antonio zu. Catherine ließ die mögliche Spionin nicht aus den Augen und hielt den Stab auf sie gerichtet. Bevor sie nicht mehr über die Frau wusste, wollte sie Justins Sicherheit nicht riskieren.

„Es ist alles in Ordnung", versicherte Antonio Monique, als der andere Vampir auf sie zukam. Er musste sich sehr zusammenreißen, um ruhig zu bleiben. Er wollte ihr versprechen, dass niemals wieder ein anderer Vampir sie anrühren würde, aber solange ihre Zuverlässigkeit noch infrage stand, wäre das unvernünftig gewesen. Außerdem wollte Antonio seine eigene Glaubwürdigkeit nicht aufs Spiel setzen. „Lass dich von ihm leicht ins Handgelenk beißen, dann wird er allen bestätigen, was ich schon weiß."

Monique nickte und hielt Justin zögernd ihre Hand hin.

Justin spürte Catherines Blick im Nacken und Antonio beobachtete ihn von vorne. So unbeteiligt wie möglich hob er Moniques Arm an den Mund und biss zu. Er schmeckte sofort die dunkle Magie in ihrem Blut. Sie war wie ein Ölfilm, der sich über alles andere legte und den er auf Dauer niemals ertragen könnte. Aber er schmeckte auch Moniques Bereitschaft, diese Vergangenheit hinter sich zu lassen und ihnen die Wahrheit zu sagen. Er hob den Kopf und suchte nach einem Papierkorb. Dann spuckte er das Blut aus, weil er es nicht schlucken konnte. Justin wollte kein anderes Blut mehr trinken als Catherines, so lange sie lebte. „Sie sagt die Wahrheit."

40

MITTEN IM Bois de Vincennes am Ufer eines kleinen Teichs knieten sie im Sand, der Magier und der Vampir. Zwischen ihnen auf dem Boden lag, in weiße Tücher gehüllt, die tote Karine. Jean lauschte mit geschlossenen Augen Raymonds rituellem Grabgesang. Der Magier beschwor die Luft zum Atmen, und ein leiser Windhauch wehte über sie hinweg. Er beschwor das Wasser, das Karine salbte und für ihre Rückkehr zu den Elementen reinigte. Dann rief er das Feuer, dessen Flammen über ihren Körper züngelten und ihn in Asche verwandelten. Raymond wünschte sich, dass Thierry hier wäre, um den vierten und letzten Schritt des Rituals zu vollziehen, das die Asche wieder zu Erde werden ließ. Aber sie waren nur zu zweit gekommen, denn Jean wollte nicht, dass noch mehr Menschen an der Bestattung teilnahmen. Also konzentrierte Raymond sich auf die Erde und sie hörte seinen Ruf, öffnete sich und nahm die Asche in ihren Schoß auf. Asche zu Asche, Staub zu Staub.

Stille fiel über die kleine Lichtung. Jean ließ den Frieden der Natur von seiner Seele Besitz ergreifen und ihn in seiner Trauer und seinem Verlust trösten. Er fuhr mit der Hand über den Boden, der Karine verschluckt hatte und in dem sie in Ewigkeit ruhen würde. Ein letzter, leise geflüsterter Gruß kam über seine Lippen, dann senkte er den Kopf und betete. Möge ihre Seele Frieden finden.

Raymond war verstummt, nachdem er das Ritual abgeschlossen hatte. Er kniete auf dem Boden und meditierte, während Jean sich von Karine verabschiedete. Später wollte er Jean trösten und ihm helfen, den Verlust zu überwinden. Aber in diesem Augenblick waren sie weder Geliebte noch Partner. In diesem Augenblick war Raymond der Priester, dessen einzige Aufgabe darin bestand, dem trauernden Hinterbliebenen zur Seite zu stehen.

Jeans Gedanken waren bei den Zeiten, die er mit Karine verbracht hatte, bei den Nächten, in denen er sie besucht hatte und in denen sie ihm ihr Blut und ihren Körper geschenkt hatte. Immer war die Hoffnung mitgeschwungen, dass er ihr mehr geben könnte. Die Erinnerung weckte erneut Jeans Schuldgefühle. Sie waren so stark, wie nie zuvor. Er hatte immer nur von ihr genommen, denn es war einfach und bequem gewesen. Nicht ein einziges Mal hatte er darüber nachgedacht, was sie von ihm brauchen könnte. Sein gebetsmühlenhaft wiederholtes Angebot, dass sie jederzeit mit ihm Schluss machen könnte, hatte nur der Beruhigung seines eigenen Gewissens gedient. Es war eine leere Geste gewesen, mit der er seine Besuche gerechtfertigt hatte, obwohl er ganz genau wusste, dass sie ihn niemals wegschicken und ihm immer wieder ihre Tür öffnen würde. Nur einmal hatte er dieses Wissen ignoriert, weil es ihm so besser gepasst hatte. Und das war ein schwerwiegender Fehler gewesen, der sie das Leben gekostet hatte. „Es tut mir so leid, Karine", flüsterte er. „Ich war nicht der Mann, den du gebraucht hättest. Ich war nicht für dich da, als du mich gebraucht hast. Ich war nur da, wenn ich dich gebraucht habe. Ich habe nicht rechtzeitig erkannt, dass du dafür bezahlen musstest. Ruhe in Frieden, mein Täubchen."

Jean hob den Kopf und suchte Raymonds Blick. Dann nickte er seinem Partner zu und erhob sich vom Boden. „Lass uns gehen. Sie hat ihren Frieden gefunden und ich kann nichts mehr für sie tun. Jetzt müssen wir Orlando finden, sonst werden wir uns bald wieder zu diesem Ritual versammeln."

Sie waren gerade zurück auf dem kleinen Pfad angekommen, der durch den Wald zur Straße führte, als Raymonds Handy zu vibrieren begann. „Payet."

„Ist Jean bei dir?"

„Ja. Warum?"

„Wann könnt ihr hier sein? Wir haben eine Spur von Orlando."

„Einen Moment." Er drehte sich zu Jean um. „Hast du deinen Repère mitgebracht?"

Jean nickte. „Wir sind im Bois de Vincennes", sagte Raymond zu Marcel. „Wenn du jemanden schickst, der Jean abholen kann, sind wir in wenigen Minuten da."

„Was ist los?", wollte Jean wissen, nachdem Raymond das Gespräch beendet hatte. „Wir wissen, wo Orlando ist."

"SIE SIND im Bois de Vincennes", verkündete Marcel. „Catherine, kannst du Jean von dort abholen, damit wir loslegen können?"

Sie nickte und studierte die Karte, um Jeans genaue Position festzustellen, dann transportierte sie sich zu ihm. Kurz darauf war sie mit Jean zurück und Raymond folgte ihnen eine Sekunde später.

„Was ist passiert?", wollte er sofort wissen.

„Es sieht so aus, als ob Serrier mit seinen Grausamkeiten jetzt auch die eigenen Anhänger entfremdet", erwiderte Marcel und deutete auf Monique, die mit Antonio an der Seite stand. „Monique hat Orlando vor wenigen Stunden gesehen."

„Worauf warten wir dann noch?", rief Jean. „Lass uns aufbrechen!"

„Thierry und Alain rufen alle Magier zusammen, die wir kurzfristig erreichen können. Wir brauchen genug Leute, sonst können wir Orlando nicht befreien und machen alles nur noch schlimmer", mahnte Marcel. „Ich weiß, welche Sorgen du dir um ihn machst. Uns geht es nicht anders. Aber als Monique ihn sah, ging es ihm noch gut. Alain hat regelmäßig mit ihm Kontakt. Sicher, es besteht ein gewisses Risiko, dass Serrier ihn an einen anderen Ort bringt. Aber unvorbereitet in einen Kampf zu gehen, wäre ein weit größeres Risiko."

„Hat Serrier in letzter Zeit seine Schutzschilde modifiziert?", fragte Raymond Monique, die von Marcel offensichtlich als vertrauenswürdig eingestuft worden war.

„Bis heute früh noch nicht", antwortete Monique. „Er verlässt sich darauf, dass die Belohnung, die er auf deinen Kopf ausgesetzt hat, dich fernhält."

„Bis heute hat er damit auch recht gehabt", stimmte Raymond ihr zu. „Ich kann seine Schutzschilde neutralisieren", sagte er dann zu Marcel. „Es wird einige Minuten dauern und ihm verraten, dass ich euch begleite. Aber ich kann euch in das Gebäude bringen."

„Dann müssen wir nur noch warten, bis Thierry und Alain eine Einsatzgruppe organisiert haben", erwiderte Marcel. „Sie sammeln sich im Salle des Cartes."

„Lass uns gehen", drängte Jean. Mit jeder Minute, die verging, wurde sein Bedürfnis stärker, Orlando in Sicherheit zu wissen. Die Erinnerung an Karine und ihre Leiden machte es nur noch schlimmer und Jean verlor langsam die Geduld.

Als sie in den Salle des Cartes kamen, war Thierry gerade dabei, seine Einsatzbefehle zu geben. „Denkt daran, dass es eine Rettungsmission ist", sagte er zu den versammelten Magiern. „Was immer auch passiert – unser Ziel ist es, Orlando zu befreien. Alain wird die Einheit führen, die nach ihm sucht. Seine Verbindung zu Orlando wird ihm dabei helfen. Der Rest von uns muss Serriers Magier daran hindern, Alain bei seiner Suche aufzuhalten und zu gefährden. Sobald Orlando in Sicherheit ist, werden wir die Lage neu beurteilen. Falls wir Serrier gefangen nehmen oder töten können, werden wir es tun. Sollten seine Leute zu stark sein, werden wir uns zurückziehen und wieder verschwinden. Um Serrier können wir uns auch noch später kümmern, aber wir wissen nicht, ob wir noch eine zweite Chance bekommen, Orlando zu befreien."

Er drehte sich um und nickte Jean zu. „Ich nehme an, du wirst Alain begleiten wollen."

„Ja", bestätigte Jean. „Falls ihr auf den Gesetzlosen trefft, nehmt ihn gefangen, aber vernichtet ihn nicht. Diese Ehre gebührt dem Cour. Er soll für seine Taten vor Gericht stehen."

Thierry wandte sich der Karte zu und der Ausschnitt änderte sich. Der grob gezeichnete Plan eines größeren Gebäudes wurde sichtbar. „Hier hat Serrier Orlando heute Morgen gefangen gehalten", erklärte er und zeigte auf den Raum, in dem Monique den Vampir gesehen hatte. „Es ist keine Zelle, also wird er jetzt wahrscheinlich nicht mehr dort sein. Aber es ist sein letzter bekannter Aufenthaltsort, deshalb werden wir unsere Suche dort beginnen." Er zeigte den kürzesten Weg zwischen dem Eingang und dem Raum. „Alain wird mit seinem Team diesen Weg nehmen. Catherine, du wirst mit deiner Einheit die rechte Flanke übernehmen, ich werde Alain von links absichern. Wir werden dabei gleichzeitig die angrenzenden Räume nach Orlando durchsuchen."

„Was ist mit mir?", fragte Raymond.

„Alain wird Orlando nicht transportieren können", erwiderte Thierry. „Ich schlage vor, dass du diese Aufgabe übernimmst." Er musste nicht erst erwähnen, dass er von Raymond auch erwartete, Alain zu beschützen und von überstürzten Entscheidungen abzuhalten. „Du weißt von uns allen am besten, wie Serrier denkt. Du hast die beste Vorstellung davon, wo wir nach Orlando suchen müssen und welche Fallen uns vielleicht erwarten."

S IE HATTEN überlegt, ob sie mit ihrem Angriff bis zum Einbruch der Dunkelheit warten sollten, aber weder Alain noch Jean waren bereit, Orlando länger als unvermeidlich in Serriers Händen zu lassen. Sie trafen in kleinen Gruppen in der Umgebung der Université Paris 8, dem Campus Vincennes St. Denis, ein. Dann sammelten sie sich um das Gebäude in der Avenue de Stalingrad, wo Monique Orlando zuletzt gesehen hatte. Die Straße war ungewöhnlich ruhig für einen normalen Wochentag. Es machte Thierry etwas nervös, aber daran ließ sich nichts mehr ändern, auch wenn Serrier die Gelegenheit genutzt haben sollte, ihnen nach Moniques Flucht eine Falle zu stellen. Thierry verließ sich auf die Vampire, die ihnen versichert hatten, dass Monique sie mit ihren Informationen nicht absichtlich in eine Falle locken wollte. Er wusste allerdings auch, dass man Serrier nicht unterschätzen durfte.

Als alle ihre Positionen eingenommen hatten, gab er Raymond das Zeichen, mit der Neutralisierung der Schutzschilde um das Gebäude zu beginnen. Währenddessen bereiteten sie sich auf den Gegenangriff der dunklen Magier vor, der unweigerlich kommen würde, sobald Serrier von Raymonds Aktivitäten erfuhr. Aber nichts regte sich.

Thierry runzelte misstrauisch die Stirn. „Bleibt auf euren Positionen", befahl er, während Raymond ungehindert weiterarbeitete. Thierrys Verdacht verstärkte sich, als Raymond den Stab senkte und immer noch keine Reaktion aus dem Gebäude erfolgt war. „Das Haus ist leer", murmelte er Sebastien zu. „Er muss damit gerechnet haben, dass wir kommen. Wahrscheinlich haben sie sich in ein anderes Versteck zurückgezogen."

„Wir müssen trotzdem nachsehen."

„Ich weiß", stimmte Thierry ihm zu. „Aber falls wir Orlando hier noch finden, dann nur als Leiche."

„Alain hätte es bemerkt, wenn Orlando nicht mehr am Leben wäre", erwiderte Sebastien. „Selbst durch die Schutzschilde hätte er den Verlust sofort gespürt."

„Verteilt euch", befahl Thierry den drei Einheiten. „Aber seid vorsichtig. Ich nehme an, dass das Haus von oben bis unten mit Fallen gespickt ist."

„Können wir nicht einfach überprüfen, ob noch jemand in dem Gebäude ist?", wollte Catherine wissen.

„Das funktioniert nur mit den Magiern. Wir können Orlandos Anwesenheit nicht durch Magie erkennen", warf Raymond ein. „Vampire haben keine Aura, durch die wir sie magisch lokalisieren können."

„Aber sie würden ihn doch nicht allein dort zurücklassen, oder?"

Raymond zuckte mit den Schultern. „Warum nicht? Er wäre der perfekte Köder, um uns in das Gebäude zu locken, in dem, wie Thierry gesagt hat, wahrscheinlich Dutzende von Fallen auf uns warten. Wir müssen sehr vorsichtig sein."

„Wir vergeuden unsere Zeit", knurrte Alain. „Lasst uns anfangen."

Sie stürmten die Tür und teilten sich dann in drei Gruppen auf, wie sie es zuvor geplant hatten. So arbeiteten sie sich durch das Gebäude vor, ständig auf der Hut vor Fallen und auf der Suche nach Hinweisen auf Orlandos Aufenthaltsort.

Catherines Einheit übernahm den rechten Gang. Vorsichtig durchsuchten sie Raum um Raum. Hier waren noch vor kurzem Menschen gewesen. Auf den Tischen waren staubfreie Stellen, an denen Gegenstände gelegen hatten, die mitgenommen worden waren. Aber nichts gab ihnen einen Hinweis darauf, wer sich hier aufgehalten hatte und wohin sie verschwunden waren.

Catherine zog eine Tür hinter sich zu und berührte dabei unabsichtlich mit der Schulter den Türrahmen. Ein scharfer Schmerz zuckte ihr durch den Arm und betäubte ihn. Sie fluchte leise. Sofort war Justin an ihrer Seite. „Nichts anfassen", knirschte sie mit zusammengebissenen

Zähnen „Wir müssen erst alles nach Fallen untersuchen." Sie schüttelte den Arm, um den Schmerz zu vertreiben, aber es wurde nur schlimmer. Ihre Finger fühlten sich an, als hätte jemand Nägel hineingeschlagen. „Marie", keuchte sie. „Kannst du meinen Arm betäuben? Ich weiß nicht, was das für ein Fluch war, aber er tut scheußlich weh."

Marie kannte sich mit Heilzaubern aus. Sie fuhr konzentriert mit dem Stab über Catherines Arm und versuchte, die Natur des Fluchs herauszufinden. „Wieso kannst du dich noch auf den Beinen halten?", fragte sie dann. „Ich kann es nicht heilen. Du brauchst einen Mediziner. Ich kann es nur blockieren, damit es sich nicht weiter verbreitet oder noch schmerzhafter wird."

„Mach das", stimmte Catherine Maries Vorschlag zu. „Ich lasse es behandeln, wenn wir wieder im Hauptquartier sind."

Justin hätte sie am liebsten sofort zurückgeschickt. Aber Catherine nahm ihre Verantwortung ernst und würde nicht mitten im Einsatz aufgeben, solange sie durch Maries Erste Hilfe weitermachen konnte. Justin nahm sich dennoch vor, seine Partnerin im Auge zu behalten und bei dem ersten Anzeichen von Schwäche darauf zu bestehen, dass sie sofort ins Hauptquartier zurückkehrte.

Im anderen Flügel des Gebäudes wurden Thierry und seine Leute mit einer anderen Art von Fallen konfrontiert. Die ersten beiden entdeckte er rechtzeitig und neutralisierte sie. Die dritte explodierte ihm ins Gesicht und schleudert ihn nach hinten. Sebastien fing ihn auf. Thierry wehrte sich gegen ihn. Die Falle hatte eine Paranoia ausgelöst, gegen die er offensichtlich machtlos war. Thierry war davon überzeugt, dass er von einem albtraumhaften Monster festgehalten wurde, das ihn in Stücke reißen wollte. So sehr er es auch versuchte, er konnte sich dem Griff dieses Ungeheuers nicht entziehen.

„Thierry, was ist los mit dir?", rief Sebastien besorgt, als er die Reaktion seines Geliebten spürte. „Ich bin es, Sebastien. Was hat der Fluch mit dir angestellt?"

Charlotte kam an ihre Seite gelaufen und enthüllte mit einer Beschwörung die Natur des Fluchs. „Furcht. Es ist ein Furchtzauber", sagte sie, doch ihre Worte drangen nicht zu Thierry durch. „Ich kann nur versuchen, ihn zu mindern. Vielleicht hört Thierry dann, was du zu ihm sagst."

„Versuche es", forderte Sebastien besorgt, während Thierry sich immer noch verzweifelt wehrte. „Ganz ruhig, Thierry", flüsterte er. „Ich bin bei dir. Du bist in Sicherheit. Lass dir von Charlotte helfen."

Charlotte begann mit ihrer Beschwörung. Sie würde Sebastien nicht schaden, aber Thierry hoffentlich helfen.

Nach einigen Minuten hörte Thierry auf, sich gegen Sebastien zu wehren. Er konnte wieder klarer denken und erkannte, dass das Geräusch in seinen Ohren nicht das Knurren eines Monsters war. Es war Sebastiens beruhigende Stimme; die Arme, die ihn umklammert hielten, wollten ihn trösten, nicht zerreißen. „Du kannst jetzt loslassen", sagte er zu Sebastien und seine Stimme hörte sich fast wieder normal an.

Sebastien drückte ihn noch einmal kurz an sich, dann ließ er los. Er wollte Thierry küssen, aber sie waren zur falschen Zeit am falschen Ort.

Alain war mit seiner Einheit im Hauptgang unterwegs und suchte nach dem Zimmer, in dem Monique Orlando gesehen hatte. Er mahnte sich zur Vorsicht, konnte aber seine Ungeduld nicht zügeln. Seine Sehnsucht nach Orlando war stärker als die Stimme der Vernunft. Ohne auf mögliche Fallen zu achten, lief er einfach los. Alain merkte sofort, dass er einen Fluch ausgelöst hatte. Aber da war es auch schon zu spät. Das Gas hüllte ihn ein und benebelte ihm die Sinne.

Er torkelte einige Schritte zurück und schüttelte den Kopf, um gegen die Wirkung des Halluzinogens anzukämpfen. Dann hörte er seinen Namen. „Orlando?", fragte er verwirrt und drehte sich zu der Stimme um. „Wo bist du?"

„Alain!", rief Raymond mit scharfer Stimme, als er erkannte, was mit Alain geschehen war. „Du bist in eine von Serriers Fallen gelaufen. Komm zu uns zurück."

Die Worte drangen nicht mehr bis in Alains Verstand vor. Er wusste nur noch eines – irgendwo hier in der Nähe war Orlando, der nach ihm rief und seine Hilfe brauchte.

Raymond fluchte leise. Er war sicher, dass Serrier mehr als diese eine Falle in dem Flur hinterlassen hatte. „Er wird sich selbst umbringen", flüsterte er Jean zu. „Wir müssen ihn aufhalten."

Mit einer Beschwörung verteilte er das Gas und neutralisierte es, dann lief er Alain nach, der immer noch der Stimme in seinem Kopf folgte und Orlandos Namen rief, ohne auf seine eigene Sicherheit zu achten.

„Merde!", fluchte Raymond, als Alain eine Falle nach der anderen auslöste und sich schreiend vor Schmerz zusammenkrümmte. Aber nichts konnte ihn aufhalten und er rappelte sich jedes Mal wieder auf, um der Stimme in seinem Kopf zu Orlando zu folgen.

Jean konnte es schließlich nicht mehr mitansehen und hielt ihn auf, indem er ihn einfach ansprang und zu Boden warf. Alain wehrte sich verzweifelt. „Was soll das?", fuhr er Jean an. „Warum lässt du mich nicht zu ihm? Orlando hat Schmerzen. Kannst du ihn nicht rufen hören? Oder hast du plötzlich die Seiten gewechselt? Du hast ihn betrogen. Du hast uns alle betrogen!"

„Reiß dich zusammen!", befahl Jean, packte ihn am Kinn und sah ihm eindringlich in die blauen Augen. „Ich will ihn genauso finden wie du. Aber hier ist er nicht mehr."

Die Autorität in Jeans Stimme riss Alain aus seinem Wahn. Als er wieder zu sich kam, sah er den Vampir unglücklich an. „Ich konnte ihn hören. Er hat mich angefleht, ihn zu retten."

„Ich weiß", erwiderte Jean mitfühlend. „Und wir werden ihn retten. Wir werden es irgendwie schaffen. Aber er ist nicht mehr hier."

Alain nickte enttäuscht, als ihm langsam klar wurde, was der Fluch mit ihm angestellt hatte. „Du kannst mich jetzt loslassen. Ich habe mich wieder im Griff und wir müssen noch die restlichen Räume durchsuchen. Vielleicht finden wir eine Spur, die uns bei der Suche weiterhelfen kann."

Jean hatte diesbezüglich keine großen Hoffnungen, doch sie konnten es sich nicht leisten, auch nur die kleinste Kleinigkeit zu übersehen. Er stand auf und hielt Alain die Hand hin, um ihn vom Boden hochzuziehen.

Sie durchsuchten noch drei Räume, dann trafen sie auf die anderen Einheiten. Das letzte Zimmer war nicht viel mehr als eine kleine Kammer. Alain wusste sofort, dass Orlando sich hier aufgehalten hatte. Er sank erschöpft auf die Knie und seine kontrollierte Fassade brach in sich zusammen, als ihm bewusst wurde, wie greifbar nahe sie ihrem Ziel gewesen waren.

Thierry stand in der Tür und sah den Zusammenbruch seines Freundes. Schnell verließ er das Zimmer und zog die Tür hinter sich zu. Dann drehte er sich zu den anderen Magiern um. „Catherine, kehre mit deiner Einheit ins Hauptquartier zurück und berichte Marcel, dass wir nichts gefunden haben. Vielleicht hat die Überläuferin noch Ideen, wo wir weitersuchen können. Charlotte, du sicherst mit den beiden anderen Einheiten das Gebäude. Ich will nicht, dass Serrier es wieder benutzen kann, falls er zurückkommt."

Die beiden Frauen nickten und befolgten seine Befehle. „Ich weiß nicht, wie lange er das noch durchhalten kann", sagte Thierry zu Sebastien, Jean und Raymond. „Ich mache mir große Sorgen um seinen Verstand."

Sebastien nickte zustimmend. „Wir müssen ihn daran erinnern, dass Orlando noch lebt, damit er den Mut nicht verliert. Mehr können wir nicht tun."

„Das ist so verdammt wenig", meinte Thierry resigniert.

In der kleinen Kammer löste Alain die mentale Blockade, die er während des Kampfes aufgerichtet hatte, und suchte den Kontakt zu Orlando. Sofort spürte er die Liebe und das Vertrauen, das sein Geliebter in ihn setzte. Alain schluchzte erstickt, als er an ihr heutiges Versagen dachte. Er wusste nicht, ob Orlandos Vertrauen in sie noch gerechtfertigt war. Aber es blieb ihnen nichts anderes übrig, als sie wieder und wieder zu versuchen, bis sie ihn schließlich fanden und befreien konnten.

Orlando musste seine Frustration gespürt haben, denn sofort wurde Alain von einer neuen Welle der Liebe und Zuversicht überschwemmt, die ihn wärmte und tröstete. Er konnte keine Schmerzen spüren und darüber war er froh. Offensichtlich hatten Moniques Flucht und die überstürzte Aufgabe dieses Gebäudes verhindert, dass Serrier Zeit gefunden hatte, sich mit Orlando zu beschäftigen. Alain wusste allerdings auch, dass es nur ein kurzer Aufschub war, den sie dadurch gewonnen hatten. Und vor allem wusste er, dass Orlando bald wieder trinken musste. In Zeiten des Krieges konnten sich die Einschränkungen des Aveu de Sang gefährlich auswirken. Orlando hatte diese Bedenken immer zur Seite gewischt. Jetzt wünschte sich Alain, nicht so leicht nachgegeben zu haben, denn dann hätte Orlando jetzt eine bessere Überlebenschance. Orlando brauchte Blut, um zu heilen und sich wieder zu erholen. Nur so hatte er Thurloes Folterungen überlebt. Jetzt hatte er diese Option nicht mehr. Jetzt konnte er nur noch Alains Blut trinken oder verhungern.

„Es tut mir so leid", flüsterte Alain. „Ich habe dich verurteilt."

ORLANDO WAR überrascht über die Woge der negativen Gefühle, die Alain ausströmte. Er konnte Alains Furcht verstehen und wäre genauso verzweifelt gewesen, wäre ihre Lage umgekehrt. Doch damit wollte er sich nicht aufhalten, denn er hatte Vertrauen in Alain. Noch war ihm nichts passiert und Serriers erbärmliche Versuche, ihn zu schwächen, waren nahezu lächerlich gewesen. Serrier war den unzähligen Vorurteilen und Klischees auf den Leim gegangen, die seit Jahrhunderten über Vampire im Umlauf waren. Diese Legenden und Altweibergeschichten konnten einem Vampir nichts anhaben.

Orlando war nicht so naiv, zu glauben, dass Serrier es dabei belassen würde. Der dunkle Magier wollte diesen Krieg gewinnen, und dazu musste er auch die Vampire ausschalten. Aber das Schlimmste, was er Orlando antun konnte, war, ihn zu vernichten. Alles andere war zu überleben. Er hatte es in den Händen seines Schöpfers überlebt und er würde es auch dieses Mal überleben. Sebastien hatte ihm versichert, dass er mit der Zeit mehrere Wochen überleben konnte, ohne trinken zu müssen. Daran klammerte sich Orlando. Noch war der Aveu de Sang dazu wahrscheinlich nicht stark genug, aber er hatte erst vor einem Tag getrunken und spürte bis jetzt noch nicht den geringsten Hunger. Sie hatten noch Zeit. Orlando war noch nicht bereit, Alain schon wieder zu verlassen. Und falls es wirklich soweit kommen sollte, würde er in dem Bewusstsein sterben, geliebt zu haben und wiedergeliebt worden zu sein. Darauf konzentrierte sich Orlando und streichelte sich über die Brust, um Alain seine Liebe und sein Begehren zu schicken. Sein Magier durfte nicht aufgeben. Langsam aber sicher ließen Alains Frustration und Verzweiflung nach und gaben sich dem Ansturm von Orlandos Gefühlen geschlagen. Orlando stellte sich vor, was sie tun würden, wenn sie endlich wieder vereint waren. Er legte sich keine Grenzen auf und übermittelte jedes Gefühl, jeden Gedanken an Alain, den er über ihre Verbindung zu ihm schicken konnte. Er konnte nur hoffen, dass es genug war.

VERSÖHNUNG DES BLUTES

Für meine Adoptivschwestern Nancy, Holly, Connie, Cat, Carol, Madeleine, Gwen und Julianne, die den Text wieder und wieder gelesen und Verbesserungsvorschläge gemacht haben. Ohne euch wäre dieser Traum nicht wahrgeworden.

1

THIERRY SAß am Küchentisch und beobachtete seinen Freund. Er war besorgt. Seit Orlandos Gefangennahme waren noch keine vierundzwanzig Stunden vergangen, aber Alain war körperlich und emotional vollkommen ausgezehrt und am Ende seiner Kräfte. Thierry hatte Angst davor, was mit Alain geschehen würde, sollten aus den Stunden Tage werden. Und noch mehr fürchtete er, dass daraus Wochen werden könnten, denn Orlando konnte nur von Alains Blut trinken und würde nicht so lange überleben.

In Thierrys Kopf überschlugen sich die Gedanken, und alle drehten sich um die eine Frage: Wie konnten sie Orlando so schnell wie möglich finden und befreien? Nachtpatrouillen waren bereits unterwegs und suchten nach ihm in den Verstecken Serriers, die Monique Leclerc, die Überläuferin, ihnen genannt hatte. Aber Monique war ehrlich genug gewesen und hatte sie gewarnt, dass niemand alle Adressen kannte. Serrier gab nur das Nötigste preis, sodass keiner seiner Leute alle Pläne und Verstecke verraten konnte, falls er gefangen genommen wurde oder desertierte. Thierry war sich nicht sicher, welches Gewicht sie Moniques Informationen beimessen konnten, aber im Moment war sie ihre beste Quelle. Die anderen dunklen Magier, die ihnen nach der Schlacht am Place Pigalle in die Hände gefallen waren, wussten entweder nichts, oder sie hatten mehr Angst vor Serrier, als vor dem Gefängnis. Thierry konnte ihnen keinen Vorwurf machen. Mit Ausnahme von Raymond hatte jeden, der in der Hoffnung auf ein mildes Urteil der Milice Informationen gab, im Gefängnis ein schrecklicher Tod ereilt. Auch die magischen Schutzschilde um ihre Zellen hatten das nicht verhindern können.

Hilflos sah Thierry zu, wie Alain den Stuhl zurückschob, aufstand und mit verzerrtem Gesicht in der Küche auf und ab lief wie ein Löwe im Käfig. „Du erschöpfst dich nur unnötig und wirst uns nicht helfen können, wenn wir Orlando erst gefunden haben", schimpfte Thierry mit seinem Freund, obwohl er wusste, dass Alain nicht auf ihn hören würde.

Er hatte recht.

„Als ob du hier ruhig sitzen bleiben könntest, wenn sie Sebastien entführt hätten", schnappte ihn Alain an.

„Nein, das könnte ich nicht", gab Thierry zu. „Aber dann würdest du hier sitzen und mich ermahnen."

„Ich sollte unterwegs sein und nach ihm suchen", sagte Alain. „Ich habe die beste Chance, ihn zu fühlen, wenn ich in seiner Nähe bin."

„Das mag sein", erwiderte Thierry. „Aber du kannst nicht überall gleichzeitig sein. Es ist besser, du überlässt die Suche den Patrouillen. Ruh dich aus. Unsere Leute sind keine Anfänger. Sie kennen Serriers Tricks."

Alain schüttelte den Kopf, aber Thierry ignorierte ihn. „Du hast seit Orlandos Gefangennahme nicht geschlafen, wenn man von den wenigen Stunden absieht, die ich dich in einen magischen Schlaf versetzt habe. Du kannst nicht so weitermachen. Orlando muss von dir trinken können, wenn wir ihn befreit haben." Thierry ließ keinen Zweifel daran, dass es sich nur um eine Frage der Zeit handeln konnte. Er wollte nicht darüber nachdenken, was aus seinem Freund und Orlando wurde, falls sie es nicht rechtzeitig schafften.

Alain sah ihn unglücklich an. „Du verstehst das nicht", meinte er. „Er kann kein fremdes Blut trinken und sich deshalb nicht richtig erholen, wenn sie ihn foltern." Er suchte nach Worten, um seinen Gedanken und Gefühlen Ausdruck zu verleihen, aber sie entzogen sich jedem logischen Erklärungsversuch. „Er ist meine andere Hälfte, Thierry. Ich habe das Gefühl, als wäre meine Seele entzweigerissen worden. Wenn ich seine Schmerzen spüre, wird es noch schlimmer. Ich kann nicht schlafen, weil er keine Ruhe findet."

Thierry fragte nicht, wie es in nur einem Monat soweit hatte kommen können. Er musste es nicht tun. Er hatte auch seinen Partner gefunden, selbst wenn er nicht Sebastiens Zeichen am Hals trug. Thierry konnte auch Sebastiens Gefühle nicht auf die gleiche Art wahrnehmen, wie Alain Orlandos Emotionen spürte, aber er wusste, dass er genauso den Verstand verlieren würde, sollte Sebastien plötzlich spurlos verschwinden. Doch zurzeit war der Vampir glücklicherweise nur in Orlandos Wohnung, um für Alain saubere Kleidung zu besorgen.

„Doch, ich verstehe es", erwiderte Thierry leise und wurde rot. Es war so viel zwischen ihm und Sebastien geschehen, seit sie sich kennengelernt hatten. Und in der vorigen Nacht hatten sie sich das erste Mal geliebt.

Thierrys verlegenes Eingeständnis war so ungewöhnlich und passte so wenig zu seinem normalen Verhalten, dass es Alain aus seiner larmoyanten Stimmung riss. Es konnte die Sorge um Orlando nicht verdrängen, aber Thierry war seit dreißig Jahren sein bester Freund. Daher konnte Alain, trotz der Turbulenzen in seinem eigenen Leben, nicht einfach ignorieren, welche Veränderungen über Thierry hereingebrochen waren. „Die Partnerschaft mit Sebastien scheint dir gutzutun. Ich habe dich schon lange nicht mehr so glücklich erlebt."

Thierry lief noch röter an. „Ich habe an dir und Orlando gesehen, wie aufregend es ist, von einem Vampir nicht nur gebissen zu werden, sondern ihn zu lieben. Aber ich hätte nie erwartet, wie wunderbar es ist, seine Zähne im Hals zu spüren, wenn wir … Sorry." Er unterbrach sich, als er den Ausdruck in Alains Gesicht sah. „Das sollte ich nicht sagen."

„Das ist es nicht", erwiderte Alain und konnte seine Gefühle nur mühsam unterdrücken. „Es ist nur … Wir haben nie … Orlando hat mich nie gebissen, wenn wir uns geliebt haben. Er hatte Angst, mich zu verletzen."

„Merde", fluchte Thierry leise. „Es tut mir leid, Alain. Ich sage heute immer nur das Falsche."

„Dazu gibt es nichts zu sagen", sagte Alain mit belegter Stimme. „Er hat mir seine Gründe erklärt und ich muss sie respektieren." Er wandte sich ab, um Thierry nicht zu zeigen, wie sehr ihn die unbedachte Bemerkung schmerzte. Aber er hätte sich denken können, dass er vor Thierry nichts verbergen konnte. Die warme Hand, die sich tröstend auf seine Schulter legte, zeigte es ihm.

„Wir holen ihn zurück", versprach Thierry. „Und dann kannst du ihm das Gegenteil beweisen."

„Das ist das Schlimmste daran", krächzte Alain. „Ich glaube, er hatte seine Meinung schon geändert. Aber wir hatten keine Zeit mehr. Die Nachricht von dem Angriff auf dem Place Pigalle ist dazwischen gekommen. Alles hat sich nur noch darum gedreht, was wir dagegen unternehmen können. Und dann ist er entführt worden."

„Dann habt ihr im Büro nicht …?", fing Thierry an.

„Nein. Er hat von mir getrunken und mich dabei mit der Hand zum Orgasmus gebracht. Sich zu lieben ist etwas anderes", erklärte Alain. „Als du gekommen bist, waren wir gerade fertig."

„Es tut mir leid. Wenn ich das gewusst hätte, wäre ich nicht so reingeplatzt", entschuldigte sich Thierry.

Alain zuckte mit den Schultern, konnte seine Gefühle aber nicht verbergen. „Du konntest es nicht wissen, und selbst wenn … Es war der falsche Zeitpunkt. Außerdem war das Büro der falsche Ort für ein so intimes Erlebnis. Ich wünschte nur, wir hätten mehr Zeit gehabt."

„Ihr werdet noch genug Zeit haben", versprach Thierry. „Wir holen ihn zurück und beenden diesen Krieg. Dann habt ihr den Rest deines Lebens Zeit. Daran musst du fest glauben."

„Wie kannst du das versprechen, wenn du mir nicht erlaubst, nach ihm zu suchen!", rief Alain aufgebracht.

„Was könntest du denn mehr tun, als unsere Freunde?", wollte Thierry wissen. „Sag mir nur eine Sache, für die wir dich brauchen und die wir nicht selbst erledigen können. Dann höre ich sofort auf, dich zu belästigen, und lasse dich gehen. Nur eine Sache, Alain!"

Alain öffnete den Mund und wollte antworten, aber ihm fiel nichts ein. Die Frustration stand ihm ins Gesicht geschrieben. „Verdammt, Thierry! Ich halte es einfach nicht aus, hier untätig rumzusitzen."

„Du wirst hier auch nicht untätig rumsitzen", erwiderte Thierry entschlossen. „Sobald Sebastien zurückkommt, wirst du eine Dusche nehmen. Danach schläfst du einige Stunden, und wenn ich dich wieder dazu zwingen muss. Wenn ich es recht bedenke, hat die Dusche sogar Zeit bis morgen. Du musst schlafen, sonst bist du uns morgen auch keine große Hilfe. Orlando braucht einen starken Partner, kein Nervenbündel kurz vor dem körperlichen Zusammenbruch."

„Leck mich …", fauchte Alain ihn wütend an und ging zur Tür. „Woher willst du eigentlich wissen, was für mich gut ist? Du hast doch keine Ahnung. Dieses Mal nicht. Ich werde nicht hierbleiben, um mir deine abgedroschenen Phrasen anzuhören. Wenn du mir nicht helfen willst, ihn zu finden, dann gehe ich eben allein auf die Suche."

Es waren verletzende Worte, selbst wenn man Alains psychischen Zustand in Betracht zog. Sie verletzten so sehr, dass Thierry nicht sofort reagieren konnte, weil er sich erst beruhigen musste, um nicht zurückzubrüllen und den Streit eskalieren zu lassen. Aber Alain schien gar keine Antwort zu erwarten. Er hatte auch ohne Thierrys Meinung noch genug zu sagen.

„Bist du etwa eifersüchtig?", schnappte er seinen Freund an und drehte sich zu ihm um, als er die Tür erreichte. „Willst du mir deshalb nicht helfen? Oder wartest du nur darauf, dass Sebastien zurückkommt und du ihn ins Bett zerren kannst? Ist dir das wichtiger, als Orlando zu helfen?"

„Sag das nie wieder", knurrte Thierry, der sein Temperament jetzt nicht mehr beherrschen konnte. „Du weißt genau, dass ich mir gestern Nacht und heute den ganzen Tag über den Arsch aufgerissen habe, um ihn zu finden. Aber ich bin erschöpft, und du bist auch hundemüde. Sebastien ist nur deshalb noch in besserer Verfassung, weil er ein Vampir ist. Wir können heute Nacht nichts mehr tun."

„Was ist denn hier los?", fragte Sebastien, der in diesem Augenblick zurückkam.

Alain drehte sich zu ihm um und blitzte ihn wütend an. Aber was immer er auch sagen wollte, es kam ihm nicht mehr über die Lippen. Thierry hatte den Stab gezogen und ihn in Schlaf versetzt. Sebastien reagierte sofort und fing Alain auf, bevor der Magier auf den Boden fallen konnte.

„Du hättest ihn einfach fallenlassen sollen", knurrte Thierry. „Der undankbare Bastard."

Sebastien sah ihn fragend an. „Was ist hier nur passiert?", wiederholte er seine Frage, warf sich Alain über die Schulter und ging zum Gästezimmer. „Ich habe dich Alain gegenüber noch nie so erlebt."

„Leg ihn erst aufs Bett, dann erzähle ich dir alles", erwiderte Thierry, der Alains Anschuldigungen immer noch nicht überwunden hatte.

Im Gästezimmer legte Sebastien den Magier aufs Bett und zog ihm die Schuhe aus, um es ihm bequemer zu machen. Die Tasche mit der sauberen Kleidung, die er aus Orlandos Wohnung geholt hatte, stellte er neben dem Bett ab, wo Alain sie sofort finden konnte, wenn er wieder aufwachte. Dann ging Sebastien in die Küche zurück. „So. Jetzt will ich wissen, was passiert ist."

Thierry seufzte. „Ich habe keine Ahnung. Wir haben uns unterhalten. Natürlich will er weiter nach Orlando suchen, obwohl er vollkommen platt ist. Und er hat nach dir – nach uns – gefragt. Ich hatte noch nie Geheimnisse vor ihm und habe ihm seine Fragen ehrlich beantwortet. Aber irgendwie muss ich einen Nerv getroffen haben. Er hat mich plötzlich angeschrien und mich beschuldigt, ich wollte ihn von Orlando fernhalten, weil ich eifersüchtig auf ihn wäre oder dich wieder ins Bett zerren wollte. Wie kommt er nur auf eine so absurde Idee?"

„Weil er nicht nachgedacht hat", meinte Sebastien. „Er denkt überhaupt nicht mehr. Er hat vor Furcht und Angst den Verstand verloren. Stell dir vor, du müsstest untätig hier sitzen und zusehen, wie Serrier Alain foltert. Du wärst im gleichen Zimmer, aber du könntest nichts sagen und nichts dagegen unternehmen. Du könntest nur mit ihm leiden. Genau das erlebt Alain mit Orlando. Er kann es zwar nicht sehen, aber er spürt Orlandos Schmerzen, als wären es seine eigenen. Und er kann nichts dagegen tun. Er ist vollkommen hilflos. Deshalb sagt er Dinge, die er normalerweise nie sagen würde. Er kann es nicht verhindern. Alain leidet so sehr darunter, dass er nur noch um sich schlägt, egal, wen er dabei trifft. Und er hat keine Hemmungen, diesen Schmutz über dir auszuschütten, weil er im Unterbewussten genau weiß, dass eure Freundschaft es überleben wird."

„Es waren nicht nur die Dinge, die er gesagt hat", überlegte Thierry gelassen. Sebastiens Anwesenheit hatte ihn wieder beruhigt. „Es war der Hass in seiner Stimme. Als wollte er mich absichtlich verletzen."

„Das wollte er wahrscheinlich auch", gab Sebastien zu. „Auf eine verdrehte Art hat er sich nicht mehr so allein gefühlt, weil es dir auch schlecht ging." Sebastien holte tief Luft und dachte an den schwärzesten Tag seines Lebens zurück. „Als Thibault starb, habe ich mit der ganzen Welt gehadert. Die grausame Ironie am Aveu de Sang ist, dass der Avoué nicht umgewandelt werden kann. Sein Partner kann ihn nicht blutleer trinken. In den ersten Jahren unserer Liebe war mir dieses Problem nicht bewusst. Thibault war jung. Ich habe nicht darüber nachgedacht, dass er älter werden wird und sterben muss. Dann saß ich auf dem Bett und hielt meinen toten Avoué in den Armen. Das erste Mal seit sechzig Jahren war ich wieder allein. Vollkommen allein. Andere Vampire sind gekommen, um mit mir Totenwache zu halten. Ich wollte sie nicht sehen. Ich wollte mit meiner Trauer allein sein. Die Wut über Thibaults Tod hat mich von innen heraus aufgezehrt. Ich habe sie alle angebrüllt, um sie zu verjagen. Die meisten sind wieder gegangen. Nur eine Frau ist bei mir geblieben, hat meine Wut und meinen Hass über sich ergehen lassen, bis ich so erschöpft war, dass mir nichts mehr einfiel. Ich habe sie gefragt, warum sie sich das angetan hätte. Sie meinte, wenn ich es nicht losgeworden wäre, hätte es mich um den Verstand gebracht. Sie wollte nicht erleben, wie ein anderer Vampir aus Trauer verrückt wird. Ich habe sie nach dieser Nacht nie wieder gesehen. Sie ist gekommen, um mich zu trösten; danach ist sie wieder gegangen und hat meinen Schmerz mit sich fortgenommen."

„Und was wird jetzt passieren?"

„Ich weiß es nicht", gab Sebastien zu. „Alain ist kein Vampir, sondern die sterbliche Hälfte des Aveu de Sang. Ich kenne keinen Fall, in dem der menschliche Partner den Vampir verloren hat. Ich bin sicher, dass es schon passiert ist, aber ich habe noch nie davon gehört. Orlando ist noch nicht verloren. Er wird vermisst, aber er ist nicht verloren. Alain muss sich an seine Hoffnung klammern. Natürlich macht das die Sache nicht leichter für ihn, denn seine Trauer und seine Hoffnung liegen im Zwiespalt. Ich weiß einfach nicht, was passieren wird."

„Könnte es sein, dass es noch einen anderen Weg gibt, Orlando zu finden? Einen Weg, der uns bisher entgangen ist?", wollte Thierry wissen. „Alain kann ihn spüren. Können wir das irgendwie ausnutzen?"

„Vielleicht", erwiderte Sebastien. „Wenn ich nachts nach Hause gekommen bin, wusste ich immer, ob Thibault da war oder nicht. Ich konnte ihn spüren, auch wenn er nicht zu hören oder zu sehen war. Alain sagt, dass er keine spezifische Richtung erkennen kann, aus der sie kommen und die ihm mehr über Orlandos Aufenthaltsort verraten könnte. Aber vielleicht kann man anhand der Intensität seiner Gefühle das Suchgebiet eingrenzen. Wir sollten es zumindest ausprobieren."

„Wir könnten ein Raster über die Stadt legen und überprüfen, ob die Gefühle in bestimmten Quadranten stärker oder schwächer werden", überlegte Thierry. „Je größer das Gebiet ist, das wir ausschließen können, umso mehr können wir unsere Suche auf die anderen Bereiche konzentrieren."

„Und Alain wäre nicht mehr so frustriert, weil er auf diese Weise seinen Beitrag leisten kann."

„Außerdem müsste er seine Verbindung zu Orlando, auch wenn er im Dienst ist, nicht blockieren, wie Marcel es von ihm verlangt hat", fügte Thierry hinzu. „Es wird ihm helfen, mit seinen Schuldgefühlen fertig zu werden. Vielleicht kann er sich dann auch stärker auf seine Verbindung zu Orlando konzentrieren und uns bessere Hinweise geben."

Sebastien nickte. „Du solltest jetzt aber die Zeit nutzen, um auch einige Stunden zu schlafen. Sobald dein Schlafzauber nachlässt, wird er wieder aufwachen. Dann hält ihn hier nichts mehr zurück, wie wir heute früh gesehen haben."

Thierry lächelte traurig. „Ich habe eine stärkere Beschwörung benutzt als gestern. Aber du hast trotzdem recht." Er reichte Sebastien die Hand. „Ich kann mir gar nicht vorstellen, welche inneren Qualen er leiden muss." Er erschauderte. „Ich bin nicht eifersüchtig auf ihre Beziehung, und ich weiß, dass es ihn sehr schmerzt. Aber er hat recht gehabt. Ich bin froh, dass nicht du es bist, der entführt worden ist."

Sebastien nahm Thierrys Hand und sie gingen zusammen ins Schlafzimmer. „Das ist eine vollkommen normale Reaktion. Mir ging es genauso, als Laurent getötet wurde. Ich würde es niemandem wünschen, aber ich war unfassbar erleichtert, dass es nicht dich getroffen hat."

Sie kamen ins Schlafzimmer. Thierry drehte sich zu Sebastien um und zog ihn in die Arme. Sebastien erwiderte die Umarmung. Die Nähe gab ihnen neue Kraft und Zuversicht. Nach einigen Minuten zogen sie sich gegenseitig aus und gingen ins Bett. Sie legten sich auf die Seite und sahen sich an, bis Thierry die Augen zufielen und er einschlief.

ORLANDO WURDE von der Welle der Wut überrascht, die Alain ausstrahlte. Er konnte die Frustration, die Angst und die Trauer seines Avoué verstehen, aber diese Wut war neu und kam unerwartet. Orlandos Eckzähne wurden länger und seine Nackenhaare sträubten sich bei dem Gedanken, dass jemand seinen Geliebten so erzürnt hatte.

Er versuchte, Alain beruhigende und tröstende Gedanken zu schicken, wollte ihm versichern, dass es ihm gut ging und er ihn liebte. Aber er schien nicht zu Alain durchzudringen. Besorgt stand er auf und ging unruhig in dem kleinen Raum auf und ab. Er wusste nicht, was Alain in diesen Zustand versetzt hatte, konnte nicht zu ihm gehen und ihn in die Arme nehmen. Orlando spürte seine Hilflosigkeit wie einen drückenden Schmerz in der Brust, der ihm den Atem nahm. Wütend rüttelte er an der Tür seiner Zelle, aber das Schloss war so stark und unnachgiebig, wie bei seinem ersten Versuch.

So plötzlich die Wut gekommen war, so plötzlich verschwand sie auch wieder. Orlando wurde von Panik erfasst, bis er erkannte, dass Alain eingeschlafen war. Der Kontrast zwischen der Wut und der Ruhe, die der schlafende Alain ausstrahlte, kam Orlando seltsam vor. Dann erinnerte er sich daran, dass Alain ein Magier war und seine Freunde ebenfalls. Vermutlich hatten Marcel oder Thierry ihn mit einem Schlafzauber belegt, um ihn wieder zu beruhigen.

Orlando entspannte sich und kehrte zu der Pritsche zurück, die das einzige Möbelstück in der kleinen Zelle war. Die dünne Matratze war durchgelegen und die Metallfedern drückten unangenehm in den Rücken. Trotzdem – es hätte schlimmer sein können. Orlando hätte sich auch mit einem Steinfußboden zufriedengeben müssen.

Er sprang auf, als er hörte, dass sich der Schlüssel im Schloss drehte. Wer auch immer durch die Tür kam, Orlando wollte ihm aufrecht gegenübertreten. Er wollte sich die Möglichkeit nicht entgehen lassen, sich gegen seine Wärter wehren zu können. Die dunklen Magier hatten den Vorteil ihrer Magie, aber körperlich waren sie gegen Orlandos übernatürliche Kräfte machtlos.

In der Tür stand der große Magier, der früher Alains Freund gewesen war. Er hatte seinen Stab in der Hand. „Du bist Eric Simonet, nicht wahr?", fragte Orlando, bevor der Magier ihn binden konnte.

Auf diese Frage war Eric nicht vorbereitet. „Wieso willst du das wissen?", fragte er zurück.

„Alain hat mir von dir erzählt", antwortete Orlando gelassen. „Er vermisst dich."

Eric runzelte missmutig die Stirn. Darüber wollte er nicht reden. Es machte ihm seine Aufgabe nur noch schwerer. Besonders jetzt. „Das ist lange her", knurrte er.

„Für dich vielleicht. Für Alain nicht."

„Kennst du ihn gut?", wollte Eric wissen. Dieser Vampir hatte auf dem Place Pigalle an Magniers Seite gekämpft, bevor sie ihn entführt hatten.

Orlando beantwortete Erics Frage nicht, weil er nicht lügen wollte. Aber er durfte auch nicht die Wahrheit sagen und dem dunklen Magier dadurch Informationen geben, die Serrier gegen die Milice einsetzen konnte.

Eric schien Orlandos Schweigen als Bestätigung seiner Vermutung zu deuten. „Ich bedaure nur eines", sagte er zu dem Vampir. „Nämlich, dass er und Thierry mich jetzt hassen."

„Das tun sie nicht!", widersprach Orlando spontan. „Sie würden dich jederzeit wieder mit offenen Armen aufnehmen."

„Dazu ist es zu spät. Serrier wartet auf dich."

2

NACH SEINEM letzten Streit mit Angélique war David überzeugt davon, sich mit seinem Besuch im Sang Froid zum Narren zu machen. Auf dem Place Pigalle hatten sie Seite an Seite gekämpft. Ungeachtet ihrer persönlichen Differenzen hatte David seine Partnerin nicht im Stich lassen wollen. Aber diese Entschuldigung hatte er jetzt nicht. Es ging nicht um die Milice, nicht um die Allianz oder Angéliques Sicherheit. Es ging nur um dieses unerklärliche Gefühl, das David nicht mehr loswerden konnte. Und dieses Gefühl sagte ihm, dass Angélique ihn jetzt brauchte.

Ihr Geschäftsführer stellte ihm keine Fragen und führte ihn nur schweigend zu Angéliques Apartment, wo er ihn allein vor der Tür zurückließ. David hob die Hand, um anzuklopfen. Dann zögerte er. Er wusste nicht, wie sie auf sein unangekündigtes Erscheinen reagieren würde. Er war ihr Partner, aber Angélique sah ihn vermutlich nicht als Freund und schon gar nicht als Geliebten. David wäre beides gerne gewesen.

Er ließ die Hand fallen und öffnete leise die Tür. Als er die Wohnung betrat, sah er Angélique vor dem Fenster stehen. Sie war in einen warmen Schal gehüllt, hatte die Arme um sich geschlungen und starrte blind in den Nachthimmel. David wollte ihr Trost und Beistand anbieten, befürchtete aber, dass sie es falsch verstehen würde. Angélique hatte ihm vorgeworfen, dass er sie wegen ihrer Vergangenheit für eine schwache Frau hielt. Wenn er sie jetzt trösten wollte, würde sie es wieder als Angriff auf ihre Selbstständigkeit verstehen, weil er ihr damit unausgesprochen zeigte, dass sie mit ihren Problemen nicht allein fertig werden konnte. Damit würde David die Sache nur noch schlimmer machen. Trotzdem hatte er das unwiderstehliche Bedürfnis, sich um sie zu kümmern.

Angélique drehte sich zu ihm um, als sie seine Schritte hörte. Ihre dunklen Augen glänzten. David öffnete den Mund und wollte sie fragen, was passiert war. Aber bevor er auch nur ein Wort über die Lippen brachte, kam sie mit ausgestreckten Armen auf ihn zugelaufen. Er hatte sich nicht getraut, sie zu umarmen, aber jetzt nahm er ihr Angebot an. Angélique drückte sich an ihn und fing an zu weinen. Sie bebte am ganzen Leib. David streichelte ihr beruhigend über den Rücken.

Angélique ließ sich in Davids Armen gehen. Sie war nicht mehr allein mit ihrer Erinnerung an die tote Karine, die so fürchterlich zugerichtet worden war. Es war ihr egal, warum David ausgerechnet jetzt hier aufgetaucht war. Sie brauchte ihn und er war da. Nichts anderes zählte in diesem Augenblick für sie. David legte ihr seine starke Hand an den Kopf und presste ihn an seine Schulter. Dann streichelte er Angélique wieder und wieder sanft über die langen Haare, bis sie sich schließlich beruhigte.

Angélique entspannte sich in seinen Armen, aber David konnte spüren, dass sie innerlich immer noch aufgewühlt war. Er massierte ihr den verspannten Rücken und sah sich suchend um. „Du musst dich entspannen. Komm mit", sagte er, als er die offene Tür entdeckte, die zu einem Flur führte.

Er führte sie durch den Flur und öffnete eine Tür nach der anderen, bis er das Badezimmer fand. Eine alte Zinkbadewanne stand an der Wand. David drehte das Wasser auf und streute eine großzügige Menge von dem Badesalz hinein, das er auf einem Regal über der Wanne fand. Dann drehte er sich wieder zu Angélique um und zog ihr den schweren Brokatschal von den Schultern. So unpersönlich wie möglich knöpfte er ihre Bluse auf. Die Hennamuster auf ihren Brüsten und ihrem Bauch zogen seinen Blick wie magisch an. Er widerstand der Versuchung, sie zu berühren, faltete die Bluse zusammen und legte sie auf einen Stuhl.

Angélique ließ es bewegungslos über sich ergehen, von David ausgezogen zu werden. Er sah ihr in die Augen, weil er befürchtete, dass sie unter Schock stand. Ihre Pupillen waren erweitert, aber das konnte auch an der schummrigen Beleuchtung liegen. David zog ihr den Rock aus und legte ihn auf die Bluse. Sie trug nur Slipper, deshalb öffnete er als nächstes ihren BH. Es fiel ihm nicht leicht, beim Anblick ihrer vollen Brüste seine körperliche Reaktion zu unterdrücken. Er zog ihr die Unterhose aus und steckte ihr mit einer Haarklammer die Haare hoch. Der schlanke Hals war nicht weniger verführerisch. David drehte sich zur Wanne um und kontrollierte die Wassertemperatur. Dann zog er ihr die Slipper von den Füßen und schob sie zur Wanne.

Angélique bewegte sich wie mechanisch. Sie setzte sich in das brusttiefe Wasser. David wollte das Badezimmer verlassen, um zu sehen, ob er einen Brandy oder etwas anderes finden konnte, das sie beruhigte. Die zarte Berührung ihrer Hand hielt ihn zurück. „Geh nicht", flüsterte sie kaum hörbar. „Lass mich nicht allein."

Er drehte sich sofort wieder um. Ihre leise, bittende Stimme war so anders, als alles, was er bisher von ihr gehört hatte. „Willst du mir erzählen, was passiert ist?", fragte er sie.

„Nein", erwiderte sie ehrlich und schloss die Augen, als Erinnerungen über sie hereinbrachen, die sie lieber vergessen hätte. Aber diese Albträume würden sie nie verlassen. Sie konnte sie nur zeitweise verdrängen, bis sie – wie heute – wieder zurückkamen und ihr die Ruhe raubten.

David akzeptierte ihre Weigerung und setzte sich neben der Wanne auf die Bademattte. Er nahm ihre Hände und rieb ihr beruhigend mit dem Daumen über den Handrücken. Seine Finger folgten den Hennamustern auf ihrer Haut.

Angélique hielt die Augen fest geschlossen. Karines blutüberströmter Leichnam hatte Erinnerungen geweckt, die sie lange verdrängt hatte und die jetzt wieder an die Oberfläche kamen. Die meisten Gäste des Sultans waren zivilisierte Männer gewesen, die es sich mit dem Herrscher nicht verderben wollten. Der Aufseher der Sklaven, der sie ausgebildet hatte, war nicht so freundlich gewesen. Sie wusste sehr gut, wie es sich anfühlte, auf den Rücken oder die Knie gezwungen zu werden – wie es war, ohne Rücksicht auf die Schmerzen, die es ihr bereitete, benutzt zu werden. Der Aufseher hatte immer darauf geachtet, ihrem Körper keinen bleibenden Schaden zuzufügen. Aber er war fest entschlossen gewesen, ihren Willen zu brechen und aus ihr eine Sklavin zu machen, die nur noch für das Vergnügen ihres Herrn lebte. „Sie haben das arme Mädchen vergewaltigt, bevor sie sie umgebracht haben", flüsterte sie heiser. Ein Schauer lief ihr über den Rücken, als sie an ihre ersten Tage als Sklavin zurückdachte. Nie hatte sie gewusst, wann und von wem sie das nächste Mal benutzt werden würde. Sie hatte diese Erlebnisse erst hinter sich lassen können, nachdem sie in den Harem des Sultans aufgenommen worden war. Dort hatte man ihr immer Zeit gegeben, sich auf ihren nächsten Liebhaber vorzubereiten. Sie war frei gewesen, sich ebenfalls ihre Freude zu suchen. Den Sklavenaufseher hatte sie mehr und mehr aus ihrem Gedächtnis verbannt, bis der Anblick von Karine alles wieder zurückgebracht hatte.

„Welches Mädchen?", fragte David leise. Er war über die Ereignisse noch nicht informiert.

„Jeans ... Freundin. Karine", sagte Angélique, die nicht wusste, wie sie die junge Frau bezeichnen sollte. „Sie haben ihre Leiche heute früh vor meine Tür geworfen. Sie ist entsetzlich gefoltert und vergewaltigt worden, bevor ..." Ihr versagte die Stimme und sie konnte den Satz nicht zu Ende bringen.

„Denk nicht mehr darüber nach", sagte David, obwohl er genau wusste, wie schwer dieser Ratschlag zu befolgen war. „Konzentriere dich ganz darauf, was du jetzt fühlst. Das warme Wasser tut dir gut, der Sandelholzduft des Badesalzes dringt in deine Haut ein und steigt dir in die Nase. Alles andere musst du vergessen."

Nichts davon wirkte und lenkte sie von ihren düsteren Gedanken ab, bis auf eines – Davids zärtliche Berührungen. Sie drehte die Hand um und verschränkte ihre Finger mit seinen, zog ihn zu sich heran und drückte seine Hand an ihre Wange. Seine Finger streichelten sie sanft. Einer von ihnen fuhr ihr hinters Ohr und löste einen wohligen Schauer aus. Angélique stand auf. Das warme Wasser lief an ihrem Körper herab. Sie nahm ein Handtuch vom Regal und drückte es David in die Hand.

David nahm ihr das Handtuch ab. Angélique bückte sich, um das Wasser abzulassen, dann stellte sie sich wieder auf. Der Anblick ihres nackten Körpers ließ David vor Verlangen zittern, aber er verdrängte seine Bedürfnisse. Angélique konnte das jetzt nicht brauchen. Sie brauchte eine warme Umarmung, Fürsorge und Trost – auch wenn sie das wahrscheinlich weit von sich weisen würde. David schüttelte das Badetuch aus und wickelte es um sie, als sie aus der Wanne stieg. Ihre Haare waren feucht vom Wasserdampf. Sie kitzelten ihn unterm Kinn, als Angélique sich an ihn presste. Er drückte ihr einen zarten Kuss auf den Kopf und rieb über das weiche Handtuch, um sie abzutrocknen. Sie schmiegte sich an ihn und drückte sich seinen Händen entgegen.

„Bring mich ins Bett", flüsterte sie. David konnte ihre Lippen an seinem Hals fühlen.

David hätte ihr Angebot nur zu gerne angenommen. Er legte ihr einen Finger unters Kinn, hob ihren Kopf und gab ihr einen zärtlichen Kuss. Sie presste sich an ihn, erwiderte den Kuss und leckte ihm einladend über die Lippen.

David gönnte sich diesen Kuss und überließ sich für einen kurzen, süßen Moment der Leidenschaft, die sie in ihm auslöste. Doch dann drückte er ihren Kopf an seine Schulter und stützte sich mit dem Kinn darauf ab. Sie rieb sich an ihn, aber er hielt sie fest und streichelte ihr beruhigend über den Rücken. „Du musst dich ausruhen", sagte er. „Hast du seit dem Kampf gegen Serriers Magier auch nur eine Minute geschlafen?"

Angélique hob den Kopf und sah ihn mit blitzenden Augen an. „Sag mir nicht, was ich zu tun habe!"

„Schh", sagte David leise und drückte ihren Kopf wieder an seine Schulter. „Ich will dir nichts vorschreiben", versprach er ihr. „Aber ich habe gesehen, wie schlecht es dir ging. Du hast kaum reagiert, als ich gekommen bin. Du bist erschöpft und stehst wahrscheinlich unter Schock. Wenn wir jetzt Sex hätten, würden wir damit keinem von uns einen Gefallen erweisen. Es würde unsere Beziehung nur noch mehr verkomplizieren. Lass mich dich einfach nur in den Armen halten."

Angélique trat einen Schritt zurück und löste ihre Haare. Es war eine aufreizende Geste, die sie im Harem gelernt hatte und die sie jetzt mit voller Absicht einsetzte. Sie hob die Arme und präsentierte ihm dabei ihre vollen Brüste, während die dunklen Locken ihr über die Schultern und den Rücken fielen. Einzelne Strähnen fielen nach vorne und verbargen ihre Brüste wieder vor seinem Blick. Angélique sah ihm tief in die Augen und schob sie über die Schultern nach hinten, um ihm wieder freie Sicht zu geben.

David riss sich von dem Anblick los, drehte sich um und ging durch den Flur ins Schlafzimmer. Er hatte ihr angeboten, bei ihr zu bleiben. Jetzt musste er nur noch die Kraft finden, ihren Verführungskünsten zu widerstehen. Er wollte nicht mit ihr zusammen sein, weil sie Trost brauchte. Er wollte begehrt werden.

Irritiert warf Angélique das Handtuch über den Rand der Badewanne, dann folgte sie ihm nackt durch den Flur. Er sollte ihr nicht widerstehen können. Nicht jetzt, wo sie sich endlich dazu entschlossen hatte, sich ihm hinzugeben. Aber er hatte ihre Wohnung nicht verlassen, sondern war ins Schlafzimmer gegangen. Noch gab Angélique das Spiel also nicht verloren. Wenn sie erst nackt mit ihm im Bett lag, würde sie ihre zweite Chance bekommen, ihn von seinen Skrupeln zu befreien.

Als sie ins Schlafzimmer kam, wühlte er in der Schublade mit ihrer Unterwäsche. Angélique konnte sich vorstellen, was er dort suchte. Sie musste lächeln. Seine Miene wurde mit jedem der durchscheinenden Negligés, die er aus der Schublade zog, grimmiger. „Wenn du nach etwas keuscherem suchst, um mir besser widerstehen zu können, muss ich dich enttäuschen", meinte sie belustigt. „Meine Negligés sind nicht dazu da, mich zu verstecken. Ganz im Gegenteil."

David äußerte sich nicht dazu, aber seine Miene sagte mehr als tausend Worte. Zu einem anderen Zeitpunkt hätte er gegen ihr Verhalten nichts einzuwenden gehabt, doch heute Nacht musste er sich beherrschen, und das machte sie ihm nicht gerade leicht. Er zog seinen Pullover und das T-Shirt aus. Dann warf er ihr das Hemd zu. „Zieh das an. Es sollte dich halbwegs bedecken."

Angélique hob das T-Shirt ans Gesicht und atmete Davids starken, männlichen Geruch ein. Sie überlegte, ob sie seine Bitte aus grundsätzlichen Erwägungen abschlagen sollte, aber in seinem T-Shirt zu schlafen, war ein durchaus erregender Gedanke. Also zog sie es an und lächelte zufrieden, weil das kurze Hemd ihr kaum bis auf den Hintern reichte und den Rest von ihr unbedeckt ließ.

David seufzte resigniert, als er seinen Fehler erkannte. Ihre Brüste und die Hennamuster waren zwar nicht mehr zu sehen, aber das lenkte seinen Blick nur noch tiefer, auf ihre langen Beine und die schwarzen Locken, die sich dazwischen ringelten. Doch daran ließ sich nichts mehr ändern. Mit einer Geste deutete er ihr an, sich ins Bett zu legen. „Geh, leg dich hin."

„Komm gar nicht erst auf die Idee, dich mit Jeans ins Bett zu legen", warnte sie ihn, während sie unter die Decke schlüpfte und ihn erwartungsvoll beobachtete.

David kniff den Mund zusammen, zog sich aber bis auf die Unterhose aus. Das enge Kleidungsstück konnte seine Erregung nicht verbergen, aber Angélique war lange genug Kurtisane gewesen, um ihre Wirkung auf Männer zu kennen. Wenn ihr Verhalten heute Nacht typisch war, scheute sie auch nicht davor zurück, das gelegentlich zu ihrem Vorteil auszunutzen. David legte die Jeans auf einen Stuhl und kroch zu ihr ins Bett. Er rollte sich auf die Seite und zog Angélique an seine Brust. Er legte eine Hand auf ihre Hüfte und drückte sie mit dem anderen Arm fest an sich, sodass sie sich kaum noch bewegen konnte.

Angélique ließ es mit sich geschehen. Sie genoss die Berührungen seiner Hände auf ihrer Haut, auch wenn es nur darum ging, eine bequeme Schlafposition zu finden. Als David endlich zufrieden war und sich nicht mehr bewegte, schmiegte sie sich mit dem Rücken an ihn und rieb sich mit dem Hintern leicht an seinem steifen Schwanz. Es war ein befriedigendes Gefühl für sie, dass er ihren Reizen gegenüber offensichtlich doch nicht ganz immun war.

„Stillhalten", grummelte David ihr ins Ohr. Er konnte selbst kaum still liegen, so sehr verlangte ihn danach, seine Skrupel über Bord zu werfen. „Du sollst dich ausruhen und entspannen."

„Das ist leichter gesagt als getan, wenn mir dein Schwanz an den Rücken stupst", scherzte sie heiser und hoffte, dass er sie demnächst an einer anderen Stelle stupsen würde. „Aber es gibt ein erfolgreiches Mittel gegen unsere Unruhe."

David stützte sich auf den Ellbogen und sah ernst auf sie herab. „Du merkst wirklich nicht, wie widersprüchlich du dich mir gegenüber verhältst, nicht wahr? In der einen Minute willst du nicht wie eine Konkubine behandelt werden, in der nächsten versuchst du, mich zu verführen. Ich weiß nicht mehr, was du von mir erwartest und wie ich dich behandeln soll. Wenn ich nachgebe, beschuldigst du mich, dich nicht zu respektieren. Und trotzdem versuchst du, mich so weit zu bringen, obwohl ich mir alle Mühe gebe, dich wie ein Gentleman zu behandeln. Willst du das wirklich, Angélique? Willst du, dass ich mich auf dich rolle und dich für eine bedeutungslose körperliche Befriedigung benutze? Wenn das so ist, kannst du es bekommen. Ich bin auch nur ein Mann, und du könntest selbst einen Heiligen in Versuchung führen. Aber mir wäre es lieber, dich einfach nur trösten zu dürfen."

Angélique sah ihn überrascht an. „Du willst einfach nur bei mir liegen und dich damit zufriedengeben, mich in den Armen zu halten und zu schlafen?"

David schnaubte. „Du hast mir nicht ein einziges Mal richtig zugehört, seit ich deine Wohnung betreten habe. Ja, Angélique. Ja, ich gebe mich damit zufrieden, weil du mich jetzt so brauchst. Ich bin kein Märtyrer. Ich bin sicher, dass ich dir früher oder später nachgebe, falls wir das öfter machen. Aber es wäre mir lieber, wenn das in einer Nacht passiert, in der wir es beide so wollen. Nicht in einer Nacht wie heute, die so voller Spannungen und starker Emotionen ist." Er legte sich wieder hin und zog sie an sich. Dann fuhr er mit der Hand unter das T-Shirt und legte sie an ihren Bauch. „In einer Nacht, in der du dich für mich bemalt hast. Schlaf jetzt. Alles andere hat Zeit", sagte er und küsste sie zärtlich in den Nacken.

Sie zitterte leicht, als er seine Hand auf ihren Bauch legte und davon sprach, dass sie sich für ihn bemalen sollte. Es wäre nicht nur für ihn ein Vergnügen, sondern auch für Angélique selbst. Sie war sich sicher, dass David ein sehr fürsorglicher Liebhaber war, der sich gut um sie kümmern würde. Das hatte er heute Nacht unzweifelhaft unter Beweis gestellt.

Angélique schmiegte sich noch enger an ihn. Seine Wärme verjagte die Kälte der Nacht und den Horror des Morgens. Sie hätte nie damit gerechnet, einzuschlafen – schon gar nicht so schnell. Nach den Ereignissen des Morgens und dem Begehren, das er in ihr geweckt hatte, war sie so angespannt, dass sie keinen Gedanken an Schlaf verschwendet hatte. David streichelte ihr beruhigend mit dem Daumen über den Bauch. Sein Atem ging so ruhig und gleichmäßig, dass sie ihn kaum spüren konnte. Angélique dachte noch daran, dass sie sich an dieses Gefühl gewöhnen könnte, da war sie auch schon eingeschlafen.

Wenn nach dem Kampf am Place Pigalle jemand zu David gesagt hätte, er würde diese Nacht mit Angélique im Bett verbringen, dann hätte er laut über diese absurde Idee gelacht. Und doch – hier war er. Ein Teil von ihm hatte sich von Anfang an gewünscht, hier zu sein. David hielt die schlafende Angélique in den Armen und dachte darüber nach, wie kompliziert ihre Persönlichkeit war. Es kam ihm fast vor, als würden zwei vollkommen unterschiedliche Frauen in ihr stecken. Die eine war stark, entschlossen und unabhängig – diese Seite zeigte sie der Welt –, die andere war überraschend verletzlich und empfindsam.

Sie würde ihn wahrscheinlich dafür hassen, diese Verletzlichkeit erlebt zu haben, die sie unter ihrer weltgewandten Fassade verbarg. Aber David gefiel diese Seite an ihr. Er hätte ihren Verführungsversuchen nicht widerstehen können, wenn sie sich ihm heute nicht so gezeigt hätte. David war froh darüber. Er war froh, sie einfach nur in den Armen zu halten und trösten zu können. Es war in ihrem Leben wahrscheinlich noch nicht oft vorgekommen, dass jemand einfach nur nett zu ihr sein wollte, ohne sexuelle Interessen zu haben. David stockte der Atem bei diesem Gedanken. Ihm wurde plötzlich bewusst, dass er sich nichts mehr wünschte, als dieser Mensch zu sein – dieser Mensch, der für sie da war und ihr die Dinge zeigte, die sie in ihrem Leben bisher verpasst hatte.

David musste sich ein Kichern verkneifen. Wenn Angélique das wüsste! Ein wütender Blick wäre das Mindeste, was ihn erwarten würde. Aber er musste es ihr ja nicht sagen. Es reichte, wenn er es ihr zeigte. David zog sie fester in die Arme. Es war erstaunlich, wie schnell sie sich entspannt hatte und eingeschlafen war. Lächelnd schloss er die Augen und schlief ebenfalls ein.

3

„ER WIRD vor Wut ausrasten, wenn er wieder aufwacht", sagte Sebastien zu Thierry. Sie standen in Thierrys Gästezimmer vor dem Bett, in dem Alain lag und schlief.

„Wenn er sich genug erholt hat, kann er meinetwegen so wütend werden, wie er will", erwiderte Thierry. „Dein Vorschlag ist gut. Aber er war gestern Abend zu erschöpft, um noch kreuz und quer durch die Stadt zu streifen. Nachdem er aus dem zweiten Schlafzauber aufgewacht ist, wird er sich genug erholt haben, um nicht nach einem halben Tag wieder umzukippen."

„Es wird ihm trotzdem nicht gefallen. Es war schon schlimm genug, dass du ihn mit der ersten Beschwörung übertölpelt hast. Aber mitten in der Nacht ins Zimmer zu schleichen und ihn mit einen zweiten Schlafzauber zu belegen, wird ihn zur Weißglut treiben."

Thierry zuckte mit den Schultern. „Er wird sich auch wieder abregen. Ich habe nur getan, was für ihn das Beste war."

Sebastien war sich da nicht so sicher. Ihm war nicht aufgefallen, dass Thierry in der letzten Nacht in Alains Zimmer geschlichen war, um ihn ein zweites Mal in einen magischen Schlaf zu versetzen. Als Thierry dann zu ihm ins Bett zurückkam, war es zu spät gewesen, um es noch zu verhindern. Sebastien konnte verstehen, was Alain antrieb. Es war nicht nur die Liebe zu Orlando, es war auch der Aveu de Sang, eine magische Macht, die sich nur schwer beschreiben ließ, und die Orlando und Alain untrennbar miteinander verband. Alain würde toben, wenn er wieder aufwachte. Sebastien sehnte sich diesen Augenblick nicht gerade herbei.

„Lass uns in Erfahrung bringen, was letzte Nacht noch passiert ist", sagte er zu Thierry. Alles andere konnte warten, bis Alain wieder wach war.

„GLÜCK GEHABT?", fragte Thierry, als er und Sebastien zu Jean, Raymond und Marcel in den Salle des Cartes kamen. Er war sich sicher, die Antwort auf seine Frage schon zu kennen, denn wenn die Suche nach Orlando Erfolg gehabt hätte, wären sie benachrichtigt worden.

Marcel schüttelte trübsinnig den Kopf. „Wir haben alle Gebäude durchsucht, von denen wir wussten, dass Serrier sie benutzt hat. Aber alles war leer und verlassen."

„Wir haben vorher gewusst, dass wir nicht mit Erfolg rechnen können", erinnerte sie Raymond. „Als ich mich vor zwei Jahren von Serrier abgesetzt habe, hat er auch alle Standort aufgegeben. Und dann wieder, wenn es uns gelungen ist, einen seiner Anhänger gefangen zu nehmen und, im Gegenzug zu einem milden Urteil, zu einer Aussage zu überreden. Bevor wir kommen, löst er sich in Luft auf und lässt nur leere Gebäude zurück."

„Was unternehmen wir jetzt?", wollte Jean wissen. „Wir können Orlando nicht einfach Serrier überlassen. Seit seiner Entführung sind schon mehr als dreißig Stunden vergangen. Wir wissen nicht, wann er das letzte Mal getrunken hat."

„Kurz vor der Schlacht", unterbrach ihn Thierry. „Ich weiß nicht, wie viel Zeit uns das gibt, aber er und Alain waren einige Minuten allein, bevor wir zum Place Pigalle aufgebrochen sind. In dieser Zeit hat Orlando getrunken." Thierrys Herz zog sich schmerzhaft zusammen, als er daran dachte, was ihm Alain gestern erzählt hatte.

„Was bedeutet das für Orlando?", fragte Raymond nach. „Wie lange dauert es, bis sein Zustand kritisch wird?"

Jean sah Sebastien fragend an. Er hasste es, auf Sebastien angewiesen zu sein, um Raymonds Frage zu beantworten. Aber Sebastien war ihre zuverlässigste Informationsquelle. Jean konnte sich nicht erlauben, ihn zu missachten, nur weil ihm nicht gefiel, wie Sebastien zu seinen Informationen gekommen war. Es ging um Orlandos Sicherheit.

„Weniger als einen Monat nach dem Aveu de Sang?", überlegte Sebastien. Er versuchte, sich an alle Faktoren zu erinnern, die seine Beziehung zu Thibault beeinflusst hatten. Angesichts des angespannten Verhältnisses zwischen ihm und Jean wunderte es ihn, dass der Chef de la Cour ihn überhaupt nach seiner Meinung gefragt hatte. Seit Beginn der Allianz war es zwar etwas besser geworden, aber von einer Freundschaft zwischen ihnen konnte wahrlich nicht die Rede sein. „Ich weiß nicht, welchen Einfluss es hat, dass Alain ein Magier ist. Ich würde auf vier, höchstens fünf Tage tippen. Nicht viel länger, als ohne den Aveu de Sang. Aber wir müssen auch noch andere Umstände in Betracht ziehen." Er wollte Orlandos Vertrauen nicht brechen, doch es machte ihm Sorgen, dass der junge Vampir die Verbindung zu seinem Avoué nur teilweise vollzogen hatte. „Unterm Strich haben wir wahrscheinlich nicht mehr Zeit, als bei jedem anderen Vampir ohne Partner."

„Putain de merde", fluchte Jean. „Dann haben wir schon die Hälfte der Zeit verloren und wissen immer noch nicht, wo wir nach ihm suchen sollen."

„Sebastien hat gestern Nacht eine Idee gehabt", mischte sich Thierry ein. „Wir müssen nur auf Alain warten, bevor wir es versuchen können. Wir hoffen, dass die Verbindung zwischen ihm und Orlando uns helfen kann, das Gebiet, in dem wir suchen müssen, etwas einzugrenzen."

„Alain hat doch gesagt, dass er die Richtung nicht feststellen kann, aus der er Orlando fühlt", widersprach Jean.

„Das ist richtig. Aber wir vermuten, dass die Stärke ihrer Verbindung schwankt, je nachdem, wie weit sie voneinander entfernt sind", erklärte Sebastien. „Das kann uns zwar nicht direkt zu Orlando führen, aber es kann uns helfen, besonders aussichtsreiche Gebiete der Stadt zu lokalisieren und dort konzentriert zu suchen. Je kleiner das Suchgebiet ist, umso wahrscheinlicher haben wir Erfolg."

Jean runzelte die Stirn. „Es muss einen besseren Weg geben."

„Dann findet ihn", verlangte Marcel. „Raymond ist Wissenschaftler und du bist der Chef de la Cour von Paris. Ihr müsst doch Möglichkeiten finden können, die wir noch nicht in Betracht gezogen haben."

„Ich habe Jean-Paul, den Antiquar, gebeten, nach Büchern Ausschau zu halten, die sich mit Vampiren befassen", sagte Raymond. „Ich hatte noch nicht die Zeit, ihn aufzusuchen und nach dem Ergebnis seiner Suche zu fragen. Es ist ein Schuss ins Blaue, aber vielleicht hilft er uns weiter. Würde Monsieur Lombard uns erlauben, seine Bibliothek zu benutzen?"

„Wahrscheinlich schon, wenn es um Orlando geht", meinte Jean. Monsieur Lombard war sehr beeindruckt darüber gewesen, dass Orlando einen Avoué genommen hatte. „Er scheint Orlando sehr zu mögen. Wir sollten zu ihm gehen und ihn fragen. Er wird tagsüber nicht an die Tür kommen, aber vielleicht ist Mireille zuhause und lässt uns ein."

„Worauf wartet ihr noch?", fragte Marcel. „Ihr habt meine Handynummer. Ruft sofort an, wenn ihr einen Hinweis findet, der uns weiterhilft."

„Wie wäre es, wenn du dich auf die Suche nach Mireille machst?", schlug Raymond vor, als er mit Jean den Salle des Cartes verließ. „Ich gehe derweil zu den Antiquaren und erkundige mich bei Jean-Paul, ob er etwas gefunden hat. Ich werde auch bei seinen Kollegen nachfragen. In einer Viertelstunde treffen wir uns wieder hier."

Jean nickte und Raymond transportierte sich zum Ufer der Seine, wo die Bücherstände waren. Um diese Zeit hatten erst wenige geöffnet. Raymond stellte zu seiner Erleichterung fest, dass Jean-Paul dazu gehörte.

„Ah, Raymond! Ich habe mich schon gefragt, wann du endlich kommst", begrüßte ihn der Antiquar lächelnd. „Ich habe einige Bücher für dich gefunden."

„Das freut mich sehr", sagte Raymond und erwiderte Jean-Pauls Lächeln. Mit großen Augen sah er zu, wie ein Buch nach dem anderen auf den Tisch gepackt wurde. Als Jean-Paul endlich fertig war, umfasste der Stapel zwanzig Bücher. Raymond konnte es kaum fassen. „Das ist ja unglaublich."

Jean-Paul zuckte mit den Schultern. „Nachdem sich die Neuigkeit von der Allianz herumgesprochen hat, haben mir meine Kollegen immer mehr Bücher gebracht, weil sie dachten, du würdest dich dafür interessieren. Alles, um diesen Krieg zu gewinnen, oui?" Er wurde wieder ernst. „Es betrifft nicht nur die Magier und die Vampire. Der Cousin meines Schwagers ist von einem Fluch der dunklen Magier getroffen worden. Er wird sich wieder erholen, aber die Ärzte sind sich nicht sicher, ob er seinen linken Arm jemals wieder gebrauchen kann."

„Das tut mir leid", erwiderte Raymond betroffen. „Wir tun unser Bestes."

„Das weiß ich", versicherte ihm Jean-Paul. „Niemand macht der Milice einen Vorwurf. Es war eindeutig dunkle Magie. Aber wir alle hoffen, dass dieser Krieg sobald wie möglich zu Ende ist. Und wenn ihr dazu mehr wissen müsst, helfen wir euch, die Informationen zu sammeln. Das ist schließlich unser Job."

Raymond nickte. „Was schulde ich dir?"

„Einen baldigen Sieg", verkündete Jean-Paul im Brustton der Überzeugung. „Nimm die Bücher und benutze sie gut, um diesen Krieg zu gewinnen. Dann sind wir quitt."

„Das kann ich nicht annehmen!", rief Raymond. „Die Bücher sind Hunderte von Euros wert. Das ist dein Lebensunterhalt. Du kannst nicht einfach so viel Geld verschenken."

„Nur eines der Bücher ist von mir", erwiderte Jean-Paul. „Eines stammt von Philippe, zwei Stände weiter. Ein anderes ist von Hugo, ein drittes von Pauline. Wir können es uns leisten, den Preis für ein einzelnes Buch zu verlieren. Was wir uns nicht leisten können, ist, diesen Krieg zu verlieren. Betrachte es als unseren Beitrag für eine gerechte Sache."

„Vielen Dank", sagte Raymond beeindruckt und schüttelte ungläubig den Kopf über so viel Großzügigkeit. „Wir werden diesen Krieg gewinnen. Die Lage hat sich geändert und Serrier kann nichts dagegen tun. Wir dürfen das Heft jetzt nicht mehr aus der Hand geben, bis er endgültig besiegt ist."

„Gut. Jetzt verschwinde und finde die Antwort auf deine Fragen. Ich bin mir sicher, es muss eine wichtige Angelegenheit sein, die dich zu mir geführt hat."

Raymond bedankte sich erneut, klemmte sich dann die Bücher unter den Arm und transportierte sich zurück ins Hauptquartier.

Jean machte sich auf die Suche nach Caroline und Mireille. Er wollte zunächst in Erfahrung bringen, ob die beiden Frauen heute früh im Dienst waren. Wenn nicht, musste er Carolines Adresse herausfinden, denn dort würde er wahrscheinlich Mireille antreffen. Die rothaarige Vampirin war sehr empfindsam. Nach den Ereignissen der vergangenen Nacht würde sie den Trost ihrer Partnerin brauchen.

Jean hatte Glück. Die beiden meldeten sich gerade zum Dienst zurück. Mireille sah ihn enttäuscht an, als er sie nach Monsieur Lombard fragte. „Er hat die Stadt verlassen, um seine jährliche Pilgerreise anzutreten", erklärte sie ihm. „Er schließt das Haus ab, wenn er nicht anwesend ist. Ich habe keinen Schlüssel und ziehe für diese Zeit normalerweise in ein Hotel. In diesem Jahr bin ich natürlich bei Caroline."

Jean fluchte wüst und hoffte, dass Raymond erfolgreicher war, sonst würden ihre Nachforschungen im Sande verlaufen, bevor sie richtig begonnen hatten.

„Es tut mir wirklich leid, Jean", entschuldigte sich Mireille. „Ich würde dir gerne helfen."

„Wann erwartest du ihn zurück?"

Mireille dachte nach. „Spätestens in zwei Nächten. Vielleicht schon morgen. Es kommt auf die Fahrpläne an und wann er eine günstige Zugverbindung hat, weil er nachts reisen muss."

„Melde dich bitte sofort bei mir, wenn er wieder in der Stadt ist", bat er sie. „Orlando hat nicht mehr viel Zeit und uns gehen die Ideen aus."

Mireille nickte. Sie hoffte sehr, dass sie Orlando rechtzeitig retten konnten. Sie mochte sich nicht vorstellen, was der junge Vampir in Serriers Händen zu ertragen hatte.

Jean ging unruhig auf und ab. Glücklicherweise musste er nicht lange auf Raymond warten, der kurz darauf mit einem Stapel Bücher zurückkam. „Jean-Paul hat erstaunlich viele Bücher über Vampire gefunden", bemerkte Raymond lächelnd. Als Jean nicht auf seine Mitteilung reagierte, legte er die Bücher auf den Tisch und drehte sich zu dem Vampir um. „Was ist los?"

„Wir können Monsieur Lombards Bibliothek frühestens morgen Nacht benutzen. Er hat die Stadt verlassen und Mireille keinen Schlüssel", erklärte Jean. „Wir können mit meiner Bibliothek anfangen, aber ich habe viel weniger Bücher als er."

„Na gut", meinte Raymond. „Wir werden jetzt Marcel über unsere geänderten Pläne informieren. Dann gehen wir in deine Wohnung und fangen mit dem an, was wir haben. Falls ich etwas aus meiner eigenen Wohnung brauche, kann ich es jederzeit holen. Es ist ein Rückschlag, aber das heißt nicht, dass wir keine anderen Optionen haben."

Jean atmete tief durch. Er musste seinen Pessimismus überwinden und durfte die Hoffnung auf Orlandos Rettung nicht aufgeben. „Lass uns gehen. Wir vergeuden Zeit, die Orlando nicht mehr hat."

Als sie wieder in den Salle des Cartes kamen, traf gerade Jérôme Sabatie ein, der erst kürzlich befördert worden war und eine der neuen Einheiten befehligte. Er wirkte wütend und frustriert. Seine Augen blitzten zornig.

Bevor Raymond und Jean die Chance hatten, mit Marcel zu reden, stürmte Jérôme auf die Überläuferin, Monique Leclerc, zu. Die junge Magierin war während Jean und Raymonds kurzer Abwesenheit im Salle des Cartes eingetroffen.

„Salope!", rief Jérôme und wollte sich auf sie stürzen, wurde aber von dem großen Vampir an ihrer Seite zurückgehalten. „Warum hast du das getan? Warum hast du uns in diese Falle geschickt?"

„Lass das", knurrte Antonio grimmig. „Monique hat niemanden in eine Falle geschickt."

„Und warum zum Teufel liegt dann einer meiner Leute in kritischem Zustand auf der Krankenstation?", schrie Jérôme. „Sie haben nur auf uns gewartet!"

„Vielleicht ist das so", stimmte Marcel dem jungen Magier bedächtig zu. „Aber nicht deshalb, weil sie euch wissentlich in eine Falle geschickt hat. Serrier ist so organisiert, dass er auf solche Möglichkeiten vorbereitet ist. Er schlägt zu, sobald er eine Gelegenheit wittert. Er weiß, dass wir nach Orlando suchen, seit Monique zu uns gekommen ist. Es ist nur logisch, dass er bei seinem Rückzug einige Fallen zurückgelassen hat. In einigen Gebäuden sind es nur Beschwörungen. Doch das schließt nicht aus, dass er in anderen auch Einheiten stationiert hat, die auf uns warten."

„Oder sie hat uns nur überalterte Informationen gegeben, um uns einzulullen, bis die richtige Falle zuschnappt", widersprach Jérôme.

„Blut lügt nicht", wies ihn Antonio zurecht.

„Blut vielleicht nicht, aber Menschen", schnappte Jérôme ihn an. „Sie ist deine Partnerin. Natürlich willst du sie auf unserer Seite sehen. Du würdest alles mitmachen, damit Marcel sie akzeptiert."

„Das reicht jetzt, Jérôme", mischte Thierry sich ein. Er zog den jungen Leutnant von Monique und ihrem Partner weg. „Ich verstehe deinen Ärger. Er ist nur normal, weil einer deiner Leute verwundet worden ist. Aber deine Anschuldigungen bringen uns nicht weiter. Antonio ist nicht der einzige Vampir, der für Moniques Aufrichtigkeit gebürgt hat. Der andere Vampir hat eine Partnerin in der Milice. Er hätte uns nicht verheimlicht, wenn Monique in ein Komplott mit Serrier verstrickt wäre."

„Menschen wechseln ihren Standpunkt und die Seiten", warf Raymond ruhig ein. „Manchmal entscheiden sie sich falsch und versuchen, diesen Fehler wiedergutzumachen, nachdem sie ihn erkannt haben. Vor einem Monat hast du mich noch genauso angesehen, wie du jetzt Monique ansiehst. Du hast mir ebenfalls doppeltes Spiel vorgeworfen. Denkst du das jetzt immer noch?"

Jérôme musste zugeben, seine Meinung geändert zu haben. „Dann solltest du Monique dasselbe zugestehen", riet ihm Raymond. „Du solltest jetzt Marcel einen vernünftigen Bericht geben und dich dann um deinen Freund kümmern. Das ist sinnvoller, als die einzige heiße Spur in Frage zu stellen, die wir im Moment haben."

Beschämt drehte Jérôme sich zu Marcel um und begann mit seinem Bericht. Sie hatten in der Nähe des Montparnasse ein Gebäude durchsucht. Es war eine der wenigen Adressen auf der Rive Gauche, die Monique ihnen hatte nennen können. Jérômes Einheit hatte nur ein leeres Haus vorgefunden, das noch durch Abwehrzauber gesichert war, aber ansonsten nicht verteidigt wurde. Sie waren in das Gebäude eingedrungen, um es methodisch zu durchsuchen. Jérôme versicherte Marcel mehrmals, dass sie es gewissenhaft nach magischer Aura überprüft, aber keine vorgefunden hätten. Trotzdem wurden sie auf dem Rückweg von den oberen Etagen von einer Horde dunkler Magier empfangen, die sie sofort angriff. Die dunklen Magier benutzten gefährliche und schmerzhafte Flüche, setzten aber keine *Abbatoires* ein.

„Das hat er also schon erkannt", meinte Raymond nachdenklich. Er fügte nicht hinzu, dass Serrier offensichtlich Flüche an Orlando testete, um herauszufinden, welche gegen Vampire wirkten. Jean machte sich auch so schon genug Sorgen um seinen jungen Freund. Außerdem war er vermutlich selbst schon zu dieser Schlussfolgerung gelangt und Raymond wollte nicht noch Öl ins Feuer gießen.

Jérômes Einheit hatte sich wieder ins Freie gekämpft, aber Mathieu Gastineau war von einem Fluch in den Rücken getroffen worden, der seine Wirbelsäule durchtrennt und beinahe sein Herz zum Stillstand gebracht hatte. „Die Mediziner sind zurückhaltend zuversichtlich, dass er es überlebt", beendete Jérôme seinen Bericht. „Aber sie wissen nicht, ob er jemals wieder gehen kann."

„Hat er einen Partner?", unterbrach ihn Monique leise.

„Was interessiert dich das?", fauchte Jérôme.

„Serrier hat mich auch mit Flüchen gefoltert, weil er mich für eine Verräterin hielt. Antonios Biss hat meine Schmerzen gelindert. Vielleicht kann der Partner deines Freundes ihm auch helfen, weil seine Verwundung ebenfalls magisch verursacht ist", erklärte Monique ihm ruhig.

„Es hat mir nach dem Rite d'équilibrage auch geholfen", warf Thierry ein, der die Anspannung im Raum etwas mindern wollte. „Es ist einen Versuch wert, Jérôme. Es lindert zumindest seine Schmerzen, selbst wenn es ihn nicht heilen kann. Das allein ist schon eine Hilfe. Warum machst du dich nicht auf die Suche nach seiner Partnerin und schlägst es ihr vor? Sie ist wahrscheinlich an seinem Krankenbett und weicht ihm nicht von der Seite."

Marcel schüttelte erstaunt den Kopf, als Jérôme ohne ein weiteres Wort den Raum verließ. „Es gibt so viel, was wir über diese Partnerschaften noch nicht wissen", überlegte er laut. „Bisher hat jede neue Entwicklung zu unserem Vorteil gearbeitet, aber wer weiß, wie lange das noch der Fall ist."

„Sollte Monsieur Lombard recht behalten, wird es so bleiben", meinte Jean. „Die Natur des Vampirs verhindert normalerweise, dass er Menschen verletzt, die ihm viel bedeuten. Ich kann mir nicht vorstellen, dass wir ausgerechnet in diesen magischen Partnerschaften gegen unseren Instinkt handeln sollten."

„Lass uns hoffen, dass du recht hast", stimmte Marcel ihm zu. „Warum bist du eigentlich noch hier? Ich dachte, ihr wollt zu Monsieur Lombard?"

Raymond brachte ihn auf den Stand der Dinge und sagte ihm, dass sie zu Jean gehen wollten, um die alten Bücher zu studieren. „Könnte mir jemand den Gefallen tun, Jean zu transportieren?"

Thierry bot sich an und Raymond verschwand aus dem Raum. Kurz darauf leuchtete sein Name auf der Karte in der Rue d'Anjou auf. Jean nickt Thierry zu und wurde von dem Magier ebenfalls in seine Wohnung transportiert.

„Ich kann euch keine genaue Adresse nennen, weil ich sie nicht kenne", sagte Monique leise, als wieder Ruhe eingekehrt war. „Aber ich habe zufällig gehört, wie Serrier mit Simonet und Jonnet über einen Ort nördlich von St. Denis gesprochen hat. Abgesehen von diesen beiden vertraut er nur Aguiraud und diesem Bastard Blanchet. Falls er wirklich alle anderen Stützpunkte aufgegeben hat, liegt dort vielleicht ihr neues Hauptquartier. Es ist ein großes Gebiet, aber irgendwo müssen wir anfangen."

„Sobald Alain eintrifft, beginnen wir mit der Suche. Wir fangen in der Innenstadt an und arbeiten uns nach Norden vor", entschied Thierry. „Falls Sebastiens Vermutung zutrifft, können wir so das Areal einschränken, das Alain überprüfen muss."

„Thierry, du verdammtes Arschloch! Wo steckst du?"

Sebastien zog grinsend eine Augenbraue hoch. „Er ist soeben eingetroffen."

4

ALAIN HOLTE aus und Thierry duckte sich im letzten Augenblick, um dem Schlag zu entgehen. Sebastien ließ es zu, verhinderte aber einen zweiten Versuch Alains, indem er den wütenden Magier in einen Klammergriff nahm. „Das reicht", sagte er ruhig, während Alain sich gegen ihn wehrte, aber gegen die Stärke des Vampirs nichts ausrichten konnte, ohne Magie einzusetzen. „Richte deinen Zorn auf diejenigen, die ihn sich verdient haben. Nicht auf Thierry."

„Habt ihr etwas gefunden?", wollte Alain sofort wissen. Der hoffnungsvolle Klang seiner Stimme brach Sebastien fast das Herz.

„Noch nicht. Aber jetzt ist es an dir, nach Orlando zu suchen. Und dazu musst du dich erst beruhigen, damit du deine Magie unter Kontrolle behältst", erklärte Thierry ungerührt. „Du warst erschöpft und hast Schlaf gebraucht. Ich habe dafür gesorgt, dass du ihn bekommst. Ende der Geschichte."

Soweit es Alain betraf, war das noch lange nicht das Ende der Geschichte. Aber im Moment gab es in der Tat wichtigere Dinge. Er schüttelte Sebastiens Arm ab. „Ich schlage ihn nicht wieder. Verdient hätte er es allerdings."

Sebastien warf Thierry einen bedeutungsvollen Blick zu, als wollte er ihm sagen: „Ich habe dich gewarnt." Thierry zuckte mit den Schultern und führte Alain zu der Karte. Dann machte er mit seinem Stab die Gebäude sichtbar, die Monique ihnen genannt hatte. „Wir wissen, dass er in keinem dieser Gebäude ist. Das muss allerdings nicht heißen, dass er nicht in der Nähe sein könnte. Monique hat Serrier außerdem über ein Versteck nördlich von St. Denis reden hören. Darüber haben wir noch keine Informationen. Ich schlage vor, wir beginnen in der Avenue de la République. Von dort arbeiten wir uns nach Norden vor, um herauszufinden, ob eure Verbindung in dieser Richtung stärker wird. Wenn ja, machen wir so weiter. Wenn nicht, versuchen wir es auf der Rive Gauche und warten ab, was dort passiert."

„Du kannst hierbleiben und die Karte aktualisieren", sagte Alain geschäftsmäßig.

„Du wirst nicht alleine losziehen", widersprach Thierry.

„Das hatte ich auch nicht vor", erwiderte Alain. „Aber ich bin sicher, ich finde einen Begleiter, der mir nicht mit einem Schlafzauber über den Schädel schlägt, sobald ich ihm den Rücken zuwende."

„Das reicht jetzt aber", unterbrach Marcel. „Ihr seid doch keine Teenager mehr. Verhaltet euch wie erwachsene Männer, sonst suspendiere ich euch vom Dienst. Alain – Caroline ist im Dienst, wenn du wirklich nicht mit Thierry arbeiten willst. Ich bin sicher, sie und Mireille haben nichts dagegen, dich zu begleiten."

„Nimm auch Sebastien mit", schlug Thierry vor. Er wollte sich nicht anmerken lassen, dass Alains Worte ihn verletzt hatten. „Er hat nichts mit meiner Beschwörung zu tun gehabt und ich würde mich besser fühlen, wenn er bei dir ist. Dann hast du ein zusätzliches Paar Augen, das nach Gefahr Ausschau halten kann."

Alain wollte ihn wieder anschnauzen, aber der Vorschlag war gut. So wütend er auch über die verlorene Zeit war, in der er nach Orlando hätte suchen können, so wusste er doch auch, dass Thierry nur das Beste gewollt hatte. Thierry hatte es nicht böse gemeint, auch wenn Alain sich anders entschieden hätte und wütend darüber war, dass sein Freund ihm diese Entscheidung abgenommen hatte. „Das muss Sebastien selbst entscheiden."

„Dann machen wir uns jetzt auf die Suche nach Caroline und Mireille", entschied Sebastien. „Wir sollten so schnell wie möglich aufbrechen. Die Zeit wird knapp."

Caroline und Mireille waren gerade dabei, sich auf ihre Patrouille vorzubereiten. Als sie hörten, wozu Alain sie brauchte, änderten sie sofort ihre Pläne und erklärten sich bereit, ihn zu begleiten. Alain packte die beiden Vampire am Arm und transportierte sie mit sich zum Place de la République. Eine Sekunde später tauchte auch Caroline an ihrer Seite auf. Alain suchte sich einen ruhigen

Hauseingang, in dem er relativ ungestört war. Dann schloss er die Augen und konzentrierte sich auf seine Verbindung zu Orlando. Seine drei Begleiter schirmten ihn vor neugierigen Blicken ab.

Zu Alains Erleichterung schien Orlando ruhig und gelassen zu sein. Alain konzentrierte sich wieder, um ihm seine Liebe und Kraft zu schicken. Danach versuchte er, mehr über Orlando zu erspüren, was ihnen vielleicht helfen konnte. Der Versuch blieb erfolglos und Alain hoffte, dass Orlando ihn immer noch fühlen konnte und sich nur ausruhte.

„Wohin jetzt?", fragte er Sebastien.

„Nach Norden zum Place Pigalle. Vielleicht ist es dort stärker."

Alain nickte und sie sprangen weiter zum Place Pigalle, er mit den beiden Vampiren und Caroline allein als Nachhut.

„Versuch es wieder", forderte Sebastien ihn auf, als sie an die Stelle kamen, von der Orlando entführt worden war.

Hier hatte Alain seinen Geliebten im Stich gelassen. Er verdrängte die Erinnerung, schloss die Augen und konzentrierte sich wieder auf seine Verbindung zu Orlando. Alain gab sich alle Mühe, um den Unterschied zwischen hier und dem Place de la République zu festzustellen. Es kam ihm vor, als wäre der Kontakt jetzt substantieller und solider, aber er konnte nicht sagen, woran es lag. Entweder waren sie Orlando näher gekommen, oder sein Geliebter war aufgewacht und reagierte stärker auf Alains Gefühle.

„Ist es stärker geworden?", wollte Sebastien wissen, als Alain die Augen wieder öffnete.

„Vielleicht", antwortete Alain. „Aber ich bin mir nicht sicher."

„Dann lass uns noch weiter nach Norden gehen. Wir können es am Porte de la Chapelle versuchen und danach in St. Denis selbst."

Wieder transportierten sie sich durch die Stadt und wieder schloss Alain in voller Konzentration die Augen. Dieses Mal konnte er die Veränderung deutlich spüren. Orlandos Gefühle waren klar und deutlich wahrnehmbar. Alain fiel sogar auf, dass sein Geliebter ihm etwas verheimlichte, aber er konnte nicht feststellen, worum es sich handelte. Er runzelte beunruhigt die Stirn, denn er kannte Serrier nur zu gut. Wenigstens konnte er Orlando noch spüren, es konnte ihm also nicht allzu schlecht gehen. „Jetzt ist es definitiv stärker. Wir versuchen es in St. Denis."

Sie transportierten sich zum Place Pierre de Montreuil, direkt vor das Tribunal d'Instance. Alain konnte, im Vergleich zu seinem Versuch auf dem Place de la Chapelle, keine Veränderung feststellen. „Genauso wie vorher", sagte er und sah Sebastien skeptisch an.

Sebastien nickte nachdenklich. „Das könnte bedeuten, dass wir ihm nicht näher gekommen sind. Vielleicht sollten wir es irgendwo dazwischen versuchen."

In den nächsten drei Stunden sprangen sie kreuz und quer durch den Norden der Stadt und versuchten es auf beiden Seiten des Boulevard Périphérique, immer in der Hoffnung, ihrem Ziel näher zu kommen. Die einzige Veränderung, die Alain noch spüren konnte, war das Auf und Ab in Orlandos Gefühlen, in dem sich wahrscheinlich die Reaktion des Vampirs auf Alains zunehmende Frustration spiegelte. Er und Caroline konnten sich kaum noch auf den Beinen halten, als Alain endlich aufgab. In diesem Augenblick drang eine Welle der Furcht und des Schmerzes von Orlando zu ihm durch. Alain ging in die Knie und kämpfte gegen die wachsende Übelkeit, die ihn erfasste.

JEAN KLAPPTE frustriert das Buch zu. „Selbst in den wenigen Büchern, die einigermaßen zuverlässige Informationen enthalten, ist nichts Hilfreiches zu finden", schimpfte er.

Raymond blickte von seinen Notizen auf. „Es muss aber etwas zu finden sein. Wir haben es nur noch nicht gefunden."

„Ich weiß schon gar nicht mehr, wo ich noch nachsehen soll!"

„Dann lass uns einen anderen Ansatz versuchen. Die magische Suche benutzt normalerweise individuelle Eigenschaften, wie die Aura, die Haare, die Haut oder das Blut der Person, die gesucht wird. Wobei die meisten Magier Blut nur im äußersten Notfall benutzen würden", erklärte Raymond.

Jean sah auf die Uhr. „Dies ist definitiv ein äußerster Notfall. Sollte Sebastien recht haben, bleiben uns weniger als sechsunddreißig Stunden, wenn wir Orlando noch lebend finden wollen."

„Du weißt, dass ich nicht wie die meisten Magier bin", fuhr Raymond lächelnd fort. „Wir wissen bereits, dass Vampire keine Aura besitzen. Ich vermute, die Beschwörung würde am besten mit Blut funktionieren, wüsste aber nicht, wie wir an Orlandos Blut kommen sollten. Haare sind einfacher. Sie sind überall zu finden – auf dem Kissen, einem Hemd oder im Abfluss der Dusche."

„Sie haben aber nicht für die Repères funktioniert", erinnerte ihn Jean. „Glaubst du, sie würden sich für diese Beschwörung besser eignen?"

„Beim Repère wird die Identität einer Person auf ein unbelebtes Objekt übertragen. Das ist nicht vergleichbar mit einer magischen Suche. Bei dieser Beschwörung übertragen wir keine Identität, sondern suchen nach etwas identischem. Es ist einen Versuch wert. Wenn es mit Haaren nicht funktioniert, bleibt uns immer noch das Blut."

„Kannst du es hier mit mir ausprobieren? Wäre das ein eindeutiges Ergebnis?", fragte Jean. „Oder müssen wir erst zurück ins Hauptquartier?"

„Es ginge am schnellsten, wenn jemand hierher kommt – falls du nichts dagegen hast", schlug Raymond vor. „Dann muss ich nicht erst einen anderen Magier verständigen, der dich transportieren kann."

„Schon in Ordnung", meinte Jean, dem die Logik von Raymonds Argument einleuchtete.

Raymond rief Marcel an und erklärte ihm die Situation. Marcel versprach, Catherine zu ihnen zu schicken, da Thierry im Hauptquartier bleiben und Alains Fortschritt im Auge behalten wollte.

Einige Minuten später klopfte Catherine an die Tür.

Jean ließ sie ein und lächelte Raymond verstohlen zu, als die Magierin voller Begeisterung die Einrichtung der Wohnung bewunderte. Nach einigen Minuten wurde sie rot und entschuldigte sich verlegen, was die beiden Männer noch mehr belustigte.

„Falls es dich beruhigt, Catherine – ich habe genauso reagiert, als ich das erste Mal hier war", versicherte ihr Raymond. „Es sieht aus wie ein Museum, aber es fühlt sich an wie ein Zuhause."

Jean sah ihn erstaunt als, als er diese Worte hörte. Raymond führte sie nicht weiter aus, nahm sich aber vor, mit dem Chef de la Cour bei nächster Gelegenheit – hoffentlich bald – darüber zu reden. Ihr Verhältnis hatte sich in den letzten Tagen entscheidend geändert. Raymond wollte Jean darüber nicht im Ungewissen lassen.

Catherine hatte ihr Erstaunen mittlerweile überwunden. „Was kann ich für euch tun?", fragte sie geschäftsmäßig.

Jean riss sich ein Haar aus und legte es auf den Tisch. „Versuche, mich mit Hilfe dieses Haares zu finden."

„Ein ganz gewöhnlicher Aufspürzauber?", fragte sie nach.

Raymond nickte. „Wir müssen eine Möglichkeit finden, Orlando zu lokalisieren. Bisher ist uns noch nichts Besseres eingefallen."

Catherine nickte und musste an Alain denken, in dessen Haut sie nicht stecken wollte. Wäre nicht Orlando, sondern Justin von Serrier entführt worden – sie wäre außer sich vor Sorge. „Geh bitte in eines der anderen Zimmer", bat sie.

Jean verschwand in der Küche. Er wollte nicht, dass Catherine ihm ins Schlafzimmer folgte, falls die Beschwörung funktionierte. In diesem Zimmer wollte er nur einen ganz bestimmten Magier sehen.

Sobald er den Raum verlassen hatte, begann Catherine mit ihrer Beschwörung. Für einige Sekunden geschah gar nichts. Raymond wollte schon aufgeben und Jean zurückrufen, damit sie es mit Blut versuchen konnten, da machte Catherine plötzlich einen Schritt in Richtung Küche. „Es funktioniert", sagte sie. „Ich fühle mich eindeutig in eine bestimmte Richtung gezogen."

„Beende die Beschwörung", meinte Raymond. „Wir versuchen es noch einmal mit einer größeren Entfernung. Es nutzt uns nichts, wenn es nur mit dem Nachbarzimmer funktioniert."

Er rief Jean ins Zimmer zurück und verkündete ihm den Erfolg ihres Experiments. Jean seufzte tief vor Erleichterung.

„Kannst du für den zweiten Versuch das Haus verlassen?", bat Raymond. „Wir müssen wissen, ob die Beschwörung auch über größere Entfernungen noch wirkt. Manchmal ist das ein eingrenzender Faktor."

„Wie weit soll ich gehen?"

„Zunächst bis zum Ende des Blocks. Danach versuchen wir es ein Stück weiter."

Jean nickte und verließ die Wohnung. Catherine wartete fünf Minuten, dann wiederholte sie die Beschwörung. Auch dieses Mal gab es eine kleine Verzögerung, als müsste der Spruch sich erst auf die magische Natur des Vampirs einstellen. Doch dann führte er Catherine durch die Tür und die Treppe hinab.

„Noch ein letzter Test", schlug Raymond vor. „Wir wollen Alain keine falschen Hoffnungen machen. Catherine, kannst du zu dir nach Hause gehen und es von dort versuchen? Die Entfernung ist groß genug, um mit jedem möglichen Versteck vergleichbar zu sein, in dem Serrier Orlando gefangen halten kann."

„Hier", sagte Jean und riss sich noch ein Haar aus. „Damit du nicht mehr in meine Wohnung zurück musst."

Catherine nahm das Haar und verschwand. „Willst du sie so dringend loswerden?", scherzte Raymond.

Jean zuckte mit den Schultern. „Je schneller wir mehr wissen, umso schneller können wir Orlando befreien oder – falls es nicht klappt – eine andere Option ausprobieren. Es gefällt mir nicht, dass Serriers Leute gestern Nacht die Patrouille überraschen konnten. Ich stimmte dir zu, Monique hat nichts damit zu tun, dass sie in die Falle gelaufen sind. Aber sie waren eindeutig darauf vorbereitet, nicht nur gegen Magier, sondern auch gegen Vampire kämpfen zu müssen. Das heißt, dass Serrier mittlerweile mehr Informationen bekommen hat. Ich bezweifle, dass er seine Experimente mit dem Gesetzlosen macht, und damit bleibt nur noch Orlando. Der Junge hat seit seiner Umwandlung schon viel zu viel mitgemacht. Er hat es nicht verdient, schon wieder so leiden zu müssen."

„Ich wüsste nicht, was wir noch mehr tun könnten", gestand Raymond. „Aber wir werden ihn finden. Unsere besten Köpfe arbeiten daran, dieses Problem zu lösen und es gibt nichts, was wir unversucht lassen."

Es dauerte lange, bis Catherine in die Wohnung zurückkam. Jean wollte schon aufgeben und lief unruhig hin und her, immer auf der Suche nach neuen Möglichkeiten, Orlando zu finden. Als Catherine schließlich doch noch an die Tür klopfte, ließ er sie sofort ein. „Warum hat es so lange gedauert?"

„Weil ich zu Fuß gekommen bin. Ich wollte sicher sein, dass es auch wirklich die Beschwörung ist, die mich hierher führt, nicht meine Erinnerung", verteidigte sie sich. „Ich wollte absolut sicher sein, dass es funktioniert."

„Lasst uns zu Alain gehen", sagte Raymond.

ORLANDO STOLPERTE, als Vincent ihn wieder in die Zelle stieß. Ihm tat alles weh, aber er empfand eine grimmige Befriedigung darüber, seine Folterknechte nicht um Gnade angebettelt zu haben. Er hatte nicht verhindern können, dass sich sein Gesicht vor Schmerz verzerrte und er sich zusammenkrümmte, aber sie hatten keinen Ton zu hören bekommen. Mit seinem Körper konnten sie machen, was sie wollten. Aber sein Geist gehörte ihm. Orlando würde niemals zulassen, dass sie in seinen Verstand und sein Herz vordrangen.

„Ruh dich aus", befahl der große Magier. „Du wirst es noch brauchen."

Orlando sah ihn mit wutblitzenden Augen an, sagte aber kein Wort. Er wollte dem Mann nicht recht geben, auch wenn es ein kluger Rat war.

Vincent zuckte mit den Schultern und verließ die Zelle. Endlich allein, rollte Orlando sich auf der Pritsche zusammen. Sein Körper kämpfte verzweifelt darum, sich wieder zu heilen. Serrier hatte ihm nur einige Schläge gegeben und ihn ein paarmal geschnitten. Die meisten Verwundungen waren magischer Natur. Orlando fühlte sich, als wären seine Innereien verknotet worden und seine Haut stünde in Flammen. Dazu kam, dass er hungrig wurde. Es war noch nicht sehr schlimm, aber sein Blutdurst wurde unausweichlich stärker und ließ sich immer weniger verdrängen. Sollte Serrier demnächst von magischer zu physischer Folter übergehen, würde sich das noch verstärken. Dann würde Orlando noch mehr Energie aufwenden müssen und Blut brauchen, um sich wieder zu heilen.

Er lag auf der Pritsche und überlegte, wie lange seine Reserven wohl noch halten würden, bevor sie aufgebraucht waren. Orlando hatte keine Ahnung, was dann mit ihm passieren würde. Er konnte nur hoffen, dass Alain rechtzeitig kommen und ihn befreien würde.

Die Tür öffnete sich wieder und Serrier betrat die Zelle. Er brachte eine Frau mit, die Orlando noch nie gesehen hatte. Die Frau sah den dunklen Magier an und ging dann auf Orlando zu. Er setzte sich auf und wartete mit stoischer Miene ab, welche Torturen sie jetzt für ihn geplant hatten. Aber die Frau hielt ihm nur mit steifen Bewegungen den Arm vor den Mund, als wäre sie eine Marionette, die an magischen Fäden gezogen wurde. Orlando sah ihr in die Augen und erkannte die Panik in ihrem Blick. Sie war genauso ein Opfer Serriers, wie er selbst.

Verwirrt blickte Orlando zwischen den beiden hin und her. „Mach schon", forderte Serrier ihn auf. „Du brauchst Blut, weil ich noch nicht mit dir fertig bin. Ich habe nicht vor, dich zu verlieren, solange ich noch mehr über euch lernen kann."

Orlando rührte sich nicht. Ihr Blut würde ihn nur noch mehr schwächen, und darauf konnte er gut verzichten. Serrier schien das jedoch nicht so zu sehen, denn nach wenigen Sekunden wurde Orlando von einer Beschwörung getroffen, die ihn effektiv fesselte. Dann zog der dunkle Magier ein Messer aus der Tasche, schnitt der Frau ins Handgelenk und befahl ihr, es an Orlandos Mund zu halten. Obwohl es eindeutig gegen ihren Willen geschah, bewegte sich ihr Arm nach oben. Sie drückte die blutende Wunde an Orlandos Lippen.

Orlando würgte und der Magen verdrehte sich ihm vor Ekel, als er das fremde Blut schmeckte. Durch die magische Fessel Serriers konnte er sich dem Blut nicht entziehen, das ihm in den Mund lief. Orlando versuchte verzweifelt, nicht zu schlucken. Er wäre beinahe erstickt, als der Reflex einsetzte und er das Gift – denn jedes Blut außer Alains war Gift für ihn – schluckte, das in seinen Magen lief. Sein Körper stieß das Gift sofort wieder ab und er übergab sich.

„Zum Teufel!", rief Serrier. „Edouard, komm sofort hierher! Du hast gesagt, er müsste trinken. Was soll das?"

Edouard kam gemächlich in die Zelle geschlendert, gefolgt von Eric und Vincent. „Was ist passiert?"

„Er wollte nicht trinken. Als ich ihn zwingen wollte, hat er alles vollgekotzt."

Edouard zog erstaunt die Augenbrauen hoch. Eine Mischung aus Respekt und Verachtung lag in seiner Miene. „Der Junge hält sich also für einen Mann?"

Eric war nicht der Meinung, dass Edouard sich darüber ein Urteil erlauben konnte. Der Gesetzlose wirkte zumindest äußerlich noch jünger als der Mann, der vor ihnen auf der Pritsche saß und mehr als unpässlich aussah.

„Was hat das zu bedeuten?", wollte Serrier wissen. „Ich habe keine Zeit für Ratespiele."

„Es heißt, dass er irgendwo eine Geliebte hat. Eine Idiotin, die so dämlich war, sich für den Rest ihres Lebens an einen Vampir zu binden. Deshalb macht ihn fremdes Blut krank", erklärte Edouard. „Der Schwächling … Er hat seinen eigenen Untergang besiegelt."

„Warum hast du mir das nicht früher gesagt? Ich brauche ihn noch!"

„Weil man es einem Vampir nicht ansehen kann", erwiderte Edouard in einem Tonfall, als würde er mit einem ungezogenen Kind sprechen. „Man sieht es nur dem sterblichen Partner an. Die rückgratlose Schnepfe, die sich an dieses Kind gebunden hat, trägt ein Zeichen am Hals, an dem man es erkennen kann." Er drehte sich zu Orlando um und sah ihn verächtlich an. „Ist es eine von euren kümmerlichen Alliierten? Ich werde die Augen nach ihr aufhalten. Wenn ich sie finde, bringe ich sie hierher, damit du zusehen kannst, wie ich meinen Spaß an ihr habe, bevor ich sie umbringe."

Orlando schnaubte innerlich bei der Vorstellung. Alain würde aus diesem erbärmlichen Angeber Hackfleisch machen.

„Das reicht", erklärte Serrier. „Ich habe noch andere Angelegenheiten, um die ich mich kümmern muss. Während die Milice damit beschäftigt ist, ihren Alliierten zu suchen, will ich sehen, was ich mit unseren neuen Informationen anfangen kann. Lasst uns gehen."

Die Frau, Edouard und Vincent folgten ihm sofort, aber Eric blieb noch in der Tür stehen und sah Orlando abschätzend an. Der Vampir hatte an Alains Seite gekämpft, hatte ihn kaum aus den Augen gelassen, bis der Magier von Lapeyres Fluch getroffen worden war. Und er hatte Alain als seinen Partner bezeichnet. Eric fragte sich, ob nicht mehr dahinter steckte.

„Eric!"

Der Ruf riss ihn aus seinen Gedanken, und während er hinter sich die Tür schloss, murmelte er noch eine kurze Beschwörung, um Orlando wieder von den magischen Fesseln Serriers zu befreien.

Kaum war Orlando frei, beugte er sich schwer atmend nach vorne und übergab sich, um auch noch die letzten Reste des giftigen Blutes loszuwerden. Danach legte er sich auf die Pritsche zurück. „Beeil dich, Alain", flüsterte er in die Dunkelheit.

5

„SIE LAUFEN im Kreis wie ein Köter, der seinen Schwanz jagt", sagte Serrier selbstgefällig, als Eric und Vincent zu ihm und Simon ins Zimmer kamen. „Dass wir den Vampir erwischt haben, hat sie aus dem Tritt gebracht. Wir müssen das zu unseren Gunsten ausnutzen."

„Was ist mit der Verräterin?", wollte Simon wissen.

Serrier presste die Lippen zusammen und ballte die Fäuste. „Sie ist eine tote Frau. Ich habe schon die nötigen Befehle gegeben. Jeder, der sie sieht, soll sie sofort töten. Keine überflüssigen Fragen. Wir haben durch ihren Verrat mehr sichere Verstecke und Positionen verloren, als wir uns erlauben konnten."

Die drei anderen Magier nickten. „Und was passiert jetzt?", erkundigte sich Eric.

„Jetzt greifen wir an. Der Spion ist tot und wir müssen nicht mehr befürchten, dass er Informationen weitergibt. Wir brauchen einen Plan, der alles berücksichtigt, was wir heute erfahren haben. Dann zeigen wir Chavinier, dass er uns nicht so einfach abschreiben kann."

„Was ist unser Angriffsziel?", fragte Simon.

„Notre-Dame", erklärte Serrier mit einem sardonischen Grinsen. „Das wahre Herz der Stadt, die Kathedrale. Das religiöse Zentrum der Gläubigen in diesem Land. Wir werden ihnen zeigen, dass weder ihre heilige Maria, noch ihre Schutzpatrone, ihr Gott oder ihre Magier sie länger beschützen können."

Vincent zuckte innerlich zusammen. Serriers Rhetorik, die ihn früher so fasziniert hatte, hörte sich in ihrer Phrasenhaftigkeit jetzt nur noch leer und abgedroschen an. Vincent hatte in den letzten Wochen genug gesehen und erlebt, um zu erkennen, dass die Welt, die Serrier sich erschaffen wollte, nur noch Platz haben würde für Menschen, die genauso verrückt und verdorben waren wie er selbst. Vincent hatte sich in den letzten beiden Jahren geändert. Jetzt hatte er endgültig genug. Er musste hier raus, und zwar bald. Ohne Sinn und Verstand ein Nationalheiligtum zu zerstören, mit anderen Menschen zu experimentieren – seien es Vampire oder nicht –, Blanchets sadistische Foltermethoden zu unterstützen … Vincent konnte es nicht länger akzeptieren. Er musste einen Weg finden, um Eric davon zu überzeugen, sich mit ihm abzusetzen. Denn seinen Geliebten zurückzulassen, war für Vincent genauso inakzeptabel, wie Serriers Verhalten.

„Gibt es einen Grund, warum du nicht ein strategisch nützlicheres Ziel ausgewählt hast?", fragte Eric nach. „Sobald Chavinier erkennt, dass wir die Vampire in unseren Planungen berücksichtigt haben, wird uns kein zweites Mal überraschen lassen. Warum greifen wir nicht den Elysée-Palast oder Matignon an?"

„Warum begehen wir nicht gleich Selbstmord?", konterte Simon. „Diese Gebäude sind so schwer bewacht, dass wir keine Chance haben, solange noch ein einziger Magier der Milice am Leben ist. Mit Notre-Dame können wir der ganzen Stadt vor Augen führen, dass es uns gibt und dass wir ernst zu nehmen sind. Als ich das letzte Mal dort war, konnte ich keinen einzigen Schutzzauber feststellen. Falls Chavinier das nicht innerhalb der letzten Woche geändert hat, wird er erst von unserem Angriff erfahren, wenn es längst zu spät ist."

„Und wann wollen wir angreifen?", fragte Vincent. Er wollte die Antwort eigentlich gar nicht hören.

„Nach Einbruch der Dunkelheit", erwiderte Serrier. „Wir wollen die Vampire auch zu unserer kleinen Party einladen. Dann wird Chavinier erkennen, wie närrisch es war, sich auf sie zu verlassen. Sie sind zwar gegen einige Flüche immun, aber nicht gegen alle. Das hat unser armes Versuchskaninchen uns heute zu seinem Leidwesen bewiesen. Sobald wir die Vampire ausgeschaltet haben, können wir uns den Magiern widmen. Dann sammeln wir die Vampire ein und gönnen ihnen morgen einen schönen Tag in der Sonne."

Simons Lachen war fast so grausam wie Serriers Gesichtsausdruck. „Das ist auch eine Möglichkeit, einen Teil von ihnen loszuwerden."

„Wir sollten einige von ihnen am Leben lassen. Dann können wir überprüfen, ob sie auch so schmerzunempfindlich sind wie unser Gast. Es könnte sein, dass der junge Mann eine Ausnahme ist", bemerkte Eric ungerührt. „Sein Körper hat offensichtlich reagiert, aber es schien ihm auffallend wenig auszumachen."

Vincent runzelte verblüfft die Stirn. Dieser Vorschlag passte nicht zu dem Eric, den er kannte. Er hatte gedacht, dass sein Freund von Serriers Grausamkeiten genauso abgestoßen war, wie er selbst.

Serrier dachte kurz darüber nach. „Wahrscheinlich hast du recht", stimmte er Eric dann zu. „Wir werden sehen, wie viele von ihnen uns in die Hände fallen. Der andere wird uns nicht mehr lange nützlich sein, wenn er nicht trinken kann."

„Meinst du nicht, wir hätten von ihm schon genug gelernt?", fragte Vincent vorsichtig. Ihm drehte sich der Magen um, wenn er nur daran dachte, so etwas wie heute wieder erleben zu müssen.

„Natürlich nicht", erwiderte Serrier und winkte ab. „Es gibt mehr als genug Flüche, die wir noch nicht an ihm ausprobieren konnten."

Vincent wollte wieder Einspruch erheben, da spürte er unter dem Tisch den leichten Druck von Erics Hand am Knie. Die Geste überraschte ihn. Er verkniff sich seine Bemerkung und drehte sich erstaunt zu Eric um. Eric schüttelte kaum merklich mit dem Kopf und sah ihm beschwörend in die Augen. Vincent gab sich widerstrebend geschlagen, nahm sich aber fest vor, bei nächster Gelegenheit ein längeres Gespräch mit seinem Geliebten zu führen.

„Wie sieht der Plan für heute Nacht in den Details aus?", lenkte Eric die Aufmerksamkeit wieder auf ihr eigentliches Thema.

„Wenn es immer noch keine Schutzzauber gibt – und warum sollte es die geben? –, ist ein simpler Frontalangriff die beste Lösung", erklärte Serrier. „Wir kommen an, bringen die Kathedrale zum Einsturz und verschwinden wieder. Eine Einheit von zwanzig Mann sollte für diesen Auftrag ausreichend sein."

„Ich übernehme den Einsatz", bot Simon an. „Ich war schon lange nicht mehr mit einer Patrouille unterwegs. Sie sollen sehen, dass ich es noch kann. Außerdem gibt es mir die Gelegenheit, einige der neuen Flüche auszuprobieren, die ich entwickelt habe. Bisher habe ich sie nur in der Bibliothek getestet. Das ist nicht vergleichbar mit einem richtigen Kampf."

Serrier nickte zustimmend. „Eric, du kümmerst dich mit Vincent um den Vampir. Vielleicht können wir noch mehr von ihm erfahren. Die Milice sucht intensiv nach ihm und ich frage mich, was an ihm so besonders ist. Chavinier hat sich bisher noch nie so viel Mühe gegeben, einen Gefangenen zu befreien."

Wahrscheinlich deshalb, weil sie schon wenige Stunden nach ihrer Gefangennahme tot waren, dachte Vincent bei sich. Chavinier hatte nie genug Zeit, einen Befreiungsversuch zu organisieren. Doch Vincent schwieg, weil er nicht noch mehr Aufmerksamkeit auf sich lenken wollte. Zu seiner Erleichterung blieb auch Eric stumm und nahm den Befehl nur mit einem Kopfnicken zur Kenntnis.

„Können wir vorher noch kurz etwas essen?", fragte er Serrier, der offensichtlich keine weiteren Befehle für sie hatte. „Ich habe seit dem Frühstück nichts mehr gegessen."

Serrier winkte abwesend in ihre Richtung. Seine ganze Aufmerksamkeit galt bereits Simon und ihren Plänen für die kommende Nacht.

„Die Crêperie?", fragte Eric, als sie in den Flur kamen.

„Nein", meinte Vincent kopfschüttelnd. „Lass uns in meine Wohnung gehen. Ich muss mit dir reden."

Eric wollte gerade mit seiner Beschwörung beginnen, um sich in Vincents Apartment zu transportieren, da hielt Vincent ihn zurück. „Ich möchte lieber zu Fuß gehen."

Eric sah ihn erstaunt an, folgte ihm aber wortlos zur nächsten U-Bahn-Haltestelle. Die Zugfahrt verlief ebenfalls schweigend. Die beiden Männer hingen ihren eigenen Gedanken nach.

Vincent versuchte, einen Weg zu finden, wie er seine Bedenken am besten zur Sprache bringen konnte. Vor diesem Abend hätte er nicht gezögert, Eric direkt anzusprechen. Aber das Verhalten seines Geliebten, während der Besprechung heute, hatte Vincent nervös gemacht. War es ein Fehler gewesen, dass er sein Vertrauen in Eric gesetzt und mit ihm über die Möglichkeit eines Ausstiegs gesprochen hatte? Vincent fühlte sich nicht sehr wohl bei dem Gedanken, der nächste Kandidat auf

Serriers Folterliste zu sein. Andererseits hätte Eric heute jede Gelegenheit gehabt, Serrier über ihr Gespräch zu informieren, hatte es aber nicht getan.

Eric war in Gedanken bei den Enthüllungen über den Vampir. Wenn dieses Wesen die Wahrheit sagte, vermissten Alain und Thierry Eric immer noch. Er hatte sich zwei Jahre lang eingeredet, die beiden würden nichts mehr von ihm wissen wollen. Nur deshalb hatte er durchgehalten und tun können, wozu er sich Serriers Aufständischen angeschlossen hatte. Während ihrer Besprechung mit Serrier hatte Eric jeden Gedanken daran verdrängt und sich so verhalten, wie Serrier ihn seit zwei Jahren kannte. Hätte er das nicht getan, wäre nicht nur er selbst, sondern auch Vincent in Gefahr geraten. Vor einer Woche noch hatte Eric keinen Gedanken an sein eigenes Schicksal verschwendet, hatte sogar erwartet, sein Leben für die gerechte Sache zu geben. Aber seitdem hatte sich viel geändert. Ein neuer Weg hatte sich aufgetan und Eric fragte sich, ob seine bisherigen Entscheidungen die richtigen gewesen waren.

„Was ist los?", fragte er, als sie in Vincents Wohnung ankamen.

„Diese Frage sollte ich eigentlich dir stellen", erwiderte Vincent und zog seine Jacke aus, um sie an die Garderobe zu hängen. „Was war heute mit dir los? Seit wann unterstützt du diese Grausamkeiten?"

Eric zog ebenfalls seine Jacke aus. „Wie meinst du das?", fragte er stirnrunzelnd.

„Wir sollten einige von ihnen am Leben lassen. Dann können wir überprüfen, ob sie auch so schmerzunempfindlich sind wie unser Gast", zitierte Vincent verbittert. „Was soll das, zum Teufel?"

Eric begriff sofort, was Vincent damit meinte. „Wenn Pascal sie am nächsten Tag der Sonne aussetzt, sind sie auf jeden Fall tot", erklärte er, setzte sich auf die Couch und lud Vincent ein, neben ihm Platz zu nehmen. „Solange er mit ihnen seine Experimente macht, besteht immer noch die Chance, dass sie entkommen können oder befreit werden. Ich will nicht, dass er sie foltert. Aber noch weniger will ich, dass er sie tötet. Am liebsten wäre es mir, es würde keine Gefangenen geben."

„Ich wäre dir beinahe auf den Leim gegangen", murmelte Vincent. Eric hatte die Entführung des Vampirs mit einer Leichtigkeit geplant und ausgeführt, als wäre ihm das Schicksal des Mannes vollkommen gleichgültig. Vincent fühlte sich unwohl, als sein Freund jetzt schon wieder so sachlich und scheinbar ungerührt darüber sprach.

„Ich musste Pascal gegenüber glaubhaft wirken", fuhr Eric fort. „Er sucht ständig nach verdeckten Motiven. Nach der Exekution des Spions ist es noch schlimmer geworden. Ich konnte ihm kaum vorschlagen, auf überflüssige Grausamkeit zu verzichten. Das ist ein Konzept, das in seinem Weltbild nicht existiert."

„Wir müssen da raus", wiederholte Vincent und setzte sich zu Eric auf die Couch. „Ich weiß nicht, wie lange ich es noch aushalten kann."

„Aber wie?", forderte Eric ihn heraus, so wie er es schon bei ihrem ersten Gespräch über einen Ausstieg getan hatte.

„Monique hat es geschafft", erwiderte Vincent leise. Ihm war die Tragweite seines Vorschlages sehr wohl bewusst.

„Und zu welchem Preis?", wollte Eric wissen und drehte sich zu Vincent um. Er wünschte sich, es gäbe einen sicheren Weg, doch er wollte nicht ein noch größeres Risiko eingehen, solange sie keine überzeugenden Erfolgsaussichten hatten. „Wir wissen, dass sie ihnen Informationen gegeben hat, sonst hätte die Milice nicht über unsere Verstecke Bescheid gewusst. Aber was hat Monique dafür bekommen?"

„Zumindest den Schutz der Milice", sagte Vincent. „Sie war seit ihrer Flucht vor Pascal nicht mehr in ihrer Wohnung. Sie muss irgendwo untergekommen sein."

„Was schlägst du also vor? Wenn wir es ihr nachmachen, wird Pascal einfach wieder verschwinden und den Vampir mitnehmen. Chavinier wird das kein zweites Mal hinnehmen. Er will Ergebnisse sehen, keine Versprechungen oder Vermutungen."

„Dann nehmen wir den Vampir eben mit."

„Wir würden niemals lebend entkommen!", widersprach Eric. Selbst wenn der Vampir mitspielte, würden sie ihn nicht aus Serriers Hauptquartier schmuggeln können. Damit wäre die Katastrophe vorprogrammiert. Es war nicht der richtige Zeitpunkt für solche Heldentaten.

Im Augenblick nicht", gab Vincent zu. „Aber auch Pascal muss ab und zu schlafen. Wir müssen es nicht heute Nacht versuchen. Wir können abwarten, die Lage beobachten und einen Plan machen. Wir können nicht wochenlang warten, aber heute und morgen haben wir noch Zeit."

„Ich weiß nicht", meinte Eric zögerlich. „Es ist ein sehr großes Risiko."

„Riskanter als eine Schlacht? Riskanter als eine Gerichtsverhandlung und anschließende Haft, falls sie uns lebend fassen? Du hast mir gesagt, ich sollte einen Weg finden, dann würdest du darüber nachdenken. Ich habe den Weg gefunden. Jetzt denke nach. Und zwar schnell."

„Versprich mir, nicht überstürzt zu handeln", bat Eric. In seinem Kopf überschlugen sich die Gedanken. Worauf mussten sie achten, was konnte alles schiefgehen und welche Vorkehrungen mussten sie für den Notfall treffen? „Gib mir etwas Zeit. Wir brauchen einen guten Plan."

„Zusammen haben wir eine bessere Chance, als wenn ich es allein versuchen würde", stimmte Vincent ihm zu. „Wir müssen verhindern, dass Pascal – oder Claude – ihn umbringt, bevor wir ihn retten können. Ich glaube nicht, dass es uns Pluspunkte bringt, wenn wir ihnen eine Leiche übergeben."

„Nein, wahrscheinlich nicht", meinte Eric kichernd. Vincents Vorschlag machte ihn immer noch nervös. Eric hatte nie vorgehabt, zu Chavinier zurückzukehren. Aber Alain und Thierry wiedersehen zu können … Der Vampir hatte gesagt, sie würden ihn vermissen. Es hatte ihn an die guten Zeiten erinnert, die Zeiten vor Danielles Tod. Ihr Tod hatte eine Leere in Erics Herz hinterlassen, aber es war nicht die einzige Leere. Trotz seiner Freundschaft – seiner Beziehung – mit Vincent, vermisste er auch Alain und Thierry. Wenn er in Ehren zurückkehren könnte, wenn er ihnen beweisen könnte, dass nicht alles so war, wie es auf den ersten Blick den Anschein hatte … Der Gedanke war verführerisch. „Lass uns diese Nacht abwarten. Wenn wir ihn lebend rausholen wollen, müssen wir Vorbereitungen treffen. Ich weiß nicht, ob wir eine Chance gegen Serrier haben, selbst wenn wir zu zweit sind. Schon gar nicht, wenn Simon bei ihm ist. Sie sind sehr mächtig. Wenn sie uns erwischen …"

Vincent nickte bedächtig. Jetzt, wo sie sich entschieden hatten, fiel es ihm schwer, noch länger zu warten. Aber Eric hatte recht. Sie durften nicht überstürzt handeln. Eric legte ihm den Arm um die Taille und zog ihn an sich. „Wir müssen nicht sofort zurück. Pascal ist mit seinen Plänen beschäftigt. Er wird uns in den nächsten Stunden nicht vermissen."

Vincent leistete keinen Widerstand, als Eric ihn langsam zum Schlafzimmer zog.

„Hallo, Muschi."

Adèle wirbelte herum, als sie Judes anmaßende Stimme hörte. „Das wird auch langsam Zeit", schnappte sie ihn an. „Wo bist du in den letzten beiden Tagen gewesen?"

„Hast du mich etwa vermisst?"

„Wohl kaum", gab sie zurück. „Aber du bist zweimal nicht zum Dienst erschienen."

„Wir waren nicht eingeteilt", wies er ihren Vorwurf zurück.

„Wir *wurden* aber eingeteilt", teilte sie ihm mit. „Und du warst nicht da."

„Niemand hat mich informiert."

„Weil dich niemand erreichen konnte", erwiderte sie. „Du treibst dich irgendwo rum und ich bin mitverantwortlich, weil ich mit einem Partner geschlagen bin, der kein anderes Interesse hat, als mich reinzureiten."

„Ich will dich nicht reinreiten", knurrte er und kam auf sie zu. „Ich will dich nur besteigen."

„Vergiss es!", fauchte Adèle und schlug seine Hände zur Seite. „Ich habe es einmal zugelassen – bin sogar gekommen, trotz deiner mehr als erbärmlichen Bemühungen –, aber ein zweites Mal passiert mir das nicht. Ich werde schon seltsam angesehen, weil du dich so unmöglich aufführst."

„Jedenfalls hast du gestöhnt und dich gewunden wie eine billige Nutte", stimmte Jude ihr zu und fasste nach ihren Händen. „Ein Schlampe, die sich sogar in den Arsch ficken lässt. Ich hätte es mir von Anfang an denken können."

„Vielleich hättest du dann deine dreckigen Finger von mir lassen sollen", gab sie wütend zurück, entriss ihm ihre Hände und brachte den Tisch zwischen sie. „Es wäre für uns beide besser gewesen."

„Oh, da bin ich mir nicht so sicher", widersprach ihr Jude und sprang über den Tisch, um sie in die Ecke zu treiben. „Ich habe unser kleines … Techtelmechtel sehr genossen. Du schnurrst so schön unter mir."

Sie hätte ihn am liebsten niedergebrüllt, aber sie konnte die Reaktion ihres Körpers auf seine Berührungen nicht leugnen. Sie war in der letzten Woche mit Jude dreimal mächtig gekommen. „Mir gefällt es weitaus besser, wenn *du* unter *mir* schnurrst", erwiderte sie. Es juckte sie in den Fingern, den Worten Taten folgen zu lassen. Es war dumm und sie würde es bereuen, aber sie war in mancher Hinsicht genauso impulsiv wie der Vampir. Adèle gab ihrem Begehren nach und warf ihn mit einem geübten Nahkampfgriff zu Boden. Dann hockte sie sich auf ihn und fasste ihm zwischen die Beine. „Das letzte Mal hast du dich bei mir bedient. Jetzt bin ich dran."

„Du bist nicht stark genug für mich", höhnte Jude, machte aber keine Anstalten, sie abzuwerfen. Er hätte es zwar gekonnt, wollte aber kein Risiko eingehen. Adèle hatte schließlich seine Eier in der Hand. Irgendwann musste sie die Hand dort auch wieder wegnehmen, und dann …

„Meinst du wirklich?", fragte sie herausfordernd und drückte zu. „Wer von uns beiden liegt denn auf dem Rücken?"

„Du musst nicht auf dem Rücken liegen, damit ich dich ficken kann", erinnerte er sie. „Oder hast du das schon vergessen?"

Adèle drückte fester zu und er verzog das Gesicht. „Ich habe gar nichts vergessen", schnappte sie ihn an. „Ich weiß noch genau, dass es mein Orgasmus war, der dich ebenfalls zum Höhepunkt gebracht hat. Du solltest zweimal nachdenken, bevor du dich mir widersetzt."

„Meinst du wirklich, darauf wäre ich angewiesen?", schnaubte er. „Ich brauche lediglich einen willigen Körper."

„Ist das so?", erwiderte Adèle und stand auf. „Dann suche dir einen. Ich bin sicher, dass es irgendwo Frauen gibt, die deine antiquierte Technik und deine Neandertalermanieren zu schätzen wissen."

Jude sprang auf die Beine und presste sie an die Wand. „Wieso sollte ich anderswo suchen, wenn ich das alles hier habe?", fragte er und schob ihre Beine auseinander. Dann fasste er nach ihrer Brust und drückte sie so fest, dass es schmerzte. Adèle schnappte erschrocken nach Luft, obwohl sie mit dieser Reaktion hätte rechnen sollen. Während ihr Verstand noch protestierte, schmiegte sich ihr Körper schon lüstern an ihn.

Adèle schlug mit dem Kopf an die Wand, als sie in seine Arme fiel. „Schurr für mich, kleine Muschi", flüsterte Jude mit heiserer Stimme und kniff ihr in den Nippel, der sich durch den Stoff ihres Pullovers abzeichnete. Ihre Augen blitzten wütend, aber ihr Körper bog sich ihm entgegen und presste sich an seine Hand. Grinsend schob er den Pullover hoch und entblößte ihren Bauch. Dann öffnete er den BH, zog ihn zur Seite und ersetzte die seidige Spitze auf ihren Brüsten durch seine Hände. Ihr Stöhnen war Musik in seinen Ohren. Er beugte sich vor und sein Atem kitzelte sie im Ohr, während er sich an sie presste. „Bist du schon feucht, Muschi? Fühlst du dich leer und sehnst dich danach, dass ich dich fülle?"

„Du nicht!", fauchte sie. In ihrem Blick lag eine Mischung aus Lust und Hass, wie nur Jude sie hervorrufen konnte.

„Wirklich nicht?", wollte er wissen und trat einen Schritt zurück.

Adèle hätte ihn am liebsten gepackt und wieder an sich gezogen, doch sie gönnte ihm diesen Sieg nicht. Sie stieß sich von der Wand ab, warf ihm noch einen bösen Blick zu und ging zur Tür. Ihre Hand hatte sich gerade um den Griff geschlossen, da fasste er nach ihr und zog sie zurück an seinen harten Körper. Seine Erektion presste sich unmissverständlich an ihren Hintern. „Arschloch", fluchte sie, als er ihre Hose aufknöpfte und nach unten schob. Dann fuhren seine Finger zwischen ihre Beine.

„Das gehört mir", knurrte er ihr ins Ohr und seine scharfen Eckzähne fuhren über ihre Haut. „Niemand fickt dich, außer mir."

Sie ließ sich an ihn fallen und gab die Gegenwehr auf. Ihr ganzer Körper vibrierte vor Begehren. Sein Griff lockerte sich, als sie sich in seinen Armen umdrehte. Adèle legte die Arme um seinen Hals und er senkte den Kopf, um sie in den Hals zu beißen. Jetzt war der Augenblick gekommen und sie war am Zug. Sie holte aus und rammte ihm mit aller Wucht das Knie zwischen die Beine. Jude keuchte und krümmte sich zusammen. „Ich entscheide selbst, wer mich fickt", verkündete sie kalt. „Und das bist nicht du."

Mit einem letzten zufriedenen Blick stürmte sie aus dem Zimmer und knallte hinter sich die Tür zu. Dann verriegelte sie das Schloss mit einer Beschwörung, damit er ihr nicht folgen konnte, bevor sie weit genug weg war. Bevor sie wieder in der Lage war, seine Gegenwart zu ertragen.

6

„HAT DER Aufspürzauber funktioniert?", fragte Alain hoffnungsvoll, als er Raymonds Neuigkeiten erfuhr.

Jean, Raymond und Catherine nickten. „Wir brauchen nur ein Haar von Orlando, um ihn finden zu können", fügte Raymond hinzu. „Ich dachte mir, du könntest in seine Wohnung gehen und uns eines besorgen."

„Natürlich", sagte Alain sofort. „Ich bin gleich zurück." Bevor die anderen auch nur ein Wort sagen konnten, war er verschwunden. Orlandos Wohnung – *ihre* Wohnung – war kalt und dunkel. Alain nahm es nicht zur Kenntnis. Nicht mehr lange, dann wären sie beide zurück. Dann würden wieder Wärme, Licht und Liebe in die leeren Räume einziehen.

Alain ging ins Schlafzimmer, um Orlandos Haarbürste zu suchen. Die Laken waren noch zerwühlt vom letzten Mal, als sie sich hier geliebt hatten. Das war gewesen, bevor Orlando zu Sebastien gegangen war, um mit ihm zu reden. Alain hatte nie gefragt, worum es bei diesem Gespräch gegangen war. Er wollte es wissen, aber er wollte es von Orlando hören. Sobald Orlando wieder zurück war.

Alain wusste, dass er sich beeilen musste. Trotzdem nahm er sich einen Augenblick Zeit, setzte sich aufs Bett und fuhr mit der Hand über das Kissen, in dem sich eine Delle abzeichnete an der Stelle, wo Orlandos Kopf gelegen hatte. Er drückte sich das Kissen ans Gesicht und atmete Orlandos Geruch ein. Alain war den Tränen nahe, wie schon so oft seit Orlandos Verschwinden. Dieses Mal hielt er sie nicht zurück. Er musste die Angst und Sorge loslassen, bevor er seinen Vampir wiedersah, denn wenn sie Orlando erst befreit hatten, musste er alle Kraft darauf konzentrieren, ihm zu helfen und ihn wieder gesund zu machen.

Im Kopf sah er Orlando vor sich – blutend und geschunden durch die Folter, der Serrier ihn unterworfen hatte. Alain hatte schon oft gesehen, welche Spuren die Grausamkeiten Serriers und seiner Henkersknechte hinterließen. Aber noch nie hatten sie einen Gefangenen lebend wieder befreien können. Alain wusste nicht, wie viel sein Blut und seine Liebe zu Orlandos Heilung beitragen konnten, aber er hoffte zutiefst, dass es genug wäre. Innerlich haderte er mit allen Göttern und Heiligen, weil sie ihm Orlando geraubt hatten, als ihre Beziehung sich gerade erst richtig entwickelte, als Orlando endlich erste Anzeichen der Heilung zeigte von den Qualen, die er in den Händen seines Schöpfers erlitten hatte. Und jetzt das …

Niemand sollte so leiden müssen wie Orlando damals gelitten hatte, wie er jetzt wieder litt. Marcel hatte darauf bestand, dass Alain sich schützte, um nicht fühlen zu können, was sein Geliebter bei Serrier ertragen musste. Aber er konnte die Qualen trotzdem spüren, die von Orlando zu ihm durchdrangen. Alain wollte mehr erfahren und begann, die Blockade aufzulösen. Dann hielt er sich zurück. Nein. Er konnte es nicht tun. Er saß auf ihrem Bett, ihrem sicheren Hafen, in den der Rest der Welt niemals eindringen konnte. Hierher wollte er Orlando zurückbringen, frei von Schmerzen und frei von der Erinnerung daran. Wenn er die Blockade löste und Orlandos Schmerzen spürte, würde der die Erinnerung in Alains Blut schmecken können. Das durfte nicht passieren. Ihr Bett musste rein bleiben.

Alain spürte die Sehnsucht nach Orlando in jeder Faser seines Körpers. Er hatte um Henri getrauert, aber die Trauer um den Verlust Orlandos hatte eine andere, eine unvergleichbare Größenordnung. Es war, als wäre Alains Seele entzweigerissen worden, als hätte er einen Teil von sich verloren, ohne den er nicht leben konnte. Ohne Orlando war er nur noch ein Schatten des Mannes, der er zuvor gewesen war. Eine leere Hülle, kein lebendiger Mensch.

Es wäre leicht, sich dieser Trauer hinzugeben und sich in dem unermesslichen Verlust zu verlieren – gerade hier, in dem Zimmer, das sie so kurze Zeit miteinander geteilt hatten. Alain riss sich zusammen und erinnerte sich an den Grund seines Hierseins. Sie hatten endlich einen erfolgversprechenden Plan, eine Möglichkeit, Orlando aufzuspüren. Er durfte keine Zeit mehr vergeuden.

Alain legte das Kissen aufs Bett zurück und fuhr zärtlich mit der Hand über den weichen Baumwollbezug, als würde er Orlando selbst streicheln, wenn er sein Kissen berührte. Dann stand er auf und suchte nach der Haarbürste. Er fand sie im Badezimmer, in einer Schublade unter dem Waschbecken. Vorsichtig zog er einige Haare aus den Borsten und steckte sie in die Tasche. Als er die Bürste wieder in die Schublade legen wollte, hielt er unvermittelt inne. Je mehr Haare sie hatten, umso größer waren ihre Chancen, dass die Beschwörung funktionierte. Mit Orlandos Bürste noch in der Hand, transportierte er sich zurück ins Hauptquartier der Milice.

„Sie sind im Büro des Generals", sagte der diensthabende Offizier, als Alain im Salle des Cartes ankam. „Ich soll ausrichten, dass sie dich dort erwarten."

Alain nickte und lief durch den Flur zu Marcels Büro. Es ging ihm gegen den Strich, dass er nicht selbst mit seiner Magie nach Orlando suchen konnte. Aber Orlandos Rettung war wichtiger als Alains verletzter Stolz.

„Hast du etwas gefunden?", fragte Jean, kaum dass Alain den Raum betreten hatte.

Alain hielt die Bürste hoch. „Ich dachte mir, je mehr Haare wir haben, umso leichter können wir ihn finden", sagte er und legte sie auf Marcels Schreibtisch.

„Es kann jedenfalls nicht schaden", gab Marcel ihm recht. „Thierry und Sebastien sind mit einer Patrouille unterwegs, weil wir die Nachricht von einem Angriff bekommen haben. Du kannst entweder auf ihre Rückkehr warten oder Raymond überlassen, die Beschwörung vorzunehmen. Ich muss jetzt ins Parlament, sonst würde ich euch helfen."

Alain sah den dunkelhaarigen Magier an, dem Jean nicht von der Seite gewichen war. Dem Chef de la Cour war Orlando als Freund genauso wichtig, wie er Alain als Geliebter wichtig war. Und Raymond würde Jean genauso wenig enttäuschen wollen, wie Alain Orlando enttäuschen wollte. „Es gibt keinen Grund, noch länger zu warten", entschied Alain. „Ich vertraue Raymond."

Raymond hätte nicht erwartet, diese Worte jemals aus Alains Mund zu hören.

„Gut", sagte Marcel lächelnd. „Ich kann jetzt nicht länger bleiben, aber gebt mir umgehend Bescheid, wenn Orlando wieder zuhause ist."

„Das werde ich tun", versprach Alain und Marcel verschwand aus dem Zimmer.

„Dann wollen wir sehen, dass wir ihn schnellstens finden und nach Hause bringen", schlug Raymond vor. Er konnte immer noch nicht glauben, dass Alain ihm das Vertrauen ausgesprochen hatte. Er widerstand auch der Versuchung, Jean einen hilfesuchenden Blick zuzuwerfen, weil er Bestätigung brauchte. Wie viel hatte sich doch in den wenigen Monaten geändert, seit sie die Allianz mit den Vampiren eingegangen waren!

„Ja", stimmte ihm Alain zu. „Es wird Zeit."

Raymond konzentrierte sich auf die Bürste, die vor ihm auf dem Tisch lag. Er konnte spüren, wie die Magie sich ausdehnte und auf die Suche nach Orlando machte. Er warf einen Blick auf die Karte hinter Marcels Schreibtisch, um ein Gefühl dafür zu bekommen, wie weit sein Aufspürzauber sich ausgebreitet hatte. Hier und da spürte er einen weißen Fleck, den seine Magie nicht durchdrang. Er merkte sich die Lage auf der Karte, weil es sich um ein potentielles Versteck der dunklen Magier handeln konnte. Was Raymond *nicht* spüren konnte, obwohl er sehnlichst darauf wartete, war die Anziehung, die ihm zu erkennen gab, dass seine Magie Orlando endlich gefunden hatte. Er wiederholte die Beschwörung und investierte dieses Mal mehr Energie, um ein größeres Areal abdecken zu können. Zu seiner Genugtuung verschwanden durch die Magie einige der weißen Flecken der ersten Beschwörung, aber er fand immer noch keine Spur von Orlando.

„Ich brauche mehr Kraft", murmelte er. „Wo immer er auch ist, Serrier hat ihn mit einem Schutzschild umgeben. Meine Magie reicht nicht aus, um alle Schilde zu durchdringen, die sie in der Stadt angetroffen hat."

„Ich glaube nicht, dass meine Unterstützung dir hilft", sagte Alain frustriert. „Ich sehe nach, wen ich finden kann."

„Oder ich könnte dich beißen", bot Jean an. „Das hat beim Piège-Pouvoir funktioniert und es gibt keinen Grund, warum es nicht auch jetzt helfen sollte."

Alain sagte nichts dazu, weil er die beiden Männer nicht unter Druck setzen wollte. Er konnte sich aber noch sehr gut daran erinnern, wie mächtig er sich durch Orlandos Biss, während des Piège-Pouvoir, gefühlt hatte. Er war allein stärker gewesen, als die kombinierte Macht zweier Magier.

„Es wäre einen Versuch wert", erwiderte Raymond.

„Soll ich euch allein lassen?", bot Alain ihnen an, weil er sich in diesem intimen Moment nicht aufdrängen wollte. Sicher, während des Piège-Pouvoir waren sie nicht allein gewesen, aber damals lag zumindest der See zwischen ihnen. Dadurch waren die einzelnen Paare so weit voneinander getrennt gewesen, dass sie sich kaum gesehen hatten. Marcels Büro war nicht ansatzweise so weiträumig, wie die Höhle im Untergrund von Paris.

Raymond wollte das Angebot annehmen, denn in der letzten Woche waren er und Jean sich sehr nahe gekommen. Gleichzeitig wollte er Alain aber nicht ausschließen, denn sie suchten immerhin nach dessen Partner und Geliebten. „Schon gut, du kannst bleiben."

Raymond entging nicht, dass Alain bei dieser Antwort erleichtert aufatmete. Er drehte sich zögernd zu Jean um und bot ihm aus einem Gefühl der Schicklichkeit nur das Handgelenk an, obwohl er Jeans Zähne lieber im Hals gespürt hätte. Jean nahm ihm die Entscheidung ab, indem er hinter ihn trat und ihn wieder zum Schreibtisch umdrehte. Raymond schloss instinktiv die Augen und lehnte sich mit dem Rücken an seinen Geliebten. Jeans Zähne ließen ihn vor Macht und Begehren am ganzen Leib vibrieren. Raymond zwang sich zur Konzentration und kanalisierte alle Energie in die Beschwörung. Die geballte Macht seiner Magie breitete sich durch die Stadt aus und durchdrang auch die letzten weißen Flecken, die Serriers Schutzschilde vor ihm verborgen hatten. Aber als die Magie die Innenstadt hinter sich ließ und in den Vororten angelangte, tauchten neue weiße Flecken auf. Es waren nicht viele – Raymond merkte sich jeden einzelnen – doch er konnte sie trotz Jeans Unterstützung nicht durchdringen. Sie waren entweder zu weit entfernt oder die Schilde zu stark.

Und immer noch fand er keine Spur von Orlando.

Raymond bot seine gesamte Kraft auf, bis seine Magie die Grenzen der Île-de-France erreichte und sich noch weiter ausbreitete. Sie erfasste Burgund, die Picardie und die Normandie, die Champagne und schließlich sogar Tours. Dann versagten Raymonds Kräfte und er brach in Jeans Armen zusammen. „Es tut mir leid. Ich kann ihn nicht finden."

Alain war die Enttäuschung anzusehen. „Was ist passiert?"

„Ich konnte die Schilde in der Stadt durchdringen, aber die weiter entfernt gelegenen waren zu stark. Ich kann nicht sicher sagen, woran es lag", erklärte Raymond. „Ich konnte das magische Vakuum spüren, aber es war undurchdringlich."

„Das hilft uns aber trotzdem bei der Suche!" Alain war begeistert und sah schon nicht mehr so niedergeschlagen aus. „Wir müssen nur noch dort suchen, wo du nicht eindringen konntest. Irgendwo dort muss er sein. Wir finden ihn." Er löste die Blockade und suchte nach seiner Verbindung zu Orlando. Die Gefühle seines Geliebten überfluteten ihn und er konnte die überwältigende Liebe Orlandos spüren. Sie war Balsam für Alains wunde Seele, aber sie weckte auch Schuldgefühle in ihm.

„Ich markiere die Stellen auf der Karte", meinte Raymond. „Aber wenn sie so stark abgeschirmt sind, wird es keine einfache Aufgabe sein und es wird Zeit kosten. Allein in dem Bereich, den ich durchschaut habe, gibt es ein Dutzend solcher Orte. Die Grenze der Beschwörung liegt bei ungefähr zweihundert Kilometer. Was außerhalb dieses Umkreises liegt, weiß ich nicht."

„Das ist immer noch mehr, als wir ohne die Beschwörung wüssten", erklärte Jean aufmunternd. „Es grenzt unser Suchgebiet beträchtlich ein. Jetzt müssen wir nur noch die einzelnen Orte abarbeiten, in die deine Magie nicht vorgedrungen ist."

„Hat Mireille nicht gesagt, dass Monsieur Lombard heute Nacht zurückkommt?", wechselte Raymond das Thema, während er auf der Karte die weißen Flecken markierte. „Ich schlage vor, ihn zu besuchen und zu fragen, ob er noch andere Ideen hat. Vielleicht weiß er, wie wir die Suche beschleunigen können."

„Das ist gut", stimmte Alain zu und betrachtet die Karte. Er machte bereits Pläne, wie er die Suche strukturieren wollte. „Ich melde euch, wo ich nichts gefunden habe. Durch meinen Repère könnt ihr auf der Karte verfolgen, wo ich mich gerade aufhalte."

Raymond setzte noch einen Punkt auf die Karte. „Das ist alles", sagte er und trat einen Schritt zurück. „Lass uns aufbrechen, Jean. Je eher wir bei Monsieur Lombard sind, umso eher können wir wieder bei der Suche helfen. Wie das sein wird, muss sich noch herausstellen."

Die beiden Männer verließen Alain, der noch mit seinen Planungen beschäftigt war. Sie machten sich durch die verwinkelten Korridore auf den Weg zum Ausgang und kamen gerade an Adèles Büro vorbei, als die Magierin tobend vor Wut das Zimmer verließ und die Tür hinter sich zuknallte. „Dieses verdammte Arschloch!", schrie sie und schloss hinter sich ab. „Er hält sich für das Geschenk Gottes an die Frauen und glaubt, wir hätten nichts Besseres zu tun, als für ihn die Beine breitzumachen. Bastard!"

„Einen weniger aufbrausenden Mann würdest du bei lebendigem Leib verschlingen, mein Schatz", meinte Jean und zog mit der Bemerkung ihren Zorn auf sich.

„Du stimmst ihm wahrscheinlich zu", fauchte sie ihn an. „Ich sollte ihm wohl einfach seinen Willen lassen, sollte mich wie eine Hure behandeln lassen, die er jederzeit ficken kann, wenn ihm der Sinn danach steht, ohne auf sie Rücksicht nehmen zu müssen. Schließlich ist er ein Mann und ich bin nur eine Frau. Ist es nicht so?"

„Das habe ich ganz und gar nicht gemeint", widersprach Jean gelassen. „Aber ich bin auch nicht blind. Was immer du auch sagst – die Farbe in deinem Gesicht kommt nicht nur davon, dass er dich erzürnt und beleidigt hat." Er packte sie am Arm und drückte sie mit dem Rücken an die Wand. „Du magst ihn hassen und hast vermutlich auch Gründe dafür, aber er ist genau der Typ Mann, der dich erregt." Jean streichelte ihr grob über den Körper. Adèle entwich ein Stöhnen und sie sah ihn überrascht an. Jean ließ sie wieder los und trat zurück. „Genau das meine ich."

Adèle kniff die Augen zusammen und richtete ihren Stab auf Jean. Die Beschwörung kam ihr über die Lippen, ohne dass sie vorher darüber nachgedacht hätte. Raymond blockierte sie mit einer schnellen Handbewegung. „Er hat recht, Adèle. Und das weißt du auch. Wir alle wissen es." Er musste einen Anflug von Eifersucht unterdrücken, weil Jean sie angefasst hatte. Ausgerechnet Adèle, die von Anfang an ein Streitpunkt zwischen ihnen gewesen war. Aber in diesem Fall hatte Jean ihr nur etwas beweisen wollen, mehr nicht.

„Das gibt Jude noch lange nicht das Recht, nach Lust und Laune über mich herzufallen", beharrte sie auf ihrem Standpunkt.

„Nein, das tut es nicht", stimmte ihr Jean zu. „Ich nehme an, er ist noch in deinem Büro." Sie nickte. „Dann soll er dort bleiben. Wir kümmern uns um diese Angelegenheit, sobald Marcel wieder zurück ist. In der Zwischenzeit solltest du dich von ihm fernhalten. Es wäre in deinem besten Interesse."

Adèle wollte Einspruch erheben und ihn darauf hinweisen, dass sie sich selbst um ihre Angelegenheiten kümmern konnte, verkniff sich jedoch jeden Protest. Mit Jean war die Führungsspitze der Allianz in die Geschichte verwickelt worden. Es lag nicht mehr in ihren Händen. Eine kleine Stimme flüsterte ihr zu, dass sie die Kämpfe mit Jude vermissen würde.

Jean ließ die Sache für den Moment auf sich beruhen. Kurz darauf verließen sie das Hauptquartier. Es wurde schon dunkel und unter ihren Füßen raschelte das Herbstlaub. „Der Winter steht vor der Tür", meinte er nachdenklich. „Ob es in diesem Jahr wohl schneien wird?"

„Wenn nicht, reisen wir eben an einen Ort, wo es Schnee gibt", erwiderte Raymond spontan. „Du musst jetzt auf die Sonne keine Rücksicht mehr nehmen. Mit etwas Magie ist eine kurze Reise kein Problem."

Jeans Miene hellte sich auf. „Das wäre schön", sagte er leise und hätte Raymond am liebsten an der Hand genommen. Doch Raymond war für eine solche Geste noch nicht bereit. Jean wollte ihn nicht damit erschrecken.

Seite an Seite fuhren sie mit der Métro zur Île St-Louis. Als sie vor Monsieur Lombards Haus ankamen, war es vollends dunkel geworden. Jean klingelte und sie warteten ab, ob jemand öffnen würde. Im Haus blieb es still.

Jean klingelte ein zweites Mal und trommelte ungeduldig mit den Fingern an sein Bein. Die Sekunden vergingen. Raymond fasste ihn an der Hand und brachte die nervösen Finger mit sanftem Druck zur Ruhe. „Mireille hat gesagt, dass er vielleicht erst morgen kommt", erinnerte er Jean. „Bis dahin haben wir Orlando wahrscheinlich schon gefunden und brauchen Monsieurs Hilfe nicht mehr. Lass uns zurückfahren."

„Können wir einen Umweg über Notre-Dame nehmen?", fragte Jean leise. „Ich ... ich würde gerne einige Minuten beten."

„Natürlich können wir das tun", erwiderte Raymond. „Manchmal vergesse ich, dass du früher ein Klosterschüler warst. Du musst mich ab und zu daran erinnern."

„Meine Lehrer wären empört darüber, wie sehr ich ihre Lehren missachte. Ich gehe fast nie in die Kirche", sagte Jean schmunzelnd, während sie die Pont St-Louis zur Île de la Cité überquerten. „In besonders schweren Zeiten finde ich immer noch Trost im Gebet. Dieser Tag gehört mit Sicherheit dazu."

Sie kamen auf die Rue du Cloître Notre-Dame und kurz darauf zur Kathedrale. „Nimm dir Zeit", sagte Raymond und blieb respektvoll im hinteren Teil der Kathedrale zurück. Er musste kein Katholik sein, um die Majestät des Bauwerks anzuerkennen. Er konnte deutlich die Macht spüren, die die heilige Quelle ausstrahlte, über der die Kathedrale errichtet worden war. Raymond lächelte, als er daran dachte, wie sehr sich die verschiedenen Religionen doch ähnelten. Jede einzelne bezog ihren Glauben aus der gleichen mystischen Kraft, jede einzelne war ein kleines Mosaiksteinchen der universellen Wahrheit, die sich allen Erklärungsversuchen entzog.

Jean verbeugte sich und ging durch den Mittelgang zum Altar, wo er niederkniete. Mit dem Rosenkranz in der Hand betete er für Orlandos Sicherheit und baldige Befreiung. Seine Lippen bewegten sich im stillen Gebet. Der Duft des Weihrauchs und der Rauch der Opferkerzen trugen seine Bitte himmelwärts. Jean erinnerte sich an Orlando, wie er ihn das erste Mal gesehen hatte – blutüberströmt, zerbrochen und an der Schwelle zur Selbstvernichtung. Orlando hatte die Untiefen der menschlichen und vampirischen Grausamkeit kennengelernt wie kaum ein anderer. Mehr als einmal hatte er gesagt, er würde lieber in den Strahlen der Sonne zu Asche verbrennen, als jemals wieder eine solche Folter zu ertragen. Jean hatte Angst, dass sie Orlando nicht rechtzeitig retten konnten, bevor er wieder in diesem Stadium der Verzweiflung versank und seine Drohung wahr machte. Jean hatte noch nie in seiner Existenz eine solche Angst verspürt, wie die um seinen jungen Freund.

Doch Orlando hatte das vor langer Zeit gesagt. Damals kannte er Alain noch nicht und Jean hoffte, dass der Aveu de Sang, der Alain und Orlando in dieser Welt verband – und manche sagten, er würde sie sogar noch im Jenseits verbinden – Orlando die Kraft und Zuversicht gab, die er am Ende seiner Gefangenschaft bei Thurloe nicht mehr besessen hatte. Alain konnte Orlando immer noch spüren, und obwohl der Magier sich Sorgen um den körperlichen Zustand seines Geliebten machte, schien er an dessen emotionaler Verfassung keinerlei Zweifel zu hegen. Orlando war nicht in der Lage, jemanden darüber zu täuschen. Wenn sein Überlebenswille gebrochen wäre, hätte er es vor Alain nicht verheimlichen können.

Jean betete und klammerte sich an diese Hoffnung. Sie schien einen Teil seiner Gebete zu beantworten. Den Rest seiner Antwort konnte er erst durch Orlandos Rückkehr bekommen.

7

RAYMOND STAND in der Nähe des Eingangs und wartete geduldig auf Jean. Dabei sah er sich immer wieder nervös um, denn in den letzten Tagen war so viel passiert, dass er sich an diesem relativ offen zugänglichen Ort unwohl fühlte. Als sein Blick auf das Weihwasserbecken fiel, seufzte er erleichtert und ging darauf zu. Das Wasser würde ihn warnen, falls ein magischer Angriff drohte. In dem Becken kanalisierte sich die magische Energie der Kathedrale. Die Wirkung wurde noch dadurch verstärkt, dass Notre-Dame auf einer Insel mitten im Fluss stand. Raymond spürte die Elementarmagie und fiel in eine leichte Trance, die ihm half, die Anspannung der letzten Tage abzustreifen und seine magische Energie zu erneuern.

Er wurde aus seiner meditativen Trance gerissen, als sich das Wasser plötzlich zu kräuseln begann und kleine Wellen an seine Finger schlugen, die eindeutig auf eine Störung hinwiesen. Raymond runzelte die Stirn und konzentrierte sich auf das Wasser. Er benutzte die Energie der Kathedrale, um die Umgebung zu erkunden, so ähnlich, wie er es mit dem Aufspürzauber getan hatte, aber mit einem weniger spezifischen Ziel.

Hätte er sich nicht an einem geheiligten Ort befunden, er hätte laut geflucht. Sofort holte er das Handy aus der Tasche und forderte im Hauptquartier Verstärkung an. Er wollte gerade Jean holen, um durch eine der Seitentüren zu verschwinden, da wurde die Kathedrale von dem ersten Fluch erschüttert.

Raymond nahm keine Rücksicht mehr auf angemessenes Verhalten. Ihre Sicherheit war wichtiger. „Wir müssen hier raus!", rief er Jean zu. „Dunkle Magier! Sie sind auf dem Platz vor dem Haupteingang und im Norden. Bis zum Südeingang haben sie es noch nicht geschafft."

„Nein", protestierte Jean vehement. Dass eine Kirche – dass *diese* Kirche – von den dunklen Magiern bedroht sein sollte, zerriss ihm das Herz. „Wenn wir fliehen, werden sie die Kathedrale zerstören!"

„Und wenn wir bleiben, zerstören sie vielleicht uns", mahnte Raymond. „Ich bin gut, aber ich bin nur ein Magier gegen zwanzig. Ich habe Verstärkung angefordert. Eine Patrouille ist auf dem Weg hierher."

„Dann müssen wir nur allein durchhalten, bis sie eintrifft." Jean würde nicht zulassen, dass Serrier mit seiner Bosheit heiligen Grund beschmutzte.

„Nein", widersprach Raymond. „Wir müssen hier weg. Die Patrouille wird sich um alles kümmern, sobald sie eintrifft."

„Dann geh", erwiderte Jean und suchte die Schatten nach Möglichkeiten ab, sich irgendwie hinter die dunklen Magier zu schleichen, sodass er einen nach dem anderen ausschalten konnte. Er hasste den Gedanken, hier Gewalt ausüben zu müssen, aber es blieb ihm nichts anderes übrig. „Ich weiß, dass sie einen Preis auf deinen Kopf ausgesetzt haben. Ich werde tun, was ich kann, bis die anderen kommen."

„Den Teufel werde ich tun und dich hier allein zurücklassen!", rief Raymond. „Wenn du nicht mitkommst, bleibe ich eben auch hier. Ich hoffe nur, dass die Verstärkung uns nicht zu lange warten lässt. Komm!"

Er zog Jean zum südlichen Querschiff, wo sie zumindest auf drei Seiten von Wänden umgeben waren. Dadurch waren die Angriffsmöglichkeiten der dunklen Magier eingeschränkt. Als der erste von ihnen durch den Nordeingang in die Kathedrale kam, wurde er mit einem *Abbatoire* empfangen. Raymond hatte bei jedem von ihnen nur eine Chance. Wenn er sie nicht sofort außer Gefecht setzte, musste er seine Magie gegen sich selbst richten. Er wollte lieber von eigener Hand sterben, als sich der Folter Serriers auszuliefern. Ein Warnschrei war zu hören. „Sie wissen, dass wir hier sind", warnte er Jean. „Versuche, die Tür hinter uns zu sichern. Dann muss ich mich nur um diejenigen kümmern, die von vorne kommen."

Jean ging zum Südeingang, während auf der gegenüberliegenden Seite die dunklen Magier in die Kathedrale strömten. Jean drehte sich zu Raymond um. Er war hin- und hergerissen zwischen dem Auftrag Raymonds und dem Bedürfnis, seinen Partner zu beschützen. Sein Instinkt setzte sich durch. Er war gerade wieder bei Raymond angelangt, als zwei dunkle Magier gleichzeitig ihre Flüche auf ihn abfeuerten. Raymond blockierte den ersten, konnte aber gegen den zweiten nichts mehr ausrichten. Er bereitete sich innerlich auf die Schmerzen vor, die der Fluch ihm durch den Körper jagen würde. Nichts geschah.

Jean machte einen gewaltigen Sprung und landete direkt an Raymonds Seite. Er holte aus und schleuderte den Magier zu Boden, bevor der Fluch ihn erreichte. Der Fluch traf stattdessen Jean, der in die Knie ging und sich keuchend zusammenkrümmte. Es war, als würden sich seine Eingeweide verknoten. „Merde", fluchte Raymond, warf sich Jean über die Schulter und suchte in einer Ecke des Querschiffs Deckung. Er legte Jean auf den Boden und duckte sich hinter der Statue von Jeanne d'Arc, von der die Flüche harmlos abprallten. Währenddessen versuchte er, Jean zu beruhigen. Die Wirkung des Fluches würde in wenigen Minuten von sich aus abklingen und Raymond konnte ihn nicht früher neutralisieren, weil seine Magie auf Jean nicht wirkte.

„Es ist nicht real, oder?", keuchte Jean mit schmerzverzerrtem Gesicht.

„Es ist nur ein Schmerz, keine wirkliche Verletzung", bestätigte ihm Raymond.

„Dann tu doch was dagegen!"

Raymond sah in hilfloser Wut zu, wie sein Partner gegen die Schmerzen ankämpfte. Dann richtete er seine Aufmerksamkeit wieder auf die dunklen Magier und wartete auf eine Gelegenheit, Jeans Angreifer außer Gefecht zu setzen. Langsam kroch er hinter der Statue hervor. Er hielt sich in den Schatten und hoffte, so lange wie möglich unentdeckt zu bleiben. Sie wussten natürlich, dass er hier war. Und sie mussten auch wissen, dass der Fluch nicht ihn getroffen hatte, sondern seinen Begleiter. Aber vielleicht glaubten sie, er hätte aufgegeben, weil er nicht sofort zurückgeschlagen hatte.

Er schlich sich an der Wand entlang in die erste Kapelle, wo er hinter dem Altar in Deckung ging und nach einem Ziel Ausschau hielt. Als er auf der anderen Seite des Hauptschiffs eine Bewegung wahrnahm, schleuderte er einen Fluch in diese Richtung. Der dunkle Magier hatte keine Zeit mehr, sich zu seinem Angreifer umzudrehen. Er fiel sofort zu Boden.

Raymond hätte gerne auf die Uhr gesehen, um die Zeit bis zum Eintreffen der Verstärkung zu kalkulieren, aber da er sich darauf sowieso nicht verlassen konnte, ließ er es lieber bleiben. Er musste sich auf seinen eigenen Verstand – und Jeans, wenn der sich wieder erholt hatte – verlassen.

Als sich Schritte seinem Versteck näherten, transportierte Raymond sich in den hinteren Bereich des Chorumgangs. Von dort stabilisierte er das Gemäuer mit einer Beschwörung. Er wünschte sich, Thierry mit seiner Erdmagie wäre hier, um diese Aufgabe zu übernehmen und die Kathedrale, die Jean so viel bedeutete, vor Schäden und Zerstörung zu schützen. Trotz der Beschwörung erbebte die Kathedrale und die Steine knirschten, als würden sie weinen über die Entweihung durch die dunklen Magier.

Raymond war kurz davor, den Kampf aufzugeben. Selbst eine Kathedrale, so heilig sie auch sein mochte, war es nicht wert, dass sie ihr Leben riskierten. In diesem Augenblick hörte er die Einheit der Milice, die endlich eingetroffen war. Serriers Leute wurden aufgefordert, ihre Stäbe fallenzulassen und sich zu ergeben. Erleichtert machte Raymond sich auf den Rückweg zu Jean. Er hoffte, dass sein Partner vernünftig genug gewesen war, seine Deckung nicht aufzugeben, solange der Fluch noch wirksam war.

Raymond fand Jean dort, wo er ihn zurückgelassen hatte – hinter der Statue von Jeanne d'Arc. Der Vampir hatte sich aufgesetzt und mit dem Rücken an den Sockel der Statue gelehnt. Nur seine Beine ragten an der Seite hervor. „Komm jetzt", sagte Raymond und nahm ihn am Arm. „Die Kavallerie ist eingetroffen. Wir können dich auf die Krankenstation bringen."

Jean schüttelte den Kopf. „Ich brauche keine magische Medizin. Ich muss wissen, ob die Kathedrale sicher ist. Und ich brauche Blut."

„Kannst du allein aufstehen?", fragte Raymond. Jean nickte und erhob sich mühsam auf die Beine. Er stützte sich auf Raymonds Arm und versuchte einige Schritte zu gehen. Überall in der Kirche waren Rufe zu hören und Flüche flogen durch die Luft. Sie zertrümmerten die Einrichtung und sprengten Gesteinsbrocken aus dem Gemäuer und den Säulen. Raymond hatte trotzdem den Eindruck, als würde die Milice langsam die Oberhand gewinnen.

Raymond achtete auf jede Bewegung und jedes Geräusch, als er Jean half, langsam das Mittelschiff zu erreichen. Als er keine dunklen Magier mehr entdecken konnte, stellte er einen der umgefallenen Holzstühle auf und half Jean, sich hinzusetzen. „Bleib hier. Ich versuche, die Lage zu erkunden. Geh sofort in Deckung, falls wieder Kämpfe ausbrechen. Ich will nicht, dass du ein Risiko eingehst."

Jean nickte, obwohl es ihm schwerfiel, sich hier zu verstecken, während die anderen noch kämpften. Aber mit den Schmerzen im Bauch konnte er sowieso nicht effektiv kämpfen und würde sich eher noch zusätzliche, vielleicht schwerere Verletzungen einhandeln. Er wollte nicht daran denken, warum die dunklen Magier es nicht mehr mit dem *Abbatoire* versuchten, sondern nur noch Schmerzen verbreiteten. Er wusste, sie mussten es an Orlando ausprobiert haben. Aber im Moment hatte er wichtigere Probleme und durfte sich durch die Sorge um seinen jungen Freund nicht ablenken lassen.

Jean behielt Raymond scharf im Auge, der durchs Mittelschiff zum Haupteingang der Kathedrale ging. Ab und zu blieb der Magier stehen und hob einen Stuhl oder eine Bank auf, die im Weg lag. Jean hatte keine Ahnung, wie er sich wehren sollte, falls ein dunkler Magier ihn hier angriff. Er konnte nur versuchen, sein Bestes zu geben. Glücklicherweise musste er diesen Vorsatz nicht auf die Probe stellen, denn kurz darauf tauchten Thierry und Sebastien auf. Sie unterhielten sich mit Raymond, warfen dann einen Blick in Jeans Richtung und kamen auf ihn zu.

Jean erhob sich schwerfällig aus dem Stuhl und ging ihnen entgegen. Sie trafen sich auf halbem Weg.

„Sie sind weg", sagte Thierry. „Aber die Kathedrale ist in einem üblen Zustand und schwer beschädigt. In den Streben und Wänden sind unzählige Risse zu sehen. Wir müssen das Gebäude evakuieren. Dann kann ich das Mauerwerk notdürftig verstärken und einen Einsturz verhindern, bis die Maurer kommen, um die Schäden wieder zu reparieren."

Jean sah sich zweifelnd in der riesigen Kathedrale um. „Das ist eine ziemlich heftige Aufgabe für einen einzelnen Magier, besonders wenn die Schäden so umfangreich sind, wie du gesagt hast."

„Richtig", stimmte ihm Thierry zu. „Aber ich bin hier der Einzige, der eine Affinität zur Erde besitzt. Ich gebe mein Bestes, danach können wir nur noch hoffen."

„Lass dich von Sebastien beißen, wenn du die Beschwörungen vornimmst", riet ihm Raymond. „Als Jean mich bei meiner Suche nach Orlando gebissen hat, habe ich ein viermal so großes Gebiet abdecken können, ohne dass die Stärke des Zaubers nachgelassen hat. Wenn Sebastien dir auch nur einen Bruchteil dieser Kraft gibt, wirst du wesentlich sicherer und effektiver arbeiten können."

Thierry nickte. „Das ist eine gute Idee. Falls Sebastien nichts dagegen hat …" Er zwinkerte seinem Partner zu. Sebastien neigte den Kopf und lächelte ihm zu.

„Seid vorsichtig", warnte Jean. „Es wird viel anstrengender sein, als Raymonds Suche nach Orlando. Du darfst nicht …" Er verstummte, weil er Thierry versprochen hatte, nicht über die Vorkommnisse im Parc de la Courneuve zu reden.

„Was darf er nicht?", fragte Sebastien scharf. „Gibt es eine Gefahr, von der ich nichts weiß?"

„Es tut mir leid", entschuldigte Jean sich bei Thierry. „Es ist mir einfach rausgerutscht."

Thierry zuckte mit den Schultern. „Es ist immer gefährlich, wenn wir mit den Elementen arbeiten, zu denen wir eine Affinität besitzen. Wir müssen vorsichtig sein, um uns nicht in dem Element zu verlieren. Es ist so ähnlich wie das, was mir während des Rite d'équilibrage mit der Elementarmagie passiert ist."

„Mit einem Unterschied", fügte Raymond hinzu, der sicher sein wollte, dass Sebastien die Gefahr richtig einschätzte. „Wenn man sich in seinem eigenen Element verliert, wird man davon aufgesogen und vereinigt sich damit. In Thierrys Fall bedeutet das, dass er sich in einen Stein verwandeln könnte, wenn er nicht rechtzeitig zurückgeholt wird."

„Woher weißt du darüber so genau Bescheid, Jean?", wollte Sebastien wissen. „Ist Raymond etwas Vergleichbares passiert?"

Jean sah Thierry hilfesuchend an, aber der blonde Magier wich seinem Blick aus. „Nein, Raymond ist nichts passiert. Es war Thierry. Als wir in dem Park nach Orlando gesucht haben, hat er seine Verbindung zur Erde benutzt, um herauszufinden, wohin Orlando gebracht wurde. Es sah aus, als würde Thierry sich verwandeln und …"

„Und davon weiß ich nichts?", brüllte Sebastien. Thierry und Jean zuckten schuldbewusst zusammen, obwohl nicht ganz klar war, gegen wen der beiden sich Sebastiens Wut richtete.

„Es war schnell vorbei und es ging ihm wieder gut", erwiderte Jean verlegen. Er kam sich vor wie ein Schulkind, das etwas angestellt hatte und zum Rektor zitiert wurde.

„Du hättest also nicht wissen wollen, wenn Raymond sich fast in eine Pfütze aufgelöst hätte?", fragte Sebastien herausfordernd.

„Na ja … schon, aber …"

„Kein Aber", unterbrach ihn Sebastien. „Thierry hat gesagt, ihr sollt die Kathedrale räumen, damit er arbeiten kann. Ich will das hinter mich bringen, deshalb werden wir jetzt nicht länger darüber reden. Aber ich versichere dir, dass ich es nicht vergessen werde."

Jean kniff die Augen zusammen. „Du vergisst dich, Noyer."

„Ich habe ihn gebeten, dir nichts darüber zu sagen", mischte sich Thierry ein, um eine Konfrontation zwischen den beiden Vampiren zu vermeiden. „Ich wusste, dass du dir Sorgen machen wirst. Aber dazu bestand kein Grund, weil es nur ein dummer Fehler war, der mir nicht mehr unterlaufen ist, seit ich das erste Mal meine Affinität zur Erde erkannt habe. Es wird nicht wieder vorkommen. Wenn du schon wütend wirst, dann auf mich, nicht auf Jean."

„Wir reden später darüber", versprach Sebastien. „Jetzt kümmere dich um die Sicherheit der Kathedrale. Wenn sie über uns zusammenbricht, spielt es keine Rolle mehr, was passiert ist und wer recht gehabt hat."

„Ich habe im Chorumgang schon versucht, das Gemäuer etwas zu stabilisieren", sagte Raymond zu Thierry. „Ich weiß nicht, ob es dir hilft, aber es gibt hier eine Quelle der Elementarmagie. Möglicherweise ist die Kathedrale an einem heiligen Ort errichtet worden, der schon in vorchristlicher Zeit sehr mächtig war. Wenn du diese Quelle anzapfen kannst, sollte das deine Macht noch zusätzlich steigern. Ich muss mich jetzt um Jean kümmern. Er ist von einem Fluch getroffen worden. Sagt uns Bescheid, wenn ihr hier wieder alles im Griff habt."

„Machen wir", versprach Thierry und war in Gedanken schon bei dem geeigneten Ort, von dem aus er seine Beschwörung vornehmen wollte. Nach einigem Abwägen entschied er sich für die zentrale Säule, wo das Mittelschiff mit den beiden Querschiffen zusammentraf. Sie stand fast genau im Mittelpunkt der Kirche und war daher bestens als Ausgangspunkt für seine Beschwörung geeignet. Er legte die Hand auf den kühlen Stein und fühlte sofort die magischen Schwingungen und die Wut über die Schändung dieses heiligen Ortes, die Raymond ihm beschrieben hatte. Thierry ließ seine heilende Energie in den Stein fließen, wo sie sich mit der pulsierenden Magie der Kathedrale vereinte. Sebastien stand hinter ihm, griff um ihn herum und drückte seine Hände ebenfalls an den Stein der Säule. Seine Zähne schabten leicht über Thierrys Hals, dann biss er zu. Thierry ließ den Kopf nach hinten auf Sebastiens Schulter fallen und lehnte sich an ihn.

Trotz Raymonds Vorwarnung wurde Thierry von der gewaltigen Macht überrascht, die aus beiden Richtungen durch seinen Körper strömte. Durch Sebastiens Biss und die zusätzliche Energie, die Thierry daraus zog, war er mit den Steinen auf eine Art verbunden, wie er es noch nie erlebt hatte. Seine Magie drang bis in den tiefsten Kern ihres Seins vor und er konnte die pure Freude spüren, die der Kontakt mit seiner Hand und seinem Geist in den Steinen hervorrief. Sie wussten, dass er sie verstand und überschwemmten ihn mit Bildern ihrer Geschichte, die ihm den Atem nahmen. Thierry musste all seine Kraft aufbringen, um sich nicht in den Bildern zu verlieren und sein Ziel aus den Augen zu verlieren, die Mauern der Kathedrale zu stabilisieren.

Er ließ die Bilder durch sich hindurchströmen und hörte einfach nur zu, was die Steine ihm zu erzählen hatten. Die Lage war nicht so kritisch, dass er sich nicht noch etwas Zeit lassen konnte, bevor er mit der Beschwörung begann. Er sah, wie die Steine erwachten und von ihrem Ruheplatz in den Steinbrüchen zum Fluss gebracht und auf Flößen an ihr Ziel transportiert wurden. Er sah, wie sie sorgfältig in Form gemeißelt wurden, um perfekt aufeinander zu passen. Zu seiner Überraschung erzählten ihm die Steine auch die Geschichte eines der Baumeister, eines Magiers in Zeiten, in denen Magie verboten war und verfolgt wurde. Der Mann blieb jeden Abend auf der Baustelle zurück, angeblich, weil er Vorbereitungen für den nächsten Tag treffen wollte. Sobald er allein war, ließ er seine Magie in das Bauwerk fließen. Auf stille und persönliche Weise benutzte er seine missverstandene Gabe zum Lobe des Gottes, den er in seinem Herzen verehrte, obwohl er genau wusste, dass er exkommuniziert und vielleicht sogar hingerichtet werden würde, sollte ihn jemand beobachten und anzeigen.

Die Steine erzählten ihm, wie sehr sie sich während der Krönung von Heinrich V. amüsierten, der so naiv war, zu glauben, damit den Thron von Frankreich errungen zu haben. Wo doch jeder wusste, dass die Franzosen nur einen König anerkennen würden, der in der Kathedrale von Reims gekrönt worden war. Thierry musste lächeln über so viel Schadenfreude.

Aus dem Amüsement wurde Furcht, als die Steine über die Besetzung Frankreichs durch die Nazis berichteten. Die Besetzer hatten keine Ehrfurcht vor dem heiligen Ort und missbrauchten den Vorplatz des Gotteshauses, um Exekutionen vorzunehmen. Thierry sah die Bilder von verängstigten Menschen, die sich vor dem Altar zusammenkauerten und beteten, die vor der Statue der Heiligen Jungfrau von Orleans um Erlösung vor den Ungeheuern flehten, die ihre Leben und ihre Welt zerstörten. Thierry erinnerte die Steine daran, dass diese Zeiten vorbei waren und die Demokratie zurückgekehrt war.

Die Steine antworteten mit einem Bild des Angriffs der dunklen Magier, der nicht gegen die Menschen, sondern gegen sie selbst gerichtet war. Sie gaben Thierry damit den passenden Anlass, sie mit dem Grund für seine Anwesenheit bekannt zu machen. Er schickte seine heilende Magie in das alternde, baufällige Gemäuer. Die Steine nahmen seine Hilfe an. Risse schlossen sich, Schwachstellen wuchsen wieder zusammen und der Schaden, der durch die Schlacht entstanden war, wurde beseitigt. Dann drangen die heilenden Kräfte tiefer ein, bis in das Fundament des Bauwerks, wo sie sich mit den jahrhundertealten Beschwörungen des Baumeisters vereinten und sie wieder erneuerten, bis die Mauern wieder so fest standen wie am ersten Tag.

Thierry rang nach Luft, beendete die Verbindung und brach in Sebastiens Armen zusammen. Ihm war schwindelig von all dem, was er gesehen und gefühlt hatte.

„Ist alles in Ordnung?", erkundigte sich Sebastien.

Thierry brauchte einen Augenblick, bevor er antworten konnte. Zu seinem Erstaunen fühlte er sich durch die anstrengende Beschwörung nicht ausgelaugt. Entweder hatte Sebastien ihm mehr Kraft gegeben, als Raymond für möglich gehalten hatte, oder Notre-Dame selbst hatte sich bei ihm bedankt und ihm die Energie, die er in die Heilung des Gemäuers investiert hatte, wieder zurückerstattet. „Es geht mir gut", sagte er schließlich verwundert. „Ich weiß nicht warum, aber es geht mir gut."

„Bist du sicher?", wollte Sebastien wissen. „Ich konnte deine Erschöpfung fühlen."

Thierry nickte und sah sich in der Kathedrale um. Es kam ihm vor, als würde er sie mit ganz neuen Augen sehen. „Ich glaube, wir haben all die Jahre einen entscheidenden Fehler gemacht", überlegte er. „Wir hätten die Rites d'équilibrage hier durchführen sollen. Erde, Wasser, Wind und Feuer … sie sind alle hier. Wir sind hier an einem Kreuzungspunkt magischer Macht, der seinesgleichen sucht. Ich habe so etwas noch nie gefühlt. Wir müssen unbedingt Marcel darüber informieren."

„Später", knurrte Sebastien. Das Begehren für seinen Partner, das beständig unter der Oberfläche brodelte, vermischte sich mit der Angst, Thierry beinahe verloren zu haben. Es drängte alle anderen Erwägungen in den Hintergrund. „Erst müssen wir über andere Dinge reden. Beispielsweise darüber, dass du mir nicht erzählt hast, was im Parc de la Courneuve geschehen ist."

8

„BERICHT?", FRAGTE Serrier, kaum dass Simon und seine Einheit wieder zurück waren.

„Payet war da, als wir ankamen", schimpfte Simon. „Mit einem Vampir. Er war in der Dunkelheit schlecht zu erkennen, aber es könnte Bellaiche gewesen sein. Die Flüche haben funktioniert. Er konnte allerdings noch Verstärkung anfordern, deshalb mussten wir den Rückzug antreten, bevor wir die Kathedrale zum Einsturz bringen konnten. Es war merkwürdig. Ich hatte fast das Gefühl, als würde sich das Gebäude selbst unserer Magie widersetzen."

„Das ist unmöglich", behauptete Serrier und stand auf, als er die unerwartete Nachricht hörte. „Es ist nur ein Bauwerk, lebloser Stein. Nur ein magischer Ort, ein Fokus, sollte sich wehren können. Wenn es einen solchen Ort in Paris geben würde, wüssten wir darüber Bescheid."

„Keine Ahnung. Aber auf jeden Fall ist die Kathedrale nicht eingestürzt, wie es eigentlich hätte sein sollen", verteidigte sich Simon. „Ich kann nur berichten, was ich gesehen habe. Und wenn ich nicht plötzlich komplett verlernt habe, meine eigenen Flüche richtig einzuschätzen, dann ist heute Nacht etwas sehr Merkwürdiges passiert."

„Ich muss darüber nachdenken", erklärte Serrier und lief aufgeregt im Zimmer auf und ab. „Sollte es in Paris einen Fokus geben, müssten wir unsere Pläne ändern. Was ist mit den Vampiren? Haben die Flüche auf sie gewirkt?"

Simon nickte. „Bellaiche – oder wer immer es auch war – ist sofort zusammengebrochen und hat sich für die Dauer des Kampfes nicht mehr erholt. Ich bin mir ziemlich sicher, das auch bei anderen Vampiren gesehen zu haben, die mit der Verstärkung eingetroffen sind. Natürlich kann es auch sein, dass Chavinier neue Rekruten hat, über die wir nichts wissen."

„Welche Flüche habt ihr benutzt?"

„Schmerzzauber", antwortete Simon. „Wir können sie vielleicht nicht töten, aber wir können sie auf jeden Fall außer Gefecht setzen. Die Flüche haben den Vorteil, sowohl auf Vampire als auch auf Magier zu wirken."

„Gut. Dann sollten wir diesen Vorteil ausnutzen. Sie werden nicht erwarten, dass wir sofort wieder angreifen. Bisher haben wir zwischen den einzelnen Attacken immer einige Zeit verstreichen lassen. Rufe deine Leute zusammen und brich sofort wieder auf. Schlagt willkürlich zu. Es muss kein bedeutendes Ziel sein. Wichtig ist nur, dass wir ihnen unsere Stärke zeigen", zischte Serrier.

„Und was ist mit dem Fokus, falls es einen gibt?"

„Ich sende jemanden in die Kathedrale, der sich unauffällig umsieht. Falls sich der Verdacht bestätigt, werden wir unsere Pläne entsprechend modifizieren", entschied Serrier. „Bis es soweit ist, werden wir Paris daran erinnern, dass es uns immer noch gibt. Schlagt zu und verschwindet wieder. Lasst euch von der Milice nicht in Kämpfe verwickeln. Stiftet nur möglichst viel Chaos."

Simon grinste. Er war zwar nicht von der Folter besessen, so wie Claude, aber er hatte nichts dagegen, die Einwohner von Paris gehörig in Angst und Schrecken zu versetzen. Sie mussten endlich begreifen, dass die Milice gegen die Macht der dunklen Magie letzten Endes hilflos war. „Wird erledigt." Simon rief seine Einheit zusammen und machte sich wieder auf in die Nacht.

Eric stand im Schatten und runzelte die Stirn. Das war eine Komplikation, die sie nicht brauchen konnten. Da er aber gegen Simon und seine Schergen nichts ausrichten konnte, machte er sich schulterzuckend wieder auf den Weg ins Untergeschoss. Zu dem Vampir. Er hatte Vincent mit einem fingierten Auftrag weggeschickt, um allein mit dem Vampir reden zu können.

„Was ist dein Leben der Milice wert?", fragte er, als er die Zelle betrat.

Orlando erwachte aus dem Halbschlaf, in den er sich flüchtete, wann immer seine Kerkermeister ihn allein ließen. Er spürte immer noch jeden Knochen, jeden Muskel im Leib, aber es war schon etwas besser geworden. Offensichtlich hatte ihm die Ruhe gutgetan und ihn heilen lassen. „Was spielt das für eine Rolle?", fragte er ausdruckslos. Er klammerte sich an die Hoffnung auf Befreiung, wusste aber auch, dass ihm die Zeit ausging. Sein Körper wurde immer schwächer, ein Prozess, der durch die

Folter und den Blutmangel noch beschleunigt wurde. „Du lässt mich nicht frei und gefährdest damit deine Stellung hier. Und ich bin nicht dumm. Ich weiß genau, dass Serrier einen Weg finden wird, um mich zu vernichten, sobald er seine Experimente abgeschlossen hat."

„Da hast du zweifellos recht", gab Eric zu. Ihm drehte sich der Magen um, wenn er an die möglichen Konsequenzen seines Handelns dachte. Sollte der Vampir ihn verraten, wäre das Erics Todesurteil, und er würde nicht so schnell und schmerzlos sterben wie Dominique. Nein, wenn Serrier von diesem Gespräch erfuhr, würde Eric als Claudes Spielzeug enden. Trotzdem musste er das Risiko eingehen. Er hatte Vincent versprochen, über alle Möglichkeiten nachzudenken. „Jedenfalls in Bezug auf Serrier. Aber du hast mir gesagt, Alain und Thierry würden mich wieder aufnehmen, falls ich die Seiten wechsele. War das die Wahrheit? Oder hattest du es nur auf mein Mitgefühl abgesehen?"

„Du hältst mich wohl für einen Narren", rief Orlando und setzte sich langsam auf. Sein Körper protestierte gegen die unnötige Bewegung. „Egal, wie ich dir antworte, du kannst mir nicht vertrauen. Selbst wenn ich behaupte, ich hätte die Wahrheit gesagt, könnte das eine Lüge sein."

„Und lügst du?"

„Was spielt das für eine Rolle?", wiederholte der Vampir hoffnungslos und blickte dem großen Magier direkt in die Augen. Er wusste, dass Alain nach ihm suchte. Aber er konnte auch die wachsende Verzweiflung seines Geliebten spüren. Orlando hat schon einmal Gefangenschaft und Folter überlebt, doch das war vor Alain gewesen. Vor dem Aveu de Sang. Ihr Bund hatte ihm die Hoffnung auf Rettung gegeben, die er das letzte Mal nicht gehabt hatte, aber er verkürzte auch die Zeit, die ihnen zur Verfügung stand. Orlandos Frist lief ab, wenn Alains Blut aufgebraucht war und die magischen Lebenskräfte ihn nicht mehr nähren konnten.

„Serriers Hofvampir behauptet, dass irgendwo dort draußen ein Mann lebt, der dein Zeichen am Hals trägt", sagte Eric und holte tief Luft, als die Erinnerungen an ein früheres Leben zurückkamen. „Ich weiß, wie es ist, wenn man auf einen Schlag alles verliert, was einem lieb und teuer war. Du würdest Alain gefallen und hast an seiner Seite gekämpft, als wir dich gefangen genommen haben. Du hast über ihn gesprochen, als würdest du ihn sehr gut kennen. Vielleicht suche ich eine Möglichkeit, um für einen alten Freund das Richtige zu tun."

„Vielleicht suchst du eine Möglichkeit, mich noch mehr zu verletzen, weil du diesem alten Freund vorwirfst, deine Familie auf dem Gewissen zu haben", erwiderte Orlando vage, weil er hinter den Worten des Magiers eine Falle witterte. „Ihr Magier haltet euch für so subtil. Ihr vergesst, dass wir Vampire diese Kunst seit Hunderten von Jahren perfektioniert haben. Du bringst mich mit deinen Tricks nicht dazu, mehr zu enthüllen, als ich freiwillig zu sagen bereit bin."

Eric war sich ziemlich sicher, dass Alain mit einer oberflächlichen Bekanntschaft niemals darüber gesprochen hätte, welche Rolle er beim Tod von Erics Familie gespielt hatte. Selbst blind vor Wut und Trauer war ihm damals nicht entgangen, wie tief Alain sein unbedachtes Handeln bedauerte. Es war Eric aufgefallen, auch wenn es an seiner Entscheidung nichts mehr geändert hatte. „Er hätte dir nichts darüber erzählt, wenn du ihm nicht viel bedeuten würdest", schlussfolgerte er. „Was immer Alain denken mag – ich bin keine Morgana."

Orlando runzelte die Stirn. Die scheinbar zusammenhanglose Bemerkung verwirrte ihn zunächst, aber dann fiel der Groschen. Als Alain mit ihm über Erics Geschichte und das Schicksal ihrer Familien gesprochen hatte, hatte er auch einen Code erwähnt, den er, Eric und Thierry entwickelt hatten. Der Code beruhte auf den Namen großer Magier der Vergangenheit. Wenn Orlando sich richtig erinnerte, war Morgana die Verräterin. Und wenn das stimmte, dann … „Merlin weiß, was du noch sein magst", versuchte er es in der Hoffnung, die Namen nicht durcheinandergebracht zu haben. Sollte er recht haben, hatte er gerade einen Verbündeten gewonnen. Und wenn nicht, konnte er die Situation vielleicht immer noch zu seinem Vorteil nutzen.

„Den Göttern sei gedankt!", rief Eric. Selbst die etwas falsche Antwort – denn es stand beileibe nicht alles zum Besten – bewies ihm, dass Alain und Thierry den Vampir ins Vertrauen gezogen hatten. „Ich war mir nicht sicher, ob er mit dir darüber gesprochen hat. Warum hätte er das auch tun sollen? Ich bin schließlich zu Serrier übergelaufen."

„Du bist ein verdammt großes Risiko eingegangen", bemerkte Orlando, dem sich immer noch der Kopf drehte nach der unerwarteten Entwicklung ihres Gesprächs. Falls der Magier die Wahrheit gesagt hatte. „Und was passiert jetzt?"

„Jetzt müssen wir einen Weg finden, dich hier rauszuholen", antwortete Eric wahrheitsgemäß. „Ich fürchte, heute Nacht wird das nicht mehr möglich sein. Serrier ist wild entschlossen, der Welt seine Macht zu demonstrieren. Es wird heute Nacht ein einziges Kommen und Gehen sein. Ich kann dich unmöglich unentdeckt aus dem Gebäude schmuggeln. Wir müssen also mindestens bis morgen Nacht warten."

„So lange kann ich noch durchhalten", versicherte ihm Orlando, der wieder Hoffnung geschöpft hatte und seine letzten Kräfte mobilisieren wollte. „Aber darüber hinaus ... Ich weiß nicht." Er musste Eric nichts mehr vormachen, zumal Serrier durch den Gesetzlosen Bescheid wusste. Orlandos Erfahrung mit dem Jeu des Cours warnte ihn jedoch, dass es nicht so einfach sein könnte. Er wollte sich nicht auf diesen einen Plan verlassen und sicherte sich zusätzlich ab. „Falls du mich nicht hier rausholen kannst und Serrier mich vernichtet, könntest du das bitte zu Alain bringen?" Orlando holte seinen Siegelring aus der Tasche. „Gib ihm zumindest ein Andenken." Seine Hand zitterte, als er den einzigen Gegenstand, der ihn mit Alain verband, einem Fremden überreichte. Sein Herz protestierte gegen den Verlust, doch wenn der Magier den Ring mit nach Hause nahm, würde er im Hauptquartier wieder auf der Karte auftauchen. Vielleicht würde er jemandem auffallen und sie würden kommen, um Simonet festzunehmen oder ihm hierher zu folgen. Wie auch immer – die Milice würde erfahren, wo Orlando war.

Eric nahm den Ring und schaute ihn sich genau an. „Das ist kein gewöhnlicher Ring", meinte er.

„Nein, das ist er nicht", erwiderte Orlando. Der Ring hatte schon vieles bedeutet. Er war erst ein Symbol für Orlandos Qualen gewesen, dann wurde er zu einem Symbol seiner Befreiung und jetzt – endlich – zum Symbol seiner Liebe. Seit Thurloes Vernichtung hatte er den Ring nicht ein einziges Mal aus den Händen gegeben. Orlando konnte nur hoffen, ihn eines Tages wiederzusehen. „Es ist der Ring, mit dem wir unseren Bund besiegelt haben. Ich möchte, dass Alain ihn bekommt, falls mir etwas zustößt."

„Falls es dazu kommen sollte, werde ich dafür sorgen, dass er ihn bekommt", versprach Eric. Jetzt gab es für ihn kein Zurück mehr. „Aber es wäre mir lieber, ich könnte dich selbst zu ihm bringen."

Orlando lächelte. Mit dem Repère in der Hand würde Eric wahrscheinlich beides tun.

Die magischen Schutzschilde um das scheinbar verlassene Gebäude waren von einer Komplexität, wie Alain sie außerhalb des Hauptquartiers der Milice noch nie gesehen hatte. Trotz Raymonds Tipps und Ratschlägen brauchte er erschreckend lange, bis sie außer Kraft gesetzt waren. Alain konnte nur hoffen, dass sie etwas sehr Wertvolles beschützen sollten. Das Gebäude war schon der dritte weiße Fleck, den er mit seiner Patrouille untersuchte. Bisher hatten sie kein Glück gehabt und – obwohl sie überall auf Widerstand gestoßen waren – keine Anzeichen auf Orlando gefunden. Sobald sie in dem Gefecht die Oberhand gewannen, waren die dunklen Magier einfach verschwunden und hatten ihre magischen Fallen und Landminen zurückgelassen. Trotzdem hatte Alain mit seinen Leuten jedes Gebäude durchsucht, weil er sich Hinweise auf Orlandos Aufenthaltsort oder das Hauptquartier Serriers erhofft hatte.

Endlich gaben die Schilde nach und brachen unter Alains entschlossenem Angriff zusammen. Die Einheit bereitete sich auf einen Gegenangriff vor, aber nichts geschah. „Warte", sagte Alain, als einer der Magier das Haus betreten wollte. Die Situation kam ihm verdächtig vor.

„Was ist los, Alain?", fragte Leutnant Fouquet, der schon lange gelernt hatte, auf die Instinkte seines Captains zu vertrauen.

„Ich weiß es nicht", erwiderte Alain ehrlich. „Aber ich habe ein merkwürdiges Gefühl. Warum greifen sie uns nicht an, wenn sie hier sind? Und wenn sie nicht hier sind – warum war das Gebäude dann so stark gesichert? Sie müssen mittlerweile wissen, dass wir heute Nacht unterwegs sind." Alain sah sich um und entdeckte einen Kieselstein, hob ihn auf und warf ihn an die Hauswand.

Nichts geschah.

Links von ihm rollte Maurice Quenaud mit den Augen. Er wusste nicht, was das sollte. Sie jagten sowieso hinter einem Phantom her. Sie vergeudeten Zeit und Ressourcen mit der Suche nach diesem Vampir, anstatt Serrier direkt anzugreifen. Als der Kieselstein keine Wirkung zeigte, schüttelte Maurice den Kopf. „Lasst uns gehen. Die Zeit läuft uns davon", drängte er und ging auf das Gebäude zu, ohne auf Alains Warnruf zu achten.

Es sollte das letzte Geräusch sein, das er hörte. Das verlassene Warenhaus explodierte und ging in Flammen auf.

„Zum Teufel!", schrie Leutnant Fouquet. Sie sprangen zurück und hielten sich schützend die Arme vors Gesicht.

Alain fluchte laut vor sich hin. Er hatte den toten Magier nicht gekannt, konnte sich aber erinnern, dass Marcel erwähnt hatte, Maurice hätte eine Frau und kleine Kinder. Alain konnte nicht verstehen, warum Marcel es ihm unter diesen Umständen erlaubt hatte, am aktiven Kampfgeschehen teilzunehmen. Aber was den alten Fuchs und seine Entscheidungen anging, gab es vieles, das Alain nicht verstehen konnte.

„Löscht das Feuer!", brüllte er und konzentrierte sich auf Schadensminimierung. Alles andere hatte Zeit, auch die Meldung vom Tod des jungen Magiers.

Die Einheit verteilte sich und begann mit ihren Beschwörungen, um das Feuer einzudämmen und ein Übergreifen auf die umliegenden Gebäude zu verhindern.

Alain arbeitete an ihrer Seite. Er war hin- und hergerissen. Ihm war klar, dass die Löschung des Feuers Priorität hatte, aber es fiel ihm schwer, sich in diese Notwendigkeit zu fügen. Glücklicherweise konnte er Orlando immer noch fühlen. Sein Geliebter war nicht in diesem Inferno umgekommen, musste also an einem anderen Ort gefangen gehalten werden. An einem Ort, an dem Alain jetzt *nicht* war, weil er hier löschen musste. Er ärgerte sich insgeheim über Maurice' voreiliges Handeln. Mit etwas mehr Zeit hätte er den Fluch aufspüren und neutralisieren können. Dann wären sie nicht einfach in die Falle gegangen und müssten sich jetzt nicht mit den Konsequenzen rumschlagen.

Dann hätten sie mehr Zeit gehabt, nach Orlando zu suchen.

In diesem Augenblick vibrierte das Handy an seinem Gürtel. Alain stöhnte frustriert und nahm den Anruf an. „Magnier", bellte er.

„Alain, du musst mit deiner Einheit sofort zurückkommen. Wir haben Berichte von Attacken überall in der Stadt. Wir brauchen jeden, der noch halbwegs bei Kräften ist", sagte Marcel bedauernd. „Es tut mir leid."

„Putain!", schimpfte Alain. „Wir haben hier unser eigenes Problem. Ich schickte sie zurück, sobald wir es gelöst haben."

„Alain", warnte Marcel.

„Befiehl mir nicht, sie zu begleiten", unterbrach ihn Alain. „Es täte mir leid, einen direkten Befehl missachten zu müssen."

„Du wirst ihm nicht damit helfen, dass du in den Tod läufst", erwiderte Marcel mahnend.

„Ich werde nicht in den Tod laufen", versprach Alain. „Aber ich muss nach ihm suchen. Ich kann seine Schmerzen spüren, trotz der Blockade, die ich errichtet habe. Ich lasse ihn nicht eine Sekunde länger in Serriers Händen, als es absolut unvermeidlich ist. Wenn mir das ein Verfahren wegen Befehlsverweigerung einbringt, kann ich es nicht ändern."

Marcel seufzte. „Du kennst mich doch besser, mein Junge. Geh. Tu, was du tun musst. Aber ich brauche deine Einheit im Hauptquartier."

„Wir löschen erst noch das Feuer. Danach schicke ich sie zurück", stimmte Alain zu.

Alain brodelte innerlich, als er den Anruf beendete. Frustration, Hilflosigkeit, Schuld und Gram vermengten sich zu einem bitteren Gebräu, an dem er fast erstickte. Er wollte toben, wollte seine Wut in die Nacht hinausschreien – aber das würde ihm Orlando auch nicht zurückbringen. Und besser fühlen würde er sich danach schon gar nicht. Alain erinnerte sich noch gut daran, wie es war, als er das letzte Mal die Kontrolle verloren hatte. Als er seine Wut an dem dunklen Magier ausgelassen hatte, der seine Frau und seinen Sohn auf dem Gewissen hatte. Diese Wut hatte Erics Familie das Leben gekostet.

Alain musste sich beherrschen und sich voll und ganz darauf konzentrieren, Orlando zu finden. Erst wenn Orlando wieder in Sicherheit war, konnte er seinen Gefühlen freien Lauf lassen und den magischen Feuersturm entfachen, der unausweichlich folgen würde. Oder er konnte es Orlando überlassen, ihn um den Verstand zu ficken, bis die Wut und die Anspannung sich wieder verflüchtigten. Ein ersticktes Geräusch – halb Schluchzen, halb Kichern – entfuhr seiner Kehle. Er betete zu allen Göttinnen und Göttern der Menschheit, von der Antike bis zur Gegenwart, dass sie ihm bei der Suche nach seinem Geliebten helfen mögen, bevor es zu spät war.

Alain war nie ein sehr gläubiger Mann gewesen, aber für Orlandos Sicherheit würde er jeden Kompromiss eingehen und nichts unversucht lassen. Selbst sein eigenes Leben würde er opfern, obwohl Orlando diese Geste wahrscheinlich nicht sonderlich zu schätzen wüsste. Für Alain wäre es nur ein kleiner Preis, den er ohne zu Zögern zahlen würde für die Gewissheit, Orlando aus den Klauen von Serriers Folterknechten befreit zu haben.

Fünfzehn Minuten später hatten sie das Feuer gelöscht – fünfzehn Minuten, die Alain wie eine halbe Ewigkeit vorgekommen waren und ihn an die Grenzen seiner Geduld gebracht hatten. Kaum war die letzte Flamme erloschen, rief er Leutnant Fouquet zu sich und erklärte ihm Marcels Befehle.

„Meinst du, die Explosion war ein Teil ihrer willkürlichen Attacken?", fragte Fouquet. „Oder hatte sie damit zu tun, dass sie unsere Suche behindern wollen?"

Alain zuckte mit den Schultern. „Keine Ahnung. Das eine oder das andere, vielleicht auch beides. Es spielt keine Rolle. Kehre mit der Einheit ins Hauptquartier zurück. Helft Marcel so gut ihr könnt."

„Du kommst nicht mit?"

Alain schüttelte den Kopf. „Ich kann Orlando nicht im Stich lassen. Wenn Serrier tatsächlich gemerkt hat, dass wir aktiv nach ihm suchen, wird er sich noch besser verstecken und verbarrikadieren. Je länger ich es aufschiebe, umso unwahrscheinlicher wird es, dass wir Orlando finden, bevor sie ihn töten."

Leutnant Fouquet nickte. „Ich war nicht immer deiner Meinung. Aber auf diese Weise wollte ich nicht das Kommando über eine Einheit bekommen. Ich will nicht, dass dir etwas zustößt. Bist du sicher, dass du keine Unterstützung brauchst?"

Alain schürzte die Lippen. „Danke, doch Marcel hat sich deutlich ausgedrückt. Er akzeptiert, dass ich nicht anders handeln kann, braucht aber jede verfügbare Kraft, um Serriers Angriffe zurückzuschlagen. Ich will nicht noch jemanden in das Schlamassel reinziehen."

Leutnant Fouquets Mundwinkel zuckten amüsiert. „Das wäre für keinen von uns ein Hinderungsgrund. Jeder Mann und jede Frau dieser Einheit würde dir sofort folgen. Du müsstest uns nur fragen."

„Genau aus diesem Grund frage ich nicht."

Fouquet schüttelte den Kopf. „Dann bist du ein besserer Mann als ich. Viel Glück. Und zögere nicht, uns um Verstärkung zu bitten, sollte dir die Situation aus den Händen gleiten. Wir kommen sofort, egal, was der General uns befiehlt."

Alain beobachtete, wie seine Patrouille sich versammelte. Er überließ es bewusst Leutnant Fouquet, Marcels Befehle weiterzugeben. Zu seiner Überraschung salutierten die Mitglieder der Einheit vor ihm, bevor sie sich ins Hauptquartier transportierten und ihn allein in der leeren Straße zurückließen.

9

JEAN STAND auf den Vorplatz von Notre-Dame und betrachtete die Kathedrale. „Bist du sicher, dass wir gehen können?"

„Wir können Thierry bei seiner Aufgabe nicht helfen", erwiderte Raymond. „Außerdem wird Sebastien sich wesentlich wohler fühlen, wenn wir nicht dabeistehen und ihnen zusehen. Und wir brauchen auch Ruhe, damit du trinken kannst. Ich weiß genau, wie sehr diese Flüche schmerzen und wie viel Kraft sie kosten."

„Es ist schon besser geworden", sagte Jean. „Deine Magie in meinem Blut kämpft dagegen an. Wir müssen uns um die Probleme zwischen Adèle und Jude kümmern. Ich kann nicht zulassen, dass ein Mitglied meines Cour seine Position in der Allianz auf diese Weise missbraucht."

„Ich bezweifle sehr, dass er allein dafür verantwortlich war", meinte Raymond, während sie zur U-Bahn gingen, um ins Hauptquartier zurückzufahren. „Ich möchte wetten, dass Adèle auch ihren Beitrag dazu geleistet hat."

Jean zuckte mit den Schultern. „Mag sein. Aber ich kann mir nicht vorstellen, dass sie damit angefangen hat. Kannst du dich noch an den Morgen nach dem Rite d'équilibrage erinnern? Bevor wir die wilde Magie wieder eingefangen hatten? Sie mag ebenfalls erregt gewesen sein, aber alles andere ist gegen ihren Willen geschehen. Und nur das zählt. Außerdem sind die Spannungen zwischen den beiden eine Belastung für die Allianz. Wir müssen rechtzeitig eingreifen, bevor sie sich weiter ausbreiten können."

Dem hatte Raymond nichts entgegenzusetzen. „Aber du musst mir sofort Bescheid sagen, falls die Schmerzen wieder schlimmer werden", verlangte er. „Wir können in mein Büro gehen, wenn du Blut brauchen solltest, bevor wir zurück in deiner Wohnung sind."

„Das mache ich", erklärte Jean. Sie stiegen die Treppen zur U-Bahn hinab. Auf dem Bahnsteig standen nur noch wenige Passagiere, die auf die letzten Züge dieser Nacht warteten. Jean und Raymond unterbrachen trotzdem ihr Gespräch, denn sie wollten nicht das Risiko eingehen, von falschen Ohren gehört zu werden. Als der Zug einfuhr, legte Raymond seinem Partner die Hand auf den Rücken, weil er den Kontakt zu seinem Geliebten brauchte. Auch heute hatten sie es geschafft, Serriers Angriff zurückzuschlagen. Aber sie waren ihm nicht unbeschadet entkommen, und darüber machte Raymond sich Sorgen. Er hätte Jean besser beschützen müssen. Der Fluch hätte nicht den Vampir, sondern ihn selbst treffen sollen. Raymond wusste, dass Jean dem widersprechen würde. Wahrscheinlich hätte er sogar recht damit, denn wäre Raymond zu Boden gegangen, wäre der Vampir den Angriffen der dunklen Magier schutzlos ausgeliefert gewesen. So hatte Raymond wenigstens noch einige von ihnen außer Gefecht setzen und so verhindern können, dass die Kathedrale einstürzte, bevor die Verstärkung eintraf. Trotzdem – Raymond konnte sich nicht damit abfinden, Jean nicht vor dem Fluch bewahrt zu haben.

„Hör auf zu grübeln", flüsterte Jean ihm ins Ohr. „Ich fühle mich von Minute zu Minute besser. Wahrscheinlich liegt es daran, dass ich dich kurz vor unserem Besuch in der Kathedrale noch gebissen habe."

Raymond lief eine Gänsehaut über den Rücken, als er Jeans Atem spürte, der ihm sanft ins Ohr blies und durch die kurzen Haare fuhr. Er musste sich immer noch an den Gedanken gewöhnen, dass Jean jetzt tatsächlich sein Geliebter war, nicht nur sein Partner. Es war ein sehr ungewohntes Konzept für den Magier, das ihn vor Begehren erschauern ließ. Sie hatten sich seit mehreren Tagen nicht mehr geliebt. Die Erfordernisse des Kriegs, Jeans Angst um Orlando und – nicht zu vergessen – Jeans Trauer um Karine hatten verhindert, dass sie Zeit dazu gefunden hatten. Sie waren kaum zum Schlafen gekommen und Raymond spürte, wie seine eigenen Reserven sich langsam erschöpften. Er brauchte seine Kraft, falls Jean von ihm trinken musste oder Alains Einheit Erfolg hatte und herausfand, wo Orlando gefangen gehalten wurde.

Sie kamen an ihrer Haltestelle an, verließen die Métro und machten sich auf den Weg zum Hauptquartier. Jean fasste Raymond in einem wortlosen Versprechen an der Hand und verschlang ihre Finger miteinander.

Im Hauptquartier herrschte das reine Chaos.

„Was ist hier los?", fragte Raymond den ersten Magier, der an ihnen vorbeirannte.

„Serriers Leute verüben überall in der Stadt Anschläge", rief ihm der Magier über die Schulter zu und rannte weiter zum Salle des Cartes.

„Merde", fluchte Raymond. „Ich hatte gehofft, der Angriff auf Notre-Dame wäre für heute alles gewesen."

„Lass uns Marcel finden", schlug Jean vor. „Er wird wissen, was los ist und wie wir helfen können."

Raymond schüttelte den Kopf. „Unsere Hilfe besteht darin, dass wir dich nach Hause bringen und für deine Heilung sorgen. Und widersprich mir nicht. Wenn du nicht der Chef de la Cour wärst, würde es keine Rolle spielen. Aber du musst für alle sichtbar und gesund an Marcels Seite stehen, wenn er seine Pressekonferenz gibt und die Öffentlichkeit über heute Nacht informiert. Dazu musst du erst die Folgen des Fluchs überwinden und wieder schmerzfrei sein."

Das hörte sich nicht so an, als ginge es Raymond nur um die Allianz. Jean lächelte über Raymonds Entschlossenheit. Er hatte gehofft, die Zuneigung des Magiers zu gewinnen, hätte aber nie damit gerechnet, dass sich diese Hoffnung so bald erfüllen würde. Vielleicht war er ja zu vorsichtig gewesen und hatte Raymond nicht genug zugetraut. „Na gut", stimmte er zu, obwohl er die Schmerzen kaum noch spüren konnte. „Aber lass uns vorher kurz bei Marcel vorbeischauen."

Beschwichtigt akzeptierte Raymond den Kompromissvorschlag Jeans und folgte ihm zu Marcels Büro. Marcel telefonierte gerade. Er nickte ab und zu als Reaktion auf seinen unsichtbaren Gesprächspartner. Als Raymond und Jean ins Zimmer kamen, sah er auf, schüttelte aber mit dem Kopf und deutete ihnen mit einer Geste an, ihn allein zu lassen.

Raymond schrieb eine kurze Notiz auf ein Blatt Papier, um den General über Jeans Verletzung zu informieren und ihm mitzuteilen, dass sie jetzt in sein Büro gingen. Marcel warf Jean einen abschätzenden Blick zu und zog fragend eine Augenbraue hoch. Als er sah, dass es Jean schon wieder besser ging, nickte er und widmete sich wieder seinem Telefongespräch. Dabei studierte er aufmerksam die Karte hinter seinem Schreibtisch, auf der die Namen der Angehörigen der Milice aufblinkten.

„Er weiß, wo er uns erreichen kann", sagte Raymond, während sie sich auf den Weg zu seinem Büro im Untergeschoss machten. „Er wird sich melden, falls er uns braucht."

Jean folgte ihm wortlos. Sie mussten sich zwar immer noch um die Angelegenheit zwischen Adèle und Jude kümmern, aber dazu war Marcels Anwesenheit erforderlich, und der hatte zurzeit wichtigere Dinge zu erledigen. Wenn Jean den besorgten Gesichtsausdruck des Generals und die vielen Namen auf der Karte richtig deutete, waren dafür die unerwarteten Attacken Serriers verantwortlich.

Im Moment konnte Jean also nichts unternehmen, außer Geduld zu bewahren. Er entspannte sich und dachte darüber nach, was gleich passieren würde, wenn sie allein in Raymonds Büro waren. Raymond würde darauf bestehen, dass Jean Blut brauchte, obwohl es lange nicht mehr so dringend war wie vorhin in der Kathedrale. Jean war sich sicher, dass der Biss wieder die Lust in ihnen wecken würde. Er hoffte sehr, dass Raymond bereit wäre, auch dieses Bedürfnis zu befriedigen.

Raymond schloss die Bürotür auf und schob Jean mit der Hand auf dem Rücken in den kleinen Raum. Der Vampir trat ein. Die vielen Bücherstapel und Papiere, die überall auf dem Schreibtisch und dem Boden lagen, entlockten ihm ein Lächeln. Er beschloss, die Sache etwas zu beschleunigen und stolperte scheinbar erschöpft auf den Schreibtisch zu. Sofort war Raymond an seiner Seite und stützte ihn ab. „Ich glaube, ich muss mich hinsetzen", murmelte Jean.

Raymond verwandelte einige Bücherstapel in ein bequemes Sofa, wie er es schon zuvor getan hatte. Er half Jean fürsorglich, es sich bequem zu machen. Dann zog er seinen Mantel aus, knöpfte sein Hemd bis zur Brust auf und bot Jean seinen Hals an. Jean schüttelte den Kopf und öffnete auch noch die restlichen Knöpfe. Er senkte den Kopf und legte ihn an Raymonds Brust, nur wenige

Zentimeter über der Brustwarze. „Wir haben deinen Hals schon genug beansprucht in letzter Zeit", erklärte er, obwohl es ihn ungemein erregte, dass seine Bisse dort für jedermann sichtbar waren. Aber es gab ihm einen glaubhaften Grund, Raymond noch weiter auszuziehen.

„Ich habe nichts zu verbergen", erwiderte Raymond, doch darin erschöpfte sich sein Protest. Er bog den Rücken durch und drückte sich mit der Brust an Jeans verführerische Zähne.

Das heiße Blut strömte in Jeans Mund und er lächelte erfreut – nicht nur über Raymonds Bemerkung, sondern auch über die Tatsache, dass er in dem Blut nicht mehr die geringste Furcht oder Zurückhaltung schmecken konnte. Offensichtlich musste man die Furcht vor dem Biss nur durch eine noch größere Angst ersetzen, und schon entspannte sich Raymond. Jean konzentrierte sich auf seinen Magier und stellte fest, wie erschöpft Raymond war. Er wollte nicht noch dazu beitragen, indem er zu viel trank. Deshalb nippte er nur leicht, während er sich vorsichtig über Raymond beugte.

Jeans Biss löste die erwartete Reaktion aus. Raymonds Schwanz wurde steif und drückte gegen den Stoff seiner Hose. Er musste an die Angst der letzten Stunden denken, als er befürchten musste, seinen Partner zu verlieren. Raymond fuhr mit den Fingern in Jeans dunkle Haare und drückte den Kopf des Vampirs fest an die Brust. Er wollte sich zurückhalten, weil Jean immer noch unter seiner Verletzung litt und um Karine trauerte, aber mit jeder Bewegung der Zähne in seinem Fleisch ließ sein Widerstand nach.

Jean hob den Kopf und blickte Raymond in die Augen. Er hatte das Verlangen im Blut des Magiers geschmeckt. Jetzt konnte er es auch in dessen Gesicht erkennen. Es hüllte sich um Jean wie ein schützender Mantel, der die Wunden in seinem Herzen heilte. „Ich begehre dich auch", flüsterte er heiser. „Wir haben überlebt. Es ist nicht falsch, dafür dankbar zu sein und es zu feiern."

Raymond wollte Jean gerne Glauben schenken, doch er hatte dessen trauriges Gesicht bei Karines Beerdigung nicht vergessen. „Was ist mit Karine?"

„Sie hatte nicht verdient, was ihr meinetwegen angetan wurde, aber ich habe mich von ihr verabschiedet", antwortete Jean. „Sie war schon vor ihrem Tod ein Teil meiner Vergangenheit. Du bist meine Gegenwart und meine Zukunft."

Mit diesen Worten zerstreute er Raymonds Bedenken. Ein anderes Problem ließ sich nicht so leicht lösen. „Ich habe kein Gleitmittel hier", murmelte er.

Jean grinste. „Dann bist du heute wohl der Top." Er war sich sicher, dass Raymond eine Möglichkeit finden konnte, mit seiner Magie irgendein anderes Material in Gleitmittel zu verwandeln, aber dann hätten sie erst aufstehen und danach suchen müssen. Dazu fehlte ihnen beiden die Geduld. „Ich erhole mich wesentlich schneller als du, zumal ich gerade erst getrunken habe."

„Ich will dich nicht verletzen!", rief Raymond.

„Etwas Spucke ist zwar nicht optimal und es tut immer noch weh. Aber das ist es mir wert", meinte Jean und fing an, sich auszuziehen. „Komm schon, Raymond", drängelte er. „Ich habe es in deinem Blut schmecken können. Hör endlich auf, den Kavalier zu spielen. Fick mich."

Es war, als hätte jemand in Raymond einen Schalter umgelegt.

Er stürzte sich auf Jean und drückte ihn mit dem Rücken auf die Couch. Dann fiel er über den Mund des Vampirs her und küsste ihn, ohne Rücksicht auf die langen Eckzähne zu nehmen. Ungeduldig riss er dem Vampir die Kleider vom Leib. Als Jean nackt war, schob sich Raymond zwei Finger in den Mund und saugte daran, bis sie feucht glänzten. Er schob sie Jean zwischen die Beine. Seine Versuche, sich einen Rest an Selbstbeherrschung zu bewahren, waren endgültig zum Scheitern verurteilt, als Jean sich ihm entgegen drückte und sich auf die beiden Finger schob, ohne dabei auch nur mit der Wimper zu zucken. Raymond stieß mit den Fingern immer wieder durch den engen Muskel, bis er sich soweit gedehnt hatte, wie er es seiner schwindenden Geduld gerade noch zumuten konnte.

Es brachte ihn fast um den Verstand. Raymond hatte noch nie ein so überwältigendes Begehren gespürt, einen Mann zu besitzen. Sex sollte Spaß machen. Was er heute fühlte, war zu impulsiv und berauschend, war zu wild und ungezügelt, um noch Spaß genannt zu werden. Für einen kurzen Augenblick wünschte er sich, er hätte auch Zähne wie Jean – Zähne, mit denen er den Vampir so zeichnen konnte, wie er selbst gezeichnet worden war, um aller Welt zu zeigen, dass Jean *ihm* gehörte. Er begnügte sich notgedrungen damit, an Jeans Hals zu saugen, bis sich dort ein großer, roter Fleck abzeichnete, der die Bissspuren ersetzte, die Raymond seinem Geliebten nicht geben konnte. Währenddessen arbeiteten seine Finger weiter daran, Jean vorzubereiten, bis sein – und Jeans – Körper mehr verlangte und sich nicht mehr zurückhalten ließ. Raymond riss die Hose auf und schmierte sich etwas Spucke auf den harten Schwanz. Dann warf er sich auf Jean und stieß ihm den Schwanz zwischen die Arschbacken.

„Mein", knurrte er Jean ins Ohr, obwohl er befürchtete, dass Jean seinen Anspruch zurückweisen würde. Der Vampir hatte ihm heute das Leben gerettet, indem er sich vor den Fluch des dunklen Magiers geworfen hatte. Die Angst um Jean, den er mehr und mehr zu schätzen gelernt hatte, saß Raymond immer noch tief in den Knochen. Instinkte, von deren Vorhandensein er keine Ahnung gehabt hatte, kamen plötzlich zum Vorschein und verlangten Anerkennung und Befriedigung.

Jean wand sich unter ihm hin und her, machte aber keine Anstalten, ihn wegzustoßen. Stattdessen legte er hingebungsvoll den Kopf in den Nacken. Raymond wurde von dieser Geste überrascht. Sie feuerte seine Leidenschaft noch mehr an und er kehrte wieder zu dem Mal an Jeans Hals zurück, um daran zu saugen und es noch deutlicher sichtbar zu machen. Jean presste sich Raymonds Mund entgegen und gab ihm damit eine Macht über sich, wie der Magier sie noch nie gespürt hatte. Er fragte sich, ob Jean wohl so ähnlich empfand, wenn er seine Opfer biss. Dann wäre es ein Wunder, wenn der Vampir nicht ständig jemandem an die Kehle ging. Diese Vorstellung weckte Raymonds Eifersucht. Er biss fester zu und stieß mit aller Macht in Jeans Körper hinein, weil der Vampir *ihm* gehörte. Nur ihm und sonst niemandem!

Jean stöhnte überrascht auf. In der Nacht, in der sie erfolglos nach Edouard gesucht hatten, war der Magier schon einmal von seinen dominanten Instinkten überwältigt worden. Jean hoffte sehr, dass es heute wieder so sein würde. „Dein", stimmte er ihm leise zu. Raymond stieß tiefer und tiefer in ihn hinein. Die fehlende Feuchtigkeit gab dem Erlebnis eine besondere Würze und unterstrich das unstillbare Verlangen, das Jean in Raymonds Blut geschmeckt hatte. Ihm selbst ging es mittlerweile genauso, und der kleine Anflug von Schmerz trieb seine Leidenschaft noch weiter in die Höhe.

Jean legte Raymond die Hände auf den Rücken und suchte an den stoffbedeckten Schultern nach Halt. Er konnte die störende Barriere zwischen ihren nackten Körpern nicht mehr ertragen, riss und zerrte daran, bis sie verschwand und er Raymonds schweißbedeckte Haut unter den Händen fühlen konnte. Raymond ließ sich dadurch nicht ablenken. Was war schon ein Hemd im Vergleich zu dem fast schmerzhaften Verlangen, dem Körper und der Seele des Vampirs sein Zeichen einzubrennen – es so tief einzubrennen, dass Jean niemals wieder das Bedürfnis verspüren würde, einen anderen anzusehen, solange Raymond lebte.

Jean spürte die nackte Haut unter den Fingern und biss wieder zu. Er hielt sich nicht mehr mit Lappalien auf, wie der Frage, wie viel Zeit seit seinem letzten Biss vergangen war oder wieviel er schon von Raymond getrunken hatte. Jean hatte den Eindruck gewonnen, das die gleiche Magie, die ihn vor der Sonne schützte, auch dafür sorgte, dass er Raymond mit seinen Bissen nicht schaden konnte. Bisher war er noch nicht dazu gekommen, dieses Problem mit Raymond zu diskutieren, und jetzt war mit Sicherheit auch nicht der richtige Zeitpunkt dazu. Aber Jean konnte die Lebenskraft im Blut Raymonds schmecken und fühlte sich dadurch in seiner Vermutung bestätigt. Es war nichts von der üblichen Schwäche zu spüren, die seine Opfer normalerweise überkam, wenn er länger von ihnen trank. Jean saugte und nahm mit den Lippen den Rhythmus von Raymonds Hüften auf, die immer noch in ihn hineinstießen und sie beide verbanden. Ihm wurde schwindelig, so richtig, so schicksalhaft und so mächtig fühlte es sich an.

Dann wurde ihm aus einem anderen Grund schwindelig, denn er kam zwischen ihren Körpern zum Orgasmus, ohne dass einer von ihnen seinen Schwanz auch nur versehentlich berührt hätte. Raymond ließ sich dadurch nicht unterbrechen. Die Armlehne der Couch drückte Jean unangenehm in den Rücken und die verkrampften Muskeln ließen seine Beine zittern. Ihn schauderte, als ihm die Luft kühl über die samenbedeckte Brust und den Bauch fuhr. Jean ignorierte diese Würdelosigkeiten als unvermeidlichen Bestandteil der Erfüllung, die er in ihrer Liebe gefunden hatte. Stattdessen schwelgte er in dem Gefühl der Vereinigung mit seinem Geliebten, in Raymonds leidenschaftlichem Blick und in der Ekstase, die Raymonds Züge verzerrte.

Er kniff zärtlich in Raymonds Nippel, und der Magier kam aus dem Takt. Er ließ wieder los, und Raymond sackte mit einem tiefen Stöhnen über ihm zusammen. Jean zog Raymonds Kopf an sich heran, um ihn zu küssen. Bevor ihre Lippen sich fanden, flüsterte er leise: „Dein.“

Dieses kleine, simple Wort löste in Raymond einen gewaltigen Orgasmus aus. Sein Körper zuckte und bebte und sein Schwanz ergoss sich tief in Jeans Körper, machte ihn schlüpfrig genug, um weiter und tiefer in ihn hineinzustoßen, bis sie sich beide völlig erschöpft hatten und nichts mehr ging.

„Jean, ich …“

Der Vampir brachte ihn mit einem Kuss zum Schweigen. „Sag jetzt nichts. Wir sind beide überarbeitet und bis an die Grenze der Belastbarkeit erschöpft. Wir sind schon so oft und so vollständig in diese Situation geraten, dass wir beide nicht mehr wissen, was wir wirklich denken oder fühlen. Wenn dieser Krieg vorüber ist, wenn Orlando wieder frei und Serrier in Ketten ist – dann haben wir Zeit und Gelegenheit, um herauszufinden, was wir empfinden und was wir daraus machen wollen.“

„Und wenn dieser Tag niemals kommt? Wenn einer von uns oder gar wir beide ihn nicht erleben?“, wollte Raymond wissen.

„Dann trösten wir uns damit, dass wir unser Bestes gegeben haben, um uns gegenseitig zu beschützen und beizustehen in der kurzen Zeit, die uns gegeben war“, erwiderte Jean.

„Das ist ein schwacher Trost“, schnaubte der Magier.

„Besser als keiner“, sagte Jean.

„Soll ich in meine Wohnung zurückkehren, bis der Krieg vorbei ist?“ Raymond wollte nicht in seine kalte, unpersönliche Wohnung zurück, wollte Jean dieses Angebot nicht machen, weil er sich hier bei dem Vampir so wohl fühlte, wie er sich noch nie in seinem Leben an einem Ort wohlgefühlt hatte. Aber die Worte des Vampirs hatten sein Selbstbewusstsein untergraben.

„Nein!“, rief Jean. „Seigneur Jésus, nein!“ Er klammerte sich an Raymond und zog ihn an sich, um ihn nicht entkommen zu lassen. „So habe ich es nicht gemeint. Ich will nur nicht, dass wir etwas sagen, was wir vielleicht später bereuen. Ich will dich an meiner Seite, im Kampf, bei den Besprechungen und – vor allem – im Bett. Aber die Lage ist zu angespannt und unsicher, um Entscheidungen zu fällen, die über die nächste Schlacht oder die nächste Abstimmung im Parlament hinausgehen. Unsere Zeit kommt noch.“

„Ich werde dich zu gegebener Zeit daran erinnern“, erklärte Raymond.

„Ich bitte darum“, erwiderte Jean und besiegelte ihr Versprechen mit einem Kuss.

10

ADÈLE STAND vor der Tür zu Marcels Büro und trat nervös von einem Fuß auf den anderen. Der General hatte sie zu sich befohlen und sie war sich ziemlich sicher, dass ihr kein sehr erfreuliches Gespräch bevorstand. Allerdings würde es auch nicht besser, wenn sie noch länger zögerte; also klopfte sie schließlich an und wartete darauf, dass er sie hereinbat.

Marcel begrüßte sie mit einem herzlichen Lächeln und warf sie dadurch noch mehr aus dem Gleichgewicht. Falls es nicht um Jude ging, konnte sie sich nicht vorstellen, was er von ihr wollte.

„Wie geht es dir heute Abend, Adèle?", fragte der General.

„Es geht so", erwiderte sie.

„Dein Partner ist noch nicht eingetroffen?"

„Er ist hier. In meinem Büro", antwortete sie.

„Warum hast du ihn nicht mitgebracht?", fragte Marcel überrascht.

Adèle zögerte mit ihrer Antwort, weil sie nicht wusste, wieviel sie preisgeben sollte. Offensichtlich hatte Jean noch nicht mit Marcel gesprochen. Sie hatte dadurch die Chance, ihre Seite der Geschichte zuerst zu erklären. Nicht, dass sich dadurch an der beschissenen Lage etwas ändern würde. „Er ist nicht nur einfach in meinem Büro", fing sie an. „Er ist in meinem Büro *eingeschlossen*."

Marcel runzelte die Stirn. „Setz dich", befahl er. „Ich habe das Gefühl, uns steht ein längeres Gespräch bevor."

Gehorsam setzte Adèle sich auf einen der Stühle, die vor dem Schreibtisch standen. Sie hatte ein ungutes Gefühl im Magen und wusste nicht so recht, womit sie beginnen sollte. „Er ist das Ergebnis seiner Zeit", versuchte sie, es diplomatisch zu formulieren. „So wie ich auch. Unsere Vorstellungen von Frauen und ihrer Rolle in der Gesellschaft und im Krieg … sind diametral entgegengesetzt."

Marcel nickte verständnisvoll. „Ich kann mir das Problem vorstellen. Besonders für eine Frau, die so unabhängig ist wie du."

„Er hält mich für eine Art Hure, nur weil ich meinen Job mache und kein schüchternes, bescheidenes Mauerblümchen bin", platzte es aus ihr heraus. „Er glaubt, dass er mich deshalb auch so behandeln kann."

„Hat er dich verletzt?", fragte Marcel mit scharfem Tonfall.

„Es bereitet ihm großes Vergnügen", erwiderte Adèle. „Wann immer sich die Gelegenheit dazu ergibt."

„Warum hast du dich nicht früher bei mir gemeldet?", wollte Marcel wissen. „Ich hätte sofort mit ihm gesprochen. Oder Jean hätte es getan. Er ist dein Partner, aber das gibt ihm noch lange nicht das Recht, dich zu misshandeln!"

Adèle wurde rot. „So einfach ist das nicht."

Marcel zog verwundert eine Augenbraue hoch und fragte sich, was daran wohl kompliziert sein mochte. „Und was sollen wir in der Sache unternehmen?"

„Was meinst du damit?", fragte sie.

„Ich meine damit, dass ich nicht zulassen kann, dass ein Mitglied der Miliz ein anderes vorsätzlich verletzt. Wie lange geht das schon so? Doch sicher nicht von Anfang an, oder?"

„Nicht ganz", gestand Adèle. „Erst seit dem misslungenen Rite d'équilibrage. Seit uns die wilde Magie in ihrem Bann hatte, führt jede Begegnung zu Sex. Und glaub mir, das ist bei uns beiden keine sehr schöne Sache."

Marcel runzelte missbilligend die Stirn. „Du hättest dich früher melden sollen."

Adèle wurde so rot wie das Feuerwerk, das zwischen ihr und Jude jedes Mal aufflammte. „Ich dachte, ich würde mit ihm fertig. Ich dachte, ich könnte den Sex von der Partnerschaft getrennt halten."

Marcel schüttelte den Kopf. „Es ist kein Zeichen von Schwäche, wenn man Hilfe braucht und darum bittet, meine Liebe", wies er sie behutsam zurecht. „Es ist sogar ein Zeichen von Stärke, wenn man sich das eingesteht."

Adèle senkte beschämt den Kopf. Seine sanfte Zurechtweisung traf sie mehr als jede Standpauke. „Ich brauche Hilfe."

„Jude ist ein Vampir, kein Magier. Ich kann in dieser Angelegenheit nicht allein entscheiden. Wir müssen auf Jean und Raymond warten. Jean ist bei dem Kampf in Notre-Dame verwundet worden und Raymond will sichergehen, dass er die beste Behandlung bekommt."

Adèle wunderte sich, wie die Mediziner einem verwundeten Vampir helfen konnten. Bevor sie Marcel danach fragen konnte, klopfte es an der Tür. „Entrez", rief Marcel.

Jean und Raymond betraten das Zimmer. Jean sah schon wesentlich besser aus, aber was Marcel vor allem auffiel, war Raymonds zufriedener Gesichtsausdruck. Offensichtlich hatte er der Beziehung zwischen den beiden Partnern bisher zu wenig Aufmerksamkeit gewidmet. Marcel nahm sich vor, mit ihnen zu reden, sobald sie sich um Adèles Problem mit Jude gekümmert hatten. Das hatte Vorrang. „Adèle hat uns um Hilfe mit ihrem Partner gebeten", sagte er zu Jean.

Der Chef de la Cour warf Adèle einen neugierigen Blick zu. Er fragte sich, was sie dem General wohl erzählt hatte. „Das hatte ich schon erwartet", war alles, was er dazu sagte. „Ich bin ihr nach dem letzten Zwischenfall mit Jude begegnet und habe ihr zugesichert, dass wir uns mit der Angelegenheit befassen, sobald du von deinem Treffen zurück bist."

„Hast du einen Vorschlag?", erkundigte sich Marcel. Er wollte sich nicht in die Geschäfte des Cours einmischen, falls Jean eine Möglichkeit sah, den anderen Vampir zur Ordnung zu rufen.

„Unglücklicherweise hat Jude nicht gegen unsere Regeln verstoßen", entschuldigte sich Jean. „Sein Verhalten mag unter moralischen Gesichtspunkten fragwürdig sein, aber es ist nicht verboten. Wir haben so lange als Ausgestoßene gelebt, dass unsere Gesetze nur unser Verhalten untereinander regeln. Konflikte mit Personen außerhalb unserer Gemeinschaft werden darin nicht berücksichtigt. Ich kann Jude mit Konsequenzen drohen, aber es wären leere Drohungen."

Marcel summte leise vor sich. „Wir profitieren von der engen Verbindung zwischen den beiden Partnern und der Tatsache, dass der Magier seinen Vampirpartner mit seinen Beschwörungen nicht verletzen kann. Das gibt uns eine Flexibilität, die wir unter anderen Umständen nicht hätten. Aber auch bevor wir um die schützende Wirkung des Magierbluts für Vampire wussten, haben wir uns von der Allianz schon Vorteile versprochen", überlegte er laut. „Die organisatorischen Details der Allianz, also beispielsweise die Dienstzeiten, sind eine Konzession an den Wunsch der Partner, gemeinsam auf Patrouille zu gehen. Rein strategisch betrachtet ist das nicht unbedingt notwendig."

„Es gibt sogar Umstände, unter denen es zu Komplikationen führt", ergänzte Raymond. „Da unsere Magie zwischen Partnern nicht wirkt, sind wir auf andere Magier angewiesen, wenn wir uns schnell an einen anderen Ort transportieren müssen. Das kann zu Verzögerungen führen und uns im Kampf behindern."

„Gibt es also überhaupt einen Grund, warum Adèle und Jude zusammen auf Patrouille gehen müssen?", fragte Marcel in die Runde.

„Ein Problem entstünde nur, wenn Jude bei Tagesanbruch in einen Kampf verwickelt ist und die schützende Wirkung von Adèles Blut nachlässt", meinte Jean.

Marcel nickte. „Es gibt Beschwörungen, die verhindern, dass sich zwei Personen über eine gewisse Distanz hinaus zu nahe kommen. Sie werden normalerweise nur auf gerichtliche Anordnung angewendet. Ich könnte die Beschwörung so modifizieren, dass Jude zwar noch unter Aufsicht trinken kann, aber Adèle ansonsten nicht mehr belästigt."

„Kann eine solche Beschwörung auf beide Partner wirken?", wollte Jean wissen, der sich sehr gut ausmalen konnte, was nach dem Piège-Pouvoir zwischen der Magierin und ihrem Partner passiert war.

„Das ist unter normalen Umständen nicht beabsichtigt", erwiderte Marcel. „Die Beschwörung wird wie eine einstweilige Verfügung eingesetzt in Fällen, in denen eine Person von einer anderen belästigt wird und ein Kontaktverbot erwirkt. Aber es gibt keinen Grund, sie nicht auf beide Betroffenen anzuwenden."

„Ich brauche keine Beschwörung, um mich von Jude fernzuhalten", mischte sich Adèle ein. „Ich will mit dem Bastard nichts zu tun haben."

Jean sah sie nur an und zog wortlos eine Augenbraue in die Höhe. Raymond war nicht so zurückhaltend. „Ich glaube dir gern, dass du es ernst meinst. Aber was passiert, wenn die Natur der Partnerschaft sich bemerkbar macht und die Elementarmagie euch zueinander treibt? Natürlich hast du immer eine Wahl. Es ist deine freie Entscheidung. Selbst der wilden Magie, die nach dem Rite d'équilibrage freigesetzt wurde, konnte man widerstehen. Trotzdem hat Jean mit seinen Bedenken recht. Es mag dir nicht gefallen, wie Jude dich behandelt. Aber du kannst nicht leugnen, dass ihr perfekt zusammenpasst. Ein sanftmütiger Mann hätte gegen dich keine Chance."

Adèle biss sich auf die Zunge, um nichts Falsches zu sagen. Diese Diskussion wollte sie in Marcels Anwesenheit nicht führen. Außerdem hatte Jean ihr schon gezeigt, dass er seinen Standpunkt auch durchzusetzen vermochte. „Na gut. Wenn es euch glücklich macht, kannst du uns beide beschwören."

„Adèle", wies Marcel sie sanft zurecht. „Nichts daran macht uns glücklich. Aber es ist offensichtlich unumgänglich. Wir können solche Spannungen innerhalb der Milice nicht zulassen. Wir stehen schon genug unter Druck, nachdem Serrier heute Nacht mit seinen willkürlichen Attacken angefangen hat und die Stadt ins Chaos stürzen will."

„Das ist noch nicht alles", warf Raymond ein. „Aber darum können wir uns später kümmern. Soll ich jetzt Jude holen?"

Marcel nickte.

„Ich begleite dich", sagte Jean, dessen Beschützerinstinkte sich bemerkbar machten und nicht zulassen wollten, dass Raymond einem wütenden Jude allein gegenübertrat. Natürlich sagte ihm sein Verstand, dass Raymond sich mit seiner Magie jederzeit gegen den Vampir verteidigen konnte. Aber Jean konnte seine Reaktion nicht unterdrücken, auch wenn sie unvernünftig war.

Als Jean und Raymond sich Adèles Büro näherten, konnten sie schon von weitem Judes wütende Schreie hören. Die Beleidigungen und Flüche, die er über die abwesende Adèle ausschüttete, ließen selbst dem welterfahrenen Chef de la Cour vor Überraschung den Mund offen stehen. Nachdem Raymond die magisch verschlossene Tür wieder entriegelt hatte, stürmte Jude wild tobend aus dem Büro.

„Genug jetzt!", brüllte Jean in einer Lautstärke, die Raymond überraschte. Er hatte seinen Partner bisher nur als ausgesprochen höflichen Mann kennengelernt. Auch Jude verschlug es für einen Augenblick die Sprache und er verstummte. „Ich weiß nicht, was du dir dabei gedacht hast", fuhr der Chef de la Cour fort. Ein Mantel unmstößlicher Autorität umgab ihn, obwohl er keines seiner traditionellen Rangabzeichen trug. „Aber damit ist jetzt Schluss. Du wirst durch deine Unvernunft und deine Unfähigkeit, den Schwanz in der Hose zu lassen, weder den Zusammenhalt der Allianz gefährden noch unsere Chance, erstmals in der Geschichte Gleichberechtigung vor dem Gesetz zu erhalten. Und fang gar nicht erst damit an, Adèles provokativer Art die Schuld zu geben. Wir leben nicht mehr im 16. Jahrhundert, und Frankreich ist nicht das England von Königin Elisabeth. Gewöhne dich endlich daran. Wir werden jetzt nach oben gehen, und du wirst den Mund halten und die Konsequenzen für dein Verhalten akzeptieren."

„Und wenn ich das nicht tue?", fragte Jude missmutig.

„Dann bist du raus aus der Allianz", antwortete Jean ungerührt. „Sei froh, dass du noch von Adèle trinken kannst und den Schutz ihres Blutes hast. Wenn dir das nicht passt, werde ich dir eher auch noch das nehmen, als zuzulassen, dass du uns alle gefährdest."

„Ich sollte einfach von hier verschwinden", murmelte Jude.

„Von mir aus", erwiderte Jean. „Du hast uns mehr Probleme verursacht, als deine Hilfe wert ist. Der einzige Grund, warum ich mich für dich eingesetzt habe, ist, dass ich nicht nur dich kenne, sondern auch weiß, welche Art von Frau Adèle ist. Sie liebt eure Machtkämpfe genauso wie du. Unglücklicherweise befinden wir uns im Krieg. Euer Verhalten – und ich meine euch beide – gefährdet den Zusammenhalt der Allianz. Das können wir nicht zulassen."

„Du bist schon hinter mir her, seit ich aus England hierhergekommen bin", beschuldigte ihn Jude.

Jean schnaubte verächtlich. „Wenn das wahr wäre, hätte ich dich schon längst beseitigt, Jude. Ich mag dich nicht sonderlich, aber du bist ein Vampir und Mitglied in meinem Cour. Ich tue alles in meiner Macht stehende, um dich zu beschützen. Doch dieses Mal hast du eine Grenze überschritten. Falls es dir ein Trost ist – nicht, dass du den verdient hättest – freut es dich vielleicht, zu hören, dass Adèle mit den gleichen Konsequenzen zu rechnen hat wie du. Jetzt lass uns gehen. Marcel erwartet uns."

Jean und Raymond nahmen Jude zwischen sich und gingen mit ihm zurück zu Marcels Büro. Der Vampir sagte auf dem ganzen Weg kein Wort und schwieg auch noch, als er das Büro betrat und Adèle sah. Nur in seiner Miene spiegelte sich eine Mischung aus Wut und Begehren, die keinem der Anwesenden verborgen blieb. Marcel presste die Lippen zusammen, als ihm das Ausmaß der Abneigung zwischen den beiden bewusst wurde. Er hatte sich durch die vielen erfolgreichen Partnerschaften in Sicherheit wiegen lassen und war davon ausgegangen, dass sie der Normalfall waren. Selbst Raymond und Jean, deren Partnerschaft zu Beginn unter keinem sehr glücklichen Stern zu stehen schien, hatten sich zusammengerauft und ihre Probleme nicht nur überwunden, sondern zu einer guten Beziehung gefunden. Marcel nahm sich vor, sobald wie möglich mit den beiden zu reden. Er wollte wissen, ob es noch mehr Paare gab, die man genauer beobachten und denen man helfen musste. Die Allianz konnte sich, besonders in der gegenwärtigen Lage, keine offenen Wunden erlauben.

„Wir sind darüber unterrichtet worden, dass es zwischen Adèle und dir Probleme im Umgang miteinander gibt", eröffnete er das Gespräch.

Jude schnaubte, verkniff sich aber eine abschätzige Bemerkung, als Jean ihm einen scharfen Blick zuwarf.

„Um derartige Vorkommnisse in Zukunft zu vermeiden, haben Jean und ich beschlossen, dass ihr euch ab sofort nur noch unter Aufsicht im gleichen Raum aufhalten werdet", fuhr Marcel fort. „Ihr werdet euch nur noch treffen, wenn Jude trinken muss, um im Dienst vor der Sonne geschützt zu sein."

„Das werdet ihr kaum durchsetzen können", kommentierte Jude trocken.

Marcel lachte humorlos. „Mein Junge, du vergisst, mit wem du es zu tun hast." Jude schwoll der Kamm bei der Zurechtweisung, aber Jean fasste ihn an der Schulter und hielt ihn mit starkem Griff zurück. Jude wollte keinen offenen Widerstand leisten und ließ es zu, obwohl er sich hätte wehren können. „Junge? Wen meinst du damit?", fragte er trotzdem herausfordernd. „Ich bin Hunderte von Jahren alt."

„So lange du dich verhältst wie ein verzogener Balg, dem man sein Lieblingsspielzeug genommen hat, werde ich dich auch so nennen", erwiderte Marcel würdevoll. „Ich werde eine Beschwörung so modifizieren, dass sie einem Kontaktverbot gleichkommt und dir nur noch erlaubt, in meiner oder Jeans Gegenwart von Adèle zu trinken. Du wirst dich nicht mehr mit ihr im gleichen Zimmer aufhalten oder mit ihr auf Patrouille gehen können. Ich werde dafür sorgen, dass sie deinen Dienstplan kennt und zur Verfügung steht, wenn du Blut brauchst. Ansonsten werdet ihr keinerlei Anstalten unternehmen, euch zu sehen oder miteinander in Kontakt zu treten. Ist das klar?"

Adèle nickte sofort, weil sie die Angelegenheit so schnell wie möglich hinter sich bringen wollte. Sie spürte Judes Blick, der sich wie ein Pfeil in sie bohrte. Adèle wusste, dass er ihr die Schuld an allem gab, und sie war bereit, eine gewisse Mitverantwortung einzugestehen. Aber sie weigerte sich, ihn aus der Pflicht zu entlassen und die alleinige Verantwortung zu übernehmen.

Jude sah sie noch etwas länger durchdringend an. Er fühlte sich unwohl, weil er mit einer Autorität konfrontiert wurde, der er sich nicht entziehen und die er nicht ignorieren konnte. Seiner Meinung war die ganze Geschichte Adèles Unvernunft zuzuschreiben, und er nahm sich vor, insgeheim daran zu arbeiten, die magischen Restriktionen zu umgehen. Für den Augenblick fügte er sich scheinbar in sein Schicksal, nahm die Entscheidung nickend zur Kenntnis und ließ noch ein letztes Mal den Blick über Adèles vertrauten Körper schweifen. Er durfte sie vielleicht nicht berühren, aber er würde sie bald wieder so weit bringen, dass sie sich lüstern unter ihm rekelte. Er musste nur noch herausfinden wie.

„Jean, Raymond, ihr könnt bezeugen, dass sie der Beschwörung zugestimmt haben", stellte Marcel fest. Die beiden Männer nickten. „Dann wollen wir jetzt beginnen." Er begann mit der Beschwörung, die so stark war, dass sowohl Jude als auch Adèle dagegen ankämpfen mussten, nicht das Büro zu verlassen. Dann fügte Marcel die Modifikation hinzu, die ihnen erlaubte, sich unter seiner oder Jeans Aufsicht im gleichen Raum aufzuhalten. Als die Beschwörung wirksam wurde, beruhigten die beiden sich wieder. „Wann hast du das letzte Mal getrunken?", wollte Marcel von Jude wissen.

„Vor einigen Tagen", antwortete der Vampir.

Adèle krümmte sich innerlich zusammen. Sie konnte das nicht machen, wenn andere zusahen. Sie war durch die zurückliegende Konfrontation noch zu aufgeregt. Wenn Jude sie jetzt biss, würde sie wahrscheinlich allein durch seine Zähne zum Orgasmus kommen. Wie das Luder, als das er sie bezeichnete. „Unser Dienst endet lange vor Sonnenaufgang", protestierte sie. „Er muss heute Nacht nicht mehr trinken."

Jude sah sie mit einem anzüglichen Grinsen an. „Warum nicht, Muschi? Hast du Angst, die alten Männer könnten sehen, dass du nicht der unschuldige Engel bist, als den du dich ausgibst?"

„Arschloch", fauchte sie ihn an und vergaß in ihrem Zorn, dass sie nicht allein waren. „Wenn ich dich überhaupt sehen will, dann von hinten. Wenn du auf den Arsch fällst, weil du mal wieder mit dem Schwanz gedacht hast, anstatt mit deinem Hirn."

Marcel seufzte. „Kinder", unterbrach er sie. „Es wäre nett, wenn ihr eure Meinungsverschiedenheiten für einen kurzen Moment vergessen könntet. Einige von uns müssen noch arbeiten und möchten die Angelegenheit hinter sich bringen. Adèle, lass ihn von deinem Handgelenk trinken. Wir drehen uns solange um."

Adèle gab resigniert nach, obwohl Marcels gut gemeinte Geste auch keinen großen Unterschied machte. Sie war noch nie sehr leise gewesen, wenn sie zum Höhepunkt kam. Sie streckte dem Arm aus und wandte sich von Jude ab, um sich auf Marcels väterliches Gesicht zu konzentrieren. Jude fasst sie am Gelenk und biss rasch zu. Adèle war erleichtert, dass er es offensichtlich auch eilig hatte, den Biss hinter sich zu bringen. Die anderen drei Männer drehten ihnen respektvoll den Rücken zu, um den Anschein der Intimität zu wahren. Adèle wusste nicht so recht, ob sie ihnen dafür dankbar sein sollte oder nicht. Zu ihrer Überraschung spürte sie nicht die gleiche Leidenschaft, die Judes Bisse in der Vergangenheit in ihr geweckt hatten. Sie konnte nicht entscheiden, ob es an der demütigenden Situation, an der Anwesenheit der anderen Männer oder an der Beschwörung lag.

Jude wusste genau, dass Jean nichts entgehen würde, deshalb trank er schnell und distanziert. Trotzdem nutzte er den unbeobachteten Moment des Bisses, um die Wirksamkeit der Beschwörung auszutesten. Während er mit der einen Hand Adèles Gelenk an den Mund presste, fasste er mit der anderen an ihre Brust. Jedenfalls war das seine Absicht. Er kam nämlich nur bis zu ihrem Ellbogen, dann ging nichts mehr. Wütend sah er Marcel an, der ihm nur wissend zuzwinkerte.

Adèle spürte seinen Versuch ebenfalls und blickte zu ihm herab. Als sie in sein Gesicht sah, erkannte sie sofort, was Marcel mit seiner Beschwörung getan hatte. Sie war ehrlich genug, um sich einzugestehen, dass sie zwischen Erleichterung und Enttäuschung schwankte. Wenn dieser verdammte Krieg nicht wäre … Adèle verdrängte den Gedanken, bevor er sich in ihrem Kopf einnisten konnte. Sie *waren* im Krieg und alles andere musste dahinter zurückstehen.

Es musste einfach.

11

NACHDEM JUDE getrunken hatte und die beiden widerspenstigen Partner verschiedenen Einheiten zugewiesen worden waren, ließ Marcel sich erschöpft in seinen Stuhl sinken und fuhr sich mit den Fingern durch die weißen Haare. „Kann es sein, dass es ein Fehler war, die Partnerschaften zu fördern?", fragte er ungewohnt unsicher.

„Nein!", riefen Raymond und Jean wie aus einem Mund. „Der Fehler – falls es überhaupt einer war – ist gewesen, dass wie ihre Auswirkungen unterschätzt haben", fügte Raymond noch hinzu.

„Ich hätte es ahnen müssen, nachdem ich Orlandos Reaktion auf Alain gesehen habe", gab Jean zu. „Er hat sich noch nie so verhalten, wie seinem Avoué gegenüber. Ich war so froh, dass er seine Vergangenheit endlich hinter sich lassen konnte, dass ich nicht weiter gedacht habe, als an sein unmittelbares Wohlergehen."

„Monsieur Lombard meint, dass auch die scheinbar unvereinbaren Partner auf eine unerkannte Weise zueinander passen", fuhr Raymond fort. „Unser Problem ist, dass diese ‚unerkannte Weise' nicht unbedingt mit unseren militärischen Erfordernissen übereinstimmt. Adèle kann sich über Judes Verhalten noch so empören und ihn verurteilen – er ist ihr gegenüber wirklich ein ziemlicher Bastard –, aber er ist einer der wenigen Männer, die ihr gewachsen sind. Sie mag ihn hassen, aber sie begehrt ihn auch. In sexueller Hinsicht ist er genau das, was sie braucht."

„Bedauerlicherweise ist das nicht das, was *wir* brauchen können", meinte Marcel trocken.

„Zumindest ist es nicht das Einzige, was wir brauchen können", korrigierte ihn Raymond. „Sexualmagie ist wie Blutmagie. Vielen Magiern ist sie unheimlich, weil sie sehr mächtig ist. Die Verbindungen, die wir mit den Partnerschaften geschaffen haben, stellen auch über den Krieg hinaus ein unglaubliches Potential dar, sowohl auf magischer wie auch persönlicher Ebene."

Marcel seufzte. „Das ist ein Fass, das ich jetzt noch nicht aufmachen möchte. Wir hätten beinahe Notre-Dame verloren und Serrier greift überall in der Stadt an. Alain ist kaum ansprechbar und steht nicht zur Verfügung, weil er immer noch nach Orlando sucht. Ja, ich weiß", kam er Jeans Protest zuvor. „Wir müssen ihn finden und Alain hat die besten Aussichten auf Erfolg. Aber es ist ein Problem mehr, das ich dem Conseil des Ministres nicht verständlich machen kann."

„Die verdammten Politiker können mich am Arsch lecken", fluchte Jean.

„Mich nicht", erwiderte Marcel sarkastisch. „Sie sind ganz und gar nicht mein Typ."

Jean musste lachen. Diese Antwort passte so wenig zu dem General der Milice, den Jean bisher kennengelernt hatte. Raymond schien weniger überrascht zu sein. Jean fragte sich, was sich wohl hinter der umgänglichen und immer kontrollierten Fassade des alten Mannes noch alles verbergen mochte.

„Und was ist dein Typ?", fragte er frech.

„Ah, wenn ich nur zwanzig Jahre jünger wäre …", scherzte Marcel. „… dann wäre dir Raymond nicht so einfach in den Schoß gefallen, junger Mann."

Jean lachte lauthals. „Wenn einer von uns beiden alt ist, dann bin ich das, mon Général", gab er den Scherz zurück. „Achte auf deine Worte, wenn du über das Alter sprichst."

Marcel kicherte und die Anspannung fiel von ihm ab. „Ich muss in einer Stunde am Elysée-Palast sein und Bericht erstatten", sagte er. „Der Präsident will über die Ereignisse dieser Nacht informiert werden und erwartet eine Erklärung dafür, warum Serrier sich mit solcher Macht zurückmelden konnte und wieder die Oberhand gewinnt."

„Das ist nicht richtig!", widersprach Raymond. „Seine Attacken sind ein Anzeichen von Verzweiflung, nicht von Siegesgewissheit. Selbst jetzt, wo er mehr über die Schwächen der Vampire weiß, haben wir ihn in Notre-Dame problemlos zurückschlagen können. Und seit Monique zu uns übergelaufen ist, haben wir seine sicheren Verstecke empfindlich reduzieren können. Es ist nur noch eine Frage der Zeit, bis sein Aufstand zusammenbricht."

„Zeit, die Orlando nicht mehr hat", murmelte Jean.

„Ich weiß, er ist dein Freund", entschuldigte sich Marcel. „Ich weiß auch, was er Alain bedeutet. Ich mag den Jungen auch sehr gern. Aber er ist nur einer von vielen. Ich muss an die ganze Stadt, das ganze Land denken. Es ist meine Aufgabe, sie zu verteidigen und zu schützen. Es tut mir leid, dass ich euch für eure Suche nicht mehr Hilfe anbieten kann."

„Ich verstehe", erwiderte Jean verbittert. „Das Schicksal des Einzelnen muss hinter dem Allgemeinwohl zurückstehen. Das heißt aber nicht, dass es mir gefallen muss."

„Mir gefällt es auch nicht", beschwichtigte ihn Marcel. „Aber ich kann keine andere Entscheidung fällen."

Jean entschloss sich, das Thema zu wechseln. „Soll ich dich begleiten? Wird es uns helfen, wenn wir dem Präsidenten eine geeinte Front zeigen?"

„Schaden kann es auf jeden Fall nicht", erwiderte Marcel dankbar. „Das Letzte, was wir brauchen können, ist ein Präsident, der die Allianz infrage stellt."

„Vampire halten ihr Wort, und mittlerweile geht es weit darüber hinaus", erklärte Jean nachdrücklich. „Serrier hat uns selbst den Grund geliefert, diesen Krieg persönlich zu nehmen. Das werden wir nicht vergessen."

„Wenn er noch einen Rest an Verstand besitzen würde, hätte er die Vampire niemals angegriffen", stimmte ihm Raymond zu. „Aber dann hätte er diesen Krieg auch nie begonnen, sondern andere Wege gefunden, um sich für seine Ziele einzusetzen."

„Wenn seine Wünsche nach Veränderung legitim wären, hätten wir darüber reden können", bestätigte Marcel. „Aber für seine Form der Intoleranz und oligarchischen Machtausübung ist in unserer Gesellschaft kein Platz. Dass wir Magier besondere Kräfte haben, kann und darf nicht dazu führen, uns Sonderrechte einzuräumen. Im Gegenteil, es gibt uns eine besondere Verantwortung für unser Handeln."

„So, wie man uns Vampiren keine Rechte vorenthalten sollte", ergänzte Jean.

„Ihr beiden lauft offene Türen ein", meinte Raymond lachend. „Hebt euch eure Argumente für die Zweifler auf, die immer noch überzeugt werden müssen. Ich bin schon auf eurer Seite."

„Raymond hat mir gesagt, dass du verletzt worden bist", sagte Marcel zu Jean. „Haben die Mediziner dir helfen können?"

Jean lächelte und warf Raymond einen liebevollen Blick zu. Seine Gefühle für seinen Partner waren ihm deutlich anzusehen. „Sie hätten nicht viel für mich tun können, wenn Raymond sich nicht um mich gekümmert hätte. Es geht mir wieder gut."

Raymond errötete, als er so offen daran erinnert wurde, was in seinem Büro zwischen ihnen geschehen war. Ihm wurde warm ums Herz bei dem Gedanken, dass Jean ihn genauso brauchte wie er ihn. „Es war doch das Mindeste, was ich tun konnte", wiegelte er ab.

„So leid es mir tut, aber wir müssen uns jetzt wieder anderen Problemen zuwenden", brachte Marcel sie in die Wirklichkeit zurück. „Gibt es noch andere Partnerschaften, die mit ähnlichen Schwierigkeiten zu kämpfen haben wie Adèle und Jude? Und wenn ja – welche Möglichkeiten haben wir, diese Probleme im Keim zu ersticken und zu lösen, bevor sie ebenfalls außer Kontrolle geraten?"

Jean und Raymond sahen sich kurz an, bevor Raymond auf die Frage antwortete. Er wägte seine Worte sorgfältig ab. „Als wir die Partnerschaften geschlossen haben, wussten wir nicht, auf was wir uns einlassen. Ich weiß, dass ich mich wiederhole. Aber wir haben alle mehr bekommen, als wir ursprünglich bestellt haben. Hätten wir das früher gewusst, hätten wir ahnen können, dass die Beziehung, die sich zwischen Alain und Orlando entwickelte, ein Vorbote für uns alle war und nicht der Sonderfall, für den wir sie viel zu lange gehalten haben … Dann hätten wir unsere Leute warnen können, besser auf der Hut zu sein. Man kann dem magischen Impuls widerstehen, aber man muss darauf vorbereitet sein und sich bewusst dafür entscheiden. Als die Allianz gegründet wurde, haben das die wenigsten von uns getan."

„Und was tun wir jetzt?", wollte Marcel wissen. „Sollen wir die Leute jetzt warnen?"

„Ich glaube nicht", meinte Jean. „Es ist mir klar, dass ich noch vor Kurzem anderer Meinung war, aber mit Ausnahme von Adèle – vielleicht in beschränktem Umfang noch Angélique – kenne ich keine Partnerschaft, in der der Vampir über die neue Beziehung unglücklich ist. Viele von ihnen sind sogar glücklicher, als ich sie jemals erlebt habe. Orlando ist mit Sicherheit nicht der Einzige, dem es so geht. Und Angélique hat mit ihrem Partner ebenfalls eine Form des zivilisierten Umgangs gefunden, auch wenn die Spannungen zwischen ihnen noch nicht vollständig abgebaut sind."

„Gibt es, abgesehen von Adèle, Magier, die sich beschwert haben?", fragte Raymond.

„Nein. Aber ich weiß nicht, ob sie mich angesprochen hätten. Selbst Adèle musste erst dazu überredet werden", stellte Marcel klar.

„Dann sollten wir vielleicht mit den leitenden Offizieren reden und sie fragen, ob sie von Spannungen in ihrer Einheit wissen", schlug Raymond vor. „Selbst wenn sie nicht direkt angesprochen worden sind, kann ihnen nicht entgangen sein, wenn ein Paar sich so destruktiv verhält, wie Adèle und Jude es getan haben. Ich will keine Probleme herbeireden, wo es keine gibt. Aber ein Gift, wie diese beiden es versprüht haben, bleibt auf Dauer nicht ohne Wirkung. Wir müssen geeint auftreten."

Marcel lachte leise, hörte sich aber nicht sehr amüsiert an. „Ich werde mit ihnen reden, sobald ich wieder hier bin und sie von ihrem Einsatz zurückkommen. Es kommt mir vor, als würde plötzlich alles aus dem Ruder laufen. Alain ist als Einzelgänger unterwegs, weil sein Partner entführt wurde. Adèle und ihr Partner können sich nicht unbeaufsichtigt in einem Raum aufhalten. Und Thierry habe ich seit dem Kampf um Notre-Dame nicht mehr zu Gesicht bekommen."

„Er und Sebastien sind zurückgeblieben, um die Kathedrale wieder zu stabilisieren", erinnerte ihn Raymond. „Ich habe getan, was ich konnte. Es war nicht viel. Die Erde ist Thierrys Element."

„Du hast bei der Suche nach Orlando geholfen und den Angriff auf Notre-Dame so lange zurückgeschlagen, bis Thierrys Einheit zur Verstärkung eingetroffen ist. Ich denke, unter diesen Umständen ist es verzeihlich, dass du die Kathedrale nicht eigenhändig vor dem Einsturz bewahrt hast", protestierte Jean aufgebracht.

„Niemand hat Raymond einen Vorwurf gemacht", beruhigte ihn Marcel. „Ich weiß sehr gut, wie wichtig und unverzichtbar Raymond für uns ist."

„Sorry", entschuldigte sich Jean. „Ich bin es nur leid, wie Raymond immer wieder runtergemacht wird. Unter anderem von sich selbst." Er sah Raymond mit blitzenden Augen an.

„Dann müssen wir ihm das abgewöhnen", stimmte Marcel ihm mit einem väterlichen Lächeln zu. „Aber ich muss jetzt zum Elysée-Palast, deshalb muss das warten, bis ich zurück bin. Raymond, willst du uns begleiten?"

Der Magier wollte gerade kopfschüttelnd ablehnen, da sah er den Ausdruck in Jeans Gesicht. „Wenn ihr mich dabei haben wollt", gab er nach.

THIERRY UND Sebastien waren im Salle des Cartes gewesen, um ihren Bericht zu geben, aber Marcel war schon zu seinem Treffen mit dem Präsidenten aufgebrochen. Jetzt waren sie endlich allein. Sebastien wirbelte Thierry herum und drückte ihn mit einem leisen Knurren an die Wand. „Was hast du dir nur dabei gedacht, mir nichts zu sagen? Warum hast du mir nicht gesagt, was passiert ist? Was hätte passieren können?", fragte er barsch. „Ich hätte dich verlieren können und noch nicht einmal darüber Bescheid gewusst!"

„Was hätte dir das noch genutzt, nachdem alles vorbei war?", fragte Thierry zurück. Er musste sich schwer beherrschen, um nicht die Fassung zu verlieren. „Es war ein dummer Anfängerfehler, den ich nur gemacht habe, weil wir uns in einer so verzweifelten Lage befunden haben."

„Und jetzt ist die Lage weniger verzweifelt?", wollte Sebastien wissen. Er hörte sich immer noch verärgert an. „Ist das Risiko jetzt geringer, als es im Park gewesen ist?"

„Nein", gab Thierry zu. „Aber ich wusste, dass ich vorsichtig sein muss. Ich war gewarnt und habe dieses Mal darauf geachtet, wie tief ich mich auf die Verbindung mit der Elementarmacht einlasse. Und nach meiner Erfahrung heute Nacht in der Kathedrale glaube ich sogar, dass ich nicht in Gefahr bin, solange du von mir trinkst. Wenn du mich beißt, muss ich mir keine Sorgen machen, mich zu verlieren. Meine Verbindung zur Erde war tiefer als jemals zuvor. Trotzdem bin ich nicht schwächer geworden und hatte keinerlei Probleme, mich wieder zu lösen."

„Das ist vermutlich ein gutes Zeichen", lenkte Sebastien ein. „Aber es ändert nichts daran, dass du mir verheimlicht hast, was im Park passiert ist."

„Ich wollte nicht, dass du dir um mich Sorgen machst", versuchte Thierry es erneut. „Ich wusste genau, wie du reagieren wirst. Es hätte nur zu Streit geführt."

Sebastien fuhr sich seufzend mit den Fingern durch die Haare. „Du bedeutest mir sehr viel, deshalb möchte ich wissen, wie es dir geht. Ist das nicht Grund genug, mich zu informieren?"

Thierry zuckte mit den Schultern. „Es ist ziemlich lange her, dass sich jemand so um mich gesorgt hat. Ich wollte nur einen Streit vermeiden. Ich verspreche dir, es nicht wieder zu tun."

„Das erwarte ich auch", grummelte Sebastien und senkte den Kopf, um Thierry zu küssen. Sein Kuss, der so sanft begann, nahm schnell an Hitze zu. Die Anspannung der vergangenen Nacht und die Unsicherheit, die ihr Leben beherrschte, machten sich in der Intensität ihres Kusses bemerkbar.

„Ich brauche dich", keuchte Thierry. Er ließ den Kopf an die Wand fallen und bot Sebastien seinen Hals an.

Sebastien saugte leicht an der wunden Haut von Thierrys Hals, biss aber nicht zu. Das Blut, das er in der Kathedrale getrunken hatte, reichte ihm noch für einige Zeit. Außerdem wollte er Thierry nicht unnötig schwächen, denn sie wussten nicht, was in den nächsten Stunden und Tagen auf sie zukommen würde. Sebastien leckte über die Wunden und ließ die heilende Wirkung seines Speichels ihre Kraft entfalten. Thierry rieb sich an ihm und weckte damit schnell einen anderen Appetit. Sebastien legte ihm die Hände auf den Hintern, spreizte die Finger und drückte zu. Thierry fing an zu stöhnen und presste sich noch fester an ihn.

Während Sebastien mit einer Hand seine Entdeckungsreise fortführte, öffnete er mit der anderen Thierrys Hose und schob sie nach unten. Dann befreite er den harten Schwanz des Magiers aus dem Gefängnis der Boxershorts. Er fragte sich, ob Thierry wohl schon länger so erregt war. Der Gedanke, dass sein Partner schon mit einer Erektion herumlief, seit sie die Kathedrale verlassen hatten, amüsierte Sebastien. Er hob den Kopf, um ihn danach zu fragen.

Thierry stieg bei der Frage die Röte ins Gesicht. „Du musst mich nur leicht berühren, und schon werde ich steif", gab er zu.

„Das war keine Antwort auf meine Frage", neckte ihn Sebastien und rieb ihm über das harte Fleisch. Er bezweifelte, dass Thierry in seinem Büro Gleitgel deponiert hatte. Sie mussten also improvisieren. Die Lusttropfen, die aus Thierrys Schwanz zu quellen begannen, waren dazu bestens geeignet. Sebastien musste nur etwas abwarten, bis sich ausreichend Flüssigkeit angesammelt hatte. Er war sicher, dass Thierry sich nicht darüber beschweren würde.

Was immer Thierry möglicherweise gesagt hätte, verlor sich in Sebastiens Kuss, der Thierrys Schwanz unermüdlich mehr und mehr der köstlichen Flüssigkeit entlockte. Thierrys Hüften nahmen den Rhythmus von Sebastiens Hand auf. Er stieß mit dem Schwanz in den festen Griff von Sebastiens Faust und verlor mehr und mehr die Kontrolle.

„Ich kann nicht ...", keuchte er.

„Halte dich nicht zurück", flüsterte Sebastien und fasste noch fester zu, um seinem Geliebten Erlösung zu bringen.

Thierry kam sich trotz Sebastiens Worten eigennützig vor und wollte dem Vampir etwas von dem zurückgeben, was er selbst fühlte. Sebastien fasste ihn an der Hand und hielt ihn zurück. „Komm für mich", verlangte er. Sein warmer Atem kitzelte in Thierrys Ohr.

Sebastiens tiefe, raue Stimme ließ Thierry keine andere Wahl mehr. Keuchend spritzte er in Sebastiens Hand, und mit seinem Samen schien ihn auch der letzte Rest an Kraft und Vernunft verlassen zu wollen.

Sebastien stützte ihn mit dem Bein ab und öffnete mit der sauberen Hand seinen eigenen Hosenschlitz. „Kannst du deine Hose ausziehen oder willst du dich umdrehen?", fragte er und drückte Thierrys Hintern. „Ich muss dich jetzt um mich fühlen."

Mit zitternden Händen schob Thierry die Hose nach unten, trat sich einen Schuh vom Fuß und befreite ihn aus den Fesseln des störenden Kleidungsstückes. Er schlang das Bein um Sebastiens Knie und öffnete sich der Berührung des Vampirs. Vermutlich hätte er die Hose auch magisch loswerden können, aber soweit reichten seine Gedanken nicht. Er musste ja auch nicht nackt sein – nur nackt genug, damit Sebastien ihn ficken konnte. Es war ein unglaublich erregendes Gefühl, sich so halb bekleidet zu befummeln, sich so sehr zu begehren, dass einfach keine Zeit mehr war, um sich auszuziehen. „Nimm mich."

„Oh, das werde ich", versprach Sebastien und zog Thierrys Bein höher. „Aber noch nicht jetzt. Erst will ich, dass du wieder genauso hart und geil bist wie ich."

Dazu war nicht viel nötig, wie Thierry schnell feststellte. Sein Schwanz füllte sich schon wieder mit Blut und richtete sich auf. „Fass mich nur an", bettelte er.

Sebastien ließ sich nicht zweimal bitten. Er fuhr mit der Hand zwischen Thierrys gespreizte Beine und verschmierte den abgekühlten Samen um dessen Loch, das sich bei der ungewohnten Berührung immer noch reflexartig zusammenzog. „Entspannen, Thierry. Lass mich rein", verlangte Sebastien und rieb ihm mit dem feuchten Finger sanft über die kleine Rosette.

Thierry holte Luft, um sich zu entspannen und sich Sebastiens zärtlicher Berührung zu öffnen. Ein dicker Finger drang in ihn ein. Es brannte mehr als beim ersten Mal, als sie Gleitgel benutzt hatten. Thierry zwang sich zur Ruhe, um sich nicht zu verkrampfen. Mit jeder aufreizenden, lockenden Bewegung fiel es ihm leichter. Dann spürte er Sebastiens Fingerspitze, die ihm über die Prostata rieb. Thierry zuckte am ganzen Körper und krümmte sich zusammen. Sein Schwanz wurde durch Sebastiens unermüdliche Massage härter und härter. „Putain", keuchte Thierry.

Sebastien nahm den Fluch als Aufforderung, einen zweiten Finger in Thierrys Loch zu schieben und ihn so weit zu dehnen, wie er sich traute. Nach dem frustrierenden Tag, der hinter ihnen lag, war es um seine Selbstbeherrschung nicht mehr gut bestellt und er konnte es kaum noch aushalten, seinen Magier dabei zu beobachten, wie er mehr und mehr alle Hemmungen verlor.

„Jetzt", bettelte Thierry wieder und ließ das Bein sinken, um sich mit dem Gesicht zur Wand zu drehen. Sebastien hielt ihn zurück und hob ihn hoch, damit Thierry ihm die Beine um die Hüften schlingen konnte.

„Ich will dein Gesicht sehen, wenn ich dich liebe", sagte Sebastien, rieb sich den Schwanz ein und positionierte ihn an Thierrys Loch. „Ich will sehen, ob du dich dabei genauso gut fühlst wie ich."

Thierry stöhnte, als der harte Schwanz langsam in ihn eindrang, unterstützt durch sein eigenes Körpergewicht. Dann ging es nicht weiter. Er ließ den Kopf mit einem lauten Schlag an die Wand fallen, als Sebastien sich endlich in ihm zu bewegen begann. Warme, starke Hände hielten ihn fest. Thierry blieb nichts anderes mehr, als nur noch zu fühlen.

„Fass dich an", verlangte Sebastien, der keine Hand frei hatte. „Ich will sehen, wie du für mich kommst."

Thierry gehorchte und imitierte die Bewegungen, mit denen Sebastien ihn vor wenigen Minuten das erste Mal zum Höhepunkt gebracht hatte. Er fuhr sich mit der Hand über den feuchten Schwanz, während Sebastien in ihn hineinstieß, bis er langsam aus dem Takt kam und die Kontrolle über seine Stöße verlor. „Komm schon", bat Thierry ächzend. „Ich bin gleich soweit."

Sebastien antwortete mit einem leidenschaftlichen Kuss, dann wurde er von seinem Orgasmus überwältigt und stieß ein letztes Mal mit zitternden Beinen in Thierry hinein. Als es vorbei war, sank er in die Knie und zog Thierry mit sich nach unten. Sie knieten zusammen auf dem Teppichboden und sahen sich an. Sie waren noch nahezu vollständig bekleidet, aber schweißbedeckt und verschmiert von Thierrys Samen. „Das habe ich seit Thibaults Tod nicht mehr erlebt", flüsterte Sebastien und küsste Thierry sanft auf die Lippen.

FRÖSTELND HÜLLTE Alain sich in seinen Mantel und wünschte, er hätte an Handschuhe gedacht. Seine Finger waren taub vor Kälte und er konnte kaum noch seinen Stab halten. Normalerweise war er für seine Beschwörungen nicht auf den Stab angewiesen, aber so erschöpft wie er war, brauchte er einen Ankerpunkt, um sich besser konzentrieren zu können. Er studierte die Karte, auf der Raymond die weißen Flecken eingetragen hatte, in denen er mit seiner Beschwörung nicht eingedrungen war, weil sie magisch geschützt waren. Alain machte zwar Fortschritte, aber es ging lähmend langsam voran. Seit Marcel seine Einheit zurückberufen hatte, hatte er nur zwei Gebäude durchsuchen und von seiner Liste streichen können. Acht weitere lagen noch vor ihm. Er suchte in einem Hauseingang Schutz vor dem beißenden Wind und schloss die Augen, um sich auf seine Verbindung zu Orlando zu konzentrieren. Er wollte sich vergewissern, dass es seinem Geliebten gut ging. Alain konnte ihn zwar spüren, aber er erhielt keinerlei Antwort auf die Liebe und die Sehnsucht, die er Orlando schickte. Alain sagte sich, dass Orlando sich wahrscheinlich nur ausruhte, aber trotzdem nagten die Zweifel an ihm. Hatte Orlando die Hoffnung aufgegeben? Glaubte er nicht mehr an Alains Liebe? Alain sank auf die Knie und riss all seine Kraft zusammen, um sich zu dem nächsten Ziel seiner Suche zu transportieren. Wider alle Vernunft hoffte er, dieses Mal Glück zu haben und wieder mit Orlando vereint zu werden.

12

THIERRY UND Sebastien hatten sich wieder halbwegs erholt und richteten ihre Kleidung. „Woran kann ich erkennen, ob deine Verbindung mit der Erde zu stark wird? Und wie kann ich dich wieder aus diesem Bann befreien?", kam Sebastien auf den Ausgangspunkt ihres Streites und der anschließenden Versöhnung zurück.

Thierry schüttelte den Kopf. „Du lässt dich aber auch durch nichts ablenken."

Sebastien zuckte mit den Schultern. „Ich will nicht, dass dir etwas passiert. Seit wir uns kennengelernt haben, hätte ich dich schon zweimal beinahe an die Elementarmagie verloren. Ich möchte wissen, wie ich dir in Zukunft helfen kann, weil ich nicht wieder unvorbereitet in eine ähnliche Situation geraten will."

„Jean hat mir eine Ohrfeige gegeben, als ich auf seine Rufe nicht reagiert habe", meinte Thierry. „Als nach dem Rite d'équilibrage die wilde Magie freigesetzt wurde, haben Raymond und Alain sie mit einer Beschwörung ferngehalten. Ich weiß nicht, ob du in dieser Lage hättest eingreifen können. Nach dem, was heute in der Kathedrale passiert ist – und falls das kein Zufall war –, reicht ein Biss von dir aus, um mir in einer vergleichbaren Situation zu helfen. Dein Biss gibt mir einen starken Schub an magischer Macht, mit der ich mich gegen den Sog der Elementarmagie wehren kann. Außerdem festigt er meine Verbindung zur Wirklichkeit."

„Dazu musst du mich nicht zweimal überreden", feixte Sebastien.

Thierry rollte mit den Augen. „Wir sollten nachsehen, ob Marcel schon zurück ist. Ich muss ihm noch meinen Bericht geben. Es ist mir ein Rätsel, warum wir über den magischen Fokus in der Kathedrale nicht Bescheid wussten. Ich kann es mir nur damit erklären, dass wir die Kirche immer gemieden haben, weil sie uns nicht toleriert und manchmal sogar verfolgt hat. Selbst wenn wir Notre-Dame nicht für unsere Zwecke nutzen können, müssen wir zumindest versuchen, auch Serrier daran zu hindern. Wenn er von der Kathedrale Besitz ergreift, verlieren wir jede Chance, ihn zu besiegen."

„Ist sie denn ein so mächtiger Ort?"

„Ich kenne nur einen einzigen Ort, der es – vielleicht! – mit der Macht von Notre-Dame aufnehmen kann, und das ist Stonehenge", antwortete Thierry. „Es heißt, dort wäre der Sitz von Merlins Macht gewesen."

„Und wer könnte über die Macht von Notre-Dame geboten haben?"

„Keine Ahnung", erwiderte Thierry. „Ich weiß nicht, was zuerst da ist. Der magische Fokus oder der mächtige Magier. Ich weiß auch nicht, ob das überhaupt eine Rolle spielt. Es ist, wie mit der Henne und dem Ei. Wichtig ist, was wir aus diesem neuen Wissen machen."

„Dann lass uns jetzt Marcel suchen gehen", meinte Sebastien. „Hast du Abwehrzauber zurückgelassen, um die Kathedrale zu schützen?"

Thierry schüttelte den Kopf. „Ich habe es versucht, aber sie hat sich dagegen gewehrt. Ihre Magie war zu stark, um sich durch meine kläglichen Fähigkeiten beeindrucken zu lassen."

Sebastien zog eine Augenbraue hoch. „Kläglich?"

„Vielleicht nicht im Vergleich zu anderen Magiern, und schon gar nicht, wenn du mich unterstützt und mit deine Kraft gibst. Aber im Vergleich zu der Macht, die sich in der Kathedrale manifestiert, bin ich nur ein kläglicher Dilettant", erklärte Thierry und machte sich auf den Weg zu Marcels Büro. „Ich habe dir doch gesagt, dass ich noch nie eine solche Macht gespürt habe."

„Und wie sollen wir Serrier von dieser Macht fernhalten?", wollte Sebastien wissen.

„Wenn ich das wüsste", meinte Thierry. „Vielleicht mit einer Art Koalition. Oder wir postieren eine Wache dort, die uns rechtzeitig warnt, falls ein Angriff droht. Wir können von Glück sagen, dass Jean und Raymond heute Nacht zufällig in der Kathedrale waren. Aber auf solche Zufälle dürfen wir uns nicht verlassen. Wir können diesen Krieg nicht mit Glück allein gewinnen, wir brauchen auch die richtige Strategie."

Im Flur vor Marcels Büro trafen sie auf Jean, Raymond und den General selbst. Marcel stand die Erschöpfung ins Gesicht geschrieben. Sein Anblick schockierte Thierry, der den alten Mann in den Jahren seit Beginn des Krieges noch nie so müde und ausgelaugt erlebt hatte. Als Marcel Thierry und Sebastien erkannte, kehrte ein leichtes Funkeln in seine Augen zurück. „Bitte, sagt mir, dass ihr gute Nachrichten habt", begrüßte er die beiden. „Egal, was. Nur gut muss es sein."

Thierry lächelte. „Dann habe ich vielleicht genau das Richtige für dich. Lass uns in dein Büro gehen. Möglicherweise hat Raymond dich schon darüber unterrichtet."

„Über die Kathedrale?", fragte Raymond nach, als sich die Bürotür hinter den fünf Männern geschlossen hatte. „Nein, wir mussten uns erst um andere Probleme kümmern. Ich nehme an, du hältst sie auch für einen magischen Fokus."

„Ein Fokus?", rief Marcel und riss erstaunt die Augen auf. „Hier? In Paris?"

„Ja", bestätigten ihm Raymond und Thierry. „Ich wollte es dir schon früher sagen", fuhr Raymond fort. „Aber durch die Sache mit Adèle und Jude, dann das Treffen mit dem Präsidenten … Ich bin mir so gut wie sicher, dass Notre-Dame ein wichtiger Kreuzungspunkt der Magie ist."

„So gut wie? Nein", korrigierte ihn Thierry. „Es *ist* ein Fokus. Und er ist so mächtig, dass die Steine … ein Bewusstsein haben. Ja, das ist das richtige Wort: Bewusstsein. Sie denken und fühlen. Ich habe die Geschichte der Kathedrale aus ihrer Perspektive erlebt."

„Das muss ein außergewöhnliches Erlebnis gewesen sein", bemerkte Marcel amüsiert.

„Du würdest staunen", gab ihm Thierry recht. „Einer der Baumeister war ein Magier. Aber ich glaube nicht, dass er der Ursprung der Macht ist. Ich halte sie für viel älter, als das Bauwerk selbst."

„Vermutlich war auf dem Gelände ein heiliger Hain, bevor die Kirche erbaut wurde", meinte Raymond. „Die Macht des Ortes fühlt sich so alt an, wie in Stonehenge, in Machu Picchu oder den Pyramiden. Ich habe schon immer vermutet, dass es noch einen vierten Fokus dieser Art geben muss – einen für jedes Element. Aber ich habe nie Hinweise darauf gefunden, wo er sich befinden könnte."

„Warum haben wir dann nicht schon früher davon erfahren?", fragte sich Marcel. „Es gibt in Paris schon seit tausenden von Jahren Magier."

„Die Alten wussten es vermutlich, auch wenn sie nicht begriffen haben, wie wichtig dieser Fokus ist", überlegte Raymond. „Doch als die frühen Christen damit begonnen haben, auf den heiligen Orten ihre Kirchen zu errichten, ist das Wissen um ihre Bedeutung verloren gegangen."

„Es gab an der gleichen Stelle schon vor Notre-Dame eine Kirche, St. Etienne. Sie war dem Heiligen Stephan geweiht und stand schon, als ich geboren wurde. Deshalb weiß ich nicht, was vorher dort war. Monsieur Lombard kann uns vielleicht mehr darüber sagen. Er ist fast tausend Jahre älter als ich."

„Das spielt jetzt keine Rolle", entschied Marcel. „Wir müssen nur dafür sorgen, dass Serrier es nicht erfährt."

„Seine Magier waren heute Nacht dort. Aguiraud war auch dabei", warnte Raymond. „Ich kann mir nicht vorstellen, dass es ihm entgangen ist."

„Zumal ihre Flüche jedes andere Gebäude zum Einsturz gebracht hätten", stimmte ihm Thierry zu. „Die Magie ist so stark, dass sie meine Schutzschilde abgewehrt hat. Ich habe es versucht, aber es war vergebens."

Marcel runzelte die Stirn. „Das macht unsere Aufgabe nicht leichter. Ich habe kaum genug Magier für unsere Patrouillen, besonders, seit Serrier mit der Hit-and-Run-Methode zuschlägt. Jetzt muss ich auch noch eine Einheit für die Kathedrale abstellen."

„Es muss keine ganze Einheit sein", widersprach Thierry. „Ein oder zwei Wachen reichen. Sie müssen die Angreifer nur aufhalten, bis Verstärkung eintrifft."

„Ich frage mich, ob wir die Magie des Ortes für einen Schutzschild anzapfen könnten", überlegte Raymond. „Wir müssten den Fokus davon überzeugen, dass wir in seinem Interesse handeln."

Marcel schürzte die Lippen. „Thierry, du hattest den engsten Kontakt mit ihm. Was meinst du dazu?"

Thierry dachte einen Moment über die Frage nach. „Möglich wäre es", sagte er dann bedächtig. „Die Steine waren entsetzt über die Brutalitäten der Nazis und über die Gewalt der dunklen Magier.

Die Frage ist, ob sie zwischen den unterschiedlichen Formen der Magie und den Absichten, die dahinter stehen, unterscheiden können. Wir wissen natürlich, wer auf welcher Seite kämpft. Aber die Steine sind Elementarmagie. Können sie diese Unterscheidung auch treffen?"

„Haben wir etwas zu verlieren, wenn wir es versuchen?", warf Sebastien ein. „Selbst wenn wir den Fokus nur davon überzeugen können, sich gegen *jede* Art der Magie zu schützen, wäre das ein Gewinn für uns. Wir könnten ihn zwar nicht für unsere Zwecke benutzen, aber wir würden verhindern, dass Serrier ihn kontrollieren kann."

„Wie er reagiert, erfahren wir erst, wenn wir es versuchen", sagte Marcel. „Aber wir sollten vorläufig nicht darüber reden. Wenn ihr die Unterstützung eurer Partner habt, sollten wir drei stark genug sein, um einen Versuch zu wagen. Wir sind alle erschöpft, aber die Angelegenheit duldet keinen Aufschub. Thierry, Raymond – was meint ihr? Seid ihr bereit?"

Die beiden Magier nickten.

„Ich kann heute Nacht nicht mehr trinken", erinnerte sie Jean. „Selbst wenn Raymond es verkraften würde. Noch ein einziger Schluck, und ich werde krank."

„Mir geht es genauso", gestand Sebastien.

„Merde", fluchte Marcel leise. „Nun, dann müssen wir es auf die althergebrachte Weise versuchen – nur wir drei Magier."

„Jean und Sebastien sollten uns trotzdem begleiten", sagte Raymond. „Sie können Wache stehen für den Fall, dass Serrier auftaucht. Außerdem können sie verhindern, dass wir uns in der Elementarmagie verlieren."

„Das ist eine gute Idee", stimmte Marcel zu. „Ich denke auch, dass Vertreter aller vier Elemente teilnehmen sollten, wenn wir schon auf die Hilfe der Vampire verzichten müssen. Wir haben Erde und Wasser, nicht aber Feuer und Luft."

„Alain wird nicht kommen wollen", sagte Thierry sofort. „Ich weiß zwar nicht, wo er sich gerade aufhält, aber er wird seine Suche nach Orlando nicht unterbrechen wollen."

„Ich weiß", erwiderte Marcel traurig. „Ich dachte an Caroline als Vertreterin der Luft und an David für das Feuer."

„Nicht Adèle?", fragte Thierry überrascht.

„Adèle und ihr Partner reden nicht mehr miteinander", sagte Marcel kurz angebunden. „Sie sind nicht mehr in der gleichen Patrouille und stehen auch nicht mehr für Einsätze zur Verfügung, bei denen sie aufeinander angewiesen sind. Vielleicht haben wir Glück, und die Partner von Caroline und David haben schon länger nicht mehr getrunken. Dann haben wir wenigstens zwei Vampire, die an dem Ritual teilnehmen. Ich halte das für wichtig, nicht nur, weil wir dadurch an Stärke gewinnen."

Thierry und Sebastien sahen sich überrascht an, als sie die Neuigkeiten über Adèle und Jude hörten, fragten aber nicht nach. „Wir sollten uns so schnell wie möglich in der Kathedrale versammeln", schlug Thierry stattdessen vor. „Ich werde das unangenehme Gefühl nicht los, dass es auf jede Sekunde ankommt."

Marcel nickte. „Ich verständige die anderen und richte ihnen aus, dass sie sofort nachkommen sollen. Ihr vier könnt schon aufbrechen und auf uns warten. Es wird nicht lange dauern."

„Ich transportiere Jean, wenn du Sebastien übernimmst", bot Thierry an, dem es nicht schnell genug gehen konnte. Er hatte das Gefühl, die Steine von Notre-Dame würden nach ihm rufen.

Raymond signalisierte mit einer kurzen Handbewegung sein Einverständnis. Thierry fasste Jean am Arm und sie verschwanden. Einen Wimpernschlag später tauchten sie vor der Kathedrale wieder auf. Neben ihnen materialisierten sich Sebastien und Raymond. Thierry sank sofort auf die Knie und suchte den Kontakt zu den Steinen, um herauszufinden, ob in den letzten Stunden etwas vorgefallen war. Zu seiner Erleichterung konnte er keinerlei Veränderung feststellen. Er stand wieder auf und rieb sich die Hände. „Lasst uns hinein gehen. Es ist eiskalt hier draußen." Seine Gedanken schweiften für einen Augenblick zu Alain ab, der in dieser ungemütlichen Nacht allein unterwegs war. Thierry konnte nur hoffen, dass sein Freund endlich Erfolg hatte, denn lange würde Alain nicht mehr so weitermachen können.

„Was ist eigentlich mit Adèle passiert?", wollte er wissen, als sie die Kathedrale betraten.

Jean und Raymond warfen sich einen frustrierten Blick zu. Raymond winkte Jean zu, den Anfang zu machen. Der schilderte in kurzen Worten die Situation. Kopfschüttelnd erklärte er Thierry und Sebastien, dass sie Adèle und ihren Partner durch ein magisches Kontaktverbot voneinander fernhalten mussten.

Thierry verdrehte die Augen, als er die Geschichte hörte. „Ich mag diese Frau. Wirklich, ich mag sie. Sie ist eine verdammt gute Magierin und das Wort Furcht ist ihr unbekannt. Aber manchmal führt sie sich auf wie ein pubertierender Teenager."

„Ich kann dir versichern, dass Jude ihr diesbezüglich in nichts nachsteht", erwiderte Jean bedauernd. „Er ist fast fünfhundert Jahre alt und verhält sich immer noch, wie zu der Zeit seiner Umwandlung. Aber er achtet streng darauf, sich gerade eben noch an unsere Gesetze zu halten, sodass wir ihn nicht zur Rechenschaft ziehen können. Trotzdem sind Vampire wie er für unseren schlechten Ruf verantwortlich."

„Das Schlimmste an der Sache ist, dass die beiden bei Marcel Zweifel an der Allianz geweckt haben", fügte Raymond hinzu. „Ich meine damit nicht, dass er die Allianz bedauert. Aber er fürchtet, dass wir Fehler gemacht haben, als wir sie auf den Partnerschaften aufgebaut haben."

Thierry und Sebastien sahen sich resigniert an. „Es gibt keinen Grund, an der Struktur der Allianz zu zweifeln, nur weil zwei Personen nicht in der Lage sind, sich wie vernunftbegabte Lebewesen zu verhalten."

„So ähnlich haben wir es Marcel auch erklärt", versicherte ihnen Raymond. „Glücklicherweise gibt es bei weitem mehr funktionierende Partnerschaften, als abschreckende Beispiele."

In diesem Augenblick traf Marcel ein und sie unterbrachen ihr Gespräch. Der General sah sich in der Kathedrale um, als wäre er das erste Mal hier. „Ich war schon öfter hier, als ich zählen kann. Auf Schulausflügen als Kind, bei Staatsbegräbnissen als Präsident der ANS, mit Freunden, die zu Besuch kamen und denen ich die Stadt gezeigt habe. Aber es war immer nur ein ganz normales Gebäude für mich. Eine Kirche unter vielen. Zugegeben, sie war schon immer beeindruckend, aber eben doch nur eine Kirche."

„Berühre den Stein", forderte Thierry ihn leise auf. „Hast du das jemals getan? Ich nicht. Jedenfalls nicht mit Absicht. Selbst heute hätte ich es nicht getan, hätte mir Raymond nicht gesagt, sie wäre einsturzgefährdet. Ich dachte mir, ich müsste nur die Mauern etwas stärken, damit sie halten, bis sie wieder repariert werden können."

Marcel legte die Hand an eine Säule und schloss die Augen, um sich mit der Magie des Ortes zu verbinden. Sekunden später öffnete er sie wieder. Sie schienen von innen heraus zu leuchten und strahlten eine Macht aus, wie Thierry sie noch nie gesehen hatte. Instinktiv trat er einen Schritt zurück, obwohl er wusste, dass Marcel keine Bedrohung für ihn darstellte. Doch die unglaubliche Macht im Blick der blauen Augen ließ den sonst so freundlichen alten Mann regelrecht einschüchternd wirken.

„Er ist wirklich der mächtigste Magier unserer Zeit, nicht wahr?", murmelte Jean seinem Partner leise zu.

„Oh, er ist mit Abstand der mächtigste", bestätigte ihm Raymond. „Wir sollten froh sein, dass er auf unserer Seite steht. Sonst hätten wir keine Chance, den Krieg zu gewinnen. Wenn es uns gelingen würde, Serrier in die Ecke zu treiben und lange genug dort festzuhalten, dass es zu einem direkten Kampf kommt … Er hätte gegen Marcel nicht den Hauch einer Chance. Das Problem ist nur, dass Serrier jeder Konfrontation ausweicht und wir ihn nicht aufhalten können. Jedes Mal, wenn wir herausgefunden haben, wo er steckt, verschwindet er sofort in ein anderes Versteck. So, wie er es mit Orlando getan hat."

„Ich bin mir nicht sicher, warum wir eigentlich mitgekommen sind", meinte Thierry. „Er ist allein mächtiger, als wir vier zusammen."

„Stell dir nur vor, was ein Partner noch zu seiner Macht beitragen könnte."

Thierry sah ihn mit großen Augen an. „Das übersteigt meine Vorstellungskraft."

„Meine nicht", erwiderte Raymond leise. „Er würde die Nacht zum Leuchten bringen. Er tut es jetzt schon. Schaut ihn euch nur an."

Caroline und Mireille trafen ein, gefolgt von Angélique und David. Die Neuankömmlinge rissen Marcel aus seiner Konzentration und er unterbrach die Verbindung, aber das machtvolle Leuchten in seinen Augen ließ nicht nach.

„Was ist hier los?", fragte David.

„Stelle eine Verbindung mit den brennenden Kerzen her und sage mir dann, was du fühlst", forderte Marcel ihn auf.

David folgte der Anweisung und zuckte zurück, als hätte er sich verbrannt. „Mein Gott", flüsterte er ehrfurchtsvoll. „So viel Macht!"

Seine Miene und der Klang seiner Stimme machten Caroline neugierig. Sie richtete den Blick an die Decke und rief die Winde durch das weite Gewölbe der Kathedrale. Ihr stockte der Atem, als die bescheidene Beschwörung hundertfach verstärkt zurückkam. „Das ist ja unfassbar!"

„Ja, das ist es", sagte Marcel. „Und jetzt werden wir gemeinsam versuchen, dieser Quelle der magischen Macht klarzumachen, dass sie sich auf unsere Seite schlagen oder in diesem Krieg zumindest neutral bleiben muss."

Caroline und David starrten ihn ungläubig an. „Was sollen wir tun?", fragte Caroline, als sie ihre Stimme wiederfand.

„Kanalisiert eure Macht in Thierry, so, wie ihr es für das Rite d'équilibrage tun würdet", wies Marcel sie an. „Er wird uns führen. Wenn eure Partner die Freundlichkeit hätten, euch während des Rituals zu beißen, würde das die Wirkung eurer Magie noch beträchtlich verstärken."

Angélique und Mireille waren schockiert und warfen Jean einen fragenden Blick zu. Es dauerte einen Moment, bis dem Chef de la Cour einfiel, dass die beiden Vampire und ihre Partner nicht an der Besprechung teilgenommen hatten, als sie über die Wirkung des Bisses auf die Macht der Magier diskutiert hatten. Er erklärte ihnen das Konzept und versicherte ihnen, dass niemand sie dafür verurteilen würde, ihre Partner vor Publikum zu beißen.

Verlegen ging Mireille auf Caroline zu. Sie war es nicht gewöhnt, in der Öffentlichkeit und im Stehen zu trinken, wollte aber helfen. Außerdem hatte Jean es für richtig erklärt. „Wie wollen wir es tun?", fragte sie Caroline leise.

„Stell dich hinter mich, damit ich die Hände frei habe", schlug die blonde Magierin vor. „Kannst du mich aus dieser Position beißen?"

Mireille schüttelte frustriert den Kopf. „Ich bin zu klein."

Caroline hörte den Selbstvorwurf in der Stimme ihrer Partnerin und drehte sich zu ihr um. „Du bist perfekt", sagte sie und legte ihr die Hände um den Kopf. „Wir müssen uns nur eine andere Lösung ausdenken."

„Stell dich auf einen Betstuhl", schlug Sebastien vor und zog einen der kleinen Hocker heran, die vor dem Reliquiar standen. „Das gibt dir die fehlenden Zentimeter, die du brauchst, um an Carolines Hals zu kommen."

Mireille stieg auf den Hocker und stellte fest, dass er genau die richtige Höhe hatte. Sie lächelte Sebastien dankbar zu und schlang die Arme um Caroline, um sie an sich zu ziehen und ihr die Lippen an den Hals zu pressen. Die Hilfsbereitschaft und selbstverständliche Akzeptanz des anderen Vampirs hatten ihre verbliebenen Vorbehalte schneller beseitigt, als es die schönsten Worte hätten tun können. So sehr sie auch gegen sämtliche Tabus verstießen, die ihre bisherige Existenz als Vampirin bestimmt hatten, sie wusste doch, dass alles richtig war – diese Allianz, dieses Ritual und ihre Partnerschaft mit Caroline. Mireille war da, wo sie hingehörte. Zur richtigen Zeit und am richtigen Ort.

Sie schmiegte sich an Carolines zarte Haut und beobachtete gespannt, wie die anderen mit der Lage zurechtkamen. Zu ihrer Überraschung gingen weder Jean noch Sebastien zu ihren Partnern, um ihnen zu helfen. Mireille runzelte die Stirn und wollte nach dem Grund dafür fragen, aber Angélique kam ihr zuvor.

„Sebastien und ich haben heute schon getrunken, um unsere Partner zu unterstützen", erklärte Jean den beiden Frauen. „Wir wollen ihnen und uns nicht zu viel zumuten."

Mireille akzeptierte diese Erklärung und wartete ab, bis auch Angélique eine bequeme Position gefunden hatte. Es war mehr, als ein normaler Biss. Es war Teil eines bedeutsamen Rituals und daher nur angemessen, auf den richtigen Zeitpunkt zu warten.

Angélique machte sich nicht die Mühe, sich einen Hocker zu beschaffen. Sie stellte sich an Davids Seite, legte sich seinen Arm um die Schulter und öffnete sein Hemd, um sein Schlüsselbein freizulegen. Mireille beneidete Angélique um diese Kühnheit, hatte aber nicht den Mut, es ihr nachzumachen. „Du bist perfekt, so wie du bist", flüsterte Caroline wieder, als hätte sie Mireilles Gedanken lesen können. „Ich will aus unserer Beziehung auch kein öffentliches Spektakel machen. Wenn wir wieder allein sind, kannst du mich beißen, wo immer es dir auch gefällt."

„Versprochen?", fragte Mireille mit heiserer Stimme.

„Versprochen", erwiderte Caroline und drückte Mireilles Hand. Sie ließ sie nicht mehr los, während sie darauf warteten, dass Marcel ihnen das Zeichen gab, mit dem Ritual zu beginnen. Als der General die Hand hob, schloss sie die Augen und konzentrierte sich darauf, all ihre Magie an Thierry weiterzuleiten.

Als die Magier begannen, die Beschwörung zu skandieren, legte Mireille die Lippen auf Carolines Hals und biss vorsichtig zu. Sie genoss den vollen Geschmack des Blutes ihrer Geliebten. Carolines Magie war stärker als je zuvor und erfüllte Mireille mit ihrer Macht. Sie drückte Carolines Hand und gab ihr Halt, während der Geist der Magierin sich mit den Winden emporschwang und durch die Kuppeln der Kathedrale schwebte.

Thierry bereitete sich auf die einströmende Macht der anderen Magier vor. Er hatte schon oft als Ankerpunkt für Rituale gedient. Meistens waren dabei mehr als nur vier Magier involviert gewesen. Aber noch nie war die Macht, die er in sich kanalisierte, so überwältigend gewesen. Thierry konnte sich nur mühsam vorstellen, welche Machtfülle sie in sich vereinen würden, falls auch Jean und Sebastien an dem Ritual teilnehmen würden oder Marcel ebenfalls einen Partner gefunden hätte.

Als er die Magie unter Kontrolle hatte, stellte er die Verbindung zum Gemäuer von Notre-Dame her. Er fühlte die Elementarmagie wieder genauso stark, wie nach dem Kampf gegen die dunklen Magier. Durch die zusätzliche Magie, die ihm zur Verfügung stand, konnte er die Verbindung dieses Mal besser kontrollieren und lenkte sie mehr, als dass er selbst gelenkt wurde. Die Kombination der vier Elemente ließ ihn die Macht des Fokus erst richtig wahrnehmen. Er rief die Erinnerungen an den gestrigen Kampf und den Horror, den er – und der Fokus – bei dem Gedanken an Gewalt an diesem heiligen Ort empfunden hatte, in sich wach. Dann projizierte er sie in die Steine. Die Elementarmagie reagierte sofort und vibrierte vor Zorn über die Respektlosigkeit, mit der die Kathedrale entweiht worden war. Thierry fügte seinen erneuten Erinnerungen erst die Bilder von Serriers Angriff auf die Vampire auf dem Place Pigalle hinzu, dann auch Bilder der Gemetzel, die überall in der Stadt angerichtet worden waren. Er zeigte dem Fokus die Anstrengungen der Milice, solche Gräueltaten zu verhindern, und schloss mit einem Ausblick in die Zukunft, indem er vor Serrier warnte, der in die Kathedrale kommen und den Fokus seinem Willen unterwerfen würde. Die Elementarmagie reagierte auf dieses Bild mit einem Ausbruch, der Thierry beinahe von den Beinen riss. Sebastien fing ihn in den Armen auf und drückte ihn an sich.

Auf Marcels Zeichen hin schickte er noch ein weiteres Bild an den Fokus. Es zeigte einen Magier der Milice, der die Kathedrale bewachte und vor solchem Missbrauch schützte. Dieses Mal erreichte ihn eine Woge der Zustimmung. Thierry löste die Verbindung zum Fokus und den anderen Magiern. „Ich glaube nicht, dass wir noch befürchten müssen, Serrier könnte den Fokus übernehmen", sagte er, als auch die anderen sich aus ihrer magischen Konzentration gelöst und die beiden Vampire ihre Partner wieder freigegeben hatten. „Um ehrlich zu sein, hoffe ich aber, dass er es trotzdem versucht. Er wird nämlich sein blaues Wunder erleben und ernsthaft geschwächt daraus hervorgehen."

„Dann ist alles gut gelaufen?", fragte Raymond.

„Hast du es nicht gespürt?"

Raymond schüttelte den Kopf. „Mein Element ist das schwächste an diesem Ort. Der Fluss ist zu weit entfernt, um eine starke Verbindung herzustellen. Ich habe nur gespürt, dass du die Elementarmagie erreicht hast, konnte aber nicht erkennen, mit welchem Ergebnis."

„Ich konnte es erkennen", meinte Marcel. „Thierry hat die Lage richtig eingeschätzt. Wir werden zur Sicherheit einen Wachtposten hier stationieren, obwohl ich nicht glaube, dass wir uns

Sorgen machen müssen. Jetzt brauchen wir alle etwas Ruhe, um uns zu erholen. Ihr habt heute weit mehr geleistet, als von euch verlangt werden kann. Wir sehen uns morgen im Hauptquartier."

Dankbar ließen Thierry und Raymond sich an ihre Partner fallen. „Wärst du so gut, Marcel?", fragte Raymond erschöpft.

„Ja, bitte", kam das Echo der anderen Magier.

Marcel lächelte nur und transportierte die Paare nach Hause.

Raymond sah sich müde lächelnd in seinem vollgestopften, unordentlichen Apartment um. „Ich habe nicht erwartet, ausgerechnet hier zu landen."

„Wir sind zusammen", meinte Jean. „Nur das zählt. Du solltest dich jetzt hinlegen. Du schläfst ja schon im Stehen ein."

Raymonds Augen blitzten trotz seiner Erschöpfung. „Du willst mich nur ins Bett kriegen, das ist alles."

Jean grinste frech. „Wenn ich das wollte, wärst du schon dort. Aber ich bin noch wund und muss ein oder zwei Tage aussetzen. Du hast mich heute Nacht sehr gründlich geliebt."

„Es …"

„Wenn du dich entschuldigen willst, gebe ich dir gleich einen Grund, es wirklich zu bedauern", sagte Jean warnend. „Ich habe mich vorhin nicht beschwert und werde es auch jetzt nicht tun. Ich habe es selbst so gewollt, und in ein oder zwei Tagen geht es mir wieder gut. Und jetzt leg dich ins Bett, damit ich dich in die Arme nehmen kann, während du schläfst."

Auf der anderen Seite der Stadt nutzte Angélique die Gelegenheit, sich zum ersten Mal in Davids Wohnung umzusehen. Es war eine typische Junggesellenwohnung, aber sie war vergleichsweise geräumig, mit einem Wohn- und Esszimmer, einer separaten Küche und einem Schlafzimmer. „Bei deiner Haarfarbe hätte ich mir eigentlich denken können, dass dein Element das Feuer ist", sagte sie. Sie hatte heute Nacht eine neue Seite an David kennengelernt, so wie schon gestern, als er sich so liebevoll um sie gekümmert hatte.

David errötete und fuhr sich verlegen mit den Fingern durch die rotblonden Haare. „Es ist der Fluch meines Lebens", gestand er. „Ich wollte schon als Junge immer blond und sexy oder wenigstens ein verwegener dunkelhaariger Typ sein. Stattdessen war ich nur der komische Rotschopf mit blasser Haut und Sommersprossen."

„Du bist vielleicht nicht blond oder dunkelhaarig", widersprach ihm Angélique. „Aber sexy und verwegen bist du trotzdem."

„Du musst mich nicht aufmuntern. Ich weiß sehr gut, was Frauen von mir halten."

Angélique sah ihn prüfend an. „Mon œil!", rief sie. „Wenn das stimmt, sind sie entweder blind, oder du kennst die falschen Frauen. Du magst nicht der bestaussehende Mann der Allianz sein, aber du bist mit Sicherheit der ehrenwerteste. Die meisten Männer wären nach der letzten Nacht über mich hergefallen, wie Fliegen über ein Glas Honig. Ich hätte wahrscheinlich nicht Nein gesagt. Aber ich hätte am nächsten Morgen nicht die Hochachtung vor ihnen gehabt, wie ich sie vor dir hatte. Du hättest meine Lage leicht ausnutzen können, doch du hast es nicht getan. Das macht dich attraktiver, als jede Haar- oder Hautfarbe es jemals tun könnte."

David verstand sehr gut, wie viel Überwindung dieses Geständnis Angélique gekostet haben musste. Er zog sie sanft in die Arme und stützte sich mit dem Kinn auf ihren Kopf. Die unkomplizierte Nähe zu ihr tat ihm gut. „Wir werden beide wissen, wenn der richtige Moment gekommen ist. Bis dahin …"

„… genießen wir die Vorfreude", beendete Angélique den Satz und führte ihn ins Schlafzimmer, wo sie sich zu ihm ins Bett legte. Sie lächelte, als er sie in die Arme zog und sich an sie drückte. Vielleicht würde doch noch alles gut werden zwischen ihnen.

13

„CAPTAIN DUMONT! Captain Dumont!"

Thierry ließ frustriert die Schultern hängen. Fast hätte er es geschafft gehabt. Fast wäre Dienstschluss gewesen und er hätte nach Hause gehen können. Und jetzt das – was immer es auch war. An Thierrys Seite machte Sebastien sich bereit, seinen Partner zu verteidigen, der in den letzten zwölf Stunden bis an das Ende seiner Kräfte gegangen war.

„Ja?"

„Orlandos Repère ... Er ist wieder sichtbar auf der Karte im Salle des Cartes."

Thierrys Erschöpfung war wie weggewischt. „Nun, worauf warten wir dann noch? Notiere die Position, damit wir sofort aufbrechen können."

Der Leutnant gab Thierry einen Zettel, auf dem eine Adresse notiert war. „Ich wollte eigentlich den General informieren, aber dann habe ich dich gesehen."

„Ich kümmere mich um alles", versprach Thierry und zog sein Handy aus der Tasche, um Alain anzurufen. Thierry hoffte, dass sein Freund nicht gerade in einen Kampf verwickelt war, aber selbst dann wäre seine Nachricht höchst willkommen.

„Thierry?"

Thierry zuckte zusammen, als er die Verzweiflung und Hoffnungslosigkeit in Alains Stimme hörte. „Wo steckst du?"

„Irgendwo nördlich der Stadt."

„Egal", entschied Thierry. „Wir treffen uns ..." Er unterbrach sich und schaute auf den Zettel. „... an der Ecke Rue du Harneau und Rue de Cadix. Orlandos Repère ist auf der Karte aufgetaucht."

Die kurze Stille am anderen Ende der Verbindung war mit Händen greifbar. „Thierry, das ..."

„Ja, ich weiß", erwiderte Thierry. „Wir können wenig tun, außer abzuwarten, was passieren wird."

„Wir treffen uns dort."

„Gib mir fünf Minuten, bis ich jemanden gefunden habe, der Sebastien transportieren kann. Und warte auf mich, hörst du? Ich will nicht, dass du ihm allein gegenüberstehst."

Die Verbindung wurde unterbrochen, ohne dass Thierry eine Antwort bekam. „Putain de merde!", fluchte er. „Wenn er sich umbringt, werde ich sein Grab heimsuchen, das schwöre ich!"

„Was ist los?", wollte Sebastien wissen, während er Thierry durch den Gang zurück folgte. „Was ist an der Adresse so besonders?"

Thierry schüttelte nur den Kopf, lief aber mit jedem Schritt schneller. „Das erkläre ich dir später. Wir müssen uns jetzt beeilen, weil Alain nicht auf uns warten wird. Und er ist noch erschöpfter als ich. Er kann Simonet nicht allein gegenübertreten."

Sebastien speicherte den Namen in seinem Gedächtnis. Er würde seine Erklärung schon noch bekommen. Für den Moment überließ er es Thierry, die unmittelbaren Entscheidungen zu fällen.

„Ist der Repère noch auf der Karte?", fragte Thierry, als sie den Salle des Cartes erreichten.

„Ja, Sir", antwortete der Leutnant.

„Gut. Sei so gut und schicke meinen Partner ebenfalls an die Adresse."

Der junge Mann hatte kaum mit dem Kopf genickt, da war Thierry auch schon aus dem Raum verschwunden. Er tauchte an einer beleuchteten Straßenecke wieder auf, die ihm einst so vertraut gewesen war, wie die Straßen seines eigenen Viertels. Kurz darauf war auch Sebastien wieder an seiner Seite.

„Wo ist Alain?"

„Wahrscheinlich schon im Haus", knurrte Thierry. „Obwohl ich noch kein Gebrülle hören kann."

In diesem Augenblick materialisierte Alain auf dem Bürgersteig, verlor bei der Ankunft das Gleichgewicht und ging in die Knie. Thierry verkniff sich einen weiteren Fluch, als er die Erschöpfung in Alains Gesicht sah. Sein Freund war leichenblass und hatte schwarze Ringe um die rot unterlaufenen Augen. Aber am schlimmsten war der gehetzte, leblose Blick in den sonst so lebhaft funkelnden blauen Augen Alains. Thierry hatte sich in den letzten Wochen an einen lächelnden, glücklichen Alain gewöhnt, der trotz der Herausforderungen des Krieges nie seine Lebensfreude verlor. Davon war jetzt nichts mehr zu spüren. Kein Lächeln lag in Alains Gesicht, kein Strahlen in seinen Augen. Nur seine müden Bewegungen zeigten, dass er noch am Leben war. Alain stieß Thierrys hilfreich ausgestreckte Hand zur Seite und kam mühsam wieder auf die Füße. „Schon gut."

„Nichts ist gut", schimpfte Thierry, ließ ihn aber allein aufstehen. „Wie wollen wir vorgehen?" Alain starrte ihn verständnislos an, als würde Thierry unverständliches Kauderwelsch reden. Dann drehte er sich um und ging auf das Haus zu. Er spielte nervös mit seinem Stab und sah nicht ein einziges Mal zurück, um sich davon zu überzeugen, ob Thierry und Sebastien mitkamen. Ihn interessierte nur noch eines. In diesem Haus war Orlando.

„Wenn er da so einfach rein marschiert, bringt er uns alle um", warnte Sebastien leise, während sie ihm folgten.

„Nur, wenn ich es nicht verhindern kann", versicherte Thierry seinem Partner und zog ebenfalls den Stab aus der Tasche. Der Anblick seines verzweifelten und erschöpften Freundes hatte ihn mehr getroffen, als er sich eingestehen wollte. Während Alain durch die Tür stürmte und ins Haus lief, versiegelte Thierry das Gebäude, um zu verhindern, dass andere dunkle Magier Simonet zur Hilfe kamen. Sie hatten schon genug am Hals, auch ohne zusätzliche Komplikationen.

Alain nahm zwei Stufen auf einmal, als er die Treppe hinauflief. Jeder Schritt brachte ihn näher zu seinem Geliebten. Oben angekommen, fing er zu rennen an. Ganz am Rande nahm er wahr, dass Thierry und Sebastien ihm dicht auf den Fersen waren, aber seine ganze Aufmerksamkeit galt der Wohnung, in der er vor langer Zeit ein stets willkommener Gast gewesen war. Seine Züge verhärteten sich, als er potentielle Szenarien seines Wiedersehens mit Eric durchspielte. Alain wollte nur zu gerne glauben, dass irgendwo unter der verbitterten Fassade noch Reste des alten Eric überlebt hatten, der sein Freund gewesen war. Reste, an die er appellieren konnte, Orlando freizugeben. Aber Alain wusste auch, dass er Eric ohne zu zögern töten würde, wenn das der einzige Weg zu Orlandos Freiheit war. Was immer er auch tun musste – er würde seinen Geliebten keine Sekunde länger als nötig in den Händen des dunklen Magiers lassen.

„Er hat seine Schutzschilde nicht geändert", wunderte sich Thierry, als sie auf die Wohnungstür zugingen und den ersten Verteidigungsring ungehindert passieren konnten. „Warum hat er sie nicht geändert? Warte, Alain!"

Alain hörte nicht auf ihn und lief weiter. Er wollte nur noch zu Orlando, alles andere war nebensächlich.

„Mir gefällt das alles nicht", murmelte Thierry und verstärkte leise seine persönlichen Schutzschilde, um sich auf eine mögliche Attacke vorzubereiten. „Als er die Seiten gewechselt hat, hätte er sie sofort ändern müssen, damit wir ihn nicht fassen können."

„Vielleicht wollte er gefasst werden", sagte Sebastien leise. Als sie zum nächsten Schutzschild kamen, konnte er ihn nicht passieren. „Mich wollte er jedenfalls nicht hier sehen", meinte er trocken und wartete darauf, dass Thierry ihm mit einer Beschwörung den Zugang ermöglichte.

Es dauerte nur wenige Sekunden, in denen Alain jedoch die Wohnungstür erreichte, sie mit einem Schnicken seines Stabes öffnete und in den Flur stürmte. „Orlando!"

Stille.

„Orlando!", rief er wieder. „Wo bist du?"

Thierry fluchte laut genug, um die Luft um sich herum mit magischen Funken aufzuladen. Er lief Alain nach und suchte, den Stab einsatzbereit in der Hand, nach Eric oder anderen Bedrohungen. Die ganze Situation war extrem verdächtig und machte ihn nervös. Es war alles viel zu einfach und Thierry befürchtete, in eine Falle zu laufen. Aber nichts geschah.

„Orlando!" Mit jedem Ruf wurde Alains Stimme verzweifelter. Er lief durch die Wohnung, suchte in jedem Zimmer. Küche, Badezimmer, Gästezimmer, Wandschränke … kein Orlando. Alain kam ans Ende des Flurs und stieß die Tür zu Erics Schlafzimmer auf. Sicher hielt Simonet ihn hier gefangen. Aber auch dieses Zimmer war leer. Alains Knie gaben nach und er sank zu Boden, als die

Hoffnung, die ihn getragen hatte, sich auflöste wie Nebelschwaden im Sonnenlicht. Ein ersticktes Schluchzen kam ihm über die Lippen. „Ich verstehe das nicht", krächzte er.

„Verdammter Mist", fluchte Thierry und zog sein Handy aus der Tasche, um im Hauptquartier anzurufen. „Wann ist der Repère verschwunden?", wollte er wissen, als sich der diensthabende Offizier meldete.

„Er ist immer noch auf der Karte, Sir", antwortete der Magier. „Wir wollten schon feiern. Er leuchtet direkt neben euch auf."

„Das Zimmer ist leer! Wie kann sein Repère nicht sichtbar sein?", fragte Thierry.

„Sein Repère ist an den Ring gebunden, nicht an ihn selbst", sagte Alain stumpf. „Wenn Simonet den Ring genommen und hierher gebracht hat, dann wird er auf der Karte sichtbar. Auch ohne Orlando." Er rappelte sich vom Boden auf und fing an, das Zimmer zu durchsuchen. Es dauerte nicht lange, da sah er den Ring auf Erics Nachttisch liegen. Den Ring, der perfekt zu dem Brandmal an seinem Hals passte. Alain nahm den Ring, schloss die Augen und drückte ihn an die Lippen, als wollte er ihn küssen, als könnte seine Berührung ihn in Orlando verwandeln.

„Was hat ihn dazu gebracht, sich von dem Ring zu trennen?", fragte er und fürchtete sich gleichzeitig vor der Antwort. „Er würde ihn niemals freiwillig aufgeben. Nicht nur, weil es sein Repère ist, sondern auch, weil er das Zeichen unseres Aveu de Sang ist." Alains Stimme wurde panisch, als er sich Orlandos leblosen Körper ausmalte und seinen Mörder, der ihm den Ring vom Finger riss, um ihn als Trophäe zu behalten.

„Hör auf damit, Alain", sagte Sebastien, fasste ihn an den Schultern und schüttelte ihn durch. „Du weißt auch ohne den Repère, ob Orlando noch am Leben ist. Du musst nur die Augen schließen und ihn fühlen. Vielleicht hat er ihn nicht freiwillig aufgegeben, aber er muss deshalb noch lange nicht tot sein."

Alain kämpfte um Beherrschung und konzentrierte sich auf seine Verbindung zu Orlando. Als er sich entspannte, spürte er die Woge der Liebe, die über ihn hereinbrach. Sebastien hatte recht gehabt. Trotzdem half es Alain wenig. „Wir haben immer noch nicht den geringsten Hinweis auf seinen Aufenthaltsort."

„Den hatten wir vorher auch nicht", erinnerte ihn Thierry. „Serrier hat offensichtlich einen Weg gefunden, sich gegen die Wirkung der Repères abzuschirmen. Es sollte uns nicht überraschen. Wir wussten, dass er daran arbeitet. Jetzt müssen wir weitersuchen, dann finden wir ihn auch. Komm, wir gehen wieder. Du musst dich ausruhen."

„Die Zeit läuft uns davon", protestierte Alain kopfschüttelnd. „Es sind schon fast drei Tage. Er hält nicht mehr viel länger durch. Er braucht Blut. Ich kann fühlen, wie er immer schwächer wird, Thierry. Ich kann mich erst ausruhen, wenn er wieder in Sicherheit ist."

Thierry dachte ernsthaft darüber nach, Alain wieder in einen magischen Schlaf zu versetzen. Doch das wäre ein Vertrauensbruch, den er nicht wiederholen wollte. Das letzte Mal hatte Alain ihm noch verziehen, ein zweites Mal wollte Thierry es nicht riskieren. „Dann lass uns gehen", erwiderte er. „Wo ist unser nächstes Ziel?"

Alain schüttelte den Kopf. „Du kannst nicht mitkommen. Marcel braucht jeden Mann."

Thierry sah auf die Uhr. „Ich bin seit einer halben Stunde außer Dienst", sagte er. „Was ich in meiner freien Zeit unternehme, geht niemanden etwas an."

„Doch, das tut es, wenn du anschließend nicht mehr diensttauglich bist", widersprach ihm Alain und sah Sebastien ernst an. „Ich bin mir nicht sicher, ob ich noch die Kraft habe, uns beide zu transportieren."

„Dann gehen wir auf die altmodische Art", meinte Thierry schulterzuckend. „Es dauert etwas länger, aber es ist immer noch besser, als wenn du alleine unterwegs wärst. Du bist so blass, ein Geist ist nichts dagegen."

Sebastien musste Thierrys Einschätzung zustimmen, bezweifelt aber, dass sein Partner nach dem Kampf um Notre-Dame und dem anschließenden Ritual in viel besserer Verfassung war. Wenn sie mit der Métro fuhren, sparten sie nicht nur Energie, sondern konnten sich auch etwas ausruhen. Er beschloss, Thierry nicht aus den Augen zu lassen – auf Alain konnten sie sowieso keinen Einfluss mehr nehmen – und nickte zur Tür. „Dann los, bevor Simonet hier auftaucht. Vermutlich warnen ihn seine Schutzschilde, wenn jemand hier eindringt."

„Das sollte man eigentlich meinen", gab Thierry zu, als sie Erics Wohnung verließen. „Andererseits hätte er sie auch ändern sollen, und das hat er auch nicht getan."

„Dann erkläre mir, worum es geht", verlangte Sebastien, während sie Alain zurück auf die Straße folgten und sich auf den Weg zur nächsten Haltestelle machten. Alain bewegte sich mehr wie ein Roboter, als wie ein lebender Mensch. Es war ein beunruhigender Anblick. Der Magier hatte die Augen stur auf den Bürgersteig vor sich gerichtet, ohne nach links oder rechts zu schauen. „Zu dieser Geschichte gehört mehr als nur ein Mann, der die Seiten gewechselt hat."

„Simonet – Eric – war wie ein kleiner Bruder für uns", erwiderte Thierry leise. Er wollte Alain durch seine Erinnerungen nicht noch mehr verstören. „Als wir noch Kinder waren, ist er uns höllisch auf die Nerven gegangen, weil er uns ständig nachgelaufen ist. Später, als wir älter waren, wurden wir unzertrennlich. Die drei Musketiere. So wurden wir genannt."

„Und was ist dann passiert?"

„Dann fing der Krieg an und Alains Haus wurde angegriffen. Seine geschiedene Frau und sein Sohn wurden getötet. Erics Frau Edwige und dessen Kinder waren zu Besuch. Sie haben sich rechtzeitig in einem Schrank versteckt und wurden von den dunklen Magiern nicht entdeckt. Wie auch immer, wir wussten nicht, dass sie da waren, als wir eingetroffen sind. Wir haben uns verteidigt und versucht, die dunklen Magier zu überwältigen, als einer von Alains Flüchen aus dem Ruder lief", erklärte Thierry. „Wir wussten nichts von Edwige und den Kindern. Als wir sie gefunden haben, war es schon zu spät. Alains Fluch hatte sie getötet. Eric hat ihm das nie verziehen. Und als ob das nicht schon schlimm genug wäre, musste Eric auch noch einer der Magier sein, die Orlando auf dem Place Pigalle entführt haben."

„Und hat ihm seit dem Gott weiß was angetan", zischte Alain, während sie auf dem Bahnsteig standen und auf die U-Bahn warteten.

„Du weißt doch gar nicht, ob Eric dafür verantwortlich ist, was mit Orlando geschehen ist", versuchte Thierry, seinen Freund zu bremsen.

„Und du weißt das Gegenteil genauso wenig", erwiderte Alain. „Er ist keinen Deut besser, als der Rest der Bande. Ich wünschte, es wäre nicht so. Aber wir dürfen uns nichts mehr vormachen. Sein Fluch hat Orlandos Entführung ermöglicht. Er hatte Orlandos Ring, also muss er Orlando gesehen haben und in seiner Nähe gewesen sein. Ich kann mir nicht vorstellen, dass Orlando den Ring freiwillig aufgegeben hat. Und das heißt, er wurde ihm mit Gewalt abgenommen."

„Es ist nicht so einfach, einem Vampir etwas mit Gewalt abzunehmen", sagte Sebastien bedächtig. Er wollte sich nicht einmischen, verspürte aber das Bedürfnis, Thierry zu verteidigen. „Orlando ist sehr klug. Er hat Eric den Ring vielleicht in der Hoffnung überlassen, dass er dich zu ihm führt."

„Selbst wenn das der Fall wäre …", erwiderte Alain kalt, obwohl sich neue Hoffnung in ihm breitmachte, „Simonet muss trotzdem in seiner Nähe gewesen sein, um den Ring zu bekommen. Ich habe Orlandos Schmerzen spüren können. Simonet ist ein toter Mann, wenn wir uns begegnen."

Thierry sah ihn erschrocken an. Sie hatten immer mit dieser Möglichkeit gerechnet. Aber es war eine hypothetische Möglichkeit geblieben, weil sie Eric nie in einem direkten Kampf gegenübergestanden hatten. Alain sprach über etwas anderes. Alain meinte es ernst. Thierry konnte es am Tonfall seines Freundes erkennen, und der verhieß nichts Gutes. „Alain", sagte er tadelnd. „Du weißt genau, dass wir das nicht tun können."

„Er weiß gar nichts", mischte sich Sebastien ein. In diesem Augenblick fuhr der Zug ein. Sie stiegen ein, ohne ihr Gespräch zu unterbrechen. „Orlando würde nicht anders reagieren, wenn die Situation umgekehrt wäre. Diese Gefühle sind rational nicht zu erklären, Thierry, und daran wird sich auch nichts ändern, bis er Orlando endlich wieder in den Armen halten kann. Der Aveu de Sang lässt wenig Raum für Vernunft, wenn sich ein Avoué in Gefahr befindet."

Für einen kurzen Moment flackerte so etwas wie Dankbarkeit in Alains Blick auf, aber sie erlosch schnell wieder. Nur kalte Wut blieb zurück und wirkte noch grausamer durch den Kontrast, den dieses kurze Aufflackern der Menschlichkeit in Alains Fassade der Trauer und der Wut geschlagen hatte. Thierry erkannte einmal mehr, wie sehr Orlandos Schicksal Alain innerlich zerriss. „Wohin gehen wir als Nächstes?", fragte er, um das Thema zu wechseln.

„Nach Norden", erwiderte Alain müde. „Die restlichen weißen Flecken, die Raymond mit seiner Magie nicht durchdringen konnte, befinden sich alle nördlich der Stadt. In St. Denis und noch weiter außerhalb."

„Wie viele sind noch übrig?", erkundigte sich Thierry.

„Drei", antwortete Alain mit rauer Stimme. „Ich hoffe nur, dass wir ihn an einem dieser Orte finden, denn sonst weiß ich nicht mehr weiter."

„Falls wir ihn nicht finden, versuchen wir es mit einem neuen Aufspürzauber. Wenn mehr von uns mithelfen, können wir die Reichweite erhöhen", versicherte ihm Thierry. „Ich verspreche dir, dass wir Orlando nicht aufgeben."

Alain wollte lächeln, doch in diesem Augenblick spürte er durch seine Verbindung zu Orlando einen scharfen Schmerz. Das Lächeln gefror ihm auf den Lippen. „Wir müssen uns beeilen." Eine neue Welle des Schmerzes durchfuhr ihn und er sah seine Freunde mit wilder Verzweiflung an. „Sie tun ihm weh."

„Geht", befahl Sebastien, obwohl es ihm schwerfiel, Thierry in einer gefährlichen Situation allein zu lassen. „Benutzt eure Magie und geht. Ich fahre zum Hauptquartier zurück und warte dort auf euch."

„Bist du sicher?", fragte Thierry nach.

„Begleite ihn, sonst wird er alleine gehen", erwiderte Sebastien. „Aber seid vorsichtig."

Thierry sah ihm noch einmal in die Augen, dann drehte er sich zu Alain um. „Gib mir die nächste Adresse."

Alain wusste sie auswendig. Er hatte sie kaum ausgesprochen, da war er auch schon verschwunden. Eine Sekunde später folgte ihm Thierry. Sebastien blieb allein in der U-Bahn zurück und studierte die Karte mit dem Streckennetz, um den schnellsten Weg ins Hauptquartier zu finden.

Als sie an ihrem Ziel ankamen, wartete Alain nicht lange auf Thierry. Er verließ sich darauf, dass sein Freund ihm folgen würde. Er wollte Orlando keine Sekunde länger in den Klauen der dunklen Magier lassen, als absolut unvermeidlich war. In der Hoffnung, endlich die richtige Adresse zu haben, lief er los. Hinter ihm fluchte Thierry laut über so viel unvorsichtige Tollkühnheit, aber auch das konnte Alain nicht mehr zurückhalten. Er stolperte vor Erschöpfung, landete mit allen Vieren auf dem Boden und rappelte sich sofort wieder auf, um weiterzulaufen. In der Zwischenzeit hatte Thierry ihn eingeholt.

„Du bringst uns noch um", warnte er und packte Alain am Arm, um ihn aufzuhalten.

Thierry konnte kaum glauben, wie entschlossen und tatkräftig Alain plötzlich wieder war. Trotz der Erschöpfung, die ihm immer noch anzumerken war, hatte Alain das roboterhafte Verhalten verloren, das Thierry solche Sorgen bereitet hatte. Vielleicht lag es ja daran, dass Alain jetzt nicht mehr allein auf sich gestellt war. Vielleicht lag es auch daran, dass sie den Ring gefunden hatten und wussten, dass Eric in Orlandos Nähe gewesen war. Wie dem auch sein mochte, Thierry hoffte, dass sich Alains geistige Erholung auch körperlich auswirken würde und ihm die Kraft gab, ihre Suche noch einige Stunden fortzusetzen. „Es hilft Orlando nicht viel, wenn wir uns umbringen lassen."

„Vergiss es!", rief Alain. „Wenn wir ihnen die Chance geben, sich von unserem ersten Angriff zu erholen, kommen wir nie in das Gebäude."

Thierry seufzte resigniert. „Schon gut. Ich hoffe nur, dass wir es überleben. Dann los jetzt!"

14

„ICH WEIß wirklich nicht, ob er uns noch viel verraten kann", sagte Eric mit ernster Miene zu Serrier. „Wir können es noch mit anderen Beschwörungen und Flüchen versuchen, aber wir sind schon an einem Punkt, wo wir selbst voraussagen können, welche wirken werden und welche nicht. Es wäre reine Zeitvergeudung, noch weiter mit ihm zu experimentieren. Außerdem hat er solche Schmerzen, dass wir die Wirkung nicht mehr richtig einschätzen können. Vielleicht würden einige Tage Erholung helfen, aber das ist auch keine Option."

„Was schlägst du also vor?", fragte Serrier.

„Dass ich ihn beseitige", bot Eric an, dem sich der Magen umdrehte. Es war seine erste Taktik und ließe sich am einfachsten in die Tat umsetzen. „Er ist für uns wertlos geworden und nimmt uns nur Platz weg. Ich bringe ihn irgendwo an die Sonne, wo er nicht gefunden wird. Heute Nacht können Vincent und ich einen anderen Vampir besorgen, an dem wir hoffentlich etwas länger haben."

„Du willst uns also um das Vergnügen bringen, dabei zuzusehen, wie er sich im Sonnenlicht in ein Häufchen Asche verwandelt?" Serrier schüttelte den Kopf. „Nein, das ist keine gute Idee. Wir werden ihn morgen draußen auf dem Boden anketten, falls Claude bis dahin den Spaß an ihm verloren hat."

„Wenn du das Vergnügen haben willst, ihn brennen zu sehen, solltest du ihn nicht Claude ausliefern", warnte Eric. „Ich glaube nicht, dass er Claudes Art der Folter noch überleben wird, selbst wenn es nur für eine Nacht ist."

„Seit wann bist du unser Vampirexperte?", wollte Serrier wissen.

„Das bin ich nicht", erwiderte Eric zurückhaltend, weil er genau wusste, dass er mitten durch ein Minenfeld navigierte. „Aber selbst ein Blinder kann sehen, wie unterschiedlich er reagiert, seit wir ihn vor einem Tag zwangsernähren wollten. Er wehrt sich nicht mehr so wie früher, versucht auch nicht mehr zu fliehen, sobald ihm jemand den Rücken zudreht. Er hat sich aufgegeben. Er ist zu schwach für Claudes Folter."

Serrier kniff die Augen zusammen. „Da bin ich mir nicht so sicher. Er hat seit der ersten Nacht nicht ein einziges Mal geschrien. Für mich hört sich das nicht nach einem Mann an, der vor Schmerzen geschwächt ist. Sicher, sein Körper reagiert. Aber gebrochen ist er noch lange nicht."

„Ist das denn nötig?", fragte Eric.

Serriers grausames Lachen war nichts für schwache Nerven. „Du verlierst den Biss, Simonet", schalt er. „Pass gut auf, sonst frage ich mich noch, wem deine Loyalität gilt."

„An meiner Loyalität hat sich nichts geändert", versicherte Eric dem dunklen Magier. „Das heißt noch lange nicht, dass ich Grausamkeit um ihrer selbst willen gutheißen muss. Wenn wir von dem Vampir noch etwas könnten, wäre das eine andere Sache. Aber es ist vollkommen unsinnig, ihn Claude zu überlassen."

„Bei der Frau hast du dich nicht beschwert", bemerkte Serrier. „Und bei den jungen Mädchen auch nicht, die wir unserem Hausvampir zum Spielen gegeben haben. Was ist an diesem Vampir so besonders?"

„Nichts", erwiderte Eric hastig. „Ich dachte nur …"

„… dass jetzt ein guter Zeitpunkt wäre, um meine Entschlusskraft zu testen?", wollte Serrier wissen. „Dafür ist kein Zeitpunkt gut, das kannst du mir glauben."

Eric fand nicht mehr die Zeit, sich auf den Schmerz einzustellen, der ihm in die Seite fuhr. Er krümmte sich zusammen und unterdrückte einen lauten Aufschrei, weil er Orlando nicht nachstehen wollte. Er besann sich auf einen Trick, den er vor vielen Jahren gelernt hatte, und schloss die Augen, um sich an seine erste Nacht mit Vincent zu erinnern. Es war eine mächtige Erinnerung, die ihm sehr teuer war. Sie setzte Endorphine frei, die den Schmerz erträglicher machten, ohne dass Eric Magie benutzen musste, die Serrier sofort aufgefallen wäre.

Der zweite Fluch traf ihn stärker und erforderte mehr Konzentration, aber nach einigen schmerzhaften Sekunden hatte Eric ihn im Griff. Erst der dritte Fluch riss ihn aus seiner Trance. Er brach zusammen und wälzte sich auf dem Boden. Später konnte er nicht sagen, wie lange es dauerte, bis starke Hände seinen Kopf hoben und ihm ein Glas Wasser an den Mund hielten, um ihn wieder zu sich zu bringen.

„Es scheint nicht sehr gut ausgegangen zu sein", sagte Vincent, während er Eric half, sich aufzusetzen.

Eric schüttelte den Kopf und verzog das Gesicht, als die plötzliche Bewegung seine malträtierten Nerven erreichte. Vincent musste dafür gesorgt haben, dass sie niemand belauschen konnte, sonst hätte er ihren Plan nicht erwähnt. „Ich glaube, es war mehr Ärger, als Misstrauen. Sonst hätte er mich sofort umgebracht. Aber er hat mich nur quälen wollen. Wenn er einen Verdacht gehabt hätte, wäre ich jetzt tot."

„Das ist kein besonders beruhigender Gedanke."

Eric zuckte mit den Schultern. „Es war ein kalkuliertes Risiko. Sie wollen Orlando morgen früh töten. Wir müssen ihn sofort hier rausholen."

„Unmöglich", erwiderte Vincent. „Claude hat schon angefangen. Ich hätte nichts dagegen, diesen Bastard umzubringen, aber du bist nicht in der Verfassung, dich auf einen Kampf einzulassen, und allein schaffe ich es nicht. Du musst dich erholen. Orlando wird die paar Stunden noch durchhalten können."

Eric wollte widersprechen. Er konnte den Gedanken nicht ertragen, Alains Geliebten in den Händen dieses sadistischen Schinders zu wissen. Aber er musste sich geschlagen geben, als er aufstand und ohne Vincents Hilfe kaum einen Schritt laufen konnte. „Ich hoffe nur, dass du recht hast."

„Serrier wird Blanchet nicht erlauben, ihn umzubringen. Er will zusehen, wie Orlando in der Sonne verbrennt", sagte Vincent angeekelt. „Wir kommen vor der Dunkelheit zurück und machen uns ein Bild von der Lage. Jetzt musst du dich ausruhen. Ich bringe dich hier raus."

Eric nickte behutsam. „Du musst mir helfen. Allein schaffe ich es nicht."

„Hat er dich so schlimm zugerichtet?", erkundigte sich Vincent.

„Ziemlich schlimm. Es tut so weh, dass ich mir nicht zutraue, eine Beschwörung zuverlässig durchzuführen oder zu können. Ich kann mich kaum konzentrieren." Eric sah die Besorgnis in Vincents Gesicht. „Ja, es ist ein Risiko. Aber hierzubleiben, ist das größere Risiko. Bring mich nach Hause."

Vincent runzelte die Stirn und transportierte sie in seine Wohnung.

Dort angekommen, half er Eric zum Bett und fuhr ihm mit den Händen über den Körper. „Wo tut es weh?"

„Überall", keuchte Eric. „Ich glaube nicht, dass es ernsthafte Verletzungen sind. Ich habe nur Flüche gehört, die Schmerzen auslösen sollen."

„Leg dich hin und lass mich nachsehen", verlangte Vincent.

Eric ließ sich auf die Matratze sinken. Es tat ihm gut, sich hinlegen zu können, deshalb protestierte er nur halbherzig. Er ignorierte die verspannten Muskeln und die gereizten Nerven, und wartete nur darauf, dass die Krämpfe endlich nachließen. Vincent zog ihn behutsam aus und untersuchte ihn, aber Eric wusste bereits, dass nichts zu finden sein würde.

„Kein Blut und keine gebrochenen Knochen", stellte Vincent erleichtert fest. „Wir müssen nur abwarten, bis die Schmerzen abklingen." Er schubste Eric an der Hüfte. „Rutsch zur Seite, damit ich mich zu dir legen kann. Du brauchst dringend Schlaf, aber es wird wohl einige Zeit dauern, bis die Schmerzen nachlassen und du Ruhe findest. Vielleicht fällt uns in der Zwischenzeit ein, wie wir unseren Vampir wieder befreien können."

Eric machte ihm Platz. Als Vincent ebenfalls im Bett lag, schmiegte Eric sich so eng an ihn, wie seine schmerzenden Gliedmaßen es ihm erlaubten. So blieben sie einige Zeit liegen. Eric wurde immer noch von den Krämpfen durchgeschüttelt, die Serriers Flüche hinterlassen hatten. „Ich kann es mit einer Gegenbeschwörung versuchen", bot Vincent ihm an. „Ich bin darin nicht besonders gut, aber vielleicht hilft es trotzdem."

„Es wäre einen Versuch wert", stimmte ihm Eric zu. Vincent nahm seinen Stab vom Nachttisch und belegte Erics zuckenden Körper mit dem Heilzauber. Die Schmerzen verschwanden nicht vollständig, aber sie ließen nach und Eric konnte endlich wieder still liegen. „Danke", murmelte er und schloss erleichtert die Augen.

Vincent war froh, dass er ihm hatte helfen können und ließ ihn schlafen. Seinen Stab hielt er fest umklammert. Er wusste nicht, ob sie nach ihnen suchen würden, aber er wollte vorbereitet sein, falls einer von Serriers Magiern auftauchte. Tausend Gedanken schossen ihm durch den Kopf und er wälzte ein Szenarium nach dem anderen. Er suchte nach einer Lösung für ihr Problem, sowohl den Vampir zu befreien, als auch selbst unbeschadet zu entkommen.

Als Eric sich nach mehreren Stunden wieder regte, war Vincent zu einem Entschluss gekommen. Und dieser Entschluss raubte ihm fast den Verstand. Allein hatten sie kaum eine Chance auf Erfolg.

„Fühlst du dich besser", fragte er gezwungen ruhig.

„Ja, etwas", bestätigte ihm Eric. „Danke."

Vincent zuckte mit den Schultern. „Du hättest für mich das Gleiche getan."

Eric lächelte und küsste ihn sanft. „Wie spät ist es?"

„Es wird bald dunkel", antwortete Vincent. „Ich habe nachgedacht. Und es gefällt mir überhaupt nicht, zu welchen Ergebnissen ich gekommen bin."

„Wieso?", fragte Eric und stütze sich auf einen Unterarm, um Vincent ins Gesicht sehen zu können.

„Ich glaube nicht, dass wir es allein bewerkstelligen können. Aber ich weiß nicht, wen wir noch ins Vertrauen ziehen könnten."

Eric sah ihn erstaunt an. War das die Möglichkeit, auf die er gewartet hatte? Er holte tief Luft und ging in Gedanken sämtliche Optionen durch. Dann holte er noch einmal tief Luft und die Würfel rollten. „Aber ich."

Vincent blinzelte ihn überrascht an und zog fragend die Augenbrauen hoch.

„Die Milice."

„Hast du den Verstand verloren?", rief Vincent, setzte sich auf und fasste ihn an den Schultern. „Wieso sollten die uns glauben? Selbst wenn der Vampir ihnen wirklich so viel bedeutet, wie du annimmst – warum sollten sie uns helfen? Sobald wir ihnen die nötigen Informationen liefern, befreien sie ihn selbst und wir können sehen, wo wir bleiben."

„Wenn du sie anrufen würdest, wäre das wahrscheinlich der Fall", gab Eric zu, obwohl er hoffte, Marcel würde trotzdem zuhören. „Aber mir werden sie glauben. Ich gebe schon Informationen an sie weiter, seit ich die Seiten gewechselt habe."

„Du bist ein Spion?" Vincent hatte Schwierigkeiten, die Größenordnung dieser Enthüllung zu erfassen. Er wusste, dass Eric früher für Chavinier gekämpft hatte, aber seit sie Freunde geworden waren, hatte Eric nicht den geringsten Zweifel an seiner Loyalität zu Serrier aufkommen lassen – wenn man von der jüngsten Vergangenheit absah, und auch dann erst, nachdem Vincent selbst das Thema angesprochen hatte. Ihm drehte sich der Magen um, als er darüber nachdachte, wie viel Informationen er der Milice in den letzten beiden Jahren unbeabsichtigt geliefert hatte.

„Einer von ihnen jedenfalls", gestand Eric. „Ich kann nicht sagen, ob Monique oder Dominique auch Spione waren. Aber ich weiß, dass Marcel mehr als eine Informationsquelle hatte."

„Und was tun wir jetzt? Den Hörer in die Hand nehmen und anrufen?"

„So ungefähr", meinte Eric. „Ich habe eine Nummer, die mich direkt mit Marcels Büro verbindet. Wenn ich Informationen habe, rufe ich diese Nummer an. Falls er sich meldet, gebe ich sie direkt weiter, wenn nicht, versuche ich es später wieder. Ich rufe nie zweimal vom selben Telefon aus an und nie öfter, als einmal in der Woche. Außer in Ausnahmefällen, wenn es sich um kritische Informationen handelt."

„Wie viel hast du ihm verraten?", fragte Vincent und schüttelte ungläubig den Kopf. „Und warum hast du mir nicht früher Bescheid gesagt, verdammt?"

„Hättest du das an meiner Stelle getan?", erwiderte Eric ruhig, obwohl er sich vor Vincents Antwort fürchtete. Er wollte seinen Geliebten nicht verlieren, aber diese Entscheidung lag jetzt nicht mehr in seiner Hand. „Ich kenne die Identität von Marcels anderen Spionen nicht. Allerdings bin ich mir ziemlich sicher, dass ich der hochrangigste unter ihnen bin. Ich darf diese Position nicht gefährden. Bis vor Kurzem war ich mir nicht sicher, ob ich mich dir anvertrauen kann. Es tut mir leid, wenn dich das verletzt, denn das war nicht meine Absicht. Aber meine oberste Priorität ist es, diesen Krieg gegen Serrier zu gewinnen."

Vincent rollte sich mit einem tiefen Knurren auf Eric, ohne auf dessen Zustand auch nur die geringste Rücksicht zu nehmen. „Vergiss die Scheiße", sagte er. „Vergiss den Krieg, vergiss die Milice und vergiss Serrier. Vergiss alles, außer uns und diesem Bett. *Ich* bin deine oberste Priorität, und *du* bist meine."

Eric hatte das Gefühl, widersprechen zu müssen, aber mit Vincents Gewicht auf seinem Körper waren ihm die Worte ausgegangen. Als sein Geliebter sich an ihm rieb, folgte sein Verstand und setzte ebenfalls aus, bis er sich nur noch stöhnend in Vincents Verlangen ergeben konnte.

Vincent fühlte sich durch Erics Hingabe ermutigt und zerrte ihm und sich die Kleidung vom Leib, bis kein störender Fetzen Stoff mehr zwischen ihn lag und sich ihre nackte Haut berührte. Erics Hände fuhren ihm anspornend über den Körper und trugen zu dem machtvollen Gefühl der Dominanz bei, das Vincent erfasst hatte. Er beschloss, es in vollen Zügen zu genießen, denn es war nicht selbstverständlich, dass Eric ihm diese Freiheit einräumte.

Vincent spürte Erics harten Körper unter sich, der sich ihm entgegenpresste, bis sie beide vor Erregung hart waren und sich aneinander rieben. „Welche Geheimnisse hältst du noch vor mir verborgen?", fragte er.

„Keine", schwor Eric. „Jedenfalls nicht absichtlich. Frag mich. Du kannst mich alles fragen, und ich werde dir ehrlich antworten."

„Das reicht mir nicht", knurrte Vincent. „Ich will die ganze Wahrheit, nicht nur Bruchstücke."

„Frag mich", wiederholte Eric und blieb still unter Vincent liegen, ein seltenes Eingeständnis seiner Hingabe. Er hatte sich Vincent ausgeliefert, sein Leben in die Hände seines Geliebten gelegt. Er musste ihn nur noch von seiner Aufrichtigkeit überzeugen.

„Wie viel von dem, was du Serrier gesagt hast, war die Wahrheit?", wollte Vincent wissen.

„Alles", antwortete Eric. „Danielles Tod, meine Wut auf Alain, sogar meine Unzufriedenheit, weil er so nachgiebig behandelt wurde. Alles war wahr, aber ich habe es hochgespielt, habe so getan, als ob ich es nie überwunden hätte. Mir war immer – selbst als ich vor Trauer noch außer mir war – klar gewesen, dass Alain es nicht mit Absicht getan hat. Ich habe ihm trotzdem Vorwürfe gemacht, aber als meine Trauer nachließ, habe ich erkannt, dass er genauso darunter litt wie ich. Marcel hat mich dazu überredet, meinen Verlust und meine Wut als Vorwand zu nehmen, die Seiten zu wechseln. Er sagte, dass nur ein so verheerender Schicksalsschlag, wie ich ihn erlebt habe, Serrier davon überzeugen könnte, dass ich es ernst meine."

„Dann hast du also vom ersten Tag an für Chavinier gearbeitet und ihn mit Informationen versorgt?"

Eric nickte. „Zu Beginn waren es nur Kleinigkeiten. Mehr konnte ich damals noch nicht in Erfahrung bringen. Aber Marcels Anweisungen waren eindeutig. Ich sollte alles mir mögliche unternehmen, um in Serriers Hierarchie aufzusteigen und kritische Informationen zu bekommen. Das habe ich getan."

„Und jetzt?", fragte Vincent kalt. „Ist das jetzt auch nur ein Beispiel für deinen Einsatzwillen?"

„Nein!", rief Eric und versuchte, sich aus Vincents Griff zu befreien. „Mein Gott, nein! Du bist der einzige Lichtblick in zwei höllischen Jahren!" Nachdem er sich endlich befreit hatte, legte er die Hände um Vincents Gesicht. „Ohne deine Freundschaft wäre ich innerhalb weniger Wochen wahnsinnig geworden. Ich wusste nicht mehr, wo oben und unten war, musste mich bei Serrier an meine neue Rolle anpassen und hatte meine Trauer noch nicht überwunden. Das hier …" Er gestikulierte mit den Händen. „… das hier zwischen uns war niemals eingeplant. Was immer es ist, es ist einfach passiert. Merlin sei Dank dafür. Ich hatte nicht damit gerechnet, diesen Einsatz zu überleben. Ehrlich gesagt, rechne ich immer noch nicht damit. Ich war mir sicher, Serrier würde mir eines Tages auf die Schliche kommen und niemand würde mich vermissen. Und dann bist du gekommen und hast mir einen Grund gegeben, nicht aufzugeben und um mein Leben zu kämpfen, hast mir die Hoffnung gegeben, dass es ein Leben nach diesem Krieg geben kann. Was immer ich Serrier in seinem Dienst auch vorgespielt habe, meine Gefühle für dich sind ehrlich."

Vincent entspannte sich wieder. Erics Eingeständnisse hatten seine gerechtfertigte Empörung besänftigt und Vincent fragte sich, ob sein Geliebter wirklich so viel hatte preisgeben wollen. Aber er war froh, dass Erics Gefühle nicht geheuchelt waren und dass Eric offensichtlich an einem Punkt angekommen war, an dem er an eine Zukunft für sie beide glaubte. „Wir werden es überleben", versprach er Eric. „Egal, wen wir dazu anrufen müssen, aber wir werden es überleben." Ohne auf eine Antwort von Eric zu warten, senkte er den Kopf und küsste ihn. Eric erwiderte seine Umarmung und öffnete den Mund, um Vincents Zunge Einlass zu gewähren.

Vincent wollte jeden Gedanken aus Erics Kopf verjagen, der sich nicht um sie beide drehte. Er fiel über den Mund seines Geliebten her, rieb sich an ihm und spürte, wie die Leidenschaft wieder zwischen ihnen aufflammte und sie wieder hart wurden. Bald war es nicht mehr genug. Eric wimmerte leise, ein Ton, der so wenig zu dem großen Mann und seinem männlichen Image passte, dass Vincent lächeln musste. „Was brauchst du, mein Geliebter?", neckte er ihn zärtlich.

„Dich", erwiderte Eric. „In mir und auf mir, um mich und unter mir, es ist mir egal. Ich brauche nur dich."

„Und du hast mich", versprach ihm Vincent.

15

ALAIN MACHTE einen Schritt auf ihr Ziel zu. Es war die vorletzte Adresse auf Raymonds Liste. Er brach in die Knie und versuchte vergebens, wieder auf die Beine zu kommen. Verzweifelt kroch er auf allen Vieren auf die Tür zu, aber nach wenigen Metern gaben auch seine Arme nach. Alain lag mit dem Gesicht im Schlamm. Tränen liefen ihm über die Wangen, als er sich eingestehen musste, am Ende seiner Kräfte angelangt zu sein.

„Du bist vollkommen erschöpft", schimpfte Thierry wohl schon zum hundertsten Mal, während er Alain wieder auf die Beine half. „Du kannst deinen Stab nicht mehr halten. Wie willst du so gegen die dunklen Magier kämpfen oder gar Orlando helfen?"

„Ich darf jetzt nicht aufgeben", flüsterte Alain mit müder Stimme. Er wusste, dass Thierry recht hatte, wollte es sich aber nicht eingestehen. Es wäre gleichbedeutend damit, Orlando im Stich gelassen zu haben. Wieder im Stich gelassen zu haben. „Es gibt nur noch diese zwei Adressen, die wir überprüfen müssen. Ich muss durchhalten."

„Aber wie?", fragte der blonde Magier. „Du kannst kaum noch stehen, viel weniger kämpfen. Kannst du überhaupt noch deine Magie einsetzen?"

Alain versuchte es, aber nichts geschah. Die Tränen, gegen die er seit Tagen angekämpft hatte, brachen sich jetzt freie Bahn. Er hatte versagt. „Bring mich nach Hause", verlangte er mit niedergeschlagener Stimme. „Hilf mir, für einige Stunden schlafen zu können. Danach suchen wir weiter."

„Ich habe eine bessere Idee", erwiderte Thierry und ein Lächeln erhellte sein Gesicht. „Wir gehen nicht nach Hause, sondern in die Kathedrale. In Notre-Dame wirst du dich schneller erholen als an jedem anderen Ort, Orlandos Arme ausgenommen."

„Notre-Dame?", wiederholte Alain verwirrt. „Warum?"

„Stimmt, du weißt ja nicht, was seit gestern passiert ist", sagte Thierry kopfschüttelnd. „Wir haben gestern Nacht eine interessante Entdeckung gemacht." Während er Alain stützte, erzählte er ihm die ganze Geschichte. „Die Kirche ist ein so mächtiger Ort, dass du dich dort schneller erholen wirst, als durch Schlaf allein. Und du bist dort in Sicherheit."

„Wenn du meinst", erwiderte Alain skeptisch. Aber er vertraute Thierry und ließ sich deshalb von ihm in die Kathedrale transportieren. Thierry spürte sofort die freundliche Aufnahme durch die Steine des Gemäuers. „Kannst du es auch fühlen?", fragte er Alain leise.

Alain schüttelte den Kopf. Er war zu schwach, um sich der Magie zu öffnen. „Es spielt keine Rolle. Ich bin so müde, dass ich überall schlafen kann. Bring mich einfach irgendwo hin und sorge dafür, dass ich einschlafe."

Die Lethargie in Alains Stimme beunruhigte Thierry mehr, als alles andere, was seit ihrem Treffen heute früh in Erics Wohnung mit seinem Freund geschehen war. Er führte Alain zu einem Seitenaltar, vor dem ein Teppich lag. „Leg dich hin", forderte er ihn auf. „Hier bist du sicher, bis du wieder aufwachst."

Alain sank erschöpft auf den rauen Teppich und schloss widerstrebend die Augen. „Wecke mich sofort, falls ihr etwas Neues in Erfahrung bringt", verlangte er. „Ich muss dabei sein, wenn … wenn wir Orlando finden."

„Schlaf jetzt", befahl Thierry, ohne auf Alains Bitte einzugehen. Er konnte seinen Freund verstehen, aber im Moment war nicht daran zu denken, ihn irgendwohin mitzunehmen. So sehr Alain es sich auch wünschte, er hatte einfach nicht die Kraft dazu. Mit einer einfachen Beschwörung ließ Thierry ihn einschlafen und überlegte dann, wie er weiter vorgehen sollte. Er legte vorsichtshalber noch einen Schutzschild um die Kathedrale, damit Alain nicht gestört werden konnte. Dann transportierte er sich zurück ins Hauptquartier der Milice.

Er folgte der Frau durch die Straßen. Ihr Gesicht war ihm unbekannt, aber er vertraute ihr instinktiv, als sie ihn durch die unterirdischen Gänge und Tunnels führte. Ab und zu blieb sie stehen und murmelte leise eine Beschwörung oder ein Losungswort, das ihnen erlaubte, die Fallgruben und Abwehrzauber zu passieren, die sie von Orlando trennten. Aus keinem anderen Grund wäre er ihr allein so weit gefolgt, aber für Orlando ging er jedes Risiko ein. Er musste seinen Geliebten retten, bevor Hunger, Erschöpfung und Folter ihn Alain für immer raubten.

Alain wusste schon lange nicht mehr, wo sie sich gerade befanden. Falls die Frau ihn verriet, konnte er sich jederzeit hier weg transportieren. Es ging nach rechts und nach links, Treppen hinauf und Treppen hinab, durch verschlungene Gassen und verwirrende Labyrinthe. Alain folgte ihr und ließ sie keine Sekunde aus den Augen. Schließlich kamen sie auf einen Hügel. Unter ihnen lag ein Tal, in dessen Mitte ein großes Anwesen stand. „Dort", sagte die Frau leise. „Dort hat Serrier ihn versteckt."

„Und wie kommen wir dort hinein?", fragte Alain.

„Das ist der schwierige Teil", bekannte sie. „Ich konnte dich sicher auf diesen Hügel bringen. Aber sobald wir die Schutzschilde passieren, wird er von unserer Anwesenheit erfahren. Die Frage ist, wer schneller sein wird – er oder wir."

„Ich habe keine andere Wahl", sagte Alain. „Ich kann Orlando nicht länger hierlassen. Ich kann ihn jetzt schon kaum noch fühlen."

Die Frau nickte. „Dann lass uns gehen."

Die Frau transportierte Alain und sich mit einer Beschwörung an den Rand des Anwesens. Wie schon zuvor, fing sie leise zu singen an, als sie die Schutzschilde außer Kraft setzte, um ihnen Einlass zu verschaffen. Aber dieses Mal war ein lauter Alarm zu hören, als Alain ihr folgte. „Beeil dich", befahl sie und lief los. Tiefer und tiefer wurde Alain in das Wirrwarr der Gänge geführt.

Er folgte der Frau dicht auf den Fersen. Im Laufen zog er seinen Stab, um auf eine mögliche Konfrontation vorbereitet zu sein, aber die Frau war gut darin, den dunklen Magiern auszuweichen. Schließlich kamen sie zu einer Art Autowerkstatt, in der sich unzählige Maschinen und Werkzeuge befanden. Erst auf den zweiten Blick erschloss sich die erschreckende Funktion des Raumes. Es waren keine gewöhnlichen Werkzeuge, sondern Folterinstrumente. Alain war sich sicher, dass sein Geliebter damit gequält worden war. „Wo ist er?", fragte er die Frau.

Die Frau zeigte auf einen merkwürdigen, eiförmigen Behälter, der auf der anderen Seite des Raumes stand. Durch das weißlich opake Plastik war sein Inhalt nicht zu erkennen. Alain riss erschrocken die Augen auf. Orlando musste wie ein Paket zusammengeschnürt sein, um da hineinzupassen. Alains Wut nahm kosmische Dimensionen an, als er auf den Behälter zuging und die Schrauben löste, die ihn verschlossen. Aus dem Inneren war ein leises Wimmern zu hören. Die Mischung aus Furcht und Qual zerriss Alain das Herz. „Ich bin es, Orlando", rief er, als er die erste Schraube aus dem Gewinde zog. „Ich, Alain."

Das beunruhigende Wimmern nahm zu und spornte ihn an, sich zu beeilen. Alain brach sich an der zweiten Schraube einen Fingernagel ab, aber er spürte es kaum. Nur noch ein einziger Gedanken beherrschte ihn: Orlando zu befreien. Die zweite Schraube war gelöst und die dritte riss Alain einfach aus ihrer Verankerung. Der Deckel des Behälters fiel zu Boden und gab den Blick auf Orlando frei, der blutend und zerschlagen darin eingezwängt war. Der Vampir sah Alain mit leeren Augen an und drückte sich Schutz suchend an die Wand seines Gefängnisses. „Orlando", bettelte Alain. „Ich bin es. Komm, ich hole dich da raus."

Orlando schüttelte wild den Kopf. „Du bist nur ein Trick", fauchte er. „Du bist nicht wirklich. Du willst mir auch wehtun, so wie die anderen. Geh weg und lass mich sterben."

Schluchzend streckte Alain die Arme nach seinem Geliebten aus und zog ihn an seine Brust. Zu seiner Erleichterung sahen ihn die dunklen Augen aufmerksam an. Dann hob Orlando die blutbedeckte Hand und streichelte ihm über die Wange. „Alain?" Orlandos Stimme zitterte anklagend.

„Richtig, mein Engel", flüsterte Alain beruhigend. „Ich bin hier. Wir bringen dich von hier weg. Ich verspreche es."

Alain drehte sich zu der Frau um, als die Türen aufgebrochen wurden und von allen Seiten dunkle Magier in den Raum stürmten. Die Vernunft sagte Alain, dass er sich in Sicherheit transportieren sollte, aber dann hätte er Orlando hier zurücklassen müssen, und das kam nicht infrage. Er schirmte Orlando mit seinem Körper ab und schleuderte einen Abbatoire auf den *nächsten Magier. Bevor er einen zweiten Fluch folgen lassen konnte, hatte die Frau ihn und Orlando aus der Folterkammer heraus und in Sicherheit transportiert.*

Erleichtert wandte sich Alain seinem geschundenen Geliebten zu und umarmte ihn zärtlich. Unter dem Schweiß und dem Blut war immer noch Orlandos süßer Geruch zu erkennen. Sanft streichelte Alain über die dunklen Locken, ohne sich um das viele Blut in Orlandos Haaren zu kümmern. Zum Waschen war später noch Zeit. Jetzt musste Orlando erst heilen. Jetzt musste Alain ihn in seiner Nähe spüren. Orlando klammerte sich an ihn wie ein Ertrinkender. Unter der Berührung schwand Alains tief sitzende Furcht, dass Orlando durch die Folter wieder in seinen alten Zustand zurückfallen und körperlichen Kontakt meiden würde. Er atmete erleichtert aus und legte Orlando einen Finger unters Kinn. Alain wollte ihn küssen, bevor er ihm seinen Hals zum Biss anbot. Er senkte den Kopf und erwartete, Orlandos geliebten Mund unter den Lippen zu spüren, aber ... Nichts. Leere Luft. „Orlando!"

Alain wurde durch den Klang seiner eigenen Stimme aus seinem Traum gerissen. Ein leises Schluchzen entfuhr ihm, als er erkannte, wo er sich befand. Es war ihm ein Rätsel, warum er aufgewacht war, denn er konnte sich noch gut an die Beschwörung erinnern, mit der Thierry ihn in Schlaf versetzt hatte. Sein Traum musste mächtig und realistisch genug gewesen sein, um den Schlafzauber zu überwinden.

Alain wünschte sich, er könnte weiterträumen, um Orlando in den Armen zu halten, ihn zu küssen und ihm sein Blut zu geben, auch wenn es nur eine Illusion war. Aber alle Bemühungen waren umsonst. Der Schlaf entzog sich ihm genauso, wie das Bild von Orlando, endlich frei und sicher in Alains Armen. Alain konnte die Wirklichkeit nicht mehr ignorieren. Er brach in Panik aus, als er feststellte, dass er Orlando nicht mehr über ihre Verbindung spüren konnte. Er hatte einen bitteren Geschmack in der Kehle vor Angst. Mühsam nahm er seine fünf Sinne zusammen und erinnerte sich daran, dass seine magischen Kräfte erschöpft waren. Sicher war das der Grund, warum er Orlando nicht fühlen konnte.

Als Alain nach einigen Sekunden immer noch keine Spur von Orlando fühlen konnte, ließ er einen lauten, jammernden Schrei durch die Kathedrale schallen. Sein Herz hämmerte wild und die unvorstellbarsten Horror-Szenarien schossen ihm durch den Kopf, während er gegen seine Übelkeit ankämpfte. Orlando durfte nicht von ihm gegangen sein. Es waren noch keine vier Tage. Sebastien hatte gesagt, Orlando könnte vier Tage ohne Blut überleben, und Serriers Magie konnte Orlando nicht verletzen, konnte ihn nicht vernichten. Und wenn sie ihn der Sonne ausgesetzt oder verbrannt hätte, dann hätte Alain das spüren müssen, oder? Auch wenn er es nicht hätte verhindern können, er hätte es spüren müssen. Oder war das vielleicht der Grund für seine Träume gewesen? Alain rollte sich zusammen und tauchte tiefer und tiefer in sich hinein, aktivierte seine letzten Kräfte und suchte den Kontakt zum Fokus der Kathedrale, bis er es endlich wieder spürte. Es war nur ein kleiner, flackernder Kontakt, aber es war ein unwiderlegbarer Beweis für Orlandos Existenz.

Alain klammerte sich mit aller Macht an dieses Fünkchen Hoffnung und versuchte, den Kontakt zu verstärken und die Verbindung wieder herzustellen, ohne die er den Verstand zu verlieren drohte. Langsam, viel zu langsam, kam er zustande und Alain konnte seinen Geliebten auch ohne die zusätzliche Konzentration wieder spüren. Ein reißender Schmerz durchfuhr ihn, raubte ihm den Atem und ließ ihn zitternd auf dem Boden zurück.

Dieses Mal war es anders. Es fiel Alain sofort auf, als er sich wieder im Griff hatte und die Übelkeit nachließ, die ihn mit Orlandos Schmerzen überkommen hatte. Alain konnte nicht genau sagen, was anders war und woher er es wusste. Aber es war so, und es verstärkte noch die Angst, die ihn nicht mehr loslassen wollte.

Jetzt, wo er nicht mehr so erschöpft war, konnte Alain die vibrierende Macht des Fokus um sich herum besser wahrnehmen. Er fragte sich, ob sie ihm wohl helfen könnte, seine Verbindung zu Orlando zu verstärken und vielleicht sogar herauszufinden, wo er sich aufhielt. Auf Raymonds Liste waren nur noch zwei Adressen, an denen sie nicht gesucht hatten. Natürlich war nicht auszuschließen, dass Serrier Orlando zwischenzeitlich an einen anderen Ort gebracht hatte. Diese Taktik hatte der dunkle Magier schon häufiger angewendet. Alain brauchte mehr Sicherheit. Und er brauchte Orlando an seiner Seite. Jetzt. Sofort. Er holte tief Luft und konzentrierte sich auf die Macht, die ihn umgab. Dann kanalisierte er seine gesamte Kraft in die Suche nach seinem Geliebten.

ORLANDO GING in die Knie, als die Wärter ihn losließen. Er blieb auf dem Boden der Zelle liegen, bis er hörte, dass sie hinter sich die Tür geschlossen hatten. Nachdem er sicher war, allein zu sein, kroch er zu der Pritsche an der Wand. Er ließ sich auf die alte Matratze fallen und suchte nach einer Position, in der er die Schmerzen nicht so stark spürte. Dieses Mal war es keine magische Folter gewesen. Dieses Mal waren sie auch körperlich zur Sache gekommen. Orlandos Rücken brannte entsetzlich von den Peitschenhieben. Es erinnerte ihn an die langen Jahre, die er in der Gefangenschaft seines Schöpfers verbracht hatte. Wenigstens hatten sie ihn heute nur misshandelt, nicht auch sexuell missbraucht. Das konnte er aushalten. Für Alain. Für Alain konnte er die Schläge und was auch immer den dunklen Magiern sonst noch einfallen mochte ertragen. Aber vor den Folgen einer weiteren Vergewaltigung hätte ihn wahrscheinlich auch der Gedanke an seinen Avoué nicht mehr retten können.

Schließlich fand er eine Position, die einigermaßen erträglich war – soweit man mit einem Rücken, der wie Feuer brannte und den er wegen seiner Schwäche nicht heilen konnte, von erträglich reden konnte. Orlando gab sich seinen Erinnerungen hin. Er dachte an die Tage und Nächte an Alains Seite. Orlando hatte nie erwartet, nie die Hoffnung gehegt, jemals einen Geliebten zu finden. Er hatte sich immer eingeredet, seine Freundschaft mit Jean wäre mehr als genug. Aber dann war Alain in sein Leben getreten und ihm war klar geworden, auf was er verzichtet hatte und wieviel mehr er für einen Menschen empfinden konnte.

Orlando schloss die Augen und rieb sich mit der Hand über die Brust. Er stellte sich vor, es wäre Alain, der ihn berührte, ihn tröstete und heilte. Natürlich war die Magie Alains bei ihm nicht wirksam, aber allein die Berührung seiner Hände konnte weit mehr heilen, als nur die Striemen auf Orlandos Rücken. Seit sie Geliebte waren, hatte Alain angefangen, Orlandos Herz zu heilen.

Orlando strich sich mit den Fingern sanft über die Brustwarzen. Sie waren noch unverletzt, aber wahrscheinlich würde es nicht mehr lange so bleiben. Sein Schöpfer hatte schnell erkannt, wie sensibel sie waren, deshalb hatte er Orlando dort besonders gerne gequält. Aber daran wollte er jetzt nicht mehr denken. Er wollte nur noch an Alains Hände und Mund denken, an die zärtlichen, aufreizenden Berührungen, unter denen sich die kleinen Knospen aufrichteten und hart wurden, bis Orlando es vor Erregung kaum mehr aushalten konnte.

Der sanfte, liebevolle Alain, der so viel Geduld bewiesen hatte, um Orlando Schritt für Schritt zu helfen, wieder vertrauen zu können. Orlando musste ein Schluchzen unterdrücken, als er daran dachte, was er sich und Alain durch seine Ängste vorenthalten hatte. Ein Grund dafür war auch seine Unerfahrenheit gewesen. Aber vor allem hatte es an seiner Weigerung gelegen, die Kontrolle aufzugeben, selbst Alain gegenüber, der ihn niemals verletzt hätte.

Orlando hatte erst wieder in die Hände eines Monsters fallen müssen, um die wahren Unterschiede zu erkennen. Da er nicht zum ersten Mal mit diesem grausamen Wahnsinn konfrontiert wurde, durchschaute er die Signale und Eigenarten, hinter denen sich die wahre Absicht der dunklen Magier versteckte. Sein Schöpfer hatte sich vor hundert Jahren genauso verhalten. Aber sie hatten nicht die geringste Ähnlichkeit mit Alains Verhalten. Orlando fragte sich, wie er so dumm gewesen sein konnte, diesen Unterschied nicht sofort zu erkennen, auch wenn ihm seine Ängste vor einigen Wochen noch vollkommen verständlich erschienen waren. Jetzt lag er hier und wusste nicht, ob er überleben und Alain jemals wiedersehen würde. Doch falls er entfliehen konnte oder Alain ihn aus diesem Gefängnis befreite, würde er diesen Fehler kein zweites Mal machen.

Orlando ließ die Hände über seinen Körper nach unten gleiten und verdrängte die allgegenwärtigen Schmerzen durch glückliche Erinnerungen an zärtlichere Berührungen. Er stellte sich vor, dass es Alain wäre, der ihm über den Bauch streichelte und seinen Schwanz in die Hand nahm. Sein Geliebter hatte ihn noch nicht oft so berührt, aber jedes einzelne Mal hatte sich in Orlandos Erinnerung eingebrannt und wärmte ihm das Herz. Jede Berührung, jede Zärtlichkeit Alains war ein Ausdruck der Liebe gewesen, schon lange, bevor diese Worte zwischen ihnen ausgesprochen worden waren. Ihr Leben war eins geworden – körperlich, emotional und magisch –, schon als sie sich das erste Mal begegnet waren. Nur Alains Tod konnte diesen Bund brechen und Orlando überlegte, ob sie ihn auch legal machen sollten. Doch das musste warten, bis sie wieder vereint waren. Orlando konzentrierte sich mit seiner ganzen Kraft auf seine Gefühle und schickte sie über ihre Verbindung zu seinem Geliebten. Wenn sie sich niemals wiedersahen, sollte Alain zumindest wissen, dass Orlando bis zum Schluss an ihn gedacht hatte.

Nach drei Tagen magischer und physischer Folter sehnte Orlandos Körper sich nach Zärtlichkeit. Die Erinnerungen an Alain trugen ihr Übriges dazu bei, und bald pochte dem Vampir das Blut in den Adern und sein Schwanz wurde hart. Er streichelte sich schneller, wollte die Reaktion seines Körpers mit seinen Erinnerungen in Einklang bringen, um eine Wand aufzurichten zwischen sich und den Qualen, die die dunklen Magier ihm zugefügt hatten.

Orlandos Vernunft warnte ihn, seine schwindende Kraft zu vergeuden, in dem er sich selbst befriedigte. Aber er brauchte diese Bestätigung seiner Liebe, diese Erinnerung an eine Welt jenseits von Schmerz und Einsamkeit. Wenn sein Ende dadurch schneller kam, würde er wenigstens mit einem Lächeln auf den Lippen gehen und mit der Gewissheit, zu lieben und geliebt zu werden. Er bedauerte, Alain durch seinen Tod Leid zuzufügen, aber es schien ihm unausweichlich. So sehr er sich auch an seine Hoffnung klammerte, er wusste doch, dass ihm nicht mehr viel Zeit blieb. Er hatte zu viel Blut verloren. Vielleicht konnte er sich mit einem Höhepunkt und dem Gedanken an Alain von dieser Welt verabschieden. Orlando musste wieder lächeln bei dieser Vorstellung. Wenn er Alain schon verlassen musste, dann gab es keinen besseren Weg.

Orlando zuckte zusammen, als er Erlösung fand, und sein Rücken brannte immer noch und seine Lungen verlangten nach Luft. Als er wieder zu sich kam, stellte er fest, dass auch sein Verstand noch funktionierte und seine Verbindung zu Alain stärker wurde. Orlando klammerte sich mit aller Macht daran fest und schickte ihm seine Liebe.

Eine Woge der Kraft und der Liebe kam von Alain zurück. Orlando schnappte überwältigt nach Luft und spürte, wie Schmerz, Verzweiflung und Erschöpfung hinweggespült wurden. Er fasste sich an den Rücken und suchte nach den Striemen, die die Peitsche des dunklen Magiers hinterlassen hatte. Sie waren immer noch da, aber die Wunden schlossen sich. Es war fast, als hätte er Alains Blut getrunken, anstatt sich zu befriedigen. Zu seiner Überraschung fühlte er auch, dass er wieder stärker wurde. Orlando konnte keine Erklärung dafür finden, aber er hatte keine Zweifel daran, dass es real war.

„Danke", flüsterte er leise in den leeren Raum. Vielleicht konnte Alain ja spüren, wie sehr ihm geholfen hatte. Und selbst wenn das nicht so war – Orlando liebte seinen Magier mehr als je zuvor.

16

„RUFT ALLE zusammen", befahl Serrier. Er lief im Zimmer auf und ab wie ein Löwe im Käfig. „Wer in einer Stunde nicht hier ist, wird gefeuert. Es ist mir ein verdammtes Rätsel, wie die Milice die Standorte unserer sichersten und geheimsten Verstecke herausfinden konnte. Payet wusste jedenfalls nicht Bescheid. Monique auch nicht, und der tollpatschige Bengel erst recht nicht. Was immer Chavinier auch getan hat, um sie zu finden, er ist uns zu dicht auf den Fersen. Wir müssen uns an einen neuen Standort zurückziehen, an dem er niemals nach uns suchen wird."

„Und wo ist das?", fragte Vincent. Er wich Erics Blick bewusst aus und überlegte, wie ein Standortwechsel ihre Pläne beeinflussen würde. Bisher hatten sie Chavinier noch nicht erreichen können, doch Eric hatte ihm versichert, dass der alte Magier am Abend wieder in seinem Büro wäre. Dann wollten sie erneut anrufen. Nach Serriers Ausbruch zweifelte Vincent allerdings daran, dass sich ein passender Moment anbieten würde.

„Das erfährst du, wenn wir dort sind", erwiderte Serrier. „Solange ich nicht weiß, wie Chavinier an die Informationen gekommen ist, erfährt niemand etwas. Und wenn wir an unserem neuen Standort sind, wird niemand das Gebäude verlassen, bis die Angriffe der Milice aufhören. Ich lasse nicht zu, dass alles, was ich aufgebaut habe, jetzt in Trümmer fällt!"

Ein Raunen ging durch den Raum, aber niemand wagte es, Serrier direkt anzusprechen. „Was wird aus dem Vampir?", fragte Simonet.

„Den nehmen wir mit. Wir können ihn dort, wo wir hingehen, genauso gut in die Sonne ketten, wie hier", antwortete Serrier. „Ich will ihn nicht hier lassen, wo die Milice ihn finden kann."

„Wenn sie ihn zurückbekommen, werden sie uns wahrscheinlich nicht so beharrlich verfolgen", regte Eric an und kalkulierte in Gedanken das Risiko seiner Bemerkung.

„Das wäre ein Eingeständnis unserer Niederlage!", tobte Serrier. „Ich gebe Chavinier nichts zurück."

Wieder ging ein Raunen durch den Raum. Dieses Mal war es spürbar lauter, denn der Wahnsinn, der sich hinter Serriers Ausbruch verbarg, wurde immer deutlicher. Dennoch wagte auch jetzt keiner der Magier, ihrem Führer zu widersprechen. Keiner war sich der Unterstützung der anderen sicher und wollte sein Leben riskieren.

„Dann los", bellte Simon und brach damit die angespannte Atmosphäre. „Kontaktiert jeden, der euch einfällt. Ihr habt eine Stunde Zeit."

Die Anwesenden verstreuten sich. Vincent warf Eric über die Köpfe der anderen Magier hinweg einen bedeutungsvollen Blick zu, aber der schüttelte nur unmerklich den Kopf. Was immer jetzt auch vor ihnen lag, sie waren auf sich allein gestellt. Es blieb ihnen nichts anderes übrig, als wachsam zu sein und auf eine passende Gelegenheit zu warten.

„RUH DICH aus", sagte Jean zu Raymond. „Mireille erwartet Monsieur Lombard heute Nacht zurück. Ich werde auf ihn warten. Wenn ich etwas Neues erfahre, komme ich sofort wieder hierher."

„Du willst dich doch nicht einfach auf seine Türschwelle setzen?", fragte Raymond ungläubig.

„Doch. Genau das werde ich tun", meinte Jean. „Wir haben keine andere Option mehr und die Zeit läuft uns davon. Unsere einzige Hoffnung ist, dass sich irgendwo in Lombards Kopf oder in seiner Bibliothek verborgenes Wissen findet, das uns weiterhilft. Und ich habe nicht vor, Zeit zu vertrödeln und auch nur eine Sekunde länger zu warten, als unbedingt nötig."

Raymond runzelte die Stirn, konnte aber gegen Jeans Argumente nichts einwenden. Sie hatten alles Erdenkliche versucht, um Orlando zu finden. Alains Suche war erfolglos geblieben und er war vollkommen erschöpft, ohne Orlando einen Schritt näher gekommen zu sein. Die Zufallsattacken der dunklen Magier hatten aufgehört und niemand wusste, wo Serrier sich versteckte. Jetzt lag eine unheimliche Stille über der Stadt. Sebastien fiel auch nichts Neues ein, obwohl keiner den Aveu de

Sang so gut kannte wie er. Wenn sie den gefangenen Vampir befreien wollten, bevor er verhungerte oder Serrier seiner müde wurde, brauchten sie einen neuen Plan. „Na gut. Aber zieh das an", drängte Raymond und gab ihm seinen Mantel, der an der Garderobe hing. „Ich habe ihn beschworen und er hält dich warm, egal, wie kalt es draußen wird. Ich weiß, dass du nicht so empfindlich auf Kälte reagierst wie ich, aber ich will nicht, dass du dadurch beeinträchtigt wirst."

Jean lächelte ihm dankbar zu und zog den Mantel an. Die Wärme hüllte ihn ein wie eine sanfte Umarmung. „Ich bin zurück, sobald ich etwas Hilfreiches von ihm erfahren habe", wiederholte er.

„Sei vorsichtig", mahnte Raymond, knöpfte den Mantel zu und nahm Jeans Kopf zwischen die Hände. „Ich weiß nicht, was Serrier vorhat, aber ich traue dieser Ruhe nicht. Sie ist trügerisch. Er war schon einmal hinter Vampiren her und könnte es erneut versuchen."

„Ich suche den Kampf nicht", versicherte ihm Jean. „Ich will nur Orlando finden."

Raymond schnaubte ungläubig. „Das kannst du mir nicht erzählen. Du suchst vielleicht nicht aktiv, aber ich weiß genau, dass du auf Vergeltung aus bist. Du willst Rache für Karine und Orlando. Du wirst einem Kampf nicht ausweichen, wenn er zu dir kommt."

Raymonds Besorgnis rührte Jean. „Ich verspreche dir, vorsichtig zu sein", sagte er. „Ja, ich will Vergeltung. Aber ich habe auch einen Grund, diesen Krieg überleben zu wollen, und der ist mir wichtiger, als jede Rache."

Raymond lächelte liebevoll. „Es tut gut, das zu hören", sagte er und gab Jean einen zarten Kuss. Der Vampir hatte offensichtlich andere Vorstellungen von einem Abschiedskuss. Es dauerte einige Zeit, bis er Raymond wieder freigab.

„Ruh dich aus. Wenn alles gut geht, wirst du noch gebraucht, bevor diese Nacht zu Ende ist."

Raymond war in seinem Leben selten etwas so schwergefallen, wie Jean allein zu Monsieur Lombard aufbrechen zu lassen. Aber er brauchte wirklich Ruhe. Alle Angehörigen der Milice brauchten Ruhe, aber niemand so sehr wie er, Alain und Thierry. Alain wegen seiner verzweifelten Suche nach Orlando, Thierry, weil er Alain nicht im Stich lassen wollte, und Raymond, weil er Erfahrung mit Serrier hatte und ahnte, was auf sie zukommen würde. Wenn Jean recht behielt und Monsieur Lombard ihnen helfen konnte, Orlando zu finden, dann mussten sie jeden noch so geringen Vorteil zu ihren Gunsten nutzen, bevor sie sich in die Höhle des Löwen wagten. Raymond konnte nicht riskieren, dass es an ihm scheiterte. Er ließ sich auf die Couch fallen und grinste, als ihm Jeans Mahnung in den Ohren klingelte, sich ein richtiges Bett zu machen, um besser schlafen zu können.

Jean war in dem kalten Winterwind unterwegs. Raymonds Mantel – Raymonds Magie – umhüllte ihn wie die wärmenden Arme seines Geliebten. Ganz so, wie Raymond es ihm versprochen hatte, schützte ihn der Mantel vor Wind und Wetter. Er zog den Kragen hoch, weil es zu nieseln begann. Nur eine Kapuze fehlte. Jean musste für einige Minuten Schutz in einem Hauseingang suchen, wenn er nicht – Mantel oder kein Mantel – bis auf die Knochen durchgeweicht sein wollte, bevor er an seinem Ziel ankam.

Er traf später an Monsieur Lombards Haus ein, als er ursprünglich geplant hatte. Ein Streik der Métro hatte sämtliche Fahrpläne durcheinander gewirbelt und es gab Anschlussprobleme beim Umsteigen. Jean war versucht, zu Fuß zu gehen. Durch seine übernatürliche Schnelligkeit würde er früher ankommen, als mit der Métro oder einem Taxi. Aber die Sonne war noch nicht untergegangen und er wollte keine unnötige Aufmerksamkeit auf sich ziehen, bevor es dunkel wurde. Es war nicht auszuschließen, dass einer von Serriers Schergen unterwegs war und ihn beobachtete.

Während er durch die Straßen von St. Louis ging, brach die Nacht herein. Monsieur Lombards Haus lag noch im Dunkel, aber das war nicht verwunderlich. Der alte Vampir hatte sich nie mit elektrischem Licht anfreunden können und zog den warmen Schein einer Gaslampe oder eines Kaminfeuers dem kalten Licht einer Glühbirne vor. Jean klopfte voller Hoffnung an die Tür, aber niemand antwortete. Wenigstens hatte der Regen nachgelassen. Die Nacht war zwar immer noch kalt und neblig, aber dagegen schützte ihn Raymonds Mantel. Er schätzte sich erneut glücklich, einen Magier als Geliebten, Partner und Freund zu haben.

Nachdenklich schüttelte er den Kopf. Sie waren in dieser kurzen Zeit so weit gekommen, dass Jean große Hoffnung für ihre Zukunft hatte, nicht nur in der Allianz, sondern auch darüber hinaus. Wenn zwei so unterschiedliche Menschen, zwei Einzelgänger wie Raymond und er selbst, Partner werden konnten und sich so gut verstanden, dass sie ein gemeinsames Leben beginnen wollten, dann musste es auch anderen Paaren so gehen. Verständnis und Toleranz würden sich verbreiten, nicht nur unter den Magiern, sondern auch in der übrigen Gesellschaft. Jean war nicht naiv und wusste, dass solche Veränderungen nicht über Nacht kamen. Aber er war ein geduldiger Mann. Selbst wenn es ein Menschenleben lang dauern sollte, Jean würde es noch erleben und mit eigenen Augen sehen können.

Marcel hatte ihn heute Nachmittag über den derzeitigen Stand des Gesetzgebungsverfahrens zur Gleichstellung der Vampire informiert. Er sagte, der Gesetzentwurf würde in ein bis zwei Tagen dem Parlament zur Abstimmung vorgelegt werden, wie sie es gefordert hatten. Die Neuigkeiten hatten Jean mehr ermutigt, als er in der gegenwärtigen Situation erwartet hatte. Was immer ihre Allianz auch erreichen oder nicht erreichen mochte, eines war sicher – er hatte es geschafft, die Vampire rechtlich gleichzustellen. Jean wusste sehr gut, dass es nur ein erster Schritt auf einem langen Weg war, doch es war ein großer Schritt in die richtige Richtung. Ein Schritt, der ihnen einen sicheren Stand gab, um den Respekt einzufordern, den sie sich nach ihrem Alter und ihrer Erfahrung verdient hatten. Mit Magiern wie Marcel und Raymond, Thierry und – hoffentlich – Alain auf ihrer Seite konnten sie auch die Herausforderungen der Zukunft meistern, wenn es so weit kam. Aber erst mussten sie Serriers Aufstand niederschlagen, sonst wären all diese Anstrengungen umsonst gewesen. Sollte Serrier diesen Krieg gewinnen, wären die neuen Gesetze das Papier nicht mehr wert, auf dem sie geschrieben standen. Serrier hatte bereits deutlich gezeigt, dass er sich als über dem Gesetz stehend betrachtete. Dieses Verhalten hatte dazu geführt, dass die Vampire – zumindest die meisten von ihnen – sich auf die Seite der Milice gestellt hatten. Dadurch waren sie für Serrier, sollte der dunkle Magier den Krieg gewinnen, zu einem perfekten Sündenbock und dem Ziel seiner Vergeltungsmaßnahmen geworden. Jean konnte sich allerdings nicht mehr vorstellen, dass es soweit kommen würde. Zu Beginn der Allianz war er sich da noch nicht so sicher gewesen, aber die weitreichenden Auswirkungen der Partnerschaften hatten mehr bewirkt, als nur eine schlagkräftige Einsatztruppe für die Milice zu schaffen. Jean hatte die Macht gespürt, die Raymond während des Piège-Pouvoir gerufen und in sich kanalisiert hatte. Das Gleiche war bei Raymonds Suche nach Orlando wieder geschehen. Serrier würde all seine Macht aufbieten müssen, wenn er einem Paar wie Raymond und Jean Paroli bieten wollte. Gegen die vereinte Macht der Milice hatte der dunkle Magier keine Chance.

Wenn sie den Kerl nur finden könnten.

„WAS SOLLEN wir jetzt tun?", zischte Vincent und zog Eric in einen verlassenen Seitengang, wo sie nicht belauscht werden konnten.

„Keine Ahnung", murmelte Eric. „Ich komme hier nicht weg, um unseren Freund anzurufen. Und selbst wenn, ich weiß nicht, wohin Serrier das Hauptquartier verlegen will. Ich könnte ihm den Ort nicht sagen."

„Dann warten wir einfach ab?"

Eric zuckte hilflos mit den Schultern. „Fällt dir etwas Besseres ein? Ich wage es nicht, ihn so kurz nach meinem letzten Versuch schon wieder unter Druck zu setzen. Er vertraut mir zurzeit nicht sehr. Wenn wir nicht vorsichtig sind, wird er sein Misstrauen auch auf dich übertragen."

„Es interessiert mich einen feuchten Kehricht, ob er mir vertraut oder nicht", fluchte Vincent. „Ich will mir einfach nur den Vampir schnappen und von hier verschwinden."

Eric nickte. In seinem Kopf überschlugen sich die Gedanken. „Wenn wir hier abziehen, musst du versuchen, die Verantwortung für den Transport von Orlando zu bekommen. Dann könnt ihr einfach verschwinden, sobald Serrier den Befehl dazu gibt. Bringe Orlando ins Hauptquartier der Milice. Du weißt, wo es ist. Du brauchst mich nicht. Der Vampir wird dir Zugang verschaffen und dir ihren Schutz sichern. Ich komme nach, wenn ich einen Weg finde."

„Auf keinen Fall!", protestierte Vincent mit scharfer Stimme, obwohl er nur leise reden konnte. „Ich überlasse dich nicht Serriers Wut, wenn er merkt, dass er seine Geisel verloren hat. Du hast es selbst gesagt – er misstraut dir jetzt schon. Wenn der Vampir verschwindet und du bist noch hier, wird er dich umbringen."

„Dieses Risiko bin ich eingegangen, seit ich mich ihm angeschlossen habe", wischte Eric Vincents Befürchtungen zur Seite.

„Aber *ich* will dieses Risiko nicht eingehen", erwiderte Vincent. „Wir schaffen das gemeinsam oder gar nicht. Ich lasse dich nicht zurück, damit du den Preis für meinen Verrat bezahlst."

„Wenn ich dich in Sicherheit wüsste, wäre es mir jeden Preis wert", sagte Eric leise.

„Ich sterbe lieber an deiner Seite, als ohne dich weiterzuleben", erwiderte Vincent beharrlich. „Gemeinsam oder gar nicht."

Für Eric war ,Gar nicht' keine Option mehr. Seine Schutzschilde hatten ihm Alain und Thierrys Anwesenheit in seiner Wohnung gemeldet, kaum dass er sie verlassen hatte. Als er später zurückgekommen war, hatte er den Ring des Vampirs nicht mehr vorgefunden. Es hatte Eric in seinem Entschluss bestätigt, die beiden Männer wieder zu vereinen, die er unwissentlich getrennt hatte. Er konnte sich noch gut an seine Trauer um den Verlust Danielles erinnern. Eric wollte jede Chance wahrnehmen, um Alain ein ähnliches Schicksal zu ersparen. „Dann haben wir keine andere Wahl mehr. Gemeinsam."

„Wir könnten jetzt sofort gehen", schlug Vincent vor. „Wir schnappen uns den Vampir und verschwinden."

„Die Schutzschilde würden uns nicht passieren lassen", erwiderte Eric. „Ist dir nicht aufgefallen, dass Serrier sie verstärkt hat? Es ist noch möglich, in das Gebäude zu kommen. Aber bevor Serrier nicht den Befehl dazu gibt, kann es niemand wieder verlassen. Was immer er auch vorhat, ist sein letzter, großer Schachzug. Dieses Mal geht es um alles oder nichts für ihn. Heute entscheidet sich, wer diesen Krieg gewinnt und wer ihn verliert."

„Hast du es dir anders überlegt?", fragte Vincent vorsichtig.

Eric schnaubte verächtlich. „Wohl kaum. Wenn Serrier gewinnt, werden Blanchets Foltermethoden alltägliche Normalität. Ich könnte nicht mehr mit mir selbst leben, wenn ich das zulassen würde."

Vincent lächelte erleichtert. „Gut. Dann holen wir jetzt den Vampir. Vielleicht können wir auf deinen ursprünglichen Plan zurückgreifen – gemeinsam! –, sobald Serrier die Schilde außer Kraft gesetzt hat."

DIE NACHT wurde kälter und Jean wartete immer noch auf Monsieur Lombard. Er stand ab und zu auf, um einige Schritte zu gehen und dann an seinen Wachposten vor dem Haus zurückzukehren. Er hatte ein flaues Gefühl im Magen, wenn er an die Zeit dachte, die er schon untätig hier verbracht hatte. Die kurze Frist, die Sebastien Orlando noch eingeräumt hatte, lag ihm wie eine zentnerschwere Last auf den Schultern. Serrier würde Orlando erbarmungslos beseitigen, wenn er ihn nicht mehr für nützlich hielt. Der dunkle Magier musste mittlerweile wissen, dass ein Vampir nur schwer zu verletzen war. Er würde bald zu härteren Methoden greifen, um Orlandos Widerstandsfähigkeit zu testen oder ihn zu vernichten. Sonnenlicht und Feuer. Diese Methoden hatte Jean selbst preisgegeben, ohne einen Gedanken daran zu verschwenden, dass sie gegen seinen besten Freund eingesetzt werden könnten.

Jean hoffte, dass Orlando nicht mehr bei Bewusstsein wäre, falls es soweit kommen sollte. Er hatte schon miterlebt, wie Vampire in der Sonne zu Asche verbrannten. Glücklicherweise geschah es nicht oft, aber die Erinnerung daran verfolgte ihn immer noch. Wenn ihre Körper nicht vorher zerstört wurden, litten sie entsetzlich, während das Sonnenlicht sie langsam, Zentimeter um Zentimeter, in Asche verwandelte. Es war eine bedrückende Vorstellung, dass Orlando das gleiche Schicksal bevorstehen könnte. Jean hatte den jungen Vampir schon einmal gerettet. Ihn jetzt wieder so leiden und dieses Mal hilflos zu sein …

„Jean?", war Monsieur Lombards Stimme durch die Dunkelheit zu hören. „Was willst du denn hier?"

Jeans Füße waren eiskalt. Er erhob sich mühsam und drehte sich zu seinem Mentor und Vorgänger um. „Ich bin gekommen, um deine Hilfe zu erbitten. Serriers Magier haben vor drei Tagen Orlando entführt und wir können ihn nicht finden."

17

ALS ERIC und Vincent in Orlandos Zelle eintrafen, stellten sie fest, dass Simon ihnen zuvorgekommen war. „Geht nach oben", befahl er ihnen. „Serrier will bald aufbrechen und ihr wollt sicher nicht zurückgelassen werden. Er hat sich entschieden, uns selbst zu transportieren, damit niemand unterwegs verloren geht."

Vincent griff nach seinem Stab, um Simon außer Gefecht zu setzen, aber Eric schüttelte den Kopf. „Danke für die Warnung", sagte er und gab Vincent mit einem Kopfnicken zu verstehen, dass er ihn begleiten sollte.

„Wir hätten ihn da rausholen können", zischte Vincent, als sie wieder allein waren.

„Das hätten wir", gab Eric zu. „Aber wenn wir mit ihm nach oben gekommen wären, hätte Serrier von uns eine Erklärung verlangt. Und selbst wenn er unseren Kampf mit Simon nicht gehört hätte und gekommen wäre, um nachzusehen, möchte ich darauf lieber verzichten. Es ist erst Mitternacht. Wir haben noch einige Stunden Zeit, bis die Sonne aufgeht. Wir finden eine Lösung, wenn wir an unserem neuen Standort angekommen sind."

Vincent schien nicht sehr überzeugt davon, folgte Eric aber zurück in den großen Raum, in dem sich alle versammelt hatten, um die letzte Runde von Serriers Wahnsinn über sich ergehen zu lassen. Einige Augenblicke später stieß auch Simon zu ihnen. Er hatte sich den Vampir über die Schulter geworfen. Orlando rührte sich nicht. Simon hatte ihn offensichtlich magisch gefesselt.

Als hätte Serrier nur auf die beiden gewartet, fing er an, mit Beschwörungen um sich zu werfen. Zuerst versiegelte er die Türen, sodass niemand mehr den Raum betreten oder verlassen konnte. Dann züngelten Flammen die Wände hoch. Noch schien das Feuer diesen Raum zu verschonen, aber Eric war sich sicher, dass er nach ihrem Aufbruch auch ein Opfer der Flammen würde. Mit einer dritten Beschwörung verdammte Serrier die anwesenden Magier zu der gleichen Bewegungslosigkeit, mit der Simon Orlando gebunden hatte. Eric wurde zusehends nervös. Sie hatten keine Möglichkeit mehr, ihre Stäbe zu ziehen. Sie waren Serrier hilflos ausgeliefert und konnten sich nicht wehren, sollte er etwas mit ihnen vorhaben. Auch den Flammen konnten sie nicht mehr aus eigener Kraft entkommen. Eric konnte nur hoffen, dass Serrier noch nicht so verrückt war, sie alle umzubringen. Doch wenn er ehrlich war, traute er diesem Wahnsinnigen auch das jederzeit zu.

Mit einer letzten Beschwörung wurden alle Anwesenden umschlungen und auf Serriers Kommando hin aus dem langsam in sich zusammenfallenden Gebäude an ein unbekanntes Ziel transportiert. Als sie sich endlich wieder bewegen konnten, sah Eric sich neugierig in ihrem neuen Hauptquartier um. Er verglich es mit all den anderen Gebäuden, die Serrier in den letzten beiden Jahren als Basis für seine Operationen benutzt hatte, konnte es aber nicht zuordnen.

Nichts gab Eric einen Hinweis darauf, wo sie sich aufhielten. Es machte ihn nervös, ihren Standort nicht zu kennen. Es erschwerte den magischen Transport und konnte dadurch ihre Flucht behindern. „Wo sind wir?", flüsterte er Vincent zu. Er hoffte, dass sein Geliebter das Gebäude vielleicht erkannte, weil er schon länger bei Serrier war, als Eric selbst.

„Nördlich der Seine, in der Nähe von Beaubourg", flüsterte Vincent zurück. „Es ist eines unserer ersten Verstecke gewesen und wurde schon sehr früh aufgegeben."

Er kam nicht mehr dazu, Eric mehr mitzuteilen, denn Serrier fing an, Befehle zu erteilen. Die Schilde mussten verstärkt werden, der nächste Angriff und – nicht zu vergessen – die Hinrichtung des Gefangenen waren vorzubereiten. „Sperrt ihn irgendwo ein, bis die Sonne aufgeht. Dann kümmern wir uns um ihn. In der Zwischenzeit müssen noch andere Dinge erledigt werden."

Simon machte sich auf die Suche nach einem Raum, in dem er den Vampir verstauen konnte. Vincent und Eric folgten ihm unauffällig, konnten aber nicht mehr unternehmen, weil in den Fluren zu viel Betrieb herrschte. Immerhin wussten sie jetzt aber, wo sie Orlando finden konnten, wenn – und falls – sich endlich eine Möglichkeit ergab, ihn zu befreien.

Um keinen Verdacht zu erregen, halfen sie mit, das Gebäude gegen Angriffe von außen zu sichern. Dadurch wussten sie nicht nur, wo die Schutzschilde sich befanden, sondern auch, wie sie zu durchdringen waren. Sollte ihr Rettungsversuch scheitern, mussten die Schilde stark genug sein, um einem Angriff der Milice standzuhalten, der mit Sicherheit kommen würde, wenn Orlandos Tod bekannt wurde. Eric zweifelte nicht daran, dass Serrier die Milice davon in Kenntnis setzen würde. Der Mann war verrückt genug, Chavinier damit zu provozieren.

Monsieur Lombard nahm die Neuigkeit stirnrunzelnd zur Kenntnis. „Komm mit ins Haus", sagte er. „Und erzähle mir alles von Anfang an."

Nickend folgte Jean Monsieur Lombard ins Haus und wartete ungeduldig ab, bis der alte Vampir Mantel und Schal ausgezogen und mit der Präzision jahrelanger Übung in dem Garderobenschrank aufgehängt hatte. Er bot Jean an, ebenfalls den Mantel abzulegen, aber der lehnte ab, weil er nicht auf diese Verbindung zu Raymond verzichten wollte.

Monsieur Lombard führte ihn in die Bibliothek, zündete im Kamin ein Feuer an und wartete, bis das Holz richtig brannte. Dann drehte er sich zu Jean um. „Und nun will ich wissen, was passiert ist."

„Wir haben vor drei Tagen die Nachricht von einem geplanten Angriff auf dem Place Pigalle bekommen, der gegen die Vampire gerichtet war", berichtete Jean. „Wir haben alle erdenklichen Schutzmaßnahmen eingeleitet und uns Serriers Magiern im Kampf gestellt. Wir konnten sie zurückschlagen, aber kurz vor Ende des Kampfes haben zwei der dunklen Magier Orlando mit einem Fluch belegt und sind mit ihm verschwunden. Seitdem suchen wir nach ihm, hatten aber bisher keinen Erfolg."

„Er ist also nicht vernichtet worden?", fragte Monsieur Lombard nach.

„Gott sei Dank nicht", bestätigte Jean. „Sein Avoué kann ihn noch fühlen, aber seinen Aufenthaltsort nicht feststellen. Serrier muss eine Möglichkeit gefunden haben, die magischen Peilsender der Milice außer Kraft zu setzen, weil Orlando damit ebenfalls nicht zu finden war. Auch andere Beschwörungen, ihn aufzuspüren, haben nicht funktioniert. Ich habe jedes einzelne Buch in meiner Bibliothek und der meines Partners nach Hinweisen abgesucht, aber es war nichts zu finden. Es muss doch eine Möglichkeit geben, ihn zu finden! Wir dürfen ihn nicht verlieren."

Monsieur Lombard sah ihn schweigend an. Sein Blick war auf das qualvoll verzerrte Gesicht des Chef de la Cour gerichtet, aber seine Gedanken waren weit weg, an einem anderen Ort und in einer anderen Zeit, als er verzweifelt nach einem Mann suchte, der ebenfalls entführt worden war.

Er hatte ihn nicht gefunden.

Aber damals hatte es sich um einen Sterblichen gehandelt. Während Lombard noch erfolglos nach ihm suchte, hatten die dunklen Magier, die Reims überfallen hatten, den Mann bei ihrem Rückzug aus der Stadt lieber umgebracht, als ihn lebend zurückzulassen. Monsieur Lombard schloss die Augen und kämpfte gegen seine Erinnerungen an. Sie hatten gesiegt, aber ihr Sieg hatte jeden Glanz verloren, als er in den Ruinen des alemannischen Lagers den geschunden, leblosen Körper seines jungen Avoué fand und in den Armen hielt. Sie hätten noch viele gemeinsame Jahrzehnte vor sich gehabt. Monsieur Lombard wurde von einer Wut erfasst, als wäre es erst gestern geschehen. Er holte tief Luft und öffnete die Augen. „Wer sucht nach dem Jungen?", fragte er. „Nur du und sein Avoué? Oder die gesamte Milice?"

„Wenn wir wüssten, wo wir suchen müssten, würde Chavinier die Milice zur Hilfe schicken", versicherte ihm Jean. „Wo immer Orlando auch sein mag, sind auch dunkle Magier, vielleicht sogar Serrier persönlich."

„Und nicht zu vergessen, auch der Gesetzlose", fügte Monsieur Lombard hinzu.

„Den nicht zu vergessen", stimmte Jean zu. „Er ist *extorris* und wird nicht mehr lange existieren, auch wenn Serrier ihn noch sanktioniert. Er hat eine Frau getötet, die unter meinem Schutz stand. Damit hat er die Unterstützung des Cours verloren."

„Das ist Sache des Cours", erklärte Lombard. „Als solche musst du sie behandeln. Die Entführung des Jungen ist eine persönliche Angelegenheit. Ich werde nicht zulassen, dass sich die Geschichte in ihm wiederholt."

Jean nickte. „Niemand sollte solche Folterqualen auch nur ein einziges Mals ertragen müssen. Ihnen gar zweimal im Leben ausgeliefert zu sein, ist nicht hinnehmbar."

Das war zwar nicht die Geschichte, auf die Monsieur Lombard angespielt hatte, aber als er seinen Avoué verlor, war Jean noch nicht geboren. Der Chef de la Cour konnte also über die damaligen Ereignisse nicht Bescheid wissen, und Lombard war auch nicht in der Stimmung, ihn darüber aufzuklären. „Wir brauchen den Avoué des Jungen und jeden Magier, den Chavinier für seine Rettung entbehren kann."

„Dann lass uns ins Hauptquartier gehen", erwiderte Jean erstaunt, weil Monsieur Lombard freiwillig seine Teilnahme an der Rettungsaktion angeboten hatte. „Marcel ist noch dort und kann sofort eine Einheit zusammenstellen. Er wird auch wissen, wo sich Alain aufhält."

Monsieur Lombard holte seinen Mantel wieder aus dem Schrank und überließ Jean mit einer Geste den Vortritt. „Geh du voraus."

ORLANDO GING in dem kleinen Raum auf und ab, in den sie ihn gesperrt hatten, nachdem sie sein vorheriges Gefängnis verlassen hatten. Er wusste nur, dass er die alte Zelle gegen eine neue ausgetauscht hatte, aber wo er sich genau befand, hatte er vorher nicht gewusst und wusste es auch jetzt nicht. Er hatte sich zwar während des Transports hierher wegen Simons Beschwörung nicht rühren können, war aber bei Bewusstsein gewesen und hatte genau gehört, worüber Serrier gesprochen hatte. Er wusste daher auch, was der dunkle Magier bei Sonnenaufgang mit ihm vorhatte. Natürlich würde Orlando nicht kampflos aufgeben. Aber wenn er wieder magisch gefesselt wurde, konnte er nichts mehr gegen ihre finsteren Absichten unternehmen. Orlando hegte immer noch die Hoffnung, dass Alain ihn finden würde oder Eric eine Möglichkeit fand, ihn zu befreien. Doch diese Hoffnung wurde von Minute zu Minute schwächer. Er spürte, dass es nicht mehr lange dauern würde, bis am Horizont die ersten Sonnenstrahlen auftauchten. Dann würden sie ihn vernichten und seinen Bund mit Alain vorzeitig beenden.

Seine Zelle hatte zu einem früheren Zeitpunkt offensichtlich als Büro gedient. Auf einem alten Schreibtisch lagen unordentlich einige Papierstapel und Orlando überlegte, ob er nach einem Stift suchen und Alain einen Abschiedsbrief schreiben sollte. Vielleicht konnte Eric ihn Alain zukommen lassen, wenn es ihm schon nicht gelang, Orlando zu befreien. Orlando setzte sich an den Schreibtisch, aber seine Hand zitterte so stark, dass er den Stift kaum halten konnte und kein Wort zu Papier brachte.

Er gab sein Vorhaben wieder auf und stellte sich stattdessen vor, Alain wäre hier bei ihm, könnte aber sein Schicksal nicht ändern. Er versuchte, seine Gefühle in Worte zu fassen und über seine Verbindung zu Alain zu schicken. Er wollte seinem Geliebten erklären, dass er sich nicht freiwillig in sein Schicksal ergab, es aber als unvermeidlich akzeptiert hatte.

„Lebwohl, mein Geliebter", flüsterte er in den leeren Raum, schloss die Augen und dachte an Alain. „Es tut mir leid, dass uns nicht mehr Zeit gegeben wurde, aber ich bereue nichts. Ich bereue es nicht, dich gekannt und geliebt zu haben. Du hast mir gezeigt, was es heißt, zu lieben. Dafür werde ich dir ewig dankbar sein.

Es gibt vieles, was wir uns nie gesagt haben, was wir nie getan haben. Ich wünschte, es wäre anders gekommen. Ich wünschte, ich hätte mich nicht so lange von meinen Ängsten beherrschen lassen. Doch das ändert jetzt nichts mehr, denn in wenigen Stunden geht die Sonne auf. Aber du musst wissen, dass ich meine Ängste hinter mir gelassen habe, dass ich mir alles wünsche, was du mir geben kannst und was ich uns so lange verweigert habe. Wenn wir nur mehr Zeit gehabt hätten. Du hättest mir zeigen können, wie gut es ist, sich einem Geliebten hinzugeben. Wir hätten herausfinden können, wie machtvoll und erregend mein Biss ist, wenn wir uns lieben. Ich hätte dich über und über mit kleinen Bissen bedeckt, um dir meine Liebe zu zeigen und …"

Ihm brach die Stimme und er schluchzte leise vor sich hin. Tränen, die er nicht weinen konnte, verschlossen ihm die Kehle. Er schlug die Hände vors Gesicht und versuchte, stark zu sein und Alain nur seine Liebe zu schicken, nicht seine Angst, aber es schien, als wäre ihm sein Schicksal doch nicht so gleichgültig, wie er es sich vorgemacht hatte. „Beeil dich, Alain", bettelte er. „Ich will der Sonne nicht gegenüberzutreten, ohne dich an meiner Seite. Ich will noch nicht von dir getrennt werden. Oh bitte, Gott, tu mir das nicht an. Tu es ihm nicht an. Er hat doch schon einmal seine Liebsten verloren. Lass es ihn nicht schon wieder erleiden."

Er verstummte schlagartig, als er hörte, wie sich der Schlüssel im Schloss drehte. Mit weit aufgerissenen Augen starrte er auf die Tür und wartete darauf, dass sie sich öffnete. *Zu früh!*, schrie es in ihm. *Die Sonne ist noch nicht aufgegangen. Lasst mich nicht dort draußen auf ihre Strahlen warten. Lasst mich hierbleiben, bis es soweit ist, damit ich schnell sterben kann. Guter Gott, ich bin noch nicht bereit!*

ALAIN LIEF in der kleinen Chor-Kapelle von Notre-Dame auf und ab. Er war verwirrt durch die widersprüchlichen Gefühle, die er von Orlando empfangen hatte. Von entsetzlichen Schmerzen zu sexueller Euphorie und abgrundtiefer Verzweiflung schwankend, ließen sie Alain an seiner eigenen Wahrnehmung zweifeln. War ihre Verbindung irgendwie gestört worden? Und war das überhaupt möglich?

Alain wusste es nicht. Er wusste auch nicht, wen er danach fragen konnte, denn selbst Sebastien hätte ihm keine eindeutige Antwort geben können. Keiner der existierenden Vampire war jemals einen Aveu de Sang mit einem Magier eingegangen, und selbst die normalen Partnerschaften hatten Auswirkungen, mit denen niemand gerechnet hatte.

Alain hoffte, Orlandos Schmerzen nur verzerrt wahrgenommen zu haben, befürchtete aber, dass sie das am wenigsten missverständliche Gefühl waren, das er von Orlando empfangen hatte. Er konnte sich den Orgasmus nicht erklären, den er sich kurz darauf wahrscheinlich nur eingebildet hatte, obwohl er von einer überwältigenden Liebe begleitet worden war, an der wiederum kein Zweifel bestand. Alain hatte versucht, Orlando diese Liebe zurückzugeben, konnte aber nicht sagen, ob seine Botschaft durchgedrungen war.

Am meisten Angst hatte ihm die Woge der Verzweiflung gemacht, die kurz darauf folgte. Verwundungen, die Schmerzen bereiteten, konnten geheilt werden. Doch wenn Orlando sich aufgegeben hatte, wenn er zu der Überzeugung gelangt war, keine Chance mehr zu haben, dann war er für Alain verloren. Alain konnte vieles heilen, aber nicht den Tod. Als ihre Verbindung für einen kurzen Augenblick unterbrochen wurde, hatte ihm das einen Schrecken eingejagt, wie er ihn noch nie im Leben empfunden hatte. Er war sich sicher gewesen, Serrier hätte endlich einen Weg gefunden, um Orlando zu vernichten. Bei seinem Aufschrei hatten die Fenster der Kathedrale geklirrt und die Luft um ihn herum vibriert, weil seine Trauer so übermächtig gewesen war, dass die Magie des Ortes darauf geantwortet und seine Gefühle verstärkt hatte.

Glücklicherweise hatte es nur wenige Sekunden gedauert, dann war der Kontakt wieder hergestellt. Trotzdem hatte sich Alain gefragt, was wohl geschehen sein mochte. Kurz darauf musste er sich neue Sorgen machen, denn nun kam eine Welle der Verzweiflung von Orlando bei ihm an, die ihm mehr Angst machte, als alles, was er zuvor gespürt hatte. Orlando hatte aufgehört, an seine Rettung zu glauben, war davon überzeugt, dass seine Vernichtung unmittelbar bevorstand. Alain war die Zeit davongelaufen. „Wo bist du, Orlando?", rief er frustriert und seine Worte endeten mit einem lauten Klagen, als Orlandos Verzweiflung durch panische Angst abgelöst wurde. Dann konnte Alain ihn nicht mehr spüren.

Alain richtete seine ganze Konzentration auf die Elementarmagie, versuchte, sie in sich aufzunehmen und mit ihrer kombinierten Macht jeden Schild zu durchbrechen, der ihn von Orlando fernhielt. Er spürte, wie er sich verlor, als die Elemente seine Magie in sich aufnahmen. Alain schlug alle Warnungen in den Wind. Er suchte die Verbindung zur Luft, die rund um ihn herum in der sonst so stillen Kathedrale immer noch angespannt vibrierte, ließ sich von ihr in die Stadt hinaustragen und suchte die beiden Orte auf, die von Raymonds Liste noch übrig geblieben waren. Die Schutzschilde der Gebäude brachen unter seinem Ansturm zusammen, aber Orlando konnte er nicht finden. Das eine Gebäude war leer, das andere abgebrannt. In keinem der beiden war auch nur eine Spur seines Geliebten zu entdecken.

„Nein!", brüllte er und löste mit seiner Wut und Trauer einen Sturm aus, der die Fensterscheiben der Kathedrale zerspringen ließ und die Statuen von ihren Sockeln warf. „Du kannst ihn mir nicht nehmen!"

„Alain!"

Thierrys befehlsgewohnte Stimme brachte ihn in die Wirklichkeit zurück.

„Lass das. Wir wissen jetzt, wie wir ihn finden können."

„WAS HAST du getan?", fragte Orlando anklagend, als der Magier durch die Tür kam. „Warum kann ich Alain nicht mehr fühlen?"

„Schhh!", zischte Eric. „Wir holen dich hier raus. Aber es kann sein, dass Serrier dich mit einer Beschwörung belegt hat, die ihn warnt, wenn du einen Fluchtversuch unternimmst. Dieses Risiko können wir nicht eingehen. Ich habe einen einfachen *Vide* benutzt, der keine Magie zu dir durchdringen lässt. Sobald ich ihn wieder aufhebe, ist alles wie vorher."

„Meine Verbindung zu Alain ist kein einfacher Zauber", erwiderte Orlando, während er zur Tür ging, um endlich wieder frei zu sein. „Es geht viel tiefer."

„Trotzdem wird es von dem *Vide* blockiert, wenn es auf Magie beruht", erklärte Eric. „Komm jetzt. Vincent ist im Flur und hält Wache."

Orlando nickte und verließ das Zimmer. Er hoffte, dass die Tage seiner Gefangenschaft dieses Mal wirklich vorbei waren. „Wo sind wir?"

„In der Nähe von Beaubourg", sagte Eric.

Orlando überlegte, wo er hier so kurz vor Sonnenaufgang einen sicheren Ort finden könnte. Alains Magie hatte längst ihre Wirkung verloren. Er war anfällig gegen die Sonnenstrahlen, wie jeder andere Vampir auch. Jeans Wohnung war westlich von hier. Vielleicht war er zuhause. Monsieur Lombards Haus auf der Île-de-France war auch eine Möglichkeit. Der alte Vampir war vermutlich eher zuhause anzutreffen, als der Chef de la Cour. Andererseits würde Lombard tagsüber wahrscheinlich nicht an die Tür kommen, weil er keinen Partner hatte, der ihn vor der Sonne beschützte.

„Und wo bringt ihr mich hin?"

„Wohin du willst", erwiderte Eric. „Es muss nur weit genug weg sein von hier und unter dem Schutz der Milice stehen."

Orlando dachte spontan an seine Wohnung, aber er bezweifelte, dass er Alain dort antreffen würde. Außerdem wurden sie vielleicht verfolgt, und er wollte keine dunklen Magier zu seiner Wohnung führen. Der sicherste Ort war das Hauptquartier der Milice, allerdings stellte sich in diesem Fall die Frage, wie er die beiden Magier durch Marcels Schutzschilde bringen sollte.

„Hey!", rief eine Stimme hinter ihnen.

„Ruhig weitergehen", flüsterte Eric ihm von der Seite zu. „Nicht stehenbleiben und nicht umdrehen. Wenn wir können, kommen wir nach. Aber du musst gehen, sonst bringt Serrier dich um."

„Was ist los, Blanchet?", fragte Eric ungeduldig und drehte sich zu dem sadistischen Magier um. „Wir haben zu tun."

„Serrier hat versprochen, dass ich ihn nach draußen bringen darf", nörgelte Claude.

„Nun, die Pläne haben sich geändert", schnappte Vincent ihn an. „*Abbatez!*"

Eric riss überrascht die Augen auf, sagte aber keinen Ton, als der tödliche Fluch den Magier traf, der so viele unschuldige Seelen zu Tode gequält hatte. Dann drehten sie sich um und folgten Orlando nach draußen.

„Eine Sorge weniger", meinte Vincent, als sie um eine Ecke bogen. Die Eingangstür des Hauses stand offen und sie hofften, dass Orlando bereits entkommen war. In diesem Augenblick stellte sich ihnen ein Magier in den Weg. Sie warfen sich einen kurzen Blick zu, hoben ihre Stäbe und bereiteten sich auf den Kampf vor.

18

„WIE?", FRAGTE Alain und drehte sich zu Thierry um. „Wir müssen uns beeilen. Ich fühle ihn nicht mehr."

„Dann gib mir dein Handgelenk", sagte Monsieur Lombard mit einer Autorität, die keinen Widerspruch duldete.

„Aber …", Alain zögerte dennoch und sah Jean und Sebastien, die neben dem unbekannten Vampir standen, unsicher an. „Was ist mit dem Aveu de Sang?"

„So wird er ihn finden können", erklärte Jean geduldig. „Monsieur Lombard will dein Blut nicht trinken. Er muss es nur schmecken, damit er uns zu Orlando führen kann."

Alain fühlte sich nicht wohl in seiner Haut. Es kam ihm vor, als würde er Orlando betrügen. Trotzdem schob er den Ärmel hoch und hielt Monsieur Lombard die Hand hin. Der alte Vampir neigte ehrfurchtsvoll den Kopf und ritzte mit seinen scharfen Fingernägeln die Haut an Alains Handgelenk auf. Er konnte die Unruhe des Magiers spüren, der es nicht mehr abwarten konnte, wieder mit seinem Geliebten vereint zu sein. Monsieur Lombard wollte das Gelöbnis Alains ehren, sich von keinem anderen als seinem Avoué beißen zu lassen. Er drückte einige Tropfen Blut aus der Wunde an Alains Handgelenk und ließ sie sich auf die Hand tropfen. „Es gibt Dinge, die sollte man heilig halten", sagte er, bevor er das Blut aufleckte.

Monsieur Lombard schloss die Augen, um sich besser konzentrieren zu können. Einige Sekunden später drehte er sich zu den anderen um. „Lasst uns gehen."

Sie verließen die Kathedrale und rannten durch die Straßen nach Norden. Das Wissen um den bevorstehenden Sonnenaufgang beschleunigte ihre Schritte. Diejenigen unter den Vampiren, die einen Partner hatten, waren gegen die Sonne gefeit, aber auf viele andere traf das nicht zu. Sie wollten trotzdem dabei sein und erklärten, sie würden kämpfen, bis die Sonne es nicht mehr zuließ und sie Schutz suchen mussten. Sie wollten nicht tatenlos zusehen, wie einer der ihren von Serrier vernichtet wurde.

Jean hatte erwogen, sie zurückzuschicken, aber sie hätten wahrscheinlich nicht auf ihn gehört. Er selbst hätte auch nicht zurückbleiben wollen. Jean staunte immer noch über die Schnelligkeit, mit der Marcel die Milice zusammengerufen hatte, nachdem er von Monsieur Lombards Neuigkeiten gehört hatte. Die beiden Männer hatten sich nur einen langen, angespannten Augenblick lang angesehen, dann hatten sie sich umgedreht und es war, als hätten sie seit Jahren zusammengearbeitet. In kürzester Zeit waren die Magier und Vampire zur Stelle gewesen und alles war einsatzbereit.

Sie rannten über die Rue d'Arcole und überquerten die Seine. Marcel lief fast so schnell wie Monsieur Lombard, und Jean fragte sich, ob der alte Vampir endlich jemanden gefunden hatte, der es mit ihm aufnehmen konnte. Überall um ihn herum versuchten die Magier durch Beschwörungen, mit den Vampiren Schritt zu halten. Vor ihm lief Raymond, der offensichtlich keine Probleme hatte, sich dem Tempo anzupassen. Es hätte eigentlich nicht möglich sein sollen, aber Jean hatte in den letzten Monaten viel über die Magier gelernt. Er wusste, dass ‚möglich' ein relativer Begriff war.

Nachdem sie die Brücke hinter sich gelassen hatten, wandten sie sich weiter nach Norden – ein nahezu lautloses, aber furchteinflößendes Heer von Vampiren und Magiern, das nur ein Ziel kannte: Orlando zu retten und diejenigen zu bestrafen, die es gewagt hatten, ihn zu verletzen. Auf der Rue du Renard teilte sich der Berufsverkehr und ließ sie passieren. Fahrer standen mit ihren Autos unvermittelt auf dem Bürgersteig und wussten nicht, wie ihnen geschehen war. Hinter ihnen brach ein wildes Hupkonzert los, dem sie keinerlei Beachtung schenkten. Nachdem sie das Centre Georges Pompidou passiert hatten, bog Monsieur scharf rechts in die Rue Rambuteau ab, dann sofort wieder links in die Cité Noël.

In der schmalen Sackgasse standen nur wenige Gebäude, aber an ihrem Ende wartete ein Anblick auf Alain, den er sich schöner nicht vorstellen konnte. Orlando stolperte die Treppen herab und fiel, als er auf der Straße ankam, auf die Knie. Mit letzter Kraft spurtete Alain los, überholte die anderen und rannte an die Seite seines Geliebten, um ihn in die Arme zu schließen. Er sah nicht die zerrissene Kleidung, nicht das Blut in Orlandos Gesicht und an seinen Armen, nicht die Striemen auf seinem Rücken. Er sah nur Orlando. „Du bist am Leben."

Orlando lächelte schwach. Er konnte schon die Wirkung der Sonne spüren, obwohl die umstehenden Häuser sie noch vor ihren Strahlen abschirmten. „Eric … hat mich … befreit", keuchte er und versuchte, die Augen offenzuhalten. Aber die Welt um ihn herum wurde grau und alles verengte sich auf das Gesicht seines Geliebten. Dann wurde ihm schwarz vor Augen.

In diesem Augenblick brach die Sonne über den Dächern hervor.

„Bringt ihn in Sicherheit", befahl Jean. „Er kann nicht im Freien bleiben. Er hat zu lange kein Blut getrunken."

„Thierry!", rief Alain. Sofort kam Thierry an seine Seite gerannt. „Du musst uns in Orlandos Wohnung transportieren."

Thierry schüttelte den Kopf. „Geht zurück in die Kathedrale. Die Magie von Notre-Dame wird euch helfen."

„Dann schicke uns dorthin", schnappte Alain ihn an, als er die aschgraue Farbe von Orlandos Haut sah. „Er hält es nicht mehr lange aus. Und lasst Eric am Leben. Er hat Orlando zur Flucht verholfen. Nehmt ihn gefangen, den Rest klären wir später auf."

Thierry nickte und schwenkte seinen Stab, dann waren Alain und Orlando verschwunden. „Er ist nicht der einzige Vampir, der nicht mehr länger im Freien bleiben kann", sagte er warnend zu Jean, bevor er die Nachricht über Eric bekannt gab.

„Dann lasst uns jetzt da reingehen und diese lästige Angelegenheit hinter uns bringen", sagte der Chef de la Cour mit einer Stimme, die so kalt war wie Eis. Der Anblick seines jungen Freundes hatte ihm alle Skrupel genommen. Er wollte nur noch diese Bastarde finden, die Orlando so zugerichtet hatten. Sie würden die Gerechtigkeit der Vampire kennenlernen.

„Général Chavinier", sagte Monsieur Lombard und streckte die Hand aus. „Würden Sie mir die Ehre erweisen?"

Marcel hielt dem früheren Chef de la Cour lächelnd den Arm hin, um ihn an seinem Handgelenk trinken zu lassen. Der alte Vampir hielt sich nicht lange auf, nahm, was er brauchte und ließ den Arm des Magiers wieder los. Die Magie des Generals umhüllte und stärkte in, bis von dem unangenehmen Kribbeln nichts mehr zu spüren war, das die Strahlen der aufgehenden Sonne auf seiner Haut verursacht hatten. „Dann lasst uns jetzt der Gerechtigkeit Genüge tun."

„Und keine Minute zu früh", stimmte Marcel zu und führte seine Einheiten auf das Gebäude zu, das Orlando soeben verlassen hatte.

Die Milice war gerade an der Treppe angekommen, da fiel der einzige Magier, der die Tür bewachte, einem Fluch aus dem Gebäudeinneren zum Opfer. Als sie durch die Tür stürmten, sahen sie sich Eric gegenüber, der sich schützend vor Vincent stellte und fieberhaft nach einem bekannten Gesicht suchte. Er atmete erleichtert durch, als er Marcel an der Spitze der Milice erkannte, und ging sofort auf ihn zu. Bevor er ihn erreichte, wurde er von einem alten Mann an Marcels Seite zurückgehalten. „Habt ihr Orlando gefunden?", fragte Eric und versuchte erst gar nicht, sich aus dem unerbittlichen Griff des Mannes zu befreien. Er wollte nicht den Anschein erwecken, feindliche Absichten zu haben, schon gar nicht gegen Marcel.

„Wir haben ihn gefunden", erwiderte Marcel. „Er ist bei Alain und in Sicherheit."

Eric nickte dankbar. „Vincent hat mir geholfen, ihn zu befreien. Er ist jetzt auf unserer Seite."

„Auf *unserer* Seite?", fragte David ungläubig. „Seit wann sind wir auf einer Seite?"

„Schon immer", unterbrach ihn Marcel. „Eric hat mich von Anfang an mit Informationen versorgt." Er wandte sich Vincent zu. „Und obwohl ich seinem Wort vertraue, muss ich euch leider in Schutzhaft nehmen, bis wir die Angelegenheit genauer untersuchen können."

Vincent nickte verständnisvoll und hielt seinen Stab mit der Spitze zum Boden. „Tu, was du für nötig hältst."

Marcels Beschwörung fesselte sie und schickte sie in eine der Zellen im Untergeschoss des Hauptquartiers. Dort waren sie bis zum Ende der Schlacht in Sicherheit. Marcel stieg über die Leiche des dunklen Magiers und gab seinen Einheiten den Befehl, sich in dem Gebäude zu verteilen, es zu durchkämmen und jeden zu töten, der sich gegen die Festnahme zur Wehr setzte. „Es muss endlich Schluss sein", fügte er noch hinzu.

Jean schickte die Vampire ohne Partner als erste in das Gebäude. „*Extorris*", erinnerte er sie an den Gesetzlosen, der sich hier aufhielt. Selbst diejenigen, die Jeans Urteil anfänglich widersprochen hatten, weil Karine nicht seine offizielle Gefährtin gewesen war, schwiegen jetzt. Sie hatten alle gesehen, was hier mit Orlando geschehen war. Selbst Luc Cabalet, der Chef de la Cour von Amiens, der mit seiner Partnerin nach Paris gerufen worden war, akzeptierte Jeans Urteil. Wenn der Gesetzlose sich hier aufhielt, dann hatte er die Misshandlung Orlandos zumindest in Kauf genommen, weil er nicht dagegen eingeschritten war. Vielleicht war er sogar aktiv daran beteiligt gewesen.

Sie verteilten sich über das gesamte Gebäude und sicherten Zimmer um Zimmer. Eine Einheit wurde von Marcel und Monsieur Lombard befehligt, eine zweite von Thierry und Sebastien. Die dritte stand unter der Führung von Jean und Raymond. Thierry hatte noch nie einen so erbitterten Widerstand erlebt, wie ihn die dunklen Magier heute leisteten. Normalerweise zogen sie sich schnell zurück, nachdem sie ihr Ziel erreicht und genügend Schaden angerichtet hatten. „Sie wissen genau, dass es ihr letztes Gefecht ist", flüsterte er Sebastien zu, als sie ein kleines Zimmer belagerten, in dem sich zwei dunkle Magier verbarrikadiert hatten.

„Umso erbitterter wehren sie sich", stimmte ihm Sebastien zu und rollte elegant zur Seite, um einem Fluch der Magier auszuweichen, der harmlos hinter ihm an der Wand verpuffte. „Fürchten sie ihre Gefangennahme wirklich so sehr, dass sie lieber sterben, als sich zu ergeben?"

„Ich vermute, Serrier hat sie davon überzeugt, dass Marcel sie foltern wird. Oder er hat es ihnen selbst angedroht, falls sie versagen sollten. In diesem Fall wäre der Tod die angenehmere Alternative", meinte Thierry und erwiderte die Flüche, die auf sie einstürmten, mit einer Gegenoffensive. „Es ist lächerlich. Wir kommen nicht rein und sie nicht raus. Wenn das so weitergeht, sitzen wir hier noch stundenlang fest."

„Ich kann versuchen, reinzugehen", schlug Sebastien vor. „Ihre Flüche wirken gegen mich nicht."

„Die tödlichen nicht, aber andere schon", widersprach ihm Thierry. „Das wissen sie mittlerweile auch."

„Dann musst du mir eben Feuerschutz geben und dafür sorgen, dass sie mich nicht treffen, ja?", erwiderte Sebastien herausfordernd und bereitete sich darauf vor, das Zimmer zu stürmen.

„Merde!", schimpfte Thierry, als Sebastien mit seiner übernatürlichen Schnelligkeit nach vorne sprang und sich auf dem Boden abrollte, um der Salve an Flüchen zu entgehen, die ihn in Empfang nahm. Thierry feuerte im Stakkato zurück und versuchte, die Flüche der dunklen Magier zu neutralisieren. Einer entging ihm und traf Sebastien vor die Brust. Der Vampir stolpert und ging kurz in die Knie, kam aber schnell wieder auf die Beine. Thierry grummelte vor sich hin und drohte, seinem Partner den Hintern zu versohlen, sobald sie wieder zuhause waren. Aber zuerst musste er sich noch um die dunklen Magier kümmern.

Sebastien schrak zusammen, als ihn der Fluch traf. Seine Brust schmerzte, aber es war keine ernsthafte Verwundung, sondern nur Magie. Er schüttelte den Schock ab und drang weiter in den Raum vor. Hinter einem plüschbezogenen Sessel ging er in Deckung und wartete die nächste Salve der dunklen Magier ab. Dann nahm er eine passende Gelegenheit wahr und stürzte sich auf den nächsten Magier, warf ihn zu Boden und schlug ihm den Stab aus der Hand. Hinter ihm forderte Thierry den anderen Magier auf, sich zu ergeben. Ihm stockte der Atem, als zwei Stimmen gleichzeitig „*Abbatez!*" schrien. Kurz darauf hörte er zu seiner Erleichterung, wie Thierry den anderen Magier mit einer Beschwörung fesselte.

„Du hast mir eine Heidenangst eingejagt!", rief er anklagend und erhob sich vom Boden.

„*Ich* habe *dir* Angst eingejagt?", erwiderte Thierry aufgebracht, packte Sebastien an den Schultern und schüttelte ihn durch. „*Ich* war es nicht, der sich ohne jeden Schutz koppheister mitten in ein magisches Feuergefecht gestürzt hat!"

„Ich hatte allen Schutz, den ich brauchte", versicherte ihm Sebastien und gab ihm einen Kuss. „Ich wusste doch, dass du nicht zulassen wirst, dass mir etwas passiert."

„Das habe ich aber", grummelte Thierry. „Ich habe den Fluch gesehen, der dich getroffen hat."

„Aber der Fluch war entweder zu schwach, oder er wirkt nicht so gut auf Vampire, wie der Magier erwartet hat", erwiderte Sebastien. „Der Schmerz lässt schon nach."

„Und der Magier, der ihn abgefeuert hat, ist jetzt tot", ergänzte Thierry. „Diese Art Fluch hält sich nicht sehr lange, wenn der Verursacher nicht mehr lebt. Bei anderen ist das allerdings nicht der Fall, also sei in Zukunft vorsichtiger."

Sebastien lächelte nur und ließ Thierry seine eigenen Schlussfolgerungen ziehen. Thierrys skeptisches Stirnrunzeln zeigte ihm, dass der Magier ihm nicht abnahm, das nächste Mal sehr viel anders zu handeln.

„Lass uns gehen. Wir haben noch den Rest des Flurs und das nächste Stockwerk vor uns", sagte Thierry kurz darauf. „Wir sollten hier nicht unsere Zeit vertrödeln."

Sebastien fasste ihn an der Schulter und gab ihm noch einen Kuss, bevor sie ihre Einheit weiter führten.

Je tiefer sie in das Gebäude eindrangen, desto mehr leere Räume fanden sie vor. Dafür drängten sich in den anderen Zimmern umso mehr dunkle Magier, als ob sie hofften, durch den Zusammenschluss in größere Gruppen den Angriff der Milice leichter abwehren zu können.

„Wir werden sie nicht alle außer Gefecht setzen können, Captain Dumont", meinte einer von Thierrys Leuten besorgt, als sie auf ein Zimmer mit dreißig Magiern stießen. „Sie sind in der Überzahl."

Thierry dachte über verschiedene Angriffstaktiken nach, aber keine war das Risiko wert. „Versiegelt den Raum", befahl er schließlich. „Wenn sie durch die Tür fliehen wollen, können wir uns einen nach dem anderen vornehmen. Wenn nicht, kümmern wir uns um sie, sobald wir den Rest des Gebäudes in der Hand haben."

David nickte und übernahm es, den Raum mit einer Beschwörung magisch abzuriegeln und zu verhindern, dass die Eingeschlossenen durch einen Transportzauber entkommen konnten. Danach blieb ihnen nur noch die Tür als Fluchtweg.

Thierry ließ vier Magier und zwei Vampire als Wachen zurück, um Fluchtversuche zu verhindern. Dann befahl er dem Rest seiner Einheit, weiter vorzurücken. Er sprach es nicht laut aus, aber er hoffte sehr, dass sie Serrier aufstöbern konnten. Thierry wollte sich den Bastard persönlich vorknöpfen für all die Leben, die er vernichtet hatte, und für die Angst, die Alain seinetwegen in den letzten Tagen ausgestanden hatte. Leider schien sich dieser Wunsch nicht zu erfüllen. Sie fanden noch mehrere Gruppen dunkler Magier in dem Gebäude verteilt, aber Serrier blieb unauffindbar. Thierry hoffte, dass eine der anderen Einheiten mehr Glück haben würde. Sie mussten seiner habhaft werden, bevor er einen Weg fand, zu entkommen und seine restlichen Truppen wieder zu sammeln. Sonst würde der Krieg von vorne losgehen.

Thierry hatte schon längst den Überblick verloren, wie viele der dunklen Magier sie gefangen genommen oder getötet hatten, als sie sich dem Ende ihres Flügels des Gebäudes näherten. Er hätte es vorgezogen, mehr von ihnen lebend in Gewahrsam zu nehmen, kannte aber Serriers Verständnis von Gesetz und Ordnung. Viele der dunklen Magier, die unter Serriers Kommando gekämpft hatten, zogen wahrscheinlich den Tod der Folter vor, die sie bei einer Niederlage erwartet hätte. Thierry fragte sich zwar, warum sie sich nicht einfach in Sicherheit transportiert hatten, aber in der Hitze des Gefechts hatte er keine Zeit, nach Antworten zu suchen. Serriers Leute konnten oder wollten sich vermutlich nicht vorstellen, dass Marcel etwas Derartiges nie dulden würde, denn sie kämpften bis zum Tod. Nur die wenigen, die von Vampiren entwaffnet wurden, konnten mit einer Beschwörung bewegungsunfähig gemacht und festgenommen werden.

Thierrys Respekt für die Vampire, sowohl diejenigen mit als auch ohne Partner, wuchs, je länger der Kampf andauerte. Sie warfen sich vorbehaltlos und ohne Rücksicht auf ihre eigene Existenz in den Kampf, setzten sich Flüchen aus, die einen Sterblichen niedergestreckt hätten, nur, um sich sofort wieder zu erheben und erneut in den Kampf zu stürzen. Dabei verließen sie sich auf den Schutz der Magier und überließen den Rest ihrer Natur als Unsterbliche. Dass sie überhaupt Gefangene machen konnten, war nur dem Mut und der Einsatzbereitschaft der Vampire zu verdanken. Thierry nahm sich vor, ihnen bei der nächsten sich bietenden Gelegenheit öffentlich seinen Dank auszusprechen. Er kümmerte sich nur wenig um die politische Seite der Milice, kannte aber Marcels Pläne und wusste, wie wichtig die öffentliche Anerkennung der Vampire für die Zukunft und das Zusammenleben in der Gesellschaft war.

Sebastien legte ihm die Hand auf die Schulter und riss ihn aus seinen Gedanken. „Wir haben es noch nicht geschafft", warnte er. „Da vorne ist noch eine Gruppe, die sich offensichtlich zum Ausgang durchkämpfen will."

„Warum transportieren sie sich nicht einfach hier raus?", überlegte Thierry laut. „Wenn sie sowieso fliehen wollen, anstatt zu kämpfen, könnten sie doch einfach von hier verschwinden."

„Keine Ahnung", erwiderte Sebastien. „Aber sie sehen ziemlich verzweifelt aus, als hätten sie alle Möglichkeiten ausgeschöpft und wüssten nicht mehr weiter."

Thierry runzelte die Stirn. Das war kein gutes Zeichen. Die dunklen Magier würden sich unerbittlich gegen ihre Gefangennahme wehren, weil sie sich in die Enge gedrängt fühlten. Nun, daran ließ sich nichts ändern. Marcels Befehle waren eindeutig. *Es muss endlich Schluss sein*", hatte der General gesagt. Der Aufstand musste endgültig niedergeschlagen werden. Das hieß, alle und jeden in diesem Gebäude so schnell wie möglich außer Gefecht zu setzen.

„Können wir versuchen, sie in die Zange zu nehmen?", fragte er. „Wenn wir einige Leute hinter sie schicken und gleichzeitig ihren Fluchtweg blockieren, ergeben sie sich vielleicht."

„Ich weiß nicht, ob das geht", meinte Sebastien. „Die Flure hier sind ein einziges Labyrinth. Ich habe keinerlei Orientierung mehr. Ich könnte versuchen, mit einer kleinen Gruppe in ihren Rücken zu gelangen, aber ich glaube, wir gehen ein größeres Risiko ein, wenn wir uns trennen, als wenn wir sie einfach frontal angreifen."

„Vermutlich hast du recht", stimmte ihm Thierry nach kurzem Überlegen zu. Er überzeugte sich davon, dass alle einsatzbereit waren, dann wandte er sich an die dunklen Magier. „Milice! Lasst eure Stäbe fallen und niemandem geschieht etwas", rief er ihnen zu.

Die dunklen Magier antworteten mit einem Hagel Flüche. Thierrys Einheit duckte sich weg und ließ die Flüche über ihre Köpfe ins Leere laufen. „Versucht erst, sie zu binden", befahl Thierry leise, während sie den geeigneten Moment abwarteten, um den Angriff zu erwidern. „Ich möchte sie lebend in die Hände bekommen, damit ich sie verhören kann. Ich habe einige Fragen an sie."

Seine Leute nickten und stürmten auf ihre Gegner zu. Beschwörungen flogen durch die Luft, um die dunklen Magier zu fesseln. Dann liefen die Vampire unter Sebastiens Führung nach vorne, um so viele wie möglich zu entwaffnen.

Als sich das Getümmel nach einigen Minuten legte, hatten sie die gesamte Gruppe entweder magisch oder körperlich in ihre Gewalt gebracht, aber auch einige Magier der Milice waren zu Boden gegangen.

Thierry sah sich unzufrieden um. Er war froh, dass es weder unter seinen Leuten noch unter den dunklen Magiern Tote zu beklagen gab. Aber einige waren verletzt und konnten nicht weiterkämpfen. „Kannst du die Verwundeten auf die Krankenstation transportieren, David?", fragte er.

„Ich denke schon", erwiderte David.

„Damit unterzeichnest du dein Todesurteil", zischte einer der dunklen Magier. „Dieses Ort ist so stark abgeschirmt, dass ihr euch den Schädel einschlagt, wenn ihr ihn magisch verlassen wollt."

Damit war Thierrys Frage beantwortet, auch wenn ihm das im Moment nicht viel half. Seine Leute brauchten medizinische Betreuung. „Putain", fluchte er leise. „Na gut. Hugues, lass dir von zwei Vampiren helfen und bringt David, Stéphanie und Jérôme hier raus und zurück ins Hauptquartier. Kommt zurück, falls es irgendwie möglich ist. Aber die Behandlung der Verwundeten hat Priorität. Wir erledigen hier den Rest. Nehmt den gleichen Weg, auf dem wir gekommen sind. Er sollte sicher sein."

„Ich begleite euch", bot Sebastien an. „Und ich bin mir sicher, dass Angélique bei ihrem Partner bleiben möchte." Er wollte Thierry nicht verlassen, aber sie konnten keine partnerlosen Vampire ins Freie schicken, weil die Sonne schien. Damit blieben nur er und Angélique übrig. „Ich bin schneller zurück als du denkst", versprach er Thierry, der schon den Mund öffnete und Widerspruch einlegen wollte. „Pass auf dich auf."

Thierry sah ihn wütend an, konnte seinem Partner aber schlecht das Gegenteil befehlen. „Beeil dich", meinte er nur und drehte sich wieder zu den Gefangenen um. Einer von ihnen musste ebenfalls behandelt werden, doch Thierry wollte seine Einheit nicht noch mehr schwächen, indem er auf einen weiteren Magier verzichtete, der den Verletzten auf die Krankenstation brachte. Der dunkle Magier musste wohl oder übel die Zähne zusammenbeißen, bis das Gebäude erobert und die Schutzschilde neutralisiert waren.

Sie brachten die Gefangenen in ein leeres Zimmer und versiegelten hinter sich die Tür, sodass sie nicht entkommen oder befreit werden konnten. „Es gibt nur noch zwei Zimmer auf diesem Flur, dann gehen wir ins nächste Stockwerk", sagte er zu seiner Einheit und stöhnte innerlich. Mit jedem Fluch und jeder Beschwörung erschöpften sich seine magischen Energiereserven mehr. Thierry bezweifelte, dass es den anderen besser ging. Aber sie mussten jetzt durchhalten, denn eine solche Chance, den Krieg zu beenden, durften sie nicht verspielen.

19

SIE LANDETEN unbeholfen in dem Vorraum direkt hinter dem Haupttor von Notre-Dame. Alain presste seine wertvolle Last an sich und ging in die Knie, um nicht ins Stolpern zu geraten. Dann erhob er sich vorsichtig wieder und lief zu der Chor-Kapelle, in der er sich vorhin ausgeruht hatte. Orlando hing schlaff in seinen Armen und atmete nur schwach. Alain musste schnell einen Platz finden, an dem er sich um ihn kümmern konnte. Vorsichtig legte er Orlando auf den Teppich der kleinen Kapelle, zog sich die Ärmel hoch und kratzte an der Wunde, die Monsieur Lombard an seinem Handgelenk hinterlassen hatte, als sie vorhin nach Orlando suchten.

Als das Blut langsam aus der Wunde lief, überkamen ihn Schuldgefühle. Auch wenn der alte Vampir ihn nicht gebissen hatte, Alain hatte ihn sein Blut schmecken lassen. Er betete im Stillen, dass er dadurch nicht seinen Bund mit Orlando gebrochen hatte. Wenn Orlando wieder aufwachte, musste Alain es ihm erklären und konnte nur hoffen, dass sein Geliebter es verstehen würde. Ohne Lombards Hilfe wären sie zu spät gekommen und das Sonnenlicht hätte Orlando zerstört, nachdem Eric ihn befreit hatte und er allein auf die Straße gelaufen war, weil Eric ihn nicht an einen sicheren Ort transportieren konnte.

Als das Blut stark genug lief, um es in Orlandos Mund tropfen zu lassen, presste ihm Alain sein Handgelenk an die Lippen. Er massierte die Haut an der Wunde, damit das Blut schneller lief und Orlando genug davon bekam, um endlich aufzuwachen und selbst zu trinken.

Aus Sekunden wurden Minuten und Orlando reagierte immer noch nicht. Kein Saugen, keine langen Zähne, die sich in Alains Handgelenk bohrten, nicht einmal ein reflexartiges Schlucken war zu spüren. Besorgt legte Alain ihm die andere Hand auf die Brust, um das beruhigende Auf und Ab des vertrauten Herzschlags zu fühlen. Nichts. Nichts regte sich in dem Körper unter seiner Hand.

„Nein!", heulte er und seine Stimme hallte durch das Kirchengewölbe. Er zog Orlando in die Arme und drückte sich den Kopf seines leblosen Geliebten an die Brust. Jammernd und schluchzend wiegte er ihn hin und her. Nach allem was sie durchgemacht, was sie riskiert hatten, waren sie doch um Sekunden zu spät gekommen. Tränen liefen ihm übers Gesicht und tropften auf Orlandos bleiche Wangen. Tränen, die Orlando selbst nicht mehr weinen konnte, die ihm auch schon versagt geblieben waren, bevor Alain ihn im Stich gelassen hatte. „Das kannst du uns nicht antun", stieß Alain aus und wurde von Zorn gepackt. „Das kannst du mir nicht antun!" Seine Stimme durchbrach die andächtige Stille der Kathedrale und kurz darauf kam ein Priester an seine Seite gerannt.

„Was ist passiert?", fragte der Priester. „Kann ich helfen?"

Alain wiegte Orlando in den Armen. „Nein", sagte er gebrochen. „Lasst uns nur allein."

„Ich kann eine Ambulanz verständigen", bot der Priester an.

„Das wird auch nichts nützen", erwiderte Alain. „Er ist ein Vampir. Sie können ihm nicht helfen. Ich hätte ihm helfen können, aber bin zu spät gekommen." Als der Mann Gottes das Wort ‚Vampir' hörte, trat er unvermittelt einen Schritt zurück. Doch egal, wie gefährlich der Mann auch früher gewesen sein mochte, jetzt konnte er offensichtlich niemandem mehr etwas antun. Aber der andere Mann, der ihn in den Armen hielt, brauchte Trost, und den konnte der Priester ihm spenden. „Dann ist seine Seele jetzt in Gottes Händen", sagte er mitleidvoll und kniete sich neben Alain auf den Teppich. „Wir sollten für ihn beten, damit sie Frieden findet."

„Er hat immer gesagt, er wäre verdammt", schluchzte Alain. „Aber er war mein Engel. Er hat Licht in meine Dunkelheit gebracht." Er sah den Priester mit tränennassen Augen an. „Das wird Gott ihm doch anrechnen, nicht wahr? Er war ein guter Mann. Dass er ein Vampir war, hat daran nichts geändert. Er hat für das gekämpft, woran er glaubte. Er hat nie einem Menschen Schaden zugefügt, selbst wenn er einen Grund dafür gehabt hätte." Seine Stimme brach und er vergrub das Gesicht in Orlandos dunklen Haaren, die schon feucht waren von seinen Tränen. Alain trauerte um seinen Geliebten.

„Alles zählt", versprach ihm der Priester. „Gott sieht alles. Nichts entgeht ihm und er vergibt uns. Wenn er der Mann war, als den du ihn beschrieben hast, wird Gott ihn mit offenen Armen empfangen." Dem Geistlichen wurde bewusst, dass die beiden Männer vor ihm entweder Brüder oder Geliebte gewesen sein mussten, denn anders ließ sich die tiefe Trauer des blonden Mannes nicht erklären. Wahrscheinlich Letzteres, da sie keinerlei äußere Ähnlichkeiten miteinander aufwiesen. Den meisten seiner Kollegen wäre dazu einiges eingefallen, aber der Priester sah es nicht als seine Aufgabe an, die beiden Männer zu verurteilen. Der trauernde Mann hatte den Verstorbenen offensichtlich zutiefst geliebt, und das zählte in den Augen des Gottesmannes mehr, als ihre Herkunft oder ihr Geschlecht. Der blonde Mann brauchte Trost und die Gewissheit, dass sein Geliebter von Gott aufgenommen wurde. Das konnte und wollte der Priester ihm geben. „Was ist mit ihm geschehen?"

„Serriers Folterknechte haben ihn gequält, bis er zu schwach war, um weiterzuleben. Diese Bastarde", fluchte Alain rücksichtslos. „Ich dachte, er müsste nur mein Blut trinken, um geheilt zu werden. Aber er hat es einfach nicht geschluckt." Er sah Orlando an und weinte wieder. „Er kann mich nicht verlassen. Er darf es einfach nicht."

„Er wird in deinem Herzen weiterleben", erinnerte ihn der Priester. „Ich weiß, dass du es nicht hören willst, aber seine Seele wird weiterleben. So lange du ihn liebst und ihn nicht vergisst, wird er ein Teil von dir sein. Und wenn deine Zeit gekommen ist, werdet ihr in Gottes Gnade wieder vereint sein."

Alain versuchte, in diesen Worten Trost zu finden, aber es wollte ihm nicht gelingen. Er konnte sich einfach nicht vorstellen, sein restliches Leben ohne Orlando an seiner Seite zu verbringen. „Ich muss gehen. Ich muss helfen, Serriers Schlächterei ein für alle Mal ein Ende zu bereiten", verkündete er. Er wollte alles für diesen Kampf gegen die dunklen Magier geben, und falls das sein eigenes Ende bedeutete, wäre er nur umso schneller wieder mit Orlando vereint. „Könnt ... könnt Ihr bei ihm bleiben, bis ihn jemand abholt?"

Der Priester sah ihn durchdringlich an. „Ich bleibe bei ihm, bis du zurückkehrst, mein Sohn. Aber du musst zurückkehren und dich selbst um ihn kümmern. Er hat mehr verdient, als deinen vorzeitigen Tod."

„Ich bin Magier", sagte Alain tonlos. „Mein Platz ist bei der Milice. Er würde nicht wollen, dass ich meine Pflichten vernachlässige. Er würde mich daran erinnern, dass ich nichts mehr für ihn tun kann. Und er würde von mir erwarten, dass ich ähnliche Gräueltaten von Serrier und seinen Schergen für die Zukunft verhindere. Werdet Ihr bei ihm bleiben?"

„Wenn du darauf bestehst, ihn hier zu lassen, dann bleibe ich bei ihm. Aber ich bin kein Magier. Ich werde ihn nicht beschützen können", warnte der Priester.

„Die Kathedrale selbst wird ihn beschützen", versicherte ihm Alain. „Die Elementarmagie ist hier so stark, wie an keinem anderen Ort des Kontinents. Sie weiß um die dunklen Magier und wird sie fernhalten."

Der Priester zog überrascht die Augenbrauen hoch, nahm Alains Erklärung jedoch unwidersprochen hin. Er hatte schon als Junge darum gebetet, eines Tages hier, in Notre-Dame, dem Herrn dienen zu dürfen. Schon damals hatte er gespürt, dass von diesem Gotteshaus eine besondere Macht ausging, obwohl es fast nur noch als Touristenattraktion diente. Der Priester war ein belesener Mann und hatte in seinem Leben schon viel gesehen. Er wusste, dass es mehr Dinge zwischen Himmel und Erde gab, als seine Glaubenslehre öffentlich eingestand. Viele seiner Brüder im Glauben würden ihm vorwerfen, die Kirche infrage zu stellen, wenn sie davon wüssten. Aber der Priester hatte einen weiteren Horizont, ein tieferes Verständnis, daher wunderte er sich nicht darüber, dass Notre-Dame ein Ort der Macht war. Es bestätigte nur seine eigenen Erfahrungen. „Dann werde ich bei ihm wachen und für ihn beten, während du tust, was du für deine Pflicht hältst. Aber du musst mir versprechen, zurückzukehren, denn ich werde ihn keinem anderen übergeben."

„Und wie willst du verhindern, dass ein anderer Magier oder ein Vampir ihn holt? Du hast selbst gesagt, dass du ihn nicht beschützen könntest", fragte Alain herausfordernd und gab respektlos die übliche Anrede auf.

„Und du hast selbst gesagt, dass ihn die Kathedrale beschützen würde", erwiderte der Priester unbeeindruckt. „Sie kennt nur dich. Wieso sollte sie einen anderen in seine Nähe lassen?"

„Jeder Magier kann mit der Elementarmagie in Kontakt treten und ihr seine Absichten erklären", fing Alain an.

Der Priester unterbrach ihn kopfschüttelnd. „Schon gut. Geh jetzt. Aber ich erwarte *dich* zurück."

Alain beschloss, den Disput aufzugeben. Es würde zu nichts führen. „Es kann allerdings länger dauern. Niemand weiß, wie sich der Kampf entwickeln wird", gab er mit einem Nicken nach.

„Ich habe Zeit", sagte der Priester. „Geh jetzt und kehre gesund zurück."

Alain sah Orlando ein letztes Mal an und küsste ihn auf die Lippen, weil er auch das nie wieder tun könnte. Orlandos Lippen waren immer noch zart und warm, als würde er nur schlafen. Aber kein Atemzug war zu spüren, keine Bewegung wahrzunehmen. Nichts, außer Leblosigkeit und Tod. „Ich liebe dich, mon ange", flüsterte Alain ihm zu. „Es tut mir so leid, dass ich zu spät gekommen bin."

Er sah Orlando ins Gesicht, als würde er darauf warten, dass sein Geliebter die Augen aufschlüge und ihn ansah. Aber sie blieben geschlossen und die Wimpern warfen leichte Schatten auf die dunklen Ringe unter Orlandos Augen. Alain unterdrückte ein Schluchzen und erhob sich vom Boden. Dann schwenkte er den Stab und transportierte sich an den Ort zurück, den er erst vor wenigen Minuten voller Hoffnung verlassen hatte.

„Alain!"

Der Magier drehte sich nach dem Rufer um und erkannte Sebastien, der mit David, Angélique, Mathieu, Jérôme und Stéphanie vor Serriers Hauptquartier stand. „Wo ist Thierry?", fragte er sofort.

„Im Haus. Die Kämpfe sind noch in vollem Gang. Ich habe mich bereit erklärt, beim Rücktransport der Verwundeten zu helfen", berichtete Sebastien. „Wo ist Orlando?"

„Tot", krächzte Alain. „Wir sind zu spät gekommen. Ich habe versucht, ihm Blut zu geben, aber er hat es nicht geschluckt und ist nicht aufgewacht."

„Wo ist er jetzt?", fragte Sebastien aufgeregt.

„Notre-Dame."

„Vor der Sonne geschützt?"

Alain nickte.

„Hör gut zu. Du musst Jean finden. Wenn jemand aus Orlandos Abstammungslinie noch existiert, können wir ihn vielleicht retten. Und du musst dafür sorgen, dass sein Körper unbeschädigt bleibt, bis wir das richtige Blut finden", erklärte Sebastien. „Ich kenne Orlandos Geschichte und Abstammung nicht, aber vielleicht weiß Jean mehr darüber. Er hat Unterlagen über alle Vampire von Paris. Es gehört zu seinem Job."

„Sebastien, wir müssen los", drängte Angélique, als David sich schwer auf sie stützte.

„Finde Jean", wiederholte Sebastien und drehte sich zu den anderen um. „Also los."

Leutnant Fouquet transportiert die kleine Gruppe auf die Krankenstation des Hauptquartiers. Ein verstörter Alain blieb zurück und sah baff auf die Stelle, an der eben noch Sebastien gestanden hatte. Er schwankte zwischen Hoffnung und Verzweiflung. Sebastien schien zu glauben, dass Orlando noch gerettet werden könnte; aber Alain hatte Angst, sich wieder falsche Hoffnungen zu machen. Es war schlimm genug gewesen, den Geliebten einmal zu verlieren. Eine weitere enttäuschte Hoffnung konnte er nicht überleben. Sollte er erst dafür sorgen, dass Orlando vor der Sonne sicher war? Oder sollte er sich auf die Suche nach Jean begeben? Er konnte sich nicht entscheiden und war wie gelähmt vor Unentschlossenheit. Alain wusste, dass Orlandos Schöpfer vernichtet worden war, nachdem Jean den jungen Vampir aus den Klauen dieses Monsters befreit hatte. Das war allerdings alles. Viel mehr wusste er nicht über Orlandos Vergangenheit. Alain wollte an einen Ausweg glauben, aber Thurloes Vernichtung sprach dagegen. Ein Schmerzensschrei ließ ihn wieder zu sich kommen. Er riss sich zusammen und lief ins Haus, wo immer noch gekämpft und er gebraucht wurde.

Als er in dem Gebäude ankam, suchte er sofort nach Hinweisen, wo sich Jean aufhalten könnte. Das einzige, was er fand, waren jedoch dunkle Magier, die überall in den Gängen und Zimmern herumlagen – entweder tot oder magisch gebunden. Es gab keine Möglichkeit, das Vordringen der Milice zu rekonstruieren oder gar Jean ausfindig zu machen. Er musste systematisch vorgehen und das Gebäude absuchen, bis er mehr in Erfahrung bringen konnte. Alain entschied sich, es zuerst auf der rechten Seite zu versuchen. Er kam an Räumen vorbei, die alle von der Milice versiegelt worden waren, aber jedes Mal schien ein anderer Magier die Beschwörung vorgenommen zu haben. Einige davon gehörten zu Thierrys Einheit, andere nicht. Das Durcheinander machte Alains Suche nicht einfacher. Wenn er irgendwo in diesem Labyrinth Raymonds Magie identifizieren könnte, wäre das ein entscheidender Hinweis auf Jeans Anwesenheit, aber ausgerechnet Raymond war verdächtig unauffindbar.

Alain kam am Ende eines Flures an und musste sich erneut entscheiden, ob er nach rechts oder links gehen wollte. Rechts konnte er Thierrys Magie spüren. Er könnte also seinem Freund folgen und an dessen Seite kämpfen, wie sie es sich vor Jahren versprochen hatten. Wenn der Kampf vorbei war, wäre es leichter, Jean ausfindig zu machen. Oder er konnte in die andere Richtung gehen, wo die Magie der Milice so gut wie nicht zu spüren war. Dann konnte er nur hoffen, nicht in mehr dunkle Magier zu laufen, als er allein überwältigen konnte. Alains Selbsterhaltungstrieb setzte sich durch und er ging nach rechts. Schon nach wenigen Metern traf er auf eine Gruppe von Magiern und Vampiren, die vor einem Zimmer Wache standen. „Was ist hier los?", fragte er.

„In dem Zimmer sind zu viele dunkle Magier, um es zu stürmen", sagte Leutnant Raynaud de Lage. Sie sprach ihn nicht auf Orlando an, aber dessen Abwesenheit blieb ihr nicht verborgen. Sie litt mit Alain und wollte sich nicht vorstellen, wie es wäre, Justin zu verlieren. „Captain Dumont hat uns hier zurückgelassen, um die Tür zu bewachen und sie in Gewahrsam zu nehmen, falls sie einen Fluchtversuch unternehmen. Wenn nicht, werden wir uns nach dem Kampf um dieses Widerstandsnest kümmern."

Thierry hatte, wie immer, die einzig richtige und logische Entscheidung getroffen. „Waren Raymond und Jean bei eurer Einheit?", erkundigte sich Alain bei ihr und ignorierte das Mitleid in ihrem Blick. Er wollte jetzt nicht darauf angesprochen werden, was mit Orlando geschehen war. Wollte nicht erklären müssen, was Sebastien ihm gesagt hatte. Er musste seine Gefühle unter Kontrolle behalten, sonst würde er den Verstand verlieren und nicht mehr kämpfen können.

Leutnant Raynaud de Lage schüttelte den Kopf. „Nein. Sie haben eine andere Einheit übernommen. Die dritte wird von Marcel und dem alten Vampir – mir ist sein Name entgangen – angeführt."

„Lombard", unterbrach Justin seine Partnerin. „Das ist Monsieur Lombard."

„Ich muss Jean finden", ließ Alain sich nicht von seinem Ziel abbringen. „Wisst ihr, in welchem Teil des Gebäudes er und Raymond sind?"

Catherine schüttelte den Kopf. „Sorry, Alain. Unsere Einheit ist als erste aufgebrochen und ich habe nicht gesehen, wohin die beiden anderen gegangen sind."

Alain nickte. „Dann muss ich weitersuchen."

„Das ist allein viel zu gefährlich", warnte Catherine. „Suche Thierry. Er soll dir jemanden als Unterstützung zuteilen. Hier sind überall dunkle Magier, und die wenigsten von ihnen sind allein."

Alain schüttelte den Kopf. Er hatte immer noch Angst, sich durch Sebastiens Worte zu neuer Hoffnung verleiten zu lassen. Es war zu unwahrscheinlich, dass jemand der gleichen Abstammung war wie Orlando. Er wollte nur Jean finden und Serriers Schreckensherrschaft ein schnelles Ende bereiten. Das hieß nicht, dass er unnötige Risiken eingehen würde. Vielleicht konnte Orlando ja doch noch gerettet werden, und dann wollte Alain am Leben und bei bester Gesundheit sein, um dieses Wunder zu erleben. Aber selbst wenn die Zeit für Orlando keine Rolle spielen sollte, Alain konnte es nicht länger aushalten. Jede Minute, die dieser Schrecken noch länger andauerte, lag ihm wie eine zentnerschwere Last auf den Schultern. Er rannte durch den Flur, bis er auf Thierry und dessen Einheit traf.

„Alain, was machst du denn hier?", rief Thierry. „Wo ist Orlando?"

„Notre-Dame", antwortete Alain kurz angebunden. „Ich muss Jean finden."

„Er ist im anderen Flügel des Gebäudes, aber ich habe keine Ahnung, wo genau er dort sein könnte. Was willst du von ihm?", fragte Thierry, dem Alains verstörtes Verhalten nicht entgangen war. Er konnte sich nicht erklären, wieso Alain plötzlich in diesem Getümmel auftauchte, anstatt bei Orlando zu bleiben. Das konnte nichts Gutes verheißen. „Ist mit Orlando alles in Ordnung?"

Alain schüttelte den Kopf. „Ich dachte, er wäre gestorben. Aber Sebastien meint, es gäbe vielleicht noch eine Möglichkeit, ihn zu retten. Ich muss Jean finden, um mehr in Erfahrung zu bringen."

Thierry warf einen Blick auf die letzten beiden Türen in diesem Flur. Für ihn war die Sache damit klar. Orlando brauchte Hilfe. Alain liebte Orlando. Thierry würde alles tun, um Orlando zu helfen. Wenn das hieß, dass sie Jean suchen mussten, dann suchten sie ihn. Jetzt. „Versiegelt die beiden Räume", befahl er seiner Einheit. „Wir kommen zurück und kümmern uns später darum, wer sich dort aufhält. Erst müssen wir Jean finden."

Sofort führten einige Magier die nötigen Beschwörungen aus, um die beiden Zimmer zu versiegeln, sodass niemand daraus entkommen konnte. „Los jetzt", rief Thierry und zeigte in die Richtung, aus der sie gekommen waren. „Jean und Raymond haben den Westflügel übernommen. Wir gehen zurück zum Eingang und arbeiten uns von dort aus in diese Richtung vor, bis wir sie gefunden haben."

In Alains Augen glänzte die Hoffnung wieder auf, die er so mühsam unterdrückt hatte. Mit Thierry an seiner Seite musste alles gut gehen. Zusammen konnten sie nicht versagen. Die Frage war nur, ob Jean wirklich die nötigen Informationen besaß, um Orlando vor der Vernichtung zu bewahren.

20

„WIR GEHEN nach unten", beschloss Marcel, nachdem sich die drei Einheiten formiert und getrennt hatten. Er hatte Serriers Verhaltensmuster intensiv studiert. In jedem der Gebäude, die sie bisher durchsucht hatten, hatten sie irgendwo im Keller ein Schlupfloch vorgefunden. Einen Raum, der stärker abgesichert war, als der Rest des Gebäudes. In einigen Fällen war es ihnen nicht gelungen, in diesen Raum einzudringen. Erst in den letzten Monaten hatte Marcel eine Möglichkeit gefunden, die Schutzzauber Serriers außer Kraft zu setzen. Wenn Serrier sich hier irgendwo versteckte, dann in einem solchen Kellerraum.

Marcel hatte sich fest vorgenommen, ihn aufzuspüren und zu stellen. In der Hitze des Gefechts konnten die Vampire ihre Partner nicht beißen, um ihnen zusätzliche Kräfte zu verleihen. Damit war Marcel der mächtigste Magier der Milice und derjenige, der die besten Chancen hatte, den Anführer der Rebellen in einem Zweikampf zu besiegen. Dieser Krieg dauerte schon viel zu lange. Heute würde er enden.

Eine schmale Treppe brachte sie in den Keller. In den engen Gängen konnten nur zwei Personen nebeneinander gehen. An manchen Stellen mussten sie sogar einzeln passieren. Sie durchsuchten das Untergeschoss methodisch und deaktivierten jeden Schutzzauber und jede Falle, die sie auf ihrem Weg fanden. Marcel überließ diese Arbeit seinen Untergebenen, denn er musste sich seine Energie und Wachsamkeit für die Auseinandersetzung mit Serrier aufsparen.

Sie trafen nur wenige dunkle Magier an, die überraschend wenig Widerstand leisteten. Die Natur der Beschwörungen und Flüche, die sie auf ihrem Weg ins Innere des Kellerlabyrinths antrafen, ließ Marcel vermuten, dass Serrier sich ganz auf seine magischen Fähigkeiten verließ, um jeden Eindringling fernzuhalten und zu vernichten. Und damit hatte er recht, denn ein weniger umsichtiges und organisiertes Vorgehen hätte der Milice große Opfer abverlangt. Marcel dankte allen Göttern und Göttinnen, dass Raymond sein Wissen um die hinterhältigen Flüche Serriers mit ihnen geteilt und sie so in die Lage versetzt hatte, Gegenzauber zu entwickeln.

Aber so vorsichtig sie auch waren, nach kurzer Zeit war der erste Schmerzensschrei zu hören. Marcel drehte sich nach dem Schrei um und sein Blick fiel auf Georges Pantin, der auf dem Boden lag und sich vor Schmerzen krümmte. „Marie, bring ihn hier raus", befahl er sofort. „Transportiere ihn und seinen Partner auf die Krankenstation, sobald die Schutzschilde entfernt sind. Danach kommst du so schnell wie möglich zurück."

„Was hat ihn getroffen?", fragte Marie, um den Medizinern genaue Informationen über die Ursache von Georges' Verletzung geben zu können. Das ersparte mühselige Diagnosen und die Suche nach der passenden Heilmethode, sodass sie Georges sofort helfen konnten.

„Innere Blutungen", murmelte Marcel.

Fabienne, die hinter ihnen stand, erbleichte. Ihr Partner Mathieu war ebenfalls verwundet worden und hatte darauf bestanden, dass sie an dem Kampf auch ohne ihn teilnahm. „André, es ist besser, wenn du nicht so lange wartest, sondern ihn sofort beißt. Du kannst ihn zwar nicht heilen, aber es verlangsamt die Ausbreitung des Fluches in seinem Körper. Die Mediziner haben mir gesagt, dass Mathieu ohne meinen Biss wahrscheinlich nicht überlebt hätte."

„Hier?", fragte André erstaunt. Er hatte schon davon gehört, dass in der Allianz viele Tabus gefallen waren, aber damit hatte er nicht gerechnet.

„Du bist ein Vampir", mischte sich Monsieur Lombard ein. „Dein Partner braucht dich. Worauf wartest du?"

Marcel sah den alten Vampir überrascht an. Lombard hatte sich erst vor wenigen Stunden aktiv der Allianz angeschlossen, doch das schien für den Vampir keine Rolle zu spielen. Sein Einfluss war immer noch groß genug, um André umzustimmen. Der Vampir beugte den Kopf, biss seinen Partner in den Hals und saugte mit dem Blut auch die dunkle Magie aus dessen Körper.

„Kannst du ihn gleichzeitig tragen und beißen?", fragte Marie. „Wir können ihn nicht aus dem Gebäude transportieren, weil Serriers Schutzschilde es verhindern."

André warf ihr einen kurzen Blick zu, ohne seinen Biss zu unterbrechen. Vorsichtig nahm er Georges in die Arme und stand vom Boden auf. Marie wollte ihn stützen und fasste nach seinem Arm, aber er schüttelte ihre Hand ab. Dann bedeutete er ihr mit einer Geste, vorauszugehen. Geneviève, Maries Partnerin, flankierte sie auf der anderen Seite. Sie wollte Marie keine Sekunde aus den Augen lassen.

Marcel sah ihnen nach, bis sie um die Ecke verschwunden waren. „Los jetzt", befahl er dann. „Wir müssen weiter. Sie werden uns finden, falls sie zurückkommen können."

Hinter der nächsten Ecke trafen sie einen Abwehrzauber an, der den Gang komplett blockierte und jedes weitere Vordringen verhinderte. Caroline versuchte, ihn zu neutralisieren, aber ihre Beschwörung löste eine Explosion aus. Sie hob die Hände vors Gesicht, doch es war bereits zu spät. Glasscherben flogen wie Geschosse durch die Luft, zerschnitten ihr die Hände, das Gesicht und die Augen. „Caroline!", schrie Mireille und fing ihre Partnerin auf.

Marcel fluchte leise. „Geht!", befahl er. „Lauft Marie nach. Sagt ihr, sie soll auf der Straße bleiben und sich für Nottransporte in die Krankenstation zur Verfügung halten."

Mireille nickte, nahm ihre Partnerin in die Arme und rannte den Gang entlang in die Richtung, aus der sie gekommen waren.

Marcel sicherte den Gang zwischen seiner Einheit und Serriers Abwehrzauber durch einen Schutzschild. Dann machte er sich daran, Serriers Magie zu entwirren und zu neutralisieren. Sie war typisch für den dunklen Magier – voller Schlingen und Fallstricke, die, wenn sie versehentlich ausgelöst wurden, eine verheerende Wirkung besaßen. Marcel wünschte sich, dass Raymond hier wäre und ihm mit seiner Erfahrung helfen könnte, aber der war mit Jean unterwegs, um den Gesetzlosen aufzuspüren. In diesem Kampf durften sich Partner nicht trennen, solange es nicht ein außergewöhnlicher Notfall erforderte. Marcel schloss die Augen, um sich besser konzentrieren zu können. Er umhüllte Serriers Falle mit seiner eigenen Magie, untersuchte jedes Detail und jede Verbindung, bis er endlich den Ausgangspunkt des Fluchs ausfindig gemacht hatte. Langsam löste er das verworrene Netz auf und ließ sich dabei mehr von seinem magischen Instinkt leiten, als sich auf seine fünf Sinne zu verlassen, die leicht durch eine geschickte Illusion getäuscht werden konnten.

Hinter ihm hielten die Magier den Atem an und warteten ab, ob Marcels Magie mächtig und geschickt genug war, um Serriers Zauber zu brechen. Schicht um Schicht arbeitete Marcel sich vor und riss die magische Wand nieder, die ihr Vordringen verhinderte. Ein Fluch entging ihm und hätte beinahe einen von ihnen erwürgt, aber Marcels Schutzschild hielt stand und der Fluch prallte wirkungslos daran ab. Marcel war erleichtert, ging aber danach noch langsamer und vorsichtiger vor, weil er kein zweites Mal das Risiko eingehen wollte, dass einer seiner Magier verletzt wurde.

Jude war sich nicht sicher, ob er die Aufmerksamkeit des ältesten Vampirs, von dem er jemals gehört hatte, auf sich lenken wollte. Er schluckte und es dauerte einige Minuten, bis seine Nervosität soweit nachgelassen hatte, dass er den Mut dazu aufbrachte, Monsieur Lombard anzusprechen. „Der General ist Ihr Partner, nicht wahr?", fragte er zaghaft.

Monsieur Lombard nickte.

„Wenn Sie ihn beißen, während er seine Beschwörung ausführt, wird ihn das stärker machen", erklärte Jude. „Ich weiß nicht, wie lange die Wirkung anhält, aber wenn sie nur verhindert, dass er seine magischen Energiereserven zu schnell erschöpft, wird uns das schon helfen."

Monsieur Lombard sah ihn fragend an.

„Er sagt die Wahrheit", mischte sich Fabienne ein. „Wir wissen nicht, warum es wirkt, aber es stimmt."

Jude fiel es schwer, seinen Unmut darüber zu verbergen, dass ihm die Vorteile der Partnerschaft verwehrt blieben, weil seine Partnerin nicht zugeben konnte, an dem rohen Sex zwischen ihnen Spaß zu haben. Ihr Blut hatte Jude nicht belogen und Adèle in seinen Augen als scheinheilig entlarvt. Allerdings würden seine Argumente in dieser Runde kaum auf Zustimmung stoßen. Jude war aufgebracht über die Selbstverständlichkeit, mit der sie dem magischen Kontaktverbot zugestimmt und akzeptiert hatte, dass sie nicht mehr zusammenarbeiten würden. Gerade in einer Situation wie heute hätten sie die zusätzliche Stärke brauchen können, die ihnen ihre Partnerschaft gab. Aber sie hatte sich ohne Widerspruch Jeans Patrouille zuweisen lassen, ein weiterer Verrat an ihrer Partnerschaft, der Jude in seiner Meinung bestätigte, dass Adèle für wenig gut war – außer für Sex.

„Général?"

Marcel unterbrach seine Arbeit und drehte sich zu dem Vampir um.

„Ich glaube, ich könnte Ihnen helfen", sagte Monsieur Lombard freundlich.

Marcel nickte und neigte den Kopf zur Seite. Er wollte beide Hände frei haben, falls sie erneut angegriffen wurden. Als die scharfen Zähne in seine ledrige Haut eindrangen, zuckte er leicht zusammen. Er schnappte überrascht nach Luft, als er die Macht der Partnerschaft fühlte, die ihn mit magischer Energie vollzupumpen schien. Serriers Abwehrzauber kam ihm wie Kinderspielzeug vor und die Komplexität der Beschwörung war keine Herausforderung mehr für Marcels neugefundene Stärke. Der Schild brach unter seinem Ansturm zusammen und der Weg vor ihnen war wieder frei.

Bedauernd hob Monsieur Lombard den Kopf. „Geht voraus, Général", sagte er mit einer ausholenden Handbewegung. „Ich bin nur einen Schritt hinter Ihnen."

Zum ersten Mal seit Ausbruch des Krieges war Marcel zuversichtlich, Serrier im Zweikampf schlagen zu können. Mit diesem Partner an seiner Seite konnte ihn nichts und niemand besiegen.

Schon zwei Schritte weiter trafen sie auf einen weiteren Abwehrzauber, der dem eben beseitigten fast aufs Haar glich. Dahinter konnte er den Unterschlupf erkennen, den sie gesucht hatten. Marcel drehte sich zu seiner Einheit um.

„Serriers Schutzraum ist nur wenige Meter hinter diesem Schutzschild", informierte er seine Leute. „Der Gang ist zu schmal, um ihn mit unserer ganzen Truppenstärke wirkungsvoll anzugreifen. Wenn ihr hierbleibt, geht ihr das Risiko ein, von Querschlägern der Flüche getroffen zu werden. Monsieur Lombard wird natürlich bei mir bleiben. Darüber hinaus möchte ich nur Magali und ihren Partner bitten, als Verstärkung ebenfalls in der Nähe zu bleiben. Der Rest von euch macht sich auf die Suche nach Raymond und Jean, um sie zu unterstützen. Dieser Kampf war immer nur zwischen Serrier und mir. Ich will nicht, dass jemand ins Kreuzfeuer gerät."

„Selbstverständlich bleiben wir hier", sagte Magali sofort.

„Aber erwarte nicht, dass der Rest von uns dich hier allein lässt", protestierte Charlotte. „Was passiert, wenn du ihm unterliegst? Soll sich Magali ihm dann allein stellen?"

„Er wird Serrier nicht unterliegen", sagte Monsieur Lombard. „Ihr habt keine Vorstellung von der Macht, die er schon vor meinem Biss hatte. Und jetzt ist er noch stärker geworden."

„Was ist, wenn der Gesetzlose sich hier aufhält? Vielleicht stärkt er Serrier auch mit seinem Biss", ließ Charlotte nicht locker.

„Glaubst du wirklich, Serrier würde einen Vampir so nahe an sich heranlassen? Sich gar von ihm beißen lassen?", schnaubte Magali verächtlich.

„Und selbst wenn …", meldete sich Luc zu Wort, „Die Macht eines Vampirs wächst mit dem Alter. Gegen Monsieur Lombard hat auf Dauer kein Vampir eine Chance. Couthon kann Serrier nicht ansatzweise die Hilfe sein, die Monsieur Lombard für den General ist."

„Außerdem würde Serrier sein Schlupfloch nie mit einem anderen teilen", versicherte Marcel ihnen. „Raymond und Thierry stehen in den oberen Stockwerken fast seiner gesamten Streitmacht gegenüber. Ich will überflüssige Opfer vermeiden. Ihr habt mir bis hierher vertraut. Vertraut mir auch jetzt. Ich kenne meine Stärke und weiß auch, was mein Partner für mich getan hat."

Unter seinem unerbittlichen Blick ließ der Widerstand der Magier nach und sie machten sich auf den Rückweg zur Treppe, um die beiden anderen Einheiten zu suchen. Charlotte harrte am längsten bei Marcel aus, aber auch sie machte sich schließlich auf den Weg nach oben. Nur noch Marcel, Magali, Luc und Monsieur Lombard blieben vor dem Schutzschild zurück, der als letztes Hindernis zwischen ihnen und Serriers Schlupfloch lag. Marcel schickte Magali und Luc um eine Ecke im Gang, wo sie in Sicherheit waren, falls er an dem Schutzschild scheiterte und eine Falle auslöste. „Darf ich erneut bitten?", fragte er seinen Partner.

„Selbstverständlich", erwiderte Monsieur Lombard und stellte sich direkt hinter ihn. Seine Zähne fanden die Löcher in Marcels Haut, die sie vor wenigen Minuten hinterlassen hatten. Dann biss er zu.

Marcel nahm seine Umgebung kaum noch wahr. Er spürte das Anschwellen der Macht, die von jeder Zelle seines Körpers Besitz ergriff. Selbst die Steine des alten Gemäuers kamen ihm zur Hilfe. Langsam aber sicher gab Serriers Magie unter seinem Ansturm nach und wich zurück.

Marcel verzog angewidert das Gesicht, als er eine neue Schicht von Serriers Fluch freilegte. Sie war so bösartig, dass er nachträglich froh darüber war, die anderen weggeschickt zu haben. Jeder dieser Flüche hätte seine Einheit im Bruchteil einer Sekunde kampfunfähig machen können, und viele davon waren noch schlimmer. Mit seiner Abscheu wuchs auch seine Entschlossenheit, die Welt ein für alle Mal von Serrier zu erlösen.

Als auch der zweite Schild zusammenbrach, stand nur noch Serriers Schutzraum zwischen Marcel und dem Sieg. Monsieur Lombard zog die Zähne aus Marcels Hals und trat respektvoll einen Schritt zurück. „Was jetzt?", fragte er.

„Jetzt begeben wir uns in die Höhle des Löwen."

Sie hatten erst einen Schritt gemacht, als durch die geschlossene Tür ein Fluch auf sie zuflog. Marcel konterte ihn mit einer einfachen Handbewegung. „Da musst du dir schon mehr einfallen lassen", stichelte er.

„Glaubt ihr zwei alten Männer wirklich, mich besiegen zu können?", rief Serrier zurück. Seine Stimme kam von überall und nirgends.

„Nein", erwiderte Marcel. „Ich glaube, dass einer von uns ausreicht." Seine Beschwörung schlug nur einige harmlose Funken, als sie gegen Serriers Schild prallte. Der dunkle Magier lachte höhnisch, doch Marcel lächelte nur. Seine Beschwörung hatte ihren Zweck erfüllt. Sie hatte ihm die Machart des Schutzschilds verraten. Er winkte Lombard einen Schritt zurück und fing an, eine Beschwörung zu murmeln, die Schicht um Schicht des Schilds auflöste und in ihm selbst kanalisierte. Mit einer letzten Handbewegung verteilte er sie auf das gesamte Gebäude und sah, wie sich vor ihm die Wände auflösten, hinter denen sich Serrier verborgen gehalten und auf deren hartes Mauerwerk er vertraut hatte.

„Abbatez!", rief Serrier sofort, aber in seiner Panik schleuderte er den Fluch an Marcel vorbei an die Decke des Ganges. Der Verputz löste sich und kleine Bröckchen rieselten auf Marcel herab. Sie färbten seine Schultern so weiß wie sein Haar, aber das war der einzige Schaden, den sie anrichteten.

„Du musst schon etwas besser zielen, wenn du gegen mich eine Chance haben willst", stellte Marcel seelenruhig fest. Die Macht von Monsieur Lombards Biss pulsierte in ihm und suchte ein Ventil. Ohne ein Wort zu sagen, ließ er sie auf Serrier zufließen, um ihn zu binden. Er wollte diesen Bastard vor Gericht sehen, wo er sich für seine Schreckenstaten verantworten sollte.

Der dunkle Magier wich der Beschwörung im letzten Moment aus und ließ sich zu Boden fallen. Die ungewöhnliche Macht, die hinter Marcels Magie steckte, war ihm jedoch nicht entgangen. „Wer muss jetzt besser zielen?", höhnte er und sprang wieder auf die Beine.

Monsieur Lombard stand hinter seinem Partner und runzelte die Stirn. Er konnte sich nicht vorstellen, dass Serrier der Macht Marcels sehr lange standhalten konnte. Aber dennoch – ein unglücklich abgewehrter Fluch, und auch Marcel würde fallen, zumal die körperliche Anstrengung des Kampfes an dem alten Mann nicht spurlos vorüberging. Der General war zwar besser in Form, als andere Männer seines Alters, aber er war keine dreißig mehr. Er war auch keine sechzig mehr. Lombard entschloss sich, in das Geschehen einzugreifen. Der erste *Abbatoire* Serriers hatte sein Ziel glücklicherweise verfehlt, aber das zweite Mal würde er vielleicht besser zielen. Lombard schob sich langsam und unauffällig zur Seite, ohne Serrier aus den Augen zu lassen oder dessen Aufmerksamkeit auf sich zu ziehen.

Wie er erwartet hatte, nahm Serrier ihn nicht als Bedrohung wahr. Er sah nur einen alten Mann, der auf seine späten Jahre noch in einen Vampir umgewandelt worden war. Dass die übernatürliche Kraft und Geschicklichkeit nichts mit dem Alter ihrer Umwandlung zu tun hatte, schien der dunkle Magier nicht in Betracht zu ziehen. Tatsächlich war Monsieur Lombard durch sein hohes Alter und seine Erfahrung aber sogar stärker und schneller, als die meisten jüngeren Vampire. Während die Flüche hin und her durch den Raum flogen, schlich er sich an der Wand entlang, bis er hinter Serrier ankam. Er konnte an der Art der Flüche erkennen, dass Marcel den dunklen Magier lebend fassen wollte, bemerkte aber auch, dass Marcel müde wurde. Der Kampf konnte nicht mehr lange so weitergehen.

Lombard konnte sich noch deutlich an den letzten Krieg unter den Sterblichen erinnern, an dem Vampire teilgenommen hatten. Damals waren sie von den Magiern als unbedeutend abgetan worden. Clovis hatte sie an der Seite seiner Soldaten in die Schlacht geschickt und ihre Existenzen genauso leichtfertig aufs Spiel gesetzt, wie das Leben seiner Männer. Sie hatten hart gekämpft, sowohl gegen Magie als auch Stahl. Aber sie hatten nur sterbliche Männer zum Schutz an ihrer Seite gehabt. Es war nicht gut ausgegangen für die Vampire. Clovis hatte schließlich den Krieg gewonnen und war als erster König Frankreichs in die Geschichte eingegangen. Die wenigen überlebenden Vampire hatten die Wunden, die dieser Krieg ihnen geschlagen hatte, nicht so schnell vergessen. Lombard hatte schwerer darunter gelitten als die meisten, denn er hatte nicht nur Freunde, sondern auch seinen Avoué verloren, einen Soldaten, der die seltene Begabung besessen hatte, hinter die Fassade zu blicken und in Lombard nicht nur den alten Mann zu sehen, sondern den dynamischen, kraftvollen Mann, der sich dahinter verbarg. Ihre gemeinsame Zeit war viel zu kurz gewesen. Sie wäre auch ohne Auberons vorzeitigen Tod zu kurz gewesen. Aber die Erinnerung an die Hinrichtung seines Avoué durch die alemannischen Magier hatte Lombard noch viele Jahre heimgesucht. Der Magier, der jetzt für ihre Zukunft kämpfte, war nicht sein Avoué, war kaum so etwas wie sein Partner. Trotzdem wollte Lombard ihn nicht verlieren. Er wollte dieser Beziehung eine Chance geben und sehen, wie sie sich entwickelte.

Lombard wartete ab, bis er sicher sein konnte, dass Serriers ganze Aufmerksamkeit Marcel galt. Dann sprang er mit seiner typischen Schnelligkeit auf den dunklen Magier zu und fasste ihn am Handgelenk, um ihn zu entwaffnen. Es gab ein kurzes Gerangel, dann ließ Serrier seinen Stab los, der zu Boden fiel. Damit hörten die Flüche zwar auf, aber sie waren jetzt nicht mehr auf Marcel, sondern auf Lombard gerichtet. Der alte Vampir spürte die dunkle Magie und den Hauch eines Schmerzes, der normalerweise viel stärker hätte sein sollen. Aber die Kombination seiner eigenen Macht mit Marcels Magie reichte aus, um ihn gegen Serriers Fluch abzuschirmen, bevor daraus ein ernsthafter Schaden entstand.

Marcels Puls pochte wie wild, als er die beiden Männer miteinander ringen sah. Serriers erster Fluch schien nicht die gewünschte Wirkung erzielt zu haben, aber das musste nicht so bleiben. „Du kannst uns nicht beide besiegen, Serrier. Ergib dich, solange du noch die Möglichkeit dazu hast."

„Va te faire foutre!", tobte Serrier und schickte einen Fluch in Marcels Richtung. Marcel reagierte nicht schnell genug und wurde getroffen. Blut lief ihm aus der Nase und den Ohren. Der Fluch hatte die Blutgefäße zum Platzen gebracht.

„Du solltest uns nicht leichtfertig unterschätzen", knurrte Lombard. „Du hast diesen Krieg an dem Tag verloren, als die Milice uns um unsere Hilfe bat." Serrier warf ihm einen wütenden Blick zu, in dem der ungezügelte Wahnsinn des dunklen Magiers deutlich sichtbar wurde.

„Und was willst du gegen meine Magie ausrichten, alter Mann?", zischte er. „Vampire mögen andere Schwächen haben als Sterbliche, aber sie sind nicht immun gegen Magie. Der kleine Jammerlappen hat es uns bewiesen, bevor wir ihn vernichtet haben. Ich muss dich nur hier raus an die Sonne bringen, und schon bist du tot."

„Ich bin schon sehr, sehr lange tot", widersprach ihm Lombard. Solange Serrier seinen Unsinn redete, war er von Marcel abgelenkt. „Außerdem müssen wir selbst die Sonne nicht mehr fürchten, wenn wir an der Seite der Milice kämpfen." Während Lombard noch redete, kam Magali aus ihrer Deckung hervor und brachte Marcels Blutungen mit einem Heilzauber zum Stillstand. „Und dennoch bin ich menschlicher, als du es jemals sein wirst."

In Serriers Miene wechselten sich Erkenntnis und Wahnsinn ab. Für einen kurzen Augenblick empfand Lombard so etwas wie Mitleid mit dem dunklen Magier. Welche Dämonen den Mann auch immer im Griff haben mochten, er konnte ihnen offensichtlich nicht entkommen. Serrier würde sich niemals ändern. Lombards Hände bewegten sich fast schneller, als der menschliche Blick ihnen folgen konnte. Er legte die eine Hand unter Serriers Kinn, fasste ihn mit der anderen um den Hals und brach ihm dann mit einer kurzen, ruckartigen Bewegung das Genick.

„Ich wollte ihn lebend fassen", sagte Marcel und wischte Magalis besorgten Protest zur Seite. „Ich wollte ihn vor Gericht stellen und der Welt damit zeigen, dass der Krieg vorbei ist." Monsieur Lombard ließ Serrier los und der leblose Anführer der Rebellen fiel zu Boden.

„Einen tollwütigen Hund stellt man nicht vor Gericht, Général. Man bringt ihn um", korrigierte Lombard den General.

21

RAYMOND SAH sich nach der Einheit um, die ihm und Jean folgte. Er kam zu der unangenehmen Erkenntnis, dass ihnen nichts anderes übrig blieb, als die Zimmer zu versiegeln und zu hoffen, nicht auf organisierten Widerstand durch eine größere Gruppe dunkler Magier zu stoßen. Die Vampire ohne Partner hatten zwar darauf bestanden, Jean zu begleiten, aber Raymond und Adèle konnten nicht überall gleichzeitig sein. „Wir kämpfen nur, wenn wir angegriffen werden", entschied er. „Unser Ziel ist es, den *Extorris* festzunehmen. Adèle und ich werden alle Räume versiegeln, an denen wir vorbeikommen. Wir können sie später durchsuchen und uns um die dunklen Magier kümmern, die sich möglicherweise darin aufhalten. Zuerst müssen wir den Gesetzlosen finden."

„Hältst du das für eine gute Idee?", fragte Adèle leise.

Raymond zuckte mit den Schultern. „Das spielt keine Rolle. Du hast Orlando gesehen. Jean wird für nichts zu gebrauchen sein, bevor der Cour den Gesetzlosen nicht in Gewahrsam hat."

„Nur mit uns beiden?"

Raymond zuckte mit den Mundwinkeln. „Es wird unsere Fähigkeiten auf eine harte Probe stellen. Um ehrlich zu sein, habe ich keine großen Bedenken wegen der dunklen Magier. Sie sehen schließlich auch, wie viele wir sind. Außerdem sind wir beiden nicht die einzigen Magier der Einheit. Worum ich mich mehr sorge, sind Serriers Fallen. Jean ist ziemlich aufgebracht und ich befürchtete, dass er unüberlegt handeln könnte."

„Wird er uns vorausgehen lassen, damit wir uns um die Fallen kümmern können?", wollte Adèle wissen.

„Wahrscheinlich nicht, weil so viele partnerlose Vampire in unserer Einheit sind. Aber er erlaubt uns vielleicht, ihn zu flankieren", erwiderte Raymond.

„Wenn er in eine von Serriers Fallen läuft, wird er gegen den Gesetzlosen keine große Hilfe mehr sein", gab Adèle zu bedenken.

„Er muss vor den Vampiren das Gesicht wahren", erklärte Raymond. „Er ist der Chef de la Cour und sollte als solcher nicht auf fremde Hilfe angewiesen sein."

„Das ist Unsinn."

„Das habe ich ihm auch schon gesagt", meinte Raymond lachend. „Es hat ihn nicht allzu sehr beeindruckt."

„Seid ihr jetzt endlich soweit?", fragte Jean sarkastisch. „Wir müssen einen Gesetzlosen fangen."

Raymond grinste seinen Partner reuelos an. „Lauf nicht voraus", befahl er ihm. „Es hält uns nur auf, wenn Serriers Fallen ausgelöst werden, bevor Adèle und ich sie neutralisieren können. Außerdem kannst du nicht gegen den Gesetzlosen kämpfen, wenn du verwundet bist. Und ich kann dir nicht dagegen helfen, weil du vermutlich nicht vor den Augen des halben Cour von mir trinken willst."

Jean knurrte grimmig, lief aber nicht schneller, als die beiden Magier ihm folgen konnten. Er verließ sich darauf, dass Raymond die Gänge sicherte oder ihn zurückhielt, falls es länger dauern sollte.

Raymond erblasste, als er einige der Flüche identifizierte, die Serrier an den Wänden und Türen zurückgelassen hatte. Er hätte sich gerne die Zeit genommen, jeden einzelnen außer Kraft zu setzen, aber Jean würde keine Verzögerung dulden. Der Vampir hatte gesehen, in welchem Zustand Orlando nach seiner Flucht gewesen war. Raymond beschränkte sich darauf, die Flüche mit einer magischen Schutzschicht zu umgeben, sodass sie nicht mehr durch zufälligen Kontakt ausgelöst werden konnten. Viele der Flüche waren nur Illusionen, aber es waren auch andere darunter. Raymond erkannte bald ein Muster. Erst kam ein Illusionszauber, der den Magier genug um den Verstand bringen sollte, um durch den Gang zu stolpern und die nächsten Flüche auszulösen, die immer zerstörerischer wurden, bis schließlich ein tödlicher Fluch den benebelten und verletzten

Magier endgültig umbrachte. Es tröstete Raymond wenig, dass seine Einheit überwiegend aus Vampiren bestand, denn gegen die geballte Wirkung der rasch aufeinanderfolgenden Flüche würde vermutlich selbst die untote Natur der Vampire keinen Schutz mehr gewähren. Außerdem widerstrebte es Raymond, seine Arbeit nur halb zu erledigen. Aber er hatte Verständnis für Jeans Ungeduld und wusste, dass nur ein Kompromiss seinen Partner zurückhalten konnte.

Während sie sich durch die verschlungenen Gänge des Gebäudes vorarbeiteten, wuchs Jeans Wut von Minute zu Minute. Er konnte kaum noch abwarten, bis Raymond und Adèle ihren Weg abgesichert hatten. Bilder von Alain suchten ihn heim, der an Orlandos Seite zusammengebrochen war. Sie feuerten sein Verlangen nach Vergeltung zusätzlich an. Er wollte Edouards habhaft werden, würde sich aber auch mit Serrier oder sogar Blanchet zufriedengeben. Raymond hatte ihm bestätigt, dass dieser sadistische Bastard für die Qualen verantwortlich war, die Karine erlitten hatte, bevor der Gesetzlose sie zu Tode folterte. Jean konnte spüren, welche Kraft es Raymond kostete, die vielen Flüche zu neutralisieren, damit sie schneller vorankamen. Aber Jeans Instinkt hatte noch nie viel Rücksicht auf praktische Erwägungen genommen. Er wollte den *Extorris* finden, alles andere war ihm egal.

Eine Bewegung im Flur vor ihnen erregte seine Aufmerksamkeit. „Dort", zischte er Raymond zu. „Kannst du den Flur abriegeln, sodass er nicht entkommen kann?"

Raymond runzelte die Stirn. „Ich kann es versuchen. Aber ich weiß noch nicht, welche Flüche Serrier in diesem Gang benutzt hat. Es könnte sein, dass ich eine Kettenreaktion auslöse, die uns alle umbringt."

Jean knurrte frustriert. „Dann müssen wir uns noch mehr beeilen."

Raymond nickte. „Sag unseren Leuten, dass sie unter keinen Umständen die Wände berühren sollen. Es geht schneller, wenn ich mich nur auf die Flüche konzentrieren muss, die auf dem Boden oder quer über dem Flur angebracht sind."

Jean gab den Befehl weiter und machte klar, welche Konsequenzen seine Missachtung haben würde. Die Vampire drängten sich enger zusammen, um jeden zufälligen Kontakt mit den Wänden zu vermeiden.

„Wenn er sich wirklich in diesem Flur aufhält, sollten wir doch schneller vordringen können. Was meinst du?", flüsterte Adèle Raymond zu.

Raymond zögerte mit einer Antwort. „Mag sein", gab er dann zu. „Aber wenn wir uns täuschen und Serrier den Gesetzlosen gegen die Flüche immunisiert hat, laufen wir geradewegs in eine Falle."

„Vergiss die dämlichen Fallen", fauchte Jean. „Du kannst mitkommen oder später nachkommen, aber ich gehe jetzt da durch." Bevor Raymond ihn zurückhalten konnte, war Jean auch schon um die Ecke verschwunden und lief durch den Gang, in dem er die Bewegung gesehen hatte.

„Couthon!", brüllte er. „Ergib dich dem Cour, wenn du dich nicht dem Zorn von Cour und Milice aussetzen willst."

„Und warum sollte ich das tun?", erwiderte eine höhnische Stimme. Von Couthon selbst war nichts zu sehen. „Was haben der Cour oder die Milice jemals für mich getan? Wenn Serrier diesen Krieg gewinnt …"

„Serrier wird diesen Krieg aber nicht gewinnen", rief Jean und schlich sich vorsichtig auf die Stimme zu. „Er ist ausmanövriert, hat weder genug Truppen, noch genug Format. Und du bist *extorris.*" Jean sprang um die Ecke und erwartete, dem Gesetzlosen gegenüberzustehen. Der Gang war leer und verlassen.

„Und du bist das letzte, erbärmliche Überbleibsel einer zum Untergang verurteilten Gesellschaft", rief es vom anderen Ende des Flurs zurück.

Die Lächerlichkeit dieser Behauptung ließ Jean laut lachen. „Dann erkläre mir doch, warum der Cour *mir* gefolgt ist, anstatt sich Serrier anzuschließen", forderte er Couthon heraus und ging vorsichtig weiter auf die Stelle zu, von der er dessen Stimme das letzte Mal gehört hatte.

Raymond folgte ihm und versiegelte auf seinem Weg nur noch die schlimmsten Flüche. Das Bedürfnis, bei Jean zu sein, setzte sich über seine tief sitzende Vorsicht hinweg. Glücklicherweise verstand Adèle ihn auch ohne lange Erklärungen. Sie blieb zurück und neutralisierte die restlichen Flüche, an denen Raymond achtlos vorbeigegangen war.

„Warte, Jean!", rief er, als Jean auf eine besonders hinterhältige Falle zulief. Raymond konnte nicht sagen, ob seine Warnung zu spät kam oder Jean nicht darauf hörte. Der Vampir löste den Fluch aus. Er fiel zu Boden und hielt sich die Ohren zu. Ein ohrenbetäubender Schrei ließ ihm fast das Trommelfell platzen und er rollte sich schmerzverzerrt hin und her. Dann versuchte er, dem Schrei zu entkommen und wegzukriechen, aber die Magie des Fluches hatte ihn fest im Griff. Der entsetzliche Schrei kam aus seinem eigenen Kopf, und keine noch so große Entfernung ließ ihn verstummen.

„Adèle!", rief Raymond und rannte zu Jean, um den Vampir festzuhalten, bevor er weitere Flüche auslösen konnte. „Ich brauche deine Hilfe!"

Adèle kam um die Ecke gerannt. „Was ist es?", wollte sie wissen.

„Ein *Assourdi*", sagte Raymond und drückte das Handgelenk an Jeans Mund, um ihn trinken zu lassen. „Er kann mich nicht mehr hören und versteht nicht, dass er trinken muss, um davon zu heilen."

Adèle runzelte die Stirn. „Ich will versuchen, den Bann zu brechen. Ohne den Lärm in den Ohren kommt er vielleicht wieder einigermaßen zu sich und kann deine Gesten verstehen."

Raymond nickte und sie begann mit ihrer Beschwörung.

„Erbärmlicher Jammerlappen von einem Chef", höhnte Edouard und kam durch den Flur auf sie zu.

Ohne aufzusehen, wollte Raymond ihn mit einer Beschwörung binden, war aber nicht schnell genug. Der Gesetzlose sprang mit der übernatürlichen Geschwindigkeit aus dem Weg, über die alle Vampire verfügten. Raymond gab es ungern zu, aber er würde es Jean überlassen müssen, den Gesetzlosen außer Gefecht zu setzen. Selbst wenn Adèle ihn unterstützte, wären sie vermutlich nicht schnell genug, um Couthon zu fassen zu kriegen.

Er richtete seine Aufmerksamkeit wieder auf seinen Partner, der mittlerweile still in seinen Armen lag. Raymond strich ihm die Haare aus der Stirn und ermutigte ihn, die Augen zu öffnen. Als Jean sie wieder wahrnehmen konnte, hielt Raymond ihm erneut das Handgelenk an den Mund.

Jean nickte und biss sofort zu. Das heilende Blut floss in seinen Mund, die Kopfschmerzen ließen nach und er konnte wieder hören. „Was war das?", fragte er und ließ Raymonds Hand los.

„Ein *Assourdi*", erwiderte Raymond. „Er nimmt dir das Gehör, und wenn er nicht schnell wieder außer Kraft gesetzt wird, können die Kopfschmerzen Schäden in Gehirn verursachen, die tödlich sind. Nun, bei dir vielleicht nicht. Aber ein Magier kann dadurch sterben."

Jean erschauerte bei der Erinnerung an den durchdringenden Schrei und die entsetzlichen Schmerzen, die dadurch in seinen Ohren und seinem Kopf ausgelöst worden waren. „Vermutlich würde er uns innerhalb kürzester Zeit ans Sonnenlicht treiben, damit wir ihn nicht mehr aushalten müssen."

„Kannst du wieder aufstehen?", fragte Raymond besorgt. „Wir können die Jagd nach dem Gesetzlosen den anderen überlassen und hier warten, bis sie ihn zurückbringen."

Jean schüttelte den Kopf. „Nein, das muss ich selbst erledigen. Es ist meine Verantwortung als Chef de la Cour." Vorsichtig erhob er sich auf die Beine und teste seine Bewegungen. „Ich glaube, es ist alles wieder in Ordnung. Aber ich werde mich von jetzt an sicherheitshalber in deiner Nähe halten."

Raymond konnte sich trotz der angespannten Lage ein Grinsen nicht verkneifen. „Eine kluge Entscheidung. Couthon ist in dieser Richtung verschwunden. Wenn ich mich recht erinnere, führt dieser Gang in einen großen Kellerraum, zu dem es nur noch einen weiteren Zugang gibt. Wenn Adèle mit einer Hälfte der Einheit diesen Gang absperrt, können wir durch den anderen Gang gehen und ihn in die Zange nehmen."

Jean nickte und teilte die Vampire in zwei Gruppen auf. Eine ließ er bei Adèle zurück, die andere begleitete ihn und Raymond. Wie Raymond vorhergesagt hatte, kamen sie an eine Tür, hinter der eine Art Gymnastikraum lag. Raymond zog seinen Stab, öffnete vorsichtig die Tür und fand sich Auge in Auge mit dem Gesetzlosen.

„Keine Bewegung", befahl er und hob den Stab, aber Couthon ignorierte ihn und sprang mit der Geschwindigkeit eines Untoten und der Geschicklichkeit eines Kampfsportlers aus der Reichweite von Raymonds Magie.

„Lass mich durch", knurrte Jean.

„Bist du schon wieder stark genug?", erkundigte sich Raymond besorgt.

„Ich muss es sein", erwiderte Jean. „Bewacht die Tür und lasst ihn nicht entkommen. Aber mischt euch nicht ein."

Raymond sah Jean nach, der allein den höhlenartigen Raum betrat. Es fiel ihm schwer, seinem Partner nicht zu folgen. Er konnte sich nur an eine Sache erinnern, die ihm jemals schwerer gefallen war – als er vor zwei Jahren den Mut aufbringen musste, mit Marcel Kontakt aufzunehmen. Jean bewegte sich mit der gleichen tödlichen Anmut wie der andere Vampir, aber ohne die zusätzliche Theatralik. Raymond kam er dadurch noch bedrohlicher vor, denn die ruhigen Bewegungen Jeans betonten in den Augen des Magiers die Kraft und die Macht, die sich dahinter verborgen hielten.

„Es gibt keinen Ausweg mehr, *Extorris*", verkündete Jean, als er die Mitte des Raums erreichte. Die Türen werden von Angehörigen des Cours und der Milice bewacht. Dir bleibt nur noch, dich mir zu stellen. Du kannst es freiwillig tun oder es mir überlassen, dich deiner gerechten Strafe zuzuführen."

„Ich habe keines der Gesetze des Cours gebrochen", sagte Edouard verächtlich. „Trotz deiner hochfliegenden Ambitionen hast du es nicht erreicht, dass der Cour es verboten hat, ein Opfer auszusaugen."

„Das ist nicht der Grund, weshalb du *extorris* bist", erwiderte Jean. „Es hat mir nicht gefallen, wie du deine zufälligen Opfer getötet hast. Aber ich habe dich erst *extorris* erklärt, nachdem du dir das falsche Opfer ausgesucht hast."

„Und welches Opfer soll das gewesen sein?", fragte Edouard herausfordernd

„Das Opfer, das du auf die Stufen des Sang Froid zurückgelassen hast", sagte Jean. „Das Opfer, das du in die Hände der dunklen Magier ausgeliefert hast. Das du vergewaltigt und gefoltert hast, bevor du sie an einen Ort gebracht hast, an dem ich sie finden musste, weil du genau wusstest, dass ihr Tod mich treffen wird."

„Ich habe nicht den Hauch einer Ahnung, wovon du sprichst", bluffte Edouard.

„Lügner!", rief Jean, verlor die Beherrschung und sprang auf den Gesetzlosen zu. Edouard wich ihm aus, unterschätzte aber Jeans Schnelligkeit. Sie prallten aneinander und Edouard nutzte den Schwung aus, um Jean von sich wegzustoßen.

„Beweis es doch!", fauchte er. „Du kannst mir nicht das Geringste beweisen."

„Es war ein Vampir, der Karine an die dunklen Magier verraten hat", erwiderte Jean und sprang wieder auf ihn zu. Dieses Mal griff er ernsthaft an, denn die verächtlichen Worte des Gesetzlosen hatten seine Wut entfacht.

Edouard wehrte Jeans Angriffe mit der Leichtigkeit jahrelanger Erfahrung ab. Ihre Sprünge und Drehungen waren so elegant, dass Adèle und Raymond mit offenen Mündern in der Tür standen und den beiden zusahen. Sie konnten den Bewegungen der Vampire kaum mit den Augen folgen.

„Und ein Vampir hat sie auch umgebracht", fuhr Jean keuchend fort. Er kämpfte nicht nur gegen den Gesetzlosen, er kämpfte auch immer noch mit den Auswirkungen des *Assourdi*. „Selbst wenn du mich davon überzeugen könntest, dass die Schuld nicht dich trifft, so hast du nichts getan, um dem anderen Vampir zu helfen, den Serrier in seiner Gewalt hatte. Und das, *Extorris*, ist ein Verbrechen, das du nicht leugnen kannst."

„Du redest, als hätte ich ihn persönlich gefoltert", zischte Edouard. „Ich habe den Jammerlappen mit keinem Finger angefasst. Er hat sich selbst in diese Lage gebracht, indem er sich an einen schwachen Sterblichen gebunden hat, sodass er nicht trinken und sich von Serriers Flüchen erholen konnte. Dumm für ihn, dass er Serrier nicht davon in Kenntnis gesetzt hat, bevor sie ihm fremdes Blut in die Kehle gestopft haben. Nicht, dass ich mich darüber beschweren will. Er wollte das Opfer nicht, also hatte ich das Vergnügen, ihr letzter Anblick zu sein."

Jean drehte sich der Magen um, als er sich Orlandos Qualen ausmalte. Es war nicht nur die Folter, es war auch das giftige Blut der armen Frau, mit dem sie ihn zwangsweise gefüttert hatten.

„Du hast keine Ahnung, welche Stärke ihm dieser Bund verleiht", erwiderte der Chef de la Cour. „Er kann sich den Strahlen der Sonne aussetzen und sie überleben, aber du … du hast diese Chance vergeben, als du dich Serrier angeschlossen hast. Du hast heute deinen letzten Sonnenaufgang erlebt."

Er sprang wieder auf Edouard zu und bekam ihn dieses Mal am Arm zu fassen. Der Gesetzlose wehrte sich und setzte jeden Trick ein, den er in seiner Existenz gelernt hatte. Aber er hatte die Stärke des Chef de la Cour unterschätzt, eine Stärke, die Jean seinem Alter, seiner Position und seiner Partnerschaft mit Raymond verdankte. Edouard gelang es nicht, sich aus Jeans Griff zu befreien. Kurz darauf drehte Jean ihm den Arm auf den Rücken und führte ihn auf die Tür zu, wo Raymond sie erwartete.

„Ihr könnt mir ja doch nichts tun", stichelte Edouard. „Ich seid genauso Gefangene der Sonne wie ich."

In Jeans barschem Lachen lag keine Spur von Humor. „Du weißt gar nichts, *Extorris*. Mit dir ist jetzt Schluss."

„Nicht, Jean", mahnte Raymond ihn leise. „Begib dich nicht auf seine Stufe."

„Du hast Karine gesehen", erwiderte Jean genauso leise. „Du hast gesehen, was er mit ihr getan hat. Und du hast heute früh Orlando gesehen. Die Verbrechen dieses Mannes sind unentschuldbar."

„Darin widerspreche ich dir nicht", sagte Raymond. „Aber du schadest dir und deiner Sache, wenn du ihn jetzt tötest. Du hast mir selbst gesagt, dass Vampire bestimmten Regeln folgen, wenn sie mit einer solchen Angelegenheit befasst sind. Diese Regeln gelten auch für dich. Das Gleichstellungsgesetz ist noch nicht verabschiedet. Wenn du ihn jetzt tötest und es wird bekannt, was du getan hast, wird das die Neinsager in ihrer ablehnenden Haltung bestärken. Sie werden dir vorwerfen, selbst gegen eure eigenen Gesetze verstoßen zu haben."

„Was sagt der Cour?", rief Jean und drehte sich zu den Vampiren um, die in den Raum geströmt waren, nachdem er Edouard überwältigt hatte. „Welches Schicksal hat er verdient?"

„So funktioniert das *Judicium* nicht", unterbrach Monsieur Lombard, der in diesem Moment durch die Tür kam. Die Vampire drehten sich zu ihm um und machten ihm den Weg frei. Er schritt durch die Menge und kam vor Jean zum Stehen.

Jean senkte die Augen wie ein gescholtenes Kind.

„Deine Einsatzbereitschaft für deinen Freund ehrt dich, aber du kannst nur verlieren, wenn du unsere Gesetze missachtest", fuhr der alte Vampir tadelnd fort. „Du hast ihn in deine Gewalt gebracht. Mit der Hilfe deines Partners kannst du ihn so lange in Gewahrsam behalten, bis der Cour zusammengerufen werden kann, um ein offizielles *Judicium* durchzuführen. Es wird am Ausgang nichts ändern, aber es wird euer Verlangen nach Gleichstellung unterstützen."

„Wir können ihn in eine der Zellen im Hauptquartier der Milice bringen", bot Marcel an, der jetzt ebenfalls den Raum betreten hatte. „Die Zellen liegen im Keller und sind fensterlos. Es wird keine Probleme mit der Sonne geben. Ich kann euch einen offiziellen Saal für das *Judicium* beschaffen, damit das Verfahren in der Öffentlichkeit des Landes bekannt wird und eurem Ansehen dient."

„Du musst einen Weg wählen, der Karine in Ehren hält und deine Autorität öffentlich legitimiert", verlangte Raymond leise.

Jean gab seinen Widerstand auf und nickte bedächtig. „Ich brauche einen *Accusator*, weil ich nicht gleichzeitig Richter und Ankläger sein kann."

„Das sollte kein Problem sein", meinte Marcel, während der Rest seiner Einheit eintraf. „Es sind genug Vampire hier versammelt, um einen Freiwilligen zu finden."

Jean runzelte skeptisch die Stirn. Marcel hatte zwar recht, aber der Chef de la Cour wollte diese Funktion nicht jedem beliebigen Vampir überlassen. Er musste sichergehen, dass am Ausgang des Verfahrens keine Zweifel aufkommen würden.

„Dürfte ich diese Rolle an deiner Stelle übernehmen?", fragte Sebastien respektvoll.

Jean starrte ihn überrascht an und wusste vor Verwirrung nicht, was er dazu sagen sollte. Das änderte sich erst, als Thierry an die Seite seines Partners trat und Jean erkannte, dass sie alle nur einzelne Bindeglieder eines engen Geflechts aus Freundschaften und Partnerschaften waren – von Sebastien zu Thierry, von Thierry zu Alain, von Alain zu Orlando. Sebastien war nach Jean selbst der Vampir, dem am meisten daran gelegen sein musste, dass den Opfern des Gesetzlosen Gerechtigkeit widerfuhr. „Ich wüsste nicht, wem ich diese Aufgabe lieber anvertrauen würde", erklärte er mit fester Stimme und reichte Sebastien die Hand, um mit einem Händedruck die Vergangenheit endgültig zu begraben.

Sebastien lächelte und nahm das Friedensangebot an.

22

„Jean!"

Unruhe brach aus und lenkte die Anwesenden von dem Gesetzlosen ab, um den sie sich versammelt hatten.

„Wo ist Jean? Ich muss Jean finden!"

„Alain? Was machst du denn hier?", fragte Jean, als der blonde Magier sich durch die Menge drängte. Er hatte nicht erwartet, Alain in den nächsten Stunden oder gar Tagen zu Gesicht zu bekommen. „Wo ist Orlando?"

„In ..." Alains Stimme brach.

„Er hat zu lange nicht getrunken", unterbrach ihn Sebastien.

„Ich habe es versucht", keuchte Alain und streckte die Arme aus. Seine Handgelenke waren zerkratzt und blutig von seinem Versuch, Orlando zum Trinken zu bewegen. „Er ist nicht aufgewacht und hat das Blut nicht geschluckt. Es ist ihm einfach wieder aus dem Mund gelaufen. Er atmet nicht mehr, Jean. Ich habe es versucht!"

„Du bist es also, dem der Schwächling in die Falle gegangen ist", kommentierte Edouard höhnisch. „Du hast ihn in dem Augenblick verdammt, als du zugelassen hast, dass er gefangen genommen wird. Wenn er genug Verstand gehabt hätte, um dir zu widerstehen, hätte er in den letzten Tagen trinken können und wäre noch am Leben."

Edouard wurde zurückgeschleudert, als ihn unvermutet Sebastiens Faust ins Gesicht traf. Er wäre zu Boden gegangen, hätte nicht Jean direkt hinter ihm gestanden. „Halt dein dreckiges Maul", fauchte Sebastien ihn an. „Du hast keine Ahnung, worüber du redest."

„Das hättest du wohl gerne", zischte Edouard zurück.

Sebastien machte einen Schritt auf den Gesetzlosen zu, um ihn zum Schweigen zu bringen, als Edouard aus drei Richtungen gleichzeitig von Beschwörungen getroffen wurde, die ihm zuvorkamen. „Das sollte ihm für die nächste Zeit das Mundwerk stopfen", meinte Raymond trocken.

„Hat Sebastien recht?", fragte Alain und brachte das Gespräch wieder auf das einzige Thema zurück, das ihn momentan interessierte. „Kannst du Orlando helfen?"

„Ich weiß es nicht", gestand Jean und suchte in seinem Gedächtnis nach Informationen, wie man Vampire wieder reanimieren konnte, wenn sie zulange nicht getrunken hatten. Wäre einer von ihnen Orlandos Schöpfer, hätten sie kein Problem. Aber dieser Bastard war vor hundert Jahren vernichtet worden. „Sebastien hat recht. Es gibt einen Weg. Aber ich weiß nicht, wer Orlandos Schöpfer umgewandelt hat. Ohne diese Information kann ich nichts tun."

„Was ist mit den Genealogien?", mischte sich Monsieur Lombard ein. „Du hast sie doch unter Verwahrung, oder?"

„Natürlich habe ich sie aufbewahrt!", erwiderte Jean empört. „Aber Orlando wusste nichts über seinen Schöpfer, außer dem Namen. Und ich habe mir auch nicht die Zeit genommen, den Bastard zu befragen, nachdem ich gesehen habe, in welchem Zustand Orlando war. Wir haben ihn seiner gerechten Strafe zugeführt und die Sache war erledigt. Vielleicht weiß einer der britischen Vampire mehr über ihn. Viele von ihnen sind zur gleichen Zeit nach Frankreich gekommen wie Thurloe. Es war seine Schuld, dass sie nicht in England bleiben konnten."

„Was immer du auch tun musst", unterbrach Marcel. „Hier ist der falsche Ort. Serrier ist tot und der Gesetzlose festgenommen. Im Haus wimmelt es von dunklen Magiern, und nur ein Teil von ihnen ist gebunden. Wir müssen das Gebäude sichern, uns um die Gefangenen kümmern und dem Präsidenten Bericht erstatten."

„Nicht alle Vampire können das Gebäude schon verlassen", erinnerte Monsieur Lombard den General.

„Wir haben genug Magier, um sie nach Hause zu transportieren", versicherte ihm Marcel. „Sie können auch mit uns ins Hauptquartier kommen, wo sie sicher sind, bis Jean alle Informationen von ihnen gesammelt hat und wir sie nach Hause schicken können."

„Ich muss zurück zu Orlando", sagte Alain. Er kam sich vor wie ein Löwe im Käfig.

„Bringt ihn am besten auch ins Hauptquartier", schlug Jean vor. „Wenn der Vampir, den wir suchen, nicht in Paris lebt, könnte es einige Zeit dauern, bis wir ihn aufgespürt haben. Im Hauptquartier oder in seiner Wohnung ist Orlando sicherer. Die Kathedrale ist zu öffentlich."

„Wie viel Zeit hat er noch?", fragte Alain besorgt.

„Solange er nicht der Sonne ausgesetzt wird, gibt es keine zeitliche Begrenzung", beruhigte ihn Jean.

„Geh schon", sagte Thierry, dem Alains Reaktion nicht entgangen war. „Geh zu ihm. Ich komme nach und bringe Orlando aus der Kathedrale, sobald wir die Vampire ins Hauptquartier transportiert haben."

Alain nickte und wollte sich gerade zurück zu Orlando transportieren, als Thierry ihn zurückhielt. „Nicht von hier", sagte er. „Du kommst nicht durch Serriers Schutzschilde."

Alain brach die Beschwörung ab und lief zur Tür. Er konnte es kaum aushalten, wieder zu seinem Geliebten zu kommen.

„Wir müssen Serriers Schilde deaktivieren, bevor wir jemanden hier rausbringen können", schlug Raymond vor, während er gleichzeitig die Natur der Beschwörungen analysierte. „Sie sind nur dazu bestimmt, niemanden passieren zu lassen. Sobald wir die Schilde entfernt haben, können sich auch die dunklen Magier, die wir nicht in den versiegelten Räumen eingeschlossen haben, wieder aus dem Gebäude transportieren. Diese Konsequenz müssen wir bedenken."

„Wir haben das Gebäude mit drei Einheiten durchsucht", meinte Marcel, aber Raymond fiel ihm kopfschüttelnd ins Wort.

„Wir haben nur einen Teil der Fallen neutralisiert. Gerade genug, um den Gesetzlosen aufzuspüren", erklärte er. „Wir sind nicht auf Widerstand gestoßen, haben allerdings auch nicht jedes Zimmer durchsucht. Dort könnten sich noch dunkle Magier verbergen."

„Dann müssen wir sie zuerst durchsuchen", entschied Marcel und warf Jean einen bedauernden Blick zu. „Wir haben zu viel investiert, um sie jetzt noch entkommen zu lassen. Sonst könnte sich dieser Krieg, trotz Serriers Tod, noch Wochen oder Monate hinziehen."

Jean verkniff sich seinen Protest. Solange Orlando vor Sonnenlicht geschützt war, konnte er sich wieder erholen. Sie mussten nur den richtigen Vampir finden, der ihm sein Blut gab. So sehr es Jean auch drängte, Orlando zu helfen, sie konnten sich die Zeit nehmen, erst die dringenderen Probleme zu lösen. „Teilt euch auf", befahl er den Vampiren. „Die eine Hälfte geht mit Marcel und Monsieur Lombard, die andere Hälfte mit Thierry, Sebastien, Raymond und mir. Je schneller wir das Gebäude sichern, umso schneller können wir Orlando helfen und wieder nach Hause gehen."

Die Vampire vergeudeten keine Zeit und schlossen sich einer der beiden Gruppen an. Dann machten sich die beiden Einheiten auf den Weg, um ihre Mission zu Ende zu führen.

Auf der anderen Seite der Stadt kam Alain vor Notre-Dame an. Er war nicht sicher, ob ein Transportzauber direkt in die Kathedrale funktioniert hätte. Außerdem hatte er zu viel Respekt vor dem heiligen Ort, um ihn so profan zu entweihen. Mit dem Stab locker in der Hand, betrat er die Kathedrale und lief sofort zu der kleinen Kapelle, in der er Orlando und den Priester zurückgelassen hatte. Der Priester hatte sein Versprechen gehalten und kniete immer noch an Orlandos Seite. Er hatte die Hände segnend auf den Kopf des Vampirs gelegt und betete um Alains sichere Rückkehr.

„Vielen Dank, mon Père", sagte Alain leise. Dann kniete er ebenfalls nieder und zog Orlando in die Arme. „Ich bleibe jetzt bei ihm."

Der Priester sah ihn aufmerksam an. „Du bist ruhiger und gefasster als vorhin. Hattest du Erfolg?"

„Serrier ist tot, die Rebellion ist niedergeschlagen und die Verantwortlichen für Orlandos Folter sind in Gewahrsam genommen worden", berichtete Alain. „Die Vampire müssen nur noch einen Weg finden, um Orlando zu helfen."

„Dann ist er also nicht tot?"

Alain lachte leise und strich Orlando die Haare aus der Stirn. „Er ist tot. Selbst wenn sie ihm helfen können, wird er immer noch tot sein. Aber sie glauben, sie können ihn wieder aufwecken und zu dem machen, was er vor seiner Gefangennahme war."

„Das ist eine gute Nachricht", bestätigte der Priester. „Kann ich euch jetzt allein lassen und wieder zu meinen Pflichten zurückkehren?"

„Ja, mon Père. Mein Freund kommt bald und holt uns ab. Dann hast du deine Kapelle wieder für dich."

Der Priester zuckte mit den Schultern. „Ihr seid im Haus Gottes immer willkommen. Es steht mir nicht zu, euch Gottes Gastfreundschaft zu verweigern, sei es, um euch zu beschützen oder damit ihr euch erholen oder Frieden und Trost finden könnt." Er erhob sich vom Boden. „Gott segne euch, mein Sohn."

Alain sah Orlando lächelnd an, während sich die Schritte des Priesters entfernten. „Das hat er schon getan", flüsterte er. „Er hat uns gesegnet, als du in mein Leben getreten bist. Jetzt müssen wir nur noch dafür sorgen, dass du da auch bleibst."

Er drückte Orlando einen sanften Kuss auf die Stirn. Am liebsten hätte er ihn auf den Mund geküsst, aber dazu war die Kathedrale nicht der richtige Ort. „Es wird alles wieder gut", versprach er. „Jean wird einen Vampir deiner Abstammungslinie finden und zu uns bringen. Oder wir bringen dich zu ihm oder ihr. Dann bekommst du das Blut, das du brauchst. Und danach werden wir uns nie wieder trennen. Der Krieg ist vorüber. Jedenfalls so gut wie vorüber. Jean hat den Gesetzlosen gefangen und Marcel hat Serrier im Kampf getötet. Wir müssen nur noch die Scherben zusammenfegen, dann können wir beide zusammen ein neues Leben beginnen. Wir haben ein ganzes Leben vor uns und müssen uns nur entscheiden, was wir damit anfangen wollen. Was würdest du gerne tun? Gibt es etwas, das du dir schon immer gewünscht hast? Einen Ort, den du schon immer sehen wolltest? Jetzt können wir ihn besuchen. Oder dort leben. Wie du willst. Du musst es nur sagen, und wir können gehen."

Schweigen antwortete ihm. Alain hatte nichts anderes erwartet, aber es zerriss ihm dennoch das Herz. Der Platz in seinem Kopf, in dem er Orlando gefühlt hatte, war jetzt leer. Er war so kalt und leblos, wie der Körper in seinen Armen. Alain klammerte sich mit aller Macht an die Hoffnung, dass Jean sein Versprechen erfüllen und einen Vampir finden konnte, der Orlando helfen würde. Er wusste, dass es nur eine geringe Chance gab, Thurloes Schöpfer zu identifizieren oder gar ausfindig zu machen. Aber die Alternative – Orlando zu verlieren – war undenkbar. Es musste einen Weg geben. Alain konnte sich eine Zukunft ohne Orlando nicht mehr vorstellen.

Er hob den Kopf und beobachtete die bunten Schatten der Kirchenfenster, die dem Verlauf der Sonne folgten und langsam über die gegenüberliegende Wand wanderten. Wo blieb Thierry? Es hätte nur wenige Minuten dauern sollen, die Vampire zurück ins Hauptquartier zu transportieren. Während Alain zur Untätigkeit verdammt war und wartete, suchte er nach Gründen für Thierrys Ausbleiben. Sie würden erst Serriers Schutzschilde neutralisieren müssen, bevor sie die Vampire aus dem Gebäude transportieren konnten. Aber Raymond hätte damit sicher kein Problem. Eine solche Beschwörung würde ihn höchstens fünf Minuten kosten. Alain hatte selbst erlebt, wie Raymond wesentlich kompliziertere Beschwörungen in kürzester Zeit außer Kraft gesetzt hatte. War es ein Problem mit den Vampiren? Wirkten die Beschwörungen, die sie trugen? Konnten sie, aus welchem Grund auch immer, nicht transportiert werden? Oder war die Milice noch auf Widerstand gestoßen, nachdem Alain das Gebäude verlassen hatte? Waren die Kämpfe wieder aufgeflammt oder wurden die Einheiten der Milice gar von dunklen Magiern belagert?

Alain wurde zunehmend unruhiger. Er stand auf und lief in der kleinen Kapelle auf und ab. Mit jeder Minute nahm seine Besorgnis zu und verwandelte sich langsam in Panik. Er war kurz davor, Orlando zurückzulassen und in Serriers Hauptquartier zurückzukehren, als er Thierry sah, der aus dem Dunkel des Seitenschiffes auf ihn zukam. Schnell lief Alain in den Mittelgang, wo Thierry ihn sofort bemerken würde, ohne dass sie sich laut zurufen mussten.

„Wieso hat es so lange gedauert?", wollte er wissen.

„Wir konnten die Schilde nicht sofort neutralisieren", erklärte Thierry. „Wir hatten noch nicht alle dunklen Magier festgenommen und wollten sie nicht entkommen lassen. Wir mussten erst das gesamte Gebäude durchsuchen und die Gefangenen sichern, bevor Raymond die Schilde neutralisieren konnte. Aber jetzt ist alles erledigt. Alle sind schon in unserem Hauptquartier oder auf dem Weg dorthin, bis auf dich und Orlando. Wo willst du hin? Ins Hauptquartier oder in eure Wohnung?"

Darüber hatte Alain auch schon nachgedacht. Einerseits wollte er gerne in ihrer Wohnung sein, wo er sich ungestört um Orlando kümmern konnte, bis Jean Hilfe gefunden hatte. Andererseits konnte er im Hauptquartier besser über den Fortschritt von Jeans Suche auf dem Laufenden bleiben. Sobald Orlando wieder wach war, konnten sie sich dann in ihre Wohnung bringen lassen. „Ins Hauptquartier. Dann sehen wir weiter."

Thierry nickte und wartete ab, bis Alain Orlando vom Boden aufgehoben hatte und in den Armen hielt. Als Alain so weit war, brachte er sie alle drei in das Büro, das er mit Alain teilte. „Leg ihn aufs Sofa", schlug er vor. „Dort liegt er bequem und ist bei geschlossenen Jalousien vor der Sonne geschützt, bis wir Hilfe gefunden haben."

Vorsichtig legte Alain Orlando aufs Sofa und streckte ihn so bequem wie möglich aus. Wenn man nicht auf die blutbefleckte Kleidung und die unnatürliche Regungslosigkeit achtete, sah es fast so aus, als würde er nur schlafen. Alain wollte nicht daran denken, dass Orlando aus diesem Schlaf vielleicht nicht wieder erwachen würde.

„Ich will ihn hier nicht allein zurücklassen", gestand er. „Ich weiß, dass ich nichts tun kann, bevor Jean nicht einen Vampir mit dem passenden Blut gefunden hat. Trotzdem habe ich das Gefühl, als ob ich hier gebraucht werde."

„Dann bleibe hier", meinte Thierry. „Ich halte dich über Jeans Fortschritte bei der Suche auf dem Laufenden. Ich kann ihn auch bitten, sich mit den Vampiren nicht in Raymonds Büro, sondern hier zu treffen. Dann kannst du selbst dabei sein und bekommst alles mit."

„Ich will nicht, dass sie hier rumlaufen und Orlando anstarren", entschied sich Alain nach kurzem Überlegen. „Falls Jean mich braucht, kannst du mich benachrichtigen. Ansonsten reicht es aus, wenn du mich regelmäßig über seine Fortschritte informierst."

„Dann sehe ich jetzt nach, wie weit sie gekommen sind", bot Thierry an. „Soll Sebastien dir Gesellschaft leisten? Er weiß von uns allen am besten, wie du dich fühlst."

„Danke. Aber nur, wenn er nicht mit anderen Dingen beschäftigt ist", erwiderte Alain.

Thierry lächelte. „Das ist er nicht. Nicht, wenn du ihn brauchst."

Thierry hatte den Eindruck, dass sein Freund ihm schon nicht mehr zuhörte. Alain hatte sich zu Orlando aufs Sofa gesetzt und streichelte ihm über die reglosen Gliedmaßen, als könnte er ihn dadurch irgendwie wieder zum Leben erwecken. Kopfschüttelnd verließ Thierry das Büro und machte sich auf die Suche nach Sebastien und Jean. Er traf Sebastien, der offensichtlich auch auf Neuigkeiten aus war, vor Raymonds Büro an. „Gibt's was Neues?", fragte er.

Sebastien schüttelte den Kopf. „Noch nicht. Aber er hat erst mit wenigen gesprochen. Die meisten sind noch zu jung, um etwas zu wissen. Thurloe hat Mitte des 17. Jahrhunderts gelebt. Es gibt nicht mehr viele, die aus dieser Zeit stammen. Jedenfalls nicht in Paris."

„Wen gibt es denn noch?"

Sebastien schüttelte erneut den Kopf. „Das weiß ich ehrlich gesagt auch nicht. Ich habe zu lange nicht am Leben des Cours teilgenommen. Ich fürchte, Jean muss den Chef de la Cour von London kontaktieren und hoffen, dass es dort noch Unterlagen aus dieser Zeit gibt. Thurloe hat durch sein Verhalten eine ziemliche Unruhe verursacht, sodass die meisten Vampire vor über hundert Jahren aus England emigrieren mussten."

„Wen könnte ich ansprechen, damit er Jean helfen kann?", wollte Thierry wissen. „Jude, und wen noch? Falls Jean nicht schon mit Jude gesprochen hat."

„Nein, Jude war noch nicht hier", sagte Sebastien. „Was kann ich tun, während du Jean mit neuen Informanten versorgst?"

„Dafür sorgen, dass Alain nicht den Verstand verliert", erwiderte Thierry. „Er ist mit Orlando in meinem Büro. Im Moment ist er noch einigermaßen gefasst, aber das kann sich jede Sekunde ändern. Ich habe schon nach Henris Tod befürchtet, dass er vor Trauer verrückt wird. Aber so wie heute habe ich ihn noch nie erlebt."

Sebastien lächelte traurig. „Ich hatte nie Kinder und kann mir nicht vorstellen, wie es sein muss, ein Kind zu verlieren. Schon gar nicht, wenn es ermordet wird. Aber ich weiß dafür umso besser, wie Alain leiden wird, wenn wir Orlando nicht retten können. Ich gehe zu ihm. Ich bin mir ziemlich sicher, dass Jude älter ist, als Thurloe gewesen wäre. Selbst wenn er uns keine Antwort geben kann, weiß er vielleicht, wen wir fragen könnten."

Thierry nickte. „Dann mache ich mich jetzt auf die Suche nach ihm."

„Vermutlich schleicht er im Flur vor dem Zimmer rum, in dem sich Adèle gerade aufhält, wo immer das auch sein mag. Er kann sich nicht im gleichen Raum aufhalten wie sie, aber gleichzeitig kann er sich ihrer Anziehungskraft nicht entziehen."

„Es ist alles so was von im Arsch mit den beiden", meinte Thierry kopfschüttelnd.

„So ist Jude eben", stimmte ihm Sebastien zu und gab ihm einen Kuss. „Ich gehe jetzt zu Alain. Melde dich, wenn du Neuigkeiten hast."

Thierry sah Sebastien noch kurz nach, drehte sich dann um und machte sich auf die Suche nach Jude. Wenige Minuten später fand er ihn. Jude hielt sich, wie Sebastien vorausgesagt hatte, an der Grenze seiner Verbotszone zu Adèle auf. „Jean muss mit dir reden", teilte Thierry ihm mit.

„Warum?", wollte Jude wissen. „Ich habe es Jean zu verdanken, dass ich Adèle nicht mehr unbeaufsichtigt beißen darf. Ich will mit dem Mann nichts mehr zu tun haben."

„Das war weder eine Bitte noch ein Vorschlag", erwiderte Thierry und packte ihn am Arm. „Du bist unsere beste Chance, Orlando zu helfen."

„Und warum sollte ich das tun wollen?", fauchte Jude. „Er ist wie ein dummes Kind und hat sich leichtsinnig in eine Situation begeben, in der ihm sein Avoué nicht helfen konnte."

„Du solltest es tun, weil ich sonst dafür sorge, dass du Adèle überhaupt nicht mehr siehst", knurrte Thierry. „Der Krieg ist so gut wie vorbei. Wir brauchen dich nicht mehr und werden dich nicht vermissen. Und ich gehe jede Wette ein, dass Jean dich vor Gericht bringt, wenn er erfährt, dass du uns deine Hilfe verweigert hast. So, wie er es mit dem Gesetzlosen vorhat, der Serrier geholfen hat. Er hat mehr als deutlich gemacht, dass er zwischen unterlassener Hilfeleistung und aktivem Widerstand keinen Unterschied macht."

„Das kannst du nicht tun!", protestierte Jude.

„Willst du es wirklich darauf ankommen lassen?", fragte Thierry herausfordernd.

„Arschloch", fluchte Jude, folgte Thierry aber trotzdem zu Raymonds Büro.

„Ihr habt gerufen?", fragte er spöttisch, als sie die überfüllte Besenkammer betraten, die Raymond als Büro diente. Jean saß mit seinem Partner am Schreibtisch. Unter normalen Umständen hätte Jude sich darüber amüsiert, unter welchen Bedingungen der Chef de la Cour heute Hof hielt.

„Sebastien hat darauf bestanden, er würde aus der richtigen Zeit stammen, um uns vielleicht weiterzuhelfen", entschuldigte sich Thierry schulterzuckend. „Deshalb habe ich ihn gesucht und hierhergebracht, damit ihr ihn befragen könnt."

„Und was genau wollt ihr wissen, um eurem geschätzten Orlando zu helfen?", fragte Jude.

„Den Namen des Vampirs, der seinen Schöpfer umgewandelt hat", erklärte Jean.

„Und wer war sein Schöpfer?"

Jean durchbohrte den dreisten Vampir fast mit seinem Blick. „Thurloe. Der Chef von Cromwells Geheimdienst."

Jude zog überrascht eine Augenbraue hoch. „Ich hätte nie gedacht, diesen Namen jemals wieder zu hören."

„Du hast ihn gekannt?", fragte Jean und lehnte sich aufgeregt über den Schreibtisch.

„Ich hatte das zweifelhafte Vergnügen. Er ist der einzige Vampir, den zu erschaffen ich jemals bedauert habe."

23

„WARUM HAST du uns das nicht früher gesagt?", brüllte Jean. „Du wusstest doch, dass wir einen Vampir aus Orlandos Abstammungslinie suchen!"

„Ich habe Thurloe fallengelassen, sobald mir klar wurde, was ich da geschaffen hatte", verteidigte sich Jude. „Ich habe mir nicht die Mühe gemacht, eine Liste seiner vielen Nachkömmlinge zu erstellen. Er hat sie umgewandelt, als wäre es nichts. Die meisten haben nicht überlebt. Und viele, die nicht von ihm abstammten, haben wegen seiner Grausamkeit auch nicht überlebt. Victoria hat seinetwegen die Vernichtung aller Vampire auf britischem Boden befohlen. Wer nicht rechtzeitig fliehen konnte, wurde gefangen und hingerichtet. Ich bin davon ausgegangen, dass seine Schöpfungen mit ihm verschwunden wären."

„Er wurde nicht in England vernichtet", erklärte Jean. „Er ist nach Frankreich emigriert und hat sich hier dreißig Jahre lang verborgen gehalten. Dann habe ich von Orlando erfahren und Thurloes Treiben ein Ende gemacht."

Jude zuckte mit den Schultern. „Damals war ich noch nicht in Paris. Ich habe bis nach dem 1. Weltkrieg in Rouen gelebt. Wo ist der arme Junge? Ich nehme doch an, ihr habt ihn sicher gelagert?"

Thierry ballte die Fäuste, um Jude nicht sein großes Maul zu polieren.

„Halt' den Mund, Jude", knurrte Jean. „Mit deinen Unverschämtheiten beeindruckst du hier niemanden."

„Oh, mir macht es schon Spaß, euch alle so aufgeregt und vor Wut schäumend zu erleben", frohlockte Jude mit einem hämischen Grinsen. „Meinst du wirklich, dass du es verkraften kannst, mir für das Wohlergehen deines kleinen Freundes Dank zu schulden, Jean?"

„Pass auf, was du sagst", warnte Jean. „Wenn du einem Vampir die Hilfe verweigerst, kann ich dich vor den Cour zitieren. Und so, wie die Stimmung nach der Festnahme des *Extorris* derzeit ist, kannst du nur verlieren."

„Meinst du wirklich, du kannst meine Zusammenarbeit durch Drohungen erzwingen?", provozierte ihn Jude. „Damit gehst du ein ziemliches Risiko ein, Chef de la Cour."

„Das ist meine Entscheidung. Nun, Leighton? Wie lautet deine Antwort? Wirst du uns helfen oder ziehst du ein Verfahren vor dem Cour vor?"

„Ich helfe euch", gab Jude nach. „Aber nur, wenn das Kontaktverbot aufgehoben wird."

„Das kann ich dir nicht gewähren", sagte Jean. „Ich bin kein Magier."

„Du nicht, aber dein Partner. Und der Avoué des Jungen auch. Lass es widerrufen. Der Krieg ist vorüber. Disziplin spielt keine Rolle mehr."

„Der Krieg ist alles andere als vorbei", widersprach ihm Thierry. „Wir werden noch Monate damit beschäftigt sein, Serriers letzte Anhänger aufzuspüren."

„Dazu braucht ihr mich nicht."

„Wenn wir dich nicht brauchen, brauchst du Adèle noch weniger", schoss Thierry zurück. „Und wenn du sie nicht brauchst, ist auch das Kontaktverbot kein Thema mehr. Es verhindert nur, dass du sie misshandelst. Du kannst jederzeit das Blut von anderen Opfern trinken."

„Misshandeln?", schnaubte Jude. „Sie hat jede Minute genossen."

„Das hat sie uns aber anders erzählt."

„Verlogenes Luder."

„Das ist doch lächerlich", mischte sich Jean ein. „Du hilfst Orlando. Ich rede mit Marcel und Adèle und frage sie nach ihrer Meinung dazu. Aber ich werde nicht zulassen, dass du Orlando als Geisel nimmst, um deine Forderungen durchzusetzen. Wenn du ihm hilfst, setze ich mich für dich ein. Aber ich kann dir keine Garantie geben, und du wirst ihm vorher dein Blut geben. Wenn du dich weigerst, lade ich dich vor das *Judicium*."

„Und wenn du deine Zusage nicht hältst, sorge ich dafür, dass du abgesetzt wirst", warnte ihn Jude. „Wo ist der Junge?"

„In meinem Büro", sagte Thierry. „Alain und Sebastien sind bei ihm."

Jude verdrehte die Augen. „Also gut. Wir wollen ihn nicht warten lassen."

Sie gingen zu Alain und Thierrys Büro. Thierry bestand darauf, vor dem Eintreten anzuklopfen. „Du bringst ihnen Hoffnung und Hilfe. Aber Alain wacht über ihn und es ist nur höflich, dass wir uns vorher ankündigen."

„Der Junge ist kein Mitglied des Königshauses", murrte Jude. „Er ist ein infantiler, liebeskranker Idiot, der sich an einen Magier gebunden hat, der zu schwach war, um ihn zu beschützen."

Damit brachte er das Fass zum Überlaufen. Thierry wirbelte wütend herum und wollte Jude am Kragen fassen. Magische Funken blitzten auf und erloschen zischend wieder. Doch Jean kam Thierry zuvor und schleuderte Jude mit aller Macht an die Wand.

„Noch ein Wort", zischte der Chef de la Cour. „Noch ein Wort, und ich entziehe dir den Schutz des Cours Dann wirst du die Allianz und Paris verlassen und kannst sehen, wie weit du alleine kommst."

„Wenn du das tust, wird dein Freund auf Ewigkeit in diesem Limbo verbleiben. Ich bin der älteste meiner Linie."

„Ich kann ihn zum Schweigen bringen", schlug Thierry vor und richtete seinen Stab auf Jude. „Es schadet ihm nicht, aber wir müssten uns sein Geschwätz nicht mehr anhören."

„Und ich müsste Marcel nicht berichten, dass ich eine *Forçage* anwenden musste, um ihn zur Kooperation zu bewegen", fügte Raymond hinzu. „Wie ihr wollt."

„Jude?", fragte Jean.

„Leckt mich doch", fauchte Jude und stieß die Tür auf. „Also, wo steckt er?", rief er ins Zimmer.

Alain verzog das Gesicht, als er den Eindringling erkannte. Aber da der Vampir von Jean, Raymond und Thierry begleitet wurde, vermutete er, dass Jude die erhoffte Hilfe für Orlando bringen würde. „Auf dem Sofa."

„Du kannst bleiben", sagte Jude zu Alain. „Er wird dich vielleicht brauchen, wenn er wieder aufwacht. Der Rest von euch wartet im Flur. Ich brauche kein Publikum."

„Und woher sollen wir wissen, dass du dein Versprechen hältst?", verlangte Thierry zu wissen.

„Der Junge wird aufwachen. Und danach werden wir sehen, ob der Chef de la Cour auch zu seinem Wort steht."

Jetzt hatte auch Raymond von Judes ständigen Beleidigungen genug. Er belegte den Vampir mit einer *Forçage*, die ihn in die Knie zwang. „Hier wirst du bleiben, wenn du nicht augenblicklich den Mund hältst und Orlando hilfst", warnte er Jude. „Ich bin mir sicher, Adèle wird sich die Chance nicht entgehen lassen, dich hilflos zu ihren Füßen knien zu sehen." Er verstärkte die Beschwörung, bis Jude in der lächerlichen Imitation eines Kotaus die Stirn auf den Boden presste. Danach gab er den Vampir wieder frei. „Lasst uns gehen. Er hat einen Job zu erledigen", sagte er, ohne auf Judes wütendes Geschimpfe einzugehen.

Nachdem die vier Männer das Büro verlassen hatten, ging Jude zu dem Sofa, auf dem Orlando lag. „Und du bist dir sicher, dass ich es tun soll?", fragte er Alain spöttisch.

„Natürlich!", rief Alain. „Ich habe Himmel und Hölle in Bewegung gesetzt, um ihn wiederzufinden!"

„Ah ja. Du glaubst also, du bekommst ihn zurück", sagte Jude. „Aber ich erschaffe ihn neu. Es kann sein, dass er alle Erinnerungen an seine vorherige Existenz verliert. Es kann sein, dass der Aveu de Sang gebrochen wird und er nicht mehr der Orlando ist, der er vorher war. Kannst du damit leben? Willst du das Risiko eingehen, dass er dich nicht wiedererkennt? Dass er dich nicht mehr liebt?"

„Sebastien hat nur davon gesprochen, dass er wieder aufgeweckt werden muss", erwiderte Alain.

Jude zuckte mit den Schultern. „Vielleicht stimmt das. Aber was ist, wenn Sebastien nicht recht hatte?"

„Dann ist Orlando wenigstens wieder wach", sagte Alain mit einer Spur Verzweiflung in der Stimme. „Ich habe einmal sein Vertrauen und seine Liebe gewonnen. Wenn es sein muss, kann ich es auch ein zweites Mal tun."

Jude lächelte. „Wie du meinst."

„Was sagst du mir nicht?", fragte Alain. „Warum willst du mich umstimmen?"

„Ich will dich nicht umstimmen", sagte Jude und legte Alain beruhigend die Hand auf die Schulter. „Ich will nur, dass du auf alle Eventualitäten vorbereitet bist. Du bist dir so sicher, dass alles gut geht. Ich hoffe, du behältst recht." Das entsprach nicht der Wahrheit. „Aber ich würde dir keinen Gefallen tun, wenn ich dir die Risiken verschweige."

Alain zögerte. Jean hatte keine Risiken erwähnt. Er hatte davon gesprochen, als wäre es eine Routineangelegenheit, Orlando wieder aufzuwecken, wenn sie nur den richtigen Vampir finden würden. Ohne Jean wäre Jude jetzt nicht hier. Er musste also der richtige Vampir sein. Entweder hatte Jean die Schwierigkeiten herabgespielt, oder Jude wollte ihm Angst einjagen. Alain traute Jude jederzeit zu, sich auf dieses Niveau herabzulassen. Andererseits traute er aber auch Jean zu, die Situation zu beschönigen, um Orlando zu retten. Alain sah Orlando an, der reglos auf der Couch lag. Sein dunkler Engel. Orlando hatte Alains gebrochenes Herz geheilt und ihm den Glauben an die Zukunft wiedergegeben. Orlando hatte ihn wieder von einem Leben nach dem Krieg träumen lassen. Jetzt hatte Alain die Möglichkeit, Orlando eine neue Existenz zu schenken. Selbst wenn er dadurch seinen Geliebten verlor, Alain konnte ihn nicht im Stich lassen.

„Tu es."

„Wie du wünschst", meinte Jude gleichgültig. Insgeheim freute er sich jedoch über seine subtile Revanche für die Demütigung, der Alain und die anderen ihn ausgesetzt hatten. Er ging zu Orlando ans Sofa, hob die Hand und riss sich mit den Zähnen die Haut am Handgelenk auf. Als das Blut zu fließen begann, drückte er die Wunde an Orlandos Mund und ließ es ihm in die Kehle tropfen.

Es dauert nicht lange. Sekunden später schnappte Orlandos Hand plötzlich nach der Quelle seiner Kraft und presste sie fest an die Lippen. Jude zog seinen Arm grob zurück. „Es ist nicht mein Blut, das du brauchst, Junge. Du brauchst sterbliches Blut." Er drehte sich zu Alain um und winkte ihn ans Sofa. „Ich hoffe, der Aveu de Sang ist noch aktiv, sonst saugt er dich bis auf den letzten Tropfen aus, ohne auch nur das geringste Bedauern zu empfinden." Mit diesen Worten ging er zur Tür und verließ das Büro.

Alain kniete sich neben Orlando auf den Boden und neigte den Kopf zur Seite. Blind vor Heißhunger stürzte Orlando sich auf ihn, rollte ihn unter sich und schlug die Zähne tief in seinen Hals. Dann saugte er das lebensspendende Elixier ein, als wollte er gar nicht mehr aufhören.

Orlandos gedankenloses Verhalten machte Alain Angst. Er hatte seinen Partner noch nie so unbesonnen und grob erlebt. Hatte Jude doch recht? Konnte sich Orlando so sehr verändert haben? Alain verdrängte seine Zweifel und konzentrierte sich nur noch auf seine Liebe zu Orlando, ließ sich entspannt auf den Rücken fallen und ihn ungehindert trinken. Wenn der Aveu de Sang sie nicht im Stich ließ, würde Orlando ihm nichts antun können und sich bald wieder beruhigen. Wenn nicht, würde Alain in den Armen des Mannes sterben, den er über alles liebte.

Orlando klammerte sich an den Körper des Mannes wie ein Ertrinkender. Der Hunger, der nach seiner Wiedererweckung in ihm brannte, ließ ihn an nichts anderes denken als an das heiße Blut, das ihm in den Mund strömte. Als das Biest in ihm langsam gesättigt wurde und sich wieder beruhigte, drangen andere Gefühle zu ihm durch. Zuerst waren es nur körperliche Wahrnehmungen – das Brennen in seinem Rücken und die Schmerzen in den Gelenken, dann die Hitze, die der Körper unter ihm ausströmte und die Zärtlichkeit der Hände, die ihm über die Haare strichen. Dann kamen die Emotionen – die Liebe und das Verlangen, die er im Blut des Mannes schmecken konnte, die langsam nachlassende Furcht und Verzweiflung. Träge suchte Orlandos Verstand sich einen Weg durch das Labyrinth der Erinnerungen, bis er auf einen Namen stieß. „Alain."

Alain traten Tränen in die Augen, als die geliebte Stimme seinen Namen flüsterte. Er zog Orlando fester an sich. „Du erinnerst dich."

Orlando nickte langsam. „Ich erinnere mich an dich." Er fuhr ehrfurchtsvoll mit den Fingern über das Brandmal an Alains Hals. „Du liebst mich."

„Ich werde dich immer lieben", versprach Alain.

Immer mehr Erinnerungen kamen zurück. Es war ein wildes Durcheinander von Vergangenheit und Gegenwart, von Orten und Menschen, einige schon lange tot, andere noch am Leben. Und dann Alain. „Du hast mich gerettet."

Alain schüttelte den Kopf. „Nein. Ich habe gesucht und gesucht, aber ich konnte dich nicht finden. Monsieur Lombard musste uns helfen."

Orlando brachte ihn mit einem Kuss zum Schweigen. „Du hast mich gerettet. Eric hat mich deinetwegen freigelassen. Du hast mich gerettet."

Alain wollte erneut widersprechen, wollte Orlando die Bissspuren an seinem Handgelenk erklären, die Monsieur Lombard hinterlassen hatte. Aber das konnte warten. Für den Moment gab er sich damit zufrieden, Orlando in den Armen zu halten und ihn zu küssen.

„Ich habe immer noch Hunger", entschuldigte sich Orlando.

„Dann nimm dir, was du brauchst", erwiderte Alain, ließ den Kopf in den Nacken fallen und keuchte leise, als Orlandos Zähne ihm über die Haut glitten. Das Blut kochte ihm in den Adern. Aus dem Verlangen wurde Erregung. Alain kämpfte dagegen an, gab seinen Widerstand aber bald als sinnlos auf. Seit Orlandos erstem Biss auf dem Père Lachaise hatte er der verführerischen Anziehungskraft von Orlandos Zähnen nicht ein einziges Mal widerstehen können. Er lachte laut. Er lachte vor Freude, Orlando wieder in den Armen zu halten. Er lachte vor Freude über die strahlende Zukunft, die ihnen jetzt wieder weit offen stand. Orlando konnte sich erinnern. Orlando liebte ihn immer noch, begehrte ihn immer noch. Alain schloss die Augen. Die Leidenschaft erfasste jede Zelle seines Wesens, sie explodierte in seinem Kopf, in seinem Herzen, in seiner Lunge. Sie schoss aus ihm heraus in heißen Strahlen und lautem Stöhnen. Sie brachte die Luft in dem stillen Zimmer zum Vibrieren. „Ich liebe dich", flüsterte Alain wieder und wieder.

Die Litanei seiner Worte, das Versprechen in seiner Stimme und die Leidenschaft in seinem Blut lösten die letzten Nebel auf, die noch über Orlandos Erinnerung lagen. Die Bilder in seinem Kopf und in seinem Herzen nahmen Gestalt an, so gestochen scharf, als wäre es erst gestern gewesen. Als er seinen Hunger gestillt hatte, hob er den Kopf und blickte Alain in die blauen Augen.

„Ich kann mich erinnern, dass ich dir erzählt habe, wie Eric mich befreit hat", sagte er. „Ich weiß nicht, wie viel Zeit seitdem vergangen ist und was seitdem geschehen ist."

„Serrier ist tot, der Gesetzlose gefangen und der Krieg so gut wie vorbei", erzählte Alain. „Das war vor …" Er warf einen Blick auf die Uhr. „… acht Stunden."

„Dann bin ich in einer brandneuen Welt aufgewacht", meinte Orlando nachdenklich.

Alain nickte. „In einer Welt, die wir uns neu gestalten können."

„Wie habt ihr mich gefunden? Oder war es nur Zufall?"

Alain zuckte zusammen. „Nein. Monsieur Lombard wusste einen Weg, um dich zu finden. Es tut mir leid, aber ich hatte keine andere Wahl."

Orlando war besorgt über den dumpfen Klang von Alains Stimme. „Was tut dir leid?"

„Er konnte dich nur durch mein Blut finden. Ich … ich habe ihn mein Blut schmecken lassen, damit er uns zu dir führen konnte. Es tut mir so leid."

Orlandos Instinkte wollten ihren Besitzanspruch herausschreien bei der Vorstellung, dass sein Avoué von einem anderen Vampir berührt worden war. „Wo hat er dich gebissen?"

„Gar nicht", sagte Alain hastig. „Er hat mich geschnitten und etwas Blut auf seine Hand tropfen lassen. Ich wollte es erst nicht erlauben, aber ich konnte spüren, dass deine Kraft nachließ und die Schmerzen immer schlimmer wurden. Es war schon so viel Zeit vergangen und Sebastien meinte, dass dir nur noch wenige Stunden blieben. Ich wusste keinen anderen Ausweg", erklärte Alain niedergeschlagen. Panik stieg in ihm auf, weil er das Versprechen des Aveu de Sang gebrochen hatte. Würde er Orlando verlieren, kaum dass er ihn zurückbekommen hatte? Der Vampir war auf Alains Blut angewiesen, aber Orlandos Vertrauen, seine Liebe – würde Alain die jetzt verlieren? Es wäre fast so schlimm für ihn, als hätte er ihn an den Tod verloren.

Orlando holte tief Luft, um seine Instinkte unter Kontrolle zu bekommen und der Vernunft eine Chance zu geben. Monsieur Lombard, als der älteste Vampir von Paris und frühere Chef de la Cour, hätte Orlandos Avoué nicht um sein Blut gebeten, wenn es nicht absolut unvermeidbar gewesen wäre. Orlando wusste, dass Alain nach ihm gesucht hatte. Er hatte die wachsende Verzweiflung und Hoffnungslosigkeit seines Avoué gespürt, als ein Versuch nach dem anderen sich als erfolglos erwies. Unter diesen Umständen konnte er mit einer kleinen Untreue leben. „Du hast nur getan, was getan werden musste."

„Ich wollte mein Versprechen nicht brechen", sagte Alain. „Ich habe mich erst geweigert, weil ich ihm nicht geben wollte, was nur dir gehört. Aber ich konnte dich auch nicht verlieren. Ich konnte es einfach nicht."

Orlando konnte ihn gut verstehen. Er selbst war sich beständig der Tatsache bewusst, dass Alain sterblich war. Und er würde alles tun, um dieses unvermeidliche Ende hinauszuzögern, würde jedes Opfer bringen und jedes Tabu brechen, um auch nur den geringsten Aufschub zu erwirken. Aber das war heute nicht ihr Problem. „Wenn Monsieur Lombard keinen anderen Weg gesehen hat, dann gab es keinen", sagte er mit fester Stimme.

In diesem Augenblick wurden sie durch ein lautes Klopfen an der Tür unterbrochen.

„Das wird Jean sein", vermutete Alain. „Er war auch sehr besorgt um dich."

„Ich habe genug getrunken", entschied Orlando. „Lass uns mit ihm reden. Dann will ich nach Hause gehen, ein Bad nehmen und in unserem Bett schlafen."

„Ich kann mir keinen besseren Plan vorstellen", stimmte Alain begeistert zu.

Orlando grinste frech. „Auch nicht, meine Zähne im Hals zu spüren, wenn wir uns lieben?"

Alains Pupillen weiteten sich verdächtig und er wurde allein von dem Gedanken hart. „Worauf warten wir dann noch?"

„Herein!", rief Orlando, setzte sich auf und zog Alain an seine Seite. Die Tür flog auf und Jean stürmte, dicht gefolgt von den anderen, ins Zimmer. „Ist alles wieder in Ordnung?"

„Noch nicht ganz", gestand Orlando. „Ich muss mehr als einmal trinken, bis alles wieder geheilt ist, was Serrier mit seiner Magie und seinen Peitschen angerichtet hat. Aber es dauert nicht mehr lange. Die Verwundungen sind nur körperlicher Natur. Mit etwas Zeit und Alains Blut werden sie wieder heilen."

Jean schaute ihm ins Gesicht und sah die tiefen Linien um Orlandos Mund und Augen, die Schmerz und Erschöpfung hinterlassen hatten. Aber seine braunen Augen blickten Jean klarer und selbstbewusster an, als jemals zuvor. Was immer auch Serrier mit ihm angestellt hatte, er hatte Orlando nicht brechen können. Alles andere ließ sich mit etwas Geduld wieder in Ordnung bringen. „Gut. Ich würde dich umarmen, aber … du stinkst."

„Alain hat sich daran nicht gestört", scherzte Orlando.

Jean rollte mit den Augen. „Geh nach Hause. Nimm eine Dusche und ruhe dich aus. Ich will dich vor Sonnenuntergang morgen Abend nicht mehr sehen. Wenn wir Ort und Zeit des *Judiciums* für den *Extorris* festgelegt haben, brauche ich deine Aussage. Ansonsten bis du vom Dienst befreit, bis es dir wieder besser geht."

„Und was ist mit Alain?"

„Marcel hat ihn ebenfalls freigestellt, solange du ihn brauchst", antwortete Thierry. „Jetzt, nachdem Serrier tot ist, werden die Kämpfe nachlassen und bald ganz aufhören. Wir können auf Alain verzichten, bis du wieder auf den Beinen bist."

„Wie geht es den anderen?", erkundigte sich Alain. Nachdem Orlando wieder bei ihm war, kam die Sorge um seine Freunde in der Milice zurück. „Mathieu und David und …"

„Geh nach Hause, Alain", unterbrach ihn Thierry. „Ich verspreche dir, morgen vorbeizukommen und dir alle Fragen zu beantworten. Aber du bist beinahe so erschöpft wie Orlando, auch wenn du einen Teil der Nacht in Notre-Dame verbracht hast. Es gibt nichts, was nicht bis morgen Zeit hätte."

„Ich kann mich in der Öffentlichkeit so nicht sehen lassen", sagte Orlando und blickte an sich herab. Seine Kleidung war zerrissen und blutverschmiert. „Kann uns jemand nach Hause schicken?", fragte er Thierry. „Ich verspreche auch, dafür zu sorgen, dass er sich ausruht."

„Vergiss meinen Ratschlag nicht", fügte Sebastien leise hinzu, bevor Thierry mit seiner Beschwörung begann. „Es ist jetzt wichtiger als je zuvor."

Orlando lächelte und fasste Alain mit strahlenden Augen an der Hand. „Ich werde daran denken. Sobald Thierry uns nach Hause gebracht hat."

Das war Thierrys Stichwort. Er hob den Stab und sprach seine Beschwörung.

„Welchen Ratschlag?", fragte Jean neugierig. Er wunderte sich, was zwischen den beiden Vampiren vorgefallen war, um diese auffällige Veränderung in Orlandos Verhalten hervorzurufen.

„Von seinem Avoué zu trinken, wenn sie sich lieben."

24

„LANGSAM GEWÖHNE ich mich daran", scherzte Orlando, als er mit Alain in ihrem Schlafzimmer ankam. „Es ist das erste Mal, dass ich nicht gestolpert bin."

Alain lächelte abwesend. Er war in Gedanken immer noch bei Sebastiens rätselhaftem Kommentar. „Über welchen Ratschlag hat Sebastien gesprochen?"

„Das verrate ich dir später", versprach Orlando. „Jetzt brauche ich erst ein Bad. Jean hat es ernst gemeint – ich stinke." Er warf Alain einen gespielt verschämten Blick zu. „Kommst du mit?"

Alains Lächeln wurde breiter. Er war sich zwar nicht sicher, wie er auf den Anblick von Orlandos Verletzungen reagieren würde, aber er wollte sich nicht davor verstecken. Sie durften nicht verdrängen, was ihm angetan worden war. Sich den Schmerzen zu stellen, würde Orlando helfen, wieder zu heilen. Und vielleicht würde es auch verhindern, dass Alain die Fehler der Vergangenheit wiederholte, als er unwissentlich Orlandos Erinnerungen an Thurloe geweckt hatte. „Auf jeden Fall", sagte er und gab Orlando einen Kuss.

Er folgte Orlando ins Badezimmer. Der Vampir schloss die Tür hinter ihnen und dreht das Wasser auf, das heiß und dampfend die Wanne füllte. Der Heilprozess hatte schon begonnen, aber das heiße Wasser würde in den Wunden brennen, die sich immer noch nicht ganz geschlossen hatten. Doch das interessierte ihn nicht. Er wollte endlich wieder sauber sein, wollte Alain in den Armen halten und die letzten vier Tage vergessen.

Alain zog sich aus und ließ seine Kleidung einfach zu Boden fallen. Sein Blick war auf Orlando gerichtet, der sich steif und unbeholfen bewegte. Als Orlando sich aufrichtete, nahm Alain ihn von hinten in die Arme. Orlando versteifte sich für einen kurzen Augenblick, aber bevor Alain ihn wieder loslassen konnte, hatte der Vampir schon den Kopf umgedreht und ihn geküsst. „Das kann selbst deine Magie nicht mehr retten", sagte Orlando und zerrte an seiner zerfetzten Kleidung.

Alain half ihm und ihre Hände berührten sich, als sie Knöpfe öffneten und Orlando das Hemd auszogen. Alain unterdrückte einen Aufschrei, als er die blutigen Striemen der Peitschenhiebe sah, die Orlandos Rücken bedeckten. „Ich bringe ihn um", knurrte er.

„Das haben Eric und sein Freund schon erledigt", erwiderte Orlando. „Es wird wieder heilen. Wenn ich noch einige Male getrunken habe, sind nur noch blasse Narben übrig, und auch die verschwinden in einigen Wochen. Vertrau mir, ich weiß es."

Natürlich wusste Alain das auch, aber dieses Wissen minderte nicht seinen Zorn über das, was Orlando erlitten hatte.

„Alain", sagte Orlando, nahm Alains Kopf zwischen die Hände und sah ihm in die Augen. „Ja, es tut weh. Aber es ist nichts im Vergleich zu dem, was mir Thurloe angetan hat. Es wird wieder heilen und nicht mehr sein, als eine schlechte Erinnerung."

Alain hoffte, Orlando würde recht behalten und nicht nur die körperlichen, sondern auch die emotionalen Narben würden bald verblassen. „Ich liebe dich", sagte er hilflos, weil ihm nichts Besseres einfiel.

Orlando lächelte. „Das weiß ich. Es hat mir geholfen, nicht den Verstand zu verlieren. Was immer Serrier auch gesagt oder getan hat, nichts konnte unseren Bund brechen, solange ich dich gefühlt habe und wusste, dass alles wieder gut wird. Komm jetzt. Das Bad ruft nach mir." Er ließ die Jeans zu Boden fallen und stieg in die Wanne. Als das warme Wasser seine verletzte Haut berührte, zischte er leise vor Schmerz.

„Hältst du das wirklich für eine gute Idee?", fragte Alain und stieg hinter ihm in die Wanne. Er biss die Zähne zusammen, als er Orlandos Rücken aus der Nähe sah. Die Striemen setzten sich über Orlandos Hintern bis auf die Oberschenkel fort.

„Oh ja", erwiderte der Vampir. „Ich bin noch nicht sehr sicher auf den Beinen. Ich will nur deine Arme und das warme Wasser spüren, bis der ganze Schmutz und das Blut sich aufgelöst haben und weggeschwemmt sind."

„Meinst du, ich könnte es für dich abwaschen?", fragte Alain vorsichtig. Er war sich nicht sicher, welche Auswirkungen Serriers Folter auf ihre körperliche Beziehung haben würde, und ob Orlando die Berührung ertragen konnte.

„Aber sei vorsichtig", bat Orlando und gab ihm den Waschlappen. „Einige der Wunden haben sich noch nicht geschlossen."

Alain seifte den Waschlappen ein und forderte Orlando auf, sich nach hinten zu lehnen. Als Alain spürte, wie Orlando sich entspannte, wusch er ihm vorsichtig das Blut und den Schmutz von der Brust. Das Wasser färbte sich schwarz und rot, als der Schmutz sich unter Alains sanften Händen auflöste. „Das fühlt sich gut an", flüsterte Orlando. „Letzte Nacht, als ich glaubte, ich würde den nächsten Sonnenaufgang nicht mehr erleben, habe ich auf der Pritsche in meiner Zelle gelegen und mich berührt. Ich habe mir vorgestellt, dass du es wärst. Aber so gut es auch war, nichts ist mit deinen Händen vergleichbar."

„Das habe ich über unsere Verbindung gespürt", sagte Alain und spülte den Waschlappen aus. Er gab sich Mühe, nicht bei jeder neuen Verletzung zusammenzuzucken, die er an Orlandos Körper entdeckte. „Ich dachte erst, es wäre ein Traum. Ich konnte mir nicht vorstellen, dass du nach den entsetzlichen Schmerzen eine solche Freude empfinden kannst."

„Ich wünschte, ich wäre früher auf diese Idee gekommen", gestand Orlando. „Es hat mir geholfen, die Schmerzen zu überwinden. Es war, als würde unsere Verbindung die dunkle Magie bekämpfen und mich stärken. Nicht so sehr, wie dein Blut, aber mehr, als wenn ich mich nur ausgeruht hätte."

„Du kannst jederzeit trinken, soviel du brauchst", versprach Alain. „Aber wenn dir die Freude am Sex beim Heilen hilft, werden wir dafür sorgen, dass du in nächster Zeit nichts anderes mehr fühlen wirst." Er streichelte versuchsweise mit der Fingerspitze über Orlandos Brustwarzen. Sie richteten sich sofort auf und Orlando entfuhr ein leises Stöhnen, als sein Schwanz es ihnen gleichtat.

„Wenn du damit nicht aufhörst, werde ich mein Bad nicht zu Ende bringen", warnte Orlando.

„Dann verschieben wir es auf später. Das Bad meine ich."

Orlando kicherte. „Wisch mir den Rücken ab, während ich mir die Beine wasche. Der Rest kann warten."

Alain nickte und beeilte sich, ihm den Rücken zu waschen. Er verzog das Gesicht, als er die Striemen sah. Zwei besonders tiefe Wunden platzten trotz aller Vorsicht wieder auf und färbten mit ihrem Blut das Wasser rot. Es würde ihm schwerfallen, sich bei Eric für Orlandos Rettung zu bedanken. Alain hätte das Biest lieber persönlich umgebracht, das für diese Striemen verantwortlich war.

Orlando schrubbte sich hastig die Füße und Beine, die relativ unversehrt davongekommen waren. Dann wusch er sich den Schwanz und die Hoden. Er hatte schon wieder Hunger, aber nach der Angst und den Schrecken der letzten Tage reichte es ihm nicht, Alain nur zu beißen. Er wollte den Magier offen und erregt unter sich spüren, wollte ihre Körper wie ihre Herzen miteinander vereinen, um ihren Bund und ihre Liebe wieder zum Leben zu erwecken. Orlando weigerte sich, ihre Beziehung durch die Auswirkungen von Serriers dunkler Magie beschmutzen zu lassen. Er stand auf und drehte sich zu Alain um. Bei den Gedanken an die kommende Nacht fing sein Schwanz zu pochen an. „Ich brauche dich."

Alain stand ebenfalls auf. Das Wasser glänzte auf seiner nackten Haut, als er die Wanne verließ und nach einem Handtuch greifen wollte. „Nicht", sagte Orlando und hielt ihn zurück. „Lass mich das machen."

Alain sah ihn überrascht an und wartete ab, was Orlando beabsichtigte. Er rechnete nicht mit der feuchten, warmen Zunge seines Geliebten, die ihm das Wasser von der Schulter und der Brust leckte. Er rechnete auch nicht mit den kleinen Bissen, die kaum die Haut durchdrangen und Alain so erregten, dass sein Schwanz innerhalb weniger Sekunden hart wurde. Er musste an Sebastiens Worte und das Grinsen denken, das sie bei Orlando ausgelöst hatten. „Was hat Sebastien vorhin gemeint?", fragte er mit rauer Stimme.

Orlando gab ihm keine Antwort. Er kniete sich vor Alain auf den Boden des Badezimmers und streichelte ihm über den harten Schwanz, während sich seine Zähne direkt über dem Hüftknochen durch Alains Haut bohrten. Orlando hatte schon mehr als einmal das Verlangen in Alains Blut geschmeckt. Auch den Geschmack von Alains Orgasmus kannte er gut, aber so war es noch nie gewesen. Sein Biss war nie ein Bestandteil ihrer Liebe gewesen, und Alains Blut hatte noch nie so unglaublich gut und saftig geschmeckt wie jetzt, wo er sich nicht mehr zurückhalten musste. Er konnte seine Zähne lassen, wo sie waren. Oder er konnte Alain an vielen anderen Stellen beißen und ihn schmecken, bis sie beide zum Höhepunkt kamen. Orlando konnte am Geschmack des Blutes genau den Moment erkennen, in dem Alain sich dessen bewusst wurde. Er schmeckte das Verlangen, das urplötzlich durch Alains Adern schoss. Orlando wollte das und noch viel mehr. Er wollte alles, was er sich und Alain durch seine Angst bisher vorenthalten hatte. Während er mit den Zähnen Alains Erregung noch weiter in die Höhe trieb, sammelte er mit dem Finger die Flüssigkeit auf, die aus Alains Schwanz tropfte, um ihn auf mehr vorzubereiten. Orlando wollte damit warten, bis sie im Bett waren, wo er Alain auf den frischen Laken ausbreiten und mit kleinen Bissen bedecken konnte. Doch vorher wollte er erleben, wie Alain sich seinen Händen und Zähnen hingab, so, wie er es vor der unglücksseligen Schlacht auf dem Place Pigalle getan hatte.

Alain stöhnte, als Orlando wieder zubiss. Ihn durchfuhr ein Schauer, als er erkannte, dass es kein Biss aus Hunger war. Orlando wollte ihn erregen. Alain tastete hinter sich nach dem Waschbecken, um sich abzustützen. Wenn diese Nacht vorbei war, würde er genau wissen, wie es war, von einem Vampir geliebt zu werden. Schon jetzt konnte Alain nicht mehr klar denken und ihm war schwindelig von den Empfindungen, die von allen Seiten auf ihn einstürmten. Er fühlte Orlandos Hand an seinem Schwanz, Orlandos Finger in seinem Arsch und Orlandos Zähne in seinem Bauch. Vor allem die Zähne fühlte er, die ihn in Besitz nahmen als Orlandos Avoué und Geliebten. So oft sie das auch schon getan hatten, so oft sie sich flüsternd ihre Liebe erklärt hatten – Alain hatte es noch nie so tief empfunden.

„Orlando", keuchte er und der Name seines Geliebten war das Einzige, was er noch denken konnte, bevor er von einer Woge der Liebe und der Lust überschwemmt wurde.

Orlando gab keine Antwort, aber seine Zärtlichkeiten wurden leidenschaftlicher. Er war fest entschlossen, den Geschmack von Alains Höhepunkt – einem von vielen in dieser Nacht, wenn es nach Orlando ging – auszukosten und sich nichts entgehen zu lassen. Orlando wusste, dass er der Vernichtung nur knapp entgangen war und ohne Judes Kooperation … Er wollte nicht mehr darüber nachdenken. Jetzt war er wieder mit Alain vereint, und sein einziger Wunsch war, es sich und Alain auf jede erdenkliche Weise zu bestätigen.

Er suchte und fand Alains Prostata und massierte sie, um Alain noch mehr in Erregung zu versetzen. Als Alains Hände sich in seine Haare krallten und sanft daran zogen, zuckte er nicht zusammen, sondern zog nur die Zähne aus Alains Fleisch und sah ihm in die Augen. In seinem Blick lag eine stumme Frage. Alain beantwortete sie, indem er mit seinem harten Schwanz an Orlandos Lippen stieß.

„Meine Zähne", warnte Orlando. „Ich will dich nicht verletzen."

„Das wirst du auch nicht", erwiderte Alain zutiefst überzeugt. „Bitte. Ich brauche …" Er traute sich nicht, in Worte zu fassen, was er sich wirklich wünschte – Orlando unter sich zu fühlen. Aber das hier hatten sie schon getan und Orlandos Mund war das Nächstbeste, was Alain sich für seinen Schwanz wünschte. Er vertraute darauf, dass Orlando ihn nicht beißen würde, aber er hätte auch nichts dagegen, an die übernatürliche Natur seines Geliebten erinnert zu werden.

Orlando dachte an Sebastiens Versprechen, dass ein Vampir seinen Avoué nicht verletzen konnte. Er öffnete den Mund und leckte Alain zärtlich über den Schwanz, während er versuchte, seine Zähne außer Reichweite zu halten. So hungrig wie er war, konnte er kaum glauben, dass sie ihm gehorchten und sich in seinen Gaumen zurückzogen. Jetzt musste Orlando sich nicht mehr zurückhalten und konnte Alains Schwanz in den Mund nehmen, konnte ihn so tief in sich hineinsaugen, wie er es sich immer gewünscht hatte. Er schob die Finger tiefer in Alain hinein und rieb ihm im Rhythmus seines saugenden Mundes über die Prostata.

„Orlando!"

Alains Schrei war Bitte, Aufforderung und Warnung zugleich. Orlando hatte gerade noch Zeit, tief Luft zu holen, bevor Alains Schwanz sich in seiner Kehle ergoss. Er leckte und saugte weiter, bis der Magier wieder zur Ruhe kam, nur noch auf den Beinen gehalten durch das Waschbecken im Rücken und Orlandos Hand auf der Hüfte.

Orlando ließ Alains Schwanz aus dem Mund gleiten. „Bist du bereit fürs Bett?", schnurrte er. „Ich habe immer noch Hunger."

Alain nickte verwirrt und erschauerte vor Befriedigung. Das Verlangen in Orlandos Stimme war unüberhörbar. „Alles für dich", versprach Alain. „Nimm dir, was du brauchst."

Orlando stand lächelnd auf. Sebastien hatte recht behalten. Blut und Liebe waren eine machtvolle Kombination. Bisher hatte Orlando ihre heilende Wirkung nur getrennt erlebt, aber zusammen stärkten sie ihn mehr, als er jemals erwartet hätte. Er konnte den Unterschied jetzt schon fühlen, obwohl er nur wenige Tropfen von Alains Blut getrunken hatte. Unter diesen Umständen konnte er sich nicht vorstellen, dass seine Heilung wirklich einige Wochen dauern sollte. Es kam ihm nahezu lächerlich pessimistisch vor. „Das werde ich", sagte er. „Solange ich dir gleichzeitig auch geben kann, was *du* brauchst."

„Ich brauche nur dich, sicher und unbeschadet in meinen Armen", erwiderte Alain und zog ihn an sich, ohne an die Wunden auf Orlandos Rücken zu denken. Orlando ließ es geschehen. Er brauchte diese Nähe genauso wie sein Geliebter. Fest an Alain gedrückt schob er ihn zum Bett, wo er ihn vorsichtig auf die Matratze legte. Alain spreizte die Beine, um für Orlando Platz zu machen. Dann legte er den Kopf zur Seite und bot ihm seinen Hals an.

Orlando biss nicht sofort zu. Er leckte sanft über die Bisswunden, die schon wieder verheilten. Jetzt, nachdem er seine Ängste hinter sich gelassen hatte, kam ihm Alains Körper wie eine leere Leinwand vor, die er mit den Bildern seiner Liebe und Zuneigung bedecken wollte. Später. Später würde er von dieser pulsierenden Ader trinken, während er sich tief in Alains Körper versenkte. Aber erst wollte er seinen Avoué mit allen Sinnen genießen und keine der Köstlichkeiten auslassen, die vor ihm ausgebreitet lagen.

Orlando stützte sich auf die Unterarme und schlängelte sich über Alains Körper nach oben. Bevor sie sich liebten, wollte er seinen Magier genauso erregen, wie er selbst erregt war. Er suchte blind mit den Lippen nach Alains Mund, rieb über die mehrere Tage alten Bartstoppel – den spürbaren Beweis für Alains unermüdliche Suche nach ihm –, bis er sein Ziel fand und ihn leidenschaftlich küsste. Alains Mund öffnete sich einladend und Orlando hatte weder den Willen noch die Kraft, der Versuchung länger zu widerstehen. Er genoss den Geschmack, genoss jede Berührung, als wäre es das erste Mal. Wenn er in der Gefangenschaft etwas gelernt hatte, dann die Botschaft von der Endlichkeit des Lebens, vor der auch die Vampire nicht gefeit waren. Er wollte jede Minute, jede Sekunde mit Alain auskosten, als wäre es die letzte. Ihre Lippen berührten sich, trennten sich dann kurz, nur um sich wieder zu berühren. Die Welt existierte nicht mehr und es gab nur noch sie beide – ihre Herzen, ihre Seelen, die sich miteinander vereinten, so wie ihre Münder zusammenfanden. Sie atmeten die gleiche Luft, feierten ihr Leben und ihre Liebe in diesem einen, nicht enden wollenden Kuss.

Schließlich machten sich andere, drängendere Bedürfnisse bemerkbar. Orlando hob keuchend den Kopf. Er konnte Alains Erektion am Bauch spüren. Schnell gab Orlando ihm noch einen Kuss, dann richtete er den Oberkörper auf und setzte sich zwischen Alains Beinen auf die Fersen. Er betrachtete seinen Geliebten und überlegte, wo er anfangen sollte. Als könnte Alain Gedanken lesen, zog er ein Bein an und öffnete sich Orlandos Blicken, Orlandos Berührungen und Orlandos Biss.

Der Hunger drohte Orlando zu überwältigen und er griff nach dem Gleitgel, rieb sich damit die Finger ein und leckte über die Innenseite von Alains Oberschenkel. Dann biss er zu. Seine Zähne bohrten sich im gleichen Moment in den harten Muskel, wie sein Finger in Alains heißen Körper, um ihn zu dehnen und zu lockern. Er wollte seinen Avoué nicht verletzen und wusste, wenn er erst in Alain war, würde er sich nicht mehr kontrollieren können.

Alain entfuhr ein leiser Aufschrei des Verlangens, als er Orlandos Zähne in seinem Fleisch spürte. Es war nicht so sehr der Biss selbst, sondern die Gewissheit, dass Orlando endlich seine Ängste überwunden hatte, die Alain erleichterte und mit Stolz auf seinen Geliebten erfüllte. Er wünschte sich fast, es wäre Sommer. Dann könnte er Shorts anziehen und jeder würde sehen, wie vorbehaltlos und grenzenlos die Liebe seines Vampirs war.

Orlando konnte Alains wachsende Erregung in dem köstlichen Blut schmecken, das ihm in den Mund strömte. Jedes Mal, wenn er mit den Fingern über Alains Prostata fuhr, löste er einen neuen Schub der Leidenschaft in dem Magier aus. Orlando verfluchte sich innerlich über seine eigene Dummheit, ihnen dieses Erlebnis so lange vorenthalten zu haben. Dann dachte er nur noch an seinen Geliebten und daran, wie er ihn vor Verlangen um den Verstand bringen konnte, wenn sie sich vereinigten.

Orlando wollte ihn so hoch fliegen lassen wie niemals zuvor, wollte Alain mit jeder Berührung, jeder Bewegung immer wieder an die Grenzen seiner Beherrschung treiben, bis er ihm endlich Erlösung gewährte. Sebastien hatte ihm gesagt, die Sucht, seinen Avoué zu lieben, wäre genauso unwiderstehlich wie die nach dem Blut seines Geliebten. Er brauchte das Blut, um die Bedürfnisse seines Körpers zu befriedigen, aber noch mehr brauchte er die Verbindung zu Alain, die die Sehnsucht seiner Seele nach Liebe erfüllte. Orlando konnte sich kaum vorstellen, wie er sich in wenigen Minuten fühlen würde, wenn sich diese beiden Sehnsüchte gleichzeitig erfüllten.

Alain schlängelte sich unruhig unter ihm hin und her. Der Magier war zwischen Orlandos Fingern und Zähnen gefangen und das Blut pochte ihm in den Adern. Orlando war die Erfüllung seiner Träume. Ihm fehlte nur noch eines – den Vampir in die gleiche Ekstase zu versetzen, die er selbst in diesem Moment empfand. „Bitte", keuchte er. „Liebe mich."

Orlando zog die Zähne aus Alains Schenkel und leckte über die Wunde, um die Blutung zu stillen. „Ich dachte, das würde ich schon tun", neckte er.

„Ich will dich in mir spüren", flüsterte Alain und zog ihn zu sich nach oben, um ihn zu küssen. „Deinen Schwanz in meinem Arsch und deine Zähne in meinem Hals."

Orlandos Verstand setzte aus und er gab Alains Wunsch nach, bevor er selbst es merkte. Sein Schwanz glitt in Alains Körper, als wäre er dafür geschaffen worden. Seine Zähne fanden das Mal an Alains Hals und bissen zu, ohne dass er sich dessen bewusst wurde. Der Kreis war endlich geschlossen, der ihr Leben und ihre Liebe im Aveu de Sang vereinte. Alains Nerven waren bis ans Äußerste angespannt und konnten der doppelten Stimulation nicht mehr widerstehen. Er zuckte zusammen und kam sofort zu Höhepunkt.

„Noch mal", forderte Orlando ihn auf. „Komm noch mal für mich."

Alain hätte es für unmöglich gehalten, aber dann fühlte er Orlandos Zähne, die sich wieder in seinen Hals bohrten, fühlte Orlandos Schwanz, der in ihn hineinstieß, und sein Körper reagierte. Er krampfte sich um Orlando zusammen, der ihn höher und höher mitnahm, bis er sich an Orlando festklammerte und laut schluchzte.

Orlando hätte am liebsten noch stundenlang so weitergemacht, aber sein geschundener Körper ließ es nicht zu. Als Alain wieder zum Höhepunkt kam und sich um ihn zusammenzog, gab er seinem Verlangen nach und stieß noch einmal hart und schnell in Alain hinein, bevor er auch zum Orgasmus kam. Alain zischte leise vor Schmerz, als Orlando die Kontrolle über seine Zähne verlor und ihm die Haut aufriss.

Orlando hob den Kopf und wollte sich gerade entschuldigen, als er den glücklichen Ausdruck im Gesicht seines Geliebten sah. Er schloss den Mund, weil er Alain diesen Moment der absoluten Befriedigung nicht durch eine Entschuldigung verderben wollte. Stattdessen senkte er den Kopf und leckte zärtlich über die Wunde, die seine Zähne gerissen hatten. Sie hörte sofort auf zu bluten und begann, sich wieder zu schließen.

„Das hätte ich nie zu träumen gewagt", flüsterte Alain und öffnete die Augen.

Orlando sah ihn an. „Ich auch nicht. Ich habe dir doch nicht wehgetan, oder?"

Alain schüttelte den Kopf. „Ich habe mich noch nie so durch und durch glücklich gefühlt. Wie geht es dir? Ist alles in Ordnung?"

„Ich fühle mich von Minute zu Minute besser", beruhigte ihn Orlando und merkte zu seiner eigenen Überraschung, dass es die Wahrheit war. Er rollte sich auf die Seite und drehte den Kopf, um einen Blick auf die Wunden an seinem Rücken zu werfen. Da er sie nicht richtig erkennen konnte, drehte er sich mit dem Rücken zu Alain. „Es tut nicht mehr so weh. Sieht es schon besser aus?"

Alain riss erstaunt die Augen auf, als er Orlandos Rücken vor sich sah. Vorhin waren die Wunden noch verschorft gewesen, einige hatten sogar noch geblutet. Jetzt waren sie alle geschlossen und von manchen nur noch leichte Schwielen zu erkennen. „Es sieht aus, als wären sie schon vor Tagen verheilt. Wie ist das möglich?"

„Du liebst mich", meinte Orlando nur. „Du hast mir dein Blut gegeben, deine Magie und dein Herz. Ich glaube, für uns ist alles möglich."

Alain lächelte, bis das Adrenalinhoch, das ihn seit vier Tagen wach hielt, plötzlich nachließ und er laut gähnen musste. Der Schlafmangel machte sich jetzt mit aller Macht bemerkbar.

„Schlaf jetzt", sagte Orlando sofort. „Ich bin morgen auch noch da."

„Lass mich nicht so lange warten", verlangte Alain gähnend. „Ich werde dich schon früher brauchen."

Orlando grinste und gab ihm einen Kuss. „Schlaf jetzt", wiederholte er. „Ich bewache deine Träume."

„ICH SOLLTE jetzt auf die Krankenstation gehen", sagte Thierry, nachdem Alain und Orlando das Hauptquartier verlassen hatten. „Einige Magier aus meiner Einheit sind verwundet worden, und sie sind bestimmt nicht die Einzigen. Alain ist außer Dienst und Marcel im Elysée-Palast; damit bin ich der ranghöchste Offizier."

„Ich begleite dich", bot Sebastien sofort an, weil er Thierry nicht aus den Augen lassen wollte. Vermutlich würde dieses Gefühl wieder nachlassen, wenn die Gefahr erst endgültig vorbei war. Aber noch konnte er den Gedanken nicht ertragen, Thierry weiter als auf Armeslänge aus den Augen zu lassen, ohne dass sein Beschützerinstinkt sich bemerkbar machte.

„Ich werde nachsehen, ob auch Vampire unter den Verwundeten sind", beschloss Jean. Jetzt, nachdem Orlando bei Alain in Sicherheit war und auch der *Extorris* keine Gefahr mehr darstellte, musste er sich wieder um seine anderen Verpflichtungen kümmern. Er warf Raymond einen Blick zu. „Falls du nicht zu müde bist?"

„Ich kann noch einige Stunden durchhalten", versicherte Raymond seinem Geliebten, obwohl er die Erschöpfung schon in sämtlichen Gliedmaßen spürte.

„So lange wird es hoffentlich nicht dauern", erwiderte Jean, der Raymond auch lieber in seinem Bett hätte, und sei es nur, um zu schlafen.

„Das glaube ich auch nicht", stimmte Thierry zu und ging voraus. „Außer, es gibt schwere Verletzungen, von denen ich noch nichts erfahren habe. Aber auch dann können wir nicht mehr tun, als die Mediziner schon versucht haben. Es ist mehr eine Frage der moralischen Unterstützung, als eine medizinische Notwendigkeit."

„Wir sollten die Mediziner informieren, dass es den Verletzten hilft, wenn ihre Partner von ihnen trinken", überlegte Raymond, als sie sich der Krankenstation näherten. „Selbst wenn es nur die Schmerzen lindert, wird es für die Verwundeten eine große Erleichterung sein."

„Sie dürfen nur nicht zu viel Blut dabei verlieren", meinte Thierry. „Sonst ist das Risiko größer als der Gewinn."

„Ich glaube, die Partnerschaft verhindert das. Sonst hätten die Vampire in den letzten Tagen nicht so oft von ihren Partnern trinken können, ohne dass sich eine Schwächung bemerkbar gemacht hätte", sagte Jean nachdenklich. „Nicht ganz so stark, wie beim Aveu de Sang, aber dennoch – ich hätte Raymond unter normalen Umständen nicht so oft beißen können, wie ich es getan habe. Er scheint nicht die geringsten Nachwirkungen zu spüren."

„Noch eine dieser Fragen, auf die wir keine Antwort haben", meinte Thierry kopfschüttelnd. „Aber darüber müssen wir uns bald keine Gedanken mehr machen. Wir haben nicht mehr viele Kämpfe vor uns, bis wir auch den Rest von Serriers Magiern außer Gefecht gesetzt haben. Sobald wir die Gefangenen vernommen haben, wissen wir mehr darüber, wie viele von ihnen sich noch versteckt halten. Aber nach Serriers Tod und nach unserem Erfolg heute kann ich mir nicht vorstellen, dass es sehr viele sind."

„Nach dem Krieg haben wir Zeit, die Natur der Partnerschaften zu erforschen", stimmte ihm Sebastien zu. „Ich kann mir nicht vorstellen, dass das Ende des Kriegs für die Vampire ein Grund ist, ihre Partner wieder zu verlassen. Von Ausnahmen natürlich abgesehen. Obwohl diese Allianz erst einen Monat alt ist, wird sie Auswirkungen haben, die weit über alles hinausgehen, was wir uns vorgestellt haben."

„Könntest du einfach wieder Schluss machen?", wollte Raymond von Thierry wissen. „Könntest du dich einfach freundlich bei Sebastien bedanken und ihn für immer aus deinem Leben verschwinden sehen?"

„Könntest du es mit Jean so machen?", konterte Thierry.

Raymond schüttelte den Kopf. „Allein der Gedanke tut weh."

„Und du?", fragte Sebastien und warf seinem Partner, der einer Antwort auf Raymonds Frage ausgewichen war, einen nervösen Blick zu.

„Nein", gab Thierry zu. „Unsere Partnerschaften sind zwar nicht mehr aus magischen oder militärischen Gründen erforderlich, aber es müsste schon viel passieren, bevor ich dich verlassen könnte."

„Wer sagt denn, dass sie nicht mehr erforderlich sind?", hakte Raymond nach. „Wir wissen, dass sie das magische Gleichgewicht fördern. Wir wissen auch, dass sie die Magier persönlich stärken und den Vampiren ungeahnte Freiheiten geben. Wer behauptet denn, dass diese Auswirkungen nicht genauso erforderlich sind, wie der Sieg in diesem Krieg? Ja, wir können wieder zu den alten Zuständen zurückkehren, als wir jedes Mal, wenn ein Ungleichgewicht aufgetaucht ist, ein Rite d'équilibrage durchgeführt haben. Aber wir können auch vorwärtsgehen, das Potential der Partnerschaften erkunden und ausschöpfen, um unsere Welt zum Besseren zu verändern. Wir können damit unsere eigene Revolution machen, und im Gegensatz zu Serriers Aufstand wird sie den Menschen nützen."

„Ich hätte nicht erwartet, dass du ein solcher Idealist bist."

„Das bin ich auch nicht", wehrte Raymond ab. „Ich bin Historiker. Das gibt mir einen etwas weiteren Blickwinkel auf die Ereignisse. Wir stehen an einem Scheideweg. Serriers Vision einer neuen Gesellschaft war krank und destruktiv, aber das heißt nicht, dass wir in einer perfekten Welt leben, die nicht verbesserungswürdig wäre. Nach dem Ende der Feindseligkeiten wird die öffentliche Meinung auf unserer Seite sein. Wir sollten das ausnutzen, um eine neue Zukunft zu gestalten. Marcel hat mit den Gleichstellungsgesetzen den ersten Schritt in diese Richtung gemacht. Sie stehen kurz vor der Verabschiedung. Die Vampire haben sich als wertvolle Verbündete erwiesen. Jetzt müssen wir uns fragen, welche Veränderung wir außerdem für nötig erachten, um diese Gesellschaft so zu gestalten, dass wir alle eine bessere Zukunft haben."

Raymond drehte sich von Thierry zu Jean um und erkannte den hungrigen Blick in den Augen seines Partners. „Entschuldige", sagte er verlegen. „Ich habe mich mitreißen lassen."

Jean entschuldigte sie kurz bei Thierry und Sebastien, dann fasste er Raymond am Arm und zog ihn wortlos in das nächste leere Zimmer.

Sebastien kicherte. „Es ist immer wieder interessant, zu sehen, was andere Leute anmacht."

„Und was macht dich an?", fragte Thierry nur halb im Scherz.

„Dich zu erleben, wenn du deinen Job machst", antwortete Sebastien spontan. „Lass uns jetzt nach den Verwundeten sehen, ich habe nämlich für später noch meine Pläne mit dir."

Thierry schluckte bei dem Gedanken an Sebastiens Pläne mit ihm. – Hätte Sebastien ihn nicht an seinen Job erinnert – und auf so verlockende Weise daran erinnert –, er hätte sich seinen Vampir geschnappt, in sein Büro gezerrt und die Tür hinter ihnen abgeschlossen. Aber Sebastiens Bemerkung und sein eigenes Pflichtbewusstsein hielten ihn zurück. Thierry tröstete sich damit, dass er sich nicht mehr lange gedulden musste, dann konnte er Sebastien reinen Gewissens beim Wort nehmen. Und morgen konnte er direkt zu Alain und Orlando gehen, um sie über die neueste Entwicklung zu informieren, ohne vorher im Hauptquartier vorbeisehen zu müssen.

Thierry riss sich zusammen und öffnete die Tür zur Krankenstation. Es gefiel ihm nicht, wie viele der Betten belegt waren. Glücklicherweise schienen die meisten Patienten bei Bewusstsein zu sein. Einige saßen sogar in ihren Betten und unterhielten sich mit Besuchern. Es fiel Thierry auf, dass es sich dabei meistens um Vampire handelte.

„Captain Dumont", wurde er von einem Mediziner begrüßt. „Sie sehen nicht so aus, als ob sie meine Hilfe bräuchten."

„Nein, danke. Es geht mir gut", versicherte ihm Thierry. „Ich wollte mich nur erkundigen, wie es den Verwundeten geht."

„Wir hatten viel zu tun", antwortete Dr. Périssé wahrheitsgemäß. „Aber jetzt sind alle über den Berg. Die Vampire waren eine große Hilfe. Sie haben sich um ihre Partner gekümmert und uns auch mit den anderen Patienten geholfen."

„Jean wird sich freuen, das zu hören", sagte Sebastien. „Er wollte eigentlich auch kommen, aber er muss sich erst noch um eine andere Angelegenheit kümmern."

Thierry fiel es schwer, bei Sebastiens Formulierung ein Kichern zu unterdrücken. Er hatte eine ziemlich gute Vorstellung davon, um welche Angelegenheit Jean sich gerade kümmerte. „Ich schließe daraus, dass ihr darüber informiert worden seid, welche heilende Wirkung der Biss eines Vampirs auf seinen Partner hat?", fragte er, ohne weiter auf Jean und Raymond einzugehen.

Dr. Périssé nickte. „Ohne die Vampire hätte wir einige Tote zu beklagen gehabt", bestätigte er Thierry. „Es scheint, als hätte die Allianz magische Potentiale freigesetzt, die bisher unbekannt waren. Wenn nur jeder verwundete Magier einen Partner hätte … Aber glücklicherweise hatten unsere partnerlosen Magier keine lebensgefährlichen Verwundungen. Es wird etwas dauern, bis sie geheilt sind, und es wird in einigen Fällen nicht sehr angenehm sein, aber sie werden sich wieder erholen."

„Kann ich David sehen?", erkundigte sich Thierry. „Er hat von allen Angehörigen meiner Einheit die schwersten Verwundungen davongetragen."

„Selbstverständlich", erwiderte der Mediziner. „Seine Partnerin ist bei ihm. Das letzte Bett links."

Thierry und Sebastien gingen den Gang hinab an den Kabinen vorbei, bis sie die letzte erreichten. „Klopf, klopf", sagte Thierry und raschelte mit dem Vorhang, ohne ihn aufzuziehen. Er wusste nicht, wie es mit der Beziehung zwischen David und Angélique stand, wollte die beiden aber nicht stören.

„Herein", rief die Vampirin.

Thierry öffnete den Vorhang und ließ Sebastien den Vortritt. „Wie geht es David?", fragte er, als sich der Vorhang wieder hinter ihnen geschlossen hatte.

„Er schläft endlich", flüsterte Angélique. „Der Doktor sagt, Ruhe wäre jetzt das Beste für ihn."

„Hat er erwähnt, von welchem Fluch David getroffen wurde?", wollte Thierry wissen. „Ich habe es in dem Durcheinander nicht erkennen können."

„Er hatte innere Blutungen", erklärte Angélique. „Der Doktor hatte Angst, dass er es nicht überleben würde, aber er scheint sich stabilisiert zu haben."

„Du hast ihn gebissen, nicht wahr?", fragte Thierry.

Angélique nickte. „Dr. Périssé sagte, es würde seine Heilung beschleunigen."

„So merkwürdig sich das anhören mag, aber es stimmt. Jedenfalls dann, wenn die Ursachen der Verletzung magischer Natur sind", sagte Thierry. „Wie lange muss er hierbleiben?"

„Es hängt davon ab, ob er weiterhin so schnell heilt. Dann kann er in ein bis zwei Tagen entlassen werden, braucht aber noch Aufsicht und Pflege."

„Aufsicht? Keine sehr eindeutige Anweisung", bemerkte Sebastien.

Angélique schüttelte den Kopf. „Ich nehme ihn mit ins Sang Froid und lasse ihn nicht aus den Augen", erwiderte sie. „Ich kann ihn pflegen, und falls er magische Hilfe braucht, bringe ich ihn hierher zurück oder bitte einen der Mediziner, ins Sang Froid zu kommen."

„Bei deiner Fürsorge wird es ihm bestimmt bald wieder besser gehen", meinte Thierry grinsend. „Wir sollten jetzt noch nach den anderen sehen. Wende dich an die Mediziner, wenn du Hilfe brauchst. Falls sie dir nicht helfen können, werden sie mich benachrichtigen und ich organisiere alles Nötige."

„Ich muss meinen Geschäftsführer sprechen", sagte Angélique. „Er muss über die Lage informiert werden und ich bin mir sicher, dass er nicht weiß, wo sich das Hauptquartier befindet. Außerdem würde er wahrscheinlich nicht eingelassen werden."

„Wann ist er im Sang Froid? Wir können ihn abholen lassen", bot Thierry an.

„Er arbeitet normalerweise tagsüber, weil er sich mehr um die Verwaltung und die Buchhaltung kümmert, als um die Kunden", erklärte Angélique. „Sein Name ist François Roche."

Thierry nickte. „Ich schicke jemanden zu ihm, sobald wir hier fertig sind. Soll er dir etwas mitbringen? Saubere Kleidung oder was auch immer?"

„Ich würde mich gerne umziehen", erwiderte Angélique dankbar und sah an sich herab. „Im Moment mache ich nicht mehr den allerfrischsten Eindruck."

Thierry konnte sich dem nur anschließen, wenn er seine eigene Kleidung sah. „Da bist du nicht die Einzige. Wir sehen alle nicht viel besser aus. Selbst diejenigen, die sich magisch hätten reinigen können, waren zu müde, um es auch nur zu versuchen."

„So wichtig ist es auch nicht", meinte Angélique. „Ich könnte eine Dusche brauchen, aber das hat Zeit bis später. Ich will nicht, dass David allein aufwacht und mich vermisst."

„Einer der Pfleger könnte dich ablösen, damit du dich waschen kannst", bot ihr Thierry an. „Im Moment scheint es hier einigermaßen ruhig zu sein."

Angélique lächelte. „Ich werde später jemanden darum bitten. Aber erst möchte ich mit François reden und abwarten, bis David wieder aufwacht. Ich will nicht, dass er als erstes einen Fremden sieht."

„Dann habt ihr eure Meinungsverschiedenheiten beigelegt?", erkundigte sich Thierry. Das Gespräch mit Jude hatte ihm ins Gedächtnis zurückgerufen, dass nicht alle Partnerschaften sich so harmonisch entwickelt hatten, wie die zwischen ihm selbst und Sebastien.

„Wir machen Fortschritte", antwortete Angélique nach kurzem Nachdenken. „Mehr, als ich vor einigen Wochen für möglich gehalten hätte."

Thierry lächelte. „Das freut mich. Wir müssen jetzt die anderen Verwundeten besuchen, aber ich schicke jemanden zu deinem Geschäftsführer. Bitte um Hilfe, wenn du sie brauchst, während du hier bei David bist."

„Das werde ich tun. Wie geht es Orlando?", fragte sie noch schnell, bevor Thierry wieder gegangen war. „Konnten sie ihm helfen?"

Thierry strahlte übers ganze Gesicht. „Ich habe die beiden gerade erst nach Hause geschickt", beruhigte er Angélique. „Er war wach, konnte reden und sogar schon wieder scherzen. Er wird noch Zeit brauchen, um zu heilen, so wie alle, die von Serriers Flüchen getroffen wurden. Aber es sieht aus, als ob er sich wieder komplett erholen würde."

„Oh, das ist eine wunderbare Nachricht!", rief Angélique erfreut. „Richte ihm aus, dass ich mich nach ihm erkundigt habe. Du siehst ihn bestimmt vor mir, falls Alain ihn nicht hierher bringt."

„Er braucht jetzt nur noch Alains Blut", meinte Sebastien lachend. „Ich kann mir nicht vorstellen, dass die beiden freiwillig das Bett verlassen, bevor Orlando vor dem *Judicium* aussagen muss."

„Dann hat Jean den *Extorris* also gefangen genommen", bemerkte Angélique nickend. „Das ist gut. Wir werden alle ruhiger schlafen können, wenn er nicht mehr die Straßen unsicher machen kann."

„Es ist noch kein Datum für das *Judicium* festgelegt worden", sagte Sebastien. „Aber es wird eine reine Formalität sein, nachdem Orlando so schwer verwundet wurde."

Angélique nickte wieder. Es befriedigte sie zutiefst, dass dieses Monster, das Karine zu Tode gefoltert und auf ihrer Schwelle abgelegt hatte, zur Rechenschaft gezogen wurde. Dann wurde ihre Aufmerksamkeit abgelenkt, als David sich zu rühren begann.

Thierry fiel der Blick auf, den sie ihrem Partner zuwarf. Er und Sebastien verabschiedeten sich, um die beiden allein zu lassen. Als sie wieder im vorderen Bereich der Krankenstation ankamen, sahen sie Mireille vor einer der Kabinen sitzen. Die Vampirin hatte die Hände vors Gesicht geschlagen.

„Mireille?", fragte Sebastien. „Was ist los?"

„Es ist Caroline", antwortete Mireille. „Sie ist von einem Fluch getroffen worden. Sie konnten die Glasscherben aus ihren Augen entfernen und die Blutungen stoppen, aber sie sind nicht sicher, ob sie den Schaden heilen können. Caroline wird wahrscheinlich nie wieder sehen können."

„Hast du von ihr getrunken?", erkundigte sich Sebastien.

„Noch nicht", erwiderte Mireille. „Sie haben mir gesagt, dass es ihr helfen könnte. Aber da war so viel Blut. Ich wollte sie nicht noch mehr schwächen. Sie besteht darauf, dass ich mir überflüssige Sorgen mache, aber die Mediziner schienen mir nicht sehr optimistisch zu sein."

„Sobald sie das nächste Mal aufwacht, musst du von ihr trinken", riet ihr Thierry. „Es hilft ihr, wieder zu heilen – warum auch immer."

Mireille runzelte die Stirn. „Das hat der Mediziner auch gesagt, aber ich wollte es nicht glauben. Was war denn mit Laurent? Blair hat sofort von ihm getrunken, nachdem Laurent von dem Fluch getroffen wurde. Es hat ihm nicht geholfen. Er ist trotzdem gestorben."

Thierry zuckte hilflos mit den Schultern. „Ich weiß auch nicht, worin der Unterschied lag. Ich glaube, das weiß niemand. Was die Partnerschaften angeht, stochern wir im Dunkel. Vielleicht war ihre Verbindung noch zu neu. Vielleicht war die Verletzung zu schwerwiegend. Vielleicht hat

Blair nicht ernsthaft versucht, ihn umzuwandeln. Ich weiß es nicht. Aber Caroline schwebt nicht in Todesgefahr, oder?" Mireille schüttelte den Kopf.

„Was habt ihr dann zu verlieren?", warf Sebastien ein. „Du musst früher oder später trinken, und ich kann mir nicht vorstellen, dass du wieder anonyme Opfer suchen willst, wenn du Blut brauchst. Caroline ist nur zu froh, dir alles zu geben, was du brauchst. Es würde eure Verbindung stärken und euch beiden helfen. Und vielleicht hat sie ja auch recht, und es hilft ihren Augen."

Mireille seufzte. „Ich will sie nicht entmutigen. Ich weiß, wie wichtig es ist, dass sie die Hoffnung nicht verliert. Aber ich habe den Eindruck, dass sie der Realität ausweicht und sich an einen Strohhalm klammert. Ich habe Angst vor ihrer Reaktion, wenn sie erkennt, dass die Mediziner recht behalten."

„Zum einen weißt du nicht, ob die Mediziner recht behalten", erinnerte sie Thierry. „Selbst wenn sie nichts tun können, weil es keine magische, sondern eine physische Verletzung ist, gibt es immer noch Spezialisten in der Stadt, die ihr vielleicht helfen können. Und selbst wenn sie blind bleibt, heißt das noch lange nicht, dass sie kein erfülltes Leben haben kann. Sie muss lernen, ihre Sehkraft durch andere Sinne zu ersetzen. Sie ist eine Magierin. Sie hat viele Möglichkeiten. Die ANS hat Programme für Magier mit Behinderungen. Sie kann einen neuen Beruf erlernen. Jetzt, wo der Krieg vorbei ist, haben wir wieder die Zeit und die Ressourcen, uns um solche Dinge zu kümmern."

Mireille atmete tief durch. „Das weiß ich. Aber der Schock war so groß. Ich muss für sie stark sein, damit sie den Mut nicht verliert, selbst wenn ihre Sehkraft nicht zu retten ist. Ich habe nur ein paar Minuten gebraucht, um mich wieder zu fangen."

„Du bist nicht allein", versprach ihr Thierry. „Du musst keine Angst haben und kannst uns jederzeit um Hilfe bitten. Das gilt auch für Caroline."

„Ich habe mich schon gefragt, ob sie nicht mit mir in Monsieur Lombards Haus leben möchte", gestand Mireille. „Dann könnten wir zu zweit auf sie aufpassen, bis sie gelernt hat, mit ihrer Blindheit umzugehen. Außerdem hätte sie noch einen zweiten Gesprächspartner, der ihr Ratschläge geben kann."

„Das ist eine gute Idee", stimmte ihr Sebastien zu. Sein Respekt für den alten Vampir war in den letzten Tagen noch mehr gewachsen. „Obwohl sie in der ersten Zeit vielleicht lieber in ihrer gewohnten Umgebung sein möchte."

„Ihr müsst es nicht sofort entscheiden", fügte Thierry hinzu. „Aber wie immer ihr euch auch entscheidet, ihr könnt euch auf unsere Hilfe verlassen."

„Merci", sagte Mireille und lächelte zaghaft.

„Gib die Hoffnung nicht auf", erwiderte Sebastien. „Orlando war so gut wie tot. Er war leblos vor Hunger. Aber wir haben ihn wieder aufgeweckt. Carolines Zustand ist viel weniger ernst."

Hinter dem Vorhang war ein Rascheln zu hören. „Ich glaube, sie wacht auf", sagte Mireille. „Ich richte ihr aus, dass ihr euch nach ihr erkundigt habt. Und wenn ihr Orlando seht, richtet ihm bitte aus, wie froh ich über seine Genesung bin." Ohne auf eine Antwort zu warten, verschwand sie hinter dem Vorhang. Thierry und Sebastien konnten noch hören, wie sie mit fröhlicher Stimme ihre Partnerin begrüßte.

Sebastien nahm Thierry an der Hand und zog ihn zum Ausgang. Als sie auf dem Flur ankamen, drückte er ihm leicht die Hand und ließ sie dann los. „Es wird alles gut. Mireille ist viel stärker, als sie aussieht."

Thierry nickte. „Caroline auch. Wir müssen nur darauf achten, dass sie die bestmögliche Hilfe bekommen. Besonders, wenn Carolines Augen nicht zu retten sind." Er lehnte sich seufzend an die Wand.

„Hast du jetzt deine Pflicht erfüllt?", fragte Sebastien mit ernster Miene. „Du siehst fast so schlimm aus, wie die Patienten da drin. Du musst dich ausruhen." So sehr er auch darüber gescherzt hatte, dass er Thierrys Pflichtbewusstsein erregend fand, so deutlich konnte er doch sehen, wie erschöpft der Magier war. Thierry brauchte Ruhe, und das war wichtiger, als Sebastiens Wünsche. Sie hatten noch ein ganzes Leben vor sich. Sie konnten bis morgen früh warten, bevor sie ihrem Verlangen nachgaben.

„Ich muss erst essen", meinte Thierry. „Ich weiß nicht, wann ich das letzte Mal etwas gegessen habe. Mein Magen denkt schon, ich wüsste nicht mehr, was das ist."

„Willst du in der Stadt essen oder nach Hause gehen?", fragte Sebastien.

„Lass uns zu Hause essen", sagte Thierry. „Es muss noch etwas im Kühlschrank zu finden sein, das nicht verdorben ist. Und selbst wenn nicht – so kann ich mich in keinem Restaurant blicken lassen. Ich muss mich erst waschen und umziehen."

„Wir bestellen Pizza", entschied Sebastien. „Dann musst du das Haus nicht wieder verlassen. Du kannst dich hinlegen und ich wecke dich, wenn sie gebracht wird."

„Wenn ich erst eingeschlafen bin, kann mich für die nächsten zwölf Stunden nichts und niemand aufwecken", warnte ihn Thierry. Sebastien gab keine Antwort. Wahrscheinlich waren zwölf Stunden noch zu niedrig geschätzt.

„Lass uns gehen. Wir vergeuden nur unsere Zeit, wenn wir hier noch länger rumstehen."

Thierry stieß sich von der Wand ab und ging auf den Ausgang zu. Er wollte nach Hause, sich waschen und essen. Und dann wollte er endlich ungestört schlafen.

26

„JEAN!", PROTESTIERTE Raymond lachend, als er von dem Vampir in das leere Zimmer geschoben wurde. „Ich dachte, du willst nach den Verwundeten sehen."

„Das wollte ich auch", schnurrte Jean und schmiegte sich mit dem Gesicht an Raymond Hals. „Bis du so ernst geworden bist, dass ich auf andere Ideen gekommen bin."

„Und auf welche?", neckte Raymond und überließ sich entspannt Jeans Zärtlichkeiten. Natürlich kannte er die Antwort auf seine Frage, aber er wollte sie trotzdem von Jean persönlich hören.

„Auf die Idee, dich zu belästigen", sagte Jean mit einem lüsternen Grinsen und ließ die Hände über Raymonds Körper nach unten gleiten, bis sie auf seinem Hintern landeten und zudrückten. „Du hast doch nichts dagegen, oder?"

„Dagegen?", wiederholte Raymond abwesend und drückte sich an Jeans fordernde Hände. „Ich habe nie etwas dagegen. Das solltest du mittlerweile wissen."

Jeans Grinsen wurde noch breiter und er beugte den Kopf, um Raymond zu küssen. „Es kann nicht schaden, das hin und wieder zu hören." Er gab Raymond nicht die Möglichkeit, darauf zu antworten, sondern küsste ihn mit zärtlicher Leidenschaft.

Raymond erwiderte den Kuss. Sein Verlangen nach Jean ließ ihn die Furcht und die Gefahren der letzten vierundzwanzig Stunden vergessen. Sie waren jetzt in Sicherheit. Serrier war tot. Der *Extorris* war gefangen. Das erste Mal seit zwei Jahren konnte Raymond wieder ruhig schlafen, weil kein Preis mehr auf seinen Kopf ausgesetzt war. Er fuhr Jean mit den Fingern durch die dunklen Haare und klammerte sich an ihn, als ginge es um sein Leben. Jeans ahmte jede seiner Bewegungen nach und wurde von der gleichen Leidenschaft erfasst wie sein Geliebter.

„Wir müssen nach Hause gehen", keuchte Raymond und hob den Kopf. „Ich brauch mehr, als einen Quickie im Büro."

„Aber die U-Bahn-Fahrt dauert so lange", beschwerte sich Jean und versuchte alles, um Raymond auf andere Gedanken zu bringen.

Er hatte den Magier unterschätzt.

„Im Salle des Cartes hat noch jemand Dienst", beharrte Raymond auf seinem Vorschlag. „Wir sind in wenigen Minuten zuhause."

Lachend gab sich Jean geschlagen, ließ Raymond los und nahm ihn an der Hand. „Na gut. Aber *du* erklärst dem Mann, warum wir es so eilig haben."

„Ich bin lediglich zu müde, um die U-Bahn zu nehmen und will nicht, dass du alleine fährst. Er wird uns gerne den Gefallen tun und uns transportieren", meinte Raymond, als wäre das die selbstverständlichste Sache der Welt.

„Wenn ich nicht die Leidenschaft unter deiner kühlen Oberfläche geschmeckt hätte, würde dir das sogar abnehmen", meinte Jean lachend, während sie sich auf den Weg zum Salle des Cartes machten. „Die Frage ist nur, ob der diensthabende Magier auch so leichtgläubig ist."

Raymond zuckte mit den Schultern. „Spielt das eine Rolle? Mir ist so ziemlich egal, was er denkt, solange er uns nur nach Hause transportiert. Ich muss mir um meine Autorität keine Gedanken mehr machen. Thierry mag es noch nicht so sehen, aber der Krieg ist vorbei."

Jean musste Raymond zustimmen. „Und was ist mit meiner Autorität?", fragte er und zog Raymond hinter sich her, während er zu rennen anfing.

„Ich kann mir nicht vorstellen, dass sich im Salle des Cartes noch Vampire aufhalten. Orlando ist in Sicherheit und die Milice muss sich erst neu formieren, um ihr weiteres Vorgehen zu planen", erwiderte Raymond, während sie den Saal betraten. Er hatte recht. Bis auf den diensthabenden Magier war niemand zu sehen. Der kam müde auf die Beine und ging auf die beiden zu.

„Kannst du meinen Partner nach Hause schicken, wenn ich meinen Repère bei mir behalte?", fragte Raymond, ohne dem Mann eine Erklärung zu geben.

„Natürlich", erwiderte der Magier. Raymond sah Jean fragend an, und als der zustimmend nickte, transportierte er sich in die Wohnung des Vampirs. Kurz darauf tauchte Jean an seiner Seite auf.

Raymond wollte auf ihn zugehen und ihn umarmen, aber die Beschwörung für den magischen Transport in Jeans Wohnung hatte ihm den letzten Rest an Kraft geraubt, der ihm nach den anstrengenden Kämpfen gegen die dunklen Magier noch geblieben war. Er stolperte über seine eigenen Füße und war Jean dankbar dafür, schnell genug zu reagieren und ihn aufzufangen.

„Was ist los?", fragte Jean besorgt, hob ihn auf und trug ihn ins Schlafzimmer. „Vor wenigen Minuten ging es dir noch gut."

„Ich habe mein Pensum an Magie für diesen Tag übererfüllt", erklärte Raymond, gerührt von Jeans galanter Geste. Sein Verstand sagte ihm zwar, dass es ihm peinlich sein sollte, aber Raymond war zu müde, um darauf zu hören. Er war nur erleichtert darüber, wie diese Nacht geendet hatte und dass er endlich die schützenden Mauern niederreißen konnte, die er um sein Herz errichtet hatte. „Ich brauche nur etwas Schlaf, dann ist alles wieder in Ordnung."

Die Lust, die Raymond mit seinem Vortrag im Hauptquartier geweckt hatte, schoss Jean immer noch durch die Adern, während er den Mann in seinen Armen ansah. Wenn er darauf bestand, würde Raymond wahrscheinlich alles tun, um wach zu bleiben und sie zu befriedigen. Doch Jean sah auch die Erschöpfung, die Raymond ins Gesicht geschrieben stand. Die braunen Augen waren von dunklen Ringen umgeben. Jean war Rücksichtslosigkeit nicht fremd, aber heute konnte er nicht nur an sich denken. „Hältst du noch durch, bis ich dich gewaschen habe?", fragte er besorgt.

„Ich kann es versuchen", erwiderte Raymond, während Jean ihn wieder auf die Füße stellte und ihm die verschmutzte Kleidung auszog.

Als Raymond nur noch seine Unterwäsche trug, zog Jean die Decke zurück und forderte ihn auf, sich aufs Bett zu setzen. „Ich wasche dir den schlimmsten Dreck ab, dann kannst du besser schlafen."

Jean verschwand im Badezimmer. Raymond sah ihm schmunzelnd nach. Ob sauber oder nicht – heute Nacht würde er so tief schlafen, wie schon lange nicht mehr. Das sagte er aber nicht laut. Es fühlte sich zu gut an, als Jean ihm mit dem feuchten, warmen Tuch die Spuren dieses Tages von der Haut wischte und er den Schmutz endlich loswurde, den Serriers Magie hinterlassen hatte. „Danke", flüsterte er leise. „An manchen Tagen glaube ich, dieses Übel wird immer an mir kleben bleiben."

„Er ist tot", sagte Jean, legte das Tuch zur Seite und nahm Raymonds Kopf zwischen die Hände. „Er kann dir nichts mehr tun. Dafür hast du selbst gesorgt, als du die Seiten gewechselt hast. Du brauchst weder mich noch einen anderen, um ihn für immer aus deinem Leben zu verbannen."

Raymond lächelte. „Doch, ich brauche dich. Vielleicht nicht, um mich von Serriers Einfluss zu befreien, aber bis auf Marcel haben alle an meiner Loyalität gezweifelt. Das hat sich erst geändert, als du für mich eingestanden bist. Du hast mich in ihren Augen rehabilitiert, und das wird immer so bleiben. Jetzt sieht niemand mehr in mir den Magier, der Serriers Propaganda aufgesessen ist. Sie sehen nur noch den Partner des Chef de la Cour. Und das ist ein sehr großer Unterschied."

Jean gefiel es nicht, dass Raymond so lange unter den Vorurteilen der anderen Magier gelitten hatte. Aber so war die menschliche Natur. „Du bist weitaus mehr, als nur mein Partner", sagte er. „Und ich verspreche dir, dass es jeder erfahren wird, der mir zuhört."

„Jean", erwiderte Raymond leise und verkniff sich mühsam einen weiteren Vortrag. „Es ist schon gut. Ich bin vollkommen zufrieden damit, der unbekannte Geschichtsprofessor zu sein, der zufällig einen bedeutenden Mann zum Geliebten hat. Mich stört es nicht, wenn für die Öffentlichkeit die Narbe auf meinem Rücken wichtiger ist, als die Berichte über meine Rolle in diesem Krieg. Du kennst die Wahrheit. Ich werde in der Milice akzeptiert und werde auch nach dem Krieg ihre Unterstützung haben, wenn ich wieder in meinem alten Beruf arbeiten will. Ich brauche weder die Presse noch die öffentliche Meinung. Sie interessieren mich nicht."

Jean ließ das Thema fallen, weil er Raymond heute Nacht nicht mehr vom Gegenteil überzeugen konnte. Er drückte ihn sanft auf die Matratze. „Ich räume hier noch schnell auf, dann können wir uns ausruhen und schlafen", versprach er und stand auf, um ins Badezimmer zu gehen. „Ich bin gleich zurück."

Raymond sah ihm müde nach. Er lauschte dem leisen Plätschern des Wassers, das ihn beinahe einschläferte. Dann wurde das Wasser abgedreht. Er öffnete wieder die Augen und beobachtete, wie Jean zurück ins Schlafzimmer kam. Der Vampir trug einen schwarzen Bademantel aus Seide, der seinen Körper vor Raymonds Blicken verbarg. Raymond runzelte die Stirn.

„An was denkst du?", wollte Jean wissen.

„Du bist nicht nackt", nuschelte Raymond schmollend.

Jean lächelte. Raymonds Tonfall passte so gar nicht zu dem Bild, das der Vampir von seinem Partner hatte. „Du bist viel zu müde, um noch für mehr zu gebrauchen zu sein, als zu kuscheln und zu schlafen. Morgen früh darfst du mich ausziehen."

„Ich will aber deine Haut fühlen", grummelte Raymond und gähnte.

„Schlaf jetzt", schalt ihn Jean, zog sich den Bademantel aus und legte sich hinter Raymond ins Bett. Dann zog er den Magier fest an seine Brust und bewachte seine Träume.

SIE SAßEN im Zug nach Versailles. Sebastien fragte sich zum wiederholten Male, warum Thierry nicht einen der Magier gebeten hatte, ihn – oder sie beide – nach Hause zu transportieren. Der Magier hatte die Augen geschlossen und sich erschöpft an das Zugfenster gelehnt. Bei jeder Unebenheit und jedem Geschwindigkeitswechsel schlug er mit dem Kopf an die Scheibe. Sebastien konnte es nicht mehr mitansehen, legte den Arm um ihn und zog ihn an seine Schulter. Thierry seufzte leise und kuschelte sich in Sebastiens Arme. Sebastien konnte seinen Partner nicht verstehen. Thierry hatte felsenfest darauf bestanden, dass der Krieg noch nicht vorbei wäre, und doch schien ihn diese Tatsache nicht im Geringsten zu bekümmern. Nicht, weil er jetzt eingeschlafen war – Thierry war vier Tage im Einsatz gewesen und hatte in den letzten vierundzwanzig Stunden kein Auge zugemacht –, sondern, weil er offensichtlich keinerlei Bedenken hatte, mit dem Zug zu fahren. Sebastien jedenfalls beschloss, auf Nummer Sicher zu gehen und wachsam zu bleiben. Er beobachtete die Mitreisenden mit Argusaugen, jederzeit auf einen Angriff gefasst.

Als sie an ihrem Ziel ankamen, war Thierry wach genug, um durch die Straße zu seinem Haus zu gehen. Er kam Sebastien wie ein Schlafwandler vor, der sich darauf verließ, dass seine Füße den Weg alleine fanden. Vor dem Hoftor fummelte er hilflos mit dem Schüsselbund am Schloss herum, bis Sebastien die Sache in die Hand nahm, das Tor öffnete und ihn hinein führte. Sobald das Tor sie vor neugierigen Blicken verbarg, bückte sich Sebastien, hob Thierry auf die Arme und trug ihn zum Haus. Thierry grummelte unverständlich vor sich hin, aber Sebastien ignorierte den Protest. Thierry konnte ihn später noch ausschelten, wenn er ausgeschlafen war und wieder in zusammenhängenden Sätzen reden konnte. Aber erst brauchte er Schlaf.

Vorsichtig, um Thierry nicht zu wecken, brachte Sebastien ihn zum Bett, zog ihm die Schuhe und die Jeans aus und knöpfte sein Hemd auf. Das musste reichen. Sebastien deckte ihn zu, drückte ihm noch einen zärtlichen Kuss auf die Stirn und ging ins Badezimmer, um zu duschen.

Das heiße Wasser fühlte sich gut an auf seiner kalten Haut. Im Laufe des Tages war es immer kälter geworden, fast, als hätte Serriers Niederlage die Jahreszeiten wieder ins Gleichgewicht gebracht, die sich jetzt alle Mühe gaben, um die verlorene Zeit aufzuholen. Sebastien schloss die Augen, hielt das Gesicht unter den Wasserstrahl und dachte nach. Die Ereignisse des letzten Monats hatten sein Leben komplett durcheinandergewirbelt. Er hatte auch vor der Gründung der Allianz schon über den Krieg der Magier Bescheid gewusst, aber damals war ihm das alles vollkommen belanglos erschienen. Den Magiern waren die anderen übernatürlichen Wesen scheinbar sowieso egal. Erst Marcel und die Allianz hatten Sebastien eines Besseren belehrt, und dafür würde er ihnen immer dankbar sein.

Sebastien hatte den größten Teil seines Lebens in den Schatten verbracht. Nicht nur, weil er ein Wesen der Nacht war, sondern auch wegen seiner Vergangenheit und der Feindschaft zwischen Jean und ihm, die ihn vom Cour ferngehalten hatte. Das alles hatte sich seit der Allianz geändert. Jetzt war er nicht nur ein vollwertiges Mitglied des Cours, sondern auch immun gegen das Sonnenlicht. Doch das war noch nicht alles. Er hatte Thierry kennengelernt und war in dessen Haus und Bett willkommen. Er war willkommen in den Armen des Mannes, der im Nachbarzimmer schlief. Sebastien hatte nach Thibaults Tod nie nach einem neuen Geliebten, nach einer neuen Liebe gesucht, aber das Schicksal hatte anders entschieden. Er lächelte und griff nach dem Shampoo – Thierrys Shampoo –, um sich die Haare zu waschen.

Sebastien hätte nie erwartet, nach Thibault wieder einen Menschen zu finden, mit dem er sich so gut verstand. Es zog ihm das Herz zusammen, nicht, weil er sich vor der Zukunft fürchtete, sondern weil die Erinnerungen an die Vergangenheit immer noch schmerzten. Thierry war noch jung – wenn auch älter als Thibault damals – und würde als Magier viel länger leben, als Normalsterbliche. Sie hatten noch viele gemeinsame Jahre vor sich, bevor Thierry alt und gebrechlich wurde und Sebastien gezwungen war, seinen Hunger wieder bei einem anderen Menschen zu stillen. Ihm lief ein Schauer über den Rücken bei dem Gedanken, einen Menschen zu lieben, nur um ihn wieder zu verlieren; doch die Alternative – Thierry jetzt zu verlassen – war unvorstellbar. Nach Thibaults Tod war es auch so gewesen und Sebastien hatte es überlebt. Wenn es soweit war, würde er auch einen Weg finden, Thierrys Tod zu überleben. Bis dahin wollte er jeden Augenblick genießen und die Erinnerung an ihre gemeinsame Zeit in seinem Herzen bewahren, bis der Tag kam, an dem er wieder in die Schatten zurückkehren musste.

Aber jetzt war nicht die Zeit für solche morbiden Gedanken. Jetzt war die Zeit, ihren Sieg zu feiern. Er drehte das Wasser ab, trocknete sich ab und schlich sich leise ins Schlafzimmer zurück, um Thierry nicht zu wecken. Dann kroch er hinter seinem Partner ins Bett, legte den Arm um ihn und schloss die Augen, um sich auszuruhen. In diesem Augenblick drehte Thierry sich verschlafen um und drückte ihm einen Kuss auf die Lippen.

„Du brauchst Schlaf", sagte Sebastien.

Thierry murmelte eine unverständliche Antwort, aber er streichelte Sebastien mit unmissverständlicher Absicht über die nackte Haut und weckte damit dessen Verlangen. „Thierry", flüsterte Sebastien tadelnd.

Thierry schüttelte den Kopf und öffnete die Augen. Nachdem er sich davon überzeugt hatte, dass der Vampir ihm zuschaute, rieb er ihm mit den Fingern über die Brustwarzen, bis sie sich zusammenzogen und aufrichteten. „Liebe mich."

Sebastien schnappte überrascht nach Luft und fing an, leise zu stöhnen, als er Thierrys Hand spürte, die ihm fest über den Schwanz rieb, bis er nach wenigen Sekunden hart wurde. Thierry rollte sich auf die Seite und presste seinen Hintern an Sebastiens Schwanz. „Liebe mich", wiederholte er. Seine Stimme klang müde, ließ aber keinen Widerspruch zu.

Sebastien tastete nach der Tube mit dem Gel, befeuchtete seine Finger und schob die Hand zwischen ihre Körper, um nach Thierrys Öffnung zu suchen. Mit dem anderen Arm presste er Thierry fest an sich und streichelte ihn überall in Reichweite seiner Hand – an der Brust, am Bauch und am Schwanz.

Thierry bewegte sich träge zwischen Sebastiens Händen hin und her – zwischen der geballten Faust um seinen Schwanz und den Fingern, die sich in ihn geschoben hatten und ihn dehnten. Er schloss die Augen, um sich ganz dem Verlangen hinzugeben, das Sebastien in ihm weckte. Nach einigen Minuten ersetzte der Vampir seine Finger durch seinen Schwanz. „Beiß mich", bettelte Thierry. Er vermisste Sebastiens Zähne in seinem Hals.

„Das ist zu gefährlich", protestierte Sebastien. „Ich habe in den letzten Tagen schon so oft getrunken. Du bist erschöpft."

„Beiß mich", wiederholte Thierry.

Sebastien riss all seine Selbstbeherrschung zusammen, senkte den Kopf und biss Thierry in den Hals, ohne von dem Blut zu trinken, das er auf der Zunge schmeckte. Die Versuchung zu saugen war stark, aber er widerstand ihr, weil er Thierry nicht noch mehr schwächen wollte. Er stieß sanft in Thierry hinein, ließ die Erregung langsam und beständig ansteigen. Thierry rieb sich an ihm und wollte ihn zu mehr anspornen, doch Sebastien ließ sich nicht aus der Ruhe bringen und machte weiter wie bisher. Für hart und fest hatten sie noch oft genug die Gelegenheit. Heute Nacht wollte er die Zärtlichkeit einer warmen, sanften und etwas verschlafenen Vereinigung.

Thierry passte sich der Stimmung schnell an und kam nur Minuten später in Sebastiens Hand. Sein Inneres zog sich zusammen und brachte auch Sebastien zum Höhepunkt. Der Vampir zog die Zähne aus Thierrys Schulter und leckte über die kleinen Wunden direkt hinterm Ohr. „Schlaf jetzt", forderte er den Magier auf, ohne seinen erschlafften Schwanz aus Thierry herauszuziehen.

Thierry nickte. Die Verbindung zwischen ihren Körpern entspannte ihn. Er konnte endlich seine Wachsamkeit aufgeben und Ruhe finden.

VINCENT GING unruhig in der Zelle im Untergeschoss des Hauptquartiers der Milice auf und ab. Er war viel zu nervös, um sich hinzusetzen. Immer wieder faltete er die Arme vor der Brust, nur um sie wieder fallenzulassen. „Der Kampf ist bestimmt schon vorbei", sagte er schließlich und drehte sich zu Eric um. „Warum haben sie uns noch nicht geholt?"

„Weil wir jetzt nicht gerade ganz oben auf ihrer Prioritätenliste stehen, selbst wenn der Kampf vorbei sein sollte", erwiderte Eric ruhig. „Sie müssen sich zuallererst um die Verwundeten kümmern, dann um die gefangenen Magier, die nicht erst hierher, sondern direkt ins Gefängnis gebracht werden. Wir sind nur hier, weil Marcel sich persönlich mit uns befassen wird. Aber er muss erst dem Präsidenten und – wahrscheinlich – auch dem Parlament über die Schlacht und ihren Ausgang Bericht erstatten. Ich glaube nicht, dass Serrier sich lebend ergeben hat. Wie dem auch sei, sein Schicksal muss offiziell bestätigt werden. Ich verspreche dir, dass sie uns nicht vergessen haben."

„Das sagst du so einfach", meinte Vincent unbehaglich. „Du hast die ganze Zeit für sie gearbeitet. Dich werden sie wieder freilassen. Aber was ist mit mir?"

Eric stand auf, ging zu Vincent und legte ihm den Arm über die Schulter. „Marcel ist ein fairer Mann", beruhigte er Vincent und zog ihn zu der Pritsche, auf der er gesessen hatte. „Er wird dich anhören und berücksichtigen, was du getan hast. Außerdem werde ich für dich bürgen, und das würde ich für keinen anderen tun."

„Sie werden uns trennen wollen", vermutete Vincent.

„Das mag sein", gab ihm Eric recht. „Es wird jedoch nur vorübergehend sein. Ich kann dir nicht versprechen, wie weit mein Einfluss reicht, aber ich werde alles in meiner Macht stehende tun, damit du bald wieder freikommst. Vielleicht können wir eine Art Übereinkunft erzielen, wenn ich die Verantwortung für dich übernehme."

„Du glaubst also, sie werden mich vor Gericht stellen."

Eric zuckte mit den Schultern. „Ich weiß es nicht, aber ich halte es für höchstwahrscheinlich. Nicht, weil Marcel dich bestraft sehen will. Aber er kann dich – und übrigens auch Monique – benutzen, um Serrier endgültig zu diskreditieren. Wenn ihn selbst seine Gefolgsleute verlassen, war er wirklich ein Wahnsinniger, dem seine politischen Ziele nur als Vorwand dienten."

Vincent nickte bedächtig. „Hört sich logisch an. Ich bin jederzeit bereit, gegen ihn auszusagen, falls es hilft."

„Das würde es wahrscheinlich tun", meinte Eric. „Wir müssen mit Marcel darüber reden, wenn er hierherkommt und wir uns seiner Gnade ausliefern."

„Du wirst seine Gnade nicht brauchen", erwiderte Vincent. „Du warst immer auf ihrer Seite."

Eric zuckte mit den Schultern. „Ich brauche vielleicht keine Gnade, aber ich brauche ihre Vergebung. Vielleicht nicht Marcels, aber die von Alain und Thierry. Ich habe sie sehr verletzt, als ich die Seiten gewechselt und gegen sie gekämpft habe. Als ich Alains Geliebten entführt habe."

„Das wusstest du damals nicht", erinnerte ihn Vincent.

„Das ändert aber nichts daran, wie sehr ich ihn verletzt habe", erwiderte Eric leise. „Alain hat Danièle und die Kinder nicht wissentlich getötet, doch das hat ihren Verlust für mich nicht weniger schmerzhaft gemacht. Nur weil ich nicht wusste, wer Orlando war, wird Alain sich nicht weniger um seinen Geliebten geängstigt haben."

„Aber du hast ihn am Ende gerettet", sagte Vincent. „Du musst es Magnier nur erklären."

„Wir beide haben ihn gerettet", korrigierte Eric seinen Geliebten. „Ich hätte ihn vielleicht auch allein befreien können, aber ohne dich hätte ich es nicht überlebt. Wenn Blanchet mich nicht erwischt hätte, dann spätestens die Wache an der Tür."

Vincent lächelte und küsste ihn zärtlich. „Wir sind ein gutes Team. Jetzt müssen wir nur noch dafür sorgen, dass die Milice das auch erkennt."

„Das werden wir", versprach Eric und gab ihm den Kuss zurück. „Ich werde nicht zulassen, dass wir lange getrennt bleiben."

27

ERIC HATTE den Kopf auf Vincents Schulter gelegt und döste vor sich hin, bis er durch ein Geräusch geweckt wurde. Die Tür öffnete sich und ein schlanker Mann betrat die Zelle. Eric erkannte in der schlanken Gestalt sofort Marcel. Er gab Vincent einen kleinen Schubs, um ihn zu wecken, dann stand er auf.

„Serrier ist tot", verkündete Marcel ohne Umschweife. „Vielen Dank, mein Sohn. Ohne dich hätten wir es nicht geschafft."

Eric zuckte verlegen mit den Schultern. Es war ihm unangenehm, wenn Marcel seine Rolle in diesem Krieg betonte. „Und ich hätte es ohne Vincent nicht geschafft", fügte er hinzu.

„Das hast du gestern schon gesagt", bestätigte Marcel. „Könntest du mir erklären, wie du das genau meinst?"

„Es war Vincents Idee, Orlando zu befreien. Er hoffte, dass du uns nach dieser Geste des guten Willens aufnehmen würdest, so wie du es mit Raymond und Monique getan hast. Damals wusste er noch nicht, dass ich für dich arbeite", erklärte Eric. „Ich hätte auf jeden Fall zu verhindern versucht, dass Serrier Orlando in die Sonne bringt, aber ich weiß nicht, ob es mir gelungen wäre. Vermutlich hätte ich den Versuch nicht überlebt."

„Ich kann mir vorstellen, warum du Orlando retten wolltest, Eric", sagte Marcel lächelnd. „Aber was war Ihr Grund, Monsieur Jonnet?"

Vincent zuckte leicht zusammen. „Nennen Sie mich bitte Vincent, Général. Ich hatte mehrere Gründe, um Orlando retten zu wollen. Ich fühlte mich für ihn verantwortlich, weil ich dabei war, als er gefangen genommen wurde. Und ich habe ihn dafür bewundert, wie er Serriers Experimenten standgehalten hat. Sein Körper hat zwar reagiert, aber er selbst nicht. Ich war auch nicht damit einverstanden, wie Serrier die Gefangenen behandelte. Eric kann Ihnen darüber mehr sagen. Ich habe oft meine Meinung über Blanchet und seine Foltermethoden geäußert. Und dann ist Monique entkommen. Ich war mir ziemlich sicher, dass sie der Milice Informationen über Orlando gegeben hat. Ich wollte auch aussteigen. Ich wollte, dass wir beide da rauskommen. Serrier wurde von Tag zu Tag verrückter und ich war nicht bereit, mit ihm unterzugehen. Orlando war unser Ticket in die Freiheit. Das hört sich sehr eigennützig an, und vielleicht ist es das auch. Aber es war die Chance, auf die ich lange gewartet habe. Ein Weg, von Serrier wegzukommen, ohne zu Tode gehetzt zu werden – weder von Serrier, noch von der Milice."

„Der Selbsterhaltungstrieb ist ein natürliches Bedürfnis", sagte Marcel verständnisvoll. „Ich weiß ihn besonders dann zu schätzen, wenn er einen unserer wichtigsten Verbündeten rettet."

„Und was passiert jetzt?", fragte Eric und sprach damit das Thema an, das sie bisher gemieden hatten.

„Du bist frei und kannst gehen, wohin du willst", erwiderte Marcel. „Du hast im Auftrag der Milice gehandelt, um uns kriegswichtige Informationen zu liefern. Vermutlich musst du in den Verhandlungen gegen die dunklen Magier aussagen, aber ansonsten kannst du tun und lassen, was du willst."

Eric schüttelte den Kopf und fasste nach Vincents Hand. „Ich gehe nicht ohne Vincent."

Marcel seufzte. „So ist das also", murmelte er und dachte nach. „Das hört sich zwar sehr nobel an, aber es wird Vincent nicht helfen", sagte er dann. „Wenn es zu einer Verhandlung kommt – und sowohl er als auch Monique werden sich vor Gericht verantworten müssen – braucht er deine Aussage. Dann musst du, unabhängig von eurer Beziehung, unvoreingenommen bezeugen können, wie es dazu kam, dass er die Seiten gewechselt hat und ihr einen Plan gemacht habt, um Orlando zu befreien. Wenn du bei ihm bleibst, setzt du deine Glaubwürdigkeit als Zeuge aufs Spiel. Ich kenne Orlando nicht gut genug, um euch zu versprechen, dass er für Vincent aussagen wird. Ich werde versuchen, mich bei der Staatsanwaltschaft für ein Schuldeingeständnis und

Haftminderung einzusetzen, aber letztendlich hängt alles von deiner Zeugenaussage ab. Du darfst nicht voreingenommen wirken."

Eric wollte schon den Kopf schütteln, da mischte sich Vincent ein. „Er hat recht, Eric. Es gefällt mir zwar auch nicht, aber er hat recht. Es wird nicht für immer sein. Ich schaffe das schon. Mir wird im Gefängnis nichts passieren."

Das mochte zwar stimmen, aber Marcel wollte es nicht dabei belassen. „Darüber müsst ihr euch keine Sorgen machen", versprach er. „Ich habe mit der Justizministerin über Monique gesprochen, und was für sie gilt, lässt sich auch auf dich übertragen. Wenn du willst, kannst du als Gast der Milice hierbleiben, bis die Verhandlung stattfindet. Moniques Termin ist in zwei Wochen. Ich versuche, für dich einen sofortigen Anschlusstermin zu bekommen. Ich schlage euch dringend vor, euren Kontakt auf ein absolut notwendiges Minimum zu beschränken. Aber es spricht nichts dagegen, dass Eric ab und zu einen alten Freund besucht."

Eric atmete tief durch. „Du weißt, dass wir nicht nur Freunde sind."

Marcel lächelte. „Ich bin nicht blind, mein Junge. Aber ich weiß auch, wie schwierig es sein wird, für Vincent mildernde Umstände oder gar einen Freispruch zu erreichen. Wenn ihr eure Beziehung bekannt macht, kann das nur schaden. Es sind nur wenige Wochen, so lange müsstet ihr euch doch betragen können. So. Ich kann mich nicht erinnern, wann ich das letzte Mal geschlafen habe. Ich werde diese Tür mit einem Schutzschild versehen, durch den du die Zelle verlassen kannst, Eric. Ich bezweifle sehr, dass in den nächsten Stunden jemand hier auftaucht, um nach euch zu sehen. Die anderen sind wahrscheinlich noch müder als ich. Aber lasst euch nicht zu viel Zeit. Vergesst nicht, was ich euch über den äußeren Anschein gesagt habe."

Mit einer kurzen Handbewegung aktivierte Marcel den Schild und verschwand aus der Zelle. Die beiden Magier sahen sich an.

„Glaubst du, dass er recht hat?", fragte Vincent. „Kann es wirklich so einfach sein?"

Eric schüttelte erstaunt den Kopf. „Marcel hat immer recht. Das heißt nicht, dass es einfach wird, aber es heißt, dass am Ende alles gut wird. Wirst du hier allein zurechtkommen?"

„Ich bin schon ein großer Junge", sagte Vincent lachend. „Es ist alles in Ordnung. Außerdem kannst du mich besuchen, obwohl das wahrscheinlich keine gute Idee ist. Es könnte der Eindruck entstehen, als wollten wir unsere Aussage absprechen."

„Das hängt vermutlich davon ab, wie die Angehörigen der Milice über uns denken", überlegte Eric. „Die Öffentlichkeit wird von meinen Besuchen nichts erfahren, und wenn die anderen Magier sich an Marcel orientieren, können wir uns hier so oft sehen, wie wir wollen. In einem staatlichen Gefängnis wäre die Situation eine andere."

„Machst du dir Sorgen über die Reaktion der anderen Magier?", brachte Vincent das Problem auf den Punkt.

„Bei den meisten nicht", erwiderte Eric. „Sie werden Marcels Wort akzeptieren und keinen Gedanken mehr an uns verschwenden. Bei Thierry und Alain sieht die Sache anders aus. Ich habe einige schreckliche Dinge zu ihnen gesagt, als ich um meine Familie getrauert habe und dieses ganze Versteckspiel begonnen hat. Sie haben allen Grund, mich zu hassen, auch ohne die Entführung Orlandos. Gott, wenn ich das gewusst hätte … Ich hätte es niemals getan." Ihm brach die Stimme.

Vincent schloss Eric tröstend in die Arme. „Wir hatten keine andere Wahl", sagte er. „Er war der einzige Vampir, der sich lange genug von seinem Magier entfernt hat, damit wir ihn fassen konnten."

„Wir hätten auf einen anderen Vampir warten können", erwiderte Eric kleinlaut.

Vincent schüttelte den Kopf. „Sie waren kurz davor, die Schlacht zu gewinnen. Ich verstehe deine Gefühle, aber du weißt genau, dass wir in dieser Situation nicht anders handeln konnten. Wir hätten uns verraten oder einen Befehl missachtet."

„Vielleicht hätten wir das tun sollen."

„Lass das!", befahl Vincent. „Du hast den General gehört. Orlando wird sich erholen. Er und Alain sind wieder zusammen. Wenn wir unseren Befehl missachtet hätten, wären wir beide tot und ein anderer Vampir – vielleicht sogar doch Orlando – wäre gefangen genommen und gefoltert worden."

Natürlich wusste Eric das auch. Aber er wusste auch, wie es war, geliebte Menschen zu verlieren. Deshalb war er todunglücklich, Alain solchen Kummer gemacht zu haben, auch wenn am Ende alles gut ausgegangen war.

„Du musst so bald wie möglich mit den beiden reden", drängte Vincent. „Du darfst es nicht auf die lange Bank schieben."

RAYMOND KAM langsam wieder zu sich. Es ging ihm nach – er sah auf die Uhr – zwölf Stunden Schlaf schon viel besser. Er lächelte, als er Jean an seiner Seite liegen sah. Raymond konnte immer noch nicht begreifen, dass er ein solches Glück gefunden hatte. Die Erkenntnis amüsierte ihn, als er an seine ursprüngliche Reaktion auf die Allianz und Jean insbesondere zurückdachte. Raymond drückte seinem Partner einen Kuss auf die Stirn und lächelte ihm zu, als er die Augen öffnete.

„Guten Morgen", krächzte er mit verschlafener Stimme.

„Guten Morgen", sagte Jean. „Wie fühlst du dich?"

„Besser", erwiderte Raymond. „Nicht mehr so müde. Ich könnte wahrscheinlich noch zwölf Stunden weiterschlafen, aber es war schon ein guter Anfang und Marcel braucht uns heute. Wie geht es dir?"

„Ich fühle Müdigkeit nicht so, wie normale Sterbliche", erinnerte ihn Jean. „Solange ich genug Blut getrunken habe, kann ich nahezu unbegrenzt durchhalten. Und in den letzten Tagen habe ich mehr als genug von dir bekommen, also geht es mir gut."

„Schön", meinte Raymond, rollte sich auf die Seite und sah ihn an. „Dann können wir also da weitermachen, wo wir gestern Nacht aufgehört haben."

„Und wo war das?", fragte Jean amüsiert.

„Fick mich um den Verstand."

Raymonds Antwort blieb nicht ohne Wirkung auf Jeans Libido, aber er schüttelte den Kopf. „Das war gestern ganz und gar nicht meine Absicht. Wenn du mich natürlich bitten würdest, dich zu lieben, bis dir die Luft wegbleibt ... dann wäre mir das ein Vergnügen."

Raymond senkte den Kopf und küsste ihn sanft auf den Mund. „Ich bin für beide Angebote offen", flüsterte er.

„Wir hatten schon zu viele harte, schnelle Ficks, bei denen wir uns von Furcht, Instinkt oder fremder Magie haben leiten lassen", sagte der Vampir. „Monsieur Lombard hat dir erklärt, was passiert, wenn sich ein Vampir auf einen Menschen fixiert hat. Es wird Zeit, dass du es persönlich erlebst."

Raymond lief ein Schauer über den Rücken bei dem Versprechen, das in Jeans heiserer Stimme mitschwang. Die wenigen Male, die sie sich geliebt hatten, waren schon umwerfend gewesen. Dass Jean noch mehr auf Lager haben sollte, ließ Raymond schon vor Erregung zittern, bevor sie richtig begonnen hatten. „Ich kann mir kaum vorstellen, was noch besser werden soll."

Jeans samtweiches Lachen war wärmend und erregend zugleich. „Vertrau mir", flüsterte er. „Ich zeige dir, wie es ist, einen Vampir zum Geliebten zu haben."

Raymond nickte, rollte sich auf den Rücken und bot Jean seinen Hals an, aber der schüttelte den Kopf. „Heute nicht. Du bist noch zu erschöpft und ich habe dich gestern erst gebissen. Ich brauche meine Zähne nicht, um dich meine Verehrung fühlen zu lassen."

Raymond stützte sich überrascht auf den Unterarm. „Aber ich dachte ..."

„... dass ich dich nicht lieben kann, ohne dich zu beißen?", unterbrach ihn Jean. „Sicher, ich kombiniere es oft. Aber ich kann auch trinken ohne Sex, und ich kann dich lieben, ohne dich zu beißen."

„Aber das erste Mal ..."

„... kannte ich dich noch nicht als Geliebten", erklärte Jean. „Ich war mir nicht sicher, ob du mich wirklich begehrst. Dein Blut hat es mir bestätigt. Und danach ist es einfach passiert, weil wir es beide so wollten. Das heißt aber nicht, dass ich mich nicht beherrschen kann, wenn es angebracht ist."

„Es geht mir aber gut!", protestierte Raymond. „Ich kann ..."

„Nein", sagte Jean streng. „Nicht vor heute Abend. Es gibt keinen Grund, ein überflüssiges Risiko einzugehen." Er streichelte Raymond über die Brust. „Es wird dir bestimmt auch ohne den Biss gefallen."

„Ich will nur nicht, dass dir etwas fehlt", meinte Raymond.

Jean lachte wieder. „Ich habe eher den Eindruck, dass *dir* etwas fehlen wird."

Raymond wurde rot. „Na ja, bisher hast du mich jedes Mal gebissen, wenn wir Sex hatten."

Mehr musste Jean nicht hören. „Aber dieses Mal haben wir keinen Sex. Dieses Mal lieben wir uns."

„Soll das etwa heißen, ich muss mich mit Sex zufriedengeben, wenn ich gebissen werden will?", scherzte Raymond, den der unerwartete Ernst ihrer Unterhaltung verlegen machte.

„Raymond", erwiderte Jean tadelnd. „Ich werde dich heute früh nicht beißen, egal, ob wir uns lieben, Sex haben oder ficken wie die Karnickel. Außerdem möchte ich nicht, dass mir schlecht wird von dem vielen Blut. So oft, wie ich dich in der letzten Woche gebissen habe, bin ich vollkommen übersättigt. Darf ich dich jetzt lieben oder willst du dich weiter mit mir streiten?"

Raymond lächelte ihn strahlend an. „Vielleicht will *ich* ja *dich* lieben."

Jeans Augen blitzten, als er sich auf Raymond warf. Er fasste den Magier an den Handgelenken, zog ihm die Arme über den Kopf und drückte sie auf die Matratze. „Niemand kann mich so provozieren wie du", knurrte er. „Aber dieses Mal kommst du damit nicht durch."

Raymond lachte, schlängelte sich unter Jean hin und her und rieb sich mit seinem steifen Schwanz an Jeans Erektion. „Ich habe nicht vor, mich darüber zu beschweren", versicherte er seinem Geliebten. „Nicht, solange es damit endet, dass wir beide nackt im Bett liegen." Er streichelte über Jeans Rücken und kniff ihn in den Hintern. „Oder auf der Couch. Oder an der Wand. Oder wo auch immer. Hauptsache, wir sind zusammen."

„Ich hätte dich nicht für einen solchen Exhibitionisten gehalten", neckte Jean und presste sich an ihn. Er fuhr Raymond mit den Lippen übers Gesicht, über jede Linie und jede Kante, bis er schließlich zu Raymonds Mund kam. Jean musste Raymonds Blut nicht schmecken, um dessen Reaktion zu erkennen. Der Magier würde ihn nicht aufhalten, wenn er sich einfach zwischen seine Beine legte und ihn nahm. Und es würde ihnen beiden gefallen. Aber Jean hatte sich fest vorgenommen, dass er sich dieses Mal mehr Zeit lassen würde, dass er seinem Partner mehr Wertschätzung zeigen würde, als er es bei Karine getan hatte. Raymond sollte niemals daran zweifeln, dass er in Jeans Leben die wichtigste Rolle spielte, auch wenn sie nicht jeden Tag darüber sprachen. Es war nicht Jeans Art, über seine Gefühle zu reden. Er glaubte auch nicht, dass Raymond es ständig hören wollte. Fühlen ja, aber viele Worte zu machen, war Raymond genauso unangenehm wie Jean.

Während Raymond immer tiefer in Jeans Kuss versank, gab er Jean innerlich recht. Er hatte wirklich keine Ahnung gehabt, wie es war, im Mittelpunkt der Aufmerksamkeit eines Vampirs zu stehen. Bis jetzt. Jean fachte die Leidenschaft zwischen ihnen mit einer Geschicklichkeit an, die ihresgleichen suchte. Er wechselte perfekt zwischen liebevoller Zärtlichkeit und gelegentlicher Aggressivität, sodass Raymond immer wieder überrascht wurde und nie wusste, was als Nächstes auf ihn zukam.

Seine Sinne wurden von allen Seiten überflutet und er konnte nicht mehr klar denken. Es kam ihm vor, als hätte Jean ein extra Paar Hände und Lippen, denn er schien überall gleichzeitig zu sein. Raymond wollte sich erkenntlich zeigen, aber jedes Mal, wenn er es versuchte, hielt Jean ihn an den Händen fest und drückte sie wieder auf die Matratze. Dabei knurrte er leise und jagte Raymond damit eine Gänsehaut nach der anderen über den Rücken. Er gab schließlich auf und überließ sich ganz und gar Jean. Seine letzte Entscheidung war, sich sobald wie möglich bei Jean zu revanchieren. Dann entspannte er sich und genoss nur noch, ließ sich von Jean dirigieren und von Kopf bis Fuß mit Zärtlichkeiten überschütten.

Jede Berührung Jeans ließ ihn weiter abheben. Mit geschlossenen Augen entschwebte Raymond langsam der Wirklichkeit. Es war, wie Monsieur Lombard gesagt hatte – er war der Mittelpunkt in Jeans Universum, und mit jedem Kuss des Vampirs wurde ihm diese Tatsache aufs Neue ins Bewusstsein gerufen. Es dauerte nicht lange, bis Raymond zu betteln anfing und mehr wollte – mehr von allem, vor allem aber mehr von Jean. Raymond erwartete, mit einem

Grinsen weiter auf die Folter gespannt zu werden, aber das war nicht der Fall. Jean erfüllte ihm jeden Wunsch, und als er Raymond schließlich nahm, geschah es mit einer solchen Liebe und Zärtlichkeit, dass Raymond nur noch hilflos wimmerte. Noch nie war er von einem Geliebten so behandelt worden. Noch nie hatte ein Geliebter Raymonds Bedürfnisse so in den Mittelpunkt gestellt und nur an ihn gedacht.

Raymond wurde mit einem Schlag klar, warum Monsieur Lombard mit keinem Wort daran gezweifelt hatte, dass Alain seine Entscheidung, Orlandos Avoué zu werden, niemals bedauern würde.

Mit klopfendem Herzen unterdrückte Raymond sich das Betteln, das ihm auf den Lippen lag, als er plötzlich von seinem Orgasmus überrascht wurde. Kaum war es vorbei – er lag noch keuchend und vollkommen ausgelaugt unter Jean –, fing sein unermüdlicher Verstand schon wieder an, dieses neue und unerwartete Bedürfnis zu analysieren, Jeans Ein und Alles sein zu wollen. Aber genauso schnell, wie dieser Wunsch in ihm aufgeflammt war, verdrängte er ihn auch wieder. Er konnte den Chef de la Cour nicht mit einem schwarzen Schaf belasten, dessen Loyalität in den Augen der Öffentlichkeit wahrscheinlich immer mit einem Makel behaftet sein würde. Sicher, irgendwann würde die Geschichte dieses Bild von ihm korrigieren, aber damit war Jean jetzt nicht geholfen. Selbst unter Berücksichtigung der überdurchschnittlichen Lebenserwartung eines Magiers würde er nicht damit rechnen können, noch zu Lebzeiten rehabilitiert zu werden. Es war schon schlimm genug, dass der Cour über ihn Bescheid wusste. Dazu kam, dass auf Jean eine zusätzliche Verantwortung zukam, wenn die Gleichstellungsgesetze verabschiedet waren und die Integration der Vampire in die Gesellschaft auch praktisch umgesetzt werden musste. Da war Raymond mit seiner Vergangenheit nur ein weiterer Mühlstein am Hals des Chef de la Cour, und das wollte Raymond seinem Geliebten nicht zumuten. Er musste sich damit begnügen, im Schatten zu leben, Jean im Stillen zu unterstützen und zu versuchen, ihm seine Aufgabe zu erleichtern. Was auch immer geschah, Raymond durfte nicht zulassen, dass er durch seine eigene Vergangenheit noch zusätzliche Probleme verursachte.

Nachdem auch Jean zum Höhepunkt gekommen, streichelte Raymond ihm über die Haare und küsste ihn, bis der Vampir die Augen wieder öffnete. „Was immer die Zukunft bringen mag, eines musst du wissen", sagte er liebevoll. „Ich werde dich immer unterstützen. Im Jeu des Cours, im Parlament, in der ANS und vor der Öffentlichkeit."

Es war zwar keine Liebeserklärung, aber es war eine so vorbehaltlose Loyalitätserklärung, wie sie Jean von seinem reservierten Partner niemals erwartet hätte. Zärtlich erwiderte er Raymonds Kuss. „Und der Chef de la Cour wird dich ebenfalls immer unterstützen."

Raymond wollte den Kopf schütteln, aber Jean ließ keinen Widerspruch zu. „Sieh es als eine weitere Maßnahme, meine Position zu sichern. Letztendlich wird alles, was über dich gesagt wird, auf mich zurückfallen."

Raymond runzelte die Stirn und fragte sich, ob Jean nicht doch besser gedient wäre, wenn er ihre Beziehung sofort beendete. Aber er hatte den Gedanken kaum zu Ende gedacht, da wusste er auch schon, dass ihm das niemals möglich wäre. Er konnte Jean nicht verlassen. Im Guten wie im Bösen – er war an Jean gebunden. Es war eine Verbindung, die sein Begriffsvermögen überstieg und die er wahrscheinlich niemals ganz verstehen würde.

„Soit."

28

THIERRY WARF sich unruhig hin und her. Bilder der vergangenen Schlachten geisterten durch seine Träume. Immer wieder sah er sich Eric gegenüberstehen und seinen Stab ziehen, um den früheren Freund und jetzigen Feind zu töten und durch Orlando aufgehalten zu werden, der ihm zuschrie, Eric habe ihm das Leben gerettet.

Er wurde aus seinen Albträumen geweckt, als eine Hand ihn an der Schulter packte. „Was ist los, Thierry?"

Thierry blinzelte verwirrt und sah das besorgte Gesicht Sebastiens vor sich. „Ich muss herausfinden, was mit Eric passiert ist", sagte er verschlafen. „Ich weiß nur, dass Marcel ihn ins Hauptquartier geschickt hat. Aber in dem ganzen Durcheinander gestern habe ich vergessen, mich bei Marcel zu erkundigen, was er mit Eric vorhat."

„Mit dem Spion?"

Thierry nickte. „Eine Entschuldigung ist das Mindeste, was ich ihm schulde", gestand er. „Ich habe wirklich geglaubt, er hätte die Seiten gewechselt. Wenn einer in der Milice es hätte besser wissen müssen, dann ich. Ich hätte wissen müssen, dass es dafür einen triftigeren Grund gab, als nur seine Trauer. Ich hätte nicht an ihm zweifeln dürfen."

„Du hattest nach Lage der Dinge jeden Grund, an ihm zu zweifeln", widersprach ihm Sebastien, der seinen Partner instinktiv – auch gegen dessen Selbstvorwürfe – in Schutz nahm. „Niemand kann dir einen Vorwurf machen, dass du geglaubt hast, was Marcel euch glauben machen wollte."

„Trotzdem muss ich mich bei ihm entschuldigen", beharrte Thierry auf seiner Meinung. „Es lässt mir keine Ruhe."

„Na gut", meinte Sebastien kopfschüttelnd. „Dann stehen wir jetzt auf und gehen ins Hauptquartier, damit du es hinter dich bringen kannst. Ich hatte zwar für diesen Morgen andere Pläne, aber das kann warten."

„Welche Pläne?", fragte Thierry, während er das Bett verließ. Das klebrige Gefühl zwischen den Beinen erinnerte ihn an die Aktivitäten der gestrigen Nacht.

Sebastien grinste, als er die begeisterte Reaktion von Thierrys Schwanz sah. Er schnappte sich seinen Partner und zog ihn aufs Bett zurück. Dann streichelte er ihm über den steifen Schwanz. „Wir beiden müssen uns noch besser kennenlernen."

„Wie viel besser willst du ihn denn noch kennenlernen?", fragte Thierry keuchend.

Sebastiens Grinsen wurde breiter. „Ich weiß immer noch nicht, wie er sich in mir anfühlt."

„Putain", stöhnte Thierry. Die Bilder flackerten wie im Zeitraffer durch seinen Kopf – Sebastien unter ihm, Sebastien, der auf ihm saß, Sebastien … Sein dringendes Bedürfnis, mit Eric zu reden, wurde mehr und mehr in den Hintergrund gedrängt. „Sag so was nicht, wenn du genau weißt, dass ich an meine Pflicht denken muss."

„Die Entscheidung liegt bei dir", meinte Sebastien. Er respektierte Thierrys Wunsch, die Angelegenheit mit seinem Freund zu regeln. Er hatte auch Verständnis dafür, dass Thierry versuchen wollte, eine Beziehung zu retten, die sich in den letzten Jahren durch Erics Rolle in Serriers Aufstand bis zur Unkenntlichkeit verändert hatte. Sebastien erkannte, dass Thierry erst sein Gewissen beruhigen musste, bevor sie sich unbeschwert ihrer eigenen Beziehung widmen konnten. Und wenn man bedachte, wie lange es her war, seit ein anderer Mann ihn getoppt hatte, kam es auf die paar Stunden auch nicht mehr an.

Thierry riss sich zusammen und ignorierte Sebastiens verführerisches Angebot. Er setzte sich wieder auf und rieb sich mit den Händen übers Gesicht. „Ich muss mit Eric reden", wiederholte er, auch wenn er damit weniger Sebastien, als sich selbst von der Dringlichkeit seines Anliegens überzeugen musste. „Aber so kann ich mich schlecht im Hauptquartier sehen lassen."

Sebastien lächelte. „Für den Fall, dass du es vergessen hast – aber es gibt auch andere Möglichkeiten, dein Problem zu lösen. Komm, wir duschen zusammen. Dann helfe ich dir dabei. Danach, wenn alles andere geregelt ist, können wir uns richtig lieben, ohne abgelenkt zu sein."

Thierry ließ sich von Sebastien ins Badezimmer und unter die Dusche führen. Die Kabine war so eng, dass sie sehr, sehr eng beieinander stehen mussten. Thierry beschwerte sich nicht darüber, dass Sebastien die Dusche heiß und hart einstellte. Das Wasser spülte alles von ihnen ab, was an den Sex der letzten Nacht und an den Kampf gegen die dunklen Magier erinnerte. Sebastien schäumte sich die Hände ein und rieb Thierry erst über die Brust, dann über den Schwanz. Stöhnend lehnte sich der Magier mit dem Rücken an seinen Partner und vertraute sich ihm an.

Sebastien lehnte sich an die Wand, um Thierrys Gewicht besser halten zu können. Während er ihm mit einer Hand über den harten Schwanz rieb, massierte er ihm mit der anderen die Arschbacken. Es dauerte nicht lange, da fing Thierry zu stöhnen an und drückte sich fest an Sebastiens Schwanz. Der Vampir wünschte sich, sie hätten mehr Zeit, als die paar Minuten unter der Dusche. Natürlich hätte er Thierry einfach an die Wand schieben und ficken können, aber er wollte seinen Partner nicht zu etwas drängen, was sie nicht vereinbart hatten. Sebastien wusste, wie wichtig es für Thierry war, sich mit seinem Freund zu versöhnen. Er fasste fester zu und rieb schneller, bis er Thierry zum Höhepunkt gebracht hatte.

Der Magier ließ sich erschöpft keuchend an Sebastien fallen. „Ich schwöre dir, es wird jedes Mal besser", sagte er, als er wieder zu Atem kam. Dann drehte er sich in Sebastiens Armen um und küsste ihn zärtlich. „Und jetzt, mein Geliebter, will ich wissen, was ich für dich tun kann."

Sebastien schüttelte den Kopf. „Das hat Zeit, bis wir wieder zuhause sind. Ich warte lieber, bis ich dich in mir fühlen kann." Er schäumte sich die Hände ein und gab die Seife an Thierry weiter. „Und jetzt wasch dich. Dein Freund wartet auf dich."

Thierry hatte keine Ahnung, woher Sebastien seine Geduld nahm. Vermutlich hatte der Vampir sie durch seine lange Existenz gelernt. „Sobald wir wieder zuhause sind …", versprach er und beendete seine Dusche, um sich anzuziehen. Die Aussicht auf Sebastiens Arsch musste reichen, um die Hochs und Tiefs des Tages zu überstehen. Und die würden mit Sicherheit nicht ausbleiben.

Sebastien folgte ihm langsam und versuchte, seine Erektion unter Kontrolle zu bekommen. Das Versprechen in Thierrys Stimme war keine große Hilfe. Sebastien fragte sich mittlerweile, ob es ein Fehler gewesen war, bis heute Abend warten zu wollen. Außerdem wollte er sich diesem Eric bei ihrer ersten Begegnung nicht gerade mit einem steifen Schwanz präsentieren. Das war wirklich nicht der Eindruck, den er hinterlassen wollte. Aber jetzt war es zu spät, daran noch etwas zu ändern. Thierry schien entschlossen, den Tag in Angriff zu nehmen, und Sebastiens Chance, den Magier wieder ins Bett zu locken, war verstrichen. Resigniert zog er sich an und beobachtete seinen Partner aus dem Augenwinkel. In seiner Fantasie war er schon wieder mit Thierry allein.

Thierry spielte in Gedanken durch, wie seine Begegnung mit Eric verlaufen könnte. Er hatte seinem früheren Freund so viel zu sagen, wollte so vieles von ihm wissen. Thierry hoffte sehnlichst, dass sie die letzten beiden Jahre hinter sich lassen und wieder an ihre alte Freundschaft anknüpfen konnten. Er warf einen Blick über die Schulter auf seinen Partner, der sich schweigend anzog. Sein Geliebter. Thierry fragte sich, wie er Eric sein Verhältnis zu Sebastien erklären sollte. Nicht, dass Eric etwas dagegen hätte. Aber es war … kompliziert. Thierry seufzte. „Du musst nicht mitkommen", sagte er zu Sebastien. „Es gibt keinen Grund, warum du die lange Fahrt ins Hauptquartier machen musst, nur um rumzusitzen und Däumchen zu drehen, während ich mit Eric rede. Du kannst hierbleiben und dir etwas Ruhe gönnen."

Sebastien zog eine Augenbraue hoch. Er hatte vieles erwartet, aber nicht, von Thierry komplett ausgeschlossen zu werden. „Es macht mir nichts aus, mit dir ins Hauptquartier zu fahren", sagte er nur. „Außerdem will ich sehen, wie es Orlando und den anderen Vampiren geht. Und deinen Freund würde ich auch gerne kennenlernen."

Thierry zuckte mit den Schultern. „Ich bin mir nicht sicher, ob wir noch Freunde sind", gab er leise zu.

„Umso mehr Grund für mich, ihn kennenzulernen", brummte Sebastien unwirsch, weil ihm die Vorstellung nicht gefiel, dass Eric Thierry verletzen könnte. „Du solltest ihn nicht allein aufsuchen, wenn du dir nicht sicher bist, wie er reagieren wird."

Thierry bezweifelte sehr, dass Eric ihm etwas antun und sich dadurch unglaubwürdig machen wollte. Es war mehr die Frage, ob sie sich überhaupt noch etwas zu sagen hatten. Was Thierry allerdings irritierte, war Sebastiens Verhalten. Der Vampir glaubte – nach allem, was sie miteinander durchgemacht hatten – offensichtlich immer noch, Thierry könne nicht selbst auf sich aufpassen. „Wenn du unbedingt dabei sein willst, dann lass uns gehen", sagte er steif. „Zu dieser Tageszeit dauert es mindestens eine halbe Stunde, bis wir in der Stadt sind."

Die Fahrt verlief in angespanntem Schweigen. Keiner der beiden wollte von seiner Position abrücken oder sich in der Öffentlichkeit streiten. Als sie im Hauptquartier ankamen, ging Thierry sofort zu den Zellen im Untergeschoss, um herauszufinden, wo sich Eric aufhielt.

„Der General hat ihn in der Nacht entlassen", sagte der wachhabende Magier bedauernd. „Simonet ist heute früh gegangen, aber ich weiß nicht, wohin. Nur der andere ist noch hier."

„Es scheint, als müsste euer Gespräch noch einen Tag warten", meinte Sebastien, als sie sich auf den Weg zu Thierrys Büro machten.

Thierry schüttelte den Kopf. „Er wird nicht weit gegangen sein. Unter diesen Umständen kann er sich kaum frei bewegen, weil es zu unsicher für ihn wäre. Was hältst du davon, wenn du jetzt deine Krankenbesuche erledigst, während ich nach ihm suche? Dann können wir schneller wieder nach Hause gehen. Ich habe noch ein Versprechen zu erfüllen …", schlug Thierry vor und wackelte übertrieben mit den Augenbrauen, um die Stimmung zwischen ihnen wieder aufzuhellen.

Sebastien verzog nur knurrend das Gesicht. Thierry zuckte gleichgültig mit den Schultern und machte sich auf den Weg zum Salle des Cartes, ohne auf Sebastien zu warten.

Die Magierin, die hier Dienst hatte, konnte ihm mehr über Eric sagen. „Ja, er war noch hier, bevor er aufgebrochen ist. Général Chavinier hat ihm gesagt, er könnte das Hauptquartier verlassen. Aber er hat seinen Repère dabei, falls wir ihn kurzfristig finden müssen. Er ist …" Die Magierin sah auf die Karte. „Sieht aus, als wäre er nur einige Häuser weiter."

Thierry bedankte sich bei der Frau und ging wieder. Er ignorierte die leise Stimme in seinem Kopf, die ihn mahnte, Sebastien Bescheid zu geben. Falls sein Partner etwas von ihm wollte, konnte er ihn durch den Repère auf der Karte finden.

Eric saß drei Querstraßen weiter in einem kleinen Café. Er hielt eine abgebrannte Zigarette zwischen den Fingern und starrte ins Leere. „Das Zeug bringt dich noch um. Gegen Krebs ist selbst Magie machtlos", sagte Thierry und setzte sich Eric gegenüber an den Tisch.

Eric schnaubte und warf die Zigarette in den Aschenbecher, ohne Thierry eines Blickes zu würdigen. „Es ist die erste, die ich seit Monaten geraucht habe. Es ist das erste Mal seit Monaten, dass ich die Ruhe finde, mich hinzusetzen und eine Zigarette anzuzünden."

„Das Gefühl kenne ich", meinte Thierry und überlegte, ob er weiter Smalltalk machen oder, wie ein Elefant im Porzellanladen, direkt zum Thema kommen sollte. Er konnte sich nicht entscheiden und schwieg.

Keiner der beiden sagte ein Wort. Ein Kellner kam vorbei, um Thierrys Bestellung aufzunehmen. Thierry brach die Stille und bestellte einen Espresso.

„Ich nehme an, du erwartest eine Erklärung", sagte Eric, nachdem der Kellner den Tisch verlassen hatte.

„Wenn du mir eine geben kannst", erwiderte Thierry.

Eric seufzte. So schwer es auch werden würde, sein Gespräch mit Thierry war noch das einfachere von den beiden, die ihm bevorstanden, bevor er mit seiner Zeit bei Serrier abschließen konnte. „Du kannst dich doch erinnern, wie es war, als der Krieg begann. Wir dachten damals, er wäre bestimmt in wenigen Wochen wieder vorbei. Aber dann wurde es immer schlimmer und es sah aus, als würden wir verlieren, bevor es richtig losging. Raymond war noch nicht bei uns. Wir wussten nicht, dass er Serrier bald verlassen würde. Serrier hatte viele mächtige Magier auf seiner Seite und wir fanden keinen Weg, das sich ausbreitende Chaos aufzuhalten."

„Ich kann mich gut erinnern." Es war die Wahrheit. Nach der anfänglichen Überraschung über Serriers Aufstand hatte die Regierung zunächst Schwierigkeiten, den gut organisierten Kräften Serriers wirkungsvoll Gegenwehr zu leisten. Dann wurde die Milice gebildet und Marcel gebeten, die Führung zu übernehmen. Marcel hatte sich sofort dazu bereit erklärt, aber es dauerte seine Zeit, bis die Milice aufgebaut war. Und diese Zeit hatte Serrier genutzt, um die Oberhand zu gewinnen.

„Dann sind Danielle und die Kinder ums Leben gekommen."

Thierry zuckte zusammen. „Du weißt …"

„Es war ein Unfall", unterbrach ihn Eric. „Ich weiß. Ich habe es immer gewusst, aber ich habe um sie getrauert. Marcel hat mich zu sich gerufen. Er hat gesagt, meine Trauer und meine verständliche Wut auf Alain – ich konnte ihm den Tod meiner Familie vorwerfen – wären wahrscheinlich die besten Voraussetzungen, um von Serrier aufgenommen zu werden. Selbst wenn ich keinen hohen Rang einnahm, konnte ich Informationen erhalten und weitergeben. Die Milice war dringend darauf angewiesen. Für mich war es eine Möglichkeit, den Tod meiner Familie zu rächen. Trotzdem habe ich es erst nicht tun wollen. Ich wollte Alain nicht die Verantwortung dafür in die Schuhe schieben, die Seiten gewechselt zu haben. Marcel und ich haben stundenlang darüber geredet. Dann hatte er mich davon überzeugt, dass es die einzige Möglichkeit war, um Serriers Misstrauen zu überwinden."

„Du hättest uns einweihen können", sagte Thierry.

„Das wollte ich auch", erwiderte Eric. „Aber Marcel ließ sich nicht umstimmen. Niemand durfte davon erfahren, weil ihr sonst vielleicht verdächtig reagiert hättet, wenn wir uns im Kampf gegenübergestanden hätten. Das hätte meine Position bei Serrier gefährdet. Es war besser so; nicht nur wegen der Informationen, die ich beschafft habe, sondern auch zu meinem Schutz."

„Wir hätten dich töten können!", rief Thierry. „Wir hätten es getan, wenn wir dir begegnet wären!"

„Das Risiko musste ich eingehen. Wenn ich ehrlich bin, habe ich nicht damit gerechnet, diesen Krieg zu überleben. Ich wollte nur, dass mein Tod einen Sinn hat", gab Eric zu. „Ich hätte nie erwartet, das Ende dieses Kriegs zu erleben. Ohne Vincent hätte ich es vermutlich auch nicht erlebt. Ich konnte Blanchet ausschalten, als ich Orlando befreit habe; aber gegen den Wachposten an der Tür hätte ich ohne Vincent keine Chance gehabt."

„Orlando hat uns berichtet, dass du ihm geholfen hast. Hast du …?" Thierry verstummte. Er wusste nicht, wie er seine Frage in Worte fassen sollte.

Eric hatte diese Frage erwartet. „Aguiraud und Serrier haben ihn für Experimente benutzt. Blanchet hat ihn gefoltert. Ich habe mehr mitangesehen, als mir lieb war. Aber ich habe nicht daran teilgenommen. Ich habe ihn nur in seine Zelle getragen, wenn Serrier ihn gebunden hat. Orlando ist ein starker Mann. Ist Alain glücklich mit ihm?"

„Glücklicher, als ich ihn jemals erlebt habe", erwiderte Thierry ohne nachzudenken. „Woher hast du es gewusst?"

„Orlando hat es mir gesagt. Natürlich nicht gleich, aber nachdem er erfahren hat, wer ich bin, wollte er mich überreden, zur Milice überzulaufen. Er hat mich sogar an unseren alten Code erinnert."

Thierry schmunzelte. „Das hört sich nach Orlando an. Dann hat er dich also überzeugt?"

Eric zuckte mit den Schultern. „Er hatte Unterstützung. Vincent hatte es auch schon seit einiger Zeit versucht. Aber ich konnte nicht zugeben, dass sie recht hatten. Ich hatte eine Aufgabe. Das hat sich erst geändert, als Orlandos Leben auf dem Spiel stand. Ich konnte nicht zulassen, dass Serrier ihn der Sonne aussetzt. Hat Orlando seinen Ring wiederbekommen?"

„Alain hat ihn", sagte Thierry. „Ich weiß nicht, ob er ihn Orlando schon zurückgegeben hat. Du bist ein großes Risiko eingegangen, als du ihn in deine Wohnung gebracht hast. Er wurde sofort auf der Karte sichtbar. Wenn wir dich zuhause angetroffen hätten, hätte Alain dich umgebracht."

„Als Orlando sich so leicht von dem Ring getrennt hat, war mir sofort klar, dass es sich um einen Repère handeln musste", bestätigte Eric. „Es war ein kalkuliertes Risiko. Ich hatte gehofft, dass ihr bemerkt, dass ich meine Schutzschilde nicht geändert habe. Ich dachte, dann würdet ihr vielleicht auch auf den Gedanken kommen, dass ich nicht wirklich auf Serriers Seite stehe."

„Wenn wir zu diesem Zeitpunkt noch klar gedacht hätten. Aber Alain hatte nur noch eine Sache im Kopf – seinen Geliebten. Und der war in den Händen von Serrier, wurde gefoltert und hatte Schmerzen."

Eric runzelte verwirrt die Stirn.

„Sie können sich durch ihre Verbindung fühlen", erklärte Thierry. „Er hat jeden Fluch, jeden Schlag gefühlt, als wäre er gegen ihn selbst gerichtet."

Eric erblasste. „Das wusste ich nicht. Mein Gott, Thierry, das wusste ich wirklich nicht."

„Ich bin es nicht, bei dem du dich entschuldigen musst."

Eric nickte. „Ich werde mit ihnen reden, sobald ich die Möglichkeit dazu habe. Ich kann mir nicht vorstellen, dass Alain mir jemals verzeihen wird. Aber ich werde mit ihnen reden."

„Vor zwei Monaten hätte er dir vielleicht noch nicht verziehen", stimmte ihm Thierry zu. „Aber seit er Orlando gefunden hat, hat sich vieles geändert. Lass ihm Zeit. Es wird dich überraschen, wie überzeugend Orlando sein kann. Er war der Erste, der unsere Allianz ernst genommen hat und ihr Potential erkannte. Er hat darauf bestanden, dass wir endlich offen zusammenarbeiten, anstatt uns nur misstrauisch zu beäugen. Und ich glaube auch, dass er dich mag, nachdem du ihm zur Flucht verholfen hast."

„Ich habe dich vermisst", flüsterte Eric so leise, dass Thierry es beinahe nicht verstanden hätte. „Ich habe mich mit der Zeit an vieles gewöhnt, aber daran nie."

„Imbécile", schalt Thierry ihn freundlich und zog ihn an sich. „Wir haben dich auch vermisst."

Ein lauter Wutschrei erschreckte die beiden Männer. Alle Augen in dem Café waren auf die Tür gerichtet, durch die ein dunkler Wirbelwind von einem Mann gestürmt kam. Eric suchte im Reflex nach seinem Stab, aber Thierry schüttelte nur den Kopf. Er hatte seinen Geliebten sofort erkannt. „Lass das, Sebastien", befahl er scharf, weil er vor Eric keine Szene machen wollte.

Sebastiens Augen blitzten vor Wut. Er starrte den Mann an, der es gewagt hatte, *seinen* Magier zu berühren. „Warum? Sag mir, warum ich ihn nicht in seine Einzelteile zerlegen soll", fragte er aufgebracht.

„Eric, würdest du uns bitte für einen Augenblick entschuldigen? Ich muss mit Sebastien unter vier Augen reden."

Eric nickte stumm. Thierry stand auf und zog einen wutschnaubenden Sebastien zu den Toiletten. Er schob seinen Partner in eine der kleinen Kabinen, schloss hinter ihnen die Tür und sah in zornig an. „Was sollte das, zum Teufel? Du weißt genau, dass Eric und ich nur Freunde sind. Und selbst das ist im Moment noch fraglich."

„Er hat dich angefasst", blaffte Sebastien ihn an.

Thierry rollte mit den Augen. „Bist du etwa eifersüchtig?"

„Nein", wehrte Sebastien ab.

Thierry schnaubte. „Hört sich aber ganz so an. Du bist der erste Mann, den ich zum Geliebten habe. Das weißt du. Du bist mein einziger Geliebter. Eric ist keine Bedrohung für dich, selbst wenn er nicht für die Milice spioniert hätte. Er ist für mich wie der kleine Bruder, den ich nie hatte. Das ist alles."

„So hat es aber nicht ausgesehen", grummelte Sebastien.

Thierry seufzte. „Ich trinke jetzt meinen Kaffee und beende meine Unterhaltung mit meinem *Freund*. Falls mein *Geliebter* uns Gesellschaft leisten möchte, würde mich das sehr freuen. Falls nicht, geh bitte zurück ins Hauptquartier und warte dort auf mich."

Mit diesen Worten drehte Thierry sich um und verließ die Toilette. Sebastien blieb zurück und kam sich wie ein kompletter Idiot vor. Er holte tief Luft, um seine aufgewühlten Gefühle wieder unter Kontrolle zu bekommen. Dann ging er ins Café zurück, um den ‚kleinen Bruder' seines Geliebten kennenzulernen.

29

„WER WAR das?", wollte Eric wissen, als Thierry zu ihrem Tisch zurückkam.

Thierry schüttelte seufzend den Kopf. „Das war Sebastien Noyer", sagte er, als würde der Name allein alles erklären.

Eric sah ihn fragend an und wartete auf mehr.

„Mein Partner in der Allianz", fuhr Thierry fort.

Eric wartete weiter ab. Er konnte sich nach der Reaktion des Mannes denken, dass mehr dahinterstecken musste.

„Mein Geliebter."

Eric riss die Augen auf und blinzelte verwirrt. „Dein …?"

„Ja, sein Geliebter", unterbrach Sebastien und legte Thierry besitzergreifend die Hand auf die Schulter. „Du wirst dich daran gewöhnen müssen."

„Sebastien", sagte Thierry tadelnd. „Es reicht. Setzt dich hin und verhalte dich wie ein zivilisierter Mensch. Wenn nicht, kannst du nach Hause gehen."

Sebastien gab nach und setzte sich auf den Stuhl neben Thierry, legte aber seine Hand deutlich sichtbar auf den Arm des Magiers.

Eric sah mit großen Augen zwischen den beiden Männern hin und her. Er versuchte, die Signale und Worte, die bei ihm angekommen waren, mit dem in Übereinklang zu bringen, was er über Thierry wusste. Oder zu wissen glaubte.

„Die Allianz ist mehr, als nur eine Kampfgemeinschaft zwischen Vampiren und Magiern", fing Thierry an. Er wusste nicht recht, wie er einem Außenstehenden die Partnerschaften erklären sollte. „Wir haben festgestellt …"

An seiner Seite prustete Sebastien los.

„Na gut", gab Thierry zu. „Wir haben durch *Zufall* entdeckt, dass zwischen Vampiren und Magiern eine magische Verbindung besteht. Die richtige Kombination führt zu einer Partnerschaft, die den Vampir vor der Sonne schützt, das magische Gleichgewicht bewahrt und die Macht des Magiers stärkt. Wer weiß, was sonst noch alles möglich ist. Jedes Mal, wenn wir denken, alles verstanden zu haben, erleben wir eine neue Überraschung."

„Das erklärt die Allianz und die merkwürdigen Ereignisse, die Serrier aufgefallen sind, nachdem die Vampire sich der Milice angeschlossen haben. Aber es erklärt nicht, warum ihr Geliebte seid", bemerkte Eric. Ihm schwirrte immer noch der Kopf, als er Thierrys Enthüllung mit den ungelösten Rätseln der letzten Monate in Einklang zu bringen versuchte. „Als wir uns das letzte Mal gesprochen haben, warst du noch heterosexuell und bis über beide Ohren in deine Frau verliebt."

„Sie hat mich verlassen", gestand Thierry. Sebastien fasste ihn fester am Arm und warf Eric einen wütenden Blick zu, weil der Magier es gewagt hatte, in Thierry schmerzhafte Erinnerungen zu wecken. „Sie wollte in meinem Leben nicht an zweiter Stelle stehen, auch nicht wegen des Krieges. Sie ist Mitte Oktober bei einem Angriff in Versailles ums Leben gekommen."

„Das tut mir leid", sagte Eric. Er konnte immer noch nicht verstehen, wie Aleth' Trennung von Thierry und ihr Tod zu der aktuellen Situation geführt haben konnten. Der einschüchternde Blick des Vampirs hielt ihn jedoch davor zurück, der Sache auf den Grund zu gehen. Eric akzeptierte Thierrys Erklärung und nahm sich vor, demnächst einen der anderen Magier nach Details zu fragen.

Thierry zuckte mit den Schultern. „Es ist vorbei. Das wichtigste ist, dass wir die machtvolle Verbindung entdeckt haben, die sich zwischen Vampiren und Magiern entwickeln kann. Sebastien ist jetzt mein Partner, so, wie Orlando Alains Partner ist. Vielleicht findest du ja auch einen Partner, jetzt, wo du wieder bei uns bist."

Eric runzelte die Stirn und dachte an Vincent, der immer noch in seiner Zelle im Hauptquartier der Milice saß. „Ich habe schon einen Partner", erwiderte er ablehnend. „Ich bin nicht daran interessiert, einen neuen zu suchen."

„Es ist auch nicht mehr nötig", meinte Sebastien. „Es hätte zwar immer noch Vorteile, aber es gibt keinen Grund, jemanden dazu zu zwingen, der es nicht will. Es ist eine *viel* umfassendere Partnerschaft, als wir es uns zu Anfang vorgestellt haben."

Dem konnte Thierry nur zustimmen, obwohl er es keinen Augenblick bereute, die Partnerschaft mit Sebastien eingegangen zu sein. „Diese Entscheidung müssen Marcel und Jean fällen", entschied er dann. Er konnte spüren, wie angespannt Sebastien auf ihr Gespräch reagierte. Thierry stand auf und bot Eric die Hand. „Ich bin froh, dass du wieder bei uns bist."

Eric schüttelte ihm die Hand. „Und ich bin froh, wieder bei euch zu sein. Ich habe mich in den letzten beiden Jahren so schmutzig gefühlt. Es ist schön, dass sich das jetzt wieder geändert hat."

Sebastien nickte dem dunkelhaarigen Magier kurz zu, als er mit Thierry das Café verließ. Sobald sie nicht mehr in Erics Sichtweite waren, drückte er Thierry an die Hauswand und küsste ihn leidenschaftlich. Thierry erbebte unter dem Überfall und streichelte Sebastien zärtlich übers Gesicht, als der Vampir endlich wieder den Kopf hob.

„Du hast mir nicht gesagt, dass du das Hauptquartier verlässt", sagte Sebastien anschuldigend.

„Ich musste allein mit ihm reden", wiederholte Thierry. „Ich musste ihm die Allianz und die Partnerschaften erklären, obwohl es nicht mehr dazu gekommen ist, bevor du dazwischen geplatzt bist. Ich wollte hören, was er über die letzten beiden Jahre zu sagen hatte. Er hätte nicht so offen mit mir gesprochen, wenn du dabei gewesen wärst, und ich musste es wissen."

„Du hast ihm umarmt", sagte Sebastien schmollend.

Thierry verdrehte die Augen. „Ich habe auch Alain schon umarmt und es hat dich nicht gestört."

„Alain hat Orlandos Mal am Hals", erwiderte Sebastien, als würde das alles erklären. „Er hat für keinen anderen Mann Augen."

Thierry schüttelte den Kopf über so viel Dummheit. „Als ob ich Augen für einen anderen Mann hätte", schnaubte er. „Du trinkst seit einem Monat mein Blut und teilst seit zwei Wochen mein Bett. Ist dir noch nicht in den Sinn gekommen, dass ich dich lieben könnte?"

Der geschockte Ausdruck in Sebastiens Gesicht sagte alles.

„Wir sollten jetzt nach Hause gehen", beschloss Thierry. „Ich habe offensichtlich noch einiges nachzuholen."

„Ich habe dir angeboten, dass du toppen darfst", krächzte Sebastien, von dessen Wut und Eifersucht nach Thierrys unerwarteter Liebeserklärung keine Spur mehr übrig war. Das Herz pochte ihm wie wild in der Brust und ihm war plötzlich schwindelig. Thierry liebte ihn.

Thierry grinste. „Was immer ich auch tun muss, um dich davon zu überzeugen, dass ich *dich* will. Nicht Eric, und auch keinen anderen. Nur dich."

„Hier ist wirklich der denkbar ungeeignetste Ort, um mir das zu sagen", stöhnte Sebastien. Auf der Straße hinter ihm rauschten die Autos vorbei und Fußgänger warfen ihnen empörte Blicke zu, bevor sie den Kopf abwandten und weitergingen.

„Das Hauptquartier ist nur einige Blocks entfernt." Thierry gestikulierte die Straße entlang, machte aber keinerlei Anstalten, sich aus Sebastiens Griff zu befreien. „Mein Büro ist leer. Und die Tür hat ein Schloss."

„Gel oder Creme?", fragte Sebastien hoffnungsvoll.

Thierry konnte nicht mehr an sich halten und brach in lautes Gelächter aus. Die Situation war einfach zu komisch. Sebastien wirkte allerdings nicht sehr amüsiert, sodass Thierry sich aufrichtete und ihm in die Seite pikste. „Mehr Optimismus!", verlangte er.

Sebastien fing den frechen Finger ein, zog ihn an den Mund und fing zu knabbern an. „Vorsichtig", warnte er, halb scherzend und halb im Ernst. „Sonst muss ich dir den Hintern versohlen."

Thierry lachte nur noch lauter. Dann stieß er sich von der Wand ab und nahm Sebastien an der Hand. „Komm jetzt, Geliebter. Wir machen uns hier nur zum Narren."

Sebastien wartete ab, bis Thierry an ihm vorbeigegangen war, dann gab er ihm einen lauten Klaps auf den Allerwertesten, gerade hart genug, um ihm zu zeigen, dass er es nicht nur als Spaß gemeint hatte.

Der Schlag erschreckte Thierry und er fing wieder zu lachen an. Die Erleichterung über den Tod von Serrier, über Orlandos Rettung und selbst über seine eigene Liebeserklärung an Sebastien ließen ihn eine Leichtigkeit fühlen, wie er sie seit dem Beginn des Krieges nicht mehr empfunden hatte. Er nahm Sebastien an beiden Händen und ging rückwärts in Richtung Hauptquartier, den Vampir übermütig hinter sich herziehend.

Sebastien wollte nicht mehr an seine Eifersucht denken, nicht mehr an seinen überwältigenden Trieb, Thierry zu markieren, sodass ihn nie wieder ein anderer Mann anfassen würde. Er ließ sich von Thierry die Straße entlang ziehen, und als sie das Hauptquartier erreichten, hatte er nur noch einen Wunsch – er wollte Thierry unter sich fühlen, als Beweis für die Worte, die dem Magier im Café so leichtfertig von der Zunge gegangen waren.

Als sie in Thierrys Büro ankamen, umarmte Sebastien seinen Geliebten, legte ihm die Hände auf den Hintern und presste ihn an sich. „Wir brauchen irgendeine Creme oder Lotion", keuchte er. „Ich kann dich nicht trocken ficken."

„Ich sollte mir demnächst einen Vorrat in die Tasche stecken", scherzte Thierry und rieb sich aufreizend an seinem Geliebten. „Ich sehe in Alains Schreibtisch nach. Vielleicht hat er etwas, das wir benutzen können. So oft, wie ich ihn und Orlando hier schon überrascht habe, müsste er eigentlich vorbereitet sein."

Sebastien kicherte und ließ Thierry lange genug los, um in Alains Schreibtisch nachzusehen. Nach wenigen Sekunden zog Thierry triumphierend eine Tube aus der Schublade und warf sie Sebastien grinsend zu.

„Das Haltbarkeitsdatum ist abgelaufen", meinte Sebastien nach kurzer Inspektion.

„Wann?", fragte Thierry und überlegte schon, wie er Alain deswegen hochnehmen konnte.

„Vor zwei Monaten."

Thierry prustete. „Das heißt gar nichts. Es ist bestimmt noch in Ordnung. Aber ich werde Alain trotzdem ermahnen, besser darauf zu achten."

Sebastien verdrehte die Augen, doch die gute Laune des Magiers war ansteckend und vertrieb auch noch den Rest seiner Eifersucht. „Wir sollten ihn ernsthaft vor den Konsequenzen warnen, die er zu erwarten hat, wenn er die Gesundheit eines Vampirs gefährdet."

„Ich glaube nicht, dass Orlando uns das erlauben würde", erwiderte Thierry und kam um den Schreibtisch herum zu Sebastien zurück. „Hattest du nicht erwähnt, dass ich dieses Mal ran dürfte?"

Sebastien wich grinsend zum Sofa zurück. Als er mit den Beinen an die Kante stieß, ließ er die Tube fallen und zog sich aus. Die Kleidungsstücke flogen in allen Richtungen durchs Zimmer, so eilig hatte er es. Thierry folgte seinem Vorbild, und bald darauf waren sie beide nackt. Thierry wartete immer noch darauf, dass Sebastien die Initiative übernahm.

Sebastien legte sich mit dem Rücken auf die Couch und gab Thierry die Tube, während er sich mit der anderen Hand über den Schwanz und die Eier und noch weiter hinten rieb und grinsend abwartete, welche Einsatzmöglichkeiten der Magier für den Tubeninhalt finden würde. Thierry starrte die Tube wie hypnotisiert an, dann drückte er sich genügend Gel auf die Hand, um sie beide komplett damit einzureiben.

„Die Hälfte hätte auch gereicht", neckte ihn Sebastien.

Thierry kniete sich zwischen Sebastiens Beinen auf die Couch. „Ich will kein Risiko eingehen", krächzte er und wurde unvermittelt ernst, als ihm bewusst wurde, was jetzt geschehen würde.

Sebastien fasste lächelnd nach Thierrys Hand und führte sie sich zwischen die Beine. „Ich bin schon so hart, dass du dir das Vorspiel ersparen kannst. Lass dir etwas Zeit, um mich zu dehnen, dann kann's losgehen."

Thierry stöhnte. „Wenn du nicht aufhörst, so zu reden, übernehme ich keine Garantie mehr für meine Selbstbeherrschung", warnte er den Vampir.

Sebastien war versucht, ihn beim Wort zu nehmen und an die Grenzen zu gehen. Dann fiel ihm ein, dass er seit vierhundert Jahren nicht mehr gefickt worden war, und er verschob es auf einen anderen Tag.

Thierry erinnerte sich daran, wie Sebastien ihn vorbereitet hatte. Er schob einen Finger in den kleinen Muskelring und zischte leise, als er spürte, wie eng er war. „Putain, Sebastien. Wie lange ist es her?", fragte er, während Sebastien sich alle Mühe gab, sich zu entspannen. Aber selbst jetzt war er noch unglaublich eng.

„Einige Zeit", antwortete Sebastien, der jetzt nicht Thibaults Geist beschwören, sondern sich auf seinen neuen Geliebten konzentrieren wollte.

„Vierhundert Jahre?", rief Thierry und bewunderte die tiefen Gefühle, die Sebastien für seinen Avoué empfunden haben musste. Er hatte bei Orlando und Alain mit eigenen Augen gesehen, wie tief und innig der Bund des Aveu de Sang war. Jetzt wurde ihm das durch Sebastien bestätigt. Thierry konnte seine eigene Beziehung zu dem Vampir schon kaum in Worte fassen und der Gedanke, dass es etwas noch Mächtigeres gab, raubte ihm fast den Atem.

„So ungefähr", meinte Sebastien und schob sich auf Thierrys Finger, um ihn tiefer in sich zu spüren. Er wollte jetzt wirklich nicht über Thibault reden.

Thierry ließ das Thema fallen und widmete sich wieder Sebastien, der sich lüstern unter ihm rekelte. Er rieb ihm mit dem Finger unerbittlich über die Prostata, bis Sebastien es nicht mehr aushielt. „Das reicht", stöhnte der Vampir. „Den zweiten Finger."

Thierry befeuchtete seine Finger mit dem Gel und erfüllte ihm seinen Wunsch. Er überkreuzte seine beiden Finger, um sie besser durch den engen Muskel einführen zu können. Sebastien warf sich auf der Couch hin und her und stieß mit den Hüften gegen Thierrys Hand. Der Magier senkte den Kopf, nahm Sebastiens tropfenden Schwanz in den Mund und fing zu saugen an, so, wie Sebastien es bei ihm selbst schon so oft getan hatte. Der leicht salzige Geschmack überraschte ihn, aber er ließ sich dadurch nicht abhalten und saugte Sebastiens dicken Schwanz tiefer in den Mund, während er mit den Fingern den engen Eingang dehnte. Thierry konnte Sebastien nicht so tief in die Kehle nehmen, wie der Vampir es bei ihm getan hatte, aber er gab sein Bestes, das auf andere Weise wettzumachen.

Und wenn er die Reaktion Sebastiens richtig einschätzte, war er mit seinen Bemühungen mehr als erfolgreich.

Die bittere Flüssigkeit, die aus Sebastiens Schwanz tropfte, bedeckte Thierrys Zunge und lenkte ihn mit ihrem Geschmack so sehr ab, dass er ganz vergaß, seine Finger zu bewegen. Sebastien konnte sie dennoch tief in sich fühlen und die Wirkung war unglaublich erregend. Er bebte am ganzen Leib, versuchte, still zu liegen und sich nicht zwischen Thierrys Mund und Fingern entscheiden zu müssen, konnte aber nicht widerstehen und stieß mit dem Schwanz in den Mund des Magiers.

Thierry musste würgen und hob den Kopf, als sich Sebastiens Schwanz in seine Kehle bohrte. Er wusste, dass er ihn ganz schlucken konnte, aber heute Nacht war nicht der Zeitpunkt, das auszuprobieren. Thierry leckte die glänzende Flüssigkeit von Sebastiens Eichel ab und fuhr dann mit der Zunge nach unten, über den harten Schwanz bis zu den Hoden. Sebastien verlor unter ihm immer mehr die Kontrolle über seine Bewegungen. „Ist das gut?", fragte Thierry mit rauer Stimme.

„Zu gut", keuchte Sebastien. „Wenn du so weitermachst, komme ich gleich."

„Warum nicht?", neckte Thierry. „Es muss ja nicht bei dem einen Mal bleiben, oder?"

„Ich will aber warten, bis ich dich in mir fühle", erwiderte Sebastien und zog Thierry an den Schultern nach oben. Dann fuhr er ihm mit der Hand genüsslich über den harten Schwanz. „Ich will dich ganz in mir spüren und einen langen, harten Ritt, bis wir zusammen kommen."

Thierry keuchte, als er Sebastiens Hand fühlte. Er tastete blind nach der Tube. Sebastiens Hand machte es ihm schwer, nicht alle guten Vorsätze zu vergessen und auf der Stelle zu kommen.

Sebastien spreizte die Beine und rutschte auf dem Sofa weiter nach unten. „Komm schon, Geliebter", drängte er. „Jetzt."

Thierry rieb sich mit zitternder Hand den Schwanz ein und positionierte ihn mit der Spitze an Sebastiens pochender Rosette.

„Drück ihn langsam rein", instruierte ihn Sebastien keuchend. „Los jetzt. Du tust mir nicht weh."

Thierry war sich da nicht so sicher, aber er befolgte Sebastiens Anweisungen und stieß leicht an die enge Öffnung, bis der Muskel nachgab und ihn in die lodernde Hölle einließ, die sich dahinter verbarg. „Putain", stöhnte er. „Das fühlt sich so gut an."

Sebastien ließ das anfängliche Brennen über sich ergehen und schwelgte in dem Gefühl, nach so langer Zeit endlich wieder komplett ausgefüllt zu werden. „Langsam", krächzte er. „Leicht stoßen, bis du ganz drin bist."

Thierry nickte und fing an, einen langsamen, behutsamen Rhythmus aufzunehmen. „Sag mir, wenn es zu viel wird."

Sebastien lächelte keuchend, während der dicke Schwanz ihn mehr und mehr dehnte und füllte. „Du tust mir nicht weh. Mach nur weiter so."

Thierry bezweifelt, dass er diese Zurückhaltung noch lange ertragen konnte. Der heiße Druck von Sebastiens Körper ließ ihn jetzt schon vor Erregung zittern, dabei hatten sie noch gar nicht richtig angefangen. Er biss die Zähne zusammen und nahm sich vor, dass – egal, wie – Sebastien zuerst kommen würde.

Sebastien stand auch schon an der Schwelle zum Orgasmus. Er hatte dieses Gefühl zu lange entbehren müssen. Als sein Avoué noch lebte, hatten sie es fast immer so gemacht – Thibault liebte ihn, während Sebastien seinen Avoué biss und von ihm trank. Nach Thibaults Tod hatte Sebastien sich nie wieder einem anderen Mann hingegeben.

Bis zu diesem Tag.

Heute konnte er sich wieder einem Mann hingeben, wie er es seit seiner Umwandlung nur für Thibault getan hatte, denn heute war es mehr als Sex. Heute war er mit dem Herzen dabei. Er zog Thierrys Kopf nach unten und küsste ihn, drang mit der Zunge in Thierrys Mund ein und nahm den Rhythmus auf, den Thierrys Hüften ihm vorgaben. Dann legte er ihm die Hände auf den Rücken und auf den Hintern und forderte ihn mit leichtem Druck auf, jetzt schneller und härter zu stoßen.

Thierry warf den Kopf in den Nacken, wollte sich beherrschen, aber es gelang ihm nicht. Schneller und schneller kamen seine Stöße und sein lang gestreckter Hals war eine Versuchung, der Sebastien nicht widerstehen konnte. Tief bohrte er die Zähne in Thierrys Fleisch. Das heiße Blut seines Geliebten lief ihm in den Mund. Sebastien konnte es schmecken. Er schmeckte in aller Klarheit die Gefühle, die er bisher nicht zur Kenntnis nehmen wollte, weil er befürchtete, sie falsch zu interpretieren. Jetzt, da der Krieg vorbei war, schmeckte er die Liebe, die ihm Thierry so beiläufig erklärt hatte, mit einer Klarheit wie nie zuvor. Es war, als hätten die Ereignisse des letzten Tages alle Ängste, alle Zweifel hinweggefegt. Nur noch Liebe war zu spüren, und sie konnte mit allem mithalten, was Sebastien jemals in Thibaults Blut geschmeckt hatte.

Er saugte stärker, bis er zum Höhepunkt kam und seine Gefühle mit dem Magier teilen konnte. Sein Körper zog sich um Thierrys Schwanz zusammen und Thierry schrie auf, als er Sebastien in die Erlösung folgte.

Sebastien zog ihn zärtlich an sich und leckte mit der Zunge über die Bisswunden am Hals des Magiers. Das Leder der Couch klebte an seinem schweißbedeckten Körper. Als Thierry nach einigen Minuten den Kopf hob, nahm Sebastien sein Gesicht zwischen die Hände und sah ihm in die Augen. „Ich hätte es dir früher sagen sollen", flüsterte er. „Ich liebe dich auch."

Thierry lächelte. „Ich hatte gehofft, dass du auch so empfindest. Sonst hättest du schon längst die Flucht ergriffen."

Sebastien streichelte ihm lachend über die Haare. „Ja. Ich habe in all den Jahren meiner Existenz erst einmal so gefühlt, und das ist lange her."

Thierry nickte bedächtig und griff nach Sebastiens Hand. „Nach Aleth' Tod habe ich mir versprochen, alles zu tun, um diesen Krieg zu gewinnen, selbst wenn ich dafür ein Zeichen am Hals tragen müsste, so wie Alain. Damals habe ich das für ein Opfer gehalten." Er holte tief Luft. „Jetzt ist das nicht mehr der Fall."

Sebastien schloss bedauernd die Augen. „Ich kann dir mein Zeichen nicht geben. Es tut mir so leid."

„Warum nicht?", fragte Thierry und unterdrückte mühsam die Eifersucht, die in ihm zu explodieren drohte.

„Weil die Magie des Aveu de Sang nur ein einziges Mal wirkt", erklärte Sebastien. „Wenn ich dir mein Zeichen einbrenne, würdest du nur den Schmerz fühlen, aber wir beide hätten keinen der anderen Vorteile davon. Ich dachte nach Thibaults Tod, dass ich nie wieder einen Menschen so lieben würde, wie ich ihn geliebt habe. Ich habe mich getäuscht. Wenn ich es könnte, ich würde keine Sekunde zögern, dir mein Zeichen zu geben. Aber so kann ich dir nur mein Versprechen geben und hoffen, dass du es annimmst. Ich werde dich nie verlassen. Solange du mich willst, bleibe ich bei dir."

„Ich will dich", schwor Thierry. Er war enttäuscht, aber er wusste auch, dass nur die wenigsten Menschen die Chance auf einen magischen Bund von der Macht des Aveu de Sang hatten. Sebastien war diesen Bund einmal eingegangen und hatte ihn erfüllt. Wenn er Thierry versprach, ihn nie zu verlassen, konnte ihm Thierry vertrauen und musste sich damit zufriedengeben. „Ich werde dich immer lieben."

30

„WIR SOLLTEN jetzt zu Marcel gehen", sagte Raymond, nachdem sie einige Zeit gedöst hatten. Er hatte nicht die geringste Lust, die gemütliche Höhle hinter den Vorhängen von Jeans Himmelbett zu verlassen.

„Das sollten wir", stimmte Jean zu, rührte sich aber nicht vom Fleck. „Aber er war genauso erschöpft wie du. Wir können uns noch Zeit lassen."

„Ich habe nur das Gefühl, wir sollten …"

Jean brachte ihn mit einem Kuss zum Schweigen und Raymond ließ sich wieder auf die Matratze sinken. Jean rollte sich auf ihn und stützte sich auf die Unterarme. Dann küsste er ihn mit einer Intensität, deren Wildheit sie beide überraschte. Jean hob keuchend den Kopf.

„Was war das?", fragte Raymond. „Nicht, dass ich mich beschweren will. Aber ich wüsste gerne, was ich tun muss, damit du so reagierst."

„Du hast davon gesprochen, wegzugehen."

„Aber nicht weg von dir", meinte Raymond. „Nur zurück ins Hauptquartier. Mit dir."

Jean zuckte verlegen mit den Schultern und rieb sich das Genick. „Das war meinen Instinkten offensichtlich egal. Sie wollen nur, dass du hierbleibst. Für immer."

Raymond lächelte. „Ich glaube nicht, dass du den Cour vom Bett aus führen kannst."

„Du musst dir schon ein besseres Argument einfallen lassen, damit ich dich gehen lasse", erklärte der Vampir, rollte Raymond auf den Bauch und streichelte ihm zärtlich über den Rücken. Als er Raymonds Narben berührte, senkte er den Kopf und leckte sie mit der Zunge der Länge nach ab, als könne er sie damit heilen, so wie er die Bisswunden in Raymonds Hals geheilt hatte. Raymond erschauerte vor Genuss und entfachte damit das Verlangen, das dicht hinter Jeans beherrschter Fassade schlummerte.

„So habe ich das nicht gemeint", erwiderte Raymond entspannt und spreizte die Beine, um Jeans Schwanz zwischen seinen Arschbacken zu fühlen. „Aber irgendwann müssen wir aufbrechen."

Jean brummte leise. „Später. Erst will ich dir zeigen, wie froh und dankbar ich bin, dich an meiner Seite zu haben. Du bist meine Stimme der Vernunft, wenn ich sie brauche."

Raymond wollte widersprechen und ihn darauf hinweisen, dass es Monsieur Lombard gewesen war, dessen Eingreifen verhindert hatte, dass Jean seinen Impulsen nachgegeben und Edouard an Ort und Stelle getötet hatte. Aber Jean lenkte ihn mit seinen Küssen ab, die langsam den Weg über Raymonds Rücken zu seinem Hintern fanden. Raymond spürte, wie Jeans Zähne ihm sanft über die Haut glitten. Es war ein erregendes Gefühl und er wünschte sich, Jean würde ihn beißen – hier und jetzt. Aber Jean hatte ihm schon deutlich gemacht, dass er damit bis heute Nacht warten musste, so dahin dauerte es noch einige Stunden. Raymond drückte sich trotzdem stöhnend an Jeans Lippen, weil er mehr Kontakt brauchte.

Jean lag ein Lächeln auf den Lippen. Dann drang ihm der Geruch des Begehrens in die Nase, den sein Geliebter verströmte, und er konnte an nichts anderes mehr denken, als Raymond mehr von diesen wunderbaren Geräuschen zu entlocken. Er fuhr mit den Daumen zwischen Raymonds Arschbacken und teilte sie, um direkt an die Quelle des Geruchs zu kommen. Er leckte über die sensible Haut und wünschte sich, noch mehr und noch besser schmecken zu können, drückte dann die Zunge in Raymonds Körper und fing zu saugen an, bis der Magier sich unter ihm unruhig an der Matratze rieb.

Raymond wimmerte. Er würde es nie zugeben, aber nur so konnte man das Geräusch nennen, das seinen Lippen entwich, als Jeans Zunge in ihn eindrang. Er war kein unbeschriebenes Blatt, aber er sammelte auch keine Kerben an seinem Bettpfosten. In der Vergangenheit war er immer zu sehr auf seine Forschungen konzentriert gewesen und hatte damit alle Liebhaber vertrieben, bevor sie diese besondere Art von Kreativität im Bett erreicht hatten. Deshalb war es eine neue

Erfahrung für ihn und er konnte sich gut vorstellen, dass er sich bei einem anderen Mann viel zu verwundbar gefühlt hätte, um es zuzulassen. Bei Jean war das nicht der Fall. Sein liebevoller, und doch so entschlossener und beherrschender Vampir hatte ihm schon mehr als einmal bewiesen, dass er Raymond niemals verletzen würde. Raymond konnte sich ihm vorbehaltlos ausliefern, und das war ein Erlebnis, das ihn jedes Mal aufs Neue um den Verstand brachte. Zwischen ihnen gab es keine Zurückhaltung und keine Furcht mehr. Raymond verspürte nicht mehr die Nervosität, die seine Erfahrungen mit anderen Männern bestimmt hatte. „M-mehr", stammelte er und versuchte, auf die Knie zu kommen, um sich fester an Jeans Mund pressen zu können.

Jean fasste ihn mit seinen starken Händen an den Hüften und zog ihn hoch. Raymond stützte sich mit den Händen auf dem Bett ab und zog die Knie unter die Brust, bewegte die Hüften vor und zurück und versuchte mit jedem Stoß, Jeans wunderbare Zunge tiefer in sich zu spüren. Er konnte seine Gefühle nicht mehr in Worte fassen und schrie nur noch leise, wenn Jeans Zunge in ihn eindrang. Rein und raus, rein und raus stieß sie in Raymonds Loch. Hilflos ließ er den Kopf zwischen die Arme fallen. Er keuchte, stöhnte und bettelte – worum, wusste er selbst nicht. Er wusste nur noch, dass er etwas brauchte. Was auch immer.

Dann war die Zunge plötzlich verschwunden. Raymond protestierte mit einem lauten Schrei, aber noch bevor sein Schrei verhallt war, wurde die Zunge durch Jeans Schwanz ersetzt, der sich tiefer als jemals zuvor in ihn hineinbohrte. Bis zum Anschlag stieß er in Raymond hinein, füllte ihn aus, ließ ihn in Flammen aufgehen und neu entstehen, nahm ihn vom Kopf bis zu den Füßen in Besitz, bis Raymond nur noch ein Ziel kannte – mit jeder Faser seines Wesens diesem Mann zu gehören, den er liebte und der ihn liebte.

Dann stießen Jeans Zähne zu – direkt in die Narbe, die sich über Raymonds Rücken zog. Raymond schrie gellend auf und sein ganzer Körper verkrampfte sich, doch Jean war unerbittlich und trieb ihn höher und höher, bis Raymond schluchzend das zweite Mal zum Höhepunkt kam. Sein Körper kapitulierte, aber die magische Verbindung zwischen ihnen hatte Bestand und überschwemmte seine Sinne mit Lust, Liebe, Magie und Verlangen, bis alles in einer gewaltigen Woge aus ihm herausschoss und er das Bewusstsein verlor.

Jean spürte Raymond unter sich erschlaffen und kam ebenfalls zum Orgasmus. Der Geschmack von Raymonds Erlösung auf der Zunge ließ ihn am ganzen Leib erzittern. Erst als Raymond sich nicht mehr rührte, wurde ihm klar, dass es nicht nur die Befriedigung war, die den Magier so bewegungslos unter ihm liegen ließ. Er zog vorsichtig die Zähne aus Raymonds Rücken und verschloss die Wunden mit seiner Zunge. Dann rollte er seinen Geliebten auf die Seite. Raymonds Atem ging harsch, beruhigte sich aber langsam. Jean schmiegte sich mit dem Gesicht an Raymonds Hals und wartete geduldig, bis sich die braunen Augen wieder öffneten. Als es endlich soweit war, raubte ihm der Ausdruck in Raymonds Blick fast den Atem.

Jean wollte etwas sagen, aber alles, was er sich zu sagen traute, war schon gesagt. Er beschränkte sich darauf, den Magier zärtlich zu küssen und seine Taten für sich sprechen zu lassen.

„Jetzt müssen wir aber zu Marcel", murmelte Raymond einige Sekunden später. Es war ihm unangenehm, dass er seinen Gefühlen erlaubt hatte, alle Mauern niederzureißen und so ungehemmt an die Oberfläche zu kommen.

Jean schüttelte den Kopf. „Erst müssen wir schlafen. Marcel kann noch einige Stunden warten."

Raymond wollte widersprechen und Jean an ihre Pflichten erinnern, aber das Bett war warm und Jean hielt ihn in den Armen, als wollte er ihn nie wieder loslassen. Raymond hatte nicht mehr die Kraft, sich dagegen zu wehren. Mit einem leisen Seufzer schloss er die Augen und schlief ein.

„DU SIEHST schon viel besser aus", meinte Marcel, als Raymond einige Stunden später zusammen mit Jean das Büro des Generals betrat.

„Du auch", erwiderte Raymond. „Es ist schon erstaunlich, was zwölf Stunden Schlaf bewirken können."

Marcel warf einen Blick auf die Uhr. „Nur zwölf Stunden?", scherzte er und grinste, als Raymond rot anlief und sich ein zufriedenes Lächeln auf Jeans Gesicht ausbreitete. Für einen seiner

Jungs war alles gut gelaufen. Jetzt musste sich Marcel nur noch um die drei anderen kümmern. Allerdings – wenn er die Lage richtig beurteilte, hatte sich das Problem für Eric und Vincent schon von selbst erledigt.

Raymond dachte über eine passende Antwort auf Marcels Scherz nach, aber ihm fiel nichts Unverfängliches ein, womit er Marcel nicht noch mehr Munition geliefert hätte. Also drehte er sich einfach zu Jean um und wartete darauf, dass sein Partner das Gespräch eröffnete und Marcel den Grund für ihren Besuch erklärte.

Jean hatte Mitleid mit Raymond und wandte sich an den General. „Hattest du schon Zeit, einen Termin für das *Judicium* zu finden?", erkundigte er sich. „Ich weiß, du hattest viel zu tun, aber wenn wir den Gesetzlosen noch länger in der Zelle festhalten, müssen wir ihm Blut besorgen. Ich habe keine sonderliche Lust, dieses Fass aufzumachen."

„Wir können morgen Abend einen der Gerichtssäle im Palais de Justice benutzen", antwortete Marcel. „Was genau ist ein *Judicium*?"

„Es ist eine ganz normale Gerichtsverhandlung", erklärte Jean. „Allerdings gibt es keine gewählte Jury, sondern der gesamte Cour versammelt sich und fällt sein Urteil anhand der Beweise, die der *Accusator* präsentiert. Als Chef de la Cour sitze ich der Verhandlung vor und vollstrecke das Urteil."

„Und welche Urteile kann der Cour fällen?", fragte Marcel.

„Es gibt drei Arten der Bestrafung: Verbannung, Gefängnis und Vernichtung."

„Gefängnis?", fragte Marcel nach. „Wie wird ein Gefangener mit Blut versorgt?"

„Gar nicht", antwortete Jean. „Wer zu Gefängnis verurteilt wird, versinkt in einen Tiefschlaf, so ähnlich, wie es mit Orlando geschehen ist. Wenn die Zeit abgelaufen ist, wird der Gefangene wieder geweckt – falls es noch einen Vampir gibt, der ihm das passende Blut spenden kann. Ich kenne nur einen Fall, in dem das möglich war."

„Ist das nicht ziemlich hart?", wollte Marcel wissen.

„Wer sich dem Cour widersetzt, ist selbst dafür verantwortlich", erwiderte Jean. „Jeder Vampir kennt die Strafen, die auf die Missachtung unserer Gesetze stehen."

„Das müssen wir berücksichtigen, wenn wir die Vampire integrieren wollen", überlegte Marcel. „Unser Strafrecht kennt die Todesstrafe nicht. Ich kann mir auch nicht vorstellen, dass es ein Äquivalent für eure Gefängnisstrafe gibt."

„Umso mehr sollten wir uns beeilen, das *Judicium* abzuhalten", erklärte Jean. „Der *Extorris* wird die Konsequenzen seines Verhaltens nach den Gesetzen der Vampire zu spüren bekommen. Ein Urteil nach französischem Recht wäre nur ein Tropfen auf den heißen Stein, wenn man die lange Lebenszeit eines Vampirs berücksichtigt. Ich habe nicht vor, diesen Mann jemals wieder in Freiheit zu entlassen. Er ist eine Bedrohung für uns alle."

„Noch geht das, weil die Gleichstellungsgesetze noch nicht verabschiedet sind", sagte Raymond, der sich unwohl fühlte, diese unerbittliche Seite in der Persönlichkeit seines Partners kennenzulernen. „Aber was wird danach? Wir werden dieses Problem ansprechen müssen. Der Conseil des Ministres wird von dir und Marcel Lösungsvorschläge erwarten."

Jean schnaubte und sah den General amüsiert an. Er konnte sich nur zu gut an ihr letztes Gespräch mit diesem erlauchten Kreis erinnern. „Es ist kein alltägliches Problem", sagte er dann. „Es ist erst das zweite *Judicium*, das ich in meinen vierhundert Jahren als Chef de la Cour einberufe."

„Und was ist mit all den kleinen Gesetzesüberschreitungen, die vor unseren Gerichten landen würden, aber kein *Judicium* rechtfertigen?", wollte Raymond wissen. „Als die Mordserie des Gesetzlosen begann, haben wir uns über die Gesetze der Vampire und ihre Grenzen unterhalten."

Jean zuckte mit den Schultern. „Ich kann nicht auf alles Antworten geben", gestand er ein. „Im Augenblick interessiert mich nur ein Fall. Wenn wir das Problem mit dem *Extorris* gelöst haben, können wir uns über die restlichen Fragen unterhalten." Er erkannte die Besorgnis in Raymonds Augen und fügte noch schnell hinzu: „Wir finden schon eine Lösung. Wir werden alles vernünftig diskutieren und einen Weg finden, der sowohl die Gesellschaft als auch die Vampire zufriedenstellt. Aber der *Extorris* ist kein guter Testfall. Er ist nicht repräsentativ für die Vampire und ich will nicht, dass er als schlechtes Beispiel dienen kann. Wir werden uns im Cour mit ihm befassen, so, wie wir es schon immer getan haben."

„Was können wir dazu beitragen, damit das *Judicium* stattfinden kann?", mischte sich Marcel ein, um die drohende Auseinandersetzung zu unterbinden. Raymond hatte zwar recht, aber Marcel kannte sich mit menschlicher Sturheit aus. Jetzt eine Entscheidung zu erzwingen, würde weder den Vampiren, noch der Milice oder einem der Anwesenden hier nützen.

„Sebastien muss mit Orlando reden", sagte Jean. „Als *Accusator* muss er dem Cour den Fall vortragen. Es reicht vollkommen aus, wenn Orlando bestätigt, dass er Edouard gesehen hat, während Serrier mit ihm experimentierte. Einem Vampir die Hilfe zu verweigern, kommt vor unserem Gesetz der Verletzung oder Ermordung eines Vampirs gleich."

„Der Gesetzlose könnte behaupten, dass er nicht erkannt hat, was sie mit Orlando gemacht haben", warf Raymond ein. „Oder dass er in Orlandos Interesse gehandelt hat, indem er sich Serrier anschloss."

Jean schnaubte verächtlich. „Nach dem, was er während seiner Gefangennahme gesagt hat, wird ihm das niemand abnehmen. Er hat seine Meinung über Orlando unmissverständlich zum Ausdruck gebracht."

„Dann muss Sebastien darauf hinweisen", erwiderte Raymond beharrlich.

„Edouard steht vor dem Cour, nicht vor einer menschlichen Jury, die das Jeu des Cours nicht kennt. Sie werden seine Lügen durchschauen", sagte Jean. „Viele von ihnen waren dabei, als wir ihn gefangen genommen haben. Sie haben dafür gesorgt, dass jeder weiß, was er gesagt und wie er sich verhalten hat."

Ihr Gespräch wurde durch ein Klopfen an der Tür unterbrochen.

„Herein!", rief Marcel.

Zur Überraschung der Anwesenden waren es Alain und Orlando, die Hand in Hand das Büro betraten. Die beiden wirkten noch etwas mitgenommen, aber ihr Lächeln sagte Jean alles, was er wissen wollte.

„Du hast gesagt, wir sollten wegen des *Judiciums* heute hier sein", sagte Orlando, als er Jeans fragenden Blick bemerkte.

„Wir haben es auf morgen verschoben", sagte Marcel entschuldigend. „Wir haben gerade darüber gesprochen. Aber wir sind alle noch ziemlich erschöpft und wollten Sebastien genügend Zeit geben, sich richtig vorzubereiten."

„Sebastien ist dein *Accusator*", erklärte Jean, der sich nur zu gut erinnerte, warum er vor hundert Jahren das erste Mal ein *Judicium* einberufen musste. „Du musst mit ihm reden, damit er den Fall morgen Abend präsentieren kann."

„Was wird mit dem Gesetzlosen geschehen?", fragte Alain, dessen Wut auch nach vierundzwanzig Stunden Schlaf und Liebe mit seinem Vampir kaum nachgelassen hatte. Orlando war jetzt zwar wieder in Sicherheit, aber die Verantwortlichen für seine Leiden hatten alle Qualen der Hölle verdient. Blanchet war nicht mehr greifbar, doch der Gesetzlose sollte seine gerechte Strafe erhalten.

„Das muss der Cour entscheiden", erwiderte Jean. „Er hat die Wahl zwischen Verbannung, Gefängnis und Vernichtung."

„Das ist viel zu gut für dieses Monster", fauchte Alain. „Er soll genauso leiden, wie Orlando gelitten hat."

Orlando legte ihm beruhigend die Hand auf den Arm. „Es ist vorbei, Alain", sagte er leise. „Sie können mir nichts mehr tun. Edouard zu foltern, hilft weder mir, noch seinen anderen Opfern."

„Aber ich würde mich besser fühlen", grummelte Alain und dachte an die Tage zurück, in denen er Orlandos Schmerzen und Angst durch ihre Verbindung gefühlt und mit ihm gelitten hatte. Jean lächelte ihm verständnisvoll zu.

„Er wird hingerichtet werden", versicherte der Chef de la Cour dem blonden Magier. „Die meisten Mitglieder des Cours wissen schon, welchen Schmutz er gestern von sich gegeben hat. Diejenigen, die es nicht wissen, müssen sich nur Orlando ansehen und hören, dass Edouard nichts unternommen hat, um ihm zu helfen, dann werden sie das gleiche Urteil fällen. Daran gibt es keinen Zweifel, so wenig, wie es einen Zweifel an der Verurteilung Thurloes gab. Für diese Verbrechen gibt es nur eine Strafe."

„Er hat mich nie selbst angefasst", warnte Orlando. „Das war bei diesem Hundesohn von Thurloe anders."

„Hat er dich gesehen?", gab Jean zurück. „Wusste er, was sie mit dir machen?"

„Er hat mir ins Gesicht gelacht, als sie mich gezwungen haben, fremdes Blut zu trinken und als er erkannte, dass ich einen Avoué habe", erinnerte sich Orlando.

Alain und Jean sahen ihn entsetzt an.

„Allein dafür wird er vernichtet werden", versprach Jean.

„Ich wünschte, das wäre mir eine Hilfe", gestand Alain. „Ich hasse es, nach Rache zu schreien. Aber wenn ich an Orlandos Qualen denke, möchte ich den Kerl am liebsten eigenhändig in Stücke reißen."

„Es fällt schwer, die Gesetzte zu akzeptieren, wenn das Opfer jemand ist, den wir lieben", meinte Marcel. „Aber dafür sind Gesetze da. Sie sollen dafür sorgen, dass ein kühler Kopf das zornige Herz regiert."

„Ich habe die beiden letzten Jahre für unsere Gesetze gekämpft", erwiderte Alain. „Trotzdem bin ich froh, dass sich die Vampire auf ihre Art um ihn kümmern und er nicht vor ein französisches Gericht gestellt wird. Ich will diesen Kerl brennen sehen."

„Das wird er auch", versprach Jean. „Und als Orlandos Avoué darfst du dabei sein und es bezeugen."

Orlando sah Alain traurig an. Er konnte die Wut seines Avoué nur zu gut verstehen, aber er wusste auch, dass diese Wut ein Herz von innen heraus zerfressen konnte. Orlando schüttelte den Kopf. „Dieses Mal will ich nicht dabei sein", teilte er Jean mit. „Es hat mir nicht geholfen, Thurloe brennen zu sehen. Es hat mich nur noch wütender gemacht, als ich erkannt habe, dass seine Vernichtung meine Wunden nicht heilen konnte. Es reicht mir, zu wissen, dass der *Extorris* vernichtet wird. Ich will diese Wut nicht mehr erleben. Ich habe andere Dinge vor, die mir wichtiger sind."

Alain war hin- und hergerissen. Er wollte den Gesetzlosen brennen sehen, wollte sich mit eigenen Augen davon überzeugen, dass Edouard niemandem mehr etwas antun konnte. Aber Alain wollte auch Orlando nicht enttäuschen, und der schien die Vergangenheit hinter sich lassen zu wollen. Alain entschied sich, abzuwarten, was der morgige Abend bringen würde.

31

ALS SIE Marcels Büro verließen, nahm Orlando Alain an der Hand. „Du weißt, dass alles wieder gut ist", sagte er leise. „Es ist vorbei, Alain."

„Ich kann nicht so einfach vergessen, was sie mit dir gemacht haben", protestierte Alain.

Orlando drückte ihm lächelnd die Hand. „Ich bin auch nicht sehr erpicht darauf, dieses Erlebnis zu wiederholen. Aber ich verwende meine Zeit und Energie lieber darauf, *dich* zu lieben, als *sie* zu hassen."

„Das möchte ich auch gern tun", gab Alain zu. „Ich weiß, dass Rache es nicht ungeschehen macht. Ich habe mich auch nicht besser gefühlt, nachdem ich vor zwei Jahren den Mörder von Hedwige und Henry umgebracht habe. Aber ich fühle mich so hilflos. Ich hätte dich fast verloren, und ohne den Überläufer hätte ich dich nicht retten können."

„Bist du dir da so sicher?", fragte Orlando. „Sicher, ohne ihn hätte ich nicht entkommen können. Aber ist er wirklich ein Überläufer?"

„Was sollte er sonst sein?", wollte Alain wissen.

„Marcels Spion."

Die beiden Männer drehten sich überrascht um, als sie die Stimme hörten. Es war eine Stimme, die Alain seit zwei Jahren nicht mehr gehört hatte. Seine Miene verdüsterte sich, als er das Gesicht dazu erkannte, das ihm einst so vertraut gewesen war, wie das Gesicht Thierrys. „Wieso bist du nicht in deiner Zelle?"

„Alain", mahnte Orlando. „Eric hat mich gerettet. Gib ihm wenigstens die Chance, dir alles zu erklären."

„Erklären? Was ist da zu erklären? Wie er dich entführt hat, damit Serrier dich vier Tage lang foltern konnte?"

„So war das nicht", widersprach Eric. „Ich wusste nichts über die Partnerschaften und nicht, wer Orlando war. Ich hatte den Befehl, einen Vampir zu fangen. Wenn ich ihn nicht ausgeführt hätte, wäre ich gefoltert, vielleicht sogar umgebracht worden. Marcel hat mir verboten, es soweit kommen zu lassen. Ich hätte Orlando niemals entführt, wenn ich gewusst hätte, wer er war. Ich wollte dich nicht verletzen."

„Bevor du zu Serrier übergelaufen bist, hast du noch anders geredet", erwiderte Alain wütend.

„Ich war nach dem Tod von Danielle und den Kindern ziemlich außer mir", verteidigte sich Eric. „Nachdem ich mich wieder beruhigt hatte, ist Marcel zu mir gekommen und hat mir vorgeschlagen, meine Trauer und Wut zu benutzen, um von Serrier aufgenommen zu werden. Seitdem habe ich alles getan, um in Serriers Gunst zu stehen und Marcel mit Informationen zu versorgen."

„Orlando wäre beinahe vernichtet worden, damit du in seiner Gunst stehen kannst", schrie Alain ihn an.

„Und Eric hat mich rausgeholt, bevor es dazu kommen konnte", mischte sich Orlando ein. „Warum suchen wir uns nicht einen besseren Ort, an dem ihr euch unterhalten könnt, als diesen Flur, wo ständig jemand vorbeikommt? Und bis wir den gefunden haben, könnt ihr beiden euch wieder abregen."

Keiner der beiden Magier gab ihm eine Antwort. Alain nahm Orlandos Vorschlag offensichtlich an, denn er schlug den Weg in sein Büro ein. Er wollte sich nicht mit Eric streiten. So verbittert er auch war, Eric hatte Orlando das Leben gerettet, auch wenn er ursprünglich für dessen Entführung verantwortlich war. Dafür schuldete Alain seinem früheren Freund Dank. Er blieb vor seinem Büro stehen und wollte gerade die Tür öffnen, als er die unmissverständlichen Geräusche hörte, die aus dem Zimmer drangen.

„Vielleicht sollten wir uns einen anderen Platz suchen", schlug Orlando mit anzüglichem Grinsen vor. „Ich bezweifle sehr, dass Thierry und Sebastien sich über die Unterbrechung freuen würden."

Eric riss die Augen auf. „Dazu habe ich nicht die geringste Absicht", sagte er hastig. „Ich bin dem Vampir heute schon über den Weg gelaufen, und das reicht für einen Tag."

Orlando lachte. „Wir Vampire sind ein besitzergreifendes Pack, wenn es um unsere Geliebten geht", gab er zu. „Alain, gibt es ein anderes Zimmer, das wir benutzen können?"

„Am Ende des Flurs ist ein Besprechungszimmer."

Orlando überließ ihm mit einer ausholenden Geste den Vortritt und positionierte sich strategisch geschickt zwischen den beiden Magiern, als sie zu dem Besprechungszimmer gingen. Dann blieb er in der Tür stehen. „So", sagte er streng. „Ich warte vor der Tür, bis ihr euch ausgesprochen habt. In zehn Minuten bin ich zurück und erwarte, dass ihr euch bis dahin wieder vertragt und aufhört, euch wie die beleidigten Leberwürste aufzuführen."

Die beiden Magier sahen ihn schockiert an, aber Orlando ging in den Flur zurück und ließ sie allein. Eine Minute lang schwiegen sie sich an. In der zweiten Minute sagte keiner ein Wort. Es war Eric, der schließlich resigniert die Arme hob und das Schweigen brach. „Ich gebe dir einen Hieb frei, ohne mich zu wehren. Das bin ich dir schuldig, nach allem, was ich dir zugemutet habe."

Alain sah ihn wütend an. Er hatte selbst darunter gelitten, unschuldige Menschen getötet zu haben. Er hatte auch darunter gelitten, sich für Erics Seitenwechsel verantwortlich zu fühlen. Und nicht zuletzt hatte es ihn fast um den Verstand gebracht, nicht zu wissen, ob er Orlando jemals lebend wiedersehen würde. Seine Finger schlossen sich um den Stab in seiner Tasche, aber sein Schmerz saß so tief, dass ihm Magie zu unpersönlich erschien, um sich an Eric zu rächen. Alain ließ den Stab wieder los, ging einen Schritt auf ihn zu und hob die Faust, um auszuholen und den Mann zu Boden zu schlagen.

All seine Angst, all seine Frustration und sein Schmerz wallten wieder in ihm auf und suchten nach einem Ventil. Er erkannte, wie Eric sich auf den Hieb vorbereitete, aber nicht auswich. Alain ließ den Arm wieder sinken.

Er ließ sich auf einen Stuhl fallen und sah seinen ehemaligen Freund mit funkelnden Augen an. „Sag mir einfach nur die Wahrheit, um Gottes Willen. Was ist wirklich passiert?"

Eric setzte sich in den Stuhl neben Alains, hielt aber respektvoll Abstand. Dann rieb er sich mit beiden Händen übers Gesicht. „Ich weiß nicht, wo ich anfangen soll", gestand er und sah Alain entschuldigend an. „Ich meine ... Du kennst die Geschichte ja schon. Marcel hat gehört, welchen Unsinn ich in meiner Trauer geredet habe und hat mich angesprochen. Er hatte die Idee, dass ich mich bei Serrier einschleichen könnte."

„Aber warum hast du uns nicht darüber informiert?", wollte Alain wissen. „Es hat mich fast wahnsinnig gemacht. Ich habe nicht nur deine Familie getötet, ich war auch dafür verantwortlich, dass du zu Serrier übergelaufen bist. Du hättest uns Bescheid sagen sollen."

Eric schüttelte den Kopf. „Ich wollte es euch sagen – dir und Thierry. Ich habe Marcel gesagt, ich würde es nur unter dieser Bedingung tun. Er hat es nicht erlaubt. Er hat gesagt, es könnte euch beeinflussen und ihr würdet euch vielleicht auffällig verhalten, wenn ihr Bescheid wüsstet. Das könnte Serrier misstrauisch machen und mich verraten. Wenn ich das Risiko schon einging, wollte ich wenigstens so lange wie möglich durchhalten. Und wenn Serrier es herausgefunden und mich getötet hätte ... Nun, dann hätte die Milice nicht nur ihren Informanten verloren, sondern es auch für meinen Nachfolger ungleich schwieriger gemacht, sich bei Serrier einzuschleichen."

„Du hast das ganz alleine auf dich genommen. Du bist entweder unglaublich tapfer oder unglaublich dumm."

Eric zuckte mit den Schultern. „Ich habe damit gerechnet, es nicht zu überleben, obwohl Marcel nicht wollte, dass ich unnötige Risiken eingehe. Ich habe nur gehofft, einige von ihnen mitnehmen zu können und der Milice so wenigsten eine kleine Hilfe gewesen zu sein, wenn es soweit käme."

„Und doch sitzt du jetzt hier", sagte Alain. „Was ist passiert?"

Eric schüttelte den Kopf. „Vincent. Ich hätte nie damit gerechnet und ich habe auch nicht danach gesucht, aber ich habe einen Freund gefunden, der für mich da war. Ohne seine Hilfe hätte ich nicht überlebt. Orlando wahrscheinlich auch nicht. Ich hätte auf jeden Fall versucht, ihn in Sicherheit zu bringen, aber uns lief die Zeit davon. Serrier hatte schon seine Hinrichtung beschlossen. Dann kam noch die plötzliche Verlagerung unseres Hauptquartiers dazu. Als wir in Orlandos Zelle gekommen sind und ihn endlich befreien konnten, hat Blanchet uns erwischt. Wenn ich allein gewesen wäre, hätte Blanchet mich wahrscheinlich umgebracht, bevor Orlando entfliehen konnte. Und wenn nicht, dann wäre ich spätestens an der Wache am Eingang gescheitert. Ich verdanke Vincent mein Leben. Und wir beide – du und ich – verdanken ihm Orlandos Leben, denn nur durch Vincents Hilfe konnte er entkommen."

Alains Wut war schon lange verraucht. Es warf einen Blick zur Tür und kicherte leise. „Ich weiß sehr gut, wie es ist, wenn man nicht mit etwas gerechnet hat. Aber wenn es passiert, passiert es eben. Erzähl mir mehr über Vincent. Ich habe ihn nie kennengelernt, auch nicht vor dem Krieg."

Eric zog eine Augenbraue hoch. „Ich weiß auch nicht, wie ich es dir erklären soll. Wir kannten uns vom ersten Tag an. Er hatte den Befehl, mich im Auge zu behalten, obwohl er selbst es nicht so bezeichnet hat. Wir wurden Freunde und Partner in diesem Krieg, haben gemeinsam Angriffe geplant und befehligt. Aber das war es auch schon. Erst vor ungefähr einem Monat hat sich das geändert. Es war nach dem Angriff auf Sainte-Chapelle. Ich hatte plötzlich das Gefühl, ihn erst jetzt richtig kennengelernt zu haben. Wir haben die Nacht zusammen verbracht. Danach war nichts mehr so wie zuvor. Er hat sich mir anvertraut und darüber gesprochen, Serrier verlassen zu wollen. Dann hat Serrier uns befohlen, einen Vampir zu fangen. Wir haben es getan, aber es war der Tropfen, der das Fass zum Überlaufen brachte. Danach haben wir nur noch auf den geeigneten Moment gewartet, Orlando zu befreien und dabei selbst lebend zu entkommen."

Alain rechnete schnell nach. „Samhain", flüsterte er. „Als das Rite d'équilibrage aus dem Ruder lief und die wilde Magie sich in der Stadt ausgebreitet hat. Wir wussten, welches Chaos dadurch in der Allianz ausgelöst wurde. Es ist nur logisch, dass es sich auch auf die dunklen Magier auswirkte."

„Was meinst du damit?", fragte Eric misstrauisch.

„Thierry wurde von der Elementarmagie beinahe aufgesogen", erklärte Alain. „Raymond und ich konnten ihn befreien, aber wir haben in der Aufregung das Ritual nicht korrekt abgeschlossen. Die wilde Magie ist außer Kontrolle geraten und hat einige Partnerschaften der Allianz in ihren Bann geschlagen. Zwischen den Partnern hat sie sich als Sexualmagie manifestiert. In einige Fällen sogar ziemlich extrem. Es scheint, als hätte sie dich und Vincent in dieser Nacht auch beherrscht."

Der Gedanke, dass seine Beziehung zu Vincent nur die Nebenwirkung von wilder Magie war, behagte Eric ganz und gar nicht. Er schüttelte abwehrend den Kopf. „Nein, das kann es nicht gewesen sein. Es ist nicht nur ein magischer Unfall. Vincent hat sein Leben riskiert, um Orlando zu helfen und uns da rauszuholen."

„Beruhige dich", sagte Alain. Erics betroffene Reaktion überzeugte ihn mehr von der Aufrichtigkeit seines Freundes, als jede rationale Erklärung es vermocht hätte. „Die Magie mag der Auslöser gewesen sein, aber sie kann eure Gefühle nicht manipulieren. Das weißt du auch. Das gilt auch für die Partnerschaften. Die Magie des Blutes schafft eine machtvolle Verbindung zwischen den Partnern, aber wie die Betroffenen darauf reagieren, hängt letztendlich doch von ihren persönlichen Eigenschaften ab. Adèle hasst ihren Partner, trotz der magischen Natur der Partnerschaft."

„Thierry hat erwähnt, dass es eine Art magische Resonanz zwischen Vampiren und Magiern gibt", überlegte Eric, der noch verarbeiten musste, was Alain ihm berichtet hatte. „Er hat mir nicht erklärt, wie es funktioniert."

Alain lächelte bedauernd. „Das kann er auch nicht. Keiner von uns könnte es dir wirklich erklären, weil wir es selbst nicht richtig verstehen. Es fing mit Orlando und mir an. Wir haben festgestellt, dass mein Blut ihn immun macht gegen die Sonne. Er wird von ihren Strahlen nicht mehr verbrannt. Aber das ist noch nicht alles. Orlando und ich haben ein Gelübde abgelegt, das unseren Bund besonders machtvoll macht. Auch bei den anderen Partnerschaften entdecken wir ständig neue Auswirkungen. Mein Gott, ich habe seit der Gründung dieser Allianz mehr über Magie gelernt, als in all den Jahren meiner Ausbildung zum Magier. Und es gibt immer noch so vieles, das wir nicht wissen."

„Dann verrate mir, was du weißt", bat Eric. „Wenn es auch Vincent um mich betrifft, möchte ich wissen, worum es geht."

„Ich glaube nicht, dass ihr davon betroffen seid", erwiderte Alain, um Erics Vorbehalte endgültig auszuräumen. „Ihr habt nur für kurze Zeit die wilde Magie gespürt, und die haben wir wieder eingefangen. Die Partnerschaften geben den Magiern eine zusätzliche Macht, deren Grenzen wir noch nicht kennen. Was wir wissen, ist, dass ihre Magie nicht auf den Vampir wirkt, der ihr Partner ist. Aber wer weiß schon, was wir noch nicht wissen. Es übersteigt unser Vorstellungsvermögen. Mir hat es eine neue Liebe und neue Hoffnung gegeben, als ich schon nicht mehr damit gerechnet hatte."

„Und es stört dich nicht, dass die Magie und deine Gefühle so untrennbar miteinander verbunden sind?", wollte Eric wissen. Er hatte nach Danielles Tod auch alle Hoffnung aufgegeben und sie in Vincent – vollkommen unerwartet – wieder gefunden. „Thierry sagte, du konntest Orlandos Schmerzen spüren, als er gefangen war", fügte er bedauernd hinzu.

Alain schüttelte den Kopf. „Magie kann unsere Gefühle nicht beeinflussen. Die Partnerschaft hat nur dazu geführt, dass ich diese Gefühle schneller erkannt und akzeptiert habe. Es gibt keine Liebestränke. Wenn du etwas für Vincent empfindest, dann ist dieses Gefühl real – egal, wodurch es ausgelöst oder dir bewusst gemacht wurde. Und es tut mir auch nicht leid, dass ich Orlandos Schmerzen spüren konnte. So wusste ich wenigstens, dass er noch am Leben war."

Eric konnte kaum glauben, wie nüchtern Alain die Ereignisse der letzten Tage beschrieb. Aber Alain schien bereit, Erics Rolle darin zu vergeben, deshalb wollte er sich nicht länger damit aufhalten. Er hatte andere Sorgen, und die hingen damit zusammen, was Alain ihm über seine Gefühle zu Vincent gesagt hatte. Davon abgesehen wusste Eric nicht, ob er die letzten beiden Jahre wirklich so einfach vergessen und in sein altes Leben zurückkehren konnte. „Ich habe nicht damit gerechnet, als Spion bei Serrier den Krieg zu überleben", meinte er. „Jetzt habe ich wieder ein ganzes Leben vor mir, und es ist so anders als das, war ich hinter mir gelassen habe."

„Es ist eine neue Welt", stimmte Alain ihm zu. „Du musst dich nur entscheiden, was du für dich daraus machen willst."

„Das hängt wohl davon ab, was Marcel für Vincent tun kann", erwiderte Eric. „Ich kann mit eine Zukunft ohne ihn nicht vorstellen."

Alain lächelte. „Das Gefühl kenne ich. Vertraue auf Marcel. Er ist ein alter Fuchs und wird einen Weg finden, um euch zu helfen."

„Wir haben fürchterliche Dinge getan", sagte Eric. „Und im Gegensatz zu mir kann Vincent nicht behaupten, er hätte damit der Milice helfen wollen. Ich konnte mir wenigstens einreden, dass es nur ein Mittel zum Zweck war."

„Das wird für dich vor Gericht einen Unterschied machen", war Alain überzeugt. „Serrier und seine Anhänger haben wirklich geglaubt, dass der Zweck die Mittel heiligt. Du hast es bis zum Schluss nicht geglaubt, und dadurch unterscheidest du dich von ihnen. Raymond hat aus dem gleichen Grund die Seiten gewechselt, und wir hätten diesen Krieg ohne seine Hilfe und sein Wissen nicht gewinnen können. Du darfst deinen – und Vincents – Beitrag nicht unterschätzen. Ich hätte Orlandos Vernichtung nicht überlebt, falls dir das ein Trost ist."

„Die zehn Minuten sind um", wurden sie von Orlando unterbrochen, der zurück ins Zimmer kam und die beiden Männer neugierig musterte. „Nun, ich sehe kein frisches Blut. Ich nehme an, das ist ein gutes Zeichen."

„Ich habe ihn nicht angerührt", informierte Alain seinen Partner selbstgefällig. „Außerdem bist du der Einzige, der meinem Blut zu nahe kommt."

Orlando konnte nicht widerstehen und küsste ihn, ohne auf ihr Publikum Rücksicht zu nehmen. Er knabberte an Alains Unterlippe und biss leicht zu, bis er einen Hauch von Blut schmeckte.

„Er hat mich nicht einmal angebrüllt", fügte Eric hinzu, als die beiden Männer sich wieder trennten. Er hätte nie geglaubt, Thierry und Alain würden eine neue Liebe finden – und dann auch noch Vampire –, aber mit diesem Beweis vor Augen war es nicht mehr zu leugnen.

„Ihr werdet mir das Leben nicht leicht machen, oder?", fragte Orlando. „Jetzt hast du nicht nur Thierry, sondern auch noch Eric auf deiner Seite."

„Sebastien würde niemals zulassen, dass Thierry sich einmischt", sagte Alain im Brustton der Überzeugung.

Eric schnaubte. „Hat er wirklich so viel Einfluss auf unseren Heißsporn?"

Orlando lachte. „Ich denke, die beiden stehen sich in nichts nach, was ihr Temperament betrifft. Aber Alain hat recht. Sebastien wird Thierrys Aufmerksamkeit in der nächsten Zeit mit niemandem teilen wollen."

„Und dir macht es nichts aus, Alains Aufmerksamkeit zu teilen?", wollte Eric wissen. Er konnte sich nicht recht erklären, wieso es zwischen den Paaren einen Unterschied geben sollte.

„Er weiß ganz genau, dass er meine Aufmerksamkeit nie sehr lange mit anderen teilen muss", erklärte Alain und zeigte auf das Brandmal an seinem Hals. „Das hier ist ein stärkerer Bund, als jedes Versprechen oder offizielle Dokument. Orlando kann nur noch mein Blut trinken."

„Und was hast du davon?", erkundigte sich Eric.

Alains strahlendes Lächeln erhellte das Zimmer. „Orlando."

32

„KÖNNEN WIR gehen?", fragte Angélique David, der auf dem Krankenhausbett saß. Er war bekleidet, wirkte aber immer noch angeschlagen. Doch die Mediziner hatten ihnen versichert, dass er außer Gefahr war und zuhause genauso gut heilen konnte, wie hier auf der Krankenstation.

„Und ich falle dir wirklich nicht zur Last?", fragte David mindestens schon zum zehnten Mal. Und mindestens zum zehnten Mal antwortete Angélique: „Natürlich nicht. François hat alles vorbereitet. Du musst dich nur noch ausruhen und wieder gesund werden. Es ist schon recht lange her, seit ich das letzte Mal kochen musste, aber ich habe nicht vergessen, wie es geht. Und falls es dir nicht schmeckt, rufen wir einen Lieferservice an."

„Bist du …"

„David", unterbrach Angélique ihn mit einem warnenden Unterton. Dann setzte sie sich zu ihm aufs Bett, nahm sein Gesicht zwischen die Hände und gab ihm einen Kuss. „Du warst für mich da, als ich dich gebraucht habe, nachdem der *Extorris* Jeans Freundin getötet hat. Jetzt will ich für dich da sein."

David kam nicht mehr dazu, ihr eine Antwort zu geben, weil ein Mediziner ins Zimmer kam, um ihnen letzte Anweisungen zu geben und sie nach Hause zu transportieren. Angélique nahm das Angebot an und gab ihm die Adresse des Sang Froid. Der Mediziner erinnerte sie erneut daran, sofort anzurufen, falls David sich wieder schlechter fühlen sollte. Dann zog er seinen Stab aus der Tasche und schickte sie nach Hause.

Als sie im Sang Froid ankamen, ließ Angélique es sich nicht nehmen, David beim Ausziehen zu helfen und ihn ins Bett zu packen. Dann beschäftigte sie sich damit, Davids Kleidung einzuräumen. Sie lächelte, als sie sie in der Schublade neben ihren eigenen Sachen liegen sah. Obwohl es nur vorübergehend war, freute sie sich darüber, ihn hier zu haben.

„Wie fühlst du dich?", fragte sie und setzte sich zu ihm aufs Bett. Jetzt, wo sie endlich allein waren, erlaubte sie sich den Luxus, ihn zu berühren. In der Krankenstation hatte sie das nicht tun wollen, weil sie sich seiner Reaktion nicht sicher war, falls es jemand gesehen hätte. Während sie auf seine Antwort wartete, strich sie ihm mit den Fingern über den Arm.

„Im Augenblick recht gut", erwiderte David. Er erkannte die Absicht hinter ihrem Handeln, aber nachdem er erlebt hatte, wie sie um sein Leben gekämpft hatte, konnte ihre Vergangenheit ihn nicht mehr abschrecken.

„Gut", schnurrte sie, und ihre Finger glitten über seinen Arm auf seine Schulter und über seine Brust. „Wenn du willst, würde ich gerne etwas für dich tun."

Davids Körper wollte, daran gab es keinen Zweifel. Sein Schwanz wurde hart unter der schweren Decke und seine Brustwarzen zogen sich zusammen. „Was willst du für mich tun?", krächzte er.

„Als ich mich das letzte Mal mit Henna bemalt habe, war das für mich. Heute Nacht würde ich es gerne für dich tun."

David unterdrückte mühsam ein Stöhnen. „Das musst du nicht", erwiderte er.

Angélique lächelte. „Ich weiß. Aber ich will es tun. Und dann will ich an deiner Seite schlafen und du kannst mich morgen früh von oben bis unten erkunden. Bleib einfach liegen und sieh mir zu. Du bist der Einzige, der diese Muster zu Gesicht bekommen wird."

Davids Augen glänzten vor Lust, als er sich auf die Seite rollte, um sie besser beobachten zu können. Sie verließ das Zimmer und kam einige Minuten später mit den Zutaten für die Hennapaste zurück. Nachdem sie sie angerührt hatte, stellte sie den großen Spiegel so ins Zimmer, dass sie sich darin von allen Seiten sehen konnte, ohne David den Blick zu versperren.

Die Decke rutschte David von den Schultern und sie unterbrach ihre Vorbereitungen, kam ans Bett und deckte ihn wieder zu, damit er sich nicht erkältete. David fasste nach ihrer Hand, zog sie an die Lippen und fuhr mit der Zunge über die Tätowierungen, die dort für immer eingeprägt waren. Angélique schloss genussvoll die Augen und stellte sich vor, wie es sich anfühlen würde, wenn er morgen früh den Rest ihres Körpers so erkundete.

Als David ihre Hand endlich wieder losließ, brannte Angélique vor Begehren. Sie trat einige Schritte zurück, um außerhalb seiner Reichweite zu sein. Dann zog sie sich langsam aus. Zuerst den Schal und die Bluse, dann den Rock, die Schuhe und die Strümpfe. Schließlich trug sie nur noch ihre Spitzenunterwäsche. Sie ging zurück ans Bett und küsste ihn zärtlich. „Als ich noch im Harem lebte, konnte ich mir nicht aussuchen, für wen ich bemalt wurde. Heute Nacht kann ich es. Heute Nacht bemale ich mich für dich."

David war versucht, das Henna zu vergessen und sie einfach ins Bett zu ziehen. Aber nach den Spannungen, die er durch seine Ignoranz schon zwischen ihnen ausgelöst hatte, wollte er ihre Vorbehalte ein für alle Mal überwinden. Er fuhr ihr mit dem Finger über die Haut und einen spitzenbedeckten Nippel. „Ich kann es kaum erwarten."

Angélique drehte sich lächelnd um und ging zu dem Spiegel zurück. Sie öffnete den BH und ließ ihn zu Boden fallen. Dann nahm sie den Pinsel, tunkte ihn in die Hennapaste und strich sie über die verblassenden Muster auf ihrer Haut. Sie konnte Davids Blick auf sich gerichtet fühlen, als sie die grünbraune Paste auftrug und ihren Körper mit wirbelnden Linien bemalte. Ihr wurde von Minute zu Minute wärmer und sie warf ihm ab und zu Blicke zu, um sich davon zu überzeugen, dass er ihr noch zusah und verstand, was die Erneuerung der Muster ihr bedeutete. Diese Muster waren für ihn. Sie waren immer für ihn gewesen.

David folgte mit den Augen jeder noch so kleinen Bewegung ihrer Hand und stellte sich vor, ihr mit den Fingern, den Lippen und der Zunge zu folgen. Sein Verlangen wuchs mit jedem Eintauchen des Pinsels in das Schälchen mit der Hennapaste, mit jedem Pinselstrich, den sie auf ihre blasse Haut auftrug. „Du bist wunderschön", flüsterte er. „Absolut perfekt."

Angélique hob den Kopf und sah ihn mit sanften Augen an. „Noch nicht", sagte sie. „Aber mit deiner Hilfe werde ich es bald sein."

David sah sie verwirrt an, aber sie schüttelte nur den Kopf und arbeitete weiter – über den Bauch und bis zum Rand ihres Höschens. Als sie mit den Mustern, die sie auf ihre Vorderseite aufgetragen hatte, zufrieden war, zog sie eine Haarspange aus der Schublade und steckte sich die Haare auf. „Jetzt bist du an der Reihe", sagte sie und kam mit dem Schälchen und dem Pinsel zu David ans Bett. Sie gab ihm den Pinsel und drehte sich mit dem Rücken zu ihm. „Du darfst mich bemalen, wie es dir gefällt."

„Ich habe das noch nie gemacht!", protestierte David.

Angélique zuckte mit den Schultern. „Du bist auch noch nie von einem Vampir gebissen worden, bevor wir Partner wurden. Du brauchst keine speziellen Kenntnisse. Bemale mich mit dem Henna einfach so, wie es dir gefällt. Es muss kein traditionelles Muster sein. Es muss überhaupt kein Muster sein, wenn du es nicht willst. Es geht nicht um das Ergebnis, wenn man seine Geliebte bemalt. Es ist das Erlebnis, das zählt."

„Sind wir das?", fragte David und tauchte mit zitternder Hand den Pinsel in die Paste. Dann malte er eine lange, dünne Linie über ihre Wirbelsäule, von oben nach unten, bis er an ihrem Höschen ankam und sie nicht mehr weiterging. Mutig zog er den Bund nach unten und malte weiter, bis die Linie in der Spalte ihres Hinterteils verschwand. Als Angélique den Kopf zu ihm umdrehte, hielt er erschrocken inne. Aber sie wackelte nur mit den Hüften, um sich den Slip ganz auszuziehen. Sie empfand keine Scham, sich ihm nackt zu zeigen. Hier und jetzt war ihr Körper nur die Leinwand, die sie gemeinsam in ein Kunstwerk verwandeln wollten.

„Ich hoffe, wir werden es bald sein", antwortete sie ehrlich.

Wieder war David versucht, den Pinsel einfach zur Seite zu legen und aufzuhören. Er wollte nicht mehr warten, wollte sie bei sich im Bett haben. Aber er war noch geschwächt durch seine Verwundung. Außerdem war es ein unglaublich erotisches Erlebnis, Angélique bemalen zu dürfen. Er wünschte nur, er wäre künstlerisch begabt und könnte ihrer Schönheit Genüge tun, doch er musste sich damit begnügen, sein Bestes zu geben. Die Absicht zählte. David tauchte den Pinsel wieder in die Paste und widmete sich ihrer Schulter, setzte ihn außen an und führte ihn übers Schulterblatt zu ihren Rippen und von dort über die Taille zur Hüfte, bis auch diese Linie an ihrem Hintern endete. Sie beugte sich etwas vor, damit er sie nach unten fortsetzen konnte und er verlängerte sie, bis er an ihrem Oberschenkel ankam. Dann wurde der Anblick zu viel für ihn und er konnte sich nicht mehr beherrschen. Er zog sie an sich und küsste sie auf die andere, die unbemalte Seite ihres Hinterteils.

„Heute Nacht noch nicht", tadelte sie ihn zärtlich und entzog sich seinem Griff. „Heute Nacht malst du nur. Morgen kannst du mich berühren, wo und wie du willst."

David nickte stumm. Wenn er seine Hände nicht benutzen durfte, wollte er den Pinsel für sich sprechen lassen. Und morgen ... Morgen wollte er mit den Fingern jeder Linie folgen, wollte jeden Winkel ihres Körpers erkunden, bis sie wahrhaftig Geliebte waren. Mit diesem Entschluss widmete er sich wieder seiner ursprünglichen Aufgabe und malte auf die andere Seite ihres Rückens ein Spiegelbild der Linie, die er eben vollendet hatte. Er schob ihre Beine etwas auseinander und malte Linien um ihre Oberschenkel, dort, wo sie endeten und ihr Hintern begann. Sie keuchte leise, als er mit dem Pinsel zwischen ihre Beine fuhr, aber er ging nicht darauf ein. Mit dem Ende der Linie verschwand der Pinsel wieder, und damit auch seine Berührung. Er kehrte zu ihren Schultern zurück und verband die senkrechten Linien durch Wellenbänder, eines nach dem anderen, von oben bis unten.

Angélique schloss genießerisch die Augen und überließ sich den zarten Pinselstrichen. Es fiel ihr schwer, stillzuhalten und das Muster nicht durch eine plötzliche Bewegung zu zerstören. Mit jeder Berührung des Pinsels fuhr ihr ein Schauer über die Haut. Ihr ganzer Rücken schien in eine erogene Zone verwandelt zu werden. Sie wusste nicht, wie lange sie so dastand und der Versuchung widerstand, ihre guten Vorsätze aufzugeben und sich einfach auf ihn zu setzen, bis sie beide Erlösung fanden.

Schließlich legte David den Pinsel zur Seite. „Was jetzt?", fragte er mit vor Erregung bebender Stimme.

„Jetzt wird es fixiert und eingewickelt", erklärte Angélique und reichte ihm die Sprayflasche mit dem Fixiergel. Sie drehte sich zu ihm um und deutete ihm an, oben an ihrem Körper zu beginnen und sich nach unten vorzuarbeiten.

David schluckte tief beim Anblick ihrer vollen Brüste. Dann folgte er ihren Anweisungen und besprühte ihre Brust und den Bauch mit dem Gel. Als er fertig war, drehte sie sich um und er sprühte ihren Rücken ein. Danach gab sie ihm eine Rolle dünner Gaze, um die Hennapaste auf ihrer Haut damit zu bedecken.

Er wickelte die Gazebinde langsam um ihren Körper, bis die Muster langsam unter dem schützenden Stoff verschwanden. Dann sah er sie mit einer Mischung aus Lust und Sehnsucht an, die Angéliques Standfestigkeit fast ins Wanken gebracht hätte. „Leg dich hin. Ich kümmere mich um dich", sagte sie, während er sie regungslos anstarrte.

David rutschte über die Matratze, um ihr Platz zu machen. Sie hob die Decke und schlüpfte zu ihm ins Bett. Dann presste sie sich mit ihrer ganzen Körperlänge an ihn. Er fühlte die Gaze, die ihm über die nackte Brust rieb, und sein steifer Schwanz wurde zwischen ihre Beine gedrückt. Dann stöhnte er leise, als sie ihm über die Brust streichelte. „Entspann dich", flüsterte sie und küsste ihn auf die Schulter. „Ich bin für dich da."

David ließ alles mit sich geschehen. Er war wie Wachs in ihren Händen, als sie ihn von sich weg rollte, sich an seinen Rücken presste und mit ihren scharfen Zähnen leicht in seine Schulter biss. Er bog den Rücken durch, als er den Schmerz ihres Bisses spürte. Ihre sanften Hände streichelten ihm über die Brust und kneteten seine Nippel, sodass er den Schmerz gleich wieder vergaß. Sie schob die Hand in den Bund seiner Unterhose und zog sie ihm über die Hüften. Dann fasste sie nach seinem harten Schwanz und er stieß mit den Hüften in ihre Hand. Bei jedem Saugen ihres Mundes zuckte sein Schwanz in ihrem Griff, als wäre er durch eine unsichtbare Schnur mit ihren Zähnen verbunden. Die Mediziner hatten ihr empfohlen, ihn regelmäßig zu beißen, um die Heilung zu beschleunigen. Aber wie medizinische Therapie fühlte sich das ganz und gar nicht an. Nein, hier ging es nur um sie beide und das Verlangen zwischen ihnen, das selbst durch die Missverständnisse und Vorurteile der letzten Wochen nicht zerstört worden war. Alles andere waren nur Nebenwirkungen.

Angéliques erfahrene Hände jagten erregte Schauer durch Davids Körper. Er kämpfte nicht mehr dagegen an. Er entspannte sich und konnte endlich das Geschenk ihrer Erfahrung annehmen und nur noch genießen. Angéliques Vergangenheit war ein Teil von ihr, aber die Vampirin wurde nicht dadurch beherrscht, das hatte David endlich begriffen. Stöhnend presste er sich an sie, um ihr etwas von dem zurückzugeben, was er selbst empfand. Er wollte nach ihr greifen, doch sie packte seine Hand und hielt sie fest. Sie machte ihren Willen deutlich, ohne die Zähne aus seiner Schulter zu ziehen und auch nur ein Wort zu sagen.

Es dauerte nicht mehr lange, bis sich der Stress und die aufgestaute Leidenschaft der letzten Tage in einem Orgasmus entluden und David in Angéliques Armen zusammensackte. Sie hörte nicht auf, ihn zärtlich zu streicheln, und als er schließlich wieder normal atmen konnte, zog sie die Zähne aus seiner Schulter und leckte ihm über die Wunde. „Fühlst du dich jetzt besser?", hauchte sie ihm ins Ohr.

„Ja", murmelte er und drehte sich in ihren Armen um. „Was kann ich jetzt für dich tun?"

„Gar nichts", erwiderte sie und zog seine Hand in ihren feuchten Schoß. „Dein Geschmack hat mir schon alles gegeben."

„Aber ...", protestierte David.

„Aber nichts", unterbrach ihn Angélique. „Du wärst vor sechsunddreißig Stunden beinahe gestorben. Ja, ich weiß – Magie heilt schneller als eine normale Behandlung. Aber du hast dich noch nicht vollständig erholt. Du wirst jetzt schlafen. Morgen sehen wir weiter."

David wollte ihr widersprechen, aber ihr Tonfall sagte ihm, dass es sinnlos wäre. Sie würde nicht nachgeben, was immer er auch an Argumenten vorbrachte. Also ließ er es bleiben, schloss träge die Augen und stellte sich vor, was der Morgen bringen würde. In Gedanken wickelte er die Gaze ab, wusch die Paste von Angéliques Körper und legte die Muster auf ihrer Haut bloß. Sie war warm vom Badewasser und die feuchten Locken kringelten sich um ihr Gesicht, die Wangen rot von einer Mischung aus warmen Dampf und Begehren, während er jeden Quadratzentimeter ihres Körpers erkundete, der von ihren und seinen Mustern überzogen war. Sie würden im Bett landen und zu Ende bringen, was sie in der Badewanne begonnen hatten. Er würde sie endlich lieben können, aber er wusste nicht, was danach folgen würde. Der Krieg war vorüber und er hatte Angst vor dem, was die Zukunft bringen würde. Wenn die Allianz sie nicht mehr brauchte und seine Verletzungen geheilt waren, würde Angélique vielleicht das Interesse an ihm verlieren. Oder würde sie ihn noch lieben, auch wenn die Politik ihre Partnerschaft nicht mehr bestimmte? David kannte die Antwort nicht, aber er hoffte, Angélique würde Ja sagen.

An seiner Seite lag Angélique und hing ihren eigenen Gedanken nach. Sie wusste genau, was ihnen der nächste Morgen bringen würde. Sie freute sich darauf, endlich zu erleben, wie es war, den Mann zu lieben, der seit Beginn der Allianz durch ihre Träume geisterte. Aber danach? David hatte sie von Anfang an abgelehnt – wegen ihrer Vergangenheit, wegen ihrer Tätowierungen und wegen der Art, wie sie ihren Lebensunterhalt verdiente. In den letzten Tagen schien er seine Bedenken zurückgestellt zu haben, aber sie wusste nicht, ob das ehrlich gemeint oder nur den politischen Erfordernissen geschuldet war. Sie hatte in Davids Blut mehr Akzeptanz geschmeckt als jemals zuvor, auch sein Begehren war noch nie so groß gewesen. Doch das allein reichte nicht aus, um darauf eine gemeinsame Zukunft aufzubauen. Sie brauchte mehr als nur Begehren, um wieder einen Mann in ihr Leben zu lassen. Und das wollte sie mit David – ihn in ihr Leben lassen. Aber dazu musste er ihre Gefühle erwidern. Angélique unterdrückte ein Seufzen und schmiegte sich enger an ihn. Sie ärgerte sich über die Gaze, die verhinderte, dass sie Davids nackte Haut an ihrer fühlen konnte. Morgen würde sie für diese Unannehmlichkeit ihren Lohn ernten. Sie musste sich nur noch wenige Stunden gedulden. Und Geduld hatte sie gelernt in den Jahren, die sie im Harem des Sultans verbracht hatte.

33

ANGÉLIQUE WURDE in ihrer Ruhe gestört, als die Sonne aufging und sie sich instinktiv in Sicherheit bringen wollte, obwohl Davids Blut und die geschlossenen Fensterläden sie vor den tödlichen Strahlen schützten. Sie rollte sich auf den Rücken und zitterte leicht, weil sie die Wärme von Davids Körper vermisste. Dann wickelte sie einen Teil der Gazebinde ab, um zu sehen, ob die Hennapaste schon eingetrocknet war. Alles sah gut aus und die Muster waren während der Nacht nicht verschmiert worden. Angélique warf dem schlafenden Mann an ihrer Seite noch einen kurzen Blick zu. Dann schlüpfte sie leise aus dem Bett. David sah schon viel besser aus als gestern, obwohl sein Gesicht auch im Schlaf noch etwas schmerzverzerrt war. Angélique ging unter die Dusche, um die Paste abzuwaschen. Danach wollte sie David wecken und ihm das Ergebnis ihrer Künste präsentieren.

Angélique hatte in ihrer langen Existenz schon viele Männer verführt. Oft hatte sie bei ihren Vorbereitungen Vorfreude verspürt, oft auch Beklommenheit. Aber noch nie hatte sie eine solche Mischung widersprüchlicher Gefühle empfunden wie jetzt, während sie im Badezimmer stand und die Gaze entfernte, die David gestern Nacht um ihren Körper gewickelt hatte. Der Magier beanspruchte schon jetzt einen Platz in ihrem Leben, den noch nie zuvor ein Mann eingenommen hatte. Angélique hatte auch in der Vergangenheit schon Geliebte gehabt, aber immer auch Blut von anderen Männern getrunken. Noch nie hatte sie sich auf eine Person beschränkt, um ihren Hunger zu stillen. Seit dem Beginn der Allianz hatte sie nur ein einziges Mal fremdes Blut getrunken. Wenn sie David jetzt auch ihren Körper schenkte, würde das die Verbindung zwischen ihnen noch enger werden lassen. Es war ein Schritt, den sie gleichzeitig fürchtete und herbeisehnte. Gestern Nacht war ihr der Weg noch hell erleuchtet erschienen, den sie zu gehen beabsichtigte. Aber jetzt, bei klarem Licht betrachtet und ohne Davids Nähe, zweifelte sie an der Klugheit ihrer Entscheidung.

Verärgert über ihre Unentschlossenheit riss Angélique die restlichen Gazebinden ab und ging unter die Dusche. Sie stellte das Wasser so heiß wie möglich ein, griff sich frustriert eine Bürste und schrubbte dann wütend die Hennapaste von ihrer Haut ab.

Ihre Haut brannte schon feuerrot, als sanfte Hände ihr die Bürste abnahmen. „Du musst dir die Haut nicht mit abreiben", tadelte David sie zärtlich und kam zu ihr in die Duschkabine. „Etwas Seife und Wasser reichen auch aus." Er nahm einen Waschhandschuh, seifte ihn ein und zeigte ihr, was er damit meinte. Vorsichtig rieb er ihr das Gel und die Paste von der Haut, bis nur noch die orangefarbenen Muster zu sehen waren. Als er sie das letzte Mal gewaschen hatte, war sie sehr niedergeschlagen gewesen und er hatte ihre Schwäche nicht ausnutzen wollen. Heute musste er darauf keine Rücksicht nehmen. Er ließ sich ausgiebig Zeit, um das Henna von ihren Brüsten abzuwaschen. Schließlich ließ er den Waschhandschuh fallen und streichelte sie mit den Händen. Angélique lehnten sich an ihn und hob die Arme über den Kopf, damit er sie überall erreichen konnte. Sie musste genau wissen, welches Bild sie ihm damit bot, aber das dämpfte Davids Erregung nicht im Geringsten. Im Gegenteil – sie machte es für ihn, und nur das zählte für den Magier.

Er nutzte ihre Position aus und presste sich an ihren Rücken, während er jeden Quadratzentimeter ihrer Brüste und ihres Bauches mit den Händen erkundete. Dann kam er zu dem haarigen Dreieck zwischen ihren Beinen und war versucht, sich für den Gefallen zu revanchieren, den sie ihm gestern Nacht getan hatte. Aber erst musste er die Muster komplett enthüllen, mit denen er sie bemalt hatte. David drehte sie in seinen Armen um, damit er ihren Rücken erreichen konnte. Als sie sich provozierend an seinem Körper rieb, lächelte er sie an. „Später", versprach er ihr. „Und dieses Mal werde ich dich nicht nur in den Armen halten. Vorher will ich aber noch unser Kunstwerk sehen."

Angélique nickte atemlos, als seine Hände über ihren Rücken rieben. Sie hatte gestern Nacht die Bewegung seiner Pinselstriche gefühlt, aber seine Muster noch nicht gesehen. Der Gedanke, dass er ihren Körper mit seinem Zeichen markiert hatte, weckte einen ganzen Schwarm Schmetterlinge in ihrem Bauch. Normalerweise war sie es, die mit ihrem Biss ihr Zeichen hinterließ. Jetzt hatte David ihr das zurückgegeben. Ein Schauer der Wollust durchfuhr sie, als er die Hände auf ihren Hintern legte und die Hennapaste abrieb, die er gestern Nacht dort aufgetragen hatte. Mit jeder Bewegung seiner Hände stieg ihre Erregung. „Im Harem musste der Rücken einer Frau genauso perfekt verziert werden, wie ihre Brüste und ihr Bauch", sagte sie keuchend. „Das war wichtig, weil sie den Sultan oder seine Gäste immer auf den Knien begrüßte und die Stirn auf den Boden presste. Deshalb waren ihr Rücken und ihr Hintern das erste, was er von ihr erblickte. Wenn es ihm gefiel, wählte er sie aus für die Nacht und sicherte damit ihre Position im Harem. Wenn es ihm nicht gefiel, ging er weiter und erwählte eine andere." Sie entzog sich seinen Armen und drehte sich um, damit er ihren Rücken sehen konnte. Als sie aus dem Harem entkommen war, hatte sie sich geschworen, nie wieder vor einem Mann zu knien. Das hielt sie jedoch nicht davon ab, sich David im Stehen zu präsentieren. „Gefällt dir, was du siehst?"

„Ja", antwortete David heiser und wollte nach ihr greifen. Angélique schüttelte den Kopf und drehte das Wasser ab.

„Nicht hier", sagte sie und verließ die Dusche. „Das Bett ist viel bequemer."

Angélique reichte ihm ein Handtuch und nahm ein zweites für sich selbst, doch David zog sie wieder an sich und wickelte sie in das flauschige Tuch ein. Dann rubbelte er sie langsam trocken. „Du verwöhnst mich", neckte sie ihn. „Ich werde mich daran gewöhnen und es in Zukunft immer erwarten."

David lächelte. „Das solltest du auch tun."

Angélique riss die Augen auf und sah in fragend an.

„Soll das heißen …?" Sie verstummte, weil sie ihm keine Worte in den Mund legen wollte.

„Ich weiß nicht, was uns der nächste Tag bringen wird und noch weniger, was im nächsten Monat oder Jahr sein wird", erwiderte David. „Aber eines weiß ich … Ich möchte nirgendwo lieber sein, als bei dir. Ich würde es gerne mit uns beiden versuchen, wenn du es auch willst."

„Ich bin immer noch die Besitzerin des Sang Froid. Jetzt, nachdem der Krieg vorbei ist, muss ich mich wieder um meine Geschäfte kümmern", warnte sie ihn.

David nickte. „Ich hoffe, dass ich wieder an meinen früheren Arbeitsplatz zurückkehren kann. Wenn nicht, muss ich mir eine neue Arbeit suchen. Du musst also nicht befürchten, dass ich Tag und Nacht um dich herumschleiche. Ich habe von dir und Jean oft genug gehört, dass du ein ehrenwertes Geschäft betreibst und wichtige Dienstleistungen anbietest. Ich werde mich nicht wieder darüber beschweren."

Es war fast zu schön, um wahr zu sein. Angélique beschloss dennoch, ihre Bedenken zurückzustellen und David zu vertrauen. Die magische Kraft ihrer Partnerschaft war eine Garantie, die sie bei ihren früheren Beziehungen noch nie gehabt hatte. „Dann bring mich jetzt ins Bett und verwöhne mich noch mehr."

David lachte leise und ließ das Badetuch auf den Boden fallen. Er fuhr ihr mit den Händen durch die Haare und öffnete die Spange, sodass die langen, dunklen Locken ihr über die Schultern und den Rücken fielen. Sie kringelten sich und einige Strähnen glitten ihr über die Brüste. David beugte sich vor und küsste Angélique, dann schob er sie rückwärts zum Bett, ohne den Mund von ihren Lippen zu lösen.

David zog die Bettdecke zur Seite und legte Angélique aufs Bett. Anstatt sich zu ihr zu legen, blieb er noch einen Augenblick vor dem Bett stehen und betrachtete sie vom Kopf bis zu den Füßen, nahm jede ihrer Kurven in sich auf. Dann wanderte sein Blick wieder nach oben, von den schlanken Fesseln über die langen Beine, den flachen Bauch und die vollen Brüste, bis zu ihrem fein geschnittenen Gesicht. Als er ihr schließlich in die Augen sah, lächelte sie ihn an. Seine Begutachtung schien sie zu amüsieren, aber auch zu erregen. „Fällt alles zu deiner Zufriedenheit aus?", fragte sie neckisch.

„Das kann ich noch nicht sagen", krächzte er. „Ich habe bisher nur die eine Seite gesehen."

Angélique rollte sich lachend auf den Bauch und reckte den Kopf nach hinten, um ihren Rücken zu betrachten. Sie konnte nicht viel erkennen, denn David beugte sich über sie und leckte über die Linien auf ihrem Hintern. Er verfolgte die roten Linien mit der Zunge über ihren Rücken nach oben, bis er an ihrer Schulter ankam. Dann küsste er sie gierig und drängte mit der Zunge in ihren Mund.

Angélique ließ es zu.

Als sie keine Luft mehr bekamen und die Position ihnen unangenehm wurde, trennten sie sich wieder. Ihr Atem ging keuchend. David wollte sie wieder auf den Rücken drehen, aber Angélique schüttelte den Kopf und stützte sich auf Händen und Knien ab. „So", sagte sie. „Ich will, dass du deine Zeichen auf meiner Haut sehen kannst."

David stöhnte tief und ließ seinen harten Schwanz zwischen ihre Arschbacken gleiten, bis er sein Ziel fand. Sie drängte sich ihm entgegen. David hätte erwartet, dass sie sich Zeit lassen wollte, um die Verbindung zwischen ihnen dauerhaft zu zementieren, aber ihre Worte und Taten sagten das Gegenteil. Er konnte nicht mehr widerstehen und drückte sich tief in ihren feuchten Schoß, bis sie ihn bis zum Anschlag in sich spüren konnte. David hielte sie mit einer Hand an den Hüften fest und knetete mit der anderen ihre Brüste. Er wollte alles tun, damit sie ihm in die gleichen Höhen folgen konnte, in die ihn die feuchte Hitze ihres Körpers entführte.

Zu seiner Freude war sie sofort dabei. Sie erhob sich auf die Knie, hockte sich mit gespreizten Beinen auf seinen Schoß und kam seinen Stößen entgegen. „Schau dir das an", flüsterte sie und zeigte auf den Spiegel an ihrer Kommode. „Schau dir an, wie perfekt wir zusammenpassen."

David sah in den Spiegel und musste zugeben, dass sie unterschiedlicher kaum sein konnten. Seine blasse Haut hob sich von ihrem dunklen Teint ab, ein lebhafter Kontrast, der durch die Hennamuster noch verstärkt wurde. In dieser Position hatte David die Hände frei, und das nutzte er jetzt weidlich aus. Er streichelte sie über die Brüste und den Bauch, ließ die Finger zwischen ihre Beine gleiten, fand ihre Klitoris und fing zu reiben an. Ihr Mund öffnete sich zu einem leisen Schrei und die langen Eckzähne glänzten im Licht der kleinen Lampe, die das Zimmer erhellte. David wünschte sich fast, sie würden sich ansehen und sie könnte ihn beißen. Aber das hatte Zeit. Er senkte den Kopf und biss sie spielerisch in die Schulter. Angélique schrie auf, während David sie höher und höher schweben ließ.

Nach kurzer Zeit fing sie an, zu betteln und sich hin und her zu winden.

„Ich will fühlen, wie du auf mir kommst", flüsterte David und knabberte an ihrem Ohrläppchen.

Mehr Aufforderung brauchte Angélique nicht, um sich gehen zu lassen. Der Orgasmus brach aus ihr heraus und erfasste David in seinem Sog, bis er ihr folgte und ebenfalls zu Höhepunkt kam. Angélique erbebte, als er in ihr kam und die heiße Flüssigkeit sie auch von innen zeichnete. Sie sackte in Davids Armen zusammen und ließ sich von ihm halten, bis sie wieder normal atmen konnte.

Nachdem sie ihr Verlangen gestillt hatten, spürte David wieder die Nachwirkungen seiner Verwundung und wurde müde. Vorsichtig legte er sich auf die Seite und zog Angélique mit sich auf die Matratze. Die Bewegung trennte die beiden, aber Angélique drehte sich um, legte den Kopf auf Davids Schulter und schmiegte sich an ihn. „Ich muss Jean anrufen und ihn fragen, wann das *Judicium* stattfindet. Aber ansonsten haben wir nichts zu tun, außer uns auszuruhen und zu erholen. Schlaf jetzt. Ich bin gleich zurück."

„WIE FÜHLST du dich, Orlando?", fragte Sebastien, als Orlando und Alain das Büro betraten, das Thierry sich mit Alain teilte.

„Besser", erwiderte Orlando mit einem gezwungenen Lächeln. Es zehrte ihm an den Nerven, von seinem Avoué getrennt zu sein, und sei es auch nur für kurze Zeit. Doch Sebastien musste das *Judicium* vorbereiten, das heute Abend stattfinden würde, und dazu brauchte er Orlandos Aussage. Dieser Fall war nicht so offensichtlich wie der gegen Thurloe, als Orlando das erste Mal vor einem *Judicium* ausgesagt hatte. Alles hing davon ab, wie Sebastien den Fall vortrug und welche Beweise er präsentieren konnte. Orlando wünschte sich, Alain wäre hier und könnte ihm beistehen. „Ich fühle mich sogar besser, als ich es erwartet hätte. Ich weiß nicht, ob es nur die Partnerschaft ist oder ob es am Aveu de Sang liegt, aber als ich meinem Schöpfer entkommen bin, habe ich mich nicht so schnell erholt."

„Dieses Mal bist du auch nicht so lange gefoltert worden", meinte Sebastien.

„Nein", gab ihm Orlando recht. „Aber dafür hat mich mein Schöpfer nie hungern lassen, so wie es dieses Mal war. Wie auch immer – ich fühle mich gut genug, um an dem *Judicium* teilzunehmen. Ich habe Serriers Tod nicht miterlebt und will wenigstens dabei sein, wenn der *Extorris* verurteilt wird. Ich will sicher sein, dass er nie wieder so etwas tun kann."

„Das wird er auch nicht", sagte Sebastien im Brustton der Überzeugung. „Er hat sich im Cour zu viele Feinde gemacht. Dass er dir nicht zur Hilfe gekommen ist, war nur das i-Tüpfelchen auf einer langen Reihe von Vergehen. Kannst du mir jetzt genau erzählen, was er während deiner Gefangenschaft gesagt oder getan hat? Wir müssen beweisen, dass er genau wusste, in welche Lage du dich befunden hast."

Orlando berichtete ihm von dem fremden Blut, das Serrier ihm aufgezwungen hatte, und der anschließenden Konfrontation mit Edouard. Er erzählte auch, mit welcher Verachtung der *Extorris* vom Aveu de Sang gesprochen hatte, der Orlando die Kraft gegeben hatte, die Gefangenschaft zu überleben, ohne den Verstand zu verlieren.

„Dann wusste er also, dass du von deinem Avoué getrennt worden bist?", hakte Sebastien nach.

Orlando nickte. „Er war es selbst, der den dunklen Magiern erklärt hat, dass ich einen Avoué hätte und was das für mich bedeutet. Er hat ihnen gesagt, warum ich kein fremdes Blut trinken kann und dass ich ohne Alain für sie nicht mehr nützlich wäre. Er hat mich sehr verächtlich behandelt und sich über mich lustig gemacht."

„Das passt zu ihm", meinte Sebastien. „Er hat keinerlei Respekt für unsere Gesetze und Traditionen. Das könnte uns ziemlich egal sein, würde er nicht andere Menschen misshandeln und töten. Kannst du mir noch mehr über ihn sagen?"

Orlando schüttelte den Kopf. „Ich habe ihn danach nicht wieder gesehen, aber Serrier hat ihn als seinen Hausvampir bezeichnet. Er hat auch mehrfach erwähnt, dass er mit dem Gesetzlosen über meine Reaktion auf seine Flüche gesprochen hat und darüber, wie sich Blanchets Folter auf mich ausgewirkt hat. Der *Extorris* wusste genau, was sie mit mir machen, auch wenn er nicht selbst anwesend war."

„Er könnte behaupten, dass er keine Möglichkeit gefunden hat, dir zu helfen", warf Sebastien ein.

„Ich bin in meiner Zelle nicht bewacht worden", erwiderte Orlando. „Eric und sein Freund haben mich daraus befreit, nachdem sie sich dazu entschlossen hatten. Der *Extorris* hätte das Gleiche tun können, wenn er es nur gewollt hätte. Er hat es aber nicht gewollt, und das war seine freie Entscheidung."

„Und es war der letzte Fehler, den er in seiner Existenz gemacht hat", erklärte Sebastien kühl. „Gehe jetzt zu Alain. Ich kann mir vorstellen, dass du es kaum noch aushältst, von ihm getrennt zu sein. Jean wird heute Abend ausnahmsweise auch Nicht-Vampire zulassen, sodass Alain und Marcel an der Verhandlung teilnehmen können. Alain ist dein Avoué, es sollte also kein Problem sein. Wie der Cour auf Marcel reagiert, werden wir abwarten müssen."

Orlando nickte. „Danke für deine Hilfe. Ich will auf Alains Anwesenheit nicht verzichten, auch wenn ich es könnte. Und ich will es so schnell wie möglich hinter mich bringen, damit Alain und ich endlich an unsere Zukunft denken können."

„Es sind nur noch wenige Stunden, dann ist alles vorbei", versprach ihm Sebastien. „Und vergiss in der Zwischenzeit nicht, dass du nicht allein bist. Ich weiß nicht, wer dir – außer Jean – das letzte Mal zur Seite gestanden hat, aber dieses Mal wird es die gesamte Milice und die Mehrheit des Cours sein. Und dieses Mal hast du Alain. Mit ihm an deiner Seite kannst du dich jeder Herausforderung stellen."

„Das weiß ich", erwiderte Orlando. „Ohne dieses Wissen hätte ich die letzte Woche nicht bei gesundem Verstand überlebt. Er wartet auf mich. Wir beide sehen uns heute Abend."

Sebastien nickte und sah Orlando nachdenklich nach. Er bewunderte die gefasste Haltung des jungen Vampirs. Es gab nur wenige Vampire, denen er zugetraut hätte, eine solche Tortur mit so viel Würde zu ertragen.

Vor dem Büro wartete Alain schon mit ausgestreckten Armen auf Orlando. Sie umarmten sich. „Sebastien sagt, dass Jean meint, du könntest heute Abend dabei sein", sagte Orlando ohne große Vorrede. „Ich weiß, dass es dir schwerfällt, das alles noch einmal anzuhören, aber ... kommst du mit mir, falls sie es dir erlauben?"

„Natürlich", antwortete Alain sofort. „Ich möchte an deiner Seite sein, wo auch immer du bist. Selbst mitten in einer Gerichtsverhandlung des Cours."

„Ich muss vorher noch trinken", flüsterte Orlando. „Ich glaube nicht, dass ich es ohne zusätzliche Stärkung verkrafte."

Angesichts dessen, was er heute Abend zu hören bekommen würde, brauchte Alain diesen Kontakt mindestens so sehr wie Orlando. Aber das sagte er nicht laut. Er musste Orlando helfen, die nächsten Stunden zu überstehen, und dazu musste er stark sein. Er musste sich jetzt zusammenreißen, bis das *Judicium* vorüber und das Urteil vollstreckt war. „Sebastien benutzt unser Büro, aber wir finden bestimmt irgendwo ein leeres Zimmer. Momentan ist nur eine Notbesetzung im Dienst, die anderen hat Marcel nach Hause geschickt, damit sie sich vom Kampf erholen können. Wir suchen uns ein unbesetztes Büro. Viele sind noch auf der Krankenstation und ihre Büros stehen leer."

„Dürfen wir das so einfach?"

„Wir nehmen das Büro von jemandem, der es verstehen wird", versprach Alain und ging im Kopf die Liste der Verwundeten durch, die ihm Thierry gegeben hatte. „Ich bin mir sicher, dass Caroline noch nicht wieder im Dienst ist. Sie hat bestimmt nichts dagegen, wenn wir ihr Büro benutzen. Wenn du willst, können wir vorher zur Krankenstation gehen und sie fragen. Thierry meint, sie wird erst in drei oder vier Tagen wieder entlassen."

„Nein, das ist nicht nötig", erwiderte Orlando ungeduldig. „Wenn du meinst, dass es sie nicht stören wird, reicht mir das."

Alain führte Orlando zu Carolines Büro. Die Topfpflanzen auf dem Fensterbrett waren ein eindeutiger Hinweis darauf, dass dieses Büro von einer Frau benutzt wurde. Alain schloss die Tür hinter ihnen und hatte noch die Geistesgegenwart, den Schlüssel umzudrehen, da zog ihn Orlando auch schon in die Arme und vergaß die Welt um sie herum.

Orlando leckte Alain über den Hals, um die Haut auf seinen Biss vorzubereiten. „Das wird heute Nacht jeder sehen können", warnte er Alain. „In der kurzen Zeit bis zum *Judicium* wird es nicht heilen."

„Das ist mir egal", erwiderte Alain. „Es hat mich noch nie gestört."

„Meistens ist es auch egal, ob so oder so. Aber heute Nacht will ich, dass es alle sehen können", gestand Orlando. „Ich will sie daran erinnern, dass der Gesetzlose nicht nur mich persönlich bedroht hat, sondern auch den unantastbarsten Bund, den ein Vampir eingehen kann."

„Dann sorge dafür, dass niemand es übersehen kann", sagte Alain und zog ihn zu der Couch an der Wand. Er setzte sich und legte den Kopf zur Seite, damit Orlando freien Zugang zu seinem Hals und – falls er das wollte – auch seinem Körper hatte. Alain wollte seinem Geliebten nichts vorenthalten.

Orlando hatte noch nie ein so tiefes Bedürfnis verspürt, einem Menschen sein Zeichen zu geben. Das Brandmal an Alains Hals war nur der Anfang. Er wollte Alains Körper von oben bis unten mit seinen Zähnen markieren, bis keiner mehr daran zweifeln konnte, zu wem der Magier gehörte. Noch vor einem Monat hätte Orlando sich mit jeder Faser seines Seins gegen dieses Bedürfnis gewehrt, doch Alain hatte ihm die Erlaubnis dazu gegeben. Mehr noch – Alain hatte Orlandos Biss niemals als ein Schandmal gesehen oder war davor zurückgeschreckt, sondern der Magier sehnte sich geradezu danach. Orlando senkte den Kopf und biss kräftig zu. Das heiße Blut floss ihm in den Mund, bedeckte seine Zunge und seinen Gaumen mit dem unverwechselbaren Geschmack Alains. Orlando hasste es, immer noch Reste von Angst und Wut schmecken zu können, aber diese Gefühle konnte nur die Zeit aus Alains Herz vertreiben. Dann wurden Orlandos Geschmacksnerven von einer Welle der Liebe und des Begehrens überschwemmt, die alles andere in den Hintergrund drängten. Er leckte über die Wunden, um sie zu schließen. Dann ließ er die Lippen einige Zentimeter weiter über Alains Haut nach unten gleiten und biss erneut zu, um ein zweites Mal zu hinterlassen.

Als er den zweiten Biss spürte, wusste Alain sofort, was Orlando beabsichtigte. Träge überlegte er, wie viele Bisse wohl an seinem Hals Platz hätten. Vermutlich würde er es bald herausfinden. Jeder Biss Orlandos überschüttete Alain mit neuen, stärkeren Gefühlen. Nachdem Orlando endlich seine Zurückhaltung aufgegeben hatte und sich nicht mehr davor scheute, seine Bisse mit Sex zu kombinieren, fiel es Alain zunehmend schwerer, die Beherrschung zu wahren.

Er wollte sich und Orlando die Kleider vom Leib reißen, wollte nackte Haut spüren und Orlando etwas von dem zurückgeben, was er selbst empfand. Aber Alain wusste nicht, wie viel Zeit sie noch hatten, bevor sie zum Palais de Justice aufbrechen mussten. Sie durften sich nicht verspäten und er musste sich mit Orlandos Bissen zufriedengeben. Die Liebe musste warten bis nach dem *Judicium*, bis sichergestellt war, dass der Gesetzlose keine Gefahr mehr darstellte.

Orlandos Zähne hatten die vorhersehbare Wirkung auf Alain. Der Magier versuchte, seinen steifen Schwanz zu ignorieren, aber Orlando konnte es deutlich im Blut seines Geliebten schmecken und ließ die Hand über Alains Körper nach unten gleiten, bis er am Hosenbund angelangte. Er öffnete den Reißverschluss und schob die Hand in den Hosenschlitz. Alain schrie auf, als Orlandos Finger sich um seinen Schwanz schlossen und ihn durch den Schlitz an die kühle Luft zogen. Orlando streichelte ihn im Rhythmus seines Saugens und Alain erkannte, dass er es nicht mehr lange aushalten würde. „Bitte", bettelte er, weil ihm die Worte fehlten, sein Verlangen auszudrücken.

Orlando wusste auch so, was Alain sich von ihm wünschte. Er zog gesättigt die Zähne aus Alains Hals, senkte den Kopf und nahm den harten Schwanz seines Geliebten in den Mund. Dann saugte er ihn tief ein und spürte, wie Alains Samen ihm in die Kehle schoss, als der Magier mit einem lauten Schrei zum Höhepunkt kam.

„So macht es weniger Dreck", scherzte er zufrieden, als er Alains Schwanz wieder in der Hose verpackte. „Die Sonne geht unter. Der Cour wird sich bald versammeln. Wir sollten aufbrechen."

„Und was ist mit dir?", fragte Alain, dem immer noch der Kopf schwirrte, so wunderbar und unglaublich war dieser neue Orlando. Er legte die Hand an den Hals und fühlte stolz die vielen kleinen Bisswunden, die ein unübersehbarer Beweis ihres Bundes waren. Er selbst konnte an Orlando kein so deutlich sichtbares Zeichen hinterlassen, aber das spielte keine Rolle. Alain wusste, dass Orlando genauso ihm gehörte, wie er dem Vampir.

„Ich kann warten", versicherte ihm Orlando. „Ich warte lieber, bis ich in dir kommen kann, als mich jetzt mit einem Quickie zufriedenzugeben. Komm jetzt, Geliebter. Der Cour wartet auf uns."

34

DAS INNERE des Justizpalasts war taghell beleuchtet, aber im Kassationshof hatten sich nur Wesen der Nacht versammelt. Alain kannte viele von ihnen als Mitglieder der Allianz, andere hatten an der Schlacht von Beaubourg teilgenommen, aber mindestens die Hälfte der Anwesenden war ihm unbekannt. Ihm wurde deutlich, wie viel er über den Cour und die Gesellschaft der Vampire noch lernen musste.

Soweit Alain erkennen konnte, war er der einzige Nicht-Vampir im Raum. Marcel und Jean hatten darüber diskutiert, ob sie ausgewählte Medienvertreter zu dem *Judicium* zulassen sollten, sich nach reiflicher Abwägung aber dagegen entschieden. Vampire waren, wie die Magier auch, sehr verschlossen, wenn es um ihre Rituale ging.

Alain wurde von einigen Vampiren diskret, von anderen ziemlich unverblümt beobachtet. Er ignorierte sie und hielt sich an Orlandos Seite. Diejenigen unter den Vampiren, die Alain nicht kannten oder nicht wussten, dass Orlando einen Avoué genommen hatte, konnten sich allein durch die Nähe der beiden Männer zueinander alle offenen Fragen selbst beantworten. Die Minuten vergingen und sie warteten immer noch auf das Eintreffen von Jean, der das *Judicium* eröffnen würde. Alain fiel auf, dass mehr und mehr der Anwesenden Orlando respektvolle Blicke zuwarfen, als sich die Berichte von seiner Gefangenschaft und Flucht herumsprachen. Orlando schien von all dem nichts zu bemerken. Er stand gelassen an Alains Seite, während um sie herum die Anspannung immer mehr anstieg.

Dann öffnete sich eine Seitentür. André Perrot und Blair Nichols betraten den Raum. Zwischen sich hielten sie den *Extorris* an den Armen gepackt und zogen ihn mit sich. Alain fragte sich, ob der Vampir immer noch magisch gefesselt war, denn er schien sich entweder nicht bewegen zu wollen oder nicht bewegen zu können. Es geschähe dem Bastard nur recht, dachte Alain bei sich. Die beiden Vampire brachten den *Extorris* zur Bank des Angeklagten, wo sie ihn zurückließen und sich unter die anderen Anwesenden mischten. Ihre grimmigen Gesichter zeigten deutlich, auf welcher Seite ihre Sympathien lagen.

Einen Augenblick später öffnete sich eine weitere Tür und Sebastien kam in den Raum. Er nickte Orlando und Alain zu, dann nahm er auf der Seite der Anklage Platz. Für Alain war es ein seltsamer Anblick, Sebastien ohne Thierry hier zu sehen. Er erkannte einmal mehr, wie sehr die Allianz ihrer aller Leben verändert hatte und fragte sich, was nach dem Krieg wohl davon übrig bleiben mochte. Sein Bund mit Orlando würde sicherlich fortbestehen, und auch die Partnerschaften zwischen Sebastien und Thierry sowie Jean und Raymond würden vermutlich überleben. Aber trotz allem, was sie in der Zwischenzeit über die Natur der Partnerschaften gelernt hatten, konnte niemand sagen, ob ihre Macht und Anziehungskraft jetzt nachlassen würde oder nicht. Einige der Paare waren mittlerweile so sehr zusammengewachsen, dass der magische Ursprung ihrer Beziehung keine Rolle mehr spielte, aber Alain wusste nicht, was aus den anderen werden würde und wie viele es von ihnen gab.

Als sich die Tür hinter dem Richterpult öffnete und Jean den Raum betrat, verstummten die Stimmen schlagartig und alle Gesichter wandten sich dem Chef de la Cour zu. Jean trug keine traditionelle Robe, war aber sehr viel formeller gekleidet, als Alain ihn jemals erlebt hatte. Um den Hals trug er die Symbole seines Rangs, er hätte allerdings auch in Lumpen erscheinen können. Jean strahlte allein durch seine Persönlichkeit eine Macht und Autorität aus, die keinerlei Zweifel daran zuließ, dass er zu Recht hinter dem Richterpult Platz nahm.

Die Anwesenden erhoben sich, um seiner Position und dem Anlass ihres Zusammentreffens ihren Respekt zu bezeugen. Jean nickte Sebastien und Orlando zu, warf einen finsteren Blick auf Edouard und bedeutete den anderen Vampiren, sich wieder hinzusetzen, als sich unerwartet die große Tür des Gerichtssaals öffnete. Die Vampire drehten sich zu dem Geräusch um. Sie hätten keine Sekunde gezögert, den Störenfried wieder aus dem Saal zu entfernen, nickten dem Neuankömmling aber nur ehrfurchtsvoll zu, als sie ihn erkannten.

Monsieur Lombard kam, flankiert von Marcel und Raymond, in den Raum geschritten. „Ich hoffe, Sie haben nichts dagegen, dass ich meine Gäste mitgebracht habe", sagte er nonchalant, obwohl er die Antwort des Chef de la Cour bereits kannte.

„Ganz und gar nicht", erwiderte Jean großzügig. Er war mehr als erleichtert darüber, dass Monsieur Lombard ihm die Diskussion über Marcels Teilnahme erspart hatte. „Willkommen, Général Chavinier und Monsieur Payet. Und willkommen, sehr verehrter Monsieur Lombard."

„Ich hätte es nie gewagt, diesem *Judicium* fernzubleiben", erwiderte Monsieur Lombard mit getragener Stimme. „Es ist die Verantwortung eines jeden Mitglieds des Cours, selbst derjenigen, die sich bereits aus dem öffentlichen Leben zurückgezogen haben, dafür zu sorgen, dass der Gerechtigkeit Genüge getan wird."

Und das, dachte Alain bei sich, *war das Todesläuten für den Gesetzlosen, ob er es erkannt hat oder nicht.*

„In der Tat", stimmte Jean zu. „Dann lasst uns beginnen. Monsieur Noyet, als *Accusator* des Cours, hat das erste Wort. Würden Sie bitte die Anklage gegen den *Extorris* vortragen?"

Sebastien erhob sich und ging in die Mitte des Saals, wo er von allen gesehen und gehört werden konnte.

„Der *Extorris*, Edouard Couthon, wird angeklagt, sich mit den Feinden des Cours, insbesondere Pascal Serrier, verschworen zu haben, um die frühere Gefährtin des Chef de la Cour zu entführen. Er wird weiterhin angeklagt, sie vergewaltigt und ermordet zu haben. Darüber hinaus wird er angeklagt, sich mit besagtem Serrier verschworen zu haben, einen Vampir zu entführen und Orlando St. Clair nach dessen Gefangennahme jede Hilfe verweigert zu haben, als der gefoltert wurde. Schließlich wird er noch des Mordversuchs an Monsieur St. Clair angeklagt, den er mit Blut vergiften wollte, das nicht von dessen Avoué stammte."

Das Raunen, das nach der Erwähnung von Serriers Namen durch die Menge gegangen war, wurde lauter und mündete in wütenden Zwischenrufen, als der *Accusator* den letzten Anklagepunkt vortrug. Alain wurde ein weiteres Mal daran erinnert, wie unantastbar und heilig der Aveu de Sang für die Vampire war.

Jean wartete geduldig ab, bis sich der Aufruhr wieder gelegt hatte. Dann sprach er Sebastien an: „Haben Sie Beweise für diese Anschuldigungen?"

„Die habe ich, Monsieur le Chef", antwortete Sebastien und drehte sich wieder zum Cour um. „Die Leiche von Karine Gaudier, der früheren Gefährtin des Chef de la Cour, wurde auf der Schwelle des Sang Froid gefunden. Sie war gefoltert, vergewaltigt und letztendlich von einem Vampir getötet worden."

„Das hätte jeder Vampir sein können", unterbrach ihn Couthon, der bisher geschwiegen hatte. „Woher willst du wissen, dass ich es war?"

„Du bist in der jüngeren Vergangenheit der einzige Vampir in Paris, der dafür bekannt ist, seine Opfer zu töten", erwiderte Sebastien ungerührt. „Diese Tatsache hast du während deiner Gefangennahme vor zwei Tagen selbst eingestanden, und viele von uns haben es gehört."

„Ich habe nicht zugegeben, diese Nutte umgebracht zu haben."

Wieder ging ein Raunen durch den Saal.

„Lass diese Gossensprache!", befahl Jean. „Du hast das Recht, dich zu verteidigen, aber du wirst den Cour nicht missachten mit deinen vulgären Manieren."

„Ich habe nicht zugegeben, seine *Gefährtin* umgebracht zu haben", wiederholte Edouard.

„Nein. Aber du hast zugegeben, die Frau umgebracht zu haben, mit deren Blut Monsieur St. Clair vergiftet werden sollte", erwiderte Sebastien. „Du hast gesagt, und ich zitiere wörtlich: ‚Er wollte das Opfer nicht, also hatte ich das Vergnügen, ihr letzter Anblick zu sein'. Mach dir nicht die Mühe, es zu leugnen. Zu viele von uns haben es gehört."

„Ich wusste nicht, dass er einen Avoué hat, bis ich seine Reaktion auf das Blut der Frau gesehen habe", fauchte der Gesetzlose. „Ich habe nur versucht, einem Vampir so gut zu helfen, wie die Umstände es mir erlaubten."

Sebastien redete weiter, ohne sich um den Einwand des Gesetzlosen und die ungläubigen Zwischenrufe der anderen Vampire zu kümmern. „Darüber hinaus wird Monsieur St. Clair bezeugen, dass du ihm nicht geholfen hast, obwohl du über seine Gefangennahme informiert warst und auch wusstest, dass er von Serrier gefoltert wurde."

„Dieser Jammerlappen", murmelte Edouard.

Monsieur Lombard überragte alle Anwesenden, als er sich von seinem Stuhl erhob. Er warf Jean einen fragenden Blick zu und ging dann, als der Chef de la Cour keine Einwände erhob, auf den Gesetzlosen zu. Er packte Couthon am Kragen, zog ihn auf die Füße und sah ihm ins Gesicht. „Hör mir jetzt gut zu, mein Junge. Du denkst, deine Morde würden dich zu einem echten Mann machen. Aber da täuschst du dich. Die Toten, die du auf dem Gewissen hast, beweisen lediglich, dass du nicht Manns genug bist, um die Macht über Leben und Tod ausüben zu dürfen, die du über deine Opfer hast. Du glaubst, wir wären es, denen es an Kontrolle fehlt. Auch darin täuschst du dich. Es erfordert wesentlich mehr Macht und Reife, seine Instinkte zu beherrschen, als ihnen nachzugeben. Und noch mehr Mut erfordert es, einen Aveu de Sang einzugehen. Wenn es in diesem Raum einen Jammerlappen gibt, dann bist du das. Orlando hat es mehr als verdient, ein Mann genannt zu werden."

Edouard öffnete den Mund, um etwas darauf zu erwidern, aber Monsieur Lombard ließ ihn nicht zu Wort kommen und drehte sich zu seinen beiden Begleitern um. „Könnte einer von euch ihn bitte zum Schweigen bringen? Ich bin es leid, mir seine jammerhaften Ausflüchte anzuhören."

„Ich erledige das", mischte sich Alain ein und stand auf. „Er hat Orlando beleidigt, und damit auch mich."

Monsieur Lombard neigte anerkennend den Kopf. „Ich bitte um Entschuldigung. Ich habe dich nicht bei deinem Avoué sitzen sehen."

Sie hatten mit diesem Wortwechsel den Verlauf der Verhandlung unterbrochen, aber der Chef de la Cour beobachtete sie nur ungerührt und zeigte keinerlei Anzeichen von Irritation. Alain fasste das als Zustimmung auf und brachte Edouard mit einer Beschwörung zum Schweigen.

„Monsieur St. Clair", sagte Sebastien, nachdem Monsieur Lombard wieder Platz genommen hatte. „Würden Sie dem Cour bitte berichten, was Ihnen während Ihrer Gefangenschaft bei Serrier widerfahren ist und welche Rolle der *Extorris* dabei spielte?"

Orlando drückte Alains Hand, stand dann auf und ging in den Zeugenstand. Seinem steifen Gang war anzusehen, dass sein Körper die Misshandlungen noch nicht ganz überwunden hatte, die ihm in den vier Tagen seiner Gefangenschaft zugefügt worden waren. „Am Anfang habe ich ihn nicht gesehen", begann er. „Ich wusste aber, dass er in dem Gebäude sein musste, denn wir hatten erfahren, dass ein Vampir mit Serrier zusammenarbeitet. Ich war in einer Zelle eingesperrt, deshalb hätte ich auch schlecht nach ihm suchen können. Aber er muss von meiner Anwesenheit gewusst haben, denn Serrier hat ziemlich viel Aufhebens um mich gemacht."

„Haben Sie ihn jemals zu Gesicht bekommen?", fragte Sebastien.

Orlando nickte. Er schluckte, weil ihm bei der Erinnerung die Galle hochkam. „Es muss ungefähr nach zwei Tagen gewesen sein, genau kann ich es nicht mehr sagen. Ich habe nie ein Fenster gesehen, und durch den magischen Schutz des Blutes meines Avoué habe ich den Sonnenaufgang nicht so gespürt, wie es üblich ist. Außerdem war ich in schlechter Verfassung. Serrier hat einen Fluch nach dem anderen an mir ausprobiert, weil er herausfinden wollte, welche Flüche auf Vampire wirken und welche nicht. Ich war erschöpft, hatte Schmerzen und Hunger. Dann kam Serrier mit einer Frau in meine Zelle und bot mir ihren Arm zum Trinken an. Er sagte, ich müsste bei Kräften bleiben, damit er noch weiter mit mir experimentieren könne. Ich habe mich natürlich geweigert, die Frau zu beißen. Serrier hat mich dann dazu gezwungen. Er hat ihr das Handgelenk aufgeschnitten und mich mit einer Beschwörung gelähmt, um mir das Blut in die Kehle laufen zu lassen. Als ich angefangen habe, zu würgen, hat er nach dem *Extorris* geschickt, weil er wissen wollte, warum ich das Blut nicht vertrage. Serrier hat dabei auch erwähnt, dass es der Angeklagte gewesen wäre, der ihm geraten hätte, mir Blut zu besorgen."

Alain schüttelte sich. Er konnte sich nur noch zu gut an den Schmerz erinnern, den er durch seine Verbindung zu Orlando gefühlt hatte. Es war ein besonderer Schmerz gewesen, anders als bei Serriers Experimenten. Die Vorstellung, dass sein Geliebter fremdes Blut trank – und sei es auch unter Zwang – brachte all seine Wut wieder zum Vorschein, und sie richtete sich gegen den Vampir auf der anderen Seite des Saals. Wenn es nicht den gesamten Cour in Aufruhr versetzt hätte, er hätte sämtliche Höllenfeuer beschworen und diesen Bastard zu Asche verbrannt. Allein der Gedanke, dass dem Gesetzlosen bei Sonnenaufgang ein ähnliches Schicksal bevorstand, beruhigte ihn wieder.

„Haben Sie ihn danach noch einmal gesehen?", fragte Sebastien weiter.

„Nein", antwortete Orlando. „Er hat noch einige abfällige Bemerkungen darüber gemacht, dass ich einen Avoué habe, dann ist er gegangen. Zwei abtrünnige Magier, die Serrier verlassen wollten, haben mich kurz vor Sonnenaufgang befreit. Es war der Tag, an dem Serrier mich vernichten wollte. Den *Extorris* habe ich erst wieder in diesem Gerichtssaal zu Gesicht bekommen."

„Gab es Hinweise darauf, dass er ebenfalls ein Gefangener Serriers gewesen sein könnte, so ähnlich wie Sie?"

Orlando schüttelte den Kopf. „Als ich ihn sah, verhielt er sich ganz so, als würde er auf Serriers Seite stehen. Ich konnte keinerlei Anzeichen von Zwang erkennen."

„Vielen Dank", sagte Sebastien und entließ Orlando mit einer Geste aus dem Zeugenstand.

Orlando ging erleichtert zu Alain zurück, setzte sich auf seinen Stuhl und griff nach der Hand seines Geliebten. Alain wollte eine Unterbrechung beantragen, um ihn nach Hause zu bringen, ins Bett zu stecken und zu lieben. Aber sie mussten diese Angelegenheit jetzt hinter sich bringen.

„Haben Sie dem Gericht noch weitere Beweise zu präsentieren?", fragte Jean. Sebastien nickte.

„Einige Vampire waren bei der Gefangennahme des *Extorris'* anwesend. Sie können übereinstimmend bezeugen, dass der *Extorris* sich in Serriers Hauptquartier frei bewegen konnte und sich vehement gegen seine Gefangennahme zur Wehr gesetzt hat. Seine Worte ließen keinen Zweifel daran aufkommen, dass er mit den dunklen Magiern im Bunde war, die den Angriff auf die Vampire zu verantworten haben, der auf dem Place Pigalle stattfand. Falls das Gericht geneigt ist, die Aussage eines Sterblichen zuzulassen, so kann auch ein Spion der Milice, der sich bei Serrier aufhielt, diese Tatsache bestätigen", sagte Sebastien abschließend. „Dieser Zeuge hat uns auch berichtet, dass Serrier die Gefährtin des Chef de la Cour auf Anraten des Angeklagten entführt hat und dass der Angeklagte selbst für ihren Tod verantwortlich ist, wenn auch nur teilweise für die Folterungen, die sie erlitten hat."

„Was ist mit den anderen, die sie und Orlando gefoltert haben?", wollte einer der Vampire wissen.

„Tot", antwortete Marcel von seinem Sitz aus. „Monsieur Lombard hat die Welt von Serrier befreit. Sein Folterknecht wurde von meinem Agenten während Orlandos Befreiung getötet. Der Einzige, der sich noch für seine Taten verantworten muss, steht heute hier vor dem Cour."

„Vielen Dank, Général", sagte Sebastien und nickte Marcel zu. „Die Unterstützung der Milice in dieser Angelegenheit hat uns diese Aufgabe sehr erleichtert."

„Hat noch jemand etwas hinzuzufügen?", fragte Jean und sah sich unter den Anwesenden um. „Fragen, Beweise oder Gegenargumente?"

Einige Vampire bestätigten durch ihre Zwischenrufe Sebastiens Stellungnahme über das Verhalten Couthons während dessen Gefangennahme, andere beschimpften den Angeklagten. Es meldete sich jedoch niemand mehr zu Wort, um noch einen offiziellen Beitrag zu leisten.

Jean wandte sich Alain zu. „Du kannst die Beschwörung jetzt aufheben. Er hat noch das Recht, etwas zu seiner Verteidigung zu sagen", sagte er und fuhr, an Edouard gerichtet, fort: „Aber ich warne dich, *Extorris*. Wenn du noch ein einziges Mal das Gericht missachtest, gebe ich dir keine zweite Chance mehr."

Edouard sah Alain wütend an. „Du hast mich doch schon verurteilt", warf er Jean vor, als er wieder reden konnte. Dann drehte er sich zum Cour um. „Ihr alle habt mich schon verurteilt. Ich könnte hier noch tagelang reden, ohne dass ihr mir zuhört. Warum sollte ich also meine Zeit und Energie damit vergeuden, mich zu verteidigen? Ihr glaubt, der Gipfel des Fortschritts zu sein, aber ihr seid nichts anderes, als ein bemitleidenswerter Abklatsch dessen, was Vampire ursprünglich waren. Wir sind Vampire, keine zahmen Haustiere, die sich von irgendwelchen Magiern an die Leine legen lassen." Diejenigen unter den Vampiren, die mit der Milice gekämpft hatten, protestierten entrüstet. Jean wartete ab, bis im Saal wieder Ruhe einkehrte.

„Was hat der *Accusator* noch zu sagen?", fragte er dann.

„Schuldig", sagte Sebastien würdevoll.

„Was sagt der Geschädigte?"

„Schuldig", wiederholte Orlando mit fester Stimme.

„Was sagt sein Avoué?"

Alain hob überrascht den Kopf. Er hatte nicht erwartet, nach seinem Urteil gefragt zu werden, da er kein Vampir war. Aber er zögerte keine Sekunde. „Schuldig."

„Monsieur Lombard?"

„Schuldig."

„Was sagt der Cour?"

„Schuldig", tönte es ohrenbetäubend zurück.

„Möchte noch jemand zugunsten des Angeklagten das Wort ergreifen?", erkundigte sich Jean. „Beantragt jemand mildernde Umstände?"

Die Stille, die auf Jeans Frage folgte, war fast so ohrenbetäubend, wie der Schuldspruch.

„Edouard Couthon, der Cour de Paris hat dich für schuldig befunden, die Gesetze der Vampire gebrochen zu haben. Du wirst für deine Vergehen verurteilt und das Urteil wird unverzüglich vollstreckt werden. Welches Strafmaß hält der *Accusator* für angemessen?"

„Vernichtung", sagte Sebastien mit harter Stimme. „Verbannung würde ihm erlauben, seine Verbrechen in einem anderen Cour zu wiederholen. Eine Gefängnisstrafe ist angesichts der Toten, die er auf dem Gewissen hat, eine zu milde Strafe."

Jean verkürzte das Verfahren und verzichtete darauf, jedes einzelne Mitglied des Cours nach seiner Meinung zu fragen. Er wusste noch, wie schwer es Orlando gefallen war, vor dem *Judicium* Thurloes Vernichtung zu fordern, und damals waren es schwerwiegendere Vergehen gewesen, über die sie zu Gericht gesessen hatten. Er wollte auch nicht, dass Orlando mitanhören musste, wie sein Avoué diesen Antrag stellte. Also fragte Jean stattdessen nur: „Was sagt der Cour?"

„Vernichtung", schallte es unisono zurück.

„Beantragt jemand ein milderes Urteil?" Jean musste es fragen, obwohl er nicht hoffte, dass sich jemand melden würde. Seine Hoffnung wurde erfüllt.

„Edouard Couthon, du bist dazu verurteilt worden, bei Sonnenaufgang hingerichtet zu werden", verkündete Jean. „Deinem Opfer ist es überlassen, die Art der Hinrichtung zu bestimmen."

Orlando zuckte zusammen. Obwohl er auf diese Worte vorbereitet war, zuckte er zusammen. Als er das letzte Mal in dieser Situation gewesen war, hatte er hundert Jahre Folter und Misshandlungen hinter sich, für die der verurteilte Vampir verantwortlich war. Damals hatte es ihm große Befriedigung verschafft, eine besonders grausame Hinrichtungsart zu wählen. Aber jetzt war er ein anderer Mann. Er erhob sich von seinem Stuhl. „So schnell wie möglich", sagte er nur und ein bitterer Geschmack stieg in ihm auf. „Ich will kein zusätzliches Leiden mehr."

Jean nickte und winkte Alain zu, Orlando nach draußen zu bringen. Alain war erschrocken über Orlandos Reaktion. Er nahm seinen kreidebleichen Geliebten an der Hand und führte ihn auf den Flur. „Ist alles in Ordnung mit dir?"

Orlando schüttelte sich. „Ich will so etwas nie wieder erleben. Einmal war schon zu viel. Zweimal ist unvorstellbar. Bring mich nach Hause. Bitte."

Im Gerichtssaal erhob sich Jean von seinem Stuhl. „Das Urteil ist gefällt. Der *Extorris* wird bei Sonnenaufgang so schnell wie möglich hingerichtet. Wer der Vollstreckung beiwohnen möchte, darf das tun. Allen anderen spreche ich jetzt schon meinen Dank aus, verbunden mit dem Wunsch, dass viele, viele Jahre vergehen mögen, bevor wir uns wieder zu einem solchen Anlass versammeln müssen. Allerdings – wenn Général Chaviniers Pläne Wirklichkeit werden, benötigen wir vielleicht kein eigenes Gericht mehr. Er hat mich gebeten, dieses *Judicium* mit der Ankündigung zu beenden, dass sich unsere Arbeit ausgezahlt hat. Morgen werden die Gleichstellungsgesetze der Ergänzungsvorlage 49-3 zur Verfassung Frankreichs dem Parlament zur Abstimmung vorgelegt. Spätestens am Morgen darauf werden wir wissen, ob wir einen Erfolg feiern können."

„Wir werden erfolgreich sein", meldete sich Marcel zu Wort. „Niemand kann leugnen, dass der Cour einen unverzichtbaren Beitrag geleistet hat, um Serriers Aufstand niederschlagen zu können. Ich habe wiederholt auf diese Tatsache hingewiesen und werde das auch morgen wieder tun, sowohl vor der ehrenwerten Nationalversammlung, als auch vor den Mitgliedern des Ministerrats. Monsieur Pequignot, der Premierminister, wird persönlich an der Debatte teilnehmen und sich für unsere Sache einsetzen. Wir haben für morgen früh eine Pressekonferenz anberaumt, um die Öffentlichkeit von der bevorstehenden Abstimmung zu informieren. Aber ihr seid heute alle hier versammelt, daher wollte ich es euch gerne persönlich und im Voraus sagen."

Als Marcel seine kurze Ansprache beendete, brachen die Vampire in lauten Jubel aus. André und Blair brachten Couthon in seine Zelle zurück, während die anderen wild durcheinander diskutierten – über die Verhandlung, das Urteil und die Abstimmung im Parlament. Marcel nickte Monsieur Lombard zu und die beiden älteren Herren zogen sich zurück. Raymond schüttelte den Kopf, als sie auf ihn warten wollten. Sein Platz war jetzt bei Jean. Raymond war wahrscheinlich der Einzige, der erkannte, welche Kraft dieses *Judicium* den Chef de la Cour gekostet hatte. Sie hatten schon darüber gesprochen, was ein Urteil, wie es heute gefällt worden war, für Jean bedeuten würde. Als Chef de la Cour könnte er die Verantwortung für die Hinrichtung delegieren, aber Jean hatte sich geweigert, einem anderen Vampir zuzumuten, was ihm selbst unangenehm war. Raymond wünschte sich, er könnte seinen Partner aus diesem Dilemma befreien, doch der Cour würde nicht akzeptieren, dass ein Magier die Hinrichtung vollstreckte. Ihm blieb also nichts anderes übrig, als Jean zur Seite zu stehen und ihm die stille Unterstützung zu geben, die er ihm versprochen hatte.

35

„Du hast das einzige Verbrechen begangen, das einem Vampir nicht verziehen werden kann. Du bist zur Vernichtung verdammt." Jeans Stimme klang fest und kalt. Nur Stunden, nachdem er Orlando gefunden hatte, war der Cour von Jean in Thurloes Haus zusammengerufen worden, um über den Vampir zu richten. Jean hätte es vorgezogen, ein solches Urteil nicht fällen zu müssen, aber die Gesetze der Vampire waren eindeutig und es war seine Aufgabe, für ihre Einhaltung zu sorgen. „Dein Opfer wird entscheiden, auf welche Weise."

Der schockierte Ausdruck in Orlandos Gesicht wurde schnell durch Wut, dann durch Schadenfreude abgelöst. Den Schock und die Wut konnte Jean verstehen, die Schadenfreude machte ihm Angst. Aber er sagte nichts dazu, denn er wollte sich nicht einmischen. Orlando hatte das Recht, über die Hinrichtungsart zu entscheiden. Später, wenn der Junge wieder Vertrauen in andere Vampire hatte – falls es jemals soweit kommen würde –, wollte Jean versuchen, ihn in eine ... positivere Richtung zu lenken.

Thurloe wiederum hatte diese Skrupel nicht. Er stürzte sich auf Orlando, um an dem jungen, schwächeren Vampir vorbei in die Dunkelheit der Nacht zu entfliehen. Thurloe war es gewohnt, Orlando körperlich zu beherrschen. Mit Jean hatte er nicht gerechnet. Der stellte sich dem Verbrecher sofort in den Weg, und die beiden mächtigen Vampire prallten mit aller Wucht zusammen. Die Angst vor der Vernichtung schien Thurloe zusätzliche Kräfte zu verleihen. Er wehrte sich verzweifelt gegen Jean, während die anderen Vampire, die sich für das Judicium hier versammelt hatten, tatenlos um die beiden kämpfenden Männer herumstanden. Sie wussten, dass Jean keine Einmischung duldete, solange er nicht ihre Hilfe brauchte.

Es dauerte einige Zeit, dann setzte Jean sich durch und zwang Thurloe in die Knie. „Wie hast du dich entschieden?", fragte er Orlando.

„Ich will ihn leiden sehen", sagte Orlando. „So, wie er mich hat leiden lassen. Ich will, dass seine Vernichtung so schmerzhaft und unerträglich sein wird, wie er mein Leben schmerzhaft und unerträglich gemacht hat. Bringt ihn in die Sonne, sodass ihre Strahlen ihn langsam, Stück für Stück, verbrennen."

Jean zuckte zusammen, gab aber mit einem Kopfnicken sein Einverständnis. „Es soll geschehen, wie du es gesagt hast."

Thurloe wehrte sich wieder, aber Jean überwältigte ihn und behielt ihn fest im Griff. „Finde etwas, um ihn zu fesseln", sagte er zu Orlando.

Das war kein Problem. Orlando kannte den Inhalt jedes Schranks und jeder Kommode hier. Er öffnete eine Schublade und zog daraus ein Paar silberner Handschellen hervor, die er Jean reichte. „Leg du sie ihm um", befahl Jean.

Thurloe zischte drohend, aber Orlando fürchtete ihn nicht länger. Er legte seinem Schöpfer die Handschellen um und wartete ab.

„Welches Zimmer in diesem Haus hat Fenster?", fragte Jean.

Orlando schüttelte den Kopf. „Ich weiß es nicht. Ich kenne nur diesen Raum und meine Zelle. Aber ich bin mir sicher, dass es Fenster gibt."

Jean nickte. „Wir werden es schon finden. Wenn nicht, halten wir ihn so lange gefangen, bis wir einen anderen Ort für seine Hinrichtung finden."

Nach kurzer Suche fanden sie einen Raum, der ein Fenster mit Blick nach Osten hatte. Thurloe brüllte und tobte, als Jean ihn auf dem Boden des Zimmers festband, mit den Füßen zu der Wand hin, die dem Fenster gegenüber lag. So würden sie zuerst verbrennen, wenn die Sonne sich ihren Weg ins Zimmer bahnte. Keiner der anderen Vampire war geblieben, um der Hinrichtung beizuwohnen. Sie verließen sich darauf, dass der Chef de la Cour sich um alles kümmerte.

Als die ersten Sonnenstrahlen ins Zimmer drangen, durchfuhr die drei Vampire ein Schauer der Furcht und der Abscheu. Jean und Orlando traten zurück, um der Gefahr auszuweichen.

Thurloe hatte diese Möglichkeit nicht. Die Minuten vergingen und das tödliche Licht kam ihm immer näher. Aus seinem Protest wurden verzweifelte Bitten, aber die einzigen Ohren, die ihn hören konnten, waren taub für seine Bitten, so wie er taub gewesen war für die Qualen seiner Opfer.

Als aus den Bitten Schmerzensschreie wurden, hätte Jean fast den Kopf abgewendet. Wenn er allein gewesen wäre, hätte er es mit Sicherheit getan. Aber Orlandos Blick war unbeirrt auf Thurloe gerichtet, und als Chef de la Cour konnte Jean nicht anders reagieren.

Das Fünkchen Mitleid, das sich irgendwo tief in Orlandos Herz verborgen hielt, protestierte gegen diesen langsamen, qualvollen Tod, doch Orlando brachte es zum Schweigen. Diese Kreatur, die sich schreiend vor ihm auf dem Boden krümmte, hatte sich ihr Schicksal selbst zuzuschreiben. In all den Jahren seiner Gefangenschaft hatte Orlando von diesem Monster nicht ein einziges Mal Mitleid, Freundlichkeit oder auch nur eine Geste des Anstands erfahren. Thurloe hatte sich diesen Tod redlich verdient. Orlando konnte spüren, wie die Last der Sklaverei von ihm abfiel, während sein ehemaliger Herr sich vor seinen Augen langsam in Asche verwandelte.

Als die Schreie schließlich verstummten, drehte Jean sich zu Orlando um. „Wir müssen hierbleiben, bis die Sonne untergeht. Danach bist du frei, zu gehen, wohin du willst. Hast du schon eine Vorstellung davon, was du tun willst?"

Orlando dacht darüber nach. „Ich weiß es nicht", sagte er schließlich. „Ich kenne hier niemanden. Ich kenne auch diese Stadt nicht. Das Einzige, was ich gelernt habe, ist, Soldat zu sein und zu gehorchen. Aber ich bin jetzt ein Vampir und kann deshalb nicht mehr als Soldat kämpfen. Ich ... Vielleicht wäre es am einfachsten, wenn ich jetzt auch aufhören würde, zu existieren."

„Sag das nicht", wies ihn Jean zurecht. „Es gibt immer einen Weg, der nach vorne führt. Wenn du willst, kannst du mit mir kommen. Dann kannst du dich einige Tage ausruhen und dir überlegen, was du als Nächstes zu tun gedenkst."

„Ich werde nicht den einen Herrn durch einen anderen ersetzen", fauchte Orlando ihn an.

„Das erwarte ich auch nicht von dir", versicherte ihm Jean. „Du schuldest mir nicht mehr, als ein einfaches ,Danke'. Danach bist du frei. Ich wollte dir nur meine Hilfe anbieten. Es ist deine Entscheidung, ob du sie annimmst."

Orlando überlegte. Wäre es so schlimm, Hilfe anzunehmen? Sich von diesem Vampir die neue Welt erklären zu lassen? Jean hatte ihm schon jetzt mehr Freiheiten gegeben, als Thurloe in hundert Jahren. Orlando wollte Jeans Hilfe annehmen, wenigstens so lange, bis er wieder auf eigenen Füßen stehen konnte. Aber er würde nie wieder zulassen, dass ein anderer Mensch über sein Leben bestimmte. Von diesem Tag an würde er selbst – und nur er selbst – entscheiden, was er mit seinem Leben anfing. „Merci", sagte er. „Ich nehme dein großzügiges Angebot gerne an."

Ganz oben auf Jeans Tagesordnung stand es, sich um Orlandos zahlreiche Verletzungen zu kümmern, und dazu brauchte der junge Vampir Blut. Die sterblichen Gefangenen, die sie in Thurloes Kerker vorgefunden hatten, waren schon freigelassen worden. Nach allem, was diese Menschen hier erlebt hatten, wären sie auch nicht bereit gewesen, einem Vampir freiwillig ihr Blut anzubieten. Und Jean wollte kein unwilliges Opfer, denn Orlandos erster Biss in Freiheit sollte nicht nach Furcht schmecken.

Jean bezweifelte, dass Orlando selbst in der Lage war, sich ein Opfer zu suchen. Der Jüngling war seit seiner Umwandlung seinem Schöpfer ausgeliefert gewesen und hatte es nie gelernt. Das mussten sie nachholen, aber dazu war später noch Zeit. Jetzt brauchte er schnellstmöglich Blut, um seine Wunden zu heilen, und das hieß, sie würden Angélique im Sang Froid einen Besuch abstatten. Die clevere Geschäftsfrau und frühere Konkubine hatte genau das, was sie jetzt brauchten.

Die Stunden bis zum Sonnenuntergang vergingen quälend langsam. Keiner der beiden Vampire fühlte sich in Thurloes Unterschlupf wohl, wenn auch die Gründe für ihr Unwohlsein sehr unterschiedlicher Natur waren. Jean hatte in der Zeit bis zum Eintreffen des Cours das Haus nach passender Kleidung für Orlando durchsucht. Was er gefunden hatte, war nicht gerade nach der neuesten Mode und passte auch nicht sehr gut, aber es hatte Orlando erlaubt, dem Cour in Würde gegenüberzutreten. Es würde ihm auch erlauben, einigermaßen unbemerkt durch die Straßen von Paris zu gehen, jedenfalls so lange, bis Jean etwas Passenderes für seinen Schützling fand. Schließlich ging die Sonne unter. „Komm, mein neuer Freund", sagte Jean und verbeugte sich theatralisch vor Orlando. „Lass uns die Wonnen deiner neuen Heimat erkunden."

Orlando blieb unschlüssig an der Schwelle seines Gefängnisses stehen. Er war hier so lange eingekerkert gewesen, dass er sich an seine neue Freiheit erst gewöhnen musste. „Ich weiß gar nicht, wo ich beginnen soll", gestand er leise.

Jean lächelte traurig. Ein erfahrener Vampir hätte eine solche Schwäche niemals zugegeben, um seine Position im Jeu des Cours nicht zu gefährden. Dass dieser Junge, obwohl schon hundert Jahre alt, solche Vorbehalte nicht hatte, sagte Jean mehr über den Missbrauch, dem er ausgesetzt worden war, als all die Wunden an seinem Körper. Thurloe hatte Orlando komplett isoliert und unwissend gehalten. Jean nahm sich vor, dem Jungen alles zu geben, damit er heilen konnte. Dann wollte er ihm helfen, genug zu lernen, um sich nach oben zu arbeiten und wirklich frei zu werden. „Lass uns mit dem ersten Schritt beginnen", schlug er vor und führte Orlando weg von diesem Albtraum zum Montmartre, wo sich die Vampire nachts trafen. „Du musst Blut trinken, um zu heilen. Ich kann mir nicht vorstellen, dass du auf die Jagd gehen willst. Deshalb werden wir Madame Bouaddi besuchen, die darauf spezialisiert ist, willige Spender zu finden, die ihr Blut Vampiren zur Verfügung stellen, die nicht jagen wollen."

„Ich habe kein Geld und ...", fing Orlando an.

„Du hast alles, was Thurloe gehörte", korrigierte ihn Jean. „Er hat dich geschaffen. Du bist sein Erbe."

„Ich will nichts von dem, was ihm gehört hat", fauchte der junge Vampir.

„Dann verkaufe alles und benutze das Geld, um dir neue Dinge zu kaufen", sagte Jean mit einem Schulterzucken. „Es ist mehr als genug, um dich unabhängig zu machen. Das Haus allein ist ein kleines Vermögen wert. Heute Nacht lade ich dich ein. Sieh es als Willkommensgeschenk für ein neues Mitglied meines Cours."

Orlando runzelte die Stirn. Dieses Wort hatte er noch nie gehört, aber er wollte nicht nachfragen und damit seine Unerfahrenheit noch mehr zur Schau stellen. Jean orderte eine Kutsche, als wäre das die natürlichste Sache der Welt. Als wäre es selbstverständlich, dass die Kutscher nachts Vampire durch die Stadt fuhren. „Sie sehen nur zwei junge Männer, die einen Abend in der Stadt verbringen wollen", flüsterte Jean ihm zu, als die Kutsche den Weg zum Moulin Rouge einschlug, das erst vor Kurzem eröffnet worden war. „Unser Ziel lässt sie denken, wir sind auf der Suche nach fleischlichen Genüssen. Womit sie nicht ganz unrecht haben."

Orlando erschauerte. „Ich werde nicht ... Ich kann nicht ..."

„Angélique ist eine sehr wählerische Frau", erklärte ihm Jean. „Sie beschäftigt nur Mitarbeiter, die freiwillig zu ihr kommen. Ich nehme an, du kennst den Geschmack von Furcht nur zu gut. Ich habe die Opfer gesehen, die Thurloe in seinem Kerker gefangen hielt. Diesen Geschmack wirst du bei Angélique niemals finden. Sie sorgt sehr gut für ihre Mitarbeiter." Die Kutsche hielt am Straßenrand. „Komm, ich stelle dich ihr vor."

„Jean", sagte Orlando zögernd. „Ich weiß nicht, ob das eine gute Idee ist. Ich weiß nicht, was ich tun soll."

„Du musst trinken, damit du heilen kannst", erwiderte Jean und verließ die Kutsche. „Wenn du willst, kann ich bei dir bleiben, obwohl ich glaube, dass du lieber allein sein möchtest. Es ist schließlich eine sehr intime und persönliche Handlung."

Orlando schnaubte verächtlich, während er ebenfalls auf den Bürgersteig sprang. „Du glaubst doch nicht etwa, dass Thurloe jemals auf meine Intimsphäre Rücksicht genommen hat?"

„Lass uns ins Haus gehen und mit Angélique reden", meinte Jean. „Wir werden schon jemanden nach deinem Geschmack finden."

Insgeheim bezweifelte Orlando, dass er jemals wieder Geschmack an einem Opfer oder gar einer Beziehung finden könnte. Die Jahre bei Thurloe hatten zu tiefe Narben hinterlassen. Sicher, er brauchte Blut, um zu überleben. Deshalb wollte er alles von Jean lernen, was dazu notwendig war. Er würde auch Thurloes Eigentum verkaufen und sich notgedrungen damit abfinden, ein regelmäßiger Kunde im Sang Froid zu werden.

In der Zwischenzeit unterhielt sich Jean mit Angélique darüber, wie sie Orlando am besten helfen konnten. Sie entschieden sich für ein junges Mädchen, das etwa so alt war wie Orlando, als er umgewandelt wurde. Orlando lehnte diesen Vorschlag rundweg ab. Er hatte vor seiner

Umwandlung keine Erfahrungen mit Frauen gesammelt, und durch seine Erlebnisse bei Thurloe fühlte er sich noch unwohler in ihrer Gegenwart.

„Dann ein junger Mann", schlug Angélique vor.

„Nein", widersprach Jean, als er Orlandos niedergeschlagenen Blick bemerkte. „Ein Mann, der Erfahrung hat und die Sensibilität, auf einen unerfahrenen Vampir einzugehen. Ich denke, Raoul wäre gut geeignet."

Angélique lächelte. „Da hast du wahrscheinlich recht. Geh mit Orlando schon nach oben. Ich suche Raoul und komme dann nach."

Orlando ließ sich von Jean zu einem Boudoir im ersten Stock des Gebäudes führen. In dem Zimmer befanden sich eine Couch, ein Chaiselongue und ein Bett. Orlando schüttelte den Kopf.

„Du musst ihn nicht mehr berühren, als für den Biss unvermeidlich ist", beruhigte Jean den nervösen Vampir. „Du musst dich auch nicht von ihm berühren lassen, wenn du es nicht willst. Es wird nichts passieren, was ihr nicht beide wollt." Sie wurden durch ein Klopfen an der Tür unterbrochen. „Das werden Raoul und Angélique sein."

Die Eigentümerin des Sang Froid betrat das Zimmer. Ein gut aussehender Mann mit schulterlangen, dunklen Haaren folgte ihr. Das offene Hemd des Mannes ließ die breite Brust erkennen und Orlando wandte verschämt den Blick ab. „Das ist Orlando", stellte Angélique ihn dem Mann vor. „Orlando, ich möchte dir Raoul vorstellen. Wir lassen euch jetzt allein."

Als die beiden älteren Vampire das Zimmer verließen, blickte Orlando sich panisch um. „Ganz ruhig", sagte Raoul und setzte sich auf die Couch. „Angélique hat mich vorbereitet. Ich fasse dich nicht an. Setz dich einfach nur zu mir."

Zögernd folgte Orlando dem Vorschlag. Raoul drehte sich zur Seite und hielt ihm den Arm hin. „Wenn es dir lieber ist, kannst du von meinem Handgelenk trinken."

Orlando starrte auf den ausgestreckten Arm, als wäre es eine Schlange, die ihn beißen wollte. Raoul wartete geduldig ab, bis der Vampir nach seiner Hand griff. „Siehst du die Adern an meinem Gelenk? Dort kannst du mich beißen. So bekommst du das meiste Blut und ich das meiste Vergnügen."

„Vergnügen?", fragte Orlando mit erstickter Stimme. „Es wird dir nicht wehtun?"

„Ganz und gar nicht", versicherte ihm Raoul. „Versuch es. Du wirst schon sehen."

„Ich ..." Orlando wusste nicht weiter.

„Ganz ruhig", wiederholte Raoul. „Leck mir über die Haut. Dein Speichel bereitet mich auf den Biss vor."

Orlando sah den Mann ungläubig an, folgte aber seinem Rat und leckte über die Stelle, die der Mann ihm gezeigt hatte. Dann biss er zögernd zu.

„Du musst tiefer beißen", instruierte ihn Raoul. „Du tust mir nicht weh und bekommst mehr Blut, wenn deine Zähne tiefer eindringen."

Orlando schloss die Augen und ließ die Zähne bis zum Anschlag in das Handgelenk eindringen. Das Blut, das ihm in den Mund floss, war von einem Geschmack, wie er ihn noch nie erlebt hatte. Er brauchte einen Moment, bis er den Grund für den Unterschied erkannte. Raoul empfand keine Schmerzen und keine Furcht, und das gab dem Blut einen unvergleichlich süßen Geschmack. Orlando schluckte und fing zu saugen an, ließ sich Schluck um Schluck durch die Kehle rinnen. Während er trank, entdeckte er einen neuen Geschmack. Überrascht sah er auf und erkannte den Ausdruck der Erregung im Gesicht des Mannes.

„Du solltest jetzt aufhören", sagte Raoul kurz darauf. „Falls du noch Hunger hast, musst du ihn bei einem anderen stillen."

„Es tut mir leid", entschuldigte sich Orlando und zog sofort die Zähne aus dem Handgelenk des Mannes. „Ich wollte dich nicht belästigen."

„Das hast du auch nicht getan", beruhigte ihn Raoul. „Aber du bist nicht der erste Vampir, den ich heute Nacht sehe. Ich kenne meine Grenzen." Er hielt Orlando den Arm hin. „Verschließe die Wunden mit deiner Zunge. Danach bringe ich dich zurück zu Madame Bouaddi."

„Vielen Dank", sagte Orlando erleichtert, nachdem er die Wunden an Raouls Handgelenk geheilt hatte. „Ich wusste nicht, was ich tun soll."

Der Mann beugte sich vor und wollte Orlando küssen, aber der legte ihm die Hand auf die Brust und hielt ihn zurück. „Nicht", bat er. Er hatte im Blut Raouls schmecken können, was der Mann sich wünschte. „Ich kann nicht ... Was du dir wünschst ... Ich kann es dir nicht geben. Nicht jetzt." Vielleicht niemals, *dachte Orlando, aber er wollte seine Ängste nicht laut aussprechen und dadurch die erste Nacht verderben, in der er jemals ohne Furcht getrunken hatte. Wenn er das nächste Mal Blut brauchte, würde er hierher zurückkehren.*

Raoul nickte traurig und stand auf. „Du bist mir jederzeit willkommen."

Orlando nickte wortlos.

ALS ORLANDO aufwachte, brauchte er einen Augenblick, um sich zurechtzufinden. Dann erkannte er den warmen Körper im Bett neben sich und seufzte erleichtert. Er hätte sich denken können, dass das *Judicium* die Erinnerung an Thurloes Verhandlung und Hinrichtung wieder wachrufen würde. Er hätte aber nicht damit gerechnet, dass sie so lebendig sein und auch seine erste Nacht als freier Vampir einschließen würden. Er lächelte, als er an Raoul zurückdachte. Er hatte den Mann nach dieser ersten Nacht viele Jahre lang regelmäßig besucht. Als Raoul sich schließlich zur Ruhe setzte, hatte Orlando schon gelernt, allein auf die Jagd zu gehen. Er hatte Angéliques Dienste danach nicht mehr in Anspruch genommen.

Orlando hatte an Raoul nur gute Erinnerungen. Der Mann hatte ihm nicht nur gezeigt, dass man trinken konnte, ohne seinem Opfer Schmerzen zuzufügen oder es zu töten. Er hatte ihm auch gezeigt, wie es schmeckte, wenn ein Opfer Begehren empfand. Dadurch hatte Orlando es in Alains Blut sofort erkennen können, und allein dafür war er Raoul zu Dank verpflichtet.

Aber die Dankbarkeit, die Orlando für Raoul empfand, wurde in den Schatten gestellt durch seine Gefühle für den Mann, der neben ihm im Bett lag und schlief. Er streichelte Alain sanft über die blonden Haare, weil er ihn nach der anstrengenden Nacht, die hinter ihnen lag, noch nicht wecken wollte. Alain war während des Prozesses Orlandos Fels in der Brandung gewesen, obwohl er fast vier Tage lang kaum geschlafen hatte. Der Aveu de Sang beschützte den Magier vor den Folgen, die Orlandos Hunger für einen anderen Menschen hatten, aber gegen alles andere konnten Alain nur Ruhe und Zeit helfen. Orlando war froh, dass sie das *Judicium* hinter sich hatten und er hoffte, dass auch die Entscheidung über die Gleichstellungsgesetze bald fallen würde. Dann konnte sich Alain endlich richtig erholen und wieder zu Kräften kommen. Die paar Stunden Schlaf hier und da reichten dazu nicht aus.

„Warum bist du wach?", murmelte Alain verschlafen und schmiegte sich mit dem Gesicht in Orlandos Hand.

„Ein Traum hat mich geweckt", sagte Orlando.

„Thurloe?", wollte Alain wissen.

„Ja", gab Orlando zu. „Thurloe und der erste menschliche Freund, den ich als Vampir hatte. Ich habe ihn in der Nacht kennengelernt, als ... Es war nach Thurloes Hinrichtung." Es fiel ihm immer noch schwer, den Namen seines Schöpfers auszusprechen. Er hatte ihn viele Jahre nicht über die Lippen gebracht. Jetzt war er froh, diese letzte Fessel abzustreifen und fühlte sich wie ein zweites Mal befreit. Solange Orlando sich geweigert hatte, das Monster beim Namen zu nennen, hatte er ihm Macht über sein Leben eingeräumt. Eine Macht, die Thurloe nicht verdient hatte. Jetzt war die Zeit gekommen, diesen Dämon ein für alle Mal auszutreiben. Orlando rollte sich auf den Rücken und zog Alain mit sich. „Wollen wir uns lieben?", fragte er seinen Geliebten und küsste ihn zärtlich.

36

„WANN IMMER du willst", sagte Alain und fuhr Orlando mit den Fingern durch die Haare.

„Und wie immer ich will?", wollte Orlando wissen.

„Natürlich", versicherte ihm Alain. „Du musst mir nur sagen, wie du mich willst."

Orlando schüttelte den Kopf. „Dieses Mal nicht. Dieses Mal will ich, dass *du* mir sagst, wie du *mich* willst."

„Ich will nicht, dass es dir unangenehm ist", erwiderte Alain zögernd.

„Putain, Alain. Muss ich es dir buchstabieren?", fragte Orlando lachend. „Ich will wissen, wie es sich anfühlt, dich in mir zu haben."

Alains Mund öffnete und schloss sich ein paarmal, ohne dass ihm ein Wort über die Lippen kam. Sicher, er hatte gehofft, dass dieser Tag kommen würde. Insgeheim hatte er sich jedoch damit abgefunden, dass es vielleicht niemals passieren würde. Jetzt so unerwartet von Orlando darauf angesprochen zu werden, machte ihn sprachlos. Und geil. „Bist du dir sicher?"

Orlando lächelte strahlend. „Ja. Liebe mich. Ich will wissen, wie es sich anfühlt."

Alain streichelte ihm mit zitternder Hand über die Wange. In seinem Kopf überschlugen sich die Gedanken auf der Suche nach einer Antwort.

„Es ist doch nicht zu viel verlangt, oder?", neckte ihn Orlando.

Alain wurde rot. „Ich will, dass es perfekt wird. Nach allem, was du durchgemacht hast …"

„Nicht", unterbrach ihn Orlando. „Du hast mir niemals wehgetan, und du wirst es auch jetzt nicht tun. Außerdem bin ich sehr gut in der Lage, dir selbst zu sagen, was ich will und was nicht. Vertrau mir, so wie ich dir vertraue. Zeige mir, was ich verpasst habe."

Alain nickte, küsste Orlando zärtlich und hielt ihn fest an sich gedrückt. Es war ein tiefer und inniger Kuss. Alain stellte sein eigenes Begehren zurück und konzentrierte sich ganz auf Orlando. Es war vielleicht seine einzige Chance, Orlando zu beweisen, dass sein Vertrauen in Alain gerechtfertigt war. Diese Chance wollte er nicht verspielen.

Alain rollte sich auf die Seite, um Orlando nicht durch sein Gewicht einzuengen. Er fuhr ihm mit den Händen über den Körper und zuckte jedes Mal zusammen, wenn er mit den Fingern eine der vielen unverheilten Wunden berührte. Orlando schien es gar nicht wahrzunehmen, so sehr hatte er sich in ihrem Kuss verloren. Alain erkundete mit seiner Zunge jede Nische und jeden Winkel von Orlandos heißem Mund – Lippen, Zähne, Gaumen und Zunge. An der Innenseite von Orlandos Backe spürte er eine kleine Narbe, die er ebenfalls auf Serriers Konto verbuchte. Er wollte nicht daran denken, dass Orlando sich selbst in die Backe gebissen hatte, um unter Serriers Folter seinen Schmerz nicht herauszuschreien. Dieser Spuk hatte in ihrem Bett nichts verloren. Sie hatten auch ohne Serrier schon genug Hürden zu überwinden. Alain unterbrach ihren Kuss und knabberte zärtlich an Orlandos Unterlippe, bis der Vampir die Augen öffnete und ihn verträumt ansah. Alain hatte das Gefühl, im Blick dieser dunklen Augen zu versinken. Dafür war er verantwortlich. Er hatte diesen Ausdruck in Orlandos Augen gezaubert. Der Gedanke ermutigte ihn und er streichelte Orlando mit den Fingerspitzen über die Brustwarzen. Dann zwickte er sie leicht, erst rechts und dann links und immer hin und her, bis Orlando sich stöhnend an ihn rieb.

Orlando hatte damit gerechnet, nervös zu werden und gegen die Erinnerung an Thurloes Vergewaltigungen ankämpfen zu müssen. Aber dieser Mann in seinem Bett war Alain. Sein Geliebter. Sein Avoué. Alain würde ihn niemals absichtlich verletzen, und falls es unabsichtlich geschehen sollte, würde ihn ein einziges Wort von Orlando aufhalten. Diese Sicherheit half Orlando, seine alten Ängste zu überwinden und sich ganz und gar Alains Händen auszuliefern. Die Wunden an seinem Körper, schon fast verheilt durch die Wirkung von Alains Blut, schmerzten nicht mehr, wenn Alains Hände sie berührten. Sie hatten jede Bedeutung verloren angesichts der Tiefe seiner Gefühle, seines Begehrens. Alain kannte jede sensible Stelle an Orlandos Körper. Seine Hände fanden diese Stellen, eine nach der anderen, und erkundeten sie sanft, bis Orlando ein Kribbeln durch den Körper lief und er sich vor Erregung kaum noch beherrschen konnte.

Dann brachte Alain auch seinen Mund ins Spiel. Orlando erschauerte, als Alains Lippen ihm über den Hals und das Schlüsselbein glitten, jeden Quadratzentimeter Haut neu entdeckten und zum Singen brachten. Ihm entwich ein leises Stöhnen. Sofort hob Alain den Kopf und sah ihn fragend an. Orlando lächelte ihn an und streichelte ihm aufmunternd über die Haare. Beruhigt nahm Alain seine Erkundungsreise wieder auf und fing an, sanft an Orlandos Nippel zu saugen. Orlando warf sich hin und her, versuchte, Alain näher zu ziehen und ihre Körper verschmelzen zu lassen, so, wie ihre Herzen und Seelen eins geworden waren.

Er konnte Alain auf eine Art wahrnehmen, wie es noch nie zuvor der Fall gewesen war. Durch die Feuerprobe, die sie in den letzten Tagen bestanden hatte, war ihre Verbindung so intensiv geworden, dass Orlando sie selbst dann spürte, wenn sie zusammen waren. Orlando fühlte Alains wachsende Leidenschaft, aber auch noch Spuren der Sorgen, die der Magier sich um ihn gemacht hatte. Er konzentrierte sich auf die Leidenschaft und schickte Wellen der Liebe und des Vertrauens zu seinem Avoué. Als sie bei Alain ankamen, konnte Orlando spüren, wie der Magier sich entspannte und die Ehrlichkeit von Orlandos Begehren akzeptierte.

„Beiß mich", flüsterte Orlando. „Nicht zu hart. Aber ich will deine Zähne spüren."

„Sicher?", fragte Alain überrascht. Das war eines der ersten und unverrückbarsten Tabus, die Orlando ihm auferlegt hatte.

„Sicher", bestätigte Orlando. „Ich will mich nicht länger von Thurloe beherrschen lassen und ihm erlauben, mein Verhalten und meine Erfahrungen zu kontrollieren. Ich hätte diese Chance beinahe endgültig verloren, und das wird mir nicht wieder passieren."

Orlando befürchtete, dass Alain sich weigern würde, aber der nickte nur und widmete sich wieder seiner gegenwärtigen Leidenschaft – er knabberte und leckte an Orlandos Nippel, bis der sich zu einem kleinen, harten Knubbel zusammenzog. Orlando wollte seine Bitte wiederholen, weil Alain sie zu ignorieren schien. Er hatte kaum den Mund geöffnet, als er Alains Zähne fühlte, die ihm über die Haut fuhren – nicht so hart, dass es schmerzte, aber fest genug, um kleine Funken der Erregung von seinem Nippel aus durch den ganzen Körper zu jagen. Orlando stöhnte und verfluchte bei sich die vielen verpassten Gelegenheiten. Wie oft hatte er aus Furcht Alain solche Berührungen untersagt?

Alain stelle überrascht fest, dass er Orlandos Reaktion auf seinen Biss nicht nur an dessen Körper, sondern auch in seinem eigenen Kopf spüren konnte. Er biss erneut zu, um herauszufinden, ob sich das Erlebnis wiederholen würde. Als das der Fall war, ließ er sich nur noch von seiner Verbindung zu Orlando leiten. Sie zeigte ihm, worauf Orlando reagierte und worauf nicht. Orlandos Rippen beispielsweise lösten bei dem Vampir zwar eine Reaktion aus, aber von den Funken, die sein Biss in Orlandos Nippel geschlagen hatte, war diese Reaktion weit entfernt. Anders war es mit Orlandos Nabel. Wie ein Blitz schoss Orlandos Erregung durch ihre Verbindung, sodass Alain sich noch länger hier aufhielt, leckte, saugte und knabberte, bis ein kleiner Knutschfleck zu sehen war. Er würde zwar bald wieder verschwinden, aber für einige Stunden hatte er Orlando mit seinem Zeichen markiert.

„Du kannst den Knutschfleck jederzeit erneuern", bot Orlando an. Ihm war Alains Befriedigung über das Zeichen auf seiner Haut nicht entgangen. „Von mir aus kannst du mich von oben bis unten zeichnen."

„Außer uns beiden sieht es sowieso niemand", meinte Alain.

„Dann suche dir eine Stelle, an der es besser sichtbar ist."

Hätte Alain nicht schon gelegen, er wäre umgekippt, so schwach wurde er in den Knien, als Orlando ihm dieses Angebot machte. Alain drückte ihm einen letzten Kuss auf den Bauch und rutschte wieder nach oben, um den Hals seines Geliebten erreichen zu können. „Sag mir, wenn es dir zu viel wird."

„Mache ich", versprach Orlando, während Alains Lippen ihr Ziel fanden. Als Alain ihn das letzte Mal in den Hals gebissen und in ihm unbeabsichtigt die Erinnerungen an Thurloe geweckt hatte, war Orlando davongerannt. Heute sollte ihm das nicht passieren, das schwor er sich. Nie wieder. Er wollte nie wieder vor Alain davonrennen, sich nie wieder von seinen Erinnerungen beherrschen lassen. Nur noch seine Gefühle für Alain zählten und die Gefühle, die sein Magier in ihm auslöste. Alain küsste ihn an den Hals und fing zu saugen an, sodass das Blut an die Oberfläche stieg und die Haut sich rot färbte. Dann biss er sanft zu und wartete Orlandos Reaktion ab.

„Es fühlt sich gut an", versicherte Orlando seinem Geliebten. „Du kannst fester zubeißen."

Alain biss etwas fester und Orlando lief eine Gänsehaut über den Rücken. Jeder würde diesen Biss sehen können und wissen, wie sehr Orlando von seinem Avoué geliebt wurde. „Mehr", bat er. „Ich will, dass jeder sehen kann, wie sehr wir uns lieben."

Alain knabberte wieder und wieder an Orlandos Hals, bis der Vampir leise keuchte. „Wie sieht es aus?", wollte er wissen.

„Wie eine Bissspur", meinte Alain schmunzelnd.

„Hol den Spiegel", verlangte Orlando. „Ich will es sehen."

Alain stand auf und ging zu der Kommode, wo Orlandos altmodischer Handspiegel lag. Er brachte ihn Orlando und musste sich dann ein Lachen verkneifen, als Orlando seinen Kopf hin und her drehte, seinen Hals streckte und fast zu schielen anfing, nur um den Knutschfleck von allen denkbaren Blickwinkeln aus betrachten zu können.

Nach einiger Zeit legte er den Spiegel aufs Bett und sah Alain mit strahlenden Augen an. „Es ist zwar nicht so dauerhaft wie mein Brandmal an deinem Hals, aber es bedeutet mir sehr viel. Jetzt gehöre ich dir genauso, wie du durch den Aveu de Sang mir gehörst. Jedenfalls wird das spätestens dann so sein, wenn wir nach diesem Morgen das Bett verlassen."

„Du musst das nicht tun", wiederholte Alain. „Ich will nicht, dass du es nur aus Pflichtgefühl tust, oder weil du glaubst, mir einen Gefallen zu schulden."

Orlando legte ihm einen Finger auf die Lippen und brachte ihn zum Schweigen. „Schließe die Augen und konzentriere dich. Du kannst meine Gefühle spüren. Ich will es tun, weil ich frei sein will. Weil ich wissen will, wie es sich anfühlt. Auch wenn es mir nicht gefällt und es bei diesem einen Mal bleibt, will ich das selbst entscheiden – rational und aufgrund meiner eigenen Erfahrungen. Ich will mir meine Entscheidungen nicht mehr durch meine Vergangenheit und meine Ängste diktieren lassen. Du bist nicht Thurloe und ich nicht mehr der Mann, der ich damals war."

Die Aufrichtigkeit von Orlandos Worten war deutlich zu spüren. Ihre Verbindung übermittelte Alain eine Sicherheit und ein Selbstbewusstsein, wie er es von Orlando bisher nicht gewohnt war. Er gab seine Bedenken auf und akzeptierte Orlandos Wünsche so offen und ehrlich, wie sie gemeint waren. Auch als er die Tube mit dem Gleitgel vom Nachttisch holte, änderte sich nichts an Orlandos Gefühlen. Alain seufzte erleichtert und zog ihn lächelnd zu sich aufs Bett zurück. Orlando erwiderte Alains hungrigen Kuss mit einer Leidenschaft, die ihre bisherigen Küsse in den Schatten stellte.

Nachdem seine letzten Zweifel beseitigt waren, musste Alain sich keine Zurückhaltung mehr auferlegen und konnte Orlando endlich berühren, ohne darauf achten zu müssen, nicht versehentlich verbotenes Gelände zu betreten. Er kostete diese neue Freiheit weidlich aus, streichelte Orlandos Hintern und zog sich ein Bein Orlandos über die Hüften. Orlando kam ihm mit einer so unmissverständlichen Bewegung entgegen, dass Alain beinahe vergaß, wie neu das alles für seinen Geliebten noch war. Er wollte sich Zeit lassen und seine Selbstbeherrschung nicht ganz aufgeben. Mit zitternden Händen griff er nach der Tube mit dem Gel, weil er Orlando vorsichtig vorbereiten musste und nicht wusste, wie lange er noch durchhalten konnte.

Er stützte sich auf einem Arm ab und sah Orlando von oben ins Gesicht. „Schau mich an", verlangte er zärtlich. „Ich will deine Augen sehen, damit ich erkennen kann, ob alles mit dir in Ordnung ist."

Orlando öffnete die Augen. In seinem Blick lag so viel Liebe und Verlangen, dass es Alain den Atem verschlug. Langsam, fast ehrfurchtsvoll, ließ er die Finger über Orlandos Körper bis an ihr Ziel gleiten. Er hätte nie erwartet, Orlando jemals dort berühren zu dürfen. Orlando zog sein Bein höher, um Alain mehr Platz zu geben und ihm noch einmal zu zeigen, dass er es wirklich aus tiefstem Herzen so wollte.

Alain überlegte, ob er Orlando auffordern sollte, sich auf den Bauch zu legen, um ihn leichter vorbereiten zu können. Aber er verwarf den Gedanken sofort wieder, weil er seinem Geliebten in dieser Position nicht in die Augen sehen konnte. Alain brauchte die Gewissheit, dass er dem Mann seines Lebens nur Freude bereitete, und dazu musste er ihm in seine ausdrucksstarken, dunkelbraunen Augen sehen können. Als Alains feuchte Finger die kleine Öffnung fanden und massierten, flatterten Orlandos Augenlider, aber sein Gesichtsausdruck blieb gelöst und entspannt. Weder zuckte er zusammen vor Furcht, noch stieß er Alain von sich. Alain drückte vorsichtig mit einem Finger zu und wartete darauf, dass der enge Muskel nachgab.

Orlando hatte damit gerechnet, dass er auf Alains Berührungen wieder mit seinen alten Reflexen reagieren würde. Er war darauf vorbereitet gewesen, sie zügeln zu müssen, um seinen Geliebten nicht zu erschrecken. Aber offensichtlich war seine Liebe zu Alain so übermächtig, dass auch sein Körper mittlerweile den Unterschied zwischen Alains Zärtlichkeiten und den Grausamkeiten Thurloes erkannte. Orlando hatte nicht mehr das instinktive Bedürfnis, sich gegen Alains Berührungen zu wehren und ihnen zu entfliehen. Im Gegenteil, er spürte nur noch das ständig wachsende Verlangen nach mehr. Er wollte die Finger und den Schwanz Alains in sich fühlen und endgültig ihm gehören. Nichts anders zählte mehr für ihn. Jetzt nicht und auch in Zukunft nicht. „Mehr", verlangte er keuchend.

Alain ließ sich nicht zweimal bitten und schob einen zweiten Finger in die enge, feuchte Höhle. Orlando rutschte leicht zur Seite, aber ein schneller Blick in sein Gesicht zeigte Alain, dass der Vampir sich nicht entziehen wollte, sondern nur eine bequemere Position suchte. Alain rieb mit den Fingern an den weichen Innenwänden, bis er die Prostata fand. Orlando schrie auf und klammerte sich an Alains Oberarmen fest. „Oh, merde! Mach das noch mal!", rief er.

Alain massierte grinsend über Orlandos Prostata und trieb ihn damit höher und höher, bis der Vampir am ganzen Körper bebte und zu betteln anfing. Alain ließ sich nicht aus der Ruhe bringen. Er massierte unerbittlich weiter, senkte aber den Kopf und nahm Orlandos tropfenden Schwanz in den Mund. Orlando verlor jetzt auch noch den Rest an Beherrschung. Sein Körper verkrampfte sich und er zuckte zusammen, dann ergoss er sich tief in Alains Kehle.

Als Orlandos Schwanz endlich zu zucken aufhörte, hob Alain lächelnd den Kopf und wartete darauf, dass sich die dunklen Augen wieder öffneten. Kaum sah Orlando ihn an, krümmte er den Finger und fing wieder zu reiben an. „Wir sind noch nicht fertig", schnurrte er, befeuchtete seine Finger mit mehr Gel und schob auch noch einen dritten in Orlandos Körper. Der Schließmuskel war jetzt so entspannt, dass er sich mühelos dehnen ließ.

„Auf keinen Fall", stimmte Orlando ihm zu und schnappte nach Luft, als Alains Finger sich wieder in ihn schoben. „Du hast mich noch nicht geliebt."

„Ich war noch nicht in dir", verbesserte Alain ihn. „Geliebt habe ich dich schon oft. Seit wir das erste Mal zusammen in diesem Bett gelegen haben, liebe ich dich jedes Mal, wenn ich dich berühre."

„Dann komm jetzt und vollende, was in dieser Nacht auf dem Père Lachaise zwischen und begonnen hat", sagte Orlando und zog ihn an den Hüften zwischen seine Beine. „Vereine uns auch auf diese Weise."

Alain sah ihn unter sich auf dem Bett liegen. Er konnte immer noch nicht glauben, dass diese Liebe, dieser Augenblick wirklich gekommen war. Dann fühlte er Orlandos Hand, die sich um seinen Schwanz schloss und ihn nach unten führte, wo seine Finger immer noch damit beschäftig waren, den Muskel zu dehnen. „Komm jetzt", wiederholte der Vampir.

Alain zog vorsichtig die Finger aus Orlando und stieß mit dem Schwanz an die feuchte Rosette. Der Muskel gab nach, ließ ihn ein und umhüllte ihn mit seiner engen, feuchten Hitze. Alain biss sich auf die Lippen, um nicht die Kontrolle zu verlieren und sich mit einem einzigen, gewaltigen Stoß in Orlando zu versenken. Er konnte nicht komplett stillhalten, dazu war die Versuchung zu groß und er konnte Orlandos verführerischer Schönheit nichts entgegensetzen. Der Vampir fasste ihn an der Hüfte und gab mit seiner Hand den Takt vor, um Alain zu zeigen, wie der seinen Vampir am besten lieben konnte.

Alain ließ die Hüften kreisen und drang mit jeder Bewegung etwas tiefer ein. Schließlich hatte er sich bis zum Anschlag im unberührten Arsch seines Geliebten versenkt. Alain wusste sehr wohl, dass Orlando dieser Beschreibung widersprechen würde, aber das war ihm egal. Für ihn zählte Thurloe nicht. Heute, in diesem Augenblick, hatte Orlando sich das erste Mal freiwillig für einen Mann geöffnet. In Alains Augen war er damit unberührt, war so unschuldig wie jeder junge Mann, der sich zum ersten Mal seinem Geliebten hingab. Alain senkte den Kopf und legte all die Liebe, all die Verehrung in seinen Kuss, die er für Orlando empfand.

Orlando erwiderte Alains Kuss, aber bald wollte er mehr. Er stupste den Magier am Kinn, bis Alain den Kopf hob und an seinem Hals die Bisspuren sichtbar wurden, mit denen er Orlando Heilung gebracht hatte. Orlando leckte über das Brandmal, das nie wieder verblassen würde, spürte das Beben, das Alain erfasste und den Schwanz tief in Orlandos Arsch zucken ließ. Vorsichtig presste er seine Zähne an Alains Hals, genau dorthin, wo er sie wollte. Dann biss er zu. Und er biss fest zu, mitten in das Brandmal. Alains Blut strömte ihm in den Mund und der Magier geriet vollkommen außer Kontrolle. Wild und unbeherrscht stieß er zu, wieder und wieder.

Alains Kontrollverlust war auch in seinem Blut zu schmecken. Die Kombination war unwiderstehlich und Orlando konnte seine Erregung nicht mehr zügeln, sehnte sich nach einem zweiten Orgasmus. Alain schien wild entschlossen, ihn nicht warten zu lassen. Er stieß unermüdlich an Orlandos Prostata, fasste ihn am Schwanz und rieb ihn hart, immer im Rhythmus seiner unerbittlichen Stöße. Dann krallte er sich mit der anderen Hand an Orlandos Arsch fest, bis seine Knöchel weiß anliefen. Orlando wehrte sich nicht dagegen. Er konnte Alains Erregung auf der Zunge schmecken, hatte seinen Geliebten noch nie so leidenschaftlich, so ungezügelt erlebt. Dass er selbst für diese Ekstase verantwortlich war, verlieh ihm zusätzlich Flügel und brachte ihn innerhalb kürzester Zeit zum Höhepunkt. Er schrie auf, alles an ihm verkrampfte sich und riss Alain mit, der Orlando mit seinem heißen Samen füllte. Orlando konnte nicht fassen, wie sehr sich seine Welt verändert hatte. Wie sehr Alain seine Welt verändert hatte.

Vorsichtig zog er seine Zähne aus Alains Hals und leckte liebevoll über die kleinen Wunden. Als Alain sich aus ihm zurückziehen wollte, schlang er die Beine um ihn und hielt ihn fest. „Bleib bei mir", bat er. „Ich will dich fühlen. Ich will dich noch nicht gehen lassen."

„Dann kleben wir aber zusammen", meinte Alain, ließ sich aber trotz seines scheinbaren Widerspruchs entspannt auf Orlando fallen.

Orlando zuckte mit den Schultern. „Und was wäre daran so ungewöhnlich?"

Alain musste lachen. „Na gut. Du hast ja recht."

Orlando küsste ihn. „Das habe ich."

37

„AUFWACHEN, ALAIN", sagte Orlando und schüttelte seinen Geliebten sanft an der Schulter. „Es geht gleich los."

Alain rappelte sich blinzelnd auf. Er war so verschmiert und verklebt, wie er es vorausgesagt hatte, aber es kümmerte ihn nicht im Geringsten. „Was?", fragte er verschlafen.

„Die Fernsehübertragung der Debatte in der Nationalversammlung beginnt", erinnerte ihn Orlando. „Es geht gleich los."

„Hast du Thierry gesehen? Oder jemanden aus seiner Einheit?", erkundigte sich Alain. „Haben sie die Gendarmerie davon überzeugen können, dass zusätzliche Sicherheitsmaßnahmen nötig sind?"

„Keine Ahnung", gestand Orlando. „Ich habe bisher kein bekanntes Gesicht entdecken können. Das muss nicht heißen, dass sie nicht im Gebäude sind. Die Fernsehsender interessieren sich nicht für zufällig anwesendes Publikum, und nur so würden sie dort auftreten."

„Stimmt. Thierry würde sich nie zu erkennen geben oder auffällig verhalten", gab ihm Alain recht. Nachdem er sich mit Eric ausgesprochen hatte, waren sie auf die Suche nach Thierry gegangen und hatten zu dritt mehrere Stunden damit verbracht, Listen der getöteten und gefangen genommenen dunklen Magier mit den Namen zu vergleichen, an die Eric sich noch aus seiner Zeit bei Serrier erinnerte. Es gab erstaunlich wenige Lücken, aber eine dieser Lücken war dafür umso besorgniserregender. Eric war sich sicher, dass Aguiraud sich vor dem Angriff der Milice in Serriers Hauptquartier aufgehalten hatte, und trotzdem tauchte sein Name weder bei den Gefangenen auf, noch war seine Leiche gefunden worden. Sie diskutierten hin und her, ob Aguiraud wohl die Reste von Serriers Truppen neu strukturieren und einen Angriff auf die Nationalversammlung wagen würde, um die Abstimmung zu verhindern. Obwohl sie sich nicht einigen konnten, stimmten sie überein, dass er dazu durchaus in der Lage wäre. Das hatte Thierry ausgereicht, um darauf zu bestehen, dass eine komplette Einheit von Magiern und Vampiren während der Beratungen des Gesetzes in der Nationalversammlung anwesend war, um die Abgeordneten vor einem möglichen Angriff zu schützen.

„Du machst dir wahrscheinlich vollkommen unnötig Sorgen", sagte Orlando, als sie sich aufs Sofa setzten, um die Übertragung zu verfolgen. „Aguiraud hat nur drei Tage Zeit gehabt. So schnell kann er keinen Gegenschlag organisiert haben."

„Darauf dürfen wir uns nicht verlassen", erwiderte Alain. „Er war, von Serrier selbst abgesehen, der Einzige, dem ich im Kampf nicht hätte begegnen wollen. Ich hätte natürlich auch nicht gegen Eric kämpfen wollen, aber wenn es passiert wäre, hätte ich mir keine Sorgen gemacht, ihn besiegen zu können. Aguiraud ist Raymond sehr ähnlich, hat aber nicht Raymonds Fairness. Auch wenn es nur symbolische Wirkung hat – wenn sie die Abstimmung nicht verhindern können, haben Serriers Anhänger ihre Niederlage eingestanden. Ich kann mir nicht vorstellen, dass Aguiraud, sollte er noch am Leben sein, das zulassen wird."

„Kann es sein, dass eine Leiche übersehen wurde?", fragte Orlando.

„Möglich ist es schon", erwiderte Alain. „Es könnte auch sein, dass er verwundet entkommen und danach seinen Verletzungen erlegen ist. Wenn ich mich recht erinnere, waren seine Heilkräfte nicht sonderlich gut. Aber das werden wir nicht erfahren, solange wir ihn nicht ausfindig machen – lebend oder tot."

„Dann sollten wir hoffen, dass die Chance, die Nationalversammlung, den Kommandeur der Milice und den Chef de la Cour auf einen Schlag zu erledigen, ihn aus seinem Versteck lockt", meinte Orlando. „Das ist doch der Grund, warum alle dort versammelt sind, oder?"

„Ja", sagte Alain und zog Orlando in die Arme.

Pünktlich auf die Sekunde eröffnete der Président de l'Assemblée die Debatte. Er legte den Abgeordneten den Gesetzentwurf vor und erläuterte das Verfahren. Es gab noch Gelegenheiten für

Stellungnahmen, dann sollte die Abstimmung erfolgen. Bei einer Ablehnung des Gesetzes würde die Regierung ihren Rücktritt erklären. Ein Raunen ging durch den Saal, als die Abgeordneten erkannten, wie wichtig der Regierung dieses Gesetz war und welche Konsequenzen das Ergebnis ihrer Abstimmung haben würde.

„Das heißt noch gar nichts", meinte Alain und wartete auf Marcels Rede.

Wie erwartet, erhob sich Marcel als erster und ging ans Rednerpult. Er wartete ab, bis wieder Ruhe einkehrte, dann fing er zu reden an. „Ich weiß, dass die Skeptiker unter uns sich fragen werden, warum uns dieses Gesetz so wichtig ist und warum wir es in dieser Weise zur Abstimmung stellen. Andere werden sich fragen, warum ich mich in eine Angelegenheit einmische, die auf den ersten Blick die Magier und die Milice nicht im Geringsten betrifft."

Alain und Orlando prusteten vor Lachen. Ihre Leben konnten wohl kaum enger miteinander verwoben sein. Alles, was die Vampire anging, wirkte sich automatisch auch auf jeden Magier aus, der einen Vampir zum Partner hatte.

„Die Antwort darauf ist ganz einfach. Ohne die Unterstützung durch die Vampire würden wir jetzt immer noch gegen Serriers Rebellen kämpfen. Nur dank ihrer Hilfe ist Serrier jetzt tot und der Aufstand niedergeschlagen. Wir sind nicht so naiv, zu denken, damit wäre alles vorbei und es gäbe nicht die Gefahr, dass sich Reste der Aufständischen neu formatieren und uns angreifen. Aber wir haben in einer entscheidenden Schlacht vor drei Tagen alle, bis auf etwa fünfzig Überlebende, außer Gefecht setzen können. Serrier selbst wurde von einem Vampir im Kampf getötet, ein gesetzloser Vampir wurde gefangen genommen, verurteilt und hingerichtet. Nach zwei Jahren des Kampfes hat die Allianz den Krieg innerhalb von sechs Wochen siegreich beenden können. Das wäre nicht möglich gewesen ohne die starken Partnerschaften, die zwischen Magiern und Vampiren entstanden sind."

Wieder ging ein Raunen durch den Saal, dieses Mal noch lauter als zuvor. Orlando saß zuhause auf seinem Sofa und ein Schauer lief ihm über den Rücken, als er an das *Judicum* zurückdachte. „Es ist vorbei", beruhigte ihn Alain und legte ihm einen Arm über die Schulter. „Er ist tot. Wir können das alles jetzt vergessen und wieder normal weiterleben."

Auf dem Bildschirm winkte Marcel jemanden zu sich heran. Die Kameras schwenkten zu Jean, der sich von seinem Platz erhob. Der Chef de la Cour trat an Marcels Seite. Die Anstrengungen der letzten Tage waren ihm nicht mehr anzusehen. Orlando hoffte, dass sein Freund zwischen der Hinrichtung heute früh und dem Beginn der Debatte wenigstens einige Stunden Zeit gefunden hatte, um mit seinem Partner allein zu sein.

„Ich bin mir sicher, Sie alle kennen Monsieur Bellaiche", stellte Marcel ihn vor. „Aber für diejenigen, die ihn noch nicht kennen, möchte ich ihn kurz vorstellen. Er ist der Chef de la Cour Parisienne, das Oberhaupt der Vampire unserer Hauptstadt. Er hielt es für angemessen, heute anwesend zu sein, da unsere Entscheidung vor allem ihn und seine Leute betrifft."

„Wie kann er hier sein?", rief einer der Abgeordneten aus dem Saal. „Es ist Tag und die Sonne scheint."

„So ist die Magie eben, verstehen Sie?", erwiderte Jean und löste unter den Angehörigen der Milice und den Sympathisanten unter den Abgeordneten zustimmendes Gelächter aus. Auch Orlando und Alain mussten lachen. Orlando drückte Alain einen Kuss auf die Wange und drehte sich wieder zum Fernseher um. „Der Vorteil, den die Vampire von dieser Allianz haben, ist ihre Immunität gegen das Sonnenlicht", fuhr Jean fort. „Wir alle, sowohl der General und ich, als auch die Magier und Vampire der Milice, hoffen sehr, dass unsere militärische Zusammenarbeit nicht länger erforderlich sein wird. Aber die Allianz hat unzählige Möglichkeiten eröffnet, die Magiern und Vampiren zum Vorteil gereichen können. Die Partnerschaften und Freundschaften, die die Allianz zwischen uns geschmiedet hat, werden nicht einfach wieder verschwinden und sich in Luft auflösen, nur weil der Krieg beendet wurde. Wir stehen an der Schwelle zu Entdeckungen, deren magische Auswirkungen weit über die persönlichen Beziehungen der Betroffenen hinausreichen und unsere gesamte Gesellschaft beeinflussen werden. In Ihren Händen liegt es, diese Realität anzuerkennen und uns die Möglichkeit zu eröffnen, diese Zukunft gemeinsam und als gleichberechtigte Partner zu gestalten."

Jean ging unter donnerndem Applaus an seinen Platz zurück.

„Sie verstehen es nicht wirklich, oder?", fragte Orlando, der zu seiner Erleichterung feststellte, dass auch Raymond anwesend war und direkt neben Jean saß. Sein Freund war nicht ohne Unterstützung.

„Marcel wird sein Bestes tun, aber auch wenn das Gesetz heute abgelehnt werden sollte, werden die Magier euch nicht im Stich lassen. Die ANS wird weiter für die Vampire eintreten, bis wir alle die gleichen Rechte haben", versprach Alain. „Und Marcel wird an vorderster Front dafür kämpfen."

Orlando drückte lächelnd seine Hand. „Ich weiß. Und selbst wenn es niemals verabschiedet wird, lässt sich die Zeit nicht zurückdrehen. Die Partnerschaften haben zu viel verändert."

„Nein, es wird niemals wieder so sein wie vorher", stimmte ihm Alain zu. Und um seinen Worten Nachdruck zu verleihen, küsste er Orlando und streichelte ihm zärtlich über die Haare.

Der Président de l'Assemblée wollte gerade die Debatte eröffnen, da brach im Saal Unruhe aus und laute Schreie waren zu hören. Die aufgeregte Stimme des Reporters riss Orlando und Alain aus ihrer Versunkenheit. Sie sahen erschrocken auf den Bildschirm.

„Was ist da los?", fragte Orlando.

Alain runzelte die Stirn. „Aguiraud. Ich gehe jede Wette ein, dass es Aguiraud ist."

„Was passiert jetzt?"

„Thierry und seine Patrouille sind im Einsatz. Sie sind auf einen solchen Angriff vorbereitet", beruhigte ihn Alain. „Marcel und Raymond sind auch nicht gerade wehrlos. Schau hin. Sie legen schon ein Sicherheitsnetz über den Saal."

Orlando starrte angestrengt auf den Bildschirm, konnte aber nicht erkennen, wovon Alain redete. „Woher willst du das wissen?"

„Ich kann ihre Beschwörung hören", erklärte Alain. „Sie haben alle Abgeordneten in ein Sicherheitsnetz gehüllt. Falls jemand an Thierry und seiner Einheit vorbeikommt, kann ihnen nichts passieren."

In diesem Augenblick tauchte Justin an der Seite des Reporters auf und zog ihn mit sich in den Saal. „Draußen ist eine Patrouille im Einsatz, aber Sie sind sicherer, wenn sie nicht so nahe an der Tür stehen", erklärte er dem Mann.

„Sie haben diesen Angriff also erwartet?", fragte der Reporter.

„Die Milice ist immer auf alle Eventualitäten vorbereitet, sowohl die Magier, als auch die Vampire", antwortete Justin. „Wir nehmen unsere Verantwortung sehr ernst."

Orlando konnte sich bei diesem Kommentar ein Kichern nicht verkneifen. „Er wird sie so oft an uns erinnern, bis sie nachts von uns träumen, nicht wahr?"

„Das werden wir alle tun", murmelte Alain, ohne den Blick vom Bildschirm abzuwenden. Er suchte nach Hinweise, was passiert war und wie sich die Dinge entwickelten. Da die Reporter mit den Abgeordneten im Saal waren und auch nichts mitbekamen, waren nur Spekulationen und aufgeregte Schreie zu hören.

„Warum dauert das so lange?", fragte Orlando nach einigen Minuten. „Hätten wir nicht schon längst etwas hören sollen?"

Alain zuckte mit den Schultern. „Es kommt ganz darauf an, wie viele Angreifer es waren und wie sie vorgegangen sind", meinte er. Im Kopf ging er alle Vorbereitungen durch, die sie getroffen hatten, stellte sich vor, wo jeder Magier und Vampir postiert worden war und wie sie auf die unterschiedlichsten Bedrohungen hätten reagieren können. Er hoffte nur, die Gendarmerie würde sich raushalten. Sie hatte keine Chance gegen einen Angriff der dunklen Magier.

Nach langen, scheinbar endlosen Minuten richteten sich die Kameras wieder auf Marcel, Raymond und Jean. Dann kamen auch Thierry und Sebastien ins Bild. Die Mikrophone waren zu weit weg, um ihre Worte zu übertragen, aber allein ihr Anblick beruhigte Alain ungemein. Thierry wirkte so souverän und ruhig, dass Alain sich sicher war, dass sie die Lage im Griff hatten. Es stellte sich nur noch die Frage, wie viele der dunklen Magier gefangen genommen oder getötet worden waren, und vor allem, ob Aguiraud unter ihnen war oder nicht.

Nach einer kurzen Besprechung verschwanden Thierry und Sebastien aus dem Bild, vermutlich, um wieder an ihren Posten zurückzukehren. Marcel, Raymond und Jean kehrten ebenfalls wieder auf ihre Plätze zurück.

„Ist alles wieder in Ordnung, Général?", fragte der Président de l'Assemblée, als er sie zurückkommen sah.

„Das ist es", meldete Marcel. „Wir hatten damit gerechnet, dass Simon Aguiraud versuchen wird, die Abstimmung zu verhindern. Ein letztes Aufbäumen, bevor er sich geschlagen gibt. Jetzt sind alle Anführer der Rebellen tot oder in Gewahrsam. Wahrscheinlich werden die Verhöre noch einige Namen ans Licht bringen, die zu Festnahmen führen. Aber dann ist dieser Aufstand endgültig vorbei."

„Dann können wir also die Debatte ungestört fortführen?"

„Jawohl, Monsieur le Président", erwiderte Marcel würdevoll.

„Gott sei Dank", seufzte Alain. „Ich hoffe nur, wir hatten keine Verluste. Das werden wir wohl erst erfahren, wenn wir wieder im Hauptquartier sind."

„Thierry war die Ruhe selbst", meinte Orlando. „Er hätte anders ausgesehen, wenn jemand schwer verwundet oder gar tot wäre."

Alain war sich da nicht so sicher, ließ sich aber von Orlandos Worten beruhigen.

Der Président eröffnete die Debatte. Der Abgeordnete von Marseille, ein Mitglied der Front National, meldete sich als erster zu Wort. Alain verdrehte die Augen. „Wie kann ein Mensch nur so rassistisch sein?", kommentierte er sarkastisch. Orlando gab ihm keine Antwort auf die rhetorische Frage. Es wäre auch überflüssig gewesen. Aber der Mann hatte das Recht, seine Meinung zu äußern, so sehr er ihnen mit seinem Geschwätz auch auf die Nerven ging.

„Monsieur le Président", begann er und nickte respektvoll zur Begrüßung. „Général Chavinier, Monsieur Bellaiche, verehrte Kolleginnen und Kollegen. Ich bin davon überzeugt, dass der Premierminister nur die besten Absichten hatte, als er dieses Gesetz einbrachte. Dennoch wäre es verantwortungslos von uns, es zu verabschieden, ohne auf die ernsten Probleme einzugehen, die es aufwirft. Es ist nicht die Aufgabe der Nationalversammlung, die Interessen bestimmter Gruppen durchzusetzen, auch nicht die Interessen unserer Regierung. Der Beitrag der Vampire zur Niederschlagung dieser Revolte ist durch nichts bewiesen. Wir haben nur das Wort von Général Chavinier ..."

„Unsinn!", schrie Alain wütend und wollte aufspringen, aber Orlando hielt ihn zurück. Der Mann würde seine Meinung nicht dadurch ändern, dass sie den Bildschirm anbrüllten.

„... und selbst wenn sein Bericht der Wahrheit entsprechen sollte, müssen wir doch bedenken, welche Auswirkungen ein solches Gesetz auf unsere Gesellschaft als Ganzes hat", fuhr der Abgeordnete fort. „Vampire sind nicht so, wie der Rest von uns. Sie schleichen durch die Schatten ..." Jean hüstelte. „Na gut, sie sind durch die Schatten geschlichen. Ihr Lebenswandel ist nicht respektabel in unserem Sinne. Sie tragen nichts zum Wohl der Gesellschaft bei. Sie ernähren sich von unseren Mitmenschen. Dieses Verhalten gesetzlich zu legitimieren ... Das können wir unseren Mitbürgern einfach nicht zumuten."

Einige Abgeordnete applaudierten, aber die meisten kommentierten den Redebeitrag mit eisigem Schweigen. Raymond stand sichtlich erregt auf. „Darf ich auf die Bedenken des Herrn Abgeordneten eingehen?", fragte er.

„Oh, jetzt müssen sie sich auf einiges gefasst machen", murmelte Alain. Er hatte Raymond schon vor dem Krieg reden hören und wusste, wie leidenschaftlich der Magier seine Argumente verteidigte. Die Assemblée würde einiges zu hören bekommen.

„Das ist ein sehr unübliches Verfahren", erwiderte der Président de l'Assemblée zögernd.

„Die ganze Situation ist unüblich", gab Raymond zu bedenken.

Der Président nickte und gab ihm Rederecht.

„Sie müssen sich nicht allein auf die Worte des Generals verlassen", sagte Raymond zu den Abgeordneten. „Sie alle haben die letzten Minuten in diesem Saal verbracht, sicher und unter dem Schutz einer gemischten Patrouille. Werfen Sie einen Blick auf die Zuschauertribünen. Sie werden von Vampiren bewacht, und es ist Ihnen vielleicht aufgefallen, dass die Angreifer nicht bis dorthin vordringen konnten. Was die Lebensweise der Vampire betrifft, kann ich Ihnen aus eigener Erfahrung berichten, dass sie regelmäßig zum Wohl der Gesellschaft beitragen. Sie besitzen und führen Geschäfte und Unternehmen, die nicht nur Vampire, sondern auch ‚normale' Menschen' zu ihren Kunden zählen. Ich war in Clubs, traditionellen Cafés und Internet-Cafés, um nur einige Beispiele zu nennen. Sicher, die Eigentümer können erst nach Sonnenuntergang arbeiten, aber sie haben Manager und Angestellte, die sich tagsüber um die Geschäfte kümmern. Und egal, um welche Geschäfte es sich handelt, sie bezahlen Steuern, sie bezahlen Miete, sie schaffen Arbeitsplätze. Sie leisten ihren Beitrag zur wirtschaftlichen Entwicklung unseres Landes, wie andere Geschäftsleute auch. Von sehr wenigen Ausnahmen abgesehen – und ich rede über einen Zeitraum von Jahrhunderten, Mesdames et Messieurs, von *Jahrhunderten* – haben Vampire sich immer nur von freiwilligen Spendern ernährt, denen sie damit nicht mehr und nicht weniger geschadet haben, als jede freiwillige Blutspende es auch tut. Wenn dem nicht so wäre, würde ich heute nicht vor Ihnen stehen. Darüber hinaus sind die Vampire Partnerschaften mit Magiern eingegangen. Wir haben dadurch eine neue, eine sehr effektive Methode zur Aufrechterhaltung des magischen Gleichgewichts gefunden. *Unsere Mitbürger* leben bereits jetzt mit Vampiren zusammen und profitieren davon, selbst diejenigen, denen es noch nicht bewusst ist. Und das Einzige, was Sie dagegen unternehmen können, wäre, die Vampire komplett aus dem Land zu vertreiben. Wollen Sie das?"

Die Vampire auf den Zuschauertribünen und viele Abgeordnete applaudierten Raymond. „Verdammt, er ist gut", sagte Alain bewundernd. „Raymond verschwendet als Historiker und Forscher sein Talent."

Raymond wollte wieder Platz nehmen, doch der Président hielt ihn zurück. „Was haben Sie mit der Bemerkung über das magische Gleichgewicht gemeint, Monsieur Payet? Ich wüsste gerne mehr darüber, falls es sich nicht um vertrauliche Informationen handelt."

Raymond warf Marcel einen fragenden Blick zu. Der General nickte zustimmend. „Die Allianz diente nicht nur dem Zweck, gemeinsam gegen die dunklen Magier zu kämpfen. Wir sind Partnerschaften eingegangen, jeweils ein Vampir und ein Magier, die zusammenarbeiten. Diese Partnerschaften haben vielfältige Auswirkungen. Eine davon ist, dass das Blut des Magiers dem Vampir Immunität gegen das Sonnenlicht verleiht. Eine andere, dass das magische Gleichgewicht aufrechterhalten oder wieder hergestellt wird. Allein dadurch, dass ein Vampir die richtige Person beißt und ihr Blut trinkt, trägt er dazu bei, die Sicherheit der ganzen Welt zu gewährleisten."

„Vielen Dank, Monsieur Payet", sagte der Président und gab dem nächsten Angeordneten das Wort. Alain atmete erleichtert auf, als er eine sozialistische Abgeordnete aus Paris erkannte, die schon seit Beginn des Krieges zu Marcels zuverlässigsten Unterstützern zählte.

„Die Situation ist doch ganz einfach", begann die Frau. „Wir haben eine Gruppe von Menschen, die einen substantiellen Beitrag geleistet hat, damit wir diesen Krieg gewinnen konnten. Diese Gruppe ist bereits heute Teil unserer Gesellschaft und wir haben gerade erfahren, dass sie einen noch größeren Beitrag für unser Wohlergehen leistet, als uns bisher bewusst war. Das Gesetz, über das wir heute zu entscheiden haben, erkennt ihr Existenzrecht an und gibt ihnen die Möglichkeit, weiterhin so zu leben wie bisher. Ihnen dieses Recht zu verweigern, bedeutet nichts anderes, als ihre Existenz zu leugnen. Ich bin mir sicher, einigen von Ihnen wäre es in der Tat lieber, sie würden nicht existieren. Aber wir haben uns heute hier nicht versammelt, um ihnen dieses Recht abzusprechen. Es gibt andere Kollegen, die halten Vampire für unregierbar. Aber die Ereignisse der letzten Nacht haben uns gezeigt, dass sie sich selbst sehr gut regieren können. Sie haben ein Mitglied ihrer Gruppe zur Rechenschaft gezogen, das gegen ihre Gesetze verstoßen hat. Ich habe noch eine Frage an den Chef de la Cour, der heute unter uns weilt. Monsieur Bellaiche, werden sich die Vampire an die französischen Gesetze halten, wenn dieses neue Gesetz heute verabschiedet wird?"

„Das tun wir bereits, Madame", antwortete Jean würdevoll. „Wenn wir es nicht tun würden, müssten wir mit Verfolgung rechnen. Der einzige Unterschied, den das neue Gesetz machen wird, ist der Respekt und die Sicherheit, die wir dadurch bekommen. Die Sicherheit, nicht mehr verfolgt zu werden, wenn wir *keine* Gesetze gebrochen haben."

„Dann verstehe ich wirklich nicht mehr, welche Probleme mein verehrter Kollege vom Front National noch hat", fuhr die Abgeordnete fort und wandte sich wieder der Versammlung zu. „Das Einzige, was die Vampire durch dieses neue Gesetz bekommen, ist Schutz vor Verfolgung. Dafür helfen sie uns auf verschiedene Weise, wie wir soeben gehört haben. Ihnen den Schutz des Gesetzes zu verweigern, ist so grundlegend falsch und unmoralisch, wie einem Menschen den Schutz zu verweigern, der eine andere Hautfarbe, einen anderen Glauben oder eine andere Sexualität hat, oder

der in dieses Land eingewandert ist. Alle diese Menschen stehen unter dem Schutz des Gesetzes und es ist verboten, sie zu diskriminieren. Warum sollten wir die Diskriminierung der Vampire noch länger erlauben?"

„Mesdames et Messieurs", verkündete der Président, nachdem sie das Rednerpult verlassen hatte. „Wir haben Argument für und gegen das neue Gesetz gehört. Wir haben gehört, was Betroffene dazu zu sagen haben und diejenigen, die an dem Gesetzentwurf mitgearbeitet haben. Wir könnten wahrscheinlich noch tagelang darüber reden. Aber der Premierminister hat uns eine Frist gesetzt, innerhalb der wir über die Ergänzungsvorlage 49-3 unserer Verfassung entscheiden sollen. Wir treten jetzt in die Abstimmung ein."

Je mehr Abgeordnete abstimmten, umso mehr Punkte leuchteten an der Anzeigetafel auf. Die ersten Stimmen lehnten das Gesetz ab. „Das kann doch nicht wahr sein", murmelte Alain, als immer mehr Nein-Stimmen aufleuchteten.

„Du weißt doch, von wem diese Stimmen kommen", beruhigte ihn Orlando. „Gib den anderen etwas Zeit. Es wird nicht so bleiben."

Dann änderte sich das Bild. Mehr und mehr Ja-Stimmen wurden abgegeben, bis schließlich die Mehrheit erreicht war. Als der Président de l'Assemblée die Annahme des Gesetzes verkündete, drehte Alain sich um und zog Orlando in die Arme. „Wir haben es geschafft!"

Orlando lächelte und küsste ihn. Als sie sich wieder trennten, strahlte er Alain an. „Ich wusste es. Ich habe es von dem Augenblick an gewusst, als du mir gesagt hast, Marcel würde sich für uns einsetzen."

38

„Es ist schon vier Tage her", beschwerte sich Jude, als Jean, Raymond und Marcel ins Hauptquartier der Milice zurückkamen. „Ich habe meine Partnerin seit vier Tagen nicht gesehen. Seit vier Tagen lebe ich ohne den Schutz ihres Blutes."

„In diesen Tagen ist einiges geschehen", meinte Jean kühl.

„In der Tat", stimmte Jude ihm zu. „Das *Judicium* ist vorüber und die Gleichstellungsgesetze sind beschlossen worden. Jetzt wird es Zeit, dass ihr euer Versprechen einlöst."

„Marcel, können wir kurz mit dir reden?", fragte Jean seufzend. „Leighton hat ein Anliegen."

„Selbstverständlich", erwiderte Marcel und führte sie in sein Büro. „Worum geht es?"

„Leighton war der Vampir, dessen Blut Orlando wiederbelebt hat", erklärte Jean. „Er glaubt, dass er sich dadurch die Aufhebung des Kontaktverbots verdient hat."

„Nun, wir sind dir ohne Zweifel für deine Hilfe dankbar", sagte Marcel zu Jude. „Aber das entschuldigt nicht dein früheres Verhalten."

„Die Allianz wird nicht mehr gebraucht. Das hast du heute früh in der Nationalversammlung selbst gesagt. Und ohne die Allianz und ihre militärischen Erfordernisse entfallen die Gründe für das Kontaktverbot. Es ist nicht mehr nötig", widersprach Jude.

„Das mag sein", erwiderte Marcel. „Doch die bürgerlichen Gesetze haben noch weniger Verständnis für dein Verhalten gegenüber Adèle, als die Regeln der Milice. Ich kann das Kontaktverbot aufheben, aber wenn du dein Verhalten nicht änderst, findest du dich innerhalb kürzester Zeit vor einem französischen Gericht wieder. Außerdem kann ich nur den Teil der Beschwörung aufheben, der an dich geknüpft ist. Ich brauche Adèles Zustimmung für den anderen Teil. Glaubst du, sie wird sie mir geben?"

„Es ist mir egal, was sie tut oder nicht tut", sagte Jude. „Ich will diese Beschwörung loswerden."

„Wie du willst." Marcel schwenkte seinen Stab und hob die Beschwörung ohne weitere Diskussionen auf. „Aber du wirst feststellen, dass der Teil der Beschwörung, der an Adèle geknüpft ist, dich genauso effektiv von ihr fernhält, als wärst du selbst noch daran gebunden", warnte er. „Du wirst dich ihr genauso wenig unbeaufsichtigt nähern können, wie das bisher der Fall war."

„Ich bin nicht der Einzige, der in dieser Angelegenheit vor Gericht landen könnte", drohte Jude. „Ihr haltet mich ohne rechtliche Grundlage von meiner Partnerin fern. Das ist mit Sicherheit auch nicht erlaubt."

Marcel lachte. „Ich werde mit Adèle reden. Mehr kann ich dir nicht versprechen. Wenn du das Kontaktverbot endgültig loswerden willst, solltest du daran denken, zuerst dein Verhalten zu ändern."

„Wir leben nicht mehr im 16. Jahrhundert", gab Jean zu bedenken. „Wenn du bei Adèle auch nur den Hauch einer Chance haben willst, solltest du dich den veränderten Zeiten anpassen. Mit dem Ende des Krieges und der Allianz sind die Partnerschaften militärisch überflüssig geworden. Wenn sie dich nicht mehr sehen will, dann ist das ihr gutes Recht."

„Sie wird die Partnerschaft nicht beenden wollen", erklärte Jude selbstsicher. „Sie hat daran genauso viel Interesse wie ich."

Jean war da eher skeptisch, sagte aber nichts dazu. Jude würde noch früh genug die Wahrheit erfahren. Und falls Jude doch recht behalten sollte mit seiner Behauptung, mussten Adèle und Jude selbst entscheiden, wie sie ihre Beziehung regelten.

„Unterschätze sie nicht", riet Marcel dem Vampir zum Abschied. „Sie ist mehr, als nur eine Magierin der Milice. Wir haben sie nur für die Zeit des Krieges ausgeliehen. Sie arbeitet für die Gendarmerie von Morvan. Sie kann sich nicht nur verteidigen, sie kennt auch ihre Rechte."

„Du solltest auch nicht vergessen, dass die französischen Gesetze sehr viel strenger sind, als die Gesetze der Vampire", erinnerte Raymond ihn schadenfreudig. „Einige Jahre im Gefängnis sind bestimmt kein sehr angenehmes Erlebnis, auch für einen Vampir nicht. Zumal du in dieser Zeit deine Partnerin gar nicht mehr sehen könntest."

„Ja. Aber das gilt für beide Seiten. Sie könnte mich auch nicht sehen", gab Jude mit seiner gewohnten Arroganz zurück.

„Und doch warst du es, der um eine Aufhebung des Kontaktverbots gebeten hat", warf Jean ein. „Du hast deinen Wunsch bekommen. Jetzt verschwinde."

Als sich die Tür hinter Jude geschlossen hatte, schüttelte Jean frustriert den Kopf. „Seine Arroganz ist immer wieder erstaunlich. Man sollte meinen, ich hätte mich nach all den Jahren daran gewöhnt, aber ich hoffe wider besseres Wissen immer noch, dass er aus seinen Erfahrungen lernen und sich ändern könnte."

„Vielleicht kann Adèle ihn eines Besseren belehren", meinte Raymond. „Andere haben sich durch den Einfluss ihrer Partner auch geändert. Schau dir Orlando an. Oder uns beide."

Jean kicherte, fasste ihn an der Hand und tat so, als hätte er Marcels nachsichtigen Blick nicht bemerkt. „Eigennutz wäre vielleicht eine gute Motivation, seine Arroganz etwas zu mäßigen, auch wenn er sich nicht wirklich ändern wird", überlegte er. „Und Eigennutz hat Jude mehr als genug."

„Er hatte recht mit seiner Vermutung, dass ich das Kontaktverbot nach dem Ende der Allianz nicht aufrechterhalten darf", meinte Marcel. „Adèle hat noch etwas Zeit, sich zu entscheiden, aber die Milice war nie als ständige Einrichtung gedacht. Nach dem Ende des Krieges wird es nicht mehr lange dauern, bis wir sie wieder auflösen. Sobald das der Fall ist, habe ich keine Rechtfertigung mehr, das Kontaktverbot bestehen zu lassen."

„Außer, sie legt in der Zwischenzeit offiziell Beschwerde über ihn ein und beantragt es vor Gericht", sagte Raymond. „Aber würde sie das tun?"

Jean schüttelte den Kopf. „Die Frage ist eher, ob sie es überhaupt will", meinte er. „So unpassend die Beziehung zwischen den beiden uns auch vorkommen mag, sie fühlt sich zu ihm genauso hingezogen, wie er sich zu ihr. Sie mag ihn zwar hassen, aber sie begehrt ihn auch. Sie müssten nur die richtige Balance finden, damit beide zufriedengestellt werden."

„Fällt dir nichts Leichteres ein?", fragte Raymond grinsend.

„Ehrlich gesagt, ist es nicht mehr unsere Angelegenheit", gab Marcel zu. „Aber ich mache mir Sorgen um sie."

„Sie ist eine erwachsene Frau. Informiere sie über den Stand der Dinge mit Jude und überlasse es ihr selbst, die richtige Entscheidung zu treffen", riet ihm Raymond. „Mehr kannst du nicht tun."

„Ich weiß", seufzte Marcel. „Aber es ist eine bittere Pille für mich. Das war es schon immer."

Und das, dachte Raymond bei sich, ist der Grund, warum Marcel nicht nur die Schlüsselfigur in der ANS ist, sondern sich auch gegen Serrier erfolgreich durchsetzen konnte. Er geht immer davon aus, dass er noch mehr helfen könnte, als er es bereits tut.

„Wenn du uns jetzt entschuldigen würdest, Marcel", sagte Jean. „Es waren eine lange Nacht und ein langer Vormittag. Ich könnte etwas Ruhe gebrauchen."

„Ich kann dich nach Hause transportieren und dir die Fahrt mit der Métro ersparen. Nach der Berichterstattung heute wirst du wahrscheinlich überall erkannt", bot Marcel an.

„Merci", bedankte sich Jean. „Das wäre wunderbar."

„Ich komme in einer Minute nach", sagte Raymond und winkte Marcel zu, mit der Beschwörung zu beginnen.

Marcel schickte Jean nach Hause. Dann sah er Raymond neugierig an. „Was kann ich noch für dich tun, mein Junge?", fragte er, als sie endlich allein waren.

Raymond dachte kurz über eine Antwort nach. „Hältst du mich für naiv, weil ich mir ein Leben mit dem Chef de la Cour vorstellen kann?", fragte er dann.

„Das ist eine sehr interessante Frage", erwiderte Marcel. „Warum hast du mich nicht gefragt, was ich über ein Leben mit Jean denke?"

„Weil ich schon weiß, dass ich mit Jean leben kann", antwortete Raymond voller Überzeugung. „Es ist seine Rolle in der Öffentlichkeit, die mir Sorgen macht."

„Dann muss ich dein Problem jetzt noch etwas komplizierter machen", entschuldigte sich Marcel. „Aber wer weiß, vielleicht erleichtert es dir auch die Entscheidung."

„Worüber redest du?"

„Ich bin ein alter Mann, Raymond. Ich möchte mich zurückziehen und meine goldenen Jahre in Ruhe genießen", erklärte Marcel.

„Das hast du dir auch verdient", erwiderte Raymond sofort. „Aber was hat das mit mir und meiner Frage zu tun?"

„Die Milice wird es bald nicht mehr geben. Aber die ANS braucht ein neues Oberhaupt. Und ich möchte, dass du diese Aufgabe übernimmst."

„Ich?", rief Raymond ungläubig. „Marcel, das ist unmöglich!"

„Warum nicht?", fragte Marcel bedächtig. „Du hast heute bewiesen, dass du ein hervorragender Redner bist, obwohl ich diesen Beweis nicht mehr gebraucht hätte, um mir eine Meinung über dich zu bilden."

„Und was ist mit der nicht gerade unbedeutenden Tatsache, dass ich zu Beginn des Krieges auf Serriers Seite gekämpft habe?", wollte Raymond wissen.

„Und was ist mit der Tatsache, dass wir ihn niemals besiegt hätten, ohne dein Wissen über seine Verstecke und Flüche?", fragte Marcel zurück.

„Und mit der Tatsache, dass mein Partner der Chef de la Cour von Paris ist? Ich bin nicht gerade unparteiisch."

„Niemand in der Milice ist unparteiisch", erwiderte Marcel. „Selbst ich bin nicht unparteiisch, denn ich habe in Monsieur Lombard einen Partner gefunden. Das heißt nicht, dass du nicht in der Lage bist, die Association Nationale de Sorcellerie zu führen. Im Gegenteil, es macht dich zu einem besseren Oberhaupt für eine Organisation, die ihr Aufgabenfeld in Zukunft beträchtlich erweitern wird. Du wirst nicht nur die Magier repräsentieren, wie es bisher die Aufgabe der ANS war, sondern alle Mitglieder der magischen Gemeinschaft. Als Partner des Chef de la Cour bist du dafür besser geeignet, als jeder andere."

„Das kannst du mir nicht antun", sagte Raymond bittend.

„Wer sollte es sonst tun?", fragte Marcel. „Thierry und Alain sind sehr gute Captains, aber keiner von ihnen hat die politische Begabung für ein solches Amt. Sie werden dich unterstützen, und ich werde dich beraten, bis du dich eingearbeitet hast. Vermutlich ist Jean aber ein viel besserer Berater. Die Gesellschaft der Vampire ist sehr komplex und er konnte als Chef de la Cour jahrhundertelang Erfahrung sammeln. Du solltest dir mehr zutrauen. Wir anderen tun es jetzt schon."

Raymond hustete verlegen, weil er sprachlos war vor Rührung. Marcel wartete geduldig ab. „Geh jetzt nach Hause zu Jean", forderte er Raymond dann auf. „Rede mit ihm. Liebe ihn. Und teile mir möglichst bald mit, wie du dich entschieden hast. Ich kann dich nicht dazu zwingen, dieses Amt zu übernehmen. Aber ich hoffe sehr, dass du es ernsthaft in Erwägung ziehst."

„Ich werde darüber nachdenken", versprach Raymond. „Aber es betrifft nicht nur mich, wenn ich auf deinen Vorschlag eingehe."

„Ich weiß", sagte Marcel. „Und darüber freue ich mich für dich. Geh nach Hause. Wir sehen uns morgen wieder."

Raymond transportierte sich aus dem Büro und ließ Marcel allein zurück. Seufzend griff der General nach dem Telefon und rief Adèle an, um sie zu sich zu bitten.

Kurz darauf öffnete sich die Tür. „Herzlichen Glückwunsch", begrüßte sie ihn, als sie sein Büro betrat. „Ich habe die Nachrichten gesehen."

„Es waren gute Nachrichten, nicht wahr?", freute sich Marcel. „Hast du dich von unserem letzten Einsatz erholt?"

„Ich bin gut ausgeruht", antwortete sie. „Und was ist mir *dir*? Hast du dir auch etwas Ruhe gegönnt?"

„Ja, etwas", versicherte ihr Marcel. „Und nachdem das Gesetzt jetzt beschlossen ist, wird es für mich weniger zu tun geben, bis die Verhandlungen gegen die dunklen Magier beginnen." Er bot ihr einen Stuhl an. „Ich muss mit dir reden. Dein Partner war vor Kurzem hier. Er hat verlangt, dass ich das Kontaktverbot aufhebe. Ich kann es noch etwas hinauszögern, aber auf Dauer kann ich es ihm nicht verweigern. Der Krieg ist zu Ende. Für ihn selbst habe ich die Beschwörung schon aufgehoben."

Adèle nickte nachdenklich. „Du hast das Beste für die Milice und die Allianz getan. Das weiß ich zu schätzen. Ich nehme an, von jetzt an muss ich wieder selbst auf mich aufpassen."

„Du musst dir von ihm nichts gefallen lassen, Adèle", sagte Marcel eindringlich. „Er muss sich jetzt an die gleichen Gesetze halten, wie wir alle. Wenn du Nein sagst und er nicht darauf hört, dann ist das Vergewaltigung."

Und genau das war Adèles Problem. Es fiel ihr unglaublich schwer, zu Jude Nein zu sagen. Sie konnte sich gegen ihn wehren, konnte ihn beleidigen und wütend machen, aber sie konnte einfach nicht Nein sagen. „Ich weiß", sagte sie deshalb nur. „Ich kann auf mich aufpassen. Ich mache das schon sehr, sehr lange."

„Verkrieche dich nicht in Château-Chinon, weil du denkst, du wärst allein", tadelte Marcel sanft. „Erstens ist die Milice noch nicht aufgelöst, also unterstehst du immer noch mir und ich bin für dich verantwortlich. Und zweitens ist Paris nur eine kleine Beschwörung entfernt, auch wenn du wieder zuhause bist. Versteck dich nicht da draußen auf dem Land, nur um ihm aus dem Weg zu gehen."

„Ich würde nie …", fing sie an, verstummte dann aber, weil sie die Wahrheit seiner Worte erkannte. Genau das hätte sie getan, wenn Marcel es nicht angesprochen hätte. „Ich will der ANS keine Probleme machen, und Jean und dem Cour auch nicht. Es ist besser, wenn ich wieder nach Hause gehe, damit Jude mich vergessen kann."

Wie sie selbst Jude vergessen sollte, wusste sie allerdings noch nicht.

Marcel runzelte die Stirn. „Wenn die Milice aufgelöst ist, kann ich dir keine Befehle mehr erteilen. Aber es gefällt mir nicht, dass du nicht zu Besuch kommen willst, weil du dich hier belagert fühlst."

Adèle lächelte. „Du kannst die Beschwörung aufheben, Marcel. Ich komme von jetzt an allein zurecht."

„Bist du dir wirklich sicher?"

Das war sie ganz und gar nicht, aber sie ließ es sich nicht anmerken und lächelte ihn selbstbewusst an. „Natürlich. Er ist doch nur ein Vampir mit der Reife eines fünfjährigen Bengels. Ich habe bei der Gendarmerie schon Schlimmeres erlebt, und das nahezu täglich."

„Na gut." Wider besseres Wissen befreite Marcel sie von der Beschwörung, weil ihm keine andere Lösung einfiel und weil Adèle ihn darum gebeten hatte.

„Vielen Dank, Marcel. Für alles", sagte sie leise und stand auf, um den alten Magier zu umarmen. „Es wird alles gut. Du wirst schon sehen."

Adèle verließ das Büro und ging gedankenverloren durch die Flure des Hauptquartiers. Sie erwartete jederzeit, das vertraute ‚Hallo, Muschi' aus einem der leeren Besprechungszimmer oder Büros zu hören, aber sie begegnete keiner Menschenseele, erst recht nicht ihrem Partner.

Als sie in ihr Büro kam, wusste sie nicht recht, ob sie darüber enttäuscht oder erleichtert sein sollte. Sie war sich sicher, dass er sich noch im Hauptquartier aufhalten musste, falls nicht einer der Magier ihn aus Mitleid nach Hause transportiert hatte. Aber sie konnte nicht nach ihm suchen, ohne ihr Interesse an ihm einzugestehen, und dazu war sie nicht bereit. Sie verachtete sein Verhalten, konnte aber nicht leugnen – jedenfalls sich selbst gegenüber –, dass sie ihn attraktiv fand. Und erregend. Eine Berührung von ihm, und ihr Körper ging in Flammen auf. Ein Biss von ihm, und sie wollte mehr und mehr, bis sie sich vor Verlangen verzehrte und nachgab, um mehr zu fühlen. Das schaffte nur Jude, auch wenn es ihr nicht gefiel. Sogar ihr Hass auf ihn wurde dann unwichtig, und wenn es vorbei war, hasste sie sich selbst. Sie hasste sich dafür, sich ihm hinzugeben, kaum dass er sie berührt hatte.

Am einfachsten wäre es, sie würde aufs Land zurückkehren und ihn vergessen. Aber sie hatte das dumpfe Gefühl, dass das alles andere als einfach wäre. In den letzten vier Tagen war sie ständig hin- und hergeschwankt zwischen der Erleichterung, dass er ihr nicht mehr unbemerkt zu nahe kommen konnte, und der Frustration und Langeweile, die sie aus genau diesem Grund überkam. Ihr berechenbares und unaufgeregtes Leben in Château-Chinon würde ihr auch noch den letzten kleinen Rest an Aufregung nehmen. Bevor Adèle nach Paris gekommen war, bevor sie den Nervenkitzel ihrer kleinen Machtkämpfe kennengelernt hatte, war sie mit ihrem Leben in Château-Chinon zufrieden gewesen. Sie hatte den Respekt ihrer Kollegen, selbst den der älteren, konservativen Männer. Sie hatte ein Haus, in dem sie sich wohlfühlte und einen Job, der ihr Spaß machte.

Bis sie Jude kennengelernt hatte.

Adèle wollte nicht mehr an ihn denken. Sie würde nach Hause zurückkehren und er würde in Paris bleiben. Basta. Das war's. Wenn sie es nur selbst glauben könnte.

Sie spielte am Ärmel den engen Pullis, den sie unter ihrem Mantel trug. Wenn er jetzt hier wäre, hätte er bestimmt etwas zu dem Pulli zu sagen. Sie konnte sich auch schon vorstellen, was. Er würde ihr vorwerfen, sie wäre eine Schlampe, die damit die Männer anmachen wollte. Nein, es war doch besser, wieder nach Château-Chinon zu gehen. Sie konnte es ihm sowieso nicht recht machen. Nichts an ihr gefiel ihm. Es war besser, von hier zu verschwinden, als sich endlos zu streiten. Adèle sah zur Tür, als sie auf dem Flur draußen Schritte hörte. In diesem Augenblick ging die Tür auf und eine wohlbekannte Silhouette warf ihre Schatten voraus.

Sie wusste, dass es feige war, aber sie konnte ihm jetzt nicht gegenübertreten. Nicht jetzt und nicht so. Nicht so verwirrt und durcheinander, wie sie sich fühlte. Leise flüsterte sie die Beschwörung und verschwand aus dem Zimmer, als Jude gerade die Schwelle überschritt.

„Adèle."

Sie konnte ihm keine Antwort mehr geben.

39

„Es WIRD Zeit, dass wir nach Hause gehen. Du kannst hier nicht länger bleiben", sagte Mireille zu Caroline. „Du brauchst keine medizinische Versorgung mehr."

„Ich kann so nicht nach Hause gehen", erwiderte Caroline bitter. „Ich kann mich ja nicht einmal selbst anziehen, viel weniger etwas anderes tun. Wie soll ich allein nach Hause kommen?"

„Wer hat denn gesagt, dass du allein gehen musst?", fragte Mireille. „Du kommst natürlich mit mir. Ich habe mit Monsieur Lombard gesprochen und er hat mir zugestimmt. Wir beide werden dir schon helfen, bis du dich daran gewöhnt hast und dich wieder selbst um alles kümmern kannst."

Caroline verzog das Gesicht. Sie hasste es, anderen Menschen zur Last zu fallen, besonders Mireille und deren Arbeitgeber. „Du solltest nicht den Babysitter für eine Invalidin spielen müssen", knurrte sie.

„Du bist keine Invalidin", widersprach Mireille und reichte ihr ein Hemd. Caroline zog es sich an. „Du hast dein Augenlicht verloren, aber du kannst immer noch dein Leben leben. Die Mediziner haben sogar gesagt, dass es sich mit der Zeit vielleicht wieder bessert. Und eben hast du gerade dein Hemd angezogen, ohne dass ich dir helfen musste."

„Nachdem du es mir gegeben hast", grummelte Caroline. „Ohne dich würde ich hier immer noch in meiner Unterwäsche rumsitzen."

„Hör jetzt auf, dich selbst zu bemitleiden. Zieh die Hose an", befahl Mireille und warf ihr die Hose an den Kopf. „Einer der Mediziner transportiert uns nach Hause, damit er hier aufräumen kann."

Caroline fummelte mit der Hose herum, bis sie mit dem richtigen Fuß das richtige Hosenbein fand. Mireille beobachtete ihren Kampf mit verschränkten Armen, ohne ihr dabei zu helfen, das widerspenstige Kleidungsstück an Ort und Stelle zu bringen. Als Caroline endlich so weit war, stand sie triumphierend auf.

„Ich habe dir doch gesagt, dass du es kannst", bemerkte Mireille trocken. „Und mit etwas Übung geht es bald noch besser."

„Ich muss trotzdem alles wieder neu lernen", beschwerte sich Caroline.

Mireille zuckte mit den Schultern. „Dann lernst du es eben. Das heißt noch lange nicht, dass du kein normales Leben mehr führen kannst. Du musst nur etwas Geduld haben."

„Ich bin keine sehr geduldige Patientin", warnte Caroline und zog die Schuhe an, die Mireille ihr reichte. „Ich werde dich wahrscheinlich in den Wahnsinn treiben." Sie streckte den Arm aus und machte vorsichtig einen Schritt nach vorne. Mireille nahm sie an der Hand und zog sie an ihre Seite. Dann führte die Vampirin ihre Partnerin aus dem Zimmer und durch den Gang zum Empfangszimmer der Krankenstation.

„Sie können jetzt gehen", erklärte der Mediziner und sprach die Beschwörung.

Kurz darauf fanden sie sich in Monsieur Lombards Foyer wieder. Caroline hatte Tränen in den Augen. „Was ist denn los?", erkundigte sich Mireille besorgt.

„Darf ich jetzt auch keine Magie mehr ausüben?", fragte Caroline mit gebrochener Stimme. „Ich kann nichts mehr sehen, aber ich hätte mich sehr gut selbst hierher transportieren können. Dazu muss ich nicht sehen können."

„Das hat doch nichts mit deinen Augen zu tun", tadelte Mireille sie liebevoll und zog sie in die Arme. „Der Mediziner hat gesagt, dass du in der nächsten Woche die Magie noch sein lassen sollst, weil dich der Blutverlust geschwächt hat und du dich erholen musst. Wenn es dir besser geht, kannst du wieder so viel zaubern und beschwören wie bisher. Du musst nur erst deinen Körper heilen lassen."

Caroline überließ sich Mireilles Umarmung. Nachdem sie mit den Bandagen um die Augen aufgewacht war, hatte sie sich alle Mühe gegeben, sich nicht unterkriegen zu lassen und optimistisch zu sein. Aber es war vergeblich gewesen. Ihre Prognosen standen schlecht. Caroline war wütend, bitter und etwas depressiv. Mireille war der einzige Lichtblick in ihrem Leben. Die Vampirin ließ nicht zu, dass Caroline sich ihrem Selbstmitleid hingab. Aber wie lange würde Mireille das noch durchhalten?

Es klingelte an der Tür. Mireille hätte es am liebsten ignoriert, aber vielleicht war es wichtig. Monsieur Lombard konnte den Besucher nicht selbst einlassen. Sie öffnete die Tür und sah Marcel vor sich stehen. „Was verschafft uns die Ehre, Général?", fragte sie.

„Ich halte mich an die Anweisungen der Mediziner", mischte sich Caroline ein, noch bevor Marcel Mireilles Frage beantworten konnte. „Ich werde eine Woche auf jede Beschwörung verzichten. Du hättest nicht kommen und mich kontrollieren müssen."

Marcel und Mireille sahen sich verständnisvoll an. „Ich wusste gar nicht, dass du hier bist", erwiderte Marcel wahrheitsgemäß. „Die Welt dreht sich nämlich nicht nur um dich, auch wenn du das zu glauben scheinst. *Mein* Partner lebt auch hier, und wir hatten bisher noch keine Gelegenheit, uns persönlich zu unterhalten. Aber da ich dich schon sehe, kann ich dir auch gleich die Adresse eines guten Therapeuten geben, der darauf spezialisiert ist, Magiern dabei zu helfen, mit ihren Behinderungen besser zurechtzukommen." Er drückte ihr einen Zettel in die Hand. „Ich schlage vor, dass du ihn sobald wie möglich anrufst. Je früher du die Therapie beginnst, umso früher kannst du wieder auf deinen eigenen zwei Füßen stehen. Du bist für einige Monate freigestellt, aber die CNAF kann deine Stelle nicht auf Dauer unbesetzt lassen. Sie ersticken fast unter der Last der anstehenden Fälle."

„Ich wusste nicht, dass du Sozialarbeiterin bist", sagte Mireille voller Bewunderung. „Umso mehr Grund, schnell wieder auf die Beine zu kommen."

Caroline nickte. Sie hatte Angst, sich zu viel zu erhoffen und dann enttäuscht zu werden. „Ich habe Familien geholfen, die staatliche Unterstützung brauchen."

„Und du hilfst ihnen immer noch", korrigierte Marcel. „Außer, du hast ohne mein Wissen gekündigt. Du wirst bald wieder arbeiten können. Mireille, könntest du Monsieur Lombard bitte ausrichten, dass ich hier bin und ihn sprechen möchte?"

„Selbstverständlich", erwiderte Mireille und wurde rot, als ihr auffiel, dass sie immer noch im Foyer standen. Sie half Caroline in einen Sessel, der an der Wand stand, dann machte sie sich auf die Suche nach Monsieur Lombard.

Kurz darauf kam sie zurück und begleitete Marcel in die Bibliothek, wo Monsieur Lombard ihn erwartete. Mireille fragte die beiden alten Herren, ob sie noch einen Wunsch hätten. Als sie verneinten, ging sie zurück zu Caroline. „Komm mit nach oben", sagte sie und hakte sich bei Caroline unter.

Caroline ließ sich die Treppe hinauf ins Dachgeschoss führen. Sie stellte sich die Räume vor, wie sie sie von ihrem früheren Besuch in Erinnerung hatte. Sie zählte die Treppenstufen und die Schritte durch den Flur, bis sie Mireilles Zimmer erreichten. „Wie viele Türen gibt es hier oben eigentlich?", fragte sie ihre Partnerin.

„Fünf", sagte Mireille. „Hinter den ersten vier sind Lagerräume. Die letzte Tür führt zu meinem Apartment. Aber es ist die einzige Tür, die sich noch öffnen lässt. Die anderen sind verkleidet und werden nicht mehr benutzt."

Caroline speicherte diese Information in ihrem Gedächtnis. Sie konnte sich also auch mit einer Hand an der Wand orientieren und Mireilles kleine Wohnung finden. Mireille führte sie, ohne sich im Wohnzimmer aufzuhalten, direkt ins Schlafzimmer. Caroline erhob Protest, als die Vampirin ihr die Hose aufknöpfte. „Ich habe die ganze letzte Woche im Bett verbracht", stöhnte sie, „Ich will nicht schon wieder im Bett liegen."

Mireilles kehliges Lachen hüllte Caroline ein wie weicher Samt. „Aber du hast die ganze Woche *allein* im Bett verbracht", sagte die Vampirin. „Und das wird dieses Mal nicht der Fall sein."

„Aber …"

„Kein aber", unterbrach Mireille. „Wir können uns auch lieben, ohne dass du etwas sehen kannst. Oder willst du mir sagen, dass dir noch nie jemand die Augen verbunden hat? Oder dich im Dunkeln geliebt hat, wo du dich nur auf deinen Tastsinn verlassen musstest?"

„Doch, aber …"

„Kein aber", wiederholte Mireille beharrlich. „Das Bett steht direkt hinter dir. Wir werden uns jetzt ins Bett begeben und es für die nächsten Stunden nicht mehr verlassen. Und ich werde dich daran erinnern, dass du wieder in Sicherheit und bei mir bist. Was immer die Zukunft auch bringen mag, wir beide sind zusammen. Ich will, dass du alles andere vergisst – deine Augen, die Milice, alles. Außer mir. Was ist? Bist du dabei?"

Caroline nickte stumm. Ihr schwirrte der Kopf vor Verwirrung, aber auch vor Begehren. Mireille führte sie mit festem Griff bis ans Bett und half ihr, sich hinzulegen. Caroline spürte, wie die Matratze nachgab, als Mireille sich zu ihr legte. Sie überlegte, wo Mireille sie wohl zuerst berühren würde. Die Spannung ließ sie am ganzen Leib erbeben.

Caroline hatte große Angst davor gehabt, durch ihre Blindheit auch ihre Partnerin zu verlieren. Sie hatte befürchtet, Mireille würde vielleicht nur bei ihr bleiben wollen, um nicht den magischen Schutz ihres Blutes zu verlieren. Dann küsste Mireille sie – die erste Berührung, die Caroline mit so viel Spannung erwartet hatte. Dieser Kuss allein zerstreute alle Befürchtungen, die Caroline auf dem Herzen gelegen hatten. So konnte man nur küssen, wenn man es ehrlich meinte.

Caroline klammerte sich an Mireilles Schultern und spürte den Stoff unter ihren Händen. Sie taste sich nach unten, um die Knöpfe zu finden und Mireille das Hemd auszuziehen. Als sie nicht fündig wurde, fasste sie das störende Kleidungsstück am Saum und zog es Mireille über den Kopf. Ihre Lippen fanden sich wieder, wie ein Magnet, der sich zu seinem Gegenpol hingezogen fühlt. Caroline streichelte Mireille über den Rücken und öffnete den Verschluss an ihrem BH.

„Zumindest hast du keine Probleme, mich auszuziehen", scherzte Mireille, während Caroline ihr den BH auszog. Dann ließ sie sich auf die Magierin sinken und rieb ihre Brüste aneinander. „Ich wusste doch, dass es nur eine Frage der richtigen Motivation ist."

„Mit dir als Belohnung schaffe ich wahrscheinlich fast alles", gestand Caroline.

„Ja, ich bin deine Belohnung", erwiderte Mireille mit einem Lachen in der Stimme. „Ich werde dich nicht allein lassen und für jeden Schritt, den du nach vorne machst, wirst du deine Belohnung bekommen."

„Und für welchen Schritt werde ich heute belohnt?"

„Heute wirst du einfach nur dafür belohnt, du selbst zu sein", sagte Mireille. „Oder dachtest du wirklich, ich würde dich nicht mehr lieben wollen?"

„Ich war mir unsicher", gestand Caroline und hob den Kopf, um Mireilles Lippen wiederzufinden. Sie fand stattdessen den schlanken Hals der Vampirin und küsste ihn.

„Dummes Mädchen", schalt Mireille und fuhr ihr mit der Fingerspitze über die Wange. „Natürlich will ich dich noch lieben. Und ich will es dir auch zeigen."

Diese Anrede hätte Caroline vermutlich keinem anderen Menschen durchgehen lassen. Aber Mireille war eine Vampirin, und auch wenn sie noch relativ jung war für eine Vampirin, so war sie doch beträchtlich älter als Caroline selbst. In diesem Moment spürte sie Mireilles Finger auf ihrer Brust und vergaß alles andere um sich herum.

Mireille liebte sie hingebungsvoll, dass Caroline nicht mehr an ihre Blindheit dachte, nicht mehr an den Krieg und nicht mehr an die Zukunft. Ihr letzter klarer Gedanke war, dass sie Mireille diese Liebe zurückgeben wollte, dann spürte sie die Zähne ihrer Partnerin, die sich in ihren Hals bohrten und sie zum Höhepunkt und noch darüber hinaus brachten. Als sie sich danach befriedigt aneinanderschmiegten, drückte Caroline ihr einen zärtlichen Kuss auf die Schulter. „Vielleicht schaffe ich es ja doch."

Mireille lachte. „Das habe ich immer gewusst."

„Es tut mir leid, dass ich so pessimistisch war", entschuldigte sich Caroline schläfrig.

„Wir haben alle ab und zu einen schlechten Tag", meinte Mireille nur. „Ich muntere dich wieder auf, wenn du dich niedergeschlagen fühlst, und du tust das Gleiche für mich. Ruh dich jetzt aus. Um das Morgen kümmern wir uns, wenn es kommt."

Caroline nickte gähnend. Dann fielen ihr die Augen zu und die ungewohnte Schwärze der Blindheit wurde abgelöst durch das gewohnte Dunkel des Schlafes. Sie hatte sich schon oft nachts durch ihre Wohnung getastet, weil sie zu faul gewesen war, das Licht anzuschalten. Jetzt musste sie eben lernen, auf Dauer damit zurechtzukommen. Mit diesem Gedanken schlief sie ein und überließ ihre Probleme und Sorgen dem nächsten Tag.

„IHR BESUCH ist recht anmaßend, finden Sie nicht auch?", war Monsieur Lombards Stimme aus der Dunkelheit zu hören. „Ich kann mich nicht erinnern, Sie in mein Heim eingeladen zu haben."

„Sie hätten mich nicht empfangen müssen", erwiderte Marcel gelassen. „Wir haben noch nicht die Zeit gefunden, uns unter vier Augen zu unterhalten. Ich dachte mir, dass wir dieses Gespräch jetzt nachholen sollten."

„Ich habe mich schon vor mehreren hundert Jahren aus dem öffentlichen Leben zurückgezogen. Ich habe nicht den Wunsch, diese Entscheidung wieder rückgängig zu machen", teilte Christophe ihm mit. „Und schon gar nicht als Partner von Général Chavinier, dem Oberhaupt der Milice und Präsidenten der ANS."

„Das kann ich sehr gut nachvollziehen", versicherte Marcel dem Vampir. „Ich habe auch nicht den Wunsch, diese Positionen noch länger zu bekleiden. Die Milice wird in Kürze aufgelöst und ich habe meinen Nachfolger als Oberhaupt der ANS bestimmt. In einigen Wochen bin ich wieder Privatmann, nichts mehr."

„Das erklärt aber nicht diesen Besuch", hakte Christophe nach. „Nach der Niederlage Serriers gibt es keinen Grund mehr für mich, Ihr Blut zu trinken. Ich lebe schon so lange als Vampir, dass ich nicht mehr das Bedürfnis habe, die Sonne zu sehen. Die wenigen Stunden, die ich vor einigen Tagen in ihrem Licht verbrachte, haben mich in dieser Absicht nur bestätigt."

„Vielleicht suche ich nur einen anregenden Gesprächspartner", erwiderte Marcel. „Die Chance, mit einem Mann Ihres Alters zu reden, bietet sich nicht oft."

„Ich bin keine Kuriosität, die man nach Lust und Laune studieren kann", knurrte Christophe und richtete sich zu seiner ganzen Größe auf.

„Und ich bin kein Wissenschaftler, der Sie studieren möchte", gab Marcel zurück. „Ich habe viel zu lange im Licht der Öffentlichkeit gestanden und war den Erwartungen ausgesetzt, die meine Ämter mit sich brachten. Ich hatte gehofft, jemanden zu finden, der keine politischen Absichten verfolgt und mich einfach nur so nimmt, wie ich bin. Das Sie sich aus der Öffentlichkeit zurückgezogen haben, ist mein Blut das einzige, was Sie von mir wollen können."

„Auch das wäre eine gewisse Absicht", gab Christophe zu bedenken.

„Aber eine ehrliche Absicht", erwiderte Marcel. „Eine Absicht, für die ich nichts Besonderes tun oder sein muss. Oder glauben Sie, ich würde mit meinem Besuch eine solche Absicht verfolgen?"

„Es wäre nicht das erste Mal, dass mir das passiert", gab Christophe zu.

„Dann sollte Sie sich von meiner Aufrichtigkeit überzeugen", fordert Marcel ihn auf und bot ihm sein Handgelenk an.

Christophe zog fragend eine Augenbraue hoch. „Warum sollte ich das tun, wenn es doch um so vieles interessanter ist, es auf die traditionelle Weise herauszufinden?" Er warf einen Blick auf die Uhr. „In zwei Stunden ist es dunkel. Wenn Sie wirklich einen Freund suchen – nicht mehr, aber auch nicht weniger –, erwarte ich sie eine halbe Stunde nach Einbruch der Dunkelheit im Le Saulnier. Dann sehen wir weiter."

Marcel nickte. Er war mehr als überrascht, dass Lombard ihre Partnerschaft so auf die leichte Schulter nahm. Nachdem er gesehen hatte, wie stark die Anziehung zwischen den anderen Partner war – selbst zwischen Adèle und Jude, die sich hassten –, war er davon ausgegangen, dass es ihm und Lombard ähnlich ergehen würde. Die explosionsartige Freisetzung der gewaltigen Macht, die Lombards Biss während des Kampfes gegen Serrier ausgelöst hatte, schien diese Vermutung nur bestätigt zu haben. Offensichtlich kamen mit dem Alter und der Macht aber auch stärkere Widerstandskräfte. Oder es waren das Ende des Krieges und das gegenwärtige Gleichgewicht in der Elementarmagie, die zu einer Schwächung der Anziehungskraft zwischen den Partnern führten. Marcel fragte sich, ob Adèle und Jude oder andere Paare, die ihre Beziehung nicht vertieft hatten, mit der überwundenen Bedrohung ebenfalls ein Nachlassen der Anziehungskraft spüren würden. Eine Antwort auf diese Frage konnte ihnen allerdings nur die Zeit geben. „Dann sehen wir uns in wenigen Stunden. Ich finde den Weg zur Tür auch ohne Hilfe. Ich will Mireille und Caroline nicht stören."

„Sie werden es zu schätzen wissen", kommentierte Christophe trocken, als Marcel die Tür hinter sich schloss. Er musste zugeben, den Schlagabtausch mit Chavinier genossen zu haben. Es gab nur wenige, die sich ihm gegenüber diesen Ton herausnahmen. Marcel war eine willkommene Abwechslung zu der unterwürfigen Schmeichelei und Anbetung, mit der die meisten Vampire ihn behandelten. Christophe hatte kein Interesse an dem, was die Partnerschaften für andere Paare bedeuteten. Er hatte einen Punkt in seiner Existenz erreicht, an dem selbst die sinnlichen Genüsse ihn nicht mehr reizten. Obwohl Marcels Blut einen unvergleichlich vollen Geschmack hatte, wollte sich Christophe in seinem Alter und nach den vielen Menschen, die er im Laufe seiner Existenz schon verloren hatte, nicht mehr auf eine Beziehung einlassen. Trotzdem – es wäre nett, wieder einen Freund zu haben, wie lange diese Freundschaft auch immer andauern mochte, bevor Marcels Tod sie beendete.

40

„DANKE, DASS Sie sich für uns Zeit genommen haben, Monsieur le Directeur-Général", begrüßte Marcel den Generaldirektor der Gendarmerie Nationale. „Da die Milice de Sorcellerie in wenigen Wochen aufgelöst wird, ist es mir ein besonderes Anliegen, für eine reibungslose Übergabe der Verantwortung zu sorgen."

„Auf jeden Fall", erwiderte Guy Sarraute. „Wie Sie vorhergesagt haben, sind seit Serriers Tod die aktiven Feindseligkeiten nahezu komplett zum Erliegen gekommen."

„Und wir erwarten nicht, dass sich das wieder ändert", fügte Adèle hinzu. „Wir haben mit Hilfe eines unserer Agenten und einiger dunkler Magier, die nach ihrer Festnahme mit uns kooperiert haben, um ein milderes Urteil zu bekommen, eine Liste der aktiven Kämpfer unter Serrier zusammengestellt. Nach einem Vergleich mit der Liste der festgenommenen und gefallenen dunklen Magier verbleiben nur noch fünfundzwanzig Personen, die sich bisher einer Festnahme entziehen konnten."

„Haben Sie Hinweise auf ihren Aufenthaltsort?", erkundigte sich Sarraute.

„Wir wissen bisher nur, dass sie Paris verlassen haben", antwortete Marcel. „Ich möchte mich nicht in regionale Zuständigkeitsbereiche einmischen, daher habe ich meine Leute zurückgehalten. Wir können Ihnen eine Namensliste geben, auf der die Herkunft der Flüchtigen und ihre bekannten Kontakte vermerkt sind. Ich denke, die Gendarmerie Nationale ist am besten geeignet, die Fahndung zu übernehmen."

„Ihr Vertrauen ehrt mich, Général", sagte Sarraute.

„Leutnant Rougier könnte Ihnen behilflich sein", schlug Marcel vor. „Sie ist uns nur von der Gendarmerie ausgeliehen worden. Ich bin mir sicher, sie wird in Morvan vermisst werden, aber ich denke, dass die Erfahrung, die sie in der Milice gesammelt hat, sie geradezu prädestiniert, die Fahndungen zu leiten."

Adèle wollte den Kopf schütteln und ihn darauf hinweisen, sie hätte nicht den Wunsch, in Paris zu bleiben. Aber sie verkniff sich ihren Protest. Sie war Magierin. Sie konnte tagsüber in Paris arbeiten und sich zum Schlafen nach Château-Chinon transportieren, um jeden Kontakt mit ihrem ehemaligen Partner zu vermeiden. Seit Marcel vor einer Woche das Kontaktverbot aufgehoben hatte, war sie ihm nicht ein einziges Mal über den Weg gelaufen. Eine Garantie für die Zukunft war das allerdings nicht. Sie hatte sich schon mehrmals dabei ertappt, nach ihm suchen zu wollen. Bisher hatte sie dieser Versuchung jedoch widerstehen können.

„Sind Sie an einer Beförderung interessiert, Leutnant?", fragte Sarraute. Adèle warf ihm einen misstrauischen Blick zu, doch er schien an ihrem Lebenslauf tatsächlich mehr interessiert zu sein, als an ihrem Körper. Nachdem sie sich sechs Wochen lang mit diesem Bastard von Jude rumgeschlagen hatte, war er eine angenehme Überraschung. Sie konnte ihrer Versetzung gelassen entgegensehen.

„Nicht unbefristet", betonte sie. „Aber es wäre mir eine Ehre, für die Dauer dieser Untersuchung mit Ihnen zusammenzuarbeiten. Danach würde ich allerdings gerne wieder nach Hause gehen."

„Sehr gut. Wann kann sie ihren Dienst antreten, Général?"

„Sofort, wenn es Ihnen recht ist", erwiderte Marcel. „Sie hat alle Informationen, über die wir zurzeit verfügen. Sobald sich etwas Neues ergibt, werden wir Sie auf dem Laufenden halten."

„Bien", entschied Sarraute. „Leutnant, Sie können sich heute freinehmen und Ihre Angelegenheiten regeln. Wir erwarten Sie morgen früh in unserem Hauptquartier in der Rue St. Didier."

„Vielen Dank, Sir", sagte Adèle. „Ich freue mich schon auf unsere Zusammenarbeit."

„Ich lasse Sie nach draußen begleiten, Monsieur Sarraute", sagte Marcel und brachte ihn zur Tür. Dann beauftragte er einen Magier, den Besucher zu seinem Wagen zu bringen. Als er wieder in seinem Büro war, sah er Adèle lächelnd an. „Nun, meine Liebe, das haben wir geregelt. Gefällt es dir?"

„Ich denke schon", meinte Adèle. „Es ist eine spannende Abwechslung zu der Arbeit in unserem verschlafenen Städtchen. Ich glaube, es wird mir guttun. Ich kann morgens und abends pendeln, und mich so wieder an mein altes Leben gewöhnen."

„Lass dich ab und zu blicken", bat Marcel. „Wir vermissen dich sonst."

„Versprochen", sagte Adèle und umarmte Marcel dankbar. Sie wusste nicht, was ihr die Zukunft bringen und wie sich ihr Verhältnis zu Jude entwickeln würde. Aber sie wollte sich durch diese Unwägbarkeiten nicht die Freundschaften nehmen lassen, die sie während ihrer Arbeit für die Milice geschlossen hatte.

ERIC SAß nervös in einer der hinteren Zuschauerreihen des Gerichtssaals und wartete auf den Beginn der Verhandlung gegen Vincent. Marcel hatte in den letzten beiden Wochen sein Wort gehalten. Eric hatte seinen Geliebten besuchen können, so oft er es wollte. Aber sie waren nicht sehr zuversichtlich, denn vor einigen Tagen war das Urteil gegen Monique ergangen, und es war ein ernüchterndes Urteil gewesen. Monique hatte in vollem Umfang mit dem Gericht zusammengearbeitet und sich dafür mildernde Umstände erhofft, aber anstatt zu Bewährung, wie es die Verteidigung beantragt hatte, war sie zu einem Jahr Haft verurteilt worden. Auf den ersten Blick erschien das nicht viel, reichte jedoch, um Eric nervös zu machen. Im Vergleich zu Monique hatte Vincent bei Serrier einen deutlich höheren Rang eingenommen, sodass die Liste der Anklagepunkte entsprechend länger und schwerwiegender war. Die Verhandlung gegen Monique hatte nachts stattgefunden, damit Antonio, ihr Partner, daran teilnehmen konnte. Nach der Urteilsverkündung hatten sich die beiden, Vampir und Magierin, umarmt und Antonio hatte Monique versprochen, auf ihre Freilassung zu warten, denn für einen Vampir wäre ein Jahr nur ein Wimpernschlag. Es war eine so zärtliche Szene gewesen, dass sie Eric fast das Herz gebrochen hätte. Er wusste, er würde Vincent jederzeit das gleiche Versprechen geben, aber die Gefahr der Trennung hing dennoch wie ein Damoklesschwert über ihren Häuptern.

Vincent wurde in den Saal geführt. Zum ersten Mal seit zwei Tagen bekam Eric seinen Geliebten wieder zu Gesicht. Vincent war konservativ gekleidet, aber nichts konnte seinen muskulösen Körper und seine breiten Schultern verbergen. Eric wollte zu ihm laufen, ihn umarmen und küssen, um sich persönlich davon zu überzeugen, dass es seinem Geliebten gut ging. Aber er musste sich zurückhalten, denn seine Impulsivität hätte die Glaubwürdigkeit seiner Zeugenaussage beeinflussen können, und die konnte den Ausschlag geben, wenn es um Vincents Strafmaß ging. Alles hing davon ab, ob die Jury bereit war, Erics Aussage zu akzeptieren, dass Vincent sich wirklich von Serrier abgewandt hatte.

Kurz darauf betraten der Staatsanwalt und der Richter den Saal. Die Anwesenden erhoben sich und die Verhandlung konnte beginnen.

Der Staatsanwalt sprach zuerst. Er begründete die Anklage und verlas eine Liste der Vergehen, die Vincent zur Last gelegt wurden. Eric zuckte zusammen, als er die einzelnen Punkte hörte. Illegale Anwendung von Magie. Entführung. Folter. Mord. Landesverrat. Er fragte sich, wie sie es schaffen sollten, diesen Katalog auf eine Bewährungsstrafe zu reduzieren, aber Marcel hatte sich zuversichtlich gezeigt, dass es ihnen gelingen würde.

„Was sagt der Angeklagte zu den Vorwürfen?", fragte der Richter.

„Der Angeklagte hat in vollem Umfang mit dem Gericht zusammengearbeitet und bittet um mildernde Umstände", sagte Vincents Anwalt. „Der Angeklagte hat nicht nur mit einem Agenten zusammengearbeitet, den die Milice bei Serrier eingeschleust hatte, er hat darüber hinaus auch einem Angehörigen der Milice zur Flucht aus der Gefangenschaft verholfen und mit seinen Informationen dazu beigetragen, dass dunkle Magier, die der Milice entkommen konnten, zwischenzeitlich festgenommen wurden. Damit hat der Angeklagte maßgeblich dazu beigetragen, dass Serrier besiegt werden konnte. Wir beantragen daher, dass die Anklagepunkte Landesverrat, Mord und Folter fallengelassen werden."

„Stimmt die Anklage diesem Antrag zu?", fragte der Richter.

„Wir stimmen zu", erwiderte der Staatsanwalt. „Der Angeklagte hat mit seinen Informationen dazu beigetragen, dass wir die Verbrechen seiner ehemaligen Mitverschwörer vor Gericht bringen können."

„Damit verbleiben noch die Anklagen wegen illegaler Anwendung von Magie und Entführung", fasste der Richter zusammen.

Eric musste daran denken, wen sie entführt hatten. Orlando. Er sah den Vampir mit Alain in einer der vorderen Reihen sitzen. Eric hatte mit den beiden Frieden geschlossen, aber ob sie ihre Vergebung auch auf Vincent übertragen würden, bezweifelte er. Vincents Verteidiger wollte Orlando dennoch in den Zeugenstand rufen, um ihn zu Vincents Beitrag an seiner Flucht zu befragen. Eric befürchtete, dass die Hilfe, die Vincent Orlando geleistet hatte, angesichts seiner aktiven Rolle bei dessen Entführung keine strafmindernde Wirkung haben würde. Dass sie damals nur Serriers Befehle ausgeführt hatten, verblasste vor dem Ausmaß der Qualen, die Orlando in der Gefangenschaft der dunklen Magier erduldet hatte.

Der erste Verhandlungstag wurde weitgehend von den Eröffnungsplädoyers und einigen langatmigen Ansprachen bestimmt, die Staatsanwaltschaft und Verteidigung hielten, um herauszustellen, welche Auswirkungen Vincents Seitenwechsel auf den Ausgang des Krieges hatte oder auch nicht. Eric konnte es kaum aushalten vor Frustration. Vincent war schließlich nur deshalb bis zum Schluss bei Serrier geblieben, um Orlando befreien zu können. Unglücklicherweise war Eric der einzige Zeuge, der das bestätigen konnte, da sie niemanden in ihre Pläne eingeweiht hatten. Eric war das egal. Er würde der Jury unmissverständlich klar machen, dass es Vincents Idee gewesen war, Orlando zu retten und sich von Serrier abzusetzen. Sobald sie ihn in den Zeugenstand ließen.

Es dauerte drei endlose Tage, in denen eine Unzahl an Zeugen berichtete, welche Grausamkeiten Vincent angeblich verübt hätte. Dann endlich wurde Eric aufgerufen und durfte den Zeugenstand betreten. Er nannte seinen Namen und wartete auf die erste Frage.

„Wie lange kennen Sie den Angeklagten?", fragte der Staatsanwalt.

„Seit zwei Jahren."

„Wie haben Sie ihn kennengelernt?"

„Es war, nachdem ich mich als Agent der Milice dem Aufstand Serriers angeschlossen habe", antwortete Eric. „Ich habe mich mit ihm angefreundet in der Hoffnung, so schneller in einen höheren Rang aufzusteigen und Général Chavinier mit vertraulichen Informationen versorgen zu können."

„Dann war der Angeklagte also ein Anhänger Serriers."

„Das hat er nie bestritten", bestätigte Eric. „Der ausschlaggebende Punkt ist, dass er sich durch seine Taten von Serrier losgesagt hat. Das ist nicht erst am letzten Tag des Krieges geschehen. Er hat mich schon mehrere Wochen vorher zu überreden versucht, zur Milice überzulaufen. Ich habe mich natürlich geweigert, weil ich einen Auftrag zu erfüllen hatte. Doch das ändert nichts an den Absichten des Angeklagten, der Serrier verlassen wollte."

„Warum haben Sie buchstäblich bis zur letzten Minute gewartet?", wollte der Staatsanwalt wissen.

„Es wurde von Tag zu Tag offensichtlicher, dass Serrier langsam den Verstand verlor", erklärte Eric. „Er hat einen Angehörigen der Milice, einen Vampir, entführen lassen. Er hat ihn sinnlos und nur zu seinem Vergnügen gefoltert. Serrier wollte den Vampir am nächsten Morgen hinrichten, an dem Tag, an dem er dann selbst den Tod fand. Aber das wussten wir damals noch nicht. Wir wussten nur, dass wir Orlando – das ist der Vampir – retten mussten. Wir hatten schon zu viel Tod und Vernichtung erlebt, um tatenlos zuzusehen und nichts dagegen zu unternehmen."

„Warum haben Sie sich entschieden, diesen Gefangenen zu retten? Warum nicht schon früher einen der anderen Gefangenen, die Serrier in die Hände gefallen sind?", fragte der Staatsanwalt.

„Das habe ich Ihnen bereits erklärt", erwiderte Eric. „Serrier war dem Wahnsinn nahe, und wenn wir nicht geflohen wären – und Orlando ebenfalls –, hätten wir keine zweite Chance gehabt. Général Chavinier hat mich als Spion zu Serrier geschickt, aber er hat mich nicht zu ihm geschickt, um dort zu sterben, auch wenn dieses Risiko ständig bestand. Serrier wurde immer misstrauischer. Er hat jeden verdächtigt, ein Verräter zu sein. Ich konnte nicht mehr viel tun, um der Milice zu helfer. Vincent wollte weg. Orlando war dem Tode nahe. Es war der passende Zeitpunkt. Ohne Vincents Hilfe hätten weder Orlando noch ich unseren Fluchtversuch überlebt. Mein Leben mag zu diesem Zeitpunkt nicht sehr viel wert gewesen sein, aber mir war klar, dass Orlando der Milice unverzichtbar war. Die Anstrengungen, die sie unternommen haben, um ihn zu finden und zu befreien, haben es mir bewiesen."

„Keine weiteren Fragen, Euer Ehren."

Eric atmete erleichtert aus, als Vincents Anwalt sich erhob, um die Fragen der Verteidigung zu stellen. „Sie haben erwähnt, dass es die Idee des Angeklagten war, Monsieur St. Clair zu befreien. Wann hat er diesen Gedanken Ihnen gegenüber das erste Mal geäußert?"

„Weniger als einen Tag nach Orlandos Gefangennahme", sagte Eric, vermied aber wohlweislich jeden Hinweis auf die Rolle, die sie selbst bei Orlandos Entführung gespielt hatten. „Eine von Serriers Agentinnen war übergelaufen und es war offensichtlich, dass sie jetzt unter dem Schutz der Milice stand. Wir konnten an den Aktivitäten der Milice erkennen, dass sie aktiv nach Orlando suchten. Aber das war nicht das erste Mal, dass Vincent die Möglichkeit angesprochen hat, mit Serrier zu brechen. Das Problem war, dass wir kaum eine Chance gehabt hätten. Serrier duldete keine Opposition in seinen Reihen und hatte keine Skrupel, Ungehorsam zu bestrafen und seine Mitkämpfer zu foltern oder zu ermorden. Der Wunsch allein reichte nicht aus, um ihm zu entkommen. Es hätte auch bedeutet, zu Gefängnis verurteilt zu werden – falls man nicht vorher von Serrier getötet worden wäre. Vincent musste eine Möglichkeit finden, unter den Schutz der Milice zu geraten. Er wusste damals noch nicht, dass ich diesen Schutz jederzeit bekommen hätte, wenn ich Serrier verlassen hätte. Also hat er nach einem Weg gesucht, der uns beiden einen sicheren Ausstieg garantierte. Orlandos Lage war dieser Weg. Aber den Wunsch danach hatte Vincent schon viel früher."

„Dann war der Angeklagte schon lange vor diesem Tag von Serriers Zielen und Methoden enttäuscht?", fragte der Anwalt nach.

„Einspruch! Der Herr Kollege versucht, den Zeugen zu beeinflussen."

„Ich habe nur die Aussage des Zeugen zusammengefasst."

„Einspruch stattgegeben."

Der Anwalt warf seinem Gegner einen bösen Blick zu und drehte sich wieder zu Eric um. „Wann haben sie das erste Mal vermutet, der Angeklagte könnte von Serriers Zielen und Methoden enttäuscht sein?"

„Wir haben nicht direkt darüber gesprochen. Aber mir ist schon vor Gründung der Allianz aufgefallen, dass Vincent sich nicht mehr freiwillig für bestimmte Einsätze gemeldet hat. Er hat zwar noch Serriers Befehle befolgt, aber er hat sich nicht mehr angeboten. Außerdem hat er Serrier mehrere Male ausreden wollen, besonders wilde und gewaltsame Pläne weiter zu verfolgen. Ein oder zwei Tage nach Samhain hat Vincent mich dann das erste Mal direkt darauf angesprochen. Aber dieses Gespräch hat mir nur bestätigt, was ich schon lange vermutet hatte."

Eric gab sich alle Mühe, sich seine Gefühle nicht anmerken zu lassen, als er an diese Nacht zurückdachte. Damals hatte sich so viel verändert. Seit dieser Nacht waren sie Geliebte. Aus der Aussicht auf eine leere, hoffnungslose Zukunft war der Wunsch nach einem neuen Leben geworden, einem Leben mit einem Partner, einem Leben in Liebe und gegenseitiger Anteilnahme. Jetzt mussten sie nur noch diese Verhandlung hinter sich bringen und das Urteil des Gerichts, wie immer es auch lauten mochte, abwarten.

„Und was genau hat er an diesem Tag zu Ihnen gesagt?"

„Er hat mich gefragt, ob ich jemals darüber nachgedacht hätte, wieder zur Milice zurückzukehren", erwiderte Eric. „Ich habe ihm geantwortet, dass Serrier uns nie lebend entkommen lassen würde, aber wenn ich einen sicheren Weg wüsste, würde ich es in Erwägung ziehen. Damals war die Situation noch nicht so ernst wie nach Orlandos Entführung. Ich dachte, ich könnte als Spion immer noch nützlich sein, deshalb habe ich Vincent nicht eingeweiht. Vincent hat meine Antwort trotzdem als Aufforderung verstanden, einen Ausweg zu suchen. Und er hat ihn gefunden."

„Sie haben auch erwähnt, dass weder Sie selbst noch der gefangene Vampir ohne die Hilfe des Angeklagten überlebt hätten. Könnten Sie uns bitte etwas genauer erklären, wie Sie das gemeint haben?"

Eric nickte und dachte an die Nacht und den Morgen unmittelbar vor Orlandos Befreiung zurück. „Die Milice hatte fast alle Verstecke Serriers aufgespürt. Serrier hat uns alle zusammengerufen und zu dem Ort transportiert, an dem dann der entscheidende Kampf stattfand. Auch Orlando war dort. Vincent und ich haben das Durcheinander unmittelbar nach unserer Ankunft ausgenutzt, um Orlando aus seiner Zelle zu befreien. Dann ist uns Blanchet, ein anderer der dunklen Magier, über den Weg gelaufen. Vincent hat verhindert, dass er mich umbringen und Orlandos Flucht vereiteln konnte. Wir haben uns gemeinsam zur Tür gekämpft. Ich hätte Blanchet überwältigen können, aber Orlando und ich wären nicht lebend entkommen, ohne die Hilfe Vincents."

„Merci, Monsieur Simonet", sagte der Verteidiger.

Eric kehrte an seinem Platz zurück und hoffte, dass seine Aussage Vincent nicht allzu sehr geschadet hatte. Er hatte ein ungutes Gefühl im Magen, als Orlando in den Zeugenstand gerufen wurde.

„Monsieur St. Clair", fing der Staatsanwalt an. „Wann haben Sie den Angeklagten das erste Mal gesehen?"

Orlando runzelte die Stirn. Er hatte geschworen, die Wahrheit zu sagen. „Er war einer der beiden Magier, die mich auf dem Place Pigalle während des Angriffs auf die Vampire entführt haben."

„Er hat Sie also zu Serrier gebracht?", hakte der Staatsanwalt nach.

„Ja", gab Orlando zu. Eric sackte das Herz in die Magengrube.

„Haben Sie ihn nach Ihrer Gefangennahme in Serriers Hauptquartier noch zu Gesicht bekommen?", kam die nächste Frage.

„Einige Male", antwortete Orlando. „Er wurde gelegentlich zu mir geschickt, um mich aus der Zelle abzuholen, wenn Serrier mich verhören wollte. Er hat mich auch mehrere Male dorthin zurückgebracht."

„Dann hat er also Magie gegen Sie eingesetzt?"

„Nur um mich zu binden", sagte Orlando hastig. „Er hat nie an den Verhören teilgenommen, auch nicht an den Folterungen. Das war Blanchet. Und dann habe ich ihn wieder gesehen, als ich befreit wurde. Das war an dem Morgen, an dem Serrier mich hinrichten wollte. Er wollte mich in die Sonne bringen, damit ich verbrenne. Meine Partnerschaft mir Alain hat mich für eine gewisse Zeit geschützt, aber zu diesem Zeitpunkt hatte die magische Wirkung seines Blutes schon nachgelassen. Ich hätte das Sonnenlicht nicht überlebt. Ich stehe heute nur hier und kann vor diesem Gericht aussagen, weil Vincent und Eric mich befreit haben."

„Und doch war er auch der Grund, warum Sie in Gefangenschaft geraten sind", gab der Staatsanwalt zu bedenken.

„Er hat nur Serriers Befehle ausgeführt", erwiderte Orlando. „Ich habe selbst miterlebt, was Serrier mit den Menschen machte, die ihm nicht gehorchten oder auch nur widersprachen. Ich war noch keine zehn Minuten in seiner Gegenwart, da hat er einen Magier hingerichtet, der zugab, für die Milice spioniert zu haben. Er hat damals auch eine Magierin gefoltert, obwohl sie sich loyal verhalten hatte. Der einzige Grund dafür war, dass er sie der Spionage verdächtigte."

„Sie wollen mir also sagen, dass Sie dem Angeklagten keine Vorwürfe machen für das, was mit Ihnen geschehen ist?", fragte der Mann ungläubig.

„Genau das will ich Ihnen sagen", erwiderte Orlando mit fester Stimme.

„Keine weiteren Fragen Euer Ehren."

Vincent Verteidiger erhob sich von seinem Stuhl. „Von allen, die hier gegen den Angeklagten ausgesagt haben, müssten Sie eigentlich das meiste Interesse an seiner Bestrafung haben. Und doch scheinen Sie ihn für unschuldig zu halten."

„Ich bin ein Vampir", sagte Orlando, als würde das alles erklären. „Ich sehe die Dinge aus einer langfristigen Perspektive. Tatsache ist doch, dass ich ohne Vincent keine Zukunft gehabt hätte. Ich würde nicht mehr leben, wenn er nicht zum richtigen Zeitpunkt die Seiten gewechselt hätte."

„Und das rechtfertigt Ihrer Meinung nach seine Handlungen?"

„Ja."

„Keine weiteren Fragen."

Eric beobachtete mit stiller Eifersucht, wie Orlando an Alains Seite zurückkehrte. Sie nahmen sich in einer wortlosen Geste der Zusammengehörigkeit an der Hand. Eric hätte Vincent gerne die gleiche Unterstützung gegeben, aber dazu musste Vincent erst freigelassen werden, wann immer das auch sein würde. So lange musste Eric warten, bevor die Wahrheit über ihre Beziehung bekannt werden durfte.

Ein weiterer Tag verging mit den Schlussplädoyers, dann zog sich die Jury zur Beratung über Vincents Schicksal zurück. Eric versuchte an diesem Abend, seinen Geliebten zu sehen. Er wollte ihm versprechen, dass er auf ihn warten würde, was immer auch geschah. Aber diesen Besuch konnte selbst Marcel nicht mehr ermöglichen.

Dann kam die Jury endlich zurück, um das Ergebnis ihrer Beratung zu verkünden. Dieses Mal saß Eric in der ersten Reihe, fast in Reichweite von Vincent. Wenn das Urteil gegen sie ausfiel, wollte er ihn noch ein letztes Mal berühren können. Vincent hatte sich schuldig bekannt und es ging nur noch darum, über das Strafmaß zu entscheiden.

„Ist die Jury zu einer Entscheidung gekommen?", fragte der Richter.

„Das ist sie, Euer Ehren", antwortete der Sprecher der Jury.

„Und wie lautet Ihr Urteil?"

„Anrechnung der Haftzeit und fünf Jahre Bewährung", verkündete der Sprecher.

Eric ließ sich erleichtert in den Stuhl zurückfallen. Er sah seinen Geliebten an, als wollte er ihn nie wieder aus den Augen lassen. Jetzt mussten nur noch einige Formalitäten erledigt werden, dann würde Vincent nach Hause kommen.

41

ALAIN STAND in seiner Bürotür und schaute sich im Zimmer um, als würde er es zum letzten Mal sehen. Orlando sah ihm kopfschüttelnd zu.

„Nur weil heute unser letzter Arbeitstag ist, heißt das nicht, dass wir das Büro nicht später noch ausräumen können", sagte er. „Ich verspreche dir, dein Schreibtisch wird sich nicht einfach in Luft auflösen. Komm jetzt, du bist müde und wir könnten beide eine Dusche vertragen."

Alain musste lächeln. „Wirklich? Wir stinken?", fragte er scherzhaft.

„Du sagst es", erwiderte Orlando. „Meinst du, wir finden noch jemanden, der uns nach Hause transportieren kann?"

„Wohl kaum", sagte Alain. „Aber wir können es versuchen. Wenn nicht, müssen wir eben die Métro nehmen. So weit ist es ja nicht."

Dem konnte Orlando nicht widersprechen, selbst wenn er gerne schneller zuhause gewesen wäre, als die Pariser U-Bahn, so effektiv sie auch war, es erlaubte. Alain hatte recht. Der Salle des Cartes war schon lange verlassen, die Karten abgeschaltet und dunkel. Orlando wusste nicht, wann die nächste Einheit zum Dienst erschien oder ob es überhaupt noch eine Einheit gab, die erscheinen würde. Aber er wollte hier auch keine Zeit vergeuden, um es herauszufinden. „Dann auf zur Métro", sagte er.

Hand in Hand gingen sie durch die leeren Flure des Hauptquartiers, bis sie schließlich zum Ausgang kamen. Alain warf noch einen letzten Blick zurück und ließ sich dann von Orlando durch die Straßen zur Haltestelle führen. Es war wie damals, als sie das erste Mal zusammen ins Hauptquartier gekommen waren. Nur in umgekehrter Richtung. Was war seit diesem Tag doch alles geschehen!

„Kannst du dir vorstellen, dass wirklich alles vorbei ist?", fragte Orlando, als sie die Treppen zum Bahnsteig hinab zu ihrem Zug gingen.

Alain schüttelte den Kopf. „Nichts ist vorbei. Das ist erst der Anfang."

„Ich meinte den Krieg", erklärte Orlando.

„Nein, das kann ich noch nicht richtig glauben", gab Alain zu. „Er hat mehr als zwei Jahre gedauert. Mein ganzes Leben hat sich in dieser Zeit um den Krieg gedreht. Es wird ein merkwürdiges Gefühl sein, nicht mehr ständig auf Patrouille gehen zu müssen und wieder Zeit für andere Interessen zu haben."

„Was wirst du jetzt tun?", wollte Orlando wissen.

Alain zuckte mit den Schultern. „Ich habe noch meinen Job bei der ANS. Ich werde wohl wieder für Marcel arbeiten, nur in einer anderen Funktion. Und du? Du kannst jetzt auch tagsüber das Haus verlassen, damit sind deinen Möglichkeiten keine Grenzen mehr gesetzt."

„Ich habe nie darüber nachgedacht, was nach dem Ende des Krieges sein wird", gestand Orlando mit einem Anflug von Bedauern. „Bis vor wenigen Wochen wäre das auch sinnlos gewesen, weil ich nicht viel Auswahl hatte. Ich brauche keinen Job, um Geld zu verdienen. Ich habe Thurloes gesamten Besitz geerbt. Solange ich das Geld nicht mit vollen Händen aus dem Fenster werfe, kann ich von den Einkünften aus seinen Investitionen gut leben. Meine Wohnung ist auch schon lange abbezahlt."

„So habe ich es nicht gemeint. Ich habe mich gefragt, was du tun willst, während ich bei der Arbeit bin", erklärte Alain. „Mir gefällt der Gedanke nicht, dass du nur zuhause bist und dich langweilst, bis ich wieder da bin. Außer, du würdest auch für die ANS arbeiten."

„Ich bin mir sicher, dass ich eine Beschäftigung finde, um mir die Zeit zu vertreiben", meinte Orlando grinsend. „Es gibt so vieles, das ich bisher nur bei Nacht gesehen habe. So viele Gemälde und andere Kunstwerke, die ich nur aus Büchern kenne. So viele Geschäfte, die schon geschlossen waren, wenn ich das Haus verlassen konnte. Aber mir gefällt der Gedanke, für einen guten Zweck zu arbeiten."

„Mein Gott, ich habe ein Monster geschaffen", neckte Alain ihn liebevoll. Orlando lachte, wie Alain es beabsichtigt hatte. Sein Gesicht strahlte vor Freude und seine Augen funkelten glücklich. Alain beugte sich vor und gab ihm einen Kuss, ohne sich um die Passanten zu scheren, die in beide Richtungen an ihnen vorbeieilten. Für ihn existierte nur noch Orlando, der seinen Kuss mit verführerischer Inbrunst erwiderte. „Kann sich dieser verdammte Zug nicht etwas beeilen?", murmelte Alain atemlos.

„Wir sind bald zuhause", versprach ihm Orlando, als der Zug sich Père Lachaise näherte. Er nahm Alain an der Hand und streichelte ihm beruhigend über die Knöchel. Dann wechselte er das Thema. „Was hast du denn früher in deiner Freizeit gemacht?"

„Ich habe viel am Haus gearbeitet", erzählte Alain. „Kleinere Reparaturen und so. Henri und ich haben oft darüber gesprochen, uns ein altes Haus auf dem Land zu kaufen, das wir an den Wochenenden selbst renovieren wollten. Es war ein Kindertraum. Und er ist niemals wahr geworden."

„Henri lebt nicht mehr, aber es gibt keinen Grund, warum wir ihn nicht trotzdem verwirklichen könnten", schlug Orlando leise vor. „Ein großes, altes Haus mit einem riesigen Grundstück. Ich weiß, dir gefällt unsere Wohnung, und bisher ist sie auch ausreichend für uns beide. Aber irgendwann wird sie zu klein werden. In einem Haus hätten wir mehr Platz. Wir könnten unsere Freunde zu Besuch einladen. Ich habe früher nie Freunde gehabt, die ich hätte einladen können."

Der Zug hielt an. Sie stiegen aus, ohne auf ihre Umgebung zu achten, so vertieft waren sie in ihr Gespräch.

„Ich weiß nicht", meinte Alain. „Ich bin mir nicht sicher, ob ich es ohne Henri tun könnte. Es war immer unser spezieller Traum."

„Das verstehe ich", erwiderte Orlando verständnisvoll. „Wir müssen nichts überstürzen. Lass es dir durch den Kopf gehen. Wenn du eines Tages deine Meinung änderst, würde mich das freuen."

Alain nickte. Er wusste nicht, wie seine kaum geheilte Seele darauf reagieren würde, diese alten Träume wiederzubeleben. Seit Eric zurückgekehrt war, fühlte er sich nicht mehr so verlassen, aber sein Sohn war unersetzbar. Vielleicht wäre es anders gewesen, wenn er sich nach Edwiges Tod in eine andere Frau verliebt hätte. Aber Orlando war ein Mann und ein Vampir. Sie würden keine Kinder bekommen, mit denen er neue Träume schmieden konnte.

„Wir werden darüber nachdenken", stimmte er schließlich zu.

Als sie am Haus ankamen und die Treppen zu ihrer Wohnung hinaufstiegen, konnten sie das Begehren nicht mehr unterdrücken, das sie in der U-Bahn entfacht hatten. Sie rannten in die Wohnung und schlugen die Tür hinter sich zu. Endlich waren sie allein in der Geborgenheit ihrer eigenen vier Wände. Alain wollte sein Versprechen halten und über das Landhaus nachdenken – um ehrlich zu sein, ihm gefiel die Idee –, aber er wollte auch ihre kleine Wohnung nicht aufgeben. Hier hatten sie sich das erste Mal geliebt, hier hatten sie sich ineinander *verliebt*. Alain hatte Ersparnisse, die für eine Anzahlung ausreichen würden. Außerdem verdiente er bei der ANS genug, um eine Hypothek abzubezahlen, ohne dass sie Orlandos Einkommen belasten mussten. Damit konnten sie Werkzeuge und Materialien für die Renovierung bezahlen.

„Ich wüsste zu gerne, was in deinem Kopf vor sich geht", flüsterte Orlando und schmiegte sich an ihn.

„Ich habe darüber nachgedacht, dass mir diese Wohnung immer viel bedeuten wird, auch wenn wir irgendwann an einem anderen Ort leben werden", gestand Alain. „Hier ist so viel geschehen. Hier haben wir uns das erste Mal geküsst. Auf diesem Balkon hast du das erste Mal in der Sonne gestanden, und auf diesem Sofa hast du mich das erste Mal richtig gebissen. Hier haben wir uns das erste Mal geliebt."

„Hier hast *du* mich das erste Mal geliebt", fügte Orlando hinzu. „Ich verstehe, was du damit meinst. Ich möchte diese Erinnerungen auch nicht verlieren. Aber sie werden auch bei uns bleiben, wenn wir an einem anderen Ort leben."

„Ich weiß", sagte Alain. „Ich habe auch darüber nachgedacht, dass wir uns wahrscheinlich ein Haus leisten können, ohne diese Wohnung verkaufen zu müssen. Sie gehört dir schon und Marcel bezahlt mich sehr gut. Gut genug, um ein Haus zu kaufen."

„Schön, das zu wissen", sagte Orlando grinsend. „Sonst hätte ich Angst gehabt, dass du nur hinter meinem Geld her bist."

Alain lachte. „Ich wusste bis vor wenigen Minuten gar nicht, dass du überhaupt Geld hast. Ich kann schlecht hinter etwas her sein, von dem ich nicht weiß, dass es existiert."

„Und ich werde es auch nicht bekannt machen. Dazu hatte ich in der Vergangenheit zu viel Pech", sagte Orlando. „Ich vergesse es selbst oft und kümmere mich nicht sehr darum. Das Geld ist gut angelegt, und die Gewinne werden automatisch auf mein Konto überwiesen. Ich kaufe mir davon, was ich brauche. Und ich bin nicht sehr anspruchsvoll. Ich brauche kaum mehr, als ein Dach über dem Kopf und Blut zum Trinken."

„Um das Dach über dem Kopf hast du dich schon selbst gekümmert, und Blut kannst du jederzeit von mir bekommen", erwiderte Alain und hielt ihm sein Handgelenk hin.

„So will ich es aber nicht", lehnte Orlando ab, drückte ihm den Kopf zur Seite und leckte ihm über den Hals. „Ich möchte dich lieber hier beißen."

„Mir ist vollkommen egal, *wo* du mich beißt. Die Hauptsache ist, *dass* du mich beißt", sagte Alain atemlos.

Orlando grinste. „Dazu sind wir aber im falschen Zimmer. Ich denke nicht daran, dich zu beißen, ohne dich gleichzeitig zu lieben."

„Gott sei Dank", seufzte Alain und drückte sich an ihn.

Orlando küsste ihn und führte ihn in das dunkle Schlafzimmer. Dann schaltete er das Licht an. „Ich will dich sehen", sagte er mit rauer Stimme. Alain wollte sich ausziehen, aber Orlando fasste ihn an den Händen und legte sie sich auf die Hüften. „Das übernehme ich", sagte er.

„Was immer du willst", versprach Alain und ließ seine Hände auf Orlando Hüften liegen. Der knöpfte ihm langsam das Hemd auf und küsste jeden Quadratzentimeter Haut, der hinter dem Stoff zum Vorschein kam. Als er an Alains Brustwarzen knabberte, bog der Magier den Rücken durch und presste sich an ihn, aber Orlando biss nicht zu.

Alain fasste ihn am Kopf und schob die Finger in Orlandos dunkle Locken. „Du kannst mich ruhig beißen", flüsterte er.

„Oh, das werde ich auch tun", versprach ihm Orlando. „Aber noch nicht jetzt. Ich habe noch anderes vor und will mich nicht vom Geschmack deines Blutes ablenken lassen."

„Das hört sich gut an", flüsterte Alain, während Orlando den letzten Knopf öffnete und ihm das Hemd über die Schultern zog.

„Ich liebe deine Brust", murmelte Orlando und setzte mit den Lippen seine Erkundungsreise fort. Er fuhr mit den Fingern durch Alains Pelz und zupfte leicht an den blonden Haaren.

Alain wurde rot vor Verlegenheit und nahm sich vor, das Kompliment bei passender Gelegenheit zurückzugeben. Orlandos Mund war mittlerweile nach unten gewandert und saugte sich am Rand von Alains Nabel fest. „Fester", bat Alain.

Orlando kniete sich auf den Boden und erfüllte Alains Wunsch. Er saugte so fest, dass ein kleiner, roter Fleck entstand, den er leckte und mit den Zähnen bearbeitete. Dabei öffnete er Alains Hose – Gürtel, Knopf und Reißverschluss –, um an sein eigentliches Ziel zu gelangen: den Schwanz seines Geliebten.

Orlando schob Alains Hose und Unterhose nach unten, bis nichts mehr zwischen ihm und dem harten, tropfenden Schwanz war. Er bewunderte ihn kurz und nahm ihn dann in den Mund, bis er ihn tief in der Kehle spüren konnte. Er leckte gierig über den Schaft, bis er Alains lautes Stöhnen hörte.

Alain kämpfte um Halt, weil ihm unter Orlandos Attacke fast die Knie nachgaben. Orlando reagierte sofort.

„Leg dich aufs Bett", sagte er zu Alain. „Ich bin noch nicht fertig. Du musst noch einiges aufholen."

Alain stolperte kopfschüttelnd zum Bett und ließ sich fallen. „Wir führen keine Punktliste", meinte er. „Ich werde nie zu viel davon bekommen, egal, was wir tun. Also vergiss den Gedanken. Heute will ich dich in mir spüren, so wie das erste Mal, als wir uns geliebt haben."

„Ist es das, was wir tun?", neckte Orlando. „Die Wiederholung einer erfolgreichen Aufführung?"

Alain schüttelte lachend den Kopf. „So schön die Erinnerung daran auch ist, diese Aufführung war nicht perfekt. Damals hast du mich nicht gebissen, und auf dieses Vergnügen will ich heute nicht verzichten."

„Ich auch nicht", stimmte ihm Orlando dankbar zu. Es war ein überwältigendes Gefühl für ihn, von Alain mit allen Aspekten seiner Natur als Vampir so vorbehaltlos akzeptiert zu werden.

Alain winkte ihn zu sich aufs Bett. „Dann liebe mich jetzt."

Orlando kniete sich zwischen Alains gespreizte Beine und grinste ihn an, bevor er sich wieder dem harten Schwanz seines Geliebten widmete. Er hatte alle Absichten, Alains Bitte zu erfüllen – aber noch nicht jetzt.

Alain stieß in die feuchte Hitze von Orlandos Mund. So viel hatte sich geändert, seit diesem ersten Nachmittag, als er noch bei jeder Berührung befürchten musste, Orlando in Panik zu versetzen. Wenn Orlando sich jetzt Zeit ließ, dann nicht mehr aus Angst, sondern aus dem Verlangen heraus, ihre Erregung noch mehr zu steigern. Dieses Wissen allein erregte Alain mehr, als jede Droge es vermocht hätte. Er keuchte, als Orlando ihm über den Schwanz leckte und mit der Zunge die Vorhaut zurückschob, um sie dann in den tropfenden Schlitz zu drücken. Er wollte Orlando bitten, sich zu beeilen, aber er konnte nur noch stöhnen. Orlando sah ihn mit lächelnden Augen an und leckte ihm weiter über den Schwanz, nahm ihn dann in die Hand und ließ die Zunge tiefer zwischen Alains Beine gleiten.

Alain keuchte und spreizte die Beine noch weiter, um Orlando mehr Platz zu geben. Er hätte gerne gewusst, was Orlando vorhatte und ob Rimming dazu gehörte, aber er traute sich nicht, ihn danach zu fragen. Außerdem brachte er sowieso kein Wort über die Lippen. Dann spürte Alain kühle, feuchte Finger, die sich den Weg in seinen Arsch suchten und ihn dehnten. Er vertagte seine Gedanken bis zu nächsten Mal und nahm sich vor, das Thema bei passender Gelegenheit anzusprechen. Wenn er wieder sprechen konnte.

Orlandos Finger fanden zielsicher Alains Prostata und reizten sie, bis Alain anfing, sich auf dem Bett hin und her zu winden und unverständlich vor sich hin zu stammeln. Alain wollte mehr, wollte seinen Geliebten in sich spüren, aber er konnte auch diese Bitte nicht mehr in Worte fassen. Orlando schien trotzdem zu wissen, was Alain sich wünschte, denn er zog die Finger aus Alains Arsch und ersetzte sie durch seinen Schwanz. Er stieß damit einige Male leicht an Alains Loch, dann drang er in ihn ein.

Alain stöhnte laut, als sie endlich körperlich vereinigt waren. Er schloss die Augen, um auch die emotionale Verbindung zu seinem Vampir herzustellen. Jetzt fehlten nur noch Orlandos Zähne. Als hätte Orlando auch diesen Gedanken lesen können, senkte er den Kopf, leckte über das Brandmal an Alains Hals und bohrte seine Zähne durch die sensible Haut.

„Orlando!"

Alains verzweifelter Schrei feuerte Orlando noch mehr an, aber er wollte nichts überstürzen und zwang sich zu einem ruhigen, gleichmäßigen Rhythmus. Er konnte die Erregung in Alains Blut schmecken, doch es war alles noch zu neu und einmalig, um es jetzt schon zum Ende zu bringen. Orlando hielt Alain an den Hüften fest und drückte ihn aufs Bett, um ihn zu beruhigen.

„Bitte", bettelte Alain, doch Orlando ließ sich nicht aus der Ruhe bringen.

Orlando vereinte ihr Körper, so wie sie ihre Leben vereint hatten – komplett und vorbehaltlos, auf jede nur erdenkliche Weise. Alain wand sich stöhnend unter ihm und trieb durch seine Bewegungen Orlandos Zähne mit jedem Stoß noch tiefer in seinen Hals, bis der Vampir das Gefühl hatte, aufgesogen zu werden und sich in Alain aufzulösen. Es gab nichts, was dieser tiefen Verbindung zu seinem Avoué gleichkam. Das Wissen um Alains Sterblichkeit lag ihm schwer auf der Seele, aber er verdrängte seine Ängste zugunsten des Hier und Jetzt. Die Zeit schien still zu stehen und Orlando wollte diesen perfekten Augenblick in vollen Zügen genießen. Er würde die Erinnerung daran immer bei sich tragen, würde sie in sein Herz einbrennen, so wie er sein Zeichen in Alains Hals eingebrannt hatte.

„Bitte", keuchte Alain erneut, und dieses Mal gab Orlando nach. Er ließ sich von seiner Erregung leiten, stieß schneller und härter zu und hatte nur noch ein Ziel – sie beide zum Höhepunkt zu bringen. Nur noch eine Kleinigkeit schien zu fehlen …

Orlando hob den Kopf, unterbrach den Vampirkuss, um Alain in die himmelblauen Augen zu sehen. „Ich liebe dich", sagte er und küsste ihn auf den Mund.

Das war es. Das war der Kontakt, der gefehlt hatte, das waren die Worte, die gefehlt hatten, um sie beide in die Ekstase zu katapultieren. Sie kamen hart, Orlando in Alains Körper und Alain zwischen ihnen auf ihrer Haut. Orlando brach über seinem Magier zusammen und sie küssten sich immer noch, zärtlicher jetzt und sanfter, liebevoller, aber nicht weniger innig. Es war ein Kuss der Liebe, denn ihre Lust war gestillt und ihre Körper befriedigt. Ihre Seelen würden sich immer nacheinander sehnen.

„Es wird jedes Mal besser", flüsterte Alain. „Dabei denke ich immer, dieses Mal wäre es perfekt gewesen. Aber es wird jedes Mal noch besser."

Orlando lächelte und verdrängte die Angst vor dem drohenden Verlust. Alain war ein Magier. Er konnte leicht noch achtzig oder neunzig Jahre leben, vielleicht sogar länger. Für einen Vampir aber war das nur ein Wimpernschlag und Orlando wusste, irgendwann würde die Einsamkeit wieder zurückkehren, unter der er so viele Jahre gelitten hatte. „Wir sind zusammen. Für mich gibt es nichts Perfekteres."

Alain küsste ihn und rollte sie auf die Seite, damit sie bequemer lagen. „Ein Haus auf dem Land also", sagte er dann. „Würde es dir wirklich Spaß machen, ein altes, verfallenes Haus nur für uns beide umzubauen?"

„Es wäre eine nette Abwechslung", meinte Orlando. „Bevor ich Soldat wurde, habe ich kurze Zeit als Zimmermann gearbeitet. Ich habe wahrscheinlich das meiste von dem, was ich damals gelernt habe, wieder vergessen. Aber ich könnte es neu lernen und wir hätten eine Aufgabe, mit der wir beschäftigt wären."

Alain lachte. „Glaubst du wirklich, wir bräuchten eine zusätzliche Aufgabe? Ich glaube eher, wir sollten uns jetzt schon Entschuldigungen ausdenken, um der Arbeit zu entkommen, die Marcel und Jean für uns finden werden, nachdem der Krieg jetzt endlich vorbei ist."

„Ich dachte, der Krieg wäre Arbeit gewesen", erwiderte Orlando.

Alain schüttelte den Kopf. „In gewisser Weise schon. Aber jetzt haben wir eine ganze Reihe von neuen Herausforderungen vor uns liegen. Zum Beispiel die Integration der Vampire in die französische Gesellschaft. Und dann die Sache mit den Partnerschaften und ihren Auswirkungen. Wir wissen immer noch nicht alles darüber. Und dann der Aveu de Sang, wir beide ... Die Möglichkeiten sind endlos."

Wenn das nur wahr wäre, dachte Orlando bitter.

„Hey", sagte Alain, als Orlando ihm keine Antwort gab. „Wir sollten jetzt feiern. Wir sind endlich frei, unser eigenes Leben zu leben. Wir müssen nicht mehr an Serrier und den Krieg denken. Wir sollten jetzt nur noch glücklich sein."

„Ich bin doch glücklich", behauptete Orlando mit fester Stimme. „Ich bin glücklicher, als jemals zuvor. Es ist nur ..." Er konnte Alain nicht in die Augen sehen. Er wollte seine deprimierenden Gedanken nicht laut aussprechen.

Alain konnte sich den Grund für Orlandos Niedergeschlagenheit denken. „Nichts wird uns jemals trennen", versprach er leise. „Sicher, ich bin sterblich. Das lässt sich nicht ändern. Aber mein Herz wird immer dir gehören, auch wenn ich nicht mehr lebe. Ich liebe dich über den Tod hinaus."

„Ich werde dich genauso lang lieben", versprach Orlando.

Alain zog ihn fester in die Arme. „Es liegen noch viele Jahre vor uns, bevor wir und Sorgen machen müssen, getrennt zu werden. Ruh dich jetzt aus. Ich bewache deine Träume."

42

„Mesdames et Messieurs, dies ist ein bewegender Moment für mich. Ich verabschiede mich heute von Ihnen als Général der Milice de Sorcellerie", eröffnete Marcel seine Rede an die Pressevertreter, denen er in den letzten beiden Jahren so oft Rede und Antwort gestanden hatte. „In diesem Augenblick wird die Milice offiziell aufgelöst und ihre Mitglieder kehren in ihr bürgerliches Leben zurück. Ich möchte mich an dieser Stelle bei allen bedanken, die in den letzten beiden Jahren unter mir gedient haben. Ihrem Einsatzwillen und ihrer Opferbereitschaft verdanken wir den Erhalt unserer Gesellschaft. Meine Bitte richtet sich an ihre Familien, an ihre Arbeitgeber und an alle, die sie in ihrem alten Leben wieder willkommen heißen: Vergessen Sie nicht, was diese Menschen für Sie und uns alle durchlitten haben. Beweisen Sie Geduld, wenn nicht alles gleich wieder so ist, wie zuvor. Viele von ihnen sind verwundet worden, nicht nur am Körper, sondern auch an ihrer Seele. Viele von ihnen haben Verluste erlitten. Und viele von ihnen haben Vampire in ihr Leben aufgenommen, sind mit ihnen eine Partnerschaft eingegangen, die über die Milice hinausreicht und die wir erst zu verstehen beginnen. Diese Männer und Frauen verdienen ebenso unseren Respekt und unser Verständnis, denn auch sie haben für uns alle gekämpft und Opfer gebracht. Ich kann Ihnen nicht befehlen, sie zu akzeptieren, aber ich kann Sie darum bitten, ihnen die gleichen Chancen zu geben, die sie jedem anderen Menschen geben würden, der im Leben ihrer Freunde und Kollegen eine wichtige Rolle spielt. Es ist das mindeste, was sie sich für ihren Einsatz verdient haben.

Auch ich kehre jetzt wieder in ein anderes, privates Leben zurück", fuhr Marcel fort. „Ich fühle langsam mein Alter. Im Gegensatz zu den Männern und Frauen, die ich während dieses Krieges befehligt habe, bin ich kein junger Mann mehr. Ich habe sechzig Jahre meines Lebens dem Dienst an der Gemeinschaft gewidmet, sowohl der Gemeinschaft der Magier, als auch unserem Land. Ich bin müde, Mesdames et Messieurs. Sobald die Milice aufgelöst ist, werde ich mich deshalb auch aus meinen anderen öffentlichen Ämtern zurückziehen. Ich werde die Leitung der ANS in jüngere, fähige Hände übergeben, in die Hände einer neuen Generation. Sie wird die ANS in eine Zukunft führen, in der die Vampire ein anerkannter und geschätzter Teil der magischen Gemeinschaft und unserer Gesellschaft sind. Es ist mir eine große Freude, ihnen das neue Oberhaupt der ANS präsentieren zu dürfen – einen Mann, der durch seine Erfahrung, durch seinen Scharfsinn und sein Engagement wie kein anderer geeignet ist, die Welt der Magie in ein neues Zeitalter zu führen: Raymond Payet."

Während Marcel darauf wartete, dass Raymond zu ihm aufs Podium kam, fühlte er schon die Ungeduld in sich aufsteigen. Es war noch nicht Mittag und er musste noch Stunden warten, bis die Sonne unterging und er ins Le Saulnier zurückkehren konnte, um das Gespräch mit Christophe fortzusetzen, das gestern Abend dort begonnen hatten. Nur noch heute. Nach diesem Tag konnte er bleiben und reden, solange sie wollten und solange der Wirt sie nicht nach Hause schickte. Er konnte den ganzen Tag verschlafen und am Abend wieder wach sein, um den alten Vampir zu sehen. Marcel hatte anfangs befürchtet, ihnen würde der Gesprächsstoff ausgehen, aber das war nicht geschehen, ganz im Gegenteil.

Raymond warf Jean noch einen letzten Blick zu, dann stieg er die Stufen zum Podium hinauf, wo Marcel auf ihn wartete. Der höfliche Applaus legte sich wieder und er konzentrierte sich auf die Kameras, weil sein wahres Publikum nicht die Journalisten im Saal waren, sondern die Menschen, die zuhause vor ihren Fernsehern diese Pressekonferenz verfolgten oder morgen in ihren Zeitungen die Berichte lesen würden. „Vielen Dank für die freundliche Vorstellung, Marcel", sagte er und räusperte sich, um besser verstanden zu werden. Er und Jean hatten Stunden damit verbracht, diesen Auftritt vorzubereiten. Sie hatten seine Rede immer wieder korrigiert und umgeschrieben, hatten über jede noch so unbedeutende Formulierung nachgedacht, damit sie genau die Botschaft enthielt, die sie vermitteln wollten – nicht mehr und nicht weniger.

„Mesdames et Messieurs, verehrte Mitbürger! Ich stehe heute vor Ihnen in Demut und doch geehrt, weil einer der bedeutendsten Magier und wohl größten Männer unserer Zeit mir eine schwere Verantwortung übertragen hat", begann Raymond seine Rede. „Marcel Chavinier, seinem Einsatz und seiner Opferbereitschaft verdanken wir es, dass wir heute hier versammelt sind, dass der Krieg hinter uns und eine bessere Zukunft vor uns liegt." Der herzliche Applaus ließ Marcel die Tränen in die Augen steigen. Raymond lächelte.

Als es wieder still wurde, fuhr Raymond fort: „Der heutige Tag markiert in mehrerlei Hinsicht einen neuen Anfang für die ANS. Seit vielen Jahren war die Association Nationale de Sorcellerie gleichbedeutend mit allem, was die Angelegenheiten der Magie und der Magier betraf. Und es stimmt, wir Magier fallen in den Aufgabenbereich der ANS. Aber wir sind nur ein kleines Mosaiksteinchen des größeren Reichs der Magie. Wir praktizieren Magie, nutzen unsere inneren Gabe, um eine äußere Wirkung zu erzeugen. Doch Magie hat viele Facetten, und jede Gruppe der magischen Lebewesen repräsentiert eine andere dieser Facetten, hat andere Gaben und Ausdrucksformen. Die ANS kann nicht länger nur die Vereinigung der Magier sein. Wir müssen die Stimme aller magischen Lebewesen in unserer Gesellschaft werden, ob sterblich oder unsterblich, lebend oder untot. Wir müssen unsere Gesellschaft in ein neues Zeitalter der Gleichberechtigung führen, das diese Unterschiede anerkennt. Ein Zeitalter, das sowohl die Vielfalt feiert, als auch die Gleichheit bewahrt.

Einige von Ihnen, ob hier oder zuhause vor den Bildschirmen, werden sich jetzt vielleicht fragen, was uns gemein ist mit einem Geschöpf der Nacht, mit einem Gestaltwandler, einem Elf, einem Kobold oder Troll. Die Antwort auf diese Frage fällt von Mensch zu Mensch und von Rasse zu Rasse unterschiedlich aus. Aber jeder von Ihnen, der jemals geheiratet und seinem Partner Liebe bis in den Tod versprochen hat, hat etwas gemeinsam mit dem Vampir, der nur einen Partner, nur einen Geliebten hat, von dessen Blut er sich nährt, bis dass der Tod sie scheidet. Jeder von Ihnen, der seinen Partner verloren hat, hat etwas gemeinsam mit dem Vampir, der vor vierhundert Jahren seinen Avoué bestatten musste und noch heute um ihn trauert, hat etwas gemeinsam mit dem ältesten Vampir von Paris, der noch nach fünfzehnhundert Jahren um seinen verstorbenen Avoué trauert. Jeder von Ihnen, der ein geliebtes Kind in den Armen gehalten hat, hat etwas gemeinsam mit dem Werwolf, der jede neue Geburt wie ein Wunder feiert, weil sie so selten sind. Sie mögen mir bis zu diesem Punkt gefolgt sein, aber denken, auf die sogenannten niederen magischen Lebewesen könne das bestimmt nicht zutreffen. Ich sage Ihnen: Sie täuschen sich. Deshalb hat die ANS sich entschlossen, in Zukunft nicht mehr nur die Magier zu vertreten und unter ihren Schutz zu stellen, sondern alle magische Lebewesen.

Die Allianz, die der Milice de Sorcellerie ermöglicht hat, den Krieg gegen Serrier zu gewinnen, hat ihre Aufgabe erfüllt und wurde aufgelöst. Aber das heißt nicht, dass wir auf ihre Magie verzichten können. Einer der Gründe für den Sieg der Allianz lag in der Tatsache, dass sie bei den Magiern Kräfte freigesetzt hat, um das magische Gleichgewicht wieder herzustellen und zu erhalten, ohne das unsere Welt nicht existieren kann. Stellen Sie sich unsere Erleichterung und Freude vor, als wir erkannten, dass allein die Gründung der Allianz so viel mehr bewirken konnte, als wir Magier allein. Die Verbindung zwischen Vampiren und Magiern ist mehr, als nur ein militärisches Bündnis. Sie hat tief greifende Konsequenzen, deren Potential wir erst ansatzweise verstehen. Auch das wird eine der neuen Aufgaben der ANS sein: Die Erforschung der Partnerschaften. Wir wollen jeden Vampir und Magier, der eine Partnerschaft eingehen will, darauf vorbereiten können, was er zu erwarten hat. Und wir wollen das magische Potential dieses Bundes verstehen und zum Vorteil aller einsetzen.

Im Jahr 1944 hat Frankreich allen Bürgerinnen und Bürgern das Wahlrecht gegeben, unabhängig von ihrem Geschlecht. Frauen wurden vor dem Gesetz gleichgestellt. Es war ein historischer Augenblick. Heute erleben wir erneut einen solchen historischen Augenblick, denn wir haben den Schutz des Gesetzes auf die Vampire ausgedehnt. Niemand wird sie mehr aufgrund ihrer Natur diskriminieren dürfen. Sie werden sich nicht mehr verstecken müssen, aus Angst, ihr Zuhause oder ihren Lebensunterhalt zu verlieren. Ich bin nicht naiv. Ich weiß sehr wohl, dass es mehr bedarf als eines Gesetzes, um die Lebenswirklichkeit zu verändern. Das Verhalten der Menschen muss sich ändern, erst dann ist unser Ziel erreicht. Als neues Oberhaupt der ANS verspreche ich die finanzielle, rechtliche, politische und moralische Unterstützung meiner Organisation, um dieses Ziel Wirklichkeit werden zu lassen. Wir werden uns dafür genauso unermüdlich einsetzen, wie wir uns bisher für die Angelegenheiten der Magier eingesetzt haben. Diskrimination, egal, in welcher Form, darf es nicht mehr geben. Wir haben einen Krieg geführt gegen Aufständische, die unsere Regierung stürzen und nichtmagische Menschen zu Bürgern zweiter Klasse erklären wollten. Andere wollen die magischen Lebewesen diskriminieren und versuchen, ihre scheinheiligen Ziele auf parlamentarischem Weg zu erreichen. Auch das dürfen wir nicht zulassen.

Keiner von uns gibt es gerne zu, aber Serrier hat vor zwei Jahren, als er seinen Aufstand begann, mit seinen Thesen bei vielen Magiern ein offenes Ohr gefunden. Wir alle verurteilen die Methoden, mit denen er sein Ziel erreichen wollte. Aber es gibt auch Gründe dafür, warum seine Propaganda bei vielen Magiern auf fruchtbaren Boden fiel. Ich appelliere an alle, die sich in unserer Gesellschaft missverstanden und unterdrückt fühlen: Redet mit uns! Wir suchen den Dialog mit jedem, der mit den gegenwärtigen Umständen unzufrieden ist. Es gibt nur eine Möglichkeit, einen zweiten, fürchterlichen Krieg zu verhindern, und die besteht darin, die Ursachen offen anzusprechen, die dazu führen können. Serrier war ein Größenwahnsinniger. Sein Wahnsinn hat ihn das Leben und seine Reformen gekostet. Wir können darüber nur froh sein. Aber wir müssen einer Wiederholung vorbeugen und Wege finden, nicht nur einen weiteren Krieg zu vermeiden, sondern auch die Unzufriedenheit, die dazu geführt hat, nicht mehr aufkommen zu lassen. Ich habe bereits mit dem Präsidenten gesprochen, um eine Reform der Gesetze gegen dunkle Magie vorzubereiten. Wissen kann nicht von Natur aus böse sein. Es ist die Art seiner Anwendung, die es gut oder böse macht. Es ist die Absicht, die hinter einer Beschwörung steht, die sie zu dunkler Magie macht, nicht die Beschwörung selbst.

Und noch ein Ziel habe ich mir als neues Oberhaupt der ANS vorgenommen: Ich möchte die Ausbildung verbessern. Ich möchte damit Situationen verhindern, in denen sich viele der Anhänger Serriers in ihrer Jugend befunden haben. Sie wurden als junge Magier, oft schon als Teenager, verfolgt und bestraft, weil sie anders waren, als ihre Altersgenossen. Magie kann man nicht aus einem Kind herausprügeln. Man muss Magie auch nicht fürchten. Sie ist eine Gabe, die gefördert und beherrscht werden muss, damit man sie zum Wohl der Allgemeinheit einsetzen kann. Ob Magier, Vampir, Werwolf oder Elf – sie sind ein Teil dieser Welt, und das aus gutem Grund. Wir sind auch ein Teil dieses Landes. Es ist an der Zeit, dass alle in diesem Land – und ich schließe uns Magier in diesen Aufruf ausdrücklich mit ein – diese Tatsache anerkennen.

Mesdames et Messieurs, ich danke Ihnen für Ihre Geduld und Ihre Aufmerksamkeit. Wir haben noch einen langen Weg vor uns, aber wir haben die ersten Schritte in die richtige Richtung bereits getan. Bonsoir."

Die Reporter riefen Raymond ihre Fragen zu, aber er beachtete sie nicht mehr. Er verließ das Podium und verschwand wortlos in einem Nebenzimmer, wo Jean mit offenen Armen auf ihn wartete.

„Was immer die Zukunft auch bringen mag", flüsterte er Raymond ins Ohr, „Ich werde dich als Präsidenten der ANS unterstützen. Im Jeu des Cours, im Parlament, in der ANS oder vor der Presse."

Raymonds glückliches Lachen hallte von den Wänden wider. Er konnte kaum glauben, was in so kurzer Zeit alles geschehen war. Gestern erst hatte Marcel seinen Rücktritt angekündigt und ihn als neues Oberhaupt der ANS vorgeschlagen. Alain, Thierry und die anderen Magier der Milice hatten Raymond stehend applaudiert. Noch vor wenigen Monaten hätte sich Raymond ein solches Zeichen der Anerkennung in seinen kühnsten Träumen nicht vorzustellen gewagt. Und dafür hatte er den Vampiren – *seinem* Vampir – zu danken. Raymond hakte sich bei Jean unter. „Lass uns nach Hause gehen."

EPILOG

DIE TRAUERNDEN verließen nach und nach das Grab, als die Magier das Bestattungsritual abgeschlossen hatten. Alains Asche hatte sich an seinem letzten Ruheplatz mit der Erde vermischt. Orlando hörte wie von fern die Stimmen, die ihm ihr Beileid aussprachen. Er fühlte Hände, die sich auf seine Schulter legten, als ihre Freunde und Bekannten, einer nach dem anderen, an ihm vorbeigingen. Orlando rührte sich nicht. Er hatte weder Augen noch Ohren für das, was um ihn herum in der Welt passierte. Es war eine Welt ohne Alain.

Nach einiger Zeit senkte sich Stille über Père Lachaise. Die Neugierigen und Betroffenen hatten allein oder in Gruppen den Friedhof verlassen. Orlando war überrascht, wie viele der Pflegekinder, denen er und Alain ein Zuhause gegeben hatten, zur Beerdigung gekommen waren. Viele von ihnen waren schon älter, denn Alain hatte, selbst für einen Magier, ein hohes Alter erreicht. Doch die Jahre hatten ihren Tribut gefordert. Orlando hatte immer gewusst, dass es eines Tages geschehen würde. Alain hatte wahrscheinlich nur seinetwegen so lange durchgehalten, aber niemand konnte die Zeit aufhalten. Jetzt musste Orlando nur noch abwarten, bis auch der letzte Rest von Alains Magie aus seinem Blut verschwunden war.

„Orlando."

Jeans Stimme drang durch den Nebel der Trauer, der sich um Orlandos Gemüt gelegt hatte, aber er hielt den Kopf gesenkt.

„Orlando", wiederholte Jean. „Es wird Zeit zu gehen."

Orlando schüttelte den Kopf. „Du kannst schon vorgehen, wenn du willst. Ich will dich nicht von deiner Verantwortung fernhalten."

„Du musst auch ins Haus kommen und Schutz suchen", drängte Jean.

„Lass ihn doch, Jean", sagte Sebastien leise. „Er hat gerade seinen Avoué begraben. Diese Trauer wirft man nicht in wenigen Minuten ab. Es dauert noch Stunden, bis die Sonne aufgeht. Die Nachtluft kann uns nichts anhaben."

„Aber Raymond und Thierry …"

„… sind erwachsene Männer. Sie können selbst entscheiden, ob sie mit Orlando Wache halten wollen oder nicht", unterbrach ihn Raymond, obwohl er die Kälte bis in seine alten Knochen spürte. Mit einer kleinen Beschwörung ließ es sich leicht ändern. „Lass ihn trauern, Jean."

Thierry sagte nichts. Der Verlust Alains drohte ihn zu überwältigen, aber er musste jetzt an den Geliebten seines Freundes denken. Alain war tot. Daran konnten sie nichts ändern. Doch Orlando war noch hier, und er brauchte seine Freunde jetzt mehr denn je.

Der Wind wurde stärker und brachte ein bittersüßes Lächeln in Thierrys Gesicht. Alain würde nie wieder eine kühle Brise beschwören. Das trockene Herbstlaub wirbelte raschelnd um die Grabsteine und eine Böe hüllte Orlandos kniende Gestalt ein. „Welcher Tag ist heute?", fragte Orlando plötzlich.

„Der 18. Oktober", sagte Thierry. „Warum?"

Orlando konnte nicht sofort antworten. Ein Schluchzen entrang sich seiner Brust und seine Augen brannten von den Tränen, die er nicht mehr weinen konnte. „Es ist unser Jahrestag", flüsterte er dann mit gebrochener Stimme. „Heute Nacht ist es genau sechsundneunzig Jahre her, dass ich das erste Mal sein Blut geschmeckt habe."

„Es war die Nacht, in der er sich in dich verliebt hat", vertraute ihm Thierry an. „Ich weiß nicht, ob er es dir jemals erzählt hat. Aber rückblickend betrachtet ist es offensichtlich."

Orlando schüttelte den Kopf. „Wir haben nie in diesen Worten darüber gesprochen. Er hat mich geliebt. Mehr musste ich nicht wissen."

Sie verstummten. Orlando strich mit den Fingern über die aufgewühlte Erde am Fuß des Grabmals, das die ANS im Gedenken an Alain errichtet hatte. Sein Name und die Daten seiner Geburt und seines Todes waren tief in den schwarzen Marmor eingraviert. Orlando beugte sich vor und fuhr mit den Fingern über die Buchstaben. Alain Magnier. Als ob diese beiden Worte in der Lage wären, einem Mann wie Alain gerecht zu werden.

„Du bist auf eine Klosterschule gegangen, Jean", sagte Orlando. „Glaubst du, wir haben durch unsere Umwandlung unsere Seelen der Verdammnis anheimgegeben?"

„Natürlich nicht", erwiderte Jean und legte die Hand auf Raymond Rücken, um in der Berührung Trost zu finden. „Unsere Seelen werden nicht nach unserer Natur beurteilt, genauso wenig, wie die Seelen der Sterblichen. Wir müssen uns für unsere Taten verantworten, so, wie andere Menschen auch. Wir sind nicht dafür verantwortlich, dass unsere Schöpfer uns umgewandelt haben."

„Gut", flüsterte Orlando und grub die Hände in die lose Erde. „Dann gibt es noch Hoffnung für mich."

„Orlando? Was hast du vor?"

Mit einem zitternden Lächeln hob Orlando den Kopf und sah seinen ältesten Freund an. „Hier gibt es nichts mehr für mich. Ich bin nicht so stark wie Sebastien. Ich kann nicht Hunderte von Jahren der Einsamkeit ertragen in der vagen Hoffnung, dass ich mich noch einmal verliebe. Ich kann es nicht. Alain ist der einzige Mann, den ich jemals geliebt habe und lieben werde." Er schüttelte den Kopf, als Jean ihm ins Wort fallen wollte. „Sag mir nicht, das könnte ich nicht wissen", fuhr er fort. „Ich bin mir sicher. Es gab vor ihm niemanden, und es wird auch nach ihm niemanden geben. Alain war die Luft, die ich geatmet habe, und das Blut, das ich getrunken habe. Er war ein Teil von mir, und ohne ihn bin ich nur ein halber Mann. Ihr werdet meine Asche mit seiner begraben, nicht wahr?"

„Orlando …"

Sebastien ignorierte den geschockten Jean und kniete sich an Orlandos Seite auf den Boden. Dann nahm er ihn an der Hand. „Es heißt, die Zeit würde alle Wunden heilen. Aber das ist nicht wahr", sagte er. „Manche Wunden sind zu tief, um jemals wieder zu heilen. Mancher Bund ist zu tief, um jemals wieder gebrochen zu werden."

„Hast du jemals daran gedacht …?"

„Öfter als ich zählen kann", flüsterte Sebastien.

„Warum hast du es nicht getan?"

„Weil ich Thibault vor seinem Tod versprechen musste, eine neue Liebe zu finden", erklärte Sebastien. „Ich konnte dieses Versprechen nicht brechen. Und in meinem Fall ist es auch eingetroffen. Ich habe überlebt und eine neue Liebe gefunden, so tief und so allumfassend wie die erste. Aber das war meine Entscheidung. Du musst dich nicht genauso entscheiden." Er erwähnte nicht, dass ihm schon bald der gleiche Verlust bevorstand, denn Thierry war nicht jünger, als Alain es gewesen war.

„Es kann nicht sein", sagte Orlando bedauernd. „Ich will keine andere Liebe finden. Ich will nur Alain."

„Er wird immer in deinem Herzen leben", sagte Jean. „Du musst das nicht tun."

„Doch", erwiderte Orlando. „Ich muss es tun. Ich weiß, dass ich jetzt wieder fremdes Blut trinken kann. Aber allein bei dem Gedanken daran wird mir so schlecht, als wäre ich immer noch durch den Aveu de Sang gebunden. Einen anderen Körper zu halten und von ihm zu trinken – selbst im Sang Froid – ist eine ekelerregende Vorstellung. Ich kann es einfach nicht tun, Jean. Ich werde Alain und unsere Liebe nicht auf diese Weise verraten. Er hat mir nicht das gleiche Versprechen abgenommen, wie Sebastien es Thibault geben musste. Er wusste, dass ich es niemals halten könnte. Wenn ich sterblich wäre, würde ich meine letzten Tage in der Erwartung auf unsere Wiedervereinigung verleben, aber ich bin nicht sterblich. Meine Tage sind nicht durch mein Alter begrenzt, also muss ich sie durch meine eigene Entscheidung begrenzen. Unsere Seelen werden sich wiederfinden und nichts wird uns mehr trennen können."

„Und wenn du dich täuschst?"

„Dann werde ich nur einige Sekunden gelitten haben."

Jean zuckte zusammen. „Sag das nicht."

„Hör auf, Jean", sagte Sebastien tadelnd. „Orlando war Manns genug, den Aveu de Sang einzugehen. Er kann auch selbst entscheiden, welche Konsequenzen er daraus zieht. Wir haben ihn unterstützt, als während der Allianz an ihm gezweifelt wurde. Wir schulden ihm auch jetzt unsere Unterstützung."

„Bitte, Jean", sagte Orlando leise. „Mach es mir nicht noch schwerer, als es schon ist."

„Schwerer machen? Du erwartest, dass ich tatenlos zusehe, wie du dich vernichtest!"

„Nein", erwiderte Orlando. „Ich bitte dich, mit mir Wache zu halten, bis ich wieder mit dem Mann vereint bin, den ich in alle Ewigkeit lieben werde. Ich weiß, es fällt dir schwer, mich zu verstehen. Aber freue dich mit mir, Jean. Sei glücklich mit mir, dass ich eine so tiefe Liebe gefunden habe, eine so allumfassende Liebe, dass sie durch nichts ersetzt werden kann. Sei glücklich mit mir, dass ich mich in einen Mann verliebt habe, den ich respektieren und begehren konnte. Sei glücklich mit mir, dass ich endlich Frieden finden kann."

„Thierry?", wandte sich Jean an Alains Freund. „Du kannst mir nicht sagen, dass Alain es sich so gewünscht hätte."

„Alain hätte nicht darum gebeten", gab ihm Thierry recht. „Aber ich weiß auch, dass er Orlando nicht lange überlebt hätte, wenn ihm etwas passiert wäre. Kannst du dich nicht erinnern, wie es war, als Serrier Orlando während des Krieges entführt hat?"

„Lasst eure letzten Worte nicht im Streit gesprochen sein", mahnte Raymond. „Ihr werdet nicht die Chance haben, euch wieder zu versöhnen. Orlando hat sich entschieden, auch wenn es uns schwerfällt, damit zu leben. Du solltest seine Entscheidung respektieren, so wie du es immer getan hast."

„Bitte." Der Wind blies stärker und Orlando Stimme war über dem Rascheln der Blätter kaum zu hören.

Jean ließ geschlagen den Kopf hängen. „Ich bleibe bei dir. Du sollst nicht allein auf das Ende warten müssen."

„Danke, Jean."

Jean kniete sich gegenüber von Sebastien, auf Orlandos anderer Seite, vor das Grab. Er drückte seinem Freund die Hand als Zeichen seiner Unterstützung.

Die Sterne zogen über ihnen hinweg, während sie schweigend am Grab saßen und auf die Morgendämmerung warteten. Dann wurde es am Horizont langsam hell und die Sonne kündigte ihr Erscheinen an.

„Ich habe Angst", flüsterte Orlando leise, als die Dunkelheit mehr und mehr dem Tageslicht wich.

„Du musst nur ein Wort sagen, und Thierry oder Raymond bringen dich in Sicherheit", bot ihm Jean zum letzten Mal an.

Orlando schüttelte den Kopf. „Nein, ich will es so."

Dann erschienen die ersten Sonnenstrahlen am Horizont. „Lebewohl, Jean. Behalte mich in guter Erinnerung."

Orlando bog den Rücken durch und eine merkwürdige Mischung aus Schmerz und Freude lag in seinem Gesicht. Sekunden später war er verschwunden und nur ein kleines Häuflein Asche blieb noch zwischen Sebastien und Jean auf dem Boden zurück.

Jean fiel mit einem lauten Schrei nach vorne und schlug sich die Hände vors Gesicht. Raymond und Sebastien nahmen ihn tröstend in die Arme. Thierry vergrub neben Orlandos Asche die Hände in der Erde und wendete sie, bis sie sich mit der Asche vermischt hatte. In weniger als zwölf Stunden war ihr schon zum zweiten Mal ein Opfer gebracht worden. „Seht nur", sagte er leise zu den anderen drei Männern. Der schwarze Marmor des Grabsteins erstrahlte in einem inneren Glanz, dann wurde Orlandos Name neben dem von Alain in dem harten Stein sichtbar.

„Warst du das?", fragte Raymond.

Thierry schüttelte den Kopf.

Der Wind wirbelte ihnen um die Köpfe und zerzauste ihnen die Haare. Er ließ ein fröhliches, unbeschwertes Lachen in ihren Herzen zurück.

„Ich glaube, das war Alain."

PERSONENVERZEICHNIS

Alain Magnier – Magier der Milice und Partner von Orlando St. Clair
Aleth Dumont – Thierrys verstorbene Frau
Adèle Rougier – Magierin der Milice und Partnerin von Jude
Angélique Bouaddi – Vampirin und Partnerin von David Sabatier, Besitzerin des Sang Froid
Antonio – Vampir und Partner von Monique Leclerc
Blair Nichols – Vampir und Partner von Laurent Copé
Caroline Bontoux – Magierin der Milice und Partnerin von Mireille Fournier
Catherine Raynaud de Lage – Magierin der Milice und Partnerin von Justin Molinière
Charlotte Pasquier – Magierin der Milice und Partnerin von Sophie Gasquet
Christophe Lombard – ältester Vampir von Paris
Claude Blanchet – dunkler Magier
David Sabatier – Magier der Milice und Partner von Angélique Bouaddi
Dominique Cornet – dunkler Magier
Eric Simonet – dunkler Magier, der nach dem Tod seiner Frau und seiner Kinder zu Serrier übergewechselt ist
Fabienne Bruguière – Vampirin und Partnerin von Mathieu Gastineau
François Roche – Angéliques Geschäftsführer im Sang Froid
Geneviève Iserin – Vampirin und Partnerin von Marie Jacquet
Hugues Fouquet – Magier der Milice und Leutnant unter Alain
Jean Bellaiche – Chef de la Cour von Paris und Partner von Raymond Payet
Joël Morvilliers – dunkler Magier
Jude – Vampir und Partner von Adèle Rougier
Julien Aubert – Vampir und Besitzer einer Nachtbar
Justin Molinière – Vampir und Partner von Catherine Raynaud de Lage
Karine Gaudier – Jeans sporadische Geliebte
Laetitia Bastian – Vampirin und Besitzerin eines Cafés
Laurent Copé – Magier der Milice und Partner von Blair Nichols, Leutnant unter Alain
Luc Cabalet – Chef de la Cour von Amiens
Magali Ducassé – Magierin der Milice
Malika Robin – Vampirin und Besitzerin eines Internet-Cafés
Marie Jacquet – Magierin der Milice und Partnerin von Geneviève Iserin
Mathieu Gastineau – Magier der Milice und Partner von Fabienne Bruguière
Mireille Fournier – Vampirin und Partnerin von Caroline Bontoux
Monique Leclerc – dunkle Magierin und Partnerin von Antonio
Orlando St. Clair – Vampir und Partner von Alain Magnier
Pascal Serrier – Anführer der dunklen Magier
Raymond Payet – Magier der Milice und Partner von Jean Bellaiche
Sebastien Noyer – Vampir und Partner von Thierry Dumont
Simon Aguiraud – dunkler Magier
Sophie Gasquet – Vampirin und Partnerin von Charlotte Pasquier
Thibaut – Sebastiens verstorbener Avoué
Thierry Dumont – Magier der Milice und Partner von Sebastien Noyer
Vincent Jonnet – dunkler Magier

ARIEL TACHNA ist sprachbegeistert und spricht mehrere Fremdsprachen. Sie hat eine Leidenschaft fürs Reisen, für Garne, Orchideen und Liebesgeschichten. Bisher hat sie 45 Bundesstaaten der Vereinigten Staaten und 13 Länder bereist. Besonders die Geschichte und Kultur Frankreichs, die exotischen Düfte und die Küche Indiens und der Sonnenaufgang über Machu Picchu haben unauslöschliche Eindrücke bei ihr hinterlassen, die sich in ihren Geschichten immer wieder bemerkbar machen. Ihre Leidenschaft für Garne hat zu einem riesigen Vorrat und zu mehr Projekten geführt, als sie wahrscheinlich jemals beenden kann. Bisher hat sie sich allerdings nicht davon abhalten lassen, immer noch mehr zu kaufen. Ihre Orchideensammlung hat erst das Büro, dann auch den Rest des Hauses mit Beschlag belegt (sehr zum Missfallen ihrer Kinder), was sie aber ebenfalls nicht davon abhalten konnte, jedes arme Pflänzlein nach Hause zu bringen, das ihr in die Hände fällt.

Wenn sie nicht gerade schreibt, strickt sie, kümmert sich um die Orchideen und freut sich über ihre beiden Teenager, die sie immer wieder überraschen – mit ihrer Fähigkeit zu Liebe und Akzeptanz, mit ihrer Begeisterung für Sport (die sie ganz sicher nicht von Ariel haben!) und mit ihrer Weigerung, Ungerechtigkeiten hinzunehmen (die sie hoffentlich von ihr haben).

Von ARIEL TACHNA

Ihre Beiden Väter
Mit Nicki Bennett: Unter die Haut

BLUTSPARTNERSCHAFT
Allianz des Blutes
Pakt des Blutes
Konflikt des Blutes
Versöhnung des Blutes

LANG DOWNS
Dein Stern am Himmel
Hol Dir einen Stern
Die Nacht überdauern
Die Flammen besiegen

Veröffentlicht von DREAMSPINNER PRESS
www.dreamspinner-de.com